刘坤一集

第一册

刘坤一 著
陈代湘 校点

岳麓書社·长沙

国家古籍整理出版专项经费资助项目

劉忠誠公書牘

宣統元年己酉九月開雕

致李筱泉同治十一年十一月初四日

頃閱邸報欽悉　皇上於明正二十六日舉行親政典禮督撫學政提鎭兩司應否一律恭進賀摺摺內是否恭繕某官某人跪賀　皇上天喜　兩宮皇太后前應否恭進賀摺摺內是否恭繕某官某人跪賀　慈安端裕皇太后　慈禧端佑皇太后天喜此後每月奏事摺內祇恭繕　皇上聖鑒則　兩宮前似毋庸再進安摺唯恭遇　兩宮萬壽及長至元旦似仍應照舊辦理抑照嘉慶二十五年　上諭毋庸摺賀至恭逢　皇上萬壽　兩宮前應否仍進安摺恭逢　兩宮萬壽如仍須摺賀皇上前應否仍進安摺又　皇上萬壽　皇太后萬壽及長至元旦賀摺安摺是否分爲三匣兩匣抑仍併爲一匣想尊處已與京友商酌如有成式可循伏祈詳細示知如尊處亦未得有京信究應如何辦理之處亦希裁示是所切禱此間自仲良方伯捷峯廉訪先後到任錢穀刑名次第清釐吏治漸有起色弟承乏八年今始知有同官之樂也

致陝甘雲貴四省督撫同治十一年十一月十六日

敬啟者江西現辦陝甘雲貴四省捐輸原照陝省奏定減成並米折票折章程收捐是以捐生樂於報效至今四五年源源而來四省軍餉亦得以稍資接濟上年二月接准部咨以監生從九銜兩項應照定例銀數減成後全收實銀不得以米票繞算

達齋仁兄大人閣下頃奉
手示誦悉停考之事細繹
旨意係專指拳匪滋事殺害各國人民之各城鎮而言並
未通省全停尤與皖省無涉茲恭錄所奉電傳
上諭寄呈以釋
台廑肅復敬請
勛安坿完
大柬不具
愚弟劉坤一頓首

湖山之佳無如清曉春時當乘月至館景
生殘夜水映岑樓而翠黛臨階吹流衣袂
鶯聲鳥韻催起閑然披衣步林中則曙
光滿户明霞射几輕風微散

硯莊劉坤一

总　目

第一册目录

奏疏

奏疏卷二

奏疏卷三

奏疏卷四

奏疏卷五

奏疏卷六

奏疏卷七

奏疏卷八

奏疏卷九

奏疏卷十

奏疏卷十一

奏疏卷十二

奏疏卷十三

奏疏卷十四

前　言

刘坤一，字岘庄，湖南新宁人。生于1829年（清道光九年），卒于1902年（清光绪二十八年）。谥号“忠诚”。

刘坤一出生于乡村知识分子家庭。其先世从江西吉安府迁入湖南宝庆府新宁县，“家世儒业，代有闻人”①。其父刘孔濬，字罕如，号云樵，新宁县学生。

刘坤一的一生，大致可分为六个阶段：

（一）少年力学，热心科举。咸丰五年（1855）以前；

（二）投笔从戎，征剿立功。咸丰五年（1855）至同治四年（1865）；

（三）巡抚江西，位列封疆。同治四年（1865）至光绪元年（1875）；

（四）初任总督，投身洋务。光绪元年（1875）至光绪七年（1881）；

（五）罢官归里，家居守拙。光绪七年（1881）至光绪十六年（1890）；

（六）三督两江，晚铸辉煌。光绪十六年（1890）至光绪二十八年（1902）。

青少年时期的刘坤一，在家族父辈的热望中，为科举考试而

---

①刘绎《诰赠光禄大夫刘公墓志铭》，见（清）张葆连主修《新宁县志·艺文志》卷二十三，岳麓书社2011年2月版（影印），第285页。

奔忙。刘氏家族虽然“家世儒业”，但在科举考试中只出了一些秀才，从未有人获得过举人以上的功名。刘孔濬对刘坤一兄弟寄予热望，希望他们通过科举考试而金榜题名。在太平军攻打湖南，湘军兴起之时，刘孔濬也一再告诫刘坤一兄弟要安心读书，不要企求“异途进身”。

受家族父辈的影响，金榜题名成为刘坤一终生的梦想，后来他虽然通过军功从“异途”跻身高位，但仍然“每以未得科题为恨”①。

刘坤一八岁启蒙，随之跟随年长于自己的族侄刘长佑“习举子业”。刘坤一后来写诗回忆自己少时读书情景：“敢嫌陋室暂停装，小小窗棂短短床。坐到夜深灯味好，依稀犹记读书堂。”② 在如此苦读之下，刘坤一中了秀才，并成为成绩优等的“禀生”。然而，此后的科举之路走得却不顺畅，参加乡试屡试不中。

咸丰五年（1855），刘孔濬去世，恰逢太平军进击湖南，时刘长佑已为湘军大将，急召刘坤一入营。刘坤一“闻召即至”，投笔从戎，正式加入湘军楚勇。

刘坤一参加湘军后，骁勇善战，屡立战功，不断升迁：初出茅庐即领团练随官军攻克茶陵、郴州等城，“叙功以教谕遇缺即选”③；攻陷芦溪，保举为知县；攻克袁州，以直隶州知州即选，并赏戴花翎；攻克临江，以知府选用，并赏加道衔；攻占柳州，赏按察使衔；与黄鼎凤交战并擒杀黄及其党羽，升任广西布政使、赏“硕勇巴图鲁”名号，一年后，即升为江西巡抚。

---

①王燮《刘忠诚公遗集·书后》。

②刘坤一《乙丑新春视师道出新城墟于村塾中夜坐感怀偶成二绝》之二，《刘忠诚公遗集·补过斋诗集》卷一。

③《国史本传》，见《刘忠诚公遗集·卷首》。

刘坤一以一介书生，十年之内（1855 年至 1865 年），不断加官进爵而至江西巡抚，成为主政一方的封疆大吏，实现了“儒冠抛却觅封侯”① 的梦想。

刘坤一任江西巡抚约十年，在吏治、财政以及军事方面都有充分的表现，被时人誉为“能吏”。

1875 年，刘坤一升任署两江总督兼南洋通商大臣。半年后，实授两广总督。1879 年，实授两江总督兼南洋通商大臣。

刘坤一升任两江及两广总督，在政治地位和权限上大大超过江西巡抚，而且，两江和两广总督职守的繁忙和重要，亦远非江西巡抚可比。当时的两江治所南京、两广治所广州，尤其是两江下属的上海，其繁华与开通，举世瞩目。上海为中外商贾云集之所，洋务派开办的许多新式企业以及一些外国人所办的工厂位于该地。刘坤一从闭塞的江西来到当时中国社会变迁最前沿的开放之地，思想认识步入新的境界，积极提倡洋务，而且体现在实际行动中。

光绪七年（1881），刘坤一在仕途上遭遇一次沉重的打击，因被人连续弹劾，朝廷罢免了其两江总督的官职，赋闲归里，整整十年：“家居守拙，一瞬十年。”②

1890 年（光绪十六年）11 月，刘坤一被清廷重新任命为两江总督兼南洋通商大臣，次年 4 月进京觐见后，抵南京就任，开始了他的三督两江。

罢官十年后官复原职，刘坤一已年逾花甲，但他却表现出了

①刘坤一《乙丑新春视师道出新城墟于村塾中夜坐感怀偶成二绝》之一，《刘忠诚公遗集 · 补过斋诗集》卷一。

②刘坤一《复李筱泉制军》，光绪十七年三月二十七日。见《刘坤一遗集》（四），第 1965 页，中华书局 1959 年 6 月版。下引此书皆为此版。

前所未有的政治锐气和开明、务实的精神，在内政、洋务、外交等方面做出了杰出的贡献。尤其是在民族矛盾空前尖锐，八国联军入侵，清王朝摇摇欲坠的险恶岁月里，刘坤一以垂暮之年，凭借两江总督的特殊地位，与张之洞等人联手，保障东南，帮助清王朝度过了空前的政治危机。同时，又与张之洞会衔推出“江楚会奏变法三折”，为晚清最大也是最后一次政府主导的现代化运动——清末“新政”奠定了格局。

纵观刘坤一的一生，其功绩勋业大致可述如下数端：

一、与民休息，整饬吏治

刘坤一三十七岁出任江西巡抚，当时的江西已经历了十余年的战乱，民生凋敝，经济几近崩溃，人民流离失所，在这种形势下，刘坤一提出了与民休息、不求高远的施政方略。他说：

> 豫章十年兵燹，民物凋残，今幸四境解严，自应力图修养。①
>
> 为政之道，要在正本清源。欲挽末流，徒费心力。国朝良法美意，均有成规，因其旧而新之，循其名而实之，正不必求之高远，侈言更张。②

在大乱初平的特殊时期与民休息，恢复经济社会秩序，这种施政方针无疑是现实的，一方面符合广大民众久乱求安的要求，另一方面也是中国历代政治思想和政治措施的固有内容。

---

①刘坤一《致万藕舲尚书》，同治五年二月十一日。见《刘坤一遗集》（四），第1936页。

②刘坤一《致郭筠仙中丞》，同治四年八月初三日。见《刘坤一遗集》（四），第1612页。

刘坤一担任江西巡抚期间，注意减轻农民负担，坚决反对政府向农民追缴因战乱未能完纳的所谓“官垫民欠”租税，上折请求朝廷准予豁免。同时，大量裁撤辖境内的厘卡，减轻商民负担；拨款资助农民兴修水利，恢复生产。这一系列措施，促进了江西经济社会的恢复和发展。

要保证各项措施得以有效实施，建设一个廉洁高效的吏治机构是至关重要的。刘坤一说：“地方理乱之机，莫不关乎吏治。江西递经兵燹，民困未苏，民风渐薄，闾阎乐利，远不如前。务在守令得人，方足以资拊循，而期振顿。”① 刘坤一于抵任江西巡抚伊始，即“详加访察”，并专折参劾建昌府知府董敬宣、署饶州府知府吴秉衡、新淦县知县程乃文等一批官员，给了江西庸劣官员一个下马威。与此同时，刘坤一还严厉整顿差胥把持勒索的官场恶习，制定考察措施，长期坚持罢斥庸劣，奖励擢用才德之士，使辖境内的官场风气为之改观。

二、筹办洋务，呕心沥血

刘坤一对洋务的认识，经历了一个由浅至深，由保守到开放的过程。在他出任江西巡抚期间，虽然洋务运动已经在沿海省份进行得如火如荼，但由于刘坤一身处闭塞保守的环境，对洋务运动认识不足，他说：“洋务有何把握，能支持一件则支持一件，能支持一日则支持一日而已。”② 这时，他除了在战争中领略过洋枪

①刘坤一《甄别府州县劣员折》，同治四年十二月二十日。见《刘坤一遗集》（一），第39页。

②刘坤一《复沈品莲》，同治十二年十月十九日，见《刘坤一遗集》（四），第1750页。

洋炮而对之感兴趣外，对诸如开煤矿、修铁路、架电线等事务，则“期期以为不可”[①]

1875年，刘坤一被命署两江总督、南洋通商大臣，紧接着又实授两广总督，从闭塞的江西来到繁华开放的沿海，思想观念发生了变化，改变了对洋务的看法：“方今以吏治、洋务为最要。”[②]“内地久经肃清，西事亦将告竣，当今所亟宜绸缪者，惟在洋务。”[③] 刘坤一将这种认识贯彻到他的实际政务中，计划开办西学馆，筹办招商局，奖励实学人才，并出巨资购买黄埔船坞，该船坞就规模和设备而言，在当时居全国前列，对广东的近代工业发挥了有益的作用。

1890年，刘坤一重任两江总督，虽年逾花甲，思想则更加先进开放，意志亦更趋坚定。在民族危难的险恶环境下，连连上奏，要求变革，并继续推行洋务新政，改革军事工业，修铁路、开矿产、兴农业、促工商、办学堂。这时的刘坤一，思想上有了脱胎换骨的转变，行动也雷厉风行，坚决果敢。

以对修筑铁路的态度为例。刘坤一在光绪六年（1880）至光绪七年（1881）初任两江总督期间，对修筑铁路仍然顾虑重重[④]，但是，到了晚年重任江督后，完全改变了过去的态度，坚决主张修筑铁路乃富强之本，实为当今之急务。他向朝廷上奏：“窃维时至今日，谈国是者，莫不以富强为要图。顾非富无以致强，非强无以保富。而究之富强之本，求其收效速、取利宏，一举而数善

---

①刘坤一《复杨石泉》，光绪元年正月初十日。见《刘坤一遗集》（四），第1764页。

②刘坤一《复丁雨生》，光绪二年三月十八日，见《刘坤一遗集》（四），第1800页。

③刘坤一《捐赀生息储养洋务人才折》，光绪三年十月初一日，见《刘坤一遗集》（一），第430页。

④参见刘坤一《议覆筹造铁路利弊片》，见《刘坤一遗集》（二），第598-599页。

备，则莫急于铁路。”①

在修筑铁路的实际运作中，刘坤一认为中国修筑铁路有大利可图，西洋各国垂涎已久，所以中国要将铁路的主权控制在自己之手。但是，国家正值“库帑支绌之时，无从筹此巨款”，政府拿不出这笔巨款，因此，刘坤一建议设铁路公司，由铁路公司负责筹款。由于中国的富商较少，筹巨款不易，所以必须借用洋款。洋人知道中国铁路有厚利可图，肯定乐意借款。亦可采用“中外合股”的方式来建造铁路，“兼招中外股资”，这样，有“洋股在中”，华商不用担心洋商侵扰；而有“华股参集”，洋商也就无从把持。更进一步，刘坤一提议首先聘用洋人，引进外国人才，为我所用，但这只是权宜之计，从长远看，自己国家应该设立铁路、矿务学堂，培养专门人才，将来就可以独立自主，让洋人“渐退于无用之地”。②

刘坤一在修筑铁路上的设想涉及商业公司、股份制、引资引智、职业人才培养等内容，在当时既是非常先进的商业思想，也具有极强的现实操作性。

三、督师抗战，反对和议

1894 年，中日甲午战争爆发。在战火烧到中国本土，九连城、凤凰城、旅顺等相继陷落的危急局势下，刘坤一被朝廷任命为钦差大臣，关内外防剿各军均归节制。

①刘坤一《请设铁路公司借款开办折》，光绪二十一年六月二十日，见《刘坤一遗集》（二），第 882 页。

②以上内容见刘坤一《请设铁路公司借款开办折》，光绪二十一年六月二十日，《刘坤一遗集》（二），第 883-884 页。

刘坤一具有强烈的民族主义和爱国主义精神，对外国军队的入侵，他是坚决主战的。日本发动甲午战争的阴谋日益明显时，刘坤一就表现出了高度的警觉和坚决打击侵略者的决心。他在奏稿中说日本："屡次添兵增械，前往朝鲜，并有兵轮多艘驶出长崎各口，居心叵测，尤不可不严为之防。"① 当北洋舰队在牙山遭偷袭时，刘坤一义愤填膺，电令部下如遇日舰即予攻击："倭人敢在牙山海面击我接应之师，衅由彼开，神人共愤……昨接译署来电，倭已启衅，如有兵船驶近各口，即可击之。业经电饬各军一体遵照。"② 这一点与李鸿章是不同的。李鸿章明知日本的狼子野心，却不认真备战，而是一味寄希望于美、英、俄等列强的调停，结果贻误战机，处于被动局面。刘坤一对李鸿章提出了严厉的指责："此次中、倭之衅，合肥始终不能辞咎。"③ "李中堂初意不开兵端，过于持重，以致处处落后。"④

刘坤一在清廷各方面行动已经"处处落后"，而且军事上也已连连失败的形势下，被任命为钦差大臣，统率各路军马抗击日军，是很难在短期内立即扭转局势的。而更为关键的是，这时朝廷主和派已占上风，朝廷并无真正的抗战决心，甚至还暗中派人与日本商量议和条件。从实际的抗战组织上看，刘坤一上有督办军务处，一切征调布防作战均须该处同意；下属也不是当初他手下能征善战的将领，多是大权在握、拥兵一方的大员，并不完全听他

①刘坤一《筹备海防折》，光绪二十年六月二十七日，见《刘坤一遗集》（二），第800页。

②刘坤一《复奎乐峰》，光绪二十年六月二十九日，见《刘坤一遗集》（五），第2095页。

③刘坤一《复冯莘垞》，光绪二十年九月初八日，见《刘坤一遗集》（五），第2114页。

④刘坤一《致蔡和甫》，光绪二十年七月初四日，见《刘坤一遗集》（五），第2099页。

指挥。刘坤一实际上处于上下掣肘、事权不一的尴尬之境，钦差大臣也只不过是徒拥虚名，这就注定他这次督师抗战难有作为。

刘坤一于1894年12月28日被任命为钦差大臣，1895年4月17日，李鸿章即代表清政府在日本马关签订了丧权辱国的《马关条约》，刘坤一的抗敌军事行动在千难万险中进行了不到四个月，就被迫中止了。

当刘坤一得知和议条款，获知割地赔款的消息，反应异常激烈，认为这是“言之短气，闻者痛心”① 的事情。为劝阻清廷批准条约，刘坤一进行了最后的努力。他电告朝廷，说诸将一闻和约，义愤填膺，皆欲一决死战。同时，又专程赴唐山与署北洋大臣王文韶及诸将面商，取得一致意见后，再次电奏朝廷，再陈签约的危害，更为详细地汇报了未来的作战计划，并在作战计划中提出“持久战”的主张，非常有见地。他认为日本远道来犯，彼劳我逸，而且根据探报，当时日本的兵源和粮饷都出现了问题，“新卒多以老弱充数，饷亦不继。”我方只要坚忍苦战，严密守御，日本最终将会“力尽势穷”，因此，刘坤一认为：“‘持久’二字，实为现在制倭要著。”② 日本国小，当时的人力、财力、物力消耗巨大，难以为继，刘坤一“持久战”的方针是非常有道理的。可惜清廷已无斗志，没有采纳刘坤一的意见，而是在5月3日正式批准了条约。对此，刘坤一极为愤慨，说：“此次当轴主和，过存迁就，悉索敝赋，以济盗粮，已近于独坐穷山养虎自卫；又复无故而割赵国之十五城，捐商於之六百里，欲令赤县沦为异域，苍生

①刘坤一《复唐沅甫》，见《刘坤一遗集》（五），第2144页。

②刘坤一《寄督办军务处》，光绪二十一年四月初六日，见《刘坤一遗集》（三），第1395页。

变为左衽，凡有血气，孰不疾首痛心！”① 对朝廷这么激烈的指责，在刘坤一是前所未有的，可见他反对和议态度之坚决，用心之悲苦。

四、东南互保，公忠体国

1900 年，因慈禧太后和朝中亲贵的愚盲仇外而发生的义和团事件，导致八国联军的军事入侵。清军不堪一击，首都北京被攻破。以刘坤一、张之洞为首的东南督抚，拒绝执行清廷盲目宣战的愚蠢诏令，在极其险恶的形势下促成“东南互保”局面，使东南半壁江山避免了一场战火的浩劫，阻止了列强瓜分中国的图谋。

清朝在 1894 年甲午战争中被日本打败，被迫签订《马关条约》，再次引发欧洲列强的野心，纷纷对清政府提出无理要求，甚至派兵占领中国的部分领土，瓜分之势一触即发，亡国之祸瞬息可至，恰如梁启超所说：“敌无日不可以来，国无日不可以亡。数年以后，乡井不知谁氏之藩，眷属不知谁氏之奴，血肉不知谁氏之俎，魂魄不知谁氏之鬼。”② 紧接着的 1898 年戊戌变法又告失败，中国在政治、经济、宗教等方面继续备受列强压迫。民族国家久经凌辱，政府衰弱无能，普通民众亦深感切肤之痛，于是转化为一种过激的爱国排外心理，酿成了义和团事件。

当时西方传教士被准许在中国传教和设立教会，西方的神职人员不受清政府的管辖，一般的中国信徒也常受教会庇护，教会和信徒常常与地方民众发生冲突，部分不良教民甚至欺压民众，

---

①刘坤一《致唐薇卿》，光绪二十一年五月初六日，见《刘坤一遗集》（五），第 2150 页。

②梁启超《南学会叙》，见《梁启超全集》第 139 页，北京出版社 1999 年 7 月版。

地方政府却往往因为害怕与洋人作对而未能秉公处理，从而造成民众仇视教会、教民和洋人及抵制一切洋货的极端心理，催发了义和团事件的兴起。义和团是以落后的宗教迷信形式来反对列强侵略的群众运动，他们设立神坛，画符请神，宣扬“刀枪不入”，当时清廷愚昧的当权朝臣竟然也信以为真。义和团打出“扶清灭洋”的旗号，焚烧教堂，残杀教士、教民，甚至拆毁铁路、电线，烧洋楼、焚洋书，凡是与西洋有关的事物，一概仇视而予以捣毁。

事态发展到了这种程度，西方各国准备对中国用兵。而一班无知的亲贵大臣竟然认为有“刀枪不入”的义和团相助，正是洗雪国耻的良机了。于是，朝廷在慈禧太后的操控下，做出失去理性的盲目决定，于 1900 年 6 月 21 日（光绪二十六年五月二十五日）发布诏书，向凡与中国有交涉的各国宣战，下令围攻各国使馆，令各省督抚焚烧教堂，捕杀教士、教民。

实际上，当时清政府根本不具备与西方各国对抗的实力，更何况这种宣战的决定显得极其荒唐而无智慧，在道义上得不到支持。果然，八国联军长驱直入攻破了清朝首都北京，而且，西方列强又预谋趁机出兵抢占东南地区，国家形势危如累卵。

刘坤一等人对朝廷的盲目之举十分无奈，对列强的狼子野心也洞若观火，因此深感事态严重。于是，他做出了一个惊世骇俗的决定：联合张之洞等人，拒绝执行朝廷的宣战令，采取措施，尽力保护外国机构、教堂、洋商，并使用外交手段与各国达成协议，形成“东南互保”局面，规定上海租界归各国共同保护，而长江及苏杭内地均归各督抚保护，互不相扰，从而维护了东南地区的稳定，保存了东南半壁江山的元气，并进而挽救了全局。

对于东南互保的性质，有人认为刘坤一等人违背民族大义，与洋人勾结，是一种卖国行径。这实在是肤浅之论。如前文所述，从刘坤一在中日甲午战争中的表现来看，他是一个民族主义和爱国主义精神极强的人。他之所以在因义和团而引起的“庚子事变”中不顾朝廷诏命，冒着杀头、抄家的巨大风险而与列强议和，实在是因为强弱悬殊，回天乏术。而且，慈禧太后把持的朝廷，对外宣战有如儿戏，置民族国家的安危于不顾，如果刘坤一等人也高呼“宁为玉碎，不为瓦全”的口号而孤注一掷，国家势必遭到瓜分！他们秉着实事求是的精神，忍辱负重，稳定东南，徐图后计，挽救全局，是有相当的政治智慧和政治远见的。

后来，清廷也完全认识到这个问题，接到“东南互保”的奏报，即予以同意。刘坤一去世后，朝廷颁发“上谕”，对刘坤一在“东南互保”中做出的贡献进行了高度的评价，说刘坤一“保障东南，匡扶大局，厥功尤著”①。

刘坤一的著作，在他生前就请人着手编排，但没有完成。后来他的嗣子刘能纪又请人继续整理。目前所见有清宣统元年（1909）所刻的《刘忠诚公遗集》，此书共66卷，包括奏疏37卷、电奏2卷、书牍17卷、电信3卷、公牍2卷、文集4卷、诗集1卷，另有卷首和附录联语。

陈代湘

①《刘忠诚公遗集卷首·上谕》。

首　卷

首卷

上谕二道

光绪二十八年九月初六日奉上谕：朕钦奉慈禧端佑康颐昭豫庄诚寿恭钦献崇熙皇太后懿旨，两江总督刘坤一，秉性公忠，才猷宏远，由诸生起家军旅，屡建功勋，洊历封圻，克勤厥职，简授两江总督，兼充南洋大臣。十余年来，镇抚地方，军民爱戴；办理交涉，悉协机宜。前年近畿之乱，该督保障东南，匡扶大局，厥功尤著。老成硕望，实为国家柱石之臣。前因患病，叠次赏假，并颁给人参，借资调理。方冀早得就痊，长膺倚任，遽闻溘逝，震悼良深。刘坤一着加恩追封一等男爵，晋赠太傅，照总督例赐恤，赏银三千两治丧，由江宁藩库给发。赐祭一坛，派署江宁将军额勒春前往致祭。予谥忠诚，入祀京师贤良祠，并于江宁省城、湖南原籍及立功省分建立专祠。生平事迹，宣付国史馆。任内一切处分，悉予开复，应得恤典，该衙门察例具奏。灵柩回籍时，沿途地方官妥为照料。该督子孙几人，着张之洞迅速查明具奏，候旨施恩，用示笃念荩臣之至意。钦此。

光绪二十八年十一月初十日内阁奉上谕：张之洞奏，遵旨查明督臣子嗣一折，已故两江总督刘坤一之子，候选道刘能纪，加恩着以四品京堂候补；伊孙一品荫生刘思铨，着以郎中用；候选同知刘思锜，着以知府用；刘思锣、刘思钤，均着以主事用。以示笃念荩臣，有加无已之至意。钦此。

谕赐祭文

朕惟宣力封疆，臣子笃匪躬之谊；加恩耆硕，朝廷深念旧之情。矧于国家有大勋劳，则宜存殁备隆典礼，爰宣温绰，用荐嘉馨尔。赠太傅、追封一等男、原任两江总督刘坤一，才优干济，性秉忠贞，始以诸生起参戎幕。倦而投笔，激昂饶定远之风；寝则枕戈，慷慨怀越石之志。出奇始从桑梓，转战卒扫欃枪。爰在先朝，已崇显秩。陈臬而称标明允；开藩而烈懋旬宣。遂因最绩之书，聿荷抚军之重。朕纂承大统，擢任兼圻，宦辙所经，仁风斯扇。初逾岭峤，粤东西民困咸苏；再镇金陵，江左右颂声不辍。东邻挑衅，亚夫则细柳曾屯；南国言旋，召伯之甘棠重树。及强邻交哄，孽焰方缠，雪涕烽烟，时欲提师北向；运筹帷幄，卒能遏敌南侵。凡兹保境安民，具见深心大力，既而天方悔祸，日幸再中，正已坠之纲维，忧劳宵旰；翊重新之运会，恃赖魁耆。不图溘露凄然，骑箕遽告，遗章省览，陨涕涟洏。是用赠太傅之崇阶，锡男邦之显爵。祀贤良以永誉，考行实而易名。弥眷忠勤，载申祭奠。於戏，时方多难，鼓鼙深将帅之思；典重酬庸，秬鬯荐馨香之味。灵其不泯，尚克歆承。

谕赐入祀贤良祠祭文

朕惟兼圻宣力，树伟烈于旂常；懋典酬庸，肃明禋于俎豆。矧艰难之克济，宜褒恤之频加，言眷隆勋，用崇秩祀。尔赠太傅、追封一等男、原任两江总督刘坤一，才优干济，志励忠纯。投笔而事戎轩，文通武达；陈臬而临边圉，吏畏民怀。晢绾藩条，旋膺疆寄。畀之锁钥，岭南宣总制之勤；移尔节旄，江左竭拊循之力。极声名之所届，妇孺能知；最操纵之得宜，华洋错处。会以氛缠畿辅，衅起邻邦。爰总防军，迅临边徼。敌氛甚恶，步不越乎雷池；和议卒成，兵罢屯于细柳。乃元戎还返，几阅星霜；而国步艰虞，再惊烽火。欷歔北望，阻遏南侵，卒能消兵气之侵陵，免生灵之涂炭。邦家有庆，景运重光。正资一个之臣，以系四方之望，遽闻沦丧，良用衋伤。载省遗章，鉴垂危之忠悃；式稽彝典，宜予祀于贤良。爰诏词官，垂诸庙食。於戏，巨川其济，念耆臣舟楫之劳；元祀以功，食累叶馨香之报。灵其不泯，尚克歆承。

御制碑文

朕惟才不虚生，奋起际风云之会；国有与立，匡扶资柱石之臣。其有因时而树功名，历久益怀忠荩，存则深堪倚畀，殁宜备极荣哀。爰贲纶章，用光琬玉。尔赠太傅、追封一等男、原任两江总督刘坤一，才猷卓越，志虑忠纯，投笔从军，拔由黉序。挥刀杀贼，厉彼戎行，韬略素娴，声威遂盛。极尔日驰驱之瘁，荷先皇特达之知。甫靖寇氛，遂崇职任。明刑着绩，旋绾藩条，布政宣猷，即膺疆寄。逮藐躬之践阼，禀慈训以庸贤。言眷老成，真除总制。初逾五岭，锁钥原重莱公；再莅两江，妇孺咸知司马。通商任重，调合华夷，防海军严，运纾筹策。会以东邻构衅，俾从关外总师，遏敌骑之内侵，恃老罴之当道。乃和亲重结，匈奴不患汉边；而民望是从，寇恂仍返河内。益勤职事，不懈初终。尔其旌武略而勇号曾膺，奖成劳而宫衔累晋。翱翔紫禁，骑策五花，飘飏翠翎，光生叠彩。感疾则旋颁上药，慰留而即断来章。凡兹异数之频加，实称元功而不忝。膺兼圻之委寄，值事变之仓皇。消弭兵戎，开陈大信。朕轸怀外患，眷念旧人。缅怀多难之秋，楚材杰出；历数中兴之佐，鲁殿犹存。谓一老之慭遗，庶四方其底定。乃六飞旋驭，甫瞻皇路之平；何五丈悲秋，俄见大星之陨。遗章遽告，震悼何穷。是用追念前勋，爵跻五等；景怀懿德，秩晋三公。神京祀贤良之祠，庙食则东南且遍。史馆立大臣之传，勋名则久远长存。治丧令少府颁金，赐奠遣重臣执爵。锡之令谥，是曰忠诚。忠以尽瘁为言，鞠躬无惭葛相；诚以勿欺为本，随行弥懔蘧卿。考典易名，镌词崇实。於戏，芳猷垂后，视马鬣之崇封；遗爱在民，望羊碑而堕泪。爰旌伟伐，用劝劳臣。

国史本传

刘坤一，湖南新宁人。咸丰五年，粤逆窜扰湖南，坤一以廪生领团练，从官军克复茶陵、郴、桂、宜章等城，叙功以教谕遇缺即选。六年，从道员刘长佑军援江西，时临、袁、抚、建各郡皆为寇据。楚军既克萍乡，贼连营芦溪、宣风镇来拒。四月，刘长佑令坤一进战，皆破之。五月，逼袁州而军，城贼出战，为坤一所败。湖南巡抚骆秉章奏保以知县归部即选，并赏加同知衔。时袁州贼势尚盛，相持久不下，坤一密招降伪侍卫李能通，在贼中负重名，于是降者相继。守将何益发夜开西门以纳我师，坤一督楚勇先入据，遂复袁州。奉旨以直隶州知州即选，并赏戴花翎。

七年，从克临江府城，奉旨以知府选用，赏加道衔。八年，刘长佑以病归，骆秉章饬坤一暂领其众，偕道员萧启江渡赣而东，规抚州，克崇仁，败援贼于龙骨渡。启江在上顿渡为城贼所困，坤一率众往援，大破之。贼弃城遁，复抚州。建昌府亦同时克复。江西肃清，奉旨以道员归部即选。九年，逆首石达开党众数十万，由福建边犯湖南，坤一奉檄回援，连解永州、新宁之围，赏加盐运使衔。贼窜广西，坤一从刘长佑蹑之。二月，复柳州，赏加按察使衔。刘长佑擢抚广西，乃饬坤一统率全师，剿办柳州余匪，兼扼石逆入湘之路。十一年三月，柳州悉平，赏加布政使衔。进规浔州，七月，拔其城，命交军机处记名，遇有按察使缺出题奏，并赏给父母一品封典。逆首石达开将由粤、黔之交回窜川、楚，坤一扼之于融县，贼死争不得过。坤一乘其惰，渡港掩之，贼大溃，石逆遁入黔。九月，授广东按察使。

同治元年八月，擢广西布政使，敕赴浔州接办军事。逆首黄鼎凤自道光末据贵县，咸丰间累出攻，破郡县，戕守令，官军屡议剿抚，不能下，在广西群盗中最为狡悍。坤一节节扫荡，驻师登龙桥。当是时，黄鼎凤老巢在平天寨，四面皆山，壁立万仞，立重栅，以巨炮守之。其妇女、财物皆在覃塘墟，距平天十余里，为犄角，高墙深濠，以抗官军。坤一阳为欲抚黄鼎凤也者，撤军回贵县，建醮祀阵亡将士，各路将佐咸会祭，铙鼓声闻远近。乃部署诸将，潜师夜起，袭覃塘，据之，遂围平天。官军以其间拔龙岩，复横州，黄鼎凤势益蹙。三年四月，坤一遂擒黄鼎凤与其党，皆伏诛，浔州平。赏给硕勇巴图鲁名号，并下部优叙。四年正月，搜剿思恩、南宁各属土匪。三月，复永淳县城。五月，擢江西巡抚。旋因泄漏寄谕，部议革职留任。是时，发逆汪海洋败遁粤之连平州，复谋趋闽边，上犯江西。坤一饬按察使席宝田越境会剿，并令提督黄少春赴长宁扼其窜路。五年，席宝田率军入粤，累战皆捷。会闽浙总督左宗棠军殪汪海洋于嘉应州，余党歼焉。捷奏入，以坤一调度有方，赏给头品顶戴。旋击散崇安斋匪，清江西各属伏莽。六年，湖北捻匪由蕲水窜广济、黄梅间，蔓延数百里，恣意焚掠，距九江、瑞昌仅隔一江，难民纷纷东渡。坤一亟调水师出江堵击，贼退。因奏拨库帑赈难民，且资遣回籍。未几，湖南浏阳教匪旁扰万载，坤一饬兵团剿平之。九年八月，天津教案起，坤一遵旨密筹沿江防务。十一年正月，奉新县匪徒谋逆，阑入靖安县城，讨平之。十三年正月，江西绅士、都察院左都御史胡家玉，积欠漕粮，又屡贻坤一书干预地方事，坤一不以闻，为给事中边宝泉所劾，部议降三级调用，加恩改为革职留任，并降三品顶戴。寻奉恩旨开复，十二月，命署两江总督，兼署通商大臣。

光绪元年八月，擢两广总督。广东号富穰，库储实空，出入恒不相抵。议者请加盐厘及洋药税，坤一以粤盐困于私枭，骤议加厘，则官引愈滞，于是添雇轮船严缉私贩。又恐盐枭铤险，乃援康、雍间成案，官筹成本，收买余盐，发商领运，官民交便。广东洋药厘，省城与外埠轻重不同，坤一始令各口悉一律抽收，无加税之名，而岁增巨万。广东吏治久疲，坤一以整饬之道在于久任，饬藩司查令实缺人员，各还本任，不得轻调。有应调看更动者，悉遵部章，不逾十分之一。粤素多盗，赌风尤甚，坤一以赌为盗源，一切严禁，各州、县水陆缉捕，各营分定地段，以专责成，以故盗发辄获。

二年八月，兼管粤海关监督。五年正月，兼署广东巡抚。二月，请将已故藩司杨庆麟事迹宣付史馆立传，并请予谥。以所请不合，下部议，降二级留任。十一月，请开缺养亲，予假两月。调补两江总督，兼通商大臣。六年正月，大学士直隶总督李鸿章奏饬筹议海防，坤一请由粤省自造蚊子轮船，用守各口，可以操纵自如，从之。三月，俄人交还伊犁，借端要挟。命将防务悉心经理，以备不虞。坤一奏曰：“我朝定鼎以后，与俄从未交兵，俄为封豕长蛇久矣，志图荐食。力强为我劲敌，地广与我毗连，必须策出万全，不可轻于一试。陕甘有左宗棠及刘锦棠，直隶、山西有李鸿章、曾国荃，自足支拄。惟东三省系我朝龙兴之地，向为俄人垂涎，如有侵轶之虞，未审左宗棠、李鸿章等能否兼顾？及三省境内有无久经战阵之宿将劲旅，缓急可恃以自固？此则大局之亟宜绸缪者。夫兵之强弱，视将之勇怯，亦视将将者能否识拔真才。臣愚以为现在西北沿边将军、督抚，宜用亲历戎行、胆识并茂之员，以期折冲御侮。儒臣不谙武备，资望无济时艰，诚恐贻误于万一也。至西北既须戒严，则东南不可复生波折。日本于琉球之事，似须设法弥缝，毋使乘间蹈瑕，与俄合而谋我。前福建巡抚丁日昌，谓宜责日本，不能字小之义，以示大公而激众怒，而于灭我藩服不必苦争，俾易转圜，所言亦未始无见。日本终为我患，令人每饭不忘。第目前不可遽启衅端，以免受其牵制。英、法、德、美诸国，虽于东南各口棋布星罗，只求传教、通商，别无觊觎之意，即遇事不免刁狡，亦在地方官抚驭有方。臣与诸国交涉多年，颇能知其委曲，目前决不至有决裂，上贻宵旰之忧。况英、德等国，与俄猜忌日深，必不愿俄逞志于我，其应如何结为声援，以伺俄人之后，使之不敢并力东向。庙谟广运，自已神而明之。”四月，入觐，赐紫禁城内骑马。九年，法、越构衅，边事戒严。坤一奏言：“越南为中国外藩，本应保护。如法之于西班牙，英之于比利时，以其邻近，极力维持，况中国之于越南乎？越南前有李扬才之乱，法人尚无一矢相加，今忽以捕盗为词，狡焉思启，其如万国公法何。云南非通商口岸，难任觊觎，尤应据约与争。酌派兵船游弋越南洋面，以壮声威，并由广东、广西遴派明干文武大员，统带劲旅出关，驻扎谅山省等处，以助剿土匪为名，密与越南君臣共筹防法之策。前此粤兵常驻关外，似不致遽启衅端。并嘱越南以收降将刘永福之法，招太原、宣光等处黑旗贼众，以免为法人诱为前驱。云南亦即据险设奇，以资掎角。法人知我有备，则其谋自阻矣。云南所拟加重越货税饷，窃谓决不可行。法人如得入滇通商，自必循照沿海各口税则及子口单照办法，加重之税饷，只可行之于越人，未必能行之于法人，并恐越人因税饷加重，转思暗嗾法人入滇通商，得以依托假冒，如沿海各口奸商故智，不可不虑。越南前与法国立约受亏，诸事被其钤制。现在中国派兵暗为声援，越人倚以为重，当不至如前之畏法，一味听从。如果与法别立新约，中国纵不能禁，亦应嘱其慎重图维，或即指示机宜，免致一误再误。既有辅车之谊，自无越俎之嫌，将来越南即有邀求，操纵仍然在我。夫以越南积弱，法人视之蔑如，若不早为扶持，覆亡可以立待。滇、粤藩篱尽失，将有逼处之虞。此等情形，已荷圣明洞鉴，与其补救于后，曷若慎防于先。此又不可不明目张胆而为之左提右挈者也。”疏入，先后报闻。

十二年，丁继母忧。十六年，仍授两江总督，兼通商大臣。十七年，命帮办海军事务。十八年，修筑镇江都天庙、金山寺、焦、象两山炮台，竣工，坤一亲往勘视。二十年正月，孝钦显皇后六旬万寿，懿旨赏戴双眼花翎，七月，署江宁将军。

日本谋预朝鲜乱事，败盟内犯，提督叶志超等军溃于平壤，于是九连城、凤凰城、金州、旅顺悉陷。命坤一为钦差大臣，所有关内外防剿各军，均归节制。坤一疏辞，上谕：“刘坤一奏，吁恳收回成命一折。现值军务紧要，统帅需人，刘坤一从前带兵多年，威望素著，是以特授为钦差大臣。该督惟当仰体朝廷眷注之意，尽心办理，用副委任，毋事固辞。各营将弁如不遵调遣，不受约束者，即按照军法从事，以一事权。”二十一年，和议成，命回两江总督任。二十三年正月，京察下部议叙。

二十四年十一月奏请开缺，上谕：“刘坤一奏，沥陈下情，吁恳开缺一折。前因两江重地，刘坤一在任有年，平日办事认真。惟时局艰难，用人一端尤关紧要。谕令留心考查，不可偏信，并当振刷精神，力任艰巨，以副期望。此正国家礼遇旧臣，殷殷垂诫之意，该督自应感激知遇，益加奋勉，方不负大臣共济时艰、以身许国之谊。兹据覆奏，以两江政务殷繁，本非衰庸所能胜任，恳请开缺，是以退间为卸责之地，殊属非是。朝廷待下以诚，臣下不可有一字之欺，刘坤一所请开缺之处，着毋庸议，仍着懔遵前旨，将用人、行政各事加意讲求，悉心经理，以副疆寄而济时艰。”

二十五年二月，安徽涡阳土匪滋事，坤一饬三省会剿，平之。五月，奏于江宁省城设立练将学堂，遵旨改练洋操。六月，复以病疏请开缺。奉孝钦显皇后懿旨：“刘坤一奏，病体未痊，恳请开缺一折。刘坤一老成稳练，久任疆圻，办事具有条理，着赏假一个月，毋庸开缺，并赏人参四两，俾资调理。”

二十六年，德宗景皇帝三旬万寿，赏加太子少保衔。拳匪倡乱，东南震惊，坤一会同各督抚与各国领事定约，允为保护，并严禁谣传煽惑人心，赖以敉定。时德宗景皇帝奉孝钦显皇后驻跸西安，论者有迁都之议，坤一力陈其弊，吁请回銮，上纳之。

二十七年，上以欲求振作，当议更张，诏中外大臣各摅所见。坤一偕湖广总督张之洞，三疏奏请变法：“一，育才兴学之大端，宜参考古今，会通文武者四：曰设文武学堂，曰酌改文科，曰停罢武试，曰奖励游学；一，中法之必应整顿变通者十二：曰崇节俭，曰破常格，曰停纳捐，曰课官重禄，曰去书吏，曰考差役，曰恤刑狱，曰改选法，曰筹八旗生计，曰裁屯卫，曰裁绿营，曰简文法；一，西法之必应兼采并用者十一：曰广派游历，曰练外国操，曰广军实，曰修农政，曰劝工艺，曰定矿律、路律、商律、交涉刑律，曰用银圆，曰行印花税，曰推行邮政，曰官收洋药，曰多译东西各国书。以上诸条，所需经费不少，此次赔款极巨，筹措艰难，论者必以度支困绌为词，谓诸事方求节省，岂宜更增用费，遂不免顾惜迟疑。臣等之愚，窃以为不可。今若竭海内之力，百计搜括，但供每年赔款，以冀无事，则外国必将视我中国皆苟安无志之人。士无奋心，民无固志，各国之轻我侮我，更将得步进步，不待赔款还清，而中国已不能立国矣。窃谓节用之与自强，两义自当并行，不宜偏废。”疏上，命政务处核议施行。十月回銮，奉孝钦显皇后懿旨：“现在时局渐定，回京有期，刘坤一等共保东南疆土，尽心筹画，卓著勋劳，自应同膺懋赏。两江总督刘坤一，着赏加太子太保衔。”

二十八年九月卒。遗疏入，谕曰：“朕钦奉慈禧端佑康颐昭豫庄诚寿恭钦献崇熙皇太后懿旨，两江总督刘坤一，秉性公忠，才猷宏远，由诸生起家军旅，屡建功勋，洊历封圻，克勤厥职，嗣简授两江总督，兼充南洋大臣。十余年来，镇抚地方，军民爱戴，办理交涉，悉协机宜。前年近畿之乱，该督保障东南，匡扶大局，厥功尤著。老成硕望，实为国家柱石之臣。前因患病，叠次赏假，并颁给人参，借资调理。方冀早得就痊，长膺倚任，遽闻溘逝，震悼良深。刘坤一着加恩追封一等男爵，晋赠太傅，照总督例赐恤，赏银三千两治丧，由江宁藩库给发。赐祭一坛，派署江宁将军额勒春前往致祭。予谥忠诚，入祀京师贤良祠，并于江宁省城、湖南原籍及立功省分建立专祠。生平事迹，宣付史馆立传。任内一切处分，悉予开复，应得恤典，该衙门察例具奏。灵柩回籍时，沿途地方官妥为照料。该故督子孙几人，着张之洞迅速查明具奏，候旨施恩，用示笃念荩臣之至意。”

十一月，张之洞奏，坤一起家军旅，擢任封圻垂四十年，居官廉静宽厚，不求赫赫之名，而身际艰危，维持大局，毅然担当，从不稍事推委，忠爱之忱，老而弥笃。每论及时事，敬念圣恩，未尝不抚膺流涕。近年以来，臣与之共事，深知其忠定明决，能断大事，有古名臣风。”并将坤一子嗣奏闻，得旨：“刘坤一之子，候选道刘能纪，加恩着以四品京堂候补；伊孙一品荫生刘思铨，着以郎中用；候选同知刘思锜，着以知府用；刘思镠、刘思钤，均着以主事用。以示笃念荩臣，有加无已之至意。”寻赐祭葬。

工部谨奏，为请旨事：

窃臣部于光绪二十八年十月初二日，准礼部咨开本部具奏，原任两江总督刘坤一病故，请赐恤，并入祀贤良祠事宜一折，奉旨：“依议。”钦此。抄录原奏稿，咨工部给与葬银及碑价银两等因。臣部查，礼部原奏内称，原任两江总督刘坤一，照例给与碑价银三百五十两，全葬银五百两，二次致祭银五十两，除致祭银两由礼部办理外，其碑葬银两向由臣部分别核办。惟臣部前于咸丰三年，因军务未竣，奏请将王公大臣寻常病故者应得全葬碑价银两暂行停放，历经遵办在案。今原任南洋大臣、两江总督刘坤一，保障东南，功绩卓著，饰终之典，恩施优渥，自与寻常病故人员赐恤者不同。查原任大学士、北洋大臣、直隶总督李鸿章病故，经臣部将应给碑葬银两，前于本年三月十四日具奏请旨，奉旨：“着全数赏给。”钦此。今刘坤一病故，议恤与李鸿章事同一律。臣等公同商酌，可否将原任两江总督刘坤一应领碑价全葬等银八百五十两，全数赏给？如蒙恩准，即由臣部照例行文该故员原籍湖南抚臣转饬藩库给发，抑或仍照向章，暂行停放之处，恭候命下遵行。谨恭折具陈，伏乞皇太后、皇上圣鉴。谨奏请旨。

奉旨："着全数赏给。"钦此。

头品顶戴、护理两江总督臣李有棻跪奏，为驰报督臣因病出缺，代递遗折，仰祈圣鉴事：

窃照太子太保、头品顶戴、双眼花翎、两江总督臣刘坤一，于八月间因病泄泻，先后奏蒙恩旨赏假，并颁赏人参，俾资调理。旬日以来，泄泻虽止，而高年久病，气血交亏，困惫日甚。九月初五日辰刻，臣进署谒见，督臣自知病不能起，惟以国恩未报为憾，语不及私，口授遗折，遣伊子刘能纪交臣代递。旋即痰涌气塞，医药罔效，延至巳刻出缺。当经臣电奏在案。

伏查故督臣以书生从戎，转战湖南、江西、广西等省，卓著勋劳，洊膺疆寄，服官江粤，垂四十年。勤政爱民，公忠体国，久在圣明洞鉴之中。臣籍江西，为故督臣立功之地，嗣又任巡抚十年，战功、政绩入民最深。方其攻克袁州、临江、抚州、萍乡、万载等府县时，群盗如毛，饷源又异常枯竭，故督臣身先士卒，激励拊循，用能所向有功，攻无不克，阖省绅民至今感诵。庚子保护东南一役，不独数省赖以乂安，即邦交亦因以增固。其忠诚坚苦，扶危定倾，于大局极有关系。伏读光绪二十六年八月谕旨，与国同休戚，力图挽救等因，盖深鉴故督臣之心矣。

本年六月，臣抵宁任事，正值商约吃紧之时，故督臣忧愤焦劳，溢于辞色。惓惓忠爱，几于寝馈不安。思虑伤脾，积久愈甚，加以久泻，遂致大耗真元，竟尔溘逝。官绅士庶，涕泣同声。际此时艰，重臣遽陨，臣不能不为朝廷惜，兼为天下痛也。除督同僚属妥理后事，并将钦差大臣关防、总督关防、盐政印信敬谨封存，一面驰禀抚臣，专折奏报，请旨迅赐简放外，所有督臣因病出缺，代递遗折缘由，谨由驿五百里驰陈。伏乞皇太后、皇上圣鉴。

再，故督臣之子，二品衔候选道刘能纪；孙四人：思铨，一品荫生；思锜，候选同知；思镠、思钤，幼读，均随侍在署，合并陈明。谨奏。

奉朱批："已有旨矣。"钦此。

太子少保、署理两江总督、湖广总督臣张之洞跪奏，为遵旨查明故督臣子嗣，恭折具陈，仰祈圣鉴事：

窃照前督臣刘坤一，因病出缺，仰蒙慈恩赐恤，饰终之典，备极优渥，并饬臣查明该故督臣子孙，迅速具奏等因。仰见朝廷笃念勋耆，有加无已之至意，凡在臣工，莫不同声钦感。臣查该故督臣刘坤一，起家军旅，蒙穆宗毅皇帝特达之知，擢任封圻，历膺重寄，先后垂四十年。居官廉静宽厚，不求赫赫之名，而身际艰危，维持大局，毅然担当，从不稍事推诿。忠爱之忱，老而弥笃。每论及时事，敬念圣恩，未尝不抚膺流涕。近年以来，臣与之共事，深知其忠定明决，能断大事，有古名臣风范。老成遽谢，悼惜实深。该故督臣治家最严，伊子刘能纪，系花翎二品衔候选道，随侍在署，读书励品，恂恂儒生，绝无纨袴之习。孙四人：思铨，一品荫生；思锜，候选同知；思镠、思钤，均幼。应如何加恩之处，出自逾格鸿慈。所有查明故督臣子嗣缘由，谨缮折具陈，伏祈皇太后、皇上圣鉴训示。谨奏。

奉朱批："另有旨。"钦此。

太子少保、署理两江总督、湖广总督臣张之洞跪奏，为遵旨查明故督臣生平战功政绩，请宣付史馆立传，以彰荩绩，恭折仰祈圣鉴事：

窃照前督臣刘坤一，因病出缺，钦奉懿旨赐恤，并将生平事迹宣付史馆等因，钦此。仰见朝廷表彰忠荩，恩礼有加，莫名钦感。

遵查，该故督臣刘坤一，以诸生起家军旅。当道光、咸丰之间，湘粤之交，群盗如毛。新宁土匪李沅发，纠党陷城戕官，该故督臣与前云贵督臣刘长佑，赴宝庆府请兵，收复县城。前安徽抚臣江忠源，深奇其才，尝欲招致军中，以该故督臣事父至孝，亲老不忍远离而止。

咸丰五年，丁父忧，闻粤逆逼近县治，携家远避。适刘长佑率勇由东安县回援新宁，函招入营，驰约各团，刻期同进，败贼于杨溪村。是为该故督臣立功之始。六年，经前湖南抚臣骆秉章檄饬回籍募勇五百人，随同刘长佑驰援江西。甫抵萍乡县，即以生力军攻克芦溪司要隘，进规袁州府。探知伪侍卫李能通在贼中最久，能得众心，该故督臣募购内线，招令出降，推诚待之，与李能通盛服并骑，绕城大呼，其党降者昼夜不绝。伪检点张逆等宵遁，官军驰入，据之。论者谓援江之役，以袁州为最要门户，袁州既下，则毗连之临江、吉安、瑞州各郡皆震。该故督臣出奇制敌，迅复坚城，厥功甚伟。

七年，率楚军前锋由分宜、新喻直趋临江，抵太平墟。贼势方炽，遂至罗坊，与湘军及江南水师合围临江府城。伪翼王石达开率悍党数十万来援，该故督臣与刘长佑定计，趁贼未集，三路进击，贼众惊溃，渡河溺死者无算，城中之贼大乱，溃围远遁，遂克府城。八年，前湖南抚臣骆秉章，以刘长佑请假回湘，檄令该故督臣代统各军，进攻抚州。军次秋溪，贼于上游龙骨渡夹河为营，该故督臣虑贼坚守，抚州之贼出而夹击，我军腹背受敌，遂简锐卒三千，乘夜疾进，出贼不意，大获胜仗，踏平各垒。又以湘营被围于上顿渡，复调二千人往援，与湘营合力奋击，贼势不支，遁往福建。收复抚州，乘胜攻克建昌，江西全境肃清。

九年，伪翼王石达开率大股号百万出江粤之间，犯湖南。该故督臣在籍招募新楚义安勇二千，屯衡州之龙海塘，遏贼东路，至永州，遇贼前队，击之，大捷，移驻祁阳。赴援宝庆，力解城围。随同刘长佑追贼至广西桂林，克复柳州府城。十年，经刘长佑奏调至粤，委赴东泉接统各军。维时东南各省军事方亟，粤西僻处边隅，饷项异常支绌，该故督臣威惠兼施，军容顿壮，各路贼匪相继乞抚，并收斩屡降屡叛者数人。上游一带次第平定。十一年，进攻浔州，艇匪冒死上窜，并以陆匪数千辅之，势极猖獗。我军船炮皆小，该故督臣亲赴江干督战，奋勇直前，群贼夺气，毙匪甚多，首逆就获。溯流而上，克复浔州府城。布置略定，遽闻石达开将由粤、黔交界以窜川、楚，急率所部驰回柳州，扼要邀截。行近融县，贼队已至，石逆以我军守险，拼命来争，该故督臣亲率劲骑横击之，血战竟日，贼乃溃退，斩伪官十余人，搜出伪印甚多。积功以按察使记名，并蒙恩给硕勇巴图鲁名号，旋授广东按察使。

同治元年，升广西布政使。奉旨饬令迅赴浔州办理军务，与伪平浔王黄鼎凤迭次鏖战，获胜，黄逆退归平天寨。该故督臣分兵收复横州，诸境悉平，复用奇计攻取覃塘坚垒，黄逆穷蹙出降，磔之，贼党一并伏诛。广西藏垢匿瑕之地，穷凶极恶之徒至此荡涤殆尽。黄鼎凤凭险负固二十余年，前两广督臣劳崇光在粤最久，深以为忧。该故督臣竭两年之力，稳扎稳进，攻克坚巢，巨憝授首，广西士民至今感颂。此皆故督臣历著之战功也。

该故督臣起自寒儒，于地方利弊夙所究心，初为广东臬司，到任未久，即赴广西接办军务。迨同治四年，补授江西巡抚，乃得专心吏治，首劾贪劣守令十余员。每接见僚属，必举作秀才时所见州县衙门积弊，恳切诰诫。刊发佐治各书，令其置诸座右，朝夕省览。裁汰各项陋规，筹给瘠缺津贴以养其廉，吏事蒸蒸日上。前大学士臣曾国藩称：其居心公正，办事精明，见之奏牍。又以江西军兴后饷项报销四千余万，各州县交代积压九百余起，辗转轇轕，流弊滋多，该故督臣设局彻底清查，严劾亏空之员。并议裁各处门厘，酌减坐贾厘金，民困以苏。余如修圩堤，兴水利，办积谷，设粥厂，添筑贡院号舍，百废具举。复以江省征收丁漕，向有画一章程，言者欲改定银数，如有不敷，另准加收。该故督臣虑有包庇侵渔之弊，详切陈奏，力持前议，得旨允行。该省至今循守。江西本该故督臣立功之地，在任十年，休养民生，澄清吏道，一时翕然称颂。迨同治十三年，调署两江，士民不忍其去，多有依恋感泣者。

光绪元年，补授两广总督。粤省官场积习过深，营务亦多废弛，该故督臣到任后，严加甄别，参劾文武七十余员。并以厘务为丛弊之薮，该故督臣严参数员，官方肃然。嗣兼署粤海关监督，卸篆后余银二十余万两，奏明以十五万两解交藩库，优诏嘉奖，准其议叙。复两次奏请饬部注销议叙之案，余银悉以助赈、修堤及各项善举之用，未尝一钱入己。

五年，调任两江。是年秋间，琉球因日本侵并，遣使求救。议者请三面出舟师东征，该故督臣以为未可轻举。疏陈利害，援据古今，其议遂止。七年，开缺回籍。十六年，复起为两江总督。十七年春间到任。芜湖等处匪众焚烧教堂，沿江骚动，一夕数惊，各国议调兵舰入江，势甚岌岌。该故督臣相机因应调拨兵队，分往保护，缉获首要各犯，立置重典。旬日之间，民情大定，教案亦得从容议结。复以各处伏莽未靖，会匪甚多，必须捕治党魁，方能设法解散。适镇江查获美生私运军火，并在安庆拿获匪首李显谋，审明惩办，匪谋始戢。十数年来，筹办江防，沿江炮台，后膛者多系杂式旧炮，间有较新大炮，则仍系前膛，不能适用。该故督臣饬上海制造局仿造英国大钢炮及快炮多尊，创造吴淞口附近狮子林炮台一处，皆设新造大炮。其余江阴等处各炮台，亦量为添设。沿江炮台有新造后膛大炮，自该故督臣任内始。

二十年，中东事起，奉命赴山海关督师。款议定后，仍回两江本任。二十四年冬，涡阳土匪滋事，聚集二万余人，县城被围。该处为捻匪老巢，一经分窜，将有燎原之祸。该故督臣电商安徽、河南抚臣，三路进兵，协力兜剿，一鼓荡平。奉旨优叙。二十六年，近畿拳匪之变，该故督臣维持东南大局，苦心孤诣，坚定不摇，业蒙天语褒美，无俟臣之赘陈。是年七月，富有票匪在长江裕溪口张贴逆首康有为伪示，煽惑愚民，勾结会匪，抢去炮船军装药弹，窜扰大通，毁劫盐局，远近震动。该故督臣迅派开济兵轮载衡字营勇驶往，会合安徽防营剿办弹压，该匪逆谋因之不得遽逞，人心大安。厥后力争东三省条约，会商各国商约，皆能统筹国家利害，极力坚持，有裨大局，此该故督臣之政绩也。

臣查该故督臣刘坤一，天性忠挚，气量宽宏，历官封圻几四十年，吏事最为老练，见事最为敏速。平日接下以和，抚民以惠，不为棱角峭厉之行。而每遇有危疑，明决应机，不为众论所淆惑，古人所称能断大事，洵无愧色。其办理外交，开诚布公，和平而又坚定。十年以来，上海地方屡有横生枝节，皆以镇静坚持处之，绝不为所摇动。久之，卒就帖服。近年力保长江之约，各国尤所称佩。身殁之日，各国领事兵官先后来宁吊奠送殡，并下旗志悼，江南士民于此举尤为感颂不忘。诚如圣谕："可谓国家柱石之臣矣。"该故督臣历任两江最久，近年疆事日棘，臣在湖广总督本任内，江、楚接境，联属合办之事甚多，故于其经画大端，知之尤详。该故督臣处事既有定见，听言又能虚心，臣每遇有要事与之商榷，从善如流，不存成见，尤为人所难及。谨将其生平居官事迹，遵旨胪陈，仰请宣付史馆立传，以彰荩绩，出自鸿施。

所有遵旨查明故督臣生平、战功、政绩缘由，理合恭折具陈，伏乞皇太后、皇上圣鉴。谨奏。

奉朱批：“着照所请该衙门知道。”钦此。

诰授光禄大夫、赠太傅、一等男、兵部尚书、南洋大臣、两江总督刘忠诚公神道碑

光绪二十八年九月五日，两江总督、南洋大臣新宁刘公薨于位，两宫震悼，赠太傅，追封一等男，予谥忠诚，宣付国史馆立传，赐祭葬，入祀贤良祠并京师他立功行省建专祠。进子孙官秩，各有差。饰终之典，迈绝等伦，天下以为宜。盖公在江南，斡旋大计，与国为体，功泽所被，有不能忘。往者乱民既发难，畿辅二三亲贵朋劫皇太后骤与八海国构衅，因诏各行省悉备战，势岌岌。公忧境土糜烂，国遂覆，痛哭而定东南互保之策，守盟约如故，江海晏然。德宗景皇帝之初变法也，与皇太后忤，图废立，已阴有代之者，中外噤不敢出声，公独传电匡其失，得稍稍顾忌。明岁入对，益反覆讽谏，语绝痛，终以公耆德重臣可信，寝不行。呜呼！二者即有其一焉，动系安危存亡，重且巨，微公，几不可收拾。以是，海内外想望风采，推其孤忠大节，而叹为无愧古之社稷臣者也。

公讳坤一，字岘庄。起诸生，提乡兵与刘武慎公转战湖南、江西、广西，设谋奋武，克城破敌，赫然跻名将。累功至广西按察使，擢广东布政使，仍留治军浔州。未幾，命继沈文肃公为江

西巡抚。江西久被兵，一切废罢，文肃治尚综核，纲纪粗立。公至一御以宽大，独惩贪墨不少贷。久之，煦濡休养，元气益复，吏民便安之，讴思至今。

同治十三年，调署两江总督。光绪初元，改授两广，施治如江西，而稍厉威严，立劾文武吏七十余人，戒禁赌盗亦有效。兼粤海关监督，数月所余银二十万两有奇，悉输公家，毫发无所私。五年，移督两江。其秋，日本并琉球，廷议三道出师援之，公疏陈利害，谓不宜轻举，报可。明年，用言官掎摭罢归。偃仰林泉，翛然自逸，尝笑谓今幸与为秀才时同，但恨失岷樵，不及复授徒其家耳。公盖江忠烈之宾友也。后曾忠襄公薨于江南，难代者，朝野皆延颈属公，于是果诏起公于家，海内相庆。当此时，外侮内患，今昔颇异势，而江南屯防，率湘楚旧部。公首重兵事，参西法训练。筑吴淞、江阴、江宁诸炮垒，于制造局增设炼钢厂，易其械器旧式之不合者。

中东之役兴，我师屡北，乃授公钦差大臣，出驻山海关，督师会战。和议成，不许固辞，命还任。国势愈弱，祸衅愈歧出，公以垂老控其间，屡平土寇。复历戊戌、庚子之变，处危疑拄艰巨，密图长算，奋斗寤寐，精力由是寖衰耗，往往积忧劳卧疾。然华夷卒倚以为重。

公性孝友，幼侍大父疾，辄自掐其肤，冀以移痛苦。接昆弟家人，恩谊周浃，持躬俭素比寒儒。久领封圻，凡抚江西十年，督两广五年，督两江则前后十有六年。故江南人士，虽并前总督沈、左二曾，歌颂弗衰，尤若引公为己私为治根。廉静豁达持大体，外和易而中坚定，所负荷万撼莫能夺。朝廷大政，每倚谘决，海酋至者，仰若天人。耻表襮，不务赫赫之名，而通识老谋，涵纳万类。平其嚣竞，弭患于无形，策功于久远。自公薨，其乡列中兴勋旧名臣智深勇沈，忠笃朴勤之风少替矣。人亡国殄，岂不信哉！

曾祖讳武敏，祖讳荄，父讳孔濬，皆诸生，皆赠光禄大夫。曾祖妣氏邓，祖妣氏陈，妣氏傅、氏蒋皆赠一品夫人。配雷夫人，当公援江西，讹传殁于阵，自刎以殉，公终其身最哀之，得旌如例。继配曾夫人，无子，以弟培一之子嗣，曰能纪，四品京堂委散秩大臣兼袭一等男。孙七人，曾孙八人。

公享年七十有三，于光绪二十九年二月葬县南新寨村斗笠冲新山之原。后十余岁庚申某月，公子能纪督文刊碑，凡战绩治行暨历阶序荷宠锡，为国史志状所已具，颇不著，著其荦荦数大事，俾百世之下诵述殊烈，有余慕焉。其辞曰："间挺二杰，忠烈武慎。公蹑与侔，风猷弥振。始挈一旅，邻疆推刃。功拥驱除，英威霆震。手定赣墟，节麾来镇。葺其破残，重睦婚亲。遨于帡幪，讴归道胜。徙治岭海，文武弛张。洁佩明条，奸贪败藏。迤逦江南，建牙四至。孰壮巨防，拊我憔悴。祸挑瀛岛，公则障之。衅迫宫闱，公则弭之。耿耿荩画，提殉孤危。卒所宏济，遗万世规。事去运移，公暝已久。国立天地，允系黄耇。旧烈显诗，光接维斗。"（义宁陈三立撰）

太傅一等男两江总督南洋大臣谥忠诚刘公墓志铭并序

德宗二十六年，义和团哄于京师，孝钦荧之，毁教堂，攻使馆，致召八国之师。复下各督抚，如所诏行，东南七省独秘不奉诏，与各国盟如初约。方是时，朝旨若震霆，异己者复环而相挠，而半壁晏然，屹不为动，李文忠卒借为媾和地，清社之后屋者，且一终星，则两江总督、南洋大臣、新宁刘公为之也。公以一诸生，于咸丰六年提乡兵从刘武慎援江西，赭寇壁，袁州势张甚，相持久不下，伪侍卫李能通，为城寇所服，公密降之，与能通戎服周麾而呼，从者如蚁，城遂下。由是钹临江，剜抚州，掀崇仁，撇建昌，江西始无寇。

九年，石达开复犯湘，公帅援师解永州、新宁之围。达开走广西，复从武慎蹑之。十一年，蹙寇于柳州，规浔撼融，皆下之。自校官六迁至广东按察使，并戴孔雀翎，进正一品封。同治元年，迁广东布政使，治军于浔。未上官也，剧寇黄鼎凤躏浔桂间者二十余岁，剿抚并穷。鼎凤窟贵县之平天寨，寨介丛山中，壁立万仞，恃险以守，而寄其帑与辎重于覃塘墟，去平天十余里，为掎角。公以抚缓鼎凤，而潜师袭覃塘，克之，复檄所部，拔横、龙岩，鼎凤势益蹙。三年四月，禽鼎凤及群寇，浔州平。四年，徇思恩、南宁、永淳诸寇，所至有功。五月，擢江西巡抚。江西甫去寇，扫地赤立，公抚创夷，举废队，蠹绅墨吏驭之尤严，民得苏息。

光绪元年，迁两广总督。广东号富穰，而实虚枵，盐洋药尤为弊丛。公收余盐齐税，则二弊以除，而岁入溢其初。又以赌为盗源，峻法绳之。终公之任，赌禁不少弛，而盗风亦戢。二年，兼督粤海关，数月盈二十余万金，归之有司，不一毫发自污也。五年，调两江总督，兼南洋大臣，兴利革弊，翼弱锄强。公之抚民也如子弟，民之感公也如父兄。其靖内难也，一弭安庆李显谋之乱，再弭涡阳牛士修之乱。于制造局则增炼钢厂，于吴淞、江阴、江宁则增炮台，皆不制于人，而为不虞之备。其应外交也，不激不随，一以持国体、顺民志为务。俄之还伊犁也，则请筹边备；日之并琉球也，则请慎兵端；法之入越南也，则请收降将、固外藩。

甲午中东之役，公总关内外各军，战未决而款已成，尤公所引为深痛也。戊戌八月之变，公密电云："国家不幸，婴此大变，经权之说须慎，中外之口宜防。现在谣诼纷腾，人情危惧，强邻环伺，难免借启兵端，伏愿我皇太后、我皇上慈孝相孚，尊亲共戴，扶持宗社，维系民心，则时局之幸矣。"奏入，孝钦虽甚不慊，然卒无以易公说也。明年北觐，复面奏云："天家母子与民间母子不同。民间母子聚处一堂，其情易亲；天家母子深宫邃远，难保无隔阂之处。伏望皇太后听言必察，毋遽信从，则小人无所施其伎俩，两宫慈孝相孚矣。"孝钦为之动容。退见荣文忠，密以大阿哥嗣立诏草示公，公亟止之曰："今上临御二十六年，并无失德，岂可遽行废立。且虑外人诘责，此后嗣立大事，将启各国干预之渐，万不可行。"文忠曰："奈慈意已定何?"公曰："公受慈眷最深，天下莫不知之，旋乾转坤在公一人耳。"文忠密奏孝钦，其议始寝。廷臣咸叹服之，以为有古大臣风烈云。

义和团之炽也，公电陈激切，几千言，有云："从古无以邪教立国者，信用此辈，必召巨祸，将来各国悍队直入，都城宗社震惊，乘舆播越，有臣下所不忍言者。"稿初定，或谓此奏关系甚大，国之安危系之，公之祸福亦系之。公沉思俄顷，以手加项曰："好头颅会赴菜市口耳。"立命译发。厥后受祸之酷，一如所奏，而惜乎其言之初不用也。盖公沉毅廉靖，不事赫赫名，而定大难、决大疑，为人所不敢为，言人所不敢言，则应机立断，如霆摧的破，百贲育不能夺。匪独谐臣媚子去之远甚，即并树节钺，翘然负一世之望，而希旨以固宠，乘时以徼利，卒之毒逋海内，而国命随之，其知愚贤不肖，视公为何如也。

中兴以来，抚赣者称沈文肃，督两江者称曾文正、忠襄兄弟及文肃。公在赣十年，在江南先后十六年，吏畏民怀，百度咸理，与二曾若文肃，如骖之靳，莫能或之先也。且二曾若文肃，受事于大乱敉平之初，则为之也易；公更事于诸变迭乘之后，则为之也难。公薨之日，谥曰忠诚，盖孝钦之知公者深矣。

公讳坤一，字岘庄，县学生。曾祖武敏，祖荧，父孔濬。质直好义，事母陈起敬起孝，为乡里所称。曾祖妣氏邓，祖妣氏陈，妣氏傅、氏蒋。三世并诸生，以公贵，赠荣禄大夫，妣皆一品夫人。娶雷氏，赠一品夫人，以江西援军败于罗坊，或传公殁于阵，雷闻之，遂抽剑自裁。湖南巡抚刘琨上其事，旌如律。继娶曾氏，封一品夫人，无子，以弟培一子能纪嗣，四品京堂委散秩大臣兼袭一等男。孙七：思铨、思锜、思镠、思钤、思铮、思锃、思锶；曾孙二：永嶒、永嵾。

公生道光十年十二月二十二日，光绪二十八年九月初五日薨于位，年七十有三。赠太傅，兼一等男，以二十九年二月二十九日葬县南新寨村斗笠冲新山之原。葬渴铭志阙。其后十年，能纪始以状来乞煦补之。往在江南书局，数奉公教，洎守凤阳，又属吏也。荷公知久且深，于谊宜铭。铭曰：“穆宗中兴，湘才最优。曰胡曾左，桓桓壮犹。辅之翼之，新宁二刘。公弥魁垒，振奇拔尤。手提一旅，电扫貔貅。规复江右，桂管之陬。天戈所指，群丑争投。既建高牙，不竞不絿。泽我诗书，服我田畴。水火茵席，加之噢咻。广南浩穰，朝琛夕璆。秉节兹土，唯利是牟。公独精白，渺兹一沤。坐镇江表，岁星以周。燠兮若春，凛兮若秋。民食其福，巷舞衢讴。国本将拔，危如赘旒。威凤一鸣，息百鸟啾。卒回天听，伊周匹休。拳风所煽，蔓并暨幽。诏下宙合，起与外仇。东南一柱，力断众流。海城中梗，几败我谋。风之勤王，化刚为柔。合肥次且，惧离杜邮。公阴相之，如借前筹。干戈载戢，敦槃载修。大星陨精，騕褭脱辀。九天震悼，四裔殷忧。峨峨笠山，有崇者丘。丰碑大隧，祁连是侔。过者下马，崇拜松楸。神呵鬼护，振古无俦。”赐进士及第、诰授光禄大夫、前安徽巡抚兼提督粮饷金坛冯煦顿首拜撰。

奏　疏

奏疏卷一

谢授广东按察使恩折

咸丰十一年十一月初一日

奏为恭谢天恩，仰祈圣鉴事：

窃臣于咸丰十一年十月二十五日，接奉广西巡抚臣刘长佑行知，准吏部咨开："咸丰十一年九月十八日，内阁奉上谕：'广东按察使着刘坤一补授。'"钦此。臣当即恭设香案，望阙叩头谢恩讫。

窃臣湘楚庸材，毫无知识。自咸丰五年，随同现任广西巡抚臣刘长佑，效力军营，办理湖南、江西剿捕事宜，叠荷圣恩优渥，俯录微劳，由教职洊升道员，并赏戴花翎；咸丰九年，复随刘长佑带领援师来粤，十年，接统楚军，剿办各属股匪，屡蒙恩奖，赏加按察使、布政使衔；本年七月，克复浔州，奉旨记名按察使，凡此鸿恩之逾格，实非梦想所敢期。兹又仰沐新纶，补授广东按察使。有命自天，悚惶无地。

伏查粤东僻处海滨，地方辽阔，臬司为刑名总汇，戢匪安良，皆关紧要，如臣梼昧，惧弗克胜。所赖天威震叠，粤西军务渐纾，石逆达开，穷窜出境，已派补用总兵郑金华分兵追剿。其留粤营勇，概交即选道易元泰接办。臣谨将经手事件，逐一清理，吁恳皇上天恩，俯准微臣趋叩阙廷，瞻觐天颜，跪聆圣训，随事得所秉承，则感沐高厚生成之德益无涯涘。

所有微臣感悚下忱，谨缮折具奏，伏祈皇上圣鉴训示。谨奏。

报抵粤东任事日期折

同治元年四月二十八日

奏为恭报微臣抵粤任事日期，叩谢天恩，仰祈圣鉴事：

窃臣于咸丰十一年十月二十五日，在广西军营接奉上谕，补授广东按察使，当经专差赍折谢恩，吁恳陛见。嗣因追剿粤匪，驰赴湖南，未克迎折北上。旋于同治元年三月初七日，赍折差回，奉旨："知道了。着毋庸前来。"钦此。遵即束装启行，由湖南折回广西，前赴新任。兹于四月二十四日行抵广东省城，准署臬司、广东督粮道蒋志章，将印信、文卷、书籍等项，委员赍送前来，臣当即恭设香案，望阙叩头谢恩，祇领任事。

伏念臬司为刑名总汇之区，粤东尤案牍纷繁之地，诘奸除暴，责任匪轻。现值高州匪势披猖，北江搜捕未蒇，一切办理机宜，在在均关紧要。臣初登仕版，自愧轮材，惟当随事随时①禀商督抚臣，殚竭血诚，恪勤奉职，以期仰答高厚鸿慈于万一。

所有微臣抵粤任事日期，谨缮折具奏，叩谢天恩，伏乞皇上圣鉴。谨奏。

谢授广西布政使恩折

同治元年九月二十六日

奏为恭谢天恩，仰祈圣鉴事：

---

①中华书局版《刘坤一遗集》无"随时"二字。

窃臣于九月二十三日，奉两广督臣劳崇光行知，九月二十二日，承准议政王军机大臣字寄：“同治元年闰八月二十五日，内阁奉上谕：‘广西布政使，着刘坤一补授；所遗广东按察使，着吴昌寿署理。’”钦此。又是月二十六日奉上谕：“刘坤一昨已简放广西藩司，该员前在广西带兵剿贼，于地方情形自能谙悉，即着催令赴任，不准延缓，有误防剿。”等因，钦此。臣当即恭设香案，望阙叩头，恭谢天恩。

伏念臣湘楚庸材，素鲜知识。先在湖南、江西、广西效力军营，叠荷圣恩优渥，俯录微劳，由教职洊升道员，赏戴花翎。上年九月，蒙恩补广东按察使，本年四月到任。莅事以来，兢兢奉职，报称毫无。兹复渥荷温纶，升授广西布政使，叨鸿慈之叠被，非梦想所敢期。查广西系边徼要区，藩司乃旬宣重寄，理财察吏，任重事繁。矧军兴十余年来，地方凋敝异常，措施整饬，尤非易易。如臣梼昧，深惧弗克胜任。本应恭折吁恳圣慈，准臣来京陛见，俾得瞻觐天颜，叩求训诲。惟现在广西军务吃紧，奉督臣劳崇光遵旨催赴新任，随于九月二十四日，将广东臬司印务移交吴昌寿署理，赶紧束装起程，前赴广西。俟抵任后，随同新任抚臣张凯嵩，殚竭血诚，遇事实心经理。至一切防剿事宜，尤当随时相机妥慎筹办，不敢稍疏，期仰副高厚生成于万一。

所有微臣感悚下忱，并赶紧交卸起程缘由，缮折具奏，叩谢天恩，伏乞皇上圣鉴。谨奏。

报抵粤西接篆日期折

同治元年十一月二十七日

奏为恭报微臣抵任接篆及出省带兵各日期，仰祈圣鉴事：

窃臣于同治元年九月二十三日，在广东臬司任内，接奉原任两广督臣劳崇光行知，钦奉上谕，补授广西布政使。当于二十四日交卸臬司印务，专差赍折谢恩。嗣于十月初八日，由广东起程前赴新任，途次奉新授两广督臣刘长佑檄饬先往浔州，随即由浔晋省。于十一月二十五日行抵桂林，谒见新授广西抚臣张凯嵩，禀商一切事宜。二十七日，准署藩司苏凤文委员赍送敕印前来，臣当即恭设香案，望阙叩头谢恩，祗领任事。

伏念广西系边徼要区，藩司乃旬宣重寄，理财察吏，任重事繁。又值浔州贼势披猖，需人接办，臣禀请抚臣张凯嵩，仍委按察使苏凤文署理藩司，臣得一面料理，定于十二月初八日启行，驰赴浔州，督同各营，力图剿办，仰慰圣廑。

所有微臣抵任及赶紧赴营各日期，谨缮折叩谢天恩，伏乞皇上圣鉴。谨奏。

具报军情请催协饷片

再，查广西土匪，惟荔浦张高友、贵县黄三两股为最大，且恃巢穴险固，狡悍异常，其众均系百战之余，是以积年抗拒。现在荔浦一股，经抚臣张凯嵩督饬各营，分途剿办，克复老县、贵岭一带，张高友当经击毙，逆党胡元农旋亦招降，莲塘势甚孤危，指日可以蒇事。其贵县一股，亦经新任督臣刘长佑督勇进剿，连破武乐、蒙洞等处，渐逼贼巢。惟黄逆尚然负嵎，屡次乘间出扰。且该处与广东高州各属毗连，将来诚恐彼此交通，益形滋蔓。臣俟抵营后，激励将弁，整顿士伍，务将此股迅图扑灭，然后择要堵截，以靖边陲。第以各营积欠口粮太多，不无枵腹之虑，值兹岁暮，尤属待哺嗷嗷。广西军兴，十有余年，地方十分凋敝，钱粮正项，征收万难，即各处厘金，亦远不如往日。臣与抚臣张凯嵩及各司道，再三筹画，实属接济无从，惟有仰恳天恩，饬催湖南、广东两省，速将协饷按月如数拨解前来，俾得饱腾用命，庶盗贼易于殄除，地方可期肃清矣。

谨附片具奏，伏乞圣鉴训示。谨奏。

谢赏勇号恩折同治三年七月十三日

奏为恭谢天恩，仰祈圣鉴事：

窃臣接奉抚臣张凯嵩行知，奏报巨寇全股扑灭，浔州一律肃清，将出力各员开单请奖一折，同治三年五月二十日内阁奉上谕："刘坤一着赏给硕勇巴图鲁名号，并交部从优议叙。"等因，钦此。

伏念臣备员边徼，从事戎行，愧韬略之未娴，冀欃枪之尽敛。星言两稔，深虞师老饷糜；月捷三传，幸获擒渠扫穴。是皆禀承有自，驰驱偶着微劳；乃荷高厚难名，奖赏频叨异数。荣逾华衮，恩施隆一字之褒；喜溢簪缨，稠叠锡十行之诏。头衔并晋，翼励弥殷。臣惟有倍矢披丹，益思建白，随同抚臣振兴士气，扫荡边氛。不敢因小效而涉疏虞，致劳九重之宵旰；庶几竭寸忱而图报称，勉酬万一于涓埃。

所有微臣感激下忱，谨缮折恭谢天恩，伏乞皇太后、皇上圣鉴。谨奏。

谢补授江西巡抚恩折

同治四年闰五月二十八日

奏为恭折叩谢天恩，仰祈圣鉴事：

窃臣于同治四年闰五月十七日，在广西军营准兵部火票递到，内阁奉上谕："刘坤一着补授江西巡抚，即赴新任，毋庸来京请训。"钦此。跪读之下，感悚莫名，当即恭设香案，望阙叩头讫。

伏念臣少游黉序，壮事戎行，叠荷朝廷特达之知，洊膺边徼监司重任。穗垣承乏，已无补于弼教明刑；桂管备员，更有惭于承流宣化。计自元年接篆，随即出省督师，虽捣穴歼渠，借以稍纾宵旰，而余荆剩棘，尚未尽绝根株。甚愧庸材，未收全效，乃蒙恩命，授任封疆。沐不次之皇仁，重如鳌戴；欲克勤乎臣职，深恐鹈濡。查江西居吴、楚、闽、浙之交，巡抚总钱、谷、兵、刑之大，加以邻氛未靖，边防正严，设有疏虞，所关匪细，以臣梼昧，是用冰兢。将来到任后，惟有恪访前任抚臣沈葆桢成规，折衷至当；时与两江督臣曾国藩熟计，俾底于纯。庶可勉竭驽骀，稍酬高厚；从此益捐踵顶，矢报涓埃。

除将广西军务交替再行恭报起程日期外，所有微臣感激下忱，合先恭折具奏，叩谢天恩，伏乞皇太后、皇上圣鉴。谨奏。

军事缓急情形片

再，臣在永淳军营先后剿办情形，经抚臣张凯嵩叠次奏报在案。臣于闰五月初三日遵奉抚臣檄饬，将逆首梁安邦就地极刑处死，民情由是亦安。逆子梁为阜死守那坛，逆首孙仁广负固山泽，业经臣督饬各营，分途围攻，贼势已成坐困，只因巢穴险固，致未迅告成功，而太平、镇安各属，伏莽尚多，亦须次第用兵搜铲。是南宁一军，此时实未可松劲。惟查江西为东南腹地，现在康、侍两逆，大股窜越，堪虞。一切情形，较广西尤为吃重。臣钦承简命，忝膺疆寄，断不敢稍事耽延。现一面激励各营，并力进剿山泽、那坛，冀得及时殄灭；一面飞请抚臣迅即委员接统臣军，俾得遵旨刻日起程，驰赴新任，督饬将士，严密防堵，仰慰宸廑。

再，此折系钤用广西永淳县印，合并声明。

谨附片具奏，伏乞圣鉴。谨奏。

交卸南宁军务起程赴任折

同治四年七月十三日

奏为微臣交卸南宁军务，遵旨起程赴任日期，恭折奏报，仰祈圣鉴事：

窃臣于同治四年闰五月十七日，在永淳军营钦奉恩纶，简放江西巡抚，同日承准军机大臣字寄：“同治四年五月二十一日奉上谕：‘现值该省防剿吃紧之际，该抚即着速赴新任，毋庸来京请训，俟抵江西后，即督饬将士，严密布置，以期迅殄贼氛。’”等因，钦此。臣谨于是月二十八日恭折叩谢天恩，并将永淳军务吃紧，受代需人，附片陈明在案。嗣复叠奉寄谕饬催，未敢稍事延缓，一面部署各营，一面咨商广西抚臣张凯嵩，暂将永淳军务交臣胞弟知府衔候选同知刘培一摄理，增调署浔州府知府覃远琎前来会办，当可勉强支持。臣即于六月十一日束装起行，沿途水浅滩高，至七月初十日行抵桂林省会。当将左江一切事宜，与抚臣张凯嵩详细商酌。定于本月十九日由粤起程，取道湖南衡、永以达江西袁州，大约八月中旬可抵新任。

臣前在军营以及途次，先后递接江西司道与各将领函报，初霆营叛勇窜入信丰，继发逆分股窜入长宁，均经官军击退。现在贼股合而为一，于广东镇平增栅自固，以图久踞，并有由嘉应内犯之信等语。臣闻此股贼匪，自屡次挫败以来，丁逆已降，李逆已毙，惟汪逆拥众尚十余万，加以霆营叛勇，其数益多。特见闽、粤、江、楚均有重兵，是以未敢轻动。观其踌躇审顾，计在抵隙蹈瑕。官军各守各疆，未免劳师糜饷，且恐防久生懈，或有意外之虞。目下江西各勇以及外省援军云集赣南之间，壁垒相望，自应乘此兵力厚集，约同福建、湖南，各以锐师越境会剿，殄此余孽，免致死灰复然。臣已驰商闽浙督臣左宗棠、福建抚臣徐宗幹、署两广督臣瑞（龄）〔麟〕[①]、署广东抚臣郭嵩焘，俟过湖南，再与抚臣李瀚章筹商，务合数省之力，聚歼此贼，毋任蜂屯豕突，滋扰地方，以仰慰皇上绥靖疆圉之至意。其应派何起兵勇，应由何路前进，容臣抵任后，熟审机宜，妥为调度，另行具奏。

所有微臣交卸南宁军务，遵旨起程赴任[②]日期，谨恭折奏报，伏乞皇太后、皇上圣鉴训示。

再，此折系钤用广西巡抚关防，合并声明。谨奏。

恭报到任日期折 同治四年八月二十二日

奏为恭报微臣到任日期，叩谢天恩，仰祈圣鉴事：

窃臣仰蒙恩命，擢授江西巡抚，业经缮折谢恩，并将交卸广西南宁军务，遵旨即赴新任日期，续奏在案。兹于八月十八日行抵江西省城，准暂护巡抚事布政使臣孙长绂将江西巡抚关防同王命旗牌、书籍、文卷等项，委员赍送前来，臣当即恭设香案，望阙叩头，祗领任事。并准吏部咨，以臣应否兼兵部侍郎衔具奏，奉旨："照例兼衔。"钦此。

---

①据中华书局版《刘坤一遗集》校改。

②中华书局版《刘坤一遗集》无"赴任"二字。

伏念臣楚南下士，识浅才疏，历任藩、臬，驰逐戎行，方惭无补涓埃，乃荷圣慈优渥，畀以封圻重寄，并跻卿贰崇班，自顾何人，频邀异数，抚躬循省，悚惕弥深。江西襟江带湖，壤接六省，幅员辽阔，政务殷繁，兵燹之余，地方凋敝异常，察吏安民，均关紧要。且粤东逆氛未靖，赣南防务方殷，现奉谕旨，三省会剿，筹饷筹兵，责成綦重。以臣庸陋，深惧弗胜，惟有殚竭血诚，倍加策励，督同司道及各营将领，悉心办理，以期措置得宜，仰答高厚生成于万一。

除将到任日期恭疏题报外，所有微臣感激下忱，谨缮折叩谢天恩，伏乞皇太后、皇上圣鉴。谨奏。

江西防军赴粤会剿获胜折

同治四年八月二十五日

奏为微臣驰抵江西任事，并赴粤会剿各军叠获胜仗，及现拟筹办情形，恭折由驿具奏，仰祈圣鉴事：

窃臣前在广西省城奏报交卸南宁军务，起程赴任，于八月十一日途次递回前折后开，军机大臣奉旨："知道了。该抚所奏各守各疆，未免劳师糜饷，且恐防久生懈，亟须会合闽、楚各军，越境围剿等语，极合机宜，与历次寄谕闽浙、江西各督抚谕旨均暗相吻合。着于到任后约同各该省督抚分路进兵，合力围攻，以期一鼓作气，克竟全功。"钦此。又准前护江西抚臣孙长绂咨，承准军机大臣字寄，同治四年八月初七日奉上谕："据瑞麟等奏，官军击败花旗股匪，并拟规复镇平情形一折，前谕孙长绂饬令席宝田等军越境会剿，刘坤一并有会商粤、闽督抚派兵合剿之奏，计程当抵新任。并着迅速催令赣州防军入粤，以厚兵力，毋稍迟误。"

等因，钦此。

臣自广西省城拜折后，旋于十七日起程，途次连接湖南抚臣李瀚章函约面筹防剿事宜，遂于八月初七日驰至长沙，与李瀚章议：以江、闽逼近逆氛，自应各出锐师，会同粤军，三面围剿，可望速竟全功。湖南虽已派兵至粤之乐昌县，然距镇平尚远，兵力亦单，碍难悬军深入，不若扼守楚、粤之冲，以防败匪铤走。彼此所见相符。臣嗣于十二日行抵江西萍乡县，即据记名提督娄云庆、记名臬司席宝田咨禀，业经定计拔营，由长宁入粤会剿。复据孙长绂函称，已遵旨檄饬娄云庆、席宝田各率所部由粤东平远县分道进兵，而以铨字营移扎篁乡堡，新老湘营移扎鹅公墟，祥字营移扎定南厅，且请转商李瀚章，调派副后等营填扎南安，以固江、楚门户。臣一面咨覆娄云庆等，一面咨会李瀚章酌办。随于十八日驰抵江西省城，接印视事。因南路防务甚急，径檄统带副后等营记名藩司刘连捷、永州镇总兵朱洪章移营南安，并令归德镇总兵朱南桂填扎吉安。

适于二十一、二十二两日，先后接据娄云庆、席宝田咨禀，八月初九日席宝田以两营留守平远，亲督八营进扼东石，其余八营令于次日继进。是夜即据探报，汪逆欲乘我军立营未定倾巢而出，并合叛卒从茅寮坪、铁山障、梅子畬数路来攻等语。席宝田当即传谕各营，戒严以待。初十日黎明，贼果大至，漫山遍野，众约五六万人，其锋甚锐。席宝田觇知伪凤王、洋王及胡瞎子与各叛勇均在中路，乃令道员谢兰阶、总兵唐本有、副将韩孝忠、参将刘建业、游击荣维善等六营击之，自率亲兵督战；以总兵魏玉彩、屈得茂等五营备左路之贼，以已革总兵韩进春、总兵龚继昌、陈柏贵、周家良等六营拒右路之贼。中路各营横列一字，如墙而进，贼亦悉众来迎。我勇连环开放枪炮，毙贼甚多，贼殊死斗。刘建业、韩孝忠先率两营陷阵，贼阵稍动。谢兰阶、唐本有、荣维善亟率各营抄出阵后，贼遂不支。我勇鼓噪乘之，纵横掩杀，血流有声。时右路贼正与我勇相持，韩进春、龚继昌、周家良等身先士卒，十荡十决。贼甫乱复整，甫却复前，旋见中路溃败，归路已断，众遂大溃。其田垄之贼数千人为我勇所围，擒斩殆尽。间有逃出者，阻于危崖，亦皆弃械来降。由是我勇萃于左路。贼知不敌，坚踞岭上。席宝田令谢兰阶督同魏玉彩、屈得茂等各营逆击之，贼且战且败，我勇追斩百余名，并收降百余名，是日力战四时之久，约杀贼六七千人，生擒二三千人，夺获骡马三百余匹，器械、旗帜无算。

其左路高岭之贼，被我军击败后，潜伏山谷，是夜二更，翻山欲窜茅寮坪与洋逆合股。席宝田即派黄元果、刘建业率勇驰往袭击，毙贼甚多，余党数千人皆弃械就抚。十一日黎明，伪东平王拥众继至，汪逆亦从茅寮坪率党七八万复来夺路，席宝田令魏玉彩、屈得茂等截击伪东平王一股，自督各营迎剿汪逆大股。贼分路猛扑，我军亦分路应之，枪炮雷轰，子骤如雨，毙匪约二千余人。贼犹拼死冲突，刘建业跃马入阵，斩黄衣贼目一名。荣维善率队继进，中路贼势稍却。时韩孝忠、蒋怀清等迎剿一路，贼党麇集，我军回合十余次，贼死战不退；谢兰阶、王明亮率队驰至，横贯其阵，贼乃披靡。唐本有、席启星、韩进春、龚继昌、周家良、夏禹连分投奋击，杀贼无算。汪逆愤甚，手刃退后者数人，欲督群丑转斗。我军乘胜驰逐，莫不以一当十，贼大败奔溃，翻山而走。是日约毙三四千人，内有伪小王宗汪林、伪天将胡春福、郭安和，伪朝将范琇魁及天安、天燕等贼目十余名。我勇阵亡十余名，受伤四十余名。魏玉彩等击伪东平王一股，将该逆全数击散，招降七八千人，并有赴粤军就抚者。统计两日招降共一万三四千人。

娄云庆闻贼窜至东石，即率所部于十一日出平远之八尺墟，以资救应。日晡，闻贼已为席军所挫，折窜大柘，当饬总兵刘顺隆率副五营驰往邀击，自以大队继之。十二日黎明，刘顺隆行至良畲，即与贼遇。是处山径逼狭，贼守险拒战。刘顺隆令洋炮队直前击之，鏖战数时，毙贼千余人。逆众败遁，我勇乘胜追至二十余里之伯公坳，共计毙贼三千余人，生擒八十三名，夺获骡马、器械多件。日暮收队。娄云庆恐贼由大柘出中坑，以犯长宁之篁乡堡，即于十三日五鼓饬刘顺隆径趋大柘包剿，自率各营由间道驰赴中坑。行至要马岌，适凤、佑两酋，胡瞎子、李远继领群贼拥至，瞥见官军旗帜，登时惊乱。娄云庆令熊铁生、张玉田率队以枪炮与贼对击，该逆且拒且却，退至乱石径地方，路更皷仄，我勇薄之，贼众拥挤，落磵死者尸相枕藉。娄云庆别遣轻锐，由新田小路绕出邀贼，刘顺隆亦由大柘会合闽、粤之师追至石正，贼腹背受敌，乃分三股冲出，向西南窜去。我勇追至南桠，二更始收队而还，共毙贼二千余人，生擒一百四十余名，夺获洋枪、刀矛不计其数。

讯据生擒贼供，汪逆因在镇平乏食，欲乘江西防军移动之时，志图伺隙回窜等语。今虽在东石、大柘叠次大挫，然其人数尚多，难免横流旁溢。现在席宝田、娄云庆飞商驻篁乡堡之铨字营、驻鹅公墟之老湘营严为之备，合力了聚歼，各等情前来。

臣尚恐贼绕出定南以及南安，于接报后，覆令席宝田、娄云庆确探贼踪所向，派队力追，并取捷径拦头截击。如得刘连捷、朱洪章等速抵南安，祥字营速抵定南，可固江西，即可兼顾湖南。该逆前既无间可入，后又为闽、浙之师所蹙，当易殄除。臣复严檄南、赣、吉、临、袁、瑞各郡县实力防范，使贼无隙可乘。仍随时察看情形，倘贼势尚张，逼近江境，臣即亲任督剿，以期迅扫余氛，仰副皇上绥靖南服之至意。

参将许贵元、蓝翎都司杨兴元、花翎守备刘得芳、蓝翎把总张万明，力战阵亡，相应请旨敕部从优议恤，以慰忠魂。

除将到任日期另行奏报外，所有入粤各军叠获胜仗，现在筹办缘由，理合恭折由驿五百里具奏，伏乞皇太后、皇上圣鉴。谨奏。

军前续获胜仗暨亲赴赣州筹办防剿折

同治四年九月初七日

奏为各军迎击窜贼，续获胜仗，并臣亲赴赣郡筹办防剿日期，恭折由驿覆奏，仰祈圣鉴事：

窃臣先后承准军机大臣字寄："同治四年八月二十一日奉上谕：'孙长绂奏娄云庆、席宝田两军，现拟取道赴粤会剿，并筹防后路情形一折。前已谕令左宗棠督率高连升等军驰赴粤境督剿，江、广援军均归节制。着刘坤一、孙长绂飞檄该两军迅即取道入粤，归左宗棠调度，相机合剿。孙长绂现咨行周宽世统铨字营进扼篁乡堡，王开琳统新、老湘营移守鹅公墟，以固长宁、安远藩篱，并将南安之祥字营移防定南。至南安为江、粤咽喉，咨明楚省另拨一军填扎，并着照所拟会筹妥办。刘坤一计程应已抵任，着即将到任日期，并边境防守情形，随时确查具奏。'"等因，钦此。又于八月二十三日奉上谕："左宗棠等奏官军剿贼获胜，现饬各军分道进剿一折。席宝田、娄云庆等军前已有旨令其驰赴镇平会剿，即着刘坤一、孙长绂遵照前旨，迅速调派，毋得稍分畛域。"等因，钦此。

伏查臣驰抵省城任事日期，并记名臬司席宝田、记名提督娄云庆两军在广东平远之东石、大柘一带叠获胜仗，及檄调驻扎吉安之记名藩司刘连捷所带副后营、永州镇总兵朱洪章所带长胜营移守南安各情，业经驰陈在案。

兹据各营报称，康逆汪海洋，因粤东腹地驻有重兵堵截，闽师复逼其后，是以仍图窜越江西，冀犯湖南、湖北，为苟延残喘之计。自平远境内叠被我军大挫之后，足不停趾，昼夜西窜，旋入兴宁之龙虎墟，直趋罗浮司，图犯长宁篁乡堡。席宝田、娄云庆恐贼阑入江境，余烬复然，又成燎原之势，必须分投拦剿，期与闽、粤各军前后夹击，灭贼于江、广之交。当即知会湖南提督周宽世、已革总兵王开琳，严防篁乡、鹅公两口，一面各取捷径疾驰兜剿。八月十四日，周宽世督率铨字营进扎篁乡堡前五里之菖蒲塘，以扼长宁门户。探知汪逆大股盘踞罗浮司、罗江墟、白水寨、江背等处，分股千余人至蕉阬掳掠。十五日，周宽世出队往击。贼见官军，登时惊逸。是日，娄云庆派吴云集率霆春五营，胡良作率霆副三营驰抵篁乡助剿。十六日，逆众由罗浮司窜龙川之赤石渡、樟树屏、麻布冈、大塘墟、湖背等处，逼近江境。十七日，周宽世率铨字营出龙川之上坪迎击大塘墟之贼，吴云集等出龙川之牛形冈兜剿湖背之贼。周宽世行至下村地方，伪佑王李逆率党四五万人蜂拥来扑。周宽世列阵迎战，枪炮连施，刀矛并进，贼势甚猛，不稍退却。萧胜发、刘万春冲入贼阵，砍毙执旗悍贼三人；谢清洲、周宽惠、龙玉堂、周东益率队继进，斩黄衣骑马贼六人；击毙匪党二百余人，贼渐不支。熊惠堂、谢凤元、秦福武、黄仲翼率勇两路包抄，周宽世率亲兵直捣中坚，复斩伪天将陈逆及匪党六百余人，贼始大溃狂奔。我军追至石窖地方，贼坠崖、落水死者甚众。共计毙贼千余人，生擒五十三名，夺获旗帜、洋枪、骡马多件。我军阵亡五名，受伤二十六名。吴云集等行至湖背，遇汪逆前队伪周王汪麻子、伪天将李逆率众分左右两路拒敌，吴云集、胡良作亦分路进击，以枪炮连环施放，鏖战逾时，伤毙逆匪无数，贼犹死拒。吴云集等挥军抄出贼后，两面夹击，汪麻子负创而走，贼队遂乱。罗金声、顾惟奇、刘湘麟乘势冲杀，陈庆福深入重地，中枪阵亡。各营愤甚，纵横决荡，阵斩伪朝将等贼目多名，毙贼千余人，生擒百余名，夺获骡马二十余匹，旗械无算，余匪四散逃窜。忽遇大雨，遂即收队。我军阵亡四十余名。该逆遭此巨创，不复再向长宁，全股窜过黄贝岭，直趋小山背、丝毛坪，窥伺定南、信丰。十九日，王开琳率新、老湘营出龙川之小山墟往剿，行抵细坳，遇汪逆[①]头队四五千人由丝毛坪而来。王开琳令熊常富、邓仕高、汤有光、左茂箖督率炮队迎头轰击，罗瑞山、王开气两路包抄，贼众惊溃。我军追过细坳，贼坠崖死者不计其数。该逆后队踵至，王开琳挥龚隆贵、郭德馨、曾桂堂、杨大亨驰往策应，喻胜荣、喻启英、陈清太、莫坤和由间道邀贼归路。该逆进退无路，拼死恶战，我军四面冲杀，后队之贼亦溃，翻山而遁，沿途追斩共数百人，生擒三十余名，夺获旗械百余件。二十一日，逆众由小山墟、青龙墟窜至瑶田地方，距鹅公墟仅十余里，王开琳派队击走之，少有斩获，而汪逆大股尚踞青龙等墟。二十二日，王开琳督率各营进剿，沿途攻破羊坑岭、乌鸦寨贼卡三座，斩守卡贼十余人，夺获枪炮多件。我军甫过乌鸦寨，即见匪众约六七千人排列山冈、田垄拒敌，王开琳饬邓仕高、喻启英、陈清太、左茂箖、罗瑞山、莫坤和张两翼以进，包向贼后，并防两旁山坳伏贼；王开气、曾桂堂、汤有光、

---

①中华书局版《刘坤一遗集》“逆”字下多一“之”字。

熊常富等由中路迎击；自率方有才继之，以劈山炮、抬枪连环施放，贼多应声而倒。鏖战两时，阵斩骑马执黄旗贼十余人，并毙匪党五六百人，贼阵仍屹然不动。熊常富怒马冲阵，手刃黄衣贼一人；王开气、曾桂堂继进，各斩悍贼数人，贼始退却。我军乘势急进，山谷伏贼突起，败贼见之，回头死战。适邓仕高等由旁横冲贼阵，该逆大败奔溃，坠崖死者甚众。我军并力掩杀，复毙匪千余人，追逐二十余里。小山墟另出逆众来扑，洋枪极多，子密如雨。王开琳挥军奋击，罗瑞山等策马向前，贼皆披靡，尸相枕藉，余匪夺路狂奔。我军追过小山墟，沿途复歼多匪。共计毙贼六千余人，生擒七八百名，解散胁从无算，夺获旗械千余件；我军阵亡十二名，受伤三十二名。乃汪逆因鹅公墟未能冲入，遂改窜定南厅之天花寺、下历司一带。二十三日，头股已至龙南县城下，攻扑东门，经该县知县王家杰同在城文武，督率兵勇、绅团登陴守御，施放枪炮，毙贼十余人，伤者甚众，我勇亦被贼枪伤数名。时近城各乡团勇，闻警驰援，又杀贼多名。逆势稍挫，退扎南门外之河东。现在王开琳一军已自定南跟踪追剿，席宝田、周宽世两军已于二十四、五等日，驰抵信丰之铁石口、大塘铺地方，娄云庆率领霆营循信丰以向南安，相机迎击，各等情前来。

臣查汪逆盘踞镇平，图窜江、楚，蓄谋已久。今为三省大兵进逼，遂冒死出窜，屡为我军节节截杀，斩擒、收降逾数万人，贼势业已大挫。只因江、粤毗连，地面辽阔，实有防不胜防之势。该逆现由定南窜犯龙南，幸席宝田、周宽世已抵信丰拦截，娄云庆亦经继进，王开琳复自定南跟追。臣已飞檄各营，前后夹击，痛加剿洗，以保龙南而杜内窜；并催刘连捷、朱洪章两军速赴南安堵御，即令兼顾湖南。惟闻该逆分股狂窜，昼夜兼驰，由间乘虚，每有鞭长不及之虑，万一阑入江、楚腹地，关系匪轻，是此时防剿机宜不容稍有迟误。赣南离省较远，文报往返需时，调度难期迅速。臣现于九月初八日，即率前在广西随带亲兵一百名，驰赴赣州，督率各军，妥筹战守，并得与闽浙督臣左宗棠就近会商，联络三省官军，共灭此贼。

至此次各军沿边堵剿，迭获胜仗，席、娄两军，前在平远大捷，斩擒逾万，收降万数千人，均属异常出力，可否容臣择尤并案保奖，出自天恩。阵亡拟保游击衔都司陈庆福，奋勇捐躯，殊堪悯惜，相应请旨敕部照游击例议恤。阵亡尽先都司谢登科、张坤能，蓝翎把总瞿明东、把总刘大发，均请照例从优议恤，以慰忠魂。

再，臣出省后，日行事件即委藩司孙长绂代印代行，紧要事件仍饬封递，由臣行次①核办。

所有各军迎击窜贼续获胜仗，并臣亲赴赣郡筹办防剿缘由，理合会同署两江督臣李鸿章，恭折由驿五百里驰奏，伏乞皇太后、皇上圣鉴训示。谨奏。

英人蛮晖解往九江道按约办理折

同治四年九月初七日

奏为英人蛮晖贩运军火济贼，嗣在湘营投诚，业经解赴九江，按照条约办理，恭折覆奏，仰祈圣鉴事：

窃臣承准军机大臣字寄：“同治四年八月二十三日奉上谕：‘据总理各国事务衙门奏，江西赣州羁押英人，请按约核办一折。英人瞒四辉里，被江西省指为通贼之人，在赣州府羁押，历经九

①中华书局版《刘坤一遗集》无“行次”二字。

江道行文查询，而赣南道覆称并无其事。惟据英国照会内实指英人之名，并瞒四辉里亲笔书信为凭，其非捏造可知。英人游历各处，本属条约所有，即使有通贼情事，亦当按照条约办理，何得率行羁禁！迨至九江道查询，又恐该国不服，含糊掩饰，希图消灭，殊失诚信相待之道。着李鸿章、刘坤一、孙长绂迅派道府大员确切查明，英人如尚在赣州府监禁，即行按照条约解交该省领事官讯办，不得再事隐瞒，致生枝节。'”等因，钦此。

伏查前据广饶九南道俊达禀，准英国领事官照会：“顷闻赣州府现[①]有几个外国人已经押往，中有一名瞒四辉里，请按约移咨赣南道，转饬送交领事官查办。”即经前护抚臣孙长绂批饬善后局行查去后，嗣据吉南赣宁道王文瑞禀覆，赣州府并无羁押外国人瞒四辉里之事。惟查统带老湘营总兵王开琳前在福建永定县剿贼，屡败逆众，伪侍王李世贤余党被剿穷蹙，即在王开琳军中投诚，派委知府张鉴南查点，共计二万四千余名，酌给钱米，分别遣散。内有蛮晖一名，系英国蛮丑私德地方人，年二十七岁；又曹建成一名，系江苏扬州府甘泉县人，年十五岁。讯据曹建成供称，先被贼匪掳至常州，后逃出，投入松字营。该营有外国人罗姓制造炸炮，即跟罗姓至昆山县充当洋兵。本年正月二十八日，与罗姓并蛮晖及同伴十三人，坐火轮船至厦门，伊随罗姓及蛮晖等七人贩运洋枪，并自来火铜冒，至漳州府城伪侍王贼营。嗣漳郡被官军围攻甚急，伊与蛮晖跟随侍逆夥党至永定地方，即在老湘营投诚，其同行外国五人，因沿途官军追剿渡河溺毙等语。军中未谙条约，因蛮晖系外国人，无从遣送，遂与通解洋语之曹建成暂留在营，应否将蛮晖、曹建成解省查办，等情前来。复经孙长绂饬

---

①中华书局版《刘坤一遗集》无“现”字。

令刻日解交广饶九南道，按照条约办理，此时应已解抵浔郡。旋准总理各国事务衙门三次行查，业由孙长绂与臣先后咨覆在案。

除饬王文瑞将起解日期并饬俊达将办理情形禀覆再行咨报总理衙门核办外，所有英人蛮晖业经解赴九江按约办理缘由，谨会同办理通商事务大臣李鸿章恭折覆陈，伏乞皇太后、皇上圣鉴，敕下总理各国事务衙门查照施行。谨奏。

湘军追剿大捷并击退扑城股匪折

同治四年九月十八日

奏为湘军追杀窜贼，定南、龙南击退扑城股匪，并精毅营扼要拦剿大获胜仗，恭折驰奏，仰祈圣鉴事：

窃查诸军沿边击贼获胜，并臣亲赴赣郡筹办日期，业经由驿奏报在案。兹于途次接据各营报称，统领新、老湘营已革总兵王开琳，于八月二十二日击走青龙等墟逆众之后，即于是夜督队跟随，沿途歼戮带伤败匪，并解散胁从约二三千人。二十三日黎明，追及于白水渡，逆众惊悸，自相蹂践，死者不计其数。押后悍贼四五千人，列阵田垄以拒我军。王开琳饬罗瑞山、喻胜荣、郭德馨、邓仕高向前诱战，令龚隆贵、汤有光、王开气、熊常富、杨大亨、陈清太、曾桂堂、莫坤和横击之，自率方有才、喻启英等继进，旋断贼阵为两。该逆首尾不能相顾，登时大溃，我军奋勇掩杀，斩馘千计。余匪翻山而遁，我军追过下历司，天晚收队。

先是，该逆前股窜至定南厅天花寺下历墟，即围攻横冈营城，并分股直扑厅城。经该厅同知王大枚，会督在城文武兵勇、绅团登陴守御，炮毙逆众多人。贼知城中有备，即退归下历墟，复攻横冈营甚急。王大枚复派团勇星夜驰援，密约横冈营都司姚元盛，内外夹击。贼莫辨我军多寡，解围遁去，被我军擒杀百余人，生擒伪灿天福何立起一名，匪党二十余名，讯明正法，夺获旗械甚夥。适王开琳追剿后股败匪至下历墟，各乡团勇截其去路，复毙多贼，内有伪晋天福陈南绣一名，生擒十九名。团勇阵亡十四名，受伤五十八名。该逆悉由八十冈一带窜往龙南，径附城下，当为该县知县王家杰督率兵团击退。二十四、二十五两日，贼更番进攻，志在必克。王家杰与把总范应龙、外委罗玉云等，以死自誓，力战御之。二十五夜三更，王家杰挑锐卒数百人缒城而下，潜斫东门外贼营，悉数焚毁，斩获甚众，余悉退往西南，终夜汹汹有声，火光络绎不绝。王家杰知贼众心乱，即于二十六日黎明，会同范应龙、罗玉云等整队出城，分途进击，并令团总王文锦带勇千人伏先农坛，以备缓急。时贼束装欲行，我勇捕斩其零骑百数十人，贼遂悉众搏战，格斗逾时之久，杀伤相当。正在相持，适王文锦率队驰至，我勇气倍，呼噪震天，贼气稍夺，我勇奋击败之，阵斩伪艳天义张廷桂、伪应天燕刘加年、伪参政张郭才数名，余众大溃。我勇追至里仁堡，生擒三百三十余名，斩首五百余级，夺获马匹、军械、辎重无数。

是日贼窜至信丰县属之小江墟，随于墟前筑六大垒以固根本，其余蜂屯蚁聚，三十里内皆贼，欲俟喘息稍定，从铁石口入犯赣南，而新授贵州臬司席宝田，已先一日驰抵该处。二十七日，席宝田率师进剿，汪逆亦悉众来迎，遇之于莲塘坳。贼阵分布五六里，坚而且厚。席宝田以仅从前面逆击，骤难得手，须分路包抄，可覆而取。当令唐本有、屈得茂由中路据沟为阵，龚继昌、陈柏贵阵于其右为正兵，谢兰阶、韩进春、蒋怀清从岭左出贼阵之后，荣维善、周家良逾丛山直袭小江墟巢穴为奇兵。部署甫定，贼如潮涌而来，其锋甚锐。唐本有等施放枪炮，子如雨雹，贼死伤无算。席宝田恐其力尚单，复令黄元果率洋炮队策应中路，唐大庚、李本宜率队策应右路。是时右路已不能支，龚继昌与唐大庚等并力拒战，陈柏贵、王学开、荣光贵等随亦转斗。荣光贵陷阵死之，各勇愤甚，争先击贼，贼势稍却，右路之阵始固。汪逆亲率大队来冲中路，席宝田亦率亲兵助战，士气百倍。唐本有匹马出[①]入贼阵，所向辟易，手刃十余人。贼甫乱复整，鏖战甚力，哨官、亲兵受伤二十余名，已革知县刘长景身受数矛，犹不肯退。汪逆见军无后继，悉锐来攻。正危迫间，谢兰阶、韩进春、蒋怀清从岭左鼓噪而出，两面夹击，贼众惊溃。我勇乘势掩杀，贼已胆裂，多俯首就戮。汪逆奔回小江墟，依垒结阵以抗我军。荣维善、周家良等复从墟背袭破贼垒，汪逆不知所措，率众夺路以走。荣维善等遮其前，谢兰阶等蹑其后，擒斩不可胜计，自小江墟至罗吉墟数十里，贼馆尽行蹋毁。汪逆窜向冬坑墟，席宝田率队力追。贼每退数里，辄欲敛众为殿，我军急攻破之，田野山谷，僵尸枕藉，汪逆背受矛伤，几为我军所擒。是役计歼悍贼万余人，生擒千余名。汪逆左右骁健，至此殆尽。夺获骡马千余匹，洋炮八九百杆，汪逆伪印二颗，其余器械辎重无算。我军阵亡弁勇四十七名，受伤三百八十五名。分统及营哨官如荣维善、王学开、徐长发、曹启顺、唐湘辉、张沛然、雷得贵、周芝山、宋兆云等均受重伤，可称恶战。

乃汪逆窜江之志，百折不回，复于二十八日再窜龙南，围攻县城。幸王家杰于前次贼退后，尚未解严；又得通判汪承诰、千总孙抡元带勇一千五百名，适于二十七日入城，声威颇壮。汪逆此次攻城愈急，四面并进，无法不施。王家杰等随机应之，贼之

①中华书局版《刘坤一遗集》无“出”字。

智力皆困。第以内外隔绝，诚恐饷竭兵哗，王家杰等于三十日酌留勇丁守城，其余悉出决战，各勇亦知贼势已蹙，无不踊跃争先。且龙南人习鸟枪，每发辄中，贼多应声而倒，犹敢甫却复前，我勇继以短刀，血肉狼藉于道，贼众披靡，直如瓦解土崩，半日之间，连破各门之贼。乡团见贼已败，思泄其愤而利其资，瓦砾耰锄，竞出邀击。汪逆率骑数十在后护持，我勇皆以枪炮围轰，当毙数人坠马，系伪谙天侯谭裕荣、伪挽天安张廷桂、伪宣传魏本富、伪军校魏本复，均于身上搜出伪印、伪照。是役计共杀贼七百余名，生擒五百余人，夺获较前更夥，余悉由上蒙堡狂窜出境而去。

现闻贼众不过三万，能战者不满万人，复由江西败回粤东，辗转于和平、连平境上，已属万分穷蹙，无路求生。臣一面饬催各军越境会剿，仍听闽浙督臣左宗棠调遣，以一事权；一面驰抵边防会商办理，务期余氛尽殄，不致乘间远扬，以靖东南，而慰宵旰。

惟查汪逆前在粤东镇平，蓄锐日久，又得李、丁两逆百战余党，众已十万有奇。旋乘江防移动之时，倾巢来犯，幸席宝田于东石迎击大捷，首挫凶锋。昨接左宗棠来函，亦谓东石一战，擒斩降散实有三四万人，贼势遂衰，折而西窜，递为霆、铨、湘各营及定南、龙南两厅县所败。席宝田以铁石口为赣、南两郡冲途，故复冒雨兼程，先据该处。贼既深憾屡为所扼，又以计无复之，乃于小江墟誓众而来，志在致死。席宝田平日治军严整，临时制变设奇，且于相持不决之时，策马督战，濒于危殆。席宝田虽未自言，而臣沿途以来，访之最确，所以该营将士用命，直如拉朽摧枯。康逆再经此次丧亡，其势必难复振，如不远窜他处，当可刻日殄除。是席宝田之功非独保全江西，实有裨于大局。所有该营尤为出力将佐，仰恳天恩，准先随折酌保数人，以示鼓励。至新、老湘营，自在福建永定失利，损伤精锐太多，前令出防鹅公墟，臣窃忧其不能得力。乃经王开琳认真振顿，竟能垒壁重新，先后破贼于青龙墟、白水渡等处地方，尚属自知奋勉，并恳天恩，准先随折酌保数人，以慰其心而作其气。臣谨另缮清单，恭呈御览。其余出力人员，可否容臣汇案奏保，出自鸿施。花翎尽先补用参将荣光贵、蓝翎尽先补用都司李仲衍、把总姚三胜、蓝翎尽先补用把总唐宝林、蓝翎尽先补用外委唐士戎、监生廖为傧、九品军功李道秀，力战阵亡，深堪悯惜，相应请旨敕部从优议恤，以慰忠魂。

所有湘军追杀窜贼，定南、龙南击退扑城股匪，并精毅营拦剿大获胜仗缘由，理合会同署两江督臣李鸿章，恭折由驿五百里驰陈，伏乞皇太后、皇上圣鉴训示。谨奏。

查办会匪游勇抢劫重案片

再，查江西赣、南、宁三府州毗连闽、粤，风俗强横，向来习于械斗，近日颇有拜会之事，臣已檄饬该地方官严密缉拿，设法解散。此次前往督办军务，计得就便察看情形，并令驻防各营会同妥办。其余各处尚属安靖。惟滨河近湖市镇，商贾辐辏之区，间有劫抢重案，盖因随营游勇所在逗遛，及至衣食无资，不免迫而为盗，将来日聚日众，其患不可胜防。更有下游痞棍，佯为贩卖货物，沿途遵抽厘税，即以票为护身之符，到处窥探，择肥而噬。凡此两种匪类，均以船只往来，飘忽异常，最难追捕。臣已檄饬各属力行保甲，水师分段梭巡，游勇则妥为驱除，商贩亦随时盘诘，非系要紧公事，船只不准夜行，嗣后再有疏虞，一律从严处分。并经通行各军统领，凡有裁撤兵弁，务须收回旗帜、号衣，且于路票填明日月、籍贯，其余一切差委，亦于护牌填明人数若干，与夫所往地方，所办事件。从此认真整顿，当可渐就肃清。

所有查办会匪、抢匪缘由，理合附片陈明，伏乞圣鉴训示。谨奏。

筹解协甘军饷片

再，前护抚臣孙长绂暨臣先后承准军机大臣字寄："同治四年七月初九日，奉上谕：'刘蓉奏，援甘协饷紧要，请饬催各省迅解等语。江西省协款，着刘坤一、孙长绂筹两个月饷银，赶紧委员拨解到陕西刘蓉转运前进，以济要需。'"等因，钦此。又于八月二十八日，奉上谕："杨岳斌奏，甘饷万分支绌，请饬催江苏等省迅速拨解一折。上年户部奏拨有着之款，江西地丁项下每月协拨银一万两，着刘坤一、孙长绂遵照前旨，兼新带旧，迅速筹拨，克期解甘，不得稍存膜视。其各该省历年欠解协甘饷银，并着酌量按成补解，以济要需。"等因，钦此。

伏查江西省防堵紧要，饷项艰难，拟俟军务稍纾，再行按月筹解甘饷，业经孙长绂两次奏闻，凡此拮据情形，均已仰蒙圣明洞鉴。现在汪逆大股西窜，屡犯江省边陲，在防各军，节节拦截，驰驱转战，劳苦备尝，饷需不容稍缺。而钱漕以民气未复，不能如额征收；厘金以寇警频闻，各卡愈形减色，经费竭蹶较甚于前，实属不遑兼顾。但甘肃地处边疆，回氛日炽，赴援兵勇，待哺嗷嗷，自应于万难兼顾之中勉筹接济。臣于出省时，与藩司孙长绂通盘计较，再四熟商，在于现放各营军饷项下设法腾挪，匀出银二万两，克日委员解甘。仍俟防务稍松，即行按月续解，以赡边军，而维大局。

除咨陕甘督臣查照外，所有匀解甘饷缘由，理合附片覆奏，伏乞圣鉴。谨奏。

请以宋臣杨万里从祀文庙折

同治四年九月二十八日

奏为宋臣杨万里，节秉忠贞，学臻纯粹，请从祀文庙，以彰正道而阐幽光，恭折仰祈圣鉴事：

窃维肫诚不贰，纯臣必本于纯修，文行相孚，名儒实关乎名教。我朝治崇儒术，化洽人文，凡有功圣教未曾祔飨文庙者，历经诸臣奏准，从祀在案。兹查宋臣杨万里，江西吉水县人，中绍兴二十四年进士，初为赣州司户，调永州零陵丞。常以正心诚意之学自勉，额其所居之室曰“诚斋”，学者称诚斋先生。孝宗擢为太子讲官，一时谓青宫得端人。光宗召为秘书监，称其有古大臣风。洊历宝谟阁学士。值韩侂胄专权用事，欲罗致之，命作《南园记》文，饵以掖垣重职。万里曰：“官可弃，而记不可作！”遂致仕归。心不忘国，忧愤成病。既闻侂胄弄权用兵，忧愤益甚，绝食七日，遗书于子孙，略曰：“侂胄专权无上，用兵残民，谋危社稷。吾头颅如许，无路报国，惟有孤愤。书此以别。”绝笔而死。光宗亲书“一代名儒，两朝元老”以赞之，谥曰“文节”。此其行谊之昭著简册者。

其所著《易传》，乾隆三十九年钦奉高宗纯皇帝御批：“宋杨万里撰。其书大旨本程氏，而引本传以证之。”煌煌圣训，载于《四库全书》。又著文集一百三十卷，如《六经论》《圣徒论》《东宫劝学录》《荐士录》，具见实学潜修，明体达用。诗集四十二卷，亦皆酌雅禀经，言之有物。以之升祔学宫，洵为不愧。

据藩司孙长绂转据吉安府吉水县暨该学教官开造事实清册前来。合无仰恳圣鉴，准将杨万里从祀文庙，以昭崇报。

除将清册送部核办外，谨会同署两江总督臣李鸿章、江西学政臣何廷谦，合词恭折具奏，伏乞皇太后、皇上圣鉴，敕部议覆施行。谨奏。

行次赣州遣军赴粤会剿折

同治四年十月初一日

奏为微臣行抵赣州，现筹赴粤会剿，并严防江境，兼顾湖南，恭折覆奏，仰祈圣鉴事：

窃臣在赣州行次，承准军机大臣字寄："同治四年九月十二日，奉上谕：'瑞麟等奏会剿镇平逆匪、康逆率党窜出一折。即着左宗棠、刘坤一严饬各军，遇贼即击，务须合力痛歼，扫除净尽，不得以贼势已穷，稍涉大意。石正、楼车地方，与江西接壤，刘坤一督饬江省防边各军慎图防维，毋任逸①氛（拦）〔阑〕入江、楚。"等因，钦此。

伏查已革总兵王开琳追剿败窜之贼，及定南、龙南两厅县击走扑城之贼，贵州臬司席宝田拦截康逆汪海洋于铁石口，大获胜仗，业经臣于泰和途次，缮折驰陈在案。旋于九月二十一日行抵赣州府城，续据报称：康逆前在铁石口为精毅营所挫，其时信丰县乡团协力夹击，杀数百人，内有伪天福、天义、天安、朝将、

①"逸"，疑当为"逆"。

先锋、总提等头目多名，夺获伪印、旗械无算。嗣该逆由龙南县溃退出境，路经定南厅之佛子坳，复被该厅绅团邀斩数十名。贼众悉趋粤东和平县，往攻连平州，为粤师所败。九月初五日，回窜龙南县太平堡、横冈径，被该县绅团歼毙百余人，生擒三十五名，夺获器械甚多。席宝田闻警，急率精毅营驰抵该县，该逆乃退踞连平之上坪、下坪等处，分股蔓延始兴之清化司、翁源之龙仙墟，等情前来。

臣查汪逆狡悍异常，闻在连平筑垒聚粮，似为负固之计。当此各省官军环集，其势何能久持？或欲以是懈我军心，彼得伺间狂窜。现在楚、粤各军既经遏其去路，则江西东南各处必须严密设防。臣一面饬席宝田率精毅营由龙南刻日进剿，并驰商闽浙督臣左宗棠及帮办福建军务刘典、广东藩司李福泰，督饬各勇分道夹攻；一面咨调正定总兵娄云庆一军进扎龙南之新兴堡，湖南提督周宽世一军进扎定南之下历司，与移驻汶龙墟之新、老湘营互为联络，以固边圉。臣又以会昌仅平江勇千数百人，长宁、瑞金、石城各县均属空虚，复留浙江提督黄少春所部暂驻信丰，借资策应。倘贼仍西窜犯楚，臣已与湖南抚臣李瀚章预商，即令记名藩司刘连捷、永州镇总兵朱洪章两军由南安驰赴郴、桂，归德镇总兵朱南桂一军由袁州疾趋茶、攸，并力邀击，其刘典、黄少春两军亦即相机继进。臣并拟派娄云庆、席宝田等率师穷追，以期殄此余氛，共维大局。如能在于连平境内四面围攻，扫除净尽，尤策之善者也。

所有臣行抵赣州，现筹赴粤会剿，并严防江境，兼顾湖南各缘由，理合会同署两江督臣李鸿章，恭折由驿五百里覆奏，伏乞皇太后、皇上圣鉴训示。谨奏。

粤贼窜入和平檄令各军探踪截击折

同治四年十月十六日

奏为粤东上坪踞贼宵遁和平，现饬各军东驰截击，恭折具奏，仰祈圣鉴事：

窃臣先后承准军机大臣字寄："同治四年九月二十三日，奉上谕：'现在贼势败挫，奔突靡常，亟应乘胜剿灭。如果贼向西趋，刘坤一务当迅令席宝田一军驰赴楚省，并力会剿。'又于二十四日奉上谕：'前据刘坤一、瑞麟等各奏称，贼已由江西窜出定南，一路直扑龙南。着左宗棠仍遵前旨，严檄各省之军，实力追击，瑞麟、刘坤一、郭嵩焘分路堵截，毋任分窜。'又于二十八日奉上谕：'兹据左宗棠奏，逆氛已窜江西，势将于江、粤、湘三省边界夺路狂奔，刘坤一当饬席宝田等军乘胜痛剿。'又于十月初一日奉上谕：'刘坤一奏湘军追杀窜贼，定南、龙南击退扑城股匪，并精毅营扼剿大胜一折。现在贼众不过三万余人，复由江西败回粤境，着刘坤一飞檄席宝田、王开琳等军越境进攻，乘胜痛击，迅歼丑党。'"各等因，钦此。

伏查汪逆叠为我军击败，回窜粤东连平州之上坪等处，筑垒聚粮。臣行抵赣州，即将筹调各军赴粤会剿，并严防江境，兼顾湖南情形，据实驰陈在案。臣嗣以信丰九渡水实扼赣南各属之冲，复调祥字营三千人填扎该处，以资弥缝，亦所以杜贼西窜。又查贼若东窜，必经和平、龙川，该处原有闽、粤各军，臣未知其人数若干，咨商署两广督臣瑞麟、署广东抚臣郭嵩焘，务以重兵严行防范。旋据各营禀报：贵州臬司席宝田及记名总兵王开琳拟率精毅营，新、老湘营，由大坝出境，以攻上坪，正定镇总兵娄云庆亦由墩头前进夹击。贼以诸军日逼，诚恐困于长围，于初九日先窜龙南之分水坳，当为团练击退。贼知此路难越，于初九夜三更悉众由浰头窜往和平。臣现飞檄各军确加侦探，如该逆已为和平防师所遏，即以席宝田、王开琳、刘胜祥三军越境会剿，乘其徘徊莫定之时，一鼓歼灭。倘贼越和平以犯定南，则王开琳率新、老湘营驰赴定南下历司，与前调防守该处之湖南提督周宽世一军并力迎击。若贼由和平过龙川以犯长宁，则该提督、总兵等合趋鹅公墟、篁乡堡邀之，精毅、祥字两军亦即继进合剿。第以贼由龙川黄背岭出长宁为捷径，而铨、湘两军由定南天花寺赴鹅公墟、篁乡堡为纡途，其精毅、祥字、霆字等营尤为鞭长莫及矣。且贼未逾和平、龙川，而龙南、定南仍不可不严为之备也。臣现飞咨署浙江提督黄少春一军，迅赴长宁，幸能驰出贼前，不惟江省边防可固，即闽省有警，亦易回援。倘贼已入长宁，则地方辽阔，宁、抚、建、饶、广各府处处可通。精毅、祥字两军应由定南径趋安远、会昌，冀得截其去路，霆字一军则循定南以向长宁，会同铨、湘两军蹑贼之后，兼顾边防。如贼由平远、镇平以犯汀州，则闽省目下兵单可虑，江西下游亦在在与之毗连，当即派兵由瑞金一带入闽会攻，以保全江、闽，即以屏蔽浙省。至粤省各军，计当兼顾嘉应，以防旁溢。臣已分咨闽、粤两省督抚，迅筹堵御；并饬宁都、抚、建、广、饶五府州，及统领水师之记名提督孙昌国、前任甘肃臬司刘于浔一体预为戒严；另派参将杨友胜分拨炮船，防守宁都河面，吉南赣宁道王文瑞所部陆勇防守雩都县城，以壮声威。

所有康逆股匪由连平州宵遁和平，现饬各军驰赴东路防剿各缘由，理合会同署两江总督臣李鸿章，恭折由驿五百里驰奏，伏乞皇太后、皇上圣鉴训示。谨奏。

遵旨筹解霆军月饷片

再，臣承准军机大臣字寄："同治四年十月初四日奉上谕：'官文另片奏，鲍超一军业已起程赴江，仍请催令前进等语。朝廷因豫南军情紧要，是以改调鲍超一军就近由楚赴豫。嗣据曾国藩奏到，亦"有鲍超一军调赴豫省，于粤无损，于豫有益"之语。兹览官文所奏，以"上杭霆军降众太多，心志不一，并未帖然畏服，倘闻鲍超由楚赴豫之信，纷纷而来，诸多窒碍"。所见亦是。即着官文传知鲍超，仍即驰赴江西，将所部新、旧各军，妥为部勒，相机进兵，仍听左宗棠节制。所有该军饷需，仍着刘坤一源源拨解，毋令缺乏。'"等因，钦此。

伏查前奉寄谕，饬令鲍超一军赴裕州、泌阳地方剿贼，业经臣转行钦遵在案。惟鲍超督率新募勇丁四营，自鄂来江，已抵吉安，不日即可到赣。兹值康逆汪海洋股匪自广东连平州东窜和平，江省定南、长宁、会昌等厅县堵剿吃紧。鲍超长于战阵，声威素著，为汪逆所惮，且娄云庆所部仍归鲍超统领，娄云庆循照旧章管理全军营务，行间将士必能勇气百倍，争先致命。钦奉前因，臣即恭录飞咨鲍超，星速前进，视贼所向，统师疾驰痛剿，务必穷其所之，悉数扑灭，庶免蔓延江、闽，借以保卫浙江。俟剿办此股事竣，应否仍赴两江督臣曾国藩军营听候调遣，届时请旨饬遵。至娄云庆所部饷项，臣询据藩司孙长绂面称，前接曾国藩来函，每月酌给银五万两，自来均照此数按月设法筹解。今鲍超又添新募四营，应需饷项，臣仍当督饬藩司勉力筹解，俾资接济。第该营所开薪粮、公费等项，核与湘、楚各军月饷数目多有参差。该营前在湖北、江南征剿有年，曾否定有画一章程，尚须咨商曾国藩核覆办理。

所有移咨鲍超督师进剿并筹济饷项缘由，理合附片覆奏，伏乞圣鉴训示。谨奏。

通筹分路防剿折同治四年十月二十七日

奏为逆众自粤东窜逼闽省边境，现筹分路拦剿，恭折由驿驰奏，仰祈圣鉴事：

窃臣承准军机大臣字寄："同治四年十月十一日奉上谕：'康逆被江西官军击败后，回窜粤东，阑入和平县城，经团兵击退，遂窜入连平州属之忠信司，复扰及长宁、大席、翁源边界。贼踪飘忽异常，粤省官军总未能实力堵剿，力遏凶锋，必须江、闽援军合剿，方可聚而歼旃。刘坤一即督令席宝田、王开琳等军越境会剿，不得稍分畛域。'"等因，钦此。

伏查康逆股匪复由连平宵遁和平，饬令各军驰赴东路防剿，并浙江提督鲍超即可抵赣各情形，业经臣分具折片奏报在案。兹据报称：贵州臬司席宝田率精毅营于十月十二日驰抵定南厅之下历司，湖南提督周宽世率铨字营，记名总兵王开琳率新、老湘营相继而至。探知逆众已窜和平之下车地方，十三日，王开琳进扼天花寺。该逆旋窜龙川之小山墟，王开琳追至下车，捕斩落后贼数十人。席宝田度贼必由小山窜鹅公墟，遂冒雨夜行八十余里，十五日至安远之太平堡，十六日，贼前锋数千人果由小山来犯鹅公墟，冀由此路冲入江境。旋知太平已有官军，仍折回小山。迨席宝田出队往击，贼已去远。王开琳亦率队至鹤子墟。该逆知江省防军连环而进，无隙可乘，且惩前次铁石口之战遭席军巨创，不敢复向安远、长宁边界，遂由粤境绕道而走，十七日窜龙川之白泥田，十八日窜兴宁之罗浮司，十九日向平远、镇平长驱而去，并据谍报已窜福建武平，等情前来。

臣查该逆绕窜平远、镇平，距江省会昌县之筠门岭仅百里，而与福建武平等县亦俱毗连，席宝田一军因恐尾追不及，即日拔赴会昌。臣复檄调记名总兵刘胜祥之祥字营、补用道张岳龄之平江营前往，以资厚集；并令直隶正定镇总兵娄云庆之霆字营进驻安远以为之继，而留王开琳、周宽世两军暂屯长宁，杜贼回窜。

惟查闽省健将精兵均已赴粤，边防颇单，现在帮办福建军务刘典、署浙江提督黄少春，虽率所部星驰回闽，能否绕出贼前，难以计料。万一该逆自武平犯汀州，则江西宁都州属在在可虞；再由汀州走邵武，则抚、建、广、饶更有防不胜防之势；并可由江、闽交界山内直趋浙之三衢以入皖南，亦为该逆熟径，一经滋蔓，势又燎原，极为可虑。适浙江提督鲍超于二十三日抵赣，臣当与面商，即率新募生力之兵，于本月二十八日上道，驰赴娄云庆行营察看事势，如贼尚在武平等处，当举全军就而击之，或出汀州会同福建藩司王德榜一军，并力邀贼；如贼已至汀州，则下游更属空虚，该提督即取道建昌府属之新城县，出杉关至邵武一带，扼贼去路，以屏蔽浙、皖。席宝田等各军循赣、宁而东，以卫江西腹地，相机出境，与鲍超等前后夹攻。仍听闽浙督臣左宗棠节制调遣，以期悉合机宜，聚歼群丑。臣俟各军次第前进，并令营务处候补道何应祺，协同诸军，视贼所向，慎筹战守。赣郡防务即责成吉南赣宁道王文瑞妥办。臣率亲兵驰回省城，就近筹防省东各郡事宜，以重根本，而固疆圉。

所有逆众自粤东窜逼闽省边境，现在分途防剿各缘由，理合会同署两江督臣李鸿章，恭折由驿五百里驰奏，伏乞皇太后、皇上圣鉴训示。谨奏。

席宝田在江得力请暂留军营片

再，查席宝田钦奉恩旨，补授贵州臬司，自应即赴新任。惟该员现带精毅营勇，最为江省得力之师。此次汪逆股匪，既西复东，屡犯江境，所以克保疆圉，席宝田战功为多。现值逆众扰及闽省，臣分派各营出境兜剿，沿边设防，战事方殷，席宝田实难遽去。合无仰恳天恩，俯准将新授贵州臬司席宝田暂行留营，俟此股发逆扑灭后，再饬赴任，实于军务大有裨益。理合附片陈明，伏乞圣鉴训示。谨奏。

嘉应州城失守现筹会剿折

同治四年十一月初七日

奏为逆匪袭陷广东嘉应州，现筹会剿，恭折驰奏，仰祈圣鉴事：

窃查汪逆股匪，未能冲入鹅公墟，绕由龙川、兴宁向平远、镇平窜去，逼近闽省边界，业经臣将酌拟分途防剿情形驰奏在案。

兹据探报，该逆侦知福建武平驻有防军，复折向嘉应，于十月二十一日袭陷州城。臣查汪逆于败残之后，犹敢占踞城池，实属凶狡已极，憨不畏死。然该逆若乘闽师未经厚集，冲过汀、邵，横出抚、建，则地方平衍，路径纷歧，我军转难兜剿。此击彼窜，皖南、浙东任其所之而无阻，其害不可胜言。今该逆聚处一城，三省官军连营而进，四面深沟高垒，使如槛兽釜鱼，但当期于成功，而不责以速效，即令稍需时日，必可悉数殄除。惟是嘉应民情犷悍异常，匪徒充斥，即江、闽边境，伏莽亦多。若任该逆出没往来，胁诱各处村寨，诚恐蚁附日众，其势益张，根蒂深则芟夷不易，蔓延广则收拾亦难，宜急束之于嘉应城中，使之坐困，庶可制其死命，则合围未可稍缓也。

就合围而论，江军出会昌、长宁，取道平远，以逼嘉应州城之北，而不能兼顾东西，一路防范稍松，贼或乘隙而遁，东窜汀、邵，则江省之抚、建堪虞；西走惠、韶，即江省之赣南受敌；回军转斗，势必后期。是欲救邻省之灾，而转贻本省之患。必须三省官军同时压境，庶免横溢旁流。闽师当力任东面，粤师当力任西面与南面，各据形胜，互为声援，使贼无瑕可蹈，方能聚而歼旃，则进兵不容参差也。

顾进兵以后，则愈去愈遥，既抵嘉应州城，离江西边境已数百里，军情瞬息千变，臣已遥制为难。加以地方莠民拦途劫杀，转运军火粮饷固极戒心，弁勇、哨探往还尤虑戕害，文报难期迅速，指挥何能合宜。且与闽、粤之师，彼此不相节制，或前或却，不免坐失事机。必须威望素著重臣，就近为之提挈，庶攻守得力，主客同心，可以刻期奏效，则督办必在得人也。

臣现在咨行浙江提督鲍超一军，及贵州臬司席宝田一军，并记名总兵刘胜祥一军，共计近三万人，简卒严装，分途出境。合无仰恳天恩，敕催闽浙督臣左宗棠，迅速赴粤调度，俾将领秉承有自，得以早竟全功。至湖南提督周宽世、记名总兵王开琳、补用道张岳龄所部各营，仍分驻会昌、长宁，以固边防，而作后劲。其记名藩司刘连捷、永州镇总兵朱洪章两军，应暂留驻南安原处，以备不虞。惟闻该逆分股窜及镇平，又闻全股窜近永定，倘复东犯，则各军应照前折所筹，分别堵剿。贼踪无定，惟当视其所向，并力图之。

再，臣接据藩司孙长绂禀，病势日增，未能视事，另行缮折奏请给假调理，并委员暂行接署，以重职守。惟是时值隆冬岁暮，各营需饷浩繁，游勇迫于饥寒，亦恐乘机滋事。所有筹办接济、弹压地方，较之平常更为吃重。且以逆踪飙忽，省东各郡必须预为绸缪，各项事宜均惟藩司是赖。今既易以新手，已觉不易支持，若又加以臣衙门事件令其代行，诚恐或滋丛脞。现在贼距赣南稍远，战守均有成谋，臣于拜折后即行回省，督同各司道赶紧料理一切，如将来再有边警，仍行星驰出防，以期军务、地方两无贻误。

所有逆匪袭陷嘉应州现筹会剿缘由，谨会同署两江督臣李鸿章，恭折由驿五百里驰奏，伏乞皇太后、皇上圣鉴训示。谨奏。

藩司告假养病请委员接署折

同治四年十一月初七日

奏为藩司病势增剧，未能视事，恳恩给假调理，并委员接署，恭折仰祈圣鉴事：

窃臣接据藩司孙长绂禀称：该司赋质瘠羸，夙婴痼疾。上年冬间，因受风寒，具禀请奏开缺调理，前抚臣沈葆桢未经允准，只得赶紧医治，冀就痊可。乃求效太速，过服姜桂之剂，致令积寒未净，虚火上炎。始犹勉强支持，入冬以来，正气日亏，头眩耳鸣，口干喉痛，诸证一时并见。而目疾尤甚，每阅公事不及数行，辄热泪交流，眥痛欲裂。该司衙门及各局事务均关紧要，若以病躯从事，贻误必多，请即据情奏恳开缺，回籍调理，并委员接署等情前来。

伏查八月间，臣初到任，即据孙长绂面称，夙疾未痊，应须请假调治。臣以该司在江有年，情形熟悉，两护抚篆，措置咸宜，臣既诸事生疏，正资相助为理，又值刻期出省，当经再三慰留。今据禀称，病势日增，未能视事，词甚迫切，自系实情。但以时局尚艰，需人孔急，该司才堪干济，岂可遽事乞身。合无仰恳天恩，俯准给假两月，俾得安心调养，一俟就痊，再令销假任事。所遗藩司印务，暂行委员接署。

查藩司职在理财用人，关系极重。矧属边陲未靖，师旅云屯，尤须赞画机宜，筹办接济，是非才行该备，断不足以胜任。臣于实缺司道及候补道员中详加遴选，惟查有补用道黎兆棠，堪以暂行署理藩司印务。臣到任不及三月，例不加考。惟闻该员上年署南安府事，治声卓然。南安本系残破之区，城内居民寥落，该员极力拊循，流移渐复。及秋间贼扑郡垣，乃毅然以死守自任，入辞其母，率众登陴，誓共存亡，与同甘苦，由是人人感奋，卒得保全危城。本年夏间，霆营饥溃回赣，军情汹汹，势将不测。该员匹马入营，陈说祸福利害，譬谕百端，众心复固。只此二事，已足觇其器识宏远，胆气甚优。臣自抵虔，遇事留心察看，见其端方谙练，实为不可多得之员。除檄饬遵照外，所有藩司病重请假并委员接署缘由，理合会同署两江督臣李鸿章，恭折附驿具奏，伏乞皇太后、皇上圣鉴训示。谨奏。

备陈防剿情形折同治四年十一月二十六日

奏为备陈前月防剿窜贼，并现筹各路情形，恭折由驿覆奏，仰祈圣鉴事：

窃臣先后承准军机大臣字寄：“同治四年十月二十九日，奉上谕：‘刘坤一奏粤东上坪踞逆宵遁和平现饬各军东驰截击各折片，览奏均悉。着刘坤一严檄各军，会同闽、粤各军分路进剿，协力兜擒，为一鼓聚歼之计。现在汪逆东窜和平，江省南安、长宁、会昌等处正在堵剿吃紧之际，即着刘坤一知会鲍超，统率娄云庆等军，星驰前进，视贼所向，疾驰痛剿。’又于十一月十一日奉上谕：‘瑞麟等奏逆匪由连平复窜和平，饬军追击，刘坤一奏逆众窜逼闽省边疆各折。粤逆窜踞连平之上坪等处，经李福泰、方耀等军率队进攻，将其下坪暖水口炮台平毁。该逆焚烧上坪山寨，窜由龙南复至和平县属地方，尚系十月初十以前事。刘坤一所奏王开琳追贼于和平下车，捕斩落后贼数十人，该逆遂于十三日窜龙川之小山墟，复于十八、九等日，由兴宁向平远、镇平长驱而去，并据谍报已窜福建武平。是逆踪飘疾，旬余之内已窜扰三省边境，倏忽东趋，江、粤各军并未大加惩创，扼其奔突，何能制贼死命。刘典、黄少春两军，现率所部星驰回闽，席宝田、刘胜祥等军复驰赴会昌扼剿，着左宗棠、刘坤一迅即檄饬各军，绕出贼前，迎头截击，不得徒事尾追，致令着着落后。’”各等因，钦此。

伏查康逆前据连平州之上、下坪，江西各军分布定南、龙南、信丰及南安一带，只能力扼西北，而不能兼顾东南。臣自派席宝田、王开琳、娄云庆刻期入粤，即经咨请署两广督臣瑞麟、署广东抚臣郭嵩焘，并函属广东藩司李福泰，务以重兵严防和平，杜贼转窜。嗣贼果由此路宵遁，踪迹飙忽异常，江军驰出下车，贼已长驱而去。维时长、会防兵极薄，恐贼乘我之虚，则凡抚、建、广、饶腹地，在在可虑，是以檄饬席宝田等倍道绕赴贼前，并力遮击，兼为闽省声援，乃贼觇知有备，遂即翻山袭陷嘉应州城。臣前经奏明鲍超、席宝田、刘胜祥三军分途出境会攻，现准闽浙督臣左宗棠来咨，已催其次第启行，并委营务处候补道何应祺及赣南道王文瑞沿途设局，转运米粮、子药，俾免缺乏，致误事机。果能及时合围，仍可以收聚歼之效也。

抑臣更有虑者，从前官军厚集西北，则贼回窜东南；目下官军厚集东南，安知贼不复窜西北？查鲍超一军，已经左宗棠调赴武平、上杭，臣饬席宝田、刘胜祥两军由平远、镇平前进，借以屏蔽江西。仍令湖南提督周宽世所统之铨字营三千余人，记名总兵王开琳所统之新、老湘勇五千余人，候补道张岳龄所统之平江勇一千余人，驻守会、长及龙、定一带，以与原驻南安记名藩司刘连捷所统之副后等营四千余人、永州镇总兵朱洪章所统之长胜等营一千余人，遥为联络，以固江省西路边防，即以扼湖湘门户，使贼无隙可乘，辗转就毙于闽、粤、江、楚之交，而不至于漏网。

再，臣因藩司孙长绂患病请假，又值岁暮事繁，于本月初七日在赣拜折后，随即起程，于十四日抵省。一面将两月以来所积案牍赶紧清理，一面详察省东各郡情形。建昌本有护理赣州镇总兵普承忠所带弁兵千人驻防。惟抚州、广信防师先经裁撤，兹复饬前任甘肃臬司刘于浔募勇五百名，协同所部水师往守抚郡，广信府知府钟世桢募勇五百名，会同记名提督孙昌国所拨炮船分守城垣河道，以期有备无患。

所有前次防剿窜贼及现筹各路情形，理合会同署两江总督臣李鸿章，恭折由驿五百里覆奏，伏乞皇太后、皇上圣鉴训示。谨奏。

江省应造直隶剥船暂请展缓折

同治四年十一月二十八日

奏为江省应造直隶剥船，现因军事方殷，饷需支绌，筹款为难，采办不易，吁恳天恩暂行展缓，恭折具奏，仰祈圣鉴事：

窃查前准户部咨，议覆天津验米大臣宗室载龄等奏请加修直隶满料剥船以资转运一折，同治四年六月二十九日奉上谕："前据载龄等奏，请将满料船加价修整，当交该部妥议具奏。兹据户部奏称：‘剥船缺额既多，一时排造不及，自宜将满料剥船援案修理’等语，着照该部所议，并着江西、湖北、湖南各督抚先行筹款，将应行排造续增剥船一千只赶紧照案均匀分造，委员解赴直隶听用。其船只式样及保固年限等事宜，均着照成案办理，并将办理大概情形及分造数目先行报部，以凭查核。”等因，钦此。当经前护抚臣转行钦遵办理去后。

兹据藩司孙长绂会同督粮道段起详称：“查道光十八年，江、广等省代造直隶续增剥船三百只，江西分造一百只；二十四年代造续增剥船七百只，江西分造二百三十四只。今部议代造直隶续增剥船一千只，自系即指十八、二十四两年承造解津之船照案匀摊，江省应分造三百三十四只。部咨造费每船二百五十两。江省历办成案，每只内销工料银二百三十四两六分五厘，外销工料银四十二两七钱，解船赴津运费每只需银九十余两及一百两有奇，亦系分别内销、外销。核计三百三十四只共需内销工料银七万八千一百七十七两七钱一分，外销工料银一万四千二百六十一两八钱；内销运费银一万三千三百六十两，外销运费银一万八千五百余两。统共需银十二万四千余两。其内销工料运费，应行动用地丁，作正开销；外销工料运费，系借拨税契及司库闲款，分年摊捐归还。现在江省停止州县一切捐摊，须由司库融补。伏念直隶剥船为漕运要需，江省应行分造船只，诚宜设法筹款赶造，解直备用。惟是逆匪现扰粤东，时逼江西赣南、宁都，属境防堵吃紧，又须派兵越剿，需饷浩繁，源源解济，刻不容缓。目下丁漕、厘金收数皆不畅旺，捐输更将告竭，每月支应各营饷项，仅能酌拨数成，岁额应放各款，亦多积压，左支右绌，艰窘异常。而剥船工料运费银逾十万，为数过巨，此时实无余力筹垫。且排造剥船，必得樟、杉等木锯板成造，此项木料，产在毗连闽、粤各县。自咸丰三年以来，产木之区，靡不被贼扰害，因而木商甚少。迩时粤逆屡思回窜江西，边境戒严，商贩愈形裹足，即使委员入山采办，亦非刻期可得。是筹款固为艰难，办木尤为不易，详请奏明展缓。”等情前来。

臣覆加查核，委系实在情形。合无仰恳天恩，俯准将江省应造直隶剥船暂行展缓，一俟军务稍松，库款稍可周转，再行委员承造，解直应用。

除咨明户部暨直隶督臣外，理合恭折具奏，伏乞皇太后、皇上圣鉴训示。谨奏。

江军赴粤会剿筹解营饷折

同治四年十二月二十日

奏为江西各营业经赴粤会剿，并臣酌度情形出省督办防务及解济霆营饷项，恭折由驿覆奏，仰祈圣鉴事：

窃臣于十二月十七日，钦奉递回前折后开：“军机大臣奉旨：‘览奏已悉。贼在嘉应州，距江省甚为切近。该抚已派席宝田等军由平远、镇平前进，着即饬令各军刻日会剿，尽歼丑类。如江西边界军情紧急，该抚仍当酌度情形，出省督剿，毋稍疏忽。’”钦此。又承准军机大臣字寄：“同治四年十二月初九日奉上谕：‘左宗棠奏筹调官军分路进剿一折。鲍超一军前已据奏行抵会昌听候调遣，着该提督即进兵嘉应，会师围剿，听左宗棠调遣。鲍超一军入粤，人地生疏，着刘坤一按月筹饷解济。刘坤一仍当懔遵叠次谕旨，催军出境会剿，不得稍存畛域之见。’”等因，钦此。

伏查贼自窜陷嘉应州城，其势日形猖獗，自应并力会剿，以期悉数殄除。江西各营，除鲍超一军外，惟席宝田一军万余人为最大，为最精，臣复以记名总兵刘胜祥三千余人隶之，其力益厚。顷据先后咨禀，均遵左宗棠调遣。鲍超一军，于十二月初六、七日以次前进广东平远县之相公亭，席宝田、刘胜祥两军于初九、十日以次前进平远县之东石、大柘，从此渐逼渐近，当可克期合围。惟是康逆狡悍异常，诚恐其伺间先窜，嘉应距江西仅二百四十余里，不可不备不虞。现在记名藩司刘连捷一军，已经湖南抚臣李瀚章准其裁撤，南安只永州镇总兵朱洪章一千五百余人，兵力甚单。臣咨商湖南提督周宽世一军及记名总兵王开琳一军，共八千余人，移屯定南厅之鹅公墟，兼顾西路。其留江补用道张岳龄一军一千七百余人，则留驻东路之会昌县城。且嘱鲍超、席宝田、刘胜祥三军觇贼所向，驰往邀击，借以屏蔽江西。而令营务处候补道何应祺毋庸出境，即于长宁县督办转运，并得以照料边防。臣仍当酌度情形，遵旨山省督办，以期捍卫疆圉，扫荡余氛。

计自咸丰三年以来，江西递遭蹂躏，民凋物敝，刻下难期复元。而各营每月需饷浩繁，全赖随时所收丁粮、厘税供应，若令再被贼扰，则公私均不堪言。况江西居吴、楚之中，实为大局安危所系。接据谍报，贼已蚁附甚众，常欲窥伺江西。臣夙夜绸缪，不敢稍有疏忽，冀免陨越，仰慰宸廑。至霆字新旧各营月饷，据鲍超等册报，合计九万七千有奇。臣商同司道，每月先解八万两，一俟两江督臣曾国藩核定薪粮章程，设法弥补。昨准署两广督臣瑞麟、署广东抚臣郭嵩焘咨，每月另解该营一万两，则是短欠无多矣。

再，准瑞麟、郭嵩焘咨，已为该营就近设局采买米粮，而令其自行发价。臣以席宝田、刘胜祥两军同为出境会剿之师，所需米粮咨请瑞麟、郭嵩焘一律接济，均令自发价资，若必仰给江西，则该处山路崎岖，加以冬春雨雪，难免贻误，想瑞麟、郭嵩焘必不歧视也。

所有江西各营业已赴粤会剿各缘由，理合会同署两江督臣李鸿章恭折由驿五百里覆陈，伏乞皇太后、皇上圣鉴训示。谨奏。

甄别府州县劣员折同治四年十二月二十日

奏为甄别庸劣不职之府、州、县等官，请旨分别革职、降补、改简，以肃官方，恭折具陈，仰祈圣鉴事：

窃臣至愚极陋，仰荷皇上特达之知，畀以封疆重任。现值邻氛未靖，防务固未敢稍疏，而深维地方理乱之机，莫不关夫吏治。江西递经兵燹，民困未苏，民风渐薄，闾阎乐利，远不如前，务在守令得人，方足以资拊循而期振顿。

臣自抵任以来，详加访察，查有建昌府知府董敬宣，任意需索，公事糊涂；前署饶州府知府吴秉衡，行迹贪污，心术狡险；南康府知府高延绶，性情最缓，难以有为；前署宁都直隶州知州刘晋卿，气质极粗，殊乖政体；新淦县知县程乃文，操守不谨，听断失平；前署崇义县知县吴鸿庆，惟便私图，不协舆论；新昌县知县姚近维，大节有亏；临川县知县锡荣，才具平常：均未便稍事姑容，相应请旨将知府董敬宣、吴秉衡，知县程乃文、吴鸿庆、姚近维一并革职；知府高延绶降以同知归部铨选；直隶州刘晋卿降以通判归部铨选；知县锡荣改调简缺，俾不致贻误地方。

除武职员弁容臣访察得实另行甄别外，合将应行甄别文员，会同署两江督臣李鸿章，恭折具陈，伏乞圣鉴训示。

再，建昌府遗缺，例应归部请旨简放；临川县系冲繁难要缺，应由臣照例办理；其南康府及新淦县、新昌县例应归部铨选。江省现有应补人员，均请留归外补，合并陈明。谨奏。

奏疏卷二

江军进逼嘉应会同收复州城追剿筹防折

同治五年正月十二日

奏为江军进逼嘉应，大获胜仗，随即会同收复州城，追剿窜贼及筹防江境，恭折具奏，仰祈圣鉴事：

窃臣承准军机大臣字寄："同治四年十二月二十五日奉上谕：'瑞麟、郭嵩焘奏，贼伏嘉应，现筹添军会剿各折片。西北一路，平远、相公亭、大坪、石正一带，可以横窜江西之长宁，又可由平远北窜龙、定，西出南雄、始兴以窥楚境，必须劲旅扼守，以防该逆分窜之路。着左宗棠等催令鲍超星速进扎相公亭等处，严密布置，遇贼即击，迅殄逆氛。刘坤一着懔遵叠次谕旨，迅派官军出省会剿，毋分畛域。'"等因，钦此。

伏查浙江提督鲍超一军，进扎平远之相公亭，贵州臬司席宝田、记名总兵刘胜祥两军，进抵平远东石、大柘，前经臣驰奏在案。兹据报称，席宝田、刘胜祥各率所部由良畲、龙虎墟前进，于同治四年十二月十九、二十等日驰扎大坪堡。鲍超于二十日率师至距嘉应州城十余里之平成、铺山子下一带，正在踩看营地，逆众分三路来犯，鲍超当令记名提督唐仁廉、已革提督谭胜达、记名总兵曾成武督率各营，分三路应之，并令记名提督直隶正定镇总兵娄云庆，记名总兵段福各率队伍抄出左右山冈为奇兵。该逆漫山遍野而来，呼声动地，猛扑我军。唐仁廉率张再胜、邹连升、邓荣佳、涂祖昌等以洋炮队连环轰击，子骤如雨，锐不可当，中路贼遂却退；谭胜达率[①]邓训诰、易进春、孙开华、曹志忠等亦败左路之贼。其时右路之贼，尚与我军相持，数开数合，曾成武督率蔡立成、顾惟奇、罗文宓、罗金声等大呼陷阵，各手刃数人，贼众惊溃。我勇正在分途驰逐，适娄云庆、段福率徐连升、江自康、杨友益、杨德珍、喻名扬、萧连贵等两旁抄出，截贼归路，贼益慌乱。鲍超督催各军纵横掩杀，追抵城根，沿途贼尸枕藉，计共杀毙四千余人，生擒二百三十四名，内有头目二十九名，均经讯明正法，夺获枪炮、旗械无算。查点弁勇，阵亡四十名，受伤二百余名。并据报称，康逆汪海洋，先于十二月十二日率众往攻塔子坳、横径两处营垒，与闽军苦斗竟日，汪逆受伤回城，至十三日夜毙命，群贼推伪偕王谭体元为首，及二十日复为鲍超所挫，众心惶惧。二十二日，刘胜祥进扎玉水乡，席宝田亦拟于二十三日进扎滩下围。贼见诸军日逼，乃于二十二日夜开东南门，由长河墟一路窜去。当经鲍超、刘胜祥会同闽军一面分兵入城，一面跟踪追剿，等情前来。

臣查发逆自伪侍王李世贤等死后，惟汪海洋最为狡悍。前因袭陷嘉应州城，土匪蚁附日众，臣窃虑凶焰复张。今幸该逆伏诛，余众弃城而遁，已无固志。闽、江之师蹑其后，粤东之师遏其前，当不难悉数殄灭。臣咨行鲍超、刘胜祥两军，务须穷贼所之，力图扫荡。惟恐贼或折窜兴宁、龙川，则江防又形吃紧，拟留席宝田一军暂驻大坪堡原营，以资兼顾，并饬原驻江境之铨字、湘勇、平江、长胜等军，勤放侦探，严行防堵，不得稍有疏懈。其各军收复州城详细情形，及霆营应请奖恤之处，统由闽浙督臣左宗棠

①中华书局版《刘坤一遗集》无“率”字。

查明奏报。

所有江军进逼嘉应，大获胜仗，会同收复州城，穷追窜贼，暨筹防江境缘由，理合会同署两江督臣李鸿章，恭折由驿五百里驰奏，伏乞皇太后、皇上圣鉴训示。谨奏。

捻匪窜扰黄州筹办江防片

再，臣于上年十二月二十一、二十二等日，递据广饶九南道俊达、九江府知府福绵、署德化县知县张光裕等禀称：河南捻匪，因湖北防军噪饷之变，乘间窜入黄州府属，肆行焚掠，蔓延甚宽等情前来。臣以湖北黄州府属与江西九江府属毗连，虽有一江之隔，亦不可不严为之备。当经一面咨请兵部右侍郎臣彭玉麟迅拨外江炮船，前赴九江上下游，分途扼截；一面商请记名提督孙昌国先拨内河炮船，兼程出江，梭织游巡；并令该管文武督同兵练稽察津渡，谨守城垣，以期有备无患。现据福绵等禀报，湖北防军已经安缉，捻匪有回窜河南之信。如果逆氛已远，或彭玉麟炮船抵浔，臣仍令孙昌国炮船撤回本汛。

所有捻匪乘变窜扰楚北、筹办江防缘由，理合附片陈明，伏乞圣鉴训示。谨奏。

发逆全股扑灭江境解严酌量遣留各军折

同治五年正月二十一日

奏为发逆全股扑灭，江西边境解严，分别遣留各军，筹补积欠饷项，恭折具奏，仰祈圣鉴事：

窃臣前奏江西各军业已赴粤会剿一折，于正月十三日准兵部火票递回："军机大臣奉旨：'览奏均悉。所筹均合机宜。仍着遵照前旨，迅速出省，督率席宝田等军，会攻嘉应，迅克坚城，以清余孽。'"钦此。并先后承准军机大臣字寄："于同治五年正月初三日奉上谕：'张亮基奏击退窜扰独山各匪，并请调席宝田等军援黔各折片。粤匪窜陷嘉应州城，席宝田一军尚须入粤会剿，一时断难赴黔。朱洪章现驻南安，防剿正当吃紧，亦难远调。惟李元度前在平江办理霆营叛勇，业已竣事，若将该革员调往贵州，尚属可行。着李瀚章即派该革员酌带勇丁赴黔助剿，其应用饷需，着刘坤一、李瀚章于该两省协黔饷下支给，或按月轮流拨给，总期军饷有着，俾利师行，不得稍分畛域。'"又于正月初八日奉上谕："左宗棠奏官军渐逼嘉应，现筹合围一折。昨据刘坤一奏，鲍超已于十二月初六、七以次前进平远之相公亭，席宝田、刘胜祥两军于初九、十以次前进东石、大柘，两路官军计日业已到防，自可遏其北窜平远、西窜兴宁之路。刘坤一并着迅遵前旨，出省督饬各军会攻，一面严扼本境边防，毋稍疏懈。"各等因，钦此。

伏查窜踞嘉应之贼，递为闽、江之师所挫，首逆伤毙，余众狂奔，当经各军收复州城，跟踪追剿情形，业由臣续行驰陈在案。臣本拟俟贼踪一有定向，即行出省督师。旋据报称，该逆遁向潮州府属之丰顺县，贵州臬司席宝田一军驰赴兴宁，杜其旁溢，鲍超等军会同闽师竟日穷追，及之于黄沙嶂，先歼嶂外之贼，继攻嶂内之贼，斩获无算。伪偕王谭体元、伪奉王黄十四死于乱军中，其余头目胡永祥等及康逆、奉逆妻子均为我军所擒，招抚匪党六万余人，发逆全股扑灭，等情前来。

臣查发逆自粤西倡乱，流毒最宽，稽诛最久，生民不胜荼毒，宵旰备极忧勤，命将出师，分道征讨。迨皖、浙各省以次削平，而汪海洋犹敢收合余烬，窜扰闽、粤，窥伺江西，以冀死灰复然，此贼不除，则东南师旅、财赋均被牵掣。兹各省疆臣秉承庙算，合江、闽、粤兵力，一举荡平，不留遗孽，从此东南肃清，无虞风鹤，食毛践土之伦，莫不渥被皇仁，咸登衽席。臣惟有慎选廉明守令，训练绿营官兵，务遂民生，兼严武备，以期长治久安，仰副朝廷戡定之至意。目下甫经解严，地方游勇甚众，且值各军同时凯撤，并此次遣散降人内多籍隶下游，均由江西经过，拟暂留记名总兵刘胜祥、补用道张岳龄两军及记名提督孙昌国等炮船，分布水陆，借资弹压。其鲍超一军，前经两江督臣曾国藩、湖广督臣官文先后奏调驰赴湖北、河南，专办捻匪，此时捻匪尚在黄安一带，应否即令鲍超移得胜之师，以向鄂、豫，相应请旨遵行。席宝田一军，应俟休息整顿，即饬赴黔。该营所需之饷，即由江西、湖南于应协该省项下按月拨解，免致虚悬。永州镇总兵朱洪章一军，出征日久，欠饷过多，业经湖南抚臣李瀚章奏明裁汰。以外，如湖南提督周宽世、记名总兵王开琳两军，臣即以次撤遣。

惟查各军欠饷数逾百万，应调赴他省者，固宜速为筹发，俾利遄征，免致借口稽滞；应行遣散归农者，亦须赶紧开支，以便回籍，免致坐食虚糜。而江省库款拮据，刻难得此巨款。臣与司道多方计议，设法张罗，无论何项，悉行凑放，但使应调、应撤各军，能早一日起程即可节省一日经费。将来欠饷给清，则所入丁漕等款，概可匀解京饷及各省协饷之用矣。

至各将卒经年转战，冒暑冲寒，力扫狂氛，共维时局；各司道及各委员筹办接济，赞画机宜，心力俱殚，始终无误；赣南各府县及各绅民集团守境，屡挫凶锋，供亿频仍，不辞劳瘁；兹值大功告竣，可否准臣择尤为出力者，量予奖叙，出自天恩。

所有发逆全股扑灭，江西边境解严，及分别留遣各军，筹补积欠饷项缘由，谨会同署两江督臣李鸿章，恭折由驿五百里驰奏，伏乞皇太后、皇上圣鉴训示。谨奏。

九江短征关税今昔异形邀免赔缴折

同治五年正月二十六日

奏为九江关一年期满，征收正耗税银及抵补各款数目，并短收盈余银两，实因今昔情形不同，吁恳天恩，免其赔缴，恭折仰祈圣鉴事：

窃查九江关税，每年应征正额银十七万二千二百八十一两三钱六厘，盈余银三十六万七千两，共银五十三万九千二百八十一两三钱六厘。自咸丰三年贼扰长江，关税停征。同治元年，接准户部咨，严饬该关道以此次接到部文之日作为开关之日，设法整顿，扣足一年，由该抚据实奏报，如有亏短，切实声明，由部酌量情形核办。又于同治三年接准户部咨，该关常税被洋税侵占，应饬该关道从同治二年新季开征起，截至一年关满止，将洋商所运土货另册登记，查明实被侵占若干，于关满时造册送部，以凭查核。等因，具奏，奉旨："依议。"钦此。又各省征调官兵，运解火药饷银及采办军食、器械等项船只，免征料银，曾于咸丰三年前监督义泰奏经户部议准，作正开除，免予着赔，各在案。

兹据九江关监督俊达详称：查前署监督蔡锦青，自同治三年十月十二日起，至四年五月十三卸事前一日止，计二百十一日，九、姑两关共征正银九万九千九百二两零，耗银九千五百三十五两零；该关道俊达，自四年五月十三日到任接征起，连闰至九月十一日关期届满止，计一百四十九日，九、姑两关共征正银十万五千二百一十九两零，耗银一万八十六两零，合计两任共收正、耗银二十二万四千七百四十四两零。又风篷洋船共过十一只，洋行土船共过三十三只，江汉关载木船共过八十只，均照关例核算，应征船料银五千四百四十四两零；又江汉关已收洋商出口木筏税银九千一百三十八两零，船载木税银六千二百十一两零。统计船木两项，共银二万七百九十五两零，应请照案在于本年征收洋税项下尽数拨补。又各省征调遣撤官兵、运解火药饷银及采办军食、器械等项船只过关，蔡锦青任内免征船料银四万九千六百三十五两零，俊达任内免征船料银二万二千八百八十五两零，共计免征船料银七万二千五百二十两零，应请照案作正开除。以上抵补短收盈余各款，连征存正、耗共银三十一万八千六十两零，内除耗银一万九千六百二十二两零不入比较外，按照原额实在短收盈余银二十四万七千四十三两零。伏念九江关额征正税计银十七万余两，而额外盈余银三十六万余两，较正税多至两倍有余。盖缘从前民丰物阜，船货流通，收税畅旺，递年加增。迨道光年间，即渐不如前，历任监督征收盈余，每有短绌之患。至咸丰三年，逆匪窜扰，关税停征十年之久。同治元年，江路稍通，始行开关征税。而东南各省兵燹之余，地方残破，居民多未复业，百货滞销，邻省警报频闻，商贾尚多裹足。且九江关例征船料、盐、木、茶、竹五项税课。茶、竹本属无多，向以船料、盐、木为大宗，旺收之年，只此三项，征银至五十余万。近时内地大船多被发逆焚毁，关口逐日稽征船料，悉是中下小舟，每只征银数钱暨数两不等，至十数两为最，绝无完税四五十两之满料大船。加以九江、汉口通商洋人轮船，往来便捷，商贾懋迁，全恃迅速，华商货物，遂多搭附轮船而行。轮船每只装货可抵内地大船数十只。轮船多则民船少，洋税旺则常税稀，彼盈此绌，势所必然。即就本届关期而论，共过上下水轮船四百二十八只，核计应征船料银十四万四千九百十四两零，因上届关期部议未准拨补，此次自难请抵，即此一端，暗亏常税不少。此船料短征之原委也。江西、湖广，向食淮盐，自江路梗阻，改食川、粤等省之盐。嗣经两江督臣曾国藩整顿淮纲，招商贩运，设局督销，应纳关税，责令局员收解。而行盐未能畅旺，每年解到税银仅只一万数千两。木税一项，亦以销路无多，华商簰筏甚属寥寥，通年征税不过万两。现收盐、木税项，较之往时不及四分之一。此又盐、木两项征税短绌之原委也。商贩货物既以被兵而滞销，运货民船又为轮船所侵占，溯自同治元年开关起，至今时已三年，稽征之力已竭，招徕之计亦穷，而各税收数仍无起色，实缘今昔情形迥异，以致关税不敷甚巨。元年短征银四十一万余两，二年短征银二十一万余两，本届又短征银二十四万余两。虽上两届短收之数均经部议减免九成，着赔一成，仰蒙恩旨允准。然就一成计算，已有应赔六万余金之巨。该道每年应领监督养廉银一万一千两，向系解交造办处充公，仅领巡道养廉银二千余两，办公尚属拮据，安得余资依限赔缴？一经限满，照例革职监追。前任如此，后任复然。前监督廷曙、蔡锦青，俱已负累无穷，该监督俊达，势必又为之续。念补苴之乏术，昕夕难安；顾例限之綦严，寝馈几废。因思开关之初，部议本有酌量情形核办之语，是部臣亦深知外省税务凋疲，不能拘以常法。窃计关税以正额为重，自应按额征足，不得渎请尽收尽解。其盈余银两，从前既以旺收而逐年加增，今以洋税致亏常税，似应与时推移，量从宽免。所有本届及以后征收盈余短绌，可否邀免着赔等情，具详请奏前来。

臣查九江关短绌盈余银两，实因兵燹之后，商贩无几，加以长江通商常税多归洋税，短收实出有因。该监督廉俸无多，力难赔缴。若照例勒限着赔，则前后各任转瞬均应革职监追，其情殊堪矜惜。且常税绌而洋税盈，名目虽殊，究于国课无缺。合无仰恳天恩，俯准将本届短征盈余银两及以后征收盈余，如有短少，暂免着赔。臣仍当随时察看，一俟税务渐有起色，即行奏明复归旧制。倘该监督以多报少，自外生成，或任委员人等从中舞弊，不肯认真整顿，臣一有闻见，便据实严参，重治其罪，断不敢稍事姑容，同干欺隐之咎。

理合恭折具奏，并将三届关满比较各税银数开具清单，恭呈御览，伏乞皇太后、皇上圣鉴训示。谨奏。

精捷营出力员弁核实请奖折

同治五年正月二十六日

奏为遵旨查明精捷营前在南安守城解围、收复水城出力员弁，核实请奖，恭折仰祈圣鉴事：

窃查同治三年九月间，钦奉上谕："杨岳斌、沈葆桢奏，南安援师叠次获胜，收复水城，郡城解严一折。侍逆率众直扑南安府城时，援军适至，该逆缩入水城。提督江忠朝、知府黎兆棠等，督军力战，克复水城，贼匪逾岭远遁，郡城危而复安。在事出力各员，实属异常奋勉，着杨岳斌、沈葆桢择尤保奖，以示鼓励。"等因，钦此。经前护抚臣孙长绂先将防剿出力之祥字等营及地方文武汇案请奖。并以云南临元镇总兵江忠朝旧部之精捷营，上年南安府城解围、收复水城，应推该营为首功，未便因以遣散，即置不议，于该总兵恳请开缺回籍终养，据情代奏，片内声明，俟江忠朝将出力人员开送至日，另行保奖。钦奉谕旨："江忠朝着准其开缺回籍养亲。该总兵旧部，前在南安府解围案内出力人员，着查明核实保奖，毋许冒滥。"钦此。转移钦遵去后，兹准江忠朝查明出力员弁，开折咨送前来。臣谨择其劳绩最著者，开列清单，敬呈御览。其出力稍次者，咨部注册，以把总、外委拔补，用示鼓励。

理合会同署两江督臣李鸿章恭折具奏，伏乞皇太后、皇上圣鉴训示。谨奏。

请准殉难文员在籍建立专祠片

再，据萍乡县绅士、江苏候补道刘咸等禀称："原任广东惠州府知府文晟，系萍乡县人，由大挑知县分发广东，历任东安、连平、清远、海阳、归善、番禺等州县，及嘉应州、潮州府，所至之处，以振兴学校、表扬节义为务，并疏水利以济农田，筑堤防以捍潦涨，擒捕盗贼，息讼安民，卓著循声，至今传诵。咸丰九年，三次委署嘉应州事。值发逆自闽省龙岩、永定窜扰大埔，该员闻警，亲率练勇防守三河，侦知贼谋由间道趋袭州城，复率勇星驰折回。而贼众果由松口来扑，该员勉励官弁、绅民，协力固守，昼夜登陴，躬自督战，前后杀贼数百。贼攻益急，援兵未至，被围十三日，军疲饷匮，罗掘俱穷，该员以死守自誓。二月十六日卯刻，贼用地雷轰塌西城十余丈，该员正在南门巡防，犹麾勇巷战，手刃十余贼，旋被群贼围刺，体无完肤，力竭遇害。经广东督抚臣奏奉谕旨，照道员阵亡例从优议恤，并准于该州城内建立专祠。国家褒忠之典，固已极优，而原籍士民思慕遗徽，咸愿于萍乡建立专祠，俾乡里父老共荐馨香。"等情，经臣移咨粤省查复，该故员政绩及殉难各情，均属相符，行据总局司道核议，具详请奏前来。

臣查原任广东惠州府知府文晟，服官粤省，历著循声，殉难嘉应，死事最烈，其情尤堪矜悯，是以乡人追慕独深。合无仰恳天恩，俯准于该故员原籍萍乡县建立专祠，以昭忠节，而惬舆情。

理合附片陈明，伏乞圣鉴训示。谨奏。

邀恩宽免文武失守处分折

同治五年正月二十八日

奏为司、道、府、州镇将，连年率属防剿，并接济军需，久著劳绩，吁恳天恩，宽免失守属境处分，恭折仰祈圣鉴事：

窃查江西省自咸丰九年全境肃清之后，经前抚臣耆龄、恽光宸先后奏奉恩旨，司、道、府、州、镇将等官失守属境处分一并宽免在案。彼时本境虽已戡定，而邻匪尚属四侵，是以咸丰十、十一，同治元、二等年，发逆屡由粤、闽、皖、浙窜扰江境，三年，苏、浙、金陵克复，逆众尽萃江右，人数极多，蔓延尤广，均经各前抚臣督同司、道、府、州、镇将随时悉力防剿，省城及各郡城赖以保全。其外县地方，本属残破之余，城垣颓圮，兵饷两难，以致间有失守县分，然亦旋经克复，从未日久沦胥，诚由大兵攻剿得力，亦赖列郡巩固，该逆不能踞下邑以抗我师，用能肤公速奏。该司、道、府、州、镇将，并经督属赶办团练，激励弁兵，协助各军进剿，收复所属城池。且江省用兵十数年，经费久匮，民力亦疲，乃能于库藏告罄之时，设法劝捐抽厘，催征银米，岁集巨饷，供亿各军；于物料短绌之日，多方购备，制造军装、火器，俾利征战，历今六七年，无有缺乏，洵属殚心竭力，共济时艰。现在江、闽、粤三省官兵，共平发逆，行间将士固幸懋赏同膺，薄海苍生亦各皇仁渥被。该司、道、府、州镇将辛苦备尝，劳绩久著，其失守属境处分，累属因人，功堪掩过。当此东南大功告竣，可否仰恳天恩，俯准将江西省各司、道、府、州及总兵、副、参、游、都等官失守属境处分，概行宽免之处，出自逾格鸿慈。

理合会同署两江督臣李鸿章恭折具奏，伏乞皇太后、皇上圣鉴训示。谨奏。

勘实湖口城工请奖捐生并加广学额折

同治五年正月二十八日

奏为湖口县官绅士民捐修城垣工竣，请旨敕部分别奖叙，并加广文武学额，以昭激劝，恭折仰祈圣鉴事：

窃照湖口县滨临大江，地当险要，上通楚北，下达皖南，为七省之冲途，实三江之门户。前因逆氛占踞日久，蹂躏不堪，城垣被毁，保障无资。咸丰九年，创议捐修。经督臣曾国藩倡捐钱八千串，兵部右侍郎臣彭玉麟倡捐钱四千串，湖口县知县岑连乙捐钱二千串，并经该县会督官绅劝谕绅富量力捐资，共①济要用。一面带同工匠周围勘丈，连添造包围月亮山城，共计围长一千五十三丈，河城深一丈，高二丈六七尺至三丈三尺不等，山城高二丈零，垛口八百五十四个，每垛高六尺，城身均宽一丈八尺，添建迎春、利涉二门，月城两座，又于河城及月亮山城一带共建炮台五座，另筑护城堤塍，撙节确估，实需银一十二万一百一十两，报经前抚臣耆龄批司札委永丰县知县王承翼前赴该县会勘相符，即于是年四月二十日兴工。经督臣曾国藩、前抚臣毓科会折奏请援照筹饷新例减成议叙，仍俟工竣准其汇案，增广学额。嗣准部议，饬照莲花等厅县成案，凡捐职衔、封典照常例酌加四分之一，

①中华书局版《刘坤一遗集》作“供”。

其捐实在官阶，照筹饷例定银数办理，并先后颁发空白贡照十张、监照五十张、从九职衔照一百张，饬令实力劝捐，随时填给。嗣因防城兵勇，昕夕驻守，风雨交侵，添造更楼、窝棚、卡房，以资栖止。乃师旅之后，饥馑荐臻，以致捐项骤难收齐，该局绅等设法挪借济用，俟后收捐归还，俾免停工待费。至同治二年三月初一日，通工一律告竣。计城身垛口及护城濠墈等工，共用银一十二万一百一十两，又添造更楼、卡棚用银一千一百二十两，二共用过工料银一十二万一千二百三十两。报经藩司札委知县夏燮亲诣验收，委系工坚料实，并无浮冒。兹据署湖口县知县梅毓翰，造具各捐生花名清册图结，详府加结，由司覆核，转详请奏前来。

臣伏查湖口县城，自遭粤逆扰陷，雉堞无存。迨经官军收复，地方凋敝实甚，民困未苏。此次倡议捐修，该士民等于兵燹之余，一经官绅劝导，均各解囊相助，踊跃输将，俾大工得以蒇成，洵属好义急公，深堪嘉尚。内曾国潘、彭玉麟暨岑连乙捐钱合银七千两，不敢仰邀议叙，又各捐户不及请奖银五千二百四十二两，实应奖叙银十万八千九百八十八两。所有册造请奖实职、虚衔、封典等项银数，核与例案均属相符。相应请旨敕部照例分别议叙，用示鼓励。谨开列清单，恭呈御览。至所捐经费，除外属绅民不计外，本邑绅民共捐银十万三千九百八两，拟请以三万两加广永远文武县学额各三名，以五万两请加广永远文武府学额各五名，以二万三千一百八十两并前咸丰十年团练捐输增广学额外余银八百二十两，共二万四千两，请广一次文武学额各十二名，以广皇仁而作士气。余银七百二十八两，应俟续有别项捐输，并计办理。

除将各绅民捐数、履历清册、图结送部外，谨会同署两江督臣李鸿章，恭折具奏，伏乞皇太后、皇上圣鉴，敕部核覆施行。

再，此案城工系因防剿紧急，劝捐兴修，所用经费即与军需用款无异，事在同治三年六月以前，应请援照部定章程邀免造册报销，合并陈明。谨奏。

江省新漕骤难起运片

再，准户部咨："江、广三省新漕能否办运，抑或仍旧折征，应令该省迅速奏报，由部核办。"等因。臣查江西省同治三年以前漕粮，均经前抚臣沈葆桢奏准照旧折征，并护抚臣孙长绂将改折章程详晰具奏，经户部核议覆准在案，是以四年分新漕仍照旧章征收折色。且查江省各属，屡遭蹂躏，肃清甫及一年，元气难以骤复，加以近年米价昂贵，若办起运征收本色，则花户完数较之折价大相悬殊，详加体察，民力实有未逮。况当新漕开征之际，正粤东逆氛张炽之时，边界防堵吃紧，并须派兵出境会剿，需饷孔殷，全赖漕折以资接济。目下大功虽已告竣，而应调、应撤各军欠饷甚巨，均属刻不可缓之需，亦借漕折以为凑放，俾免停待，别滋事端。据督粮道段起会同署藩司黎兆棠具详请奏前来。合无仰恳天恩，俯准将江省四年分漕粮照旧折征，所收银两，容臣察看情形，酌量解部，余仍留充本省军饷，以济要需。

所有江省骤难办运缘由，理合附片陈明，伏乞圣鉴训示。谨奏。

请奖湖口出力官绅片

再，查前准户部咨："嗣后捐输银钱米粮请叙官职者，专归捐案照筹饷例核实计算，必捐数符合，方准给奖；各劳绩保举，当归劳绩专案，由吏、兵二部办理。毋得劳绩、捐项牵连合并，笼统请叙，以杜轇轕。”等因在案。

兹查湖口县官绅，于地方残破之后，倡议捐修城垣，不辞劳苦，劝导有方，用能集成巨款，克竟要工。且自咸丰十年冬间，城垣粗就，逆匪窜扑湖口县城，攻打数日。该绅等纠带工匠数百人，随同陆军团防营，并内江水师后营，昼夜固守，杀贼无算，后经兵部右侍郎臣彭玉麟，督带水陆各军自皖上援，贼始宵遁。同治二年三月间，城工方竣，逆匪复窜湖邑扑城，该绅等选派精壮乡民，自捐资费，供给口粮，随同南、湖等营坚守城垣，分派四处出哨，杀贼甚多。七月间，会合精捷、铨字等营，将贼击退。两次城池得以保全，实由该官绅等敌忾同仇，修造坚固，洵属著有成效。除捐输经费士民，现经臣另折奏请照例议叙外，其在事官绅，或劝捐辛勤，或防守著绩，自应一并吁恳恩施，量予奖叙，以昭激劝。臣用择其始终出力者开单，敬呈御览。除咨部外，谨会同署两江督臣李鸿章附片陈明，伏乞圣鉴，敕部核覆施行。谨奏。

江省各军酌定撤留及筹解协饷折

同治五年二月二十六日

奏为江省各军业已酌定留撤，并暂留精毅营防剿闽匪，及筹办各省协饷，恭折由驿覆奏，仰祈圣鉴事：

窃臣先后承准军机大臣字寄：“同治五年正月二十三日奉上谕：‘现在东南虽已肃清，而捻匪窜扰北路，楚、豫等省，到处戒严。鲍超一军，即着左宗棠饬令迅赴楚、豫之交，听候曾国藩调遣；其江、闽各路得力将弁、兵勇，有可调赴楚、豫、江、皖助剿者，并着曾国藩速行函商左宗棠等，酌量调往，以期厚集兵力，早殄逆氛。左宗棠等仍当听候曾国藩函商调派将士之信，分别遣留，不得先将得力诸军概行遣撤。'又于正月二十九日奉上谕：'杨岳斌奏，甘省兵力不敷分拨，请调朱南桂、刘连捷迅统所部赴甘援剿等语。着刘坤一、李瀚章查明朱南桂、刘连捷两军是否已经裁撤，抑仍留江境防堵，即饬该二员迅统所部星驰赴甘援剿。'又于二月初一日上谕：'此时江、闽、粤东军务已平，浙江、江西、湖南亦应撤防，自可将各该省饷项移作甘肃军需之用，嗣后江西、浙江、湖南每月可协济甘省饷银若干两，并协济调赴鄂、豫、江、皖助剿勇营饷银若干两，鲍超一军调赴鄂、豫约有若干名，楚北可协济此军饷银若干两，江苏省能否于现协甘省月饷外，再行筹添若干两，均着妥筹速奏。'"各等因，钦此。

伏查江省各军内，浙江提臣鲍超所部霆字营，应赴湖北、河南专办捻匪；贵州臬司席宝田所部精毅营，应俟休息整顿，即赴黔中；湖南提臣周宽世、记名总兵王开琳两军，应以次撤遣；仍着留记名总兵刘胜祥、补用道张岳龄两军，及记名提督孙昌国等炮船分布弹压，业经臣奏奉俞旨。旋准两江督臣曾国藩咨调鲍超一军前赴楚、豫，臣复转咨查照各在案。鲍超现已统率士卒回江驻扎丰城。臣因捻匪披猖，亟望此军赴剿，饬局补给欠饷外，另筹行粮银十万两，以便刻日启行。其席宝田所部精毅营，亦已回扎吉安，本拟稍休即赴黔省。惟援黔军事，由湖南抚臣李瀚章筹办，叠经专函咨商。嗣据覆称，已委湖南臬司兆琛、革员李元度，选募劲勇，分立两军，赴黔援剿，名数近二万人，应已足资调遣。席宝田一军，若令改赴甘肃，又恐人地不宜，难期得力。且该臬司以积劳成疾，父老倚闾，数请给假终养。正在核办间，叠据广信府铅山县飞禀，福建崇安县斋匪于二月十五日焚抢厘卡，戕官踞城，十八日窜至江、闽交界之大安地方焚掠，该府营已派本郡兵勇扼守分水岭，请调大兵堵剿。臣查江省陆勇，只留刘胜祥、张岳龄两军，现令分驻赣、宁，搜捕土匪。值此降人游勇纷至沓来，该处兵力一经抽调，即恐奸徒勾结，乘隙起事。而广信正在盼援孔亟，未可稍涉迁延，因饬席宝田就近酌拨所部，兼程驰赴该处，相机截击。倘闽、浙之师未能骤集，而匪势渐张，即越境攻剿，免致延蔓，俟事竣后，再定行止。其归德镇总兵朱南桂、记名藩司刘连捷两军，节经湖南抚臣饬令遣撤，臣于前折已经陈明。至江省应行协济各省军饷，前因防剿事亟，欠解甚巨。计江省应解之款，以京饷为第一要需。此外如历年欠解贵州兵饷，铅本银五百余万，前奉寄谕，分作二十年清款，按年拨还半成，不准延玩。又欠解云南军饷，钦奉谕旨，提银三万两，限三个月解清。协济甘肃军饷，经前护抚臣孙长绂覆奏，俟防务稍缓，每月解银二万两。其余应解直隶、广西、福建饷项数亦不少。现在本省各营积欠尚未清厘，若扫数全完，计在百万以上，补疮剜肉，已费周（张）〔章〕。近筹资送霆营亦是巨款，而将来留防水陆各军勇粮，办理善后经费，均属必不可省之需。所入之数，无非取给于地丁、漕折、厘金，而所出之数，一时尚难豫定。现奉寄谕协济甘肃、鄂、豫军饷，臣与司道悉心计议，所有甘肃月饷，照孙长绂原定二万之数拨解。其调赴鄂、豫助剿，现只鲍超一军，钦奉谕旨，令湖北、江苏两省协济，是该军饷项，已非全无着落。然众擎易举，江省仍不敢推卸，臣拟每月协济该军饷银四万两，按月委员解赴曾国藩粮台兑收，即作为江省协济鄂、豫之款。其余京、协各饷项，容俟各营遣撤通盘筹画后，再行酌定具奏。

第现接鲍超咨来抄折，该军现需月饷九万七千零，再添马队需饷三万四千，共月需银十三万余两，请由江西全数筹拨。伏思江省连年兵燹之后，度支久匮，目前匀拨京、协各饷，已形拮据，若霆军饷项概令江省接济，则他省需饷势必不能兼顾，诸多窒碍。但该提督已自具奏，应恭候谕旨遵行。臣系量入为出，全局统算，非敢稍事推诿。

所有江省各军业已酌定留撤，并暂留精毅营防剿闽匪，及筹济各省协饷缘由，理合会同署两江督臣李鸿章，恭折由驿覆奏，伏乞皇太后、皇上圣鉴训示。谨奏。

各县失事克复革员邀免再议折

同治五年二月二十六日

奏为同治三年被扰各县，查明失事、克复详细情形，吁恳天恩概免置议，恭折奏祈圣鉴事：

窃查署[①]金溪县知县张汉、署崇仁县知县屈怀珠、署宜黄县知县刘敬中、署东乡县知县李兴谟、南丰县知县莫廷蕃、署新城县知县唐先霖、代理雩都县知县兴仁司巡检邹汝铨，均于同治三年间，因发逆窜扰，失守城池，旋经随同大兵克复。经前抚臣沈葆桢核其情罪轻重，开具清单，奏请将张汉、唐先霖、邹汝铨免予置议，屈怀珠、刘敬中、李兴谟革职暂留署任，莫廷蕃革职，奉旨："吏部议奏。单并发。"钦此。嗣经吏部议将该员等均按章程革职，有无应得罪名，应否免罪，移咨刑部办理。并准刑部咨，应由该抚查明失事详细情形，按照新定章程，具奏到日，再行核办等因。即经前护抚臣孙长绂转行查办去后。

兹据抚州、建昌、赣州等府覆加确查，署金溪县知县张汉，于同治三年三月初六日城池甫经收复之后到任，地方凋敝，守备

①中华书局版《刘坤一遗集》无"署"字。

空虚。旋有侍逆大股屡窜县境，张汉与把总黄连清督率绅团竭力堵剿，县城赖以保全。五月二十二日，康逆大股窜至许湾，逼近县城西北，张汉复会督汛弁、团绅守御，相持二十余日。六月十五日，逆众约三万余人四面攻城，百道并进，势不能支，把总黄连清左足被贼枪伤，张汉左肘亦被矛伤深重，闷绝倒地，幸为亲兵救出，城池遂陷。嗣复召集团勇为霆军向导，七月初五日攻克许湾，十一日随同克复县城。

又，崇仁县城，自咸丰年间被扰残破，因经费不继，修复未竣。同治三年四月二十三日，侍逆大股窜逼该县南乡，署知县屈怀珠因城未修固，无险可婴，督率员弁、兵勇扼守南门黄州桥，并分巡各城门。相持三日，该逆未能越过黄州桥险隘。二十六日，分股绕从下游偷渡潜攻北门，兵勇溃散，屈怀珠折回力战，身受重伤，为团丁救护出城，城池被陷。旋即收集弁勇，随同精捷等营，于七月十一日克复县城。

又，宜黄县城亦系残破未修，同治三年四月二十五日，侍逆分股窜入县境，署知县刘敬中与外委邹铭祥，督率兵勇，驰赴东门外风乐桥堵御，并飞调乡团协守城隘。是日未刻，贼由小路扑近县城，刘敬中率队折回迎战，众寡不敌，团勇溃散，刘敬中右臂被矛伤，左腿受洋枪子伤，昏晕倒地。外委邹铭祥亦腿受矛伤，均为家丁救负往乡，贼遂由小北门缺处阑入。刘敬中复与邹铭祥带伤亲赴各乡催集团众攻剿，七月十三日随同精捷等营克复县城。

又，东乡县城亦系残破未修。同治三年四月，浙东后股逆匪窜近县境，署知县李兴谟会营督率绅团守御。五月十二日，击贼于黎墟，歼毙贼目二名，夺获甚夥。二十二日，迎战于坪里地方，先胜后挫，勇丁多有伤亡，李兴谟左腿受枪子伤，幸团勇接应，始折向北乡。二十四日，该逆由北路来扑，李兴谟负伤出剿，行不数里，贼骑骤至，勇丁被冲奔溃，李兴谟匹马驰突，创痕决裂，血流至足，晕绝倒地，为团勇救往王家桥医治。贼乘胜抄入东门，适铨字等营驰至，李兴谟与外委戴星葆率团协剿，于七月初十日随同克复县城。

又，南丰县于同治三年二月十五日大股逆众窜至上塘地方，该县知县莫廷蕃督团截击，毙贼数百人。十九日，贼扑北门，莫廷蕃登陴拒战，炮毙贼数十人。后股绕攻东门，城墙坍塌十余丈，逆众拥上，莫廷蕃疾驰堵截，杀贼十余人，被贼刺伤左腿等处，昏晕倒地，经绅团抢救出城，以致城池被陷。嗣率团勇力保西乡，屡挫逆锋，歼毙多匪。七月十六、七等日，率团为霆军向导，先将城外贼垒荡平，十八日随同克复县城，并协助霆军扫除大洋渡等处贼巢，越境收复新城县城。

又，新城县亦本残破之余。署知县唐先霖到任未久，于初次克复后，时有贼踪，屡经击退。七月间，康逆大股由金溪上窜，十四日，唐先霖亲率兵勇御之于小默地方，颇有斩获。十五日，逆众大掠于河坊，唐先霖复率兵勇往击。讵山坳内突出悍贼来扑，唐先霖竭力迎战，左腿、左臂膊、右肩甲、左右额角叠受刀棍多伤，登时昏晕落马，经兵勇并力掖出，而该逆已分股先由城墙坍塌缺口冲入，以致被陷。唐先霖旋复扶创率团协助大兵攻破大洋渡等处贼垒，七月二十三日随同克复县城。

又，代理雩都县知县、兴仁司巡检邹汝铨，当城池甫经被扰之后，于同治三年八月十一日暂委代理。到任未及兼旬，是月二十九日，后股贼匪窜至，邹汝铨会营竭力守御，因地方甫遭蹂躏，粮尽兵单，力不能支，复被阑入。邹汝铨拼死巷战，受伤倒地，幸兵勇抢负出城。旋即召集乡团，随同韩字营于九月初六日克复县城。各等情，由总局司道核议详请具奏免议前来。

臣查署金溪县知县张汉、署崇仁县知县屈怀珠、署宜黄县知县刘敬中、署东乡县知县李兴谟、南丰县知县莫廷蕃、署新城县知县唐先霖，或受事于甫经残破之后，或到任未久猝遭贼扰，或城垣破损未修，或兵饷两无可借，虽均竭力堵御，苦于无险可守，寡不敌众，以致城垣被陷。该员等俱身受重伤，犹能扶创而起，收拾余烬，随同大兵克复城池。揆其失事之状，尚有可原；核其克复之功，亦堪掩过。且臣详加察访，该员等平日操守廉洁，听断勤明，舆情爱戴，悉著循声。既经吏部照章议以革职，合无仰恳天恩，概免再行置议？其续著功绩，各归另案办理。至代理雩都县知县、兴仁司巡检邹汝铨，以杂职微员暂代残破之缺，有城等于无城，兵饷悉难应手，以致地方复被扰陷，旋即集团随同大兵克复，其情实有可矜，业已革职，亦请毋庸再议。此外尚有同案被参之前任雩都县知县刘长景，已于信丰铁石口剿贼出力案内经臣奏奉俞旨免其前参拿问罪名。其已革瑞金县知县董锡卡，现已饬催详查，应俟覆到另结。

所有三年被扰各县查明失事、克复详细情形，吁恳免议缘由，理合会同署两江督臣李鸿章，恭折具奏，伏乞皇太后、皇上圣鉴，敕部核覆施行。谨奏。

部驳出力人员恳仍照原保奖叙折

同治五年二月二十六日

奏为部驳扫除陶家渡贼垒，肃清都、湖踞逆出力人员，恳恩仍照原保奖叙，以资激劝，恭折仰祈圣鉴事：

窃查水陆各军扫除陶家渡贼垒，肃清都、湖，在事出力人员，经前抚臣沈葆桢择尤保奏，业已仰沐恩施，概予奖叙。嗣准吏部咨，以各员原保清单内均未分晰何员系何项劳绩，部中碍难办理，应令详细声明报部，再行分别核办，其中有与吏部定例及奏定章程不符者，应行驳正之处，另缮清单具奏，奉旨："依议。"钦此。转行钦遵在案。

伏查沈葆桢原开清单，因系水陆各营汇案，请奖人数较多，历次战绩先已驰陈有案，是以填注考语务从简略，以省烦渎。部臣按照考语计功论赏，自觉保举过优，与定例章程多不符合，逐名指驳改奖，原为慎重名器、杜绝冒滥起见。惟查同治二年夏间，皖南大股逆匪窜踞鄱阳县属之陶家渡，负嵎固守，并蔓延都昌、湖口等县，势极张炽，意在窜扰广信、抚、建，以袭浙师后路。其时江省陆军各营，冒暑力战，驰驱数百里，于炮子矢石之中，破垒夺隘，翦除巨憝，叠获大捷，斩擒动以千计。水师各营，冲冒鄱湖风浪，遏贼东窜之路，时经数月，屡次截击，轰毙逆众无算，并督队登岸，协同陆军扫荡贼巢，克靖江境。举凡在事文武，悉属躬冒危险，备历艰辛，虽非克复城池，实系斩擒要逆，前保升阶翎枝，尚属赏当其功，未敢稍从浮滥。且水陆各营，上年复在抚、建、赣、南攻剿，著绩多有续保升阶者。若前案核改，则后案亦须扣除。该员等效命行间，辛勤数年，不获一阶之进，未免向隅。兹据内河江军赣防各水师及精毅、精捷、平江、祥字各营，开折请奏前来。臣谨详具各员劳绩，另缮清单，恭呈御览，仰恳天恩，俯准查照原保分别奖叙，以作士气而励将来。

除将吏部指定应行声明报部各员查叙战绩咨部核办外，理合会同署两江督臣李鸿章恭折具奏，伏乞皇太后、皇上圣鉴训示。谨奏。

霆军出力员弁查明请奖折

同治五年二月二十六日

奏为霆营援江出力各员弁，遵旨开除金口滋事弁勇，查明娄云庆所部留江各营及鲍超随带入川人员，另缮清单，恳恩奖叙，恭折覆奏，仰祈圣鉴事：

窃查前护抚臣孙长绂承准军机大臣传谕，同治四年五月初五日钦奉上谕："孙长绂奏遵保援江出力员弁，并案请奖，开单呈览一折。鲍超一军将士均属著有劳绩，惟宋国永、冯标所统各营，已在鄂省金口一带溃散滋事，此项滋事弁勇，碍难一律施恩。着孙长绂咨明鲍超，将此项弁勇查明开除，速行另缮清单，再行奏请施恩。至娄云庆所部将士，是否均能安静守法，着孙长绂先行传知该总兵宣谕在营将士，如果安静守法者，均照所请给奖。俟鲍超查明奏到，朝廷必当立沛恩施，以奖勤劳。"等因，钦此。嗣因鲍超尚无来江之信，又经孙长绂附片具奏，可否敕下娄云庆即就所部各营出力人员，另缮具清单请奖，奉旨："知道了。着即传知娄云庆，迅将所部各营出力人员查明，开列清单，由孙长绂覆核奏请奖恤。"钦此。均经转移钦遵去后。

兹准浙江提臣鲍超、直隶正定镇总兵娄云庆，先后将随带赴川并留江各营文武员弁，汇呈请奖，并据声明宋国永、冯标所统各营，在金口溃散滋事，除由湖广总督臣官文查明奏请参办外，余皆概行开除。现在列保各员弁，或随鲍超入川，或先期乞假，或因公出差，或督率本部追剿溃勇，以及留江剿匪各营，均属安静守法。叠次出力之员，谨查照原案详加酌核开送前来。臣复逐一核明，开列清单，敬呈御览。其出力稍次者，另造清册，咨部注册，以把总、外委拔补，用示鼓励。

理合会同署两江督臣李鸿章、浙江提臣鲍超恭折具奏，伏乞皇太后、皇上圣鉴训示。谨奏。

查明黎兆棠何应祺劳绩请照原案叙奖片

再，委用知府黎兆棠，前署南安府知府任内，守城解围，克复水城出力，经前护抚臣孙长绂保奏，以道员仍留江西，遇缺即补，并赏戴花翎，钦奉俞旨在案。兹经吏部奏驳，以“各项劳绩保奏，除攻克城池、斩擒要逆，其余不准保免补本班。又率团助战，懋著战功，始准保举翎枝。将黎兆棠改俟补缺后以道员遇缺即补，所请戴用花翎之处，应毋庸议”等因。臣详查原案，同治三年八月初十日，侍逆拥众数万，绕由南雄突扑南安府城。该郡自咸丰年间叠遭寇扰，城中仅存瓦砾，户不满百，贼众猝至，援师未来，危殆实甚。黎兆棠与同城官绅立军令状，誓以死守。当日率勇登陴拒战，毙贼甚多，贼乃退踞南岸水城，人情稍定。次日精捷营始至。十二日，贼绝流而渡，顷刻抵岸。黎兆棠急率铁字等营，与精捷各营并力迎击，擒斩数百人。十三日，精捷营筑垒于金莲山，贼倾巢出争，黎兆棠复率铁字等营与精捷各营乘贼半渡击之，杀溺各数百人。十四日之战，贼分股几抄出精捷营之后，黎兆棠率勇沿河邀遮，贼不得逞，随即败溃。十五日，精捷及老湘两军与贼血战，黎兆棠亦率勇击败民房伏贼，共获大胜，毙匪不计其数，并毙黄衣贼目。十七日，乘胜过河，收复水城。均经陕甘督臣杨岳斌、前抚臣沈葆桢据实奏报。是黎兆棠力保残破危城，战功叠著，歼毙要逆，规复城垣，洵属异常出力，核与免补本班及戴用翎枝章程均属相符。惟原保清单内人数太多，考语须从简略，以致奉部指驳，其实该员劳绩历历，有案可稽。且查该员心行端方，器识深远，历署南安府及藩司两任，均属措置裕如。现在江西办理善后事宜，正须臂指之助，仰恳天恩，俯准仍以道员留江，遇缺即补，并赏戴花翎，使各守土知所劝勉，该员借得展其所长，以图报称，于时事大有裨益。

又，升用知府候选直隶州知州何应祺，先于江西肃清都、湖踞逆案内，经前抚臣沈葆桢拟保免选本班，以知府遇缺即选，赏戴花翎，并加道衔；又于安徽青阳县解围案内，经督臣曾国藩拟保免选知府，以道员不论双单月遇缺即选，并赏加盐运使衔；又于江西克复新城、弋阳案内，经前抚臣沈葆桢拟保，仍以道员留于江西归候补班前即补，先行差遣委用；又于克复崇仁、宜黄县城案内，经前护抚臣孙长绂拟保赏加布政使衔，俱奉谕旨。嗣肃清都、湖保举知府一案，经吏部奏驳，以各项劳绩保举，除克复城池、斩擒要逆，其余不准保免选本班，改为俟选缺后以知府遇缺即补，准加道衔，并戴花翎，其续保青阳解围，克复弋阳、崇仁等城所得官阶、班次、升衔，均因前案核改，驳令另核请奖。臣查该员何应祺，随同精捷营转战数省，每遇攻城、野战，莫不带队向前。湖口之役，击毙伪殿天燕张逆；青阳之役，率师策应，血战解围，杀贼甚众；及复新城、弋阳、崇仁、宜黄各县城，均系在事出力，亦与免选本班章程相符。且查该员才气最优，于统领精捷营署广西提督江忠义病故之后，犹能勉力支持，为人尚有血性。合无仰恳天恩，俯准将何应祺仍免选直隶州、知府各本班，以道员不论双单月遇缺即选，并赏加布政使衔，以资鼓励。其前保留江归候补班前即补，先行差遣委用，并续于南安解围案内，拟保清字勇号一并删除。

理合附片陈明，伏乞圣鉴训示。谨奏。

请饬湖南提督周宽世回任片

再，湖南提臣周宽世，于同治元年奏准募勇带赴江南剿贼，三年，经两江督臣曾国藩咨调前来江西应援。现在发逆扑灭，江省解严，该提督周宽世所部铨字营，业经臣奏明裁撤，并将江西欠饷饬局核算找给在案。臣查该提督周宽世，久历戎行，懋著劳绩，兹值东南军务告竣，所部勇丁亦经裁撤，合无仰恳天恩，准令周宽世仍回湖南本任，以资休息，而重职守。理合附片陈明，伏乞圣鉴训示。谨奏。

奉查官垫民欠旧项请一并豁除折

同治五年二月二十八日

奏为豁免案内，查出官垫民欠，无从征还银两，援案吁恳天恩，一并豁除，恭折具奏，仰祈圣鉴事：

窃查同治元年钦奉恩旨，查豁咸丰九年以前民欠及因灾缓征、带征银米等项，业经前抚臣沈葆桢督饬司、道、府、州查明实欠在民确数，开单奏奉上谕，加恩豁免，敬谨誊黄，颁发各属，遍贴宣布在案。

兹据署藩司黎兆棠、督粮道段起详称：各属尚有民欠未完、官为垫解之款。钱粮丝毫为重，挪移即干参处，诚恐各厅县贤愚不一，难保无影射侵亏情弊，又复督饬府州，严密稽查厘剔。细核册内历年奏销，虽报已完，而板串未截，调取实征红簿，案册核对，委系实欠在民，由该管府州取具厅县印结，加具府州切结，呈送司道督饬委员详细句稽。计自道光三十年起，至咸丰九年止，除陆续征完归款外，尚有实在官垫民欠地丁等款银三十二万八千八百四十七两零；又垫完民欠漕米、兵米一十四万六千六十五石零，按照折价及各属交代抵价，合银二十一万四千三百四十三两零。又道光二十五年起，至咸丰九年止，余租银三万一千五百六十四两零，俱系挪缺征存正、杂钱粮。揆其挪解之由，只缘江西自被发逆连年窜扰，全省蹂躏殆遍，民间凋残已甚，州县催征极难，而军饷浩繁，端赖钱、漕两项以资供亿。各属因奉催提紧急，刻难迟缓，不得不暂挪别项垫解，原冀催起所垫民欠即可全数归款。今积欠已奉豁除，不能再征于民，则垫款尽成无着；而所挪之银，早已上供国用，并无丝毫欠亏。事实由于迫促，情尚出于急公，若令原垫各员赔缴，则事阅多年，官非一任，中多殉难物故及参革离江者，咨追徒托空言，毫无实际。且朝廷蠲免逋赋，惠及万民，而令故员后裔因此受累，亦觉向隅。如查照上届成案，责令现任州县摊补，则道光二十五年、咸丰元年两届挪垫银两，均未依限摊完，有名无实，可为明证。况州县筹补之方，仍不免借资民力。当此地方被扰之后，元气未复，抚绥休养之不遑，岂容再事科敛朘削！伏念道光二十五年豁免案内，查出官垫、民欠及摊补兵差经费，计未完银九十六万余两；道光二十八年清查案内，查出因公挪缺未完银十八万余两；咸丰元年豁免案内，查出清查以前官垫民欠银六十六万余两，清查以后续垫民欠银三十四万余两：均经督臣曾国藩奏准全行豁免在案。今查出挪垫各款既无从追补，亦未能摊补，惟有援案奏请豁免等情前来。

臣查钱粮原应尽征尽解，例禁挪新掩旧，该州县擅自挪解，即予以严参，本属咎有应得。惟是江省被兵十数年，所需军饷莫非取给于地丁、漕折，用款巨而且急，不得不上紧催提。各牧令恐误军用，自顾考成，遂移乙年之粮以解甲年之欠。在当时原冀征收旧欠补还新粮，本属有着之款，嗣以旧欠蠲除，以致垫款胥成无着。然而所挪新赋，指解年分虽殊，其为上供国用则一，与别项挪移迥不相同。况原挪各员，殉难者有之，病故、参革者有之。难员后裔，固蒙朝廷矜恤，不忍责令赔偿民欠；即故革各员，大都流离琐尾，亦无从着追。如仿照上届成案，责成现任牧令摊补，则自钱粮、漕米更定新章之后，浮收折价概已革除，各州县悉属量入为出，自无余力堪为前任分摊。倘强以力所不逮，势必仍开浮勒之端。且督臣曾国藩所以奏请豁除历年摊捐，会同前抚臣核减钱漕折价，盖为饬吏治而裕民生。今若循旧摊派，不但与现定章程不符，属吏难免借口，而小民频遭寇扰，兵燹余生，尤未便额外诛求。此次查出挪垫各款，均在更定新章以前之事，与督臣请豁各上届挪垫银两情事相同。臣愚以为似宜一并宽其既往，惟当力杜新亏，庶于吏治、民生两有裨益。合无仰恳天恩，俯准将江西省本届豁免案内查出官垫民欠银、米两项共合银五十七万四千七百五十四两零，概行豁除，并免处分，以广皇仁。臣仍督饬司、道、府、州严查各属，务令恪遵定例，实力催科，年清年款，不任稍有挪掩虚悬，以重库项。

除将垫完银米及挪缺款目细数清册送部外，谨会同署两江督臣李鸿章恭折具奏，并缮简明清单，敬呈御览，伏乞皇太后、皇上圣鉴训示。谨奏。

蒙赏头品顶戴谢恩折 同治五年三月初一日

奏为恭谢天恩事：

窃臣接准吏部咨开，同治五年正月二十三日奉上谕："粤匪自闽窜江西，入广东，复有叛勇合并为一，肆行凶悖。各路将士踊跃用命，一旬三捷，将十余年发逆一股荡平，实足以伸天讨而快人心。江西巡抚刘坤一，着赏给头品顶戴。”等因，钦此。臣当即恭设香案，望阙叩头谢恩。

伏念臣疆寄忝膺，愧抚绥之乏术；戎机谬典，缅韬略而未谙。比简三省之雄师，幸殄十年之逋寇。天威遐布，幺么消伏莽之踪；庙算遥承，将士奋前茅之绩。臣以寸功未立，正切悚惭；乃蒙异数同颁，渥邀荣宠。升衔洊进，叨跻柱石之班；泰运欣逢，首焕簪缨之色。恩有加而靡已，职欲称而弥难。惟有激励寅僚，尽察吏安民之责，拊循甲士，为靖边绥远之谋，以期仰答高厚鸿慈于万一。

所有微臣感激欣幸下忱，理合恭折叩谢天恩，伏乞皇太后、皇上圣鉴。谨奏。

斋匪窜扰上饶铅山叠经官军击散折

同治五年三月十五日

奏为崇安斋匪窜扰上饶、铅山，叠经官军截击扑散，现筹搜捕余匪，恭折具奏，仰祈圣鉴事：

窃查福建崇安县斋匪，焚抢厘卡，戕官踞城，扰及江、闽连界地面。先由广信府营派拨本郡兵勇防守分水岭，并经臣飞饬贵州臬司席宝田，酌派所部精毅营前往攻剿情形，业经驰陈，并因精毅营远在吉安，恐到防需时，复咨调驻防浙江常山县之副将余朝贵所部新湘营就近应援，一面咨会统领内河水师记名提督孙昌国，转饬副将萧福率领炮船三十余号，驶赴河口镇及弋阳、贵溪河面巡防，各在案。

兹据报称，崇安斋匪旋窜建阳，倏又折回崇邑，肆掠各村。

嗣因闽师进逼，北走岚角山内，于三月初一日出岑阳关，至江西上饶县所属之高洲、甘溪等处焚掠，胁诱日众，约六七千人，初二日分窜上炉坂。广信府知府钟世桢、广信营参将伊凌阿，即派都司高钟奇、外委周应彪率领兵勇二百名驰赴交阳地方，扼其窜郡之路。我军甫到，贼之头旗亦至。高钟奇等以贼众兵单，据险以待，并于山冈林薄分插旗帜，以为疑兵。该匪蜂拥而来，我军植立不动，俟其渐近，枪炮齐施，轰毙前锋悍贼五人。该匪甫却复前，相持时许，再殪数人，始退回上炉坂。高钟奇等知贼气馁，是夜三更，进薄贼巢，火光烛天，呼声动地，该匪莫知所措，登时溃走，我军掩击，毙匪数百人，解散胁从二三千人。初三日黎明，参将王益隆率安信军自分水关调回，合队跟追，行近石溪，适署浙江提臣黄少春督饬所部克勇自崇安而来，分为两路，一出岑阳关，一出分水关，击败高洲一带匪众，乘胜逐北。王益隆、高钟奇等遥闻炮声，度匪必窜此路，当即设伏以待。未几，果有败匪千余踉跄而至，王益隆等突起邀之，擒斩三百余人，驱入溪河溺死者甚众，夺获旗械多件，练勇阵亡三名，余匪遁向铅山县之十三都石塘一带。黄少春督队由岑源江、东源两路追剿，直抵石塘，复杀四五百人，沿途解散不计其数。铅山县知县祥安、铅山营都司艾连升，所派防守石塘小河兵勇，亦截杀数人，生擒四名，内有匪首张雪亮一名，讯明正法。余匪仅数百人，向温林关绕窜崇安，闽师扼之于前，克勇蹙之于后，可期悉就殄除。时余朝贵之新湘营驰至铅山，亦足备匪回窜。

惟闻此次逃散匪党，匿在江、闽交界之封禁山及上饶、铅山者为数不少，而该处愚民，平日惑于灾祥之说，吃斋者亦繁有徒，诚恐复聚为害。席宝田所拨精毅营勇丁三千人，计期可抵广信，臣即饬令驻扎该郡，以资弹压。责成该郡文武，督率所属，搜捕匿匪，务绝根株，并即认真编查保甲，严定章程，令其互相稽察举报。倘有斋匪头目，立行缉拿；若系愚民误入迷途，准其具结悔改。以外各府、州、县，如有吃斋之人，以次一律办理，以遏乱萌。现因邻省及本省裁撤各军为水所阻，留滞吉安，游勇溷迹其间，时虞恃众滋事，必须重兵镇之，以安闾阎而免骚扰。是以仍令席宝田亲督所部暂驻该郡巡防，拟俟各军出境，广信之师调回，再定该营撤留，用昭慎重。

所有斋匪窜扰上饶、铅山，叠经官军截击扑散及查办余匪缘由，谨会同署两江督臣李鸿章，恭折由驿五百里驰奏，伏乞皇太后、皇上圣鉴训示。谨奏。

绅众捐修城壕补还库项恳照章议叙折

同治五年三月二十八日

奏为收捐城壕经费补还库款，恳恩议叙，以昭激劝，恭折仰祈圣鉴事：

窃查江西省会城垣，因年久未修，多有坍塌鼓裂。先于咸丰二年，因粤逆窜扰湖南，江省防务紧要，经前任降调臬司邓仁堃在南昌府任内会同绅士劝捐修筑完固，详经前抚臣奏请奖叙在案。第因经费不敷，原议应行添造虚中炮台、月城及须改建增修各工，俱未举行。当以邻氛渐迫，未便延缓，经邓仁堃自行捐备廉银二千两，并借用藩、粮二库银两，督同各委员赶造德胜、顺化、进贤等门三层，虚中炮台三座，甫经完工，其章江、永和两门应造炮台，正在督办，工仅什一，而逆匪于三年五月十八日窜扑省城，围攻九十余日，至九月二十二日败窜出江。围城期内，两次轰塌城墙四十余丈，又因炮火震损，自塌十余丈。并自城内穴地寻声探凿，出城截断贼匪，所开地道多处，解围后，查出该逆已挖未轰地洞二十八处，城脚既虚，以致城身陷裂。此外攲斜剥裂之处甚多，亟须修筑完固，以资捍御。其时邓仁堃已升任江西督粮道，随会商藩、臬两司，禀明前抚臣，遴委官绅数十员，分段承修，解围三日即行兴工。先将轰塌缺口等处内依旧址修砌墙垣，然后加筑炮城，立脚于古壕处所，最难稳固，其筑法掘至丈余，挖去淤泥、浮土，窥见实地，满筑木桩，桩深七八尺，上铺松板，再加麻石，排连坚砌。炮城墙身，纯用坚石垒筑，继将章江、永和二门三层虚中炮台赶筑完固。此外各段工程，分投办理，以次告竣。共计修造大城楼七座，月城三座，望楼四座，雨亭、憩亭共三座，大小官厅三十一所，卡房二所，官房一百三十所，兵房三百七十四所，大小火药库八十二座，大圈门十道，分界圈门、川门共二十九道，月城、炮城、炮台内圈门二十三道，水门三十四道，望台八座，大炮城二座，月城外炮城五座，三层虚中大炮台五座，两层虚中大炮台、半截虚中大炮台各一座，神炮台、高炮台各一座，倚城大小炮台一百三十二座，大小炮门一百九十六道，炮眼九十二个，枪眼二千四百二个，狼烟台三个，泉井三口，水口铁栅栏一道，闸门四道，城门、城洞四十六道，重修城墙一千八十二丈零，加高垛口墙二千三百六十三丈零，修内腰墙一千六百五十六丈零，垛口千八百三十八个，培高城上地面长六百九十四丈零，修理全城外面铲草研灰一千四百七十三丈零，培修护城坡九百三十七丈零。总共七门，城上周长二千三百九十四丈一尺，连月城、炮城、炮台左右曲转共长二千七百二十二丈四尺五寸。至新造虚中各炮台，可容大炮十尊，抬炮二十杆。大炮城内各安三五千斤巨炮数尊，水陆均可平冲数里，复安数百斤小炮及抬枪数十处。可驻兵一二百及三四百名不等。七门淤塞沟渠及城外堆积砖石土渣，年久垒成小阜，一概修浚平治。以上城工及炮台等项，共用银十一万五百三十二两零。又，护城河沟周围二千四百余丈，年久淤塞，先派前候补道沈涛草创开挖，并委员建造七门吊桥。旋因春雨连朝，岸多坍塌，复经前抚臣饬令邓仁堃，督同官绅重加疏浚，分段挑挖，增修石岸，平治近岸浮土，咸使深通坚固。沈涛初浚连建造吊桥共用银一万三千五百七十四两零，邓仁堃重修及建闸筑岸平土共用银二万五千九百一十八两零，二共银三万九千四百九十二两零。统计城壕两工，总共用银一十五万二十五两零。内除邓仁堃捐银二千两外，借用藩库银四万一千六百五十九两零，借用道库银十万六千三百六十六两零。先经前抚臣张芾将动放各库官项垫办，仍请劝捐拨还归款，即照筹饷新例请奖缘由，附片奏明，于咸丰四年四月十一日奉到朱批："依议。该部知道。"钦此。即经设立劝捐城壕经费总局，出示晓谕，凡有捐银上兑，即照筹饷新例填给司道会印实收。计自开局起至今止，共收捐银八万六千三两零，内归补司库银三万一千七百七十八两零，归补道库银五万四千二百二十五两零。前项工程于咸丰六年十二月工竣之后，经邓仁堃饬令委员造具图册，报经前抚臣札委藩司督同委员及南昌府，南、新二县确勘详办。嗣经前藩司李桓催据前署南昌府知府王必达、前代理南昌县知县孙家铎、新建县知县邓国恩，带同工丈人等，周历各门，按栅逐一丈量，均属相符，委系工坚料实，出具印结，嗣复取到各工员保固切结，由藩、臬两司、粮道核明详请奏奖前来。

臣查江西省会城壕各工，经前降调臬司邓仁堃在南昌府、督粮道任内，于烽烟扰攘之际，督同委员缮完坚固，俨若金汤。咸丰六、七年间，逆势蔓延，通省蹂躏殆遍，此后亦无岁不遭寇扰，终不敢窥伺省垣，而兵民亦恃以无恐，实赖此城之功，所保全者甚大，与别项工程迥异。所用工料银两，先动司、道库官项，奏准劝捐归补，照筹饷新例议叙。共计收捐银八万六千三两零，已据各捐生呈送履历，指定官职者计银七万四千九百九十六两。该捐生等勉力输将，俾得补苴要款，自应仰恳天恩，先行奖叙，以昭激劝。其报捐知县及指省分发各员银两上兑，俱在未经更改新章以前，久经填给实收，应请仍照旧例给奖，俾免向隅。谨开列清单，恭呈御览。此外未据呈送履历各员，共捐输银一万一千七两零，容俟催取履历至日，再请奖叙。此案城壕工程，系因军务兴办，事在同治三年六月以前，即与军需无异，应请援照户部奏定章程邀免造册报销。又司库尚有未经归补银九千八百八十一两零，道库未经归补银五万二千一百四十一两零，并围城期内抢堵缺口，抢筑内城，开挖内外暗壕、探截地道工资赏犒等项，动用道库银八千四十四两零，咨准部覆军需章程并无此项名目，应令归入捐修城垣案内办理。因江省近年军事纷繁，劝捐供支军饷尚属不敷，是以前项借动各款未能兼顾，应俟察看情形，另行筹办。

除将各捐生履历、捐数清册送部外，理合会同署两江督臣李鸿章，恭折具奏，伏乞皇太后、皇上圣鉴，敕部核覆施行。谨奏。

席军两次出力并案请奖折

同治五年三月二十八日

奏为遵旨查明席军翦除湖逆，生擒伪酋洪仁玕等，并续获伪幼逆洪福瑱，两次在事出力员弁并案保奖，恭折仰祈圣鉴事：

窃查同治三年十月间钦奉上谕：“沈葆桢奏官军追剿湖逆，擒捕伪酋，叠获大胜一折，据称席宝田督军昼夜紧追，生擒伪干王洪仁玕等逆酋多名，复搜获伪恤王洪仁政，苦战五昼夜，翦除殆尽，办理甚为得手。尤为出力之知府席宝田，着开复降补知府处分，仍以按察使记名简放，并赏还布政使衔、勇号；其余出力员弁，着沈葆桢择尤请奖。”又钦奉上谕：“沈葆桢奏官军追剿败匪、生擒首逆一折，幼逆洪福瑱，前于江宁克复时，据擒贼供称，该逆积薪自焚。嗣据左宗棠探明，洪福瑱实已潜踪逃窜，叠经谕令各路跟踪兜拿。该逆被官军追剿败衄，由安徽、浙江遁入江西广丰、泸溪。官军沿途蹑剿，追及于广昌、石城地方，将各逆酋斩馘殆尽，幼逆尚未就擒。席宝田一军移扎石城，派员带队搜拿，于石城荒谷中将洪幼逆拿获。该犯虽系洪秀泉之子，而幺么小丑，漏网余生，亦不值槛送京师。着沈葆桢即将洪福瑱在江西省城凌迟处死，以快人心。记名按察使席宝田，带兵追贼，叠获胜仗，并将首逆捕灭，奋勇可嘉，加恩着赏给云骑尉世职，并赏穿黄马褂。其余出力员弁、兵勇，着沈葆桢择尤保奖，候旨施恩。”各等因，钦此。钦遵转行去后，因席军接连出次防剿余匪，是以未即查呈。兹据席宝田并案开折禀送前来，臣谨择其劳绩最著者，开列清单，敬呈御览。其劳绩稍次者，咨部注册，以把总、外委拔补，用示鼓励。

理合会同署两江督臣李鸿章，恭折具奏，伏乞皇太后、皇上圣鉴训示。谨奏。

知县办事任性请革职提讯折

同治五年三月二十八日

奏为特参办事任性之知县，请旨革职查办，恭折奏祈圣鉴事：

窃据安仁县知县饶云鹏禀称：“卑县二十一都地方，户口繁多，民情强悍。有生员郑映霞即郑映红，私行设局，包揽钱漕，鼓惑愚民，动辄聚众滋事，以致积欠钱漕，为数甚巨。同治元年，前署县王麟昌任内征收漕米，因捕欠稍严，郑映霞即聚众进城哄闹挟制。二年，卑职征收漕米，又因催征紧迫，郑映霞即纠众滋闹。四年，漕米开征月余，该都竟未破白，稍加追呼，又有聚众之议。均经王麟昌与卑职设法解散，叠次严拿郑映霞未获。卑职因该都闹粮滋事，鼓众成风，亟思拿获首恶惩办，以期整顿地方。随密选干役，设法拿获郑映霞到案提讯，供词狡展，并敢厉声顶撞。查郑映霞迭次纠众闹漕，实为地方恶棍，罪不容诛，请将郑映霞就地正法，以昭炯戒。”等情，具禀到臣。正在批饬该管知府提郡审办间，旋据该县以“郑映霞素习拳棒，屡欲脱逃，殊难防范。又闻有乡民多人进城，传言欲图抢犯，卑职不敢拘泥，致有疏失，已会营将郑映霞处斩”等情续禀。并据尸子郑连秀以伊父无辜遭陷，该县挟嫌妄杀等词，来臣衙门呈控。

臣查生员郑映霞，如果包揽钱漕，迭次鼓惑愚民，聚众哄闹挟制，固属罪有应得。该县并不照例拟办，辄将郑映霞就地正法，实属粗疏任性。且先既具禀请示，竟不候批办理，动辄借词处决，更恐有挟私别情，自应提集人卷，来省澈究，以免枉纵。据藩、臬两司转据该管道府揭报前来，相应请旨将安仁县知县饶云鹏革职，以便提同确审实情，照例办理。

谨会同署两江督臣李鸿章合词恭折具奏，伏乞皇太后、皇上圣鉴训示。谨奏。

筹济霆营月饷并席宝田请假省亲折

同治五年四月初四日

奏为遵旨筹济霆营剿捻月饷，并席宝田亲老丁单请假归省，恭折覆陈，仰祈圣鉴事：

窃臣先后承准军机大臣字寄："同治五年三月初七日奉上谕：'福建崇安县斋匪戕官踞城，已窜至江、闽交界之大安地方肆行焚掠，刘坤一已饬席宝田由吉安酌拨所部，兼程驰赴该处，相机截击，即着严檄该军迅速前进，越境攻剿，迅图扫荡，毋任日久蔓延。席宝田带兵向称得力，斋匪办竣之后，自应督率所部入黔剿贼，以解倒悬，未便遽准请假。刘坤一当传知该臬司勉力图功，以副委任。'"又于是月初七日奉上谕："前谕曾国藩檄调鲍超一军北来剿捻，并将该营饷需筹定有着之款。兹据该督奏称，鲍超步队过多，拟令酌留二十营，月给额饷七万两，其马队令招募十二营，月给额饷三万两，又军火、车辆、柴草之费，月需一万四五千金。鲍超一军，有功于江西甚巨，惟以全饷十一万数千两责之江西，究恐力有未逮，拟令江西月解七万供霆营步军之饷，湖北月解二万供其马队之饷，江苏月解二万五千，以一万允马队口粮，一万数千为购买柴草车驼、添补洋火药、马匹之用等语，所筹尚属妥协。刘坤一曾有月协霆营四万两之奏。惟该营需饷甚巨，已令湖北、江苏分任，该省自当力任其难。该抚素顾大局，前于鲍超一军入江，供支无缺，嘉应之捷，深资转饷之功。此时该军北来，尤当不分畛域，无误要需。嗣后霆营饷需，即着按照此次奏定之数，每月源源拨解，以资饱腾。于襄阳设立该军粮台，派襄阳道总司其事，仍由江西派委一员驻台支应步军口粮。步军欠饷，将来仍由江西找补。至剿捻之师，兵力已厚，江、闽各军即可毋庸再调，着即将各军酌量分别遣撤。"又于是月十一日奉上谕："李瀚章奏遵筹援黔诸军分路进剿事宜各折片。席宝田一军，前据刘坤一奏，已饬赴江、闽交界防剿崇安斋匪，当经谕令俟斋匪办竣即率所部赴黔剿贼，仍着刘坤一懔遵前旨，催令于事竣后挑选精锐数千，由黎平一路进兵，与楚军互相犄角。至该臬司一军饷需，即由江西按月筹解，俾资饱腾。李瀚章另折奏请仿照楚省黔捐章程，委员前赴欠拨黔饷各省设局劝捐，即以捐银作收该省协饷等语。着刘坤一于黔员到后，设局劝捐，派委妥员帮同办理，所捐银两即由各该省藩司源源委解，作为协济黔省之款，不得稍涉膜视。”各等因，钦此。

臣查浙江提臣鲍超所部霆军，两次来江驱除巨寇，诚为有功江省。现在北征豫捻，亦为中原大局所关，但使江西财赋堪资周转，即马、步各营全归供给，亦属分所应为。实缘江省岁入之款只有此数，而奉拨协济各省之项甚多，是以臣前奏酌拟月协霆营饷银四万两，原系量入为出，俾免顾此失彼之虞。今督臣曾国藩，筹议江西月解霆营步队饷银七万两，甘肃协饷江省无须增添，挹彼注兹，原有斟酌，仰荷圣慈优加勉励，臣惟有与藩司悉心殚力，竭筹接济。鲍超现已料理行装，拟于四月初旬自丰城拔营赴豫，臣与该提督议定，截至本年三月底止，无分马、步，由江省仍发全饷。自四月初一日起，月拨七万，遴派江西候补知府缪德棻前赴襄阳粮台收支，专供步队口粮。似此画清界限，免滋牵混推延。

至贵州臬司席宝田一军，分驻广信、吉安，搜捕斋匪，弹压地方，业经臣先后陈明在案。钦奉前因，臣当即遵旨檄令该臬司挑选精锐数千，赴黔援剿，允其由江拨给月饷，俾得刻期启行。乃据席宝田禀称，家有七旬老父，本属衰病相寻，兼以席宝田之兄、之妻、之子相继身故，侍奉汤药无人，晚年不胜伤感，是以倚闾倍切，数数寄信来营。席宝田乌哺情深，寸衷如割，坚请开缺撤勇，回籍终养，并亲来省面求，声泪俱下。臣以席宝田智勇深沉，非独长于治军，并肯留心吏治，当此需才孔亟，未便遽令乞身；惟念从戎十年，久违定省，若不暂准给假，无以慰其孝思。

黔省已有兆琛、李元度、周洪印各军约三万人，计亦足以办贼。可否仰恳天恩，俯准将贵州臬司席宝田给假六个月，俾得回籍省亲，俟满假期，仍即赴黔任事。其所部各勇，拟俟广信、吉安搜捕弹压事竣，即行裁撤归农。将来察看黔省军情，如果尚需增兵，由席宝田于假满后再行募选，管带前进。该臬司仰荷圣慈，体恤周至，必能勉图报称，断不日久偷安。臣初以江省既须拨解席宝田全饷，则不能兼顾李元度一军，如席宝田各营可以悉撤，臣即懔遵前奉谕旨，每月拨解李元度半饷，约一万八千有奇，作为协济黔省之项。至贵州劝捐委员，俟到江省，臣即饬藩司派委妥员帮同设局劝办，断不敢稍存歧视。

所有筹济鲍军饷项并席宝田请假缘由，理合会同署两江督臣李鸿章恭折由驿五百里覆陈，伏乞皇太后、皇上圣鉴训示。谨奏。

校阅省标营伍折同治五年四月初四日

奏为校阅省标营伍情形，恭折仰祈圣鉴事：

窃臣于上年仰蒙恩命，擢抚西江，职兼提督，有统辖全省营务①之责，训练操防最关紧要。八月间抵任时，因正值苏、浙败匪由闽窜粤，逼近江境，势甚披猖，随即亲赴赣州督办防剿，故当时未能考校。今幸发逆全股荡平，所有通省营伍，亟宜及时整顿。兹饬据臣标左右二营及南昌城守营各将领，造具官兵花名清册，呈请考验前来。臣亲赴校场，按册逐一点验，尚无短少及羸弱充数等弊，军装器械亦属完整。逐日悉心校阅阵式及马步弓箭、枪炮、刀矛等项，俱尚整齐合式，枪箭中靶约在七成以上。除将技

①中华书局版《刘坤一遗集》无“务”字。

艺较优各弁兵分别记名奖赏外，其技疏而年力汉仗尚堪造就者，分别责惩勒限练习，不堪造就者，概行革伍。查有左营候补守备万福胜、学习云骑尉世职杨维屏，均临考不到，应即革退随营。又左营候补千总吴宗松、左营千总张兆熊，均技艺生疏，应以把总降补。又南昌城守营咨保尽先拔补把总、本营马兵刘尚庆，箭射无准，应革去把总，仍留马兵。其余分别记过，并据各将备随考揭报前来。臣谕饬各将领，务须严督弁兵按期认真操演，不得始勤终怠，如有玩泄从事者，定即随时参革，不敢稍事姑容，以期仰副圣主整饬戎行之至意。

其省外各营，因现在办理善后及遣撤勇丁，不及克期前往，拟俟交秋后再行亲往阅看，合并陈明。

所有校阅省标营伍情形，理合附驿恭折具奏，伏乞皇太后、皇上圣鉴训示。谨奏。

武职半俸不敷请援案动支地丁折

同治五年四月二十八日

奏为候补武职应支半俸，建旷项下不敷支放，请援案动支地丁，恭折仰祈圣鉴事：

窃查定例："在京巡捕营，在外绿旗营分发武职，由现任分发者，于到营日照原衔支食俸薪；由候补分发及原无职衔特旨分发者，到营以后未署缺以前，有职衔者照衔给与一半俸薪，无职衔者酌给把总一半俸薪；又拣发指定职衔候补人员，到标之日，照衔支给一半俸薪，于建旷项下支销造报。"各等语，历经遵办在案。

江西省各营建旷一款，从前每年除支给署员不敷俸干，拔署千、把仍食旧任，外委本身马粮饷干，出征效力年老受伤残废无依兵丁，守粮出师阵伤亡故兵丁无依孤老父母、寡妻、幼子半饷等款外，余银支给候补半俸，尚不至于不敷。近年以来，军营保举副、参、游、都、守等官，奉发到标候补人员甚多，照例应给一半俸薪，为数甚巨，统计全省各营建旷所余，实不敷支发。此项半俸，为候补武职养赡之需，未便缺乏。前据藩司详经前抚臣沈葆桢咨请部示，拟先尽建旷一款动放，不敷若干于地丁项下动支凑放，核实造报奏销。嗣准户部咨覆：以“建旷一项，向系世职养廉及武职半俸等款之用。前以江省世职日多，该抚请用地丁，经本部暂时奏准。其建旷项下开除之数既少，自存留之数必多，此项武职俸薪似不难于取给。且该省候补武职员名若干，岁支俸薪若干，该抚并未声明，本部无凭核办。如果实系不敷，即由该抚自行酌核奏明办理”等因，即经转行遵照去后。

兹据藩司孙长绂详称：“各营建旷项下动支各款，虽世职俸银，经户部奏准动用地丁，而出征年老伤废兵丁守粮，以及阵伤亡故兵丁无依家属半饷，因连年用兵，人数日增，需用甚巨，例于建旷项下支给，以致存留无多，候补半俸仍属不敷支放，应请援照世职俸银成案，动支地丁凑给。至候补员名与夫俸薪数目，每岁增减无常，难以预定，应请俟奏销时汇核不敷之数，据实开造。”等情，具详请奏前来。

臣查候补武职应领半俸，系属养赡要需，例于建旷项下支给。近年各路军营保举武职，归标候补人数甚众，而建旷项下应放之款，亦较前加增，以致候补半俸不敷支放，自应变通办理，以示体恤。合无仰恳天恩，俯准援照世职俸银成案，以后候补武职应领半俸，先尽建旷项下支给，不敷之数动支地丁凑放，于奏销案内核实造报。第思军功保举武职，实繁有徒，若漫无限制，纷纷归标，则放款愈多，非慎重正项之道。臣惟有将归标武职认真考验，必须弓马技勇，人材出众，堪为异日干城之用者，方准收标，庶于培养将才、撙节经费两得其当。

除咨户部外，所有候补武职半俸建旷不敷支放请动地丁缘由，理合恭折具奏，伏乞皇太后、皇上圣鉴训示。谨奏。

九江关筹解摊缴参价折

同治五年四月二十八日

奏为九江关酌拟拨解摊缴参价银两，并分成带解以前欠项，恭折覆陈，仰祈圣鉴事：

窃臣接准户部咨，军机处交出，同治五年三月初二日奉上谕："前据户部等衙门奏，遵议拨内务府需用银两，当经谕令各直省关口，将历年欠款，遵照部议按成筹解，限于三个月内由各该督抚、监督等详细覆奏。兹据奏称，各处筹解欠款，至今尚无一处报解起程，而库存不敷供备，请饬户部暂借银十万两，并请饬催各处迅速起解等语。内廷用款，关系紧要，除饬户部先行借拨库银十万两以应急需外，着各该督抚、监督懔遵前旨，将覆解各款应如何分成带解之处，迅速覆奏。"等因，钦此。当即钦遵飞札九、赣两关，迅速办理去后。

兹据九江关监督俊达详称：遵查前奉行准内务府咨，咸丰五年奏准，因库款支绌，应行发放各款，无项发给，拟请各关厂仿照粤海关摊缴参价之例，各按摊缴数目，准其作正开销，与部库银两一同起解。九江关每年应交摊缴参价银五千两，迄今数年，并未交纳，咨催赶紧筹款报解等因。溯查九江关自咸丰五年至十一年，因长江梗阻，并未开关征税。同治元年起至三年止，经征关税均已支解完竣。三年十月十二日起，连闰至四年九月十一日止，前署监督蔡锦青及该监督俊达，两任合征税银，又经奏明借拨军饷，尽数解交藩库支放勇粮，毫无存储，以致应行摊缴参价无银可解。伏思参价一款，攸关内廷要差用项，自应设法筹解，以济急需。拟请自同治五年为始，在于征收关税盈余项下，每年动拨银五千两，委员解交内务府兑收。其咸丰五年至同治四年共欠解银五万五千两，为数过巨，力难同时并解，应请按年搭交，庶易措办，亦于五年为始，每年带解银五千两，借应内府要用，而关库亦不致竭蹶等情，具详请奏前来。

臣复核无异。除饬赶紧筹备委解并札催赣关将如何按成补解之处，迅速详覆核办，暨咨户部及内务府查照外，理合恭折覆奏，伏乞皇太后、皇上圣鉴训示。谨奏。

奏疏卷三

委员查办斋匪土匪暨资遣鲍席两军折

同治五年五月初四日

奏为派委道府大员前赴各属查办斋匪、土匪，暨鲍军分起拔营，席军悉数撤遣，并另募勇丁以备调拨，恭折覆陈，仰祈圣鉴事：

窃臣先后承准军机大臣字寄："同治五年三月二十五日奉上谕：'刘坤一奏击散崇安斋匪，现筹搜捕情形一折，即着饬令严密搜捕，务绝根株，并责成该地方官认真查拿。此外，各府、州、县如有吃斋立会等事，尤须严为禁绝，以遏乱萌。鲍超一军，曾否由江起程？现在捻、发等逆，猬集山东范、濮、郓、巨之交，军事万分吃紧。着刘坤一行知该提督，星速拔营前进，无稍迁延贻误。'"又于四月十五日奉上谕："鲍超勦捻月饷，既经刘坤一议定月拨七万两，专供步队口粮，即着源源解济，毋令缺乏。着刘坤一传谕该提督，懔遵前旨，刻日由丰城拔营驰赴豫省，会合曾国藩派出各军，遇贼即击，以期迅殄贼氛，毋再稽延，致负委任。席宝田思亲念切，自应俯如所请，着赏假六个月，回籍省亲，俟假期一满，即着赴黔任事。"各等因，钦此。

伏查崇安斋匪，全股已就殄除，其窜伏江、闽交界及上、铅境内者，递据广信府知府钟世桢禀报，督同该县先后捕获为匪头目安寿仔及匪党许奸奸等七名，讯明正法，并经详革吃斋生员周运新等三名，由是各属斋民纷纷具结开荤。正在饬令严查封禁山内有无斋匪，会营缉拿，复据代理万载县知县章甫禀报，该县与义宁州交界之胡卢坂，有斋匪纠众滋事，当经督饬团绅廖连城等于三月十六日带练掩击，斩获匪目王辉福、张继捷、蓝仕发等三名及其匪党林嵛盛等九名，余俱逃散。同日，经铜鼓营都司刘文彬等督令团总刘上仕等缉获匪目张振龙、邱良明、洪常山三名及匪党林逢会等六名，会同义宁州分别究处，且搜出伪书、伪凭各项呈缴等情前来。

臣以江西各属斋民虽多，而行教传徒、敛财谋逆匪首不过数人，余皆惑于祸福灾祥之说，被诱入伙，初非尽怀不轨之心，迨既受其挟持，不得不随而附和。概加诛戮，固觉情有可矜；任其执迷，又恐酿成巨患。计唯办理保甲，查拿为首匪人，使之无所容匿，其余吃斋愚民，勒令具结改悔，庶为宥过刑故，宽猛得宜。现经臣缮发札示，通饬各属一律举行。仍虑各守令不肯认真，或委劣员、滥衿以及胥役人等借此诈索诬陷，复檄候补知府骆敏修前往义宁，督粮道段起前往广信，分途督办，并令段起管带所部衡勇千人，确查封禁山内果有斋匪潜藏，即便会兵搜剿。该处事竣，以次前往抚、建、袁、临，督同查办，务期根株尽净，腹地先就肃清。其赣、南、宁三府州毗连闽、粤，伏莽甚众，常以劫抢营生，民气最强，动辄互相械斗。臣前留记名总兵刘胜祥所部在该处弹压，并委统领平江勇候补道张岳龄，陆续缉获土匪张天福生等五十余名，立置重典，地方稍获安靖。

兹据吉南赣宁道王文瑞及代理龙南县汪承诰禀报，该县新兴堡监生蔡慖洸，因与分居平坑之族人素有嫌怨，遂于二月十五日纠合土匪百余人，掳掠蔡宗祥等四家，杀毙蔡鸣岐等四命，捆捉三十余人。随经汪承诰会同观音阁通判钮鸣冈督带练丁前往勒令交犯，蔡𢢃洸等胆敢抗拒，开枪伤毙团总潘林元一名。适所委接署该县之王少山抵虔，当经王文瑞催令赴任，察看实在情形。臣批饬王文瑞等务令悉数交出首要各犯，以及杀人拒捕正凶，枭示地境。倘敢始终顽梗，即行会商张岳龄及刘胜祥，拨兵前进，痛予创惩，以昭炯戒，决不可稍事姑容，致长恶习。

至浙江提督鲍超，先于四月初十日带同亲兵由水路起程，所部各营继于二十一、二、三等日由陆途起程，前赴鄂、豫，除由江西找给三月以前欠饷二十五万外，另拨四、五两月协饷十四万两。其席宝田一军，已裁三千五百名，尚有六千五百名，分驻吉安、广信，经臣行令悉数撤遣，所欠饷项更巨，臣当与藩司孙长绂设法掘罗，妥速弥补。席宝田仰荷天恩体恤，感激至于涕零，拟俟假满赴黔，以图犬马之报。

惟江西因各军络绎过境，游勇所在逗遛，兼以本省之民当勇回籍者实繁有徒，难免勾结骚扰。近日抢案、命案叠出，所获凶犯十余人，讯供多系此辈。并获会匪陈连茂等数名，搜出印布符册，尤多狂悖之言，不可不豫为防范。所有平江、祥字两军共五千余人分驻赣、宁，衡勇一千人移驻信、抚，以外别无可以调拨。臣商之司道，檄委花翎游击何明亮、朱长发两员驰回湖南原籍，各募精卒五百名前来，以备一时缓急。该员等从臣数年，臣知其人甚勇干，心亦朴诚，将来或可得力。

所有查办斋匪、土匪以及鲍军分起拔营，席军悉数撤遣，并另募勇丁各缘由，理合会同署两江总督臣李鸿章恭折由驿五百里覆奏，伏乞皇太后、皇上圣鉴训示。谨奏。

刘腾鹤力战捐躯请予谥合祀片

同治五年五月二十八日

再，臣接准兼署四川督臣崇实咨："案据升任云南臬司刘岳昭呈称，金陵告克，大难将平，朝廷褒崇旧勋，无微弗及，海内欣戴，共颂中兴。该升司有从堂兄弟前在江西阵亡，照道员例议恤之补用直隶州知州刘腾鸿、候选知府刘腾鹤，战功卓尔，大节凛然，除刘腾鸿一员已禀请两江督臣曾国藩奏恳予谥外，其刘腾鹤一员亦请吁恳赐谥，并合祀刘腾鸿江西瑞州、湖南湘乡专祠，光忠臣于泉壤，即以励士气于疆埸"等因，即经臣转行查办去后，兹据总局司道查议，具详请奏前来。

臣查已故知府刘腾鹤，自其胞兄刘腾鸿在瑞州攻城阵亡后，接统湘后营全军，维时群情疑惧，而能开诚布公，镇静调度，抚驭得宜，众心辑睦，协力攻克瑞城，乘胜进兵，击退临江援贼，遂复峡江，合围吉安，大小数十战，力拔坚城，追杀窜贼殆尽。嗣调防彭泽，咸丰九年二月间，婺源败贼由浮梁窜踞建德县城，逼近彭泽县境。刘腾鹤率师进驻牛牯岭，二十日大破贼众于王恒桥，二十八日直捣云风岭，连破二贼垒，追抵建德。讵贼炮子适中后队药桶，火发烟腾，致为贼乘，刘腾鹤力战捐躯，实属战功懋著，忠勇轶伦，疆埸授命，大节凛然。合无仰恳天恩，俯准将已故知府刘腾鹤一体赐谥，并合祀江西瑞州府、湖南湘乡县刘腾鸿专祠，以彰忠节而励戎行。

理合附片陈明，伏乞圣鉴训示。谨奏。

江西应造剥船援案解直造办折

同治五年六月二十八日

奏为江西应造天津剥船，木缺价昂，运道阻滞，援案提银解直造办，以期妥速，恭折具奏，仰祈圣鉴事：

窃查前准户部咨，议覆天津验米大臣宗室载龄等请修满料船只案内，奏令江西、湖南三省垫款，均匀分造续增剥船一千只，解直应用等因。臣当查江西照案应分造船三百三十四只，共需内外销工料运费银一十二万四千余两。彼时正值防剿吃紧，需饷浩繁，实无余力筹垫；且木商甚少，采办尤为不易。奏请暂行展缓，俟军务稍松，再行办理。嗣于本年三月接准部咨覆奏内开："江省为产木之区，应将分造剥船设法赶办，所需船费，在于应解上年漕折内提银二万两，其余不敷之数，即在积欠漕折银内提用，派员购料兴工，妥速解津"等因，奉旨："依议。"钦此。随复督饬所属博览周谘，江西从前产木之区，近因被贼蹂躏，砍伐殆尽，以致成材之料甚稀，纵使不惜重价，一时采办为难。且剥船运津，必须取道运河，历山东、直隶前进。该处切近捻氛，道途通塞无定。是剥船由江造办，固属购料维艰，旷日持久；而成造开行之后，又复中途阻滞，抵津无期，于剥漕应用，仍属缓不济急。

正在筹议间，适续准部咨，湖北、湖南二省，各应分造剥船三百三十三只，俱因木缺价昂，运道艰滞，奏准量为变通，将部拨漕折银两，委员解直造办等因。伏查江西应造剥船，运送不易，既与两湖相同，而木植之缺，时价之昂，则视两湖为尤甚。该二省既经奏准变通，江西自可援照办理。臣与司道公同商酌，除运费内外销银三万一千八百六十余两应行节省外，拟将工料内外销银九万二千四百三十九两五钱一分，遵照部拨，在于应解同治四年漕折内提银二万两，其余银七万二千四百三十九两五钱一分，在于历年积欠漕折内照提足数，一并委员解京，转发天津兑收，所有江西应分造剥船三百三十四只，统由天津就近购料排造备用。

惟是江西同治四年欠解并历年积欠漕折银两，凡已征完在官者，悉因频年军需紧急，动用无存。其余实欠在民，委因兵燹之后，民困未苏，致未完纳。今提充船费，若待征收民欠起解，必致难济急需，惟有俟军需项下续有收款，无论钱粮厘税，按照提充船费之数，设法抽拨，归还原动漕折本款，庶得迅速妥解，不误天津排造之需等情，由藩司会同督粮道具详请奏前来。臣覆核无异。

除咨明户部暨直隶督臣查照外，理合恭折具奏，伏乞皇太后、皇上圣鉴训示。谨奏。

新湘营阵亡员弁请敕部议恤折

同治五年六月二十八日

奏为查明新湘营进剿南安等处阵亡员弁，请旨敕部议恤，恭折仰祈圣鉴事：

窃查新湘营弁勇，于同治三年在南安府剿贼解围，四年调赴福建援应，进攻苦竹等处贼巢，邀击各股悍匪，叠次打仗，均经前抚臣沈葆桢暨闽浙督臣左宗棠奏报在案。

兹据赣南道王文瑞、总兵王开琳开报：新湘营于同治三年八月十五日在南安府城外阵亡蓝翎千总熊越胜等二员，四年三月二十七日在苦竹阵亡蓝翎都司熊纲开等十七员，四月十八日在下洋忠坑阵亡蓝翎守备黄前福等二员，二十一日在上下畲阵亡花翎都司漆长兴等二十一员，二十二日在猎射坳阵亡提督衔记名总兵邓荣达等二百十三员，八月二十二日在青龙墟阵亡参将衔游击朱莲芳等二员，同阵亡受伤勇夫，一并开送等情，由总局司道核明，造具清册，详请具奏前来。

臣查该员弁等奋勇冲锋，捐躯战阵，越境援剿，效命疆埸，家小零丁，均堪悯恻。谨将阵亡各员弁，开列清单，恭呈御览，请旨敕部从优议恤。内有杀贼立功，拟保官阶，旋经阵亡，不及奏奖各员，合无仰恳天恩，准照拟保官阶议恤，以慰忠魂。

除将阵亡受伤勇丁造册咨部照例办理外，所有新湘营阵亡员弁请恤缘由，理合会同闽浙督臣左宗棠，恭折具奏，伏乞皇太后、皇上圣鉴训示。谨奏。

历年征收漕折未能照数完解京饷折

同治五年七月二十六日

奏为江省历年征收漕折银两，实因匀济徽、宁协饷及本省军需，以致京饷未能照数完解，吁恳天恩，宽免处分，恭折仰祈圣鉴事：

窃臣接准户部咨抄片内开：“历年奏提江西漕折，除报解外，共欠银一百二十万两，节经奏咨飞催，非但同治二年以前欠饷未据奏报清完，并三年分奏提之五十万两，竟无丝毫解部。应请敕下江西巡抚查明延不解报之藩司、粮道各职名，送部先行议处，一面饬将欠解同治三年漕折赶紧批解全完。其同治二年以前积欠漕价，亦即接续批解，以供支放”等因，具奏，奉旨：“依议。”钦此。即经转行遵照在案。

伏查部拨解京漕折银两，攸关折放俸甲要需，原应照数委解，何敢稍事稽延。惟是江西每年额征漕折虽有九十一万余两，而地方屡遭贼扰，加以水旱偏灾，民力拮据，除蠲免缓征及民欠未完外，每年实仅征收银六七十万两不等。京饷固属取给于此，督臣曾国藩徽、宁两防协饷，亦系奉旨动用漕折，本省水陆各军饷项专恃地丁，乃因灾歉频仍，民欠尤甚，征解无多，亦须借资漕折以为挹注。维时强寇在境，军士苦饥，危急情形，须臾难缓，若稍拘泥观望，立有决裂之虞。各前抚臣与司道，以全局所系，不得不变通匀济，意在力保完善，速扫逆氛，京饷虽暂短解于目前，而得资以灭贼，则以后征收自可悉输部库，截长补短，裨益应多。是以前抚臣沈葆桢节次沥陈，请将漕折银两留充本省军需，仍察看情形，酌量解部，胥实情也。

兹查江西自咸丰十年起，至同治三年止，各年征完漕折，除已解部兑收外，其余悉系拨解徽、宁两防协饷及本省兵勇口粮。且查徽、宁协饷共解过银一百三十二万余两，内中实只漕折银七十六万余两，此外四十七万余两，尚系动拨道库各款。凑解军饷之迫不及待，漕折之悉索无遗，即此可为明证。京饷未能接续报解，职是之由。至于各年旧欠漕折，亦因叠遭兵燹，民气未舒，以致输纳不前，并非督征不力。现在发逆荡平，江境静谧，惟有实力催追旧欠、新漕，大批赶解，借济京饷急需。据藩司、粮道开具历年征收拨解漕折银数，详请具奏前来。合无仰恳天恩，俯念江西同治三年以前征收漕折，实由军需动用，以致积欠京饷，无款可解，尚非无故迟延，奉取司道职名，邀免开送。臣仍督饬该司道，将各年民欠及未完四年分漕折银两，上紧催完，分批解部。自五年为始，所收漕折，先尽京饷，照数报解，不得稍有稽缓。并将各年征解数目，开列清单，恭呈御览。

除咨明户部外，理合恭折具奏，伏乞皇太后、皇上圣鉴训示。

谨奏。

汇报支放军需动用各款总数折

同治五年七月二十六日

奏为查明江省自咸丰十年起，截至同治三年六月底止，支放军需，动用各年各款，汇开简明总数清单，恭折具奏，仰祈圣鉴事：

窃准户部咨，同治三年七月初十日奉上谕："户部奏，请将军需报销变通办理一折。据称军需报销，向来必以例为断，然其间制变因时，亦有未能悉遵之处。各省军需历年已久，承办既非一人，转战动经数省。则例所载征调但指兵丁，而此次成功半资勇力，兵与勇本不相同，例与案遂致歧出。在部臣引例核案，往返驳查，不过求其造报如例，而各处书吏借此需索，粮台属员借以招摇，费无所出，则浮销苛敛等弊，由此而起。请将同治三年六月以前未经报销各案，开具简明清单，奏明存案，并请饬禁劝捐归补名目等语。所奏系为因时杜弊起见，军需报销一事，本有例定章程，惟近来用兵十余年，蔓延十数省，报销款目，所在多有，若责令照例办理，不独虚縻帑项，徒为委员、书吏开需索之门，而且支应稍有不符于例，即难核准，不得不着落赔偿。将帅宣力行间，甫邀恩锡，旋迫追呼，甚非国家厚待勋臣之意。着照该部所请，所有同治三年六月以前各处办理军务未经报销之案，准将收支款目总数分年分起开具简明清单，奏明存案，免其造册报销。此系朝廷破格施恩，各路统兵大臣、各省督抚，具有天良，务须督饬粮台委员核实开报，不得因有此旨，任意影射浮冒。并着严禁劝捐归补名目及私设厘卡等弊。如有不肖委员仍以前项情弊巧为尝试，别经发觉，除将承办各员严办外，必将各该统兵大臣及各该省督抚等从重治罪。部中书吏如有在各处招摇撞骗、朦混包揽者，并着严行拿办，以惩奸蠹。其自本年七月起，一应军需，凡有例可循，务当遵例支发，力求撙节。其例所不及，有应酌量变通者，亦须先行奏咨备案，事竣之日一体造册报销，不得以此次特恩妄生希冀。将此通谕中外知之。”钦此。又准户部咨，饬将军需收款细数造册送核，各等因，先后咨行到江。当经行局分别移行遵照办理，业将咸丰二年设局办理军需起，截至九年止，收支款目，列为军需第一案，开具简明清单，详经前护抚臣孙长绂奏报在案。

兹据报销总局司道详称：“自咸丰十年起，截至同治三年六月底止，节年办理防剿，动用军需各项，又经督饬局员逐一勾稽，核实厘剔，不敢稍任浮滥。统计应支本省文武员弁、兵勇盐粮、口食、马干、夫船、脚米各价，以及置造军装、炮位、药铅，采买铜铁、硝磺、油烛等件，置造炮船工料暨阵伤亡故员弁、兵勇恤赏养伤，并添设腰站等项六，共银一千八十二万八千三百五十两七分六厘，内除欠发饷银九万八千四百三十九两六钱二厘，俟有银补发，再行指款开报；又除融借藩库提存未经解给各款暂垫银九十五万五千八百八十四两，俟有银归还，再行指款开报；又除各营各属就近动款支放银二十三万四千一百六十两九钱四分一厘，容俟催查所动年款，由省核收，再行开报外，实在动支收存各项银九百五十三万九千八百六十五两五钱三分三厘，委系核实开报，并无浮冒等情，详请具奏前来。臣复核无异。

除饬遵照部咨另造收款细册，咨送部科查核，并将同治三年七月以后收支各款，钦遵谕旨，查照例案造报外，所有查明咸丰十年起，截至同治三年六月底止，支放军需动用各年各款总数，汇开简明清单，敬呈御览。理合恭折具奏，伏乞皇太后、皇上圣鉴训示。

再，省局暨各军营各属收捐钱米谷石，概行合扣价银，汇入捐输总数之内。又江省拨解各省军饷，应归各该省开报支销者，其数目业经各前抚臣随时专案奏报，不在此次总单用款之列。又拨解曾国藩大营军饷，应归各粮台自行销算开报银四十二万一百七十九两，咨明曾国藩饬台查照办理。又拨解杨岳斌军饷银一万两，咨明杨岳斌饬台自行销算开报。理合一并陈明。谨奏。

精毅营积劳病故员弁请分别议恤折

同治五年七月二十八日

奏为查明精毅营历年在营积劳病故各员弁，请旨敕部分别议恤，恭折奏祈圣鉴事：

窃查精毅营自调派援剿江、皖、粤东，驰驱三省，时历四年，转战数千里，冒暑冲寒，涉历险阻，或一月之中、兼旬之内，强驰千百里，内有因劳致病之员，以军务紧要，不敢耽延，扶病登程，委顿道路，以致沿途多有物故。兹据统领精毅营贵州臬司席宝田将该营积劳病故之花翎记名总兵王玉德等八十三员，开折呈请奏恤前来。

臣查该故员等久随征战，备历艰辛，尽瘁殒身，均堪矜悯。谨将各该员弁衔名另缮清单，恭呈御览，请旨敕部分别议恤，以慰忠魂。

理合恭折具奏，伏乞皇太后、皇上圣鉴训示。谨奏。

本年新漕仍难起运本色片

再，准户部咨，议覆御史蒋彬蔚奏请筹备漕运一折，声明江、广等省额漕，近年解征折色，每于新漕起征时，均由部奏令力筹起运本色，各该省因办理军务，仍请循案折征。现在军务渐平，应于本年新漕开征时，认真筹办起运本色，以实仓储，等因。同治五年三月二十八日具奏，奉旨："依议。"钦此。

臣查漕粮上关天庾正供，为京师官俸、兵食所系，改征折色，原属暂作权宜之计，非可日久因循。现值东南发逆荡平，自应复归旧章，起运本色，何敢但图简便，罔计根本要需。惟江西自咸丰三年以来，无岁不遭寇扰，当冲之处，焚掠无遗，附近地方，亦复苍黄迁避，困苦颠连，疲敝实甚。直至上年腊月，粤省股匪恐火，江民虽得安枕，而凋残过甚，复元甚难。加以连岁水旱不时，粮价昂贵，农民终岁辛勤，尚不足以自赡。是以所定漕米折征价钱，转较当年米价减少，固为速济军饷，亦是体恤民艰。本年春夏，旸雨尚属应时。乃自六月起，骄阳逾月，至今各属尚多未得渥泽，高田不无受伤；江水盛涨，倒灌鄱湖，低田复多淹浸。本年晚收，又恐难期全稔。若复旧章，征收本色，完纳之数将多于折色过半，甚或加倍，积困疲氓，委实力有未逮。至办运漕粮，县有仓，省有仓，小河有剥船，北运有军船。自军兴以来，仓廒、船只焚毁折变净尽，此时一一修造，固属无此巨款，即租赁民屋，雇用民船，所费亦属不赀。江省此时虽无军务，而留防水陆各军需饷尚多，清厘积欠，筹办善后，尚难豫计。其奉拨京饷及各省协饷，尤属迫而且巨，悉索藩、粮、浔关库款，竭力供应，犹时有匮乏之虞，实无余银堪为办运漕粮之用。臣与司道熟察民情，统筹经费，本年新漕仍有难以起运本色之势。据督粮道段起会同藩司孙长绂具详请奏前来。合无仰恳天恩，俯准将同治五年漕粮照旧折征，俟一两年后，民力稍舒，库储稍裕，即当认真赶办本色，不敢稍涉迁延。

所有本届漕粮仍请折征缘由，理合附片陈明，伏乞圣鉴训示。谨奏。

查明劳绩人员请照原案给奖片

再，江西尽先补用同知、直隶州知州王德权，于扫清陶溪渡逆垒，肃清都、湖案内，经前抚臣沈葆桢保奏以知府仍归江西尽先补用，并加道衔；又于扫清贵溪贼垒案内，经沈葆桢保奏以道员仍留江西尽先补用；又于克复东乡县城案内，经前护抚臣孙长绂保奏请旨记名以道员简放，并加按察使衔，均经钦奉恩旨允准。嗣经吏部奉驳，陶溪渡一案，除攻克城池、斩擒要逆，其余劳绩不准保奏免补本班，应将王德权俟补缺后以知府尽先补用，并加道衔；克复东乡一案，以奏定章程，无论何项劳绩，不准指定记名保奏，王德权请记名简放，核与章程不符，应请撤销，饬令另核请奖。又试用知府黄廷金，于防剿叛勇出力案内，经孙长绂保奏以知府留江归候补班前补用；又即选同知直隶州知州陈宝箴，经臣前于湘军追杀窜贼随折保奏案内，请免选本班，以知府不论双单月即选，亦均钦奉俞旨。嗣经吏部奏驳，各项劳绩保举，除攻克城池、斩擒要逆，其余不准免选本班并加候补班次，应将黄廷金饬令另核请奖，陈宝箴候选缺后以知府补用等因，即经转行遵照去后，兹据总局司道查覆，王德权代统长左营，攻克饶州崇光渡、洋塘等处逆巢，擒斩伪钦天安陈坤元、伪天将巢荃等贼酋，复会同各军扫除陶溪渡坚垒，剿退石门逆氛，迭有斩获。嗣随同福建藩司王德榜调防广信，肃清贵溪后，约会老湘、铨字两军，进扎东乡，连踏贼营，遂并力合围，攻克县城，叠歼多贼，夺获旗械等项千余件。黄廷金委赴袁州招抚叛勇，督办团防，适匪众窜扰萍乡，该员催集练丁追剿，叠获胜仗，斩擒首从各贼多名，招抚遣散余党亦夥。陈宝箴随同精毅营扼贼于广东之东石、江境之铁石口，督队鏖战两获大胜，或杀或降，四万有奇，其间擒斩头目约数十名，均非寻常劳绩可比，确有具报打仗原禀可查。前保考语务求简约，以免烦渎，未能详悉，致奉部驳。然细核各该员战绩，实系斩擒要逆，攻克城池，与免补免选本班并加候补班次章程相符，拟请仍照原保奖叙等情，具详请奏前来。臣复核无异。

合无仰恳天恩，俯准仍照原保将王德权免补同知、直隶州、知府，以道员仍留江西尽先补用，并赏加按察使衔，其原保记名简放，应即删除，以符定章。黄廷金请以知府留江归候补班前补用。陈宝箴免选本班，以知府不论双单月即选，敕部注册，以昭激劝。

理合附片陈明，伏乞圣鉴训示。谨奏。

封禁山内查无斋匪并各府举行保甲折

同治五年七月三十日

奏为搜查封禁山并无斋匪藏匿，以及广信等府实力举行保甲，龙南县剿除积匪，恭折由驿覆奏，仰祈圣鉴事：

窃臣前准军机大臣字寄，钦奉上谕："左宗棠、徐宗幹奏官军越境剿办斋匪歼除净尽一折。斋匪党与盘踞封禁山内，历有年所，地方文武总未能实力搜捕，每至聚众滋事。现虽将崇安戕官股匪歼除，而余党潜伏山内，传习邪教，藏匿尚多。刘坤一现已派席宝田一军前赴河口驻扎，左宗棠亦派张树炎驻军崇安，以备会剿。着即乘此声威，饬令带兵各员，会合两省兵力，分赴封禁山内实力穷搜，务将积年潜匿匪徒悉数捕戮，以期一劳永逸，不得以山径险阻，畏难中止，草率了事，致贻后患。并着刘坤一选贤能地方官编查保甲，随时晓谕该处百姓，毋为邪说所惑，以靖盗源"等因，钦此。又，臣前奏派委道府大员前赴各属，查办斋匪、土匪，并席宝田一军悉数撤遣，另行募勇，以备调拨一折，军机大臣奉旨："知道了。办理保甲，查拿斋匪，惟在督饬各员认真督办，毋得敷衍了事。并饬令段起将封禁山确查搜剿，以绝根株。其何明亮等募勇到时，并着勤加操练，以资得力。"钦此。即经臣转行钦遵去后，兹据报称：督粮道段起于五月二十六日驰抵广信，沿途察看弋阳、铅山、上饶等县，办理保甲，尚属认真，民情安帖。先行派员入封禁山密查，并无斋匪。六月初九日，段起酌带亲兵，会同广信营参将伊凌阿，督同广信府知府钟世桢、上饶县知县王恩溥、广丰县知县黄鹤群、广丰汛外委冯培英、高洲汛外委涂人贵，自范家坳进山，由上饶以达广丰，周历一遍。禁山以内，约宽百里，其自西北以至西南皆与上饶属境毗连，正北以至正东与广丰民山相接，东南一带则与闽省浦城、崇安接壤，又东面与广丰连界之处，又与浙省江山、龙泉等县密迩，犬牙相错，路径纷歧，山内之余坪地、铜塘心、冲天蜡烛、羊角尖、鹅颈岭、双溪口、橙树坪、九井山、三接岭、石塔坑、老鼠摸壁等处，俱系层峦叠巘，一线羊肠。段起等穷幽极险，举凡深山密箐之中，一一搜到，并无斋匪藏匿，及遗留巢穴形迹。惟有在山耕种棚民，上饶境内计五百六十一户，广信境内计一百四十四户。段起等逐户详加盘诘，悉系附近各县人民，因咸丰年间屡被贼扰，贫苦无依，入山垦地，借以糊口，均属安分营生，并未吃斋为匪，亦无外来吃斋匪徒。并据附近封禁山绅耆联名出具切实保结，佥称今岁崇安斋匪窃发，伊等亦经入山避乱，彼此相安。是封禁山内未经藏垢纳污，事属可信。段起等于十八日始行出山，复催各县印委各员，迅将保甲一律编齐。查明境内著名斋匪，已经陆续歼除，间有漏网，亦经远扬，现在分途严缉。其余吃斋愚民，惑于灾祥之说，意在祈福，委无为匪别情，概经勒令开荤。该百姓等鉴于崇安之祸，莫不勇于改过。段起饬令钟世桢等随时抽查，后旋亲赴建昌、抚州二府，察看各县办理保甲，亦与广信大略相同。时臣接据袁、临各府县禀称，保甲均经就绪，因即札调段起回省销差。

候补知府骆敏修初抵义宁州，当将拿获斋匪头目洪常山、邱良明讯明正法，督饬该州官绅踹拿在逃余党，劝悔被诱愚民，旋赴瑞州府属之新昌县、袁州府属之万载县，确查地方已无余孽，催令各该州县妥速举行保甲，以期消患未萌。至龙南县平坑土匪蔡悃洸即蔡启兴，挟仇杀掠蔡宗祥等四家，拒毙团总，先经臣饬该管道府督县勒交首要各犯。乃蔡启兴愍不畏死，竟敢纠集党与，始终负固抗违。嗣经前任吉南赣宁道王文瑞派署赣标左营游击余步鳌率捷胜军三百名前往围捕，并会商记名总兵刘胜祥，统率祥字营继进，相机兜剿。六月十二日，各勇甫抵平坑，蔡启兴即率悍党出斗，相持逾时之久，始败退入巢。刘胜祥与余步鳌等各营及龙南官绅团练四面筑垒以困之。是夜，该匪两次来攻，均被我军击退。十三日黎明，该匪拥众苦战，复为各勇练所败。该匪自知势蹙，佯为纵火自焚，乘间四路冲突，当被我军擒斩殆尽。惟蔡启兴率悍党数十人由水沟内潜逃，遁向广东连平州。龙南县知县王少山悬赏购线，刘胜祥复派弁勇驰往连平缉拿。蔡启兴无可容足，于二十五日率党二十余人潜回龙南墩头。各团练群起逐之，适该弁勇由连平折回，合追至润洞，当将蔡启兴击毙，及其党十数人生擒。蔡启兴之弟蔡启茂及余党数人，由县讯办，并将蔡启兴传首犯事地方，悬竿示众，各等情前来。

臣查保甲原系地方善政，斋匪实为将来隐忧，是以酌定保甲章程，以悔斋缉匪为第一要务。各属办理勤慎，数月之间，颇有成效可观，亦无员役需索等弊。所虑日久生懈，以致奸宄复滋。臣自当遇事提撕，时加访察，倘敢稍涉疏纵，即行据实撤参，断不稍事姑容，以仰副皇上整饬吏治、除莠安良之至意。

惟查封禁山内棚民，耕种度日，迄今已经数载或十数载，原隰悉成田园，户口居然村落。段起等履勘既毕，谆谆谕令出山，该棚民等扶老携幼，号泣吁求，均称舍此别无养命之资，并无安身之所。段起等本拟立时驱逐，恐该棚民等流离失所，转致酿为厉阶。一面权发门牌，一面绘图造册，详细签注，呈请示遵。臣复批饬该府县妥筹安插去后，段起适回省垣，经臣面问山之险夷，与夫事之利害，据称其开垦处多成坦途，其陡峻处绝无人迹。该棚民等作苦食力，各得尺寸之土，视为恒产，断不至于为非，亦不容外匪入山，自干株累。今于该棚民等强之使出，正难保异日无复入者，徒扰穷黎，无益事实，似不若驰禁为便。臣以段起等所禀，自系目击实情。第以数百年封禁之山，未敢遽议更张，冒昧从事。应俟阅兵之便，督同该府县营再进山内查勘，如果可以驰禁，臣即咨商闽浙督抚臣妥议具奏，恭候圣裁。

至于赣、宁地方，向多伏莽，肆行劫杀，动辄负嵎。今见龙南县蔡启兴等痛受创惩，此后当知警畏。臣仍责令现署吉宁赣南道张岳龄，会同刘胜祥，严行弹压缉捕，不得松劲，以靖岩疆。

何明亮、朱长发新勇两营，于前六月先后到江，臣即饬令在省城外驻扎操练。兹观其技艺已熟，纪律尚严，随即派往吉安、袁州分途防范。

所有搜查封禁山并无斋匪藏匿及广信等府实力举行保甲，龙南县剿除积匪缘由，理合会同署两江总督臣李鸿章恭折由驿五百里覆奏，伏乞皇太后、皇上圣鉴训示。谨奏。

恭报起程巡阅日期折

同治五年八月二十七日

奏为恭报起程巡阅九、赣两镇所属营伍日期，恭折仰祈圣鉴事：

窃臣于上年八月抵任，例应查阅通省营伍，即于本年三月间调集臣标左右二营及南昌城守营各官兵，严行校阅，已将阅过情形并甄别各弁缮折奏闻，声明省外各营，俟秋后再行亲往阅看。嗣准部咨，钦奉上谕："本年轮应查阅山东、河南、江苏、安徽、江西五省营伍之期，江西即派刘坤一认真简校"等因，钦此。

兹臣将紧要事件妥为料理，定于八月二十七日自省起程，前往九江、饶州、广信、建昌、宁都、赣州、万安、吉安、瑞州一带巡阅营伍，往返约需两月。臣衙门日行事件，循旧委藩司代印代行，遇有紧要事件，仍包封送臣途次核办，以昭慎重。

除俟查阅后，再将各营情形，另行恭折奏报外，所有臣前往九、赣两镇所属各营巡阅营伍起程日期，理合恭折具奏，伏乞皇太后、皇上圣鉴训示。谨奏。

参将劳故请恤片

再，广信营参将伊凌阿，系镶白旗满洲希林佐领下人，由委护军参领拣发江西以都司差遣委用，在赣州一带军务著绩，荐升广信营参将。咸丰十年到任，时值金陵、皖、浙群盗如毛，福建亦时有警。广信为江省东北藩篱，壤接数省，首当其冲，邻氛连年，窜扰郡城，屡次被围，甚有一岁之中数经寇患者。伊凌阿随时会督员弁兵勇固守城池，力却逆众，地方赖以保全。节经前抚臣毓科、沈葆桢先后保奏以副将尽先补用，并以总兵升用。伊凌阿栉风沐雨，矢石亲临，日久辛勤，积劳成疾，因患病证，时发时愈，仍勉力从公，始终罔懈。本年夏间，当溽暑炎蒸之际，深入封禁山搜捕斋匪，以致旧疾复发，于七月二十日病故。据广信府知府钟世桢禀恳奏请照军营病故例议恤前来。

臣查该参将伊凌阿，平日居官廉勤，营伍整肃，实为营中不可多得之员。连年防剿出力，递保总兵升用，兹因积劳病故，殊堪悯惜。除将该参将病故日期移会督臣循例具题外，合无仰恳天恩，俯准将升用总兵广信营参将伊凌阿照总兵军营病故例赐恤，以励忠勤。

理合会同署两江督臣李鸿章附片陈明，伏乞圣鉴训示。谨奏。

前任监督短征关税现筹解缴余恳展限折

同治五年九月二十八日

奏为前任监督短征关税银两，现据竭筹解缴余银，恳恩宽展限期，恭折具奏，仰祈圣鉴事：

窃查前准户部议覆，九江关自同治元年十月十二日起，至二年十月十二日止，一年期满，短收税银四十一万八千四百六十一两零，援照凤阳关之案减免九成，减剩一成银四万一千八百四十六两零，各按在任日月匀摊分赔，前任监督廷曙应赔银一万六千七百三十八两零，予限三年完缴，于同治二年十二月二十七日奉旨："依议。"钦此。转行钦遵在案。

兹据九江关监督俊达详称："转据廷曙面称：前项摊赔税银，扣至五年十二月二十七日，三年限满，自应遵照完缴。惟廷曙家本寒素，在京供职，恪守廉隅。迨补授九江关监督，时仅一年，所得廉俸尚不敷办公，交卸之后，囊无余资。自奉部议着赔巨款，昕夕焦思，莫知所措，随向各亲告贷，陆续凑集银二千两，现拟先行缴存藩库，俟有便员搭解赴部兑收。尚有未完银一万四千七百余两，家产罄尽，一时力难措缴，详请俟补官之日，以应食廉俸全数扣抵"等情前来。

臣查各关监督，经征税银例有定额，在承平无事之时，原应设法稽征足数，如有短缺，勒限着赔，逾限无缴，革职监追，必须限内完至七成以上，始得蒙恩免其革职，监追未完之项，以本员廉俸扣抵，所以严责成而重税款也。然此论其常，非论其变。九江关自咸丰二年逆匪窜扰之后，停征十年之久，直至同治元年冬间，该前监督廷曙始行开关征税。其时金陵尚为贼踞，九洑洲亦未克复，江路未通，商贩极少。且开征常税甫及一月，复又添设新关，另征洋税，以有限之常税，又被洋税侵占过半。而廷曙与前署监督蔡锦青，均能以万分棘手之时，厘奸剔弊，设法招徕，该年共征银十二万余两，实属殚心悉力，点滴归公。其短征之项，委系限于时势，非该前监督之咎也。是以前抚臣沈葆桢曾经代为沥情奏请宽免，部臣以案已奏定，无从更改，致未议准。现在廷曙虽仅措缴二千两，尚不及七成之数，而按其可原情节，实与寻常短征者迥殊。候补穷员，势难依限完足。合无仰恳天恩，俯准将前任九江关监督廷曙免其革职监追，未（免）〔完〕① 银两，或俟补官之日以廉俸全数扣抵，或再展限三年，俾得从容措缴之处，出自高厚鸿施。

理合恭折覆陈，伏乞皇太后、皇上圣鉴训示。谨奏。

胞弟蒙赏谢恩折同治五年十月二十八日

奏为恭谢天恩，仰祈圣鉴事：

窃臣恭阅邸钞，同治五年九月二十九日奉上谕："张凯嵩奏官军捣平山泽匪巢，全股捕灭一折，所有尤为出力之知府刘培一，着免选知府，以道员遇缺尽先选用，并赏加按察使衔"等因，钦此。闻命自天，感深无地。

伏念臣弟培一，材同樗栎，识昧韬钤，上年臣荷圣恩，简放江西巡抚，时以邕南军务未竣，接替乏员，商之抚臣张凯嵩，臣部楚军暂令臣弟摄统。缘机宜之未习，殊陨越之是虞。仰赖国威，勉持艰局。前以鹅军小捷，已迁方面之班；今因蚁穴幸除，复列监司之选。升衔递晋，帝眷弥优，凡此稠叠之隆施，实非梦想所敢及。臣惟有勉励臣弟，倍矢慎勤，以期仰酬高厚生成于万一。

所有微臣感激下忱，谨缮折恭谢天恩，伏乞皇太后、皇上圣鉴。谨奏。

---

①据文义改。

赣关短征四年分盈余银两邀恳援案减免折

同治五年十月二十八日

奏为赣关同治四年分短征盈余银两，实因今昔异形，寇氛滋扰，吁恳天恩援案减免，恭折奏祈圣鉴事：

窃查赣关每年额征正税银四万六千余两，盈余银三万八千两。兹据署吉南赣宁道兼管赣关桥税务张岳龄详称："前任关道王文瑞，自同治四年七月十六日起，至五年六月十二交卸前一日止，共征收正税连耗银二万三千三百六十两六钱五分，又临关零税连耗银一千一百二十六两。该道张岳龄接管，自六月十二日起，至七月十五日止，接扣一年期满，共征收正税连耗银四千五百四十一两一钱一分四厘，又临关零税连耗银一百三十五两二钱七分，江海关代征丝商补纳赣关湖丝税正耗银三万一千二百六十一两二钱六分六厘，共银六万四百二十四两三钱。内除额征正税银四万六千四百七十一两五分五厘，又除应解内阁部科公费额支管关养廉、书役工食杂用等银六千一百一十三两九钱九分六厘，又除起解盈余饭银例给解员水脚备带添补平银三百五十七两五钱八分六厘外，只征盈余银七千四百八十一两六钱六分三厘，核与额征盈余银三万八千两之数，尚短征银三万五百一十八两三钱三分七厘。查赣关征税从前本属有盈无绌，全恃茶叶、湖丝为大宗。自五口通商，湖丝虽尽出上海，而江海关代征丝税每届尚收银五六万及六七万不等，深足以资挹注。其江皖等省茶叶，仍由赣赴粤售卖，是以岁征税项犹符定额。迨后长江通商，各省茶叶悉赴九江、汉口就近出售，一切西洋货物亦莫不由九、汉贩运，商贾懋迁，趋利乘便，孰肯舍近图远，再出广东，以致赣关绝无大宗货物经过，所收税课均属小贩零星，纵使竭力招徕，总不能照前畅旺，实为时势使然，莫能强求。加以江海关湖丝改征半税，每年拨归赣关者不及往时之半，是以赣关额税亏短日甚。且本届关期，始则发逆由福建回窜广东之镇平、连平等州县，屡犯江西长宁、定南、龙南、信丰等厅县，时惊风鹤，征调频仍，行道戒心，商贩裹足。直至年底，发逆始克荡平。而今岁自春徂夏，本省防师及闽、粤各营练勇纷纷凯撤，络绎于途，河面舟楫为之雇觅一空，纵有客货亦无可装运。此关税盈余短征三万余金之由来也。既无补苴之术，并乏赔缴之资，惟有详请奏恳宽免"等情前来。臣覆加确核，委系实在情形。

伏查该关同治三年分短征盈余银两，前经臣奏准户部议覆援照临淮、九江等关成案减免九成，着赔一成，奉旨允准在案。今该关短征四年分盈余银两，核与三年情事相同，实由今昔异形，并非该道稽征不力。合无仰恳天恩，俯准将赣关四年分短征盈余银两，援照成案减免九成，着赔一成，以示体恤。臣仍当督饬该署道张岳龄认真整顿，务期税课渐有起色，不敢稍任怠弛。

理合恭折具奏，伏乞皇太后、皇上圣鉴训示。谨奏。

遵解固本京饷片

再，臣于九月初十日承准军机大臣字寄："同治五年八月二十八日奉上谕：'户部奏请将各省应解固本兵饷改解部库一折。直隶固本饷项，前经谕令江西省按月解银五千两，径解直隶藩库，以供支放。乃该省奉文以后，均未能按年清款，或全未报解。现在总理各国事务衙门奏请变通练兵章程，所拟六军马步口粮并文武员弁薪水等费，每月已需银五万二千余两，续添应支之款多寡尚未能豫定，均应于原定饷内供支，若各省仍复报解参差，或短欠划扣，必致临时贻误，关系匪轻。着照户部所请，所有各该省应解固本饷项，仍照原定数目改解部库交纳。自奉文日起，或一月一解，或两三月一解，总须按期赶到，不准稍有拖延。如该督抚等任意迟逾三月不解，即由户部指名严参，照贻误京饷例议处。从前欠解之款，并着免其补解，以示体恤。至此项各省饷银到部，经委员交兑清楚，着由管库大臣当堂发给批回，毋庸领取回省限照，亦毋庸另备科道衙门验批，以省周折，等因。'" 钦此。钦遵行司办理。

伏查江西军务虽已告竣，而缉捕土匪、游匪，弹压遣撤勇丁，尚资兵力，是以留防水陆各军，需饷尚属不少。且每月应解邻省协饷，以霆字营为最巨，其次则甘肃、贵州二省，均催提紧急，势不可缓。所征地丁等银及抽收厘金，只有此数，除本省例支各款外，尽数支解防饷、协饷，仍属入不敷出，以致直隶固本兵饷，先于八月间仅只委解银一万两，业经奏明在案。

伏思此项兵饷为根本要需，现当变通章程、简练卒伍之际，饷项断不可缺。且仰沐天恩，从前欠款免其补解，体恤周至，钦感难名。臣等具有天良，何敢以筹措艰难稍事延缓。惟有与藩司设法匀拨，每按两月一解，源源接济，借供要需。兹据藩司孙长绂详报："江省奉拨每月固本兵饷银五千两，应以九月初十钦奉寄谕之日起，现于同治五年地丁项下动放银一万两，饬试用知县蔡厚桢领解，定于同治五年十一月初三日起行，由陆路前赴户部交纳，作为九、十两月前项兵饷。仍俟征收有著，即当按期续解"等情，详请具奏前来。臣覆核无异。

理合附片陈明，伏乞圣鉴。谨奏。

汇案请奖出力营员先开呈霆字精毅两军折

同治五年十一月二十七日

奏为遵旨查明霆字、精毅两军截击窜贼，并赴粤会剿，克复嘉应，荡平发逆出力人员，汇案请奖，恭折仰祈圣鉴事：

窃查同治四年九月间奉上谕："据刘坤一奏，江西赴粤会剿各军叠次获胜一折。席宝田一军由平远近逼镇平，贼众来拒，席宝田挥军杀贼六七千人，生擒二三千人。汪逆复与伪东平王继至，官军分路迎剿，又毙贼三四千人，将伪东平王一股全行击散，前后招降一万三四千人。娄云庆一军出平远之八尺墟，闻贼折窜大柘，率队驰往邀击，毙贼三千余名，生擒八十余名。复由间道追剿，又毙贼三千余名，生擒一百余名。援剿甚为得力。"又于十月间钦奉上谕："刘坤一奏湘军追杀窜贼，定南、龙南击退扑城股匪，并官兵扼剿大胜一折。逆匪由青龙等墟败窜后，经总兵王开琳督队进攻，逆众自相蹂躏，死者不计其数。悍贼列阵抗拒，王开琳等继进，斩馘千计，余匪翻山而逃。前股窜至定南厅天花寺等处，分股直扑厅城，同知王大枚督团守御，毙贼甚多。该逆退至下历墟等处，适王开琳追至，复毙多贼。该逆复窜龙南，为知县王家杰击退，斩获甚多。旋窜至信丰县属之铁石口，入犯赣南，经臬司席宝田率师扼剿，叠获大胜，汪逆受伤败遁，计歼除悍贼万余人，生擒千余名，剿办尚称得手。所有尤为出力之贵州按察使席宝田，着加恩遇有布政使缺出题奏；其余出力各员，着刘坤一查明汇案请奖。"又于五年正月间奉上谕："本日据刘坤一奏，江军进逼嘉应获胜，会同收复州城，并左宗棠、瑞麟、郭嵩焘奏收复嘉应州城，追剿窜匪，全股荡平，详细情形各一折。览奏曷胜欣慰，业已明降谕旨宣示。”又臣具奏发逆扑灭，江西边境解严，请将出力将士及司道委员并各府县绅团量予奖叙一折，于二月十一日递回前折后开：“军机大臣奉旨：‘览奏均悉。江西出力将士人等，准刘坤一择尤保奏。’”钦此。均经转行遵照去后，兹据各营各属将出力人员开折禀保前来。

臣查同治三年，苏、浙、金陵窜贼悉萃江西，叠被大兵痛剿之后，伪康逆汪海洋犹敢纠合余烬，盘踞闽疆，继复窜扰粤东，窥犯江西边境。经在防各军出境迎剿，绕道邀截，屡挫凶锋，该逆始遁伏嘉应。复经各军赴粤会剿，克期扫穴擒渠，尽歼丑类，荡平逋寇，安定群生。诸将士懋着辛勤，厥功甚伟，即近粤厅县官绅、兵勇，固守城隘，力保边疆，咸能协力杀贼，亦属劳苦功多。至留防各郡水陆官兵与夫筹办军务、接济饷糈、军火各员弁，久在兵间，艰难共济，始终匪懈，克成厥勋。仰荷天恩，均准酌保。惟营头甚众，虽每军仅择其尤，而合计人数，仍复不少。若汇作一案，则连篇累牍，披阅不易。谨拟分为数案，次第陈请。今先将霆字、精毅两军出力人员，作为第一案，择其劳绩最著者，开列清单，恭呈御览。其出力稍次者，咨部注册，以把总、外委拔补，用示鼓励。此外各营，容即接续核办。

理合会同署两江督臣李鸿章恭折具奏，伏乞皇太后、皇上圣鉴训示。谨奏。

江省无力再筹席宝田军饷折

同治五年十一月二十七日

奏为江省应解协饷已巨，库款支绌，无力再筹贵州臬司席宝田军饷，吁请改拨，恭折沥陈，仰祈圣鉴事：

窃臣承准军机大臣字寄："同治五年十一月初一日奉上谕：'席宝田一军需饷甚迫，着刘坤一懔遵前旨，按月协解该营饷银四万两，毋令缺乏。席宝田不敷饷银二万两，着崇实、骆秉章、李瀚章遵旨迅筹协拨。'"等因，钦此。

伏查江西省自咸丰二年办理防剿，时阅十五年之久，用饷数千万之多，钱漕未能接济，继以劝捐抽厘，捐厘仍属难敷，不得已而动用关税。今年军务告竣，找补欠饷至二百万有奇，库款所储，悉归罗掘。且值兵燹之后，小民荡析离居，加以水旱洊臻，征收甚歉，地方萧索，商贩不前，数月以来，倍形拮据，而供亿本省及各省军饷，为数犹不赀也。江西甫经肃清，土匪游勇时虞窃发，兼以邻省警报频仍，不得不酌留水陆各军，分途防范弹压，合计每月饷项及制造火药、器械经费与夫局员、书役薪工约需八万三千有奇。及霆营剿捻之饷，每月协济七万两，并于楚北设立转运粮台，月需薪粮一千余两，臣以中原事棘，所系匪轻，督饬藩司如期拨解，未便稍有短少拖延。又李元度援黔之饷，每月协济一万八千两，自八月后，由湖南委员按月催提，亦属刻不容缓。又直隶固本京饷每月五千两，前仅解银一万两，仰沐天恩，悉免旧欠，自九月起两月汇解，何敢再事稽迟。又甘肃协饷每月二万两，只因无款可筹，先后仅解过银四万两。此次陕甘督臣左宗棠道出南昌，亲来与臣计议，臣以甘肃军务实为西北大局所关，左宗棠之行务期迅收成效，江西无论如何设法，自属不能推辞。除当筹银二万两交左宗棠带至湖北，转解前陕甘督臣杨岳斌行营，暂应眉急外，臣已面许左宗棠，自明年三月起，按期如数筹拨。以上五款，通年合算，共需银二百三十六万有奇。约计江省每年进款之数，地丁正耗约收银一百万两上下，厘税自裁坐贾并减小卡，约收银一百三十万两上下。地丁之内，每年例支绿营兵饷及文武养廉、世职俸薪等银约四十万两；厘税之内，协济兵部右侍郎臣彭玉麟水军饷银每年约银十四万两上下。两项所余仅止一百七十余万两，尽数匀解前项各饷，计不敷银六十余万。此外尚有应给阵亡员弁、兵勇恤赏，应付过境兵差，应解部库如五年之十万两、六年之二十万两，以及各省年例协饷，本省办理善后用费，均不在此数内。至于捐输一项，业已至再至三，无可劝办。现米捐局每月造册请奖，多系从前已收之数，今始送到履历核详，并非续收银两。其漕折一项，每年约收银七八十万两，应先尽拨解部库，以供折放。尚有新拨漕运总督之二万两，有余无几，不能不留备缓急。是江省以征抵解，业已入不敷出，勉力支持，时虞匮乏。本省应办事件动用，费无所出，概置缓图。今若再添贵州臬司席宝田每月协饷银四万两，一年需银四十八万两，实系无从筹此巨款。臣前次覆奏折内声明，既须拨解席宝田之饷，则不能兼顾李元度一军，如悉撤席宝田各营，即遵解李元度半饷，诚已通盘筹画。协济一军已属万难，尚不料入秋以后，度支如此竭蹶，其势安能再增？若贸贸然许之，卒无以应，致席宝田饷项虚悬，或至挹彼注兹，挪欠霆营各处之饷，将来同为贻误。席宝田有功江省，且与臣共事有年，如果力所能为，何肯意存膜视。伏读谕旨，敕席宝田招勇十营或十二营，以楚军每营五百人计之，则五六千人，所需月饷少则不满三万，多亦三万数千。湖南与黔紧邻，责无旁贷，又有四川分任该军之饷，计各一万数千，似不至于棘手，无庸索之江西。江西设有黔捐局，办理颇经就绪，是亦所以协黔也。合无仰恳天恩，俯念江西艰窘情形，敕部将席宝田军饷另行改拨，或令川、楚分解，俾免缺误，无任感悚之至！

理合恭折覆陈，伏乞皇太后、皇上圣鉴训示。谨奏。

查阅九赣两镇营伍回省甄别折

同治五年十一月二十七日

奏为恭报查阅九、赣两镇所属营伍回省日期，并将衰庸各员弁严加甄别，以肃军政，恭折仰祈圣鉴事：

窃臣于秋间钦奉谕旨，派阅江西营伍，当将起程日期，并先经调阅臣标左右二营及南昌城守营各官兵先后奏报在案。

臣拜折后，即轻骑减从出省，先至九江府城，会同九江镇总兵黄开榜，将镇标前后水师三营及南康、南湖二营官兵，调齐阅看。其武宁营兵丁，因道路不便，委员往阅，该营员弁俟臣调省再看。随赴饶州、广信、建昌、宁都等府州，将饶州、鄱湖、浮梁、广信、铅山、建昌、抚州、广昌、宁都、永镇等营官兵分别调齐考校。复由宁都至赣州，会同护赣州镇总兵荣瀚，将赣标中、左、后、城守、兴国五营官兵考阅，其南安、文英、横冈、羊角等营官弁，亦调赴赣州考验，兵丁因道途遥远，仍行委员往阅。又由赣州至万安县并吉安、临江二府，调齐万安、龙泉、吉安、永丰、莲花、临江、瑞州、袁州、铜鼓各营官兵，逐一校阅事竣，于十一月初四日回省。

臣察看通省各营阵式，步伐整齐，队伍严肃，连环枪炮，声势联络，藤牌、刀矛、云梯等项杂技，亦尚蹻捷。营员兵丁及选锋各兵马、步箭中靶数在七成以上，鸟枪、抬炮准头亦数在六成以上。除将技艺较优各弁兵分别赏拔记名；技疏而年力汉仗尚堪造就者，分别记过，责令勒限练习；材艺疏庸，衰弱疲软，不堪振策者，概行革伍。惟查有九江前营游击存禧性情疏懒，后营游击刘长培声名平常，广昌营都司于宣、临江营都司叶鸿章营伍不振，守备衔署宁都营守备事标下左营千总朱绍贤，尽先千总署饶州营把总徐金亮约束不严，姑念年力尚强，尚堪造就，应请撤任。赣标左营外委钟荣升、尽先外委袁州营额外黄瑞麟、尽先把总暂代临江营外委本营额外张凤贵，以上三弁，技既生疏，人亦委顿，均应革职。署九江前营右哨把总傅立全、南湖水师营候补千总郭荣桂、九江前营右哨外委熊魁、署后营左哨外委事本营候补把总郭森桂、水师营额外柳贵、蓝翎千总建昌营额外邓连升、赣标中营守备调补南昌城守营守备丁庆扬、赣标右营把总张朝相、吴世廷、都司衔尽先守备南安营把总萧万景、吉安营右哨外委王飞鹏，以上十一弁，均庸劣衰颓，应请勒休。赣标后营学习恩骑尉世职曾步云、铜鼓营学习云骑尉世职查承恩，均学习懒惰，应革退随营，仍留世职。都司衔尽先守备龙泉营把总潘玉贵、蓝翎守备署建昌营把总周拔魁、蓝翎把总建昌营外委管钟秀，弓马枪炮无准，潘玉贵应革去都司衔，周拔魁应降为千总，管钟秀应降为外委，均仍留任。其余员弁有技艺稍疏者，分别记过，饬令勤加练习，以观后效。并据各该镇及各该将官揭报前来。臣另咨督臣，分别照例办理。

至各营军装器械，查点无亏，马匹尚多膘壮，沿途塘汛墩台亦各属完整。臣仍随时留心稽查，实力整顿，务期力挽颓靡，于营伍日有起色，以仰副圣主整饬戎行之至意。

再，南昌城守营守备丁庆扬勒休，遗缺系陆路部推之缺，江省现有军功著绩尽先人员，应请由外拣员请补，合并陈明。

所有臣查阅九、赣两镇所属营伍回省日期，并将衰庸各员弁严加甄别，以肃军政缘由，理合恭折具奏，伏乞皇太后、皇上圣鉴训示。谨奏。

察看湖口形势片

再，臣前次覆奏洋务折内，声明阅兵之便，前往九江察看形胜，与兵部右侍郎臣彭玉麟密筹妥办。及臣定期出省，即经函约彭玉麟在于湖口晤商。适彭玉麟前往两江督臣曾国藩行营，刻难赶到。臣于九江阅兵事毕，道出湖口，察看该城背岭面江，湖面至此颇狭，实为江西咽喉，且距九江府仅六十里，易于联络声援。咸丰四、五年间，发逆盘踞湖口县，于对面之梅家洲另筑伪城，夹岸而峙，不惟下游官军不能深入江西，即攻九江之师亦大受其牵制。嗣经兵勇撤毁，迄今议者惜之。此时无故兴修，恐滋洋人之忌。臣暗令人量测水势，自湖口县横过梅家洲，宽二百三十余丈，深处三丈七尺有余，设一旦长江有警，临时尚易设防。其大姑山在湖口县上游四十里，孤悬湖中，两岸太阔，可毋庸议。至彭泽县之小姑山，在湖口县下游五十余里，非臣经过之处。初拟轻舟前去，亦虑洋人生疑，当嘱九江镇总兵黄开榜潜往量测水势，并详细绘图前来。臣查该山亦在江中，距南岸之彭郎矶宽二百三十余丈，深处至十六丈，距北岸之小姑窝子宽六十丈，深处三丈五尺，亦不若湖口县之较易为力。且以江西一省论之，湖口县尤为扼要也。

理合附片密陈，伏乞圣鉴训示。谨奏。

查覆义宁绅士京控折

同治五年十一月二十八日

奏为遵旨查明，恭折覆奏，仰祈圣鉴事：

窃查准都察院咨："江西监生余震龙以团练绅民殉义，并合力捐资，恳请旌奖等词，联名呈诉一案，本院于咸丰九年九月二十日具奏，二十一日奉上谕：'都察院奏江西监生余震龙等以团练绅民殉义，并合州出力捐资，恳请旌奖等词，赴该衙门呈诉，据称江西义宁州自咸丰二年办理团练，捐资助饷，杀贼立功，经该州详报，请增广学额，并将殉难士民请恤，因书吏延搁，未蒙办理。案关团练要务，必应切实根究。着恽光宸即将所控各情确切查明，如果书吏延搁，着即严行惩办，并将增广学额及殉难各士民分别具奏，以慰忠魂而励众志。原告监生余震龙，该部照例解往备质。'"钦此。当经前抚臣恽光宸行司饬提人卷来省，发委前任南昌府知府许本墉查讯，因原告人等均各出外贸易，屡催未到。许本墉卸事，署南昌府知府盛元到任，催据义宁州传集原告监生余震龙，举人陈宝箴、涂家杰、钟遇辰、吴邦俊等，检同卷宗解府，确核该州历年捐资办团防剿出力殉难各绅民，先后详请奖恤各原案，讯明议拟，由署按察使吴兆麟、署布政使文辉、督粮道段起、候补道联福会详前来。

缘余震龙等均系义宁州绅士。咸丰二年秋间，湖南浏阳县土匪滋事，逼近义宁州境，该前州劝谕余震龙等于城内设立总局，八乡各设分局，办理团练，扼要防堵。三年，粤匪由湖北窜入州境，均赖各乡团勇击退。嗣又随同官军两次克复州城，并攻克铜鼓营、武宁、建昌等营县城池，并调援省城，协剿奉新股匪，屡立战功，官绅、兵勇、商民阵亡殉难者甚多。历年支用勇粮、军装以及捐助土硝、军饷、积谷修理城垣等项，除由省给发南昌府义仓谷一万石外，余俱按粮按户派捐，统计城局捐钱三十万串零，八乡分局捐钱八十三万余串，收支数目均系局绅办理，不经官吏之手。七年，该前署州郭毓龙将城局捐钱合银十五万二千余两，请以十万两加广该州永远文武学额各十名，又以五万二千两加广一次文武学额各二十六名，由善后总局详经前抚臣奏准部覆。其各乡局捐钱八十三万余串，亦经造册请奖。经总局司道查核款目，诸多舛错，辗转驳查，直至同治五年始据该州督同原办局绅逐款核实造报，由善后局详经臣具奏。至合州出力绅民，均据总局查明，分别内奖外奖，并殉难生员刘必达等，先后详经前抚臣奏咨奖恤。又殉难阵亡兵勇、商民，先据该前署州郭毓龙造册详，咨准兵部，以册内兵勇、商民笼统开报，驳回另造。此义宁州办团捐资请奖请恤之实在情形也。

讵余震龙等于咸丰九年间，因见奖恤各案均奉驳查，心疑书吏故意驳诘延搁，随以出力诸人簿请奖励捐资数十万，含混办理，殉难阵亡仅办三千余人，生员刘必达等未经奏恤，并因时值派捐团费，每漕米一石加米七斗。又怀远都均属外省客民，其零星漕粮、税契，向系以钱折银完纳，嗣因钱价长落不一，致征数多寡不同，其实扣合银数，仍与别都相等。余震龙等误听该都昔存今故之赵姓客民之言，谓每漕米一石折纳钱七千文，每税契银一两折纳钱一百三十文，因而牵砌浮收漕粮税契等情，做就呈词，公佥余震龙赴都察院呈控，奏奉谕旨，交前抚臣恽光宸查办，行司饬府提讯，原告人等出外贸易，屡提未到。兹据署南昌府知府盛元催据义宁州传集余震龙等，检同卷宗，解府查讯，各供前情不讳，究诘不移，案无遁饰，由司道会议具详前来。

臣查此案，义宁州乡局派捐团费请奖原册造报舛错，系总局司道核明驳查，其殉难阵亡兵勇、商民请恤原册开造笼统，系咨准兵部驳查，均与书吏无涉。乃该监生余震龙等辄疑书吏驳诘延搁，并误听人言，牵砌浮收粮税，赴京控诉，本有不合。姑念控出有因，究为地方公事起见，与挟私妄告者有间，且已据实供明，情尚可原，应请免其置议。书吏并无延搁情弊，应与已故之赵姓客民均毋庸议。各乡局捐输防剿出力绅民及殉难生员刘必达等，业已分别奖恤。经部驳查之阵亡殉难兵勇、商民，并尚有全家殉难商民，骤难查得姓名者，现饬该州督同团绅并晓谕族邻赶紧查办，以慰忠魂。该州漕粮税契均遵定章征收，嗣后零星小户，或银或钱，应听民便，不准一概折纳，以杜浮收。

再，查嘉庆三年改宁州为义宁州，系钦奉特旨更改，非臣下所敢渎请。该监生等请援案改为“忠义州”之处，应毋庸议。

除供招咨送都察院外，所有查讯缘由，理合恭折覆陈，伏乞皇太后、皇上圣鉴训示。谨奏。

覆陈官垫民欠仍请免赔折

同治五年十一月二十八日

奏为豁免案内官垫民欠银两，着落赔补，实效难期，转虞滋弊，恳恩仍准援案豁除，恭折仰祈圣鉴事：

窃查同治元年钦奉恩旨，查豁咸丰九年以前民欠银米等项案内，据藩司、粮道查出，自道光二十年起，至咸丰九年止，官垫民欠地丁等款银三十二万八千八百四十七两零，又垫完民欠漕米、兵米一十四万六千六十五石零，按照折价及各属交代抵价合银二十一万四千三百四十三两零。又道光二十五年起，至咸丰九年止，余租银三万一千五百六十四两零，俱系挪缺征存正杂钱粮。今积欠豁除，不能再征于民，垫款尽成无著，原垫各员中多殉难病故及参革离江，无从追赔，地方被扰之后，元气未复，不容再事科敛，未便责成现任摊补，惟有援案概请豁除，详经臣奏准户部议覆：“查同治元年，曾国藩请将江西各州县未完摊补等款全行豁免，原为整饬吏治起见。迄今仅逾数载，该抚复查出官垫民欠银米共银五十七万四千七百五十四两，概请豁免，是江西各州县之亏挪无有纪极，倘异日复援以为请，将钱粮终无收实之期，徒使不肖州县影射侵亏，益复无所顾忌。官垫已干例禁，何得更许豁除？臣部碍难核准。相应请旨敕下江西巡抚将各州县挪垫银两勒定限期，着落各该员全数赔补，逾限不完，即行据实参办”等因，同治五年五月初十日具奏，奉旨：“依议。”钦此。即经转行钦遵办理在案。

伏查江西从前历次豁免民欠案内，查出挪垫及清查案内，因公挪缺各款银两，前于同治元年经督臣曾国藩奏沐圣恩全行豁免，毋庸州县摊补。原冀此后官无赔累，民无科索，庶赋额可期年清年款。若既豁摊款之后，经征钱漕复有亏挪或垫解，虽在请豁摊款以前，而挪银并非解充仓库要需，或虽系解充仓库要需，而议赔实可追完，自应恪遵部议着赔，曷敢再事渎请。只缘本届豁免民欠案内，查出挪垫银两系垫完咸丰九年以前钱漕，当其挪垫之时，尚未请免。往年摊款，委非已免捐摊之后复敢亏挪。其所垫银两，实因该年漕粮限提充饷，迫不容缓，民欠骤难征齐，不得不暂挪应解，免误军用要需。嗣以所垫民欠恭逢恩旨豁除，以致挪款无从征收归补。调查征簿数目相符，并无影射侵吞，亦非挪充别用，今若着落原挪之员赔补，其中事故离省者居其大半，咨追徒托空言，完缴终鲜实济。即有现尚在江服官者，在该员移乙年之款解甲年之粮，当日本非稍润私囊，此时何从措缴？且当此力求整顿吏治、休息民生之际，各牧令既须责以廉隅自矢，尤贵恤其力所未能。今遽令赔此巨款，中材以下恒多患得患失之心，顾虑处分，计无所出，难保不私自科敛民间，甚至别亏库项，但图救过一时，遑计民生国帑。是议赔之举，收效难期，流弊诚所不免。溯查道光十五年豁免民欠案内，挪垫银两，议令原挪之员赔补，悬宕多年，追完寥寥，有名无实，碍难援办，一再驳经改议，责成现任州县摊捐完案。今摊捐之举既属难行，追赔又无实济，惟有仍请援案豁除等情，据署布政使文辉、督粮道段起会详请奏前来。合无仰恳天恩，俯念此次查出官垫民欠，系在督臣曾国藩请免摊捐以前之事，所挪银两早供国用，准其援照成案一体豁除，邀免着赔，并免处分。此后各州县征解钱漕，臣惟当督饬该司道，严饬实力催征，据实报解。如查有挪掩侵亏，以及借端科派情弊，即行从严参办，断不敢稍事姑容，同干欺隐之咎。

理合会同署两江督臣李鸿章恭折具奏，伏乞皇太后、皇上圣鉴训示。谨奏。

拿办铅山戕官刁民片

同治五年十一月二十八日

再，铅山县湖坊司所辖之茅排地方，毗连闽界，山深箐密，各处客民均在该山做纸、挖煤，以为生计。内多无籍游民，倏来忽去，良莠不齐，人心浮动。同治四年十月间，前任铅山县湖坊司巡检范培接据民人李下元禀报，伊家于是月二十七夜被贼窃去牛只，在窝户周老猴家扭获积贼刘溃林，被周老猴、周老鼠夺脱。即经范培饬令弓兵胡胜等将周老鼠拘案，押交赃贼。旋有监生王添发向范培说情，将周老鼠释放。李下元率同妇女至巡检衙门哭喊，范培将其妇女掌责。时有李下元素识挖煤现获之黄幅仔、朱广幅即朱毛儿，闻之不服，同往巡检署内哗辩。铅山县知县祥安访闻，提案赴县讯办，并因黄幅仔、朱广幅事不干己，辄赴官署争论，杖责示惩。黄幅仔等以被县责惩，由范培办事不公而起，心怀忿恨；又以该巡检遇有煤洞、纸槽人等口角争讼，讯断每有失平，致滋众怨；监生王添发随事干预偏袒，亦为道路侧目，起意纠邀煤洞、纸槽人众报复，乘势抢掠。旋经广信府知府钟世桢及该县祥安以范培不洽舆情，禀请撤参，由府饬委候补从九品郑承先前往代理。其时黄幅仔、朱广幅已纠允格毙之王康林、现获之丁昆喜、王果俚、游贵仔、江云和、周牛仔、吴幅淙、陈良发、杨告化、熊毛儿、孔雨得、吴成得、陈长罄、孔丁美、杨义俚、王茂发、朱唐茂、祝皮儿、徐谱旺、李溃喜、汪善有、李毛儿、周三保、汪高旺、吴延中、傅长旺、姜先进、罗吉、姚溃其、李良荣、姚幅兴、丁毛倪即丁南波、孙班班鸟即孙海受等，又在路逼胁民人张全山、黄苟仔、吴庭中、黄俚仔、黄细英、熊细旺、李东保、杨金亮、李幅受、江才旺、李旺孙、徐启荣、张金三、李溃富、林双喜、张添兴、谢淙儿、傅同兴、姚添陇、郑先才、吴大毛、程林仔、余老而、姚发兴、平兴达、叶义幅、李茂喜、陈开旺、陈冬溃、孔蔡旺、吴进中、张选晋、汪高仔，同行首伙六十八人，用蓝白布裂旗，各持器械，以“天明大士”为口号，于本年九月十八日夜三更时候，齐往湖坊。张全山等三十三人畏惧不敢进村，躲在远处。黄幅仔等先到范培寓所寻觅未见，朱广幅即将该巡检家丁蓝芳杀毙，复至代理巡检郑承先所寓徽州会馆喊叫，郑承先带同弓兵胡胜出外弹压，黄幅仔、丁昆喜复将郑承先戕害，朱广幅、王果俚、游贵仔、江贵和亦将胡胜杀毙。周牛仔、吴幅淙、陈良发、杨告化至王添发家寻觅不见，将其长子王奇零、三子王衰狗砍伤身死，并将徽州会馆焚毁。因闻附近各村业已齐团，次日退往西山周家，欲寻周老鼠未获。正图添纠党与抢劫河口镇，该县祥安闻报，即会营督率兵役团丁，驰往追捕。适值臣行抵信郡阅兵，即饬钟世桢派委前署玉山县知县章澂、署广信营参将李升平，率领郡城兵勇兼程前进，督同该县营及各乡绅团兜剿。该犯等犹敢恃众迎敌，拒伤兵团数人，当被团勇格毙王康林，余始败窜。随于铅山境内捕获首犯黄幅仔等四十二名，又经兵役团丁跟踪追至福建建阳、邵武二县境内，续获要犯孔雨得、首犯朱广幅两名，并据弋阳县知县吴裕绅督饬绅团擒获要犯丁昆喜等二十三名。臣复饬钟世桢亲赴铅山查办，督同印委各员提犯研讯，据供前情不讳。当将为首纠众及随同戕害巡检拒敌官军之黄幅仔、朱广幅、丁昆喜、王果俚、游贵仔、周云和、周牛仔、吴幅淙、陈良发、杨告化等三十四名，先后就地正法，以昭炯戒。胁从之张全山等三十三名，讯系仓猝被胁，并未帮同戕官拒捕，情尚可原，各交家族保领管束，以省拖累等情，禀报前来。

臣查铅山县茅排地方，游民聚处，凡做纸、挖煤者，类多亡命之徒，最易煽惑滋事。该犯黄幅仔等因巡检讯断失平，辄敢借端纠众戕官，图劫河口镇，藐法横行，形同叛逆，实属罪无可逭。兹经各该县营先后捕获正法，足以大彰儆戒，借慑匪类邪心。张全山等既系胁从，自应从宽保释，以昭法外之仁。臣仍严饬该府县将茅排地方认真编查保甲，使宵小无从匿迹，以杜后患。贼犯刘溃林、窝户周老鼠等，饬缉获日另结。剿捕出力之各绅团，由臣赏给军功顶戴，俾资鼓励。铅山县湖坊司巡检范培，徇情纵放贼窝，平日又复违例擅受，听断不公，以致酿成事端，咎无可辞，相应请旨将该巡检范培即行革职，永不叙用。监生王添发遇事干预，致激众怒，亦咎有应得，应请革去监生，以示惩儆。铅山县知县祥安、广信府知府钟世桢于所属巡检擅受偏断，先经禀请撤参，迨黄幅仔纠众戕官，随派兵团驰往剿捕，首从悉就歼擒，应请免其议处。代理巡检候补从九郑承先，因公被害，情殊可悯，并请饬部议恤，以慰幽魂。

又永新县绥源山内亦有匪徒潜聚，冀图起事，当经该县营捕获要犯李合其等多名，余悉解散。现饬提府审办，其详细情形，俟吉安府禀覆到日，另行奏报。

所有铅山刁民聚众戕官，业经获办缘由，理合附片陈明，伏乞圣鉴训示。谨奏。

请奖张岳龄周宽世二员片

再，统领平江营按察使司衔江西候补道张岳龄，以所部一千数百人，外捍狂氛，内剿土匪，战功屡著，地境肃然。上年得疾缠绵，犹复强起治事。霆营自闽饥溃，更赖委曲调停。至于约束勇丁，秋毫无犯，尤为近来所罕见。合无仰恳天恩，俯准赏加布政使衔，并赏给该员父母二品封典。又统领铨字营前湖南提督周宽世，初抵江时，适值大股逆匪窜逼省城，人情危惧，该提督奋袂而起，孤军启行，卒能保全地方，至今江西绅民犹知感颂。嗣后防剿各处，亦属历著辛劳。其应如何奖励，出自天恩。

理合附片陈明，伏乞圣鉴训示。谨奏。

永新县匪徒谋逆获犯审办折

同治五年十二月二十日

奏为永新县匪徒潜聚谋逆，获犯审办，恭折奏祈圣鉴事：

窃查永新县绥源山内匪徒潜聚，冀图起事，当经县营获犯多名，余党解散，业经臣附片陈明在案。

兹据吉安府知府定祥、永新县知县韩懿章禀报：同治五年九月初七日，该县韩懿章与署莲花营都司余大胜，访闻南乡绥源山内有匪徒敛钱聚众，图扑县城，即公同商定余大胜与县丞、典史督率兵勇绅团防守城池，韩懿章与把总、外委率领兵勇添调乡团驰往拿办，一面移会连界之龙泉、泰和等县，一体兜捕。先后拿获首犯李合其、金生亮、吴光发，要犯杨九俚、段康五、段正妹、张映俚、吴亚俚、周接俚、李龙降、龙仔官、张凤开、吴勇堂、吴白苟、李友生、颜水冬瓜、颜和尚、陈洪茂、杜连发、涂观生，内应斋妇刘陈氏及其乞养子刘接开，被胁铁匠朱鹤龄，被胁上名未同行之张凡俚、张四开、史苟仔、吴中秋、史吉之、尹云山、吴妹俚、王三苟、李金生、吴裁成、吴亚四、尹汝俚、张学怡、张权俚、吴月九、唐道生、唐尚清、朱元、吴鹏俚、吴凤彩、戴元才、刘秋官、叶才光、张成芳，并查明要犯吴善踏头，闻拿畏罪自缢身死。讯据各犯供认，南乡绥源系在逃之吴宾官为首，西乡系金生亮为首，东乡系吴光发为首。李合其先在原籍信丰县被石达开股匪掳去，曾受刑审伪职，嗣为官军击败，携带大军略、统戎、巡察、刑审伪印四颗，潜逃回江，同治四年六月至泰和县山僻梁家屋地方空棚居住，与同在贼营逃出之涂观生及在逃之邹三时相往来。李合其用洋布蜡光纸造有伪官执照并保家凭据多张，盖用伪印，令涂观生、邹三等潜在各处售卖，声称不久有贼兵到江，得此可以保家，意图敛钱勾人乘间起事，陆续骗得钱文，不记确数。金生亮先习拳棒，嗣拜安福县在逃斋匪陈光明为师，习金丹教，又名黄教，曾受天恩、证恩、引恩、元帅名目，并“天恩”、“证恩”小印，黄绸小令旗。吴光发教拳棒卖药营生，其子吴勇堂亦经从贼潜逃回家。吴宾官与胞叔吴善踏头向习洪教，屡次招人拜台，杨九俚、吴善踏头等先后被诱入伙。此次图攻永新县城，系吴宾官起意，勾结金生亮、吴光发纠党帮助。吴宾官因知李合其曾充贼目，藏有伪印执照，足以假借号召。五年七、八月，屡至李合其山棚，声称愿归管束，请封伪职。李合其当给吴宾官正统戎执照，并刑审伪印一颗，在逃之段五庆副统戎执照、统戎伪印一颗，金生亮统戎执照，涂观生巡察伪印一颗，邹三指挥执照。吴宾官又向李合其领得空白纸布伪照多张，转封吴光发为大元帅，杨九俚为将军，吴亚俚为检点，张映俚为指挥，并各处胁人上名，每名得钱三千六百文至三百六十文不等。随令周接俚制造旗帜，雇在逃铁匠唐恩普、朱寿禄打造大刀、腰刀数十把，逼胁过路铁匠朱鹤龄打造大刀、腰刀各一把，买得线枪数杆，议定九月初八夜子丑时破城，令龙仔官邀党入城为内应，商允城内斋妇刘陈氏窝藏，其乞养子刘接开适在外，不知情。又约定攻城之时，各人左手衣袖卷起，右手衣袖放落，左腿裤脚卷起，右腿裤脚放落，南乡以红布裹头，西乡以青布裹头，东乡以三角纸旗插头为记，城内放火，城外杀人。张凤开恐吴宾官人少，转纠永宁县斋匪黄三详邀人助逆。届期吴宾官与杨九俚、段康五、段正妹、张映俚、吴亚俚、周接俚、李龙降、吴白苟及在逃之段五庆等三十六人，在绥源宰猪祭旗，各持旗械，出龙源口，留吴勇堂守巢，令张凤开往永宁催黄三详人马。金生亮与在逃之金高林、刘小老五率党五十余人，颜水冬瓜、颜和尚与在逃之颜谟烈等十二人，在西乡祭旗起身，至离城五里之沙洲上。吴光发与陈洪茂、杜连发与在逃之陈八俚等百余人，由东乡至茶山地方。均因探知城中有备，龙仔官所纠内应不能进城，旋各散归，其被胁上名之人俱畏惧躲匿，未经同行。李合其令涂观生及在逃之王道修同赴龙泉纠人，与黄三详永宁伙党均尚未集，即经该县韩懿章等赴乡查拿，遂各逃散。先后获犯，分别解府查讯，供悉前情。经该府县将李合其、金生亮、吴光发、杨九俚、段康五、段正妹、张映俚、吴亚俚、周接俚、李龙降、龙仔官、吴勇堂、颜水冬瓜、颜和尚、陈洪茂、杜连发、涂观生、刘陈氏正法，并将李合其等传首枭示。吴白苟留作眼线，躧缉在逃各犯。张凤开暂留备质。李友生坚不承认，俟拿获吴宾官质明办理。刘接开于其义母允作内应，讯未知情，朱鹤龄系被胁打刀，张凡俚等二十四名被胁上名，均未同行，情尚可原，概请免其置议，取结保释，以省拖累。吴善踏头畏罪自尽，应毋庸议。起获旗械伪印等件，案结销毁。等情前来。

臣查该犯李合其本系发逆余党，金生亮、吴光发及杨九俚等，或习洪教、黄教，或教拳棒，辄敢与在逃之吴宾官等伙谋起事，图扑永新县城，实属不法已极。幸该县营先事访闻，立获首要多名，讯明正法，余党解散，消患将萌，使地方不致受害，办理尚属妥速。其胁从各犯，讯无同谋重情，自应准其保释，予以自新。

除饬严缉逸犯黄三详、吴宾官等务获究报外，所有永新县匪徒潜聚谋逆，获犯审办缘由，理合会同署两江督臣李鸿章恭折具奏，伏乞皇太后、皇上圣鉴训示。谨奏。

审明已革都司擅封徇庇分别议拟折

同治五年十二月二十日

奏为讯明已革署都司姚元盛擅封民房，徇庇兵丁，分别议拟，恭折仰祈圣鉴事：

窃查前署横冈营都司、尽先补用游击姚元盛，擅将职员赖宗宦房屋封锁，并不听定南厅委员查勘，复不将兵丁送案，经臣据实奏参，声明饬令吉南赣宁道督同赣州府就近提集人证讯办，同治五年二月十四日奉旨："姚元盛着先行革职，提集人证，严讯确情，从重惩办。该部知道。"钦此。即经转行钦遵去后，兹据署吉南赣宁道张岳龄督同赣州府知府王德固提到职员赖宗宧、革员姚元盛、兵丁凌世荣等讯明议拟，具详前来。

缘姚元盛籍隶萍乡县，在本省防剿著绩，叠保游击，留江尽先补用，同治三年委署定南厅横冈营都司印务。该营城垣建设厅属下历地方。四年五月间，霆营叛勇窜近定南厅境，有在营城居住之议叙从九品职衔赖宗宧虑被叛勇扰害，即令其妻及弟妇连日陆续携带银钱衣物出城，运往山僻各母家寄住。闰五月初五日，经姚元盛查知，以叛勇逼境，正须借资民力帮同守城，赖宗宧家首先逃避，诚恐合城居民效尤涣散，随亲带兵丁至赖宗宧家禁止。值赖宗宧护送眷属出城未回，姚元盛当即将其房屋前后门封锁，派兵已到案之凌世荣、赖宗礼、谭才光、何振辉、叶荣兴、何振洪，未到案之何士贵、赖绍林八名在门外看守，用以示罚，借定人心。初七日早，凌世荣看见赖宗宧家有放外养猪四只，商允赖宗礼等以敬神为由，邀令同营兵丁周文标、谢应球帮同宰杀，按股俵分煮食。赖宗宧屋内尚有搬运未尽物件，不知何时被贼挖墙上屋，偷窃无存，凌世荣等先未查觉。嗣叛勇远窜，赖宗宧回城，禀求发还房屋，姚元盛不允。赖宗宧心怀不服，又因屋内存物全无，一时情急，不及细查，即以姚元盛挟嫌纵兵，凌世荣等将伊母子妻女逐出、抢物封屋各情，控经定南厅同知王大枚派委照磨孙涛诣勘，并提讯兵丁。姚元盛因原派守屋兵丁多在外汛未回，一时未能传集候勘，即先备文交给孙涛回厅销差。赖宗宧即以前情赴臣衙门控告，批厅诣勘禀覆。经臣将姚元盛奏参，奉旨革讯。行据署吉南赣宁道张岳龄督同赣州府知府王德固提集查讯，供悉前情，究明姚元盛并无挟嫌纵兵驱逐抢物情事，其屋内存物亦非兵丁凌世荣等偷窃，迭诘不移，案无遁饰，应即拟结。

臣查已革前署横冈营都司、补用游击姚元盛，因赖宗宧闻警挈眷搬避，辄将其房屋封锁，延不发还，虽为镇压众心，保守营城起见，办理究属乖谬。迨定南厅委员诣勘，又以兵丁多在外汛未回，不令查勘，亦不将兵丁解讯，尤属有心徇庇，咎无可辞。姚元盛业已革职，应毋庸议。兵丁凌世荣等私将赖宗宦家放外养猪宰食，并非经本管官封锁派令看管之物，与监守自盗不同，照窃盗计值银四两八钱为首罪，止杖七十，惟系在营兵丁，知法犯法，且派守物件，漫无觉察，以致被窃，亦属咎有应得。凌世荣、赖宗礼、谭才光、何振辉、叶荣兴、何振洪，并所从宰猪之周文标、谢应球，均应从重照不应重律，杖八十，折责革伍。赖宗宦闻警搬避，致被署都司姚元盛封锁房屋，乃因禀请发还未允，并因屋内存物被窃，辄以姚元盛挟嫌纵兵驱逐、抢物封屋上控，虽俱事出有因，且到案据实供明控情，究有失实。赖宗宦应革去从九职衔，以示惩儆。未到兵丁何士贵、赖绍林饬厅拘案照拟责革。被宰猪只照估追赔。行窃赖宗宦家正贼，饬缉获日另结。

除供招咨部外，所有讯明议拟缘由，理合会同署两江督臣李鸿章恭折具奏，伏乞皇太后、皇上圣鉴敕部核覆施行。谨奏。

奏疏卷四

绅民两次捐修贡院请照城工成案奖叙折

同治六年正月二十五日

奏为江西两次捐修贡院，拟照捐输城工成案奖叙，以集巨款，以成要工，恭折具奏，仰祈圣鉴事：

窃查江西贡院，自咸丰二年举行壬子科乡试，于场前修葺之后，五年乙卯、八年戊午两科乡试，俱因军务吃紧，奏准展缓，以致贡院积年未经修葺。且自三年以来，省城筹办防剿，始则征防兵勇以贡院为屯聚之区，继则军火工匠借贡院为造作之所。迨至九年，军务渐平，届当举行己未恩科并补行乙卯正科乡试，经前抚臣耆龄札饬藩司，委员勘估兴修。并以江省文风日盛，观光者众，每为号舍所限，致多向隅，拟于隙地增建千间。即经前藩司龙启瑞，委员会同绅士，周历查勘，贡院房屋号舍倒塌已甚，木料瞢朽损失，无一可用之材，围墙亦多坍卸，逐一修造完固与从新创建无异，加以增建号舍，传匠确估，共需工料银六万六千五百四十两。其时库藏告罄，无款可筹，官绅公议，于通省各州、县，量地方之大小，酌派捐输，解省济用。随经耆龄派委绅士前湖南督粮道李昭美、刑部员外郎胡家玉、候补主事吴增逵等设局总理承造，于九年三月兴工，九月工竣。据各属解到捐输银五万七千一百三十余两。因各州、县均属被扰之区，民力未舒，致未能照数捐解，其不敷银九千四百两零，由绅董暂为筹垫。原期陆续收捐，凑数归补。乃自十年以后，连岁被兵，官民俱力难兼顾，迄今尚未捐足，致稽奏奖。然近年各届乡试，得以及时扃试，莫非前次捐建妥善之功。今东南肃清，江境安谧，本年又届丁卯科乡试之期，伏念各属守城捐输各案内，先后仰沐圣慈，加广学额，本届观光士子，自必较前益众。贡院原添号舍，约计仍属不敷，经臣与学臣何廷谦彼此会商，并督同藩司及绅士通盘计议，拟于东围墙之外，添购民地，圈入贡院，增建号舍四千间，并将受卷、誊录、对读所公廨，量地移建，其旧设墙屋号舍，有应重修之处，亦一律修固。传匠估计，共需地价、工料银四万两有奇。司道各库现值拨解京、协各饷，纷至沓来，仍属无款可动，不得不仿照前次成式，派令各属分捐。但通省地方，叠遭兵燹，殷富无多，捐输复至再至三，人情厌倦，若仅照工程定例给奖，势难鼓舞众心，必得请叙加优，方冀输将踊跃。即上届已收捐项，亦宜许以并案优奖，使人知观感奋兴，咸愿共成善举，斯巨款可期速集，而要工得以告成。所有今届估需地价、工料，汇同上届绅垫未经捐补银九千四百两零，并同治元年南镇药局轰毁震坍贡院墙屋号舍，由司垫款修葺银五千七百余两，一并匀派各州县劝捐解省归补济用。其新旧两届捐项，仰恳天恩，俯准援照捐输莲花厅城工经费成案，凡报捐虚衔、封典等项者，照现行常例银数加四分之一，其捐实在官阶者，照筹饷事例银数收兑，不准减成，分别给奖，以示鼓励。现经藩司通饬各属设法广劝捐解，并派委绅士前甘肃按察使刘于浔、前四川按察使蒋志章、候选道刘达泉、前掌贵州道监察御史胡寿椿、户部主事吴增逵、刑部员外郎曾作舟、翰林院检讨夏廷榘、翰林院庶吉士喻秉绶等设局承造，已于同治五年十月二十九日兴工，务期妥速蒇事，无误今岁场期，并委干员及府县弹压工匠，稽察勤惰。至庀材、鸠工、银钱出纳，概归绅士经理，不涉官吏之手，以专责成。再，上届已收捐项内，有上饶、弋阳、分宜、泸溪、东乡、会昌、长宁等七县或系零星捐缴，或系按都按田派捐，均毋庸给奖。此外各属同此次续捐，如有按田按粮零星凑集者，统俟查办奖叙时，概行剔除，用昭核实。据署藩司文辉具详请奏前来。臣覆核无异。

除饬俟此次工竣，查造两届捐生履历清册，另行请奖外，所有江西两次捐修贡院，拟照捐输城工成案奖叙缘由，理合会同协办大学士两江督臣曾国藩、江西学臣何廷谦恭折具奏，伏乞皇太后、皇上圣鉴训示。谨奏。

赣关筹解应摊参价折

同治六年正月二十八日

奏为赣关酌拟拨解摊缴参价银两，并分成带解以前欠项，恭折覆奏，仰祈圣鉴事：

窃臣接准户部咨，军机处交出，同治五年三月初二日奉上谕："前据户部等衙门奏，遵议筹拨内务府需用银两，当经谕令各直省关口，将历年欠款，遵照部议，按成筹解，限于三个月内，由各该督抚、监督等详细覆奏。兹据奏称：各处筹解欠款，至今尚无一处报解起程，而库存不敷供备，请饬户部暂借银十万两，并请饬催各处，迅速起解等语。内廷用款，关系紧要，除饬户部先行借拨库银十万两以应急需外，着各该督抚、监督，懔遵前旨，将覆解各款，应如何分成带解之处，迅速覆奏"等因，钦此。当即钦遵，飞札九、赣两关，迅速办理去后，旋据九江关议详拨解，业经臣恭折覆奏在案。

兹催据署吉南赣宁道兼管赣关桥税务张岳龄详称："遵查前奉

行准内务府咨：咸丰五年奏准，因库款支绌，应行发放各款，无项发给，拟请各关厂仿照粤海关摊缴参价之例，各按摊缴数目，准其作正开销，与部库银两一同起解。赣关每年应交摊缴参价银四千两，迄今数年，并未交纳，咨催赶紧筹款报解等因。查赣关自咸丰五年至同治二年，因江境连岁用兵，所征正税盈余，均经各前道随时支放虔标兵饷，以及拨充军需。同治三年八月十六日起，至五年七月十五日止，两届关满，前署道蔡应嵩、前道王文瑞及该署道张岳龄经征时，值兵燹之后，加以长江通商，客货过赣甚属寥寥，通年征收税银，尚不敷例支虔标兵饷，实无余力堪以拨解应摊参价。惟查有江海关代征赣关丝税，从前本系委员领解回赣，归并本关税银报拨，咸丰六年至九年改解藩库充饷，十年四月至同治四年四月经江苏抚臣奏经户部议准：免其补解，归入军需案内报销，此后代征丝税仍照旧章办理等因。是四年五月以后，沪关代征前项税银，应遵部议，循旧解赣，业经详请委员守提，现尚未据解到。伏思参价一款，攸关内廷要用，似可即于沪关代征丝税项下，就近拨解，以济急需。拟请自同治五年为始，每年动拨银四千两，其咸丰五年至同治四年共欠解银四万四千两，为数过巨，势难同时并解，亦于五年为始，每年带解银四千两，共解新旧摊缴参价八千两，统于江海关代征赣关湖丝税银项下，按年由沪委员解交内务府兑收，咨江查照，以省辗转提拨之烦”等情，具详请奏前来。臣覆核无异。

除咨江苏抚臣转饬江海关遵照赶紧按年筹备，就近委解，暨咨户部及内务府查照外，理合恭折覆奏，伏乞皇太后、皇上圣鉴训示。谨奏。

浔郡防御捻匪抚恤难民片

同治六年二月二十八日

再，湖北捻匪于二月初八日由蕲水窜至广济县之武穴，初九、十等日分窜隆坪、湖市北及黄梅县之蔡山、新开镇、鳊鱼塘、白湖渡、七里湖一带，蔓延数百里，均系北岸滨江地面，焚烧掳掠，势甚鸱张，与九江府城及瑞昌县城仅只一江之隔，难民纷纷南渡，人情未免惊惶。经署广饶九南道许应鑅督同九江府及德化、瑞昌二县，调集民团，分守沿江渡口，并令北岸民船夜间悉过南岸，以防该逆掳船偷渡。又派九江关炮船六号驶赴武穴、隆坪江面游弋，自与九江府知府福绵共坐轮船前往巡查，商同九江镇总兵黄开榜派拨浔标弁兵，分扎南岸之九华门、龙开河、官湖、城子镇等处，以张声势。适兵部右侍郎臣彭玉麟派记名提督张锦芳、丁义方各率炮船，次第驶至浔郡，分布上下游，严行扼截。臣接据禀报，复飞咨统领内河水师记名提督孙昌国，派记名总兵汪怀俊率后营炮船十六号，记名提督刘光裕带中营炮船十八号，先后出江，会同堵御，并令游击何明亮率亮字营陆勇赴德化，游击朱长发率长字营陆勇赴瑞昌，以资弹压。

十三日，捻逆马步千余人至武穴江边，驰骤窥探，当被炮船击退。十四日，逆众突至浔郡对岸之小池口滋扰，亦为炮船轰走，退踞蒋家营。黄开榜即率浔兵渡江，扎小池口，彭玉麟随亦亲督师船，溯流而上，人心始定。现闻湖北官兵跟踪追剿，叠获胜仗，该逆上窜蕲水之菩提坝、苏家墟，另股由广济僻径逸去，近日沿江村镇已无贼踪。其广济、黄梅等县逃过南岸难民约八九万人，露宿江干，无衣无食，辗转哀号，殊堪矜悯。经许应鑅捐廉为倡，劝令在浔贸易之徽、广商民，合力捐输，搭盖篷厂，俾有栖止，且购米散赈，难民由是获苏。臣以人数过多，恐该官商力难遍及，札饬许应鑅于关库筹款协济，免致缺乏，一面饬令各卡，凡有米船赴浔，免抽厘税，借平市价，以裕民食。现在北岸渐就肃清，随责成该道督同府县陆续遣送难民回籍，其尤为穷苦力不能归者，量为资遣，务使各归故里，勿任久滞异乡。

至此股捻匪，探闻已窜黄冈，距江境稍远。但匪踪飘忽靡常，难保不复回窜。臣仍檄饬该镇道府县，会督水陆各军，勤加侦探，实力巡防，不得稍涉松懈，以期有备无患。

所有浔郡防堵捻匪并抚恤难民缘由，理合会同协办大学士两江督臣曾国藩、兵部右侍郎臣彭玉麟附片陈明，伏乞圣鉴训示。谨奏。

续建临江昭忠祠片

再，前任直隶督臣刘长佑，于咸丰六、七年间，率领楚军来江援剿，先克袁州，继拔临江。其在袁州城外及临江大坪墟先后阵亡之举人谭文印等三十一员名，战功最多，死事倍惨，均经湖南抚臣骆秉章奏请议恤在案。

援江事竣，刘长佑追念分甘共苦之情，痛悯润草涂原之烈，捐资于大坪墟建造昭忠祠，以妥忠魂，并置买田亩，交道士罗赐增经理，以供香火。其时臣亦在军中，事皆目击。十一年，贼犯临郡，祠宇毁于兵燹，同治元年又经刘长佑咨会前抚臣沈葆桢，于江西积欠楚军饷银内提出一千两，并经贵州臬司席宝田捐银四百两，统交临郡绅士邓作楫、刘韵等重建祠宇于临江府城内。该绅士因已故署广西提督江忠义，前在楚军，攻克临江，战功卓著，士民至今思念，请祀祠中，借伸敬慕之忱。同阵亡举人谭文印，拔贡生刘鹤龄，通判郑立朝，县丞赵襄、成瑞珍、林岩、陈钧乾、邓辅文，训导陈其珍，从九品柳立中、曾省三、李光文、罗先达、曾兴堂、罗元甲、李晋，生员邹守愚、萧泰安、谢恩诰、邓从愈，监生傅廷瑞、龚景梅，文童余澈，副将黄承纲，守备龙玉堂、李光祝，千总向鹏飞，把总虞德乾、高光政、朱光镜、刘世鹏，共三十一员名，序次设位，并设阵亡楚勇总牌，以光祀事。据席宝田禀报前来。现经臣将续建祠宇，并捐银二百两，添置田租，仍付道士罗赐增经管，并责成清江县时加照料，春秋致祭，仰副朝廷褒奖忠节之至意。

所有临江府城建立楚军昭忠祠缘由，理合附片奏闻，伏乞圣鉴。谨奏。

拿办义宁教匪片同治六年三月二十八日

再，据署义宁州知州李寅清禀报，同治五年十一月初七日，据稽查保甲局绅密禀，州属安乡清凉山内有红莲教匪，聚集多人，欲图起事，有初八、九进城之谣。即经李寅清督带亲兵差役，协同保甲局员绅董稽查内奸，巡防城池，并调铜鼓营弁兵来州弹压缉捕。臣接据禀报，复就近添调驻防袁州之游击朱长发率长字营勇丁五百名，驰往会拿。李寅清随督同局绅陈宝箴、龚惠元及各姓家族，先后拿获首要教匪李观芬、朱以洸、帅世江、赖青云、姚富常、陈惟荛、马廉本、李吉芬、李炳芬、陈惟恒、帅世湖、帅经春等到案，并起获伪印等件，提集研讯。

缘同治四年，有在逃之杨焕章、曾帼才传习红莲邪教，李观芬等均拜师入教，杨焕章当给李观芬等令字旗、八卦号团等物。

其教并无经卷，每逢三、六、九日吃斋，朔望上香，中间烧点香灯，供列水饭。习教诸人两跪六叩，口念：“一个团团六合青，三八二一紧随身，阴阳造得汉成事，三年会下三年春”四句。教内编仁、义、礼、智、信五字号，每字号有正帅、副帅、四协官、四将军及哨长、百长等名目，每股一二百人不等。李观芬统管内盘，朱以洸统管外盘，帅世江系仁字号正帅，赖青云系义字号正帅，姚富常系信字号正帅，陈惟荛、马廉本均系将军，李吉芬、李炳芬、陈惟恒、帅世湖、帅经春均系伙党。其礼字号在湖南浏阳县，智字号在本省万载县，系在逃之刘忠溃等为帅。因系杨焕章等所派，且属隔县，是以该犯等未知该二号各伙党姓名。李观芬脑后并排生两黑痣，日渐长大，众人谓是贵相。李观芬遂捏称得有兵书、宝剑，四处煽惑。仁、义、信三号匪党，即奉李观芬为主。朱以洸篆就印模，雇不识字之木匠练高炳，诳系道士奏符箓法板，令其雕刻伪印，用红纸条盖印，同八卦号团分给伙党，在各处售卖。声言红莲教不久起事，得有号团印条者，可保身家。愚民多为所惑，出钱买受。五年十月二十五日，李观芬、朱以洸、姚富常、赖青云、陈惟恒与杨焕章等在晏公殿议事，约定仁、义、信三号同来破城。十一月初八日夜，行至离城三里之松树岭，见城内有备，均各走回，复议十二月初六日破城，旋经官军下乡查拿，各自逃散。先后获犯，讯悉前情，禀经臣批饬，将该犯李观芬、朱以洸、帅世江、赖青云、陈惟荛、马廉本、李吉芬、李炳芬、陈惟恒、帅世湖、帅经春就地正法，枭首示众，姚富常暂行监禁，以备续获逃犯质讯。

该州又陆续拿获陈心广、林青和、林兆梅、吴太和、郭贵仁、刘廷炳、李兆文、何善希、李省芬、刘象球、王角声、王以珠、韩升恒、练高炳、帅尚永、姚心五、吴先明、李延幅等，讯明或系误被诱胁，或仅买纸条号团保家，或被挟仇诬攀，并未甘心入教，随同谋逆，分别枷杖保释等情前来。

臣查义宁州地方，毗连两湖，山谷深邃，最易藏奸。且近年该州民人在各省军营充当勇丁遣散回归者，实繁有徒，其间良莠不齐，易于聚集滋事。该犯李观芬等，胆敢传习红莲邪教，捏造妖言，设立伪官，潜行纠众，妄冀入城起事。幸该州官绅认真编查保甲，得以立时破获，消患未萌，办理甚属妥速。臣现仍责令该州上紧搜捕在逃首伙要犯杨焕章等，一面通饬各属，并咨会湖南、湖北抚臣饬属，一体查缉，务期悉数就获，尽法惩办，以绝根株，而靖地方。

所有义宁州拿办教匪缘由，理合会同附片陈明，伏乞圣鉴训示。谨奏。

察看道府人员片同治六年五月二十八日

再，臣前准军机大臣字寄：“同治六年三月二十七日奉上谕：‘江西督粮道段起、饶州府知府王必达，均着刘坤一悉心察看，如竟不能胜任，即行据实参奏，毋稍迁就。’”钦此。

臣查段起人尚勤敏，于江西军务，不为无功，居官亦能尽心职守，业经因病开缺，应请毋庸置议。又王必达精明强干，遇事敢为，臣上年阅兵过饶，细访该员，操守亦洁。惟其急于见才，听断间有失慎，经臣严加规戒，该员自回任以来，深知感愧，其于一切案件，无不悉心研讯，务得其平。果能始终勤谨，不特堪以胜任，且为知府中出色之员。臣仍当随时察看，秉公举劾，断不敢稍存回护，以仰副圣主振饬吏治之至意。

理合附片覆奏，伏乞圣鉴。谨奏。

新放监督道员堪以胜任片

再，臣前准军机大臣字寄："同治五年十月十六日奉上谕：'昨已有旨，将广饶九南道俊达调补新设之奉天锦州山海兵备道员缺，其广饶九南道，本日业经简放景福。着该抚先行遴派委员接署，以便俊达起程。将来景福到任后，于地方吏治、洋务，办理一切能否胜任，并着刘坤一随时察看奏闻'"等因，钦此。业经臣将遴委拣发知府许应鑅接署广饶九南道缘由，奏明在案。

本年二月间，新授广饶九南道景福到江，臣接见数次，见其明白稳练，当告以该处一切情形，属令速赴新任，将地方吏治、洋务妥为经理。兹查景福到任已逾三月，于分巡各属，每事留心考核，其于各国领事官及税务司，抚驭有方，遇有中外交涉案件，持平理处，操纵得宜，彼此咸相浃洽，即九江、姑塘两关税务整顿，亦能认真。且前因湖北捻逆复窜黄州，该道会督水、陆各军，筹备江防，诸称周密。是景福于广饶九南道一缺尚属胜任。臣惟有时加勉励，务使力图报称，仰慰圣怀。倘或始勤终怠，前后异辙，亦即随时据实直陈，断不敢稍存回护之见。

理合附片覆奏，伏乞圣鉴。谨奏。

浏阳教匪窜扰当经兵团扑灭折

同治六年六月初六日

奏为湖南浏阳县教匪窜扰万载县境，当经官兵团勇邀击扑灭，恭折具奏，仰祈圣鉴事：

窃查江西省先于上年冬间，有义宁州匪徒李观芬等传习红莲邪教，纠众起事，业经臣将获犯究办情形，附片奏明。因犯供尚有同教礼字号在湖南浏阳县、智字号在本省万载县，臣复通饬各属，并咨会湖南、湖北抚臣，一体查缉惩办，各在案。

本年四月下旬，上高县井头地方，复有匪徒传习红莲教，即经该县知县王维新访闻，先后拿获黄石秀、胡附子供认，听从义宁州逃匪杨焕章引诱入教，并未为匪，黄新发则供并未入教，均解瑞州府审办。又派差跟踪访缉，在万载地方，协同万邑兵役，拿获黄启生一犯，亦经提解归案质究。旋据万载县知县江璧禀报，访闻县属西源等处，亦有教匪往来勾结，现在募勇严拿。臣以万载、上高既有教匪相继煽动，自应上紧查办，以免蔓延为害。随飞饬署袁州营都司江清率领弁兵一百名驰赴万载，会同江璧，先后捕获黎碧升、邱启发、黄冬发三名，讯据供认均入红莲教，黎碧升、邱启发均曾受千总伪职，黄冬发系被胁入伙，大头目系义宁州杨姓。

正在查拿伙党质究间，旋闻湖南浏阳县姜卢塅地方教匪聚众滋事，焚烧李姓房屋，杀害男妇多人，因浏邑兵团往剿，于五月初十日窜入万载县小源地方，约计千余人，势甚猖獗。即经江璧、江清派拨兵勇、乡团布置堵御，并将黎碧升、邱启发二犯正法，以靖内讧。其连界之义宁、新昌、上高等州县，亦均募勇集团，严密防守，以杜窜逸。臣闻报后，复派游击朱长发率长字营驰往援剿。十二日，匪众扰及大桥等处。江璧派团绅鲍承宣率团勇一千名直趋大桥，江清督同千总张富贵带兵继进，一面知会五、六区绅团，准备邀击。该匪侦知兵团将至，遂旁趋山径，图犯白良。江清以白良地近县城，随绕出贼前拦截。该匪徘徊瞻顾，当为鲍承宣团勇追及于朱家坳。适白良团绅袁丹萼等亦率练踵至，三路夹攻，该逆始犹恃众抗拒。我军枪炮齐施，击毙骑马贼目二名，大旗贼目二名，贼遂大溃，翻山逃窜。我军穷追二十余里，杀贼二百数十人，堕崖落涧，死者无算，夺获马匹、旗械、号衣、号团多件。团丁阵亡十八名，受伤三十一名。该匪败窜土地坳，复经保和团武举杨应桢、全福团张凤翔、福安团张星高、万福团张有才等各率练丁，节节截杀，擒斩尤夥。十三日，该匪窜至高岭，正在喘息，举人廖连城率勇突出击之，杀贼三百余名，生擒首逆姜本致及匪党吴大青等十五名，解散被掳良民不计其数。余匪逃至较车岭，又被廖凤城所带团勇擒斩三十五名，仅余数十人，四散奔匿，追捕无踪。夺获伪印、伪示、炮械、骡、马多件。团勇受伤二十余名。

江璧提讯生擒各犯，姜本致系浏阳姜卢塅人，为红莲教首，与姜吉祥等四十余人编立温、良、恭、俭、让五营。姜本致系良字营，姜吉祥系恭字营，其余三营头目姓名不能省记。此次因逆谋颇露，踏浒团绅称欲捉拿良、恭两营，率众先发，抢劫团局，焚杀李姓，由虎坳窜入万载，姜吉祥已被官军阵斩等语。江璧因该犯姜本致身受重伤，未便稽迟，恐致幸逃显戮，当将姜本致凌迟处死，吴大青、陈义仁、邓菖厚、谢吉方、王永湖、汤万胜、周光文、李陇珍、杨台一、洪林发、陈三和、孔记一、黄才见、汤发盛、谢敬科十五犯，均系谋逆伙党，同恶相济，一并斩决枭示，以伸天讨，而快人心。又据署义宁州知州李寅清禀报，拿获万载窜匪卢恩珠等三名，各等情前来。

臣查江、楚连界各州县，斋匪、教匪蔓延甚广。义宁州红莲教匪甫经获办，上高、万载复有教匪勾结之事，所赖破获甚速，不致酿成巨患。乃浏阳教匪姜本致等，因被本地团绅查拿，辄敢纠众千余人，突犯万载县境。幸已预调袁郡弁兵，在城驻扎，并得城乡绅团同仇敌忾，奋勇争先，或迎头兜剿，或扼要截击，使该匪面面受敌，不旋踵而悉就歼除，并生擒首恶，明正典刑，保卫地方，不致大遭蹂躏。其在事官绅兵勇，洵属异常出力，可否容臣择尤保奖，以资激劝，出自天恩。

至逃散各犯，尚未全获。臣查阅缴到伪印与义宁一案相同，而伪示尤为悖逆，其为同伙无疑。且万载、上高复有义宁逃犯杨焕章等诱人入教，若不趁此兵威，认真查办，难保不潜行勾结，贻患将来。据袁州府知府骆敏修禀报，已亲赴万载，朱长发一军亦已抵县。臣已饬骆敏修会同朱长发、江清，督同江璧严密搜捕，一面札饬义宁、新昌、上高等州县会合兜拿，并飞咨湖南抚臣，饬属协力堵缉，务将在逃首要各犯，悉获严办，以绝根株，而杜后患。并饬瑞州府及义宁州提讯现获各犯，取具确供，尽法惩治，以昭炯戒。

所有浏阳教匪窜扰万载当经扑灭缘由，理合会同协办大学士两江督臣曾国藩恭折由驿驰奏，伏乞皇太后、皇上圣鉴训示。谨奏。

荡平发逆保案并无重复折

同治六年六月二十八日

奏为详查前保荡平发逆各营出力人员并无重复，此外亦无续奖之案，恭折覆奏，仰祈圣鉴事：

窃臣于六月初十日接准兵部咨，议覆臣奏霆字、精毅两营截击窜贼，克复嘉应，荡平发逆一折，内开按照定章，分别准驳，暨与前案保奖官阶不符各员，分缮清单，恭呈御览。至此案保奖重复各员，于原单内声明扣除，等因，具奏，奉旨："依议。"钦此。又准咨开，四月十七日内阁奉上谕："前据刘坤一奏，汇保江西赴粤会剿各军出力员弁等案，当经降旨交该部查明议奏。兹据兵部按照定章，分别准驳，并查出保奖重复各员，分缮清单呈览。所有核与定章相符之总兵周兴发等各员，均着照部议奖励，其保奖重复之总兵刘胜祥等，及核与定章不符之守备张崇恩等各员，均着照所议办理。余依议。另片奏，上年收复嘉应及击退龙南、定南扑城贼匪各案，业经左宗棠、孙长绂先后请奖，复经刘坤一分案保奏。初次、二次所保武职已及三千余员，三次保案又经到部，未知应保尚有几案？恐开冒滥之端等语。所奏甚是。军营立功人员，原许破格奖励，然似此重叠保奖，殊觉漫无限制。嗣后该抚如有续查应保之案，务须确切查明实在出力之员，方准汇保，不得任听营员开列，滥行保奖，以昭核实”等因，钦此。臣跪读之下，仰见我皇上论功行赏，无滥无遗，不胜钦佩之至。所有兵部核定准驳及重复各员清单，尚未接准咨行到江。

惟查臣前保荡平发逆出力各营，系同治四年秋间因伪康王汪海洋等股逆众数十万，由福建窜踞广东镇平县，经记名提督娄云庆率所部霆字营、前贵州臬司席宝田率所部精毅营，遵旨赴粤会剿。适汪海洋倾巢窜江，精毅营迎击于平远之东石，血战两日夜，斩获近二万人，招降万数千人。霆字营扼贼于平远之大柘，杀贼五千余人，生擒二百余人。贼折而西，经铨字、霆字营分途截击于龙川之下村、湖背等处，各杀贼千余人，生擒百数十人。新、老湘营，亦败贼于龙川之细坳、青龙墟，斩擒六千余人，解散二三千人，又追及于定南之白水渡，毙贼千计。贼犯定南、龙南，复为该厅县兵练所挫，乃转窥信丰。精毅营驰往邀之，大破之于铁石口，杀贼万余人，生擒千余人，尽夺其辎重。由是贼不能振，遁回粤境，旋自连平袭陷嘉应州城。其时浙江提臣鲍超到江接统霆字营，与精毅、祥字等营赴粤会剿，克复嘉应，发逆全股荡平。

经臣历次奏报，叠蒙恩旨准保。只缘各营弁勇既多，加以龙、定等厅、县，战守出力官绅与夫省城历年筹兵、筹饷久著辛勤各局员，当此东南底定，自应渥泽同沾，择尤汇奖，员数实繁，是以分为三案，恭缮清单，次第具奏，均于前折详晰声明，此外亦无续保之案。

至于江省援粤各军，归调任陕甘督臣左宗棠保奖者，只鲍超所部霆营克复嘉应劳绩。该营前归娄云庆统带，在大柘等处之捷，仍归江西请叙，并非一次战功，两次重保。

又，前护抚臣孙长绂所保击退龙南、定南扑城贼匪各案，均系同治三年秋间剿办伪侍王李世贤大股迭次出力人员，先经前抚臣沈葆桢暨前陕甘督臣杨岳斌所奏准者，实与此案渺不相涉，未尝稍有牵混重复。

抑臣更有请者，文职随营人员，带队打仗者有之，办理文案、支应粮饷者有之，用是吏部议定章程："带队之员，非克复城池斩擒要逆，不准保举免补本班，文案等项，非在营二年以上，不准开保。"其武职各员，无一非身列戎行，出入生死，其战功有多少之判，即奖叙有厚薄之殊。是以军兴以来，武职保举升阶，莫不照准。今与文员一例删改，恐无以鼓壮士勇往直前之气，酬经年驰驱锋镝之劳。合无仰恳天恩，俯准将臣前保荡平发逆各案内武职各员，均照原保给奖，以资激劝，叙已往之勋勤，正所以策将来之效命，观感奋兴，理有必至。所有前保各员并无重复，以后亦无续奖之案各缘由，理合恭折覆奏，伏乞皇太后、皇上圣鉴训示。谨奏。

江省应解协饷循旧留款凑拨折

同治六年七月二十八日

奏为江省应解协防各饷，为数尚巨，道库征存各款，应请循旧留备凑拨，免误要需，恭折奏祈圣鉴事：

窃臣前准户部咨，具奏有漕各省，应征轻赍等银，请严催分别解部、解通一折内开："自同治五年为始，凡起运漕粮本色省分，如江苏粮道所属及浙江、山东等省轻赍银两，均令按年解交仓场通济库收存，凡折漕省分，如江西、湖南、湖北等省轻赍银两，即令按年解赴部库交纳。并将历年欠解银两，陆续补解，如仍前延宕，即由部将各该粮道随时查参。再，各省额征席木、席片、竹木等项，均系例解通库之款。现在轻赍银两，既解部、解通，其席木等银，亦应令随同轻赍银两分别解交，等因，同治五年十二月十五日具奏，奉旨：'依议。'"钦此。当经转行遵照在案。

伏查轻赍银两，系按起运漕粮之数核计，在于各属征解随漕项下动支。江省额征银六万四千七百二十余两。从前起运之年，本系先漕解通，为坝闸桥仓转运粮石之需。迨军兴以后，运道梗阻，漕粮奉文改折，其道库历年征存随漕等款钱粮，俱因军需紧急，陆续拨充军饷，势处至急，不得不设法通融，借维全局，以致轻赍银两未能按年起解。现在江省军务虽已告竣，而应拨京饷及直隶、甘肃、云、贵、闽、广等省协饷及霆营步队口粮并本省留防水陆各军饷需，合计为数甚巨。漕折一款，业已全数解京，仅只地丁厘税，以供支解，入不敷出，所短实多。每值司库竭蹶之时，全赖道库随漕等银提拨凑放，悉索以应，仅免贻误协饷要需，而防师口粮，仍不免积欠。是江省现年征收随漕等款，必得循旧留备凑放各项要饷，实无余银堪以提解轻赍等银，其以前各年轻赍银两，久因军需动用，更无从筹款补解。据署督粮道董似谷会同藩司文辉具详请奏前来。合无仰恳天恩，俯念江省协饷、防饷巨而且迫，司库不敷解支，准将道库征收随漕轻赍席木等银循旧暂留本省，以资凑拨，免误军需，以前各年动用之项，并免补解，仍俟协饷渐减，库储稍裕，即当分款按年解部交纳，不敢稍事借延。

除咨明户部外，理合恭折覆陈，伏乞皇太后、皇上圣鉴训示。谨奏。

查覆原劾同知考语并无两歧折

同治六年七月二十八日

奏为遵旨查明覆奏，仰祈圣鉴事：

窃臣于同治六年七月二十七日接准吏部咨，同治六年五月初九日奉上谕："前据刘坤一奏，江西南昌府同知庆麟，才具疏庸，不知振作，当经降旨勒令休致。兹据吏部奏：'据庆麟呈称，该员于上年九月经刘坤一将其前在通判任内保荐卓异，并十年俸满，题升同知，保升知府，并案给咨，送部引见，且出具'心地明白，办事谨慎'考语。现在正当赴部验到，忽又以'才具疏庸，不知振作奏参勒休，无所适从，不甘废弃'等语。刘坤一于庆麟一员，何以保劾考语，前后两歧？着曾国藩、刘坤一将该员所呈各情，详细查明，据实覆奏，不得稍涉回护。"钦此。并抄折咨行到臣。

伏查该员庆麟，屡经京察保荐一等，均系在京当差，臣固无由深悉，即在江西通判、同知任内，大计保荐卓异，军务保举升阶，亦均在臣到江以前之事。臣自抵任以来，屡次接见该员，随班进退，未建一言。臣因其在江年久，自必洞悉情形，每询以地方吏治民风，竟茫然不知所对，即问以历年所办城厢保甲事宜，亦仅以数语支吾，不能切指其中利弊。且该员在南昌府同知任内，三年有余，督办宝昌局鼓铸制钱，一任炉匠人等多方舞弊，该员全不知整顿，以致物议沸腾。臣正在查办间，旋值奉旨查阅营伍。该员于臣出省后，即以通判任内保荐卓异并十年俸满题升同知、保升知府，并案详请给咨送部引见。惟时臣衙门公事，奏明照例委藩司代折代行，随经藩司孙长绂出具“心地明白，办事谨慎”考语，于九月十六日给咨送部，现有孙长绂亲笔填注考语，盖用司印，咨稿存案。臣于十一月初四日回省，因深知该员才具疏庸，不知振作，未便姑容，并不敢因藩司加考给咨在先，稍事瞻顾，仍即汇折据实参劾。此臣汇参同知庆麟以及考语两歧之原委也。

除由督臣曾国藩查明另奏外，理合恭折覆奏，伏乞皇太后、皇上圣鉴训示。谨奏。

历年保举改照新章汇办折

同治六年九月二十五日

奏为江西历年保举各营出力人员，经部先后驳查驳改，遵照新章，汇开清单，恭折仰祈圣鉴事：

窃臣前准吏部咨奏定章程内开：“从前行查各省保举人员，均系臣部奏明之案。乃原保大臣，往往于行查劳绩之案，仅据该员禀称一面之词，径行咨部，其行查何案候补候选者，竟至日久并不声覆，致令该员自行遣丁赴部呈明，殊不足以昭慎重。拟请嗣后凡行查各案，应令原保大臣一律奏明声覆，不准径行咨部，并不准该员在部具呈。倘原保大臣已经离任，即由后任督抚查明原案具奏”等因。遵照在案。

伏查江省各营保举人员，历年经部驳查驳改者甚多，大都因考语简略或声叙疏漏所致。甚有前案已驳，后案纵或合例，亦不能不驳，竟至转战数年，屡登荐牍，卒未一准奖叙者。推其致驳之由，盖有数端：一曰非克复城池，斩擒要逆，不准越级保升及免补免选本班，一曰非战功懋著，不准保戴翎枝及候补班前，一曰办理局务文案团防，非到营二年以上，不准开保，一曰军务省分人员，不准在他省保举。臣查克复城池，斩擒要逆，必资群策群力，方能扫穴歼渠。劳绩微有等差，保奖即有分别，是以有请越级升用者，有请免补本班者，其考语或称“打仗出力”，或称“督队向前”，其实同系克复城池，斩擒首逆。部臣因其声叙未明，遂多议驳。又有因考语系守城出力，谓非战功，将所保翎枝及候补班前撤销。夫战守固属殊形，事情亦多相类。当逆众攻扑之时，枪炮对击，矢石躬亲，其冒险蹈危，已与野战无异。且守城之师，往往开关迎剿，战守迭用，庶能却敌解围，原难一概而论也。至于随营办事各员，虽所司不一，局务文案各就所长，而艰苦辛勤，实与将士相等。每值军情紧急之时，安危共之，势不能不同执干戈，争先致死。是局务文案各员，并非全无战绩也。其团防中，或扼险以遏贼奔冲，或助剿与官军犄角，较无事时之团练巡防者亦劳逸迥殊。况江西军务十余年，凡效力人员，多在二年以上。又军务省分人员，经别省保奏，此中亦有因丁忧回籍，告假省亲，以绅士而办本地巡防，以散员而愿及时自效，固属分所应为，迹非趋避。并有因劳绩保留军务省分，其实并未离营，视贼所向，随军越境赴援，既立功勋，即应同邀奖叙。总缘每次各营汇保人数甚多，考语分填，务从简约，此种情节，势难一一详陈。部臣按定章以核考语，致有与例不符，驳改驳查，原为慎惜名器起见，然累岁勤劳，要亦未可概从湮没。兹据各营各属将历年保举议驳各员，详具劳绩，禀送核办前来，臣谨遵新章，汇开清单，恭呈御览。仰恳天恩，敕部核覆，分别给奖，以劝有功。

理合会同大学士两江督臣曾国藩恭折具奏，伏乞皇太后、皇上圣鉴训示。谨奏。

革员续著劳绩恳予开复原官折

同治六年九月二十八日

奏为革员续著劳绩，核与章程相符，恳恩开复原官，以昭激劝，恭折仰祈圣鉴事：

窃查前署东乡县知县李兴谟、前署崇仁县知县屈怀珠、前署宜黄县知县刘敬中，因各该县城均系被扰残破，同治三年人股逆匪窜扰，该员等督率兵勇堵剿，寡不敌众，各身受重伤，以致城池失守，经前抚臣沈葆桢奏参革职，旋即率领团勇，随同大兵，先后克复，又经臣汇案奏请免议。经吏部移咨："刑部核议以该革员李兴谟、屈怀珠、刘敬中虽堵御力战，身受重伤，惟克复俱在一月以外，按照奏定章程，应于守土州县减等拟军罪上再减一等，问拟满徒"等因，具奏，奉旨："依议。"钦此。嗣该革员等随军攻剿，叠著劳绩，经臣汇入各营截剿窜贼，并赴粤会剿、克复嘉应、荡平发逆案内，奏请开复原官。仍由吏部移咨刑部查覆，以"该革员等失守之案，尚未据按照章程定拟罪名，自不得胪列后来劳绩，率请免罪。所请开复原官之处，应毋庸议"，等因，咨行到臣，转行遵照在案。

伏查该革员李兴谟、屈怀珠、刘敬中失守之案，久经吏部咨准刑部减等，拟以满徒，奏奉谕旨允准，是该革员等罪名，业已拟定，无须再议。该革员等前次沈葆桢原参，本系革职暂留署任，随军攻剿，是以历年在营自效。李兴谟随同霆字、精毅等营续于信丰县之铁石口，广东平远县之东石，龙川县之大塘墟、下村等处三次杀贼出力，屈怀珠随同霆营续于江、粤交界之八尺墟及良畲两处堵剿，并克复嘉应州，三次杀贼出力，刘敬中随同祥字营先在江境截击窜匪，随即赴粤克复嘉应州，嗣复跟追，荡平余逆，三次杀贼出力，均属深知愧奋，勉盖前愆，核其劳绩次数，实与开复原官章程相符。据总局司道具详请奏前来。合无仰恳天恩，俯准将已革知县李兴谟、屈怀珠、刘敬中开复原官，仍留江西补用，免缴加倍半捐复银两，以昭激劝。

理合会同大学士两江督臣曾国藩恭折具奏，伏乞皇太后、皇上圣鉴训示。谨奏。

审明误伤父命人犯援案恭请钦定折

同治六年十月二十八日

奏为误伤父命，审明定拟，恭折具奏，仰祈圣鉴事：

窃据新城县知县金时宣详报，访闻县属有民人邓新添误伤亲父邓尚九，越八日身死情事，饬差查拿，并据邓新添赴县投首，验讯通详。即经臣批饬该县押带犯证来省，经司发委署南昌府知府吴祖昌审办去后，兹据该委员讯明议拟，由署臬司吴兆麟覆审，解勘前来。

臣亲提研鞫。缘邓新添籍隶新城县，系邓尚九亲子，平日孝顺。同治六年六月间，邓尚九雇募冯年俚帮作田工，彼此平等称呼，并无主仆名分。七月初二日傍晚，邓新添与冯年俚田工回家，邓新添将挑回粪桶放在冯年俚床前，冯年俚斥邓新添偷懒，令其移开，邓新添不服回詈，致相争闹。邓新添顺用房内长柄铁锄向冯年俚殴打，冯年俚即用木担格开。适邓尚九闻闹赶至邓新添身旁拦劝，邓新添被格势猛，铁锄沉重，执持不住，锄口误伤邓尚九偏左倒地。经赵水溃踵至拦劝，邓新添闻喊，回头见父受伤，即弃锄与冯年俚赶忙扶救。邓新添见邓尚九伤口出血，心慌哭喊。邓新添嫡母邓饶氏赶至问明，当将邓尚九扶送上床安歇，延医用药敷治。邓饶氏见邓尚九伤重，意欲赴县报验，邓尚九声言伤系误碰，不许报官，邓饶氏亦即中止。讵邓尚九医治无效，至初十日因伤身死。即经该县金时宣访闻差查，并经邓饶氏投保报县，邓新添亦赴县投首，验讯通详，批饬押带犯证来省。经司发委署南昌府知府吴祖昌审办。兹据讯拟由司勘转，经臣提审，据供前情不讳，究非有心逞凶干犯，亦无起衅别故，案无遁饰。查律载："子殴父，杀者凌迟处死。"又例载："子误伤父母致死，律应凌迟处死者，仍照本律定拟，援引白鹏鹤案内钦奉谕旨，恭候钦定"各等语。又查嘉庆十八年三月二十一日奉旨："此案白鹏鹤因向伊嫂白葛氏借取灯油不给，出街嚷骂。白葛氏赶出门首理论，白鹏鹤拾取土块向白葛氏掷殴，不期伊母白王氏出劝，以致误伤殒命。刑部拟子殴父母杀者凌迟处死律，又因斗殴误杀旁人，以斗杀论律比拟，问以凌迟处死。核其情节，白鹏鹤遥掷土块，误杀其母，非其思虑所及，与斗殴误杀者究属有间，白鹏鹤着改斩立决。嗣后有案情似此者，即照此问拟。"钦此。钦遵在案。

此案邓新添误伤亲父邓尚九身死，自应按律问拟。邓新添合依"子殴父，杀者凌迟处死律，凌迟处死"。查该犯邓新添因将挑回粪桶放在工人冯年俚床前，被斥回骂，起衅争斗，该犯举用铁锄向冯年俚殴打，冯年俚用木担格开。适伊父邓尚九闻闹赶至伊身旁拦劝，该犯锄重被格，执持不住，锄口误伤邓尚九偏左，越八日殒命。死者从旁拢劝，伤由被格误碰，皆非该犯意料所及，核与白鹏鹤案情相同，相应照例援拟，恭候钦定。冯年俚村斥偷懒，致酿逆伦重案，殊属不合，应依不应重律，拟杖八十，再加枷号两个月，饬县拘案，枷满折责发落。见证赵水溃，救阻不及，尸妻邓饶氏先不报验，被夫喝阻所致，情尚可原，均毋庸议。

除全案供招另行咨部外，合将审明定拟缘由，恭折具奏，伏乞皇太后、皇上圣鉴，敕部核覆施行。谨奏。

江省士民捐建昭忠祠请列祀典折

同治六年十一月二十八日

奏为江省士民于省会捐建昭忠等祠，请旨列入祀典，春秋致祭，以垂久远而昭激劝，恭折具奏，仰祈圣鉴事：

窃查咸丰三年，发逆突犯江西，围攻省会。时承平日久，人不知兵，情形极其危殆。前抚臣张芾，躬率官绅将士，登陴苦守，誓共存亡。适前安徽抚臣江忠源以湖北臬司奉旨帮办金陵军务，道出浔阳，闻警赴援，与张芾戮力同心，昼夜拒战，历九十余日之久，卒克保全。迨四年后，逆众屡扰江西，外郡多遭沦陷。各前抚臣会督水陆各军，分途攻剿，阅十余载，始能一律肃清。江忠源旋在安徽庐州府殉难，张芾亦在原籍遇害，以及节年防剿，临阵捐躯、积劳病故各官绅，莫不有功地方，士民至今追慕。张芾、江忠源先后钦奉特旨，准在江西省城建立专祠。随据绅士翰林院检讨夏廷榘、前刑部员外郎曾作舟、前掌贵州道监察御史胡寿椿、翰林院庶吉士喻秉绶、户部候补主事吴增逵、记名藩司前甘肃臬司刘于浔，筹款兴工，经前抚臣沈葆桢饬令总局司道派委南昌府及南昌、新建二县会同办理，官绅商民陆续集费于百花洲建立张芾、江忠源专祠，并将沈葆桢奏准建祠之前署广西提臣江忠义于专祠内分别设位。另建昭忠祠一所，合祀历年阵亡病故官绅及各兵勇团练。又建节孝贞烈祠一所，凡通省妇女之殒身全节以及父母翁姑夫子被戕同时从死者，均设总牌。复于祠旁隙地盖造店房四所，收取租税，以为岁修香灯之资，经理甚为周妥。自同治二年十月兴工，至六年十月一律告竣，共用工料银三万四千八百八十一两四钱八分。臣当与司道前往致祭，察看各项工程，均极坚实。即据该绅士等呈请，具奏前来。合无仰恳天恩，俯准敕部将省城现建张芾、江忠源、江忠义专祠同昭忠、节孝、贞烈各祠列入江西祀典，春秋官为致祭，以垂久远，而昭激劝。至此项工费，出自官绅商民捐助，不敢仰邀议叙，应请免其造册报销。

理合会同大学士两江督臣曾国藩恭折具奏，伏乞皇太后、皇上圣鉴训示。谨奏。

江省旧用票钞遵停搭放折

同治六年十二月二十日

奏为江省行用钞票，遵照部文，全停搭放，并另筹支给，以资体恤，恭折覆奏，仰祈圣鉴事：

窃臣接准户部咨，具奏未经收回银票，酌拟加收停放一折，同治六年三月十五日具奏，本日奉旨："依议。"钦此。又准户部咨，片奏请催各省未经收回银票附片一件，同治六年十月十五日具奏，奉旨："依议。"钦此。钦遵行司办理去后，兹据藩司文辉详称："查江省先后经部颁发官票银二十万两，咸丰四年七月起，设立宝丰官局，司库应放兵饷、俸廉等项，一律只发八成实银，二成官票。营兵所领官票，省营赴局易钱，外营向坐营州、县易银，绅民所得官票，准其完粮抵捐，州、县所收官票，准其搭解地丁二成。嗣复仿照江苏清淮粮台章程，议将兵饷照旧搭放二成，其余俸廉、役食、杂支各款概搭五成。其历年阵亡官弁、兵勇恤赏、祭葬等银，照部定章程，按名先放五成官票。自行用以来，搭放搭收，辘轳周转，官民日久相安，库款亦资展拓。嗣于同治元年十二月内接准部咨，议奏停止搭放钞票，改收实银。京外搭放之款，无论何省何项应发钞票，一概停发，毋庸补放实银，奉旨允准，行知到江。当查各营应领月饷，本属无多，从前银价甚昂，尚可稍资敷衍，今则钱贵银贱，仰事俯育，已苦无资，若将应搭官票再停，则领款愈形短绌。文武养廉业经分别减成，兹复顿减其半，亦不足以示体恤。至于辛工役食，以资办公，胥隶类多贫民，恤其身家，方可责其守法。阵亡官绅兵勇，应领恤赏、祭葬、碑价等项，业已停放五成实银，若官票概行抹销，则死难子孙，毫无所得，不足以激励人心。即经前抚臣沈葆桢奏请，嗣后江省司道关库无论何款拨解京饷，循照旧章起运实银，不搭官票，至本省司库收支各款，仍将官票按成搭放搭收，以资周转。宝丰官局事务无多，应即撤归司库，照章办理，以节糜费。经部议覆，应如所奏办理，于同治二年七月初六日奉旨：‘依议。’钦此。钦遵在案。嗣于同治四年七月内，因官票收不敷放，又经议请，将养廉、役食、杂支各款原搭五成官票者，减搭二成，改为银七票三搭放，亦在案。兹复接准部咨，‘以银票一项，利少弊多，先后奏准将各省地方搭用银票之项，一概停止，已放之票，由捐局收回。惟直隶省于部议停止银票后，复据奏请于地粮项下，以银九票一搭放，本省用款，以银票各半搭放。不过为度支缺额，收少放多，借资弥补起见。若令将收款之票，仍旧搭收放款之票，全行停放，亦毋庸增放实银，于该省度支出入，似无妨碍。酌拟加收停放章程，奏准行知京外，一体遵办，声明截至本年年底止，作为限满，仍有收存银票者，不准复交官项，及各省收存银票，应令一并解部。'等因。窃思江省行用官票，亦于上次部议停止后，复经奏准照旧搭放搭收，与直隶省办法相仿，而情形则有不同。盖江省仅奉颁发官票银二十万两，并未续请颁发，亦无别项奉颁官票流行江境。历年司库专就此票搭放搭收，辘轳周转，尚觉弊少利多，前于部议停止后，复经奏准照旧行用，职是之故。今直隶省既经户部议令一律停用，不准展限，事关中外通章，江省自难独异，遵将司库一切放款全停搭放，惟于各属完解地丁照旧配搭二成兑收。截至现在止，所有奉颁官票银二十万两，司库业已收回一十八万七千九十一两，其余票银一万二千九百九两，约计岁底限满以前，可期全数完粮交官，俟各属续解地丁数万两，即可全行配搭收回司库，汇总解部。惟查部议，放款之票，全行停放，毋庸增放实银，系因官票收少放多省分，一经停止搭放，责令改放实银，恐于度支出入不无妨碍。兼以得受放款官票者，售价甚微，本无实济，今停止给票，不给实银，亦觉无伤，故有此议。江省官票，历年收放，均以奉颁二十万两为率，举凡放出之票，在兵饷、俸廉、役食、杂支各款皆得赴官兑换实银，绅民得受恤赏等项官票，俱准完粮交官，即有本身无粮，转售于人，价亦不至过微。今于停放之后，一俟限满收竣，各属征解地丁，俱以十成实银上兑，司库岁可多收二成实银，以之支给向放官票之项，于度支出纳尚无妨碍。若亦不为改给实银，是历年得票抵银济用，一旦毫无所得，实属诸多窒滞。自应量入为出，次第动支实银补给，俾免向隅，而示体恤。除兵饷、俸廉，役食、杂支各款，系属例有定数，毋庸别予限制外，惟恤赏、祭葬、碑价等项，系无定数之款，向放官票，恒以此为大宗。每因票不敷放，虽具文领到司，未能及时给领，必待搭收积有成数，陆续开放。今议改给实银，若不量予变通，设遇银不敷放，强分先后，转致难裔有所借口，且启吏胥高下其手之弊。拟请按照向放恤赏、祭葬、碑价五成官票银内，一律改给二成实银，其余三成，汇同停给之五成，合共八成，统照前经户部通行议覆湖北奏定章程，准其作捐请奖。在难裔领收实银虽觉减少，而开放可免愆期，所减成数，仍得汇请议叙，以视得票减价转售者，亦不甚悬殊，并免别滋流弊。所有本年奉文以后，停放恤赏、祭葬、碑价等项已具文领到司者，应改给二成实银。俟此次具奏经部覆准后，核计司库地丁多收二成实银，足敷放给之时，先尽此项开放。其已奉议恤，未具文领到司，并以后续经兵部议恤者，定为每届司库上下两忙截数后，各汇总开放一次，行令各属，一律届期给文赴领，俾无守候之累。抑更有请者，恤赏等项作捐请奖，接到部章，已历数年，遵章呈请者甚属寥寥。推原其故，由于定章只准移奖本族，不准移奖外姓。议给恤赏祭葬，合计则以兵勇、团丁银数为最巨，分计则以兵勇、团丁银数为最微。移给亲友凑奖，既格于定章，专给本族请奖，又不敷议叙，以致未能呈请。应请吁恳天恩，将兵勇、团丁恤赏祭葬银两，准其移奖亲友，汇计报捐，自必呈请者众，似亦销除巨款，节省实银之一道。其官员议给恤赏、祭葬、碑价有愿作捐请奖者，不得援以为例”等情，详请具奏前来。臣覆核无异。

除咨明户部外，理合恭折覆奏，伏乞皇太后、皇上圣鉴，敕部核覆施行。谨奏。

拿办奉新教匪片

再，江西各属，屡有教匪、斋匪滋事，先后拿办捕剿情形，均经臣据实奏报，一面勒拿在逃各犯。只以该匪等踪迹诡秘，飘忽靡常，缉捕甚难，臣复严督该管府县，认真编查保甲，以期稽察较周，获犯自易。乃据署奉新县知县徐廷琛禀报，六年九月二十四日夜，突有匪徒数十人，至县属上富地方，先劫西坪书院团局军器、银两，杀毙火夫罗永正一名，又劫上富街森太、振新两店银钱、货物，伤毙民人刘起运、胡福海二名。即经该县营驰往，督同乡团追捕，拿获匪徒张继生、王义发、罗金崙、刘罗生、孙受山、田必开六名，并夺获伪印、伪札、旗帜等件，余匪分路逃逸。续又拿获藏匪之彭志礼一名等情。臣当即批饬赶紧搜捕逃犯，一面将现获各犯，解省发委南昌府知府吴祖昌讯。

据张继生、王义发供，先拜在逃之义宁州人杨万盛为师，入红莲教，张继生曾封伪将军，王义发曾封伪提督粮官。同治六年九月二十二日，杨万盛来言，教头曾幗才因闻奉新县匪党张大树、罗克柏传说奉邑举人刘梦丹曾在上富书院设局办团，储有银钱，军火，邀令同去抢劫，伊等允从。二十四日至奉新冶城地方彭志礼家会齐，见曾幗才已纠集不知姓名四十余人在内。即于是夜，曾幗才分给哭械，偕至上富书院门首，撞门进内，杀毙火夫，劫得枪炮刀矛等件，放火烧屋，并劫上富街店铺，杀伤二人，各自逃散。罗金崙供认，因患病拜在逃之临江府人陈继端为师，入教吃斋，被胁同行。曾幗才抢劫书院、店铺，伊畏惧不敢进内，逃往山僻躲避。刘罗生、孙受山、田必开供，俱未入教吃斋，被诱受雇挑担，逼胁同行，曾幗才等行劫放火，伊等并未进内，畏惧先逃。彭志礼供，先曾因病误信曾帼才，诱令吃斋，旋因病痊开斋，曾帼才等强至伊家会齐行劫，伊并未知情同谋，亦未同行，各等供，由署臬司吴兆麟核详前来。

臣以该犯张继生、王义发曾受伪职，复敢同谋行劫杀人，罪大恶极，当即饬令正法，以昭炯戒。刘罗生、孙受山、田必开被胁同行，畏惧先逃，彭志礼因病吃斋，旋即开斋，曾帼才等强在伊家会齐，讯非甘心容留：均属情尚可原。除孙受山、田必开据报病故外，应将刘罗生、彭志礼从宽枷杖发落。罗金崙始既被诱入教，继又被胁同行，虽未随同强劫，较之刘罗生等情节稍重，应将该犯监禁一年，如果真心悔过开斋，再枷责发落，递籍管束。逸犯曾帼才、杨万盛等均系义宁州教匪滋事案内漏网要犯，仍责令奉新、义宁二州县悬赏购线，上紧缉拿，务期悉获严惩，以绝根株。署奉新县知县徐廷琛，当此振顿捕务之际，乃境内仍有教匪群起抢劫，事前既疏防范，事后仅获七名，在逃首伙多犯，迄今未据禀报续获，实属不知振作，相应请旨，将署奉新县知县徐廷琛摘去顶戴，勒拿逸犯，以赎前愆。

又，据袁州府营及萍乡、万载二县禀报，十一月二十一、二等日，湖南浏阳、醴陵境内，有会匪数百潜聚，欲入江境滋事。臣随飞饬署袁州协副将贺抡元率领本营弁兵，驰赴萍乡，与驻扎万载之参将宋荣藻所部练勇，协同萍、万二邑乡团严防边界。旋据探报，浏阳县勇团业已拿获会匪数十名，余均逃散，江境防堵严密，并无零匪窜越。惟万载县泉塘、尾山内有匪徒张大吉，欲纠党与前赴浏阳入伙。即据该县知县江璧督饬三区保甲局绅将该犯张大吉拿获，讯据供认，听从在逃之上高县人黄发香嘱令纠人前往浏阳独石地方起事，当将该犯正法。并获张更生等三名，未认同谋，应再确讯另结。臣复分檄上高等县，一体躧缉逸犯黄发香，务获究报。

惟查近年江、楚两省教匪、会匪出没靡定，聚散不常，动思窃发，刻须严防。臣现谆饬各州、县周历境内，挨户清查保甲，责成四乡绅董，就近不时稽察举报，其深山邃谷，尤当加意搜查，以免匪类潜踪，勾结为患。

除咨湖南抚臣一律饬拿外，所有奉新县拿办教匪，万载等县筹防获犯缘由，理合会同大学士两江督臣曾国藩附片陈明，伏乞圣鉴训示。谨奏。

遵保属吏人才折同治七年正月二十一日

奏为遵旨分别保举堪膺道府人员及出色知县并悃愊无华之吏，恭折仰祈圣鉴事：

窃臣恭查咸丰十一年三月初四日奉上谕："现在各省军务未竣，亟应简拔人才，讲求吏治，以期康保小民，俾无失所。各该督抚于所属各员平日立品居官，知之有素，着择其廉洁自爱，任事实心，及素着循声，民情爱戴，堪胜道府者，胪列政绩，出具切实考语，酌保数员，候旨简用。其道府及州县各官，如有出色之员，着一并核实保奏。倘所保之人，查有贪污劣迹，或名实不符，朕惟该督抚是问！其各力除积习，秉公保荐，毋得瞻徇情面，任令属员夤缘幸进，以副朕知人安民至意。"钦此。又同治五年五月二十七日奉上谕："罗惇衍奏，请饬各直省督抚保举循吏以惠闾阎一折。直省道、府、州、县，历经各督抚遵旨将循声卓著之员，随时保奏，特予擢用者，颇不乏人，第恐悃愊无华之吏，尚未能尽登荐剡。着各直省督抚、府尹于所属府、州、县内，留心察访，如有尽心民事，政绩可纪，为绅民所爱戴者，即胪列事实，具奏候旨调取引见，以备简用。该督抚等务当秉公保奏，不得徒采虚声，或瞻徇情面。倘所保各员内，将来或犯有贪劣各迹，惟原保之督抚、府尹是问！”钦此。

窃查江西吏治，尚属澄清，而臣抵任将及三年，未尝专折保举一人。盖以人固难知，以臣之愚，知人尤属不易。有始信之而继疑之者，有先疑之，久之始信者。于接见察其貌言，于任事观其作用，复即功过之地以求其用心，且于利害之间以觇其植节，审之又审，颇得其真。兹就臣察识所及，于实缺候补中，得堪膺道府、知府三员，出色知县五员，悃愊无华知府三员、知县六员，除另缮清单外，谨恭折具奏，伏乞皇太后、皇上圣鉴训示。谨奏。

黔滇两捐力难同时举办折

同治七年正月二十八日

奏为江省民困未苏，黔、滇两捐力难同时举办，请酌停一处，以恤民隐，恭折仰祈圣鉴事：

窃查前准湖南抚臣李瀚章咨，承准军机大臣字寄：“同治五年三月十一日奉上谕：‘李瀚章奏，据兆琛详称，黔省饷源枯竭，请仿照楚省黔捐章程，委员前赴欠拨黔饷各省，设局劝捐，即以捐银作收该省协饷等语，所陈尚为可行。着刘坤一于黔员到后，设局劝捐，派委妥员帮同办理，所捐银两，即由该省藩司源源委解，作为协济黔省之款。该抚务当不分畛域，妥为图维，不得稍涉膜视’”等因，钦此。旋经户部奏驳，以隔省劝捐，例不准行。嗣贵州布政使兆琛沥陈募勇名数及饷需缺乏，捐难停止情形，复经户部议准，咨行到江。并准湖南抚臣派委道员王华封、张舒翘来江设局。臣当即札行藩司，委员帮同分赴各郡劝捐，所收捐项陆续解黔接济军饷。上年十二月，据局员张舒翘申报，兆琛业已交卸军务，所办黔捐，于十二月底一律停止。正饬藩司转行各府赶紧截数造报间，兹准湖南抚臣刘崐抄片咨会奏明，仍留江西黔捐，由湖南委员照米捐章程劝办，接济席宝田一军援黔月饷。并先准云贵督臣张凯嵩咨，钦奉寄谕："其委员分赴川、湖、江、粤设局劝捐之事，着该督即知照各该省督抚办理。"钦此。来咨声明，四省设局劝捐一节，现饬营务处确核减成章程，遴派廉正官绅，请颁封职执照，尚须另行详细具奏，先行咨会查照，各等因前来。

臣查江西屡遭贼扰，历十数年之久，全省糜烂，频年聚兵防剿，饷需无出，悉赖就地筹捐济用。小民当颠沛流离之际，犹复竭蹶输将，实已筋疲力尽。迨后军事稍缓，浙江、安徽两省相继委员来江劝捐。浙、皖之捐甫毕，黔省捐局旋开。士庶时迫追呼，竟无暇日，兵燹遗黎，何由休养生息。臣目击民艰，举凡本省应办善后工程，稍可从缓者，均令宽展时日，徐图筹办。是江西专办黔捐一局，民力已属难支，若再添办滇捐，闾阎深虞苦累。且两局并开，各派委员分驰劝导，民间无所适从，流弊尤恐不免。况一方物力，只有此数，合则见多，分则见少，徒事纷纭，仍属无裨实济。合无仰恳天恩，俯念江西早已开办黔捐，准将滇捐停止，以恤民隐，而资休息。

理合恭折具奏，伏乞皇太后、皇上圣鉴训示。谨奏。

绅民捐修善后工程可否准加学额折

同治七年正月二十八日

奏为绅民按粮集费，捐修善后工程，可否准加学额，以资激劝，恭折具奏，仰祈圣鉴事：

窃臣前准户部咨，议覆江西两次捐修贡院，拟照捐输城工成案奖叙一折。以各省捐修工程，除军务省分，捐修紧要城工，准其分别实职虚衔，核请奖叙外，其余均只准其加广学额，不准请奖。上年湖南、浙江等省捐修文庙工程，仅请照案加广学额。又浙江省捐修贡院、衙署工程，奏明不敢仰邀议叙。今江西省捐修贡院银两，系寻常工程，与湖南等省事同一律，若准其援照捐修紧要城工成案请奖，则各省纷纷效尤，奖案必多浮滥。拟请俟工竣后，仍照历办章程，只准查核所捐银数，奏明加广学额各若干名，不准造册请奖，等因，转行遵照在案。

惟查江省善后工程，不仅贡院一处，其他待费兴修者正复不少。缘自咸丰三年起，连岁被扰，直至同治四年，始得肃清。所属郡县蹂躏殆遍，并有沦陷数次、占踞经年者，城内衙署、监狱、仓库、坛庙、祠宇、书院、考棚，焚毁无遗。克复之后，文武各官，多系赁居民房，甚至无民房可赁，不得已而寓乡镇。即有民房处所，亦属灰烬之余，屋宇窄小，官与书役各居一处，公事难期迅速，且往来传送，行路之人，亦得耳而目之，不惟有失体制，亦非重慎之道。无监狱则囚犯时虞疏脱，无仓库则灾祲何所积储。学宫为文教所关，以外神祇，均系有功德于民，列在祀典者，乃以坛庙既毁，每逢春秋致祭之时，搭厂设位，将就简亵，俱不足以昭妥侑而冀格歆。至于书院为造士之区，考棚为试士之所，在在必须。现在江境肃清，以上各项工程，亟应赶紧修复，未便再事因循。惟是通省工巨费繁，正项钱粮漕折既须尽数解部，地丁又须拨解京、协各饷及本省例支等款，牙税、厘金亦应解支霆营步队，与夫江境留防水、陆各军口粮，尚属入不敷出，时借司道各库匀拨凑放，仅免迟误，绝无盈余。是丁漕税厘，丝毫不能挹注。而前件工程，又有万难延缓之势，舍劝捐外，别无长策可施。而江省军兴以来，无日不办捐输，官有饷捐，绅有团捐，浙省营捐甫停，本省米捐继起，皖捐委员方去，黔捐新局旋开。地方兵燹之余，富室类多中落，加以输捐累次，士民力尽筋疲，陆续劝捐，已成强弩之末。今捐修工程，又格于定章，不能请奖，更恐难期踊跃。

臣正与司道设法筹画间，旋据广信府知府钟世桢禀，该郡军兴以后，捐输再三，人情厌苦，且辗转改奖，弊窦丛生，名器滋滥。兹有上饶、玉山、铅山、贵溪四县官绅会议，将善后经费，概行按粮派捐。先将各项工程撙节勘估，按修费之多寡，各就粮额，均匀摊派，钱粮每两自二三百文，至多不得过六百文，均于花户赴城完粮之便，顺带投纳。各选公正绅衿，在县经收，领充公用，不经胥吏之手，俾官民无追缴之烦。并令各县绅衿转询乡户，亦皆乐从。又据抚州府知府许应鑅禀，该郡各属善后工程，官绅熟商，亦拟按粮捐修。并以此项捐资虽零星凑集，实成巨款，以助要工，若竟全无奖励，似不足以昭激劝。各绅耆再三吁恳，俟工竣之日，汇计修费总数，加广文武学额各等情。

臣查按粮匀摊工费，既出绅民佥谋，且由花户随粮赴县带缴，无虞承办绅董抑勒苛派，工费仍归绅董收支，并可杜吏役讹索侵渔，立法尚称周密。江省历年团练捐输，内多按粮捐款，行之并无窒碍，实有成法可循。此时善后各工，费无所出，绅衿会议，咸愿按粮派捐，自应俯顺舆情，借济要用。

第所请加广学额一层，核与例案略有未符。原定章程，捐输军饷及团练经费，始准加广学额，即现准部议，捐修工程准加学额，亦指殷富捐输而言。兹以按粮集费，捐修工程，亦请加额，并无成例可援。惟念户捐、粮捐名目虽殊，其为出自民力则一。既以捐数零星，难邀奖叙，复因用属工需，并不准加学额，诚无以酬其急公奉上之心。可否俟工程告竣，准其核明用数，加广学额，以资鼓励，他郡续有似此捐项，并准一体照办之处。据藩司文辉具详请奏前来，相应请旨，敕部核覆，俾有遵循。所有按粮捐修善后工程，可否准加学额缘由，理合会同大学士两江督臣曾国藩恭折具奏，伏乞皇太后、皇上圣鉴训示。谨奏。

遵保剿捕窜匪出力人员折

同治七年二月二十八日

奏为查明剿捕浏阳窜匪出力人员，遵旨择优保奖，恭折仰祈圣鉴事：

窃臣前奏湖南浏阳县教匪窜扰万载县境，当经官兵、团勇邀击扑灭一折，同治六年六月二十九日递回前折，军机大臣奉旨："览奏均悉。逃散各犯，着严饬各属缉拿务获，以净根株。所有在事出力员弁，准于肃清后，择优保奏，毋许冒滥。"钦此。当经转行钦遵办理在案。

伏查此次浏阳教匪，事起仓猝，突以千余人窜入万载县境，地方奸民亦将乘机萌动，人心惶惶。当经该县文武官绅督率兵勇、团丁迎头进剿，步步截杀，斩馘数百，生擒首逆，解散胁从，数日之间，歼除殆尽。嗣复据禀，周历县境，认真搜捕，续获匪党熊文发、易万宝生等十名，讯明正法，胁从之易贤品、廖家雁等十余名，分别杖责保释递籍管束。上年十二月，湖南醴陵、浏阳二县，复有会匪潜聚，该官绅扼要实力巡防，并无一匪阑入，并将纠党前赴浏阳入伙之张大吉一犯立获正法。现在地面安静，匪类屏踪，在事人员，实属着有劳绩，自应吁恳恩施，量加奖叙，以资激劝。臣谨择其尤为出力者，开列清单，恭呈御览。其出力稍次者，分别咨部注册，并由臣酌给军功顶戴，用示鼓励。

臣谨会同大学士两江督臣曾国藩恭折具奏，伏乞皇太后、皇上圣鉴训示。谨奏。

各营历年阵亡员弁请敕部议恤折

同治七年二月二十八日

奏为江省各营历年防剿阵亡员弁，请旨敕部议恤，恭折仰祈圣鉴事：

窃查江西省自军兴以来，各营官军，历年剿办逆匪，并出省会剿，先后阵亡伤亡员弁、兵勇，除于奏报打仗情形折内随案陈请议恤外，并由局四次汇造清册，详经各前抚臣咨部照例核办，声明各营或未报齐及移查未覆者，归于下次造报，各在案。

兹据总局司道详称，行据各营查覆，宝勇营蓝翎军功陶忠烈、外委王自作、从九徐崙，于咸丰七年八月二十二日在瑞州府属罗坊地方打仗阵亡，精捷营蓝翎六品军功李芝华，于同治三年五月二十七日在崇仁县打仗阵亡，韩字营把总王丰河，于三年正月十九日在南丰县打仗阵亡，精捷营蓝翎千总杨得秀、杨振恩，于三年三月初七、二十二等日在新城、南丰两县先后打仗阵亡，祥字营守备衔千总段长先，于三年四月初一日在广信府沙溪地方打仗受伤亡故，仁右营千总衔蓝翎把总吴天贵，千总衔尽先把总宋玉凤，蓝翎把总何绍贵，蓝翎外委黄训槐、陈世德，外委周光美、蒋先品、丁得凤，蓝翎军功江全贵，五品军功武生杨绍春，于咸丰十一年六月间在铅山、弋阳等处先后打仗阵亡，祥字营蓝翎千总杨起腾、蓝翎把总伍得贵、外委易纯松、精毅营蓝翎把总欧大椿、蓝翎外委成国忠，于同治二年五月初二、三等日在饶州府属景德镇袁家墩等处打仗阵亡，精捷营蓝翎外委郭承乾，蓝翎六品军功邓家富、黄承辅，于二年六月十七、十九等日在湖口县坚山、文桥等处打仗阵亡，长左营外委廖友胜，于三年三月二十五日在浙江开化县华埠地方打仗阵亡，详请具奏请恤前来。臣查该员弁等，历年防剿，陷阵冲锋，或血战捐躯，或受伤身故，均堪悯惜。相应请旨，敕部照例议恤，以慰忠魂。

除将阵伤亡故兵勇及受头、二、三等伤员弁、兵勇衔名清册咨部核办外，谨会同大学士两江督臣曾国藩恭折具奏，伏乞皇太后、皇上圣鉴训示。谨奏。

筹解协皖军饷片

再，臣承准军机大臣字寄："同治七年正月二十三日奉上谕：'英翰奏，皖军远征，饷需万分支绌，请饬福建等省，迅筹专款协济等语。英翰现在派兵赴直援应，饷项日增，该省入款不敷，若不豫筹协济，征军远行，何以收士饱马腾之效。着刘坤一于江西自本年正月为始，按月筹拨银一万两，为专济皖军之用，并由该省先行筹解三个月银三万两，即由英翰、吴坤修派员催提，俾得源源接济，以应要需。此项军饷，俟北路军事告竣，皖军凯撤，即行停止'"等因，钦此。当经转行钦遵。

惟查江西按月协解直隶、甘肃、贵州等省及霆字营饷项，并本省防师口粮，为数甚巨，悉索司道各库款项，勉力匀解，已属万分竭蹶，今再增添皖饷，实有无从筹措之势。惟皖军赴直援应，事关大局，刍粮不容缺乏，自应设法腾挪，俾资协济。兹据藩司文辉详称，于同治六年地丁项下，动放银二万两，作为江西应解同治七年正、二两月分协济皖省援直军饷，差委候补县丞杨善成领解，于同治七年三月十三日起行，由陆路前赴安徽抚臣衙门交收等情，详请具奏前来。臣仍当与该藩司随时筹画库款，稍可周转，即行续解。

除咨户部暨安徽抚臣外，所有筹解皖饷缘由，理合附片陈明。伏乞圣鉴。谨奏。

筹解协直军饷片同治七年三月二十八日

再，臣承准军机大臣字寄："同治七年二月二十八日奉上谕：'官文奏，请饬各省协拨军饷一折，着江西速于捐输、盐厘并华洋关税项下，无论何款，拨助饷银十万两，克期由海道轮船解赴天津交崇厚验收，即由崇厚转解保定交官文应用，以期迅速。现在逆氛扰近畿甸，非寻常军务可比，该省自应星夜拨解，倘不知缓急，致误要需，即由官文随时奏参'"等因，钦此。

臣查捻逆窜扰近畿，直省需饷孔急，上烦宵旰忧勤，下系诸军口食，自应力筹协济，何敢稍事稽延。惟是江西先后劝办捐输，时逾十稔，从前所收之款，久经军需动用无存，此时民力疲乏，无可再劝。其各卡抽收盐税货厘，尽数拨充霆营月饷及本省防师口粮，尚不敷用。漕折一款，随收随解部库，并无存留。司库、地丁，又须分解京饷，直隶固本兵饷，甘肃、贵州军饷，近复增添皖省援直军饷，悉索以应，时形支绌。此外部拨各省年例协饷，均无从设措。是目下省库实属竭蹶异常，骤难集此巨款。而直隶待用甚殷，不容稍稽时日，应即于九江关现征华洋税银项下，如数动拨，以济畿辅要需。当即飞札九江关赶紧设法凑拨，一面妥雇轮船详请委员领解去后，兹据该关道景福呈报，遵即动拨第二十九结征存洋税银一万九千一百七十一两五钱六分三厘，又动拨同治六年分新收常税银八万八百二十八两四钱三分七厘，共凑银十万两，现在赶雇轮船，呈请饬司委解。又据藩司文辉详委候补知县林中钰赴浔领解各等情前来。

除缮给咨文兵牌勘合，饬令该委员赴浔领解前项军饷，雇坐轮船，由海道运赴天津三口通商大臣衙门交收转解，并飞咨安徽、江苏、山东、直隶各省督抚臣转饬沿江沿海地方文武及水师弁兵一体护送，如遇登陆行走，仍照定例派拨弁兵备齐人夫车辆，按站接护前进，务保无虞，并咨户部外，所有筹解直隶军饷缘由，理合附片陈明，伏乞圣鉴。谨奏。

遵议酌提制钱解津备用折

同治七年四月二十八日

奏为遵旨筹议酌提制钱，装运解津，以备京师提用，恭折覆奏，仰祈圣鉴事：

窃臣承准军机大臣字寄："同治六年十一月初五日奉上谕：'户部奏，请饬滨临江海各省，解钱筹铜一折。江西等省，均有海船可通，各该省厘金较旺，自可一律提解。着于盐卡、厘卡收款内，每年酌提制钱三十万串，由轮船装运天津，交崇厚择地严密收存，听候提用。酌提钱文，准照银价划抵应解京饷，其制钱一千合银若干，及运脚若干，即着各该督抚迅速议定具奏。所提之钱，务须年清年款，以两年为止，不准稍有短解。此项钱文，即名为天津练饷，以昭慎重。至滨海商贾，向有贩运红铜、条铜等项，应如何招商收买之处，并着各该督抚妥速议奏。'"钦此。钦遵，并准户部抄录原奏咨江行司筹办去后，兹据布政使文辉详称："遵查江西官炉铸钱，早因乏铜购买，岁铸无多。民间布、帛、菽、粟，向恃钱以交易。方其军兴之际，兵勇得饷，莫不易钱使用。地方钱止此数，取之者众，遂致价日增昂，小民苦之。近因境内肃清，兵勇多已征调他往，甫冀钱价渐减，民用稍舒，若复骤提制钱数十万串出省，势必价复增昂，于小民生计不无妨碍。惟是京师整饬圜法，因而议提各省制钱，事关根本要需，亟宜设法试办。查江省百货厘金，虽议抽钱，而行商多系以银抵纳，各属丁漕，虽议收银，而小户颇有以钱抵交。拟请无论丁漕、厘金收款内，本年酌提制钱二十万串，次第委员运至九江，雇用轮船装运解津，以备京师提用。目前江省钱价，每制钱一千，易银六钱有零，日后价值低昂无定，自应逐批各照时价核扣。其由省运浔需用江船，由浔运沪需用长江轮船，由沪运津需用外海轮船，以及各处盘驳挑力、包皮绳索等项费用，各归各批，随时增减不一，约略计算，每制钱一千，需银一钱有零。每批起运时，当以钱之整数合计银数，将钱价运费分计并算，以之抵解丁漕厘金项下。本年应解京饷，随时另行奏咨。俟运足二十万串之后，体察情形，如果钱价不致骤涨，民用尚无大碍，仍当随时酌量续解，不敢畏难。此钱起运，恪遵谕旨，名为天津练饷，俾昭慎重。至于红铜、条铜，产自东洋，虽江西近有海船可通，前项铜斤，查无贩运来江销售，自应听候滨海省分，查明议办”，等情详请具奏前来。臣覆核无异。

所有筹议酌提制钱，装运解津，以备京师提用缘由，理合恭折覆陈，伏乞皇太后、皇上圣鉴，敕部查照施行。谨奏。

藩司督算交代未清请暂缓陛见片

再，藩司文辉，例应入都陛见，前经臣奏奉谕旨：“俟王德固回任后，再行来京陛见”等因，钦此，转行钦遵在案。

兹臬司王德固已由京回江，文辉应即交卸北上。惟查江西各州县交代，自军兴以来，因防剿吃紧，无暇兼顾，历今十余年之久，尚未结报。虽经前抚臣督饬司道于省城设立交代总局，遴派委员，专司其事，将未结交代，提省会算。乃前案未完，后案踵至，新旧套搭，了结无期。臣抵任后，复经严切督催藩司局员，赶紧核办，并为画清界限：同治三年以前为旧案，交代概归省局核算，四年以后为新案，交代责成该管府州督算，俾免轇轕耽延。旋准户部咨行，亦令以三年以前为旧案，勒限算结。现据藩司局员面禀，旧案交代，均已全数清厘就绪，但历时过久，任数繁多，应加详细覆核，期无舛错，约在秋间，准可一律结报。臣查州，县交代，库款攸关，亟宜克期算结，且旧案不即办竣，新案势须压待。以十数年之积牍，既据办有规模，藩司文辉督办交代，是其专责，自应一手经理，庶不致再有拖延，若遽更易生手，难免又稽时日。合无仰恳天恩，俯准藩司文辉暂缓进京陛见，以清积年代务，洵于库款大有裨益。

理合附片陈明，伏乞圣鉴训示。谨奏。

请并四省捐局由江总办分解折

同治七年闰四月二十八日

奏为陕、甘、云、贵同时来江劝捐，诸多窒碍，酌拟合并一局，由江总办，按成匀拨，以归简易，恭折具奏，仰祈圣鉴事：

窃臣前以滇、黔两捐力难同时举办，奏请酌停滇捐，以恤民隐。接准户部议覆，以滇省饷源枯竭，捐局碍难议停，仍令力维大局，饬属妥为劝办。又准户部咨，议覆署陕甘督臣穆图善奏甘省饷需支绌，请变通捐章一折，准其于山东、江西、浙江设立援甘捐局，由甘省委员前往劝办。又准户部咨，议覆署陕西抚臣刘典奏饷源枯竭，请添设捐局一折，准如所奏，在江西、浙江、广东三省添设捐局。均奉旨："依议。"钦此。先后咨行到臣。

伏查陕、甘、云、贵四省，军务方殷，饷需孔急，既经部议准其来江设局收捐，自应遵办。惟江西前此用兵十余年，悉系就地劝捐济饷，迨军务稍缓，又复接办邻省捐输，凡属殷实之家，早已筋疲力竭，目下可捐之户，殊觉无多。今若四省委员，同时设局，各劝各捐，不但捐生无所适从，即地方官亦难兼顾。且捐输章程未能画一，捐生巧于避就，其间难免偏枯，委员各顾考成，其势必相争竞，并恐狡黠之辈，乘机假冒招摇，政出多门，易滋流弊，倘不筹变通之方，劝办诚多窒碍。

查湖南省因邻捐章程淆杂，奏请归并办理，已经户部覆准。江省事同一律，自可仿行，将各省捐局概行停止，由江省遴委干员，专设一局，归并劝办。惟湖南系以四成捐项归本省公用，六成捐项匀拨陕、甘、贵州三省，各得二成。江西先因举办邻捐，早将本省捐输停止。兹总设陕、甘、云、贵捐局，所收捐项，亦不留用分厘，即以十成计算，每省匀拨二成五，以助涓滴，而昭平允。其应归陕、甘捐项，解交湖北省城陕甘后路粮台，交收分解，作抵部拨江省协甘兵饷。应归滇省捐项，江西距滇较远，道路通塞靡常，委员情形未悉，深恐疏虞。因思云贵督臣刘岳昭一军饷项，本系仰给川省，自可解交四川藩库，就便搭解赴营，益增慎重，亦作抵部拨江省协滇兵饷。应归黔省捐项解赴湖南藩库交收，转解席宝田军中济用，作抵部拨江省协黔兵饷。其每月应解李元度军饷银一万八千两，陕甘军饷银二万两，仍由江西藩粮等库，按月筹解，不敢因设有捐输专局，遽将此项议停。所有陕、甘、云、贵四省原议委员来江设局，如尚未派定，自可毋庸派委，其已委者，亦应撤回。

至于收捐章程，滇捐请照贵州减成章程办理。虽江西未悉其详，而湖南抚臣归并捐局折内，既称黔捐视甘捐大为轻减，其为折减太甚，可想而知。江西所办黔捐，部议照湖北米捐办理。近时银价较昂，照此劝捐，难期踊跃。惟陕甘捐输章程数目适中，应请悉照陕甘定章收捐，俾广招徕。其推广捐例内，有予限一年停止之项，应俟接准部覆江省设局之日起，扣满一年，即行停收。捐务既归江西总办，将来请奖事宜，亦归江西奏咨，期于迅速。所需空名执照，先尽江西从前办捐准部颁存未用之照填发，再有不敷，由江奏请续颁填用造报，毋庸陕、甘、云、贵等省分送，以免轇轕纷歧。如此变通定议，庶诸弊不禁自除，而于四省军需咸有裨益。据藩司文辉具详前来。

所有归并四省捐局由本省总办分解缘由，理合会同大学士两江督臣曾国藩恭折具奏，伏乞皇太后、皇上圣鉴训示。谨奏。

难荫保升人员发标候补请给半俸折

同治七年闰四月二十八日

奏为难荫人员保升官阶，发标候补，吁恳天恩，准给半俸以资体恤，恭折仰祈圣鉴事：

窃查江西省候补武职，近年收标甚多，其出身各异，有例准支食半俸者，有不准支食半俸者，并有介在疑似、例无专条者。前据藩司文辉详经臣咨请部示，接准户部核覆："武职候补人员，发标补用，除捐纳分发，并已成丁之难荫，发标学习，照例不准支食半俸薪银外，其难荫及捐纳武职两项人员，并捐监及捐纳武职职衔，原无实官之人，因别著劳绩保升官阶，及保举实官发标候补者，其保举之后，仍应按照未得缺以前俸薪银两，例不准支。至本系行伍、科甲、劳绩、世职出身人员，捐升官阶发标补用者，捐升之后，应与捐纳分发人员一律办理”等因，转行遵照在案。

臣查捐纳分发候补武职，例不支食半俸薪银。其先由捐纳出身，后因劳绩保升官阶，与夫行伍、科甲、劳绩、世职出身，捐升官阶两项候补武职，既曾捐输，即不给予半俸，自属允当。惟查定例，已成丁之难荫，一经发标学习，均应照额设马兵，例支给马粮马干。嗣准部咨，会议郑亲王奏筹拨京饷一折，单开广东、福建二省难荫候补支食马饷，均应裁汰，其余省分，有似此名目者，拟请一律裁减，等因，是难荫发标例本准支马饷，迨因筹拨京饷紧急，始行议停，非如捐纳武员例不准支半俸者可比。且此等难荫千把总，多因其祖父殁于王事，由部议给承荫，尤宜特邀矜悯。今因马饷议停，即别立劳绩保升官阶，发标候补，转不能与行伍、科甲、劳绩人员一例同支半俸，衡情酌理，未免向隅。臣目击此项候补武职，艰苦独甚。可否仰恳天恩，俯准将难荫出身别立劳绩、保升官阶、发标候补武职人员，准其支食半俸薪银，以资当差薪水之处，出自高厚鸿慈。

臣为体恤难裔起见，是否有当，理合会同大学士两江督臣曾国藩恭折具奏，伏乞皇太后、皇上圣鉴训示。谨奏。

开造各属捐输数目送部查核折

同治七年闰四月二十八日

奏为江西各属团练捐输收支数目，遵照新章，汇开清单，恭折具陈，仰祈圣鉴事：

窃查前准户部咨行抄片内开：“拟请自同治七年为始，凡各直省因举办团练，奏请给奖、广额之案，如捐办在同治三年六月以前，悉令将开单奏明存案奉旨月日，以及开列款目，逐一声叙，以便稽查，如捐办在同治三年六月以后，悉令将报部准销案据，逐一详细声明，以凭磨对。其有未经报销及漏未声叙者，即由臣部随时驳查”等因，同治七年二月二十日奉旨：“依议。”钦此。又准户部议覆臣奏上犹、进贤两县捐输团练经费请奖、加额各一折，以请奖银数与捐例虽属相符，惟该省开单奏明存案各款并无此项团捐在内，应令遵照奏案，先将团练经费收支实数开单奏明存案，再行由部核奖各等因。

伏查江省各属绅民，办理团练，捐输经费，请奖、广额，先本开造支销细数清册，详咨送部核销后，始请奖叙。嗣准部咨，各省绅民报效团费与报效军饷无异，军需既免报销，团捐事同一律。所有同治三年六月以前团练经费，应一并免其造册报销。自是以后，均系随同奖案开具支用总数清折，送部查核。今准部咨，应先将收支实数开单具奏，自应遵照办理。除先已议准奖叙、广额各属团捐，以及安义县团捐前已造具细册送部核销，均毋庸开列外，其已经奏咨，尚未由部议准给奖者计六县：内进贤县册报，咸丰三年五月起至同治三年六月止，绅民捐用团费银二十八万五百二十四两，清江县册报，咸丰六年十二月起至同治三年六月止，绅民捐用团费银二十九万八千二百五十二两零，峡江县册报，咸丰七年九月起至同治三年二月止，绅民捐用团费银一十五万两，万安县册报，咸丰六年七月起至七年闰五月止，绅民捐用团费银一十四万九千五百四十二两零，龙南县册报，咸丰三年八月起至十年十月止，绅民捐用团费银一十九万九千七百六十六两零，上犹县册报，咸丰二年七月起至同治元年止，绅民捐用团费银二十九万九千一百七十两。其已经造报捐数未经开送捐户履历请奖者，计十县：内万载县册报，咸丰六、七、十一等年绅民捐用团费银一十九万九千六百九十一两零；安福县册报，咸丰三年五月起至十一年十二月止，绅民捐用团费银二十七万四千一百三十五两零；临川县册报，咸丰五年十月起至同治三年五月止，绅民捐用团费银三十三万七千九百五十五两零；东乡县册报，咸丰五年二月起至同治三年五月止，绅民捐用团费银一十九万九千一十五两零；南丰县册报，咸丰二年七月起至九年九月止，绅民捐用团费银三十五万八千三百三十两零；新城县册报，咸丰六年三月起至同治三年六月止，绅民捐用团费银一十九万七千九百九十六两零；铅山县册报，咸丰三年五月起至同治三年五月止，绅民捐用团费银一十四万九千九百四两，贵溪县册报，咸丰七年三月起至同治元年正月止，绅民捐用团费银二十五万六千七百三十三两零；安远县册报，咸丰二年起至同治三年六月止，绅民捐用团费银一十九万二百八十七两零；永新县册报，绅民捐用团费银二十二万八千三百五十七两零。臣谨一并汇开支用总数清单，恭呈御览，请旨敕部查照，将先已开造履历清册奏咨到部之进贤、清江、峡江、万安、龙南、上犹六县及已经造具细册报销之安义县各团练捐输照例核给奖叙，并加广学额，此外万载等十县，容俟催取各捐户履历到日，另行请奖。

埋合会同大学士两江督臣曾国藩恭折具奏，伏乞皇太后、皇上圣鉴训示。谨奏。

奏疏卷五

恭请陛见折同治七年六月十二日

奏为吁恳天恩，俯准陛见事：

窃臣仰蒙恩命，擢授江西巡抚，于同治四年八月十八日接印任事。当因奉有“毋庸来京”之旨，未敢吁请入觐。滥膺重寄，迄今三年，报称毫无，悚惶滋切。伏念臣以诸生擢从不次，历任藩臬，洊秩封圻，时因军务倥偬，未获瞻仰天颜，跪聆圣训。兹幸江西肃清已久，阖境恬熙，一切善后事宜，均已办有端绪，可否仰乞恩施，准臣陛见，俾得亲承训诲，借有遵循，而犬马恋主之忱，亦将稍伸万一。如蒙俞允，请将巡抚关防交藩司文辉护理，臣即趋赴阙廷。感荷鸿慈，实无既极。

所有微臣依恋下忱，理合恭折具奏，伏乞皇太后、皇上圣鉴训示。谨奏。

拿获奉新等县斋匪教匪分别惩办折

同治七年六月十二日

奏为奉新等县，先后拿获斋、教匪犯，讯明分别办理，恳恩赏还知县顶戴，恭折奏祈圣鉴事：

窃臣前准军机大臣字寄：“同治七年三月初一日奉上谕：‘刘坤一奏拿办奉新教匪，并湖南会匪滋事，派兵防堵等语。江西奉新匪犯张继生等，习教吃斋，聚众劫杀，经该处文武督团将张继生等七名捕获，解省讯供，分别办理。逸犯曾幗才、杨万盛，本系义宁州教匪滋事案内漏网要犯，此次复敢传习邪教，煽惑众心，必须拿获惩办，以绝根株。着刘坤一严饬该地方官，上紧缉捕，毋任远扬，并将伙党各犯，一律访拿究治。奉新县知县徐廷琛，疏防境内匪徒聚掳，事后仅获犯七名，其余首伙各犯迄未续获，实属不知振作，着摘去顶戴，勒缉逸犯，以赎前愆。湖南浏阳、醴陵会匪，并着刘坤一饬令派往萍乡、万载之副将贺抡元等，与湘省官弁协力兜拿，勿令窜越。万载县匪徒张大吉，欲纠党赴浏阳入伙，现经拿获正法，逸犯黄发香，仍着刘坤一严饬躧缉，其已获之张更生等三名，并着确讯究办'"等因，钦此。

伏查湖南浏阳、醴陵匪徒，业经该省官兵团勇，陆续获犯究办，地方一律肃清，臣随将署副将贺抡元所带弁兵，撤回归伍。惟江、楚两省在逃斋、教匪党尚多，其教虽有红、白、黄之分，其籍虽有江、楚之异，实系勾结一气，随处潜藏，踪迹莫定。臣复通饬各州县，互相关会，无分畛域，合力访拿。

旋据署奉新县知县徐廷琛禀，会营购觅眼线，悬赏缉捕，在奉新新昌二县交界之吊马岭，拿获本地教首张大树、罗克柏二名，即前获之已正法匪犯张继生等所供纠邀教匪曾幗才等入境行劫要犯，当饬押解来省，发委南昌府知府吴祖昌提讯。张大树供认，入教传徒，曾受副头顶伪职，同谋行劫杀人。罗克柏供认，入教传徒，曾受正头顶伪职。录供呈送。臣以该二犯同恶相济，法无可贷，随批饬一并正法，传首犯事地方，悬竿示众。

并据万载县知县江璧禀报，会督营汛及株树司巡检谢嘉猷并保甲局绅，四路躧缉，并据先经入教从匪、悔罪投回之梅佳禄帮同引诱，先后拿获著名教匪张亦喜、张亦贵、陈满即洪仁、韩九即恩兰、曾文珍、钟生明、黄木匠即丙古等七名，同前获之张细苟、张更生、邹振泰即洋牙三名，并据宜春县知县林祖寿禀报，督饬黄团司巡检刘怡嫖，会营拿获钟日星、罗上云、邹振潮即成牙、叶玉幅四名，分宜县知县邵椿龄禀，会营拿获张麻古即国举一名，均解赴郡城，经袁州府知府骆敏修，督同林祖寿，提同梅佳禄，逐加质讯。张亦喜、张亦贵实系著名匪首，迭经浏阳县指名关拿。陈满即洪仁，后又与逸犯曾帼才勾结煽惑，迭次纠众倡乱。韩九即恩兰，在山坑坑陈大仙庙敛钱诵经，与陈满等商议谋逆，写信勾结党与曾文珍从教为匪，传授歌诀，总理红教内盘。钟生明白称白教，邀人入伙，前次浏阳文家市、独石等处教匪滋事，该犯均曾在场。张麻古即国举，入教为匪，助逆倡乱。以上七犯，均属罪大恶极，据该府县录供禀经臣批饬将该犯等正法，传首枭示。黄木匠即丙古，被诱入教，被胁同行滋事，中途逃回，尚非甘心从逆。钟日星贪利，为教匪送信三次，并未听诱入教。罗上云讯无同谋为逆：但在逃教匪黄发香等屡至其家，明告以悖逆之事，该犯匿不首告。邹振潮即成牙，邹振泰即洋牙，均系山坑坑陈大仙庙祝，于教匪在庙造言惑众，敛钱诵经，商谋为逆，该犯等虽未同谋入伙，亦系知情不首。张更生讯未入教为匪，惟时与教匪往来。叶玉幅系为首创造陈大仙庙之人，讯因母病邀福，并非有窝藏匪类，亦未入教同谋，然与教匪认识，任其往来该处，均属咎有应得。以上七犯，张更生、邹振泰业已病故，应毋庸议。其黄木匠、钟日星、罗上云、邹振潮、叶玉幅五名，据该府县拟以监禁一年，察看该犯等果能悔过自新，再行枷杖发落，交保甲绅董管束。张细苟虽经已正法之张大吉邀往浏阳谋反，畏罪不行，应杖一百，枷号两个月，满日折责发落，递籍保释。梅佳禄始虽入教为匪，旋即悔过投首，引获要犯多名，当堂指证甚力，使各匪首不能狡赖幸免，功堪抵过，据该府县议请免其治罪，予以自新，臣详加察核情罪，尚属允协，亦经批准。并饬据宜春县，将陈大仙庙拆毁，严禁山坑坑地方以后不准再造庙宇，以免藏垢纳污。

又据广信府知府钟世桢禀报，贵溪文坊地方匪徒周双桃，又名朱三省，造言煽惑，纠众谋为不轨。本年二月十九日，匪众约四十余人，至文坊庙内会齐，经贵溪县知县杨长杰会营派拨兵役往拿，并经该处团董祝云标率领团丁，驰入庙内，当将周双桃格毙，拿获匪党李思进、丁文未、蓝雷喜、李翊洪、吴先高及李思进之妻李林氏六名，余俱逃散，并经署铅山县知县冯兰森，拿获伙犯何庆林一名，一并解府，讯据供认听从周双桃纠邀入伙谋逆，李思进受封伪王兄，李林氏受封伪王姑，丁文未、蓝雷喜、李翊洪、吴先高、何庆林，亦均领有白布口号印条。据该府录供禀经臣批饬将该犯七名正法，枭示各在案。

臣查近来各该地方官，查拿斋、教匪徒，尚属认真，即团练保甲绅董亦均帮同访缉，用能迭获要犯，明正典刑，足使奸徒褫魄，党与潜消，倘能始终奋勉，有犯必获，则漏网各匪，不难渐次就歼。贵溪县团首祝云标，斩擒首伙，消患将萌，洵属深明大义，容臣由外酌量奖赏，以资鼓励。署奉新县知县徐廷琛，捕获诱劫匪首张大树等二名，系该县教匪渠魁，实为地方除一大患，尚知愧奋，足盖前愆，合无仰恳天恩，赏还顶戴，用昭激劝。万载县尚有续获匪犯巫文牙等五名，现饬确讯另办。

除严饬各该府县勒缉逸犯曾帼才等务获究办，并咨湖南抚臣饬属协拿外，所有奉新等县拿获斋、教各匪讯办缘由，理合会同大学士两江督臣曾国藩恭折具奏，伏乞皇太后、皇上圣鉴训示。谨奏。

请奖贵溪捐资筑堡士民并出力人员折

同治七年六月十二日

奏为贵溪县士民择险筑堡捐资出力人员，恳恩奖叙，恭折仰祈圣鉴事：

窃查前因浙寇披猖，前抚臣沈葆桢亲赴广信督防，以贼如由江、常阑入信境，则广丰、玉山先受其害，如由闽地转窜信郡，则贵溪、铅山先受其害。仍照坚壁清野之法，变通办理，示谕士民，通力合作，凭险筑寨，粮食辎重，老弱妇女，悉处其中，有事壮丁凭堞以守，使贼无人可掳，无粮可掠，固圉之计，无逾于此。随饬地方官，会督委员、绅士，周历择要兴修，劝捐济用，并率先捐银一千两，以为之倡。当将筹办情形奏报，承准议政王军机大臣字寄："同治元年五月初八日奉上谕：'着即将修寨筑堡各事宜，妥为布置，并责令地方官及委员绅士等，择要兴修，务期有险可恃，众志成城，使贼入境无可掳掠，则贼势益孤，贼粮易匮，而官军复分路要击，以收坐困之效，方为妥善。'"等因，钦此。转行钦遵办理去后，嗣据广丰县以筑堡工竣，将捐资出力士民，请照捐修城工例案奖叙，由司详经前护抚臣孙长绂奏准部覆在案。

兹据贵溪县知县杨长杰详称："前署县陆长庆，前升县周溯贤，先后督同局绅，相度形势，劝谕各都士民，富者出资，贫者出力，共筑堡寨二十一所，曰安全堡、象山堡、人和堡、茶山堡、牛岭堡、仙岩堡、豚石堡、舒家堡、龙山堡、羊石堡、驻仙堡、香炉峰堡、薛家堡、萧家堡、牙石堡、许家堡、水岩堡、高坑堡、松径堡、华山堡、大石堡，均系依险为寨，大者可容万余人，小者可容数千人，自同治元年五月兴工，至三年二月一律工竣，共用工料银三万八千八百七十九两五钱三分。因工未及半，适值浙江败匪西窜，捐难骤集，经周溯贤饬令绅董暂挪地方公费济用，随后收捐归款，要工赖以速竣。”报经广信府知府钟世桢，派委通判曹书昌、县丞彭光藻，逐一查勘，委系工坚料实，出具勘结，并由县府加具印结详送，复经臣札委候补知县杨春泽，前往复勘相符，绘图造册，由藩司文辉详请奏奖，并据声称因挪用公费，陆续收捐归补，今始足数，是以请奖稍迟，等情前来。

臣查贵溪县绅民遵筑堡寨，于三年春间，工甫告竣，贼即入境，士庶据险自固，匪众掳掠无资，用是未能久踞，旋被官军剿逐远遁。该绅民等不惜财力，共成要工，洵属急公好义。此项工程，攸关守御，即与修筑城垣情事相同，自应援照广丰成案，仍按捐修城垣例案请奖，以资激劝。臣谨将捐资各户，开列清单，恭呈御览。其劝捐监修出力之不论双单月遇缺尽先选用知县潘怀珠、浙江分缺先用县丞熊建猷、遇缺尽先选用县丞侯以明、候选同知夏球、附生萧名揄、遇缺尽先选用训导江山固、军功五品顶戴候选县丞程志道，均请交部照例议叙，以示鼓励。

除将履历、清册、图结送部外，理合会同大学士两江督臣曾国藩恭折具奏，伏乞皇太后、皇上圣鉴，敕部核覆施行。

再，此案堡工，系因军务兴办，支用经费，即与军需无异，事在同治三年六月以前，应请邀免造册报销，合并陈明。谨奏。

漕粮骤难起运请从缓办理折

同治七年六月二十八日

奏为江西漕粮，骤难起运本色，并筹从缓办理情形，恭折奏

祈圣鉴事：

窃查前准户部咨："议覆太仆寺卿柏寿奏请复八省全漕一折，以江北正漕，前经试办河运，着有成效，本届亦应筹备本色，照常起运。此外有漕各省，自明年为始，务令一概征收本色，河南一省，仍用军船装运，其余各省，悉令仿照江北河运办法，雇觅民船装运抵通，以实京仓，而裕兵食"等因。同治六年十一月初一日具奏，奉旨："依议。"钦此。

伏查漕粮上关天庾正供，官俸甲米胥出于此，诚为根本要需。前以军务未平，河路梗阻，连年改折，京仓支绌情形，中外臣工皆所共悉。值此东南底定，诚宜力复旧章，起运本色。臣随与在省司道，悉心计议，并函商督臣，详加体察，本年新漕尚有骤难征解本色之势。盖解运漕粮，首重船只。江省自遭兵燹，各帮军船六百余只，毁折无遗，此时从新修造，固属无此巨资，即雇备民船，亦甚不易。江省漕粮北运，经历鄱湖、长江，风汛不常，波涛汹涌，非千石以上大舟难以冒险涉远，而运河自为黄水所穿，淤垫实甚，又非二百石以下小船不能浮送。若过江、湖则用大船，入运河改用小船，中途起卸，抛散偷窃，使水搀和，弊窦百出，防不胜防，费用浩繁，尤难豫计。此就处处有船可雇而言。况查被兵之后，江面舟楫甚稀。江省额漕，正改交通副米六十一万五千余石，以每只装米千石计算，应需江船六百余只，已属无从封雇，而运河小船计需三千余只，尤属措办万难。江北同治三年仅办漕米三万石，雇用民船挽运，厥后回空之际，临清以南，运河淤塞，船户弃船卖板，始得南归。同治四年，仅办漕米四万石，雇用民船二百余号，张秋以北，节节浅阻，船户不愿北行，直至临清一带，改雇北船，乃能接运抵通。五年冬，漕米未曾起运。现闻六年起运米六万余石，因河道艰难，剥费不赀，改议海运。

以江北起运米数，较之江西仅只十分之一，又无涉历江、湖之险，尚不能河运抵通，江西漕粮之难以之仿照河运，从可概见。江西距海较远，若亦改办海运，鞭长莫及，呼应不灵，较河运尤多窒碍。是以部议只令仿办河运，但海运如可勉力集事，亦当设法试行。无如各海口沙卫等船，近亦较前减少，苏、浙漕粮尚在不敷装运，江北改归海运之米，闻亦等候月余，始有船只可雇，而宜、荆五县田捐之米，则竟改用西洋夹板之船。是苏、浙两省海运，船只已形缺乏，再加江西漕米，难以并运，更不待言，此河运、海运均限于无船可雇之实情也。

起运本色，必须豫筹运费。江北办理河运，民折官办，每石米价水脚合银三两七八钱。江西水程多至一千数百里，运米一石约需银四两有余。现征每石解部折价银一两三钱，例征给军、济造、济运、脚耗、行月等款每石银六钱有奇，动用两石之银，犹不能起运一石之米。若概开销正款，无论办理全漕固属费无所出，即试办二成起运米十二三万石，亦需银五十余万两，仓储未见充盈，库藏已耗巨款。从前办运本色之时，支给书役、雇募剥船、津贴军丁各费，出自州县，而州县仍取给于花户。由是本折兼收，完本色者，每石收米一石四五斗至一石七八斗不等，完折色者，每石收钱四五千至六七千不等。广信府属有每石收洋银七八两者，截长补短，用能济运裕如，无烦动用正项。嗣于咸丰十一年，一律减价折征，每石收钱三千文，所有解部米价银一两三钱及提补捐款公费等项，一并在内。彼时寇警频闻，需饷孔亟，民力拮据，完纳维艰，故所定折价，较市卖米价减少，一速催科以济军用，一寓抚字以恤灾黎，系属因时变通之计。现因银价日昂，即办折解各州县，已觉办公无多，若复起运旧章，在在益形掣肘。两湖、安徽等省，漕折钱数，多者犹征六七千文，少亦四五千文，而江西仅征三千文，以之办运，安得敷用。而况县仓、省仓，荡然无存，从新修造，固为费甚繁，即借用民房，亦需费不少。此征收漕粮今昔不同，运费与仓费无出之实情也。

伏思复解本色，应将一切用项，通盘筹画，事事从俭，核计实需确数，视各属田亩之广狭，土地之肥硗，仿照鄂、皖等省成案，斟酌征数多寡，或本折兼收，或全收折价，官为买米兑军，明定限制，使该州县不能任意浮收，而办运亦足以敷衍，庶国无例外之费，民无重征之忧。并宜于未起运之年，豫将所增折价，尽数提归道库，修造船仓，如有盈余，尽数报拨，一俟运河修浚深通之日，即为津贴运费之需。如此则仓船渐备，济运有资，数岁之后，可期复归起运旧章。督臣曾国藩，亦谓将来起运本色，必须稍增折价。惟是江省虽已肃清，而民间被扰过深，元气未复，加以连年水旱偏灾，收成歉薄，此时遽议增折，诚恐不易输将，且以运河尚未修浚深通，亦难为泛舟之役。应俟一二年后，再行察看情形，斟酌事宜，奏明办理。其本年冬漕，合无仰恳天恩，俯准仍照前定折征章程，以舒民力。据布政使文辉、督粮道平步青会详前来。

理合会同大学士两江督臣曾国藩恭折具陈，伏乞皇太后、皇上圣鉴训示。谨奏。

丁漕减价重定章程折

同治七年六月二十八日

奏为江西丁漕减价，重加厘定章程，恭折具奏，仰祈圣鉴事：

窃臣前准户部咨，议覆前护抚臣孙长绂奏议减丁漕浮收厘定章程一案，以地丁一两，连加一耗羡，折收足钱二千四百文，漕米一石，折收足钱三千文，万安、乐平二县视各属每米一石多钱二百文。既经明定章程，征收钱文数目必须一成不易，共见共闻，官吏方无可影射，闾阎方有所适从。若如原奏所称："银价不敷，准按每银一两易钱一千六百文，改收银两"等语，是收银收钱迄无定准，吏胥必多方勒揹，愚弄小民。原奏又称："地丁分为两限，自开征至当年止，按定价征收，迟至次年者，每两加银一钱。漕米分为三限，各就地方开征日期，以一个月为一限，初限按照定价，二限加银五钱，三限再加五钱，加价数内，酌提八成归公"等语。查各属开征日期，惟州县主之，小民输纳日期，亦惟州县知之。如分年按月递加，其中有相距仅一日而征数相悬远者。此中弊窦，不惟部臣无由考核，即外省上司亦难稽查属吏。将见取诸民者无不逾限加价，归诸公者皆为依限额征。且加价钱文，以八成提补公项，二成州县自用，并无分文解部，外省更得自便。是未定章程以前，征多报少，尚须曲为弥缝，既经奏明以后，假公济私，更可肆无顾忌。所请丁漕逾限加价及改收银两之处，断难准行，应毋庸议。再，漕粮折价，究系一时权宜。现在办理折征，仍须处处为规复起运地步。原奏内称："将来北漕复旧，改征本色，总不出现定范围之外。"想系确有把握。惟向来随漕征收各款，为数甚巨，是否与正漕一律折征报解，原奏内并无只字提及，应令逐款切实声明，报部核办，等因。同治四年十月十七日具奏，奉旨："依议。"钦此。钦遵咨行到江，当经转行遵照去后，兹据藩司文辉、督粮道平步青会详称："伏查地丁、漕米议减浮收，定价固宜从轻，立法亦贵尽善，而异日规复漕运，尤当寓意于今日折价之中，庶几经久可行，无虞滞碍。如果折收钱数系属酌中定议，即使银价渐涨，亦无不敷，诚不必别议改银，转似游移莫定。民间完赋，果能悉依古制，户头滚催，按图总纳，催科自易为力，诚亦不必别立逾限加价之名，徒生枝节。只缘江西议减丁漕之日，正当疮痍初起之年，意在体恤民艰，所定折收钱数，过于简少，一遇银价昂贵，必致支解不敷，明知势难经久，故又定以改收银数。正欲收钱收银，各有一成不易之数，使人共见共闻，官吏无从影射，较之专定钱数而银数迄无定准者，闾阎转得有所遵从也。

当接准部议之时，银价未昂，收钱无碍，是以饬属照办。讵自上年以来，银价渐涨，州县照前收钱，易银解支，不敷渐巨，咸以改收银两为请。若不准其变通，在廉谨自爱之员，弥缝乏术，难期实力催征，其不肖者，借口赔累，更启侵贪之渐。在粮户收稻售银，易钱纳赋，所省较前愈多，于日后复征本色，起运逾难措置。因查安徽、江苏折漕收钱案内，经部议奏银价大有涨落，必须与时变通，应由该抚奏明更改，等因在案。江西事同一律，自可仿办。应请查照原议，以钱一千六百文扣银一两计算，改定每地丁一两，连加一耗羡，共收库平纹银一两五钱，每漕米一石，折收库平纹银一两九钱，万安、乐平二县，视各属每石多银一钱二分五厘。所有改定收银数内，除地丁完解正耗银一两一钱、漕米完解部款银一两三钱，以及原定提补捐款、公费之外，盈余银两，仍照原议，留为州县办公之费。如日后银价大涨大落，必须与时变通，再当仿照安徽、江苏之例，随时确查，专案奏明，不准州县擅自更张，于防弊之道，益臻周密。

至于逾限加价一节，系为催科起见，由来已久，曾于同治元年，经督臣曾国藩于查覆前南昌知县周成民被参加漕案内，据实奏明有案。今准部驳之后，复饬各属遵照试行。在地丁虽无逾限加价之条，于催征尚无大碍。惟征收漕米，一免逾限加价，立见完纳不前。揆厥所由，江西丁漕，虽按图甲编征，花户类多散处，粮在此而人居彼，按籍而稽，莫知实在住址，俗语谓之“穿图漏甲”，比比皆然。户头滚催之法久已不行，合图总纳之区绝无仅有，苟非逾限加价，促使争完，催科实无把握。然地丁上忙完半，下忙全完，例限本属宽绰，岁内未纳，岁外补完，亦可无误奏销。纵使奏后始据续完，仍可次第报拨，故无加价以促之，亦无大伤。漕粮例系秋后开征，冬间兑运，且须按额完足，不容颗粒愆期。今日办理折漕，停其按限加价，因而积疲成性，异日复征本色，莫能转滞为畅，必致贻误兑开。然则粮漕逾限加价旧章，关系目前京饷犹轻，关系他年漕运甚重，实有必不可革之势。在部臣议驳，系防州县舞弊。第江省厘定章程之初，早已计虑及此，是以通属开征日期，悉令各就地方收成迟速，酌定禀报在案。并与初、二、三限各以一月为期之处，一并大张晓谕，粮户莫不周知，果系依限完纳，断不能照逾限加收。定章已立数年，暗访明查，实无改期朦收之弊。惟是原定二三两限，每石各加收银五钱，为数稍嫌其重，曾有绅民禀经量准减轻之案。应请嗣后漕粮二三两限，各只加银三钱，益足以示体恤。此项加价，原冀避罚而早完，不使就罚而多取，重其名而鲜其实，本不能遂成巨款。今既量减其数，所得愈微，自应全给州县，凑济办公，免其分成提解，徒具虚名，而无实济。

至随漕征收各款，漕项钱粮与脚耗银两，俱系循例另征。惟脚耗米石，系与正漕统征。自漕粮改折以来，除脚耗内坐支银米仍归州县支用外，所有漕项钱粮与夫脚耗银内给丁之项，俱系节省报解充饷。其脚耗米内给丁增扣米石，咸丰二、三、四等年，仍给帮丁养赡，五年以后，亦系节省报解充饷。此项脚米与正漕之有一三副米津贴者不同，是以每石向只折解银一两，应请各循旧章办理，邀免另议”等情，详请具奏前来。臣覆核无异。

理合会同大学士两江督臣曾国藩合词恭折具奏，伏乞皇太后、皇上圣鉴训示。谨奏。

九江关巡防轮船变通办理片

再，臣前准总理各国事务衙门咨调九江关所存入官轮船驶赴天津巡防，业经臣饬令该关将呃吩轮船，委员驾赴上海舱修，再行解津缘由，附片奏报在案。

旋据九江关道景福禀："准江海关道应宝时移称，当将呃吩轮船交机器制造局洋匠勘估，据称该船从前本由上海洋厂成造，专走长江，船身吃水太浅，船楼与机器过高，未能远涉大洋。现在船底老朽，必须重换底壳，约需银一万数千两。修好之后，仍在长江行走，可无他虑，如驶往天津，经由大洋，即有倾覆之虞。景福以修费过多，不若将该轮船在沪就近变价，九江关另造内地船只巡查，与税务亦无妨碍"，等情前来。

臣查呃吩轮船，前令驾赴上海舱修，原为驶往天津巡防之用。既因机器过高，吃水太浅，不能出洋，自未便专因九江关稽查税务，特费巨款，重为修造。该道景福议将轮船变价，另造巡船，系为节省经费起见，事尚可行。即经咨商通商大臣曾国藩，意见相符。并以目下捻匪屡败，天津亦可毋庸再添防船。

除饬令景福与应宝时妥为变卖，另造巡船，并咨总理衙门、户部、三口通商大臣外，理合会同通商大臣曾国藩附片陈明，伏乞圣鉴训示。谨奏。

东乡县刁民纠众抗粮拿获审办折

同治七年七月二十四日

奏为东乡县刁民纠众抗粮，哄堂伤官，派委大员率勇捕拿，获犯解省审办，恭折具奏，仰祈圣鉴事：

窃查东乡县民情素称强悍，节年钱漕抗欠累累。自江境屡被发逆窜扰，该县无赖棍徒，或在军营充当勇夫，遣撤回籍，或曾经从贼助逆，逃散归家，凶横情形，较前尤甚。咸丰八年，该县西乡有曾经从逆之徐清辉，纠众拥入县署，声称是年上忙钱粮，已被贼收去，应请豁免。遂在乡设局，把持不准完纳，并抢去左近团练局旗械米石，并将监生饶东曙等家劫掠一空，县营往拿，犹敢恃众拒伤勇丁，迨前任抚州府知府李瑞章带兵前往，始行逃散。同治元年冬间，复有北乡杨姓棍徒，假借请减钱粮为名，煽惑乡愚，寻捉户房书吏图诈，当经前任抚州府知府吴祖昌委员会县弹压息事。二年冬间，北乡棍徒陈绍武等，纠集数百人，突入县署，以连年被扰，请豁钱漕。该县知县李兴谟，以十一年被扰，丁漕已请豁免，新赋理应照完。该棍徒竟将粮书何良俚强行捉去。该府吴祖昌，亲率兵勇往拿，仅获陈马俚一名，讯明正法，余均逃匿。次年贼匪复窜东乡，该棍徒陈绍武，投入贼营，充当伪军师，勒索乡民银米馈贼。迨逆匪击退，始将陈绍武拿获，解郡正法。各案首要人犯，尚多在逃，因连年防剿吃紧，不遑兼顾，不法之徒，遂视纠众抗粮、捆捉书吏、挟制官长为常事。

本年四月间，该县东北乡棍徒鲁鱼典、艾菊城等，倡议请减钱粮完数，按粮派捐工程修费，亦不肯交，造言煽惑花户，设局敛钱，抗粮不纳，殷实之家，如不允从，即行捉人烧屋。知县孙毓秀出示禁止，置若罔闻。闰四月初二日，纠众数百人，直入县署，名为乞恩，实则挟制。孙毓秀出至大堂，再三开导。该棍徒因未遂所欲，即哄堂喧闹，乱掷石块，击伤孙毓秀额颅、胸膛，差役亦有被伤，同城文武，驰往协同弹压，始渐退散。抚州府知府许应鑅，正在考试，先委临川县知县童范俨前往会拿，该棍徒抗不交犯。是月二十九日，北乡棍徒嵇茂发、王旺发等，踵而效尤，纠集多人，声称入城求减粮价，先将乡居户书陈凤翥房屋拆毁，又将附城居往之户书江国华、差役危先房屋焚烧，亦经该县文武出城阻遏退去。

臣先后接据禀报，即派副将何明亮，率亮字营勇丁三百名，星驰前进，并饬该府许应鑅会营亲往查拿。许应鑅因考试尚未完场，商令抚州营都司唐殿麟，率领弁兵一百余名，先往拿办。时值该县将艾菊城族人艾锦城拘案，五月十九日，该棍徒复敢纠众近城，希图夺犯。适何明亮、唐殿麟各率所部驰至，分投堵截，该棍徒犹复恃众抗拒，经各兵勇击伤其党与数人，并夺获器械多件，始均退回本村。然知官军尚单，仍在两乡往来麇集，扬言纠众再来。许应鑅旋亦抵县，禀请增兵。臣复檄委道员何应祺带勇前往，督饬兜拿。何应祺亲督勇丁，进扎东北各乡，各犯闻风逃匿。何应祺当将该棍徒所设各局及首犯房屋焚毁，剀切示谕绅民，专拿首要究办以肃法纪，宽免胁从以安众心，抚慰良民照常安业，勒限犯族协力捆交，一面督同府县，选派兵勇差役，悬赏购线，四路躧缉。臣因道员周溯贤曾任该县，添派前往，亲历各乡，晓以利害，绅民人等，咸愿帮同拿犯。旋经先后拿获首要各犯艾菊城、王旺发、王元清、乐经华、张加祥、俞向明、王良俚、鲁宝书、徐日华、姚春发、王吉俚、王高照、吴象俚、徐福升、乐荣山、周卯长子、宋双喜十七名。首犯鲁鱼典逃往景德镇，兵勇侦知，跟踪追捕。复经何应祺等密饬浮梁县知县汪世泽，亲往该镇，将鲁鱼典搜获，禀经臣批饬将各犯一并解省，发交臬司，委员讯取确供，另行照例拟办。其误被诱胁，随同哄闹，并非有心滋事之犯，亦多获案，均经何应祺等，督饬府县，及随带委员陈本濂、梅毓翰，讯明照例责释，免其解省，以省拖累。东、北两乡前办团练所存枪炮旗械，概令赴县呈缴，免贻后患。新旧钱粮，已据花户照章输纳。至粮捐一款，因县城屡遭贼扰，坛庙、祠宇、书院、考棚均被焚毁，修费无出，经城乡绅耆佥议，按地丁银一两派捐银一钱，出自舆情愿效，非由官为摊派。迨鲁鱼典等初次滋事，请减钱粮，并及粮捐，孙毓秀以粮捐既为棍徒借口，即经出示停止，应修善后工程，将来另筹款项兴办。现在地方业已安谧，当将各兵勇撤归本汛，何应祺亦带随员回省，仍暂留周溯贤，酌带勇丁，在县缉拿逸犯嵇茂发等及办理善后事宜。

所有东乡刁民纠众抗粮伤官，派勇拿办缘由，理合会同大学士两江督臣曾国藩恭折具奏，伏乞皇太后、皇上圣鉴训示。谨奏。

道员劳绩异常请量予奖叙片

同治七年九月初二日

再，布政使衔候选道何应祺，于赴粤会剿、克复嘉应州城初案内，经臣保奏，以该员才识过人，委办各军营务，亲赴前敌，会同各统领，分途堵剿，复经委办转运，备历艰辛，毫无贻误，可否交军机处记名，遇有江西道员缺出，请旨简放，并赏给该员父母二品封典。嗣经吏部奏驳，以“无论何项劳绩，保至班次无可再加者，只准切实声叙，果有非常功烈，自必仰蒙特旨，交军机处记名，概不准督抚大臣等指定保奏，所有布政使衔候选道何应祺，可否交军机处存记，遇有江西道员缺出请旨简放，并给该员父母二品封典之处，查与章程不符，应令另核请奖”，等因。

伏查四年冬间，发逆窜踞连平，时犯江境。该员驰赴前敌，会商各军，分投截击，屡挫凶锋。贼旋转陷嘉应州城，该员同各统领越境围攻，卒能克复坚城，荡平巨寇。且以数万人，悬军深入，待哺嗷嗷，该员挽粟飞刍，崎岖拮据，得以源源接济，无误饱腾，实属非常功烈。其应如何奖励之处，恭候钦定。

理合附片具陈，伏乞圣鉴训示。谨奏。

查明历年官垫民欠分别豁赔折

同治七年十月初二日

奏为豁免案内官垫民欠银两，查明原挪各员名数，分别豁除着赔，恭折奏祈圣鉴事：

窃臣前准部咨："议覆同治元年江西豁免案内，查出官垫民欠银两着落赔补，实效难期一折，以官垫一层，久经禁革，不肖州县，难保无以民交为官垫，影射侵挪，便充私橐，即有实系因公挪用者，则又彼此轇轕，挹彼注兹，当时并未声明，事后纷纷渎请，以图回护处分，辗转相延，遂致巨款虚悬无著，此案邀免，彼案复来，一省稍宽，他省踵至，亦复成何事体。惟是该省当创极痛深之后，若再照历届豁免原案，着落现任州县摊捐赔补，中材以下计无所之，势必私自科敛民间，或至别亏库款，种种弊端，诚有如该抚所云者。拟请饬下该抚，于原挪各员中，查明殉难、病故、因事离江及仍在江省服官者各若干员，除殉难各员，为国捐躯，情殊可悯，并业经病故、参革，则赔款已属无著，俱恳恩准予豁除外，其现尚服官江省及改官他省者，各照本案，勒限严追，倘逾限不完，即行照例参办。并令该抚于嗣后征收上、下忙各款，明定章程，随案奏闻，委系实征于民，并无官垫字样，以重课项，而符定例，等因，具奏。奉旨：'依议。'"钦此。咨行到臣，当经转行遵照去后。

嗣据藩司具详："嘉庆二十四年办理追赔成案，系按在任经征之员分别摊赔。今届垫完民欠，虽非一律追赔，而查明原挪各员，仍应仿照成案办理。惟应豁者，部文内已指明殉难、病故、参革各员，而应赔者，只言服官江省、改官他省，其因事离江者，未经议及。细绎部文，其应赔、应豁，系以有官、无官为断。拟请将丁忧、告病、告养回籍以及降调人员，以有官论，一体议赔，其告休、勒休人员，以无官论，一体请豁。"拟定章程，详经臣批饬，照办在案。

兹据布政使文辉、督粮道平步青会详称："逐一查明原挪各官共计二百九十四员，原挪银共五十七万四千七百五十四两七钱零。内殉难、病故、参革、休致者共计一百七十四员，应请豁免银三十九万六百八两八钱零，其在江服官、改官他省者，并丁忧、告病、告养回籍以及降调者，共计一百二十员，应请追赔银一十八万四千一百四十五两九钱零。所有应赔银两，容俟接准部覆，各按例限，分别严追，倘逾限不完，即行照例参办。"造具原挪员名细数及应赔应豁简明各册，详请具奏前来。臣覆核无异。

除饬嗣后上、下忙各款务遵部议，尽征尽解，不准再有官垫民欠，以重课项，并将清册咨送户部外，理合会同大学士两江总督调任直隶督臣曾国藩，恭折具奏，并缮具应赔应豁简明清单，敬呈御览，伏乞皇太后、皇上圣鉴训示。谨奏。

借款轮修被水圩堤折

同治七年十一月二十四日

奏为江西被水冲坍圩堤，援案借款轮修，以卫农田，以重租赋，恭折覆陈，仰祈圣鉴事：

窃臣承准军机大臣字寄："同治六年十一月二十九日奉上谕：

‘据御史阮寿松奏，军兴以来，沿江滨湖官堤民圩，渐就倾圮，每逢盛涨，膏腴尽为泽国，亟应一律兴修，捍卫农田。并另片奏，江西饶州府安仁县城，于咸丰五年修竣，至今未邀奖叙，等语。着刘坤一查明该省地方原有官堤民圩，派员分别估修，认真经理，务令工归实用，以重农务。其兴修安仁县城各官绅，并着刘坤一查明，奏请奖励。”等因，钦此。仰见我皇上勤求民瘼，录及微劳，臣跪读之余，莫名钦佩。

伏查江西内湖外江，低洼地方，全赖圩堤以资保卫，合计通省圩堤三百五十余处，内只丰城县之土石各堤及九江府之护城石岸，系属官堤，向有岁修之款。余俱民堤民修，然遇江湖盛涨之年，坍塌过多，民力拮据，辄请由司库借款修筑，嘉庆、道光年间，历经奏准有案。自军兴以来，度支竭蹶，无款可筹，只得听民自为补救。在稍完善之区，殷富之户，凡此田庐所系，自无不极力绸缪，其被扰较重处所，或避难远徙，或垂尽余生，多任日久坍塌而不能顾。臣于钦奉谕旨后，即饬藩司委员分赴有圩各属，切实查勘，除业由官民修筑完好各县不计外，尚有南昌、新建、进贤、星子、建昌、德化、德安、鄱阳八县，应修圩堤七十余处，内将滨临巨浸，地势极低，难以施工者，暂行剔除，择其地段稍高，尚有旧日堤脚可循者，逐加估计，约需经费银二十余万两。各该处业户，兵燹之后，复屡遭水患，若仍责令自修，势必无此财力，即使劝导多方，终属空言无补。事关民生国赋，自应设法筹维，变通尽利，拟请仿照从前借款兴修成案办理。第司道库正杂各款钱粮，悉数拨解京、协各饷及本省例支各款，尚属不敷，无可融动。惟查七年以后，抽收厘金，约计解支协饷、防饷而外，稍有盈余，应即酌量筹借，俾得及时兴工。然应修之堤，工巨费繁，而所余厘金有限，倘令同时并举，殊属挹注难周，不得不由近及远，由易及难，分年轮修，庶易集事。

从前借款修堤，每限五年、八年，随同地丁征还。乃前款尚示还清，复因堤坍再借，辗转拖欠，遂至请缓请蠲，卒归无着。臣与藩司熟商，此次筹借修费，责成各该县及有物望、有身家之绅士，承领督办，豫先按亩派定，限于次年秋成后悉数缴还，即以缴还之款，借修别处之堤。如次年所修之堤，工费较巨，还款不敷动用，再由该年厘金项下，添拨足数。本年即自南、新二县开办，递年推及于进贤、星子、建昌、德安、德化、鄱阳等县。如此严定限期，次第兴筑，不上数年，江省应修堤圩，可期一律完固，借款亦不至日久虚悬。其每年借放收还各数，即于厘金报销册内，详晰声叙，据实奏咨，以备稽核。

至安仁县捐修城工一案，饬据该县查明，当时系归绅士承办，于咸丰三年十二月兴工，至五年二月初八日告竣。嗣因连年被扰，捐户迁徙未回，原办绅董复因办团防剿，以致应请奖叙，未克清厘，并非地方官延搁。现已饬催该绅董赶紧查造捐生履历、银数、官阶清册，另行详办，不任再延。据署布政使平步青，具详前来。

所有酌拟借款轮修圩堤缘由，理合恭折覆奏，伏乞皇太后、皇上圣鉴训示。谨奏。

筹议来年裁减防师添解陕甘协饷折

同治七年十一月二十四日

奏为筹议来年裁减防师，并于厘金项下拨解陕、甘协饷，恭折覆陈，仰祈圣鉴事：

窃臣先后承准军机大臣字寄，同治七年十月初八日，奉上谕："左宗棠所称陕西每年缺饷一百四十余万两，甘肃每年缺饷三百余万两，请自明年为始，每年提拨实银四百余万两，分解陕、甘一节。历次户部奏令各省月协陕、甘两省军饷，统计不下七百数十万两。此次左宗棠通盘筹画，仅请拨银四百万两，自系为事必求实，饷归有著起见。现在正供之外，各项收款，以厘金为大宗，尤以江苏、安徽、江西、浙江、湖北、广东、福建七省厘金为最旺。着各该督抚等速行定议，各该省厘金，除必需之款酌留接济外，每省每月究可提存若干，迅速覆奏，听候指拨。"又于十月十五日奉上谕："户部奏统筹军需全局，并遵议胡大任条陈一折，军兴以来，用兵省分，需饷较多，或由本省筹画，或由他省协济，头绪纷繁，章程不能画一。现在发、捻各逆次第殄灭，而各省未裁之营尚复不少，虚糜饷项，伊于胡底！着各该督抚迅议章程，分别遣留，专案奏报。其裁撤各营，原拨各省协饷，即可概行停解。所有从前协拨之饷，着截清年月银数，开单具奏，如有必须协拨者，并着专案奏明，听候部议。至陕、甘、云、贵数省，军务紧要，前以筹饷艰难，未能大张挞伐。现幸中原肃清，自可厚集饷需，借资攻剿。前经谕令江苏、江西、安徽、湖北、广东、浙江、福建等七省督抚，将厘金一项，每月可酌提若干，接济外省，奏明办理。着仍遵前旨，迅速筹议，限于年内奏到。该督抚等受恩深重，当知顾全大局，不至迟延观望，致误事机。其厘金报部章程，并着照两淮盐厘格式，每年分两次奏报，以归简易。"各等因，钦此。

臣查江西自肃清以后，共留水陆兵勇一万三千有奇，嗣经陆续酌裁千余人，留防尚属逾万。盖以地方辽阔，界于闽、粤、湘、鄂、皖、浙六省之中，四境时虞风鹤。如同治五、六年，捻逆屡扰湖北黄、麻，九江即须设备。湖南、广东、福建、浙江各省教匪，或突窜江境，或窜逼近边，而本省之义宁、万载、永新、铅山等处，各匪徒亦不时萌动，筹防筹剿，无岁无之。兼以游勇络绎过境，劫杀频仍，地方刁民，动辄抗官拒捕，在在均需巡防弹压。现在江境内外，虽无匪徒滋扰，民情亦属帖然，而下游淮勇、霆军正在裁撤之时，又值隆冬岁暮，防范未可稍疏，尚须暂缓更动。请俟明岁开正以后，拟将陆勇祥字营再撤一千三百人，仍留一千五百人，以为吉、南、赣、宁有事调遣，其昌字、藻字、衡勇等营各撤二百人，仍各留三百人，与亮字营之三百人共成一千二百人，以备省城左近数郡随时派拨。此外如安信军、捷胜军并省防三营弁兵，概行遣撤，饬令回籍归伍。至于水师，则将江军内河两军所有船身颇大、人数较多之长龙一律裁撤，余亦酌撤数营，仍留三千余人，配带舢板、飞划，分布东西两河，以资巡缉。统共水陆各勇，裁撤六千数百名，酌留五千数百名，俟明年秋冬，察看情形，再行酌撤，以节经费。此酌拟撤留江西防勇之大略情形也。

江西从前厘金颇觉繁重，每年或收一百八九十万，或一百五六十万，收数虽旺，商民不免困乏。自五年解严以后，全撤坐贾厘金，并酌裁门厘，每年约收一百三十万两上下。加以近年银贵钱贱，以钱易银，益形减少，每年约收一百一二十万。每遇防、协各饷，拨解不敷，辄于丁漕正杂项下通融挹注。本年复将门厘一律裁撤，并议裁撤江军水师所收三分行商厘金，此后每年收数恐将不满百万。计所留水陆勇丁五千余人，饷项及制备帐房、帆棚、旗帜、号衣、铅药，修舱船只、枪炮、刀矛等项，约需银四十余万，而应补欠饷尚不在内。又除湖口一卡厘金就近归长江水师抽收为数约八万两外，江西每年尚应解长江饷银八万两，另船厂工料银一万两。是所剩厘金，约只三十余万两。此江西厘金陆续裁减约计来年收支之实数也。

仰蒙谕旨垂询江西厘金一项，每年可酌提若干，接济外省。伏查现在军务，以陕、甘为重，待饷甚殷。江西向于地丁项下，按月协济银二万两，兹拟厘金项下，每月再行协济二万两，通年并算，地丁厘金共银四十八万两。又四省捐输，奏明分解陕、甘、云、贵，本省不用分毫，以陕、甘应分损银，并两项协饷，则江省通年解陕、甘者，约在六十万内外，似足以助饱腾。至月协厘金，请以明年二月为始，按月解交湖北省城陕、甘各后路粮台，分别转解各该省济用。此外所余厘金，仅十万上下，且系约略估计，衰旺无凭，又未必能有此数。江省应行买补常平仓谷，修筑圩堤，以及应行拨还军需案内提用地方公项等款，需用甚巨，无款可筹，应请留此有余，以为善后经费。据总局司道具详请奏前来。

除饬该司道将历年收支厘金及已解过各省协饷截清数目另行详办外，理合恭折覆奏，伏乞皇太后、皇上圣鉴训示。谨奏。

酌裁分设厘卡及收支数目送部查核折

同治七年十一月二十四日

奏为江西历年分设局卡，抽收厘金章程，并节次裁减情形及收支数目，恭折奏祈圣鉴事：

窃臣前准兵部咨，同治七年七月十六日，奉上谕："毛昶熙奏军务渐平宜益思寅畏一折，厘金一项，屡经谕令各该督抚酌量减裁。惟因贼匪未靖，迫于时势，不能概予裁撤，眷念民生，良深廑系。今幸军务渐平，饷需稍可节省。着各该督抚体察情形，如不能一时尽裁，务当酌留大宗，撤去分局，遇有零星杂贩，概免抽厘，庶不至小民益形拮据。仍当慎选妥实可靠人员管理局务，随时认真稽察，以期涓滴归公，毋任中饱。”等因，钦此。又承准军机大臣字寄：“同治七年十月十五日奉上谕：‘厘金报部章程，并着照两淮盐厘格式，每年分两次奏报，以归简易。’”等因，钦此。均经转行司道钦遵办理在案。

伏查江西抽收厘金，起自咸丰五年，前抚臣接准户部咨：“议覆胜保奏劝谕商贩抽厘助饷一折内开，雷以诚在泰州、仙女庙二处劝谕抽厘，系属水陆交冲，商贾辐辏，办理或易为力。北路坐商多而行商少，市镇有大小之别，货物有多寡之殊，如果办理得宜，原属众擎易举，设或措施不当，即为众怨所归。应请旨饬下各省督抚，专委道府大员，督同州县，拣派公正绅董，各就地方情形，妥为筹度，既须有益于国计，尤当体察夫舆情。所收钱文，悉数解充军饷，不准地方官擅自挪移，致启影射侵渔之弊。”等因。咸丰四年十二月初九日，奉旨：“依议。”钦此。惟时江省各属多被匪扰，防剿兼施，饷需支绌。旋于五年八月初三日，先于南康府属之涂家埠地方设卡试办，并陆续于广信府属之河口镇等处分设局卡，抽厘济饷。时值贼踪飘忽，各营分投进剿，更调靡常，局卡或设或停，并无定准，章程亦未画一。迨至六年十二月，始于省城设立厘金总局，议定章程，分别行商、坐贾二项，按货物价银一两抽厘二分，货价钱一千文抽厘二十文，此卡已抽，再过他卡，不复重取。刊刷联票号簿，分给各卡填用，以杜私抽。以在省司道总司其事，遴委妥员，拣派绅董，分投经理，择商贾茂盛各处，先后设卡，照章收解。七年五月，复加变通，行商一项，除起票抽收外，中途验票一次，再抽二分，此外各卡不再重抽。来往商贩，因土匪游勇多藏偏僻港汊，伺抢客货，大为行旅之害，明知官军剿贼正急，不遑兼顾，愿于起票二分之外，加抽一分，另募安旅军水师，制造船炮，专护商舟，自是遂定为起票三分，验票二分。前甘肃臬司刘于浔所带江军水师，系另自设卡，抽厘三分，支放该营粮饷，有余解归省局，收支数目，按月具报。十年六月间，前督臣曾国藩统师东下，奏准江西厘金悉数解充东征军饷，改厘金局为牙厘总局，派委升任吉南赣宁道李瀚章督办瑞、袁、临、吉、南、赣、宁七府州厘务，前任督粮道李桓督办南、抚、建、广、饶、九、南七府厘务，所收银钱，悉解外江粮台支用。乃征兵云集，所收之厘，不敷应放之饷，复于咸丰十一年十月，详改章程，通省厘金定以两起两验为度：客货经过头卡，抽收起票三分，经过次卡，抽收验票二分，三卡再抽起票，四卡再抽验票，此后所过之卡，概不加收。若办货之处至卸货地方，或仅经过一、二卡，即按经过卡所完厘，不必限定四次。嗣复于坐贾之外，另设门厘，按铺户贸易之多寡，酌定月交厘数。凡此辗转筹维，皆由兵多饷绌，势迫时艰，不得不借资商民，补救危局。同治三年四月间，苏、浙败匪奔突江境，本省添募勇丁防剿，饷无所出，经前抚臣沈葆桢奏奉谕旨，江西牙厘茶税，准由本省提用一半，自此复归江省经收，分解济用。是年十一月，又经曾国藩奏明，江西厘金，悉归本省收支，其鲍超之霆字营、周宽世之铨字营军饷，亦由江西筹给。

迨四年十二月，发逆荡平，五年春夏征防各军大加裁撤，需饷较少于前。臣体察江省历年加增厘税，实形繁重，商既力疲，民亦食贵。往年重在灭贼，是以黾勉输将。今幸仰仗天威，克夷大憝，商民莫不翘首跂踵以望薄敛轻徭。况江省被扰十数年，地方凋残已极，亟宜休养生息，以培元气而裕民生。五年五月，饬据牙厘总局酌留扼要各卡，裁撤小卡三十一处，并将坐贾厘金，全行停止，门厘一项，只留省城、吴城、饶郡、景镇、樟树五处，仍按原额酌减三成，其余各处亦均免抽。本年捻逆扑灭，中原肃清，淮勇、霆军，相继议撤，江省应解协饷稍减，十月间，复将省城等五处门厘亦免抽收。现复钦遵寄谕，将江军水师所设各卡应抽三分厘金，饬令裁撤。核计节次停收之数，已较往岁十减三四，用以仰副朝廷体恤民艰无微不入之至意。

惟是历年税厘收数，各前抚臣俱以军务方殷，不及随时奏报。兹经臣饬据藩司将各年收支数目，造册具详前来。计自咸丰五年八月初三日起，至十年五月底改设牙厘局止，共收税厘银二百一十万五千四百二十二两零，制钱四百二十五万二千七百七十九串零，按时价扣银二百一十二万六千三百八十九两零，银钱并计，共合银四百二十三万一千八百一十二两零。又自同治三年四月起，截至六年十二月止，共收银一百六十八万二千九百六十九两零，制钱六百三十五万六千七百三十串零，内解赴外江粮台银三十四万五千五百四十四两零，钱二十九万三千七百四十三串零，江省实收用银一百三十三万七千四百二十四两零，钱六百六万二千九百八十六串零，随时照市价易银三百八十八万八千二百七十四两零，银钱并计，共合银五百二十二万五千六百九十九两零，内有饶州府属之德兴县解到皖省请奖茶引捐厘银四万九千八百七两零，亦归入厘金数内造报。以上江省收用银钱，均经分别解交藩库及径解各营支放勇粮、制造军火器械之用，统归江西军需项下分别汇开清单，查造细册报销。其咸丰十年六月起，至同治三年三月止，收支税厘数目，应由外江粮台造册详送督臣核奏。

除清册咨送户部查核，并饬藩司将七年正月以后续收税厘，仿照两淮盐厘格式，每年分两次造报详办，现留各局卡，慎选妥员经理，如有中饱、扰累情弊，即行据实严参外，理合恭折具陈，伏乞皇太后、皇上圣鉴训示。谨奏。

察看监司各员据实覆陈折

同治七年十二月十二日

奏为遵旨察看，恭折覆陈，仰祈圣鉴事：

窃臣承准军机大臣字寄："同治七年六月初一日奉上谕：'署江西按察使盐法道吴兆麟、江西南赣道文翼、署江西盐法道候补道联福，着曾国藩、刘坤一悉心察看，如竟不能胜任，即行据实参奏，毋稍迁就'"等因，钦此。

臣详加察看：吴兆麟用心深细，办事勤明，两次署理臬司，勘断尚无贻误，现回盐道本任，事简责轻，堪以胜任。文翼初抵任时，腰腿染患痈疽，起动不便，希见属员，旋经医治痊愈，遇事勤于讲求，吏治、关税日有起色。联福才欠开展，而心地朴诚，操守廉洁，早已交卸盐篆，随班当差。查该员等均无劣迹可指，吴兆麟、文翼应请照旧供职，联福亦请免其置议。是否有当，恭候圣裁。臣仍当随时察看，该员等如有初终易辙，即行据实严参，断不敢稍事回护迁就。

谨恭折覆奏，伏乞皇太后、皇上圣鉴训示。谨奏。

查明刘于浔水师支放厘卡抽收并无侵冒折

同治七年十二月十二日

奏为查明前甘肃臬司刘于浔所带水师支放口粮以及设卡抽厘济饷，并无侵冒情弊，恭折覆陈，仰祈圣鉴事：

窃臣承准军机大臣字寄："同治七年十月初六日，奉上谕：'有人奏，江西水勇虚糜饷项，请查明裁撤等语。据称前甘肃臬司刘于浔，在籍管带炮船水勇，口粮均系该绅一人经管，藩司无从过问，弊端不可枚举。着刘坤一饬令刘于浔，将历年支销款目，详细造册报销，如有侵冒浮开情弊，据实参奏。该省军务久已肃清，此项水勇应即裁撤，以节饷需。如仍须酌留船只以备巡缉之用，即着刘坤一另委妥员管带。所有勇粮支放，并归藩司经理，以符定制。所有支应水勇之厘局八九处，应否裁撤归并，并着该抚查明办理。原片着抄给阅看。将此谕令知之。'”钦此。等因。臣当即遴委谙练营务、夙为将士畏服之候选道何应祺接统江军水师，并饬牙厘总局将原设支应江军勇粮之泉港、拖船埠、三湖、谢埠、瑞河口、剑江口、樟树七处厘卡，酌行裁撤，惟留扼要之处，归并官卡办理，不准重复抽收，以恤商贾。此后该军薪粮，即归总局支放。至该军炮船，分派各属河道巡缉，时值隆冬岁暮，防范未可稍疏，尚须暂缓更动。请俟明岁开正以后，拟将该军及各军船身颇大、人数较多之长龙，一律裁撤，余亦酌撤数营，已于筹议来年裁减防师折内，先行奏明。一面札饬前甘肃臬司刘于浔，将历年收支款目，造具细册报销。并饬总局司道，确查有无侵冒浮开情弊，据实详办去后，兹据总局司道详称：“刘于浔所带江军水师弁勇名数，历据按季开报，由局汇造清册，详请分送军机处、兵部查核。其支销勇粮等项，同治三年六月以前汇开清单，三年七月起至五年十二月止，开造报销细册，先后由局汇案详请奏咨在案。今复据刘于浔将六年正月起，至七年十月止，查造细册，送局确核。册开弁勇名数，悉与季报相符，支销盐粮马干以及制造军火、器械、战船经费等项，均与例案相符，并无丝毫浮冒，容俟另行汇案请销。所开收用厘金，核与牙厘总局移报银钱数目符合，亦无收多报少情事。”详请核奏等情前来。

臣查刘于浔所带江军水师，历年防剿临、吉、樟树等处，转战十年，频摧巨寇，历克坚城。同治三年，侍逆率数十万众，猛扑抚郡，该员率师扼守文昌桥，昼夜苦斗，力解重围，抚州既得转危为安，省垣亦赖以屏蔽，厥功甚伟。迨后军务虽已告竣，而游匪所在多有，该营炮船分派沿江弹压，诘奸御暴，昕夕梭巡，匪类屏迹，行旅以安，是该营尚属得力。至抽收厘金，均经按月报明牙厘总局，支放勇粮，亦皆造报善后总局，现经司道查明，并无侵冒浮销情弊，实有案据可凭。该员年逾六旬，先曾屡次因病告退，兹已另委妥员接带，此外亦无经手未完事件，应请免其置议。

所有查明刘于浔并无侵冒缘由，理合恭折覆奏，伏乞皇太后、皇上圣鉴训示。谨奏。

查报各省协饷起止年月折

同治七年十二月十六日

奏为查明江西原拨各省协饷数目起止年月，恭折覆陈，仰祈圣鉴事：

窃臣前准军机大臣字寄，钦奉上谕："军兴以来，用兵省分，需饷较多，或由本省筹画，或由他省协济，头绪纷繁，章程不能画一。现在发、捻各逆次第殄灭，而各省未裁之营尚复不少，虚糜饷项，伊于胡底？着各该督抚迅议章程，分别遣留，专案奏报。其裁撤各营，原拨各省协饷，即可概行停解。所有从前协拨之饷，即着截清年月银数，开单具奏，如有必须协拨者，并着专案奏明，听候部议。"等因，钦此。业经臣将筹议来年裁减防师情形，先行具奏，声明已解各省协饷，饬令司道截清数目，另行详办在案。

兹查江省原拨协解直隶固本兵饷每月银五千两，陕甘协饷每月银二万两，湖南援黔协饷每月银一万八千两，安徽赴援直隶军饷每月银一万两，侍卫陈国瑞军饷每月银一万两，协济清淮军饷每年银二万两。霆营协饷，自同治五年四月起，每月解银七万两，嗣裁减勇丁，自六年九月起，每月解银五万两，旋又续经遣撤，自七年五月起，每月解银三万三千两。提督谭胜达等新招马队，随同李鸿章北征，军饷自同治六年九月起，每月解银二万两，是年十一月起，每月解银一万两。均于司道各库及厘金项下按月源源拨解，未敢稍事迟误。伏念固本兵饷，为畿辅练兵要需，自应照前解济。陕甘、贵州军务方殷，该二省协饷，亦属势难停止。清淮一带，尚需兵力弹压，应解协饷，已由漕运督臣张之万奏准协解。以上各饷，臣现在督饬司道照前力筹协拨。此外部拨协解云南、广西、福建等省旗、绿各营官兵俸饷，俟稍有余力，亦当均匀融济。至皖军、霆营及陈国瑞、谭胜达等马步各营，俱已全数裁撤，协饷均经次第停解。据署布政使平步青、署督粮道周溯贤查明已解各省协饷起止年月，截清数目，开折详送前来。臣覆核无异。

理合恭折覆奏，并照缮清单，敬呈御览，伏乞皇太后、皇上圣鉴训示。谨奏。

各属失守被劫仓库储款酌拟豁赔折

同治七年十二月二十日

奏为查明各属失守城池案内被劫仓库银米谷石，酌拟分别豁免着赔，恭折奏祈圣鉴事：

窃查江西被贼滋扰十有余年，州县城池多曾失陷，仓库存储银米谷石，一经失守，尽为贼有，即存署串簿、文卷等项，惟旋失旋复者间有存留，沦陷日久而后克复者亦皆毁失殆尽。先后接据各属禀报，仓库被劫款目及毁失串簿等项，年款细数，稽考甚难，辗转饬查，案悬莫结。嗣经设局办理同治三年以前旧案，交代必须先将历年劫失各款，确查清楚，与后此年款庶无牵涉之患。经司道督饬局员，调齐各属烬余文卷，并就司道衙门报案及各属前官呈出交代底案，参互考证，逐细勾稽，除劫项先已详奏定案者不计外，尚有丰城、义宁、奉新、靖安、高安、上高、新昌、新淦、峡江、万安、金溪、东乡、南城、新城、广丰、兴安、浮梁等十七州县，征收被劫各年漕粮正耗米八万一千四百一十石八斗八升一合四勺，又进贤、义宁、武宁、奉新、靖安、万载、清江、新喻、新淦、莲花、安福、永丰、永新、吉水、永宁、临川、崇仁、东乡、乐安、南城、泸溪、南丰、新城、弋阳、浮梁、安仁、德兴、星子、德化、德安、大庾等三十一厅州县并铜鼓营城被劫常平仓谷二十六万五千四百四十七石六斗六升七合，又阵亡殉难及军营病故各州县叶济英等三十二员交代案内共应交银七万九千三十二两三钱九分五厘，此外尚有被扰各属未失守以前历任未结交代之郑长昕等七十六员交代案内共应交银一十三万一百五十一两六钱三分四厘，俱归无着。据署布政使平步青、按察使王德固、署督粮道周溯贤，造具各该州县衔名年款清册，详请分别奏恳豁免，并按任着赔，等情前来。

臣查定律："仓库猝遇水火、盗贼劫夺，事出不测，显迹明白，免罪不赔"等语。今该厅州县，城陷被劫，征存漕米八万一千四百一十石零，仓谷二十六万五千四百四十七石零，实系事出不测，显迹明白，应请照例豁免。又叶济英等三十二员，历任应交银七万九千三十二两零，其筹办防剿之日，固须动用军需，当城池失陷之时，余款必遭劫夺，只缘各员均已物故，造报无人，以致交代案内仅有交款而无抵款，是其短交银两应非侵亏可知。且该员等，或临阵捐躯，或殁于王事，后裔零丁孤苦，情极可怜，若概责令赔偿，势必力有未逮。查咸丰三年，吉安府知府王本梧在任阵亡，六年，升任江西臬司前吉南赣宁道周玉衡在吉安守城殉难，该二员军需动用无从报销，经各前抚臣奏准豁免在案。叶济英等三十二员，未经造报前项银两，情事相同。合无仰恳天恩，一体豁免，以恤忠荩，而广皇仁。其郑长昕等七十六员，短交银一十三万一百五十一两零。查该员等交代款册，系由局督饬前后任暨监盘，就册卷所有及年例应解各款，分别交抵。第交款中有接自前者，当该员接收之时，有交自必有抵，所抵大都垫完民欠居多。今案据荡然，抵款无从开列，民欠亦无从征还。至本任交款内，中亦多就年例应提应扣各项银两列交。该员在任时，是否全数征存在库，亦或尚有蒂欠在民，以及交卸时有无移交后任，亦因册串尽失，无可稽查。罪疑惟轻，未便与实在亏短确有案据者相提并论，而库款攸关，又不能听其虚悬。应请按照各该员历过任所，责令各归各任，分赔归补。俟接准部覆，按照例限，咨行追缴，以重钱粮。谨将应豁应赔各员衔名、米谷银数开列清单，恭呈御览。

除清册送部外，理合会同两江督臣马新贻恭折具奏，伏乞皇太后、皇上圣鉴训示。谨奏。

前项官垫民欠余租恳恩豁免折

同治七年十二月二十日

奏为江西清查案内挪垫民欠余租等款无着银两，恳恩豁免，以资体恤而裨吏治，恭折仰祈圣鉴事：

窃查江西道光二十八年清查案内，查出各属挪垫民欠余租等银一十四万三千四百七十五两零，经前抚臣汇同挪垫地丁等银，一并奏准部覆，自本案奏定之日起，分限八年征完，并以民欠者向民征完，官亏者自宜官为赔补，应令确实查明，一面饬属征解，一面责令分赔，如有悬宕无着之项，统令现任弥补解清，等因。又经行司覆查，委系实欠在民，并无官亏。当令各属遵照部议，限期征解，如有无着之项，统由现任弥补。嗣于咸丰元年，钦奉恩旨豁免民欠钱粮案内，声明清查挪垫余租等银十四万余两，例不豁免，仍照八年原限催收归款。乃咸丰二年，贼扰两湖，江省即办防堵。三年，巨寇入境，围攻省城。自是以后，无岁不遭蹂躏，内会昌、兴国、雩都三县，被扰最重。军丁应完前项官垫余租银二万一千八百四两零，于咸丰七、八两年被扰案内先后奏准展缓至咸丰九、十等年起，分年带征。此外新建等县银一十二万一千六百七十一两零，虽仍饬令以道光三十年十二月初五本案奏定之日起限征解，应扣至咸丰八年十二月初五日，八年限满，无如彼时州县则防剿方殷，军丁亦迁避无定，以致完解寥寥，未能依限征收足数。兹因设局清理交代，调齐文卷，逐细勾稽，清查案内原报挪垫余租等银一十四万三千四百七十五两零，内除宁都、新建、建昌、永丰等四州县垫款银一万六百二十一两零，或已归另案摊补，或应由盐库归还，或已追民欠还款，或应变田房抵偿不计外，实在应征垫完民欠余租等银一十三万二千八百五十三两零，内已征补银四万四千二百一十三两零，仍有新建等县未完银六万七千三十三两零，会昌等县未完缓征银二万一千六百六两零，共未完银八万八千六百四十两零，实由原限八年期内，民既流离避地，官亦竭蹶治兵，输将无力，筹补维艰，遂致日久虚悬，势成无著。此案奏定章程，民欠向民征完，如有无著，统令限内之现任州县弥补。当定案之初，民丰物阜，官亦裕如，既为令在必行，应亦力所能办。何期起限未久，即值军兴，官民交困，征补两穷，迫于时势使然，并非玩视悬宕。因思清查案内尚有挪垫民欠地丁等款银六十六万余两，当时亦议另筹摊补。嗣因停止州县捐摊，经前督臣曾国藩于同治元年奏奉恩纶，概予豁免。又查咸丰九年以前未经官垫之民欠余租，照例原不请豁，亦因体念民艰，归于同治元年钦奉恩旨查豁民欠钱粮案内，经前抚臣奏准，破格豁免各在案。今挪垫民欠余租八年限内，既因兵燹无从征还，若令八年限外牧令分年捐摊，固与奏停州县捐摊之案不符，且恐不肖之员，借端朘削民膏，否则挪移正款抵解，徒饰目前，转亏国帑，均属大有关碍。据署布政使平步青、按察使王德固、署粮道周溯贤详请奏豁前来。

臣查前项官垫民欠余租等银，原与清查挪垫地丁等银，情事相同。地丁摊款，早已奏请豁除，垫完余租，势难仍令摊补。如仍向军丁催追，则兵燹之余，类多物故，纵有零丁后裔，皆属穷窘无聊，于现年租赋尚属措办不易，安有余力再完远年陈粮。况未经官垫之余租，已准破格豁免，独此官垫余租仍事比追，亦不足以昭平允。合无仰恳天恩，俯念江省现值官民交困之时，俯准将此案未补官垫民欠余租等银八万八千六百四十两零，援照垫完地丁成案，亦予一概豁免，洵于吏治、民生俱有裨益。谨将已未征补款目银数，另缮清单，恭呈御览。

除细数清册送部外，理合会同两江督臣马新贻恭折具奏，伏乞皇太后、皇上圣鉴训示。谨奏。

算清旧案交代亏短各员请拿问追缴折

同治七年十二月二十日

奏为江西同治三年以前旧案，交代督算清楚，请将亏短各员，分别革职拿问，勒限追完，其历任结算迟延处分，援案恳恩宽免，恭折奏祈圣鉴事：

窃查江西各厅州县交代，自军兴以来，牧令防剿吃紧，无暇兼顾，历今十有余年，未据结报。迨后军务渐平，在于省城设立总局，将未结交代，提省会算，先后派委知府盛元、陈增、元善等，会同南昌府，督率南、新二县驻局专办，仍由藩臬两司、督粮道总司其成。乃前案未完，后案踵至，新旧套搭，了结无期。经臣饬令画清界限：同治三年以前交代作为旧案，概归省局核算，四年以后交代，作为新案，责成该管府州督算，俾免轇轕耽延。旋准户部咨，亦令以三年以前为旧案，适与现办章程相符。复经臣迭次严札，勒催司道上紧查办在案。

兹据署布政使平步青、按察使王德固、署督粮道周溯贤详称："现将同治三年以前旧案交代，正、署、代理九百五十二任经理仓库钱粮等项，一律督算清楚，除被贼劫夺各款另案办理，各属军需就近动用钱粮准销款项由司道核作收放，并于交代未结之先催解银两不计外，通共尚应交正杂各款银五十七万九百二十八两七钱二分八厘，内于交代结算后，陆续完解到库，并将各属自行详府分年摊捐款项，查照前护抚臣孙长绂厘定征收钱粮章程奏案，归入提补捐款项下弥补外，仍短交银一十八万八千五百八十一两六钱九分八厘，内候补、开复、休致、丁忧、告病、降革、告假等官十六员亏短银五万六千六百一十六两二钱七厘，已故各官五十一员亏短银一十三万一千九百六十五两四钱九分一厘，迭催均未完解，以致库款久悬，实属咎无可辞，自应分别现存、已故，并按亏短之多寡，定参追之等差，据该管道府，转据接任牧令揭报到司，造具衔名年款清册，详请奏参”，等情前来。

臣覆核无异。相应请旨，将亏短一万两以上之休致知县胡长芝、亏短五千两以上之私自回籍丁忧知县张裕康、休致知县金思度，即行革职拿问，并私自回籍已革知县马世良亦即拿问，一并咨提来江，饬提经手仓库丁书备质，任所、寓所有无资财隐寄，逐一查明抄封，一面飞咨各该员本省督抚臣，将原籍财产严密抄封，造册咨江备抵。其亏短五千两以下、一千两以上之候补知县柯荣、丁忧知县刘恒泰先行革职，同已革通判王宇英、已革知县李溥、徐德仪及解皖拟遣之石昌猷，均勒限一年完交。亏短不及一千两之开复知县边其丰，休致知县叶承滦，降调知县仇松龄，告假知县解璜，已革知县狄已礽、章澍，均勒限六个月完交，逾限不完，另行从严参办，钞产变抵。又短交一万两以下、五千两以上之已故知县翁延绪等八员，勒限一年半完交，短交五千两以下、一千两以上之已故知县王懋等二十七员，勒限一年完交，短交不及千两之已故知县李淇等十六员，勒限六个月完交，逾限不完，再行钞产变抵。以上亏短各员，在省者照限追完，回籍者分咨各该旗籍督抚、将军、都统、内务府饬传本员及家属，按限勒追，分别办理。谨将各员衔名、银数开列清单，恭呈御览。

至旧案交代既已一律算结，应交银两亦已分别提解参追，业据后任出具总结，送司备案。现在责令照例递任赶造册结，容俟送到，次第送部完案。所有历任牧令结算迟延，实由军务殷繁所致，请照直隶、山东等省成案，仰恳天恩，宽免置议，以便将同治四年以后新案交代，催令各府州，接续赶紧造册结报，如有逾违二参，延不算结者，照例扣限详参，免再稽压。

除清册送部外，所有旧案交代督算清楚缘由，理合会同两江督臣马新贻恭折具奏，伏乞皇太后、皇上圣鉴训示。

再，旧案交代，先经前任藩司文辉于本年八月间造册具详，经臣查核款项，数目尚多舛错，驳饬确加核算，至今始据更正详覆，是以办理稍迟，合并陈明。谨奏。

审明被控局绅并无侵吞恤银折

同治七年十二月二十日

奏为遵旨审明，恭折覆奏，仰祈圣鉴事：

窃查前准都察院咨开："具奏江西民人李明盛，以局绅廖开昱朦恤吞粮等词，赴院呈控一案，奉旨：'此案着交刘坤一，督同臬司，亲提人证卷宗，秉公严讯确情，按律定拟具奏。原告民人李明盛，该部照例解往备质。'"钦此。又准前直隶督臣刘长佑咨，江西京控原告李明盛，递解至直隶任丘县，于同治五年十一月十八日，因病身故，当经该县知县郑沂验讯明确，委系病毙，并无别故，咨明查照办理，各等因。当经行司饬提人卷至省，发南昌府知府吴祖昌审办。兹据该府讯明，由臬司王德固覆审，解勘前来。

臣亲提研鞫，缘廖开昱籍隶南康县，及举人陈安丙等，曾在该县众善团局办理局务，与李明盛素识无嫌。南康县地方，自咸丰六年起被贼窜扰，叠次练勇防剿，保护城池，并越境援剿泰和、上犹等县股匪，先后阵亡练田各勇共三千二百四十二名，受伤成废勇丁数十名。李明盛胞叔李恒仕、胞兄李兴亮，曾充该县练勇，打仗阵亡，邻人曾得胜、李大盛、吉正先、陈绍祥、谢士仪，亦因当勇受伤成废。当经该前升县周汝筠将阵亡勇丁，饬查请恤，其受伤废勇，亦饬众善团局，每名每日给口粮钱五十文，以资养赡。迨地方肃清，费无所出，奉文撤防裁勇，即于同治元年及三年，先后停发口粮。其以前所发废勇口粮，俱系各局绅随时劝捐，及由该县军需项下筹借垫给，并无另备经费数千串发交各当生息之事。三年九月间，练勇严凤鸣图索口粮，纠集废勇多人，赴团局凶闹。经该前代理县汪宝树拿获讯明，禀经前抚臣沈葆桢批饬，将为首之严凤鸣就地正法，以儆效尤，听从滋闹勇丁张明滈等，由县分别责惩完案。此南康县练勇防剿阵亡伤废并廖开昱等经管局务发给废勇口粮旋即停止之原委也。至阵亡练田各勇，除出征援剿泰和、上犹等县伤亡勇丁廖明旗等七百三十一名，应由各该营次查明造报，其余阵亡勇丁二千五百一十一名，经该前升县周汝筠，造册请恤，接准部覆，议给恤赏银两，照章先给五成官钞，练勇每名先发钞票银十二两，田勇即乡勇，每名先发钞票银六两，内除籍隶外县亡勇罗福秀等一百七十九名，应由各该原籍请领外，所有籍隶南康之阵亡练田各勇二千三百三十二名，经该县备具文领给，令局绅举人陈安丙等于同治三年四月内，前赴藩库领出钞票银一万七千七百十二两，回县散给。其出征阵亡尚未由营造报请恤之亡勇眷属不知底蕴，以为同一阵亡，何致有得恤不得恤之分，即纷纷赴县具禀请领。当据该县以可否即将奉发二千余名之恤钞，按照三千余名之亡勇数目均匀分给，禀经南安府批准，通融均分，并以未经由营造报之亡勇，将来领到恤银，亦应按名均给，俾昭公允，而免争竞。局绅陈安丙等，因所领系属钞票，银数整齐，难以零星分散，有联名共领一钞者，即给予钞票，其不愿领钞者，即将钞票易钱发给，俱随时取有各亡勇家属领状可据。惟以钞易钱，既有周折，各亡勇家属散居四乡，间有依亲远出者，陆续传领，又不无稽延，直至四年五月，始行一律发清。廖开昱同在一局，亦曾与闻知情。十二月内，李明盛因见局绅以钞易钱，传领稍迟，通融匀给，数又较少，因平日代亲友领取废勇口粮，系廖开昱发给，以为局务系廖开昱经理，不知领散恤银，系陈安丙等经手，误疑廖开昱有延瞒侵吞情事，即邀同曾得胜等，联名赴南安府及赣南道衙门控告，并据控经臣批饬查办，李明盛复在乡张贴揭帖，向各亡勇眷属纠敛讼费，希图渔利。廖开昱查知，禀经该前署县魏廷弼出示谕禁，并饬差查拿。李明盛闻风潜逃，不敢回籍，又疑廖开昱有嘱县妄拿情弊，即以廖开昱朦恤吞粮，并添砌廖开昱父子、亲友，捐官捐职，均系钞票上兑等情，作就呈词，并将已结正法勇丁严凤鸣之案，牵拉入词，前赴都察院衙门控抵。旋蒙奏奉谕旨，交臣审办，并将李明盛递解回江备质。此又南康县局绅陈安丙等领发恤钞，及李明盛怀疑误告，敛钱图利，被拿潜逃，赴京控抵之情形也。

嗣李明盛递至直隶任丘县病故，经该县知县郑沂验讯详咨，并将原呈等件，咨送来江，行司委提人卷至省，发委南昌府审办。因陈安丙等先赴广东贸易，骤难到案，详经咨部展限。曾得胜在保患病，医治无效身故，饬委署新建县知县李寅清，验讯详报，批饬核入正案办理。催据南康县，以陈安丙等在广贸易，行踪无定，无从传解，将乡局团绅李绪福等，申解前来。随就现到人证，提集研讯，据供前情不讳。该府以事关恤赏，诚恐廖开昱实有从中侵吞，及以钞票捐职情弊，复向究诘。不特廖开昱坚称所领恤银钞票，实系陈安丙等照数按名散放，有各领状为凭，将钞易钱匀发，亦有禀县出示及由县转报案据可稽，伊由训导办团出力保举盐提举衔，并非捐纳，伊子亦未捐官，委无侵吞恤钞及为戚友以钞捐职情事，即鞫之职员李绪福等，亦佥称廖开昱等经管局务，一秉至公，委被李明盛先则怀疑误控，继因在乡敛钱，被拿潜逃，京控捏抵等语。调核领状案卷，均属相符，案无遁饰，由司审解前来，经臣提审相符。

查此案李明盛因陈安丙等领散恤钞、转发稍迟，不知事系陈安丙等经手，误疑廖开昱有延瞒侵吞别情，始则邀同曾得胜等联名上控，继又张贴揭帖，希图敛钱渔利，经廖开昱禀县查拿，辄即砌词赴京控抵，实属玩法。惟控出怀疑，事尚有因，究与平空诬告者有间，已于递解回江时，在途病故，应毋庸议，曾得胜、李大盛、吉正先、陈绍祥、谢士仪，虽未出名随同京控，第先不查明，率听李明盛邀同赴省呈控，亦有不合，但均已受伤成废，曾得胜且已在保病故，应请宽免置议。廖开昱经手勇粮，讯因经费无出，奉文撤防裁勇，始行停止，并无侵吞口粮及以钞票捐官、捐职情事。陈安丙等领散恤钞，先因亡勇眷属纷纷争竞，后因易钞匀发，及该亡勇家属散居外出，陆续传领，以致稽延，委系实在情形，且领散数目，均有案卷可稽，其无延瞒侵吞，更属信而有据，应与到案供明之李明盛妻子李黄氏、李北生，均请邀免置议。李明盛在途病故之解役，业经直隶任丘县验讯详咨，曾得胜在保病故，保户人等讯无凌虐情事，均毋庸议。案已讯明，陈安丙等并免提质，以省拖累。所有已奉部覆议准给恤之籍隶外县阵亡勇丁罗福秀等一百七十九名，应得恤赏银两，饬县补领散给。其出征阵亡勇丁廖明旗等七百三十一名，系营次漏未造报，现在营防已撤，应饬南康县督同局绅，赶紧确查造册，另行请恤。

除供招咨送刑部、都察院外，所有查讯缘由，理合恭折覆陈，伏乞皇太后、皇上圣鉴训示。谨奏。

交篆起程入觐折同治八年正月初十日

奏为恭报微臣交护抚篆起程日期，恭折仰祈圣鉴事：

窃臣于七年六月奏请陛见，并将巡抚关防交藩司文辉护理，钦奉谕旨："着俟文辉陛见回任后，再行来见。"钦此。兹藩司文辉业已抵省，臣当将地方应办事宜，向文辉详晰告知，所有紧要各件，分别赶办完竣，于八年正月初十日，将江西巡抚关防同王命旗牌等项，委员赍交该司文辉暂行护理。臣即于十五日起程，趋赴阙廷，跪聆天训。

理合恭折具奏，伏乞皇太后、皇上圣鉴。谨奏。

奏疏卷六

恭报回任日期折同治八年六月初九日

奏为恭报微臣回任接印日期，叩谢天恩，仰祈圣鉴事：

窃臣前因在任已及三年，趋赴阙廷，瞻觐天颜，迭蒙召见，慈训周详，举凡察吏、治军诸要务，莫不诲勉谆谆，感悚下怀，名言莫罄！维时恭逢皇上万寿圣节，得与在廷诸臣同申庆祝，恭聆簫韶，并荷恩赏如意等件。臣自问何人，渥邀异数，感沦肌髓，报称愈难。

陛辞后，随即束装起程，兹于八月初三日行抵江西省城。即于是日准护抚臣文辉将巡抚关防、王命旗牌等项，委员赍送前来。臣恭设香案，望阙叩头，祗领任事。臣惟有敬绎圣诲，一切政务，力图振作，人才则秉公举劾，不敢博宽厚之名，政事则随宜措施，尤时懔操切之戒，殚竭心力，无间初终，以期仰答高厚鸿慈于万一。

所有微臣接印任事日期，并感激下忱，谨缮折叩谢天恩，伏乞皇太后、皇上圣鉴。谨奏。

沿途察看地方民情片

再，臣途次经过直隶地方，雨泽尚未深透，惟顺德各属，土膏较为沾润，麦收亦有数成。河南境内，于二、三月间，屡得透雨，收成颇稔。湖北之襄阳、安陆两府情形略与河南相同。武昌则阴雨连绵，江流盛涨。江西自春徂夏，雨多晴少，各属山水骤发，低田早禾均被淹浸，圩堤间有冲决，而南昌、饶州、南康、九江四府属为尤甚。所幸近日天气晴明，臣现在督饬设法疏消积水，修筑堤塍，及时补种晚禾，以冀有秋。沿途察看民情，均属安静，粮价尚不过昂。合并附片陈明，伏乞圣鉴。谨奏。

恭谢天恩折 同治八年六月初九日

奏为恭谢天恩，仰祈圣鉴事：

窃臣接准湖南巡抚臣刘崐咨称："附奏江西巡抚刘坤一之妻烈妇雷氏，因讹传其夫军营殉难，情迫自刎，恳请旌表，以慰贞魂一片，军机大臣奉旨：'刘雷氏着交部照例旌表。'"钦此。等因，到臣。闻命自天，感激无地！

伏念臣忝膺戎务，深怀裹革之忱，仰仗国威，未遂捐躯之志。而臣故妻雷氏，秉性至烈，遭遇多艰，因凶耗之讹传，遂情迫而自尽。追念糟糠苦况，故剑难忘，何期蝼蚁微生，新纶特沛。荷表扬之盛典，俾阐发夫幽光，衔结之私，殁存永矢。臣惟有驽骀加勉，踵顶胥糜，以冀仰酬逾格鸿慈于万一。

所有微臣感激下忱，谨缮折叩谢天恩，伏乞皇太后、皇上圣鉴。谨奏。

遵旨添解陕甘军饷片

同治八年六月二十八日

再，本年二月十六日承准军机大臣字寄："同治八年二月初五日奉上谕：‘左宗棠前请按年筹拨陕甘实饷四百万两，现据户部将各省厘金核明，通盘筹计，奏请酌量添拨。西北饷源素绌，本仰给于东南，陕甘现又军务方殷，自不得不宽为筹备。即着照户部所议，江西省除地丁项下，每月原协陕甘军饷银二万两外，着刘坤一每月再添拨陕甘军饷四万两，每年共添拨银四十八万两。自本年正月为始，一律照数筹拨，遇闰加算，按月解交湖北省陕甘后路粮台交收，不准稍分畛域，偶有蒂欠，致误要需。’”等因，钦此。

伏查江西厘金项下，原拟自八年二月为始，每月添拨陕甘军饷银二万两，系属量入为出，核实计算。旋经户部奏奉谕旨，饬自本年正月为始，每月添拨陕甘饷银四万两。现收厘金止有此数，本属无可加增，第念陕甘需饷孔殷，关系大局，自应遵旨妥筹凑解，俾济要需。司库地丁，奉拨京、协各饷，为数已巨，时虞征不敷解，亦属无从挹注。惟查有各属征解粮道库各款钱粮，虽系归还垫买绿营不敷兵米暨陆续拨还历年军需借动公项之用，应即先其所急，每月暂拨道款银二万两，凑解陕甘。将来厘金如能旺收，或防勇绩议裁减，余出厘金，足敷起解，再行停止道款。当将同治八年正月起至三月止添拨厘金及道款银十二万两，委员吴鸣盛等解赴湖北省城陕甘后路粮台交收转解，业经前护抚臣附片奏报在案。

兹据布政使文辉详称：“在于厘金项下，动放银二万两，并拨道库正项银一万两，余租银一万两，连厘金共银四万两，作为本年四月分添拨陕甘军饷。饬委即补典史范文伟领解，于八年六月二十八日起程，前赴湖北省城陕甘后路粮台交收”等情，详请具奏前来。臣覆核无异。

除饬该司道仍即按月续筹委解毋稍延欠，暨咨明户部外，所有添解四月分陕甘军饷缘由，理合附片陈明，伏乞圣鉴。谨奏。

冬漕循旧折征折同治八年七月二十八日

奏为江西本年冬漕，仍难起运本色，应请循旧折征，恭折仰祈圣鉴事：

窃查前准户部咨，议覆臣奏七年漕粮骤难起运本色一折："该省本年征收漕粮，应请仍准援案折征一年。惟是运河淤塞，商船稀少，运费不敷，该抚原奏均系实情。若非该抚及各省疆吏力为其难，绸缪未雨，窃恐日久因循，不特本年漕粮不能起运，即来岁漕粮起运，仍无把握。查浚筑运河，海运商船，河运民船，应如何设法招徕，可否官为添造。至运费向系以漕办漕各省，办理折漕，即当预为转漕地步。京仓储备空虚，必须早为筹备起运等因。同治七年九月二十日具奏奉旨：'依议。'"钦此。当即转行司道，钦遵妥筹在案。

伏思起运本色漕米，为京师储备要需，何敢以运费、仓费无出，观望因循。诚如部议，惟当力任其难，设法挽回补救。第查转漕旧制，有河运、海运两途：河运如果可行，则造官船或雇民船，犹可勉力集事，海运则专恃谙风色、识沙线之商船。上年冬间，臣即饬令署督粮道周溯贤委员赴沪体察海舶情形。嗣据禀覆，上年沙船、天津东、卫等船，仅敷苏、浙两省运漕之用，并无余船堪运江西漕粮，虽有粤商愿造轮船领运，又须先借官本银二十五万两，将来于水脚内分年扣还。臣以制造轮船事多滞碍，未敢遽议举行。本年春间，臣赴京陛见，路过金陵、清江，与督臣马新贻、漕臣张之万面商河运事宜，咸以运河淤浅已甚，急切未能疏通，纵使改小粮舟，终恐不免阻滞。臣复沿途留心察看，实有积重难返之势。嗣于回江后，准户部咨，议覆江苏抚臣丁日昌敬陈妥筹漕运一条，亦谓“军兴以来，河工不及修而运道滞，帮丁不出运而军船废。湘、鄂、江、皖、豫五省先后奏改折征，江、浙起运漕粮亦专归海运，此固时势使然，未易遽复旧制。沙船之利，为夹板轮船所夺。从前有沙船三四千号，今则减至三四百号。议令核减沙船及天津东、卫船厘捐，以资体恤。至雇用夹板轮船，势难遽行”等因。是河运难行，海船减少，部臣均已深悉。至于轮船未便雇用，恰与臣见相同。沙船及天津东、卫船现甫筹议招徕，断非立时所能收效。就目下情形而论，江西纵使竭力筹备米石以及杂费，亦万万无从起运。况国家经费有常，以漕办漕，系属历来定制。江省当改折之时，并不预计运费一层。今议加增折价，殊费周章。如果年谷顺成，犹可随宜酌办。乃本年自春徂夏，晴少雨多，四、五月间，大雨滂沱，连宵达旦，各属山水骤发，冲决圩堤，漂没禾稼，间有淹毙人口之处，均饬该管守令妥为安抚，俾免失所。直至六月初旬，始克晴霁。而上游川、楚等省潦水为灾，长江盛涨，鄱湖致被顶阻淤积，日久不消。现在南昌、南康、饶州、九江等府滨（海）〔江〕傍湖，低洼处所尚属一片汪洋，田庐皆成泽国，小民荡析离居，不堪其苦，应征钱漕犹须酌办蠲缓，何能复议加增。所有本年冬漕实难起运本色，据布政使文辉、督粮道平步青会详请奏前来。合无仰恳天恩，仍准照旧折征，以恤民隐。来年能否办运本色，容俟随时察看，勉力筹办。

理合会同两江督臣马新贻恭折具奏，伏乞皇太后、皇上圣鉴训示。谨奏。

筹措赣关添拨京饷片

再，查前准军机大臣字寄：“同治八年五月初十日奉上谕：‘户部奏，援案请饬各省续拨京饷一折。据称各省解款，除截留抵拨不计外，截至四月底止，连已解、未解并计仅止一百余万两。而部库实存无多，每月放款甚巨，现复库款支绌，必须豫为筹备。着照该部所请，添拨赣关税银四万两，即着赶紧设法筹措，即原指款项无存，亦应另行筹款，源源报解，以济要需。倘敢借词推诿，即由部指名严参。’”等因，钦此。即经前护抚臣文辉转行钦遵去后，兹据吉南赣宁道兼管赣关桥税务文翼详称：“查赣关税银，奉拨京饷，攸关要需，自应懔遵筹解，何敢稍事诿延。惟是该关正税四万六千余两，历年均经户部拨抵本省兵饷，就近支放虔标各营俸薪饷干，其盈余银三万八千两，系报部候拨之款。自长江添设码头，赣关商税顿形减色，近年来关所收税银，尚不敷正额定数，全赖江海关代征赣关丝税，以资补苴。乃江海关自咸丰十年至今，代征丝税，因该关需用经费浩繁，均经随时动用，由苏省两次奏准，免其补解，须俟苏省司库稍充，再由江海关将代征丝税拨还，以致赣关应放虔标兵饷不敷之数，历由藩司于地丁项下借给凑放。又，盈余项下，每年应解内务府参价，亦因丝税未经提到，无银可解，节次详咨展缓。是赣关近年无银报拨，久已达部有案。第京饷紧要，亟宜遵旨另筹。伏思江苏省留防水、陆各军及留驻山东营勇，近俱陆续裁汰，该省司库出款，谅必大减于前，存款应亦渐臻充裕。所有江海关代征丝税，自咸丰十年起，至同治六年止，共银二十三万八千余两，已由苏省动用造报，应毋庸议外，其七年续征银三万六千一百五十九两，应请提归部库，以抵赣关奉拨京饷，免误要需。以后续征丝税，并请遵照部议，按年拨还赣关，以符定章，而济本关用项”等情，具详请奏前来。

臣查赣关征税短绌，奉拨京饷，无款可解。江苏省兵裁饷减，经费较充，江海关代征赣关丝税，就目下情形而论，照数拨还，应非力难筹办。合无仰恳天恩，敕下江苏抚臣转饬江海关，将同治七年代征丝税三万六千余两，就近委员解部，作抵赣关奉拨京饷，尚欠银三千余两，容俟提到八年续征丝税，再行找解足数。以后逐年代征丝税，亦遵部议，照数拨还，俾得凑放虔标兵饷及委解参价各要用，实于解款大有裨益。

理合附片陈明，伏乞圣鉴。谨奏。

覆陈滇省月饷无款可筹请饬改拨折

同治八年八月二十八日

奏为奉拨协济滇省月饷，江省无款可筹，恭折覆奏，仰祈圣鉴事：

窃前护抚臣文辉承准军机大臣字寄：“同治八年四月二十九日，奉上谕：‘户部奏，遵议改拨滇饷一折。滇省需用军饷，自应酌量改拨，以资接济。即改由江西每月拨银二万两，着刘坤一、文辉在于该省厘金、捐输及无论何款内，通融凑拨，按月提交滇省委员陆续领解’”等因，钦此。当经行司钦遵去后，兹据藩司文辉会同督粮道平步青暨牙厘总局司道详称：“遵查云南军务吃紧，待饷孔殷，凡无军务省分，均应共图协济，何况江西本欠常年滇饷。兹奉拨解协滇军饷，尤为义不容辞，但能设法通融，安敢托词诿谢。惟是饷银之所自出，不外钱漕、厘税、捐输。江西漕粮折价，与夫九江关常、洋各税，俱系全数解京，无可动拨。赣关税额本微，近年江海关代征丝税，有征无解，专就本关征税，遵照部拨抵放虔标兵饷，短绌已巨。该关现有奉拨京饷，尚属无银动解，更难协济滇军。邻盐抽税，数本无多，本年夏间，因有碍淮纲，又已停抽。至于四省捐输，尽数匀拨陕甘、云贵充饷，江省并不留用分毫。所恃以供支本省协济邻疆者，全在钱粮、厘金二项之中。司库地丁正杂钱粮，每岁约止收银百万内外，本省例支各款，以及绿营俸饷，并议给历年阵亡之人恤赏祭葬，皆出于此。核计堪以报拨之银，不及收数之半。现在岁拨京饷银二十万两，直隶固本饷银六万两，陕甘军饷银二十四万两，湖南援黔军饷银二十一万六千两：合计每年共拨京协饷银七十一万六千两。收数不敷动解，遂于本省用款无可节省之内，设法匀拨凑解，而京饷、协饷仍未能一律解足。道库各款钱粮，每年收数约止二十余万两，本应留给各属垫买绿营不敷兵米价值等项之用。现因厘金项下，奉文添拨陕甘协饷，无银可动，在于道款内动拨添解，为移缓就急之计，岁共需银二十四万两，加以每岁原拨清淮军饷银二万两，共计银二十六万两，亦属入难敷出，拨解不免愆期，江省厘金每岁收数不满百万，除供支本省留防水陆勇粮，置造军火、器械，修葺战船、协解长江水师兵饷、船厂工料等银，并本省善后必不可缓之费外，其堪备拨用之银，不足三十万两。现在岁拨京饷银五万两，陕甘协饷银二十四万两，共银二十九万两，所入仅敷所出。凡此钱粮、厘金，通计出纳，皆就年谷顺成，款无增损，照常收放而言。乃本年被水地方既宽，为时且久，小民困苦流离，必得量加抚恤，应征钱粮亦须量请蠲缓，灾区待哺嗷嗷，首贵粮价平减，商运米谷，只得暂免抽厘。是出款益多，入款转少，即就原拨各饷，已属筹解愈难。若再添济滇军，毋论在于何款通融，皆须损彼益此。陕甘、黔饷势难稍减于前，云南拨款必致有名无实。再三筹画，奉拨滇省军饷，除捐输项内应归云南银两随时尽数解济外，委无别款可以融拨。”等情，详请奏明改拨前来。臣覆加查核，委属实在情形。相应请旨，饬部将滇省协饷另筹拨济，免误要需。

除饬该司道将四省捐输设法劝导，赶紧催收解滇济饷外，理合恭折覆奏，伏乞皇太后、皇上圣鉴训示。谨奏。

查勘各属水灾酌量抚恤折

同治八年八月二十八日

奏为江西被水较重，各县酌量筹款抚恤，恭折具奏，仰祈圣鉴事：

窃查江西地方，本年春间，即属雨多晴少，迨四、五两月，大雨如注，连宵达旦，累日不休，各属山水骤发，河湖盛涨。先后接据南昌、新建、丰城、进贤、义宁、高安、上高、新昌、清江、新喻、新淦、宜春、万载、万安、永新、安福、永丰、东乡、宜黄、金溪、崇仁、新城、南丰、广昌、鄱阳、余干、安仁、万年、星子、都昌、建昌、德化、德安、瑞昌、湖口、彭泽、石城等州县纷纷禀报，田庐淹浸，圩堤漫决，间有沙石淤塞之区，均经前护抚臣暨臣批饬查勘详办，并于奏报四、五、六等月分雨水情形折内，据实陈明，一面饬司分别委员，驰往会勘，各在案。

兹据禀覆，南昌、新建、进贤、星子、都昌、建昌、德化、德安、湖口、瑞昌等县，滨临鄱湖、长江，地势低洼，众流所汇，加以楚、皖等省，同时霖潦为灾，江水倒灌入湖，以致泛滥益甚，一望皆成泽国，数月未消，早稻被淹，晚禾无从补种。加以风涛冲激，房屋倒塌更多，居民或栖小舟，或依断埂，甚至流离迁徙，待哺嗷嗷。凡此困苦情形，惟新建、德化为尤甚，亟应量加抚恤，俾获生全。臣与藩司文辉，再三商榷，就灾区广狭，于厘金项下筹发：新建县制钱二万五千串，德化县银五千两，南昌县银四千两，星子县银三千两，湖口县银三千两，进贤县银三千两，建昌县银二千两，德安县银二千两，都昌县银二千两，瑞昌县银二千两，责成该管知府督饬各该县印委各员，亲身确查被水极贫户口，核实散放，不准稍有遗滥，以期仰副圣主惠爱黎元，俾无失所之至意。该十县被淹田地区图顷亩，饬令赶紧查明开报。至义宁、高安、上高、清江、新喻、万载、永新、东乡、金溪、新城、南丰、广昌、鄱阳、余干、彭泽等州县，或因河湖漫淹，或为山水冲荡，受灾亦重。并续据临川县禀，西北乡堤决田淤，乐平县禀，春夏被水，嗣复被旱，亦均委员驰赴查勘，分别已未成灾，应完钱漕量请蠲缓，以舒民力。内惟义宁、上高、临川三州县，水潦骤至，颇有冲坍民房、溺毙人畜之处，为数无多，已由该州县捐廉安抚，毋庸动款。此外丰城、新昌、新淦、万安、安福、永丰、崇仁、安仁、万年、石城等县，或被淹不宽，或水退甚速，尚堪补种，民力是否不致拮据，并饬该管府州县察看秋收丰歉，再行酌办。宜春、宜黄两县，于水退后补种齐全，收成无碍。其余未被水各属，早禾久已收获，晚禾亦将登场，民情敉安，堪纾宸廑。

第查省城以下，南、新等县地方，被水广阔，至今尚属一片汪洋。且自兵燹以后，连年水旱，民间本鲜盖藏，今复遭此异常之灾，实属不堪其苦。即使水渐消退，赶种二麦，而收获须俟来岁夏间，为日甚长。目下所发抚恤银两，只能稍舒眉急，转瞬冬令，即有饥寒交迫之忧，开春之后，复有青黄不接之患。虽将米谷、厘金权停抽收，借平粮价，使穷檐易于谋食，然灾黎生计艰难，升斗之需，殊不易得。仍当随时体察，或须量加赈济，或筹款修筑坍塌各堤，以工代赈，相机妥为安辑，务使饥氓得获更生，匪徒不至乘隙滋事。特是司道库储悉索以解京、协各饷，犹恐不敷，实无余项堪济荒政之用。臣惟有督同各司道，殚心悉力，通盘计较，缓急通融，奏明办理，庶期国计民生，得以兼顾。

所有江西被水较重各县，酌量筹款抚恤缘由，理合恭折具奏，伏乞皇太后、皇上圣鉴训示。谨奏。

察看实任人员分别举劾折

同治八年九月二十八日

奏为分别举劾府州县等官，以资治理，恭折仰祈圣鉴事：

窃臣在江三年，凡地方官之贤否，均经随时甄别在案。兹臣于回任后，详加察看。查有瑞州府知府柳渊，人尚勤职，惟有不自检束之处，难资表率，请开缺以同知仍留江西补用。义宁州知州窦鸿甄，居官勤谨，而才欠开展，人地不甚相宜，应行开缺，第江西并无中简知州缺分，请以知县中简缺改补。建昌县知县崔慕澜，心地朴实，而识见稍拘，请开缺，以专简缺另补。前署星子县知县即用知县蓝向葵，听断平常，难胜民社之任，而文理甚优，请以教职归部候选。万安县知县丁蔼士，居心巧滑，办事乖张，请即革职。又查有赣州府知府魏瀛，心气和平，器识深稳，为政不事矜张，而于吏台民风，在在认真振顿。署信丰县知县试用知县周之墉，明于治狱，在任三年，无一上控词讼，且审结从前积案颇多，凡教养所关，亦肯加意。前署德兴县知县候补知县任玉琛，勤干耐劳，随事亲自下乡，有案即结，无恶不惩，不惟部民感颂，邻境亦畏而爱之。以上各员优劣，均系确有见闻，不敢不秉公举劾，仰副圣主整饬官方之至意。除义宁州一缺照例由外调补外，所有瑞州府及建昌、万安两县系归部选之缺，江省现有应补人员，应请扣留外补，合并陈明。

谨恭折具奏，伏乞皇太后、皇上圣鉴训示。谨奏。

加发恤款并以工代赈片

再，查江西本年被水较重之新建等十县，酌给抚恤银两，其余被淹县分，委员查勘办理情形，业经臣据实具奏在案。

旋据禀报，南昌、新建、进贤三县灾户众多，前发银钱不敷散发，彭泽县亦系滨江低区，淹浸日久，民情困苦，并须量予抚恤，俾免失所。复经饬据藩司文辉于厘金项下，加发南昌县银七千七百六十四两八钱六分五厘，新建县钱五千串，进贤县银三千两，彭泽县银三千两，汇同前发之项，责令各该县印委各员，确查极贫户口，均匀散给，务期实惠及民，毋使遗滥。现交冬令，江湖之水虽已消落归槽，然节候已迟，无从补种。该灾民早晚失收，仍有朝不谋夕之势，饥寒交迫，亟宜速筹接济之方。臣已饬令藩司，委员勘估各属坍塌圩堤，设法借款修筑，以为来岁春耕之计，并得以工代赈，借作目下口食之资，一面查办应蠲、应缓钱漕，用舒民力。统俟详到，分别奏恳恩施。

所有加发南昌等县抚恤银两缘由，理合附片陈明，伏乞圣鉴训示。谨奏。

耆绅重遇鹿鸣请照例与宴折

同治八年十一月初六日

奏为耆绅重遇鹿鸣，吁恳恩准与宴，以光盛典，恭折仰祈圣鉴事：

窃据布政使文辉详称："奉新县告病在籍御史帅方蔚，现年八十岁，由优廪生中式嘉庆庚午科本省乡试举人，道光六年丙戌科会试中式进士，授职翰林院编修。八年，简放山东副考官，迁湖广道监察御史，转掌云南道事，题掌京畿道事。十八年，因病告归。咸丰七年，以团练出力，赏加道衔。今恭逢明年庚午科乡试，计距该员中式之期已届周甲，应循例重赴鹿鸣。"详请具奏前来。

臣覆查告病在籍御史帅方蔚，当代名儒，熙朝耆旧。策名词馆，早出掌乎文衡；洊秩台垣，遂入参夫谏议。迨至蘧庐憩影，八十年雨露常承；回忆蘋野赓诗，六十载星霜已易。当庚科之再启，适甲纪之重周。扶鸠杖以观光，用扬圣世作人之化，赋鹿鸣而奏雅，洵极儒生稽古之荣。宜与宾筵，以光盛典。

除咨礼部外，理合恭折具奏，伏乞皇太后、皇上圣鉴。谨奏。

拿获会匪首犯解闽质审片

同治八年十一月二十八日

再，臣承准军机大臣字寄："同治八年七月二十七日奉上谕：'英桂、卞宝第奏缉拿游勇土匪情形，请从严惩办一折。本年五月间，建阳县地面拿获会匪张宗保等，据供听从江西客匪吴三保结众拜盟，名'胜人会'，订期焚抢黄坑，再攻崇安，并续获会匪范连发等，一并讯明正法。其在逃之匪首吴三保，已据该督抚咨会江西缉拿。着刘坤一饬属将该匪严拿，务获惩办，毋任漏网。'"等因，钦此。

伏查前据铅山县知县施煦、铅山营都司艾连升禀报，探闻福建建阳县境内有匪徒纠伙拜会，欲图滋事，业经该省官兵查拿。

诚恐逃入江境，随派外委孙金荣督率兵役巡缉，先行拿获匪徒吴幅溃一名，嗣会同闽省差弁缉获匪犯方大保一名，县役拿获匪党谢家善一名，均经解闽归案审办。臣旋准福建督抚臣咨缉首匪吴三保等，即经札饬该县并贵溪、弋阳等县一体访拿，并令广信府认真督缉。又据施煦、艾连升禀报，会同闽省差弁及贵溪县兵役续获匪犯陈木保、张正远二名，广信府委员从九品吴寿祺拿获匪犯鲁兰轩一名，亦经解闽审讯。惟吴三保一犯，实已远扬，骤难捕获。钦奉前因，复经严饬各属，上紧跟踪访缉。兹据施煦、艾连升禀，访知该犯吴三保改作道人装束，潜回广信属境，密探亲友。施煦等督率丁役，会同局绅黄若愚等，于十一月十一日访至铅山、弋阳交界之洪山地方，该犯吴三保已为民人张钦龄诱住，当即一同上前擒拿。其时该县巡检、典史、汛弁及广信府委员，弋阳、贵溪兵役暨闽省差弁，相继而至，协同拿获，由施煦亲身押解来省。臣即饬臬司发委南昌府知府吴祖昌提讯。该犯吴三保虽经供认与方大保、曾地保等结拜兄弟，相商焚抢黄坑，图攻崇安，因恃无质证，供情尚属游移，核与闽省咨送张宗保等供词诸多不符。正在研鞫间，据广信府知府蒋继洙禀，接准福建建宁府及建宁镇以前获之方大保等犯供辞狡饰，移提吴三保解闽质审，等情前来。臣查该犯吴三保本在福建犯事，已获伙党现均羁禁建宁，既据该镇、府移提，自应解闽对质，期得实情，从重拟办，以昭炯戒。

除批司委员押解并饬广信府知会建宁镇府选派员弁兵役来江迎解，用昭慎重，并饬铅山等县营查拿余党，有犯必获，勿稍疏纵外，所有拿获匪首吴三保缘由，理合附片陈明。伏乞圣鉴。谨奏。

各属教案已与各国使臣妥议完结折

同治八年十二月二十七日

奏为江西教民案件，已与法国使臣妥议完结，恭折由驿覆陈，仰祈圣鉴事：

窃臣承准军机大臣字寄："同治八年十月初三日奉上谕：'兹据总理各国事务衙门奏称，法国使臣以酉阳、遵义两案未结，胪列湖北、山西、河南、广东未结各案，借词邀挟，并声称会同该国提督携带兵船前赴江西等处，急求各案了结等语。江西省交涉事件，着刘坤一随时妥办，毋稍稽延。嗣后遇有中外交涉事件，务须持平办理，不可豫存歧视之心，尤不可尽诿之总理各国事务衙门，而令该使臣等哓哓置辩，迄无了期。至罗淑亚会同该水师提督随带兵船，前赴江西、湖北、四川等处，将来沿途所过地方，着各该省督抚严饬地方官，按约妥办，遇事开解，不得互相诿谢，别滋事端。'"等因，钦此。

臣查江西省中外交涉事件，均系随时督饬各属，秉公讯办，不敢任其歧视诿延，是以未结教案，尚属无多。钦奉前因，随饬总局司道及广饶九南道景福，分别委员驰往，会同各该县赶紧妥办。旋据详报，已将庐陵县考童焚毁教堂、贵溪县绅民复欲焚抢教堂、安仁县民邓祖发等派教民桂员堂出钱演戏、德化县地方派教民陈松柏等出钱敬神四案办结，即经臣分咨总理各国事务衙门并办理通商事务大臣查照，并由景福知会九江主教戴济世销案。

此外尚有庐陵县教士傅儒翰被梁道亨等打毁寓所、彭泽县教民吴忠志夫妇被方岭梅等活埋两案，正在催办间，据景福禀，"接主教戴济世函称：已结之新昌县教民晏秉彝被晏善卿等勒罚抄抢，南康县教民陈万杰等被局绅诬禀斋匪，拘押诈扰两案，讯断偏枯，应请覆讯追赃，晏秉彝一案须赔银五千两，陈万杰一案须赔银一千五百两，又赣州府城门镌刻十字架，亦应划去”等情。臣查此三案久经委员办结，由景福函知前主教安理格注销，时逾数月，并无异言。今戴济世因知该国使臣随带兵船将到，无故刁翻，借端渔利，殊出情理之外，戴济世又以二年间省城焚毁教堂久已赔银完结之案，称欲前来清理地基，重行建造。臣查从前省城教堂被焚，由前署九江道蔡锦青与教士罗安当妥议，分别赔银一万数千两，声明听该教士另行买地建堂，经前抚臣沈葆桢奏结有案。是省城现无教堂地基，何所用其清理？且省城五方杂处，每遇岁科试及乡试，届期生童、商贾毕集，人众骤增数万，弹压极难。此时复来省城建堂传教，设遇考试之时，生童怀挟前嫌，再行焚毁，地方官实有无从保全之势。何如宽其岁月，将来绅民见闻既熟，释然无疑，徐为购地建堂，庶无后衅。当饬景福向戴济世妥为开导。至赣郡十字架系偶然凑合，前已委查明确，亦可毋庸置议。惟新昌、南康两案，既据坚执渎请，自应委员覆讯，以昭折服。复经臣饬令臬司及总局司道派委候补知县邓友直驰赴新昌，候补知县陈若典驰赴南康，会同各该县提集人证，秉公讯断。

乃委员甫经出省，而法国使臣罗淑亚已带大小兵船三只，于十二月初三日抵浔，江苏委员候选道姚曦、候补从九品张志均亦乘天平轮船同至。时值风浪交作，景福冒险出江，以礼相见。言及未结各案，及赴省建堂传教等事，景福就现办情形详为陈说。该使臣盛气陵轹，恫喝百端，景福理直词婉，辩论两时之久，始行回署。初四日早，该使臣令戴济世赴道署，议以各教案定于明年二月一律办结，其晋省重起教堂，约至明年乡试之后。彼此将有成言，乃戴济世旋称罗使臣之意，以各教案需银五千两作押，且谓晋省起堂传教事在速行。初五日，该使臣复令姚曦、张志均等偕赴道署，共索银八千两作押。又令副领事狄隆等接踵而来，忽而恶言恐吓，忽而软语纠缠。景福据约力争，始终不为之夺，惟许自送银二千两，以资调停，该副领事等所欲未盈，怫然而去。

初六日，该使臣等即带兵船来省，行至湖口县等处阁浅难进，该使臣遂与水师副提督穆德及狄隆等并坐洋划，于初九日抵省。是日士民聚观者以数万人，臣拨兵弹压，并派候补知府王之藩、候补知县胡传钊等前往迎护。先责该使臣等违背和约，辄以兵船入湖，继将各教案逐一与之辩论。该使臣等尚知悔悟，仍谓各案均须赔赃，并索官项作押。臣以洋人志在图利，若不稍予通融，彼必日久逗遛，诚恐难于防护。然而用银押案，滞碍实多，不如完案给银，葛藤悉断。喻令王之藩等与之辩论两昼夜，始行议定，总给银六千两，将新昌、南康、彭泽、庐陵四县及赣州府等处已结复翻之案及未结之案一并注销。至晋省建堂传教，俟明年乡试毕，再行设法开导绅民。十二日，臣与该使臣罗淑亚、副提督穆德、副领事狄隆接见，开诚布公，晓以中华事在顺民，一切不可勉强，并嘱其约束戴主教及教士等，期与地方相安。该使臣等亦以为然，随即起碇下驶。臣即饬景福在浔照给银两，随后由省设筹归款。

兹据景福禀称：该使于十二月十四日到浔，备具照会送道，景福即与狄隆将省中所议详细告知戴济世，该主教俯首无词。景福随具照会同银六千两，委员送往教堂，向狄隆、戴济世等当面交兑，取具收银结案照覆。狄隆旋与张志均先行赴楚，罗使臣等拟俟拖出湖口兵船，亦即上驶等情前来。

臣查江省自九江通商，始有洋务。绅民本非习见，易启猜嫌，遇有中外交涉事宜，办理已属不易，而教民之案，尤形掣肘。缘入教之人，素日多非善类，有符可护，任意妄为，乡里被其欺陵，绅民交相嫉恶，地方官遇事本欲速结，而教士从中把持，务遂其欲而后已。臣以大局攸关，督饬属吏委曲弥缝，近年幸未酿成巨案，然人情之怨愤已愈积而愈深矣。此次该使臣到省，各案虽已议结，第明年场后来省建堂，绅民能否不与抵忤，尚不敢必。臣惟有谨遵慈训，随事相机妥办，上慰宵旰忧勤。

除咨明总理各国事务衙门暨办理通商事务大臣外，所有江西教案议结缘由，理合恭折由驿四百里覆奏，伏乞皇太后、皇上圣鉴训示。谨奏。

设局续修通志折同治九年三月二十八日

奏为续修江西省通志，以绍文献，恭折具陈，仰祈圣鉴事：

窃志乘一书，纪载所关，即为治化所系。查江西省通志，修于雍正八年，迄今一百四十余年之久，尚未续修。其间庶务之沿革损益，与夫人才丰啬，物产盈虚，民俗厚薄，几至茫无所考。各府州县志书，亦多修于乾隆、嘉庆年间，代远事湮，难于征引。且以兵燹之后，公私文卷散失，今昔情形不同，而军务之始终，地方之完敝，以及忠义节孝之事迹，均须撰述昭示来兹，臣与官绅熟商，佥谓必不可缓。随经调集各府州县旧志，以资采辑，在于省城设立续修通志总局，即以司道董理局务。于八年十一月初五日开办，延请在籍绅士三品京堂衔翰林院修撰刘绎、前大理寺卿李联琇、道衔前掌京畿道监察御史帅方蔚等，以为纂修。参酌各省通志凡例，分门别类，尚属详略得宜。并刊发各府州县，饬令查照章程，延请名宿，各将旧志以后事迹迅速采访送省备纂，即一面续修本处新志，期与通志一律告成。臣惟有会督官绅，殚竭心力，搜罗务广，俾毋滥而毋遗，考核宜精，庶可传而可信。

除俟事竣恭缮正本，敬呈御览，所有续修通志缘由，谨会同两江总督臣马新贻恭折具奏，伏乞皇太后、皇上圣鉴训示。谨奏。

省城建立专祠崇祀故员请列祀典折

同治九年五月初九日

奏为江西省城，建立各员专祠，请旨敕部列入祀典，俾垂久远，恭折仰祈圣鉴事：

窃照江西省自咸丰三年发逆窜扰，防剿十余年，经本省、外省主客各军，频年战守，其功烈尤著者，以都察院左副都御史张芾、安徽巡抚江忠源为最，业经官绅于百花洲捐建专祠，并列祀前署贵州巡抚、广西提督江忠义，臣前已奏明在案。

此外尚有九江镇总兵马济美、巡抚衔浙江布政使李续宾、布政使衔记名按察使萧启江、布政使衔浙江宁绍台道罗泽南、按察使衔记名道王鑫，均于咸丰年间，钦奉特旨，于江西省城建立专祠。窃惟该各员秉河岳之精灵，着干城之伟绩。其死于王事也，或临阵捐躯，或积劳病故，均属名垂青史。其立功江西也，或保全危城，或荡平巨寇，莫不泽被黔黎。朝廷赠恤之有加，士民追思之不置，允宜馨香俎豆，以昭盛典，而慰人心。现经官绅公同选择省城内筷子巷、袁家井两处地方，公建祠宇，工程告竣。于本年四月二十八日臣率同在省司道诣祠设位致祭，并移江忠义木主入祀该祠，以妥忠魂。合无仰恳天恩，敕部列入祀典，由地方官春秋致祭，俾垂永久。

理合会同两江督臣马新贻恭折具陈，伏乞皇太后、皇上圣鉴训示。谨奏。

筹款归补动用赣关额税折

同治九年五月初九日

奏为筹款归补江西、江苏军需动用赣关额税，遵照新章，恭折奏祈圣鉴事：

窃查前准户部咨行抄奏内开：“此后报拨银款，应令各省毋得擅动。如有并未专折奏报，仅于拨册内笼统开除者，即由臣部遵照定限，随时奏参，以防弊混。”等因。同治八年九月初十日具奏，奉旨：“知道了。”钦此。即经转行钦遵在案。

兹据藩司文辉详称：赣关岁征额税，历经部拨抵放赣州镇标兵饷。如遇本关征税缺额，在于江海关代征赣关湖丝税银，画凑足额支放。兹查咸丰五、六、七、八等年，本关征收额税，经前任吉南赣宁道周玉衡、前护道汪报闰先后提充赣防兵饷。其江海关咸丰六、七、八、九等年代征丝税，应行画凑赣关额税银两，亦经前抚臣文俊奏准，概归省防军需动用。共计省赣军需动用赣关额税银一十五万七千三百二十四两二钱五分九厘。又江海关咸丰四年正月起，至六年正月止，代征赣关丝税，奏准就近拨解江南大营军饷。又自咸丰十年四月起至同治七年正月止，代征赣关丝税，奏准归江苏军需动用报销。以上各年丝税内有应行画凑赣关额税一十一万一千四百七十一两三分三厘，亦系部拨抵放赣标兵饷之项，既为苏省动用，亦应由江拨补。除业经历任吉南赣宁道就近动用咸丰九、十并同治六、七等年厘金银八万一千七百二十一两八钱七分，赣县、大庾、信丰等县咸丰九、十并同治元年地丁屯粮屯丁银二千七百一两一钱五分五厘抵放赣标兵饷外，尚短银二万七千四十八两八厘。统计江西军需动用赣关额税银一十五万七千三百二十四两零，江苏军需动用赣关额税，除已补外，尚短银二万七千四十八两零，二共银一十八万四千三百七十二两二钱六分七厘，均系另行借款垫放赣标兵饷。现值补办各年兵马钱粮奏销之时，自应筹款拨补足数，以便造报，而符部拨关税原案。拟于同治九年春拨册内实存项下，留江备用各款钱粮内，动拨银一十八万四千三百七十二两二钱六分七厘，分别放还江西原动赣关额税及拨补江苏动用赣关额税，仍递还历年垫放赣标兵饷借款，其报销案内，原收赣关额税应行改收现提钱粮，另由报销总局详咨更正。此外尚有垫放兵饷借款，容俟查明，随时详请提还清款等情，具详请奏前来。臣覆核无异。

除咨明户、兵二部外，理合恭折具奏，并缮现动钱粮年款及递还借款各细数清单，恭呈御览，伏乞皇太后、皇上圣鉴。谨奏。

江省抽厘助饷请加广乡试中额折

同治九年五月二十八日

奏为江西省历年抽收厘金，协济邻省军饷，量请加广乡试中额，以资激劝，恭折奏祈圣鉴事：

窃照江西省前以军事方殷，库藏支绌，遵照部咨，抽收厘金济用，始于咸丰五年八月设卡试办。自后局卡渐增，章程渐备，所收厘金亦日增多，不但本省军需资以周转，即江南水、陆各军，与夫霆营防剿湖北捻匪，记名提督谭胜达、唐仁廉马队剿办山东捻匪，均赖江西厘金为之源源接济，历年馈运无误，用能士马饱腾，以次克复金陵，荡平发逆，翦除捻匪，肃清中原。现复协济陕甘，期平边陲群丑，而京饷及本省防饷，亦皆取给于斯，裨补军需，诚非浅鲜。

伏念通省商民，前值兵燹流离之际，犹能勉力输将，克保本境，施及邻疆，奉上急公，实堪嘉尚。除支应本省各军及拨解京饷不计外，其自咸丰十年五月起，至同治三年六月止，共解过江南大营厘捐银四百九十二万余两，钱一百九十二万余串，合银一百二十三万余两，又历年解济前兵部右侍郎彭玉麟水师银二百一十二万余两，前浙江提督鲍超霆字营银一百五十万余两，记名提督谭胜达、唐仁廉马队银一十三万余两，陕甘月饷银三十二万两，六共一千零二十二万余两，均系协济邻省要饷。

查前任两江督臣曾国藩以克复江宁动用广东省厘金一百二十万，奏蒙特旨，准加广广东文武乡试永远中额各四名。湖广督臣李鸿章以剿平捻匪动用江苏厘金七百五十万，奏请加广江苏文武乡试永远中额各八名。江西厘金历年解济各省军饷至千余万之多，与广东、江苏情事相同，自应量予奖励。且近届乡试，观光士子至一万五六千人，文风蒸蒸日上，亦属美不胜收。惟江西永远中额，前于捐输案内已经广足十名，不敢援案再请。合无仰恳天恩，俯准加广江西文武乡试一次中额各三十六名，分为三次取中，以励士气，而劝民心。

除仍督饬藩司局员认真整顿厘务，随时拨解，毋稍缺误外，所有江西历年抽厘协济邻省军饷，量请加广乡试中额缘由，理合会同两江督臣马新贻、江西学臣徐郙恭折具奏，伏乞皇太后、皇上圣鉴训示。谨奏。

窑厂工作不良据情量请补造折

同治九年六月初七日

奏为景德镇窑务缺乏良工，以致烧造瓷器未能如前精细，据情代奏，仰祈圣鉴事：

窃据九江关监督景福详称："准造办处办理绣活处咨开，同治八年十二月二十一日奏事处杨长春传旨：'所有前次九江关监督景福解交大婚礼瓷器等项，共一万零七十二件，均烧造粗糙，不堪应用，着传知该九江关监督景福数赔补。各项瓷器，总要端正，毋得歪斜，其里外花釉以及颜色，均着烧造一律精细鲜明，勿使稍有草率。仍着景福赶紧办理，照数赔补，迅即解京。'钦此。跪读之下，莫名惶悚！查景德镇地方，迭遭兵燹，官民窑厂，停歇十有余年。同治四年始经前署监督蔡锦青开厂烧造，老匠良工散亡殆尽，配制颜料，多半失传，新匠不惟技艺远逊前人，即人数亦较前减少。凡有一长之匠，俱已募入官窑，物以少而见珍，工值转为增贵，限于时势，不得不暂为将就。所幸连年均系按例大运暨传办常件，尚无新奇花样，加谨摹仿，得以无误。六年六月，准内务府绣活处移知，上传预备皇后前需用瓷器活计共圆琢器一万余件，限七年内烧齐解京，尽系彩画填黄釉者，工作较细，花样亦新。明知厂内工少技疏，恐难合式，本欲先事据实奏明，特以事关大婚吉礼，开亿万年瓜瓞之祥，景福恭逢盛典，理应黾勉兴工，何敢稍存畏难之心，琐屑陈渎。当即传集各匠，竭力讲求烧造，时阅三月之久，始克竣工，于七、八两年陆续解京验收。兹以未能鲜明精细，奉旨照数赔补，自应钦遵赶办。随即束装赴厂，饬令工匠赶紧加工烧造，不得延误，并许加给赏项，以期踊跃从事。当据各工匠禀称：'匠等虽系小民，亦各天良具在，频年厚受佣值，供役官窑，承办上用瓷器，实已竭尽技能。无奈窑厂停歇多年，诸事多失传授。后来学习，艺劣人稀。前次添造大婚礼瓷器，件数既多，填黄尤非素习，彩画事在釉后，颜色易于鲜明，填黄又在彩画之后，花间隙地，均须密填，轻重难期匀称，花色每为黄釉侵盖。加以窑内火逼烟熏，釉轻则露地，釉重则含包，烧造粗糙，颜色晦暗，胥由于此。委属限于技拙，非敢掉以轻心。且前项瓷器计万余件，每造一器，必先造坯胎数件，从中选取。今若概行另办，非烧造数万件不能选择如数，前历三年，尚属粗糙，倘再迫以期限，诚恐坯胎不干，窑火参差，万一更不如前，匠等获咎愈重。自知止此手艺，与其徒费工料，仍滋贻误，曷若预为禀明，等语。景福面问再三，众口一词，似非虚语。伏念大婚吉期伊迩，照数重加烧造，势必赶办不及，且亦无从另选良工。可否邀免补造，抑或饬下造办处将前解大婚礼瓷器，择其尤为粗糙不堪应用者，提出若干件，开单发下，庶件数较少，俾得加工精造，借赎前愆之处，出自逾格鸿慈。并请将景福先行交部议处，以示惩儆”等情，详请代奏前来。

臣覆加确核，均属实在情形。理合恭折代奏，伏乞皇太后、皇上圣鉴训示。谨奏。

上年水灾较重漕粮尚难起运折

同治九年六月初七日

奏为江西上年被水过重，民力未舒，加以运河淤垫，海船无多，本年漕粮尚难起运本色，恭折具奏，仰祈圣鉴事：

窃臣前准户部咨：“江西巡抚奏，八年冬漕请循旧折征一折。同治八年九月二十一日奉旨：‘着照所请，户部知道。’钦此。相应咨行遵照。惟京仓储备久虚，江西额漕较巨，急须力筹本色。所有来岁新漕，务当先事预图，勿再因循观望，致临时办理为难”等因，即经臣转饬司道赶紧预为筹办去后，兹据督粮道平步青会同布政使文辉详称：“伏查漕粮攸关京仓要需，自应力图办运本色。奉文之日，即经公同筹商，并分投探询江北河运，苏、浙海运情形，一面札饬各府、厅、州、县，详稽从前征解本色旧章，以及今昔民情物力。嗣据陆续覆到，该司道等悉心体察，本年新漕尚有难以起运之势。盖漕粮以河运为正道，以海运为权宜。运河自济宁至临清，淤垫二百余里，黄水穿运之处，尤形浅阻，大船固难畅行，小船亦难满载。闻江北八年漕粮五万余石，民折官办，试行河运，雇用民船，每只仅装二三百石及三四百石，吃水以二尺五寸为度，尚因河浅难行。诚恐南船回空迟滞，仍照五年成案，预雇北船在临清接运，以资体恤。江北粮少地近，办运犹复极费经营，江西额漕甚巨，即先试办二成，亦应起运十二三万石，较江北加增一倍有余，恐无如许小船堪应雇募。若办海运，闻沙、宁等船，仅敷装运苏、浙漕粮，卫船因水手每多舞弊，难以雇用，惟东船仅可招徕，而船数多寡，是否足敷受兑，俱不可必。且无论河运、海运，如由江西运米至清江、沪渎换船北上，其江省剥船，经历长江、大湖，风浪堪虞，偷盗使水，更难防范。惟有委员前赴江北、上海，买米兑运，稍觉简便。而该处上年亦遭偏灾，现在米价昂贵异常，不但所费不赀，亦且购办不易。至于应需米价运费，均须以漕济漕。各属往时征漕旧章，视地土之肥硗，田亩之广狭，因地制宜：完本色者，每石加米或四五斗，或七八斗，完折色者，或纳银三四两至五六两，或纳钱四五千至六七千不等，以羡补不足，借作办运之资。自改新章，折价过少。现欲规复起运旧制，事与创始无殊，固未便悉按旧数加征，亦断不能不量增折价，津贴运费。花户狃于改折新章，即使连岁丰收，办理犹多掣肘。况上年曾遭大水，民间传言，与道光二十八、九年相等，米价每石贵至五千余文，虽冬间量加抚恤，春间借款修堤，以工代赈，现复平粜仓谷，以济民食，然亦仅免流殍，闾阎仍形困苦。今岁即获年谷顺成，只能稍资苏息，骤行改征起运，民力实有未逮。所有本年新漕，应请仍旧折征完解，缓俟明年再行筹办本色。”等情，会详请奏前来。

臣覆加确核，均属实情。合无仰恳天恩，俯念江西上年水灾较重，民困未苏，本年新漕仍准折征，以恤民隐，来岁如获丰收，即当督饬该司道勉力筹办起运，以裕京仓。

理合会同两江督臣马新贻恭折具陈，伏乞皇太后、皇上圣鉴训示。谨奏。

新昌民教滋事获犯惩办折

同治九年六月初七日

奏为新昌县纸匠因减工资启衅，勾结教匪滋事，旋经扑散，获犯讯办，并请将擅杀多命之局绅、不能弹压之知县，分别惩处，恭折仰祈圣鉴事：

窃据署瑞州府知府孙家铎禀报，本年三月间，新昌县纸厂业户因生意淡薄，议减纸匠工资，匠人不允，以致停工，闻有互相格斗之事，现在饬县拿办，又据署义宁州知州王维新禀，拿获匪徒谢景发一名，讯认听从红莲教匪邀往新昌起事，各等情。

臣以新昌县纸厂工匠人数甚众，倘与教匪勾结滋事，必酿巨案。当即派委候补道缪德棻、副将何明亮，带亮字营勇丁驰赴瑞郡，与知府孙家铎前往新昌县确查起衅实情，严拿首要各犯，解散胁从，以免蔓延为患，并饬义宁州将谢景发解省审办。迨该道府抵县，纸厂工匠已为团勇击散，教匪亦闻风逃匿，随即督同查拿。据局绅先后禀获张花、胡早、杨详、罗盘、刘得明，何良才、温怡万、刘洸明、凌博士九名，温怡万、何良才在县取供后病故，余犯解省，并访查衅由及局绅擅杀多命情节，先后禀后，并据局绅岁贡生就职训导邹寿朋来省投审，均经饬发臬司札委南昌府审办。刘洸明、凌博士亦于取供后病故，先后验讯详报。兹据南昌府知府吴祖昌连日研讯，开具供单，由臬司呈送前来。

臣提犯覆鞫，缘现获之谢景发、张花、胡早、杨详、罗盘、刘得明、已获病故之何良才、温怡万、刘洸明、凌博士，籍隶义宁、新昌及湖南平江等州县。岁贡生就职训导邹寿朋前充天宝乡团局绅董。新昌县境内多竹山，业户俱设厂雇匠造纸售卖。每厂工作八人，另有包头一人。匠人工资，向于年前议定。邹寿朋家亦有纸厂。本年春间，纸销不多，各厂户议令工匠每名每日减银二分，各工匠不允，因而停止。包头李世魁、李世昆、何良才、温怡万曾入红莲教，遂邀在逃之红莲教头目杨长受及刘洸明等，纠众起事，先抢绅富，再扑县城。局绅邹寿朋等闻知，禀经该县知县朱庆萼出示禁止，并令该局绅办团堵御。邹寿朋等即招募团勇，交未到案之武生刘国珍管带。教匪头目杨长受与刘洸明亦令在逃匪党谢洸灜、谢鹤成、罗恒甲、罗应泷等，分赴义宁州等处纠人，约期四月十三日至新昌县潭山地方会齐起事。李世魁等因停工乏食，先于四月初十日纠集纸匠二百余人，各携筷子一双，碗一只，亦有携带禾担、竹棍、菜刀者，至斜港厂户吴福家索闹，不由分说，拥入仓内，抢取谷石，砻米煮食。十一日，拟往邹家村厂户曹宗海家。行至中途，遇刘国珍带天宝乡团勇往捕，互相格斗，伤毙团勇刘香泰一名，受伤十余名，格杀匪徒十余人，擒获六人，带回天宝乡杀毙。十二日，团勇捕获张才一名，并经义宁州带溪团勇拿获李世魁、李世昆，均解回天宝乡杀毙，弃尸河内，被水冲失。教匪杨长受、刘洸明等，因闻纸工被杀，不敢起事，各自逃散。臣接据禀报，即委道员缪德棻等与该府孙家铎驰往查办，获犯解省，讯悉前情。

查该犯刘洸明，系红莲教头目，漏网有年，此次复谋不轨，何良才、温怡万本系教匪，充当纸厂包头，因业户议减工资，辄敢勾结教匪起事，率众强抢厂户吴福家谷石，均属罪干重辟，业已在管病故，应毋庸议。谢景发讯认听纠约期抢劫、攻城实属，甘心从逆。张花拜师入教，充当伪百长，并随至吴福家抢谷，亦属罪有难逭。臣于讯明后，即饬臬司，督同府县，将该犯等绑赴市曹处斩，传首犯事地方，悬竿示众，以昭炯戒。胡早、杨详、罗盘均系误被诱胁，意在保家，并未听纠滋事，俱枷号一个月，满日杖一百，折责发落，交保管束。凌博士即林详明，及刘得明，俱讯属无辜，凌博士业已病故，刘得明应即开释，以省拖累。局绅邹寿朋、刘国珍为各厂户领袖，当兹年岁荒歉，人情惶惶，乃克减工资，以致各匠群起滋事，且任听匪类充当包头，俾得就中煽惑，已属咎有应得。迨拿获滋事各犯，并不送官讯究，擅杀弃尸，以致姓氏不知，无由辨别是否均系首要。虽该局绅等诿系团丁所为，又不能指出下手何人。既经道府访查明确，不容狡赖，即重治以罪，亦属咎由自取。第念其即时集团扑散，使各教匪闻风瓦解，消患初萌，不为无功，况首犯李世魁等本属应死罪人，拟请从宽发落，邹寿朋应革去岁贡生、训导，刘国珍革去武生，以示惩儆。何良才等在营病故，各看役讯无陵虐情事，均毋庸议。以后各纸厂匠人工资，应照向章年前预议，不准临时减少，以杜衅端。新昌县知县朱庆萼于教匪萌动之时，办团堵拿，获犯解究，办理尚属迅速。惟纸厂减价肇衅，局绅擅杀多人，未能先事禁止，实属不胜斯任，相应请旨，将朱庆萼撤任开缺，另以简缺改补。所遗新昌县缺，江省现有应补人员，应请扣留外补。

除饬勒缉在逃教匪杨长受等务获究办外，理合会同两江督臣马新贻恭折具奏，伏乞皇太后、皇上圣鉴训示。谨奏。

被水各属圩堤借款修筑工竣折

同治九年六月初七日

奏为上年被水较重各属，借款修筑圩堤，以工代赈，据报一律工竣，恭折具陈，仰祈圣鉴事：

“窃查南昌等县，上年被水淹浸最宽，为时最久，民情困苦，经臣筹款，量加抚恤，据实奏报，并声明冬令饥寒交迫，开春青黄不接，或须量加赈济，或筹款修筑圩堤，以工代赈，随时体察办理在案。”

旋据各属被水灾黎纷纷呈请加赈，并求发款修圩。察其嗷嗷待哺情形，诚为可悯。臣与藩司文辉通盘筹画，司库岁入之款，仅敷京、协各饷及本省防师口粮，若再照例放赈，为数过多，固属款无所出，其各属被水冲塌圩堤，如一律借款兴修，亦属力有未逮。随委员分赴各该县确加查勘，择其地势稍高、尚易施工者，撙节估计实需经费确数，来省请领，及时兴修，俾穷民借获工作之资，以充糊口之费。嗣据先后禀覆，饬据藩司于厘金项下，陆续借给南昌县钱三万五百六十三串二百文、新建县钱四万七千八百四十四串一百八十九文、鄱阳县钱一万三千三百五串六百一十五文、余干县银六千两、星子县银四千两、建昌县钱一万五千二百六十千文、德化县银一万二千八百五十三两七钱七分八厘，除动用抚恤案内余剩银二千二百两外，实借银一万六百五十三两七钱七分八厘。德安县银四千二十六两，瑞昌县银一千五百两，俱转发各堤绅董业户具领，仍委员督催兴工修筑。据报于二、三、四、五等月告竣，取具分年缴还结状，呈送前来。

臣查江省官堤、民圩，前于同治六年钦奉谕旨估修，经臣议请于厘金项下酌量筹借，由近及远，分年轮修。乃七年甫修南昌、新建二县民堤，八年旋遭大水，民困方深，不得不变通办理。现在各工一律告竣，农田借资捍卫，工作贫户亦借以为生，瞬届早稻登场，闾阎无虞乏食。

除饬该县督饬圩业人等随时勤加修补防护，以期长资保障外，理合恭折具奏，并缮借款细数清单，敬呈御览，伏乞皇太后、皇上圣鉴训示。谨奏。

绅民在闽捐输军饷邀恳加广乡试中额折

同治九年七月初二日

奏为江西绅民在闽捐输军饷，吁恳天恩，加广文武乡试中额，恭折仰祈圣鉴事：

窃臣刘坤一接准户部咨："议覆福建巡抚徐宗幹奏，江西绅民在闽捐输，请加广本籍中额、学额附片。查江西省士民，历年在福建省捐输军饷，据该抚查明，自咸丰六年四月起，至同治四年七月奏奖止，历奉部案折实银一百三十五万九千七百七十二两零。既经该抚将捐名银数造册咨送江西巡抚，分别奏请加广中额学额，应由臣部先行存案，俟江西巡抚、学政奏报到日，再由臣部会同礼、兵，三部核办。同治五年七月十八日具奏，本日奉旨：'依议。'"钦此。

臣等查前于咸丰三年接准户部咨："大学士等会议申劝捐输以裕军需一折，请饬各省督、抚谕令绅、商、士、民，再行极力捐输，除给予本身奖励外，仍遵前奉恩旨，各按银数酌加中额、学额，一省按十万之数，一厅、一州、一县按二千之数，分别酌加一次。如所捐银数，核计浮于前议应加之额，即归下次按次加广，或因捐银较多，逐次加广尚需多时，准其奏请酌加，作为永远定额。所加之额，按一省捐银三十万两，加文武乡试定额一名，一厅、一州、一县捐银一万两，加文武学定额一名，均以十名为限”等因。咸丰三年三月二十三日奉旨允准，历经钦遵查照办理。嗣于同治七年接准户部咨：“礼部会议御史范熙溥等奏，各省捐输广额，请核实办理，并将原定章程，量加变通，稍为从严一折。嗣后外省捐输各案，凡捐生已请奖叙者，概不准再行加广中额、学额。自此次奉旨之日为始，遵照新章办理。其此次奏改章程以前到部各案，仍按旧章办理，以示区别，而昭核实”等因。同治七年九月二十七日奉旨：“依议。”钦此。亦经转行遵照各在案。今江西绅民、商贾在闽捐输军饷，自咸丰六年四月起至同治四年七月奏奖止，历奉部案，折实银一百三十五万九千七百七十二两零，业经福建抚臣于同治五年奏报，经部议准存案，事在同治七年奏改新章以前，自应仍照旧章加广中额、学额，以广皇仁，而励士气。据藩司文辉具详请奏前来。

臣等伏查江西省文武乡试中额，前经历次奏请加广永远定额，已足十名。所有江省绅民在闽捐输军饷银一百三十五万余两，应请加广文武乡试一次中额各十三名，尚余银五万九千七百七十二两，容俟归并本省别项捐输，另行办理，以副圣主加惠士林有加无已之至意。

臣等谨合词恭折具奏，伏乞皇太后、皇上圣鉴。敕部核覆遵行。

再，此折系臣坤一主稿，合并陈明。谨奏。

历年收标武职恳仍留江补用折

同治九年七月初二日

奏为江西历年收标候补武职人员，核与部定新章不符，恳恩仍准留江补用，以资体恤，恭折奏祈圣鉴事：

窃臣于同治六年接准兵部咨："副、参以下各官保有省分者，自应遵奉谕旨，留于该省候补。又，游、都以下未奏留他省者，应归本省候补。又，各省保举参将人数甚多，除保有省分及实缺人员，准其收标外，其未经保留省分及例应回避本省者，本无标营可归，均应赴部候补。副将一项，亦拟比照参将一律办理。又，参将以下保举推选各官，例应赴部候选，除实缺人员，例准在任候选，毋庸送部外，其余均应赴部投供，非保有省分及在部捐分发者，不准收标。"又于同治八年接准兵部咨："嗣后军营遣撤员弁，例应收标者，即行咨部注册。至保举推选各官，并副、参应回避本省各项人员，必须专折奏明，奉旨允行，方准收标，不得率行咨部注册，以昭慎重。"各等因在案。

伏查江西省前因连年用兵，军营著绩保举武职人员，经各前抚臣暨臣先后考验收标，随时取造履历咨部，多在未定新章以前。兹经照章逐加查核，其中颇多与例不符，并有收标时本属合例，嗣因加保升阶，未叙留江字样，若照新章，即须改发。如南昌城守营总兵衔补用副将郭子奇、总兵衔遇缺即补参将刘秉朴、臣标左营遇缺尽先即补参将贺抡元，均籍隶江西永新、南昌等县，例应回避本省，赴部候补。南昌城守营尽先补用副将李升平，籍隶湖南溆浦县，续保无留江字样，亦应赴部。又，臣标左营副将衔尽先即补游击汤辛增、右营尽先补用都司廖得胜、南昌城守营尽先补用守备许得标、赣标左营遇缺即补守备左钟珌，籍隶江苏荆溪、贵州贵筑、安徽歙县、云南蒙化等厅县，续保无留江字样，俱应赴各原籍候补。又，臣标左营副将衔尽先选用参将刘怡卿、邹达、程光富、黄德凯，参将衔尽先选用游击吴邦柱，副将衔尽先选用都司刘达尊，尽先选用都司张湘怀、有庆、邹以才，选用都司杨应桢，遇缺尽先推补都司陈得发，右营副将衔尽先选用参将黄国栋，选用参将萧新全、何浚源，选用游击詹文杰、阎廷臣，选用守备龙宝三，南昌城守营总兵衔尽先选用副将熊克胜、熊得胜，副将衔尽先选用参将詹宗清，副将衔选用参将傅成龙，尽先选用参将魏学源、张金榜、陈新茂，尽先选用游击王占鳌、陈洪福，尽先选用都司蔡经魁、陈镳，都司衔尽先选用守备柯濂泌，九江前营尽先选用都司易恒泰，籍隶广东香山、大浦，湖北孝感，贵州都匀，湖南桃源、沅陵，江西浮梁、余干、南昌、安义、万载、鄱阳、新建、永新、星子、清江、武宁、龙泉等府县，均因续保推选，例应赴部投供。该员等在江候补有年，资斧已属拮据，一旦饬令赴部、回籍，欲行则路费无出，欲止则无标可归。各该员悉属在营年久，辛苦备尝，迭著战功，始得递保前职，徒以格于定章，限于财力，竟致进退维艰，情殊可悯。且收标之议，原为安插立功勇士，暗寓储备将才而设，自应变通办理，用收得人之效。合无仰恳天恩，俯准将副将郭子奇等三十九员留于江西，仍归各原标补用。惟该副将郭子奇、熊克胜、熊得胜，参将刘秉朴、贺抡元、程光富、黄国栋、萧新全、詹宗清、傅成龙、魏学源、张金榜、陈新茂均籍隶江西，例应回避本省，俱请以游击、都司借补，以符定章，而昭体恤。

所有收标武职核与部章不符，仍请留江补用缘由，理合会同两江督臣马新贻恭折具奏，伏乞皇太后、皇上圣鉴训示。谨奏。

循章调练官兵改造舢板募补水陆勇丁折

同治九年八月二十八日

奏为循照江南章程，调练官兵，改造水师舢板，并募补水、陆勇丁，期资得力，恭折奏祈圣鉴事：

窃臣接准前督臣马新贻咨，承准军机大臣字寄："同治八年八月初四日奉上谕：'马新贻奏，酌调额设官兵，添设津贴，立营操演一折。江苏额兵，自军兴以来，营伍久未整顿，现当军务肃清，亟应妥速筹办。该督现拟于额定之时，酌挑精壮，再于额定之饷，酌加津贴，并将现办章程二条，分晰缕陈，所奏尚属妥协。即著马新贻督饬营汛等官，将新立各营，认真操练，实力举行，不得有名无实。其安徽、江西两省，系该督兼辖省分，并着俟江苏办有成效后，即行咨商各该巡抚，妥议章程，奏明办理。将此谕令知之。'"钦此。等因。

伏查江西绿营官兵，虽经臣与九、赣两镇，随时阅操，究属饷薄力分，缓急难期可靠。自应调集训练，津贴薪粮，以资振顿。惟江西与江南情形略异，章程宜稍变通。江西兵少额足，地阔汛单，非如江南可以裁兵并饷。既系另筹津贴，即不得定为永远章程。然加则易而减则难，亦须防其流弊，计惟有轮练之一法。先行抽调千人，练熟仍撤归伍，再行抽调千人，抽调则增饷，归伍即停支。庶饷则随时起止，不致视为故常，而兵则更番往来，又可习其劳苦。地方有事，不惟现练之兵可壮声威，即已撤之兵亦堪驱策。

臣与九江镇总兵黄开榜再三熟商，先就该镇所属各营开办，于九江镇标前后城守三营挑选精兵五百名为选锋后营，另选一百名为该镇亲兵，又于外属之铜鼓、武宁、瑞州、浮梁、南康五营挑选精兵五百名为选锋右营，抚州、建昌、广昌三营挑选精兵五百名为选锋左营，广信、铅山、饶州三营挑选精兵五百名为选锋前营。先调后、右两营，在浔筑垒驻扎，每日合操二次，先演大炮、抬炮，次演鸟枪、长矛、大刀，总期精熟有准。其左、前二营，轮流调练。每营以四个月为期，届满更换，周而复始。一年之内，此二千一百人均可一律练熟。其各营挑剩兵丁与夫操练期满归伍之兵，仍旧分守该营汛防，以重地方。至于津贴一项，亦较江南稍有酌减，营官每月给薪水钱一百千文，如系候补武职，加给钱二十千文。帮带官每日给薪水钱六百文，哨官每日给薪水钱四百文，什长每日给口粮钱一百五十文，兵丁每日给口粮钱一百二十文，长夫每日给口粮钱一百文，余丁每日给口粮钱八十文。每营营官一员，帮带一员，哨官五员，什长五十名，兵丁四百五十名，长夫一百名，余丁五十名，一月共津贴钱二千四百四十三千文。总计后、右两营及亲兵小队每月共需钱五千三百六十三千文，均于厘金项下支放，核实报销。俟九江镇标办理就绪，推行赣州镇标所属各营，亦以精选二千余人为率，轮流操练。通省有此精兵四千余人，足为不虞之备。

又查江军内河两营水师，从前所造舢板，专备本省各河防剿之用，船身短狭，取其涉浅轻灵，然一临洪涛巨浸，辄颠簸异常，难期适用，亦应仿照长江水师舢板，分成改造，稍加宽大，以便江南内河俱堪驾驶。现经臣檄令统领内河水师记名提督孙昌国，于所部各营一百一十七号内，改造长江舢板七十号，督阵大舢板四号，增募水勇一百四十名，统领江军水师候选道何应祺，于所部各营一百零七号内，改造长江舢板五十七号，督阵大舢板三号，增募水勇五十四名，赶紧督匠成造，配驾练习，庶可涉险冲锋。

至陆勇各营，前均减为三百名，兹先饬令亮字、藻字两营各添募二百名，以符原额五百名之数，合为千人，以当一队。

所有江西调练营兵，改造水师舢板并募补水陆勇丁缘由，理合会同兼署两江督臣魁玉恭折具陈，伏乞皇太后、皇上圣鉴训示。谨奏。

湖南会匪滋事调派兵勇分投堵剿折

同治九年十月初六日

奏为湖南湘潭等县会匪滋事，调派兵勇分投堵剿，恭折由驿驰陈，仰祈圣鉴事：

窃臣接据萍乡、莲花等厅县探报，九月初二日，湖南湘潭县属之朱亭地方哥老会匪制旗起事，戕官焚掠，扰及淦田、黄茅、三门、朱洲等处，并蔓延醴陵、攸县境内，旋经湖南水、陆官军进剿，于杉木冲等处迭获胜仗，湘水以西，渐就肃清。现在会剿衡山、湘潭、攸县三邑连界之凤凰山匪巢，而醴陵之贺家桥、攸县之百花冲各有会匪聚集，四出剽掠，二县乡团拦剿，互有胜负，距江西边境仅数十里。据萍乡县知县王明璠、署莲花厅同知杨其福、署万载县知县金第俱报募勇筹防，并请迅发大兵堵剿，各等情前来。

臣查湖南湘潭县会匪滋事，延及醴陵、攸县。江西萍乡县与醴陵连界，万载县亦相去不远，莲花厅则与攸县接壤。现经湖南官军进剿，难保不阑入江境。当饬据袁州协副将朱云章委都司张大雄管带袁、临两营精兵二百名，并由省添派副将周亮率衡勇三百名，副将何明亮率亮字营五百名，先后驰赴萍乡县之美田桥、草市等隘口堵剿，兼顾万载、莲花，一面檄饬统领祥字营记名提督刘胜祥速拨赣防勇丁二营，与原驻吉郡之勇，同赴莲花厅守御，与萍乡防师互相策应，刘胜祥仍亲率全军继进，驻扎吉安，居中调度，力固疆圉，勿任窜越。其袁州府城防务，即责成知府骆敏修会同副将朱云章妥为布置。臣复咨商湖南抚臣刘崐，如湘潭各匪应须江西防兵会剿，即饬周亮、何明亮等订期出境夹击，迅图扑灭，以免日久蔓延。

所有湘、醴会匪滋事调派兵勇堵剿缘由，理合会同兼署两江督臣魁玉恭折由驿四百里具陈，伏乞皇太后、皇上圣鉴训示。谨奏。

覆陈斟酌地丁征解折

同治九年闰十月十二日

奏为遵旨斟酌地丁征解情形，妥议覆陈，仰祈圣鉴事：

窃臣承准军机大臣字寄："同治九年十月二十日奉上谕：'侍郎胡家玉奏，本年秋审册内有江西东乡县绞犯王高照等一起，原揭声称：'该县钱粮照通省新章每两收银一两五钱，除一正一耗外，以四钱提补捐款公费及办公之用，又随赋捐银一钱，以为修理坛庙等工之费。刁徒鲁鱼典等，借求减钱粮、捐费为名，聚众哄闹。是江省军务虽平，额外之诛求未已。请饬该抚通饬所属，征收地丁钱粮，每银一两，遵例加收耗银一钱，所有另立名目额外征收者，永远革除。并请札行各州县，开征时照例银钱并收，以苏民困。'各等语。着刘坤一斟酌情形，妥议具奏。原折着抄给阅看。将此谕令知之。'"钦此。当即转行钦遵酌议去后，兹据布政使文辉会同督粮道平步青详称："江西每年额征起运地丁银一百五十五万余两，向系银钱并收，每地丁一两收银一两五六钱至一两七八钱不等，或收钱二千四五百文至三千一二百文不等。额征漕米七十六万余石，向系本折兼纳：完本色者，每石收米一石四五斗至一石七八斗不等，完折色者，每石收银二三两至四五两不等，或收钱三四千至六七千不等，广信府属并有每石折收洋银八九两之处。又江西州县向有捐摊各款，每县每年需银万余两或数千两。此外尚有各项馈赠陋规，又有刁衿劣监包揽完漕，以及向设绅户情米名目，皆完数极少，官为暗赔，每县一岁所需，亦与捐摊银数相等。丁漕浮收之繁重，由于捐摊冗费之孔多，沿袭多年，官民交困。同治元年七月，督臣曾国藩奏请豁免江西奏派州县捐摊各款案内，声明现在设法减征钱漕，妥议章程，另行奏办，并将本省需用之款，向由州县摊出者，另筹一项，永禁捐摊。等因。奏蒙俞允。旋经前抚臣沈葆桢会同曾国藩将议减丁漕浮收、裁停州县捐摊各款，详细厘定章程，试行数年，吏肃民怀，颇有成效。四年八月间，经前护抚臣孙长绂会同曾国藩暨前署督臣李鸿章缕晰具奏，经户部议覆：该省丁、漕两项，自应均令照章征收。惟据奏称："本省办公，借资丁漕，若不容纤悉多收，殊非经久之道"等语，亦系实在情形。所请丁漕一律折收制钱，由官易银解兑，每地丁一两，连加一耗羡，折收足钱二千四百文，每漕米一石折收足钱三千文，万安、乐平二县视各属每米一石加收钱二百文。除地丁完解正耗银一两一钱，漕米完解部价银一两三钱外，其本省有实在需用之捐款公费，与先已定案必须补捐足数之款，每地丁一两另提银一钱六分，每漕米一石另提银二钱七分，在于减定丁漕收数内供支之处，应请准如所奏，在于解部款外，余剩丁漕收数内供支。惟征收钱文数目，必须一成不易。所称银价不敷，准令改收银两之处，应毋庸议"等因。同治四年十月十七日奉旨："依议。"钦此。七年六月，该司道复将丁漕减价章程，重加厘定，详经臣会同曾国藩奏准户部议覆：“江西额征漕米，自暂改折色以来，每米一石，仅只解部银一两三钱，为数较微，若不准其于解部漕价之外酌量加收，非特本省办公竭蹶，且恐规复漕运旧制，诸多窒碍。是以同治四年照拟核覆议准。兹请以向征制钱三千文者改收现银一两九钱，向收制钱三千二百文者改收现银二两二分五厘，按原定价值，不甚悬殊，且奏明一律收银，与州县私自改章者不同。既称银价较昂，州县不敷渐巨，粮户盈余日多，将来改收本色，愈难措置。应即准其改征现银，其解支各数，均查照奏定章程办理。至地丁折征制钱，不过一时权宜。今称征钱艰于报解，自系实在情形。应如所请，地丁一两，准其征库平纹银一两五钱，连倾镕火耗等项在内。至所请改定收银数内完解正耗银一两一钱，余为提补捐款公费并州县办公之用，均请准如所奏办理。”等因。同治七年十月初一日奉旨：“依议。”钦此。又，江西善后工程待费兴修者，不一而足，各守令与绅士熟商，按粮摊派捐修，禀经臣奏请于工竣后，计数加广学额，准户部议覆：“该省衙署、监狱、仓库、坛庙、祠宇、书院、考棚，皆必不可缓之工，捐输既不可恃，不得不借资民力。该抚请将各工先行勘估，按费摊派钱粮，自系权宜办理。应令据实勘估，以工程之大小，定摊捐之多寡。仍宜示以限制，每两自二百文起，至多不得过六百文，只准捐摊一次，来年不得援以为例”等因。同治七年闰四月初六日奉旨：“依议。”钦此。各在案。

是江省地丁钱粮，从前名为遵例一正一耗，实则收钱不止二千四百文，收银不止一两五钱。军兴以后，体恤民艰，于议减漕价案内，初定每地丁一两折收制钱二千四百文，继以银价较昂，改为收银一两五钱，通省一律遵办。视向日浮收之数，钱则每两减去一二百文至七八百文不等，银则每两减去一二三钱不等，并非先本按例征收一正一耗，军兴时格外诛求，加征四钱也。即如往年万安县折收漕价，虽经江苏抚臣丁日昌前在该县任内每石减钱四百文，而当日减剩之数，仍视近年征数为多。嗣定新章，始得每石收钱三千二百文，收银二两二分五厘，而东乡等县漕折收钱，则又递减二百文，收银则又递减一钱二分五厘。所以休息民生，培养元气者，可谓至周且备。自定章以来，通省减免钱漕浮数，以原奏每年减银百万两计之，阅今十年，已及千余万两，莫非仰体圣主惠爱黎元之至意。且将昔日吏役贪婪，与夫衿监中饱，一应积习革除无遗，尤足维持政治。方恐日久玩生，兢兢恪守，实无军需蠹弊，相沿未革之事。若于历次奏定章程之内，复欲删去捐款、公费等项，徒博遵例一正一耗虚名，窃惧复蹈任意浮收、漫无限制之旧辙，转非实事求是之道。其零星小户完纳钱粮，交银不便，按照市价，以钱折纳，固有定例可循。第江省钱粮改收银两，甫于同治七年奏明办理，若复概令银钱并收，与部议一成不易之义不符，亦易启影射浮收之渐。悉心斟酌，江西地丁钱粮，应请仍照户部议准章程，每两征收库平纹银一两五钱，除完解正耗银一两一钱，余为提补捐款公费并州县办公之用，以期经久，邀免更张，于吏治民生，胥有裨益。至于按粮捐修善后工程，原以江省绅民按粮捐资，团练本有成法可循，因工费无出，官绅商定，仿照摊捐部议，以一年为限，并非历久摊派。旋以刁民借词构讼，又值江省劝办陕、甘、云、贵四省捐输，深虑民力未能兼顾，凡未经禀办各属，久已通饬停止，自可毋庸再议等情，具详请奏前来。

臣查江西征收钱粮新章，实系军兴之时，核减从前浮收，明定确数，使官吏不敢加增，花户易于输纳，事属便民，并非蠹弊。臣渥荷天恩，畀以疆寄，民生休戚，昕夕在怀。如果系军需加征，何敢相沿苦累？其按粮捐修工程，始自广信士庶佥议推行，各府亦必官绅意见相符，方许摊派，且系暂时权宜之计，并非永远加增。旋因刁徒借以构讼，随于同治七年四月通饬停止，久已不复举行。至东乡县棍徒抗粮哄闹，已非一次，多在未定新章以前。臣于鲁鱼典等滋事折内，业已详晰陈明，案犯多非花户，类皆无业游民，假减钱粮为名，歆动粮户，设局抗官，敛钱肥己。刁风日长，地方官几至无从措手，不得不据实惩办，以资整顿，并非钱漕新章，激成事变。江省地丁征收解支数目，应请仍照奏定章程办理，以免纷更，致滋流弊。

所有斟酌妥议缘由，理合恭折覆陈，伏乞皇太后、皇上圣鉴训示。谨奏。

湖南会匪扑灭江境防师分别撤留片

再臣承准军机大臣字寄："同治九年十月十九日奉上谕：'刘坤一奏，湖南湘潭等县会匪滋事，醴陵、攸县与江西之萍乡等处，壤地相接，万载县亦相去不远，现已派兵堵剿，等语。该匪盘踞凤凰山，四出滋扰，与刘崐前奏大略相同。现经湖南官军进剿，难保不阑入江境。即着刘坤一饬令朱云章等督率兵勇，严扼萍乡等处隘口，兼顾万载县、莲花厅地面，并檄饬刘胜祥分拨兵勇，前赴莲花厅协同守御，毋令该匪乘间窜越。刘胜祥驻扎吉安，即饬令力固江省门户，毋稍疏虞。袁州城防紧要，务当饬令知府骆敏修会同朱云章妥为布置。湖南如须江西防兵会剿，即着刘崐知照刘坤一，檄令周亮、何明亮等迅速出境，会合夹击，并饬李光燎等克期进剿，毋任该匪旁窜，致滋蔓延。'"等因。钦此。

查臣前次奏报之后，旋据各县营先后探禀，九月下旬，湖南各营官军、团勇，于醴陵、攸县境内，连日痛剿，叠获胜仗，毙匪甚夥，余匪逃窜凤凰山，当经派队直入山内，以及醴、攸各乡，分投搜捕，屡有斩获。现在湖南境内一律平靖，楚军已多凯撤，尚留数营，查缉逸匪，等情前来。

臣查湖南会匪业已扑灭，此时仅只缉拿逃散余匪，应易蒇事。江境防师，亦应酌量撤留，以节经费。随饬萍乡、万载、莲花等厅县，各将所募勇丁遣散，并令袁、临二营官兵撤回归伍。祥字营全军已抵莲花，该处现亦无须多勇。时届隆冬，南赣一带，巡防紧要，咨会记名提督刘胜祥，先调祥字副前、副右两营回赣弹压，仍留祥字老营及老后营驻扎莲花厅边隘，衡勇、亮字两营留扎萍乡县边境，严密巡防，毋任逸匪偷越。一面札饬袁州、吉安两府督饬所属厅县，一体编查保甲，盘诘邻境匪徒，务期有犯必获，以免潜匿为害。

所有湖南会匪扑灭，江境防师分别撤留缘由，理合会同兼署两江督臣魁玉，附片陈明，伏乞圣鉴训示。谨奏。

遵旨查参请交部议处折

同治九年闰十月二十八日

奏为遵旨查参，密折覆陈，仰祈圣鉴事：

窃臣承准军机大臣字寄："同治九年十月二十日奉上谕：'总理各国事务衙门奏，请饬各省大吏办理中外交涉事件加意慎密一折。中外交涉事宜，非寻常日行事件可比，况事关重大，尤应慎之又慎，密益加密，庶不致为外国所传播，贻误事机。同治七年八月间，因曾国藩于密陈条约折件未能慎密，致被洋人传抄，曾经谕令各省将军、督、抚格外慎密，诰诫谆谆，至为详切。乃本年因天津民教构衅，令刘坤一暗中防维谕旨一道，竟为九江领事官抄录，经威妥玛照会总理衙门。此等紧要事件，刘坤一何以漫不经心，致有疏漏？其为养尊处优，事事假手于人，已可概见。此件谕旨，究由何处漏泄，着即澈底查明，严参惩办，不准稍有回护徇庇，致干重咎。嗣后南、北洋通商大臣暨各省将军等，遇有中外交涉事件，务当加意慎密，不得稍有疏虞，无论是何寄谕，均须亲自折[①]阅。如再有漏泄机密，贻误大局者，一经讯明，即将漏泄之人按照军法从事，并将疏于防范之大吏，严加惩处'”等因，钦此。臣跪读之下，无任战兢！

伏查臣衙门凡钦奉寄谕，向系亲自开折[②]，如属机密事件，均在内署收存。本年七月间，天津民教启衅，递奉密寄筹办江防，臣虽至愚，亦知事关中外，无不小心办理，深恐稍有疏虞，贻误大局。惟省城总局司道及广饶九南道有办理洋务之责，九江、湖口两镇总兵镇守水、陆冲途，均不得不密行知会，以期筹兵筹饷，戮力同心，豫为绸缪之计。所有一切咨行，悉归内署缮写，钉封发递，即平日往来信札，涉及洋务，亦用钉封，原期无稍泄漏。兹以钦奉密寄，竟为九江领事官抄录，实深悚骇。当即密行省局及该镇道等澈底查明，究系何处漏泄，据实具覆，以凭严参惩办。随据九江镇总兵黄开榜、长江水师湖口镇总兵丁义方、广饶九南道景福及省局司道先后咨禀，前接文件，均系慎密收存，并未被人抄录，亦无驿站拆看形迹，各等情前来。

臣查前件密寄，九江领事在于何处抄录，虽属无从根究。臣统辖全省，咎有攸归，相应请旨将臣交部严加议处。至九江镇总兵黄开榜、广饶九南道景福与该领事近在同城，亦难任其诿卸，

①②中华书局版《刘坤一遗集》作“拆”。

并请交部察议，以昭惩儆。此后遇有紧要洋务，臣惟有懔遵谕旨，与司道、镇将益加慎密，不敢稍涉疏虞，仰慰朝廷宵旰忧勤，谆谆训诫之至意。

谨密折覆奏，伏乞皇太后、皇上对鉴训示。谨奏。

恭谢天恩折同治九年十二月二十一日

奏为恭谢天恩，仰祈圣鉴事：

窃臣接准吏部咨单开："江西巡抚刘坤一奏，钦奉密寄，竟为九江领事官抄录，自请交部严加议处一折，奉旨：'刘坤一着交部严加议处。'钦此。应请将江西巡抚刘坤一，比照例案，于降一级留任上，从严加等，议以革职留任公罪。同治九年十一月二十九日具奏，奉旨：'依议。'"等因，钦此。当即恭设香案，望阙叩头谢恩。

伏念臣身膺疆寄，责重事繁，虽勉矢慎勤，借图报称，而知识梼昧，致少周防。前当洋务紧要之时，正在夙夜绸缪之日，乃以钦奉密寄，竟为领事抄录，诚非寻常疏忽可比。自问咎无可辞，何期高厚鸿慈，仅予革职留任，抚躬循省，感悚交深！此后惟当倍自策励，黾勉小心，遇有机密文报，加谨收藏，妥慎筹办，务期无稍宣泄，致误事机，用以仰副圣主训诲生成于万一。

所有微臣感悚下忱，理合恭折叩谢天恩，伏乞皇太后、皇上圣鉴。谨奏。

奏疏卷七

江西应造剥船仍请拨款由直排造折

同治十年二月二十八日

奏为江西应造直隶剥船，援案仍请解银赴直，就近购料排造，恭折具奏，仰祈圣鉴事：

窃臣接准户部咨，议覆调任直隶总督曾国藩奏原额加修剥船，限满裁除，请筹款排造一折。现议排造之原额剥船八百只，应令江西排造四百只，又续增剥船一百只，应令江西排造三十四只，其余原额剥船四百只，续增剥船六十六只，应令湖北、湖南分别排造，均分三次成造，限三年之内造齐。其船费应请准令江西、湖北、湖南三省各于解部漕项银内作正开销，如有不敷，在于解部漕折项下作正开销。务将头次排造船只赶紧造齐，于来年解抵天津等因。同治九年八月十七日具奏，奉旨："依议。"钦此。又承准军机大臣字寄："同治九年十月初六日，奉上谕：'李鸿章奏称，来岁南漕抵津，若待江西等省剥船赶到，诚恐缓不济急。自系实在情形，着户部先行拨借银十二万两，解赴直隶交李鸿章收纳，即责成天津道就地赶造剥船一百只，一面招商由海道赴南购运木料到津，续造二百只，务于明岁漕前造齐，以备应用。此项拨借银两，于江西、湖北、湖南三省照数摊解户部归款。其余应造剥船六百只，并着饬令各该省承办各员，勒定限期，赶紧分造，务于明年夏初黄、运水涨时，解送直隶，毋得稍有违误。'等因。"

钦此。又于十年正月初八日，准户部咨覆江西请示案内：“此次直隶代造船三百只，自应以一百只作为续增，其余二百只即作为原额，尚有应造剥船六百只，均系原额，仍照向章由江西分造一半三百只，湖南、湖北合造一半三百只”等因。均经转行遵照去后，兹据布政使文辉会同督粮道平步青详称：“奉文分造直隶剥船三百只，本属江西分所应为，但求工料坚实，刻期运津，所需经费不致逾于天津造费之数，自当力任其难，何敢稍事推诿。乃自奉文以来，派员赴产木之区遍加体察，皆以被扰过久，远年大木砍伐无遗，新木材质未能坚致，排造船只，易于朽坏，恐难经久。从前谙练工匠，兵燹之后，散失死亡，绝无存者。责令新匠营造，能否合式，并无把握，而需索工资，转视昔日加增。至于造成之后，雇募舵工、水手，管驾赴津，往时河道通畅，往返不甚需时，且有粮船、商舶堪以搭附，南旋盘费亦不甚巨。自黄水穿运，山东济宁、临清一带，河道淤浅异常，非夏初大汛，不能行驶。而剥船由江北上，先须经历鄱湖、长江，恃风而行，设遇风色不顺，行走濡迟，迨抵山东，水已消落，即须停泊株守，以俟来年，时日过久，食用浩繁。且自津回南，近来亦无便船搭坐，遵陆而归，盘费倍增。约计江西造船运津，所需工料运费，转视天津造费为多。伏查直隶剥船，户部议令南省排造，原期料实工坚，经费节省，今皆不然，甚非部议本意。并恐抵津迟延，有误供剥，关系尤非浅鲜。因思同治四年，江、广应造直隶剥船九百只，已由天津排造，今于九年又复排造三百只，是商人购料，匠人营造，均已熟悉。若将未造船只一并归天津次第排造，收刻期应用之效，省远道糜费之资，实于库款、漕运两有裨益。所有江西现应分造原额剥船三百只，拟请援照同治四年成案，将向例需用内外销工料运费银两，一并解赴直隶督臣衙门兑收，转发天津就近购料排造。至此项船费，部议于漕项银内动用，如有不敷，在于漕折项下开销。惟江西漕项银两，按月拨解陕甘军饷，尚虞不敷，实无余银可动，应请全数在于同治九、十两年解部漕折项下各半动支委解，俾得及时济造。其直隶已造剥船三百只，由部库借拨银两内，应按照原派江西分造一百三十四只需用工料运费，由江解还。请俟同治十一年漕折启征，再行动解部库还款”等情，具详请奏前来。臣覆核无异。

除咨明户部暨直隶督臣查照外，理合恭折具陈，伏乞皇太后、皇上圣鉴训示。谨奏。

请以明臣夏良胜从祀文庙折

同治十年二月二十八日

奏为明臣夏良胜忠孝纯儒，渊源理学，请从祀文庙，以资表彰，恭折具陈，仰祈圣鉴事：

窃惟立言必该体用，庶可上接心传，学道不外子臣，尤贵先敦躬行。我朝崇儒重道，尚德右文，凡著述足翼圣经、践履无惭名教者，历经奏准从祀文庙在案。

兹查明臣夏良胜，江西南城县人。为诸生时，父夏泉通判苏州，罹弹章，良胜鸣冤，撄严刑，父卒得释。举正德二年乡试第一，明年成进士，官刑部主事，调吏部，进考功员外郎。上书极谏南巡，罚跪午门外，下廷尉受杖，除名归里，讲授生徒，士风不变。明世宗立，召复故官，迁文选郎中，公廉多所振拔，以久次迁南京太常少卿。初为郎中时，大礼议起，连章力争，为张、桂辈所切齿。至是，以给事中陈洸言，谪知茶陵州，奏蠲重赋，振兴学校，有古循吏风。寻黜为民，复以议礼诸疏为仇家所发，再下狱论杖，谪戍辽东三万卫，逾五年，卒于戍所。明穆宗立，赠太常卿。其出处本末，见于简册者如此。

良胜之在辽东也，著《中庸衍义》十七卷，自性、道、教、达道、达德、九经、三重之属，援据古今，推广演绎，使微言奥旨，灿然大明于世。尤拳拳于法祖尊贤，且极陈好符瑞、崇神仙之流弊，以规切时事，而无一毫怨怼讥讪之意。《四库全书提要》称为纯臣之言，并谓是书与《大学衍义补》略同，而其人品则在邱濬之上。此外，尚有《东洲初稿》十四卷，亦经收入《四库全书》。余如《铨司存稿》《东洲剩稿》《周易变卦》《易经缶说》《东戍录》诸作，不事词藻，皆岳岳有直气。允矣一代大儒。前明已入祀乡贤祠，以之升袝学宫，洵为不愧。据藩司文辉转据建昌府南城县暨该学教官开造事实清册前来。合无仰恳圣恩，俯准将夏良胜从祀文庙，以资表彰。

除将清册送部核办外，臣谨会同大学士两江督臣曾国藩、江西学政臣李文田，合词恭折具奏，伏乞皇太后、皇上圣鉴，敕部议覆施行。谨奏。

查阅九饶等处回省甄别营员折

同治十年三月二十八日

奏为查阅九江镇各营官兵情形，请将庸劣员弁分别降革勒休，以肃军政，并回省办理秋审日期，恭折奏祈圣鉴事：

窃臣钦奉谕旨，派阅江西营伍，业将二月十七日由省起程，奏报在案。

当即轻骑减从，依期出省。先至九江，会同九江镇总兵黄开榜，调齐镇标前、后、城守及南康营官兵，并调浔操练之各营选锋兵丁，一并阅看。次赴饶州、广信、抚州三府，调集该三营及浮梁、铅山、建昌、广昌等营官兵，逐加考校。其武宁营兵丁，因路途僻远，委员往阅，该营员弁另行调省考验。臣察看各营阵式之整严，枪炮之联络，藤牌、刀矛、云梯等项杂技之蹻捷，以九江镇所练选锋兵为最，其余亦属可观。至马步箭及鸟枪、抬炮打靶准头，则均在八成以上，较同治五年巡阅时，渐臻精进。内中技艺较优弁兵，容臣存记拔补，其技艺稍疏而年力汉仗尚可造就者，量予责惩，勒限操练，务期一律精熟。惟查有九江镇标后营游击刘长培，性情疏懒；抚州营候补都司张传昭、候补千总易金洪、候补把总章夺标，均不守营规；饶州营鄱阳汛外委侯际雷、九江前营左哨外委蔡金魁，均差操懈惰；九江后营右哨外委陶鸿升，人材庸劣，未便稍事姑容。据该管镇将揭报前来，相应请旨将刘长培开缺以都司降补，张传昭、易金洪、章夺标均革退随标，侯际雷、蔡金魁均即革职，陶鸿升勒令休致，庶使人知自励，士不偷安，用以仰副圣主整饬戎行之至意。

又各营军装器械，点验无亏，马匹俱属膘壮，沿途塘汛墩台亦各完整。

臣自抚郡校阅既竣，于三月二十五日行抵省城，适值各属秋审人犯陆续解省，是以暂缓前进。一俟解犯到齐，即督同司道提勘，并顺便将省标三营官兵先行调阅，计于四月初八日，堪以起程前赴临江、吉安、赣州各营阅看，事毕另行奏闻。

所有查阅九江镇各营官兵情形，并回省办理秋审缘由，理合恭折具奏，伏乞皇太后、皇上圣鉴训示。

再，九江镇标后营游击刘长培降补，遗缺系陆路部推之缺，江省现有军务著绩尽先应补人员，应请扣留外补，合并陈明。谨奏。

筹款修造九江镇署折

同治十年三月二十八日

奏为筹款修造九江镇衙署，并陆续筹修各属善后工程，恭折奏祈圣鉴事：

窃江西各属，从前连年被扰，文武衙署、监狱、仓库、坛庙、祠宇、书院，考棚，焚毁无遗，自肃清后，屡次筹议修复，徒以工巨费繁，款无所出，累岁因循。嗣据广信府官绅会议，按粮派捐，以济工用，并据抚州府亦请仿照办理。臣当即据实奏经户部议准。乃行之未久，旋有刁民借词构讼，又值江省劝办陕、甘、云、贵四省捐输，民力未能兼顾，即饬各属概行停止。是以已修者甚少，而未修者尚多。就未办各工而论，应以九江镇衙署为最要。总兵乃专阃大员，九江系省北屏蔽，自开设通商码头，华洋杂处，尤非他郡可比，必须营署严肃，方足以崇体制而资办公。臣现与司道再三计议，约需工料银一万余两，无论如何设法，必须赶紧兴修。第正项钱粮各有解支要款，无可腾挪，所办陕、甘、云、贵四省捐输亦难挹注，惟有于厘金项下，量为匀拨，俾济要工。仍由藩司委员先往撙节勘估，事竣核实造册报销，此外善后各工程，容臣察看，续收厘金若能渐有起色，于解支京、协各饷及本省防师口粮之外，稍有盈余，亦即分年次第办理。

臣为善后工需势难再缓，不得不通融筹办，是否有当，理合恭折具奏，伏乞皇太后、皇上圣鉴训示。谨奏。

校阅省标及赣州等营核实甄别折

同治十年五月初六日

奏为查阅省标及赣州等营官兵技艺，并将衰庸各员弁核实甄别，以肃军政，恭折奏祈圣鉴事：

窃臣前将阅过九江镇所属各营官兵情形，据实奏报在案。

随将省标三营逐加考校，并提勘秋审人犯后，即于四月初八日，轻骑减从出省，先将袁州、临江、铜鼓、瑞州、吉安、永丰、莲花、万安、龙泉等营，顺道调考。嗣至赣州府城，会同南赣镇总兵王永胜，将赣标中、左、后、城守、兴国、宁都、南安、文英、永镇、横冈、羊角十一营调齐校阅。察看大阵，步伐整齐，以省标选锋为最，赣标选锋次之。马箭、马枪中数亦以省标选锋及袁州协为最，计在八成以上，各营次之。步箭以吉安、龙泉、莲花为最，中数均有八成，省标次之，各营又次之。步枪以永镇营及省标、赣标各选锋为最，中靶九成以上，袁州、铜鼓、兴国、南安等营次之，余营又次之。至于抬炮、藤牌，则一律合式。复将江军内河、赣防三营水师炮船，次第考阅，其驾驶之灵便，阵势之整严，以赣防一营为第一，江军内河两营亦属可观。所有技艺较优各弁兵，容臣存记拔补，技艺稍疏者，量予记过责惩，勒限操练。并令弓箭马兵兼习马枪，弓箭步兵兼习步枪，又弓箭、鸟枪、藤牌各兵均兼习刀矛、抬炮，务期临阵得用，庶成劲旅，以卫地方。臣仍当随时抽调考验，以察勤惰，分别劝惩。

至各将备员弁中，臣悉心察看，查有宁都营参将庆祥，身体软弱，难期振兴；赣州镇标中营游击李卿云，性气乖张，不善约束；臣标左营候补都司项世雄，办事粗率；候补守备张寿棠、试用守备熊湘、云骑尉世职萧洪仪、学习武举龙芝秀四员，擅离营伍；候补把总万定魁、臣标右营候补把总王义荣二弁，久病未愈；南昌城守营协防丰城县汛外委黄金、协防奉新县汛外委许连升二弁，技艺生疏；铜鼓营把总周士谐，年力就衰；南安营分防南康县汛千总陈定魁、赣标后营分防信丰县汛把总周连升、羊角营分防会昌县汛把总邓廷彪三弁，声名平常；临江把总黄廷鹏，纪律不严，均未便姑容。据该管镇将揭报前来，相应请旨将庆祥勒令休致，李卿云即行革职，项世雄、张寿棠、熊湘、萧洪仪、龙芝秀均革退随标，万定魁、王义荣、黄金、许连升、周士谐均勒令休致，陈定魁、周连升、邓廷彪均即革职，黄廷鹏开缺以外委降补，用昭惩儆，以副朝廷整饬戎行之至意。

其各营军装器械，点验无亏，马匹俱属膘壮，沿途塘汛墩台亦各完整。臣自赣州校阅事竣，即行起程，于五月初四日回省。

所有查阅省标及赣州等营官兵缘由，理合恭折具奏，伏乞皇太后、皇上圣鉴训示。

再，赣标中营游击系由外题调之缺，容另行办理，宁都营参将系部推之缺，江省现有军功尽先人员，应请扣留外补，合并陈明。谨奏。

整饬绿营兵丁折同治十年五月二十八日

奏为遵旨整饬绿营，据实覆陈，仰祈圣鉴事：

窃臣承准军机大臣字寄：“同治九年十一月十六日，奉上谕：‘兵部奏请饬各省督抚及各路统兵大臣，依限咨报兵勇数目，并请饬各省将兵丁数目，按年题报各折片，着各省督抚统兵大臣等，奉到此旨后，除以前未经造报兵勇各数毋庸补报外，即将现在所部兵勇数目，仍按三个月咨报一次，以备稽核。倘再视为具文，即着兵部严参。至已造报各处，仍着依限报部，毋得先后参差，以昭核实。其各省兵丁数目，并着该督抚按年造册题报，不得再有耽延。至军兴以来，舍兵用勇，本系权宜之计。而勇丁遣撤，易滋事端，流弊日甚，若不将绿营及早整饬，致国家费千百万帑项，养之于平日，不能用之于临时，身任封疆者，问心何安！着各直省督抚，将所管各营设法整顿，限奉旨后六个月，将如何汰弱募强，如何分日操练，及各省可得有精锐士卒若干之处，详悉奏闻。直隶、天津、江苏、上海及刘铭传军营均练习枪队、炮队，着各该省自行咨取章程照办。年来各督抚曾有裁兵增饷及酌调额兵训练之奏，然为政不在多言，而在实力奉行，若以一奏塞责，日久又渐形废弛，甚非朝廷倚任疆臣之意也。'"等因，钦此。

臣查江西在防水陆兵勇数目，向遵定章按三个月造报一次，上季之册于下季由总局汇造，详经臣咨送军机处及兵部查核，历年照办，从无参差。其按年题报兵丁数目册籍，自咸丰二年起，因征调纷繁，致未造送，亦经臣叠次咨行九江、赣州两镇及藩司，赶紧分年补造详办。

至于整饬绿营兵丁，诚为当务之急。查江西通省额设兵丁一万一千九百一十名，分防塘兵二千九百五十八名，其存各营汛者只八千九百五十二名，兵力本属单薄。臣自五年查阅以后，会同九、赣两镇严行淘汰，精加挑补，以期一兵得一兵之用。并令自都、守以下各官弁，及弓箭、藤牌各兵丁，均习鸟枪、抬枪，庶可临阵制胜。嗣复仿照江南练兵章程而变通之，俾习道路之劳，筑凿之役。其操演阵势技艺，则参酌乎勇营办理，颇有头绪。臣此次出省巡阅查看，各绿营枪炮之精，人材之健，较之五年，殊有起色。盖自肃清以后，所补之兵即系已撤之勇，无从前市井之气，且各营将备亦多系懋著战功人员，故一加以振顿，行伍更觉改观。按籍而稽，择尤而拔，此八千九百余人中，可得锐卒五千有奇。又江省留防陆勇三千余人，水师亦三千余人，均尚得力，足备一时缓急。现在咨取直隶、江苏教演枪炮阵势口号到江，刊发各营，令其一律讲求，俾收成效，以仰副朝廷思患豫防、实事求是之至意。

所有整饬绿营缘由，理合恭折覆奏，伏乞皇太后、皇上圣鉴训示。谨奏。

拿办会匪首犯请奖出力人员折

同治十年六月初十日

奏为东乡、浮梁等县拿获首要匪犯，讯明正法，在事出力人员，恳恩奖叙，恭折仰祈圣鉴事：

窃臣承准军机大臣字寄："同治十年二月初八日，奉上谕：'刘坤一奏拿办闽省逃匪，现饬勒拿首犯等语。福建崇安、浦城交界之黄柏山聚匪多人，经该处官兵拿获，供称首犯张燮俚、朱葛亮即周国良等，聚集江西铅山之十三都地方，希图起事，刘坤一饬令知府蒋继洙等严密搜捕，拿获匪党裴告化一名，此外并无匪徒聚集。并经知府许应鑅于东乡境内拿获由闽逃回匪犯邱连俚等多名，惟张燮俚、周国良二犯，现均在逃未获。并据各犯供称，平日在铅山县及福建崇安、浦城等县纸厂佣工，被诱结拜兄弟各情，亟须严拿惩办。着文煜、英桂、王凯泰、刘坤一各饬所属文武实力搜拿，务将张燮俚、周国良等犯悉数拿获究办，不准一名漏网'"等因，钦此。即经转行钦遵缉拿，并将已获匪犯邱连俚、修三元即萧三元、艾添喜即艾车子、乐样发、修毛头即萧毛头五名提省，委员讯办。兹据委员南昌府知府许应鑅开具供折，由臬司呈送前来。

缘邱连俚籍隶东乡县，向在福建崇安县学习作纸。同治八、九年，先后与现获之艾添喜、修三元、乐样发、修毛头，福建拿获之吴恒喜、何善得，在逃之周国良即朱葛亮、张燮俚、告化仔即彭洪盛、黄登俚、乐寅恭、刘髻仔结拜兄弟，以“天顺踊跃”四字为口号，解开胸前大襟第二个扣子、折角向里为暗记。周国良、张燮俚商议邀人攻打浦城县城，抢劫财物，定期九年十月二十三日到黄柏山下会齐，邱连俚等均各允从。邱连俚随纠得在逃之吴七俚等八人，彭洪盛纠得在逃之舒六保等三人，刘髻仔纠得在逃之刘乐俚等二人，尚未纠齐，该处绅民起办团练，署建宁镇总兵宋桂芳率师往拿，匪众闻风逃散。邱连俚等潜回原籍，即经东乡县知县杨松兆会同营委各员拿获解省。其周国良一犯，本年五月间，在浙江严州府滋事，为官军击散，逃至龙游县境，适署铅山县知县张廷珩所派缉捕差役遇见认识，当即协同龙游兵役拿获，交龙游县归案讯办。

再，臣因湖南哥老会匪连年窃发，江西地壤相连，时虞蔓延勾结，曾叠饬各属认真稽查防范，以遏乱萌。旋据署浮梁县知县李嘉瑞禀报：本年四月初十日，访闻湖南哥老会匪潜至县属景德镇，欲图勾结，会营驰往查拿，匪首先已逃逸，仅获听从入会之黄图曾、被诱承买团布之江龙潭二名，复购线跟踪追捕，在鄱阳县境，先后会同景德镇同知，鄱阳、都昌兵役拿获首犯李桂麟即李仙芝又名开甲，并要犯江添赐即江添四。又据湖口县禀获要犯查闰坎即查坎，都昌县禀获伙匪傅兴福即傅焕魁、江先碧即江先璧，均经提省委审。兹亦据南昌府开具供折，由臬司呈送到。

臣查李桂麟籍隶湖南益阳县，曾充护卫营勇丁，得保千总，后因不守营规革退，在饶州、九江行医度日。查闰坎籍隶湖口县，先充南湖营兵丁，又充炮船水勇，又充湖口县号房，均因误公革退，在城算命度日。江添赐籍隶都昌县，先于同治五年，听从已获正法之王楠㵐，烧毁严仁桂等船只，致严仁桂、张大有失足落河溺毙，江添赐在旁助势，并未动手放火，被获监禁。王楠㵐起意邀同越狱脱逃，事冷潜回。李桂麟旋在都昌县听从在逃之湖南益阳人洪得胜邀令投入哥老会，结拜兄弟，付给白布印团，传授“阴阳金星”四字口号并手势暗记，李桂麟即倩不知姓名人刊刻八卦，并青龙山、白虎堂图记二颗，印卖白布圆团骗钱。嗣经在逃之湖南湘乡县人李奎即吴应宗，封李桂麟为总理江西汉世军务正一品伪职，嘱令纠人接应湖南大股，并出卖保家凭札，煽惑人心。李奎旋回湖南，李桂麟即至湖口县，邀查闰坎入会，焚香结拜，送给白布圆团，传授口号暗记。李桂麟复回都昌，陆续纠得现获之江添赐，在逃之曹清福、吴正朋、程麻子、余丙仂、余谷雨、王矮子、谌驼子、不知姓黑保、程独俚、任世富、吴寿山入伙，嘱令分投纠人，并说哥老会不久起事，有人买得凭札，可保身家。江添赐、曹清福允为邀集四五百人，李桂麟即封江添赐、曹清福为陆军提调。现获之傅兴福亦与李桂麟结拜兄弟，传授口号暗记，江先碧代为刊刻“总理昌江会”等字伪印，黄图曾租给房屋居住，均买受团布，江龙潭仅买团布。同治十年三月，李桂麟探知湖南会匪将次起事，封查闰坎为十八省军师调排事务，李奎亦至都昌催令赶紧纠人。李桂麟即邀查闰坎商议，先抢景德镇，再攻彭泽、湖口县城，掳掠财物军械，往投湖南大股。讵伙党尚未邀齐，即经都昌县营访闻查拿，均各逃散。李桂麟、江添赐等逃至景德镇，因稽查严紧，复逃往鄱阳县境，经浮梁县营及景德镇同知督同保甲绅董跟踪追捕，鄱阳等县兵役随同协拿，并经湖口、都昌等县营一体购线严缉，先后获犯解省，审悉前情。

臣查邱连俚听从结拜兄弟，纠伙图攻浦城县城，李桂麟、查闰坎系军营革勇，江添赐系越狱罪囚，俱投入哥老会，受封伪职，纠众图掠城镇，均属情罪重大，当此邻省匪徒叠起之时，未便拘泥成例，自应立加显戮，用昭炯戒。臣于提审后，即饬臬司会督营员府县，将该犯邱连俚、李桂麟、查闰坎、江添赐绑赴市曹处斩，传首各犯事地方，悬竿示众，俾知儆戒。其从犯艾添喜、修三元、乐样发、修毛头、傅兴福、江先碧、黄图曾、江龙潭仍饬司照例拟罪，另行咨部核覆。一面严饬各属勒缉逸犯张燮俚及李奎等，务获究报，并咨闽、浙、湖南督抚臣一体饬缉，务期尽绝根株，以杜后患。

惟查福建之斋匪，湖南之哥匪，屡次蠢动，本年安徽、浙江亦有匪徒滋扰。江西界处该各省之中，目前幸获无事，实赖地方文武认真查缉，消患初萌。如东乡县于邱连俚等由福建甫经逃回，立即捕获，浮梁县闻李桂麟等逃入鄱阳县境，当即追擒，洵属实心任事，缉捕勤能，似应吁恳恩施，俾昭激劝。所有首先拿获要犯邱连俚等之同知衔东乡县知县杨松兆，可否赏加运同衔，首先拿获首要会匪李桂麟、江添赐等之同知衔署浮梁县事补用知县李嘉瑞，可否归本班尽先补用，并赏加运同衔，协同拿获之知府衔饶州府景德镇同知张慰祖、浮梁营都司昭麟，可否均交部从优议叙，协缉之指发江西试用通判朱熙、举人陈鹏万、监生于莹可否均赏给五品衔，出自逾格鸿慈。此外出力稍次官绅，容臣量给外奖，用资观感，以劝将来。至都昌、湖口、鄱阳等县营于会匪在境勾结潜藏，业已自行破获，功堪掩过，并请邀免置议。

臣谨会同大学士两江督臣曾国藩恭折具陈，伏乞皇太后、皇上圣鉴训示。谨奏。

安义龙神显应请敕加封号并颁匾额折

同治十年六月初十日

奏为龙神灵应显著，请旨敕加封号，并恳御书匾额，以昭庥贶而顺舆情，恭折仰祈圣鉴事：

窃江西兵燹之后，各府县或称某神保护危城，或称某神驱除巨寇，纷纷详请奏恳恩施，臣核其事涉渺茫，情近谄渎，多予批驳。兹查南康府安义县北三十里之高山，向有圣水堂，即龙神祠。祠前数武有湫，水深莫测，春夏不溢，秋冬不涸，相传其下与鄱湖通。湫有神鱼，四足修尾，是为龙之化身，平日常伏不动。每遇大旱，地方官洁诚致祭，则鱼自浮出，迎取至城，祷雨立应。其事载在该府县志书。同治五年五、六月间，天气亢旱异常，臣率同文武遍祷群神，迄无感应，人心为之惶动。因委员前往安义县迎取神鱼，于七月初一日至省，即有风云随之而来，甫经入城，大雨如注，次日亦绵延不绝，晚稻得以补种，不至成灾，然犹以为事之偶然也。本年近省自五月初至六月初，四旬未得透雨，其亢旱情形，几与五年相同。复委员迎取神鱼，于六月十一日到省，是日即得大雨数阵，十二、十三连日大雨，四野沾足，万姓欢呼。群以为龙神之有感必应，合词禀经藩司详请具奏前来。臣查例载："各直省，凡志乘所载庙祀正神，实能御灾捍患，有功德于民者，请旨敕封"等语。今安义龙神屡着灵应，递沛甘霖，遂使转歉为丰，实属于民大有功德，应请旨敕加封号，并恳御书匾额，以光庙貌而答神庥。

除将匾额另缮尺寸外，理合会同大学士两江总督臣曾国藩恭折具奏，伏乞皇太后、皇上圣鉴训示。谨奏。

殉难道员请予谥建祠片

再，已故道员帅远燡，湖北黄梅县人。由翰林院编修报捐道员选用，咸丰七年经前抚臣耆龄奏留江西委用。时值著名逆首石达开率悍贼数万将犯抚、建，九江镇总兵李定太扼守东乡县，苦战匝月。耆龄恐李定太战久力疲，随饬该故道率自募勇丁千人，会同副将周凤山营勇驰往助剿。卒以寡不敌众，营垒被陷，该故道手刃二贼，力竭阵亡，胞侄候选布理问帅畴、禀生万泰同时被害。经耆龄奏奉谕旨："一并交部从优议恤。"钦此。经部议给骑都尉世职在案。兹据该故道之子直隶候补知县帅畹禀请援照前湖北汉黄德道张汝瀛、督粮道徐丰玉成案，吁恳予谥建祠，并据禀经督臣曾国藩咨商会办前来。

臣查该故道帅远燡，由词臣洊陟监司，激于义愤，效力戎行，以千名新集之师，当数万猖狂之寇，死事甚烈，壮志堪悲，核与张汝瀛、徐丰玉二员堵剿田家镇阵亡情节略同。可否仰恳天恩赐谥，并于东乡县及原籍黄梅县建立专祠，即以同时殉难之帅畴、万泰从祀，以慰忠贞而资激劝之处，出自逾格鸿慈。

臣谨会同大学士两江督臣曾国藩附片陈明，伏乞圣鉴训示。谨奏。

冬漕河运阻浅仍难起运本色折

同治十年七月二十八日

奏为江西本年冬漕，因运河浅阻，仍难起运本色，恭折仰祈圣鉴事：

窃臣前准户部咨："江西巡抚奏同治九年冬漕仍请循旧折征一折，同治九年七月二十八日奉旨：'户部知道。'钦此。恭录移咨查照。至同治十年冬漕应由该抚督饬粮道，将起运事宜，先事豫图，力筹本色，勿再借词办理为难，置仓储于不顾"，等因。即经臣转饬粮道会同藩司赶紧查议详办去后，兹据督粮道平步青会同布政使文辉详称："伏查漕粮上关天庾储备，根本要需，惟当视力之所能，设法筹办，何敢避难就易，稍涉因循。惟江西距海口过远，海运种种窒碍情形，前已详晰沥陈在案。应以河运为正道。无如山东境内，运河淤垫，自张秋口门上下数十里及张秋以北黄水穿运之处一百数十里，河身浅阻，虽经连年疏浚，总未深通。闻江北办运同治九年漕粮五万七千余石，雇用民船二百五十只，每船仅装米二百余石，吃水以二尺五寸为度，尚因寿张县之姜家庄及张秋之八里庙以南浅处河身涸露，节节插标引导，绕湖而行，并恐南船回空迟滞，豫在临清招募北船接运。江北地近粮少，运行尚属如此之难。且南船始终不能抵坝。江西额漕六十余万石，即试办二成，亦应起运米十二三万石，较江北加倍。由江西至淮，非千石以上大船不能渡湖涉江，迨入运河，又须在淮、扬先雇一二百石小船更换，行抵临清，又应另雇北船接运，计须三次易船，方能赴通交兑。递次起卸，抛散搀和，在所不免，米色霉变，尤为可虞。至于小船难雇，糜费过多，更属事所必至。况江省漕粮前定折价太少，以漕济漕，断不敷用。欲议加价，又值连年水旱之后，民力不支。再四熟筹，所有本年新漕应请照旧折征，俟来岁河道通畅，民力稍舒，再行筹办起运"等情。会详请奏前来。臣覆核无异。合无仰恳天恩，俯准循旧折征，尽数解部，以期款归实用，民力亦得稍舒。臣仍督饬该司道随时体察情形，来年运河稍通，即当勉力筹办本色，不任再事诿延。

理合会同大学士两江督臣曾国藩恭折具奏，伏乞皇太后、皇上圣鉴训示。谨奏。

南安士民捐款修城请俟工竣照章奖叙折

同治十年八月二十八日

奏为南安府城年久坍损，劝捐兴修，遵照新章，先行恭折具奏，仰祈圣鉴事：

窃查南安一郡，地处庾岭之下，与广东、湖南连界，实江西省南路锁钥。该郡向设南北两城，夹河对峙，南曰水城，北曰老城。水城周围城身长七百八十一丈，高一丈五尺，砌砖厚二尺六寸，脚深五尺，垛口七百一十个，高五尺，砌砖厚一尺八寸，东西南北城门四道，东北水门三道，西北水门二道，城楼七座，接龙阁、文昌阁、元坛阁三座，炮台四座。老城周围城身长八百五十丈，高二丈，砌砖厚三尺五寸，脚深五尺，垛口七百三十八个，高五尺，砌砖厚一尺八寸，东西南北四门，城楼四座，魁星阁一座，炮台十座。均因年久失修，城墙楼橹多有坍塌朽坏，迨咸丰八年、同治三年，迭遭兵燹，倾颓尤甚。水城两次被贼占踞，临河城身复屡为春水冲刷，几无完处。地当赴粤孔道，与楚为邻，必须城池坚固，庶足以壮观瞻而资保障。饬据前署南安府知府姚体份会督同知嵇元钫、大庾县知县陈荫昌亲诣两城，逐细查勘，南北城身、垛口、炮台坍卸鼓裂处所均应悉照旧址一律修筑，各城楼及接龙阁等处亦一律建复。水城临河一带，城身应用三合土夯砌鱼鳞石脚，下钉梅花桩，顶溜之所，加筑护岸数十丈。城南拟添筑炮台三座。各门外砂土石块堆积几如小山，共有八处，殊与城守有碍，俱应挑平。以上各工，撙节估计，实需工料银四万二千八百八十一两零。现只竹木纸张商民每岁约可抽捐钱七八百串，为数无几，不敷尚巨，自应设局劝捐，以期众擎易举。除出示晓谕，并选举公正绅董妥为办理，暨札饬所属各县一体劝谕殷富量力输将，共勷要工。俟告竣之日，造具工料细册及捐生姓名银数，遵照新章按筹饷例及现行常例，酌加四分之一请奖，以昭激劝。定于同治九年十一月初一日兴工，详请委员覆勘等情。即经臣派委吉南赣宁道文翼，饬司派委候补同知陈伟谋，驰往覆勘，所需工料尚属核实，出具甘结，由布政使文辉具详请奏前来。

臣查同治七年，准户部通行捐修城工，于议修议筑之始，先行奏明存案，该处有无军务，于折内详细声叙，并令于开工及工竣时，遴委司道大员前往查勘，出具切实甘结，随案送部存查。又同治九年户部通行："凡无军务省分，捐修城工，无论大捐、常捐，悉按例银加四分之一核计。"各等因。今南安府地处边疆，又当冲要，城垣坍损，自应赶紧兴修。第工巨费繁，款无所出，值此库藏支绌，惟有设法劝捐。江省现无军务，据请照筹饷例及现行常例银数各加四分之一请奖，既与部章相符，并经臣派委道员查勘，所估工料银两亦属核实。合无仰恳天恩，俯准俟工竣之日，按照定章奖叙，用示鼓励。

除委勘甘结咨送工户二部外，理合会同大学士两江督臣曾国藩恭折具奏，伏乞皇太后、皇上圣鉴训示。谨奏。

采办军器火药片同治十年十一月二十八日

再，臣前准军机大臣字寄："同治九年十一月十六日奉上谕：'着各直省督抚将所管各营设法整顿，限奉旨后六个月，将如何汰弱募强，如何分日操练，及各省可得有精锐士卒若干之处，详悉奏闻。直隶、天津、江苏、上海及刘铭传军营，均练习枪队、炮队，着各该省自行咨取章程照办'”等因，钦此。业经臣将咨取直隶、江苏教演枪炮阵图、口号、章程刊发各营讲求练习情形，于覆奏整顿绿营折内陈明在案。

嗣因按图操练究恐未能合式，复于江苏雇募谙练弁勇五名到江充当教习。并因江省旧存洋枪仅有二百杆合用，余因枪无锚头，操练不能如法，应须派员前赴上海购买洋枪、洋炮、火药、自来火及炸炮子等件，方可按照章程训练。现经饬据总局司道于厘金项下筹拨银两，委员赴沪先行采办洋枪五百杆、施放炸子大炮十位、洋火药三千斤、自来火二千盒、炸炮子一千个，赶紧解江应用。所需价值、运脚，统归军需项下核实报销。并令在沪雇熟悉配制洋火药并炸炮子之内地工匠来江，就近制造，俾资接济，既免远道购办之烦，并可节省运费。

所有委员赴沪采买洋枪等件缘由，除咨两江督臣、江苏抚臣外，理合附片陈明，伏乞圣鉴。谨奏。

九江镇总兵积劳病故请赐恤予谥折

同治十年十二月初五日

奏为记名提督九江镇总兵积劳病故，恳恩赐恤予谥，以资激劝，员缺紧要，请旨迅赐简放，以重职守，循例恭折由驿奏祈圣鉴事：

窃臣前准记名提督九江镇总兵黄开榜咨称，现患伤寒，已咨呈督臣请假二十日，借资调理。嗣据广饶九南道景福、九江镇标前营游击存禧等禀，黄开榜病势甚重。臣当即函嘱该镇安心调摄，并饬令试用通判周炳章驰往诊视。乃甫经自省起程，旋据存禧等禀报，黄开榜已于十一月二十九日因病出缺。该镇眷属并未随任，现将身后事宜妥为料理，一面驰告其子来浔治丧。所有九江镇印信等件，敬谨封存看守，听候委员接署等情。

臣查黄开榜由行伍出身，从征湖北、湖南、江南、安徽、山东、直隶等省，转战十年，屡摧发、捻巨寇，迭克府县坚城，内如高唐州、冯官屯两役，均奋勇先登，攻汉阳，守郧、襄，克复方家集、三河尖，击退正阳关窜贼，救援颍州府城，攻剿怀远、凤阳踞逆，所向无前。咸丰十年，金陵大营失利，扼守高、宝，遏贼北窜，战功尤著。渥荷天恩，洊膺专阃，仍留营效力。先后击败三河、衡阳、天长、扬州、桃、清、山、宝等处股匪，擒斩甚多。同治元年，接办徐、宿军务，扫荡贼圩，地方肃靖，奉旨交军机处记名，遇有提督缺出，尽先题奏。钦此。迨抵九江镇总兵之任，整饬士马，营务一新。并时出私财，以资犒劳，是以将卒乐为之用，从未贻误操防。遇有中外交涉事件，亦深资其臂助。上年调练各营选锋兵丁，躬亲校阅，无间寒暑。

该镇征战多年，备尝艰苦，在任亦复终日辛劳，不少安逸，以致体气大亏。兹以感受寒疾，遂致不起，年仅四十有一，深堪痛惜。该镇尝以母老不能迎养来浔，屡欲陈情回籍省视，卒以营务繁重，不敢因私废公，遂复中止。每与臣论及时艰，辄慷慨激昂，仍思擐甲行间，以图捐躯之报。弥留之夕，与景福执手诀别，犹谓陕、甘、云、贵军务未平，身死牖下为憾，其忠奋之志，诚有大过人者。可否仰恳天恩，饬部从优议恤，并可否赐谥以慰英魂而昭激劝之处，出自逾格鸿施。除将所遗印务檄委臣标中军参将李得胜前往接署外，所有九江镇总兵员缺紧要，请旨迅赐简放，以重职守。

臣谨会同大学士两江督臣曾国藩循例恭折由驿驰陈，伏乞皇太后、皇上圣鉴。谨奏。

靖安县城被匪焚掠登时击散折

同治十一年正月初六日

奏为靖安县城被匪焚掠，当经击散，斩擒首伙殆尽，现在派员带兵搜捕余党，恭折由驿具奏，仰祈圣鉴事：

窃查奉新县属之上来阳、下来阳、马头山等处，重峦叠嶂，界连靖安、义宁、武宁等州县，向多穷民搭棚种山，久经饬令该县编入保甲，近年尚无不法情事。同治十年十二月初间，有匪徒勾结贫民结拜弟兄，纠众百有余人，日散夜聚，图掠奉新县城。署奉新县知县汪以诚于是月初十日抵任，即会营督率城乡绅董赶办团练。时以大雪弥漫，未能上山剿捕，一面知会邻近各县，一体防范。靖安县知县陶黼吕得信之后，随亦饬令各乡办团守御，亦以连日大雪，团练致未办齐。

该匪徒等侦知奉新有备，于十六日夜冒雪潜袭靖安县城，十七日黎明乘开城之时，由南门拥入，杀毙守门兵丁舒允钰，直扑县署。陶黼吕与审案委员分缺先用知县李德硕督率丁役出御，把总彭光灿及同城文武踵至救护。抵拒逾时，李德硕、彭光灿及其二子均力竭被害，陶黼吕暨本任县丞高节、劝捐委员陈文庆、外委万柒义均各受伤，幕友、绅民、兵丁被杀十余人。匪徒遂大肆掳抢，烧毁县署并公所民房十余处。代理县丞魏鑫与万柒义飞调乡团入城，汪以诚复派奉邑从善乡团丁踵至，合力冲杀，阵斩首匪吴元发等多名，匪众各携重赃败走出城，兵练并力追剿，斩首四十五级，生擒匪首温开接、伙匪吴玉书等七名。余匪四散奔逃，复被各乡团丁擒斩数十名，并经奉新绅团先后捕获匪徒曾自达等十五名，内萧顺碌、吴一鸿二犯受伤甚重，恐其因伤身死，幸逃显戮，当即正法枭示。漏网之匪无几。臣于十八夜初接警报，立饬南昌协副将普承忠率领选锋兵丁四百名，于十九日起程驰往剿办。二十一日行抵该县境内，业已肃清。臣仍饬普承忠会督奉、靖二县文武员弁，严密搜捕，务期尽绝根株，以杜后患。

嗣据奉、靖二县将生擒各犯解省，发交臬司俊达督同南昌府知府许应鑅研讯。据温开接供认与吴元发起意纠众图掠奉新县城，因知有备，改犯靖安。曾自达等亦均供认听从入城，放火杀人。实属形同叛逆，罪不容诛，即饬臬司会同臣标中军参将，督率府县，将该犯等绑赴市曹：温开接、曾自达情罪最重，均凌迟处死，吴玉书、吴元桂、刘宏顺、余明、江陶、方桂、胡秀仁、萧立恭、谌东惠、韩青铨、赖世益十名，同恶相济，均即正法，刘兆兴业已病故，照例戮尸，一并传首犯事地方，悬竿示众。斩获首级，亦据解验相符，发回枭示。尚有陈华光、柯永发、杨九式、王时千、钟玉才、高美德、张景有七犯，坚供被胁勉从，或中途逃出，或进城后先行潜逃，现俱牢固监禁，另行查明办理。

靖安县知县陶黼昌于匪徒入城焚掠，虽据当时督率团勇击走，擒斩首伙多名，事前究属疏于防范，咎无可辞。前代理奉新县事本任靖安县县丞高节，当马头山等处匪徒萌动之初，正该员瓜代之日，并不即往查拿，又无只字禀报，养成匪势，贻害邻封，若非接署县汪以诚布置迅速，即奉新几亦被扰，亦属咎有应得。相应请旨将靖安县知县陶黼昌、靖安县县丞高节一并革职，以为玩误因循者戒。代理靖安县县丞魏鑫、协防靖安汛外委万柒义，号召乡团，剿除匪徒，功堪掩过。靖安县学教谕石宝书、训导聂秉诚，保守学宫完好，典史桂汝金力防监狱，囚犯并未脱逃，均请免其置议。分缺先用知县李德硕、靖安汛把总彭光灿御匪被戕，殊堪悯恻，应请敕部照阵亡例从优议恤，以慰忠魂。此外被戕幕友、绅民、兵丁，容俟查明另行请恤。其在事出力各员弁团绅，可否容臣择尤酌保，以资鼓励之处，出自天恩。

除再严饬各属认真缉捕，实力稽查保甲，不得稍涉疏懈外，所有靖安县城被匪焚掠，当即击散，斩擒首伙殆尽，现在派兵搜捕余党缘由，理合会同大学士两江督臣曾国藩恭折由驿四百里驰奏，伏乞皇太后、皇上圣鉴训示。

再，靖安县知县与该县县丞均系应归部选之缺，江省现有应补人员，应请扣留外补，合并陈明。谨奏。

拿获靖安正匪讯明惩处片

同治十一年二月初四日

再，臣承准军机大臣字寄："同治十一年正月十九日，奉上谕：'江西奉新县匪徒于上年十二月间，纠众百余人，阑入靖安县城掳抢，烧毁县署，虽经代理县丞魏鑫等会同奉新县知县汪以诚，调集乡团合击，阵斩匪首吴元发等，生擒温开接等多名，匪党均已击散。惟此股匪徒为数并不甚多，而该县知县陶黼昌及县丞高节先事未能筹防，均属咎有应得，陶黼昌、高节着一并革职，仍着刘坤一查明该员等有无退避情事，据实参奏。该抚现派副将普承忠驰往剿办，即着督饬该副将会同各该地方员弁实力搜捕余匪，务绝根株，毋任一名漏网'"等因，钦此。

臣查在逃余匪，多系本省及外省种山棚民，自应赶紧搜捕，庶免日久远扬，致贻后患。当经迭饬副将普承忠会督奉新、靖安两县文武，悬赏购线，分途缉拿，务期悉数就获。旋据署奉新县知县汪以诚禀报，把总吴飞鹰缉获匪犯吴益兴、钟志泰、钟志柏三名，团勇捕获匪犯曾宗发一名。汪以诚复会同吴飞鹰于上年十二月二十三、四等日，督率兵役团勇驰赴马头山搜捕，该处崇山峻岭，左近并无居民，周历土名塘坪、晏家山、猪牯石、新风水、香炉山、黄泥洞等处查看，仅有已获正法之温开接、曾自达，阵斩之吴元发、在逃之吴元兰及温元雍等，在彼筑室种山。当将温开接之父温庭兰、妻父黄达汉，逃匪吴一昌之父吴元兴，伙匪温元雍拿获，各匪房屋概行焚毁，解犯回县。后复赴上、下来阳搜捕，该处山尤陡险，路益崎岖，汪以诚等舍舆徒步，攀援而上，四山环绕，中有居民数家，即在该处搜获匪目吴元兰即言兰并匪党温先桃、刘兆永三名，随将各匪屋焚毁，三十日始回县城。本年正月十三日，督饬兵练于大窝岭等处，缉获伙匪潘运恒、管得远、张清江、罗应文即允文四名。先后所获匪犯，内钟志柏、刘兆永、温庭兰、吴元兴四犯及黄达汉均于取供后病故，其余各犯先后解省。又据普承忠及署靖安县知县魏廷弼禀报，分派典史、哨弁督带兵役团绅，前往各山乡严密搜捕，陆续拿获匪犯陈成原、徐作老即良仲、杨开吉、杨金洪、陈汇川即会泉五名，亦提解来省，均发交臬司俊达督饬南昌府确讯实情，开具供折呈送前来。

臣详核各供，该犯吴元兰与已获正法之温开接、阵斩之吴元发，辗转纠人起事，情罪较重，潘运恒、管得远、温先桃、吴益兴、钟志泰、曾宗发、张清江、罗应文、陈成原均听纠入伙，执持器械，同入靖安县城焚掠，俱罪不容诛。当饬臬司会同臣标中军参将，督率府县，将该犯等绑赴市曹，吴元兰凌迟处死，潘运恒、管得远、温先桃、吴益兴、钟志泰、曾宗发、张清江、罗应文、陈成原及前获监禁之阵华光、柯永发二犯覆讯供认入城焚抢，均即处斩，并传首犯事地方，悬竿示众，以昭炯戒。温元雍、徐作老、杨开吉、杨金洪、陈汇川五犯，均称被匪裹胁，旋即逃出，坚不承认同谋滋事，俱牢固监禁，另行查明，分别办理。刘兆永、钟志柏、温庭兰、吴元兴、黄达汉均已病故，应毋庸议。

已革靖安县知县陶黼昌、靖安县县丞高节，业经臣饬据南昌府委员确切查明，当匪徒入城时，该革员等督率丁役出捕，陶黼昌父子身各受伤，高节受伤尤重，旋督乡团即日将匪击散，尚无退避情事，业已革职，应请免其再议。

现查此股匪徒根株略尽，奉新、靖安两县民情亦安，已饬普承忠率领弁兵回省归伍，仍派副将江宗良督率祥字正后营勇丁驻扎靖安，以资弹压。除再严饬各该县振顿保甲，勒缉逃犯吴一昌等，务获解究，毋稍疏纵外，所有续获靖安滋事匪徒讯明办理缘由，理合会同大学士两江督臣曾国藩附片覆奏，伏乞圣鉴训示。谨奏。

试用道府人员拟请改章轮补折

同治十一年三月初六日

奏为试用道府人员补缺，今昔异宜，请旨敕部改议章程，以免壅滞，恭折奏祈圣鉴事：

窃查试用道府，例止准补升调遗缺。江西道府并无题调缺分，例准请补病故休缺，然必先尽候补，候补无人，方尽委用，委用又无人，方以试用人员请补。推原例意，从前道府惟曾任实缺及记名京员分发者方归候补班补用，初任拣发并曾经得缺试署未经实授、丁忧事故仍赴原省之员，方归委用班补用。此二项人员向俱无几，故虽先尽补用，亦无碍于试用序补之班。今军功保举道府补用人员，悉归候补班内补用，此项人员愈积愈多，每遇别项缺出，既得酌量请补，如遇病故休缺又得先尽补用。举凡外补之缺，概为候补占尽，不但试用一班永无补缺之期，即委用一班补缺亦俱无望。江省候补班道府固多，而试用人员亦复不少。军功保举人员，懋著勋庸，原应予以优班，方足酬其劳勩，然委用、试用人员，亦应分别间用，以免偏枯。伏查从前首领、佐贰补缺之例，亦与道府等官相同，道光年间改为候补、试用、委用分班轮补。又近年知县班，候补与即用亦改为分班序补。可见例不合宜，原可随时变通。今道府序补之例，候补独优，委用、试用永无补期，甚觉今昔异宜。合无仰恳天恩，俯准饬部改议章程，俾各班均得挨次轮补，以昭平允，而免壅滞。

谨恭折具奏，伏乞皇太后、皇上圣鉴训示。谨奏。

覆陈防勇无虚厘卡扼要折

同治十一年三月初六日

奏为江西留防勇丁无多，尚无虚冒情弊，现设厘卡俱系扼要之区，势难裁撤，恭折覆陈，仰祈圣鉴事：

窃臣承准军机大臣字寄："同治十年十二月初八日，奉上谕：'吏部左侍郎胡家玉奏，时局艰难，宜豫筹挽救一折。军营勇丁，随时招募立营，自应核实办理，方能兵归实用，饷不虚縻。若如所奏，各营勇数，多不过七八成，少不及五六成，捏报虚额，冒支军粮，此等情弊，殊堪痛憾。当此经费支绌之时，岂可任令陋习相沿，漫无稽察。着各直省督抚，于现有各营，认真查核，务按实在数目归并立营。如查有营官以少报多情事，立即从严惩办，以儆效尤。并着遵照兵部奏定章程，每届三月，将勇数造册报部，不得任意迟延，稍涉含混。其现无军务省分，留防之勇为数尚属不少，岁縻帑项甚巨，该侍郎请将各省防勇陆续裁汰，多不过暂留七八千人，少或酌留三四千人，自为节饷起见，着各督抚体察情形，奏明办理。各省抽收厘金，因军饷孔急，未能概行停止，第恐局卡各员假公济私，额外需索，借饱私囊，流弊不可胜言。着各督抚随时访察，有犯必惩，毋稍徇纵。其有可以裁减局卡之处，并着酌量情形，分别办理。原折均着摘抄给阅看'”等因，钦此。

伏查江西省现在虽无军务，然地方辽阔，与湘、鄂、皖、浙、闽、粤六省毗连。近年邻境、本境斋会匪徒，递次蠢动，加以游勇络绎于途，防范稍疏，即虞乘间窃发。额设绿营兵丁仅万余人，以之分防七十九厅、州、县，而一县之中，又分塘汛数处或十数处，以致兵力甚形单薄。现将塘兵抽调三分之二，各归本营操练，人数仍属无几，遇有巡防剿捕，不能不借助水陆勇丁。江省防勇自同治五、七两年，先后裁汰，所留各营，乃体察地方情形，斟酌再三，必不可省者，均系足数在营，尚无虚冒情弊。查该侍郎胡家玉原奏，各省留防之勇，多不过暂留七八千人。今江省所留水陆各营尚不满八千之数，目下实难再事遣撤，应俟地方静谧，然后酌量议裁。臣谨督饬各军统领，不时查点训练，务期勇归实数，饷不虚糜。如或查有缺额，即将营官据实严参，不敢稍事徇隐。其勇数册籍，历年遵照定章，按季造送兵部考核，未敢稍涉迟延。

至于抽收厘金各卡，同治五年已将小卡概行撤去，同治八年复将事近重复之门厘、坐贾概行裁免，现在仅设局卡数十处。各卡虽有大小之分，大卡地处冲途，便于抽收厘税，小卡地居扼要，专杜绕越弊端，交相维持，势难偏废。本省防饷与夫奉拨京饷及陕甘协饷，均取给于此。若将小卡勉强裁撤，偷漏必多，设或贻误军需，所关匪细。其卡员额外需索，诚应严防。旧章于省城总局之外，各府加设分局，原为就近稽察卡员，层递钤束，以杜流弊。臣惟有严饬总局、分局各员，破除情面，随时勤加访察。卡员中如有需索肥己者，立予撤参，各分局徇隐不报，一并参处，以仰副朝廷慎重军饷、轸恤商民之至意。据总局司道具详前来。

理合恭折覆奏，伏乞皇太后、皇上圣鉴训示。谨奏。

筹解黔省常年协饷折

同治十一年三月初六日

奏为江西协解军饷较繁，积欠黔省常年协饷力难全拨，先行酌解接济，恭折覆陈，仰祈圣鉴事：

窃臣先后承准军机大臣字寄，同治十年十一月初五日，奉上谕："曾璧光奏饷项支绌，请饬拨实款一折。据称贵州军务，现当吃紧，近因川省荒歉，月饷不能如期解到，而各省奉拨月饷，仅收到实银二十余万两。官军情形困苦，待饷弥殷，且收复各城，办理开垦各事宜，及抚恤由川入黔难民，需款均甚紧要，请旨饬拨实饷等语，所奏自系实在情形。江西欠解黔饷，据称积至七百余万两之多，自应迅速筹拨，以资接济。着刘坤一查明该省欠解数目，除新拨关饷一万两按月批解外，迅速提拨实银五十万两，限于年内扫数解黔，以应急需，毋稍迟缓"等因，钦此。又于十一月二十一日，奉上谕："着刘坤一懔遵前旨，迅速提拨实银五十万两，限于年内扫数解黔，不准再涉迁延"等因，钦此。均经转行钦遵办理去后，兹据藩司文辉详称："江西应解贵州等省常年协饷，户部系于应征地丁银两循例指拨，并非实存在库银两。当承平之日，征数缺额无几，且无别项支用，是以随征随解，尚无蒂欠。迨军兴之后，钱粮蠲缓较多，征数远不如昔，供支本省军需，协济他省军饷，莫不急如星火，悉取给于司道各库。地丁不足，益之以杂项钱粮，杂项复罄，继之以劝捐抽厘，仅得勉强敷衍，以致应解常年协饷积欠日增。欲请改拨，则各省同此支绌，欲图筹解，则本款早无存银。是江西虽有积欠之名，实无可解之款，确有历年奏销册籍可考，不特部臣洞悉此情，即滇省督抚臣亦知常饷有名无实，前经奏准停其指拨，可为明证。至黔省原奏谓江省积欠黔饷七百余万两，系按部拨数目而言，未将已解各款扣除。如协解湖南援黔军饷及贵州藩司兆琛委员在江劝办捐输，并江省现办四省捐输分成解黔之项，共计百余万两，均系奏明抵解常年协饷。是江省何尝不随时筹画，以冀次第弥缝？虽未扫数清厘，究非置之不顾。现在江西藩粮各库，钱粮、厘金等款，奉拨京饷及固本兵饷，既应先尽动解，即月协陕甘饷银六万两，亦不容稍有短绌，通年计之，业已数逾百万。因而月拨湖南援黔军饷银一万八千两，未能按年解足，月拨滇省军饷银二万两，尤属筹措维艰。而本省现需防饷，仅于厘金内撙节支用，正杂钱粮与夫兑收捐款不敢动用丝毫，悉供陕甘、云贵军需，实已不遗余力。所有贵州省于江省积欠常年协饷内，奏请拨解实银五十万两，委实无从筹拨。惟黔省待用孔殷，既经奏奉谕旨饬解，自应于无可设措之中，勉力匀拨同治八、九两年地丁银五万两，于本年二月二十八日发交黔省来员贵州营务处湖北补用道周康禄，督同试用通判万良修领解赴黔交收。其余未解黔省常年协饷，容俟陕甘、滇黔等省军务告竣，军饷停解。再行渐筹补苴”等情，具详请奏前来。

臣覆加查核，系属实在情形。除饬该委员妥速解往，并饬九江关将奉拨贵州军饷按月拨解，并咨明户部暨贵州抚臣查照外，理合恭折覆奏，伏乞皇太后、皇上圣鉴。谨奏。

谢议叙加级恩折同治十一年四月初六日

奏为恭谢天恩，仰祈圣鉴事：

窃臣于三月二十九日接准吏部咨，以臣办理甘捐协饷出力，议叙加一级等因具题，同治十一年二月初四日奉旨：“刘坤一着加一级”等因，钦此。臣当即恭设香案，望阙叩头谢恩。

伏念秦、陇有关大局，久劳宵旰忧勤，将士转战边隅，端赖东南接济。臣忝膺疆寄，稍效供支，取诸库而资诸民，何力之有，挹乎此以注乎彼，无功可言。乃荷鸿慈，俯念微劳，优予奖叙，自天锡宠，伏地增惭。臣惟有益竭愚忱，倍加奋勉，督饬司道，筹裕军储，期滴滴以归公，务源源而委解。庶几饱腾有效，遥听凯唱于西陲；从兹边徼无尘，仰答升平于北阙。

所有微臣感激下怀，理合恭折叩谢天恩，伏乞皇太后、皇上圣鉴。谨奏。

安仁县官绅捐修城垣援案请奖折

同治十一年四月初六日

奏为安仁县官绅捐修城垣工竣，请旨敕部分别奖叙，以昭激劝，恭折仰祈圣鉴事：

窃臣承准军机大臣字寄：“同治六年十一月二十九日，奉上谕：‘据御史阮寿松另片奏，江西饶州府安仁县城，咸丰五年修竣，至今未邀奖叙等语。其兴修安仁县城各官绅，并着刘坤一查明奏请奖励’”等因，钦此。当经转行钦遵赶紧查办去后，兹据藩司文辉详称：“据前任饶州府知府记名道王必达转据署安仁县知县姚暹详，该县城垣周围长一千三百三十丈，高二丈六尺，厚八尺五六寸不等，垛口一千三百三十个，计设城门九，瓮城楼七座，建自前明，历今数百年，未经修筑，临河城基，大半被水冲缺，垛堞倾圮，城门不能启闭。前署县夏燮，因时值粤匪窜扰江、楚，急宜修葺以资保障，当即捐廉倡率，出示劝办，详明于咸丰二年十一月初十日兴工，旋以捐项不继，停工待费。迨该前县莫廷蕃抵任，于咸丰三年十一月内，复行督饬同城文武一体倡捐，发交绅董购料兴工，一面劝谕殷富赶紧捐输济用，至咸丰五年二月初八日一律工竣。城身、女墙、城楼、城门均皆如式修理完固，濠沟疏浚深通，共计用过工料钱四万四千二百四十八串，按时值合银二万二千一百二十四两，报经前藩司陆元烺，饬委试用知县汪正淮前往勘验，委系工坚料实，并无浮冒，造具册结绘图详司。因查图结漏未贴说盖印，捐资各员履历亦未造送，又经前兼署藩司邓仁堃札饬补送核办。维时连年兵燹，捐户迁徙未回，绅董办团防剿，以致城工请奖，叠催未办。嗣经钦奉谕旨，催据该县补造册结绘图呈送，而部饭、照费银两未解，遂致辗转稽迟。兹据将饭照银两批解到司，亟应分别请奖。查咸丰九年八月间，钦奉上谕：'城垣所以卫民，果能修缮完固，自足以资捍卫。有军务省分，捐资者照捐输例议叙，出力者照军功例请奖'等因，钦此。安仁捐修城垣，系在未奉谕旨以前，未便援照办理，自应仍援莲花厅修城成案，凡报捐虚衔封典者，照现行常例酌加四分之一，报捐实在官阶者，照筹饷例银数，不准减成，归入部卯，一体选补。现在册造捐生银数均核与成案相符，内捐生莫正常、张赓年应交监生四成实银及捐免保举银两，均饬令照章赴京铜局补交。此案捐输系在奉文停止外省报捐监生、从九职衔之前，其原捐监生、从九职衔并请照旧覆准。尚有夏燮、吴邦彦、余绍韩、罗寅斗四员，倡捐共银一千四百五十两，未据开送履历，俟饬取到日续请奖叙。又，此案城工，因防堵紧要，劝捐兴修，所用经费，即与军需用款无异，事在同治三年六月以前，应请援照部定章程邀免造册报销”等情，由司具详请奏前来。

臣查安仁县城垣年久失修，致多坍塌，经该县官绅踊跃输将，俾要工得以告竣，地方借资保障，洵属好义急公，自应援案请奖。所有册造捐生银数，核与例案符合，相应请旨敕部照例分别议叙，用示鼓励。谨开列清单，恭呈御览。

又，劝捐监修出力之安仁县典史樊世荣、候选训导吴云，现任浙江石门县知县陈谟、举人方均、邱鸿图，候选训导上官春、本案报捐双月选用县丞张腾芳，州同职衔王鹤翎，附生祝戌九、祝世熙，岁贡生范懋龄，浙江补用巡检毛红轮、县丞职衔何铭鼎，选用卫千总杨兆琳、周飞鸿，监生邹世英、周凤岐、程炳文，俊秀毛士弁，在事两年，不辞劳瘁，并请交部照例议叙，以昭激劝。

除将各绅民捐数履历清册图结送部、照费部饭银两另文解部外，谨会同署两江督臣何璟恭折具陈，伏乞皇太后、皇上圣鉴，敕部核覆施行。谨奏。

恭请陛见折 同治十一年四月二十八日

奏为回任又届三年期满，吁恳天恩俯准陛见事：

窃臣前于同治四年，由广西藩司，仰沐圣慈，补授江西巡抚。七年夏间，以在任已及三年，奏准入觐，叠蒙召对，训诲周详。八年六月初三日回任，至今又届三年。伏念臣疆寄久膺，涓埃未报。材惭樗散，临深履薄之滋虞；忱抱葵倾，仰圣瞻天之倍切。查江省近年虽偶有斋、会匪徒蠢动，幸皆旋即扑灭，不致滋蔓，贻害地方。各处游勇间有入境抢劫，亦经严饬各州县，认真举行保甲，实力稽查缉捕，故能有犯必获，重予创惩，奸宄稍知敛迹。本年自春入夏，颇觉晴少雨多，尚于农田无碍，地方民心均甚相安，邻省现亦无事。合无仰恳天恩，准臣入都陛见，稍申依恋之诚，并于应办诸事，臣识虑所未及者，皆得面聆慈训，俾有秉承，感荷鸿施，实无既极。如蒙俞允，所有巡抚印务，可否仍交藩司文辉护理，恭候谕旨遵行。

理合恭折具奏，伏乞皇太后、皇上圣鉴训示。谨奏。

酌议筹拨协饷安插散勇折

同治十一年四月二十八日

奏为遵旨酌议覆陈，仰祈圣鉴事：

窃臣承准军机大臣字寄：“同治十年六月十七日，奉上谕：‘本日据御史张沄奏，湖南莠民滋事条陈办法一折。援黔军饷本归楚省筹济，该御史深虑独力难支，请令湖南从长核算，每岁实协黔饷若干万两，再于两广、四川、湖北、江南、江西等省厘捐项下酌量拨济。着各该督抚酌度该省情形，能否协拨若干，毋稍推诿，庶众擎易举，楚、黔均受其利也。楚省目前须举行团练保甲诸法，以清乱源。而江苏等省时有遣散勇丁，解回本籍者，清查既难，箝束亦复不易，必致滋生事端。着各路统兵大臣、各直省督抚，即将安插散勇章程，悉心酌议具奏’”等因，钦此。即经转行钦遵去后，兹据藩司文辉及善后局司道先后查议，具详前来。

臣查江西各局卡抽收厘捐，衰旺不能豫定，约计每年收数总在百万上下。本年子口半税盛行，厘金大为减色。而本省留防水陆勇粮与夫调练绿营兵丁薪水并制造军火旗械，均取给于此，且有奉拨京饷、陕甘军饷，尤关紧要，尽数供支，本无余剩。现又接准户部咨，奏拨江西厘捐银七万五千两，解济杭州织造应用，尚费筹画，实无余银堪以协楚援黔。况江省协济湖南援黔军饷本有专款，每月于地丁项下解银一万八千两，源源拨解，已非一年。近日钦奉谕旨，先解银二十万两，现与司道设法张罗，犹难如数凑集。是江西于湖南饷需业已竭力接济，此外无可加增。

至遣散勇丁，在江苏等省或所时有。江西练勇，自同治五、七两年递经裁汰之后，留防水陆勇丁仅七千余人，地面辽阔，常有不敷分防之患，是以近数年来，并未裁撤一勇。且查各营弁勇人等，半隶本省，并非全系楚人。将来地方静谧，渐次撤防，拟将年壮技优之将弁，分别考选，咨送归标候补，以免置散投闲，亦为储备将材之用，余亦开具衔名，咨行原籍，以备稽察。所有勇夫均派委员分途押带回籍，由该州县责成房族管束，令其安业营生。其有愿补名粮者，另造清册，外省则咨送原籍督抚，本省则发交原籍营汛，遇有缺出，随时考补。似此妥为安插，则流落为匪者自少矣。盖当勇者必已成丁而后可以应募，是先在籍生长已十数岁，农工负贩，必非毫无生业之人，处置有方，当易安集。或有不肯仍理故业，又准考补名粮，俾有糊口之地。仍督饬地方官认真办理保甲，严行稽查，如有游荡为非，立即从重惩办，杜其为恶之路，即启其迁善之心，是又足以补安插之所不及，而使之自就范围者也。

所有酌议缘由，理合恭折覆奏，伏乞皇太后、皇上圣鉴训示。谨奏。

江西绅众请建故督臣专祠折

同治十一年四月二十八日

奏为绅民呈请建立已故督臣专祠，恭折仰祈圣鉴事：

窃臣接据在籍三品京堂衔翰林院修撰刘绎等呈称："江西用兵十数年，几与军务相为始终，原任大学士两江总督臣曾国藩之保卫江西，亦相为始终。咸丰三年，贼围江西省城，守兵已嫌单薄，而上游泰和县土匪乘机起事，暗与发逆勾通，势殊岌岌。幸得曾国藩由湖南派罗泽南等各营来援，扑灭泰和之匪，省城发逆势孤，随亦解围而遁。四年，曾国藩克复武昌，遂率得胜之师顺流而下，分攻九江、湖口，水军失利，身濒于危。五年，以次进驻南康、南昌，分遣诸将，规复广信、弋阳、义宁等处，人心倚以为固。会逆酋石达开、赖裕新、胡以晄等人股窜入江西，复有另股自广东来合。而曾国藩得力之将罗泽南等，又先派援湖北，贼众我寡，致江西八府五十余州县，先后沦陷。维时饷源已竭，士气不扬，曾国藩内则筹给饥军以支危局，外则乞师邻省以遏狂氛，其拮据之状，坚忍之操，士民共见共闻，至今念之，莫不流涕。六年，湖北、湖南各派师分道入援：其瑞州一路则其胞弟曾国华也，吉安一路，则其胞弟曾国荃也，此外诸将如刘长佑等，皆曾国藩素所识拔之人。曾国藩以援师大集，会同抚臣，左提右挈，指授机宜，并派李元度等驻扎贵溪以通浙东饷道。由是诸军饱腾用命，所向有功，六、七、八，三年之中，遂收全省肃清之效。九年，曾国藩提师援浙，犹先分兵攻克浮梁县、景德镇地方，迨后攻安庆，下江陵，每闻江西风鹤之惊，辄即派兵驰回援剿。同治三年，逆酋李世贤、陈炳文、汪海洋等率众数十万，由浙窜入江西，苏、常余氛亦接踵而至，抚、建等府遍地皆有贼踪，人情汹汹，惧蹈咸丰五年覆辙。时曾国藩驻师皖境，飞调鲍超全军赴援，羽檄频催，急于星火。鲍超兼程而进，遂大战于许湾，跳荡已逾三时，擒斩实以万计，该逆土崩瓦解，随即遁往广东，安危利钝之几，间不容发。四年，发逆荡平，亦深资霆军越剿之力，江境得以解严。曾国藩之有功于江西如此。至于接引士类，识拔人才，裁减丁漕，抚恤黎庶，一切善政，不可殚述。夫盛典饰终，朝廷已极优渥，而感恩戴德，舆情愿奉馨香。公恳奏请于江西省城建立专祠，俾士民得申报享之忱。”等情前来。

臣查立功江省各员，如前安徽巡抚江忠源、前江西巡抚张芾等八人，均经奉旨于省城分建专祠。今督臣曾国藩历年保卫江西，厥功尤伟，士民追慕不忘。可否仰恳天恩，俯如该绅等所请，准于江西省城建立专祠，以慰舆情而彰忠荩。

理合恭折具奏，伏乞皇太后、皇上圣鉴训示。谨奏。

遣撤营员勇丁饬缴军器并推广收标章程片

再，查各省均有散勇，不尽系湖南之人，各省均受散勇之害，亦不独湖南一省。即以江西而论，游勇劫抢之案，递经州县破获，或本省人，或湖南人，并有籍隶河南、安徽、广东、福建、浙江各省者，其踪迹之诡秘，情形之凶横，迥非意料所能及。方其结党入境，多系贩运货物而来，逢关纳税，过卡抽厘，苟遇各处稽查，辄以印票呈验。及其货物卖完，收资入橐，则择殷实铺户，乘机劫抢多赃，昼夜奔驰而去。各州县文武选派兵差，或追过邻县，甚至追至邻省，仅能及之。追及之时，该游勇等均身藏短杆洋枪等项，并力拒捕，往往犯未全获，而兵差相继受伤，致多漏网。所获之犯讯明，每系武职为首，且有曾保参、游、都、守之人。江省如此，他省可想而知。即哥匪、会匪中亦多系此辈为厉。夫短杆洋枪便于携带，最易伤人，然非军营弁勇亦不恒有。至以曾为营哨官之武职流而为盗，其党羽更易招呼，第非迫于饥寒，当亦计不出此，不可不思所以救其弊也。

伏查同治八年奉上谕："军营遣撤勇丁，例应将军装器械在营呈缴。嗣后各路军营遣撤之勇，如有未缴军器，私行带走者，无论有无滋事，一经沿途地方官查出，即治以私藏军器之罪，如有劫夺伤人者，即以军法从事。并由各路统兵大员严切晓谕，饬令各处地方官于通衢大道，张贴告示，务期有犯必惩，以戢凶暴"等因，钦此。臣查军营弁勇，每有自行制备洋枪、短刀，临撤并不呈缴，私自带回。统兵者以非给之于官，不及觉察，或明知之，亦不过问，竟不知其为祸如此之烈。应请饬下各省，凡撤遣营勇，无论员弁、勇丁，所有此项洋枪、短刀，务须一律查明收缴，如系自行制备，亦应给价收回，使无利器在身，不敢横行无忌。即统兵大员自行制备之洋枪等项，均应缴存省局，不准私带回籍，以防散失，贻祸将来。

又查同治七年准兵部咨开："嗣后遣撤员弁例应收标者，即行咨部注册，至保举推选各官并副、参应行回避本省，各项人员必须专折奏明，奉旨允行后，方准收标，不得率行咨部注册，以昭慎重等因，具奏。奉旨：'依议。'"钦此。是收标章程已不为不宽。惟是军营武职起于乡曲细民，奉撤回家，多无力以自达，因之遂甘废弃，或至出外为非。可否饬下各省，凡遣撤营勇之时，查明保举员弁，其在该省归标者，即由该省督抚分别咨奏，其回籍归标者，无论应咨应奏，亦即造册分咨各该原籍督抚核办，俾免向隅。如有员弁不愿归标，仍应咨行原籍州县以备稽察。归标员弁，或照拣发人员给予半俸，或照江南月课筹给赏银，所费亦属无几，而该员弁月得数金，差足自给。又有上进之路，希冀补缺署事，应知自爱，且日置身于礼法森严之地，亦足以生其廉耻而消其桀骜。上副朝廷爱恤战士之心，下为地方隐除匪盗之患，其中雄杰之材，并可备干城之选，所全已大，所得实多。

臣为一时救弊起见，谨附片具陈，伏乞圣鉴训示。谨奏。

设局刊修经籍片

再，前准礼部咨，同治六年五月初六日，奉上谕："鲍源深奏请刊书籍颁发各学一折，着各直省督抚转饬所属将旧存学中书籍，广为购补，并将列圣御纂钦定经史各书，先行敬谨重刊，颁发各学，并准书肆刷印，以广流传，俾各省士子得所研求，同敦实学，用副朝廷教育人才至意"等因，钦此。

臣查江西各属屡遭兵燹，不但各学藏书散失无存，即民间经史子集善本版片亦俱焚毁殆尽，士子诵习无资，实于文教大有关系。先因纂修省志，未能同时举行。现在省志稍有规模，应即遵旨设局开办。查藩司署内本藏有御纂钦定各经等项书版，历年久远，残缺不全，难以刷印。臣现饬候补道缪德棻，会同各司道，仿照江苏、湖北等省办法，另设书局，遴选积学之士，雇募精熟匠人，先将藩署旧存书版，逐加查看，分别补修。此外经史有用之书，为他省所未刻者，亦即择要校刊，照旧颁行各学，并发坊肆售卖，庶流传益广而讲习有资，以副朝廷育士崇文之至意。所需经费，饬令藩司于厘金项下设法匀拨济用，亦照江苏等省成案，将来在书籍卖价内摊派归款，以重库藏。

所有设局刊修书籍缘由，理合附片陈明，伏乞圣鉴。谨奏。

酌解湖南借拨撤勇经费折

同治十一年五月二十八日

奏为湖南借拨撤勇经费，力难全筹，拟请酌解接济，恭折覆陈，仰祈圣鉴事：

窃臣承准军机大臣字寄："同治十一年三月二十八日，奉上谕：'王文韶奏酌减援军积欠过巨，拟请借拨饷项一折。湖南援黔一军，积欠饷项甚巨。上年指拨湖北、四川月饷银共四万两，湖北虽随时接济，仍难按月解齐。四川则于湖南旧欠该省旗绿兵饷内，业经划抵银十万两。王文韶以现在苗事渐有就绪，援局可以稍纾，拟将援军酌量裁减。惟积欠无从筹补，亟须设法通融借拨，以应急需。着刘坤一于江西省借拨银二十万两，即于月协湖南援黔军饷项下，按月提还，以清款目'"等因，钦此。当经转行钦遵办理去后，兹据藩司文辉详称："江省月协湖南援黔军饷银一万八千两，当定议之时，协拨他省饷项无多，尚可勉力供支。迨后陕甘之协款骤增，继之以添拨云南月饷，入款岁有常经，出款有加无已，不能不视其轻重缓急，量为接济。每年仅将京饷、甘饷如数筹解，而湖南援黔军饷，与夫滇省月饷，均不能按月解清，他如奉拨福建、甘肃、贵州常年兵饷，更属无款可筹。今湖南省因裁减援黔之军，清厘积欠勇粮，拟于江省月协饷内借拨银二十万两，仍准按月提还，如果一时可以周转，曷敢不竭力佽助，无如应解各省协款繁多，势难专顾湖南一处。且现因大婚礼应办缎绸等件，直隶督臣奏准动拨江西银三万两，两江督臣奏准动拨江西银十万两，浙江抚臣奏经户部议准动拨江西银七万五千两，分解江宁、苏州、杭州各织造衙门济用，均属刻不容缓之需。现在多方凑集，先尽委解。所有湖南借拨银二十万两，实难如数通融。惟该省撤勇清饷，待用孔殷，亦应设法匀借，拟在于同治十年地丁项下，先行酌拨银五万两，于本年五月二十日发交湖南委员试用通判刘恩绶领解，前赴湖南省交收，作抵以后月协湖南援黔之项”等情，具详请奏前来。臣覆核无异。

除饬该委员妥速解往，并饬司再行设法续筹委解，并咨户部暨湖南、贵州抚臣外，理合恭折覆奏，伏乞皇太后、皇上圣鉴。谨奏。

奏疏卷八

请停止免厘印照以裕饷源折

同治十一年七月二十八日

奏为各省兴修工程，委员采办物料，免完厘税，流弊日滋，请旨停止给照，以重饷源，恭折奏祈圣鉴事：

窃照抽收厘捐，虽非正供所有，而借济要饷，大于经费有裨。前当东南被扰之时，疮痍遍地，丁漕多半蠲缓，所在库藏空虚，借非抽收厘金，几至不堪设想。其时统兵将帅，深知抽厘为军营命脉攸关，加意护持，不使稍有罅漏。如前统长江水师兵部右侍郎臣彭玉麟，通饬各营采买食米，仍应照章完厘。前闽浙督臣耆龄，委员来江办运军糈，应交税厘，议于协闽饷项内划扣，前督臣曾国藩犹以为办理迁就。夫军务正当吃紧，而军米实资饱腾，此尚不准免厘，他物更无论矣。推其所以慎重如此者，诚以端不可开，而弊难防范也。

迨后东南军务告蒇，各省疆吏详查厘税过繁，江、楚、苏、浙先后酌量裁撤局卡，以及核减所抽厘数。户部深恐度支无出，谓各省筹办善后有费，练兵设防有费，豢养勇丁有费，河工、塘工有费，陕、甘、云、贵等省战事方殷，其费更难豫计，若不通盘筹画，遽议免厘，浸成支绌之势，于经费大有妨碍，奏请饬令各直省督抚于厘金一项，实力整顿，毋博虚誉，率行减免。是部臣洞悉厘金为经费大宗，不容轻率议免，可谓计深虑远，思患豫防。中外臣工自当共体此意。臣与藩司督饬局卡各员，任劳任怨，不敢稍涉迁就。九年春间，准前两江督臣马新贻及长江水师提臣黄翼升咨，商免抽水师采买谷米厘金，当以本省、外省兵勇甚多，诚恐纷纷援以为请，所损非细，议覆照旧抽收，马新贻等亦深以臣言为然。

惟查近年以来，各邻省兴办善后工程，与夫成造战船，修筑堤埝，需用木植及一切物料，委员赴出产省分购办，均系给予印照，免完厘捐，原为经费难筹，稍资节省起见。乃委员之跟丁、船户，借运官物，夹带私货，甚有私货数倍于官物者，或乘机闯越关卡，不候稽查，或借词津贴运费，抗不完纳。委员之庸懦者，则漫无管束，其不肖者，转从而庇护焉。各卡员因一时麇集，稽察难周，亦有瞻徇情面，勉强放行，其弊难以枚举。是彼省所节物价无几，此省所失厘捐实巨，合各省而统计之，免厘之举，转于国家经费有损无益。现在采买物料委员源源而来，络绎于路，以致江西各卡抽厘日益减色，设或应解京、协各饷暨本省防师口粮，稍有缺误，关系匪轻。拟请嗣后除地方荒歉，委员采买米谷赈济，准免厘税外，此外无论何省何营，委员采办一切物料，经过江西关卡，均令照章纳税抽厘，不准请免，以杜流弊，而裕饷源。相应请旨饬下各直省督抚，以后委解物件，概勿发给免完厘税印照，以免争执。

臣为整顿厘捐，维持全局起见，是否有当，理合恭折具陈，伏乞皇太后、皇上圣鉴训示。谨奏。

贵溪捐修城垣援案请奖折

同治十一年八月二十八日

奏为贵溪县劝捐修城浚濠、添筑炮台，遵照新章补行具奏，

仰祈圣鉴事：

窃照贵溪县地处省城东路，为由江赴浙要道，水陆交冲，必须城固池深，借资保障。该县城垣周围长一千一百五十五丈，厚一丈二尺，高二丈，垛口二千一十个，向设东、西、南、北、小南五门，城楼五座，小水门六座，城之南面临河，北面陆路。自国初迄今二百余年，未经大修，城墙倾颓，濠沟湮塞。虽于咸丰七年、同治元年，经前统带平江勇候选知县李元度、前任贵溪县知县周溯贤两次修补，复被洪水冲刷，并为逆匪攻击，旋筑旋坍。城身必须从新砌筑，易砖以石，加高城墙垛口二三尺不等，各门城瓮，旧制矮小，改造宽阔，并将大南门移出丈余，挖深墙脚，用石坚砌，濠沟亦应一律疏浚深通，并添建炮台六座，暨盖造各城楼兵棚，庶足以长资捍御。即经周溯贤逐加查勘，督匠撙节估计共需工料银五万三千一十二两一钱八分。当此库款支绌，惟有劝捐兴办，禀经前抚臣沈葆桢批司饬据广信府派委署河口镇同知姚近维驰往复勘，所需工料尚属核实，出具勘结禀送。一面由县出示晓谕，选举公正绅董，设局劝谕捐输，如法折造。所收捐项，事竣之后，查照例案请奖，以昭激劝。计自同治元年冬间兴工，因捐项不继，屡次停工待费。周溯贤丁忧卸事，该前县杨长杰抵任，照案督催局绅筹费赶办，至七年五月初十日始克一律工竣。用过银两，与原估数目相符。内除按漕派捐银六千一百四十八两，零星捐项不及奖叙银三千八百一十一两九钱，实应请奖户捐银四万三千五十二两二钱八分。乃在局绅董于工竣之后，均各因事他出，以致延未造报请奖。十一年春间，经该县知县沈镕经催据局绅造册，禀请委员验收。即经臣查照新章，札委候补道王德权前往，督同该县官绅，逐加查勘，委系工坚料实，并无浮冒。由署布政使李文敏详请补行具奏前来。

臣查同治七年，准户部通行："捐修城工，于议修、议筑之始，先行奏明存案，该处有无军务，于折内详细声叙。"并令于开工及工竣时，遴委司道大员前往查勘，出具切实甘结，随案送部存查。又同治九年准户部通行："凡无军务省分捐修城工，无论大捐、常捐，悉按例银加四分之一核计。"又同治十年准户部通行："嗣后各直省捐输，惟现时呈缴现银接济军饷之案，准其兑收监生、从九衔两项，至各省先行收银，随后补奖之案，以及城工、团练、善后各案，除随官监生无庸扣奖外，其仅捐监生、从九衔者，均一概不得兑收"各等语。今贵溪县地当省东冲途，城垣为合境保障，坍卸年久，自应赶紧兴修。该县士民深体库藏支绌，筹款维艰，累年陆续捐助，俾要工得以告竣，洵属好义急公，自应照章请奖。惟议修之始，在未定新章以前，是以补行具奏存案。又查兴工之时，江省军务正剧，迨工竣之日，地方业已肃清，应照无军务省分章程奖叙，以昭核实。惟工竣在同治七年，兑收捐项亦在同治七年，以前所收仅捐监生、从九衔两项，委在新章停捐数年之先，若概饬令改奖，未免向隅，不足以资观感。可否仰恳天恩，俯准援照历办成案给奖之处，出自逾格鸿慈。

除饬藩司取造册结绘图，并捐生履历、银数，另详核办外，理合会同署两江督臣何璟恭折具奏，伏乞皇太后、皇上圣鉴训示。谨奏。

义宁官田请折减租额折

同治十一年九月二十八日

奏为义宁州入官寺产租额太重，请量为核减，并将水冲沙塞田亩豁除租粮，以舒佃力，恭折具奏，仰祈圣鉴事：

窃查义宁州云岩寺慈润堂还俗僧人卢秉刚治罪发遣、田产入官一案，计卢秉刚自置田八百七十一亩六分三厘，每年额收租谷一千七百四十三石二斗六升，每石折征银五钱，共折征银八百七十一两六钱三分，内除完纳地丁、漕米银五十三两三钱八分八厘外，余银八百一十八两二钱四分二厘，解司充公。又慈润堂原额及续置共田七百二十三亩零，以一半给该堂新选住持之僧，其余一半田三百六十一亩七分六厘，每年额收租谷七百二十三石五斗二升，每石折征银五钱，共折征银三百六十一两七钱六分，内除完纳地丁、漕米银二十二两二钱六分外，余银三百三十九两五钱，解充省垣育婴堂公用，嗣复改为修理、添设巡船工料经费。均自乾隆二十九年起，由各佃户认种纳租，经该州知州按年征收完解，如有未完，附入地丁钱粮，随本奏销开参。道光二十八年，因慈润堂田亩滨溪旁涧者，每遇山水涨发，多被冲废，租无所出，禀经前仟藩司委员会勘，实被水冲沙塞田五十八亩三分二厘五毫，每年应减免租银五十八两三钱二分五厘，内应扣完钱漕银三两一钱三分，亦请豁免，均于报销道光二十九年充公闲款册内报部查核在案。

当乾隆年间，银价平减，每库平纹银一两仅易制钱七八百文，佃户交纳折租银两，尚属如数。迨后银价渐增，而佃户交租亦渐多蒂欠。至道光二十八、九年以后，银价极昂，每两易钱二千余文。前项寺产坐落山陬僻壤，地势高者恒以乏水为忧，滨临溪港者又有冲塞之患。佃户终岁耕作，收获本属不丰，且须以谷卖钱，以钱易银，赴官交纳，银价较乾隆年间增至一倍有余，以致佃户力不能办。又自道光二十八年查减冲塞田租之后，续被水冲沙塞之田，又复不少，佃民益形拮据，竟至分毫不完。自道光二十九年起，至同治二年，积欠租银一万数千两，历年应完钱漕，均系官为垫完。前署知州邓国恩因此项官田租银屡催不完，无补公用，转有赔赋之累，拟照科则肥硗，悉予变价报部拨用，禀经藩司转详前抚臣沈葆桢，咨准户部核覆，以事关拟变入官田亩，应由该抚确切查明实在情形，奏明办理，当即转饬遵办。乃因山田硗瘠，有力之家非其所欲，是以招变日久，承买无人。复经前署藩司平步青派委候补知县李嘉瑞，会同前署知州陈纪麟，督同绅士，亲诣该乡，周历各庄，详细体察。此项田亩，不但乏人承买，且佃户数百家，俱系种山穷民，自乾隆至今，承耕此田已越百余岁，祖孙父子世世相承，几同私业，举家生计尽出于斯，一旦官为另售，流离失所者不下六七百家。于李嘉瑞等前往查勘之时，扶老携幼，伏地哀求，情堪矜悯。询据各绅士，佥称只宜量减租银，仍责原佃耕种，按年完租，其从前积欠租银，分年带交，庶公项可收实济而穷檐胥荷生成等语。李嘉瑞等详加察看，系属实情，随周历履勘，原额官田一千一百七十五亩六厘三毫，向来缺额田六十亩六分八毫，续经被水冲刷成河及积沙深厚不能垦复田三百二亩六分四厘五毫，应完租银、钱漕概请豁除，实存成熟田四百七十八亩八分九厘，积沙未深尚堪垦复田三百三十二亩九分二厘，共计八百一十一亩八分一厘，应行一律征租。当督同绅士悉心酌议，每亩减去租银四钱，实征银六钱，借舒佃力，方可责以按年清交，核计每年实共收折足银四百八十七两八分六厘，应扣完纳地丁，漕米银五十二两二钱六分二厘，余银四百三十四两八钱二分四厘，内解司充公银三百四十九两八钱二分四厘，解充巡船经费银八十五两。其积欠田租，咸丰九年以前已归于豁免案内办理，责令各佃先将同治四年起至八年止，五年租银照现在减定数目完纳，业据照数催完解司兑收。又自咸丰十年起，至同治三年止，五年租银应请分作八年带完，以示限制。至被水冲刷田三百二亩零，以前多有积欠，酌令完纳一年租银，亦已催收解司。并据绘造图册，由布政使刘秉璋核明具详请奏前来。臣覆核无异。合无仰恳天恩，俯准将前项官佃折租银两，减为每亩完银六钱，以恤穷民，其历年水冲沙塞田亩应纳租银及扣完丁漕，并请豁除，以昭核实。

除图册咨送户部外，谨会同署两江督臣何璟恭折具奏，伏乞皇太后、皇上圣鉴，敕部核覆施行。谨奏。

筹解协滇月饷折 同治十一年九月二十八日

奏为酌拟筹解协滇月饷实数，恭折覆陈，仰祈圣鉴事：

窃臣承准军机大臣字寄："同治十一年九月初二日奉上谕：'刘岳昭、岑毓英奏饷需孔急，请饬催协饷一折，据称四川等省奉拨协滇饷银，自上年六月至本年五月，仅解到银三十九万六千八百余两，欠解之数甚多。现在军务吃紧，已复城池办理善后各事宜，需用浩繁，亟须巨款源源接济，开单恳请饬催等语。所奏自系实在情形。着刘坤一按照该督抚所请，将每月应解滇饷，在于该省厘金、税课有着款项，按月如数划拨，交该省委员汇解赴滇应用。如原拨饷银为数较多，未能全数筹拨，究竟能拨若干，亦宜划定实数，一面起解，一面迅速奏闻'"等因，钦此。当即转行钦遵筹办在案。

伏查滇省军饷，前于同治八年钦奉谕旨，改由江西每月拨银二万两，即经臣行据司道将各局库收放数目，通盘筹画，实无余款可拨，详经臣奏请饬部另筹拨济。嗣准户部议覆，仍令竭力筹措，按月凑解。随饬藩司设法腾挪，酌量匀拨。计自同治九年起至现在止，共解过银二十六万两，按年分派，每岁尚不足十万两。

盖缘钱漕、税厘、捐输等款，均有一定用项，如赣关税银与粮道库之漕折，近年均系实数解京，九江关税除月协贵州军饷银一万两外，余均分解户部、内务府济用。粮道库之漕项钱粮，尽数凑解陕甘协饷、清淮工需，尚虞不敷。劝办四省捐输，按成匀分陕、甘、云、贵充饷，江西不留丝毫。仅只司库地丁及局卡抽收厘金，借应各项要需，如部拨京饷、固本兵饷、陕甘军饷、湖南援黔月饷，本省绿营官兵俸饷公费、阵亡弁兵恤赏、长江水师兵饷、本省留防水陆勇粮、善后工程用项，莫不取给于此，业已左支右绌，兼顾为难。至于奉拨他省年例兵饷，竟无暇计及。而所解云南军饷，系于本省用款内竭力减省匀拨，卒难足数。目下滇省军务吃紧，善后事宜，需用浩繁，钦奉谕旨饬催筹画拨解，自应勉图协济，何敢以江省应解京、协各饷已多，稍事推诿。当与藩司再四熟筹，先于同治十一年秋拨册报留存项下，动放八年地丁银四千一百四十八两三钱六分七厘，缓征地丁银三千八百五十两六钱七分一厘，九年地丁银一千一百四十两六钱五分四厘，缓征地丁银一千二百两，十年脚耗银九千六百六十两三钱八厘，共银二万两，饬令坐催协饷委员云南侯补知府朱鸿，于九月十八日亲赴司库具领，汇解云南抚臣衙门交收，俾济急用。此后拟自本年十月为始，按月勉力筹解银一万两，每年共解银十二万两，遇闰加增，随时发交滇省委员汇解，不敢缺误，如以道路太远，并作六批汇解，亦听该委员之便。据藩司刘秉璋详请奏咨前来。

除咨户部暨云南督抚臣外，所有酌拟筹解协滇月饷实数缘由，理合恭折覆奏，伏乞皇太后、皇上圣鉴训示。谨奏。

知县亏短库款请革职拿问折

同治十一年十月十二日

奏为特参亏短库项之知县，请旨革职拿问，恭折奏祈圣鉴事：

窃照州县经管仓库钱粮，丝毫皆关国帑，不容稍有亏短。江西省前因办理军务十数年之久，各属交代，积压未算至数百起之多。臣遵照部议，将同治三年以前者作为旧案，督同各前司道勒催算结，其短交银两者分别参追在案。三年以后，续出新案交代，亦与司道不时严饬该管府州，遵照例限，随时督算清交，并委员分赴各郡守催，不啻三令五申，以期挽回积习。

兹查得前任金溪县丁忧知县姚恭常前在金溪初、二两任交代，据该管抚州府知府朱澄澜禀报，迭催延不会算。按照后任册造各款，详加稽核，初任短交正杂各款银一万五千四百七十九两零，二任短交正杂各款银一万二千七百二十一两零，又前在永宁县任内交代，算明短交正杂各款银一千七百九十四两零，三共短交正杂各款银二万九千九百九十五两零。又前署金溪县事候补知县程芳，前在金溪县交代，按后任册造短交正杂各款银一万一千五百三十一两零。由交代总局司道揭报前来。

臣查该员姚恭常、程芳，身任地方，经管仓库钱粮，辄敢亏短累万盈千，交代延不会算，短项日久无交，实属玩法已极。除饬抚州府将该员姚恭常、程芳委员解送来省，照章收禁，一面查明寓所资财，严密抄封，并飞咨浙江、河南抚臣，转饬该员等原籍归安、祥符二县，将家产尽数查封备抵外，相应奏参请旨，将前任金溪县丁忧知县姚恭常、前署金溪县事候补知县程芳，一并革职拿问，以便提同经手丁胥，严行讯究，是侵是挪，此外杂项有无亏短，按律定拟办理。

臣谨会同署两江督臣何璟恭折具奏，伏乞皇太后、皇上圣鉴训示。谨奏。

酌保捐局出力人员折

同治十一年十月二十八日

奏为劝办陕、甘、云、贵四省捐输，协济军饷，在事出力各员，照章择尤酌保，恭折奏祈圣鉴事：

窃陕、甘、云、贵四省，前因军饷支绌，先后奏准委员来江劝捐济用。臣因四省委员同时设局，政出多门，易滋流弊，奏明由江专设一局劝捐，所收捐项以十成计算，每省分拨二成五，江西不留用分毫，经户部议准。当饬司道在省设立总局，委员分赴各属，妥为劝办。计自同治七年十月二十五日开局起，至十一年七月止，共收捐银八十一万余两，随时匀解各该省济饷，均经奏报在案。

江西从前用兵十数年之久，军饷半出捐输。迨军务略平，继之以浙捐、皖捐、黔捐，稍有盖藏之户，久已尽力输将。此次四省捐输，承民力疲乏之后，办理本难措手。只因关、陇、滇、黔逆氛张炽，战事方殷，边民沦于水火者亟盼援师，战士薄于锋镝者又迫饥困，势不能不由平静省分设法相助，共济艰难。该委员等不辞劳瘁，开诚布公，分投劝导，而各绅民亦深明大义，踊跃捐输，用能集兹巨款，源源解济，俾得马腾士饱，频奏肤功，实于该四省军务，大有裨益。

兹据布政使刘秉璋、按察使李文敏、署督粮道吴兆麟、署盐法道乔廷槐，查开在事各员，详请奏奖前来。臣查前准吏部咨奏定章程，办理捐输出力，只准保举升衔、议叙加级、纪录及奏请封典，收米合银二十万两以上为一次，每次准其请奖四五员等语。今四省捐输共收银八十余万两，例得请奖二十员，自应照章吁恳恩施，以示激劝。臣谨择其尤为出力者十五员，开列清单，恭呈御览。其余出力稍次各员，容臣量给外奖，用资鼓励。

除仍督饬司道广为收捐，分解济饷外，所有酌保劝办捐输，协济邻省军饷，在事出力人员缘由，理合恭折具奏，伏乞皇太后、皇上圣鉴训示。谨奏。

动放盐税余款修砌九江石塝折

同治十二年二月二十八日

奏为修砌九江石塝工程，动用岸匣费银两，遵例恭折，奏祈圣鉴事：

窃照九江府城垣，滨临大江，旧有护城石塝一道，计长七百五十二丈六尺，编列十八段，以资捍卫。每年额设岁修银三百六十两，遇闰加增银三十两，由两淮运司解存江西盐道库，如遇石塝坍塌，应修所需工料银两，随时核实动用，历经遵办在案。

兹据藩司刘秉璋详称：前据德化县知县陈才鼎禀报，该处护城石塝，自军兴以后，迄今二十余年，未经修补。历年江水盛涨，风高浪巨，淹浸冲激，土脚松浮，以致各段塝身多有坍卸鼓裂，倾圮日甚，几与无塝相等，江水渐逼城根，郡城势将随倒。九江踞长江之腰膂，为省北之藩篱，设有边警，首当其冲。防守全恃城垣，而郡城实赖石塝为固，是此项工程万难再缓。确加勘丈，各段坍卸石塝共长三百五十三丈七尺，应须从新砌筑，尚存石塝三百九十八丈九尺，亦多残缺，并须一律补修。督匠撙节估计，实需工料银一万五千九百八十九两六钱。禀经前署藩司李文敏，札委候补知县朱宽成驰往会同该县复加勘估，旋据禀覆，应修工程丈尺，实属相符，应需工料银数，亦属撙节核实，并无丝毫浮冒，造具册结绘图，由署广饶九南道许应鑅覆核加结送司核明，详请具奏动款兴修等情前来。

臣查办理堤埝等工，动用银数在五百两以上者，例应奏明办理。今九江府护城石磡，为全郡保障，最关紧要。现在磡身坍塌一半，余亦缺裂不完，亟应及时修复，以固城防。估需工料银一万五千九百八十九两六钱，照例每两扣平六分，实应发银一万五千三十两二钱二分四厘。既无浮冒，本应于盐道库存岁修银内动用。惟自淮南纲盐改行票盐之后，两淮运司久无岁修银两解到，应请在于前办邻盐抽税随征岸匣费项下，照数动放，给发该县，妥速兴修，勒限三个月修竣具报，并饬该署道许应鑅就近稽查督办，务期工坚料实，不准稍有草率偷减，仍俟工竣，委员验收后，再将用过银数核实报销。

除将送到估册图结咨送部科查核外，理合遵例具奏，并缮具工段丈尺银数清单，敬呈御览，伏乞皇上圣鉴训示。谨奏。

赣县匪徒谋乱拿获正法片

再，赣州府地接粤东，匪徒出没靡常，而赣县所属之砂石铺等处，向为粤省私盐偷越之路。近年认真缉私，贫民无利可图，乘隙思逞，臣不时谆饬地方文武，实力稽查缉捕，以免变生不测。上年冬间，先后接据赣南镇道及赣州府县咨禀，访闻该县所属之砂石铺一带，有匪徒郭老六等纠匪谋袭郡城情事，即经该镇道督饬赣州府知府魏瀛、赣县知县崔国榜，会营先后拿获匪犯郭老六即琪隆、吴罗罗即朝柯、赣标革兵罗明标并韩传梅、韩道璲、李四仔即大洲、聂火头即聂彬、赖和尚即三元、韩南蛇、赖得标十名到案，经赣州镇总兵王永胜、吉南赣宁道文翼督同府县委员连日研讯。据郭老六、吴罗罗供认，与在逃之潘万幅，两次在罗明标家商谋纠人起事，砂石铺系郭老六为首，大埠墟系韩传梅为首，南康县之塘江等处系潘万幅为首，罗明标则在城中为内应，吴罗罗与在逃之萧永昌往来通信。始约九月十四夜会齐，以白布裹头为号，用梯爬城，俟十五日黎明，文武各官前赴武庙行香，乘机袭杀，劫取库储火药、军器，添纠党与，占踞城池。届期，因潘万幅一股未到，中止，改约十月十四夜。旋为该镇道府县营汛访闻查拿，大埠墟一股已行至中途，郭老六令吴罗罗前往截回，随各逃散等语。质之韩传梅供亦相符。罗明标初不承认，迨提各犯质证，始认与郭老六等同谋叛逆。韩道璲、李四仔、聂火头、赖和尚、韩南蛇、赖得标亦俱供认听纠入伙，图袭郡城，行至中途折回属实。据该镇道府开送供折，将犯解省，经臣饬司发委南昌府复讯，韩传梅等各供与原审相符，惟郭老六、吴罗罗、罗明标供词狡展，显系自知罪无可逭，借图拖延时日。据该署南昌府知府王之藩将犯解由臬司李文敏覆讯，转禀到臣提审无异。

臣查该犯等谋袭郡城，在赣均已供认凿凿，即现讯韩传梅等仍无异词。且该犯郭老六已逃往广东南雄州，吴罗罗逃往庐陵县，经赣县分途差关跟踪捕获，罗明标有与吴罗罗约会同逃之信，亦经起获，案情确凿无疑。该三犯倡谋为逆，情罪重大，未便日久稽诛，除韩传梅据报病故外，当饬臬司督同府县会营，将该犯郭老六、吴罗罗、罗明标均绑赴市曹处斩，传首犯事地方，悬竿示众，以昭炯戒。韩道璲、李四仔、聂火头、赖和尚、韩南蛇、赖得标六犯听纠袭城，中途折回，情节稍轻，均永远监禁。其南雄、庐陵二州县拿获邻境斩枭要犯，应叙职名，俟查明另行请奖。

除饬勒缉逸犯潘万幅等务获究办外，所有拿获谋袭赣州府城匪犯解省审办缘由，理合会同署两江督臣张树声附片陈明，伏乞圣鉴训示。谨奏。

绅士屡创义举请准建坊并赏匾额折

同治十二年三月十二日

奏为绅士屡创义举，捐资巨万，援案吁恳赏给匾额，以昭激劝，恭折仰祈圣鉴事：

窃据署庐陵县知县李寅清禀：该县延福乡绅士翰林院编修彭世昌之父道衔彭大忻、胞伯州同衔彭大协、胞叔道衔彭大怡，均乐善好施，毕生不倦。大协生二子，长刑部郎中彭世芳，次员外郎衔户部主事彭世名。大忻生三子，长即该编修，次福建邵武府知府彭世芬，三户部郎中彭世济。大怡生二子，长刑部郎中彭世华，次郎中衔彭世彦。克承先志，相继力行。迨彭大协等身故后，彭世昌与同堂兄弟析产，提出一分，名为怡怡堂公产，凡有善举，皆取给焉。吉郡前遭兵燹，学宫、书院、祠宇、仓廒悉被焚毁。彭世昌等独力捐修府学文庙、大成殿及昭忠祠、双忠祠、双忠书院，共用银一万九千余两；制造祭器、乐器及执事生、佾生衣履，设局演习歌舞，用银三千余两；又捐修本邑节孝祠，用钱三千八百余串，使明禋巨典，秩然整肃。白鹭书院系合郡生童肄业之所，群议建复，该绅等捐助钱三千余串。石阳书院系庐邑生童肄业之所，该绅等独力捐建，用钱一万余串。另捐钱二千串发典生息，以为士子买卷之资，培植人材，体恤寒畯，可谓周备。其睦族恤邻也，捐修族房支祠五所，共用钱一万八百余串。建族义仓捐谷三千石，建乡义仓捐谷七千石，并于建仓之旁，分设家塾、乡塾，延师课读，每岁另捐钱四百串以为束脩膏火，又捐建省郡彭氏试馆、延福试馆，共用钱五千余串，由是宗党之间，人不阻饥，士皆向学。其急公纾难也，前次翰林院修撰刘绎奉旨办理江西团练，该绅等捐助军需钱六千串，官军克复吉安府城，捐助军饷钱一万六千串，又捐助湖南军饷银一万两，乡里资捍卫之功，士马收饱腾之效。且以钱五千余串购毁淫词小说书板，以钱三千余串捐建京都庐陵会馆，又以银一千余两置买京师梁家园粥厂一所。统计以上各义举，银钱并计，共合银七万余两，内只捐助湖南军饷、吉安军饷已得奖叙，其余捐项五万余两，不惟不请奖叙，并不列捐者姓名，但题怡怡堂捐助，具见友恭同志，善气萃于一门。此外修路、造桥、掩骼、埋胔、舍棺椁、施药材、建堂育婴、造塔惜字，或数百串，或数千串，善事难以殚述，为费尤属不赀。禀请奏恳逾格旌扬，以示风化等情前来。

臣查定例，士民人等或养恤孤贫，或捐资赡族，于地方有裨益者，又捐修公所并军需等项，用银至一千两以上者，请旨建坊等语。又同治十一年浙江绅士胡光墉捐输赈济银二万两以上，经直隶督臣奏蒙赏给匾额在案。今庐陵县绅士翰林院编修彭世昌等修造文庙、书院、义仓暨各善举捐资数万金，较浙江绅士胡光墉捐项为数尤巨。合无仰恳天恩，俯准赏给匾额，仍准照例建坊，以示优异，而昭激劝。

除咨明礼、户二部外，理合恭折具奏，伏乞皇上圣鉴训示。谨奏。

蠲免民欠钱粮请并豁漕项杂税折

同治十二年三月二十八日

奏为蠲免民欠钱粮现在办理情形，并援案恳恩并免漕项杂税，恭折仰祈圣鉴事：

窃臣接准户部咨，抄单内开："同治十年九月十八日钦奉恩诏，各直省民欠钱粮，由臣部酌核奏请蠲免，谨援照道光十五、二十五两年恩诏豁免二十年以前民欠钱粮成案，拟请将同治六年以前民欠钱粮，请旨饬下各直省督抚、府尹查明已入奏册实欠在民者若干，并缓征者若干，据实开单具奏，造册送部查核，准予豁免"等因。同治十一年十一月十九日具奏，本日奉旨："依议。"钦此。钦遵行司，移行遵照，并刊刷告示，遍发各属张贴晓谕。

伏查江西省同治三年以前，屡次被扰，民间困苦流离，四年以后，协济各省军饷日巨，捐征并行，闾阎输将力竭。今蒙我皇上蠲赋恤民，有加无已，薄海士庶，钦感同深。溯查咸丰十年至同治六年，每年应征之项，均于奏销案内分晰造报。是节年民欠之数原可按册而稽。惟时阅八年之久，赋税款目繁多，而实在未完银米总以州县存署板串为凭，必须详加盘验，逐款勾稽，其曾经失守处所，间有册串被焚者，更须认真确查，以昭核实。现经饬司遴派干练丞倅及候补州县分赴各属，会同该管府州调查历任实征簿册串根、交代案卷，按年按款核对，必使针孔相符，其册串被毁之县，尤须确切查明年款，务得实在民欠各数，分别造册，递加切结，由司道覆核汇册，详请奏咨。如有征存银两，即行扫数提解，不准丝毫隐混，仰副圣主实惠及民之至意。

抑臣更有请者，查定例，恭遇覃恩，诏款内有"豁免旧欠钱粮条款者，其民欠漕项、芦课、学租、杂税各项钱粮一体豁免等语”。又恭查道光十五年、二十五年两届钦奉恩诏，暨咸丰元年恩旨豁免民欠钱粮，其漕项、杂税等款，均明奉谕旨全行豁免。惟同治元年，户部议覆御史朱梦元奏请蠲免各省民欠咸丰九年以前钱粮，未经议及漕项、杂税，旋经直隶、河南督抚臣奏经户部覆议，钦奉上谕："所有咸丰九年以前，直隶等省民欠出借仓粮、籽种、口粮、牛具、漕项、芦课、学租、杂税，因灾缓征，九年以前漕粮、常漕、仓谷，着一并豁免"等因，钦此。是钦奉恩诏蠲免旧欠钱粮、漕项、杂税，历届均系全豁。此次钦奉恩诏蠲免同治六年以前民欠钱粮，部议虽未指明漕项、杂税，而考之例案均在准豁之列。况漕项系在地丁内统征分解，地丁已豁，独收漕项该州县征解殊多窒碍。至于杂税征自行户，非沛特恩，不准邀免。今普蠲民欠钱粮，而行户不得同沾闿泽，亦觉向隅，似宜仿照上届成案办理。据布政使刘秉璋、督粮道王必达具详请奏前来。合无仰恳天恩，俯准将咸丰十年起至同治六年止，实欠在民之漕项、芦课、杂税以及各项官租与夫地丁项下统征、分解之本折物料，军欠之余租，商欠之茶课、纸价，并因灾缓征同治六年以前丁漕，一概豁免，以舒民力，而广皇仁。

所有蠲免民欠钱粮，现在办理情形，并援案恳免漕项、杂税缘由，除咨明户部外，理合恭折具奏，伏乞皇上圣鉴训示。谨奏。

义宁官田仍请核减租额豁除无征粮柱折

同治十二年四月二十八日

奏为义宁州入官寺产仍请核减租额，并豁除冲刷田亩租粮，恭折奏祈圣鉴事：

窃臣接准户部咨，议覆臣奏义宁州入官寺产请减租银、豁除冲刷租粮一折。以“此项寺田，据前抚臣沈葆桢咨，佃户联名具禀退田，拟请变价，乃时阅九年，转以承买无人，佃户哀求承耕，拟请减租，前后情形自相矛盾。每亩向征银一两，遽减至六钱，似非核实之道。历年积欠租银，先照现减银数征收，殊属不合。续被冲刷田三百余亩，系自某年为始，每次冲刷若干，未据详细声叙，笼统酌令完纳一年租银，碍难核准。相应请旨饬下江西巡抚，将历年欠租，仍照原额催征，实欠在佃者，准分八年带完，如有官吏已征未解，严参勒缴，并将迟延职名送部议处。核减租银，酌中自同治十一年为始，按亩减银二钱，实征八钱。续被水冲田亩，将年分、亩数详细登覆，另行核办”等因。奉旨：“依议。”钦此。钦遵转行遵办去后，兹据布政使刘秉璋详称：“当即札委拣发知县邱培苍前往义宁州，会同署知州朱宽成，细核原案，传集原办绅士周廷彦等详加查讯。缘前项入官寺田，先因节年欠租数逾万金，应完钱漕，转系官为垫纳。是以前署知州邓国恩议请变价报拨。嗣因山田硗瘠，承买乏人，且此田系穷苦佃民生计攸关，一经变卖，不免失所，事多窒碍，遂至日久稽延。迨后派委候补知县李嘉瑞会同前署知州陈纪麟详加体察，始议仍留原佃，核减额租。此前后办理歧异之实在情形也。至于酌减租银数目，原定每亩完银一两。乾隆年间，每银一两易钱七八百文，至多不过千文，佃户以钱一千文即可完一亩之租赋。道光二十九年以后，每银一两易钱一千八九百文，甚至二千一百文，往岁可完两年官租，今并完一年，尚属不足，佃户无力输将，因而相率延欠。委员李嘉瑞等核计近来银价，每银六钱易钱一千有零，所以请减为每亩完租银六钱，实系悉心筹画，酌中定议。就银数而论，虽觉较前骤减，就钱数而论，实比乾隆年间加增。与其徒务虚数，仍前积欠无完，纵将经征之员开参，究于经费无补，何如责以力所能办，租项按年清交，实收实用，转于度支有益。今若加增二钱，每亩征租银八钱，照市核算，需钱一千四五百文，佃力不支，势必依前延欠。应请每亩仍完银六钱，以期事归实济。其带征旧欠，情事相同，并请一律减完，以资体恤。此议减额租之实在情形也。所有水冲沙塞田亩，提讯州署书吏，据称：从前各佃诚系陆续呈报，且为数不止三百余亩，均经各前州随时批饬设法垦复。因咸丰五年州城失守，衙署被焚，各佃原禀概行毁失，以致冲刷年月，每次被冲田若干，均无从稽考等语。该委员携带图册履亩勘丈，除积沙不深尚堪垦复之田不计外，实在冲刷成河、积沙深厚不能垦复田三百二亩六分四厘五毫，核与李嘉瑞等原勘相符。惟是兵燹之后，案卷荡然无存，无凭补报被冲年分、亩数，应完钱漕委系无从催征，仍请概予豁免。以前积欠租项，酌令完纳一年，亦属量力着追，其余俱请豁除，庶失业贫民不致复受追呼之累。此冲刷田亩应豁租粮之实在情形也。历任知县并无征存未解银两。前署州邓国恩倡议变价，日久未办，事出有因。且该员业已病故，奉取迟延职名，并请邀免置议”等情，由司具详请奏前来。臣覆加确核，系属实情。合无仰恳天恩，俯准将前项田租，仍减为每亩完银六钱，冲刷田亩租银、丁漕，仍请豁除，以昭核实，而恤穷黎。

除咨明户部外，臣谨会同两江督臣李宗羲恭折具奏，伏乞皇上圣鉴，敕部核覆施行。谨奏。

覆陈丁漕改章现宜照办折

同治十二年五月二十八日

奏为沥陈丁漕改章实在情形，恭折覆奏，仰祈圣鉴事：

窃臣承准军机大臣字寄："同治十二年四月二十八日奉上谕：'左都御史胡家玉奏江西省额外加征地丁银两请饬裁革一折，据称江西省钱粮定例，征银一两，随征耗银一钱，今每两加征银四钱，显违定制，请饬永远裁革，不得再立捐款公费名目等语。各省地丁钱粮均有定额，若如该左都御史奏，是该省州县于正额之外违例加征，民间受害何可胜言，亟应速为禁止。着刘坤一严饬所属州县等，恪遵定例，不准丝毫浮收。如查有私立捐款、公费名目，额外加征者，即着严行参办。另片奏，该省漕米一石，折收银一两九钱，除解部款外，提充捐款、公费及州县办公之用，为数已多，复又分为三限，每限每石各加银三钱，全给州县办公，深恐虚报收数，徒饱私囊，弊端不少，请旨裁禁等语。着刘坤一一并查明，将应行裁革者，速为禁止，并着严饬各州县，认真办理，毋得稍有徇庇。原折片着抄给阅看。将此谕令知之。'"钦此。等因，转行司道钦遵查办去后，兹据布政使刘秉璋、督粮道王必达详称：伏查原任大学士两江督臣曾国藩、前江西抚臣沈葆桢厘定征收丁漕章程，原为今昔异势，法久弊生，捐摊之案叠出，各衙门供应浩繁，无一不取之于州县，州县不得不取之于民。地丁每两征银一两七八钱，征钱三千数百文，漕米每石折收钱七八千或银八九两，官民交困，吏治日弛。目击兵燹之余，公私疲乏，欲求补救之法，必清致弊之源，由是督饬前藩司李桓，悉心经画，停止各案捐款，裁革一切陋规，并将丁漕浮收数目大加裁减，仍核计办公必不可少之需，通盘筹画，量出为入，酌留余地。定以地丁每两征银一两五钱，按时价折收钱二千四百文，漕米每石征银一两九钱，折收钱三千文。于咸丰十一年冬间，大张晓谕，使民有遵从，官难加派，各处刁衿劣监，向以欺陵小民、挟制官吏、包漕抗粮为生业者，概无所施其伎俩。所征地丁，除解正耗银一两一钱外，另提捐款银一钱，漕米每石除解部银一两三钱外，另提捐款银二钱，亦解司道各库兑收。裁汰藩司衙门铺垫供应，于地丁每两提银一分，以济公用。道府养廉无多，不敷办公，裁汰粮道漕规，于漕米每石提银二分。裁汰知府节寿礼、月费、漕规，就所属地丁每两、漕米每石各提银五分，亦以济公用。州县俸廉尤少，公事独多，地丁每两余银二钱四分，漕米每石余银三钱二分，均留为州县办公之需。其提存司道库之地丁一钱、漕米二钱，以之抵放向归州县摊捐，如文武乡试、岁科考试、司道办理秋审、各府办理发审等件不敷用款，与夫委解京、协各饷不敷盘川，京、省、宁、赣各提塘报资，津贴瘠缺各县缉捕不敷经费。督抚司道府书吏例给工食微薄，不足以资糊口，亦按州县向捐之数支给。庶公用咸归有着，摊派永可蠲除。同治元年七月间，前督臣曾国藩先将江西奏派州县捐摊各款，奏请豁免，声明设法减征丁漕，另筹用款，永禁捐摊，钦奉谕旨允准。又于是年闰八月十四日奉上谕："御史裘德俊奏牧令宜加体察等语，所奏甚是。近日两江总督曾国藩、江西巡抚沈葆桢请裁革江西捐摊各款，以清弊源，洵能仰体朝廷澄清吏治之意，实心办理，各直省自宜仿照奉行"等因，钦此。同治四年八月间，前护抚臣孙长绂因试办数年，官民称便，成效既著，当将厘定征收丁漕新章，酌留公用数目，会同前督臣曾国藩、前署督臣李鸿章据实具奏。经户部议覆："该省丁漕两项，自应均令照章征收。本省办公借资丁漕，若不容纤悉多收，殊非经久之道。地丁一两除解正耗外，另提一钱六分，漕米一石除解部款外，另提二钱七分，在于减征丁漕收数内供支之处，应请准如所奏办理等因。奉旨：'依议。'"钦此。同治七年银价大涨，州县收钱易银，不堪赔累。据前藩司文辉、督粮道平步青，详经臣会同曾国藩将丁漕章程重加厘定，查照原议，一律改收银两，奏经户部议覆："江西漕米自改折色以来，每石只解部银一两三钱，若不准酌量加收，非特本省办公竭蹶，且恐规复漕运，诸多窒碍，改收银一两九钱，价值不甚悬殊，且奏明一律收银，与州县私自改章者不同。地丁收钱，不过一时权宜，改收银一两五钱，连倾镕火耗在内，除解正耗银一两一钱外，余为提补捐款公费，并州县办公之用，均请准如所奏办理。等因。奉旨：'依议。'"钦此。又准军机大臣字寄："同治九年十月二十日奉上谕：'侍郎胡家玉奏，请饬该抚通饬各属征收地丁钱粮，每银一两，遵例加收银一钱，所有另立名目，额外征收，永远革除，以苏民困等语。着刘坤一斟酌情形，妥议具奏'"等因，钦此。当即行据藩司、粮道核明利弊斟酌情形，详经臣确核覆奏，请仍照定章办理，以免纷更。是年十一月初十日奉上谕："刘坤一奏称：江省地丁钱粮，从前名为遵例一正一耗，实则收钱不止二千四百文，收银不止一两五钱。军兴以后，酌减每地丁一两改为收银一两五钱，通省一律照办。若徒博遵例之虚名，恐蹈浮收之故辙。所奏自系实在情形。惟该省当兵燹之后，民间元气未复，地方大吏当体念民艰，力除积弊。着刘坤一督饬所属各地方官，于明定征收确数之外，不准丝毫任意加增，以副朝廷轸念闾阎至意。"钦此。钦遵各在案。自定新章，迄今十有余年，民间裁减浮收不下千万，各衙门无馈遗陋习，吏治亦复从而澄清。是曾国藩、沈葆桢所定章程，实属斟酌至当。非不知地丁每两收银一两五钱，显违一正一耗之例，然与其任听州县私自加收，何如明定限制？与其上下私相授受，何如明给办公之资？此种因时救弊之苦衷，不惟部臣所共悉，并在圣明洞鉴之中。夫立法贵在因时，变通惟期尽利。江省丁漕章程，既经叠次奏准有案，并非违例私加。且外间公用各款，取之于丁漕羡余，各省大率相同，非独江西一省，实事求是，未便稍事拘牵。今若必如左都御史胡家玉原奏，于一正一耗之外，丝毫毋得多收，则前所称文武乡试等款不敷经费，势必仍摊派于通省分捐，即各府办公无资，亦必仍仰给于州县，而州县衙门之用款更繁，一无借手，凭何支应即以征收钱粮一端而论，催粮书役之饭食，印造簿串之纸张，倾镕银两之火工，解银赴司之水脚，种种费用，州县不能赔贴，益之以捐摊陋规，虽欲不私取于民而不可得。其廉谨自爱者，惟有知难而退，中材以下之员，转得有所借口，非侵挪正项，即求取无艺，从前浮收勒折之弊，衿棍包揽之风，将见接踵复起。是徒有减赋之虚名，转贻浮勒之实患，殊于吏治民生大有关碍。事关通省利病，再四思维，不得不据实沥陈。所有地丁内提补捐款以及府县办公之项，均属实难删减。惟藩司衙门，虽因革除办差供应，增添一分公费，究竟养廉较厚。现于无可裁减之中，力求撙节，尚可俭约自持。拟将藩司一分公费删除，以后地丁每两征银一两四钱九分。虽所减为数无多，究于民间不无丝毫之益。至于征收漕粮，按限加价一层，由来已久，从前起运本色之时，即属如此办理。盖缘漕粮例应冬兑冬开，为日甚促，必须克期集事，方能无误兑运。是以开征之时，勒定限期，递加折价。民间计较完数多寡，稍有力之户，莫不于初限内扫数输纳，二限、三限完者寥寥。既省追呼，并免敲扑，亦催科之善策。现在虽未起运本色，而征收漕折，均于年内大批委解，次年春间全数解京，此即按限加价之效验。原定二限加银三钱，三限再加三钱，共为六钱，内提八成充公，仅以二成给州县，为数甚微。如虑州县于初限限内征少报多，以为干没二、三限加价之地，则征簿、串根具在，确有月日可查，势难挪移掩覆。江西原定漕粮折价过少，就现在市价，每石米价尚不止一两九钱。是现征价银犹不足一石之米，运费无出，更不待言。欲办本色，必须加增折价。徒以连年水旱歉收，民力拮据，仰体圣主轸念民艰至意，递年详请循旧折征。今若并按限加价亦复停止，则旧制尽堕，不但起运本色益恐无期，即此后征收折价，花户明知漫无期限，必致日久拖延，恐不能如以前之迅速解部济用，转于国计有碍，应请仍照议定章程办理等情。详请覆奏前来。

臣查前督臣曾国藩、前抚臣沈葆桢所定征收丁漕章程，减浮收以裕民生，停捐款以肃吏治，仍酌量办公必不可少之需，随正征收济用，以期官民相安，上下有制，一切谋画均为救弊起见。臣抵任之时，曾经悉心考究，各款俱在必需，是以遵循办理。迨后银价增昂，征钱不敷解款，据司道详请奏明改征银两，亦系本曾国藩等原议而行。迄今时逾十年，民乐薄赋，吏绝苞苴。如于一正一耗之外，不准多收，办公无资，必致亏及库款，若听其私自浮勒，更恐诸弊丛生。该藩司议将解司一分公费删除，免其征解，系于无可节省之中，力求克己便民之计，此外实无可再删。漕粮按限加价亦为孙长绂初议所有，且系二限加银五钱，三限再加五钱。嗣于丁漕改征银两案内，减为二限加银三钱，三限再加三钱。确有历次奏案可考，借惩劝以速输将。是以江省报解独早，并未迟至次年夏秋。事为通省利病所系，既据该司道等沥情具详，臣何敢不据实直陈。可否仰邀天恩，俯如所请，地丁每两征银一两四钱九分，漕粮循旧按限加价，俾国计民生两有裨益，出自高厚鸿施。此后臣益当督饬司道，认真稽察，各州县倘于定章外丝毫加增，即行从严参办，不敢稍涉徇隐。所有丁漕改章实在情形，理合恭折覆奏，伏乞皇上圣鉴训示。谨奏。

归标候补人员恳仍给予半俸折

同治十二年六月初六日

奏为江西归标候补武职与江南情形不同，恳恩仍给半俸以资养赡，恭折奏祈圣鉴事：

窃臣接准兵部咨，户、兵二部会议臣片奏请定遣撤营勇章程一折，内开："江西抚臣刘坤一奏请各省归标员弁，或照拣发人员给予半俸，或照江南月课归标员弁章程，虽未据该省报部，惟曾经原任督臣曾国藩奏称，月课所费银两，较之概给俸银不及百分之一，所有各省归标员弁，自应令其仿照江南月课筹给赏银章程办理，毋庸给予俸银，庶经费不致过巨，而员弁可借资津贴。应请饬下两江总督将曾国藩所定月课归标武员章程，迅速报部，一面转咨各省查照"等因，奉旨："依议。"钦此。并准前署两江督臣何璟将月课章程咨送来江。

臣当将候补武职各员例给半俸银数，与江南月课奖赏银数逐加比较：副将、参将、游击考列超等、特等、一等者，以盈抵绌，月课赏项较半俸有减无增，都司、守备赏项则较半俸有增无减。查江西现收标者，游击以上七十余员，都司以下一百二十余员，是所减者少，而所增者多矣。其候补千总、把总、外委以及发标学习之武进士、武举，江西向照定例，不给半俸，只准考补名粮。今江南月课章程，把总、武举以上赏项竟与都司、守备相埒，外委赏项较千总、把总减半，转觉例外糜费。如谓现有差委月支薪水之弁另有减成给赏之条，此即节省之一端，第减于此而增于彼，通盘筹画，并无节省之可言也。至于月课，游击以上二名取一名，都司以下五名取二名，外委三名取一名，其中实有偏枯之处。夫例给候补武职半俸，盖为养赡穷员，储备将材起见。江南月课给赏，亦与此意相符。然江南收标务广，则考课贵精，所以限定考取额数若干，原为慎重经费。江西于收标之时，即经严行考察，务须人材壮健，技艺精强，或其人尚有识略，亦准留营。若改照江南月课，而又限以额数，其考取者固属衣食有资，设以额满见遗，未免屈抑人材，亦失赡养穷员本意。况武职大员之有将材者，不尽以弓马、枪炮见长，今限于程式而无计谋生，殊为可惜。又如打仗受伤奏免骑射人员，不能与考。该员等身经百战，支体摧残，既以员缺太少，借补无期，复因半俸议裁，斗糈莫得，此尤向隅之特甚者。江西归标候补武职，照例支给半俸，历久相循，已逾十稔，一旦改为按额考取，必多缺望之员。若不限定取数，则所需转费于半俸，殊非撙节度支之道。可否仰恳天恩，俯准将江西归标候补武职仍循旧章，守备以上照例支给半俸，千总以下酌量借补兵粮，俾资养赡，以昭体恤之处，出自高厚鸿慈。

谨将例支半俸以及月课奖赏各银数比较多寡，开列清单，恭呈御览。

再，江西归标武职，臣亦按月考课奖赏，屡考前列者分别借补委署，借以讲求武备，甄拔人材。月给赏项约二百余金，历系捐备，并不动用正杂钱粮。

所有江西归标候补武职，请仍给半俸缘由，理合恭折具奏，伏乞皇上圣鉴训示。谨奏。

捐局未定新章以前请照旧给奖折

同治十二年闰六月二十八日

奏为四省捐局收捐监生、从九衔在前，新章在后，吁恳天恩，循例给奖，以示体恤，恭折奏祈圣鉴事：

窃查陕、甘、云、贵四省捐输，经臣奏请由江专设一局，援照陕西收捐章程，归并劝办，所收捐银尽数分解四省济饷，钦奉谕旨允准。时值陕、甘、云、贵军务吃紧，需饷孔殷，捐项收有成数，随时分解济用，亦经叠次奏报。嗣于同治十年二月十二日，准户部咨，议覆御史吴鼎元奏拟请酌增捐例银数一折："嗣后各直省捐输，惟现时呈缴现银接济军饷之案，准其兑收监生、从九衔两项，所收银数各按各省奏章，照例定银数分别减成后，仿照道府州县翎枝章程，全收实银，毋庸以米石、饷票绕算"等因。当以江省办捐时经十余年，民力久已疲乏，此次劝办四省总捐，尚赖定章稍加折减，民间故能勉力乐输。今监生、从九衔两项新章银数，比较陕西原定章程几增两倍，捐户必难适从。随即通饬各属，以文到之日，截清数目，停止收捐监生、从九衔两项，其先已书捐银两尚未缴足者，仍照旧章催收请奖，毋庸退还，以免捐生怀疑观望，有碍别项虚衔、实职捐输，并将捐生姓名先后报局，以杜移后作前之弊。其所收捐项，计自同治七年十月二十五日开局起，截至十年二月底，解过陕、甘、云、贵银七十二万九千六百四十三两零，又自十年三月起，至十二年三月底止，续解该四省银十一万六千四百四十七两零；共计捐输银八十四万六千九十两零，分为三十三次造册咨部请奖。自第一次至三十次，共请奖银七十二万九千六百四十一两零，系十年二月未奉酌增监生、从九衔两项银数以前所收捐项，自三十一次至三十三次，共请奖银一十一万二千三百六十六两零，系新章以后续收捐项，尚余银四千两有奇，归于下次请奖。嗣先后接准户部议覆，自第一次至十八次案内，所捐监生、从九衔，均经核准。自第十九次至二十八次，均以报捐监生、从九衔，应遵议覆御史吴鼎元奏案，饬令换交实银到日再行核办，已经填给该捐生等执照，亦应追缴送部查销。其二十九次以后请奖各案，尚未接到部覆。

伏查第一次至三十次所捐监生、从九衔，实在新章以前，确有起解银两奏案可考。其十九次以后，奖册到部在新章之后，盖缘捐生履历内多开报舛错遗漏，辗转行查，远者往返二千余里，捐生数千百人之多，并有外省商民在江报捐者，咨查原籍尤为不易。每次查明请奖，动淹旬月，奖册未能迅速，职是之由。至三十一至三十三次案内，所捐监生、从九衔，虽缴清银两在新章之后，而书捐实系在前，亦据各属报局有案，并无挪移年月情弊。江西士庶当疲敝之际，因知边省军饷匮乏，共体时艰，连年竭力捐资，共计银八十余万两，解济边陲军用，洵为深明大义，踊跃急公。若因奖册到部后期，遂令补交两倍捐银，并追照缴销，未免向隅独甚，并恐捐户因此怀疑观望，即此外应捐实职、虚衔亦复裹足不前，转于边疆饷需有碍。据委办四省捐输总局司道详请奏恳循旧给奖等情前来。

臣覆加确查，委系实在情形。且业已停止收捐监、从两项，亦可无虞别滋流弊。合无仰恳天恩，俯准将江西劝办四省捐输，自第十九次至三十三次奖册内报捐监生、从九衔两项，敕部仍照陕西定章，核准邀免补交银两及追缴执照，以昭体恤而劝其余。

谨会同两江督臣李宗羲恭折具奏，伏乞皇上圣鉴训示。谨奏。

漕粮海运难行仍请循旧折征折

同治十二年八月初四日

奏为江西漕粮，酌提本色，由海运津，体察情形，实有难行，仍请循旧折征，以收实济，恭折覆奏，仰祈圣鉴事：

窃臣接准户部咨，议覆直隶总督李鸿章奏筹议黄、运两河情形并酌议河运、海运采买各事宜一折，以采买一节，江、广漕粮折价每米一石，仅解部银一两三钱，若令提银买米，则折漕一石之数，断不敷用，诸多窒碍难行。所称令江、广各督抚体察情形，酌提本色若干运沪，由海船解津，洵为目前切要之图。江、广等省虽未能全征本色，如能酌提数成，雇备江船，顺风抵沪，沙、宁海船，商局轮船，均可装运。应请饬下各督抚督饬藩司、粮道，本届新漕先期谋画，本折兼筹，务须分成起运本色，由海运津等因，具奏，奉旨："依议。"钦此。当即转行遵照办理去后，兹据布政使刘秉璋、督粮道王必达详称："伏查漕粮攸关京仓支放俸甲各米要需，如能分成由海起运本色，自当勉力筹办，何敢因循推诿。惟公同体察，起运本色，首在分成征收之难。江省漕粮自道梗停运，户部原议民交本色，官为每石变价银一两三钱，解京济用。迨后改为征收折色，每石连一切公用，仅征银一两几钱。就现在市价每米一石值银二两有奇，是折色轻于本色。通省全征本色，固属民力不支。如酌分若干县或一县中酌分几图，令交本色，余仍折征，则同此编氓，碍难区画，此重彼轻，易于借口观望，若统按漕额分成，本折兼收，大户已苦纷歧，小户尤难措办，并恐胥隶缘以为奸，从而舞弊浮勒，此分成征收之难也。次在运解之难。江西地处腹里，距海口水程二千余里，较苏、浙近海省分，情形迥殊。江西境内河道浅狭，非小舟不能运行。迨至渡鄱湖、涉长江，非江船不能驾驶。必须两易剥船，方能赴海船交米，盘剥多则抛散必甚，程途远则稽察难周。从前各属运米赴省交兑粮，剥船偷盗使水，以致短缺霉变，勒令州县赔补更换，事所常有。夫以数百里之剥运，尚属如此艰难，今剥运数千里，且江船非顺风不行，沿途守风，散漫停泊，安得如许官役到处稽查。其盗卖、灌水必十倍于往年，恐米石到沪，霉变必多，纵将州县严参勒赔，究于京仓无补。此运解之难也。又其次则筹费难。以漕济漕，乃一定不易之制。欲收本色，必先筹款建复漕仓，加以二千余里剥船之水脚，押解员役之薪粮，兑交海船之运费，由津运通之用项需费不赀。虽将漕项钱粮尽数动用，尚多不敷，势须加征运费。而江省连年水旱，民气本未展舒，本年夏秋雨少晴多，高田被旱、被虫，滨江近湖低田亦间有被淹者。收成歉薄，户鲜盖藏，若既收本色，又加运费，民力实有未逮。此筹费之难也。”该司道悉心酌核，本年漕粮仍难征解本色。应请俟数年后，运河如能疏浚深通，粮船堪以行走，再行妥筹起运，以复旧章等情，具详请奏前来。臣覆核无异。合无仰恳天恩，俯准将同治十二年冬漕循旧折征，尽数解部，以济实用。臣仍督饬该司道，随时察看情形，相度妥办，一面设法预筹造船、修仓经费，一俟运河通畅，即行征解本色，不敢稍事诿延。

理合会同两江督臣李宗羲恭折具奏，伏乞皇上圣鉴训示。谨奏。

胡家玉陈奏丁漕流弊据实覆陈折

同治十二年九月初八日

奏为左都御史胡家玉所陈江西丁漕流弊，诸多失实，披沥具陈，仰祈圣鉴事：

窃臣恭阅邸抄，同治十二年八月初一日奉上谕：“前因左都御史胡家玉奏江西省钱粮违例加征，请饬裁革，并不得私立捐款公费名目等语，当谕令刘坤一严饬所属州县，恪遵定例，不准丝毫浮收，如查有私立捐款公费名目，额外加征，即着严行参办。嗣据刘坤一奏据实直陈丁漕改章实在情形，请仍照新章办理，当经允准，仍谕令随时认真稽查，倘有丝毫浮收，即行从严参办。兹复据胡家玉奏，沥陈江西省违例加征各弊，请仍饬部核议等语。着户部按照该左都御史所陈各节，及江西省现在情形，应如何办理始终妥善之处，悉心酌核，妥议具奏。至所称请严饬各州县不得将上司之供应，道府之漕规，节寿诸陋规，巧立办公名目，取之于民等语。着该抚仍遵前旨，严饬所属，认真革除，以维政体，而恤民生。”钦此。

臣查江西省征收丁漕章程，经臣于同治七年，查照前任督抚臣原议，奏请改收银两，钦奉谕旨交部议准。嗣因左都御史胡家玉两次论列，复经臣先后据实覆陈，仰荷鸿慈，皆允所请。是江省征收丁漕章程，系为实事求是，早在圣明洞鉴之中，即部臣亦所深悉。今胡家玉复以流弊不可胜言，奏奉谕旨，交部妥议具奏，臣惟有听候部议遵行，不敢妄渎。惟胡家玉折内，语多失实，且于臣有加罪之词，为臣名节攸关，不得不沥陈于君父之前，以证其欺诞。查江省额征起运地丁银一百五十五万余两，除因灾蠲缓及民欠外，每年只能征及七成，银一百一十万上下，额征漕粮正改加四副米七十万二千余石，除蠲缓民欠外，每年只能征及八成，米五十余万石，均报部有案，非空言所能强争。以地丁每两提补捐款一钱、漕米每石提补捐款银二钱计之，每年共收银仅二十一二万两。乃胡家玉谓二项合计“不下三四十万”。胡家玉生长江西，岂不知有蠲缓民欠，而故倍增其数，其意何居？此项丁漕提补捐款，按年支销。至前项，藩司文辉交卸时，只存一十九万余两，经署藩司李文敏查照向章，督同南昌府及该府同知、通判，盘查造册具报，经臣亲往盘验，数目相符。乃胡家玉谓“文辉交卸时，库存前项银二百余万两，两道库尚不在此数内，安用此多藏为”！是妄听之而复妄言之。南昌县起运地丁银三万六千余两，每年只能完及六成，银二万余两，每两办公火耗二钱四分，额征漕米五万六百余石，每年只能完及七成，米三万余石，每石办公平余银三钱三分：共计丁漕平余银一万四千余两。以附省首邑，政务殷繁，每年费用万余金，实亦不能再省。乃胡家玉谓该县“每年取银二万八千余两，徒饱私囊”，岂确论乎？且胡家玉只举丁漕额数最巨者，谓其得项过多。抑知定南、长宁等处厅县，额征地丁银或一千二三百两，或二千三千数百两，此外又无漕粮，即使地丁照额全完，所得公费无几，况有蠲缓民欠，为数益微。凡此曾任瘠缺之员，果能称职，全赖优缺调剂，以资鼓励人材。若如南昌等缺，亦不使有羡余，则一任瘠区，遂致终身负累矣。江省惟粮道、首府养廉各三千数百两，其余各府或一千数百两，或仅千两。该道府统辖各属，不敷一切办公，势不能不取之于州县，州县仍取之于民，相沿日久，流弊滋多。自前督抚臣厘定新章，各给办公经费，明定限制，吏治为之一清。乃胡家玉谓“办公之名，甚于馈赠苞苴”。查同治五年，户部议奏安徽征收漕折折内，称“安徽解部漕折，每石只解银一两三钱，而该省一切办公之用，不能不取给于漕，且须留其有余，为将来起运地步”等语。又查同治十年，户部议覆浙江地丁改收银两折内，称“浙省钱粮向有浮收，自同治三、四年间，经历任抚臣奏请裁减，并声明每两酌留平余，以为各厅县场办公之用，先后奏奉谕旨，由臣部行文该抚，钦遵在案”。可见办公端赖平余，各省大概相同。不图胡家玉之独责江西不应有此也。丁漕收银、收钱，各处情形互异，用银地方以完银为便，用钱地方以完钱为便。如江省宁都州及所属之瑞金、石城两县，并建昌府属之广昌县，向系完银，七年以前，丁漕折收钱文，该四州县完银如故。他省谅亦未能画一。乃胡家玉专以收钱为便民，谓“湖北、浙江以此勒石，垂为久远”。湖北章程，臣未深悉。浙江于同治十年以银价增长，奏请变通，经部臣核议，即按当日折钱之银数，改收实银，奉旨允准，咨江有案。何胡家玉竟未之闻？胡家玉谓江省地丁收银一两五钱，漕折收银一两九钱，始于同治七年由臣改奏。不知同治元年原议，即照此数收银，确有前督臣曾国藩、抚臣沈葆桢文移、批札、告示存案。嗣因银贱钱贵，乃改收钱，每两地丁二千四百文，每石漕折三千文。是以四年护抚臣孙长绂奏明收钱，仍称“如将来银价大涨，收钱实有不敷，准按每银一两易钱一千六百文扣算，改收银两”。盖本钱贵收钱、银贵收银之原议，而总不出原定钱数、银数也。旋经部议，既以收钱为便，不准复改收银，系虑州县意为重轻，忽此忽彼，民间无所适从，并非不准因时变通，由督抚臣奏明办理。胡家玉谓“自七年改收银后，遂有东乡县鲁鱼典等哄闹之事，派勇剿办，枪毙五六人，斩绞军流十余人，此数十人，谁促之死！”不知东乡县民情犷悍，向好抗粮，自经贼乱以来，凶横益甚。咸丰八年，县民徐清辉纠众把持钱粮，并抢夺团局及居民多家。同治元年，复有杨姓棍徒，借减粮为名，寻捉户书图诈。二年，棍徒陈绍武等求豁钱粮，纠众入署，竟将粮书何良俚捉去。时因防剿吃紧，未暇澈底究办。臣于奏报拿鲁鱼典等折内，逐一陈明在案。咸丰八年旧章未改，同治二年新章收钱，该棍徒等之藐法，又谁促之使然？鲁鱼典等抗粮、殴官，系踵前棍徒等恶习。当时购获各犯，有贼匪逃回者，有前案漏网者，其余如系情有可原，无不予以末减，办理极为慎重，并无枪毙五六人之事。胡家玉何所据而云然？胡家玉谓“原任闽浙督臣左宗棠、浙江抚臣马新贻奏减金华等府浮收钱二十余万串、米五百余石。江西裁减，究系何项？名为减收，实则加收”。又谓“大学士李鸿章奏减江苏漕额八十余万石，左宗棠奏减浙江漕额三十余万石”各等语。臣查国初赋额，系循前明之旧，漕粮偏重于苏、浙两省。江苏之苏、常、镇、太四府州漕额，几敌天下之半，浙江之杭、嘉、湖三府漕额，与江西全省相侔。列圣暨我皇上，轸念民艰，递加裁减，系属因地制宜。江西腴田，每亩征银数分，征米数升，瘠田每亩征银数厘，征米数合，较苏、浙每亩征银数钱、征米数斗者，相去霄壤。胡家玉何得援以为比？至于江省裁减额外浮收，则实有项可指。如广信府属，从前漕粮折收洋银至十数元之多，又如南、新两首县，漕粮折收钱五千数百文，今皆收银一两九钱。以通省牵算，所裁减者尚不止浙江之数。特浙江当时以裁减之数具奏，江西则以存留之数具奏，其实惠及民则一也。即以现在东南各省丁漕而论，其未见诸明文及江省无案可稽者，臣不敢妄言。至接准部咨，如安徽等省漕折自四千五百文至六千五百文不等，以视江省一律收银一两九钱，其轻重为何如？江省起运本色之难，由于折收之太少，胡家玉犹以为未足乎！江西漕粮按限加价，系二百年来之旧章。盖以起运本色，定例冬兑冬开，未可稍任延缓。现虽暂停起运，不可不豫计将来。江省漕折解部较先，实赖此加价催科之力。乃胡家玉争执不已，并函致粮道，谓湖南、北漕折皆以次年秋间解部，其意以为江省不必如此其急者。不思江省漕粮数倍于湖南、北两省，实为天庾大宗，固宜略存旧章，为将来起运之地。况值司农度支拮据，需用此项甚殷，偶涉稽迟，部催立至。而胡家玉竟以报解过早为嫌，其为乡里计则得矣，夫岂大臣公忠体国之道！至于每限收数若干，粮道衙门有册可稽，已饬查造送部，何知难自止之有？江省文、武乡试，定例支用地丁耗羡银九千余两，遇有广额之年，加支银一千余两。江西系属大省，应试人多，则用度浩大，除例支外，尚不敷银一万余两，自停州县摊捐之后，即由提补捐款项下如数支给。近因捐输加广学额，每届科生多至一万六七千人。首县承办科场供应，犹以赔累甚巨为言。乃胡家玉谓“文、武乡试例支耗银一万二千八百余两”。意为揣度，以为“不至不敷”，并谓“即有不敷，可以动支税契等款，免致摊派累民”。殊不思国帑出入，岁有常经。江西税契等款待用之项甚多，若乡试动支一万余两，则别项何以给之？岁科考试经费，原以学政廉俸甚薄，而终年周历各郡，其夫马供应万不能不取给于有司。乃胡家玉亦欲绳以定例。胡家玉曾为贵州学政，自问夫马供应是否出自俸廉！宋臣岳飞有言：“为大臣者，安忍面欺其主。”胡家玉何得以此违心之谈，形诸奏牍耶？

臣以为江西前督抚臣所定丁漕征收章程，并无病民之处，即一切支用各款，亦难遽事更张。否则臣未沾染丝毫，何肯再三为前任争论。胡家玉亦未尝不知外间实在情形，前函致藩司，谓明知地丁一正一耗不敷征解，只可有加之实，不可有加之名，或即现折所称“必避加赋之名”之意。不思江省于地丁所加之三钱九分，大张晓谕，为府县办公等项之用，于国家正供未益锱铢，不得谓为朝廷加赋，亦不得谓为怨归君上。若如胡家玉所言，居其实而避其名，则是教人阳奉阴违，导天下以为伪，从此事事务求蒙蔽，其害尚可胜言！胡家玉以明给道府县办公之费为非廉吏，而使之巧避其名，然则必如胡家玉之暗受赃私，而后为廉吏耶！胡家玉前为卿贰，参预枢机，奉命前往湖南查办事件，乃竟收受馈遗二千两，嗣经发觉，仰邀鸿慈，仅予革职留任，毋庸在军机大臣上学习行走。胡家玉狃于故智，乃欲人亦效其所为，真可谓援儒入墨矣。如系姑为是说，其实不欲江西守令得此办公之资，抑何责已太宽，而责人太刻！且查江省丁漕，从前惟有加之实无加之名，由是地方棍徒得以出而挟制，本户不完而复包别户，不肖州县不得不与狼狈相倚，以取偿于良懦之民，故同一县而各乡征数不同，同一乡而各村征数不同，同一村而各姓征数不同。自经前督抚臣明定章程，而州县与刁徒均无所施其伎俩。故新章之设，便于良民而不便于刁民，便于正绅而不便于劣绅。若如胡家玉所言，行其实而避其名，势必至尽踵前日之弊而后已。胡家玉本身及其弟侄，按照户粮核计有田六七百亩，自咸丰初年至今历二十余年，从未完银一厘、完米一合，尽归被水被旱报请缓征。夫此数十年中，岂无一年有秋之候？此数百亩中，岂无一亩成熟之田？乃倚恃京秩，丝毫未完。《传》曰："皮之不存，毛将安傅。"胡家玉竟不知正赋为何物，又何论乎加收！而顾为是喋喋者，自为见好乡里，实将以贻乡里无穷之害，而劣绅刁民磨厉以须矣。又安知胡家玉将来不以名去实存，更得持官吏短长哉？臣自抵任以来，接胡家玉干预原籍诸事之信，不一而足。即如厘金一项，业经减之至再，胡家玉复欲重裁。修堤、放赈，亦已次第举行，而胡家玉欲照大歉之年，滥加推广。臣以目前经费为难，地方亦无甚苦，婉词告谢。而胡家玉之谬妄招摇，日甚一日。前以丁漕新章奏奉谕旨之后，辄致书臣与司道，谓"越五日仰蒙召对，恩谕有加，遍告同乡京官，莫不称庆"。古人不言温树，岂胡家玉未之前闻？且谓如何面陈，故作隐跃之语，意在恫疑虚喝，使臣不敢置词。臣因通省利病所系，仍即据实具奏，蒙恩俞允，出自圣主权衡，初非臣下所敢希冀。何图益逢其怒，贻书丑诋，虽父兄之训饬子弟，长官之督责属员，尚不至此。臣以胡家玉身列九卿，臣亦备员疆吏，大员互相诟詈，体制攸关，遂即置而不答。今胡家玉竟以欺诞之语，上渎宸聪。虽天听维明，不加臣以谴责，而臣横遭谤议，天下其谓之何！臣荷皇上特达之知，承乏江西，于兹九载，自惟无以仰酬高厚，然于裨补地方之事，不敢不实力实心，至于操守一途，尤臣与僚属兢兢共勉者。无论通省并无供应节寿一切陋规，即馈只鸡斗酒，臣犹以为端不可开，严行训饬。今胡家玉视臣为贪酷之吏，并以江西无廉吏，皆臣所致，臣何以堪。是以辗转思惟，不能缄默也。

谨恭折具陈，伏乞皇上圣鉴训示。谨奏。

覆查江省收捐应归楚省请奖底数折

同治十二年十月二十八日

奏为查明江西历年收捐，应归楚省请奖银数，恭折覆陈，仰祈圣鉴事：

窃臣接准户部咨，抄单内开："议覆江西历年捐输，请将会昌等四县捐生仍准给奖一折。查该省军需报销，自咸丰二年起，至同治三年六月止，共收捐银八百八十万余两，内有空名监照等款，核与原案相符。惟援江、楚军随营收捐充饷，归楚省请奖银十五万六千四百两零，核与江省军需初、二两案册造数目间有牵涉。查初案造报楚军随营收捐，应归湖南请奖银五万九千六百四十两零，二案造报总数下，声注内有应归湖南请奖银九万六千七百六十两零，并未列有专条，散数内亦未声注。再，初案册造江、楚两军营收过随营捐输银二百八万七千八百九十两零，二案册造各军营收过随营捐银四万二千九百六十四两零，及本省遵筹饷捐输、各府厅州县就地劝捐二款共银五百七十万九千五百九两零：三款并计，核与册造应归本省捐输请奖银七百七十四万三千六百三两零，较多银九万六千七百六十两一钱。原册未能分清究竟是否均归本省，抑或内有应归他省造报请奖之处，请旨饬下该抚查明分晰声覆，再由臣部核办"等因。奉旨："依议。"钦此。当即转行钦遵去后，兹据布政使刘秉璋详：清查江西军需报销，初案总单收款列收，本省遵筹饷例捐输银一百一十九万六千一十一两零，江、楚两军营收过随营捐输银二百八万七千八百九十两零，楚军随营收捐应归湖南请奖银五万九千六百四十两零，各府、厅、州、县暨各绅局收过就地劝捐银四百七万二百二十三两零。统计初案总单列收捐款，除应归湖南请奖一款外，实应归江西本省请奖银七百三十五万四千一百二十五两零。又二案总单收款列收，本省遵筹饷例捐输银一十七万九千八百二十一两零，各军营收过随营捐输银四万二千九百六十四两零，内有应归湖南请奖银二万三十六两二钱七厘，各府、厅、州、县收过就地劝捐银二十六万三千四百五十二两零，内有应归湖南请奖银七万六千七百二十四两。统计二案总单列收捐款，除应归湖南请奖两款外，实应归江西本省请奖银三十八万九千四百七十七两零。又拨解广西军饷应归江西本省请奖银十万两。总计初、二两案清单列收各捐款，除去空白监照、捐修城濠、炮船经费及应归湖南请奖各款不计外，连拨解广西军饷银十万两，共应归本省请奖银七百八十四万三千六百三两零。只因二案总单内各军营随营捐输项下应归湖南请奖银二万三十六两零，各府县就地劝捐项下应归湖南请奖银七万六千七百二十四两，未经另列专款，仅于总数之下声注应归湖南请奖银九万六千七百六十两零，散数内又未分款声注，实欠明晰。是以户部全归江西请奖款内并计，致有增多银九万六千余两。其实初、二两案总单，共应剔除湖南请奖银十五万六千四百两零，则应归本省请奖捐银，恰与前次册造七百八十四万余两之数相符，并无增多减少，亦无另有应归外省请奖银两。至于各属、各营所收捐款，业已分晰某厅、某州、某县、某营收捐已未请奖银数，造具细，册详咨在案。总数既已覆核无讹，散数又复按册可考，所有前次请奖之会昌、彭泽、万载、安远四县，及续奉驳饬查覆之吉水、赣县、永丰三县，并江军水师、上犹县，又尚未议覆之兴国、庐陵、南康三县各奖案，暨不请奖叙，专请加广中额捐款，均请奏恳核准等情前来。臣覆核无异。合无仰恳天恩，敕部查照前送清册、清单分别核办给奖广额，以昭激劝。

理合恭折覆奏，伏乞皇上圣鉴训示。谨奏。

遵旨据实覆陈折 同治十二年十一月二十日

奏为遵旨据实覆陈，恭折仰祈圣鉴事：

窃于同治十二年十一月十九日接准吏部咨，内阁抄出，同治十二年十月二十二日奉上谕："前据刘坤一奏左都御史胡家玉陈奏江西加征钱粮，语多失实，并谓胡家玉及其弟侄田亩久未完粮，兼有干预公事信函各节，当令胡家玉明白回奏。兹据奏称：本籍祖遗湖田四五百亩，其父兄弟五人各分田不及百亩，历年未完银米，均因灾歉缓征。刘坤一间或贻书询问地方公事，亦曾函答。此次丁漕改章，适江西藩司有书前来，据实答复，并函致刘坤一，实非意存恫喝等语。该抚此次所奏措词固多激切，惟胡家玉致书本籍地方官，虽为公事起见，殊属不合，着交部照例议处。所称地亩被淹缓征，是否属实，历次往来信件，是否该抚先行致函，均着刘坤一据实具奏。"钦此。钦遵咨行到臣。

伏查胡家玉及其弟侄田亩，坐落新建县下乡中河五十三都四图。下乡分中、西、东三河，较上乡地势低洼，而中、西两河较东河稍高，筑有堤档捍御水患。臣于七、八两年递次奏借巨款，分别补修各属圩堤，胡家玉等之上象圩即在其内。既有圩档保卫，是非盛涨之年冲决漫溢，何至早稻晚禾均无收获？乃胡家玉等应完钱粮，除道光年间不计外，自咸丰元、二、三、四、七、八、九、十等年，及同治元、二、三、四、五、六、七、八、九、十、十一等年，尽归被灾办缓。且查有咸丰五年及十一年，该图钱粮未曾被灾办缓，胡家玉等仍丝毫不完。是胡家玉及其弟侄久未完粮，并非尽由被淹缓征也。至胡家玉与臣历次往来信件，臣从未将地方某项公事应须如何办法先向胡家玉询问。即如裁厘、修堤、放赈诸政，均为国计民生所关，臣与司道妥筹密计，立即施行，深恐外间先有传闻，不免观望缠扰，又何暇远商数千里外之京官，听其指示。其丁漕改章之案，胡家玉于奏奉谕旨后，旋贻臣书，词涉恫喝，更非臣先行致函询问也。

臣现未见胡家玉回奏原折，谨将钦奉谕旨垂询各条，据实覆陈，伏乞皇上圣鉴训示。谨奏。

遵照部议丁漕改收钱文酌定成数折

同治十二年十一月二十八日

奏为遵照部议，丁漕改收钱文，酌定征收钱数，恭折仰祈圣鉴事：

窃臣于同治十二年十月二十五日接准户部咨，议覆左都御史胡家玉奏江西丁漕违例加征请饬部核议一折，抄单内开："谨就江西情形悉心商酌，拟请饬下江西巡抚按照曾国藩原定地丁每银一两连加一耗羡折收钱二千四百文之外，再按现在银价，酌加钱数，由官易银解库，所加之数每两不得逾二百文，以示限制。其漕折一项，江西省每石解部银一两三钱，征之于民以一两九钱为率，核与河南、安徽等省折漕支解章程尚属一律。惟该左都御史虑及征银不便于民，自系确有所见。所有该省漕粮，亦请即令该抚查照同治四年原定数目，于每石收钱三千文及三千二百文外，酌量加收钱文，及所加钱文即视地丁每两加二百之数核计征收，不准再有浮溢。一面先行奏咨立案，俟银价平减，即照原定钱数征收。总期办运不至窒碍，而民情仍复相安，庶为妥善。至江西征收漕折，既不能不借加价为催科，应令查照江苏章程，年内毋庸加收，年外加收钱五百文，仍将已征、未征各数于年底截清奏报，以凭查核。至原奏内称上司一切铺垫、供应、节寿礼、月费、漕规，应令认真革除，如查有前项情弊，即行从严参办"等因。同治十二年九月十九日奉旨："依议。"钦此。等因。转行钦遵办理去后，兹据布政使刘秉璋、督粮道王必达会详称："伏查江西省自经前督臣曾国藩、前抚臣沈葆桢裁减丁漕浮收原定章程，地丁每两连耗羡征银一两五钱，漕米每石折收银一两九钱。嗣因银贱钱贵，按每银一两作钱一千六百文扣算，改为地丁每两折收钱二千四百文，漕米每石折收钱三千文，万安、乐平二县加钱二百文。迨因同治七年银价渐长，州县收钱易银，不敷解支，据前司道详经臣奏请，地丁每两连加一耗羡，仍收银一两五钱，漕米每石折收银一两九钱，万安、乐平二县加银一钱二分，经部议准办理。本年四月间，左都御史胡家玉以江西钱粮违例加征奏请裁革。复经由司确核原定征数，在所必需，实难删减，再四筹画，于无可核减之中，将藩司一分公费删除，以后地丁每两连耗羡征银一两四钱九分。奏奉朱批：'着照所请'等因，钦此。均经递次出示晓谕，通饬各属遵办各在案。兹据户部议令复照曾国藩原定折收钱文，按现在银价酌加钱数，每两不得逾二百文。查曾国藩等原定每银一两合钱一千六百文。其时银价平减，近年银价增昂，每两易钱一千八九百文不等，自应恪遵部议，酌加二百文，以钱一千八百文作银一两扣算。地丁每两连耗羡、火工等项改收钱二千七百文，仍删去藩司一分公费，实收钱二千六百八十二文。漕米每石连留支公用改收钱三千四百二十文，万安、乐平二县加收钱二百一十六文。年内完纳，均照此数征收，年外完纳，仿照江苏章程，每石加钱五百文。即行通饬各州县，于奉文之日，地丁、漕米一律照章征钱，不准于定数之外浮收分文，仍于年底裁清已征、未征米数，详请奏报。倘将来银价大有涨落，征数应行与时变通，援照安徽等省成例，专案详请奏明办理，不准州县擅自更张，以杜流弊。经此次改定章程，从兹无可借口，每年额征地丁、漕米，自当责令年清年款，扫数全完，倘或仍前延欠，照例分别参追。惟是江西漕折得以年前大批解部，实恃三限加价之旧章，花户用能争先完纳。今改宽限期，惟有责成州县开导花户，激发天良，一经开征，即行赶紧完纳，不得观望迟延。至于办运本色一节，江西折价太少，规复旧章不易。查江苏折漕年内每石收钱四千五百文，河南折漕每石收银三两，以视江西折漕多寡相去悬殊。且江西办理海运，较苏省路途加远数千里，费用亦应倍增。此时征收本色，不但民间狃于折价省便，而且运费无出，船只、仓廒未修，一无借手，诸多窒碍。窃以复办本色，必须量增折价，先将县省漕仓、运米船只次第修造完竣，再行改征本色，庶几办理稍有把握，运费缺乏无虞。然近年水旱频仍，民力拮据，应请稍宽时日，一俟年谷顺成，地方充裕，即当次第举行，以重天庾正供，断不敢畏难因循，稍事延诿”等情，详请具奏前来。臣覆加确核，均属实在情形。

至于上司供应、铺垫、节寿礼、月费、漕规等项，自同治元年厘定新章之后，即已禁革净尽。至今十有二年，臣与司道时加告诫稽察，各守令尚属谨守成规，并无袭蹈从前陋习者。臣仍当随时查访，如有私相馈遗，即将与者、受者一并严参，勿稍容隐，以副圣主澄清吏治之至意。

除咨户部外，理合会同两江督臣李宗羲恭折具奏，伏乞皇上圣鉴，敕部查照施行。谨奏。

江西应解额木请折价解部就近采办折

同治十二年十一月二十八日

奏为江西应解额木，一时难以办运，拟请先行折价解部，就近采买备用，恭折仰祈圣鉴事：

窃臣接准工部咨，准万年吉地工程处咨称："具奏钦工需用架木，拟请分别采买饬催一折，同治十二年八月十一日奉旨：'依议。'钦此。飞咨江西巡抚，查照前奏，自同治四年起，历年欠解桅杉架槁木植，饬委妥员赶紧采办，务于明年四月以前委解来京，以备急用。其欠解咸丰三年以后各年木植，仍令分年带解"等因。即经臣饬司赶紧筹办去后，兹据藩司刘秉璋详称："遵查江西额解木植，屡经工部咨催。当因江省前此被兵十余年，大木早已砍伐无遗，新种之木尚未成材，解京额木径长若干，例有尺寸，一时实系无从采习。且运河淤垫，木筏无水浮送，挽运赴京，难计时日，中途稽滞日久，糜费滋多。种种窒碍情形，历经详请咨商工部从缓办解在案。今钦工待用孔殷，势难迟缓，定限明年四月到京，为期尤迫。从前木植较多，运河通畅，委员办理一次到京，尚须一年有余。今昔情形迥异，更何能赶副四月限期。自应设法变通赶办，俾免贻误。溯查江西省每年额解桅杉架槁木植，例销价银三千三百八两二钱七分四厘，不若筹拨价银解京，就近采买，较为妥速。惟是饬解同治四年起历年应解木植，年分既久，需价浩繁。现在奉拨京、协各饷为数甚巨，支绌时虞。以一年而筹九年例价，已属不易，况例价不敷，向有公捐帮价，亦应一并筹解，庶几购办不致掣肘。而措备九年帮价，尤属力所未能。思维再四，惟有先将同治十一、十二两年应解额木共计例价银六千六百余两，在于地丁项下照数动支解部，饬商就近在直隶一带地方采买，以济工需，其应需部饭银两，并请照案在于木价银内，并耗羡项下，分别扣解，以资办公。至于筹捐帮价，向视木植时价之低昂，每次按例价酌帮五六成不等。兹饬商在直隶采买，其不敷之数，自较江省加多，请于例价之外，添筹一倍，随正解部，以为加增津贴之款。此项津贴银两，循旧由外筹备，不动正项报销。如此变通办理，庶钦工要需得以如期应用。其余历年欠解木植，仍当续筹价银，一有合式木料，随时采买，另行报解”等情，具详请奏前来。

臣覆加确核，均属实在情形。相应请旨敕部迅速核覆，以便赶紧筹拨，委员兼程解京备用。

除咨明户、工二部外，理合恭折具陈，伏乞皇上圣鉴训示。谨奏。

赣州府属拿获教匪正法片

再，臣接据吉南赣宁道文翼、赣州府知府魏瀛禀报，该道府及署安远县知县黄德溥、信丰县知县李大观并各营汛，访闻安、信二邑交界之凉伞岽山内有土匪与外来匪徒潜匿勾结，图谋不轨。即经安远县营首先破获匪犯黄得福、唐东培二名，又会同信丰县营驰往凉伞岽金禅庵内拿获匪犯杨忠良、唐瘌疤、邱有富三名，并经该道府委员驰赴各县协拿，复据候补知县孔宪畴协同信丰县营拿获匪犯王洪元、张回心二名，试用从九品高隆谦协同南康县营获匪钟道明一名，先后解郡，经该道府督同赣县知县崔国榜等提集，逐一研讯。据杨忠良供认，先拜已故之罗秀贞、罗普明、邹恩泷为师，入红、黄、白三教，得有“五行”名目。咸丰三年，邹恩泷在泰和县滋事，该犯听纠入伙，被官兵击败逃散。同治十年，周乾元、罗周政等潜谋起事，该犯允为纠人接应。十一年，郭老六、罗明标等图袭赣州府城，该犯亦与闻其谋。周乾元拿获正法后，该犯接“顶摘光祖”名目，总理江西红、白、黄三教，现复受封伪都督，系带兵武职。其总头李利贞，系陕西人，经白教头目赵得胜接在湖北襄阳县乡间，开有斋坛。湖南系刘中和、谭贯南等为主，闽、广均有党与。本年六月间，湖南伪军师谭贯南差黄得珍、黄日新送信，令其纠人起事，并给令旗、印记各纸样，该犯即令在逃之张世传照刊伪印门牌，分给现获之黄得福等及在逃之欧阳魁等充当头目，各自纠人，约期八月二十五日举动，先取板石司，后破安远县，由信丰、南康、上犹等县过湖南桂东县，下赴湘潭县会齐。尚未到期，即被拿获等语。提讯钟道明、黄得福、唐瘌疤、王洪元、唐东培、张回心、邱有富七犯，各供相符。起验伪印、门牌，语多悖逆不经等情，录供禀报前来。

臣查该犯杨忠良，以教匪大头目，历年与已获正法各犯同谋叛逆，兹复与外匪谭贯南等通谋纠人，约期起事，实属不法已极。钟道明、黄得福、唐瘌疤、王洪元、唐东培本系教匪伙党，听从充当头目，领印纠人助逆，厥罪惟均。既据该道府研讯确凿，未便稍稽显戮，当即批饬该道府，会督营县，将杨忠良、钟道明、黄得福、唐瘌疤、王洪元、唐东培六犯绑赴市曹处斩，传首犯事地方，悬竿示众，以昭炯戒。张回心、邱有富二犯，均供认入教同谋，惟尚未领印，情节稍轻，应请暂行监禁，俟续获各逃犯，以备质证，另行拟办。一面饬令臬司通饬各属，勒拿逸犯张世传、欧阳魁等，务期按名捕获，尽法处治。仍造具逃犯年贯清册，飞咨湖北、湖南、广东、福建各省，一体严缉，以期尽绝根株。正在核办间，又据禀报，署观音阁通判马梁，会同信丰县营续获匪犯华直荣一名，赣县会营续获匪犯刘得茂、何上祺、邱清和、赖回光四名，泰和县营续获匪犯罗本洪一名，尽先补用都司邓启璠会同南昌县营督同泰和县兵役续获匪犯罗光简一名，候补从九品狄汝霖协同雩都县营续获匪犯陈崇善一名，均经批饬解赴赣南道衙门归案质讯办理，起获伪印等件，俟案结销毁。拿获要犯出力文武各员，容臣另行择尤请奖，俾资激劝。

所有安远、信丰等县拿办谋逆匪犯缘由，理合会同两江总督臣李宗羲附片陈明，伏乞圣鉴训示。谨奏。

奏疏卷九

筹款归还军需借用库款折

同治十三年正月二十八日

奏为筹款归还军需借用司库放存候解候给各款及地方公项，遵照新章，恭折奏祈圣鉴事：

窃查前准户部咨，抄奏内开："此后报拨银款，应令各款毋得擅动。如有并未专折奏报，仅于拨册内笼统开除者，即由臣部遵照定限，随时奏参，以防弊混"等因。同治八年九月初十日奉旨："知道了。"钦此。转行钦遵在案。

兹据藩司刘秉璋详称："江西省自咸丰三年起办理军务，时阅十数年之久，兵勇云集，需饷浩繁，征收钱粮，劝办捐输，不敷应用，不得已而作移缓就急之计，举凡司库放存候解候给各款，与夫地方应存公项，悉数提充军需，以全时局，业于报销案内将借用总数列入收款。接准部覆，行令赶紧筹还指款造报。兹查原借各款内，有急须解给之项，应请于同治十二年春拨案内实存项下，留江备用款内动支各年地丁、杂税等款银一十六万六百七十七两二钱一分六厘提入军需，归还原借。应解各部纸张、饭银，各年驿站存留经费及节备仓生息成本并息银，江海关代征赣关丝税，应放虔标兵饷各典缴还成本，文职各官养廉津贴，宝昌局炉头办公暨普济堂老民口粮生息成本，信丰县戴鸣皋缴存谷价捐修城濠经费，萍乡县马九功解存东乡县任内交代银两、大钱、价银，大清律例、户部则例工价，广信府库封储公项、兵马奏销饭食，瑞州粮台并泰和县解存筹饷捐输部饭等项：共银一十六万六百七十七两二钱一分六厘，各归本款收存，分别支解给领。此外军需借用放存候解候给银款，容俟续收有银，再行提拨归还，统由报销总局指款造报”等情，具详请奏前来。臣覆核无异。

除咨明户、兵二部外，理合恭折具奏，并缮现动钱粮年款及递还各借款细数清单，恭呈御览，伏乞皇上圣鉴训示。谨奏。

续办赣州教匪片

再，臣承准军机大臣字寄：“同治十三年正月初六日奉上谕：‘刘坤一奏拿获谋逆匪犯等语。上年江西安远、信丰二县交界之凉伞崃山内有土匪与外来匪徒勾结，图谋不轨，当经破获匪犯黄得福等多名，并讯明杨忠良系总理江西红、黄、白三教，现复受封伪都督，其总头李利贞，经白教头目赵得胜接在湖北襄阳县乡间，开有斋坛，湖南系刘中和、谭贯南等为主，闽、广均有党与，约期八月举事，业将该犯等讯明处斩，以昭炯戒。惟该逆逃逸尚多，且其羽翼甚众，亟应认真搜捕。着刘坤一饬属严密查拿，将逃犯张世传、欧阳魁等，并此外匪党按名弋获，尽法处治’”等因，钦此。

查此案前据赣州道府等禀报，续获匪犯邱清和、罗本洪、华直荣、陈崇善、刘得茂、赖回光、罗光简、何上祺八名，已饬质讯究办，一面通饬各属，并飞咨湖北等省缉拿逃犯各在案。

旋据各属禀报：长宁县续获匪犯汪金盛一名，委员候补从九品潘文琳会同兴国县营续获匪犯钟细仔俚一名，南康县营续获匪犯赖荣华、邱魁星二名，候补知县何讷续获匪犯萧敦夫一名，赣县会营续获匪犯刘上班、萧庆洪、翁显由、温裕隆四名，亦饬归案质究去后，据吉南赣宁道文翼、赣州府知府魏瀛禀称，督同赣县知县崔国榜及各委员提犯隔别研鞫，连日悉心查讯，始各供吐实情。该犯邱清和拜从已正法之杨忠良为师，入黄教，始封头顶，继封新五行，并充左护法，并往已故匪首陈光明、已正法匪首周乾元处领得伪令旗、伪印。上年六月间，杨忠良等在凉伞崃约期起事，该犯纠允五百人助逆。又罗本洪一犯，先于咸丰三年投入泰和县逆匪，被剿逃散，嗣复领得陈光明伪印，与杨忠良等同谋乘机起事。又华直荣一犯，拜从杨忠良及已正法之钟道明为师，受封证恩，充当左护法，领有印布，与杨忠良等同谋起事。又陈崇善一犯，拜从杨忠良为师，充当右护法，与在逃匪首萧建章同谋纠人，帮助已正法匪首郭老六等图袭赣州府城。又钟细仔俚一犯，听从罗本洪纠人起事，领有伪印。又刘得茂即中和一犯，系积年斋匪头目，入三乘教、白教，与已正法之罗明标等谋袭赣郡，并以邪术引诱邱魁星入伙，纠人助逆，并与杨忠良等在凉伞崃潜谋起事。又赖回光一犯，拜从逃匪张乐宣等为师，受封五行等名目，领有伪印，先与已正法之罗周政等谋逆，继与杨忠良、郭老六等谋袭赣郡。又赖荣华一犯，系红教头目，复拜刘得茂为师，入三乘教，诱令邱魁星谋反，纠人帮助郭老六等同袭赣郡。又邱魁星一犯，听从赖荣华入三乘教，受封引进，与刘得茂等各纠党与，谋破赣城。又萧敦夫一犯，拜从逃匪高声仁为师，入三乘教，与刘得茂、郭老六等谋袭赣郡，该犯纠集沙地墟匪党，行至五云桥，闻拿折回。又刘上班一犯，与刘得茂等同谋图破赣城，带同伙党两次内应，因外匪未至，地方官访闻查拿，遂即逃散。又罗光简一犯，系红教头目，与邱清和、杨忠良商谋纠人起事，为已正法匪犯罗周政等报仇。又汪金盛一犯，拜从杨忠良为师，入红教，受封铁板，在周乾元处领得伪印、令旗，四处送信，纠人助逆。又萧庆洪一犯，拜师入三乘教。又翁显由一犯，与在逃教匪头目张万松素识往来，并未同谋为逆。又何上祺一犯，在钟道明石云山庵内作火夫；又温裕隆一犯，在刘得茂长龙庵内作火夫，均不知逆情。各等情，录供议拟，禀请核办前来。

臣查该犯邱清和、罗本洪、华直荣、陈崇善、钟细仔俚、刘得茂即中和、赖回光、赖荣华、邱魁星、萧敦夫、刘上班、罗光简十二名，入教为匪，与已正法各犯互相勾结，屡次谋逆，实属罪不容诛，未便稍稽显戮，当即批饬就地正法，传首各犯事地方，悬竿示众，以昭炯戒。汪金盛一犯业已据报病故，应毋庸议。萧庆洪据供仅入三乘教，翁显由仅与在逃匪首往来，未与逆谋，应与前获之张回心、邱有富一并暂行监禁，俟续获逃犯，以备质证。何上祺、温裕隆虽为匪首作火夫，讯明不知逆情，均递籍枷杖发落。又据安远县营续禀，缉获广东兴宁县关拿著名土匪石广洪一名，亦经饬令递回兴宁县审办。钦奉前因，现仍严饬各属勒拿逃匪张世传、欧阳魁等按名弋获，勿任漏网。并因现犯供报逃匪姓名、籍贯，与前办各犯所供颇有不符，且三乘教传自浙江衢州府，复饬臬司另造清册，分咨湖南、湖北、广东、广西、福建、浙江等省一体密拿，务期尽绝根株，以杜后患。

所有赣郡续获谋逆教匪讯明办理缘由，谨会同两江督臣李宗羲附片陈明，伏乞圣鉴训示。谨奏。

奏留武职人员收标借补片

再，前准兵部通行："嗣后军营遣撤员弁，例应收标者，即行咨部注册，至保举、推选各官，并副、参应行回避本省人员，必须专折奏明，奉旨允行后，方准收标，不得率行咨部注册，以昭慎重”等因，遵照在案。

兹查有花翎头品顶戴记名提督奇车博巴图鲁李占椿系江西兴国县人，在江西、安徽、河南、陕西、直隶、甘肃等省军营，历年攻剿著绩，保升前职，并于削平金积堡巨巢擒斩首要各逆案内出力，奉旨赏穿黄马褂①。又花翎记名总兵江宗良，系湖南邵阳县人，在湖南、湖北、江西等省军营，历年攻剿，叠著战功，保升前职。又花翎遇缺尽先补用副将王国权，系湖南湘乡县人，历年在湘、鄂、江、皖、粤、西等省军营剿匪出力，保举前职，并于捣平广西山泽贼巢全股扑灭案内，奉旨赏给锋勇巴图鲁名号。又蓝翎副将衔补用参将马正龙，系湖南邵阳县人，历年在湖南、广西两省军营，攻剿逆匪出力，保升前职，并于攻破广西渌强村谷仓、山泽各贼巢案内，奉旨赏给固勇巴图鲁名号。又蓝翎副将衔尽先补用参将孙得胜，系湖南邵阳县人，投效江西祥字营，历年攻剿出力，递保前职。花翎尽先选用游击程金魁，系江西新建县人，投效内河水师营，历年攻剿著绩，递保前职。伏查李占椿、江宗良应赴京恭候简放，王国权、马正龙、孙得胜均未保留省分，应赴部听候拣发，程金魁应赴部候选。该员等均系草茅寒畯，北上无资，不惟投闲置散情殊可矜，且俱久著勋劳，不获及时自效，亦属人材可惜。合无仰恳天恩，俯准将记名提督李占椿、记名总兵江宗良、遇缺尽先补用副将王国权、副将衔补用参将马正龙、副将衔尽先补用参将孙得胜、尽先选用游击程金魁，均留于江西，收标效力，遇有副将以下缺出，照章酌量借补，以储将材，而资观感。又江宗良于咸丰六年，进攻湖北省城，被炮子打伤左膀，

①中华书局版《刘坤一遗集》作“掛”。

马正龙于咸丰九、十，同治元、二等年，进剿湖南新宁、广西融县等处股匪，左腿、右足、左右手叠受刀矛炮子伤，孙得胜于同治三年攻剿崇仁县踞逆，被炮子打穿左胫，虽均调治就痊，筋骨究已受伤，骑射未能合式，并恳逾格鸿慈，免其骑射，用示体恤。

除饬取各该员履历分送部科外，理合会同两江督臣李宗羲附片陈明，伏乞皇上圣鉴。谨奏。

恭谢天恩折同治十三年二月初八日

奏为恭谢天恩，仰祈圣鉴事：

窃臣于二月初六日接准吏部咨，抄单内开："江西巡抚刘坤一于胡家玉本籍田亩未完漕粮，当时并未奏参，照律降三级调用，该抚接胡家玉信函，又不即行陈奏，照例再降二级调用，前已革职留任，此次应行革任等因，具奏。同治十三年正月十七日奉上谕：'吏部奏遵议大员处分请革任一折，江西巡抚刘坤一着加恩改为革职留任，降为三品顶戴'"等因，钦此。当即恭设香案，望阙叩头谢恩。

伏查降调左都御史胡家玉及其弟侄未完咸丰五年及十一年地丁漕米，臣因到任在后，未及查知，至上年冬间，饬据该县核卷申详，始行据实覆奏。又胡家玉干预地方公事信件，臣虽并无迁就之私，惟当时未即举发，皆由才庸识暗，以致疏忽迟回，即予罢斥，亦属咎所应得。乃渥荷圣慈，矜全至再，仅降三品顶戴，仍予留任。臣自问何人，屡邀旷典？抚躬循省，感悚涕零。此后惟有益矢勤慎，遇事认真稽察，破除情面，不敢稍涉瞻徇，以期仰答高厚生成于万一。

所有微臣感悚下忱，理合恭折叩谢天恩，伏乞皇上圣鉴。谨奏。

防勇全撤需时抽调绿营仍需津贴折

同治十三年三月二十日

奏为江西额兵无多，防勇骤难全撤，绿营调练已久，津贴在所必须，据实覆陈，仰祈圣鉴事：

窃臣承准军机大臣字寄："同治十二年十一月二十四日奉上谕：'岑毓英奏遵旨覆奏侍郎徐桐所陈安危大计，请将吏治、营伍、国用，力图整顿。据称整顿吏治，必先停捐，欲停捐，必先足用，欲足用，必先易勇为兵。按楚勇章程，各省如裁勇十万，每岁所省饷银即足抵补京外捐项。现时多以勇营留防，则绿营未能整顿可知，应将现在勇丁挑选精壮，充补绿营兵额，痛除积习，易弓箭为枪炮，勤加操练，余勇酌给欠饷，妥筹遣散。拟请由滇省先行办理等语。所陈不为无见。滇省既可首先举行，各省情形虽不相同，亦当力求整顿。应如何认真筹画妥为布置之处，着各省督抚按照该抚所议各情，悉心酌度，次第经理，务使实有成效，毋得徒托空言，并将拟办情形先行详细具奏。原片均着抄给阅看。将此各谕令知之。'"钦此。

臣查同治五年江省解严之时，境内屯勇数万，当经分别遣撤，酌留一万余人，嗣复陆续裁汰只留陆勇三千数百名、水勇三千数百名，虽遇风鹤频惊，不敢轻议增募。盖以目前多招一勇，地方少一耕凿之民，将来多撤一勇，地方又多一游荡之民，正不独糜费饷项也，惟江西界连六省，水陆交冲，地方虽久已肃清，而土匪、游勇不时萌动，其浙、闽接壤之处，宵小出没无常，历将拿办情形奏报有案。江省额兵仅只一万一千余名，分防七十九厅州县，幅员辽阔，兵力甚单，平时缉捕巡防，已属竭蹶，一旦遇有匪徒窃发，若待调集各绿营弁兵剿捕，必有缓不济急之虞，不得不留此数千防勇，分驻要区，警报朝传，锐师夕至，庶能立就扑灭，不至日久蔓延。此防勇未能即时全撤之实在情形也。绿营为经制之师，自应力求整顿。臣自同治九年遵旨练兵，即经奏定轮练之法，行令九江、赣州两镇，各先抽调千人，练熟仍撤归伍，再行抽调千人，按期更替，周而复始。省标兵少，则量行变通，以期通省额兵技艺悉臻精熟，恰与上年兵部议覆福建抚臣王凯泰奏立练营以修武备一条谓练一营而各营皆练之意相符。至弓箭为定制所关，不可偏废。臣抵任之后，即饬通省绿营弓箭与藤牌各兵丁，兼习刀矛枪炮，迄今十年，颇著成效。现复将抽练之兵教习洋枪阵法，亦觉粗有规模。惟江省各绿营兵皆足额，既无大起可裁之勇，亦无大起可补之兵。此江省额兵久经调练，并不能全以勇丁充补之实在情形也。绿营兵饷，除朋扣外，马兵得银三两，战兵得银一两四钱，守兵得银九钱有零，又各得米三斗。马兵少而战守兵多，计其所得只敷一身衣食，不得不别营生业，以为事蓄之资。若欲该兵丁等专力操防，身无他务，似非量给津贴不可。且江省调练各兵，系令习道路之劳，亲筑凿之役，经年顿舍，终日荷戈，则津贴之资实与行粮无异，非若就本营本汛操练尚有时得以自便也。臣仿照江南练兵津贴薪粮章程而酌减之，每兵每日只给钱一百文，上而哨官、队长，下而余丁、长夫，均视此为差等，抽调则支，撤回即止，原为节省经费起见。在云南以勇补兵，目前无室家之累，但得发足额饷，即足以谋饔飧，自不必另筹津贴，且操练之法，亦或与江省迥殊，未可一例而论。此江省练兵必须津贴薪粮之实在情形也。

臣与司道悉心斟酌，江省情形，诚如圣明洞鉴，颇与云南不同。现留水陆勇丁七千余名，应俟本省、邻省伏莽全除，再行奏明遣散。其调练绿营兵丁与夫津贴薪粮，亦请仍照前次奏定章程办理。臣惟有懔遵谕旨，督饬各镇将、各统领认真振顿，以仰副圣主讲求武备、慎重帑藏之至意。

再，捐输一事，本省久已停止，近年所办之捐，专供云、贵、陕、甘四省协饷。现准云南抚臣咨，奏奉谕旨，停止滇捐，业经饬司遵照。其余三省捐局，能否一并议裁，容与司道熟筹妥办。合并陈明。

所有江省留防营勇骤难全撤，以及抽练绿营仍须津贴缘由，理合恭折覆奏，伏乞皇上圣鉴训示。谨奏。

补造新建被灾缓征各都图送部查核折

同治十三年三月二十日

奏为查明新建县被灾缓征银米各都图据实具奏，仰祈圣鉴事：

窃臣于同治十三年三月初五日接准户部咨："江西巡抚刘坤一奏，查明江西省各属同治十二年被水、被旱、被虫，应征新旧钱漕等款，请分别缓征递缓一折，钦奉谕旨，恭录行文在案。检查原奏，各厅县均详开图都，惟新建县之上、下各乡被淹各则官民田四千四百八十二顷三十三亩五分八厘未完地丁银九千九百四十九两零，漕米九千四百一十石零，并未分晰声叙。诚恐百姓难以周知，吏胥得以影射侵吞，应令即将新建一县上年被灾处所详查都图，刻即奏明，俟奉旨之后，补贴誊黄，以杜影射，而昭核实，并将历年蠲缓细册，详晰开报，送部查核"等因。即经转行遵办去后。

兹据藩司刘秉璋详称："查上年各属被水、被旱、被虫，晚禾歉收，系属秋灾，例应于九月底勘定报司。该新建县虽据依限会同委员查勘，开列被灾田地顷亩、应完银米数目禀报，惟都图册籍迭催未据造送。当以奏限紧迫，未便因一县而稽通案，是以仅就所开上、下乡被灾田亩应完银米确数，汇案详奏。现在催据接署新建县知县孟庆云详称：‘前署县王维新于上年被灾各乡，业经会同委员查勘，分别剔荒征熟，先将应缓银米细数开折呈送。其都图清册正在查造，因濒湖圩堤被水冲刷单薄，时方冬晴水涸，亟须加高培厚，迭据业民纷纷禀请督修，王维新因堤工攸关保障，刻不可缓，随即赴乡监督修筑，以致造报稽迟，尚非无故延搁。遵即补造都图清册’”，由司具详请奏前来。

臣覆核无异，相应请旨将新建县之四都一、二图，五都一、二、五、七图，六都三、五、六图，七都七图，十二都五图，二十一都二、三、四、五图，二十二都一、二、三、四、五图，二十三都三、五图，二十四都一、二、三图，二十五都二、三、五图，二十八都二、五图，二十九都一图，三十二都一、五图，三十三都一、二、三、四图，三十四都一、二、三图，三十六都一、二、三、四、五图，三十七都三图，三十九都一图，四十都二图，四十一都一、二、三、四、五图，四十二都一、二、三图，四十三都一、二图，四十四都一、二、三、四图，四十五都一、二、三、四图，四十六都一、二、三、四图，四十七都一、二、三图，四十八都一、二、三、四图，四十九都一、二图，五十都一、二图，五十一都一、二图，五十二都一、二图，五十三都一、二、三、四图，五十四都一、二、三、四、五图，五十五都一、二、三、四、五图，五十六都一、二图，军都六图，八、九、十等坊，各则官民田四千四百八十二顷三十三亩五分八厘，未完地丁银九千九百四十九两零，漕米九千四百一十石零，请缓至同治十三年秋后，分作两年带征，以舒民力，俟奉恩旨补贴誊黄晓谕，以杜影射。至前署新建县知县王维新于被灾缓征钱粮，已开确数呈送，惟都图清册造送迟延，虽据声称因赴乡督修圩堤，并非无故稽迟，究属咎有应得。该员已于本年二月初二日卸事，并请敕部将前署新建县事现任浮梁县知县王维新照例议处。

除饬司将历年蠲缓册结赶紧催造详办，并咨明户部外，理合恭折具奏，伏乞皇上圣鉴训示。

再，此案续奉寄信谕旨，现在另折覆奏，合并陈明。谨奏。

覆陈丁漕新章系遵部议办理折

同治十三年三月二十八日

奏为遵旨据实覆陈，仰祈圣鉴事：

窃臣于本年三月初十日承准军机大臣字寄：“同治十三年二月二十五日奉上谕：‘前据御史张观准奏江西丁漕弊端太多，请旨惩办，并据称刘坤一奏请缓征钱粮，未将被灾之都图村社开列，降旨令该御史将所指究系何州何县明白回奏。兹据奏称，刘坤一折内请缓征新建县被淹各则官民田未完地丁漕米，并未将都图村社明白开列等语。该御史所奏此次所改新章，仍属任意浮收，与部章不符。该抚因何未将新建县都图村社开列之处，着刘坤一查明，据实具奏。原折二件均着抄给阅看。将此谕令知之。’”钦此。等因。

臣查上年降调左都御史胡家玉奏江西丁漕违例加征，请饬部核议。旋经户部遵旨，就江西现在情形，悉心商酌，议令按照曾国藩原定每银一两连加一耗羡折收钱二千四百文之外，再按现在银价，酌加钱数，毋庸征收实银，所加之数仍每两不得逾二百文。漕折一项，江西省每石收银一两九钱，核与河南、安徽等省折漕支解章程尚属一律。惟该左都御史虑及征银不便于民，自系确有所见。亦请按照原定数目，于每石收钱三千文及三千二百文之外，酌量加收钱文，其所加之钱，即视地丁每两加钱二百文之数核计征收，一面先行奏咨立案等因。臣当即据行藩司、粮道详核征收解支款目及市银价值，定为每地丁银一两连耗实收钱二千六百八十二文，漕米每石实收钱三千四百二十文，万安、乐平二县加收钱二百一十六文，奏奉朱批："户部知道。"钦此。并准户部咨行到江，业经出示晓谕遵办。是现定丁漕收钱数目，系恪遵部章，并无不符之处。且江西漕折太轻，致难规复起运，何该御史转斥为纵属吏之贪饕，朘民生之膏血！他省或非该御史所知，即如本案中部议所引之河南每石征银三两，安徽征银三两二钱，以视江西之征钱三千四百余文，孰多孰少，该御史应能辨之，而亦附和胡家玉之说，苛责江西乎！

其因灾奏请缓征钱粮，各省办理本不画一，仅开田地银米数目者多，详列都图村社者少，历见邸抄。惟江西省向系详列都图，臣历年循旧办理，从无参差。上年各属低田被淹，高田被旱、被虫，晚禾歉收，经臣饬司委员会同各州县查勘，禀请缓征递缓新旧钱粮，该新建县仅将应请缓征田地、银米数目开呈，所有都图村社，迭催未据造送。时已十一月下旬，封篆期迫，例限綦严，未便因一县而稽通案，是以藩司即就所开田地银米数目先行汇详，一面饬催补报。嗣准户部咨，仍应查开都图，奏明请旨，补刊誊黄。现已据详另折具奏，并将该县附参。此缓征折内新建一县未开都图之原委也。该御史谓臣故意蒙混，不思臣于江省各州县缓征均未蒙混，独何恶于新建一邑之民？如以胡家玉隶籍新建，预为催追该户钱粮地步，则胡家玉因臣奏参，已将十二年钱粮扫数完纳。臣既无所容心，徒授人以口实，应亦愚不至此。该御史深文周内，自难逃圣明洞鉴也。

谨将查明各实情，恭折覆奏，伏乞皇上圣鉴训示。谨奏。

南安存营银米悉被劫焚恳予豁免折

同治十三年五月二十一日

奏为南安营应存银米，前因郡城失守，概被焚劫，援照例案恳恩豁免，恭折仰祈圣鉴事：

窃查前署南安营守备卢荣邦经管钱粮，请领过咸丰五、六、七、八等年官兵马匹俸廉饷乾银米，除支销外，应存五年分缺俸饷乾银九十六两七钱六分三厘，缺额米四石六斗三升，缺廉银一百五十两三钱五分二厘，六年分应存缺俸饷乾银一百七十五两二钱八分四厘，又病故征兵缴回守粮银八两一钱三分，缺额米四十石六斗二升，缺廉银一百四十六两九钱四分五厘，七年分应存缺俸饷乾银二百八十两六钱七分六厘，缺额米十二石五斗五升，缺廉银二百二十一两六钱八分四厘，八年分应存缺俸饷乾银四百四十两七钱四分四厘，缺额米六十石五斗五升，缺廉银三百十九两七钱一分一厘：以上共应存缺俸饷乾缺廉银一千八百四十两二钱八分九厘，缺额米一百一十八石三斗五升。咸丰八年十一月三十日，南安府城失陷，署南安营参将卓尔欢、署守备卢荣邦同时阵亡，营匣钱粮、存仓米石、军装器械，悉被焚劫，即经前署守备李集勋、孙抡元查明先后禀报，批司移镇确查各年各款银米数目，均属相符，委系城陷被劫，并无捏饰情弊，由镇取造册结送司，详经臣恭疏题请豁免。嗣经户部题覆，以"同治八年请豁阵亡殉难各员被劫银米，系奏请豁免。此案请豁银米，虽与例案相符，惟未据奏明办理，核与前案两歧，应令转饬详查，迅即奏豁，以符前案而归画一等因。同治十三年二月初九日奉旨：‘依议。’”钦此。当经转行遵照去后，兹据藩司刘秉璋复经确查无异，具详请奏前来。

臣查律开：“仓库卒遇水火、盗贼劫夺，事出不测，显迹明白，免罪不赔”等语。又江省各州县，前因失守城池，阵亡殉难各员，被劫仓库银米等项均经奏准豁免在案。今南安营前因郡城失陷，银米被劫，该管参将卓尔欢、经管钱粮守备卢荣邦均已阵亡，后裔孤苦零丁，无从追赔，核与豁免例案相符。合无仰恳天恩，俯准将前项被劫银米概予豁免，以广皇仁而恤忠荩。

除咨部外，理合恭折具奏，伏乞皇上圣鉴训示。谨奏。

恭报巡阅出省日期折

同治十三年七月十六日

奏为恭报起程巡阅九、赣两镇所属营伍日期，恭折仰祈圣鉴事：

窃臣接准兵部咨开：“同治十三年二月二十八日奉上谕：‘本年轮应查阅山东、河南、江苏、安徽、江西五省营伍之期，江西即派刘坤一逐一查阅，认真简校’”等因，钦此。

兹将臣标左、右二营及南昌城守营各官兵先行调集校阅，并将紧要事件，妥为料理，定于七月二十九日自省起程，前往九江、饶州、广信、抚州、临江、吉安、赣州一带巡阅营伍，往返约需两月。臣衙门日行事件，循旧仍委藩司代印代行，遇有紧要事件，包封送臣途次核办，以昭慎重。

除俟查阅事毕，再将各营情形另行恭折奏报外，所有臣前往九、赣两镇所属各营巡阅营伍起程日期，理合恭折具奏，伏乞皇上圣鉴。谨奏。

请饬黎兆棠回江委用片

再，臣于同治十年五月间准吏部咨，钦奉上谕："英桂、王凯泰奏察看道员人地不宜，遵旨撤回。署台湾道黎兆棠，本系江西补用人员，即着饬回江省，毋庸留闽"等因，钦此。旋准江苏抚臣咨，该道行抵上海，因长途跋涉，旧证复发，呈请回籍调理，咨江核办。嗣因该道回籍后，阅时已久，计必医治就痊，迭经咨会原籍广东抚臣，催令来江，听候差遣在案。今闻该道黎兆棠业经钦差大臣沈葆桢奏调赴闽帮办台湾军务，旧证自已全愈。相应请旨敕下沈葆桢，俟军务完竣，即给咨黎兆棠来江，以资委用。

理合附片陈明，伏乞圣鉴。谨奏。

大阅事竣回省甄别折

同治十三年九月二十八日

奏为恭报查阅省标及九、赣两镇所属营伍日期，并将衰劣各弁，核实甄别，恭折具奏，仰祈圣鉴事：

窃臣钦奉谕旨派阅江西营伍，曾将调集臣标左、右营及南昌城守营先行校阅，并起程日期，奏报在案。

拜折后，随即轻骑减从出省，先至浔郡，会同九江镇总兵程文炳，将镇标前、后城守及南康营官兵及调浔操练之各营选锋兵丁，逐加阅看。次赴饶州、广信，调集该二营及浮梁、铅山等营官兵，次第考校。正拟前赴抚郡，适接署赣州府观音阁通判马梁等禀报，粤东连平、翁源等州县，有土匪滋事，图犯江境。臣因赣郡道府均甫经到任，恐未深悉地方情形，亟应亲往督率布置，以重边防。抚郡道路纡回，有稽时日，当委南昌城守协副将普承忠往阅抚州，及调集建昌、广昌三营兵丁，又武宁营兵丁，因地方僻远，亦循旧委员往阅，该四营员弁，另行调省考验。臣即由广信驰赴临江、吉安，将该二营及袁州、铜鼓、瑞州、永丰、莲花、万安、龙泉等营官兵顺道调考。旋至赣州府城，会同南赣镇总兵王永胜，将赣标中、左、后、城守，兴国、宁都、南安、文英、永镇、横冈、羊角十一营，调齐校阅。臣详加察看，通省各营，大阵及速战阵，步伐整齐，连环枪炮、三叠枪，声势联络，藤牌、跳舞勇捷，刀矛、云梯等项杂技亦均精熟，洋枪阵以九江为最精练，赣标仿照江苏成章，参用金鼓旗矛，变通尤为得法。马步箭中靶约有七成，鸟枪抬炮打靶准头约有九成。内中技艺较优弁兵，容臣酌量奖赏，存记拔补，其技艺稍疏，年力尚壮，尚堪造就者，分别记过责惩，勒限练习。惟查有铜鼓营分防磜头汛外委杨国雄、赣标城守营额外外委桂启垣，均年力就衰，临江营分防樟树镇额外外委毛定魁声名狼藉，未便稍事姑容，据该管镇将揭报前来。相应请旨将毛定魁即行斥革，杨国雄、桂启垣均勒令休致，用昭惩儆。各营军装器械，点验无亏，马匹尚属膘壮，各属塘汛墩台亦俱完善，沿途驻扎水陆各勇，一律整严，堪以仰副皇上训饬戎行之至意。

至广东连平、翁源等州县匪徒潜聚抢掠，窥伺江境，臣前接各属禀报，即飞饬该管道府督率所属，赶紧团练保甲，一面会商南赣镇调派横冈营兵丁一百名及观音阁汛兵丁八十名，分守要隘，协力巡防缉捕，以杜窜越。嗣据探报，各股匪徒，业经粤省官兵追捕逃散，并拿获惩办，地方已就安靖，当饬将防兵撤回归伍。惟赣、南、宁三府州与闽粤毗连，匪徒时虞萌动，现饬统领陆勇候选道黄芳分拨镇武军各营勇丁，驻扎信丰县之铁石口、大庾县之梅岭及瑞金县城巡防，相机策应，以备不虞，而固疆圉。

臣自边防布置完竣，随即由赣起程，于九月十九日回省，经过各县，收成丰稔，民气安恬，足以上慰圣怀。

所有查阅省标及九、赣两镇所属营伍回省日期，并甄别衰劣各弁缘由，理合恭折具奏，伏乞皇上圣鉴训示。谨奏。

知县亏短库款并肆闹官厅请革职拿问折

同治十三年九月二十八日

奏为特参知县交代亏短，抗不完缴，并赴藩司衙门喧闹，请旨革职拿问，恭折仰祈圣鉴事：

窃照州县经理仓库钱粮，丝毫皆关国帑。臣督同司道，凡遇各属新旧交接，随时严饬该管知府，责令前后任赶紧核算，逐款清交，不准稍事延宕，原所以杜亏挪而挽积习。

兹查有前署临川县事补用同知、直隶州知州李士棻，前在临川县任内交代，据该管知府朱澄澜禀："据现任临川县知县汪以诚申报，李士棻任内经理各款钱粮，逐一查核，计亏短正杂款银五千四百三十两二钱一厘"，即经批行交代局转饬勒限完解。本年四月间，据李士棻之媳李周氏，因索回籍盘费起衅，前赴府县及藩司衙门，呈控夫弟李文琛私藏征存银两，复经藩司刘秉璋批饬抚州府，将李文琛发县押令完缴。乃李士棻及其子李文琛始终玩抗，延不清交，亦不与后任会算。八月二十九日晚，李士棻突至抚州府衙门，声称交代并无亏短，伊子在县患病沉重，坐索释放始去，复据朱澄澜禀经臣批饬克日指款揭报严参各在案。不意李士棻并不遵照定章在郡清理交代，复于九月二十四日潜回省城，定更时突至藩司衙门禀见。该司刘秉璋以该员交代亏短，理应在府完缴，且时已昏暮，未便接见。讵李士棻踵前在该府署故智，竟自闯入宅门，直至客厅，肆行喧闹。刘秉璋当传南昌府及南昌、新建二县来署，晓以体制，并亲出接见，面加训饬。乃李士棻狂妄如前，有似疯状，经该司饬令府县，将其押带赴县，听候参办。兹据交代总局司道揭报前来。

臣查该员李士棻，前署临川县任内，短交银五千余两之多，其子李文琛并有被控私藏征存银两之案，迭饬勒缴，日久抗延，并敢赴府将李文琛强行领回，复赴藩司衙门喧闹，胆大妄为，玩法已极，若不严行参办，何以重库款而肃官常！除饬查明该员寓所、任所资财，严密抄封，并飞咨四川督臣，转饬该员原籍忠州，将家产尽数查封备抵外，理合据实奏参，请旨将前署临川县事补用同知、直隶州知州李士棻革职拿问，以便提同经手丁胥，严行讯究，按律定拟办理，并勒传其子李文琛到案，一并讯究追缴，用昭惩儆。

谨会同两江督臣李宗羲恭折具奏，伏乞皇上圣鉴训示。谨奏。

选锋队加练洋枪并九江湖口议筑炮台片

再，九、赣两镇各调练选锋兵丁一千一百名，省标三营调练选锋兵丁一千二百名。前因购买洋枪无多，仅令两镇各练洋枪五百名。今两镇所操洋枪，既有成效，自应多为练习，以期得力。拟将两镇选锋兵丁，再各练习洋枪队五百名，省标练习一千名，共成三千名，遇有缓急，足当一面，即仍此选锋口粮，无须加给饷项。又查九江府为江西省北面屏障，湖口县乃全省水路咽喉，向无炮台，殊欠周密。现在地方虽称平静，而设险固圉，思患预防，亟宜筹之于无事，未可置为缓图。况近日下游海口及沿江一带，正在讲求防务，九江、湖口据长江腰膂，下控皖、江，上蔽湘、鄂，实为形胜之区，亟应一体择要修筑炮台，不仅自保藩篱，并可与上、下游联络声势。臣赴浔查阅营伍之后，即会督九江镇程文炳、湖口镇丁义方、广饶九南道沈保靖详察地势，应于九江府城下修筑炮台二座，湖口县城西北门外及西门对岸之梅家洲各筑炮台一座，则水路冲途，均堪保固。此外如湖口下游之拓溪及彭泽县之小孤山等处，地虽扼要，势颇孤悬，应俟察看事机，再行筹办。现饬司道遴选熟悉工程之员，前往镇江一带，查有新筑炮台式样，考就做法，以便仿照办理，并饬沈保靖函商江海关道，代向洋商购买大小洋炮二十座，分别安设九江、湖口炮台，并购洋枪三千杆，多配火药铜帽，以为操练选锋兵丁之用。统俟枪炮等项议定价值，炮台估定工料确数，另行奏报。

所有九、赣两镇及省标酌议添练洋枪队，并九江、湖口筹议修筑炮台，购买枪炮火药缘由，理合附片陈明，伏乞圣鉴训示。谨奏。

拿获鄱阳县谋逆会匪分别惩办片

再，臣先后接据饶州府知府薛允升、鄱阳县知县李寅清禀报：访闻鄱阳县属板步桥等处，有外来匪徒煽惑勾结，约期起事，当即会营督率兵役，协同绅团查拿。旋有匪党周日辉悔罪投首，自愿充当眼线，指引兵役、团勇陆续捕获首要匪犯王胜扬、周玉献、李天奇、冯相宾、段清有、陈世忠，并胁从入会之程端阳等，并起获尖刀、枪头、木锏等物，提集研讯。缘王胜扬、李天奇、冯相宾、段清有、陈世忠籍隶鄱阳、都昌等县，种田、手艺营生，周玉献籍隶湖北广济县，在外教打行医，彼此素识。先有湖北林姓不知名人，与王胜扬路遇，谈及招集弟兄结会，可以患难相顾，不至受人欺压。王胜扬应允，林姓随即动身，称往湖北麻城县。同治十二年十二月间，王胜扬先后邀允李天奇、周日辉，复转邀冯相宾、段清有、陈世忠，并诱胁现获之程端阳等、在逃之王金荣等，一同结会。本年四月间，周玉献至王胜扬家借住、教打，听从入伙，取会名为“太平天顺”，商议纠人起事，共推王胜扬为首，周玉献帮护调度，李天奇、冯相宾、段清有、陈世忠为头目。李天奇、冯相宾均允纠邀一千人，约定七月二十二日俱到童子渡及百罗山会齐，口传“天顺”二字、放火为号，各带短刀，并无旗帜、火器，议定纠集人多，攻得饶州，再分官职，人少，抢掠各散。正在四处勾诱，即经该郡文武访闻查拿，周日辉投首作线，获犯讯供。周玉献于拿获时拒捕格伤，取供后因伤身死，该州县录供禀报。适臣抵饶查阅营伍，亲提各犯研鞫，据供前情不讳。

此案该犯王胜扬，与已获伤故之周玉献，纠立“天顺会”，约期起事，李天奇、冯相宾充当头目，为之辗转纠党助逆，罪大恶极，厥咎惟均，未便稍稽显戮。除周玉献业已伤故毋庸议外，臣当批饬该府县会营将王胜扬、李天奇、冯相宾三犯绑赴市曹处斩，枭首示众，以昭炯戒。段清有、陈世忠两犯虽充头目，并未纠得伙党，情节稍轻，应请暂行监禁，俟续获逃犯，以备质证。程端阳、胡长仂、张如老四、汪克元、苏亚喜、苏寿喜、刘明元、江戏喜、孙威喜、程得胜、汪世喜十一犯，均讯系误被诱胁，畏累入会，并未同谋为逆，均拟请枷杖发落，交房族保领，严加管束。周日辉先虽听从纠立“天顺会”，与闻逆谋，旋即悔悟投首，引导兵役、绅团，捕获要犯李天奇、周玉献等送案，破散匪党，保全地方，情尚可原，应请照自首免罪律，免其置议，予以自新。此案匪徒结会潜谋起事，尚在未行，即经该府县营汛访获首要惩办，地方不致受害，拿办尚属妥速，失察处分应请免议。

除饬差关躧缉逸犯林姓不知名人及王金荣等，获日另结，一面认真编查保甲，有犯必获，不得稍涉疏懈外，所有鄱阳县拿获谋逆会匪讯明办理缘由，理合附片陈明，伏乞圣鉴训示。谨奏。

滋事土匪游勇请仍照新章按办折

同治十三年十月十六日

奏为江省土匪、游勇滋事案件，拟请仍照新章办理，恭折覆陈，仰祈圣鉴事：

窃臣接准刑部咨，议覆广东道监察御史邓庆麟奏军务肃清省分拿获盗匪、请照旧例办理一折，以各省情形不同，部中难以悬拟，请旨饬下各省督抚、将军、都统、府尹，体察情形，将拿获马贼、土匪并伙众持械强抢案件，应否规复旧制，或于成例之中，稍为酌量变通之处，妥议章程，迅速具奏，由部汇核办理，以重宪典而防流弊等因。同治十二年十一月十二日奏奉旨：“依议。”钦此。钦遵转行妥议去后，兹据按察使李文敏会同布政使刘秉璋、署督粮道缪德棻、署盐法道王德权详称：溯查咸丰三年钦奉上谕：“着各直省督抚饬属随时访查，实力缉拿。如有土匪啸聚成群，肆行抢劫，该地方官于捕获讯明后，即行就地正法，团练绅民合力缉拿，格杀勿论。至寻常盗案，仍着照例讯办”等因，钦此。又于同治元年钦奉上谕：“嗣后各省遣回兵勇，如有逗遛滋事、抢掳民物者，即着各地方官按照军法，立即斩枭”等因，钦此。通行遵办在案。

江西自军兴以后，凡遇斋教土匪及遣撤游勇聚众抢劫，或结盟拜会，谋为不轨，一经破获，即由该地方官讯供禀报，批饬道府覆讯确实，钦遵谕旨就地正法。至寻常强劫抢夺案件，并非游勇、土匪滋事，概系遵照定例，拟罪解审，听候部覆办理。江省军务虽已肃清日久，而土匪、游勇伙劫谋逆之案叠出。如同治十年十二月，土匪温开接等袭破靖安县城，十一年十月土匪郭老六等图袭赣州府城，十二年六月，教匪杨忠良等图攻安远等县城，本年七月，会匪王胜扬等图攻饶州府城，叠经拿办奏报有案。土匪则根株未尽，游勇则出没靡常，董以严刑，犹复时虞窃发，若遽改归旧制，拟罪解勘，若辈凶悍异常，党与又众，不但有稽显戮，更恐别滋事端。且定例死罪重囚，招解院司勘办，原为慎重人命。今江省历办就地正法案犯，均饬道府覆审，并非仅凭州县一讯即决，自可无虞诬枉。该司道悉心体察江省土匪、游勇抢劫滋事之案，应请仍照新章，由地方官讯供禀报，批饬道府覆讯，得实就地惩办，俟伏莽全消，地方平静，再行复归旧例。其寻常强劫抢夺案件，概照定例办理等情，具详请奏前来。

臣确查无异。理合恭折覆陈，伏乞皇上圣鉴，敕部汇办施行。谨奏。

九江关监督承办新样瓷器恳请展限片

再，据九江关监督沈保靖详称：同治十三年八月十四日承准造办处办理绣活处札开："同治十三年三月三十日，据太监刘得印交下画鱼缸、花盆、花瓶纸样十五件，合牌花盆、水仙盆样十八件，传旨：'着传九江关监督按照画样、合牌样上粘连黄签数目，照式加细烧造，统限于本年九月内呈进。'"钦此。同日又承准札开："同治十三年四月十五日总管太监孟忠吉交下画仙鹤样三件，梅鹿纸样三件，传旨：‘着照仙鹤样三件，分雌雄形式烧造二十对，照梅鹿纸样三件，分雌雄形式烧造二十对，鹤鹿俱带山子，传交九江关监督烧造。’”钦此。各等因到关。

伏查烧造瓷器，向系二月春融开工，八月收工，一交冬令，水寒土冻，不能制造坯胎，并不能加以彩画。又查制造瓷器，先用泥土做成白坯，另用沙土匣钵装盛入窑，猛火烧炼三日夜，以满窑红透为度，出窑候冷，再加彩画，又入小炉用炭火烧炼一日夜，始成器皿。又查景德镇厂署御窑，乾隆年间即已塌毁，数十年来均系附于民窑搭烧，而民窑均不甚大，窑门按瓷尺仅宽二尺四寸，瓷尺只合营造尺八折，匣钵过此尺寸，即不能进窑。此烧瓷器之大概情形也。该监督于接奉传办前项各色瓷器，当即传集各工匠看视，据称黄单内各项花色，均能烧造，惟二尺六寸鱼缸及仙鹤、梅鹿，恐难如式造就。该监督饬将鹤、鹿两项照样试烧白坯，讵连烧数对，歪斜曲折，眉目不分，盖由身重脚高，颈又长细，上下轻重不匀，一经窑火烧炼，遂致倾侧团缩。复饬将颈足与身分段折烧，而接合又不能泯无痕迹。其二尺六寸鱼缸口面较大，限于窑门窄小，当饬厂匠先照窑门大小试烧，不意连烧白坯数件，亦皆歪斜裂口。因兵燹之后，从前名匠类皆流亡，现在工匠俱后学新手，造作法度诸多失传，今令造此十余年未办之件俱形束手，且本年奉文较迟，转瞬即交冬令，不能制坯加彩，实已赶办不及。惟有详请奏恳展俟来年二月春融开工，招集名手工匠，博采制造成法，督饬敬谨设法烧造，不敢畏难延诿等情前来。

臣覆加体察，尚属实在情形。合无仰恳天恩，俯准展俟来年二月招匠设法烧造解京交纳，断不敢任其推诿延误。理合附片陈明，伏乞圣鉴训示。谨奏。

患病弗瘳请假调理折

同治十三年十月十六日

奏为微臣患病增剧，恳恩赏假一月，俾资调摄，恭折仰祈圣鉴事：

窃臣在江、楚、粤西军营，积受潮湿瘴疠，遂患肠红之证，失血过多，因而周身筋骨抽掣疼痛，时发时愈。迨蒙简畀疆寄，任重才轻，深虞丛脞，遇事不敢不殚精竭虑，以致兼患怔忡。屡经延医诊视，未能全就痊除。而年力正强，尚可勉强办事，自问受恩深重，何敢以病为言。乃上年秋闱后，失血月余，渐形委顿，本年历春及夏尚未复元。秋间出省查阅营伍，往返五旬，因劳增剧，筋骨疼痛异常，而且怔忡不已。连投疏风滋补之剂，将及一月，迄未见效，精神惫倦，实有难以支持之势。据医者云："心血既亏，肝木失养，必须静加调摄，断非仅恃药饵所能奏功。"伏念巡抚政务殷繁，责成綦重，设或因病废事，必致贻误地方，所关甚巨。臣再四思维，惟有仰恳天恩，俯准赏假一月，俾得安心调理。藩司刘秉璋，才识优长，政事勤敏，于江省情形皆能熟悉，谨将署中一切公事，饬委该司代办，遇有紧要事件，臣仍商同妥为经理，以昭慎重。一俟病痊，即当奏请销假。

所有微臣患病增剧，请假调摄缘由，理合恭折具奏，伏乞皇上圣鉴训示。谨奏。

故员吴嘉宾奉敕建祠请列祀典片

再，查同治三年三月二十日逆匪攻扑南丰县三都地方，在籍绅士内阁侍读衔、前翰林院编修吴嘉宾，督团力战，众寡不敌，力竭被害，经前抚臣沈葆桢，以该故员一腔热血，至老不衰，衔须授命，殊堪悯恻，奏恳饬部加等议恤，准于殉难地方建立专祠，以慰忠魂。同治三年三月二十一日奉上谕：“内阁侍读衔、前翰林院编修吴嘉宾，于贼窜抵南丰县之三都地方，督团力战，力竭被害，着即交部加等议恤，并准于殉难地方建立专祠，以慰忠魂”等因。钦此。

兹据藩司刘秉璋转据建昌府南丰县详，据云骑尉世职吴良筹禀称，伊故父吴嘉宾专祠，于同治十二年在县城东隅购地，兴工建造，十三年春间工竣，详请奏恳列入祀典等情前来。臣查江西省阵亡文武各员，建立专祠，均请列入祀典，经部议准存案。该故员吴嘉宾专祠，事同一律。合无仰恳天恩，俯准列入南丰县祀典，由地方官春秋致祭，以昭忠荩。

除咨明礼部外，理合附片陈明，伏乞圣鉴训示。谨奏。

试办采买漕米由海运通折

同治十三年十一月初四日

奏为酌拟采买米石，由海运通，先将办理情形，恭折具奏，仰祈圣鉴事：

窃臣承准军机大臣字寄：“同治十三年九月十三日奉上谕：‘前因延煦、毕道远奏请饬江西等省酌征本色，或筹款采买，当令户部议奏。兹据奏称，江、广、河南现办折漕省分，规运本色，实为当务之急等语。前据户部奏请令江西、湖北、湖南起运本色，业经降旨允准。着刘坤一查照该部前奏，将本年新漕酌办本色，迅筹起运，并将办理情形，先行具奏’”等因。钦此。又先准户部咨，具奏江、广等省应征同治十三年冬漕酌办本色一折，以江省采买成案，或动用额漕抵征钱文，或酌提漕项银两买米搭运，仍系以漕办漕，不动别项正款。其买米价值连运脚在内，每石合银二两三钱至二两五六钱不等。江、广系产米省分，且系稜米，与粳米体质大相悬殊，米价当更可节省，近年江浙、海运案内，分拨米石交招商局轮船分装运津，业已办有成效。如能仿照办理，江西或于九江装兑最为便捷。再查江北漕粮，历办河运，抵通日期，年早一年，如援案照办，亦有成迹可循。应请饬下江西巡抚体察情形，或酌征本色若干，或试办采买若干，无论海运、河运，总以同治十四年春间有米起运为断。一俟办有端绪，即行详议章程，迅速驰奏，以凭覆核。同治十三年八月初五日具奏，本日奉旨："依议。"钦此。各等因，转行钦遵在案。

臣随督同司道悉心酌议，江省漕粮折征有年，骤难一律改征本色，亦未便分成征收，以及办理河运，一切窒碍情形，屡经详晰具陈，已蒙圣明洞鉴。然漕米为京仓支放要需，仰荷训诲谆谆，并经部臣指示办法，何敢不勉力筹画。就目下情形，详加体察，惟有民交折价，官为采买米石，由海运津，事尚可行。然在江西本地采买稜米，价值虽较粳米稍减，惟距海口二千余里，剥船、轮船均须加增运脚，仍无节省可言。且分派各县购米，既无仓廒可储，雇募民船剥运，亦恐招集不易。上年浙江采买米石，系委员在沪承办。现在湖广仿照办理，即由招商局委员包运、包交，江西拟亦仿办。适招商局道员盛宣怀自鄂回沪，顺道来江，经司道面与商榷，照户部议定苏、浙成案，每石价脚不得过库平银二两七钱，以示限制。第就现征米石漕折合之采买价脚，不敷甚巨。盖因江西原定折价太少，上年奏定改银为钱，每石收钱三千四百二十文，较近海之江苏省每石折收钱四千五百文，计少一千余文，较近京之河南省每石折收银三两，更少十分之四。值此章程初定，未能援照江苏成例，酌量加征运费，只有就漕项、钱粮通融拨济。江西每年额征给军银米及济造、济运、行月粮等款银三十万九千余两，以额运正改副漕米六十一万五千余石摊派，每石仅有运费银五钱左右。且查前项给军银两，除因灾缓征及民欠外，每年收数不过二十余万两，近年以之拨解陕甘协饷二十四万两，清淮协饷二万两，尚属入不敷出。今拟购米海运，约以采买八万石而论，每石价脚银二两七钱，共需银二十一万余两。拟请截留十三年正漕八万石，每石解部折价银一两三钱，共银十万四千两，每石应有给军运费银五钱，共银四万两，尚不敷银七万余两，别无闲款可筹。请于未经办运漕项各款内酌提支销，虽运米一石提用两石有余之漕项，于定章稍有未符，因京仓需米孔殷，不得不通融筹画，究属以漕济漕，与动用别项正款有间。据藩司刘秉璋、署督粮道缪德棻会详请奏前来。相应请旨饬部核覆。如经议准，臣即札委招商局委员直隶候补道盛宣怀、浙江候补道朱其昂，在江、皖一带采买籼、粳米石运沪，由商局轮船包运至通交仓，一切均照苏、浙成案办理，事竣核实奏报，应请毋庸造册报销，以归简便。

再，江省本年冬漕新定章程，年内免其起限加价。臣深恐疲玩花户任意延欠，于未开征之前，即饬司道撰发告示，遍贴各属，剀切晓谕，向系九月开征者，九月底即应全完，十月开征者，十月底全完，以符冬兑冬开定例。继复不次檄催，告诫备至。兹核各属禀报九月开征者，截至月底征解数目，不及往年十分之二。现复责令各府州督饬州县勒催征解，花户抗欠，照例拘追，牧令惰征，据实参办，以期日有起色，办运无虞掣肘。至此次采买起运，既由招商局员盛宣怀等一手经理，江西无须委员帮办。江西粮道督催全漕折价，正当吃紧之际，应请暂免赴通，以重催征。将来征收本色起运，或在本省采买稄米，由九江交兑轮船运津，再令粮道自行赴通交仓，以专责任。

又陕甘协饷每月二万两，现仍由道库按月拨解，将来漕项钱粮归办运动支，不敷协饷尚须另筹改拨。

所有酌拟采买米石由海运津缘由，除咨户部外，理合恭折具奏，伏乞皇上圣鉴训示。谨奏。

宽免处分谢恩折同治十三年十一月初八日

奏为恭谢天恩，仰祈圣鉴事：

窃臣敬阅邸抄，同治十三年十月初十日奉上谕："本年恭逢慈禧端佑康颐皇太后四旬万寿，普天同庆，所有王公及京外文武官员，现有降旨议罚及以前有革职留任及降级罚俸之案，着加恩悉予豁免。"钦此。当即恭设香案，望阙叩头谢恩。

伏查前因钦奉密寄，为九江领事官抄录部议革职留任，又因降调左都御史胡家玉未完漕银，并接胡家玉信函未即参奏，部议革任，仰蒙圣恩改为革职留任，降为三品顶戴，荷鸿施之逾格，矢鳌戴以难名。兹恭逢圣母万寿盛典，庆洽寰区，我皇上仰体慈怀；覃敷渥泽，臣革留各案，悉蒙豁除。阅十载之星霜，薪劳益拙，沐九天之雨露，枯朽重荣。衔结之忱，捐糜奚罄。臣惟有一俟病痊，即当勉策驽骀，力图报效，以期无负高厚生成于万一。

所有微臣感激欣幸下忱，理合恭折叩谢天恩，伏乞皇上圣鉴。谨奏。

假满病难速痊恳准开缺调理折

同治十三年十一月二十八日

奏为微臣假期已满，病难速痊，吁恳天恩，俯准开缺调理，恭折仰祈圣鉴事：

窃臣前因筋骨疼痛，及怔忡各旧疾，因劳增剧，业经奏恳赏假一月调理，署中日行公事，饬委藩司代办，遇有紧要事件，臣仍商同办理在案。

自拜折后，延医上紧诊治，多方调摄，满冀迅速就痊，勉供厥职。乃迄今逾月，筋骨依然疼痛，遇事稍一用心，辄复怔忡不已，而且饮食减少，夜不能寐，精神益觉委顿难支。据医者云："受病多年，气血渐至消耗。药石滋补，其力甚微。必须宽以时日，静加调养，方能收效。"伏念臣一介书生，十年疆寄，自维奉职无状，屡荷皇上逾格矜全，抚膺扪心，不惜捐糜以图报称。乃葵藿之忱方切，而柳蒲之质早凋。巡抚任重事繁，何敢以病躯恋栈，致滋贻误。合无仰恳天恩，俯准将臣江西巡抚开缺，迅赐简放，以重封圻，俾臣得以回籍就医，从容调理。臣年四十余岁，来日尚长，一俟就痊，即当泥首宫门，求赏差使，以期仰酬高厚生成于万一。

所有微臣病难速痊，吁恳开缺调理缘由，理合恭折具奏，伏乞皇上圣鉴训示。谨奏。

添筑九江等处炮台片

再，九江、湖口据长江腰膂，为省北水陆咽喉，实属形胜之地。臣前次赴浔查阅营伍之后，会督镇道详加察看，应于九江城下及湖口两岸各筑炮台二座，以固要冲而资联络，业经附片奏明在案。随饬据广饶九南道沈保靖派委试用通判李岳年、候补知县钱宝昌驰往金陵、镇江、江阴及吴淞海口，查看新筑炮台式样，访问作法。嗣经李岳年等绘图帖说，亲赍到省，并由沈保靖详晰禀覆前来。

臣与藩、臬两司悉心斟酌，即照江南成法略为变通，在于九江府城岳师门外东北转角处，筑中炮台一座，城下里余之塔基旁，筑大炮台一座，又于湖口县城下之武曲港及对岸之梅家洲，各筑大炮台一座。批饬沈保靖会同湖口、九江两镇，督饬委员李岳年等撙节估计实需工料银数，造册呈送，核饬藩司筹款给领，赶紧购料兴工，以期迅速竣事。

伏查藩司刘秉璋及沈保靖均谙练防务，办事认真。臣虽因病陈请开缺调理，此项工程已有成规，应即责成该司道经理，必能妥为布置，不至虚糜。

理合附片陈明，伏乞圣鉴。谨奏。

保举贤员折 同治十三年十二月十五日

奏为保举贤员，以备简放，恭折仰祈圣鉴事：

窃臣恭查咸丰十一年三月初四日奉上谕："各该督抚于所属各员，平日立品居官，知之有素，着择其廉洁自爱、任事实心及素著循声、民情爱戴、堪胜道府者，胪列政绩，出具切实考语，酌保数员，候旨简用，其道员及州县各官，如有出色之员，着一并核实保奏。倘所保之人，查有贪污劣迹，或名实不符，朕惟该督抚是问"等因，钦此。业经臣于同治七年择尤保奏在案。

兹复于江省现在实缺、候补道府州县中详加察看，查有广饶九南道沈保靖，性情直亮，才具优长，在任三年，于吏治民风，极力振顿，办理税务、洋务，均能切中事宜，并肯瘠己肥公，尤为近今罕觏。调补赣州知府南康府知府贺良桢，平正明白，志在有为，事事认真务实，如筹仓谷以备灾，办保甲以备患，均有成效可观，所属各员亦能得其贤否。候补知府王延长，老成谙练，查办交代、报销，严而不刻，积牍为之一清，既于库款有裨，众亦服其公允，嗣经委署南昌府篆，整躬率属，听断擅长。赣县知县崔国榜、萍乡县知县贺宏勋，该二员心地朴诚，吏事通敏，所至政平讼理，不事虚饰矜张，亦似无异于众，及其诘奸禁暴，奋迅直前，不惮烦，不惜费，是以屡破重案，地方赖以保全。临川县知县汪以诚饶有胆略，靖安之变，该令适署奉新，竟能仓卒御侮，措置裕如，至其平日，礼士爱民，勤勤恳恳，舆论翕然。高安县知县德海，沉静寡言，明通有守，为政绳趋矩步，尺寸不逾，而扶植善良，辨晰疑似，从不稍涉迁就。署德化县知县即用知县冷鼎亨，笃实慈祥，耐劳耐苦，前署瑞昌至瘠之缺，于教养诸事在在讲求，及其调署德化，滨临大江，更能捍患恤灾，尽心民瘼，两县士庶，攀留莫不争先恐后，以上各员，均系在江多年，经臣慎之又慎，审之又审，颇能悉其底蕴，不敢壅于上闻。谨缮折奏保，伏乞皇太后、皇上圣鉴训示。谨奏。

武宁城工请奖折同治十三年十二月十五日

奏为武宁县官绅士民捐修城垣工竣，请旨敕部分别奖叙，以昭激劝，恭折仰祈圣鉴事：

窃查武宁县捐修城工，前经臣照章奏明立案，请援莲花厅成案给奖。嗣经户部议覆，应照同治九年新章，无论大捐、常捐，悉按例银加四分之一核计，并于开工及工竣时，遴委司道大员前往查勘，取具切实甘结，随案送部存查。同治十年六月二十八日具奏，本日奉旨："依议。"钦此。等因。转行钦遵办理去后。

兹据藩司刘秉璋详称，据署南昌府知府德馨详，转据武宁县知县姚大元详，该县城垣周围长七百一十九丈五尺，高一丈三尺，厚八尺及一丈一二尺不等，垛口六百八十九个，向设东、西、南、北、小南、小西六门，又东西水关二处，先因被水冲塌，加以连年雨水淋漓，倾圮更甚。经前署县刘大方督率绅董，带同工匠，周历履勘，城身倒塌一百一十余丈，须从新挖脚砌筑，此外鼓裂残缺之处尤多，亦应一律缮完。且城身低薄，垛口过疏，应通城加高八尺，帮厚一二尺，加增垛口四百余个。四门敌楼倾圮，城门朽坏，概须从新建造，并将濠沟疏浚深通。撙节估计，实需工料银四万五千七百余两，惟有就地捐修，详经前藩司孙长绂派委即用知县江璧，前往覆勘相符。又经前署藩司督粮道平步青发给实收劝捐，并详请具奏立案。该前县刘大方于同治五年十一月初五日兴工，刘大方及接署县魏廷弼先后卸事，该前县何庆朝接办，至九年闰十月初八日工竣。城身、女墙、城楼、城门一律照估修理完固，濠沟亦经疏浚，共用过工料银四万五千七百八十九两。据何庆朝禀经臣遴委补用道周溯贤前往查勘，委系工坚料实，出具切实勘结。因捐生星散，催收部饭照费未齐，致稽请奖。何庆朝卸事，姚大元抵任，始据缴齐饭照银两，造具捐输奖册及工料清册，绘图出结，并取具何庆朝保固限结，由府加结转详到司。查核册造各捐生报捐官职封典，共银四万二千八百六十一两，悉与部章相符。惟王培莆由候选府经历请以通判不论双单月选用，应交监生四成实银四十三两，附生姚大乾由两淮候补盐经历请以同知不论双单月选用，应交监生四成实银三十六两，饬令自赴京铜局另行分别补交，其余零捐不及奖叙银二千九百二十八两核实剔除，不复请奖等情，由司具详请奏前来。

臣查武宁县城垣被水冲塌，年久失修，经该官绅踊跃输将，俾要工得以告蒇，地方借资保障，洵属好义急公，自应照章请奖。所有册造捐生银数，核与例案相符。相应请旨敕部照例分别议叙，用示鼓励。谨开列清单，恭呈御览。

又，劝捐监修出力之前署武宁县知县刘大方、魏廷弼，前任武宁县知县何庆朝，现任武宁县县丞夏之霖，候选教谕黄鹤龄，候选知县吴希颜，候选从九品董道生，现任弋阳县教谕刘宝谦，指发浙江补用县丞易元春，候选教谕黄祖翰、陈应丁，候选县丞熊远光，增生余炎，生员唐人风，监生王培芸，在事数年，不辞劳瘁，并请交部照例议叙，以昭激劝。

除将各绅民捐数履历清册图结及保固限结并工料清册分咨送部，其照费部饭银两另文解部外，谨会同两江督臣李宗羲恭折具奏，伏乞皇太后、皇上圣鉴，敕部核覆施行。谨奏。

采买外洋枪炮火药片

再，江西九江、赣州两镇及省标三营各选锋兵丁添练洋枪阵法，并九江、湖口分别修筑炮台，前经臣附片奏明，饬令广饶九南道沈保靖函商江海关道，代向洋商购买外洋枪、火药、铜帽备用在案。

兹据沈保靖先后禀报，商令上海采买军火委员江苏候补道刘瑞芬、分发补用知府王镇昌，代向上海地亚士洋行定购刀头洋枪三千杆，自来火大铜帽五百万颗，细洋火药二十五万磅，粗洋火药五万磅。刘瑞芬等并嘱令地亚士洋行商人密腊亲至九江，经沈保靖与之面议，定购施放炸子洋炮二十尊、炸炮子四千六百个，共价规银十七万六千五百一十两，又洋银一万七千四百二十五圆，定限八个月交齐。其洋枪、铜帽已据陆续由沪转运来江，应给价银饬令总局司道于厘金项下随时筹给，归入军需报销。谨将各项价值开列清单，恭呈御览。

至九江、湖口两处修筑炮台，前经委员赴镇江、上海察看成式，现拟仿照西洋作法，以期坚固得力，均令沈保靖督同承办各员妥速建造，实用实销，俟工竣之日，另行造报。

所有采买外洋枪炮、火药、铜帽缘由，理合附片陈明，伏乞圣鉴。谨奏。

同治二年分不敷兵饷援案动用杂税折

同治十三年十二月十八日

奏为同治二年分兵饷地丁不敷支放，援案动用杂税，恭折具奏，仰祈圣鉴事：

窃查江西省各镇、协、标、营官兵马匹，同治八年分共应支俸薪饷乾银二十一万五千四百四十四两一钱九分四厘。准户部于同治二年拨饷案内，豫拨同治二年地丁银六万两，以为三年春季兵饷之用，又于同治三年拨饷案内，除赣关同治二年额税银四万六千四百七十一两五分五厘留抵外，又拨同治二年地丁银一十万八千九百七十三两一钱三分九厘，先后共拨同治二年地丁银一十六万八千九百七十三两一钱三分九厘。当经各前藩司陆续动放同治二年地丁支给三年兵饷银一十五万二千二百五十两八钱九分一厘，尚不敷银一万六千七百二十二两二钱四分八厘。时值逆氛未靖，各属地丁征解不前，以致本款无银可动。而兵饷系计口授食要需，难令枵腹从戎，由司设法筹垫，借恤兵艰。兹经查办同治三年分兵马钱粮奏销，自应另行筹补足数，以便造报。溯查咸丰五、六、七三年地丁不敷支给六、七、八三年兵饷，均经咨部覆准动支各年杂税凑足。今同治二年地丁不敷支放三年兵饷银一万六千七百二十二两二钱四分八厘，情事相同，自应援案筹补。应请动支同治十三年税契银两凑足造报，以符原拨之数。据藩司刘秉璋具详请奏前来。臣覆核无异。

除咨户部外，所有同治二年分兵饷，地丁不敷支放，援案动用杂税缘由，理合恭折具陈，伏乞皇太后、皇上圣鉴，敕部查照施行。谨奏。

奏疏卷十

恭谢天恩力疾前赴署任折

光绪元年正月初十日

奏为微臣力疾前赴署任，恭谢天恩，仰祈圣鉴事：

窃臣先后接准吏部咨："同治十三年十二月初五日奉上谕：'李宗羲着准其开缺，安心调理。刘坤一着署理两江总督，江西巡抚着刘秉璋署理。'钦此。又于十二月十二日奉上谕：'署两江总督刘坤一着兼署办理通商事务大臣。'"钦此。又准督臣李宗羲咨："承准军机大臣字寄：'同治十三年十二月十三日奉上谕：御史陈彝奏，淮阳等处被水情形一折。本年黄水挤清，下注江境，湖河相连，一望无际。被水地方，小民荡析离居，殊深轸念。该御史所陈从前束清御黄等坝，宜急加堵筑。高、宝诸湖入运之水，以东岸闸坝为去路，现在应行开放，系为力图补救起见，即着悉心会商，迅速妥筹办理，毋令运河再有决口。前据李宗羲等奏，请以江宁府一半抵征钱文赈济灾黎。即着该督抚等督饬所属，核实经理，务使民沾实惠。'"等因，钦此。臣跪读之下，莫名感悚。当即恭设香案，望阙叩头谢恩。

伏念臣楚南下士，一介庸愚，仰荷先朝特达之知，畀以封圻重任，抚江十稔，报称毫无，且因旧疾举发，日久未痊，另折陈请开缺调理，方以上负圣慈，时深战栗。兹复渥邀恩命，权篆兼圻，闻命自天，悚惶无地。查两江总督兼辖三省，任大责重，政务殷繁，筹防江海，控驭华洋，与夫盐、漕、河务，事事均关紧要，驽劣如臣，又患宿疾，深惧勿克胜任。第仰维我皇上冲龄践祚，我皇太后垂帘听览万几，而江南方有河患，关系数省民生。前接督臣李宗羲函，催臣速赴署任，时事多艰，正臣下忘身报国之日，况臣起自草莽，受恩最深，何敢因病迟留，致滋贻误。臣现于正月初八日，交卸抚篆，赶紧料理，定于十八日自江西省城力疾起程，由陆驰赴九江，乘坐轮船，前往江宁任事，将地方一切要务，实心实力，认真经理，以冀仰答高厚生成于万一。

所有微臣感激下忱，理合恭折叩谢天恩，伏乞皇太后、皇上圣鉴。谨奏。

差弁损失公文前折致稽投递片

再，臣前因筋骨疼痛，并怔忡病证举发，假期已逾，医治未即痊愈，缮折陈请开缺调理，汇同奏报地方事务各折片，敬谨封固，外加奏事处咨文，于上年十一月二十八日，交差弁汪占魁赴京恭递。兹据该差弁回省禀称：中途雨雪交加，行李尽湿，因哓夜遄行，未及检点。迨抵京城，查看折匣，幸外封油纸多层，尚未湿透，而奏事处咨文，受湿甚重，马上磨擦，全行破烂，无可投递。现将折匣交驻京提塘收存，漏夜驰回，禀请补发等情。臣查该差弁汪占魁领赍公文，并不加谨收藏，以致受湿破烂，虽因兼程行走，致失检点，究非寻常疏忽可比。当将该差弁棍责示惩，并另缮咨文，责令星驰进京，同折匣一并赴奏事处投递。至臣所患旧疾，调理两月有余，精神稍可支持，筋骨仍不时疼痛。因前折尚未上达圣聪，不敢日久守候，是以力疾前赴两江署任，以重疆寄而慰宸廑。

所有差弁擦损咨文以致折匣投递稽迟缘由，理合附片陈明，伏乞圣鉴。谨奏。

恭报到任日期折光绪元年二月初九日

奏为恭报微臣接篆日期，叩谢天恩，仰祈圣鉴事：

窃臣钦奉上谕署理两江总督，并蒙恩命兼署办理通商事务大臣，当经具折叩谢天恩，并声明正月十八日自江西起程在案。

兹臣行抵江宁省城，二月初六日，准前督臣李宗羲饬派江宁府知府蒋启勋、中军副将周良才，恭赍两江总督关防、两淮盐政印信、钦差大臣关防并王命旗牌、文卷等件，移交前来。臣当即恭设香案，望阙叩头谢恩，祗领任事。

伏念两江地大物博，政事殷繁，漕务、河工、盐政三大端，以及察吏安民，练兵筹饷，无一不关紧要。兼以华洋交涉，贵刚柔之得中，江海筹防，须水陆之联络。凡此机宜之攸系，均非梼昧所能胜。臣惟有勉竭驽骀，力图报称，随时随事，与三省抚漕各臣，妥为筹维，期无贻误。至徐、海、淮、扬修堤放赈，尤劳宵旰忧勤，业经前督臣李宗羲等办有头绪，详晰具覆。臣仍当酌量情形，督饬印委各员，认真经理，一俟署中公事稍为清厘，即当奏明出省亲往清江一带，履勘堤工，并顺道察看各处新筑炮台，预为绸缪之计，断不敢因暂时权篆，稍涉诿延，以冀仰答高厚鸿慈于万一。

所有微臣接篆日期，除循例恭疏题报外，谨缮折叩谢天恩，伏乞皇太后、皇上圣鉴训示。谨奏。

江北冬漕改由海运筹办折

光绪元年三月初五日

奏为同治十三年江北冬漕改由海运，筹议办理章程，恭折具陈，仰祈圣鉴事：

窃江北本届新漕，前因运道艰阻，拟请改办海运一次，并将起运米数筹办情形，经前督臣李宗羲等先后奏蒙俞允在案。

伏查历届海运，全赖沙、卫等船装运，近年承运苏、浙漕粮，已属不敷。惟招商轮船，辘轳转运，极为迅利，上届协运苏、浙漕米，著有成效。此次江北漕粮海运，即由招商局轮船装运，以期迅速。所有起运米石，均由各该州县在江北购买，剥运赴沪，路途遥远，经藩司、粮道与招商局员定议，以镇江本有招商分局，拟将各属漕米，由江北雇船剥送镇江分局兑储，再由上海派拨轮船驶赴镇江，分批装运，放洋北上。业经严催各该州县，赶紧剥运。由江安粮道卫荣光督率承办各员，将兑米事宜，妥速经理，不敢稍有迟误。至一切应办事宜，仿照轮船协运苏省漕粮及改办径运章程，暨江北上届海运成案，因时制宜，详加考核，酌拟章程。兹据江宁布政使梅启照、江安督粮道卫荣光会详请奏前来。臣覆加查核，谨缮清单，恭呈御览。此外如有未尽事宜，及须变通之处，容随时由该粮道酌量禀请奏明办理。

所有臣等酌议海运章程缘由，谨会同漕运总督臣文彬、江苏巡抚臣吴元炳，恭折由驿具陈，伏乞皇太后、皇上圣鉴训示。谨奏。

谨将江北淮、扬、徐、通四府州属同治十三年分漕粮本年暂办海运，酌拟内办章程十二条，缮具清单，恭呈御览：

一，米色认真挑选也。江北淮、扬、通一带，多产籼米，历届河运成案，均系红白兼收。此次暂改海运，自应循照办理，仍由起运各州县自行购买。其徐州府属应运米石，另派委员采办，认真挑选，总以干洁为主，不得稍有潮杂，以重仓储。

一，漕米分数交仓也。查本届江北起运漕粮，除江宁府属抵征采买米石，业经奏准截留备赈外，所有淮、扬、通三府州属同治十三年分熟田漕粮，剔除灾缓，应征正耗米七万四千六百七十七石八斗五勺，内除节省给丁耗米三千四百九十四石四斗七升三合七勺循案抵充运费外，实该起运米七万一千一百八十三石三斗二升六合八勺，内正兑正米三万八千七十石八斗五升七合五勺，加二五耗米九千五百一十七石七斗一升四合四勺，改兑正米二万一百六十六石四斗五升七合二勺，加一七耗米三千四百二十八石二斗九升七合七勺。又徐州府属应征熟田粟米二万四千八百五十五石四斗三升二勺，内除拨补灾缺兵米一万三千七百五十六石七斗二升六合九勺，计尚余米一万一千九十八石七斗三合三勺，又除节省给丁耗米一百六十七石八斗六升四合三勺亦请循案抵充运费外，实该起运米一万九百三十石八斗三升九合，内正兑正米五千六百二石二斗五升一勺，加二五耗米一千四百石五斗六升二合五勺，改兑正米三千三百五十七石二斗八升七合五勺，加一七耗米五百七十石七斗三升八合九勺。业经奏明，将徐属粟米，按数改办大米起运，在仓储并无短亏，于经费不无节省。以上共该起运米八万二千一百一十四石一斗六升五合八勺，查照旧章，按漕斛采买，亦按漕斛交仓。现将道库部颁小口铁斛，制造木斛，由粮道较准，发交应用。仍令各备样米，俟交兑轮船时呈验，加贴印花，连较准之漕斛，一并带赴通州比对，以归画一。

一，海运事繁，分别筹办也。查苏属历届海运，先在苏州设立省局，由司道督办，并派苏州府知府总司其事，遴委各员随同勷理。又在上海设立沪局，委办雇船、验兑各事宜。此次江北改办海运，拟由轮船装运赴津，系属创始，任重事繁，应由藩司、粮道督办，毋庸设立省局，以节糜费。其镇江验装、催兑、放洋各事务，已派员董前往设局，妥速办理。至天津查验过剥径运通坝交米各事宜，应照苏属改定新章，均归粮道一手经理，已饬江安粮道卫荣光酌带委员绅董，先期前赴天津、通州等处，分设各局，妥为筹办，俾昭慎重。

一，轮船装运由镇江交兑放洋也。此次江北海运，拟用招商局轮船装运赴津，以期迅速。第各州县漕米均在江北购买，若令运至上海交兑，路途遥远，水脚不赀，更恐耽延时日。当与招商局议定，将购存米石，饬令各属于正月由江北雇船，就近剥送镇江招商分局交兑，二月一律兑竣储栈，三月由沪派拨轮船，赴镇分批装运，即由镇江放洋，更为便捷。所有轮船放空、煤油、辛工及镇江候兑费用，拟于运津水脚外，每石另行津贴（曹）〔漕〕平银三分五厘，较之运沪交兑，所需剥船水脚，尚属减省。此外镇江、天津两处栈费及上下夫力等项，均归招商局自认，以示限制。

一，轮船水脚照章核给也。查轮船承运苏、浙漕粮，系照沙、宁船章程，每石给水脚（曹）〔漕〕平银五钱五分，内扣公费银一分，实给（曹）〔漕〕平银五钱四分。此外苫盖、垫舱席片、气筒、铁钉、折价每石曹平银一分六厘，内扣银一厘六毫，实给曹平银一分四厘四毫。又天津海口雇用纤夫，每石钱四文，内扣钱四毫，实给钱三文六毫。回空挖泥压载，应用铁锹土筐，每船钱一千文。神福每船银四两。耆舵每船各一名，每名各赏犒银一两，副舵每船一名，给银六钱，水手每名给银三钱。每装米百石，准开水手一名。以上各款，均系随米支给。其轮船装载米数，以三千石作为一船，按数核计，分别开支。江北均应援照办理。至轮船停泊码头，及到津领港等费，并轮船驶进津口，或遇搁浅起剥等事，均由招商局自行料理。

一，轮船经剥耗食等米分别交仓支给也。查海运章程，天津剥船食米，每漕米一石给米一升一合五勺，通仓经纪耗米每石给米一升五合，又经耗项下剥船食米每石一升一合五勺，又轮船耗米照沙、宁船章程，每石给米八升，又筹备余米二升。此外无论正漕筹备增给天津剥耗每百石一半米五斗七升五合，在于天津收买商船余米内支给。上届苏属改由南省径运赴通，经纪已无承运之责，曾经奏明，漕粮经纪每石一升五合以一升交仓，以五合及新增剥耗每石五合七勺五秒留作南省运通折耗。此次江北海运，自应循照办理。核计淮、扬、徐、通各属起运交仓漕粮正耗共米八万二千一百一十四石有奇，除新增剥耗一款仍照成案在津收买余米抵交外，其余经剥食耗等三款米二千二百三十三石有奇，轮船耗米六千五百六十九石有奇，筹备二升余米一千六百四十二石有奇，应照章分别交仓支给并留备弥补折耗之用。

一，装运轮船照章办理也。此次轮船装运江北漕粮，应照沙、宁船章程，每船准其八成载米，二成载货，免予输税。如带有洋药及二成之外另带余货，均仍照章纳税：其二成货物，按米石计算，以一百二十斤为一石，应饬各海关道一体遵照。俟轮船装运时，由招商局开单，移会海运镇局，呈报镇江新关，填给免税执照，以便各关口岸察验放行。至给商耗米每石八升，原备到津折耗弥补之用，应照章于是项耗米内提出二成，由津局给价收买，随正交仓。倘正米或有亏短，应由招商局照数赔补。其运米在途，设有松舱不测等事，悉照沙、宁船章程办理，毋庸保险。如果承运无误，事竣后由招商局核明急公承运各商，援案请奖，以昭激劝。

一，运通剥船应预为筹备也。查米船到津，向用直省额设官剥转运，其剥价，上届苏属成案，系照民雇，由南省自行发给。本届江北轮船运米抵津，虽有栈房可以暂储，而招商局承运苏、浙、江、广各省漕米，为数甚巨，势难全行屯储，诚恐官剥不敷周转，必须添雇民剥以利转运。由臣等咨明直隶督臣李鸿章，迅饬天津道将官剥船只，按米数之多寡，分成派定，并编写苏、浙、江北字样，仍由粮道先期派员驰赴天津收管，所需油舱银两，照旧批解。至民剥应照苏属章程，由江北粮道自行招雇。如官剥转运遇有间断，即兼用民船剥运，俾不致停斛待船。此项剥船既议官民兼用，悉照民价从优酌给，该船户承运之时，即由南局自行发价。如果到坝交兑数无短少，米色实系干洁，再行从优赏给花红，倘查有偷漏搀水等弊，亦当从严究办，以示劝惩。

一，津、通经费核实支用也。查苏属海运章程，天津官剥每百石给剥价银八两四钱四分七厘三毫，民剥每百石给银九两八钱八分四厘八毫，个儿钱每百石给银二两。又续经直隶督臣李鸿章奏准，漕粮每百石加给剥船脚价银五两。又漕粮经纪饭米折色及一半津贴两项，白粮经纪饭米折色一项，原为经纪赴津起米承运至通而设，既改径运，经纪已无承起承运之责，自应全行免解，留作南省运通经费。嗣经仓场总督以此项米折津贴为通坝外起里运之资，未便全行免解，奏准以一半留南办运，一半解北济公等因，遵照酌半解交在案。今届江北漕粮海运，自应循照办理，除仓场轻赍席木银两另由粮道衙门照例批解外，所有支发水脚及应解厅仓茶果等款，津、通两局用项，收买余米一切杂费，需用浩繁，而经费例有限制，通盘核计，不敷甚多，惟有督饬委员以漕办漕，在于漕项本折及采买米价盈余节省给丁耗米等款内动支，力求减省，不准稍有浮冒，俟交米事竣，再行汇核，造册请销。如果委员办理无误，准其援案请奖，以示鼓励。

一，运通漕粮应用口袋装盛也。查漕粮自沪至津，由津运通，向皆散舱装运，仅于舱面封钉，难期周密。此次轮船承运江北漕米，由镇至津概用麻袋装盛，以便抵津易于起卸，所需袋价等项，均归招商局筹备。惟此项麻袋，于装米抵津后，应仍发交轮船带回，以作下次装米之用。其自津运通官剥弊窦滋多，今虽优给水脚，认真严查，犹恐该船户积弊已深，未能痛除恶习。拟仿照苏属办法，一律装用口袋，逐袋粘封装舱，再将舱面封钉盖印，俾臻周密。惟袋多费繁，碍难照数备办。查上届河运，尚有用存旧袋数千只，堪以修补带往应用，俟漕粮抵津验兑之际，一律用袋承装，转交剥船运通，一经抵坝交卸，其袋即由南局押运之员按数收回，轮流装运。如有不敷，或酌量添制，或通融借用，临时察看办理，以节经费。

一，米船抵通应随时验卸也。查轮船装运漕粮抵津，虽有栈房可以暂储，而为数较多，必须随时查验过剥，以免拥挤守候。又官民剥船在津受兑，以至抵坝，至速亦须半月，倘不即为验收，米色恐难照样。应由臣等咨明仓场总督，督同坐粮厅，于剥船运米抵坝，随验随收，俾得赶早回空，迅速转运，于米色似有裨益。

一，上届存仓余米循案作抵也。查江北上届河运，连历届存仓，共有余米二万三千八百余石，原备抵补正供。此次暂改海运，应仍照案，先将上届存仓余米按数作抵，具报全完，续到之米，仍行交仓，另档存记，留为下届抵补之用，俾速正运。

运库月协秦饷仍请缓解以顾江防折

光绪元年三月十八日

奏为江省筹防，饷需万分支绌，吁恳天恩，将协陕饷银仍行缓解，恭折仰祈圣鉴事：

窃臣承准军机大臣字寄："光绪元年二月十五日奉上谕：'邵亨豫奏陕西各营需饷浩繁，库款甚绌，难以支持，请饬两江总督将两淮运库月协陕饷，仍照前拨解等语。着李宗羲、刘坤一将应协陕西军饷每月一万两，仍照前按月拨解，以济急需。'"等因，钦此。

伏查前项饷银，由两淮盐课项下解济陕省，已历六年之久，丝毫无误，江省果可支持，断不敢稍存推诿。无如上年筹办海防以后，需用之繁，百倍于前。凡仿筑外洋炮台一座，动逾数万金，购买外国炮位一尊，动逾数千两。其已成各炮台，已买各枪炮，均需拨营修守操演，未成未到者，亦已续建续购。经前督臣李宗羲将筹办各情，详晰具奏，仰荷恩旨，饬催湖北、湖南等省协饷。是江省筹防军需，骤增巨款，已早在圣明洞鉴之中。至金陵军需局入款，向以盐厘为大宗。近来各岸收数未能畅旺，而部拨之款日见其多。山东河工，奉拨盐厘二十六万两，李宗羲先已遵拨十六万两。臣莅任后，以河工事机尤迫，又饬各局将原拨十万两全数解清，并准部拨出关饷银盐厘十万两，亦属至急之需，势难停缓。来源只有此数，多协邻省一分，本省即减少一分。此外关税、地丁、货厘等项，均各有专支，入不敷出，无可腾挪。前次李宗羲请将淮库协陕饷银改解军需局，实因饷需奇绌，有万不得已之苦衷。臣与司道等再四熟筹，目前艰窘情形，更有难以周转之势。

合无仰恳天恩，俯念江省筹防紧要，自顾不遑，准将运库每月协解陕西饷银一万两，仍行缓解，实于防务稍资补助。

所有协陕饷银仍请缓解缘由，理合恭折具奏，伏乞皇太后、皇上圣鉴训示。谨奏。

高淳县摊赔浮粮仍请一律豁除折

光绪元年三月十八日

奏为江宁府属本年开征丁漕，仰恳天恩，俯准仍照原奏豁除高淳县摊赔浮粮，以纾民困而广皇仁，恭折仰祈圣鉴事：

窃查接管卷内，江宁府属上元等六县丁漕，仍请查照前奏，减则征收，并声明高淳一县，原请系豁除浮粮，与上元等县情形不同，另行专案办理。经前督臣李宗羲等，于同治十三年十一月二十四日具奏，钦奉朱批："着照所请，户部知道。"钦此。钦遵在案。

兹据江宁布政使梅启照等会详称：高淳县向征折色，各田科则，从前本系六升六合起科。惟该县地势低洼，全赖广通镇一河宣泄，自前明正德年间，苏、常屡遭水患，经苏州绅民禀准在该县广通镇筑坝两道，湖水无路宣泄，以致固城湖坍没田十万余亩粮赋无着。始议将虚粮加摊各乡，每亩有加摊二升者，有加摊一升四合以上者。我朝定地制赋，悉照前明旧额，以故前项虚粮，仍旧摊赔。兵燹后，田地荒芜，户口凋零。今就已垦成熟田地开征丁漕，即令完六升六合固有之粮，犹形竭蹶，若仍摊带虚粮，民力实难清完。与其仍令摊带，徒有多征之虚名，莫若准予豁除，期收输将之实效。兹特查明原额摊豁科则银米清册，详请具奏等情前来。

臣等伏查高淳县向征折色银两，核其科则，较上、江等六县为轻，毋庸改减。惟该县大粮田地，本系六升六合起科，前明因固城湖坍没田地无着，虚粮加摊各乡，现存田亩致有八升六合等则起科，较原额多至二升不等，册案虽经毁失，尚有县志可考。历年办理抵征，已比丁漕轻减，而六七年中，续垦熟田，仍属寥寥，实缘赋重利轻，小民不愿承垦。查定例，各省征租地亩，如被水冲沙压，不堪耕种，准其豁免额粮。今高淳一县带摊粮赋，实系不堪耕种田亩带摊于成熟之田。当此开办丁漕，事同创始，自应厘定新章，稍纾民困。该县前次被兵之惨，现在物力之艰，与上、江等六县同一情形。该六县减则征收，业蒙特旨俞允，高淳一县摊带浮粮，若不奏请豁免，恐编氓永受无穷之累。臣等上筹国计必须下顾民生。合无仰恳天恩，俯准将高淳浮粮一律豁除，查照六升六合起科，仍征折色，以纾民困而广皇仁，出自逾格恩施。

除清册咨送部科外，谨会同漕运总督臣文彬恭折具奏，伏乞皇太后、皇上圣鉴训示。谨奏。

出省履勘堤工察看沿江炮台片

再，臣拟至清江一带履勘堤工，并察看沿江炮台，业于奏报到任折内陈明在案。

一月以来，叠据办理河工局道员程国熙等禀报，海、沭境内挑浚砂礓河等处及修补运河两岸，业已次第兴工，至应否堵闭顺清河，以山东堤工能否合龙为断。臣查东省堤工，合龙尚无准信，江南就目下情形而论，除现办各工外，亦别无可措施。业经批饬该道员等，速将各处河身河堤，分途修浚，并将堵闭顺清河物料，赶紧筹备，以应不时之需。其沿江南岸所建炮台，以次告竣，惟北岸沙洲圩、刘闻沙及吴淞口等处，或尚未完工，或甫经开办，有无应行斟酌之事，亟须亲履其地，相度机宜。臣现定于三月十九日出省，乘坐轮船，察看沿江两岸炮台，即顺道赴沪，与苏松太道冯焌光筹商机器局一切事件，而后折回瓜洲，换坐民船，前进清江浦一带踏勘各河工程。计彼时山东能否合龙，已有定局，江南如有尚应办理之处，正可与漕运总督臣文彬就近会商。所有出省期内，日行公事，檄委江宁布政使梅启照代折代行，其紧要文件，包封送臣途次核办。

理合附片陈明，伏乞圣鉴。谨奏。

谢开复降级恩折 光绪元年四月十八日

奏为恭谢天恩，仰祈圣鉴事：

窃臣前因钦奉上谕开复革职留任处分，当经具折叩谢天恩在案。

兹于光绪元年四月初九日准吏部咨开："上年恭奉恩旨，所有该抚降为三品顶戴之处，应一并准其开复"等因，知照前来。当即恭设香案，望阙叩头谢恩。

伏念臣前以陈奏稽延，例应镌职，仰荷圣恩，优容逾格，仅予薄惩，夙夜悚惶，罔知所报。兹以恭逢庆典，重沐殊荣。许尽涤乎前愆，不留一眚；幸仰承乎新命，如被三迁。翼戴弥虔，长愿输忱于葵藿；头衔依旧，勉期策效于桑榆。渥荷生成，莫名钦感。臣惟有习勤补过，矢慎图功，倍深惕厉之忱，冀效涓埃之助，庶几仰答高厚鸿慈于万一。

所有微臣感激下忱，谨缮折叩谢天恩，伏乞皇太后、皇上圣鉴。谨奏。

察看各处工程事竣回省片

再，臣奏明三月十九日出省，于二十三日行抵上海，次日查看机器局各厂，该局正在制造铁甲轮船及各项枪炮铅药，头绪极为繁多。臣以西洋船炮日事新奇，而中国经费有限，应否先行择其得力合用者，与直隶、福建各局分途制造，各专各艺，以期精熟而收成功，拟与直隶督臣李鸿章及海防大臣沈葆桢妥为商酌。旋由上海起程，履勘各处新筑炮台。查吴淞口炮台已有六七分工程，该处虽不足以关锁长江，亦可捍卫苏、淞各郡，当饬赶紧修筑。江阴水面收束，实为长江第一重门户，现筑之鹅鼻嘴一带炮台，洵足制敌。惟大石湾地势太缩，饬令不必多筑，而于下游添筑两座，以固藩篱。其江阴北岸之刘闻沙，初筑一座尚在未成，余皆仅填基址。该处与南岸各炮台紧对，恐两岸开炮时均有窒碍。臣与前兵部侍郎彭玉麟面商，饬令停工，而于下三里之十圩港地方另筑数座，庶与南岸互为掎角。镇江之焦山、象山、都天庙与江宁下四十里之乌龙山、沙洲圩等处炮台，均得形胜，而焦山、象山、都天庙三方鼎峙，尤为扼要，惟炮门略为修改，以期合法。此外镇江下之圌山关，亦属险要之区，须俟经费稍充，从容布置。至江宁下关炮台，近在堂室，略壮观瞻。此臣履勘沿江炮台之实在情形也。

下运河如甘江汛之铁牛湾、高家坞，高甘汛之马家直、陈家港、八里松、王家塘、黑鱼塘等处土石各工，经臣督同河工局委员候补道员程国熙、张富年、庞际云等逐一查看，皆属完固。抵清江后，会同漕运总督臣文彬，履勘惠济闸、顺清河各处情形，并查明邳、宿堤工及海、沭河工，均经告竣，地方可免漫决之患，堪以仰慰宸廑。

臣查勘事竣后，已于四月十一日回省。除惠济正闸与埝圩石堤未竟工需，俟与文彬详细筹商，又高、宝交界，河身淤浅，应行挑浚，亦俟委员勘估，会同文彬并案奏办外，所有微臣此次出省，查看机器局务及炮台、河工各缘由，并回省日期，谨附片陈明，伏乞圣鉴训示。谨奏。

酌通水师补缺章程片光绪元年五月二十日

再，查定例，江苏省水师补缺章程，向系分别内河外海，迨前督臣曾国藩酌改水师新章，分为外海、内洋、里河三大支。外海各营轮流出洋巡哨，与里河情形不同，至内洋与里河，同一分段梭巡，初无二致。遇有缺出，若各归各营，按班选补，人数寥寥，必多迁就，不足以收实效。臣与提臣李朝斌往返咨商，拟请嗣后除内洋人员本准与外海各员统补外，其里河五营与内洋五营，遇有缺出，亦准通融酌补，庶可易于拣选。所有此次拣补提右营参将一缺，拟请即照此办理。是否有当，谨会同江南提臣李朝斌附片陈明，伏乞圣鉴训示。谨奏。

邳州幅匪滋事就近派队会剿折

光绪元年六月二十二日

奏为邳州境内幅匪滋事，现在派队会剿，恭折驰陈，仰祈圣鉴事：窃山东省向有幅匪名目，自捻逆荡平后，各处伏莽尚多，叠经东省及江省防兵随时剿办在案。

上年黄水为灾，江省邳州地方，界连山东峄县等处，被淹最广，时有不逞之徒，勾结外来匪党，乘机抢掠，节经臣严饬该管文武各官，认真拿办。兹于六月十四日，据署邳州知州龚之格禀报，五月二十八、九等日，该州西北乡各庄，有外来幅匪阎广太等，约四五十人，身带洋枪军器，向各庄民逼索饮食及掳人勒赎等事。并据徐海道吴世熊禀称，接据山东台庄营参将咨商会剿，所述情形相同。当经臣批饬严密会拿去后，随于六月十九、二十等日，节据龚之格禀报，本月初三日，该匪等蜂拥至范家墩，经该乡民齐集团练，与之格斗，被匪拒杀两人，受伤男妇十余人，该匪亦受伤数人。十三日，该知州会同宿迁营游击刘鹤年、漕臣文彬所派驻防之总兵张保圣，带队会剿，行至坌河地方，适山东台庄营参将及徐州镇标管带飞骑正营游击部相魁同时赶到，会同夹击。该匪藏匿高粱之内，胆敢持械接仗，相持一时之久，格伤十余匪，始行遁去，两省兵勇亦有伤亡，现仍设法兜捕等情。

臣查此等匪徒，东剿西窜，飘忽无常。现当高粱茂密之时，竟敢四出剽掠，拒杀乡民，及至官兵围捕，犹复率众抗拒，形同化外，若不从速剿除，深恐酿成巨患。现经臣飞檄徐州镇总兵董凤高及驻防徐州之管带淮军马队陈凤楼，酌带马步各队，驰往剿办，务将首从悉数弋获，尽法惩治，一面由臣咨明山东抚臣丁宝桢、漕运督臣文彬，添派队伍，会合兜剿，以期迅速蒇事。

除俟剿办事竣，再行详晰具奏外，合将邳州境内幅匪滋事派队会剿缘由，会同漕运总督臣文彬、江苏巡抚臣吴元炳恭折驰陈，伏乞皇太后、皇上圣鉴训示。谨奏。

龙江各关税务仍请缓征折

光绪元年七月二十一日

奏为龙江、西新、浒墅各关，目前万难开征，吁恳天恩，仍从缓办，以恤商艰而维时局，恭折仰祈圣鉴事：

窃臣等接准户部咨："龙江各关停征日久，应饬各该督抚、监督等恪遵旧制，一律开征"等因，于光绪元年四月二十一日具奏奉旨："依议。"钦此。并抄录原奏，知照前来。

伏查原奏所陈各节，申明旧章，词义严切，在部臣为慎重税课起见，臣等敢不设法遵办，以符定例。惟外省情形，间有为原奏所未悉者。数月以来，臣等往返函商，并饬司道等会议熟筹，再三体察，目前各关，实有万难开征之势，敬为皇太后、皇上缕晰陈之。

查各关额征税银，龙江、西新两关，每年应征银十八万六千九百八十三两有奇，浒墅关每年应征银四十二万一千一百五十一两有奇，共计六十万八千一百三十四两有奇，此定额也。无论各关收数向难足额，即使照额征足，亦不能再逾六十万八千余两之数。而江苏省现收之厘金，苏、沪、金陵三局并计，近年虽叠次核减，约计尚可收银二百余万两，比较每年额征关税，多逾两倍。是各关虽未开征，而国库岁入之款，实已有盈无绌。如果税厘两项，便于并筹兼顾，既可以复旧制，又可以裕帑藏，岂不甚善，无奈商民困苦于现收之厘金，无日不望量减。臣坤一抵任之后，各商民纷纷具呈，虽经婉为开导，其词哓渎不已。今于厘金之外，复设关税，舆情必不乐从，就令勉强行之，竭泽而渔，亦非培养元气之道。且自有洋票以来，中国奸商，辄借此为护符，厘金已因之减色。然有身家知理法者，尚有所顾忌而不肯为。兹若复设关税，商民力不能堪，势必铤而走险，争买洋票而冒洋商，从此外人益得居奇获利，而中国税厘并归无着矣。

或谓酌裁厘金，酌撤厘卡，俾关税所收之数不逾于厘金所收之数，则商民必无异言。不思同为国家应用之项，而必挹兹注彼，舍现成之厘，设久停之税，徒多一番更张，即多一番繁费。况庸耳俗目，每惊创举，而不及详求，减旧未必见轻，增新则即见重，殊难保该商民等不复借口。至于各处所设厘卡，有扼要以便稽征者，有分防以杜绕越者，并非多一卡即多一厘也。撤去数卡，而各卡之厘金即以此为漏卮，所损诚非浅鲜。以臣等之愚，窃以设关收税，能否招徕，毫无把握，而于厘金不无鳃鳃过虑耳。

部臣援江西九江关之案，税厘并征，似与江南、龙江等关事同一律。第江西厘金在内地，九江关税在一隅，只上游二套口、下游湖口两卡收厘，为数无多，稽查亦易。又九江关系常、洋两税，每届奏销，尚称常税为洋税所占。以视龙江等处均在内地，各关所收皆百货之税，各卡所收亦百货之厘，其情事迥然不侔。倘以税有可稽，厘无可考，不免取巧之弊。现在恪遵部议，仿照盐厘章程，半年奏报一次，外间并力行比较之法，是厘金之有所稽考，实与关税无殊矣。

臣等身任封圻，与部臣相表里，度支之拮据，亦臣等日夜图维者也，苟非滞碍难行，决不敢畏难见好。惟以江南厘金重于关税，如奉拨之京饷每年五万两，淮军协饷每月十一万两，甘肃协饷每月三万两，以及添拨之款，如奉天练饷，黑龙江俸饷，运河、黄河工费，普祥峪、菩陀峪万年吉地、惠陵各工程经费，无一不关紧要，即织造衙门每年大运及传办之件，亦无不取资于此。加以江防尚未竣事，近复于厘金项下奉拨海防银四十万两。正在仰屋咨嗟，补苴无术，万一因开办关税，转致厘金收数短绌，无以接济要需，臣等安能当此重咎！用敢冒昧缕陈，合无仰恳特恩，俯准将龙江、西新、浒墅各关仍从缓办，以恤商艰而维时局，俟将来各项军饷大减后，再行奏请开关，以符定例。

谨会同江宁织造臣庆林、苏州织造臣文治，缮折具奏，伏乞皇太后、皇上圣鉴训示。谨奏。

添练营兵片

再，前督臣马新贻于同治八年间，挑立新兵各营，添给津贴，择要驻扎，督饬训练，当经先后具奏在案。

上年七月间，筹办江海防务，前督臣李宗羲以兵力过单，不敷分布，奏明添练各营外，复与抚臣张树声商定，于江南提标各营内，挑兵二百五十名，另行募补二百五十名，共成五百人，立为提标新兵副营，驻扎松江府城。又于狼山镇标陆汛兵丁内挑兵三百名，驻扎通州城内。又于福山镇标陆汛兵丁内挑兵四百名，驻扎福山口。均仿照前立督标新兵各营章程，分别给予津贴。一年以来，操演渐臻纯熟。

除仍督率该镇将等严密稽查，加意训练外，所有前督臣任内续挑新兵各营缘由，谨会同江苏抚臣吴元炳合词附陈，伏乞圣鉴。谨奏。

调补粤督谢恩折 光绪元年八月二十日

奏为恭谢天恩，吁请陛见，恭折仰祈圣鉴事：

窃臣接准吏部咨开：“光绪元年八月初二日，内阁奉上谕：

‘两广总督着刘坤一补授。’”等因，钦此。当即恭设香案，望阙叩头谢恩讫。

伏念臣湘江下士，知识庸愚，仰蒙皇太后暨穆宗毅皇帝特达之知，擢任专圻，瞬经十载，渥荷圣慈，由江西巡抚调署两江督篆，弥觉高厚难酬，数月以来，时深祗惧。乃邀九重之特简，畀以百粤之雄封，闻命自天，感惭无地。伏查广东向有洋务，广西亦办边防，总督任重连圻，在在均宜兼顾。况以吏治、民风之宜整顿，营伍、鹾政之宜讲求，无一不关紧要。臣虽历任两广藩臬，或为时无几，或出省带兵，地方一切情形，尚未表里洞悉，五中循省，夙夜悚惶。惟有吁恳天恩，俯准臣于交卸两江督篆后入都陛见，俾得瞻仰天颜，跪聆圣训，并求两宫皇太后多方指示，启牖颛蒙，庶几有所遵循，免致陨越，以冀仰答鸿慈于万一。

所有微臣感激下忱，并吁请陛见缘由，谨缮折具陈，伏乞皇太后、皇上圣鉴训示。谨奏。

遵旨筹拨巡江经费折

光绪元年八月二十日

奏为遵旨筹拨巡江经费，恭折仰祈圣鉴事：

窃准兵部咨：“光绪元年三月十七日奉上谕：‘杨岳斌前在长江等省统带水师，剿除贼匪，懋著勋勤。该前督于水师一切事宜，最为熟悉，着赴长江一带，每年与彭玉麟往来巡阅，将各营水师认真整顿，并准其会衔奏事。应需办公经费，着两江、湖广各总督筹款奏明，拨交应用’”等因，钦此。应即钦遵办理。

伏查同治十一年间，前兵部侍郎彭玉麟奉旨巡视长江，应需办公经费，先经该侍郎酌定，于长江公款生息项下每年提银四千两。又经前督臣李宗羲等以四千两不敷办公，复于长江所辖五省，各提银二千两，凑成一万两，由彭玉麟随时提用，于同治十二年五月初七日具奏，钦奉朱批："依议。"钦此。钦遵在案。

前陕甘督臣杨岳斌，现经奉命会同巡阅长江，所有随从员弁薪粮、船价及文案各项薪水之资，与彭玉麟事同一律。惟查长江公款项下银两，除彭玉麟提用四千两外，已无余款可提，自应统归长江所辖各省，合力通筹，以资应用。臣等往返咨商，拟由江苏、安徽、江西、湖北、湖南五省，每年于厘金项下各提银二千八百两合成一万四千两之数，由江宁、湖北两盐道汇齐解交杨岳斌，酌量应用，仍由两江、两湖归入正款报销，以重经费而资办公。

所有遵旨筹拨巡江经费缘由，谨合词恭折具陈，伏乞皇太后、皇上圣鉴训示。谨奏。

覆陈强劫匪徒酌议惩办折

光绪元年八月二十日

奏为办理匪徒并强劫盗案，分别酌议章程，恭折仰祈圣鉴事：

窃查接管卷内，准刑部咨："议覆御史邓庆麟奏，军务肃清省分拿获盗贼土匪，请照旧例办理，抑或稍为变通一折。各省情形不同，能否改归旧制，或于成例之中酌量变通之处，应令体察情形，妥议章程，迅速具奏"等因，知照前来。当经前督臣李宗羲札饬臬司，会同各该巡道，体察情形，酌核议详去后，兹据江苏按察使应宝时会同各巡道拟议详覆前来。

臣等伏查江苏省自军务肃清以后，一切寻常盗案，均系照例解勘。惟游勇纠劫之案，曾经前督臣马新贻于同治八年七月十二日奏明，准由州县录供禀报督抚，批饬附近道府覆讯明确，如果赃证确凿，即行就地正法，以昭炯戒等因，钦奉谕旨允准在案。数年以来，游勇抢匪聚众强劫之事仍复不少，徐、海各属地方，伏莽亦尚未能净绝。若将此项土匪、游匪一概照例解勘，则稽延时日，实不足以示惩创而儆效尤，并恐道路稍涉疏虞，转致酿成巨案。自应于规复旧例之中，酌量变通办理。臣等体察情形，应请嗣后江省遇有游勇抢匪及著名土匪聚众行劫之案，如系放火杀人、奸淫妇女及情形实在凶恶者，一经拿获，由州县讯供，禀报督抚批饬该管道府就近覆讯，实系供证确凿，情罪无疑，即行就地正法，枭首示众，其余寻常抢劫案犯，仍照旧例解勘。似此酌量变通，庶匪徒知所儆畏，而办理亦无窒碍矣。

所有办理匪徒并强劫盗案分别酌议章程缘由，谨会同漕运督臣文彬合词恭折具陈，伏乞皇太后、皇上圣鉴，敕部查核施行。谨奏。

内渡淮军暂驻扬州旧垒片

再，记名提督唐定奎所统武毅十三营，前奉谕旨，饬调赴闽，所有该军拔队日期及全数赴闽缘由，均经前督臣李宗羲先后奏报在案。

现在台南番社业已就抚，经沈葆桢奏请将淮军凯撤内渡。该提督唐定奎于七月十五日督队行抵上海，将士异常劳苦，疫病甚多。臣查扬州之五台山、三汊河两处，地方旷阔，且有旧垒堪以驻扎，商之直隶督臣李鸿章意见相同。当即札饬苏松太道冯焌光、轮船招商局委员直隶候补道盛宣怀等，派拨官商各局轮船，于七月十八日起分批载送至瓜洲登陆赴扬，并饬办理营务处江苏候补道赵继元前赴扬州，会同各营官妥为照料。兹据该提督唐定奎呈报，该军于七月三十日全队抵扬，业经分扎五台山、三汊河一带地方，休养整顿。将来应在何处久驻，除由臣咨商李鸿章随时定议外，合将该军全数抵扬缘由，附片陈明，伏乞圣鉴。谨奏。

江宁府属垦熟田地仍恳减成征收折

光绪元年九月十三日

奏为江宁府属垦熟田地，照额开征，民力实有未逮，仍恳天恩，暂照减成征收，恭折仰祈圣鉴事：

窃前督臣李宗羲等请将江宁府属垦熟田地，仍照减则征收一折，同治十三年十一月二十四日会奏，钦奉朱批："着照所请，户部知道。"钦此。当经恭录转行钦遵办理，一面由司查照减定数目，出示晓谕。旋于本年二月初九日接准部咨："尚有核办之处，另行知照"等因。查核准咨之时，业已遵照前议，造串开征。续于四月初三日接准部咨："江宁府属垦熟田地减则征收，碍难核准一折。光绪元年二月初七日奉旨：'依议。'"钦此。知照前来。

维时开征上忙已逾两月，臣等深虑重议更张，势多窒碍。然寻绎部文所驳各节，均为慎重赋额起见，又不敢不恪遵奏议，严饬所属认真设法，以冀仍照旧额征收，当经转饬遵办去后，兹据江宁布政使梅启照、江安督粮道卫荣光会详称："钱漕乃维正之供，苟可照旧办理，亦何敢再三渎陈。只因江宁府属各县，地势大半滨江枕山，低则患水，高则患旱，田土本非饶沃，与苏、松情形迥不相同。自粤逆窜陷，十有余年，蹂躏殆遍，被害之惨，无逾于此。现虽克复已久，而土著农民，十无四五。力田之家，添雇客民，工本既大，花息尤微。从前每亩收米一石者，今只收谷一石，谷价每石不过五六百文。即使减成起征，已属勉力输将，若照从前原额银米并纳，民力实有未逮。如果迫于催科，敲扑从事，小民无可赔累，惧受追比，因而弃本就末，致将已熟者仍复抛荒，未垦者尽成废弃，窃恐于国计民生，两有关碍。思维至再，势难拘守旧章。细核所减之数，每年照全额而计，亦不过减去一成有奇，归之国家则所增无几，散之民间则实惠无穷，权衡缓急，不得不将实在情形，缕晰渎陈。如不能永远减则，或就减成数目试办三年”等情，详请具奏前来。

臣等伏查钱粮科则，赋额攸关，诚如部臣所议，岂可率行请减。况当此整顿钱漕之际，尤不准托催科政拙之名，为该州县办事因循之地。然民隐必宜兼顾，办法尤贵变通。江宁府属田土之瘠，兵燹之深，甲于通省。目前所议减成征收，较之原额应征数目虽觉短少，较之历年办理抵征已有赢余。仰体朝廷爱民之意，自宜逐渐进步，未敢骤竭民膏。臣等再三体察，如将定额永远减去二成，业经部臣议驳，又何敢援以为请。惟有仰恳特恩，俯准将江宁府属之上元、江宁、句容、溧水、六合、江浦等六县田地，仍照原请，减成征收，暂定三年为度，以纾民困而广皇仁，出自逾格鸿施。

除一面转饬遵奉部章，认真招垦，仍俟三年届满之后，再行体察情形，奏明办理外，所有江宁府属开征丁漕，暂照减成征收缘由，理合会同漕运总督臣文彬恭折具陈，伏乞皇太后、皇上圣鉴训示。谨奏。

已革总兵主使殴毙人命审明定拟折

光绪元年九月十三日

奏为审明已革总兵主使殴毙人命，分别定拟，恭折具陈，仰

祈圣鉴事：

窃寄居扬州府城之前任徐州镇总兵詹启纶家中有殴毙客民胡士礼情事，前经臣坤一访闻，并据扬州府江都县禀报，当经附片奏参革职，听候查办，钦奉谕旨允准。旋将案内要证罗衡庆等，先后派员拿获，行提案证、仵作、地保人等来省。詹启纶因闻拿紧急，自行投案。饬派江宁布政使梅启照、江宁盐巡道勒方锜、江苏候补道张富年会同研讯。嗣因罗衡庆等均各供认胡士礼系詹启纶在家喝令该犯等及在逃之詹文炳殴毙，詹启纶坚不承认，又经臣坤一附片奏明，请旨刑讯。钦奉谕旨："詹启纶着即刑讯，务得确情，按律定拟具奏。"钦此。遵经饬据该司道等严审明确，议拟解勘前来。适臣元炳因监临文闱前来江宁，九月初一日出闱后，初五日会同臣坤一亲提犯证，逐一研鞫。

缘詹启纶籍隶湖北黄安县，曾任徐州镇总兵，寄居扬州府城。胡士礼系湖北黄陂县人，同治元年，詹启纶与胡士礼族兄胡士容在泗源沟伙开吉公泰栈房，并未立合同，议约言明获利作十一股均分，詹姓六股，胡姓五股。胡士礼在栈帮贸，二年九月因折本闭歇。三年秋间，胡士容、胡士礼、胡士耀欲买船运盐，曾向詹启纶借银二千一百五十两。八年，胡士礼因开正丰杂货行，两次向詹启纶取用银二百五十两，詹启纶仍指为借项，胡士礼则以为还款。光绪元年四月间，胡士礼托湖北同乡罗观臣等向詹启纶言及从前合开栈房，尚欠胡士礼银七千多两，詹启纶总未应允。经罗观臣等劝再借银二三百两，詹启纶许俟回籍来扬再议。是月二十四日，詹启纶自扬动身回籍时，曾嘱管帐之罗衡庆等："如胡士礼再来，尔等打他，拖出门去。"五月初四日，胡士礼至詹启纶家索钱，罗衡庆因与素识，代给洋银四十元。初五日，胡士礼之妻王氏又来吵闹，经人劝回。五月二十六日，詹启纶由湖北原籍回扬，罗衡庆等以前情告知。二十八日午后，罗衡庆同詹启纶族人詹文炳，并代詹启纶收房租之刘占魁，邀同胡士礼至詹启纶家算帐。詹文炳说胡士礼欠詹启纶银二千余两，胡士礼称詹启纶欠伊银七千余两，彼此争吵。詹启纶站在廊下，当叫罗衡庆等殴打："打出事来有我。"经在詹启纶家作小工之高沅抱住胡士礼后腰，刘占魁揪往发辫，罗衡庆抓住手膀，詹文炳拿着马鞭乱打，致伤胡士礼胸膛、前后肋、脐肚、肾囊，并踢伤左臁肕等处，因见口吐白沫，始各放手。胡士礼倒地，已不能语，移时毙命。詹文炳用鸦片烟土擦在胡士礼口中，装成服毒。詹启纶即带同眷属，先后乘轿上船逃走，仅留王二、高沅看守门户，罗衡庆等亦各逃避。旋经王二告知地甲陈万，至詹启纶家看视。尸亲胡王氏同子胡佐怀，闻信赶来，看明尸伤，报经江都县知县谭祖庆，带同刑仵，前往相验。仵作李洪即李浩，随进詹启纶家，遇见一不识姓名人，将伊拉至大厅隔扇后，递给银洋三十元，嘱托验作服毒身死。李洪应允。迨到尸场，李洪见胡士礼身受马鞭多伤，因已得钱，捏报尸已发变，恐系服毒，当用银针入喉探试。尸亲等喧闹不允。即经扬州府知府英杰，饬令该县谭祖庆，会同署甘泉县知县冯誉骐、候补知县周昂骏、汤世熙、周士釜等详慎相验，另换仵作连安，周身细验，共有伤痕五十一处，复用银针入喉探试，取出验系白色，委系生前因伤身死，余无别故，当场填格，尸饬棺殓，取结通详。

臣坤一以案情重大，批饬解省审办，并将詹启纶先行附片奏参革职，听候查办。旋在江宁省城拿获罗衡庆一名，并据江都县先后获解被告刘占魁、高沅，又詹启纶妾兄徐致即徐广骏、雇工王二、仵作李洪、地保陈万共六名。又据詹启纶及尸妻胡王氏同子胡佐怀来省投到。札委江宁布政使梅启照等提案研讯。罗衡庆曾捐监生，刘占魁曾保守备，徐致曾捐国子监典簿衔，均恃符狡展，详经批饬，分别斥革。始据罗衡庆、刘占魁供称詹启纶实于五月二十六日回家，二十八日，罗衡庆、刘占魁、高沅与在逃之詹文炳听从詹启纶喝令，将胡士礼殴打致死情形，历历如绘。王二供亦相同。惟徐致则当日并未在场。质之詹启纶，坚称五月二十四日尚在湖北黄安县赴案投质，胡士礼身死之日，并未回至扬州，任意狡赖。经臣坤一奏奉谕旨刑讯，并委候补知县王恩培驰赴湖北黄安县查提詹启纶涉讼原卷。据署黄安县知县王葆修检呈案卷前来，臣等逐一查核，该县审讯詹启纶与民人黄开第互控一案，五月二十四日集讯之时，系詹启纶之子詹广仁到案，詹启纶并未赴审。是其所称五月二十四日尚在原籍黄安县投质之语，毫不足信。随饬据该司道等复提詹启纶到案研审，该革员势难狡赖，始认前情，质之各供，悉相符合。解经臣等亲提会讯，詹启纶始犹坚称五月二十八日并未在家，实无喝令殴打之事。及引罗衡庆、刘占魁、高沅各犯与之质对，佥称詹启纶系于五月二十六日回扬，二十八日胡士礼算帐争闹，经詹启纶喝令殴打，众口如一。詹启纶无可抵赖，情愿画供，惟据称并不识字。臣等恐其借此翻异，遂将所叙供词，即令罗衡庆当堂朗诵，一面由臣等一一询诘，有无歧异。该已革总兵詹启纶，性虽狡悍，亦已俯首无词，情甘服罪。反覆研究，案无遁饰，应即议结。

查律载：“威力制缚人，及于私家拷打因而致死者，绞监候。若以威力主使人殴打致死者，以主使之人为首，下手之人为从论，减主使一等。”又例载：“主使数人殴一人致死者，以下手伤重之人为从，其余皆为余人。”又律载：仵作受财，故验不实者，以故出入人罪论，赃重者计赃，以枉法从重论。“又官司故出人罪，全出者以全罪论，若囚未放，听减一等”各等语。此案已革徐州镇总兵詹启纶，因与胡士礼钱债细故，先于本年四月间，向罗衡庆豫嘱殴打，久欲逞心泄忿。迨五月二十八日，詹文炳与胡士礼争吵之际，詹启纶在旁喝打，以致胡士礼身受五十余伤，移时身死。是胡士礼之死，实由詹启纶主殴所致。已革徐州镇总兵詹启纶，合依"威力主使人殴打致死者，以主使之人为首"绞监候律，拟绞监候，秋后处决。罗衡庆、刘占魁、高沅帮同拉抱，皆未动手殴打，应照余人例各杖一百。罗衡庆曾捐监生，刘占魁曾保守备，应请一并斥革，不准援免，仍与高沅折责发落，并追执照、保札缴销。仵作李洪受贿匿伤，系属故出全罪，李洪即李浩，除计赃罪止杖徒不计外，应于詹启纶绞罪上听减一等，杖一百、流三千里。惟系在官人役，知法犯法，应照例加一等，发附近充军，解配折责安置，仍追赃入官。詹文炳下手乱殴，经罗衡庆等先后到案，所供无异，应照为从拟流，现尚在逃，应俟缉获另结。徐致即徐广骏、王二、地甲陈万，讯属无干，均免置议。惟徐致胞妹系詹启纶之妾，所捐职衔并请斥革，追照缴销，以清流品。凶器马鞭讯已抛失，免其查起。两造所呈欠银簿折，无从清算，应行销毁。江都县知县谭祖庆，丁相验时，尚未受仵作朦蔽，会同委员等验明后，据实详报，请免查议。无干省释。尸棺饬县传属领埋。

除将全案供招咨部外，谨合词恭折具奏，伏乞皇太后、皇上圣鉴。敕部核覆施行。谨奏。

降补都司陈国瑞请饬下本管官严加管束片

再，据已革总兵詹启纶供称："五月二十八日，胡士礼死后，詹启纶率同眷属逃避，家中所存金银衣箱等物，当晚即被陈国瑞带领多人，抄抢一空，坚求追究”等情。查所供各节，是否属实，现已遴派妥员，驰赴扬州，会同地方官认真查办。

惟查降补都司陈国瑞，于同治十年与已革提督李世忠争殴一案，钦奉谕旨，勒令回籍，交地方官严加管束在案。此次胡士礼一案，仵作李洪供内有“被尸亲拉到陈国瑞家中，关在空房”之语，詹启纶又坚称被其抄抢。虽所言未必尽实，惟该都司不居原籍，潜来扬州，究与从前奏案不符，致滋物议。除由臣饬令该都司迅速回籍外，相应奏明请旨饬下湖北巡抚，转饬该地方官，恪遵前奉上谕，随时严加管束，毋许出外滋事，以肃纪纲。

理合附片陈明，伏乞圣鉴训示。谨奏。

高淳县摊赔浮粮仍请豁除片

再，准部咨，江宁府属高淳县豁除摊赔浮粮碍难议准一折，光绪元年五月十五日具奏奉旨：“依议。”钦此。知照前来。当经转饬遵照办理去后。

兹据江宁布政使梅启照等详称：“高淳县地方民情困苦，迥非从前可比。查各项征租地亩，如被水冲沙压，例准豁免额粮。该县浮粮起自前明，计今已阅数百年之久，本不敢骤然请豁。然未遭兵燹之先，民力尚纾，犹可勉强完纳。洎被兵燹以后，井里萧条，田畴芜没，即完纳正赋早形竭蹶，又加以无着之虚粮，小民苦累过甚，情何以堪。该县科则，未敢议减。惟此开征丁漕，仍照旧摊赔浮粮，民力实有未逮”等情，详请具奏前来。

臣等覆查，冲压田地，例应随时呈报豁免，诚如部臣所议，未便以历久摊征钱粮，奏请豁除。惟高淳县自克复后，尚未开征丁漕。此次所办，事事创始，若不于斯时沥情陈请，恐此后永无请豁之期，民间实受无穷之累。合无仰恳天恩，俯准将高淳县摊派浮粮一律豁除，仍照原则六升六合起科，以除积困而纾民力，出自逾格恩施。

谨会同漕运总督臣文彬附片陈明，伏乞圣鉴训示。遵行谨奏。

提督营务吃紧请暂缓陛见片

再，统领武毅全军记名提督唐定奎，奉旨补授直隶正定镇总兵，旋蒙简擢福建陆路提督，例应具折谢恩，恭请陛见。惟查该提督所统各营，上年调赴台湾，伤亡病故，为数过多，本年凯撤后，分扎扬州五台山等处，尚须汰弱补强，认真振顿。现在苏省办理江海各防，该军实为大支劲旅，尤宜赶紧训练，以期得力。该提督忠勇素著，纪律严明，未便骤易生手。合无仰恳天恩，俯准该提督唐定奎暂缓陛见，以饬戎行而重防务。

理合附片陈明，伏乞圣鉴训示。谨奏。

钦奉传谕以实覆陈折光绪元年十月初四日

奏为钦奉传谕，恭折覆陈，仰祈圣鉴事：

窃于八月初六日，江南正考官周瑞清行抵江宁，恭述："皇太后、皇上传谕刘坤一等：地方官须留心吏治，随时考察属员。现在时事艰难，一切公事要认真整顿。"钦此。又于八月十一日，江西南昌府知府德馨前来江宁，恭述圣训："务须认真整顿地方。"等因，钦此。跪聆之下，仰见朝廷惕厉忧勤，无时不垂神吏治，廑念时艰，下怀莫名钦悚。

伏查苏、皖两省，兵燹太深，又复滨江临海，与江西微有不同，所赖州县得人，以起疮痍而登衽席。臣衙门，惟江宁各属守令时常接见，得以察其貌言，考其政绩。此外如苏州、安徽各属，相距太远，守令见者寥寥，仅于访闻中验其官箴，公牍中占其器识。臣莅任后，通饬所属，各就地方利弊，及应行兴革事宜，一一指陈，冀得周知郡邑情形，亦借以考核守令之才具心术。随据先后禀覆，其有可采择者固多，而空言塞责者亦复不少。即经分别批饬，务令振刷精神，各尽职守。就吏治中之最要者而论，江南则莫重于垦荒，江北则莫急于缉匪。垦荒一节，通饬筹议，尚未定有妥协章程。匪徒名目既多，党与亦众，急之固虞生变，缓之亦虑养痈，务在宽猛得宜，以弭未形之患。臣会督文武，遇案严惩，仍出示解散胁从，现在稍知敛迹。俟新授督臣沈葆桢抵任，臣当与之熟商，务期逐渐涤除，仰副圣天子去莠安良之至意。江海防务，前经附片陈明。九月初六日，臣与江苏抚臣吴元炳，偕往乌龙山，调派兵轮，轰试新筑炮台，尚属坚固。业将工竣，各处分途安设炮位，教演施放之法，以期命中。并严饬水陆各营，勤加训练，俾成劲旅而备折冲。

夫内外兼修，保邦之善策也，上下交儆，制治之良谟也。我皇太后、皇上，宵衣旰食，犹复申戒谆谆，臣身任兼圻，敢不力图振作？惟有恪遵圣训，事事认真。目前权篆两江，不敢存五日京兆之见，将来莅任两广，尤当勉竭驽骀，绥靖海疆，以冀仰答高厚生成于万一。

所有钦奉传谕，理合恭折覆陈，伏乞皇太后、皇上圣鉴训示。谨奏。

请将故令政绩宣付史馆折

光绪元年十月初四日

奏为查明已故知县政绩卓著，恳恩宣付史馆，以表循良，恭折仰祈圣鉴事：

窃于同治二年十一月二十四日奉上谕：“祁寯藻奏，弭盗安民必资循吏，请分别表彰录用一折。嗣后各省大吏，务宜加意访查，其有政绩、官声遗泽在人者，着奏明宣付史馆，编入循吏列传。”等因，钦此。钦遵在案。

兹据江苏六合县绅士前署湖北盐法武昌道唐嘉德等、沛县绅士岁贡生蔡赓谦等联名禀称：“已故进士升任吏部稽勋司郎中，原任沛县、六合县知县云茂琦，学问经济，足冠一时，政事文章，宜传千古”，胪陈该故员生平事实，造册禀请奏请宣付史馆等情，先经前督臣李宗羲批饬江宁布政使梅启照确查详办。兹据查明，该故员居官廉介，立品端方，取造事实册结，详送核奏前来。

臣等查云茂琦起家县令，擢任郎官，生平颇讲性理之学。其在沛县、六合等处，兴修水利，劝课农桑，培养士类，政声所著，卓然有古循吏风，至今父老犹能言之。该绅士等追思遗爱，沥诚吁请，既经访查明确，不敢不据实上陈。

除将送到事实册结移咨部科及国史馆查照办理外，所有查明已故知县政绩卓著，恳恩宣付史馆缘由，谨合词恭折具奏，伏乞皇太后、皇上圣鉴训示。谨奏。

密陈会匪情形设法钳制片

再，密陈者：江苏匪徒内有安清道友、哥老会两大起。安清道友多在江北，所有劫杀重案及包贩私盐、掠卖妇女，皆其伙党所为，固不可不严行拿办，以靖地方。哥老会匪，目前虽未若安清道友之滋扰，然已蔓延湘、鄂、浙、闽、云、贵、川、陕、安徽、江西各省，而江苏为尤多。前督臣曾国藩曾言："不问会与不会，但问匪与不匪。"该前督臣明知无会而不匪之理，第以党与既众，不得不为姑宽之词以安反侧。近则该哥匪等各立山名、堂名，甚至分设伪官，制造伪印及旗帜等项，渐有萌动之势。臣与抚臣吴元炳及巡阅长江前兵部侍郎彭玉麟、前陕甘总督杨岳斌等，面商数四，深以酿祸为忧。当经密饬瓜洲镇总兵吴家榜，设法查拿，随获头目易文富等数名，究出首从颇多。当将该头目等正法，其情罪较轻者，留作眼线，委派妥弁押同，蹑缉首恶。一面出示晓谕，解散胁从，并将示稿咨送沿江各省，以期一律施行。惟该哥匪等，分门别户，散布各省地方，狼狈为奸，行踪极其诡秘。相应请旨饬下湘、鄂等省，密查妥办，以杜已发之萌而消未然之患。又查该哥匪等，半系军营遣撤弁勇，其中竟有二、三品武职人员，前曾充当偏裨，易于招呼丑类，且系久经战阵，尤恐猝为厉阶。此辈甘为游荡者固多，其迫于饥寒者亦复不少。可否仰恳饬下湘、鄂等省，宽为收标，仿照江西奏准章程，给予半俸，既得升斗以养身家，且冀补署有期，不至自甘暴弃。查镇将半俸，每月不过数两、十余两，以下为数更微，似亦无损国计。现在只有甘肃关外用兵，此后保举武职，日见其少，不至有拥挤之虞。臣前在江西巡抚任内，因盗案多有武职人员，曾以收标给俸为请。此次权篆两江，查悉哥匪情形，固应严加创惩，以申国法，亦应量行体恤，以广皇仁。欲求所以保全而驾驭之，舍此收标给俸，似亦别无方略也。

谨缕缕具陈，伏乞圣鉴训示。谨奏。

运河各工事竣片

再，上年九、十月间，东省黄水日益南趋，前督臣李宗羲，饬派候补道程国熙、庞际云、张富年会同淮扬道刘咸、徐海道吴世熊勘明，定议于海、沭境内筹挑砂礓等河，于邳、宿等处境内修筑运河堤岸，并拟于六塘河培筑官堤、顺清河豫备筹堵等因，经李宗羲等专折陈奏在案。

本年春间，臣履任后，亲往清江一带，与漕臣文彬公同商酌。维时东省贾庄大工业已合龙，所有前议六塘河筑堤及顺清河筹堵等工，只须修补民堰，镶做裹头，以省经费。惟海、沭挑河借以疏通海口，邳、宿等处修堤借以保卫民田，即使黄水安澜，亦系必不可缓之工，仍饬印委各员，认真经理。节据程国熙等遴委妥员，将邳、宿、高、甘等处土埽各工，择要修筑，并将砂礓河尾接连前沭河、港河、蔷薇河间段挑展，又补筑前沭河、港河两岸堤堰，束引漫水归海，均已陆续分别完竣。所有挑浚海、沭河工，经漕臣文彬亲往勘验，邳、宿等处土埽各工，经臣饬委候补道汤寿铭前往分别勘验，均尚一律如式。统计各工所用银两，均于两淮商捐款内动支。

除饬将用过银数造册报销外，合将酌办河工事竣缘由，谨会同漕运总督臣文彬、江苏巡抚臣吴元炳附片陈明，伏乞圣鉴。谨奏。

交卸起程前赴新任折

光绪元年十月二十一日

奏为恭报微臣交卸两江署篆并起程前赴新任日期，恭折仰祈圣鉴事：

窃臣钦奉恩命，补授两广总督，当经具折叩谢天恩，吁请陛见，奉旨："着毋庸来见。"钦此。钦遵在案。

兹新任两江总督臣沈葆桢行抵江宁。臣于十月二十一日饬派江宁府知府蒋启勋、署中军副将谭碧理，恭赍两江总督关防、两淮盐政印信、通商钦差大臣关防暨王命旗牌、文卷等件，送交沈葆桢接收任事。臣即于是日交卸，仍将地方应办事宜，与之逐细酌商。

伏念臣承乏两江，瞬逾半载，深愧才力短浅，无补丝毫，循省五中，莫名悚惕。现在交卸署篆，即于十月二十二日起程，驰赴两广新任，惟有勉策驽骀，实心任事，以冀仰副高厚鸿慈于万一。

除俟抵任后专折奏报外，所有微臣交卸两江署篆并起程前赴新任日期，理合恭折具陈，伏乞皇太后、皇上圣鉴训示。谨奏。

奏疏卷十一

到任谢恩折 光绪元年十二月二十七日

奏为恭报微臣接篆日期，叩谢天恩，仰祈圣鉴事：

窃臣于本年十月二十一日交卸两江署篆，即于二十二日起程驰赴两广新任，当经缮折奏闻在案。

兹于十二月二十一日行抵广东省城，准前兼署督臣张兆栋将两广总督关防及盐政印信各一颗，暨王命旗牌、文卷等项，委员赍送前来，臣当即恭设香案，望阙叩头谢恩，祗领任事。

伏念两广地方，山海崇深，梯航会聚，人民蕃阜，政务殷繁，举凡察吏、安民、练兵、裕饷，在在均关紧要，加以外洋交涉，措施当惬机宜，沿海筹防，布置贵臻周密。此边圻之重任，非梼昧所能胜，自问颛愚，弥深悚惕。臣惟有悉心经理，勉力图维，凡事与两抚臣妥商筹办，务期海疆胥静，中外相安，以冀仰答高厚鸿慈于万一。

再，臣途次经由安徽、江西等处，并抵广东后，查询各府、州属，均各年谷顺成，闾阎安谧，足以上纾宸注。合并陈明。

所有微臣抵粤接篆日期及感激下忱，除循例题报外，理合恭折具奏，叩谢天恩，伏乞皇太后、皇上圣鉴。谨奏。

武职举劾届期拟请展限折

光绪二年正月二十五日

奏为广东省武职举劾届期，拟请展限办理，恭折具陈，仰祈圣鉴事：

窃臣于光绪元年十二月二十二日，接准兵部咨开："自同治十一年军政之年起，扣至本年，已届二年半荐举之期，行文各省督抚，查明绿营武职，如有应行荐举及参劾之员，即行查照定例办理"等因，当经咨行遵照。

伏查武职二年半举劾一次，乃甄别贤否、澄叙官方之巨典，必须秉公办理，方足以昭劝惩。臣甫经抵任，于广东水陆各营员弁，孰贤孰否，未及周知，相应请旨准将广东省光绪元年分举劾武职之案，展限办理。臣务当留心查察，如有才技优长之员，自应登之荐剡，其庸劣不职者，亦即随时纠参，不敢稍事姑容。

所有武职举劾拟请展限缘由，谨会同广东水师提督臣翟国彦、署广东陆路提督臣卫佐邦合词恭折具奏，伏乞皇太后、皇上圣鉴训示。谨奏。

出省查看海防炮台片

再，同治十三年六月间钦奉谕旨，筹办海防，当经前督臣瑞麟会同抚臣张兆栋筹商办理，并将筹办情形具折奏闻在案。

查粤东洋面，东西袤延二千余里，港口甚多，琼州孤悬海中，尤有鞭长不及之虑。惟虎门实为省城门户，业于该处修建炮台，因经费维艰，尚未竣事。臣现定于正月二十六日出省，乘坐轮船前往虎门，会同水师提臣翟国彦覆加察看，务将地方形胜以及炮台规模，并将来派兵驻守各事宜，斟酌妥善，即行折回省城，顺道查勘沿途两岸旧设炮台处所，会商抚臣酌量缓急，分别兴工。至于通省沿海各口，应如何设防之处，亦当以次举办。

所有微臣出省前往虎门查看炮台缘由，理合附片陈明，伏乞圣鉴。谨奏。

广西抚臣出缺拟循例行令藩司护理折

光绪二年三月初七日

奏为广西抚臣因病出缺，请旨迅赐简放，恭折奏闻，仰祈圣鉴事：

窃本年三月初五日，接据署理广西布政使盐法道庆爱禀称：抚臣严树森前在河南、湖北军营，积受潮湿，素患痰嗽之证，本年入春以后，天气阴寒，旧疾时时举发。适值越南边防紧要，阳、万土逆未清，事务殷繁，未敢乞假调理，力疾办事，昕夕焦劳，至二月二十八日陡然变证，医药无效，即于是日未刻出缺，当将该抚臣身后事宜与在省司道妥为照料并将巡抚关防敬谨封储，应办事件由该署藩司暂行代办，禀请派员护理前来。

伏查广西抚臣严树森，以湖北知县从事行间，屡立战功，洊升司道，迭蒙累朝恩眷，擢任封圻，所至河南、湖北各省地方，勤政爱民，公廉素著。上年十二月间，蒙恩授为广西巡抚，于边防军务，吏治民生，无不悉心经画。正冀其久膺疆寄，上报国恩，乃接篆未及十旬，遽以旧恙侵寻，至于不起，闻之实深悼惜。所遗广西巡抚员缺紧要，相应请旨迅赐简放，以重职守。至巡抚出缺，循例应交藩司护理印务。惟新任广西布政使杨重雅尚未抵任，臣现饬该署藩司庆爱将广西巡抚关防封储司库，抚署应办事件，盖用藩司印信，暂行代办。

除俟新任藩司杨重雅行抵粤西省城，即循例行令护理抚篆外，所有广西抚臣因病出缺缘由，理合恭折由驿驰陈，伏乞皇太后、皇上圣鉴。谨奏。

筹画两省边防请饬藩臬速赴新任片

再，广西幅陨辽阔，民物凋残，近年甫报肃清，正当经营善后，加以阳、万土匪尚待剿除，贵州及越南边防均关紧要，而抚臣严树森因病出缺，该省现在并无实缺藩臬大员，其代办巡抚事件之署藩司庆爱到省未久，恐于各属情形尚未周知。臣本拟刻日亲往西省，暂驻梧州，将该省一切事宜，就近督办，惟现准总理衙门咨会，英国请于琼州海口通商，正当开办之初，必须妥为措置，又未便遽行出省，致有顾兹失彼之虞。臣审度再三，不得不兼筹并顾，经即行文广西提、镇、藩、臬，并统带兵勇之文武各官，饬将该省军务边防以及地方公事，悉心经理，万勿稍涉大意，致有疏虞，并将一切情形，随时飞报察核。臣一面将琼州通商事宜，赶紧料理，将来西省如有紧要事件，一经报到，臣即驰往梧州，随宜调度，以期敉绥边徼，上慰宸廑。至广西藩、臬，均蒙简放有人，合无仰恳天恩，饬催该藩司等速赴新任，以重职守。

谨附片陈明，伏乞圣鉴。谨奏。

筹办海口通商事宜折 光绪二年四月初六日

奏为琼州海口通商，谨将办理情形及开办日期，恭折奏闻，

仰祈圣鉴事：

窃照光绪二年三月初八日，承准总理各国事务衙门咨行：“具奏琼州通商酌定开办日期，并查照粤、潮两关成案办理一折，于光绪二年二月十五日奉旨：‘依议。’钦此。相应咨行遵照”等因。

臣等伏查琼州通商载在咸丰八年条约，同治十年间英、法等国均请开办，经总理各国事务衙门札行总税务司赫德前往琼州，会同该管道府酌议章程五条，呈送前督臣瑞麟分别覆核，咨送总理衙门在案。本年正月间，总理衙门将前议章程分别核定，咨行查照。所派琼州税务司博郎及英国派往琼州领事官佛礼赐，亦于二月间先后到粤，旋即起程前赴琼州。臣等当即查照潮关成案，饬委候补同知齐毓樨前往海口地方，会同税务司，将设关收税各事会商办理，一面飞饬雷琼道，督同地方官查照总理衙门咨行事理，分别妥办去后，兹据雷琼道王澍、琼州府知府丁浩会禀，税务司及英国领事等于二月初三日行抵琼州，即于初七日在海口地方开办通商，民情照常安静等情，禀报前来。

除饬该道督同地方官及委员等将总理衙门咨行收税交涉各事，酌议妥办，禀报核咨，此外如有未尽事宜，再当督饬各该员等详细酌定奏明办理外，所有琼州海口地方现办通商情形，并开办日期，谨合词恭折具奏，伏乞皇太后、皇上圣鉴。谨奏。

广西军务肃清请将营制规复旧章折

光绪二年四月初六日

奏为广西军务肃清，请将该省营制事宜仍归总督主政办理，以复旧章，恭折仰祈圣鉴事：

窃臣查同治二年春间，案准兵部咨：“御史陈廷经奏请变通营制一折，经部核议：江苏、安徽、江西、广西等省各镇、协武职升迁调补，就近暂由巡抚专主，千总以下，径由巡抚咨拔报部，守备以上，有提督省分，仍俟各镇移咨提督查核后，由巡抚会同总督分别题奏，各镇、协总兵官以下统令就近兼归巡抚节制，俟军务肃清，仍照旧章，以符定制等因，奏奉谕旨：'依议。'"钦此。饬行遵照在案。

伏思东南军务肃清以后，江苏、安徽、江西三省营制，先后奏准仍归两江总督专政。今广东、广西军务均已肃清，所有广西营制，除抚标千总以下仍归该省巡抚办理外，其余提、镇各协标千总缺出，悉照向章，由广西提督挑选合例应补者两员，咨送总督覆验拔补，至守备以上升迁调补，一切营制及武职题参疏防并咨参各案，应请援照江苏等省奏准成案，仍归两广总督办理，以符旧制。

臣谨会同广西提督臣冯子材恭折具奏，伏乞皇太后、皇上圣鉴，敕部核覆施行。

再，广西巡抚系现署藩司事盐法道庆爱代办，毋庸会衔，合并陈明。谨奏。

覆陈粤省事宜查酌办理折

光绪二年闰五月初一日

奏为前督臣奏陈粤省事宜，遵旨查酌办理，恭折覆陈，仰祈圣鉴事：

窃臣于署理江督任内，承准军机大臣字寄："光绪元年九月二十九日奉上谕：'英翰奏沥陈粤省情形并现在应办事宜一折，据称粤东海防练兵应赶紧办理，并吏治民情亟宜整顿，及变通理财事宜等语。着刘坤一到任后，将英翰所陈各情，悉心查酌，奏明办理。原折着抄给阅看。将此由四百里谕令知之。’钦此。遵旨寄信前来。”

臣伏查英翰所奏各情，关系边防兵制，吏治民生，必须确知利弊之源，方可徐议措施之序。臣到粤后，稽之案牍，征之舆论，逐一博访详查，数月以来，粗知大概。原折所陈事理，端绪繁多，或应作速举行，或可暂从缓办，或竟毋庸办理，臣谨为我皇上一一详陈之：

查原奏内称粤省以海防为最亟，自系未雨绸缪之至计。粤省除琼州全府、南澳一镇，均孤悬巨浸外，余如广、肇、高、廉、雷、惠、潮各府属州县，多系滨海，延袤几三千里，港汊甚多，无处不可通舟，即无处不可登岸，若欲沿边设守，实属防不胜防，备多力分，恐转为敌所乘。惟各属以省会为根本，省城以虎门为门户。该处天设之险，原建炮台均已倾颓。经前督臣瑞麟及前署督臣张兆栋，于虎门之威远、下横档两处及省城之大黄滘、中流砥柱两处，参酌中西之制，重建炮台各十数座。臣于本年正月杪，先后会同抚臣张兆栋、水师提督臣翟国彦覆加履勘，地势均属扼要，间有未尽合法之处，经臣等详悉筹商，妥为改作。一俟威远、下横档两处炮台告竣，再将虎门之沙角炮台接续兴修，并将原建之大角炮台移于浮舟山背，以联络上下声援。英翰原奏谓炮台宜以铁砖穿成，次则用厚铁板，据称需费已数百万。而以臣所闻于中西熟习机器人员，则云铁砖、铁板，一受轰击，仍虞松散，不若用铁整铸成台，方为巩固，又不知需费几何，目前安能得此巨款。今参酌中西之制，以长大坚厚之石镶砌基址，以三合泥筑成炮台，台顶则用斜坡，以避开花弹子，中用隔堆，以防炮之炸裂，下用活轨，以便炮之转动，炮台外留余地，临事则以沙包护之，以期柔可制刚。适有外国兵船头目曾与南北花旗之战者，前往炮台察看，对臣亦云得力，而其所谓应行改作者，与臣意见又复相同。此外如潮州一府，实当闽、粤之冲，且系通商口岸，经前督臣檄饬潮州镇方耀、惠潮嘉道张铣于海口最为扼要之碕碌等处，兴修炮台。本年春间，该镇道等先后来省，询悉各处炮台，因经费为难，或工仅得半，或尚未兴工。臣谆饬该镇道等迅速筹办，刻期告成。其余各处海口浅窄，敌船尚难深入，不得不从缓图。新购前膛、后膛大炮共百一十余位，内有重二万四五千斤及一万七八千斤者十二位，余或六七千斤至三四千斤不等，尚有旧存一百八十余位，堪以选用，倘有不敷，购买亦甚易易。

夫台坚炮利，亦在将勇兵强，方足以守以战，则选将、练兵为尤亟。广东水陆各营，旧额兵丁六万余名。同治九年间，前督臣瑞麟奏明裁撤三成，尚存四万二千余名，仍于其中酌抽二成，加给口粮就营操演，各营多者二三百名，少者百数十名，甚至仅六七十人，畸零散漫，不能成军。嗣因各处缉捕巡防，纷纷调拨，以练兵为巡丁，以练饷为捕费，名实益不相副，操演遂成具文，且有以陆兵而派在巡船，以水师而派在陆汛，更有一船一汛而兵勇各半，因事补苴，益形杂糅。上年四月间，钦奉谕旨，饬将陆军合营并操，仰见圣谟广运，具协机宜。前督臣英翰拟于已练、未练各兵之内，挑选十营，旋因交卸中止。臣抵任后，会商抚臣，先将原练抚标四百名，广协原练四百数十名，均配足五百名，俾成一营，并与臣标原练五百名各设营总，以专责成。其陆路提标练兵之分拨各台汛，及南韶连镇、潮州镇练兵之分拨各巡船者，悉令编立营制，改回陆军，多者损之，少者益之，务足五百名，以齐部伍。此外则高州镇添练五百名，臣标添练五百名。除省城之营一千五百名，势成坐镇，毋庸撤换外，所有新练督提镇各标兵共二千五百名，略仿照江西轮练之法，初调五百名立为正营，一年练熟后撤归原营，再于本标调换五百名立为副营，亦俟一年练熟后撤回，复调正营更番调练。是以二千五百人之粮，而得五千人之用，从此以渐推广，则数年后合省绿营必有可观。臣于春间，已裁勇丁千名。兹拟将轮拖巡扒各船，改配经制水师，其勇尽数裁汰。如水师兵丁有不堪驾驶者则开除名粮，即以拟裁之精壮勇丁拔补。计裁一勇可养两兵，核计资粮，有盈无绌。而目前未经调练之兵，则通饬各营，每月按三、六、九日抽练，既无误于生计，亦有补于戎行。其弓箭、藤牌兵丁，均令兼习枪炮，方为制胜之具。顾广东内河外海，则练兵必须水陆兼资。水师与陆军不同，所恃全在船只。查原设各项师船二百二十余号，久已朽坏无存。近年所造拖巡扒各船及大长龙艇等项，多在内河巡缉，而出洋仍须添雇民船。前经瑞麟、张兆栋等先后购备轮船及自行制造共二十余号，内有五号较大，堪以巡缉外洋，然亦不足以支巨敌，其余皆系船身短小，只可以顾内河。英翰请用铁甲兵轮，未始无见，而需款甚巨，非广东目前财力所能，且中外形势异宜，并恐不适于用。臣与抚臣、提臣熟商，拟将现有各船分别裁减，制造大号木壳兵轮，分布沿海，无事则游巡，有事则战守。计兵轮一抵师船十，究竟以十师船经费能否养一兵轮，以及此项兵轮各宽长若干，配兵若干，并当如何分拨以昭周密，应否仍佐以师船，以便近岸追捕，事属创始，不得不博采周谘，通盘筹画，俟有头绪，另案具陈。

此筹办海防及练兵、造船之一切事宜也。

广东夙称富庶，今则迥异从前，其库款之空虚，几不及东南一小省，盖由晨收暮放，入少出多。综计本省地丁、盐课、厘金每年不及三百万，而京协各饷、本省兵饷、勇饷以及杂支各项，约须四百万有奇，已属不敷支解，而目下筹办海防，尚须于中随时挹注。虽近年有追缴闱姓之款，并旧料茶丝等行捐助捕费，仍属杯水车薪，无济于事，是以英翰原奏有盐斤抽厘、洋药加厘之议。查粤盐本已抽厘，第以港汊纷歧，盐枭充斥，正引不能畅销，厘金遂无起色，若徒加抽厘金，则成本益重，官不敌私，必至埠悬饷缺，所得不偿所失。臣与运司国英再三筹商，据请添雇轮船，先严六门缉私之禁，一面仿照康熙、雍正年间成案，筹款收买各处余盐，配为官引，发商领运，俾盐枭有所出售，不至铤险，埠商无虞侵占，得以居赢。一俟正引畅销，则课饷既增，厘金亦旺。业饬该运司妥为试办。又查广东洋药厘金，较轻于江、闽各省。第此等奸贩，每借洋人为护符。广东省城及香、澳两处华、洋商人狼狈相倚，兹忽加重厘金，彼必从而掣肘，似难轻议更张。惟原定洋药厘金章程，省城与新、香及汕头等处轻重攸殊，奸商得以趋避。臣现饬督办厘金委员署粮道高从望将各厂画一抽收，并于近年贸易较盛之区，如廉州之北海、琼州之海口等处，照旧开抽货厘，或于经费不无裨补。至沙田一项，前于同治五年曾将广府各属逐一丈量，收缴花息七十余万。上年复经张兆栋设局覆查，每亩捐银二钱，以助海防之用。臣于本年春间，檄饬潮州镇、道、府清丈潮属沙田，仿照广属成案，酌收花息，修筑该处炮台。该处沙田无多，尚未审有无成效。各属所产煤斤，本质过松，峒苗易竭，从前曾经开办，旋即饬停。英翰请用机器开挖，徒滋劳费，似可毋庸置议。

夫理财之道，除弊即以兴利，开源尤贵节流。广东盐厂厘卡，棋布星罗，丁役之侵渔，商贩之走漏，在所不免，而委员、司事、兵勇、巡丁薪水口粮，亦不无糜费之处，臣与抚臣督饬司道严密稽查，力图整顿，如有留难卖放，一经访闻，即将该委员、司巡分别撤换责革，并将各局卡人员、兵丁归并裁减。除中饱则涓滴归公，去冗费则度支有节。此筹办饷糈及斟酌变通之各项事宜也。

若夫整饬吏治，固在于用舍之当，考核之精，尤在于实缺人员久于其任。盖州县在本任则知责无旁贷，不敢苟且因循，即吏胥士民，亦不敢涉于欺藐。久任则民情风土得以周知，一切措施并可竟其心力。否则，互相调署，即心地朴诚者，亦不免有五日之见，不时撤换，即才具明干者，恐未必有期月之功。臣与抚臣督饬藩司杨庆麟查明各实缺人员饬赴本任，如人地不宜则对调另补，或才力不称则降革勒休。此后如有应行察看及应行更动之员，亦必遵照部章，不逾十分之一，庶各州县得以久任地方，尽其职守。至算交代，裁摊捐，臣与抚臣并当设法清厘也。

民情苦于多盗，实由于赌博之多，盖赌则未有不穷，穷则未有不流为盗者，臣与抚臣严行查禁，现虽未能净尽，而大致业已肃清。立禁之初，适盗案层出，议者转归咎于禁赌太严，臣等不为所动。广府各州县原设有水陆缉捕各营，而其弊在于无所专属。臣与抚臣督饬臬司周恒祺，将各起缉捕，分定地段，严定功过，俾之各有责成，复分派委员在于省外办理团巡，编查保甲，绝兵差之勾串，究土棍之窝藏，近来破获颇多，当可期其稍戢。

此外地方事宜，尚有英翰原奏所未及者，其间应兴应革因地因时，再当审度情形，随时奏明办理。

臣仰蒙恩遇，忝任兼圻，以迂拘谫陋之才，处繁剧疲难之地，骤图振作，则迹涉纷更，徐事转移，则虑成濡滞，旰宵自省，寝馈不遑。惟有勉竭愚诚，勤求治理，固不敢过于操切，贻欲速不达之讥，亦不敢涉于依违，蹈畏难苟安之习。行之以渐，持之以恒，以期内修外攘，日就月将，仰副圣主绥靖海疆之至意。

所有粤省情形并应行事宜，现在遵旨查酌办理各缘由，谨奏折具陈，伏乞皇太后、皇上圣鉴训示。谨奏。

税项原拨勇粮改充海防经费折

光绪二年六月二十二日

奏为粤东高、廉等处伏莽肃清，拟请将关税项下原拨剿捕勇粮改充海防经费，恭折奏陈，仰祈圣鉴事：

窃照同治十三年六月间钦奉谕旨筹办海防，当经前督臣瑞麟会同臣兆栋查得广东洋面最为紧要者，近省则广州虎门等处，东路则潮州、汕头及南澳等处，必须豫为设防。拟将虎门各炮台先行分别修建，其潮州等处，责成道、镇察看海口形势，将炮台妥议兴修，一面添买洋炮轮船，择要驻扎，以资守御，而重边防。业将筹办情形，恭折奏明在案。

臣坤一抵任后，于本年正月间，前往虎门，将建筑炮台处所覆加履勘，地势均为扼要，惟间有未能合法之处，经臣与臣兆栋及水师提督臣翟国彦详悉筹商，妥为改作。先将威远、下横档两处炮台赶修完固，再将沙角、大角各炮台接续兴工。至粤省轮船，先后购备制造共计二十余号，其中仅止五号船身较大，堪以巡缉外洋，然亦不足以资拒敌。臣等复与提臣悉心商酌，拟制造大号木壳兵轮，分布外洋，无事则游巡，有事则战守。此粤东办理海防之情形也。

防海之要，战守兼资。守则墩台，战则船炮，二者不能偏废。而欲求墩台之巩固，船炮之坚利，则非经费充足，不能为功。粤省办理海防，别无专款，系由厘金项下设法腾挪，并时于藩运库储借支补缀，出多入少，前去后空，加以部拨京饷，起解不敢稽延，本省兵糈，支发难容濡缓，而各省协饷为数尤多，每遇羽檄交催，不得不先其所急，因而彼盈此绌，不能专顾海防。两年以来，厘金项下及藩运二库，虽已借拨过海防经费银数十万两，然购制轮船每号需银数万至十数万不等，外洋炮械价尤不赀，历年省局所购枪炮子药以及水雷等项，所需价值已不下三十万金，而前督臣英翰定购洋炮十三尊，林明敦枪一百杆，并炮子炮架，共需银二十五万余两，除支付外，尚需银一十四万余两，未经付清。经费不充，于兹可见。是以自前年至今，虎门及潮州海口各炮台，动辄停工，而轮船亦不能多购，职是故也。上年臣兆栋在省设局，将广州府属沿海沙田每亩抽银二钱，以资经费，奈为数无几，仍属杯水车薪。目下炮台正在兴修，轮船尚需购制，而库储不足，部署綦难。臣等再四思维，当此左支右绌之时，不得不作挹彼注兹之计。查同治十二年七月间，因广东高、廉等处伏莽未清，前督臣瑞麟派令总兵郑绍忠添募壮勇二三千名驰往查办，所需勇粮等项，奏请在粤海关洋药正税项下按月拨银二万两，俾资支应。经户部议奏，奉旨允准，咨照钦遵。计自同治十二年十二月起，至本年五月止，共应解银六十万两，除已解外，尚未解银一十二万余两。现在高、廉等属伏莽肃清，郑绍忠添募之勇业已撤裁，前项关税可以毋庸拨解。而海防紧要，需用甚殷。合无仰恳天恩，俯准将该关前项月拨洋药正税银二万两，改充海防经费。在拨款数仍如旧，并未加增，而海防得此专款，不致匮绌时形，庶可随宜布置。据广东善后、海防总局司道具详请奏前来。

除饬将郑绍忠查办伏莽一案添募勇丁口粮收支数目造册报销并咨明户部外，臣等为海防紧要起见，谨会同南洋大臣沈葆桢合词恭折具陈，伏乞皇太后、皇上圣鉴训示。

再，所请如蒙俞允，其粤海关应解本年五月以前银一十二万余两，续解到日，应请并归海防经费项内支用报销，合并陈明。谨奏。

筹解西师饷项折光绪二年六月二十二日

奏为筹解西征出关饷项，恭折驰陈，仰祈圣鉴事：

窃照前准军机大臣字寄："光绪二年三月初九日奉上谕：'户部奏，遵议提拨出关饷需一折。广东省本年应协甘饷计九十一万两，内除应还上届洋款本息约共四十万两零，仍余银五十万两，统限三个月内扫数解交左宗棠应用，不得稍有短欠，致误戎机'"等因，钦此。当经转行钦遵筹解。随于本年二月十九日、三月二十九日、五月二十三日先后筹备归还洋款及出关饷需银二十七万六千二十八两，给交甘省催饷委员朱文熙、黄宸熙等解赴西征粮台查收转解，业经分次奏报在案。

兹据广东布政使杨庆麟详称："广东省本年应解甘饷银九十一万两，除应还洋款银四十二万六千五百两外，尚余银四十八万三千五百两，均奉拨解出关饷需，内已解银五万七千五百四十九两，尚应解银四十二万五千九百五十一两，本应力筹起解。惟查司库款项，如各属应解地丁及运库拨解盐课充支本省兵饷，往往征解不前，尚赖厘金接济。厘金一项，除拨解京饷及本省兵饷外，仅余银九十余万。此外太平关税、洋药厘金两项，每年约解司银三十余万。而本年奉拨吉地工程、内务府经费、京饷、固本饷以及南北洋海防经费、滇黔协饷约需银一百一十余万，又本省善后局巡防经费约银七八十万。量入为出，已属不敷。加以本年应行归还洋款除解外，尚有二十万八千余两之多，不容稍有蒂欠。所有欠解前项奉拨西征出关饷银，实属力难兼筹。惟念左宗棠悬师深入，须赖士饱马腾，无论如何为难，总当勉力设措。兹在于藩库各项内筹备银一十万两，复会商运司国英在于运库各项内筹备银一十万两，共银二十万两，作为起解奉提出关饷需之款，于光绪二年六月十三日给交甘省委员候补知县向世永解赴西征粮台查收，转解左宗棠行营备用”等情，请奏前来。

伏查该藩司所陈粤东库款支绌，原系实在情形。乃能先其所急，设法掘罗，该运司亦肯力顾时艰，通融挹注，凑解巨款，实属共任其难。

除再饬该司等将未解银两宽为筹拨，随时续解及分咨户部、陕甘督抚臣查照外，谨会同恭折驰陈，伏乞皇太后、皇上圣鉴。谨奏。

议覆诱拐出洋匪犯仍循例解勘具题折

光绪二年七月二十四日

奏为粤东省审办诱拐人口出洋匪犯，请仍循例解勘具题，毋庸先行正法，恭折覆陈，仰祈圣鉴事：

窃臣于光绪二年四月二十九日准刑部咨，议奏前任两广总督英翰片奏严定拐骗人口罪名一折，广东地方奸徒，略诱内地民人出洋牟利，该前督英翰以现值远人开办招工，奸民勾结堪虞，请仍照新定章程，随时就地惩办。事关变通成例，未便悬拟，相应请旨饬下新任两广督臣，体察情形，悉心酌核，应如何定拟妥议章程，奏明办理，以昭慎重，而免枉纵等因。奉旨：“依议。”钦此。抄录原奏，咨行前来。仰见圣主于惩创匪类之中，仍寓矜恤民命之意，寸衷钦服，莫可言宣。

伏查同治五年，前督抚臣奏准：“如有内地奸民设计诱骗愚民，雇与洋人承工，受雇之人并非情甘出口，但诱拐已成，为首斩立决，为从绞立决。地方官获犯审实，录供解勘，先行正法。”

历经遵办在案。嗣因华民情甘出口，由匪人和诱带引出洋，若照“并非情甘出口”之例，概拟骈诛，未免情轻法重，又经前督臣瑞麟会同抚臣张兆栋奏奉谕旨，饬交部议，照将人口出境律，为首拟绞监候，为从杖一百、流三千里。至同治十三年十一月间，张兆栋因外洋停止招工，略诱出洋之案逐渐稀少，于议覆御史邓庆麟原奏慎重民命折内，请将诱拐人口出洋匪徒，照寻常死罪人犯，循例由司覆审解勘具题，听候部覆办理，毋庸先行正法，并厘定章程，在于省河、黄埔两处专派文武员弁，认真稽查，遇有诱拐匪徒，严拿解究，办理尚属周详。现准部咨，前督臣英翰，以秘鲁国开办招工，奸人必将逞其故智，借端勾结，请将诱拐匪犯，仍照前定章程，随时就地惩办。臣体察情形，悉心酌核，窃以立法贵因时地，宽猛必求合宜，用刑自有常经，损益须归至当，固不可失之拘执，亦不宜涉于纷更。除情甘出口华民带引出洋者，先经部议照将人口出境律，分别首从，拟以绞候满流，毋庸另议外，所有内地匪徒略诱人口出洋，被诱之人并非情甘出口，首从各犯例应斩绞立决，原未尝稍涉轻纵。从前因此等匪犯层见叠出，不得不严定科条，于审明解勘后，即行正法，俾奸徒触目警心，知所惩戒。随以前项匪徒渐知敛迹，甫经复归定例。现在秘鲁国来华招工，虽经议有条约，粤东尚未开办，亦可无虞内地奸民借端影射。若遽改照前定章程，于审明后即行正法，转不足以昭慎重。相应请旨，嗣后拿获诱拐人口出洋匪犯，被诱之人讯非情甘出口，罪应斩绞立决者，照例由司覆审解勘具题，候听部覆办理，毋庸先行正法。仍由臣随时察看情形，如果日后匪徒胆敢肆行略诱，再当奏请从严惩办。

所有酌核缘由，谨会同广东巡抚臣张兆栋恭折覆陈，伏乞皇太后、皇上圣鉴，饬部议覆施行。谨奏。

粤海关监督任事出力请加奖励片

再，粤海关监督文铦，在任三年，于关税事宜颇能认真整顿，历年应征税项以及新增盈余银两，皆能照额征完，得以接济京、协各饷。当同治十三年秋间，沿海风灾之后，商贩寥寥，该监督设法招徕，仍属有赢无绌。且捐修汲水门等处洋药税厂，共用银一万五千余两之多，俱系自己出资，不敢开销公项。本年新开琼州通商口岸及新设小马溜洲分关，经该监督与臣等悉心筹商，一切均臻妥善。此外，中外交涉事件，尤能不设成心，不执己见，持平核实，华洋相安。查同治十二年间，前监督崇礼办理关务出力，经前督臣瑞麟会同臣兆栋奏奉朱批："着以内务府三院卿候补"在案。今文铦经理关税事宜，始终出力，现值任满交卸，可否量加奖励之处，出自天恩。

臣等谨援案附陈，伏乞圣鉴。谨奏。

恭谢天恩折光绪二年九月初三日

奏为恭谢天恩，仰祈圣鉴事：

光绪二年七月二十四日，由在京提塘赍到兵部遵旨颁赐穆宗毅皇帝御制诗、文全集各一部，臣谨恭设香案，叩头谢恩祗领讫。

钦惟穆宗毅皇帝，德契苞符，道隆图策。观人文而成化，甄度龙玑；建皇极以敷言，扬华虹玉。风和叶律，迈播响于南薰；云倬为章，耀垂光于东壁。探三百五篇之奥，咏歌而黼黻咸昭；括二十四史之全，论断而权衡胥协。惟作者之谓圣，上配六经，斯焕乎其有文，永垂万祀。我皇上萝图缵绪，芝殿承谟，编摩而特命儒臣，颁赉而不遗疆吏。臣学惭绠汲，识类管窥。荷宝笈之传宣，如瞻羲画；捧瑶编而感幸，全睹尧文。仰昭示于无穷，固不啻图训球刀之宝贵；矢研寻于靡斁，庶稍窥典谟雅颂之宏深。

所有微臣钦感下忱，理合恭折叩谢天恩，伏乞皇太后、皇上圣鉴。谨奏。

奏调鹿传霖差遣委用片

再，粤东通商日久，每有中外商民交涉事件，按照条约，应行委员会同洋官审断。其中情形不一，轇轕居多，必须才识明敏之员，迎机立决，方免另生枝节。且现在办理海防以及整顿地方一切事宜，在在需员调遣。兹查有照例回避开缺另补之广西桂林府知府鹿传霖，朴诚练达，为守兼优，臣前在广西，知之最稔。合无仰恳天恩，准将该员调赴粤东差遣委用，俾臣得资臂助，出自鸿慈。

谨附片陈明，伏乞圣鉴训示。谨奏。

请饬张得禄迅赴新任片

再，前准兵部咨："同治十年二月初五日内阁抄出，初三日奉上谕：'广东高州镇总兵着张得禄补授。'"钦此。随准督办奉天军务都兴阿咨："前因统带乏员，奏恳仍准新放广东高州镇总兵张得禄暂缓赴任，留奉带队，俟有堪任统带者，奏明更替起程一折，于三月二十六日递回前折，承准军机大臣奉旨：'着照所请，兵部知道。'"钦此。并准兵部咨同前因。

臣窃思奉天马贼早经歼除，余孽亦已肃清，目前并无军务。

而粤东正当整顿营务之时，高州镇管辖高、廉、罗三府州，负山滨海，界连广西，水陆两路，地方辽阔，实为岭南要区，稽查督缉，弹压海口，在在均关紧要，未便悬缺久旷。合无仰恳圣恩，饬部催令高州镇总兵张得禄迅速即赴新任，以重职守，而专责成。谨附片具陈，伏乞圣鉴训示。谨奏。

遵查广东盗案及武员劣迹折

光绪二年九月初三日

奏为遵旨查明前任给事中片奏广东盗劫打单各案及副将、都司劣迹各缘由，据实覆陈，恭折仰祈圣鉴事：

窃臣等于光绪二年正月二十三日承准军机大臣字寄："光绪元年十二月二十六日奉上谕：'给事中黄槐森奏广东捕务废弛，请饬严定赏罚，以靖盗风，并请将纵盗各员严惩各等语。地方文武员弁，遇有劫盗重案，理宜认真缉捕。若如该给事中所奏，广东各属呈报盗案，地方文武往往置若罔闻，以致贼匪肆行，自上年冬间迄今，劫掠之案，层见叠出，捕务实属废弛。着刘坤一等严定赏罚，责成该管文武逐案勒缉，倘有讳纵及逾限未获者，立即从重参办，并按照所指各弊，严行根究，以戢盗风。署顺德协副将戴朝佐、广州协都司黄添元，据该给事中所奏种种劣迹，岂可稍事姑容！着刘坤一等查明，据实严参，毋许徇隐。原片二件，均着抄给阅看将此各谕令知之。'"钦此。仰见圣主勤求治理，澄叙官方至意，跪聆之下，钦佩莫名。当经恭录谕旨咨行钦遵确查去后，兹据各属先后禀称：向来接到公正绅士联名攻匪禀函，均系严密查办，从无发下吏役之事，该吏役无从泄漏风声，从中得贿，轻刑教供，及传到绅民对质，以挟嫌结案，反将盗犯开释情事。

凡遇事主呈报劫案，均系轻骑减从，据实勘详，并无责令清完钱粮，羁縻留难，不许上控，任听吏役讹索使费，及讳盗为窃、借盗销案、规避处分等情。并据该管道府直隶州查明禀覆所属各厅、州、县实无前项情弊，亦无被人告发之案。

查州县系亲民之官，盗贼为地方之害，捕务固急须整顿，至于吏役讹索诸弊，尤当实力禁革。先经臣等行知臬司，通饬各属，遇有呈报盗案，务须亲诣勘验，查照向例，事主报盗，止许听审一次，认赃一次，不许屡传质审，致滋拖累，并将勒索夫马饭食等项陋规，严行查禁，出示晓谕，俾众咸知，并饬各该管道府州随时认真稽查，从严参办。一面由司道等会议，将水陆两路缉捕，设法认真整顿。其水路自省河一带至东、西、北三江巡船，划分地段，酌定文武员弁限缉功过章程，遇有盗案，开列承缉印捕官、专汛协防各职名，按月造册，缴司查核：以捕盗之多寡，定地方文武之功过，以分巡员弁功过之多寡，定统巡官之功过。每届三个月汇列清册，详候批示饬遵，以昭劝惩。并委员分往各属，认真查办保甲，以靖盗风。至拿获发审人犯，惟广州府谳局为最多，亦经慎派知府妥员总办其事，与广州府会督专审、帮审各员悉心听断。凡遇解审人犯，均由臬司覆勘，解交臣等亲提确审，秉公办理。省外各属拿攻罪应斩枭、斩决盗犯，由道遵照奏定章程，审明录供，禀候批行正法。现据各属禀称，并无前项各情弊，似属可信。

至原片内开，贼党在海关缉私船滥领旗帜、号衣，借端抢劫一节。当经咨准前粤海关监督臣文铦查明，同治十三年八月间，因巡船遭风沉失损坏，奏明购买拖船四只，随经购得三只，名曰通胜、通海、通靖各船，旗帜书写“粤海关缉私巡船”字样，号衣系按巡丁、水手人数发给，并无滥领情弊，且每船派有司事头人管带巡丁、水手，亦无被控借端抢劫之案。或系匪徒假冒旗帜、号衣，亦未可定，咨覆核办等因，行经臬、运二司会议文武衙门及盐厘各厂巡船均给发牌照，悬挂船头，船旁编列字号，以杜冒混，并饬属查照详定章程，将望洋、虾笱等艇一律禁除。其民间船只，改用大头三板，长不得过一丈六尺，止准用桨四枝、橹一枝，不得加多。并选派武员管带通胜、通海、通靖三号巡船，督饬巡丁、水手，在于内河、外海，随时实力巡缉稽查，遇有前项匪徒，立即严拿解办，以靖江洋，而安商旅。

又原片内所指署顺德协副将戴朝佐种种劣迹，咨准水师提督臣翟国彦覆称："饬据署[①]香山协副将冯守信查明，戴朝佐自奉委广属缉捕以来，所获各犯，系督抚派委知府大员在行营专司审办，并委州县、同知、通判等员帮同审理，一经讯系良民，随时保释，若供认行劫正盗，或解省覆审，或就地正法，俱系录供，禀候督抚批示，遵照办理。实非戴朝佐不遵奏定章程，亦无将尸埋灭。且戴朝佐例无承审之责，无从刑逼勒供。如果擅杀无辜数十人，何以绝无尸亲一人控告。其无专权擅杀尚属可信。亦无于擅杀后汇详捏称某案某贼混饰冒功、庇匪扰民各情事。至于安分良民，断无行贿之理。倘系正盗，一经贿纵，该事主何肯甘心隐忍，默无一言。所称'戴朝佐无论良莠，得贿开释'，均无确切证据。向来著名逸盗，经地方官勒令犯属交出，该犯属力不能交，往往自愿呈缴捕费花红银两，系属事所常有。然此项银两，缴赴本县公局绅士收存，不论何人获犯解县审明，准其自行赴局领银，与戴朝佐毫无干涉，实无勒缴花红情事。至谓讹索顺德县属罗水地方润利、润合两店银两一节，实因前获已正法之盗犯罗亚坤供认在

---

①中华书局版《刘坤一遗集》无"署"字。

顺德县属劫得船户何茂安猪只，卖与润利屠店，又在顺德县属劫得渡夫洗阿坤茧绸，卖与润合酒米杂货店等语，经顺德县传到墟正苏兆魁讯明各店系属误买贼赃，该店户等自愿赔银一百八十一两二钱缴县。已将猪价银两给与何茂安领回，其茧绸价银存储县库，俟传到洗阿坤给领。戴朝佐实无诬指各该店户通贼及向索银三百两之事。又原片内所指戴朝佐驻在何处，则贼匪在何处劫掠一节。并据冯守信查明，同治十一年间，戴朝佐在顺德县属小布地方驻巡月余，次年并未到过小布。同治十二年四月间，南海县属沙头堡事主谭瑚开张南昌绸布店被劫之时，戴朝佐亦不在该处驻扎。至是年七月二十九日夜，南海县属沙头北村乡事主崔德雄家被劫。维时戴朝佐驻扎该处，是夜听闻喊捕，登即督带兵勇追至附近官山海口地方，截获盗艇一只，夺回原赃，交沙头局绅，传主领回，该事主得回赃物，未经赴县禀报。又南海县属龙畔沙德昌、成昌、和益、同益四店俱在海滨，搭寮烧砖为业。该处地方荒僻，其被贼打单焚劫时，戴朝佐先已奉札前赴高明，续往顺德、香山等县查拿贼匪，亦未驻扎龙津地面。戴朝佐自同治九年六月内奉札委办广属各路缉捕之后，统计获犯一千余名，内省释病故及解广州府谳局并各县归案办理者四百余名，审明正法者五百余名，复派拨备弁击毙拒捕着盗刘老猪受及匪党二名，拿获匪首曾大鹅幅、袁沙茭、叶得仔、江幅仔等审明正法，均经先后奏明，尚无坐视不理，置匪不捕，纵盗横行各情事。”并据南海、顺德等县查覆各情，俱属吻合。

又原片内所指署广州协左营都司黄添元种种劣迹，咨准署陆路提督臣卫佐邦覆称：“饬据广州协副将喀郎阿查明，都司黄添元叠奉督抚札饬查拿著盗黄顺东等未获。于同治十三年六月间，黄添元饬据线人探得黄顺东等潜回顺德县属水藤乡内，时有顺德县差张明、南海县差何新，派在省河缉捕，带同该线人及认识黄顺东等面貌之差伴梁亚四、劳亚朝、何亚洪驾艇前往围拿。六月二十一日，适值该乡演戏，梁亚四等三人即带线登岸入村，见黄顺东等在场看戏，当向捉拿。该乡人不知捕盗情由，疑系匪徒滋事，将梁亚四等扯入乡局，因人众拥挤，互有受伤。黄添元移知顺德县饬差吊放，随据绅士区作孚等将梁亚四等送县验伤饬医。经该县移营查拿，并勒令该乡人将黄顺东等及滋事之人交出。该乡人因黄顺东等俱已远扬，当时系何人为首滋事，无从查悉，情愿呈缴花红银两购缉，并送经受伤之梁亚四等药资医调。梁亚四等系顺德县差役，并非兵勇。当日黄添元亦未亲自前往，委无纵勇索扰不遂，殴伤乡民七十余人情事。惟既知著盗黄顺东等潜回顺德县属水藤乡内，黄添元系奉札饬拿之员，任听差役带同线人前往查拿，并不亲往督办，几致酿成事端，咎无可辞。至原参所指黄添元包开赌局、娼寮、烟馆、蓄养优伶，系属实有其事"等因。并据该管上司揭参前来，臣等详加访察，亦属无异。

至于原片内开行劫打单各案，每起失赃，估值银一百七两零至三千二百余两不等，尚无数万两之多。除未据事主呈报，或已获犯过半兼获首犯，或图劫未成，毋庸并计外，其余各案或尚未破获，或仅获一二名，尚未获犯及半者，所有承缉接缉印捕官、专汛协防各员，现饬臬司钦遵谕旨，并查照详定限缉功过章程，责成该管文武逐案勒缉，倘有讳纵或逾限无获，随时详请从严参办。由藩、臬二司、善后总局、司道覆加查核，详请覆奏前来。

除都司黄添元已据报于光绪二年闰五月初二日病故另疏题报外，臣等伏查前署顺德协副将事，龙门协副将戴朝佐被参各款，现经查明，均无确切证据。惟既被参劾，难保其别无私咎。诚如原片所称，"特恐该副将恶迹显著，权重党多，钻营幸免"，自当钦遵谕旨，澈查明确，核实办理，未便稍涉姑容。复经咨准水师提督臣翟国彦覆称："查该副将戴朝佐平日居官，营务历练，办事勤干。本提督前在潮州镇总兵任内，调遣戴朝佐助剿江西窜入发逆，奋勇得力，办事悉合机宜，递蒙保升副将。自委署顺德协副将，已历数年，缉捕操防，任劳任怨，兵民翕服，尚无贪鄙劣迹"等情。咨覆前来。臣等破除情面，密加访察，舆论佥同。饬据副将尚昌懋、参将邓安邦明查暗访，委属别无私咎。伏思该副将戴朝佐平日居官尚好，兵心悦服，缉捕认真，此次被参劣迹，查无实在证据。合无仰恳圣慈，免予置议，出自逾格恩施。

都司黄添元奉札饬拿著盗黄顺东等，知其潜回乡里，辄听差役线人前往查拿，并不亲往督办，几致酿成事端，已属咎无可辞，其包开赌局、娼寮、烟馆、蓄养优伶，尤有应得之罪。虽经病故，若使概予免议，诚恐武营相率效尤，不足以肃官常。应请将该都司黄添元原官革职，以示惩儆。

至盗劫打单各案，已未获犯审办，另列案由清单恭呈御览。在逃各匪，除饬地方官会同缉捕员弁上紧购拿务获惩办外，所有臣等遵旨查明缘由，谨合词恭折覆陈，伏乞皇太后、皇上圣鉴训示。谨奏。

兼管粤海关监督谢恩折

光绪二年九月初四日

奏为恭报微臣兼管粤海关监督日期，叩谢天恩，仰祈圣鉴事：

窃臣接据粤海关监督俊启家人呈报，俊启于八月二十五日闻讣丁忧，例应回京守制，请为据情代奏等语。正具折间，适接阅邸抄，光绪二年八月十三日奉上谕："内务府奏监督丁忧可否简放一折。俊启着回京穿孝，俟百日服满后，仍行回任。粤海关监督，着刘坤一兼管。”钦此。旋准该监督俊启于九月初一日，将粤海关监督关防一颗，并文卷等件，委员赍送前来。臣当即恭设香案，望阙叩头，祗领任事。

伏念粤海关监督管理华洋贸易，举凡征收洋、常税课，筹解京、协各饷，均关紧要，任重事繁。且当制用孔亟，拨款繁多，入不敷出，必须移缓就急，酌盈济虚，庶可资周转而免贻误。臣惟有洁己奉公，矢勤矢慎，竭力整顿，详细钩稽。并督饬税务司及丁书人等，严缉偷漏，厘剔弊端，期于税项日有起色，拨解借得转输，断不敢因暂行兼管，稍涉因循，以仰酬高厚鸿慈于万一。

除将库储钱粮按款核收另行照例具题外，所有微臣兼管关篆日期，并感激下忱，理合缮折具奏，叩谢天恩，伏乞皇太后、皇上圣鉴。谨奏。

酌拟沿海保险船只章程折

光绪二年九月二十一日

奏为酌拟沿海地方保护遇险船只章程，恭折具陈，仰祈圣鉴事：

窃臣坤一于光绪二年闰五月初六日，承准总理各国事务衙门咨行，准福建巡抚抄送保护中外船只遭风遇险章程五条，经该衙门奏请通行查照办理，奉旨：“依议。”钦此。咨行遵照前来。

臣等伏查粤东洋面辽阔，中外船只时有往来。先于同治九年间，经前督臣瑞麟会同臣兆栋饬行善后总局司道核议中外船只遭风遇险救护章程，通饬各属遵照。数年以来，救护中国船只及美、英各国洋船多次，中外民人因救护生者，亦不下数百人，办理颇有成效。兹查总理衙门奏准通行之闽省章程，与粤省旧章大端相似，只以两省情形互异，其中节目亦因稍有不同。即如章程内画分地段、责成救护一节，粤章则分设公局，以其事任之绅耆，闽章则明定界限，以其事责之地甲。又粤章每救一人，赏银三十圆，闽章则赏十圆。其余琐屑事宜，亦未能悉相符合。在闽粤两省所议章程，均为保护商民起见，原无彼此之分。惟粤章行已数年，商民称便，若一旦改照闽章办理，未免今昔稍殊，海滨愚民难于户喻，设以旧章忽改，遇事观望不前，似于救护事宜转无裨益。臣等窃思立法必期于有济，因地乃所以制宜，审度情形，未敢稍涉拘泥。当即督同善后局司道，将闽省章程与粤省旧章互相参订，酌议章程五条，期于粤章不必纷更，而于闽章亦无背谬，拟即饬发各属晓谕沿海居民，俾知遵守。据善后总局司道详请具奏前来。

臣等谨将所议章程五条，缮具清单，恭呈御览。是否有当，伏乞皇太后、皇上圣鉴，训示遵行。谨奏。

谨将酌拟救护船只章程五条，缮具清单，恭呈御览。

一，分地段以专责成也。沿海地方辽阔，自应定明所辖界限，方免推诿。应通饬沿海各府、厅、州、县，会同营汛，查明各管地方共大乡、小乡若干，系何乡名，某姓若干，某乡绅耆若干，是何名姓，上至某处，下至某处，各分地段。每一大乡，设立救护公局一所，小乡联设公局一所，选举公正绅耆数人，常川在局董理事务，由地方官给予印旗，大书“某府、厅、州、县某段救护船只”字样。即于各公局前竖立望杆一枝，悬挂旗号、灯笼，俾沿海来往船只一望而知。各公局绅耆豫先选定熟习水性乡民数名，常川瞭望。遇有遭风船只飘至段内，无论中外之船，由公局绅耆立即鸣锣传集船夫，前往救护。一面飞报地方官督率兵役，亲往勘验，不得稍有迟误，更不得稍有勒索。遇有离村较远洋面，遭风搁浅船只，无论何人即时分赴报信者，由官重给赏犒，以初报之人为首功，二次、三次续报者酌减，第四次以后均不给赏。仍将该管乡名、里数、坐落方向、族姓、烟户，绘图注说，并将各乡公局绅耆姓名、派定乡民人数，先行造册缴核。

一，定酬劳以重船货也。凡中外遇险船只，飘流到境，派出乡民如能实力救护保全，其中国船只，即由地方官验明，其外国船只，如附近有领事官者，由地方官会同领事官验明，其领事官相距较远之处，即由地方官验明。将船货估价，按照多寡难易，抽拨十成中之二成充赏，若有货无人，应分别由地方官及会同领事官秉公将货酌赏。至遇险船只，其力尚可自顾，船主并不愿他人上船者，则救援之人不得混行上船。倘须人援救，或先救船，或先救货，或先救人，均听船主指挥，救获货物，应寄顿何处，亦由船主作主，不得擅动，以免混乱。倘敢擅行搬取，或私自藏匿，地方官即行究追。其有乘机抢毁劫夺者，严拿审明，分别照例治罪，仍追原赃给主。

一，赏川资以恤难民也。段内如有遇险船只，该乡民赶将船内中、外人等搭救登岸。倘船已击破，船内人等飘流到境，该乡民亦应将人捞获救援，先行给以衣食。如系中国人，即由公局绅耆禀交地方官查明，委系拯救属实，即将难民赏给盘川，资送回籍。如有洋人被救，即由地方官查明，妥给船夫资送来省，或就近资送领事官衙门，由领事官核明给发酬金，倘无领事可交者，亦即护送到省，优给盘川，令其自行回国。该乡民救护中外难民，一人酌赏花红银三十圆，仍按其捞救人数多寡，递加赏给。所赏银两，地方官先行垫支，随时报查，准其赴善后总局请领归款。倘难民飘至海边，自行登岸，不待该乡民捞救者，毋庸给赏，仍由该公局绅耆收留，送交地方官资送。如有假冒领赏，将冒领之人及公局绅耆，一并究治。至风涛汹涌，人力难施，或在大洋为救援所不及者，均宜各安天命，不得任意株连。

一，议奖励以资鼓舞也。在局绅民人等，果能实心实力，保护船只，捞救难民，并无抢毁滋事，著有成效者，即由地方官与水师各营及管带各轮船之巡洋将、备一体查察，随时报查，并准其禀请奖励。该绅等在局一年、二年者，分别给予外奖，三年以上者，准其奏请内奖。各地方官果能认真办理，如有救护船货至一万两以上，中外人等救生至十名以上者，一经该管上司查明申报，或领事官照会有案，准其注册记功，三功以上者，给予外奖，五功以上者给予内奖，以示鼓励。至花红赏犒及酬谢银两，俱由地方官会同公局绅士分别出力首次，秉公酌定，面交绅耆领回分散，取领报查，毋许书役人等需索延搁，仍将救护情形，分赏银数，随时禀报察核。如段内并无失事，亦按季禀报一次，仍于年终将本年共救护船只、难民若干，赏过银两若干，抑并无失事，造册汇报一次，以凭查核。

一，修营汛以资救护也。沿海地方原设营汛，如有坏烂倒塌，应令各营将领通饬查明。沿海原额营汛若干，坐落何处，倒塌若干，现存若干，由各该管将领查勘明确，应如何筹费修复之处，绘图呈送核办，庶于巡哨、缉捕均有裨益，而免疏虞。至沿海一带，如有新涨沙滩，应由各乡局绅查明，禀请地方官竖立望杆，县挂旗、灯以免各船误入搁浅。

颁赐方略全书谢恩折

光绪二年九月二十一日

奏为恭谢天恩，仰祈圣鉴事：

本年八月二十二日由提塘赍到军机处遵旨颁赐剿平粤匪方略、剿平捻匪方略各一部，臣谨恭设香案，叩头谢恩祗领讫。

窃以在天垂象，耀躔度于参旗；上古庞鸿，憺威棱于睽矢。圣如轩后，当辔野而殛疏肱，治若陶唐，讨畴华而诛凿齿。春生秋肃，既彰汤钺之无私；月纬年经，乃继虞书而有作。我国家珠囊阐瑞，玑镜仪珍，合九译而共憬同文，遍八纮而悉沾酞化。顾以承平融裔，煦育骈殷，农土广而螟蜮潜滋，巨溟深而鲸鲵胥伏，囊丸交煽，篝火为祆。五岭东西，初试荓蜂之螫；两淮南北，争营恶鸟之巢。迨势极于鸱张，乃形同夫蚁聚：一则凭陵要地，效李特之窃据成都；一则驰骋平原，等公祐之驿骚淮甸。蹂躏者凡数千里，逋诛者几二十年。飑毒横吹，罔畏夫大郡名城之阻；猪都妖妄，讵容于光天化日之中。爰乃圣策风行，神机电发，牙璋遣帅，鼓鼙思将略之优，羽檄征兵，荼火表军容之肃。贝州礌石，火贼心寒；京口艨艟，水仙气尽。始则妄思旅拒，逞螳臂以无知；既而允叶师贞，碎鲸牙而尽拔。乌合黑山之众，乃次第以歼除；鹰扬丹浦之威，遂后先而耆定。星弧夜指，光灭天狼；露布晨飞，烽销地雁。左粥右馆，而闾阎胥乐；前歌后舞，而干羽以陈。欣看宙合之咸绥，悉赖庙谟之广运。胜残振旅，挥韶知王者之师；保大定功，垂策睹焕乎之盛。盖自道光之庚戌，以洎同治之丙寅，三圣勤民，聿隆郅治；两宫合德，式著徽音。申挞伐于天戈，正伲离于地典。是以豹弢筹略，皆禀命夫轩经；鳌极欢虞，共承光于娲镜。既彰骏烈，用勒鸿编，告太紫以成功，命汗青而纪实。述德功于始事讫事，远胜武成二三策之文；综本末而大书特书，何异元律六十篇之作。布在方策，仰文、武之丕显丕承；垂为典谟，知尧、舜之乃神乃圣。我皇上羹墙缵绪，图训绳庥，贻垂而册府尊藏，宣示而绨囊颁赐。臣术疏泰乙，幸际昌辰。昔从负羽之征，未谙战略；今荷赐书之渥，喜睹升平。金版上供，愿效秋官盛典；宝文大字，幸窥夏后宏谟。继金川青海以成编，仰皇威之有截；瞻滦水白山之佳气，颂景祚以无疆。

所有微臣钦感下忱，理合恭折叩谢天恩，伏乞皇太后、皇上圣鉴。谨奏。

拿获逆匪按律办理折光绪二年十月初九日

奏为拿获逆匪首从各犯，审明按例办理，恭折具陈，仰祈圣鉴事：

窃臣等访闻归善县属有匪徒欲图纠众起旗，谋为不轨情事，当饬地方文武，严密缉拿。随据归善县民严甡带同其子严老四赴县投首，经署陆路提督臣卫佐邦督饬将弁，暨署惠州府事彭翰孙、署归善县事张兆庚派拨兵役，陆续获解匪犯余得萌、严亚海仔、严玉堂、钟澳溃、侯亚胜、曾长毛六名。又经臣坤一派委陆路提标左营守备关贵昌驰赴清远，会同该县营拿获李添参一名，并起出誓表。先后解省，饬发①广州府谳局审办。据报案犯曾长毛在监患病，取保病故，经南海县验报。兹据广州府会督谳局委员提犯审明，解经臬司覆讯，议拟招解前来。臣等亲提审讯。

缘余得萌籍隶江西吉水县，向在广东算命度日。严亚海仔、严玉堂、钟澳溃、李添参、侯亚胜、曾长毛、严老四均籍隶广东归善、博罗、高明等县。光绪元年九月不记日期，余得萌与现获之严亚海仔、严玉堂、钟澳溃，未获之张幗芳、张扁头，先后会遇，共谈贫苦。余得萌向严亚海仔等密商，纠众起旗，劫掠滋事，

①中华书局版《刘坤一遗集》无“发”字。

严亚海仔等应允。余得萌声称，既欲起事，须先用焚天誓表，传写纠伙，所纠伙党，各给暗号，方能哄动众人。严亚海仔等均以为然。余得萌遂手撰焚天誓表，内有“岁逢乙亥，必成大事”字样，给严亚海仔等五人各人传写一张，分投纠伙，约光绪二年三月内定期起事。余得萌因素好之严老四家资富厚，派作“军火米饭主”，严老四允从。严亚海仔、严玉堂、钟澳溃、张扁头各纠得百余人或数十人不等，所纠之人用白布一块，写一“中”字，系在衣襟，作为暗号。张帼芳又纠得寄居清远县素好之李添参，嘱令纠伙，届时在清远接应。严老四转纠侯亚胜、曾长毛二人，均畏罪未允，又恐到官受累，未经出首。

二年三月二十六日，余得萌约严亚海仔、严玉堂、钟澳溃、张帼芳、张扁头五人，均在归善水口墟空屋商议起旗，立为五营：钟澳溃为中营，严亚海仔为左营，张扁头为右营，张帼芳为前营，严玉堂为后营，约定是月二十八日各到归善县属平山墟会齐，号召伙党先劫平山、洋化、横沥三墟，即由山僻小路绕出北江清远地方，邀同李添参所纠党与，再看光景，或赴广西，或上广东省城，一路添纠伙党，劫掠乡村，踞险抗拒。计议定妥，严老四之父严甡查知，将严老四锁禁家中。余得萌与严亚海仔等于二十八日齐到平山，有不识姓名多人，各带刀械在彼等候，因闻严老四已被其父严甡锁禁在家，恐事机泄漏，且军火米饭无出，遂各走散。旋经县营先后拿获余得萌等，并据严甡将严老四送县解省发审。并究出严亚海仔、严玉堂先于光绪元年七月初三日行劫博罗县属朱桐芳大兴当铺得赃，钟澳溃先于光绪元年六月二十七日行劫归善属同姓不宗之钟亚班家得赃。据各供认前情不讳，再三究诘，矢口不移，案无遁饰。

查律载“谋叛但共谋者，不分首从皆斩”。又，“强盗但得财者，不分首从皆斩”。又，“谋叛未行而不首者，杖一百，徒三年”。又，谋反大逆，律注云：“未行而亲属告捕到官，正犯同自首免。”又，例载应发新疆等处条例内：“如一切左道异端煽惑人民，为从者暂行监候，俟新疆道路疏通，再行照例发往”各等语。此案余得萌起意纠众起旗，手撰焚天誓表，纠同严亚海仔等分立五营，各纠党与，希图劫掠村庄，踞险抗拒，其誓表内有“岁逢乙亥，必成大事”字样，核其狂悖不法之情，与谋叛已行无异，自应比照问拟。余得萌应比照“谋叛但共谋者、不分首从皆斩”律，拟斩立决，加以枭示。严亚海仔、严玉堂、钟澳溃听从传写誓表，各充旗头，转纠党与，实属同恶相济，逆迹显著，比照谋叛律，罪应斩决，该犯严亚海仔等各另犯行劫得赃一次，照强盗得财律，亦罪应斩决，系属两项罪名，均应照例问拟。严亚海仔、严玉堂、钟澳溃均合依“身犯两项斩决罪名加拟枭示”例，拟斩立决枭示。以上四犯，臣等于审明后，即恭请王命，绑赴市曹，先行正法，传首犯事地方，悬竿示众。李添参听从转纠伙党，届时接应，亦属有心从逆，惟于余得萌等传写誓表，分立旗头，并不预闻，且尚未聚会，即被拿获。若比照谋叛已行律，拟以骈诛，似与余得萌等无所区别，自应按律量减问拟。李添参应比照“谋叛但共谋者，不分首从皆斩”律上量减一等，拟杖一百，流三千里。此等叛犯，与邪教相同，未便容留内地，应请从重发往新疆，给官兵为奴，仍照例暂行监禁，俟新疆道路疏通再行发往。侯亚胜、曾长毛被严老四纠邀，畏罪未允，惟未经呈首，应比照“谋叛未行而不首，杖一百、徒三年”律，拟杖一百徒三年。曾长毛业已病故，应毋庸议。侯亚胜到配，折责安置。严老四被余得萌派作“军火米饭主”，并未传写誓表，亦未聚会，经其父查知关禁在家，系属谋叛未行，且经其父呈送到官，即与自首无异，应请照律免其治罪，饬传其父严牲到案讯明，倘或力难约束，不愿领回，即由地方官监禁，以免出外滋事，仍酌定年限，察看日后能否改悔，分别办理。余得荫等系比照谋叛已行定拟，家属应请免其缘坐。各犯讯无另犯别案，或籍隶江西，在外犯事，原籍牌保无从查察，或住处畸零，向无牌头保甲。曾长毛在保病故，保人讯无陵虐情弊，均毋庸议。起出誓表，案结销毁。逸犯张帼芳等，饬缉获日另结。此外，胁诱愚民，应请免其查拿，俾安反侧。仍严饬各地方官整顿保甲，稽察防维，以杜后患。

惟是广东负山环海，风气犷悍异常，且通商口岸较多，五方杂处，良莠不齐，倘有匪徒揭竿倡乱，便觉滋蔓堪虞。此案，该文武等于逆匪起事之始，即经访闻拿获，得以消患初萌，办理尚属迅速。所有失察职名，应请免开参，并仰恳天恩，俯准将署惠州府知府候补知府彭翰孙、署归善县知县同知衔试用知县张兆庚、惠州协副将德山、署陆路提标中军参将副将衔即补参将秦凤山、陆路提标前营游击花翎尽先参将何光尧，交部从优议叙。花翎三品顶戴尽先都司陆路提标左营守备关贵昌，请俟补都司后以游击尽先拔补，都司衔惠州协右营守备谢云龙，请以都司尽先拔补，署清远营左营守备尽先守备刘居德，请加都司衔留署，惠州协右营城守把总陆路提标左营右哨千总五品顶戴吴熊光，请以守备尽先拔补，以示鼓励。

除另录犯供册咨部并犯故图结饬取另送外，所有拿获逆匪首从各犯审明按例办理缘由，臣等谨合词恭折具奏，伏乞皇太后、皇上圣鉴，敕部核覆施行。谨奏。

覆陈严缉会匪片

再，光绪二年九月十三日，准兵部火票递到军机大臣字寄："光绪二年八月二十三日钦奉上谕：'安徽、湖北、湖南、广东等省，均有匪徒传习邪术，谋为不轨。着即督饬所属，严查保甲，实力搜拿，并将九龙山及九华山在何县地界查明具奏'"等因。钦此。遵旨寄信前来。

查会匪传徒习教，煽惑滋事，最为地方之害。先经臣等访闻，江西、湖南、江南、安徽等省均有匪徒，画符念咒，用纸人剪取发辫、鸡毛，谋为不轨情事，即经通饬与江西等省连界各地方文武，稽察缉拿。并饬据兴宁县查覆，该县与长乐县交界处所，并无九龙港内狗头山又名九龙山地方等情。随准江西抚臣刘秉璋咨会拿获会匪方普志等，讯明惩办，声明供开之王福山系广东头目等因。又经饬各属，一体查拿去后，兹钦奉前因，除恭录转行钦遵办理外，臣等伏查广东地方，现在一律安靖，尚无前项会匪潜匿勾结情事，足以仰慰宸廑。惟该匪等隐谋诡秘，飘忽靡常，设或查拿稍懈，难免不乘间窜入，更恐无知愚民被其煽惑，酿成事端。现经出示剀切晓谕，责成绅耆、族长约束子弟，毋被引诱入会习教，共保身家。一面严饬地方官随时留心稽察，实力查拿，认真编查保甲，遇有外来形迹可疑之人，立即盘获根究。并饬悬赏购线，严密访查，如有教匪头目王福山实在踪迹，务期缉获究办，以绝根株，而免蔓延为患。

臣等谨合词附片具陈，伏乞圣鉴。谨奏。

海防调员差遣折光绪二年十二月十九日

奏为粤东海防紧要，请调员差遣，以期得力，恭折仰祈圣鉴事：

窃照广东洋面辽阔，港汊纷歧，盗匪出没靡常。当此海防吃紧之际，必须熟悉洋情、长于缉捕、能耐劳苦之员，方足以资整顿。兹查有广西左江镇总兵李起高，籍隶广东合浦县，生长海滨，前在江南各路军营管带水师船只，叠次剿匪，著有劳绩，递升今职。该员于粤东各洋岛屿形势，无不周知。合无仰恳天恩，准予调赴东省差遣，俾收指臂之助。如蒙俞允，并请暂缓开缺，俟檄调该员来东时，由臣咨商广西抚臣就近遴员接署左江镇总兵篆务。臣仍当随时察看李起高办事能否得力，人地是否相宜，或奏请开缺留于东省，遇缺请补，或令仍回左江镇总兵本任，分别办理。

臣为海防紧要起见，谨恭折具陈，伏乞皇太后、皇上圣鉴训示。谨奏。

奏疏卷十二

总兵调署要缺邀请免赴台湾折

光绪三年二月二十一日

奏为总兵调署要缺，仰恳天恩免其前赴台湾，以重职守，恭折密陈，仰祈圣鉴事：

窃臣等于本年正月间承准军机大臣密寄："钦奉上谕：'丁日昌奏，探闻日斯巴尼亚调拨兵船，预为筹办各折片。日斯巴尼亚国既有调拨兵船来台之信，不可不先事预防，如遇事机紧急，即着刘坤一、张兆栋饬令方耀亲率全部接续赴台'"等因，钦此。经即密饬方耀部署全军，听候调遣在案。

嗣因台湾久无警报，而署广东陆路提督卫佐邦饬回阳江镇本任，正在接替需人。该提臣向驻惠州府城，府属各州县地瘠民贫，风气素称犷悍，前此粤省滋事各匪，大都萌蘖其间。自咸丰四年剿办土匪以后，伏莽尚未尽除，迄今二十余年，未尝大加惩创，各属抗官拒捕以及命盗掳劫等案，层出不穷，黠贼奸民互相勾结，亟应认真剿办，以免滋蔓难图。且提臣统辖全省陆营，当此整军厉武之时，一切均须整顿。方耀才具强干，办事严明，臣等会商，拟即以之署理陆路提督篆务，就近剿捕惠属积匪，以肃行伍而靖地方。

正在恭折奏报间，复接准军机大臣密寄："光绪三年正月二十二日钦奉上谕：'丁日昌奏，查勘台湾北路回抵郡城，布置大略情形，并调方耀一军赴台，请饬预筹饷银各折片。着刘坤一、张兆栋即饬方耀亲率所部全军，携带后门枪迅速赴台，借资备御，该军一切饷需，仍由广东拨给'" 等因。

臣等伏查台湾防务大局所关，何敢稍存膜视。惟伏读圣谕，日国兵船来台之说，虚实尚不可知。臣坤一访之驻扎广州各国领事及税务司，均称日国并无举动，其扬言调拨兵船前来中国，只系恫喝之词，若遽令方耀率勇赴台，似属徒劳远涉。况方耀所部壮勇仅有千名，现在调署陆路提督，原拟以五百人随赴惠州，仍以五百人留潮弹压。若令全军出境，则广东惠、潮等处又须另行招勇，以资巡缉，无论库项未充，薪粮无出，即此纷纭调募，未免事涉张皇。粤、闽疆界毗连，台湾距潮尤近，如果台湾有警，潮州亦须设防。方耀熟悉情形，素为地方畏服，亦未便令其舍己耘人，顾彼失此。又所部多系潮人，更恐各勇自顾其乡，不肯弃家远去，强之就道，难免逃亡，是于台湾之防务无裨，转于粤省之地方有碍矣。

臣等窃思日国调拨兵船一事，尚系得自传闻。丁日昌现在台湾，调集轮船，增添营垒，拟请铁甲船、火雷、大炮，豫练精锐二三十营，布置已极周密，即使或有战事，足以固圉摧锋。方耀所部千人赴台与否，亦不足为轻重，而粤省地方营务，办理在在须人，未可因此贻误。臣等再四筹商，惟有仰恳天恩，俯准方耀署理陆路提督，免其前赴台湾，俾得督办惠属剿捕事宜，庶积匪可冀肃清，而戎行亦资整饬。万一台湾情形吃紧，臣等即当另派得力将领，招募精壮勇丁，星驰赴援，以期仰副朝廷廑念海疆之至意。

谨合词恭折密陈，伏乞皇太后、皇上圣鉴训示。

再，方耀署理提督篆务缘由，现经臣坤一另行奏报，合并陈明。谨奏。

请将鹿传霖以道员留东补用折

光绪三年三月十二日

奏为请将调粤差遣以道员用之开缺另补知府留于粤东补用，恭折具陈，仰祈圣鉴事：

窃照前因粤东办理洋务，需员差遣，经臣坤一奏调回避开缺另补之广西桂林府[①]知府鹿传霖来东差遣委用，光绪二年九月二十五日钦奉上谕："前广西桂林府知府鹿传霖，着涂宗瀛饬赴广东，交刘坤一差遣委用。"钦此。当经咨行钦遵查照，该员旋于光绪二年十一月二十八日到省。

臣等查现准总理各国事务衙门咨行议结滇案条款内，如香港洋面查议粤海关巡阅收税章程，廉州府属北海地方开办通商口岸，以及划定洋人租界等事，均须委员与各国领事官会查妥议。其中情形不一，轇轕颇多，重轻缓急之间，惟在该委员随宜审处，且各事同时举办，差遣需人，此等精明干济之员，一时实难多得。该员鹿传霖朴诚练达，为守兼优，臣等询以交涉事宜，颇能深知窍要，将来加以阅历，必更能熟悉情形。惟该员原系奏调当差，尚未指明留省补用，如委办事件有与地方官民相涉者，窃虑呼应不灵，即该员自以别省人员，亦恐不无瞻顾。臣等伏思用人必期于得力，办事贵使其尽心，当此需才孔亟之时，拟请即将该员改归广东补用，俾令安心效力，专意办公。查该员前任桂林府知府，于攻克越南者崖贼巢案内出力保奏，光绪二年正月十一日奉上谕：

① 中华书局版《刘坤一遗集》无"府"字。

"着以道员用。"钦此。旋因回避开缺，经臣坤一奏调来东，可否仰恳天恩，俯念粤东洋务紧要，准将鹿传霖留于粤东，毋庸再补知府，即以道员补用，俾臣等得资臂助，出自逾格鸿慈。

臣等谨合词恭折具陈，伏乞皇太后、皇上圣鉴训示。谨奏。

恭报交卸兼管海关日期折

光绪三年三月二十六日

奏为恭报交卸兼管粤海关篆务日期，仰祈圣鉴事：

窃照粤海关监督臣俊启在任闻讣丁优，回京穿孝，光绪二年八月十三日奉上谕："粤海关监督，着刘坤一兼管。"钦此。臣遵于是年九月初一日接印任事，当将兼管日期恭折具奏在案。

兹监督臣俊启穿孝期满，由京回粤，择于光绪三年三月二十日回任，臣即将粤海关监督关防并一切文卷及库款银数委员送交俊启接收任事，臣即于是日交卸兼管粤海关篆务。所有任内办理税务情形及奉拨已解未解各款银两，均经告知俊启查照。嗣后遇有紧要事件，臣仍当随时会同商酌，妥为办理。

所有臣交卸兼管粤海关篆务日期，除恭疏题报外，理合恭折具奏，伏乞皇太后、皇上圣鉴。谨奏。

恭谢天恩折 光绪三年四月初八日

奏为恭谢天恩，仰祈圣鉴事：

窃臣现准吏部咨，以光绪元年江苏省奉拨续拨京饷均经解清，户部奏请将江苏督抚交部议叙，经吏部核议具题，光绪三年二月初四日奉旨："刘坤一着加一级。"钦此。等因，咨会前来。臣当即恭设香案，望阙叩头谢恩。

伏念臣猥以铨材，渥蒙帱覆。前在署理两江任内，勉将京饷筹解全完，皆奉职所当然，讵微劳之足录。乃荷圣慈曲被，甄叙优加，远胜汉时增秩之荣，更逾唐代加班之赏。臣受三朝之隆遇，未报涓埃，抚一介之庸愚，弥深兢惕。亦惟有勤修职守，益懔官箴，勉摅驽钝以从公，稍答鸿施之逾格。拜命而翘瞻北阙，永戴高天厚地之恩，遭时而听奏南薰，更承解愠阜财之化。

所有微臣感激下忱，理合恭折叩谢天恩，伏乞皇太后、皇上圣鉴。谨奏。

提督刻难离任请缓陛见折

光绪三年四月初八日

奏为广西提督刻难离任，吁恳天恩，俯准暂缓陛见，恭折具陈，仰祈圣鉴事：

窃臣接阅邸报，奉上谕："冯子材奏吁恳陛见一折。冯子材着来京陛见，广西提督着刘坤一拣员奏请署理。"钦此。臣查广西提督统辖全省水陆各营，控制最关紧要。现在左江、右江二镇总兵或丁忧开缺，或奏调来东，业经委员接署，奏报在案。各该员莅事未久，必须历练老成之提督与之戮力同心，方可期其得力。提臣冯子材威望夙优，情形熟习，办理一切事务，具协机宜，若遽交卸北上，遴员接署，目前难以得人。且西省与越省毗连，各属伏莽尚多，边防亦未竣事，如提镇均系生手，设遇军情缓急，恐有贻误之虞。臣与广西抚臣涂宗瀛往返函商，提臣冯子材一时实难离任。可否仰恳天恩，俯准展限，俟左、右两江总兵员缺简放有人，抵任数月之后，由臣察看堪以称职，再令该提臣冯子材交卸起程入都展觐之处，出自鸿施。

臣谨会同广西抚臣涂宗瀛合词恭折由驿驰陈，伏乞皇太后、皇上圣鉴。谨奏。

旗营练习洋操经费报销折

光绪三年四月初八日

奏为旗营官兵习练洋操，支用各款，造册报销，恭折仰祈圣鉴事：

窃照同治三年七月初十日钦奉上谕："所有同治三年六月以前各处办理军务未经报销之案，准将收支款目总数分年分起开具简明清单奏明存案，免其造册报销。其自三年七月起，一应军需，事竣之日，一体造册报销"等因，钦此。当将同治三年六月以前广东支用各案军需，两次开单奏明存案，并将同治三年七月起至八年九月底止动用军需各款，核实造册奏报请销，接准部覆在案。

伏查报销各案内有旗绿各营官兵，会同英、法两国弁兵习练洋操两案，系于同治元年八月间，准总理各国事务衙门咨行酌派旗、绿各营官兵，会同英国官兵练习以成劲旅等因。旋据英国兵总带同教练官兵由香港来省，前督臣劳崇光咨会广州将军及陆路提臣在于驻防满、汉八旗及督、抚、提三标暨广州协标先后选拨兵丁，派委副将龄山等管带会同操练。嗣于同治五年二月，据英国领事罗伯逊申陈，请将前派来粤之英国弁兵撤回香港，薪粮即行截支。维时原拨旗、绿各营弁兵，除练习精熟先撤归伍外，尚存教习成队之弁兵八百九十五员名，若遽行裁撤，未免废弃前功。当将绿营官兵五百三十一员名，仍饬龄山管带演习，所需薪粮即于是年五月底停支。其旗营弁兵三百六十四员名，仍由英国领事照旧按期教演，每月薪粮银八百一十三两六钱照案发给。此旗、绿各营官兵会同英国弁兵练习洋操一案之情形也。

又查同治元年十二月内，据法国领事李添嘉申陈，该国派有武弁一员、兵丁十五名到粤，请照英国练兵成案，酌拨旗兵练习等情。经前任总督兼署抚臣晏端书会同广州将军在于驻防满、汉八旗内拨出营官六员、兵丁三百名，与法国弁兵公同练习洋枪，派委协领全济管带，所需薪粮经费照英国一律支给。至三年六月，法国将派来弁兵调回，其时旗营官兵均已练习得法，未便中废，即令撤回本旗，归入将军衙门，勤加训练，由军需总局司道按月筹备洋银六百两送交将军衙门，均匀犒赏。嗣同治八年十月军需局改为善后局，前项犒赏银两仍饬善后局按月筹支，俟善后事竣，或三五年后简练精熟，悉成劲旅，再行截止。此旗营官兵会同法国弁兵练习洋枪一案之情形也。

以上两案办理情形，俱经前督抚臣及臣兆栋先后奏明，并将同治三年六月以前支发官兵薪粮、经费、犒赏等项银两列入第二次清单开报。其自同治三年七月起至八年九月底止，支发旗、绿各营弁兵暨英国派来教习官兵、工人薪粮、工食、犒赏及制造号衣、号帽等项工料价值，亦已列入第三案军需造册报销，接准部覆各在案。

兹据广东报销总局司道会同广东布政使杨庆麟转据支应委员，将自同治八年十月起，至十二年十二月底止，按照历次奏报各款数目，计支发旗营官兵薪粮犒赏及通事工食等项银七万四千八百三十三两六钱八分，制造号衣、号帽、铅子及购买洋药、铜帽火等项工料银一千零三十七两二钱零四厘，二共银七万五千八百七十两零八钱八分四厘，分别造具细册，详请报销前来。

臣等覆加查核，均与奏定数目及例价、时价相符，所支银两系在藩库拨款及厘金并本案扣平等款内动支。除将总细各册送部查核，并饬将同治十三年正月以后用款续行造报外，臣等谨合词恭折具陈，伏乞皇太后、皇上圣鉴，敕部核覆施行。谨奏。

奏拨南北海防经费请免筹解折

光绪三年四月二十一日

奏为粤省库项支绌，请将奏拨南、北洋海防经费银两免其筹解，恭折具陈，仰祈圣鉴事：

窃臣等于本年三月间接准总理各国事务衙门咨，光绪三年二月二十四日会同户部并案核议统筹台湾事宜一折，本日军机大臣奉旨："依议。"钦此。抄录原奏，咨会前来。

查原奏内开："光绪元年六月间指拨海防饷需，每年酌提广东厘金银三十万两，分解南、北洋应用。嗣因北洋创设水师，南洋大臣沈葆桢咨会各省将海防经费统解北洋兑收。今公同商酌，自本年七月为始，将酌提广东厘金银三十万两，以一半批解北洋，以一半批解福建兑收"等因。当经转行钦遵筹解。嗣复接准部文，以"此项厘金自奏拨以来，阅时几及二年，分毫未解，亦无只字登覆，尤属玩延，应飞咨饬催，限一月内迅即声覆"等因，又经转行司局遵照办理。

兹据广东布政使杨庆麟会同厘务总局司道详称："权衡轻重者，谋国之大经，斟酌盈虚者，现财之至计。广东滨海几三千里，奉旨筹防，需用甚巨。所有改拨海关经费，名虽每月二万，其实只得万金。沙捐本属无多，目前已成弩末。而虎门等处炮台尚未竣事，不能不取资厘金。顾念南、北洋防务为大局所关，必须通力合作，何敢留此厘金不解，借口聊固吾圉。惟查广东每年征收货厘、盐厘，并计不过一百一十余万，而奉拨各款一百八十余万，已浮于收数六七十万矣。且所收均系洋银，而起解京、协各饷尚需补给纹水约银二十余万两，则不敷尤甚，地方善后各项尚不在内也。上年择其至要者，先行筹解。如普祥峪、菩陀峪万年吉地工程银一十万两，惠陵工程银七万两，京饷一十一万两，陕甘协饷并划还洋款银七十三万四千余两，西征年终满饷三万两，云南协饷银一万二千七百余两，合共银一百零五万六千八百余两。已将年内所收厘金尽数拨解，尚短银数万两，另行设法弥缝，不惟本省海防无从分润，即一切善后亦觉积欠累累，更何从得此三十万金之多为南、北洋接济乎？如果别项库款堪资挹注，尚可随时通融。查广东进项，厘金之外，惟地丁、盐课为两大宗。藩司地丁一项，定额解司充支官兵俸饷等项银一百一十余万，近年征收不过八九成，除去坐支，解司者更不及此数，而递年本省应支兵饷等项银一百二十余万两，业已入不敷出。运司盐课一项，每年额征银六十余万两，而递年奉拨京饷并内务府经费以及充支本省兵饷、武职养廉等项六十余万两，仅堪周转。以上二项，即使征收足额，亦只敷本款支销，不能有余以补厘金之不足。此中盈歉之数，户部固可按籍而稽者也。夫以南、北洋筹防孔亟，上廑宵旰之忧。广东奉拨厘金，递次钦奉谕旨，谆饬筹解，原期收数渐有起色，不惮供亿之繁。前此未敢推辞，犹存姑待之想耳。两年以来，虽极招徕之术，终属涓滴之流。而奉拨之工费、京饷以及陕甘等省协饷、划还洋款，较之南、北洋海防经费尤为刻不可缓，顾彼失此，贻误匪轻。兹奉部文勒限严催登覆，不敢不缕悉沥陈，详请核奏”等由前来。

臣等伏查粤省库款支绌，委系实在情形。现复钦奉谕旨，饬与各省添解西征协饷四百万两，骤增巨款，殊费掘罗，此项南、北洋海防厘金益难应手。可否仰恳天恩，俯准免解，俾不至有竭蹶之虞，出自逾格鸿慈。

除分咨外，谨合词恭折具奏，伏乞皇太后、皇上圣鉴训示。谨奏。

粤海关应解京饷请仍交商汇兑片

再，现准户部咨，议覆御史和宝奏京饷宜解实银，请严禁汇兑一折，于光绪二年十二月十七日具奏，本日奉旨："依议。"钦此。咨行前来。自应遵照办理。惟粤海关税征不敷解，递年移后赶前，积亏甚巨。所有现年应收之税，早为上年借解之款，是以连年筹解京饷，均向西商先行借垫，俟收有税项，陆续归还，叠经奏明在案。

缘粤海关解京各款，为数甚巨，均有定限，不容迟逾。若径解实银，必俟库有征存，方能凑解，诚恐稽延时日，有违定限，贻误要需。是粤海关应解京饷交商汇兑，诚为万不得已之举，非仅取其妥速利便，实则借以周转通融。兹本年春季分京饷等银，拟请照案仍行交商汇兑。以期妥速。一俟关税旺收，在前借垫之项逐渐弥补，即当起解现银，以符定制。

除咨户部外，臣等为京饷紧要，期免延误起见，是否有当，谨合词附片具陈，伏乞圣鉴训示。谨奏。

捐建原籍楚勇忠义祠折

光绪三年五月二十八日

奏为捐建原籍楚勇忠义祠，请旨饬下地方官春秋致祭，以慰英魂而昭激劝，恭折具陈，仰祈圣鉴事：

窃臣与云贵总督臣刘长佑所统旧部楚勇，从征江西、湖南等处地方，惟在广西岁月为最多，情形为最苦。盖广西库款本属空虚，而臣又不善于筹画，以致他军有时或饱，臣军则无时不饥。臣于咸丰十年进剿柳城股匪，营中数日断炊，各将弁遍括所有衣物，持赴山寨质借山薯、花生数千斤，分给各营，苟延旦夕。又同治二年剿办贵县匪徒，去省逾远，接济益难，计四月一月内每勇一名发银四分、米九斤，五月一月内每名发银九分、米十二斤，终日半餐亦不可得。各勇如此，其管带之将弁可知也。维时贼势披猖，日事苦斗，其伤亡者无恤养之费，其疾病者无医药之资，狼藉荒郊，呻吟穷巷，如遇追剿吃紧，亦竟委之以行。该将士等枵腹荷戈，裹创力战，从未向臣噪索饷项，并未因此骚扰地方。同治四年进军永淳县城，该处稍为完善，臣每于各营前后轻骑巡逻，亲见民间所种瓜果，累累道旁，无敢摘取者。是年六月，臣蒙天恩简放江西巡抚，经前广西巡抚臣张凯嵩奏留臣弟即选道员刘培一在营接统，臣随与各将士言别，不胜留恋，相顾吞声，无有一语问及此积欠百数十万两薪粮作何着落。该将士等仰体时艰之孔亟，曲谅臣心之无他，诚可感而可愧矣。今臣仰荷高厚，官禄极丰，回忆前此十数年与各将士戎马驰驱，拮据万状，其殒于锋镝者犹为异乡馁鬼，或死而无后，或身后萧条，每一念之，为之泣数行下。更可哀者，臣所部将弁中，有曾从故安徽巡抚臣江忠源及故广西提督臣江忠义立功皖、鄂得有保举，及在广西阵亡病故，其原领行知文札多至散失，而案卷无从稽查，履历未清，遂为部章所格，不能请恤，同效捐糜之节，独遗赠荫之荣，臣尤为之痛心。兹臣请捐二万金于原籍新宁县建立忠义祠，并置产业以为祠内经费，查有阵亡病故将士妻子贫乏无依者，即于此项内量予周给，无令失所，以广皇仁。可否仰恳圣慈，饬下湖南抚臣行臣原籍新宁县，俟此项祠宇告成，春秋致祭，以慰英魂而昭激劝，出自逾格鸿施。

所有微臣捐建原籍楚勇忠义祠缘由，谨恭折具陈，伏乞皇太后、皇上圣鉴训示。谨奏。

北海添开口岸通商折

光绪三年五月二十八日

奏为广东廉州府属北海地方添开通商口岸，谨将办理情形及开办日期，恭折奏陈，仰祈圣鉴事：

窃照光绪二年九月初七日承准总理各国事务衙门咨行："北洋通商大臣奏在烟台议结滇案并进呈与英国会议条款，奉旨：'着照所议办理。'钦此。查条款第二端通商事务各条内称：'由中国议准在于广东北海添开通商口岸，于半年期限开办。'相应咨行遵照办理"等因。当经饬据廉州府督同合浦县亲赴北海地方，察看该处地势、民情，将开办通商一切事宜分别议禀，咨呈总理衙门查照。嗣复承准咨行，以续据总税务司赫德呈报新开口岸应行筹议各事宜，已调派税务司速赴新任，会同地方官商办，并拟各关第六十七结之始为各该处开办之期等因。复经查照潮州汕头、琼州海口开设新关成案，派委试用同知祁兆熙前往北海，会同地方官及税务司吉德将设关收税等事会商开办在案。

兹据署廉州府知府冒澄、署合浦县知县谢镜澄会同税务委员祁兆熙禀称：北海新关已于本年二月十九日开办，所有通商应办事宜，均经筹商办理，并声明开办通商以后，商民安堵，地方静谧等情前来。

除饬该府、县、委员等将征收关税以及中外交涉各事随时会商妥办，并咨明总理衙门及户部、北、南洋大臣外，所有广东北海地方现办通商情形及开办日期，谨合词恭折具陈，伏乞皇太后、皇上圣鉴，谨奏。

遵保记名提镇人员折

光绪三年五月二十八日

奏为遵旨酌保记名提镇人员，以备简用，恭折具陈，仰祈圣鉴事：

光绪二年正月十六日准兵部咨，光绪元年十二月初十日奉上谕："着各督抚于记名提镇各员悉心考察，如有实在堪胜专阃之任者，再行出具切实考语，奏明存记，以备简用"等因，钦此。

臣查提镇为专阃大员，必得才行并茂，胆识兼优，方足以期胜任，然非历试有效，无以知其操守而觇其作为。兹查有现署广东阳江镇记名提督李占椿，有勇有略，血性过人，办理沿海缉捕巡防，尤属善于操纵，其于时务亦极留心。又现署广东碣石镇总兵记名总兵刘光裕，心地朴实，纪律严明，遇事任怨任劳，从不稍涉迁就，而措施悉能合宜。又现在江西管带营勇之记名总兵蒋良眷，材武绝伦，战功懋著，且治军整暇，有名将风。又现在广西管带营勇之记名总兵莫云成，办事则有精勤之力，驭众则有坚忍之操，屡历艰危，所向克捷，兼能顾全大局，不沾沾于名利之间。以上四员，皆系随臣多年，故能深悉底蕴。倘蒙圣恩俯赐录用，必能为国干城，仰酬高厚。

所有遵旨酌保记名提镇缘由，谨恭折奏陈，伏乞皇太后、皇上圣鉴训示。谨奏。

采运谷米备赈请免沿途税厘折

光绪三年八月二十九日

奏为粤东米价腾贵，现在筹款采买米石运回平粜，拟请减免税厘，以济民食，恭折具陈，仰祈圣鉴事：

窃照本年春夏间，粤省雨水过多，东、西、北三江潦水涨发，广、韶、惠、连各属同遭水患，围基冲决，田亩被淹，灾民荡析离居，情形颇为吃重。臣等接据各属禀报，当即饬司筹拨银两，分赴各属，会同地方官查勘抚恤，并由官绅筹捐款项，修筑冲决堤基。所有一切办理情形，均经先后奏报在案。

兹于光绪三年八月初五日接准部咨："光绪三年六月初五日奉上谕：'御史邓华熙奏广东省北被水大概情形，请旨饬查妥筹赈抚各折片。着该督抚勘明被灾轻重，妥筹抚恤。所称广州府城立有惠济仓，请饬酌提租息银两，以为办赈之需，交公正绅士经理，并停免由邻省至该省谷米厘捐，均着该督抚酌度办理"等因，钦此。仰见我皇上轸念民生，不使一夫失所之至意。臣等当即转行钦遵查照，并咨商广西抚臣涂宗瀛，将西省贩运来东谷米厘捐酌量减征，以广招徕而资接济。

惟是粤东广、韶等属户口殷繁，即在丰稔之年，亦鲜仓箱之积。本年水灾以后，早稻业已失收，而夏秋之交，旸雨不时，恐晚谷亦难期丰熟。目下米价日形昂贵，小民谋食弥艰，若不先事绸缪，豫为之计，则饥民无所得食，既虑流亡转徙，且恐贻害地方。臣等业经分饬各地方官严禁米户不准囤积居奇，并劝谕绅民各出盖藏，以时粜卖，一面督饬在省司道筹款买米，以备办理平粜之需。而粤东库帑不充，骤难筹此巨款。现经藩、运两司合向西商借银十万两，并酌提惠济义仓存项银一万两，委员雇坐轮船前赴江苏省上海、镇江等处地方采买米石，运粤平粜，以济贫民。查采运米谷经过关卡，例有应完税项厘金。惟此次买米平粜，原为轸恤穷黎。臣等伏读邸抄，本年陕西、福建两省均因地方灾歉，采买米石请免沿途应纳税厘，粤省情事相同。合无仰恳天恩，俯念民食攸关，准将经过沿途关卡应完税项厘金概行宽免，俾得克期运粤，粜济有资，则通省臣民顶戴皇仁，永沦肌髓矣。据藩、运两司具详请奏前来。

除咨户部外，臣等谨恭折具陈，伏乞皇太后、皇上圣鉴训示。

再，本年粤省水灾，所有筹捐经费办理赈恤并修筑各属堤基决口一切情形，容再详细查明，另行具奏。合并陈明。谨奏。

招商采买米石并请暂免税厘片

再，本年粤东广、韶等属被水之余，米价腾贵，虽经臣等督饬藩、运二司筹借款项买米平粜。惟官为采买，究属为数无多，必须商贩流通，方可源源接济。现经广东布政使杨庆麟督同广州府议请出示招商，如有商人愿备资本前赴上海、镇江等处买米运回粜卖者，准由殷实行店具保报明该府详司给发护照，每照一张限买米二千石，毋许借照影射夹带别项货物，运米到粤即将护照缴销，如欲多购，另行给照。拟请自光绪三年九月初一日起，至十一月月底止，一并暂免经过沿途关卡税厘，俾各商成本稍轻，踊跃从事，庶足辅官粜之不逮，即借资转运于无穷，似于地方民食不无裨益。据该藩司详请具奏前来。

除咨明户部及咨会江苏抚臣饬行沿途各关卡验照稽查毋任夹带影射外，臣等谨附片具陈，伏乞圣鉴。谨奏。

捐资生息储养洋务人才折

光绪三年十月初一日

奏为捐资生息，储养洋务人才以备任使，恭折具陈，仰祈圣鉴事：

窃查内地久经肃清，西事亦将告竣，当今所亟宜绸缪者，惟在洋务。自有立约通商之局，泰西各国接踵而来，即使中国日臻富强，势亦难闭关绝市。王者无外之义，亦只有正名分，肃纪纲，不必以血气之俦而绝其尊亲之路。以臣之愚，意谓洋务未可计期而罢也。洋务既不能罢，则所以办理洋务者必须得人。

夫洋务人才固在学有体用，识达经权，洞悉夫各国强弱离合之情形，深明夫朝廷操纵刚柔之机要，而又将之以忠信，导之以协和，使其仰我皇风，遵我盛轨，而非仅于一材一艺之末与各国絜短竞长也。顾[①]人才必巨细之兼该，而用人亦偏全之各适。现在遣使各国及派充领事官，并中国各口，凡遇交涉案件，会审、会议，如得熟悉各国文字语言与其史传律例者，则断事措词庶易得其肯窾。且各省设立机器局制造轮船、枪炮等项，则西洋之所谓格致亦不可不得其门径而探其堂奥。总理衙门奏请于京外设立同文馆，并遣幼童出洋学习，原为储备人才计[②]也。惟查同文馆人员及出洋幼童，于洋务均系初学，必数年始能得其浅近，必十数年乃渐得其精微，未可责以速效，更恐其半途而废，不必皆底于成。此次侍郎郭嵩焘、寺卿陈兰彬奉使出洋，曾遗臣书，窃有乏才之

①中华书局版《刘坤一遗集》无“顾”字。

②中华书局版《刘坤一遗集》无“计”字。

叹。以中国之大，且通商之久，除同文馆外岂别无熟习洋务之人堪备驱策者？

夫近山者多善猎，近水者多善渔。粤人与洋人相处有素，其营生外洋各埠者几百万人，不独文字、语言通晓者众，即西洋之法律、西人之艺能，亦多所娴习。如郭嵩焘所举之总领事胡璇泽、美国之翻译官余贞祥、英国之大律师伍秩庸均系粤产。又如在籍候选员外郎温子绍，于各项机器颇能会通。粤人之熟习洋务，于此盖可概见。诚得此项人才，加以造就，由拱把之木，因而灌溉滋长之，则取材更易，是于同文馆外别开一储才之地也。

第非广为搜罗，则其人无由自达，非厚其饩廪，则其身无以自谋。粤东经费维艰，无力及此。臣居官岁久，请以廉俸所余，捐银十五万两，解交藩库作为公项，转发招商局按年取息。以为储养此项人才之用。或出示招考，或随地访求，以及如何优给薪资，使之尽心西学，容臣与抚臣熟商办理。倘得一、二俊彦有裨时宜，即当咨送总理衙门及南、北洋大臣听候录用。或洋务人才骤难多得，此项息银有赢，则拨归机器局以助工作，其本银常存招商局，不准轻动，亦可以备地方缓急之需。

臣为储养洋务人才起见，是否有当，伏候训示祗遵。

再，臣起自寒畯，丝毫皆出天恩，此项以公归公，不敢仰邀议叙，合并陈明。

臣谨恭折具陈，伏乞皇太后、皇上圣鉴训示。谨奏。

查明交界处所并无邪匪潜匿折

光绪三年十月初一日

奏为查明广东与江、闽交界各属地方并无邪匪潜匿，恭折覆陈，仰祈圣鉴事：

窃臣等承准军机大臣字寄："光绪三年三月初十日奉上谕：'据御史李嘉乐奏称：邪匪蔓延日甚，风闻匪首潜伏闽、粤、江西交界地方，该处万山丛杂，匪首负嵎其中。且湖北获犯供称，系洪秀全余党，以邪术惑民，为死灰复然之计。请饬密查会办等语。前据文煜、丁日昌奏，查明延平府属之九龙山及漳州府属之华封岭古名九龙山，并无邪匪匿伏。惟该匪行踪诡秘，必有潜匿之处。闽、粤、江西交界地广山多，易于藏奸。该御史所奏未必无因，若不豫绝根株，恐滋后患。着何璟、刘坤一、丁日昌、刘秉璋、张兆栋密派干员，前往该处详细访查，如果有匪党啸聚形迹，即行设法会合捕拿，以遏乱萌'"等因，钦此。当经恭录转行钦遵。

臣等伏查广东南雄州及该州所属之始兴县并嘉应州属之兴宁、平远二县与江西连界，潮州府属之南澳厅、饶平县、大埔县及嘉应州与福建接壤，又嘉应州属之镇平县东北与福建、西北与江西毗连。即经札饬臬司派委候补通判二员，内刘鼎前往南雄、嘉应二州属，郑汝廉前往潮州府属，会同各该地方官详细访查，实力拿办，并严饬各厅州县遵照。

兹据该委员郑汝廉亲赴南澳察看，该处孤悬海表，带水环山，一片汪洋，并无陆路可通，向无外匪出没。并与刘鼎分投会同各该地方官，不动声色，严密访查，复在深山穷谷周历巡察，实与南澳厅俱无邪匪潜匿境内，地方均属安谧。由各该文武督率兵役，谕饬城乡各绅耆留心察访，遇有匪徒入境，严拿惩办等情，禀经臬司周恒祺详请覆奏前来。

臣等核所禀，虽据该委员等分赴界连福建、江西之各厅州县查明，现无邪匪潜匿在境。惟匪踪飘忽靡常，难保日后不窜越勾结，蔓延为害。除再饬该地方文武督率兵役在于界连江、闽邻省各要隘随时加意巡查，如有邪匪潜匿境内，立即会合兜拿，尽法惩办，务绝根株，以杜乱萌。一面晓谕各乡绅耆举办团练，力行保甲，不得稍涉松懈外，所有查明广东与江、闽交界各属地方并无邪匪潜匿缘由，谨合词恭折覆奏，伏乞皇太后、皇上圣鉴训示。谨奏。

覆陈办理盗案情形折 光绪三年十月初一日

奏为查明广东办理盗案情形，谨先行恭折覆陈，仰祈圣鉴事：

窃于光绪三年九月初八日准军机大臣字寄："八月十八日奉上谕：'御史邓华熙奏广东盗贼蠢动，请饬密拿并整顿捕务一折。据称广东现有匪徒，十百成群，结盟聚党，曾在顺德陈村等处墟场市肆白日打单，沿户勒写银单，敛取钱财等语。若如所奏，亟应严拿惩办，以遏乱萌。着刘坤一、张兆栋慎选贤能将弁，严密查拿，先擒首恶，解散党与，毋任各将领因循姑息，酿成事端。将弁中如查有得赃庇匪情事，即着严行参办，毋稍瞻徇。并着整顿捕务，严定章程，一切稽察窝藏、惩办包庇等事宜，务须信赏必罚，以期盗风敛戢。原折着抄给阅看。将此由四百里各谕令知之。'"钦此。等因。又于九月十二日准军机大臣字寄："八月二十二日奉上谕：'御史曹秉哲奏粤匪横行，请饬勒限严缉，并详定赏罚章程一折。前经御史邓华熙奏陈广东盗贼蠢动，当谕令该督抚严密查拿，明定缉捕章程，以消奸宄。兹据曹秉哲所称明火持械伤毙人命之案，层见叠出，武弁与差役包庇私纵，勾串分肥，事主反被需索留难，大吏复为瞻徇，凶犯日久无获。若如所奏各节，尚复成何事体！着刘坤一、张兆栋严饬地方文武，无论旧案新案，一并勒限严缉，总期赃犯并获，以儆凶顽，倘限满无获，即行照例参处。如有讳饰案情及留难事主等事，并着从严参办，武弁暨州县差役如查有通贼纵贼等弊，即立正典刑。其缉捕勤奋之员，量加奖叙。应如何明定赏罚章程，着即奏明办理。另片奏匪徒结党，名为铁戒指会，及沿门勒索、掳人勒赎各情，请饬惩办等语。此等匪徒实堪痛恨，并着责成各该地文武，赶紧扑灭，认真缉拿惩治，毋稍宽纵。原折片均着抄给阅看。将此由四百里各谕令知之。'" 钦此。

臣等查广东盗匪多而且悍，诚有如该御史所言者，至于捕务，要亦未尝废弛。臣等请将广东多盗之故与弭盗之难，并现在办理情形，为我皇太后、皇上缕悉陈之：

广东生齿日繁，实有人满之患。除在外洋贸易佣工难以数计外，以省城内外户口计之，约六十余万人，其中专恃工作营生者不下十万，生意旺淡不常，偶遇停工，即无所得食。此外各城乡村市，大则数十万人，或十数万人，小亦数万人，或数千人。似此总总林林，无恒产无恒心者自属不乏。且奢豪成俗，每以攫取为饮啖之资。上年所获匪徒，临刑尚有以一得醉饱为快者。富教之责，臣等殊歉于怀。前此军兴，无处不有粤勇，自各省肃清以后，陆续遣撤归家，亦有被贼裹胁得脱回籍者。粤东民俗本强，而又习于战事，其贪利轻生，较之他省为尤甚。近年来厘务、盐务，整顿缉私，此等不逞之徒难保不铤而走险。此广东地方多盗之实在情形也。

广东省所辖九府、四直隶州，惟韶、连、罗定、嘉应四府州系在内地，其余八府州属均滨大洋，内则港汊纷歧，宵小易于出没，外则岛屿罗列，尤为藏垢纳污。商旅趁风顺潮，帆樯络绎，昼夜不绝，盗匪混迹其中，往往乘间窃发，迨至得赃远扬，无论遁往旧金山、新嘉坡等处，渺不知其所之，即逃往香港、澳门，亦不便径行追蹑，必须查明踪迹，知会洋官，费尽周张，始能获犯，否则知犯所在，不能过问，甚至已获而旋被释去，付之无可如何。其匿在内地者，地方绅士或畏其报复而不敢报官，或恃为护符转因而包庇。兼以党与之众，巢穴之坚，伺察之密，非调集重兵则莫能得手，有时兵勇既集，而群盗又鸟兽散矣。此广东捕务为难之实在情形也。

臣等于上年将外海、内河轮拖巡各船勇丁改补兵额，分定地段，议立赏罚章程，责令巡防。两年之内，陆续拿获盗犯审明正法者已三百九十余名，分起汇奏，部中有册可稽。其中如余德明、钟有全、詹蛇深、黄十陵大、黄汶南、钟水林、黄猪仔广均系积年首恶，悬赏购线，始就歼擒。即如邓华熙所奏，顺德县匪徒结盟聚众，打单勒索，系在该县之马齐各乡，经臣等派委试用知府冒澄会同顺德协利辉前往，拿获首犯麦亚洸及伙犯林亚分等十一名，并将包庇之绅士量行惩办。陈村近无打单之案，而有劫抢之案，亦经利辉等拿获首犯黄亚陵及伙犯赵亚浩等十二名。又如曹秉哲所奏光绪元年番禺县举人邬质义、区分辅，新会县主事区云汉等被劫各案，经该县营先后获犯陈四进等、冯亚洸等、黄社言等共十一名。是年南海县并无编修吕绍端及监生伦庆常呈报被劫，只有举人吕廷焯等被劫一案，亦经获犯罗亚秀等二名。臣等以为广东之缉捕不可谓不严，诛杀不可谓不甚，为鹰鹯不为鸾凤，方以此为疚心焉。现因冬防吃紧，饬令利辉添募勇丁二百名，会同署广州协邓安邦所部勇丁，在于府属分途巡缉，并饬沿海滨河各乡举办团防，以资守望而辅兵力之所不及。其西、北两江，则责之署南韶连镇郑绍忠，该镇原有勇丁一千五百名，足资分布。东江仅有署陆路提督方耀由潮带来勇丁五百名，拟令酌添若干，并遴委道员何应祺前往会同澈底查办。如此严密部署，纵未能萑苻遽靖，断不至滋蔓难图，酿成巨患。此广东现在办理缉捕之实在情形也。

夫以地方盗劫之案层见迭出，臣等职任封圻，万难辞咎。第如该御史所奏大吏瞻徇，以及因循容纵，臣等何至昧良至此！查近年以疏防撤任、撤差及摘顶者则有已故番禺县知县朱昌言、署高要县知县补用知县姚颐寿、署高要县县丞刘肇龙、署高要县横查司巡检黄彭年、肇庆水师营参将戴逢亨、管带练兵候补参将杨朝汉、候补游击李培荣、候补守备祥保以及千、把各弁计十四员名，而记过留缉，文则自道、府以至佐杂，武则自参、游以至千、把，亦十数员名。此等处分向由外办，未敢仰渎宸聪，该御史等或因此未之知耳。臣等接收舆呈，片纸单词均可投递。省城并设安良局，兼用官绅职司其事。凡被劫者，赴局报案，转详饬缉，不必尽由州县衙门，似下情尚不难于上达。惟弁差与盗勾串分肥，州县丁事主留难需索，臣等虽未查有实迹，而其事要属有因。盖广东县营缉盗必有线勇，所谓线勇者，即盗之伙党，希图获赏免罪而来。县营须得此辈为之爪牙，方可跟寻指证，此亦汉臣虞诩治朝歌盗之遗意也。该线勇等本非善类，难保不狼狈为奸，则所谓勾串分肥者此与？广东诬告之风在所不免，设遇获盗不肯承认，不能不传事主与之质明，捕役狗苟蝇营，于事主未必无丝毫之扰，则所谓留难需索者此与？此等弊端，全在县营得人，认真查究。臣等惟有懔遵谕旨，严饬地方文武振刷精神，务将新旧案犯一律勒拿，悉数弋获，如有串盗分肥及需索事主者，立予重惩。仍由臣等随事考察，倘该文武奉行不力，即行据实劾参，决不稍涉姑息，以期令行禁止，盗戢民安，仰慰朝廷廑念海疆整饬捕务之至意。

除饬行布、按两司妥议赏罚章程另行详奏外，所有广东办理盗案一切实在情形，谨合词恭折覆奏，伏乞皇太后、皇上圣鉴训示。谨奏。

覆查各属民情片

再，查广东本年猝遭水患，以北江清远等县为最甚。经臣坤一两次捐银八千两、臣兆栋捐银一千两，并粤海关俊启、广州府冯端本、直隶津海道黎兆棠等捐项及藩、运两库、广东惠济仓所筹之款，发交员绅，前往分途抚恤，补修圩堤。爱育堂诸绅亦购办粮食前往振济。官绅合力通筹，人情由是大安，未闻饥民在外滋扰。

又查番禺县罗边村只有该罗姓年少子弟一二十人平日好勇斗很，各带铁戒指，以此称雄，业经该府县严行惩戒，并非结盟拜会，亦无啸聚匪徒。顺德县陈村有劫抢之案，无打单之案，已于正折陈明矣。

至掳人勒赎，滨海地方，诚所不免，叠经拿获匪徒正法，汇同盗案分次奏报。合并覆陈，伏乞圣鉴。谨奏。

查阅省城旗绿各营官兵技艺折

光绪三年十一月初一日

奏为查阅广东省城旗、绿各营官兵技艺情形，恭折具陈，仰祈圣鉴事：

窃臣接准兵部咨："光绪三年二月初九日奉上谕：'本年轮应查阅营伍之期，广东即派刘坤一逐一查阅，认真简校。如有训练不精，军实不齐者，即将废弛之将弁据实参奏，毋得视为具文'"

等因，钦此。当经转行钦遵。

伏查广东地处边隅，练兵最关紧要，现在军务大定，武备亟宜讲求。武职员弁平时固以弓马取材，而临敌折冲，全在枪炮制胜。臣抵任后，节经严饬各营，汰弱募强，勤加演习，认真整顿，并令弓箭、藤牌兵丁一律兼习枪炮，即分防塘汛兵丁亦令更番抽练，以期一兵得一兵之用。兹会同广州将军臣长善、汉军副都统兼署满洲副都统臣吉和于九月二十二日校阅军标水师，驾驶船只灵动便利，在船施放枪炮、火箭、喷筒均皆纯熟，其爬桅、躧浪、对械等项尤属骁劲便捷。二十四、二十六等日亲赴校场查阅驻防各旗营官兵，汉仗均属壮健，操演抬枪各阵势，联络整齐，施放迅速，其洋枪队各阵，练习纯熟，尤为出色。马步各箭有准头者居多，计中靶八成以上，弓皆六力，间有八力者。鸟枪、撩跤、对械、环攻各项技艺均皆矫捷。军装锋利，旗帜鲜明，水陆军容一律整肃。

又于十月初四、初五等日会同广东巡抚臣张兆栋调集督抚标、广州城守协各官兵逐加校阅，年力俱皆壮健，并无老弱充数。合操大阵并连环枪炮，部伍极为严整，声势联络，施放敏捷，所演藤牌、刀棍、长矛、杂技、扑滚、击刺、操纵跳舞亦皆轻捷，马步骑射均属可观，并有马步全中者，弓皆六力，计箭枝中靶八、九成不等，鸟枪抬枪中靶均至九成，内督标广州协抬枪中至十成。军装甲械鲜明，马匹膘壮足额。盘查火药、铅弹、公费等项均无亏缺。所有官兵中技艺出色者，已当堂从优奖赏，及记名拔补，用昭激劝。详细查阅，尚无废弛之员。现仍谆谕各将、备加意训练，认真操防，务期更加精熟，使营伍日有起色，以仰副圣主整饬戎行之至意。

此外未阅水师各营，现在或配船分路缉捕及改勇为兵，陆路各营或甫经抽练，应请俟操练稍熟，再行次第查阅。

所有阅过广东省城旗、绿各营官兵情形，谨恭折具陈，并将各营官兵箭枪中靶成数缮列清单，恭呈御览，伏乞皇太后、皇上圣鉴。谨奏。

调兵剿捕洋面盗匪获犯惩办折

光绪三年十一月初一日

奏为盗匪在洋叠次劫掳，调派官兵师船剿捕，获犯审明拟办，恭折具陈，仰祈圣鉴事：

窃查香山等县盗犯黄昂喜等，各置扒船，在洋叠次劫掳，经臣等访闻，调派官兵，管带轮拖等船，严饬地方文武及巡洋师船各员弁合力剿捕。光绪二年十二月初间，护阳江镇总兵郑耀祥、署香山协副将吉瑞、署赤溪协副将杨青山、代理赤溪同知张恒祺，约会新会营参将冯登、署香山协右营都司梁国权，各带轮拖等船，分投侦缉。是月十二、三等日，探报黄昂喜等屯住牛角湾海岛，或傍岸寄碇，或倚山搭寮。郑耀祥、吉瑞、杨青山、张恒祺、冯登、梁国权登即会同舟师员弁，派千总黄乔升带轮船堵其东，千总黎炳泰驾轮船堵其西，与赤溪、香山、新会各员弁兵勇及各县差役、壮丁出其不意，四面合力围攻。各匪胆敢于水陆两路开放枪炮拒敌，兵丁吴兰彪等各被击伤。我军益愤，枪炮齐施，该匪等纷纷倒毙，犹复拼死力斗，甫却即前。适署广州协副将邓安邦督带步队绕出该匪之后，寮内之匪惊走上船，邓安邦复以抬枪从后轰击船上之匪，各军亦连开大炮，击沉匪船四只，格毙盗首黄昂喜一名，阵斩伙匪杨林桂、杨厚邦二名，该匪船遂即溃退。我军勇气百倍，跟尾疾追，复毙匪十余名，击沉匪船一只，受伤落海淹毙不计其数。各匪力不能支，弃船凫水上岸逃走。我军分投侦捕，陆路擒获盗匪黄汶南、王利应即来英、王水溃、郑百蒽、杨亚养、杨亚五、彭亚长、黄亚展、黄观幅、刘亚先、陈亚糠、黎亚连、冯亚卓、胡亚莠、凌六盛、林亚幅、郑亚三、林来溣、吴亚滢、赖亚辛、刘瀡安、张二连、林亚掌、张戊开、廖亚幅、陈带幸、黄亚亢、张亚长、李亚社、彭亚五、庞亚幅、李亚号、周亚幅、陈亚意、区亚保、林亚柄、邝亚就、黄亚溃、张亚培、陈亚威、叶亚宽、殷亚得、马亚新、黄亚萌、高观幅、黎亚里、吕亚三、谢亚三、林瀡澳即白毛，共四十九名，余匪脱逃无多。当将匪寮烧毁，夺获匪船八只及旗帜、枪炮、器械等项，起出被掳事主工伴梁德均、李亚英、赵亚均、伍亚庸、何亚登、徐亚八、李华苟、余亚庚、苏亚毛、李亚连、黄明胜即黄亚升十一名。查点兵勇受伤十余名，赤溪协左营兵丁吴兰彪、骆其忠、江龙辉三名登时阵亡。将各犯解省，饬发广州府审办。据报案犯林瀡澳即白毛在南海县监病故，经府委员验报。随据广州府知府冯端本会同总办谳局侯补知府饶世贞将犯审明议拟，由臬司周恒祺覆审解勘前来。

臣等提犯覆讯，缘黄汶南等籍隶新安、嘉应、归善、长乐、新宁、鹤山、新会、香山、赤溪各厅州县，均驾船佣工度日，各犯内有与各事主同姓者均不同宗。光绪二年八月间，格毙之黄昂喜与现获之廖亚幅、黄亚亢，现获病故之林瀡澳，未获之黄亚益、钟亚右、曾北胜、彭亚英先后会遇，谈及无人雇倩，难以度日，起意在洋劫掠，各皆应允。黄昂喜等遂各置三扒船一只，添纠伙党，并向洋人买备枪炮刀械，驾船分路行劫。光绪二年十一月初五日夜，现获之黄汶南、王利应即来英、王水溃、郑百蒽、杨亚养、杨亚五、彭亚长、黄亚展、黄观幅九犯听从格毙之黄昂喜，起意纠邀阵斩之杨林桂、杨厚邦，未获之黄东娇等十二人，共伙二十四人，坐驾黄昂喜扒艇行劫香山县属大托地方事主胡厚丰安胜围馆得赃，因赃不满欲，黄昂喜复起意掳捉工伴梁德均、李亚英、赵亚均、伍亚庸、何亚登五人落船关禁，尚未勒赎得银，旋经官兵起回。又究出该犯黄汶南先于光绪元年四月十五日听从未获之黄亚益，起意纠同未获之冯亚因等七人，共伙九人，在新宁县属海燕洋面行劫不识姓名事主盐船银两、货物，变卖俵分。又究出该犯王利应、王水溃、郑百葸、杨亚养、杨亚五、彭亚长六犯，于光绪二年十一月十六日听从格毙之黄昂喜起意，伙同阵斩之杨林桂、杨厚邦另纠现获之刘亚先、陈亚糠、黎亚连、冯亚卓、胡亚莠、凌六盛、林亚幅，未获之黄东娇等十名，共伙二十六人，在香山县属竹篙尾洋面行劫事主徐亚八咸鱼船，因赃物无多，黄昂喜复起意掳捉事主徐亚八一人过船关禁，尚未勒赎得赃，旋经官兵起回。又究出该犯冯亚卓、胡亚莠、凌六盛三犯于光绪二年十一月二十二日，听从现获病故之林瀡澳即白毛起意，纠同现获之郑亚林、林来湢、未获之杨亚金等五名，共伙十一人，在新宁县属土伏滘洋面行劫不识姓名事主蛋家艇银物，因赃物无多，林瀡澳复起意掳捉事主家属四人过船关禁，并无陵虐情事，后经事主亲属备银赎回。又究出该犯冯亚卓、胡亚莠、林六盛、林亚幅、林来湢五犯于光绪二年十月十一日，听从已获病故之林瀡澳即白毛起意，另纠现获之吴亚潍、赖亚辛、刘瀡安、张二连、林亚掌、张戊开、未获之杨亚金等八人，共伙二十人，在新宁县属东复街地方行劫过路不识姓名事主烟叶，得赃回艇驶逃。又究出该犯林来湢、吴亚潍、赖亚辛、刘隆安、张二连、林亚掌、张戊开七犯，于光绪二年十月内不记日期，听从现获病故之林瀡澳即白毛起意，纠邀未获之胡亚发等六人，共伙十四人，在香山县属洪湾地方掳掳事主黄亚升即黄明胜一名，落船关禁，尚未勒赎得银，旋经官兵起回。又究出该犯张二连、林亚掌、张戊开三犯于光绪二年九月内，不记日期，听从现获病故之林滏澳即白毛起意，另纠未获之林亚得等七人，共伙十一人，在新宁县属麻辣海面行劫麦姓不知名事主砖船，因赃物无多，林滏澳复起意掳捉砖船内麦姓事主一人、过船关禁，并无陵虐情事，后经事主亲属备银赎回。又现获之廖亚幅即光头幅于光绪二年九月二十几日起意，纠同现获之陈带幸、黄亚亢、张亚长，未获之胡火莠等十一人，共伙十五人，在新宁县属海燕洋面行劫事主黎亚洪灰船。因赃物无多，廖亚幅复起意掳捉事主三人过船关禁，并无陵虐情事，后经事主亲属备银赎回。又究出该犯廖亚幅即光头幅于光绪二年十月十六日起意伙同该犯陈带幸、黄亚亢，另纠现获之李亚社、彭亚五、庞亚幅、李亚号、周亚幅、陈亚意未获之胡火莠等十一人，共伙二十人，在新宁貝属鸡爪山洋面行劫事主陈昌记谷船，因赃不满欲，廖亚幅复起意掳捉事主陈昌记、朱亚保二人过船关禁，并无陵虐情事，后经事主亲属备银赎回。又究出该犯廖亚幅即光头幅于光绪二年十月十六日起意伙同该犯陈带幸、黄亚亢，另纠现获之区亚保、林亚柄、邝亚就、黄亚溃未获之胡火莠等十二名，共伙十九人，在新宁县属青山角洋面行劫事主杨亚女灰船。因赃物无多，廖亚幅复起意掳捉事土杨亚女一人过船关禁，并无陵虐情事，后经事主亲属备银赎回。又究出该犯廖亚幅即光头幅于光绪二年十月二十三日起意伙同该犯陈带幸、黄亚亢、彭亚五、周亚幅、林亚柄、邝亚就、黄亚溃七名，另纠现获之张亚培、陈亚威、叶亚宽三名，未获之胡火莠等十一人，共伙二十二人，在新宁县属青山角洋面行劫事主陈大盈灰船，因赃物无多，廖亚幅复起意掳捉事主陈大盈一人过船关禁，并无陵虐情事，后经事主亲属备银赎回。又究出该犯廖亚幅即光头幅于光绪二年十月二十八日起意伙同该犯陈带幸、黄亚亢、张亚长、彭亚五、李亚社、庞亚幅、陈亚意、区亚保、林亚柄、邝亚就、张亚培、陈亚威、叶亚宽十三人，另纠现获之殷亚得、马亚新、黄亚萌未获之胡火莠等十二人，共伙二十九人，在新宁县属青山角洋面行劫事主李华苟灰船，因赃不满欲，廖亚幅复起意掳捉事主李华苟一人过船关禁，尚未勒赎得银，旋经官兵起回。又究出该犯廖亚幅即光头幅于光绪二年十一月十三日起意伙同该犯陈带幸、黄亚亢、彭亚五、李亚号、李亚社、区亚保、殷亚得、马亚新、黄亚萌九犯，另纠未获之胡火莠等十二人，共伙二十二人，在新宁县属鸡爪山洋面行劫不识姓名事主咸鱼船，因赃不满欲，廖亚幅复起意掳捉事主二人过船关禁，并无陵虐情事，后经事主亲属备银赎回。又究出该犯黄亚亢于光绪二年八月十二日起意伙同该犯庞亚幅、李亚号、周亚幅、黄亚萌四人，另纠未获之胡火莠等五人，共伙十人，在新宁县属三合海洋面行劫事主余亚庚等杉船，因赃物无多，黄亚亢复起意掳捉事主余亚庚等七人过船关禁，尚未勒赎得银，旋经官兵起回余亚庚、苏亚毛、李亚连三人，其余四人乘间逃回。又现获之高观幅、黎亚里、吕亚三三犯，于光绪二年十一月十八日听从未获之曾北胜起意，纠同未获之伍亚丁等六名，共伙十人，在香山县属三灶地方行劫事主黄亚有家银钱衣服，分携回船变卖俵分。又现获之谢亚三于光绪二年十二月初三日听从未获之彭亚英起意，纠同未获之黄亚汉等六人，共伙八人，在香山县属沙尾地方行劫事主陈玉堂家银两衣物，分携回船变卖俵分。又究出该犯谢亚三于光绪二年十二月初六日听从未获之彭亚英起意，仍同未获之黄亚汉等六人，共伙八人，在香山县属深井洋面掳捉头猛船上不识姓名事主三人过船驶逃，并无陵虐情事，后经事主亲属备银赎回等情。据各供认前情不讳，提同起获被掳事主工伴梁德均等十一名与各犯逐一质对，并饬县查传赎回之事主黎亚洪等及陈昌记、朱亚保、杨亚女、陈大盛、余亚庚等讯明，均与各原案吻合。并据梁德均等供称，伊等被掳后并无被匪陵虐。当将梁德均等十一名保释，其余不识姓名事主各案，已据各犯众供确凿，请免传质，以省扰累。复研讯黄汶南、王利应即来英、王水潰、郑百蒽、杨亚五、彭亚长、黄亚展、黄观幅、刘亚先、黎亚连、凌六盛、林亚幅、郑亚三、吴亚漨、赖亚辛、刘瀊安、张二连、林亚掌、张戊开、高观幅、黎亚里、吕亚三、林瀊澳即白毛二十三犯，均各供认持械拒敌官兵，其余或躲匿舱底，或逃避后山，委未帮同拒敌，究诘不移，案无遁饰。

查例载："江洋行劫大盗，立斩枭示。"又盗劫之案，依强盗已行，但得财者，不分首从皆斩律，俱拟斩立决。又粤东内河盗劫之案，行劫三次以上应斩决者，均加枭示。又广东省强劫盗犯如有行劫后，因赃不满欲，复将事主人等掳回勒赎者，首犯拟斩立决枭示，案内从犯仍按强盗本律科断。又律载："拒敌官兵，以谋叛已行论。谋叛，但共谋者，不分首从皆斩。"又例载："身犯两项罪名俱应斩决者，加以枭示。"各等语。此案除罪应斩枭已死之盗首黄昂喜、林瀊澳、伙盗杨林桂、杨厚邦仍应戮尸枭示，及现犯黄汶南等掳人勒赎轻罪不议外，该犯黄汶南、王利应即来英、王水潰、郑百蒽、杨亚五、彭亚长、杨亚养、刘亚先、黎亚连、陈亚糠、冯亚卓、胡亚莠、凌六盛、林亚幅、郑亚三、林来湢、张二连、林亚掌、张戊开、廖亚幅、陈带幸、黄亚亢、张亚长、李亚社、彭亚五、庞亚幅、李亚号、周亚幅、区亚保、林亚柄、邝亚就、黄亚萌、陈亚意、黄亚潰、张亚培、陈亚威、叶亚宽、殷亚得、马亚新各在洋行劫或被拿拒捕，伤毙官兵，均罪应斩枭，二罪相等，从一科断，均应照例问拟。黄汶南等三十九犯均合依江洋行劫大盗立斩枭示例，拟斩立决枭示。黄亚展、黄观幅、吴亚潍、赖亚辛、刘滗安、高观幅、黎亚里、吕亚三各在陆路行劫得赃，又被拿拒捕，伤毙官兵。查陆路行劫与拒敌官兵，均罪应斩决，系属两项罪名。黄亚展等八犯均合依身犯两项斩决罪名，加以枭示例，拟斩立决枭示。谢亚三在陆路听从行劫一次，合依强盗，但得财者皆斩律，拟斩立决。按照定章，应先行正法。黄汶南等情罪重大，未便稽诛。臣等于审明后，即恭请王命，将以上各犯绑赴市曹处斩，并将已死黄昂喜、林滗澳、杨林桂、杨厚邦四犯照例戮尸，与黄汶南等四十七犯首级一律解往犯事地方悬竿示众，以昭炯戒。各犯讯无另有犯案窝伙与同居亲属知情分赃，或住处畸零向无牌保，或在隔属犯案，原籍牌保、父兄无从查察禁约。各盗枪炮军火器械，讯系在洋向洋人买得，守口员弁无从查察。盗船系在洋置买，并不编烙给照。所获盗船、枪炮、军火、刀械，分别变价充赏及留营备用。起出被掳事主工伴梁德均等均经保释，不识姓名事主免传省累。落海淹毙各盗尸身，当时漂失，无从打捞。林滗澳在监病故，禁卒人等讯无陵虐情弊，均毋庸议。逸犯黄亚益等饬缉获日另结。各案应否开参，饬县查明，另文开报犯故图结，饬取另送。受伤兵丁俱医治平复，与阵亡兵丁吴兰彪等应给恤赏，另行造册办理。

除备录全案供招咨部及将此次剿捕获盗出力各员弁另列清单，随案附片吁恳天恩给奖外，臣等谨会同水师提督臣翟国彦合词恭折具陈，伏乞皇太后、皇上圣鉴，敕部核覆施行。谨奏。

请奖旗营训练出力各员片

再，臣此次查阅广东省城旗营洋枪队官兵一千二百二十余员名，步伐严整，施放敏捷，其操演阵式尤为变化有方，颇得运用之妙，以视督抚标洋枪队及别省洋枪队殆有过之。除各兵照章犒赏外，查旗营洋枪队原设三百五十名，光绪元年经将军长善添设八百五十名，以成一队。凡此筹画薪资，俾无缺乏，申明纪律，令有遵循，长善实已任怨任劳，苦心孤诣，早在圣明洞鉴之中。惟统带、管带各员弁，自数年至十数年不等，约束教训，均属备著勤劳，自应量予奖励。当经会商将军、副都统臣开列衔名，臣谨分别等差，缮具清单，恭呈御览。合无仰恳圣主格外恩施，俯准将单开统带、管带数年以上操演训练尤为出力各员，给予奖叙，其出力稍次者，由臣移咨将军、副都统臣酌给外奖，俾知观感奋兴。

谨附片具奏，伏乞圣鉴训示，谨奏。

请调实缺总兵片

再，现准兵部咨："光绪三年九月初七日内阁奉上谕：'贵州古州镇总兵员缺着张得禄调补，所遗广东高州镇总兵员缺着杨玉科补授。'"钦此。由驿咨行前来。当经转行钦遵。

伏查高州镇总兵张得禄，自同治十年补授斯缺，仍在奉天带队，臣因奉省军务肃清，广东海防吃紧，于上年九月内奏请饬催于光绪三年五月二十四日到任。该总兵老成练达，胆识兼优，督率将备，整顿营伍，并挑选正副营兵丁，更番操练，办理大有起色，为粤省实在得力之员。且高州负山滨海，系属岭南要区，兼之民情浮动，时有邻匪勾结，全在该镇控制得宜，方足以收实效。合无仰恳天恩，俯准张得禄仍留高州镇总兵本任，以资熟手，并请以杨玉科调补贵州古州镇总兵员缺。如此一转移间，于营务地方不无裨益。夫以专阃大员，于彼于此，朝廷自有权衡，惟粤省振顿伊始，一切臂助需人，不得不渎陈宸听。是否有当，恭候圣裁。

臣谨附片具陈，伏乞圣鉴训示，谨奏。

剿办崖州黎匪出力人员择尤保奖折

光绪三年十一月十五日

奏为查明剿办崖州黎匪出力文武官绅，遵旨择尤酌保，仰恳天恩给予奖叙，以昭激劝事：

窃照广东崖州黎匪戕官滋事，派兵剿办事竣，先经前督臣瑞麟会同前抚臣李福泰于同治九年二月二十四日恭折具奏，三月十八日奉上谕："在事员弁兵勇，尚属奋勉出力，着瑞麟等择尤酌保，毋许冒滥"等因，钦此。当经前督臣恭录转行钦遵。兹据广东善后总局司道将在事出力官绅，核明劳绩，列册详请奏奖前来。

臣等伏查广东崖州黎匪刘振欣等胆敢纠众戕官，焚劫村庄，围攻乐安汛土城，大肆猖獗。前督臣瑞麟调派文武督带兵勇，驰往剿办，将匪首刘振欣等及滋事凶党次第斩擒殆尽，并招抚各村黎人归农安业，地方一律肃清。所有在事官绅人等，或攻克坚巢，生擒首要，或深入瘴地，解散胁从，洵属异常出力。臣等按册覆核，并无冒滥，谨缮列清单，注明劳绩，恭呈御览。仰恳天恩，俯准照请给予奖叙，以昭激劝。其余出力稍次员弁兵勇，经前督臣瑞麟酌给外奖，合并陈明。

谨合词恭折具陈，伏乞皇太后、皇上圣鉴训示。谨奏。

前项毋庸给奖恳请收回成命折

光绪三年十一月二十二日

奏为叩恳天恩，收回成命，俯如前折所请，毋庸核给奖叙，恭折具陈，仰祈圣鉴事：

窃臣前此具奏，捐资生息，储养洋务人才，以备任使缘由，兹于光绪三年十一月十六日接准兵部递回原折后开："军机大臣奉旨：'刘坤一捐输巨款，为储养人才之用，实能公尔忘私，力顾大局，殊堪嘉尚。所捐银两，着该衙门核给奖叙。'"钦此。荷天语之褒嘉，滋臣心之悚惕。

伏念臣所捐银两，系属以公归公，业于前折陈明，不敢仰邀议叙，兹蒙圣恩优渥，何敢重渎宸聪。第思此项捐银，原为储养人才起见，将来有无成效，尚不可知，似无未曾见功而先行获奖之理。况臣备员疆寄，所以图报者本不在此戋戋，欲为久远之谋，不得不奏明立案，若因此而获议叙，近于巧宦所为。以臣遭遇之隆，讵可蹈此陋习。朝廷爱惜臣下，必不使为物议所轻。仰恳圣慈俯准收回成命，毋庸核给奖叙，俾臣得遂本怀。他日果得一、二人才，裨益时局，则储养有效，臣受进贤之赏，所不敢辞。至于公私判在几微，臣尤未敢自信，惟有力矢精白，以期仰答高厚生成。

所有微臣感悚下忱，并请收回成命缘由，谨恭折具陈，伏乞皇太后、皇上圣鉴训示。谨奏。

请将故员入祀昭忠祠并事迹宣付史馆折

光绪三年十一月二十二日

奏为已故道员志节堪嘉，勋劳楙著，仰恳天恩俯准入祀本籍宝庆府城昭忠祠及广西省城楚勇昭忠祠，并将生平事迹宣付史馆，以昭忠荩而慰英魂，恭折具陈，仰祈圣鉴事：

窃臣前经奏请于本籍新宁县修建楚勇忠义祠，由地方官春秋致祭，仰荷恩俞，明降谕旨，凡属死事之家，及臣旧部将士，莫不感颂皇仁。

兹查有已故广西记名道王承泽，系臣同郡宝庆府邵阳县人，初以举人在籍办团，预储积谷万数千石，地方倚以为重。咸丰九年，石逆大股由江窥楚，折窜宝庆府城，极其飘忽。维时仅有前贵州提督田兴恕一军四千人驻营。城外数十里，贼众兵单，势甚危蹙，赖王承泽经画素定，人情稍安，坚守旬余，援师四集，而贼已环城三匝，必欲得而甘心。王承泽内筹饷糈，外通声息，并屡伺贼间，躬率劲卒，由北门、西门出城约会诸军夹攻，多所斩获，经三越月之久，遂解重围，石逆挫退粤西，由是不振。此次石逆尽锐围攻宝庆府城，实欲据为巢穴，结连黔、粤诸匪，顺流而下，以扰湘、鄂而入四川。既乖袭取之谋，乃为久困之计，数十里内，重濠复垒，以隔绝外援，已视此城在其掌握。围城中惟田兴恕尚能健斗，余俱碌碌因人，若非王承泽先事绸缪，临事坚忍，则宝庆必不可保，而大局将不堪问。此王承泽有功于宝庆府之实情也。

同治元年，前广西巡抚臣刘长佑奏调王承泽赴粤，至则刘长佑已升授两广总督，遂欲挈之东行。时臣以广西藩司总统各营，以王承泽系督臣奏调人员，不便维絷，而王承泽以本系来浔办理军务，不肯舍劳趋逸，避危就安，不待臣言，竟毅然留营不去。刘长佑旋调补直隶总督，复奏调王承泽及将佐等数人。适浔州贼势披猖，臣营危于累卵，该将佐等一闻直隶督臣奏调，如获更生，捧檄即行，不俟终日，而王承泽办事如故。或从旁劝驾，怵以祸福之词，王承泽正色拒之，谓将与臣同尽。嗣臣为贵县之贼所困，王承泽由龙岩带勇驰援，血战直前。既而贼势益炽，臣营业与相持，不复反顾，密嘱王承泽由龙岩退驻浔州郡城以固本根而图再举，而王承泽屹立不动，且劝臣以奇兵绕攻贼巢，臣当以危道未从，迨后卒用此策破贼。王承泽明于去就之义，审于进退之机，即其运筹决胜亦复有过人者。

广西之乱起于道光末年，蚁聚蜂屯，几于遍地皆贼。同治改元以后以次铲削销磨，惟贵县黄逆鼎凤一股独存，各处遗孽皆倚为逋逃之薮。盖其所踞平天寨等处，地势为最险，地利亦最腴，黄逆又凶狡异常，时有飞扬跋扈之志。经前广西藩司蒋益澧等先后进剿，迄无成功，臣用兵两年，幸能擒渠扫穴者，实赖王承泽臂助之力。此王承泽有功于广西之实情也。

至于王承泽之行已立身，亦有本末。浔事甫竣，即请假回籍养亲。前署广东巡抚郭嵩焘折柬相邀，约以奏调，王承泽知粤事未可卒治，婉辞却之。臣巡抚江右，奏调赴赣接统各营，亦以善地回翔，无所展布，旋辞归里。其权衡出处轻重，不苟荣利如此。

今王承泽死有年矣，乡之士大夫及广西绅民犹称道其贤不置。臣追维往事，与该故员一时患难相依，其情形历历在目，而将伯之助，恨不能起斯人于九泉，未尝不叹人才之难，王承泽之不永年，未竟其用为可惜也。

夫有功则祀，崇报之隆规，无善不书，阐扬之极则。除俟所建新宁县忠义祠告竣，王承泽一体入祀外，可否仰恳圣慈，准将王承泽入祀宝庆府城昭忠祠及广西省城昭忠祠，并将该故员生平事迹宣付史馆立传，以昭忠荩而慰英魂之处，出自逾格鸿施。

臣谨恭折具陈，伏乞皇太后、皇上圣鉴训示。谨奏。

援案请免洋米船钞折光绪三年十二月十三日

奏为援照成案，请免征收洋米船钞，仍准原船装货出口，以恤远商而济民食，恭折具奏，仰祈圣鉴事：

窃照粤东产米无多。从前各国洋船载运米谷来粤粜卖，粤海关向无米税，并准免输船钞以广招徕，惟粜竣回国之时，不准装货出口。洋商以压舱无货，难御风涛之险，遂致观望不前。道光四年间，前督臣阮元奏请将米谷船钞照旧免征，并准其原船装货出口，于是年三月初五日钦奉上谕："嗣后各国夷船来粤，如有专运米石并无夹带别项货物者，进口时照旧免其丈输船钞。所运米谷，由洋商报明起贮粜卖，粜竣准其原船装载货物出口，与别项夷船一体征收税课，以示体恤"等因，钦此。当经钦遵办理。嗣于咸丰十一年间，准办理五口通商大臣咨送英国通商章程善后条约内开"凡米谷等粮不准运出外国，惟英国欲运往中华通商别口，出口时照依税则纳税，其进口毋庸纳税。至船载无论浅满，均遵纳船钞"等语。自此以后，粤海关遂将洋米船钞一体征收。此洋米船钞一项向邀宽免，近始征收之原委也。

兹据广东在籍绅士、前任河东河道总督苏廷魁，礼部主事梁肇晋等呈称："广东生齿日繁，多赖洋米接济。自征船钞以来，又不准原船装货出口，洋商获利既微，复虑风涛之险，以致米谷船只进口日稀，大半囤积香港地方，徒使商贩得以垄断。究之船钞一项，自咸丰十一年至同治二年，每年征收钞银多不过三万余两，少或止数千余两。迨至同治三年以后，米船概不进口，此项船钞无征，而粤省米价增昂，闾阎艰于谋食。现在岁收荒歉，饥民待哺嗷嗷，恳请援案奏明将洋米船钞仍免征收，并准原船装带货物出口”等情前来。

臣等伏查船钞一项，从前洋米入口，船只原准免征，近年始与别项货船一律征收钞项。所征数目年减一年，而外洋米石转因之不复进口，是徒于民食有碍，而于税钞无裨。粤东户口极多，不得不为之请命。臣等公同商酌，意见相同。合无仰恳天恩，俯准粤海关进口洋船专运米石者免其丈输船钞，仍准原船装货出口，与别项船只一体征收货税之处，出自逾格鸿慈。

臣等为宽筹民食起见，谨合词恭折具陈，伏乞皇太后、皇上圣鉴训示。谨奏。

拨解山西等省赈款折 光绪三年十二月二十八日

奏为拨解山西、陕西、河南等省赈款银数日期，恭折驰陈，仰祈圣鉴事：

窃臣等承准军机大臣字寄：“光绪三年八月二十八日奉上谕：‘陕西本年被旱成灾，饥民嗷嗷待哺。现在购粮办赈，需款甚殷。同治九年间部拨各省协济陕西专饷，广东拨银二十五万两，均未报解。着刘坤一、张兆栋迅速筹解，以应急需’”等因，钦此。当经转行钦遵筹解。嗣准山西抚臣曾国荃咨，光绪三年九月二十二日内阁奉上谕：“山西现办赈务，需款甚巨，该抚请于直隶、江苏、安徽、湖北、湖南、广东、广西、四川、浙江、江西推广捐输以资接济，着照所请行”等因，钦此。该抚臣恭录上谕，咨请转饬司道广为劝捐，又经转行遵照办理去后，旋据广东布政使杨庆麟会同升授广东按察使两广盐运使国英详称：“山西赈项，经饬各属设法劝捐，仅得盐商及晋省号商共捐洋银三万两，为数尚属无多，自应劝谕绅民广为捐助。惟粤东地方只有广、潮两郡较为殷富，现在潮州府属业经告假回籍之福建抚臣丁日昌商同惠潮嘉道张铣劝谕收捐，径解直隶。其广州府属则由省城爱育堂绅董自行劝捐收解，此外各府富户甚稀，恐难捐集巨款。至陕西赈需奉提欠解该省专饷一项，现在粤省库储支绌，竭蹶异常，筹解京饷及西征协饷等款已属力尽筋疲，前项应解陕饷一时亦无从擘画，详请在臣坤一前此捐发招商局生息洋银十万两、纹银五万两之内借拨洋银十万两，分解山、陕两省各五万两。其山西借款、俟收有捐项，如数拨还，陕西借款，俟库项稍充，再行归补。尚余纹银五万两，仍存司库，听候提拨生息等由前来。”

臣等查核所详属实在情形，当经批准饬令迅速起解，俾济要需。据报于十二月初九日，将前项借拨陕西洋银五万两，发交陕西催饷委员候补知县陶森林领解回陕投纳。又于十二月初十日，将前项借解山西洋银五万两，连盐号商所捐洋银三万两，易换纹银，发交号商日升昌等汇解山西藩库投纳，除支销补水、汇费外，实汇解山西省纹银七万四千一十六两。

正在恭折奏报间，承准军机大臣字寄：“光绪三年十一月二十日奉上谕：‘本年河南被灾较广，饥民待赈孔殷，需款甚巨。刘坤一前捐银十五万两作为公项，转发招商局按年取息，以为储养人才之用，袁保恒请此项银两全数拨借豫省，由豫照章与息，尽一年内提还，不准以欠款作抵。着照所请，即由刘坤一迅将此款拨解河南以应要需’” 等因，钦此。臣等伏查前项捐银十五万两，已据藩、运二司详请借拨洋银十万两，分解山、陕两省，尚存藩库银五万两，应即遵旨解赴河南，当经行司遵照。据报于十二月二十三日将前项纹银五万两发交号商日升昌等汇至湖北汉口地方票号存储，听候河南藩司委员提解回豫交纳，并声明应除汇费银四百九十五两五分，实起解银四万九千五百四两九钱五分等由前来。

除分咨户部及山西、陕西、河南各抚臣查照外，所有拨解山西、陕西、河南等省赈款缘由，臣等谨合词恭折具奏，伏乞皇太后、皇上圣鉴训示。谨奏。

奏疏卷十三

恭谢天恩折 光绪四年二月十六日

奏为恭谢天恩，仰祈圣鉴事：

窃臣前此具奏，捐资生息，储养洋务人才以备任使一折，钦奉谕旨："所捐银两，着该衙门核给奖叙。"等因，钦此。兹于光绪四年正月初九日，接准户部咨，会同总理各国事务衙门核议，以臣所捐银十五万两内，请以银一万两给予随带加五级，等因，具奏，奉旨："依议。"钦此。咨会前来。臣当即恭设香案，望阙叩头谢恩。

伏念臣忝膺疆寄，莫效涓埃，念时事之方殷，惟人才之是亟。顾俊乂必资培养，而经费尚待筹维，爰以历年禄糈所余，勉备此日储材之用。方虑经营伊始，难期成效于将来，乃蒙甄叙优加，遽荷圣慈之逾格。懋赏被九重之渥，身受龙光，策勋逾五转之荣，施隆鸿造。戴恩言而滋惕，惧报称以无由。臣惟有矢此鸡廉，竭其驽钝，虽复才同散栎，敢忘平生报国之心，更蕲诗诵菁莪，永彰圣代作人之化。

所有微臣感激下忱，理合恭折，叩谢天恩，伏乞皇太后、皇上圣鉴。谨奏。

筹办盐务缉私事宜折光绪四年二月十六日

奏为粤省盐务筹办收买余盐，购制轮拖等船分布缉私，谨将办理情形，恭折具陈，仰祈圣鉴事：

窃照粤省盐务，疲弊多年，私枭充斥。臣坤一抵任后，即与运司国英，再四筹商，据请添雇轮船，严缉私盐，一面仿照康熙、雍正年间成案，筹款收买余盐，发商配运。当经饬令试办，并于覆奏前督臣英翰沥陈粤省情形折内，附陈圣鉴在案。

兹据升授广东按察使两广盐运使国英详称：整顿盐务，要不外乎缉私。粤东沿海二三千里，必须多备轮船，缉私方能得力。而雇觅洋商轮船，诸多不便，且雇价甚巨，亦非久远之计。是以筹款先行制造小轮船五只，内河缉私拖船一只，扒船八只，在虎门内外，严缉私枭，一面仿照康熙、雍正年间成案，筹款收买余盐。初办之始，一无经费，若遽动用库帑，是有筹款之名，仍无筹款之实。经即督饬委员，向号商认息挪借银数万两，作为盐本。并修造公所房间仓廒二处。一面收买余盐，发商配运，一面挹注经费，并由司库外销项下借垫，续造出洋大轮船三只，大铜底拖船七只，出洋缉私，当经详请验明在案。至收买余盐成案，查盐法志载："配销余盐，按包完纳京羡充饷，毋庸作为年额定款"等语。此次仿照试办，若止完纳京羡，不另行筹画经费，则设局造船，添置器械，与夫一切费用，均无所出。故于京羡每包抽收一分六厘之外，又收厘金一钱，筹备补款银一钱八分四厘，轮拖巡船价款一钱六分，委员办事商书手薪工银六分七厘。除京羡厘金两项遵例拨储藩库，并将委员人等薪工核实发给外，拟将筹备补款、轮拖巡船价款二宗，归还借垫之款，俟归还清楚后，将筹备补款一项，存库备拨。其各船价款一项，作为将来保固岁修及添置各项经费之需。如此变通，则收买余盐，造船缉私，两资周转。此仿照旧章，变通筹款，不动库帑之大概情形也。

查粤东洋面最为辽阔，东至惠、潮二府，西至高、廉、雷三府，相距千余里，港汊纷歧，私运处处可通，自本省至江西、湖南、广西、贵州各埠，引地无不可充。故必须出洋缉私，能少一包私盐，即多销一包正引，厘金亦可日增。一面收买余盐，化私为官。此变通缉私，以遏积弊之大情形也。

自开办收买余盐，装造大小轮拖巡各船，先后分布内河、外洋缉私以来，私枭渐知畏法。官局收买，悉照时价交易，各私贩核计与贩私之利相准，又免官船缉获之害，由此咸来求买，经局中委员随收随配。计自光绪二年闰五月开办起，截至三年十一月底止，共配销余盐一十四万一千六百一十六包，共收京羡厘金、筹备补款、轮巡各船价款、委员办事商书手薪工等项银七万四千余两，业经分别支解归还各款。此办理余盐，整顿缉私，渐有成效之大概情形也。

查粤省盐埠，凋敝情形，不可枚举。自嘉庆年间，海盗滋事，官艚失修，至今未能出洋缉私，故私运更甚，引地被充，各埠商积欠课饷，历有年所。经此次整顿之后，各埠皆有起色。除折销正引之外，择旺销之埠，饬令搭销余盐，并备卤耗，各商无不乐从。开办以来，正引、余盐皆形畅旺，以故各埠商完缴咸丰十年、同治四、五、十一、十二等年旧欠银二十余万，并将同治十三年、及光绪元年，奏销扫数全完，约长收银十余万两，加以余盐各款并盐厘比较旺收等款，统计长收四十余万。此由开办余盐，旺收新旧课饷等款之大概情形也。

兹饬据余盐局委员候补知府张崇恪等，将建造房屋仓廒及制造轮拖巡船、枪炮工料价值，并余盐收支各款数目，造册缴送，相应详请分别奏咨，并声明粤省私枭凶悍，往往施放枪炮，拒敌官船，在船员弁人等，冒险冲锋，似宜有所激劝，并请奏明，将缉私出力人员优加奖叙等情前来。

臣等伏查粤东洋面，私贩最多，动以数十舟连樯并驶，私贩之外，又复伺劫商船。该匪等习熟波涛，视为惯技，非轮船不足以摧抑凶锋。此项轮拖巡船，平时可以捕盗缉私，有事时又可为海疆缓急之备，似于海防、盐务均属有裨。至该司请将在事出力人员优加奖叙，系为整顿缉私起见，合无仰恳天恩，饬部议核，以示激劝而肃鹾纲。

除将各册咨送户、工二部外，臣等谨合词恭折具陈，伏乞皇太后、皇上圣鉴训示。谨奏。

总兵出洋巡获盗匪据情代奏折

光绪四年三月初三日

奏为总兵出洋班满，巡过洋面获盗情形，据情恭折代奏，仰祈圣鉴事：

窃臣据广东琼州镇总兵黄廷彪呈称："道光二十三年十一月初七日，奉上谕：'嗣后沿海水师各镇，着于每岁出洋时具奏一次，俟出洋往返事毕，即将洋面如何情形，据实具奏，其实因公不能出洋，即着自行奏明。均令咨禀该省总督，以凭查核。'等因，钦此。伏查琼州洋面，每年分上、下两班统巡，上班自正月初一日起，至六月底止，轮值海口营参将出洋统巡，下班自七月初一日起，至十二月底止，轮值总兵出洋统巡。当将光绪三年七月初一日出洋日期，恭折具奏在案。七月十二日，总兵督带值巡员弁，管驾营拖船，巡抵临高县属红排洋面，拿获匪船一只、匪犯陈天宋等六名。八月初十日，督率各船驶往围洲与龙门协中军都司营船会哨，搜查海枭事毕，仍即分帮巡缉。十一月初十日，又督各船往硇洲，与赤溪协副将师船会哨，并核饬署龙门协副将吴迪文等，管带轮拖各船查缉。于十一月初七、十四等日，驶抵越南狗头山、亚婆湾等处洋面，击焚匪船六只，毙匪甚多，拿获匪船九只，匪犯吴观保等五名，起获炮械多件。所获各犯，先后移交雷琼道，发县审讯在案。兹届下班统巡期满，照例于本年正月初一日，札交海口营参将梁栋材接巡，总兵即日旋署办理营务。正具文申报间，适于正月十七日，接到家信，得悉祖母黎氏于光绪三年十二月三十日在广东顺德县原籍病故。总兵系嫡长承重孙，例应丁忧回籍守制，呈请据情代奏"，等情前来。

除总兵黄廷彪丁忧所遗篆务委员接署缘由先经具奏外，所有该总兵出洋班满，巡过洋面及获盗情形，臣谨据情恭折代奏，伏乞皇太后、皇上圣鉴。谨奏。

佛冈城被匪阑入旋即克复折

光绪四年三月初三日

奏为佛冈厅城被盗匪阑入，旋即克复情形，恭折由驿驰陈，仰祈圣鉴事：

窃查粤东民情，素称强悍。上年各属灾歉，饥民乏食，不免荡析流离，不逞之徒，遂亦乘机滋事。夏秋间，从化县属走马扶村匪徒在各村抢掳，连平州属民人潘姓围楼，被长宁县属匪徒劫踞。冬间，阳江厅与新宁县交界之隆床、归窝等处，及恩平县属大仁山、风门坳地方，各有匪徒，先后屯聚滋扰。本年正、二月间，海阳县、英德县地方，均有外匪勾结土匪，希图倡乱。均经臣等派委员弁，督带兵勇，会同地方文武，分别查拿，陆续拿获各案匪犯多名，业经饬审拟办在案。

兹据署清远县知县何鸾书、署清远营游击宋荣藻禀报：探闻本年二月二十日夜，有匪徒二百余人，用梯扒入佛冈厅城占踞打单。匪首欧就起等，本系清远县著名巨盗，屡犯重案，因该文武查拿严紧，遂潜逃越境，纠党袭陷佛冈厅城等情。臣等查佛冈厅属地方，与清远、英德等县界址毗连。该二县客岁被灾，饥民颇众，若为匪徒勾煽，恐有滋蔓之虞。当即飞饬署南韶连镇总兵郑绍忠、署广州协副将邓安邦，督带兵勇，分途驰往剿办。随据邓安邦转据候补游击卢满江禀报，已于二十五日未刻，经官兵督率民团，与佛冈同知朱兆槐、千总李发雄，及在城文武各官绅，里应外合，将城池克复，杀毙贼匪四十余名，生擒七十余名，余匪逃散等情。

臣等伏查此案，匪首欧就起等，胆敢阑入佛冈厅城，实属罪大恶极，如果未经歼毙，未便任其远扬。现饬确查欧就起等及余匪逃往何处，务得实在踪迹，严拿务获究报，并分饬连界之清远、英德等县，一体堵拿，以杜窜扰。此次在事官绅兵勇人等，于匪徒入城占踞之后，即能督率乡团，于五日内克复，办理尚属迅速，不无微劳足录，该乡团之同仇敌忾，尤属可嘉，可否由臣等查明，择尤请奖，以示鼓励，出自鸿施。

至此次匪徒袭陷厅城，匪党究有若干，官绅勇练如何合力克复，团绅团勇系何姓名，何人最为出力，当时擒斩贼匪共若干名，逆首欧就起等有无漏网，余匪尚有若干，逃匿何处，以及厅城衙署有无被毁，仓库有无劫掠，印信有无遗失，监犯有无放脱，民人有无被残，该厅文武应否邀免置议，除饬查明详细情形，另行奏报，出力官绅勇练分别请奖，并将现获各犯迅速审办外，臣等谨合词恭折驰陈，伏乞皇太后、皇上圣鉴训示。谨奏。

粤东民饥盗炽现在筹款备赈折

光绪四年三月初三日

奏为粤东岁歉民饥，盗匪滋炽，谨将办理情形，恭折具陈，仰祈圣鉴事：

窃照粤东上年水灾之后，晚稻歉收，平民失业流离，匪徒或乘机滋事。当经臣等筹款，委员分投抚恤，采买米石，预备平粜，并饬地方文武认真查缉，加意巡防，地方渐觉敉安，民力亦不致十分拮据。所有一切情形，业经随时奏报在案。

乃上年冬季，天气严寒，本年入春以来，连旬阴雨，民间所种麦苗，以及薯蓣、杂粮等项，俱以冻损失收。迨节过春分，新秧又为寒雨所伤，米价日形昂贵，贫民无以为食，不免出外逃荒。而桀黠之徒，以劫富济贫为名，潜为勾引，肆行抢掠。臣等经即督饬地方文武，弹压查拿，并将所买米石，分给被灾各属，减价平粜。其被灾最重之英德、清远、三水等处，饬司宽筹经费，分饬各属地方官，会同爱育堂绅董，或设厂施粥，或造册散米，并劝令绅商就近捐办，甚至瘠苦之区，骤难集成巨款，则由臣等刊发六品至九品功牌，饬县劝捐米石，凡捐至十石以上者，分别填给奖励，以期输将踊跃，积少成多。凡此设法图维，以保全安分之饥民，即以杜绝匪徒之勾结。迄今时逾数月，实已力尽筋疲。广东户口殷繁，民风犷悍，不逞者往往以劫夺谋生。当此庚癸频呼，益复铤而走险，动辄蜂屯蚁聚，诚恐浸成厉阶。臣等现在督饬各属文武，严缉匪徒，一面谕令绅商，续筹接济，并由臣坤一捐银五千两，臣兆栋捐银一千两，以为之倡。其爱育堂绅董陈桂士等，亦分赴各处劝捐备赈。倘从此天气晴霁，赶紧补插早禾，犹可以稍为补救。否则穷民艰于谋食，匪类易以生心，岭海之间，时局有不堪设想者。现距早稻收成尚需数月，将来赈务能否停止，用项有无不敷，拨解各省协饷应否截留以资挹注，容臣等察看情形，酌量缓急，再行奏恳恩施。

所有现在民饥盗炽以及办理情形，臣等谨合词恭折具陈，伏乞皇太后、皇上圣鉴训示。谨奏。

奏留道员办赈暂缓出洋片

光绪四年三月十八日

再，广东上年水灾，以英德、清远为重，而清远为尤甚。幸得爱育堂绅董候选道陈桂士等，及清远绅士前山东即墨县知县麦瑞芳、举人向秉猷等，饥溺关怀，劝捐巨款，帮同地方官办理赈务，迄今数月之久，劳怨不辞，心力交瘁。本年春雨连绵，各属杂粮失收，该两县及邻近等处，饥民益众，不能不接续抚恤，必须陈桂士等始终其事。又三月初九日，省城西门外地方陡被风灾，民房船只，损坏甚多，人口伤毙亦复不少。且闻上年被水冲塌之清远县属石角围甫于去冬修复，此次大风，江水骤涌，堤身又有损坏之处。所有一切赈抚事宜，均须陈桂士等帮同地方官妥为料理。查陈桂士经出使美、日、秘国太常寺卿陈兰彬奏请随带出洋，奉旨允准。现闻陈兰彬起程在即，陈桂士应即偕行。惟广东赈务方殷，不得不留该绅办理，以期得力。可否仰恳天恩，俯准该绅陈桂士暂留本省，办理劝捐施赈一切事宜，俟本年早禾成熟，赈务告竣，再令前往外洋，听候陈兰彬差遣。

臣等为赈务需人起见，谨合词附片陈明，伏乞圣鉴训示。谨奏。

剿办各属款土匪折光绪四年五月初七日

奏为查办广东翁源县属土匪，歼擒多名，地境肃清，及西省贺县等处，匪徒、饥民滋事，派拨兵勇防堵情形，恭折具陈，仰祈圣鉴事：

窃照广东上年岁歉民饥，当经筹款抚恤，采米平粜，并因盗匪滋炽，分饬查缉，随时奏报在案。

本年二月间，据署广东翁源县徐多鈐禀报：有飞马坝土匪刘发盛，纠伙百余人，于二月初九日，攻劫该县属茶园铺之同姓不同宗刘凤池家，围楼盘踞，经该县与署守备许望曾，督带兵勇，驰赴围捕。臣等恐其纠聚日众，即飞饬署南韶连镇总兵郑绍忠，派出守备冼章带勇二百名，千总何秋带勇一百名，驰往会办。随又据署连平州吴廷杰、署翁源县徐多鈐会禀：三月初三日夜，有连平州属土匪谢金炎等，统伙百余人，攻破翁源县属贵塘铺事主增生张自修家，围楼盘踞，劫取财物，关禁男妇三十余名口，杀毙工人何松茂等二名，并伤三人等情。查贵塘铺，与惠州府属之连平州最为切近，即经咨由署陆路提臣方耀，派委在连平防堵之副将张善庆等，督带兵勇三百名，会同署连平州吴廷杰，赴翁源剿捕。嗣据徐多鈐禀报，会商冼章，传集茶园铺及附近之芙蓉、上庄、岩头三铺绅士，挑选练勇，在各要隘堵截外匪来路，于三月十六日，分三路进攻。冼章督队甫抵飞马坝，该匪拥众突出冲营，我兵出队开仗，枪炮齐施，各匪受伤退回楼内。徐多鈐与许望曾等先后赶到，该匪坚匿楼上不出，竖旗列炮，负固抗拒。洗章、许望曾各兵勇，与茶园铺绅士许琳所带练勇，分扎围楼东西，相机进攻。三月十七日巳刻，突有外匪百余人，由岩头铺路过，经绅练鸣锣集团追拿，当场格毙贼匪四十余名，生擒冯梅干等八名，夺获大旗二面、鸟枪十余杆，练勇亦受伤十五名。由岩头铺绅士将犯解营提讯，供认系刘发盛党与，从连平招往茶园铺救援等语。三月十九、二十等夜，该匪迭欲冲出，均被兵勇击败退回。二十四日，千总何秋带队抵营，并运到大炮军火，四面环攻。匪始胆落，于是夜三更，挖开后墙，潜从溪河逃逸。洗章督队跟踪追赶，许望曾亦带营弁绅练从南路截杀。该匪拼死拒敌，夺路逃窜，经兵勇奋力兜剿，沿途歼毙六十余名，斩取首级五颗，割取发辫耳记，夺获器械旗帜多件，生擒贼匪二十四名，零匪窜散。许望曾被贼拒伤鼻准，兵勇乡练受伤者十名。次日饬令事主刘凤池指认贼匪各尸，并无首犯刘发盛在内，经兵勇分路追缉未获。其贵塘铺张自修围楼踞匪，经副将张善庆、都司林进升、方沿督带兵勇，复添调把总郭明超一营，并拨运大炮，十二月十八日，同抵该处驻扎。是晚乘月未出，密拨兵勇出营，四路埋伏。贼匪因见我营寂静，逃出数十名，兵勇拦路截杀，歼毙二十余名，生擒六名，割取首级五颗，并获洋枪等件，我勇受伤二名。十九晚三更，风雨交作，该匪大股拼命冲出，兵勇迎头奋击，毙匪三十余名，杀毙骑马贼四名，夺获贼马四匹，旗帜枪炮数十件，生擒九名，割取首级十颗，发辫耳记多件。时值昏黑，山径纷歧，余匪逃散。从围楼救出被禁男妇十余人，连前事主赎出共三十余名口，均无损伤。共计歼毙匪徒五十余名，生擒亦五十余名。讯据谢金炎、谢亦大、钟亚赍供认：飞马坝贼首刘发盛，密约该犯等与未获之谢国柱，纠伙一百六十余人，劫踞贵塘铺张自修围楼，以分官军之势，其余各犯，均供认从劫不讳。已将各犯解赴署陆路提臣方耀，发交惠州府审办，各等情，由方耀及总兵郑绍忠转报前来。臣等查以上二案，劫踞围楼，被禁男女虽皆保全，该匪徒等亦已痛加惩创，地境业已肃清，惟匪首刘发盛及余党尚多在逃，未便任其远扬，致留后患。现饬翁源县悬赏购缉，并关移邻封营县，一体严拿，认真搜捕，务期全获究办，不许一名漏网，以绝根株。此查办广东翁源县属土匪之实在情形也。

两广毗连之地，时有匪徒乘间出没。兹据兼理广东连山厅事连州知州余恩鑅禀报，探闻广西贺县匪首陈温幅伙众在莲花军峒等处屯聚，该处与厅属接壤，当即会营派拨兵勇，分投防堵。三月二十七及四月十一等日，有西匪多人，先后窜至厅属上草村、鹰扬关，经各村团练协同兵勇击退，割取首级二颗，获匪曾培生、陈汶澳、陈东昌等十五名解州，余匪退回贺县之牛角寨，陈温幅旋亦被获，解赴贺县审办。又据广东肇阳罗道方浚师禀报，肇庆府属之开建、封川等县，均与贺县连界，必须分途设防，其罗定州属之西宁县，毗连广西梧州府岑溪县，有匪首韦十三儿，纠伙勾串藤县、苍梧各县匪徒，忽聚忽散，意图滋事。又据署高廉道齐世熙，会同署高州镇总兵张得禄报称，探得广西郁林州属博白县一带，有匪首姚十六大及李肥三等，各聚匪徒，人数颇众，且制造旗帜枪械，势渐披猖，时来毗连广东之石城、化州等处抢掠。随据广西贺县知县陶棠、梧州府知府徐延旭等禀报，该县及岑溪等处，匪徒滋扰，大半勾合地方饥民，现在拨派兵勇，赶紧查拿，各匪徒等渐已解散，各等情。臣等查两广民情犷悍，易启厉阶，其两省连界之处，山岭崎岖，岩谷深阻，尤为纳污藏垢。此次广西贺县、岑溪、博白等处土匪，无论有无饥民在内，总宜认真查拿，不可任其起灭自由，往来靡定，致酿巨患。当饬郑绍忠拨安勇三百名，三江协、连阳营各拨兵百名，前往连州扼守边隘及瑶排等处，以杜勾结，而免蔓延。西江为水陆冲途，东西关键，并由省委派参将范干挺，带粤安勇三百六十名，前往肇庆驻扎，会同原在肇庆之督标参将蔡其昌练兵五百名、肇庆协刁经明之巡船数十号，严密部署，遇有缓急，与肇罗道方浚师会商，相机调度，为西宁等处策应。署高州镇张得禄，先有练兵五百名，署钦州参将莫善喜，亦有练勇五百名，向称得力。臣等因西省博白等县，匪势颇重，恐该镇将兵力尚单，批饬该镇、道等察看情形，就地添募。并由臣坤一严札办理广西浔州善后候补道王达材，及梧州府知府徐延旭、郁林州知州李学恂，拨派兵勇，前往岑溪、博白等处，约会广东文武，协力会剿，务将各起匪徒，刻日殄除，不得以匪已窜往别处地方，或已退散，遂图苟且了事，并将饥民妥为抚恤，毋任流为匪人。此西省各属匪徒饥民滋事，先经调派兵勇防堵协剿，及分饬东、西两省文武会商办理之实在情形也。

除再严饬翁源县及各属一体查拿逃匪刘发盛等务获，并将现获各犯迅速审办，一面咨会广西抚臣杨重雅，饬令各属，会同东省连界各州县，不分畛域，将匪徒、饥民分别查办，以靖地方，俟办理事竣，另行奏报外，所有剿办翁源县土匪，出力员弁、兵勇、绅练，可否俟拿获匪首刘发盛等到案后，择尤酌保，以昭激劝，出自圣主鸿施。

再，本年三月初旬以后，雨旸应时，早禾畅茂，粮价平减，民情帖然。其石角围堤决口，亦委爱育堂绅董集费筹修，已有头绪，堪以上纾宸廑。

臣等谨合词恭折驰陈，伏乞皇太后、皇上圣鉴训示。谨奏。

请假调理折 光绪四年五月二十七日

奏为微臣现患暑疾，牵动旧恙，吁恳天恩赏假调理，恭折仰祈圣鉴事：

窃臣前在广西等处军营，因感受瘴湿，致患筋骨疼痛及怔忡等证，历年医治，仍复时发时愈，未及就痊。粤东地处海滨，水土最为湿热。臣自前年冬间抵粤以来，每遇春夏之间，旧疾时时举发，幸所患未为甚剧，病势不致增加。本年春间，阴雨缠绵，夏令又天时炎燠，因之积受暑湿，往往头晕腹闷，饮食锐减，而力疾从公，尚可勉为搘拄。乃自五月以后，连旬酷热，病势骤增，初患霍乱，尚未治痊，旋复牵动怔忡旧证，吐泻日有数次，加以目眩心跳，益觉委顿不支，药饵频投，骤难见效。据医者云，此由气体素弱，复为暑湿所乘，因而旧恙新疴，一时并作，必须静心调理，方可渐冀复原。伏思两粤政务殷繁，且有中外交涉事件，而臣年已届五十，精力不比从前，自顾孱躯，深虞丛脞。思维至再，惟有仰恳天恩，俯准赏假一月，俾得安心调理。臣署日行公事，檄委广东布政使杨庆麟代折代行，其紧要事件，仍由臣与抚臣妥为商办。一俟病体稍瘳，即当具折销假，以重职守。

所有微臣因病请假缘由，理合恭折具陈，伏乞皇太后、皇上圣鉴训示。谨奏。

机器局经费请准援案报销折

光绪四年五月二十七日

奏为广东省设立机器局，需用经费，恳请援照直隶等省奏准成案，据实开单，专案报销，恭折具陈，仰祈圣鉴事：

窃照广东省垣，设立机器军装局，仿照外洋新式，制造枪炮军火等项，派委绅士经理，动支经费，经前督臣瑞麟会同臣张兆栋，于同治十三年四月十九日，附片陈明，钦奉朱批："该部知道。"钦此。随准工、户二部咨行，令将用过经费银两，逐款详细分晰开报，并将局绅匠役名数，及应支薪水、饭食各银数，先行报部查核，所有购制一切军火什物等件，务须撙节，核实采办，专案造册，送部核销，各等因。又经饬据善后、报销两总局，将机器局月支官绅工匠薪工银两，分别等第，造册详咨户、工二部查核立案，并督饬该局员，认真经理各在案。

兹据善后、报销两总局司道会详称："广东省设立机器军装局，建造厂房及购备一切物料，雇募各项工匠，仿照外洋做法，造成各款新式枪炮，随时分拨各营演用，俱属精良灵便。即历年购买火轮船只，遇有坏烂，统归该局饬匠修葺，亦觉坚固利用。惟一切工料式样做法，均与部定军器则例、工程做法不同。现在若将所造厂房枪炮器具，按照例定工料，造册报销，必于实支经费数目，不克相符，若迁就例文通融开造，又非核实办理之道。因思直隶曾于同治六年在天津设立机器局，江南省亦在上海设局制造，各该局用过一切经费，均开列清单，奏奉部覆准销有案。其制造大小物理学船、枪炮、子药，购买机器物料，建造厂房工料价值，暨委员司事、薪水工食一切需用银两，均系汇总开单，并无逐款分别细数。今广东省设立机器局，系初次创办，其制造军火器械式样，固与旧例不同，即应用一切物料，亦多系内地所无，必须购诸外洋，方能适用。而外洋物料，价值较重，难以例价相绳。核与天津、上海事同一律，应请援照直隶、江南等省报销成案，督饬委员据实开单，专案详请奏销，不准稍有浮冒，详请分别奏咨，以便照案办理。”等情前来。臣等覆核无异。

除饬令核实支销造报，并咨明总理各国事务衙门暨户、工二部查照外，谨合词恭折具陈，伏乞皇太后、皇上圣鉴训示。谨奏。

设厂制造军火片

再，近年讲求武备，以练习火器为要，而军火又以外洋所制为精。同治十三年间，前督臣瑞麟，因军火购自外洋，所费较巨，不若置买机器，自行制造，较为省便。因与臣兆栋会商，在于省垣设立机器局一所，派令在籍候选员外郎温子绍等在局经理，将应用枪炮、火药，仿照外洋做法，陆续试办，业经附片具奏在案。是年六月内，钦奉谕旨，饬办海防，因又购制各项紧要军火。所购洋枪、洋炮，均须配用洋制火药，方能施放得宜，必须先事预筹，以备临时应用。而机器一局，设于省城之中，工匠无多，地方窄狭，又有兼铸枪炮、修造轮船等事，势不能专顾火药一项，因而所造寥寥，诚恐需用之时，无以应手。臣兆栋于兼署督篆任内，饬据善后局司道，议于省城西门外曾步地方，购买民田，填筑地基，设立军火厂一所。一面购买机器，雇募匠人，派委谙悉制法之员，专司监造。该处厂所已于光绪元年六月内兴工，所购机器，亦由外洋陆续运到。约计买地建屋，以及购买机器一切工料，价值约共需银七万四千余两，均由善后总局筹支。目下厂所将次竣工，业经采办硝磺，将洋枪、洋炮所配火药，仿照洋式，陆续制造。所有动支经费，例应报销。据善后总局司道等详请奏明立案前来。

除饬令核实支销造报，并咨明户、工二部外，臣等谨合词附片陈明，伏乞圣鉴，敕部查照。谨奏。

力疾销假折光绪四年七月初四日

奏为微臣假期已满，病体稍痊，谨即销假办公，恭折奏祈圣鉴事：

窃臣前因积受暑湿，致患霍乱吐泻之证，牵动旧疾，精神委顿不支，当经恭折奏恳天恩，赏假一月调理在案。

臣于拜折后，经即加意医调，两旬以来，外感之暑热已清，而旧患之怔忡未愈，往往目眩心跳，精神总未克复原。医者谓：夙恙较深，尚须缓为调治。臣仰蒙恩遇，畀任兼圻，但使精力稍可支持，何敢借图安逸。目下假期届满，病势渐轻，自当力疾从公，以免久旷职守。兹自六月二十七日起，已将一切公事，照常办理。

所有微臣销假缘由，理合恭折具陈，伏乞皇太后、皇上圣鉴。谨奏。

请将潮桥场盐引奏销展限折

光绪四年七月初四日

奏为潮桥场盐，收晒短绌，折运不前，吁恳天恩，俯准将同治十三年分奏销展限造报，恭折奏祈圣鉴事：

窃照广东潮桥盐引，递年额销八百二十一程，应完正饷银一十二万六千四百余两，定例次年十二月底奏销。嗣因商疲埠悬，折输不足，并又叠遭水患，配运维艰，历经前督臣先后奏准展限，递年扣趱办理。所有同治十三年引饷，遵照趱限，应于光绪四年三月底造报奏销。先经臣督饬盐运使，严催运同，赶紧征解，依限办理。兹据潮州运同乔文蔚详称："潮桥盐务素著疲难，历年额定引盐，总未折销足数。迩来设法整顿，严密稽查，遇有场栅收晒盐斤，立即督率各埠商人源源配运，以期逐渐转机。不料连年雨水过多，场盐缺产，各埠引盐，早已不敷配运，全仗稽查囤积，收买余盐，责令各商设法张罗，始将上年应办同治十二年分引饷奏销，依限造报，引饷虽无贻误，而办理实已竭蹶异常。原冀天色久晴，场盐旺产，庶可从容补救。乃上年夏、秋两季，依旧晴少雨多，去冬以至今春，又属非阴即雨。同治十三年奏销限内，各埠引盐，现仅折配九十余程，核计不及额引十分之二。当此奏销期限已迫，而场盐短绌，输折不前，纵使勒限催提，亦不过借口耽延，于事仍属无济。恳请将同治十三年分奏销，展限六个月，至本年九月底造报"等情，由署理两广盐运使成孚核明，详请具奏前来。

臣伏查潮桥盐务凋敝，平时已属折运维艰。乃半年来，阴雨缠绵，场盐短绌，应配埠引，愈见输折不前。盐既未销，饷无从出。与其操之过急，于饷需仍属无裨，似不若宽以限期，俾征解得归有着。合无仰恳天恩，俯准将潮桥同治十三年分引饷，展限六个月，至光绪四年九月造报。嗣后仍照历办展限成案，递年趱早一月扣计办理，以纾商力而重课饷。是否有当，谨恭折具奏，伏乞皇太后、皇上圣鉴训示。谨奏。

拿获逆匪审办请将疏防文武议处折

光绪四年七月初四日

奏为剿办佛冈厅属逆匪，拿获首从各犯，审明拟办，请将疏于防范之地方文武，分别议处，恭折驰陈，仰祈圣鉴事：

窃照佛冈厅城，于二月二十日夜，被匪阑入，即于是月二十五日克复，歼擒贼匪甚多，余党逃散情形，经臣等于三月初三日会折驰奏。一面严饬确查匪首欧就起及余匪踪迹，跟踪搜捕，并委南海县知县杜凤治接署佛冈同知篆务，饬令查明衙署、仓库、监狱、印信，有无毁失，据实禀覆去后，嗣承准军机大臣字寄："光绪四年三月二十八日，奉上谕：匪首欧就起等是否歼毙，余匪若干，逃匿何处，着严饬在事员弁，确切查明，实力搜捕，以净根株。所有该厅被陷收复详细情形，及地方官何以毫无防范，并着迅速查明具奏。此次出力官绅勇练，着俟首要各犯悉数弋获，再行奏请奖励。"等因，钦此。当经转行钦遵。随于三月十九日拿获匪首欧就起，解省审明正法，复经附片陈明在案。

伏查本案匪首欧就起，纠伙二百余人，于二月二十日夜，潜入佛冈厅城劫掠。臣等据报，即饬署南韶连镇总兵郑绍忠、署广州协副将邓安邦，督同都司刘加凤、陈廉养，守备冼章、邓亮，各带兵勇，分途驰往剿捕，并饬界连各营县堵拿，一面会商广州将军长善，分派旗、绿各营练兵及各练勇，在于省城内外，严密巡防。旋据在事文武禀报，佛冈同知朱兆槐，先期号召各乡团练，飞速赴援，一面晓谕居民，齐心防备。各匪拥至城北空旷地面屯踞，时有贼目徐聚昌，闻知官兵将到，震慑声威，悔罪投诚，愿为内应，随同兵役铺户，堵守各街巷栅，保护衙署、仓库。二月二十五日，石角墟更练刘忠朝，与各乡团练，首先赶到，从南、北两门而进，与在城文武官绅，里应外合，前后夹攻。各匪持械迎拒，我兵枪炮齐施，刀矛并举，并力奋击。同知朱兆槐、该厅司狱方诚、城守千总李发雄、外委黄纪高、督率兵练，从中策应，当场杀毙贼匪四十余名，生擒七十一名。贼势不支，拼命逃走。都司刘加凤、陈廉养、守备冼章、邓亮，先后继至，各派兵勇，在于城外各路埋伏。该匪由北门冲出，伏兵突起，横截去路，复歼毙三十余名，生擒三十六名。余匪兽骇狂奔，窜入山中，官兵因林深箐密，且值天色昏暗，不能搜捕，随即收队。当兵练进城时，喊声雷动，民贼皆惊，以致提禁人犯莫本池乘机兔脱，旋于五月初六日，经同知朱兆槐，购线拿获。是役共计斩馘七十余名，生擒一百零七名，内黄东就等五十一名因伤身死，陈利济等五十六名，由同知朱兆槐讯供后，会同署副将邓安邦，禀请就地正法。续据总兵郑绍忠等，督率弁勇，与佛冈厅营兵役，四路搜捕，获犯黄亚珍即侧头珍等二十九名，禀经札委候补知府饶世贞前往审明禀办。又据郑绍忠禀报：购觅线人欧润福，将匪首欧就起诱至清远县属关前地方，饬把总魏禄、禤浩带勇，会同佛冈厅、清远县各兵役擒拿，于三月十九日，将欧就起当场捉获。又据英德县拿获贼伙王灿即黄赞、李林生、程亚郁、程亚蒇、刘亚创五名解省，饬发广州府谳局审办。又据清远县获犯姚庚茫一名，禀经札委候补同知多龄前往会同该县确审，录取犯供禀覆。随据委员饶世贞，以续获之邹社德、陈亚辉二名，均伤重不能取供，因伤身死，将黄亚丙、莫幅详、邓亚伸、黄灶、邹亚音、黄亚保、黄二新、林郁财、彭亚丙、李成贵、成亚法、吴三贵、陈亚基、陆亚二、成社树、陈亚澳、谢德瀣、何亚潍、黄亚超、陈亚路、谢扬保、朱社扬、邓亚红、朱三才、何四、廖观养、朱亚石二十七名，审明录供禀办。并据署佛冈同知杜凤治禀覆，查明衙署、仓库中、监狱、印信，并无毁失。监犯莫本池，实系提禁后乘机逸出，并非被匪纵放。复据广州府知府冯端本等讯据匪首欧就起供认，系清远县人，先在原籍叠次劫抢犯案，被拿严紧，在外逃避。光绪四年正月二十六日，潜回清远县属太平市地方，与已获之黄亚珍、莫幅详、邹亚音、邓亚伸、黄二新、黄灶、黄亚保、李成贵、成亚法、吴三贵、陈亚基、邹社德，未获之黄亚汶、黄亚胜等会遇，谈及穷苦，该犯起意纠众竖旗滋事，黄亚珍等应允，遂各分投前往纠党，宰猪歃血，饮酒盟誓，共矢生死。约定二月二十日，在佛冈厅属龙潭堡山上会齐。至期黄亚珍等各纠得十余人或二十余人，该犯亦转纠得三十余人，约计伙党二百余人，姓名实数，记不清楚，共推该犯为首。因知佛冈厅富户不少，兵差无多，起意前往厅城劫掠，得赃备办军火、米饭，再看光景行事。是晚分带刀械、竹梯等物起行，五更时齐抵佛冈厅城外东北隅，该犯先率伙党二十余人，用竹梯潜扒入城，将守城兵丁打伤捆缚，撬开东门，放进伙党。维时天未明亮，各街巷栅栏关闭未开，官兵铺民闻警齐出，由西南两路堵御。该犯见有准备，就与伙党拥至北门空旷地面屯踞，连日向北门一带铺户打单。该铺户许俟五日内付银二百两，尚未入手，止掠取米粮充食。与官兵铺民相持不下，互有杀伤，正欲出城添纠伙党，不料二十五日，各路乡团与官兵进城，前后夹攻。该犯见伙党已被擒斩多人，兵勇愈逼逾紧，力竭计穷，与黄亚珍等拼命由北门逃走，兵团追赶，杀获甚众。该犯窜入荒山躲避。三月十七日，有认识之欧润福，邀至清远县属关前地方，藏匿更练馆内，称说可以护送回家。是月十九日，欧润福知会官兵捉拿，该犯拒伤勇丁二人，即被拿获。当日在佛冈厅城内，实止掠取米粮充食，及在北门一带打单，尚未得赃，此外并无抄抢等供。由府将该犯欧就起，及英德县获解之李林生、程亚郁、程亚蒇审明，所供相同，并究出程亚郁、程亚蒇，与未获之程亚禾等，于二月二十三日，因陈善发与其子陈亚汶、陈亚玉作线引拿，彼此争闹共殴，程亚郁先下手，用刀砍伤陈善发身死，程亚蒇后下手，用刀砍伤陈亚汶身死，程亚禾亦砍伤陈亚玉殒命等情，先后解司，声明王灿于解审时，在途病故，刘亚创在南海县监病故。又委员饶世贞，审过莫幅详、黄亚珍等二十七犯，各供均与欧就起供情吻合。又委员多龄审据姚庚茬一犯供认，被欧就起纠邀，并未进城，随又听从添纠伙党，并曾犯行劫抢夺，得赃多次。经臣等批饬，将以上二十八犯，就地正法。兹据署臬司金国琛会同藩司杨庆麟暨善后总局司道，将欧就起及李林生、程亚郁、程亚赜覆审，议拟解勘，同已批饬正法各犯，一并备具供看前来。臣等督同司道，亲提欧就起等，覆讯无异。

查该犯欧就起，起意纠众二百余人，潜入佛冈厅城劫掠，复敢恃众拒敌，杀伤兵团，实属罪恶昭著。从犯李林生、程亚郁、程亚赜，厥罪惟均，应请比照“谋叛，但共谋者，不分首从皆斩”律，拟斩立决。于审明后，即恭请王命，饬委署按察使金国琛、署督标中军副将李占椿，将该犯等绑赴市曹正法。欧就起系罪魁祸首，从重加以枭示，传首犯事地方，悬竿示众，以昭炯戒。贼目徐聚昌，悔罪投诚，愿为内应，随同保护衙署、仓库，即与自首无异，应请免其治罪。案系比照谋叛定拟，犯属请免缘坐。失于禁约、查察之各犯父兄、牌保，饬传责惩发落。衙署、仓库、监狱、印信，均无毁失。王灿、刘亚创在途、在监病故，解役禁卒人等，并无陵虐情弊，均毋庸议。获回提禁人犯莫本池，容饬另行审办。此案共伙二百余名，计已斩馘七十余名，生擒首伙一百四十三名，歼除殆尽。尚有逸犯黄亚汶等，饬缉获日另结。在事出力官绅兵勇乡团及阵亡受伤兵勇乡团，饬查另请奖恤，以示鼓励，而昭激劝。至佛冈厅文武员弁，于匪徒在该厅境内纠邀党与，歃血盟誓，未能觉察防范，致令潜入厅城，非寻常疏忽可比。该同知朱兆槐、佛冈厅司狱方诚、城守千总李发雄、外委黄纪高，应请旨即行革职。惟该同知朱兆槐，于贼初入城时，督率兵民保守街道，与之相持，一面号召乡团，于五日内将贼击退，具见平日居官，民情尚能爱戴，且事后获犯多名，首匪已于一月内拿获，脱逃提禁监犯亦经购线获回，尚属自知愧奋。查咸丰九年，广东连山厅城，于四月二十九日被匪阑入，至五月初八日克复，奉旨将该署同知韩凤翔革职暂留署任在案。应请将该同知朱兆槐，仍留原任，免其开缺，以观后效。所有统辖、兼辖司道各处分，均请免其置议。

除备录各犯供咨部外，臣等谨合词恭折驰陈，伏乞皇太后、皇上圣鉴，敕部核覆施。谨奏。

镇将剿匪出力请奖片

再，查广东民情犷悍异常，易与为乱。如咸丰四年，红匪揭竿之始，人数无多，乃因官军进剿稍迟，遂致日形滋蔓，后经并力扑散，而余孽四窜，流毒几十数年，邻省均受其祸。此次佛冈厅城之变，匪党虽止二百余人，而值岁歉民饥，深虞勾结为患。省城根本重地，仅有练兵练勇二千余人，未便抽动。惟署广州协副将尽先副将准补清远营游击邓安邦，所部八百余人，亦以驻扎各县，势分路远，一时调集为难。而邓安邦奋然请行，义形于色，一面督率亲兵，即日就道，一面檄调各勇，限于中途取齐，佛冈之匪喘息未定，而邓安邦之先锋已抵城下矣。由是乡团踊跃，贼党内离，刻日成功，实惟邓安邦之力。当其投袂而起，祇期速济时艰，未尝因此而请增兵，而请给饷，亦未尝计及佛冈厅为何营何员管辖地方，其忠笃之忱，近今罕觏。且其平日剿办土匪，如从化县之走马扶村、增城县之仙村、东莞县之桥头村、新安县之合水口等村各股，无不摧破坚巢，歼擒首恶，所著劳绩，历历有案可稽。可否仰恳天恩，俯准将尽先副将邓安邦，交军机处记名，遇有总兵缺出，请旨简放，出自逾格鸿施。

又调署南韶连镇总兵郑绍忠，于本年正月来省与臣等面商，如遇北江有事，该镇即以便宜调兵，以免稽迟贻误。及闻佛冈厅城有警，先拨前队数百人，顺流而下，与邓安邦之勇，相继抵厅，亦可谓神速之至。嗣复亲赴厅城，与邓安邦等筹办善后，并购线生擒首逆欧就起，解省审办，忠奋尤属可嘉。惟其职分较崇，应如何奖励之处，恭候圣裁。

至本案在事出力官绅兵勇乡团，一俟郑绍忠、邓安邦及佛冈同知朱兆槐列册到齐，饬局核覆，另行奏奖，业于前折陈明。

臣等谨附片具陈，伏乞圣鉴训示。谨奏。

在籍总兵擅往越南滋事请革职拿办折

光绪四年九月十七日

奏为在籍总兵心怀叵测，擅自招勇，前往越南滋事，请旨革职拿办事：

窃臣等先经访闻尽先总兵李扬才，有招勇出关情事，当经饬属查覆。随据廉州府及灵山县先后禀报：“李扬才系灵山县人，于本年四月内，由广西回籍，以招抚越南股匪叶成林为名，将田产房屋变卖，与曾在西省充当营弁之钟五，在该县属林墟一带地方，招募勇丁，携带家口，同往越南”等情。即经照会越南国王，并咨广西抚臣提臣，及分饬界连越南地方各文武，约束兵丁，毋任勾引招诱，已被招去者，责成该户族，令其赶紧回籍，未招去者，一体拦截出境。

正在奏报间，准广州将军臣长善咨会：“接李扬才咨称：‘越南系伊祖业，被黎、阮各姓次第篡立。今阮王懦弱无道，激变子民，勾结外匪，蹂躏各乡，人民流散，并侵犯广东之钦州、广西之龙州、太平府各属边境，现虽克复各处城池，奏设边防，以遏贼窜，然安南逆匪一日不靖，则边防一日难撤，不无老师糜饷之虞。伊系越南宗室，欲复旧业，即举兵十数万，带同失所饥民，径取越南。如安南底定，不特龙州各处边境无用防守，即饥民犹可安插，从此中外胥安，一举而数美备焉。更得安南山河，全归一统，仍然按例上贡，无敢稍事故违，咨请代奏。'”等情，转咨到臣等，准此。

伏查该总兵李扬才，系二品武职大员，本未留标候补。前广西抚臣刘长佑，以其在营效力多年，奏委署理浔州协篆务。嗣因浔州协实缺达三回任，饬令该总兵交卸。乃该总兵并不安分守法，初则诡称募勇，前往越南招安股匪，继则以越南系其祖业为词，妄生希冀，致启边衅，实属荒谬绝伦。且该总兵如果专意越南，何必先带家口同往？更恐为此狡兔之营，以便施其铤鹿之计，将来倘于邻近各省沿边滋扰，亦不可不预为绸缪。除再照会越南国王查照及分咨云、贵等省督抚臣，饬属一体严密防范外，相应请旨，将提督衔遇缺尽先题奏总兵俊勇巴图鲁李扬才革职，并将勇号撤销，俾得严拿究办。

臣等谨会同广州将军臣长善，广东水师提督臣翟国彦、署陆路提督臣方耀，广西巡抚臣杨重雅、提督臣冯子材合词恭折，由驿驰陈，伏乞皇太后、皇上圣鉴训示。谨奏。

密筹沿边防剿片

再，续据署左江镇总兵梁正源等禀报：李扬才于八月二十四日，率党二千余人，经过上思州，讹索该州银二千两，送给百金始去，并称“后来之人尚多，不得阻截”，等语，实属狂悖已极。查李扬才曾于光绪二年前来广东禀谒，臣坤一见其目动言肆，知非安分之流，今果如此妄为，将来恐为边患。且越南臣事我朝已久，前此屡经出师赴援，岂可任李扬才前往蹂躏。臣一面咨商广西抚、提臣，一面檄饬驻扎龙州之候补道赵沃及署右江镇苏元章，察看情形，确探踪迹，就近咨商越南国王，如果有机可乘，即应越境会剿。并密授该道赵沃方略，令其设法纵间，使李扬才与先在越南股匪头目，彼此猜嫌，不致狼狈为奸，或者易于得手。倘有应行添募勇丁之处，臣坤一即与广西抚臣另行奏明办理。此间钦、廉一带，并当越南之冲，又李扬才生长之地，臣等当即督饬该处文武，妥为布置，以备不虞。谨附片陈明，伏乞圣鉴。谨奏。

儋州客匪勾结滋扰调兵剿办折

光绪四年十月十九日

奏为儋州客匪勾结临高县匪徒，聚众滋扰，调兵募勇剿办情形，恭折驰陈，仰祈圣鉴事：

窃照广东琼州府孤悬海外，其所属之儋州安插客民，每因细故，辄启争端，叠经札饬该管文武，遇事预为弹压，以期消患未萌。兹据署琼州镇总兵何明立、雷琼道王澍、琼州府佘培轩，先后禀报，儋州属之那大、洛基、天表等墟，向有客民在彼贸易耕种。同治五年，恩平、新宁各县客民受抚，奉给资本，发州安插，土人称为新客，并称前到者为旧客。而新客每以旧客所聚之处为安身之地，往往滋生事端，经地方官随时办结。本年天时亢旱，米价昂贵，讵新客中有等亡命之徒，常在临高县之和舍墟、澄迈县之烂洋墟往来，遂勾结临高土匪，同至天表墟埋伏，希图乘机啸聚。九月初二日，有临高民人到该墟粜谷，因争论价值低昂，互相口角，维时客匪与临高土匪共有三四百人，持械蜂拥入墟，乘间抢掠各铺户财物，杀毙六命，致伤一人，烧毁铺户六间，盘踞墟内，复图攻打那大、洛基等处。经署儋州知州余信芳，会同署儋州营游击方乐，亲督兵勇，驰赴那大、洛基查办，并由道府札饬原驻临高办匪之守备李际昌，移军会办。九月十一日，余信芳、方乐，探得客匪聚党数千，在那大墟相离五里地方屯聚。因那大系出产米谷之区，当即示谕新旧客绅，约束客众，不准滋事。十二日行至将近那大墟地方，该汛弁王廷珍，面邀入市驻扎。突有客匪千余人，将余信芳、方乐拦入那大墟，随有客籍廪生谢彤恩，武生谢彤封、钟膺扬、温树棠等，以临高土人欲绝伊等种类为词，逼令余信芳与临高土人讲和，余信芳允俟查明办理，至十五日，与方乐始得回署。当余信芳等在那大墟之时，该客匪先于是月十二、三、四及十五、六等日，连攻儋州属之祥发甲、军屯、北地等村，杀伤掳掠男妇甚多。其临高县属之莲塘、头社、美灵等村，均被焚劫，并有欲攻临高县城之谣。现在新旧客匪约有数千人，势甚猖獗。经该镇道府调拨镇标及各营兵四百名，并委员招募劲勇六百名，由该署镇何明立督带，驰往儋州、临高，相机剿办，并据儋州、临高县，请拨兵勇应援，由该镇道府转禀前来。

臣等伏查儋州客匪，因临高土人粜谷争斗起衅，并不呈请地方官办理，辄敢聚众滋扰，复将地方文武各官拦入那大墟，串同客籍禀生谢彤恩等，逼令地方官与土民讲和，甚至焚劫乡村，掳杀男妇，实属行同叛逆，若不迅速扑灭，诚恐滋蔓难图。现经札饬调署南韶连镇郑绍忠，挑选精锐安勇五百名，拣派干练将官、哨弁管带来省。如果海南情形吃紧，即令该勇乘坐轮拖船，驰往协剿。又札饬署廉州府知府鹿传霖、署钦州营参将莫善喜，察看边防缓急，相机酌拨勇丁五百名，即坐该处轮拖船，就近前往海南策应，以期迅速。并先由省筹拨经费、军火、枪炮，解交琼州道府，以资接济。饬何明立催齐调募兵勇，亲临督办，务将首要各犯及杀人放火各伙党，悉数歼除，毋任漏网。其被胁从之人，亦经出示晓谕解散，概免株连。仍饬该道府督率地方官，查明本案起衅根由，秉公妥为办理，以杜后患。一面将客籍廪生谢彤恩等，详革衣顶拿办。至雷琼道王澍，廉明勤谨，吏畏民怀，在任多年，地方情形熟悉，先因积受瘴疠，禀请开缺医调，当经批饬安心调理。兹据该道以病势难支，诚恐贻误，仍禀请开缺，委员接署。臣等覆查系属实情，并非捏饰规避。现已札委候补道刘镇楚前往接署道篆，将剿捕事宜，会督镇府妥筹办理。并令王澍俟刘镇楚到署，再行交卸回省医调，毋庸遽请开缺。

除俟剿办如何情形另行奏报外，所有儋州客匪勾结临高县匪徒聚众滋扰，调兵募勇剿办缘由，谨合词恭折驰陈，伏乞皇太后、皇上圣鉴训示。谨奏。

李扬才攻打谅山西军援剿获胜折

光绪四年十月十九日

奏为参革总兵李扬才，窜至越南，攻打谅山省城，经西军援剿获胜，并东省筹防各情形，恭折驰陈，仰祈圣鉴事：

窃照遇缺尽先题奏总兵李扬才，心怀叵测，擅自招勇，前往越南滋事。先经臣等于九月十七日，会折驰奏，请旨将李扬才革职，撤销勇号，严拿究办，并将督饬确探防剿缘由，附片陈明。随准广西抚臣杨重雅咨会，于九月十二日，会同臣坤一、广西提臣冯子材，将各情形，由驿驰奏各在案。

臣等及西抚臣杨重雅，叠经严饬沿边文武，确探严防堵截出关去后，兹臣坤一据统领广西左江防军、尽先题奏道赵沃禀称："广西太平府属宁明州之镇南关，为直达越南孔道，系广西吃紧首站。越南之谅山省城，在关外五十里，即系该国门户。八月二十八日，李扬才拥众约五千人，由迁隆经过土忠州，阑入土思州境，窜扰海渊墟地方，其伪营旗帜号衣，系用前在广西带勇之"常胜"字样，逼勒土官办粮，并有取道宁明直出镇南关之信。该道赵沃，即调原防关外牧马之正字营，在于凭祥地方驻防，扼其出关之路。李扬才侦知有备，即从海渊墟起程，由思州、思陵各土属边界卡隘，翻窜越南。随据越南护理谅平巡抚阮廷润，探闻李扬才欲入该省滋事，禀请调营赴救，进驻驱骡，以扼贼冲。即经该道赵沃，赶紧部署，以兵力尚单，添募勇丁一千六百名，分列定字、立字、超字、光字、隆字、安字、恩字、威字八营，派委文武各员管带，以备援剿。续据越南护抚阮廷润，以李达廷即李扬才已于九月初一日窜至谅山辖同仆庸，肆行抢掠，请速拨兵救援。该处距驱骡墟五十里。驱骡中隔一水，对岸即系谅山省城。并据探报，李扬才之头队贼目钟万新即钟亚花五，统众二千余人，已于初八日夺踞驱骡，谅山情形吃紧。当派左路督带记名总兵尽先副将党敏宣，亲督亲兵及各营勇出关，于初十日晡后，驰抵文渊，先派都司田福志，管带镇柳中营三哨、亲兵营两哨，由间道驰援谅山省城，一面进规驱骡，仍留劲旅严扼文渊，防其回窜。该道赵沃，驻扎龙州策应。初十夜四更时候，李扬才等突至谅山城边，架梯而上，被守城兵击败，退回驱骡。十一日，李扬才等又渡河攻打谅省。都司田福志于是日申刻驰抵谅山城外。正在李扬才等攻城紧急之时，田福志挥队奋勇协剿，枪炮并施，各贼惊走，从后追赶，击毙执旗悍贼一名，贼众纷纷抢渡浮桥，受伤落水者无数，该都司立将浮桥砍断。其党敏宣遣袭驱骡之勇，于十一夜三更，遇贼接仗，伤贼数名，斩取首级一颗，贼即纷窜。越南官民，见我军及时援应，众心遂安，莫不勇气倍增”等情，禀报前来。并据广西左江镇道，禀同前情。

臣等先后接据署廉州府知府鹿传霖、灵山县知县俞文莱、署钦州知州冯宝封禀报：李扬才先自广西回籍，声言奉文招勇，前往越南公干，分派旧日营弁，赍带册籍，四出召募，令其自备军装并五日口粮，约于广西龙州点名给饷。至八月二十二日，李扬才自灵山久龙墟带千余人起程，二十四日，由钦州之垌利、牛栏，过广西界，在东省地面，市买如恒，逆迹未露。俞文莱因闻李扬才变卖家产，携带眷口同行，情有可疑，密饬团绅，将其在后招人之游子云拿获。余与西省文武所禀，大略相同。

伏查李扬才初在本籍灵山县捏称奉文招勇。该县俞文莱，以其系总兵大员，曾署浔州协副将，且在广西带勇多年，回籍召募，实不意其有他，及见行踪诡秘，即将在后招勇之游子云拿获，而李扬才已由钦州窜过西省，蚁附益众，竟至数千人之多。该道赵沃，派营扼守凭祥州，李扬才不能逾关而出，遂由思州、思陵等处，翻窜越南，夺踞驱骡，袭攻谅山省城，志在必得，幸为越南守兵及赵沃援师击退，递有斩获，颇足挫其凶锋。惟李扬才桀黠异常，越南又其熟游之地。先在越南股匪叶成林等，多与李扬才同里，难保不狼狈为奸，助其猖獗。臣坤一密饬赵沃，设法羁縻叶成林等，毋任勾通，一面约会越南官军，协力夹击，务将李扬才刻期歼灭，以绥藩服，而靖边疆。所有东省与广西及越南毗连各处，亦经臣等札饬署钦州营参将莫善喜，添募劲勇五百名，合原勇共一千名，分途布置。并饬钦州暨邻近各文武，整饬兵练，严密设防，以杜回窜。仍移会西省，出示晓谕沿边各属被诱充勇出关之人，投回安业，免其治罪，以为解散之计。现获之游子云、容俟审明，另行办理。

臣等谨会同署广东陆路提督臣方耀、广西抚臣杨重雅、广西提督臣冯子材，合词恭折驰陈，伏乞皇太后、皇上圣鉴训示。谨奏。

续报军情片

再，正在缮折间，臣坤一于十月十四日，据统领广西左江防军、尽先题奏道赵沃禀称：革镇李扬才初在内地，尚未悉其谋叛，及出境后，即以越南国系伊祖业，欲复故物，并以干支纪年，妄书“奉天承运”字样，其伪印篆刻“奉天承命、皇图巩固、帝道遐昌”十二字，用黄纸缮发告示，晓谕越南官民，改装易服，狂悖绝伦。惟在谅山挫败后，经我军砍断浮桥，不能飞渡，仍踞脱朗州治之驱骡，添筑多垒，以抗我军。若驱骡一日不复，则谅山一日难安，太、镇两郡边防亦虞多事。该道赵沃，与副将党敏宣，激励将弁，指授机宜，规取驱骡。九月十三日，党敏宣派镇柳后营副将刘应高，扼扎驱骡墟背十余里攻其后，镇柳中营都司田福志，由谅山过河攻其前，瑞字营都司谢洲、立字营都司黄忠立、光字营千总党代光，分攻其左右，自督亲兵营都司黄宗训，由后路继进。于是日黎明出队，进攻驱骡，贼分三路迎拒，我军击毙多匪，破其营垒五座，立将驱骡克复，斩取首级二十颗，夺获枪械甚多。复乘胜将禄平州所辖峒卜牛墟及温州所辖之坑威、五台、唐甲等处收复。现在该道赵沃、派正字营副将王正明，出关协剿，并添营扼扎五台，以杜贼由间道回犯谅山之路。惟贼屯踞长庆府治，距谅山省仅百余里，分党四出劫掠，扰及文渊。另有翁七余党及李六等，在于高平省地方，乘机蠢动，逼近镇安厅境，是右路边防亦形吃紧。该道并筹兼顾，分布各营，在前者追剿以遏寇氛，在后者扼防以固边圉等情。

除批饬严密堵剿，约会越南官兵，协力夹攻，务将李扬才一股及各匪赶紧扑灭外，所有据报克复驱骡等处及现在筹办情形，理合附片陈明，伏乞圣鉴。谨奏。

前往越南人等核明发给照票片

再，臣坤一现准越南国王来咨内称：光绪三年十二月间，有自称中国差官刘蒋花、李介廉、杨瑞山等三人，行抵该国河内省地方，谓奉两广总督委往保胜、云南探访军机密事。经河内省陪臣陈廷肃接见，询据交出左江镇李起高移文一件，查阅移内只叙有杨瑞山一名，其余均未叙及。旋经访得刘蒋花等系自香港而来，至河内省兑买杂货，现已各自归去。查刘蒋花、李介廉等前来越南，虽有左江镇移文，惟文内并无二人名字，情形不无可疑。近来越南国沿边多事，诚恐游民散勇，假冒滋事，咨请查明究办。并酌定内地员弁、兵役、商民人等前往越南，应由何处发给牌票之处，咨行查照，以杜冒混等由前来。

当查臣坤一自抵任以来，并未委员前往保胜、云南探访军情，随阅越南国王抄送广西左江镇总兵李起高移文，亦非公文体式。经饬据该总兵李起高查禀，亦称并无移请刘蒋花等前往保胜、云南探访军情之事，其为匪人假冒无疑。

伏查同治十年二月十五日，钦奉上谕："广东、广西咨行越南文件，向有定例。着知照该国，嗣后如有违越向章擅递公文者，即一面将递送之人看押，一面咨照该督抚等查办。此外有匪类在该国境内滋事者，立将该犯拿交该督抚，从严究办，勿稍姑容。”等因，钦此。今刘蒋花等假冒差官，前往越南，实属胆玩已极，自应严拘究办。至内地商民，前赴越南贸易，定例从广西省平而、水口两关水路出口者，龙州同知查验，给与腰牌，其由村隘旱路出口者，明州同知换给腰牌。而广东钦州与越南界址毗连，仅止一江之隔，该处商民人等，时有前赴越南界内者，亦应一体稽查，以昭慎重。经臣坤一酌定章程，凡由钦州前往越南界内之民人，应由该州确切查明，印给牌票。其广东、广西两省以及外省文武各官，如有饬派员弁、兵役前往越南，无论何项差事，均应禀明本省督抚臣核明给照，并于照内声明，不准夹带货物，偷漏税饷，亦不得沿途需索滋扰，暨照会越南国王查照，方准出口。其外省员弁、兵役，须由两粤出口者，应一并咨会臣等暨广西抚臣，札行出口处所之地方官知照。如有自称奉差前往越南之人，查无各省督抚给发印照者，即由该国截回，勿令入境，以免匪徒假冒，致滋事端。

除照覆越南国王并分咨各省督抚臣通饬各属遵照，一面严密查拘刘蒋花等务获讯明究办外，谨会同广西巡抚臣杨重雅，附片具陈，伏乞圣鉴。谨奏。

黄冈协捐资建祠合祀死事官兵片

再，查军兴以来，阵亡将弁兵勇，例得入祀府城昭忠祠。兹据署广东潮州镇总兵何明亮禀据镇属黄冈协副将黄才广禀称：“协属左右两营，自道光三十年起，历次奉调左营都司饶成龙、左营守备钟庆瑞，并左右营千、把总、外委、额外等弁，管带两营兵丁，赴本省各属征剿逆匪。嗣转战江南、广西、江西、福建等省，或力解城围，或擒斩逆匪，克复城池，荡平地方。征战既久，死亡众多，其中大半籍隶黄冈及邻近各处。在各官兵，冲锋陷阵，戮力行间，或效命于疆场，或积劳而病故，固属分所应尔，究系为国捐躯，事后追思，其情可悯。只因黄冈向未建立昭忠祠，祀典阙如，忠魂无所依附。兹副将倡捐廉俸，并两营官兵量力捐资，拟建专祠及筹备递年祭祀之需，将两营奉调出师阵亡病故各官兵，确查职衔姓名，设位入祀，由地方官春秋致祭，以彰忠荩，而垂久远。惟建祠难得其地，查有两营军装局，前后两进，每进一厅二房，年久均已坍塌。现拟将此局中厅兴造，建立专祠，其余一厅四房，俟修复后，仍作两营军装局，足资存储，由镇转禀核办”等由，当经饬据善后总局司道核议，详请具奏前来。

臣等伏查，前据总兵卓兴、方耀、吴光亮、郑绍忠为部下阵亡将弁勇丁建祠奉祀，请赐名“慰忠祠”，均奉旨允准在案。今黄冈协左右两营官兵，自军兴以来，历年奉调出师，转战数省，死亡实多。所请捐资建祠，设位入祀，由地方官春秋致祭，以慰忠魂，核与卓兴等请建慰忠祠原案，情事相同。可否准其建造，并一体赐名“慰忠祠”，令地方官春秋致祭，以表忠烈，而慰幽魂之处，出自恩施。

谨合词附片具陈，伏乞圣鉴训示。谨奏。

新设洋务公所委员会办片

再，粤省通商日久，中外交涉事务较繁，现经臣等在于省城设立洋务公所，遴派熟悉洋务人员，专办交涉事件，并委请假回籍之广西补用道许其光、前任碣石镇总兵彭玉，在所督办。遇有饬办之事，即由该道等会同藩、臬二司，督饬公所文武各员，查照条约，悉心核议，禀商臣等，妥为办理。

除咨明总理各国事务衙门暨北、南洋大臣查照外，谨合词附片陈明，伏乞圣鉴。谨奏。

恭请陛见折光绪四年十一月初五日

奏为循例吁恳陛见，恭折奏祈圣鉴事：

窃臣仰荷圣恩，畀以兼圻之任，计自光绪元年冬间抵粤，瞬届三年，惭报称之毫无，抱悚惶而滋切。臣自同治八年江西巡抚任内入京请觐之后，迄今已九更寒暑，而于我皇上登极以来，尚未一觐天颜，寸衷实深依恋。现在两粤地方，雨旸时若，禾稻丰收，上年被水灾民，渐皆复业，内地均属静谧，广东洋务，亦平顺如恒。合无仰恳天恩，准臣入都陛见，俾得跪聆慈训，少摅犬马恋主之忱，而海疆 切事宜，亦得仰邀指示。如蒙俞允，所有两广总督印务，伏乞简员署理，俾臣得以交卸起程。

理合恭折具陈，伏乞皇太后、皇上圣鉴训示。谨奏。

代进越南国王疏文折

光绪四年十一月十八日

奏为代递疏文，由驿驰陈，仰祈圣鉴事：

窃臣等于光绪四年十一月十四日，准越南国王咨送到疏文一件，请代为转呈，并请飞咨广西，派兵援剿李扬才股匪等由前来。除飞咨广西抚臣杨重雅查照，并咨催广西提督臣冯子材，迅速督军起程出关剿办外，所有越南国王疏文，臣等谨会同由驿代为恭进，伏乞皇太后、皇上圣鉴。谨奏。

裁撤水勇全配水师兵丁折

光绪四年十二月十七日

奏为广东外洋、内河轮拖等船，一律裁撤水勇，全配水师兵丁，扣除本身饷米，由局支给加饷，恭折具陈，仰祈圣鉴事：

窃照缉捕巡防，募勇为权宜之计，练兵乃久远之图。粤东自军务底定以来，水陆留防各营，除裁撤外，尚存勇丁九千余名。各路缉捕、各段拖巡等船，虽经以各营兵丁酌量兼配，但人数散漫，不能成军，操练亦未合法。前经臣坤一于覆陈前督臣英翰奏陈粤省事宜折内，声明将陆军并营操练，各路船只一律改配经制水师兵丁。随饬将督抚两标，广州协水师陆路两提标，潮州、高州、南韶各镇营练兵，均以五百人为一营，编立营制，定期开操，已据报先后举办。惟是从前水师各船，除舵工之外，或全数配兵，或全数配勇，或兵勇兼配，办理未能画一。粤东地处海滨，简练水军，尤为当务之急。复经饬据司局核议，将外洋、内河缉捕各船，分别各路，拨归各营管辖。除东江惠州上下游、北江清远以上、西江肇庆以上，距省较远，多属滩河，该管各营向无水师兵额，应俟另行酌议办理外，此外外海、内河各船，察看地方缓急，酌量调派，分别增删。所有各船驻泊各处，无论该处地面有无陆营兵勇，一律裁撤水勇，改配各本营水师兵丁，如兵丁不谙驾驶，则开除名粮，即以从前在船之水勇拔补。至于轮船一项，事属创举，其薪粮与各船相去悬远，驾驶之法亦与各船迥不相侔。粤东洋面，延袤数千里，筹办防务，非轮船似不为功。轮船日见其增，则配勇日见其广，即使库款充裕，足以应付勇粮，而外洋水师数千人，安可视为无用，等于废置。从前缉捕，并无轮船，似难责成各兵皆能谙习。今既设有轮船二十余号，自应使之调换训练，以期渐臻纯熟。是以将现存之大小轮船，除洋人不计外，所有船上原配各项人等，一律改配水师兵丁，俾资练习。现已将轮船、拖船、巡船，分拨水师提标及督标，并阳江、南澳、碣石、大鹏、香山、顺德、龙门、崖州、赤溪、吴川、新会、平海、海口、海门、澄海、达濠、海安、儋州、前山、硇洲、东山各标镇协营，配兵调遣，合计共裁去水勇二千三百余名，添练水师兵丁二千三百余名。查向章，各兵加给练饷，每名月支银一两八钱及一两五钱不等，各船勇粮，外海拖船舵工每名月支口粮银十二两，水勇每名月支口粮银五两，内河巡船、舢板等船舵工，每名月支口粮银四两八钱，水勇每名月支口粮银四两二钱。是兵之与勇，练饷口粮，每名多少，原不相同，而轮船配驾华人，月支工食，较之各兵练饷，尤为繁巨。现议易勇为兵，既不能另筹饷需，亦未便骤行核减，计惟有将配船各兵，扣除本身应得额饷额米，步兵则折并作银一两八钱，守兵则折并作银一两四钱，合加饷而计之，仍符原支工食口粮之数。核算从前以勇配船，较之改配水师兵额，除去本身饷米，由局支给加饷，年中统计，共可扣除额支饷米银四万余两。从此一转移间，兵归实用，饷不虚糜，似于营务海防、地方缉捕事宜，均有裨益。据善后总局司道会同藩、臬二司、督粮道，将水师各标镇协营步守兵额，分别配驾各船，汇造清册，详请具奏前来。

除清册送部查核外，臣等谨会同广东水师提督臣翟国彦，合词恭折具奏，伏乞皇太后、皇上圣鉴。谨奏。

粤东现存勇丁数目折

光绪四年十二月十七日

奏为查明粤东省现存勇丁数目，恭折具陈，仰祈圣鉴事：

窃照案准户、兵二部咨："具奏各省留防勇丁，统限于文到一月内，迅将现存勇数若干，先行奏明，一面将所有防勇，陆续裁汰，以半年为限，统裁十成之一。将来报销时，户部即照此次所定限期，减成核算。其裁存勇数若干，月需饷银若干，以及管带员名，驻扎处所，均令于此次裁定后分晰开单，专折奏明，以备查核。至此后应如何分年续裁之处，仍令随时相机办理等因，光绪四年五月二十日奏，奉旨：'依议。'"钦此。当经转行钦遵，并将奉到文行日期，先行咨覆户、兵二部。其外洋、内河轮拖等船，裁撤水勇，改配经制水师兵丁，加给练饷各情，亦经另折奏报在案。

查广东陆路则幅员辽阔，水路则港汊纷歧，经制营兵，有时不敷调遣，不得不借资勇力。合计通省水勇，除裁去外洋、内河轮拖各船勇丁二千三百余名添练水师兵丁外，现存陆路提标前营游击何光尧等统带勇丁三百九十八名，肇庆协副将刁经明统带勇丁二百九名，督标水师营参将戴逢亨统带勇丁一百九十九名，署清远营游击宋荣藻统带勇丁一百三十六名，署南韶连镇中军游击朱国安统带勇丁二百五十八名，清远营左营守备陈得贵统带勇丁八十八名，大鹏协副将赖镇边等统带勇丁一百八十四名。以上各勇，或在东、西、北三江滩河小港，配驾扒船，往来巡缉，或在各处厘厂，驻扎防护，均系随时分拨，不能成队成营。此现存水勇之实在数目也。

又陆路除新旧抽练营丁四千名外，合计通省陆勇，尚存督标中军副将李占椿等统带勇丁八百五十七名，署广州协右营都司关贵昌统带勇丁二百名，署南韶连镇总兵郑绍忠统带勇丁一千五百名，署陆路提督臣方耀统带勇丁一千名，署潮州镇总兵张得禄统带勇丁五百名，顺德协副将利辉统带勇丁二百名，署广州协副将邓安邦统带勇丁七百二十名，署水师提标后营游击冯殿辉等统带勇丁二百七十七名，大鹏协副将赖镇边统带勇丁一百九十六名，署钦州营参将莫善喜统带勇丁一千五十名，候补守备吴奖锡等管带勇丁五十名，阳江同知余祚馨等管带勇丁八十名，琼州镇左营守备李际昌管带勇丁九百名。以上各勇，每因事之缓急，量为增减，或在省城、佛山、肇、罗等处巡防缉捕，或在广州、惠州各属查办土匪，或驻扎钦州、灵山一带以顾边防，或檄赴儋州、临高一带剿办客匪，一时均难裁汰。此现存陆勇之实在数目也。

统计水陆各勇，共存九千二名，每月应需薪粮等项银两，均由善后总局支给。当此整顿营伍、节省饷糈之际，诚知多裁一分勇丁即多省一分经费，未敢因办理正资得力，致令稍事虚縻。所有何光尧等水路各勇，应否改配营兵，应俟另行酌议办理，已于另折声明。其陆路各勇，一俟捕务稍松，应如何配量裁汰，容臣等随时体察情形，分别核办。一面檄饬善后总局司道，及移行管带员弁，遵照部行，以半年为限，统裁十成之一，另将裁存勇数，及月需饷银若干，并管带员弁姓名、驻扎处所，即于裁定后分晰开单，详请专案奏报，以昭核实。

所有粤东省现存勇丁数目，据广东善后总局、司道详请先行具奏前来，臣等覆查无异。除咨户、兵二部查照外，臣等谨合词恭折具陈，伏乞皇太后、皇上圣鉴。谨奏。

遵查李扬才咨呈所称并无实迹片

再，臣钦奉谕旨："革镇李扬才咨广州将军等文内所称州县陵辱，抚道挟诈等情，有无其事，着刘坤一查明具奏。"钦此。跪读之下，感悚莫名。

臣查广东巡抚臣张兆栋，续接到李扬才咨呈，词意均属相同，惟臣处独无。咨呈内所称，"州县陵辱，抚道挟诈"两语，虽毫无证据，系属影响之词，第该革镇以此借口，不可不切实推求。臣前在西省数年，官绅多所熟习，当于函札往来，及差委禀谒之便，详细询明。佥称李扬才前在西省时，均未闻有州县陵辱，抚道挟诈之事。兹臣钦奉谕旨，复经逐细访察，亦属绝无端倪。臣以李扬才身为二品大员，负资素称桀黠，地方州县讵敢以非礼相加？李扬才前署广西浔州协篆，与同城之桂平县、并无不和，此外各牧令，与李扬才更属无干。如谓原籍广东灵山县，则李扬才居乡不久，未尝身至县城，亦未与人涉讼，则陵辱从何而来？该县俞文莱函询招勇之事，李扬才竟置之不答，尚肯受该县之陵辱乎？其称抚道挟诈一节，未审所指何抚何道。察其语气，无非因广西巡抚臣杨重雅将其咨送来东，不肯奏留西省之故。又因统领广西防军候补道赵沃见其屡遣党与前往越南股匪叶成林处，沿途不服盘诘，禀经臣与杨重雅将其严加申饬，乃李扬才遂以此为挟诈，试问所挟何事，所诈何赃？李扬才本系候补穷员，其幕友陈奇谷经灵山县拿获，讯据供称，李扬才积欠伊薪水银二百两，屡讨未还。而谓抚道挟诈，其谁信之！李扬才于上年春间，前来禀见，臣因其情词闪烁，诫令循分当差，然尚曲予优容，款以酒食。李扬才如果曾被州县陵辱，抚道挟诈，何不赴诉于臣？且与越南何尤，顾欲谋其宗社，以为泄愤之地。此等鬼蜮伎俩，自在圣明洞鉴之中。

所有臣遵旨查明李扬才咨呈内所称，州县陵辱，抚道挟诈，系属虚诬，并无实迹各缘由，谨附片具奏，伏乞圣鉴训示。谨奏。

防军攻克越南夥匪片

光绪四年十二月二十九日

再，广东钦州与越南毗连，时有匪徒勾结窥伺。自革镇李扬才窜扰越南之后，边防更形吃重。叠经臣等饬令钦州文武，督率兵勇，激励乡团，随时严密防剿在案。

光绪四年十二月初十日，据署钦州营参将莫善喜、署钦州知州冯宝封禀报：越南禄扶村土匪刘德章二等，勾结内地匪徒黄晚、许白鹤二等，结盟拜会。另有匪首廖二等，及该国下垓等处客匪温亚单等，陆续入伙，在大石鼓地方抢劫，攻破稔背、那巴各围闸，屯聚掳杀。经莫善喜等添募壮勇，驰赴该州所属之东兴地方，约会越南官兵，节节进攻，连次获胜。该匪见势不支，弃闸逃窜。我军跟踪追击，先后毙匪多名，阵斩首级一颗，生擒二名，我军亦伤毙勇丁一名，受伤二名，当经分别饬医恤赏，并将所获生供讯明正法。该匪刘德章二等，自被剿穷蹙，窜至越南先安州地方，嗣闻李扬才出关滋事，复纠率伙党，在于堂横大木根等处肆扰。并据探报，该匪等于十月二十九日，窜至硭街西岸，距东兴仅隔一河。我军过河迎击，该匪退至大木根之洌虏，筑闸抗拒。莫善喜等与廉州府知府鹿传霖，筹商至再，皆以此股匪徒，若不及早扑灭，恐与李扬才联络一气，终贻边疆之患。当由鹿传霖面授机宜，设法进剿。适越南海宁府裴进先到营乞援，莫善喜即饬派兵作为向导，并饬府尉陶德典等在后接应。一面由冯宝封驰赴防城，飞饬沿边团练，严堵隘口，以杜窜越。莫善喜随于十一月初五日寅刻，亲督劲旅，会同越南官兵，掩旗息鼓，驰抵洲虏匪闸。该匪刘德章二等，一闻官军进剿，即派悍贼出闸迎敌。我军奋勇向前，将匪击退回闸。该匪等施放枪炮，拼死抵拒。各勇分队从小路抄至闸后，两面夹攻，自寅至巳，围逼愈紧。莫善喜复加悬重赏，激励各勇，直至闸边，抛掷火包，焚烧匪屋。时值风大火猛，匪首许白鹤二率党冲突而出，我军开炮轰击，立时毙命，当场割取首级。击毙伙匪不计其数，擒获生供三十名，斩截首级六颗，发辫二十二条，左耳记十四只，夺获炮械旗帜无数，结盟书八本，拜会图一幅，余匪均在闸内烧毙。当将匪闸平毁，全股悉数扑灭，收队回抵东兴，一时中外人心同声称快。点验各勇，受伤二十余名，酌给银两医调。所获生供内戴中因一名，久在贼巢，深知底细。询其逆首刘德章二实在下落，据供火起焚闸时，曾见其已受炮子重伤，随又拼命冲出，料已就歼。惟客匪头目温亚单，先期外出招伙，致被漏网，仍饬弁勇四路搜缉，并再确查刘德章二实在踪迹，是否已受炮毙，分别办理。一面布置勇丁，驻扎东兴，严密防守。并将所获生供，及首级等项，押解回州审办等情，会禀前来。

臣等伏查匪首刘德章二，纠邀内地匪伙，聚集多人，在于越南迭肆劫杀，窜扰钦州边境，如与李扬才勾通一气，办理颇形棘手。且阅获缴逆书及拜会图式，悖谬异常，察其情形，尚复计图内犯。今署钦州营参将莫善喜，亲督兵勇，驰往攻剿，将该匪一鼓聚歼，不独绥靖边防，且足剪李扬才之党与，实属智勇过人，廉州府鹿传霖指授方略，署钦州冯宝封协力防堵，均属勤劳卓著，似未便没其微劳。相应随折声明，仰恳天恩，俯准将署钦州营参将事副将衔准调补清远营游击莫善喜，免补参将，以副将尽先补用。廉州府知府鹿传霖、署钦州知州事候补通判冯宝封，均交部从优议叙，以示鼓励。其余在事出力员弁、兵勇，容臣等查明择尤，酌量请奖。

除饬确查刘德章二实在生死下落，禀覆核办，一面上紧严缉在逃客匪头目温亚单，务获解办，以绝根株，并将所获各犯讯明究办外，臣等谨合词附片具陈，伏乞圣鉴训示。谨奏。

奏疏卷十四

藩司积劳后丧母毁终请予优恤折

光绪五年正月二十日

奏为已故藩司积劳成疾，恸母殒身，忠孝可风，恳恩优恤，以彰至行，恭折仰祈圣鉴事：

窃前任广东布政使杨庆麟，据报于光绪四年十二月二十八日丁本生母忧，业经臣等具折奏报在案。嗣闻该藩司丁忧后，哀毁太过，患病甚危，而苫块之中，仍复清理经手公务，不稍休息，甚至深更梦呓，犹呼何事宜办，何款宜筹。臣亲往唁时，见其形神毁瘠，劝以稍节哀劳。该藩司泣称："身受国恩，本冀勉图报称，不意遽遭大故，摧裂五中，罔极之悲，实难自已。"泪随言下，见者恻然。臣察其病势甚深，几于灭性，因与僚属再三劝慰，嘱令勉亲药饵，以冀就痊。讵该藩司心血素亏，又因居丧过戚，竟于本年正月初三日在苫次一恸而绝。

伏查该藩司本生父炳春，由举人作令浙江，于咸丰十年殉粤逆之难。该藩司以编修历任翰詹，蒙恩简放河南学政、山东考官，旋擢顺天府府尹，其品学优长，居官清慎，早在圣明洞鉴之中。光绪元年，简授广东布政使，二年四月到任。粤东近年库款支绌万分，而应解京、协各饷，应放本省兵饷，与一切经费，并晋、豫赈需，均属刻不可缓，该藩司悉心综核，设法筹维。因朝廷廑念西陲，抵任之初，即筹拨协饷银二十万两，其余各项，历年以来，亦莫不勉力接济，从无贻误。每与臣谈及时事，该藩司谓我皇太后、皇上勤求治理，旰食宵衣，属在臣工，何敢稍图暇逸，故于用人理财诸事，勤勤恳恳，昕夕不遑。该藩司气体清羸，年来积受辛劳，遂成虚损不眠之证。上年春间，以所患增剧，曾请开缺医调，因臣与抚臣再四慰留，亦即强起视事。而其母衰年多病，该藩司时切隐忧。上年冬间，廉、琼两郡告警，征调频仍，该藩司出则筹画军需，入则料量汤药，心忧力瘁，沉痼已中膏肓。迨至其母病危，衣不解带者半月之久，其母病殁，水浆不进者一旬有余。此其致疾之由，殉亲之孝，固粤省官绅共见共闻同为痛惜者也。该藩司于咸丰年间，奉旨帮办江南团练，倡议以轮舟至安庆，迎今直隶总督臣李鸿章之师，故上海得以保全，苏州亦因而克复，是其才识亦复迥异恒流。臣方冀其建树勋名，以报国恩而绳先烈，乃殒生于一旦，遽殉母于九原。臣既惜其才，复悲其志，实不忍其湮没不彰。

伏查同治年间，陕西巡抚蒋志章在任积劳病故，又江苏即用知府曾贞干在金陵营次积劳病故，经陕甘督臣左宗棠暨前江苏巡抚臣李鸿章，先后奏蒙加恩赐谥。上年江苏苏松太道冯焌光孝行肫笃，经两江总督臣沈葆桢奏请宣付史馆，亦蒙俞允。该藩司杨庆麟，积劳致疾，痛母殒身，至性至情，可敬可悯。合无仰恳天恩，俯准予谥，并将生平事迹，宣付史馆，以彰至行，出自逾格鸿慈。

谨会同广东巡抚臣张兆栋、广东学臣吴宝恕恭折具陈，伏乞皇太后、皇上圣鉴训示。谨奏。

儋临客匪负嵎添派营员剿办折

光绪五年二月十九日

奏为官军进剿儋、临客匪尚未得手，现在添募劲勇，饬令总兵郑绍忠等会督驰往剿办，恭折驰陈，仰祈圣鉴事：

窃照广东琼州府属之儋州客匪，勾结临高县匪徒聚众滋扰，先经该镇道府调募兵勇，并经臣等札饬调署南韶连镇总兵郑绍忠、署钦州营参将莫善喜，酌拨所部勇丁，派弁管带，驰赴协剿，由署琼州镇总兵何明立、署雷琼道刘镇楚亲临督办，一面先行恭折奏报在案。

兹据该署镇道等禀称：该客匪先则赴营呈诉，谓与土人有仇，志在报复，并非抗官，屡求设法安插。迨经该镇道委员会同地方官前往开导，责令捆送头目，呈缴军装，并清还所掳土民人畜财物，该客匪则复狡辩多端，抗不遵办，自非痛加惩创，不足震慑其心。查该客匪分两大股：一在临高县属之和舍墟，一屯儋州属之那大墟。而和舍墟一股，又分设左右两寨，其巢穴为最坚，其党与为最众，且与那大之匪，声息颇通，彼此互相接应。余于儋、临两属，毗连数十里内，蜂屯蚁聚，棋布星罗。必须步步为营，先将和舍匪巢剪灭，再图进攻那大，使其首尾不能相顾，渠魁庶可歼擒。该镇道察看形势，密授机宜，先挑劲旅五百名及该处团练，令署崖州协副将李其昌管带，在于附近和舍匪巢之嘉来地方驻扎，并饬各营陆续继进。适游击江志管带安勇五百名行抵郡城，当即调赴前敌，分扼要隘。十二月初十日夜，传令次日五鼓出队。该镇道指挥各军，派副将李其昌率勇攻和舍之左，游击江志率勇攻和舍之右，副将滕三元率勇径攻和舍市场，并与左右两路联络声援，该镇道各率亲军居中策应。天未明时，我军齐集，三路进攻。该匪初则固守濠墙，既而突出拒战。我军刀矛并举，枪炮互施，并将喷筒火箭逼近射放，左右两寨同时火起，烟焰蔽天。该匪犹复拼命死斗，滕三元裹伤陷阵，手刃悍贼数人，李其昌往来驰骤，连放双响洋枪，轰毙骑马贼目。我军勇气百倍，毙贼先锋百余人，生擒七名，夺获骡马多匹，匪势由是披靡，败入和舍墟，我军乘胜长驱，逼近匪巢。该匪坚伏墟内，专用枪炮向外轰击，子如雨点。我军正在相持，忽有另股匪众数千人，从山谷中趱出，计图绕袭我后。该镇道等分兵拦击，游击江志策马督队，擒斩执旗贼目多名。墟内之匪，见有援贼前来，亦各鼓噪相应。该镇道因见贼悍巢坚，未可卒破，乃敛军而退，俟其开壁来追，即帅各勇回旗返扑，斩馘颇众。该匪旋即败退入墟，并力死守，我军亦以日暮收队，所获生供，即在军前讯明正法。查点我军员弁兵勇阵亡者三十九员名，受伤者二十一员名，容俟查明衔名，另行分别请恤等情，驰请增兵助剿。该客匪等自知罪无可逭，又因此次受创颇深，随即联名递呈，哀词求抚，情愿一遵约束，由该镇道节次具禀请示前来。

臣等伏查该客匪等，原有新旧之分，旧客与土人相安年久，尚无非为。新客则系同治年间由肇庆之高明、鹤山，广州之新宁、曹冲等处迁住安插，身经百战，狡悍异常。此次因与土人构衅，新客攘臂而起，旧客被其胁从，所破土民村庄，恣意屠戮，凶惨绝伦，并敢拒敌官兵，实属形同叛逆，现虽畏剿乞抚，难保不首鼠两端，倘办理稍从宽贷，不惟土民受害最重，必不甘心，更恐别处客民从而效尤，祸将伊于胡底。当经臣等批饬该镇道，将前开各条，勒令逐一遵办，并将杀人放火及残害弁兵各凶犯，悉数解究，一面由省委令游击卓延龄，管带开花炮队二百名，并催莫善喜所派千总莫善积管带之保安勇五百名，驰赴琼州，以壮声势。另檄调署南韶连镇总兵郑绍忠，于所部各勇内抽调四百名，另行添募二千一百名，合二千五百名，于正月二十三日，亲率启行，刻期渡海。倘该客匪意存观望，立即督饬各军痛加剿洗。复调署海口营参将吴迪文、碣石镇游击黄廷耀、候补守备郑廷宗所管各轮船，驶往洋面，实力梭巡，以防窜逸。又卸雷琼道王澍先因患病交卸，回省就医钦奉上谕："饬将剿捕事宜，会同地方官筹办事竣，再行回省。"等因，钦此。钦遵转行查照。该道在任多年，于地方情形极为熟悉。现饬该道会同郑绍忠前往督办。俟该镇道抵琼，所有水陆各军，统归节制调遣。并令先经饬赴新任之琼州镇殷锡茂及刘镇楚察看情形，如抚事尚未就绪，即行回郡，专办郡城防务。前募勇丁，量行裁撤，以节縻费。以后或剿或抚，概交郑绍忠、王澍酌量办理，俾一事权。

除俟郑绍忠等到琼后，饬令会督在事文武，妥筹剿抚，务期迅速蒇事，仍将如何办理情形及此次阵亡员弁兵勇，应如何奏请议恤，分别饬查，另行奏报外，所有官军进攻儋、临客匪尚未得手，现经添募劲勇驰往剿办缘由，谨合词恭折驰陈，伏乞皇太后、皇上圣鉴训示。谨奏。

前项捐输移奖仍请饬部注销片

再，臣于光绪三年，捐银十五万两，储养洋务人才，奉旨："着该衙门核给奖叙。"嗣经部议，以一万两给予随带加五级，其余银十四万两准其移奖子弟及籍贯相同之族人，具奏奉旨："依议。"钦此。天恩高厚，感激难名。臣随于子弟及籍贯相同族人，逐细查询：其贤而有志者，则欲自奋于功名，不愿以资郎进；其不肖者，又未便令得滥竽，致虞覆悚。此项虚悬无着，诚恐日久弊生。现在钦奉上谕，停止京外捐输肃清仕途之际，应请将臣前捐银两移奖之案，饬部注销，以昭慎重。

谨附片具奏，伏乞圣鉴。谨奏。

迭准越南公文委员密察军情片

光绪五年二月二十五日

再，臣于光绪五年二月初六日，准越南国王阮福时咨呈内称：李扬才股匪，经道员赵沃饬令总兵党敏宣等督带营勇，会同该国官军，连次进剿，克破贼巢多处，擒斩贼目伙党不少。李扬才窜往太原省辖屯聚，边情较前稍松。中国官军已有十余营分路扼扎，如再添三四营前往，责令赵沃出关督同党敏宣等协力援剿，足以制胜，提臣冯子材即可免劳跋涉等情。臣以冯子材系奉特简，先经统师出关，赵沃所部各营，已经广西抚臣饬令交卸，现在匪势既极穷蹙，军情大有转机，如果再涉纷更，不独旷时糜饷，坐失机宜，且恐李扬才养成势焰，复肆鸱张，为患更无底止。当经照覆越南国王，饬令所属与援军戮力同心，一面咨催冯子材，刻期进剿，迅图蒇事。旋准该国王续呈，核与前呈大略相同，其意总以赵沃等办理得力，不宜更易新手，冯子材统师既众，供应浩繁，不如中止为请。而提臣冯子材先后来咨，则称赵沃迭次所禀获胜情形，均系冒功捏报，贼目陈佐邦等，亦系以降为擒，越南国王为其臣下所朦，因而措词失当。并称越南地方官不肯应付粮食，致各营枵腹荷戈，且将驻防各粮屯营兵撤去等因。又经臣照会越南国王，通饬各省官员，将提臣各军应需粮米，按月筹拨，源源接济，价值若干，仍由提臣照数应付，以示体恤。并两次函致提臣，嘱其申明纪律，与该国官军和衷共济，不可稍存芥蒂在案。

臣初以赵沃久领边防，情形熟悉，此次拨兵援剿，屡次捣穴歼渠，且救全谅山、北宁各省，钦奉谕旨奖励，是以咨商提臣及西抚臣，应否仍留该道在营帮办，以资臂助，分别办理。兹阅提臣来咨，知其彼此龃龉，似未便再令帮办，转致偾事，即经函致西抚臣，作为罢论。

惟查提臣冯子材，前此赴援越南，剿办黄崇英等股匪，奏凯而回。此次越南国民，自应望切来苏，壶浆道左，乃坚欲挽留赵沃等督办，而不愿提臣出关，诚非意料所及。至赵沃迭次禀报获胜，以及生擒贼目陈佐邦等各情，果系捏饰，何以不独越南国王咨呈与之相符，即东省钦州营参将莫善喜、西省左江镇总兵梁正源所禀查探情形，均相吻合。是否提臣因越南倚重赵沃，故事抵牾，抑或赵沃实有捏饰之弊，事关中外大局，亟应严密查办，以昭核实。除密派亲信可靠员弁改装易服，前赴各该处确切访查，据实禀覆，另行奏报，并将越南国两次咨呈并莫善喜、梁正源两处禀报，一并抄录咨送军机处查照外，理合附片具陈，伏乞圣鉴训示。谨奏。

恭报兼署抚篆日期谢恩折

光绪五年三月初十日

奏为恭报微臣兼署抚篆日期，叩谢天恩，仰祈圣鉴事：

窃臣于光绪五年二月三十日接准吏部咨，内阁抄出，光绪五年正月二十五日奉上谕：“裕宽现已调补广东巡抚，未到任以前，着刘坤一兼署。”钦此。随于三月初六日，准前抚臣张兆栋遵例饬委广州府知府冯端本、署抚标中军参将黄龙韬，将王命旗牌、文卷并广东巡抚及太平桥监督各关防，赍送前来。臣当即恭设香案，望阙叩头谢恩，祇领任事。

伏念臣楚南下士，戎马粗材，仰蒙九陛之恩，畀以双圻之寄，涓埃未报，兢惕方深。兹复钦奉温纶，兼权抚篆，自揣精神之渐耗，深虞艰巨之难胜。计臣自督粤以来，已逾三载，凡地方吏治、民风，虽经设法整顿，仍觉积弊未除。况以海滨之顽莠尚多，亟须惩治，库藏之度支甚绌，正待筹维，当责任其益专，尤措施之不易。臣惟有倍加策励，弥矢慎勤，因时审张弛之机，遇事尽讲求之要。所有一切事宜，务当殚竭心力，妥为办理，庶使海疆静谧，边徼辑安，以期仰答高厚鸿慈于万一。

除将兼署日期恭疏题报外，所有微臣感激下忱，谨恭折叩谢天恩，伏乞皇太后、皇上圣鉴。谨奏。

拿办在逃匪首片 光绪五年闰三月初七日

再，前因匪首刘德章二等在于越南地方，勾结内地伙党，滋扰粤东边境，经署广东钦州营参将莫善喜亲督兵勇，越境剿办完竣，业经臣会同前抚臣张兆栋附片奏明。一面密饬地方文武，确查刘德章二生死下落，并饬购缉在逃客匪头目温亚单务获，暨此外两粤交界地方，尚有匪首谢单爪虎等在逃未获，亦饬一体缉获解办，以期尽绝根株，俾除边患在案。

兹据署广东钦州营参将莫善喜禀报，访查匪首刘德章二自被剿逃窜后，复与谢单爪虎串聚一处，暗招党与，潜谋起事，并欲勾合西匪投入李扬才伙内，图扰中外边境。该署参将闻信后，密购眼线，派拨弁勇，不动声色，于光绪五年正月内，驰往查拿。该匪目等闻风先逃，谢单爪虎假冒客商，潜出钦州边界，正欲渡河，我军于十九日跟踪追至，该匪开枪拒捕，致伤勇丁二人。各弁勇拼死向前，立将谢单爪虎一名拿获。该署参将复派得力弁勇，四路密访，二十一日行至钦州属之大菉墟地方，侦知该匪首刘德章二藏匿墟内客店，各弁勇先于店外设伏。该匪知觉，闭门拒守，各弁勇把截门口，一面由瓦面跳下，内外夹攻，该匪格斗移时，随即就缚。均经就近解交钦州审办，监提前获之匪犯戴中因当堂质认，据供确系刘德章二正身无疑等情，禀报前来。并据该管道府先后禀同前由。

臣伏查匪首谢单爪虎、刘德章二，均属积年巨寇，历在两粤及越南边界纠党滋事，及败窜后，犹复狼狈相倚，以图死灰再燃，并欲为李扬才响应，若任日久漏网，必至贻患将来。今署钦州营参将莫善喜购线访拿，将该匪等先后擒获，实足以昭炯戒而靖边陲，亟应速正典刑，俾免久稽显戮。钦州距省遥远，似未便令其解省，转致疏虞。除札饬钦州就近提集各犯，审明解府，覆勘录供禀办，并饬勒缉在逃客匪头目温亚单务获解办外，所有此次拿获首要逆匪之出力弁勇，均有微劳足录，可否由臣查明，择尤酌量请奖，以示鼓励之处，出自逾格恩施。臣谨附片具奏，伏乞圣鉴训示。

再，广东巡抚系臣兼署，毋庸会衔，合并陈明。谨奏。

灵山县歼擒逃匪片

再，广东廉州府属之钦州灵山县，均与广西宣化县界址毗连，时有匪徒勾结为害。且自李扬才出关滋扰，两省交界地方，伏莽往往乘机思逞，叠经札饬地方文武，一体严密巡缉，实力查拿，以靖边圉在案。

本年二月间，先后接据灵山县俞文莱、钦州田明曜、署钦州营参将莫善喜禀报：广西宣化县属公容、蒲庙等处，有匪徒聚集多人，纠合钦、灵等处匪伙，欲图窜扑南宁府城，劫掠滋事。即经左江镇道府督同宣化县张秉铨，于正月二十八日夜，在城内搜获奸细马桂金等六名，讯明正法。该文武随各带兵勇，驰赴交界地方，会合宣化县营妥商剿办。旋经钦州、灵山等县营，陆续拿获匪犯黄锡珍等多名，并经宣化县先后缉获李上业即黄上业并陆炳光等十余名，讯据各该犯供称：此次纠众起事，系宣化县匪首潘振家起意，捏造何姓招勇伪札，纠约伊等多人，图扑南宁府城劫掠，出关投入李扬才伙内，旋因事泄败露，分投逃散等语。二月十八日，灵山县俞文莱，侦知该匪首潘振家潜匿该县属龙门村山内，即于是夜三更，会营督勇，驰往掩捕，并约会钦州、宣化各文武一体协拿。俞文莱甫抵该村，即亲率勇练入山擒捕。该匪施放洋枪，拼命抵拒。各勇奋力向前，刀矛并举。该匪凶猛异常，且拒且走，直至山口，旋势不支，登将该匪首当场格毙，随提各犯，质认无异，并传同该处绅练查验属实，枭首示众。现在伙党远扬，地方安堵。惟前获奸细马桂金等据供系灵山县滗塘地方陆姓匪首，在于菩提洞结盟拜会一节，核与现获各犯供情互异。复经俞文莱亲赴该处严密查访，该县滗塘墟地方，仅止贡生陆步瀛一家，现在团练局办事，素为乡邻信服，其子侄四人亦俱年在髫龄，此外并无另有陆姓其人。该县境内，仅止菩提村小乡，亦无另有菩提洞地方。该村人烟寥寥，居民不过十余家，俱系耕种度日，并无结盟拜会情事。饬传各该处绅耆，讯取切实供结缴查，一面严缉在逃余匪解究等情。并据该管道府及宣化县禀同前由。

臣伏查广西匪首潘振家等，乘边防多事之秋，胆敢蓄谋创乱，纠约东省匪徒黄锡珍等，冒称招勇，捏造伪札，图扑南宁府城，劫掠滋事，复图转窜出关，投入李逆扬才伙内，若非迅速剿捕，会合兜拿，匪势又将蔓延，办理更形棘手。今幸该县营等不分畛域，设法剪除，先后拿获首伙多名，消祸患于初萌，安民心于反侧。该灵山县知县俞文莱，复又购觅眼线，侦探首匪踪迹，漏夜入山，督勇围捕，歼其首恶，散其胁从，办理尤合机宜，不无微劳足录。可否由臣查明，汇同在事出力文武各员弁，酌量请奖，以示鼓励之处，出自逾格恩施。

除再檄饬高廉道府暨左江镇道督饬在事各文武，随时实力搜捕，透澈查办，务将在逃余党悉获究办，并将交界地方善后事宜，分别妥为布置。一面整顿团练，力行保甲，总期奸宄敛迹，边境乂安，并饬再提现获各犯，分别讯明拟办外，臣谨附片具陈，伏乞圣鉴。

再，广东巡抚系臣兼署，毋庸会衔，合并陈明。谨奏。

特参衰庸乖谬各员折光绪五年闰三月二十六日

奏为特参衰庸乖谬之道、府、运同、直隶州知州、同、通、知县等官，请旨分别勒休、降补、革职，以肃仕途，恭折具陈，仰祈圣鉴事：

臣伏查广东吏治，习于因循，恬不为怪，而不肖之员，往往任性妄为，甚至营私舞弊，不可不严行甄别，以期澄叙官方。兹查有试用道员张崇恪、候补知府陈毓书，年力就衰，难期振作；潮州盐运同乔文蔚，才识迂疏，有辜职守；前署嘉应州事。候补直隶州知州李敦厚，听断、考试，物议沸腾；试用通判梁有为，办理厘务，殊欠认真；捐升选用道员广东候补通判吴家兴、补用同知松山，充当局差，未能核实；准升儋州知州刘彬、昌化县知县魏留先，意存规避，人亦平庸；前署儋州知州试用通判余信芳、临高县知县完继美，居官泄沓，致酿厉阶；新兴县知县卓诚、前署香山县事候补知县杨先荣，办事颟顸，几成巨衅；补用知县严霖，行止不端，声名甚劣；均未便稍事姑容。相应请旨将张崇恪、陈毓书、乔文蔚、卓诚、杨先荣五员，勒令休致；梁有为、吴家兴、松山、刘彬、魏留先五员，降为县丞，仍留广东补用，并请将吴家兴捐升道员之案，一并撤销；李敦厚、余信芳、完继美、严霖四员，即予革职，严霖并请永不叙用。所遗潮州盐运同一缺，请归部另选；儋州、昌化县两缺，俟奉准部覆，由外拣员调补；其新兴县、临高县两缺，粤省现有应补人员，应请扣留外补。据藩臬两司具详前来。

臣为整顿吏治起见，谨恭折具陈，伏乞皇太后、皇上圣鉴训示。

再，两广总督系臣本任，毋庸会衔，合并陈明。谨奏。

在籍主事家设花会赌厂请革职拿办折

光绪五年闰三月二十六日

奏为在籍主事包庇匪徒，开赌渔利，请旨革职拿办，以肃功令事：

窃照粤东赌风素炽，受其害者，动辄荡产倾家，流为贼盗。前将各项赌博，奏准部议，加重罪名，随时饬属查禁，获犯惩办，此风终未尽绝。据广州府知府冯端本具禀：据南海县营兵役先后访获赌匪陆细才即何细才及犯妇黄梁氏到案，讯据陆细才供称：听从未获之何大才雇倩，在县属蓬莱里进士吕元勋家内其记花会厂管理数目，近因查拿严紧停歇。又据黄梁氏供称：进士吕元勋宅内，窝藏未获之霍三少等，开设评花字号花会总厂，伊每日来往吕元勋家，收带票纸，抽收钱文花用，各等语。饬传吕元勋质讯，抗匿不到，实属恃符骫法。据广东藩臬二司查开吕元勋中式科分，详请奏参前来。

臣查吕元勋系鹤山县人，由廪生加捐员外郎衔，咸丰壬子科本省乡试中式举人，乙丑科中式进士，签分刑部山东司主事，告假回籍，寄居省城。身列搢绅，齐民之望，胆敢庇匪，在家开设花会总厂，诱赌渔利，迨获犯供开，查传质讯，犹复抗匿不到，应即参革严拿惩办。除饬将窝赌房屋查封，勒缉赌匪何大才等务获究报外，相应请旨将签分刑部山东司之在籍主事吕元勋革职，以凭严拘到案，提同现获各犯，质讯究办。

理合恭折具奏，伏乞皇太后、皇上圣鉴训示。

再，两广总督系臣本任，毋庸会衔，合并陈明。谨奏。

遵旨一律停止捐输折

光绪五年闰三月二十八日

奏为查明广东捐输，遵旨停止，毋庸筹款相抵，并在粤收捐之外省捐局，亦经饬行一律停止，恭折具陈，仰祈圣鉴事：

窃准部咨："光绪四年十二月十四日内阁奉上谕：'前因军务未平，用款不继，不得已开捐纳职，借济饷需。乃近来中外捐纳各员，其为守兼优、才具可用者固不乏人，而滥竽充数、甚至有玷官箴者实属不少。至各属办理捐输，原不无实事求是，有裨国计之处，而行之日久，捐资之影射，捐生之取巧，及委员等种种弊窦，不一而足，于澄清吏治之道，既多窒碍，于饷需亦多有名无实，自应及时停止，以肃政体。着户部及各省督抚，通盘筹画，将京捐局及各省捐局，每年入项若干，详细查明，将此项作何支用之处，设法筹款相抵。一面奏明停止捐输，毋得借词款项难筹，有意延宕。'”钦此。复准部咨：“光绪五年正月二十一日奉上谕：'户部奏遵旨停止捐输一折。着有捐省分，将筹饷事例条款，概行停止，以昭画一。并一面设法筹款，一面将捐务赶紧清厘，统限于本年五月悉数截止。'”等因，钦此。仰见圣朝正本清源、澄叙官方之至意，敬聆之下，钦感莫名。

臣伏查广东捐输，自咸丰元年开办起，均作为劝捐军需团练经费。迨同治二年改为旧捐军需经费，旋即截清数目，勒限请奖。并奏明嗣后另归新案捐办，共捐项银两，俱先行上兑，拨支本省军需善后经费之用，随后由捐生开呈履历，分次奏奖。此次钦奉谕旨，着有捐省分，概行停止，截数造报，即经臣督饬司道，出示晓谕，先经缴银各捐户，赶紧依限请奖，兹已截清数目，另行具奏。至广东省近年，因外省来粤开捐，搜罗殆尽，本省捐款已成弩末，所收本属无多。历年办理善后，所需经费，遇有不敷，皆在厘金及藩库随时筹拨应用，尚非全借捐输接济，现在停捐之后，自可毋庸筹款相抵。此外在粤收捐之晋、豫、陕、滇、黔等省捐局，于奉文后，已饬行一律停止，截数造册，详请奏奖。惟高、雷、廉、琼等府所设分局，因路途稍远，尚未册报齐全，俟催缴到日，另行办理。据广东布政使会同捐输善后两总局详请具奏前来。

除咨部查照外，臣谨恭折具陈，伏乞皇太后、皇上圣鉴。

再，两广总督系臣本任，毋庸会衔，合并陈明。谨奏。

查覆革员被劾军情折光绪五年四月初六日

奏为派员密查广西已革道员，委无冒功捏报情事，遵旨据实具陈，仰祈圣鉴事：

窃臣于光绪五年闰三月二十四日接准军机大臣字寄："光绪五年闰三月初二日奉上谕：'前据杨重雅奏，道员赵沃禀报不实，毋庸留营督军，当将赵沃革职撤省查办。兹览刘坤一所奏，越南国坚欲挽留赵沃等，而不愿冯子材出关，且赵沃所禀，获胜擒贼各情，与该国王咨呈及营员禀报相符。是否冯子材与之抵牾，抑系赵沃实系捏饰，该督现已派员前往密查，即着将确切情形查明，据实入奏。冯子材各军粮米，已照会该国筹拨接济，仍着咨明该提督，照给价值，毋令有所借口。将此谕令知之。'"等因，钦此。

查臣于二月二十五日拜发前折后，随饬署理臣标中军副将李占椿，遴派年力强壮、才具老成并熟习越南情形之尽先都司冯锡荣、尽先外委李春华，正在给委前往密查，适于是月三十日，准广西抚臣杨重雅咨会，带勇道员、副将，办事不力，禀报任意，业经奏参革职查办，并抄录原奏，咨送到臣。

详核原奏内称："李扬才纠众窜出越南，道员赵沃带勇防边，不能阻截，咎无可辞。随派党敏宣、李云梯等，率师追剿。于擒获李四之后，并不解省，即在龙州正法。据各处探报，颇有来降被杀之言。其伪统领陈佐邦，准提臣咨称，实系逃出自投，并非阵擒。党敏宣、李云梯所禀攻克买市、新街及北泮白通州皆有虚捏，请将赵沃及副将党敏宣、李云梯一并革职，撤省查办"等语。臣以赵沃派令党敏宣等攻克州咘，生擒逆目李四，业经西抚臣专折具奏，所叙情形，历历如绘。即前此抚臣覆奏李扬才捏称招勇、未露叛迹折内，亦有“该员派勇力解谅山城围，诚如圣谕，殊属可嘉”之语。兹忽奏称该员办事不力，禀报任意。事关中外大局，必须一律查明，方足以昭核实。当经密饬委员冯锡荣等驰赴越南各该处，将李四、陈佐邦是否投降，抑系生擒，一并迅速查覆去讫。

兹据署中军副将李占椿，接据委员冯锡荣、李春华禀称：伊等奉委前赴越南，改装易服，不动声色，详细访查。副将党敏宣等于上年十一月初六日，攻克州咘，随即带队探剿，十五日在于板琴对面山峒中，擒获逆目李四，解赴龙州赵沃军营审办。党敏宣等又于十二月十五日，会同越南官军，与伪统领陈佐邦，在于新街接仗，斩馘贼匪数百名，陈佐邦因足受重伤，旋于十六日被擒，解经赵沃转解提臣冯子材军营，讯明正法等情，转禀前来。臣覆核无异。

伏查已革道员赵沃，统领防军，于李扬才纠众出边，未能严密堵截，本有应得之咎，惟闻警后，一面驰告越南各省预先戒严，一面派兵露夜援剿，使李扬才卒不得逞，实其掎角之力居多。逆目李四、陈佐邦，先后就擒，不独东西两省各镇将禀报及臣委员查访均与赵沃原禀相符，即越南国王两次咨呈，亦屡称其扫穴歼渠，办理得手。该国王于疆域安危所系，讵肯稍涉扶同？即使偶为臣下所朦，而一经提臣咨劾，并经抚臣奏参，应即洞悉其伪，何以该国王续有咨呈仍为赵沃等反覆剖辩，且请派人往查，论及该处军情，颇有今不如昔之叹。可见是非自有定评，虚实难逃公论也。至拿获李四之时，赵沃原禀，本拟解省审办，嗣因该逆目久病不食，恐逃显戮，复因该处绅民，衔恨次骨，急欲睹其就刑，竞请就地正法，不得不俯顺舆情。已据赵沃续禀陈明，似与无故妄为者有间。其陈佐邦一犯，如果实系以降为擒，赵沃应即将其先行致死灭口，斩首送验，讵肯以生供解至提臣行营，自取败露？提臣既谓该逆目作恶多端，不能贷其一死，抑思此等凶狡，安肯自拔来归。乃因供系来降，遂信其避就之词，遽加赵沃等以捏报之罪，使贼得快其反噬，不亦诬乎？提臣甫经出关，尚未见贼，而汲汲讦参赵沃，若拔眼中之钉，刻不容缓，是否与之抵牾，自在圣明洞鉴之中。广西系臣兼辖省分，赵沃久在该省带勇剿贼，历著勋劳。此次被参各款，既经查有屈抑，臣何敢避怨避嫌，不以上达天听。况越南正在用兵，若使罚非其罪，不惟无以振作士气，亦非所以宣示外藩。应如何仰沐皇仁，逾格恩施，俾该员赵沃等不至终身废弃，得以及时自效之处，伏候圣裁。

除恭录谕旨咨行提臣，于越南国筹拨米粮照给价值，毋令有所借口。并臣续接越南国王两次咨呈，及冯锡荣等原禀，抄录咨送军机处外，谨恭折据实具陈，伏乞皇太后、皇上圣鉴训示。谨奏。

攻克儋临客匪老巢现筹分别剿抚折

光绪五年四月初六日

奏为官军进剿儋、临客匪，叠次获胜，先后攻克和舍、那大等处匪巢，谨将分别剿抚情形，恭折由驿驰陈，仰祈圣鉴事：

窃臣于光绪五年闰三月初五日，承准军机大臣字寄："光绪五年三月十三日奉上谕：'刘坤一等奏官军进剿客匪，尚未得手，添募劲勇派员督办一折。着刘坤一饬令郑绍忠会同王澍，前往相机妥筹，所有水陆各军，统归节制调遣，以一事权。此事耽延已数月之久，该督务当严饬该镇道等，迅速蒇事，勿任迟回，致干咎戾。至该省土客构怨，屡肇衅端，皆由不得其平，致成固结莫解之势。刘坤一务当一面饬令各属文武，遇事持平，妥为安顿，庶免他处客民效尤滋事。将此由五百里谕令知之。’”等因，钦此。仰见庙谟深远，圣虑周详，伏读之余，莫名钦佩。当经恭录咨行，钦遵查照，并札饬各该地方文武，遇有土客案件，务须持平妥办，勿稍大意去后，兹据郑绍忠、王澍先后禀称：该镇道等自省督师起程，至二月十五日驰抵琼州，各营进扎加来，旋又由加来移扎相距和舍匪巢二十里之莲塘地方，该处地势最为形胜。探闻该客匪仍在附近各乡村四出滋扰，并闻和舍股匪倚山筑垒，深浚濠堑，为悍党所麇聚，宜用滚营递逼之法，直捣中坚，相机剿办。一面委弁赍持印谕，许以招抚，由间道驰往匪巢，善为开导，俾旧客自拔来归，新客势成孤立。各营部署甫定，该匪往来哨探，计在诱扑我军营垒。二月二十九日黎明，派都司颜金、守备冼章带队，隐从树林两旁抄出贼后，该镇道等亲督各军，直抵和舍墟前，猛力环攻。该匪抵死拒敌，我军勇气百倍，前后夹击，枪炮如雨，轰毙贼匪三十余名。匪势不支，且战且却，我军乘胜追至和合墟外，该匪约六七百人，各释器械，环跪马前，哀求招抚。当即派拨弁勇，押令该客匪等，安置墟后，听候分别查办。一面进扎两垒，将和舍匪巢，一律焚毁，谕令各缴军装，并将所掳土人、妇女、幼孩，交出给领。随经逐一查讯，内有屡次抗拒官兵之新客二十余人，即在军前正法。又将旧客中之被胁者，发给告示，遣令赍赴那大各村，遍贴晓谕，以资解散。连日饬据该客目造缴各客民清册前来。正在遣散安插间，三月十五日，那大客匪，因见和舍客民眷口，出而就抚，胆敢率其悍党，并诱令兰洋新客绕出麦万地方，将客民男妇截回，复乘夜潜至山白、桥头、道尧等处，筑垒屯聚，以图抗拒。查山白等处距和舍仅十余里，该镇道等即于是夜传令各营，五鼓造饭，黎明出队进攻，以都司颜金、守备洗章两军攻其前，以游击郑润材、守备黄忠保两军绕出桥头攻其左，以游击江志、千总莫善积两军攻其右，以都司陈廉养一军往来接应，以扼那大之路。十六日辰刻，我军齐出道尧，奋力截击。该匪率党迎敌，枪炮互施，彼此相持未决。适郑润材、江志等分督各军，先后掩至，以抬枪横击之，毙匪七八名，该匪遂弃道尧，趋并桥头，坚匿不出。当将道尧贼垒平毁。该镇道等即饬黄忠保、莫善积等，乘胜直捣桥头。该匪出巢死斗，鏖战两时，伤毙贼匪三十余名，余悉缩退。黄忠保等斩栅而入，贼遂弃巢而走。追至山白地方，遥见东西两贼巢，各出二三百人，排列以待，其迤东一巢，后靠松山，可以凭高视下。该镇道等饬令各军，注力东路，立斩骑马贼目一名，伤毙悍匪六七名。密派黄忠保等督队，疾驰抢占松山，以枪炮下击，并抛掷火包，一时茅篷尽毁。该匪夺路狂奔，我军奋勇追杀，毙匪三十余名，遂将山白迤东贼巢攻破。其迤西贼垒，屹然不动。该镇道等督率各勇，分筑营垒，四面环逼，该匪屡次突围欲出，辄被我军击退。嗣窥匪志渐懈，挥令各军鼓勇而进，把总方乘滐执旗向前，身被枪伤，然犹手刃两贼，力竭阵亡。各勇鱼贯继进，歼毙贼匪八十余名，生擒七名正法，夺获贼马两匹，枪械二百余件。查点阵亡勇丁谢明等八名，受伤勇丁刘辉等二十三名。此克复和舍墟，连破道尧、桥头、山白匪巢之实在情形也。

旋闻该匪连夜窜回那大、兰洋老巢。查兰洋距番区口二十里，该处地近黎界，诚恐该匪等铤险窜入。当饬传出黎总，及熟悉黎情之绅耆人等，谕令联络声势，扼要堵截，并赏给银牌猪酒，激以至诚，许以优奖。该黎总等均各唯唯听命。自十八日后，阴雨连绵，未便前进，即将和舍就抚客民，先行遣散渡海，分赴徐闻、遂溪两县，择地安插。二十七日，天色晴霁，该镇道等督军由山白进扎风门坳，闰三月初三日，进扎英茶、杨龙等处地方。是夜，有先经就抚、旋被截回各客民三百余名，复由贼营逃出，据称兰洋之匪已退入番区凹口，依山为巢。该镇道等派令守备黄忠保、冼章、千总莫善积等，各出六成队，于初四日黎明，前赴兰洋，觇匪虚实。行至大坡洞地方，歼其守路贼匪二名。比抵兰洋，该匪尚屯墟外小垒，一见我军踵至，即放火焚垒，退入番区。我军奋力追至凹口，毙匪七名，擒获生供三名，夺获贼马一匹，枪械十余件，随即收队回营。该镇道等以匪众退守番区，希图恃险负固，此时那大匪巢未拔，势不能专力注攻。即经谕令各营，高垒深沟，以遏番区出窜之路。初七日，我军由英茶出驻儋州属之南罗。该匪约百余人，隐伏树林中，先遣数匪出而诱敌。该镇道等即派江志、颜金等，从旁袭击，复令郑润材带队合攻。该匪腹背受敌，夺路奔逃，歼毙三十余名。生擒十五名，坠崖死者不计其数，夺获旗械数十件。闰三月初十日，我军由南罗进扼莲花山，该处距那大仅十二三里。遂密谕诣营求抚之旧客谢丹元等，指授机宜，约令从中举事，内外夹攻。是日辰刻，派江志、郑润材、颜金、黄忠保、莫善积等，各带队分道并进。甫抵那大墟外，谢丹元等望见官兵已近，从四面各炮楼杀出，我军鼓噪向前，斩毙悍匪数十名，匪众仓皇失措，悉数窜向石颈而去。我军追杀九十余名，生擒二十七名，当将那大匪巢攻克，先后所获生供，分别讯明正法。此克复兰洋及那大老巢之实在情形也。

此次旧客内应立功，其向化之诚，尚属可嘉。现已督饬地方文武，妥筹安辑等由，禀报前来。

臣伏查和舍、那大两墟，最为坚固，客匪据为巢穴，逆焰颇张。今该总兵郑绍忠等，亲督各军，次第攻拔，斩获甚多，洵足以挫凶锋而寒贼胆。且老客就抚，而新客益孤，现虽窜踞石颈、番区凹两处，其势已极穷蹙，似不难刻期扑灭，迅图蒇事，以慰宸廑。

除饬令郑绍忠等趁此声威，迅速进攻，以期一鼓荡平，并将就抚各客民，督饬地方文武，妥为安插，实力保护，毋任土民再事陵逼，以安反侧，仍将剿办情形及此次伤亡弁勇，分别造册，另行禀报外，所有官军进剿儋、临客匪，迭次获胜，先后攻克和舍、那大等处匪巢及分别妥筹招抚缘由，谨恭折由驿驰陈，伏乞皇太后、皇上圣鉴训示。

再，广东巡抚系臣兼署，毋庸会衔，合并陈明谨奏。

绅众捐集堤工请准建坊旌奖折

光绪五年四月初六日

奏为广东爱育堂修筑清远县石角围全堤工程完竣，请旨准其建坊，以示旌奖，恭折具陈，仰祈圣鉴事：

窃照广东清远县之石角围堤，于上年三月内再次被水冲决，经臣会同前抚臣张兆栋，于奏报城西风灾片内，附陈在案。

伏查石角围堤当北江上游之冲，每遇春水涨发，狂澜急溜，势若建瓴，全恃此堤为之捍御，一有溃决，不独下游之三水、花县、南海、番禺等处田庐太半被淹，即省城外西关各街衢，亦成泽国，饥民遍地哀号，土匪乘机出没，筹赈筹防，深虞棘手，所系诚非浅鲜。道光、咸丰年间，此堤屡修屡圮，其决口之处，竟成深潭。乃于堤内作偃月形，向外斜抱决口，使水绕折而下。同治年间，幸保无恙。至光绪三年，北江水势盛涨，该堤冲刷百余丈之宽。当经臣督饬官绅，照旧修筑，于光绪四年正月竣事。不图是年水势之大，甚于往年，新修之堤，土未坚实，随复溃决。

维时议者谓宜退至堤内数里之大布冈，依山为堤，方能巩固而垂久远。臣以经费浩大，札委爱育堂董事职员冯世谦、曾松杰等筹款承修，并照会在籍之前顺天府府尹梁肇煌、前翰林院侍读学士李文田督办。李文田躬往履勘，随来臣署指陈形势，请修老堤决口，并将全堤补修，以期一劳永逸，力言大布冈修堤之议，决不可行，且以积水算法，反覆辩论。询之爱育堂董事，皆以为然。由是刻日兴工，李文田不时亲往监视，爱育堂董事则食宿堤上，无间宵旰。一面与李文田筹捐巨资，以资接济。历时一年之久，用银八万有奇，于本年三月呈报工竣。臣随委候补同知晏赐书，会同署清远县陈起倬前往勘验，计修筑决口及修补上下旧堤共七百六十丈，一律皆用石砌，并于堤脚另筑石坝三道，以杀水势，委系工坚料实。此项工程，民捐民办，应请免其造册报销。所有捐资出力人员，均不敢仰邀议叙。惟查此次巨工告竣，有裨国计民生。且自开设爱育堂以来，地方一切善举，莫不认真筹办，足以僢达皇仁，内如城乡宣讲圣谕一条，尤有益于人心风俗。即上年西关风灾，清远水灾，一切抚恤事宜，亦爱育堂捐办之力居多。臣窃叹该绅董等之好行其德，而广东各殷富之重义轻财，为他省所不及也。相应援例请旨，准其建坊，给予“乐善好施”字样，以示旌奖，而昭激劝。

兹据布政使成孚取具委员勘验切结，详请具奏前来。除咨部查照外，臣谨恭折具陈，伏乞皇太后、皇上圣鉴。

再，广东巡抚系臣兼署，毋庸会衔，合并陈明。谨奏。

据报冯军获胜并筹解军饷片

再，臣于光绪五年四月初三日接准军机大臣字寄：“光绪五年闰三月十三日钦奉上谕：‘本日已有旨令杨重雅来京，另候简用，广西巡抚令张树声调补，并饬其即赴新任，毋庸来京请训矣。杨重雅着俟张树声到任后，再行交卸起程。官军剿办李扬才股匪，久未蒇事，杨重雅前奏既多敷衍之词，迄今日久，亦未据将军情贼势，续行奏报，朝廷殊深廑系。着刘坤一、杨重雅、冯子材饬令派出官军，实力剿洗，迅将该逆克期扑灭，以靖藩封，毋得再事耽延，自干咎戾。张树声未到以前，杨重雅责无旁贷，所有剿贼机宜，仍当与冯子材妥为筹商办理，不得存五日京兆之见，致滋延误。’”等因，钦此。

窃臣迭准广西提臣冯子材咨报：自攻克左鸾、左丁、左大逆巢，并收复河渭总、冷市等处，后[①]随即督军前进，于二月二十九日，次第攻拔板旺、板落两处贼垒。自三月初三日至初六日，将板戈、那辮、叫旺、左宁、邱瓜等匪巢，先后平毁，斩馘极多，夺获旗械不少。现在合攻左舍匪巢等语。并据臣所派委员冯锡荣等探报，亦称提臣各营在于者市及左舍后路屡次接仗获胜，斩获无算，并称有匪首黄桂廷，率党数百名，投诚前队军营，解经提臣分途安插。惟所需米粮，虽经越南筹解，无如道途险阻，每致稽延，各勇有时煮粥度日等情前来。

伏查提臣久历戎行，而李扬才又其旧部，知彼知己，自能调度合宜，军情变动不常，未可从中遥制。惟提臣所部及李扬才伙党，多系隶籍钦、灵，臣谆嘱提臣，凡遇招纳降人，务须慎重防维，不可稍涉大意。至提臣正在与贼相持，各营所需米粮，最为紧要。臣现又照会越南国王，务饬该各省臣，设法源源接济，以免枵腹荷戈。一面飞札广西藩司，将提臣月饷，赶紧拨解，不得

①中华书局版《刘坤一遗集》无“后”字。

延欠。并由广东拨银二万两，交广西委员领解，以供支放而助饱腾。

除恭录谕旨分别咨行钦遵办理，并提臣剿办一切详细情形由抚臣具奏外，所有据报接仗获胜及筹解饷项各缘由，臣谨附片具陈，伏乞圣鉴训示。谨奏。

查勘各处风灾请奖捐资抚恤官绅片

再，上年三月初九日，广东省城西门外地方，陡被风灾，经将查办大概情形，附片具奏。钦奉上谕："着先行确查，妥为抚恤，俾无失所。其压毙淹毙人口，以及被风损坏之房屋船只，分别资助，殓埋修复。至距省较远之处，有无同时被风，田庐船只等项有无伤损，人口有无伤毙，并着迅速查奏，一面设法安抚。"等因，钦此。当经转行钦遵，分别查覆。并督同各官绅，倡捐银两，发交爱育堂董事候选道陈桂士等，将抚恤事宜妥为办理。

兹据藩臬二司详称："上年三月初九日风灾，南海县属城西一带地方，吹倒庙宇民房铺屋二千八百余间，压毙男妇一千四百余名口；省河一带沉覆大小船只二百余号，溺毙三百余人；南海县金利司属地方，吹倒房屋二百余间，伤毙男妇六十余名口；黄鼎司属地方，吹倒房屋五百余间，伤毙男妇一百余名口，河面沉覆船艇九十余只，人口间有淹毙；番禺县属土名河南芳村地方，吹倒铺屋一百余间，伤毙男妇二十余名口，河面沉覆大小船艇一百余只，淹毙男妇约一百余名口；东莞县属土名下南河面沉覆渡船一只，溺毙男妇二十余名口；各处受伤人口，共有五六千人，而城西贫民，因屋宇倾颓，栖身无所者，亦以数千计。均经督同地方官，协同爱育堂绅董，筹集经费，查明各处被风损坏之房屋船只，以及压毙淹毙人口，择其无力者，分别酌助修费，给棺殓埋，其余受伤男妇，则施药医调，无业穷民，则设厂赈米。数月以来，被灾贫民，均皆复业，地方元气渐复，闾阎一律敉安。此外各属，查无同时被风”等情，详请具奏前来。

臣伏查上年三月初九日风灾，仅止一两时之久，风势所及亦止数百里之遥，而中挟黑气，猛烈异常，以致庐舍倾颓，舟航沉覆，伤毙人口至数千之多，省城西关外地方，被灾尤重。臣与前抚臣张兆栋等前往勘验，不胜惨目伤心。粤海关监督俊启，首捐重资，由是各官绅输将踊跃，地方殷富，竟有不书姓名，暗以银票投爱育堂者，数月之内，即得数万金。该董事陈桂士等，悉心经理，不惮辛勤，故能抚存恤亡，一切均臻妥协。此项经费，系由官绅士民捐资办理，并未动用库款，应请免其造册报销。所有捐资出力之官绅士民人等，业经由臣分别给与外奖。惟该绅陈桂士，贤劳懋著，并筹办清远水灾赈务，与事始终，可否仰恳天恩，饬部从优议叙，出自逾格鸿慈。

臣谨附片具陈，伏乞圣鉴训示。谨奏。

在籍绅士督办机器出力请加恩赏片

再，查广东为滨海要区，必得轮船驾驶，且旗绿各营分别抽练，需用枪炮亦多。经前督臣瑞麟，于同治十三年设立机器局，自行制造，并经奏明委派在籍绅士花翎候选员外郎加捐三品衔江苏试用道温子绍经理，迄今数年。该绅资性聪明，深谙西法，所有制造枪炮以及火箭、水雷等项，无不合用。其格林炮一项，灵巧不让外洋，而价值则减大半，是以直隶各省，纷纷来粤购办。广东近来度支拮据，该绅于局中经费与一切工料，无不力求节省，每遇放款不敷，自行在外垫借接济，俾无废事，其公忠尤为可嘉，宜乎名闻遐迩，山东、江苏、云贵、越南等处争欲罗致也。

查各省设立机器局及同文馆，所有得力人员，屡经奏恳恩施，量予奖励。今温子绍办理粤东机器局务，著有成效，且其人亦系国家有用之才，堪备任使，可否仰恳天恩，赏给二品顶戴，以昭激劝之处，出自逾格鸿施。

臣谨附片具陈，伏乞圣鉴训示。谨奏。

平定儋临客匪筹办善后事宜折

光绪五年五月初一日

奏为官军剿灭儋、临客匪，全股荡平，地方一律肃清，现在筹办善后，恭折由驿驰陈，仰祈圣鉴事：

窃照广东琼州府属之儋州、临高县客匪纠众滋事，先经臣调派署南韶连镇总兵郑绍忠，会同卸雷琼道王澍，督带兵勇，驰往剿办。郑绍忠等到琼后，先后进剿获胜，克复和舍匪巢，将就抚各客民，妥为安插，旋复督军攻破兰洋及那大老巢，该匪退踞儋州属之石颈、临高县属之番区凹两处各情形，均经臣随时奏报在案。

查石颈与番区凹相去约二十余里，后枕由万山以相联络，均系层峦叠嶂，路径崎岖，该匪倚险筑巢，负嵎自固。现值天气炎热，夏瘴方生，深以日久旷持，骤难得手为虑。即经臣谆饬郑绍忠等，督率各军步步进逼，一面断其接济，遏其应援，使之心腹溃而首尾离，以收聚歼之效。兹据郑绍忠、王澍先后禀报：闰三月二十二日黎明，我军由莲花山进扎兰洋墟，正拟择地筑垒，忽悍匪二百余人从番区凹来扑，该镇道挥令各军，并力抵御，枪炮排击，毙贼十余名，割取首级五颗，匪势不支，败退回山。我军正在追蹑，适石颈、由万山两处各出四五百人，分为三路前来搦战，我军亦分三路应之。先败其右路之贼，擒斩三十余名，中左两路，同时俱溃，追斩十数名，夺获枪械多件。是日我军垒成，番区之匪，由是不敢轻动。是夜四鼓后，该镇道等派守备冼章、黄忠保两军，由兰洋进扎连珠山，筑营四座。次早复令千总莫善积一军，从莲花山进扎鸰岭，为连珠山各军接应。四月初一日早，郑绍忠亲督游击江志、都司颜金两营，进扼红石岭、潺水岭两处，以逼石颈匪巢。该匪约五六百人出巢诱敌，我军惟以抬枪遥击之，贼旋引去。初二日黎明，分队进扎松门岭、尖岭，相距石颈仅二三里。该匪因失番区之援，其迤西之南丰、迤东之岑崙，亦经我军牵制，石颈已成坐困，遂坚匿不出。该镇道等察看形势，拟先进剿石颈，次图番区。初四日晚，传令各军五鼓出队，派江志、颜金两军由西路进攻，莫善积、邓镇邦两军由东路进击，郑绍忠亲督郑润材、陈廉养各军从潺水岭、尖岭直捣云峰岭。一面飞饬冼章、黄忠保，由连珠山出队，以缀番区之匪，使之不敢远离巢穴。初五日早，天未明时，我军偃旗息鼓，向云峰岭沿山缘壁而上，薄近匪巢，匪始惊觉，齐出拒敌。我军径前冲突，鏖战半时许，阵斩悍匪四十余名，余皆狂奔趋并连台岭，当将云峰岭贼垒平毁。江志、莫善积等见云峰岭已破，莫不勇气百倍，争先击贼。连台岭之匪，弃巢纷窜，我军歼毙匪党百余名，遂合力以攻石颈。该匪于左右两山，高筑炮台，土寨林立，计在死守。该镇道激励将士，许以重赏，饬令都司颜金、千总刘成督率所部，由大坡岭抢扎后山，与前面各勇奋力夹攻，枪炮齐施，声震岩谷，毙匪七八十名，即将土寨炮台一律踏毁，匪党悉聚石颈。郑绍忠当饬江志、郑润材围其左，颜金、莫善积围其右，陈廉养、邓镇邦等往来策应，层递攀缘，蚁附而上，垒石作壁，以避弹丸，前者已伤，后者继进。该匪以无路逃生，并力死斗，自午至申，两时之久，斩其先锋百余名，夺获旗帜器械无算，余匪翻山越岭，坠崖落涧死者不计其数，我军遂破石颈据之。是役也，阵亡勇丁邱长等六名，受伤勇丁胡启等十二名。初六日，该镇道督军进捣由万山贼巢，各匪望风瓦解，乘夜率领眷口，绕道窜往番区凹内。当将所遗篷寮百余间并堆积米谷概行焚毁。此克复石颈等处匪巢之情形也。

石颈一带既已攻克，番区势成孤立。其地广袤二十余里，万山丛杂，该匪分筑土垒炮台数十处，掘山断道，麇聚一隅。初八日午后，该镇道派陈廉养、冼章率勇攻凹口之南，黄忠保、莫善积率勇攻凹口之东，江志率勇攻其西，郑润材、颜金率勇直捣中路，复令邓镇邦等带领绥靖勇，督率临高县武举王肇元等练勇二百余名，堵守岑崙。初九日黎明，陈廉养等督队出战，该匪率三四百人拼死来拒。我军施放枪炮，子如雨骤，匪不能前，退伏树林中。各勇砍伐松枝，牵负而上，填其掘道，大呼陷阵，遂夺两垒，歼匪四十余名。郑润材等率勇掩至，连破三垒，毙匪六七十名。两路纵横荡决，将大小土寨炮台二十余座，次第扫除，擒斩悍贼二百余人。黄忠保等随率劲卒，以火箭喷筒，向下注射，番区匪遂惊乱，然犹死守东凹口，轮放枪炮，以图喘息。莫善积亲冒矢石，率勇乘势疾攻，斩匪二十余名，破其炮台三座。黄忠保等鼓噪而前，擒斩百余人。时江志、颜金各军，先后驰至，四面合围，连环进攻，声势甚盛。该匪死伤相继，夺路狂奔。我军破其土垒五座，歼擒二百余人。番区余匪窜入岩内，我军斩取草薪，堆积岩口，纵火焚攻，烧毙男妇悍贼数百人，伏尸枕藉。随即进剿那坪山，该匪不战而走，追斩复百余人，余悉赴水淹毙。我军阵亡弁勇谢莹等十三名，受伤勇丁彭春等三十七名。此克复番区凹一带匪巢之情形也。

现饬各军遍山搜获匪党四十余名正法，并查出被掳男妇幼孩，分别传属给领完聚。儋、临两属，已无贼踪。另有就抚新客三百余人，亦即遣往雷州安插。其余老客百数十村，均属安堵，土人陆续复业，与老客耦居无猜。所有一切善后事宜，应由地方官接办等由前来。

臣伏查此次儋州客匪，因临高土民粜谷争斗起衅，辄敢纠众滋扰，焚劫乡村，掳杀土民男妇，并复逞凶，抗拒官兵，实属行同叛逆。经臣调派郑绍忠等，亲督各军驰往剿捕。该匪等均系百战之余，凶悍狡谲，迥异寻常。仰蒙圣谟远运，指授机宜，责以迅速蒇事。兹幸郑绍忠等，忠勇夙著，调度有方，各将士敌忾同仇，踊跃用命，迅将该客匪全股戡定，匪犯无一漏网，实足以上伸天讨，大快人心。惟是郑绍忠等，于蛮烟瘴雨、深箐叠嶂之中，冒暑遄征，备尝艰险，阅时未及三月，即行告厥成功，洵属卓著勋劳，自应破格优奖，以示鼓励。署广东南韶连镇潮州镇总兵记名提督郑绍忠，拟请赏穿黄马褂，并交部从优议叙。卸雷琼道王澍，请交部从优议叙。花翎副将衔补用游击江志、花翎参将衔尽先补用游击郑润材，均请免补参将，以副将尽先补用，江志并请赏给勇号。花翎补游击后加副将衔尽先补用都司奏补南韶连镇右营都司颜金、花翎游击衔尽先补用都司陈廉养，均请免补游击，以参将尽先补用。蓝翎尽先补用守备补缺后以都司尽先补用邓镇邦、花翎都司衔尽先补用守备俟补缺后以都司尽先补用补都司后加三品顶戴洗章，均请免补都司，以游击尽先补用，邓镇邦并请赏换花翎。蓝翎都司衔尽先补用守备黄忠保，请以都司尽先补用，加游击衔，并赏换花瓴。蓝翎守备衔补用千总莫善积，请免补守备，以都司尽先补用，并赏换花翎。守备衔尽先拔补千总新拔佛冈营左哨千总刘成，请以守备尽先补用，并赏戴蓝翎。武举王肇元请以千总归标拔补，并赏加守备衔。其余在事出力文武员弁兵勇，及伤亡弁勇人等，可否容臣分别查明，另请奖恤，出自逾格鸿慈。

除檄饬该地方文武，清查匿匪，追缴军装，所有就抚各客民回籍，各土民分别安抚保护，毋令再生衅端，并令郑绍忠等督率全军，凯旋回省，仍酌留勇丁数百名，随同琼州镇道查办儋、临两属善后事宜，以定人心外，所有官军剿灭儋、临客匪全股荡平各缘由，谨恭折由驿驰陈，伏乞皇太后、皇上圣鉴训示。

再，广东巡抚系臣兼署，毋庸会衔，合并陈明。谨奏。

护送琉球遭风难民赴闽转送回国折

光绪五年五月初一日

奏为护送琉球国遭风难民赴闽转送回国，恭折驰陈，仰祈圣鉴事：

窃臣于上年十二月二十九日，据署广东南海县知县袁祖安禀称："琉球国八重山岛司官松大著等五十三人，因赴该国纳贡，事竣乘船回岛，中途被风击坏船只，飘至徐闻县属洋面，遇救得生，由前途徐闻等县递送来省。该难民等，内有蒲津加山、山国场、加新城三名，在途因病身故，就地收埋。尚有松大著等五十人，业经该县租给房屋，支发口粮，妥为安置"等情。当饬广东布政使查照定例，加意抚恤，每名日给粮米一升，盐菜银一分，仍查照同治十一年资送在洋遭风之琉球国人长兴、善庸等由闽回国成案，妥为办理。随据南海县禀报，该难民内嘉永教、平加那、龟川平等三人，患病沉重，医治不效，于本年正月十三、十五、十七等日，先后病故，均经验明棺殓。据松大著等字称，不愿运柩回籍，已在粤省官山埋葬，其余松大著等四十七人，请即给照护送赴闽。当经派委准补粤闽南澳同知孙志钧、两广督标中营尽先补用都司张逢福，护送起程，前往香港，搭坐轮船赴闽，咨会闽省督抚臣，饬令地方官，照例酌给行粮，俟有琉球便船，饬令附搭回国，并照会琉球国王查照去后，随据委员孙志钧等禀报，护送该难民等起程，行抵香港，内有长琦山一名，在港患病，当交该处文华医院调治，旋于正月二十三日病故，即经棺殓浅埋标记，应听该难民亲属自行赴港运棺归葬，该委员等即护送松大著等四十六名，前往闽省等情，据广东布政使成孚详请具奏前来。

除饬将支过琉球国难民口粮、行粮、恤赏、绵衣、棺药等项银两，造册报销，并咨明户部查照外，所有护送琉球国遭风难民赴闽转送回国缘由，谨恭折具奏，伏乞皇太后、皇上圣鉴。

再，广东巡抚系臣兼署，毋庸会衔，合并陈明。谨奏。

筹款支放军饷片

再，琼州府属儋、临客匪滋事，所有调兵募勇，前往剿办情形，业经节次奏报在案。

兹据广东善后总局司道会同广东布政使成孚详称：“此次剿办客匪，署琼州镇总兵何明立，调募兵勇一千一百余名，留粤尽先补用副将滕三元，招募新勇三百六十名，又由廉州添募保安新勇五百名，由省调拨绥靖营勇及开花炮队二百二十名，调派署南韶连镇总兵郑绍忠旧安勇九百名，该镇新募安勇二千一百名，共计调募兵勇五千一百余名。内除郑绍忠旧部安勇九百名、绥靖营勇二百名，向有额支，毋庸另议。又何明立等原拨兵勇，续经奉饬酌量裁撤七百余名外，统计现在尚有兵勇三千三百余名，应由省局另筹饷糈，解琼支应。所有此起兵勇口粮，以及文武员弁薪水、公费、夫价，并军装、铅药一切杂支，每月约共需银二万余两，必须按月解济。惟库储正当匮乏，而军饷亟待筹支，不得不于左支右绌之中，勉作挹彼注兹之计。查粤省前因筹办海防，经将粤海关洋药正税项下原拨剿捕高、廉等处伏莽勇粮银二万两，奏准改充海防经费，自光绪二年闰五月起，至是年七月止，按月照拨银二万两。旋准粤海关监督移知，收数不敷拨解，自二年八月至三年六月，每月仅拨解银一万两。嗣因查办惠州府属土匪，兵勇薪粮等项，待用孔殷，每月又增拨银三千两，计自光绪三年七月以后，每月均拨解银一万三千两。即以九千两充支惠属办团经费，其余支给炮台工程及绥靖营勇薪粮等项，业已随时尽数支销。刻下琼州大兵云集，需饷甚殷，再四思维，拟请在于奏准改拨海防经费银二万两项内，除每月拨解充支惠案经费等银一万三千两外，另行添拨银五千两为琼州剿匪军饷，仍归海防项下并计，将来即在善后项下归还。并在运库按月借拨银五千两，连海防经费项内添拨银五千两，共银一万两，均自本年正月为始，按月解交善后总局，以为琼州剿办客匪专款，其余尚有不敷，即由藩库厘局，随时拨借接济。一俟剿匪事竣，即将运库借款停止”等情，详请奏咨立案前来。臣覆核无异。

除咨明户部及南洋大臣查照外，谨附片具陈，伏乞圣鉴。谨奏。

封禁荒岛拟请安插客民片

再，广东雷州府遂溪县属之涠洲墩一岛，孤悬海外，周围四十余里。该处界连廉、琼，壤接越南，乾隆年间，曾经议设汛防，屯兵驻守，嗣因飓风猛烈，礁石嶙峋，遂复中止。嘉庆十五年间，洋盗乌石二盘踞劫掠，经前督臣百龄奏请永远封禁，毋许奸民偷越私垦。厥后地方辽阔，远隔重洋，蛋户贫民，仍不免私往耕种，商船渔艇，亦间有停泊寄碇者。同治七年间，法国领事又有教士在彼传教之请，虽经前督臣瑞麟婉词推却，并饬地方官随时查禁驱逐，而旋去复来，终难祛除净尽。现闻在彼居住者，教民与客民居其大半，土民亦复不少。若复援案驱禁，不惟有名无实，徒使若辈无地谋生，流而为匪，并恐外人以教民之故，借为口实，是以数年以来，听其居处，尚属相安无事。此次儋、临就抚客民三百余人，经总兵郑绍忠等派员遣往雷州府属各县，择地安插。而该客民等，以该岛有亲可依，有地可耕，自愿迁往居住种作等情，禀经郑绍忠等分别办理。臣以涠洲墩系久经封禁荒岛，并经奏明有案，固未便遽与开禁，致启逸居无教之渐，更恐将来生聚日繁，转成纳污藏垢之所。况土客杂处，嫌隙终未尽释，群居日久，纷争究属堪虞。臣详加察访，当时因该岛地土硗薄，淡水无多，既虑柴薪不足，且亦屯粮未宜，是以奏请封禁，免为盗贼渊薮。近来地渐肥沃，耕种固可望有收，即其余旷土平坡，杂粮亦可期栽种。度势审时，不得不权衡缓急，饬令妥为安插，仍饬该管道府督同遂溪县随时察看该客民等在彼能否相安，不致日后滋生事端。并饬藩、臬两司，遴委明干大员，会同地方文武，前往履勘该岛地势若何，果否堪以开垦，应否奏请弛禁，及应如何添设文武员弁派兵驻守，通盘筹画，悉心妥议，据实禀覆，另行奏报外，臣谨附片陈明，伏乞圣鉴。谨奏。

试办抽捐海防经费片

再，窃照同治十三年间，钦奉谕旨筹办海防，节经各前督臣察看粤省海口情形，拟将虎门等处炮台妥议兴修，并添买洋炮、轮船，择要驻扎。臣抵任后，又经会商抚臣、提臣，将虎门、威远、下横档炮台赶修完固，再将沙角等处炮台接续兴工，并拟制造大号木壳兵轮，以资战守，所有拟办情形，节经奏明在案。

惟粤东近年库项匮绌异常，办理海防并无专款，是以炮台则工程作辍，船炮则购置无多，各前督臣办理数年，迄未就绪。光绪元年间，前抚臣张兆栋于沿海沙田，每亩抽银二钱，以充经费，为数无几，仍属杯水车薪。二年六月间，臣复奏准将粤海关洋药正税项下月拨剿捕高、廉等处伏莽勇粮银二万两，改充海防经费。而关库入不敷出，仅于是年闰五月至七月照数拨解，自八月以后，每月只解银一万两，三年七月以后，又增解银三千两。时因办理惠州府属土匪兵勇薪粮等项，无款可筹，不得不挹彼注兹，在于海防经费项下暂行支应。近日琼州府属儋、临客匪滋事，征调频仍，军饷所需，亦因库款不充，又在海防经费项内暂行借支解济。以致海防本款无可供支，炮台尚难完工，更无论置买船炮之巨款矣。目下海防吃紧，粤省东南要地，尤当未雨绸缪。惟欲办理海防，必须宽筹经费，当经督饬广东藩司成孚悉心擘画，勉力图维。兹据该司详称："据商人黄进源等具禀，请于通省洋药抽捐海防经费，即由该商包抽包缴，先行试办五年，第一年认缴洋银四十二万圆，以后每年递加银二万圆，岁分四季匀缴清款。此项抽捐银两，专为海防经费之需，与关税、厘金并无干碍。察看商情，甚为踊跃，举办并不为难，拟即饬议章程，准其开办”等情前来。

臣伏查粤省海防，目下亟须筹办，只以库储支绌，布置綦难。今该商等请于通省洋药抽捐海防经费，既经该司察看，于商情无碍，而于防务有裨，自应准其试办。

除饬议章程妥为办理，并咨明总理各国事务衙门暨户部外，臣谨附片陈明，伏乞圣鉴训示。谨奏。

委署提镇等缺片

再，臣接据署潮州镇总兵张得禄呈报，于光绪五年闰三月二十九日接到家信，知亲母万氏于光绪四年十一月十九日在寄籍顺天大城县病故，例应丁忧回籍守制等由前来。

伏查潮州民情犷悍，又系中外交涉之区，必得明干有为之员，方足以资弹压。查署陆路提督南韶连镇总兵方耀，前署潮州镇，卓有能名，现经臣委往潮属之揭阳县查办匪徒，应即令其接署潮州镇篆，以资熟手，并令调回带往惠州之练勇五百名，合之原存潮州练勇五百名、练兵五百名，为办理海防之用。其所遗陆路提督员缺，查有署理臣标中军副将记名提督李占椿，勇略兼优，亦有血性，堪以接署。惟惠州查办土匪未竣，仅有练兵五百名驻防，尚嫌单薄，拟令李占椿另募练勇五百名，以厚其力。嗣后该处查拿土匪，仍归府县办理，遇有抗官拒捕之案，抑或纠伙滋事，随时禀由该提督派拨兵勇，前往协缉拿办，自非临阵格杀所获之犯，立即解交惠州府谳局收审，不准留营羁押，以免瘐毙。此项另募练勇薪粮，由省城善后总局支发。所有方耀署提督任内，每月拨银九千两，本系海防经费，仍应提回本款，修筑虎门等处炮台，免停要工而误时局。至所遗臣标中军副将缺，查有升用提督记名总兵刘光裕，稳练慎勤，堪以接署。

除分别咨行查照办理外，谨附片具陈，伏乞圣鉴。谨奏。

请奖缉捕出力各员片

再，粤东地方，幅员辽阔，水路则海洋浩瀚，陆路则山径纷歧，盗匪窥伺劫掠，出没靡常，全赖地方文武，力戒因循，认真缉捕，方足以靖闾阎而杜扰害。叠经臣严饬各营将备，振刷精神，讲求捕务，果能不避艰险，擒贼立功，自当择尤请奖，以昭激劝在案。

兹查有管带安澜轮拖船署海口营参将事海安营游击吴迪文、硇洲营都司郑殿英，督带水师船只，在于钦州、海康及越南附近一带洋面，涉历风涛，往来巡缉，叠次拿获洋盗吴观保、马枝秀等五十余名，解交地方文员讯明惩办，当场击破匪船十三只，夺获匪船三十四只，炮械不计其数，并起获事主水手马中元等六十一名，分别给领。又广州府属清远县地方，民情素称强悍，伏莽时虞蠢动。署理清远营游击副将衔补用参将宋荣藻，自到任以来，督带弁兵，严密堵缉，陆续拿获盗犯黄亚占等七名，解交地方官讯办，汇册奏报。又获著匪姚庚茬一名，协获阑入佛冈厅城匪首欧就起一名，先后解办，均于克复佛冈厅城案内详晰奏明。上年十二月内，又获要犯陈亚鉴一名，解府勘转，亦经批饬正法。缉捕极为认真，盗匪因之敛戢。以上三员，均属忠勇素著，遇事奋勉，即平日操防训练，亦能悉合机宜，洵为将领中缓急足恃，异常出色之员。既经叠次擒贼立功，似未便没其微劳，可否仰恳天恩，俯准将现署海口营参将事海安营游击花翎补用参将捷勇巴图鲁吴迪文请以副将尽先补用，蓝翎硇洲营都司预保堪升外海水师游击郑殿英请赏换花翎并加参将衔，现署清远营游击花翎副将衔补用参将宋荣藻，请以副将仍留广东尽先补用，以示鼓励，出自逾格鸿施。

臣谨会同水师提督臣翟国彦、署理陆路提督臣方耀附片具陈，伏乞圣鉴训示。谨奏。

刘坤一集

第二册

刘坤一 著
陈代湘 校点

岳麓書社 · 长沙

总　目

第二册目录

奏疏卷十五

奏疏卷十六

奏疏卷十七

奏疏卷十八

奏疏卷十九

奏疏卷二十

奏疏卷二十一

奏疏卷二十二

奏疏卷二十三

奏疏卷二十四

奏疏卷二十五

奏疏卷二十六

奏疏卷二十七

奏疏卷二十八

奏疏卷二十九

奏疏卷十五

粤省轮船未能远赴吴淞操练折

光绪五年六月十五日

奏为粤省各号轮船系为本省洋面内河缉捕之用，势难远出赴操，谨将实在情形，恭折奏祈圣鉴事：

窃臣于光绪五年四月二十四日，承准军机大臣字寄："钦奉上谕：'现在沿海各省皆有兵轮船驻扎操防，惟操法既非一律，声势亦未联络，设遇有警之时，诚恐未尽得力，自应认真操练，以期足资捍御。着派李朝斌为外海兵轮船统领，所有各省兵轮船，着该督饬令将弁间两月赴江苏吴淞口一次，由李朝斌督率合操。'"等因，钦此。仰见圣谟广运，慎重兵防，跪诵循环，曷胜钦服。

惟是轮船一项，船身有大小之殊，入水亦有浅深之别，船大而入水深者，则宜用之外海，船小而入水浅者，只宜用于内洋。粤省数年以来，购制各号轮船，皆为本省各海口及内洋近处缉捕之用，船身本不甚大，入水亦不甚深，实未能经涉大洋，远赴吴淞口操练。谨将实在情形为我皇太后、皇上一详陈之。

查同治五年间，前抚臣蒋益澧因洋面盗案叠出，经与前督臣瑞麟会商，向英、法两国购买绥靖、澄清、镇海、飞龙、静波、安澜、镇涛轮船七号，以资巡缉，内除飞龙一号，已于同治十三年八月内被风击沉，又镇海一号，年久损坏不堪驾驶外，现在尚存轮船五号。又同治十三年，前督臣瑞麟会同前抚臣张兆栋奏设机器局，派委精于机器之绅士温子绍在局自行制造轮船，先后制成内河小轮船一十六号，派拨东、西、北三江，分段巡缉，业经各前督抚臣先后奏明在案。此粤东购制洋面内河缉捕轮船之原委也。

以上各轮船购买、制造之初，原为本省缉捕之用。粤省各海口港汊纷歧，若轮船吃水过深，遇有水浅之处，即不能行驶，而洋面贼船本不甚大，但有长至数丈之轮舶，即可制之，是以各前督抚臣，因地制宜购制轮船，无长至十五丈以外者。臣于覆奏前督臣英翰沥陈粤省事宜折内声明，粤省先后购备轮船二十余号，内有五号较大尚堪巡缉外洋，亦不足以支巨敌者此也。前年台湾之役，臣本拟遣轮船往探情形。其时管带轮船各将弁，即称粤省轮船之小者，船身逼窄不能敌巨浸之风涛，且船中存煤不多，止可到一日往还之处。其大者，行驶年久，船身亦与新购者不同，风平浪静之时，尚可遄行无阻，一遇台飓，即恐不支，万一遇见敌船，势须开放大炮，船身震动，更有损裂机器之虞，倘在附近海洋，尚可驶回修整，越省远出，即觉种种为难。臣复诘以此项轮船内有购自英、法两国者，由彼以至中国能经数万里之大洋，何以台湾数千里之程转形阻滞？据称当时购买此项轮船，其船中机器系由外国运来，船身则在香港装配，当时原因粤省各海口水浅之处颇多，船只务在轻捷便利，是以就近装造，以期适用。臣稽诸案牍，询之官绅，均与所言相符。且查外国轮船大者长至数十丈，工料一切动须十余万金，或数十万金，粤省所购各号轮船价银无逾五万两者。且外国轮船机器船身一切，阅数月则停驶加修，阅数年则全身折造，粤省各船停泊之时既少，从未大修，恐未便远涉大洋，致滋贻误。此粤省轮船不能远出之实在情形也。

臣伏思现奉谕旨，饬令各省轮船前赴吴淞口操练，原系练于无事之日，将以用之有警之时，是必船大而坚，方足以资捍御。臣初抵粤省，即拟制造大号木壳兵轮分布沿海，并兴修炮台，多购炮位，以资战守，而固边防。无如粤省办理海防，本无专款。臣于光绪二年间奏准以粤海关洋药正税项下，月拨查办伏莽经费银二万两改充海防经费，而关库收不敷支，迄未能如数解足。旋因办理惠州府属土匪剿办儋、临滋事客匪，勇粮兵饷，无款可筹，不得不挹彼注兹，仍于海防经费项下，暂行动用。是以海防本款无可供支，以致炮台尚未完工，更无购炮造船巨款。兹查惠、琼两处动用之项，可以陆续提回，先将虎门炮台接续修筑。臣又督饬藩司在于通省洋药试办加抽，如有成效可观，则海防之事庶可顺手，即当赶紧增修各处炮台，添购炮位，一面陆续购制大号轮船，以为固圉诘戎之备。俟购就数艘，即懔遵谕旨，饬令驶赴吴淞口，以时操练。现在粤省各号轮船实不足以出洋御敌，即使勉强从事，前往听操，仍无裨于战守。臣渥受重恩，断不敢于圣主之前稍存欺饰。合无仰恳天恩，俯准粤省轮船免赴吴淞口操练之处，出自逾格鸿慈。

所有粤省轮船，只能在本省洋面内河巡缉，未能前赴吴淞口合操之实在情形，臣谨恭折具陈，伏乞皇太后、皇上圣鉴训示。

再，广东巡抚系臣兼署，毋庸会衔，合并陈明。谨奏。

审拟新会京控案犯折光绪五年六月十五日

奏为遵旨审明京控命案，分别定拟，恭折具陈，仰祈圣鉴事：

窃照广东新会县监生赵澄航赴都察院呈控监生赵茂偲挟嫌造案，谋害举人赵蓬航致毙，职员赵君召等吓逼附贡赵沅英身死，并将赵陈氏、赵叶氏致伤，县署幕友李蔗圃借案勒诈等情一案，经都察院具奏，奉旨："此案着交瑞麟、张兆栋督同臬司，亲提人证卷宗，秉公严讯确情，按律定拟具奏。原告监生赵澄航，该部照例解往备质。"钦此。由都察院抄录原奏、原呈，咨行钦遵办理，并将原告监生赵澄航一名递解回粤。

前督臣因赵澄航京控词内，牵涉广州府冯端本偏押勒遵，例应回避，札饬前臬司提齐人证卷宗，会督委员候补知府彭翰孙、严家畴，试用知县余树畴等确审。旋因两造供情各执，人证未齐，咨部展限。前臬司会督委员彭翰孙、严家畴并前署广州府刘湝年讯据赵澄航、赵鸾航供明，京控冯端本偏押勒遵，出自怀疑，禀奉仍饬该府冯端本会审，毋庸回避。嗣据监生赵茂材以纵踞砌捏、瞒禀勒遵等词，并据孀妇赵叶氏以伊夫毒毙重案，延久不办等情，先后赴都察院呈控，于光绪元年四月初九、七月二十九等日，准抄录原呈，连原告赵茂材、孀妇赵叶氏一并咨解回粤，饬发备质。前署广州府刘湝年、楼震因行提人证未到，先后卸事，该府冯端本回任，接准移交。并添委试用知府饶世贞、候补通判郑敦善会同委员彭翰孙等，随同前臬司提集确审。随据原告赵澄航以查明伊兄举人赵蓬航实系服毒自尽，委非赵茂偲等谋毒致毙；伊父赵沅英委系病故，并非赵君召等吓逼致死；李蔗圃确系在前任新会县聂尔康署中管理帐房，并非代理县张经赞幕友，张经赞实无阴令李蔗圃勒索得贿情事，委系当时传闻错误，以致京控失实，并称伊孀嫂赵叶氏因痛夫情切，希图将赵茂偲及早治罪，添砌承审委员舍重问轻、延久不办等情，赴都察院呈控。赵叶氏现已病故。又据赵茂材以赵茂偲被割田禾及族众议卖尝田，均与赵万全等无涉各等情，先后呈首。各前臬司催提要证范国明及应质人等未到卸事，该臬司金国琛抵任，催据新会县将范国明等解司，即会同藩司成孚，督同广州府知府冯端本等提集讯明。并据该县呈报，提验赵陈氏、赵叶氏伤俱平复，由司将案拟议解勘前来。臣亲提覆审。

缘赵茂鬯籍隶新会县，咸丰七年，以赵筠名字在本省捐纳监生，给有执照。已死赵蓬航，于同治三年甲子科应本省乡试，中式举人。现到之赵鸾航、赵澄航系赵蓬航同胞兄弟，均系赵茂鬯无服族弟。在逃之李蔗圃，系湖南善化县人，来粤游幕，曾在前任新会县聂尔康署中管理帐房。聂尔康交卸后，旋即出署，随娶本地何氏女为妻，寄居新会县城，与赵茂鬯素识往来。张其凑系赵蓬航世仆，粤东以世仆为仆户。该县团练章程，仆户如有为匪，应由伊主送官，被人误攀，亦由伊主呈保。赵茂鬯故父赵学魁，在日曾充族正，因掌管族中公共尝田，亏挪尝银三千二百两，后经赵蓬航查知，与族众赵盈航等屡向赵茂鬯催讨未还。赵茂鬯平日与无服族人附生赵其倬、赵璿、赵承芳、赵炳奎、从九职衔赵君召情意最密，嘱托赵其倬等保伊为族正，希图接管尝产，掩饰伊故父欠项。赵蓬航、赵盈航因其父欠未还，不准赵其倬等保允。赵茂鬯因此挟嫌，即往向素识昔存今故之县役王安商量，意图寻事陷害，王安答以遇便行事，旋各走散。同治九年六月间，前督臣访闻张其凑系属巨盗，在内河外洋肆劫，札饬前署新会县彭君谷会营严缉。彭君谷因查张其凑系赵蓬航世仆，谕饬赵蓬航及局绅武举高占鳌查拿捆送，旋即卸事，代理县张经赞抵任。张其凑之母张莫氏即以伊子已于九年九月初二日在番禺县属黄埔河面艇内病故等情具呈，赵蓬航因虑及县营责令交案，亦以张其凑委实身死赴县结报，张经赞批饬俟查明再夺。时王安闻知此事，即向赵茂鬯告知，并以张其凑实系在逃，即可借事控告拖累，又可向赵蓬航讹诈银两。赵茂鬯亦以稔知伊妻赵莫氏之嫂莫余氏，曾于九年九月十八日雇船装谷运往县城售卖被窃，未经报案。遂与王安商定，即用莫余氏出名改窃为劫，捏报盗案，叙作是日被张其凑、赵盈航等中途强劫一空等情，写就呈词，并给乞丐莫亚桂铜钱四百文，嘱作抱告，于十一月初八日赴县具呈，希图将赵蓬航、赵盈航牵累泄忿，莫余氏、莫亚桂均不知情。张经赞会营诣勘，因传莫余氏未到，虚实难分，俟获到张其凑讯明果否行劫，赵盈航有无同伙，分别办理。赵茂邑恐该县查出捏报情由，邀同王安往向李蔗圃商议，李蔗圃即以县官系属同乡，伊常出入衙门，如能送给洋银一千圆，伊可进署代为说明，包管无事。赵茂邑因一时无银，当写洋银一千圆借票一纸，交李蔗圃收存，约俟次年卖田付清，李蔗圃称俟一二日内回覆。二十四日，赵茂邑向李蔗圃问信，李蔗圃答以连日往拜，因县官公忙未见，约俟日后必为办妥，嘱赵茂邑不必着急。十二月十七日，张经赞饬号房邀赵蓬航、高占鳌二人同至署内坐谈，先向高占鳌查询张其凑下落，高占鳌答称尚未查明。张经赞又向赵蓬航告知，现有莫余氏呈控张其凑行劫谷船，何以前次具结称其身故？赵蓬航称系赵茂邑冒名捏控。张经赞当以“此案如系赵茂邑冒捏混控，固当严办，惟张其凑系汝家世仆，且又奉文访拿之犯，不应一味徇庇，延不捆送”之言，将赵蓬航申饬。赵蓬航亦以捕盗系官司专责，不能责成绅士，觌面顶撞。张经赞因其出言不逊，即传吏房书办周镜涛进署将赵蓬航交令看管，拟俟查明张其凑如果生存再行详革，高占鳌亦即退出。赵蓬航走至吏房，有户房典吏廖彭龄与其素好，商允周镜涛令赵蓬航过户房住宿，廖彭龄并派伙夫陈亚佐伺候茶饭，在房陪伴，赵蓬航又令家中工人范国明每日来户房听候使唤。二十三日，赵蓬航因时近岁暮，急欲回家，开正即须进京会试，作就禀词，拟于该县出门时拦舆面递，吁恳取保。县役王安探闻，往向赵茂邑通知。赵茂邑恐赵蓬航取保回家，定向报复，且素知赵蓬航有钱畏累，起意串结吓诈，得赃分用。当与王安同至李蔗圃家告知情由，并说伊等不便露面，嘱李蔗圃向赵蓬航设法诈骗，李蔗圃允从，各散。是夜二更时候，李蔗圃走至户房，与赵蓬航故作闲谈，并告以张其凑闻系逃匿香港，日后恐被拿获，不但不能进京会试，且难免拖累办罪，如能出银五六千圆从中打点，伊可令赵茂兖仍用莫余氏之名，将控告张其凑劫案呈首请销，并在同乡张县官前代为进言，便可年内释放了事。赵蓬航答称无此力量。李蔗圃嘱其先备现银一千圆，余可从缓筹措，当即走去。时周镜涛、廖彭龄均已回家，有伙工陈亚佐在窗外听闻。二十四日，赵鸾航前往探望，赵蓬航即将李蔗圃前言向其告知，并嘱设措现银一千圆。赵鸾航答向亲友挪借，俟有成数再来回覆。二十六日，赵蓬航以赵鸾航尚无音信，年内断难脱身，且当日[①]结保张其凑身故，实不知其存亡，倘或日后被获，难免连累治罪，殊深焦急，不如早日寻死之言，向陈亚佐愁叹，经陈亚佐用言劝慰，并称李蔗圃叫备银两之事，闻系赵茂兖主使诈骗，何必多虑，随即各自睡息。二十七日午后，赵蓬航假说肝气胁痛，当给范国明洋银七钱二分，嘱买鸦片烟膏吸食医治。范国明买得烟膏一两五钱，装入瓦罐，携取烟具，交赵蓬航收明，赵蓬航令范国明回家。是夜三更时候，赵蓬航叫喊腹痛，在地乱滚。陈亚佐报知周镜涛、廖彭龄，赶到查看，赵蓬航称说伊被赵茂兖始终诬害讹诈，实在忿不欲生，业已吞服烟膏，不必灌救。陈亚佐复报知赵鸾航，于四更时到来，赵蓬航已不能言语，当与周镜涛等用清油灌救不效，至二十八日卯时身死。报经代理县张经赞禀经札委署新宁县黄恩贵带领刑仵，亲诣验明，赵蓬航口鼻有血水流出，周身青黯色，十手指甲、十

①中华书局版《刘坤一遗集》作“具”。

脚指甲均青黑色，用银簪探试谷道，密封良久，取出青黑色，用皂角水洗擦不去，委系服毒身死。其左右肐肘、左右膝盖擦损微伤，系在地乱滚所致，填格通详，札行提省审办。旋据该县拿获监生赵茂𠺕、吏书周镜涛、户书廖彭龄、被控之从九职衔赵君召，附生赵承芳、赵炳奎，于十年二、三月间先后解省。并据禀明县役王安先因误公斥革，旋经病故。又据赵蓬航之叔赵怀英、胞兄赵鸾航赴案投讯。两造供情各执。因在逃之李蔗圃系案内要犯，札委候补巡检姚近崇密往新会县及湖南善化县访拿，杳无踪迹。代理县张经赞交卸回省时，经前臬司督同前署广州府梁采麟询以李蔗圃下落，据称伊系湖南武冈州人，李蔗圃善化县人，虽系同乡，并非同一州县，素不相识。李蔗圃曾在前任新会县聂尔康署中管理帐房，同治九年伊奉委代理新会县时，聂尔康曾说李蔗圃熟习帐务，伊因有旧友，委未接请入幕，到任后亦未与李蔗圃见面等语。复向聂尔康查询，其言与张经赞所言相符。并委候补知县郑荧前往新会县访查，亦与聂尔康、张经赞前言吻合。迭经集讯，赵蓬航之服毒自尽，有工人范国明代买鸦片烟膏，迨服毒后，经伙夫陈亚佐报知周镜涛等往看，赵蓬航亦自云："吞服烟膏，不必灌救"，众供已属确凿。即赵茂𠺕自认串同造案，将赵蓬航陷害骗诈，致令自尽属实。乃赵鸾航坚称，赵蓬航系被赵茂𠺕等谋害，但毫无证佐，岂能听其一面之词，锻炼周内，遽将赵茂𠺕加重治罪。当将赵茂𠺕收禁，并将赵鸾航留在公所候审。十年冬间，赵蓬航之父赵沅英以赵茂𠺕故父亏挪尝银屡讨未偿，传知承耕赵茂𠺕田亩各佃户，将赵茂𠺕名下本年租谷封存，归还尝项。各佃户未经听明，误将兼耕房族赵立义、赵擢群等租谷一概封存。十一年正月十四日，赵立义等邀同族众，同至赵沅英家，欲向当面理论。时值赵沅英卧病垂危，其妻赵李氏与媳赵陈氏、赵叶氏出向拦阻，互相争闹。赵立义、赵擢群各用小刀，将赵陈氏、赵叶氏划伤，报经该前署县徐实符验明伤痕，填单饬医。十一年三月，赵蓬航胞弟赵澄航回家，向伊母赵李氏查问赵蓬航身死根由，赵李氏即以被赵茂僫挟恨造案，指控张其凑行劫牵连谋害。并因武举高占鳌明知赵蓬航结报张其凑病故，当前代理县张经赞向问张其凑下落，高占鳌游移两可，答称尚未查明，疑其与赵茂僫有串通情弊；又因赵蓬航未死以前，周镜涛、廖彭龄均在科房，赵其倬等曾经保举赵茂僫充当族正，疑被赵其倬等嘱令周镜涛等谋毙；又因赵茂僫写给李蔗圃借票洋银一千圆，疑其贿县将赵蓬航管押；又因李蔗圃曾嘱赵蓬航出银打点，许以释放，疑系前代理县张经赞阴令勒索；又因该府冯端本以赵鸾航坚执赵蓬航被赵茂僫谋杀，将赵鸾航留在公所候审，疑系偏押勒遵；又因赵立义等被封田租，邀同族众往向赵沅英理论，将妇女致伤，赵沅英于是夜病故，探闻赵君召等已由府释回，疑系赵君召等纠众登门逞凶，以致赵沅英被吓身死等情，向其告述。赵澄航照依赵李氏所言，添砌情节，自作呈词，赴省城各衙门具控，随即进京，控经都察院递解回粤。饬发备质。因人证未齐，骤难审结，详请咨部展限，并将现到人证，分别发交公所及南海县看管。讵赵蓬航之妻赵叶氏痛夫情切，捏称问官将夫弟赵澄航禁押陵虐，袒庇摸棱[①]，延案不办，并添砌承审委员舍重问轻，夫兄弟受刑困苦各情节，倩人作就呈词赴京续控。而监生赵茂材亦恐伊弟赵茂僫审办重罪，并勒追父欠尝项银两遽难凑缴；又以赵沅英传知伊弟佃户将租谷割去封存归还尝项时，有无服族人赵万全等常与赵沅英往来，疑其纠匪踞田；又因族众商议变卖尝田，疑系赵万全等主使，私典帮讼；并添砌赵

---

①中华书局版《刘坤一遗集》作“模棱”。

德庆唆使赵翰航捏告赵茂谋毒及委员刑迫具遵各情，作就呈词，赴京控告，希图为赵茂轻减罪名。此监生赵茂串同造案，陷害、诈赃举人赵蓬航服毒自尽，致监生赵澄航、孀妇赵叶氏及监生赵茂材先后怀疑京控之始末原委也。

臣详细研鞫，非特被告赵茂与赵其倬等一一供明，即书吏周镜涛等见证，范国明等各供，亦如合一辙。质诸赵澄航、赵鸾航及监生赵茂材均称或心怀疑忿，或误听传言，以致京控失实，随后查明确情，即赴案首明，委非有心诬告，究诘不移，案无疑义，应即议结。

查例载："奸徒串结衙门人役，假以上司察访为由，陷害良善，或诈骗财物，或报复私仇，被诈之人因而自尽者，拟绞监候。"又律载："诬告人二事以上，轻事告实，重事告虚，反坐以不实之罪，若未决徒流，止杖一百，余罪收赎。"又律载："不应为而为，笞四十，事理重者杖八十。"又名例律载："犯罪未发而自首者，免其罪。"各等语。

此案赵茂即监生赵筠，因挟赵蓬航、赵盈航向其催讨故父亏挪尝银及不准保充族正之嫌，起意串同县役王安捏报盗案，并知张其凑系赵蓬航世仆，前曾奉文访拿赵蓬航结报病故，遂诬指赵盈航、张其凑同伙行劫，希图将赵蓬航牵累泄忿，迨赵蓬航被押后，复起意商同王安嘱令李蔗圃向其诈骗银两，以致赵蓬航愁急自尽，实属串结衙役、陷害良善，自应照例问拟。赵茂除诬告赵盈航为盗罪止拟军轻罪不拟外，应革去监生，照"奸徒串结衙门人役、陷害良善、诈骗财物、报复私仇、被诈之人因而自尽者、拟绞监候"例，拟绞监候，秋后处决。事犯到官，在同治十一年正月初四日及十三年十一月十五日历次钦奉恩旨以前，惟断结在后，应请毋庸查办。该犯复又恭逢光绪元年正月二十日恩诏，核其所犯情罪，条款内并无明文，应否准予援免，听候部议。举人赵蓬航，于其世仆张其凑奉前督臣访拿，经县谕令捆送，辄以身故为词，颟顸结报，复敢出言顶撞，迨至被押查办，始向陈亚佐言及张其凑如被拿获，恐受连累，是其捏报，显而易见，虽非有心庇纵，究有不合，业已自尽，应毋庸议。附生赵其倬、赵璿、赵承芳、赵炳奎、从九职衔赵君召均讯无贿串谋害情事，其于赵茂皑故父亏欠尝银、听嘱保举赵茂皑充当族正，事虽未成，究属徇私滥举。新会县吏房典吏周镜涛，于该县发交看管之赵蓬航，辄听户房典吏廖彭龄之言，任其移住户房居住，又不小心防范，致赵蓬航服毒自尽，均属玩误，俱应革去典吏，与赵其倬、赵璿、赵承芳、赵炳奎、赵君召均照不应重律，杖八十。赵其倬等或系附生，或系从九职衔，均应照例纳赎，惟事在恩诏以前，应准援免，赵其倬等并免纳赎。莫亚桂得受赵茂皑铜钱四百文，于赵茂皑冒名捏报劫案，不查虚实，混行作抱，应照不应轻律，笞四十。业已在保病故，应毋庸议。监生赵澄航京控赵茂皑故父亏欠尝银谋充族正不遂，捏报劫案图害，李蔗圃诈编赵蓬航洋银，赵立义等刀伤赵陈氏等均已得实，余与赵叶氏、赵茂材所控各情均属虚无。赵叶氏业经病故，赵澄航、赵茂材各于未经集讯以前查明，据实呈首，应与始而误执、继即供明之赵鸾航及讯无串陷情事之局绅武举高占鳌，串同造案、诬陷图诈之已故县役王安，代买烟膏之工人范国明均毋庸议。救阻不及之陈亚佐，业已病故。赵茂皑讯无另犯别案，逃后亦无行凶为匪，及知情容留之人诈骗银两尚未入手，请免着追。在逃之赵立义、赵擢群，刃伤人平复，罪止拟徒，事在恩诏以前，应准援免，并免缉拿。误封赵立义等租谷，应饬各佃给还田主。赵茂皑业将伊父亏欠尝银还清，所封租谷亦应给还。前代理新会县事补用同知张经赞，因举人赵蓬航、世仆张其凑系叠劫著匪，经前署县谕令捆送未交，该代理县抵任后，据赵蓬航具结呈报张其凑身故，并无切实证据，追向赵蓬航究诘，出言顶撞，将其发房看管，尚无不合。其与前任幕友李蔗圃素不相识，实无阴令勒索得贿之事。惟李蔗圃借称与该代理县同乡，在外招谣诓骗，且与县役王安串同诈骗，不能先事革究，均属失于觉察，赵蓬航在科房自尽未能预为防范，亦属疏忽。拟随案奏请交部议处，事在历次钦奉恩诏以前，应否减免，听候部议。前任新会县知县聂尔康卸事后，并不嘱令在署管帐之同乡李蔗圃即时回籍，以致在新会县逗遛生事，本有应得处分，业已病故，应与并无袒庇勒结之县委各员，均请免议。案经讯明，现到人等分别保候，未到人等免提省累。赵茂崵即赵筠捐监部监各照，饬追缴销。赵蓬航尸棺，饬属领埋。盗犯张其凑、逸犯李蔗圃，分别咨行通缉，获日另结。

除备录供词咨送刑部、都察院外，所有审明定拟缘由，臣谨恭折具奏，伏乞皇太后、皇上圣鉴，敕部核覆施行。

再，广东巡抚系臣兼署，毋庸会衔，合并陈明。谨奏。

委办潮州等处海防事宜片

再，广东潮州府属地近海疆，为东南入粤门户。其汕头海口，华洋错杂，贾舶连樯，与界居闽、粤之南澳一镇，均为形胜之区，地方最关紧要，当此筹办海防之际，应如何练习兵勇，修筑炮台、购备军储、添造船只，与夫会督地方官绅举行团练，联络声援，讲求战守，以期有备无患，必须遴委明干大员，就近体察情形，相机布置，方足以资镇守，而一事权。兹查有遇缺题奏提督署理潮州镇总兵篆务南韶连镇总兵方耀，勇略兼优，声威夙著，情形尤为熟悉，以之办理潮州等处海防事宜，洵堪胜任。当经札饬该总兵会同现署惠潮嘉道顾元勋、南澳镇总兵李扬升、碣石镇总兵刘光明实力实心，认真整顿，无事则慎固封疆，有事则共资捍御，以冀仰副圣主防微杜渐、绥靖海疆之至意。

至高、廉、雷、琼等处所属州县、多系滨临大洋，亦未可稍疏防范，拟俟将来察看事势，委派前碣石镇总兵彭玉，前往该处，会督地方文武，将海防团练，妥为绸缪，分别办理。该总兵本系水师出身，且隶籍吴川，情形较熟，前因丁忧开缺，现据呈报服满，拟令暂缓进京，留于广东办理海防，以资臂助。

除咨呈总理各国事务衙门及咨移兵部科暨南洋大臣并闽省督抚臣一体查照外，臣谨附片具陈，伏乞圣鉴。谨奏。

交卸兼署抚篆折 光绪五年七月初八日

奏为恭报微臣交卸抚篆日期，仰祈圣鉴事：

窃照新任广东抚臣裕宽现已抵粤，臣当将广东巡抚及太平桥监督关防、王命旗牌、文卷等件，于光绪五年七月初八日委员赍送抚臣接收，臣即于是日交卸兼署巡抚篆务。除将粤东一切应办事宜会商抚臣妥筹办理，并恭疏具题外，所有微臣交卸抚篆日期，谨缮折具陈，伏乞皇太后、皇上圣鉴。谨奏。

请饬广西提臣暂留关外督擒首逆片

光绪五年七月二十四日

再，臣于光绪五年七月十三日承准军机大臣字寄：“光绪五年六月二十一日奉上谕：‘张树声奏接据越南国王来咨，现在统筹关外剿匪事宜一折。逆匪李扬才，现经冯子材亲督各军将者岩等处巢穴一律扫平，并将家属拿获。着刘坤一、张树声、冯子材饬令各军，乘此声威，立将李扬才、陆之平等逆悉数擒拿，迅图蒇事。现在该国王咨呈有'请留官军尽剿诸匪'之语。该国伏莽甚众，防不胜防，仍着刘坤一等饬令各军迅将李、陆股匪歼除后，即行班师。越南积匪尚多，刘坤一等即传知该国王自行攻剿，肃清余孽。广西边境各要隘，该督等当妥派得力营队扼守防堵，一遇余匪窜近，随时剿灭，以靖边疆'"等因，钦此。仰见庙谟深远，圣训周详，跪诵之余，莫名钦佩。

窃以此次提臣冯子材越南之役，专为追剿革镇李扬才，以期绥靖藩服。今李扬才虽尚在逃，而党与散亡殆尽。西抚臣张树声请将提臣各营留精锐以资搜捕，汰疲病以节饷糈，调度合宜，仰邀圣明洞鉴矣。而臣不免鳃鳃过虑者，或以李扬才众溃势孤，无能为厉，视为无足轻重，听其自为存亡耳。查李扬才骁勇善战，提臣冯子材前咨已言及之。署左江镇刘玉成并称李扬才轻财好施，人乐为用。该提镇与李扬才共事多年，自能得其实际。李扬才未叛之先，来东见臣，其雄鸷之气形于眉宇，臣于杯酒之余，勖以努力自爱。因其立功西省，咨请前抚臣杨重雅奏留归标，冀得为之羁縻，竟不料其旋至为乱也。李扬才熟习越南情形，方其拥众出边，视该国在其掌握，一时匪徒群起响应，中外人情大震。迨为前统领已革道员赵沃与提臣援师先后击败，李扬才奔窜不暇，而越南匪首李四、陆之平、翁七、覃四娣等犹复与之狼狈相倚，且以巢穴资之，内地匪徒如潘振嘉等图袭南宁郡城，为李扬才别树一帜，以拟官军之后。盖李扬才既系粤产，又久在越南用兵，与各匪潜通声息，各匪以李扬才曾为裨将，亦愿借其名号，受其指挥也。幸赖天讨所加，皇威远播，提臣有者岩之捷，李扬才只身亡命，一夫之力，足以制之，倘不及此歼擒，任其漏网，将来援师凯撤，必致死灰复燃，越南蜂屯蚁聚之徒，何难一呼立应，即西粤伏莽亦有乘机萌动之虞。臣愚以为李扬才一日不除，人心一日不静，越南与两粤均未可安枕。相应请旨饬下提臣冯子材，务须督饬各营，并照会越南国王，确探李扬才踪迹，穷其所往，设法购拿，期于必获。越南国王切肤之痛，必不专委客军。提臣素性忠勇，且夙知李扬才为人，自当为除恶拔本之计。元凶所在，耳目难逃，重赏诱于前，严诛迫于后，当必有缚之来献者。如怀狐兔之悲，相为容隐，亦不能不慑以兵威。否则巨憝稽诛，固贻外藩以口实，并恐狼心未死，转滋他日之隐忧。至李扬才得手后，提臣应即全军撤回，将广西边防妥为部署。所有翁、覃、叶、文各股匪徒或剿或抚，由越南自行办理。该国王前次咨呈请于李扬才授首后，仍留提臣督剿，自属格碍难行。惟现在李扬才尚未就获，非提臣亲历行间，恐难刻期竣事。此时提臣虽病，不能不卧护诸将，以竟全功，庶足以仰慰九重南顾之忧，下副中外人民之望。

除恭录谕旨分咨广西抚臣张树声、提臣冯子材及越南国王钦遵查照外，谨附片具陈，伏祈圣鉴训示。谨奏。

续拿漏网客匪并分地安置新客片

再，广东琼州府属儋、临新客聚众滋事，经臣调派各军分别妥为剿抚，全股荡平，业经恭折奏报。一面饬令该管镇、道、府会督地方文武清查匿匪，安抚流亡在案。

臣于发折后，因念儋、临两处，外接海滨，内依山险，水路则支河小港，固属处处可通，陆路则仄径深林，亦皆头头是道。

该新客住居日久，自必熟习情形，当官军层递逼剿之时，难保无漏网余匪先行窜避他处，倘伺解严以后，复行蚁聚蜂屯，恐非地方官所能制，应即借资兵力一律搜查，为一劳永逸之计。当饬署南韶连镇总兵郑绍忠暂缓班师，会同该管镇、道、府督饬附近各州县分别办理，并剀切晓谕各村老客人等，如有容留儋、临新客者，勒限五日内悉数交出，赴官首报去后，旋据郑绍忠禀称："连日督饬各军入山搜捕，陆续拿获悍匪二十七名，就地正法，黎总谭有强等亦经截杀窜匪七十余名呈缴首级到营。又据各村老客绅耆交出新客男妇老幼三百余名口，连前就抚之三百余名口，一并遣赴雷州府属之涠洲墩安插。另起出被掳土人幼孩男女共四十三名口，发交土绅转给各亲属领回完聚"等情。

正核办间，接据琼州镇、道、府会禀，转据琼山、定安二县禀报："有新客一千八、九百人陆续逃至该二县交界地方，恳求招抚，经该镇、道、府札委游击张志高、知县吴应廉前往点验，精壮男丁只二三百人，其余均系老弱妇女，饥疲不堪，面无人色。讯据供称，伊等未敢抗拒官军，均系预先逃出，辗转山谷之中，冀免玉石俱焚之祸。现闻下令搜查，不惟无人容留，更属无处藏匿，颠连困苦，冒死求生，且称田庐尚在儋、临，请回故居安业"等情。由该镇、道、府禀请核示前来。臣以该新客与土民嫌隙已深，决无仍回儋、临之理。第人数尚多，必须妥为安插。海南距省窎远，一切遥度为难。即经札委署抚标右营游击余大胜，授以机宜，令其乘坐轮船，驶往琼州，与该文武妥协筹办。适郑绍忠亦由儋、临督带营勇抵琼，会同开导。该新客等始据供称，高、廉、雷各府属尚有亲友可依。拟即分为三起，悉由轮船装载内渡，遣往高、廉、雷三府属，交该地方官量行区处，务与土民彼此相安，并按大小口酌给银两，以示体恤。该新客莫不感激涕零，俯首听命。该镇道等随即遣弁护解起程，造具花名清册，移送高、廉、雷各道府查照。一面会禀到臣，并经飞札该道府体察所属地方情形，俟此起客民到日，即分遣各属，妥为拊循，毋令失所。

至儋、临两属老客户口数万，与土民耦居无猜，已数十年，或百数十年之久。此次新客滋事，该老客迫于势力，不得不依违其间，以作自全之计，嗣闻官兵压境，立即反正倒戈，那大墟之克，实赖其内应之力，似尚足以自赎。现经郑绍忠等传集土客各绅，会同设局联和。经余大胜密询该各州、县，均称以后可保无事。郑绍忠并留安勇五百名，派都司冼章管带，分驻儋州之那大，临高之和舍，以资镇压。其两属善后事宜，即责成琼州道府督同该州县妥筹商办，实力整顿，逃亡则设法招徕，贫苦则酌给籽种，其有疾病伤残栖托无所者，并即优加抚恤，务使民困渐苏，元气渐复，以期仰副圣主嘉惠黎元有加无已至意。

除饬令郑绍忠即将兵勇凯撤，并饬委员余大胜回省销差外，所有续经查出儋、临新客男妇老幼分别遣回内地安插及现经土民与老客设局联和各缘由，臣谨附片由驿驰陈，伏乞圣鉴。谨奏。

晋捐局措还借款仍行拨解备赈片

再，光绪三年间，晋省办理赈务，需款甚殷，经山西抚臣曾国荃奏请于广东推广捐输，以资接济，钦奉上谕允准，咨行到粤，即经转饬司道设立晋捐局，广为劝捐。其时仅得盐商及晋省号商共捐洋银三万两，为数无多。据前广东布政使杨庆麟等具详，在臣坤一捐发招商局生息银十五万两项内借拨洋银五万两，连前项商捐银两，易换纹银，汇解晋省交纳，声明此项借拨银两，俟收有捐项，如数拨还，业经臣坤一会同前抚臣张兆栋具折奏陈在案。

兹据广东布政使成孚详称："现在奉旨停止捐输，晋捐自应一律停止，所有前在招商局生息项内借拨晋省洋银五万两，现准晋捐局在于应解晋省捐款项内照数扣存，移解司库兑收，归还原款"等情，请奏前来。臣等恭阅邸抄，晋省地方现虽已得雨泽，惟该省亢旱日久，仍恐饥民骤难复业，赈务未可遽停。此次晋捐局在赈捐项内扣还前此借拨洋银五万两，自应仍行拨出移解晋省，以济赈需，俟该省赈务办竣，再行筹还归款。

除行司遵照拨解，并咨明户部及山西抚臣查照外，臣等谨附片陈明，伏乞圣鉴。谨奏。

筹办海防事宜并请截留饷项折

光绪五年八月二十八日

奏为广东筹办海防，并请截留饷项，鼓励民情，恭折密奏，仰祈圣鉴事：

窃臣于光绪五年六月初十日，接准军机大臣密寄："光绪五年五月十七日奉上谕：'现在日本恃有铁甲船，狡焉思启，则自强之策，自以练兵购器为先。着李鸿章、沈葆桢妥速筹购合用铁甲船、水雷以及一切有用军火，用备缓急，不得徒托空言。至购买铁舰等物需用浩繁，应如何筹集巨款，并着该大臣等设法商办。上海为通商枢纽，两江总督应否仿照直隶办法，往来金陵、上海，以期呼应较灵，并着沈葆桢酌议具奏。此外用人、行政、练兵、裕饷各事，凡有关于自强者，各该将军、督抚等筹画所及，并着剀切敷陈，用资采择。'"等因，钦此。仰见朝廷思患豫防、内修外攘之至意，下怀曷胜钦佩。

臣等承乏广东，职守所关，自不得不先为广东悉心筹画。夫以大局而言，则海防以南、北洋大臣驻扎之地为最重，津沽为畿辅屏藩，吴淞为江、楚门户，如遇东洋有事，则福建、台湾实当其冲，庙谟洞烛机宜，调度固已尽善矣。惟闽、粤接境洋面，尤为呼吸相通，福建倘有海氛，未有不波及广东者。前明倭寇之乱，始则浙、闽重而粤轻，继则浙、闽轻而粤独重，史乘昭垂，班班可考。至于广东设防之难，尚有难于福建者，臣等谨将广东全省形势及目前情形与将来筹办事宜，为我皇太后、皇上一一陈之。

伏查广东地形如扇，自广州府及潮州、惠州、廉州、雷州各府属多系滨海，而肇庆之阳江厅、高州之吴川县等属亦错出其间，计自东至西沿海几三千里，而琼州全府、南澳一镇孤悬巨浸之中。华洋通商以来，广东一省先后开办口岸五处，香港、澳门尚在其外，即此交涉之纷繁，可见海疆之宽广矣。以内地沿海论，虎门一口直抵省城，而蕉门、横门、崖门、虎跳、磨刀两门，均可绕出省城之右及省城之后。此外潮、惠、肇、高、雷、廉各府属，均有溪河径通大洋，虽各口有广狭、浅深之不同，而乘潮出入，无处不可行舟，即无处不可登岸。琼州、南澳尤为四面受敌之区。南澳外与台湾、厦门犄角是资，内与潮郡、汕头鼎足而立。议者谓日本若图台湾，必先窥伺南澳，以断广东之援，是亦意中之事，该处倘有疏虞，不独台湾势孤，潮郡并为震动矣。惟南澳地方硗确，储蓄毫无，虽与汕、潮声息可通，究有六十里洋面之隔，戈船所指，接济颇觉为难。琼州偏在西南，横亘一千余里，近来物产丰盈，似亦台湾之亚，且有越南贾舶之利，外人早已垂涎。日本如不逞于台湾，难保其不移寇琼郡。该处距雷州洋面八十余里，距省千数百里之遥，无事而屯重兵，则老师糜饷，绠短何能汲深；有事而议征调，即倍道兼程，鞭长亦难及远。此广东形势之大概也。

广东一省，水陆额设兵丁六万八千三百余名，嗣经前督臣瑞麟奏裁三成，尚有陆兵三万二千余名、水师一万五千九百余名。臣坤一抵任后，添练陆兵并前共五千名，并将外洋内河轮拖巡各船勇丁悉补水师，兵额共五千九百名有奇。其抽练之陆兵，虽不能保其制胜，而队伍尚有可观，技艺亦较熟习，此外陆兵则塘汛营署占缺既多，余亦只可为巡缉弹压之用，万不能责其杀敌致果。水师五千九百余名，本系壮勇所改，且日在波涛炮石之间，以之即戎较有把握，惜其分布各处，船只亦不整齐。此外水师则塘汛营署占缺亦多，余亦无船可配。合计水陆练兵一万余名，加以陆路练勇六千余名，共水陆兵勇一万六千余名。然遇外洋有警，则水路尤重于陆路。广东省城外及沿海各处、并琼州、南澳原设大小炮台一百六十余座，外洋内河原设大小炮船一百八十余号。自咸丰年间军兴以来，年久失修，炮台则倾塌甚多，船只则朽失殆尽，所有炮台、炮船，原设之炮，多系土铸，亦已损坏不堪。地方肃清以后，虽将各处炮台就地补苴，各处炮船设法置造，第以之御小盗则有余，以之支巨敌则不足。迨前督臣瑞麟、前抚臣张兆栋任内，奉旨筹办海防，始议于省河及虎门、并潮州之汕头，参酌中西之制，另筑炮台，并先后购备洋炮数十位，轮船十数号。臣坤一抵任时，省河之中流砥柱、大黄滘炮台及汕头之碕碌炮台将就告成，虎门之威远与下横档、汕头之放鸡山等处炮台甫填基址。适西饷日增，地方多故，度支拮据，无力经营，仅将虎门之威远、下横档两处炮台赶紧修筑，约计本年冬间可以竣事。尚有虎门之东岸沙角、西岸湖舟山炮台及汕头放鸡山炮台则决不可少，须俟明年方可兴工。盖广东省广、潮两府为精华所萃聚，虎门、汕头则为广、潮之锁钥，不得不先为绸缪之计，而所费已属不赀。夫办理海防，必须水陆相辅，详考前此美国南北之战，往往岸上炮台林立，而河中若无轮船及水雷等项为之抵御，则敌船仍可来去自如。即道光、咸丰年间，洋人之犯广东、江南以及天津，仅恃炮台无能为役，可为前鉴。是海防以轮船为最要，而水雷次之。臣坤一初以瑞麟等所置轮船为过小，迨察看各海口形胜，始知轮船过大亦不相宜，且平时缉盗缉私，亦非此项轮船不可。嗣经续造海长清一号，并盐务所造执中、镇东、缉西三号，尚属巨细得中。惟虑有警之时，尚属不敷调遣，更须得三四大号兵轮船，庶可陷阵冲锋。水雷一项，外洋愈出愈奇，广东机器局虽能仿造，尚未曲尽其妙，是以所存无多。此广东现在海防情形也。

夫制器必先练兵，兵不得力是以器予敌也；练兵必先选将，将不得力是以兵予敌也。顾在目前而言练兵，止合就现存之兵而练之，若广行招募，未免事涉张皇，且亦虚糜帑项，恐未见敌而我先困矣。广东民气甚强，平日好勇斗狠，临时号召亦足成师，惟选将一途，未可期之仓卒。臣等现将实缺候补提、镇、副、参、游、都、守各员弁，逐细察酌，何者熟习水师，何者长于陆路，何者堪资统率，何者足任偏裨，就地取材，以为将来指臂之助。第广东海疆数千里之远，而琼州、南澳又隔大洋，敌船飙忽蹈瑕，备东则击西，朝来而暮往，若必以官兵应之，不且疲于奔命乎？前明嘉靖年间，倭寇之乱，都御史张濂请选民兵以收必胜之功，谓宜责成沿海地方设保伍，勤校阅，伺贼入境，按籍而呼，众志成城，可战可守，所言未始无见。广东沿海百姓，聚族而居，控驭得宜，亦足以资守望。臣等檄委署潮州镇方耀，会同南澳镇李扬升、碣石镇刘光明、署惠潮嘉道顾元勋督饬各地方文武，办理东路团防；署琼州镇彭玉，会同高州镇杨玉科、署阳江镇何明亮、署雷琼道刘镇楚、署高廉道齐世熙，督饬地方文武办理西路团防；署广州协邓安邦，会同署香山协吉瑞、顺德协利辉、大鹏协赖镇边及该府县办理中路团防；务期联络声援，互相捍卫。并于户口繁盛、商贾辐辏之市、镇、乡、村，扼要筑立碉堡，以寓坚壁清野之意。使敌进无所据，退无所掳，而我蓄精养锐，以待其来，是亦制敌之一策。又广东沿海穷民，多以捕鱼为生，渔船约一万数千只，其大者船坚炮巨，时出外洋，沙线风云其所熟习。咸丰年间，曾经拣派红单等船，前往江南助剿，著有成效。臣等现委试用知府冒澄等分赴各港清查渔船若干只，仿照陆路章程，编设保伍，为之择立澳长，以资钤束。如遇有事，则抽调成营，以一镇将统之，许以临阵则薄给饷糈，有功则优予奖赏，该渔船闻命莫不鼓舞欢欣。查前明倭寇内犯，每借沿海奸民为之向导。今于水陆均设保伍，使为我用而不为敌用，是一举而两得也。至于所需炮位尚多，不得不筹款购置。蚊船、水雷等项，先行购置一二，余令本省机器局自行仿造。该局员绅候选道温子绍、候选都司蓝开祥等熟谙西法，广东候补道施在钰颇知讲求，稍为斟酌变通，以视买自外洋则价值之贵贱相悬，而应用之迟速相等。此广东现在办理事宜也。

臣等伏查广东自同治十三年筹办海防，迄今已逾五载，因京协各饷巨而且迫，无暇自谋，所有买船、买炮及修理炮台，均系于本省司局应用之项随时挹注，实属左支右吾。光绪二年始将海关所解伏莽经费拨为海防之用，旋以惠州、琼州查办土匪又复悉数挪移，本年春间而后提回本款。似此剜肉医疮，以致造船置炮各项事宜迄无所就，现虽加抽洋药，仍属杯水车薪。默察广东事机，不可因循贻误。夫权衡缓急者制变之良图，斟酌盈虚者理财之至计。南、北洋办理海防多年，诸事应有头绪，可否准由广东截留粤海关原解南、北洋四成洋税改解本省司局。又新疆军务已经肃清，广东频年疲于供亿，可否于拨解新旧洋款外，余即停解，俾广东有所借手，以应燃眉。伏乞饬部核议施行。直隶督臣李鸿章、两江督臣沈葆桢、陕甘督臣左宗棠等关怀全局，且知广东竭蹶异常，必能兼筹并顾也。

抑臣等更有请者，广东绅商颇知急公奉上，当此海防吃重，必有情殷报效之人，第无以激其悃忱，不能期其踊跃。如有捐资出力办理碉堡及购买船炮等项，裨益海防者，可否准由臣等核实验收，奏恳天恩从优给予奖叙，以广招徕之处，出自逾格鸿施。

所有臣等筹办海防并请截留饷项、鼓励民情各缘由，谨合词恭折密奏，伏乞皇太后、皇上圣鉴训示。谨奏。

前项奉提晋饷请暂缓筹解片

再，臣等接准户部咨，钦奉上谕："户部奏遵议曾国荃请展缓停捐一折，所筹甚是。着照部议于广东省欠解山西饷项提银三万两，即着该省督抚迅筹解济，不得稍有迟缓。"等因，钦此。当经转行司道钦遵筹解。

兹据广东布政使成孚、两广盐运使何兆瀛、广东督粮道夏献馨及厘务总局司道以粤省库款支绌，奉提前项晋饷银两，一时难以筹拨，详请奏明暂缓起解前来。

臣等伏查晋省频年灾重，现办善后抚恤，需款甚殷，奉提前项欠解晋省饷项银三万两，如果稍可腾挪，自当速为解济。惟粤省库储匮乏，久已收不敷支，加以现在办理海防，一切用项倍形繁巨，度支愈绌，筹拨愈艰。查光绪三年间，因晋省办赈急需，曾在臣坤一捐发招商局生息项下借拨洋银五万两，本年六月内经晋捐局查照原案在于捐项照数扣存解还归款。臣等以晋省亢旱日久，现虽得有雨泽，赈务恐难遽停，因饬藩司仍将前项扣还借款银五万两拨解晋省，以资赈需，业经附片奏明在案。现在晋省已有缓扣之借款银五万两，足以稍资接济。所有粤省奉提欠解前项晋饷银三万两，正值库储匮绌，实属设措为难，据该司道等具详前情，合无仰恳天恩，俯念粤省筹款维艰，准予暂缓筹解，出自逾格鸿慈。

除饬将缓扣之借款银五万两，迅速解晋，以济要需，并咨明户部及山西抚臣查照外，谨合词附片具陈，伏乞圣鉴训示。谨奏。

黔省议拨粤盐抵饷碍难照办折

光绪五年十月初六日

奏为遵旨查明黔省议拨粤盐以抵欠饷，窒碍难行，恭折覆陈，仰祈圣鉴事：

窃臣接准户部咨："议覆署贵州抚臣林肇元奏请拨粤盐以抵欠饷，请饬粤省详核覆奏一折，光绪五年闰三月十九日奉旨：'依议。'钦此。相应抄录原奏、恭录谕旨，咨行遵照"等因。当经檄饬两广盐运使，会同广东布政使、厘务总局，按照户部原奏内事理，将古州一埠自咸丰年间以来，粤盐能否到地运销，有无商人认办，该埠每年能否销盐三万包，现若由粤拨盐用抵黔饷，由司发给引张，交黔省委员赴场配盐，运至古州发商变价，是否可行，逐细详查，据实具覆去后，兹据两广盐运使何兆瀛会同广东布政使成孚、广东厘务总局司道详称："查古州一埠，系粤省引地，递年额销引盐一万一千九百余包，向由粤省招商承办。自咸丰初年叠遭兵燹，埠歇商逃，经柜商禀请归并大江四十二悬埠，由官设局招客办盐，运至广西梧州，转运柳州，分发古州埠地销售，以济民食而顾课饷。今黔省谓古州并无商人配盐行销，民虞淡食，请每年拨粤盐三万包以抵黔饷。溯查同治十二年，前两广盐运使钟谦钧，以黔省在古州河地方设厂抽收粤盐，于引饷有碍，详经前督臣瑞麟咨准前贵州抚臣曾璧光核定粤盐运至古州，每包酌抽盐厘银三钱六分在案。如果粤盐不运古州，何以黔省有抽收盐厘之举？既抽盐厘，则粤盐必已到埠，民间似无淡食之虞。至古州仅系一隅之地，额引本属无多，平时尚难销足，况经兵燹之后，奚能加倍畅销？黔省每年请运粤盐三万包，诚如部议，'难保无委员埠商觊觎多领，洒卖图利之弊'。粤省盐场沿海皆有，虽远近不一，而相距古州埠地皆计程数千里之遥，沿路所经多系大江引地，船户带私，随处皆可售卖，尤属防不胜防。现在大江引地处处滞销，时有官不敌私之虑，若再加充赚，鹾纲大局益觉可虞。理合逐细详查据实具覆"等情，详请覆奏前来。

臣覆加查核，均属实在情形。所有署贵州抚臣林肇元奏请拨运粤盐用抵黔饷之处，事多室碍，似不可行。至古州埠原系粤盐引地，本应照额行销。现已严定章程，责成柜商催令水客按照引额，源源配运销售，以济民食。黔省兵饷待用孔殷，粤东应协之项本应迅为筹拨，无如粤省近年库储匮绌，支解纷繁，实属自顾不遑，一时未能兼顾。臣已谆饬司局设法筹维，但使稍可腾挪，即当随时解济。

所有查明黔省拟拨粤盐以抵黔饷事多室碍缘由，臣谨恭折覆陈，伏乞皇太后、皇上圣鉴训示。谨奏。

吁请开缺回籍养亲治病折

光绪五年十月初六日

奏为臣母桑榆已迫，臣身蒲柳就衰，伏恳天恩，俯准开缺回籍，养亲治病，恭折具陈，仰祈圣鉴事：

窃维忠孝者人生之大节，进退者仕宦之大防。如果内无愧于庭闱，外有裨于时局，默计得失，权衡重轻，庶忠孝可完，进退不苟矣。非然者，谬托从公而负倚闾之望，矜言尽瘁以遂恋栈之私，是自欺暗室，非所以对大廷也。臣受恩深重，值此时事维艰，正宜勉竭驽骀，仰酬高厚，讵敢宦成官怠，自顾便安。第臣有母而定省久违，居官而才力不及，有①不敢不直陈于圣主之前者。

臣十岁失恃，继母蒋氏无出，抚臣兄弟一如亲生，以臣居长，爱之独至，尝谓养生送死之道，责在于臣，即臣父临终亦以善事继母为嘱，其言犹在耳也。咸丰初年，臣投笔从戎，犹得岁一归省。迨咸丰十一年，蒙恩简放广东臬司，于同治元年抵任，由此而广西、而江西、而江南，以迄光绪元年重来广东，荏苒十八年之久，辗转数千里之遥，未得一回故里。而臣母素有呕晕之证，不任舟车，未能迎养。虽有臣弟在家侍奉甘旨，而臣母思臣之念，未尝或忘，每次遣人来署视臣，辄有不复相见之语。臣非木石，闻之痛心，但以犬马恋主之忱，未敢遽上陈情之表，白云亲舍，流涕何从。今则臣母年逾七旬，老而多病，夕阳朝露，理无久存，是臣之去官，亦可计日待矣。顾迟归数月，恐瞻依靡及，徒抱恨于终天，曷早归数月，幸色笑可亲，少抒诚于爱日。臣母如因思子之念稍慰，沉固从此渐苏，则以后垂尽之余年，莫非天恩之再造也。臣自滥竽江抚以来，历任各缺，均系回翔善地，并无金革之事，或以规避为嫌。乃归田之愿久虚，而陟屺之思徒切，忘亲徇禄，何说之辞！我皇上孝治日隆，奉养两宫皇太后，极爱极敬，则臣万不得已之苦衷，固锡类之仁所矜鉴也。

---

①中华书局版《刘坤一遗集》无此“有”字。

又臣本一碌碌庸才，遭逢圣明，擢用至此。前此承乏江右，虽兵燹之余，诸事更始，而地方乱极思治，得以因势而利导之，十载冰兢，幸无陨越，然亦屡荷朝廷之保持矣。自调两广，力小任重，弥滋覆悚之虞。夫广东固岭外一大都会也，山海奥区，华洋杂处，其民物丰庶，其风俗刚强，学士大夫多好功名而尚气节，富商巨贾善权子母而乐解推，即此百工技艺之精良，步武泰西，殊非他省所可及，诚能善于抚驭，未尝不足以有为。奈臣才识迂疏，尸位数年，迄无尺寸之效，所有地方吏治、营伍、盐务诸政，亦觉起色毫无。且闾阎之劫斗频闻，习尚之奢淫莫改，转移乏术，咎将谁归？夙夜扪心，徒虚糜俸廉，壅塞贤路而已。况自上年夏间，大病以后，益属委顿难支。昨日所见僚属，今日则忘之矣，今日所阅案牍，明日又忘之矣。凌晨视事，辄惝恍无凭；抵暮退休，犹怔忡不已。医者谓心血亏损，必须静养方可复元。而臣销假之后，供职复逾一年，每苦精神未能周给，以两广之政繁事剧，实非弱质所堪。汉儒董仲舒谓“君德事在强勉”。臣以为人臣奉职，何莫不然。乃至强勉而不能前，则且素餐致诮，因循之患，渐渍而难知，丛脞之愆，迟久而始见，此臣所以惕惕而不敢自安也。兼以回念母病垂危，晨昏远隔，方寸愦乱，更恐贻误匪轻。现在广东内外如恒安静，海防亦经商定规模，广西腹地敉平，边防部署就绪，抚臣裕宽、张树声均属孜孜图治，可否仰恳天恩，俯准臣开缺回籍，俾尽乌私，借资调摄。一俟臣母病愈，臣身稍强，即当泥首宫门，叩求差使。臣年甫逾五十，不敢遽甘废弃，孤负生成。臣无任悚惶待命之至。

谨恭折具陈，伏乞皇太后、皇上圣鉴训示。谨奏。

赏假回籍谢恩折光绪五年十二月初四日

奏为恭谢天恩，仰祈圣鉴事：

窃臣于光绪五年十一月二十五日承准军机大臣字寄："光绪五年十一月初一日奉上谕：'刘坤一奏请开缺回籍养亲一折，本日已明降谕旨，赏假两个月，回籍省亲，毋庸开缺，并令裕宽暂行兼署两广总督矣。刘坤一向来办事认真，朝廷深资倚畀。广东现办海防，关系紧要，该督假满后，务当遵旨迅速回任。伊母如可就养，即行迎养到粤，借遂定省之情。现在时事多艰，该督自当移孝作忠，力顾大局也。将此谕令知之。'"钦此。

臣跪诵之下，感激涕零。

伏念臣猥以庸愚，备叨隆遇。前因臣母衰年多疾，臣自上年大病之后，精神委顿不支，是以奏恳天恩，开缺回籍，养亲治病，乃荷鸿慈逾格，曲赐矜全，赏给假期，俾令归省，既获暂伸夫乌哺，仰戴深仁，复蒙勉策夫驽庸，渥颁温谕。凡此恩施之稠叠，实非梦想所敢期，臣虽顶踵捐糜，不足以仰酬高厚。现在赶将经手事件料理清楚，即行交卸起程回籍，一俟假期届满，谨当钦遵谕旨，迅速回任，不敢稍有稽迟。

除俟交卸后再将卸篆起程日期恭折奏报外，所有微臣欣幸感戴下忱，谨先缮折，叩谢天恩，伏乞皇太后、皇上圣鉴。谨奏。

筹备蚊船以固海防折

光绪五年十二月初四日

奏为遵旨筹备蚊子轮船，以为海防之用，拟由粤省自行试办，并局绅情殷报效，首先捐造一号，恭折密奏，仰祈圣鉴事：

窃臣等于光绪五年十一月二十日接奉军机大臣密寄："十月二十九日奉上谕：'李鸿章奏遵议海防购船、选将各节，并请催解经费各折片，览奏均悉。海防办理有年，迄未就绪，亟应通力合作，赶紧筹办，以图自强。李鸿章所陈必购置铁甲等船，练成数军，决胜海上，能战而后能守，自是要论。该督拟先购快船，再办铁甲。现令总税务司转饬驻英税司订办快船二只，期于光绪七年到华。现在购到蚊船八只，来春弁勇配齐，分赴南、北洋调遣。其广东、台湾、浙江宁波、山东烟台各海口，均须酌备蚊船，与南、北洋互调会操，借杜窥伺，均着照所议办理。各该督抚当仰体朝廷宵旰焦劳之意，共矢公忠，先其所急，迅速筹办，不得借词诿延。所有带船将才及购船事宜，即着李鸿章认真讲求，务使人才辈出，器械精良，以期得力。至福建船政局制造各船，必精益求精，不可蹈常袭故，如李鸿章此次定购之快船，将来如能仿造，始有裨于实用，着该管大臣实力整顿，逐渐图功。'"等因，钦此。仰见庙谟宏远，睿虑周详，臣等无任钦佩。

查前此福建所购外洋蚊子轮船，于光绪二年正月二十七日由香港驶来广东省河，经臣坤一会同前抚臣张兆栋前往试验。此次闻直隶续购蚊子船，更为合用。臣等复于该蚊子船经过香港时，商之税务司，抽调两号于九月初九日前来省河，臣等会同广州将军长善、海关监督俊启、副都统尚昌懋、吉和等及各司道并省标营将同往该蚊子船，将炮械机器及如何施放行走之法，详加试验，并密嘱机器局员候补道施在钰、局绅候选道温子绍携带工匠，逐细丈量查看，明白开载。臣等以该蚊船轻快灵巧，迥异寻常，虽不足以驰骋大洋，与人角胜，而用以防守海口，操纵自如，且足以洞穿敌人铁甲兵船，诚为海防第一利器。

惟就广东情形细加斟酌，尚有应行变通者。查该蚊船全身用铁皮包裹，广东各口水浅石多，铁壳易于碰损，且包皮甚薄，震撼即松。而海水甚咸，浸淫生锈，一有破绽，中国不能补修。此项蚊船原欲以炮击敌船，非欲以船当敌炮，况数分之铁不足为功，徒以滋弊，似不若纯用木壳，可无鼓裂剥蚀之虞，而工省、价廉，船轻行疾，尤为得算也。又该蚊船直长十丈有奇，阔则不足三丈，而炮大至五万四千余斤，压力太重，既与广东各口不宜，并恐放炮时加以子药之涨力，船身短小或不能支。且该蚊船之所以得力，原取其至便至捷。顾船之便捷，亦赖炮之便捷，一炮不中，即应以二炮继之。而该蚊船系用前膛炮，不独炮之伸缩高低，须用机器，即装药装弹以及洗炮均须机器运送，次第推移，转形迟慢，似不若改用后膛炮，则装子药更快，但得万余斤之炮，其击力并不减于前膛炮之五万余斤。又此项蚊子船如往外洋购造，必须一两年方可到粤，倘购造三四号，恐一两年尚不能到齐。粤省现无大号兵轮可以守口，若旷岁需时，实属缓不济急。且外洋工料价值甚昂，加以重洋保险之费，以及外洋拨派弁兵驾驶来华薪粮并遣回国盘川，并计每号约在十五六万金内外，购造两号则须三十余万金，四号则须六十余万金，粤省度支拮据，实属无此财力。臣等与各文武及机器局员绅熟商，拟即由粤自行仿造，量为变通办理。机器局员温子绍体念时艰，请先行捐置一号，业已兴工。船之宽长丈尺相符，惟全身改用木壳，核计工料价值约银二万余两。所需十八吨后膛洋炮，则于现存项下给领。臣等并饬藩司成孚、善后局提调臬司张铣另筹银两，发交该机器局添造一号。一俟此两号告成，果与外洋蚊子船相为颉颃，再行置造两号，便足以敷分布。粤省于光绪三年间购买英国所置黄埔船墺大小数处，机器皆全，所有仿造此项蚊子船以及将来随时修理，甚属合用，既可不费巨款，且始终不借力于外洋。臣等知识庸愚，仿造此项蚊子船，事属创始，诚不敢信确有把握，惟温子绍于制造最为熟习，既经首先捐办，应不至徒托空言。当此经费竭蹶之时，亦不能不为此节省之计。是否有当，伏乞训示饬遵。

至温子绍家道本非巨富，乃因海防孔棘，不惜重资，倡兹美举，揆诸古人毁家纾难之义，殊觉可风。除俟此号蚊船造成，造具工料细册，送部核销，奏请优奖，以示鼓励而广招徕，并将温子绍所拟变通办法，抄咨南、北洋及沿海各省以资参酌外，臣等谨合词恭折具陈，伏乞皇太后、皇上圣鉴训示。谨奏。

请饬增修船政片

再，外洋各国环伺之时，海防实为吃重。直隶总督臣李鸿章请购铁甲战舰，自属计出万全，臣等犹以为不宜在续购快船之后也。惟外洋虽以铁甲船称雄，亦须木壳兵轮以为之辅，中国即能购备铁甲船二号，以南、北洋二面之宽，尚觉其力单薄。所有福建船政局及江南制造局所造轮船，仍应懔遵本年五月十七日谕旨，勤加操演，并酌抽招商局轮船，改配兵勇，训练成军，以为铁甲船之助。新授船政大臣黎兆棠，在籍与臣等言及，亟欲认真讲求。该臣到任，必能钦遵此次谕旨，精益求精，以资攻守，断不肯蹈常袭故，以任运载为能，仰副朝廷廑念海疆、不惜巨款设立船政局之本意。并请旨饬下江南制造局与黎兆棠协力同心，以后造一船必得一船之用，庶事归实济，费不虚糜，时艰其有豸矣。

谨附片具陈，伏祈圣鉴训示。谨奏。

验看制造机器各局及新设各炮台片

再，臣等于十一月二十四、二十八等日先后会同前往增步、黄埔等处地方，验看制造洋药、洋枪各局及船澳内等项机器，均属坚牢精美，安放合宜。并由东路之中流砥柱前赴虎门之威远、下横档，转至西路之大黄滘各炮台，逐一履勘。查中流砥柱及大黄滘炮台早经竣事，现在兴修药局、兵房。该两处炮台，口门过于宽大，臣坤一抵任之时，规模已具，碍难更改。虎门炮台作法尚合，年内可以告成。该处滨临大洋，台基均用巨石，且地居冲要，势须扩充，计威远及下横档南北两面筑大炮洞六十余座，下横档中间联墙并筑中炮洞六十余座，统共一百三十余座，本属工巨费繁，又因经费时有挪移，工匠或多或少，致难责其速效。除以前用款不计外，自光绪二年正月起，截至本年十一月底止，共支银十七万余两。先后派委道员刘镇楚、周炳勋等认真经理，仍由水师提督臣翟国彦就近监督稽查。该提督无有三日不到台工，惨淡经营，尚无旷废浮冒之弊，堪以仰慰宸廑。以外尚有沙角及浮舟山应设炮台，容臣等接续筹办。虎门天设之险，该处门户既固，则广东大局无虞。会垣系全省本根，自不可不为绸缪之计。至自虎门以抵省会一百数十里之遥，正不必节节设防，转致备多力分，使得投间抵隙也。

谨附片陈明，伏乞圣鉴训示。谨奏。

恭报交卸起程回籍日期折

光绪五年十二月初十日

奏为恭报微臣交卸两广督篆及起程回籍日期，恭折具陈，仰

祈圣鉴事：

窃臣于光绪五年十二月初五日准兵部火票递到吏部咨："光绪五年十一月初一日内阁钦奉上谕：'刘坤一奏请开缺回籍养亲一折，刘坤一着赏假两个月回籍省亲，假满后即行回任，毋庸开缺。两广总督着裕宽暂行兼署。'"钦此。当经咨行钦遵，并将两广总督关防及盐政印信、王命旗牌、文卷等件，于光绪五年十二月初十日委员赍送兼署督臣裕宽接收，臣即于是日交卸。所有地方吏治、营伍以及盐务、洋务，并海防事宜，业经臣与兼署督臣裕宽逐细商酌。兹拟于十二月二十一日起程回籍。

除将交卸日期恭疏具题外，臣谨缮折具陈，伏乞皇太后、皇上圣鉴。谨奏。

前赴香港澳门履勘地形片

再，查广东新安县属之香港，久付英人管辖。该处实为虎门海口外障，且为西人来华第一码头。又香山县属之澳门，于前明即为葡人寄住，该处与香港对峙，亦为华洋萃聚之区。臣两至广东，不可不一亲履其地，且该两处洋官均两次来省拜臣，似亦须稍答其意。兹臣拟于交卸篆务后，乘坐中国轮船前赴该两处周览形势，并顺便回拜该两处洋官，宣布皇仁，谕以中外通好之谊，以期彼此相安，事讫即行旋省，计往返不过三日。

谨附片具陈，伏乞圣鉴训示。谨奏。

恭谢天恩吁请陛见折

光绪五年十二月十六日

奏为恭谢天恩，吁恳陛见，恭折具奏，仰祈圣鉴事：

窃臣蒙恩赏假回籍省亲，业经将交卸起程各日期恭折奏报在案。

旋于十二月十三日接准军机大臣字寄："光绪五年十一月十五日奉上谕：'本日已有旨令刘坤一调补两江总督并充通商大臣矣。该督前经赏假回籍省亲，着于假满后，迅即驰赴新任。现在时事多艰，海防紧要，刘坤一向来办事认真，当仰体朝廷倚畀之心，力任其难，勉图报称也。将此由四百里谕令知之。'钦此。遵旨寄信前来。"当即恭设香案，望阙叩头谢恩。

伏念臣楚南下士，才识疏庸。四载海疆，正切鹈濡之惧；九重恩命，俾申乌哺之私。应俟两月届期，即当兼程回任。兹乃渥邀温綍，调补两江总督，兼充通商大臣，闻命自天，感惭无地。查两江为东南都会，通商有交涉事宜，以臣之愚，深虞陨越。如驽钝不堪负重，何可复有所增，乃鸿慈责其任难，敢不以之自勉。惟臣自同治八年入觐以后，洎今时逾十稔，未获躬叩阙廷。现在调任两江，可否准臣陛见，俾得亲聆圣训，借与总理各国事务衙门及北洋大臣李鸿章面商一切机宜，将来办理庶有把握。臣抵家见母后，即赴各处祖茔躬亲祭扫，约计不过月余，即当由籍僦装，迎折北上。思亲之情幸慰，恋主之念弥殷，冀获就瞻，永深衔结。

所有微臣感激下忱及吁恳陛见各缘由，谨恭折具奏，伏乞皇太后、皇上圣鉴训示。

再，此折系借用两广总督关防拜发，合并陈明。谨奏。

具报回籍日期折 光绪六年二月初三日

奏为微臣行抵原籍日期，恭折具陈，仰祈圣鉴事：

窃臣前于光绪五年十二月在广东省城，曾将交卸起程回籍及吁恳陛见各缘由，先后具奏在案。

臣嗣于是月二十一日由粤雇舟南旋，一路水浅滩高，至本年正月十五日行次广西省城，当将广东一切情形与新授两广督臣张树声逐细面商，随由旱道回里，于二十五日始抵湖南新宁县原籍。二十年久离乡井，风景略殊；三千里远着归鞭，天恩特沛。臣于拜见臣母之余，敬述五年十一月初一日钦奉谕旨，臣母感激涕零，惟勉臣以力图报称。现将家事赶紧料理，一俟清明节祭扫之后，即当刻日束装，由湖南、湖北迎折北上。

所有微臣行抵原籍日期，谨恭折具奏，伏乞皇太后、皇上圣鉴。

再，臣经过广东、广西各属地方，均属晴雨应时，民情安静，堪以仰慰宸廑。

又，此折系借用新宁县印，合并陈明。谨奏。

密筹东北边防暨通挪经费情形片

再，臣于新宁县原籍先后接准署两江督臣吴元炳、兼署两广督臣裕宽密咨，光绪五年十二月十七日奉上谕："此次崇厚出使俄国议办条约章程，俄人多所要求，势难允许，崇厚率行画押，擅自回京。现已降旨将崇厚革职拿问，交刑部治罪，并将此事交王大臣等会议，现在尚未覆奏。惟念俄人挟制多端，心怀叵测，此时虽事机未定，不可不亟筹防务，豫备不虞。所有兵、饷两端及布置之法，着各将军督抚等豫为筹画，妥慎办理，务须不动声色，毋得稍涉张皇。此外一切机宜，俟定议后再降谕旨。"等因，钦此。仰见朝廷廑怀边备，防患未然，跪诵之余，莫名钦佩。臣尚未抵两江新任，未知兵、饷情形如何，顾有管窥蠡测之意，不敢不仰渎宸听。

查我朝定鼎以后，与俄从未交兵，然俄为封豕长蛇，久矣志图荐食，力强为我劲敌，地广与我毗连，必须策出万全，不可轻于一试。陕甘有督臣左宗棠及通政使臣刘锦棠，直隶、山西有督臣李鸿章、抚臣曾国荃，自足支拄。惟东三省系我朝龙兴之地，向为俄人垂涎，如有侵轶之虞，未审左宗棠、李鸿章等能否兼顾。该三省境内有无久经战阵之猛将精兵，缓急足以自固，不专恃旗绿各营，此则大局之亟宜绸缪者。夫兵之强弱，视将之勇怯，亦视将将者能否识拔真才。臣愚以为现在西北沿边将军督抚，宜用亲历戎行、胆识并茂之员，以期折冲御侮。儒臣不谙武备，资望无济时艰，诚恐贻误于万一也。

至西北既须戒严，则东南不可复生波折。日本于琉球之事，似须设法弥缝，毋使乘间蹈瑕，与俄合而谋我。前福建抚臣丁日昌谓："宜责日本不能字小之义，以示大公而激众怒，而于灭我藩服，不必苦争，俾易转圜"，所言未始无见。日本终为我患，令人每饭不忘，第目前不可遽启衅端，以免受其牵制。英、法、德、美诸国，虽于东南各口棋布星罗，只求传教通商，别无觊觎之意，即遇事不免刁狡，亦在地方官抚驭有方。臣与诸国交涉多年，颇能知其委曲，目前决不至有决裂，上贻宵旰之忧。况英、德等国与俄猜忌日深，必不愿俄逞志于我，其应如何结为声援，以拟俄人之后，使之不敢并力东向，庙谟广运，自已神而明之。

经费出入有常，惟有移缓就急。前议购买外洋蚊船一项，每只约需十数万金，而丁日昌及闽浙督臣何璟等均谓此船有利亦复有弊，应请查照臣与广东抚臣裕宽前奏，责成福建船政局及江南、广东等省之制造机器各局自行仿造，量行变通，挪出此项大宗以为西北边防之用。此外如台湾开山之役，倘无成效，应即饬停。

各省修筑炮台以及购造洋炮、洋枪、轮船等项，均应认真勾稽，核实办理。挹彼注此，积少成多，似亦不无裨补。否则生财止有此数，抑将何术掘罗耶！

遣使一节，为和局成败、国家荣辱所关，乃或庸懦无能，为敌威所慑，而惟命是从，甚至乖张任性，与同事相攻，为外洋所笑，已在圣明洞鉴之中矣。此后如有应遣使臣，可否即于总署得力司员及各海关监督详加遴派，若有紧重事件，先与王大臣等议而后行。该员等熟悉各国条约与外人性情，而又有所遵承，庶几操纵得宜，刚柔互济，堪以扬休命而畅皇猷。

臣耿耿于中，庸使言而无当，断不敢知而不言，伏候俯赐采择。谨附片密陈，伏乞圣鉴训示。谨奏。

恭报由籍起程日期折光绪六年三月十五日

奏为微臣由籍起程，遵旨入京陛见，恭折具陈，仰祈圣鉴事：

窃臣于二月初三日曾将正月二十五日行抵湖南新宁县原籍，恭折具奏，专弁赍进在案。

嗣臣赶将家务料理，并赴各处祖茔祭扫事讫，即以迎养之意禀商臣母。臣母泣谕臣云：“我年老多病，未便从汝远行，此次与汝重逢，已出鸿施逾格。以后汝当努力报国，勿复以我萦怀。”声与泪俱，挥臣使退。臣母尚知大义，不须温峤绝裾，臣才不及古人，敢效王尊叱驭？随于三月初六日，由籍起程，轻舟东下，行抵宝庆府城，适接广东差弁赍回前折，奉旨：“着来见。”钦此。跪诵之下，欣感难名。臣仍拟由两湖驰赴江南，寄顿眷口，另雇轮舟航海北上。瞻天有幸，稍伸葵藿之忱；缩地无方，讵畏波涛之险。

所有微臣由籍起程日期及由海道进京各情，谨恭折具陈，伏乞皇太后、皇上圣鉴训示。

再，此折系借用湖南巡抚关防，合并声明。谨奏。

预筹江防片

再，臣于三月初二日在湖南新宁县原籍接准署两江总督臣吴元炳密咨，光绪六年二月初十日奉上谕："着刘坤一、何璟、张树声、吴元炳、谭钟麟、裕宽、勒方锜、谭钧培懔遵叠次谕旨，将沿海沿江一带防务妥筹布置，借杜诡谋。福建之台湾、厦门等处，江苏之吴淞、长江等口，尤扼要吃重之区，该督抚等当各就地方情形，悉心区画，务策万全，并须简练陆军以辅水师，为未雨绸缪之计，毋得稍有疏虞。长江水师，着彭玉麟、李成谋认真整顿，随时加意巡防，以期周密。该督抚等接奉此旨，即着于一月内将筹办事宜，次第举行，迅速详细具奏，勿得视为具文。"等因，钦此。仰见庙谟宏远，睿虑周详，伏读之余，莫名钦佩。

臣尚未抵两江新任，于该处一切战守机宜，未能深悉。虽于光绪元年，曾在两江权篆数月，迄今已逾五稔，情形或有不同。且江宁以下炮台，系前督臣李宗羲等经手规画，臣前抵署任之时，逐一履勘，所有省城及乌龙山、焦山、鹅鼻觜等处将次告成，其吴淞口一处规模亦已大定。臣就知识所及，参酌一二，旋经交卸赴粤，未审果否施行。目下究应如何设防，不敢妄凭臆断。臣已函约前兵部侍郎臣彭玉麟在途晤商，一俟经过江南，便道察看各该炮台是否妥当，炮械是否齐全，所派守台放炮弁勇是否操练精熟，陆路兵勇共有若干，如何联络水师以资犄角，并江南提督臣李朝斌所统轮船以及北洋拨来之蚊子轮船如何分途布置，当即会同吴元炳等妥为筹办，另行据实覆奏。诚恐稍需时日，有逾一月限期，谨先附片密陈，伏乞圣鉴训示。谨奏。

谢赏朝马恩折光绪六年四月三十日

奏为恭谢天恩，仰祈圣鉴事：

本月二十九日内阁奉上谕："两江总督刘坤一着加恩在紫禁城内骑马。"钦此。

窃臣从事行间，愧驰驱之鲜效；谬膺疆寄，负豢养之隆恩。兹当昼接宸阶，渥承温綍，拜殊荣于锡马，协雅度于鸣鸾，闻命之余，悚惶靡既。伏念陈情乌哺，早惩恋栈之讥；何期逐队螭坳，更免循墙之走。宠颁异数，感切下怀。臣惟有倍懔虚车，益严守辙，着鞭奋迅，期力戒夫因循，揽辔澄清，冀稍酬夫高厚。

所有微臣感激下忱，谨缮折叩谢天恩，伏乞皇太后、皇上圣鉴。谨奏。

奏疏卷十六

恭报到任日期折光绪六年六月十一日

奏为恭报微臣接篆日期，叩谢天恩，仰祈圣鉴事：

窃臣钦奉恩命，调补两江总督兼充办理通商事务大臣。光绪六年四月二十八日入都陛见，仰蒙召对四次，询诲周详，责其任怨任劳，毋蹈因循积习；勖以实心实力，毋作纸上空谈。祗奉纶音，曷胜感悚。臣跪辞后，随即起程，于五月二十四日经过天津，当即钦遵谕旨，传谕直隶督臣李鸿章讫，仍由海道南旋，于六月初一日行抵江宁。初七日准署督臣吴元炳饬派江宁府知府蒋启勋、中军副将谭碧理，恭赍两江总督关防、两淮盐政印信、钦差通商大臣关防并王命旗牌、文卷等件，移交前来，臣当即恭设香案，望阙叩头谢恩，祗领任事。

伏念臣湘中下士，知识颛蒙，曾权篆于金陵，旋量移于珠海。兹者恭膺简命，重莅是邦，敢云就熟驾轻，弥虑汲深绠短。查两江地大物博，任重事繁，漕务、河工、盐政三大端，以及察吏、安民、练兵、筹饷、无一不关紧要，加以中外交涉，江海防务，尤为大局所系。如臣梼昧，深惧弗克胜任，致滋贻误。惟有懔遵圣训，殚竭血忱，一切洋务事宜，随时会商北洋大臣李鸿章，妥为办理。其地方应行各节，则与三省抚臣和衷共济，以冀仰答高厚鸿慈于万一。

所有微臣接篆日期，除循例恭疏题报外，谨缮折叩谢天恩，伏乞皇太后、皇上圣鉴训示。

再，江南地方雨旸应时，旱禾畅茂；江北先有蝗蝻萌动，现经督捕净尽。民情安静如恒，堪以仰慰宸廑。谨奏。

查明善医官绅听候采用折

光绪六年六月二十四日

奏为遵旨查明精于医理之官绅，先行由驿恭折覆陈，仰祈圣鉴事：

窃于光绪六年六月十三日，承准军机大臣字寄："初七日奉上谕：'现在慈禧端佑康颐昭豫庄诚皇太后圣躬欠安，已逾数月，叠经太医院进方调理，尚未大安。外省讲求岐黄、脉理精细者，谅不乏人。着详细延访，如有真知其人医理可靠者，无论官绅士民，即派员伴送来京，由内务府大臣率同太医院堂官详加察看，奏明请旨。'"等因，钦此。臣跪聆之下，焦悚莫名。即经于江苏省官民中，访有明习医道数人，尚须详加查验，如果可靠，方敢资送入都。第系疏逖小臣，草茅下士，一旦仰瞻圣颜，天威咫尺，难免举动失常，窃恐诊脉开方，未能神安志定。兹谨查有告退在湖南原籍之前刑部尚书郑敦谨，丁艰在江苏原籍之前湖北巡抚潘霨，均称国手，中外所知，相应请旨饬令兼程进京，会同太医院敬谨从事。该尚书等身受国恩，自必闻命即行。又查有署湖北盐法道程春藻，于医道极为讲求，前在江宁为副都统臣富升治病，沉疴立起，并请旨饬下湖北督抚臣转饬程春藻，由轮船刻日进京，听候太医院察看，冀取一得之长。至前内阁学士周寿昌，亦属精于岐黄，现在京都住家，若饬令与太医院互相参酌，计亦有所裨补。臣惓惓愚诚，是否有当，伏祈圣明采择施行。

所有查明官绅精于医理，先行覆陈缘由，谨由驿五百里驰陈，伏乞皇太后、皇上圣鉴训示。谨奏。

赶催官医北上片

再，臣恭绎上谕，叠经太医院进方，因皇太后圣躬尚未大安，乃有延访外省医人之旨。郑敦谨、潘霨、周寿昌均系国家老成，且在京城居住有年，习知水土，用药必能合宜，即程春藻亦属谨慎安详，断不敢以师心轻率尝试。如该尚书等诊脉开方，有当圣意，所有煎药进御，似应饬令躬亲其事，以昭慎重。但得皇太后圣躬早安一日，中外臣子便释一日之心。不敢泥候旨常例，谨一面发折，一面预备资斧、轮船，函催该尚书等迅速北上。如抵都后，皇太后圣躬①业已大安，或他省医人先已奏效，即诸臣空劳跋涉，亦义无可辞。

合再附片陈明。伏乞圣鉴训示。谨奏。

查覆江南兵饷及上下江防敬摅管见折

光绪六年六月二十九日

奏为查覆江南兵饷及沿江防务，并敬摅管见，恭折密陈，仰祈圣鉴事：

窃臣于光绪六年正月二十五日及三月初二日，在湖南新宁县原籍，先后接准署两江总督江苏巡抚臣吴元炳咨，光绪五年十二月十七日奉上谕："俄人挟制多端，心怀叵测，此时虽事机未定，

①中华书局版《刘坤一遗集》无"圣躬"二字。

不可不亟筹防务，豫备不虞。所有兵、饷两端，及布置之法，着各该将军督抚等，豫为筹画，妥慎办理。”等因，钦此。光绪六年正月二十一日奉上谕：“若俄人暗嗾日本生事，狼狈为奸，必将滋扰洋面。南洋地段辽阔，必须严密设防，方能有备无患。着刘坤一、何璟、张树声、吴元炳、谭钟麟、裕宽、勒方锜、谭钧培懔遵叠次谕旨，将沿海、沿江一带防务，妥筹布置，借杜诡谋。福建之台湾、厦门等处，江苏之吴淞、长江等口，尤扼要吃重之区，该督抚等当各就地方情形，悉心区画，务策万全，并须简练陆军以辅水师，为未雨绸缪之计。”等因，钦此。经臣两次附片陈明，俟抵江南查明据实覆奏在案。

嗣臣入都陛见，取道长江，沿途察看各处炮台与各起营勇，兹于接篆后，查询实在兵饷数目及一切防务，并酌拟办法，谨为我皇太后、皇上陈之。

江南本系财赋之地，每年所收淮盐课厘及百货税厘并丁漕等项，约计千万内外。惟接济京、协各饷过多，本省度支转形拮据，现在随时挹注，尚不至于庚癸频呼，而本年增拨东北饷需已觉难于周转，一旦如兴大役，更属罗掘无从矣。通省所存水陆兵勇，合计三万一千余名，分布苏、松及徐、淮等处，其在江宁省城及驻扎沿江南北两岸者，不满二万人：淮勇居十之七，系直隶督臣李鸿章旧部；湘勇居十之三，系已故两江督臣曾国藩旧部。该统领如浙江提督吴长庆、福建提督唐定奎、记名提督吴宏洛、九江镇总兵章合才、淮扬镇总兵朱淮森等，均系久历戎行，懋著战功之员，缓急应亦足恃。尚有统领轮船江南提督李朝斌及长江水师瓜洲镇总兵吴家榜等，亦系宿将，堪以御侮折冲。第地面辽阔，兵力尚单，殊有顾此失彼之虑。此江苏兵、饷之实在情形也。

沿江炮台，惟沙洲圩因为江水冲刷撤去三座，余存十座，恐亦难于保全。此外如该处对岸之乌龙山炮台二十二座，上游江宁省城外之下关炮台六座，下游镇江府属之焦山、象山、都天庙三处炮台十九座，江阴县属之鹅鼻觜、天生港、十圩港刘闻沙等处炮台七十九座，上海县之吴淞口炮台十七座，均系屹立江干，规模尚属严整。其中炮位或未齐全，布置或未尽合，何营守护何台，亦未逐一部署。臣现督饬各文武赶紧筹办，以备不虞。此江苏沿江炮台之实在情形也。

夫外洋船坚炮利，务竞新奇，而中国所以御之者，要在知彼我之短长，审利害之轻重。就目前事势而论，即使有铁甲船多只，而驾驶未能深谙，若遽与之驰骋重洋，以我所短，敌彼所长，殊难操必胜之术。加以沿海各省，相距数千里，仅以一军往来应援，无论鞭长不及，更恐敌船声东击西，多方误我，非制人而不制于人之道。而况现无铁甲轮船，即木壳兵轮亦难自成一队，何所挟持以角逐于茫茫巨浸耶！

钦奉谕旨，“该督抚①等各就地方情形，悉心区画，务出万全”，等因，以守为战，舍短用长，虽利钝成败之难知，而主客劳逸之已决，诚至当不易之良策也。南洋江、浙、闽、粤等省，务须自为固圉之计，早在圣明洞鉴之中矣。其实东南大局，利害所系则在江苏，盖江苏为长江尾闾，为湘、鄂、西、皖各省门户。敌若逾江苏而驶入长江，则湘、鄂、西、皖处处均须设防，即四川、滇、黔人情亦为震动，以视一隅被扰，孰重孰轻，不待智者而辨也。

臣与江苏巡抚臣吴元炳，再三筹商，以吴淞口尚有炮台，且上海为各国租界，洋人有所顾忌。惟长江口当敌船之冲，江面又

①中华书局版《刘坤一遗集》无“抚”字。

极辽阔，非吴淞炮台所能兼顾。即江南提臣李朝斌所统轮船，仅四五号，亦属左支右吾，拟以北洋拨来蚊船尽数益之，以资分布。第该蚊船修理需时，且未审果否得力耳。长江口以内，如江阴、镇江等处，江流略为收束。经前督臣李宗羲、沈葆桢等分筑炮台，原是重关设险之义。臣复与前兵部侍郎臣彭玉麟酌度形胜，逐节经营，务以此为锁钥，以遏敌船上窜之路。中流上连木筏，下伏水雷，左右则以巨炮夹攻，誓不任其飞越。仍于南北两岸各驻重兵以护炮台，并派游弈之师，与苏、松、常、太、通、泰、淮、扬各处军营遥为联络。所有沿江港汊，亦以艇船、扒船弥缝其间，不使敌船抵隙乘瑕，入我腹地。此系详切规画，幸而海疆晏然，亦必未雨绸缪，不敢稍涉松懈，仰副皇太后、皇上谆谆告诫"毋蹈因循陋习，毋作纸上空谈"之至意。万一南洋告警，应否增募一军，则在临时察看机宜，奏明办理。至于现驻江南淮勇，可否仰恳天恩，饬下直隶督臣李鸿章毋得抽调，李鸿章于南、北洋视同一体，且江南为淮军饷源，必不以臣言为私也。

抑臣更有请者，广东、福建、浙江三省均属滨海，所有原拨南洋厘金，闽、粤既经奏停，浙江亦可留为本省筹防之费，由臣咨明浙江抚臣谭钟麟查照。惟福建以台防吃紧，并将关税奏留。南洋所指望者，以粤海关税为大宗，浙海关税无几，此后似不宜再有分拨，前此按结扣存之款，由臣咨催该监督等扫数解清，以应燃眉，而资借手。若湘、鄂、西、皖之于江苏，本属辅车相依，尤应同舟共济，与其各分畛域而备多力分，曷若共固藩篱而此呼彼应。除该四省原拨厘金，并由臣咨催该督抚臣饬令司局赶紧补解外，将来倘遇军情紧要，另由湘、鄂、西、皖等省宽拨饷项，俾助饱腾，否则，调派劲军协同守御。值此海疆多故，臣承乏两江，自当力任其难，尚赖该各省匡其不逮，以卫东南大局，仰慰宵旰忧勤于万一也。

所有查覆江南兵、饷及沿江防务并敬摅管见，谨由驿五百里恭折密陈，伏乞皇太后、皇上圣鉴训示。谨奏。

东三省防军单薄请预为调度片

再，沿海各省，筹防有年，如广东、江苏、直隶各口要隘，臣所身经目击，虽不敢谓确有把握，似尚可以勉强支持，即福建、浙江、山东等省，亦闻有险可凭。只台湾四面孤悬，未能深悉形势。然自东洋退兵以后，我亦数年经营，且闽省船政局所造兵轮，自应先其近者急者，似不得谓为无备。惟东三省与俄接壤，而黑龙江时有俄船往来，水陆均属当冲，敌人之进退甚便。该三省一经告警，都城人心难免动摇。钦维庙算宏深，自已妥为部署。而臣之鳃鳃过虑者，实以该三省日久不见兵革，难免临阵张皇。所调四川提督宋庆一军，似尚嫌其单薄。可否添派大支劲旅会同宋庆，进扎吉林，或令直隶督臣李鸿章兼顾东三省，预为布置。而责成陕甘督臣左宗棠兼顾北路，不得以有沙漠之阻，稍涉松懈，以致变出不虞。管蠡之见，恭候采择施行。

谨由驿附片密陈，伏乞圣鉴训示。谨奏。

密保专阃大员请旨简用折

光绪六年七月二十三日

奏为密保专阃大员，以备干城而重根本，请旨简用，恭折驰陈，仰祈圣鉴事：

窃以中俄之事，或战或和，尚无定局。然立国之道，不恃敌之不来，恃我之有以备敌，必能战而后可言和也。中俄陆路毗连既宽，加以沿海设防，并计几万余里，随处均须戒严，而臣所鳃鳃过虑者，则以东三省为尤重。现经朝廷选将征兵，自为该处缓急之用。惟客军可暂而不可常，欲为久远之图，必须训练土著之兵，俾成劲旅。东三省人情朴勇，不难转弱为强，但得一久历戎行、深谙韬略、又素习东三省风气者以董率之，必能调度合宜，使之踊跃用命，数年之后，屹然长城矣。臣查有江宁副都统富升，籍隶吉林，前在江北剿办发、捻各逆，懋著劳绩，尝以马队二百，破贼四五万人，事平口不言功，而地方百姓，迄今犹津津乐道。且其操守廉洁，智虑宏深，每论及时艰，则忠诚愤发。臣于光绪元年江宁承乏，即深知该副都统之才，因其久病体羸，窃恐不任劳苦。此次与之重晤，见其面貌丰腴，虽系与臣同年，精神胜臣十倍。以该副都统之材武，加以血性过人，方今膂力尚强，正堪驰驱边徼。倘蒙圣恩用之于东三省，使之督当一面，必能就熟驾轻，折冲御侮。第须查照内地各省练兵、练勇章程，优给口粮，多与枪炮，方可以资借手，否则虽有孙武，亦不能使之枵腹荷戈，空拳赴敌也。

臣实为根本重地、干城重寄起见，是否有当，恭候圣裁。谨恭折由驿四百里密陈，伏乞皇太后、皇上圣鉴训示。谨奏。

东三省防务宜及时措置片

再，中国外患，以俄为最，人尽知之矣，而防俄与防别国不同。以东三省为亟，人亦尽知之矣，特以各有职守，不敢为越俎之谋，而疆圉安危，实系于此。即使此次中俄之事得以调停，而东三省终为彼所垂涎，视耽耽，欲逐逐，甚于西路新疆各城也。

夫整军经武，非旦夕所能程功。今日之选将练兵，原为久远之计。伏望朝廷及时措置，收效将来，不可以时局稍松，视为闲着。夫以根本重地，如得士马饱腾，不仅御外侮，亦可息内奸，实为宗社无疆之福。

谨附片由驿密陈，伏乞圣鉴训示。谨奏。

遵旨分别查明并现在筹办情形折

光绪六年八月初八日

奏为遵旨分别查明及现在筹办情形，密折覆陈，仰祈圣鉴事：

窃臣于光绪六年七月十七日承准军机大臣密寄："十一日奉上谕：'詹事府右庶子张之洞奏陈应防要地事宜，所称宜令彭玉麟亲驻吴淞、江阴等处，自系为扼要设防起见。彭玉麟能否专驻各该处筹办，即着酌度具奏。俄人近在上海，购定煤至数千万斤之多，情殊叵测，着刘坤一、吴元炳饬令该道设法牵制，毋得任其取求。所称俄人专恃日本为后路，宜速联络日本，所议商务可允者早允，但得彼国两不相助，俄势自阻等语。着总理各国事务王大臣，暨李鸿章、刘坤一酌度办理。其请饬讲习防海新论一条，着照所议，一面行知沿海各督抚，于上海等处多为购买，分给诸将领，细心讲求。'"等因，钦此。跪诵之下，仰见我皇上洞烛幾先，绸缪未雨，感佩难名。当经恭录密送咨行去后，旋接彭玉麟来函，拟以时往来吴淞，狼山、福山、江阴、焦山上下，何处有警，则随宜策应以赴事机，业经专折覆奏。彭玉麟督办江防多年，情形极为熟悉。臣愚亦谓吴淞口及长江口地段太宽，扼守非易。如为万全之计，莫如守吴淞之黄浦江口，以保苏、松，再守长江之江阴两岸及圌山、焦山等处，以固上游各省门户。彭玉麟所议实洞括全局之论。臣抵任后，覆陈防务情形，谓与彭玉麟筹商，务以江阴、镇江等处为长江锁钥者，即此意也。

惟从前议造沿江炮台，以圌山关附近焦山，而焦山耸峙江中，视圌山关尤为天设之险。时以经费支绌，不得不先焦山而后圌山，现经接续兴修炮台，似此重关叠隘，敌船益无从蹈瑕抵隙而来矣。江南兵轮无多，彭玉麟现需出洋分巡之兵轮一号必不可少，届时自当酌派应用。此臣接彭玉麟函商及现筹扼要设防之实在情形也。

又据江海关道刘瑞芬禀覆，俄人并无在上海购买大宗煤斤情事，惟闻日本长崎买煤甚多。查上海向非产煤处所，中外轮船所用，均由东、西洋转运而来。俄船由海道来华，路经日本，该处产煤既旺，价值复廉，似无须转而求诸上海。阅近来各新闻纸，有俄国兵船所需煤斤在新嘉坡采办，及俄人在长崎议买煤银五十万元，运往珲春。长崎有洋行承办煤一万吨，运存珲春对岸之海带角地方各等语。刘瑞芬所禀尚与相符。惟俄人诡谲异常，难保不广收中国现有之煤，使我兵轮、商轮、船政、机器各局，日用所必需者，均为所窘。臣已咨商闽浙督臣何璟，派员赴台湾，查明煤矿现存数目，分致南、北洋及各省解款购办，即运储江海各口，以备不时之需。并饬招商局多购洋煤，万一官船缺煤，亦可移借。复由江海关道密饬上海华人各煤行，不得将多煤售与俄人，亦不得代其转买。虽上海洋人经手买卖煤斤者未能一体禁止，然似此多方防范，彼族当无从竭泽而渔，即办理亦尚不着形迹。此查明俄人并未在上海购定大宗煤斤及预行设法牵制之实在情形也。

日本助俄事所或有，第揆之理势，似不尽然。日本北与俄邻，桦太、千岛之互换，非其心之所愿，屈于势不敢争耳，其防俄甚于防中国。臣前在都门，与日本使臣晤谈两次，彼屡以唇齿相依为言。即使其语不尽由中，而利害实系如是。臣愚以为中俄万一有事，日本必照万国公法自处局外，似未肯与之合谋，徒使俄日益强，以结怨于中国。该国商务现在南洋各口所报并无可允未允之案，仅有光绪五年，日本领事在江海关请免烟、酒两税稍有辨论，嗣议定进口烟以三四十斤、酒以一二百斤为度，准其免税，多则照征，后亦并未再有所请。臣仍当密饬各关道，此后与彼国交涉商务，均按照条约一律持平，毋得稍涉偏枯。俾俄人借得施其勾结之计。

防海新论一书，臣于未奉谕旨之前，已饬上海制造局印送百部。现据全数解到，以六十部分给江南各营，以四十部咨送总理衙门转发东三省。并饬该制造局，另刷多部，呈送沿海各省，务使人人阅习，即其立法而师其用心，庶几变通尽利，上副朝廷慎重海防、造就将才之至意。

所有分别查明及现在筹办情形，谨会同江苏抚臣吴元炳恭折由驿五百里密陈，是否有当，伏乞皇太后、皇上圣鉴训示。谨奏。

查实江苏各属荒熟田地报部折

光绪六年八月初十日

奏为查明江苏各属荒熟田地数目，据实覆陈，恭折仰祈圣鉴事：

窃准部咨，奏覆翰林院侍读王先谦经费宜裕一折，请饬下各省督抚，将各属荒熟田地，开具清单，汇总奏咨报部，奉旨："依议。"钦此。抄录咨行前来，当经转行遵照去后，伏查江苏省未垦荒田，于同治八年，经前督臣马新贻等奏报筹议招垦章程八则，奉旨："着照所请，该部知道。"钦此。嗣于光绪三年，前督臣沈葆桢覆奏御史朱以增请调淮军屯垦条陈折内，以江南垦荒未便刻期从事，请照同治八年奏定章程办理，复蒙俞允在案。

兹据江宁布政使梁肇煌、署苏州布政使许应鑅详称："江宁府属七县，原额田地共五万五千二百余顷，现尚有未垦荒田三万一千余顷。就该府一属而计，熟田尚未及半。第所征钱粮，按额已近六成。盖未垦田地，山塘、低洼，下则居多，实无避重就轻之弊。尚有扬州府属之江都县五台山等处，因择地扎营，压废田亩，一片砖石，难于开垦，然为数亦尚无多。此外各属并无抛荒田地。统计宁属额田，未垦者只十分之七厘有奇，不足一分，均于各年奏销案内，分晰开报。苏、松、常、镇、太五府州属原额田二十五万三千九百余顷，截至上年秋成止，核计原复熟及二年以前新垦熟田一十九万三千九百八十余顷，光绪三、四、五等三年，新垦尚未届征田八千七百一十余顷，仍有抛荒坍没等项田五万一千二百余顷，约居原额十分之二。"查明实数，会详请奏前来。

臣等查江宁一府七县，被兵十有余年，井邑萧条，田地芜废，肃清以后，土著农民存者无几，多方招集，复业寥寥。苏属被兵地方较广，幸窜踞未久，乡村不乏完善之区，故原熟田地尚多，然贼踪所及之处，情形亦与宁属相似。皆苦于田多农少，有田之家大率募佃耕种，工本倍费，租息甚微。且昔时大户今皆中落，稍有力者类皆别谋生计，视田业为畏途，故未垦荒田，迄今尚复不少。然原定招垦章程，实已筹画周备，开垦成熟三年之后，始行完粮，体恤亦不为不至。所以自定章程以后，历年垦熟均有加增，未必不由乎此。臣等惟有督饬该司等董率各州县，按照原奏章程，体察民隐，善为招徕，期阡陌益复旧观，以裕饷源而符赋额。如查有隐匿侵渔情弊，谨当严予参办，不敢稍涉徇纵，上慰朝廷重农贵粟之心。

除将清册咨送户部外，谨合词恭折覆奏，伏乞皇太后、皇上圣鉴，敕部查照。谨奏。

溧水摊赔虚粮恳予豁除折

光绪六年九月十二日

奏为江宁府属溧水县各乡田地摊赔虚粮，吁恳天恩，准予豁除以纾民困，恭折沥陈，仰祈圣鉴事：

窃准部咨，议覆高淳县摊赔沉粮案内，以溧水县如何征收之处，行令另案奏明办理等因，当经转饬去后，兹据江宁布政使梁肇煌、江安督粮道师荣光会详称："溧水旧与高淳本系一邑，前明宏治四年始分为两县，皆临石臼湖，而与丹阳、固城两湖毗连。明初于高淳之广通镇建闸以时蓄泄，沿湖悉成腴田。迨永乐中，因苏、常屡遭水患，改闸为坝。正德年间加筑下坝，厉禁不开，于是湖水泛滥，致将溧水思鹤诸乡一十七圩之田，尽没于湖。我朝顺治五年，知县王鼎颖丈量该县田地，计有亏折原额熟田九万二千四十三亩有奇，熟地一万一千一百三十八亩有奇，荒田一千四百八十五亩有奇，废田二百七十九亩有奇，乃于实存熟田项下每亩加摊虚粮田一分三厘有奇，实存熟地项下每亩加摊虚粮地三厘有奇，实存荒田项下每亩加摊虚粮田八厘有奇，废田项下每亩加摊虚粮田七厘有奇，由是实在熟田一亩虚作一亩一分三厘有零，创立抄弓名色，以二百十一弓七尺实田八分八厘有余，作为一亩征粮。有旧时县志及步弓由单、版串，班班可考。在昔民物富庶，尚可支持，今则兵燹余生，田荒土瘠，再事赔累，民何以堪。惟前项丈亏田地统共十万四千九百余亩，而摊派实存田地赔完钱粮者只七万三千一百六十九亩零，下余三万一千八百余亩，访诸绅耆，考诸改折全书，称系水影湖滩，曾经描踪测丈，照常入额。

自系当时已坍入水，未全沉没，尚冀涸复布种，故未作为虚粮。应俟将来通境荒田全行开垦，查丈究有涸复若干，实在坍缺若干，另将坍缺田地丈实，再行请豁”等情，详请具奏前来。

臣等伏查溧水县虚粮，从前民力有余，勉令赔完，无敢异说。今者疮痍未复，喘息方苏，开垦荒田，本重利薄，言念民困，深用疚心。就令完固有之钱粮，尚形竭蹶；再责赔坍沉之赋课，自益难支。况同属之上元等五县，漕粮已蒙减免三成，高淳县摊赔沉粮亦邀豁免，圣慈叠沛，一视同仁，难令该县独抱向隅之戚。国家定制，田地赋税，涨则升增，坍则豁除。当此百计招垦之时，尤以便民为急务，与其责赔虚粮，徒有加赋之虚名，何如豁除坍田，冀收垦荒之实效。合无仰恳天恩，将该县摊入实存田地赔完虚粮七百三十一顷零，先行豁除，以溥皇仁而纾民困。下余三百一十八顷零，仍俟荒田全垦，核见实有亏缺若干，另行查办。现在豁存原熟田地仍照旧时全书科则，按亩稽征，以昭核实。

除将该县各项科则清册咨部外，理合会同署漕运总督臣谭钧培，恭折沥陈，伏乞皇太后、皇上圣鉴训示。谨奏。

请准新授总兵暂缓陛见折

光绪六年九月十二日

奏为地方同一紧要，恳将实缺总兵恩准暂缓陛见，仍留署任，以资熟手而竟全功，恭折吁陈，仰祈圣鉴事：

窃福山镇总兵熊登武告病开缺，光绪六年七月二十三日内阁奉上谕：“江南福山镇总兵员缺，着欧阳利见补授。”钦此。该总兵例应具折谢恩，恭请陛见，臣等即应令其交卸淮阳镇署篆，上副朝廷简任之心。惟该处为南北冲衢，兼通海口，万一海氛告警，处处均须设防，较之福山情形实同一紧要。该总兵久在署任，威望卓著，实力操巡，军心民心甚为固结。臣钧培受事伊始，正在整顿营务之时，与该总兵事事会商，粗有头绪，更未便遽易生手。查现护福山镇篆之太湖营副将雷玉春，才具明干，勤奋有为，于福山一带海洋素所熟悉，布置亦甚得手，若暂时各仍其旧，驾轻就熟，益专责成，于防务实两有裨益。臣等函商再四，意见相同。合无仰恳鸿慈，俯念地方同一紧要，彼此各需熟手之人，恩准该总兵暂缓陛见，仍留淮阳镇署任，其福山镇篆务，即由雷玉春照旧护理，一俟防务稍松，再行奏明办理。

谨会同江苏抚臣吴元炳、江南提臣李朝斌，合词恭折吁陈，伏乞皇太后、皇上圣鉴训示。谨奏。

驻沪会审委员异常出力邀请优奖折

光绪六年九月十二日

奏为上海会审公廨委员异常出力，历久不懈，恳恩逾格奖励，恭折奏祈圣鉴事：

窃同治七年，准总理各国事务衙门核定上海洋泾滨设官章程，照会各国使臣咨行开办。当于上海英国租界设立会商公廨，选派同知用候补知县陈福勋作为会审委员，并由英、美等国领事各派副领事、翻译等官，按日轮流至公廨会讯。凡英、美巡捕在租界查获犯事之人，均送公廨讯办，洋人控告华人亦归公廨会审。陈福勋到差至今，阅十二年，明干周详，诸臻妥协。同治十一年，日本截留秘鲁国洋船拐去华人二百余名，该员奉派驰往日本，带回上海，送归原籍。光绪元年，湖广督臣李瀚章调赴云南随办英官被戕之案，事竣始回。虽经归于洋务出力三年一保案内请奖，历经吏部议覆不准保奏免补，而该员前已得有加运同衔并补缺后以同知用，保案亦无可再加，以致勤劳多年，竟无寸进。兹据江海关道刘瑞芬详请逾格保奖前来。

臣查上海为通商各国总汇之区，租界华洋杂处，交涉案件尤多。会审公廨委员逐日会同办事，既须和睦洋官，更须顾全大体，保护华民，较之州县自管地方公事尤为烦难。又此差并非实缺，既无廉俸可支，更无俸满升调，无才者既不胜任，有才者多不屑为。陈福勋才优心细，不激不随，茹苦耐劳，历十二年如一日，从无见异思迁、畏难求退之心，是以因应咸宜，华洋胥服。其派往东洋，调赴滇省，复于会审之外，备历艰辛，实属异常劳绩。自可援照出洋人员准保免补之例办理，以示鼓励。合无仰恳天恩，准将运同衔同知用江苏候补知县陈福勋，免补知县，作为实缺俸满同知，留苏以知府用，并加三品顶戴，以为尽心洋务、久著勤劳者劝，出自逾格鸿慈。

所有上海会审公廨委员异常出力，历久不懈，吁恳逾格奖励缘由，谨会同北洋通商大臣、直隶总督臣李鸿章、江苏巡抚臣吴元炳，恭折具陈，伏乞皇太后、皇上圣鉴训示。谨奏。

上海会审公廨委员酌拟改为差缺片

再，上海会审公廨委员，既非实缺，无俸满升调之期，即不能与实缺官员同一迁转，致劳绩久著者，格于成例，无阶可升。除现在委员陈福勋任差十二年，异常出力，经臣专折会奏，恳恩逾格奖励外，此后会审公廨委员，无论同、通、州、县选派是差，拟请均作实职会审同知，名曰差缺，由臣会同抚臣奏明派委，并自到差之日起，扣足六年期满，实系办理妥协，毫无贻误，即照出洋人员异常劳绩之例，专案奏奖，其廉俸等项，仍不照实缺开支。倘有办理不善，声名平常者，仍随时撤换参办。

臣为会审公廨委员事务烦难，应示优异而昭激劝起见，理合会同北洋通商大臣、直隶总督臣李鸿章、江苏巡抚臣吴元炳，附片陈明，伏乞圣鉴训示。谨奏。

委员试造气行轮船验不适用片

再，安徽候补同知董毓琦，以试造气行轮船，尚短工料银三千两，呈经都察院具奏，光绪五年四月二十四日奉上谕："着沈葆桢筹款发给，并与李鸿章、丁日昌按照图说，详加参酌，造成后即由沈葆桢等验试，究竟是否合用，据实具奏。"等因，钦此。当经前督臣沈葆桢于海防经费内拨与库平银三千两在案。

该员屡延自定期限，直至今年四月始报竣工，中途复被风搁沙，六月内始行驶到金陵。经臣率同司道前赴该船逐细验看，所有机器一切均甚笨拙，非借人力运动则机不转而船不行，于图说所谓气行者益复无着，匪但无制胜之奇，以之冲犯风涛尚无把握，实属不适于用。该员言语浮诞，前后不符，未便听其借词续修，再滋糜费。且系在沪试造，该处为华洋观听所汇，更未便任令师心自用，腾笑于人。现将水手人等先行资遣，其船仍暂交该员看管，恭候命下，再饬令将全船各件，逐一点交筹防局，另谋折变。所有领用库平银三千两，姑念名为试办，事属因公，恳恩免其赔缴。

谨会同北洋大臣直隶总督臣李鸿章、前福建巡抚臣丁日昌据实附陈，伏乞圣鉴训示。谨奏。

南洋海防经费请饬粤海关迅行汇解片

再，两广总督臣张树声奏准订购蚊船，在粤海关应拨南洋经费项下截留银五万两，咨会前来。臣查南洋经费，厘金一款，闽、粤、浙江三省，均经奏留本省应用，江西省业经抵作新饷，湖北省本年丝毫未解。关税项下，自本年改章拨解以来，叠次催据江海、闽海、山海三关报解至第七十八、九结，其粤海、浙海两关仅解至第七十三、四结而止。目下第八十[①]结又已解满，粤海关欠解银两为数最巨。南洋自光绪四年照案分解起，截至本年八月底止，仅收各省关解到经费共银四十余万两，核较原拨银数不及十分之一。江苏为南洋总汇，实长江上游各省门户所关，近年修筑炮台，购造军火，发给薪粮等项，需用益多，收不敷支，棘手万状。臣因订买洋枪，苦无现银，已将第七十五、七十八两结粤海关应解银两，咨明汇兑枪价，如有多余，仍解南洋。又准户部咨，闽省船政制造快船，南洋仍应协拨银二十万两，复将第七十六、七两结粤海关应解银两，咨明汇解船政，俾可及早兴工。兹又准粤省订购快船截留银五万两。是南洋所指粤海关人批的款，益形短少。将来各省若援照截留，海防经费必致全行无着，焦灼殊深。合无仰恳天恩，饬下粤海关，迅将刻下应汇应解各结银两，扫解全清，嗣后务必随征随解，按结清款。并由臣咨明各省，不得再行扣留此项经费，致误要需。

所有南洋海防经费，未便再有拨扣缘由，理合附片陈明，伏乞圣鉴训示。谨奏。

---

①中华书局版《刘坤一遗集》作“八至十”。

分拨洋枪运往各处备用片

再，臣接准神机营咨，将军岐元请拨洋枪、洋炮等项，拟由直隶、江苏机器局照数筹拨一折，奉旨："依议。"钦此。旋准直隶督臣李鸿章咨，津局现无存储，应由江南酌拨。臣当饬司局在于金陵军械所备用项下，先尽所有通融凑拨，计拨林明敦中针后膛枪一千杆，枪子二十万颗，刀头燕飞来福枪一千五百杆，矛头燕飞来福枪一千五百杆，配齐佩带等件，专派登瀛洲轮船赶运天津，由李鸿章查收转解。并据寿春镇郭宝昌面称，奉旨带勇二千名前赴山海关设防，所需军械请由金陵给领，经臣饬拨马梯呢后膛洋枪五百杆，枪子十五万颗，两磅后膛熟铁过山炮连铁车架二副，炸弹一千颗，自来火一千副，铜管拉火二千枝，以资应用。续准湖广督臣李瀚章咨，湖南提督鲍超军中现需洋枪甚亟，鄂局所存无几，若向外洋购办，往返需时，商由宁局先行借拨，复经饬拨矛头燕飞来福枪二千杆，英国恩费前膛马枪二百杆，配齐佩带等件，由轮船赶解赴鄂。又新调山海关副都统富升，以该处正在设防，枪械系必需之件，商之于臣，亦经移拨燕飞来福枪一千杆，随带备用。又署漕臣谭钧培，现在整顿清淮营伍，所需之前膛洋①枪一千杆，随配佩②带等件，洋火药二百桶，铜帽二十万颗，并经照拨。计前后分拨各项洋枪八千七百杆。目下上海、金陵两机器局赶造水雷及炮弹各件，未能兼造洋枪，而各处皆系迫不及待之需，不得不先其所急，就金陵军械所备用项下，分提协济，

---

①中华书局版《刘坤一遗集》无"洋"字。

②中华书局版《刘坤一遗集》无"佩"字。

现已告罄。

除陆续设法筹补外，所有分拨各处洋枪等件缘由，理合附片陈明，伏乞圣鉴。谨奏。

提臣统军起程前赴山东海防折

光绪六年九月十六日

奏为报明提臣起程及拔队日期，恭折驰陈，仰祈圣鉴事：

窃臣于光绪六年九月初十日，承准军机大臣字寄："初四日奉上谕：'山东现办海防，关系紧要，浙江提督吴长庆勇略夙著，素称得力，着刘坤一传知该提督，酌带亲兵，前赴山东，帮同周恒祺办理防务。吴长庆接奉此旨，着克期起程。'"等因，钦此。当经恭录飞咨去后，吴长庆于十一日由江北浦口营次轻舟渡江，与臣面商一切。现经议定，该提督随带原部淮军亲兵六营前赴山东，所遗江防水陆六营，臣即委该营营官记名提督曹德庆接统。该提督一面将经手事件赶行交代，定于本月十六日由陆路驰赴山东，随带各营，续于十九日由各营官带同拔队前往。尚有粗重军装，陆路不便携带者，臣已札饬招商局派轮赶运，俾各营得以轻身就道，迅抵东省，上慰宸廑。

该提督胆识并茂，纪律最严，且熟习地方情形，实为臣所倚重，第以山东需人孔亟，未便系维。所有该提督起程及拔队日期，理合恭折驰陈，伏乞皇太后、皇上圣鉴。

再，江宁防营分扼沿江炮台各要地，本苦不敷，现去此大支劲旅，兵力益形单薄，目下事机正在加紧，自应添募填扎，容臣部署就绪，再行奏报，合并声明。谨奏。

带印出巡沿江炮台折

光绪六年九月二十六日

奏为恭报微臣带印出省巡阅沿江及吴淞口各处炮台日期，恭折驰陈，仰祈圣鉴事：

窃江宁之乌龙山及镇江、江阴、吴淞口各处炮台，经前督臣等因地制宜，扼要布置。臣于本年入都陛见时，业经顺途察看，抵任后，复谆饬守台各将领，勤加操练，逐节讲求。并商之前兵部右侍郎臣彭玉麟，于圌山关修筑炮堤，以辅焦山之声势，此外亦间有损益之处。现在防务吃紧，炮台为江海干城，参酌不厌精详，亲历较有把握。谨于本月二十六日，乘坐兵轮巡阅各炮台，就近与彭玉麟及各提镇等面商一切，所有详细情形，容俟事竣后，再行奏报。理合先将出省日期，恭折由驿四百里驰陈，伏乞皇太后、皇上圣鉴。

再，臣带印出省，所有署内日行公事，交江宁藩司梁肇煌代折代行，其紧要事件仍包封由臣行次办理，合并声明。谨奏。

密保监司大员备简折

光绪六年九月二十六日

奏为密保监司大员以备简用，恭折仰祈圣鉴事：

窃臣承乏封疆，递次钦奉谕旨，饬保贤员，本年五月陛见，复蒙圣谕，谆谆以留意人才为急，跪聆之下，钦感难名。

臣以人才在于性情、学识，尤在历练之深，年力之富。兹查有江苏题补道洪汝奎，为守皆优，历经各督抚臣保荐，早在圣明洞鉴之中。臣前在江西巡抚任内，即访知该道之能，两次共事以来，始悉得其底蕴，请撮其梗概，为我皇太后、皇上备陈之。

该道以湖北举人考取教习知县，经前湖北抚臣胡林翼调赴军营。嗣随前两江督臣曾国藩、前署两江督臣李鸿章等，戎马驰驱，莫不倚为臂助。当时同袍之士，多致通显，或膺方面，或任封圻，而该道有功不居，屡辞荐牍，迄今犹是未经引见之道员，其澹定如此。该道[①]自随曾国藩、李鸿章等前来江苏，历经前督臣马新贻、李宗羲、沈葆桢委之以筹兵筹饷，而该道洁己自爱，不名一钱，且未用一私人置之津要，其廉介如此。该道总司军需营务，善于运量，尤工于会计，内则供亿水陆各军，外则接济京、协各款，拮据万状，并顾兼筹，不使有匮乏之虞，亦绝无偏私之见。近复督办捕务，摘发如神，即使事涉邻封，从不稍分畛域，沿江上下为之肃然。其严干公忠又如此。该道久领度支，综核名实，以财为国之大命，非此无以聚人，当此帑藏空虚，处处力求撙节，甚至木屑、竹头，亦不肯轻丁弃掷，知者谅其苦衷，不知者或议其出纳之吝。该道身任劳怨，处之坦然，纵使声色频加，亦不为其所夺，而于诸将之以此相抵忤者，又能曲为包容，以冀文武和衷，共维时局。其有担当、有气度又如此。该道每与臣言，自谓不知军务、洋务，然臣观其议论与平日措施，于军务、洋务无不悉中机宜。近今人才如该道者，殊不数觏。盖其性情、学识具有本原，加以历练二十余年，盘错益见利器。臣自调任两广以后，并未保一文员，诚以人才难知，恐蹈滥竽之咎。兹于该道确有所见，不敢壅于上闻。惟该道年逾五旬，及此精力正健，若处以繁剧之任，俾得尽展所长，以分宵旰焦劳于万一，出自逾格鸿施。

---

①中华书局版《刘坤一遗集》作“道员”。

夫天地生才不易，朝廷得才尤难，现在相需甚殷，似未可忧饥寒而弃粟帛也。

所有密保监司大员以备简用缘由，谨恭折密陈，伏乞皇太后、皇上圣鉴训示。谨奏。

请召用郭嵩焘片

再，前出使英国兵部侍郎臣郭嵩焘，品端学邃，渥荷三朝特达之知，海内士人亦莫不奉为山斗。自开办洋务，该侍郎讲求时措之宜，遇事条陈，递蒙圣明委任，而悠悠之口群起攻之，臣乡人为尤甚。该侍郎于洋务持论不无过激，用人不无稍偏，要其周知中外之情，曲达经权之道，识精力卓，迥出寻常，且其心地朴诚，亦属缓急足恃。现在交涉事宜正在吃紧，如该侍郎者，似未可置散投闲。可否召令入都，俾参末议，以期有裨时局，伏候采择施行。

谨附片具陈，伏乞圣鉴训示。谨奏。

察看江防增筹军饷折光绪六年十月初七日

奏为巡察江防，分派汛地及添募营勇，截拨饷糈，恭折密陈，仰祈圣鉴事：

窃臣于光绪六年九月二十六日曾将带印出省、巡视沿江炮台具奏在案。

臣即日乘坐登瀛洲轮船驶赴镇江府之焦山，二十七日会同前兵部侍郎臣彭玉麟履勘炮台，随饬湘勇合字营将弁于下游分设水靶试演焦山及象山、都天庙三处炮台之炮。二十八、二十九、三十等日，臣与彭玉麟以次前往圌山关两岸、江阴县两岸及上海县之黄浦江口，将各炮台、炮堤逐一履勘，炮位逐一试演。臣旋于十月初一日起程回省，勘验乌龙山两岸及省城下关炮台炮位，至初三日抵署。此次周历各处，试验各炮，尚能致远命中。惟各炮台则瑕瑜不掩，即如江阴南岸大石湾一带炮台，本属经始，又因逼近山坳，潮湿太重，已有剥裂朽蠹之处，尚须设法改修。其余虽属整齐，而暗台究不若明台之快便，且有过于累赘者，似可分别去留。圌山关与东生洲、西成洲、固土洲四处，道光年间原有炮堤，前者漏未议及。该处江流曲折，横贯其中，如心字形，实居[①]下游之胜。本年秋间，臣与彭玉麟督饬瓜洲镇吴家榜等，于该四处培修土堤，安设土炮，以应一时之急，将来尚须经营，若一律添筑明台，所费亦属无几。

至于水陆各路汛地，不可不预为严定章程，以专责成，而资守御。查黄浦江口系在吴淞口南岸，该处炮台，只可扼上海及苏、松各府之路，与长江口无涉。长江口亦吴淞口，水面宽数十里，非黄浦江口炮台所能兼顾，且距江阴县炮台二百数十里之遥，尤为鞭长不及。该处防务则江南提臣李朝斌及苏松、狼、福三镇实任其责，以李朝斌所统兵轮、蚊轮不满十号，且大小不齐，未必足以遏敌船冲突。然内洋沙多洪窄，敌船未能任意纵横；李朝斌调度有方，布置有法，届时或首尾夹击，或左右绕攻，或抵间乘瑕，邀其归路，则我之兵蚊各轮，未始不能牵制，即苏松、狼、福三镇之艇船、扒船亦收掎角之助，使敌船有瞻前顾后之虞。倘有临阵畏缩，甚至委弃船炮以资敌者，则该提臣及各镇将不能辞咎也。

---

①中华书局版《刘坤一遗集》作“居实”。

黄浦江口炮台则责之统领武毅右军记名提督吴宏洛，江阴两岸炮台则责之总统铭武军福建提督唐定奎，焦山、象山、都天庙炮台、圌山关等处炮堤则责之代统合字营记名提督易致中，使之自为战守，仍各派游击之师，视敌所向，互为声援，不得以畛域自限。黄浦江口炮台，可与李朝斌兵、蚊各轮联络，即江阴县以上等处炮台，亦有长江水师吴家榜等炮船相为策应，使敌人不敢易船登岸。如各炮台施放有准，以挫其锋，又于江之中流安设水雷木排，以资拦截，敌船未必便能飞越。即使敌船冒死冲过炮台，或我之炮台偶为敌炮所毁，而我但能坚持不动，多备土包沙袋，立即补完，敌船势将进退失据。倘有擅离炮台营垒船只或张皇失措者，则该总统等与该镇将不能辞咎也。

下关近在江宁城跟，乌龙山距省仅四十里，均经筑有炮台，以为不虞之备，现因浙江提督吴长庆抽带该处亲兵六营前往山东，尚须另行部署。此外沿海、沿江以及内地城镇，如何杜敌人觊觎，如何防土匪萌动，臣当与彭玉麟及抚臣吴元炳，会督地方文武相机办理。

夫江南为南洋总汇，且系上游各省藩篱，幅员甚宽，兵力本薄，临事尚须增募，前折业经陈明。今吴长庆带去六营，只留四营，改委记名提督曹德庆统领。臣复委令前署广东潮州镇总兵、两江候补副将何明亮，先招三营，计一千五百名，取名新湘勇，以备调遣。尚须续招两营计一千名，并前合为五营共二千五百名，以符吴长庆带去之数，俾成一军而当一路。第江南度支拮据，一孔一钉尚属入不敷出，兹忽增此巨款，每年十数万金，从何接济？应请将吴长庆带去六营之饷，拨归山东应付，所有江南原解李鸿章粮台月饷，即将此项划扣，以作新湘勇薪粮。似此一转移间，山东以新饷养老勇，不费操练之功，江南以旧饷养新勇，稍省掘罗之力，其于淮军粮台收支相抵，并无损益，处处皆均其平矣。臣俟钦奉谕旨，即当恭录分别咨行遵照。

抑臣再有请者，江南每年所解淮军饷项，将近三百万两，几分江南财赋之半，而江南境内，防勇亦以淮军为多。以江南之饷养淮军，即分淮军以守江南，故虽万分为难，不得不勉图供亿。淮军在江南日久，练习情形，分派各处炮台操演，亦已精熟。若调淮军他往，既恐迁地弗良，江南另招新军亦虑骤难得力，而彼此之縻饷则同。可否仰恳天恩，俯念江南地方吃紧，所有现在各炮台之唐定奎、吴宏洛二军，免其再调，并请敕下直隶督臣李鸿章及前直隶提督刘铭传等一体知照，俾臣得收指臂之助，出自逾格鸿施。

所有巡察江防、派定汛地，新募营勇、改拨饷糈，并请免调淮军各缘由，谨恭折由驿密陈，伏乞皇太后、皇上圣鉴训示。谨奏。

派员统带蚊船责成操练片

再，臣与彭玉麟行抵吴淞口之黄浦江，适李朝斌亦抵该处，问悉蚊子轮船龙骧、虎威两号，尚在机器局修理未竣。当经先调已经修竣之飞霆、策电两号前来，公同试验，如法装足药铅，饬令各放三炮，子路平出尚远，船身尚不挫退。惟该船并未勤加操演，是以行走颇嫌迟笨，而装子尤觉纡缓，约计一刻始放一炮，恐不足以应敌。臣与彭玉麟、李朝斌熟商，应将装子之法量行变通，并将该四船派员统带，以资训练。查有记名提督、前山东兖州镇总兵杨明海，年强才富，本系水师出身，谙练驾驶，随同彭玉麟、李朝斌及前陕甘督臣杨岳斌带勇剿贼，勇干过人，以之统带此项蚊子轮船，必能胜任。合无仰恳天恩，俯准该员留于臣标差遣，即将蚊子轮船四号，委令统带，仍归统领兵轮之提臣李朝斌节制调差，以一事权而期得力。

谨附片具陈，伏乞圣鉴训示。谨奏。

粤西开窿采煤拟请减税以广销路片

光绪六年十月二十四日

再，准北洋通商大臣李鸿章咨："据贵州补用道叶正邦禀称：'现在广西租定富川县、贺县交界之蒋姓山场，开窿三座，每月可出煤三千吨，煤质火力不减洋煤，足供轮船机器之用。粤东所销无几，拟运上海各口分售，请援池州土煤出口奏案，每吨征税银一钱，到销售处再完半税，以期成本较轻，即可厚集股资购器采运'"等因。并准两广督臣张树声咨请会奏前来。

臣查湖北广济县、安徽贵池县设局挖煤，先雇西洋矿师钻验煤层，均称质坚力厚，及购机器开采，则中国轮船及制造局仍不合用。湖北广济停办，移于荆门州开挖，官办改为商办。安徽本系官督商办，亦经开采数处，未能畅销，所赖均照台湾减税，成本稍轻，价值不贵，民间尚肯购用，开挖不致停工。今广西富川、贺县交界处所开办煤矿，亦称煤质火力可供轮船、制局之用。如果煤佳产旺，洵足兴自然之地利，敌外至之洋煤。核其开窿采运，与湖北、安徽情事相同，似应一例减税。理合据情吁恳天恩，俯准援照成案办理，以广销路而顺商情。

谨会同北洋通商大臣直隶总督臣李鸿章、两广督臣张树声合词附奏，伏乞圣鉴训示。谨奏。

敬陈管见折光绪六年十一月初五日

奏为球案宜妥速议结，倭约宜慎重图维，外杜纷纭，内严防范，遵旨密折覆陈，仰祈圣鉴事：

窃臣于光绪六年十月二十三日接准军机大臣密寄："光绪六年十月十六日奉上谕：'前据总理衙门奏议结琉球一案，此事关系全局，自应博访周谘，以期妥协。着刘坤一悉心妥议，切实陈奏。'"等因，钦此。仰见朝廷全盘在握，兼听为明，跪诵之余，莫名感悚。

臣查球案与倭约，本系两事，直隶督臣李鸿章与右庶子陈宝琛、左庶子张之洞所言，倭约不宜更张附益，以免另生枝节，诚为有见。至谓球案宜缓，以及支展之法，无非欲俟中俄定局，勒令日本全退球地，重立废王，以张义声而绥藩服，则似未将是非利害深维始终、权衡轻重也。

夫琉球与高丽、越南、缅甸等国，同列外藩，中国之所以怀柔之者亦略相等。究之该各国之于中国，是否相关，既有名实之判，中国之于各国能否兼顾，亦有难易之殊。盖外藩者，屏翰之义也。如高丽、越南、缅甸等国与我毗连，相为唇齿。所谓"天下有道，守在四夷"，而高丽附近陪都，尤为藩篱重寄。臣屡函致总理衙门及李鸿章与出使日本大臣何如璋，务劝高丽结好泰西，以杜倭、俄窥伺。该国万一有警，中国亦应明目张胆，遣兵赴援。为该国策安全，即为中国固封守，与英国之保土国情形相同。即臣前在粤督任内，于叛镇李扬才窜扰越南，力主进剿，责令广西提督冯子材擒贼自效者，亦恐越南不支，必借师于法人，以后为其所制，而两粤之外障益隳。此外藩之必须极力扶植者。

至于琉球则与高丽、越南等国迥别。琉球臣事中国数百年，朝贡极其恭顺，向风慕化，诚属可嘉，然与中国远隔大洋，得失无关痛痒。且琉球臣中国，只假我声灵，琉球臣日本，实奉其号令。平日无端剥削，无故拘囚，一任日本所为，琉球未尝赴诉中国，中国亦未尝过问，故一旦夷为郡县，指挥即定，而欲中国强与之争，务使日本俯首听命，琉球吐气扬眉，乌可得哉！如张之洞所言，中国闭关绝市，摈斥日本不复与通，原为计之至善，沿海筹防有年，自不如前明之受其蹂躏。然谓此即足以制日本而复琉球，则未必然。如陈宝琛所言，中国声罪致讨，跨海东征，以今日之整练水师，亦决无元初覆军之惧，然以日本二千余年之国，此举未必扫穴犁庭。倘使设伏以邀我，固守以老我，彼熟我生，彼主我客，悬军深入，大属可虞。即使日本慑我兵威，一战而败，请受约束，许复琉球，而琉球近在日本卧榻之侧，我能留兵守之否？我归而彼复夺之，岂能再为出师，以蹈波涛之险？竭中国而事外夷，自古以为诟病，况今日中国之于琉球乎！我朝定鼎之初，经略西南各国，独置琉球于度外，今日乃为之致死于日本乎！

张之洞、陈宝琛二策既不可行，则李鸿章所谓支展者，将来仍以口舌折之，或以虚声胁之，以日本之崛强，未必有济。且支展之法，日人未必不知，知之则其附俄与我为难，势所必至。臣前在京邸，日本使臣来见，屡陈鹬蚌相持之戒，原有所为而言。然于琉球有骑虎之危，而于中国有夺牛之惧，安得不思铤险以舒祸目前。俄得日本推波助澜，可以东西牵制。蜂虿有毒，曷若与之讲好释嫌，纵不拒俄，亦不助俄之为愈也。是支展一策，亦属无益有损。

夫琉球之于中国，鸡肋可投，中国之于琉球，马腹难及，中外莫不共晓，第以字小之仁，不忍视同蛮触之争，听其湮没。今我为之索还南岛，俾有所归，以守先王之祀，亦足以对琉球而示天下矣。齐桓存三亡国，然于卫则迁之楚丘，于邢则迁之夷仪。今之南岛亦琉球之楚丘、夷仪也。尚氏不能守先人成业，亡国之余，等于杞、宋，以图一线之延，尚何择乎肥瘠！臣前在两广任内，适琉球之八重山五十余人遭风飘至廉州，护送到省，经臣传见该头目等，与之笔谈数纸，察看其人，甚属循良。并问悉其境长一百八十余里，如于该处择立尚氏，加以宫古之地，亦足以为附庸。现在泰西七十余国，有百余里、数十里者，南岛犹未为甚小也。传曰："疆埸之事，一彼一此。"尚氏果能发愤为雄，则夏之一成，楚之三户，失可复得，弱可转强。如其不能有为，只凭中国覆翼，即使尽复故物，亦若幕燕釜鱼。盖寇在门庭而援在天末，何能有恃不恐，耦居无猜。臣意非欲弃球，实欲存球。顾以今日事势，无论中岛决不可得，即使得之，而有日本逼处之忧，不如退居南岛，尚可守此一片干净土也。

惟是新造之邦，中国所以倾助之者，正非易易。且日人狡狯之技，必须先与申明，即以南岛重立尚氏后人，仍由其君自主，并与共立保护之约，一面宣示尚氏与该南岛，务期永远相安，各无翻覆。日本倘有异词，或尚氏不愿郁郁居此，而南岛亦无推戴之忱，中国受此南岛，如获石田，冒不韪之名，受无穷之累，不得不作罢论。此则球案之亟宜斟酌，不可稍涉犹豫者。

如虑俄人觊觎高丽，诚所难免。然谓其视球案为进止，则法人之侵越南，英人之侵缅甸，亦何不可以借词。高丽立国不同琉球，高丽与俄亦不同琉球之于日本，以彼夙无嫌怨，俄人何出无名之师？即使突起兵端，高丽亦属有险可守。而我东三省马步诸军，星驰电赴，与之犄角，俄人亦未必唾手得之。中国之于高丽，向系视同内地，赈饥则不惮转输，讨贼则不靳爵赏，固非与琉球一例。现在强邻耽视，举国寒心，如何为之弥缝，如何与之连络，庙谟广运，是必迎机导之，借著筹之。高丽在隋、唐时亦称劲敌，今其土地人民犹是，但得中国左提右挈，使之整军经武，未始不足自固其圉，为我辅车。

至于中日换约，自有定期，与球案毫无牵涉。球案如此议结，日本所获实多，岂可志在居奇，复图进步，据理与辨，彼复何辞。其利益均沾与入内地一条，将来换约亦难轻许。万不获已，则如总理衙门王大臣及李鸿章所议，必须一体遵守，彼亦以便于我者相偿，方为平允。届时或力持前议，或量为变通，自可彼此会商，期归妥协，不得与琉球一案相提并论也。

倘日本贪求无厌，强我难从，不得已而用兵，沿海各省似尚可以支拄。惟台湾孤悬巨浸，福建督抚与船政大臣，应已预为绸缪。臣承乏南洋，自当力扼江苏，以固上游五省门户。虽长江深阔，洋船可以通行，不如天津之节节阻碍，然如圌山关、焦山等处，亦属天设之险。臣与前兵部右侍郎臣彭玉麟等逐一部署，以遏其冲，决不任其长驱而前，入我腹地，以撼东南大局。

御倭如是，即御俄亦如是。臣职任封疆，责无旁贷。第以修攘之术，论是非亦计利害。琉球式微可悯，要非我所得全，日本虚耗已形，亦非我所能取。琉球即无恙，不如高丽等国捍我边陲；日本即逞强，不如俄罗斯国占我疆土。究其始终，较其轻重，则是竭华以争球，让俄而抑倭，谓为远交近攻，取威定霸，非臣所敢闻矣。

谨就臣管见所及，以球案宜妥速议结，倭约宜慎重图维，密折覆陈，伏乞皇太后、皇上圣鉴训示。谨奏。

通筹中外各国事势片

再，臣统观今日中外各国事势，不独日本之夺琉球，不足害我，即法人之侵越南，英人之侵缅甸，亦未能为长蛇封豕，以图荐食中华，盖越南、缅甸非英、法所能骤亡，且去法国、英国远隔重洋，不能联属也。俄人与我接壤，得寸则寸，得尺则尺，彼厚而此薄，不可不以全力维持，高丽为俄垂涎，尤当设法保护。

议者谓可让于俄而取偿于日本，为货财乎？为土地乎？俄人如还伊犁，自可酌赔兵费，倘于此外任其需索，则如割肉以啖豺狼，肉不尽不止。日本瓯脱之国，非我所能瓜分，且其贫瘠不堪，更有刲羊无血之喻。若为声威起见，恐屈于俄而伸于日本，亦不足以示武。臣前在京邸，随同总理衙门请释崇厚之罪，盖不欲因一人而重俄人之怒，失英、法之欢，以杀使臣而辱与国，归曲于我，并非谓中俄条约可以迁就，以示弱于各国而贻患于将来。俄人虽强，亦无常胜之局，但得东三省缓急有备，则沿海防务均有规模，俄之兵轮几何，谅亦无能为厉也。谨附片具陈，伏乞圣鉴训示。谨奏。

徐州士民请建故督臣专祠折

光绪六年十一月二十四日

奏为徐州士民请建已故督臣专祠，恭折仰祈圣鉴事：

窃据徐州士民五品衔杜履诗等禀：徐州为江省边郡，界连东、皖，风气刚强，素称难治。溯自光绪元年，已故督臣沈葆桢抵任后，首严捕盗之令，擒诛伏莽，四境肃然。二年夏间，安徽宿州匪首旷同，乘旱倡乱，其时灾荒千里，遐迩震惊，徐、宿唇齿相连，肘腋患切，沈葆桢派兵剿办，一鼓歼除。嗣因豫省灾黎，流徙入境，设厂收养，居民以安。谋积谷则廪有储粮，禁嚣粟则野无稗种。恤耕牛，捕螟蝗，以重稼穑；稽保甲，严窝顿，以清盗源。察吏安民，治兵戢暴，五载规画，百废具兴。而于剿办旷同一役，遏乱甫萌，保全尤巨，至今士庶感不能忘。爰即集资鸠工，拟于徐州府城，建立专祠，以崇报飨。据署徐州道张富年等转详请奏前来。

臣查已故督臣沈葆桢，业蒙圣恩，准于江南省城及立功省分建立专祠，凡在臣工，同深钦感。臣于江西、两江，两次均接该督臣后任，其生前政绩，知之有素，洵属以死勤事，功德在民。今者故垒循行，甘棠犹在，该士民等公请建祠，以伸遗爱，委系出于至诚。合无仰恳天恩，俯准沈葆桢在于徐州府城，由士民捐建专祠，地方官春秋致祭，以彰臣绩而顺舆情。

谨会同漕运督臣黎培敬、江苏抚臣吴元炳恭折具陈，伏乞皇太后、皇上圣鉴训示。谨奏。

遵保堪胜将帅人材折

光绪六年十一月二十九日

奏为遵保堪胜将帅武职大员以备简用而任干城，恭折具陈，仰祈圣鉴事：

窃臣钦奉光绪六年二月二十二日上谕：“时事多艰，需才孔亟，着各直省将军、督抚，加意访求，其有才略过人，足任将帅，并谙练水师者，着各举所知，出具切实考语，秉公保荐。”钦此。仰见圣主，讲求武备，加意人材，跪诵之余，莫名钦佩。

臣于湘、淮各营留心察看，除各实缺提镇已荷朝廷特达之知，任以专阃，毋庸列入外，现在各省差委武职人员，择其才具超卓，仰副明诏者，就臣所知：漕标统领记名提督唐宏成，威棱素著，调度合宜；前署广东陆路提督记名提督李占椿，胆气甚豪，韬钤亦懋；署安徽寿春镇总兵前江西九江镇总兵记名提督程文炳，晓畅戎机，善抚士卒；江苏统带蚊轮前山东兖州镇总兵记名提督杨明海，深沉有识，材武绝伦：该四员实为赳桓之选。又前署广东碣石镇总兵记名总兵刘光裕，谋勇兼资，清勤自矢；江南操练兵轮营务处记名总兵吴安康，临阵果敢，御众严明；安徽管带兵轮记名提督张捷书，每战必先，行师以律；江苏分统武毅军记名提督张景春，攻守得法，智略擅长；江苏统领庆营记名提督曹德庆、江西管带楚营记名提督蒋良眷，均属骁雄朴实，不避艰难，部伍亦极整齐，缓急足恃。至职属偏裨而可重用者：则有江苏统领新湘勇前署广东潮州镇总兵候补副将何明亮、管带江苏抚标亲兵候补副将刘光才，冲锋陷阵，辟易千人，制变设奇，可当一路，且秉廉让之节，抱忠奋之忱，为庸中之佼佼者。臣与该各员共事多年，历试有效，尚能得其实际，堪以为国驰驱。查各员中，惟杨明海、刘光裕、吴安康、张捷书，并能谙练水师，合并声明。

谨恭折具陈，伏乞皇太后、皇上圣鉴训示。谨奏。

请缓两淮泰海二属各场折价钱粮折

光绪六年十一月二十九日

奏为两淮泰海二属各场间被风潮，勘不成灾，循例请缓折价钱粮，恭折仰祈圣鉴事：

窃查泰州分司所属富安、安丰、梁垛、东台、何垛、丁溪、草堰、刘庄、伍佑、新兴、庙湾十一场，本年入夏亢晴，秧禾未能遍插，复于大汛期内，海潮涌猛，直向内灌，禾草受伤，收成歉薄，就十一场牵算，统计五分有奇，例属勘不成灾。海滨穷灶，辄遇歉收，民情实形拮据，若将新旧折价，同时征收，力有未逮。应请循照成案，将富安等十一场，应征光绪六年、压征五年分新赋折价照常征收，其来年未届启征之光绪六年新赋折价，亦照例限启征。所有上年二月启征之光绪五年、压征四年分未完折价，同本年秋成后应带征同治十年分折价，及未届带征之同治十一、十二、十三并光绪元、二、三年原缓折价，均请缓至来年秋成后起，由远而近，每年带征一年。又海州分司所属板浦、中正、临兴三场，亦因本年夏秋间连得骤雨，又遭东北飓风，海潮上涌，漫溢池滩，督饬各丁，赶将盐池积水设法疏消，修理起晒。惟荡地被淹日久，所种秋禾杂粮，受伤较重，秋收甚属歉薄，高低牵算不足五分。灶地向以产盐为重，纵未成灾，而该三场地滨海隅，素鲜盖藏，灶情困苦，应征折价，碍难全征，不得不循照成案，分别轻重办理。除该三场本年应征光绪六年、压征光绪五年分盐池新赋折价照常征收，其来年压征光绪六年分盐池折价亦照例限启征外，应请将该三场本年麦熟后应带征光绪四年分荡地折价，饬令照常征收全完，其本年秋成后应带征光绪五年分荡地折价，照例缓至来年麦熟后征收，其来年压征光绪六年分荡地折价，缓至来年秋成后启征。所有该三场本年秋成后应带征之同治十年分荡地未完折价，并未届启征之同治十一、十二、十三各年原缓折价，均请缓至来年秋成后起，由远而近，每年带征一年，以纾灶力。均经各该分司大使禀由运司选派委员，往勘明确，据署两淮盐运使徐文达、淮扬海道桂嵩庆会详请奏前来。臣覆加察核，均属实情。合无仰恳天恩，俯准分别缓征，以苏场灶。

除饬赶造缓征折价年款银数及勘不成灾册结咨部核覆外，谨会同江苏巡抚臣吴元炳，恭折具陈，伏乞皇太后、皇上圣鉴训示。谨奏。

遵旨勉筹津贴东省军饷折

光绪六年十二月十三日

奏为遵旨会商勉筹减营津贴，以顾大局而济急需，恭折覆陈，仰祈圣鉴事：

窃臣承准军机大臣字寄："光绪六年十月二十七日奉上谕：'前据刘坤一奏，江南添募新湘勇五营，请将吴长庆带往山东六营之饷，拨归山东应付，即将原解淮军粮台月饷划扣，当谕令李鸿章、周恒祺查照办理。兹据周恒祺奏请饬照旧支发等语，所陈东省库藏支绌亦属实情。所需饷项究应由何处筹拨，着会商具奏，毋得彼此推诿，致有贻误。现在各该省度支均非宽裕，倘有可以腾挪饷力之处，并着妥筹办理。'"等因，钦此。仰见我皇上一视同仁，凡彼此为难情形，均已上邀宸鉴，感佩难名。

查江南近来局面名为地大物博，实则外强中干，而沿江炮台处所，节节宜防，虽筹饷万难，勇力又不容稍有疏漏。所以前经吴长庆带去六营，即须另招新军以弥其阙，而饷力万难兼顾，故请将吴长庆营饷归之山东，诚以江南目下之事势，节营增饷，两非所能，非别有所计较也。旋接李鸿章咨，业允照数划扣。嗣准周恒祺抄寄折稿，乃知东省数米为炊之况，同于江南，彼此均在窘乡，臣何敢稍存膜视。奉旨后，经即遵商东省，以期分任其难。现得周恒祺覆函，谓接李鸿章书，亦谆谆以庆军饷事为念，该抚臣义无可辞，允自明年正月起，无论如何拮据，月认庆军饷银七千两等情。查李鸿章来咨，庆军六营饷，年约十六万余两，计东省所认者，仅得半数，尚短一半，仍由江南通融津贴每年八万两有奇，庶几东省之力已纾，淮军之饷有着，足以上慰宸廑。惟臣前请划回此项饷银，本以供新湘勇五营之用。今除津贴山东八万余两外，只剩八万两，不敷尚巨。幸新湘勇仅招三营，相体裁衣，其余两营暂行从缓，如果情形吃紧，再行续募成军。拟就江苏应协庆军饷数内，以八万余两作为庆军六营半饷津贴东省，尚余八万余两，划作新湘勇三营薪粮之需，核计尚欠若干，另行设法弥补。似此减灶之举，近于从井之仁，然舍此亦别无方略也。

所有遵旨会商勉筹减营津贴缘由，谨由驿恭折覆陈，伏乞皇太后、皇上圣鉴训示。谨奏。

上海添募勇营动支关税折

光绪六年十二月十三日

奏为上海地方紧要，添募勇营，动支关税，以重防务而卫饷源，恭折仰祈圣鉴事：

窃臣等于本年迭奉谕旨，饬将应办防务赶紧认真筹画，务期一律完固，不得稍涉因循，等因，钦此。即经分饬钦遵办理。惟上海为南北海口往来适中之地，东西各洋通商总汇之区，防务饷源均关紧要。该处仅有提标右营陆兵二百名，内河水师小炮船二十号，分防城乡各汛，地广兵单，殊不足以资控制。若以形势而论，上海虽居吴淞口腹里，而各国兵舶，每多进泊浦江，且租界逼近县城，万一海上稍有波澜，尤恐不逞之徒，乘机煽乱。其南门外二十余里，沿途设有火药、机器、制造各局，均属精华所在，非得专营驻守，实无以御外侮而戢内奸。据苏松太道刘瑞芬以全局攸关，亟宜补救，筹议具禀前来。

臣等查上海为华洋关键，且系财赋重地，目下兵力诚苦太单，而各防营扼守沿江炮台，仅敷分布，各有责成，碍难调驻该处，即吴淞之防营，亦复力难兼顾，非另招勇营不足以为保障，而饷力支绌已甚，又无从别谋挹注之资。再四商酌，拟即由该道招募勇丁五百人，取名抚标沪军营，驻防上海，为专守城池之用。并随时斟酌缓急情形，就地量为调拨，以期呼应灵通。其月饷照淮军定章给发，即在关税项下作正开支，归入留防军需各款汇报。

臣等为慎重防务、保护饷源起见，谨合词恭折具陈，伏乞皇太后、皇上圣鉴，敕部查照。谨奏。

奏疏卷十七

覆陈海防事宜折光绪七年正月初八日

奏为海防紧要，所有水师事宜，务在因时变通，尤须核实办理，遵旨妥议，恭折密陈，仰祈圣鉴事：

窃臣承准军机大臣字寄：“光绪六年十一月初二日奉上谕：‘梅启照奏请整顿水师，拟定各条，开单呈览。所请饬船政局及江南机器局仿造铁甲船，预筹购买外洋铁甲船及枪炮等件，推广招商局船赴东、西洋各国贸易，添设海运总督，设立外海水师提督，裁改海疆各种笨船，严防东洋海疆，练习水战，长江水师添拨中号轮船各节，着刘坤一按照折内所陈，悉心筹商，妥议具奏。原折抄给阅看。’”等因，钦此。仰见圣主廑怀时局，博采周谘，曷胜钦佩。

臣维中国自有法度，本不同于外洋，然以沿海七省，绵延五千数百里之遥，当此外洋各国通商，动辄以兵船挟制，则中国沿海水师，若不认真整顿，其将何以自立？论者谓：“中国有海防而无海战。”不思汉唐以来，已有楼船及伏波、横海等号，国朝嘉庆年间，剿捕海寇，亦极霆惊飙发之奇，而况今日之有外洋乎？

细核梅启照所陈各条，惟第二条请令江南机器局仿造铁甲轮船。查该局现在制造枪炮、药弹，业必专而始精，不必再造铁甲船，致糜工费。第五条请设海运总督。查海运于防务无涉，且已办有定章，诸臻妥善，毋庸另设总督，以滋烦扰。第十条请设长江水师中号轮船。查长江水师，系在内地，长龙、舢板未始不能得力，前兵部侍郎臣彭玉麟，决计不用轮船，未始无见。此三条均可作为罢论。

其余各条，洵属切中时务，防患未然。如第一条请饬船政局仿造铁甲船。国家不惜巨款，设立船政，每届从优保奖，鼓励在工人员，原期精益求精，以与外洋齐驱并驾。铁甲船既为海防利器，则该船政不此之务而谁务乎？且中国现经购买铁甲船，将来岁久自须修理，讵可驶赴外洋。该船政若不预先讲求，临事必致束手。船政大臣黎兆棠素有远略，血性过人，曾对臣言，自愿多办数年，俾得竭力整顿，而于铁甲船尤为加意。请旨饬令黎兆棠，查明局内工匠、器具，能否制造铁甲船，以及一船需费若干，需时若干，自行分晰具奏。臣前在粤督任内，以洋银九万元，购买英国所设黄埔船澳，于修铁甲船甚为合用，似可于广东设立船政分局，庶易集事。惟船政经费，现极支绌，即先定造之快船四只，专望南洋所拨粤海关税接济，已有停待之虞，然则仿造此项铁甲船，又将从何罗掘？应由黎兆棠逐细勾稽，通盘筹画，如果力有未逮，亦即据实陈明，徐设方略。

第三条俟俄事定妥，仍速购铁甲船，盖尚未知李鸿章已购铁甲船四号也。春间俄事初起，各款待用方殷，而购铁甲船必须期之数年，深恐缓不济急，故李鸿章与臣论及，臣意颇不谓然。顾外洋各国，方以铁甲船称雄，岂以中国之大而独少此？不敢谓无铁甲船不办海防，亦不敢谓有铁甲船无益海防，既经购办四船，足资分布，将来到华之后，派在南北两岸，辅以碰快各船，可以各成一队。至于原拨海防经费，不独各省厘金项下，本年南洋仅收湖北二万两，江西以新饷抵经费银十一万两，而粤海关税以征存之项，竟欠解至数结之多，兑拨船政六万余两，亦仅报解三万两，余皆任催罔应，尤所不解。当此海防吃紧，赖此的款为购制枪炮船只之资。请旨饬该监督，迅将前欠如数解清，以后毋再挪移，致有贻误。

第四条请推广招商局船往东、西两洋贸易，不独可分外洋之利，亦可周知各国形势，联络各岛华人。臣前在粤督任内，于招商局和众轮船前往檀香山，本应由南、北洋主政，而臣以事属可行，时不可缓，遂径许之，盖将以此为权舆也。该局嗣派轮船往旧金山，亦是推行之渐，东、西洋自可由此进步，正不必指定何船。而臣所虑者，该局总办道员唐廷枢、徐润人颇老成，而气局尚小，且提还公款后，资本亦薄，未必更能扩充。夫理财本不易言，刘晏为唐名臣，仅以转输著绩，况远涉重洋，而可操奇赢术乎？臣愚以为宜得一大力者，驻局主持，唐廷枢、徐润与之左右，仍以巨帑资之，俾得展布。用财如用兵，分数明则多多益善。每年盈余所入，官商照章均分，于军国之需不无小补，庶餍众心而杜群喙，所以提挈之，亦所以安全之。泰西各国以商而臻富强，若贸迁所获，无与公家，自必别有剥取之法，否则富强何自而来？处此时势，事事欲步武泰西，不得独于招商局务而尚天子不言有无、诸侯不权多寡之高论也。

第六条请裁改海疆各种笨船，第八条请设外海水师提督，第九条请令海疆提镇练习水师：此三者相为表里。臣查军兴以后，沿海各省笨船，已不甚多。就臣服官省分而言，广东之阳江、碣石、琼州、南澳四镇，或有拖艇两三号，或一二号，甚至并无一号。其有拖艇者，弁兵只食额饷，别无薪粮。臣在广东每镇拨给轮船一号，所有拖艇等船，虽未尽撤，亦不准添。江南之崇明、狼、福三镇，经前督臣曾国藩奏准各给艇船四号、轮船一号。臣抵任后，屡议裁撤艇船，该镇等力请暂留，为浅水捕盗之用。而臣以该艇船无风不动，即捕盗亦属不宜，第因未经给予轮船，则艇船尚可承乏，拟俟制备轮船之后，即行裁撤艇船。如谓浅水难驶轮船，则各带划船数只，亦足以资追缉。请旨饬令广东、浙、闽查明现存各项笨船，斟酌办理。沿海水师提督，本有巡缉外海之责，如另设一外海水师提督，节制沿海各省水师，恐有警时各守疆域，仍属呼应不灵，徒拥虚位而已。臣愚以为沿海水师，宜仍其旧，各归本管提镇，一俟南洋两号铁甲轮船购到，遴派勇略兼优、深谙驾驶之提镇大员统带，配以碰、快等船，驻扎澎湖，假以便宜，保障台湾以为中枢，而南控闽、粤，北顾江、浙，亦可收形格势禁之益。盖南洋惟台湾孤悬巨浸，四面受敌，非若各省尚属有险可扼，得此两号铁甲轮船，方足以备缓急。惟该处风浪奇险，向难停船，必于对面澎湖下碇，不但近可捍卫台湾，即使敌攻闽、粤、江、浙，亦虑澎湖之铁甲船追袭其后，而闽、粤、江、浙水师，知有铁甲船为之外援，则胆气益壮矣。且铁甲船吃水甚深，断不能进泊沿海各省口内。与其置之浩渺之区，曷若常驻澎湖，守台湾之门户，作四省之应援，更为稳便，实亦两得之道，此项铁甲等船，如作为经制水师，应否于沿海提镇量移两缺，临时再为熟议。至海疆提镇水师，有外海、内洋之分：内洋水师舢板等船，虽不足以敌轮船，然洋人如入内洋，必用划船登岸，则舢板等船亦可击之，如练外海水师，非用轮船不可。江南提督李朝斌，现统轮船五号、蚊船四号，又经彭玉麟奏添兵轮十号，为江阴以下防海之用。一俟筹出款项，陆续造成，三镇亦各换给轮船，则江南外海水师，兵力不为不厚，似尚可以一战。广东大小轮船二十余号，皆为沿海捕盗而设，而能角胜外洋者，竟无一二。福建则较胜于广东，浙江则尚不及广东。应由该三省督、抚臣，各就沿海情形，会督沿海提、镇，认真练习。而臣更有请者，江南水师，新定营制，万余名改为二千余名。有兵即有炮船，并无无船炮之水师，故李朝斌所统轮船，不得不另行募勇。臣在广东，查悉额设水师裁存尚一万有奇，大都无船无炮，其有船炮者，系另募之勇，而非额设之兵。当经汇案奏明，无论外海内洋轮拖、扒巡各船勇丁，一律改补水师兵额，而令原营水师，开除老弱三千余名，岁省饷恪六万余两。然此外水师兵丁之无船炮者，尚数千人，未知闽、浙两省水师，是否与粤省相类？臣愚以为此项水师不同陆营，既无船炮，便成无用之物，似可并官，尽数裁汰，省出此项俸饷，制造轮船，另募劲旅，定为外海轮船经制水师，亦是斩截办法，可以变无用为有用。此项向无船炮水师，非久经战阵之勇可比，裁汰之后，亦无虑其滋生事端。倘另募水师勇丁，而置旧时水师兵丁于不问，听其坐食糜饷，无此政体。并请饬广东、福建、浙江各督、抚臣查明酌办，臣于江南，亦即会同水师提镇，察酌施行。

第七条请严防东洋，夜郎自大，狡焉思启，始则犯我台湾，继则灭琉球而窥朝鲜，其渐诚不可长。然以日本手掌之地，而又地瘠民贫，如欲与中国为难，多见其不知量矣。现在中国，南北洋防务，均有规模，倭寇即欲跳梁，何能为厉？况沿海为各国通商口岸，彼亦未必轻肆披猖。然勿恃敌之不来，恃我有以待敌。传有之："一夫不可狃，况国乎！"

臣惟有督饬沿江水陆诸军，绸缪未雨，以期有备无患，仰慰宵旰忧勤。

至防日本与防俄不同，东三省自无他虑。第高丽与我唇齿，难免日本觊觎，宜劝该国结好西洋，尚可互相维制。一面整军经武，亟图自强，中国之济其困而扶其危，固惟力是视矣。

夫以中国沿海筹防，越六七年之久，尚未能一律整严、确有把握者，固由苟且偷安，未能振作，或系敷衍塞责，无济艰难，正不独水师为然，是则臣与沿海疆臣所宜痛除积习者也。

臣谨就梅启照所陈整顿水师各条，敬抒管见，恭折密奏，伏乞皇太后、皇上圣鉴训示。谨奏。

议覆筹造铁路利弊片

再，臣先后承准军机大臣密寄："光绪六年十一月初二日奉上谕：'刘铭传奏筹造铁路一折，所请筹款试办铁路，先由清江至京一带兴办，与本年李鸿章请设之电线，相为表里等语。所奏系为自强起见，着刘坤一按照折内所陈，悉心筹商，妥议具奏。原奏抄给阅看。'"等因，钦此。又十一月二十一日奉上谕："前据刘铭传奏请筹造铁路，当经谕令李鸿章、刘坤一妥议。兹据张家骧奏称：'开造铁路约有三弊，未可轻议施行'等语，着刘坤一悉心妥议具奏，原折抄给阅看。"等因，钦此。

查外洋所办铁路火车，非中国所经见，所言如何得力之处，无非耳食之谈。臣前在广东，凡自外洋官员来见，多以中国不办此事为可惜，而美国外部大臣吉华礼德言尤恳切，察其词意实属为我，并非有他。臣以铁路火车之有裨益，别项虽未深知，至于征调、转输两端，可期神速，实为智愚所共晓。中国幅员辽阔，自东徂西几万余里，均与俄界毗连，加以英在缅甸，法在越南，时虞窥伺，沿海数省，则为各国兵船往来，倘有风鹤之惊，殊虞鞭长不及，如得办成铁路，庶可随时应援。臣前过天津时，曾与李鸿章论及。兹刘铭传所请，适与臣意相符。其先办清江至京一路，无非从易入难，自近及远，行之以渐，期底于成。顾立一法，必有一弊，大利所在，害亦随之。张家骧恐铁路成后，洋人于清江求开口岸，原是意中之事，然可据约力争。至谓于南北行旅以及沿途田庐、坟墓、桥梁诸多不便，均属有见，亦可相度地势，斟酌设施。轮车与轮船，水陆殊途，似于招商局无甚相涉，即令此赢彼绌，亦是楚得楚弓，无足深较。

而臣所鳃鳃过虑者，此项铁路、火车有妨民间生计，盖物产之精华，民生之日用，无铁路未必见少，有铁路未必加多。只此货物之流通，如使尽为火车所揽，则穷民向恃车马人力运负以营生者约数万人，讵不失业？纵谓火车日盛，贸易日多，此项贫民，亦必别有营生之计，而急切何能见效？且非驾轻就熟，未免有拂民情。从前捻逆滋炽，论者归咎于河运、盐务之改章，亦前车之鉴也。又现在各洋关运照税单盛行东南，内地税厘被其侵占，然用寻常舟车装载，为数尚少，而我亦可设法防维。今自清江至京造成铁路，则请领洋关单照之货，往来便捷，势必并骛争趋，内地税厘将归乌有，不可不预为之计。即无洋关单照之货，应完内地税厘，而以轮车雨骤风驰，何能节节停待？亟应查明各处税厘确数，妥定章程。

臣欲仿造铁路、火车，实与李鸿章、刘铭传有同志，第系创举，又属巨工，虽议论最忌纷纭，而规画必须详慎。夫不善始者必不善终，为之而不成，或成之而复毁，非惟虚糜可惜，亦将遗笑外人。请旨饬令刘铭传，务将一切利弊，逐细推求，先行踏勘道路，酌拟章程，呈由总理衙门核明，造路行车有无格碍，收税还款有无把握，参酌异同，权衡轻重，则其事或行或止，一言可决矣。

谨附片覆陈，伏乞圣鉴训示。谨奏。

查议招商局员并酌定办法折

光绪七年正月十五日

奏为遵旨查明招商局被参各款，请将欺朦贪滑之道员革职示惩，并酌定办法，恭折覆陈，仰祈圣鉴事：

窃臣承准军机大臣字寄："光绪六年十月二十六日奉上谕：'祭酒王先谦奏，招商局务宜加整顿，并令华商以轮船运货出洋，各折片均悉。设立招商局，原期收回中国利权，如果局员等营私害公，败坏局务，亟宜痛加整顿。着按照所奏，逐一严查，如唐廷枢等，实有侵帑把持排挤各情，即行从严参办，叶廷眷经理是否有效，亦据实具奏。其办理章程，有应行变通之处，及早设法。该祭酒请令商船出洋，目下能否及此，暨将来如何渐次开拓，妥筹具奏。原折片均着抄给阅看。'"等因，钦此。臣当即札饬江海关道刘瑞芬、办理江南制造局直隶补用道李兴锐会同调看该局帐目及各项文卷，逐款严查，并将该局章程有无应行变通之处，斟酌具覆去后，兹据刘瑞芬等分别查明，并将片奏华商运茶、华船出洋二事筹议，暨整顿商局事宜二条，禀覆前来。

臣查招商局银钱帐目，向由驻局道员徐润一手经理；道员唐廷枢时赴各口，并赴直隶筹办开平煤务，不常驻局；道员盛宣怀，久在天津当差，并不在沪。是以刘瑞芬等径向徐润查询，并令将一切帐目、文卷交出，查核，计现在结存轮船、码头、栈房、船坞、趸船等项共置价银三百六十五万九千二百两，所收官帑商股共银二百七十三万四千余两，又保险、公积、采余抵银十七万九千余两，实短银七十四万五千余两，系向钱庄挪用，较之光绪三年缺本一百四十余万两，已减轻七十万两之多。就目前大致而言，唐廷枢等办理已有起色。然自同治十一、二年以来，该局盈亏互见，用人贤否不齐，且物久蠹生，亦势所难免。王先谦所奏，未为无因，其间或属已往之事，或系过当之词。谨将刘瑞芬等查明各款，敬为皇太后、皇上详细陈之。

原奏："朱其昂购船价贵，均即沉溺亏折殆尽"一节。查同治十一年，朱其昂借领官帑并招商股，创办轮船三号，在津、沪各立码头，运漕揽货。朱其昂既于外洋情形不熟，又于贸易未谙，买船贵而运货少，用人滥而糜费多，遂致亏折，事诚有之。然伊敦一船，于改作趸船后，在大沽沉没，福星一船，在黑水洋被英船冲沉，由英官断赔，均系事出意外，并非船不坚固。朱其昂自知才力不及，于同治十二年，即邀唐廷枢、徐润接管，更定局章。光绪四年，该局尚有厚生、江长两船，亦在江海失事，均归保险局偿还，于局本已无亏损。

原奏："唐廷枢、盛宣怀以公项私买旗昌股票扣帑入己"一节。查唐廷枢、徐润于同治十二年在上海设立总局，添招商股，续领官款，增置码头，光绪二年又领官款，添购四船，均将收支各数，开折呈报，并未私自挪移。是年收买旗昌公司轮船、码头等项，又奉拨给官款一百万两，分期付交旗昌，取有收据，且系徐润经手收付，唐廷枢、盛宣怀并未扣帑入己。但查光绪二年，前督臣沈葆桢奏明，传见盛宣怀、徐润、朱其诏，据禀"旗昌开价二百五十余万，议定连花红一切给银二百二十二万两，各商只能凑集一百二十二万两，请拨官本一百万两"等语，乃领官款后，至次年六月仅续招商股四万两，所短甚巨，由局借垫银四十余万两，并将缓息、存息及保险等项六十九万两，陆续归楚。洋人房产交易，每两抽出五厘为酬劳费，所谓花红。此项交易二百二十余万之多，盛宣怀系经手之人，计得花红为数不少。至旗昌股票，生意旺时，每百两可售银百四五十两至二百余两。上海设立招商局后，旗昌跌价倾轧亏本，每票百两只值七十余两。旗昌公司本系洋商合股创办，华人股分甚少。迨将轮船、码头等项卖与招商局，所得价值，每股票百两应给若干，凡有票者，均向旗昌收银。唐廷枢、徐润纵有股票，亦必无多。盛宣怀久在仕途，未必有此股票，且即有票，尽可向旗昌取银，何必先行划扣？况洋商亦未必允从。旗昌本银二百数十万两，历年余利积存，出卖之时，应存本银四百余万两，而实存轮船仅十七号，作价一百三十余万，码头、船坞、趸船、剥船、物料等项作价一百二十余万，比较应存之数，亏折已将及半。盛宣怀等照市估价，连花红在内给银二百二十二万两，是并未将旗昌亏数开入卖价之内，亦属众所共知。

原奏："局亏加摊码头船屋之上，叶廷眷接办起色，畏咎引退，唐廷枢恣意侵挪"一节。查该局本银截至光绪六年六月止，只存官款一百九十万两有奇，又商股八十余万，而所置轮船、码头、楼房、船坞等共银三百六十五万九千二百两，以存抵用，缺银九十二万五千余两，系由唐廷枢、徐润等向钱庄借垫，及以保险、公积等款济用。现将码头、船栈等项核估市价，尚属相符。其并未将侵亏银两加摊码头船屋各价之内，事尚可信。至船旧本应递年减价，然该船如系折造大修，则本年船本较多于上年矣。又如新造一船价值若干，上年先付一半，次年找付一半，则次年船本又较多于上年矣。光绪四年六月，该局第五届结帐，获利无多，未除船旧。自四年七月至六年六月止，两届均有赢余，共除船栈成本银八十余万，此后若逐年递减，则各本愈轻。道员叶廷眷，系于光绪四年，由唐廷枢禀请奏委入局会办，因于生意未悉，始则力辞，继则禀明试办一年，到局后即赴苏、浙、江、鄂等处商办漕务，回沪与唐廷枢商议，将总分各局用费，责成经手之人包办，稍得节省。五年春，往津、通等处交米，至秋南旋，中途感冒，兼以母老多病，具禀乞退未准，随即请假侍奉医调在案。叶廷眷之入局，系唐廷枢等禀请，决无设计排挤之事。叶廷眷自四年秋间入局后，节省用项，至今时阅两届，局中结帐，皆有余利，局务尚有起色，亦何至畏咎乞退？所言确系实情。

原奏："公款分年提还，局务归商不归官，是以库帑供唐廷枢等营私肥己之用"一节。查光绪六年三月，李鸿章会奏，商局官帑除拨还外，尚存一百七十余万，自本年起，将运漕应领水脚，全数抵还，以还清为止。此数年内轮船运漕用费，取给揽载客货之中，以后生意盈亏，在商不在官，使官帑先有着落等语。盖官帑还清后，局本全系商资，即有亏折，无碍官帑，并无局务归商不归官之意。局领官款原系一百九十万八千两，光绪三年李鸿章会奏，自三年起缓息三年，俟光绪六年起，缓息拔本匀分五年缴还，统计八年官帑全清，其缓收息款以后，或作官股，或陆续带缴，届期察办等因。此项公款息银按年八厘，三年缓息，该银四十五万七千九百二十两；五年拔本息，亦逐年递减，该银四十五万七千九百二十两：二共九十一万五千八百四十两。官本还清之后，缓息仍应局缴，并非缴清官本，局务即与官无涉也。况此项缓息，如存局作为官股，即应由局按年缴利存局作股，即应由局陆续缴官，岂唐廷枢等所能取以自肥？至该局本系奏办，在局员董由官派委。只以揽载贸易，未便由官出场与商争利，且揽载必与华洋商人交涉，一作官局，诸多掣肘。兼之招股则众商必不踊跃，揽载则市面亦不乐从，不得不以商局出名。其实员董由官用舍，帐目由官稽查，仍属商为承办，而官为维持也。

原奏："各省借拨库款，南洋为多，分年提还，不足应购办之需，北洋须此，即由南洋收解"一节。查商局除还，仍欠官本一百七十余万，奏明在运漕水脚项下分五年提还。光绪六年六月，李鸿章因订造铁甲船，奏准将各省借拨招商局官款，每年应还银三十五万余两，酌提三届约一百万零，以抵订造铁甲船之需，分年兑，此款与招商局并无出入。所有三届由局还银一百万零，已作铁甲船之用，自应径解北洋，何必由南洋收交，致滋周折？应作罢论。

原奏："按船报帐，各码头由关道印发三联票填用，按年通报，以杜侵蚀"一节。查招商局于同治十二年六月起，按年结帐，扣至六年六月止，已历七届，一切章程屡经改订，因系贸易之事，不得不酌仿洋商生意规条办理。同治十二年，议定各分局将银钱出入数目，按船开帐连银并寄总局核收，每届三个月结小帐，一年结大总，造册分送。其总局进出银钱，每日有流水簿，每月有小结簿，每年有总结簿，公同核算，按船将进款、用款、盈亏细数，汇开清册呈报南北洋通商大臣，并送津海、江海两关及各分局存查：此即按船报帐之法。若用关道三联印票，于各船开行时填给，恐所装客货时有添退，应收水脚亦有增减，并有开往外国之船，填票殊难画一。况局系商办，又填官给印票，名实不符，于体制似亦有碍，洋商轮船，亦无由洋官给票填报之事，商局自应仿行，毋庸更张。

原奏："每岁盈余，次第补偿公商两款缺额，其公款原存本银，仍作为库款盈余之项，按年生息，随时酌剂"一节。查招商局前存官帑一百九十万八千两，奏定缓息三年，自光绪三年起，至五年止，该息银四十五万七千九百二十两。此项息银，原议按年凑还官款。现在光绪六年分息银十五万二千六百四十两，业已凑还官款无存，其余官款，已定在运漕水脚项下提还。则自七年起至十年止，该缓息银三十万五千二百八十两，自应按年提存，以充该局之用，仍与光绪三年至六年所缓息银六十一万五百六十两，一并作为官股，由局开具股票，送官收存照案。俟至光绪十一年正月起，即照商股周年一分起息，按年将息银缴官备用。统计缓息九十一万五千八百四十两，内除七年至十年可以按年提存外，其余银六十一万五百二十两，业付旗昌找价及还官帑无存，应在每年盈余项下提补，或仍照官帑办法，亦在运漕水脚项下补偿，以归有着。此九十余万系官帑存局之息银，即属库款之盈余，官本虽已缴清，而所缓之息存局作股，又复生息，倘值生意畅旺，每年于提息外，仍可按股分其余利，实于库款甚有裨益。

此就王先谦所奏查明之实在情形也。

臣维招商局之设，原为收回中国利权。朝廷既以巨帑资之，复准免收内地厘税，分运各省漕粮，搭买二成货物，其所以提挈之者，无所不至，遇有装载兵差，则照章发给水脚，其所以体恤而维持之者，无所不周。该局员等，应如何矢慎矢勤，以期历久不敝。朱其昂初办招商，滥用滥支，致形亏折，固无论矣。自唐廷枢等创立沪局，力图振作，始有转机。而盛宣怀于光绪三年，收买旗昌洋行轮船，自谓可以垄断，乃本届亏折更甚，其故何欤？自非唐廷枢等禀请叶廷眷入局督办，涓滴归公，复联络太古、怡和洋行毋相搀夺，则招商局必不能支矣。臣调查叶廷眷经手办理第六届册报，是年进款颇少，而长银二十九万有奇，又查前届进款较多，而短银二十四万六千有奇。可见局务之赢输，不仅在生意之旺淡，叶廷眷一经撙节，即省出银五十三万六千余两，此其明效大验也。惟其辞退局务，实因母老不能远离。臣上年传叶廷眷来宁，谕令仍办招商局务，而叶廷眷固请留家养亲，涕泗横集，是其出于至性，而非唐廷枢排挤可知。唐廷枢与朱其昂、盛宣怀等共事之时，诚未必悉臻妥协，即先买旗昌洋行股票一节，亦难保其必无，至谓如何侵吞，则尚无实迹。且创办招商局，唐廷枢颇费苦心，其禀请叶廷眷入局主持，亦由唐廷枢善于补救。叶廷眷虽不在局，唐廷枢仍守旧章，渐收成效，事资熟手。唐廷枢素习外国语言、文字，为招商必不可少之人。至盛宣怀之收买旗昌洋行轮船，人皆知为失算。洋人善于谋利，岂肯予我便宜？以各国富商之多，何至少此二百余万金，而辗转就我？当时论者谓："旗昌洋行弃垂敝之裘，以所得值，另置新衣，以期适体"，诚妙于形容矣。何盛宣怀见不及此？所尤异者，盛宣怀面禀前督臣沈葆桢，捏称已集商股一百二十二万两，其实均属子虚，几至贻误。后虽多方借垫，始克弥缝，而所认息银益滋耗费。盛宣怀以百万库款为何物？以沈葆桢为何人？而敢于欺谩如此！招商局务向系北洋主政，盛宣怀逆知李鸿章不以此举为然，故在南洋朦准，且为迫切之语，以速其成，并请勿候北洋回文，李鸿章迄无一字见覆。盛宣怀以直隶候补人员，不料其藐玩如此！洋人酬劳之费，盛宣怀既不归之于公，又不分之于众，而悉入囊橐，是其所以极力怂恿者，阴为一己肥私，即此一端，其他自可想见，其贪婪又如此！虽在沈葆桢处借拨官款，有朱其诏、徐润同来，其实则盛宣怀左右之，故一人得以中饱。臣前在江西巡抚任内，盛宣怀来见，请办江西漕运十万石，及臣调署两江总督，盛宣怀复请借江宁司库银十万两。盛宣怀于揽载借款无不躬亲，而又滥竽仕途，于招商局或隐或跃，若有若无，工于钻营，巧于趋避，所谓狡兔三窟者。此等劣员，有同市侩，置于监司之列，实属有玷班联，将来假以事权，亦复何所不至！请旨将盛宣怀即予革职，并不准其干预招商局务，以肃纪纲而示明戒。唐廷枢功过相抵，仰恳鸿慈，免其置议，仍令会同徐润，将招商局照旧经理。该员具有天良，自当感激图报。

至官息存留作股，本系李鸿章原奏，亦与沈葆桢仿行助法之意相符。惟是多钱善贾，以招商局之规模宏远，更宜加以扩充。臣愚以为，此项官款除三年拨还一百余万径解北洋为买铁甲船之用外，余银七十余万应请免其拨还，截至光绪八年止，并先后所缓息银七十余万，共一百四十余万两，概作官股存局，一切均照商股办理。每届如有盈余，分解南、北洋为海防之费。官股虽与官本不同，亦须议明以后不得提用，否则该局或以仓卒应付之难，致生顾虑。似此该局资本既厚，营运自宽。现已有船往檀香山、旧金山，将来即可前往东、西两洋贸迁有无，更为驾轻就熟矣。

所有招商局内外各项挂欠帐目约数十万两，容臣与李鸿章督饬唐廷枢等，分别清理，应催收者催收，应追缴者追缴，应提还者提还，总以一年为限，于下届册报稽查。

此外经刘瑞芬等查出，招商局揽载客货以及赎取股票各项流弊，议呈整顿事宜，均中肯窾，并容臣与李鸿章督饬唐廷枢等，认真厘剔。倘唐廷枢等经此次查办之后，犹复不知愧奋，臣即当据实奏参，决不稍涉宽贷。第太古、怡和两行，洋商之情叵测，难保不萌故智，跌价相倾，是在唐廷枢等随宜设施，以立于不败之地。臣与李鸿章予以范围，仍宽其羁勒，不引绳削墨使之拘牵，不吹毛索瘢使之畏惧，责其大而略其细，俾得斟酌变通，逐渐推广，以期公私有济，仰副朝廷讲求商务以臻富强之至意。

除王先谦片奏华商运茶、华船出洋二条，另行具覆外，所有查议招商局务各缘由，并酌定办法、谨恭折覆陈，伏乞皇太后、皇上圣鉴训示。谨奏。

议覆华商运茶赴俄华船运货出洋片

再，王先谦片奏，华商运茶赴俄，华船运货出洋二事。查中国红茶、砖茶、帽盒茶均为俄人所需，运销甚巨。此三种茶，湖南、湖北所产为多，福建、江西较少，向系山西商人运，由满洲、蒙古所属之东口、西口以达俄国，获利甚厚。自江汉关通商以后，俄商在汉口开设洋行，将红茶砖茶装入轮船，自汉运津，由津运俄，运费省俭，所运日多，遂将山西商人生意占去三分之二。而山西商人运茶赴西口者，仍走陆路，赴东口者，于同治十二年禀请援照俄商之例，免天津复进口半税，将向由陆路运俄之茶，改由招商局船自汉运津，经李鸿章批准照办，惟须仍完内地税厘，不得再照俄商于完正半两税外，概不重征，仍难获利，是以止分二成，由汉运津，其余仍走陆路，以较俄商所运则成本贵而得利微，深恐日后俄商运茶更多，而山西商人必致歇业。兹据江海关道刘瑞芬等议，将华商运俄之茶，亦准照俄国通商税则，止完正半两税，概不重征税厘。其红茶、砖茶应照则完税外，帽盒茶每担仅值银三四两，向无税则，准照各国通商章程，估价完税，值百抽五。臣察核所议，华商运赴俄国之茶，亦照俄商完税，免其重征，无非欲使成本相同，不令俄商独擅其利，自属可行。第须明定限制，臣请仍如同治十二年东口华商所禀，凡由招商局船运茶，自汉运津者，止完正半两税以外，概不重征，庶几有利可图，商情自能踊跃矣。其帽盒茶改照值百抽五征税，前据江汉关详称，于关税大有窒碍，盖恐但论形似，倘有红茶亦作帽盒之式，又将何以征之？现应仍照旧章，毋庸另议。

至中国与泰西各国通商，商舶往来如织，而中国尚无商船运货前赴泰西，以分洋人之利。现在中国已有使臣分驻英、法、俄、美、德、日、秘及日本等国，华商若往通商，自无虑其人地生疏，致受欺侮。惟创办宏远公司，另招商股，置船运货，非有巨资，难于集事。似宜合股，就招商局现有轮船，酌量试办，以期事半功倍。招商局船，前曾驶往新嘉坡、吕宋诸处，揽装货物。因各该处已有英、法公司轮船顺道经过，船大行速，生意悉被揽去，且该公司轮船，均有国主津贴巨款，资本充足，难以力争。该局又拟驶赴日本，亦因该国自有公司轮船来往，中国并特减该船装货之税，未能与抗，是以暂停。近年该局和众轮船，试走夏威仁国之檀香山及美国之旧金山，该两处向无英、法公司轮船，而华人云集，装货甚旺，因又添派美富一船，更番出洋。是往外国通商，招商局业经开办。兹据刘瑞芬等筹议："与其创立公司，另起炉灶，不若从招商局逐渐推广，较为稳妥"等语，颇为有见。臣前商之船政大臣黎兆棠，亦以为次策可行。招商局果能再增巨资，以厚成本，则攸往咸宜，固无施不可，正不必别开生面也。现在巴西、古巴两路华人亦多，约章初定，如有招商局船前赴该处，不独揽货获利，并可察看该处相待华人情形，而华人亦可借此增长气势。故臣于招商局出洋一节，不胜惓惓也。

理合附片陈明，伏乞圣鉴训示。谨奏。

苏省应解北洋海防经费拟指款移拨折

光绪七年正月二十四日

奏为江苏省豫筹北洋海防经费，现拟指款移拨，以纾饷力而应要需，恭折仰祈圣鉴事：

窃南、北洋海防经费，奉拨江苏厘金，每年四十万两。光绪六年北洋大臣李鸿章议奏海防经费折内声明，江苏厘金奉拨以来，未解丝毫，请改拨他省有着的款，盖久已深知其为难矣。嗣部议仍令照案由原拨省分报解，即一时款项未能周转，亦应按照八成起解等因。复经臣元炳在署理督篆任内，以江苏厘收日绌，拨款日增，各局应接不暇，此项海防经费，万难兼筹缘由，缕晰陈明在案。嗣准部议，仍令按照八成数目分解。臣坤一抵任后，钦奉上谕："李鸿章奏催北洋海防经费，各省厘金必解足八成"，等因，钦此。复准北洋大臣李鸿章咨催前来，均经先后转行，遵照去后，各局员先其所急，勉力腾挪，六年分应解北洋八成经费厘金十六万两，幸经如额报解。惟各局奉拨各项巨款，踵增迭至，益以此项八成急款，罗掘益穷，实有万难支持之势。苏、宁、沪三局情形，如同一辙。兼以厘金收款，澹旺靡常，去秋以来，雨稀河涸，商贩不前，捐事因之大减，窃计本年收数，难望加增。灼虑焦心，深恐入不敷出。北洋海防经费，亟应及早豫图等情，具详前来。

臣等查江苏海防厘金，当奉拨伊始，即经前督臣沈葆桢奏明，厘源日竭，一无指望，只有察看情形，另行筹议。臣元炳前折，复声明南洋防费，江苏厘金亦从未报解，是其力难自顾，久在圣明洞鉴之中。去年三局合筹十六万金，实已力尽筋疲，情同竭泽。本年天气如此，商情如此，即使多方整顿，极力招徕，亦岂遽能大有起色，且奉拨之款，仍累累也。喘息未苏，催符如织，臣等躬亲目睹，断难强责以无米之炊。而北洋屏蔽京师，防务紧要，虽本省情形万窘，但有可以挹注之处，不敢不辗转纡筹。再四思维，查湖北省每年有应解南洋防费银十五万两，拟请划抵苏省本年应解北洋防费，其余五万仍按八成分归苏、宁、沪三局认解。似此一转移间，在湖北款项毫无出入，而北洋要需得有着落，与李鸿章改拨的款之意，隐隐相符。南洋以应得之款，移拨北洋，与部臣之意，亦复不悖。如蒙俞允，应请旨敕下湖广督臣、湖北抚臣，遵照办理。

除咨部查照外，谨合词恭折具陈，伏乞皇太后、皇上圣鉴训示。谨奏。

查覆淮安关永丰税口未便移设折

光绪七年正月二十四日

奏为遵旨查明淮安关永丰税口，未便移设青口地方情形，恭折覆陈，仰祈圣鉴事：

窃准户部咨："议覆淮安关监督臣广英奏，拟请将淮安关永丰税口移设赣榆县属之青口镇地方征收，于该地方情形，有无窒碍，应请饬下两江总督、江苏巡抚、漕运总督等，详细体察，妥议覆奏，不得稍涉瞻徇，等因。光绪六年五月十四日具奏，本日奉旨：'依议。'"钦此。当经臣元炳于署两江总督任内，札委江宁布政使梁肇煌，会同淮扬海道桂嵩庆查覆去后，嗣据该司道等详覆查明，青口地方毫无起色，较之同治七年殆有甚焉。臣坤一因该司道等所详核与该监督臣广英原奏所称不相符合，复经密委妥员前往该处履勘察访，兹据呈覆前来。

臣等覆查赣榆县属之青口镇地方，距外海洋面约有百余里，正东虽有小沙河一道，从前港内尚无沙淤，商渔小艇犹能乘潮进口。嗣因港内潮汐不至，沙淤水浅，年甚一年，小艇渔船亦难驶入，即例准由青口运往浏河粜卖之黄豆，亦不易出运。现在该镇油坊只得三家，所出饼油无多，仅供本境食用，此外铺户无几，别无土产可以航海销售。间有南来货船，经由该镇口外洋面，亦因难以进口，往往赴山东烟台等处买卖。加以灾旱频仍，民生益形萧索。今若将永丰税口，移设该镇征收，虽口岸并无增添，于国课仍无补益。伏念地方凋敝，首在便民，辗转更张，徒滋烦扰。关督为补救税务起见，部臣为体恤民情起见，均系体国之忠。臣等再三访察，实见其未便于民，无济于课，迁移有费，涓滴何裨？似不如仍旧贯之为愈也。

除饬令地方文武在该处仍前实力协查，不得因目下情形，稍涉松懈外，所有遵旨查明，淮安关永丰税口未便移设青口地方缘由，谨合词恭折覆陈，伏乞皇太后、皇上圣鉴，敕部查照。谨奏。

查明幕友并无把持情弊折

光绪七年二月二十五日

奏为遵旨查明幕友并无把持等弊，恭折据实覆陈，仰祈圣鉴事：

窃臣承准军机大臣字寄："光绪七年二月初六日奉上谕：'有人奏，风闻江宁幕友陈方坦即陈小圃，绰号小虎，曾充书办，同治初年夤缘入署，盘踞把持，百弊丛生，加以嗜好甚多，时出冶游，物议沸腾等语。所奏如果属实，自应严行惩办。着刘坤一、吴元炳查明具奏，毋稍徇隐。原片抄给阅看。'"等因，钦此。

臣查候选主事陈方坦，系浙江海宁州学生员，前督臣曾国藩重整淮纲之时，延之进署，襄定盐务一切章程，才识极其精明，人品亦甚端正，故历任各督臣均未更换。臣两次与为宾主，知之颇深。言者谓其夤缘入署，不思曾国藩用人极其慎重，岂陈方坦所能钻营？且曾国藩在江多年，陈方坦何能始终朦蔽，以遂其恋栈之计？

言者谓其盘踞，不知所谓盘踞者，辞退之后，任意逗遛，从旁干预，或已出而复入也。今陈方坦历岁蝉联，日日在公办公，是其分所应尔，似与盘踞不同。

言者又谓其把持，则亦有故。盖自外洋轮船驶行长江，尽占贸迁之利，即有大力者亦莫能与争。幸盐务一项载在条约，专归华人，华船尚有什一之获，且系循环转运，原商得擅奇赢，由是忌之羡之，或请换票，或请加票，以图搀夺。而臣与各前任督臣，恪守成法，固此财源，诚恐一涉纷更，并此每年数百万课厘亦不可保，大有妨于国家度支，是以屡次批驳，致所欲不遂者造为疑似之词，不敢归咎于官，而归咎于幕，此把持之说所由来，其实则臣等主政，非陈方坦所能操其柄也。臣自藩臬而任封圻，历官东南各省，窃以公事之有无假借，无论何项衙门，惟视官之勤惰。居官者徒署纸尾，即一书吏，亦得以售其欺，如果事事亲裁，则幕友何能为役。前任两江督臣，自曾国藩以后，如李鸿章、马新贻、李宗羲、沈葆桢等，办事认真，早在圣明洞鉴之中，讵陈方坦所能高下其手。

至于冶游一节，经臣确查，亦无实迹。第陈方坦在宁年久，亲朋往来，岁时宴会在所不免，此系人情之常，无关弊窦。臣当诫令以后益加检束，以杜人言。

陈方坦谙练盐务，洁己自爱，且无幕友习气，臣正资其襄理，否则断不敢稍存袒护，代人受过，上负朝廷。

谨恭折据实覆陈，伏乞皇太后、皇上圣鉴训示。谨奏。

兴挑杨庄旧黄河会筹工次经费折

光绪七年二月二十五日

奏为导淮要工，先拟兴挑杨庄旧黄河，并会筹常年经费，次第举行，恭折仰祈圣鉴事：

窃筹议治淮谋复入海故道以保运堤大略情形，经臣元炳于上年四月间署理督篆时，与原任漕运总督臣文彬会奏，并声明臣坤一意见相同在案。

查洪泽一湖，实淮阳水利命脉所关，近年淤垫实甚，不特淮河盛涨之时，湖水漫溢，大溜下趋里下河，数十万生灵有岌岌不可终日之势，并恐黄河南岸偶有疏虞，则洪湖实当其冲，为患益巨。万一淮黄之水因洪湖不能容纳，或由上游横决而出，则安徽、江苏之隶江北各州县，不堪设想矣。然欲挑浚洪湖，无论水蓄易淤，仍虞下游别无去路。是以同治五、六年间，前督臣曾国藩首创导淮之议，先行试挑黄河故道。臣坤一于光绪元年，署理督篆，曾往杨庄履勘，亦以此为绸缪至计。维时运堤尚多阙漏，不能不先顾修堤，未遑将黄河故道一律挑挖宽深。厥后沈葆桢总督两江，百费苦心，修筑运堤东西两岸，亦拟俟堤工完固，续议浚河。臣等职守攸关，不敢不引为己任，当饬奏补徐州道程国熙、署徐州道张富年、淮扬海道桂嵩庆，于上年冬间前往履勘，自杨庄、旧黄河而中运河，而顺清河，而吴城七堡，而碎石河，而张福口，参用西法，以水旱平矩板，先挖水线，逐细测量，酌通工之缓急，分开办之后先。治水之法，先治下游，是一定不易之理。拟将杨庄以下旧黄河先行开浚，以立导淮始基。查自杨庄起，至安东县之东门外止，共计长一千四百余丈，估挑土四十五万余方，估需钱十六万八千余串。地势西高东下，河槽宽窄浅深不一，间有淤成平陆之处，且多游淤暨飞沙、陷沙，立足之难，出土之远，泉眼之多，工段之长，非寻常挑河可比。经该道等轮流驻工，划分四十段，遴选谙练文武官弁，雇募民夫，照估兴挑，已于二月初九日开工。其自安东以下至云梯关，尚多露滩高凸之所，必须酌量挑挖，与上游河底配平，以免阻水停淤，即趁此时接续办理。此外应挑之处及如何开辟引河，如何移设坝座，另再分别次第，匀年举行。事不求夫速效，款必杜其虚糜。就全淮大势而论，洪泽北高南下，形如侧釜。中运河地势比洪湖尤高，将来能否引全淮南趋之水逾中运河折而东注，造端宏大，难免变迁，臣等未敢信有把握。且清、淮、高、宝一带民田，仍须淮水灌溉，必需蓄泄得法，以期操纵自如。事关国计民生，但使今日尽一分之心，或可将来减一分之害。惟工程愈大，需款愈繁。江南虽负财赋之名，而地丁、关税、厘金入少出多，无可挹注。臣等往返咨商，近年正阳、五河两卡盐厘收税稍旺，此项盐厘奏明分作十成摊解，今拟于金陵、皖省、漕营三上，每年每处各拨二成，内皖省饷需较绌，先拨一成，其缓拨之一成，俟征军撤防补拨，以符定数而济要工。

所有兴挑杨庄以下旧黄河并会筹常年经费缘由，谨合词恭折具陈，伏乞皇太后、皇上圣鉴训示。谨奏。

吴江殉难团绅恳准建祠列祀折

光绪七年二月二十五日

奏为吴江县办团绅士死事惨烈，吁恳建祠列祀，以慰毅魄而顺舆情，恭折仰祈圣鉴事：

窃据吴江县绅士户部主事沈恩棨等禀称："咸丰十年四月粤逆窜扑苏、常，吴江不守，该处绅士国子监典籍衔附贡生徐泰吉、候选直隶州州判副贡生冯经，在黎里镇地方倡办团练，攻克平望镇贼巢。六月初四日，平望镇复为贼陷，黎里镇人情大震，徐泰吉等与从九品衔陈佐国，八品衔陆正钧、陆桂林，监生蒯善培、陆焕如，文生陈焘、蒯淦，激励勇丁，分段死守。初八日，贼大股奄至，徐泰吉等率团血战，以众寡不敌，或力竭阵亡，或被执不屈，同时遇害之士民、勇丁、妇女共三四百人，经都察院暨给事中王宪成先后奏请，奉旨旌恤，并入祀府城昭忠祠在案。惟吴江县地方，至今祠宇未建，合邑士民追念前烈，众心缺然。查各省阵亡殉难人员，均准在死事地方建祠，禀请奏恳捐建忠义祠，以崇报祀”等情，当经饬据苏州布政使谭钧培，录案呈覆前来。

臣查该绅士徐泰吉等，职非守土，志切同仇，慷慨捐躯，激昂并命，其相随殉难之人，争先赴义，下逮闺门，均属大节懔然，深堪嘉悯。合无仰恳天恩，俯准将徐泰吉等在于吴江县死事地方，自行捐资建立忠义祠，由地方官春秋致祭，并将同时遇害之士民、勇丁、妇女人等，一并分别附祀，以慰毅魄而顺舆情。

谨会同江苏抚臣吴元炳恭折具陈，伏乞皇太后、皇上圣鉴训示。谨奏。

上元等五县民卫漕粮请一律普减三成片

再，准部咨核覆江宁府属上元、江宁、句容、六合、江浦五县额征漕粮等米，一律减免十分之三，其如何按则匀摊，卫田屯粮与民田有无区别，兵恤等米均在请减之列。此次缮造表册，应将原额漕粮若干，派减若干，减剩若干，各按原定科则核算，不得将科则归并，致滋弊混。并将正耗漕项、兵恤等米，各归各款，分注细数。其有屯米者，亦另款登载。仍俟核覆后，将实在科则，修辑赋役全书等因，转行遵照在案。

伏查前督臣沈葆桢原奏声明，该五县减免漕米，按三成均匀摊派，某则某田减免若干，另造减则亩分清册，咨部备查。嗣因各属未垦荒田尚未查清，匀减之数亦未核定，复经饬令无论科则重轻，一律减除三成征收，毋庸匀减，以广皇仁而苏民困，通颁告示晓谕，饬遵去后，兹据江宁布政使梁肇煌详称："该五县田地民卫错杂，科则轻重不同，原额科则往往民田银多米少，卫田银少米多。自经兵燹，一片荒芜，腴瘠不分，高下莫辨。旧时佃业，鲜有存者，何田为民，何田为卫，亦难一一究实。况各县情形不同，有民卫田地尚可区分、原额科则无从辨别者，有民田多而卫田少者，有科则无考而民卫难分者，有等则甚多而民卫相同者，有民田盈余、卫田短绌者，种种情形难以枚举。第自普减三成以来，时阅三年，军民相安，绝无异议，家谕户晓，踊跃输将，实属已著成效"等情，详请附奏前来。

臣查减免漕粮，原为恤民起见，业已于民称便，自应上承德意，下顺舆情。合无仰恳天恩，俯准将该五县漕粮无分民卫科则，一律普减三成，以归简易而昭平允。

除将送到清册咨部查核外，理合会同漕运总督臣黎培敬、江苏巡抚臣吴元炳附片陈明，伏乞圣鉴。

再，减漕科则，册籍繁多，简明细册，应俟奉部复定后，再行摘造呈进，合并声明。谨奏。

筹议河运章程折 光绪七年三月初三日

奏为光绪六年江北冬漕仍由河运，筹议办理章程，恭折驰陈，仰祈圣鉴事：

窃江北各属本届新漕遵照部议仍办河运，业于光绪六年十二月二十日将起运米数专折会奏在案。

兹据江宁布政使梁肇煌、署江安粮道德寿详称："江、淮、扬、通四府、州属应征熟田漕粮，徐州府属应运粟米改办大米，经委员分往江北一带照数购储。一面遴委候补知县依勒通阿作为襄办，驰赴宝应、氾水二处设局，将雇船兑运各事宜提前赶办。第近年运道艰阻，各船户耽延赔累，莫不视为畏途，加以上届回空漕船，冻阻济宁，年内未能南归，故船少而招募更难。各委员分赴各处添雇新船，多方劝导，允加优恤，仍催提回空各船，设法趱行南下，始克陆续招集，认真挑选。于上年十二月二十二日开兑，限本年二月内全帮兑竣，分为前后两帮各五起，次第开行，俾得及早抵东，候汛渡黄北上。惟东境黄汛变迁靡定，张秋一带，借黄济运，毫无把握；史家桥逆流上挽，险道重重，浅滩叠见；上届漕船节节起驳，层递灌塘套送，淤塞处所，随时集夫抢挑，百计经营，始得先后挽抵临清；东省新挑十字河现又淤垫，八里庙一带新起沙淤，船只无处停泊；拟将口门改在陶城埠，漕船到此顺流至阿城，即可直入运河。应由东省赶将淤浅各工，认真疏浚，一律深通，其新改口门，迅速兴工赶办，以利漕行。所有一切应办事宜，查照成案，参以现在情形，拟定章程”，具详请奏前来。臣覆加察核，谨缮清单，恭呈御览。此外如有未尽事宜，及沿途或有窒碍必须设法变通之处，容俟随时由该粮道酌量禀请奏明办理。

除饬署江安粮道德寿，迅将应运米石，依限斛兑开行，沿途实力催趱，并咨东河督臣、山东抚臣，迅将东省运道及新改口门，先期分饬查勘兴挑赶办，以免临时棘手外，理合会同漕运总督臣黎培敬、江苏巡抚臣吴元炳恭折由驿四百里驰陈，伏乞皇太后、皇上圣鉴训示。谨奏。

谨将光绪六年分江、淮、扬、徐、通五府、州属漕粮仍行河运，酌拟章程十二条，缮具清单，恭呈御览：

一，米色认真挑选也。江北里河一带多产籼米，历届河运，均系红白兼收，此次自应照办。所有江、淮、扬、徐、通五府、州属应运米石，由粮道遴派委员，分赴产地采买挑选，一律干洁，责成河运局验收，并由押运各员，眼同该船户兑装，各取样米固封，以凭卸载时比较，不准稍有潮杂，以重仓储。

一，漕米分数交仓也。查江、淮、扬、通四府、州属光绪六年分漕粮剔除荒减灾缓，应征熟田米九万七千四百九十四石四斗四升九合四勺，内除节省给丁耗米五千九百四十三石六斗一合循案抵充运费，实起运正耗米九万一千五百五十石八斗四升八合四勺，内正兑正米五万一千三百九十九石二斗四升八合二勺，加二五耗米一万二千八百四十九石八斗一升二合，改兑正米二万三千三百三十四石八斗六升一合七勺，加一七耗米三千九百六十六石九斗二升六合五勺。又徐州府属向征粟米，除奏明截拨灾缺不敷兵米一万一千八百七十七石七斗一升九合八勺外，计尚余米一万四千五百八十五石五合一勺，内除节省给丁耗米二百二十石六斗二升四合八勺亦循案抵充运费，实起运正耗米一万四千三百六十四石三斗八升三勺，内正兑正米七千三百六十一石四斗八合二勺，加二五耗米一千八百四十石三斗五升二合，改兑正米四千四百一十二石四斗九升五合八勺，加一七耗米七百五十石一斗二升四合三勺。徐属粟米，近来出产无多，购买维艰，业经奏明，仍照历届成案，按数改办大米运通，以期迅速。以上共起运米一十万五千九百一十五石二斗二升八合七勺，全数交仓。

一，运道急须疏浚也。东境黄水横穿，变迁靡定，张秋一带，干河借黄济运，毫无把握。上届漕船经过济宁等处，汶源微弱，节节起驳，并将各闸层递下板，灌塘套送。迨至十里铺新闸，正值黄水现长，与运河平，随即催船入黄，由史家桥逆流上挽，险道重重，浅滩叠见，百计经营，方抵八里庙候汛，因筑黄坝被水冲塌，运口淤塞，赶雇人夫挑捞，嗣汛水涨发，启坝进船，幸口门更改迎溜，始将十起漕船，挽抵临清，敷衍北上。惟东省新挑十字河现又淤垫，八里庙一带新起沙淤，船只无处停泊。昨准山东抚臣来函，拟将口门改在陶城埠，漕船到此，顺流至阿城，即可直入运河等因，自应照办。此外淤浅各工，必须大加挑深，方得畅行无阻。经咨催东省，严饬该管河道各员，赶紧分别认真疏浚，一律深通。其陶城埠新改口门，亦即饬令趁此春融，迅速兴工赶办，俾免延误。至戴村坝为蓄汶济运关键，水涨易于冲决，虽经修筑坚固，仍须随时加意保护，以利漕行。

一，剥船预先雇备也。查东省南北运道，节节浅阻，必须随时起剥。所需船只，向由滕县、鱼台、济宁三州县预为封雇，由粮道发给工食，分文不扣，直至临清，始行遣回，该船户等咸知感奋。此次已咨请山东抚臣，仍饬该州、县照章预备五百号，务须挑选一百石以上坚固适用之船，并严禁丁役得钱卖放之弊，先行出示劝谕，令其乐从，免致临时耽候，一俟漕船到境，即行如数点交，送至临清为止，以备沿途起剥，无阻漕行。如有短少迟误，即将经雇州、县从严参处。

一，预备接运并筹回空也。上年漕船挽抵临清，值卫水甚小，与运河高下悬殊，时已交秋，当仍劝令南船拖坝入卫，径送通仓，以期妥速。惟近年运道艰难，沿途节节起剥折耗，且自受雇以迄回空，动需一载之久，往往因水已消涸，不得及时南归。该船户等鉴此苦累，莫不视为畏途，招雇之难，视往年为尤甚。应照历届办法，临时察看情形，如六月内能过张秋，计期尚可回空，仍令南船径送通仓，毋庸接运。责成该管厅县，于重运过竣后，赶将临清、陶城埠出入运口，筑坝堵合，蓄住去水，俟空船到时，启放灌送，俾得如期南旋。若至七月初，水尚不至，由东省沿河各州、县，速将接运北船，先为预备。务须拣选诚实商船，出具印甘各结，如有偷盗和水搀杂糠粃等弊，严行惩办，俟南船一到临清，立即过载，不得短少耽延。如至八月初尚无大汛，只有雇车陆运之一法，应由东省地方官，广为招集车辆，以备盘运。

一，闸板应制备齐全也。东省各闸，原为蓄水济漕而设，必须闸板完全，庶一启一闭，水不冲泄，漕船得以畅行，近年虽经添制，仍未一律整齐。业咨请东河督臣、山东抚臣，严饬该管各员，赶紧查明，分别制备齐全，务须拣选坚实合用之板，不得临时缺误，以速漕行。

一，经费撙节动用也。自河运废坏，逐年办理情形不同，用款亦多寡难定，所需经费，向在漕项本折及节省给丁耗米等项内动支。此次河运，除采买米石按照市价核实支发，民船水脚，仍照向章每石给钱八百文并耗食米四升外，其沿途闸坝，牵挽、席片、雇剥等项，难以预计。该粮道自当仍遵部定每石一两三钱七分之数，督饬委员撙节支用，省益求省，事竣核实报销，不任稍有浮縻。

一，兑米概用漕斛也。查征收漕粮，向用漕斛。历届河运，买米交仓，均将道库奉颁小口铁斛，仿造木斛，较准应用，本届应仍照办，并令各备样米呈验，加贴印花，连铁斛一并带赴通仓，以便较对。

一，解款循案办理也。查河运漕米，经抵通仓，除轻赍席木银两另由粮道衙门照例批解外，所有海运案内之津、通剥费、杂费，应遵前奏部议，毋庸批解。惟厅仓茶果及个儿钱两项，仍照章批解仓场衙门兑收，此外一切河运陋规杂费，仍请严行禁革，以重库款而杜积弊。

一，米船随到随验也。此次办理河运，仍用民船，必须格外体恤，无论南船、北船，运米到坝，均须速令回空，俾免羁候之苦。已由臣咨明仓场督臣，督同坐粮厅于米船抵坝，随到随验。除实有霉变应立时风晒外，其米尚干洁，务须随验随收，倘有需索留难情事，从严参办。

一，船户照案调剂也。查历届河运，雇用民船，均准各带土货二成，回空亦准酌带货物，免其纳税捐厘，钦奉谕旨，准行在案，此次应仍照办。至所带二成货物，凡装米二百石之船，准带土货四十石，其余以次类推。由粮道填给护照，经过关卡呈验，免纳税厘，惟洋药一项，不在寻常货物之列，如查有带往者，仍令照章完纳，以示限制。

一，出力各员援案请奖也。查河运自故道失修，极形艰苦，各委员到通交米无误，向准援案请奖。上届河运，因迭奉部饬，以河运棘手，与海运劳逸迥殊，毋得畏难推诿等语。是办理河运，较海运尤为吃重，实与寻常劳绩不同。此次各委员运米到通，如果始终出力，无误仓储，仍请援照海运成案，由粮道查明，分别详请给奖，以示鼓励。

出省前往圌山度地开筑炮台片

再，圌山关及东生洲、西成洲、固土洲四处，道光年间旧有炮堤，历年既多，半形残缺。先经臣与前兵部右侍郎臣彭玉麟，督饬瓜洲镇总兵吴家榜等，就势培修，以应一时之急。嗣经履勘，该处仍须添筑明台，于光绪六年十月初七日巡察江防折内声明在案。查该处江流曲折，形胜天成，实焦、象各台之辅，亟宜绸缪未雨，以免临事张皇。臣拟于三月初七日带印出省，前往圌山关，相度形势，部署工程，并派定新湘、庆字两军于南北两岸，分途开办。所有详细情形，容俟告竣后，再行具陈。理合先将出省日期，附片由驿驰陈，伏乞圣鉴。

再，臣带印出省，所有署内日行公事，交江宁藩司梁肇煌代折代行，其紧要事件，仍包封由臣行次办理，合并声明。谨奏。

查实局员舞弊有案可稽折

光绪七年三月初三日

奏为前办招商局道员舞弊属实，有案可稽，谨再恭折具陈，仰祈圣鉴事：

窃臣于光绪七年正月十五日钦遵谕旨，饬据江海关道刘瑞芬等查明招商局被参各款，请将道员盛宣怀革职示惩，并请将官帑本利共一百四十余万两作为官股，据实覆奏，奉旨："留中。"钦此。兹准直隶督臣李鸿章咨抄覆奏折稿，以刘瑞芬等查覆各节，不无错误，为盛宣怀极力剖辨，奏请免议。是非可否，朝廷自有权衡。第查刘瑞芬等所禀盛宣怀贪诈情形，颇属明确，有不敢不再陈于圣主之前者。

李鸿章以盛宣怀等原禀，收买旗昌轮船等项共二百二十余万两，请拨官本银百万两，并饬两淮运司会劝盐商，每一引搭股银一两，可得七十余万两，再通饬各藩司、各海关道随时劝谕富商搭股，并无已集商股百二十二万两之说。臣查前督臣沈葆桢，于光绪二年十一月具奏招商局收买旗昌洋行轮船等项，所需价值甚巨，请由浙江等省通力合作折内声明，先于病榻传见盛宣怀等，续据禀称，各商尽力攒凑，只能集成银一百二十二万两，所短之数，拟请南洋各省协力筹拨一百万两等语。如盛宣怀无此凑集一百二十二万两之说，则沈葆桢何所据而云然？如谓此一百二十二万两即系原禀请饬藩、运、海关劝商搭股之项，则事既经官，沈葆桢何以不于折内明晰声叙？又何以不札各司道员查照办理？讵有挪百万库款，其余听其虚悬，而盛宣怀亦无只字禀催，甘以重息在外称贷？是盛宣怀先有凑集百二十二万两之言，故不敢复有所请，而沈葆桢信以为实，无俟他谋也。此等重大事件，往往反复筹商，至于数四，必须斟酌尽善，而后上闻，似不得执盛宣怀等饰词而抹煞沈葆桢奏案，以刘瑞芬等为未查原卷也。沈葆桢于光绪三年，陈奏饷事，论及提拨招商局之款，自悔孟浪，固有难言之隐矣。李鸿章以招商局所给花红，并入汉口等处码头买价二十二万两之内，系旗昌并办之金利源轮船公司所得，自属可信，即臣覆奏折内亦称连花红在内。第刘瑞芬等查明，盛宣怀所得花红，系旗昌于卖价二百二十二万之内，每两抽出五厘以作中金。一则出自买主，一则出自卖主，不容牵混。洋人卖买房产定规，均有中金一项。此次交易二百二十余万，在彼何能独靳，在我何必独辞？盛宣怀等为利孳孳，亦无让而不取之理。刘瑞芬与郑藻如、李兴锐办理洋务多年，于此中委曲极为熟习，何至指无为有，以李代桃？且系此等中饱之资，何肯形诸笔据，授人口实？似不得偏听招商局员一面之词，而反咎刘瑞芬等不查收字也。

臣与李鸿章奉旨查办招商局事，已两次矣：前次李鸿章以为不必调查，仅以分年拨还官本具覆；此次不得已而委查，又以刘瑞芬等查出各节为错误，其如人言何！且臣之所以奏参盛宣怀者，原不独此二端，亦非仅凭刘瑞芬等一禀。招商局收买旗昌轮船等项，糜费帑藏，以及收买此项轮船后，折耗益甚，采诸物议，核诸卷宗，盛宣怀等实属咎无可诿。查旗昌股票，每张由二百两跌至六七十两，势已万分不支，乃招商局一若恐其自行倒歇，而汲汲代为肩承。旗昌原制轮船码头等项费银二百余万两，行用十数年之久，而招商局仍以原价受之，其续添之码头等项，则另给银二十二万两。夫外洋于轮船等项，向有按年折减之例，即中国谚语所谓“残货半价”也。盛宣怀等善操奇赢，何独贸贸若此！所买轮船共十六号，次年碰沉之船，尚谓数之适然，并非船不坚固。此外复有改作趸船两号，拆卸机器两号，计值已数十万两，尚得谓之便宜乎？盛宣怀等收买旗昌轮船，原谓去一劲敌，可以收回利权，乃局面愈宽而虚糜更巨，次年系第五届，竟亏银至二十四万六千有奇，国帑商资势将付之乌有。随经候补道员叶廷眷入局经理，是为第六届，遂余银至二十九万有奇，短长并计，实多出银五十三万六千两。其收效如是之巨而且速，悉由力求节省而来。盛宣怀等之滥用滥支，一年之内至数十万两，岂不骇人听闻！即将盛宣怀查抄，于法亦不为过，仅请予以革职，已属格外从宽。臣非故与招商局员为难，上年春间，钦奉谕旨，饬臣与李鸿章及署两江督臣吴元炳查办。李鸿章以臣在籍，并未咨商，与吴元炳先行覆奏，臣亦坦然置之。此次钦奉谕旨严切，臣与李鸿章正在分途委查，乃招商局员不候刘瑞芬等禀覆，先于上年十二月，胪列十八条具禀李鸿章抄咨到臣，满纸哓哓，不堪寓目，臣虽深为诧异，未便明斥其非。嗣经刘瑞芬等查覆前来，臣详加阅核，头绪纷繁，其中虽有不实不尽之处，因其牵涉洋人，无人质究。至所陈盛宣怀一二劣迹，耳目昭彰，且案牍具存，尚有不止如刘瑞芬等所言者。若复涉于姑息，则是法纪荡然，将来各局相率效尤，尚复成何事体！此臣所以熟思审处，不敢避怨避嫌也。盛宣怀究应如何惩办，以昭儆戒之处，恭候圣裁。

谨再据实恭折具奏，伏乞皇太后、皇上圣鉴训示。谨奏。

请将招商局本息作为官股片

再，密陈者：

招商局提剩官本及缓息两项，应否作为官股，臣不敢固执成见。叶廷眷及刘瑞芬等，先后以此为请，而臣亦深以为然者，盖以招商局实为大利所归。如第六届稍一节省，除用度外，尚余银二十九万余两，可以想见。将来日益扩充，能否广收外洋之利，尚无把握。就目前而论，招商局名为分洋商之利，其实所少者系国家课厘，所夺者系贫民生计。在朝廷以父母之心为心，以我自有之利为外人所得，曷若为子弟所得，是以提之挈之，不遗余力。顾为子弟者，以父母之力而有是利，独不稍为父母计乎！查外洋轮船之利，实君与民共之。如各国王皆另设有轮船，一切章程优异，商轮不得而争，每岁所获独厚，以佐军国之用。此固非中国所能为者。第招商局以拨公帑而成，如以本息作为官股，照商股一律办理，期有裨于度支，未为不可也。又外洋轮船贩运之货，抽税极重，竟至半倍、一倍，故其利官商均沾，非如招商局所完之税，转减于中国常税，而厘金无与。是轮船之利，专在商而不在官，为国理财之道，似不如此。又外洋轮船，人人可以驾驶，同受商贩之益。今中国轮船，非招商局不可，虽许他人合股，其权操之局员，是利在数人而不在众人，藏富于民之道，亦似不如此。惟将此项本息作为官股，其利得以分润，公私两得其平，既以官力扶商，亦以商力助官。爱国之忱，人所同具，即在局外者，亦不至于嫉怨，该局亦可长久矣。

臣居家不善治生，管兵不善筹饷，非敢侈口言利，亦非敢与局争利，特以事理所在，不敢不直抒所见，是否可行，恭候宸裁。

谨附片密陈，伏乞圣鉴训示。谨奏。

恭慰圣孝折光绪七年三月二十六日

奏为恭慰圣孝，仰恳节哀，恭折奏祈圣鉴事：

窃臣恭阅邸抄，光绪七年三月十三日奉上谕："现遭大行慈安端裕康庆昭和庄敬皇太后大事，各直省将军、督抚、都统、副都统、提镇等均有职守，不必奏请来京叩谒梓宫，惟当实心办事，勉尽厥职，不在仪节虚文也。"钦此。跪诵之下，伏地哀号，罔知所措。痛念大行慈安端裕康庆昭和庄敬皇太后，自同治元年以来，与我慈禧端佑康颐昭豫庄诚皇太后，垂帘训政，廿载一心一德，驯致中兴，四海同道同风，遂臻上理。方祝慈躬永祜，遽惊仙驭升遐，遗诰所传，犹惓惓以国事皇躬为念，普天率土，感悼同深。臣于上年入觐天颜，渥蒙温谕，徽音犹在，寤寐难忘，亟思叩谒梓宫，一伸哀悃。兹钦遵谕旨，职守未敢远离，瞻望阙廷，神魂飞越。我皇上至性纯孝，抱恸何堪？伏望勉节哀思，以慰大行慈安端裕康庆昭和庄敬皇太后在天之鉴，益勤奉养，以承慈禧端佑康颐昭豫庄诚皇太后教育之心，臣区区不胜大愿。

所有微臣依恋恳切下忱，理合缮折，专弁赍呈，恭慰圣孝，伏乞皇上圣鉴。谨奏。

请将故员战绩宣付史馆并立功处所建祠折

光绪七年三月二十七日

奏为已故道员战功卓著，吁恳天恩，宣付史馆立传，并立功处所建立专祠，以彰忠荩，恭折仰祈圣鉴事：

窃接安徽绅士直隶提督李长乐等呈称："已故二品衔前甘肃甘凉道李鹤章，由合肥县廪贡生于咸丰三年在籍办团，屡破粤逆。五年克复无为州、巢县、东关，保加五品衔蓝翎候选州同。九年，经前督臣曾国藩调营差遣。十一年解宁都州围，保湖北补用知县，换戴花翎。同治元年，经前江苏抚臣李鸿章调赴上海，奏派督办江苏前敌防剿，总统淮、湘水陆诸军。是时上海四面皆贼，该故道督率所部，会同开军、铭军及洋将华尔，转战而前，攻克青浦、嘉定两县，力解北新泾、四江口重围。十月十二日奉上谕：'知县李鹤章系该抚之弟，此次击退援贼，与程学启功足相埒。该知县官职尚卑，若避嫌不举，转阻其上进之心。嗣后如有劳绩，着李鸿章一体请奖。'等因，钦此。二年二月初十日复奉上谕：'前因江苏四江口解围，李鹤章击退援贼，与在事员弁功足相埒，该抚意存引嫌，未经请奖。兹据该抚另片奏，李鹤章虽随同剿贼，乃义分所当为，仍不敢仰邀叙议等语。李鹤章战功卓著，岂可没其微劳？着赏加四品衔，以知州用。'等因，钦此。嗣以常、昭反正，该故道乘机规复太仓。守贼请降，该故道策其诈也，先分队扼昆山援贼，复严阵以待。及期，城贼冲突数次，我军奋勇当之，卒不得逞。该故道腿受枪伤，裹创复战，诸军肉薄登城，遂拔太仓，距受降期仅七日耳。又大破援贼于双凤镇，昆、太肃清。随会合诸军进攻顾山一带贼垒，部署陆师分三路以进，水师继之，而自带马队策应，破贼营数十座，擒伪王宗、朝将以下百余人，自顾山以西，贼皆尽。进逼江阴，又连破常州、苏州、丹阳、溧阳、无锡援贼数十万众，沿江石垒皆下，遂复江阴县。八月十二日奉上谕：'李鹤章着以知府补用，并赏加三品衔。'等因，钦此。江阴既复，进攻无锡，该故道无日不战，无战不捷，尤以大桥角之战为最著。忠逆惧我军之遂逼苏州也，纠诸伪王合悍党数十万，并洋逆白齐文驾火轮船，施放开花炮弹，以攻大桥角之垒。该故道闻警而起，投袂赴救。惟时守将周寿昌率亲兵，各持火器蛇行而前，紧对洋轮轰击，楼船破烂，血肉横飞，而对河悍逆数十万，仍列阵不动。该故道督队荡决，贼始披靡，计擒斩溺毙贼匪万余人，枪毙洋人数十，烧毁火轮船一只，炮船十余只，重围立解，忠逆为之气夺。旋连破贼于后宅安镇、梅村、西仓、茅塘桥、鸭成桥、兴隆桥等处，迭克新安、望亭坚垒，复无锡、金匮两县，擒伪朝王黄子漋父子。十一月十四日奉上谕：'李鹤章督军攻剿，克拔坚城，甚为出力，着交军机处记名，遇有道员缺出，请旨简放。'等因，钦此。同日奉上谕：'李鹤章与其兄同心戮力，为国宣勤，此次未行破格之赏，正为该员系李鸿章之弟，以该抚功不自私，俾得推劳将士，鼓舞众心。李鹤章当益自奋勉，指日常郡、金陵次第奏捷，克成全功，更当与曾国荃、鲍超等同膺懋赏。'等因，钦此。时苏州已下，贼党死据常州一郡，该故道由无锡进驻戚墅堰，节节进攻，力破附城石垒数十，城围遂合，再大破金坛、溧阳、丹阳诸援贼。三年，分军克复荆溪、宜新县城，收复溧阳县城，擒侍逆母妻斩之，于是常州外援悉绝。该故道会合诸军百道攻城，炮声雷动，城塌数十丈，贼以人堵缺口，拼死相持，并以火药下倾，我军死者亦十六七。该故道挥刀督队，一拥而登，生擒伪护逆及费天将，常州遂下。四月十四日奉上谕：'李鸿章奏官军攻克常州府城，生擒首逆，全股扑灭一折，剿办甚属得手。道员李鹤章等俱能亲冒矢石，奋勇争先，均着赏穿黄马褂。'钦此。自常州克复后，苏省全境肃清，适以积劳触发伤病，乃裁并所部各营，请假回籍。是年奉到御赐奖武金牌一面，奉旨补授甘肃甘凉道。前督臣曾国藩接办剿捻军务，奏调总理淮、湘水陆全军营务。六年以母老不能远离，呈由前督臣曾国藩奏开甘凉道缺。

光绪五年晋赈捐输请奖，奉旨‘赏给二品衔。’钦此。钦遵各在案。长乐等或籍隶同乡，或旧居部下，见闻既真，不敢听其湮没。”胪陈事实，呈请转奏前来。

臣查该故道李鹤章，起自诸生，总师转战，其时东南各郡遍地贼踪，而能迭克名城，力摧悍贼，屡承褒旨，成绩昭彰，智勇忠勤，洵足以系讴思而光史册。合无仰恳天恩，俯准将李鹤章战功宣付史馆立传，并于立功处所建立专祠，以彰忠荩，出自高厚鸿施。

谨会同江苏抚臣吴元炳、安徽抚臣裕禄恭折具陈，伏乞皇太后、皇上圣鉴训示。谨奏。

回省部署各处工程折

光绪七年三月二十九日

奏为报明微臣回省日期，并圌山关添筑炮台及分别部署各情形，恭折驰陈，仰祈圣鉴事：

窃臣带印出省，履勘圌山关炮台，于三月初三日附片驰奏在案。臣即于初七日乘坐澄庆兵轮起行，顺途察看卜关、乌龙山等处炮台及各炮位，间亦有量台移炮之处，以续购洋炮及续制局炮与各台大小更相称也。连日江风大作，颠簸殊常，至初九日始行驶抵圌山关。该关矗立大江之前，当率各文武登岸，自大矶头前面横档折回至上游之老虎洞，详察远近形势，随过北岸之东生洲及下游之三江口，重行履勘，除南岸老虎洞外，余俱旧有土堤、土炮，布置均属扼要。现拟于南岸大矶头前面横档兴筑明台两座，每座另安大炮三位，中用隔堆二层，东生洲、三江口二处各筑明台一座，炮位、隔堆如大矶头、横档之数。惟该三处极其当冲，所筑明炮台，拟于两旁围墙及中间隔堆之上，对留缺口，形如仰盂，俾临敌之际，断木为梁，安于缺口之上，加盖沙包、土囊，以资遮蔽，即与暗台无异，免为敌炮所乘，事定可以随时撤去，即使置而不用，亦于炮台无妨。其大矶头之上，则筑小望台一座，二矶头之上，则筑大望台一座，并于两台随宜置炮，老虎洞前则筑明炮台一座，亦安炮三位，用隔堆两层，以收截击之益。此外土堤、土炮各仍其旧。臣初以合字勇有全军挑浚镇江运河之役，是以前奏拟派庆字勇及新湘勇分筑圌山关等处明炮台。兹查该处炮台工程必须合字勇一手经理，庶与焦山等处呼应灵通。第镇江府城外运河亦难中止，合字勇本有七营，以四营筑炮台，尚余二三营留为浚河之用，而令庆字勇、新湘勇各以两营助之、分段程功，当易告竣。似此一转移间，台工、河工各臻周密矣。臣与各统领及各局员面筹妥协后，随于初十日乘坐原船回省。至每座明炮台需费若干，虽各处情形不同，究有历次成规可按。臣已饬合字营统领章合才与司道及营务处、筹防局，逐细估计，总期事归实济，饷不虚糜，上慰朝廷慎重防务之心。

所有微臣回省日期，并圌山关添筑炮台及分别部署各情形，理合恭折驰陈，伏乞皇太后、皇上圣鉴训示。谨奏。

江防试造木排片

再，查拦江之法，自以水雷为利器，而亦无甚把握。臣与前兵部右侍郎彭玉麟往复筹商，初拟临敌之时，载石沉舟，以断洪路，继思长江深阔，一船占势不宽，多则为费不赀，少则于事无济，即使洪流塞断，将来无术疏通。现在试造大张木椑，每椑宽六丈有奇，厚一丈有奇，长十数丈不等，系用竹缆缚木为之。椑之首尾，亦以粗长竹缆系锚下碇。初虑中流迅驶，停泊为难，并虑风起涛涌之时，无所施力。此次臣出省履勘圌山关炮台地基，即令委办木䉙之新授广西左江镇总兵刘光裕、记名提督邓善居、李占椿管带木䉙，随臣东下，由下关至乌龙山及焦山等处，节节试验，下碇中流，虽遇狂飙巨浪，竟能不少移动。将来长江有事，即将此项木䉙多造数十张，层递参差，泊于各炮台前面，约计炮所能及之处，使敌不能牵䉙而去，亦不能穿䉙而来，似可遏其冲突，此亦以钝制巧之一策也。䉙上铺满芦席，薄填泥沙，预备水龙、水铳等项，以防敌之火攻，并于䉙上多设枪炮火器，以为攻敌之用。每䉙用勇夫共五十名，后缀扒船二只，俾与炮台声援相接，寓活着于呆着之中。沿江木植颇多，咄嗟可办，事竣仍可折卖，不至虚糜，计无便于此者。且木䉙之前，亦可安设水雷，不致偏废。第此项木䉙，只可用之于省城下关及乌龙山、焦山、圌山关等处，至于江阴与吴淞口，则江面太宽，风浪太大，惟有专用水雷，于木䉙殊不相宜。

谨附片陈明，伏乞圣鉴。谨奏。

凑款兴造小兵轮船折

光绪七年四月二十六日

奏为制造小兵轮船经费无出，拟由南洋及沿江各省凑解，先行兴造五只，恭折仰祈圣鉴事：

窃光绪六年九月，巡阅长江水师前兵部右侍郎彭玉麟奏造小兵轮船十只，以为江阴以下海防之用，十月初六日，臣准军机大臣寄到谕旨，饬臣会商妥办等因，当即钦遵咨行彭玉麟并闽、广督抚、闽省船政、江南制造局，往返筹商，经彭玉麟酌定样式，计每船长十八丈，马力一千五百匹，需经费银十六万两，炮价在外。闽、沪厂局，均可仿造，粤局则因有现办要件，未能另承此工。惟十船一时同造，则力均未逮，现拟分作两次兴办，闽厂同时起造三只，沪局同时起造二只，一俟五只告成，随后即筹续造。臣现已将彭玉麟所定该船尺寸价值，咨行闽省船政及江南制造局，预备开工。惟闽厂只能造船，未能筹款，沪局虽有江海关二成洋税可用，然专以制办军火，亦难兼办兵轮。刻下先造小兵轮五只，共需银八十万两。此船既为江阴以下海防之用，如臣所收南洋经费稍为充裕，自当从宽拨解，济此要工。无如近年各省厘金项下经费，闽、粤、浙三省均已奏准停解，江西则抵作新饷，湖北则现经奏请划解北洋，仅有关税项下之款，上年所收止得四十二万余两。而沿江炮台防营，星罗棋布，防守轮船日添日多，月饷军火费用甚巨，现又修筑圌山关炮台，实属无力另造兵轮。惟彭玉麟奏造此船，实以该船安设头梢两炮，辅以边炮，无事则巡缉洋面，有事则防堵海口，若敌船竟冲入江，则以之四面环攻，跟踪追击，诚为巡防江阴以下可战可守必不可少之利器，不得不赶紧遵旨造办，即不得不设法挪措，以资动工。臣再四筹酌，南洋经费，每年粤海关应解之数，实为的款大宗。上年粤省因购买蚊船，奏准截留五万两，臣协拨闽省船政制造快船，又将该关应解南洋七十六、七两结之银汇付船政约六万三千余两，刻下扣至本年三月初二日第八十二结届满为止，粤海关仍有应解南洋之银约十万余两。臣本指此巨款以应要需，现在先其所急，即以此款由粤海关径解闽厂，俾得购料兴工，其不敷之数，仍以本年应解南洋第八十三、四两结银六万余两，由该关按结径解闽厂收用，共为十六万余两，可以成造一只，此外闽厂仍造二只，沪局亦造二只，共需银六十四万两，臣实思穷力竭，万难再筹。因思此项兵轮，巡防江阴以下，其地为长江入海之尾闾，即为沿江各省通共之门户，防海实所以防江，万一敌船入江，则湖北、江西、安徽沿江一带，必须节节设防，湖南亦必震动。是扼守入江要害，本不仅为江苏一省，湘、鄂、西、皖实亦休戚相关，自应谊切辅车，不分畛域，各筹款项，共固藩篱。相应请旨饬下湖南、湖北、江西安徽四省，各筹造船一只银十六万两，分解闽省、江苏，俾先造五船得以同时兴工。其粤海关应行径解船政制造兵轮之款，及现尚欠解汇付船政造办快船银两，亦请饬令该关监督，迅速分别扫数拨解，不得延误。如此则兵轮五只，可以刻期竣事，而此后五只，仍由臣暨沿江各省凑解续造，以观厥成。

所有制造小兵轮船经费无出，拟由南洋及沿江各省凑解，先行兴造五只缘由，谨会同江苏巡抚臣吴元炳，合词恭折具陈，伏乞皇太后、皇上圣鉴训示。谨奏。

请敕全楚引地减川配淮以复旧制折

光绪七年四月二十六日

奏为川引斤两过重，尽占淮销引地，请旨饬部减川配淮，以冀渐复旧制，恭折仰祈圣鉴事：

窃淮南盐务，额重课繁，盐产自场，引销于岸，全楚引地为淮纲命脉所系。前督臣如曾国藩、沈葆桢，于淮鹾讨论最精，著有成效，屡次上疏，请禁川复淮，终梗于川、楚，迄今未行。上年十一月臣接准部咨，议覆四川督臣丁宝桢将济楚川盐按月酌定七八百引，并以减运川盐徐图退步，即当增运淮盐，力争进步。今照湖广督臣李瀚章原议，由淮商提取净盐，酌配引数，运赴鄂省现分川销之五府一州试办并销，限一个月专折覆奏，等因。臣查川盐借销楚岸，曩时连樯下驶，累万盈千，漫无稽考，今既定以限制，足为复淮张本。惟治鹾以疏引为先，而疏引以筹销为急。川、淮同此销路，必须川盐能减一分，始淮盐能进一分，否则徒有减川之名，而无销淮之实。当经咨商鄂省，拟由淮南派员前赴平善坝设立稽查川盐局，每月除额销川引外，余均作为私论，以符部议严杜明减暗增之弊。一面咨询川省，月销川盐七八百引，是否照淮南六百斤成引计算，抑川省另有科则。满冀川盐斤两与淮盐不相上下，便可提盐配销，即或羸于淮南，但使所羸之数不甚过多，亦尚能逐渐进步。兹准四川督臣丁宝桢覆称：川省奏定章程，每水引一张配花盐五十包，每包连皮计重二百二十六斤，每引连皮共重一万一千三百斤等因。以淮盐每引连卤耗包索六百八十八斤计之，是川盐一引抵淮盐十六引四分有奇，月销川盐即以七百引而论，已抵淮盐一万一千四百九十余引，每年共抵十三万七千余引。川盐一引较之淮盐一引增至十六倍有余，无怪淮商闻风裹足。溯查湖北五府一州，从前皆言每年可增淮盐十五万引，系按六百斤正引计算。臣连卤耗包索细加覆核，并确查宜昌川盐总局历年呈报加税数目，衰旺不一，大致相同，光绪六年分仅合淮盐十三万三千余引，川省减定之数比实销之数已属有盈，况绕越偷漏之盐，尤难保其必无。五府一州只此销路，已尽被川盐所占，淮盐虽煞费经营，既不获盈尺之地，焉能图得寸之功？即甘心亏本，亦无路可销，此数年以来所以绝无一商认运也。部臣谓其中必有窒碍难行之处，可谓洞见症结。

但楚岸引地，上年臣莅任两江后，即派员前赴鄂省，与李瀚章详细熟商，一时仍难遽复。而淮南场产日增，岸盐日积，若并此配销亦不能办，不特无以慰众商云霓之望，并有负李瀚章代淮筹运之初心，丁宝桢抑川让淮之美意。臣督同运司悉心妥筹，淮南目前未敢遽存奢望，但求每年实减川引若干，淮盐得有销路，无论路途之险，成本之重，总当责成鄂、湘两局额内各商力任其难，酌提净盐前赴鄂省五府一州及湘省澧州试销。此项试销之引，李瀚章原议虽令暂免摊派，而川引既减，鄂省月收川税未免稍绌，且李瀚章来文，业已允准设局，所收前项课厘，不敢留存丝毫，拟即全贴鄂饷，尽收尽解，庶几川商不致骤行失业，淮盐或可循序渐进，鄂省饷需仍归有着。合无仰恳天恩，敕部查照楚省每年可销川盐合淮实数，重加厘订，酌减川引若干，配销淮引若干，行知各省恪遵部议，和衷会办，以仰副朝廷郑重淮纲渐复旧规之至意。

所有川引斤两过重，恳请敕部减川配淮缘由，理合恭折覆陈，伏乞皇太后、皇上圣鉴训示。

再，此折因咨商川、鄂两省，是以覆奏稍迟，合并声明。谨奏。

奏疏卷十八

东三省新陈俸饷请暂予缓解折

光绪七年五月二十九日

奏为东三省新陈俸饷，江苏厘金无力分筹，恳恩暂予缓解，俾免有误要需，恭折具陈，仰祈圣鉴事：

窃臣前准军机大臣字寄："光绪六年十一月二十八日奉上谕：'户部奏拨东三省辛巳年官兵俸饷一折，据称奉天拟拨江苏厘金银二万两，打牲乌拉拟拨江苏厘金银二万两，黑龙江拟拨江苏厘金银一万两。着照指拨银数，迅速筹解，如有延欠，照迟延京饷例议处。'"等因，钦此。并准部咨，行令将乙亥年起至己卯年止，欠解黑龙江银七万两，分两年搭解，又同治十三年起至光绪六年止，欠解打牲乌拉银十三万五千两，限一月筹解先后到臣，均经札饬筹解在案。

兹据江宁布政使梁肇煌、江苏布政使谭钧培会详称：东三省俸饷，当奉拨之始，或由厘局分筹，或由司库措解，实已设法腾挪，不敢稍留余力。嗣因厘收日绌，急款日增，遂有顾此失彼之势。近来每年京饷于原拨之外，又奉续拨甘饷，则须解足十成，较诸前数年情形尤为紧重。综计三厘局所入，以之供本省支应及拨济京协要需，已觉万分竭蹶。各局方惴惴然以不克敷额是惧，若再责令分筹前项新陈俸饷，实属力有未逮，惟有暂请从缓报解，俾免两误，详请具奏前来。

臣查东三省俸饷，历年指拨江苏厘金，前督臣沈葆桢以积欠已多，于光绪二年闰五月间曾有吁请敕部以后暂免派拨之奏，复于三年三月间，将部拨丁丑年黑龙江、打牲乌拉俸饷，及历年欠饷无力筹解缘由，据实陈明在案。北洋防费紧要，亦系指拨江苏厘金，而各局无可取资，复经臣奏请，将湖北应解南洋经费，照数移抵。是江苏厘金本难兼顾此项俸饷，近则罗掘益窘，均在圣明洞鉴之中。无米之炊，何由下手？据该司局等合词请缓，不敢不代陈于圣主之前。内黑龙江庚辰年俸饷，迭据函牍飞催，已由各局合力勉凑五千两，借济燃眉。此外该三处新陈各饷，惟有吁恳天恩，暂予缓解，俾得专意京、协要饷，一俟将来，察看收数较旺，拨款稍松，即当饬令酌筹分济，上慰宸廑。

除咨部外，理合恭折具陈，伏乞皇太后、皇上圣鉴训示。

再，新任抚臣黎培敬尚未到任，是以未及列衔，合并陈明。谨奏。

两淮盐务人员请循案停止分发折

光绪七年五月二十九日

奏为两淮盐务候补人员过多，拟请循案暂停分发，以资疏通，而期整顿，恭折仰祈圣鉴事：

窃维登明选公，官方所由澄叙；员冗名杂，流品因之混淆。两淮监掣、运判两项以及大使、经历、知事、巡检四班，领照到省者共计八百余人，实为从来所未有。综计监掣只两缺，运判只三缺，大使等共只二十九缺。缺分之少如此，而人数之多如彼，不特序补无期，即委署得差，亦非易易。现在捐例虽停，而从前已捐分发者不一而足，各捐生急思自效，络绎而来，新到之员，旬日间率三、四起。其资格较深者，固已向隅致慨；其才能出众者，尤属甄拔无从。事少人浮，疏通乏术，势必至需次受累，进退维谷，其不安义命之人，更难保无廉隅莫饬，百计钻营情弊，实于吏治人心关系匪浅。再四筹思，不能不稍示限制。拟循照江苏、安徽四省停止分发成案，将两淮盐属无论何项人员，请旨概停分发三年，俟届满再复旧制，庶几循序渐进，奔竞无由，似于吏治不无裨益。据两淮盐运使洪汝奎禀请具奏前来。理合恭折具陈，伏乞皇太后、皇上圣鉴，敕部核覆施行。

再，江苏巡抚臣，现丁母忧，未及会衔，合并声明。谨奏。

查覆部议指询鹾务折

光绪七年五月二十九日

奏为遵查部议指询各节，据实覆陈，恭折仰祈圣鉴事：

窃准部咨，议覆给事中戈靖条陈淮南盐务指询各节，行令详查覆奏等因。臣伏查两淮鹾务甲天下，每年数百万饷源，每场数十垣命脉，胥是赖焉，果有当除之弊，可兴之利，臣亦何敢畏难苟安。惟淮盐新章，行之近二十年，所收课厘逾六千万，历次所捐巨款尚不在内，而各商犹复黾勉从事，以有余润可沾。其裨益于公私，不得谓非办有成效，就臣历官兼管鹾务之处，淮盐似较胜一筹，该给事中竟称盐务之坏，以两淮为最，甚立论殊欠持平。两月以来，经臣督饬运司洪汝奎咨采舆情，详稽案卷，始知人言之有由来，而所陈多不足信，部议洞若观火，实令外间官商佩服不忘。除减川配淮，业由臣专折具奏外，其余不外增新引、包鄂饷、疏岸销、裁捐费四端，谨就岸务商情，悉心参酌，为皇太后、皇上缕晰陈之。

治鹾无他，专重销之一字，销果畅，商虽少而转运亦灵，销若疲，商愈多而出售弥滞，此一定不易之理，而官销之畅滞，则视私盐之多少。淮南自被川盐久占，鄂、湘引地遍地皆私，漫无稽考。该给事中原奏，亦谓川私山积，淮南以现有之商运、已认之引抵岸后，已须守轮一年或年半之久。查鄂岸现尚请运丁丑上半年之引，湘岸现尚请运丙子上半年之引，而两局已存盐各十余万，仪栈且存十七万余引之多，上仓有费，住日有费，辛工官息又有费，成本占搁，乏术疏通。旧引之积压如此，若再另增新引，其败可立而待。譬之治水，不问去路之通塞，而专事浚源，终虞决口。治病不问病人之虚实，而漫言峻补，必致伤身。部臣不遽颁引，而又许将窒碍情形，据实陈覆，可谓洞见症结。此新引断难骤增之实情也。

包饷之议，创自前督臣沈葆桢，原奏许尽鄂、湘原认之引，永远循环，不再另招新商，以挠其权而夺其利，旧商所得足偿所失，故人人踊跃具结，事至取结达部，其确有把握可知。臣抵任后，该旧商犹复禀催，并无异说。现在复淮尚无定局，将来应否增引增商，亦难悬揣，今昔情形既不相同，办法不能胶执。臣愚以为鄂中不以引地归淮则已，果以引地归淮，无论旧引、新引，旧商、新商，鄂饷断可无虞短绌。盖销川盐则完川税，销淮盐则完淮厘，但使盐有去路，即是饷有来源。鄂中每岁所收川税，以钱合银约在九十万两左右，有案可稽。如以淮商包饷为不足凭，或将鄂省向在川税项下筹解京外各饷奏请改拨两淮，由臣督同运司妥筹解济，鄂饷既归有着，则复淮应亦有成。转移间，鄂、淮皆无所用其推诿。至于入境川厘既停之后，到岸川盐未尽之先，所需鄂饷，淮商自应兼顾。应俟复淮定议，由臣咨商楚督，并饬司局设法筹维，不至因此贻误。此包饷系属可靠之实情也。

课厘之盈亏，惟视销数之旺淡。当此度支拮据，首宜讲求疏销。然查两淮盐色不如川、粤之佳，盐价不如川、粤之贱，疏销之法，惟在缉私。自湖北之荆、宜等府州及湖南之澧州借销川盐，两省门户尽失，在在巡缉为难，即使随处设局督销，恐亦徒糜经费。他如湖南之衡、永、宝三府，久为粤私所占，侵灌以下府州。前督臣曾国藩与臣隶籍湖南，明知该三府户口数百万，淮盐片引不行，而未尝委员前往设局督销者，以该处山路纷歧，民情困苦，缉私不能严密，设局亦属徒劳，只合留为藩篱，以存限制。至江西为臣久官之地，深悉粤盐一入赣、宁，四通八达，堵截无从，与湘、鄂情形大略相似。皆因私盐多而官引不行，非为官引少而私盐始至。否则，即无官局，商贩自可行销。该给事中谓鄂、西不多设局分销以致停滞者，非也。上年综核各岸销数，惟皖岸与前届不相上下，其湘、鄂、西三岸均属短销，而湘岸为甚。该给事中谓湘岸溢销至倍，为鄂岸所不及者，亦非也。夫盐务贵变通尽利，尤贵斟酌合宜。以两淮引地久为川、粤所占，以致淮引滞销，讵可不图规复，然非步步踏实，必致有始无终，有损无益。现在鄂、湘、西三岸，兢兢保守腹地各府州不使私盐搀入，而于积惯行私之处，逐渐经营，以冀得尺则尺，得寸则寸。臣复督同运司力行重淋之法，务期盐色干洁，以敌川、粤私盐，而于局卡文武督缉之勤惰廉污，分别撤留赏罚，并添拨水陆精锐之勇，以壮声威。凡此目前整顿之方，即为将来扩充之计。至于淹销一节，实为盐务一大弊端，然自曾国藩设立章程，课轻厘重，不特补运之盐令完全厘，即被淹之盐亦完半厘，已属无可取巧。又须州县履勘出结，商人亦惮烦难。臣严饬各局，于报淹可疑之案，立派亲信密查，以杜虚捏。此则疏销不敢稍懈之实情也。

派捐最属病商。当此陈盐日积，积困未纾，诚如部议，必须休养商人，以期渐复元气。臣接据各商开呈清折，胪列现捐名目，分札司栈各局，务将一切冗费，分别酌裁。其中以局用为大宗，鄂、西等岸，所以不欲多设分局者以此。余则在局候委各员薪水，为款亦巨。臣通饬各局，以后不得多收委员，即系熟悉鹾务、堪备差遣之员，亦必遇有缺出，方准派委。至于地方善举，必须察酌事宜，量予限制，不得一味见好，滥应滥支。此浮费现在裁汰之实情也。

臣查两淮盐务，近来口舌纷纭，无非为改章加引起见。历考曩时盐法，屡蹶屡振，初立一章，无不争先恐后，不数年而良规中废，大率前盐甫畅，后引递增。以为引增即课充，多多益善，不思增引而不增销，年复一年，积疲成困，百病从此而生。乾隆、嘉庆年间，屡有充销带征之奏，无非为积引难销，力图补救。究之挪新掩旧，挹彼注兹，于课项有何裨益？前督臣陶澍创行淮北票盐，意美法良，初行尽善，厥后加引至四十六万，不特淮北销疲，甚至侵销淮南边界，而南鹾全道光末年，几于不可收拾。前事之失，可为殷鉴。曾国藩初定新章之际，设局招商，迨商认之引足敷岸销，遂即撤局停招，与李鸿章商定循环转运之法。嗣增湖南辰州碱盐二十四票，轇轕不清，久之始定。又以协赈天津、楚西加引四万，岸商渐形支绌，曾国藩颇歉于怀。经前督臣李宗羲奏明有案，以后从无增引之事。至今楚西各岸销数虽滞，而守轮待售，尚有什一之获，各商视为恒业。局外欲搀越而无从，逐逐耽耽，乃为把持垄断之说，以撼旧商而请新引，甚至本无办运之资，亦无办运之志，欲以新引转卖渔利。始于运司，继于盐政，终于户部，摭拾浮言，更端尝试。光绪三年，曾有商民信成和等赴部递呈，请增楚引十万道，捐银四十万两。淮南奉文日久，并无一商来淮，一钱缴库。经沈葆桢奏驳有案。兹由该给事中奏请，由部颁引，可见伎俩层出不穷，只知网利营私，不顾扰乱鹾政。臣计此次若辈并力一举，计在必行，幸荷圣明烛照如神，部臣维持大体，淮鹾赖以保全，否则，大局一为动摇，不堪设想矣。臣职有专司，责无旁贷，深知曾国藩所定盐法，一秉至公，历久不敝，故各前任莫不恪守旧章。今该给事中以收引地、加引票责臣，不知二者可合而不可分。如以荆、澧等六府州之地归之两淮，或可酌增新引。至于现在引地于现行引票尚未全销，安得再增以速其败？臣之区区，但期裕课，不敢存彼我之私，但期便民，不敢有恩怨之见。然复淮与增引，则事在并行，能复引地，不必如沈葆桢所奏不增新引，欲增新引，则必如沈葆桢所请收回引地。此外成规具在，断不可轻涉纷更。臣惟有督饬运司，维持整顿，以冀销路日畅，仰副朝廷垂念鹾政之盛心。

所有遵查部议指询各节缘由，理合恭折据实覆陈，伏乞皇太后、皇上圣鉴训示。谨奏。

请准杨玉科改留两江差遣片

再，降调高州镇总兵杨玉科报效马的力快枪等件，奉旨："杨玉科着开复原官，留于广东差委，该部知道。"钦此。等因。臣前在两广总督任内，察看该镇年力正富，勇略兼优，且于洋务留心讲求，可否仰恳天恩，俯准改留臣处差遣，以收臂指之助，出自逾格鸿慈。

理合附片陈请，伏乞圣鉴训示。谨奏。

江北收捕蝻子情形片

光绪七年六月二十三日

再，江北、淮、扬等属，上冬雨雪稀少，入春又复亢晴，臣恐蝗孽遗子未能尽绝，随时饬属留心防范，以期弭患无形。近日以来，迭据扬州府属之高邮、宝应，淮安府属之山阳、桃源，徐州府属之丰、沛、萧三县及海州等处，禀报蝻孽滋生，有立时歼除者，亦有设局收买尚未据报成数者。惟宝应县收数最多，截至六月初二日止，已收有十一万四千六百余斤，沛县收有五万五千三百余斤，海州收有二万二千三百余斤，泰州分司所属庙湾、何垛两场，亦有萌动情形，均经立时扑灭，其余各属尚未报有蝗蝻。续据徐州道张富年报，据署徐州府曾广照禀称：山东鱼台县之蝗飞过丰、沛二县交界之处，集食高粱等叶。复经臣飞咨山东抚臣，饬属一体协同收捕，毋分畛域，务绝根株。臣查州县捕蝗经费，经前督抚臣奏动用正款钱粮，诚恐惜费，致令滋蔓难图，驯至害及田禾，所失将不止此数。臣不敢任其玩视而遗患，亦不敢任其浮报而冒销，如查有此两项情弊，谨当从严奏参，用示惩儆。江宁省垣陆续得有大雨，如各属一律均沾，扑除较易为力。

除饬司转饬加紧搜捕外，理合会同新授江苏巡抚漕运总督臣黎培敬、护理江苏巡抚臣谭钧培附片陈明，伏乞圣鉴。谨奏。

议覆洋药加厘办法折光绪七年七月初二日

奏为遵旨妥议覆陈，恭折仰祈圣鉴事：

窃臣等恭奉光绪七年五月初九日寄谕："左宗棠奏禁食鸦片，

请先增洋药、土烟税捐，以收实效一折。着南、北洋大臣，福州将军、各直省督抚、粤海关监督，将各关口及地方情形，详细体察，将稽查征收章程，悉心妥议覆奏，候旨定夺。”等因，钦此。

窃查鸦片运入中国，销售日广，流毒日深，税厘屡议而未加，偷漏乘间而百出。左宗棠深知积弊，冀挽颓风，借讥禁以寓防维，因征收而示惩罚，其议不加进口正税，但增华商厘金，原为权自己操，事无牵涉。惟思加厘必期无漏，无漏必须严查，而严查之法，则必以进口封存趸船、栈房为第一要义。溯查咸丰八年，英国善后条约，特立洋药专条，准其进口，议定每百斤纳税银三十两，并声明只准华商运入内地，洋商不得护送，及如何征税，听凭中国办理等语。其时江海关凡有洋药进口，不即征税，封存趸船，必俟售与华商，由洋商报关完税，华商赴局完厘，税厘两清，方准验放。行之数年，忽有洋商借词自行配药之用，报完正税，将洋药数箱提行，税务司未经禁阻。于是纷纷效尤，所提日多，由洋行卖与华商，拆箱私运，厘金无着，遂成漏卮。上海向章，洋药厘金每箱二十五两，镇江每箱三十余两，均因私漏日甚，无法可禁，上海减为五五折，镇江减为四折，以期捐轻漏少，借以挽回。内地苏州厘局，则由各店每月认捐银一千四百余两，金陵厘局则由镇江分局每月包征银五百两，并未核实收足，均因偷漏难防。江苏如此，各省谅亦相同。今左宗棠议定洋药统收税厘一百五十两，除进口正税三十两外，计厘金一百二十两，已将内地各捐包括在内。如果各口一律举行，并照封存趸船办法，则洋药进上海口者，由该关封存趸船，俟洋商卖与华商，洋商完税每百斤三十两，华商完捐每百斤一百二十两，方准放行。其由上海完税，分运长江五口者，仍由各该关一体封存，亦必俟售与华商赴局完捐一百二十两，方准放行。凡洋药一经封存，虽完税不准提行，华商买后赴局完捐，必领有该局捐单呈关，以凭验放，仍由局开箱，逐一加盖印花，运入华店零卖。倘须转运内地，由局填给分运单，以备沿途查验，不再重征。如无分运单及印花者，即系漏捐私货，查出充公究办，似可无须设立三联单。南洋闽、浙、粤海等关，北洋津海、东海、山海三关，均照上海办理，各设趸船或栈房，以备封存之用。如此则关与局互相维系，税与厘各有专归，各省厘金即由各省统收。其内地无关之省，所收洋药厘金本来无多，即可由洋药来路之省，酌量津贴，以免向隅。盖封存之法，譬之持物者必操其柄，典守者必镉其扃，稍一通融，听其起存本行，则百弊丛生。或行伙自运内地私销，或华商贪买无捐私货，无非贿嘱洋商，即以所漏捐项分给酬劳，洋商乐于畅销得利，或开箱零售潜运，或全箱走私，雇人包送。虽有局员督饬巡丁认真查缉，势不能分派多人，昼夜罗列各洋行之前，执其来往之人，运出之物，一一检查。即偶有一、二拿获，华商必嘱洋商，出头认为未售之货，不肯受罚，不肯补厘。甚至将被拿洋药，浮报其数，以索赔偿而拒捕逞凶，亦所时有。此皆不能封存船栈，遂致流弊滋多。

或谓洋药自外国来，先到香港屯积，果能就香港统收税厘，尤为扼要。不知香港已归英辖，中国岂能在彼处设局征收？臣坤一前在广督任内，与英领事屡议及此，系指华商赴港所买之洋药，尚不能行。况洋药未经卖与华商，何能于未进口时，责令洋商先措多资，代完厘项？即有商董与洋人议定，包买、包卖，包解税厘，亦恐别生枝节。且须官与闻其事，亦于政体有妨。或又谓洋药运到上海，果在上海统收税厘，酌量分润，此后分运长江五口，不再重征，甚为简捷。不知此项洋药，除在上海售卖应在上海完纳税厘外，其未售及须分运长江各口者，洋商亦未肯将税厘一律先完。虽洋药业已进口，与在香港不同，然欲洋商先代华商完厘，向来亦无此办法。此二层均毋庸议。

总之，洋药稽征事宜，应听中国自行办理，英约本有明文。上海初于洋药进口时，封存趸船，税厘并征，最为周密，各关均属可行。况光绪二年，北洋大臣李鸿章与英使威妥玛所订烟台条款，已将洋药进口应行封存船栈，详切载明，无论如何，加厘自可由中国主政。乃自烟台定约以来，凡与洋商有益之条，均经开办，独洋药封存、抽收厘税一节，稍与中国有裨，延宕数年，竟成画饼，殊非持平之道也。

前南洋大臣沈葆桢屡饬江海关道与税务司重整旧规，并照烟台所议，洋药不准提行。该关税务司总以未奉总税务司札饬，未经遵办。总理衙门屡与威妥玛商办洋药税厘并征，威妥玛已允试办五年，复以行文本国会商各国为词，以图延宕。即李鸿章为烟台条款原议之人，其与威妥玛商办洋药加征，亦以多寡悬殊，未能定议。今既专加洋药厘金，取之华商，衡以英国、印度征税之数，并不为苛。加厘既在必行，封存自应并办。拟请由总理衙门，将封存加厘，按照烟台条款开办，札饬总税务司，转行各税务司遵照，当可定期通行。万一洋商复耸威妥玛再来饶舌，即由总理衙门咨行出使英国大臣曾纪泽，照会英国外务衙门，告以封存加厘，均照烟台条款办理，想彼外务衙门亦无从而非议之也。

再，查近年洋药运到香港，每年约十万箱，大土每箱重一百二十斤，小土每箱重一百斤，大土少而小土多，各关应得进口税银约三百万两有奇，而检查总税务司所报税数清册，各关每年共收洋药正税二百数十万两，核计香港来数，尚有二、三万箱未完进口正税，自系私运沿海各口。臣坤一前在广督任内，曾兼粤海关监督，知华商由香港私买洋药运入内地，则有常关另设之六厂稽征，为款颇巨。因减税敌私，尚不及新关征收之数，且必在香港周围，节节安设巡轮各船，以防绕越，所费殊属不赀，香港洋人亦不免有口舌。厘金一项，屡次议加，然以广东海汉纷歧，人情狡悍，竟至无甚起色。臣等统计各关所收洋药税银，与来香港之数尚不相远，至以各省厘金核对进口之税，则迥不相符。实以洋药进口报关，必由各税务司稽查，是以无从漏税，而粤海常关六厂，亦足弥缝其阙。迨洋药完税后，提存本行，税务司即不过问。洋商华商狼狈相倚，局员更无法可由杜其诪张。此厘金之所以多漏也。封存法行，则厘金归局员征收，起卸仍由税司掌管。即广东常关六厂进口洋药，亦可酌量仿行，庶几税厘并完，可收成效。

臣等于洋药加厘，必以进口封存为先务，饬据江海、镇江两关议覆，亦无不以封存为言，诚以厘金未加，尚多走漏，加厘愈重，走漏更多，除将洋药封存，实别无方略耳。

至土烟，上海向照洋药减半收税。然川土、台上多从江汉关、浙海关运来，不再完税，只能收捐。其各省所来土烟，皆由华人零星携带，从无成箱成担，稽察颇难。江南、北各捐局章程不一，而收数总属寥寥。且此等土烟内地出产，多在内地销卖，无须经过各关。又因质轻易带，绕越难防。不如各由出产之地，照洋药减半征收，似较各关稍有把握。稽征此项土烟，无洋商之作弊，无洋官之阻挠，宽严惟其所宜，操纵可以自主，应俟洋药加厘事定，再由各省体察当地情形，斟酌议办，以期妥善。

所有查明地方向办洋药土烟情形，及现议洋药加厘办法各缘由，谨合词恭折由驿覆陈，伏乞皇太后、皇上圣鉴训示。谨奏。

续行收买蝗蝻价值核实报销折

光绪七年七月二十日

奏为光绪五、六等年续行收买蝗蝻价值，核实报销，恭折具陈，仰祈圣鉴事：

窃江省自光绪二年后，连年蝗孽滋生，经地方官及各防营，无分畛域，力索穷搜，未及冬令，幸已大段净尽。并于冬间农隙之时，挖缴蝻子，一体给价收买，以冀尽绝根株。所需价值，原定未出土之蝻子，每斤给钱八十文，已出土成形之蝻以至渐能跳跃者，每斤给钱十文至二十文为率。其已长翅飞腾或邻境飞来之蝗，每斤给钱五文至十文为率，嗣将长翅飞腾及邻境飞来之蝗，改以每斤五文为限。又因初冬蝻子入土未深，挖掘较易，酌改民间挖者每斤给钱六十文，兵勇挖者每斤给钱四十文，如州县原定收价在四十文以下者，仍照原价给发。续因飞蝗捕缴日多，又经酌减收价，由地方官先行垫给，准其划抵应解之款。截至光绪四年秋季止，动用钱文仓谷，业已核实报销，于光绪五年闰三月二十一日具奏，奉旨："户部知道。"钦此。经部臣覆准在案。五、六两年连遭干旱，蝗孽复生，照旧设法搜捕，开局收买。幸均随时歼除，复于冬令挖剔遗子，以故夏秋收成，尚无妨碍。此虽兵民协力齐心，要实由于优给收价，故得致此成效。核计五、六两年，所用价值为数亦复不少，亟应截数造报。迭据各该州县造册呈送，查各属所给收价，虽不一律，然均与奏案有减无增，其局用等项仍照上届之案，一概删除。又为数在二三百千以内自行捐办，及为数虽在三百千以上自愿捐廉者不计外，共计收买价钱一万四千七百四十七千五百七十一文，内除沭阳县自行筹给钱一百三十六千，实请销钱一万四千六百十一千五百七十一文，内已由司随时动款放给钱一千千七千八百文，照时价合银六百八两四钱三分九厘，均系动用杂项钱粮，已于册内造明，尚有未放钱一万三千六百三千七百七十一文，均由各州县作抵解司银款，俟核作收放，另行造报。据江宁布政使梁肇煌复加查核，均系实用实销，并无浮冒，造册具详请奏前来。臣等覆核无异。

除将清册送部查核外，合无仰恳天恩，俯准敕部核销施行。谨合词恭折具陈，伏乞皇太后、皇上圣鉴。

再，上届报销，截至四年秋季止，尚有是年冬季动用之款，归并本届造报，合并声明。谨奏。

皖南续增茶捐邀请重减片

再，皖南茶捐，前于同治元年经前督臣曾国藩明定章程，每引捐银八钱，二年加捐四钱，每引共捐银一两二钱，准其按照筹饷例给奖。光绪五年奉旨停捐，茶商禀减续加之捐银四钱，前督臣沈葆桢准减二钱，奏明停给奖叙在案。

兹据该茶商等以情形困苦，成本亏折，禀求再减，经臣一再驳饬，仍复坚吁不已。饬据皖南茶厘总局确查禀覆前来。臣查皖南茶捐，历办已二十年，实为军需一人进款，本不容轻易议蠲。惟是近来东洋各国，产茶日多，利分于外，而沪上销路，价值昂贱，操诸洋商，一经滞销，动多亏折。且停奖以后，票银已成废纸，亦属实在情形。窃思商情重在招徕，但使该商等不视茶业为畏途，便商正以裕饷，所以前督臣沈葆桢任内，业予减免二钱。今据该商等以艰苦情形，益非昔比，经臣查核属实，万不得已，复将减剩续增之二钱，量予裁免，以广皇仁而苏商困。核与曾国藩前定每引捐银八钱之原案，尚无所碍。该商等报效有素，食毛践土，具有天良，经此次重减二钱以后，非江海一律撤防，协饷一律停解，亦断不敢任其再生希冀之心。

谨附片陈明，伏乞圣鉴训示。谨奏。

查明江南炮台情形先行据实覆陈折

光绪七年七月二十七日

奏为遵旨查明江南炮台情形，先行据实由驿驰陈，仰祈圣鉴事：

窃臣于光绪七年七月十二日承准军机大臣字寄："光绪七年七月初二日奉上谕：'御史李郁华奏江南狼山、鹅鼻嘴及焦山等处所筑炮台未能得力，惟圌山卡及焦山近江地段土炮台十数座，可安炮位百数十尊，左右推移，三面可击，较为灵便，闻所费不过三千金，而狼山等处炮台动用数百万两，难保非经手各员侵挪浪掷，任意开销，请饬查核等语。近来江海防务紧要，江南修筑炮台所费不赀，若如所奏，均不得力，徒糜饷项，且有侵挪情弊，缓急如何可恃？着刘坤一、彭玉麟详细查核，据实具奏。原片着抄给阅看。'"等因，钦此。仰见朝廷慎重海防清厘帑项之至意。

臣查江南狼山镇并无炮台，惟江阴之鹅鼻嘴等处、镇江之焦山等处及上海之黄浦江口，各筑炮台多座。其事始于同治十三年前督臣李宗羲任内，时以日本多有违言，又属逼处，诚恐乘间入犯，不得不亟为绸缪，所筑炮台，但求速求多，未暇斟酌精当。臣时在江西巡抚之任，亦有所闻，且以谣诼频兴，曾贻书前督臣李宗羲劝其镇定。光绪元年臣调署两江总督，出省巡察沿江炮台，虽未一律成功，而各处规模略具。就臣所见作法以及应移地势，与各文武正在筹商，钦奉谕旨，以前督臣沈葆桢补授是缺，并充南洋海防大臣，由是炮台事宜，臣亦不敢轻有举动，旋经交卸赴粤矣。上年臣由籍入都及出都赴任，往返经过长江，便道履勘各处炮台，大致尚属整齐，惟沙洲圩炮台不无坍塌之处。嗣以防务紧急，会同前兵部侍郎臣彭玉麟重赴各台，逐一开炮试验，始悉暗炮台不如明炮台之得力，而江阴南岸各暗炮台，已不免有朽蠹绽裂之虞。并据总统淮军福建提督唐定奎呈请分别添修改撤，臣复会同彭玉麟察看圌山关两岸形胜，即就原存之土炮台加筑明炮台，期与焦山声势联络，节经臣于上年六月二十九日、十月初七日及本年三月二十九日，先后奏明，有案可稽，并非稍涉诿延，亦不敢稍为讳饰也。

现在江阴南岸暗炮台撤空三十余座，另于小角山、黄山港与北岸天生港添设明炮台，其圌山关两岸明炮台，亦已次第兴办。各台所用炮位并经调拨齐全，不似前此有台无炮，有炮无台，或炮大而台小，或炮小而台大。万一有警，除吴淞之黄浦江口炮台无关长江门户外，惟有先守江阴，次守圌山，次守焦山等处，如果水陆严密部署，似尚可以支持。臣愚以为防务利钝，固视炮台之是否足恃，而亦视夫兵力何如，方略何如耳。臣于上年六月抵任后，即经陈明，愿力扼圌山、焦山之险，誓不任敌船飞越，摇动上游五省，以坏东南大局。彼时亦何敢必俄约有成，海疆决无战事。况江防一切布置，均系前任设施，臣席未暖而灶未黔，未始不可借口为难，预留卸过之地，而臣顾以身任之者，封疆之臣当死封疆，亦以胜负之数无常，诚愿与各将士戮力同心，冀幸万一，不欲以炮台之故议人之后，徒贻君父忧也。且查参用西法修筑炮台，在中国本属创始，而明暗优绌亦属议论纷歧。即如臣初任粤督之时，遵旨查勘广东所筑省城外暗炮台，核与江南所作程式略同，其口门直开到底，未能尽善，当于覆奏折内声明。臣以前功难弃，思欲救敝补偏，究亦别无弥缝之术。上年据闻两广督臣张树声，将该炮台铲平另造，臣即驰书，告以暗台不若明台之佳，不可一误再误。而张树声覆臣之书，仍称高处当用明台，低处当用暗台，并谓商之在粤洋官，亦持此说，则是炮台之或明或暗，亦各因地制宜，未可执一，以滋刻舟胶柱之讥，惟期料实工坚，以垂久远而已。至于江南所筑炮台，历时已七八载，李宗羲、沈葆桢任内所委经手员弁，目前或尚在省，或已离省，容臣调齐案卷，逐细勾稽，并酌提当时在事之人，确核有无侵挪混销情弊，另行奏办。

所有查明江南海防先后所筑明暗炮台及现办情形，谨先据实由驿覆陈，伏乞皇太后、皇上圣鉴训示。

再，彭玉麟早经驶赴江、鄂，无从会商会衔，合并陈明。谨奏。

南洋军火军械兵力饷力现堪敷衍片

再，臣上年抵任之时，即经督饬司局，宽储军火军械，以免临事周张，现存者赶紧整修，未有者分途购制。旋因防务紧要，征调频仍，先后拨解盛京将军、都统前后膛洋枪五千杆，湖南提督鲍超、寿春镇总兵郭宝昌前后膛洋枪二千七百杆，以及金陵驻防、漕标防营各一千杆，共计几及一万杆，均系取资南洋，未尝告乏。现除支发江南水陆各营及各炮台应用外，查军械所尚存有来福前膛洋枪一万三千余杆，马梯呢后膛洋枪七千余杆，林明敦后膛枪八千余杆，共计现存前后膛洋枪及各项洋马枪三万余杆，细洋药六十余万磅，洋炮药四十余万磅，棉花火药九万九千余磅，共计现存洋火药一百一十余万磅，又铜火一千数百万颗，各项铜管火十七万余枝，又水雷应用之电线七十五车，似所储尚不为少。而上海制造局现造之洋药及林明敦枪尚堪随时接济，金陵现复定购机器，添设洋药局，并定购前后膛枪一万五千杆尚不在此数内。至各明暗炮台应用炮位，均经调拨齐全，只圌山关未经告竣之明炮台计短大炮数位，而有上海制造局现造之一百二十磅子钢炮，年内可成，其旧存之炮，亦尚可以挑用。金陵机器局所造陆营所用之炮亦多。此南洋所存之军火军械，尚可敷用之实情也。

南洋陆路，湘、淮各军操演最勤，部伍严整，各营统领，均系久经战阵之员。江南提督李朝斌所统轮船，亦肯认真训练，惟为数既少，且系寻常兵轮，每拟另造得力之船，要非旦夕所能集事。上年海氛告警，江南诸将竞请添募勇丁，即臣奏调同来之文武员弁，莫不思得一军自效。彭玉麟亦以南洋兵力不如北洋之厚，屡以为言。而臣熟察事势，尚堪撑持，遂皆婉词却之。惟将现有兵勇，严密部署，密嘱署寿春镇总兵程文炳于淮南北豫挑枪手三五千人，以备缓急，未敢稍涉张皇，虚縻饷项。兹幸防务稍松，而军需局之存款尚属充裕，此皆臣与藩司梁肇煌及先在营务处之现任运司洪汝奎极力撙节，得以略有赢余，纵有风鹤之惊，而有财足恃，诸事皆易设施。此南洋兵力饷力亦堪敷衍之实情也。

臣以菲材承乏，责有攸归。凡此夙夕经营，通盘打算，固不能向人宣布，亦不能任人取携。往往因请添营、请增勇、请多发经费军械等项，未能如愿，以致积不能平，即与臣夙好者，亦似惑于人言，渐生疑间。使臣于上年不顾浪费，招勇数万，列于长江两岸，壁垒增新，诚足以快一时耳目，而统领营哨各官各遂所欲，莫不鼓舞欢欣，即臣旧部故乡之来投效者，并可安插其中。于臣计良得，于臣心何安！臣渥荷知遇之恩，忝膺封疆之寄，当此各国环伺，时局维艰，讵可只顾目前，而不谋久远，徒徇人情，而不爱物力。此臣缕缕微忱，不敢不上达天听，仰慰宸廑。谨附片密陈，伏乞圣鉴训示。谨奏。

遵旨进京陛见候代起程折

光绪七年闰七月初九日

奏为钦奉谕旨进京陛见，候代起程，恭折仰祈圣鉴事：

窃臣于光绪七年闰七月初五日承准军机大臣字寄："七月二十八日奉上谕：'彭玉麟奏遵查沿江炮台请择要修筑一折，据称长江兴筑炮台，道员赵继元专司其事，只修焦山、象山、江阴两处，至圌山关并北岸各隘尽弃不筑，所筑多暗炮台，故烟气迷目。又于大小石湾、黄山港等江难守之处修筑多台，不问有炮无炮各等语。本日有旨，令刘坤一来京陛见，两江总督并办理通商事务大臣令彭玉麟署理。彭玉麟威望素著，向来办事任劳任怨，具见体国公忠，两江地方紧要，该侍郎迅即前赴署任，以便刘坤一交卸来京。长江所筑炮台，应行加筑增修之处，即着彭玉麟次第筹办，以期扼要适用，于防务实有把握，用副委任。并将各处炮台添置炮位，精求制造火器之法，随时操练各营，俾有实济。彭玉麟未接篆以前，刘坤一责无旁贷，所有防务及地方事宜，仍当悉心经理，毋稍诿卸。'"等因，钦此。跪诵之余，莫名感悚。

伏念臣于上年五月请训出都受事，倏逾一载，当江海设防之日，矢涓埃图报之心，而力薄才轻，深虞陨越。兹幸上蒙恩召，趋赴阙廷，俾得仰接天颜，渥聆圣训，五中循省，益戴鸿慈。当即恭录谕旨，委派文武员弁赍领，乘坐威靖兵轮船，于初六日起碇，驰赴湖北接彭玉麟前来江宁。如彭玉麟已回湖南，则兵轮船留鄂，以待该员弁等赴湘投文，随侍彭玉麟下驶。俟彭玉麟抵宁，臣交卸篆务后，即由海道北上。彭玉麟未到任以前，所有海防及地方一切事宜，臣仍当悉心经理，仰慰宸廑。

所有臣奉旨陛见候代起程各缘由，谨恭折由驿具陈，伏乞皇太后、皇上圣鉴训示。谨奏。

江阴南岸现修炮台未便停工片

再，查江阴南岸之黄山港，与北岸之天生港相对，为轮船上下必经之路，地当冲要，先修有暗炮台数座。嗣经淮军总统福建陆路提督唐定奎商之于臣，复于该处添修明炮台，业于前月具折陈明在案。兹因彭玉麟奏称该处难守，道员赵继元不应擅修炮台，唐定奎遂以应否停工，向臣请示。臣钦奉谕旨，彭玉麟未到任以前，所有海防仍应由臣悉心经理，该处明炮台既属得力，未可废弃前功，饬令赶紧竣事。查彭玉麟于光绪五年五月，会同前督臣沈葆桢覆陈沿江炮台情形折内声明，大石湾、小石湾及黄山港，均为第一重门户，应设炮台之地，并未谓黄山港难守而不应修。当时系指暗炮台而言，彭玉麟尚未少贬，即圌山关之从阙，实因经费为难，彭玉麟亦于前折声明，其言至为详切，可覆按也。且沿江修暗炮台之事，本非赵继元专司，而现修之黄山港明炮台，尤非出自赵继元之意。

所有黄山港明炮台未便停工各缘由，臣谨附片陈明，伏乞圣鉴训示。谨奏。

请将京控革员销解听审折

光绪七年闰七月二十三日

奏为京控解质之革员抗不遵解，请旨锁解听审，以便按律定拟，恭折具陈，仰祈圣鉴事：

窃臣等接准都察院咨："光绪七年五月二十三日奉上谕：'都察院奏，已革江苏高淳县知县唐葆元以参追冤抑等词，赴该衙门呈诉，据称：光绪五年五月间，在高淳县任内，因查办前任命案，挟仇被匪抢劫洋钱四千元有奇，曾将窝家及伙犯缉获。该管知府擅放不办，旋因交代欠款，即被参追，是以逃押来京沥诉等语。该革员以在押勒追之员潜行来京，具呈申诉，是否捏词延宕，着两江总督、江苏巡抚确切查明，秉公核办。唐葆元着该部解往质讯。'"钦此。并抄录原奏各件，将该革员递解前来。

查唐葆元前在高淳县任内，据报于光绪五年五月间，被匪强窃署内洋钱二千余元，声明访拿秦玉亭一名，据供略有端倪等情。旋经前署江宁府知府孙云锦访闻该革员派差妄拿多人，以致小民受累，闾阎惊惶，禀经前督臣沈葆桢派委该署府亲赴该县查讯，验明所获各人，无不刑伤重叠，几无完肤，督同提审，无一承认。当将实系生理小民邻族皆愿具保者，立饬保释，余均提府熬审多次，仍各极口呼冤，复经沈葆桢发交前办营务处道员洪汝奎覆讯，未及讯明，该革员即妄刊高淳要案录，牵扯挟制，洪汝奎禀请回避，经前署督臣吴元炳另委司道补提保释之人，分别研讯确查，一面饬令营务处购线广缉。追获正盗周克照、舒宾两犯、质明秦玉亭等均非正犯，始经臣坤一批饬省释。而该革员旋又遣抱告张顺以前任挟嫌暗嘱捕役勾劫等情，牵涉已结命案，赴步军统领衙门呈控，咨发江宁。当经札委臬司查讯详办，而唐葆元延不投质。据臬司许应鑅以高淳县署劫案，盗犯首伙八人，业已悉获，均各直认不讳，实无秦玉亭等在内。已据该抱告张顺当堂听明犯供，其牵涉已结命案，亦经委员密确访查，并提集尸亲犯证讯供，悉与原招无异，各具切结。而遍查唐葆元渺无下落，案难久悬，禀经批饬先行据供定谳，一面勒缉唐葆元，获日另结。正在核办间，又经唐葆元控经都察院咨解到宁。核其所控情节，大致谓衙署被劫，系已故前任知县秦曾熙因其查办命案，挟仇勾劫。升任江宁府知府蒋启勋偏袒秦曾熙，前署江宁府知府孙云锦附加纵盗，前办两江营务处现任两淮运司洪汝奎巧借邻省盗犯教串供认，院司偏听洪汝奎，均搁置不奏。殊不知陈正恩命案系在首府定案，秦曾熙本不能怨及该革员，蒋启勋更何所用其偏袒？其秦玉亭及已保复提到案之陈秉河等均于续获正盗后质明始释，何纵盗之有？洪汝奎前办营务本兼带缉捕勇丁，经吴元炳因案情重大，谆饬不吝重赏，多方购获正盗，发交江宁藩司等隔别研讯，并未用刑。据各该盗犯供认，抢劫高淳县署情形，历历如绘，异口同声，不特洪汝奎系回避之员，从未会讯。且罪犯肯听教串，无非避重就轻，断无甘心诬认为盗以就死地之理，其为并无教串，尤属不辨自明。此案所控虚实，总以现获之周克照等是否正盗为断。虽经该抱告听审明白，取结存案，而该革员究未到案听审，自应提犯覆鞫，责令亲听覆讯犯供，方足以资折服。该盗犯等均羁禁苏州，案系奉旨交令会同查办，臣坤一自应委员押解该革员赴苏，由臣钧培亲督臬司提犯覆鞫，俾得亲听供词。乃该革员明知一经听审，即难复肆刁狡，抗不遵解，且谓必俟所控之洪汝奎、蒋启勋、孙云锦等均行到案，方肯投质，殊出情理之外。

臣等伏查该革员之妄拿无辜，一味刑求，业因此拖毙两命。

现在无论洪汝奎等万不能因其肆口诬讦，率令解任，即已释之秦玉亭等亦不能再予提讯，致良民受累无有已时。臣坤一前以该革员巡防疏怠，听断糊涂，业经先行奏参革职。该革员任内欠解挪用各款，亦经江宁藩司梁肇煌详经前抚臣吴元炳会奏参追在案。今复借口盗案，增报被劫洋钱至四千余元，冀免赔缴，似此居心刁狡，实难稍涉姑容。相应请旨，将该革员唐葆元锁解赴苏听审，俾得按律定拟，以肃法纪而儆官邪。

谨合词恭折具陈，伏乞皇太后、皇上圣鉴训示。谨奏。

确查经手建筑炮台各员委无情弊折

光绪七年闰七月二十六日

奏为确查建筑炮台动用银数，经手各员委无侵挪混销情弊，据实覆陈，仰祈圣鉴事：

窃臣于光绪七年七月十二日承准军机大臣字寄：“七月初三日奉上谕：‘御史李郁华奏江南狼山、鹅鼻嘴及焦山等处所筑炮台未能得力，惟圌山卡及焦山近江地段土炮台十数座，可安炮位百数十尊，左右推移，三面可击，较为灵便，闻所费不过三千金，而狼山等处炮台动用数百万两，难保非经手各员侵挪浪掷，任意开销，请饬查核等语。近来江海防务紧要，江南修筑炮台所费不赀，若如所奏，均不得力，徒糜饷项，且有侵挪情弊，缓急如何可恃。着刘坤一、彭玉麟详细查核，据实具奏。原片着抄给阅看。’”等因，钦此。当经臣将狼山并无炮台及江阴等处炮台情形，先行据实覆陈，声明再行调集案卷，逐细勾稽，并酌提当时在事之人，确核有无侵挪混销情弊，于七月二十七日由驿驰奏在案。随即札调前工程局道员淮扬海道桂嵩庆来省，会同筹防局司道各员，将从前建筑炮台银两，逐一查明，造册详覆，臣覆加察核，谨据实为我皇太后、皇上陈之。

查同治十三年，日本事起，前督臣李宗羲始有建筑炮台之请，派升任江宁藩司梅启照、升任正定镇总兵吴长庆及桂嵩庆、前营务处道员孙振铨、赵继元，会同长江水师提督李成谋、瓜洲镇总兵吴家榜沿江遍阅要隘，择定处所，绘图贴说，呈经李宗羲核定，分起建筑。其监工各员，吴淞则升任津海关道郑藻如、记名提督吴宏洛，江阴乌龙山则吴长庆，下关、象山、焦山、都天庙则九江镇总兵章合才、前威宁镇总兵万化林。并于省垣设立筹防局，以梅启照总其成，采办料物各事则桂嵩庆主之，募雇夫役各事则孙振铨、赵继元主之。又委前军需局道员两淮运司洪汝奎会同办理。此饬派各员分理炮台，事非一手之实在情形也。

其动用银数，则上海、吴淞口西岸炮台十四座，工料等项银一十二万三千五百余两，江阴南北岸炮台七十一座，工料等项银二十六万一千一百余两，镇江南北岸炮台二十五座，工料等项银一十六万六千九百余两，江宁南北岸炮台二十八座，工料等项银一十万五千两有奇：共用银六十五万六千六百两有奇。均于同治十三年六七等月兴工，于光绪三年以前先后工竣，经前督臣沈葆桢等于光绪五年二月二十五日，开单报销在案。光绪四年以后，复于天生港、小角山各添明台一座，都天庙修改暗台六座，下关添筑明台一座，暗台二座，尚有吴淞添开炮门添建兵房，江阴添兵房、护廊、机器房、药弹库，下关添砌石岸以及各炮台近年岁修各费，续用银十一万四千三百余两。此分筑添筑各炮台合之岁修各费前后共只用银七十七万余两，并无动用数百万两之实在情形也。

各炮台均作洋式加工监造，而南北岸地势不同，或须开山凿石以扩其基，或须砌岸排桩以固其址，合之台中铜铁各料工，无一不需巨款。且因开工伊始，作法尚生，为日已多，江流靡定，均不敢稍吝改作，惟期择善而从。而成台至百数十座，并各费统在其内，仅销银七十余万两，似尚非稍任浪掷者。至各员司料者有人，司工者有人，司出纳者有人，司稽查催趱者又有人，此外奔走执役之员，不下百数。开工以前，有勘估之人，竣工以后，有验收之人，分手程功，层层钤束，动用款项，按册可稽。李宗羲以后，前督臣沈葆桢、前署督臣吴元炳实踵其成，如各员有不实不尽情弊，诸臣体国公忠，何敢自蹈徇蔽之愆，代人受过？臣复互为参证，逐细推求，尚属核实。此承办各员委无侵挪混销之实在情形也。

又原奏炮台未能得力一节，系指暗炮台而言。当同治十三年开办之初，经前苏松太道沈秉成托英国领事，雇用曾在德国筑台之洋人博爱士详细讲求，吴淞遂仿德国图式建筑暗台多座，江阴以上之暗台，亦均仿照办理。缘该司道等以事关创办，未敢自矜独见，不得不问途已经西法，因地制宜，暗台亦所不废，而明台较为便利，是以臣所添者，均系明台，然圌山关各明台，仍照暗台之制。盖我以炮击敌，则明台尚矣；如虑敌炮攻我，则暗台尚矣。且暗台之弊，亦有不尽如原片所言者。查炮门系八字式样，固有广狭之不同，而炮身大小未始不可量为易置。司炮者取准于炮尺之中，便可测远而命中。若炮之高低左右，则有斡旋之枢纽，可以惟意所为。至我炮可及敌船，本不能禁敌炮之不一及我。所赖守台将士，坚与相持，即此台碎而彼台尚完，敌亦岂能尽吾台而齑粉之？台内之小子药房，系为临事移存，便于随手取用，大宗火药均在离台较远之地，严密收储，并非紧贴台后也。

又原奏所称圌山关及焦山近江地段土炮台一节。查焦山前面近年新涨沙滩，故章合才于该处及都天庙近江另筑明炮台，非土炮台。至圌山关两岸，本有道光年间之土炮堤，去秋防务方紧，臣与彭玉麟督饬吴家榜于该处培修土堤，安设土炮，实共用银二千一百余两。然土炮堤只可应一时之急，不惟不可经久远，亦不可以受轰击，是以臣随饬章合才，于圌山关分筑明台五座，望台二座，以为焦山之辅。即江阴南北岸，黄山港、天生港续添之明台，臣亦未敢听令停工者，诚以圌山关固属天险，从前因经费支绌，故该处之炮台阙焉。而江阴口南岸之鹅鼻嘴、大小石湾，黄山嘴北岸之十圩港、刘闻沙、天生港，焦山南岸之象山，北岸之都天庙，江宁南岸之乌龙山，北岸之沙洲圩等处，皆长江门户，应设炮台之地，有彭玉麟、沈葆桢等光绪五年五月二十八日覆陈之折可凭。声明系彭玉麟所决可否，倘有乖舛，不敢弥缝。是各处炮台，似非同于虚设，似不可以偏废也。

窃思长江等处炮台，经臣会同彭玉麟躬亲履勘，其前办未能尽善者，业已分别撤改，以期缓急足恃，不敢惜费而误全功，亦不敢师心而翻成局。至前办各员，查无前项情弊，似亦未便再事苛求，若使任事之心，不敌其虑患之心，则以后之驱策人材，窃恐动多窒碍。彭玉麟年年在江巡阅，前此断无不知不言，臣于上年六月始任两江，更无所用其回护。现在圌山关、江阴口两处新添续添之明台，尚未一律竣工，未能截数具报。惟工料用款，均有前案可循，所费当不至甚巨。臣并谆饬其妥速办理，俾工归实济，费不虚糜，上副朝廷撙节度支之至意。

所有确查建筑炮台动用银数经手各员委无侵挪混销情弊各缘由，谨恭折由驿据实覆陈，伏乞皇太后、皇上圣鉴训示。谨奏。

筹款重建省垣书院折光绪七年八月二十日

奏为省垣书院，有关通省人文，现拟筹款重建，以慰士望而复前规，恭折具陈，仰祈圣鉴事：

窃查江宁省城钟山书院，经前督臣查弼纳于雍正元年奏建，世宗宪皇帝御赐“敦崇实学”匾额，天章宸翰，多士荣之。以故江南人文科甲之盛，彪炳海内，盖寿考作人之化，其所由来久矣。

同治三年克复江宁后，经前督臣曾国藩、沈葆桢等先后延聘前大理寺卿李联琇、前山西布政使林寿图递主讲席，诸生相从请业，观感有资，咸知蒸蒸向学。而书院旧址毁于兵火，前因经费未裕，仅就城南地方发逆伪王府改作数椽，为掌教安砚之地，湫隘嚣尘，厕讲幄于阛阓，致诸生无所栖托，其有自远负笈而至者，辄废然而返，阻其从学之心。至旧时弦诵之场，则岁月骎骎鞠为茂草矣。

伏念书院之设，非徒校艺考文之谓，其谓亲师取友，敬业乐群，端士习以厚民风，胥源于是。而钟山书院，无论本籍外省士子，均得肄业，规模较大，故高才生亦最多。江宁递年以来，凡衙署庙祠以次修建，独于养士储才之地，未一议及，士心缺然。兴废举坠，官斯土者之责也。国家右文劝学，嘉惠儒林，修学校以佐圣治之隆，尤事之不容已者也。臣谨饬司就城内书院旧址，披荆棘，辟瓦砾，参酌图志，饬工庀材，一切规制，以坚朴为度。凡得房屋一百间有奇，讲堂学舍、廊庑庖湢之属无弗备，撙节估计共需款一万五千余两，由宁藩司、淮运司、江粮道三库匀拨，以济要工，计年底可以蒇役。一俟落成有日，谨将雍正年间钦颁匾字，恭摹重立，俾士之瞻拜于是者，咸晓然于祖宗作育之深恩，益以副我皇上培植之厚泽。由是处为端士，出为名臣，亦即微臣奉宣德意，诱掖鼓舞之下忱，所借以仰答高厚者也。

所有筹款重建省垣书院缘由，谨会同护理江苏巡抚臣谭钧培恭折具陈，伏乞皇太后、皇上圣鉴。谨奏。

堤工出力各员择尤请奖折

光绪七年八月二十日

奏为办理堤坝各工出力员弁择尤请奖，恭折具陈，仰祈圣鉴事：

窃据办理河工总局准补徐州道程国熙、淮扬海道桂嵩庆详称："高邮境内邵家沟、六安闸等处运河西堤，因年久失修，圮塌殆尽，湖河连成一片，每遇高风盛涨，极望汪洋，东堤虽形迹尚存，亦复险工林立。而该处四坝以备减水之用者，车逻坝则澈底跌通，南关坝及闸洞多处亦形残损，水大之年，运防岌岌，若遇旱旸日久，洪泽湖水由礼河旁泄高邮，运河壅阏不通，更转而患涸，以致动工节节费手，任事在在需才。计自光绪五、六、七三年历修运河西堤六千余丈，高邮通湖港口收束复旧，东堤险工大修三次，砌修车逻、南关大坝两座，堵筑堰盱厅属之礼河坝五百余丈，挑浚高邮运河三千余丈。提调暨承办各员，均慎重工程，不辞劳苦，地方牧令亦能讲求赞画，相与有成，用能涓滴归公，工坚料实。五、六两年防守大汛，在事员弁宣勤靡懈，保障屹然。兹择其尤为出力者，分别请奖。并据称定例，河工安澜，不准以地方盐务人员保奖，系指河工例奖而言。此项巨工绵长繁重，首在择人，且本无一定河员可供调遣，若拘于定例，其异常出力者，未免向隅。"恳请声明具奏等情前来。

臣查扬属堤工，经前督臣沈葆桢于奏参工员片内声请俟大工告成，将各员择尤请奖，以示公允，而昭激劝在案。嗣于东西堤工以外，又添车逻、南关、礼河各坝工，均关系水利民田，情形同一紧要，而为日已久，损坏过深，虽曰承修，实同创办。经先后办理河工总局之湖北按察使、前淮扬海道庞际云，江安粮道、现署徐州道张富年，准补徐州道程国熙，淮扬海道桂嵩庆等，督率文武员弁，认真经理，或购集料件接济多方，或出纳银钱锱铢靡滥，监工者奔走于泥涂，防汛者图维于雨夜，阅时三稔乃克次第告成，核其终事之劳，实属异常出力。而所动款项，均力求撙节，实用实销，尤一洗河工陋习。至因河工人员不敷差遣，乃于地方盐务中遴选委派，系为工程重大慎择人材起见，均属勤劳卓著，耳目昭然。分手程功，幸观成之有日，吁恩行赏，宜一视而同仁。谨缮具清单，分出考语，恭呈御览。合无仰恳天恩，准予奖励，以重河务而劝后来。

谨会同新授江苏巡抚漕运总督臣黎培敬、护理江苏巡抚臣谭钧培，恭折具陈，伏乞皇太后、皇上圣鉴训示。谨奏。

请将胡金传革职归案审讯片

再，据金陵保甲局道员吴邦祺拿获窃犯李大凤供指沈鲍洪等谋毙人命，随获沈鲍洪等到案，分别讯供，核与光绪三年十二月间金陵城内三牌楼地方已经获犯正法之命案情形相同，虚实是非，均应澈究。查三牌楼之案，系营务处缉捕委员副将衔尽先参将胡金传购线获犯，难保无教串情弊。相应请旨，将副将衔尽先参将胡金传暂行革职，归案审讯，以期水落石出。

理合附片陈请，伏乞圣鉴训示。谨奏。

出省履勘炮台河工片

再，杨庄旧黄河于本年四月下旬挑浚完工，随值山东蒙、沂山水下注，中运河不时陡涨前后十余次之多，末后数次汹涌澎湃上，迥异往年，以闰七月中旬为尤甚，而竟能化险为夷者，全恃新挑旧黄河分泄之力，是浚黄已著明效。至导淮必须将吴城七堡大冲碎石等河接续开浚，工巨费繁。当经臣奏明，于秋间阅伍之便，会同漕臣前往察看，妥筹在案。

现臣候代入都，大阅事关巨典，且往返久需时日，应俟新任到后，择期出巡，以昭郑重。惟河工于农隙水涸之时，集夫兴挑，事半功倍，务须从速会勘，庶免延误。又圌山关经臣奏添明炮台五座，南岸业已竣工，是否坚固，亦须亲往查勘。臣懔遵防务及地方事宜仍当悉心经理之旨，定于八月二十五日带印出省，先赴圌山关察看新筑炮台，再赴杨庄一带，会同漕臣督同导淮局道员程国熙等逐段履勘，详细筹商，再行奏明办理。计程一旬半月，似可以及瓜期。所有臣衙门日行事件，饬令藩司代折代行，其紧要公事，仍由包封递送，行次核办。

所有出省先看炮台、后赴杨庄一带勘办河工缘由，理合附片具陈，伏乞圣鉴训示。谨奏。

勘实炮台河湖情形酌拟导淮办法折

光绪七年九月十一日

奏为查勘炮台河湖情形，酌拟导淮办法及回江宁省城日期，恭折仰祈圣鉴事：

窃臣于前月二十日拜折后，随于二十五日带印出省，初坐登瀛洲兵轮，于二十六日至圌山关，督同瓜洲镇吴家榜及统领合字勇之九江镇章合才、筹防局候补道杨儒、陈鸣志等查看南岸头矶、横档明炮台六座，及矶上望台一座，均经完工，极为坚整，其横档明炮台墙上所留缺口，以便将来加盖台顶，亦属合宜。惟北岸之东生洲与三江口，因系浮土，正在填筑台基。经臣询催章合才期于年内竣事，所需炮位亦已调拨齐全。旋即转至瓜洲，改坐炮船，前进运河。二十七日臣由扬州督同办理河工局之徐州道程国熙及陈鸣志逐节履勘运河堤工，所有奏明自浦口以下由臣衙门承办者，东堤已一律告成，其中如昭关坝、车逻坝及上年所修新坝、南关大坝等处工程，甚为结实。西堤则现修至高邮之杨家坞，堤身宽厚巩固，临湖一面加镶斜坡，密铺碎石。杨家坞以上惟马家湾一千六百丈堤身尚属完全，碎石多有脱落，该处在高邮州境内，与清水潭对岸，内系运河之腹，外当湖水之冲，不可不及时补葺。杨家坞以下间有已修之段。其余势虽较缓，亦不可不接续兴办，以竟全局。业经豫储碎石九千余方，于西堤等处计足敷用。此后每年霜降后巡察一次，有缺即填，有漏即塞，似可以保无虞。三十日行抵清江浦，适现任漕运总督江苏抚臣黎培敬倏中风痰，艰于言动，臣因督同淮扬道桂嵩庆、现署徐州道之江安粮道张富年及程国熙、陈鸣志等于九月初一日，由陆前赴杨庄测度中运河及上年新挑旧黄河，地势高于顺清河七尺，中运河、旧黄河水深一丈二三尺，顺清河水深二丈内外，由顺清河沿旧黄河南岸至吴城七堡及碎石河地势亦高，清漪一线约深二三尺至四五尺不等；由碎石河至张福河地势渐低，水深丈余；由张福河转至运口以及三闸，则地势益低，洪流奔泻，水深二丈七八尺及三丈二三尺。此系里河厅所辖，各处柴埽石工尚属如法。初二日由里河厅交界之堰盱厅，循洪泽湖石堤至高家堰高梁涧于黄墁寺前照刻定尺寸，测量湖水，约深八尺。随逾智、信、林、蒋四坝至仁、义、礼三河为洪泽湖尾间，仁、义两河已废，仅余礼字一河，系全湖关键。上年新筑越坝，挺入河心，极为着力。现于所留替河，测量水势深至二丈有奇，坝外尚须镶铺斜坡碎石，以御风涛，而资捍卫。沿湖石堤，徐坝十六堡已经修竣，堰涧十八堡甫修十七、十八两堡，就臣察看，惟十六、十五、十四、十三四堡尚须大修，其余堤外已经淤高，只须量行粘补，堤上下尚多旧石，易于收功。

臣此次周历河湖，而知淮、扬堤工水利，诚有关于国计民生，前议导淮未可浅尝中辍。惟就现开引河，分别疏浚深通，似觉微有把握，正不必弃旧图新，去易从难，另开河道，以致旷时縻费也。臣谨为皇太后、皇上缕晰陈之。

淮、扬地势低洼，以一隅受山东、河南、安徽三省之水，号为泽国，而清江系南北往来冲衢，通泰九州县户口百万，田赋百万，兼以盐场二十处，每年出产颇丰，所以制漫溢之患、收灌输之利者，全赖洪湖长堤障之，俾毋逾闲，南运河东西两堤束之，使其顺轨，而又多设坝闸涵洞，以时启闭，而资蓄泄，实属意美法良，为万世所宜遵守。我朝廑怀民瘼，屡次动帑兴修，不惜巨款，其为地方计者至深远矣。惟是沧桑迥异，要在酌盈剂虚。自杨庄以下旧黄河淤平，则山东昭阳、微山等湖之水，由中运河直趋南运河，夏秋之间，三闸甚形吃重。自洪泽湖淤浅，淮水不能容留，而复北高于南，形如侧釜，水之分入张福引河者，无多大溜，由礼字河径趋高、宝等湖，南运河东西两堤岌岌可危，如光绪四年近事，可为明鉴。迨至冬春水落，则中运河水之入顺清河、洪泽湖水之入张福河者，均属涓涓，不独盐运维艰，即漕运亦虞迟滞。上年挑旧黄河后，山东蛟水屡次暴发，由此分泻入海，南运河得庆安澜。筑礼字坝后，湖水潴深，淮北盐船得以浮送，商民称便。且由张福河水入运口者颇旺，本年漕运亦得鼓棹而行，毫无梗阻。此挑旧黄河、筑礼河坝之不无微效也。

惟是张福引河河身浅隘，洪湖之水仍属趋重，礼河越坝终为可虑。盖洪湖出路，只此两口，此形其少，则彼形其多，固为势所必至。倘遇湖水泛滥，礼河即无越坝，亦难行消，必开智、信两坝，由高、宝湖入南运河，则南运河亦必开车逻、南关等坝，由里下河入海，沿途淹没田庐，所损匪细。臣故以为导淮未可竟止。然必另开引河，无论糜费不赀，亦觉诸形格碍。今拟就张福河开挖宽深，以引洪泽湖之水，复挑碎石河以分张福河之水，由吴城七堡汇于顺清河。如水小低于中运河，则由顺清河入运口途纡，而势稍舒。水大高于中运河，则由旧黄河入海途直，而势自顺，洵为两全之策。约计以一二年开张福引河，一二年开碎石河及吴城七堡，三四年间便可告竣。每年动工，必须冬春水涸，为时不过三四月之久，所费当不过巨耳。

议者或谓导淮入海，将尽泻洪湖之水，有妨官运、民田。臣愚以为导淮如果另开引河，或不免有此患。今循张福河、碎石河故道以归顺清河，平日涓滴，皆入运口，自非淮水暴涨一二丈，则顺清河之水，何能高过中运河，溢出旧黄河？如使淮水暴涨，汪洋澎湃，方有溃决之虞，惟恐水无去路，此正导淮之本意也。

议者或谓多引湖水以入运口，恐三闸受其激刷，不能支持。不思洪湖未淤以前，湖身四平，蓄水深广，张福河以外，尚有引河四道，以济漕运。维时黄河尚未北徙，每遇漕船过闸，方且蓄清敌黄，以五道引河全注运口，而三闸屹然。今只浚张福引河一道，决无致损三闸之理。且上年挑通旧黄河，分减中运河水已六七成，其入南运河者不过三四。洪泽湖之水虽增，与前此水之浅深大略相准，将来即遇大水，有旧黄河可以分消，亦不至专出三闸也。

议者又谓，似此导淮，无弊亦属无利，何必虚费帑藏。其说亦不尽然。夫治水之道，必须通盘规画，因地设施，并须豫防变迁，熟筹方略。洪湖南有礼字河，北有张福河，均为分泄淮水。而水势就下，礼字河常苦水大，张福河常苦水小，筑礼河坝所以蓄张福河之水，浚张福口所以顾礼河之堤，彼此原互相维系。如使礼河受全湖之冲，新坝恐不能保，续修则所费弥巨，不修则为害滋深，下者益下，高者益高，张福口渐形壅闭矣。且导淮之举，原防淮水盛涨支祁肆虐之际，如引湖水由张福河出顺清河，以旧黄河为入海之路，即使偶有泛溢，该处土旷人稀，趋避尚易。若张福引河不畅，全湖之水折而南趋，则淮、扬一带繁盛之区，亿万生灵将有其鱼之叹。然则导淮之利，见于目前者犹小，见于日后者乃大也。至杨庄以下旧黄河，目前分泻中运河之水，将来即可分泻洪泽湖之水。上年业经节节挑挖，此后每年只须修理，即安东、阜宁两县百姓，亦得舟楫谋生。

臣拟以导淮之事及礼坝另加外桩，责成淮扬道桂嵩庆、徐州道程国熙以资熟手。惟该道等各有职守，拟另派道府大员驻工经管收支，稽察勤惰，开河一切，皆取裁于桂嵩庆、程国熙两人。其每年修理旧黄河，则专责成桂嵩庆就近照料。所需经费，业经臣奏明，动拨淮北盐厘。自杨庄以下旧黄河尚有四百余里之远，应否酌设河员数人，容臣会商漕臣督饬桂嵩庆等核议具详，另案奏办。臣与桂嵩庆、程国熙、张富年等再三商酌，意见相同。新任漕臣周恒祺到浦尚无定期，臣又未便日久稽候，当饬该镇道等加意冬防，随于初五日由清江起程，至初七日回抵江宁省城。

所有臣查勘炮台河湖酌拟导淮办法及回省日期，谨会同漕运总督江苏巡抚臣黎培敬、护理江苏巡抚江苏布政使臣谭钧培恭折由驿具陈，伏乞皇太后、皇上圣鉴训示。谨奏。

开厂制造洋火药片

再，江防各炮台及留防各营，每年需用洋火药为数甚多，上海制造局虽兼造洋火药，尚难接济，历系购之外洋，价值昂贵，运到仍难刻期。此项火药，关系紧要，岂可永远仰给于外人，必须自行仿造，就近兴办，则价值既廉，取用甚便，尤可就此研究，精益求精。前经饬令筹防局司道在外洋订购机器，于金陵立局兴造。现在机器不日可到，已于城外勘定开厂地方，并札委江苏候补道孙传樾、金陵制造局候补道郭道直、委用道龚照瑗等，刻日兴工办理，以裕军火，而备缓急。

谨附片陈明，伏乞圣鉴。谨奏。

江宁接办电线片

再，光绪六年八月二十三日奉到寄谕："李鸿章奏南北洋请设电报，即着妥速筹办，并着两江总督，饬令地方官照料保护。"等因，钦此。当即钦遵饬属妥为照料，并派员沿途襄办在案。

窃查电线之设，紧要文报瞬息可通，既自天津安设循运河以至江北越长江、由镇江以达上海，而南洋大臣驻扎江宁省城，距镇江约一百六十余里，若由镇江接设电报以至江宁，不但江宁、上海音信易达，即南北洋大臣衙门亦复呼吸相通。迭经臣与李鸿章往返函商，意见相同，即经派委制造局道员龚照瑗等，购办电线木杆等件，即由镇江接达江宁，均照北洋电报章程，酌量妥办。

此项分线较天津通至上海仅及二十分之一，路近费省，拟在军需局拨款应用，另行报部核销。

所有现由镇江至江宁接办电报缘由，谨会同北洋大臣李鸿章、护江苏抚臣谭钧培合词附片具陈，伏乞圣鉴训示。谨奏。

筹款拨解闽厂制造快船片

光绪七年十月二十九日

再，臣接准军机大臣字寄：“光绪七年十月初六日奉上谕：‘黎兆棠奏开造快船请催经费一折。闽厂仿造快船，前由部拨南洋经费银二十万两，仅据粤海关解银三万两，尚短十七万两。此项快船，现于九月内开工，需款甚急，着刘坤一赶紧如数筹解，毋误要需。’”等因，钦此。

伏查南洋海防经费，原拨各省厘金，均已奏明截留，仅有各关税项，每年仍解不足数，以致近年收数不及原拨十之二三，久经不敷周转，而粤海关欠解为数尤多。闽厂仿造快船，前奉部拨南洋经费二十万两，业由粤海关汇解三万两。刻下闽厂定期兴工，需款甚急，所有南洋未解之款，自不能不竭力筹维。现已于收存经费项下勉措银四万两，先解应用，下短十三万两，核计粤海关欠解南洋经费，自第八十结起至八十四结止，约有十五六万两之多，应仍由粤海关划拨银十三万两，连前粤海关解银三万两共为二十万两，以符部拨之数。除分咨查照外，相应请旨饬下粤海关监督，迅将欠解南洋经费款内拨银十三万两，刻日径解闽厂，以济要工，而维大局。

理合附片具陈，伏乞圣鉴训示。谨奏。

遵议越南事宜折光绪七年十一月初二日

奏为遵旨筹议越南事宜，敬抒管见，恭折密陈，仰祈圣鉴事：

窃臣于十月二十二日接准军机大臣密寄："光绪七年十月十五日奉上谕：'总理各国事务衙门奏，法人谋占越南北境，并欲通商云南，拟筹办法各折片，览奏均悉。越南向隶藩服，为滇、粤两省屏蔽，法人据其西贡一带，现复以东京捕盗为名，添置兵船，并欲由红江通商云南，计殊叵测。该国积弱已久，若任其侵削，则滇、粤藩篱尽为他族逼处，后患不可胜言。总理各国事务衙门所奏与李鸿章筹商办法，即着李鸿章、左宗棠、刘坤一、张树声、刘长佑、庆裕、杜瑞联商同密为妥办。其丁日昌、曾纪泽函致该衙门各一节，并参酌办理。务当详加揆度，合力图维，庶可弭衅端而安边境，并将如何办理情形，随时详晰密陈。'"等因，钦此。仰见朝廷廑怀藩服，垂念边防，未雨绸缪，曷胜钦佩。

臣维越南之在前代，本入中国版图，宋、元时始别为一国，前明已取复弃，我朝亦遂因而抚之。乾隆年间曾为黎氏用兵，并不利其尺寸之土。新阮旧阮相继争雄，虽帝制自为，而朝贡犹极恭顺。彼知事大之义，我有字小之仁。况其地东自广东钦州，沿广西之太平府、镇安府以及云南开化府，中外毗连千数百里，实属唇齿相依，未可视同蛮触。乃法人前既割取该国南圻之边和六省，越南尽失膏腴，复自白藤海口绕入北圻之西贡，以进京建埠通商，设官置戍，越南三面受制，势已岌岌难支。今法人又欲以兵船占据东京，窥我云南，诚如圣谕，"计殊叵测，后患不可胜言。"臣愚以为越南为中国外藩，本应保护，如法之于西班牙，英之于比利时，以其邻近，极力维持，况中国之于越南乎？越南前有李扬才之乱，法人尚无一矢相加，忽以捕盗为词，狡焉思启，其如万国公法何！云南非通商口岸，难任觊觎，尤应据约与之争辩。一面照李鸿章、曾纪泽、丁日昌等所请，酌派兵船游弈越南洋面，以壮声威。并由广东、广西遴派明干文武大员，统带劲旅，器械务须精整，衣装务须鲜明，出关驻扎谅山省等处，以助剿土匪为名，密与该国君臣共筹防法之策。前此粤兵常驻关外，似不至遽起衅端。并嘱越南以收降将刘永福之法，豫招太原、宣光等处黑旗贼众，以免法人诱为前驱。云南亦即据险设奇，以资掎角。法人知我有备，则其谋自阻矣。

至于云南加重越货税饷一节，臣窃以为决不可行。法人如得入滇通商，自必循照沿海各口税则及子口单照办法，加重之税饷，只可行之于越人，未必能行之于法人，并恐越人因税饷加重，转思暗嗾法人入滇通商，得以依托假冒，如沿海各口奸商故智，不可不虑耳。

越南前与法国立约受亏，诸事被其钤制，中国不认此约，法人亦未向我再提。现在中国派兵暗为声援，越人倚以为重，当不至如前之畏法，一味听从。如果与法别立新约，中国纵不能禁，亦应嘱其慎重图维，或即指示机宜，免致一误再误。既有辅车之谊，自无越俎之嫌，将来越南即有邀求，操纵仍然在我。

夫以越南积弱，法人视之蔑如，若不早为扶持，覆亡可以立待。滇、粤藩篱尽失，将有逼处之虞。此等情形，已荷圣明洞鉴。与其补救于后，曷若慎防于先，此又不可不明目张胆而为之左提右挈者也。

所有遵旨敬陈管见各缘由，谨恭折密奏，伏乞皇太后、皇上圣鉴训示。谨奏。

议覆陈宝琛条奏洋务情形折

光绪七年十一月初二日

奏为遵旨议奏，恭折密陈，仰祈圣鉴事：

窃光绪七年八月十二日承准军机大臣字寄："光绪七年八月初四日奉上谕：'侍讲学士陈宝琛奏办洋务，条陈六事一折。所请有关涉洋务足资考证之书，咨送总理衙门转送国史馆，以备采择；又请出洋学生及各省属员中如有志趣方正，才识练达，足备总理衙门行走之选者，即着咨明该衙门听候调取；又请每科进士中选择十数人，令其游历各国一节，是否可行；又请参合中、西律意订一公允章程，商布各国，勒为科条一节，有无窒碍；着酌议具奏。另片奏近来派驻各口之轮船，操练多不合法，管驾员弁征逐嬉游，漫无纪律，水手间有虚额，薪粮或亦克扣等语。嗣后务当大加整顿，力求实际，着体察情形，详细覆奏。'"等因，钦此。

臣查陈宝琛所陈六条，均各有见。如搜求有关洋务书册一节，查上海所有万国史记及英、法、俄、美、日本各志，并普法战纪等书计十一种，臣业经咨送总理衙门。仍饬江海关道刘瑞芬等搜查洋文西书翻译华文，并将广方言馆所刊西国近事，汇辑成编，随时呈送，以资考证。

其出洋学生，悉在福建船厂及直隶天津，有无堪备总理衙门行走之选，应由黎兆棠、李鸿章考验保送。就臣所知，江苏州县熟习洋务者，则有知府用前先补用直隶州候补知县谢国恩，知府用补用同知直隶州即补知县葛绳孝，直隶州用尽先补用通判蔡汇沧，补用同知直隶州候补知县胡裕燕，直隶州用江苏候补知县马海曙，知府用升用直隶州上海县知县莫祥芝六员，尚足以供差遣，内蔡汇沧、胡裕燕均系前督臣沈葆桢因其讲求条约，能知大体，奏明请旨存记之员。

至新进士游历外洋，自为造就洋务人才起见。第新进士非出洋学生可比，似宜假以位号，优其资装，方足以崇体制。前接美国出使大臣陈兰彬咨称：出洋学生不免沾染外国习气，现经悉数撤回。新进士虽不虑此，然名望攸关，尤不可不慎其选，倘有举动失当，便为外洋所轻。臣愚以为于新科进士中择其学识优长，品行端正，且报明情愿出洋学习者，分派各国出使大臣，予以二三等参赞官或充随员，借资历练，不必另立名色。盖必彼有研求时事之志，即以如所愿而验所学，否则，虽往外洋，漠不关心，亦何裨益。

参订中、西律例一节，前出使英国大臣侍郎郭嵩焘曾有是议，臣亦深以为然。查同治八年所修英约，亦有会定通商律例之言。第西律与中律不同，此国又与彼国不同，中律则分别治罪，西律则多半罚银，必须延请各国有名律师，公同斟酌。而西学以律例为最重，西士以律师为最尊，此辈刁狡异常，难免各存意见。如由中国专办，不独费财费力，并恐格碍良多。臣愚以为，应由总理衙门先行商允各国使臣，自派律师或刑名人员，与中国委员会办，而此项中国委员，亦必参用熟悉公法西律之人，如李鸿章所用随员伍廷芳之类，庶易集事。

又各口轮船虚冒游嬉之弊，诚宜预为防维。臣前接黎兆棠函牍，当将江苏各兵轮严密稽查训饬，尚属无此陋习。至其操练枪炮尚有准则，虽不能如西洋之精，然由此极力讲求，自可渐臻纯熟。臣昨接出使德国大臣李凤苞函称：随该国王前往海口炮台阅操铁甲兵轮及快艇各船水陆攻守各阵，并请该国水师提督绘具图说寄回，其法至详且备，经臣分别咨行江南提督李朝斌、长江水师提督李成谋、前兵部侍郎彭玉麟等查照办理。

抑臣更有请者，用兵之道，无论陆路、水师，总以选将为主，而为将者，练才、练智，尤在练胆。中国将领久经战阵而有胆气者，类皆不谙轮船事宜，其由学堂出身员弁，善于驾驶、使炮，所虑胆气虚怯，临阵不免张皇。现在福建船政拨来江南兵轮三号及蚊船四号，原派管驾官皆系学堂出身，对仗之时，能否得力，殊难深信。臣屡与李朝斌等商酌，尚无成规。拟即咨商船政大臣及新授南洋大臣，于此项兵轮管驾，量行变通，以期缓急足恃。

所有遵旨议奏缘由，谨恭折密陈，伏乞皇太后、皇上圣鉴训示。谨奏。

革员狡供请旨刑讯并原审官解任候勘折

光绪七年十一月初二日

奏为革员于教串各情狡不承认，请旨刑讯，并将原审各员分别解任调省，听候查办，期速定谳，恭折仰祈圣鉴事：

窃金陵保甲局拿获窃犯李大凤，供指沈鲍洪等谋毙人命，获讯供认各节，核与金陵城内三牌楼地方已办之命案情形相同，遴委司道审办一案，当因原拿委员尽先参将胡金传难保无教串情弊，附片奏请将该参将暂行革职，归案审讯，奉旨："着照所请，该部知道。"钦此。钦遵在案。

查光绪三年十二月初十日，金陵三牌楼地方，见有受伤无名男尸，报经上元县验明，伤痕多处，发辫砍落无存，尸旁遗有表芯纸、石灰包、篾刀、草鞋各件，地上并无血迹及践踏情形。禀经前督臣沈葆桢饬据前办营务处之现任两淮盐运使洪汝奎，派令缉捕委员候补参将胡金传访得眼线方小庚据称：是月初九夜，路经该处，于雪夜微明中见有死尸在地，旁立三人，一高一矮，一似僧状，正惊疑间，即有一人斥以不必多管闲事，当即奔避。随后陆续访获僧绍宗、张克友、曲学如三名，并在曲学如身上搜出五角铜钱一个。经洪汝奎督同前署江宁府现任淮安府知府孙云锦、前署江宁县原任宜兴县知县吴元汉、候补同知单之珩、候补知县现任沭阳县知县严坤、现署清河县知县丁仁泽，分别研讯。先据张克友供出图财谋害各情。质之曲学如供认，因贫商允僧绍宗、张克友谋毙贩猪客民薛春芳，得财分用，旋于移尸后，脱下尸身外面血衣，带回山上烧毁，所遗表芯纸为曲学如带来擦手，石灰系僧绍宗用以塞死者之口，篾刀乃张克友所用凶器，草鞋则尸遗之物证。以方小庚撞见被斥情形，众供佥同，起获屠刀、镰刀各一把，曲学如、僧绍宗认明凶器不讳，衣灰亦经起获。诘以薛春芳根柢，不特僧绍宗、张克友诿为初识，即曲学如亦称只闻其自言籍隶和州。洪汝奎以案情重大，录供禀请另派大员覆讯，以成信谳而重民命。前督臣沈葆桢以曲学如、僧绍宗于谋命重情，一一供认，独于薛春芳根柢，屡鞫不肯吐实，其为会匪自相残杀无疑，批饬正法枭示。张克友先行吐露，贷其一死，割去右耳，刺字递籍完案。此当年审办三牌楼命案之大略情形也。

臣先后札委江宁布政使梁肇煌、盐巡道德寿、前署盐巡道张铭坚、题补道段喆、黄祖络，督同江宁府知府赵佑宸提集现犯，补传要证，隔别研鞫。李大凤供伊表兄朱彪，昔年在金陵地方，被周五、沈鲍洪谋害。迭讯周五、沈鲍洪据供，光绪三年十月间，周五在阜宁县西乡诱拐刘王氏，偕刘高氏买舟南下，途遇素识之朱彪及沈鲍洪，拖牵行船。朱彪见周五船内坐有年轻女人即刘王氏，诘往何处，周五答以欲往江南，川资缺乏，朱彪遂代付船价，邀令过船同行。朱彪从前诱拐为妻之赵高氏即沈高氏、许嘉福等亦在朱彪舟中，行抵六合，均在林三子家居住。朱彪先诱刘王氏同房住宿，旋又一再诱逃。周五气忿，而惮朱彪素习拳勇，邀恳沈鲍洪同出追寻，沈鲍洪亦因与赵高氏有奸，虑被朱彪看破谋害，故即允从。周五私携许嘉福削篾铁刀一把，与沈鲍洪行抵金陵，沈鲍洪令周五豫买石灰各包分带，为临时迷目行凶之具。是年十二月初九日，在金陵城内寻见朱彪，问知刘王氏寄藏缪瘸子家。朱彪因乏钱使用，起意行窃三牌楼香蜡店，邀允周五、沈鲍洪入伙，遂买草鞋、火钵、表芯纸等物。是夜行抵三牌楼竹园旁，维时已交三更，积雪在地，冻月微明，三人蹲地烘火。俄而朱彪他往溲便，周五即与沈鲍洪密谋乘间致死。沈鲍洪旋即潜扭朱彪发辫，朱彪惊跌，周五即用篾刀将朱彪乱砍，并将发辫砍落，沈鲍洪亦拔出朱彪身带之小尖刀，加功乱戳，当即毙命，并未移尸，篾刀、灰包、表芯纸、草鞋均弃尸旁而逸。次日寻获刘王氏，嫁卖得财分用。质之赵高氏、刘高氏等，据称：周五、沈鲍洪事后曾向告知传到许嘉福认明，篾刀是其原物。该司道等以周五、沈鲍洪供有于杀朱彪之日，先向缪瘸子转借金戒箍当钱之语，押犯赴当查核底簿，系在十二日，与初供日期不符。复提该犯等按日推究，据称实系十二日所当，前供委因年久记忆不清等语。饬据曲学如之弟曲学和供称：遣侄曲惠春赶回和州原籍遍查，并无薛春芳其人。此现讯犯证之大略情形也。

窃查光绪三年十二月初九夜，江宁城内三牌楼只有无名受伤男尸一具。该处系省会重地，如有别起命案，耳目昭彰，何能匿不禀报。今据凶犯周五、沈鲍洪供认谋杀朱彪身死情形，历历如绘，而时日地名，凶刀伤格，一一符合，则死者为朱彪，真犯为周五、沈鲍洪二人，似可凭信。而洪汝奎从前拿获正法之曲学如、僧绍宗及割耳之张克友何以均各甘心诬服？所凭眼线方小庚，又何以指认确凿？是方小庚、张克友实为案中要证。随饬提集方小庚、张克友反覆研讯，讵方小庚坚称：当年三牌楼命案，不惟未见尸身，亦未行过该处。迨至收尸后听人传说，某处杀死一人，归以告母，其母因伊耳聋性呆，戒勿在外乱说。厥后出街卖葵花子，路遇营勇一人，伪向买食，将伊带至观音庵，关闭房内。胡金传旋来向问三牌楼命案，伊答不知。胡金传说有乞丐谓伊尽知底里，随带伊至妙耳山庵内，诱与僧人绍宗会面，继又教令自认当夜见尸及尸旁立有三人，该僧在内，其余两人俟获后再告。伊仍不允。胡金传屡次吓逼，许以银钱，是以到案照供。洪汝奎细问见尸被斥情形，亦照胡金传豫先所教比演。嗣曲学如就获，有胡金传所带亲兵，令伊密从窗隙等处先向认明。故洪汝奎传令辨认，即经指出。张克友与伊本相认识，因畏胡金传一并供攀在内，案结后始予释回等情。张克友供三牌楼杀人之夜，伊在陈永卓家住宿。从前到案之初，即被方小庚咬定，且胡金传随同问官喝令用刑，告以僧绍宗等业已承认，伊亦不敢不认等情。传到陈永卓供称：光绪三年十二月初九夜，张克友在伊家内住宿是实。经臣摘提张克友、方小庚及周五、沈鲍洪面讯，供词无异，张克友固极口呼冤，方小庚亦指天自誓。并提当时随同办案之把总姜志供：胡金传随同严坤等刑讯曲学如，伊所目睹。果如所言，曲学如、僧绍宗实为枉杀。而胡金传始则妄拿教供，继而擅用刑讯，致成冤狱，为此案罪魁祸首，即当时承审各官，亦难辞咎。乃胡金传转谓：革员既司缉捕，凭线拿获僧绍宗后，旋即奉差他出，犯之虚实，责在问官，与伊无涉。不仅于教串刑逼各节，概不承认，且遣属赴臣衙门呈请，亲提承审各官对质。满纸哓哓，刁狡已极，自非照例刑讯不可。究竟胡金传如何私与问官刑讯，亦应调集原审各员，查问虚实，庶几水落石出，不致日久狡延。据承审司道开录供折，禀请核办前来。相应请旨，将已革参将胡金传照例刑讯，并将原审官现任两淮盐运使洪汝奎、淮安府知府孙云锦一并解任，分别撤调。现署沭阳县候补知县严坤、署清河县候补知县丁仁泽、候补同知单之珩到省听候查办，以杜借口，期速定谳。

所有革员狡不承认，请旨刑讯并将原审各员分别解任调省听候查办各缘由，谨会同护理江苏抚臣谭钧培恭折具陈，伏乞皇太后、皇上圣鉴训示。谨奏。

订购机器轮船开挖吴淞口淤沙片

再，上海吴淞口积有淤沙，洋商重载大船，必待大潮方能畅行，即中国大号兵轮，亦须待潮而驶。同治五年，英国使臣照会开挖，嗣后上海英领事亦请挑浚，十二年英、法等十国驻京使臣，又复行文公请，均经拒却。光绪六年六月，英使威妥玛复议就各商船货抽捐兴办。臣接总理衙门来函，当以吴淞口在黄浦江口内，本与长江防务无涉，惟赴上海必经此沙，此沙日积日高，各国大船出入不便，有碍洋商生计，故彼饶舌不休。夫中外既经通商，水道本应疏浚，如我置之不理，彼得借以为词，抽费兴工，势必永远占据，谓系洋商捐办，华官不能与闻，年久浸淫，此江几同租界，即于农田水利有损，华官整理为难。再四思维，只有自行筹款挑挖，则所挖之宽窄浅深，作辍迟速，均可操纵自由，只令通船而止，万一有事，则沉船阻塞，亦反掌间事也。因查前督臣李宗羲曾派候选知府王镇昌查勘估计。随传该守来署面询，据称刻下淤沙较前加厚，需费稍多。顷在外国订造挖沙机器轮船到沪，一年为期，应挖之沙，通扯实厚一丈，约重一百二十六万吨，计须三年方能竣工。机器、船价、水脚，加以开挖费用、薪水等项约共需银十五万两左右。工竣之后，该船仍可留为别处挖沙之用，亦可改为兵商轮船，变价归款等语。即经函覆总理衙门核办。本年四月又接密函，知威妥玛复来催促，势难再拒，而自行筹办，总理衙门亦复意见相同。已饬江海关道刘瑞芬，会同王镇昌向英国赛门司厂订购船只，一俟造成来沪，即由该道府等刻日开挖，并咨请总理衙门照会英使查照。至此项经费约银十五万两，拟请即在关税项下作正开销，以免再由洋商捐资，致多葛藤。

所有开挖吴淞淤沙缘由，理合会同北洋大臣李鸿章、护理江苏巡抚臣谭钧培附片密陈，伏乞圣鉴训示。谨奏。

庆字中营改编炮队添募教习操演片

光绪七年十一月三十日

再，行军以火器为先，火器以炮队为利。江南陆军多系操演洋枪，未经设立炮队，欲以备缓急之用，不可不先事讲求。臣已饬统领庆军提督曹德庆，将原带庆字中营挑选现存之前后膛洋炮共二十四尊，改编炮队，就原营勇丁五百名、长夫一百八十名，以资训练，不另增添勇夫。惟既编炮队，必须雇募教习，方收实效。洋炮体质钢多铁少，疏于擦洗则锈涩堪虞，月需洋油漆、洋砂布等项，极为零星，而又缺一不可。应酌给炮费，由该营自行制备，较为简便。至炮营操演之炮，常需运动，与炮台安设之炮不同，拖曳时多，则车架轮盘易于损裂。该营驻扎江干，应设立平船两只，借供运载之用。兹拟仿照江防操演台炮章程，添募教习营弁三名，月共支洋钱一百元，并按钢炮每尊月支炮费洋钱四元，共支炮费洋钱九十六元，每洋钱一元均折发银七钱。平船二只，每船募舵工一名，月支银三两九钱，水手四名，每名月支银三两，共月支银三十一两八钱。总计改编炮队勇夫，仍照原数，每月仅酌增教习、炮费、平船三项共银一百六十九两，统由苏松太道自改编之日起，按月随饷支发，归入留防军需项下造报。据江南筹防金陵军需报销各局并苏松太道会详请奏前来。

除饬取改编成营日期并造具勇夫花名、炮位名目清册分别咨部查核外，谨附片陈明，伏乞圣鉴敕部查照。

再，该营现存之炮内有十二尊不甚合用，已饬机器局另造阿母斯等项炮位，一俟告成再行抽换，合并声明。谨奏。

覆陈前案问官现经解任回省候讯片

光绪七年十二月二十一日

再，臣恭阅邸抄，光绪七年十一月二十一日奉上谕："前据刘坤一奏，江宁三牌楼地方一案，讯有革员胡金传妄拿教供，随同问官喝令用刑逼认情事，当经降旨将胡金传严行刑讯，并将问官洪汝奎等解任查办。兹据御史李郁华奏，问官冤杀无辜，督臣意存袒护等语。究竟胡金传如何私与问官刑讯，其妄拿教供，洪汝奎等有无授意情弊，着刘坤一秉公研讯确情，按律定拟。前奏所称洪汝奎以案情重大，禀请另派大员覆讯，是否有案可凭，着确切查明，于定案时据实覆奏，毋稍徇隐，自干咎戾。"等因，钦此。

窃洪汝奎等现经分别解任撤委，尚未回宁，而臣交卸有期，未能于任内定案，自应先行遵旨据实覆奏。查洪汝奎承办江宁省城内三牌楼命案，悬赏购线，获犯讯供，于光绪四年二月二十二日具禀前督臣沈葆桢，声称案情重大，请派大员覆讯，以成信谳而重人命等情，并未定拟罪名。旋经沈葆桢于二十三日批出，以案情无疑，将曲学如、僧绍宗两名立予正法枭示，张克友割耳递籍，不惟有卷可稽，且为沈葆桢亲笔所批，人皆可以辨认。至胡金传如何私与问官刑讯，应候已撤知县严坤等到省面质，断难任其狡赖。若谓洪汝奎授意胡金传妄拿教供，臣敢保其必无是事。洪汝奎人品学问卓有可称，办理局务营务垂二十年，裨益良非浅鲜，兹因谳狱失实，以致误决两命，咎无可辞。臣于拿获周五、沈鲍洪等旬日之间，即将洪汝奎所委之胡金传奏参革审。及周五、沈鲍洪与张克友、方小庚等供有头绪，并将洪汝奎奏请解任听勘，原以举错应秉至公，瑕瑜不容相掩，要亦未敢深文周内，转致失平。现在胡金传虽未吐供，而眼线方小庚所供情形，历历如绘。据称洪汝奎于拿获曲学如时，令其身穿号衣，杂于十名亲兵之内，由伊指认，不知胡金传先已嘱伊于窗隙认明曲学如面貌等供，则洪汝奎之用意可知，其受欺亦可见矣。所有此案新旧卷宗犯证及此次承审人员均在江宁，洪汝奎等不日亦到，一俟左宗棠抵任后，逐一提讯，不难水落石出，非臣所能回护、所敢瞻徇也。

谨附片覆陈，伏乞圣鉴训示。谨奏。

交卸起程入觐折光绪七年十二月二十四日

奏为微臣交卸两江督篆，起程进京陛见，恭折仰祈圣鉴事：

窃臣接准吏部咨，光绪七年九月初六日奉上谕："刘坤一着即开缺，大学士左宗棠着补授两江总督兼充办理通商事务大臣。刘坤一着俟左宗棠到任后，再行交卸，来京陛见。"等因，钦此。

兹左宗棠于十二月二十四日行抵江宁，接印视事，臣即于是日交卸篆务。荷生成于高厚，矢图报夫涓埃。惟臣母年逾七旬，近日病益增剧，兹闻臣已开缺，屡书促臣回家。臣渥被国恩垂三十载，犬马恋主，谨先遵旨入觐，以申瞻就之忱，而后仰恳鸿慈，俯准回籍养亲，俾得长依膝下，即臣蒲柳就悴之质，借沾雨露涵养之仁。臣业遣妻子南旋，以慰倚闾之望，一俟明正冻解，航海进京。

所有微臣交卸两江督篆及起程北上各缘由，谨恭折具陈，伏乞皇太后、皇上圣鉴训示。谨奏。

奏疏卷十九

补授两江总督谢恩请觐折

光绪十六年十二月初七日

奏为微臣叩谢天恩，进京陛见，恭折具陈，仰祈圣鉴事：

窃臣于光绪十六年十一月十八日，在湖南宝庆府城接准湖南抚臣咨，准吏部咨开："光绪十六年十月十一日内阁奉上谕：'两江总督着刘坤一补授，未到任以前仍着沈秉成署理。'"钦此。当即恭设香案，望阙叩头。

伏念臣楚南下士，才识疏庸，前此承乏两江，奉职无状，仰荷鸿施逾格，曲予矜全，谕令于交卸后，进京陛见。臣正在戒途，适闻母病垂危，不得不请归省。乃事亲之礼甫奠松楸，而衔恤之身竟同蒲柳，沉绵二竖，荏苒三年，犬马恋主之忱，无日不萦怀抱。兹复渥蒙宸眷，俾领旧疆，五体战兢，罔知所措。查两江政繁责重，兼以中外交涉事宜，臣病虽渐瘳，而精力渐减，更恐难以胜任，惟有懔遵前奉谕旨，趋叩阙廷，跪聆圣训，借与军机处及总理衙门诸臣商榷一切，庶到任后，于吏治、营伍及洋务、盐务各大端，有所遵循，差免陨越。臣拜折后，即日上道。现在海口已冻，轮船难行，拟由山东一路前进，如无雨雪阻滞，当可刻期到京。

所有微臣感悚下忱及起程入觐缘由，谨缮折具奏，伏乞皇上圣鉴训示。

再，此折系借用湖南巡抚关防拜发，合并陈明。谨奏。

兼充通商事务大臣谢恩折

光绪十七年正月二十二日

奏为叩谢天恩，仰祈圣鉴事：

窃微臣于光绪十七年正月初四日，在江宁舟次接准署督臣咨，准吏部文行："光绪十六年十月十四日内阁奉上谕：'两江总督刘坤一着兼充办理通商事务大臣，未到任以前，着沈秉成署理。'"钦此。臣当即恭设香案，望阙叩头谢恩。

伏念臣楚南下士，才识疏庸，两次承乏两江，深惧无能报称。兹复渥邀宸眷，兼办南洋通商，闻命自天，悚惭无地。查通商为税课大宗，南洋乃江海总汇，丰财和众，在在均宜认真。臣惟有开诚布公，殚精竭虑，谨守条约，熟审事宜，凡交涉务在持平，于征收必期核实，以仰副朝廷怀柔远人、维持国计之至意。

所有微臣感激下忱，谨恭折叩谢天恩，伏乞皇上圣鉴。

再，此折系借用两江总督关防拜发，合并陈明。谨奏。

恭报接印日期折

光绪十七年三月二十二日

奏为恭报微臣接印日期，叩谢天恩，仰祈圣鉴事：

窃臣钦奉恩命，补授两江总督兼充办理通商事务大臣，光绪十七年二月初十日入都陛见，仰蒙召对四次，圣训周详，莫名钦感。陛辞后束装起程，乘坐轮船，由海道南下，三月十一日行抵宝山县之吴淞口。适江苏抚臣刚毅，阅视河工，亦至吴淞工次，臣与之面商地方一切事宜，随即展轮上驶，并顺道查勘沿江各炮台。十六日行抵江宁省城。二十一日准署督臣沈秉成饬派江宁府知府李廷箫、中军副将王幼山，恭赍两江总督关防、两淮盐政印信、钦差大臣关防并王命旗牌、文卷等件，移交前来。臣当即恭设香案，望阙叩头谢恩，祇领任事。

伏念两江地大物博，政务殷繁。臣两次承乏是邦，无裨毫末，抚今思昔，窃用惭惶。兹复渥荷恩纶，重临旧地，举凡整饬营伍，绥缉地方及盐务、漕务、河务诸大端，虽有成轨可循，而时易势殊，较之畴昔情形尤为繁重，加以华洋交涉，江海筹防，更须因时制宜，刚柔互剂。自维菲材薄植，艰巨重膺，早夜兢兢，深惧弗克胜任。惟有恪遵宸训，勉竭愚忱，随时与北洋大臣李鸿章及漕臣暨三省抚臣和衷商権，实心经理，固不敢过为操切，亦不敢稍涉因循，以期仰答高厚鸿慈于万一。

所有微臣接印日期，除循例恭疏题报外，谨缮折叩谢天恩，伏乞皇上圣鉴。谨奏。

严禁内河行驶小轮折

光绪十七年五月二十六日

奏为小火轮行驶内河，流弊滋多，仍应照案严禁，据实覆陈，恭折仰祈圣鉴事：

窃前准总理衙门咨行："议覆詹事志锐请饬各省试行小火轮船一折，奉朱批'依议'。钦此。抄奏咨行，钦遵办理。"等因。

伏查小火轮行驶内河，窒碍之处，业经总理衙门择要覆陈。现既饬令通盘筹画，自应详加体察，当经前督臣转行江海、镇江两关道会同查议。兹据议覆详请核办前来。

查向来商置小火轮，只准行驶通商口岸，光绪十年复经总理衙门明定章程，不准擅入内河。又以江海关一口，每有华洋官商雇往内地，相沿已久，特立专章，必须报关，给照查验，仍不准装货搭客，只准至苏州、杭州等处为止，并不准驶入长江及江北各内地，以示限制，此外均不得援以为例。诚以利害所关，不能不始终坚执也。

昔年海口商船林立，置船之户，皆系富商巨贾。自沿海辟口通商，轮船畅行，华船利为外夺，以致沿海商船寥寥，船商生计顿蹙，所恃者惟运漕微利，及沿海不通商地方，为洋船所不能至之处，赖以往来贸易。自长江通商以后，长江民船之利，亦复骤减。江海通商口岸有限，洋船分民船之利，已如此其甚。内河民船更多，又皆系贫苦小民，家无恒产，专以撑驾为生。当此民困未苏，自应留此不尽利源，以为小民谋食之路。若小轮一入内河，到处通行，装运货客，随地可以起卸，是洋船行驶江海，尚系夺华船商富之利，小轮行驶内河，更占小民生计，夺利愈甚，为害益深。此则与民生有碍者也。

各省饷需半出税厘，货装民船，巧黠之商尚多设法绕越，百计偷漏，小轮绕漏愈便，稽察更难。历来民船运货，有绕漏而无闯越，盖以载重行缓，深惧追查，故未敢轻为尝试。小轮昼夜趱行，疾如奔马，设有违章闯越，不候盘查，各卡只有小划分巡，其行驶与小轮迟速迥判，追诘既有不及，税捐必致大亏，即使严定稽查之章，亦难力杜绕越之弊。当此饷项奇绌，岂可添设小轮，更启漏卮。此则与国课有碍者也。

内河狭而多曲，民船尚时有拥挤之患，小轮行驶力猛，更多碰撞，船货人命，尤为可虞。各处伏莽未靖，逋逃之犯，竭力搜查，尚苦此拿彼窜，内河有轮可附，更易远扬，要犯必多漏网。

此则与地方有碍者也。

种种窒碍，关系实非浅鲜。中外商民，又无不垂涎于此，严行禁阻，犹复百计营谋，借词尝试。此端一开，华商创行于前，洋人势必踵行于后，此又必然之势。华人屡次渎请，固已案如束笋，洋人则英商拟在鄱阳湖设轮拖带茶船，英、德两国修约，亦曾注意于此，洎后又屡有洋人教士，拟用小轮往来长江，均先后设法阻止。前年湖南内河，议设小轮，经湖广督臣张之洞批禁，谓既行商轮，断无徒供行旅、不载货物之理。又谓前在两广任内，曾有洋人屡请梧州准行华商小轮，以为利在华商，宜无不可，因逆料其必蓄渐行洋轮、索添口岸之谋，坚不准行，未几，果有向总理衙门请开梧州口岸之议。昔年前督臣曾国藩议覆预筹修约事宜折内，于小轮入内河一事，更力陈其不可，谓“华人行之，以豪强而占小民之利；洋人行之，以外国而夺内地之利”。洞澈利害，尤为颠扑不破之论。此皆诸臣远虑深谋，实非拘方者流所能见及。自应照案严禁，以杜流弊。

理合恭折覆陈，伏乞皇上圣鉴。谨奏。

改设粥厂截留流民片

再，江宁省城，前因兵燹后，元气未复，每届冬令，设厂赈粥，原为本地乏食贫民而起，嗣因偶值灾年，就食者多，厂地难容，改为放米，贫民得沾实惠，本属意美法良。无如日久弊生，风声远播，襁负偕来，甚至有为头率领，动辄数十百人，逞强求赈，愈出愈多，虽其本籍未必灾荒，而冬出春归，习为故事，并有流为匪类，滋生事端，扰累闾阎，为害甚大。光绪十五、十六等年，江宁省城土著及外来食赈贫民，竟有十六、七万人之多，弹压固已为难，筹款尤属不易，赖有赈捐余款，借资挹注。今则司库万分支绌，本年拟仍改设粥厂，专顾本地贫民，尚虑款无所出，其势断难再行放米。查历年外来贫民，以安徽、江西、湖北、河南、山东等省为最多，自应先由各省预为出示谕禁，设法截留，以免纷纷远来，转致流离失所。即或各该本籍偶有水旱偏灾，亦应责成地方官妥为抚恤，不得听其四出纷扰。倘或各该地方官视为具文，不能认真办理，即由各该督抚臣查明，分别参处。如有不法棍徒，诱惑愚民，借逃荒为名，成群结队，不服截禁，并即从严惩办。据江宁布政使瑞璋详请核办前来。

臣察核该司所详，现拟改设粥厂，停止放米，实为筹款维艰，并有鉴于近年饥民麇集，力杜纷扰起见。江宁等处入夏以后，天时亢旱，雨泽愆期，秧苗未能及时布种，深虑秋收减色，本地饥民恐更多于往岁。目下沿江一带，伏莽未靖，外来贫民，良莠混杂，若不预为之计，设法截留，深恐流而为匪，贻害地方。相应请旨，饬下湖北、河南、山东及安徽、江西各督抚臣，严饬各该地方官，先行出示谕禁。如有乏食贫民，各就地方情形，妥为截留抚恤，沿途各该州、县，如有流民过境，亦均设法截留，遣令各回本籍，以靖地方。

除本省所属之淮安、扬州、徐州、海州四府州饬令藩司分行遵照外，理合附片具奏，伏乞圣鉴训示。谨奏。

酌改南洋兵轮片

再，查南洋各号兵轮，系陆续购制，其配用人数薪粮，或参仿闽省定章，或按船身马力酌定，是以互有参差，未能一律。且照外洋兵轮规制，其中各项执事，亦尚多缺乏。查北洋各兵轮，业已参仿西法，定有画一章程。南洋寰泰、镜清、南琛、南瑞、开济、保民六兵轮，以后按年均须赴北洋会同操巡，自应参酌办理，俾昭整肃。惟值此费绌用繁之际，自当于整顿之中，力求撙节。如出洋会操之寰泰等六船，各执事人等薪粮，其原定支数较北洋为少者，则悉仍其旧，有应裁应减者，照北洋酌裁酌减，其应添各项执事人等，亦仿照北洋酌量增设。登瀛洲、威靖、测海三轮船，因船身较小，难为御敌之用。现将威靖、测海二船，仿照北洋威远、利运改为运船，登瀛洲一船改为练船。并另设练勇学堂，招募练勇一百二十名，平时兵轮遇有水勇缺出，即以练勇挑补，遇事即可分派各船，更番轮守。计寰泰等六兵轮，以裁抵增，月共增银八十六两，登瀛洲、威靖、测海三船，以裁抵增，月共减银一千一百七十三两有奇，以之抵支寰泰等六船增款及添设练勇学堂月支薪费银一千七两外，每月仍尚节省银八十两有奇。如此一转移间，既与饷项无增，并得添设练勇学堂，更与操防有益。惟北洋兵轮，向雇西人教习驾驶、管轮等事，颇资其力。刻下南洋兵轮，虽未成军，亦当讲求操练。现拟仿照北洋酌量办理，一俟采访得人，再行延订教习，以冀练成劲旅。据江南筹防局司道等详请具奏前来。臣覆核无异。

除将清册分咨海军衙门户、兵二部查照外，理合附片具奏，伏乞圣鉴。谨奏。

察看大概情形分别节省经费折

光绪十七年六月初六日

奏为微臣到任后办理大概情形，并分别缓急节省经费各缘由，恭折具陈，仰祈圣鉴事：

窃臣于春间入觐，仰蒙召见四次，训诲周详，凡大局所系及江南一切事宜，在在均烦圣虑，臣祗聆之下，感悚交萦。兹履任两月有余，清厘略有眉目。

伏查两江政繁责重，向以盐、漕、河三者为大宗。现在漕、河事件无多，均有定章可守，但使认真办理，当无贻误之虞。惟盐务弊窦日深，几至江河日下。臣督同两淮运司江人镜次第整顿，先于紧要关键，撤换委员二三人，以期得力。一面严饬场栈局卡，讲求盐色，体恤商艰，在外堵缉私枭，在内检查夹带，从此渐复旧制，正引当可畅行。惟今年天旱水干，南北各场艰于运送，以致商贩裹足，尚无成效可观。

至如江宁所属州、县轮酌各缺，以及厘金、保甲繁简各差，督饬司局妥定章程，以寓劝惩，而公用舍。

又如水陆兵勇部署，粗有规模，各归各军，就地训练，并令另造清册，注明籍贯、年貌、箕斗，由臣密派亲信人员，前往点验抽查，以期补足原额。臣初以江南防营尚五万人，亟欲大加淘汰，乃到任甫逾两月，接据江苏一省禀报盗案至七十余起之多，且动以火器伤人，其凶暴为前十年所未有，加以沿江伏莽借焚洋人教堂为名，造谣煽惑乡愚，意在乘机为乱。适逢天气亢旱，民情不安，随在调勇驻巡，未敢遽议撤遣。一俟时局大定，而后遵照部议，先裁一成，宽以一年之期，似亦不难就绪。

惟是江南度支拮据，不独因防勇之多，亦由各局糜费，早在圣明洞鉴之中。臣到任后，各局有应行解出之款，则以不敷而请免拨，有应行收入之款，则以不足而请加拨。臣点金无术，因迎其机而利导之，与各局员详细筹商，惟有酌减薪脩费用一策。如各局总办薪水以及各局津贴之项，既资其力，当酬其劳，不得不循旧发给。余如兼办两局三局，只加夫价若干，不准重支薪水，将会办薪水、挂名差使、各局干脩，斟酌裁减。理财之道，不外开源节流，现既无源可开，自宜亟为节流之计，借资补苴。各员曲谅臣心无他，不以此举为刻，臣始终不敢避嫌避怨，徇私害公。嗣后仍当察看事势如何，力图撙节，总期积成巨款，缓急有资，不至临渴掘井。夫财者国之大命，《易》曰："何以聚人曰财。"以东南财赋之区，纵未能多藏为富，乃至瓶罄罍耻，仰屋咨嗟，竟如乡曲穷民，盻盻然自忧其不足，万一变生意外，其将何以支持？此臣所以日夜焦心，不敢居宽大之名，博施济众，置库储于不问也。

所有微臣抵任后办理大概情形及节省经费各缘由，谨缮折具陈，伏乞皇上圣鉴训示。谨奏。

购谷备荒片

再，本年入夏以后，江宁省垣雨泽愆期，屡经臣督率司道等设坛步祷，虽得阵雨数次，尚未深透，淮安、扬州、常州、镇江、徐州等属亦复雨少晴多。现在节届小暑，圩田虽已次第插秧，而高阜之田，至今未能全行播种。淮北洪泽湖场河均极浅涸，挽运维艰。五河、正阳两卡盐厘短绌，新纲尚难捆运出场。亟盼大沛甘霖，庶山田得以补种，河水涨发，盐船亦可畅行。近省城米价渐增，民虞食贵，亟应为未雨绸缪之计。接江西抚臣德馨来函，该省谷价较贱，臣与司道商酌，设法筹款，至江西购谷二十万石。惟分派委员縻费较多，且恐未必尽能得力。现由臣函请江西抚臣，转饬该省司道，先行代买谷十万石，运送江宁。察看情形，接续购办，分仓存储，以期有备无患。

谨附片陈明，伏乞圣鉴。谨奏。

筹办南洋防务考核兵轮及变通学堂折

光绪十七年六月初六日

奏为南洋海防、江防，应行分别筹办，以及各号兵轮宜加考核，水师学堂量为变通各缘由，恭折具陈，仰祈圣鉴事：

伏查南洋筹办防务越二十余年矣。臣以为海防与江防迥别：海防主战，合浙、闽、粤言之也；江防主守，则并川、楚、江、皖言之也。就江防而论，现于江阴三江营、圌山关、焦山、象山、都天庙节节修筑炮台，安设巨炮，驻扎重兵，一遇有事，则于江中密置水雷，加以拦截之物。但得将士用命，以主待客，以逸待劳，敌人万难飞越。长江门户既固，则自江宁以及安徽、江西、湖北、湖南、四川六省，绵亘数千里，风鹤无惊，东南大局，不致摇动。惟是苏州、松江两郡，均在江阴下游，前筑吴淞口炮台，原为捍卫苏、江之计。顾敌亦知投鼠忌器，将来扼于江阴等处之险，不能上驶，亦必不入吴淞江，自扰各国租界，或由宝山县拊我之背，以窥苏州。而宝山县之狮子林、南石塘近年分筑炮台，足以兼顾。且宝山县距苏州省城二百余里，沿途港汊纷歧，敌若舍舟登陆，弃长用短，则我江防诸军，设伏出奇，制其死命，所谓形格势禁，使敌自趋绝地，尚何能为？臣归过吴淞，面晤抚臣刚毅，筹商及此，意见相同。此江防主守似略有把握也。

至于海防战事，必得如北洋有铁甲兵轮及各项碰船、快船，又与山东、奉天联络一气，掎角相资，方足以操胜算。直隶督臣李鸿章在任二十余年之久，不惜重费，一手经营，始克有此雄师，以之左提右挈。南洋官经数任，政出多门，如臣十数年间三次承乏，初次不满一年，二次不满两年。维时龙骧、虎威、飞霆、掣电四号蚊船甫由外洋购回，而旧有之操江兵轮向在北洋当差，南洋只威靖、测海、登瀛洲三号，船身短小，未能驰骋大洋。臣于海防经费项下节省巨款，移交后任，原为制备兵轮之用。此次来江，则有新增之寰泰、镜清、开济、保民、南瑞、南琛兵轮六号，内惟寰泰、镜清、开济三号工料坚致，驾驶甚灵，保民次之，南琛、南瑞又次之。威靖、测海改为运船，登瀛洲改为练船。即蚊船四号，质本单薄，久经岁时，亦恐难以应敌。查南洋兵轮，每年薪粮四十余万，随时修理及煤油之费又十余万，而船多苦窳，徒涉虚糜。臣现札饬总统兵轮前寿春镇总兵郭宝昌，督同左右翼长及各管驾官逐一考究，何船亟须整修，何船可以改造，何船必应全换，以及炮位是否与船相称，可否彼此互易以期合宜，详细禀候核办，不得含糊迁就，临敌始以船炮不能得力为辞。

至于新设水师学堂，每年约费四五万金，原为造就人材，以备南、北洋各兵轮挑补，照海军衙门定章，南洋学生堂课毕业，须咨送北洋加习船课，分别差委。现准北洋咨称，本省水师学堂学生已足敷用，毋须南洋咨送前来，则是此项学生将来无地安插。彼挟有为之具，安肯日久赋闲，势必投效外洋，转为中国之患。臣与该学堂会办江苏候补道杨兆鋆通盘筹画，拟裁学生四十名，华洋教习各二员，其余各项夫役，依次酌裁，并将无人学习之鱼雷厂及教习一员裁撤。该学堂名数虽减，规模具存，一俟南洋兵轮购制齐全，再将水师学堂规复旧章，亦复易易。

夫事必求实效，不可徒骛虚声；但期成功，不必拘守成法。以南洋今日海防水师，人人知不足恃，而度支已形竭蹶，倘蹈依违之习，决无振举之期。臣与在事文武共矢公忠，力除浮耗，去一分无用之费，留一分有用之财，迟之三五年，可得盈余购制各项兵轮，练成劲旅，与北洋及浙、闽、粤互为声援，仰慰朝廷廑念海疆之至意。

所有筹办南洋防务及考核各号兵轮变通水师学堂各缘由，谨恭折具奏，伏乞皇上圣鉴训示。谨奏。

裁撤朽败水炮台船片

再，查南洋水炮台船四号，于光绪十一年因江防戒严，经前督臣曾国荃将该四船移驻江阴，添设炮位，募勇防守，奏明在案。臣查该水炮台船四号，系前督臣左宗棠于光绪九年购置，迄今将及十稔，终岁停泊江干，风日摧残，江潮剥蚀，船身日形朽败，重加修葺，所费甚巨，且恐仍难经久。现在江防解严，经费异常支绌，自应即将此项船只裁撤，以节縻费。其船只并将旧料交上海制造收用，所遗炮位即于江阴营库存储，由该统领派员妥为看守，或换置该处两岸炮台。江阴为入江门户，地方紧要，将来万一仍须添设水炮台，自当因时制宜，由臣另行奏明办理，以重防务。

理合附片陈明，伏乞圣鉴。谨奏。

劫匪就地处决片

再，为政首在安民，而安民必先除暴。江苏自兵燹以后，伏莽未靖，游勇、会匪到处勾结为患，以致盗风日炽，剽劫频仍。臣到任后，江南北各属禀报抢劫之案，日必数起，多有执持火器，拒伤事主，与昔年臣在两江时情形迥异。目下丹阳、江阴、无锡、金匮、阳湖、如皋等处焚毁教堂之案，层见迭出，皆由匪徒从中煽惑，借端思逞，业已钦奉谕旨，饬令查拿匪犯，严行惩办。此等抢劫盗匪，虽与滋闹教堂有间，而其为地方之害，正复相同。一经获案审实之后，若不立予惩创，无以戢其不轨之志，而消其作乱之萌。光绪十三年，经江苏抚臣奏准，将淮安、徐州、海州三属凡有强盗杀人放火等项，例应斩枭之犯，均即先行正法在案。查徐州等处原以民俗犷悍，盗匪出没靡常，为此权宜之计，现在江宁、江苏各府州属盗贼滋多，人心不靖，亦与徐州等处情形相埒。各州、县获犯破案，遇有杀人放火等项重情，若必逐一解省审勘，则情罪重大之匪，与寻常盗犯同科，已获者显戮，犹稽未获者益无忌惮，实不足以昭炯戒。拟请嗣后江宁、江苏各府州属，凡遇强盗杀人放火有干六项，并窃盗火器拒杀事主，及执持火器伤人，例应斩枭之犯，一经各该州、县讯明，由道亲提覆审明确，禀由臣核明后，即行批饬在犯事地方，先行处决。一面具奏，并将供招咨部查核，俾得速正典刑，以寒匪胆而靖地方。其余寻常盗犯，仍照定例办理。

窃维人命至重，但可不用重典，亦何敢稍涉严苛。第因时制宜，不得不暂行变通，以期民畏鲜死，仍俟萑苻稍靖，再行照例解勘，以重刑宪。嗣后即以捕务之勤惰，定各该营、县之优劣，如竟仍前因循，不知振作，即当严行参办，倘能认真缉捕，拿获著名会匪及首要盗犯，亦当将出力员弁，择尤汇案，奏请优奖，以昭激劝。

谨会同江苏巡抚臣刚毅附片陈请，伏乞圣鉴训示。谨奏。

酌举被议道员折光绪十七年六月二十九日

奏为被议道员才力堪用，钦遵恩诏详开缘由，恭折具陈，仰祈圣鉴事：

窃奉光绪十五年三月十六日恩诏："自同治元年以来，曾经任用现已革职官员，果有才力堪用，在外听该督抚详开缘由，奏明请旨。"等因，钦此。仰见圣恩宽大，甄拔弃材，薄海臣工，同深钦感。

窃维为政首在得人，而用人难于求备。或才本可用，措施偶蹈于愆尤，或事出因公，磨砺益深其历练，若竟任其淹抑，致令振拔无由，殊为可惜。兹幸湛恩广被，旷典宏开，谨就微臣所知酌举二员，以副圣朝弃瑕录用之至意。

查有已革花翎二品衔山西冀宁道王定安，湖北举人，历随前

大学士曾国藩、前督臣曾国荃在江南办事多年。光绪三年，由直隶道员经直隶督臣李鸿章委运山西赈粮，曾国荃奏留襄理赈务，深资赞助。八年，在冀宁道任内，因案革职，当经原参抚臣张之洞覆查，并无侵吞浮冒情事，惟禁止首县承办供应，仍由局创立款目支用浮滥一节，查系司道会禀前抚臣卫荣光办理，业将经办不善之委员革职完案。张之洞虽经参劾于前，仍复辨明于后，足见持论之平，毫无成见。该革员原参之案，既系承办委员经理不善，则是代人受过，情尚可原。溯自被议以后，迄今将及十年，杜门著书，不与外事。前曾服官江苏，历有年所，颇著能声，为曾国藩等所契许。十五年，经曾国荃派令编纂《两淮盐法志》，将次成书，考核甚为明确。臣到任后，察看该革员学问优长，通知时事，实为不可多得之才。

又已革二品顶戴云南迤南道许继衡，湖南附生，投效军营，转战江西、广西、湖南、云南等省，积功累保道员，光绪十四年，补授云南迤南道。是年七月，因所属威远厅西萨等乡被水成灾，经云南抚臣谭钧培以该革员未经详查据实转报，奏请议处，部议革职。查核抚臣原奏，谓该革员先闻所属被水，饬查据覆，批饬

赶紧勘明通禀，系属正办，惟因继禀勘不成灾，并不详查转报，咎有应得。是该革员被议之由，仅止失于觉察，因公获咎，情节较轻。该革员人甚老练，办事认真，咸丰年间与臣同在军营，深知其战功卓著。嗣在云南剿办土匪，身先士卒，迭克坚城，极为前云贵督臣岑毓英所倚重。及抵迤南道任内，肃靖边防，亦有微劳足录，似未可因一眚而令废弃终身。

臣维近年获咎各员，果有一长可取，一经疆臣据实奏请，无不仰沐恩施。今王定安、许继衡二员宣力多年，才堪任使，幸得恭逢恩诏，正可勉竭驽骀，力图晚盖。可否仰恳天恩，俯准将王定安、许继衡交吏部带领引见，候旨录用之处，出自逾格鸿慈。

臣未敢擅拟，理合恭折具陈，伏乞皇上圣鉴训示。谨奏。

调补要缺知县折光绪十七年七月初一日

奏为沿海要缺知县人地实在相需，吁恳天恩允准调补，以重地方，恭折仰祈圣鉴事：

窃上海县知县裴大中升补遗缺，经前督臣曾国荃等请以江宁县知县陆元鼎调补，经部议驳复以该员请调，又准部覆核与定例不符，仍毋庸议。嗣经前署督臣沈秉成等以南汇县知县袁树勋奏请调补，接准部咨：“南汇与上海仍属缺项相同，所请调补之处，应毋庸议，应令另行拣选”，等因。

伏查该县滨临江海，地当冲要，为各国通商第一口岸，与他处沿海要缺不同，事务之繁，甲于通省，实非精明干练、胆识兼优、熟悉洋务、能持大体之员，不足以资治理。遵于通省在任知县内再加遴选，非现居要缺，即与例未符，或人地多不合宜，此外曾任实缺并进士即用及应升人员，亦均难以胜任。惟查有江宁县知县陆元鼎，浙江进士，由即用知县两次请补江宁县知县。光绪十六年调署上海县知县，在任一年，以去暴安良，兴利除弊为己任，于地方吏治及中外交涉事宜，无不尽心办理，遇事持平，为华洋商民所信服，所至卓有政声，卸任后众犹称道不置，实为江南出色之员，以之调补斯缺，人地实在相宜。据江苏布政使邓华熙等会详请奏前来。臣等查上海一缺，前以陆元鼎两次请补，部臣议驳，系照定例办理。该县为三字要缺，与江宁缺项相同，昔年定例，尚在未经通商以前。自辟口通商之后，中外商民荟集，地方紧要，交涉纷繁，较诸省会首邑尤为难治。今昔情形既不同，不敢不略予变通，冀收得人之效。查光绪三年，前督臣沈葆桢，以江宁县知县莫祥芝调补上海县知县，仰蒙特旨允准，是上海员缺紧要，早在圣鉴之中。本年三月间，前署督臣沈秉成以涡阳县知县陈兆庆调补宣城县知县，亦蒙特旨俯允，仰见朝廷慎重地方，一经疆臣沥情奏请，无不仰荷恩俞。该员陆元鼎，守洁才优，安详稳练，前在上海县任内，办理华洋交涉事务，均能不激不随，动中窾要，已有成效可睹，以之调补上海县要缺知县，与莫祥芝前案相同，较之陈兆庆调补内地要缺，尤为紧要。臣等往返函商，意见相同。合无仰恳天恩，俯念要缺需员，特旨允准仍以江宁县知县陆元鼎调补上海县知县，庶于地方洋务，均有裨益。如蒙俞允，该员由现任知县调补知县，衔缺相当，毋庸送部引见，调补要缺，一切因公处分，例免核计。该员系初次请调，所有应完罚俸银两，仍饬查明，依限完缴清楚，造册咨销。至该员履历，已于初次请调折内详陈，此次应请邀免复叙。

谨合词恭折吁陈，伏乞皇上圣鉴训示。

再，所遗江宁县要缺知县，容俟接准部文截缺后，另行遴员请补，合并陈明。谨奏。

道员不胜监司请分别革降折

光绪十七年七月初一日

奏为特参行止卑污、性情乖谬之道员，请旨分别革职、降级，以饬官方，恭折仰祈圣鉴事：

窃道员职膺方面，上与藩、臬平行，下则统属府县，自应端方稳练，庶足以肃纪纲而资治理。兹查有江苏补用道胡常亨，人才猥鄙，以画符水解按摩为名，辄敢献媚长官，使其妇人入署疗病，当被叱出，言者齿冷，闻者颜惭，同列同乡莫不羞与为伍。又按察使衔江苏候补道冯邦棅，前办仪栈，举措乖方。即如西岸配运碱片，本有定数，有时商人呈请增引，亦由盐政衙门批饬，斟酌情形，以防占销，而杜弊混。乃该道既不循照旧章，并不具禀请示，借口捐缴善举，擅行纷更。及前督臣曾国荃闻知行查，始据禀明，额外多发万引，收银六七千两。经前督臣饬令停止，即将捐银分别充公。至各场所用秤砠，或有年久模糊，应由运司另制，较准颁行，以昭慎重。该道仅据一二商人所请，并不咨商运司，遽准更换。随经运司禀明，前督臣曾国荃饬令撤销。以上两端，该道即非受贿营私，亦是胆大糊涂，暗于政体。江苏道员甚多，风气愈趋愈下，不可不严行甄别。似此罔识廉隅，不循绳墨，实不足以胜任监司。臣未敢稍涉迁就，相应请旨将胡常亨即予革职，勒令回籍，并将冯邦棅革去按察使衔道员知府，以同知归部候选，俾各员知所儆戒而澄叙可期。

所有特参卑污乖谬道员各缘由，谨恭折具陈，伏乞皇上圣鉴训示。谨奏。

特参溺职匿丧州县折

光绪十七年七月初一日

奏为特参官箴多玷、性行有亏之直隶州知州、知县，请旨将该二员一并革职，以肃吏治，恭折仰祈圣鉴事：

窃臣到任后，因地方多故，昕夕不遑，接见州、县颇稀，未能逐一考察，不敢轻为举劾，顾有劣迹昭著，耳目所及者，未便稍涉姑容。查有通州直隶州知州裴大中，前交卸上海县篆，经苏州藩、臬两司访闻劣迹八款，先后委候补知县张晸、候补知府徐致中查明禀覆，详经抚臣刚毅饬移苏松太道聂缉椝覆查，先将徐守等查覆各节具禀到臣，并据裴大中逐条辩论前来。臣按款细核，即就该牧自承之处，指摘数端，亦可见其办事糊涂，致滋物议。第系公私各项头绪纠纷，仍候苏松太道查明另行核办。至于陈氏争继一案，该牧违例偏断，则不待覆查而已明矣。富室陈锡端身故之后，其亡孙曾同之妻陈蒋氏生子宗杰，与同祖弟攸同争继长房，均称出自陈锡端之命，莫能辨其孰实孰虚。两造所陈监照、族谱，难保非预为安排，同一不足凭信。惟曾同兄弟三人，且是嫡出，例可出继长房，攸同系独子，且庶出，例不应出继长房。无论陈锡端有无治命、乱命，既经争继成讼，自应照例定断，方足以服人心。乃该牧于应继之曾同则多方挑剔，于不应继之攸同则极力扶持。嗣经前督臣曾国荃断令曾同之子宗杰为锡端承重曾孙，词严义正，该牧犹以宗杰、攸同并继为请，以致案悬莫结，不知是何用心？且于陈汝寅扛帮攸同争继与陈蒋氏互讼之时，该牧以劝谕为名，时往汝寅家中酬应，俨若亲友，无怪陈蒋氏指为串贿，即旁观亦觉不平。该牧妄引例文，谓独子可继大宗。不知独子可继大宗，以无支子可继，不得已为之也。今曾同承继多年，有嫡出之子宗杰，不此之继，而以独子攸同继之，是继一房，亦绝一房，揆之陈锡端初衷，应不如是。接署上海县知县陆元鼎遵照曾国荃批词定断，两造输服无辞，而该牧始终回护，不顾情理之平，实属有意偏袒。又通州直隶州如皋县知县罗琼章，系四川潼川府中江县人，于光绪十七年二月初五日到任，五月十六日在州呈报，本月十二日接到家信，得知生母庄氏于十六年十二月初十日病故。该令系属亲子，例应丁艰等情，由该署州黄承暄先行委员代理，一面转详到臣。查四川至江南一水东流，舟行甚驶，现在轮船电报传达尤速，此等丁忧重事，该家属自必即日报闻，何以迟至半年该令始经得信？人言啧啧，谓其先闻丧后赴任，似属实情。该令以不祥之身，公然吉服临民，于心忍乎不忍？该州委员代理，甫经三日，防范未周，致有匪徒鼓众焚拆教堂之案。使该令及早呈报，代理之员到任日久，闻有匪徒滋扰，当可设法维持。是该令之匿丧、缓报，不独亏私恩，亦且误公事。似此劣迹昭著，未可令其再膺民社。相应请旨将通州直隶州知州裴大中、前如皋县知县罗琼章一并革职，以儆官邪。

谨摘叙事由，恭折奏参，伏乞皇上圣鉴训示。

再，查通州直隶州知州系“繁难”两字要缺，江苏现有应补人员，应请扣留外补，合并陈明。谨奏。

请由山东挑浚漕河折

光绪十七年七月二十七日

奏为江北、江苏河运漕船回空经过淤浅河道，援案仍请由山东省预先挑浚，以期无误新漕，恭折驰陈，仰祈圣鉴事：

窃准部咨："山东巡抚张曜奏，本届河运漕船回空，请由南省委员自行催趱，遇有水浅之处，酌量挑挖一片，钦奉朱批：'着该抚咨行刘坤一等转饬照办。'"钦此。咨行遵照等因，当经转行去后，兹据江安粮道马恩培、江苏粮道景星会详称："河运回空漕船，关系次年新漕。历届重船行抵通州交米完竣，每两帮专委佐杂一员管押南下，另派牧令一员督押催趱，沿途不准逗遛。然每逢新运开局之日，船多未抵水次，另雇甚难。昔年曾因黄水迁移，回空艰阻，每致各船冒险航海，或至次年南归。嗣虽航海有禁，而回空各船，俱以北路运河淤浅太甚，拖坝致损，视为畏途。今届回空，挑河事宜若改归押空委员临时举办，实恐事多窒碍，贻误新漕。查漕船抵通州交兑，为期迟早视渡黄之迟速为准：倘发汛较晚，节候已迟，虽日夜督催，犹恐不能克期南下，若遇有淤浅之处，责令停船挑浚，势必久延时日。北地苦寒，设或阻冻难归，不独需费较繁，抑且耽误新漕。此窒碍难行者一也。运河受淤，水势必小，若俟船抵该处，始行疏浚，须将各船择一深塘聚泊，艄后筑坝截流，始能勘估兴办。无论船只较多，一塘不能容受，即使分帮停泊，而河水消涸之际，塘深无几，实有胶舟之虞。且众船聚泊一处，风高物燥，在在可虑。此窒碍难行者二也。本届江北、江苏漕船有九百号之多，水手几近万人，难保无狡黠好事者混迹其间。若各船久泊河干，深恐游手好闲，恃众滋事，且押空委员奉差异地，办理一切，呼应不灵。即以雇夫而论，由地方官承雇，每名日给京钱一百六十文，押空委员承雇，必须日给钱二百四十文，拉溜拖坝，事事皆然。以工作而论，由地方官承办，日可出土十方者，委员承办，日仅出土六七方，功倍事半，结习已深。同是公家之款，同办公家之事，而迟速各判，难易迥殊。此窒碍难行者三也。至回空所载货物，例按原装米数，准带二成，定章已久，虽云体恤，亦具深心。各该船户既有成本在船，孰不愿赶紧南下，急图销售，断不肯有意迟延。若谓任情装载，借口留难，各该地方官尽可会同押空委员，指名查究。该抚原奏所称“恣意刁难”一节，似可毋庸过虑。且近年南北运河两岸堤身间有溃决，欲求蓄水，必先筑堤。若责成押空委员于回空之际，遇有淤浅河道，临时兴挑，实恐赶办不及。如谓筹款维艰，或请酌量拨款，总须由山东各地方官先事筹办，庶可无误新漕等情，详请具奏前来。

臣等察核所详，实为力顾新漕起见。回空河道，山东可以预筹于先事，江苏只能赶办于临时。且江苏押空各员，人地生疏，非若山东各地方官熟悉情形，便于呼应，两相比较，自以仍归山东承办为宜。查光绪十二年江北江苏回空漕船，行至阿城，适值黄水冲决，运口淤沙填塞，十有余里，不能出口入黄。押空各员，因地处隔省，无从措手，经东昌府知府派员经理，始得连樯南下。是以十三年六月前督臣曾国荃鉴及上届回空之难，预筹办法，奏请将淤浅处所，由山东省拨款经理，钦奉谕旨允准钦遵办理。本届事同一律，相应请旨敕下东河督臣、山东抚臣，仍饬该管河道各员，循照旧章，将境内淤浅各工，预为勘估兴办，务须一律挑挖深通，并将各缺口分别堵筑坚实，俾回空各船得以畅行无阻，及早南归接运新漕，以免迟误。

理合会同漕运总督臣松椿由驿恭折具陈，伏乞皇上圣鉴训示。谨奏。

办结江苏镇江各属教案折

光绪十七年八月初五日

奏为江苏镇江等属各教案，分别办理议结，恭折具陈，仰祈圣鉴事：

窃本年四月间，安徽芜湖教堂被匪造谣焚毁后，江苏之丹阳、金匮、无锡、阳湖、江阴、如皋各属教堂接踵被毁，派员前往查办。虽滋事情形轻重不一，要皆由于匪徒潜窜，捏造无根之言，煽惑愚民，聚众滋闹，意图借端肆扰，乘机焚抢，以致迭酿巨案，此外各属亦复谣言四起，并有张贴揭帖情事。臣等查各国教士在中国设堂传教，为条约准行，教堂兼办育婴，设立义学，亦无非好行其善。该匪徒等胆敢无端造谣，肆行窜扰，若不查拿严办，解释民疑，不独民教难以相安，亦实为地方之害。

据报后，节经严札通饬各属，将境内所有教堂，务须实力保护，一面严拿造谣滋事匪犯，按律重办。并由臣坤一迭次剀切示谕，饬令各属传集地方绅董，各向就地居民，传谕诰诫，毋得轻听浮言，妄生猜忌。各该县未能先事预防，实属咎有应得。苏属各案，系由丹阳首先滋事，将该县查文清甄别参革。署无锡县刘树仁、署江阴县孙诒绅、阳湖县叶怀善、署金匮县汤曜，均摘去顶戴。代理如皋县莫炳琪到任甫及三日，予以记过。并将该管汛弁一律摘顶示惩。钦奉谕旨后，又经臣等分别详晰出示晓谕。此等造谣滋事之匪，极为诡秘，行踪飘忽，缉捕较难。臣坤一复密派员弁四处访缉，并令各州、县清查保甲。数月以来，地方幸以安谧。窃维筹办善后，以辑协民教为第一要义，拿办匪犯，必须情真罪当，方足以昭折服而安民教。据各属先后禀报，拿获各犯，讯系均只在场附和，饬令会同委员一再研讯，加以刑吓，矢口不移。现已各按情罪，分别军流徒杖，从重定拟。各教堂毁失屋物，若待着追赔偿，势必稽延时日，无以安教士之心。已饬据常镇通海道黄祖络督饬印委各员，筹拨款项与各教士，分别一律议结。仍严饬该管道府，饬各属勒拿首要各匪，务获惩办，以期仰副圣朝辑睦邦交、绥靖地方之至意。

除将办理情形随时咨明总理衙门外，所有江苏各教案查办议结缘由，理合由驿恭折驰陈，伏乞皇上圣鉴训示。谨奏。

淮商遵捐充饷请奖折

光绪十七年八月十九日

奏为淮商感荷天恩，遵捐巨款以充部饷，恭折仰祈圣鉴事：

窃臣承准军机大臣字寄："光绪十七年四月二十五日钦奉上谕：'户部奏库款支绌，亏短甚巨，酌拟筹饷办法，开单呈览一折。朕详加披阅，所议各条，于筹备库储，尚属切实，着依议行。惟筹饷一事，部臣虽尽心擘画，全赖各省疆臣认真督办，不避怨嫌。庶一切诿卸掩饰之弊可除，克臻实效。现当库存奇绌，各直省将军、督抚等，受恩深重，必应顾全大局，共济时艰，无待谆谆详谕也。户部原折并单内应由外办四条，均着抄给阅看。'"等因，钦此。仰见深宫宵旰忧勤，因部库支绌，务须内外绸缪，勉以认真，戒以诿卸，训词周至，钦悚莫名。

伏查部臣陈奏外办四条，以盐商捐输为大宗，遵经札饬两淮运司江人镜，传集商人妥劝去后，兹据禀称：谕令淮南北商贩，共按引认捐库平银一百万两，内淮南、湖北、湖南、江西、安徽四岸各商共摊捐银七十八万两，江宁、扬州等属食岸各商共摊捐银二万两，淮北票贩共摊捐银二十万两，淮南分两年、淮北分两纲，一律缴清解部等语。

查两淮岸销疲滞，本占利微，捐输又复踵至，商力迥不如前，深恐一涉诿延，于部饷难期实济。经臣谆切函致运司，转谕盐商，告以此次朝廷准奖实职，为从来未有之恩。该商等两次来臣衙门具呈，以力薄少捐为请，均经批交运司再三劝导。各该商感沐皇仁，深明大义，当此疲困之际，勉申报效之忱，洵属踊跃乐输，深堪嘉尚。运司江人镜仰体时艰，不避嫌怨，督同淮南总局张元恺等及海州分司徐绍垣，多方劝谕，集此巨资，稍充部库，亦属顾全大局。从前盐务盛时，各商每缴巨捐，仰蒙天语褒嘉，载诸典册。今幸各商好义急公，与昔时先后一辙，皆我国家厚泽深仁沦肌浃髓所致。此次捐项，拟恳天恩，敕部随到随奖。其委解捐款，与寻常委解京饷不同，所有向例应解之部饭加平银两，应予免交，以昭激劝而示体恤。

除批饬遵限缴清不准借延外，所有淮商遵捐巨款以充部饷缘由，理合恭折具陈，伏乞皇上圣鉴训示。

再，其余筹饷三条，容臣另行妥筹具奏，合并声明。谨奏。

奉命帮办海军事务谢恩折

光绪十七年八月十九日

奏为恭谢天恩，仰祈圣鉴事：

窃臣承准海军衙门咨："光绪十七年八月初二日内阁奉上谕：'两江总督刘坤一着帮办海军事务。'"等因，钦此。当即恭设香案，望阙叩头谢恩讫。

伏念臣渥承宠遇，忝领大邦。江海兼筹，冀收外攘内安之效；涓尘未报，时切临渊履薄之思。读豹略而未娴，咏鹈濡而增悚。兹复仰邀恩简，帮办海军，自顾庸愚，谬襄艰巨。查海军之设，已历六年，洋面所周，辖兼七省。在圣主整军经武，因思患而豫防；在微臣任重材铨，益抚衷而滋惧。惟有仰承宸训，勉竭愚诚，末议遥参，督犀军而益奋；重洋永靖，蹴鲸浪以胥平。极沧溟九万里而遥，畏威慴伏；庆圣朝大一统之盛，率土来归。

所有微臣感激下忱，谨缮折叩谢天恩，伏乞皇上圣鉴。谨奏。

华阳营改归安徽校阅片

再，准长江提督李成谋咨称：湖口镇标额设五营，内湖口、吴城、饶州三营汛地全隶江西，安庆一营汛地全隶安徽。惟华阳一营游击及左右哨都司驻望江县属之华阳镇全隶安徽，其哨队驻防汛地分隶安徽、江西两省。该营系归江西巡抚校阅，每逢大阅之年，抚臣不便迂道华阳，先期抽调华阳、湖口、吴城、饶州四营舢板若干只，齐集湖口，由江西巡抚校阅。安庆一营亦先期抽调舢板二三十只，齐集安庆省河，由安徽巡抚校阅。其员弁之优劣，应举劾者，悉听阅操之巡抚奏咨办理。窃思轮值大阅之年，在江西之华阳、湖口、吴城、饶州四营，虽抽调舢板数十只至湖口合操，其留汛之船尚多，力足以资缉捕。独安庆一营，分防三十余汛，调船太少，水操不便列阵，调船太多，汛防又虑空虚，操防总无兼顾善策。查华阳游击及左右哨都司驻扎之所，既隶安徽，且自华阳达安徽系顺流，程途较近，自华阳至湖口系逆流，程途较远。若以华阳一营改归安徽巡抚校阅，在安庆应操者有安庆、华阳两营调操，既不虞疏防，在湖口应操者，尚有湖口、吴城、饶州三营，阵式亦不嫌单薄。似此变通办理，实于操防两有裨益。与安徽、江西两省抚臣往返咨商，意见相同，咨请具奏前来。

臣详加查核，系属因地制宜，实于操练巡防均有裨益。合无仰恳天恩，俯准将华阳营改归安徽抚臣校阅，以肃军政而重地方。

谨会同安徽抚臣沈秉成、江西抚臣德馨、长江提督臣李成谋附片陈请，伏乞圣鉴训示。谨奏。

整顿营务撤换各军统领折

光绪十七年九月初十日

奏为钦奉谕旨，谨将历办情形并撤换各统领、统带，以资整顿，恭折具陈，仰祈圣鉴事：

窃于九月初一日承准军机大臣字寄："光绪十七年八月二十二日奉上谕：'严饬各营痛除积习，实力操防。'"等因，钦此。当即转行钦遵。

臣维兵不练与无兵同，而练兵必先选将。江南水陆防军，分扎各处要隘，关系綦重，必须由各该统领督饬营哨等官。实力训练，严密巡防，庶几气象常新，一兵得一兵之用。臣于本年三月到任后，迭次严饬各该统领、统带，务各激发天良，督率所部勤加操习，凡枪炮之准则，步伐之整齐，均须精益求精，加意考究，至于缺额扣饷，以及耗散药弹，尤为军营恶习，更当痛切屏除。每遇各该统领等因，公进省时，面为诰诫，不啻三令五申。又以沿江一带伏莽未净，游勇、会匪行踪诡秘，每多混迹其间。徐州、海州各属界连三省，尤为盗匪出没之区。缉捕虽为地方营、县专责，而驻有防勇附近处所，若不一律责令协缉，难免不分畛域，亦经饬由臬司严定防勇缉捕章程，信赏必罚，俾该员弁等各顾考成，不敢不力图奋勉。并以各营勇丁贤愚不一，难保无游勇、会匪从中煽惑，复密饬各该统领等，于所部各营，随时随地务须详加体察，如有形迹可疑，即行确切根究，严拿惩办，各哨勇丁，必须取具连环保结，互相箝制，杜渐防微。第立法虽严，尤贵统领得人，方能实力奉行，渐收实效。前因太湖水师统领李新燕办理不能得力，改派记名提督前云南鹤丽镇总兵朱洪章接统，业经奏明在案。兹因统领新兵五营记名提督易至忠，虽系宿将，而才具殊欠开展，难以胜任。该营驻防镇江为通商口岸，地方紧要。查有前福建汀州镇总兵李占椿，威棱夙著，胆识兼优，委令接统，仍驻扎镇江及象山、焦山等处炮台，会同瓜洲镇总兵吴家榜、常镇通海道黄祖络妥为布置，联络声援，易至忠管带奇兵中营，调驻江浦。又煦字五营驻守江阴炮台，责成亦重，该统领刘青煦威望未孚，应行调省。查有统带忠、信两营驻扎上海之记名提督陈基湘，才具稳练，纪律严明，堪以调统，并将煦字五营改为新湘勇五营。递遗忠、信两营，查有管带制造局炮队之记名提督杨金龙，血性过人，勇略并茂，堪以接统，仍兼管炮队，分途训练，俾成劲旅。

臣疆寄忝膺，受恩深重，整饬营伍，本属责无旁贷。当此萑苻未靖，时事孔殷，又复钦奉谕旨，益当破除情面，慎选将才，饬令按照定章，认真办理，总期操巡兼顾，战守有资，仰副圣主整军经武，绥靖地方之至意。

所有整顿营务情形并遴员接统缘由，理合恭折具陈，伏乞皇上圣鉴训示。谨奏。

办结芜湖教案折光绪十七年十月初二日

奏为安徽芜湖教案商办完结，谨将办理情形，恭折具陈，仰祈圣鉴事：

窃查本年四月间，芜湖教堂被匪造谣惑众焚毁。该处系通商口岸，驻有领事，为中外商民荟集之区。臣坤一据报后，节经电饬芜湖关道督饬地方文武，分投保护，拿办匪犯。一面调拨兵轮，驰往弹压，并先后派委江苏候补道刘佐禹等前赴该处，会同地方官，切实查办。臣秉成适由上海乘轮回任安徽，于滋事之次日道经该处，其时谣诼纷纭，民情尚多惶惑，复饬令设法解散，调拨勇营，加意巡防。先后拿获滋事匪犯，经芜湖关道成章，会同江苏候补道刘佐禹督同印委，确切质讯，录供禀办前来。

当查王光金、傅有顺二犯，均系匪党，预谋滋闹焚抢之犯，即经按照惩办会匪章程，批饬立予就地正法，传首江宁、镇江、上海等处示众，以昭炯戒，其余附和之犯，各按情罪轻重，分别监督、枷责。并将疏于防范之芜湖关道成章、芜湖县知县王焕熙先后撤任调省，并饬接署之员访拿逸匪，实力防护。又由臣等迭次出示，剀切晓谕，以释群疑。该处为长江往来要冲，五方杂处，良莠不齐，弹压巡防，在在均关紧要，兵力尚形单薄，不敷分布。臣等往返函商，由臣坤一饬派记名提督谭桂林管带老湘后营前赴芜湖，择要常年驻巡，以资保卫。该教堂焚毁屋物等项，派委江苏候补道蔡钧会同署理芜湖关道彭禄，与教士商议未结，因领事、主教均驻上海，复由臣等饬令江海关道聂缉椝就近与法总领事华格臬等一再妥为筹商，现已一律议结。应赔之款，若待着追赔偿，有需时日，已饬由署芜湖关道彭禄先行筹拨款项，转给教士收领，以清积牍。并饬该道府督饬所属，将各处教堂实力保护。一面勒拿逸匪，务获惩办，以期仰副圣朝辑协邦交、绥靖地方之至意。

除将办理情形，随时咨电总理衙门查照外，所有芜湖教案办理完结缘由，理合由驿恭折驰陈，伏乞皇上圣鉴训示。谨奏。

提拨徐州土药局费仍请酌加折

光绪十七年十一月初三日

奏为徐州土药设局收捐，恳恩仍照原议提拨局用，以资办公而保正捐，恭折具陈，仰祈圣鉴事：

窃查徐州土药设局收捐局用一项，经前署督臣沈秉成会同臣刚毅以事属创始，奏请按照收数一五成开支。嗣准总理衙门会同户部议覆，应比照厘局定章，于正项内酌提一成，如实有不敷，再由该督抚奏明酌加等因，当经转行遵照。兹据办理徐州统捐局江宁布政使瑞璋、署徐州道桂嵩庆以奉拨一成经费，委属不敷支用，仍请准照原议，酌拨一五成，以资办公，沥情详请具奏前来。

伏查目下各项经费，均值支绌之际，苟有可以从省之处，何敢不量入为出，撙节动支。惟徐州抽收土捐局用一项，有不得不量予加增者厥有数端：

用款之繁简，以设卡之多寡为断。徐州地属平衍，与各厘局之有要可扼者迥属不同，非多设局卡，不足以昭周密。徐州一府及沭阳、赣榆等县设立分局十五处，分卡七十三处，为各厘局所未有。局卡既多，用款即不能稍从减省。其难一。

各省厘局当开办之初，局用经费亦系各就情形，斟酌开支。金陵、松、沪等局，自光绪七年始定于正捐内减为酌提一成。徐州设局收捐，事属创办，一应用款实难与办有成规之各局相提并论。其难二。

徐州专收土药厘金。各省厘局系统收百货之捐，捐数较巨，应提一成经费，为数亦因而加多。且土药与百货情形不同，大宗之货绕越偷漏，尚易稽察，土药则为质甚轻，私商贩运取携甚便，非多雇勇夫，节节梭巡，不能杜其偷越。其难三。

徐州捐局当开办之始，因各邻省捐数未能画一，均较徐州为轻。该属界连三省，举步即属邻境。商情惟利是图，趋避是其惯技，百密脱有一疏，流弊即无底止。其难四。

各省抽收土捐，均系尽收尽解，并无一定之数。徐州土捐，每年出产，业已奏明药数有案。历来办理捐务各员，向以招徕为主。是各省即使捐数画一，难免暗中通融。徐捐必须滴滴归源，若多撤一卡，即多一走私之处，于正捐实多窒碍。其难五。

以上数端，均系实情。一切局用，实不能不稍予从宽，以资分布。

且徐州土药向不收捐，获利较厚，是以民间栽种较多。自上年冬间有设局收捐之议，小民未悉情形，本年栽种已较往年为少。夏间又因天气亢旱，土浆减收，捐数未能踊跃。经臣等迭饬署徐州道桂嵩庆严饬各分局委员，务须实力稽征。截至八月底止，共收捐银十五万六千六百余两，九月以后，捐数渐微。惟冀民间存土陆续出售，至明岁四月间，一年期满，或可不致过于短绌。若因稍节局费，致稽察未能严密，办理更无把握。凡此情形，为总理衙门及部臣所深悉，是以核覆局用一项，有“实在不敷，再行酌加”之语。现计该局委员、司事、巡勇薪费、饭食及油烛、纸张等项，每月实共用银三千八百余两，委系减而又减，为必不可少之需，按照正捐一成开支，实属不敷甚巨。合无仰恳天恩，俯准仍照原议，于正捐内酌拨一五成局用，以资办公。仍俟试办数年后，如能核减，再行察酌办理，以昭核实。

除分咨总理衙门户部查照外，理合恭折具奏，伏乞皇上圣鉴训示。谨奏。

江海关溢支经费就款核销片

再，准户部核覆江海关洋务外销经费，自光绪十三年正月开办起，至十五年九月止，共借支银二十七万二千六十四两有奇。请自开办之日起，一律准照每年四结十二万两开支，核计十结零两个月，准支销银三十二万两，其溢支银五万二千六十四两零，应仍令提还归款等因。当经饬遵。

伏查此项溢支银两，臣一再行令提回，原为慎重度支起见，况值此费绌用繁之际，凡有一应款项，均当力求核实。前项银两，苟有款可以提还，亟应遵照办理。惟是统核全案，此项用款名为外销，实为洋务，地方要需原在洋药项下抽捐济用，嗣因洋药税厘归关并征，不能另抽，不得已请拨药厘，以资接济。经部臣行知，另将用款开册送核，计每年额支活支需银十五六万两，又因拨款尚未经部核准，用款势难延缓，咨明先在药厘项下借支济急。旋经部臣核覆，自光绪十三年正月开办并征之日起，每年拨银十万两，因所短甚巨，复经咨准部覆，自十五年九月分起，添拨银二万两。核计拨款仍属不敷。经前督臣曾国荃一再饬将用款力加删减，务遵额定银数，核实支用，一面奏请将十五年九月以前动用银两，就款核销。现照部覆添拨之二万两，一律准自开办之日起支，计尚溢支银五万二千两有奇。此项银两，在部臣按照准拨银数核计，系属溢支。就案情而论，事在奏案未定以前，较之咨部册开岁需银十五六万两之数，只有减少，并未稍有滥用。在药厘借支，亦经声明在先。现在拨款业已额定，用款亦已切实核删，以后必当饬令力求节省，量入为出，断不准再有滥支。惟部臣行令提还之款，既在奏案未定以前，零星散放，均为洋务地方公用，曾经册报有案，势实无可追缴。近来该关洋务较繁，用款更多，就准拨之款支用，深虑不敷，更无余款可以筹补，委属无从提还。据江海关道聂缉椝沥情详请具奏前来。臣覆加察核，系属实情。合无仰恳天恩，俯准就款核销，以清款目。

理合会同北洋通商大臣直隶总督臣李鸿章、江苏巡抚臣刚毅附片具陈，伏乞圣鉴训示。谨奏。

特保提镇大员备简折

光绪十七年十一月初三日

奏为特保提镇大员以备简用，恭折仰祈圣鉴事：

窃自军务肃清，各处伏莽未靖，兼以外洋环伺，江海筹防，武职需才实与文职并重，提镇有专阃之寄，尤贵委任得人。兹查有江苏统带忠、信等营记名提督杨金龙，智勇深沉，操持廉正，平日于中外兵法，刻意讲求。署福山镇总兵记名提督黄本富，方略优长，精神详审，兼习天文地利，有儒将风。江西统带刚字营记名提督申道发，纪律严明，天性忠笃，带兵善于操纵，进止深合机宜。海州营参将记名提督杨文彪，仪观甚伟，胆识过人，在营善于拊循，士卒乐为之用。两江补用总兵记名提督贺长发，谨慎好谋，骁雄善战，崎岖绝塞，梾著声威。吴淞营参将记名总兵徐传隆，韬钤夙裕，调度有方，沿海情形，独称熟习。该提镇等年力正强，皆思及时效犬马之报，倘蒙天恩录用，寄以干城，必能殚竭血诚，仰酬高厚。

所有特保提镇大员以备简用各缘由，恭折具陈，伏乞皇上圣鉴训示。谨奏。

兵轮可任人员片

再，黄本富先由陆路出身，嗣于水师供职，内洋外海，衽席风涛。徐传隆现在管带开济兵轮，前经出师堵御法船，并屡次出洋游历，于海道之险夷，驾驶之难易，船炮之精窳利钝，兵丁之强弱智愚，无不考核详明。南洋兵轮各管带官，以徐传隆最为得力，且其赋性忠笃，尝思奋不顾身，为国效一旦之命。际此中外交涉，朝廷为地择人，该二员于沿海、沿江提镇，可期称职。

谨附片陈明，伏乞圣鉴。谨奏。

特保堪胜提镇各员折

光绪十七年十一月初四日

奏为特保堪胜提镇之副将，以资超擢，恭折仰祈圣鉴事：

伏念我国家讲求武备，奖拔将才，人人奋志功名，冀供朝廷驱策。自军务肃清后，偏裨中往往有堪膺专阃而无由自达者。臣于接管卷内，见各前督臣所保堪胜提镇各员，如臣标中军副将王幼山、江宁城守协副将刘光才、两江补用副将袁大升、世袭云骑尉两江补用副将徐士衡，均属有守有为，不负所举，刘光才尤为出色。此外候补实缺副将中，经臣查有署理九江镇总兵两江补用副将何明亮，持身通介有常，治军宽严并济，凡事顾全大局，不肯自便私图。管带浙江提标练军留浙补用副将张国林，用兵颇符拙速，驭众极有恩威，所至市肆不惊，其下奉令惟谨。管带江西抚标亲兵借补江西抚标右营游击补用副将王国权，久经盘错，颇识权奇，随臣带勇多年，深资臂指之助。广西管带防军留粤补用副将杨子吉，一诚无伪，百折不回，前经拯臣于危，亦足占其忠勇。以上各员，就臣察看，如何明亮之才，求之提镇中不可多得，其余亦堪承乏，是在圣主量材器使，以收得人之效。

所有特保堪胜提镇之副将以资超擢缘由，恭折具奏，伏乞皇上圣鉴训示。谨奏。

请将耆儒汪士铎宣付史馆立传折

光绪十七年十一月初四日

奏为已故耆儒清德朴行，博学通经，吁恳天恩，宣付史馆立传，以表潜修而励士气，恭折具陈，仰祈圣鉴事：

窃查江宁县已故举人汪士铎，研经博物，学问渊通，平居操行清峻，避声气利禄若浼，晚节益励，造次弗渝，环堵萧然，著书终老。光绪十一年前江苏学臣黄体芳，查取江苏绩学之士，檄饬各学搜求遗籍，将该故举人所著各书，一并咨送国史馆备查，并奏称该举人汪士铎贞固绝俗，博雅冠时。是年十月初七日奉上谕："举人汪士铎笃志潜修，积学不倦，允宜量予奖励，以资观感，着赏给国子监助教衔。"等因，钦此。该故举人汪士铎励志力学，仰邀天语褒奖，实为儒生稽古之荣。兹据江宁绅士翰林院庶吉士叶文铨等禀称，该故举人于光绪十五年七月初七日在籍病故，胪陈事迹，禀请具奏前来。

臣查汪士铎秉承家学，自幼笃嗜近思录，躬行实践，忍苦淬厉，蔚为儒宗。道光二十年庚子科举人，为前湖北抚臣胡林翼典试江南所得士，重其学行，敬礼殊优。其为学大旨在根柢经训，贯穿古义，以达诸礼教政治，蕲有益于世用，而不屑空言。于诸经皆有撰释，尤邃三礼，宗绩溪胡培翚之学，所为礼服记、仪礼郑注今制疏证，丧服经传补疏，具有典据，足补宋、元以来注释家所未备。尤致力于舆地之学，所著水经注释文，采葺繁富，考据精博，洵发前人所未发。生平著述，有《南北史补志》三十卷、《表》一卷、《水经注图》二卷、《附汉志释地略》《汉志志疑》各一卷、文集十三卷、诗词集二十一卷、笔记六卷、续纂《江宁府志》十五卷、同治上元、江宁两《县志》二十九卷，其平日随笔纂述，考核精确，未经编录成帙者，尚不下数十万言。至其律己教人，一以践履笃实为本，无骛外，无近名，无汉、宋门户之见。前道光二十五年，主讲绩溪东山书院，仿宋儒胡瑗经义治事课程，分立斋课，因材牖迪，士林翕然宗之。咸丰九年，前湖北抚臣胡林翼以礼延聘至鄂，凡所谘画，多裨时局，忠爱之悃，溢于文词。江宁省城克复后，该故举人伏处里闾，杜门撰述，横经传业，岿然为东南师表。前督臣曾国藩屡造其庐，固请乃见，与之考订名物训诂，典章制度，莫不提要钩元，折衷至当，曾国藩叹为通儒。臣昔年承乏两江，挹其言论丰采，心焉敬之。该故举人律身甚严，待人甚恕，安贫乐道，无间终身。综其生平，清德朴行，好古潜修，实为近今罕有。我朝名儒辈出如顾炎武、阎若璩、惠士奇、顾栋高，均卓然成一家之言。该故举人博学通经，耄德益劭，抗怀希古，继轨前贤。该绅士叶文铨等胪具事实，合词吁请，足征士论之公。可否仰恳天恩，俯准将已故举人汪士铎学行事迹，宣付史馆，列入儒林传，以为穷经砥行者劝，出自圣裁。

除将事实清册咨送史馆查核外，理合恭折具陈，伏乞皇上圣鉴训示。谨奏。

覆陈筹补库储分别办理情形折

光绪十七年十一月二十日

奏为钦奉谕旨，筹补部饷，谨就江南实在情形，分别办理，恭折覆陈，仰祈圣鉴事：

窃臣等承准军机大臣字寄："光绪十七年四月二十五日奉上

谕：‘户部奏库款支绌，亏短甚巨，酌拟筹饷办法，开单呈览一折。详加披阅，所拟各条，于筹补库储尚属切实，着依议行。户部原折并单内应由外办四条，均着抄给阅看。’”等因，钦此。

伏查部库近年用款日繁，度支日绌，亟应设法补救，以固根本。凡在疆吏有筹饷之责者，均当通力合作，共体时艰。仰蒙圣主垂训之殷，并念部臣持筹之苦，何敢不竭力图维。按照部臣原奏，拟先筹有着款项二、三百万两，各省自当并力分筹。江苏岁拨京协各饷，每苦出入不敷，竭蹶情形，久为部臣所深悉，然苟有可以设法之处，断不敢稍存诿卸。就部臣外办四条，详加体察，必须力筹大批饷项，方足济部库之急。查两淮盐务，近以销岸疲滞，本占利微，是商力迥不如前，而各商不乏急公好义之人，若合众商之力，踊跃输将，当可集成巨款，似较其余部议三条，易于筹措。当经督饬运司江人镜一再剀切劝谕，共按引认捐库平银一百万两，淮南分两年、淮北分两纲，按限清缴解部，业经臣坤一专折奏明在案。

又土药税厘统解部库一条。查江苏各关局抽收土药税厘，向与百货捐笼统开报，为拨解京协各饷之需。本年四月，徐州创设捐局抽收土捐，各关局收数因而骤减，应拨各饷益形短绌。徐州所收捐数，本拟援照湖北抽收土捐留济制造之案，仍请按照原议，酌留五成，以抵各关局向有之款，为拨济京协各饷之用。然当部库奇绌之时，何敢不先其所急，自应遵照尽数解部，以资济用。现准部咨，行令将各省关土药税厘，一并尽数批解海军衙门兑收，俟借款还清，再行解部。徐州所收捐款，业已筹解银十五万两，按照部咨，径解海军衙门，俟收有成数，接续批解。此外各厘局抽收土药之款，亦已饬令尽收尽解，统俟部臣核明还清海军经费行知后，仍行照解部库，以充饷需。

又南、北洋购买外洋枪炮、船只、机器应令暂停一条。查购买外洋军火，诚属漏卮，惟西洋枪炮等项，实为军前利器，防守必不可少之需。设局仿造，原以杜利源外溢，只以各种军火分门别类，名目繁多，各局制造，因限于经费，势难推广仿造，是以仍不能不酌量添购，以济要需。南洋自防费提归海军衙门以后，岁需用款，均须按年册报海军衙门，核数指拨。以每年准拨之款，供常年应需之项，尚多不敷，是以来年一切事宜，均属因陋就简，未能大举扩充，以言筹防，实多未备。即以军火一项而论，自上年添购洋枪子弹之外，亦以筹款维艰，并未续办大宗之件，此则部中有册可稽。臣坤一莅任以来，体察情形，军火为战守要需，购自外洋，固属非计，亦苦于无款可筹，不得不就各局制造之款，量入为出。迭经严饬各局员，将各营应领军火，务须慎司出纳，以昭节省，制造之件，推陈出新，以资利用，但能多一自制之件，即可少一购买之费。至购办船只，不特南洋无此巨资，即海军衙门亟欲俟北洋成军后，推广南洋，练成一军，亦以艰于筹款，至今未能兴办。盖筹防非船坚炮利不足以御强敌，南洋江海兼筹，非有大枝水师，断难分布。即如本年，沿江一带教案迭出，南洋现有之船，不敷调遣，由总理衙门调拨北洋兵轮，前赴上海协防。是南洋增设水师，实为当务之急。不得已由臣坤一会同海军衙门奏明筹议变通办法，以为数年后渐图扩充之计，通盘筹画，委无余款可资挹注。凡此情形当为部臣所曲谅也。

又各省马步勇营应令裁减一成一条。当此库储日绌，裁勇节饷，实为切要之图。惟查本年四月间，安徽芜湖教堂滋事之后，丹阳、江阴等处教堂相继为匪徒焚毁，加以英人美生私运军火，谋为不轨，沿江一带，民心嚣然不靖，经臣等迭饬各防营，竭力防范弹压，地方始稍安谧。江苏界连四省，辖地广衍，滨江临海，汉港繁多，必须择要设防分投驻守，沿江沿海各炮台，为外人观听所系，尤须有重兵驻扎。近以芜湖为长江往来要区，由臣坤一派拨一营前往该处驻防，以资保卫。只此兵力，尚须兼顾皖境。就目下时局而论，各属尚多伏莽，虽虞饷绌，犹觉兵单。近日安徽抚臣沈秉成以会匪充斥，阴谋叵测，奏请添募勇丁一千名，以备随时调遣，仰蒙谕旨允准在案。江苏地方辽阔，较安徽尤形吃重，若将各营勇勉强裁减，窃恐匪徒因而生心，乘隙思逞，审时度势，实未可遽议抽裁。且招兵易而裁兵难，裁遣稍有未妥，即易滋生流弊。近来各处会匪行踪诡秘，多与游勇散兵勾结为患，是即欲议裁，亦当妥筹办法。臣等一再揆度，惟有缓至明年，察看地方情形如果稍松，再当斟酌筹办，庶于地方饷需两有裨益。

以上各条，臣等钦奉谕旨后，反复筹画，就目前实在情形察酌办理，不敢饰词窒碍，推诿卸责。

所有遵旨筹补库储分别办理各缘由，谨合词恭折覆奏，伏乞皇上圣鉴训示。谨奏。

访得关涉会匪职官请先行斥革归案审讯折

光绪十七年十二月初十日

奏为访查会匪总目关涉职官，请旨斥革，以便澈究而杜狡展，恭折具陈，仰祈圣鉴事：

窃查本年四、五月间，沿江人情骚动，焚拆西洋教堂之案接踵而起，访系哥匪造谣鼓众，中怀叵测。经臣次第拿获首要各匪，随时正法，其风稍息。至八月间，江海关查获英人美生私运洋枪等项，镇江关拿获美生及所带炸药，并搜获美生自书杂记，载有一切鬼蜮情形，系属勾串中国哥匪同谋滋事。臣以私购军火为数甚多，需款甚巨，该洋人重利未必自出巨资，必中国哥匪中有富豪为之应付。因美生系属英人，未能由我审办，英官又不肯澈底根究，讯出实情。经臣详细访问，系前经正法已革提督李世忠之子所为，而无从得其实迹，亦不知其人为何名。复饬地方文武，详加访察，并经常镇关道黄祖络访有会匪头目徐春山之弟徐春庭，曾为美生细崽，捡查美生杂记，又载有与徐春山等串谋情事，非拿获徐春山、徐春庭确切究问，不能水落石出，迭饬查拿未获。旋准湖广督臣张之洞、湖北抚臣谭继洵等电称：湖北拿获匪目高德华等，据供长江各会匪头目联为一气，皆奉李世忠之子李洪为总头目，称大元帅，声言欲为其父报仇，约期起事，并托洋人购办军火。又准张之洞另电，李洪系李世忠义子，李世忠之妻颇明大义，其亲生子安分读书等语。复经通饬严拿，以凭惩办。嗣准安徽抚臣沈秉成咨电，现皖省查出李世忠之子候选知府李显谋，访悉小名狗儿，又名地虎。传问李显谋，据称李世忠义子三人，其二已故，其一尚存，为方显爵，年近六十，亦非李洪。又称伊系一品荫生，以劳绩保举知府。亲生兄弟五人，长显才早故，伊系次子，第三成彬本科河南乡试中式副榜，第四显诚，第五显贻均年幼在家等情。复经电商湖广督臣张之洞，并先访知徐春庭已潜往福建马尾地方，徐春山亦在该处。由臣派委道员蔡钧乘坐轮船驰往福建，会同福州将军及闽浙督臣所派之员，将徐春山、徐春庭获案解回上海，饬令江海关道聂缉椝督饬印委一再研讯，加以刑吓，坚不供吐。此次拿办会匪，其要在严诛首恶，罔治胁从，方足以遏乱萌而安反侧。经该道等查知，徐春庭本由其兄徐春山邀令入会，与徐春山之为匪目情罪稍减，再三开导，如肯实供，许以自新。遂据供哥匪头目李鸿纠众起事，欲为其父报仇，与高德华在湖北所供，如出一口。并据供明，李鸿托美生购办军火，先后出银约二万两，并许月给美生等银两，及所供图谋一切情形，核与美生杂记亦多吻合。并据供今年滋闹教堂，都是李鸿党羽所为。嗣准湖广督臣张之洞来咨，所抄高德华供词，据称李洪系李世忠儿子。是李洪即李鸿，为李世忠之子，勾结匪类，贿串洋人，同谋滋事，已属信而有征，若非李世忠亲生之子，安得有此财力，亦复有何父仇？且经臣密嘱前安徽寿春镇总兵郭宝昌，派人前往李世忠原籍河南固始县属暗地查访，李世忠五子，与李显谋所供相符，惟称李显谋在外游荡，所分田产连年变卖等语。自来暗地结党为匪之人，其名必多假借。现统核各省咨电匪供，是李世忠之子李洪即李鸿，为匪中首目，有高德华、徐春庭等供可凭。而李世忠五子，除长子已故，第三读书中副榜，第四、第五俱年幼在家外，惟次子李显谋游荡在外，常在江苏、安徽一带，而又变卖田产，是李显谋与李洪是否即系一人，虽尚无实据，参互考证，其行径实有可疑。案关重大，必须确切根究，断不能听其一面之词，予以轻纵。现由安徽抚臣派员协同臣派往之员，将李显谋押解前来江宁。相应请旨，将李显谋候选知府及一品荫生先行斥革，俾得归案，确切研讯，一面设法另觅眼线，辨认质证。一俟得有确据，即行奏明，从重惩办，以弭将来之祸。

所有访查会匪总目关涉职官应请斥革审办各缘由，谨会同安徽抚臣沈秉成恭折具陈，伏乞皇上圣鉴训示。谨奏。

修城挑河动用原拨赈款折

光绪十七年十二月十八日

奏为江宁城垣损坏过甚，亟宜大加修补，以资保障，并拟拨开挑荆山河，工费所需银两，动用苏、浙赈捐余款，以济要工，恭折具陈，仰祈圣鉴事：

窃查江宁城垣，系前明定鼎之初，以全盛财力修造，其壮阔甲于天下，不仅为东南冠冕。自咸丰年间，军兴以后，城身垛口日就残缺。前任督臣久欲拨款兴办，均因工大费巨，筹措维艰，屡议屡寝。臣履任后，详加查勘，较十年以前损坏益甚。明知目下库储，异常支绌，难以兴此大工。无如城垣为地方之保障，关系甚重，与别项寻常工程迥乎不同，况江宁系省会之区，为东南重镇，与各府县城情形各别。若不及时修治，一任风雨剥蚀，年复一年，必致益形坍塌，将来再议兴修，需款更巨，筹措愈难。檄饬江宁城守协副将刘光才、江宁府知府李廷箫，周历查勘，逐一核实，估计所有城身垛口，工料约需银五万余两，此外城门、城楼、兵房、栅栏以及运料水脚等项，一时尚艰预计，均不在内。当经转行江宁布政使瑞璋，无论如何为难，设法妥筹的款，以便兴办去后，兹据详称，司库正项钱粮，以入抵出，尚虑不敷，无可动用，此外各局，亦无外销闲款，可以筹拨。此项工程，所关甚巨，又须赶为筹办，势难从缓。思维再四，惟有直隶应还苏、浙赈捐，原拨筹备三河坝工经费银十万两，可以拨用等情前来。

臣查蔡家庄建设滚水石坝，需费甚巨，前经漕臣松椿因款项不敷，奏明暂行缓办。是此项筹备坝工银两，尚非急切待用之款。当经会商漕臣松椿，允为移缓就急，拨作修理城垣之用。又徐州荆山河久失疏浚，河身日形淤垫。本年十月间，署徐州道桂嵩庆因公来省，面禀该处河道，关系地方水利，拟请筹措银二三万两，于春水未发以前，一律挑浚深通，以济漕运，而利商贩。并经漕臣松椿函商，亦拟于坝工经费内，酌量匀拨。臣查修理城工，需用之款，除动支之外，前款尚有余存，自可照议办理。其蔡家庄建设石坝，仍查照原奏，由臣等察酌情形，俟筹有的款，再行估办。

除分饬各该司道督饬承办各员撙节动用，认真办理，不得草率偷减外，谨会同漕运总督臣松椿、江苏巡抚臣刚毅恭折具陈，伏乞皇上圣鉴，敕部查照。谨奏。

奏补外海六营人员请免回避片

再，查定例游击、都司、守备遇升补时，如员缺在本府本营，例应回避者，仍行升补，声明于现任合例人员拣选封调。嗣经兵部定章，奏补员缺，例应回避之缺，概不准其请补各等语。查守备以上补缺，例应回避本府本营，原以各员既有承缉之责，即与地方营务有交涉之事，是以必须回避，以杜瞻徇。惟查江南水师，外海六营汛地，计自崇明之十滧口以东至佘山，由佘山以北至赣榆县之鹰游门，出洋约八九百里，与山东洋面毗连，内为五条沙，外为黑水洋，由佘山迤至金山卫出洋，约二百七八十里，与浙江洋面毗连。是该六营所辖之汛，系在洋面，且远至山东、浙江交界之处，定章只轮流巡哨，不分汛地，既与内地毫无牵涉之事，亦与内洋里河水师及陆营情形迥乎不同。该六营艇船，停聚吴淞口十滧两处，虽均隶太仓州属，第该两处不过暂行聚泊以为归宿之所，而应行巡哨之处，则均在外洋。若以籍隶太仓州所属之员，请补外海六营之缺，因其所管艇船系暂泊本州属境，亦须照章回避，似非例应回避之本意。况外海水师候补之员，现在人数寥寥，遇有缺出，多以实缺弁兵递行升补。此项弁兵，多系本籍海滨之人，取其熟谙沙线风涛，以收驾轻就熟之效。水师人员，当以巡缉汛地为断，若舍应巡之汛地，而以聚泊之地隶于本籍亦须回避，恐外海六营无合例之人堪备拣选。虽内洋准其通融请补，然内洋各营，亦多驻扎太仓州属境内，弁兵以土著为多，与外海人员同一拣选为难，不免有迁就之弊。且该营遇有籍隶该州之员，虽人才极为出色，终无升补之期，亦殊非慎选将才之道。拟请嗣后外海六营，本籍及在五百里以内人员，请补员缺，毋庸回避，稍示变通，俾收得人之效。所有此次请补外海水师，苏松镇标中营守备一缺，拟即照此办理，仍以张大义请补。

是否有当，谨会同江南提督臣谭碧理附片具陈，伏乞圣鉴训示。谨奏。

南洋兵轮暂停总统片

再，南洋兵轮，现经海军衙门会同臣筹议变通，暂减人数薪粮，为节饷增船之计，业经奏奉俞允，钦遵在案。

兹据总统兵轮记名提督前安徽寿春镇总兵郭宝昌，以南洋既议酌裁兵轮人数，渐图扩充，凡有可以节省之处，自当权衡缓急，量为酌办。现除运船之外，仅止兵轮六号，而又暂停。每年前赴北洋会操，既有左右翼长督率巡缉操练，似足以专责成，所有总统一差，目前亦可暂行停止，沥情陈请前来。察核所议，于事机尚尢窒碍，且得借资节省，自可准其所请。惟该提督为一时名将，忠勇性成，声威夙著，自接统兵轮以来，尤能不避嫌怨，实心整顿，即此请停总统薪费，亦足见该提督谋事之忠。当此需才孔亟，虽因裁减兵轮人数，准其销去总统差使，仍令及时自效，以资臂助。现经臣委令办理两江营务处，会同筹防局江苏候补道曾广照及各统领认真办理。自本年十二月起，停支总统公费，每月另给营务处薪费银一百两，以资办公。

除将各兵轮责成两翼长督率操防，遇事与筹防局妥商禀办，仍俟增制兵轮，再行规复旧章外，理合附片陈明，伏乞圣鉴。谨奏。

奏疏卷二十

恳免泰州海州各场积欠折

光绪十八年正月二十五日

奏为遵旨查明两淮泰州、海州分司所属各场积欠、历年灶欠、折价耗羡各项银两数目，恳恩一律豁免，恭折奏祈圣鉴事：

窃准部咨："叠经钦奉恩诏，蠲免各直省光绪五年、九年、十三年各年以前民欠钱粮，行文各直省查明已入奏销、实欠在民者，行令开单具奏，并造具应豁钱粮数目送部查核"，等因，均经先后转行钦遵查办去后，兹据两淮运司江人镜详称："委员分赴各场吊齐征册流水串根，按场确查，除通州分司所属各场按年征解全完并无灶欠折价，毋庸查办外，所有泰州分司所属富安、安丰、梁垛、东台、何垛、丁溪、草堰、刘庄、伍祐、新兴、庙湾十一场，自同治十一年压征十年分起至光绪五年压征四年分止，共实未完灶欠折价银二十五万八千九百三十一两九钱九分七厘、耗羡银二万二千四百四十六两九钱六分七厘。又自光绪六年压征五年分起至光绪九年压征八年分止，共实未完灶欠折价银十一万九千五百九十八两九钱四分七厘、耗羡银一万三百五十三两六钱七分五厘。又自光绪十年压征九年分起至光绪十三年压征十二年分止，共实未完灶欠折价银十二万二千二百二十五两五钱五分四厘、耗羡银一万六百四两九钱五分七厘。又海州分司所属板浦、中正、临兴三场，自同治十一年压征十年分起，至光绪元年压征同治十三年分止，共实未完灶欠折价银一万三千六百六十八两五钱九分二厘、耗羡银一千三百五十五两三分二厘。又草堰场前与小海并场划分疆界，有淤地七十二顷，所产草薪向归小海商埣樵煎，每年缴纳折课银三十六两，随同正课启征报解运库充公，同治六年以前欠缴银两业经请豁在案。其六年以后，除缴过同治六、七、八、九、十、十一等年及光绪四、五、七、十、十一等年课银分别报解，其积欠同治十二、十三两年及光绪元、二、三、六、八、九、十二等年应缴银两，迭经该场大使随正催征，该商等实因盐务疲滞，节年灾歉，商情困苦，以致丝毫未缴，应请随同正折一体请豁”，造具册结，详请具奏前来。

臣等覆查无异。相应恭恳天恩，俯准将两淮泰州、海州分司所属各场积欠，历年灶欠折价、耗羡及充公折银全数豁免，以广皇仁而纾灶力。

除将册结咨部外，谨合词恭折具陈，伏乞皇上圣鉴训示。谨奏。

织造法衣银两核实删减折

光绪十八年二月二十三日

奏为江宁织造承办法衣，遵照部咨，将动用工料银两核实删减，恭折具陈，仰祈圣鉴事：

窃准户部咨开：“江宁织造承办法衣与上用活计不同，该织造因系创办，无案可循，援照上用料工开报，统共法衣六十五件，估计银二万二千余两，行令将原单开报料工数目，访察情形，大加删减，究竟需银若干两，详晰奏明，以昭核实。并令先由藩司拨给银一万两，以资开办”等因，当经札饬江宁布政使瑞璋确切查估去后，兹据查覆："江宁织造承办各色法衣，系关嗱经要需，原颁衣样，年分久远，无可考核，而织绣精良，质地纯厚，实非寻常活计可比。江宁所出之丝，粗糙不适于用，江宁织造历办岁运活计，所用丝经均系赴浙江采购。此次奉办法衣，式样、料物均极工致，非购用上等丝经，难期经久。浙江湖州各属为产丝之区，虽一水可通，而相去千有余里，远道购办，用款不免因而加增，即使就地向丝商收买，亦须加给价值，方能提选备用。且此项法衣虽仅六十五件，而随身裙裤振靴零星等项，计有一百六十余件之多。江宁工匠，因事同创办，所颁各色衣样多未习见，未敢草率从事，必须在苏州、杭州等处雇觅精于织绣之工匠，始克依样妥制，需费较巨，自系实情。惟当此经费支绌之时，部臣慎重度支，议令核实删减，但能多减一分用费，即可少筹一分款项，自当遵照办理，以昭撙节。现经访察情形，参以市价，除大袍等项法衣成本极重，委属无可核减，其坟主四骷髅及阿咱拉布袋和尚衣等件，设法抽减，约可节省银四百三十余两，又里绸一项，原案乐部传办百花袍里上用纺绸工价估计，现拟改换官用纺丝，约可节省银五百三十余两：共核减银九百七十一两有奇，仍实需银二万一千五十二两有奇。所有装潢工价及添配须绦等款，并拟由江宁织造于九一申余项下动用，不另开支，以昭核实而重库储。"开单详请具奏前来。

臣覆核无异。理合将删减数目，缮具清单恭呈御览，伏乞皇上圣鉴，敕部查照。谨奏。

徐州土药加捐各省概不重征折

光绪十八年二月二十三日

奏为徐州土药拟援照山东、四川等省酌加捐银，通行各省，不再重征，恭折仰祈圣鉴事：

窃查徐州土药，定议每百斤抽银三十两，经过本省厘卡验票放行，经过镇江、上海两洋关仍各照定章收税，由总理衙门会同户部奏明覆准照办。嗣由总理衙门刊发会奏核定各省土药税厘案内声明，统俟试办一年后，由各该省察看情形，据实具奏，或照此征收，或变通尽利，再行作为定章等语，各在案。

现计徐州设局收捐以来，扣至本年四月一年期满，详核各省捐数，体察商贩情形，亟应酌改办法以期变通尽利。

查徐州地属平衍，为各省通衢大道，处处可以绕漏，设局抽收药厘，巡缉稽征，本非易事。又因各省捐章未能一律，商贩避重就轻，办理更为棘手。虽经署徐州道桂嵩庆督饬在事各员，实心实力，设法稽征，得以勉集成数，然不亟筹变通，势必商情涣散，招徕为难。查商货贵于流通，商情锱铢必较。徐土每百斤抽银三十两，仅止在于本省不再收捐，经过镇江、上海两洋关仍须照章收税，若运往他省，则经过一省即须照加一省之捐。较之山东每次捐银二十两，三次共捐银六十两，四川捐落地税银四两八钱，至重庆出口时征出口税银二十两，俟到通商别口再征复进口银四十两，共计捐银六十四两八钱，均可通行各省不再重征，轻重固属相去悬殊。即较之浙江、河南等省各在本省报捐之后，运赴别省再行收税一次，不再重征，亦觉为数较重。

且不独此也。徐捐定有约收数目，实力稽征，犹虑未能足数。各自尽收尽解，难免暗中通融。此则办理宽严又复有别。

向来徐州土药因无税捐，是以各省商贩云集，销路既多，出产遂广。迨上年有设局收捐之议，民间未悉情形，种植已较往年减少。商人又因贩运徐土经一省有一省之捐，苦于重叠输将，有亏成本。外省商贩又复群相裹足，即偶有贩运，数极零星，经过各省，难保不多方绕漏。本省销路有限，运多销寡，本省商贩尚多积存未销之货，若再不变计，此后徐局捐收势将日形见绌，即各省所收徐州土药之捐税，为数亦必甚微。

且按照定章而论，徐土贩运各省，名虽照章报捐之外尚须报完洋关之税，实则徐土用民船贩运本省，均可不必径由洋关，有税仍与无税相等。且不特本省之土药为然，即各省之土药亦莫不然。故各洋关极少征收土药之税。议者以洋药来自外洋，必须进口后方能分销，是以征收洋药之税厘，以洋关为扼要。土药产自内地，一经起运，散布各处，稽征为难，是以抽收土药之税厘，以产地为扼要。

现拟查照四川、山东统捐之案，量加变通。各商贩如照章报完徐捐银三十两之外，再在徐局捐银三十两，准其加贴印花，无论运往何省，经过各关卡，但验有徐局两次印花者，概不重征。如仅捐银三十两，只能照免本省之厘，经过各省仍各照该省章程征收税厘。似此一转移间，捐数既与四川、山东相仿，徐土更得流通无滞。且与其散征于各省，不免有绕越偷漏之虞，曷若并征于徐局，转得收涓滴归源之益，恤商裕课，两得其宜。惟将来各省更定捐数，必须彼此一律，方免避重就轻之弊。据办理徐州土药统捐局江宁布政使瑞璋、署徐州道桂嵩庆体察情形，详请具奏前来。

臣等覆加察核，委系实情。合无仰恳天恩，俯准照议办理，以收实效。

除咨总理衙门、户部查照外，理合恭折具陈，伏乞皇上圣鉴训示，谨奏。

故将军功德在民请建专祠折

光绪十八年二月二十三日

奏为已故将军功德及民，据情吁恳天恩，俯准建立专祠，以顺舆情而彰忠荩，恭折仰祈圣鉴事：

窃据镇江绅士前翰林院编修戴恒等禀称：“咸丰初年，粤匪倡乱，江宁、镇江相继失陷，江、淮上下几无完土。镇江为江海咽喉，南北关键，实战守必争之地，自克复以后，云南提督冯子材驻防镇江，贼氛四逼，屡谋扑犯。时已故成都将军魁玉署理京口副都统，以镇江孤立江滨，地居冲要，虽有冯子材统兵驻守，而副都统仅止管理旗务，两不相辖，奏请不分旗、绿联为一气。咸丰十一年十二月，奉命帮办镇江军务，维时有江、皖大股贼匪合力扑犯之警，江宁逆酋洪仁发又复率贼万余，纠合龙潭、石埠桥诸逆分途来犯，贼势猖獗，岌岌可危。故将军魁玉于困苦难堪之中，立坚忍不拔之志，与冯子材选将厉兵，竭力固守。同治元年八月败阳冈出扰之贼，进毁青山贼垒，十一月在陴城、上塘等镇屡战屡捷，二年二月夺牧马口贼卡，进捣句容之薛村，直薄丹阳西门。是时直隶督臣李鸿章自上海进兵，连下坚城，群逆因镇江兵单势弱，纠合悍贼巨万，谋分十路出犯江防，攻我军所必救，以分上海兵势。故将军魁玉分军策应，并力堵御。伪忠王李秀成复号召大股悍贼，厚集丹阳、句容，乘隙图逞。三年正月，魁玉等拔博落、水湖等镇，三月合攻丹阳，连毁西路炮台，贼百计抵御，我军裹创血战，冒炮火填濠而进，遂克丹阳。计该故将军魁玉督师防守镇江，与贼相持三年之久，艰难险阻，屡濒于危。其时遍地贼踪，饷源枯竭，而镇江一军枵腹苦战，军无怨言，皆魁玉忠诚所感也。论者谓镇江为天堑要区，与江宁、上海之师相为犄角，镇江一动则江宁、上海两军中无枢纽，东南大局视为安危。故将军魁玉功德及民，舆情感戴，公恳奏请于镇江府城捐建专祠，俾士民得伸报享之忱”等情前来。

臣查粤匪之乱，跨江宁为伪都，赖镇江一军砥柱其间，江宁、上海诸军始得一意攻剿，东南遂以肃清。当时镇江统兵诸臣，其劳勩之深，诚有不容磨灭者。该故将军魁玉，力保危城，厥功甚伟，士民追慕，历久不忘。可否仰恳天恩，俯准在于镇江府城捐建已故成都将军魁玉专祠，由地方官春、秋致祭，以顺舆情而彰忠荩，出自鸿慈。

谨会同江苏巡抚臣刚毅恭折具陈，伏乞皇上圣鉴训示，谨奏。

增葺江防炮台折 光绪十八年三月十八日

奏为增葺天洑洲、都天庙等处炮台，以固江防，恭折具陈，仰祈圣鉴事：

窃查长江关系五省，江苏首当其冲，必须有坚台巨炮，节节布置，庶几重门巩固而后堂奥自安。南洋自筹防以来，只以限于经费，不能不次第经营。现经饬据江南筹防局查覆沿江炮台有应及时增葺，以固防务。圌山关北岸天洑洲地方，近因江流变迁，回溜冲刷，江岸逐渐坍卸，业已逼近台址，如春水发涨，江岸再坍，必致损其台身。该洲前控江流，左有大港直达仙镇，可以绕出扬州而抄都天庙之后，地居扼要，必须筑有炮台，方足以资控扼，且旧有之台，仅止一百二十磅子之炮三门，亦觉势孤力单。现拟移后数十丈，添造明台四门，配以二百五十磅子新式后膛钢炮四尊，并将旧台所设之一百二十磅子钢炮三尊移于新台左右筑台安设，远攻近击，气势较雄，相去江岸已远，台基自固。并设立子药、兵房十二间，总药库一所，估计工料需银四万六千两。又都天庙地近北岸，沙土性松，原筑之台设炮大小九尊，历年已久，台顶桩木不免渐形朽蚀，必须添钉木桩，盖用洋泥，量加修葺。并将暗台一律改为明台，西首并添建明台二门，安设二百五十磅子钢炮二尊，子药、兵房四间，总药库一所，估需工料银二万七千两。又勘得象山后面另有山岗横连，名为合山，筑台该处，四面可以环击，上下皆可兼顾，最得形胜，尤能与都天庙炮台联为一气，如遇敌船上驶，有该台之炮迎头搅击，有都天庙之炮斜刺交轰，两台隔江对峙，既可收夹击之效，益足以固焦、象两山门户。现拟于该山添筑明炮台四门，安设二百五十磅子钢炮二尊，一百八十磅子钢炮二尊，炮架配用磨盘式，四面可以旋转，子药、兵房每门二间，总药库一所，估需工料银二万九千余两。似此分别增葺，不独镇江险隘可凭，而上下各台声势亦以联络。凡添筑各台，皆系仿照洋式，基址排钉桩木，台墙均用四门町洋泥搀和碎石黄沙，细捶夯筑，以期经久。共计三处筑台十三门，连兵房、药库一切工料俱在其内，约只需银十万二千余两，较之往岁所筑吴淞、狮子林等处洋式炮台省而又省，委实力求撙节。此项经费，照章本应请款，现饬局员即在每年所拨防费项下设法匀用，以免海军衙门筹拨为难。所需新添各炮，上海制造局现有制造，堪以拨用，亦省购炮之费。此外如有应行之处，俟臣此次校阅营伍便道履勘后，再行察酌核办。据江南筹防局司道详请奏咨前来，臣覆核无异。

除分咨海军衙门、总理衙门、户部、工部查照外，谨会同江苏巡抚臣刚毅恭折具陈，伏乞皇上圣鉴训示，谨奏。

拿获会匪土匪员弁择尤请奖折

光绪十八年三月十八日

奏为查明叠次拿获会匪、土匪首要各犯出力员弁，择尤请奖，恭折仰祈圣鉴事：

窃于光绪十七年六月初六日钦奉上谕："各省哥老会匪最为地方之害，此等匪徒行踪诡秘，与游勇地痞暗相勾结，动辄纠党煽惑，甚至造谣惑众，潜谋不轨，若不先事筹办，绝其根株，则涓涓不息，将成江河，后患何堪设想。着各直省将军督抚，严饬地方文武实力查缉，如有访获首犯，一面严行惩办，一面准将出力员弁照异常劳绩奏请优奖。"等因，钦此。仰见圣主弭患防萌、安良除暴之至意。当经恭录咨行钦遵，认真办理，严密查拿。

伏查近年哥老会匪散票开堂，潜相勾结，党类既众，飘忽靡常，煽惑造谣，肆行不法。江苏界连数省，滨海临江；镇江为南北通衢，入江门户；上海又为江轮、海轮聚集之区，与镇江皆系通商要口，华洋杂处，稽察较难，匪徒尤易往来溷迹，只以巡缉严密，未敢遽逞。上年夏间，沿江一带教案迭起，皆由该匪等造谣煽乱，意图乘机蠢动，迭经通饬严拿，并密派员弁四出侦缉。复敢勾串洋人，私购军火，图谋不轨，幸经上海、镇江两关即时盘获，未得遂其奸谋。并接湖广督臣张之洞、湖北抚臣谭继洵等先后来电，缉获匪首高德华等，讯供该匪等长江上下联为一气，因下游巡防严密，碍难聚集，定有日期，拟在沙市起事。虽逆谋均经败露，不致酿成巨患，第此辈党与遍布，伏莽甚多，必得严拿首要，绝其根株，方足以遏乱萌。数月以来，督饬地方文武，实力查办，一面剀切示谕，解其胁从。

先后据前办保甲局江苏候补道刘佐禹等督饬游击何复胜，会同管带奇兵左营尽先补用守备马鸿利拿获会匪曹义详一名，江宁城守右营千总冯金桂拿获唐玉亭即唐帼发一名，讯据供认纠人入会，散布收徒，并商谋毁抢教堂不讳。又据瓜洲镇总兵吴家榜督饬千总严凤楼等拿获刘开泰即刘长元，并起有伪书票布，讯据供认入会为匪，并伪书中有"巡风刘长元"字样。又据苏松太道聂缉椝督饬上海县袁树勋，派拨捕役，协同瓜洲镇总兵吴家榜、常镇道黄祖络所派之把总彭山峻等缉获陈金龙即陈淀魁系红会首匪，为"长江三龙"之一，在上海、吴淞等处开龙华及玉龙等山堂，讯据供认为安清道友"通"字辈不讳。又据金陵城外保甲局候补道罗廷玉督饬把总何岳龄、六品军功向日葵、郭金元等拿获李鳌一名，并起获木戳、票板、票布等件，据供入会为匪，木戳内并刻有"总统太平"字样。又据金陵城内保甲局候补道马声焕派委千总冯金桂、谢三益拿获萧庆蕃即萧子春一名，并在该匪身上箱内搜获票布、令旗、铜戳等件，亦经质讯确实。又据常州营游击关殿彪派千总叶国彩，拿获谈金榜一名，为行劫通州事主顾王氏家之犯，并获有会匪盟帖，写明"谈金榜总理山主"字样，并与匪首高德华供指相符。又据前办金陵城外保甲局候补道刘佐禹派委护军营哨弁千总黄吉兴、六品军功王得元拿获王有堂、李号有、张琢、范忠益、李一都五名，为执持洋枪行劫江宁县事主陶明松丝行、得赃拒捕伤人之匪犯。又据徐州镇总兵陈凤楼、署徐州道桂嵩庆等督饬文武拿获蔡自友，该匪系在邳州、宿迁一带伙劫多案，并与屠小二等于上年夏间分段结幅竖旗，逆谋昭著，屡拿未获之犯，经该镇道等督饬员弁多方侦缉，始行就获，据供竖旗纠众起事不讳。

以上各犯均经先后讯明，饬令分别正法枭示，以示炯戒，并将办理情形奏明各在案。所有在事出力员弁，或越境躧缉，或协力兜拿，匪徒拒捕逞凶，无异临敌。该员弁等不避艰险，迭获巨魁，洵属异常出力，自应遵旨保奖，谨择其尤为出力者，缮具清单，恭呈御览。合无仰恳天恩，俯准照奖，以资鼓励而昭激劝。

除千总以下各弁照案咨部给奖，饬取各该员弁履历另行咨部查核，并将续获各匪目讯明核办，一面加饬严密查拿外，谨合词恭折具陈，伏乞皇上圣鉴训示，谨奏。

查阅营伍情形折光绪十八年五月初十日

奏为查阅江苏营伍事竣回省，谨将大概情形恭折具陈，仰祈圣鉴事：

窃光绪十六年，轮应查阅江苏营伍，经前署督臣沈秉成奏明俟臣到任举行。臣莅任后，适举办文武闱乡试，未能出省，又经奏请展缓，并声明将光绪十六年二年半荐举之案，俟查阅营伍时一并考验核办。嗣定于本年三月二十日出省校阅，亦经奏明各在案。

先于三月十八日在省阅看督标中左、江宁城守左右四营，并调阅浦口、溧阳二营及驻防省城之老湘四营、亲军四营、督标奇兵中营。二十日出省阅视金陵营水操，随赴瓜洲口阅瓜洲镇标四营水操。二十三日至扬州阅扬州盐捕奇兵、瓜洲、青山、泰州、泰兴、三江八营及驻防该处之合字前副、中两营。二十九、三十两日在清江阅淮扬镇标中左右、清江城守、宿迁、庙湾、洪湖、佃湖等八营、漕标中左右、淮安城守、海州、盐城、东海七营，并调阅徐州镇标中、城、萧三营及徐防新兵两营，并驻防该处之老湘合字中副前两营，遂即南旋。于四月初七日抵镇江，校阅镇江营及督标新兵五营。初九日阅常州、孟河、江阴、靖江四营。十二日阅福右、狼中及福山、狼山练兵等营。十五日阅江苏抚标左右等营并平望营及驻防该处之正前、副前、中营、正后四营。十八日在淀山湖阅看里河水师五营。十九日阅看提标中左前后、松江城守、金山、柘林、青村八营及提右营陆兵并提标新兵两营。二十日抵上海阅忠、信、沪军炮队四营。二十四、五两日在吴淞口阅苏松镇标陆汛练兵并海澄营及庆字六营、外海水师六营、内洋水师五营。二十七日在江阴阅武毅春字八营、新湘五营，及看沿江各炮台，于五月初一日回省。

伏查江苏抽练绿营兵丁及湘、淮各营勇丁向操汉阵、洋阵，汉阵则用旗鼓为节，洋阵则以口令为节。臣以洋操口令系以一二人招呼，临阵难免贻误，饬令试改旗鼓。此次查阅营伍，除各兵轮船因裁撤人数并弹压各处未曾调操外，所有校阅各兵勇，所操中外各阵队伍枪炮，莫不整齐灵快，其由口令改为旗鼓者，耳目易周，尤为称便。惟未抽练之绿营兵丁，旧额既未能尽复，塘汛又未便远离，人数无多，似难与练兵争胜。然按照部颁阵图，演习马步枪械，亦复可观。各营舟师驾驶擅长，布置有法，各台演放炮位均能致远命中，所拟添改各炮台之处，实与形势合宜。此臣出省巡阅之大概情形也。

夫行师之道在于胆气素定，尤在于将领得人。现在绿营镇将及各勇营统领官多系百战之余，一时之选，即各兵勇亦多戮力行间，屡经大敌，加以操练技艺，步伐止齐，尚足以备干城，仰慰朝廷整军经武之至意。臣留心察看，则有署江宁城守副将两江尽先补用参将彭仁寿、长江水师瓜洲镇标江阴营副将钟明亮、江南提标江阴营游击仇志鹏、补用副将淮扬镇标中营游击郎桂林、补用游击淮扬镇标清江城守营都司余志斌、补用参将尽先游击徐州镇标城守营都司刘玉泉、补用副将拣发游击泰州营都司调署江宁城守营都司章宗瀚，均属才识优裕，纪律严明，为将弁中出色之员。又查有江南提标常州营游击关殿彪营务废弛，淮扬镇标庙湾营游击刘玉龙性气乖张，应请旨将关殿彪开缺勒令回籍，刘玉龙开缺留于督标效力，以示惩儆。

所有臣查阅江苏营伍事竣回省，分别举劾缘由，理合恭折具奏，伏乞皇上圣鉴训示。

再，带办二年半荐举一案，因考验各员已于查阅营伍案内分别举劾，不再另行核办。所遗常州营、庙湾营游击二缺，两江现有合例人员，应请扣留外补，合并声明。谨奏。

陈明在美华商凑捐助赈片

再，光绪十四年间，江苏、安徽两省水旱为灾，经前督臣曾国荃奏准部议，开办苏、皖赈捐，咨行各省广为劝募，推及外洋。凡华人之出洋贸易者，仰怀圣朝德泽，普遍遐荒，莫不慷慨好施，输捐助赈，节经曾国荃分别奏咨给予奖叙。嗣经前出使美、日、秘等国使臣张荫桓，经劝在美之华商捐洋二万九千四百八十五元有奇，汇由上海交前苏太道龚照瑗分解江苏、安徽、河南、山东等四省赈济。当以此项捐款，张荫桓来咨已在部限截止奖案之后，照章不能给奖，即经曾国荃撰拟匾额致送，以昭激劝。迄今时阅四年，固不得为之重请奖叙，而该商等在山陬荒僻之区，犹能捐集巨款，救灾恤邻，其急公好义之忱，亦不可没。臣清理案牍，知有此等善举，不敢壅于上闻。理合附片陈明，伏乞圣鉴，谨奏。

总兵劳故请恤折光绪十八年五月十五日

奏为已故总兵战功卓著，恳恩赐恤，以昭忠荩而慰军心，恭折吁陈，仰祈圣鉴事：

窃头品顶戴记名提督江南淮扬镇总兵章合才因病出缺，业经臣具奏在案。

兹据统领老湘合字等营总兵衔补用副将宿迁营游击舒永胜等联名禀称："章合才，湖南湘乡县人。自咸丰三年投效老湘营，与已故提督刘松山誓死杀贼，先经扫荡湖南境内郴州、桂阳土、会各匪，是为该总兵立功之始。旋出境克复湖北崇阳、通城等县，转战而下，剿匪于江西吉安、建昌一带，乘胜攻破景德镇贼垒，每次临阵，皆匹马当先，众服其勇。十一年，总理该军营务处。时粤逆麇聚皖境，自同治元年冬暨二、三年间，皖南郡县几于无处无贼，官兵多被牵掣，无从为规复金陵之举，章合才激厉士众，分道进攻，迭复徽州府及休宁、黟县各城。其坚守泾县一役，以孤军力当悍贼，昼夜登陴，目不交睫，有间即出奇奋击，卒使贼众却退，城赖以完，厥功尤伟。皖南肃清后，我军乃以全力进注金陵，实该总兵血战之力居多。经各督抚臣先后奏保由补用副将奉旨以总兵、提督记名简放，赏给振勇巴图鲁名号、一品封典。粤逆略尽，捻氛复炽，前两江督臣曾国藩督师北征，以楚军久役思归，遣散殆尽，独留老湘营一军，檄令章合才随同刘松山率之以行，逐贼于山东、河南各省。捻氛飙忽，此击彼窜，日无停踵，该总兵跟踪追剿，所向无前。五年秋间，始于河南上蔡、西华等处扑灭张总愚全股，经前湖广督臣李鸿章奏保，奉旨赏换法福凌阿巴图鲁名号。六年奉旨补授江苏苏松镇总兵，仍留营剿匪。会西事方急，复经前陕甘督臣左宗棠奏令分统老湘营赴陕，随克复绥德州城。适捻与回合，凶焰益炽，章合才驰逐直隶、山西之间，每战辄克，捻股渐次荡平，乃得壹意办回，经左宗棠奏请破格优奖，奉旨赏穿黄马褂。八年于肃清陕北并收复甘肃灵州等案内，奉旨赏给头品顶戴。九年冬，进剿马五寨。马五为回中著名悍贼，嗾其死党，并力以拒我军，章合才与刘松山当前督阵。战方酣，刘松山猝中飞炮落马，章合才悲愤交迸，传令纵火焚其寨门，自于枪林弹雨中越墙先登，诸军见之皆奋不顾身，大呼竞进，群贼焚毙及堕濠堑死者无算，余仍冒火突出，章合才指挥将士尾追截杀擒斩略尽，逆首马五力竭就俘，遂克其寨。随会同各军进规金积堡。金积堡系逆首马化漋老巢，墙厚濠深，粮械山积，为群逆负嵎死拒之地。我军分番迭攻，伤亡相继。长围既合，复分路铲平杨明及马家河滩各堡以折其掎角之势。马化漋势穷援绝，始求毁堡缴械，弭首伏诛，宁、灵由是肃清。左宗棠奏称章合才分统湘军，在事最久，劳绩卓著。钦奉谕旨，以该总兵为异常出力，蒙赏上方珍物多件。回事大定，始以伤重请假回籍，甫抵陕省，即闻讣丁母忧，呈请开缺。抵里未久，又经曾国藩檄饬于百日后就老湘营凯撤各军内挑选合字六营，带赴金陵为防江、防海之用。该总兵以防务至重，理宜先公后私，即日挑募成军，星驰至宁。复于十三年海防案内，经前两江督臣李宗羲饬令添募一营训练，并承办金陵、镇江、圌山关沿江一带炮台工程，以及抢险、捕蝗等事，靡役不从。光绪二年奉旨补授江西九江镇总兵，经前两江督臣沈葆桢奏留防营。八年，奉旨调补江南淮扬镇总兵，至是始统原营赴任，兼统清淮水陆马步各军。九年，法事起，闽、粤戒严，该总兵分所部合字三营随同前兵部尚书臣彭玉麟前赴广东。前两江督臣曾国荃甫经受事，以法舰日往来吴淞，宜得大枝劲旅驻守其地，奏调该总兵统率所留合字四营带印出防。十年四月行抵金陵，即督队增修下关炮台。六月移防上海，与原驻沪上淮军联络一气，保护租界，兼诘内奸，居民恃以无恐。十一年九月，海防解严，始回清江本任。清江为南北往来通衢，伏莽甚多，该总兵以标兵、营勇义在卫民，以专阃而兼防营，益属责无旁贷，无日不申儆督率，实力巡防，江北萑苻为之敛迹。拿办教匪王古佛一案，躬自躧缉，匪党闻风解散，弭患无形，士民至今称诵。十五年春间，因伤病举发，经曾国荃奏乞给假调理，甫经少愈，仍勉令回任供职。该总兵以受恩深重，不敢惜身，即于十六年四月间接印任事，仍统各营，督率操防，视前倍奋。乃以积劳日甚，伤病益深，终至不起，濒危仍诫励士卒，努力报国，语不及私，闻者莫不堕泪。”该副将等以相从日久，见闻最确，胪列事迹，禀请奏恳赐恤前来。

臣查章合才为湘军知名宿将，论者谓与已故提督刘松山相伯仲，迹其生平，转斗十余省，大小数百战，身受重伤多处，克复名城，坚垒不下数百座，实与发、捻兵事相终始。而在军二十年，在防复十余年，赴任以后仍统防营，前后并无一日之闲，其积劳成疾，以致触动旧伤，实由于此。至其天性朴勇，在军讲求纪律，勤于操练，无事如临大敌，尤有古名将风。臣三至江南，旧时袍泽之侣，存者盖无多人。窃谓时局方艰，将才为急，章合才年未六十，威望夙著，精力尚强，可备国家缓急之用，不谓遽以积劳长逝，心甚悼之。

查近年以来，文武大员曾经效命疆场，积劳病故者，如刘连捷、唐定奎、周盛波、李长乐等，均蒙恩优恤在案。今章合才事同一律，既经该副将等联名禀请，臣未敢壅于上闻。合无仰恳天恩，俯准将已故头品顶戴记名提督前江南淮扬镇总兵章合才，照提督军营立功后积劳病故例从优赐恤，生平战迹宣付国史馆立传，并于本籍及立功省分建立专祠，以彰忠荩，出自逾格鸿慈。

除饬取履历咨部查核外，所有已故总兵战功卓著恳恩赐恤各缘由，谨会同漕运督臣松椿、江苏抚臣刚毅恭折吁陈，伏乞皇上圣鉴训示。谨奏。

机器局设炉自炼钢铁片

光绪十八年闰六月初五日

再，江南机器制造局近来仿造前后膛钢质大炮，并后膛新式兵枪，业已渐著成效。惟需用钢料仍须取资外洋，不独利源外溢，遇有缓急，更虑受制于人，亟应设炉自炼，以资利用而杜漏卮。惟该局经费有限，不能不逐渐图维。现经购办炼钢机炉一分，并在湖南湘乡县购取矿石生铁分别试炼，甚为合用，其生铁体质亦与外洋硬质生铁无异，除搀和炼钢之外，并可铸造大炮弹子，合计价值亦较购自外洋为廉。现只钢炉一分，年需生铁矿石各八百吨。并向外洋添购大炉一具，以图扩充，每年约需矿石生铁各三千吨。宝庆、邵阳、益阳、新宁等处所产与湘乡相同，矿产亦旺，将来若专在湘省购办，亦足敷用。现经该局与矿户订立合同，限数定购，按起发给照票，令其运局验收给价，注销照票，以后所需，另行换给办运，俾免派员采办多所耗费。仍一面将定购数目随时禀请咨行各省关照案查验，免完税厘，如该矿户照外多带及有别项货物仍令照纳厘税，以杜隐射。据江南机器制造局禀请奏咨前来。

除分咨外，理合附片陈明，伏乞圣鉴，谨奏。

遵旨确查据实覆陈折

光绪十八年七月十六日

奏为遵旨确查，据实具奏，恭折仰祈圣鉴事：

窃臣承准军机大臣字寄："光绪十八年六月十七日奉上谕：'有人奏大员劣迹昭著，列款纠参，请旨饬查一折。据称升任山西巡抚前安徽布政使阿克达春不谙文理，专倚幕友翟介臣、阍人邹姓为左右手，以致把持招摇，遇有派差委缺，必经彼二人议定价值始行札饬，知府李成鳌、知县吴本仁均以贿赂而得补署。又有收拜门生，令属吏按时馈送等情。皖省支应局向有存储银十数万两，阿克达春到藩司任后，巧立公费名目，随时提用，甚至仆妇、家丁均按月向局开支，亏额甚巨等语。所奏是否属实，着刘坤一确切查明，据实具奏，毋稍徇隐。原折着抄给阅看。将此谕令知之。'"钦此。仰见我皇上扬清激浊，好问察言，跪读之余，莫名钦佩。臣当即委员前往安徽按照原参各节，逐细密查，互考参稽，已得梗概。

如原奏所称：阿克达春人甚昏庸，不谙文理，专倚幕友、阍人为左右手一节。查阿克达春素性宽和，公事尚属明白，惟文理不甚通澈。幕友翟介臣即翟汝藩，系候选知县，阍人邹姓名培德，即邹植，系分省试用府经历，皆为阿克达春亲信之人。翟汝藩小有才能，总司文案，往来公牍，悉赖参酌，与邹植联为一气，遇事招摇。虽贿买差缺，查无实据，而该二人为阿克达春所倚任，不复自知防捡，属员中与之交结往还，夤缘干进，实所难免。在任候补知府布政司经历汪湘，与邹植等狼狈为奸，该员为原奏所无，而声名尤劣。

又原奏：阿克达春最喜收拜门生及亲手持赠印箱一节。查阿克达春尚无令属员按时丑送情事。其余属吏禀辞赴任时，有无持赠印箱，虽莫能得其实迹，惟好收门生，致钻营之徒得以借此阶进。如道员彭禄、松峻、袁秉桢，知府李成鳌，知县王焕熙、吴本仁均投拜阿克达春门下，各该员等官声均甚平常。彭禄为原奏所无，而拜门最早，结欢尤密。知府孙词林查无其人，惟候补知府班中有孙廷林号词臣，或即孙词林之讹。孙廷林与道员萧允文均查无与阿克达春拜认师生之事。

又原奏：李成鳌请补宁国府缺馈送银两，吴本仁代理旌德县缺馈送翟介臣婢女一节。查李成鳌，江苏文童，以劳绩知府，于光绪十四年四月到省，十六年十二月奏补宁国府缺。虽查无馈赠实迹，惟该员系阿克达春门生，到省两年，叠委差缺，殆无虚日，又复请补实缺，物议之来，或由于此。吴本仁以婢女送翟汝藩即翟介臣作妾，现闻翟汝藩挈之北上，皖中人言藉藉，殆非虚语。该员与邹植素相往来，未闻有结拜兄弟之事。

又原奏：皖省支应局，向有存储银两，阿克达春到藩司任后，巧立公费名目，随时提用，亏额甚巨一节。查安徽支应局历年支放各款，均取有各处领状批回，阿克达春在藩司任内尚无巧立名目，随时提用之弊。惟翟汝和、邹培德等曾在支应局开支薪水，有案可稽。翟汝和即翟汝藩月支银六十两，邹培德即邹植月支银十两。虽为数无多，而邹植身系职官，充作阍人，又借名开支公款，尤属不合。原奏谓“署中幕友家丁，按月向局中开支”，自即指此。当此经费支绌之时，能省一分即得一分之益。安徽支应等局，款项皆有关军饷要需，若经理不得其人，难免滥应滥支，致滋耗费。应由臣咨会安徽抚臣沈秉成札饬司局，认真勾稽，力加整顿，以昭核实而重库储。

臣仰荷圣主垂询，其漫无依据者，固不敢摭拾浮言，随声附和；其确有见闻者，亦不敢稍涉徇隐，上负朝廷整饬官常之至意。开缺山西巡抚前安徽布政使阿克达春，虽查无贪黩实据，而平日公事假手幕友家丁，一任遇事招摇，毫无觉察，且滥为结纳，收受门生，以致夤缘奔竞之风相率成习，实属有负委任，应如何予以惩处，恭候圣裁。安徽候补道彭禄、松峻、袁秉桢、宁国府知府李成鳌，以道府大员与阿克达春结为师生，专事钻营，巧为迎合，均属不知自爱，有玷官箴，应请旨即行革职。准补太平县知县吴本仁、候补知县王焕熙，善于逢迎，居心卑鄙，在任候补知府布政司经历汪湘、候选知县翟汝藩、分省试用府经历邹植，营私植党，贪鄙妄为，应请一并革职。邹植以职官充作阍人，尤属寡廉鲜耻，并请永不叙用，以儆官邪。道员萧允文、知府孙廷林应请毋庸置议。

所有遵旨确查各缘由，谨具折覆陈，伏乞皇上圣鉴训示，谨奏。

水师提督出缺代递遗疏折

光绪十八年八月十九日

奏为长江提臣因病出缺，恭折驰陈仰祈圣鉴事：

窃据署长江水师提标中军副将李全彪电禀，长江水师提督李成谋，于八月十一日未刻因病出缺，当经电饬该副将李全彪即将长江水师提督印信封固，呈送臣衙门敬谨存储，以昭慎重。并以长江关系五省，责重事繁，新授提督黄翼升现在入都陛见，电经总理各国事务衙门代奏，奉旨饬令黄翼升迅赴新任，钦遵在案。

兹据李全彪将提督印信并该提臣遗折一扣呈送前来。

伏查长江水师提督李成谋，于咸丰三年投效水师，为前大学士两江督臣曾国藩、前湖北抚臣胡林翼所识拔。维时粤逆窜扰各省，长江天堑之险大半为贼所踞，群盗如毛，逆氛日炽。自曾国藩创立水师，始克整军东下。该提臣随同前陕甘督臣杨岳斌，提一旅之师，会同陆军，转战湖南、湖北、安徽、江西、江苏各省，大小数百余仗，冲锋陷阵，奋不顾身，克复城隘五十余处，肃清江面，论者谓该提臣之功为多。咸丰八年，由太湖协副将蒙恩补授福建漳州镇总兵，同治元年五月赏穿黄马褂，五年五月简放福建水师提督，十一年调补长江水师提督。光绪二年七月闻讣丁母忧，钦奉谕旨："该提督劳勋夙著，熟悉水师情形，深资得力，改为署任，毋庸开缺"等因。四年十月服满，钦奉谕旨："仍着补授长江水师提督。"十六年正月奉上谕："各省文武大臣，有卓著勋劳久膺重寄者，允宜优加奖叙。李成谋着赏加太子少保衔。"等因，钦此。该提臣治军十有余年，廉正有威，士卒乐为之用。屡经大敌，艰苦备尝，于事机危迫之时，立坚忍不拔之志，卒能以寡御众，克竟大功。迨自蒙恩调补长江水师提督，先后在任几二十年，亦复威惠兼施，驭军有法。十年，海防戒严，该提督臣总统兵轮驻防江阴等处，力筹堵御，屹若长城。近因沿江各省伏莽未靖，该提臣巡防严密，江面赖以乂安。其谋事之忠，立功之伟，久在圣明洞鉴之中。

本年六月，因伤病复发，奏奉俞旨，准其开缺。方冀调理就痊，长为国家干城之寄，乃竟未及交卸，遽尔云殂，宿将雕零，深堪悼惜。该提臣有子七人、孙五人，除饬令该署副将李全彪会同伊长子知府衔江苏候补同知李传薪等将该提臣身后事宜妥为料理，所有提督衙门日行公事，由臣暂委署提标中军副将李全彪代折代行外，谨将交到遗折一扣代为呈递。

理合会同湖广总督臣张之洞恭折由驿驰奏，伏乞皇上圣鉴训示。谨奏。

保举堪胜关道人员折

光绪十八年八月二十七日

奏为特保堪胜洋关道员，以备简放，恭折密陈，仰祈圣鉴事：

窃查南洋所辖各关道，均系办理交涉事宜，如两江之上海、镇江、芜湖、九江四关，通商、传教，事尤繁巨，是非明干人员，难以承乏。兹查有江苏候补道刘麒祥，性情忠笃，识力精勤。前此随同出使大臣曾纪泽遍历俄、法等国，于外洋富强之术，在在留心。嗣经回华，委办上海制造局，仿求新法，极力扩充，期保中国利源不使外溢。所有炼钢、铸炮，日新月盛，几与外洋器械等量齐观，平日于外洋人亦复善于抚驭。又查有江苏补用道曾丙熙，心气和平，才具敏练。前在总理衙门当差多年，于各国情形甚为熟习。此次委办江南洋务局，遇有民教各案，皆能持平处断，操纵有方，两造莫不心折，彼此得以相安。该二员深谙洋务，且于地方吏治民生讲求有素，倘蒙天恩录用，凡沿江沿海关道，必能胜任愉快。

臣为时局需才起见，谨恭折密陈，伏乞皇上圣鉴训示，谨奏。

徐州本年罂粟被灾歉收片

再，准部咨覆：徐州本年罂粟被灾，查勘情形，以土药收捐系属奏案，未便据咨核办，行令奏明等因。现经饬据办理徐州土药捐务江宁布政使瑞璋、徐州道沈守谦详称："遵查本年徐州各属所植罂粟，前据各该州县及各局员先后禀报，因去冬雨雪稀少，有缺滋培，春间天气过寒，亢晴日久，以致长发不旺，嗣当扬花之际，连日大风，根株摇松，又复降有黑雾，因而渐次生虫，俗名'土蚕'，侵蚀花根，枝叶日益黄萎，结实瘪瘦，浆汁无多，收成实属歉薄。其被歉较甚之处，农民因无浆汁可收，锄去罂粟，改种杂粮者不一而足。”当经委员分投确查，复由该道按亩覆勘，核其与各州县及局员等原报大致相同，即经详咨在案。

至徐州土药前请援照山东等省统捐之案，如有商人照章报完徐捐三十两外，再愿在徐局捐银三十两，准其通行各省，不再重征。原思推广捐务，以期变通尽利。惟各省捐数必须一律，方免趋避。今自出示试办以来，虽有加捐之章，迄无报捐之户。盖徐州之土由水陆运往上海者向须察看邻省市价，有利则转贩出省，无利则就地销售，是运沪之土，该商等本不肯先在徐局并缴统捐，所冀者陆运邻省之土。乃山东定章后，又复奏减三次，报完税银四十八两，即可以通行各省，照章验免。查徐捐定有约收数目，滴滴归源，犹虑未能足数，必须实力稽征，以期捐无亏绌。各省尽收尽解，办捐之员，欲图招徕办理，不无从宽之处，是徐局抽收土捐本已较各省为难。今山东减收之后，彼此捐数又复轻重悬殊，商情锱铢必较，惟利是趋，是以徐局加捐新章成为虚设，尤须酌添分卡，加意巡查，以杜绕漏。今者徐土又遭歉收，出土既少，土价转增，以致销路较滞，捐收亦不免因而减色。现经该道督饬局员多方设法，实力稽征，共已收银十二万余两，较之上年虽尚相仿，惟上海、镇江等处现因积运之土尚多，收买未能踊跃，徐州民间存土较少，又图待价而沽，以致近来捐收日渐清减。惟有查照定章，认真经理，以期涓滴归公，详请具奏前来。臣详加体察，委属实情。

除饬令务须核实稽收以保捐务外，理合会同江苏巡抚臣奎俊附片陈明，伏乞圣鉴，谨奏。

特保贤员备简折光绪十八年八月二十七日

奏为特保贤能道员，以备简用，恭折密陈，仰祈圣鉴事：

窃查江苏候补道员颇多，其中人才亦复不少。臣抵任后，所有委用人员，留心察看，尚能努力从公，洁身自爱，然系一时之效，一节之长，知人甚难，不敢不慎也。惟查有江苏候补道程仪洛，秉性端方，学识优裕，平居则安静自守，莅职则奋发有为。臣前次承乏两江，该道时为候补知府，委署扬州篆务，即能勤政爱民，迄今地方绅耆犹复追思不置。此次随事差遣，该道任怨任劳，忠愤所形，亲知弗顾，至于名利去就，莫不以礼自处，以义自裁，虽在困穷，未尝稍涉苟且。似此立身具有本末，实道员中难得之才，倘得蒙天恩擢任方面，必能干济时艰，并可挽回风气。

臣与该道两次同官，知之最稔，恭折密陈，伏乞皇上圣鉴训示，谨奏。

清完各属教案偿款片

再，上年江苏镇江等属教案议结情形，业经专折会奏，并声明将各该地方文武分别惩处在案。所有各属偿款当饬先自尽力认筹，实有不敷，方准动拨公款，以示撙节。查江阴、阳湖两县均系各该县自行筹付，其余各属除由各该县筹给外，不敷之款，饬由镇江关道库借拨应付。计无锡借拨银二千两，如皋借拨银三千两，丹阳借拨银五千两，金匮借拨银四万二百两。现经饬据各属将借款分别认筹，酌定年限，摊缴归款。惟金匮偿款为数过巨，责令全筹，委属力有未逮。除先由县筹给不计外，其道库动拨之四万二百两，再由该县分年认缴银一万七百二十两，尚余银二万九千四百八十两，应照往岁镇江租界滋事成案，即由该关道在洋药税款项下作正开销，以清案款。至各该地方文武员弁，年余以来，尚知愧奋，遇事持平办理，民教尚属相安。且偿款业由各该县分认筹缴，内丹阳县知县查文清业已甄别参革，应毋庸议。所有阳湖县知县叶怀善、前署无锡县知县刘树仁、前署江阴县知县孙诒绅、前署金匮县知县汤曜、前代理如皋县知县莫炳琪，及各该汛弁，摘顶、记过各处分，应一律给还注销，以昭激劝。

除分咨总理衙门、户部查照外，谨会同江苏抚臣奎俊附片具陈，伏乞圣鉴，谨奏。

革员杨霈霖滥刑毙命照例议拟折

光绪十八年九月十四日

奏为审明已革署庐江县知县杨霈霖被控滥刑毙命一案，讯据众供确凿，照例取具众证情状，分别议拟，请旨定夺，恭折仰祈圣鉴事：

窃臣承准军机大臣字寄："光绪十八年四月初八日奉上谕：'沈秉成奏，庐江县民张咸义被控收管身故一案，尸母张黄氏具控该县知县杨霈霖滥刑毙命，杨霈霖则以讼棍主唆捏控禀请拿究，并牵涉臬司书吏、幕友、委员李寿蓉等，又以臬司嵩崑禀中有委员畏葸不能澈究之词，禀请回避等语。此案枝节太多，频兴谣诼，着刘坤一行提人证、卷宗，解赴江宁，遴派司道大员，澈底讯明，秉公议结，以成信谳。原片着抄给刘坤一阅看。将此各谕令知之。'"等因，钦此。并准安徽抚臣沈秉成将院司道县各卷宗咨送前来。遵即札调江苏按察使陈湜前来江宁，会同江宁布政使瑞璋，秉公讯办。并将案内人证择要开单，派委候补知府阮祖棠前往安徽守提，解交质讯，附片奏明在案。

该臬司陈湜即于五月十七日由苏州起程，二十二日行抵江宁，会核卷宗，呈请札调原验典史毛祥翥并补提该县刑书胡翔及其余尸亲人证一并传交委员解审去后，旋经安徽臬司饬据庐江县传到案证谢安乐等二十五名，备文签差派委候补知县刘庆光随同阮祖棠押解前来。嗣又解到庐江县刑书孙霖一名，并据该县杨霈霖、典史毛祥翥先后投审。经该司等会同提案，隔别研讯。据原、被、书差人等佥称张咸义系受刑后因伤身死，并非患痧。查核全案供情，杨霈霖滥刑毙命似属可信。且案中枝节丛生，县卷诸多不实，必须澈底根究，详经臣附片奏请将杨霈霖革职归案严讯，钦奉朱批："着照所请，该部知道。"钦此。并因究出有杨霈霖家丁高发勒结教供，姚升知情改卷。又有该县差役许荣奉票缉拿张长元等，将张长元之子张盛祥获住带走，致盛祥之妻周氏投水，救起后遂即堕胎身死。又因张盛祥中途脱逃，杨霈霖将许荣用站笼站毙，勒令差役胡明等捏病取保情事，复经呈请补提胡明等解质，并饬杨霈霖将高发、姚升交案。据杨霈霖以高发等均已辞退，应俟找获后再行解案等情禀覆。旋据署庐江县知县吴云翔将差役胡明等五名补解到省，经该司等覆加研审，众供佥同，议拟详请勘办前来。经臣于七月三十日督同该司等亲提犯证，逐一研讯。

缘杨霈霖籍隶江西德兴县，由监生承袭云骑尉，同治六年丁卯科本省乡试中式举人，递保花翎知县，光绪十三年签掣安徽，补歙县知县，十六年调补怀远县知县，十七年调署庐江县知县。已死张咸义系该县刑书，许荣系差役，在县取保病故之张新业、张有福均系张咸义族人。张新业之母与昔存今故之魏谢氏均系谢安乐之姑母。魏谢氏积有余资，放债收利，因夫故无子，与张新业同住，光绪十七年三月初八日，魏谢氏病故，谢安乐前往料理丧事，代办衣衾棺木，用洋四十元。因知魏谢氏生前积有银洋四五百元，并借契、帐折等件，向张新业索取，张新业支吾不交。谢安乐与父谢荣春邀请张怀德、黄诚方、张大道等理处，张大道有事未到。张新业凭中交出借契二十三张，约洋二百余元，又交出押契四张。谢荣春声言魏谢氏尚有余资，令张新业尽数交出，张新业坚称实无隐匿，张咸义在旁代为剖辩。谢荣春心疑张咸义主唆吞产，并因张大道托故不到，亦疑从中挑唆，起意控追。因知该县杨霈霖系江西同乡，与会馆董事王安邦往来，即托王安邦往向杨霈霖嘱托。四月二十三日，谢安乐患病不能进城，谢荣春即遣侄谢长元作抱以张咸义、张大道主唆张新业吞没魏谢氏遗资等词赴县控，经杨霈霖票差孙明传案。张大道恐受讼累，亦托王安邦向杨霈霖代为解释，均未许给钱物。四月二十九日，孙明将张咸义等传到，杨霈霖因追问张咸义、张新业均不承认主唆吞产之事，喝打张咸义手心二百，又打竹板子五六百，均系差役黄仲、黄桂掌刑。杨霈霖每逢杖责，必先在腿上限定长短阔狭分寸，定须照样打破方止，设差役用刑稍轻，即令壮勇倒打差役，是以人皆畏惧。维时张咸义两腿已经打成两洞，杨霈霖又将其上梃棍，用竹帚鞭背。张新业亦杖责无数。张咸义始终不认。张新业因受刑不过，混供洋钱帐折藏在家内。杨霈霖分付："此系江西人之钱，应缴出捐归江西会馆。"将张咸义、张新业管押，勒限五日交洋五百元。三十日，派差邀同谢安乐赴张新业家查搜，并无银钱帐折，饬令将张新业之妻张李氏带案。五月初一日夜，杨霈霖又提张咸义等审追，张咸义仍不承认，杨霈霖喝令掌嘴，因黄仲下手过轻，罚令跪在堂边，另派黄桂重责张咸义四十。又将其上光棍架、跪铁练，逾时数刻始行松放。又令黄仲、黄桂在张咸义两腿原伤上用竹板再打五百。黄仲等不忍下手，因畏杨霈霖严厉不敢不从。张咸义倒在地上，两腿不能动弹。杨霈霖又提张新业夫妇上堂，将张新业上光棍架、踹扛子，并将张李氏胸前挺上梃棍，用竹帚鞭背。退堂后，张咸义不能行动，经差役抬回班房。张新业还押，张李氏发交官媒看管。初二日，杨霈霖赴舒城县会勘水利公出，饬委典史毛祥翥代折代行。是日下午，看役周昌见张咸义受刑过重，不能言语，告知管班房家丁高发前去查看。高发称是发痧，逼令周昌雇剃头匠张有道挑痧。张有道见张咸义系受刑所致，并非患痧，不肯针刺，高发勒令在张咸义左手胐脉上试刺一针，挤出血水一点。高发又代差役夏安、夏球写就保状，勒逼取保医治，将张咸义用竹床抬出。夏安等抬至南门，因时已夜深，不能出城，在城门内看守一夜，次早抬送陈良章饭店，张咸义旋即殒命。经地保禀经典史毛祥翥带仵前往查看，并未相验，亦未讯供取结，照例禀府委员验讯，先由地保凑钱买棺，将尸暂殓。初四日，杨霈霖中途遇见赍送公文差人，询系张咸义取保身死，典史禀请邻封相验文件，将禀撤回毁销。

其时张咸义之胞兄张咸得闻知咸义已死，与母张黄氏、子张自发、侄婿刘华廷等共十二人赶至南门外，见张咸义棺木停在庙旁，棺盖未钉。因张咸义死于非刑，意欲赴府控诉，与张黄氏等行至距城三里许之享堂内住宿。是日，杨霈霖回署，即于三更时分带勇前往享堂，将张黄氏等全行捉住，张咸得藏在神龛下未被查获，事后逃出。杨霈霖勒令张黄氏等具结领棺，令壮勇捉住各人手指涂上黑墨捺在结上，始将张黄氏等释放。张咸得逃出后，邀同堂弟张步瀛作伴，一同赴省，投住汪森泰客店，控经安徽臬司批县录案详覆。张咸得即于十九日折回，张步瀛因闻拿逃往各处躲避。杨霈霖即以张咸义患痧取保身死，业经代行典史验讯明确，尸母张黄氏亦无异言，结求免验等情，填格录供通详，附禀有“访闻讼棍张承典等唆使张黄氏欲图借尸逞刁，禀请饬拿”等语。时张黄氏痛子情切，复思上控，因家贫无资，恳求族长在祠产内酌帮旅费，复于五月二十八日带同张咸得进省，住歇陈万春饭店，先后赴司并安徽抚臣衙门具控，经臬司嵩崑批府委员访查。

先是五月初间，杨霈霖派令开设孙同义米行之孙贵贤捐洋一千元，建修江西龙神庙，孙贵贤因庐江县城内本有龙神、八蜡等庙，何必另建，推诿不捐。六月十四日上午，杨霈霖忽派勇将轿夫谢老窝孜传案，教令供说孙长源、张敬铭、张志典许给钱文，令伊至烟馆、茶坊遍处谣传，说县官得受谢荣春赃洋一千元，因此将张咸义责押，孙长源之叔孙贵贤暗嘱陈振瑚、奚三、高大麻孜许洋十元，嘱付到官不可供出之言。谢老窝孜不肯诬供，杨霈霖即喝打板子，又踹扛子，并用竹帚打背，谢老窝孜刑逼勉供。杨霈霖将谢老窝孜钉镣带至孙同义米行，坐堂审问，因谢老窝孜供仍含混，又用竹帚拷打。传同孙贵贤、陈振瑚回县，立拿奚三、高大麻孜到案，教令供认前情。将陈振瑚两手用皮条轮换套在凳上，责打手心，致左手被责成废，手指不能伸屈。并喝令站堂差役退下奚三等裤用刑。奚三等畏惧，与陈振瑚均照杨霈霖所教情节供认。杨霈霖随将孙贵贤等分别管押，后经绅董说合，令孙贵贤捐交现洋三百元，始行释放，旋又将洋元发还，换立行票。六月十四夜，杨霈霖带勇下乡，往在张姓祠堂，连日拿人，将张志典获住。张志典之亲属因无故被拿，恐其到官受刑，将张志典拉脱逃跑，村人亦均逃避。张志典家草房十余间，旋被烧毁，是否壮勇纵火，抑系窃贼遗火延烧，张姓人等均无目睹。二十二日，张墨林进村探信，即被捉住，杨霈霖将其上架子，用竹帚在腰背上责打，逼令供认听从张敬铭纠众殴差夺犯。张墨林受刑不过，只得诬认。杨霈霖即以讼棍张敬铭、张承典教令谢老窝孜等捏造谣言，拿获张志典一名，被张敬铭聚众夺回等情，抄录谢老窝孜等供折，禀请澈究，经臣批饬提省审办。

杨霈霖又不时派勇下乡查拿，将张有福、张玉和先后获案，一面移学查明文生张敬铭入学年分，详请斥革。张咸义之族人张兰芬等即以该县"刑毙张咸义，臆料人心不服，预埋奸计，带勇各持刀枪四路寻捉，将张有福等拘拷管押，凡属张姓不能归家"等词，联名赴司呈请出示安民。

并据庐州府委员访明，张咸义被责后抬出身死，该县既不禀请委验，又不眼同尸亲覆验，实属咎无可辞等情禀覆。臬司嵩崑因人卷日久未据解省，严札催提。复于八月初六夜杨霈霖忽移营带兵将刑书张甫拿获，追问臬司衙门承办庐江县刑书是何姓名？张甫供系胡家瀣，杨霈霖即将张甫锁在花厅。移时家丁高发拿出供结草稿，称系本官自己内稿，稿内写是张甫与张敬铭等主唆张黄氏上控，托臬署书办胡家瀣照拂，许洋二百四十元，先由汪森泰客店过付七十元，胡家瀣允为包赢官司等词，吓逼张甫照样誊写。其实张咸得先后省控，张敬铭等并无主唆，亦无同行进省。张咸得与司书胡家瀣素未谋面，更无贿托情事。维时该县刑书胡翔、工书陈谟，均因误公收押，杨霈霖忽令陈谟交出胡家瀣索费原信。陈谟因与胡家瀣素不相识，从无信札来往，无凭呈交。杨霈霖不依，即写封条，欲将陈谟装入站笼，封条用朱笔标明"断绝水米，站死示众"八字。陈谟之子陈华情急，恳求高发设法援救。高发令其捏造假信，陈华即央胡翔照高发指示情节代叙信稿，大致谓张咸义之案牵涉孙贵贤诸人，现已提省审办，托陈谟关照孙姓诸人，说明笔资，以免委提等语。由陈华另托学堂内杨姓用信纸誊写，交高发拿去。杨霈霖即以张敬铭等唆使上控，托胡家滢照拂许洋二百四十元，胡家滢允为包赢官司等情禀经臬司嵩崑，立传胡家滢严讯，不特无受贿包揽，且不知张姓其人。汪森泰亦坚供实无过付情事。将胡家滢等看管，饬县严拿张敬铭等，提同张甫解省质讯。张咸得前来江宁，控经臣递解回皖。张黄氏亦迭次赴司呈催，而杨霈霖率称讼棍行踪诡秘，一再禀请委员协拿，均经臬司批驳。

九月初一日，杨霈霖忽称衙署大堂粮柜下被人放火，初四日传到南乡地保罗明即罗进魁审讯，用竹帚责打，教令供认张敬铭之党与张振镛与子张长元等商议放火烧毁衙署，并张大禄等夺犯殴差各情。罗明不肯诬供，杨霈霖将其装入站笼。罗明之胞兄罗进坤前往探视亦被捉获，先打竹帚，又上光棍架，装入站笼。嗣罗进坤站得困乏，朦胧睡熟，不防高发手携白纸供结突从笼内拉出罗进坤之手涂上黑墨，捺上螺印，罗明亦被逼在笼内画供画结。杨霈霖即以九月初一夜大堂粮柜下忽有火药轰起，访拿放火之人无踪，获讯罗明供出曾闻张长元等有商议放火烧毁衙门之事通禀，并于九月初九日票差许荣带伙役孙小绢拿张长元诸人。因张长元逃避，将张长元之子张盛祥获住带回，致张盛祥之妻周氏情急投水，经人救起后，越日堕胎身死。许荣等坐船行至黄陂湖住宿，张盛祥即于夜间乘许荣熟睡，凫水逃逸。杨霈霖查知，谓许荣得贿放纵。十一夜拿到许荣，搜查身上，并无银钱，即令壮勇将许荣装入站笼，先在二堂上站立三十余日，有人暗中送给饭食，未被站死。后因许荣在笼内嚷闹，声言并不犯罪，因何将其站死。杨霈霖气忿，又将许荣挪至署后马棚内，派勇看守，不准旁人探视，从此无人关食，延至十月二十二日许荣即在笼内站毙。其下手装笼及看守之壮勇，均系杨霈霖所雇江西同乡，书差人等，均不相识，未能确知姓名。杨霈霖勒令头役胡明、董发等八人捏具许荣患病保状，因胡明等不允，即行一并收押。胡明等始勉强出具保状，将许荣棺殓。杨霈霖又提孙小责打竹帚，并上光棍架，勒令供指许荣得贿故纵。旋以许荣取保病故等情捏详。复因臬司迭札催提，仍以讼棍张敬铭等弋获无期为词，禀请委员拿解。臬司嵩崑尚未核批，杨霈霖即赴省谒见，以司中未经批准，系由幕友勾串书吏胡家瀠舞弊所致。臬司嵩崑令呈出证据以便查办，杨霈霖大声疾呼，当面咆哮，悻悻而出。

臬司嵩崑因杨霈霖任性乖违，且其禀请委员帮缉，名为认真公事，实为卸过于人，将来得以借口，惟既牵涉幕友书吏，例应回避，禀经臣及安徽抚臣沈秉成批委署安庐滁和道李寿蓉、候补道松峻、童祥熊，会督太平府知府王汝砺审办，并将杨霈霖摘顶，经臬司嵩崑将原告张咸得同司书胡家瀠、饭店主汪森泰并司卷移道收审。一面酌择要证，开单禀经安徽抚臣饬道委员大挑知县郭继泰、候补知县吕耀轸前往守提。维时案证张有福、张新业均已先后取保病故。吕耀轸等驰抵该县，杨霈霖率称案内人证须亲赴八卦岭查提，嘱委员在署守候。讵杨霈霖在八卦岭居住十六日之久始行回署，声称各犯均已逃逸，并谓谢荣春等均可毋庸解质，仵作周正等数名由伊自行押解，委员不必顾问，所带人证匿不令见。吕耀轸等回省禀请销差。

而杨霈霖捏造典史毛祥翥相验张咸义病故禀稿，乘该典史奉委下乡查办塘工之时，遣家丁姚升送去用印。该典史之母不知是何公文，即盖用钤记交原手带回，该典史初不知情。杨霈霖又发出文稿，令刑书胡翔至姚升房内，将县卷逐件抽收。并恐张甫到省供出实情，将张甫之弟张旭传案管押，带同县卷自押张甫并差役夏安、夏球，看役周昌，仵作周正，饭店主陈良章即陈银章赴省，沿途经高发教诱各人供词解道投审。适候补道童祥熊业已请假，太平府知府王汝砺亦未来省，经安庐滁和道李寿蓉等提同张咸得等审讯。夏安等因杨霈霖尚未交卸，虑恐日后受累，不敢实供。张咸得又以杨霈霖仅将案外之张甫等数人解省搪抵等情，遣抱赴司呈控。

臬司嵩崑因原告指控要证无一名获解，足见情虚，并以刑毙重案，委员畏葸不能澈究等情具禀。安庐滁和道李寿蓉等亦因原告张咸得与夏安等供词悬殊，臬司禀中既有委员畏葸不能澈究之语，禀请回避。旋经安徽抚臣沈秉成奏奉谕旨行提人卷解至江宁讯明拟结，一面将杨霈霖撤任等因，经臣札调江苏按察使陈湜前来江宁会同江宁布政使瑞璋讯办，并将案内人证开单委员往提。即据怀宁县以仵作周正、差役夏球先后在押病故，验明取结，详经批饬核案详办。并经安徽臬司提集张咸得等交委员押带来省，将卷宗一并饬发审办。复据呈请札调典史毛祥翥来案。查卷讯供，因杨霈霖滥刑毙命并非无因，典史相验文稿亦系捏造，案内枝节丛生，原卷诸多不实，详经臣请旨将杨霈霖革职归案严讯，复经补提胡明等到案。正在质讯间，据报差役夏安在押病故，由上元、江宁两县会同验讯取结，详经批饬核办。

经该司等复加研讯，众供佥同。惟杨霈霖仅认刑责张咸义身死，事后捏填尸格，及将许荣装入站笼，至许荣之站毙及其余情节坚不承招。迭次环质，杨霈霖无词狡辩，忽请检验尸伤，实系意存拖累。经该司等取具众证情状，分别议拟，解经臣督同复勘尸亲、书差、案证人等均各供实前情不讳，杨霈霖供仍狡执。臣查张咸义以滥刑毙命，众供业已确凿。许荣之死于站笼，亦据被勒捏病具保之胡明切实供明。张盛祥中途脱逃并非许荣贿纵，不独许荣之伙役孙小供词可证，即杨霈霖将许荣获案时亦经搜查身边并无洋钱，尤为并非贿纵之明证。其妄拿无辜，刑逼教供，及抽改卷宗，又据被拿受刑之人及刑书胡翔供指明确。即称县署大堂放火，亦经该典史毛祥翥供明系当时杨霈霖向伊告述，即往大堂查看粮柜下仅有串绳数根，烂纸数张，不见放火形迹，质之书役人等亦称并无其事。查放火必须乘人不知。是夜杨霈霖在署审理案件，无论在于二堂、三堂，而审案处，以至头门伺候之差役、门丁，听审之原被案证，观看之间杂人等，节节有人，张长元等何能于稠人广众之中放火烧署！且火药既从粮柜下轰起，必先轰坏粮柜，断无粮柜并未烧毁而能腾空烧延墙上者，亦未有火药业已燃发，而包火药之绳串、纸张不先焚毁者。至幕友陈元焕勾串书吏胡家瀣舞弊一层，详查司卷，均属照例办理，并无舛错，杨霈霖亦不能指出陈元焕于此案舞弊实据。陈谟呈出胡家瀣需索规费之信，亦系杨霈霖勒逼捏造，经代叙信稿之胡翔供明，饬令交出原信，比对笔迹，又不呈缴，其为情虚可知。如果张咸义实非刑毙，杨霈霖当时何不眼同尸亲验明，反将典史禀请邻封文件撤回，事后又何以捏填病故尸格，则其掩饰规避，即为刑毙确据，自可毋须检验。况时隔年余，尸已腐烂，刑伤在于皮肉之间，必无骨折骨损可检，许荣站笼毙命，由绝食所致，更属无伤可验。今杨霈霖之请检，明系希图狡展拖延，实属异常刁健。现在全案三十余人，经该司等历审二十余次，众供均已明白，案情毫无疑义。且张咸义等业已死于非命，案证又拖死多命，更未便因杨霈霖避罪狡展，徒致两尸惨遭蒸检，人证再受拖累，应即就供拟结。

查律载："官吏怀挟私仇，故勘平人致死者，斩监候。"又例载："承审官吏，其有将干连之人不应拷讯任意叠夹致毙者，照非法殴打致死律，杖一百，徒三年；其有将笞杖人犯致毙二命者，照非法殴打致死律，加一等杖一百，流二千里。”又：“内外问刑衙门审办案件，其有实在刁健、坚不承招者，如该徒罪以上，具众证情状奏请定夺。”又律载：“官吏、诸色人等为人曲法嘱托公事，已施行者杖一百”各等语。此案已革调署庐江县知县杨霈霖，因该县刑书张咸义被控主使吞产，传案审问，事甚细微，本不应用刑拷讯，乃迭次杖责，并滥用梃棍、光棍架等刑，致张咸义越日因伤毙命。复因尸亲上控，捏称讼棍主唆，肆意株连，妄拿无辜，刑逼教供并诬指张长元等在大堂放火图烧衙署，派差许荣将张长元之子张盛祥拿获，致张盛祥之妻周氏情急投水，经救后堕胎身死。又因张盛祥中途脱逃，辄挟忿将许荣用站笼站死，实属忍心残酷。若照非法殴打致死律科断，罪止拟徒，即照致毙笞杖人犯二名亦罪止杖一百流二千里。至杨霈霖指张盛祥之父张长元等在大堂放火既属虚诬，张长元即非应拿之人。许荣因奉票查拿张长元未获，将其子张盛祥带至中途被脱，仅止一时疏忽，杨霈霖疑其贿纵，挟忿将许荣装入站笼毙命，若竟照怀挟私仇故勘平人致死律定拟，杨霈霖仅止怀疑挟忿，并非怀挟私仇，许荣又系在官差役，与平人有间。遍查律例并无恰合专条，自应比律减等问拟。杨霈霖应如该司等所拟，除非法殴打张咸义致死罪止拟徒轻罪不议外，应请比依官吏怀挟私仇故勘平人致死者斩监候律上量减一等，拟杖一百、流三千里，系职官，发往新疆当差，照例请旨定夺。差役黄仲与黄桂听使下手将张咸义非法拷打致毙，本应按律减等问拟。刑书胡翔听从抽改卷宗，虽系杨霈霖发出内稿，亦有不合。惟该书差等均系在官人役，不能不听命于监临，以杨霈霖之酷虐，断非书役所敢违阻，应请革役，从免其置议。监生王安邦为谢荣春向本官杨霈霖嘱托讼事，虽杨霈霖之刑毙张咸义非王安邦意料所及，惟嘱托之事业已施行，亦应按律问拟。王安邦即王易畴，应革去监生，合依“官吏、诸色人等为人嘱托公事已施者，杖一百”律，拟杖一百，年逾七旬照律收赎，追取赎银入官册报，递回原籍江西东乡县严加管束，追取监照，由县另行详销。谢荣春于伊妹魏谢氏究有遗资若干，不知确数，张咸义等有无主唆吞没，亦不查明，率以悬揣之词呈追，复央王安邦向官嘱托，本干律拟，业已病故，应与讯无知情嘱托之何鸿门均毋庸议。张大道因被谢荣春诬告求王安邦解释，系为畏累起见，谢安乐并未出头具控，张墨林、张大禄与张有福均无殴差夺犯，孙小与许荣拿获张盛祥中途脱逃，委系一时疏忽，并非得贿故纵，概毋庸议。罗明即罗进魁、罗进坤在县供指张长元等商谋图烧衙署，谢老窝孜诬供张长源等贿嘱播传谣言，张甫诬供张敬铭等贿托臬司书办胡家灌包揽各节，讯明均系杨霈霖刑逼教供妄认，委非有心诬攀，应与被逼捏具病状之保人胡明、夏安、夏球俱毋庸议。孙贵贤、孙长源均无与张敬铭等捏造县官要钱之言，贿嘱谢老窝孜播传，陈振瑚、奚三、高大麻孜亦无听从孙贵贤许给谢老窝孜银洋。司书胡家灌、客店主汪森泰更无得贿包揽及知情过付各情事，陈谟呈出胡家灌需索之信，讯系捏造，概免置议。幕友陈元焕批办此案文件并无舛错，杨霈霖亦不能指出舞弊确据，应免查究。张新业侵用魏谢氏银洋身死无征，杨霈霖勒捐孙贵贤洋票涂销。张敬铭、张长元等并无唆讼及放火图烧衙门，已据全案人证供明，应免缉究，并将张敬铭原革衣顶准予开复。张新业、张有福讯系取保病故，亦毋庸议。至张咸义被责因伤身死，许荣在站笼站毙，已有值堂用刑及看管之书差勒具病状之保人供明，且时隔年余，尸已化烂，应请免予开检。仵作周正、差役夏球、夏安在押病故之处，已据委员吴本仁及怀宁、上元、江宁各县验讯明确，看役人等均无陵虐情弊，并免置议。典史毛祥翥于张咸义死后照例禀请邻封相验并无不合，其县卷内尸格系杨霈霖事后捏填，禀请邻封文件亦系杨霈霖中途撤回，与该典史无涉，应即饬回本任。余属无干，案已讯明，未到人证免提省累，各尸棺饬属分别领埋。许荣装入站笼，下手及看守之壮勇饬县访明，与高发、姚升一并严缉，获日另结。

是否允协，除全案供招咨部查核外，所有审明已革署庐江县知县杨霈霖被控滥刑毙命一案，讯据众供确凿，照例议拟缘由，理合恭折具奏，伏乞皇上圣鉴训示，谨奏。

湘军新旧各营改编炮队片

再，查两膀后膛车炮运动便捷，用于陆军前敌冲锋摧阵最为锐利。江南淮军庆字、春字等营前已奏明改编炮队在案。所有湘军各营及督标亲军新兵等营，自应一律编立炮队，认真训练，俾成劲旅。当饬仿照淮军改编章程，量为变通，凡统领五营以中营专操炮队者，前后左右四哨每哨分练六尊，照章给炮二十四尊，教习辛工洋七十元。如统领五营分营操练者，每营四尊给炮二十尊，教习辛工洋六十元。统领四营分营操练者，亦每营四尊给炮十六尊，教习辛工洋五十元。均每尊照章月给炮费洋四元。现计合字五营、新湘五营，均以中营专操车炮，每军应领两膀后膛洋炮二十四尊，遴选教习各二名，一名月支辛工洋四十元，一名月支辛工洋三十元。内新湘五营前已领过洋炮二十二尊，今应添领二尊，以符定章。又老湘五营、督标新兵五营，均请分营编练，每军应领洋炮二十尊，遴选教习各二名，一名月支辛工洋四十元，一名月支辛工洋三十元，内老湘五营已领过洋炮二十尊。又督标亲军四营，亦系分营编练，应领洋炮十六尊，遴选教习二名，一名月支辛工洋三十元，一名月支辛工洋二十元。各营均照章每尊月支炮费洋四元。由防营报销处会同营务处、支应局，详请奏咨立案前来。臣查此次挑选炮队，只就原营训练，并不另募勇丁，所需炮费及教习辛工核与前次庆字、春字等营奏明改编炮队成案尚属相符，自应照章支给，以资练习。

除咨部查照外，谨附片具陈，伏乞圣鉴。谨奏。

督标水师等营分扎处所片

再，各省防营如有移扎他处，前经钦奉谕旨，饬令随时奏闻等因。江南淮扬水师与恪靖水师，零畸夹杂，眉目难分，前经臣改为督标水师，分立中、左、右、前、后五营，并饬令各该镇将会商营务处，派定地段，分别驻巡，附片奏明在案。

兹查督标水师中营，自镇江丹徒口内起至淞江口内蕴草滨止，督标水师前营自扬州湾头起，至马棚湾止，督标水师右营自马棚湾起至淮安府止，督标水师左营自江宁省城大江大胜关两岸，又城河自晏公庙起，均至乌龙山止，督标水师后营自江宁乌龙山起至焦山沿江两岸又瓜洲口内起至五台山止，又督标亲兵水师左哨自扬州五台山起至沙漫洲一带沿江两岸止，督标亲兵水师右哨自江宁省城南门外起至晏公庙止，以清地段而专责成。又驻扎杨州合字副中营改名合字左营，调回驻防清江，由该统领督饬会合操练。所遗扬州汛地，饬令驻扎十二圩之督标奇兵左营即以所驻七濠口之哨勇前往填扎。又武毅亲兵副营改为武毅后营，武毅亲兵正营改为武毅副后营，武毅左军正副二营改为武毅左右二营，春字左营改为春字副中营，春字右营改为春字副前营，俾归画一。

理合附片陈明，伏乞圣鉴。谨奏。

天洑洲炮台暂缓兴修片

再，前议镇江都天庙等处增葺炮台，当饬将都天庙工程先行开办。天洑洲地方，因江流时有变迁，尚须详加审察。合山亦以土中杂有沙石，不便钉桩，均令缓筑，另行筹办。臣于八月二十十九日带印出省亲往履勘，周历各处，详加考察。都天庙台工业已兴筑过半，一切做法均甚坚实。原议添筑合山之台，现拟移筑山下偏左地方，亦在象山炮台之东，后倚平冈，前横小港，形势亦极扼要。一应经费，仍就原估数目毋庸加增。天洑洲滨临大江，前因回溜冲刷，逼近台址，恐江岸再行坍卸，损及台身，拟移后另行添筑。乃今年夏间江水盛涨，原处并不复坍，转将左近江岸冲塌数丈。江洲坍涨靡常，此项工程似宜暂缓兴建。容俟察勘情形，再行妥筹办理，以昭慎重。

谨附片陈明，伏乞圣鉴。谨奏。

大员在籍病故代递遗疏折

光绪十八年九月十四日

奏为大员在籍病故，代递遗折，仰祈圣鉴事：

窃前任闽浙总督卞宝第，于本年五月间因病奏蒙俞旨，准其开缺。兹据该家属呈报，卞宝第于九月初三日在籍病故，交到遗折一扣，呈请代递前来。

伏查前任闽浙总督卞宝第，起家部曹，洊任台谏，正言谠论，多所建白，仰蒙穆宗毅皇帝特达之知，擢授顺天府府丞，旋升府尹。维时各属马贼充斥，为害闾阎，卞宝第创立捕盗营，分布各厅州县，认真巡缉，地方赖以乂安。常以敝车羸马巡行乡野，借以采风问俗，及考察牧令贤否。属吏馈遗，虽微不受，居官清介，粹然循吏之风。外任河南布政使，值捻匪窜扰，势极猖獗，汴梁为适中之地，流寇意图扑犯，旦夕数警，居民咸有戒心，抚臣督师防剿，卞宝第任守城之责，激励士卒，昼夜备御，并招养难民入城，全活无算，厥功之伟，至今汴人犹能道之。旋升任福建巡抚，丁忧服满，补授湖南巡抚。到任后，因各属伏莽未靖，以缉匪安民为当务之急。平江、武陵等处匪徒密谋起事，卞宝第星夜调兵往剿，即行扑灭，有"办理迅速"之旨。此外如兴修水利，清理庶狱，并捐廉创立书院及捐助育婴堂等费，孜孜焉以振兴文教、休养百姓为心，成效昭然在人耳目，时臣在籍，闻见颇真。嗣署湖广总督，以海疆多事，江防戒严，筹饷筹兵，力顾大局。迨升任闽浙，兼管船政，凡军务、吏治、饷糈、制造诸政，靡不兴利除弊，竭力经营。福建顺昌大干乡江匪滋事，兼有会匪煽惑，时采茶商民麇集数十万人，稍事稽延，患将不测，卞宝第立调营勇剿办，始得弭患无形。又以船厂经费支绌，将己应得船政养廉悉为厂中工作之用，其公尔忘私有如此者。迹其生平，亮节清操，卓然自立。服官中外四十余年，任怨任劳，历久不懈，其秉性然也。闻其绵惙之时，犹以受恩深重，未报涓埃为憾，其拳拳爱国之诚，死且不朽。在卞宝第感承恩遇，一一皆职分所当为，而圣主笃念荩臣有加无已，应如何赐恤之处，出自高厚鸿施。

谨将交到遗折代为呈递，伏乞皇上圣鉴。谨奏。

筹赈江宁扬州二府旱灾折

光绪十八年九月二十二日

奏为江宁、扬州各属被旱较重，亟拟办筹赈抚以全民命，谨将大略情形，恭折驰陈，仰祈圣鉴事：

窃照江宁各属，自兵燹后，民间元气未复，全赖年谷丰登，借资生计。迩来叠遭歉岁，小民绝少盖藏。本年入夏后，雨泽愆期，禾稻未能及时栽插，补植杂粮，又以交秋后日久亢晴，长发不茂。其滨临江河湖荡处所，农民昼夜车戽，竭力灌溉，虽备费人工，尚须设法补救，借获收成。惟在徐州之萧县、宿迁等处，间有因夏间骤雨，河南、山东诸水下注，一时宣泄不及，不无被淹之处。此外各属高阜田禾，人力难施，率皆因旱受伤，秋成减色，甚至有黄萎枯槁，颗粒无收。现就各该州县禀报情形详加查核，以扬州府属之甘泉县被灾为最重，其余如句容、仪征、六合、江浦等县山田居多，收成亦歉。叠据各该地方绅耆，以民情困苦，待哺孔殷，纷纷呈请赈抚，业经江宁藩司饬府亲诣履勘荒歉轻重，分别应蠲、应缓，另行汇案办理。一面请拨款项，俾得早日筹办赈抚，以免流亡等情，据江宁布政使瑞璋详请具奏前来。

臣等查本年镇江府属丹徒、丹阳二县被旱较重，业经会奏，仰蒙恩旨，截留江北河运漕米五万石，并水脚运费等款为镇江各灾区赈济之用，皇恩浩荡，薄海同钦。今江宁、扬州二府所属甘泉等县灾歉情形与丹徒、丹阳大略相同，而地方较广，赈济抚恤，需款不赀。仰维我皇上如天之仁，凡水旱偏灾，一经臣下奏陈，无不恩施立沛。臣等奉职无状，未能感召休和，清夜自思，难安寝馈。惟有督率藩司，实心实力，设法筹款，分别灾区轻重，酌量拨济，俾灾民不至失所，借以上副圣主子惠元元之至意。惟察看目前被灾之处，小民困苦颠连已有岌岌不可终日之势，转瞬青黄不接，更属不堪设想。约计冬赈、春赈，为日甚长，需用浩繁，款无所出。当此司局各库异常支绌，苦无巨款可筹，拟与镇江各属一体劝办赈捐，俾资补苴而全民命。

除将筹办赈捐事宜另行附片具奏外，所有江宁、扬州各属被旱较重亟待赈抚缘由，谨合词恭折驰陈，伏乞皇上圣鉴训示。谨奏。

武职借补章程仍请展限折

光绪十八年十月三十日

奏为武职借补章程已届期满，仍请再行展限以资疏通，恭折仰祈圣鉴事：

窃查武职大衔借补小缺一案，同治七年经前大学士曾国藩酌拟推广借补章程，奏准提督、总兵借至副将、参将、游击止，副将、参将、游击借至都司、守备止，都司、守备借至千总、把总止，仍照部议以十年为限，十年之后应否规复旧制，抑再行体察情形奏明酌办。嗣于光绪十三年接准部咨："借补章程逾限已久，拟请暂缓五年，凡提镇以下人员准其通融借补，五年之后再行奏请停止"等因。光绪十三年十一月十一日具奏，奉旨："依议。"钦此。各在案。

现计限期将满，自应照例办理。惟查武职大衔借补小缺，原因军兴以后，各将领积功荐保崇阶，人多缺少，序补无期，斟酌权宜，具有深意。是以十年限满之后，部臣仍因提、镇人员过多，未即奏请停止。嗣于前陕甘督臣谭钟麟奏请升调补署一律缓复旧制案内，又经兵部议复展缓五年。盖深知此项章程系属因时制宜，未便遽复旧制，仍准通融办理。现虽承平已久，而从前立功将领分发各省候补人数尚多，两江用兵最久，又复兼辖三省，在标候补武员较他省尤形拥挤，提督、总兵两项共有一百余员之多。此项人员，昔年奋迹行间，艰苦备尝，始得论功荐擢，若一经规复旧制，按班不准借补，则留省之提、镇各员永无补缺之望。正如曾国藩所奏：“功绩较浅者转得各占实缺，劳苦最久者反致长抱虚荣”，殊非激励将士之道。即副将以下各员保奖名次稍后者，亦恐无轮补到班之日。一概置之闲散，未免向隅。且部定补缺章程，按班轮用，缺项本多，借补人员仅于尽先一项内通融办理，并未另立班次。是大衔借补小缺，既寓矜恤将士之意，亦与别项轮补缺次毫无格碍。臣体察两江现在情形，不得不查照旧章，仍请变通办理。合无仰恳天恩，俯准将武职借补章程量予展限，仍俟数年后应否规复旧制，再行奏明酌办。

所有武职借补章程，仍请展限缘由，理合恭折具陈，伏乞皇上圣鉴训示。谨奏。

上海丹阳二县互更缺字片

再，上海县本系“繁疲难”沿海三字要缺，自辟口通商以来为各省第一口岸，地名冲要，事务纷繁，且华洋杂处，时有交涉，中外事件，较之通省四字要缺尤为吃重，非稍予变通不足以资治理。查江宁、苏州两属四字要缺知县，如长洲、元和、吴县系省会首邑，武进，丹徒、山阳、江都、甘泉均系附郭首邑，清河县为沿河要缺。惟查丹阳县自镇江通商以后，南北往来多集镇江府城，丹徒县系附郭首邑，已当其冲，丹阳地方迥非从前可比。是该二县今昔情形大不相同，似未便拘泥旧制。拟请将上海、丹阳两县互相更改缺字，俾为地择人，各期允当。据江苏布政使邓华熙会同江宁布政使瑞璋等详请具奏前来。

伏查部行铨选章程内载：“浙江平湖县原系‘冲繁疲难’沿海题调最要缺改为‘繁疲难’三字沿海题调要缺，仁和县原定‘冲繁难'应调要缺改为'冲繁疲难'四字应调要缺"等语。察核章程，似三字、四字要缺，如果今昔情形不同，准其奏请互相调换。今上海、丹阳两县自通商以后，地方情形迥异从前，自应援照办理。拟请将上海县改为"冲繁疲难"沿海四字要缺，丹阳县改为"繁疲难"三字要缺。似此一转移间，不特与例案相符，且于治理均有裨益。

谨会同江苏抚臣奎俊附片陈请，伏乞圣鉴训示。谨奏。

已故将军遗爱在扬请合建专祠折

光绪十八年十一月二十三日

奏为已故将军战功卓著，遗爱在民，吁恳天恩，俯准合建专祠，以彰忠荩而顺舆情，恭折仰祈圣鉴事：

窃据扬州绅士记名御史翰林院编修詹嗣贤等五十人联名禀称："已故督办江北军务盛京将军都兴阿、吉林将军富明阿，在扬州防剿多年，战功卓著，遗爱甚深，至今士庶衔恩，难忘旧泽，拟请在扬州府城合建专祠，由地方官春秋致祭，以伸报飨，并将打仗阵亡及在营积劳病故之京口副都统海全等一体附祀"等情，禀请具奏前来。

伏查该故将军都兴阿，于咸丰十年奉命督办江北军务，驻防扬州。维时苏州、常州各郡相继沦陷，群盗如毛，里下河一带完善之区为群贼所窥伺，郡城旦夕数警，岌岌可危。都兴阿激励将士，竭力守御，相持两年之久，屡挫凶锋。同治元年三月，悍贼十余万人渡江直扑扬州，都兴阿知贼众且锐，严戒各营勿轻出战，俟贼逼近，开壁击之，杀伤甚众。嗣贼由法海寺至虹桥、七里店等处排列长阵，意在包抄，蜂拥而来，势甚猖獗。都兴阿亲冒矢石，纵横荡决，贼始溃乱，官军蹑踪紧追，擒斩无算，余贼皆败窜过江，不敢复逞。自此次痛剿之后，扬郡始得转危为安。

三年二月，都兴阿钦奉谕旨，调赴绥远城会剿回逆，扬防一军奉命交富明阿接统，查富明阿于咸丰三年隶前大学士琦善军营，久在扬州一带，随剿发逆，身经数百战，立功甚伟。自接统扬防后，昼夜戒备，一如都兴阿治军时。克复丹阳一役，富明阿派队渡江与冯子材等军南北夹击，遂将县城克复，历年积匪剿除殆尽。并因江北天长、六合等处地广兵单，该处为里下河一带门户，派勇分防，布置严密，扬郡赖以无恐。

光绪十八年五月，经黑龙江将军依克唐阿等奏陈富明阿战功事迹，请于立功省分建立专祠，钦奉恩旨允准在案。扬州为都兴阿、富明阿立功之地，该绅士等追溯遗泽，馨香崇报，自系出于至诚。

臣维该故将军都兴阿、富明阿昔年督师剿贼，卓著勤劳，声施烂然，勋名相埒，其平生事迹久在圣明洞鉴之中。咸丰、同治年间，扬州屡遭兵燹，人民寥落，荡析离居，该故将军等先后接统防军，驻扎该郡，拊循士庶，威惠兼施。并与曾国荃等军联络声势，互相策应，艰难险阻，屡濒于危，卒至克竟全功，削平巨憝，是扬防一军保全东南大局实非浅鲜。既据该绅士等沥情禀请，臣未敢壅于上闻。合无仰恳天恩，俯准在扬州府城合建都兴阿、富明阿专祠列入祀典，由地方官春秋致祭。其打仗阵亡之翼长京口副都统海全、副都统衔总管西昌阿、记名副都统总管台斐音保、记名副都统协领乌尔恭阿、记名副都统协领博奇、副都统衔协领委营总双成、头等侍卫副都统衔署徐州镇总兵伊兴阿、在营积劳病故之头等侍卫德崇额，均系久历戎行，以死勤事，并请一体附祀，以彰忠荩，出自鸿慈。

谨会同江苏巡抚臣奎俊恭折具陈，伏乞皇上圣鉴训示，谨奏。

请复故员原官折光绪十八年十一月二十三日

奏为革员于结案后仍在差次积劳病故，吁恳天恩准其开复革职处分，以慰忠魂，恭折仰祈圣鉴事：

窃臣鸿章于光绪十三年会同前两江督臣曾国荃、前两广督臣张之洞、前广东抚臣吴〔大澂〕具奏："据江宁绅士汪士铎等呈称：'已革两淮盐运使洪汝奎遗爱在民，请将该故员生前居官事迹宣付国史馆，列入循吏传，并可否恳恩开复原官，以励循良。'"奉朱批："洪汝奎获咎较重，且系未经开复人员，所请均毋庸议。"钦此。

上年二月，臣坤一航海入觐，经过天津，晤臣鸿章，谈及时局维艰，故员洪汝奎人才难得，为之太息不置。及臣坤一抵任，复据江宁、扬州绅士翰林院编修记名御史詹嗣贤等呈称："洪汝奎政绩卓著，遗爱难忘，公恳奏请开复原官，以顺舆情。"并据具禀到臣鸿章。

臣等往返函商，以前此所请过优，钦奉谕旨，饬毋庸议，何敢渎陈。惟查洪汝奎原案以疾恶太严，因公受过，业经革职遣戍，已足蔽辜。旋蒙天恩赐环，时已年老且惫，一闻发往广东差遣之旨，力疾登舟，远泛重洋，不辞险阻。及抵粤省，委办筹防事宜，夙夜殚精竭虑，以期图报涓埃。乃以病躯过劳，遂至殒身炎瘴。其情可悯，其志可矜。臣等夙与同舟，知该故员勋勤楙著，诚不忍其负咎重泉。伏维朝廷优恤臣工，凡死事人员莫不开复生前处分，以励匪躬之节。今洪汝奎殁于广东海防差次，实与死事无殊。且自谪籍释回，旧案已经完结，重效驰驱之用，克申尽瘁之忱，似前之罚罪既有严条，则后之褒忠应邀特典。合无仰恳鸿施，逾格准其开复原官，俾该故员得蒙帷盖之仁，即其子孙当矢结衔之报。

谨合词恭折具陈，伏乞皇上圣鉴训示。

再，此折系臣坤一主稿，合并陈明。谨奏。

筹办赈抚情形折 光绪十八年十二月十五日

奏为江宁、扬州各属筹办赈抚大概情形，恭折驰陈，仰祈圣鉴事：

窃本年江宁、扬州各属因天气亢旱，灾歉较重，仰荷圣慈截漕济赈，并蒙恩准开办捐输以资赈抚，鸿施稠叠，至渥且周，凡属黎元，同声感颂。

伏查江苏各属近年来屡患水旱，民间杼柚久空，即使年谷顺成，终岁劬勤，仅堪自给，一遇灾歉，即觉无以为生。本年甘泉、句容各县虽被旱轻重不等，而小民既鲜盖藏，困苦颠连，均堪悯恻，亟须广筹赈抚，以拯灾黎。当经臣等饬将截漕米折及水脚等款在江安粮道应解苏州截漕款内就近划拨解司，并另行筹拨款项以济目前之急。一面派员分投广为劝捐，俾得源源解济。并饬司遴员前往各该属，会同地方官按户确查，分别等次，以为赈抚之据。兹据江宁藩司瑞璋将筹办大概情形具详前来。

臣等查甘泉县被灾最重，应行先办急抚，并分别极贫、次贫照例给赈。其重歉村庄及仪征、句容、六合、江浦等县被旱各乡，一律筹议抚恤，业经饬令印委各员将尤为贫苦者按户计口散给钱文。其少壮力能工作者，或令挑筑塘坝，或令搜挖蝻子，各就地方情形，因势利导，妥为筹办。并饬将被旱各县应行兴修工程，次第勘办，为以工代赈之举，俾灾民得沾实惠，款项亦不至虚縻。各属被旱既多穷黎，外来流民又复接踵而至，嗷嗷待哺，衣食无资，若不亟为设筹，深恐流而为匪。复在江宁城外及浦口等处多设粥厂，宽为收养，俾免流亡，统俟春融之时，再行分别资遣。时届严寒，小民御冬无蓄，号寒之惨，等于啼饥，并拨款制备棉衣及时散放，仍劝谕绅富量力施助，以资挟纩。刻下冬赈已有端绪，明春青黄不接为日方长，尚须预筹接济。至附近歉收各县，小民亦多拮据，如有应行调济之处，亦当察酌情形，妥为办理。惟冀捐输踊跃，庶赈务有所借手，民困得以稍苏。幸近日连得透雪，二麦获有滋培，各属灾黎已有向荣之望，地方安谧，堪以上慰宸廑。此外如有未尽事宜，臣等自当督率藩司，饬令印委各员，体察民情，随时补救，以期仰副圣主痌瘝在抱，子惠元元之至意。

所有筹办赈抚大概情形，谨合词恭折由驿驰陈，伏乞皇上圣鉴训示。谨奏。

奏疏卷二十一

特举循吏折光绪十九年正月二十八日

奏为循声懋著之知府、知县堪膺保荐，恭折仰祈圣鉴事：

臣维州县为亲民之官，知府为州县亲临上司，见闻切近，情意常通，言治道者当于守令加意。兹查有镇江府知府王仁堪，学裕才优，心精力果，凡恤民之政，莫不恳恳勤勤，不使一夫失所，遇有民教案件，亦复操纵合宜，将成远大之器。前署徐州府知府盐运使衔候补知府阮祖棠，端方稳练，有守有为。前随使臣出洋，历经盘错，嗣典大郡，声绩蔚然。所著听讼各条，具有心得，各处取以为法。至于利之所在，人所争趋，该员介石之贞，一尘不染。前署扬州府知府尽先即补知府许宝书，严毅朴诚，任劳任怨。初膺方面，职守极其认真，委令督捕蝗蝻，该员日驰炎暑之中，不知身于何有，并能破除情面，莫不惮其风裁。余如盐务、河工，该员均称熟悉。在任候选道江宁县知县陆元鼎，器识闳深，操持坚定。前此调署上海，猝遇交涉事宜，持正秉公，华洋悦服，嗣赴如皋查办事件，不以脂膏自润，尤为人所难能。补用直隶州署清河县知县翁延年，气局安详，公事敏练。清河当南北之冲，政繁役重，该员措置裕如，其于民瘼所关，莫不尽心竭力。知府用候补直隶州宝山县知县马海曙，和平笃实，为政不事威严，临民如对子弟。其于地方应修水利，日夜孜孜不遗余力。同知用泰兴县知县郝炳纶，久膺民社，熟习典章，听断催科，并臻妥善。丹徒县知县王芝兰，遇灾知惧，视民如伤，起瘠嘘枯，百端拮据。近日官场习于泄沓，其有署事各员，更存五日京兆之见。兹该员等尽心民事，实为守令中出色之员，臣知之颇深，不敢不上达天听，应如何鼓励之处，出自圣裁。

所有特保循吏各缘由，谨会同江苏抚臣奎俊恭折具陈，伏乞皇上圣鉴训示。谨奏。

重修盐法志告成折光绪十九年二月二十九日

奏为《重修两淮盐法志》告成，恭呈御览，仰祈圣鉴事：

窃两淮引盐行销六省，课额繁重，损益因时。康熙三十二年纂修《两淮盐法志》，以资考证，再修于雍正六年，复修于乾隆十三年。自嘉庆十一年，四次续修，迄今已历八十余载，其间张弛因革之端，有关遵守者不可枚举。军兴而后，案多散佚，岁月愈久，采辑愈难。经前督臣曾国荃，于光绪十五年十一月，筹捐经费，设局重修，派委前山西冀宁道王定安总司编纂。臣莅任后，饬令该道王定安始终其事，曾于十八年二月附片奏明在案。现在纂辑成书，办理完竣，统以十门，分子目九十有九，共计一百六十卷，缮写黄册进呈，并另缮副本，照例咨送户部备查。据江宁藩司瑞璋、两淮运司江人镜、江苏补用道前山西冀宁道王定安详请具奏前来。臣谨将缮就黄册，派委员弁赍京，恭呈御览。

再，上两届纂修，一系抚臣撰序，一系臣衙门撰序。此次应否仍由臣衙门或由江苏抚臣撰序，恭候钦定。

所有《重修两淮盐法志》告成，缮册进呈缘由，理合恭折具奏，伏乞皇上圣鉴。谨奏。

邀恩议叙修志人员片

再，查纂修会典、方略诸书各馆，成书后均得仰邀议叙。两淮历次续修盐志，在事出力人员，亦经仿照官书事例，分别奖叙各在案。

此次重修两淮盐志，自光绪十五年十一月开局起，至十八年十二月全书告竣，阅时三载之久。总纂王定安，督率各员，昕夕从公，寒暑无间，虽时隔八十余年，势易时殊，较难搜辑，中更兵燹，案牍荡然，竟能广为搜罗，获臻完备，似未便没其微劳，自应循照旧案，择尤请奖。合无仰恳天恩，俯准将江苏补用道王定安，交部从优议叙，其余出力各员，谨缮清单，一并恳恩俯照所请给予奖叙，以昭激劝。

除饬取各该员履历咨部查核外，理合附片陈明，伏乞圣鉴训示。谨奏。

遵查疆臣参款据实覆陈折

光绪十九年二月二十九日

奏为遵旨确查，恭折覆陈，仰祈圣鉴事：

窃臣承准军机大臣字寄："光绪十九年正月二十四日奉上谕：'有人奏疆臣辜恩负职，据实纠参一折。据称湖广总督张之洞，自移督湖广以来，议办炼铁，并开煤铁各矿，乞留巨款，轻信人言，浪掷正供，又复多方搜索，设电竿，毁通桥，几酿巨患，督署被焚而不入告，州县补缺勒捐，逞臆妄行。藩司王之春掊克聚敛，直隶州知州赵凤昌声名甚秽等语。着刘坤一按照所参各节，确切查明，据实具奏。原折着摘抄给与阅看，将此谕令知之。'" 钦此。仰见我皇上好问察言，整饬官方之至意，跪诵之下，钦悚莫名。

伏查原奏所参各节，事隶鄂省，江宁相距较远，莫知底蕴。因即遴派妥员驰往该省，密为访察，并详询来往官绅，互证参观，粗知崖略。

如原奏：议办炼铁，并开煤铁各矿，浪掷正供，多方搜索各节。查煤铁两项，实为时务所急须。张之洞创办炼铁，并开煤铁各矿，一应事宜，均系隶于铁政总局。炼铁必须开矿，事本相因。原估经费二百数十万两，以为开矿炼铁之需，所购外洋各项机器，现已运到八九成，各厂房屋亦已兴筑过半，有炼生铁、熟铁者，有炼精钢、粗钢者，分门别类，名目甚多，现正接续兴造，安设机器，规模阔大，需费浩繁。大冶铁矿开采，业已见铁。煤矿以江夏之马鞍山、大冶之王三石两处片段较厚，煤质较佳。王三石所采之煤，现已陆续运厂。马鞍山因井内有石，开挖较难，凿井未深，出煤尚须时日。由厂屋以至江口，由大冶以至黄石港，均设铁路，以通运道。各处矿厂均雇有洋匠，分司其事。闻准拨经费，目下所余已不甚多，其中用款不无挪移，所谓搜索者，或即指此。大凡草创之事，与立有成规者，难易本有不同，省费亦各有别，兴作改易，势难滴滴归源。今湖广督臣张之洞，开矿设厂，置炉炼铁，本系仿效西法，事属创始，工作既未熟谙，用款不无稍费。且各项机器均系购自外洋，向来采买洋料，价值均以金镑合算，近年镑价日涨，闻以银购镑，亦多短绌，所需经费，恐难符原估之数。前因经营伊始，用人较多，近闻工作稍简，业已核减薪水，裁汰员役，似尚无浪掷情事。

又原奏：设电竿，毁通桥，几酿巨患各节。查前岁湖北创设电线，接至湖南澧州，该处乡民因事非经见，不便于民，麇聚多人，将电竿一律焚毁，当经该处地方官出为弹压，议结完案。武昌望山门外，向有新桥一座，前岁开办矿务，因该处桥孔多而且窄，轮船往来有碍，张之洞曾令拆毁，议改铁桥，以利转运，嗣因民情未洽，即令如旧修整，并未激成事端。

又原奏：督署被焚而不入告，州、县补缺勒捐各节。查两湖督署内失慎，事在光绪十七年，仅焚群屋数间，头门、大堂等处均属完好。张之洞殆因所焚系属闲房，官书文卷并无损失，是以未经入告。至州、县补缺，均系循照例章，近因各省时有偏灾，间劝筹捐济赈，并无勒派别项捐款情弊。事本善举，捐出乐输，原奏所称勒派捐款，殆系传闻之误。

此访查张之洞之梗概也。

又原奏：藩司王之春掊克聚敛，直隶州知州赵凤昌声名甚秽各节。查王之春由广东臬司升任湖北藩司，用人行政，均系禀承督抚臣办理，实无掊克聚敛情事，如何报复恩仇，亦查无其人。臣前次承乏两江，王之春时以道员需次江苏，当差勤奋，于时事尚属留心。现任湖北藩司，颇乏规益，而承流宣化，按部就班，亦未见有夤缘要结之弊。赵凤昌籍隶江苏，前以丁忧知县，由粤调鄂，办理督署笔墨事件。其人工于心计，张之洞颇信用之。该员虽无为人营谋差缺实据，而与通省寅僚结纳最宽，其门如市，迹近招摇，以致物议沸腾，声名狼藉。此访查王之春、赵凤昌之梗概也。

臣维张之洞学有体用，识达经权，仰蒙圣主特达之知，畀以兼圻重寄。该督臣系怀时局，力任其难，将以炼钢开生财之源，保自有之利，造端闳远，用款诚不免稍多。然揆其本心，实为图富强、规远大起见，果能办有成效，洵足资利用而塞漏卮。现在铁路一应事宜，规制虽未大备，而始基既立，实未可废于半涂。

该督臣谋国公忠，励精图治，上思朝廷倚畀之重，下念同朝责望之殷，必能张弛合宜，终始其事。相应请旨饬下张之洞，督率承办各员，共体时艰，力求撙节，妥为经理，以竟全功。湖北布政使王之春，器局深稳，职守颇能认真，既经查无掊克等项情事，应请毋庸置议。保举候补直隶州知州赵凤昌，不恤人言，罔知自爱，似应请旨即予革职，并勒令回籍，以肃官方。

所有遵旨确查各缘由，理合恭折覆陈，伏乞皇上圣鉴训示。谨奏。

密保武职大员折光绪十九年二月二十九日

奏为密保武职大员，以备简用，恭折仰祈圣鉴事：

窃维长江水师，分布江、楚五省，绵延四千余里，辖以四镇，而统于提督，事繁责重，自非勇略兼优、声威夙著之员，不足以资控驭而期胜任。光绪十八年六月，长江提督李成谋，因病陈请开缺，仰蒙天恩，起用前长江提督黄翼升，洵足副物望而慰军心，莫不欢欣鼓舞，感颂朝廷知人之明，用人之当。黄翼升到任后，威惠兼施，士卒用命，驾轻就熟，克副圣主简任之隆。惟念该提督现年七十有四，致身报国，为日虽长，而为之继者颇难其选。臣窃不自揣，勉循以人事君之义，谨举平日所知，上备采择，为异日任用之需。

查前浙江提督黄少春，屡膺专阃，卓有能名。又前浙江提督欧阳利见，久在江淮，熟习形胜。该二员曾任实缺提督，历练已久，其性情忠笃，早在圣明洞鉴之中。臣与先后共事，知之甚深。该二员威望勋名与黄翼升均尚相埒，似于长江水师提督一缺，将来尚堪承乏。窃念用人行政，朝廷自有权衡，且黄翼升现在精力胜人，足资镇慑。第整军之道，选将为先，求治之方，储才为本，惟审察于平日，庶责效于异时。臣疆寄忝膺，受恩深重，愚虑所及，不敢不据实上陈，冀副圣主任官惟贤，遴才利用之至意。

臣为东南大局豫择将才起见，理合恭折密陈，伏乞皇上圣鉴。谨奏。

匪首供证明确畏罪自尽仍请加刑折

光绪十九年三月十七日

奏为匪徒串购军火，图谋滋事，续获要犯，讯供明确，首犯畏罪自尽，录供请旨严惩，以肃法纪，恭折仰祈圣鉴事：

窃照光绪十七年四、五月间，沿江人情骚动，教案迭起，八月间又经江海关查获英人美生私运洋枪等件，镇江关拿获美生及所带炸药，并搜获美生自书杂记，载明不法各情，均系哥匪串谋，意图滋事。美生因系洋人，不能由我澈究。经臣访闻，系因案正法已革提督李世忠之子所为，密饬访缉。旋准湖广督臣张之洞等电称，湖北拿获匪目高德华等，据供长江各会匪头目，皆奉李世忠之子李洪号雨生为总头目，欲为父报仇，托洋人购办军火，约期起事。并云李洪向称洪大少爷各等语。又准安徽抚臣沈秉成咨电，于皖省查出李世忠之子候选知府李显谋，访悉小名地虎。并由臣派员将美生之细崽徐春山、徐春庭获案，饬令苏松太道聂缉椝等讯据徐春庭供，亦称哥匪头目李长寿儿子李鸿，要替父报仇，出资托匡世明等转托美生代购军火。李长寿即系李世忠。当经派员前往李世忠原籍河南固始县属，暗地查访，李世忠诸子，惟次子李显谋在外游荡，所分田产，连年变卖。臣统核各处咨电匪供，既系李世忠之子李洪即李鸿为匪中首目，欲替父报仇，串购军火，而李世忠之子，又惟李显谋变产在外游荡，互证参观，情节相似。商准安徽抚臣沈秉成，派员协同将李显谋解来江宁，奏奉谕旨，革职收禁研讯。并先后接准河南抚臣裕宽咨电，李世忠亲生五子，长子李显才又名天龙，次子李显谋又名地虎。又据苏松太道聂缉槼，复将研讯徐春山供词，录送前来。查核所供李洪托购军火各情与徐春庭供词相同。因饬据江宁藩司瑞璋，督饬印委各员，一再研讯。仅据李显谋供认有地虎之名，并红少爷称呼，而于李洪之名及私购军火不法各情，恃无质证，坚不承认。当以案情较重，非缉获经手托购军火之匪目匡世明等质讯澈究，不能水落石出。将李显谋监候待质，一面派委员弁四出侦缉。旋知匡世明潜回湖南麻阳一带，先后派员往缉，并分咨湖南抚臣、提臣，饬属一体协拿。嗣经湖广督臣张之洞，派员会同该处汛弁，将匡世明拿获，商准解宁审办。一面饬提徐春山、徐春庭至省，先令印委各员讯据徐春山、徐春庭供与上海所讯相同。又向徐春山究出在镇江六濠口迎江春茶馆后面熊刨皮家与匡世明会面，并告知美生应允俟当差期满调往别处时当为代购军火各情。旋经湖北派委候补知县周耀崑将匡世明即匡盛明及其弟匡盛斌解到，饬令印委各员会同湖北来员，提同徐春山等确切质讯，匡世明无可狡展，即据供认该犯先后在福建、江苏入会开堂。光绪十五年四月间，匪目蒋云、曾鸣皋等向其告知，有素识之李少爷名李鸿，是李长寿亲生次子，他哥子天龙已故，因父被杀，要替父报仇，问蒋云等在会有多少人可以帮忙。蒋云等答以会上人多，只缺少军火，李鸿愿出银托洋人代办。蒋云、曾鸣皋邀该犯与李鸿相会在镇江第一楼，一同吃酒议事。李鸿年约三十余岁，说话河南口音，乳名地虎，号雨生，与蒋云先回安徽。曾鸣皋因与洋人美生细崽徐春山相识，由曾鸣皋托徐春山转托美生购办军火。十六年正月，曾鸣皋带同徐春山到六濠口迎江春茶馆后面熊刨皮家与该犯说起军火之事，徐春山回说美生当差尚未期满，明年再为帮忙。三月间，李鸿令蒋云雇大划船两只，押解银六万两，用洋油木箱分装二十余箱，由安徽运至六濠口停泊，并持有李鸿信片给曾素兰、曾鸣皋及该犯同收，又有信一封交曾鸣皋转交美生，过了几天，蒋云等把船开往镇江，曾鸣皋并向该犯告知李鸿托买军火要运到叶家集地方，从河南起事。该犯遂带眷回籍，拟俟事成再来。至十七年，美生才把军火、洋枪买到就被破案。李鸿平日好与会中人交结，业已被拿到案，现禁府监者即是，情愿对质等语。一再研讯，矢口不移。正拟提质间，李显谋情虚畏罪，乘间服毒自尽，其妻李盛氏、妾陈氏亦畏累服毒殒命，委验无异。派委江宁藩司瑞璋、营务处候补道曾广照，督同印委各员及湖北来员覆加研讯，各犯供仍如前，禀请核办前来。

伏查李洪即李鸿，为李世忠之子，各处咨电匪供皆出一辙。洪少爷之称，系由湖广督臣张之洞访闻；雨生之号，有高德华之供可凭；李显谋小名地虎，兄名天龙已故，亦由河南抚臣裕宽查明电咨；其红少爷之称、地虎之名，曾据李显谋自行供认有案。“红”“鸿”字音相同，自系传述之误。现又据匡世明确切供明，李鸿为李世忠亲生次子，号雨生，小名地虎，伊兄天龙已故，并将出资商购军火，图谋不轨各节，历历供指，是李洪即系李显谋为此案巨魁，已属确凿有据。李显谋自到案监禁，业已一年有余，并无死志，乃一闻匡世明获案解质，遽尔自尽，其为自知无可狡赖，情虚畏罪，更属毫无疑义。窃念前岁沿江一带会匪，暗相勾煽，私购军火，蠢蠢欲动，若非即时败露，为祸何堪设想。现既审讯明确，皆由李显谋出资购办，图谋滋事，实属罪不容诛，虽经自尽，仍应明正典刑，匡世明既系匪中头目，又与李显谋同恶相济，亦属法无可贷。应请旨将李显谋戮尸枭示，匡世明即行正法，一并枭首示众，以肃法纪，而昭炯戒。徐春山、徐春庭系美生细崽，曾鸣皋等欲图串购军火，邀令入会，情罪稍轻，将来缉获曾鸣皋等尚须质讯，应请均行监禁备质。匡盛斌讯无为匪情事，仍交湖北委员解回，由湖广督臣张之洞酌核办理。

李显谋系收禁江宁府监，该检校丁昌松，于发交此等监禁重犯，并不小心看管，致令服毒自尽，实属疏于防范。除将丁昌松先行撤任，并批令臬司，饬提刑禁人等审讯，照例详办，暨将各匪供分咨总理衙门、刑部查照，一面饬缉逸匪曾鸣皋等，务获究办外，理合会同湖广总督臣张之洞恭折附驿具陈，伏乞皇上圣鉴训示。谨奏。

李洪亲族请免查办片

再，李显谋即李洪，勾串会匪，私购军火，图谋滋事一案，现经续获要犯审明，专折具奏。惟前准河南抚臣裕宽咨电，李显谋查系时常出外，家业为之荡然，其诸弟均系异母，分炊而居，又准湖广总督臣张之洞电称，李世忠之妻颇明大义等语。臣查光绪十七年六月间，钦奉谕旨，查办会匪，解散胁从，仰见圣恩宽大，予以自新。今李显谋系属在外游荡为匪，伊弟副贡生李成彬等闻尚能安分读书，核与裕宽等先后咨电相同。所有李显谋亲族人等，应请免其查办，以别良莠，而广皇仁。

谨附片陈请，伏乞圣鉴训示。谨奏。

遵旨详筹议覆折光绪十九年三月二十九日

奏为遵旨筹议，恭折覆陈，仰祈圣鉴事：

窃臣等承准军机大臣字寄："光绪十八年十一月初六日奉上谕：'翰林院代奏编修陈鼎请严防各省会匪一折，着刘坤一、奎俊悉心详筹，奏明办理。原折着抄给阅看。'"等因，钦此。当经札饬江宁、江苏两藩司、江苏臬司，体察情形，会同悉心筹议。兹据江宁布政使瑞璋等分别妥筹，禀请核办前来。

查现在各省伏莽之患，无过会匪，自疆臣以逮地方文武，莫不虑其鸱张。近时江西萍乡等处匪徒啸聚滋事，虽经即时扑灭，并由各省拿获巨魁，严行惩办，而根株未净，难免蔓延，自宜及早绸缪，以为消弭之计。第会匪暗相勾结，飘忽靡常，无显著情形，无一定巢穴，缓之则养痈贻患，必至酿成厉阶，急之则吹毛索瘢，仍恐不得要领。就臣等愚见，尽可不事张皇，惟以平易之法治之，使无遁形，坐制其命。谨就陈鼎所陈各条，分别筹议，为我皇上陈之。

如原奏使州、县官遍阅境地，以搜伏莽一节。查州、县身膺民社，有地方之责，凡山川之险易，风土之刚柔，民物之盛衰，土客之强弱，均当周知熟悉，而安良戢暴，首以编查保甲为要务。盖此等会匪，党羽繁多，行踪诡秘，随在散票，以惑乡愚，就地开堂，以为渊薮。至于华洋通商之地，五方杂处之区，以及邻境毗连，若辈尤易混迹，固不必尽在山壑间也。今力行保甲，使民自查匪而官为督责，则法简而易行，民安而不扰。但示以隐匿之有罪，举发之有功，赏罚既明，人心自奋，匪徒必无藏身之所。江苏前已明定章程，通饬州、县举办保甲，现在查拿会匪，自应归于保甲办理。所虑牧令视若具文，则寻常盗贼尚不能弭，何况会匪？臣等会商，以后各牧令殿最，一以保甲有无成效为断。如有会匪头目日久盘踞境内，该牧令等漫不经心，任其潜滋暗长，日后发觉，亦当究明起于何时，并将以前失察之员，予以处分，俾知身虽去任，尚难辞咎，庶几互相戒勉，不敢玩忽诿延。似不必另设保族告密等法，致滋纷扰。

至军火器械，本禁私藏、私制。但军兴时，民间自置器械，结团御贼，事后留以自防。今强盗每持枪刀拒伤事主，若将民间器械一概收缴，是先夺其自卫之具，而使强盗得以横行，非计之得也。应通饬各属，凡民间藏有器械以防盗者，悉令报明保甲董长，于器械上编号刻字，以备稽考而杜流弊。其军火非官厂不得制造，如购自洋厂，非有印文不准进出关口。前经总理衙门及臣等设立专条，分别通饬照会，严行查禁。并饬属详加访察，如民间有私藏军火，一体收缴各在案。以后自当随时饬属，认真办理，勿任始勤终怠。

江苏省舆图，久有刊本，现因纂修会典，续办全省舆图，已由藩司派委熟习人员重加校勘，分别测绘。今若改归州、县，实多窒碍难行。盖州县为亲民之官，何能日事跋涉，久淹岁时。只须责令于所属境内，整顿保甲，分别良莠，匪徒自可闻风敛迹，不在舆地之熟悉否也。

又原奏使总兵官遍阅境地，以强镇兵一节。查地利为兵家所尚，古今名将无不讲求形胜，力争上游。然而临敌审几，不可胶执成法，据山者胜，或至自陷重围，背水者危，有时资以破贼：是知地势之阨塞，亦在用兵者之善于变通。而况此等会匪，散漫零畸，聚散无常，出没靡定乎？昔人以巨寇比虎狼，而以伏戎比蛇鼠，良以所凭依窟穴者异，即攻取之术未可一例施也。使仅据目前已然之迹，以求合乎异日一切不可豫测之贼情，纵绘图立说务极精详，恐亦难操胜算。是镇兵之强，不系乎此，全在各总兵督率营弁，训练士卒，使知行军布阵，制变设奇，以及进退分合之方，虚实疾徐之用，庶几可战可守，悉协机宜。江南水师、陆路各总兵，本系随时会哨巡哨，应令各总兵于到任后，出巡之便，将所辖地面某处为山川形势，某处为关津要隘，与夫用步、用骑、用少、用众，自行绘图贴说，呈送督抚提督衙门，不求工肖，但求分明，以备查核，不必更由督抚、提督另派测量之人同行，使该总兵有所推诿，不肯留意也。

又原奏起用各军旧部熟悉地形之人一节。查各军最著者曰湘军、淮军，自军兴以来，人才辈出，骆秉章识左宗棠于客幕，曾国藩拔塔齐布于偏裨，举贤进能，本不拘于一格。湘、淮各军，昔年精锐之士，忠勇之将，以及戎旃借箸之彦，勋门继起之人，其才堪任使者固不乏人，此外或隐于草茅，或沦于下吏，亦未尝无杰出之才。各省督抚自当随时留心，秉公延访，各举所知，出具切实考语，送部引见，请旨量才录用，其应发往何省，朝廷自有权衡。惟所举之员不必以熟悉舆地为限，如曾国藩等之用兵，虽以山川形势为本，而才识器量不名一端，究其经纶之业，不仅熟谙舆地一事已也。

又原奏各督抚宜延揽熟悉地形之士，以储将才一节。查督抚居封疆之任，必须留意人才，文武具备，一旦猝遇事变，方足宏济艰难。如所称宜设储才馆以备登进，原系造就人才之意。但既曰储才，当广搜博访，凡有才者皆堪入选，不拘拘于舆地一途。两江收标武职及候补道员颇多，此外投效文武亦复量行录用，皆为储才地也。现设筹防、制造等局及同文馆、水师学堂，均为讲求时务者见才之所，而亦兼及舆地之学。但于是数者切实考察，屏绝浮华，甄拔智勇之士，干济之材，试其识力之浅深，胆略之大小，磨砻陶炼，以备异日任用，较之另设储才馆似有实济。

窃维该编修陈鼎所陈四条，一以熟悉地形为主，推原其意，无非为搜捕会匪，思患豫防起见。第求治之道，贵乎因地制宜，未可执一而论。且有治法，尤须有治人，苟得其人，则事办而民不扰。现在各省匪目次第擒获多名，其购买军火逆谋，亦已败露，惟首要尚有漏网，难保不余烬复然。臣等疆寄忝膺，责无旁贷，惟有督率文武各员，钦遵光绪十七年六月初六日谕旨，严拿首匪，解散胁从。并慎选牧民之官，以清吏治，多收轶群之士，以济时艰，借以仰副圣主勤求治理、销患未萌之至意。

所有遵旨筹议缘由，谨合词恭折覆陈，伏乞皇上圣鉴训示。谨奏。

覆陈严缉私枭事宜折

光绪十九年三月二十九日

奏为遵旨筹议设防缉私，恭折覆陈，仰祈圣鉴事：

窃臣等承准军机大臣字寄："光绪十八年十月十五日奉上谕：'有人奏，江南枭匪横行，请设防严缉一折。据称淮北、淮南透私之地甚多，侵灌皖岸，各关卡不查私盐，以致枭风日炽，劫抢之案，层见叠出，请饬筹办等语。着刘坤一、奎俊、沈秉成、松椿体察情形，妥筹办理。原折均着抄给阅看。将此各谕令知之。'"钦此。仰见圣主于整顿缉务之中，寓除暴安良之意。

伏查近年来枭匪日肆，不惟病商，抑且病民，若非严行缉捕，从重究办，则枭匪出没之区，小民几无聊生之日。前经叠饬营勇，拿获巨枭多名，就地严惩，随时奏明在案。

臣坤一于十七年莅任时，详加访察，枭匪以安徽之凤阳、寿州人最为强横，均住江宁之江都、甘泉县境，初仅贩私，继有抢掠、讹诈等事，乡民畏与结仇，不敢报案。当饬运司，遴派候补知府许宝书专办扬属缉私，饬拨水陆队伍归其调遣，以资巡缉，钦奉谕旨："饬令妥筹办理。"即经臣坤一札饬运司江人镜，督同候补知府许宝书、海州分司徐绍垣，将应行择要设防严密堵缉之处，妥为筹议，具覆去后，兹据详查议覆前来。

臣等查淮南透私要隘，均有巡缉卡座：如泰州分司所属之下河、盐城、北闸、草堰闸、缪湾镇、仇湖口、大团闸、丁溪闸、庙湾、海关、许坎关，通州分司所属之里河、李家桥、丁堰镇、江堰镇、力乏桥、黄桥，如皋南闸，曲塘运河堤之六漫闸，高邮、宝应缉私上河之孔家涵、白塔河、界沟、沈家渡等卡，均已星罗棋布，应责令各卡员常驻卡，认真梭巡，遇有大伙私枭，或因兵单难捕者，即行就近知照州、县营汛帮同拿获。其自甘泉县湾头镇起至高邮州马棚湾止，系统带炮船蒋良眷巡缉，马棚湾起至山阳县泾河镇止，系统带炮船陈清泰巡缉，自江都县仙女镇起至泰州沈家渡止，系候补知府许宝书、参将章其俊、都司徐连科管带水旱各队巡缉。此外三江、清山、扬州、泰州、瓜洲等营，均有巡缉之责，平时各守各汛，遇事互相接应，合力兜拿。至江都县之东南乡，甘泉县之东北乡，凤阳、寿州奋匪溷迹其间，应由该两县查办保甲，如有土棍窝藏奋匪，即行押令回籍，其有家产生业者，姑准取保免遣，仍由董保人等随时稽查禀办。毗连江都甘泉之泰州、高邮、宝应等处，一律办理，不致借为逋逃。此筹办淮南缉私之情形也。

又查淮北透私要隘，亦经严密布置。陆路如海州西门，有总查委员稽查，沭阳、阿湖等处，有得胜营总兵王得胜拨队分扎堵缉，又有海州营营官设立五卡，按段梭巡。水路如由场达坝，经过之处有新关、大伊山、龙沟、武障河、周庄等卡，责令该卡员会淮海水师营官，认真查缉。其或由安东颜家河、永丰坝一带登岸绕越，或由淮安湖嘴、马头镇等处，透漏出湖，已由分司徐绍垣添造长龙舢板快船五号，饬令该哨官会同西坝弹压，委员及各汛弁水陆梭巡。所有盐船上下游，系水师炮船管带分投巡缉。至原奏所称桃源、宿迁二邑，为透私出湖要隘，系管带四岸巡勇营官暨涡淮营缉私营官、合字营营官，会哨巡缉，洪泽湖由分司徐绍垣饬令救生船，随同洪湖营营官驾船往来梭巡兼缉蒋坝、三河等处之私。惟永丰镇等处，高邮、宝应、东闸口、汜水、界首各处私枭聚集之区，非有专顾之兵不可，已由臣坤一咨会臣松椿酌拨兵勇前往驻巡。此筹办淮北缉私之情形也。

皖岸向设南、北岸总巡，北岸专缉陆路之私，南岸兼缉水路之私，并添设十号炮船，在江面游巡，随时堵截。其下游有沿江缉私候补道杨钟琛，督率水师严堵，复经臣坤一添派奇兵中、左、右三营分段巡查，以辅各缉私营之不足。至江南水陆各营，其驻扎地方虽为巡防缉匪起见，而近来枭即是盗，饬令以后各防营兼缉枭贩，各就派扎地段巡查，无论为盗为枭，一体严拿究办。如此分段巡防，均有专责，设有透漏失察，即将该管员弁照章示惩。

总之，私盐出自场灶，垣池销畅则盐不患多，勤收则私何由透。现在引地未复，邻私充斥，销滞商困，各场有停歇之垣，灶丁无以为生，遂致私售私煎，弊端百出。臣坤一惟有严饬各分司场员，严督灶头、灶长，并由垣商派掌管人等，认真稽查，不准得规卖放。如有停歇之垣，由分司裁费经本，另招新商，并饬各州县严查窝囤，一经起获，房屋封闭入官，人犯照例治罪。一面设法收回引地，严禁邻私，以广销路，庶几私踪自绝，而官引畅销，仰副盛朝整饬鹾纲之至意。

所有臣等筹议设法缉私缘由，理合会同恭折覆陈，伏乞皇上圣鉴训示。谨奏。

请将故员政绩宣付史馆立传折

光绪十九年三月三十日

奏为已故道员政绩卓著，遗爱在民，吁恳天恩宣付史馆立传，以表循良，恭折仰祈圣鉴事：

窃于同治二年十一月二十四日奉上谕：“祁寯藻奏，弭盗安良，必资循吏，请分别表彰录用一折。嗣后各省大吏，务宜加意访查其政绩、官声、遗泽在人者，着奏明宣付史馆，编入循吏列传。”等因，钦此。钦遵在案。

兹据江宁绅士内阁中书伍元芝等、淮安绅士翰林院编修顾云臣等、通州海门绅士内阁中书顾儒基等，先后联名禀称：已故二品顶戴河南遇缺题奏道孙云锦，前在江宁、淮安、通州各府、州任内，清廉慈惠，遗泽在人，胪陈居官政绩，造册呈请具奏等情前来。

臣查该故员孙云锦，以诸生从戎，为前督臣曾国荃所倚重，决策制胜，多所赞画。曾国荃率师围安庆，该故员因滨江之枞阳镇，为北来援贼必由之道，首议筑堤，以巨船装石沉底，树木泥沙实其上，五十日而堤成，以一营守之，布炮船数十号于堤内。自枞阳至练潭六十里，水师上下游击，围军遂无北顾忧。安庆偏西九十里为石牌镇，由省至潜山、太湖要道，上通湖北黄州、蕲水等处，贼建伪城甚固，湖北下援之贼，恃此为巢穴。该故员单骑驰往劝谕居民，愿毁城者以砖瓦木石与之。三日城毁，贼至失所据遂退，官军得挖长濠困贼。论者谓筑枞阳河堤、毁石牌伪城二事，实为攻拔安庆之关键。嗣随同克复沿江城隘及江宁省城，积功荐保江苏候补知府。同治三年委办江宁善后事宜。维时省垣初复，百务待理，该故员视官事如家事，夙夜在公，不辞劳瘁。其知通州也，终日孜孜，一意求民疾苦。知该州民愿而役横，以严法绳挟黠吏二人，吏大畏服。清前任积案六七十起。日坐堂皇，听断明决。培植士类，增赡书院膏火，试必扃门，为诸生讲解辩论，剖析义利。时至四乡，延见耆老，以问风俗。以是民无不达之隐，狱无不得之情。属县兴革利弊，事有所碍，必为之力请于长官，得当而后已。去之日，走送之民，连三十里不绝，丐者百余，亦以首叩地环泣于舟旁，以为孙州官来，我曹未尝犯窃，而铺户居民因官为劝谕，常时施与较宽，亦未尝无食也。海门与通州邻境，当时政声所被，已为众论所归。光绪初年海门士民，因该厅征收钱粮，向有易知由单名目，胥吏缘之需索，不堪其扰，环请禁革。该厅同知王家麟不通土人语，官民隔绝，胥吏得以上下其手，意欲兴大狱。该故员奉檄查办，草笠芒鞋，周行访察，尽得其实，遣释无辜乡民，痛抑胥吏，并永禁由单，至今民赖其利。其守淮安也，下车之始，日设匦于门，令士民各言地方利弊。进言者颇众，可采者甚多，月余撤去。或问之，该故员曰："设匦数十日，此邦情伪已知大略，久恐启攻讦之风，转滋他弊。"于是奸民知畏，棍徒敛迹。他如修城工，兴书院，疏浚渠河，创办志乘，靡不殚心竭力，百废具举。其守江宁也，因兵燹之后，元气未复，当休养生息，不宜纷更摇众。以下情不能上达，延访地方绅耆，每事必谘，实力实心，事办而民不扰。其宦辙以江宁为最久，遗爱亦以江宁为最深，而光绪四年豁除高淳县各乡田地虚粮一事，该故员力持斯议，尤为脍炙人口，迄今该处士庶尸祝不忘。十三年奉旨调补河南开封府知府，受事甫一月，郑州决口，该故员筹备荒政，刻刻以救民为心，实惠及人，全活无算，其他善政一如治淮安、江宁时。综计该故员生平，持躬清介，悃愊无华。

前在军营，随同曾国荃迭克名城，战功懋著。迨居官之后，为政务持大体，不尚矫激之行，慈祥和惠，卓然有古循吏风。既据该绅士等追思遗爱，沥诚吁请，自应据实上陈。可否仰恳天恩，俯准将前河南遇缺题奏道孙云锦生平政绩宣付史馆列入循吏传，以励臣职，出自圣裁。

除将事实清册咨移部科及国史馆查核外，谨会同江苏巡抚臣奎俊恭折具陈，伏乞皇上圣鉴。谨奏。

总兵劳故请恤折光绪十九年六月二十二日

奏为已故总兵战功卓著，恳恩赐恤，以彰荩绩，恭折吁陈，仰祈圣鉴事：

窃据瓜洲镇总兵谢濬畬等禀称，已故遇缺尽先题奏提督长江水师瓜洲镇总兵讷思登额巴图鲁吴家榜，湖南益阳人，丁咸丰九年投效外江水师，旋分隶淮扬水师，管带炮船，骁勇善战，奋不顾身，为前兵部尚书彭玉麟、前陕甘总督杨岳斌所识拔。转战沿江各省，攻克枞阳伪城，踏平殷家汇、菱湖、赤冈岭贼垒及收复安庆、池州、太平、芜湖各城，该总兵激励士卒，无役不从，每遇大敌，辄飞桨直前，所向披靡。同治元年，提一旅之师，随同长江水师提督黄翼升，遄九洑洲贼垒至上海新泾、四江口等处，两次血战解围，会合陆军，次第克复嘉定、江阴、太仓等城，势如破竹；无锡、金匮之捷，生擒伪潮王黄子漋父子，余逆歼除殆尽；常州之捷，生擒伪护王陈坤书。维时陈坤书等分遣悍逆，四出纷扰，欲由江阴杨舍沿江北窜，并图由常熟以袭太仓，由无锡而扑苏州，其锋甚锐，势不可遏。该总兵督带师船，随同直隶督臣李鸿章大军，奋勇齐进，遂收夹击之效。论者谓常州一役，该总兵之功，有足多者。苏州大桥角之战，贼多且悍，该总兵奋力追击，被贼洋枪伤其左颧，犹复指挥师船于枪林弹雨中，誓以身殉，有进无退，卒以败贼。自是左目失明，口亦偏斜，见者悯之。旋督率所部各船严防下游江面，昼夜梭巡，断贼接济。克复金陵之役，攻夺中关拦江矶石垒，往来冲击，扫荡无前，乘胜猛攻滨江之城，遂与前两江督臣曾国荃各军，夺取水西、旱西两门，擒斩贼酋无算。三年六月以克复金陵功，蒙恩以总兵记名。四年九月，因克复宜兴、溧阳各城，在事出力，奉旨以提督记名简放。嗣调驻瓜洲兼防运河，适山东捻逆窜扰扬州，该总兵率师会合兜拿，得以迅速扑灭。赖汶洸就擒案内，蒙恩仍以提督遇缺尽先题奏。七年创设长江水师，前两江督臣曾国藩等，遴选出力将弁，奏补水师各缺，论立功之大小，定补缺之等差，以吴家榜劳绩最著，足膺阃寄，奏奉谕旨补授瓜洲镇总兵员缺，八年到任。该总兵以京口水师裁撤未久，积习犹在，日驾扁舟往来于孟河、江阴之间，与各营讲求操防、巡缉之法，划清汛地，裁汰陋规，宽猛兼施，兵民悦服。又以江面辽阔，舢板不任风涛，请于前两江督臣马新贻，更造领江船八艘，上下梭巡，盗风以绝。光绪十年，法事戒严，前长江提督李成谋，督率兵轮驻泊吴淞，与法船相逼，吴家榜迅赴戎机，多所规画，已而还守江阴，款成乃返。近年沿江各省，伏莽未靖，六濠口、瓜洲一带，尤为紧要。英人美生私购军火事起，该处浮言骚动，咸有戒心。吴家榜不动声色，以镇定处之，悬赏购线，迭获著名要匪，消患未萌，士民至今称诵。十八年夏间，感受暑热，触发伤疾，该总兵以受恩深重，不敢惜身，力疾巡江，一如平日，乃以积劳过久，终至不起，弥留之际，惟以江防为念，语不及私，闻者莫不陨涕。谢濬畲等以与吴家榜同在长江水师，见闻较确，胪列事迹，禀请奏恤前来。

臣查该故总兵吴家榜，驭军严整，懋著勋勤，前在水师一意剿贼，虽屡濒危险，忠勇之志，曾不少渝，身受巨创，仅而不死。大小百数十战，迭克沿江城隘数十余处，战苦功高，实与水师相终始。迹其生平，在营十年，在任二十余年，治军事如家事，抚驭士卒，信赏必罚，用能歼除巨憝，绥辑地方。臣三至江南，旧时袍泽之俦，雕零殆尽。吴家榜久膺专阃，忠爱性成，年力尚强，方冀长为干城之寄，不谓遽以伤疾中道云徂，失此将才，深堪悼惜。查前有淮扬镇总兵章合才，积劳病故，经臣奏蒙恩旨优恤在案。今吴家榜事同一律，既经谢濬畲等沥情禀请，臣未敢壅于上闻。合无仰恳天恩，俯准将已故遇缺题奏提督瓜洲镇总兵吴家榜，照提督军营立功后积劳病故例，从优赐恤，生平战绩宣付国史馆立传，并于湖南原籍及安徽采石矶地方附祀前兵部尚书彭玉麟专祠，春秋官为致祭，以彰荩绩，出自鸿慈。

除饬取履历分咨查核外，谨会同长江水师提督臣黄翼升恭折吁陈，伏乞皇上圣鉴训示。谨奏。

吴家榜妾何氏殉节请旌片

再，瓜洲镇总兵吴家榜，上年因病出缺，伊妾何氏痛不欲生，绝食以殉，殁年三十五岁。现据瓜洲镇总兵谢濬畲等，以该氏节烈可风，宜沐旌扬盛典等情，禀请附奏前来。

臣查已故瓜洲镇总兵吴家榜，屡立战功，积劳病故，业经臣另折奏恳恩施。伊妾吴何氏于家榜病故后，绝食殉节，志行可嘉。合无仰恳天恩，俯准将吴何氏敕部旌表，以慰幽魂。

谨附片陈请，伏乞圣鉴训示。谨奏。

查明徐州土捐汇费仍准照支折

光绪十九年七月二十一日

奏为查明徐州土捐解京汇费银两，吁恳天恩，仍准照数开支，并免造日征细册，恭折仰祈圣鉴事：

窃准部咨："徐州土药统捐，自光绪十七年四月二十二日开办起，至十八年三月底止，提拨一五成经费外，又提汇费银七千六百两，核与各省办法不符，饬将前项汇费银两照数提回，嗣后开支汇费，即在一五成经费内撙节动支，并饬将各局卡征收前项银两造具日征细数清册，送部核销"等因。当经转行遵照去后。

兹据办理徐州土药统捐局江宁布政使瑞璋等详称：徐州一府并沭阳、赣榆等县，地面宽广，旱道纷歧，连界安徽、河南、山东三省，绕越偷漏，防不胜防。开办之初，择要设立分局十五处，分卡七十三处，核计各项局用，并委员、司事、巡勇薪粮等项，每月共实需银三千八百余两。按照正捐十七年四月至十八年三月止，一年收数，所提一五成经费银三万七千余两，本不敷用，遵章开支，业已极力撙节，若又将另支汇费，并令归在一五成经费内动支，委实无可匀拨。且徐州地属平阳，设局收捐较之湖北有要可扼，办理尤觉为难。查湖北省于光绪十六年开办，只设局卡三十余处。该省局用，除照徐州提拨一五成经费四万七千余两之外，又于正项内另支勇粮、薪水、公费银二万五千余两，均经核准开销，且该省所征银两系留作本省枪炮厂经费之用，是以无须汇费。今徐州同系创办，地方散漫，分设局卡多至八十余处，查缉之难，用费之繁，实较湖北尤甚。湖北因分设局卡之处，向无营勇，专募巡缉勇丁六百余名，查照楚军章程开支薪、粮。徐州虽向有马、步营勇，训练巡防，考成綦重，亦未便零星分派，专缉土私，顾此失彼。所有各局卡专募巡缉之勇，以一年计之，实用口粮银九千六百余两，系在一五成经费内支给，并未照湖北另在正项内开支，仅另拨此项汇费银七千六百两，实较湖北用费省而又省。如照部议不准在正项拨，此汇费所提一五成经费内，又无可匀拨，若亦将巡勇口粮援照湖北，请照正项内拨用，挹注抵支，转非核实办法。再四筹思，惟有实用实销，仍请将此项汇费免予提回，照数开支。至徐州土药捐款，铢积寸累，数至二十余万两，零星碎户，头绪极繁，若按日按户查造细册缮办，实形繁琐。各局司事因节费未敢多用，办理捐收各事，本已兼顾不遑，如再另行添设，则需费更多。查抽捐与征税本属不同，是以厘局所收捐款，向均汇总开报，从未另造日收细册。良以捐务枢纽，惟在随时设法杜私，杜私之勤惰，固不在册籍笔墨之间。徐州土药捐款同系厘金，日收土捐较之百货捐项尤为畸零琐碎，应请按照厘金办法免造日征细册，俾在事人等竭尽心力，各司其事，严杜走私，以节縻费，而裨捐务等情，详请具奏前来。

臣察核所详，均系实在情形。合无仰恳天恩，俯准将前项汇费银两，照案开支，免予提回，并免查造日征细册，以省案牍。理合会同江苏巡抚臣奎俊恭折具陈，伏乞皇上圣鉴训示。谨奏。

匀拨吉林快枪片

再，上年九月间，海军衙门以吉林需用快枪，电商筹拨，备价归款。当查南洋尚有前次购存哈乞开司快枪，既为吉林边防所需，拟即匀拨三千杆解济，同为公用，毋庸归还购价，电准海军衙门核覆照办等因。即经札饬金陵军械所，拨发哈乞开司后膛洋枪三千杆，随枪矛头三千副，合膛药弹六十万颗，并令上海机器局添配随枪皮件及刀头、皮套，金陵机器局添配钢簧等件，分别装箱，派委候选道徐建寅，航海解赴海军衙门点收在案。

伏查此项洋枪、矛头、药弹，本系江南筹防局于光绪十六年动拨南洋防费购买，业已列册报销。所有上海机器局添配随枪皮件及刀头皮套，计垫用英洋三千六百元有奇，又盘运水脚车价等项用银一千六百两有奇，系照案由江南筹防局在于南洋防费项下分别拨结归垫，列册造报。其金陵机器局添配钢簧等件，共用工料银五十三两有奇，归该局自行汇入制造局项下报销。据办理江南筹防局、江宁布政使瑞璋等详请奏咨前来。臣覆核无异。

除咨海军衙门、户部查照外，谨附片陈明，伏乞圣鉴。谨奏。

周长华捐输巨款请赏举人片

光绪十九年八月二十八日

再，据江苏赈捐局司道详称，准广东布政使成允等咨，广东南海县贡监生周长华，前因江宁等属被旱成灾，捐助赈需库平银三万两，并称现在读书应试，不敢仰邀别项奖叙。经该藩司成允等查明，该捐生敦品励学，有志上进，将捐银解局济赈，咨由江宁布政使瑞璋等详请核办前来。

臣查上年江宁、镇江、扬州等属，旱灾极重，仰蒙朝廷轸念灾黎，截漕赈抚，并经司局各库挪垫济用冬赈，甫得蒇事。接办春赈需款浩繁，几至无可设法。盖近年筹捐至再至三，已成弩末。维时又值顺、直、山东均各劝捐济赈，同时并举，以致江苏捐款收数寥寥，累寸积铢，尚难筹集，幸赖该捐生周长华，首先报效巨款，各处好善之士，闻风兴感，捐务因之渐旺，不独春赈借以接济，即本年山西告籴，畿辅水灾，用能拨济急赈，裨益实非浅鲜。溯查军兴以前捐银一万两者，本有奖给举人成案，该捐生此次捐数至三万两之多，慨念时艰，急公好义，与寻常报效迥不相同。科第为士子进身之阶，原不敢破格陈请。第自光绪十六年浙江廪贡生庞元济捐助赈银三万两，经直隶督臣李鸿章奏请奖给举人之后，连年各省筹办捐赈，并无续捐巨款之人，足见此等好义乐输，诚难数觏。该捐生勇于为善，有志上进，捐款既与庞元济相埒，志趣亦复无殊，诚如李鸿章所奏“若蒙破格奖励，愈以见科名进取之重，亦可励多士向慕之忱”。可否仰恳天恩，俯准将该贡监生周长华赏给举人，一体会试之处，出自特恩。

是否有当，谨会同江苏巡抚臣奎俊附片陈请，伏乞圣鉴训示。谨奏。

南洋劳绩人员并案请奖折

光绪十九年九月十五日

奏为南洋随办洋务人员，两届期满，照章并案请奖，恭折仰祈圣鉴事：

窃查光绪十二年十月，吏部奏定章程内开：“嗣后随同南、北洋大臣，专办洋务出力人员差委之日起，扣满三年请奖，以十员为率”等因。南洋事务较繁，需才较众，近来商务日盛，交涉之事亦复日增。其中如光绪十年法事之殷，十七年长江教案叠起，又复继以私运军火之案，办理尤为棘手，全赖在事各员实心筹办，相机因应，借收群策群力之效。此外一切交涉事件，亦均能不激不随，顾全时局，委属著有劳绩。查南洋办理洋务人员，计自光绪七年请奖之后，阅今十有余年，即自部定新章后，亦逾六年之久，已经两届期满。北洋业经照章两次保奖，均奉旨："着照所请。"钦此。钦遵在案。南洋前届三年本应照章请奖，实缘办理洋务出力人员较多，部章每届只准保奖十员。同一办事著有劳绩之员，势难令其向隅，不得不并案汇奖。现在择尤开保，仅止十八员，核与部定每届十员之数，尚属有减无增，实已一再核删，并无冒滥。且照章积劳三年，即准奖叙，今两届并保，历时更久，资劳益深。谨汇缮清单，恭呈御览，仰恳天恩，俯准照拟给奖，以示鼓励。

除将该各员履历分咨总理衙门、吏部外，理合会同江苏巡抚臣奎俊恭折具陈，伏乞皇上圣鉴训示。谨奏。

查验炮台工程增筑量移片

再，镇江都天庙、象山等处炮台修筑工竣，经臣亲往试验，并声明天洑洲应筑炮台，由臣覆加查看，妥筹酌办，均经奏明在案。

臣拜折后，于九月十九日带印出省，前往各该处亲加试验。新筑各台，均系仿照洋式用洋泥兴筑，一切做法均属合式，台身亦极坚固，所配各炮旋转如意，施放亦甚灵捷。各该处旧台亦已一律修整完固，改为明台，与新增之台联为一气，足资控扼。至天洑洲原拟添筑炮台，安设二百五十磅子后膛钢炮四尊，并将原有炮台三门移筑台后，总计七门。前因沿江坍涨靡常，奏明暂缓兴建，察看情形再行筹办。本年江水盛涨，该洲尚无续坍之处，原有之台，自可悉仍其旧，毋须改作。惟该处系在镇江下游，为由海入江第二重门户，必须有坚台巨炮，方资得力。天洑洲原设炮位，仅止一百二十磅子，该处上游对岸之圌山关各台，所设炮位亦属炮小力单，均难及远。查圌山关之大矶头，前临大江，后依崇岭，最得形胜，凭山筑垒，较之天洑洲江岸，尤为稳固。现拟将大矶头旧有炮台，撤去前膛炮三尊，另筑洋式新台，添设二百五十磅子大炮四尊，上下环击，气势较雄。圌山对岸之东生洲，旧有炮台，仅设前膛炮三尊，亦形单薄，拟将大矶头撤下之炮，添设东生洲，以收夹击之效。并在天洑洲台后长堤内，添配洋庄炮六尊，加筑兵房，以昭周密。以上各节，皆系目前应办之工，即就前估天洑洲筑台经费撙节，动支可以敷用，毋须另行筹拨。似此一转移间，于经费无增，而于江防益形巩固。

除饬筹防局员认真经理，并分咨海军衙门、总理衙门、户部、工部查照外，谨附片陈明，伏乞圣鉴。谨奏。

万寿点景工需续申报效折

光绪十九年十二月初一日

奏为吁恳天恩，仰祈圣鉴事：

伏念来岁恭逢慈禧端佑康颐昭豫庄诚寿恭钦献皇太后六旬万寿，普天同庆，率土胪欢，中外臣工，咸思勉效微忱，共襄盛典。前准户部咨开，总办万寿庆典王大臣等会奏，中外臣工报效工需，酌拟分交数目一折，奉旨："依议。"钦此。又准部咨："内务府会奏，分段点设景物一折，声明如有增添之处，再行奏办"等因。又在京王公及阁部九卿，先后奏请恩赏地段，点缀景物经坛，共申叩祝，奉旨："准交内务府办理。"等因，钦此。

窃念臣等疆圻忝领，寿宇同登，申命遥承，寅恭倍切，无小无大，咸抒华封三祝之诚，自北自南，齐上天保九如之颂。恭查乾隆二十六年，大学士傅恒等奏明各段点景交纳银数单开各省督抚每省交银三万两等因。臣等谨遵照成案，率同江苏省副都统，江南、长江各提镇及司道文武等官，于王大臣前次奏定报效经费分交数目外，再筹集银三万两，以备添设地段点缀景物之需，吁恳赏收，庶臣等葵藿私忱，稍申万一，并拟先期拣派道府大员入都，随同敬谨办理，不胜欢忭之至。

所有遵照成案续请报效经费缘由，谨合词恭折具陈，伏乞皇上圣鉴训示。谨奏。

冬漕起运成数沿途行滞折

光绪二十年正月二十八日

奏为光绪十九年分江北冬漕遵办河运，查明起运谷米，恭折驰陈，仰祈圣鉴事：

窃前准户部咨，附奏江北各属，光绪十九年分新漕力筹足额一片，光绪十九年七月十六日奉旨："依议。"钦此。并准部咨，光绪十九年九月十四日，内阁奉上谕："本年顺天、直隶雨水过多，灾区甚广，业经赏拨漕米，展办赈捐，借资接济。惟念现巨麦秋尚远，灾民待赈方殷，允宜再沛恩施，俾资冬春赈抚。着于江苏江北来年应解河运漕米内，各赏拨米五万石。现在该省尚未采买兑运，即着刘坤一、奎俊将前项漕折银两，迅速核明提解直隶应用。其随漕轻赍等项，又剥价运费，经剥耗食米石，并着一并核解赈局应用。"等因，钦此。当经恭录转行去后。

兹据江宁布政使瑞璋、江安督粮道马恩培会详称：上届漕船行抵扬庄，中运河底水甚小，桃源、宿迁、邳州一带占浅极多，因山东省挑工未竣，湖口坝未能即时启放，多雇剥船设法挽运，迨抵林工，水尤浅涸，饬令加成起剥，择泊深塘。嗣知山东省于四月初启坝，严催赶紧上驶，行抵潆流闸，溜势极猛，多加关缆，尽力上挽。及抵大泛口，逆溜激急，纤挽维艰，受淤处所间有浅滞，即饬各船带剥加纤拉行套塘灌送。维时十字河山水陡发，山河大坝虽未溃决，旁设转桶已为冲陷，大溜北趋，三空桥蓄水坝亦已倒塌，泄水入湖，严饬添雇人夫抢筑堵闭。所赖新挑各工，疏浚如法，未被沙淤，尚无阻滞，督饬各船兼程前进，挽过济宁之天井闸。近年分水口以北，运道受淤过甚，河底高仰不平，两岸堤埝亦甚矮薄。漕船行抵该处，水旺则堤虞漫决，水涸则浅阻难行，历届以来，颇为棘手。因饬将北柳林以下各闸下板抬托，并启放马踏湖水接济。一面催令各船仍带长剥迅速趱行，于五月十四日挽抵寿张县境之十里铺，较量内外水势，清高于黄二尺有奇，拟俟黄水稍长，即行多雇夫役，料理入黄。适上游东平长路口地方河堤决口，大溜旁趋，清水陡耗三尺余寸，船只大半浅搁，不得已商诸山东办工委员，趁此黄水尚堪倒灌，赶紧启坝，严饬各船加添纤夫，设法趱进，并因南运口出船艰滞，派员管带长剥，将江苏各帮船只，一并帮同提剥挽入黄河，察看黄水已耗尺余，陶城埠口门水势日落，不得不停泊候汛。幸二十五、二十六等日黄水增长，严催各船星夜出黄入运，迨至阿城、七级、周家店各闸，河身淤垫较高，水俱漫闸，虽经在各该闸加做扫工，借资收束，使水归闸门，不致散漫，而溜极湍悍，势难前进，因饬雇夫挽护驶抵临清套塘灌送，始行一律收入卫河，严催各船昼夜趱进，行至天津。除钦奉恩旨截留济赈米五万石在津交兑外，其余漕船于七月二十日挽抵通坝，虽交仓尚无贻误，而沿途节节耽延，实已倍尝艰险。惟河运乃经久良法，不敢不力为其难，妥筹赶办，以期渐复旧规。查光绪十九年分冬漕，江宁、淮安、扬州、通州四府州属，共征熟田漕米一十万三千五百六十余石，内除节省给丁耗米六千二百余石抵充运费外，实该起运米九万七千三百五十余石。又徐州府属共征熟田漕米二万九千八百一十余石，内除节省给丁耗米四百九十余石，亦循案抵充运费外，实该起运米二万九千三百二十余石。徐州府属向征粟米，近来出产无多，采买维艰，仍照历届成案，按数改办大米起运，以期便捷。以上共该起运米一十二万六千六百八十余石，内除钦遵恩旨，截拨顺天、直隶各属赈济正漕米五万石按数折解济用外，仍该起运交仓正漕米七万六千六百八十余石，自应照数采买交兑，以重仓储等情，详请具奏前来。

臣查治漕必先治河，山东运道近虽择要挑办，不过权济一时之急，其大泛口、济宁、新店、靳口、安山一带，节节浅阻，河底高仰不平，十字河年挑年淤，以及十里铺、陶城埠口门内外淤垫更甚，均须大加挑浚，方得畅行无阻。相应请旨饬下东河督臣、山东抚臣严饬该管河道各员，将淤浅各工认真疏浚，务期一律深通，并将各决口分别堵筑坚实，以利漕行。

除饬该司道将漕运一切事宜提前赶办外，谨会同漕运总督臣松椿、江苏巡抚臣奎俊，恭折由驿驰陈，伏乞皇上圣鉴训示。谨奏。

订购雷艇改厂为营片

再，南洋江海兼防，整顿水师，实为当务之急。海军衙门原议俟北洋成军以后，即行推广南洋，因筹款维艰，于光绪十八年间，议覆南洋水师案内，设法变通，将南洋现有兵轮暂减人数，以为节饷添船之计，仍俟筹有款项，购办铁甲等舰，庶可逐渐扩充，由海军衙门会同奏覆奉旨允准，钦遵在案。快船需费较巨，势难遽行议购，不得不就现时饷力，择要图维。查鱼雷炮艇，战守兼资，实为水师利器，购价既廉，养船之费亦省，拟即照外洋最新之式，向德国洋厂购办四艘及应配炮位、雷筒、鱼雷等项。出使大臣许景澄，于西国船械极为考究，由该大臣订购必能力求核实，当经电询价值，商准海军衙门核覆照办。又经电商该大臣许景澄，向什好厂议价，并向伏尔铿厂互相比核，商定分向两厂订购。伏尔铿厂定造两艘，计实价四十万四千马克，什好厂定造两艘，计实价四十三万九千马克，运脚保险等费均在其内。什好为造艇专厂，价值稍增。伏尔铿亦系著名大厂，叠经北洋购办有案，此次该厂极欲承揽，是以船价运费等项格外从减。似此分厂订购，不独价值较专购什好厂者为省，且事有比较，两厂各顾声名，工料可期益加坚实。每艇各配雷筒三具，鱼雷三尾，哈乞开司三十七密里连珠炮两架及随炮药弹等件，合计需价二十九万二千八百马克有奇，连艇价统计一百一十三万五千八百马克有奇，照现时市价约合库平银四十余万两。已饬拨定银，令筹防局员会同江海关道照换马克，备文咨请该大臣许景澄分向各该厂照议订购，其余价值照章分期汇付。惟马克价值涨落无定，应照兑汇实数随时核算。前项马克各数系由电传达，将来应以印文为准。所需价银即裁节之饷及额拨防费项下陆续匀拨，无须另行请款。此项雷艇约计一年可以到华。前设鱼雷厂，现在仿照北洋推广改为鱼雷营，先期教习，俾雷艇到华即可分别配拨，以资巡操。据筹防局详请奏咨前来，臣覆核无异。

除分咨海军衙门、总理衙门、户部、兵部、工部外，理合附片陈明，伏乞圣鉴。谨奏。

遴举道府四员请予录用片

再，为治之道，首在得人，方今时事孔殷，需才尤亟。臣久膺疆寄，受恩至深，惟有以人事君，勉效涓埃之报，谨就平日所知者，遴举四员，期备采择。

查有江苏候补道李经楚，器宇清华，志趣远大，平时于政治得失，民生休戚，莫不实力讲求，现在供差江宁，臣历试以事，著有成效，洵为有用之才。候选道陆元鼎，学识渊深，操持坚定，以进士出宰江南，孜孜求治，历任繁剧，所至有声，上下交相倚重。该员资格较深，情形亦熟，足膺方面之寄。补用道、江苏候补知府阮祖棠，明白精细，悃愊无华，服官十有余年，一以洁己爱民为本，为政务持大体，不尚矫激之行，听讼尤其擅长，堪为群僚表率。补用道、云南候补知府张庆勋，敏练老成，通知时事，并谙练洋务，于泰西制造诸法，竭虑殚精，确有心得，襄办上海机器局务，深为得力。以上四员，其居官事实，臣均知之有素，陆元鼎、阮祖棠二员，并经臣于光绪十九年正月奏保，蒙恩传旨嘉奖有案。

窃维因材器使，圣主自有权衡，而推贤达能，不敢不进于朝廷，以效壤流之助。各该员明体达用，实为不可多得之才。可否仰恳天恩，俯准将李经楚、陆元鼎、阮祖棠、张庆勋交吏部带领引见，量才录用之处，出自恩施。

臣为遴才起见，是否有当，伏乞圣鉴训示。谨奏。

赏戴双眼花翎谢恩折光绪二十年二月二十八日

奏为恭谢天恩，仰祈圣鉴事：

窃臣接准吏部咨开："光绪二十年正月初一日内阁奉上谕：'朕钦奉慈禧端佑康颐昭豫庄诚寿恭钦献皇太后懿旨：本年予六旬庆辰，在廷臣工，业经降旨加恩。因念各省文武大臣，有久膺重寄，卓著勋劳者，允宜同膺懋赏。两江总督刘坤一，著赏戴双眼花翎。'"等因，钦此。当即恭设香案，望阙叩头谢恩讫。

钦惟慈禧端佑康颐昭豫庄诚寿恭钦献皇太后，坤极凝庥，颐龄衍祚。功参两大，庆鹤算之长绵；运启再中，仰鸿仪之用吉。臣疆符忝领，寿宇同登。颁来双凤衔书，绚云霞之俪采；远胜双鱼赐佩，映日月以交辉。值周甲之昌期，荷荣申夫懋赏，宠施下逮，感悚莫名。惟有鹭序协恭，鹓濡滋惧。华增片羽，倍深一偻再伛之思；德戴重光，敬上三多九如之颂。

所有微臣感激荣幸下忱，谨缮折叩谢天恩，伏乞皇太后圣鉴。谨奏。

采办棕毛动用公款折光绪二十年二月二十九日

奏为恭办庆典，需用棕毛，动拨款项，恭折具陈，仰祈圣鉴事：

窃准工部咨，本年恭逢慈禧端佑康颐昭豫庄诚寿恭钦献皇太后八旬万寿，各处彩殿暨辇路经出处所，均应铺设棕毯，行令采办棕毛五十万斤，分批解部，并令宽为筹备等因。当经札饬敬谨遵办去后，兹据安徽布政使德寿详称：奉取棕毛五十万斤，攸关庆典要需，自应赶为办解，现已派员前赴江西、湖南、湖北、四川等处设法采购，分批解部。计棕毛五十万斤，每斤例价银三分，共该正银一万五千两，在于光绪二十年各属解司正项银内动给，又于耗羡项下拨给协贴价值银二万六千两有奇，又部饭银一万二千两，水脚银一万八千四百两，详请奏咨前来。臣覆核无异。

除饬该藩司务须赶紧办解外，所有动用银款缘由，谨会同安徽巡抚臣沈秉成恭折具陈，伏乞皇上圣鉴。谨奏。

营员劳故请恤片 光绪二十年二月三十日

再，已故二品顶戴盐运使衔江苏候补道王诗正，湖南湘乡县人，于光绪元年以难荫知州，投效前大学士左宗棠甘肃军营。左宗棠因王诗正系已故道员予谥壮武王（鑫）〔錱〕之子，忠荩之后，胆识兼优，欲储为他日干城之寄，檄委统领刚毅、振威等军，旋率所部出关，大小百数十战，无役不从，驰驱于冰天雪海中，劳苦不辞，勋勤懋著，积功洊保以道员分省补用。十年法事戒严，台湾告警，左宗棠奉命入闽，檄委该故道统领恪靖各营，冒险东渡。维时法人已攻据基隆，全台震动，封禁海口，援师皆莫敢济，王诗正不避艰险，雇坐民船，于黑夜偷渡。迨抵基隆后，审察地势，令诸军分布要隘，连战皆胜。论者谓该故道援台一役，其功有足多者。十四年十一月，以道员到省候补，统领老湘五营，驻守江宁下关炮台，纪律严明，士卒无不畏服，勤于操练，无事如临大敌，尤有古名将风。乃以在营积劳日久，遽尔云徂，未竟其才，深堪悯惜。据皖南镇总兵李占椿等，胪具该故道事迹，禀请奏恤前来。合无仰恳天恩，俯准将已故二品顶戴盐运使衔江苏候补道王诗正，照军营立功后在营病故例，从优赐恤，出自鸿施。

除饬取履历咨部查核外，谨附片陈请，伏乞圣鉴训示。谨奏。

恭请陛见折光绪二十年四月三日

奏为微臣三年任满，述职届期，吁恳陛见，恭折仰祈圣鉴事：

窃臣渥荷天恩，重授两江总督兼充办理南洋通商事务大臣，于光绪十七年二月入都展觐，是年三月至江受篆，嗣蒙钦派帮办海军。凡此稠叠之隆施，洵非捐糜所能报。查臣履任之始，适有匪徒焚烧芜湖等处教堂，计图乘间肆扰，仰蒙朝廷指示机宜，严密查拿，得以迅速蒇事。两年之内，四境敉平，虽有蝗旱偏灾，复荷鸿慈，截漕抚恤，并许开捐接济，俾此亿万穷黎，不至流离失所。此外如盐、漕、河诸政，以及营务、洋务并地方一切事宜，就臣识力所及，以次整顿。惟是海防紧要，而南洋兵轮无多，现以历年节省余资，先行定造雷炮艇四艘，以备攻守之用，所有拟购大号快船，应俟将来经费充裕，函商总理衙门，另行奏明办理。

臣才辁任重，年老病多，勉强支持，深虞陨越，惟有仰恳天恩，准臣入都陛见，跪聆圣训，得有遵，循犬马恋主之忱，亦可稍申万一。

倘邀俞允，所有两江总督及通商大臣事务，相应请旨派员署理，俾臣迅速交卸起程，不胜翘企待命之至。

谨缮折具陈，伏乞皇上圣鉴训示。谨奏。

察看鲁道伯阳暂署常镇通海道篆务片

再，查江苏苏松太道驻扎上海，管辖二府一州，兼理关税事务。该处为通商总汇之区，每年道库出入款项数百余万，责任之重，交涉之繁，迥非他处海关可比。且各国领事环而相伺，关道贤否，为中外观听所系。当此强邻逼处，时局维艰，彼族狡诈异常，得步进步，虽一细微之事，动辄连横要挟，全赖关道随时体察，遇事磋磨，庶可就我范围，勉图补救，使应对操纵之际，稍失其宜，不特贻误事机，抑且有伤国体，关系大局，实非浅鲜。新授苏松太道鲁伯阳，于光绪十五年到省候补，阅历未深，一无表见。自奉旨补授是缺后，臣与之面商一切事宜，虽因未经到任，该处情形未能熟悉，而聆其言论，于地方吏治及各国条约夙昔，均未讲求，恐难期其得力。近日各国洋报又复议论纷如，所言即无足深信，而其为外人轻视已可概见，若令骤膺巨任，势必启外侮而滋事端。臣与抚臣往返函商，拟于江苏道缺中，择其关务较简者令鲁伯阳暂行署理，试之以事，以觇其能。现以常镇通海道黄祖络调署苏松太道篆务，所遗之缺，即以鲁伯阳暂署。镇江虽亦系通商口岸，而较之上海情形，轻重迥不相同，委令暂署，俾可借资练习。仍由臣等随时察看，如其才堪造就，再行饬赴新任。若竟措置乖方，并此关务较简之缺亦复不能称职，惟有据实参劾，以重地方，以肃吏治。

除将调署缘由另片陈明外，谨会同江苏抚臣奎俊附片密陈，伏乞圣鉴。谨奏。

续报宽备棕毛动用款项折

光绪二十年五月十七日

奏为宽备棕毛动用款项，恭折仰祈圣鉴事：窃准工部咨："万寿庆典，宁寿宫等处均应铺设棕毯，行令于前次传办棕毛五十万斤之外，宽备二十万斤，听候行取。"又准户部咨："此项棕毛既据工部奏明宽备二十万斤，所有价脚等项银两，自应添拨，行令仍在司库地丁正耗项下动支，如有不敷，准于京、协各饷以外，由该省关局通融匀拨，俾资赶办”等因。当经转饬安徽藩司遵办去后，兹据详称：奉取庆典应用棕毛五十万斤，照案动款委员领价前赴江西、湖北、湖南、四川等省，分途采买，已据购办四十万斤，分作八批先后详请给咨委解，其余十万斤以及续奉宽备二十万斤，严饬承办之员，赶紧分途搜买，遵限解京。所有宽备棕毛二十万斤，应需正、协价值及部饭、水脚等项，核计银二万八千余两，自应仍在地丁正耗项下动支。惟库存地丁银两动放京、协各饷尚多不敷，且前奉饬办棕毛五十万斤，动用正协价值等银七万数千两，已形竭蹶，万难再筹，事关庆典要需，又不得不竭力筹办。此项价脚等银，既奉部咨，地丁正耗如有不敷，准由该省关局通融匀拨。现在库存地丁不敷周转，自应另拨济用。查芜湖关尚有征存常税银两，原系候拨之款，应请将宽备棕毛价脚等银二万八千余两，在于芜湖关常税项下动拨银二万两，其不敷银两，即在司库地丁项下凑拨，俾资赶办，详请奏咨前来。臣覆核无异。

除饬该藩司务须赶紧办解外，所有宽备棕毛动用款项缘由，谨会同署理安徽巡抚臣德寿，恭折具陈，伏乞皇上圣鉴。谨奏。

特参庸劣不职人员折

光绪二十年五月二十日

奏为特参庸劣不职之候补道员、知县等官，请旨分别革职、降级、改教，以肃官方，恭折仰祈圣鉴事：

臣维监司有方面重寄，务期为守兼优，现在候补当差，即应洁己奉公，认真办事。至州县为亲民之吏，必须矢清矢勤，庶可以洽舆情而资治理。兹查有二品顶戴江苏补用道莫绳孙，才具平庸，性情矜躁，委办淮扬堤工，一味敷衍塞责，其于一切利病，未能切实讲求，及至撤回省垣，犹复哓哓渎辩，并敢指求差事，语多荒谬，深骇听闻。又试用道周嘉猷，公事颟顸，行止苟且。委办金陵木厘，收数甚形短绌，于长江水师饷项几至贻误，虽由商贩日稀，而访察商票与票根不符，显有侵挪情弊。又宝应县知县杜法孟，措置乖方，捕务废弛。其于署中亲友，不知闲检，以致物议沸腾。又安东县知县柏寿，习气太重，听断糊涂，调署沭阳、宿迁，始终不能振作。似此庸劣不职，未便稍涉姑容，惟莫绳孙年力尚强，柏寿以进士出身，优于文理。相应请旨将周嘉猷、杜法孟二员即予革职，莫绳孙革去二品顶戴，以同知归部铨选，柏寿以教职归部铨选，俾此项差缺人员有所警惕，勉为廉能，仰副朝廷澄叙官方之至意。

所有特参庸劣不职各员，谨恭折具奏，伏乞皇上圣鉴训示。

再，所遗宝应、安东知县二缺，江苏现有应补人员，应请扣留外补，合并陈明。谨奏。

奏疏卷二十二

议定洋商试办火油池栈章程折

光绪二十年六月初九日

奏为上海浦东地方洋商试办火油池栈，现与议定设限防险章程，恭折驰陈，仰祈圣鉴事：

窃臣等承准军机大臣字寄：“光绪二十年三月十八日奉上谕：‘御史褚成博奏洋商违约筑池，存储火油，大拂民情，请饬禁阻一折。据称去冬有德国商人在上海浦东陆家渡地方购地筑池，为存储火油之用，众情疑骇，力求禁阻。南洋大臣曾委苏松太道聂缉椝与该国领事再三辩论，今年二月该洋商不候华官允准，擅将火油装运抵沪，且闻另有洋人在汉口购买地基，亦为存储火油而设，请饬速行阻止等语。洋商开池存油，是否有碍民居，着南、北洋大臣详细查明，设法阻止，妥筹办理。原折均着抄给阅看。将此各谕令知之。’钦此。遵旨寄信前来。”当经转行钦遵去后，伏查此案，上年六月间，据苏松太道聂缉椝以上海洋商在浦东地方设立火油池栈，事属创办，恐与地方居民有碍，禀经臣等饬与洋官商禁。一面咨经总理衙门，向各国驻京使臣驳阻，旋值津海关道盛宣怀在上海清理织布局务，并经饬令会商筹办。内外坚持，几及一年，彼族总以欧洲各埠以及日本等处均已设有油池，储油于池较之装油于箱、存箱于栈尤为稳妥，再三辩论，坚求不已。盖向来运销洋油，皆系储以马口铁桶，外套板箱，既费工本，又耗水脚。洋人工于牟利，精益求精，是以近年来凡各国运销洋油之处，大都船改统舱，栈设油池，以期便于利运。上海所设池栈，经该道等督同员绅前往确勘，该栈基北临浦岸，东南西三面均属田畴，地极空旷，相距镇市亦尚遥远，附近有居民二三十户，均非贴邻，民情亦尚相安。该栈外筑围墙，内设圆桶三具，高约三丈有奇，围圆约二十丈有奇，悉用钢板制成，即系储油之具，名虽为池，实则形类于桶。各桶之下填筑塞门泥土，以防渗漏，桶顶蓄水，桶旁竖杆，以避日炙电触之虞。桶外设有钢管机筒，备油船抵埠用以吸油于桶。三桶之外，复设小桶一具，为澄净油渣之用。一切做法，均尚周密坚固。复经聂缉椝电询出使英、法、义、比大臣薛福成查覆伦敦油池十余处做法相同，出使日本大臣汪凤藻亦谓东洋油池自设立以来尚无危险之事。上海所设油池，油系俄产，英商资贩，德商经售，三国商人合力营运，所费资本甚巨。在中国系属创见，在各国实已视为故常，是以坚请试办，情词极为迫切。再四体察筹商，事虽难以中止，不能不与议立设限防险之法，以示范围而杜流弊。当乘油船抵口之际，一再饬令禁止进口开舱，一面与之切实筹议。该商始允先存汇号银十万两，并将存单送道以备不虞赔恤之需。又经聂缉椝等与地方绅董逐细讨论，转商领事，议定章程十条。惟第二条设限一节，英国使臣以事系英、俄、德三国合办，又以英领事无管理别口之权，未肯允行。臣鸿章因校阅海军，适在威海、烟台，迭晤英参赞，令其较致英使臣必须照办，遂据交到节略，改为上海浦东一处，暂行通融办理，以后他处不得援此为例。如欲仿办，必须禀由本管领事照会关道，查明于地方居民有无险害，禀报总理衙门，照会饬知遵办。既须禀官查勘，以后即可杜其私设，遂饬令苏松太道聂缉椝与各领事照议签押。兹据会同津海关道盛宣怀照录章程、绘图详请具奏前来。

臣等查池栈之设，必当体察地方民情，既经勘明栈设旷地，并无贴邻，所制桶管亦均稳固，油船必须出海洗涤，油池严防渗漏，亦已备列设限防险章程之内，似与民居汲饮不致有妨。且又载明倘有渗漏碍及汲饮，或有失慎殃及民居，确有明证，除赔偿外，即由地方官会同领事饬令将池拆毁，不得再行建造。该商等既费巨资营此贸易，苟其事稍有微险，似不肯议立此章，轻为尝试。凡此皆为日本章程所未及，所议尤为严密。仍当饬令现任苏松太道黄祖络留心查察，如有未尽事宜，务即随时妥筹商办，以期益昭详慎。至汉口地方，饬据江汉关道恽祖翼查覆，尚无筑池形迹。现已将所订章程通行各口，一体遵照。

除图说、章程咨送总理衙门查核外，谨合词恭折由驿覆陈，伏乞皇上圣鉴训示。谨奏。

筹备海防折光绪二十年六月二十七日

奏为海防戒严，谨将近日筹备情形，恭折由驿驰陈，仰祈圣鉴事：

窃臣前准北洋大臣李鸿章电称："日本以重兵驻扎高丽，胁议善后，并有用兵入长江之谣。"当经密饬各军妥为布置。嗣又准李鸿章电称："钦奉谕旨：'南洋各海口均关紧要，着密电各该督抚，不动声色，豫为筹备，勿稍大意。'"等因，钦此。当将筹办大略情形，电请总理各国事务衙门代奏在案。

现在叠据探报，彼族屡次添兵增械，前往朝鲜，并有兵轮多艘驶出长崎各口，居心叵测，尤不可不严为之防。目下南洋水师只此木壳钢板兵轮数号，本不能与敌船角逐海上，仅能依附炮台以资堵击。分防江海已虑不敷，近又分拨台湾两船，水师既单，陆防更形吃重。臣统观江南形势，论苏、松之门户，以吴淞为最要；论长江之关键，以江阴为最先。现将各兵轮添足人数，分驻吴淞、江阴，与各炮台将领互相联络，昼夜严防，以期有备无患。此外沿海沿江各处口门，亦已就现有兵力，饬派水陆兵勇，分投扼守，遇有警信，各守汛地，合力堵御，以固吾圉。惟崇明孤悬海外，地当要冲，该处仅有海澄营勇五百名及练兵二百四十名，兵力过单，不敷分布，内地防勇又皆驻守要隘，势难抽调。已饬署苏松镇总兵朱淮森就地暂募新勇五百名，并添练兵丁六十名，即归朱淮森统带，俾资守御，一切饷项津贴，均照湘军营制练兵章程核给。事定之后，仍行遣撤，似所费无多，而于崇明防务实为有益。当此事机日紧，一应筹防事宜，臣责无旁贷，惟有勉竭心力，督率各将士，不动声色，严密筹备，不敢稍涉大意，亦不敢稍事张皇。近日民心尚称安谧，堪以仰慰宸廑。

除筹防应用款项照章随时咨部立案外，理合恭折由驿密奏，伏乞皇上圣鉴训示。谨奏。

拿获要匪照章惩办折

光绪二十年六月二十九日

奏为叠次拿获要匪，讯明照章惩办，恭折仰祈圣鉴事：

窃查江苏徐州地方，界连三省，幅陨辽阔，向为盗匪出没之区，叠经臣等严饬地方文武，整顿保甲、团防，不时会哨，实力缉捕。前经徐州镇总兵陈凤楼、徐州道沈守谦访闻有匪首侯娃，招纳亡命，肆行无忌，砀山、丰县一带均有该匪党与，行踪诡秘，间谍甚多，即往来潜藏，亦无一定处所，此拿彼窜，飘忽靡常。

光绪十九年六月，该匪侯娃纠结外来匪类，在丰县、砀山交界之隋家寨饮酒结幅，逼令寨内居民供给食物，并置有枪炮器械等件，声言如官兵往捕，即行抗拒，盘踞村寨，谋为不轨。砀山县知县陈守聂侦知该匪势甚鸱张，非多集兵力恐难制其死命，即经会同铭字营官程孔德等、凤字营官徐得贵等、飞骑营官李秀岭等，各带得力员弁勇丁，不动声色，星夜驰往该处，分道围捕。该匪侯娃与在逃之李彦龄等带同党伙约有二百人之多，排列寨外，开枪拒捕。各该员弁督率勇丁，直前猛扑，致被轰伤马勇三名，步勇十一名，鏖战数时之久，擒获匪犯十五名，并夺获马匹枪械等件。侯娃知众寡不敌，分路逃窜，各该员跟踪追捕，直至数十里外始将侯娃拿获，并先后捕获匪犯四名，余党悉数逃散。经臣等批饬徐州道沈守谦讯明侯娃系山东郓城县人，曾充营勇，与已获之王转玉、张得权、王春、李景盘、张年、侯东、葛耀先、姚四、隋效勤、杨科、卢憬一等匪迭次纠劫，因被拿紧急，起意结幅抗拒官兵，实属形同叛逆，当经批饬将各该匪就地正法，枭首传示犯事地方，以昭炯戒。其同时拿获之卢憬椿、李安、王占林、关王明、王朝献、马闯、张铁锤、王化雨等八名，或听从起幅，或被逼入伙，临时畏惧思逃，并未帮同拒捕，情尚可原，批饬查照惩办会匪章程酌量监禁，期满分别办理。

又铜山县事主祁政平被劫拒伤一案，系孙茂群起意纠结，经哨官李辅勋督带弁勇练丁会合兜拿。该匪等持械拒捕，孙茂群开放洋枪轰伤李辅勋所骑马匹，李辅勋下马立将孙茂群格毙，并生擒格伤之李二、王小、孔禾尚三匪，解县审办。又邳州事主汪宽域被劫，拒伤练丁王有礼身死一案，经宿迁营游击章宗瀚访明此案匪党甚多，匪首李克启等潜匿骆马湖一带，派弁王有胜带勇密往缉捕。该匪等执持洋枪，轰伤勇丁，势甚凶悍，王有胜右腿亦被枪伤，仍复奋勇督捕，练董马蓬瀛与清淮哨官金其康等带勇驰至，合力围拿，当时格毙三匪，并擒获李克启、李湘云二名，余匪悉被击散。嗣又购密眼线拿获张歪嘴、王洋盘、房玉荣、晁宏勋等四犯。均经臣等批饬徐州道沈守谦讯明，王小、孔禾尚、李克启、李湘云四匪拒捕伤人，愍不畏法，即饬就地正法，枭首示众，以寒匪胆而快人心。其余各犯，有取供后身死，亦有情罪较轻者，均饬照例办理拟结，以昭核实。

臣等查各该匪均系积年巨魁，拒捕逞凶，目无法纪，甚至聚党结幅，扰害地方，若不及早歼除，势必养痈为患。臣坤一前于光绪十七年六月奏明，各该员弁如能拿获要匪，准予优奖，钦奉谕旨："着照所请。"等因，钦此。钦遵在案。今各该文武员弁于匪徒开枪拒捕之际，均能奋不顾身，合力扑捕，蹈险履危，无异临敌，实属出力异常。合无仰恳天恩，俯准臣等将在事出力各员，择尤保奖，以昭激劝，出自逾格鸿施。

除饬将逸匪李彦龄等务获惩办外，谨合词恭折具陈，伏乞皇上圣鉴训示。谨奏。

续办江海防务折光绪二十年七月二十六日

奏为筹备江海防务，谨陈续办情形，恭折由驿驰陈，仰祈圣鉴事：

窃臣前因海防戒严，于本年六月二十七日将筹备大略情形，恭折驰奏。七月十五日递回原折，钦奉朱批："即着督饬各将士，严密筹备，毋稍疏懈。"等因，钦此。

臣先接探报，倭人在牙山洋面击我运船，节经电饬水陆各将领昼夜戒备。嗣又接准总理各国事务衙门电称，倭以大股水师扑犯威海卫等处炮台，又经严饬承守吴淞炮台曹德庆、江阴炮台张景春等，如有敌船驶进务须遵旨迎头痛击。伏查吴淞、江阴两处为江海最要门户，而吴淞口外洋面中有崇宝沙洲，界乎吴淞、崇明之间。该处水道较为宽深，南北两岸轮船均可行驶，为进口必由之路。若敌船由南岸驶进，南石塘炮台足可遏敌上窜，若由北岸驶进，则相距狮子林炮台洪路较宽。上海制造局有自铸八百镑子大炮二尊，本拟安设该台，为御侮之用。现已将该炮运至狮子林，先行赶紧安设，遇敌轰击，线路极为得势。一面按照洋式建筑台身，并加配护炮，以期巩固。崇宝沙、崇明、江阴一带，并经置备碰雷、疑雷数百具，扼要分设福山镇所辖之溆浦、七了等处。狼山镇所辖之芦泾、任港等处亦属险要，已分饬该两镇各派练兵师船，严密防范。并以该两镇练兵较单，饬令福山镇添练兵丁一百名，狼山镇添募练丁二百名，各照练军章程给饷，均合成五百人之数，以资分布。又饬原带水师中营提督黄本富统带督标水师五营，调集师船，分驻溆浦等处，会同陆军堵守。南洋各轮，除调赴台湾外，尚有兵轮五号、蚊船四号，并将登瀛洲运船一号加设炮位，改为兵轮，均饬募足人数，并添购炮船一号，分泊吴淞、江阴，依附炮台，互相联络，严饬各该镇将等同心戮力，以扼敌船上驶之路。上海机器局制造各项军火，关系重大，为敌所注意。该处距川沙海口仅四十余里，不可不严为之防，即经派委副将邹理堂管带奇兵右营驰赴上海，与统带忠信营副将张国林等妥为保护，并咨商抚臣奎俊、提臣谭碧理，派拨太湖及提标各师船协力防守。其吴淞至江阴防营，现经添设电线，遇有警信，立时传报，消息灵通，可以先事戒备。所有各国兵商轮船，驶入江海各口，并饬令江海关道黄祖络购备轮船，雇觅洋人，妥为查验，以杜敌船冒混之弊。此筹防吴淞、江阴之大概情形也。

江阴附近之黄田港、龙潭港等处，经臣咨请长江提臣黄翼升，调集上游各标师船，择要扼守。镇江为通商口岸。该处圌山关、象山、都天庙炮台极擅形胜，臣已严饬该炮台统领陈基湘严为备御，并在焦山、象山江面密置水雷。又以镇江地处中权，饬令总兵刘光才交卸督标中军副将署篆，统带原驻江宁省城之亲军四营，并驻扎江浦之奇兵中营改为亲军，合成五营，驰往镇江南岸驻扎。江西协防之提督申道发现已行抵江宁，一俟所部三营到齐，即派赴镇江北岸驻扎。该两军作为游击之师，何处有警即赴何处驰援。江宁省城自亲军等营调赴镇江后，城内存勇无多，现值乡试届期，弹压亦关紧要，饬令提督万本华按照湘军营制，暂招湘勇五百人，以资镇慑。江宁下关炮台，向系分设五座，内有生铁炮七尊，炮小未能及远，现经撤换一百八十磅子后膛钢炮四尊，由筹防局员会同该台统领李光久将筑台工程妥为办理，并将原驻芜湖之老湘后营调回下关以作后劲，而壮声威。此筹防镇江、江宁一带之大概情形也。

臣维日本以蕞尔之国，竟敢渝盟背约，大肆披猖，种种情形，殊堪发指。现在倭船游弋海面，敌情叵测，难保不窜入南洋，以图分扰。臣惟有懔遵谕旨，将一应战守事宜妥为布置，并督饬各将士昼夜严防，不敢稍涉松懈。现在民情尚称安谧，堪以仰慰宸廑。

除筹防各项用款或专案奏咨，或遵照部章归入季报，饬令承办各员照章详办外，理合会同江苏巡抚臣奎俊恭折由驿驰陈，伏乞皇上圣鉴训示。谨奏。

筹解湘军行营月饷片

光绪二十年七月三十日

再，江苏臬司陈湜钦奉电传谕旨，饬令募勇北上，当经转行钦遵。该臬司于七月十五日交卸臬司篆务，赶将招勇事宜从速部署，定议招募湘勇五千人，先在江南防营中借拨三营，并在江宁自招三营，于七月二十九日成军，派员管带陆续启行，由清江浦遵陆北上。一面派员前赴湖北、湖南分投招募，八月内亦可成军，取道河南进发。该臬司定于八月初十后由苏州启行，兼程入都。所需招募各项经费及行营月饷，现已发付。嗣后该军月饷，江苏力难筹拨，请旨饬下户部指拨的款，或即于部议预征两淮盐厘内应付，以期要饷有着，不致贻误。江宁借拨三营，已饬募补足额，经臣先后电请总理各国事务衙门代奏在案。查饷项、军械，为用兵命脉所关，必须先事预筹，庶免临时匮乏。该军应用枪炮子药等件，均由臣据领，宽为拨给，到北之后，子药如有不敷，应请由直隶督臣就近应付。该军招募军装各项经费及行营月饷，臣因江宁司局各库一时无可腾挪，饬由两淮运司拨银五万两，江海关拨银六万两，镇江关拨银三万三千两，共计库平银十四万三千两，均令移缓就急，解由金陵支应局拨交该臬司陈湜兑收，作为招募等项经费及行营月饷之用，统由陈湜按照湘军营制分别造报。该军五千人，据陈湜禀称，月需饷项等银三万四千余两。江苏各库每年出入本难相抵，本年因江宁、苏州两织造拨款较巨，业已万分竭蹶，近因倭氛不靖，海防戒严，江南筹办防务需用浩繁，益形艰窘。臣与司道再四筹议，无不仰屋兴嗟。所有陈湜全军月饷，江苏委属力难筹拨。应恳天恩，俯照臣电奏所请，饬下户部指拨的款，或即于部议预征两淮盐厘内拨给，以资挹注。此项预征盐厘，臣前接准部臣来电，即饬运司一再劝谕。该商等以近年销滞本搁，商力维艰，每引仅能预缴厘银一两。现复饬令运司剀切开导，务须勉力凑缴，以期无误要需。

再，前湖北提督程文炳现亦遵旨招募淮勇五千人，一应饷项，按照淮军章程发给。所有大概情形，亦经臣由电具奏。该军月饷亦请饬下户部一并核议。

除分催陈湜、程文炳等将一切事宜赶紧办理外，谨附片具陈，伏乞圣鉴训示。谨奏。

兼署将军谢恩折光绪二十年八月初八日

奏为恭报微臣兼署将军篆务日期，叩谢天恩，仰祈圣鉴事：

窃江宁将军丰绅遵旨入都祝嘏，臣钦奉简命，兼署江宁将军。兹于八月初四日准江宁将军丰绅派委印务协领文瀛将印信、文卷、库钥等件赍送前来，臣当即恭设香案，望阙叩头谢恩，祗领任事。

伏念臣忝领封圻，渥蒙殊遇，溯自备员三载，莫展一筹，夙夜兢兢，深虞覆悚。兹乃仰承温诏，兼摄军符，际万寿之昌期，拜九重之宠眷。尧门介祉，莫随鹭序以山呼；虞陛颁恩，益咏鹈濡而冰惕。龙韬未裕，鳌戴难胜。查江宁为繁要之区，将军有统兵之责，举凡整饬营伍，绥辑地方，在在均关紧要，惟有倍加奋勉，殚竭愚诚，随事随时与江宁、京口两副都统和衷商办，不敢以暂时摄篆，稍涉因循，以冀仰答高厚鸿慈于万一。

所有微臣兼署将军篆务日期并感激下忱，谨缮折具奏，叩谢天恩，伏乞皇上圣鉴。谨奏。

提臣出缺代递遗疏折

光绪二十年八月十七日

奏为长江提臣因病出缺，请旨迅赐简放以重职守，恭折驰陈，仰祈圣鉴事：

窃长江水师提督黄翼升，在镇江防次积劳成疾，八月初九日回抵江宁省城，初十日申刻遽尔出缺。据该家属将提督印信并该提臣遗折一扣呈送前来。

臣查长江水师提督黄翼升，于咸丰初年，经前大学士两江督臣曾国藩委办营务，深资倚重。维时粤匪窜扰各省，遍地贼踪，逆氛日炽。曾国藩因长江险要之地多为窃据，非水陆兼进不足以操胜算而竟全功，创立舟师，备尝艰苦，该提臣与前陕甘总督杨岳斌、前兵部尚书彭玉麟，随事赞画，克底于成。随同曾国藩督率师船，节节扫荡，自武昌以下，延袤数千余里，身临前敌，靡役不从，劳苦功高，一时无匹，克复城隘数十百处，遂得会合陆军，成建瓴破竹之势。咸丰十年，奉旨补授淮扬镇总兵。同治元年奉命署理江南水师提督，所有松江、上海各军悉归节制，旋即补授是缺。三年六月，克复金陵省城，蒙恩赏给一等轻车都尉，并两次赏给云骑尉世职。十一年，咨准部覆，所有三次世职合并为三等男爵。旋因伤病举发，奏准开缺调理。光绪十五年，恭逢归政典礼，钦奉懿旨，以久列戎旃，贤劳尤著，敕部议叙。十八年六月，奉命补授长江水师提督。是年八月入觐，蒙恩赏给紫禁城骑马。九月到任。二十年正月，钦奉懿旨，赏加尚书衔。

该提臣黄翼升性情忠勇，识略闳深。溯自同治初年创设长江水师，仰蒙特达之知，首膺提封之任，勋劳最著，资望最深。先后治军三十余年，激励将士，整顿操防，实力实心，始终如一。本年出巡阅伍，进驻岳州，适值倭人渝盟，江防吃紧，该提臣闻信，星夜下驶，与臣会商一切事宜，以日本无理肇衅，义愤填膺，忠荩报国之忱，见于词色。七月初，驶赴下游，督率瓜洲镇总兵谢濬畬，调集师船，扼要备御。八月初，因积劳成疾，病势日增，臣以布置江防业已就绪，函劝回省医治。该提臣自谓受恩深重，不肯轻离防次。初九日，病益不支，始行回省。初十日清晨，臣遣员问疾，该提臣强起扶坐床头，备述下游筹办情形，至为详悉，并称："余生有何足惜，但能饮粥半盂，即当驰赴防所。"言犹在耳，不意溘然长逝也。现在老成宿将，日渐雕零。此次该提臣奉命重莅长江，方冀宏济时艰，长为国家干城之寄，不谓偶患微疾，遽尔云徂，江左军民同声悼惜。其一应身后事宜，已由臣派员妥为照料。查前长江水师提督李成谋在任病故，仰蒙特旨予谥建祠，优恤荩臣，有加无已。该提臣黄翼升功绩尤伟，久在圣明洞鉴之中，应如何赐恤之处，圣主自有权衡，非微臣所敢擅拟。现在防务紧要，长江提督一缺未可一日虚悬，已由臣咨委瓜洲镇总兵谢濬畬兼署，电请总理各国事务衙门代奏，应请旨迅赐简放，以重职守。谨将黄翼升遗折一扣代为呈递。

理合会同湖广总督臣张之洞恭折由驿驰陈，伏乞皇上圣鉴训示。

再，该提臣只有一子黄宗炎，系监生由分部行走郎中报捐道员候选，人甚孝谨，学业亦优。初在防次侍疾，该提臣勉令回籍乡试，迄今尚在湖南。伊孙黄恩绶尚幼。合并陈明。谨奏。

拟议筹款济饷折 光绪二十年八月二十八日

奏为饷需紧要，酌拟就地筹款三条，恭折仰祈圣鉴事：

窃臣等承准军机大臣字寄："光绪二十年七月十四日奉上谕：'户部奏，饷需紧要，请饬各省就地筹款等语。现在倭氛不靖，沿海筹防，募勇练兵，以筹饷为最要。各该督抚均有理财之责，即着各就地方近日情形，通盘筹画，何费可减，何利可兴，何项可先行提存，何款可暂时挪借，务须分筹的饷，凑支海上用兵之需。一面先行奏咨立案，毋得以空言搪塞，如其军事速平，仍准该省留用。总期宽筹的款，有济时艰，是为至要。'"钦此。当经转行司道钦遵去后，兹据署江宁布政使胡家桢会同各局员等各就出入款项，通盘筹画拟议，详覆前来。

臣等查江宁藩司经收地杂钱粮，抵支常年旗、绿各营官兵俸饷，历系不敷。兼以织造拨款日有加增，不但存留应用之款罗掘一空，并解部之漕折等项亦复挪用殆尽。各处局库，有额入之款，即有额出之款。近年如协拨旗营加饷、铁路经费等项，岁增巨款，均系在各处腾挪挹注。用宏费绌，平时已极为难。自倭人肇衅以来，沿海各省均形吃紧，江南筹办防务，用款倍增。以有定之度支，供无定之繁费，饷源日涸，益觉竭蹶不遑。目下各处营员纷纷请领款项，靳之则筹防紧要，深恐贻误事机，予之则库款空虚，更虑后难为继。臣等与各该司道一再筹画，实已力尽筋疲。加以陈湜、程文炳两军招募经费及行营月饷共银三十余万两，在外洋密购洋枪等项共银二十余万两。帑项之支绌如彼，用费之浩繁如此，臣等虽艰窘万状，而均饬由司关局库设法挪拨，未敢遽请部款者，亦知部臣持筹之苦，前敌需饷之殷，外省少请一分之款，军需即可受一分之益也。当此时局孔殷，军情日紧，兵事一日不息，防务即一日难松，亟应别筹酌剂之方，为裕饷足兵之计。但财赋岁有定数，既无可开之源，供支屡议减裁，又无可节之用。欲求于事有济，而尚不致病民者，惟有倡劝捐资报效之一法，酌拟三条，恭候谕旨遵行。

一，官员倡率输捐也。官员无论大小，均受朝廷豢养之恩。今值外患方兴，饷需短绌，自当竭诚报效，以为商民之倡。拟请饬令在任各官，除来年应扣廉银不计外，均各量力输捐，其充当差使之较优者，亦一体捐缴。如有独捐巨款者，准予奏奖。

一，劝谕绅富捐资也。江南民物殷阜，人多好义急公，从前剿办发、捻各匪，绅商捐助军饷，为数甚巨，近年各省赈捐，集款亦复不少。今因备御外侮，筹集军需，一经剀切劝谕，必有志切同仇，慷慨捐资者。拟请无论已仕未仕，如有捐银至一万两以上者，专折奏请特恩奖叙。其在一万两以下者，准照海防例奖给实官、虚衔、封典，兼准移奖子弟。凡新海防例准捐各项，均准查照捐数请奖，先由藩司填给实收，一面造册咨部核覆。仍饬各该地方官善为劝导，听捐户自行报效，不准零星分派，致滋纷扰。

一，派令典商捐息也。现在各项贸易无安坐而可获利至二分以上者，惟开设典铺其利尚厚。况近今数十年来，公家未尝资其捐助，只有郑工筹款案内饬令预缴二十年典税，而每典不过一百两，仍准递年抵扣本属应出之资。现在海防需饷孔殷，若得通省典商提捐息钱，尚可凑集成数。拟请饬令各按实存架本，提出一个月息钱助充军饷，仍准其请奖实官、虚衔、封典等项，以资激劝。

以上各条，均系补苴目前，为急则治标之计。如蒙俞允，臣等当督饬司道，实力筹办，以济要需。现在供亿繁兴，内外一辙，将来如能集有成数，拟以一半留备部拨，一半留为本省筹防之用，并顾兼筹似于防务不无裨益。

谨合词恭折覆陈，伏乞皇上圣鉴训示。谨奏。

覆查厘金巡卡无可裁并折

光绪二十年八月二十八日

奏为查明金陵厘捐各处巡卡无可裁并，拟请循旧办理，恭折覆陈，仰祈圣鉴事：

窃准部咨："光绪二十年六月十二日奉上谕：'御史郑思贺奏请饬裁并各省厘局等语。厘捐之设，借济饷项，原属不得已之举。前因各省局卡林立，贻累商民，迭经谕令设法裁并，不啻至再至三，各该督抚自应遵照办理。乃本日复据该御史奏，各省现设局卡仍复不少，江西厘局多至七十余处，需索留难，虚糜耗滥，弊端百出，亟应再加申禁。着江西巡抚及各直省督抚将现设各局悉心筹画，酌留水陆冲要处所认真稽查，严防绕越偷漏，其余零星局卡，即着核实删减，迅速覆奏。'"等因，钦此。当经转行钦遵去后，兹据办理金陵厘捐局署江宁布政使胡家桢等详称："金陵厘局所辖江宁、扬州、通州、海门各属巡卡，分设沿江各口及里下河一带，历年裁捐并卡，核计仅存二十七处，光绪十九年又将大桥一卡并归口岸分卡办理，是金陵厘捐所设局卡苟可设法裁并，原未敢拘守旧规，然因地制宜，必须随时酌办。现计实存分巡分卡仅止二十六处，皆系扼要之区，且江北地势散漫，支河汊港，路路可通，不得不酌设分巡，以防绕越。现行章程，如于此卡收捐，再过巡卡即行验放，并无重捐情事。一再体察，实系无损于商，有益于饷。若再议裁减，转启奸商避就之心，于厘务饷源大有妨碍"等情，详请具奏前来。

臣等查设局抽厘，原属一时权宜之计，必须无苛无漏，庶可上裨国用，下恤商艰。金陵厘局所设卡巡，本较各省为少，近复递年裁并，办理已极从宽。现计各属巡卡仅止二十六处，悉皆地居冲要，无可议裁，应请率由旧章，以保捐务。仍严饬各局卡，核实稽征，不准有留难抑勒情事，如敢借端扰累，即行据实参办。并随时察看地方情形，如有可裁可并之处，再行斟酌损益，妥筹办理，以期仰副圣主崇尚宽大体恤商民之至意。

谨合词恭折具陈，伏乞皇上圣鉴训示。谨奏。

饬委藩司代办武闱片

再，武闱乡试，例于十月初旬开考。本年举行甲午正科江南乡试，臣应入闱监射。查办理武闱虽与文闱有间，然关防总宜严密，未能出入自如。现在海防戒严，军书络绎，均须立时核办，臣若循例入闱校射，遇有紧要军务，深恐为闱事羁滞，贻误戎机。届时拟檄委署江宁布政使胡家桢代行校阅，仍饬该署藩司认真办理，以期仰副朝廷慎选干城之至意。

所有饬委藩司代办武闱缘由，谨附片陈明，伏乞圣鉴训示。谨奏。

审明镇洋案情分别议拟折

光绪二十年八月二十九日

奏为审明代理镇洋县郭冏被丁役诬疯捆缚一案，并查明议拟，恭折具陈，仰祈圣鉴事：

窃臣承准军机大臣字寄："光绪十九年十二月初七日奉上谕：'有人奏，太仓州属有富豪兄弟拳殴毙命一案，镇洋县幕赵姓、家丁蔡坤与前任知县吴镜沆之侄及太仓州知州程其珏之子程鼎臣受贿串通，改作木伤，代理镇洋县事郭冏不从，竟被程鼎臣等主使丁役将其殴缚，诬为疯癫，郭冏之子亦被捆缚。闻有抚藩幕友把持庇护，意欲含糊了结等语。着刘坤一确切查明，将案内人证提讯究办，毋稍含混。原片着抄给阅看。将此谕令知之。’钦此。遵旨寄信前来。”臣查此案，前据代理镇洋县知县郭冏以丁役诬疯捆缚，太仓州知州程其珏以郭冏实有疯迷情状等情，互相禀揭。郭冏来省谒见，因无疯状，经臣与抚臣奎俊批饬将程其珏撤任查办，并由臣札委江苏按察使陈湜亲提澈究详办，由司委员守提丁役胡溯桂等讯究。经该司详请将太仓州吏目金尔昌、镇洋县典史余咏清一并撤省，饬令勒拿肇衅之蔡昆即蔡坤、喝令捆官之路海桥务获在案。钦奉前因，复经臣恭录抄奏，札饬该司钦遵办理去后。

兹据该司查明镇洋县刑幕系周玉田，并非赵姓。行提卷宗，并补提吴镜沆之侄候选道库大使吴宜读、程其珏之子分省试用知县程忠诏即程鼎臣及刑幕周玉田赴司候质。该司未及审办，调署苏州藩司，卸事。署臬司黄祖络因接见署太仓州知州金元烺面禀郭冏似有患疯形状，是否得自传闻，抑有确据，必须澈底查明。当经饬据金元烺，以该署州到任之时，郭冏业已交卸回省，未经谋面，疯病之说，得自典史余咏清等所言等情禀覆。署臬司黄祖络亦未及审办，卸事。该司回任，饬拿蔡坤无获，咨准安徽臬司饬据太湖县原籍查明路海桥外出未回，不知去向，无从传解。提讯家丁陆福、壮役胡溯桂等，佥称郭冏并无疯，状伊等听从路海桥捆缚属实。惟典史余咏清两次投具亲供，始称郭冏疯病，继又游移其词，意在回护己过，颠倒是非，难保无串通情弊。由司详经臣将镇洋县典史余咏清咨部斥革在案。一面由司饬令太仓州吏目金尔昌等投具亲供，按照原参，详查卷宗，提同犯证，逐层查询明确，分别议拟，详请核奏前来。

臣覆加查核，如原参：“郭冏代理镇洋县事，仍用前任吴镜沆刑幕赵姓、家丁蔡坤，素有权势，狼狈为奸。八月间，有州属富豪兄弟同殴毙命一案，维时程其珏私往上海闲逛，郭冏验系拳伤致命，赵、蔡二人与众幕丁役暨吴镜沆之侄程其珏之子程鼎臣等受富豪金，欲改作木伤，盖拳伤当以兄论抵，木伤则可坐其弟，弟仅十龄，可末减也。郭冏坚不允，自行办稿”一节。查光绪十九年七月十二日，正任镇洋县吴镜沆调办帘差，委即用知县郭冏代理，仍用吴镜沆幕友周玉田办理刑名，并用家丁蔡昆即蔡坤承办稿案，陆福、童喜、马成、黄泰派充长随，陆福兼办执帖差门，自带路海桥派充书写。八月初七日，有民妇杨谢氏呈报伊子杨阿福被朱川和殴伤毙命一案，其起衅情由，实系已死杨阿福投拜开设纸帛店之浦按幅为师，学习生意。十九年八月初三日，浦按幅因杨阿福违犯教令，用拳将其小腹等处殴伤，并碰伤脐上。浦按幅因见杨阿福伤重，即托店伙张老伏捏称患病，将杨阿福送回。经杨阿福之母杨谢氏查见伤痕，询问杨阿福昏迷不能言语，往询浦按幅，推称初一日曾令杨阿福去向朱川和催索陈租，闻有揪扭情事，或被朱川和殴伤之言向答。迨杨阿福因伤身死，杨谢氏即照浦按幅之言呈报。当郭冏验伤后，提讯朱川和等，供词各执。郭冏意欲五日内遵章禀报，令书吏送稿请刑幕周玉田核办。周玉田以为伤痕未符，请郭冏究明起衅情由，再行禀报。郭冏以仵作于初八日具有切结，伤痕的系拳伤，并无不符，又令蔡昆送核。蔡昆将稿掷地，出言顶撞，负气跑去。郭冏以蔡昆等串通舞弊，情有可疑，乃自行办稿，通禀大概情形。周玉田亦即辞馆。通禀之后，又经郭冏再四研求，审出实情，并非朱川和正凶，实系浦按幅殴伤身死，取有供结在卷。至太仓州程其珏于八月十六日赴上海公出，亦曾申报，似非私往闲逛。

又原参："蔡坤率同丁役将郭冏捆缚，诬为疯癫，系程鼎臣、赵幕、吴侄同谋主使。郭冏之子赶到亦被捆缚，日给粥二盂"一节。查八月十七日，郭冏察出门丁蔡昆串通舞弊等情，屡唤不到，即赴太仓州禀诉。适该州程其珏前赴上海，经程其珏之子分省试用知县程忠诏即程鼎臣留住，并请晚饭，邀州吏目金尔昌作陪。郭冏声言阁署制肘，忿形于色，恐有不测，欲在州署借宿，拟次日赴省。金尔昌劝令回署，因郭冏不带跟随，派令壮役唐升、沈朝，又防勇二名掌灯送回。十八日，郭冏查找命案禀稿不见，在路海桥袖内搜出，即责路海桥不应与蔡昆串通舞弊，用戒方打伤路海桥头上皮破出血。路海桥即从签押房跑出，一路喊称郭冏发疯打人，恐怕闹出人命，主使差门陆福纠约民壮胡溯桂、王桂亭、萧二、李锦标同至花厅，萧二抱住郭冏腰身，王桂亭、胡溯桂拉手，李锦标抵住椅子，路海桥与陆福用布带将郭冏捆在椅上，将椅背紧靠厅柱，带头绕扎柱上。维时童喜、黄泰、马成闻声趋至，在旁看视，因路海桥系郭冏自行带去之人，不向劝阻，亦未帮同捆缚。胡溯桂等即在彼轮流看守，童喜等仍照常服伺饭食。吴镜沆之侄吴宜读患病在床，未经豫闻。至二十五日，郭冏之子郭万英赴县探视，见伊父被捆情形，立即解放。二十六日，郭冏欲赴州禀见，奈门已紧闭。郭万英尤生气愤，打门而出，并毁厅上家具。路海桥声言郭万英亦疯，又令王桂亭等将郭冏父子一并捆缚，致郭冏两手腕胳膊均被捆伤红肿。是郭冏之捆系由路海桥被殴挟嫌诬为疯癫所致，初非程鼎臣等同谋主使。惟在案人证皆称捆官之时，蔡昆虽已先期辞退，仍在署内避住。路海桥是否与之串通，未能确知，应俟缉获路海桥、蔡昆到案，再行质明另办。

又原参："程鼎臣遂与州幕朦详请改派员代理。郭冏缚已六日，程其珏归，忽详称疯癫愈，请停改派，意在弥缝，然缚如故也，又越三日始释缚”一节。查郭冏于八月十八日被捆，该县典史余咏清闻信前往查看，并无疯状，未曾弹压。迨程其珏十九夜由上海回署，余咏清赴州请示，程其珏饬令小心看守，即以郭冏痰气上升，颇有疯迷情状等情禀经苏省藩司批饬，由州就近委员暂行代理。计自十八至二十五日，捆缚八日之久，程其珏并未亲往看验。迨二十六日，郭冏父子又被捆缚，余咏清赴州请示，程其珏始行赴县查看，喝令解放，见无疯状，用言劝慰，复以郭冏病渐痊愈，毋须委代等情禀覆。虽改派代理之禀系由程其珏公回后自行核办，并非程鼎臣与州幕朦详，第程其珏近在同城，并不验明郭冏是否实有疯病，冒昧上禀，后又忽称病愈，请停改派，所谓“意在弥缝”者实属有因。

又原参：“郭冏通禀控诉详载姓名情由，程其珏亦强词分析，传疑传信，黑白混淆。惟臬司谓：‘无父子俱疯之理，且不应缚，尤不应愈后仍缚’，颇欲穷诘。臬幕不允，乃辞幕自行批办。无如各幕结成一党，有详院仍当驳斥之说，竟不敢澈底追究”一节。查郭冏以丁役舞弊捆官等情禀控，即经臣与抚臣奎俊批饬查办。嗣据程其珏以郭冏疯发殴人等词具禀狡辩，又经臣与抚臣严切批诘，并饬臬司将程其珏等撤任，暨由司委员守提丁役来省审办，正在澈究，应不至有详院仍当驳斥之事。至该司幕孙同生因办理各项公事，意见偏倚，诸多草率，因之辞去，并非专为镇洋一案也。

又原参：“臬司所辞之幕，不数日首县即行聘请，不畏臬司而畏抚藩之幕”一节。查孙同生辞出后，该司即奉文查办此案，传询长洲县因何请臬署已辞之幕。据称该署刑幕沈姓患病，暂延孙同生代办一二月，嗣后沈姓病故，孙同生亦已回籍等语。

又原参：“有抚藩所委任之幕吴姓，权势薰赫，贪横跋扈，把持庇护于其间。”又“全省幕友皆其所荐，党与勾结，官皆畏惮”一节。查抚幕吴姓即吴大衡，系翰林院编修，前在抚署襄办钱谷事件，此案事非经手，查无把持情事，现在业已辞退，详加察访，尚无庇护勾结实据。

以上各节，均经臣饬司查询明确，或事非虚无，或传闻未实。至郭冏以即用候补人员，初膺民社，加意谨慎，遵章通禀，固不得谓之拘泥。所用家丁幕友，均系前任旧人。该家丁等以郭冏为暂代之员，藐视抗玩，亦系实情，乃竟诬为疯病，横加捆缚，若不按律惩办，何以肃法纪而儆凶顽。查例载：“长随甫经隶身未及三年并未配有妻室者，如有杀伤，各依雇工人本律论。”又律载：“雇工人殴家长，伤者杖一百、流三千里。又军士殴本管官，伤者杖一百、流二千里”各等语。此案陆福因逸犯路海桥诬指代理镇洋县郭冏发疯，辄敢听从，纠约胡溯桂等将郭冏捆缚，追其子郭万英释放吵闹，又将郭冏、郭万英一并捆住，致郭冏两手腕胳膊均被捆伤红肿。查该犯系郭冏长随甫经隶身，未及三年，亦未配有妻室，应照例以雇工人论，自应按律问拟。陆福应请合依“雇工人殴家长伤者杖一百、流三千里”律，拟杖一百、流三千里，至配折责安置。胡溯桂等或帮同拉手抱腰，或扶住椅子，即属为从。查该犯等均系县役，与军士相同，亦应比律问拟。胡溯桂、王桂亭即王阿大、萧二、李锦标均请比依“军士殴本管官伤者杖一百、流二千里”律上为从减一等，拟杖一百、徒三年，至配折责拘役，限满豫详递籍安插。童喜等虽讯无帮捆情事，惟隶身长随，目击家长被捆，并不救阻，究属不合。童喜、黄泰、马成均请酌照不应重律，拟杖八十，分别递籍折责发落。正任太仓州知州程其珏，系郭冏本管上司，近在同城，既已由上海回署，乃并不亲往验明，率以郭冏患疯等情冒昧禀报，任听丁役日久捆辱，迨郭万英亦被捆缚，始行解放，又不将路海桥、蔡昆等拿办。后因郭冏禀揭，又复强词分辩，实属昏聩荒谬，不足以资表率，应请旨将太仓州知州程其珏即予革职，以示惩儆。镇洋县典史余咏清，当印官郭冏被捆，既不禁阻，又不解放，当时并不拿究，事后复不通禀，迨撤省查讯，始称郭冏无疯，继又游移其词，意在回护己过，颠倒是非，尤属狡猾，业已咨部斥革，应请永不叙用。刑幕周玉田虽无受金舞弊实据，而与家丁相为倚护，不顾公事，实属不合，应勒令回浙江原籍，不准逗遛。吴大衡查无庇护勾结情弊，应请免其置议。太仓州吏目金尔昌，因郭冏不带随从，派役护送回署，尚无不合，与程忠诏即程鼎臣、吴宜读均讯无得贿舞弊及主使捆缚情事，概毋庸议。唐升、沈朝讯属无干，应即省释。正任镇洋县知县吴镜沆，当郭冏被捆之时，业已奉委赴江宁办理帑差，无从觉察约束，请免置议。郭冏并无疯状，业经全案犯证供明，并免置议。蔡昆、路海桥饬县严缉，获日另结。至幕友荐馆固多流弊，上司衙门幕友兼就各属之馆，弊尤不可胜言，臣已通饬司道，严行禁止，嗣后如有前项情弊，即行分别驱逐参处，以肃吏治。

是否允协，除备录供招咨部查核，并将命案另行审办外，所有审明代理镇洋县郭冏被丁役诬疯捆缚一案，查明议拟缘由，理合恭折具奏，伏乞皇上圣鉴训示。谨奏。

查覆兵船分段驻巡实在片

再，臣承准军机大臣字寄："光绪二十年七月二十四日奉上谕：'有人奏，风闻南洋统带兵船提镇大员将兵轮驶入吴淞内河，并不出洋巡儆，且麇聚上海夷场，饮博冶游，竟有旬时不一到船住宿者，请饬查参等语。着刘坤一确切查明，据实具奏，毋稍徇隐。原片着抄给阅看。将此谕令知之。'" 钦此。当经遴派妥员，前往上海确切密查。兹据查明具覆前来。

臣查南洋水师共计兵轮六号，蚊船四号，运船两号。前因裁节饷糈，经臣奏明毋庸派委总统，责成两翼长督率操巡。本年自日本事起，海防戒严，各船不敷分布，将两运船暂改兵轮，协同防守，并派前安徽寿春镇总兵郭宝昌驻扎上海，节制兵轮并陆军忠信等营，遇事与镇、道、营、局就近商办，俾水陆联为一气。左翼长系兼带南琛，右翼长系兼带开济。除南琛、威靖调赴台湾协防外，现在南洋各船，开济、南琛两号并蚊船两号，系派驻江阴，寰泰、镜清、保民三号并蚊船两号，系派驻崇宝沙一带，登瀛洲一号派驻吴淞口外，专司稽查各国入口商轮，是南洋各船本无统带之员，该兵轮等分驻之地亦复远近不一。郭宝昌系已故亲王僧格林沁旧部，性成忠爱，威望素孚，前统兵轮，深资整顿，是以派令节制兵轮、陆营，以资镇慑。该总兵本系告养人员，此次日本无端肇衅，该总兵愤形于色，奉檄即行，夙夜宣勤，不避劳怨，实为将领中不可多得之员。原议有警则驻吴淞，无事则驻上海，以期消息灵通，并非该总兵擅离防所。现两翼长远在台湾、江阴等处，其驻泊崇宝沙一带之船，相距上海亦有数十里之遥。当此敌船飘忽靡常，固无论各管带责任攸关，督率弁勇，昼夜戒备，未敢稍掉轻心。且吴淞为上海要口，中外商船荟集之区，各兵轮果有擅离职守等事，亦断难掩人耳目。现经委员详加密访，各该员等自办防以来，实无将兵轮驶入吴淞内河，任意停泊，并麇聚上海，排日饮博情事，似属可信。至海上交锋，全恃船坚炮利，非有铁甲碰快等舰势难纵横洋面。南洋水师本未成军，仅此数轮，或系木壳，或仅钢板，只能依附炮台为守口之用，亦迭经奏明在案。是各轮未能出巡大洋，实为船力所限，尚非该管带等泄沓之咎。南洋亦无倭船游弋直过崇明大沙之事。惟值此军情至紧，正将士枕戈励志之时，臣当严饬各该员等，振刷精神，实力备御，倘敢稍形松懈，即行从严参办，断不稍予姑容，以肃戎政。

所有遵旨确查缘由，理合附片具陈，伏乞圣鉴训示。谨奏。

调补行坐营勇筹饷接济片

光绪二十年九月二十八日

再，江苏候补道李光久奉旨督带所部老湘五营北上，业已一律拔队启程，一应枪炮子药，均经臣宽为拨给，将来子药如有不敷，应请由直隶督臣李鸿章随时应付，其前裁之长夫，亦经按照湘军章程，每营募补六十名，以辅兵力。该军本驻江宁下关炮台，兼顾省城，极关紧要，亟须添募五营，赶紧填扎。李光久五营月饷既须照旧拨给，新营饷无所出，臣因户部现亦无款可筹，拟请仍在两淮豫征盐厘内按月动用，业经先后择要电请总理各国事务衙门代奏在案。现在新募五营业已成军，名为健胜军，派委记名提督海州营参将杨文彪统带。该军甫经招募，训练未熟，已严饬昼夜操演，不准稍有疏懈。所有该五营饷项，前拟动支豫征盐厘。查此项盐厘银两，本系筹备军需，且李光久一军调赴前敌，饷项为行军命脉所关，长途转运不易，必须先期拨解，方免贻误。现在金陵支应局异常窘迫，未能豫行筹拨。拟查照陈湜、程文炳两军成案，将李光久五营月饷在豫征盐厘内动用，以资饱腾。其杨文彪新招五营，即抵支李光久原领月饷，以便支应局随时就近凑付。

除该两军应领饷项细数饬令照章造报外，理合附片陈明，伏乞圣鉴敕部查照。谨奏。

续增营勇筹备海防片

再，上海机器局为制造军火重地，关系紧要，距川沙滨海各处仅数十里，所有吴淞海口炮台各营，仅能堵截敌船驶入上海之路，其川沙、奉贤滨海一带地段绵长，敌人处处可以登岸，吴淞各营未能兼顾，必须另行布置，严密设防。现在敌势鸱张，益形恣肆，冰盛之后，难保不窜扰南洋。上海兵力尚单，机器局又为敌所注意，臣已饬令署苏松太道刘麒祥，于原有护局炮队之外，酌量募补，凑足五百人，并饬统带忠信营候补副将张国林添募智字一营，又饬前安徽寿春镇总兵郭宝昌招募旧部两营，名为卓胜军，并挑选亲兵一百名。所有现在上海之忠、信、智三营，沪军、奇兵各一营及新募之卓胜两营，分别在上海、川沙等处择要扼扎，均归郭宝昌节制调遣，以一事权而资堵御。又皖南镇总兵李占椿现在展觐回省，该总兵老于兵事，威望素孚，臣饬令暂缓回任，招募精锐五营，名为果胜军，一俟成营，即令前赴下游作为游击之师，以资策应。江阴南岸本有总兵张景春驻防勇营，该处为由海入江第一要口，现饬合字营统领舒永胜将原驻清江等处之四营移扎该处，与张景春联络声援，实力备御。以上添招各营，系按照湘、淮各军营制办理，一俟防务解严，再行酌量裁撤。

所有续行筹备海防各缘由，谨附片具陈，伏乞圣鉴训示。

再，狼山镇标前请添募练丁二百名，因该镇标经制兵丁无可挑选，已由署总兵朱洪章就地招募，一应饷项，系照防营章程核给，合并陈明。谨奏。

遵查道员知县劣迹折

光绪二十年十月十五日

奏为遵旨确查，恭折覆陈，仰祈圣鉴事：

窃臣于光绪二十年八月十六日承准军机大臣字寄："光绪二十年八月初六日奉上谕：'有人奏，安徽道员萧允文在浙江候补，有人托捐道员，该道吞没巨款，自捐道员，分发湖南，经前抚臣奏参革职。迨沈秉成署两江总督，夤缘奏保开复，发往安徽补用，充赈捐、支应两局差使，将实收两张贿赠沈秉成之子沈炳琳等，复为索送各属赆仪，并有侵蚀局用，浮开煤价，钻营点景差使，向藩司索银，在上海冶游情事。又试用道许景寿为之爪牙，署凤颍道时，勒索陋规，请饬查参等语。着刘坤一按照所参各节，确切查明，如果属实，即行从严参办，不准曲为开脱。原片着抄给阅看。将此谕令知之。'钦此。遵旨寄信前来。"当经委员前往安徽等处严密确查，兹据详细禀覆，臣证以舆论，逐一考核。如原参"萧允文吞没他人巨款自捐道员"一节，业经前湖南抚臣卞宝第奏参革职，发觉在先，应请毋庸追论。夤缘奏保开复一节，是否由于奔竞，事隔数年，现亦查无实据。此外如兼管赈捐、支应两局，先以三品衔、郎中实收两张贿赠沈秉成之子沈炳琳等一节。查沈秉成两子，名瑞琳，一名瑞麟，以候选郎中均于十八年十二月间请由郎中奖叙三品衔，正值萧允文典局之时，照银核奖，填给实收，均出其手，外人致有贿赠之谣，其实于公事并无弊混。且查该捐局只捐封典、虚衔，不捐实职。沈瑞琳等郎中实职，均在直隶报捐，有存局履历可查，实非萧允文贿赠。

又原参"萧允文等为沈瑞琳向道府州县索送赆仪，每处自一二百金至四五百金不等”一节。查沈瑞琳乡试中式后，间向各同乡故旧分送朱卷，各处有无投赠，是否系萧允文等出信招呼，详加查察，并无实据。

又原参“支应局为巡抚帐房，前抚臣裕禄交卸时，该局存款计三十余万，又存洋药税十余万，迨阿克达春、松塄历典是局，滥支滥应，已耗大半，萧允文从而效尤，恣意侵蚀，现亏至十余万”一节。查洋药税款照章由关解部，光绪十年裕禄交卸时，支应局报部底册存银九万余两，沈秉成任内该局支发各款均系正用，并无公私夹杂名目。近年拨款用款逐渐加增，入不敷出，以致欠解部款为数较多，现亏十余万之说，或即指此。松塄想即松峻之误。该员等典局时，滥支滥应，或不能免，第查存局领状，支放相符，委无侵蚀确据。

又原参“萧允文浮开煤价”一节。查安徽轮船两艘，一名福安，一名吉安，每年管驾人等薪粮、煤油各款，共计银[illegible]万五千三百余两，历经造销有案。萧允文于十九年二月在局时购煤存储，朱文藻接办后即于是年九月以存煤无多，接续采买，是萧允文豫买三四年之煤并无其事，可以想见。据报买煤一吨价银六两有奇，洋煤价值本较土煤为昂，加以萧允文派委从九品陈家鉴领银往购，川资水脚并计虽多，并无七两四五钱数目，业经核销有案。折修轮船亦十九年十月间事，由朱文藻委员承办，据实造销，距萧允文卸差时已隔七月，自与萧允文无涉。

又原参“萧允文家岁收租入多至七八千石，皆官皖省后所得”一节。查萧允文原籍江西庐陵，故父萧焕唐曾任江苏仪征县知县，告病回籍后，置买田产，为数甚微，萧允文出外服官亦无银钱寄回增置田产。若仅据粮册租簿为凭，犹恐有匿名寄顿情事。该悉其家世居该县坊廓乡七十二都一图三甲，又各田坐落秋鱼港、田墩下等处，因就近向公正绅耆逐细查询，佥称萧允文家实无岁收如前项租数，众口一词，当属可信。或其用度奢侈，言语浮夸，致此传闻之诬。

又原参“萧允文与米占鳌因缘为奸”一节。查不肖州县营求差缺，事涉暗昧，并无左证可指，惟逢迎献媚，或借此为招摇地步。遍采舆论，则米占鳌之声名尤其劣。

又原参“萧允文钻营点景差使，向藩司索银，在上海冶游”一节。查萧允文奉委点景差使，是否钻营，并无确据。惟赴京随办要差，固应先期前往，萧允文二月中旬即行，为时太早，已启外人之疑。濒行时，经沈秉成饬司筹拨银一万两，藩司因库款支绌，仅给三千两。萧允文以款不敷用，复由沈秉成谕司宽筹，始给银五千两。萧允文当即启程，取道上海，逗遛月余，续娶朱氏，同坐马车，招摇过市，事均属实，并闻携带入都，寓福星客店，置办器具，服御华侈，物议由此而起。

又原参“许景寿为萧允文爪牙，双福告病，萧允文为许景寿求署缺，到凤颍道署任，捆吊经承，勒索陋规银六千两”各节。查萧允文与许景寿均为沈秉成所倚任，许景寿与萧允文官职相等，固不屑为之爪牙，且闻许景寿与萧允文意见未合，应无愿为爪牙之事。其署凤颍道任是否萧允文代求，更无实据可指。惟许景寿履署任时，舟抵临淮，询知经承陈泰先经前任双福饬派随同候补典史刘箴押解凤阳关京饷赴京，三月初已报起程，陈泰未行，饬差传唤，甫知当日方行，于十余里外追回。许景寿以其并不候见，即将陈泰发交临淮巡检衙门看管，询据该巡检声称，看管十余日属实，后于四月十四日差提保释，委无捆吊情事。外间颇有索费千两之谣，传询陈泰仍在京未回。复加细访，佥称陈泰充当经承未久，家境本寒，不特六千两巨款无力致送，即千两之说亦属虚悬。惟许景寿素性挥霍，到任携带友丁太多，需索招摇，在所不免，声名颇劣，被劾有因。

伏查萧允文等被参各款，业经臣委员逐一详查，或事出有因，或查无实据，自系传闻之误。惟萧允文奉派点景差使，宜如何敬谨从公，乃竟在上海逗遛，续娶妻室，并携之入都，致招物议，实属不知自爱，有玷官箴。许景寿虽无为萧允文爪牙及署任捆吊经承、勒索规费等项重情，而该员举动轻浮，于到凤颍道署任时，携带友丁太多，需索招摇，漫无觉察。该二员均有应得之咎，先经署安徽抚臣德寿查明覆奏，钦奉谕旨，分别降革，应请免予再议。米占鳌业经臣于甄别案内奏参革职，拟请一并免议。

所有遵旨确查缘由，理合恭折覆陈，伏乞皇上圣鉴训示。谨奏。

勇目封船滋事讯明正法片

再，前因寿左营勇丁捉船滋事，考生潘炳辰、陆元达二人查无下落，经臣将营哨各官奏参革职，并将考生指控之寿左营第八队勇丁全数扣留，发交营务处道员曾广照严行审究在案。

嗣据查明，潘炳辰、陆元达均已落水身死，潘炳辰无伤，陆元达面有刀伤两处。曾广照等提集什长萧义方等确切研讯，萧义方供认纠约棚勇彭海坤、冯吉祥及该营左哨一棚勇丁周玉林，共只四人，执持刀棍，将考生砍伤等情。并据该八队各勇丁供称，现在到案之彭海坤、冯吉祥二名均非正身的名，胡友庭、洪得才系萧义方嘱令顶替名字闹事，各情均不知道。再三研诘，矢口不移。禀经臣批饬严拿彭海坤、冯吉祥、周玉林务获究办。并以萧义方身充勇目，应如何管束棚勇，遵守纪律，乃竟藐法横行，纠约持械捉船，目击该勇等行凶，并不禁阻，致毙两命，并砍伤两人，祸首罪魁不容稍稽显戮。即饬曾广照等督县将该犯萧义方立予正法，以昭炯戒。嗣据曾广照等禀报彭海坤、冯吉祥在逃未获，将周玉林获案，供词闪铄，已勒限严饬已革守备朱克斋将冯吉祥等正身按名拿交，以凭质讯严惩。其到案各勇丁讯系无干，均经省释，以免拖累。至江宁县知县赵受璋、上元县知县陈谟，于雇船供差一事，未能先事豫筹，经臣将赵受璋摘去顶戴，陈谟记大过二次。现在江宁调防及北上各军差船络绎，该县等雇备供应，均无贻误，近日办事尚知愧奋，已饬将摘顶、记过处分即予给还、销去，以策后效。

除饬将彭海坤等务获究办，不准稍有疏纵外，理合附片具陈，伏乞圣鉴。谨奏。

遵旨入都交卸就道折

光绪二十年十月十六日

奏为微臣遵旨入都陛见，恭报交卸日期，仰祈圣鉴事：

窃臣于光绪二十年九月初五日承准总理各国事务衙门电开："本日奉旨：'刘坤一着即来京陛见。两江总督着张之洞署理。'"等因，钦此。

伏念臣两江承乏，报称毫无，三年以来，深以旷官为惧。兹乃仰承恩命，许觐天颜，喜遂犬马依恋之私，弥殷云日就瞻之愿，五中欢忭，莫可名言。署督臣张之洞，现已行抵江宁。臣即于十月十六日派委代理江宁府知府唐光照、署督标中军副将刘青煦将两江总督关防、两淮盐政印信暨通商钦差大臣关防并王命旗牌、文卷等件，赍送署督臣张之洞接收，臣即于是日交卸。江南应办防务，业经臣陆续布置，先后奏明在案。现在军事方殷，敌情叵测，吴淞、江阴等处均须严为之防，一应筹备事宜，业由臣商请张之洞相机因应，以期江防巩固，仰慰宸廑。臣卸篆后，赶紧部署，即行取道清江，遵陆北上。

所有微臣交卸日期，理合恭折具奏，伏乞皇上圣鉴。谨奏。

筹拨行坐军营械饷片

再，臣于光绪二十年九月二十九日接准总理各国事务衙门电开，奉旨饬在辖境三省防军内，筹拨五六千人，带械赴京。当经臣派令新授山西大同镇总兵刘光才督带亲军五营，募足长夫，并添募亲兵两哨，遵陆北上。查刘光才五营本系驻扎镇江，该处为长江咽喉重地，亟须添招营勇，前往填扎，以资策应。臣已饬令记名提督万本华刻日招募五营，名为长胜军，听候调遣。刘光才五营月饷仍请在两淮预征盐厘内动用，万本华五营即抵支刘光才五营饷项，以期源源解济，两无缺乏。并令记名提督杨金龙招募一营，名为护军营，万本华所遗之护军右营饬令记名提督甘大有管带。并饬记名总兵邓生业招募亲兵一百名，又记名提督刘能用原带之亲兵一百一十名，一并饬调北上，以厚兵力。以上护军两营，亲兵两哨，均归杨金龙统带节制，所需饷项亦在两淮预征盐厘内动支，一应军械已由臣饬令宽为拨给，将来子药等项如有不敷，即由南、北洋各局分别协济，以资应用。

除已择要电奏外，理合附片具陈，伏乞圣鉴训示。谨奏。

请收回钦差大臣成命折

光绪二十年十二月初二日

奏为吁恳天恩，收回成命，仰祈圣鉴事：

本月初二日内阁奉上谕："两江总督刘坤一着授为钦差大臣，所有关内外防剿各军，均归节制。"钦此。

窃臣久忝兼圻，渥承宠眷，方愧涓埃未报，有负朝廷知遇之恩。当此时事艰难，倭氛猖獗，正宜力图报称，上纾宵旰忧廑，何敢有意畏难，稍存诿卸。惟念臣区区隐衷，有不能不为皇上敬陈者。以臣生长湖湘，自效力行间及服官各省，均在大江以南，于东北一切情形非所素悉。况现在关内外各军统将，多不相习，且或系将军、巡抚，或奉命帮办，未便由臣节制。加以衰老之躯，猝膺艰巨，万一贻误大局，关系非轻。再四思维，惟有仰恳恩施，开去钦差大臣差使，臣虽力薄，断不敢稍图安逸，拟请旨将臣交督办军务处，随同恭亲王等办理军务，抑或指拨湘军二三十营归臣统带，驰赴前敌，俾当一路之师，臣务当竭尽愚忱，勉酬高厚。所有恳恩收回成命缘由，是否有当，谨缮折沥陈，伏乞皇上圣鉴。谨奏。

恭谢天恩折光绪二十年十二月初四日

奏为恭谢天恩，仰祈圣鉴事：

本月初三日内阁奉上谕："刘坤一奏吁恳收回成命一折。现值军务紧要，统帅需人。刘坤一从前带兵多年，威望素著，是以特授为钦差大臣。该督惟当仰体朝廷眷注之意，尽心办理，用副委任，毋得固辞。各营将弁如有不遵调遣，不受约束者，即按照军法从事，以一事权。”钦此。

窃臣昨承宠命，悚惧难名，已将不能胜任情形，直陈愚悃。乃复仰蒙召见，温谕周至，五中循省，感激涕零，何敢一再固辞，致烦宸虑。当此倭氛不靖，军事日形棘手，凡为臣子，应如何力图报称，上纾君父之忧。臣明知材轻任重，陨越堪虞，惟有殚竭血诚，于一切防剿机宜，仰秉睿谟，悉心筹画，并随时咨商督办军务王大臣妥慎办理，亟图补救，迅扫狂氛，以仰答高厚鸿慈于万一。

除将接到关防开用日期并一应筹办事宜另行具奏外，所有微臣感激下忱，理合缮折叩谢天恩，伏乞皇上圣鉴。谨奏。

调集步军十五营并马队三营片

再，臣前在江督任内于招补皖南镇总兵李占椿果胜军五营、记名提督海州营参将杨文彪健胜军五营外，另招记名提督万本华长胜军五营，以为游击之师。嗣臣遵旨入觐，临行与署督臣张之洞面商，许臣酌量抽调。兹闻张之洞新招营勇甚多，应请电饬该署督即令李占椿、杨文彪、万本华三军共十五营，携带原有枪械，刻日起程，驰赴山海关听候差遣。又臣经过徐州，该总兵陈凤楼自请以本部马队随臣征剿。现在冬防将竣，缉务渐松，并请电饬张之洞迅令陈凤楼统率本部马队三营，又拟于清淮马队添拨二三营，兼程北上，为臣指臂之助。以后该马步各营所需月饷及军装子药等项，仍由江南照常接济，以免匮乏而资饱腾。

谨附片具陈，伏乞圣鉴。谨奏。

通筹军务情形折光绪二十年十二月初八日

奏为通筹目前军务情形，以重责成，而维大局，恭折仰祈圣鉴事：

窃臣才识短浅，年力衰颓，兹以入觐之辰，适值用兵之会，仰蒙恩命，授为钦差大臣，节制关内外防剿诸军，固辞不许，自维庸薄，深切战兢。伏查津沽一带，海口纷歧，处处皆应严防，北洋大臣李鸿章自应妥为布置，将来臣可借为声援，盛京将军裕禄、吉林将军长顺、黑龙江将军恩泽，各有地方职守，兵马威权，亦可与臣联络。惟关内外地方辽阔，营勇众多，臣甫抵都门，一切头绪纷繁，尚须料理，赴关需时，难于遥制。湖南巡抚臣吴大澂，忠诚奋发，自请解任带兵，及奉旨驻山海关，征调防守，颇费经营，现在山海关之事，该抚臣责无旁贷。又四川提臣宋庆，勋绩懋著，威望夙优，此次仅提一旅之师，往来援剿，深为倭人所惮。该提臣本系北洋帮办，应以关外之事委之。臣俟各军队伍调齐，各起枪械解到，稍为摒挡，即行驰赴榆关。将来进兵机宜以及如何部署，容臣到关悉心妥筹，并随时与吴大澂等商酌办理。相应请旨饬下李鸿章等，俾知各有责成，相与同心戮力，共济时艰，于军事实有裨益。

所有通筹目前军务情形缘由，谨恭折具陈，伏乞皇上圣鉴。谨奏。

沿途感受风寒请假调治折

光绪二十年十二月十二日

奏为恳恩赏假事：

窃臣现因感冒风寒，四肢酸痛，合无仰恳天恩，赏假五日，俾臣得以赶紧医治，一俟病体稍痊，即行销假。

谨缮折具陈，伏乞皇上圣鉴。谨奏。

恭谢恩赏折光绪二十年十二月十七日

奏为恭谢天恩事：

窃臣于到京后，钦奉九月二十六日上谕："朕钦奉慈禧端佑康颐昭豫庄诚寿恭钦献崇熙皇太后懿旨：'本年十月，予六旬庆辰，所有此次呈进贡物之王公大臣等，着各赏给福字一方，寿字一方，如意一柄，蟒袍一件，尺头二匹。'"又钦奉十月初一日上谕："朕钦奉慈禧端佑康颐昭豫庄诚寿恭钦献崇熙皇太后懿旨：'各省总督着各赏大寿字一张，大缎二匹，帽纬一匣，以示行庆施惠至意。'"等因，钦此。又十月二十日解贡委员赍回皇太后特赏寿字一方，蟒袍一件，活计一匣，臣均即叩头祗领。

钦惟皇上孝思不匮，恺泽闳施，凡宠赐之所颁，辄有加而无已。臣渥叨恩遇，未效涓埃，惟有奋勉图功，冀伸敌忾同仇之气，驰驱报国，无负推恩锡类之仁。仰沐隆施，合伸微悃。

所有感激下忱，谨缮折叩谢天恩，伏乞皇上圣鉴。再，以上恩赏各件，臣均于抵京后奉到，是以具折稍迟，合并陈明。谨奏。

奉命出师筹画军前事宜折

光绪二十年十二月二十一日

奏为遵旨出驻榆关，抽调各营，分派帮办，并陈事宜八条，恭折仰祈圣鉴事：

臣于光绪二十年十二月十九日准军机大臣字寄："奉上谕：'朕奉皇太后懿旨：倭寇既踞海城，又陷盖平，军情日紧。现值海口封冻，正宜先其所急，移关内之军，迅赴前敌迎剿以遏寇氛。本日已电谕吴大澂统带所部及魏光焘、吴元恺各军，即日拔队出关。刘坤一身为统帅，一切调度机宜，责无旁贷，着即前赴山海关，扼要驻扎，与关内、外各军联络声势，妥筹进止，能于海口未开冻之前得有大捷，军事庶有起色。'钦此。该大臣当懔遵慈训，克日启行，无稍延缓，以副朝廷期望之意。将此谕令知之。"钦此。闻命之下，惶悚难名。

窃臣此次来京陛见，奉旨授为钦差大臣，节制关内、外防剿诸军，自顾才力难以胜任，当经具折固辞，未蒙俞允。因请酌调江南果胜、健胜、长胜等军前来，拟俟到日，与臣先派赴京之福建提督程文炳一军及新疆提督董福祥一军，随臣赴关，会合关内、外诸军分途进剿，冀立尺寸之功，以图报称。屡与督办军务处王大臣言及，皆以为然，随经檄饬程、董两军各先拔十营赴关。今江南诸军经署督臣张之洞奏留健胜五营，而以尚未成军之张国林五营代行，现在上海，与果胜、长胜等军均无起程确信。又督办军务处王大臣传谕程文炳、董福祥两军留守都门。是臣拟带各营，以资指纵而期折冲御侮者，尽归无著，仅与左右数十人赴关，四顾旁皇，不知为计。且先在关之前新疆藩司魏光焘、总兵吴元恺、刘树元等劲旅，皆随湖南抚臣吴大澂出关，所留守关之总兵熊铁生十营，队伍未齐，总兵余虎恩十营枪械多缺，万一有警，何以支持？以山海关紧要之区，明正冻开，便为前敌，讵可视同棘门、灞上？臣不敢久待江南各营，惟请抽调程、董全军及现驻乐亭之总兵刘光才五营、记名提督申道发五营、现驻静海之总兵宋朝儒三营，随臣赴关，倘蒙恩准，臣即刻启行，一面分檄各军拔营前进。所遗乐亭营垒，即以总兵闪殿魁十营填扎，以昭周密。至吴大澂任事勇往，与北洋帮办四川提臣宋庆懋著勋勤，早在圣明洞鉴之中，相应请旨分派为臣帮办，以收臂指之效。

当此寇氛猖獗，时局艰难，以巨衰庸，深虞陨越，惟有秉承庙算，勉竭血诚，与内外文武诸臣，同心戮力，迅扫犬羊之众，仰慰宵旰之忧。谨陈办理事宜八条，具列于后：

一，分任责成也。臣查倭人诡谲异常，难免不声东击西，多方误我。臣于明正遵旨前赴榆关与吴大澂、宋庆等会商，关内则设防守，关外则议战攻，其应如何进兵，自可察看情形，分途部署。惟东三省地面辽阔，山路纷歧，若倭间道入犯，计图牵掣大军，则裕禄等应即严密堵剿，非臣所能兼顾。至北洋津沽一带，李鸿章会办海军，自已妥为布置，毋庸臣鳃鳃过虑。第全局所系，不敢不分别声明。

一，进兵次第也。倭人据我藩封，侵我边鄙，将来进兵自应克复内地而后进规朝鲜，内地各城则先复海城、岫岩、风凰、儿连、盖平而后进规金、复、旅顺。惟金、复、旅顺一路，三面临海，若倭以兵轮环守，则我军望洋兴叹，是须海军相辅而行，方可以图攻取。乃海军提督缺尚虚悬，所有铁甲及快艇、雷艇均未修理，请旨饬海军衙门赶紧筹办，以免临时束手。

一，申明赏罚也。臣维战者危事，进死退生，难期人人用命，惟有重利以诱其前，严刑以驱于后，庶可使之踊跃。臣督师东征，如有文武带队打仗奋勇，果能击退大股，克复坚城，歼擒渠魁，多有斩获者，立即择尤电奏，破格优保，其次则分别重赏，以示鼓励。请旨饬吏、兵、户三部不得拘常挑驳，以寒将士之心。倘有奉令玩违，临阵畏缩，或致部伍错乱，枪械失亡，以及纪律不严，骚扰地境者，大将则奏请革职拿问，营官以下由臣提案讯明，即于军前正法，庶使知有劝惩，竞思立功报效。

一，采用人才也。臣维人才固由搜罗而得，亦由历练而成。从前军务人员，现在零落殆尽。臣忝司兵柄，事务纷繁，需员差遣。除在江南随带文武各员外，所有现在来营办事之道府州县等官，或负材武可备戎行，或具智谋可参帷幄，或优于文翰，或善于勾稽，均属营中必不可少之人，应请酌留委用，分别造册咨部。其有京秩、外任夙著声绩，堪以闳济艰难者，由臣随时奏调。以后自行来营投效人员，亦请量才收录，以集众长而赞庶务，借得错节盘根，异日可为国家缓急之用。

一，筹画饷械也。臣查前大学士曾国藩东征，前大学士左宗棠西征，兵则一手召募，所派将领必择有用之才，饷亦一手经营，所指省关必系有着之款，至于资粮军械，务须十分充足，而后从容进兵，是以所向克捷。臣今遵旨陛见，猝蒙恩命督师，兵则各省凑拨，强弱莫知，饷则各省分承，赢绌莫必，查问枪炮均属阙如，臣徒拥虚名以临诸将，所有一切粮械，无不仰给于人，万一应付稍迟，前敌诸军何能枵腹荷戈，徒手搏贼？惟有仰恳天恩，责成各原省将各营勇饷，按月接济，先期报解，以资饱腾，其由户部支放各营，自不至有延误。倘各省饷项有时不能应急，应请户部暂为垫发，仍由各省解还。至所需子药等项，应请责成南、北洋制造机器各局，宽为筹解。臣前在南洋续购比枪万杆，奏明为各省军营之用，惟南洋新勇需枪，拟请酌提一半解归臣营，以便前敌各营分领。又闻南、北洋新购大批快炮、快枪，正初可到，并请酌提一半解归督办军务处，随时由臣请给各营，以期便捷。

一，酌给津贴也。现在各省兵勇云集，以致米珠薪桂，营勇月饷四两二钱，难以糊口。查前大学士左宗棠西征各勇，均在粮台领米，每月每名只扣银一两，及出关后并不扣银，所需柴草每营每月另给银一百六十两。今东征事同一律，似应查照成案，量给津贴，以示体恤。至于行营运载粮食、子药等项，非每营长夫、公夫所能担负，必须驼骡、马车方足以利征进。查福建提督程文炳一军、新疆提督董福祥一军，业蒙督办军务处王大臣核准每营各给驼骡若干匹，马车若干辆，总统、分统分别另给，由户部筹款交该两军自行购买。凡赴前敌诸军，自应仿办，以昭公允而励戎行。

一，添募亲军也。臣受命后，本拟多募亲兵，既思勇固难招，饷亦难办，深切踌躇。兹据总兵余虎恩禀称，该营余勇一千五六百人无从安插，臣请就招编为三营，取名护军，归记名提督杨金龙统领，合原统护军两营共为五营，以成一队。该三营所需薪粮，即由户部照湘勇章程支发。

一，设局支应也。臣此次奉旨入觐，仍循向章，自备资斧。兹受命督师，一切用度应即取之于官，所有办事文武人员薪水、夫马等项以后均在行营给领，至于赏恤诸费，尤为浩繁，应请设局支应。暂拟每月由部拨银八万两，由臣遴派委员经理，以期涓滴归公，将来据实报部核销，如有不敷，再由臣随时具奏。

即请旨饬交督办军务王大臣逐一核议，咨行到臣，并请饬部立案，以便遵照办理。

是否有当。谨恭折具奏，伏乞皇上圣鉴训示。谨奏。

覆审军情起程前赴榆关折

光绪二十年十二月二十四日

奏为遵旨妥筹情形，恭折覆陈，仰祈圣鉴事：

窃臣承准军机大臣字寄："光绪二十年十二月初十日奉上谕：

‘有人奏，宋庆、聂士成两军宜厚增援，应宽筹接济，并胪陈各将领优劣及陆军、海军急宜豫筹各节。着刘坤一按照所陈，悉心妥筹具奏。原片着抄给阅看。将此谕令知之。’”钦此。臣跪诵之余，仰见皇上留意将才，廑怀军务，莫名钦佩。遵即按照所陈，悉心筹画。查原奏所陈，宋庆、聂士成两军得力，非畀以三万人不可，余虎恩、董福祥亦应分统二三万人。臣查宋庆所部约四十营，聂士成所部亦约二十余营，或收合溃败之余，或新募未练之众，枪炮亦复无多。余虎恩、董福祥素称骁将，即令多统勇营未尝不可。惟此时再行添募，窃恐勇固难招，械尤难备，饷项亦复难筹，且军情紧迫，更属缓不济急。原片所称各畀以三万人及分统二三万人之处，应请毋庸置议。吴大澂现已奉旨派为帮办，统率刘树元、魏光焘等军出关征剿，原奏所请扼守关内、外亦毋庸议。至曹克忠三十营本为防守天津，余虎恩十营奉旨饬令守关，应否派赴前敌，或为后应，容臣到关后相机调度。

原奏虑及程文炳、闪殿魁、李培荣、陈湜等军不足深恃。查闪殿魁、李培荣均有参案，应由臣查明，另行覆奏。江苏臬司陈湜，久历戎行，胆识尚有可取，有无克扣兵饷，道路传闻，未敢据以为断。程文炳精明稳练，将领中不可多得，其待人接物，和平圆到，无武夫粗暴之气。原奏谓其专工酬应，或由于此。臣既忝司兵柄，所有各将领自当留心察看，随事训勉，倘敢稍涉玩违，即当据实参处。

又原奏拟令李秉衡防守烟台、威海。查该抚任事实心，不避嫌怨，烟台、威海等处本系山东辖境，倭寇狡诈百出，难保不分兵肆扰，计图牵掣，应请旨敕下李秉衡，认真防守，以重责成。直隶沿海防务仍由李鸿章妥为布置，庶臣得专筹进剿，不至有瞻前顾后之虞。

原奏请添调闽、粤、江、浙兵轮北援，以御敌舰，所论未为无见。但此数省兵轮，均系木壳，船既不坚，炮又不利，只能依附炮台守口，断不能出海争锋。如能联络北洋铁甲各船，结成一队，早已调派北上，何须迟至来春？至北洋现有兵轮是否尚堪应敌，应请饬令李鸿章察度整顿。

原奏又虑北洋管辖各局，难免掣肘。查采办向不归招商局员承办，平时军装器械多交局船运载，现均改由内地转运。至于军械及机器制造、电报、铁路等局于军务关系匪轻，固不敢遽事更张，亦不敢稍涉迁就，如有延误立即撤换。粮台为行军根本，容臣添委大员，另行奏明办理。

所有遵旨妥筹缘由，是否有当，理合恭折覆奏，伏乞皇上圣鉴训示。

再，臣于拜折后，遵旨起程，出驻榆关，是以未递（缮）〔膳〕牌，合并陈明。谨奏。

奏调御史冯锡仁随营办事片

再，臣奉命督师，战守事宜，颇费筹画，一切征兵调饷，头绪纷繁，必须有明体达用之员相助为理。兹查有四品衔山西道监察御史冯锡仁，才识精明，性情忠奋，向肯留心时务，论事均中核要，于现在军事情形亦能了如指掌，以之赞理戎机，可资得力。查翰詹科道向不在奏调之列，惟际此时艰方亟，需才甚殷，未敢过于拘泥。仰恳天恩，俯念军务紧要，微臣臂助需人，可否将该御史冯锡仁特旨发交臣营随同办理营务之处，出自逾格鸿施。

谨附片具陈，伏乞圣鉴训示。谨奏。

酌调京外人员随营差遣片

再，臣营事务繁多，需员差遣。兹查有刑部山东司郎中张闻锦，直隶司员外郎邓亨先，户部主事陈昌昙、夏时济，兵部主事杨觐圭，刑部主事汤鲁璠，云南候补道邓在镛，前江南候补道易顺鼎，江苏候补道魏嘉龄、朱麟成、何福海、曾广照，共京外官十二员，均属可用之才，仰恳天恩，准臣调营差委，俾收群策群力之效。

除分咨查照外，理合附片陈明，伏乞圣鉴训示。谨奏。

据禀选购战马请准免税放行片

再，据统领豫凯全军甘肃宁夏镇总兵牛师韩禀称："窃总兵所率七营，将步队一营改为马队，计需用战马三百匹，拟派河南抚标右营候补守备傅德庆赴喇嘛庙、张家口一带选购，请咨部给票"等情前来。

臣查该营酌改马队，战马是其急需。仰恳天恩，俯准敕部免税放行，以利征进。

除咨兵部发给马票外，理合附片陈明，伏乞圣鉴。谨奏。

奏疏卷二十三

谢赏松寿福寿字恩折

光绪二十一年正月初二日

奏为恭谢天恩，仰祈圣鉴事：

光绪二十年十二月二十三日，蒙慈禧端佑康颐昭豫庄诚寿恭钦献崇熙皇太后赏臣御书福、寿字各一方，松寿字一幅，臣当即恭设香案，望阙叩头谢恩祇领。

伏念臣猥以庸材，膺兹重寄。值军书之旁午，鞭畺慨指乎秦梁；沐懿藻之重中，翥凤欣瞻乎尧栋。钦惟皇太后治臻大定，圣益多能，极深宫修德之劳，值艺苑颐神之暇。昔宋宪圣夙工草隶，未足齐驱；即汉和熹雅善史书，安能方轨！九五福曰寿，敷瀛寰函夏以新膏；十八公为松，写岩壑长春之古意：俾成万古云霄之质，悉出九重雨露之恩。臣惟有勉效鹰扬，益深鳌戴。坚多心，坚多节，期同松柏之后雕；思日赞，思日襄，誓取榑桑而内属。

所有微臣感激下忱，谨缮折叩谢天恩，伏乞皇太后圣鉴。谨奏。

查明李培荣参款改派统军折

光绪二十一年正月初四日

奏为遵旨确切查明，据实具覆，并请改委统领以资整顿，恭

折仰祈圣鉴事：

窃臣先后承准军机大臣字寄："光绪二十年十二月十八日奉上谕：'有人奏，提督李培荣素性傲惰，不理军事，请饬查看等语。着刘坤一按照所奏各节，确切查明，据实覆奏。原片着抄给阅看。'"等因，钦此。又"光绪二十年十二月二十五日奉上谕：'有人奏，李培荣骄纵掊克，罔恤兵艰，其自防所来京，皆乘坐四人大轿。督办军务处发有勇丁皮衣银两，该提督仅制棉衣散给，复于勇丁名下，坐扣饷银，勇丁不堪其苦，请饬查办等语。着刘坤一按照所参各节，确切查明，归入前案，一并覆奏。原片着抄给阅看。'"等因，钦此。臣因遵旨赴关，刻期上道，未敢羁留，当经咨委驻扎张家湾之福建提督程文炳，就近并案确查。

兹据覆称："遵查李培荣素性傲惰，不理军事一节。李培荣近来体弱多病，致于新招之营，未能时常接见将弁，赶紧教练。又自防所进京乘坐四人大轿一节，亦以多病之故，不能长途骑马，是以坐轿往来。又督办处发有皮衣银两，该提督仅制棉衣散给，复于勇丁名下坐扣饷银一节，则因各营竞购皮衣，以致货物缺少，不得不先散给一半银两，暂置棉衣御寒，余银尚在续办"等情前来。

臣查李培荣不理军务，坐轿进京，皆由多病而然。其先制棉衣发给各勇御寒，由于皮衣一时难购，亦系实情。惟当此防剿吃紧之时，李培荣以专阃大员，身膺兵寄，不能加意拊循，未免有负委任。且该营勇有鼓噪抢饷之案，呈经督办处王大臣奏请将该提督及各营官分别革职议处，则李培荣不能抚驭该营可知。亟应改委干员接统，以资整顿而期得力。臣查有新授江西九江镇总兵宋朝儒，声威夙著，勇略皆优。原在安徽办理全省营务，统领多营，此次仅带步队一千六百人北上，兵力殊形单薄。相应请旨委令接统李培荣六营，责令严训勤操，以成劲旅，是变无用为有用，必能裨益戎行。李培荣所领饷项及皮衣银两有无短缺，即令宋朝儒于接收时，详细核算。如果李培荣照数发足，别无弊端，可否仰恳天恩，俯准该提督于交卸营务后，仍回甘肃提督本任，交陕甘督臣察看，是否办事奋勉，奏明请旨，以定去留。

臣为军务得人起见，谨将查明参款改委统领各缘由，恭折覆陈，伏乞皇上圣鉴训示。谨奏。

盐山庆云口岸空虚拨兵驻防片

再，查直隶盐山、庆云与山东海丰交界之埕子口，潮深丈余，轮船可到，须防倭船由此登岸。山东仅有道员丁达意两营驻扎海丰东岸，直隶所属之盐山、庆云西岸无兵可拨，极形空虚。臣商之直隶督臣李鸿章，即令行抵天津之记名提督李永芳六营，由李鸿章拨给枪炮，前赴埕子口西岸择要驻扎，与东岸两营联络声援，以固畿南门户。李永芳本系奉调出关归宋庆节制，现在宋庆兵力已厚，李永芳尽可留备畿南一路。

谨附片陈明，伏乞圣鉴。谨奏。

归并各路行营合为两军片

再，查各省派来之勇，或三五营，或六七营，力薄权分，难期得力。臣于出京时，抽调河南牛师韩及陕西马心胜两军赴关，并以马心胜本系牛师韩旧部，即以马心胜六营，并归牛师韩总统，合十三营以成大支，请由督办处王大臣代奏在案。兹复以江南记名提督万本华五营、候补副将张国林五营并归皖南镇李占椿总统，合本部五营共十五营，亦足以成一队。

除由臣行营刊发关防外，谨附片陈明，伏乞圣鉴。谨奏。

再调武员片

再，臣随带武弁无多，必须随时添调。兹查有在神机营当差之候补游击袁祖礼，才识精明，讲求时务，堪以调营差委。仰恳天恩，敕下神机营，饬令该游击前赴臣营供差，实于军务有裨。又统领江南督标水师记名提督黄本富，有勇知方，系臣旧部，并恳敕下署两江督臣，令该提督来营效力，以资臂助。

谨附片陈，请伏乞圣鉴训示。谨奏。

留军扼重关防折光绪二十一年正月初八日

奏为微臣遵旨奏报起程日期及改调营旗，并请留守关两军，恭折由驿驰陈，仰祈圣鉴事：

窃臣于光绪二十一年正月初二日，钦奉电旨："电奏已悉。该督现饬宋朝儒等分起赴关，着俟部署稍定，即行驰往驻扎，调度一切，何日起程，先日覆奏。"钦此。臣遵即赶紧部署，无奈抽调各营，多因军装、军器未齐，不能拔队，而催运之洋枪等项，尚在留滞中途。臣笔秃唇焦，久候亦属无益，惟有令宋朝儒三营先进，杨金龙两营继进。臣定于十三日启行，其余各营只合听其陆续前来。

惟臣前次奏调之马心胜六营，现经督办军务处王大臣派往乐亭与闪殿魁十营合扎，臣请改调山西统领贺星明七营旗随同赴关，虽不知能否得力，姑借此以壮声威。将来各军到齐，多者五六营，少者三五营，无大支劲旅可恃。现闻威海南岸炮台已失，山东事势甚危，前经拨往援剿之江南马步二十营刻难令其北上。臣膺守关重寄，而无可靠旧部，实属把握毫无。查上年十二月十九日奉旨："着吴大澂统率诸军，即日拔队出关，会合宋庆等军相机进剿。山海关防务亦属紧要，着余虎恩、熊铁生各军，就现有营垒，分布填扎，免致空虚。"等因，钦此。仰见圣谟广运，深知关防吃紧，非臣现调各营所能支，故留此两军合二十营，以资臂助。惟吴大澂之意，急欲调该两军出关，伏望朝廷主持，勿任抽动。如关外诸军实在不敷防剿，应俟李占椿、陈凤楼等军援东事毕，驻关防营较多，届时由臣体察情形，再行拨派出关策应。刻交春令，一经解冻，山海关即成前敌，倘有疏虞，时事何堪设想！且系东征诸军后路，吴大澂自应并顾兼筹。臣商之直隶督臣李鸿章，亦谓关外八万余人，兵力已厚，而关防颇单，余、熊两军万难轻调，全局安危所系，不敢不预先陈明。

所有臣起程赴关日期及改调马心胜营旗并留余虎恩、熊铁生两军各缘由，谨恭折由驿驰陈，伏乞皇上圣鉴训示。谨奏。

严堵乐亭滦州要隘片

再，臣与李鸿章熟商，以乐亭、滦州南与北塘交界，地段延长，处处可以登岸，前次鲍超、此次吴大澂俱以重兵驻扎。现在兵力稍薄，拟令闪殿魁酌派数营，分驻乐亭要隘，深沟高垒，修筑炮台，由北洋设法腾挪拨给炮位数尊，严行堵守，余营与马心胜各营合扎乐、滦以南地方，务与乐营声援相接。留此游击之师，确探敌踪所向，迎头邀截，使敌不敢伺间乘虚，庶足以昭周密而备不虞。

谨附片陈明，伏乞圣鉴。谨奏。

布置关内外及东西两路防军折

光绪二十一年二月初八日

奏为布置山海关内外及东西两路防务详细情形并筹办事宜，恭折由驿驰陈，仰祈圣鉴事：

窃臣于抵关后，曾将滦、乐及山海关布置大概，电督办军务处王大臣代奏，奉旨："均属妥协"，钦遵在案。

臣催调河南统领宁夏镇总兵牛师韩、陕西统领记名提督马心胜、山西统领记名总兵贺星明、直隶统领四川建昌镇总兵闪殿魁、安徽统领九江镇总兵宋朝儒等军次第到防，随督同诸将周历关外东面之威远城、红墙子、崔家庄，南面之宁海城、老龙头、铁门关、长龙冈、萧家庄、崔家庄，西面之石河、红瓦店与西北面之二郎庙，察看形胜，而正北面之角山寺、三道关了然在目，即东北面之九门口，亦可得其要领。查南面临海之宁海城等处，先有护直隶提督开州协副将卞得祥分筑七垒，设前后膛炮一百六十余尊，守御尚为严密，毋庸更动，惟饬令于老龙头当冲各炮台加护沙袋，以期稳固。东面红墙子，则令统领湘军记名提督熊铁生一军排列驻扎，自山至海开挖长濠，益以记名提督周兰亭炮队，并令统领湘军高州镇总兵余虎恩一军驻威远城以备接应，兼为各路游击之师。东北面之九门口，则令山东曹州镇总兵王连三驻守。该镇仅八百余人，先令添招一营，以厚其力，即令酌抽二三哨，分防三道关。西面红瓦店则令宋朝儒所统皖军驻扎，而以新统之泰军分驻石河以西海岸。西北面之二郎庙，则令牛师韩以一营驻扎，并抽两哨分防北山之角山寺，多张旗帜以壮声威。其余六营，则跨石河而西，缘五泉山扎连珠营直接红瓦店，与宋朝儒各营，高垒深沟，相为犄角，仍各抽精锐以备游击之用，周兰亭分驻西面之炮队亦可相辅以行。臣督记名提督杨金龙一军驻临榆县城外，视何处有急，即率队赴之。瞬届冻开，土膏滋润，催令各统领于派定扎营处所赶紧筑凿，刻日告竣，先令周兰亭多雇铁路夫役助工，以期迅速。环顾四面各有责成，倘涉疏虞，即惟该统领等是问。此山海关内外布置详细情形也。

东路宁、锦之望海甸、钓鱼台、天桥厂、马蹄沟，海口甚多，为东征诸军后路运解粮饷、军火在所必经，不惟倭寇侵扰堪虞，即土匪、游勇劫抢亦属可虑。现在仅有候选道左孝同三四营驻扎锦州，不能兼顾数处。臣调到贺星明马步七营旗，尚属精壮，拟俟整齐部伍，请领军装，即令前进望海甸与天桥厂。并令周兰亭同往察酌地势，择要扎营，以守运道，并防倭寇乘虚伺间，抄袭长城，以图牵掣。

至西路秦王岛先有统领淮军淮阳镇总兵潘万才四营驻扎，洋河口先有统领淮军永州镇总兵贾起胜八营驻扎，惟虑地阔兵单，兹得宋朝儒十营分扎红瓦店及石河海岸，则气势略壮。臣饬该三镇一律沿海筑墙开沟，共资守御。再西则为滦、乐。滦州现有马心胜马步六营，将来应否调赴关外，且视事势如何。乐亭则有统领湘军大同镇总兵刘光才五营，统领湘军记名提督申道发五营并闪殿魁马步十营，又昌黎县有宣化镇总兵王可升马队两营两哨。今直隶提督聂士成带队进关，为滦、乐一路游击，臣檄饬刘光才等与之联络，以期呼应灵通，可资臂指之助。聂士成原有步队二十四营，嗣经直隶督臣李鸿章奏调徐州镇总兵陈凤楼马队五营来津与之会合，署直隶督臣王文韶复以广西臬司胡燏棻步队四营、王可升马队隶之，足成大支劲旅。至于如何分驻芦、滦，应由该提督妥为部署。此东西两路布置详细情形也。

臣维用兵之道，贵于形格势禁，尤贵制变设奇。以关津海岸之长，必欲节节设防，实属力有不逮。惟择要害之处驻扎重兵，左则左之，右则右之，纵横荡决，使之不敢觊觎，万一伺隙登岸，即当及其半渡击之，当易得手，是在曹克忠、聂士成及各口防营统领勤加侦探，善于指纵。

抑臣更有请者，倭寇覆我海军，彼之兵轮，得以来往自如，洵非我所能制。若使离海登陆，入我畿疆，我以重兵四面合围，未始不可收聚歼之效。应由督办处王大臣豫戒守护近畿之福建提督程文炳、新疆提督董福祥与前广东陆路提督曹克忠及聂士成四大军公同筹商，设遇倭寇深入，程、董应扼何处以遮其前，曹、聂应赴何处以蹑其后，我攻贼，则四军并进，贼攻我，亦四军并应，总期一心并力，敌忾同仇，不得稍涉观望。余如登州镇总兵章高元夙称健将，记名提督李永芬亦著勇名，所部均是素练之卒，其应如何分途堵守，以断其粮援，如何更番迭攻，使疲于奔命，亦须先有成算，以免临事张皇。但使我能久持，则倭之溃败可以立待。该提镇等受恩最重，委寄匪轻，际此海寇披猖，忧及君父，当思致身之义，以输报国之忠，殚竭血诚，激励将士，杀敌致果，御侮折冲，以扫狂氛而膺懋赏。

臣俟榆关防务既定，拟坐轮车至津与署直隶督臣王文韶并约程文炳、董福祥、曹克忠、聂士成等会商战守之策，略有头绪，仍即回防次。将来倭若攻关及乐亭海口，臣自当驻关督办防剿。倘倭径向津沽或由沽南登岸，而关、乐并无大警，余虎恩等足以守御，克保无虞，臣即酌带游击之师，驰赴天津，相机入卫，借为程、董、曹、聂诸军节度。是否有当，伏候圣裁。

所有微臣布置关内外及东西两路详细情形并筹办事宜，谨恭折具陈，伏乞皇上圣鉴训示。谨奏。

前敌宋吴两军未便遥制片

再，前敌军情，瞬息万变，一切进止机宜，应由帮办军务四川提臣宋庆、湖南抚臣吴大澂督同营务处前署新疆巡抚新疆布政使魏光焘妥为筹办，臣驻关门，未便遥制，致有格碍，仍就臣所见到之处，随时与之电商，以资裨补。又赴援山东之皖南镇总兵李占椿总统十五营，现在驻扎潍、莱休养整顿。臣与山东抚臣李秉衡电商，令李占椿督率所部前来埕子口与章高元等协力严防，仍由臣察看各处情形，另行调遣。

除札李占椿分咨山东抚臣、署直隶督臣外，合并陈明，伏乞圣鉴。谨奏。

裨将兵单招足五营片

再，现在驻关之山东曹州镇总兵王连三，年力正强，胆气甚壮。上年因倭人犯顺，自请带兵剿寇，出于忠愤血诚。嗣于八月间，由总理各国事务衙门电传谕旨：“北路军情紧要，着李秉衡即饬王连三统带所部马步练军北上，并由李秉衡抽调陆路劲旅数营，拨定粮饷，配齐军火，一并交该总兵统带，迅速起程，听候调遣。”等因，钦此，钦遵在案。查该镇所部仅有曹练八百名，调扎榆关、九门口，地当冲要，兵力太单。山东境内，刻值寇氛肆扰，更无劲旅可调。拟令该镇另招勇丁三营，并将原带之八百人添招二百名凑足两营，共合五营，以厚其力。所需枪械，由臣会商北洋大臣设法匀拨济用，其薪粮等项，仍归山东支发，由该镇于招齐之后，分报查考。

是否有当，理合附片陈请，伏乞圣鉴训示。谨奏。

应付各军粮械及添车马长夫片

再，臣驻关调度所有关内外防剿各军，有时急需粮食、饷银、枪炮子药等项，就近向臣请领，必须随时应付，不能不宽为储备，即各军需用刀矛、锄铲、布袋、蒲包零星各件，往往取给于此。陆续购买骡马五百匹、大车一百五十辆，添募长夫五百名，以利转输。所用经费，即于每月领款八万两内支给，应请敕部立案。

谨附片陈明，伏乞圣鉴。谨奏。

请敕沿海举办渔团折

光绪二十一年二月初八日

奏为防务孔亟，请敕沿海各省举办渔团，恭折由驿驰陈，仰祈圣鉴事：

窃惟倭船横行海上，意在窥窬，每以财利啖我小民，为之接济向导。沿海一带渔船民户良莠不齐，若不举办保甲渔团，严密稽察，实力维持，无以清内奸而防外侮。闻去年倭由皮子窝等处登岸，即系雇用渔船。舟中敌国，可为殷鉴。且海滨之人，以船为家，非特风涛沙线为所熟谙，即善于凫没狙击、膂力技艺过人者，亦往往而有。前明海盗汪直、徐海之党，多出其中，而我朝名将李长庚、王得禄之属亦出其中。可见同一海滨之人，弃之则为莠民，训之则成劲旅，不过一转移间而利害已判若霄壤矣。前此法人之役，左宗棠督师福州，曾令创办渔团，乃因奉行未得其人，遂至中辍。因噎废食，论者惜之。臣到关后，熟筹防务，体察情形，因思渔团亦海防中之一事，未容轻忽。现饬沿海府、厅、州、县及各防营，督同地方绅董，查明渔户船数、人数，取具乡邻保结，编立渔团号册，无事时听其出海捕鱼，有事时令其协同防寇，酌给器械以资操练，量给钱文以示体恤。所给器械，有事始领，无事即缴。如能出海侦探得实者酌给赏犒，倘有能出奇计不惜身命奋勇杀敌者，即予以不次之赏。虽有形之效难期立见，而无形之患或免潜滋。惟津、榆一带海口渔户尚不甚多，而江南、浙江、福建、广东等省海面广袤，港汊纷歧，向为渔商聚集、匪徒出没之所，若不认真举办渔团，设使为敌所用，尤属可虑。应请敕下沿海各省督、抚臣，各就本省情形，因地制宜，妥筹办法，严饬所属，实力举行，俾民志皆若坚城，而海疆尽成清野，似于防守不无裨益。

愚昧之见，是否有当，谨恭折驰陈，伏祈皇上圣鉴训示。谨奏。

派兵巡辑奸细片

再，查宁、锦、关、津一带海口，穷民渔户甚多，倭寇每以重利诱之，使为向导，并运送甜水、食物。臣咨会盛京将军、直隶总督，通饬沿海府、厅、州、县，办理民团、渔团，严禁奸细，即责成各海口防营统领督催，如有成效可观，一律给以奖赏。又关内外蹊径纷歧，匪徒得以出没，臣并令署山永协副将张大鹏派兵百名，以把总、外委二弁率之，在于近关地方哨探巡缉。该弁兵等按日津贴盐菜钱文，亦于每月所领经费内支发。

谨附片陈明，伏乞圣鉴，敕部立案。谨奏。

江军采买炮车马匹片

再，据驻扎乐亭统领两江督标亲军等营山西大同镇总兵刘光才禀：该军四磅克虏卜后膛开花等炮数十尊，需用拉炮马二百八十四，拟派游击刘光启前赴张家口、喇嘛庙一带购买回营，以资应用，请奏咨等情前来。

查军营采买战马，例准免税。除咨兵部发给马票外，理合附片陈明，伏乞圣鉴，敕部查照办理。谨奏。

大员轻骑来关效力片

再，臣接记名提督黄本富电，以江南难于招勇，请照赣南镇何明亮成案，不另召募，只带亲兵数十人来关听差。臣随经电饬江南支应局员禀明署两江督臣发给盘费银三千两，所有黄本富招勇五营之案，应即撤销。窃黄本富以江南水师统领、何明亮以实缺总兵兼统营勇，禄位已属优崇，因念臣年老从军，自请来关办事，冀以分劳，并请免招勇丁，以便刻期上道，则该提镇血性过人，志趣过人，实为近今罕见，臣平日之推诚待该提、镇，至此亦收微效。该提、镇不肯负臣，安忍负国？干城腹心之寄，臣愿与该提、镇共勉之。

谨附片陈明，伏乞圣鉴。谨奏。

遵旨简搜军实折 光绪二十一年三月十三日

奏为遵旨筹办，恭折由驿驰陈，仰祈圣鉴事：

光绪二十一年二月二十六日准军机大臣字寄："二月二十三日奉上谕：'御史高燮曾奏，敬筹制胜之策，请饬斟酌办理一折。所陈统将宜淘汰，营伍宜归并，士卒宜简阅各条，不为无见。即着刘坤一、宋庆体察现在军务情形，妥筹办理。原折着摘抄给与阅看。将此由四百里各谕令知之。'"等因，钦此。

臣维此次军务不能制胜，多由统将非才，营伍太滥，士卒不精所致。该御史所陈三条，切中时宜，均属至当不易之论。第就山海关内外统将而论，如高州镇总兵余虎恩、徐州镇总兵陈凤楼、曹州镇总兵王连三、九江镇总兵宋朝儒、宁夏镇总兵牛师韩、大同镇总兵刘光才、永州镇总兵贾起胜、淮扬镇总兵潘万才、开州协副将卞得祥及记名提督熊铁生、杨金龙、周兰亭、马心胜等，系各省派来宿将，就臣察看勇略，各有所长，无可淘汰。所统各军不惟无可归并，且因地广兵单，王连三添招三营，潘万才添招两营，周兰亭添招一营，递经奏明在案，惟系新集之众，简阅自宜认真。臣现于地方雇募土工六七千人为之筑墙、井濠，饬各统领督令营伍一意操练，每日金鼓枪炮之声，不绝于耳。至前敌各军，如记名提督蒋希夷所部四营，一律裁撤；湖北提督吴凤柱则裁撤新勇四营，惟留老勇七营；候选道左孝同五营改隶前新疆藩司魏光焘；编修曾广钧三营改隶江苏候补道李光久。左孝同人尚慎勤，仍留办营务，曾广钧饬令回京当差。又革退之候选知府饶恭寿一营，另委副将杜应洪接管。是统将业经淘汰，营伍业经归并。臣惟有会督四川提督宋庆及魏光焘等勤加简阅，务期去弱留强，一兵得一兵之用，并申明赏罚，讲求战守，仰副圣主整饬戎行之至意。

所有遵旨筹办各缘由，谨恭折驰陈，伏乞皇上圣鉴训示。谨奏。

办事营员分任责成片

再，臣奉命节制关内外各军，行营事务纷繁，一切营务，动关防剿机宜，最为吃重，现派山西道监察御史冯锡仁、江苏试用道曾丙熙总办，江苏题奏道曾广照、江苏补用道徐寿朋会办，户部主事陈昌昙帮办。此外支应则派江苏候补道唐际昌总办，文案则派前河南候补道易顺鼎总办，户部学习主事夏时济、兵部主事杨觐圭、候选知府张景藩、分省补用知府汪雩会办，军粮则派刑部郎中张闻锦总办，军械则派候选道增霖总办，军政则派刑部员外郎邓亨先总办，纪功则派江苏试用道何福海总办，侦探则派刑部候补主事汤鲁璠总办，分任责成，其余奏调及投效人员，亦各量材器使，冀收群策群力之效。

除将各该员履历咨部外，理合附片陈明，伏乞圣鉴。谨奏。

遵查各营有无缺额扣饷情弊折

光绪二十一年三月十三日

奏为遵旨严查各营缺勇扣饷情弊，恭折覆陈，仰祈圣鉴事：

窃臣于光绪二十一年二月二十日承准军机大臣字寄："二月二十日奉上谕：'有人奏，闻山海关驻扎各营，竟有十营不满五营之额，八营不足三营之数，而克扣兵饷，每人四两余，仅发二两，至于号衣军米均奏明不扣月饷，而各统领仍行照扣，竟有在天津领饷十余万，分文不解营而全数兑回原籍者。请饬查办等语。缺额扣饷最为军营恶习，叠经降旨严饬，该将领等宜如何激发天良，力求核实。若如所奏情形，是各营中积习毫无悛改，何能固结军心！着刘坤一认真严查，如有前项情弊，即按军律从重惩办，毋稍姑容。原片着抄给阅看。'”等因，钦此。

臣维各营缺额侵饷，积习已久，诚难保其必无。第山海关各营于臣耳目最近，未必尽如人言。查余虎恩十营外，尚有余丁一千数百名，拨为臣护军，何至转缺正额一半？熊铁生十营驻扎前敌威远城、红墙子，自山至海二十余里，星罗棋布，臣屡次巡视，该十营列队濠墙，其人数之多寡，可以立辨。宋朝儒十营，内有六营系接统李培荣之泰安军，甫由通州带来，似不至遽有短少。其余如牛师韩七营，马心胜六营，刘光才、申道发、杨金龙、王连三各五营，派防要地。当此倭氛猖獗，各处朝夕戒严，该统领等即使爱钱，亦当爱命，决无缺额至数千数百之事。臣现饬令各军造送清册，分委道、府大员点验，并随时抽查。至各军按月领饷，以十营计，不过三万余两，以下递减，仅一万四五千两，何能 次领饷十余万两全数寄回？前大学士左宗棠带兵，每月每名留饷二两，言明存为销差之用，此次湘军一一仿办，冀免各勇逃亡。亦有以新勇制办衣装需费，未便将饷留存，且有过支之项。倘敢事涉克扣，各勇何肯甘心？臣亦不难察觉。号衣米粮并未奏明不扣月饷。向来湘、淮各军，初次号衣取给于公，以后更换扣之于勇。米粮一项，经臣与督办处及户部定议，津贴价银四成，仍扣勇饷六成。是言者于办理章程尚未深悉。臣起自戎行，最恶缺额侵饷之弊，钦奉谕旨严切，自当认真稽查。如各统领及营哨官果有此项劣迹，即当据实参劾，从重惩处，不敢稍事姑容，仰副圣主整饬军务之至意。

所有奉旨饬查各缘由，理合恭折覆陈，伏乞皇上圣鉴。谨奏。

覆查分统前情片

再，臣承准军机大臣字寄："光绪二十一年二月初九日奉上谕：'有人奏，编修曾广钧性情暴戾，现在吴大澂军中分统三营，该编修虐待部曲，曾挟忿棍责一提督，营中几至哗溃。刘坤一欲撤去分统，而吴大澂力为回护等语。着刘坤一确切查明，据实覆奏，毋稍徇隐。又有人奏：湖北提督吴凤柱驻扎锦州，发饷、制械，一切委用族人吴学颜，任意侵扣，兵士怨讟等语。并着刘坤一认真查明，如果实有其事，即饬该提督将吴学颜驱逐回籍，不准逗遛。原片二件均着抄给阅看。'"等因，钦此。

臣查曾广钧尚无暴戾性情，惟年少气盛，遇事即发，不及三思。其棍责部将已革总兵杨载元，委因杨载元有短饷卖票情弊，是挟公愤而非私愤，第不禀送臣辕，擅予棍责，实属冒昧。曾广钧业经交卸营务回京，应请免其置议。又查吴凤柱委用族人吴学颜，于发饷、制械尚无侵扣实迹。惟吴学颜在营不协军情，随经吴凤柱革退，饬令回籍，并未准其逗遛，亦请免其置议。

谨附片覆陈，伏乞圣鉴。谨奏。

察看发交人员咨送吉林折

光绪二十一年三月十三日

奏为遵旨察看候选同知董梦兰，恭折覆陈，仰祈圣鉴事：

窃臣承准军机大臣字寄："光绪二十一年正月二十一日奉上谕：'有人奏，候选同知董梦兰，熟悉边外情形，曾奉派安插，亲历各屯，与各牌头声气相通，锐意以招致自任，请发往军营查验等语。董梦兰系曾经获咎之员，声名平常，惟现当用人之际，既有人保奏，着发交刘坤一军营，由该大臣悉心察看，其才如果可用，不妨量能任使，倘不堪任用，即着饬令回籍，毋稍迁就。将此谕令知之。'" 钦此。

旋据该同知来营禀见，并条陈事宜。臣详加察看，面询所称兴屯、招丁以及开矿、行盐等项，均在吉林之珲春、宁古塔、三姓地方，距关千里而遥，无从得悉该处实在情形与该同知所言是否符合，以定其人之是否可用。惟既据称熟悉边屯，并面称与吉林将军恩泽旧识，应即咨送该将军察核，如果该同知所言事属可行，即由该将军奏明办理。

所有遵旨察看候选同知董梦兰请咨送吉林将军核办各缘由，是否有当，理合恭折覆陈，伏乞皇上圣鉴训示。谨奏。

逃勇劫抢市廛营哨官分别议处片

再，豫凯军逃勇于本年正月二十六日夜间抢劫昌黎县东关德庆和油盐店银两钱帖等物，经该县知县丁予勤拿获李先科等十名，禀经署直隶总督臣王文韶及臣批饬覆讯明确，就地正法，并饬严缉逸犯务获在案。

兹据该军统领甘肃宁夏镇总兵牛师韩禀称："正月二十四日，该镇所部后营左右两营由昌黎开拔赴关，该营官等正在饬勇齐乘火车之际，左营营官梁孔一据该营前哨哨官申传刚禀报，风闻队下窃议山海关米粮各物昂贵，恐不敷食用，该哨官设法安抚，催促起行，讵料勇丁李先科等十三名先后潜逃，并窃去各勇本身号衣。该营哨官督队起行，未便停留，派出得力亲兵四路躧缉逃勇，尚未弋获，即有二十六日夜间抢劫德庆和油盐店之案。请将该营哨官分别参办，并自请参处”等情前来。臣察访所禀情形属实。

伏查豫凯后军左营前哨哨官归德镇标候补千总申传刚，不能约束勇丁，致令潜逃行劫，实属咎无可辞，应请革职，留营效力。该营官都司梁孔一本有应得之咎，惟该勇丁等行劫究在潜逃以后，该营官督队移防势难兼顾，且该营官素来打仗奋勇，当此防剿吃重之际，应请从宽摘去顶戴，责其立功赎罪。至该统领牛师韩先经随臣来关妥筹防守，兵勇在逃滋事无从防范，且系新招之勇，并非平日纪律不严者可比，可否邀恩免议，出自逾格慈施。

理合附片陈请，伏乞圣鉴训示。谨奏。

查明统领被参缘由据实覆陈折

光绪二十一年三月二十三日

奏为遵旨查明统兵大员尚无纵勇殃民及克扣滥招等弊，恭折据实由驿驰陈，仰祈圣鉴事：

窃臣承准军机大臣字寄：“光绪二十一年二月二十八日奉上谕：‘有人奏，驻扎乐亭防军统领闪殿魁，志气颓懈，营规不严，所募勇丁皆无赖游民，恃有护符，欺压良懦。该军不立营幕，占住民房，与商民交易，强取横夺。该统领纵勇殃民，请饬查办等语。闪殿魁屡被参劾，叠次谕令刘坤一确查，尚未覆奏。此次所参各节，着刘坤一一并详查，迅速据实具奏，毋稍徇隐。原片着抄给阅看。将此谕令知之。’”钦此。

查闪殿魁前两次被参，杂募市人，窳惰性成，拔营多不愿去，以及奉调移防半多逃散，又所办渔团，编立字号，是否得力，奉旨交臣查办。臣以闪殿魁被参各节，总以各营勇丁是否整齐精壮为断。随密委同驻乐亭之刘镇光才会同乐亭县知县张鹤龄，出其不意，前往点验，并查所办渔团。甫据禀覆，复奉严旨饬查前情。臣谨即汇案饬委驻扎唐山之直隶臬司周馥就近往查，以昭慎重，并发点名册十本。

兹据周馥详称："驰抵乐亭县境，沿途细访乡民，皆言今年正月，闪殿魁队伍过境，暂宿旅店、民房，均各给予房钱，并未骚扰。及晤乐亭县知县张鹤龄，言该营到防之时，正值严寒地冻，暂住民屋，事实有之，兵勇买物与百姓小有口角，在所不免，但未闻抢夺、鞭扑、不给价值等事，亦未据控告有案。本司复抵该军所驻之纪各庄，见各营俱筑墙支帐，并未散住各村。当即传谕闪殿魁，立刻排队，按册逐一点验，所有魁军马队三营、步队七营，勇数均无短少，且皆一律精壮。惟细看各勇举止，似有负贩小民在内，不尽来自农圃。询系京东京西一二百里所招，曾取连保，从前是否无赖之徒，无从考究，但现在果守营规，即不便追问。点名后，随传营哨各官，细询发饷章程。佥称营中米面月需千斤，乐亭去岁歉收，不能不向远处购运。每日每勇给白米半斤，白面一斤，合制钱七十文，折银五分。每月勇粮四两二钱，除扣米面价银一两五钱，净发银二两七钱。嗣自本年正月起，奉加四成米价，每名三钱六分，计每名实领银三两六分。原参谓只发二两八钱，自是指未加四成米价以前所发之数，不为无因。合将奉发点名册并取具各分统营官等印结，呈请查核。再，乐亭渔团，闪殿魁本未奉办，已自雇船六只，招募渔人三十名，在海面哨探。合并陈明"等情详覆前来。

臣伏思闪殿魁所部队伍，去年仓猝募成，器械既未领齐，训练又未甚久，虽非乌合之众，究异节制之师，其所以不餍众望而屡致人言者，或由于此。现在既经查明，被参各节均无实据，应请天恩，免其置议。并由臣传谕该镇，洁己率下，振作精神，鼓励弁勇，练习战事，以成劲旅。倘再不知奋勉，始勤终怠，易辙改弦，经访查，仍惟有据实奏请撤参，不敢稍涉徇隐。

所有遵旨查明闪殿魁被参缘由，谨据实覆陈，伏乞皇上圣鉴训示。谨奏。

覆查军器营员事实片

再，臣于三月十六日承准军机大臣字寄：“光绪二十一年三月十四日奉上谕：‘有人奏，天津运往山海关机器炮四十尊，运送到关，堆积沙土中，子药全行潮湿，不堪应用，请旨饬查等语。着刘坤一查明，据实覆奏。又片奏淮军统领卞得祥衰迈庸劣，军事废弛。管带卫队记名提督杨金龙经刘坤一饬令备战，乃整顿行装，预为遁计，以致人心摇惑，几至溃散等语。并着刘坤一确切详查。卞得祥、杨金龙二员，如竟不能得力，即着撤退更换，毋稍迁就。原片二件均着抄给阅看。’”等因，钦此。

查臣到关后，需用炮位，电询天津军械所运来大小田鸡、开花炮八尊，当经各军争先领去，此外并无一炮解关。臣由南洋带来格林炮十尊，子路不远，除各军领去六尊外，尚余四尊，现在行营军械所收存，并未委之沙土。细阅原片，言之极为确切，其事似属有因。查军粮所委员沈国良于沙土中刨出铁壳地雷数十具，尚未装药，现在修整备用，或者以此讹传。若以机器炮四十尊重大之件，由津运关，臣决无不知之理。至淮军统领卞得祥，微患气喘，而年力正强，人亦忠壮，以死守老龙头炮台自任。臣至该营履勘各炮台布置合法，墙濠亦甚整严，面加奖励，据卞得祥禀，系前直隶提督叶志超竭力经营所致。惟该统领驻守已久，熟习放炮事宜，断难更换生手。记名提督杨金龙打仗奋勇，办事精勤，臣知之最深，是以用为中协，使之统领护军。到关以来，筑垒挖沟，于要害处仿作地营，莫不认真办理，每谓可守而后能战，何至豫作遁计？且二月二十二、三等日并无倭船十七号停泊山海关外，不知何所据而云然？臣惟有懔遵圣训，随时随事察看，该统领等如果不能得力，即行撤换，不敢稍涉姑容，致有贻误。

理合附片覆陈，伏乞圣鉴训示。谨奏。

雇工开濠拨款助赈片

再，关内外各军多系新招之勇，于腊、正两月先后到防，时值地冻，未能筑立营墙，及开冻后，既须筑营，又须操练。所有东面之红墙子一带，西面之红瓦店一带，及北路九门口，南路石河，并秦王岛海岸，截长补短，周围约百余里，均须开挖长濠，营勇无暇兼顾。随饬记名提督周兰亭于铁路雇工八千余人，分途办理，以土方计，遇凿石处加倍给钱，共用银二万余两。此项工值，暂于每月经费内开支，如有不敷，再由两粮台拨补。又臣赴唐山会商防务，见该处饥民数万人，情形困苦，当于支应局拨银二千两交江苏候补道张翼以助义赈。似此大宗，应请敕部立案。

谨附片陈明，伏乞圣鉴。谨奏。

查明副都统任内劣迹折

光绪二十一年三月二十三日

奏为遵旨查明，据实覆奏，恭折仰祈圣鉴事：

窃臣承准军机大臣字寄："光绪二十一年二月二十五日奉上谕：'有人奏，特参欺诬庸劣之大员一折，据称山海关副都统宜贵，嗜利无耻，罔顾廉隅，开列贪劣之迹七款，请饬查办等语。着刘坤一确切查明，据实具奏，毋稍徇隐。原折着抄给阅看。将此谕令知之。'”等因，钦此。钦遵之下，当即密委臣行营总理营务处御史冯锡仁、道员曾丙熙、总理支应局道员唐际昌等调取卷宗名册，提集弁兵人等，按照所参各节，逐一查讯，并札饬外四处防守尉、督粮通判克日详细禀覆。

兹据该员等查明禀称：查原奏内称“宜贵去秋奏添马队一营，本云添练西丹，乃仍以额兵底饷充补”一节。检查上年七月初六日，该副都统原奏有“兵丁苦累，器械不精，此外闲散壮丁尚有数百名，枵腹谋生，拟由八旗驻防内拣择精兵二百五十名”等语。而讯之骁骑校兴春及马兵祥山等所供，均称马队二百五十名，只有闲散四五十名上下，余皆额兵挑补。至所发兵饷，则据兴春等供称：“上年九月初一日成军，初五日发饷，每名新马兵已买马者给银四两，未买马者给银二两，旧马兵三两。十月初五日，众兵以不敷食用，恳求承恩公桂祥，蒙委员查明，饬照每名七两章程补发，遂将九、十两月一律补清，冬、腊两月亦照前全放。本年正、二月分，旧马兵只发五两，下欠二两，新马兵发六两，扣马价一两”等供。查原卷内有上年十月十五日咨直隶总督咨稿一件，所叙九、十月发给饷银数目与该弁兵等所供大略相同，并声明：“原拟俟接奉部覆再行找领，因奉钦差承恩公桂祥谕，遂照章全放。”惟此件咨文在十月初五日补放之后，何以未先咨明？且本年正、二月放饷之数与上年两歧，更不可解。

又原奏内称“兵部例定马队以二百五十人为一营，该营合计不过二百二十五名”一节，业经按照名册点验，尚无缺额。

又原奏内称“冒开马价以旧为新”一节。查阅卷内咨稿称：“因军书旁午，需操在急，本关向有差操马八十八匹，加给津贴，暂行顶补成军，俟买到马匹随时撤换。”复查放饷册内有上年八月十三日放出买马价银一千五百三十两，又两次放出马价银二百一十两，十月初十日放出马价银八百八十两，下注“交八旗”字样。讯据马兵祥山等供称：“八旗旧马队八十名，均已挑入新军，又于八旗各传差马一匹，其旧马队及差马共八十八匹，实系原有之马，并非领价购买。自成军以后，至今均在营当差。”其为未经随时撤换可知。

又原奏内称“宜贵自立总统名目，月支二百金，伊子松盛为字识，月支九金，戈什哈数十人，皆补新军口粮，其余巧立名目恣意开销”一节。查该营官员衔名清册，实系副都统充当统领，字识一缺亦系松盛之名。传讯兴春等供称：松盛即该副都统亲子，其新军马队约有戈什哈二十名挑补属实。惟查该营员弁悉照直隶马队练军营制，尚非巧立名目，所发薪水饷项亦按定章支给，并未恣意开销，有支应局用印清折在卷可为证据。

又原奏内称“宜贵从未赴教场阅操，冒开奖赏银两及外四处勒派奏免阅边银两，共额兵五百五十名，每名出银二两，计索银一千一百两入己”一节。据永平府防守尉图勒笔善、冷口防守尉英瑞、喜峰口防守尉阿尔逊、罗文峪防御喀吞保先后禀称：光绪二十年九月，奉左司札片，知照各该处派明白晓事领催，限十月内到关，有面谕要事。嗣奉左翼协领祥瑞谕派四处免阅操费共银一千一百两，交副都统门丁刘雅斋手收等情。据此，饬传刘雅斋，逃逸无踪。至该副都统上年阅操二次，赏过东钱四百串，讯据弁兵等各供相符。

又原奏内称“山海关关门从前因勒索行旅为人奏参，经前刑部尚书崇实、今直隶总督李鸿章两次查办，刊碑示禁，行旅便之。乃宜贵饬值班领催，五日一班，非交东钱七十五串即行停差革用，以故不得不勒索行人”一节。问据领催恩福等七名同供：“关门向派弁兵稽查奸宄，出关行旅必验收票引放行。每班派官一员，笔帖式一员，帖写五名，领催二名，兵十名，五日一班，轮流派委，近年从未敢取过钱文。上年四月，宜副都统到任之后，自六月初一日起，饬值班人每班缴东钱二十四串文进署，到八月初一日后，便每班要缴钱七十五串文。凡出关行人无票者，每人取东钱二三百文，货车要东钱数百文，均无定数，进关货车要东钱四五百文及一千文不等，到各车店收取。如五天不足七十五千之数，必须借垫缴署，否则不能销差”等供。是原奏所称勒索情形，均属确凿。

又原奏内称“关城督粮通判专司八旗兵米，按季照价改放钱文。宜贵希图通判馈送，任其迟延放钱，每名勒扣银二两，计二千余金”一节。问据兴春、祥山等同供：“八旗兵米，每年由通判按照市价酌发钱文，历各前任，发秫米合市价少发东钱二百文，又小米少发四五百文不等。夏通判任内，每名每季合市价少发东钱五六串，上年冬季较市价少发东钱十串之谱。每遇春季，总在头年十二月二十外豫放，本年春季，正月初一日才发。惟未闻通判有馈送都统情事”等供。据通判夏诒垣禀称：“历年支放章程，如光绪十年间，小米市价每斗四串内外，秫米三串内外，每兵共得东钱二十余串、三十串不等。光绪十年以后，小米市价五串数百文，秫米四串零，每兵共得三十余串、四十串。去年秋冬，小米涨至六串数百文，秫米至五串有奇，已属罕见。至年内豫放本年春季，小米涨至七串一百文，秫米至五串六百文，更为从前所未有，有每兵共得五十三四串数百文，核计米价，较每仓石折银一两四钱之例价及前任副都统奏请每斛折给京钱二串二百文，合东钱六串六百文，每仓石共东钱十三串二百文之成案，定价均已倍蓰”各等情。据此，是兵米既由通判照章支放，并未迟延，不由该副都统经手，似难勒扣银两。至馈送一节，亦查无实据，等情前来。臣覆核无异。

伏思该副都统有整饬部伍、绥辑军民之责，值此时艰孔亟，宜如何洁己奉公，力图称职。乃不严除积弊，而反多索陋规，于奉旨添练之新军则以额兵凑数，于领价购买之马匹则以旧队顶充，任意虚縻，罔求实济。又复勒派免阅操费一千余两，勒索关门行旅每五日东钱七十五千，使弁兵人等皆有所借口，以致人言啧啧，指摘交加，诚有不能为之曲讳者。既经查实，何敢壅于上闻，惟系二品大员，应如何量予惩处，出自圣裁。山海关督粮通判夏诒垣支放兵米，按照定章，亦无馈送该副都统等事，应免其置议。惟以后折放兵米，无论时价低昂，总宜照价给发，不得援前比例，以免特议而服兵心。其在逃之门丁刘雅斋，应俟拿获到案时另行讯结。

所有微臣遵旨查明山海关副都统宜贵被参各缘由，谨据实覆陈。是否有当，伏祈皇上圣鉴训示。谨奏。

关门稽查禁止勒索片

再，山海关关门征收货税，原由关道照章办理。驻关副都统因有稽查奸宄之责，分派弁兵驻关验收出关票引，以致借端舞弊，于无票行旅取钱放行外，复于出入关门货车分别勒索钱文，大为商民之累。查长城一带，豁口甚多，若有奸宄往来，不必定由关门行走，验收票引一节，未足以诘奸，适足以滋扰。即使关门弁兵以后不敢勒索，而行旅人等必须有票始能出关，则在原籍请票，恐亦不能免费。拟恳天恩敕下山海关副都统衙门，革除积蠹，刊碑严禁。所有关门稽查弁兵，不许勒索分文，并将给票收票一节，立予蠲除。其关门货税，仍责成该关道照章征收，如或违禁需索留难，一经访查，务须从重惩办，以昭盛世荡平之治。

谨附片陈请，伏乞圣鉴训示施行。谨奏。

分设医药电线等局募兵守护片片日

再，各营勇不服水土，疾病甚多。前敌受伤弁兵，纷纷扶送入关调理，不得不分设医养等局，购备药料，以资存济。又各路所安水雷、旱雷应设专局购置电线、电箱，分别制造修理。所有该各局以及军装、军粮、支应、营务等处，均须另募亲兵守护，以昭慎重。并请敕部立案。

谨附片陈明，伏乞圣鉴。谨奏。

请将侍卫依勒洪阿革职片

再，沙克都林札布所部之神虎营以侍卫依勒洪阿为分统，留驻锦州。该分统托锦州府知府奎华代向驻锦之东征转运局雇车四十辆，订明按照局章由营自行发价。乃车辆交齐后，该分统不给车价分文，并纵令兵勇殴逐车夫，将车辆抢赶而去。经奎华与转运委员知府周冕派人带同车夫往追，并由局酌备银两沿途为之接济。然民间闻此风声，车辆率皆逃避，几至贻误兵运要需。锦州市面，现钱短少，曾经臣裕禄札饬通行，无论兵民，卖银搭发现钱二成，买银多交一成，以资周转。乃该分统纵令兵勇全数勒换现钱，及见钱贵银贱，又复勒买银两。种种滋扰，非止一事。据锦州知府奎华、转运委员知府周冕、淮军前敌营务处浙江温处道袁世凯、督办东征粮台广西按察司胡燏棻先后禀报前来。臣等覆查无异。

伏思现在关东一带地方，运务艰难，民情困苦，招徕安集，尚觉日有未遑，若如该分统之抢夺车辆，扰累闾阎，势必使兵饷之输挽皆穷，商民之市易尽废。相应请旨将神虎营分统侍卫依勒洪阿即行革职，以安地方。

谨会同盛京将军臣裕禄据实纠参，伏祈圣鉴训示。谨奏。

马步勇丁潜逃请旨革职片

再，统领山西练军记名总兵贺星明所部马步七营旗，前派分驻宁远州、钓鱼台等处地方。三月初八日，倭船游弋至钓鱼台，臣访闻该军营哨兵勇有闻炮溃走情事，正在委查并点验去后，兹据贺星明禀称："是日倭船炮伤我军步队、马队各数名，毙马数匹，我军竭力抵御，坚伏不动，倭船旋即驶去。点查队伍，惟副前旗马队左哨勇丁逃去十二名，右营步队前哨勇丁逃去十四名，由该两哨哨官押队不力所致。除严拿在逃各勇外，请将副前旗马队左哨哨官补用游击吴玉春、右营步队前哨哨长参将衔补用游击李正亮惩处"等情前来。臣查该哨官等押队不力，以致兵勇闻炮纷逃，实属罪无可逭，应先请旨将补用游击吴玉春、参将衔补用游击李正亮即行革职，不准投效军营，希图开复，以戒失伍而儆效尤。该处钓鱼台一带地方，情形险要，难保倭人不乘间再来，已饬该统领激励军志，严密设防，倘稍有疏虞，即惟该统领是问。

谨附片并陈，伏乞圣鉴训示。谨奏。

老湘营阵亡人员请恤折

光绪二十一年三月二十三日

奏为查明老湘各营历次打仗获胜情形，恳将阵亡员弁邀恩赐恤，并将出力员弁准予存记，恭折具陈，仰祈圣鉴事：

窃臣前于正月二十三日、二月二十八日，叠据统领老湘军江苏补用道李光久禀称：正月初十日自牛庄开赴四台子。十二日天色微明，贼以大股由东南小马头来犯，又分两股于南北两路包抄，我军亦分三路应之。提督贺长发率左营直冲小马头，鏖战两时之久，贼势不支，归并一处。我军三面夹击，轰毙贼党百余，内有三道黄边帽大头目一名，访系伪大将军；生擒二道黄边帽头目一名，讯系伪步兵中尉山县朝喜殿。都司殷成谱奋力向前，亦生擒贼目一名，搜出身带千里镜、时辰表、佩刀、信函等件，并抢获倭枪八杆。余贼纷纷败窜，我军追剿至二台子而还。二十二日，我军向唐王山进攻，直冲山下，夺回两村，毙贼二百余名，贼始退踞山头。提督周运斌受弹甚众，裹创力战，随即阵亡，副将尹山云、都司任福贵亦殁于阵，伤亡弁勇六十余名，至未刻始收队。自后日夜出队，二十七、二十八及二月初三等日，击贼于安村堡、中阳堡、三台子、八里河，毙贼数十名、数百名、十余名不等。所有历次出力及阵亡员弁，恳请分别奖恤前来。臣以该军接仗获胜一切情形，未准宋庆、吴大澂来咨，恐尚不确，因即咨请查覆。兹于三月初十日接准宋庆查明咨覆，与李光久历次禀报均属相符。

臣查自倭人入寇以来，各军往往以数十营合力堵守，败溃相寻。该道李光久所部老湘一军仅有二千余人，上年冬间甫由江南调来，随出关外援剿，艰辛万状，劳瘁不辞。本年正月出队打仗，竟能以少胜众，屡挫敌锋，差强人意。提督周运斌等血战捐躯，深堪悯恻。该军现值重加整顿之时，应不没其前劳，乃可责其后效。既经宋庆覆查无异，臣何敢壅于上闻。合无仰恳天恩，准将阵亡之记名提督穆特恩巴图鲁周运斌、花翎副将尹山云、游击衔补用都司任福贵等三员，敕部从优议恤，以旌死事。尤为出力之提督贺长发、都司殷成谱等，因二月牛庄之败，未敢请保，可否准敕督办军务处存记，出自圣主逾格鸿施。

所有微臣查明老湘一军历次打仗情形，请将出力及阵亡员弁恳恩奖恤缘由，理合据实奏陈，伏祈皇上圣鉴训示。谨奏。

慰留请假营员片

再，统领老湘军道员李光久，以二月初八日牛庄之战，事机不顺，损失甚多，该道负疚饮恨，触发伤病，屡次禀请交卸军务前来。臣查该道本系将种，熟读父书，前此需次江南，遇事颇存静退，此次带勇剿寇，竟能身先士卒，奋勇过人，平日又善拊循，其部下莫不用命，倭人既畏且恨，每欲得而甘心。此次由海城回援牛庄，以二千数百之孤军，当三万数千之悍寇，血战一日夜，杀贼二三千人，虽因众寡不敌而退，功罪两不相掩，若能再加历练，将来必可造就大将之才。当此时事方殷，自未便准其请假交卸。臣已手书慰留，嘱令加意调理，即将该军五营及新拨之钢武三营妥速整顿，养精蓄锐，以图再举，并与魏光焘、陈湜等同心戮力，共济时艰，克光前烈。

谨附片陈明，伏乞圣鉴。谨奏。

革员留营效力折 光绪二十一年四月初二日

奏为将才可惜，情节可原，吁恳天恩，将已革游击留营效力，恭折仰祈圣鉴事：

窃查二月初十日营口之陷，由于防军总统蒋希夷一闻警信，立即奔逃，以致营街不守。游击乔干臣派守营口海岸炮台，仅止一营，兵力极为单薄。营街既失，倭从炮台后路进兵，不啻直拊其背，炮台断无能全之理，蒋希夷路经炮台，又复过而不留。于是该游击以孤军数百人死守炮台，抵御倭寇大股，自午至戌，时已二更，见援绝子尽，始严阵退出，并将炮位先行轰毁，免为敌有。此当日之实在情形也。

臣于蒋希夷之先逃与该游击之坚守，早有访闻，嗣据各处禀报皆与所闻相符，询之新授盛京府尹善联亦极称其奋勇。该游击现经盛京将军臣裕禄参革，解省按例治罪。伏念炮台失陷，该游击诚属咎无可辞，而仅止一营，又无外援，孤立坚持，苦守竟日，全师而退，不以利器资敌，是其才略尚有可用，情节亦尚有可原，较蒋希夷之统带多营不战而逃者，相去何啻霄壤！在该将军申明军律，自宜遵定制以肃戎行；而在微臣爱惜将才，窃欲宥前愆以观后效。可否仰恳天恩，准将已革游击乔干臣留营效力，借为奋力御贼者劝，出自逾格鸿慈。

所有微臣恳恩将已革游击留营效力缘由，理合恭折具陈。是否有当，伏祈皇上圣鉴训示。谨奏。

丁槐军饷请归部拨片

再，贵州古州镇总兵丁槐奉旨带亲兵一营，并挑选劲卒二千，由贵州拨给东防饷银五万两暨捐款等银一万三千两，于上年十月初三日由黔起程北上。本年二月间在山东添募六营，连原统共十一营，先后由山东藩库拨给银六万两，东征粮台拨给银二万两。计该军十一营，每月应支薪粮及柴草银两，大建须银三万七千八百三十两有奇，小建须银三万六千七百三十两有奇，再加统领薪水、公费、炮位油擦费、教习薪水、机匠工食并车、驼、马匹馁养及委员薪水，每月约需银四万余两，应请统归部拨，由东征粮台请领，按月核发，俾免缺乏而资饱腾。至购买营中需用转运车驼，应准照督办军务处核定章程，军装、帐棚则仿照各军成案，并由东征粮台领款采办，其前在黔省、东省所领银两，由该总兵截清数目，另行造报，免与粮台发款牵混。

该总兵昨由天津来关，据称所部各营陆续到齐，暂令在津休息。臣察看该总兵兼资文武，有大将才，堪以独当一面。现饬回津整顿队伍，将来或仍遵二月二十一日所奉电旨，饬调来关，或令驻扎津、榆适中之处，容臣酌度情形，届时奏明办理。

所有丁槐一军饷项请归部拨缘由，理合附片陈明，伏乞圣鉴敕部查照。谨奏。

查覆杨金龙并无擅杀片

再，臣承准军机大臣字寄："光绪二十一年三月二十一日奉上谕：'前有旨令刘坤一确查提督杨金龙如不能得力，即行撤退更换。兹又有人奏杨金龙挟忿杀毙医士熊姓，请饬查办等语，着刘坤一归入前案，一并确查据实覆奏。'"等因，钦此。当经钦遵派委营务处确切访查去后。

兹据禀覆："杨金龙于上年由金陵募勇北上，有湖北广济县人熊佐廷应募补充中营右哨五队正勇，旋提归炮队学操两磅铜炮。本年正月出操，各哨弁未候统领号令，先行出队，问据哨弁回称，系熊佐廷传令。杨金龙因其妄传军令，拟加惩责，该勇即行逃走。正在捕拿未获，三月初间访闻该逃勇逗遛榆关，有暗地放飘煽惑营勇入会情事。又复密派亲兵四处掩捕，忽于初十日在营前撞见，饬勇捕拿，该逃勇犹敢恃强不服，该提督遂饬亲兵捆至营中，立时正法。熊佐廷实系逃勇，因知医治创伤，遂误传为医士。核其妄传号令，暗放飘布，均属大干军律，杨金龙将其正法，实系整顿营伍，并非挟忿擅杀等情，查覆前来。臣覆加查访，情形均属相符。现值防剿吃紧之时，逃勇甚多，非重法不足示儆。况该逃勇熊佐廷始而妄传号令出操，继而煽惑兵勇入会，拿获正法，所以严军纪而肃营规，不得谓之挟忿擅杀。该逃勇亦实非医士。原参各节自系传闻之误。

除前次提督杨金龙参案业经奏覆外，所有此次查明该提督并无挟忿擅杀医士缘由，理合附片覆陈，伏乞圣鉴。谨奏。

和局已成自请严议折

光绪二十一年四月二十日

奏为和局已成，微臣受任无功，请旨交部严加议处，恭折仰祈圣鉴事：

臣于本月十六日接总署谏电："奉旨：'中日新约现已互换，彼此息兵，并另商归还辽地。刻下各路防军仍应照旧驻扎训练，以备不虞，关外前敌各军不得越界生衅。着刘坤一等通饬各军，一体懔遵。"钦此。伏读之下，惭悚难名。遵即电饬各军一体懔遵去后。

窃臣于上年冬间入都陛见，仰荷恩命，授为钦差大臣，节制关内外防剿各军。当以微臣年力已衰，难膺艰巨，恳请收回成命，未邀俞允，并蒙特派四川提督宋庆、湖南巡抚吴大澂帮办军务，俾资臂助。渥承恩眷，敢不殚竭心力，勉效驰驱。旋于腊底出京，在津催调各营，料理饷械。本年正月十三日抵关以后，随将沿海防务，战守兼筹，一切布置情形，业经叠次具陈，并以前敌军情碍难遥度，应由两帮办相机进止，亦经奏明各在案。

二月初八日遽有牛庄之挫，虽各军奋勇苦战，杀伤尚足相抵，而营口、牛庄等处究属未能保全。迨吴大澂奉旨交卸军务，臣叠经电嘱宋庆、魏光焘认真整顿，加意严防，先杜倭寇西窜之路，守御既固，然后蹈瑕进攻。正在彼此相持，三月初五日停战忽有定期。现在和议已成，新约互换，彼族索偿、索地，肆意要求，无不遂其所欲，中国自有夷患以来，未有如此次之甚者也。在朝廷虑远思深，或亦万不得已而出此，而臣忝膺阃寄，未能指挥诸将，迅扫欃枪，致廑宵旰之忧，为此迁就之计，五中循省，咎有攸归。应请旨将臣交部严加议处，使后之任事者以臣为戒，奋勉图功，并使各国咸知我大清纪纲肃然，罚当其罪，庶足以饬戎行而存政体。

所有微臣自请严议缘由，理合恭折具陈，伏乞皇上圣鉴训示。谨奏。

请开去差使片

再，中日和议已成，新约互换，彼此息兵，以后自无战事。所有关内外诸军，照旧驻扎训练，系各统领之责，臣别无调度，未便徒拥虚名，可否请旨开去臣钦差大臣差使，由臣委员将关防备文赍送军机处验收之处，出自圣裁。

谨附片陈请，伏乞圣鉴训示。谨奏。

恳准销差开缺折光绪二十一年五月十六日

奏为中倭和议已成，微臣抱病弥重，吁恳天恩，俯准销差，并开底缺，给假回籍调理，恭折仰祈圣鉴事：

窃臣前以受任无功，专弁具奏，自请严议，并以中倭息战，附请撤销钦差大臣差使。四月二十七日差弁回营，承军机大臣知会：“奉旨：‘留中。’”钦此。圣意高深，本不敢再行渎请。惟昨奉电旨，台湾已经交接清楚，和局并未决裂，倭允归辽有三国担认，不至翻悔等因，局势似已大定。而臣形神交瘁，于军旅、封疆均难胜任，不得不具陈于皇上之前。

查臣前在江、广军营，积受潮湿瘴疠，四肢常患酸痛，右手足为尤甚，四十后，血气日衰，每发辄不可忍，递经奏明有案。上年二月，右足忽然冷若冰雪，不惟不能伸屈，亦并不知痛痒，调治至五月杪，始稍回和。十月扶疾北上，沿途感冒严寒，行至德州，拘挛不能成步，休息两日，坐船赴津。今正出驻榆关，不服水土，兼为海风所侵，渐觉麻木不仁，举动需人扶持，否则即虞倾跌。自春及夏，服药无灵，并延洋医用电气治之，迄不见效。又臣少经忧患，过于用心，致抱怔忡之证。近日披阅公牍，识虑不能周详，酬答寅僚，语言亦多疏失。昼则垂头思睡，夜则合眼即惊，眠食日亏，精神益短，即令从容坐镇，已恐贻误地方，若欲遗大投艰，鲜有不至颠覆，是以昕夕焦思，不敢为恋栈计也。前此时局艰危，臣虽自知老惫，犹复强起承乏，冀分宵旰之忧。现在事势稍松，而臣委顿日甚，亦望朝廷曲予体恤，俾卸仔肩。

倘蒙天恩，俯准撤销钦差大臣差使，并开两江总督底缺，给假半年，回籍养病，一俟沉疴痊除，再图犬马之报，决不久耽安逸，辜负高厚生成。臣所调京外各员，拟即咨送回原衙门及各原省当差。每月行营经费八万两，即于五月底截停，实用若干，由支应局造报湘军粮台核准，送部请销。所招亲兵，只护军三营，本系余虎恩余勇，应即全裁。此外各军应撤应留，有督办处王大臣主政，奉、直两省防务，由该管将军、总督酌筹办理。其各营饷项分归东征粮台、湘军粮台清厘，不难就绪。臣别无经手事件。

所请销差开缺及给假养病各缘由，谨恭折具陈，伏乞皇上圣鉴训示。谨奏。

请将前统领革职示惩折

光绪二十一年五月二十八日

奏为山西练军分别遣留、归并，请旨将前统领革职示惩，恭折仰祈圣鉴事：

窃记名总兵前山西练军统领贺星明，于本年三月间防守关外宁远州一带，因所部勇丁闻炮溃走，经臣附片奏参，奉旨："着撤去统领，另派妥员点验，分别遣留、归并。"等因，钦此。臣当即钦遵，选派前山西太原镇总兵何鸣高前往接统，饬令逐一点验，分别遣留、归并，禀候核办，业经电奏在案。

兹查贺星明所部勇丁多以疲弱充数，先经何鸣高禀明，于五月初一日起裁去步队二成、马队一成。复经查出老弱不止二成，拟自闰五月初一日起，将步队四营汰弱留强，并归三营。所汰勇丁，派弁押送天津，遣散回籍，免在关外逗遛滋事。马队三旗，酌留太原镇二旗，其大同镇一旗，马羸兵弱，拟派该旗原管带官带回大同，听候本省留撤。查贺星明已将饷银发至四月底止，何鸣高接统应自五月初一日为始，以清首尾。又贺星明移交洋枪实短六十五杆。据何鸣高禀报前来。

臣查何鸣高接统山西练军，分别裁并，办理尚属认真，不避嫌怨。惟贺星明奉委带兵北上，自应整饬戎行，以期悉成劲旅，乃辄以老弱凑补，为数至逾二成。且该总兵于三月内撤差，犹复争发四月饷银，其为有意侵渔，亦可概见。至枪械为行军利器，该军并未接仗，竟短少至六十五杆之多，实属不成事体。似此庸劣之员，断难姑容。相应请旨将该记名总兵贺星明即行革职，以示惩儆。

所有裁并山西练军、参革前统领各缘由，谨恭折覆陈，伏祈皇上圣鉴训示。谨奏。

代奏总兵奉谕看操折

光绪二十一年五月二十八日

奏为据情代奏总兵遵谕阅看操法，恭折由驿驰陈，仰祈圣鉴事：

窃据随同办理防务奏委办理营务处广东南韶连镇总兵郭宝昌呈称："总兵于本年三月间在京请训时，面奉谕旨：'令传谕甘肃新疆提督董福祥改习德国操法，并蒙谕以直隶提督聂士成及广西臬司胡燏棻所练之定武军皆系学外国操法，可往阅看，如其合式，即禀明臣刘坤一，通饬各军，认真讲求。"等因，钦此，钦遵。于是月二十八日出京，道经河西务，晤见董福祥，遵即传谕该提督改习德国操法。四月初一日行抵天津，适初三、初四、初五等日风雨交作，海潮骤涨，沿海营垒多有被淹，未能往看，遵赴随同办理防务差次。十八日折回芦台，阅看聂士成各营操法。该军所操系两军对阵之式，队伍整齐，进退合法，可称节制之师。复于五月十七日会同胡燏棻前赴马厂，次日阅看该司所练定武军十营德操，步伐止齐，均尚严整，然较之聂军操法微有不同，盖聂士成所练专主战攻，而胡燏棻所练则兼顾防守，其教法固有别矣。定武本系新练之军，若宽以日时，加以训练，必可悉成劲旅。以上各情，恳请代奏前来。

除俟体察情形饬令将来留防各军认真演练洋操外，所有郭宝昌呈报各节，理合据情代奏，伏乞皇上圣鉴。谨奏。

请奖摩天岭遏敌大员片

再，倭人自得平壤渡鸭绿江，即尽锐攻辽，注意取我陪都以为要挟之具。将军依克唐阿等往来堵剿，力捍危疆，亦赖总兵吕本元、孙显寅先后与提督聂士成、臬司陈湜固守摩天岭，遏其窜越之路。自本年正月，聂士成奉调进关，倭焰益炽，吕本元等分途拒战，正虑兵单，陈湜奉旨移防，即率所部星驰赴岭与吕本元等联络声援，设伏设疑，或角或掎，昼夜苦斗，屡挫凶锋。倭人豕突狼奔，始终不敢逾岭以窥奉省，由陈湜等有以扼其喉而拊其背，其功不容没也。现在事势稍松，陈湜与吕本元等犹增垒浚濠以为经久之计。兹据委弁禀缴夺获倭刀及各项枪械前来，经臣面询岭防情形，该各军驻扎深山穷谷之中，拮据崎岖，艰辛百倍，保全根本重地，实于大局有裨。可否仰恳天恩，将陈湜、吕本元、孙显寅传旨嘉奖，以示鼓励之处，出自鸿施。

谨附片具陈，伏乞圣鉴。谨奏。

奏疏卷二十四

裁并关津防营折光绪二十一年闰五月初三日

奏为关、津防营裁留归并，以资整顿，由驿会奏，仰祈圣鉴事：

窃臣坤一于光绪二十一年五月二十二日，承准军机大臣字寄："十九日奉上谕：'着刘坤一、宋庆、长顺、依克唐阿将所部各营，秉公选择，认真裁并，总须汰弱留强，一兵得一兵之用，毋得瞻徇情面，致涉虚糜，仍将筹办情形迅速覆奏。'"等因，钦此。嗣于二十四日，钦奉电旨，着臣会同李鸿章、王文韶将关、津等处各营，详细斟酌，分别汰留裁并，奏明办理等因。臣鸿章、臣文韶同时钦奉电旨，当经恭录知会。

臣等查此次军务未能制胜，固由调度失宜，亦由诸将权分而轻，兵分而薄，以致呼应不灵，声援不接之故。今欲痛除其弊，惟有将各防军，择其得力者归并大支，以成劲旅，而以选将为第一要义。此等将才固须胆识优长，性情忠正，并须年力富强，方可期其有为，责以奏效。臣坤一所部直隶闪殿魁一军，陕西马心胜一军，河南牛师韩一军，山西何鸣高一军及泰安军，业经奏请分次撤遣。尚有山东王连三一军，河南李永芳一军，贵州丁槐一军，以及徐州陈凤楼一军，安徽宋朝儒一军，亦应相继撤遣。

此外久在关、津之得力淮军尚多，诚善用之，则就熟驾轻，事半功倍。淮军宿将如直隶提督聂士成，沉毅有谋，果敢善战，平日如临大敌，治军极其整严。分统副将马金叙，亦胆气过人。关、津本直隶提督所辖，所有关、津防务，应即责成聂士成。第所部仅十八营，拟将关内外应裁淮军，拨足三十营或二十五营，再以登州镇章高元八营，永州镇贾起胜八营，前澎湖镇吴宏洛六营隶之，俾互相联络，令其分布关、津等处，聂士成等熟习地方形势，必能措置裕如，隐若长城之寄。其应如何变通发饷练兵章程，以收实效，由该提督会同粮台胡燏棻酌拟条款，臣等会核具奏，请旨饬遵。将才如聂士成实不易觏，是在委任之专，俾得展布耳。大沽炮台仍以天津镇罗荣光守之，北塘炮台仍以通永镇吴育仁守之，洋河口炮台仍以永州镇贾起胜兼守，老龙头炮台由聂士成妥酌布守。至广西臬司胡燏棻所练定武军，已臻纯熟，应与何永盛、王得胜、周兰亭等炮队，俱为北洋大臣亲兵，应随时察酌办理。此拟留淮军量行归并之实在情形也。

湘军有江西藩司魏光焘本部十营，兼统记名提督贺长发六营，记名提督汤秀斋五营，副将吴元恺四营，江苏臬司陈湜十营，江苏候补道李光久八营，高州镇余虎恩十营，记名提督熊铁生十营，记名提督杨金龙五营，大同镇刘光才五营，琼州镇申道发五营，皖南镇李占椿五营，记名提督万本华五营，副将张国林五营，人数不为不多。该统领等亦各有长可取，然分位相等，资望已深，碍难归并一二人令相统属，且各弁勇不服北方水土，难免疾病逃亡，似应一律全裁，各用轮船送回原省，或留或并，由该督抚酌办。此拟裁湘军由原省督抚量行留并之实在情形也。

所有撤遣各营勇，查明道路远近，酌给口粮一两月，以示体恤，第须将银解交原省，俟撤遣日支放。

臣等往返商酌，意见相同，是否可行，伏乞敕交督办处王大臣覆核定案。其分驻近畿之程文炳、董福祥两军，裁留归并，自由督办处主政。

至四川提督宋庆、吉林将军长顺、前黑龙江将军依克唐阿所部，就臣等所闻：宋庆分统太原镇马玉崑、汀州镇宋得胜、记名提督程允和、前临元镇姜桂题，最为出色之员，又依克唐阿分统世袭一等男、二等侍卫寿长、世袭骑都尉候选员外郎寿山、二等侍卫荣和与前金州副都统连顺，皆杰出之才，长顺部下管带官韩登举骁勇异常，为倭所惮。如令宋庆分统马玉崑等四员各带五千人驻扎锦州，则关内外可以联络一气。依克唐阿分统寿长等三员及连顺各招猎户六七千人，练习洋枪，擢用韩登举，假以偏师，

分守辽、沈两处，必获磐石之安。谨举所知，以备采择。余如总兵吕本元、孙显寅所统盛军，总兵姜桂题所统铭军，俟前敌防务稍松，应调回关内整顿归并。总兵（姜）〔张〕光前所统庆军，总兵徐邦道所统拱卫军，提督吴凤柱所统鄂军，似应全裁。徐邦道饬赴正定镇本任，吴凤柱饬赴湖北提督本任，总兵蒋尚钧、刘世俊所统豫军，饬回河南原防。又广东提督唐仁廉新招三十营及各营旗，均分别裁并，以杜虚糜。惟关外现在情形不同，由宋庆、长顺、依克唐阿等自行相机办理，以昭慎重。

所有臣等斟酌关、津各营裁留归并及访察关外诸军各缘由，谨恭折驰奏，伏乞皇上圣鉴训示。

再，此折由臣坤一主稿，合并陈明。谨奏。

请将丁槐调任本籍云南实缺提镇片

再，贵州古州镇丁槐，饶有勇略，前在云南、越南屡著战功。此次随臣在营，详加察看，该镇志气豪迈，议论发皇，指事陈词，颇谙今古，再加造就，可成大将之才。惟所部仅十三营，多在山

东召募，由黔带来老勇不过四五营，留防此间似嫌孤立，不若撤回原省，可期人地相宜。查古州虽系苗疆，究属内地，非若该镇本籍云南与缅甸、越南各外夷交界，势如唇齿，英法莫不垂涎，现在见我示弱于倭，难免狡焉思启，云南有失，则川、楚、黔、粤处处皆危。臣细询该镇，据称滇缅毗连，腾越、永昌皆其用兵克复之地，深悉厄塞情形，并与内外土司声气素通，可以结为我用。迤南藩篱若固，则英不敢由缅窥滇西之大理，（粤）〔奥〕区可以高枕，即法人之在东（北）〔南〕徼外者，亦不敢妄动，兵法所谓形格势禁也。倘蒙天恩俯准丁槐陛见，面问机宜，如果上合圣怀，即将丁槐与云南腾越等处总兵对调一缺，或令署理云南提督驻扎大理府城，假以事权，责其练兵练团，联络各土司，为折冲御侮、固圉安边之计，实为驾轻就熟。云南提督冯子材，年高恐难到任，今以丁槐代之，可期得力。是否有当，伏候圣裁。专阃大员，非臣所敢妄请，第以云南地方紧要，务须预为绸缪。督抚不尽知兵，得一知兵武臣，任之专，信之笃，未始不可立效。管见所及，不敢不仰达宸聪。

谨附片密陈，伏乞圣鉴训示。谨奏。

密保贤员片

再，查北洋前敌营务处浙江温处道袁世凯，名家之子，于军务及时务均肯留心讲求，前在朝鲜多年，声绩懋著，早在朝廷洞鉴之中。臣抵关、津后，与该道时常接晤，见其胆识优长，性情忠笃，办事皆有条理，为方面中出色之员。宋庆及各将弁多系袁世凯先人旧部，莫不愿同袍泽，乐听指挥。请旨饬下河南抚臣，迅催袁世凯销假来营，商办裁留归并事宜，臣与宋庆得资臂助，该道亦借盘错以抵于成。际此时局艰难，知兵文臣甚少，如袁世凯者，伏愿皇上擢以不次，俾展所长，及其年力正强，得以功名自奋，庶立尺寸之效，仰酬高厚之恩。

近日每叹才难，得一才而不即重用，使其精神岁月消磨于循资按格之中，未免可惜。臣自憾衰老，深思以人事君之义，不敢蔽贤。

谨附片密陈，伏乞圣鉴。谨奏。

查明阵亡员弁请敕部议恤折

光绪二十一年闰五月初三日

奏为查明牛庄阵亡员弁，恳请敕部从优议恤，开具清单，恭折仰祈圣鉴事：

窃据前敌营务处统带湘、鄂各军新授江西布政使魏光焘禀称：前者牛庄失利，所部武威各营阵亡甚多，当将营官余福章，总哨陈胜友、魏极富三员禀恳奏奉谕旨，交部从优议恤，其同时阵亡各员，声明俟续经查明再行请奏在案。兹查文职尚有候选州同王宗藩等十五员，武职尚有记名提督张玉辉等三十三员，或带队向前不避锋镝，或往来策应出入贼中，援绝力穷，卒以身殉，核其死事情形，深堪悯恻。又阵亡兵勇九百八十三名，或充什长，或充正勇，均能争先陷阵，奋不顾身，亦属可嘉可悯。分别造具衔名籍贯清册，恳请分别奏咨。其存亡莫卜之营官龙恩思等，仍俟查确另报等情前来。臣覆查无异。

除将阵亡兵勇名册咨送兵部核办外，所有阵亡文武各员，谨缮单恭折具陈，伏乞皇上圣鉴，敕部从优议恤，以慰忠魂。谨奏。

密陈联俄拒倭大计折

光绪二十一年闰五月十五日

奏为密陈大计，联俄拒倭，以巩陪京而维全局，恭折由驿驰陈，仰祈圣鉴事：

臣维华洋交涉，垂三十年，至今日事益棘手。中国刚柔之用，贵随时变通，各国向背之机，在因势利导。自越南之役，中国措施失当，颇为各国所轻。此次与倭议和，诸多迁就，益启四夷窥伺之渐，虎视眈眈，皆思择肥而噬。我自度力不能敌，不可不亟联邦交，以资将伯之助。

以臣愚见，各国之患犹缓，惟日本之患为急，盖其国与我逼近，若得台湾、辽东则来路益便，直从枕席过师，随在被其侵轶也。日本之患，沿海犹缓，东三省为急，盖知为我龙兴重地，三陵所在，势在必争，动辄觊觎，以图要挟也。此系切肤之痛，有识者莫不以为深忧。第倭之强，非俄所愿，倭之扰我东三省，尤为俄所忌。是以中倭和约业经割予辽东，而俄与法、德勒令退还，讵专为我，亦自为耳。我乘此时，与之深相结纳，互为声援，并稍予以便宜，俄必乐于从我，纵不能保我沿海各省，而东三省与俄毗连之地，倭必不敢生心，则保全之利，较沿海各省奚啻万倍。倘东三省有失，则我朝何以奠根本，皇上何以对祖宗，此臣每一虑及不禁心惊肉颤也。

或谓俄与中国接壤最宽，将来必为害于中国。臣前此亦以为然，今则颇知其说之谬，亦视我之抚驭何如。俄疆宇已广，且信义素敦，与我修好，二百数十年绝无战事，实为千古所未有，垂之史册可为美谈。前以伊犁还我，此次与法、德争还中国辽东，其为德于我更大，而顾疑其有他，不复推诚相与，则是合者离之，厚者薄之，将谓中国不足为缘，我益成孤立之势。伏乞皇上密饬总理衙门及出使诸臣，凡与俄交涉之事，务须曲为维持，有时意见参差，亦须设法弥缝，不使起衅。中俄邦交永固，则倭与各国有所顾忌，不至视我蔑如，狡焉思启矣。

国是所系，不敢缄默自甘，敬抒一得之愚，伏候圣明采择。

所有联俄拒倭以维全局各缘由，谨恭折密陈，伏乞皇上圣鉴训示。谨奏。

联俄保护朝鲜片

再，臣维辽东决不可弃，无辽东即无东三省，无东三省即无我朝矣。俄与法、德三国令倭还我辽东，其实以俄为主，乃辽东之倭去而复返，似在游移，得无俄意中变，如俄责报于我而不肯明言，似应电饬许景澄与之商订密约，果能使倭还辽而不再索赔款，则我即割新疆数城予俄为谢。夫新疆之与辽东轻重为不侔矣。以俄国今日之强，如愿得新疆数城，恐非中国所能制，不若自我予之，借可结欢以收辽东之地。至朝鲜许其自主，亦应归中、俄保护，或归各大国保护，我东三省借得息肩。是否有当，伏候圣裁。

谨附片密陈，伏乞圣鉴。谨奏。

豫军援甘请照湘勇给饷折

光绪二十一年闰五月二十四日

奏为豫凯军赴甘援剿，请照湘军营制发饷并给驼车馁养经费，恭折由驿驰陈，仰祈圣鉴事：

窃臣钦奉电旨："刘坤一电牛师韩请添招马步十三营等语。现在河、狄回氛正肆，若待添募多营，必至耽延贻误，且新募之勇亦难得力。着严饬该总兵懔遵前旨，即统所部七营，迅速起程，毋许逗遛。"钦此。当经钦遵严饬该总兵遵照去后，兹据禀称：所部仅止七营，兵力实觉单薄。记名提督李永芳所统豫靖军六营，现已撤回原省。该军经李永芳训练数月，较新募之勇大不相同，可否奏请抽拨三营带往？又甘省民贫地瘠，粮价异常昂贵，豫军营勇每月每名饷银三两六钱，万不敷用。应改照湘军章程，每正勇一名月给口粮银四两二钱，其余一切营制饷章概照湘军办理。至各营军装旗帜及炮位药弹重笨等件，自应另行转运。其帐房、锣鼓及一应随营需用什物，即将此间所置车驼、马匹随带沿途应用，所需馁养及应领月饷，均由豫省按月提前拨解等情，禀请具奏前来。

臣查牛师韩一军兵力诚属太单。惟接河南抚臣刘树堂电称，该省饷项拮据异常，牛镇现有豫凯七营，尚难接济，所请添拨豫靖三营，应毋庸议。至留甘驻防多系湘军，该豫军营制饷章未便相形见绌，自就改归一律。该军所置车驼、马匹，本拟饬令按照三成缴价。今既派赴甘省，应请毋庸变卖，俾沿途借资转运，以利遄行，所需馁养等银，应仍照章发给。以上各节，合无仰恳天恩，俯如所请，敕下河南抚臣查照办理，以资饱腾，于援剿之师不无裨益。至应需枪炮、器械，除将缴回之抬枪、马梯尼等枪，仍行配齐药弹发给，并另由宋朝儒营内拨给儿生特钢炮两尊、神机炮四尊，再饬赴天津军械局请领两磅过山炮八尊，借资攻剿。所部马步队伍，即饬克日分起开拔，不得稍涉逗遛，以慰宸廑。

所有牛师韩一军援甘请照湘军营制发饷并给驼车馁养各缘由，

理合恭折驰陈，伏乞皇上圣鉴训示。谨奏。

策议变法练兵用人理饷折

光绪二十一年闰五月二十四日

奏为变法练兵，必须讲求用人、理饷，敬抒管见，恭折仰祈圣鉴事：

窃臣于光绪二十一年闰五月十三日，接准督办军务处王大臣咨行具奏裁撤东三省练饷，改用洋法练兵一折，奉旨："依议。"钦此。臣拜读之下，不胜佩服，不胜欢欣，以督办处所议洵为整顿军务第一要著也。此次创巨痛深，凡有血气者莫不切齿拊膺，竞以练兵为请，若复蹈常袭故，不思易辙改弦，则所谓练兵者，仍托虚名，终无实际。

臣查督办处原奏东三省练兵采用西法，兼用洋弁二语，最为切当，舍此别无善策。东三省既经提倡，南、北洋自可仿行，以渐推之各省，皆有程式可循，不难一律举办。然而用人不可不慎也。原奏将则兼用洋弁，是洋弁不过数人、十数人，余皆华将。倘委用不得人，或性气乖张，与洋弁不合，或器识卑鄙，为洋弁所轻，均于教练有碍。应先酌定东三省此次练兵若干营，分为几队，务择夙著声绩，如寿长、寿山、荣和、连顺、韩登举等以充将领，不得瞻徇情面，信任私亲。近日请托成风，竟视军营为调剂差使，若不痛除此种陋习，军务永无起色之时。至此等洋弁受聘来华，与东三省将军、都统有主客之谊，自应善于抚驭，以结其心而尽其力，并使归我钤制，受我范围，以期日久相安，不滋流弊。是朝廷之用东三省将军、都统尤贵得人，所宜加意也。

又理饷一节，为练军命脉。原奏练兵采用西法，似系专指操习阵势技艺、改换旗帐装束而言。洋弁职司教练，发饷自归华官，而华人之为统领、营哨官者，莫不贪发饷之权为自肥之地，缺额一名即得一名之饷，缓补一日即得一日之饷，甚至于各勇应得之饷多方克扣，各勇敢怒而不敢言，兵力由此而单，兵心由此而涣。惟有仿照西法，每军设一粮台，凡遇发饷之期，由台委员携银前往各营点名给领，使带兵者不管饷，管饷者不带兵，兵有缺少则管饷者扣除，饷有欠延则带兵者催取。似此互相维制，饷足而兵亦足。其于统领、营哨官薪水、夫马公费，加倍从优，俾有余润以赡身家。此其两全之道，廉明带兵官当亦乐于从事。

或谓带兵官不管饷，则威令不行，是其饰说。臣前此承乏戎行，于饷项并未经手，历由督抚设立粮台，委员验放，不惟各军奉命维谨，且谅臣之无他，有时枵腹荷戈，亦无怨讟，可为明证。

溯自咸丰、同治以来，屡次军兴，带兵人员工于侵饷，百计弥缝，劝戒固属空谈，查点亦成故事，殊有积重难返之势。惟将兵饷分为两途，则饷有专司，带兵者无从染指，庶几涓滴归公，可收士饱马腾之效。臣筹之至熟，伏乞敕督办处会同户部核覆，另颁新章，务饬各省一律遵办，可与变法练兵之举相辅而成。

所有讲求用人理饷各缘由，谨恭折具陈，伏乞皇上圣鉴训示。谨奏。

道员知兵请破格录用片

再，查有会办北洋武备学堂三品衔候选道荫昌，游历德国七八年之久，曾在该国充当将弁，于外洋练兵之法最为精熟，外洋人莫不服之。该员性情忠笃，言语朴诚，办事不尚虚声，惟务实际，生平好学，于外洋历年所著兵书，莫不认真讲求，并非戎马粗材可比，倘蒙俯赐录用，必有成效可观。前大学士曾国藩有言："汉人得十人，不若旗人得一人。"语意极为深远。今查荫昌三十八岁，年力富强，而造就若此，正可超擢，寄以干城，期以柱石。若复投闲置散，更于何处求才？为众人，为国士，亦在朝廷遇之何如耳。

谨附片具陈，伏乞圣鉴训示。谨奏。

部员积劳病故请予优恤折

光绪二十一年闰五月二十四日

奏为部员在营积劳病故，请敕部从优议恤，恭折仰祈圣鉴事：

窃臣前经奏调截取知府刑部山东司郎中张闻锦到营委充军粮局总办，附片陈明在案。

兹据报，该员于闰五月初七日在局病故。查该员由同治庚午科举人、甲戌科进士，以部属签分刑部，充山西司正主稿，总办秋审，派办减等，旋充秋审处坐办、律例馆提调。该员朴厚廉勤，在司审理案件，披阅公牍，不遗余力。洎至秋审处办事，深维人命至重，于一切案情律意，详细推敲，期无冤滥，总求情法两得其平。逐日进署最先，出署独后，二十余年如一日。历任刑部堂官胥倚重之，同人尤为心折。此次来营，委办军粮事务，该员以军粮为阖营命脉，实事求是，巨细躬亲，核计多寡盈虚，豫筹储峙，以期兵食充足，士马饱腾。尝言此项津贴米价四成，朝廷所以优养战士，此外各项员役，不应图占便宜。于己初不沾濡，于人毫无假借。每遇发米之日，必须自往监盘，使经手者不得营私，戎行均蒙实惠。有时情形吃紧，存米甚多，该员一日两巡，颗粒不使委弃，弁丁奉令唯谨，由是弊绝风清。其职守认真如此。榆关地处海滨，正、二月间，风雪严寒，中人肌骨。该员往来粮局，感冒已深，三、四月潮湿上蒸，由是发为痰疾，医治略见减轻，尚复强起从公。嗣转伤寒，病势增剧，志业未竟，遽以沦亡。臣惟该员秉性端方，办事明干，满冀遭逢际会，可以宏济艰难，何意半载积劳，一病不起，其情殊堪悯恻。仰恳天恩敕部将该已故刑部山东司郎中张闻锦，照军营积劳病故例，从优议恤，以励勤事。

谨恭折具陈，伏乞皇上圣鉴训示。谨奏。

密保军务人才备简折

光绪二十一年六月十五日

奏为密保军务人才以备简用，恭折仰祈圣鉴事：

臣维时局艰难，人才为急，军务人才为尤急。然非错节盘根，不足以觇利器；非真知灼见，不敢以列荐章。兹查有办理营务处山西道监察御史冯锡仁，前在军机章京，办事绰有能称。臣与订交数年，见其志趣雅正，忧国奉公，并用力于克己之学，尝言文章不足经世，要当立德、立功。此次奉调来营，于用兵机宜，莫不悉心考究。时值寇氛猖獗，警报频仍，旋有前敌牛庄、营口之败，关内外人心摇动，营中员介竟有请假以去者。该御史初履戎行，处之自若，与臣密筹战守之策，切中肯綮，并自请带兵出关，臣以营务须人，谕留未遣。随经调集各军，其统领多系宿将，名位已崇，与该御史初交，或以为文士而轻之，或以为言官而畏之。臣方虑其扞格难通，殊于营务有碍。乃该御史于诸将之有声绩者，深相接纳，余亦各联袍泽之欢，即以默察其贤否，如其人可用，则力为荐扬，或所用非人，即密请更换，是以相处日久，文武尚属和衷，臣得借资兼听。有时同营僚友议论乖违，该御史亦思廉、蔺之谊，曲为弥缝，以收共济之益。其胆识运量有足多者。至其精神缜栗，智虑周详，目览手批，事皆立办，值此防兵裁并之际，羽檄纷驰，乃能因应咸宜，措施悉当。凡有裨于时局之处，即非职守所系，皆孜孜为之，不形声色，有久之而臣始知者，可见该御史公忠为不可及。臣以衰庸，谬当重寄，崎岖半载，莫展寸筹，犹能勉强支持，不至颠蹶，实资该御史等臂助也。

窃自道光暨咸丰、同治，以文学侍从之臣出外带兵，率能懋建勋业，光赞皇猷。即就臣乡而论，则有前湖北抚臣胡林翼、前大学士臣曾国藩。今该御史起自军机章京，历练有素，兹复躬亲戎马，熟习情形，自以年力正强，常抱驰驱之愿。臣与该御史共尝艰险，深知其血性过人，将来堪膺艰巨，以备缓急之用。

谨恭折密保，伏乞皇上圣鉴训示。谨奏。

请设铁路公司借款开办折

光绪二十一年六月二十日

奏为请设铁路商务公司，借款开办，恳恩主持定计，以维国势而收利权，恭折驰陈，仰祈圣鉴事：

窃维时至今日，谈国是者，莫不以富强为要图。顾非富无以致强，非强无以保富。而究之富强之本，求其收效速、取利宏，一举而数善备，则莫急于铁路。铁路之裨于军务、商务今已尽人知之矣。臣之不亟于言者，以防务未经大定，又念中国受兹大创，整顿固不容稍缓，举动更何可不慎，稍一失当，关系非轻。臣自奉命视师，往来榆关、唐山，为铁路所经，与铁路商局总办兼总办开平矿务江苏候补道张翼考究情形，又令总理营务处山西道御史冯锡仁，博采旁搜，推穷利弊，窃以铁路必归商办方为妥善。其所筹事宜，先采大略，谨为我皇上陈之。

中国铁路，以南北干路为绾毂，大利在焉。西人深知其故，垂涎有年。上海格致书院藏一同治初年英人铁路图，于中国地势脉络，朗若列眉，何蓄意之深且挚！今则觊觎愈甚，又知我财力不足有为，群且居为奇货。闻英、法、德、美各国商人，接踵来华，争思承办，其所拟条款各异，要无非彼自收其实效而仅诱我以虚名，设堕术中，贻害胡底！何者？铁路本为用兵，一归西人，动以公法绳我，遇征调必多窒碍。前者海上戒严，屡商西人保护津关铁路，率以公法为辞，此即前车之鉴。铁路为收税大宗，若入他人之手，殊难自主，彼若包揽，即属漏卮，稍为防闲，则滋生口舌，卒予迁就，而我之短绌已多矣。铁路用人甚众，西人知吾民之易诱，往往饵之以利，人易受愚。兹若深入内地，一切由其指挥，渐染既深，性情自习，相处日久，风俗亦移，一旦有事，彼之呼应皆灵，在我反多棘手，不可不虑。即以目前言之，我止一铁路，断难分许各国，欲与此必然违彼，因此生嫌，尤为非计。反覆筹思，是西人承办一节，有断断不可轻许者。

然则仍归官办，值此库帑支绌之时，无从筹此巨款，即令分年筹画，事难逆料，中辍堪虞，纵使有成，而旷日持久，计利亦不合算。若复狃于官督商办之说，无事不由官总其成，官有权，商无权，势不至本集自商、利散于官不止。招股之事叠出，从未取信于人。即招商、织布等局，成效可观，究之经理归官，利又无几，于商情终形隔膜。今铁路若归官办，或由官督，必从招股入手。先声既坏，将何术以广招徕？臣于审时度势之中，为惩前毖后之计，请以官发其端，以商任其事，择一廉明公正之员，熟悉中外商情、素为西商所信服者，拟恳特恩明降谕旨，派为铁路商务公司督办，破除成格，假以重权，俾得专司其事。现尚未设商部，一切公司事宜，南、北洋大臣责无旁贷，自应同膺艰巨，力为保护，为国家成此大计。

铁路既设公司，即责成公司筹款。中国富商较少，刻难集腋成裘，非借款外洋焉能创此非常之业？西人知中国铁路利厚，将来可以同沾，订借巨资，当易集事。应准宽为筹备，由公司借洋款三四千万金，或以铁路押抵，或南、北洋作保。借款定妥，一面先行开工，一面广招股分。现既不准西人承办，正怀觖望。似可变通办法，兼招中外股资。股本既有洋人，局章自照西法，风声一树，莫不乐从。盖有洋股在中，而华商方无顾虑，亦有华股参集，而洋商无可把持。股本愈丰，推行更利，既可助还洋债，又可分设公司。凡铁路所需皆可次第为之。加以此路创自公司，兼有中外商股，即遇意外之变，可以设法保护。

惟铁路系中国创举，熟手不多，不能不用洋人。查中国洋关立法甚善，以一洋人总其事，余则华洋兼用，使各效所长。然西国定章，无人不当其用，故中国虽多洋务，而收效独在洋关。今选诚实西人精通铁路者充当首领，各项以洋人提纲，华人副之，效则任用，否则辞退，规画悉视泰西，权柄仍在中国，使彼无所挟持。

第晋用楚材，仍非良策。埃及之将造铁路，也先遣人赴英练习，而后为之。中国情事不同，然亦宜以储材为急。应于铁路必经之地，设立铁路、矿务学堂，以聪颖子弟百二十人为学生，延洋教习课之，定以年限，届期有成，再令分赴各国公司印证，以储为己用。数年之后无须借才异域，而操纵由我，洋人可渐退于无用之地矣。

若定地勘路，最关紧要。大抵干路、支路宜经越城镇，以便商货流通；忌逼近江海，以夺轮船利益；以用兵论，尤宜腹地而忌海滨。中倭构衅以来，从前清江之议，人皆知必不可行，无待深辨。但由津至通之路，昔曾定议，旋作罢论。今拟避通州一路，另由天津横渡西沽，取道固安之礼贤镇、青云店入南苑，出北大红门，距京城永定门外十里上下安设车站。此道既不碍舟车之利，又于风水无关，而铁路横亘西行，如长堤一道屏蔽京师，又使近畿稍杀永定河患。南苑向系宸游之处，例禁行人出入，但创办大事，似可不拘常例，况铁路偏在一隅，无妨游猎，而车行向有定刻，更视门禁尤严。由此而南，应由京南车站仍回南苑，西出镇国寺门不过二十余里，即设芦沟桥站，经保定、正定直走顺德、彰德，径趋荥泽择地渡黄，虽在上游，已出山险，此诚经流之地，而无移徙之虞。渡黄而南，自郑过许，抵信阳，地势平衍，施工尚易。惟自信阳至汉口，四面皆山，蹊纡径仄，费实不赀。此道经府州县三十有八，河道四十有五，黄河尚不在内，概造铁桥，工资太巨，河底又未必皆有坚土，利于立柱。山多则轰击固难，若穴山而过，则开挖之费，每尺需四十余金，甚不易办。顾当艰难之会，创此久大之规，道远费多，良所不计。论者又谓应由荥泽取道东南，经过陈州，入安徽凤阳，历滁州而达江浦，计自渡河至江，较汉皋则少崎岖险径，视清江则无卑湿低区，江浦总汇下游，百货流通，天下利权已入掌握。且如此建造，虽取道较远，而地势稍为平坦，工料节省，成本少而收效多。此亦一说也。闻李鸿章饬张翼，已由该局派人前往各路测量踏勘，绘图贴说。应俟勘回，再行核定，以求妥慎。

查津关商路三百里，运货无多，一年进款已增至五六十万。以干路估算，当每年进五百万。而此路货物之多，于商路几三倍有余，则每年进一二千万，亦非奢望。迨干路将竣，支路不难。

既有公司扩充，又可许他商认造，大支、小支一气灌输，税款自可渐加。公司存积愈多，无事不可取给。况开办之始，即可兼办煤铁等矿，以供干路、支路之用。办理稍有头绪，并于铁轨经行之处，创立枪炮机器各厂，逐渐讲求。又可设船厂于海道要区，制造船舰。由是矿务、工务自然取多而用宏，军务、赈务亦觉有恃而无恐，而漕务因之益便，税务因之日增，此又铁路推广行之而可操左券者也。

今者强邻逼处，雄视寰瀛，铁路纵横，与轮船相辅，为开辟来别成一局，此天地自然之气机，而未可以人力胜。英、法、俄争造铁路以通中国矣，现已包我三面，合之海疆竟成四面受敌之势，则铁路安可以不修？海禁大开，亚洲各国以中原为牟利之场，生计渐穷，利源日涸。此次中倭新约，内地添设码头，机器改造土货，补救无术，全在以陆路分海疆之利，则铁路又安可缓修？朝廷以万乘威权，九州疆域，苟能及时振作，则内地为我自主，尚可奋发有为。铁路一成，天下商务必日新月异，不十年而立致富强，中国转圜之机，孰有外于是者！惟有仰恳天恩，立予施行，准设铁路商务公司，借款定议，迅速开办。事关大局，臣不胜翘切之至。

谨恭折由驿驰陈，是否有当，伏乞皇上圣鉴训示。谨奏。

请传问张翼铁路机宜片

再，创设铁路商务公司，督办不易得人，固需为守兼优之员，要其人为外洋所知，其事又平日相习，方能胜任。兹查有花翎二品顶戴江苏候补道张翼，器识宏通，才猷练达，留心时务，深悉中外商情，久为西人所信服。前在江苏，经前两江督臣左宗棠委办正阳关盐务，该员实事求是，凡有裨地方要务，捐资筹办，期垂久远，至今绅民感之。旋经北洋大臣李鸿章调赴北洋差遣，该员屡办赈务，不吝巨资，且筹捐动以数十万计，全活无算，其居心行事可知。直隶开平矿务，系故道唐景星创办，公亏百余万金。该员接办数年，弥补前亏，近且渐多赢余，为中国矿务所仅见。天津至山海关铁路，分官商两局，该员总办商局，井井有条。查官局造路二百七十里，用款六百余万，每年尚需部款二十万津贴养路之费，商局造路三百二十里，用款二百六十万，每年余利已二十万有奇。是官商办理情形效验判然，即可为该员办铁路之明征。矿局、商路两处多用洋人，该员谙悉泰西章程，驾驭得宜，洋人悉乐为之用。该员既能克己，又善理财，于矿务、铁路事宜，亲历有年，实能熟习精通，确有把握。臣往来榆关、唐山业逾半载，随地考究，固尽知之而深信之。今创设铁路商务公司，若以该员充当督办，自收驾轻就熟之效。且一切现成局面，以因为创，事事便宜，而家资富厚，又为华洋巨商所见信，招股自形踊跃，臣保其必可速成。至借款一层，该员已与德商订妥，无论三四千万均可听便，息只五厘，分二十五年本利归清。闻德之国家极力赞成，故较平时易办，倘蒙恩准，便可签字定议。款既有著，事又易行，实属时不可失。伏恳圣明垂察，如不以臣言为谬，即请旨饬下吏部，将该道员张翼带领引见，并请由军机处、总理各国事务衙门、督办军务处王大臣传问该员，酌定机宜，以期迅筹开办。其如何加恩擢用，假以事权，俾得展布之处，在圣主自有权衡，非微臣所敢擅拟。

愚昧之见，谨附片据实直陈，伏乞圣鉴。谨奏。

请将郭宝昌调补寿春镇总兵片

再，广东南韶连镇总兵郭宝昌，久历戎行，威名夙著，其长于兵略，早在圣明洞鉴之中。兹以老母在堂，恳请开缺回籍，孝思不匮，未敢壅于上闻，业经臣据情代奏。惟将才难得，人地又适相需，未便置之闲散。该镇前任寿春镇十余年，军民感戴，奸宄慑服。卓胜军弁勇，皆该镇旧部。南韶连镇远在粤省，该镇之母年近九旬，断难迎养。若必令弃亲赴任，既非朝廷教孝之方，若听终养在家，而皖北情形吃重，该镇未便与闻，即使有事时立予召用，而将士并非素习，亦难责其奏功。倘蒙天恩将该镇与寿春镇总兵互相调补，仍令统带卓胜等营，严勤训练，俾成劲旅，以备征调，实于大局有裨，不仅保障江淮已也。

总兵系专阃大员，本不应冒昧陈请，只以时艰孔亟，宿将甚稀，用敢披沥进言，仰候宸衷裁断。

谨附片密陈，伏乞圣鉴。谨奏。

密保军中得力文员折

光绪二十一年七月二十八日

奏为密保军务得力文员以备简用，恭折仰祈圣鉴事：

臣维人之有才，蕴之于心，施之于事，必与共事日久，方可觇其心术之公私，才具之长短。臣行营文员大小不下百余人，相与盘错经年，就中察看，为守兼优，始终罔懈，其于军务颇得要领，堪备异日驰驱之用者，仅得四五人，亦可见人才之难矣。

查有襄办湘军粮台户部额外员外郎毛庆蕃，学有本源，志存经济，此次初办外事，即能处处认真，凡于各军饷糈，综核名实，酌剂盈虚，不使告乏。或遇数目轇轕，则必勾稽入细，体会至周，人莫能欺，亦无敢怨，至于随宜损益以节度支，尤为仰体时艰，公忠在抱。又营务处江苏记名海关道曾丙熙，性情贞固，器识宏通，帷幄运筹，机宜允协，平日耐劳耐苦，不伐不矜，且肯留心洋务，熟习中外情形，洵为用世之器。又支应局江苏候补道唐际昌，明干过人，清操绝俗，慎重公款，如惜私财，竹头木屑之不遗，鼠窃狗偷之必斥，而用心宽大，不以克减为能，量入为出以使有余，积少成多以补不足，即使掌邦之计，亦能胜任快愉。又转运局直隶候补道林志道，智虑深长，精神周密，凡事不动声色，而措置裕如，以兵勇数十营之多，程途数千里之远，飞刍挽粟，纷至沓来，乃能因应咸宜，斯须无误，资装不虞停待，士马得以饱腾，可谓举重若轻，驭繁以简。以上四员，在军营中实为出色。臣此次得免陨越，端赖该员等相助为理，不敢壅于上闻。仰恳天恩，敕交军机处记名以备简用。倘该员等庸劣不职，臣系原保人员，不敢辞咎。

谨恭折密陈，伏乞皇上圣鉴训示。谨奏。

道员在营出力请予录用片

再，世袭三等男江苏候补道李光久，系在安徽三河阵亡前浙江藩司李续宾之子，经臣奏派统领老湘勇五营，上年冬间，钦奉特旨，统带所部北上。甫抵津沽，随调榆关，喘息未苏，随即赴前敌，江南北上各军，惟该军独为劳瘁。及其进逼海城，与倭鏖战多次，每次辄有斩获，并击毙二道黄金边帽、三道黄金边帽头目各一人，节据该道禀报有案。倭恨该道入骨，购以重金。臣以前敌应由两帮办主政，该道一面之词，未敢据以入奏，嗣接依克唐阿、宋庆咨，核与该道所禀各情相符，已在牛庄败后，未便请奖。昨吴凤柱过臣，谈及该道前在海城与倭苦斗，往往一日数开数合，将士用命，莫不叹为节制之师。至牛庄之败，实因众寡不敌，而犹杀伤相当。该道之能军，于此益见。臣查该道仪表非凡，渊源有自，将来必成伟器。此次所部各营，在湘军中尤为出力。可否仰恳天恩，俯念该道为忠荩后裔，敕部带领引见，应如何录用之处，恭候圣裁。

谨附片密陈，伏乞圣鉴训示。谨奏。

州牧知兵可用片

又，三品衔记名知府凤凰厅直隶同知调署辽阳州徐庆璋，颇具将才，熟习边事。此次倭氛猖獗，该州适当其冲，乃能坚守危城，力拒悍寇，并身率精锐，会同援军进捣贼巢，屡次斩获独多，深为敌人所惮。至于居官廉惠，远近呼为青天。似此知兵之员，而又循声卓著，在牧令中不可多得，倘蒙天恩，破格录用，俾得展布，必能仰纾东顾之忧。

谨附片密陈，伏乞圣鉴训示。谨奏。

遵议廷臣条陈时务折

光绪二十一年八月初七日

奏为遵旨议覆，恭折由驿驰陈，仰祈圣鉴事：

窃臣于光绪二十一年六月初四日，承准军机大臣字寄：“闰五月二十七日奉上谕：‘自来求治之道，必当因时制宜，况当国事艰难，尤应上下一心，图自强而弭隐患。朕宵旰忧勤，惩前毖后，惟以蠲除痼疾、力行实政为先。叠据中外臣工条陈时务，详加披览，采择施行，如修铁路、铸钞币、造机器、开矿产、折南漕、减兵额、创邮政、练陆军、整海军、立学堂，大抵以筹饷练兵为急务，以恤商惠工为本源，皆应及时举办。至整顿厘金，严核关税，稽察荒田，汰除冗员各节，但能破除情面，实力讲求，必于国计民生两有裨益。着各直省将军、督抚，将以上诸条，各就本省情形，与藩、臬两司暨各地方官悉心筹画，酌度办法，限文到一月内分晰覆奏。当此创巨痛深之日，正我君臣卧薪尝胆之时，各将军、督抚受恩深重，具有天良，谅不至畏难苟安，空言塞责。原折均着抄给阅看。将此由四百里各谕令知之。'"钦此。跪诵之下，仰见我皇上廑念时艰，励精图治之至意，下怀莫名钦佩。

臣赋性迂疏，志存谨守，第际此事势，默察中倭得失之由，深有契于穷变通久之道，诚如圣谕，不可不因时制宜以图补救。合观徐桐、胡燏棻、张百熙、陈炽、准良、信恪、康有为等所奏，无非仿照西洋新法，整顿中国旧法，以起贫弱而致富强，急宜见诸施行者，以铁路、矿务为最紧要，臣已专折驰呈矣。兹复汇核各条，谨就管见所及，分别缓急，参酌异同，缕晰为皇上陈之。

一，铁路与矿务相需而成。夫修铁路，原为运兵运饷，目前则急在生财，百货流通，其利犹小。惟各省矿产甚多，为我自然之利，取之不尽，用之不竭，生财之道，无逾乎此，然非有铁路，则矿务不能畅行。洋人知我铁路必行，大利所在，莫不垂涎，竞来包揽，若堕其计，将来难免把持，中国之利转为洋人所有。查关津铁路、开平煤矿，均有成效。宜于铁路人员中遴委熟手，准其设立公司，招商集股，或借洋款，或用洋人，皆听其便，第须权自我操。饬令先修自北至南干路，虽工巨费繁，务为一劳永逸之计。南北干路既成，而后推及江、广、黔、滇、山、陕。并准商民承修支路，以广招徕，但须官为保护。一面于矿务人员中遴委熟手，亦准设立公司，一切悉照铁路办法。似此两事并举，诚如准良所言，中国气势立振，可杜外人窥伺之渐。

一，枪炮子药宜自行推广制造。此次用兵，颇知购用外洋枪炮之弊，诸臣条奏中已略言之。臣与诸将悉心考究，守台守口自以克虏伯炮为佳，至于行阵之炮，惟克鲁森为轻重合用，其余不及中国后膛劈山炮与后膛抬炮之利。各种洋枪，以老式马梯尼、老式毛瑟为最，上海制造局所造快利枪，能兼其长，历试有效。查该制造局现在自行炼钢，能造后膛钢大炮自二百五十磅子至八百磅子，后膛钢快炮自五十磅子至百磅子，将来无难驾克虏伯炮而上之。枪子则能造毛瑟、马梯尼、黎意快、哈乞克斯各种，洋药则能造栗色药、无烟药各种，其精巧并不减于外洋。第经费无多，制造有限。臣拟请宽筹经费，推广制造，即责成该局办理，必能日起有功。并拟腾挪经费，专设一局，制造后膛劈山炮与后膛抬炮，以存中国制胜之具。若照徐桐等所奏，如商民中自行筹费仿造，准其领牌开行，完纳税厘，倘能另出新奇，准照外洋从优给奖。官局如需大批枪炮子药，亦准商民分办，以期日造日多，各军改归一律。目前只就各军所有枪炮而整齐之，或一军一色，或一营一色，不可错杂，以致临阵贻误。

一，练陆军必须力除旧习。现在南、北洋及各省练军，所习洋操皆皮毛耳。胡燏棻所奏训官、选士、放饷、简器四条，尚属中肯。惟臣询之荫昌，谓练陆军必须循序渐进，不可涉于张皇。但于南洋等省，添设武备学堂，延请中外明师训课，以一教十，以十教百，由寡至众，由粗入精，俾营哨官皆知绘图测量以及战守之法，各勇丁皆知枪炮一定准则，服习之熟如衣履，自能得心应手，两三年中皆成劲旅。若遽多雇上等洋人，铺排门面，则初学未能领略，徒为虚费薪资。臣深韪之。臣复督同聂士成等酌定营制十条，如号衣、旗帜略改窄小，刀矛杂技悉改枪炮，废帐房而各给沥水氈，裁长夫而另立工作营，以期适用。至陈炽所奏分途防边之说，将来察看情形别筹方略。目前照督办处所议，除沿海炮台守兵外，宋庆、魏光焘、聂士成各留勇三十营，分布锦州、关、津一带，已足以昭严密。

一，海军宜从缓设复。现在东西两洋竞以铁甲兵轮称雄，动辄以此挟制，而我海疆绵延七千余里，独无海军以资捍御，诚不可以为国。惟我海军既覆，不惟一时巨款难筹，将才尤属难得。威海之陷，实由丁汝昌等之失机。今南、北洋无人堪为水师提镇，即使借款购制铁甲等船，徒以资敌。臣愚以为目前不必遽复海军名目，不必遽办铁甲兵轮，暂就各海口修理炮台，添造木壳兵轮，或购制碰快艇、鱼雷艇，以资防守。即于水师学堂子弟之有成者，派入兵轮，出洋游历，送入西洋大书院中，学成而归，以备考授。或于现在中国兵轮之管驾官，察看堪为海军提督、分统确有把握者存记。总期先有人而后有船，俟款项充盈，不难从容购办。一面照张百熙等所请，令各使臣劝谕外洋各埠华商捐置铁甲兵轮与碰快船，许其派人管带，授以武职官衔，并延访洋人之堪为海军提督者，与该国外部订立合同聘之来华。洋人亦有性情忠直，颇知食人食、死人事之义，前用戈登等尚称得力，是在善于驾驭耳。

一，绿营与漕河各标宜分别裁留。各省设立营汛，棋布星罗，无事则操防，有事则征调，立法至为妥善，日久弊生，致成积弱。今欲全裁而专用勇，恐操防难期严密。若于勇营外另设巡捕营，则糜费与绿营相等，亦难保不日久弊生。且裁兵即须裁官，则勇营将领出力图补实缺者便无指望。臣愚以为绿营未可全裁。惟各省既有练勇，则征调不须绿营，请照张百熙等所奏，敕下督、抚、提、镇，凡兵多之营，无论水陆，酌裁一半，或裁三成。就臣服官省分，如广东提标水师及江北、东海、洪湖水师，有兵无船，同于虚设。此外无论水陆，可以类推。其未撤之兵，则须汰弱留强，并饷归练，并须撤塘回汛，改马为步，废弓箭藤牌而用枪炮。盖塘兵系土人充数，马兵不成一队而食双粮，弓箭藤牌徒饰耳目，不可不求实济。总之，兵勇可用与否，惟在练与不练，练则兵亦可用，不练则勇亦不可用，此次军务未能得手，是勇非兵，明矣。至卫所等项冗员自应悉数裁撤。漕河事务既简，则各标兵之应留应汰，在该督等察酌奏办。

一，中学宜兼西学以育人才。中国书院专以八股、试帖、词赋教人，使天下士子趋于浮薄，人才安得不坏？然将各处书院尽改设西学，并置经义于不讲，则中学偏废矣。夫《大学》首重格致，礼经亦有考工，其余星象、卜筮、树艺、农桑何一不垂诸训典为儒者所应知？固不得谓中学尽属虚文，亦不得视西学均是末技。臣愚以为，中学宜兼习西学。查西学惟兵法为专门，应归各省水师学堂、武备学堂办理。此外西学诸书，应照陈炽所请，广为翻译，颁发各省书院，掌教于诸生经义外，不令学习八股、试帖、词赋，而令其各就资性所近，兼习西学。并由各地方官于每书院添聘西洋积学之士，及华人之精于西学者为教习，会同训课。学生以西学有无进益为取舍，教习以学生有无进益为去留，以期日就月将，人才辈出。至由各学政取人送入译署同文馆，随各使臣出洋，并于通商各埠设立学堂，延师教习，是亦广收博取之道。如得变通科举章程，不取文艺之末，而于士子之习西学能精通者一体给予秀才、举人，同于正途，则人情益形鼓舞矣。

至于行钞票、铸银钱以收利权，设邮政、折南漕以省縻费，胡燏棻等言极详切，是在断以不疑，行之勿懈，一转移间，即能收效。若各省关税厘金多归中饱，冗员坐耗薪资，荒田匿报开垦，官民分肥，均系实在情形，应责成各督抚关道，不避嫌怨，认真振顿，于经费不无裨补。

抑臣更有请者，诸臣条奏，练兵必先理财，为开源节流起见。近来内外工程颇多，动辄数万金、数十万金，实为耗财之大端。臣愚以为时局艰难，一切不急之务，悉宜停罢，如系必不可少之举，亦当核实勘估，毋任侵渔。臣见承办工程人员，无不视为利薮。至于购制外洋船炮等项，名目日新，虚浮更易，尤宜切实考察，严密勾稽，否则肥私瘠公，此事理之所必至者。此外一切用度，并须崇俭黜奢，必先有撙节爱养之心，而后有豫大丰亨之象。易曰："何以聚人，曰财。"自古未有不能富而能强者，圣主贤臣所宜加意也。

所有遵旨议覆各缘由，谨恭折驰陈，伏乞皇上圣鉴训示。

再，臣因病请假，是以议覆稍迟，合并陈明。谨奏。

整顿船政铁政片

再，查中国办事，往往有始无终，务虚名不求实济，以致一事无成，为外洋人所笑。即如前大学士左宗棠创设船政局，并设立各项学堂，规模何等阔大，乃后来者，不知随时考究，明知外洋轮船日新月异，而我拘守故常，以致所造轮船均不合用。并以干脩多，经费少，所造之船，工料不免偷减，由是各省需用轮船，多向外洋订购，中国船政局每欲承揽一二只而不可得。以中国特设之船政局，不能造中国之船，中国各省需用之船，不由中国船政局制造，实属不成事体。今船政局竟同虚设，势将成废，而常年经费仍不可无。其实前在外洋定购之南琛、南瑞等船，均不如福建船政局所造之开济、寰泰、镜清及上海制造局所造之保民等船，此臣在南洋所目击者，则亦何必舍己求人，舍近图远。应请旨敕下船政大臣，加意考求，认真振顿。现在该船政局尚有得力工匠若干，得力机器若干，能造何项轮船，应否添拨款项，逐渐扩充，既有成规可循，较之新创当易就绪。并请敕令沿海、沿江各省，以后需用木壳兵轮及商轮、差轮，概归福建船政局承办，倘不合法，即责成该船政局赔修。

又两湖总督张之洞，于湖北创设铁政局，实为中国开源节流之大宗。现在出铁甚旺，莫不乐其有成，冀收厚利。惟闻出铁矿之大冶与汉阳之铁政局，相距甚远，运脚太费，以致铁值太昂，兼以近处并无佳煤，炼铁未能应手。夫湖南、北商民以铁厂为生业者，所在皆是，不患铁之阙乏，而患铁质之不良，铁价之较贵。若铁政局犯此二弊，不能广为行销，则有铁与无铁同。此臣仅据耳闻，豫防流弊起见，并请饬该铁政局设法变通，及时补救，勿蹈福建船政局覆辙。

谨附片具陈，伏乞圣鉴。谨奏。

慎选使才片

再，中外互遣使臣，驻扎其国，以三年为期，所以通两国之情，结两国之好。为使臣者，于一切交涉事件，固须熟悉中外例章，妥慎办理，并应将该国动静与我国交情及与他国交情，默为体察，随时密告译署，预为防范，倘有违言，即应设法弥缝，以免生衅，方为称职。前代陆贾使南粤，富弼使北辽，一介行人，尚能折冲樽俎，而况驻扎三年之久，平日漫无维持，致令两国失和，而以一去卸责可乎！以后各督抚保举使才，务择忠正勤明、晓畅事理、夙著声绩者，以充此选，不得视为仕宦捷径，用其私亲。如不胜任，而有劣迹为外人所轻，或所驻之国与中国龃龉，该使臣不知设法调停，坐视决裂者，应照溺职例议处，原保督抚坐之。

又睦邻之道，词令为先，寻常文字语言，犹足召羞启侮，而况两国交际乎？孔子称郑之为命，草创有人，讨论有人，修饰润色有人，是以应对诸侯，鲜有败事。词令之宜，慎重如此。现在各国环伺，动辄持我短长，倘持论偶尔失平，辄至滋生口舌。以后凡与外洋往来信札，务由译署王大臣公同酌商，如有事涉疑难，即应奏明请旨，以期立词得体，操纵合宜。万一所请未可曲从，亦须出以委婉，使之易于听受，可以弭患无形。柔道制刚，词令实为要著，未可率忽也。

谨附片具陈，伏乞圣鉴。谨奏。

请推恩勋臣子嗣折光绪二十一年八月初七日

奏为勋臣报国捐躯，未及身膺爵赏，吁恳推恩了嗣，以慰忠荩而广皇仁，恭折仰祈圣鉴事：

窃查世袭一等子兼骑都尉又一云骑尉李长禄，系已故一等子记名提督河南归德镇总兵李臣典之嗣子，于上年腊月投效臣营，数月以来，人尚慎勤，办事亦甚得力。该世爵系光绪四年奉旨俟及岁时送部带领引见之员，现年二十二岁，业由本籍湖南巡抚照例给咨。现当防务已松，据呈请应行赴部等情前来。

臣查该世爵故嗣父李臣典，自咸丰四年投效军营，迭著战绩。六年，随同前督臣曾国荃转战江西、安徽、江南各省，时阅九年，身经百战，攻城夺隘，所向有功，洊擢总兵，记名提督。同治三年六月，合攻金陵，该总兵开掘地道，以火药轰塌城垣，首先率队冲入，厥功尤伟。蒙恩锡予一等子爵，并赏黄马褂、双眼花翎。命下之日，该总兵已于前八日伤故。竭数年之血战，未及身受荣封，功高数奇，闻者惜之。李长禄秉承先志，感念国恩，来营效力，即此一念肫诚，允为克家令器。现在兵戎未靖，正应鼓励将士之时。臣身在行间，职司激劝，窃愿朝廷褒录既往，兴感将来。前者提督邓绍良、郭松林之子，均蒙内用京秩。今李长禄先由原籍湖南起咨达部，在臣营并无经手未完事件，自应准其离营。该世爵幼习诗书，未娴弓马，其应如何加恩录用之处，臣未敢擅拟。

所有吁恳推恩勋臣子嗣缘由，谨缮折附陈。臣为鼓励戎行起见，是否有当，伏乞皇上圣鉴训示。谨奏。

刊换粮台关防折光绪二十一年八月二十一日

奏为刊换粮台关防，一面清理各军饷项，以资结束，恭折仰祈圣鉴事：

窃自设立湘军粮台以来，部饷、南饷，正款、杂款，一切井井有条，办理实为得力。兹以总办该粮台直隶藩司陈宝箴升授湖南巡抚，应即刊换关防，不列本衔，文曰：“钦命办理湘军东征粮台关防”，所有粮台事务，即交襄办该粮台之户部候补员外郎毛庆蕃接办，以资熟手，将来报销，仍由陈宝箴覆核具奏。

查湘军粮台经理各营，领部饷者一半，领南饷者一半。南饷各营，内有陈湜十营，现驻津关，听候谕旨。如令添拨十营，共二十营，率令西征，相去日远，月饷应由何处接济，自应另筹。余如刘光才、李占椿、万本华、张国林、申道发各五营，与护军两营，系江南防军，似可发给恩饷，遣令南旋。领部饷者，以魏光焘二十五营为大，现令挑选凑足三十营，驻防山海关，局面迥异，自应由该抚自设粮台。余如张星元分统铁（路）〔字〕正五营，拟令归并魏光焘三十营内，方友升分统铁字副五营归并陈湜二十营内。杨金龙添招之护军三营，亦令归并魏光焘，以补淘汰之缺。仅有余虎恩十营，移扎近畿，尽可自行赴部领饷。计九月内各军部署就绪，湘军粮台可以裁撤。维时陈宝箴计适出都，由津赴任，粮台出入款目，亦正可截数清厘矣。臣商之该抚，意见相同。

所有刊换粮台关防及清理军饷各缘由，谨恭折具陈，伏乞皇上圣鉴训示。谨奏。

遣撤湘勇发给饷项折

光绪二十一年九月初八日

奏为遵旨遣撤湘勇，酌定各军起程次第，并分别发给饷项，恭折由驿驰陈，仰祈圣鉴事：

窃光绪二十一年八月二十八日钦奉电旨："李占椿等营，着即陆续遣撤，其应领口粮，准由湘军粮台垫款。"钦此。当经檄行李占椿等钦遵办理。一面饬该粮台筹备饷项，并知会北洋、招商局调集轮船以待。

查李占椿等营扎埕子口，刘光才等营扎乐亭县海滨，均须移来大沽、唐沽候船，而相距数百里之远，自裁撤驼车后，运载辎重甚难，必四五日方可赶到，该各军料理拔营，亦须四五日，合计即十余日。惟杨金龙驻扎唐山，道路较近。拟派杨金龙两营为第一起，于初十日内乘轮开行；刘光才等营为第二起，于十五日以前开行；李占椿等营为第三起，于十五日后二十日前开行，若轮船不能周转，则展至二十日外；总期月内一律撤完。各军正饷，截至上船日止，恩饷一律先发两月。到江南后，留防之营，即将恩饷作为正饷，接榫起支，由该省支应局核明办理。若遣散回籍，两月恩饷外不另发盘费，以昭公允而示体恤。准署两江督臣张之洞电，允解七、八两月饷银，并部拨之款，足以济事，仰慰宸廑。

所有遣散湘勇次第起程及分别给饷各缘由，理合恭折驰陈，伏乞皇上圣鉴。谨奏。

撤留事定请销差开缺折

光绪二十一年九月初八日

奏为各军撤留事定，吁恳天恩，俯准微臣销差，并开本缺，给假回籍养疴，恭折具陈，仰祈圣鉴事：

窃臣视师无功，本应早予罢斥，乃荷皇上优容逾格，留办裁并事宜，臣力疾从公，勉图报称。今淮、湘、豫留防三大军部署就绪，其余各营亦经定议次第撤回，以后别无调度，未便久拥虚名，徒糜巨款。臣情殷瞻就，亟思进京覆命，以抒葵藿之忱。无奈病体未能复元，精力犹形委顿，先患右足麻木，迄今步履维艰，咫尺天威，诚恐拜跪失仪，奏对失次。合无仰恳圣慈，俯准销差，委员赍缴钦差大臣关防，并开两江总督本缺，给假回籍养疴。一俟调理就愈，即当趋叩阙廷，听候录用，不敢自耽安逸，辜负高厚生成。

所有吁请销差、开缺、给假回籍各缘由，理合恭折具陈，伏乞皇上圣鉴训示。谨奏。

关内外各军津贴米价片

光绪二十一年九月二十七日

再，据办理湘军东征粮台新授湖南巡抚直隶布政使陈宝箴详称：窃查关内外各军津贴米价一案，在粮台领米者，扣价少扣四成，各军自行办米者，月饷外另给米价四成，按照由部发饷及由原省发饷者，分别办理，详请咨准督办军务处，并自本年五月初一日为始，行台遵办各在案。嗣因总统江南果胜等军皖南镇总兵李占椿赴援山东，复由莱州开赴埕子口防次，禀称：山东定章，每勇一名，每月津贴银四钱。该军系自行买米，未知作何扣算，禀请批示。奉饬各军多自行采办，价目参差不一，由台酌中定议，画一章程详覆等因。当经湘台议以各军自行办米，价值既无一定，津贴不免参差，自应查照山东定章，每名月给津贴银四钱，以归画一。湘勇素食大米，营制合哨长、什长、亲兵、护兵、正勇、火勇五百人为一营，应予津贴，其营哨官、长夫不在此内。凡归湘军粮台经理饷项之湘、鄂、两江各军，无论领米办米，一律照此办理。详奉批准，行知各营，历经按月核发，至六月底止。惟湘、鄂各军饷项，自三月初一日起，拨归湘军接办，其二月底以前津贴米价，本应由前帮办军务湖南抚臣吴大澂核发。据该支应局详称，委因部饷已罄，无款可给，并据各军统领以欠发米价纷纷请领，禀奉札饬核发，亦经湘台将正、二两月津贴一律照章按营补发，以清案款。再，江南陈湜一军，远驻辽阳前敌，未奉详定章程以前，仍照自办米价津贴四成，由江南核发造报，合并声明。

除汇案报销外，详请查核具奏等情前来。理合附片具陈，伏乞圣鉴。谨奏。

行营领支粮台饷项片

再，湘军粮台所用饷项，据陈宝箴详请，截至九月底止，由该升司报销，以清界限，则臣行营支应局，每月在该粮台所领经费，亦应截至九月底止，由该升司汇案报销，以归画一。查原议每月由该粮台给支应局银八万两，自上年十二月扣至本年九月，连闰十一个月，共应领银八十八万两。兹据支应局员唐际昌禀称：十一个月中，陆续领银四十八万两，除发足九月以前一切经费外，尚存银三万余两，作为十月以后经费，将来如有不敷，再行酌量补领。

理合附片陈明，伏乞圣鉴。谨奏。

伤残弁勇请赐支食半饷折

光绪二十一年十月十三日

奏为打仗受伤残废弁勇，吁恳天恩，俯准分别按月酌给恤银，恭折由驿会陈，仰祈圣鉴事：

窃维用兵之道，贵得军心，必先生其激劝之心，而后能收折冲之效。泰西陆军、水师，皆有额设医生，设遇交战受伤，即可随时施治，因伤成废者，其国立有抚恤局，酌给粮俸以终其身，是以人人思奋，有车鄰、驷驖之风。日本尽师其法，此次受伤军士，国王亲至医院拊循慰恤，所以激励将来也。我朝厚泽深仁，凡有阵亡及积劳病故者，例得上邀恤赏，以慰忠魂，而因伤成废，不能作苦者，即听其以穷饿终，似不足以广皇仁而作士气。去岁军兴以来，前敌各军受伤弁勇甚众，经津海关道盛宣怀禀派西医学生金大廷，并劝洋人红十字会驰赴营口、田庄台等处，沿途设局收留救治。其后营口失守，各处伤勇陆续送至天津，并经盛宣怀与办理东征粮台广西臬司胡燏棻，饬北洋西医院留养诊治，类皆断手截足，折胁伤胸，实堪悯恻。因定作三等，伤创口既合其愿回籍者，头等给银二十两，二等给银十五两，三等给银十两。复念该弁勇等长途跋涉，费用不赀，因择其伤重路远者，于粮台恤赏外，酌加津贴银两。盛宣怀发银一千六百两，胡燏棻发银二千五百余两。凡籍隶南省之弁勇，给予轮船免票，北省则分雇车船载送，数月之间，陆续遣发共计四百余名，其因伤成废者二百二十三名。伤痕较重，创口未能骤合，现在院者尚有五十名。此等受伤弁勇，即已资遣回籍，实无生计可图。若不设法抚恤，设一旦疆埸有事，谁复奋勇当前？且此次与日本交绥，前敌诸军，勇怯不一。以彼闻风逃溃，转得事外逍遥，而锋镝余生，竟致穷途坐毙，疮痍满目，疾痛切肤，惨不忍睹。朝廷矜惠鳏寡，凡穷无可告者，各州县有额设孤贫数十名，其口粮准作正开销，所以周恤贫困者至优且渥，况为国家出力，以致残废，顾可漠然置之乎？可否仰恳天恩，赏准在籍照练军饷章，支食步队半饷，每月给银一两八钱，伤残而未成废者半之，由各州县按月给发，以终其身，伤轻已愈者，毋庸再议，所需经费，准其作正开销。据胡燏棻、盛宣怀禀请具奏前来。臣等查该司道所请，实为体恤战士，激劝戎行起见，如蒙俞允，即行分别造册咨送户部、兵部立案。此外受伤弁勇，应由各营查明，详咨援照办理。

是否有当，谨合词恭折具奏，伏乞皇上圣鉴训示。谨奏。

酌保老湘营打仗出力人员折

光绪二十一年十月十三日

奏为酌保老湘营出力人员，吁恳天恩俯准给奖以示鼓励，恭

折仰祈圣鉴事：

窃统领老湘营新授甘肃巩秦阶道三等男李光久，屡以该营会攻海城打仗出力将士禀请奏保，臣以该营并未克复城垣，擒斩首逆，递次批驳在案。兹准新授奉天将军臣依克唐阿咨抄该将军二次奏保攻剿海城出力员弁，奉旨以所保人数过多，饬令大加核减等因。仰见圣朝于鼓励戎行之中，寓慎重名器之意，不许滥保，并非概不许保也。查李光久所部湘勇，前在海城等处血战，著有微劳，与依克唐阿各营事同一律。今依克唐阿二次请奖，并声明李光久一军，由臣核办，臣曷敢壅于上闻，致抱向隅？谨将李光久请保该营出力员弁，缮具清单，恭呈御览。合无仰恳天恩，俯准一律给奖，则李光久与该员弁益矢捐糜之报矣。

除将各员弁履历咨部查核外，所有酌保老湘营出力人员，谨恭折具陈，伏乞皇上圣鉴训示。谨奏。

遣撤留防各军正饷恩饷一律发清折

光绪二十一年十月二十五日

奏为湘军遣撤留防各营正饷恩饷已由湘台一律发清，恭折由驿驰陈，仰祈圣鉴事：

据办理湘军粮台户部员外郎毛庆蕃详称："窃查关内外各军，分别撤留回防，籍隶直省者给饷一月，籍隶外省者给饷两月，留防作为正饷，遣撤作为恩饷，业经奏明准行在案。兹查湘台发饷、垫饷各国，计先后遣撤曹州镇王连三添募三营两哨，并带回山东练军八百名、马队一百名；道员李光久接统钢武两营两哨，又老湘五营两哨；陕西抚臣魏光焘所部武威副右一营、亲军一营、卫队四哨、炮队一哨，恺字小马队五十名及各营汰勇三百九十八名；

副将方友升升字前后两营；提督杨金龙护军中前右三营，又兼统行营亲兵一哨；大同镇刘光才五营两哨；皖南镇李占椿果胜五营一哨；提督万本华长胜五营；副将张国林仁、义、智三营；琼州镇申道发四营三哨，又马队一旗，统计遣撤回防共步队四十一营十六哨三百九十八名，马队一旗一百五十名，均于十月二十日以前一律南旋。其遣散钢武两营两哨，给予一月恩饷，内有籍隶外省者四百四十一名，另加一月饷银。遣散武威等营，内有籍隶直省者四百四十九名，系给一月遣饷，其余各军均分别照章发讫。此外尚有陕西抚臣魏光焘援甘三十营，江西布政使陈湜驻关二十营，高州镇余虎恩填扎河西务十营，饷项亦发至九月底止，自十月起即归北洋支应局经理。所有以上遣撤留防各军正饷恩饷暨另拨援甘各军行饷二十六万两，均由湘台一律发清。其各军轮船水脚及正杂各饷由台垫发者，应由各省核明清解，列收造报，湘台即行截清总数，专办报销。”由该粮台详请具奏前来。臣覆核无异。

除咨部查照外，理合恭折驰陈，伏乞皇上圣鉴。谨奏。

遵旨入都陛见恭报起程日期折

光绪二十一年十一月十二日

奏为遵旨入都陛见，恭报起程日期，仰祈圣鉴事：

窃臣前于十月二十日，钦奉电旨：“刘坤一奏病体已痊，甚慰。惟现在金、旅尚未收回，着俟全辽交清后，再行来京陛见。”钦此。嗣接裕禄、依克唐阿来电：凤、岫、海、盖、复州、营口等处，自十月十四日至二十四日一律收回。又于十一月初七日接宋庆转电：“奉总理衙门电传谕旨，金、旅已退，饬统全队前往，遵于初八日开拔”等因。是日兵业经退尽，全辽一律收清，臣自应谨遵前旨，入都陛见，恭复恩命，拜折后，即于十二日由津起程。

理合缮折具陈，伏乞皇上圣鉴。谨奏。

奉谕回任恭谢天恩折

光绪二十一年十一月二十日

奏为恭谢天恩，仰祈圣鉴事：

本月十八日内阁奉上谕："刘坤一着回两江总督本任。"钦此。窃臣猥以衰庸，谬承知遇。秣陵三至，曾无报国之能；榆塞专征，未奏督师之绩。维此寸衷循省，实滋五夜惭惶，乃蒙逾格之恩，仍绾兼圻之重。臣久膺艰巨，无补涓埃，况值军务初平，时局略变，举凡练兵、裕饷诸大政，深恐未能整顿，仰慰宸廑。惟有谨遵温谕，勉竭愚诚，当驽骀未尽之年，矢犬马余生之报。教养保江南富庶，敢存驾轻就熟之思；对扬荷阙北恩光，弥切履薄临深之惧。

所有微臣感激下忱。谨缮折叩谢天恩，伏乞皇上圣鉴。谨奏。

呈缴钦差大臣关防折

光绪二十一年十一月二十二日

奏为呈缴关防，恭折仰祈圣鉴事：

窃臣于上年十二月到京陛见，蒙恩授为钦差大臣，节制关内外防剿各军。嗣由礼部颁到关防一颗，遵即祗领开用，并附片陈明在案。现在军务告竣，兵勇撤还，所有留防山海关之江西藩司陈湜，移扎河西务之广东高州镇总兵余虎恩，两军共三十营两哨，饷项奏准归并北洋海防支应局经理。臣别无经手事件，于本月十二日由天津营次遵旨入都陛见。十八日内阁奉上谕：“刘坤一着回两江总督本行。”钦此。所领钦差大臣关防，应即呈缴。

除敬谨封固，委员赍呈军机处验收并分咨礼部外，谨恭折具陈，伏乞皇上圣鉴。谨奏。

酌保行营出力人员折

光绪二十一年十一月二十二日

奏为酌保军务出力人员，吁恳天恩量予奖励，恭折仰祈圣鉴事：

窃臣于上年腊月入都陛见，渥蒙天恩授为钦差大臣，节制关内外防剿诸军，随敕赴关，以资调度。维时倭氛猖獗，警报频仍，关上新集之师，队伍未齐，枪炮未到，而臣无一旧部同行，战守毫无把握。营务处山西道监察御史冯锡仁、记名海关道江苏候补道曾丙熙、江苏候补道唐际昌，联络诸将，赞画机宜，措置有方，人心思奋。一面会同各统领，严行训练，劳怨不辞。嗣因沿海冻开，情形益紧，该员等督饬各营，挖濠凿堑，朝夕并工，由是壁垒一新，防务渐有起色。倭船每于关之左近往来游弈，见我备之甚严，不敢来犯，未始非该员等布置之力也。该员等胆识并茂，洵为国家有用之才，仰恳天恩，量予奖励。查冯锡仁，曾保知府后道员用，可否于现在御史任内，以道员记名简放，曾丙熙、唐际昌二员，可否仍以道员记名简放，出自逾格鸿施。

所有酌保军务出力人员各缘由，理合恭折具陈，伏乞皇上圣鉴训示。谨奏。

奏疏卷二十五

恭报回任日期叩谢天恩折

光绪二十二年正月二十四日

奏为恭报微臣回任接印日期，叩谢天恩，仰祈圣鉴事：

窃臣于光绪二十一年十一月入都，钦奉简命，仍回两江总督本任。先仰蒙召见三次，训诲周详，莫名钦感。陛辞后，遵陆南下，于二十二年正月十五日行抵江宁省城。十七日，准署督臣张之洞饬派江宁府知府李廷箫、兼署中军副将袁大升，恭赍两江总督关防、两淮盐政印信、钦差大臣关防，并王命旗牌、文卷等件，移交前来，臣当即恭设香案，望阙叩头谢恩，祗领任事。

伏念臣久膺疆寄，未报涓埃。前岁奉命视师，寸筹莫展，抚躬循省，五内滋惭。乃复仰荷温纶，谕令仍回本任，受恩深重，报称愈难。查两江政务殷繁，号称难治，目下海氛甫靖，时局多艰宜如何饬吏安民以培根本，练兵裕饷以图富强，上纾朝廷宵旰之忧，下尽臣子靖共之义，加以中外交涉事务日益繁多，尤须斟酌权宜，相机因应。自维菲材薄植，深惧重任弗胜。惟有仰秉宸谟，殚竭心力，慎措施而规久远，不敢以苟且偷安，严举劾以肃纪纲，不敢以偏私偾事。并会同漕督臣及三省抚臣，和衷共济，将一切应办事宜，妥为经理，以勉副圣主廑念南服，勤求上理之至意。

除将回任接印日期循例恭疏题报外，所有微臣感激下忱，谨缮折叩谢天恩，伏乞皇上圣鉴。

再，臣经过直隶、山东等处地方，雨雪应时，民情安谧，堪以仰慰宸廑，合并陈明。谨奏。

遵旨筹办大概情形折

光绪二十二年二月初四日

奏为遵旨筹办，先将大概情形，恭折具陈，仰祈圣鉴事：

臣前在都门，承准军机大臣字寄："光绪二十一年十二月十八日奉上谕：'本日已有旨，令刘坤一回两江总督本任矣。两江地方紧要，所有张之洞办理铁路、整顿商务、简练陆军诸大端，均经创始，尚未就绪，该督回任后，务当振刷精神，实力筹办，俾诸务日有起色，方为不负委任。'"等因，钦此。又十二月十六日奉上谕："昨据张之洞奏南洋创办新军，责成洋将操练，并金陵、上海兴办铁路各折，均照所请行，并谕令移交刘坤一赓续办理矣。际此时局艰难，全在封疆大吏竭虑殚精，力图自强，以为补牢之计。张之洞意在恢张，其创办各节，于帑项或不无多费，然要皆方今切要之图。该督回任接办，但当悉心酌核，就已定之规模，次第经营，以竟全功而裨至计，用副朝廷倚畀之意。"等因，钦此。仰见圣主廑念时局，训勉周详，跪读再三，莫名感悚。

臣自抵江宁，与张之洞面商一切事宜，及接篆后，调阅卷宗，传问司道。窃以当今急务，莫若练兵。张之洞所聘洋将、洋弁来春、石泰等三十五员名，陆续到宁，其先到者，将及一年之久。而拟先操练之马步队二千七百余名，于上年冬腊，甫经开招，迄今尚未足额。盖因立法较严，应募者少，点验入册，考核亦难。如原议挑勇自十六岁以上至二十岁以下先未当勇之人，方为合格。

洋将则谓挑勇必在二十岁以外，若十余岁气力未充，难以操练，其精壮者，乃因曾经当勇斥去，亦属可惜。又原议于保结内声明，各勇报效十年，方准辞退。则十年后，各勇相率求去，其势难留，舍旧用新，以生易熟，是此十年操练之费，尽属虚糜。臣与洋将及营务处桂嵩庆、钱德培等面加考订，佥谓挑勇程式及年限久暂，尚须另行酌办。现已饬令详加筹办，总期变通尽利，以收实效。至洋将、洋弁薪水，每月需银九千余两，一年需银十一万两有奇，足抵中国营勇一千五六百名之饷。张之洞自谓太重，即洋将亦自谓太重，既经载入合同，无可裁减，但使练成劲旅，缓急可恃，即多费亦所不辞。

次则莫如内地铁路，虽已丈量约数，尚未确估工程。官办，商办，抑或官商合办，张之洞虽经倡议于前，尚未商定一成不易之办法。大概苏、沪一路，成功较易，由苏而常而镇而宁，尚无实在把握。内地港汊纷歧，本有小轮船行走，此项铁路，有无利益，言人人殊。臣函商抚臣赵舒翘及张之洞所委总办铁路之臬司吴承潞，亦是两可之词，惟洋员锡乐巴诸人函称利益甚大。事关数百万巨款，或官或商，均未可轻于一掷。容臣详加考究，再定兴办之法，以昭慎重。

至于南洋商务，略有成效可观，苏、沪两处，开设纺纱、缫丝厂已数十家，镇江地方近亦有禀请分设缫丝厂者，或借官款，或不借官款，自可各听其便。总办苏州商务绅董前国子监祭酒陆润庠，自开两厂，以为之倡，商民莫不踊跃。惟张之洞奏请以息借华款作为商务局股本，其中间有请给还借款不愿入股者，亦有请收回借款自行集股纺纱缫丝，不愿由商务局转借者。臣当与抚臣悉心调处，设法扩充。此外凡有益于商、有利于民之事，并当随时因势利导，以期商务日新月盛，有裨国计民生，仰副圣主眷怀南服，实事求是之至意。

所有遵旨筹办大概情形，谨恭折具陈，伏乞皇上圣鉴训示。谨奏。

请设商务大臣开办芦汉铁路折

光绪二十二年二月初四日

奏为请设商务大臣，开办芦汉铁路以图富强，恭折仰祈圣鉴事：

窃自中国与倭议和，不惜割地赔款。外洋各国，以我为易与，莫不虎视眈眈，思欲择肥而噬，现在遇事要挟，强我所难，血气之俦，闻之发指。夫以中国之大，我皇上之明，安可不发奋为雄，甘就削弱乎！

臣博采中外议论，熟审目下情形，中国必须开办铁路，以为富强之基。前经专折具奏，奉旨留中。嗣奉光绪二十一年十月二十日上谕："督办军务王大臣奏请拣派大员督办铁路一折。铁路为通商惠工要务，朝廷定议，必欲举行。至由芦沟桥南抵汉口铁路一条，道路较长，经费亦巨，各省富商，如有能集股千万两以上者，着准其设立公司，实力兴筑。事归商办，一切赢绌，官不与闻，如有成效可观，必当加以奖励。将此宣谕中外知之。"等因，钦此。仰见皇上廑怀时局，洞悉机宜，以芦汉干路为先，以事归商办为要，伏读之下，钦佩良深。

中国风气未开，铁路事体重大，商人初虑阻挠，未免观望不前。今我皇上决计行之，并许以事成给奖，凡此大利所在，宜其踊跃争趋，乃数月以来，尚无头绪者，则以官无专司，事无归宿，商人无所禀承也。臣于上年十一月十八日，初蒙召见，即请设立商务大臣。出与恭亲王等论及此节，并请将商务大臣设于京师，以联上下之情，以通内外之气。至于办理次序，先由商务大臣访查殷实绅商，及由商而官，或由官而商者，派充总商，令其自设公司，招集股分。一面遴委干员，雇用洋匠，丈量自芦至汉共若干里，察看难易，斟酌短长，划分数段，某商认办某段，呈由商务大臣核准咨行，该省督抚，转饬州县，妥为保护。一切筹费购地，悉听总商自为。俟其竣工，另给执照，作为该总商永业，将来转售于人，亦听其便，惟不得售与洋商，致滋流弊。芦汉干路既成，然后再行推广，接办各处支路，循序渐进，庶几有条不紊。所有各处矿务，亦均以是法推行。由是财货流通，税厘兴旺，官商俱受其益。商人所获若厚，并可仿外洋报效之例，以数成输官，其有裨于度支，实非浅鲜。至此项铁路，寻常官差，仍给全价，以示体恤，若有军务，只给半价，商人无不乐从。以铁路运兵，则视远若近；以铁路运饷，则举重若轻。上年中倭之役，南北如有铁路，必不至坐失机宜，讵可不急图补救？然非设立商务大臣，则事无专司，不足以资鼓舞。应请我皇上乾断，迅赐指挥，俾得及时举办。臣愚以为此等商务大臣，不必熟悉商务，但使为守兼优，不令商人掣肘，便足胜任。此项铁路总商，但期熟习商务，家道殷实，为富商所信服，亦不必责备求全，以定用舍。似此随才器使，尚不难于得人。

夫铁路与矿务，中国自有之利也，办铁路与矿务，中国自有之权也。以中国自有之利，行中国自有之权，若复筑室道谋，事机坐误，深恐外洋以我为不足有为，相与蔑视。且世势百变，愈出愈奇，交涉事端，得步进步。外洋垂涎中国铁路之利、矿务之利久矣，倘我视为缓图，而彼横来干预，弱肉强食，恐非条约所能范围。何如迅速举行，自占先著，以杜要挟觊觎之渐，以立富强久远之基。

臣以一得之愚，未敢自安缄默。若蒙俞允，应请简派大臣，妥议章程，以期挈领提纲，推行尽利。臣维当务之急，不仅铁路一端，而南北相距之遥，道路纡回之苦，非开办芦汉铁路，脉络不能贯通，财用不能充裕，遇有缓急，更无足恃，此臣耿耿寸私，而不厌再三渎请者也。是否可采，恭候圣裁。

谨恭折具陈，伏乞皇上圣鉴训示。谨奏。

请拨防营拱卫畿辅片

再，值多故之秋，往往难生虑表，畿辅重地，自宜严密防维。虽有城中神机等营，恐不足应缓急，即关、津分驻劲旅，亦有鞭长不及之虑。应请将袁世凯一军，调扎城外，或酌调他军，以资拱卫，总期有备无患。是否有当，恭候圣裁。

谨附片具陈，伏乞圣鉴。谨奏。

前提筹防局余款解湘助赈片

再，臣前岁奉命北上，在江南筹防局提银六万两，以备行营之用。旋经湘军粮台于部拨项下，每月给银八万两。因臣处行营，一切支应，月仅需银四万余两，是以并未照月拨八万之数全支，所带筹防一款，亦未动用。嗣因粮台拨款停支以后，行营支应局仅存银三万余两，奏明如有不敷，即于筹防一款内支用。现查此项银两，计拨行或支应局二万两，仍存银四万两，本应发回江南筹防局归款。惟叠准湖南抚臣陈宝箴来函，湖南现在筹办荒政，需款孔殷，各处灾民，颠沛流离，情形极为困苦，必须广筹巨款，宽为赈济，函请设法代筹等因。臣查上年湖南长沙、衡州等属被旱成灾，仰蒙恩旨，饬令抚臣妥为赈抚，圣恩汪涉，钦感同深。臣仰体皇上如天之仁，何敢稍分畛域，因将前项余剩银四万两，如数解交陈宝箴兑收以资接济。

除将行营支应局所用银两饬令承办局员另行造报外，理合附片陈明，伏乞圣鉴。谨奏。

被议徐州镇总兵仍请接署原缺折

光绪二十二年二月初四日

奏为徐州镇总兵员缺紧要，臣等为地择人，吁恳天恩俯赐照准，以重岩疆，恭折仰祈圣鉴事：

窃臣坤一于接管卷内，查有兵部咨开："此案，徐州镇总兵陈凤楼被参各款，虽据查无钻营、克扣、冶游实据，惟不能整饬勇丁足额，军士皮衣银两又不即发，以及熟于应酬，疏于巡缉各节，均属不应。钦奉谕旨，交部议处。应请将徐州镇总兵陈凤楼，照不应重私罪，降三级调用。光绪二十一年十二月二十二日具奏，奉旨：'依议。'"钦此。臣松椿并准张之洞咨同前由。臣等当即转行陈凤楼遵照。惟臣坤一三任江南，与陈凤楼共事最久，臣松椿驻扎清江，与徐州相距颇近，深知陈凤楼在徐州镇总兵任内，忠勇廉勤，绝无前项劣迹，请一一为我皇上陈之。

如不能整饬勇丁足额一节。查陈凤楼马队驻防徐州，分布各路，尚嫌兵力单薄，何敢短少一名？陈凤楼训练最精，一时称为劲旅，地方倚以为重。此次从臣坤一驻防津郡，钦奉电旨，拨交福建提督程文炳统带西征，嗣以西事稍松，仍拨回陈凤楼统带。倘不整饬足额，则程文炳何肯接收？即此可为明证。

又如皮衣银两又不即发一节。查臣坤一奏调江南各军，惟陈凤楼马队，一闻征调之信，即于光绪二十一年正月初一日拔队启行。时值元旦，尚无市易，且南方不产皮货，一处安有皮衣数百件之多。若将银两先发勇丁，必至随手用尽，是以带往北方购买，以图价值便宜。北上各军皆然，未可独以此为陈凤楼之罪。

又如熟于应酬、疏于巡缉一节。查陈凤楼性情朴直，人皆呼为“陈傻子”，毫无应酬陋习。该镇系归臣等节制，于臣等尚无应酬，其余可知。

至徐州民气，犷悍异常，向出巨盗。自陈凤楼于光绪十五年到任，亲带队伍出外捕拿，在乡日多，在署日少，每年获盗百数十计，历历有案可稽，该镇屡濒于危，盗匪亦从此敛迹。自上年陈凤楼统率马队北上，徐盗由是披猖，一年内劫抢之案，已报者二百余起，其中如睢宁劫狱一案，情节尤重。现经臣松椿派弁带勇，拿获盗犯王胜，讯据供称史仲远等各结党数百名，或数十名，四出掳掠，駸駸乎捻匪萌蘖。徐州官绅士庶，日盼陈凤楼回任，整顿捕务，以靖地方，忽闻降调之信，莫不为之解体。陈凤楼之去留，关系徐属安危如此。张之洞前此奏留陈凤楼，亦称其在徐防得力，此次查覆折内，犹称：“陈凤楼曾立战功，年力尚属可用。”可见公道不容尽泯。现在徐州镇总兵一缺，已蒙简放雷玉春，该总兵尚须入都陛见，到省需时。臣等因徐州地方紧要，陈凤楼前在总兵任内，卓著声威，军民爱戴，檄令仍署徐州镇篆，以资镇慑。合无仰恳天恩，俯赐照准，臣等当责令认真巡缉，以期盗戢民安，并训练马步各勇丁，以备缓急之用。将来如查出陈凤楼果有前项劣迹，请将臣等一并议处。

臣等实为地方择人起见，谨合词恭折具陈，伏乞皇上圣鉴训示。谨奏。

奉使大员告病据情代奏折

光绪二十二年二月初四日

奉为据情代奏叩谢天恩事：

窃臣接准头品顶戴前调署湖南巡抚邵友濂函称："友濂蒙恩简派俄国副使，当将患病未能就道，恳请收回成命缘由，电请前署南洋大臣两江总督张之洞代奏。光绪二十二年正月初二日奉旨：'张之洞电奏已悉。邵友濂病既未痊，即着毋庸赴俄。'钦此。闻命之下，感悚难名。友濂上年自日本回华，以旧疾复发，陈请开缺，当蒙圣恩俞允。伏念时艰孔棘，正臣子力图报称之时，友濂世受国恩，何敢自耽安逸。因于回籍后，屏除一切，悉心调治。乃求效过急，医药杂投，转将风湿驱入筋络，以致两臂展舒更形不便。自怜病废，徒益焦劳。兹者策及驽骀，未能闻命即行，犹荷圣慈曲垂矜恤，虽敦槃上选，本非迂庸猥下所能膺，而犬马余年，实出高厚生成之所赐。所有友濂感激下忱，恳请代奏，叩谢天恩"等因，理合据情代奏，伏乞皇上圣鉴。谨奏。

银贱米贵运费不敷片

光绪二十二年二月十二日

再，据江宁布政使瑞璋、江苏粮道马恩培会详称："江北河运漕粮，前于同治五年，经户部奏定章程，除米价一款，涨落无定，应临时奏明外，其运费一切即以此次准销每石一两二钱七分之数，作为定额，等因。迨后历年办理河运，所用米价运费，悉皆遵照核实开报，如至歉之光绪三年，米价奇贵，增至二两一钱，均奉部覆准销各在案。光绪十七年冬漕，因高邮、宝应一带，米价每石涨至钱三千文有奇，合算银数，较三年分尤为昂贵，不得已设法远购，派员前赴皖北三河产米地方采买十之六七，合高邮、宝应牵扯计算，每石始合银一两八钱五分，较之仅在高邮、宝应采买，每石省银二钱有零，以全漕计之，实共节省银二万余两。是凡有可以撙节者，实已煞费经营。乃屡经请销，户部迄未核准，并饬此后米价仍以一两六钱五分为率。惟查米价一款，原因贵贱随时涨落无定，是以当时户部定章，准其临时奏明，盖价贱固不能任其高抬，价贵亦不能过为抑勒也。上年江北冬漕，前奉部饬，仍行河运，当即委员前赴高邮、宝应、三河一带分投采买，因各属秋收歉薄，加之广东、福建、湖北等省及各处军米、赈米，纷纷购运，为数甚巨，以致米少价昂。况各属漕折系解现银，民间米粮贸易，向系以钱计算。上年冬间，因铜钱缺少，银价骤短，每库平银一两只易钱一千三百文左右，较前数年少易钱二百余文，以每石之银计之，少至三百二四十文，约银二钱五六分。易钱既少，合银愈多，业经饬令委员力求减省，分别购定装兑。至运费一项，照原定章程，近年已节省银一钱之谱，然以现时银价科算，较上届准销之数，亦须加银一钱有奇，方能勉强敷用。伏思漕粮为天庾正供，虽用数增多，不敢不妥慎办理。惟有将银贱米贵及运费不敷情形，据实沥陈，详请附奏立案。”等情前来。

臣覆加查核，系属实情。除饬令实力撙节，省益求省，事竣核实报销，不得稍涉浮冒外，谨会同漕运总督臣松椿、江苏巡抚臣赵舒翘附驿驰陈，伏乞圣鉴敕部查照。谨奏。

保举堪胜提镇人员折

光绪二十二年三月初七日

奏为酌保堪胜提镇人员以备简用，恭折仰祈圣鉴事：

臣维中外交涉，事变纷乘，各省正在练兵，提镇最为紧要，顾非素与共事，莫由知其人才。兹查有前署淮扬镇总兵记名提督刘青煦，器识深稳，方略优长，办事有刚有柔，尚知顾全大局。统领新湘营记名提督陈基湘，机宜熟习，胆气过人，训练尤能认真，所部莫不用命。前统长胜军记名提督万本华，性情果敢，纪律严明，每战辄以身先，独能以少胜众。管带督标水师记名总兵蒋福田，心地朴诚，临阵勇往，平日长于抚驭，颇得士卒欢心。该提镇等，从臣多年，历试有效，倘蒙天恩俯赐录用，必能竭犬马之力，仰酬高厚生成。

理合恭折具陈，伏乞皇上圣鉴训示。谨奏。

酌留江靖防军整顿营务片

再，臣承准军机大臣字寄："光绪二十二年二月初四日，奉上谕：'张之洞奏江靖军裁勇滋事，轰发火药，自毙多人，现已分别裁留，弹压安靖一折。裁勇借端滋事，此风断不可长，业经张之洞分别酌留裁撤，应如何整顿之处，着刘坤一体察情形，斟酌办理。大江南北防营尚多，并着刘坤一严饬各统领，申明纪律，毋蹈恶习。'"等因，钦此。当经转行一体钦遵。

查江靖军前因奉饬裁撤，辄敢聚众滋闹，诚如圣训："此风断不可长。"该军共计七营，除改充炮台专勇约留一营外，其余六营，虽经张之洞奏明拟裁三营，尚未遣撤。臣回任后，又据常镇道及营务处先后禀请酌留缓裁，臣当以该三营既议裁撤，未便再留，准自二月起，每月裁汰五百人，分为三起，陆续遣散，不得任其逗遛。仍照案每名发给三关半欠饷，以示体恤而昭慎重。其所留三营，务须认真整顿，如有勇丁携带家室，不守营规等弊，立即开革惩办，不准稍有泄沓。现在军情静谧，堪以上慰宸廑。

伏思沿江各路军营，驻防有年，难保不沾染恶习，若不力求振作，何以修武备而济时艰。臣惟有严申纪律，随时密查，各该统领倘敢稍涉因循，即行据实参办。总期挽回积弊，士气一新，以仰副圣主垂念江防之至意。

所有江靖军分别裁留情形及整饬各防营缘由，理合附片陈明，伏乞圣鉴。谨奏。

新铸制钱改重七分片

再，前因江宁等属制钱缺少，民用不敷，经前署督臣张之洞拨款购办铜铅，拟在广东铸钱局附铸制钱，以资周转，业经奏明在案。

伏查市廛行用制钱，必须轻重适均，方无流弊。若钱质较重，不独折耗过多，更虑牟利之徒私行销毁。现商准两广督臣谭钟麟函开，照原议每文八分，合计铸钱千文，亏折钱二百三十余文，若改重七分，只亏折钱一百二十余文。臣查寄到七分重钱式，字画分明，轮郭亦尚宽厚，民间通用，必可经久无弊。电询张之洞覆称，鄂局现亦拟改铸七分。苏省事同一律，自应仿照办理，工本既可撙节，私毁之弊亦可不禁自除。已由臣电请谭钟麟，饬局先行鼓铸十万串，陆续解至上海，分拨各属行用。该省铸钱机器，每日出钱六百串，以十万串计之，约六个月方能竣事。苏省应否再行添铸，容俟届时察看情形，另行办理。

所有铸造制钱每文改重七分缘由，理合会同江苏巡抚臣赵舒翘附片陈明，伏乞圣鉴。谨奏。

盐厘抵款仍请分摊折

光绪二十二年四月二十六日

奏为鄂、湘、皖三岸新票课厘抵还洋款，期缓款绌，仍由西岸等处分摊，俾免贻误，恭折仰祈圣鉴事：

窃江南息借瑞记洋款，两淮盐务分认一股。本年正月间，经前署督臣张之洞奏明，前五年仅完息银，为数较少，西岸及正阳、五河两卡应暂免摊，五年以后为数较多，再令西岸、正阳、五河两卡一同摊认在案。

查鄂、湘、皖三岸新票，每年以约销六成计算，共可收课厘银十万数千两。瑞记洋款，除上年十一月十七日第一期盐务应派银四万五千两，已由两淮运库及鄂、湘、西、皖、五、正各局、卡七处摊派外，自光绪二十二年起至二十五年止，均系每年两期，共付息银六万镑，每镑以七两计算，盐务派四分之一，每年约需银十万五千两。以新收之课厘抵认还之洋款，果能销如其数，出入尚足相抵。惟鄂、湘新票甫经加定，断非数月间所能办运。且运盐到岸，既须换轮候销，而收缴厘金，又在引盐销竣之后，旷日持久，濡滞堪虞。至皖岸新票，销数无多，课厘有限，不独本年五月及十一月第二、三两期应还洋债息款，新票课厘已属缓难济急，即以后每年应还之款，新票销数设或不足六成，势更无款以应。值此库储告匮，支绌万分，委实无可筹垫。洋款订定时日，万难愆期，不能不先为筹维，以免临时贻误。应将本年二、三两期认还洋款，照案与西岸各局、卡分摊，嗣后察新票课厘收数情形，再行随时酌办，总期款归有著，免误要需。据运司江人镜详请具奏前来。

臣查近年岸销疲滞，鄂、湘、皖新加引票，守轮待售，既虑需时，能否销足六成，更无把握。所有本年应还二、三两期洋款息银，拟仍与西岸、五河、正阳各局、卡一律摊认，并以后察看销数情形，随时酌办，系为慎重还款起见。理合恭折具陈，伏乞皇上圣鉴，敕部查照。谨奏。

遣撤苏松福山练丁狼山暂缓片

再，前因海防紧要，苏松、福山、狼山三镇，原有练兵尚嫌单薄，经臣檄令苏松镇添练兵丁六十名，福山镇添练兵丁一百名，狼山镇添练兵丁二百名，以资分布，先后奏明在案。现在防务解严，所有苏松、福山两镇添练兵丁，业经饬令裁撤，仍复旧制，以节饷需。至狼山镇所辖，汛地极为辽阔，芦泾一港，又为长江商轮必由之路，往来行旅，多由该处上下，人数冗杂，良莠不齐，弹压巡防，尤关紧要。该处地广兵单，不足以资巡缉，拟将前募兵丁二百名，暂缓数月，察看地方情形，再行裁撤。

除咨部查照外，理合附片陈明，伏乞圣鉴。谨奏。

裁留徐淮马步防营片

再，前因徐州镇总兵陈凤楼奉调带马队三营北上，经前署督臣张之洞饬令前署徐州镇总兵程孔德等，将原有之步队凤字二营、镇安一营，飞骑马队二营，历年裁减之额，一律照马步营制补足，共补马队勇丁八百数十名，即名为徐防马队营、步队营，于光绪二十一年二月初四日具奏在案。

兹查陈凤楼所部之马队三营，业于上年冬间奉饬回南。该军久在徐州缉捕，素称得力，应饬照旧驻扎，以资巡防。其程孔德等招补之马步勇丁，应即全数裁撤，仍照历年减定额数，分别留防。又驻防清淮之高字三营、浦胜马队一营，经臣于本年二月间奏请暂行留防，声明俟地方情形较松，即行分别裁撤。惟查清淮一带为南北冲衢，弹压巡防，极关紧要。该处前本驻有合字营勇，自调防江阴以来，时觉地广兵单，不敷分布。叠据各该处绅民，以萑苻未靖，联名禀请酌留勇营。臣详加体察，应将高字三营裁去二营，挑留精壮一营，浦胜马队一营，挑留马队一百名，以顺舆情而资巡缉。

除檄饬遵照并饬将所裁各营勇照章发给一月恩饷外，理合附片陈明，伏乞圣鉴。谨奏。

择尤请奖获匪员弁折

光绪二十二年四月二十六日

奏为迭获要匪，出力员弁遵照部章，分别等次开单，吁恳恩施，恭折仰祈圣鉴事：

窃查江苏徐州文武员弁会获幅匪侯娃等一案，前经臣等会奏，请将出力员弁保奖，奉朱批："准其择尤酌保，毋许冒滥。"钦此。旋准吏部咨，以保奖员数之多寡，必以获匪名数之多寡为凭，行令照章将获匪名数、拟保员数，暨是否尤为出力，抑系其次出力，分别声叙，奏准后，再照获匪寻常劳绩章程奏请奖叙等因，当经转行遵照在案。

嗣据徐州道沈守谦详称，查明拿获幅匪侯娃等案内，获犯侯娃等二十名，拟请奏保文职四员，武职四员，咨保武职七员，共计十五名。又铜山县事主祁政平被劫案内，获犯李二等三名，格毙一名，拟奏保武职一员。又邳州事主汪宽域被劫案内，获犯李克启等六名，格毙三名，拟奏保武职三员，咨保武职二员，共计五员。各该员等均系尤为出力。所有其次出力各员，前已概请外奖，今既奉部指饬，复于尤为出力中，再分等次，以期益昭核实。惟查前奉部章内载：“嗣后如有大股哥老会匪，竖旗起事，抗拒官兵，实系调兵剿灭者，仍照异常劳绩核奖。”又臣坤一于光绪十七年六月间，奏明各员拿获要匪，准予优奖，钦奉恩旨允准在案。今匪首侯娃，纠约党伙二百余人，结幅起事，抗拒官兵，与部指大股会匪情事相同。在事文武员弁，带队围剿，履危蹈险，力遏乱萌，实属异常出力，应请从优给奖。至祁政平、汪宽域二案，虽与侯娃之案有间，第查祁政平一案，仅保[illegible]员，且系侯娃案内尤为出力之人，即汪宽域一案，亦止五员，均系武职，所保未敢从优等情。并据将各员职名，出力等次，开折详请具奏，前署督臣张之洞未及核办，移交前来。

臣等伏查侯娃一案，系属大股幅匪，各该员弁合力扑捕，无异临敌。其剿办情形，前经臣等详细奏明，并请将出力员弁从优奖叙，钦奉朱批：“准其择尤酌保”，各该员感荷恩纶，莫不益加奋勉。现在既准部咨，行令将拟保员数分别声叙，自应遵照办理。谨将此案出力员弁，分别等次，缮具清单，恭呈御览。合无仰恳天恩，俯准给予奖叙，以示鼓励。如蒙俞允，再由臣等拟保官阶，奏请恩施。

除咨部查照外，谨合词恭折具陈，伏乞皇上圣鉴训示。谨奏。

徐土加捐出口银两概不重征折

光绪二十二年四月二十六日

奏为徐州土药拟请援案加捐出口银两，通行各省概不重征，恭折仰祈圣鉴事：

窃查徐州土药，自光绪十七年定议每百斤抽银三十两，经过本省厘卡验票放行，经过江海、镇江两洋关仍各照定章收税。嗣于十八年，因四川等省改章统捐，徐局援案议加捐银三十两，如两次共捐银六十两，无论运往何省，概不重征。经臣等会奏，并声明将来各省更定捐数，必须彼此一律，方免避重就轻之弊，由总理衙门、户部会核议准各在案。

现计徐局自奉行加捐以来，已阅数年，并未收有出省统捐之款。镇江关所收土药税银，数亦无几。各省客土及洋药，络绎进口，散布各府州县，无非占徐土应销之地。徐土销路愈窄，动辄壅滞，往往已缴捐款，运至镇江，旷日持久，求售不得，欲归不能，商困课绌，上下交损。推原其故，山东土药，每百斤征落地税、厘金、关税三次各银十六两，无论运往何省，概不重征，共只捐银四十八两，又分三次完缴，各商得以从容营运。徐州土药，每百斤共完捐银六十两，方免各省重征，已较山东多完银十二两，出省之捐，又须在产地预完，商贩更觉为难。其仅完本省捐银三十两者，由镇江关运往通商各口，仍须完正半税银二十二两五钱，亦较山东多完银四两五钱，犹只能运至通商各口，不再重征洋税，不能统免各省内地税厘。山东与徐州犬牙相错，地土相同，土药税厘轻重悬殊，难易迥别，以致徐土不能行销，客土、洋药纷纷越占，若不设法疏通，不独徐土无出省税厘可收，即徐局所收本省土捐亦将日见其绌。拟请嗣后徐州土药，援照山东税厘收数，每百斤由徐局收捐银三十两，运至镇江出口，再由镇江关收税银十八两，加贴印花，无论运往何省，经过常、洋各关各局、卡，但验有江苏本省出省两次印花者，概不重征。据办理徐州土药统捐局江宁布政使瑞璋、徐州道沈守谦会同镇江关道吕海寰核议具详，署督臣张之洞未及核办。臣坤一回任后，因此案事关税厘，自应不厌精详，从长计议，批饬新署徐州道阮祖棠，再行确切查明，通盘筹画，妥议详覆察办去后，兹据该署道详覆，徐州土药，拟照山东税厘收数，在徐州、镇江分别核收，实因徐土滞销，不得不为变通之计，请仍照前详办理，以归画一。惟安徽等省土药捐则均较徐土为轻，向由江浦之浦口运至镇江等处转售，倘被朦充徐土，报捐出口，则徐土行销，仍多窒滞。且恐徐州之土，亦有私运至安省报捐，再至浦口赴镇江完税，以图取巧者，转与徐州土捐，大有妨碍。拟请嗣后必须镇江关验有徐局单票印花，方能按照此次定章办理。至他省之土，捐本轻微，概不得援照徐章在镇江关完税，准其通行照免。如北省土商赴徐贩土，不赴镇江，愿在徐局仿照镇江关加捐十八两，由内地通行各省者，亦听其便。将来如收有此项加捐，另行开报并解，以备查核等情，详请具奏前来。

臣等覆加察核，该司道等所拟，系为因时制宜，疏通徐土销路起见，于捐务商情，两有裨益。合无仰恳天恩，俯赐照准，以保徐捐而收实效。

除咨总理衙门、户部查照外，理合恭折具奏，伏乞皇上圣鉴训示。谨奏。

驻沪领事回国请给宝星片

再，据苏松太道黄祖络禀称，奥国驻扎上海署总领事官西博德，自派充中国使馆随员，推升领事以来，迄今二十余年，凡遇交涉各事，无不和衷商办。现在交卸领事篆务，即将回国，请给宝星，以示优异等情前来。臣查该领事西博德，在沪多年，办事公允，委属有裨时局。合无仰恳天恩，俯准给予三等第一宝星，以昭激劝。

除咨总理衙门查照外，理合附片具陈，伏乞圣鉴训示。谨奏。

查明道员承办制造并无亏短折

光绪二十二年五月二十二日

奏为遵旨确查道员刘麒祥办理上海制造局并无亏短情事，据实覆陈，恭折仰祈圣鉴事：

窃查接管卷内，承准军机大臣字寄："光绪二十一年十月十八日，奉上谕：'去岁海上用兵，中国购买外洋枪炮，良楛不一，价倍寻常。朝廷有鉴前失，特降谕旨，令督办军务王大臣，督率江苏候补道刘麒祥，办理上海制造军械局。原冀实事求是，一切借资整顿，并非将该局远隶二千里之外，不准该省督抚过问也。兹有人奏，刘麒祥在上海多年，任意挥霍，亏空巨万等语。朝廷用人行政，一秉大公，毫无成见。况制造局关系自强要图，自不惜再四求详，俾臻至当。江苏制造军器局，仍着张之洞督饬刘麒祥，认真规画，次第扩充，按照向办章程，报部核销，毋庸由督办军务王大臣督率办理。至刘麒祥承办该局，究竟有无亏短情事，着张之洞确查具奏。'”等因，钦此。经署督臣张之洞遴委江苏粮储道陆元鼎、直隶候补道徐建寅、湖北候补知府朱滋泽、山东候补直隶州徐赓陛等，前往确查。嗣因交卸在即，盘查未能完竣，将饬查大概情形，先行覆奏，请旨饬交臣接续查办。臣于本年正月到任后，复经札委原查之陆元鼎、徐建寅、徐赓陛等，会同暂行兼管局务之苏松太道黄祖络，照案秉公确查去后，兹据该员等禀称，遵经先后抵沪，会同接续催查考核，现就物料、款目两端，清理已有端绪。该局所存物料，大小不下数千百宗，扯合先后价值，约合规银八十七万四千余两，除未付料价银一十二万一千余两外，约存料值规银七十五万三千余两。以现盘之数，与现造未成销册应存之数，截至刘麒祥交卸日止，总计销册，应存料价湘平银七十万七千二百三十五两有奇，申合规平银七十四万九千九百七十八两有奇，计溢出规银五千余两。诘据库员声称，系开局以来，收发料物，累年溢积余存。既属有盈无绌，应毋庸议。仍令以后每一厂所，务须将查存之料，统编　号，作为旧管。若有新收，另编字号，记明斤件，倘遇拨用，列为开除，核出实存，每月造册送查，庶不再滋淆混。

到刘麒祥经手款目，计收洋税部款及收回代修等款，共银四百七十九万一千一百六十五两有奇，现在销册尚未造齐，照月册逐一核算，自光绪十六年闰二月二十六日接办起，截至二十一年七月十七卸事日止，加以前任移交旧管不敷银一千七百二十四两有奇，总共用规银四百八十七万七千四百六十八两有奇，计不敷银八万六千三百三两有奇。当将历年月册所报之数，与十六年已办报销之数，详加比对，其实存与不敷之数，迴然不符。诘据支应报销委员声称，自来报部销册，系造成一物，始将所成之件工价料价，详晰造销。如大炮、轮船，一物之成，动须经年累月，若造而未成，则已发之工，已用之料，不得不俟造成之日，剔归下届造销。故惟月册有实数之可稽，而销册实参差之不一。所言系属实情，故现查之数，仍以月册为衡，以昭核实。又诘以不敷之数，挪自何款。据称，除奉拨洋税外，如有不敷，向于钱庄通融借用，或变估用剩碎料价值挪应，是以有附存之款，有簿可稽。则是刘麒祥经管此局，以大致言之，入少用多，尚无亏短情事。但报销册籍，尚未缮造齐全，其中未报之款，尚有银三百六十余万两，是否悉合例章，应俟销册报部，由部核办。

其添设机器厂屋工料各价是否核实一节。伏查所购机器，均有洋行合同为凭，检对数目相符。惟添设炼钢厂屋一百一十二间，又栗色药厂屋一百七间，又无烟药厂屋五十六间，连购地、筑基地、铺铁板、铁路、围墙、沟道、木驳、更房等项，实用银二十二万余两，较之原估之数，或绌或盈，缘内有原估工程，或可从缓，未经兴作，或有原估所无，逐渐添增，三厂合计，尚属不相上下。又前查杂款两折：一，收银四万九千五百余两、洋银一千余元、钱五百余千文；一，收银七万两有奇，现亦查明系属暂时借拨，及为各处代购外洋机器、物料等项之用居多，或随时拨还，或代为付出，每清一款，即行销帐，是以另折收，存与该局正款报销，尚无出入。惟内有该局历年积存废铜、铁及工作所剩铜、铁、铅碎屑，用旧绳索、碎皮共售价约银三万四千两，应即作正入收。嗣后专设一库，派委员司事，逐日验收登簿入库，积至两三年，由局详请派员查验相符，禀请批准变价，作正入收，随册报部，庶免狼藉等弊。至奉查任意挥霍一节，并无真实确据等情前来。

伏查该局之设，原为自强之图。刘麒祥自到局后，深知军械之利，贵乎推陈出新，不惮繁难，即以创造新式枪炮及炼钢制药为己任，数年来苦思力索，以底于成，其勤劳实为人所难能。惟是一物之成，必须多方考究，创造之始，原不能与常例相衡。且因限于经费，机器新旧参用，工作不无较增。前岁海防戒严，南北各军需用军火，均赖立时接济，深资其力。前署督臣张之洞于请拨经费案内，亦谓该局创造各件，前敌要需获其接济，曾经奏明有案。是刘麒祥之防患未然，亦为张之洞所深许。现在既经查无亏短情事，自应遵旨饬令该道将局务悉心规画，实力整顿。该局用人较多，需款较巨，目下财用日绌，时事日艰，计事考工，务求至当，不使局中稍有浮费，稍有冗员，节一分虚耗之款，即多一分制造之需，庶几工归实在，器资利用。

除檄饬遵照妥筹办理，并将以后旧料及废铁等项设库收储，按时禀办，其未报各款，赶紧照章接续造报外，理合恭折覆陈，伏乞皇上圣鉴训示。谨奏。

兵轮马力丈尺及酌用薪费片

再，前因海防戒严，兵蚊各船，分驻要隘，以备战守，装兵运饷，侦探差遣，需船既多且急，添购江清、江平、江泰、江顺、崇安大小轮船五艘，于上年四月间，经前署督臣张之洞附片具奏，并将各该轮马力、丈尺、吃水及配用员弁人等薪费各数，造册咨部查照。昨准兵部咨覆，须将该五船马力、吃水、丈尺及所配员名银数，开单奏明立案等因，现经饬据江南筹防局查明开单详送前来。臣覆核无异。

除将清单分咨户部、兵部、工部查照外，理合开具清单，附片陈明，伏乞圣鉴，敕部查照施行。谨奏。

遵查出使经费存储无亏片

再，总理衙门议覆前署南洋大臣张之洞陈奏出使经费一案，应令仍解江海关存储备放，并以原奏内称，该关积存之数，是否全有实银，事关库储重要，应派司道大员，会同江海关道，将历任存放款目，有无亏短，切实结报抄奏，咨行遵办等因，当经派委江苏候补道程仪洛，会同江海关道黄祖络，详细盘查结报去后，兹据该道等先后禀称，此项使费，系于光绪二年八月十四日第六十五结起，各关奉文，于所收六成洋税，分作十成，酌提一成，解沪存储备拨。旋因收不敷放，又自七十一结起，再提半成，并将六成华税，一律照提解存，听候拨用。现计自奉文经收起，截至二十二年四月初十日止，除历任遵饬拨解各款及奉垫怡和洋本不敷，暨部购铜铅等款未归外，实应滚存库平银五十六万三千八百二十两有奇，又日本纸票洋二千二百元。会同逐一盘查，委系实存在库，并无亏短情事。由江海关黄祖络加具印结，禀呈前来。

伏查此项银两，既经委员会查存储无亏，自应饬令照案妥慎经理。惟查藩、运、粮道各库，均系专设库官，诚以收款较多，库储重要，所以慎收藏、严出纳也。江海关以巡道监督关务，自各国通商以来，复兼管洋关，每年经征常洋税抄以及洋药厘金，为数本巨，而又经收各关出使经费，每年出入款项，约至七八百万两之多，近准部文以后，本省及各省应还英、德、俄、法借款，亦均须先期解交该关存付。是该关近来来库储之重，实较藩、运、粮道等库尤为紧要。即前署督臣张之洞请将使费仍解江宁藩库，亦为预杜私自存放起见。苟管籥有人，如藩、运、粮道等库，亦何致复有此弊。第添官即须添费，一再筹思，惟有在于上海县县丞、主簿中，酌择一员，俾令兼司库务。该两缺本管之事，甚属清简，若令兼管道库事务，既与库储有裨，仍于地方无碍，应请旨饬下各该衙门核议施行。

除将印结咨送总理衙门查照外，理合附片陈请，伏乞圣鉴训示。谨奏。

前购洋行枪炮军火筹款凑拨片

再，前因海防戒严，经前署督臣张之洞，在上海地亚士、瑞生、信义三洋行，购买枪炮子弹等项军火，所需价值，以江海关息借关票作抵，分期归还，业已奏咨在案。

兹查本年四月二十九日，应还信义洋行第二起枪炮半价本息，计德银二十二万三千六百三十六马克有奇。五月初十日，地亚士、瑞生两洋行第三期军火各价本息，计英金九万四千八百二镑有奇。以上马克、金镑，照现在市价核算，约合库平银六十三万六千九百两有奇，除饬司关厘局尽力认筹外，计不敷银三十四万一千余两。因四、五两月，尚有归还瑞记洋款息银，又出使大臣龚照瑗前购炮价约共合银四十余万两，又各司关息借商款共本息银六十五万六千余两，同时并集，均未可失信愆期。既无额外之进项，转多应还之巨款，且应办之事，如练军、铁路、商务、矿务以及铸造银元、添设学堂，现已次第经营，均非有款不办。有已经指拨者，有尚待筹济者。款多取资本省，实已罗掘一空，前项不敷银两，委实无可设筹。一再电商户部，旋准电覆，商准总理各国事务衙门，暂由江宁藩司库存出使经费内，动拨银三十四万两等因，遵即照数提拨凑付，饬令如有尾数不敷，即由江海关筹补足数。

除分饬遵照并咨明总理各国事务衙门、户部外，理合会同江苏巡抚臣赵舒翘附片陈明，伏乞圣鉴。谨奏。

派营驰往徐州严拿会匪片

再，江苏徐州地方，界连三省，向为盗匪出没之区。臣于本年回任后，迭经严饬该镇道等，督率营勇，实力巡缉，所有拿获首要匪犯，一经讯供明确，即饬就地严惩。原期决不待时，俾知炯戒，乃数月以来，盗风仍未稍戢。现据该镇道电禀，近有山东大刀会匪阑入丰、砀县境，派队往捕，旋经解散。惟各该处教堂有被毁情事，曾将查办情形，历电总理衙门在案。似此聚众滋扰，不法横行，若不设法兜拿，何以靖地方而安民教。现经臣派委统带两江督标亲军等营新授山西大同镇总兵刘光才，于所部各营内，酌带四营，驰往徐州府城驻扎，会同徐州镇道，严密巡缉。该处与河南、山东、安徽三省壤地相接，此拿彼窜，匪踪飘忽靡常，并由臣咨会三省抚臣，各派营勇，认真巡防，遇有大股会匪，即行会合兜剿，以期净绝根株。

除严饬该镇道转饬各属务将教堂严密保护外，理合附片陈明，伏乞圣鉴。谨奏。

苏局加解淮饷请拨另款折

光绪二十二年五月二十四日

奏为江苏牙厘局拨款繁巨，入不敷出，此次添拨北洋淮饷，无从筹措，南洋前请减解之款，仍请照案办理，恭折具陈，仰祈圣鉴事：

窃准户部咨开：议覆北洋大臣奏请添拨淮饷，行令转饬江海关每年加解银八万两，苏州牙厘局每年加解银七万两，以符添拨每年十五万两之数等因，当经分行遵照去后，兹据苏州牙厘局、江苏布政使邓华熙等详称："伏查苏局收数至今为最多，供支至今为最绌。就近十年大概言之，每年收数八十余万两，多至九十万两有奇，放款如京协各饷、本省军需善后等用，随时挪移，适足相抵。逮光绪二十年，分拨款顿增，甚至称贷以应，不得已而规复米捐。上年竭力整顿货厘，约收银一百万两，又米厘银二十余万两，而放款之巨，亦为从前所无，多方腾挪，仅资敷衍。本年蚕时，雷雨交作，丝茧收成甚歉，捐数递短，即四个月米厘，亦不如上年远甚，殆由湖广灾荒，是以来源绝少。苏州开埠通商以后，货厘之绌，更尽人而知。收数既如彼。而拨款则增自强军饷银十三万两，摊还息借则增银四万两，为沪关代筹则增银三万两，此外开埠经费、织造活拨等项，尚不在内。增拨又如此。倘转输告匮，其将何以支持。现奉户部增拨淮饷银七万两，踌躇再四，实属无款可筹。且苏局应解淮饷一项，二十年分仅解银十五万两，上年解银十七万两，本年经前署督臣张之洞奏明，在实解淮饷数目内，减解银十六万两或十二万两，抵还洋款，现在尚未定案。而洋款届期，刻不容缓，不得不先其所急，筹凑银四万两，以资应用。竭蹶情形，较前益甚。其派定各项，嗣后能否如期应解，实无把握。此外再有添拨之款，一勺之水，涸可立待，虽欲挹彼注兹，难免顾此失彼，坐视贻误，势所必然。与其临时决裂，不若先事陈明。所有此次添拨淮饷银七万两，审时度力，委实无从筹拨"，详请奏恳免予增拨，等情前来。

臣查江南息借瑞记洋款银一百万镑，经前署督臣张之洞统筹归还之法，前五年之内，每年应付息银，江苏省厘局共认四分之三，奏明于厘局实解淮饷数目内，每年少解银十六万两或十二万两，统由部臣酌核，钦奉朱批："户部知道。"钦此。旋准户部恭录咨会在案。臣回任后，因洋款还期接踵而至，必须筹定的款，方免失信外人。当查松沪厘局岁解金陵支应局之款，名虽淮饷，实则均系驻防江南淮军之饷，若减解支应局之款，则本省驻防淮军无饷可食，从何筹补？张之洞原奏本系指减拨外省协饷而言。是减解淮饷，应由苏州牙厘局在于实解北洋淮饷数目内，按数少解。本年五月二十一日，已届洋款第二次还息之期。各处局库，方因四月间认筹息借华款等项，喘息未舒，现复将洋款尽力设筹，实已罗掘殆尽。目下江苏通省入款，较往年并不加多，而本年新增出款，除已付外，如洋操饷项、归还洋款以及本年十一月应还息借商款暨军火抵价等项，几及二百万两之多。费绌用宏，尚不知如何设措。张之洞前议减解淮饷，实因江南骤增巨款，洋款关系紧要，无术腾挪，始为此补苴之计。苏厘局近年拨款日繁，艰窘益甚，饷源只有此数，实难为无米之炊，所有此次部议每年加解淮饷银七万两，委实无可设筹。再四思维，惟有吁恳天恩，免予加解。至张之洞前议减解淮饷抵还洋款之用，本请减解银十六万两，臣现请于苏州牙厘局在实解淮饷数目内，减解银十二万两，并查照张之洞原奏，芜湖、九江两关每年各协拨银四万两。此本系张之洞与部臣一再电商，配减协拨外省饷项及沿江各省摊还两条，均经部覆办理之事，应请旨饬下户部查照，以符原议。

抑臣更有请者，江苏协解淮饷，除松沪厘局解交金陵支应局，作为驻防江南淮军饷项，及苏州牙厘局减解实数外，司关厘局及盐课盐厘项下，每年尚须实解银一百二三十万两，设法转输，实已不遗余力。现在各库入不敷出情形，正复相同，前项加解北洋淮饷银七万两及减解银十二万两，共银十九万两，为北洋淮军计授要需，亦难稍缓。并请饬下部臣，通盘筹画，另拨他省的款，不于江苏各库内指拨，俾免辗转筹商，徒滋延误。现在时局日艰，财用日绌，部臣持筹之苦，为内外所共知，臣苟非万分为难，何忍稍分畛域。沥情上请，本非心之所安，惟求圣慈垂察，不胜屏营之至。

除江海关每年加解银八万两已饬尽力照数筹解暨分别咨行外，谨会同江苏巡抚臣赵舒翘恭折具陈，伏乞皇上圣鉴训示。谨奏。

铸造制钱每文仍照七分片

再，江苏购办铜铅，在广东省铸钱局附铸制钱，因八分钱质较重，折耗较多，拟每文改重七分，经臣奏准部覆，以两江、湖广等省，用机器附铸制钱，张之洞始请每文铸重八分，继则减至六分，现在江苏又改铸七分，六分既未便议准，七分亦碍难准行，应仍查照广东奏定八分铸造等因。臣查上年冬间，前署督臣张之洞，因江苏各属钱价日昂，民情惶扰，是以奏请增铸钱文，为平价便民之计。嗣因八分钱质较重，经臣奏改七分，实缘近来制钱缺乏，由于铜值昂贵，私毁销磨，利之所在，虽峻法莫能禁绝。现拟鼓铸钱文，原欲示平准以济民用，钱质轻重，不得不因时制宜。若分两不能适均，照现时铜价合计，私行销毁，仍有余利可图，势必旋铸旋毁，弊无底止，于公款徒多亏蚀，于民用仍难流通。自来铸造钱文，轻重本无一定，必使私毁无可沾之利，而后圜法得经久之宜。即如广东前定每文八分，本系揆时衡定，现拟改铸七分，仍系粤局合计工料，斟酌定议。因照铜斤时价，若铸八分，不独亏折过多，私毁仍恐难免。且目下库储奇绌，铸钱平价，既不能无所折耗，何可更增无益之亏，故不得不酌量轻减，以期变通尽利。粤局前次寄到七分钱样，轮郭宽厚，字画分明，因分两未定，停工未敢遽铸。江苏钱价，至今尚未平减，商民受累日深。拟请仍照每文七分鼓铸，俾便民用。经臣电商户部，覆令即行奏明等因。合无仰恳天恩，俯赐照准，庶工本稍资撙节，而销毁之弊亦可不禁自除。

所有铸造制钱每文仍改七分缘由，谨会同江苏巡抚臣赵舒翘附片陈请，伏乞圣鉴训示。谨奏。

查明胡家桢并无盐商事业及例应回避折

光绪二十二年五月二十五日

奏为查明道员服官省分并无盐务事业及应行回避姻亲，恭折具陈，仰祈圣鉴事：

窃准吏部咨开："前署两江督臣张之洞奏，请将江南盐巡道胡家桢与他省相当道员对调一缺，原奏称该员曾办两淮盐务，其是否实有盐务事业，未据切实声明。又称籍隶浙江，与江苏本地人亲友极多，亦未将该员与江苏何人系何姻亲，应否回避之处，详细声明，无从核议。应请旨饬令切实声覆，再行核办等因。光绪二十二年二月二十二日具奏，奉旨：'依议。'"钦此。由部知照到臣，即经转饬遵照去后。

兹据江南盐巡道胡家桢禀称：该道于同治四年，以盐大使分发两淮候补，曾奉委署丁溪场大使篆务，并委办督销缉私等局差使。十三年，过班知县，即归地方候补，历保道员，光绪十八年，补授今职。该道服官江苏，为时虽久，然现官盐道，于江宁府属绅民，并无亲戚，其余外府疏远姻亲，均不在所辖境内，且查例载，亦无应行回避明文。至前在两淮候补，系由运司委办盐务差使，并无盐商事业。籍隶浙江，于江苏省，既非祖籍，亦非商籍，曾于到省时，将并无各项违碍及应行回避之处，照例出结声明有案。禀请核办前来。

臣查该道在任有年，勤于职守，一切应办公事，均能措置裕如。该道于所辖境内，既无应行回避姻亲，前在两淮候补，系由运司委办盐务差使，亦无盐商事业，到省时已照例出结声明并无各项违碍情事，似应饬令照旧供职，以资得力。

理合恭折具陈，伏乞皇上圣鉴，敕部查照。谨奏。

酌减里河营兵抵裁淞南淞北军饷片

再，准兵部咨：议覆前署督臣张之洞裁减江苏、安徽、江西三省制兵案内，行令将太湖水师勇营、绿营妥筹归并，淞南、淞北两营将官，派赴太湖水师应配船帮同巡缉等因。臣查江南、苏州、松江等属，古称泽国，前督臣曾国藩奏请改设外海、内洋、里河水师三大支，本系因地制宜，为变通尽利之计。腹地之水，以太湖为巨浸，周围数百余里，界连浙江，汊港纷歧，向为盗薮。经制太湖左右二营，分段巡防，犹虑地广船单，不敷分布。留防太湖水师，虽隶名太湖，然分驻苏州、吴江、无锡、上海等处，巡缉枭匪，与经制太湖左右二营，各有汛地，勇营分防各属，绿营驻扎全湖，地段绵长，势难归并。淞南、淞北二营，本系京口水师，同治七年，改设里河水师，分巡吴淞江南北支河湖荡及福山、江阴等口，外连海洋，内接长江，水面极为辽阔，捕盗缉匪，尤关紧要。该二营自改设以来，迄今垂三十年，操练巡防，尚称得力。今若全行裁撤，则江海声势未能联络一气，于地方甚多窒碍。若专令各州县就地筹款，酌量募勇，配船巡缉，转恐难收实效。臣体察情形，悉心酌核，此项整支水师不宜裁撤，该二营所设师船，应请与太湖左右二营，悉仍其旧，以资巡防。

惟查此次议裁制兵，原为节饷起见，自当审时度势，量为变通。拟将里河水师提右，太湖左右，淞南、淞北五营舢板船九十二只，每船裁减桨兵二名，共裁一百八十四名。又内河水师，盐城、庙湾、洪湖、东海四营，虽各兼有陆汛，惟水师所设船只，或有或无，即有存船，亦仅止数号，零星散漫，无济于事。除应裁之外汛防兵已饬照案裁撤外，应即在于该四营内再行酌裁战兵三百八十九名、守兵九十四名，共计裁减四百八十三名。计里河五营裁减桨兵及内河四营裁减战守各兵，每年约可节省银二万两，以抵裁汰淞南、淞北两营兵饷杂费银数，核计所缺无多。似此一转移间，于营制不致纷更，于操防仍可兼顾。其余未尽事宜，仍当随时酌核，奏明办理。

除咨部查照，并将留防太湖水师、督标水师各营桨兵酌量裁减，一俟裁定，另案奏明外，谨会同漕运总督臣松椿、江南提督臣谭碧理附片陈明，伏乞圣鉴。谨奏。

息借商款移作公司股分片

光绪二十二年六月二十八日

再，承准军机大臣字寄："光绪二十二年五月二十四日，奉上谕：'御史庞鸿书奏，江苏应还息借商款，移作商务股分，办理未协一折。所奏商民啧有烦言，拟请另招商股。是否可行，着察酌奏明办理。'"等因，钦此。当经恭录饬据驻苏商务局、苏松督粮道陆元鼎、候补道朱之榛，体察情形，查议具覆。

苏州商务局，开办缫丝、纺纱两厂，经前署督臣张之洞，以息借之款移作商务之用。旋由各绅富会议，将原借苏款六十万两，改为商局股本，借户即作股东，合为一大公司，先后奏奉谕旨允准在案。旋经议定，将借款较少，数在二百两以内者，仍给还各借户，共计五万余两；数在二百两以上者，概作股本，俟四期全领之后，换给股票，实与归还无异。统计四期实领银五十七万两有奇。半年来，两厂规模渐已就绪。丝厂现将造竣，日内机器运到，即可安设缫丝。纺纱厂工程，机器年内亦可赶齐开办。息借还本及暂借积谷公款，动用过半，势难中辍。惟招徕商股，仍无眉目，典当借款，屡请抽还，该御史所奏，商民啧有烦言，不为无因。刻下借户知案经奏明，将息借还作股本，为保全商民自有之生业，多愿赴厂换票，浮议渐息。详请核办前来。

伏查苏州设厂纺纱缫丝，原因该处辟口通商，钦奉谕旨，振兴商务，自保利权。署督臣张之洞，因商股一时难集，拟将借款移作股本，事虽权宜，实由绅富会议而定。嗣因前项息借，必须按期归还，两厂需用浩繁，势难停待。复查照上年由电奏准原案，将息借款内应还积谷公款，分别借给，以济其急。盖商民之情难于谋始，不得不官为调护，以图厥成。虽贸迁盈缺未可预知，第此举既为大局所关，现在两厂已将次第告竣，需款正殷，协力维持，官绅各有应尽之责。借款既作股本，业已动用，商股未集，势难归还。经办绅士陆润庠一力肩持，不辞劳怨。惟有饬令局员，随时会商，将厂务妥慎办理，一面广劝绅富，设法招徕，以期共持不敝，仰副圣主开物成务之至意。

理合会同江苏巡抚臣赵舒翘附片覆陈，伏乞圣鉴。谨奏。

蔡学渊报效巨款请赏还举人片

再，据江宁筹饷劝捐局司道详称：已革广东举人蔡学渊，由户部候补主事，恭应光绪癸巳恩科顺天乡试，中式第五十七名举人。因录遗在场患病，倩人代誊完卷，以致与平日笔迹不符，被劾议革。惟该革举人乡试三场文艺，均出己作，并无枪替，其录遗之日，实缘陡患寒热，手颤眼花，央同号生代为写完，以此获咎。今因南洋练军需饷及奉旨开办各矿，需款浩繁，情愿报效银四万两，声称不敢仰邀奖叙等情，详请具奏前来。

臣查江苏前奏就地筹款案内，部议绅富捐银至一万两以上者，准专折奏请特恩奖叙。嗣准部咨，停止筹饷捐输，此项报效巨款，仍准照旧办理。今该革举人蔡学渊，以南洋练军需饷及开办矿务用款甚巨，情殷报效，洵属好义急公，现值各库支绌异常，于度支不无裨益。该革举人，本由候补京职恭应乡试，三场文艺，既系均出己作，录遗时央人代誊完卷，委因在场患病，不能誊写所致。核其获咎情形，与同案湖北举人万航事同一律，其捐输银数，较之十九年周长华捐赈成案及新章捐数均属有增，自未便没其竭力报效之诚。可否仰恳天恩，赏还蔡学渊举人，准其一体会试之处，出自逾格鸿慈。

理合会同江苏巡抚臣赵舒翘附片陈请，伏乞圣鉴训示。谨奏。

自强新军移驻吴淞教练片

再，江南创练自强新军，本在省城购建营地营房，驻扎操练。惟该军延订洋员共有三十余人，江宁地方，与通商口岸情形究有不同，洋人一切起居，颇多不便。臣与司道再四商酌，并商准总理衙门，拟将该军移驻吴淞，以期军民相安。该处本有营房公所，已饬局员拨款量加增葺，并饬原驻吴淞之防营移扎狮子林炮台，腾出营地操场，俾资训练。现已改委候补道沈敦和总理自强军营务处，督率全军，驻扎吴淞，会同洋统带来春、石泰，督饬华洋营哨各官，实力教练，期成劲旅。该军原设马队二营，以一洋员管带，本难兼顾，现因挑选精壮，饬令归并一营，以昭核实。

除分檄饬遵外，理合附片陈明，伏乞圣鉴。谨奏。

金陵洋火药局加造经费报销折

光绪二十二年六月二十九日

奏为金陵洋火药局加造火药用过银两，造册报销，恭折仰祈圣鉴事：

窃查前因海防戒严，军需紧要，钦遵谕旨，饬令金陵洋火药局加造火药三十万磅，酌定制造经费银四万两，并增开北厂碾盘、修配机器零件及各厂添置器具，估需银一千四百八十五两，均由江南筹防局拨用。经前署督臣张之洞，于光绪二十一年正月十三日专折奏明在案。

兹据该局道员蔡世保详请加造火药，添置器具，需用一切料物，悉与洋商交易。时值海氛告警，洋行格外居奇，一应价值，均系核实支给。计自光绪二十年八月二十日加造开工起，截至二十一年十二月二十日工竣止，尽饬拨银数，共造成枪炮粗细各种洋火药三十一万磅。旧管无项。新收江南筹防局拨款湘平折合库平银四万三十一两有奇。开除各款，遵照部议报销章程，各归各部核销：计应归户部核销库平银五千五两有奇，兵部核销库平银一千七百八十四两有奇，工部核销库平银三万三千二百四十二两有奇，统共请销库平银四万三十一两有奇。均属实用实销，并无浮冒。所有加造火药收支各款，造具总散各册，详请奏咨前来。臣覆核无异。

除将清册分别咨送总理衙门暨户部、兵部、工部查核外，谨会同江苏巡抚臣赵舒翘恭折具陈，伏乞皇上圣鉴，敕部核销施行。谨奏。

邳州宿迁等营仍照七成支饷片

再，前因邳州、宿迁等处为运道所关，当经前署督臣张之洞奏明，饬派副将唐高斗，招募团勇三营，月支口粮，照湘军营制发给半饷。该营成军时，正值海州戒严，奉调出防，赴淮海一带助剿，兼护运道，勇丁口粮，若照湘军减半发给，月仅支银二两一钱，实属不敷口食，饬令改照七成，自上年三月十五成军之日起支，又经张之洞附片陈明，并请暂缓裁遣在案。嗣准部咨，加增月饷，碍难率准等因。查该营饷数按湘军七成给发，实因其时军情紧急，并非于防务解严后覆请加支。且该三营，前经奏明，业已裁撤二营，所有勇丁口粮，委实难于核减，拟请仍照七成银数支销，以清款目。据江苏防营报销处、江宁布政使瑞璋等详请具奏前来。臣覆核无异。

理合附片具陈，伏乞圣鉴。谨奏。

购买德国枪弹价值拨付清款片

再，前署督臣张之洞电购德国十响毛瑟快枪五万枝，弹二千五百万颗。原议每枪一枝作价德银十五马克，弹千颗作价六十二马克。嗣因枪件逾限未到，复议将每枪减三马克，枪弹退还一千九百四十万颗，统计十响快枪五万枝，枪弹五百六十万颗，应给价九十四万七千二百马克，前经附片具奏，并声明此案价值约合银二十八万四千一百六十两，应俟付价时，再按市价核计在案。

兹据江海关道黄祖络详称，验收前项枪弹，均属可用，惟少枪八枝。该行因零数未便补齐，除照数应扣枪价九十六马克外，实应付价九十四万七千一百四马克。按照购付马克之日市价，规银一两合三马克零四核算，统计应需规银三十一万一千五百四十七两三钱六分八厘，在于瑞记款内拨付清款，详请奏咨前来。臣覆核无异。

除咨部查照外，谨附片陈明，伏乞圣鉴。谨奏。

奏疏卷二十六

遵查被劾道员据实覆陈折

光绪二十二年七月二十九日

奏为遵旨确查，据实覆陈，恭折仰祈圣鉴事：

窃臣等承准军机大臣字寄："光绪二十二年五月二十一日奉上谕：有人奏道员贪劣，请饬查办一折。据称江苏候补道朱之榛，屡署臬司，地方控案，任听家丁舞弊，近来总司厘务，因加捐机户，致被殴辱。前署两江总督张之洞欲加收无锡茧捐，该道在沪私开机厂，暗嗾洋人阻挠等语。着刘坤一、赵舒翘按照所参各节，确切查明，据实覆奏，毋稍徇隐。另片奏，苏城机匠滋事，系因朱之榛听信劣员马玉田议罚而起，请严禁各局罚捐等语。着刘坤一等体察情形办理。原折片均着抄给阅看。"等因，钦此。当经臣等会委江苏候补道任玉森，不动声色，确切访查，并会同江苏藩、臬两司，详稽案牍，严密考察，如有前项情弊，不得曲为之讳。

兹据江苏布政使邓华熙等按照原参各节，调核案卷，参以舆论，确切查明，详细禀覆前来。臣等详加查核，如原奏"朱之榛小有干才，心术不正，凡督、抚莅任之始，闻其声名，莫不留心察看，该道熟悉苏事，又工作伪，始而迎合，继而挟制"一节。查朱之榛于同治六年以同知到省，为前督臣曾国藩所器许，奏补苏州府总捕同知，保升道员，在苏已三十年，办事精核，不避怨嫌，历任督、抚臣均知其才识之过人，察其操守之不苟，交相倚重，屡列刻章。该道五署臬司，叠管局务，一应重要事件，无不会商藩司，禀承督、抚臣，秉公办理，并非由于迎合，更未闻有挟制之事。

又，原奏“屡署臬司，地方控案，常由家丁卖批，该道向来信纵家丁，且两目俱盲，执笔画行，亦不辨所批何语”一节。查朱之榛屡署臬司，所批案牍，亲笔颇多，类皆核其情节，分别准驳，旧卷俱在，可以取证。先后派委榷厘，公事亦从无贻误。惟其目光短视太甚，不便趋跄，致滋疑论。原奏谓其目盲，不辨批语，或即由斯而起。至谓署臬司任内，常由家丁卖批，并未指明何年何案，无凭稽查。如果信纵舞弊，势必是非颠倒，怨讟繁兴，何以历年以来从无绅民上控之案？此可不辨自明。

又，原奏“近来总司厘务，因加捐机户，致被殴辱”，并另片奏“捐则归公，罚则局员私分。苏城机捐向归绅士包办，绅士既未短交，督、抚又未奏明加捐，朱之榛听信劣员马玉田，每机一张加捐三倍，议罚至十六倍，遂聚众三四千，几至激成大事，且因加捐罢市者不止一处”一节。查厘局向章，遇有漏捐货物，酌量议罚，其款以二成提赏，八成报解，若情节较重，将货充公变价，以五成提赏，五成报解。无论款项巨细，随时报明，留充解饷委员盘费等用，非局员所得私分，其应捐应罚，亦各定有章程，非卡员所得武断。上年该局查获匿税棉纱，变价充公，应提赏项五成，朱之榛以为数较多，仅提二成五厘，余均收入正款济饷。夫以向章应提之赏项尚复减半给发，则其任怨急公，亦可概见。至苏州省城机捐，创办于同治三年，每机月捐钱一千四百四十文，同治十二年减至一千文。凡贾人自置经纬，发交机户领织，谓之帐房。机户之于帐房，犹佃户之于业户。帐房按机认捐，由公所董事收缴，织成纱缎，运销苏境，概不重征。名为机捐，实则产地纱缎捐，捐自帐房，非捐自机户也。常年认捐之机，约一千五百余张，近来机数日增，漏捐甚夥。苏城厘局，本有稽查专责，委员候补知府马玉田，锐意整顿，禀明总局，责令董事确查补认，非于正捐千文之外议令加捐，惟谕以如再隐漏，须照绸缎漏捐例究罚。一面派令巡员候补从九品帅保清于抽查保甲之便带查漏机，机户遂以为厉己。又因帐房发给工资，向系抬高洋价，乘其暂行收料停织，得所借口，突于四月二十七日，纠众拥至帐房，帐房则推公所，公所则推厘局，辗转滋闹，流氓从而附和。朱之榛亲出理喻，猝被掷砖受伤，旋即解散。其时观看人多，致有聚众三四千之谣。次日，长洲、元和、吴县三县传集董事及帐房机匠人等，谕令开织，机匠纷纷以洋价陈诉。该县等劝谕帐房，此后洋照市价，各归安业，漏报之机，亦据帐房补认八百张。至马玉田等办理操切，业经分别撤差。其所谓隐漏究罚，不过空言申儆，并未见诸施行。各处市面，当机匠滋闹时，照常开张，并未罢市。原奏称“加捐三倍，罚捐十六倍，罢市不止一处”等语，自系传闻之误。所获掷砖各犯，由司饬提讯究，另案议办。

又，原奏“无锡县近来产茧日旺，丝商认捐，每担洋银九元，少于浙丝十之六。前署督臣张之洞欲一律加收，该道暗嗾洋人阻挠恐吓，遂止加每担一元。向来百斤为担，加捐后，以百二十斤为担，名加一元，实则减去一元八角，由该道在沪开设机厂，专用无锡茧丝，故图私利而罔顾大计”一节。查浙章干茧每担连带收沪捐共洋十二元，苏章每担捐洋六元九角，由来已久。上年朱之榛调办苏州牙厘局务，因前办松沪捐局时，详准援照浙章每担带收沪捐三元，又加一角，统收九元，随有英商宝昌公司禀由领事照会关道，迭次电商停收。朱之榛以内地茧行必先具结声明，确系华商资本，并无洋股在内。此捐既出茧行，非洋商所应阻挠，坚持不允，俾二十万之捐款，得以保全。是苏省茧捐，实由朱之榛主议加收，英商越俎，又系朱之榛据约力争，岂反有暗嗾洋人阻挠恐吓之事？向来干茧运沪，每担百斤外，加包皮折耗十余斤，行之既久，斤两愈浮。朱之榛以上年盘门卡查获茧船，每担斤两浮至五十斤，大蚀捐项，遂严禁加斤，茧商力求体恤，始详准每担包皮折耗不得过十五斤，以示限制。原奏谓其加捐后，以百二十斤为担，殆未悉此中原委。其南洋海防案内，每担加捐洋一元，系前署督臣张之洞饬由江宁筹饷劝捐局司道札委候补知府沈桓办理，与朱之榛无涉。遍加查访，该道并无在沪开设机厂，证以办理茧捐一事，其为讹传无疑。

此查明朱之榛被参各款之实在情形也。

臣等伏查苏省厘金，自半税单盛行后，久成强弩之末。朱之榛办理局务，多方补救，不遗余力。如上海纱布厂禀准零售纱布不满一件者，给发凭单，免完税厘，原为恤商起见，乃商人借单取巧，无不化整为零，漏卮甚大。叠经朱之榛查获漏货，详请停给运单，此弊遂绝。查核苏州牙厘局二十一年收数比较同治八、九年间半税单未经盛行之时，有盈无绌，捐数增旺，实为同治八年后之冠。目下江苏库储奇绌，用款浩繁，全赖各局厘金补司关道库之未逮。该道朱之榛总司局务，志徇公家，绝无瞻顾，敢言善断，精敏过人。此次机捐一案，系委员查漏过严，以致累及总局，非该道意料所及。茧捐一项，与华、洋商人龂龂相持，裨益饷需，尤非浅鲜。虽有目眚，无碍公务，并经该司等查明，亦无开设机厂等事，应请毋庸置议。委员马玉田等既无别项不合，业经撤差，亦请免其置议。

所有遵旨确查缘由，谨合词恭折具陈，伏乞皇上圣鉴训示。谨奏。

裁勇节饷片

再，目下江苏库储奇绌，拨款浩繁，入少出多，饷源日竭，所有应用各款，苟可设法撙节，不得不酌量裁减，以期裨益饷需。

兹查太湖留防水师共计七营，配设长龙舢板一百四十四号，应每船各裁去兵丁二名，共裁兵丁二百八十八名，每年约节省银一万三百余两。又，督标水师五营，配设长龙舢板、飞划等船共一百三十六号，内后营从前原设飞划二十九号，每船仅设兵丁十二名，应仍照旧办理，其余四营，每船亦应裁去兵丁二名，共裁兵丁二百一十四名，每年约节省银七千七百余两。所有饷项，已饬一律截止。内有督标水师左营两船，前经派令护漕北上，应俟差竣回营，再行裁减。似此一律酌改，于操防尚无窒碍，于饷项稍资补苴。嗣后遇事如须酌加，再当体察情形，分别办理。

除咨部查照外，所有裁勇节饷缘由，谨会同江苏巡抚臣赵舒翘附片具奏，伏乞圣鉴。谨奏。

还款分筹认解折 光绪二十二年九月初十日

奏为江苏省奉派应还俄法、英德两款本息银两，饬由司关厘局分筹认解，恭折具陈，仰祈圣鉴事：

窃准户部咨：常年应还俄法、英德两项借款，约银一千二百万两，数巨期促，拟由部库与各省及各海关分别认还。计俄法一款，指拨江苏地丁、盐课、盐厘、货厘、杂税等款银二十万两，江海关税厘银四十万两，镇江关税厘银二十二万两。英德一款，指拨江苏地丁、课厘、杂税等款银三十二万两，江海关税厘银六十万两，镇江关税厘银二十二万两。除京饷等项仍照常分别批解留支外，其余无论何款，俱准酌量划提，各照分认数目，按期解交江海关道汇总转付等因。

臣查俄法、英德两项借款，每岁应还本息银两，需款至一千二百万两之多，为时至三十余年之久，必须内外通力合作，庶免失信愆期。江苏奉拨之款，应由司关道局查照部咨数目，竭力认筹。各该司道以江苏库储本非充裕，近年拨款繁巨，出入已难相抵，若更增四国还款，艰窘益甚，财力只有此数，实难为无米之炊，吁请分别减拨改拨，以免有误要需。经臣以此事关系邦交，无论如何为难，断不容稍有推诿，饬令通盘筹画，尽力腾挪，分任其难，以维大局。

兹据江宁藩司与金陵厘局每年认解银十万两，内派还俄法银四万两，英德银六万两。苏州藩司与苏州厘局、松沪厘局每年认解银二十一万两，内派还俄法银八万两，英德银十三万两。两淮运司与各岸督销局卡每年认解银二十一万两，内派还俄法银八万两，英德银十三万两。镇江关奉派岁解银五十四万两，因该关税厘短绌，实难照数措解，详经电咨户部改拨芜湖关银四十万两，仍由镇江关每年认解银十四万两。江海关奉派岁解银一百万两，该关征收华洋税项，除照章分成提解外，留关备拨之款仅止五成一厘，供支京协各饷及本关经费等项，不敷甚巨，药厘一项，亦复入少出多。自二十年海防事起，添拨军火价款及归还息借商款暨军火镑价等项，为数过巨，不敷凑放，商准户部借拨克萨存款及出使经费，方得勉敷周转。此项还款，关系重要，原不敢稍事诿卸，惟本年应解之款，虽俄法款少提六成，尚需银七十六万两，委实力有未逮。拟将本年未解之海军经费银二十一万两，提存备拨之威、大经费银二十五万两，暨上年一半银十二万五千两，共银五十八万五千两，悉数提出，汇还四国本息，再于直隶练饷内酌减两成，截留凑付。嗣后当察酌税厘收数，分别划解，俾免贻误。并据江宁、苏州两藩司及淮运司、镇江关详明奉拨四国还款数巨年远，本属无可设筹，因此款为国家大信所关，不敢不设法认解，如实在力不能及，即当遵照部咨，无论何款，俱准酌量划提之案，斟酌办理等情，详请具奏前来。臣覆核无异。

除咨部查照，并饬嗣后务须依期如数报解，暨饬将指拨淮南四岸盐斤加价银两，照数动拨，另行咨部外，理合会同江苏巡抚臣赵舒翘恭折具陈，伏乞皇上圣鉴。谨奏。

盐厘难恃还款仍请分摊折

光绪二十二年九月初十日

奏为盐务摊还瑞记洋款，新票课厘缓急难恃，仍请一律分摊，免误要需，恭折仰祈圣鉴事：

窃臣接准部咨：议覆鄂、湘、皖三岸新票课厘抵还瑞记洋款，应照加票原奏办理等因，当经札饬两淮盐运使江人镜妥筹核办去后，兹据详称：伏查瑞记洋行借款一百万镑，应还本息，于上年九月间前署督臣张之洞饬由盐务认还四分之一，应由运库及鄂、湘、西、皖、五、正各局卡分摊，禀经批准，并将上年十一月十七日应付第一期银两，查照定案摊解。其时鄂、湘新票未加，皖岸南北盐一百票虽已加定，而新引课厘亦尚未有抵还洋款之议。嗣于本年正月间，前署督臣饬加鄂岸二十票，湘岸十票，始经奏明以前加皖岸一百票及新加鄂、湘三十票，征收课厘全数备还瑞记洋款。即经查明新票课厘缓不济急，本年应付第二、三两期，只可照案仍由运库与鄂、湘、西、皖、五、正各局卡分摊，嗣后察看收数情形，随时核办，详经奏明在案。

兹经部臣奏覆，饬照加票原奏办理，不准由江西淮北摊还。窃思新引课厘与旧票课厘，同为国家之财赋，京协各饷与瑞记还款，均系国家之要需，出入本有常经，彼此奚分畛域。但求新引课厘抵还瑞记洋款，不致迟误，何事纷更。无如各岸引票虽经奏加，而销数则不能骤益。前署督臣加票之举，系为酌收票价，借充公用起见，所收票费银两，先后拨充湖北铁厂经费及苏州商务局纺纱机价之用，是以加票原奏声称“惟有加票一法”，又称“不致有碍销路”，盖谓筹款非加票不可，而票数虽加，销数如旧，非谓销畅而加也。近年旧票纲分积压至八九纲之多，新票系与旧票一律轮销，即照六成计算，尚恐未能销足，遑论销足十成。本年第二期洋款，系五月二十一日。维时新票课厘丝毫无收，从何拨解，不得不照案分摊。转瞬十一月，又届第三期应付之时，察看岸情，新引销数有限，若不照案摊派，势难无米为炊。核计前五年应还之款，所收课厘亦属不敷，将来只能就收数凑解，余由各局卡分摊，以期有著而免贻误。在部臣以旧票课厘，有关京协各饷，不准摊派，未始非慎重饷需之意。而量入为出，贵在因时。即如皖岸新引一百票，照章先归于现运纲末统运一次，是专销新引，而旧票课厘全无，京协各饷何以应解？仍将所收之课厘照案分解，以资挹注。其统运一次后，归入下纲，相间轮销，课厘即未能征足。况每年岸销，只有此数，多销一引之新票，即少销一引之旧票，多收新票之课厘，即少收旧票之课厘，此一定不易之理。现值库空如洗，不得不先事筹维，免致临时无以应付。除本年五月第二期业已照案分摊外，其十一月第三期息银，仍请照案与西岸、五河、正阳各局卡一律认摊，以后各期，或均由运库暨各局卡分摊，所有认还瑞记洋款暨京协各饷，统在新旧课厘内照解，毋庸划分，以归简便，详请具奏前来。臣察核所详，自系为慎重洋款，期无愆误起见，自应仍照一律分摊。

除咨部查照外，理合恭折具陈，伏乞皇上圣鉴训示。谨奏。

鄂局裁减经费截留候拨片

再，案准部咨，以前署督臣张之洞奏，遵查两淮盐务督销局碍难裁撤情形，并力筹撙节整顿，折内声称“鄂岸督销局核定用款，每年节省银一万三千余两，湘岸裁减经费银二千余两，正阳卡裁省银四千余两，五河卡裁省银四千余两”等语，每年节省银共二万三四千两，应令即饬按年如数解运库存储，听候拨用等因，当经分行在案。

兹据鄂岸督销局禀覆，上年所裁每年共银一万三千二百九十两有奇，当经前署督臣张之洞批明，以一万两留存该局弥补前亏，其余银三千二百九十两有奇及以后用有盈余，均须按年专款存储，以济要需。核与原奏所称“每年节省款项，弥补向有挪欠，俾得永杜亏挪”等语，尚属相符。应将全年所裁之一万三千二百九十两有奇截留一万两，弥补局亏，其余银两，仍遵部文，悉数解宁，听候部拨，请分别奏咨前来。臣覆核无异。

除咨户部外，理合附片陈明，伏乞圣鉴，敕部查照。谨奏。

两淮场灶被灾拨款抚恤片

再，两淮海州分司所属板浦、中正、临兴等三场盐池，俱系引潮晒扫，逼近海滨，每值伏秋大汛，往往漫淹，均经饬令先期迁避。本年六月十三、四等日，大雨滂沱，飓风陡作，海潮顶托，乘势漫溢，低处水深七八尺，高处亦四五尺不等。灶晒人等虽经迁避，间有淹毙者，即经该分司等捐廉给钱埋葬。庐舍类多漂没，圩滩亦已荡平。被灾情形，以板浦场之太平堰、中正场之中兴、富民两疃等处为最重。臣接据禀报，当以时事多艰，度支奇绌，未敢援案请赈，上廑圣怀。即饬先由该分司库内借拨款项，广运干粮、芦席，督同官商，赶速驰往勘抚。现据挨户确查，按丁量给，急抚已周，并将盐池积水设法车滩，赶紧修理池面，以期无误晒扫。廪盐虽多淌化，而核实盘查，正纲尚不致短缺。惟被灾之后，灶晒人等困苦异常，遂复酌量重轻，由库借给盐价，每引或一二钱，以资接济。统由各池商自丙申纲起，分作三纲，按引清还，以重库项。泰州分司所属之五祐、丁溪、草堰、新兴、庙湾各场，偏于东北，地皆近海，亦于是日同被潮灾。先经运司派委会同该署分司查勘，人畜不无淹毙，锅篷墩灶亦多漂塌。已由各该场将淹毙人口，分别掩埋，先行捐资购办米麦等物散赈，只以灾丁人数过多，难期持久。复即动拨泰分司盐义仓项下历年所存积谷，以及生息钱文，赶办急抚，并由司库筹款接济，仍由各该场商按引捐还，分别买谷照补归垫。现在墩场均已涸复，锅篷池滩逐渐修整，灶晒人等照常安业。据江宁布政使瑞璋、两淮盐运使江人镜先后详禀前来。

臣查各场猝被风潮，受灾颇重，经江人镜督饬各员筹借拨款，办理抚恤，仍由各商捐还归款，不由官筹办理，尚属妥洽，堪以仰慰宸廑。

再，此次潮灾，筹办义赈，商捐商办，应请免予造报，合并声明。

理合会同江苏抚臣赵舒翘附片具陈，伏乞圣鉴。谨奏。

筹办江宁矿务折光绪二十二年九月初十日

奏为筹办江宁等处矿务，谨将大略情形，恭折具陈，仰祈圣鉴事：

窃查光绪二十二年二月初九日，钦奉谕旨："据御史陈其璋奏，镇江之东南山，煤、铁、五金皆有可采，着派熟悉矿务办事实心之员，按照所指地名，认真履勘，拟定办法具奏。"等因，钦此。

臣等伏查目下时局日艰，财用日匮，非广兴矿产不足以资利用。年来风气渐开，虽商民亦知开矿之利，特以办理未能得法，以致有名无实。现拟开矿，必须先行由官勘验确实，然后再分官商办法，步步从实，庶免复蹈前辙。当经臣等分委江宁盐巡道胡家桢、常镇通海道吕海寰招延矿师，各就辖境，分投履勘。又以沿江一带，前因群情疑阻，曾禁开挖，复将办法示谕居民，俾知此事实为利国便民之举。

嗣据吕海寰勘得镇江丹徒县属西面曹王山中段上名中德古有石如铅，似炭质与铁所成，镕去炭质而见铁渣，其质似佳。又离江十余里，山名西德古，有千层纸石，其色黄，土民误以为金，并有铁石露出。又毗连曹王山之光头山，有吸铁石露出，约含铁六七分，可炼精铁，试挖察看，似产铁较厚。惟须附近觅有矿煤，方便镕化。现在委勘，尚未觅到煤矿。

又据胡家桢勘得句容县属之龙潭、上元县属之栖霞山、林山、祠山、胡山、圆山、青龙山、马扒井、石澜山等处，均有煤苗。当饬设局派员雇夫，分别试挖，虽煤层厚薄不等，煤质优劣互异，然均系可采之矿。惟龙潭一处，试开两井，煤层忽有忽无，断续无定，尚须另行探验。

现就各矿，酌定官商办法。查青龙、石澜两山，验系烟煤，煤质有油，火力亦足，堪供轮船机器厂之用。南洋厂船用煤多资洋产，该两处现定酌拨经费，由官开采，将来煤层果能宽厚，即可供厂船之用。其余各矿，或产柴煤，或系铁煤，种类不一，定为商办。现已由绅民分请承领，饬令验资接办，仍由官局随时稽察。将来各矿出煤，应完税厘，按照利国、贵池各矿定章，分别征收。据各该道等将筹办情形，详请核奏前来。

查煤矿之利，虽不若金、银诸矿之优，近来商务盛兴，机厂林立，需煤至巨，苟能广为开采，亦属收回权利要图。惟南方地势低洼，土脉薄弱，滨江之处，开采尤易见水。现饬酌购应用机具，妥定章程，实力筹办。俟有头绪，再赴各属次第履勘，如有可开之矿，仍当接续酌办。铁矿需费较巨，且必就地产有合用之煤，方便取以镕炼，仍饬俟觅有煤矿，即行镕化试验，分别禀办。

除咨部查照外，谨合词恭折具陈，伏乞皇上圣鉴。谨奏。

金陵机器局更换锅炉片

再，金陵机器制造局机器、熟铁两厂，所用锅炉，系同治初年安设，迄今二十余载，终年运用，锅炉愈烧愈薄，炼补已多，汽机愈用愈松，旋转无劲，屡经修理，仍属此修彼坏，敷衍运动。上年军务吃紧，加工赶造，锅炉之气磅加足，汽机之马力全开，不惟炉、机两项受伤，即汽缸亦因之磨蚀，以致损坏尤甚，势非更换不可。现经核实估计价值，共需英金一千八百四十八镑，照市价每镑合规银六两七钱三分，计规平折合库平银一万一千三百四十七两有奇，照案由江海关于制造二成洋税项下如数动拨济用。

据金陵机器制造局禀请奏咨前来。臣覆核无异。

除咨部查照外，谨会同北洋大臣直隶督臣王文韶附片陈明，伏乞圣鉴，敕部查照施行。谨奏。

创设机器制钱局兼铸银元片

再，查上年冬间，江南、北各府、州、县均因制钱缺少，民用不敷，上游皖、鄂等省银价亦复骤跌，邻省皆禁运钱出境，以致市面愈不流通，江宁等属，百物昂贵异常，小民生计艰难，颇滋惶扰。当经前署督臣张之洞拨款购办铜铅，由广东铸钱局代铸制钱二十万串，以资周转。业将办理情形，先后奏明在案。

兹查江苏钱价至今尚未平减，商民交困，受累日深。现由广东代铸制钱二十万串，该省铸钱机器每日仅出钱六百串，以二十万串计之，约须一年，方可竣事。若专恃广东代铸，仍属缓不济急。且运脚有费，保险有费，层层折耗，于公款实多亏蚀。臣与司道再四筹商，非在江宁自行设局仿铸，不足以示平准而靖民心。惟铸造制钱，不能无所亏折，当此库储奇绌，筹款维艰，若别无补救之方，亦恐难于持久，必须多购机器，兼铸银元，庶以制造银元之盈余，补鼓铸制钱之亏耗。

查上年十二月间，户部议覆御史陈其璋奏请鼓铸银元折内，行令沿江、沿海各省，自行设局仿办，派员专理，俾得次第程功，自应查照部咨，实力举办。现饬江宁藩司会同候补道刘式通在上海瑞生洋行订购英国嘉敦厂铸造制钱机器全副，每日约可造钱一千串，价合英金二万一百五十五镑有奇，银元机器全副，每日约可造大小洋十万元，价合英金九千八百六十七镑。二共英金三万二十二镑有奇，经该司道等议减五百镑，计实价英金二万九千五百二十二镑有奇。又起重机器及铁路等项，共实价英金一千二百七镑有奇。订立合同，限期交运，计本年十月内可以到华。并饬候补道桂嵩庆在江宁省城查勘相宜之地，鸠工庀材，参酌洋式，建造厂屋，一应用款，由臣酌量筹拨，另行分别开报。

除咨部查照并候开局后将一切事宜妥为筹办随时奏咨外，理合会同江苏巡抚臣赵舒翘附片具陈，伏乞圣鉴。谨奏。

老湘营打仗人员核减改奖折

光绪二十二年九月初十日

奏为老湘营前次打仗出力人员，遵照部议，分别核减改奖，恳恩俯赐照准，以示鼓励，恭折仰祈圣鉴事：

窃准部咨：议覆老湘营前在海城等处打仗出力各员，虽有劳绩足录，究未克复城池，擒斩要逆。所保人数，饬令大加核减，按照寻常劳绩另行酌保等因一折。光绪二十一年十一月二十五日奉旨："依议。"钦此。咨行查照等因，当经转饬遵照去后。

兹据前统老湘营甘肃巩秦阶道李光久详称：该军前在海城等处，连月血战，大小十有余次。各该员弁，于枪林弹雨之中，奋不顾身，杀敌致果，实属异常出力。前请保奖人数，以五营计之，每营仅止数人，本未敢稍涉冒滥。现既奉部行令核减，自应遵照办理。兹择其尤为出力者，按照寻常劳绩，呈请酌核保奖，并将出力较次之员，分别删除，开单详请具奏前来。臣覆核无异，谨将拟保官阶、衔名，缮具清单，恭呈御览。合无仰恳天恩，俯准照拟给奖，以示鼓励。

除饬取各该员弁履历分咨吏部、兵部查照外，理合恭折具陈，伏乞皇上圣鉴训示。谨奏。

徐州兵练击退刀匪请奖折

光绪二十二年九月初十日

奏为徐州兵练击退刀匪，有裨大局，所有在事出力员弁，吁恳天恩，俯准择尤请奖，并开复降调总兵原官，以示鼓励，恭折仰祈圣鉴事：

窃查本年四、五月间，山东刀匪窜至徐州丰、砀各属，拆毁教堂，劫抢盐店。经臣电饬署徐州镇总兵陈凤楼及该文武，督率兵练，严密防剿。嗣据禀报，于五月二十日、二十一日接仗获胜，刀匪败回各情形，节次电知总理衙门代奏。五月二十三日奉旨："刘坤一电悉。山东曹、单一带，本系盗贼之薮。此次刀匪借闹教之名，既拆教堂，复毁盐店，出没于山东、江南两省之间，该处民人集团守御，其肆扰情形已可概见。着刘坤一、李秉衡各派队伍，速往镇压，如敢抗拒，即就地剿除，慎毋姑息养奸，致贻巨患。"钦此。又二十七日奉旨："刘坤一电悉。刀匪拒捕，开仗情形甚重，现虽败回单县，其匪首刘士端尚潜伏东境，着刘坤一严饬防堵，并电知李秉衡即速掩捕。如需会剿，即着饬营前进，务期速了，毋致蔓延为要。"等因，钦此。仰见圣明智烛幾先，指示详切，下怀莫名钦悚！当即恭录咨行，钦遵办理。

臣维此次防剿能否得手，实系时局安危。该刀匪等党羽甚多，遍布于山东、河南、安徽、江苏分界之地，盘结勾连，阴谋叵测。兹因砀山庞三与刘姓教民割禾起衅，遂以灭教为名，肆其焚掠，以摇人心而启外侮，用意至为险恶。初犹借口为庞三复仇，以数十人、百数十人往来滋扰，专与教民为难。既而匪目彭桂林、智效忠、陈五呆子各率巨股，合二千余人，攻扑砀山马良集，势极披猖，情同叛逆。若使得逞，则凶焰益张，本地伏莽与外来游勇从而附和，将有燎原之祸，牵动大局矣。陈凤楼等部署严明，应援神速，兵练莫不用命，得以痛予创惩，匪目或斩或擒，无一漏网，匪徒死伤数百，余悉逃回山东，徐境由是平安，教士莫不欣感，各案一律议结，堪以上慰廑怀。

伏维朝廷激劝戎行，微劳必录。近如漕臣松椿饬派员弁拿获著名巨匪秦大得等，奏奉朱批："准其酌保数名。"今徐州兵练击退刀匪巨股，保全地境，于大局不无裨益。所有在事出力员弁，合无仰恳天恩，俯准择尤酌保，俾免向隅。至陈凤楼前因被参，部议降三级调用，经臣与漕臣松椿为之逐款剖明，请留署任，仰荷恩俞。该总兵自回任后，整饬营伍，巡缉匪徒，不遗余力，一方倚以为重。此次防剿得手，实该总兵之功。可否准其开复原官，以示鼓励，出自鸿施。

所有兵练击退刀匪，请奖出力人员，并开复总兵原官各缘由，谨恭折具陈，伏乞皇上圣鉴训示。谨奏。

拨款续采棕毛折光绪二十二年十月十八日

奏为采办棕毛动用银款，恭折具陈，仰祈圣鉴事：

窃准工部咨行令采办棕毛二十万斤，分批解部。前经议定，以五万斤为一批，业将头、二两批棕毛十万斤，饬委运解在案。

兹据署安徽布政使于荫霖详称："三批棕毛，前因款绌价贵，未经采办，现奉工部电催，不容再有延缓。应请将三批棕毛五万斤，先行派员前赴江西、湖北一带赶速采办。所有每斤例价银三分，共该正银一千五百两，在于光绪二十二年各属解司正项银内动给，又于耗羡项下拨给协贴价值银二千六百余两，又部饭银一千二百两，并水脚银一千八百余两。”详请奏咨前来。臣覆核无异。

除饬令赶紧采解外，所有采办第三批棕毛动用银款缘由，理合会同安徽巡抚臣福润恭折具奏，伏乞皇上圣鉴。谨奏。

裁减沿江滨海炮台经费片

光绪二十二年十月十九日

再，江南沿江滨海，各处炮台，前经署督臣张之洞分为吴淞、镇江、江阴、金陵四路，一律改编专勇，遴派华、洋员弁教习训练。各台弁勇薪、粮等项，即以裁汰防营月饷抵支。于上年冬间，先后奏明，并将饷册咨部查照在案。

查江南炮台编立专勇，事属创办。臣回任后，详加体察，尚有应行变通之处，与司道等悉心斟酌，量为损益，将前定章程复加厘订。饬自本年三月初一日起，查照现定新章办理，数月以来，诸尚妥协。江南各炮台向章支销，每年不过一万六千余两，上年大小各炮台改设专勇，每月需银二万六千余两。现在改章之后，总计各项用款，每月共需银二万五百余两，较之前定饷数每月可减支银五千余两，每岁可节省银六万余两。江南饷项艰窘异常，此项章程照此核定，实于操防饷需两有裨益。所有各台勇饷，仍归金陵支应局在于裁营月饷内按月抵支，其华、洋员弁、司事、工匠、擦洗炮费等项，暂由江南筹防局核拨，一俟支应局饷力稍裕，再行拨还归垫，以清款目。

除将酌定新章饷册分咨户部、兵部、工部查核外，谨附片陈明，伏乞圣鉴。谨奏。

核销电线经费责成地方看管片

再，光绪二十年间，因海防戒严，沿江、沿海驻军处所，分设电线，以速军报而便调度，由署督臣张之洞将设线情形奏明在案。

兹据督办官电事宜道员盛宣怀详称：江阴一线，自上海之吴淞起，经宝山、浒浦、福山以达江阴，计线路二百七十七里。崇明一线，沿吴淞口南岸起，接至狮子林，以达北岸崇明，计水、陆线路一百十八里。乍浦一线，自上海起，越黄浦江，经川沙厅、南汇、奉贤、金山之海塘，以达乍浦，计线路二百六十八里。通州一线，分为三路：一由镇江南岸象山起，接至圌山关，约五十一里；一由镇江北岸瓜洲起，接至都天庙，约二十里；一由扬州起，接至通州之任家港，并横接泰州，约线路三百四十六里；共四白十七里。海州一线，自清江起，接至海州及赣榆之青口，并横接板浦，约线路二百九十六里。通共水、陆线路一千三百七十六里，分起筹办，一律工竣，共用工料、薪费库平银七万五千八百四十一两有奇。分晰造册，详请核办前来。

臣查此次设立电线，器具有可向商电局借用者即不购办，所需员司有可向商电局借用者即不委派，是以开支较为节省，一切用款亦均核实无浮。惟此项电线，既因筹防而设，防务解严，自应即撤以节省养线之费。臣于本年正月抵任后，当督饬局员分别核定，海州至清江，通州至瓜洲，路远线长，照料不易，惟该两处尚有商报可递，暂交商局收管应用。崇明孤悬海外，水线费巨，酌留司事丁役专管。其余各处杆线，责成各地方官会营派拨兵役看管，遇有损坏，随时拨款修理。所有委员、报生人等，概行裁撤，以节经费。

除将清册分咨户部、兵部、工部查照外，理合附片具陈，伏乞圣鉴，敕部查照。谨奏。

察看道员心迹据实覆陈折

光绪二十二年十月十九日

奏为遵旨察看道员，据实覆陈，恭折仰祈圣鉴事：

窃臣等承准军机大臣字寄："光绪二十二年八月二十七日，奉上谕：前据御史杨崇伊奏参江苏候补道朱之榛，当经谕令龙湛霖确查具奏。兹据奏称：'该道人颇精明，惟居心叵测，若听其恋栈贪荣，恐致贻误公事'等语。朱之榛服官苏省多年，叠经有人保奏。上次因案交查，刘坤一、赵舒翘覆奏，亦称其'办事精核，不避嫌怨'。其平日居心行事，究竟若何，着该督、抚秉公察看，据实具奏。原片均着抄给阅看。"等因，钦此。仰见我皇上考言询事，至公至明，跪诵之余，莫名钦感！

臣等伏查江苏候补道朱之榛，清介绝俗，持正不阿。在江苏服官垂三十年，五署臬司，叠管局务，其操履之不苟，办事之认真，精敏过人，实为难得。失经督、抚臣保荐，人品才具，久在圣明洞鉴之中。现在苏州开埠通商，于厘务颇多窒碍，时艰财匮，挹注无方。该道志徇公家，屡谋补救，长于会计，亦敢于担当，廉介自持，无近今脂韦之习。臣等详加察看，其居心行事，洵为济时有用之才。仰蒙谕旨垂询，不敢不据实上陈，以副圣主迩言必察之至意。

所有遵旨察看道员缘由，谨合词恭折覆陈，伏乞皇上圣鉴训示。谨奏。

机器局制造经费照案指拨片

再，前准户部议覆江南机器局购机建厂，创造快枪、快炮、制药、炼钢，请添拨常年经费银二十万两，拟俟将加造枪、炮、火药细数统盘核定，奏明指拨，行令遵照等因。兹据总办局员江苏候补道刘麒祥等禀称，每年加拨常费银二十万两，现在统盘合计：炼钢厂每年可出快炮管、快枪筒及枪、炮机件、炮架器具等钢料二千余吨，栗色药厂每年可出栗色火药二十余万磅，无烟药厂每年可出无烟火药六万余磅。以上三大宗，即系常年制造之外，所创新厂各项加造之数。其快枪、快炮、枪子、炮弹均已一律改造新式，无从分别常造、加造。并而计之：快利新枪每年可成一千五百杆，一百磅子快炮每年可成六尊，四十磅子快炮每年可成十二尊，快利枪子每年可出一百二三十万颗，快炮钢弹每年可成一千五百余颗，大小铁弹每年可成一万余颗。此系并计加造、改造之数，禀请照拨接济前来。

臣查该局常年所领二成洋税，除分拨金陵机器局及养船经费外，为数本属无多，只能供原设各机厂之用，机厂既增，工料自倍。盖栗色药、无烟药及炼钢三厂，均系新厂，本无常费，有厂无费，仍与无厂相等。新式之快炮、快枪以及子弹等项制作既精，工费益巨，亦断非额领经费所能敷用，是署督臣张之洞请加拨常费，委属必不可少之需。合无仰恳天恩，俯准敕部照案指拨，俾济要需。

除分咨督办军务处及户部、兵部、工部查照外，理合附片具陈，伏乞圣鉴训示。谨奏。

协拨川省新式快炮片

再，臣接准四川督臣鹿传霖来电："近接藏表，攻备关重，请协拨新式快炮十尊"等因。臣查四川需用炮位，江南现既查有存件，自应不分畛域，协拨济用。当饬金陵军械所拨给阿摩士庄七磅车炮五尊、子弹二千四百颗，哈乞开司一磅快炮五尊、子弹三千颗，交由四川候补知县颜守彝领运回省应用。据军械所呈请具奏前来。臣覆核无异。

除咨部查照外，谨附片陈明，伏乞圣鉴。谨奏。

江豫会剿幅匪请奖出力员弁折

光绪二十二年十月十九日

奏为江苏、河南两省官军会剿幅匪，谨将惩办情形，恭折具陈，仰祈圣鉴事：

窃查江苏徐州府属之萧县、砀山等县与河南永城、夏邑等处，犬牙交错，向为盗匪出没之区，迭经严饬各该文武，实力巡防，认真缉捕，遇有拿获要匪，先后惩办，奏明在案。

本年三月间，据署徐州镇总兵陈凤楼、署河南归德镇总兵崔廷桂、署徐州道阮祖棠禀称：巨匪白脸王三余党在各该处潜勾游勇，结幅起事，先后焚抢永城薛家湖聚源隆杂货铺并萧县张大屯久聚成估衣等铺，拒杀练丁，势殊猖獗，崔廷桂闻报后，率队往拿。陈凤楼、阮祖棠等亦因匪势猖獗，非由两省会剿，不足以杜窜扰而靖地方。当经陈凤楼带队驰往薛家湖与崔廷桂会筹布置，督饬永城营参将韩立本、豫正营官弁邵武魁、蔡昌文及徐防勇营哨弁周连城等，协同永城县知县沈传义、萧县知县刘本檍、署砀山县知县朱学煌，各带勇役，于二月十六、二十二等日在砀山县境王闸口、房庄等处分投剿捕，追至萧县、砀山、永城三县交界之何家集地方，各匪逞凶反斗，开枪对敌，拒伤勇役杨吉太、常克俊、苗兆瑞、秦喜四名。我军不避枪火，奋勇合围，立时擒获杆头邵同椿及邵麻举、朱二岗、杨虎、殷九、朱自得、纪道、房绍先、吴三、鄫赃、王雷池、魏扬猴、王第二等犯十三名，格杀杆头唐占蝌一名，匪犯李粘被拿自戕，夺获匪械洋炮十三件，并刀、剑、火药、铅丸、原赃等项，余匪奔散。复探砀山境陈家楼等处有匪潜匿，又派营官陈万金、王凤如，萧营都司龚锦标，萧县刘本檍，砀山县朱学煌，砀汛把总王庆兰带队驰往围拿，各匪凭险抗拒，当经击杀数名，余悉奔溃，追获杆头邵起椿并搜获匪犯李桐、李狼、李二套、王宗允、王毛、王鞍、黄淮、黄沨林、陈正、夏溃、曾详、刘景共十三名，夺获洋炮各件。并在沛县龙堌集扑获杆头胡四即薛鳖儿、巨匪王大小即滚地龙。又由萧县捕获高继蚊、张广田，并格杀李三欢即李老添耶一名。复据派出线勇探有匪目在铜山、萧县交界地方潜图滋事，复派营员谷得先、赵金海及铜山县陶在铭等，驰至管粥集围捕。该匪等突出拒斗，势极凶悍，致伤什长高玉升、李永标等。我军奋力猛扑，擒获匪犯周印即周银、薛广玉、姜永溃等共三名，夺获枪械无算。续由该镇陈凤楼、崔廷桂酌派两省防军，会合永城、萧县、砀山等县，先后捕获匪首邵根椿及祝留贞、邵十、邵三怪物、邵小二、邵铁头、邵二虾蟆、宋传得、段尿即段继菖、马可、马如、刘憨墨、尉平、陈尿壶共十四名，并被拿自戕匪犯王狼一名，继复格杀巨匪胡小车子一名，擒获伙匪唐占起一名。综核两省文武官军先后会获巨匪邵同椿等四十八名，并格毙及自戕匪犯唐占蝌等五名，共计擒获格杀五十三名。除格毙之唐占蝌等五名及朱自得、纪道、房绍先、魏扬猴、王第二、邵三怪物、邵铁头、邵二虾蟆、黄溯林、陈正、王毛、曾详、刘景、陈尿壶、尉平、薛广玉、姜永溃等十七名，于取供后在监病故，暨续获之唐占起一犯，讯明后另行核办外，据该县将匪首邵根椿等三十名，解经徐州道提讯明确录供，禀请分别惩办前来。

经臣核明该匪首邵根椿、邵同椿、邵起椿、胡四即薛鳖儿等四名，并朱二岗、高继蚊、张广田、李狼即李汶智、邵麻举、宋传得、杨虎、邵十、殷九、段尿即段继菖、王大小即滚地龙、周印即周银、王鞍即王小山、李桐、夏溃即夏文岭、黄濉、马如、马可即马汶轩、刘憨墨等十九名，或系结幅起事，或系游勇迭劫，迨经两省会拿，犹敢拒敌官军，均属法无可贷，批饬均予正法，并与业已监故之朱自得等十五名，分别戮尸枭示，以昭炯戒，而快人心。其薛广玉、姜永溃二名，免其戮尸。至同时拿获之李二套、王宗允二犯，中途落水未行，吴三、鄷赃、王雷池、祝留贞、邵小二五犯系被逼胁挑担，情同服役，与李二套、王宗允均未帮同拒捕，情尚可原，并饬查照惩办会匪章程，分发犯籍酌予监禁，期满分别办理。

臣查此股幅匪勾结游勇，揭竿起事，啸聚多人，扰掠江苏、河南边境，官军往捕，犹敢率众抗拒，实属形同叛逆，较诸上年惩办之白脸王三，其凶悍为尤甚，剿办稍一迟滞，为患何可胜言。幸得两省文武同心戮力，合军会剿，得以迅速殄除，遏乱初萌，办理尚称得手。所有在事文武员弁奋勇追剿，擒获首伙匪犯至五十余名之多，实属异常出力。合无仰恳天恩，俯准将在事尤为出力之前署河南归德镇总兵崔廷桂、江苏补用知县陈迺勋、候选县丞孙乃洛、沈家齐、附贡生贾福焜、调署河南永城营参将汝宁营参将韩立本、尽先守备萧文龙，其次出力之河南永城县知县沈传义、江苏铜山县知县陶在铭、署砀山县知县朱学煌、萧县知县刘本檍、候选盐大使朱正荣、指分东河试用县丞吕遐绾、州同职衔周份、附生王景菜、监生沈锜、俊秀赵庆、恩署徐州镇标中营游击刘玉泉、两江尽先补用副将借补徐州镇标萧营都司龚锦标、河南鹿邑县汛千总邵武魁、尽先守备张锦贵、都司衔武生芋奉恩等二十二员，分别给予奖叙，以资鼓励。如蒙俞允，再行开具清单，照章拟保。

除咨部查照，并将千总以下应归咨奖各弁另行开单咨部查核，暨饬该镇、道等督饬会同交界营县防军严拿逸犯陈三麻子等，务获惩办以绝根株外，所有江苏、河南两省官军会剿幅匪讯明惩办各缘由，谨会同江苏巡抚臣赵舒翘、河南巡抚臣刘树堂恭折具陈，伏乞皇上圣鉴训示。谨奏。

研讯游棍讹诈实情比例议拟折

光绪二十二年十月十九日

奏为游棍讹诈职官牵涉道员一案，遵旨研讯确情，分别议拟，恭折仰祈圣鉴事：

窃臣承准军机大臣字寄："光绪二十二年八月十九日奉上谕：赵舒翘奏，游棍讹诈，干涉地方官员，请饬查办一折。据称有湖南人曹秉权，自称候选员外郎，禀控署元和县知县叶怀善在镇江挟妓冶游，被萃军围辱，经伊排解，叶怀善允给洋银四千元，书有墨据。又据叶怀善呈出密信一函，称系胡家桢由信局寄来，信内声叙曹秉权谈及叶怀善挟妓饮酒，被流氓欲索巨款，经曹秉权代兑四千元了事等语。览奏，情节支离，虚实均应澈底根究。署元和县知县叶怀善先已撤任，江宁盐法道胡家桢着一并撤任，交刘坤一饬提曹秉权严讯确情，据实具奏，至曹秉权是否捐纳员外郎，着吏部查明斥革。原折着抄给阅看。将此谕令知之。”钦此。臣遵即将盐巡道胡家桢撤任，札调安徽按察使赵尔巽前来江宁随同审讯，并调齐卷宗暨应讯之曹秉权等来宁，以凭研讯，附片奏明在案。

旋据署江苏臬司陆元鼎检齐卷宗，将原告曹秉权、抱告龚恕二名派员押解来宁，并据叶怀善禀到投案。该臬司赵尔巽于九月十二日行抵江宁省城，细核卷宗，以此案胡家桢之被牵，由于叶怀善之被控冶游呈出无名说项之信，叶怀善冶游虚实，在于曹秉权所呈叶怀善笔据，是比对字迹真假，最为此案紧要关键。随提集原、被到案，即据叶怀善呈出无名说项一信，及曹秉权二次原信，并递自首切结，内称伊“前因此信字迹与盐巡道胡家桢相像，因而怀疑，抄信禀呈。现经再四复看，与胡家桢笔迹不甚相符，不敢固执，求恩免究”等情。讯据曹秉权、叶怀善两造供词各执，当饬叶怀善当堂照曹秉权所呈票据书写，比对笔迹不符，曹秉权犹执为叶怀善有心改变字体，求调叶怀善任所卷宗查对。据经该司札饬候补直隶州知州石镇，前赴阳湖县调取叶怀善在任时亲笔书判较多者五卷到宁，逐细比对，仍不符合，曹秉权始俯首无词。并调取盐巡道胡家桢在本任时亲笔批示两卷核与叶怀善所呈无名说项信字迹亦不相符。说项之信，据叶怀善禀，系江宁森昌信局所寄，检查该信局收条信函号簿，并无本年二、三月间胡家桢递元和县叶怀善信件证据。按名详讯录供议拟，详请勘办前来。

经臣于十月初一日督同该司亲提覆勘，逐一研讯：缘曹秉权籍隶湖南长沙县，先曾在家读书，后因家道艰难，出外谋事不成，撞骗度日，与另案革职前署元和县知县叶怀善素不认识。光绪十九年以后，曹秉权曾在扬州、上海、江阴、江宁等处向人撞骗、索诈各一次，得洋或数十元或数元不等，不记确数，亦不记失主姓名，赃洋随时花用无存。二十一年十二月初七日，曹秉权行至苏州，诈称道衔候选员外郎京官赴元和县衙门往拜叶怀善，分送对联告帮，意图骗钱。叶怀善未曾接见，送洋两元，曹秉权嫌少不收，将对联索回。次日曹秉权动身前往镇江住三义公客栈度岁。二十二年正月初五日，叶怀善由苏州起程赴扬州面禀要公，初七日夜四更时分行抵镇江，亦住三义公客栈。曹秉权即起意设法索诈，因叶怀善于初八日天明渡江，十一日由扬州回镇江，未曾上岸，即附搭轮船前往上海，十三、十四两日在上海耽搁，十五日回署。曹秉权无可下手，因思镇江码头流娼甚多，过往官员难保无冶游情事，若捏造叶怀善于正月初七日在镇江挟妓被围，许洋写据，经伊排解垫洋等情，向其索诈，叶怀善系实缺人员，必惧上司听闻，不敢举发，定必出钱托人了处。遂央不识姓名测字人捏写英洋四千元凭票一纸，下叙叶怀善姓名，于本年二、三月间屡函往索。叶怀善接信后，派人访查曹秉权下落无著，致未禀究。未几，叶怀善又接一信，其中语意似为曹秉权说项，信尾并无名姓，只写"名心谨叩"字样，叶怀善置之不理。后曹秉权因叶怀善未曾理会，遂拟控告挟制，自作禀词，带同甫至伊处服役不知实情之龚勰到苏州，令伊作抱，赴巡抚衙门拦舆禀控。饬由吴县查提曹秉权到案，发司讯办，即经臬司吴承潞委员驰赴镇江并札饬丹徒县密查，一面饬令叶怀善按照被控各节据实禀覆，并将曹秉权等发交苏州府审讯。旋据叶怀善具禀，逐层辩晰，并称另有介绍之信，当时呈出曹秉权索洋原信一封。胡家桢因风闻叶怀善在抚臣处呈有排解之信谓系该道所寄，知是假造，先后函电司道代禀查究。嗣后委员及丹徒县查覆叶怀善两次路过镇江，并无挟妓被围情事，取具保邻切结申送，并叶怀善将说项原信称系胡家桢亲笔，呈送抚臣核对，照抄通禀。旋经江苏抚臣赵舒翘以职官被控，牵涉现任道员，情节较重，将原信发交叶怀善自行呈递，奏奉谕旨，交臣饬提曹秉权严讯确情，据实具奏等因。当经臣调齐卷宗，札委安徽按察使赵尔巽前来江宁审讯，臣督同覆勘，曹秉权等均各供悉前情不讳。

臣查此案以曹秉权所呈叶怀善亲出票据是否叶怀善亲笔最为紧要关键，即提集原、被到案。据叶怀善呈出无名说项一信及曹秉权二次原信，并将覆看无名信内之字与胡家桢笔迹不甚相符，具结自首，恳请免究。据曹秉权、叶怀善两造供词各执，当饬叶怀善当堂照曹秉权所呈票据书写，复派员调取叶怀善在阳湖县任内亲笔书判文卷，逐细比对，均属不符，并调取胡家桢在盐巡道任内亲笔批件，核与叶怀善所呈无名信字笔迹亦不相符。诘据曹秉权供无另犯设法索诈、假官撞骗及同谋知情之人，再三究诘，矢口不移，案无遁饰。

查律载："断罪无正条，援引他律加减定拟。"又例载："恶棍设法索诈官民，捏告各衙门，情罪重大，实在光棍，事发者，不分曾否得财，为首斩立决。"又律载"不应为而为，事理重者杖八十"各等语。此案曹秉权屡在各处诓骗得财，又诈称京官赴叶怀善衙门往拜告帮，后在镇江遇见叶怀善图诈未成，辄敢设法妄捏叶怀善在彼处冶游，被散勇围讹情事，并捏其亲写许洋笔据，屡信索诈，复赴江苏巡抚衙门控告，实属刁恶不法。惟向无凶暴重情，与实在光棍有间。遍查律例并无治罪专条，自应比例量减问拟。曹秉权除向各处诓骗得财不记确数，并无官诈称有官图行一事，应拟近边充军，计止二千五百里，较满流为近，各轻罪不议外，合依"恶棍设法索诈官民，捏告各衙门，情罪重大，实在光棍，事发者，为首斩立决”例上量减一等，拟仗一百，流三千里，定地发配，折责安置。据供父老丁单，系恶棍积惯诈讹，情节较重，应不准其查办留养。叶怀善于曹秉权诈称京官往拜时并未见面，不知虚实，无从觉察，即送洋酬应，亦人情之常。其因公路过镇江并未停留，均无不合，惟在上海地方，无端逗遛两日，虽讯无冶游重情，而玩愒旷职，究属不应。叶怀善除将无名信函指为盐巡道胡家桢信，一经到案，即将怀疑误呈缘由具结据实呈明，即属自首，例得免议外，合依“不应为而为，事理重者，杖八十”律，拟杖八十，业已另案革职，应毋庸议。盐巡道胡家桢讯据曹秉权供不认识叶怀善，亦呈明前呈无名一信系属怀疑，检查信局号簿亦无二、三月间胡家桢发递元和县信件，且查胡家桢亲笔所批卷宗字迹亦不相符，应毋庸议。抱告龚恕到镇时，已在曹秉权设法捏据屡函索诈之后，曹秉权亦未将真情向告，讯不知情，亦毋庸议。代为写据之不识姓名测字人应免查提。叶怀善所呈无名信件，无从查究。曹秉权捏告票据，案结涂销。

是否允协，除全案供招咨部查核外，所有游棍讹诈职官牵涉道员一案，讯取确供，照例议据缘由，理合恭折具奏，伏乞皇上圣鉴训示。谨奏。

江靖三营照旧留防片

再，接准部咨，江靖一军前请挑留三营，现在安静无事，行令全行裁撤等因。臣查该军本系七营，除改充炮台专勇约留一营外，其余六营，本年正月经前署督臣张之洞奏明拟裁三营，并未遣撤。臣回任后，饬令分起遣散。所留三营，挑选精壮，仿照衡字五底营办法，作为六底营，并改委统领，申明纪律，实力整顿，数月以来，颇能认真操练。当此用宏费绌，筹饷维艰，该军苟可议裁，何敢不力求撙节。惟苏省幅陨辽阔，江海兼防，现存水、陆各营，实已较前减少，兵单地广，深虑分布为难。该军业经汰弱留强，甚为得力，自应照案留防，以资巡缉。臣仍随时督饬该统领切实训练，不准稍有疏懈，以副圣主修明武备之至意。

理合附片具陈，伏乞圣鉴训示。谨奏。

各省采办官物军米停免厘税片

再，江苏入款，以税厘为大宗。年来出款纷繁，以入抵出，恒虞不给。自前岁军务以后，用款又复迭增。本省息借商款及军火抵价之外，又有应还瑞记洋款，近复由部派拨英、法、俄、德四国还款，数巨期迫，均属刻不容缓。关局税厘纵能旺收，犹虑力不能支。矧苏、杭辟口通商，向来完厘之货，今皆可以就近报关完税，向在上海完纳洋税之货，运入苏、杭内地，如不完厘，亦须照完子口半税。今为口岸，凡往来三口之货，完一正税之后，各关局即不能再行重征。是以苏省税厘又复较前为绌。入款既减，出款骤增，艰窘万分，时以贻误为虑。目下库储匮乏，内外相同。深念部臣筹款之难，既不敢另谋改拨，惟有将向来免完税厘之案，斟酌缓急，分别办理，以期稍资挹注。

查各省购办官物，近来纷纷援案请免税厘，分计无多，合计即为巨款。现已由臣声明定章，分电各省，必须奏准免完者方准照免，以示限制。至各营采办军米应完税厘，当时原系因歉暂免，本非常经。当此财用支绌之时，各统领亟应共体时艰。况各营于兵饷内核扣米价，系有定数，即使米价因完纳厘税，稍有加增，亦与兵丁应领饷数尚无窒碍。此后无论何省采办军米，均不得再行借口援免，以重厘税而济饷需。

除咨部外，理合附片陈明，伏乞圣鉴。谨奏。

特参不职巡道折光绪二十二年十一月二十四日

奏为特参庸妄不职之巡道，请旨革职，恭折仰祈圣鉴事：

臣维巡道有方面之责，统辖府、厅、州、县等官，必须贤明勤慎之员，方足以资表率。兹查徐州道沈守谦，在任数年，未能认真振顿，地方土匪充斥，劫杀频仍。上年十二月杪，臣行抵清江，该道由徐来见，当以岁暮多盗，拟即饬令回任，次日，查传该道已轻舟远赴江宁矣。臣以该道擅离职守，撤省察看，以示薄惩。乃该道于交卸前数日，竟将查抄革员卫汝贵案内前署督臣押缴顶价之总管事刘锡珍即刘雨春径准朦混取保，刘锡珍旋即私回合肥原籍，屡提不到，保人刘凤章亦复不知去向，以致五万巨款无着。该道胆大妄为，贻误公项，尤属有乖职守，未便稍涉姑容。相应请旨将沈守谦即予革职，以昭炯戒而肃官方。

除饬署徐州道阮祖棠勒提刘锡珍到案严追归款外，所有特参庸妄不职道员各缘由，谨会同江苏抚臣赵舒翘恭折具陈，伏乞皇上圣鉴训示。

再，所遗徐州道一缺，江苏现有应补人员，应请扣留外补，合并陈明。谨奏。

酌保人才折光绪二十二年十一月二十五日

奏为遵旨酌保人才以备简用，恭折仰祈圣鉴事：

窃臣钦奉光绪二十一年闰五月十六日上谕："为政之要，首在得人。前谕中外臣工保荐人才，业经次第擢用。当兹时事多艰，尤应遴拔真才，借资干济。着各部、院堂官及各直省将军、督、抚等，于平日真知灼见，器识闳通，才猷卓越，究心时务，体用兼备者，胪列事实，专折保奏。其有奇才异能，精于天文、地舆、算法、格致、制造诸学，必试有明效，不涉空谈，各举专长，俾资节取。该大臣等当念以人事君之义，一秉大公，详加考核，倘或苟且塞责，谬采虚声，甚至援引私人，瞻徇情面，滥保之咎，例有专条，定惟原保之人是问。"等因，钦此。仰见皇上廑念时艰，求贤若渴之至意，下怀钦佩，莫可名言！顾臣迟至年余之久，不敢轻举一人者，诚以真才难得亦难知，非细察其立心制行以及才力精神，无由知其为守兼优，仰酬高厚。

兹查有江苏候补道杜俞，心地光明，志趣远大，立身颇有本末，办事能达经权。初在四川办理军务，卓著战功，前督臣刘秉璋深相器重。嗣经陕西抚臣魏光焘调办营务兼领偏师，约束严明，所至不扰。及来江苏候补，臣与之筹饷筹兵，该道所陈，均有条理。江苏抚臣赵舒翘待以国士，委统水、陆防营，训练日有起色。现在将才甚少，该道实后起之铮铮者。又查有前办湘军粮台户部员外郎毛庆蕃，器识闳深，践履笃实，其生平抱负为湖南抚臣陈宝箴所深知。自调赴关、津，与臣共事颇久，观其运筹之密，综核之精，洵足理繁治剧，至于任劳任怨，不吐不茹，风骨尤为难及。和议甫定，该员即陈善后六条，汲汲以裁兵节饷为请，臣虽未能尽用，实心服其公忠。事竣撤差，拟请奖叙，该员深自谦抑，再三恳辞，亦足觇其所守矣。臣无知人之明，于该二员尚堪相信。夫人才必兼天资、学力，亦由历练而成。今该二员年皆富强，正可勉图报称。倘蒙天恩简用，俾展所长，错节盘根，定成远到之器。

所有遵保人才各缘由，谨恭折具陈，伏乞皇上圣鉴训示。谨奏。

王世绶监造军火收效片

再，查外洋军火日精，近有无烟药一种，施于枪炮，最为利用，法秘不传，上海制造局密雇洋匠设厂仿造，日久无成。该局委员候选直隶州知州王世绶，心灵手敏，接办此厂，以意变通，竟收实效，洋匠自谓不及。现在每年可造六万余磅，将来添购机器，尚可扩充，是亦奇才异能之一端，可以节取者也。该局所造栗色药、快利枪及炼钢铸炮等项，均系新式，该员之力居多。该局总办苏松太道刘麒祥每与臣言及该员，赞不绝口，并称该员联络各厂华、洋员匠，认真讲求，各项制造，日有起色，尤堪嘉赖。理合附片具陈，伏乞圣鉴。谨奏。

行营所领银项发交支应局济饷片

再，臣前岁奉命视师，行营一切用度，每月于行营支应局领银三千两，当经附片陈明。计自光绪二十年十二月起，至二十一年十一月止，连闰共十三个月，合领银三万九千两，分别报销在案。

伏查臣自奉命出师日起至回任日止，已领有本任总督全廉并通商大臣半廉，所有前项银三万九千两，业经发交金陵支应局兑收，以济饷需。

谨附片陈明，伏乞圣鉴。谨奏。

特保洋务道员折光绪二十二年十一月二十五日

奏为特保办理洋务道员以备简用，恭折仰祈圣鉴事：

臣维时事之难，以交涉为最。各国洋人近益狡悍，往往以一言之失，一节之疏，辄至借为口实，以启衅端，则是因应合宜，非通才不能胜任。

兹查有江苏候补道蔡钧，才具明敏，历办闽、粤等处洋务，颇有能名，兼充出使大臣参赞，并在总理衙门当差，备著勤劳。嗣经总理衙门奏请发往南洋差遣，遇有疑难之案，辄委该道与之磋磨，用刚用柔，卒使洋人就范。现经委办盐务差使，整躬率属，弊绝风清。又查有江苏候补道徐寿朋，器识稳练。先在外洋两次充当参赞，熟习各国情形。随经大学士李鸿章调赴北洋，专办洋务，深资其力，先后议款议约，均令该道相从，一切条陈极得体要。其随臣在山海关办理营务，亦属胆识过人。是该道等均属有用之才，而洋务尤为熟手，倘蒙天恩，俯赐以海关道员记名，量予录用，该道等感荷鸿施，勉图报称，竭忠尽智，必于时局有裨。

所有特保洋务道员各缘由，谨恭折具陈，伏乞皇上圣鉴训示。谨奏。

蔡学渊续缴捐款仍请赏还举人片

再，臣前因已革广东举人蔡学渊报效军需、矿务等项银四万两，奏请赏还举人，准其一体会试。旋经部议，以“万航报效银五万两，奉旨赏还举人，蔡学渊仅报效银四万两，与前案银数不符。如该革举人果系情殷报效，捐银如万航之数，即由该督援案奏明，请旨办理”等因，咨行到臣。当经转行遵照去后，兹据江宁筹饷劝捐局司道等饬据蔡学渊遵再缴银一万两，连前报效共银五万两，详请具奏前来。

臣查该革举人蔡学渊，既经遵照部议，竭力筹措，遵缴银一万两，报效南洋开办矿务之用，连同前次报效南洋练军饷需及开矿经费银四万两，共银五万两，核与同案被议续因捐饷开复之万航报效银数相同，情事亦复无异。且江南现在办理开矿等事，正苦费无可筹。合无仰恳天恩，将已革举人户部贵州司行走主事蔡学渊赏还举人，准其一体会试，出自鸿施。

理合会同江苏巡抚臣赵舒翘附片陈请，伏乞圣鉴训示。谨奏。

总兵病故请恤折光绪二十二年十一月二十六日

奏为已故总兵战功卓著，恳恩赐恤，以彰荩绩，恭折吁陈，仰祈圣鉴事：

窃据江西湖口镇标中军游击王洪升等联衔呈称：已故提督衔湖口镇总兵壮勇巴图鲁丁义方，湖南益阳县人，咸丰三年，在湖南省办理团练，屡获要匪，经前督臣曾国藩调充水师营官，随同大军攻克湖北蕲州、田镇等处沿江各要隘。六年，复随水师叠次攻克江西建昌、义宁、九江等城，无不奋勇先登，歼渠杀贼，以功洊保至都司、游击衔。十年，伪堵王黄文金窜扰江西，宝勇溃于建德，长驱深入，连陷六城，以湖口为江西第一门户，率死党数万拚命扑犯。维时该处无一陆军，仅该总兵水师一营，官民惊惧，势将溃散。该总兵慷慨登陴，誓与城共存没，并收集宝勇之精壮者得五百人，晓以大义，令同守御。贼攻三昼夜不息，该总兵多方抵拒，手然火药，烧毁云梯，毙贼无算，湖口数濒于危而终得保全者，该总兵之力居多。前督臣曾国藩随折奏保，有“胆识过人，部署迅速”之语，奉旨以参将补用，并加副将衔。十一年五月，在武宁县城与贼喋血大战，枭其渠魁，贼遂遁去，保升副将。六月，会同各军围攻安庆，连破贼垒二十二座，贼数十万来援，力击破之。同治元年，献策越芜湖先攻太平，出贼不意，果克太平，遂乘胜进攻金柱关，鏖战一日夜克之，顺流而下，袭破东梁山上驷渡贼垒，旋又攻克芜湖县城、大胜关、秣陵关等要隘，平贼垒数十，尽焚贼舟，夺获军械不可数计，说者谓是役实克复金陵之先声，累功洊保以总兵补用。嗣又统率所部肃清皖江北岸，并在沿江一带昼夜梭巡，断贼接济。三年，调攻金陵省城，首夺中关拦江矶石垒，血战冲突，扫荡无前。曾国藩奏上其功，蒙恩颁赐奖武银牌。该总兵益自感奋，与各军乘胜锐进，夺取水西、汉西两门，歼贼殆尽。是年十月，奉上谕：“记名总兵丁义方，著交军机处存记，遇有总兵缺出，尽先请旨简放，并加提督衔。”钦此。七年，创设长江水师，曾国藩等遴选出力将弁奏补水师各缺，论立功之大小，定补缺之等差，以丁义方劳绩素著，足膺阃寄，奏奉谕旨，补授湖口镇总兵员缺，八年到任。该总兵以地当冲要，蹂躏已深，招集流亡，优加抚恤，整饬部伍，训练严明。水师初立，诸事草创，日驾扁舟与各营讲求操防巡缉之法，划清汛地，裁汰陋规，威惠兼施，军民悦服。每年必出巡营汛数次，认真校阅，信赏必罚，虽遇烈风暴雨，未敢稍怠。光绪十年，法人渝盟，军务吃紧，沿江百姓一日数惊，纷纷迁徙。前江西抚臣潘霨因该总兵老于戎事，将亲兵中副炮队等营一律咨归节制调遣。该总兵亲坐舢板，出入洪涛巨浪中，上下数周，察看形势，分派水、陆各军扼要驻扎，既守江口，且护炮台，内则刁斗森严，外则示以镇静，一时人心大定，无不倚为长城。十八年冬，因会匪潜滋，防务紧要，该总兵迭次巡哨，兼访察各营操防勤惰，力疾从公，月凡数出，时值严寒，风雪凛冽，触发旧伤，驯至不起。弥留之际，犹以受恩深重，未报涓埃为憾，语不及私，闻者伤之。胪陈生平战迹，禀请奏恤前来。

臣查该故总兵丁义方，谋勇兼优，驭军整肃。起自水师，矢志剿贼，于诸将中从戎最早。转战湖南、湖北、江西、安徽、江苏等省，大小数百战，克复城池数十处，平毁要隘贼垒无算，受伤至胁洞骨折不少退却，曾国藩、杨岳斌、彭玉麟每称许之，以为诸将中所仅见也。其忠勇出于天性，每遇战阵，奋不顾身。而又优待士卒，与同甘苦，故皆乐为之用。一生与水师相终始，在任二十余年，治军讲武，历久不懈，深得军民之心。方冀长为干城之寄，不谓遽以伤疾溘逝，心甚悼之！

查前瓜洲镇总兵吴家榜、前汉阳镇总兵谢濬畲，积劳病故，均蒙恩旨赐予优恤。今丁义方事同一律，既经王洪升等沥情呈请，臣未敢壅于上闻。可否仰恳天恩，俯准将已故提督衔湖口镇总兵丁义方照提督军营立功后积劳病故例从优赐恤，生平战绩宣付国史馆立传，并于湖南原籍及安徽采石矶地方附祀前兵部尚书彭玉麟专祠，春秋官为致祭，以彰荩绩而励戎行之处，出自逾格鸿慈。

除饬取履历分咨查核外，理合恭折吁陈，伏乞皇上圣鉴训示。谨奏。

丁槐请拨新式洋枪解滇济用片

再，云南僻处边隅，实为西南屏蔽。曩时以缅、越为门户，今则时异势殊，防务尤为吃重。据统领衡字营贵州古州镇总兵丁槐禀称：该省防军因限于经费，尚未购有新式枪炮。现在该镇蒙恩赏假回云南本籍，所有该营前在山东及南、北洋领存各种快枪、快炮，除酌留衡字五底营应用各件外，其余快枪四千三百二十四杆、快炮五尊并子弹等件，拟请拨解云南济用等情。臣察核所禀系为力顾边防起见，自应照准。

除饬该镇派员管解并咨云贵督臣委员至贵州镇远府城迎提外，谨附片陈明，伏乞圣鉴。谨奏。

剿办幅匪余党折光绪二十二年十二月二十日

奏为剿获幅匪余党，讯明惩办，吁恳天恩，准将出力员弁酌予奖叙，以昭激劝，恭折仰祈圣鉴事：

窃徐州地方，界连三省，向为匪徒出没之区。前有幅匪大王三等聚众滋事，虽经即时扑灭，而大王三党内尚有漏网渠魁李中信即李二添耶，稔恶已久，凶狡异常。并有该匪义子郝二妮即郝二大王，及杆首于湝城等，同恶相济，势焰日张，在丰县、砀山等县强劫杀人及勒索钱物之案，指不胜屈。屡经该地方文武设法严拿，期在必获。无如该匪等聚散靡定，党伙极多，一闻官军往捕，少则豫期散匿，多则聚众负嵎。上年闰五月，李中信等在砀山县欧庄及孟楼地方拒敌官兵，杀伤练勇，经营县先后拿获悍党张乔等十余名，禀经前署督臣张之洞批饬徐州道分别严办，而李中信一匪，仍未弋获。

嗣据徐州道禀称，上年十一月初六日，丰县知县王得庚探闻李中信纠党在砀山蒋庄地方盘踞图劫，经该县会同办团委员已革河南延津县知县郭古陶，徐防马步哨官刘士义、王淑崑，署徐州镇标中营游击刘玉泉，署丰汛千总滕承惠，额外高鉴堂，各带兵勇驰往扑捕，李中信等业已得信潜匿，杆首于湝城一匪拼命拒捕，将什长顾长清胸膛戳伤二处，该匪亦即自戕身死。初九日，探明李中信复聚匪党在丰县境内邓家庄地方意图起事，王得庚等正虑官军兵力尚单，适徐防左营哨官部均知、西路汛守备戴鸣凤及团练委员试用通判姚维衡、练董蒋念熙等各带练勇前来会剿，经王得庚会同各该文武督带队伍星驰前往。该匪等啸聚多人，势甚猖獗。官军奋勇围捕，该匪等开枪拒敌，致伤马步兵勇五名，捕役二名，郭古陶马匹亦被轰伤，即行换骑与王得庚等亲冒枪弹，率众合力上前格斗，先将匪犯沈淀标、阎广得轰砍毙命，并将李中信格伤，与麻懊曰、沈淀骜一并拿获，夺获青马一匹，洋枪五杆，余匪知势力不支，拼命突围逃散，维时已在黑夜，追捕无踪。复于十六日格毙刘虫蚁一犯。十七日，探明郝二妮等由山东窜回，甫至蒋单楼地方，即经王得庚会同郭古陶等驰往剿捕，砀山县知县朱学煌等带同兵役亦至该处巡哨，常五、葛生二匪弃械先逃，当即拿获。郝二妮仍列阵抗拒，鏖战有一时之久，官兵练勇亦多受伤，始将李遇平、沈淀选、郝二妮三匪格伤获住，并获伙犯王莛忠、王懏懊、辛按、高田、马四共五名，夺获洋枪七杆，刀、棍十一件，余匪多有带伤分投逃散。所获各匪，并另获之司振清、王梦蓝二名，一并解经该道提讯，各认为匪不讳，录供禀请惩办。

经臣核明该犯李中信即李二添耶、郝二妮即郝二大王、麻懊曰即马心月、王莛忠即王仲懊、马四、王懏懊即王二、李遇平即李蓝、辛按八名，或揭竿肇乱，约期起事，或听纠抢劫多案，勒索居民钱物，迨经官军兜拿，犹敢开枪拒捕，实属法无可贷，批饬均予正法，并与监故之高田即高汶田、司振清、沈淀选、沈淀骜四名及格杀之沈淀标、阎广得二名一并戮尸枭示，以昭炯戒。常五、葛生路遇郝二妮等均系被逼同行，临拿弃械先逃，并未帮同拒捕，情尚可原，并饬查照惩办会匪章程，酌予监禁，期满分别办理。王梦蓝一犯，仅止事后看守秦芳田候赎，并未陵虐及同谋行劫分赃情事，由道拟结。

臣查李中信、郝二妮等乃漏网巨匪，平日以剽劫为生，并有结捻重情，积恶多端，实为地方之害。迨官兵围捕，犹复恃众抗拒，实属情同叛逆，其凶横情形实与大王三等无异。各该文武合力剿捕，奋不顾身，消患未萌，办理尚称迅速。上年获办大王三等案内出力员弁，经前署督臣张之洞奏准给奖在案。此案事同一律，所有在事尤为出力之丰县知县王得庚，河南试用知县蒋念熙，已革河南延津县知县郭古陶，试用通判姚维，衡县丞职衔高龙翰，附生李道源、诸兆熊，署徐州镇标中营游击刘玉泉，尽先补用守备王淑崑，其次出力之署砀山县候补知县朱学煌、徐州镇标西路汛守备戴鸣凤、尽先补用守备刘士义、署徐州镇标中营丰汛千总滕承惠、补用把总拔补外委部均知、徐州镇标丰汛存诚额外高鉴堂、监生阮光奎、武生蒋少白，可否仰恳天恩，准予分别给奖，以资鼓励。如蒙俞允，再行开具清单，照章拟保具奏，其余出力员弁练董已由臣酌给外奖。

除饬勒缉逸犯史中沅等务获究报并咨吏部、兵部查照外，谨会同江苏巡抚臣赵舒翘恭折具陈，伏乞皇上圣鉴训示。谨奏。

前办饷捐人员汇请给奖折

光绪二十二年十二月二十日

奏为江南前办筹饷捐输，请将劝捐尤为出力之员照寻常劳绩给奖，恭折仰祈圣鉴事：

窃查江南议办绅富捐输，始于光绪二十年，本系钦遵就地筹款之旨，以备海上用兵之需。当经派员分赴各处，各就情形，设法劝办。迨后海氛日炽，军务戒严，江南调往榆关内外防剿之军，增至五十一营七哨，月需饷项十余万两，皆取给于江南。而南洋亦在办防，司局各库动拨如洗，不得不借捐款以资接济。无如南省商富频年捐赈，本已势成弩末，时值商务艰滞，人心惊惶，劝募更难应手。因又多派熟悉捐务之员，访明他省行商于江南之绅富，及本省商富之流寓宦寄于他省者，均各前往推广筹劝，虽海外商埠亦复不惮远涉，以忠义激发人心。阅时一年有余，集款一百二十余万，悉以供北军粮饷，连同就地劝捐团练经费三十余万，合共有一百五十余万之巨。查昔年捐赈，系以各省之丰余助灾区之不足。此次捐饷，值各省均筹防筹捐之际，办理更觉为难。是各委员之劝募于外省者，较之赈捐尤为不易。前经署督臣张之洞奏明，奉部议覆，准予援照劝办赈捐之案，统按寻常劳绩请奖，自当酌量拟保。第赈捐大半咨由各省经办，故可分省开列。饷捐皆由本省委员随地往劝，无须分省，应即汇为一次请奖，合之似觉见多，然与赈捐每省分请奖叙为数实已较少。除出力稍次人员酌给外奖外，谨择其尤为出力、集数较巨者，计七十九员名，拟请给予应升官阶及应得虚衔、顶戴、封典，核与定章相符，所保员数，按照赈捐以银计奖之数，亦无浮滥。间有盐务人员，因行盐地方之商富非该员等不能熟悉情形，且此次海防吃紧地方，均隶盐场，是以一体委派劝办，于淮商另案认捐巨款之外多有筹集，自应援照苏皖、苏浙赈捐请奖成案办理。据筹饷捐局司道等详请具奏前来。臣覆核无异。谨将拟保各员衔名缮具清单，恭呈御览。合无仰恳天恩，俯念该员等劝捐济饷著有微劳，准予给奖，以示鼓励，而昭激劝。

除将该员等履历分咨吏部、兵部查照外，理合会同江苏巡抚臣赵舒翘恭折具陈，伏乞皇上圣鉴训示。谨奏。

奏疏卷二十七

请准李以牧仍署泰州运判折

光绪二十三年正月二十日

奏为分司要缺需员，仍以原请试署之员署理，恭折仰祈圣鉴事：

窃查两淮泰州分司运判沈桂革职，遗缺应归三月分截缺，系题补要缺，例应在外拣补，按照分班轮补章程，轮应劳绩捐纳先到班，经臣题请，以劳绩捐纳班先运判李以牧署理。嗣准部覆：两淮劳绩试用班先运判班内，尚有奉旨在先人员，例应先行请署，行令查照更署，等因。

臣查该班内在先者，有尽先补用运判宣兆熊、尽先前补用运判任文澜等员，均与此缺人地不甚相宜。该分司管辖十一场，盐多灶广，督产稽煎，责任綦重。现值灶困商疲，非曾经署缺熟悉场情之员，难期整顿。至两淮运判三缺，皆系在外题补之缺，而轮补班次虽有例可循，并无不准酌补、酌署明文。是以咸丰五年，通州分司员缺，曾以劳绩奉旨在后之范维璿请补有案。泰州分司一缺，前于同治四年八月出缺时，经前督臣请以候补班先运判萧彦甫补授，嗣因与例不符，经部议驳，复经前督臣奏请署理，同治六年十月十五日钦奉特旨允准。光绪三年，候补前运判许宝书署理泰州分司员缺，部议与请补班次不符，经前督臣奏明该分司员缺紧要，仍请以该员署理，光绪四年八月初八日钦奉特旨允准，各在案。是泰州分司运判一缺，事烦责重，员缺紧要，久在圣明洞鉴之中。

当此灶困商疲、整顿盐务之际，臣因地择人，详查劳绩试用本班尽先前运判李以牧，才具优长，前署通州分司，整顿场灶，成效可观。援人地相需之案，请仍以该员试署泰州分司，可收得人之效，若拘成例，深恐贻误将来。在部臣循资序补，名次自论后先，而臣等为缺择人，权衡须归至当。为此据实陈请，合无仰恳天恩，俯念泰州分司员缺紧要，准以劳绩试用本班尽先前运判李以牧试署，实于盐务有裨。据江宁布政使松寿、两淮盐运使江人镜会详请奏前来。

谨会同江苏抚臣赵舒翘，恭折具陈，伏乞皇上圣鉴训示。

再，该员李以牧系奉部议驳仍行请署之员，是以改题为奏，合并陈明。谨奏。

请假一月片

再，臣自上年秋间，时患腰痛，两腿无力，步履维艰，驯至不耐久坐，每因用心过度，或见客稍多，辄复头目昏晕，递进清补之剂，迄未见效。交春以来，肝木增旺，精神益形困倦，事过辄忘，委顿情形，迫难支拄。据医者云，年老血气亏损，前岁在营大病，尚未复元。隆冬由陆南旋，沿途不无感冒。自回任后，政务殷繁，又以积劳成疾，自非加意静养，难期就痊。伏念臣渥荷天恩，重临旧治，兢兢业业，深惧旷官，当此时局艰难，何敢遽耽安逸。第自维衰惫，精力迥不如前，细察病由，未能速愈。合无仰恳鸿慈，赏假一个月，俾得安心调摄，日行公事，臣仍在内署核办，以免贻误。

所有微臣因病请假缘由，谨附片具陈，伏乞圣鉴训示。谨奏。

遵查知县参款折光绪二十三年二月二十一日

奏为遵旨确查，恭折覆陈，仰祈圣鉴事：

窃臣等承准军机大臣字寄："光绪二十二年九月二十八日奉上谕：'有人奏，知县贪酷，请饬查办一折。据称江苏盐城县知县刘崇照，居心残忍，任意妄为，讯问案件，民人被冤笞责致死者甚多，读书之士，亦加陵虐。又复借端勒罚纳贿。该邑总董陶鸿恩等助该令为虐等语。着刘坤一、赵舒翘按照所参各节，确切查明，据实具奏，毋稍徇隐。'"等因，钦此。当经臣等檄饬藩司将刘崇照先行撤任，一面密饬署臬司陆元鼎遴派干员，前赴盐城，按照原参各节，调核卷宗，采访舆论，严密确查。兹据臬司吴承潞分别查明，详细禀覆前来。

臣等覆加查核，如原奏所称"盐城县知县刘崇照残忍剥削，草菅人命，讯问案件，多在酒后，虽涉细故，笞责辄至数百，甚至数千。县民刘金垚年已七十，因田土事，受笞昏迷。民人姚庆年逾八十，因公事到堂，亦被严责"一节。查刘金垚因教唆词讼，经刘崇照传案讯究，发交典史看管，并无受笞之事。姚庆系该县粮差，年约六十内外，为著名蠹役，奸猾贪婪，人人切齿，经该县因案责革。刘崇照于惩治讼棍、地痞不遗余力，绳之过严，遂有笞责数百、数千之谣，采访舆论，尚无残忍剥削、草菅人命确据。刘崇照虽常饮酒，办事从无贻误。至谓讯案多在酒后，似系传闻失实。

又原奏"民人陈俊英，因拦舆投禀，不问情由，辄责八百。陈俊英缢死大堂之上，该县授意仵作，指称急病，勒令尸亲具结掩埋。民人顾莲被冤赴诉，猝遭重责，其女痛父，因而自缢。张姓因该县相验命案观看触怒，致被究拿笞责，因忿致病而死”一节。查陈俊英系光绪十九年间，以族叔陈侦占田勒价等情，拦舆具控。刘崇照按照控情，略加诘讯，知其意存讹索，予以笞责。陈俊英即于是夜乘间缢死鼓架之上，经尸亲呈请领埋，投具切结附卷，实无授意仵作指称急病之事。顾莲之女顾氏，嫁与朱加有为妻，因其夫有外务，时相吵闹。顾莲即与朱加有为难，乘刘崇照因公下乡，拦舆控告。刘崇照因顾莲溺爱偏护，薄予笞责。而顾氏旋因与夫口角，自缢殒命，并非因痛父被责所致。至年逾八旬之张姓被责，因忿致病而死一案，遍加访查，并无其人，亦无其事。

又原奏“文生李鼐，因中证牵连，戒饬后锁于大堂柱上。文生卫炳荣，因亲族调解事，戒饬后亦锁堂柱。文生盛如霖因小故亦被戒饬”一节。查文生李鼐，系著名讼棍，因王洪氏承继案内唆讼，经该县讯明，戒饬锁于堂柱示儆，系为严惩刁生架讼起见。文生卫炳荣，因家庭争产，从中播弄，发学看管，并无戒饬被锁情事。廪贡生盛如霖，曾为职监郭子峻调处讼案，迹涉干预，经刘崇照申斥，并因郭子峻欺孀占居房屋，酌量将郭子峻戒饬。又原奏“凡词讼案件，多藉修理城外闸工为名，勒罚数百至数千，有王再扬被罚二千串。其余罚款尚多，皆名闸款。果否归公，详报上司，邑人不敢查询”一节。查王再扬系和丰杂货店管事，因把持行市，垄断居奇，据允和布店等联名控经该县差传未到。旋经和丰店主，以嗣后不敢把持，情愿捐钱三千串，缴充修闸工费，再三呈请免究。刘崇照以为积弊既除，商情无碍，且于公举有益，故照呈批准，将钱发交董事经收，采办木料，有卷可稽，初非借案勒罚。其余间有商民情愿输捐之款，亦皆立案归公，绝非借公肥己情弊。

又原奏"上年海氛不靖，禁止米麦出洋，各粮行行贿数千金，旋即开禁"一节。查前年该处米麦准予出口，因顺天、直隶一带，民食维艰，经直隶督臣咨由漕臣札饬该县，凡领有护照运米者，准其放行，并非得贿开禁。

又原奏"劝捐一案，该县于正数外，勒加浮费，否则不许详请议叙"一节。查刘崇照奉饬劝捐，因需款孔亟，多方劝导，近年捐务已成弩末，即正捐尚难踊跃，实无从勒加浮费。至于捐输议叙，均经刊有专章，大张晓谕，尤非该县所能抑勒。

又原奏"总董陶鸿恩、张廷恩为该县之爪牙羽翼，实助该县为虐"一节。查刘崇照平日审理词讼，是非曲直，均系亲自裁断，绅董无从进言。察访陶鸿恩等亦无助该县为虐及贪险刁狡实据。

又原奏"该县之母，在署见其不法，力戒不从，一怒而去"一节。查该县之母，本系迎养在署，嗣因不服水土回籍，未闻有力戒不从，因怒而去之事。

又原奏"该县自知声名恶劣，去任时托陶鸿恩等代雇愚民，沿街跪送，又密托陶鸿恩等贿嘱寿榜徐姓，联名投禀各大吏，请饬回任。该令去则士民相庆，回任后气焰有加，人人自危，至有迁居避祸"一节。查刘崇照上年交卸去任时，城厢内外及远近乡民，闻信趋送者甚众，四乡农夫，复沿途攀留，迨后绅耆等又联名禀求各衙门请饬回任，此系出于民情爱戴，似非由雇而来。果有迁居避祸情事，何无一人上控？自是传闻之误。

此查明刘崇照被参各款之实在情形也。

臣等伏查此案业据臬司委查明确，刘崇照并无残忍剥削各重情。粮差姚庆，奸猾贪婪，例应责革。陈俊英因讹诈被责，咎由自取，缢死之后，该县并无授意仵作指报急病情事。顾莲之女自缢，亦因与夫争吵，非由痛父被责所致。即和丰杂货店捐缴闸工经费，确系该店自愿输捐，并非勒罚，款归公用，亦非肥己。总董陶鸿恩等，亦无助县为虐确据。刘崇照在任数年，听断勤明，尚能留心民事，详加访察，并无贪酷劣迹。惟文生李鼐，既系著名讼棍，并不先行详革，又不会同学官，擅自锁责，虽为严惩刁生架讼起见，究属意气用事，应请旨交部照例议处。其余或事出有因，或传闻失实，或查无其事，均请毋庸置议。

所有遵旨确查缘由，谨合词恭折覆陈，伏乞皇上圣鉴训示。谨奏。

宁属厘务未便专员督理片

再，前署督臣张之洞筹议整顿厘金，拟将江宁所属各府州县及徐州等处厘金，专任江苏候补道程仪洛总办。此外金陵木厘局、皖南茶厘局、芜湖米厘局均统归该员督饬总办，假以事权，试办两年，如行之无效，再照旧案办理，奏奉谕旨允准，咨会到臣。当经转行该道，通盘筹画，妥议详办在案。

伏查江宁所属各厘局，分布徐州、安徽等处，地方极为辽阔，平时各派专员就地督办，尚虑耳目难周，稽查匪易。若如张之洞原奏，专派一员督理，各该局卡散布两省，纵横千有余里，更虑鞭长莫及。当此库储奇绌，需饷浩繁，无论京协各饷，均关紧要，且部派及本省应还各洋款，为数甚巨，一经届期，刻不容缓，全赖各项厘金，以资挹注。度势揆时，实未敢轻为尝试。现拟择要整理，庶用志不纷，考核可期周密。查皖南茶厘局，距省较远，收数未能起色，茶斤一项，又为中国大宗商务，销畅则课裕，弊绝则利生，一切培植采制之法，均须精为考求。该道程仪洛究心时务，办事精详，应即派令接办茶厘局务，俾得专心整顿，以收实效。

除札委该道前往认真经理，并分饬各厘局各尽职守，实力稽征，严核比较，毋任稍有弊混外，理合附片陈明，伏乞圣鉴。谨奏。

假满病仍未痊恳请开缺折

光绪二十三年三月二十四日

奏为二次假期届满，微臣病仍未痊，吁恳天恩，俯准开缺回籍调理，并将两江总督一缺，迅赐简放，以重疆寄，恭折仰祈圣鉴事：

窃臣前于二月间，因假期已满，病尚未痊，奏请续假调理，奉朱批："着再赏假一个月。"钦此。殊恩稠叠，感激难名。当经加紧延医服药，以冀速痊，勉供职守。迄今二次假期又满，而臣病体仍未就瘳。缘臣前在军营，积受瘴湿，涉历险艰，本有腰腿酸疼、心气怔忡之证，自壮至老，根蒂已深。现在年力日衰，屡遘危疾，加以频岁积劳，以致旧恙有增无减。自上年入秋后，腰腿酸疼弥甚，外敷内治，其痛稍止，而软弱不能得力，在署扶杖而行，犹复时虞倾跌。屡拟出省查勘沿江炮台，辄以步履不便而止。加以心气怔忡，夜则耿耿难寐，昼则忽忽若忘，驯至精神困倦，每遇接见宾僚稍久，披阅文牍稍多，便觉目涨头昏，难以支拄。当前之事，未能逐细推求，过后之事，未能逐件记忆，其中疏失之处，臣自知之。似此委顿情形，安胜封疆之寄？况以南洋政务烦剧，甲于各省乎？臣身受国恩，至优极渥，捐糜顶踵，未足云酬，际此时艰，何敢遽萌退志。惟念两江为东南半壁，中外交涉纷繁，臣以迟暮之年，憔悴之质，回任已逾一载，自问莫展寸长，若图恋栈之私，深切偾辕之惧，臣之晚节不足惜，其如贻误大局何！合无吁恳鸿慈，俯准开缺回籍调理，一俟病愈，即当泥首宫门，叩求赏派差使，决不敢自耽安逸，辜负高厚生成。两江总督员缺紧要，并请迅赐简放，以重疆寄，不胜悚惶待命之至。

所有微臣因病吁请开缺缘由，理合恭折具陈，伏乞皇上圣鉴训示。谨奏。

密陈在籍大员尚堪起用折

光绪二十三年四月二十六日

奏为现在旗籍大员尚堪起用，恭折密陈，仰祈圣鉴事：

臣维时势艰难，必须各省督抚得人，相与同心戮力，共维大局。而人才难得亦难知，即有才具过人，限于资格，未能遽膺重寄。臣愚以为，求新试之于将来，何如求旧验之于已往。查有前任江苏抚臣奎俊，与臣共事有年，孜孜图治，一切行政用人，莫不开诚布公，期归至当，且自奉俭约，律己清廉。光绪二十年，蒙恩兼署江宁织造，人皆视为利薮，该前抚处处核实，丝毫不以自私，迨后丁艰回旗，竟无数椽以蔽风雨，亦无数亩以给饔飧，则其居官之操守可见矣。至于事亲有孺慕之诚，交友有古人之谊，尤为近今所罕觏。

又前任广西抚臣张联桂，历居方面，卓著循声，及领专圻，力图振作，筹兵筹饷，措置合宜。其于滇、越边防，与提臣苏元春和衷共济，办有成效，上纾朝廷西顾之忧。光绪二十一年，中、倭事棘，该前抚远遗臣书，备陈战守二策，忠愤之气，溢于行墨，所言亦有可采。臣上年回任，经过扬州，曾至该前抚寓，见其居处服食，犹是儒素家风，不改常度，亦疆吏中之矫矫者。该前抚等人才政绩，早在圣明洞鉴之中，将来如令承乏一隅，老马识途，必能效驰驱而图报称。

所有现在旗籍大员尚堪起用缘由，谨恭折密陈，伏乞皇上圣鉴训示。谨奏。

摊还瑞记借款酌拟通挪折

光绪二十三年四月二十七日

奏为摊还瑞记洋款，酌拟通挪济应，免致短少愆误，恭折仰祈圣鉴事：

窃臣接准部咨："议覆上年十一月应还瑞记息银，西岸及五、正各局卡，一律认摊，并以后各期均由运库及各局卡分摊，核与原奏不符，应将鄂、湘、皖三岸新票，各自何时起运，查明声覆"等因。当经札饬两淮盐运使江人镜，会同鄂、湘、皖三岸督销局，切实查明，核议详办去后。

兹据详称："伏查前署督臣张之洞，议加新票，实因湖北铁厂及苏州商务局经费不敷，加增新票，借收票费以济要需，并非因各岸销畅，始行加票。现在鄂岸甫开戊子纲，湘岸甫开丁亥纲，皖岸甫开辛卯纲。以旧票而论，纲分积压如此之多，其不能按年销竣，可想而知。新票附入旧票之内，挨纲轮运，而欲销足十成，照征课厘，势必另立一轮，提运提销。若照此办理，变更成法，无以折服旧商之心。新票课厘多收，即旧票课厘少收，京、协各饷亦将不减而自减。缘各岸岁销只有此数，频年缉私疏销，实已不遗余力，大致总不相上下，盖销数不随票数为转移，票数虽增，销数不能因之而增也。是以请将盐务应还瑞记各期洋款，均由运库及各局卡分成摊派，新旧课厘毋庸划分。今欲将前项新票，按年销竣，征足十成课厘，其势实有所不能。况洋款还期有定，一经届限，必须先期解交，既不能稍有逾延，又不能丝毫短少。覆核部臣原奏内有‘移缓就急，原不刻以相绳’二语，是部臣念洋款之紧要，悉筹措之艰难，即于遵奉部饬之中，参以通挪济应之法。所有光绪二十二年应还第二、第三两期洋息，业经分成摊派，解交江海关收付。其皖岸南北盐新票，于二十一年九月十一月间分别起运，维时尚未有抵还洋款之议，所收课厘，系照旧章办理。二十二年所运南北盐新票，七月间起运湘岸新票，九月间起运鄂岸新票。因瑞记洋款已经照案分摊，运库所收新票课厘并入旧票课厘数内列收，解充京、协各饷。皖岸新票二十一年起运到岸之盐，于二十二年五六月间，当轮挨售，所收厘银，亦经皖局详明，仍照旧票章程分解各处。鄂、湘新票起运未久，尚难轮售，拟自光绪二十三年正月初一日为始，凡鄂、湘、皖三岸新票在扬领运，将所收正课、加课、外江盐厘等银另款存储到岸轮售之盐，由各岸局查明，每月所销新引若干，将所收加课盐厘等银另行提出，按月解交运库，专备抵还瑞记洋款，俟届应解之期，由上海道咨明镑价数目，核明盐务派解银数，将运库收存课厘尽数抵解。如有盈余，存备下期之不足，倘有不敷，匀分两半，以一半由西岸督销局摊认，一半由正阳、五河两卡分认。每届一期之后，即将所收新票课厘各若干，除解某期洋款外，盈余若干，不敷若干，西岸暨五、正两卡分认若干，详细造册，专案送部。如此办理，与原案既属相符，而于洋款要需亦不致短少愆误。至鄂、湘两岸引盐归纲环运后，在岸请咨领运，向有应缴预厘每引一两，俟盐运到岸销售后，在于盐厘内如数扣抵。今新票课厘既议全解运库，其所收预厘亦应解交，以归一律。”详请具奏前来。

臣察核所议均属实在情形，除咨部查照外，理合恭折具陈，伏乞皇上圣鉴训示。谨奏。

江苏添办例木请宽期减批折

光绪二十三年四月二十七日

奏为江苏省添办杉架各木，现因库储支绌，无款筹办，拟请宽期减办，以资周转，恭折仰祈圣鉴事：

窃前准工部咨，奏催湖南等省欠解木植，抄录原奏，咨会前来。查原奏内称“江苏省欠解额木五批，现值菩陀峪万年吉地工程浩大，需用架木不敷甚巨，应饬赶速委员设法如数采办，并添办杉木一千二百根，架木三万根，限四个月运到”，等因。当经饬据江宁、江苏两藩司查覆，江苏省欠解木植，江宁应办光绪二十一年分、苏州应办光绪二十二年分两届例木，甫经筹款办解，设法腾挪，实已不遗余力。兹又奉饬添办杉木一千二百根，架木三万根，限四个月运到，照案应由江宁、苏州各半分派办解。惟期限紧迫，固恐委办不及，且值此筹还华洋借款为数甚巨，司局各库罗掘已空，一时实难筹拨，详经咨部暂缓办解在案。嗣又迭准工部电催，复经分饬各该司赶将应办木植分别办解去后。

兹据江宁布政使松寿、苏州布政使聂缉槼会详称：“江苏省奉饬添办杉架各木，奉部一再电催，亟应遵照筹解。无如赋入止有此数，而各款岁有加增，即如本年派筹四国还款及第五期应还本省息借商款并军火抵价，江宁、苏州两藩司应行筹备之款总计需银六十六万余两，而二、三、四、五数月之间需款至四十余万两之多，正在百计搜罗，惟恐贻误失信。且年例待支之款，如官兵俸饷等项，仍不能稍有短缺。是两藩库支绌情节，本年较甚，而以上半年为尤甚，审时度力，委实难为无米之炊。事关万年吉地钦工，不敢竟请免办。第库储如此奇绌，亦不得不酌求变通，量为采办，拟请照原派添办木数，减办一半，宽以限期，俟库款喘息稍舒，即行委员仍赴产地采运，赶于来年及早办齐解京，以济工需”等情，详请奏咨前来。

臣等察核该司等所请，系属实在情形。合无仰恳天恩，俯准将前项添办木植，宽期减办，以资周转。

除饬将已办未到之例木催提赶运解京并咨部查照外，谨合词恭折具陈，伏乞皇上圣鉴敕部查照。谨奏。

转运局已支车价援案核销折

光绪二十三年五月二十九日

奏为江南转运各局长车雇价，系援顺天成案办理，款已支用，委实无从删减，恭折具陈，仰祈圣鉴事：

窃臣准兵部咨：“具奏议覆榆关、清江各分局长车雇价核实删减一折，奉旨：‘依议。’”钦此。抄录原奏内开：“据称由清江至德州中分七局，每局雇养长车三四百辆不等，至少亦在二百辆以外。由德州至天津间，可以船代车，由天津至锦州，仍需雇养长车等语。惟查京城为转运会萃之区，顺天仅备车二百辆，是江南设车数目较多。添设榆关、德州、锦州、沧州四分局各养长车二百辆，与由清江至德州雇养长车之案相同。至车价一项饬令按照定例，每车每百里支银一两之数核实删减”等因。当经转行去后。

兹据江苏防营报销处司道等详准转运各局覆称：“前因海防戒严，钦奉谕旨：‘现在军情吃紧，亟需大军云集，迅赴戎机。着各省督抚沿途设局派员代雇车辆，宽为给价，准其作正开销。’等因，钦此。溯自轮船通行以后，官商率多航海，遵陆者甚属寥寥。是以清江等处车户歇业者多，全恃客车为来源。前年海氛不靖，先后奉调北上及派援山东之军，计有五十余营之多。江南解济粮饷军火等项，均由清江遵陆节节转运，需车较多。而车户因装载兵差，莫不视为苦累。且直、东一带灾歉频仍，草料米粮异常昂贵，加以时值冬令，冰雪载途，遂相率避匿，几致一空。其惮于运兵而乐于运商者，盖商价优于例价，而军火笨于货物也。即照寻常雇值，尚复裹足不前，如拘泥定例，乡愚无知，靡不疑为抑勒，趋避愈远，雇备益难。况值军情日紧，军火繁重，前批未发，后批踵至，深虞拥挤迟滞，若不放价招雇，必致贻误戎机。奉经钦遵特旨，宽为给价，以广招徕，俾得迅速解济，即经派员分赴四乡及邻封觅雇，当与车户言定，不论行坐斤重里数，凡四套车，每辆日支银三两，三套车每辆日支银二两四钱，双套车每辆日支银一两六钱，剀切劝导，始允承雇，核与顺天每套日给价银八钱之数，亦复相同。各该分局自数辆及十数辆，陆续雇至二百辆而止。惟清江一局，乃遵陆首途军火荟萃之区，用车较他局稍多。迨防务解严，亦即次第裁撤，并非始终以三四百辆为定额。当时放价宽雇，系为欲利师行起见。今则事过境迁，款已支用，委实无从删减"等因。该局覆加查核，以"江南转运各局雇备车辆，实因时事多艰，非优给价值，不足以广招徕。且钦奉特旨准予宽为给价，即援照顺天供应东征兵差车价，每辆不计里数，每套日给银八钱，奉部准销之案，核与转运各局雇备三套车每辆日支银二两四钱、双套车每辆日支银一两六钱，数亦相符。其四套车每辆日支银三两，按每套给银八钱核算，计减支银二钱，尚属节省，应请准其开销，邀免删减"等情，详请具奏前来。臣覆核无异。

合无仰恳天恩，俯准敕部准予援照顺天成案，照数核销，以清款目。

除咨兵部查照外，谨会同江苏巡抚臣赵舒翘恭折具陈，伏乞皇上圣鉴训示。谨奏。

南洋兵轮酌减人数薪费片

再，南洋水师因限于经费，未能扩充，于光绪十八年间筹议变通案内，奏明将各兵轮酌量裁减人数，勉敷巡操，节省饷糈，专款存储，以备添购船艇之用。嗣购雷艇四艘，即赖裁节之饷以资挹注。二十年，因寰泰等船赴北会操，旋又海防戒严，先后复将各船人数，分别补足，均经奏咨在案。

目下各船只供巡操，亟应照案暂减，以为节饷增船之计。经臣督饬司道详加体察，将开济、镜清、南琛、南瑞、保民五兵轮，龙骧、虎威、飞霆、策电四蚊船，应裁弁勇人等，及登瀛洲、威靖二兵轮，仍改运船，均照十八年成案，分别裁改。其寰泰一船，因（以）〔已〕改为练船，须督率水师学堂毕业学生在船操练，并须出洋游历，量予变通。又福安差轮前归安徽差遣，二十一年因办理防务，调回江南，现亦将额设弁勇酌量裁减。均于光绪二十三年正月初一日起，一律改照减案开支，约计岁可节省银十二万余两。日下毋须赴北洋会操，每年约可节省煤炭、帆索、杂件等银二万余两，修理银一万余两。大致统计，每年约共节省银十六万两，仍照奏案，专款存储，以备添购船艇之用，无论何项要需，概不动支。兹据江南筹防局司道造册详请具奏前来。臣覆核无异。

除将清册分咨户、兵二部查照外，理合附片具陈，伏乞圣鉴。谨奏。

酌裁兵勇折光绪二十三年六月十五日

奏为遵旨酌裁兵勇，谨将办理情形，恭折具陈，仰祈圣鉴事：

窃臣等承准军机大臣字寄："光绪二十三年三月初四日奉上谕：'户部奏，冗兵耗财过巨，亟宜大加裁汰一折。近因库款支绌，各省亦筹解维艰，经户部先后奏请裁减绿营七成、勇营三成，叠经降旨饬令遵行。上年十一月初二日，复通谕各直省将军、督抚，不论绿营、勇营，均应大加裁汰。是裁减兵勇一事，事机所迫，势在必行。兹据户部奏称，自行知各省以来，惟山东一省，经该抚李秉衡奏明，将制兵分限五年裁减五成，并将防营练勇分别裁减，此外各省或请将兵额酌裁尚无成数，或仅裁绿营二三成，所裁勇营更属寥寥无几。似此敷衍塞责，有名无实，何济于事。现在综计各省兵勇尚有八十余万人，岁需饷银约共三千余万两。绿营积惰，久同虚设，当兹偿款期迫，中外诸臣自应合力通筹，先其所急。若复饰词搪塞，坐拥多营，值此需款紧急之时，弃有用之饷，养无用之兵，以致借无可借，抵无可抵，民生日蹙，国计亦因之愈穷，在公忠体国之大臣当不出此。各直省将军、督抚奉到此旨，统限一月内，将裁减兵勇若干，节省饷银若干，条分缕析，切实覆奏。所留兵勇，务当精选训练，镇抚地方。至所裁兵勇，应酌给遣饷银米之处，并着该将军、督抚等体察情形，奏明办理。原折着抄给阅看。除直隶、南洋、河南、浙江现有各军另行谕令切实裁汰外，将此由四百里通谕各直省将军、督抚知之。'"钦此。臣坤一并奉寄谕饬裁南洋防营等因，当经转行钦遵。

伏查江苏、安徽、江西三省，滨江临海，襟山带湖，财赋所关，实为东南重镇。加以设关通商，口岸林立，内地各属又多设有教堂，保护巡防，胥关紧要。且江苏之徐、海，安徽之颍、亳，江西之南、赣等处，均系界连数省，民俗强悍，向为盗匪出没之区，全赖营勇扼要驻巡，方足以靖地方而资镇抚。现有水陆兵勇，合计虽觉稍多，分布尚嫌单薄，就三省情形而论，实难再行议裁。惟当此时事多艰，饷需匮乏，理财之道，不外开源、节流两端。目下源无可开，非节流无以为计，而节流又非裁汰兵勇不足以资补苴。部臣因费绌用宏，不得已而始议及此。臣等同膺重寄，何敢不竭力设筹。谨将江苏防勇及江苏、安徽、江西三省练兵、制兵，分别切实裁汰，酌定办法，为我皇上详晰陈之。

一，酌裁江苏留防陆军。查江南留防湘、淮各军，较诸光绪二十年以前大致相同，或驻守炮台，或分防要隘，均系察度地势，扼要驻防。现经臣坤一与司道等一再筹商，凡每营五百人者，一律改营为旗，按营裁去前后二哨，共裁勇丁二百十四人，只留中左右三哨，仍沿旧制，中哨七十二人，左右二哨各一百七人，外加管带官一员、哨官二员，合计每旗二百八十九员。各改旗之营官，薪水照旧支给，月支公费原系一百五十两，减去六十两，其统领兼带坐营，公务较繁，应领公费，仍准照旧核给。各该营原设长夫一百二十名，减去五十名。裁存之哨官、勇大，一应薪粮，均照旧章发给。其余零星队伍，酌量裁并遣撤，其驻扎要地未能裁撤者，仍行循旧办理。统计江南湘、淮陆军，共裁勇丁八千二百四十五名，长夫二千一百七十五名，每年共节饷、费等项银四十四万余两，所有大概情形，业经臣坤一由电奏明在案。至苏州留防各军，为数本属无多，臣舒翘与臣坤一往返电商，饬将苏防五营及沪军一营，每营各裁勇丁一百名，长夫二十名，共裁勇夫七百二十名，按哨挑选匀汰，营制悉仍其旧。营官公费月各减银三十两，每年共节饷费等项银三万余两。所有裁汰勇丁，均各酌给遣饷，雇拨轮船，给予火食，分别运送回籍，俾安生业。

一，酌裁江苏留防水师。查江苏本无大枝水师，其成营者，仅有督标中、左、右、前、后五营。左、右、前三营，每营各设船二十号，中营设船四十六号，后营设船三十号。前经臣坤一酌裁中营船二十六号，后营船十号，共裁勇四百三十二名，应归另案造册，咨部查核。此次钦奉谕旨，复又酌裁中营船十五号，仍留五号，右、后二营全数裁撤。统计裁船五十五号，裁勇七百一十名，每年共节饷、费等项银四万余两。至太湖留防水师，现计六营一哨，共船一百四十四号，分扎苏州、松江、常州各属。该处为财赋重区，又为枭匪渊薮，汊港支河，四通八达，非有师船扼要梭巡，无以绝枭盗之觊觎，慰商民之属望。臣舒翘与臣坤一体察情形，所有太湖留防水师亲兵一哨及正前营师船共二十九号，并中、左、右、后、副中五营督阵舢板，毋庸议汰，其余师船一百十号，每船各裁勇二名，共裁勇二百二十名，每年共节饷银七千余两。一应遣饷等项，均照裁汰陆军之案办理，以归一律。

一，酌裁三省陆营制兵。查江苏、安徽、江西三省陆营制兵，除调充练军外，江苏共存一万五千二百三十一名，安徽共存五千九百二十二名，江西共存九千二百四十四名。上年署督臣张之洞议裁制兵案内，奏明专裁零星汛兵，约可裁减三成。嗣饬各营照议裁汰，惟江西应裁之数尚及三成，江苏、安徽两省应裁零星汛兵数本不及二成，并因分防各汛，未能一律议裁。又臣坤一奏裁盐城、庙湾等营兵丁，充抵免裁淞南北两营饷项。统计上年江苏实裁二千二百八十七名，安徽实裁八百六十五名，江西实裁二千九十二名。所节饷项，照案留抵洋操薪饷等项之用，仍由各该司将裁节兵饷细数，另行造册详咨送部。现复钦遵谕旨，分别裁减，计江苏共裁三千五百七十名，每年约节饷米银六万余两；安徽共裁一千七百八十一名，每年约节饷米银三万四千余两；江西共裁一千九百四十五名，每年约节饷米银四万八千余两；三省并计，每年约节饷米银十四万余两。参酌山东分年遣散成案，分作三起裁汰，第一起裁遣各兵饷项，截至本年八月二十九日为止，嗣后以八个月为一期，扣至光绪二十四年十二月三十日，一律裁遣完竣。仍各给八个月饷米，以资生计而示体恤。

一，酌裁江苏、安徽、江西三省练兵。查江苏练兵五千九百四十一名，内徐州练军余丁二百四十九名，安徽练兵四千三百二十名，江西练兵二千七百四十名，均由各标营制兵内挑练，按月除额饷外，另行酌给津贴。现经按照人数分别抽裁：统计江苏共裁一千九百八十一名，内徐州练军余丁二百二十八名，并无额饷，仅支津贴，每年共节饷米银约二万九千两，津贴钱约七万余千文；安徽共裁一千二百九十六名，每年约节饷米银二万五千余两，津贴银一万六千余两；江西共裁八百二十二名，每年约节饷米银二万余两，津贴钱三万六千余千文。三省并计，每年约节饷米津贴银九万余两，津贴钱十万余千文。亦照裁减制兵期限，分三起裁汰，仍各给八个月额饷额米。其津贴一项，除余丁并无额饷，于裁遣日酌给四个月津贴外，其余练兵均于裁遣之日，一律停止，以昭公允。

以上裁汰江苏水陆防营勇夫，每年约节饷费银五十二万余两，三省制兵及挑练各兵，每年约节饷米各项银二十三万余两，津贴钱十万余千文，俟制练各兵裁竣后，各项并计每年统共约可节省银八十余万两。均系察度地方形势，设法抽裁。此外裁存各营，为镇抚必不可少，现经饬令实力训练，务使一兵得数兵之用，以副圣主慎重度支整顿营伍之至意。

至江苏经制水师，前于同治七年，经前督臣曾国藩改为外海、内洋、里河三大支。诚以江苏古称泽国，利用水师，原奏并称："欲使中国兵勇以舟楫为室家，以海洋为坦道"，兼顾并筹，用意尤为深远。臣等权衡轻重，目下虽筹饷维艰，而江苏地属水乡，分段巡防较陆路情形为重，此项经制水师，不得不酌留，以资巡缉。

谨将裁汰江苏水陆防营勇夫及江苏、安徽、江西三省制兵、练兵数目，缮具清单，恭呈御览。

除咨部查照并安徽、江西两省防勇另行由臣华熙、臣德寿奏明办理外，谨合词恭折具陈，伏乞皇上圣鉴训示。

再，此折系臣坤一主稿，合并陈明。谨奏。

力疾销假折 光绪二十三年六月十五日

奏为微臣力疾销假，恭折仰祈圣鉴事：

窃臣前因假期届满，久病未痊，具折陈请开缺，回籍调理，四月二十三日钦奉朱批："着再赏假两个月，毋庸开缺。"钦此。仰蒙天恩高厚，逾格矜全，臣具有天良，敢忘尽瘁之义。随经加意医治，并将一切公事照常办理，未敢稍涉因循。惟臣血气已衰，忧劳过度，所患心忡、腿痛诸证，一时未能就瘳。月前又接家书，胞弟孟侃在籍身故。暮年手足，倍切感伤，旧恙缠绵，因是更难速愈。第念时艰孔亟，未可因私废公，现计两月届期，应即力疾销假，勉供职守。桑榆晚景，愿依日月之光；犬马余生，冀收涓埃之效。

所有微臣力疾销假缘由，理合恭折具陈，伏乞皇上圣鉴。谨奏。

拨解神机营枪弹片

再，前准神机营练兵处先后咨称，会议具奏练兵事宜，拟由南洋、湖广调取快利枪解京备拨各等因。当经臣饬据上海制造局查明现在造存之快利枪三千二百杆，配用枪子二十万颗，先行尽数派员由海道管解运京，分别投收，以备两军分用教练，余俟造齐，再行陆续解送去后，兹据上海制造局禀称，该局委员候补知县刘毓湘管解前项枪枝子弹，运京投交，计神机营点收一千二百杆、枪子七万二千颗，练兵处点收二千杆，枪子十二万八千颗，印掣批回，具报前来。

除咨部查照外，所有拨解神机营练兵处快利枪弹缘由，谨附片陈明，伏乞圣鉴。谨奏。

量裁长江水师兵丁折

光绪二十三年七月十六日

奏为遵旨酌裁长江水师，谨将办理情形，恭折具陈，仰祈圣鉴事：

窃臣等承准军机大臣字寄："光绪二十三年四月二十五日奉上谕：'督办军务王大臣等会奏议覆御史李擢英奏请酌裁长江水师暨各省勇营一折。长江水师分隶五省，兵数既众，口粮亦较绿营为优，当此裁兵节饷之际，自应严加裁汰，力杜虚糜。着两江总督、湖广总督会同长江水师提督，察看情形，按照该御史所奏裁去二分、酌留一分之议，斟酌办理，限一月后迅速覆奏。原折均着抄给阅看。将此各谕令知之。'"等因，钦此，当经转行钦遵。

伏查前大学士曾国藩，于咸丰十一年规复江南之始，豫为防守长江之计，议设水师。迨至军务大定，以战胜之水勇，斟酌裁减，定为经制之水兵，诚以江路绵亘，匪徒易于潜踪，非设立师船不足以卫行旅。咸丰以前，长江上游水师，本有湖南之洞庭、岳州两营，湖北之荆州、汉阳两营，江西之鄱湖、南湖、九江三营。该各水师形势孤悬，操防废弛，江面时出劫杀重案，行旅皆有戒心。曾国藩深知其弊，奏请一律裁撤，改为长江大支水师，计共设二十二营，隶于两江者十四营，隶于湖广者八营，配船七百十八号，舱兵、桨兵及各署亲兵人等，共额设一万一千六十四名，分防五省，延袤五千余里，划分汛地，各专责成。曾国藩几经图维，始联五省为一气，并几经筹度，始洗尽绿营一切陋习，为经久无弊之谋。迄今三十余年，水师各弁勇，恪守定章，缉捕巡防均称得力，往来商旅如履坦途，实赖长江师船各顾考成、分段梭巡之力。若如该御史原奏，裁去二分，酌留一分，是所留之船仅二百三十余号，所留之勇仅三千余人，以五省相距之遥，兼跨鄱阳、洞庭诸湖，度势揆时，实属不敷分布。

至原奏谓裁二留一，每年饷需可省百余万两。查长江水师二十二营，自提镇、将领以及弁兵、书识，每岁俸饷等项，统计仅五十九万余两，即加船价修理杂费，每岁亦不过七十余万两，按年造册报部，有案可稽，纵使将水师全数裁撤，岁节饷糈亦无百余万两之多。该水师饷项，昔年曾国藩酌留沿江厘卡数处，俾供军实。以长江之厘，养水师之勇，借水师之力，为保厘之计。该水师虽岁支饷银数十万金，而沿江各省常关厘卡，得以岁收巨款，保全实多。盖长江自通商以来，往来轮船，络绎不绝，而商货仍有由民船运载者，实由沿江设有师船为之巡护也。设使抽裁汛地，防范难周，盗匪觊觎，行旅相戒，商民视为畏途，厘税势必减色，而奸商乘之偷漏，私枭从而披猖，是欲节流者，反以塞源，似非计之善也。

臣等再四思维，各处内河护卡缉匪，尚须设立巡船，况以江路险阻，汊港纷歧，势不能转无师船，随时巡护。现有之水师，分布各汛，地广船稀，已形单薄。似以长江情形而论，各营原设船只，委属万难抽裁。惟当此还款孔亟，度支匮乏之时，不得不于无可设法之中，力求撙节。臣等往返会商，惟有按船酌裁桨兵，庶汛地不致空虚，饷需亦可借资节省。现拟将提督督阵舢板二号，四镇督阵舢板各二号，副、参、游督阵舢板共二十二号，每号各裁四名；都司长龙四十四号，每号各裁六名；守备、千、把、外委舢板共六百四十二号，每号各裁二名；并裁提督、四镇、副、参、游各卫署亲兵，每署各裁二名。统计裁兵一千七百三十二名，每年共节饷银六万四千余两，内计两江每年节饷银四万余两，湖广每年节饷银二万四千余两。所有应裁各兵饷项，均截至本年八月底为止，仍参酌江南遣散绿营、防营兵丁成案，各该兵丁，均发给遣饷三个月，酌派轮船分别运送回籍，俾安生业。各船额设兵勇，原系酌量船只之大小，事务之繁简，分别配设，各有专司，此次量为裁减，本系万不得已之举。嗣后如果巡防事繁，桨兵不敷驾驶，再当察酌情形，奏明办理。

除分饬遵照并将裁节兵数饷项另行造册详咨外，谨合词恭折具陈，伏乞皇上圣鉴训示。

再，此折系臣坤一主稿，合并陈明，谨奏。

覆陈长江水师并无游惰恶习片

再，臣坤一于光绪二十二年六月二十三日钦奉六月十五日上谕："有人奏，长江水师积弊日深，急宜整顿，以清盗源"，等因。臣当经密札江苏、安徽、江西三省臬司，将近三年内，长江水师所辖该省江面，共有盗案几起，破获几案，确切查明，据实禀覆。嗣据先后覆称：江苏境内有丹徒县事主王发泰货船，于光绪二十一年五月二十七日夜在雷公套地方被劫。又仪征县事主邓宏兴货船，于光绪二十年十月初一日在夹江被抢。以上两案，均系长江水师所辖江面，赃盗无获。安徽境内有过客徐鹤丹等货船，于光绪二十年十月二十六日夜在和州牛屯河被劫一案，系长江水师所辖江面，赃盗无获。江西境内长江水师所辖江面，并无盗案等情前来。

臣以长江水师所辖江面三省之宽，三年之久，仅出盗案三起，初疑该管官讳匿不报，以致臬司无案可稽。惟臣每月三、八告期，派员接收呈词，从未见有长江失事商民来辕具控。如谓弥缝了结，则事主失赃索赔，该水师弁兵无此财力。是原奏所谓水盗出没，劫案无月无之，似系传闻之讹，长江水师之巡缉认真，尚属可信。

臣随时访察，该长江水师镇将，莫不力图振作，操防罔懈，约束维严，并无供亿酬应及贪扣游惰恶习，偶有弁兵离船登岸，亦即分别责惩，不稍宽贷。现在各船兵额裁减，臣与提臣黄少春，惟有督同各镇将，勤加训练，冀得以少胜多，仰慰朝廷整饬戎行之至意。

谨附片具陈，伏乞圣鉴。

再，此案因详加访察，奏覆稍稽，合并声明。谨奏。

议挑皖北河道请从缓办折

光绪二十三年七月十六日

奏为筹挑皖北河道，工大费繁，兼多窒碍，拟请从缓办理，以重公款，恭折仰祈圣鉴事：

窃照河南故黄河支流之减水河道，上由河南永城经江苏砀山、萧县以达于安徽宿州，下趋灵壁以入睢河，经泗州而注于洪湖，其间汊港支河，纷歧四出，因宣泄不畅，各属时有水患。经前署督臣张之洞委员会同徐州、凤颍各道暨凤阳府，周历履勘，妥议兴挑。当以永城、砀山、萧县等处工程较短，即就原河加浚深广，估需经费银二三万两，就地筹捐，可以集事。皖省工程较大，估需经费银十万两，奏请将查抄已革总兵卫汝贵典产变价之款，凑集银十万两，拨归该工济用，分饬会商定期一体举办在案。

嗣经前安徽抚臣福润，以据原勘委员知府王咏霓面禀：皖省河工原估土方不敷所用，甫挑宿州一河仅及四分之一，已用银一万余两，下游之灵壁、泗州等处，民情亦多不愿。先后委员详加覆勘，均以开办此项工程，如照原议一律疏浚，不独现有之经费不能集事，且洪湖高仰，淮流顶托，能否有利无害，实无把握。即经咨行江苏、河南两省，将永城、砀山、萧县各工一体停办。并饬据凤颍道将收到典款变价银两，除支用银三千三百九十六两有奇、钱一万三百三十四千有奇外，实存库平银三万九百九十二两有奇、曹平银二万八千六十九两有奇，解交金陵支应局兑收充饷，咨请核办前来。

臣覆加查核，此项工程，虽为三省水利所关，第皖北应挑河道，工巨费繁，兼多窒碍，审时度势，有不得不从缓办者，谨为我皇上陈之。皖省工程，自宿州以至泗州，以里计之四百有奇，而淮河之达洪泽湖以入江尚不在此数也。曰中股，曰南股，曰北股，曰奎，曰沱，曰浍，曰岳，以河计者数十有奇，而其他之支津歧港尚不在此数也。工段既长，河道又广，今必一律疏浚，非有数十万之帑，断难告厥成功，若仅恃原拨之十万两，必难敷用。

即如宿州甫挑一河，用款已至一万余两，尚无头绪，其他可想而知。当此还款孔亟，库储极绌之际，实难别筹巨款。其宜缓办者一也。

此项工程，非同时并举不可。宿州为永城、萧、砀下游，灵、泗又为宿州下游。若上游开办，而下游不一律兴挑，水无所归，上游仍受倒灌之患。据凤阳府知府冯煦禀称：原勘委员前议引睢入沱以至于浍，径由五河以入洪湖，亦未始非变通之法。惟所议开宿州沙沟闸下之十八里新河，该处绅耆佥谓，议开之处，直注州城，且多庐墓，情势显然，未可轻率从事，舍此别谋睢沱交通之路，实未易言。是该处既难兴办，各处应挑之工，即不能不因而中阻。其宜缓办者二也。

凡治水之法，先谋去路。溯自黄河改道之后，淮水之尾闾不畅，洪湖之积淤日甚，无论此项工程，力难兴办，即使上游各河，一律开浚深通，而下游五河等处，为众流所归，恐成泽国，民情不愿，将来必致滋生事端。且洪湖不能容纳，必从蒋坝灌入高邮、宝应诸湖，运河东西两堤岌岌可危，淮安、扬州、里下河一带水患不堪设想。其宜缓办者三也。

总之，此次议挑苏、皖、豫三省河道，能否举办，以皖省工程为衡，皖省能办，则三省并兴，皖省不能办，则三省均应停止。得失利病，既不能确有把握，一或不慎，所损实多。现虽用银一万余两，尚可从此中止。若再接续开挑，糜费更巨，势必用款尽成虚掷，而于全局仍无裨益。臣反复筹思，应即查照安徽抚臣来咨，将议挑各工，一律从缓办理，以重公款。

除咨部外，谨会同江苏巡抚臣赵舒翘、安徽巡抚臣邓华熙，恭折具陈，伏乞皇上圣鉴，敕部查照。谨奏。

协拨广西边防枪弹片

再，臣钦奉上谕："苏元春奏请饬拨无烟洋枪以备边防等语。着刘坤一酌量拨给二三千枝，解交该提督防营，俾资应用"等因，钦此。

臣查江南购存无烟快枪数亦无多，第广西边防关系紧要，自应不分畛域，遵旨协拨济用。现准苏元春派委候补直隶州知州全炤等来宁请领，业饬金陵军械所酌拨后膛比国快枪三千杆，配拨无烟药弹一百五十万颗，皮带三千套，点交来员，妥慎管解，并饬江南筹防局在防费项下拨给银三千两，以资运费。惟此项枪弹若由内地水陆并运，需费较巨。适广东南武官轮因公至沪，因饬该员将前项枪弹附装该轮，运回广东，再行解赴苏元春军营，以期事便费省。又上年冬间，准苏元春来函，请拨无烟快枪三百杆，经臣酌拨后膛奥国快枪一百杆，无烟药弹五万颗，所有枪枝已交来员守备龙金宝领回应用，其药弹尚未领解，现亦饬交此次委员一并搭解。

除咨明广西提臣苏元春并咨部查照外，理合附片陈明，伏乞圣鉴。谨奏。

搜捕枭匪布置善后事宜折

光绪二十三年八月二十六日

奏为遵旨会合搜捕枭匪，地方渐就肃清，现仍悬赏购缉首恶及布置善后各情形，恭折具陈，仰祈圣鉴事：

窃臣等承准军机大臣字寄："光绪二十三年七月初四日奉上

谕：‘给事中庞鸿书等奏，太湖枭匪充斥，亟宜妥筹办法一折。着刘坤一等查明先行具奏。太湖界连江、浙，遇有枭匪出没，该督抚等务当各派得力营弁，迅速会剿’，等因。同日又奉上谕：‘赵舒翘奏苏省盐捕积弊实力整顿一折，其未经拿获之黑面施老窝子，即着刘坤一、赵舒翘会同廖寿丰严饬派出员弁合力搜捕，毋任漏网。’”等因，钦此。

臣等伏查太湖界江、浙之间，水面辽阔，汊港纷歧，匪徒踪迹诡秘，此拿彼窜，飘忽靡常。枭匪之领帮者，名为“总老大”，即黑面施老窝子及董必贵、董必富等匪是也。煽惑勾结，党羽甚多，在沿湖各镇市，聚赌贩私，恃强滋扰，甚至肆行抢劫，为害闾阎。迭经派拨营弁严拿惩办，并会同浙江抚臣廖寿丰随时派员，通力合作，分别缉拿。钦奉谕旨，又经咨会浙江抚臣并严饬统带太湖水师候补道杜俞，督同营哨各弁前往沿湖之吴江、震泽一带，分途严密查缉。旋据探悉，黑面施老窝子潜回合肥县原籍，为其族长施继斋庇护藏匿。经臣等先后派委员弁前往，将施继斋拿送该县比交。嗣因延未获案，复经派员访拿，并悬重赏，以期务获。该匪首情罪重大，必不任其漏网，贻患地方。候补道杜俞自檄饬督捕枭匪，即派得力营弁，四出侦探。该匪董必贵于施老窝子逃回原籍之后，因闻缉拿严紧，即将余党解散，独带亲信数人，私往溧阳福缘寺趋伏。经杜俞派往之管带吴家正、吴广升、委员谢谦等访探确实，星驰抵寺，时尚黎明，该管带等各带勇丁数名，踹门而进。该匪董必贵闻声跃出，手持七响洋枪，犹思拒捕冲突。吴广升喝众格落枪械，立将该匪拿获，并获从犯管老窝子一名，又搜得洋抬炮一杆，七响洋枪一杆，大口毛瑟三杆，马梯呢一杆，前膛洋枪七杆并衣饰多件，均经解交臬司衙门，禀经臣等电饬讯明立予正法。当将大概情形，电请总理衙门先行代奏在案。

查黑面施老窝子，当上年饬营严拿之后，业已遁回本籍，复经董必贵函招来苏，恣行不法，实属凶横已极，今幸在苏擒斩。其董必富一犯，前准浙江抚臣咨覆，亦已伏诛，余匪由是分散潜匿。

窃思此等盐枭，志在图利，本非土匪可比，苟有一二人为首，则本地莠民，外来游勇，蚁附蝇趋，便形猖獗。但能拿获巨魁，余党自冰消瓦解。是在盐捕营弁平日办理得宜，既不可稍形疏纵，有碍官销，亦不得过于严苛，致酿巨案。现据该道杜俞以余党解散，太湖肃清，禀筹善后之策。所有扼要之区，业经部署各营，分头堵缉，使匪徒不能往来勾结。并会同臬司，督饬地方官认真举行保甲，严禁赌博，查办窝囤以清其源。再饬令浙西盐捕营统领陈光全整顿弁兵，讲求缉务，于背负肩挑之小贩，则略予从宽，于成群结队之大帮，则务严剿捕。并与太湖水师及各陆营联络一气，有犯必获，以遏其流，庶几消隐患而清盗薮，以仰慰朝廷宵旰忧勤绥靖闾阎之至意。

此次仅将匪首董必贵获办，本不足言功。惟各员弁购线跟搜，于酷暑烈日之中，奔驰数月，即往施匪原籍躧缉，亦不下十数起，似不能没其微劳。且浙江拿获董必富之案，既经酌保数员，可否仰恳天恩，将准补苏州城守营守备吴广升以游击仍留原省补用，江苏候补知县谢谦免补本班以直隶州补用，以昭激劝。

除仍严饬密拿匪首黑面施老窝子务获惩办外，谨合词恭折具陈，伏乞皇上圣鉴训示。谨奏。

行营局员随员已领川资请免追缴片

再，准户部咨覆："山海关行营支应局及转运局报销一案，内开各局委员及各提镇文武随员，发给一月川资，无异多支薪水，此次请销，核与奏案不符，碍难照准，行令将删除银三千一百五十两，照数追缴”等因，自应遵办。惟查各局委员及各提镇所带文武随员，或自江南北上，或自湘、鄂、皖、豫调取而来，一经裁撤，若不给予川资回里，必致羁留异地，困苦难堪。现已资遣一年有余，置散投闲，委实无从追缴。且给资在前，定章在后。上年遣撤武威等军，所发营哨各官薪水公费等项，共银三千四百七十四两，经湖南抚臣陈宝箴奏请免其追缴，奉旨：“着照所请。”钦此，钦遵在案。今所发各局委员及各提镇所带文武随员一月川资，共银三千一百五十两，事同一律，可否仰恳天恩，一并免其追缴，以广皇仁而示体恤。

除咨户部外，理合附片陈请，伏乞圣鉴。谨奏。

徐海各属被淹先筹抚恤折

光绪二十三年十月十五日

奏为江苏徐、海等属低区被淹，民情困苦，拟先筹办抚恤，以全民命，恭折具陈，仰祈圣鉴事：

窃照江宁所属各州县，淮扬一带，虽滨临江湖，素称泽国，而容纳亦广，但使江潮不甚顶托，则水有去路，尚不遽至为灾。惟徐、海等属，名为陆地，实上受皖、豫、东诸省山河之水，一遇暴涨，势若建瓴，又无深通河道以束其流，辄致平铺横溢，故其患潦也更甚于水乡。本年五六月间，阴雨兼旬，往往倾盆倒泻，达旦连宵，上游蒙、沂、淮、泗诸水同时下注，加以本境雨水由高原而汇入低洼，徐属之邳州跨河为邑，首形泛滥，河槽溢出，民埝被冲，宿迁、睢宁通行大路，均被淹阻，而宿迁积潦尤深。

海州于所属之沭阳县，地处下游，河道壅滞，骤难出海，亦遭淹漫，并波及淮属安东等处毗连之地。饬据各该府州查覆，高田所种秋禾尚无大碍，惟低田浸灌日久，多被淹伤，犹冀设法疏销，及时补种。因粮价翔贵，先由各该州县就民捐积谷，或开仓平粜，或按乡借放，稍资接济。无如交秋以后，仍属雨多晴少，前水甫涸，后水又来，察看灾象已成，难期补救。业经由司咨行各道府州，亲诣各属履勘被水情形，分别轻重，据实具报详办。据江宁布政使松寿详请具奏前来。

臣等伏查徐、海各属，地瘠民贫，迥非他处可比，年丰仅堪糊口，一遇歉岁，即觉势不能支。此次被淹之区，时日较久，秋收既已失望，粮价又复骤增，小民谋食维艰，实有岌岌不可终日之势。该处风俗强悍，平时抢夺争斗习以为常，一旦田地失收，饥寒交迫，若不早筹抚辑，不特流离可悯，且虑滋生事端。先经臣等饬令各该属动用积谷存钱，购运麦粮，散给贫民，劝令种麦。并商准山东抚臣，由徐属州县发给印票，令农民前赴济宁一带，购买籽种，俾作来年生计，而免轻去其乡。一面捐筹银款，发交该道府等，先办抚恤，急顾目前。诚恐已有流亡外出者，并于清江、扬州等处截留资遣，设厂收养。仍俟该道府等查勘到日，核明灾歉情形，分别动款赈抚。特是被水地段较广，户口众多，需用浩繁，深恐款无所出。江南司道各库本非充裕，近因筹还洋款，久已罗掘一空，非设法另筹，断难济用。溯查光绪十八年江宁、扬州、镇江等属被旱成灾，仰蒙圣恩截留河运漕粮并准开办捐输为赈抚之用，数十万苍黎涵濡德泽，得庆更生。今此下民荡析离居，其困苦情形，实为相等。如将来需款繁巨，再行据实具奏，上乞恩施。

除将一切应办事宜，督率各该司道实心实力妥为经理外，所有徐、海等属被水较重，先行筹办抚恤缘由，谨合词恭折具陈，伏乞皇上圣鉴训示。谨奏。

淮扬堤工紧要拨款兴修片

再，淮、扬两府以里下河为膏腴之地，每年各州县钱粮及各盐场厘课数百万金，为江南财赋第一，全恃东西长堤为之保障。西堤之御湖水与东堤之束河流，同一功用。其间若坝、若闸、若涵，或石、或砖、或土，均系紧要之工。在前往往溃决，每次堵筑糜费辄数十万甚至百数十万，其蠲免之课，与抚恤之资，尚不在内，民生之受困更无论矣。自设堤工局以来，春修夏守，幸获安澜，每遇险工，随时抢护，虽岁费数万，而所全实多。本年自春讫秋，淫雨为灾，山东、河南、安徽诸水并涨，滔滔下注，湖河均有中满之患，水志高至一丈七尺，长堤岌岌可危。先经两淮盐运使江人镜启放归江，各坝水势仍未见销。堤工局委员江苏候补道何福海督饬各员弁兵校人等昼夜严防，如捍大敌，尽力撑持。至八、九月，俟里下河各属收获以后，始将归海之车逻、南关等三坝，次第启放。臣与漕臣松椿先后奏报在案。由是河水渐退，长堤得以屹然无恙，实非臣等意料所及。顾堤久为水浸，鼓裂颇宽，倾卸亦甚。及至启放车逻等坝，大溜奔腾，窨潮灌窜，堤身之坍塌，堤脚之空虚，所在皆是。兼以沙石停留，河身壅塞，若不大加修浚，明年桃汛难支，一有疏虞，贻误匪浅。臣已札饬两淮盐运使江人镜、署淮扬海道丁葆元切实查勘要工若干，估计需费若干，禀覆到日，由臣核明拨款筹办。

理合附片具陈，伏乞圣鉴训示。谨奏。

徐州土药厘局请照旧收捐折

光绪二十三年十月十五日

奏为徐州土药捐数体察情形，应请仍照旧章办理，以保正捐，恭折具陈，仰祈圣鉴事：

窃准户部咨：“具奏内地土药出产日盛，拟另筹征收之法，以扩利源。据总税务司赫德开呈手折，近年出产，江苏一万石等因一折。光绪二十三年四月二十八日奉旨：‘依议。’”钦此。续准部咨：“议覆山东巡抚李秉衡奏，部议总税务司所筹征收土药税厘办法，窒碍多端，毋庸改议，应俟各省覆奏到日再行酌核，未便豫为拟议等因。六月二十三日奉旨：‘依议。’”钦此。当经先后转行妥筹办理。兹据徐州土药厘捐局、江宁布政使松寿、署徐州道阮祖棠，体察情形，碍难按照新章举办，沥情详请具奏前来。

臣等伏查徐州土药于光绪十七年设局收捐，查明歉收之岁每年不过一千万两，全熟之年约及一千四五百万两，除皮净重一百斤抽库平银三十两，即照全熟年分产数计之，亦只能收银二十七八万两，原奏谓可望收及银三十万两左右者，不过约举成数而言之。且当时所查，只就各属产销之数约略核计。其实徐属产土之区，惟丰县、砀山较多，其土质亦较各属为佳，是以丰、砀土药之名较著，贩土之商多集该处。山东、河南、安徽所产之土，商民亦遂有越境至丰、砀就售者。是当时客商所贩徐土，本不尽属徐州出产。自设局抽收厘金，邻土被遏，数以暗减。且徐属自产土以后，价廉购易，吸食较多，或本地居民零星购用，或种植之户自留服食。此项土药虽同在产数之内，既非由商购贩，即无捐项可收。况罂粟本属花卉，质嫩根浅，寒雾风雨，皆易受伤，非雨旸寒燠终始调和，难期丰稔。上年收数奇绌，固由灾重匪扰，原非事所恒有。然近年来，每年或收捐二十四五万两，或二十一万余两不等，从无有收至三十万两者。是捐数之多寡，尤须视收成之丰歉，本未可以一时之产数、销数据为定额也。

盖论办法，开创时之定章，与夫历年来之稽查，皆系就地体察，因时制宜，层层布置，实已倍极周密，官吏既不能侵渔，胥役亦无从包庇，是以商贩绝少偷漏。惟居民随身零星携带，举步即入邻境，既不能执途人而搜之，即难保无走私之弊，然为数要亦无多。光绪十八年，议办统捐，除原捐三十两外，如愿再在徐局捐银三十两，准其通行各省，不再重征。原期变通尽利，借为裕饷之谋，事阅数年，绝无报完出省之捐。二十二年又复援照山东捐数，每百斤由徐局捐银三十两外，再由镇江关收银十八两，无论运往何处，概不重征。如北商在徐局除原捐外照加捐银十八两，由内地通行各省者，亦听商便。减捐本为疏通销路，乃自改章至今，徐局仅收出省捐银一百数十两，此固客商不愿在徐局加捐之明证也。缘徐州土药大都行销本省，向系运往镇江、上海转运分销。沪、镇土药价值视各省土药及洋药进货多寡而定，不以徐土成本为低昂。捐多则本重，价昂则销滞。约计近年徐土收买资本，加以镳费、栈费、盘川、干耗及照向章所缴每百斤三十两捐款等项，较之镇江适中价值，每百斤所余利息，为数甚微。商民跋涉经营，仅能得此薄息。若沪、镇进货较多，价即递减，获利更少。其中有久存待价者，干耗日多，价仍未涨，有时竟致无利可沾。其邳州、宿迁、睢宁等处，皆系土浆，质稀、味薄，不能上包，干耗尤甚，多系零星小贩，运销附近之淮安、扬州、海州等属，价值稍昂，即难出售，尚不能与丰、砀所产之土相提并论。

年来徐土利息既微，沪、镇银根又紧，各处商贾本已观望不前。本年收成较有起色，凡有可以恤商之处，又经该道多方设筹，客商闻风渐至，捐数可望稍增。乃各商一闻加捐之信，纷纷收庄，咸谓捐数较向章加倍，纵将来沪、镇能因新章加价，断难贵至如此之多，不特无利可图，且必有亏资本，佥欲改图，期免后累。各局员以一经收庄，则无捐可收。当以新章尚未开办，一再劝谕，始得照常收买。商情锱铢必较，本非官法所能相强。今甫闻加捐之信，即欲收庄，一经加倍收捐，卖价不敷成本，势必相率改业。土无买客，种植必少，种植少则捐无从出。即使徐土价能陡涨，而食户愿购徐土，无非利其价廉。若货既远逊洋药而价转过之，人人改服洋药，势所必至，将见洋药畅行，利源外溢，徐州原有之捐，必更因而无著。

目下库储奇绌，需饷孔殷，部臣因筹款维艰，不得已而始议及此。臣等忝膺重寄，蒿目时艰，苟加捐而下不病民，上可裕国，何敢不竭力筹办，勉为其难。无如徐州地瘠民贫，迥非他处可比。丰、砀两属户鲜盖藏，尤为困苦。小民终岁勤劬，惟赖栽种罂粟稍沾余利，若土药重加捐项，各处商贩闻风裹足，乡民存积之土，无可出售，何以为生？虽寓征于禁，为朝廷崇本抑末之至意，而蚩蚩愚民，罔知大计，相安已久，改业为难，一旦坐失利源，诚恐徒滋纷扰，实于地方民情大有关系。且徐属毗连山东、河南、安徽三省，各省体察情形，均难按照新章举办，徐土捐数，更不宜独行加增。臣等详加察度，所有徐州土药，应请仍照旧章，每百斤抽收厘金银三十两，毋庸改议，以保正捐，其出省之捐，亦暂照二十二年定章办理。一俟各省统捐办有成效，再将出省之捐，斟酌情形，妥筹举办。

至徐州界连三省，周围千数百里，一片平阳，无要可扼，本已防不胜防。照目前办理情形而论，雇巡设卡，严密稽查，原定经费已虑不敷支用，若再裁节，必更巡缉难周，奸商乘隙偷漏，转致有碍捐务。现在收捐既照旧章，所有此项经费，亦应仍照原案开支。

除严饬该局员等实力稽征，务须涓滴归公，以裕饷源，并咨部查照外，理合恭折具陈，伏乞皇上圣鉴训示。谨奏。

裁撤各营恩饷请免追缴片

再，案准户部咨："核覆江苏省留防各军，光绪二十一年分第二十四案报销一折，内开：裁撤各营开支恩饷，计营官浮支一个月、两个月公费，营哨各官浮支一个月薪水，随营委员多支两个月薪水，春字副前营、铭春武毅水雷马小队二哨多支一个半月恩饷，营官多支三个半月公费，营哨官多支两个半月薪水，又铭字清淮马队各营撤回原防，营哨各官亦照勇丁支给一月薪费，殊与奏章不符，总共多支银四万七千五百五十六两有奇，应令删除"，等因，当经转行去后。

兹据江苏防营支应报销处司道详称："伏查江苏留防各军弁勇，系属远道应募而来，久劳于外，均甚贫苦。前年先后裁撤，奏明分别给予恩饷，原为体恤起见。所有光绪二十二年九月底以前裁撤者，业经遵照给发。至铭字清淮马队各营，由陆路撤回原防，东征粮台原奏津贴一月饷需，并未声明营哨各官不准支给之语。兹奉户部饬令按照光绪二十二年十月奏定新章，一律删除，本应遵办。惟各该营员弁勇丁，或早经遣撤，或业已离营，前项恩饷银四万七千五百余两，系在未经定章以前支给之款，事越两年有余，委实无从追缴。前次户部删除湘军东征粮台造报武威等军恩饷一案，经湖南抚臣陈宝箴以发饷在先定章在后，奏请免其追缴，奉旨：‘着照所请，该部知道。’钦此。钦遵在案。今江苏省裁撤各营恩饷，事同一律，应请照案核销”等情，详请具奏前来。合无仰恳天恩，俯准免予追缴，以广皇仁而示体恤。

除咨部查照外，理合会同署理江苏巡抚臣奎俊附片陈请，伏乞圣鉴训示。谨奏。

恭谢颁赏平定回匪苗匪方略折

光绪二十三年十月十五日

奏为恭谢天恩，仰祈圣鉴事：

窃臣赍折差弁回抵江宁，奉到颁赏《平定陕甘新疆回匪方略》《平定云南回匪方略》暨《贵州苗匪纪略》各一部，当即恭设香案，望阙叩头谢恩祗领。

钦惟文宗显皇帝，天锡智勇，德懋圣仁；穆宗毅皇帝，神武迪光，宏谟广运。两朝济美，磐石早奠夫中原；六月出征，弧矢复勤夫远略。饬戎车而命将，庙算如神；指边塞以陈师，捷书迭奏。群思革面，玉关张破虏之威；义主攻心，铁柱纪平蛮之绩。我皇上宸机独断，慈训亲承，爰剿抚之兼施，膏泽覃敷于蒙舍；更畏怀之胥浃，壶浆罗拜于棘门。铭勒三危，记有苗之终格；舞陈七德，庆贞观之同符。臣渥荷醲恩，宠颁睿制：拜宝书于天禄，恍睹雪山洱海之奇；锡秘笈于人间，借窥龙韬虎钤之奥。荣施下逮，忭舞难名。惟有运甓习勤，受书励志，思绸缪于牖户，修我甲兵，宣恩德于江淮，保兹子庶。幸值八荒无事，共慑南天砥柱之威；更欣万里抒诚，永罢西域祁连之戍。

所有微臣感激下忱，谨缮折叩谢天恩，伏乞皇上圣鉴。谨奏。

徐海等属灾重开办赈捐折

光绪二十三年十一月初十日

奏为江苏徐、海等属水灾较重，需赈浩繁，拟请开办赈捐，以资接济，恭折具陈，仰祈圣鉴事：

窃照江苏、徐州、淮安、海州各属，本年入夏以后，雨水过多，上游蒙、沂、淮、泗诸水，同时下注，湖河漫溢，积潦成灾，业将筹办抚恤情形，恭折具奏。十一月初二日，又经臣等电请总理各国事务衙门奏蒙恩旨，截留江北河运漕粮三万石，分拨赈济。仰见圣慈子惠元元，有加无已，皇恩汪濊，薄海同钦。

查各该属被水田地，徐州府属之邳州、宿迁两处，系属成灾，睢宁县及海州并所属之沭阳县系属重歉，淮安府属之安东、桃源二县与徐、海毗连之处，亦有淹伤。小民困苦情形以邳州、宿迁为最重，海州、沭阳、睢宁次之，安东、桃源又次之。前经臣等分别筹借款项，发交该管道府查办抚恤，兼办平粜，极贫之户，先行酌拨银米，并于各该属赶设粥厂，宽为留养，暂济目前之急。惟是灾区过广，户口繁多，该处地瘠民贫，素鲜储蓄，今又遭此灾歉，更属民不聊生。转瞬隆冬，饥寒交迫，地广人众，为日方长，来年青黄不接之时，尤须接济。并如各该属所请挑浚河道，修筑堤埝，俾丁壮趋于工作，为以工代赈之举。约计赈抚各项为数甚巨，非多筹有着之款，源源解济，断难措手。江苏各司道库，向非充裕，近因拨款繁多，出入本难相抵，加以筹还洋款，杼柚久空，目下赈抚之资，实苦无从筹措。臣等与司道多方计议，惟有开办赈捐以资济用。据江宁布政使松寿禀请具奏前来。合无仰恳天恩，俯准劝捐济赈，援照顺直、山东、湖北、四川等省现行章程，请奖贡监、虚衔、封典、翎枝及一切推广优奖各条，暨捐助棉衣建坊、捐免出学等项，以一年为限，期满即行停止，庶于轸恤灾黎之中，仍寓慎重名器之意。如蒙俞允，即行查照历次江苏办捐成案，刊刻实收，设局劝办，并派员分赴各省，多方劝募，按次造册，咨部核给奖叙。所收捐款，酌量灾区轻重，分别匀拨。惟各省物力已穷，赈捐久成弩末，此次开办捐输，系于无可设法之中，冀收寸效，将来捐数能否踊跃，殊无把握。臣等惟有督饬劝捐各员，实力办理，总期多收一分之款，于地方灾民多受一分之益。倘款不敷用，再由司局各库筹凑拨济，以全民命而广皇仁。

除咨部查照外，谨合词恭折具陈，伏乞皇上圣鉴训示。谨奏。

购米平粜免完厘税片

再，本年徐州、淮安、海州各属田地被淹，民情困苦，业将筹办赈抚情形，先后奏明在案。

各该属灾歉较重，粮价昂贵，民食维艰，灾黎待哺嗷嗷，有不可终日之势。现饬各属于赈抚之外，兼办平粜，应运米石，由该管道府发给印照，前赴宝应泛水及里下河一带产米之区，分投采购，所有经过地方关卡，应照各省赈米成案，免完厘税，以恤穷黎。

谨合词附片具陈，伏乞圣鉴。谨奏。

协拨湘鄂两省枪炮子药片

再，臣先后接准湖南抚臣陈宝箴来咨："湘省挑选练勇教习洋枪，设立制造公司仿造各种枪炮子药，及创设武备馆，挑选学生，教习阵图，操演手法，请饬局拨发快枪及各种快炮、水旱雷药弹等项，以资教练仿制”等因。臣查湘省拣选练勇、学生教习枪炮，并拟制造枪炮子药，实为自强要图，所需枪炮药弹，自应不分畛域，由江南协拨济用。当饬金陵军械所拨发曼里夏后膛洋枪一千杆，配齐无烟药弹五十万颗，十管格林炮一尊，四门神机炮一尊，五管神机炮一尊，十二磅田鸡炮一尊，一磅史高德炮一尊，卫丁仿克虏伯六生脱密达过山炮一尊，各配子弹二十颗，各种水旱地雷各一具，江南机器局拨发小炮药五千磅，细枪药五千磅，并饬将购存该局之哈乞克司二磅子过山快炮拨发十二尊，配齐炸弹六千个，铜管拉火八千枝，分别交由该省员绅熊希龄、蒋德钧等领运回湘应用。又准湖广督臣张之洞，以鄂省各军改练洋枪，所有局存局造快枪不敷应用，商请协拨德国十响毛瑟快枪二千枝，配弹四十万颗等因，并经臣饬据江南机器局，将前项毛瑟枪弹如数拨交鄂省领运委员候选知县苏晋等解回，以资应用。

除咨部查照外，所有协拨湘、鄂两省枪炮子药缘由，谨附片陈明，伏乞圣鉴。谨奏。

续采棕毛用费折

光绪二十三年十一月初十日

奏为采办棕毛动用银款，恭折具陈，仰祈圣鉴事：

窃查前准工部咨，行令采办棕毛二十万斤，分批解部。当经议定以五万斤为一批，分作四批办解，业将头、二、三批棕毛十五万斤饬委运解，并将动用银款奏明在案。

兹据署安徽布政使于荫霖详称：应办第四批棕毛五万斤，现奉工部电催，应即派员前赴江西、四川、湖北一带，迅速采办。

所有每斤例价银三分，共该正银一千五百两，在于光绪二十三年各属解司正项银内动给，又于耗羡项下拨给协贴价值银二千六百余两，又部饭银一千二百两，并水脚银一千八百余两，详请奏咨前来。臣覆核无异。

除饬令赶紧办解外，所有采办第四批棕毛动用银款缘由，理合会同安徽巡抚臣邓华熙恭折具陈，伏乞皇上圣鉴。谨奏。

清丈通州九场供煎草地升科片

光绪二十三年十二月初一日

再，两淮通州分司所辖石港、金沙、余西、余东、吕四、掘港、丰利、栟茶、角斜等九场煎盐草地，皆在范公堤外，自海势东趋，滩地日远，增涨之地，袤长几一百八十里，广亦三四十里、六七十里不等，而以掘港为最多，余西次之，余东又次之。近堤数十里之田，卤气既淡，产草不重煎盐。其涨地较少之场，灶丁或向邻场买草供煎完额，或竟图便买盐充缴。查盐法成例，场地放荒，产草蓄草供煎，又以盐丁垫隘辛苦，即有余地，皆给灶丁为业，以示存恤。今统计九场涨地多于原额，蓄草之区不下十倍，闲地有余而草贱于谷，既不能强人以种贱值之草，灶户有限，而民邻于灶，又不能封田以阻邻界之民。由是灶丁私自开垦，转售民户，所谓照例放荒者，皆成熟田矣，所谓民不业灶者，民户相望矣。吏以此劫制乡民，官以此遇案科罚。近十数年来，该各场私垦之民，时请缴价升科，只因格于例章，未能及时举办。

臣维国家用度日繁，利源日竭，每奉廷旨饬令疆臣振兴农务、商务，臣汲汲筹之而未有当也。今通州九场闲田如此之多，或则听民私垦，而上不能得可征之赋，或且禁民私垦，而下并废此有用之田。官吏徒奉虚文，上下均无利益，诚不如早为之计，量与变通。臣拟一面先行出示，一面清丈各场堤外已垦未垦及新旧蓄草闲田，除照各场原额供煎草地酌量宽留外，有主者令其缴价升科，无主者令其报买升科，既于盐务无缺损之虞，仍于农务有推广之利。如蒙俞允，当由臣专派廉明道府，亲诣督率，测量绘图，次第举办。此外如泰属、海属各场并有余地，应候通属办完，再行酌量推广。

臣为振兴农务起见，是否有当，伏候圣鉴训示。谨奏。

添修洋火药局折 光绪二十三年十二月十九日

奏为洋火药局添备修理各项酌拨经费，恭折具陈，仰祈圣鉴事：

窃照金陵洋火药局，除额定常年经费之外，如须添购机器、修理厂屋，一切用款，均经随时酌定饬拨，历经奏明在案。

兹据该局道员蔡世保详称："洋火药局自光绪十八年冬间请修之后，迄今已阅五年，各厂屋瓦墙柱，经机器逐日鼓荡震动，已多攲侧损坏，厂内引河日渐淤垫，驳岸日渐塌卸。引河共有木桥七座，经各厂药料车辇往返推送，各桥上板下柱，均渐朽烂，若非及时修理，日久益难收拾。通厂汽炉，前经换旧配新，尚堪适用；其余各炉，经煤火煅炼，铁质消磨，日薄一日，现以中厂为尤甚，若不预为添购，一旦破裂，贻害匪轻。此外磺锅、硝柜、炭桶、药筛、篷布以及压药厂之冷热水锅、楢木箱，并各厂出进水管，一切机器应用铜铁各料，均须分别添购，以备随时配换。计修理厂屋、河桥等项工料需银四千数百两，添购锅炉机器应用各料需银五千数百两，统计实需湘平银一万两，应请照案由金陵防营支应局拨给应用”等情，详请具奏前来。臣覆查无异，应准其照案动拨，以资应用。

除饬将动用细数造册报销并咨部查照外，谨会同江苏巡抚臣奎俊恭折具陈，伏乞皇上圣鉴，敕部查照。谨奏。

委派南洋律法正副官员片

光绪二十三年十二月二十日

再，近来南洋交涉之事，日渐增多。上海一口，又为东、西两洋通商总汇之区，华洋杂处，商务殷繁，交涉之案，动多棘手。推原所由，实因中外律法不同，遂致遇事意见互异，非仿照各国延派律师，相助为理，不足以资参考而便因应。据苏松太道蔡钧体察情形，以英国头等律师担文，声望素著，熟谙中外情形，禀请派为南洋外务交涉正律法官；分部行走郎中罗贞意讲求西律，办事勤能，派为副律法官，遇有南洋各口交涉事件，均可随时饬令妥慎商办。常年薪费，由江海关道捐廉筹给。既不动支公款，又得裨益公务，商经总理衙门核覆照办。

除分别檄委并饬令江海关道订立合同外，谨附片陈明，伏乞圣鉴。谨奏。

奏疏卷二十八

提督因病出缺请旨简放折

光绪二十四年二月二十五日

奏为提督因病出缺，请旨迅赐简放，以重职守，并先行遴员署理，恭折驰陈，仰祈圣鉴事：

窃据提标中军参将张郁林呈称：江南提督谭碧理旧伤举发，忽患中风，医治罔效，于光绪二十四年二月十四日申刻出缺，并将该提臣遗折一扣呈送前来。

臣查该提督谭碧理，起家行伍，于咸丰六年投效湘军，转战江南安徽、江西等省，随同前大学士曾国藩征剿发、捻各匪，身经百战，迭克名城，无役不从，功绩甚伟，洊保以提督记名简放。光绪十二年补授江南提督员缺，二十年正月蒙恩赏加太子少保衔。在任十有余年，整饬操防，不遗余力，廉朴勤惠，深得将士之心。方冀克享遐年，长为国家干城之寄，遽以微疾不起，心甚悼之。该提督宣力有年，勤劳懋著，应否加恩优恤之处，出自逾格鸿施。

所有江南提督员缺，相应请旨迅赐简放，以重职守。目下防务紧要，未可一日虚悬。查有记名提督安徽皖南镇总兵李占椿，昨经饬赴吴淞会阅自强军洋操营务。该总兵勇略兼优，声威懋著，曾署广东陆路提督，资望甚深，在江南带勇最久，于地方营伍一切情形，极为熟习，实为提镇中出色之人，现已由臣咨委署理是缺提督，可期得力。递遗皖南镇总兵员缺，查有记名提督黄本富，胆识并茂，战功最多，平日沉静自居，不斤斤于名利，至于义之所在，奋迅直前，不避艰险，前署苏松、福山等镇篆务措置裕如，堪以委令署理。除分檄饬遵外，谨将谭碧理遗折一扣代为呈递。

所有提督因病出缺请旨简放并遴员署理各缘由，理合恭折由驿驰奏，伏乞皇上圣鉴训示。谨奏。

自强军教练有成请给洋员宝星折

光绪二十四年三月十二日

奏为自强军操练有成，洋员期满回国，请给宝星并委员接统，恭折具陈，仰祈圣鉴事：

窃江南创练自强军，经前署督臣张之洞延用德国将弁来春、石泰等三十余人，分别派充统带、营、哨等官，仍派华员为营、哨之副，驻扎江宁省城。嗣经臣察酌情形，将该军调驻吴淞地方，切实教练，业经奏明在案。

各该洋员，除分调各处及先期辞退外，现共在营二十三人。计自光绪二十一年应募到华之日核算，扣至本年二月起八月止，先后期满，自应资遣回国。前据洋操营务处道员沈敦和禀请派员校阅，当经臣咨请长江水师提督黄少春，并檄饬皖南镇总兵李占椿、营务处道员杨慕璿，前赴吴淞，认真会校。兹准覆称："调阅马、步炮队各营，军容壮盛，队伍整齐，阵法进退有方，枪炮施放灵捷，倘遇有事，可期得力"等情，具覆前来。

臣查该洋将弁等远来中国，劳苦三年，训练精勤，成效卓著。各洋将原订合同内本有"限满奖给宝星"字样，现既练习有成，合无仰恳天恩，俯准给予洋统带来春、石泰二等第三宝星，洋营官齐百凯等六员各给予三等第一宝星，其余洋哨弁十六名由臣分给银牌，以示光宠而奖勤劳。谨另缮清单，恭呈御览。至副营哨官等会同洋员，始终奋勉，劳瘁不辞，亦属异常出力，可否仿照北洋武备学堂成案，由臣择尤酌保数员，出自逾格鸿施。

现在来春、石泰已于三月二十一日届满，应行回国，业经臣咨委署江南提督李占椿接统，督饬各营，查照该军旧章，实力操练，以期精益求精。其洋营哨各官均俟期满派员接带，再行汇案具奏。

除分咨查照外，谨缮折具陈，伏乞皇上圣鉴训示。谨奏。

酌减宁属地丁钱价并提平余折

光绪二十四年三月二十一日

奏为遵照部议，酌减江宁等属地丁钱价，并提解漕折平余，凑还四国洋款，恭折具陈，仰祈圣鉴事：

窃前准户部咨，议覆给事中庞鸿书奏浙江等省征收地丁条银折价与市价悬殊，拟令各省各就本地完纳情形暨向来征收章程，查明地丁、漕粮折钱较市价大有浮多者，一律酌减。又各州县征收粮石，通有合、勺畸零之数，或按一升计算，征收银两，通有厘、毫尾零之数，或按一分计算，应请一体严禁。又准另咨，江西减征丁漕钱文，加解钱价平余，凑还四国借款，议令各省查照成案，各按原数分数减征提用，或一二百文，或三四百文，分晰奏报各等因，均经转行遵照，体察情形，妥议详办在案。

兹据江宁布政使松寿、江安粮道吴重憙会详称："江宁藩司所辖江宁、淮安、扬州、徐州、海州、通州等府州属三十六厅、州、县，兵燹以前，钱粮积弊本深。同治七年，议禁浮收，统查各属进出款项，按照当时银价原收钱数，减其太长，因其本短，分别酌量核定。盖银米市值既有不同，缺分情形又复互异，当日改定收价，只能将过多者减之使少，未便将本少者增之使多，必欲折中画一，转有窒碍。遵行三十余年，官民称便。近年以来，制钱骤形缺乏，省城及淮、扬一带通衢市面，银价跌至每两一千三百数十文，省外偏僻地方所报钱易银价虽每两仍需一千四五六百文不等，然较从前银贵时，无论何处，总有节省。光绪二十二年奉文派筹俄、法、英、德四国还款，前藩司瑞璋察度司库入不敷出，不得已议提各属银价盈余，每两饬解钱一百文，米一石解钱二百文，自是年上忙起，分别补提解司，截至上年冬季止，始催据各属解到银四万余两，借资凑提还款。正拟详请奏明办理，兹奉前因，复查江宁各属赋额本轻，每亩完数大率分、厘、升、合、勺起科，鲜有至数钱及五升以上者，州县经征银米数目亦不逮苏属远甚，以是钱价虽贵，民间照旧完纳，尚无异言。而州县当此银贱之时，大缺虽稍有盈余，瘠区则仅资挹注。若徐、海等属，或以费绌用宏，动形竭蹶。事同境异，亦有未可一例论者。此江宁各属折收钱漕之实在情形也。

从来损上益下谓之益，损下益上谓之损。小民终岁勤劳，所得无几，当此钱贵银贱，自应减收折价以示体恤。然州县所以牧民，一切办公等费，实亦必不可少，若不稍留余地，恐中材以下转无所劝。再四筹思，欲求上益于国，下益于民，而仍无碍于州县，惟有就已议提解之数，分别减提。拟请将各属以钱折收之条银，按照各该处收价每两减收钱一百文。其漕米收价循旧不减，仍于州县实征熟田米折盈余项下，每石提钱二百文，解司拨济俄、法、英、德四国还款，免致贻误，失信外人。如此分别减提，民力既可稍纾，公款亦不无小补。漕米已从上年冬漕跟接照提，条银即从本年上忙起照减，先由司道通饬遵办，并出示遍贴晓谕，不准另有借端浮收。其向来以银完纳之处，前于定章时，核明所加耗费尚不浮多，今于钱价亦无关出入，应毋庸议减议提。至征收合、勺、厘、毫零数，本不应照一升、一分计算，宁属向章应于每年开征时，将各则科征银米折钱数目条列示谕，俾众周知，使吏胥无从多算。现又申明定章，一并饬禁，以期严密”等情，详请奏咨前来。

臣等伏查江北连年灾歉，民困未苏，司库拨款浩繁，支绌益甚。各该州县身膺民社，目击时艰，宜如何洁己奉公，以图报称。况提减银价，本非该州县固有之款，即不得以办公不敷为词。而江宁各属所收丁漕数目远不逮苏，州县费用攸资，亦未可过为减少。部咨行令各就完纳情形与向来章程酌量办理，盖亦因地制宜之意。今该司道所拟减征提解各数，尚属妥洽，应即饬属一体照办，将减征钱价实力遵行。如有违章勒取，即行从严参处。其漕价提款，务须随同正项报解，以为拨还四国洋款要需，不准稍有蒂欠。若将来银价昂贵，再行察酌情形，请予增改免提，以昭平允。

除檄饬遵照并咨明户部外，谨合词恭折具陈，伏乞皇上圣鉴训示。谨奏。

徐州土捐局费免予核减片

再，准部咨，徐州土药厘捐，自光绪二十二年四月起，至二十三年三月底止，共收银十四万一千余两，较之历年减少，局用经费未便仍照一五成开支，行令提支一成，其此次溢支五厘银两，照数提回归款等因，当经转行遵照去后。

兹据江宁布政使松寿、前署徐州道阮祖棠禀称：“罂粟系属花卉，质极微嫩，非晴雨风雪始终调和，出产难期丰稔。捐出于货，收数之多寡，当以出产之丰歉为衡。譬诸钱漕，按亩科征，虽有定额，仍视岁收以定征蠲。徐属土捐，原议之数本属出自约计。当时徐土无捐，邻土亦复麇集，故徐土之名独著。设局以后，邻省捐轻，不独外土未至，徐土且须严杜越售，是以收捐以来，从未有如原议之数者。光绪二十二年一届，因冬无透雪，春又雨旸不时，土苗受伤过重，甚至黄萎不长，乡民失望，改种杂粮，栽植已较往岁为少。迨五月间，正值收浆吃紧之际，丰、砀产土最多之区，突被山东刀匪窜扰，民多迁徙，蹂躏之余，收割又失其时，以致收成大减，捐数亦复顿绌，实为历年所未有。曾将灾重匪扰，捐无把握各情，先后奏明在案。是捐少由于土稀，实系迫于天时，而又事出意外，人力难施，迥与寻常歉收不同。即如二十三年四月至九月止，前半年收数不独远过二十二年一届，即较历届前半年报收之数亦增至数万之多，足见捐随土增，并非稽征不力。

“惟查前项经费所以原定一五成者，诚以徐属界连数省，地处平阳，邻省捐数较轻，商民易于避就，非多设巡卡，严密稽查，不足以杜绕漏。统计周围千有余里，设立局卡至七十余处之多，稽征之难既非他省可比，费用之繁亦未能以他省相律。且经费按照捐数分成提用，捐收既绌，名虽仍照一五成开支，而实在所支之数业已随捐暗减。用款中所可省者，不过收捐给票等项事务稍简，其余设卡雇巡仍不能不照旧严密分布，以维捐务，盖产数虽少，其为偷漏则一也。矧民因歉收而亏本，更冀漏捐以补其缺。捐因货少而减色，倘再惜费而致隙漏，则捐收势必益形短绌，所省无几，所损实大。是稽征既不敢稍涉疏漏，经费即不能过于俭啬。现照一五成开支，提数业已较前大减，不敷之款，筹垫尚多，费绌用繁，办理倍形竭蹶，若再减提五厘，更无从措手矣。且前项照章提支之款，均系当时随提随发，由各局卡按月零星分给办公，委实难于追缴”等情，禀请具奏前来。

臣查光绪二十二年分土捐之少，实因灾重匪扰，事出意外，并非稽征不力所致。该局开支一五成经费，其实提之数业经随捐暗减，办理已极为难，且系随时提拔应用，事后无从追缴，察核所禀，尚属实情。合无仰恳天恩，敕部免予核减，仍照原案办理。

除咨明户部并饬该司道严督各局员认真巡缉、实力稽征外，理合会同江苏巡抚臣奎俊附片具陈，伏乞圣鉴训示。谨奏。

湖北解淮川税仍请免提截留折

光绪二十四年三月二十二日

奏为湖北解淮川税钱文，万难提解，并鄂局节省银两无款可筹，吁恳天恩，俯准免提截留，恭折仰祈圣鉴事：

窃臣于光绪二十三年七月准户部咨，令将湖北解淮川税课钱提解两淮运库，拨充饷需，并令鄂局节省银两比照川税课钱，提解两淮各等因。当即饬据湖北督销局员查明咨部核覆，令自本年正月起，按照市价易银，悉数解交两淮运库等因，具奏奉旨：“依议。”钦此。抄录原奏咨行前来。

当此时艰财匮，筹饷维艰，臣具有天良，万不敢以有用之巨资，给无端之浮费。第款归实济，其中有实在为难情形，不得不据实沥陈者。

查川税解淮钱文，常年开支，如湖北督销局分设水陆卡哨并边界营勇薪粮银三万五六千两，拨解金陵善后局经费银六万二千四百两，湖北盐道缉费银约二万五六千两，均系实用实销，无可欺饰。若将川税一项全数提解还库，所有支款以金陵善后局经费、湖北盐道缉费两项为大宗，除盐道缉费向解湖北盐道衙门应归湖北核办外，金陵善后局骤减此款，窒碍实多。现另附片陈请，即此缉私各卡炮船、营勇等项薪粮岁需三万数千两，若无可筹，或因而议裁卡哨，则藩篱尽撤，正项有亏，得失兼权，贻误匪浅。此川税解淮钱文万难提解之实在情形也。

至部臣原奏内称："鄂岸淮盐、川盐本有外销缉费。"查同治六年以前，每淮盐百斤另收银四分，名曰缉费，为盐道巡缉之用，嗣经前督臣曾国藩檄饬裁除，以轻贩本。复以鄂省要需，饬另筹款贴鄂，乃于川税项下按月计引拨解，历经循办，以迄于今。近年川税分拨钱文，常平折银解局，均在十一二万两不等，甚至只十万两有奇，且又不能按月解淮，以资支放。而常年支款总在十三万两左右，按月拨解金陵善后局经费等款，均关计授之需，迫不及待，势非按月挪垫不可。且原解善后局经费，每年本止四万八千两，自光绪九年八月起每月加拨一千二百两，每年即增一万四千四百两之多。收不抵支，亏挪即从此而起，日积月累愈亏愈多。光绪二十一年署督臣张之洞于鄂局节省案内，批明以一万两留存该局，弥补前亏，上年复经臣附片奏请截留，俾资弥补，钦奉朱批："户部知道。"钦此。是此项节省本非现银，早荷圣明洞鉴。若照部咨提解，不独前亏之十余万两虚悬无着，即新增之一万两，提解无从。此鄂局节省银两无款可筹之实在情形也。

窃维川税解淮钱文，自前督臣曾国藩任内分拨至今，时历三十余年，官非一人，臣固毋庸回护。况部臣宽其既往，但得稍能迁就，何不勉强奉行。现复督饬湖北督销局江苏候补道刘思训一再筹议，委实万难提解，无款可筹。在部臣严核度支，或疑鄂岸缉私何须此数。臣前咨部文内固已声明作为湖北缉私各卡哨等项经费之用，本未专指一款而言，今复详陈，不难确核。合无仰恳天恩，俯念款关紧要，准其分别免提截留，庶于鹾务地方稍有裨益。

恭折具陈，伏乞皇上圣鉴训示，敕部查照。谨奏。

金陵善后局经费仍拨川税片

再，湖北解淮川税一半钱文，内有拨解金陵善后局一款，接准部咨，行令自本年正月起，将前项钱文悉数提解运库，此后款无可筹，当令司道等会商筹议。

兹据江宁藩司松寿等覆称："查金陵善后局创于同治三年，所需经费系于善后捐款支用。迨捐输停止后，经前督臣曾国藩檄饬湖北督销局于解霆峻营军饷之盐厘内，每月拨银四千两，以资济用。是以淮厘无款改在川税项下拨解。光绪九年，局款不敷支放，复经前督臣左宗棠饬鄂局加拨银一千二百两，月共解银五千二百两。此川税解淮一半钱文协解善后经费之由来也。

"金陵善后事宜，虽经节次归并，而事有万不可废者。如省城内外保甲总分各局及稽查城门，巡查河道，暨城工岁修，文武月课，每届冬防、冬赈，文武乡试，各善堂等项，在在紧要，均应照常举办，此外零星款目繁多，不能枚举，历经前督臣曾国藩、左宗棠先后奏准免其造报各在案。金陵系南洋总汇之区，地方辽阔，人烟稠密，宵小最易潜踪，加以城内外教堂林立，民教杂处，易启龃龉，兼有游历洋人不时来往，全赖善后及保甲等局巡防保护、弹压稽查，所费无多，所全实大。此前督臣曾国荃以善后及保甲局相辅而行，所以奏留照办也。

"伏思苏州善后经费本由厘金项下提用，现因苏、沪厘捐派归税司代征，前项善后用款无出，已由电商部臣准将江海关每年应拨洋药厘金银十四万九千两，悉数拨济。金陵善后事同一律，地方尤为辽阔，民情较为困苦，所拨川税数仅及半，局中用费本已不敷，舍此更无可以挹注，兹若再将原有协款提归运库，则无米难以为炊，势必将局卡裁撤，地方应办诸务概行废弛，贻误堪虞。”沥情详请具奏前来。

臣查当兹伏莽未靖，善后保甲实为地方切要之务，前项用款均属必不可少之需，较之苏垣尤为事繁款绌，委属减无可减，筹无可筹。合无仰恳天恩，俯念江宁省垣关系綦重，于川税解淮一半钱文内，仍准按月照数拨解，以济要需。

除咨户部外，理合附片具陈，伏乞圣鉴训示。谨奏。

筹办昭信股票折

光绪二十四年闰三月二十八日

奏为部议息借华款颁行昭信股票，谨将江南筹办情形，恭折具陈，仰祈圣鉴事：

窃臣等迭准户部电咨：“遵议中允黄思永奏筹借华商一折，奉上谕：‘在京自王公以下，在外自将军、督抚以下，无论大小文武、现任、候选、候补官员，均领票缴银以为商民之倡。其地方商民愿借者，并派员剀切劝谕，不准稍有勒索。’”等因，钦此。并将详议章程咨行前来，均经先后转行一体钦遵查照。当由臣坤一认缴银二万两，臣松椿、臣奎俊各认缴银一万两，并准江宁将军丰绅认缴银一千五百两，江宁副都统额勒春、京口副都统吉升各认缴银一千两，江苏学政瞿鸿禨认缴银五千两，江南织造增崇认缴银一万两，苏州织造海丰认缴银五千两，长江水师提督黄少春认缴银三千两，江南提督李占椿认缴银二千两。臣等复与司道各员公同筹议，自藩、臬、镇、协以至文武、盐务、现任、候补大小官员现已陆续认缴银六十余万两，合之臣等认缴之款统共银七十二万余两，以为商民之倡。业经分饬赶紧措解，一俟缴齐，即行报部候拨。其本省绅商士民，仰沐朝廷厚泽，当不乏深明大义之人，臣等已饬各该司遵照部章，出示晓谕。现据两淮场运票食各商公认银一百万两，分期集缴。此外地方绅富并已分别派员会同各该州县剀切劝导，令其量力出借，不得稍事苛派，俟有成数，再行续陈。

除咨部外，所有江南筹办昭信股票情形，谨合词缮折具陈，伏乞皇上圣鉴。谨奏。

认缴廉银不领股票片

再，臣坤一、臣松椿、臣奎俊受恩深重，忝领疆圻，岁支廉银，视将军诸臣为尤厚。当此库储支绌，宜申报效之忱，所有臣等认缴银两，不敢请领股票。

谨附片陈明，伏乞圣鉴。谨奏。

江南各项用费分别裁减折

光绪二十四年闰三月二十九日

奏为江南各项用费，遵旨分别裁减，谨将办理各情形，恭折具陈，仰祈圣鉴事：

窃臣迭次钦奉谕旨，饬令裁兵节饷，并裁减一切浮费，以为添练新军之用等因，钦此。仰见皇上慎重度支、整军经武之至意，跪诵之下，钦悚莫名。当经通饬各属一体钦遵办理。

窃维时局多艰，强邻逼处，非修明武备无以杜各国之狡谋，非裁汰冗兵无以收自强之实效。而练兵必先筹饷，推陈乃能出新，是裁节浮縻实为今日第一要义。臣前年回任之后，正值江南华洋各款及军火抵价等项还期急迫，纷至沓来，计此两年中先后筹还四百余万两，库储告匮，几同竭泽而渔。因是地方应办要公，益觉左支右绌。迭经严饬各该司道营局，痛戒虚縻，力求实际。如奏减各兵轮人数，以为增筹防务之需，现虽审察时势，酌添三成，仍未敢遽复旧额。此外酌改炮台勇饷，厘定轮船煤斤，凡有可以节省之处，无不实力办理。虽分计为数无多，而合计即成巨款。嗣又钦遵谕旨，先后将防练水陆各兵勇大加裁汰，陆军则改营为旗，水师则按船减数，统计两次裁兵案内节饷又有八十余万两。此南洋两年以来迭次裁节饷费之实在情形也。

目下海疆多故，饷项益艰，臣受恩最深，天良具在，默察富强之至计，仰体宵旰之忧勤，何敢不勉竭悃忱，以期禆补十万一。况渥蒙诰诫，至再至三，更何敢粉饰因循，自蹈咎戾。惟江苏为东南重镇，财赋要区，江海兼筹，迥非腹地可比。自上年裁减营勇以后，每旗仅存二百八十余人，地广兵单，实苦不敷分布。胶澳事起，防务加严，不得已奏准添招江胜军，俾资备御。是江南防营无可再减，已在圣明洞鉴之中。各标制兵两次裁遣，现存兵数，较之旧额仅及五成有奇。各该营均有城守、仓库、监狱之责，兼须设汛分防，护商、解饷，事多兵少，已虑派拨难周，加以各国教堂日增月盛，全赖地方营汛弹压保护，若再议裁，实不足以资镇抚。至于江南入款，不外丁漕、税课、盐货、厘金，出款则京、协各饷而外，本省水陆营饷、各国还款以及俸薪、养廉、制造、军火等项，并各项紧要之需，均经奏咨有案。近年以来，业已迭次裁减，不遗余力。其万不可少之款，实为时势所迫，诚有如部臣所奏，亦有未可骤减者。其外销各款，如盐务，节省商捐提作储材学堂之用，常关新认加解拨作陆师学堂之需，均已奏明办理。现在动支之项，曰保甲经费，曰善堂经费，曰书院膏奖，曰委员川薪，以及缉捕赏项，洋务费用，一切杂支各款，名虽外销，实皆地方要政。前因鄂岸所收川税分解金陵善后局济用，部咨行令提解运库存储备拨。当以保甲、善堂等项用款莫不取给于此，既难遽行议减，又恐无从筹补，业经奏请照旧提用在案。现以续借洋款，部议复将鄂岸、皖岸、宜昌盐厘及苏州、松沪货厘，改归总税务司赫德代征抵还，是江南盐货各厘又已大半抵借，所余各处厘金收数本属有限，亦无闲款可提。此又裁节以后，办公益形竭蹶之实在情形也。

兹复详加体察，勉任其难，于无可设法之中为力求撙节之计，其必不可省者不敢遽予删除，致滋贻误，其但可稍缓者，均各量为裁减，借事补苴。统计各项每年约共节省银十一万余两。谨开具清单，恭呈御览。所有裁定各该项细数，分案咨部备查。

至兴利除弊两端，如清丈各场新滩，饬令缴价升科，以杜豪强之私占；通查各属荒地，饬令招垦报熟，以期赋课之渐增；淮北盐务销及本纲，尚可酌加引数，淮南废岸力图规复，亦可渐拓利源，均当殚竭愚诚，次第举办。能增一分之款，即获一分之益。若夫营勇空粮，厘金中饱，最为近今恶习。是以上年臣裁兵案内，一律改营为旗。一因饷项维艰，亟应大加裁改；一因人数较少，兼可便于稽查。迭经派员密访，各该旗尚无缺额等弊。金陵所属各厘卡，层层箝制，定章极严，委员领票抽捐似尚无从弊混。然利之所在，积久生玩，仍当随时考察。倘有不肖员司，营私舞弊，立予严参，断不敢稍存姑息。

臣待罪南服，知识庸陋，力小任重，深愧无补艰难。惟念时事方殷，饷糈匮乏，平日于各项用款从未敢滥应滥支，兢兢自守之私，伏求圣慈垂察。

抑臣更有请者，南洋滨海临江，地当冲要，防守之道以慎固门户为先。近年裁减之款为数已逾百万，多方罗掘，实已巨细靡遗。现在勇练各营只有此数，经制兵额更属无多，较之北洋有新练大枝劲旅迥不相侔。是南洋目下情形，必须就现有之兵，参酌洋操，实力训练，未可再行议减，庶收藜藿不采之威。至各项应用要需，或有裨地方，或关系交涉，均经立有限制，明定章程。此次钦奉谕旨，切实裁减，又经分别缓急，竭力图维。且鄂岸等处盐货各厘改抵续借洋款，应供本省军饷悉归无着，是江南应用正项尚须另行请拨，实无冗费可以再裁。此尤臣通盘筹画而不得不吁陈于圣主之前者也。

所有江南各项用费分别裁减缘由，谨会同江苏巡抚臣奎俊恭折具陈，伏乞皇上圣鉴。谨奏。

两淮场田变通丈查片

再，两淮场田变通丈垦一案，前经臣奏蒙俞允，当即钦遵派委江苏候补道钱德培亲往设局，督率查办，并委运司会衔办理。惟查范堤内外，或熟或荒，均有错杂，乾隆九年曾有“无论堤内堤外，概禁开垦”之案。现在变通开垦，自应一律清丈，分别已熟、未熟，准垦、禁垦，以顾煎本。其已熟之田，当此初创试办，年岁又未丰稔，自应格外从宽，拟照通州草滩例，每亩缴银四钱一分五厘。未熟之田，查明准垦者，每亩照涂滩例缴价银二钱。概给印照，听民管业。随缴公费二成，以为办理丈垦测绘局用经费，如有不敷，由臣另行筹办。应升科则，已熟之田，拟照通州中上则沙田，每亩征银五分六厘有奇；未熟之田，照通州下则沙田，每亩征银三分六厘有奇。仍由各场征收，批解运库候拨，暂免升入地方漕田科则。其额征折价仍由拨还草场计科征解。

又查道光二十七年，通州分司属丈查旧案，曾经留出桥梁、道路、沟渠之地。此次应请恩准援案剔除，免其缴价完课，以顺舆情。此外又有贫灶、煎丁，亦应酌拨草地，准其公同取草，畜牧资生。所有给发各户执业印照，拟由运司及丈垦总局会衔会印。将来民灶卖买，即以印照为凭，随时赴场税契，以符例案。

伏查两淮盐田私垦，积习相沿已数百年，已往之事，应恳特恩免其追究，部胥不准挑剔。今既变通办理，清丈清查，即通州分司一属而言，地方数百里，人民数十万，繁难琐屑，实非寻常劳勚可比。将来办有成效，请照光绪二十二年两广督臣谭钟麟等会奏开办河田成案，将出力员董从优请奖，其抗违舞弊官绅亦应严惩示儆。所有事竣造册送部，应解部饭银两，拟于二成公费内提解十分之一，以资办公。

理合附片陈明，伏乞圣鉴训示。谨奏。

淮海徐属灾歉力筹赈抚折

光绪二十四年四月二十八日

奏为淮安、徐州、海州等属灾歉地方筹办赈抚大概情形，恭折具陈，仰祈圣鉴事：

窃照淮安、海州、徐州各属，上年被水灾歉，民情困苦异常，业经臣等据实奏明，荷蒙天恩准留江北漕米三万石，尽数改折为赈抚之用，旋又奏准开办赈捐，本年复蒙恩旨再留江北漕米一万石，俾资接济。皇恩浩荡，薄海同钦。

查此次灾歉情形，以邳州、宿迁为最重，海州、沭阳、睢宁次之，安东、桃源又次之。又以粮价翔贵，制钱短缺，入春以后，雨雪严寒，兼旬累月，小民艰食，困惫益深，以致毗连邳州、宿迁之铜山、萧县，毗连海州、安东之赣榆、阜宁等县相继求抚，而海州、沭阳、安东灾情亦因之加重，其向称极重之邳州、宿迁两处则更可知矣。

溯当上年灾象方见之时，先经饬令各属动用积谷存钱，购运麦种，散给贫民，劝令种麦，借资维系。迨至灾歉已著，一面分别查勘请将钱粮照例停缓，一面筹拨银款，饬由各该巡道就近体察情形，筹办抚恤。徐州道桂嵩庆先在省城领银定购平粜米石，并以邳州、宿迁饥民待哺甚急，遂饬先就灾区河道堤埝刻期挑筑，核查户口，令少壮者趋于工作，自食其力，老弱妇孺，散给抚恤钱文，其次贫之户仍济之以平粜。睢宁亦先拨给平粜米石，以次酌办抚恤。铜山则以积谷仓粮减价出粜。惟是地广人众，后继为难，复经饬由办理义赈绅士严作霖携款前往协助，当与商定查放邳、宿义赈，并睢宁、铜山、萧县抚恤，悉由该绅办理，先择极贫之户放给急赈一次，再行分别极次，一律普放大赈，并设慈幼局收养幼孩，一切极为周妥，其工粜二事仍归官办。此次水灾实由河道之失治，邳、宿各工，年前已估办七处，尚余十数处及铜山等县，至今春接办。因款力有限，只能先就灾重之区择要兴作，而事属代赈，又不能程督过严，尚多未办之工，必须另筹大举，庶期害去利兴。至各处粮价，交春愈贵，平粜势难遽止，辘轳转运，水浅盘驳，备形艰滞。虽每人止准日买数斤，而远近争趋，有每日粜至三百石之处。随运随尽，公款不继，辅以积谷、捐钱，并劝商民领照凑资，南北运售，米麦而外，兼及杂粮、豆饼。复电经大理寺少卿盛宣怀代购干薯数千石，源源接济。此办理徐属五州县赈抚工粜之大概情形也。

海州并所属之沭阳及淮安府属之安东境内河道，上下衔接，皆以出海为归宿，而运盐河道亦绵亘其中，上年田地被水，实以近河为轻重。前署淮扬海道丁葆元饬动积谷存款，派由海州分司会同海州、安东县，将民场一带相连各河次第兴挑，沭阳河道亦同时挑办，招集丁壮以工代抚，另行拨款，散给老弱妇孺之不任畚锸者。本年淮扬海道谢元福回任，察看春荒甚于去冬，请款购买干薯分拨散放。海、沭两处更形岌岌，复经义绅严作霖携带巨款由徐州前往查放，并分济安东、桃源二县，安东则有该县教谕唐锡晋募捐购粮解济。又有四岸盐商邓贤辅捐募钱、米、豆饼、干薯、杂粮分运徐州、海、沭、安、桃及盐场各处施放。其年前未竣河工，仍由道督饬接办。赣榆、桃源、阜宁等处，亦各将有益之河道酌量兴挑，兼办抚恤，均尚妥洽。此办理淮、海六州县工抚之大概情形也。

至外出就食灾民，经臣奎俊派员在常州、镇江及瓜洲口、扬州一带，会同运司，督饬府县，或设厂留养，或资遣回籍，分别安插。其由里下河南下者，亦经通饬经过州县设法资遣。江宁省城粥厂，淮、徐、海饥民之外，复有安徽凤、泗等属被水灾民，不得不一体收养。清江、板浦等处并有海州分司运判徐绍垣散米放粥，扬州绅士亦捐资助赈遣送。因念号寒之惨等于啼饥，复依时多制棉衣分给在厂各饥民，并解往灾区散放，俾资挟纩。正月底，天气和煦，灾民逐渐北归，讵意二月间忽又大雪严寒，以致沿途纷纷冻阻。因又派员随地抚恤，留养至闰三月，一律资遣完竣。并刊给凭票，俾得到籍领赈，以免中道流亡。屈计麦熟匪遥，秋禾亦将播种，其有短缺耔种、牛具者，仍当酌量借助，庶嗷鸿可期安集，闾阎渐畅生机。所有动用款项，除江安粮道先后拨过漕粮折价并脚费银十一万五千两，臣奎俊奏明共拨银七万五千两，又拨苏属积谷息款银三万两，又于本省赈捐项下拨交义绅严作霖十万两外，另有随地劝募就近提拨以及盛宣怀并上海筹集义赈径交严作霖散放者，端绪较繁，数目一时尚难核计。又准各省协济共银十六万九千两，均系指交严作霖查放，随到随拨，以资济用等情。据各该司道详请具奏前来。

臣等伏查此次灾重地广，春寒逢闰，为日较长，幸沐圣慈，子惠元元，有加无已，又得义赈襄助，各省协济赈抚，工粜得以次第举行。现在已届麦秋，民情均各安谧，堪以仰副宸廑。其未竟之事，善后之方，仍当妥筹赶办，不敢稍涉疏懈。

除分饬竭力经营，设法劝募捐款解济，仍俟事竣核明报销给奖外，所有淮、徐、海等属灾歉地方筹办赈抚大概情形缘由，谨合词恭折具陈，伏乞皇上圣鉴。谨奏。

吴淞新开商埠仿照沪界办理片

再，上海近来商务日盛，各项船只由海入江，以吴淞为要口，只因拦江沙淤，公司轮船必须起货转运，致多阻滞。现值淞沪铁路将次竣工，商货往来自必益形繁盛，经臣商准总理衙门，将吴淞作为海关分卡，添建验货厂，俾得就近起下货物，以顺商情。并于该处自开商埠，准中外商民公同居住，饬道会商税司妥切筹议，将马路、捕房一切工程，仿照沪界，认真办理，期于商务地方均有裨益。俟择定开办日期，再行咨请总理衙门照会各国驻京公使，传谕洋商一体知照。

谨附片具奏，伏乞圣鉴。谨奏。

沪局购用白铅请免出口税厘片

再，江南机器制造局常年制造枪炮军火，所需物料系属公用，历经照章免完税厘在案。现在该局需用白铅，业向云南矿务局定购一千石试验，合计购价亦较沪市相宜，嗣后仍须接续购运，以资济用。据总办局员禀请免纳沿途税厘前来。臣覆核无异。

除咨户部立案，并咨行经过各省关，凡遇该局购用云南白铅照章验免放行外，理合附片陈明，伏乞圣鉴。谨奏。

请准项晋蕃附祀前督臣陶澍专祠片

再，据淮北绅商户部郎中张履谦等联名禀称："已故二品顶戴指分湖北试用道项晋蕃，前在署海州分司任时，适值西坝盐壅销滞，积压庚辰纲额盐一百五六十万包，商贩交困。该故员禀请展限，竭力筹销，旋即裁汰新引，规复旧额，兴利除弊，开诚布公，商困得以渐苏，官销因之日畅。计自开办辛巳纲起至丁亥纲止，共收正杂税课银二百六十七万余两，解充各营军饷。他如修复水利，嘉惠士林，赈济穷黎，堵缉私贩，莫不实心实力，百废俱兴。当淮销疲敝之时，独任仔肩，斡旋大局。该地方绅商等追念遗爱，感篆难名，援案请附祀前两江督臣陶澍板浦专祠，以伸报飨"等情，禀由海州知州详经江宁布政使、两淮盐运使核明转详请奏前来。臣覆核无异。合无仰恳天恩，俯准将该故员项晋蕃援照已故海州分司沈炳、童濂等成案，附祀前两江督臣陶澍板浦专祠，以彰劳勚，而顺舆情之处，出自鸿慈。

除将册结咨部查照外，谨会同江苏巡抚臣奎俊附片具奏，伏乞圣鉴训示。谨奏。

上海局厂繁重难迁折

光绪二十四年五月二十六日

奏为遵旨筹议上海制造局及炼钢厂繁重难迁，据实覆陈，恭折仰祈圣鉴事：

窃臣承准军机大臣字寄："光绪二十三年十二月二十五日奉上谕：'从前制造厂局多在江海要冲，亟应未雨绸缪，移设堂奥之区，庶几缓急可恃，至上海制造局似宜设法移赴湖南近矿之区。着各就地方情形，认真筹办，总期有备无患，足以仓卒应变。'"等因，钦此。

窃查江南制造局，一在江宁，一在上海。臣于二十二年春回任，即拟将上海厂局移并江宁堂奥之区，当据司道会称："沪局规模较宁为大，南、北洋操防军火常年取给，转运亦灵。从前海上有事，该局加工制造各项枪炮、药弹，东输辽沈，北达畿疆，西抵雍凉，南浮湘桂，亦恃江海之利便，得以密速转输。若谋移并，劳费纷繁，并虑江防要需难以迅速筹拨。"揆时度势，正切踌躇，致上廑宵旰之忧，宜亟作绸缪之计。遵饬该局体察情形，并查照原奏将炼钢厂设法移赴湖南近矿之处，一并速议详夺。兹据办理上海制造局江海关道蔡钧等先（复）〔后〕禀覆前来。

臣详加察核，上海设局经营数十年，糜帑千百万。近来奉准扩充，添设快枪、炼钢、无烟药、栗色药等厂，用宏工巨，蒂固根深，毁之重劳，更张不易。机器大小，诡制殊形，按件折卸，糜工既繁，置厂重装，需款尤巨。兼以巧艺工匠萃于沪滨，精良物料购自洋厂，转运内地，既恐成本匪轻，接济邻封，亦难刻期从事。倘谓腹地可以重闭，海隅近于慢藏，将来岳州通商，湖南与沪无异。况制造经费，全资洋税二成，即使移局湖南，洋税仍在上海。如以上海地方为可虑，则洋税且将无出，湖南留一空局何为？此不待烦言而解者。当此强邻环伺，伏莽潜滋，备豫不虞，正在广为制造，若湘厂之规模未定，而沪局之制造先停，亦似昧乎缓急轻重之序。当与前北洋大臣直隶总督臣王文韶往返电商，意见相同。臣又深维杜渐防微之意，就省垣军械所量拓基址，增建库房，饬将该局制成枪炮子弹陆续运至，分别存储，并拟将自制无烟栗色火药分储长江上游各局，庶期有备无患，借以仰副圣主慎重军实之至意。

所有遵议上海制造局及炼钢厂繁重难迁缘由，谨会同江苏巡抚臣奎俊恭折具奏，伏乞皇上圣鉴训示。谨奏。

部拨难恃仍指款留抵折

光绪二十四年六月二十二日

奏为查明部拨抵解盐货厘金各款，均难恃为的饷，吁恳天恩，敕部仍照咨部指款留抵之案办理，恭折仰祈圣鉴事：

窃臣接准户部咨："续借英、德商款以七处厘金作抵，各省京、协各饷以及本处防饷等项，向取给于厘金者，势必骤形短绌，现经奏准在江苏、江西、安徽、浙江、福建、湖南、湖北、四川、广东、河南十省裁兵节饷、丁漕折钱平余及现办昭信股票项下，划拨银五百万两，作为自税司代征后补足七处厘金抵还洋款之数。经此次拨补之后，本年应解京、协各饷，务当依限扫数报解，明年应由何项拨补，俟税司代征后比较收数，再行酌度"等因。当即转行去后。

兹据各该司局详称："查前因七处厘金改归税司代征抵还洋款，以致短少宁、苏防练军饷、筹防经费、长江兵饷、认还瑞记及四国各洋款共银一百九十三万两内，已电准截留浙西代征丝茧捐及本省牙帖捐、绵茧捐共银十二万三千两，约仍短少银一百八十余万两。事关计授要需及认还洋款之用，碍难稍有短缺，是以就宁、苏两藩库裁节兵饷，支应局裁节勇饷，及司关道局原认京、协各饷内，分别指款截留，开单详咨在案，尚未奉部核覆。兹部议以十省裁兵节饷等款拨补银五百万两，除拨补九江货厘、浙东货厘、宜昌盐厘加价共银二百二十万两，各项款目应由江西、浙江、湖北等省查明办理外，其拟补苏沪货厘、鄂皖盐厘共银二百八十万两内，系指提裁兵节饷等款银二百四十七万两，益以先准截留拨补之丝茧捐、牙帖捐、洋药税厘、淮盐加价等项银三十三万两，共符前数，本应遵照办理。惟是原单指提江苏裁兵节饷共银四十八万三千两一款，查江苏裁节勇饷每年约银五十万两，除奏准开支添募江胜六营饷项外，仅能余银三十万两。其裁节兵饷原系分作三起资遣，须俟本年十一月底一律裁竣，再补第三起所放八个月恩饷银米，扣至二十五年八月起，乃能符原奏裁节饷项之数。现在节饷无几，截至年底止约有银五六万两。是以前拟共请截留银二十六万两，未能如此次部拨数目之多。又指提江苏、江宁丁漕平余银十四万两一款。查江宁藩库支绌异常，奉拨洋款无可筹解，不得已将宁属丁漕平余详请奏明凑还洋款，虽尚未准部覆，而司库出入不能相抵，实难为无米之炊。苏属丁漕平余，须俟各属陆续征解，目下亦难济急需。又指提江苏昭信股票银一百十五万七千两一款。查此项截至现在止，宁局收银十八万余两，苏局收银一万余两，淮运司收银三万余两，其余官借尚未缴齐，商贩借款原案系尽年底缴清，势难过事催迫，现尚未有收款。至指提外省各款，业经分别电询。据广东省覆称：‘奉拨裁兵节饷二十八万两，此项奏明专还俄、法、英、德洋债，一款不能两用，无可拨解。’安徽省覆称：‘部拨各款银十九万两，惟昭信股票七万两稍迟可解，其裁兵节饷详明抵放恩饷丁漕平余统年约计不过三万九千余两，恐征不足数，尚有短绌。’江西省覆称：‘裁兵节饷六万两，尚未奉文，俟到查覆。’惟河南省覆称：‘部拨裁兵节饷等款十六万两如数筹汇’各等语。窃维自货盐厘金于闰三月间放归税司代征后，本省水陆各军饷源顿竭。此数月中，腾挪应付，甚费支持，若不迅筹接济，深虞延误。今奉部拨补各款，其中本省之项或业经拨作部款，或目前尚难截数，外省之项已属允解寥寥，均不能即时应用，似难恃此以为的款借抵军饷及认还洋债各要需。司道等公同酌核，应请查照前次咨案，准以裁节兵勇各饷拨补银三十六万两，其余银一百四十五万两仍在京、协各饷内按数截留，俾得分别支应，既免递年重筹之累，且省彼此汇解之烦。至现办昭信股票，随后收有成数，自当报部候拨。其原停京、协各饷，仍请由部一并核明另行改拨，江苏省应免认筹”等情，详请奏咨前来。

臣等覆查七处盐货厘金改征抵借，江南骤短军饷、洋款至一百八九十万两之多，不得已将应解京、协各饷指款截留备抵，开单咨商户部核办，以本省之款供本省之用，理势宜然，最为简便。若如部臣所奏，必将以广东等省款项解之江南，江南复以此解之他省。既为受协省分，而又协解于人，转折太多，迟误难免。此犹就款皆有着者言之也。今指拨外省各款，或允解无多，或无可拨解，本省各款或业经提用，或缓不济急，该司局所详均系实情。计口授食之需，按期认还之项，丝毫不容短少，断非空言所能塞责。臣等受恩深重，仰体时艰，但可勉力支持，不致迁延贻误，亦何敢固执成见，上渎宸聪。无如忝领疆圻，责无旁贷，东南为国家财赋所系，军饷为地方命脉所关，各项洋款更为邦交大信所在，设或饷缺哗溃，款绌愆期，臣等实不能当此重咎。况此次部拨各款，以昭信股票为大宗，股票愿领与否，本属听民自便，以后收数虽不可知，而体察情形，断不能如开办伊始之旺。与其暂时敷衍，来年仍须另筹，何如就近截留，从此一劳永逸。在部臣通盘筹画，不欲以一隅之地牵动京、协各饷全局，自系恪守旧章。而江南情事既如此，所拨款项又如彼，时势使然，有不得不变通办理者。斟酌远近而输转各得其宜，分别改拨而中外两无所碍，盈虚酌剂，端在部臣一转移间耳。再四思维，惟有仰恳天恩，敕部仍照臣等前次指款留抵咨案办理，以为经常之计，而免匮乏之虞，出自圣主鸿施。

除饬司关道局将请留各饷暂行停解听候部覆外，谨合词恭折具陈，伏乞皇上圣鉴训示。

再，前次电准户部由江海关洋药税厘拨补银十四万九千两，系备抵苏省善后经费，又由淮盐加价拨补银五万八千两，系抵支鄂岸缉私薪饷，均与江苏防饷无涉。此折系臣坤一主稿，合并陈明。谨奏。

善后经费请于厘局拨补片

再，金陵善后经费动用川税款项，前经臣附片奏请仍准照数拨用，请免提解一案，接准部覆："此项经费，与苏州善后经费动用苏、沪厘金早经奏准有案者不同，既非例定之需，又与盐务无涉，应令切实裁减，如必不可裁减，即查照该省从前奏案，自行筹款拨给"等因，咨行到臣，当即转行去后。

兹据该局司道详称："金陵善后事宜，如省城内外保甲总分各局稽查城门、巡查河道、城工岁修、文武月课、每届冬防冬赈、文武乡试以及恤嫠、水龙、施棺、施药、棉衣、义渡各项善举经费，均系必不可少之需，由外设筹，无此巨款，多赖鄂岸川税项下凑拨银两，以资应用，势难遽行停止。惟既奉部饬，不得不勉为其难，兹复于无可裁减之中，力求撙节，将各项薪资一律改为九折支发，每年仍需银五万六千两，委属无可再减。现在盐厘改归税司代征，鄂局无款可解，请由金陵厘捐局于货厘项下如数拨补，俾免缺乏"等情，详请具奏前来。

臣查金陵善后局创自同治三年，历经前督臣奏准，用项繁碎，免其造报。而所动之款，自曾国藩以后即系拨用川税银两。虽当时未经陈奏与苏州动用沪厘情事微有不同，然此等款项关系地方要政，自当以应用与否为断，不必以立案与否为衡。金陵为东南重镇，省会要区，善后事宜，所全实大，并非以有用之款滥应滥支。计自开局迄今三十余年，历任督臣均无不拨款济用，则事有万不可废，当在圣明洞鉴之中。且苏州与金陵同为省城重地，苏州既有善后之费，金陵何独无之？若仅以未经奏明而遂谓不得以彼律此，似尚非事理之平也。今该局遵照部议，竭力节省，一切支款，核减发给，实已竭蹶万分，无可再裁。况所用之项，以省城内外保甲为大宗。近来迭奉谕旨，饬将保甲事宜认真整顿，以辅兵力之不足，是该局经费更有不能稍缺者。至部咨查照从前该省奏案自行筹款拨给一节。查善后用费始动捐款，嗣经前督臣曾国藩饬由湖北督销局于淮厘内拨济，旋以无款改在川税项下拨解。前督臣知有各该款可以拨用，是以奏明由外自筹。目下库储奇绌，罗掘一空，实无闲款可以抵放。惟有仰恳天恩，准由金陵厘捐局每年拨补该局经费银五万六千两，以济要需，出自逾格鸿施。

除咨部外谨会同江苏巡抚臣奎俊附片陈请，伏乞圣鉴训示。谨奏。

拨解甘军杭营枪弹片

光绪二十四年六月二十四日

再，前准督办营务处电咨："提督董福祥现在奉旨督练甘军，必须加添军械，应拨上海制造局所造快利枪一千枝，配齐子药各五百出，派员径解该提督驻扎处所点收，以资应用"等因。当经臣札饬上海制造局遵照拨解去后，兹据该局禀称："遵拨前项快利枪一千枝，配齐子弹五十万颗，派委分省补用知县朱枚航海运津，解赴直隶正定府甘军行营投收。守掣批回。"禀报前来。

又准杭州将军济禄来咨："杭州现开通商口岸，华洋杂处，操防紧要，请拨毛瑟快枪八百枝，配齐子药，发交来员领回应用"等因。臣查杭州旗营练习洋枪新队，系为切要之图，自应不分畛域，协拨济用。当即饬据上海制造局拨发毛瑟快枪八百枝，金陵军械所拨发毛瑟枪弹八万颗，交由该旗营佐领荣升等领运回浙。

除咨部查照外，所有拨解直隶正定府甘军行营快利枪弹及协拨杭州旗营毛瑟枪弹各缘由，谨附片具奏，伏乞圣鉴。谨奏。

内河小轮窒碍难行请饬遵前定议章折

光绪二十四年七月初四日

奏为内河准行小轮，洋人获益独厚，妨碍厘税，扰害商民，吁恳天恩饬照第二次定章，华洋一律遵办，恭折仰祈圣鉴事：

窃本年三月间，准总理衙门奏准各省内河行驶轮船，抄录原奏并总税司拟章咨行试办前来。

臣查原奏内称："系为扩充商务，增收税厘起见。"当即详考章程，旁稽条约，觉将通商省分内河均准华洋商轮行驶，与从前禁止之案不符。总税司议章九条，于征收税厘未能分晰，又多牵混之处。迭次电商，嗣经札饬议覆，未分晰者酌加添注，易牵混者量为修改，并准随时续议更订，虽则窒碍犹多，尚属利害参半。曾几何时，忽又咨到三次改章，顿翻原议。前之内河明指通商省分，今则谓与烟台议约第四端所论内地二字相同，是沿海沿江沿河及不通商地方皆准行驶。前定税课办法，本是华洋一律，今则谓洋商即按条约税则办理，应遵之章须与条约相符，是内地厘税照旧征收之权，仅能行之华商，而洋商来往可不遵完税厘，停候查验。又长江一概不准拖带货船，前经通饬遵办。今则谓若无海关特照，即不准其拖带，是明知牌照撤发权在税司，洋商之船自必皆请特照矣！洋商获利独优，较议约所得之益犹有过之。查总税司覆议，亦谓华洋内河行轮本是约外之事，无非为商务兴旺、税饷日增，于地方无碍起见。岂期变本加厉，困我商民至于此极！将使商务由此益衰，税饷因此愈绌，地方从此扰害无穷，造端甚微，酿祸甚巨，敬为我皇上披沥陈之。

查近来洋人商务较前愈盛，而各处税厘未曾因之加丰，盖缘税则本轻，条约愈密，厘收亦隐为所占。中外窘迫情形日甚一日，竭关税以偿洋款尚虞不足，复益以七处盐货厘金，饷源顿穷，厘收益绌。江南仅金陵一局尚可稍资弥缝，今内河准小轮驶行，洋商即率先赴淮、扬、里下河及苏、常、镇运河等处拖带货船，不仅恃单照为护符，并许照条约以办理，匪但不完厘税，并且不服盘查。行见金陵厘捐化为乌有，仍须部臣指款拨补，否则贻误堪虞。且长江改章甫颁，自必任其援照，新关正半各税，难免因之牵动，万一征收锐减，洋债从何抵偿？苟有责言，殊碍成约。各省紧要饷项，早已罗掘俱穷，若再有短绌之处，竟至无可挹注，安有余力以图富强？行此于库帑支绌之时，臣所虑妨国计者此也。

江海轮舶邕行以后，华民懋迁日绌，洋商垄断弥工，恃其税则之轻，单照之益，往往雇民船以运货，诱民船以挂旗，黠桀者趋之若骛，实为关卡之巨蠹。近又获改造土货之益，凡海澨山陬，寸丝粒粟之利，举皆为所网罗。今因内河行轮，遂将烟台议款搀入此次改章。从此蔓延以入腹地，南如闽、广、浙江，西及湘、鄂、西皖，即非通商省分，亦复莫可遮拦。东南古称泽国，小民多倚舟楫谋生，自为轮船所夺，其贫苦失业流为盗贼者比比皆是，私枭、会匪之充斥，职此之由。小轮便捷，内地纵横，攘夺侵牟，不可究诘。不独驾舟负纤者难于觅食，即在操奇计赢者亦无以资生。聚数百万困顿之徒而莫为之所，臣所虑碍民生者此也。

臣尝痛心于觏闵受侮之端多由教案而起，愚顽无知，畛域难化，第逞私忿，罔恤时艰，往往酿患于不可测。夫教堂以劝人行善为怀，尚不免于猜忌；小轮是与民争利之事，更难禁其忿争。故初次议章甫颁而聚众滋事之案迭见矣。三次改章未定，而拖货闯卡之案益多矣。洋人得此约外之利，中国失其治内之权，使商民衣食之源遂失所恃，上下交困，怨讟繁兴。群不逞之徒并敢于明目张胆以隶洋籍，因而自立行号，朦领船牌，益复肆无忌惮，以詈辱关卡为得计，以鱼肉商民为本图。弱者忍之于心，悍者争之以力，相持不下，终必激成毁轮伤人之案矣。勾结莫解，并恐牵及毁堂灭教之案矣。小轮来往靡定，比保护教堂其事为尤难。各省兵勇俱裁，即责成州县亦力有不逮。万一启衅强邻，重烦宫廷旰食，即严谴微臣及在事各员以谢天下，而祸患尚忍言乎！臣所虑启邻衅者此也。

在总理衙门王大臣燮谐中外，迎拒两难，约外通融，盖亦几经筹度，初不料其得步进步遂至于斯。臣身任地方，感愤忧危，曷敢舍其大而图其细。且屡承明诏，百度维新，凡有益民生、有裨商务之事，罔不竭力奉行。惟此内河行轮，窒碍太多，关系甚重，未敢隐忍不言。方今患贫已深，不可又生邻衅；积弱太甚，焉能再失人心。伏乞皇上巽命重申，敕令总理衙门札饬总税务司查照第二次所定九款，妥速订正照行，尚可稍图补救。倘荷宸断，立敕议停，以维持国计民生，实为上策。恭候圣裁。

所有内河准行小轮妨碍厘税、扰害商民缘由，理合恭折具陈，仰祈皇上圣鉴训示。谨奏。

淮扬行驶小轮有妨堤埸片

再，淮、扬运河绵长数百里，水势汹涌异常，全赖东西两堤为里下河一带保障。每届修守之际，水有涨落，尺寸必争，或以土方培高，或以碎石塞漏，一处倘有泛溢，堤身倾卸堪虞。今内河行驶小轮，往来如织，昕夕不停，既虑激水过堤，又恐刷堤使薄。迭据该工所委员禀请设法防范前来。臣惟有饬令格外小心，多备物料，随时补救。

理合附片陈明，伏乞圣鉴。谨奏。

遵保人才折光绪二十四年七月十三日

奏为遵保人才，以备简用，恭折仰祈圣鉴事：

光绪二十三年十二月二十五日奉上谕："现值时局孔艰，需才尤亟，各省督抚，朝廷寄以股肱耳目，其各澄心虚己，一秉大公，于所属道府州县中，无论现任、候补，详加鉴别，择其居心正大，才识闳通，足以力任艰巨者列为上选，他若尽心民事，通达时务，均著出具切实考语，并胪列其人之实迹成效，详悉具陈，以备擢用。”等因，钦此。

臣维真才难得亦难知，居心是否正大，则必测其隐微，才识是否闳通，更须觇其抱负。兹就臣察识所及，查有江苏试用道刘思训，系已故云贵总督刘长佑之子，学术治术，自有渊源，嗣在京外服官多年，益资历练。臣每试以疑难之事，见其胆识过人，不为浮言所夺。历办江南、湖北局务，皆有成效可观。自以世受国恩，尝思捐糜以图报称。江西广饶九南道诚勋，久居繁剧，措置裕如。该处交涉事宜最为棘手，该道颇有强忍之力，卒使就我范围。并肯瘠私肥公，为地方兴利除弊，军民乐为之用。江苏候补知府柯逢时，悃愊无华，深沉有识，前署江宁府数月，便能剔除奸蠹，振举纲维。凡事所应为，则毅然为之，不避嫌怨。即如理财一节，亦复丝丝入扣，滴滴归公。足见有为有守。江西候补知府袁树勋，通达治体，洞悉物情，前任上海县等处，甚有威惠，中外莫不惮其丰裁。嗣随臣赴山海关办理军务，筹饷筹兵，深资臂助。该员等虽不敢列为上选，而要不失为干济之才。至于尽心民事，如江苏候补道丁葆元，上年委署淮扬海道，适值地方水灾，该道亲往各属督办开河，以工代赈，为目前救死之计，即为将来谋生之资。本年委办堤工，又值春水暴涨，长堤岌岌可危，该道急商运司，先启归江各坝，设法疏消，并督同堤工各员，昼夜防守，救弊补偏，卒获安澜之庆，里下河各州县得以一律丰收，公家省数十万金钱，民间保数百万命赋，是该道之大有造于淮、扬也。又江苏徐州道桂嵩庆所属水灾更重，该道督同州县分途办赈，拮据百端。且以毗连河南、山东，时虞匪徒侵扰，外筹防剿，内尽拊循，昕夕靡遑，心力交悴。徐属夙称难治，加以多难之秋，若非该道恩信素孚，区处尽善，几何不至大乱也。又江苏江宁府知府刘名誉，心气和平，吏事勤敏，凡为地方兴养立教，惟日孜孜。本年夏间，米少价昂，穷民饥嗥，该守设局平粜，寝馈俱忘，一面严拿匪徒，人心由是渐定，得以化大为小，转危为安。安徽凤阳府知府冯煦，心存利济，政切先劳。所属连年水潦，而州县情形互异，该守单骑按部，逐一履勘，以被灾之重轻，定给赈之多寡，人沾实惠，咸庆更生。且于听断擅长，屡次平反疑狱，闾阎无叹息愁恨之声，洵不愧良二千石。又署高邮州知州江苏候补知州章邦直，以循吏而兼能吏，其劝课农桑也，民皆悦服，其讲求时务也，士亦乐从。即至保甲团巡，莫不严整，数获巨盗，是其明征。臣饬藩司将该员留署一年，俾得竟其设施，为各州县取法。该员度量恢宏，志趣远大，以臣观之，将来必成伟器。又江苏海门厅同知王宾，实心实政，宜民宜人。该厅系斥卤之区，风俗习于游惰，该员相视原隰广浚沟渠，教以树艺之宜，地方渐成沃壤。由是讲求蓄积，以御凶荒，选募练丁，以资守望，有备无患，阖境晏然，士民莫不爱戴。

以上各该员等，职守认真，于时务亦知留意，臣与共事既久，颇能识其政绩官声，据实直陈，不敢稍涉虚饰。

所有遵旨保奏人才各缘由，理合恭折具奏，伏乞皇上圣鉴训示。谨奏。

遵保使才折光绪二十四年七月十三日

奏为遵保使才，以备简用，恭折仰祈圣鉴事：

光绪二十四年四月二十五日奉上谕：“方今各国交通，使才为当务之急。着各直省督抚于平日所知品学端正，通达时务，不染习气者，无论官职大小，酌保数员，交总理各国事务衙门考验，带领引见，以备朝廷任使。”钦此。

臣维使才之选，固须公忠体国，专对擅长，并须先在外洋阅历人员，或久办洋务，方可驾轻就熟。查有江苏补用道钱德培，屡充出使日本、德国各署随员、参赞。又特用道阮祖棠、记名道罗嘉杰二员，先后随使日本，派充横滨正理事官。又试用道陶森甲，经出使俄、德、奥、和各国大臣奏调派驻柏灵办事。又候补道沈敦和，以出洋肄业学生，历办上海租界会审及各处翻译。又安徽候补道张佩绪，清厘教案甚多，现署芜湖关道，于洋人善于抚驭。

以上六员，屡试有效，均能通达时务，不染习气。倘蒙天恩，俯赐录用，予以辅轩之任，俾联玉帛之欢，必能继好敦槃，折冲樽俎，仰酬高厚生成于万一。

所有遵保使才以备简用各缘由，理合恭折具陈，伏乞皇上圣鉴训示。谨奏。

自强军出力员弁择尤保奖折

光绪二十四年七月十四日

奏为自强军出力员弁，遵旨择尤保奖，恭折仰祈圣鉴事：

窃江南自强军操练有成，洋员期满回国，前经臣奏请奖给宝星，并声明副营哨等官可否仿照北洋武备学堂成案，由臣择尤酌保，奉朱批：“着照所请，该衙门知道。单并发。”钦此。旋准总理各国事务衙门将宝星执照颁发前来。业经转行如式制造，分别颁给各洋员祗领在案。

伏查自强一军，规模悉仿德制，延用洋将弁二十余人，分充统领、营哨等官，而以华员为之副，约束兵丁，随同训练，即以备异日将领之选。复设总理营务处，借资钤束，以为全军之枢纽，而杜洋将之擅专。三年以来，成效卓著，各该洋将和平受商者固不乏人，而骄悍傲戾，遇事挟制者，亦复不少，全赖营务处各员相机因应，设法羁縻，得以就我范围，尽心教练。副营哨官隐忍洋员之苛暴，和衷商榷，昕夕督操，于战阵一切机宜，切实讲求，亦皆确有心得，用能整齐纯熟，成此节制之师，均属着有微劳，始终奋勉。现在洋将一律资遣，该军归江南提督李占椿接统，营务处业已裁撤，自应择尤请奖，以示鼓励。查北洋武备学堂出力人员，于光绪十三年按照异常劳绩请奖，奉旨允准有案。自强军系属创办，与寻常按年例保不同，自应比照办理。惟各该副营哨官多由学生出身，或系把总末职，或仅保有顶戴，照章应咨部核奖。谨将应行奏奖十三员，缮具清单，恭呈御览，其余各弁由臣咨部核办。合无仰恳天恩，俯准敕部一体照拟给奖，俾昭激劝，出自逾格鸿施。

除饬取履历分咨总理各国事务衙门、吏部、兵部查照外，所有自强军出力员弁，遵旨择尤保奖缘由，理合恭折具陈，伏乞皇上圣鉴训示。谨奏。

创立江省郡县学堂折

光绪二十四年七月二十九日

奏为遵旨设立江南省府、县各学堂，谨将筹办情形，恭折具陈，仰祈圣鉴事：

窃臣恭阅邸抄："光绪二十四年五月二十二日奉上谕：'前经

降旨开办京师大学堂，入堂肄业者由中学、小学以次而升，必有成效可观。惟各省中学、小学尚未一律开办。总计各直省省会及府、厅、州、县无不各有书院，着各该督抚督饬地方官，各将所属书院坐落处所，经费数目，限两个月详查具奏，即将各省府、厅、州、县现有之大小书院，一律改为兼习中学、西学之学校。至于学校等级，自应以省会之大书院为高等学，郡城之书院为中等学，州县之书院为小学，皆颁给京师大学堂章程，令其仿照办理。其地方自行捐办之义学、社学等，亦令一律中西兼习，以广造就。至各书院需用经费，如上海电报局、招商局及广东闱姓闻颇有溢款，此外陋规滥费当亦不少，着该督抚尽数提作各学堂经费。各省绅民如能捐建学堂，或广为劝募，准各省督抚按照筹办数目，酌量奏请给奖。其有独力措捐巨款者，朕必予以破格之赏。所有中学、小学应读之书，仍遵前谕由官设书局编译中外西书，颁发遵行。至于民间祠庙，其不在祀典者，着由地方官晓谕民间，一律改为学堂，以节糜费而隆教育。似此实力振兴，庶几风气遍开，人无不学，学无不实，用副朝廷爱养成材至意。将此通谕知之。'"钦此。复于七月初四日奉电传谕旨："前于五月二十二日降旨，谕令各省开办学堂，限两个月覆奏。现在限期将届，各省筹办情形若何，着各督抚迅即电奏。"钦此。并准总理衙门将大学堂章程咨送前来。

窃维学堂之设，为自强根本要图。我皇上作育人才，孜孜求治，屡发明诏，于京师创立大学堂，特派管学大臣，妥议章程，克期举办，谕令各省一体实力奉行，洵足立当代之楷模，新斯民之观听。臣受恩深重，图报情殷，何敢稍涉因循，自蹈咎戾。惟是造端伊始，考核不厌精详，经费有常，筹画尤须审慎。兹遵照大学堂定章，斟酌变通，就江宁省城先行开办，以期迅速集事。

谨将筹拟情形为皇上详陈之。

查江宁地方为东南一大都会，向来江苏、安徽两省于兹合闱乡试。此次设立学堂系为科举之梯桄，俾知学术之阶级，则两省士子，自应一视同仁。拟设江南学堂一区为高等省学堂。江宁府统辖七属，上元、江宁两县本系同城，拟设中等、小学府县学堂各一区，与京师大学堂一气贯注，层累递进，以符书升论秀之规。通计学堂三处，员司、教习薪水，学堂火食，书籍、纸笔，月课奖赏以及各项杂支，每年非八九万金不足敷用，而开办之初，如经营学舍，延聘教习，购买中外书籍，图册仪器等项，又非十余万金不办。当此费绌用宏，度支告匮，如此巨款实苦罗掘无从，而地方应办事宜更何敢轻言请款。伏思江南旧有储材学堂，原议分设交涉、农政、工艺、商务四大纲，学额以一百二十名为止。又以学生未解西书，不得不以语言文字为涂径。现在所学仅英、德、法、日四国语言文字，即使三年有成，不过备译人之选，而于律例、赋税、舆图、翻书、种植、水利、畜牧、农务、化学、汽机、矿务、工程、各国商务、中国土货、钱币、货物诸学均未讲求，仍须俟诸数年之后。定额既少，收效又迟，且与大学堂章程亦多不能相应。方今朝廷励精图治，百度维新，各省遍设学堂，一洗空疏积习，宏规茂矩，体用兼资，不患无翻译之才，而患无会通之士。臣之至愚，应迅设省府县各学堂以植其本，另设农、工、商等学堂以造其精。既为普通学先立始基，即为专门学预筹进境，庶几人才辈出，不致迟缓费时。拟将储材学堂改为江南学堂，推广学额，多延教习。其旧有学生，严加考核，分别去留。并将旧有之钟山、尊经、惜阴、文正、凤池、奎光六书院并改为府县各学堂，所有各该学堂书院经费悉数拨给济用。至开办经费，储材学堂连年节省尚有数万金，可以提拨，如有不敷，容臣另行筹款。现已派委道员蒯光典总司其事，次第举行。此筹办江南省府县各学堂之实在情形也。

若夫外府州县，虽已有数处设立中西学堂，而办理未能画一，章程难免参差。兹幸圭臬有资，自应敬谨遵守。惟各属学额之多寡，须视地方之广狭、经费之优绌以为衡，碍难遽为悬定。业经臣将大学堂章程刊印分发，严饬各该地方官查照速办，将本有之书院一并改为学堂，经费不敷仍着就地筹款，依限于一年之内一律告成。其有绅耆好义，或捐资独建学堂，或合力分设学塾，俱照新章分别奏请奖励。总期渐推渐广，日起有功，仰副圣主殷殷诰诫振兴实学之至意。

所有遵旨设立江南省府、县各学堂缘由，理合恭折具奏，伏乞皇上圣鉴训示。谨奏。

拟设农工商矿学堂片

再，臣思振兴庶务以植本为先，而本富大端以农学为要。迭奉谕旨，饬令设立农务学堂，并将工、商、路、矿各学迅筹举办，仰见圣主敦崇实学，作育群材之至意。

臣博采东西洋章程，并参诸绅民议论，农、工、商、矿，大利所存，泰西以为专门之学。现在学堂初设，若待普通学卒业然后肄业及之，已苦其晚。拟在江宁地方先设农务学堂一所，选派府属绅商之有产业者经理其事，聘明于种植物学、农艺化学人员为之教习，以讲求物植土性所宜、粪溉壅殖之法。酌拨地亩，俾试种以辨肥硗；略购机器，俾课功以判巧拙。树艺、畜牧次第推行，农氓目睹成规，自必乐于从事。更就上海之农学报馆改为农务总会，由臣另筹款项，重订章程，与各省联络协助，借收一树百获之益。

至工艺一门，名目繁琐，断非一蹴可几，而惟制造之学，为目前所最急。查上海制造局兼辖之广方言馆专储译才之选，又旧有之炮队营备充教习之差。现在学校改建，陆师亦有专堂，此两项系属重设，拟令酌量裁并，拓为工艺学堂，招募生徒，分别学习，机器既备，可资实验，闻见较广，亦易观摩，上海风气最先，程功尤速。并拟将商学、商报等事，统令办理商务之在籍翰林院修撰张謇等就近督率，赶为筹办。

若夫矿务，以西北为奥区，铁路以芦汉为正干，众利所趋，储材宜亟。江南办理矿路甫有端倪，此项学生一时尚难其选，然以测量、绘算为初级，则与武备学生所学略同。拟即挑选学生，调派教习，于陆师学堂内添设矿路学一斋，分习重力、汽化、地质等学，以备专门学堂异日之取材，庶免躐等之讥，借收及时之效。

所有拟议农、工、商、矿各学堂大概情形，谨附片具陈，伏乞圣鉴。谨奏。

御制内则衍义一书请颁发刊行女塾片

再，中国人民四万万，以男女各半计之，妇女得二万万之数。其在搢绅之族，读书识字者尚不乏人，至若农、工之家，大抵操作有余，灵明未辟，终身不识一字，圣经贤传无由而知。东西洋各国，于女学一事，莫不加意讲求，中国为数千年礼乐之邦，似未可因陋就简。兹据候选知府经元善等禀称："上海地方为中外商民总汇，最得风气之先，现征集同志，创设女学公塾，民捐民办，士绅提倡。自开塾后，泰西士女闻风而来，颇愿为之襄助。塾中教授如仪礼、诗、书、戴记内则、班氏女训、女诫及女孝经、论语、闺范等书，凡与女学相发明者，皆已搜访靡遗。谨按钦定《四库全书提要》顺治十三年御制《内则衍义》十六卷，以孝、敬、教、礼、让、慈、勤、学八端为纲。子目中，如相夫、教子、佐忠、勉学、赞廉、重贤、敦仁、爱民、好学、著书无不立为条教。圣训昭垂，盖欲使天下亿兆妇女遵奉此编，于以感发性情，渐摩义理，昭明显著，实为塾中必不可少之书。惟是宸翰秘笈，外间绝少流传，禀恳奏颁等情前来。合无仰恳天恩，颁赐御制《内则衍义》一部，由臣发交该绅士等祗领以为女学准绳，并准其照式刊布以广教化而美风俗，出自逾格鸿施。

是否有当，谨附片陈请，伏乞圣鉴。谨奏。

办理团练变通章程折

光绪二十四年七月二十九日

奏为办理团练，变通章程，并请量给奖叙，以资鼓励而收实效，恭折仰祈圣鉴事：

窃前准督办军务处咨行会议广练兵团一折所称：“沿海沿江各省举办团练一节，此事有治人，无治法。如果办理得宜，则众志成城，自可以辅兵力之不足，倘不得其人，则苛派骚扰，诸弊均恐不免。拟请旨饬下各该督抚，体察地方情形，妥慎筹办，并详议章程具奏。奉旨：‘依议。’”钦此。

臣维外洋立国，尽人为兵。中国一时尚难及此，惟练团犹是我行我法，管子内政、唐之府兵，即其意也。此等团练，原为绥靖地方。现在伏莽潜滋，兵力单薄，若不练团自相保卫，民间几无安枕之日矣。查向来办团，按户抽丁，往往役及老弱残废，人数虽众，于事何裨？并恐苛派骚扰。惟有变通办理，专用年富力强之人，操习刀矛枪炮各件，略以军法治之，以期用命。臣通饬各属，城中设立团练总局，以本城公正绅士二三人主之，城外东、西、南、北四乡适中之地，各设团练分局，以本乡公正绅士二三人主之。就本乡之都、图、里、甲自为一团。户口多者为大团，每团练丁二三百人，或四五百人，户口少者为小团，每团练丁百人，或百数十人。务于本团挑选精壮，编列队伍，不准召募外人。其本团内绅士、商贾及家道殷实之孤寡、常住宽裕之僧道不能充练丁者，则酌派养练口粮及制办军械、军火、军装经费，所谓“贫者出力，富者出资”，亦是持平之道，莫不乐从。每团设团长一人，副团长二人，以资管带，皆受约束于本乡分局及城内总局绅士。并择技艺出众，由军营出身之武弁以为教习。平日各练丁自行就地操演，每月本团合操一次，每季本乡各团合操一次，每年应否四乡合操，或轮流抽调来城看操，由各牧令会商总局绅士酌办。地方如有盗警，以鸣金为号，本团练丁即出援，倘遇大股，本乡各团齐来救应，后到者罚，不到者重罚。经臣三令五申，民间亦知舍此别无自全之策，团练尚肯认真。其最著者，如徐州铜山等属，淮安盐城等属，扬州高邮等属团练，屡次保卫村庄，击退贼匪。有时偶尔失事，则围拿追捕，往往赃犯并获，全数歼擒，抢劫为之稍息。团长、练丁亦不免有损伤，经该地方官随时赏恤，并由臣酌给功牌匾额，民情颇形踊跃。顾一县如是，各县未必皆然，一乡如是，各乡未必皆然。所以不能整齐者，固由风俗有强弱，亦由无以鼓励之故也。夫亲上死长之义，难以责之愚贱，即其卫身家之念，亦不胜其爱名利之心。轻外奖而重内奖，正可因势而利导之。

伏维朝廷廑怀时务，激劝人才，凡有专建学堂及学会者予以破格之赏，习成一艺、制成一器有裨实用者，准其专利。又定例，在官人役，因公毙命，随案请恤。况团练有关地方安危，办理有成并可以备异日征调。至因剿捕盗匪伤亡，核与军营打仗无异。可否仰恳天恩，量予鼓励，凡办团带练尤为出力及出资最多者准给虚衔封典，其团长、练丁，人才出色，准给把总、外委，咨部注册，归标候补。其有剿捕受伤、或受伤成废以及因伤身故、或立时毙命者，分别给恤，以慰其心而作其气。将见闻风感奋，莫不争先恐后，敌忾同仇。久之，人尽为兵，将与外洋齐驱并驾，未始非图自强之一策也。

臣为振兴团练起见，是否有当？理合恭折具陈，伏乞皇上圣鉴训示。谨奏。

整顿保甲以辅团练片

再，准部咨："光绪二十四年六月十二日奉上谕：'近因各省裁汰营勇，保卫地方，全在严查保甲，以辅兵力之不足。各省办理保甲章程非不详备，迭经谕令从严稽察，率皆视为具文，并未将现办情形详晰覆奏，殊属因循废弛。自此次申谕之后，各该督抚，务当严饬地方官，于保甲一事，实力举行，以期民情固结，奸宄无从匿迹，仍将整顿办法，先行切实具奏，以副朕绥靖闾阎至意。'"钦此。

臣维保甲意美法良，实为致治之本，平时即应讲求。兹因裁汰营勇，保卫地方，则保甲应与团练并行，方可以有备无患。保甲清查户口，以杜内奸，团练挑选壮丁，以御外侮。以游勇之随在逗遛，乘机肆扰，若不办团练而专办保甲，无当也。保甲以城厢为要，市镇次之，村庄又次之。村庄土著居多，即系客民，亦有恒产，各安生业，不敢为非，偶有来历不明之人，则必群相诘逐，不许久停，以免受累。惟市镇为商贾辐辏之区，匪徒易于混迹，城厢尤甚。如沿江之九江、安庆、芜湖、大通、金陵、镇江、仪征、瓜、扬一带，五方杂处，往往藏垢纳污。现在分委道府大员，严查保甲，并拨兵勇弹压，以为团练先声。其余市镇村庄，则委绅董，因地制宜，自行筹办，即寓团练于保甲之中，以归简便。臣复通饬各属，凡系街头巷口，均须设立栅栏，派人专司启闭，以遏奔冲而资警觉。至游勇中每有哥老会匪、安清道友，踪迹诡秘，支党蔓延，其患已深，为祸尤烈，亟应饬保甲、团练查拿头目，一面由地方官出示解散胁从，以期绥靖闾阎，仰舒廑虑。

理合附片具陈，伏乞圣鉴。谨奏。

淮徐复灾豫筹赈抚折

光绪二十四年七月二十九日

奏为江苏淮、徐、海等属复被水灾，亟须豫筹赈抚，谨将大概情形，恭折具陈，仰祈圣鉴事：

窃照上年淮安、徐州、海州等属被水灾歉，民情困苦异常，经臣等据实奏明，蒙恩截留漕粮，并开办赈捐，又得义绅襄助及各省协济巨款。自秋冬以迄今春，赈抚工粜，次第举行，俾被灾穷黎渐臻安业。已将办理就绪情形，恭折会奏。本年六月十一日承准军机大臣字寄："奉上谕：'御史郑思赞奏，徐、海灾象又成，请饬筹办抚恤一折。着刘坤一、奎俊迅饬该地方官分别轻重情形，妥筹抚恤。'"等因，钦此。又经恭录转行赶紧查明，妥为筹办各在案。

兹据署江宁布政使胡家桢详称："本年初夏，徐、海各属麦穗垂黄，满冀可获丰收，闾阎借苏积困。讵于四月下旬，连遭大雨，东省山水骤发，沂、运各河同时并涨，堤埝被冲，低田间遭淹漫。五月初间，水势渐退，正在抢割，复于十二日后骤雨滂沱，通宵达旦，沟浍盈溢，洼区弥漫，运河水又增涨，上游蒙、沂诸水建瓴而下，一片汪洋，未刈之麦多被淹没，其已割登场者亦有漂失。当经飞饬各该州县，尽力设法，分别疏泄，以保秋禾。乃六月中旬以后，晴日无多，霪霖相继，农田叠遭淹浸，下游水势顶托，一时涸复难期。统加察核，虽其间坐落高下轻重分数尚须确切查勘，第就目前情形而论，则邳州、宿迁、海州，沭阳被淹已重，毗连之睢宁、铜山、萧县、丰县、赣榆、安东、桃源、清河、阜宁等县，凡地势低洼及滨临河湖之处，均不免有淹伤，灾区宽广，较上年殆有过之。其薄有麦收之户，转瞬即将告匮。秋成失望，来日方长。而被水既较上年为早，佣工度日之辈，现在无以谋生，已有不可终日之势。若不急筹安抚，则数十百万甫登衽席之苍黎，复将转乎沟壑。现已会同赈捐局赶紧筹集款项，以备赈济。一面派员先行往查，并饬各该地方官就涸出之地，督令补种荞麦、红薯、萝卜等物。一面购麦备放，乘时布种，为将来冬春之计，暨筹办工粜各事，以期维系人心，俾免轻去其乡，铤而走险。义赈绅士严作霖办事结实，舆论翕然，兹与商明于八月间亲赴徐州等属迅速查办，以免饥民出外逃荒。惟是户口众多，需款繁巨，际此库储奇绌，固属罗掘无从，仅恃请奖衔封之赈捐，亦苦无济于事，惟有请开实官赈捐，或可稍资挹注”等情，详请具奏前来。

臣等查淮、徐、海等属地方瘠苦，灾歉频仍，积困未苏，又遭水患，次贫之户亦复转为极贫，数百万灾黎，嗷嗷待哺，若不迅筹抚恤，必至流离失所，洵如该御史郑思赞所奏：“早尽一日之心，即多活百人之命。”惟是库款艰窘，赈抚无资。除将请开实官赈捐各节另折奏恳天恩，俾得集成巨款，以资接济，并饬令该司局多方设筹，迅速妥办，仍俟各属查明田禾收成分数勘定，另行奏报外，所有淮、徐、海等属复被水灾亟须豫筹赈抚缘由，谨合词恭折具陈，伏乞皇上圣鉴训示。谨奏。

请开实官赈捐折光绪二十四年七月二十九日

奏为淮、徐、海等属复被水灾，拟请开办实官赈捐，照新海防例请奖，以惠灾黎而资工作，恭折具陈，仰祈圣鉴事：

窃江苏淮、徐、海各属复被水灾，亟须豫筹赈抚，业经臣等另折陈奏在案。

兹据办理赈捐局、署江宁布政使胡家桢等详称："筹赈以集款为先，本非易易，而在今日则尤难。江南各库，自前岁筹办海防，早已罗掘殆尽，又有认还洋华各款，本年复将盐货厘金改归税司代征抵借，饷源顿竭，益觉窘迫难支，无论正杂各款，均苦无可拨用。是此次淮、徐、海赈务，舍劝捐外别无筹款之法。夫以捐事久成弩末，而历年各省办赈，犹必恃此为挹注者，则以直省之中，偏灾仅见，东南财赋之地，岁事尚丰，绅富欲博显扬，捐输颇资鼓舞，并有虚衔抵捐实官之例，以故劝捐者尚得借手，集成巨资。乃比年以来，往往数省告灾，捐局林立，劝办不易，无异竭泽而渔。加以粮贵钱荒，各省一辙，农工商贾，无不疲病，物力益艰。其在素封之户频年捐赈，均已衔封叠晋，无可再加，又因抵捐之例不行，收数益形减色。上年江苏赈捐，开办已逾七八月之久，收数无几，垫款尚未清还，方冀本年通省丰收，赈事截止，可以徐图归补。讵意淮、徐、海等属又遭水患，麦穗垂熟不及抢收，秋禾在田又多淹没。就目前情形而论，邳州、宿迁、海州、沭阳被灾最重，睢宁、铜山、萧县、丰县、赣榆、安东、桃源、清河、阜宁低洼处所亦均受伤，统计灾区仍有十余州县之广，此时之急办安抚及将来通筹工赈一切，端绪极繁。况值上年灾祲之余，徐、海地方民俗素称强悍，其界连东、豫等处兼有大刀会匪潜相勾结，并以光绪二十一年滋扰教堂之案，未得逞其所欲，时思借端报复。穷民饥寒所迫，煽惑易从，尤须妥为抚绥，俾免流离失所，庶不至铤而走险，贻害地方。又如上年兴修河堤各工，经此次漫溢冲荡，必多淤垫残缺，亦须俟水退后大举浚治，乃能资以宣防，永为利赖。然此数大端，需款均巨，约略计之，非百数十万金不克济事。江南库储如此，物力如此，将何以堪？若仅稍事补苴，不为久远之计，顾此嗷嗷之众，亦何忍听其连年颠沛。国家深仁厚泽，沦浃寰区，每遇大灾，恩发内帑、部款至数十万金而不惜。但际此部库亦非充裕，何敢遽请拨款。再四思维，非就赈捐暂予变通不足以资集事。溯查前次海防筹饷，绅富捐款至百数十万，近年盐商报效亦屡经认捐百万。皆因准奖实官，是以输将踊跃。且查从前山西、河南赈捐亦有请奖实官成案，全活甚众，至今感颂皇仁。今江苏淮、徐、海等属灾情虽尚不及晋、豫之重，而库储物力之艰则数倍于曩日。拟请准令本省及侨寓之绅商、富户，比照筹饷及盐商报效之案，公同集捐，随时汇缴，照新海防例，请奖实官，以本省之捐输，济本省之工赈，保全实多，于大局良有裨益"等情，详请具奏前来。

臣等覆加察核，委系实情。当兹费绌用宏，百端拮据，此项工赈巨款，委属无可设筹。该局请开实官赈捐，诚亦万不获已之策。民命所系，不得不迫切上陈。合无仰恳天恩，准如所请，俾得早日举办。仍以一百万两为限，数满即行停止，不准稍有勒派，他省亦不得援以为请，庶于轸灾恤黎之中，仍寓慎重名器之意。

如蒙俞允，即由臣衙门印给实收，饬局实力劝办，按次造册咨部核给奖叙。所收捐款，酌量各该属工赈事宜，分别匀拨。并严饬承办各员，务使实惠及民，工归实济，不准稍有侵渔，以副圣主念切民依之至意。抑应敕部，另行拨款之处，非臣等所敢擅拟。

所有淮、徐、海等属复被水灾请开实官赈捐缘由，谨合词恭折具陈，伏乞皇上圣鉴训示。谨奏。

截漕济赈片

再，淮、徐、海等属复被水灾，民情困苦，亟应豫筹赈抚，业经臣等另折奏请开办实官赈捐，以资接济。

伏查各该属灾歉频仍，生机遏绝，救焚拯溺，只在幾微，若不迅速设筹，势将缓不济急。且穷黎谋生无术，即难免轻去其乡，迨至流离颠沛之时，虽地方官竭力设法资遣回籍，在公家用款更多，而灾民饥躯奔走，道殣相望已不知凡几矣。自非宽筹赈款，迅速带往灾区，分别查放，不足以全民命而广皇仁。臣等此次办赈，因虑勘灾迟缓有碍民生，是以为此豫筹之计。惟是灾区太广，为日方长，一切工赈事宜，需款过巨，迭与司道及办赈绅士严作霖等面商，非百数十万金不克济事。即实官赈捐一事，仰荷恩俞，所短款项尚多，仍苦无从筹措。再四思维，合无仰恳天恩，俯准照光绪十八年江宁、扬州等属被灾之案，赏给江北河运、江苏海运二十四年分漕米八万石，尽数改折，并将运费水脚等项一并作为赈抚之用，出自逾格鸿施。

臣等仰体圣慈，用敢为民请命，不胜悚惶屏营之至。谨附片具陈，伏乞圣鉴训示。谨奏。

裁并办公各局折光绪二十四年七月三十日

奏为遵旨认真裁并各局所，恭折覆陈，仰祈圣鉴事：

窃臣恭阅电抄，光绪二十四年七月十四日钦奉上谕："各省设立办公局所，名目烦多，无非为位置闲员地步，薪水、杂支，虚糜不可胜计。着各督抚将现有各局所中冗员一律裁撤净尽，限一月覆奏。"等因，钦此。臣跪诵之下，钦悚莫名。

伏查江苏为东南重镇，财赋要区，统辖南洋，兼管盐政，事体最为繁重，局所亦因之较多，曰营务，曰洋务，曰盐务，曰地方事宜，各有专司，本难勉事裁并。惟既迭奉谕旨，诰诫谆谆，如广东、湖北等省巡抚皆秉节重臣，尚且一并裁撤，改归总督兼管，乾纲独断，薄海同钦。臣受恩最深，固不敢瞻徇情面，各该局员亦应仰体圣意，勉为其难，以期撙节度支，推行新政，方不负朝廷励精图治、实事求是之至意。臣就所辖各局所中通盘筹画，实力图维，除宜昌加抽川厘业归税务司代征，储材学堂现议改为江南省学堂不计外，其事务稍简者，无论所支局费系属内销、外销，一律大加裁撤，酌量归并，庶用款节省一分，于时务即获一分之益。现饬将防营支应报销处归并金陵支应局，洋火药局归并金陵军械所，金陵城内外保甲两局并为一局，扬州保甲局即行裁撤，责成该府县经理。金陵木厘局归并厘金总局，该局收款专供长江水师兵饷，应令总局另款列收，照案支放。沙漫洲缉私局即行裁撤，责成就近驻防水师巡缉。金陵、淮南两书局裁撤，员司责成两淮运司及江宁府分别管理。金陵、上海两商务局，现已另设总局，统辖江、皖南北等处商务，并办理商会、商学、商报各项事宜，与湖北联络一气，所有原设两局，亦即裁并，以免重复而一事权。其余如筹防、支应、厘金、督销、洋务、制造等局及水师、陆师各学堂，虽系必不可少，所有各该局委员亦饬严加沙汰，应裁者裁，应并者并。杂支各项，竭力剔除，应省者省，应删者删。总期破除积习，规模一新，不使稍有浮縻，亦不敢稍避嫌怨。各该局裁节薪水、杂项银两，俟截数后，另行具奏。目下筹办农、工、商各项学堂，需款孔亟，挹注无从，拟恳天恩，俯准尽数提拨济用，俾得迅速集事，出自圣主鸿施。

所有认真裁并各局所缘由，理合恭折覆陈，伏乞皇上圣鉴训示。谨奏。

奏疏卷二十九

江南防军改练洋操折

光绪二十四年八月二十日

奏为江南各防军一律改练洋操，谨将筹议情形，恭折覆陈，仰祈圣鉴事：

窃臣于光绪二十四年五月初九日，承准军机大臣字寄："奉上谕：'户部、兵部会奏遵议御史曾宗彦奏请精练陆军改为洋操，并将各省兵数、饷数开单存览一折。今日时势，练兵为第一大政，练洋操尤为练兵第一要著，惟须选教习以勤训课，核饷力以筹军实。现在天津新建陆军、江南自强军，均系学习洋操。北省勇队，着由新建陆军酌拨营哨之学成者，分往教练，南省则由自强军酌拨，营规口号，均须一律。各直省将军、督抚，统限六个月内，将并饷、练队及分扎处所，妥议覆奏。至军械枪炮，应饬各省机器局酌定快枪快炮格式、枪子炮弹分量造法，互相讨论，折衷一是，如式制造，精益求精，以期利用。并着一体妥速筹办，毋得宕延。余依议。原折均着抄给阅看。'"等因，钦此。又准部咨："本年五月二十一日奉上谕：'前据顺天府府君胡燏棻奏请精练陆军，并神机营改用新法操演，出使大臣伍廷芳奏京营、绿营参用西法各折片，先后谕令军机大臣会同神机营王大臣、八旗都统妥议。兹据该王大臣等会同议奏，改练洋操，为练兵要著，各省绿营、练勇，迭经谕令认真裁并，一律挑练。着各该将军、督抚，归入前次户部、兵部议覆御史曾宗彦请改练洋操折内，一并迅速切实筹议具奏。'”等因，钦此。仰见圣主整军经武、力图自强之至意，钦佩莫名！

伏查该御史原奏内称：“尽各省已有之饷，练各省洋操之兵。”部臣覆奏内称“既系就已有之饷改练洋操，自可毋庸另筹”各等语。是当就原有饷项，酌剂盈虚，未能因改习洋操，另请加拨，此就饷力言之也。江南滨海沿江各防营驻扎处所，曰吴淞，南洋门户也；曰江阴，长江门户也；曰镇江，中权要地也；曰金陵，根本重区也；曰徐州，南北通衢也：星罗棋布，脉络贯通，相地扎营，实为必不可少。自上年裁勇节饷，一律改营为旗，除新招之江胜营外，每旗勇丁二百余名，统计五路防军，不过一万数千人，合计则尚有可观，分扎则实无可再减。此就兵力言之也。钦奉谕旨，饬令一体改练洋操，自应视现有饷力兵力，查照各该原奏，通盘筹画，切实图维，总期饷项不致为难，操防可以兼顾，为第一要义。谨分列八条，敬为皇太后、皇上详陈之。

一，各军统练洋操也。查洋操手足灵捷，步伐整齐，纪律严而有法，枪炮熟而有准，自强军已著成效，各军自宜仿行。现拟将驻扎吴淞之盛字五旗，驻扎江阴之合字五旗，驻扎镇江之江胜六营、新湘五旗、南字三旗，驻扎金陵之亲军七旗、护军三旗、衡字三旗，共三十七营旗，一律改练洋操，由自强军挑选排长，前往教练，按照各该营旗哨数，五哨者五人，三哨者三人，一切操法，统照自强军章程，不得稍有歧异。务使规模日新，悉成劲旅，此军与彼军号令画一，庶几呼吸灵通。其自强军调出排长各额缺，由该统领另行选充募补。至徐州地方辽阔，盗风素炽，原驻防军，皆系畸零分扎，或一哨，或数棚，皆有巡缉奸宄、保护教堂之责，调集合操，必滋贻误，应与零星各队伍及散扎各练军，统俟盛字等营旗练成后，再行抽调改练，以免疏虞。

一，饷项酌量加增也。查北洋新建陆军，正兵月饷每名四两五钱，江南自强军则每名八元，约合银五两六钱，均系按月发给足饷。各防军勇丁每名四两二钱，又以近来饷源短绌，未能按月发足，历经造销有案。今既改习洋操，未免相形见绌。严其训课，似须赡其口粮。前署督臣张之洞奏设自强军，亦称："若照旧日饷章，必无肯应募者。"今纵未能照自强军之数，拟请按年略予加增，以示体恤，仍不逾照章应支之数。此系专指勇丁而言，其统领营哨等官，薪水银两，仍照旧章办理。

一，操衣酌量制备也。言洋操者，莫不谓戎衣整洁，步骤敏肃，而衣裤操靴，皆系由官制给，全军一律，自足以新士气而壮军容。各防军饷数较少，衣履一切又须勇丁自备，参差蓝缕，其势使然。今既改练洋操，此项似不可省。惟查自强军定章，每营每年须数千元。若三十七营旗悉数比照办理，为数过巨，不能不量予变通。拟请每名岁给单操衣裤二套，草帽一顶，包巾一条，皮靴一双，统计每年已需银四万余两，尚可设法挹注。

一，薪饷亟宜统筹也。每哨由自强军酌拨排长一名，充当教习，拟给月薪十四元。核计三十七营旗，共需教习一百余名，每年约需银一万四五千两。除将各防军原有教习薪水抵支外，仍须另筹银一万余两。各该勇丁又须酌加饷项，以及制备操衣等件，统计每年约共增支银九万余两。此项未准另行请拨，而各营旗又无腾出之款。惟查自强军遣散洋将、改派统领后，厘定各项，每年约节省银六万两，尚可拨用，然以盈抵绌，仍属不敷。伏思自强军饷章，排长每月十元，正兵八元；而天津新建陆军，步队营头目每月五两五钱，正兵四两五钱；湖北护军营练习洋操，亲兵每月四两五钱，正兵四两二钱。惟江南自强军，兵丁饷数太优，难免各军有所借口，自应酌量减少，以昭公允而资补苴。自强全军，原定二千八百六十八人，嗣以工程队未经募练，改归陆师学堂办理，马队二营并为一营，现系额设二千五百八十八人。拟请将排长向支十元者改为六两，正兵向支八元者改为四两五钱，约计每年可节省银三万余两，即以抵补各军饷项之不足。如此一转移间，于饷项毫无出入，而各军洋操，可以迅速举行。如蒙恩准，再将自强军改定薪饷各细章，咨部立案备核。

一，军械务宜一律也。练兵以备非常，非操练纯熟，枪炮整齐，临敌断难制胜。江南购存枪械，以后膛九响毛瑟为最多。此项枪枝，尚称精利。且子弹与大毛瑟相类，机器局均能仿造，源源接济，操用最为合宜。江南各防军，业经一律领用。近来湖北、湖南、浙江，先后咨请拨给，将来各省，自可联为一气。至各营所用炮位名目、磅数难免参差，未敢多发快炮，良以快炮子弹，购自外洋，存储无几，平时操习，用子较多，不能不留备有事之用。今既统练洋操，拟酌量发给二三磅哈乞开司及阿摩士庄快炮，俾资兼习。并向洋商订购德国六生特驮炮数尊，一俟运到，即行饬局仿造，以备分发。驮炮便于折卸，庶不致转运为难。仍一面饬令机器局，讲求新式新法，多造快枪快炮，俾免仰给于人，另行奏明办理。其操练口号，白昼用旗，夜间用灯，通饬各军不准稍有紊乱。

一，图籍亟宜讲求也。外洋戎事之所以日强者，以其兵无不学，学无不精也。中国之兵，由于招募，大都不甚识字之人，以言兵法，则懵然不知，以言舆图，则茫然不晓，将弁尚或不免，况兵丁乎！今既统改洋操，虽不敢遽求精邃，而行远自迩，不能不植其初基。查看《强军新纂西法类编》一书，分兵法、军器、测绘、数学诸门，由浅入深，颇为详备，应分发各营旗，责成营哨官以时诵习，务期逐渐通晓，不得专委诸教习，致形隔阂。并咨取北洋所刊《德国陆师入门法操》，刷印万数千本，遍给各勇丁阅看。此外如《孙子十三篇》《坤舆方图》《万国舆图》《亚细亚东部舆图》《沿海八省口岸全图》，一体购印颁发，责成各该官长及文案等员，不时翻阅，指示勇丁，以为精进门径。如各该营哨等官虚应故事，或不能胜任，即行分别撤参。

一，弊端严行禁革也。防营积习渐深，流弊百出，时艰孔亟，不能不改弦更张。此次统练洋操，系为实事求是起见，各该统领、管带，自应加意整顿，振刷精神，上念朝廷讲武之深心，下念勇丁习操之勤苦，一洗从前陋习，方为不负委任。臣当随时派员点验，严密访察，如有缺额克扣等弊，一经查实，即行从严参革，治以应得之罪，断不稍存姑息。其有办事勤奋，校练认真者，亦必奏请奖励，以昭激劝。

一，将领亟宜预储也。练兵必先选将，中外理无二致。目下各营旗统领，要皆百战之余，一时之选，然不能不预为储备，俾免将来缺乏之虞。查江南陆师学堂，本为教育将才而设。拟俟学生毕业后，酌发各营，一如自强军差遣之例，增其阅历，广其见闻。才具出众者，酌量授以营哨官之任，渐推渐广，必有英才出乎其间。既为学堂鼓舞之资，即为各军久远之计，庶几维持不敝，精益求精。

以上八条，皆遵照部臣原议，察酌江南情形，就地设筹，不另请款，事事务求核实，不敢稍涉虚浮。合无仰恳天恩，俯赐照准，俾得早日举办，认真训练，以收实效而拓新规。

除将制造军械与各省互相讨论另行具奏外，所有筹议江南各防军改练洋操缘由，谨缮折具陈，伏乞皇太后、皇上圣鉴训示。谨奏。

湘省开办机厂无款拨济折

光绪二十四年八月二十日

奏为遵旨筹议湖南设立制造枪弹两厂，无款拨济，恭折覆陈，仰祈圣鉴事：

窃臣承准军机大臣字寄："光绪二十四年六月十八日，奉上谕：'陈宝箴奏设立制造枪弹两厂，拟筹常年经费，并请改拨款项一折。据称拟照盐斤加价成案，每年约银十余万，以供两厂常年的款。又上海机器制造局原议订购机器，税款尚未拨解，请筹银三十万两，以为购制机器之费。着斟酌情形，迅速筹办。'"等因，钦此。当经恭录分饬钦遵，妥议详办去后。

兹据办理上海机器制造局、江海关道蔡钧等先后覆称：制造经费，本由江海关二成洋税项下拨解，久已患其不敷。前因创设炼钢、无烟药、栗色药三厂，经臣奏准每年加拨银二十万两，专供三厂常费。嗣因扩充制造，拟请另拨专款银六十万两，添备枪机炮机，亦因款巨难筹，暂从缓议。近来拨解日广，工料日昂，制造因之益繁，经费因之愈绌。但就三厂而论，上年已用银十八万余两。今年百货翔贵，各省请拨纷繁，而江海关加拨之二十万，仅上年解过六万两，其余欠解之款，及本年应解之款，尚复无着。良由税收未旺，拨款递增，如四国洋债还款，各关税司薪费，以及苏州织造装盛用款，福建船厂添拨经费，皆关紧要之需，来源有限，去路亦多，兼顾并筹，实苦力有未逮。当此整顿武备，改练洋操，各省枪炮应归一律。方拟就原有枪机添换机器，改造小口径毛瑟枪，已与洋行议价，约需银十九万余两，虽经奉饬截长补短，移缓就急，而为数过巨，一时不易设筹。嗣后造枪之费，及添购炮机等项，尚拟俟与津、鄂两厂定议后，另请拨款济用，实苦无款改拨湖南等情前来。

伏查湖南开办制造枪弹两厂，实为切要之图。惟江南费绌用宏，无力可谋协济。臣于本年春间，准湖南巡抚臣陈宝箴电商，业将竭蹶情形，附片具奏在案。倘该关局款力稍纾，可资周转，自当不分畛域，竭力勉筹，无如加拨常款，久已虚悬，江海关收不敷放，亦有岌岌难支之势，体察情形，委属无从筹拨。

所有遵旨筹议湖南设立制造枪弹两厂，无款拨济缘由，理合恭折覆陈，伏乞皇太后、皇上圣鉴训示。谨奏。

筹拨福州船厂经费片

再，臣承准军机大臣字寄："光绪二十四年六月初十日，奉上谕：'国家讲求武备，非添设海军，筹造兵轮，无以为自强之计。福州船厂工匠机器，均足以资兴造，惟所需款项较巨，必须另筹的款，按年拨解。着各该将军、督抚，遵照单开指拨数目，妥筹办理，于十日内先行电奏。'"等因，钦此。并准抄单内开，奉拨江苏省银二十五万两，出使经费三十万两，淮盐督销局十二万两。

伏查江南供应繁亿，费绌用宏，近年以来，库藏如洗。自盐货各厘改征抵借，饷源顿竭，益觉难以支持，艰窘情形，当荷圣明洞鉴。此项奉拨巨款，实苦无可设筹。惟是整顿海军，自造战舰，系为修武备、塞漏卮要举，钦奉谕旨，京饷洋款之外，无论何款，准其移缓就急等因，圣慈体恤，备极周详，自应恪遵办理。当经臣督饬各司、道、关、局竭力认筹，业将大略情形，并声明此后如织造特办等款，酌量缓解，俾免延误，遵限先行电奏在案。所有奉拨出使经费银三十万两，应由江海关承解；淮盐督销局银十二万两，应由两淮运司承解；其江苏省银二十五万两，江宁藩司认筹二万两，江苏藩司八万两，江安粮道一万两，苏松粮道二万两，两淮运司二万两，江海关六万两，镇江关二万两，江南筹防局二万两，共符二十五万两之数，以副宸廑而供制造。所有本年应解之款，拟请以秋季为始，容俟筹集就绪，即行报解。据各该司、道、关、局先后遵饬认解禀覆前来。臣覆核无异。

除咨部查照外，理合会同江苏巡抚臣德寿附片覆陈，伏乞圣鉴。谨奏。

荐举熟悉河工大员折

光绪二十四年九月初十日

奏为遵旨荐举熟悉河务之大员，恭折密陈，仰祈圣鉴事：

窃臣恭阅电抄，本年九月初六日，钦奉慈禧端佑康颐昭豫庄诚寿恭钦献崇熙皇太后懿旨："近年以来，山东黄河屡次漫溢，濒河州县受患甚深，小民荡析离居，情形尤堪悯恻。因念河工堤埝，虽经每岁修培，而溃决漫溢，无岁不有，闾阎生计所关，岂得因循坐视。着京外臣工遴访熟悉河务精明廉洁之员，胪举政绩，出具切实考语，保奏候旨简派。事关保卫民生大计，尔诸臣当仰体朝廷与民休戚之意，选拔真才，核实荐举，以图收效，不得采用虚声，致滋贻误。将此通谕知之。"钦此。仰见圣慈慎固河防勤求民瘼之至意，跪诵之下，钦仰莫名！

窃惟治河之道，不外因势利导，力戒浮糜。修浚得宜，则帑金不致虚掷，工料核实，则弊端可以尽除，而其要尤在督办之大员精细廉明，乃不为僚属所朦蔽。

臣伏见裁缺广东巡抚许振祎，矢志清廉，公忠体国。其为河道总督也，深知河工陋习，不得不改弦而更张之。下车伊始，厘定章程，举一切岁需款项，应省者省，应裁者裁，务使滴滴归公，丝丝入扣，多年积弊，为之廓然一清。有时复以一车两马，周历河干，凡闾阎休戚之所关，堤埝夷险之所系，无不默而识之，了然于心。由是官吏惮其丰裁，地方受其实惠，终该河督之任，豫省无河患。夫岁支有定，而获庆安澜，以用其所当用也。节省巨万，而转有实效，以其化无用为有用也。统筹全局，力果心精，具有过人之处。嗣因直隶永定河工，特简该河督驰往查勘，是其深谙河务，办事认真，已久在圣明洞鉴之中。顾臣犹以为请者，若仅于庶僚中选举一二员，事权不专，收效尚缓，不若得一熟悉情形之大臣，展其所学，举其所知，则群策群力，奋志图功，于以永固堤防，拯民昏垫，其裨益至速且远。臣知之有素，用敢据实上陈，仰备朝廷采择。惟系曾任督抚大员，应如何简派之处，非臣所敢擅拟。

是否有当，谨缮折密奏，伏乞皇太后、皇上圣鉴。谨奏。

杨恭宸潜谋不轨获案讯供折

光绪二十四年九月三十日

奏为副贡潜谋不轨，投函入教，语多狂悖，教士拒而不纳，获案讯供，案情重大，请旨遵行，恭折仰祈圣鉴事：

窃臣前据江西广信府知府查恩绥、广丰县知县裘鸿勋禀称：访闻广丰县杨村地方，有副贡生杨恭宸，潜谋不轨情事，正拿办间，即据天主教堂教士刘在铎，将杨恭宸原信，密派教民到县面呈，声称阅其来信狂悖，彼教拒而不纳，听候究办。该府县当即面商密拿，由该县探明踪迹，于本年四月初八日，督带兵勇，驰抵杨村，将杨恭宸拿获解府，委员押解晋省，听候研审，按律惩办。并据邑绅举人王家瑞等八十人公禀，请锄元恶，以安闾阎等情。查核该副贡原函，牵涉该县方村、杨村，及浙江江山县杨姓、胡姓，情词狂悖已极。当以案情重大，经臣批饬江西臬司发委严讯去后。

兹据南昌府知府江毓昌禀覆："遵提杨恭宸到案，按照原函各节，悉心研究。据供称：'年三十五岁，广丰县人。光绪二十年，由优贡中式副贡生。家在离县城七里西乡地方，租屋居住。平日教馆营生，惯习刀笔，时常代人作词告状。二十二年十月间，忽患痰迷病证，时发时愈。广丰教堂设在离县城二十里西乡洋口地方，教堂头目是已革吏员郑树宝即大狗。浙江江山县杨姓，与伊同姓不宗，并胡姓共有多少烟户，均不知道。方村地方离伊家五里，该处方姓，仅止几十家。当日伊写信与教堂，系因天旱不雨，地方谷价腾涨，奉县示谕平价，乡间到处抢米，绅富疑伊从中唆怂，在县呈控，县中派土勇多名，四乡拿人，伊恐受累，欲借教堂庇护，是以致书教堂，恳其收录。并因郑大狗说伊系副榜，必须夸说大话，洋人方能收留，且可派作教士。一时糊涂，又因痰迷病发，神思恍惚，不知如何写出这样悖逆犯法的信，罪该万死'"等供。再三究诘，矢口不移。并经该府委员赴广丰县西乡洋口地方密查，该处户口无多，实无千余家皆愿入教之事，禀请核办前来。

臣查杨恭宸，身列士林，幸中副贡，宜如何绩学励品，以图上进。乃平素惯弄刀笔，武断横行，并访闻有逼嫁继母、奸占孀妇情事，已属衣冠败类，罪不容诛。此次投书教堂，语多悖谬，如"顺人心，应天心，英豪自负，择木而栖，四海虽大，传檄可定"，以及"贵教数百年，设教中邦，正望其有今日"各等语，实为丧心病狂，法无可贷。当就缚之际，犹敢号召党类多名，持械赶夺，拒伤勇丁，则其平日结党谋乱，尤属信而有征。若非该教士刘在铎深明大义，拒而不纳，煽诱蛊惑，为祸曷可胜言。据供素患痰迷，而查阅原函，语意明畅，岂痰迷人所能办？似未便信其狡供，稍存宽宥。惟系副贡生，尚未奏革，谨将该副贡原函及邑绅公禀，缮具清单，恭呈御览。应否将该副贡生杨恭宸即行斥革，立正典刑，以昭炯戒，其余概免株连，抑应如何办理之处，伏候谕旨遵行，臣未敢擅便。

所有副贡潜谋不轨，投函入教，语多狂悖，教士拒而不纳，获案讯供各缘由，理合会同护理江西巡抚臣张绍华恭折具陈，伏乞皇太后、皇上圣鉴训示。谨奏。

书院学堂并行以广造就折

光绪二十四年十月初三日

奏为书院不必改，学堂不必停，兼收并蓄，以广造就而育真才，恭折仰祈圣鉴事：

光绪二十四年十月初一日，钦奉电传懿旨："礼部另片奏，各省书院，请照旧办理，停罢学堂等语。书院之设，原以讲求实学，并非专尚训诂、词章，凡天文、舆地、兵法、算学等经世之务，皆儒生分内之事，学堂所学，亦不外乎此。是书院之与学堂，名异实同，本不必定须更改。现在时事艰难，尤应切实讲求，不得谓一切有用之学，非书院所当有事也。将此通谕知之。"等因，钦此。仰见圣明谆谆垂训，范围曲成之至意，下怀莫名钦佩！

臣维礼部之奏，因前议将书院改为学堂，故请书院照旧办理，停罢学堂，非谓书院之外，不应另有学堂也。现复考试旧章，仍以制艺、试帖取士，则各省书院，自应留为士子肄业之所，不必改为学堂。顾自同治以来，内外所设同文馆、广方言馆，皆系学堂。嗣于沿海各省设立武备学堂、陆军学堂、水师学堂，历时已久，用款颇多，业有成规成效，又何可以尽废。夫书院与学堂，诚如懿旨，名异实同。各书院肄业士子，自应讲习天文、地舆以及兵法、算法，未可专尚训诂、词章。礼部所谓照旧办理，亦即此义，而各士子未能体会也。臣自奉旨考试仍用制艺、试帖，即经咨行江苏、安徽、江西三省，声明朝廷取士，务在讲求实学，所有各书院，于制艺试帖外，兼课经史、掌故、时务，以成经济之才。并饬江宁府知府刘名誉，会商各书院院长，议立兼课章程，通饬遵照。乃地方生监竟有视为畏途，禀求仍旧专课时文，经臣严行申饬。可见士子锢习已深，未可骤化，若有学堂以相观摩，可辅书院之所不逮，未始非补偏救弊之道。可否仰恳天恩，饬令协办大学士孙家鼐赶办京师大学堂，以为之倡。并饬各省分设中学堂、小学堂，多译中西政事有用之书，以资诵习，延请中外品学兼优之士，以为师儒，以期渐开风气。但须随宜劝导，令其量力而行，不必严立科条，亦不许请拨经费。惟生员、举人既仍用制艺考取，此项学堂学生，应如何录用奖励，应由该大臣等另行核议，奏请施行。

臣愚昧之见，是否有当，理合恭折具陈，伏乞皇太后、皇上圣鉴训示。谨奏。

农商报馆会名不在禁例片

再，前奉谕旨，严禁报馆会名。臣愚以为朝廷之意，特指士大夫言，诚不宜动辄设报、设会，以逞臆说而植党援。至于农学会、农学报，商学会、商学报，实所以联络群情，考求物产，于农务、商务不无裨益，似不在禁止之例。可否仰恳特旨，准其设报、设会，或即由臣出示晓谕，以免农商有所疑畏，仍不准其妄议时政，以杜流弊。

理合附片具陈，伏乞圣鉴训示。谨奏。

陆师教习洋员请奖宝星片

再，江南创办陆师学堂，前经臣派委延募来华之工程洋员德都司骆博凯为总教习。到堂以来，殷勤训诲，启迪有方，时与翻译人员，反覆讨论，不厌精详，俾学生易于领悟，实属尽心教授，懋著勤劳。查该学堂教习泰伯福特、屯和恩二员，经臣奏给宝星有案。该总教习于光绪二十一年九月到华，现已三年期满，自应照案给奖。据办理该学堂道员钱德培禀请具奏前来。合无仰恳天恩，俯准给予德总教习骆博凯二等第三宝星，以示优异，而昭公普。

除咨总理衙门查照外，谨附片陈请，伏乞圣鉴训示。谨奏。

确查平粜私贩情形据实覆陈折

光绪二十四年十月二十四日

奏为遵旨确查据实覆陈，恭折仰祈圣鉴事：

窃臣等承准军机大臣字寄："光绪二十四年八月初二日，奉上谕：'有人奏，沥陈江、浙米价昂贵，民间困苦情形一折。据称去年以来，米价日昂近竟至十元以外。府县筹办平粜，敷衍塞责，民间米价，迄未能平，嗷嗷待哺等语。江南米价奇贵，现在新谷尚未登场，贫民乏食，情殊可悯。着刘坤一、奎俊迅即设法妥筹接济，以恤穷黎。至原奏所称：‘运米出洋，屡禁不绝，皆由苏松太道蔡钧暗中庇护分肥，发给护照，一日之内至八九十起之多，其为通同奸商贩运无疑。’所奏是否属实，着该督抚即行秉公确查，据实参奏，毋稍徇隐。原折着抄给阅看。’”等因，钦此。前江苏抚臣奎俊，业已交卸起程。当经臣坤一批饬江宁、江苏两藩司，确切查明，妥筹接济。一面密饬江苏候补道沈敦和、候补知府许宝书，将苏松太道蔡钧被参各节，按照原奏，严密访查。兹据各该司道等先后禀覆前来。

臣等逐加察核，如原奏“府县筹办平粜，以碍于收漕，阻挠延宕，敷衍塞责，闻实办者不过数县”一节。查苏省自上年田禾歉收，冬末春初，米价逐渐加涨，异常昂贵，当即饬属严禁米粮私运出口，以免缺乏之虞。至五六月间，青黄不接，市肆益复居奇，价值有增无减。贫民迫于生计，加以匪徒从中煽惑，以致聚众抢米之案，层见迭出。前据各该府县禀报，即经飞檄会同营汛，严行究办，以期惩一儆百。一面筹借款项，派员分赴江西、湖南等省，采购米石，派拨轮船拖运，于省垣地方设局减价出粜。并奏准无论官商，前赴上海运米，但有江苏省护照，概免税厘，至七月十五日为止，以轻成本而恤民艰。复通饬各属，各就存仓谷石，及积谷钱文，察度地方情形，分别酌提，设局散放，碾米平粜。各该州县，或碾动仓谷，或另行添购，均据禀报有案。自经开办以后，粮价渐次平定。惟吴江、震泽二县，据绅董王家鼎等以城乡积米较多，尚可支持，禀准缓办，系属因地制宜。又以太湖厅同知赵毓忠办事无方，于设局平粜，未能先事豫筹，由司详请撤任，旋于甄别案内，奏参革职。此外均系实力筹办，尚无阻挠延宕、敷衍塞责情事。至原奏所称“民间急于自谋，遂并内地往来，亦皆禁遏，村僻乡镇，竟有悬价而无从得食”等语。当初禁运米出口之时，乡间容有误会。节经出示切实开导，内地即已照常贩运，村镇居民尚不至无从购食。现在新谷登场，米价平减，民情一律安谧。此本年夏间米价踊贵，妥筹接济及州县办理平粜之实在情形也。

又原奏：“本年七月间，松江府属，因外来购米船只过多，乡民起与为难，几成事变。府县驰往勘验，各船皆有苏松太道护照，多至八九十张”一节。查上海向产木棉，出米无多，不敷民食，素赖商贩运济。统计城厢内外，南北两市，每日约需米五千数百石。本年四月，各处缺米，价值日昂，五月初间，又复飞涨。苏松太道蔡钧，督同上海县，饬查南北市存米仅数万石，不敷半月之粮，情形岌岌不可终日，倘不设法补救，难保不生事端。于是刊刷护照一千五百张，每张刊定以一百石为限，由道钤印发县，转发米业司董三泰、生泰、裕昌、长义等，转交各米商，分赴无锡、金匮、常熟、昭文、华亭、娄县等处，购米回沪接济。当时共计运到米九万一千四百石，用过护照九百一十四张，均已缴销。其尚未缴销之护照五百八十六张，除破损一张外，共应运米五万八千五百石。因其时内地米粮，奉准流通，各路米商源源而来，价已渐减，各商遂观望不前，是以未经运齐，所有未收之照，并由该商董等陆续催缴。该委员沈敦和等复至松江明查暗访，该处官绅佥称，上海赴松采米，以五月间为最盛，至多之时，一日诚有七八十起。当时该处绅董禀县谕禁，曾经华亭、娄县禀请苏松太道阻止。嗣经该道批饬妥筹，每县以一万石为度，定以限制，民情尚安，并无乡民为难酿变由官弹压遏粜截留之事。又原奏：“蔡钧暗中庇护分肥，通同奸商，贩米出洋”一节。查上海出口货物，均须先赴江海关税务司处报验，然后放行，如果有大批米石运载出洋，无论关道有无照会，均难飞越。即如本年三月初旬，招商局广利轮船装米赴粤，江海关因闻有私运之说，密遣人伪为搭客，以觇虚实。及该轮驶抵香港，违章起米七十包，令罚银二百两。可见税务司查禁米石，尚属认真。该委员沈敦和等前赴江海关署税务司戴乐尔处，详细查询，据云：本年自正月起至六月底止，除禁运各日不计外，共出口米十二万四千三百八十四石。此项米石，皆系广东、天津、宁波、厦门四处至急之需，用轮装运，指抵各口，按船可稽。当时悉凭道署红函，照章完税验放，此外实无由道给照采运出口之米。检查洋文关册，亦属相符。此苏松太道蔡钧被参各节分别查明之实在情形也。

臣等伏查江苏省素为产米之区，本省食用而外，直隶、广东、闽、浙等省，向赖苏米接济。本年夏间，米价奇贵，上海涨至每石十元，江宁、苏州等属亦涨至五六元、七八元不等，为从来所未见。去岁纵有灾歉，亦何遽至于此？默察市情，详稽舆论，多归咎于运米出洋。第海关稽察甚严，委属无从偷运。访闻有奸商于盐城等处沿海小口，私用容米百余石之小船，乘夜装运，驶至山东等处海滩，改装卫船，径向朝鲜仁川口对渡，再行装轮，转运东洋，实为米粮一大漏卮。业经臣等严饬沿海各州县，实力查拿，不准颗粒外溢。如有前项情弊，一经拿获，立将船米充公，并治以应得之罪。各该州县倘敢奉行不力，亦即随时参劾，断不稍存姑息。其直隶等省购办苏米，事关邻省要需，讵有遏粜之理？惟经由海道，不得不设法严查，以杜影射。并已电咨各省，嗣后无论军米、商米，由轮船装运者，以咨文护照为凭，责成海关查验放行。由钓轮装运者，均归镇江关填给三联保单，限期起运呈缴。似此立法较严，庶几奸侩无所施其伎俩。总期内地照常流通，外运认真禁绝，以仰副圣主垂念民食之至意。至苏松太道蔡钧被参各节，现经查明，并无不合，应请毋庸置议。

所有遵旨确查各缘由，谨合词恭折覆陈，伏乞皇太后、皇上圣鉴训示。谨奏。

蔡钧被参情节系出讹传片

再，苏松太道蔡钧被参各节，业经查明具折覆陈。

本年米缺价昂，为从来所未有，外间议论，有谓系该道运米出洋所致。臣坤一亦有所闻，曾于五月间，密电升任抚臣奎俊，派委道员罗嘉杰前赴上海确查。兹又钦奉谕旨，复经派委道府大员，明查暗访，均据禀覆，并无其事，自系传闻之讹。且查春间，日本灾歉乞籴，承准总理衙门电饬准运数万石，以全睦谊。该国驻沪领事，复向该道多方恫喝。该道以上年淮、徐、海等属被水成灾，米粮缺乏，自顾不遑，一再电请，坚持不允，遂作罢论，该领事颇不满意。又法领事请运米二万包往宁波天主堂接济贫民，总理衙门电由外间酌办。该道以端不可开，极力劝阻。嗣俄国领事亦以运米为请，该道并婉辞却之。是该道颇知大体，于民食亦极慎重。如果串同奸商运米出洋，驻沪各领事耳目最近，消息最灵，讵有不借口诘问之理？即使运往某国，受其接济之惠，不肯明言，而各国观听所系，岂能尽箝其口？臣敢决其必无此事。

谨附片陈明，伏乞圣鉴。谨奏。

赈灾款绌现筹办法折

光绪二十四年十一月初六日

奏为徐、海赈务，灾重款绌，谨将现办情形，恭折具陈，仰

祈圣鉴事：

窃照徐、海等属工赈事宜，前经奏明分别责成官绅经理，奉旨允准，转行钦遵在案。现筹办法，约分三端：一曰散放赈抚，一曰浚筑河堤，一曰沿路截留资遣，随地设厂赈粥。盖赈济以全民命，工作以资生计，资遣、粥厂以恤流亡，三者并重，未可偏废。义赈绅士严作霖，先办邳州、宿迁、海州、沭阳四属赈抚，业经先后拨存银三十余万两，续办睢宁、铜山、萧县等处，现正筹款拨济。此外被灾较轻之州县，又须另行设法。徐州道桂嵩庆、候补道方硕辅等，分办徐、淮、海河工筑堤，已经分拨银十余万两，将来用款，必不止此。其余各属，截留资遣，江宁、扬州等处设厂放粥，亦须拨款接济。通盘筹画，就今冬计，已非五六十万金不办。而明春赈事，为日方长，尤关紧要，据严作霖电称，较之冬赈，需款约加一倍。迭次仰荷天恩，截留漕米八万石，约折银二十余万两，并准由各库借拨银二三十万两，又部拨昭信款三十万两。综计虽有七八十万之谱，第以江苏库款支绌万分，无论何项，均系一针一孔，前次奏明借用，不过济一时之急。现在垫款二十余万，待用孔亟，急须拨还，是实在可以济赈者，不过五十余万两。且奉拨昭信款内，尚有湖南、河南两省银十万两，未经解到。折漕甫经启征，现尚无报解之款，赈捐来源极形微弱，邻省协济，尤属寥寥。工赈之繁既如彼，款项之绌又如此，臣目击灾黎，忧心如捣。总理赈捐局署江宁布政使胡家桢、署江南盐巡道吴炳祥，老成稳练，恺恻慈祥，办赈十有余年，实心任事。此次委办徐海赈务，百计图维，不遗余力。无如工赈各款，合则见多，分则见少，目前已极艰窘，来春更费支持。臣惟有督率该司道等，殚竭愚虑，展转腾挪，于奉拨之款分别催提，于赈捐一事极力劝募，一面随借随用，随到随还，以济民艰而免迟误。

所有徐海赈务，灾重款绌情形，谨会同江苏巡抚臣德寿恭折由驿附陈，伏乞皇太后、皇上圣鉴。谨奏。

宁属粮折实难再减折

光绪二十四年十一月十五日

奏为查明江宁等属州县征收钱粮，折价业经酌减，提解实难再减，恭折覆陈，仰祈圣鉴事：

窃臣承准军机大臣字寄："光绪二十四年八月初四日，奉上谕：'有人奏，州县征收赋税，以钱易银，任意折算，请饬认真核减等语。州县经征钱漕，折价浮收，前经给事中庞鸿书奏请减收钱数，当交户部议准，谕饬各督抚核办。乃近来惟山东、江西两省尚有核减，其余仍多借词搪塞，无非为州县留有余地步。近来每两银价，均在一千一百文上下，而州县征收，折价二千八九百至三四千文不等，浮收不止加倍，实属不成事体。各督抚身任封疆，当思纾一分民力即养一分元气。自经此次诫谕后，务各严饬所属，按照现时银价，大加核减，不准仍前浮滥，以苏民困而肃吏治。原片着抄给阅看。将此谕令知之。'"钦此。当经转行去后。

兹据署江宁布政使胡家桢详称："江宁等属，钱粮收价，从前本系统查各属进出款项，按照当时银价，原收钱数，减其太长，因其本短，分别酌量核定。嗣因近年银价跌落，议提盈余。适准部咨给事中庞鸿书奏江浙等省，征收地丁，条银折价与市价悬殊，议令各就本地完纳情形，暨向来征收章程，查与市价大有浮多者，一律酌减。又准另咨，饬照江西成案，提解平余，凑还借款各等因。当经议令以钱折收之条银，按照各该处收价，每两减收钱一百文，漕米收价不减，仍每石提盈余钱二百文，解济俄、法、英、德四国还款。详经查照，于本年三月二十一日具奏，奉朱批：‘户部知道。’钦此。钦遵办理在案。是江宁各属州县丁漕收价，业经核减酌提，此后盈余已少，州县勉敷办公。且未减以前，本无如原奏每两收钱二千八九百至三四千文之多。现在银价极贱之处，总在一千三百文内外，而省外偏僻地方，仍需一千四五六百文不等，亦无如原奏所称每两一千一百文上下之贱。体察情形，委实无可再减”等情，详请具奏前来。臣覆加查核，系属实情。

除咨部查照外，理合会同江苏巡抚臣德寿恭折覆陈，伏乞皇太后、皇上圣鉴训示。谨奏。

武举武生挑入学堂一体讲习折

光绪二十四年十一月十五日

奏为武举、武生挑入学堂肄业，宜先于平时讲习兵法等学，以备甄取而育将才，恭折具陈，仰祈圣鉴事：

窃准部咨：“光绪二十四年九月十八日，钦奉慈禧端佑康颐昭豫庄诚寿恭钦献崇熙皇太后懿旨：‘科举之设，无非为士子进身之阶，至于训练操防，尤以营伍学堂为储材之根本。所有武场童试及乡会试，均着仍照旧制，用马步箭、弓、刀、石等项，分别考试。各省营用武进士及投标武举，悉令练习枪炮，酌定劝惩章程。所有未经入营武举、武生等，均着就近挑入学堂学习格致、舆地等学，及炮队、枪队、马队、工程队诸科，以备折冲御侮之用。’”等因，钦此。仰见皇太后、皇上权衡至当，因时制宜，于慎重武科之中，仍寓作育群才之意。跪诵之下，钦佩莫名！业经转饬一体钦遵。

伏查江南陆师学堂，于光绪二十二年开办，此项学堂，各省尚未一律建设。目前库储拮据，大抵相同，仅能于各省会酌设学堂一区。至于府县地方，尚恐力有未逮。以通省之武举、武生萃于一堂，经费有常，不能不酌量挑取。而学堂内外场功课，如兵法、营垒、军械、测量、算学、地势、绘图、地舆、德文、德语，以及马步队、工程队、体操等艺，门类既多，肄业匪易，非文理明畅不能期其领悟，非姿质聪颖不能得其会通，尤非兼习毕业不能收学堂之实效。各省武举、武生，虽应试时有默写五经一场，而枪替代书，在所难免，即稍稍识字，亦复粗浅鄙俚，无甚可观。以言弯弧击刺则有余，以言才识文义则不足。盖武科之制，本以弓马技勇为主，功令所重，风气随之，其势然也。江南初设陆师学堂，武举、武生，何尝不一体收考，而甄别留堂者，仅止武生一人，取材之难，可为明证。若不于平日认真讲习，深恐将来挑无可挑，殊非朝廷实力振兴之至意。现经臣饬将陆师学堂兵法等课程，厘订刊刻，颁行各府县学，广为传布，俾武举、武生在籍自行探讨。如能通晓大义，即由该府县详送省城学堂考试，择其文从字顺、持躬谨饬者，挑选入堂，与学生一体授课。庶几始基既立，可无捍格之虞，进取有资，足备干城之选。可否请旨饬下各省一律照办，似于武备不无裨益。

抑臣更有请者，学堂功课，共有十余门之多，武举、武生入学后，讲解诵读，已觉日不暇给，于马步箭、弓、刀、石等艺，不无偏废。现在武科既复旧规，士子奋志功名，恐仍不免舍此就彼。应否将此项武举、武生，于学堂毕业后，给予凭照，咨送兵部考验，分别酌予出身，以资鼓舞，伏候敕部议覆施行。

臣为储材讲武起见，是否有当，谨缮折具陈，伏乞皇太后、皇上圣鉴训示。谨奏。

各省绿营一律改习枪炮片

再，绿营官兵，向习马步箭、藤牌等艺。自火器盛行以来，匪特两国交绥，枪、炮务求精利，即内地盗匪亦莫不执持洋枪为劫赃拒捕之具。而营兵格于成例，不能不照旧练习，利钝悬殊，实不免相形见绌。现在钦奉懿旨，武科规复旧章。良以弓、箭等项，便于考试，为士子进身之阶，至于御侮折冲，仍须以枪、炮为重。绿营兵丁有缉捕巡防之责，本与考生不同。况值递次裁减，兵额无多，若仍拘泥成规，深恐营伍益形疲弱。拟请饬部通行各省，将绿营马步箭、藤牌杂技，一律改习枪、炮，认真操演，以收实效而重戎行。

臣为因时制宜起见，是否有当，谨附片陈请，伏乞圣鉴训示。谨奏。

昭信股票认缴无多请颁部票片

再，江苏省筹办昭信股票一案，前据地方文武及盐务、河工大小各员认借银七十余万两，两淮盐商认借银一百万两，业于本年闰三月间恭折具奏，并声明所有认借银两，饬令赶紧措解，分期集缴。嗣奉谕旨，停止劝办，官民认定之款，照案收缴等因，又经转行钦遵，并据各属陆续呈缴各在案。

惟查各该文武等员，或因交卸赔累，或因事故出缺，力有未逮，已虑解不足数，其盐商认借之款，迄今呈缴无多，迭次饬催，总以部票未颁，不免借词观望。此项银两，先后接准部咨，拨抵苏、沪厘金及指拨芦汉铁路公司，一针一孔，待用孔殷。而京、协、本省军饷，四国瑞记还款，尤关紧要。虽经司局遵照部章，刊印昭信实收，但原议以部票为凭，外省印收，本系一时暂用，商情多不愿领。合无仰恳天恩，敕下户部，迅将部票颁发，俾得从速集事，以济要需而免贻误。

除咨部查照，一面由臣再行电札催解外，谨会同江苏巡抚臣德寿附片陈请，伏乞圣鉴训示。谨奏。

披沥自陈吁恳开缺折

光绪二十四年十一月十五日

奏为披沥自陈，吁恳天恩俯准开缺，或赏派别项差使，免误疆寄，恭折仰祈圣鉴事：

窃臣于光绪二十四年十一月初六日，承准军机大臣字寄：“十月二十六日，奉上谕：‘刘坤一向来办事认真，公忠体国，朝廷素所深知。自简任两江以来，于地方事宜，亦能加意整顿。惟是近来时局艰难，用人一端，最为第一要义，不但所属大小文武各员，宜时时留心考察，即幕友、书吏人等，亦宜严加约束，不可偏信。两江重地，该督在任有年，尤贵振刷精神，力任艰巨，方不负朝廷殷殷期望之厚意。将此谕令知之。’”等因，钦此。跪诵之下，钦悚莫名！

臣此次承乏两江，先后七载，未能力图振作，实属咎无可辞。乃荷圣慈，不加严谴，殷殷垂诫，训勉周详，自顾何人，蒙兹宠遇，五中感激，不知涕泗之何从也。

两江政务殷繁，本非衰庸所能胜任。惟臣于文武各员，莫不留心考察，分别举劾，未敢稍涉摸棱。所延幕友，如刑名、钱谷以及军务、盐务、洋务数人，必择品学兼优之士。至书吏人等颇众，其中贤否不齐，只合有犯必惩，随事约束，并未偏信此辈，为其所朦。臣碌碌无所短长，生平惟以清勤自励。忆自壮岁戎马，效力行间，遭际圣明，滥膺疆寄，于今四十余年矣。事必躬亲，从不轻假人手；兢兢晚节，何敢稍负初心。当此宵衣旰食之时，正臣尝胆卧薪之日，况渥邀宸眷，迥越寻常，惟有奋勉图功，不应自耽安逸。

顾臣有不能已于请者，臣年老多病，早在圣主矜鉴之中。此次回任以来，体气日益衰惫，上年六月、本年八月两次昏晕扑地，跌伤膝盖、手腕、腰肋、头面等处，迄今尚未全痊。又于本年五月，右耳生疽，倍形痛苦。时方多故，未敢渎陈，强起从公，时虞竭蹶。现在华洋交涉动起衅端，祸变之来，间不容发。万一因应失当，贻误事机，臣一身不足惜，如大局何！是臣但有报国之心，苦无济时之略，蒲柳余生，愿乞骸骨。合无仰恳天恩，准其开缺回籍调理，迅简重臣，以资坐镇，保全实多，裨益甚大。倘蒙俯鉴愚悃，抑或赏派别项差使，但心力之所能为，虽捐縻在所不惜。于以策桑榆之效，展犬马之忱，出自逾格鸿慈，臣不胜悚惶待命之至！

所有臣披沥自陈并恳天恩俯准开缺各缘由，谨恭折具奏，伏乞皇太后、皇上圣鉴训示。谨奏。

特保贤明人员折 光绪二十四年十二月初二日

奏为特保贤明道府以备简用，恭折仰祈圣鉴事：

臣维道府职居方面，为各州县表率，必须为守兼优之员，乃可胜任。臣于两江实缺候补道府中，详加察看：查有江苏补用道任玉森，心气和平，公事稳练。前官广西，由牧令洊擢郡守，历膺繁要，卓著廉能，经各督抚保荐有案。嗣奉特旨，以道员发往江苏补用，委办银元制钱局务，事属创始，头绪棼如，该员总理合宜，厘然毕举，现在行销渐广，成效昭然。其余一切事宜，均属措施允当。又江苏试用道李维翰，局度严整，才具优长。先在江西，署理南康府事，颇有政声。及来江南，历办湖南盐务、皖南茶厘，认真整顿，均有起色。凡有益于地方之事，亦复孜孜为之。又江西广信府知府查恩绥，胆识皆优，恩威并著。本年夏间，贫民饥噪，该员极力拊循，得保无事。筹办弋阳等处农功水利，数十里旱涝之区，遂成沃壤。拿解谋逆之杨恭宸及剿平九仙山土匪，以杜乱萌，有裨时局匪浅。其待僚属，惟尚公义，不挟私嫌，度量尤为难得。又江苏候补知府吴增仅，悃愊无华，深沉有执。前署海州篆务，适逢地方水灾，该员抚恤多方，存活甚众。所有事关职守，莫不恳恳勤勤，不避劳怨。嗣以丁忧去任，民心感戴，至今不忘。平日讲求西学，颇得指归。现筹工艺学堂事宜，甚有条理。该道府等，均足干济时艰，可否仰恳天恩，交军机处存记，以备简用而收得人之效。

谨恭折具陈，伏乞皇太后、皇上圣鉴训示。谨奏。

道员送部引见片

再，江苏候补道杜俞，学养深邃，望实皆优。居官不竞利名，廉隅自励，办事不矜声色，措置裕如。在苏总理营务两年，懋著劳绩，地方盗靖民安，该道之力居多也。又江苏试用道杨兆鋆，器识闳通，著作颇富，于中学西学，俱有心得。并能身体力行，历办同文馆及储材学堂，莫不切实讲求，以资深造。该道等系江苏出色之员，可否送部引见，候旨施恩。

谨附片具陈，伏乞圣鉴训示。谨奏。

举办渔团片

再，前承准军机大臣字寄：“奉上谕：‘前经谕令各省办理团练保甲，其沿江沿海一带，港汊纷歧，尤为奸宄出没之地，亟应兴办渔团保甲，以资联络。近年各省筹办海防，亦曾议及此事，迄未认真办理。着沿海沿江将军、督抚，通饬所属，将渔团保甲章程，各就地方情形，一体妥筹举办，仍将如何办法，先行具奏。将此各谕令知之。’”等因，钦此。

目下时艰孔亟，伏莽潜滋，兴办乡团，可以固民志而辅兵力，清查保甲，可以消内患而弭隐忧。业经臣酌拟章程，通饬实力举办，先后奏明在案。

伏查江苏地势，长江贯于中，大海环于外，滨江滨海之民，比比以渔为生，兴办渔团，诚地方切要之务。钦奉谕旨，殷殷诰诫，自当声明办法，切实办理。应由沿江、沿海各州县，查明境内共有渔船若干只，按地分段，编列字号，加以印烙。每船给发旗帜、船照各一件，于旗上大书某县渔团字样，船旁钉板，粉书某县渔团第几号。其船户姓名，船伙名数，以及防寇器械，均于船照内逐一注明，如鸟枪、洋炮，关系军火者，更须编号烙印，以杜流弊。另将各船汇造底册一套，分晰填注，一如船照。遇有迁移及新增等项，均随时报明，分别增删。地方官于每年冬季，逐段调验换照编造一次。仍仿照保甲成法，以十船为一牌，十牌为一甲，甲设甲长以统牌，牌设牌长以箝散户。而散户之中，必取具连环保结，一船有犯，九船连坐，使其互相约束，自然不至为匪。凡经行之处，遇有盗匪抢劫客船，即前往救援，能获盗犯，由县按名给赏。每月责令会哨一次，在沿海者与外洋、内洋师船弁兵会哨，在沿江者与长江水师弁兵会哨，借资习练而壮声威。大纲既举，加以信赏必罚，庶几令不虚行，渐有成效。据署江苏按察使朱之榛详请具奏前来。

臣查渔团一事，诚为沿江、沿海要务，第办理稍有不善，即难免扰累之虞。渔户人数无多，船只甚小，若谓编集成团，即足资战守而御外侮，臣诚不敢以自信。然果能稽查严密，操练认真，无事时借以禁窝藏、护商旅，有事时借以断私济、清内奸，体察情形，实亦必不可缓。该署臬司所拟办法，均尚切实可行。除札饬各该厅州县联络水师，遵章速办，不得虚应故事，亦不得稍涉纷扰，以收实效而期经久。

所有遵旨妥筹举办渔团缘由，谨会同江苏抚臣德寿附片具陈，伏乞圣鉴训示。谨奏。

审结何垛场案犯折

光绪二十四年十二月初三日

奏为东台县何垛场灶丁哄毁场署，大使刘昌龢枪毙二命一案，审明拟结，恭折仰祈圣鉴事：

窃查何垛场灶丁聚众哄毁场署，该大使刘昌龢开放洋枪致毙人命一案，经臣坤一会同前江苏抚臣奎俊，奏奉俞旨，将刘昌龢革职，归案审讯，发交臬司提审在案。

兹据署江苏按察使朱之榛审明议拟，详请勘办前来。经臣德寿就近亲提研鞫，缘刘昌龢籍隶山东清平县，由监生捐纳盐大使，捐分两淮，补授何垛场大使，光绪十四年十月初一日到任。邹滭才、卢帼憘、朱长余、金得明、陈长林均籍隶东台县，与被格身死之赵沨池、金得兴，在押病故之陈昌荣、夏乔贵，在逃之沈又芸、郁景春、胡纪先、陆元愰、宣尔贵、朱余才、何学成、王香福、罗三、孙云、何休、高长贵、姚明春、徐长松，均系何垛场灶丁，煎盐为业。各灶煎成盐斤，向归经管收买，转卖商店。从前桶价，本系不分和碱，一律给价。自同治四年，场员始议定和盐每桶八百五十文，提清碱盐每桶八百八十文，禀准运司出示晓谕。嗣后迭次核减，遂定为和盐每桶六百六十文，碱盐每桶六百九十文。至光绪十四年，商人亏本停歇，灶户有盐难售，经淮南总局招集商股，设局公收，禀准运司酌减桶价六十文，以纾商力，计和盐每桶六百文，提清碱盐每桶六百三十文。各灶户因和多碱少，牵拉统算，碱盐只有十成之一，提筛多费工本，是以和碱不分，夹杂并装，令公收局按照一成碱盐给价。公收局因其碱盐并不提清，仍须由局自行雇人提筛，概照和盐每桶给钱六百文，碱盐应加之三十文扣住不给。当时各灶户争论，经管从中调停，议将此项碱价留作日后灶丁备荒之用，各灶户当无异言。光绪二十三年春间，雨水连绵，产盐稀少，秋间又因水大，草本不敷，灶情困苦，经灶董宣杞等两次禀请场员饬商找给碱价，并请规复桶价，均经该大使刘昌龢批饬公收商人查议。十一月间，由公收局发钱二百千文，分给穷苦灶丁摊领。

二十四年四月间，柴米昂贵，灶丁相率逃亡，办煎无人，误额堪虞。众口哓哓，谓公收局历年扣存碱价，以每桶三十文计算，不下二三千串，不如向商人找算，借资接济。即有赵沨池强行出头，邀允金得兴、陈长林传知各灶，约令二十一日，齐赴公收局，算找碱价。至期邹澪才、卢帼憘、朱长余、夏乔贵、陈长林、陈昌荣、金得明先后赴局，见赵沨池、金得兴、沈又芸、郁景春、胡纪先、陆元愰、宣尔贵、朱余才、何学成、王香福、罗三、孙云、何休、高长贵、姚明春、徐长松，并有不识姓名一二十人到局。赵沨池等查找司事巴雨田躲避不见。即经巴雨田禀明刘昌龢，饬派场差王钰、朱泰前往弹压，劝令众人暂回，后再听信。赵沨池等当各走回，在普福庵候信。次日不见消息。二十三日，赵沨池又约同金得兴等赴局算帐。陈长林尚在烟馆吃烟，又经巴雨田禀请刘昌龢派差张标将陈长林传案。赵沨池听闻，即以事关大众，不能使陈长林独受讼累，约令大众同去见官，欲将陈长林保回。邹潸才等答应，一共三四十人赶至该场署前。适刘昌龢因闻街上人声嘈杂，饬将头门仪门关闭。赵沨池瞥见，深恐陈长林受刑，众心亦均惊慌。赵沨池起意纠众挟制，即喝令金得兴等拆毁署前木栅，打开头门，邹潸才、卢帼憘、朱长余随同跟进。刘昌龢闻闹退堂，饬令差役将陈长林带至旁院看管。维时同去灶丁，有手持栅棍者，亦有畏事落后者，夏乔贵、陈昌荣年老无力，当欲走回，赵沨池声言："如有退避不前，将来定行驱逐出境，不准在灶烧盐吃饭。"夏乔贵、陈昌荣、金得明亦即被胁同行。于是大众拥进，打开仪门，哄入大堂，邹潸才、卢帼憘、朱长余均止随行，并未动手。附近灶丁纷纷闻信赶至，街上痞棍乘机附入，人数愈聚愈众。金得明、朱长余畏惧逃回。赵沨池等倚势哄闹，逼令场员将陈长林放出，邹潸才、卢帼憘均站在大堂天井，随声附和。刘昌龢出向喝阻，差役上前撵逐，执持洋枪向人乱戳乱打，致将邹潸才右膝盖戳伤。邹潸才负痛坐倒墙边地上，金得兴等仍是嚷闹，同外来痞棍用栅棍打损大堂暖阁，挤倒屏门，闹进二堂，碰翻公案。刘昌龢一时情急，先放空枪恐吓未退，复加子施放，致将赵沨池、金得兴放伤，并砂子擦伤卢帼憘头颅近右。赵沨池登时身死，卢帼憘将邹潸才扶回。经署东台县知县韩愔闻信，会营驰往弹压，余众业已逃散，饬差拿获朱长余等，并据卢帼憘闻拿，畏罪自首，勘验禀报。金得兴延至次日，亦即因伤殒命。复经差缉。经该管署泰州分司运判李以牧禀由运司转奉电饬，将刘昌龢撤任，委员接署，另派候补运判杜际辰前往查办。嗣据韩愔勘验讯详，并据杜际辰查明禀覆。前臬司吴承潞，以该大使枪毙人命，实属荒谬，会同藩运两司，详经奏请革审。吴承潞未及提审，因病出缺，留交该署司催提人犯赴苏，并移查桶价定章，提验卢帼憘等，伤均平复，邹瀴才右膝盖已成废疾。督员审讯，据各供晰前情不讳，究诘不移，案无遁饰。正核办间，据报陈昌荣、夏乔贵在押病故，饬县验讯看役人等并无陵虐情弊，应即拟结。

查例载："直省刁民，假以地方公事，强行出头，擅自聚众至四五十人，哄堂塞署，逞凶殴官，为首者斩决枭示，其余从犯，俱拟绞监候，被胁同行者杖一百。"又："闻拿投首，于本罪上减一等科断。"又律载："罪人本犯应死而擅杀者，杖一百。"又："不应为而为，事理重者杖八十"各等语。此案该犯赵沨池，纠约陈长林等，同赴公收局算找桶价，因陈长林被场官传案审讯，疑虑受刑，辄敢起意挟制，纠众四五十人，打进头门、仪门，哄堂塞署，实属情同光棍，自应按例问拟。赵沨池合依"直省刁民，假以地方公事，强行出头，擅自聚众至四五十人，哄堂塞署，逞凶殴官，为首者斩决枭示"例，拟斩立决枭示，虽已被格身死，仍应照例戮尸。金得兴听从哄堂塞署，打损大堂暖阁，邹瀴才虽止随声附和，并未动手毁闹，第既听从随行，即属为从：金得兴、邹瀴才，均合依"其余从犯，俱拟绞监候"例，拟绞监候。金得兴业已被格身死，应毋庸议，邹瀴才秋后处决，该犯右膝盖已成废疾，应照律俟秋审减等，再行收赎。卢帼憘听从同行，事后闻拿投首，核其所犯罪名，不在不准自首之列，亦应按例减等问拟。卢帼憘合依"闻拿投首，于本罪上减一等科断"例，于从犯绞监候例上减一等，拟杖一百，流三千里。朱长余随同进署哄闹，临时潜逃，尚知畏法。遍查律例，并无聚众哄堂塞署，从犯临时畏惧先逃作何治罪专条，亦应按例量减问拟。朱长余应于其余从犯俱绞监候例上，量减为杖一百，流三千里，与卢帼憘均至配折责安置。已革何垛场大使刘昌龢，因灶丁哄堂塞署，开放洋枪，致将赵沨池、金得兴毙命，并伤卢帼憘平复。查赵沨池、金得兴聚众闹堂，已属罪犯应死，该革员将其登时格杀，应照"罪人本犯应死而擅杀者，杖一百"例，拟杖一百，惟该革员差提陈长林到案，辄将头门、仪门关闭，以致群情惊惶，酿成哄堂重案，又不能妥为弹压，放枪致毙二命，情节较重，仅予拟杖革职，不足蔽辜，相应请旨将该革员从重发往军台效力赎罪。夏乔贵、陈昌荣、金得明因被赵沨池逼胁勉行，并非甘心附从，应照"被胁同行者，杖一百"例，拟杖一百。陈昌荣、夏乔贵已在押病故，应毋庸议，金得明折责发落。陈长林于赵沨池等哄堂塞署，非其意料所及，即赴局算找碱价，亦属事出有因，惟听从传知各灶，约期同行，以致酿成事端。巴雨田身充司事，收盐发价，系其专责，乃当赵沨池等先后赴局，算找碱价，始终避匿不见，并不善为开导，一味请官差提，无非借势压制，均属咎有应得。陈长林、巴雨田，均请酌照"不应为而为，事理重者杖八十"律，拟杖八十。陈长林年逾七旬，巴雨田系属监生，照律分别收赎，纳赎银两，一并追取入官册报。商人凌稼曾、晏韵森，局务皆由司事经手，场差王钰、朱泰讯无不合，均毋庸议。陈昌荣、夏乔贵在押病故，看役人等，讯无陵虐情弊，亦毋庸议。盐桶大则病灶，小则病商，自应遵照定制，以库平公法十八两三钱，二百斤为一桶，已据刘昌龢详经泰州分司制造样桶，较准烙发，应准照办。嗣后提清碱盐，仍着照章加给三十文，每桶实发六百三十文，不准减少，各灶丁亦不得与和盐并装，毛碎夹杂，以杜借口。至从前碱盐每桶应加之三十文，虽由灶户未经提清，究系商人应出之款，已由运司按照历年旬报册籍，查明碱盐桶数，饬商呈缴，拨归赈款。无干省释。尸棺饬县传属领埋。逸犯沈又芸等，饬缉获日另结。

除录供咨部外，所有审结东台县何垛场灶丁邹滭才等聚众哄闹，大使刘昌龢枪毙二命缘由，谨合词恭折具奏，伏乞皇太后、皇上圣鉴，敕部议覆施行。谨奏。

遵查场员鹾商委无克扣情弊片

再，臣前准军机大臣字寄："奉上谕：'有人奏，何垛场大使刘昌龢枪毙灶丁伤及多人一案，几酿巨变，难保无克扣情事。盐商交通场员，克扣灶丁，各场恐皆不免，请饬查办等语。着刘坤一转饬两淮运司，遍查各场，如有克扣灶丁情事，即着从严惩办，毋稍徇纵。原片着抄给阅看。将此谕令知之。'"钦此。又于十一月二十七日，准军机大臣字寄："奉上谕：'前因有人奏，何垛场大使刘昌龢枪毙灶丁一案，恐有盐商交通场员、克扣灶丁情事，当经谕令刘坤一转饬两淮运司，遍查各场，如有前项情弊，即行严办，现尚未据覆奏。着刘坤一即将查办情形，限一个月内据实具奏，毋再延宕。将此谕令知之。'"钦此。遵经先后札行两淮运司钦遵，严密确查，据实禀办。

兹据该运司江人镜详称："节经派员分投前往通州、泰州分司所属各场，改装易服，周历访查。据通属委员候补监掣同知夏钟濬覆称：'遵即驰往通属境内，扮作客商，先由李堡并场，顺道角斜、栟茶、丰利，直抵吕四场折回，从余东、余西、金沙、石港至掘港场，周历一遭。密查各场现在桶价均系照定案数目给发，群谘博访，商人并无克扣情事，亦无交通场员实据。目下商灶均称安谧。’又据泰属委员候补运判孔广杰覆称：‘驰往刘庄，递至伍祐、新兴、庙湾，复绕回刘庄，至草堰、丁溪、梁垛、安丰、富安，由东台而回。所历场灶，均系亲身便服，严密访查，商灶发领桶价数目均与定案相符，并未闻有商人交通场员、克扣桶价情事’各等情。复查淮南通、泰两属各场，盐色有真梁、正梁、顶梁之分，顶梁之中，又有尖盐、碱盐、和盐之别，盐色之高下不同，即桶价之多寡不一。然各场桶价，各有定数，遇有增减，向章须由各场大使详报该管分司，转详核定，并随时转报立案。现在通、泰两属，桶价均照定案数目给发。商灶本属唇齿相依，各场大使为专治商灶之官。有时草绌价昂，灶丁困苦，则应将桶价加增，以纾灶力；有时销疲产旺，商力艰难，则应将桶价略减，以协商情。而或减或增，皆系照章禀请定案，委无商人交通场员克扣灶丁情事。”详请覆奏等情前来。

臣察核所详，未将各场桶价，实发数目，详细声叙，业经严饬该运司另派干员确切覆查，详覆核奏，期昭核实。

谨先将饬查情形附片覆陈，伏乞圣鉴训示。

再，刘昌龢枪毙灶丁一案，业经审明拟办，于十二月初三日具奏，合并声明。谨奏。

筹议扩充制造恳拨三厂常费折

光绪二十四年十二月十九日

奏为遵旨筹议扩充制造添配枪炮各机期归一律，并恳敕部另议拨补三厂常费，恭折覆陈，仰祈圣鉴事：

窃臣迭奉上谕，饬令各机器局，酌定快枪、快炮格式，枪子、炮弹分量，互相讨论，如式制造，并饬就原有局厂切实扩充，各等因，钦此。嗣又钦奉懿旨：“行军利器，以后膛快炮小口径毛瑟枪为最。现时南、北洋及湖北各省均设机器制造等局，着该督抚就地筹款，移缓就急，督饬局员，认真考求，迅即制造。”等因，钦此。仰见皇太后、皇上修明武备，期以建威销萌，莫名钦服！

方今强邻环伺，伏莽潜滋，非整饬戎行无以立自强之本，非讲求利器无以操制胜之权。现值各军改练洋操，是制造枪炮子弹，俱应一律如式。纵分途仿制，工作可免参差，即众军合操，心志亦能专一。迭经臣恪遵圣谕，分饬金陵、上海两机器局，钦遵办理。惟查各省设局，自行制造，初皆博收约取，近益推陈出新，旧式军械，均已停造。如金陵局造之后膛抬枪，上海局造之快利新枪，各军均称利用，大小炮位，亦皆合宜。第金陵一局，本专供南、北洋各军之用，机器无多，经费有限。凡转输京畿，馈运邻省，及南北常年操防大批军火，胥由上海机器局制造供用。近来奉拨之军械益夥，所用之工料倍增。嗣经添设炼钢、栗药、无烟药三厂，规模粗备，讲求渐精。前办局员，请拨专款六十万两，购办枪炮等机，原为扩充制造地步，只因款巨难筹，议而未购。现以快利枪机簧略异，已就原有枪机，酌量配换，添购各项机器，改造小口径毛瑟枪及制枪弹机一部。又该局之十二磅子、六磅子两项快炮，与北洋之七生的半快炮、五十七密里快炮，核其口径、子弹相同，本系常川自造。惟查北洋之七生的快炮、湖北之三生（七）〔的〕快炮，与南洋所购之六生的快炮，犀利便捷，为陆军所必需，均应铸备，亦就旧有之机，酌量配换，并添购炼钢机炉等件，共计价银三十八万余两。由此专精仿造，则枪炮子弹与津局、鄂厂，均系一律，自免丛杂之弊。特是制造经费，以二成洋税为大宗。后因炼钢、造药，事属创造，所费不敷匀拨，仰蒙敕部核准，在于江海关税厘项下，每年拨银二十万两，作为三厂常费。第税收盈绌无恒，常费欠解甚巨，若非另请指拨的款，恐致机价两悬。迭据该局详请奏咨前来。

臣查制造枪炮以归一律，实属自强要图，势难延缓。该局仅就原拨之二成洋税，三厂常费，腾挪估计，添购枪炮等机，办理尚属撙节。惟江海关拨款浩繁，收不敷放。此项三厂常费，关局均请改拨，已经据详咨部有案。税厘俱属正项，制造亦关要需，既难挹彼注兹，惟有仰恳天恩，敕部另筹的款，如数拨补，俾资制造而厚储胥，借副朝廷整军经武之至意。

所有遵旨筹议扩充制造添配枪炮机件并请拨补三厂常费各缘由，除分咨外，谨会同北洋大臣直隶总督臣裕禄、江苏巡抚臣德寿恭折覆奏，伏乞皇太后、皇上圣鉴训示。谨奏。

筹办农工商务分门实学片

再，臣遵奉谕旨，在于上海设立商务总局，派委员绅经理，并筹办农工矿路各学情形，已经奏明在案。

旋派在籍翰林院修撰张謇、湖北候补道刘世珩等，驰赴上海，设局开办，选举丝茶各业巨商严信厚等为商务总董，分饬所属各举分董，考求地方物产所宜，贸易兴衰之故，广劝绅富，自行设厂制造土货，以及挽回利权。并令立商学以究源流，搜商律以资比例，设商会以联心志，撰商报以广见闻，数月以来，商情颇形踊跃。当兹物力艰绌，未敢稍涉恢张，惟当需之以渐，贞之以恒，由上海以东连燕、齐，南通闽、粤，与汉口商务局联络一气，日久可望振兴。

至工艺立学，厥分两门：一曰化学工艺，凡船、械、枪、炮、汽、电、矿、路等学胥赅焉。已饬上海制造局添设工艺学堂，就款经营，择期开办。矿路学之初基，与武备生所习相近，亦由金陵陆师学堂挑选学生，分斋课授。其一曰机器工艺，综括机工、手工，程效最捷，可开民生衣食之源。当函商江苏、安徽、江西三抚臣，协力筹款，在金陵设工艺大学堂，三省各招学生数十名，驻堂肄业，一俟拟定章程，另行举办。

惟劝农设学堂，闾阎生计攸关，迭饬各地方官详谕绅民，一体遵照。无如农氓椎鲁，袭故安常，骤语以耕植新法，疑信参半，且屡遭荒歉，款项难筹，官民力均未逮。现由上海农学报馆广译报章，颁行各属，俾乡里小民，耳濡目染，借开风气而昭信从，则农学可以遍设矣。

所有筹办农工商各学情形，谨附片具奏，伏乞圣鉴。谨奏。

增设水师学堂学额折

光绪二十四年十二月十九日

奏为遵旨筹议增设水师学堂学额，以资教练而储将才，恭折仰祈圣鉴事：

窃臣钦奉电传上谕："中国创建水师，历有年所。惟是制胜之道，首在得人，欲求堪任将领之才，必以学堂为根本。应如何增设学额，派制练船，讲求驾驶，谙习风涛，以备异日增购战舰，可期统带得力，着南、北洋大臣，沿海各将军督抚，一体实力筹办，妥议具奏。"等因，钦此。仰见圣主力图自强，固围育才之至意，钦服莫名！

臣惟各国争雄海上，船坚炮利，日异月新，水师规模，较前迥胜。南洋舟舰未备，款项维艰，欲增购战船成一大枝水师，非外省财力所能猝办。惟有就原设学堂，增设学额，添置练船，俾各认真讲习，借收拔十得五之效。当饬该堂总办道员柯铭钦遵办理。顷据详称："江南水师学堂创立之始，原系驾驶、管轮两门，各分三班，招考生徒，分别课授，自英国语文而外，凡勾股、算术、几何、代数、平弧三角、重学、微积，以及中西海道、星辰部位、驾驶御风、测量绘图诸法，帆缆、枪炮、轮机大要，皆当次第研求。堂课毕业，派登练船，俾周览山海形势，沙礁风涛，更番巡历，以练胆识。只以各生学成登进，不广学额，裁复无恒，上年冬间，又因经费奇绌，将三班学生四十名裁撤，咨部有案。现值国家整军经武，广储将才，以学堂为水师之根本，遵将原裁三班学生四十名暨教习员司人等，招募添设，一切薪费，仍照前额原数开支，于十月初一日，考取入堂，照常肄业。至巡练之船，现有寰泰一艘，迭经督带驾驶管轮头班学生，周历海岛，谙习风涛，再派赴各兵轮，循章补用，即接带二班学生，先后登船，约计两年，船课均可毕业。似此循环督练，暂可不另添船"等情前来。当饬查照向章，斟酌定额，督率教习人等，认真训迪，就其造诣之深浅，以为升降之等差。尤当中西并肄，时以经史大义、轮机新法，与之朝夕讲求，俾咸知明耻教战之义，因时制变之方，异日驰驱海上，庶足备国家干城之选。

除分咨户、兵、工三部查照备案外，所有遵旨筹议增设水师学额缘由，谨恭折覆陈，伏乞皇太后、皇上圣鉴。谨奏。

兵官轮船照章查验片

再，臣承准军机大臣字寄："奉上谕：'各省官轮、兵轮，经过关卡，夹带私货、私盐，在所不免。虽向设委员盘查，惟兵轮既援西例，官轮亦遂不服盘查。应通行各省，无论官轮、兵轮，一律归常关稽查，照章完税。'”等因，钦此。即饬江、海各关一体钦遵，拟章禀办。兹据先后详覆，佥以原定章程已属周密，惟当申明约束，责成认真经理等情前来。

复查各省官轮、兵轮，往来江海各口，专派委员查验，如有夹带私货，不遵停验等项情弊，一经查出，即予参办。立法本极严明。嗣恐日久玩生，迭经严定赏罚章程，通饬遵照各在案。近来官轮、兵轮，经过各关，时因差使殷繁，风沙迅利，间不停轮候验，以致弊端潜滋，亟应从严整顿。现经臣通饬遵照定章，无论兵轮、官轮，均归常关查验。并拟嗣后奉差出省之船，由督抚发给护照，载有军械、粮饷，及奏明免税料物，照内均当详注，经过常关呈候验免，盖戳放行。如其夹带货物，无论已未完纳税厘，均应照章罚办。中途若查无出口关卡戳记，则管带与查验之员，即系扶同徇隐，应将各该员分别议惩。似此层层钤制，庶可杜偷漏而保税厘。

除咨行各省关查照外，理合附片覆陈，伏乞圣鉴训示。谨奏。

遵旨妥筹交涉事件折

光绪二十四年十二月二十日

奏为遵旨妥筹办理交涉事件，敬陈感悚下忱，恭折仰祈圣鉴事：

窃臣恭阅电抄，奉上谕：“嗣后各直省将军、督抚，均着兼总理各国事务衙门。”等因，钦此。嗣又承准军机大臣字寄：“光绪二十四年十一月二十六日，奉上谕：‘近来各国交涉事件，日益纷繁。昨已谕令各省将军督抚兼总理各国事务大臣，以便因应。此后遇有交涉细故，应就各该省地方情形，斟酌妥协，即行办理，不得概从延诿。其实在关系重要事件，必须商量总理衙门方能定议者，亦应随时据实电咨，切勿含糊掩饰，以致往返辗转，徒费周章。各该将军、督抚等，身膺疆寄，责在治民，自当以守土为重，爱民为先，不得以孟浪为率作兴事之谋，亦不得以推诿为取巧卸过之地。朝廷宵旰忧劳，勤求治理，外省政事，惟疆臣是赖。该大臣等，明体达用，虑远防微，必能共体时艰，仰副朝廷为国为民之苦衷也。将此通谕知之。'”钦此。跪聆之下，感悚莫名！

当此时局多艰，强邻环伺，动以细故而肆要求，操切固虑启衅端，迁就又惧乖政体，迎拒鲜当，因应殊难。臣忝绾疆符，历有年所，未能安内攘外，仰纾朝廷宵旰之忧，乃荷圣慈，重申恩命，责任愈重，兢惕愈深。惟有殚竭血诚，勉尽心力，督率僚属，劝谕士民，遵国家怀柔之经，贻闾阎和平之福。遇有交涉案件，随时随事，不激不随，相机以为应付。总期商旅获益，民教相安。若事关重要者，自应电咨总理衙门，和衷商办，冀臻妥洽，断不敢自贻轻率之咎，亦不敢稍萌诿卸之私，借以上副圣主殷殷垂诫奠安中外之至意。

所有微臣感悚下忱，理合恭折具奏，伏乞皇太后、皇上圣鉴。谨奏。

徐海赈务拨款分济折

光绪二十四年十二月二十日

奏为徐、海赈务，奉拨款项，酌量分济情形，恭折具陈，仰祈圣鉴事：

窃查徐、海赈务，前经臣等将筹拟三端办法，及灾重款绌情形，专折具陈，光绪二十四年十一月二十三日奉朱批："本日已由户部奏拨银二十万两矣。即着分别责成官绅，认真赈抚，毋使一夫失所。"钦此。仰见圣慈子惠元元，有加无已，钦遵宣布，感颂同声。所有此项拨款，先经户部电知指动江南筹防局银二万两，金陵厘捐局银四万两，另拨重庆关税银四万两，四川省昭信股票银十万两，当即分别提催。

并准户部将议覆中允黄思永原奏，钞录咨会臣等。伏查该中允原奏及户部议覆，均以冬赈急要，春赈亦应宽筹，因准赶拨的款，以资接济。为灾民计，至周且详，臣等借手有资，何敢不速图补救。惟是办理赈务，必须统筹全局。如臣等前奏所陈，一为散放赈抚，一为浚筑河堤，一为截留资遣、设厂赈粥，三者相因，不容偏废。义绅严作霖，先办被灾最重之邳州、宿迁、海州、沭阳四属，继办次重之睢宁、铜山、萧县三属。该绅前放上届春赈，尚有余存银十万余两，八月间另由省库借拨银二十万两，是为初次拨存之款。嗣又移拨协济银三万两，迨后认办睢宁等处，又拨给银二万两，旋复将大理寺少卿盛宣怀、记名道李征庸筹垫银十四万两，全数指拨，是为续拨之款。共计已有四十九万余两。现在邳州等处冬赈次第放竣。迭据严作霖电请豫拨来春赈款，因各处款未解全，拟俟该绅冬赈报销册到，再行察酌拨济。此外尚有赣榆、安东、桃源等县不在严作霖承办之列，另拨款项，饬由印委查放。各该处被灾较次，然约计冬春赈抚，至少亦需银数万两。此分拨赈抚之大概情形也。

淮、徐、海三属连年水灾，实由河堤失修所致。兹已分派大员，逐段勘办，纵限于财力，不能将数百里湮淤卑薄之工一律大举，然各属均有最要工段，刻不容缓。若不节节疏浚修筑，恐病根未去，后患难弭，灾无澹时，即赈无了日。是以臣等与赈捐局司道通盘筹画，欲借代赈之举，稍收尺寸之功。特以地广工长，畚锸方兴，已拨银十数万两，目前仅能择要间段先办，以后要当以款之盈绌为操纵。此分拨工款之大概情形也。

扬州为北来要冲，金陵又向为游民归宿，虽灾区已工赈并举，沿途则拦截加严，卒之南下就食者，头头是道，概行禁止，势有所难。兼有东、皖两省灾民亦复相率而至。金陵省城，于向设粥厂外，设法扩充，又在江北岸江浦县之浦口镇另辟大厂。扬州则以厂不能容，复就地办工，以资安插。统计就厂食粥者以十数万计。人数日众，用项益增，现已拨过银十余万两。嗣后源源筹济，以及来年资遣各费，尚难预计。此分拨截留、赈粥各款之大概情形也。

复查奉拨有着之款，一为蒙恩赏留漕米八万石之折价，约合银二十余万两，一为户部初次奏拨山西等省昭信股票银三十万两，一为盛宣怀、李征庸、严信厚遵旨筹垫银十五万两，一为续奉部拨银二十万两：共银八十余万两，内除漕折尚未全数征起，及其余各款尚有欠解外，实已收到银六十万两，连同严作霖处原存十万余两，统共收存银七十万两有奇。而赈抚一项已拨五十余万两，工作一项已拨十余万两，粥厂留养一项已拨十余万两。出入不能相抵，均就各库随借随用，随到随还，缓急兼权，以为挹注。至若来年春赈之不敷，与夫工作留养资遣之接济，数尚不赀，亦只有随时设法筹凑，酌量分拨。在官绅各办一事，无不思拨款稍多，俾可易于措手。而臣等与各该司道兼筹并顾，凡工赈、留养、资遣各事宜，均关紧要，未敢顾此失彼，致滋贻误。据办理赈捐局署江宁布政使胡家桢等，详请具奏前来。

除饬认真办理，务使实惠均沾，毋任失所，以广皇仁而全民命外，所有徐、海赈务先后奉拨款项，随时酌量分济缘由，谨合词恭折具陈，伏乞皇太后、皇上圣鉴。谨奏。

会剿邳州土匪缓征钱粮片

再，臣等承准军机大臣字寄：“奉上谕：‘御史徐士佳奏，淮、徐两属，连被水灾，邳州一带，匪徒乘机滋事，请饬设法扑灭等语。着刘坤一、德寿，将邳州滋事匪徒，赶紧捕治，毋任滋蔓。其各州县被灾地方，如有应行蠲缓钱粮之处，并着迅速查明具奏。’”等因，钦此。当经转行钦遵办理。

伏查本年十月间，邳州呦鹿山地方，有匪首孟继缮聚众竖旗起事。该州知州孔祥霖，会同山东兰山、郯城二县，派勇往捕。该匪行踪诡秘，飘忽靡常。当经徐州道桂嵩庆饬派都司李辅勋，督率马勇，驰赴会剿。二十二日，行抵邳州，即于次早偕同知州孔祥霖，驰至相距呦鹿山数里之丁滩，遥见群匪数十人，手持枪械，出庄逃走。李辅勋当先督勇追捕，该匪胆敢放枪拒捕，势甚凶悍。李辅勋奋勇率队开枪还击，先后轰伤生擒两匪，阵斩两匪，始各逃散。随将生擒匪犯，由州提讯。据供匪首孟继缮在呦鹿山竖旗起事，有刘振铎等皆系头目，手下各有十数人及二三十人不等，并派人赴山东暨西乡对码二斤二两五钱等语。讯毕旋即因伤毙命。按贼中隐语，每码一钱，计众十人，约其所纠丑数，数已不少，不可不严为预防。复经多拨马队，并电商统带铭军前徐州镇总兵陈凤楼，一体派队前往，扼要堵剿，以期及早扑灭。十一月初九日，经邳州知州孔祥霖，督带勇练往捕，在邹家集与匪相遇，格杀十三名，生擒头目刘振铎等八名，余党击散。并闻匪首孟继缮，已为山东兰山县在刘家庄拿获，因受重伤，解至中途毙命。现在邳州地方，一律安堵。禀由徐州道桂嵩庆禀报前来。

臣查该匪首孟继缮等，胆敢乘地方荒歉之时，聚众竖旗起事，实属不法已极。该道闻信后，立派营队，驰往会剿，擒斩数匪。并经该州督率勇练，擒获要目多名，地方赖以安靖，办理尚为迅速。惟孟继缮为巨憝首恶，究竟是否确已毙命，曾否据兰山县验讯，除批饬赶紧移查明确，驰报查考，并饬令邳州先将擒获之头目刘振铎等提讯确供禀请惩办外，理合附片覆陈，伏乞圣鉴。

再，邳州、宿迁、海州、沭阳四属，被灾较重，自应一律停征钱粮，以纾民力，业经臣等另案具奏，合并陈明。谨奏。

刘坤一集

第三册

刘坤一 著
陈代湘 校点

岳麓書社·长沙

总　目

第三册目录

奏疏卷三十

奏疏卷三十一

奏疏卷三十二

奏疏卷三十三

奏疏卷三十四

奏疏卷三十五

奏疏卷三十六

奏疏卷三十七

电　奏

电奏卷一

电奏卷二

附:电信

电信卷一

电信卷二

电信卷三

奏疏卷三十

三年任满吁请陛见折

光绪二十五年正月二十日

奏为三年任满，吁恳天恩入都陛见，恭折仰祈圣鉴事：

窃前于光绪二十一年十一月间，钦奉恩命，仍回两江总督本任，旋即陛辞出都，于二十二年正月十七日行抵江宁受篆，扣至本年正月十七日业已三年任满。

伏念臣渥蒙知遇，四任两江，高厚鸿慈，非捐糜所能报。况当强邻环伺，时事多艰，桴鼓暂停，绸缪为亟，臣子能尽一分之职，君父即纾一分之忧。臣三载以来，于地方应办事宜，以及戎政、漕政、盐政虽次第整顿，未敢稍涉因循，无如年老病多，汲深绠短，夙夜循省，终觉力与心违。又值徐、海及皖北等处偏灾叠告，赈事殷繁，上年冬间复有涡匪之变，势甚猖獗，几致蔓延，幸蒙朝廷指示机宜，得以早日扑灭，并叠荷恩旨拨款抚恤，俾免穷黎失所。然饥馑师旅，受患已深，民力几何，休养不易，皆由臣薄德鲜能，奉职无状所致，每一念及，愧愤交萦。此外如交涉之繁难，事机之危迫，激之不可，随之不能，棘手情形，亦迥非前数年所可比。眷怀时局，尤切兢兢。兹幸述职届期，惟有仰恳天恩，俯准臣入都陛见，恭聆慈训，庶几有所遵循，犬马恋主之忱，亦可稍伸万一。如蒙俞允，所有两江总督及南洋通商大臣篆务，应请简员署理，俾臣迅速交卸北上，不胜感悚翘企待命之至。

谨缮折具陈，伏乞皇太后、皇上圣鉴训示。谨奏。

协拨各省枪枝子弹片

再，准湖广督臣张之洞电咨，湖北各营需用快枪，前由江南协拨十响毛瑟快枪二千枝，仍不敷用，请再拨发三千枝；又准江西抚臣松寿咨，江西各营练习洋操，请拨发九响毛瑟快枪二千枝，配弹四千万颗；又准广西抚臣黄槐森咨，广西防务紧要，请拨发比国无烟快枪一千枝，九响毛瑟快枪五百枝，每枪各配弹五百颗各等因。臣查各该省请拨军火，或因改练新队为自强要图，或因筹备边防为固圉至计，均应不分畛域，如数协拨，当饬金陵军械所先后查照来咨数目发交各该省委员领回应用。

除咨部查照外，所有协拨湖北等省枪枝子弹各缘由，谨附片陈明，伏乞圣鉴。谨奏。

协拨本籍新宁枪弹片

再，臣原籍湖南新宁县，界连广西，山岭崎岖，苗、瑶杂处，时虞匪徒勾结为患。道光之季及咸丰初年，峒生蓝元况与李世德、李沅发等相继滋事，可为前鉴。今邑绅拣发知县邓善源等举办团练，以备巡防，无力购买后膛洋枪，亟请臣处酌给百杆。臣于江南军械所旧存单响马梯尼后膛洋枪项下，如数拨发，各配弹子五百出，即交来人领回应用。此项枪弹，责成该绅等经管，随时修整，务垂久远。又臣前在粤督任内捐银二千两，于新宁县置买田租四百余担，设立轸恤善堂，间有不敷，则以本地所抽庵租助之，一切收支，向归绅办。现在钦遵谕旨，练团保卫地方，较之别项善举，更为紧要，自应移缓就急，以公济公，请将轸恤善堂田租即拨为练团经费，俾有措手，可以设法宽筹。

除咨湖南抚臣俞廉三札饬新宁县知县传谕邓善源等遵照办理外，理合附片陈明，伏乞圣鉴训示。谨奏。

镇江彭杨专祠请列祀典片

再，已故兵部尚书彭玉麟，已故陕甘总督杨岳斌，先后蒙恩准于立功省分建立专祠，仰见朝廷笃念忠荩，饰终之典至渥极优，凡在臣工同深钦感。兹据瓜洲镇总兵高光效、常镇通海道长恒等禀称："长江地方，皆该尚书等立功之所，官绅感戴，至今不忘，爰于镇江北固山醵资建立专祠，业已落成。"禀请具奏前来。臣覆核无异。合无仰恳天恩，俯准将该故尚书等北固山专祠敕部列入祀典，由地方官春秋致祭，以彰荩绩而顺舆情，出自鸿慈。

谨附片陈请，伏乞圣鉴训示。谨奏。

会剿涡阳土匪肃清折

光绪二十五年正月三十日

奏为涡阳土匪滋事，官军会剿，一律肃清，遵旨将办理详细情形，恭折驰陈，仰祈圣鉴事：

窃照上年十一月间，安徽涡阳土匪刘疙瘩、牛世修等倡乱起事，势甚披猖。臣坤一、臣华熙先后接据署宿州知州瞿世琬电禀，当经分电徐州、皖北各镇道，派兵驰往，相机剿办，并饬原驻亳州之威靖营统领副将张云松，飞饬所部，迅往兜拿。一面电知臣裕长转饬归德镇严防永城一路，协力会剿，以期速了而免窜扰。

寿春镇总兵郭宝昌、凤颍六泗道李光久，相距较近，闻信后即分派参将李桂馨带皖北马队赴宿州，参将王凤台带卓胜防营步队赴涡阳，郭宝昌复自寿州亲率提督高得胜、都司杜春林等，分带练军防勇前进，并由臣华熙添调记名提督韩大武督率练兵定安左右两营及马队、炮队，又饬游击陆恩甲带精健前营，分由安庆、芜湖拔队星驰援应。徐州镇总兵刘青煦、徐州道桂嵩庆闻信后，先派游击熊长春及哨弁高文升、外委欧阳松筠各率马队分赴临涣集、濉溪口驻扎，刘青煦复亲率管带徐防马队右营参将黄青云等，抽调徐防马步队前进。并由臣坤一添调铭军马队百骑、元字步队二百名，饬派都司陈凯、彭寿长管带，随同刘青煦前往临涣助剿。臣裕长亦电令归德镇总兵武朝聘亲带得力弁兵，迅往永城堵御。并先后饬派总兵杨鸿礼督带马队两营，会同协剿，副将朱东成带炮队赴归德驻扎策应。该镇等三面进兵，纵横扫荡，渠魁授首，地方敉平，业经臣等随时电奏在案。

伏查此次各匪首多系积年漏网之盗，土人谓之“奸子头”，平时专以抢劫为生，在涡、蒙、亳、宿及徐州、归德三省交界处所，此拿彼窜，踪迹诡秘异常。近以地方荒歉，遂以为时会可乘，潜作逆谋，揭竿而起，首逆刘疙瘩即刘朝栋，最为凶悍。又有牛世修即牛汝莠，家在曹市，与已故甘肃宁夏镇总兵牛师韩为同族，知其家藏有枪炮子弹，遂于十一月二十六日先抢该故总兵家军械，继劫盐栈银钱，二十七日掠石弓山，二十八日攻龙山营。署该营游击寿右营都司何师程先期与右军守备秦德荣赴寿春镇署禀商冬防事宜，署左军守备李鸿标知有匪起，继往寿州请兵，千总吴有谋率兵抵御，身受重伤，外委吴玉阶、队目邵廷杰、李燕隆及圩长张德馨同时战殁，兵丁伤亡大半，民团死者百余人。何师程等闻警驰回，该营先于二十九日失陷，军装、粮饷、文卷等件被攫一空。当匪众初起时，仅二三百人，刘疙瘩由丹城南窜，贼目魏得成、余盛五等互相勾结，不数日间，众逾二千，贼马亦百余骑，恃有枪械利器，顽民相率附和，穷黎被胁愈裹愈多。其攻涡阳县城也，该县知县欧阳霱自募勇二百名，绅董王开朗、马骥才等招集练丁协同固守。威靖营统领张云松在亳州闻报，派守备韩大坤带马队三十名，于二十八日先到，自率步队百名于二十九日继至，何师程等亦即驰来救援，内外夹击，立解城围。贼遂踞石弓、丹城等处为巢穴，分路窜扰，北犯河南永城县界，图至山东与大刀匪合伙，甫越童沟集犯马村桥，闻归德镇兵到，仍折而南，扑白马庙。其西路一股，于十二月初一日，突扑义门集，该处巡检宋超、把总孙传曾率汛兵、民团拒敌，威靖营勇应之，杀贼二百余人，生擒三四十人，贼败遁去。初三日，复纠大股来犯，奸民内讧，该集遂被占踞。其时涡河南北匪徒，乘机响应，孙凌志起于义门集，燕怀军起于燕家牌坊，邵大发、葛怀玉等起于酆家集。统计丑类不下二万余人，大致分南北两股，附近村镇相继不守，焚杀奔驰，几遍涡阳全境。

宿州在涡阳之东，临涣集与曹市相接。该州瞿世琬得信后，募勇三白名，会同宿州营游击谭新益、威靖右营游击陈怀德，各率兵勇，并由在籍总兵王心忠亲率练丁，并力严防，更番巡哨，匪众屡次侵犯，皆不得逞而回。李桂馨率马队迅至，会合陈怀德于十二月初七日由临涣抵龙山接战，杀贼百余，得马十一匹。张云松亦在张老庄与贼开仗获胜。初八日，武朝聘率队在燕家牌坊东南程家楼与匪首王毛奔接仗，贼众千余，营官孔昭魁、张连山率马队左右包抄，黄贯三、颜锡率步队直捣中坚。自午至未，贼无懈志，幸我军快炮得力，贼势稍却。各队乘机猛进，立将王毛奔枪毙，并斩杀五百余名，生擒三百余名，夺获贼械三百余件，余匪逃窜。该镇兼里前进，首挫凶锋，最为奋勉。

是日，刘青煦率所部各营队行抵临涣集，与该处绅士直隶委用道袁大化询商一切。初九日卯刻，亲督队伍，由临涣向张家圩子、道竹桥等处进剿，袁大化亦来助战。行十余里，匪首刘疙瘩率悍党马步数千蜂拥而来，刘青煦即分兵三路，饬营官陈凯、彭寿长为左路，营官熊长春、哨官李金芝为右路，县丞刘泰、附生刘荣督队进攻，自率营官黄青云、训导邓嘉缉、附生姚衡熙等居中策应。匪用结带阵接战，枪子密如雨落，陈凯、熊长春、黄青云、彭寿长、李金芝及帮带刘国湘、哨官刘炳章、徐增祥等皆奋不顾身，带队冲锋，用连环排枪轰击，匪亦冒死抵拒。血战二三时之久，贼大败奔窜，横尸遍野，我军带伤者亦数十人。跟踪追剿，克复石弓山，即行收队，缴割发辫，计杀匪五百二十三人，生擒七十五人。讯供有匪首刘丑即刘昼远业已阵毙。随将被虏齿稚者数人省释，余均正法。是役也，夺获火药车十三辆，铅九百余斤，抬炮、线枪甚多，旗帜七十余面，马牛骡百余匹，声威大振，贼胆已寒。李桂馨亦与王凤楼、韩大坤、何师程等在张连庄斩贼七十余级，夺获枪械旗帜多件。哨官尽先千总李得才阵亡，威靖马勇受伤者九名。

先是，郭宝昌亲率马步队次涡南蒙城县属之小涧集，地当四达，消息通灵，探知蒙北各圩多与匪通，遂于初八日督率卓胜两哨驰往鹿家圩，该圩猝不及料，慑于兵威，当将为首之鹿小贵送出，讯明正法。传集附近各圩，谕以洗心革面，办团御贼，概免深究。贼首刘成拥众王家寨，抗违不服，立即派队往捕，擒获斩枭。由是远近各圩，帖然反正，不敢再怀异志矣。

后路已清，维时刘青煦已在道竹桥大获胜仗，武朝聘已有燕家牌坊之捷，贼势渐衰。正拟三处进攻，邵大发一股，忽由涡南窜入张村铺，声言将入凤台、阜阳等境。郭宝昌飞饬高得胜、杜春林各率百余人，会同李桂馨追剿，而自移扎西阳集以防南北合股。初十日，刘青煦率队进攻青町集西之段家营。该匪死党皆聚于此，马步约六七千人，自经道竹桥之败，意在死战，布列十余阵，后靠大庄为接济，前面两村中空里余，以防我军抄突，颇得地势，左右庄均有埋伏。刘青煦仍分中左右三路进击，匪畏枪弹，改结带阵，抽线头蛇行逼进，志在短兵相接。陈凯、熊长春、黄青云、彭寿长等带队挺身猛扑，刘青煦挥分左右旁穿侧出。贼以两面受枪，所伏马贼齐起冲突，欲图包裹，刘青煦急分马步队截击，匪始大败奔溃。我军奋勇跟追，直至龙山，立时克复，阵毙贼目七八人，余匪三百余人，生擒二十三人，夺获旗帜、枪炮、铜号、海螺多件，牛马多匹，勇丁阵亡三人，受伤六十余人，刘疙瘩穷蹙远遁。同日，郭宝昌所派营官王凤楼复大胜于焦家楼，杀贼百余名，生擒五名。武朝聘亦由白龙庙进攻，三路兜拿，贼遂不支。十二日，首逆刘疙瘩逃至青町集，何师程率勇围拿，立时成擒，供认为总盟主不讳。高得胜、杜春林、李桂馨复于陈家庄阵伤邵大发，因而就获，供认为伪仁义王，均即正法，余党溃散，大致平定。韩大武所部马队营官总兵徐全喜行抵阚疃、佛镇等处迎剿南窜股匪，追杀至王市、孙家等集四十余里，毙贼甚多。

另股白旗匪类燕怀军即燕鸿勋，纠集千人，自称堂主，在义门、楚店等集败于官军，遂由尹家沟渡河，向西逃去，复经王凤台、高得胜、李桂馨等乘胜追奔三四十里，歼贼数百人，截获军械马匹无算，生擒燕怀军，亦即正法。魏得成先为刘疙瘩戕害，孙凌志则为王凤台阵斩。小花旗匪首马启芳、刘石，匪目王秀明、王凤天、王金标、王迟、刘会、王在天均经刘青煦拿获。涡匪军师王三邪子为永城营参将陈锡拿获，匪首张狐狸、潘黑儿为豫正军副将朱东成拿获。至是，涡南北股匪，皆就肃清。而亳州泥台店又有匪首鲁士林聚众踵起，旗书“大鲁王”字样，旋为总兵杨鸿礼设计诱获，解送亳州讯明电禀，饬即正法。仍有刘疙瘩等余党分窜亳州东南边境三岔口、成福寨等处。是时韩大武前队已抵涡阳，张云松即带队回亳防堵。十三日至三岔口北丁固寺，匪徒尚有千人，贼马数十骑，当即排队奋击，伤贼数十人，并夺得贼骑匪械，余众解散。十四日，又在立德寺率勇会团与贼接战，追至孙家营，阵斩多名，擒获匪目刘老幺、袁世真及羽党刘迷、苏玉田等解州讯办。

刘青煦、郭宝昌、武朝聘至临涣会商善后事宜，营队四出搜拿余党，并无贼股。于是留韩大武练军两营，陆恩甲精健一营，并添募步勇二营，共六百名，马队一起八十名，会同原驻皖北练防各营分驻涡、蒙、亳、太等处，严密巡缉。复由徐州镇酌留马队扼扎宿州地界，联络声援，以资镇慑。刘青煦、郭宝昌、武朝聘各回本镇。一面由臣坤一、臣华熙将续调之衡字三旗、皖南二营分别调回原防。惟首逆牛世修即牛汝莠在逃未获，迭经悬立重赏饬拿，于本年正月十四日在骡驼集擒获，解交蒙城县讯明，批饬正法。

此三省官军合力剿办之实在情形也。

当匪势方炽之日，兵力注重于涡阳，邻近各州县惟赖团练以自固。蒙城本驻勇无多，十二月初八日匪首阎好文等率党七八百人，欲南犯凤台阚疃集，入蒙城董家圩，经刘家集外委李淮桐约集邻庄练众奋力截杀，阵斩阎好文，余匪却走。初九、初十等日，蓝旗贼首葛怀玉与邵大发率众攻董家集，署蒙城县知县曾光煦戒备在先，会同在籍总兵李南华，候补副将马玉书，都司赵大有、陈澍桢等亲督团练，并调二十八集练丁数千人，在董家集、陈家庄、王氏集等处，与匪连日鏖战，阵毙千余人，生擒葛怀玉及匪目马岐山、刘长发、牛世素、李太堂等十名，夺获大炮、洋枪、子药、马匹甚多。武童武文思精习飞枪，冲锋勇往，尤为得力。团勇仅伤数十人，外委李淮桐之弟六品军功李淮楷阵亡。

其西窜股匪由张村铺入阜阳玉市集，分扰冯家圩、刘家店等处。原驻练军先经抽调至涡，阜阳县知县黄家杰募勇未齐，于初九日调集各乡团丁六百余人，会同守备徐振清迎头堵剿，毙贼数百名，夺得旗械多件，追赶败贼，急渡淝河而遁，又经涡阳团练勇击杀二百余人。十一日复有贼至顺河集，亦被团兵击退，追杀百余人，残贼零落遁入亳州边界高公庙一带。十二日，团众又在路家圩、杨家寨等处败匪，斩首二百余级，民团阵亡一人，受伤十余人。

亳州驻防威靖营勇尽数调赴前敌，城关地面空虚，游匪势将窃发。署亳州知州孙鸣皋、亳州都司刘吉荣会商请假在籍新授广西右江镇总兵李永芳、前广东潮州镇总兵刘世俊，招集旧部，添募团勇三百名，其余城乡绅商集资共募六百五十名，昼夜巡逻，防范周密。又挑选精壮回民与河下商船举办水练一团，为护城接应之计。城守既固，李永芳、刘世俊于十二月初七、初九等日驰赴东乡十九里沟、新桥集、张信溜等保，缉拿纠众滋扰游匪，当场格杀四名，擒获首伙六名，内有罗亨潮一犯，系与鲁上林同谋起事。十三、十四等日，又会合威靖营在忠心集、龙得寺等处截击窜匪，杀毙三百余名，生擒十一名，夺得车马刀枪多件，并在贼目怀中搜出盟帖名单，先后送交该州讯供惩办。该州仁和集保离城较远，董家寨有贼踞扰。适署太和县知县袁学昌巡至边界，联络洪山寺保乡团，初九日与匪接仗获胜，杀贼数十人，获贼枪械多件，当将该寨收复。宿州边境之三义集、袁家店等处窜入匪迹，经该州壮勇民团随时击退。其五铺、三铺、丁家圩等处，有匪勾结思逞，分派勇役捕拿，亦即解散。分防濉溪口署凤颍同知程璧、分汛把总李修勤，侦有吕家楼匪目吕安等在小睢城东聚二三百人将欲蠢动，于十二月十三日，带兵率团往捕，当获吕安、吕庐及羽党十五人，余众逃散。

当时复另有薛五、徐鸣燕一股，在河南夏邑、江苏砀山接界地方聚众起事，该处距涡、宿较近，深恐勾结为患，经砀山县知县陈诚会营督练，驰赴张庄迎击，擒获首匪徐鸣燕等十一名，格杀四名，并经夏邑县乡团将匪目丁浩然、杨春华等击毙，余党悉散。

此各属官绅团练随地剿办之实在情形也。

其余客军，则有山东候补知府董受祺办理宿、涡盐务兼带巡营，会同游击孙广明、已革副将徐天庆，由临涣开赴石弓山、新兴集等处，合力协剿，迭获胜仗，擒斩百数十人，并获贼械多件，亦属奋勇可嘉。

臣等复查涡阳、亳州一带，向为捻匪老巢。此次刘疙瘩、牛世修等乘年岁荒歉之时，号召党徒，仓猝起事，浃旬之内，蚁附至二万余人，四出焚劫，迭陷龙山、义门等镇集数十余处，匪焰日炽，飘忽靡常。皖北各州县以及毗连之江苏徐州、河南归德等属，处处震惊，纷纷告急，若非赶紧扑灭，蔓延横溃，为患何可胜言！臣等闻警后，立时电饬各该镇、道，迅速派兵捕治，并调拨营队驰往援应。臣坤一、臣华熙复遍张示谕，晓以大义，擒渠散从。一面加拨款项，派员放赈，以免饥民迫而从匪。仰蒙朝廷指授机宜，并赖诸将踊跃用命，郭宝昌由南路进，刘青煦由东路进，武朝聘由北路进，三面围剿，十荡十决，而张云松威靖一军首先抵涡，力解城围，并与客营管带官李桂馨、王凤台等往来游击，力挫凶锋，各属团练亦复异常出力。未及旬日，地方一律肃清，首要各匪次第授首，苏、豫两省防堵严密，未容该匪阑入，洵足以纾宸虑而定人心。各营正值裁减之余，兵力较单，刘青煦、郭宝昌、武朝聘等皆调拨不满千人，星夜赴援，以少胜众，实属勤劳懋著，调度有方。徐州镇刘青煦可否赏加头品顶戴，寿春镇总兵郭宝昌、归德镇总兵武朝聘可否赏给翎管、搬指、荷包等件，以示优异，伏候圣裁。徐州道桂嵩庆、凤颍六泗道调补苏松太道李光久筹备后路，供支无亏，均拟请交部从优议叙。其余出力各员，容臣等另行查明，分别择尤请奖，以示鼓励。署龙山营游击何师程本营失陷，咎无可辞，惟据报公出在先，继即随营剿匪，力解涡阳城围，又擒斩首逆刘疙瘩，其功似可掩罪，先经臣坤一批饬摘去顶戴，应请免其置议。署龙山营左军守备李鸿标有营守钱粮之责，虽据称先出请兵，中途闻警折回，究有应得之罪，应请旨即行革职存营。千总吴有谋，身受重伤，义门司巡检宋超、分汛把总孙传曾率团守寨，杀贼甚多，新兴集把总沈锡爵、曹市集外委焦承忠、石弓山额外刘焕章无寨可守，所辖兵丁仅只数人，情均可原，并已分别摘顶撤任，以示惩儆。涡阳县前后任正署知县陈福源、欧阳霱纵盗养奸，致酿巨患，已先查明参办，奉旨革职，永不叙用。又前署该县知县桑寯，罔恤民艰，废弛捕务，亦经臣华熙续行奏参。千总李得才、外委吴玉阶、队目邵廷杰、李燕隆及圩长张德馨、六品军功李淮楷力战捐躯，殊堪悯恻，应请敕部分别从优议恤。此外剿贼殒身之兵勇士民，另行查明核办。至匪目余盛五、薛五二犯逃匿稽诛，已通饬文武各员悬赏购缉，务获惩办，以绝根株。

惟是涡阳等处被灾、被匪，十室九空，恤难赈饥，实为善后第一要义。迭经臣华熙饬司筹拨银十余万两，并由臣坤一协拨银十万两解皖，分派廉干之员，驰赴赶速查放。一面分电各省广募赈捐，俾资接济，容由臣华熙将办理赈抚情形，另行具奏。总当殚竭心力，妥为筹办，以仰副圣主轸念民瘼有加无已之至意。

所有官军剿办涡匪一律肃清各缘由，谨合词恭折驰陈，伏乞皇太后、皇上圣鉴训示。谨奏。

覆陈防营改操饷项支绌折

光绪二十五年正月三十日

奏为江南各防营业经改练新操，足资镇抚，并将饷项支绌情形，据实覆陈，恭折仰祈圣鉴事：

窃臣于光绪二十五年正月十九日，承准军机大臣字寄："奉上谕：'练兵为当今要务，迭经谕令各直省将军、督抚各就本省饷力，妥定章程，认真办理。该将军、督抚等受恩深重，自当共体时艰，力图振作，迅速举行。现在某省实能筹饷若干，练兵几营，何人统率，未据切实奏到。着各督抚懔遵历次谕旨，通筹妥议，限一月内迅即覆奏。督抚均有提督军务兼理粮饷之责，提镇为专阃大员，兵事尤责无旁贷。所有此次练兵，有提督省分，应责成提督统领通省各营，无提督省分，应于各镇中遴选熟谙军事之员总司营务。总以痛除缺额蚀饷为第一要义，然后申明纪律，勤加训练，务期一兵得一兵之用。建威所以销萌，宵小既不至生心，即使地方有事，征调亦可以立应。该督抚仍不时校阅，赏罚严明，以节制之师为缓急之用。至各省驻防，生齿日繁，闲散中不乏精壮之士，并着该将军等各就本处情形，挑选若干，教练成营，以资捍卫。所需饷项，应与该省督抚、藩司妥筹协拨，奏明办理，用副朝廷讲求武备谆谆诰诫至意。将此由四百里各谕令知之。'"

钦此。

伏查江南滨海沿江，为东南各省门户，要隘林立，均应分扎重兵，以固藩篱而安堂奥。上年迭奉谕旨，饬令各军改练洋操，当经臣妥筹切实办法，将驻扎吴淞之盛字五旗，江阴之合字五旗，镇江之江胜六营、新湘五旗、南字三旗，江宁之亲军七旗、护军三旗、衡字三旗，共三十七营旗，计一万二千余人，一律改练德国新操，奏奉朱批："着照所请。该督即认真举办，以收实效，毋得徒托空言。"钦此。遵即于十月初一日开办。并经臣随时接见各该统领，勉以勤奋操防，痛除陋习。三月以来，操练渐臻纯熟，营规亦极整齐，精益求精，不难与自强军齐驱并驾。兹复仰承圣训，诰诫谆谆，敢不竭力设筹，勉图寸效，以副朝廷修明武备建威销萌之至意。

惟添兵必先筹饷，而江南饷力之绌，未有如今日之甚，有不得不沥陈于圣主之前者。江南入款不外丁漕、税课、盐货厘金，出款则京、协各饷而外，本省水陆兵勇饷项，文武各官俸薪、养廉，织造奉办活计工料，以及制造军火、防务、洋务、地方各项紧要之用，通盘核计，库储本极拮据。光绪二十一年以后，部拨四国洋款、本省瑞记洋款，每年骤增出项二百余万两，还期踵至，非数十年不能清偿，司关道局罗掘殆尽，遂有不支之势。迭经奉旨谕令裁兵节饷，臣体察情形，亦非节省度支无以为久远之计，爰将水陆防勇制练各兵逐加裁汰，腾出大宗饷项，以备缓急之需。胶澳事起，防务加严，不得已添募江胜军三千人，俾资堵御，岁需军饷约二十万两，即在节省项下动支，然犹有余存可以备用。迨至上年七处盐货厘金改归税司代征，抵借所短各项，经部指款拨补裁兵节饷之外，复益以丁漕平余，本省留支之外，复益以外省协济，犹有不敷，并动拨昭信股票。嗣又遵旨认解福建船厂经费，江苏、两淮合计共银三十七万两，于是江南库空如洗，涓滴无存矣。在部臣将代征抵借之数一一拨补，实已煞费经营，无如所拨之项，或未能足数，或缓不济急，其官商认借股票银两，迄今缴不及半，而应解应放应还各款，均属万难短缺。自上年闰三月十一日，税司接征以后，迄今将届一年，百计腾挪，竭蹶万状。现在短收甚巨，待用孔殷，业经咨部改拨。其本年三月十一日以后，应行拨补之款，亦须赶速筹济，并由臣另行具奏。是江南原有营勇饷项，尚乏来源，实未敢再议增兵，致将来无以为继。

至目前兵力，以自强军、江胜军为两大枝，分扎江阴、镇江两处，归江南提督李占椿、长江水师提督黄少春分别总统，并节制江阴之合字五旗，镇江之新湘五旗、南字三旗，适与朝廷责成本省提督之意尚属相符。此外吴淞所驻之盛字五旗归记名总兵班广盛统带，江宁所驻之亲军七旗归山西大同镇总兵刘光才统带，并节制衡字三旗事务，护军三旗归江宁城守协副将杨金龙统带，皆系老成宿将，熟谙韬钤，仍由臣察酌机宜，随时调遣。其内地各处练军防勇，则由各该镇将就近统率，保卫地方。统计虽营勇无多，未能远备征调，但能勤加训练，整顿认真，就地设防，似尚足资战守。臣受恩深重，职守攸关，断不敢掉以轻心，稍存大意。惟有就现有兵力，懔遵谕旨，不时校阅，赏罚严明，以期仰慰宸廑。

除驻防挑练事宜应由将军等核办外，所有江南防营业经改练足资镇抚并饷项支绌各缘由，谨恭折附驿覆陈，伏乞皇太后、皇上圣鉴。谨奏。

拨派防军驻扎刘海沙片

再，光绪二十四年十二月二十六日，承准军机大臣字寄：“奉上谕：‘有人奏，江南通州刘海沙地与常熟、江阴毗连，近为哥老会、红帮、粮帮所窟宅，有船有械，沿江乡民皆受其害等语。着刘坤一体察情形，酌调勇营驻扎其地，并饬通州、常熟、江阴各州县晓谕绅耆，力行保甲，以清匪党而固江防。’”等因，钦此。

伏查刘海沙孤悬江心，周围一百余里，为通州及江阴、常熟两县所分辖，港门多处，匪徒最易潜踪。前因访闻有红、粮帮匪盘踞，希图滋事，节经分饬查拿，并派拨水师船只暨狼山镇标练勇百名前往驻巡在案。兹复钦奉谕旨，饬令调营驻防，遵即札饬统领合字旗章其俊就近速拨一旗，前往该沙，会同地方文武督饬兵捕，密探各匪踪迹所在，无分畛域，合力兜拿，务获惩办。一面严饬各该州县将保甲事宜认真举办，总期奸宄无从托足，闾阎借以乂安，以仰副圣主戢暴安良之至意。

所有遵旨派拨防营驻扎刘海沙缘由，谨附片覆陈，伏乞圣鉴。谨奏。

宁苏短少饷项仍请截留备抵折

光绪二十五年正月三十日

奏为光绪二十五年分江宁、江苏两属短少饷项，请仍照前议截留备抵，恭折仰祈圣鉴事：

窃上年接准部咨：“续借英、德商款，以七处厘金作抵，各省京、协各饷以及本省防饷等项，向取给于厘金者，势必骤形短绌。

现经奏准在江苏、江西、安徽、浙江、福建、湖南、湖北、四川、广东、河南十省节饷，丁漕折钱平余、昭信股票项下划拨银五百万两，作为自税司代征后补足七处厘金抵还洋款之数。经此次拨补之后，本年应解京、协各饷，务当依限扫数报解，明年应由何处拨补，俟税司代征后，比较收数再行酌度”等因。当即转行遵照，并将拨补光绪二十四年分苏、沪货厘，鄂、皖盐厘，共银二百八十万两，查明已收及有著无著各数目，另行咨部拨补各在案。

兹查税司自上年闰三月十一代征之日起，扣至本年三月十一日止，一年期满，现已正月下旬，相距止一月有余，自应预请指拨的款，以备及时济放。复查上年苏、沪等厘金改征后，短少饷项，本系声请就宁、苏两藩库裁节兵饷、支应局裁节勇饷及司关道局原认京、协各饷内分别指款截留。嗣奉部议，以截留京、协各饷，恐于全局有所关碍，仍令查照拨补之案办理。所有拨补各款，果能依期如数借应急需，岂不甚善。乃本省之项，如裁节兵饷，存数不敷，宁属丁漕平余，已先奏明凑还洋款，昭信股票迭催缴解未及五成。外省之项，如安徽未经解清，江西尚未报解，广东则无可挪解，仍由户部另筹，电牍纷驰，迄无归宿。且去岁尚有昭信股票倚为的款大宗，无事他求，可资挹注。本年又少此款，势必概由外省拨来，曲折既多，缓急难恃。而京、协各饷犹待转输，既经受协于人，复将协解他省，款即有着，已属劳费滋多，倘涉虚悬，尤为彼此两失。事关本省防练军饷、筹防经费、长江兵饷、认还瑞记及四国洋款各要需，不得不审慎图维，期免贻误。再四思维，惟有重申前请，将光绪二十五年分短少饷项，准以司局裁节兵勇各饷拨补银三十六万两，其余银一百三十三万两，仍在京、协各饷内按数截留，俾得就款抵支，无虞匮乏。其截留京、协各饷，由部另行指拨。一转移间，既免递年重筹之累，且省彼此汇解之烦。据江宁、江苏两藩司暨金陵支应局员等，详请奏咨前来。臣等覆加查核，系属实情，以公济公，有利无弊。合无仰恳天恩，俯准敕部查照所议办理，以归简捷。

除将苏、宁两属短少饷项及留抵款目清折咨送户部查核外，谨合词恭折具陈，伏乞皇太后、皇上圣鉴训示。谨奏。

应拨织造前项请缓筹解片

再，苏州织造奉办圆明园各殿安设坐褥靠背等项，应需缎绉杭纺九百匹，布二十匹，估需料工装盛银二万四千四百余两，向由江西藩司暨苏、沪两厘局分筹拨解。惟查苏、沪厘金改归税务司代征，抵还洋债，无从认筹，江海、镇江两关税收短绌，入不敷出，亦属无力筹解。现值需饷浩繁，司库罗掘殆尽，所有应拨前项工料银两，实难兼顾。前于增拨福建船厂经费案内业经奏明，此后如织造特办等款，酌量缓解，俾免延误在案。今该织造奉办缎绉等项，应拨料工装盛银两，拟请查照前次奏案，从缓筹解。据江苏布政使聂缉椝详请具奏前来。

除咨部外，谨会同江苏巡抚臣德寿附片陈明，伏乞圣鉴。谨奏。

江宁新设税关请颁监督关防折

光绪二十五年正月三十日

奏为江宁照约通商，设关征税，拟派道员兼充监督，并恳敕部铸给关防，恭折仰祈圣鉴事：

窃于光绪二十四年十二月二十三日，准总理衙门电开：“新定长江通商章程，定期明年二月二十一日开办。总税务司函称，其第二条内开：‘准船只往来贸易之通商各口岸，有南京一处，与汉口、九江等口无异，其稽查船只征收税项，应同日按照新章一律开办。该处系由何官监督税务，该关系何名目，统希示覆’等语，希即酌定奏明办理。”等因，准此。

查江宁通商，按照法丹条约，本已列入沿江各口，因市肆萧条，迄未议办。嗣长江商轮往来，上下搭客，仅于仪凤门外下关地方支盖洋棚经理其事。现在商情雕翅犹昔，洋货之销行不广，土货之运出亦稀，与汉口、九江情形不同，税收恐难骤旺。既准总理衙门据请开办，现拟仍在下关滨江地方设关征税，即名曰金陵关。惟另设关道，事重费繁。查江南盐巡道，向驻省垣，公事较简，拟即派令兼充税关监督，经理通商事宜，并请敕礼部照章铸给关防一颗，文曰“监督江南金陵关税务兼办通商事宜之关防”，颁发来江，交该道祗领，以重榷务。

除一切详细章程，应俟届期开办，另行具奏外，所有江宁通商设立金陵关派员监督、请给关防缘由，谨会同江苏巡抚臣德寿恭折附驿具奏，伏乞皇太后、皇上圣鉴。谨奏。

敬陈下悃折光绪二十五年二月初八日

奏为敬陈下悃，恭折仰祈圣鉴事：

窃臣于光绪二十五年正月三十日及二月初三日递准直隶总督咨：“正月初八日奉上谕：‘上年夏秋之交，朕躬违和，至今尚未痊愈。着将太医院脉案，按五日一次，由军机处发给裕禄阅看，并着裕禄随时抄咨各省督抚一体阅看。’”钦此。并抄粘正月初七日及十二日两次脉案，恭阅之余，莫名企念。钦惟我皇上敬天法祖，勤政爱民，惟日孳孳，以求治臻上理。乃以时艰孔，疆埸多虞，臣等无术修攘，事事上烦宸虑，宵旰焦劳太过，驯至圣躬违和。详审两次脉案，诚如太医院臣所言，必须静养调理。恭逢皇太后垂帘训政，宏济艰难，臣伏愿皇上稍释忧勤，珍卫眠食，以期勿药有喜，仰慰慈怀，率土臣民，同深祷祝。

所有微臣敬念下忱，理合恭折具陈，伏乞皇太后、皇上圣鉴。谨奏。

机器垦荒款巨难筹折

光绪二十五年二月初八日

奏为遵议机器开垦荒田，巨款难筹，恭折仰祈圣鉴事：

窃臣等承准军机大臣字寄："光绪二十四年七月二十五日奉上谕：'总理各国事务衙门奏，代递道员汪嘉棠条陈内称：江、皖两省荒田废弃可惜，亟宜酌筹的款，购置泰西机器，试办开垦，展限升科，并举道员胡家桢、刘世珩堪以督理其事等语。着刘坤一、德寿、邓华熙察度地方情形，能否按照所拟办理，并胡家桢、刘世珩是否堪胜此任，即行妥速筹议具奏。'"钦此。当以开垦荒田，本地方自有之利，西法用机器垦办，程功尤易。江、皖两省能否仿照办理，及应如何筹集的款购买机器，札行该道等议拟切实办法，迅速禀覆，嗣又札催各在案。

兹据署江宁布政使本任江南盐巡道胡家桢、候选道刘世珩会详称："伏查民生之本计在乎农，国家之财用出乎土。江、皖两省，自经兵燹，户口凋零，田多荒弃，虽经历任督抚臣督饬司道实力整顿，查案报熟，启征钱粮，然只能清出平时之欺隐，而增辟熟田仍属有限。推原其故，盖由土著丁力无多，工本太巨，招致客籍，又以桀骜难训，相戒拒绝，以致未能复额。今若参仿西法，购用机器，教民耕种，人力可省，辟地可多，诚为垦荒善策。惟购机必先筹款，而置器尤贵择宜。考之西人图籍，自耕田之耒，以及打麦、磨面、起水、锯木，皆用汽机运动，每大副汽车价值需银洋一万数千元，小号者亦数千元。近更有新制电机，以一人管理，而所成之工，能胜数十人，或数十匹马力，洵称利器，但非有明悉汽机与修理汽机之人，亦足误事。中国风气未开，各库款项又极支绌，多延教习，广置机器，实苦无此财力。如劝民间捐办，则心志不齐，贫富不等，利未可必，费先不赀。人情乐于图成，难于谋始。周谘僚属，博访舆情，并饬江宁府属各邑集绅筹议，咸以款巨为难，甚有谓不宜以机器从事者，会同商酌，殊无把握。且统权两省，事体重大，亦恐未能胜任"等情，详请具奏前来。臣等覆加查核，系属实情。

除饬各司道督饬府、厅、州、县查照向办招垦章程实力劝课，并考求农学，联络群情，俟风气大开，再行购机试办，以期集事稍易外，谨合词恭折覆陈，伏乞皇太后、皇上圣鉴。谨奏。

徐州矿煤请免完厘片

再，徐州铜山县境所产煤铁，光绪八年间招商集资设局开采，出煤尚旺，迭经前督臣奏请减轻税厘，疏通转运在案。

递年以来，承办之员，屡经更替，经臣设法招徕，复遴委广东候补知府吴惇荫鸠集商股，前往接办。重经觅得新硐，所出皆系烟煤，颇合轮船、机厂之用。近来上海制造局、厂林立，需煤益多，洋商垄断居奇，价值翔贵。徐煤运沪，水陆千里，搬运维艰，除完正半税项，再纳沿途厘捐，合之运费，成本已重，抵沪销售难敌洋煤。欲为华商收回利权，惟有蠲免厘捐，以轻商本，庶几销路日畅，矿产益丰。兹据该局员详请免完厘捐运沪销售前来。

臣惟近年迭奉谕旨，振兴矿务，以保利权。今徐州矿务自经整顿以来，得矿较佳，出煤颇旺，自应开拓销路，广为流通，以杜洋煤之侵灌。察核所请，尚属实情。合无仰恳天恩，准自本年正月起，免予完厘，仍令照章纳税，以维矿务。

除分饬遵办并咨行外，理合附片陈明，伏乞圣鉴训示。谨奏。

淮商报效股票恳请一律给奖折

光绪二十五年三月初九日

奏为淮商输诚报效，吁请将昭信股票银两恩准赏收，并请查照臣工之款一律给奖，恭折具陈，伏乞圣鉴事：

窃上年户部奏设昭信股票，两淮场运票各商公认票银一百万两，分期集缴，经臣奏明在案。

兹据淮南总局委员候补运判洪巨等禀称：该运商等仰念淮鹾改票三十余年，乐利于兹，渥荷皇仁，到今受赐，凡有血气，畴不竭忱。以是历届捐项，不下千万，靡不竭蹶输将。此项股票银两，去年集议时，已情殷报效，区区之忱，始终不渝。当此时事多艰，涓埃无补，又安忍锱铢计息，渥邀二十载倍蓰之恩。并据海州分司徐绍垣电禀淮北各商请将认缴昭信票银，借伸报效，均系至诚，不敢仰邀加倍计息赏还各等语，禀经两淮运使江人镜详请具奏前来。

臣伏查本年正月间，钦奉谕旨，各省绅商士民认缴之项，仍着照原议按年计利分还等因，本不敢代为吁恳。惟此次办理昭信股票，淮商独首先公认票银一百万两，已属深明大义。兹届还款之期，又不敢仰邀计息倍还，委实出于至诚，情真报效，亦未便没其忱悃，壅于上闻。合无仰恳天恩，俯准作为报效，免其计利还本。如蒙俞允，可否查照臣工报效之款，一律给奖，以示鼓励之处，出自逾格鸿慈。

所有淮商吁请将昭信股票银两作为报效，并恳照案给奖缘由，谨恭折具陈，伏乞皇太后、皇上圣鉴训示施行。谨奏。

请假一月片

再，臣于上年患耳疽之证，言语稍多，则涎流不止，头目昏晕，敷药调治，迄未就痊。本年入春后，右乳下忽起一核，渐见红肿，痛楚异常。近复夜间失寐，五更自汗，甚或四肢发冷，手足抽掣，精神益形委顿。据医家云：证由痰多肝旺，牵动内风所致，非静养难速愈。合无仰恳天恩，赏假一个月，俾资调治。所有日行公事，臣自当在内署核办。谨附片陈请，伏乞圣鉴训示。谨奏。

筹办积谷片

再，迭奉谕旨，饬令各省筹办积谷，如已办有端绪，即行据实覆奏等因，业经抚臣会同臣将苏省遵办情形奏明在案。

兹据署江宁布政使胡家桢详称："江宁等属常平、义、社各仓，自经兵燹，荡然无存。光绪三年，鉴于晋、豫奇灾，通饬各属劝民捐谷，一时风行建仓储谷，当即酌定盘量章程，各视常平仓额，饬令如数储足。嗣有因地处卑湿，盘晒折耗，愿多存钱者。

复经续定严杜亏短章程，并申明多储谷少储钱之本旨，办法尚属切实。近年偏灾屡告，粮价日昂，或因赈抚而动缺，或因平粜而动缺，统核收数，渐不如前。迭经严饬各该州县赶紧筹购足额，不得稍有短缺。钦奉谕旨，诰诫谆谆，复由司委员分赴各属，会同认真查办，并电饬将有无成效，确切查覆。现据先后覆到，或业经购备新谷，或正在陆续采购。统加查核，大抵以扬州、通州最为整齐，江宁、淮安次之。徐州、海州两属，上年被灾，赈事方亟，正须提动谷钱，辅以赈款，前赴里下河等处购办米粮，辘轳转运平粜，目前自难一律储仓。惟有督饬各就情形，乘时带捐钱文，多储谷石。其推陈出新之法，各处本有定章可循，而尤以杜绝弊端为第一要义。江宁系省城重地，虽有仓局两处，年年购谷，亦年年因冬赈动拨一空。现亦遵饬另购新谷十余万石，以资备御”等情，具详请奏前来。

臣查积谷一事，为地方要政，存钱不如存谷，方能收备荒之实效。所有上年收成中稔各属，应即照额购足，徐、海被灾之区，亦俟春赈平粜竣事，即行买补还仓。如州县虚应故事，一禀塞责，立予参处，断不敢稍存姑息，以副朝廷轸念民依实事求是之至意。

除饬司遵照外，谨会同江苏巡抚臣德寿附片覆陈，伏乞圣鉴训示。谨奏。

税关开办日期折 光绪二十五年四月十一日

奏为恭报金陵关开办日期，仰祈圣鉴事：

窃前准总理衙门电开，据总税务司申请，在于江宁设关征税，与修改长江新章同日举办，经臣拟派江南盐巡道兼充金陵关监督，并请颁给关防，奏蒙恩准在案。

嗣因税司尚未派定，电商展期。兹据该关监督详称："税务司安格联业已到省，相度仪凤门外下关地方设关最便，现暂就原有官房趸船为监督税司人等办公之所，于本年三月二十二日开关，验货征税，照章办理，并由江海关照会驻沪各国领事转饬商民知照"等情，详请奏咨前来。

伏查金陵关介于芜湖、镇江之中，进出口货，无非从邻关分出，税项恐难骤增。所有关廨、货厂、税卡、巡船及关署办公经费，须俟试办数月，方能详细估计。至监督关防尚未颁发来宁，现在该关一切文移单照等件，应暂用江南盐巡道关防，以昭信守。

除咨总理衙门、户部查照外，所有金陵关开办日期缘由，谨会同江苏抚臣德寿恭折附驿具奏，伏乞皇太后、皇上圣鉴。谨奏。

洋员办事得力分别请奖片

再，南洋政务殷繁，凡教案、界务以及教习、翻译各项事宜，每借资洋员之力。查有美国汇文书院掌教福开森，学问优裕，心气和平，训课诸生，成就甚众，历经派办交涉事件，莫不实力实心，相助为理。现充南洋公学监院、江南高等学堂提调等差，亦复勤勤恳恳，劳瘁不辞。又三品衔英国儒士傅兰雅，学博品端，志趣超卓，聘充上海制造局教习二十余年，所译格致工艺等书百十种，传布最广，裨益良多。又美国医士比必，久在江宁开设医院，捐资购药，军民咸往就医。凡遇民教忿争，得其一言，莫不冰释。各该洋员等向慕华风，历久弥笃，合无仰恳天恩，赏给福开森三品顶戴，并赏给英国儒士傅兰雅三等第一宝星，美国医士比必三等第三宝星，以示优异而奖勤劳。

除咨总理衙门查照外，谨附片具陈，伏乞圣鉴训示。谨奏。

丁溪场克扣桶价案情查明拟议折

光绪二十五年四月十六日

奏为两淮丁溪场克扣桶价，查明拟议，恭折仰祈圣鉴事：

窃臣上年钦奉谕旨，饬令转饬两淮运司遍查各场有无交通场员克扣灶丁情事一案，饬据运司查覆，仍即严饬另派干员确切覆查，附片奏明在案。

当据运司江人镜详报派委候补运判戴文俊、孙厚分赴通州、泰州分司所属各场确切覆查。并据丁溪场举人丁崇业等，以丁溪场有交通克扣情事，委查不实等词，来臣衙门具控，又经批饬运司派员查办去后。

兹据运司详称："派委运判吴用宾会同泰州分司暨泰属委员孙厚分别确查。据吴用宾等禀覆，丁溪正场桶价，向较小海并场每桶加钱三十文。缘光绪十四年，小海先办公收，经该前场大使叶怀善议有减轻成本章程，禀明在案。迨至冬间，丁溪正场坎桶复经叶怀善招商创办济灶公收，请将桶价、桶租等项仿照小海公收章程，详由分司详经运司批明如详饬遵转行到场，遂每桶减去三十文，照小海并场一律给价，而未据详禀臣衙门也。第该举人既以请照小海所减之价，谓叶怀善所禀含混，何不早请加复？乃自十四年以来，公收商人阳丰和停歇，一换商人恒丰公，再换商人恒生锦，时阅九载，商非一人，官非一任，始于上年以克扣为辞，禀请追吐，即使该举人设身处地，当亦自知窒碍。

"至该举人等两次在分司衙门具控，当经详请每桶酌加十五文，复据该场大使洪绍奎饬商议覆，于已加十五文之外，每桶再加十五文。并以向来分色给价，每多争论，请照额产尖四、和五、碱一成数通扯，每桶一概给钱六百十六文。该场自上年七月至今，每桶实照六百十六文给发。

“孔广杰委查桶价，于上年十一月初七日到丁溪场，因赴场署索阅案卷。该大使以吊卷查看，耽搁需时，款留夜餐，详加询访。商伙蒋庆龄，自公收恒生锦四月间停歇后，即在樊汉德成典当管事，核与孔广杰到场之时，并不相值，自无同席会商情事。

“孙厚禀覆，详阅举人丁崇业等禀词，如所控委员孔广杰径入场署与公收商伙会商一夜，洪绍奎派费较角，竭力弥缝等语。一再访查，孔广杰因吊阅场卷在署留吃晚饭，是日公收商伙江增寿等并未入署。只因坐谈稍久，未将在前少给桶价情形缕晰禀明，以致灶丁疑有弥缝之事。所控派费查无确数，亦无实据，似未便据虚渺之词，予人以不洁之名。惟孔广杰以委查之员，会场留饭，系属失于检点，可否念其究属因公所致，免其置议。

“又所控减价卤斤短串各节，查丁溪正场系属灶置亭镦，谓之灶亭。所有收盐桶价向照小海商亭，每桶多给钱三十文。光绪十四年十二月初八日开办济灶公收，维时各垣率皆坎桶，盐无人收，灶户无以为生，场情急迫，苦不待言。该前场叶怀善以急救然眉，非筹办公收不可，而商人惟利是图，若不将成本大加裁减，使有厚利可获，不足动其鼓舞之心。而桶价又不便明减，遂以一切开支仿照小海公收办理，详奉批准，含混减去桶价钱三十文。细绎小海公收章程四条，第一条明有‘桶价毋庸议减’字样，以致该灶衿等目为私扣，禀请追给，致遗今日兴讼之端。该场灶户当公局创办之初，既知所给桶价系属含糊裁减，何以当时默无一言？谅亦深知招商不易，遂尔甘心隐忍。现已将及十载，官非一任，商亦递换，公收局商人叶纲又久经停收他往，似难准其追还，徒烦案牍。惟该场灶情本属困苦，近年灾歉频仍，草本昂贵，灶丁衣食难赒，实有涸辙枯鱼之叹。可否谕令该场垣商酌缴钱文，按埩分给，以慰众灶之心，抑或酌捐徐、海赈款，为议章含糊者戒。至在前所减桶价三十文，业经泰分司饬据该场洪绍奎两次加复，详奉批准饬遵，与同治十年详定数目相符，应毋庸再行置议。

“又查卤斤一款，每年自正月初一日起，至九月底止，因盐质含卤，折耗堪虞，每桶扣钱二十五文二毫，一至十月初一日即行停扣，与短串钱文皆系历年所有，由来已久，并非肇端于恒丰公、恒生锦等商。应否准其酌留及如何裁禁之处，可否札行泰分司督场妥议详覆。

“又查丁溪场现给桶价每桶尖盐给钱六百三十文，和盐六百十文，碱盐五百九十文，尖、和、碱通扯六百十六文。该举人等禀内所称桶价五百五十六文，数目参差，博访周谘，盖有灶户自用之款由商垣伙友代付，讹以传讹，致生疑窦。系因灶户装盐入垣，给歇家盐二分。歇家者，灶户来垣宿食之所。又给忙工、小地户、挑盐夫盐四分三厘，又给忙工钱八文，以盐合钱为数不相上下。该灶户既贻为口实，应请札饬该场，示谕垣商，转嘱伙友，嗣后毋庸代为付给，所有灶户自用钱文，应听自便，以免疑谤”各等情。

复查该前场叶怀善仅有“概照小海章程”一语，未将酌减桶价，切实禀明，而小海公收章程，又有“桶价毋庸议减”之说，以致丁崇业等借为口实，缠讼不休。但减价之始，官既非现任之官，商亦非现收之商，乃于十余年后，谓系现在之官商串合吞扣，似觉无此情理。况桶价之减十有余年，各灶相安并无异议。自济灶公收停止，继之以恒丰公，再继之以恒生锦，均系沿济灶公收之例。倘以前商所减之价，责令后商吐还，亦属无此政体。第桶价之增减，视商灶之情形为转移。丁溪前减三十文之桶价，虽非现任场员洪绍奎及现收商人恒生锦作俑，而近年风潮灾歉，草薪奇昂，灶丁困苦，理应将桶价酌加。前岁冬间，经灶监朱思齐等禀由泰分司李以牧详司一再饬议，虽该场洪绍奎旋亦议加，而迭次禀覆，总以前减桶价系属禀准有案，始终坚执，其处置商灶之间，未免稍欠平允。该场商人恒生锦尚非克扣桶价。孙厚覆禀拟饬酌缴钱文按埣分给，虽为恤灶起见，然恐有长刁风，并挑惹各场告讦。因思泰属丁溪等场，现无积谷捐款，于备荒之政，尚属阙如。应否责令该商酌捐钱文，置办积谷，议章存储，倘遇场灶灾歉，以之动放赈济，似与恤灶之意相符。并据运司另禀，该场公收本系集股而来，不独本商非一，姓名、籍贯，查考为难，即其收存堆盐，亦已早经运售完结，几于惩无可惩，罚无可罚。现任丁溪场大使洪绍奎系在叶怀善之后，公收商人恒生锦不但在济灶公收之后，并且在恒丰公公收之后，系属积习相沿。现任洪绍奎已经撤任，是以详拟责令商人恒生锦酌捐钱文，置办积谷。举人丁崇业名下置有灶埣六副，尚非插讼可比。孔广杰被控交通商伙，收受陋规，查无其事。至前闻孔广杰奉委时，有携带货物分赴各场销售情事，访系该运判之友人托购绍酒，适因下场便道带往，虽未必真有托销之举，然以奉委密查案件之员，而乃为人带货，并赴场署检卷留餐，均属不避嫌疑，实属不合，请示各等情前来。

臣查此案关键全在克扣桶价与否。该场减价之初，若照案由运司详明臣衙门定案，便不予人以口实。乃援小海公收办理，禀司朦准，而遽减以三十文，相沿至今，是诚当时之官商含混取巧。前署该场大使叶怀善，业已另案革职，应毋庸议。其现任大使洪绍奎，业据运司详明，经运司等饬议加覆，洪绍奎迭次禀词，始终坚执，显系有意袒商，不能辞咎。公收商人恒生锦，从前之济灶局恒丰公等，无论是否恒生锦之化名，即就孙厚禀词而论，叙明该举人等禀内所称“桶价五百五十六文，数目参差，盖有灶户自用之款，由商垣伙友代付”等语。夫收一桶盐给一桶价，何事该商伙为之代付！是又于明减三十文之外，又有暗扣。恒生锦有应得之咎，本应从严惩办，惟据称惩无可惩，姑令罚银四万两，以二万两充该场积谷，二万两充徐、海赈捐，俾昭儆戒。举人丁崇业尚无不合，应免置议。孔广杰于奉委密查之时，为人带货，实属不知检束，相应请旨将两淮候补运判孔广杰、两淮丁溪场大使洪绍奎一并革职，以肃官常。

除饬丁溪场桶价即照现定之尖、和、碱盐通扯每桶实给钱六百十六文不准再扣分毫外，所有查明丁溪场克扣桶价拟议缘由，理合恭折具陈，伏乞皇太后、皇上圣鉴，敕部查照。

再，通泰分司所属其余各场，有无交通克扣情弊，一俟运司查覆议详，即由臣据实覆陈，合并声明。谨奏。

续假一月片

再，臣前因患病请假，于三月初九日附片具奏，奉朱批：“着赏假一个月。”钦此。钦遵在案。

一月以来，加意调理，迭进平肝去风之剂，夜汗已止，惟所患耳疽、乳核红肿，仍未见消，痛楚异常，精神亦因之困惫。现在敷药调治，非避风静养，难期速愈。当此时局多艰，臣何敢稍耽安逸，无如假期届满，病仍未痊，焦急莫可言状。合无仰恳天恩，俯准续假一个月，俾得赶紧医治。所有日行公事及一切防务要件，臣自当在内署妥慎办理，以期仰慰宸廑。

谨附片陈请，伏乞圣鉴训示。谨奏。

驿站隐匿章本公文请饬提究折

光绪二十五年五月初一日

奏为驿站迟误章本公文要件，并查有伪造回照情弊，请旨饬提究办，恭折仰祈圣鉴事：

窃臣前因驿递公文迟延，饬据江南驻京提塘张占元查覆，自接上年六月二十四日臣衙门由驿拜发本章，及八月十八、九日由驿发递各部科公文，嗣后未经接到。当经臣将七月以后由驿拜发本箱，及八月二十四日以后由驿发递京塘转递各部科公文开单发牌，由江宁至京都各县驿，挨次确查，并咨请各督抚、府尹一体严查覆办。嗣据臬司申覆前项各本箱公文已委员挨次确查，江苏、安徽两省各驿站均系依限接递，取有回照，并无延误。正在核办间，据该提塘张占元禀称，遵查单开各件，除已接到外，尚有督字四十七、四十九、五十一、五十三等号本章四匣，并附递各部科公文册籍，共四十一总封；又总督衙门自上年八月二十四日起至十月十三日止，发递各部科公文书箱册折等件共十二起；又南洋公文，自上年八月二十三日起至十一月初九日止，共九起；又盐政公文，自上年八月二十六日起至十月十一日止，共五起；均未接到。挨查至首站良乡县，该县知县王汝廉将驿递公文底簿并提塘回照等件持出阅看，内有伪造提塘回照二十余张，皆系去秋以后日期，与未到各件适相符合，显系该县藏匿本箱公文多件，并未递京。该提塘复持收文底簿眼同该县核对查验回照，笔迹图章相符者四十余张，不相符者二十余张，再三究诘，不肯承认。该提塘遂即回京就近呈请兵部饬提该县来京，携带回照当堂质对，以辨真伪等情，具禀前来。

查发递钦部要件，沿途驿站宜如何妥速驰递，以免迟误。若如该提塘所禀，前项本箱公文，业已递至良乡县，该县竟敢匿不转递，并伪造回照，希图狡赖，如果属实，胆玩已极。相应请旨敕下兵部，立提良乡县驿站官吏质讯究办，以肃邮政。

除咨部查照外，谨会同江苏巡抚臣德寿恭折具陈，伏乞皇太后、皇上圣鉴训示。谨奏。

创办练将学堂片

再，前奉谕旨，饬令各军一体改练洋操，业经臣于上年八月间拟定章程，奏明开办，奉旨允准在案。

数月以来，各营认真操练，渐有成效可睹。惟一军之强弱，恒视将领之优劣为转移。近来东西洋各国，戎事日强，考究不遗余力，一切营垒测绘，制造理法，均极精微。若不加意讲求，深虑驭兵鲜术，无以收指臂相联之效。现经臣于江宁省城设立练将学堂，就各营旗官弁及候补都、守、千、把、世职中，选调年力富强、志趣端正者，入堂肄习，延用洋员，教以马步、枪炮、工程、辎重、测量等学，以四十名为额，学成后酌量委用，以期将才辈出，有裨时艰。每月经费约需银数百两，所费无多，由外筹拨济用。饬委营务处道员陶森甲总司其事。现据报于三月十九日开办，呈请具奏前来。

理合附片具奏，伏乞圣鉴。谨奏。

吴淞开埠采办料木请免税厘片

光绪二十五年五月初一日

再，吴淞开埠通商，作为沪关分卡，早经奏明在案。该处应办工程，已委员开局订界绘图，分别后先详细勘估。所有沿滩驳岸商埠马路及大小桥梁，均已择要开工，其余公所捕房亦须次第营建。所需木植砖石等料，拟分赴浙江之宁波、嘉兴两府属及福建、苏州等处采办应用。据江海关道李光久等禀请奏咨免完沿途税厘前来。

臣查吴淞自开商埠，工程甚巨，经费不敷，一切均饬从俭办理。惟向来官用料物，均准免完税厘，近铁路购办料物，亦经督办总公司大臣盛宣怀照章奏免。商埠与铁路事同一律，合无仰恳天恩，俯准援案照免税厘，以重要需。

除咨户部查照立案并分别咨行外，谨附片具陈，伏乞圣鉴训示。谨奏。

林朝栋奉召入都堪以任使片

再，候选道林朝栋奉旨："即行来京，预备召见。"等因，钦此。业经臣饬令迅速北上，电奏在案。

该员为已故提督林文察之子，原籍台湾，胆识俱优，不愧忠勋后裔。中、法之役，以候补郎中，随同已故巡抚刘铭传办理台防，杀敌致果，卓著战功。嗣后剿办南、北社叛番，并平定土匪，积功洊保花翎二品顶戴，以道员尽先选用，并赏给勇号、黄马褂。中、日事起，督勇守台，为前巡抚邵友濂所倚赖。旋以奉饬内渡，寄籍福建龙溪，每谈时事，义愤填膺，其忠勇性成，尤为难得。臣接见僚属，延访将材，有以该员为对者，当经电调来宁，面加考察。正拟具疏保荐，钦奉电召入都，仰见圣主明目达聪，不遗疏逖，钦佩莫名。该员廉朴英伟，晓畅戎机，于闽、浙沿海情形，尤为熟悉。现值浙江防务吃紧，如蒙天恩，量才任使，必能益加奋勉，仰报恩知。

谨附片具陈，伏乞圣鉴。谨奏。

遵筹天生港开埠情形折

光绪二十五年五月二十九日

奏为遵旨筹度通州天生港自开商埠情形，恭折仰祈圣鉴事：

窃臣承准军机大臣字寄："光绪二十五年正月二十二日，奉上谕：'御史余诚格奏，通州天生港于江防最为扼要，若援案自开商埠，可以保形胜而消窥伺等语。着切实查明，于地方情形有无窒碍，商务防务是否确有裨益，悉心筹度具奏。'"等因，钦此。遵经恭录转饬查议核办在案。

兹据江海关道李光久、镇江关道长恒会称："通州居长江北岸，东距上海二百七十里，西距镇江三百九十里。天生港地居腹里，土产仅棉花一大宗，货物不甚丰盈，商贾又少殷富，与吴淞情形不同，招徕成市，甚属不易。该港设立纱厂，正欲自辟利源，洋商麇集，必思争攘其利。吴淞开埠经费，部拨三十万两，报解尚属寥寥，继开之埠，更不知款从何出。并虑开埠以后，交涉滋多，地方难于防范，不独商务防务均无裨益"等语。

查天生港本非商贾辐辏之区，现虽设有纱厂，尚未成市，诚如该道等所称，自开商埠未能大有裨益。惟直隶秦王岛、福建三都澳、湖南岳州、广西南宁、江苏吴淞等处商务，亦非繁盛，开埠以来，现已相继举办。并又迭奉谕旨饬令沿江、沿海、沿边筹度推广口岸，以均利益而保事权。仰见朝廷慎固封圻，思患预防之至意。长江一带久为外人所垂涎，设险分防，兵力实嫌单薄。天生港形势于北岸尤为扼要，深洪近岸，兵舰可以径涉，设由此北瞰海、赣，南扰淮、扬，则腹地皆为震动。若任一国专请租界，隐患亦所难防。揆时度势，倘可援案自开商埠，或借无形之牵制，以杜任意之侵虞。一俟商务渐兴，再于此处设立镇江关分卡，征税筹款以办埠工，似不致于地方有碍。

除咨商总理衙门酌核办理外，所有遵旨筹度天生港自开商埠缘由，谨会同江苏巡抚臣德寿恭折覆陈，伏乞皇太后、皇上圣鉴训示。谨奏。

宁沪两局制造查议扩充折

光绪二十五年五月二十九日

奏为遵旨查明江宁、上海两局机器军械数目，并筹议扩充制造情形，谨缮清单，恭折覆陈，仰祈圣鉴事：

窃臣承准军机大臣字寄："光绪二十五年四月二十五日，奉上谕：'前因天津、上海、江宁、湖北等处，均有制造枪械局厂，谕令该督等切实会商，务将所制枪炮膛口子弹，各局统归一律，以期通用，并将每年所造枪件子药若干，据实奏报，并按季咨报户部、神机营查核。现在为时已久，并未据报有案。枪炮为行军要需，岂容因循延玩！着裕禄、刘坤一、张之洞详细查明各该局厂所造枪炮究系何项名目，是否业已会商造成一律，迅即切实奏覆。嗣后仍遵前旨，按年奏报，并按季分别咨报，毋得延宕。该督等务当懔遵迭次谕旨，督率承办各员，认真经理，精益求精，并将膛口子弹，彼此比较画一，务令不差累黍，庶各省互相接济，临时不致缺误。倘该管局员草率从事，虚糜经费，或演放时有炸裂等项情弊，定即治以重罪，决不稍存宽贷。将此各谕令知之。'钦此。遵旨寄信前来"等因，承准此，遵即恭录咨行会商查议在案。

伏念时局艰巨，外侮频仍，自以制械、练兵为当务之急。设局制造枪炮，允宜进求精利，力戒因循。迭次钦奉懿旨、谕旨，饬令就地筹款，扩充制造，并枪炮子弹均须一律合膛各等因，仰见宫庭宵旰忧勤，谟谋深远。臣忝膺疆寄，蒿目时艰，倚马枕戈，昕夕敢忘儆戒。节经督饬各该局员，将出入款项切实勾稽，制造军械详细考究，并令与天津机器局、湖北枪炮厂随时知照，互相讲求。复由上海局员驰赴湖北，比较数次，两局所造枪炮子弹格式、分量、口径大小，现均一律合膛，并无歧异。已将制造枪炮数目大概情形，由电奏陈，当蒙慈鉴。

查江宁制造局所造后膛抬枪，系属新创，各处均无此式，其两磅子、一磅子后膛快炮，亦与沪制一律。此外炮架、炮弹、各种枪子、拉火等件，历经解由南、北洋分拨各军应用。只以经费有常，款项奇绌，未能加拨，以期扩充。惟该局设在江宁城外，历经缔造，粗具规模。且居腹地形胜之区，一旦海疆有事，尚须在此制造，接济军需，庶几缓急足恃。

至上海制造局兼造各项快炮，除船台需用之大炮外，其四十磅一种即北洋之十二生的快炮，十二磅一种即北洋之七生的半快炮，六磅一种即北洋之五十七米里快炮，两磅子一种即北洋之七生的半，亦即湖北之三生七快炮，洋厂名称虽殊，而尺寸则不差累黍。今由该局与天津、湖北两局逐一比试，均无参差。其快利新枪系就旧机参用人工所造，亦颇便利，究嫌费繁工多，出枪甚少。去年遵饬各军改用小口径毛瑟枪，本拟订购此项枪枝、枪弹机器，专一仿造，以归一律。访之沪上各洋行，需款百万，为期三年。一时无此财力，遂仍用旧机，更易机簧，添配车座，订购改造七美里九口径毛瑟枪枝、枪弹机器等件，按照合同，每日出枪十枝，现将到齐。安装告竣，当饬董率员司兴工监造，严定课程，如有废弛虚縻，据实参办。并按年、按季，将制造军械数目，分饬造册奏报，以昭核实。

惟值朝廷整军经武之秋，迭饬天津、湖北、上海、江宁各局厂，迅速扩充制造枪炮，以供各省各军之用。圣意渊深，既免利权外溢，且以备豫不虞，允操自强之胜算。臣查各局兼造各项快炮，均应新式，尚敷应用。至仿造小口径毛瑟枪，仅只湖北、上海两厂，其机器一系新购专门，一系旧式更改，能力所限，造枪之数目，多寡悬殊，各处通用，恐难遍给。前与直隶督臣裕禄、湖广督臣张之洞往返筹商，添购造枪新机，无论津、鄂、宁、沪何厂承造，按据覆电，咸以款绌为词。当此度支奇窘，内外胥同，更何能另请拨款，上渎宸聪。惟制造能否扩充，军火不致减少，胥视经费之盈绌以为衡。江宁制造之需，向由南、北洋照额匀拨，岁有常经。上海则专恃制造二成洋税以资工作。但冀税收畅旺，拨款加增，各司道局分认改拨三厂常费，依期筹解。除备常年操防军火而外，拟令极力撙节，另款存储，以备添购仿造小口径毛瑟枪机器一部。并一面与洋行照式议购，订立合同，分期交款，要以三数年内机器购齐。其有不敷，另再设法办理，俾与湖北枪炮厂分途仿造，可期储备日裕，器械日精，借以仰副圣主建威销萌之至意。

所有遵旨查明上海、江宁两局现有机器，暨每年造成军械数目并筹议扩充制造缘由，除分咨查照外，理合缮单恭折据实覆陈，伏乞皇太后、皇上圣鉴训示。谨奏。

淮徐海春赈事宜就绪折

光绪二十五年五月二十九日

奏为淮、徐、海等属春赈事宜大致就绪，谨将办理情形恭折具陈，仰祈圣鉴事：

窃查淮、徐、海等属赈务，前经臣等分别责成官绅经理，并筹议散放赈抚、浚筑河堤、截留资遣三端办法，及奉拨款项酌量分济各情形，先后专折奏陈，均经钦奉朱批，转行钦遵在案。

伏查赈饥一事，非冬前加意抚绥，不能救急，非春间多方接济，不能图存，是接办春赈事宜，尤关紧要。当上年冬赈放竣之时，即与义绅严作霖豫筹今春赈款。除该绅处年前领存未动约合钱三十余万千外，又陆续拨给银十六万余两，为邳州、宿迁、睢宁、铜山、萧县、海州、沭阳七州县赈抚之资，不足则益以官绅富户之捐助，积谷公款之凑济。此外，赣榆县系派义绅宋治基会县查办，安东县系由县会同教谕唐锡晋查办，桃源县系饬府委员会县查办，皆由省另行拨款，并由上海购备芋干，复交道员邓贤辅添放豆饼，约共拨银十万两，其就地劝募捐款均不在内。又有丰县、砀山等县，由徐州道拨给赈捐款项，酌办春抚。以上各款，虽目下尚未造销，业经据报一律散放竣事。严作霖办理赈务，专放钱文，以期简易，而免糜费。因虑市侩居奇，高抬粮价，复经徐州道桂嵩庆筹挪款项，先后购运米三万余石，杂粮一万石，又饬各州县酌提谷款，购粮二万石，分运徐属各灾区办理平粜。淮扬海道谢元福、候选道邓贤辅亦经拨给平粜银两，运粮分济。又由各该员劝据商富，集资领取印照，运购米麦杂粮平价出售，民食赖以无缺。各属粮价，交春后日见平减，实由奏免沿途税厘，乃能有此明效。

至于河堤工程，隶徐属者有运、沂、六塘、不老、白塘、龙山等河，并红花埠沭河缺口，隶淮、海两属者，有沭河、蔷薇、小伊、丁当、一帆、成子等河，上下数百里间，节节淤浅，堤堰残缺，卑薄所在皆是。徐属经徐州道派员勘办，淮、海两属经候补道方硕辅、邓贤辅等督饬委员，各分段落，择要浚筑。年前开办者十之六七，今春接办者十之三四，均与冬春两赈相辅而行。现在春工亦次第告蒇，一俟委员验收造报，即可核见实用工费确数。其稍次之工，及虽属紧要而工程太大，一时不能举办者，惟有留为后图，视捐款有无多余，再定进止。

若夫省城浦口等处，收养之饥民，交春后即须遣散，因鉴于上年春寒雨雪，北归之众，困苦颠连，是以本年撤厂展缓半月，各于临遣时给予路票，按程计口发给柴米，沿途设局验票散放，并委员拨兵弹压护送，至最后一局换给赈票，到籍后持票领赈。其籍隶皖、豫等省者，一体给资，均由赈捐局拨款应付。扬州、镇江等处粥厂，撤遣饥民，一律仿照办理，克期资遣清楚，途中并无滋扰，安归本籍，有收回赈票堪稽。

又淮、徐、海等属典铺，自遭连年灾歉，民间当多赎少，商本不继，纷纷闭歇，贫民缓急难通，势甚岌岌。经淮扬海道、徐州道及海州直隶州电禀交驰，先后饬由司局各库拨借徐属典铺银六万余两，淮属典铺银二万两，海属典铺银四万两，均限秋后归还，以维商本而便民生，亦属不无小补。

至清、淮系南北通衢，为灾民上下必由之路，麇聚日众，遣之不去，留之不能。仰蒙懿旨，特发内帑银五万两，由漕臣另行派员办理资遣赈抚，洵足以补缺漏而广皇仁。因款尚不敷，又由省局拨解银三万两，借资接济，将来自应分别造报等情，据办理赈捐局署江宁布政司胡家桢等详请具奏前来。

臣等覆查此次赈务，头绪纷繁，又值库储奇绌之秋，筹济维艰，实深悚惧。乃荷圣慈普被，截漕发帑，至再至三，德泽如天，为千古所罕觏。复以各处捐协筹垫，无失其时，施当其厄，俾臣等将工、赈、留遣各项事宜，逐一举行，不致延误。该司道胡家桢等尽心筹画，昕夕勤劳，冬春两赈，得以次第就绪，裨益时局匪鲜，洵足仰副慈怀。现在二麦垂黄，收成尚称中稔，所望再得透雨，遍种秋禾，岁事屡丰，生机乃能渐转。

除饬该司道将善后事宜妥为筹办，并催取捐项，清厘出入各款分别报销请奖外，所有淮、徐、海等属接办春赈大致就绪缘由，谨合词恭折具陈，伏乞皇太后、皇上圣鉴。谨奏。

银元局著有成效请仍接办折

光绪二十五年五月三十日

奏为江南设立银元局，著有成效，获利甚厚，吁恳天恩，准与湖北、广东两省一体办理，恭折具陈，仰祈圣鉴事：

窃臣承准军机大臣字寄："光绪二十五年四月二十四日，奉上谕：'近来各省银钱两项，日形短绌，各该督抚请铸银元以维圜法，未始非补救之一术。惟各省设局太多，分量成色难免参差，不便民用，且徒糜经费。湖北、广东两省铸造银元，设局在先，各省如有需用银元之处，均着归并该两省代为铸造应用，毋庸另筹设局，以节糜费。该两省所铸银元成色分两，不得稍减，务归画一。嗣后无论运交他省，或解赴京师，发商验明，如有成色分两不符不便行用之处，定将该局员治以重罪，决不宽贷。并着该两省将监造各员衔名咨报户部备案。将此通谕知之。'"钦此。

伏查中国行用洋元，以墨西哥所铸鹰洋为最多，日斯巴尼亚所铸本洋次之，初只沿海各省，近且渐入内地。前经饬查上海进口之数每年不下千余万元，利源外溢，实为中华之一大漏卮。又以制钱短缺，市廛周转不敷，物价陡增，民生亦因之日困。闽、津等处筹议鼓铸制钱，复因铜缺价贵，亏折过巨，补苴为难，未克持久。时势所在，非广铸银元不足收利权而资抵制，非分铸小角不足济钱法而便商民。广东、湖北两省次第购机创办，又经户部于议覆御史易俊、陈其璋请铸银元案内，先后奏准由南、北洋大臣暨沿海沿江各省设局仿办，咨行前来。臣当即饬委道员刘式通在上海瑞生洋行订购制造银元、制钱机器全副，并饬道员桂嵩庆于江宁省城择地建厂，奏明在案。所购机器颇大，所造厂屋亦宏，统计用款至三十万金，皆由筹防局借拨济用。良以大江南北，风气已开，需用银元日多，规模不可过隘，以为将来扩充之计，即为圜法久远之图。

惟是银元之制，以考校成色、流通行使二者最为切要。江南制造各项银元，大小轻重，以及配合之分两等次，均系仿照广东、湖北定章，而考究成色，则又专雇化学洋员，自镕银以及成元，靡不按炉按批抽提试验，务使色足制精，分毫不爽，由洋员逐日出具验单，以为考察之据。并于元面系以省分之外，镌印年分干支，俾经造者各有责成，较之湖北、广东尤为周密，实足以取信中外。至于行用之地，上海为商务总汇、货币流转之区，市面通用，向视洋行为标准。盖华商贸易，无不与洋行相维系，稍有阻格，即窒碍难行。江南银元铸成后，发交江海关道与中外商民互相考验，佥谓银水精湛，分量均匀，愿为一律收用。中国大小银元，遂得通行无滞，日见畅销，北洋一带，均各行用。安徽向用本洋，今亦改用龙元，徐州素不通用银元之处，亦得逐渐推行。计自光绪二十三年十二月开炉试造起，至二十四年十二月底止，共铸成行销大小龙元五百万元零，除开支一切经费外，实获盈余银十四万余两。现在工匠手艺日臻纯熟，每月约可铸造六十万元左右。以去岁之盈余，归还购办机厂之借款，已将及半。虽获利之多寡须视市价之优绌，未能预计，第就目前销数，约略核算，至来春当可一律还清。此后所获余利，即属大宗进款。当此库储告匮，筹款维艰，得此新增之项，以为挹注之资，实于饷需大有裨益。此江南设立银元局著有成效之实在情形也。

钦奉谕旨："各省设局太多，分量成色难免参差，毋庸另筹设局，以节糜费。"等因。朝廷训诲周详，实事求是，深虑各省办法不一，经费虚糜，用于便民之中，仍寓杜弊之意。第制造银元分两成色是否画一，当以商民之能否信用为断，而商民之信用与否，又当视行销之畅滞为衡。江南所铸大小银元平色，与广东、湖北两省并无丝毫参差，中外信用，销路较各省为尤畅，开办甫逾一年，行销至五百万元之多，盈余至十四万两之巨，有利无弊，皆有实事可征。方以限于铸本，未能渐图扩充为憾，若一旦遽行议停，则数十万购置之机厂，悉成无用，十余万未还之垫项，亦归无著，每年复坐失大宗进款，殊为可惜。查从前御史易俊、陈其璋先后奏请推行各省设局广铸者，原以外洋银元之侵蚀日多，粤、鄂两局之造数有限，不得不加意经营，设法推广。部议复以局员得力，三年后予以优奖，所以为推行计者至深且切。现查江海关上年外洋进口银元合银五百二十余万两，核计洋数不下八百万元，虽较往岁进口之数已少，仍未能全行杜绝。如江南一局再行停铸，则中国自制龙元每年骤少数百万，此绌彼盈，势所必至。外洋银元进口益多，于权利所损尤大。且江南本系仿照粤章，银元与铜钱兼铸，即以银元之余盈，补铜钱之亏耗。近来铜价日昂，前数年每百斤已需银二十余两，今且增至三十余两，成本愈重，核计亏折几倍于前。粤厂业已停造，江南尚能酌量鼓铸者，赖有银元盈余为之弥补其阙，每月成钱六七千串，散布市廛借以平价。若将银元停造，则铜钱蚀耗之费无款贴补，亦复不能续铸，于本地商民更多苦累。再四思维，惟有仰恳天恩，俯念江南设局有成，确著实效，准与广东、湖北两省一体办理，出自鸿施。

至现办局务，系江苏特用道任玉森。该员稳炼精明，操履廉洁，上年经臣以办理有效，汇折奏保有案。仍当严饬随时认真考察，以期维持不敝，如或稍滋弊端，自当遵旨参办，断不敢以奏保在前，稍存回护。

除将大小龙元五种咨由军机处进呈御览并咨部查照外，理合恭折具陈，伏乞皇太后、皇上圣鉴训示。谨奏。

革员拿解刑部折光绪二十五年五月三十日

奏为遵旨饬拿革员崔廷桂解送刑部，并将原籍财产严密查抄，恭折覆陈，仰祈圣鉴事：

窃臣于本年四月二十三日，承准总理衙门电开："奉旨：'崔廷桂总办山东河工，闻其蚀款甚巨，革职不足蔽辜，应即拿问治罪。该革员恐已回原籍，着刘坤一迅速饬拿解交刑部，并将该革员原籍财产严密查抄，毋任隐匿。'"钦此。

遵查已革总兵崔廷桂，籍隶江苏铜山县，当经密饬徐州道桂嵩庆钦遵办理。旋据电复，已将该革员拿获交县看管。又经饬委候补知县陈元铸、把总禹得隆，驰赴徐州，押解该革员起程赴部，电奏在案。

兹据徐州道桂嵩庆禀称，奉饬后立即督饬铜山县知县陶在铭密速前往道西街崔廷桂住宅将该革员拿获，并饬令丁役严密围守，逐细查抄，所有抄出箱存皮棉单夹各项衣服、银两、首饰以及内外住房所存什物器具，当场督令书手一一登记，随时发封。并于衣箱内检出南焦山业地底簿一本，共九百九十二亩零，询其契据究存何处，据该革员面称："甫于四月二十二日回籍，仅带一妾，全眷悉在山东，衣箱器物亦多存在东省，未曾携归。住宅系属祖遗田宅，契据实因出外服官有年，素不经意，其中年久遗失者，固所不免，余或尚存东省箱只之中”等语。当将细软服用各件点封箱中，暂存县库，其余木器等项均封储宅内，派人看守，并饬据该县造册转送前来。

除先行电奏请旨饬下山东巡抚，将该革员寄寓一体查抄，追出契据送部以凭讯究而免隐匿，一面将原呈清册及地亩底簿咨送刑部外，理合恭折覆陈，伏乞皇太后、皇上圣鉴。谨奏。

奏疏卷三十一

各营旗改练德操成效可观折

光绪二十五年六月初十日

奏为江南各营旗改练德操已有成效，恭折覆陈，仰祈圣鉴事：

窃臣于光绪二十五年四月十五日承准军机大臣字寄："奉上谕：'练兵为当今最急之务，迭经谕令各直省认真训练。现据各将军、督抚先后覆奏，各省所练兵勇多寡不同，总以精强为主，庶几制胜可期。现今训练已经数月，当已确有成效。际此时艰孔亟，折冲御侮，必须备豫不虞。着各将军、督抚随同认真校阅，务使悉成劲旅，毋得稍涉懈怠。仍将练成各营确数暨阵法、技勇如何，限三个月先行具奏，听候次第调取来京阅看。将此各谕令知之。'"钦此。臣跪诵之下，钦服莫名。

当此时局多艰，强邻环伺，练兵一事，实为切要之图。江南各军，除自强军马、步、炮队十一营及亲兵一哨，共兵丁二千六百四十名，早经练成，已饬精益求精，毋稍懈惰外，其余各防营，经臣奏明，将分驻吴淞、江阴、镇江、江宁之盛字五旗、合字五旗、江胜六营、新湘五旗、南字三旗、亲军七旗、护军三旗、衡字三旗，共三十七营、旗，一律改练德操，由自强军挑选排长前往教习。核计每营勇丁五百名，每旗二百八十六名，共计勇丁一万一千八百六十六名，于上年十月初一日开办。臣每接见各将领，必恭述诏旨严切，宵旰忧劳，勖之以忠义，晓之以利害，务须加紧训练，悉成劲旅，将缺额、蚀饷各弊一扫而空。各该将领身受国恩，天良具在，尚知感激奋勉，不敢玩愒因循，数月以来，督同营哨官弁教习，按照德操，认真教练，如步伐之进退疾徐，枪法之远近高下，阵式之分合变化，均各实力讲求，昕夕无间，虽功候较浅，未能遽及自强军之纯熟，而整齐精壮，实已有成效可观。臣仍当严申纪律，随时校阅，务使日臻精进，缓急足恃，以副朝廷整军经武锐意自强之至意。至应令何军先行北上，恭候谕旨遵行。

所有江南改练德操各营、旗已有成效缘由，理合恭折覆陈，伏乞皇太后、皇上圣鉴训示。谨奏。

酌拟新关月需经费折

光绪二十五年六月初十日

奏为金陵新关月用经费酌拟数目，恭折仰祈圣鉴事：

窃江宁照约通商，设立金陵关，派江南盐巡道兼充监督，并于光绪二十五年三月二十二日开办征税，均经奏报在案。

兹据该关监督署江南盐巡道黄承乙详称："新关开办已经两月，征收税项较有起色，胜于各关初开之时，关务亟须次第布置，应用经费，参仿各关成案，核实酌拟开支，以期无阙无滥。查沙市关月支银一千九百二十七两有奇，宜昌关月支银二千零五十六两有奇，重庆关月支银二千一百九十六两有奇，此皆新设，本无常关，较之九江关月支银一千四百三十八两，芜湖关月支银一千一百十八两，又各支监督公费二百四十两，系原有常关之处用款略省情形固自不同。至苏州关由松苏粮道兼管，缺分略优，尚可并顾。今盐巡道著名瘠缺，挹注为难，金陵关附近省垣，交涉尤巨，加以江岸辽阔，港汊纷歧，关界与镇江、芜湖两处，壤地毗连，影射宜防，稽查匪易。现经分别部署，比例参稽，应需监督公费，员司、幕友薪水，炮巡等船勇丁、书役工食，以及心红纸张、油烛等项，每月实需银一千三百六十二两，实属省无可省，核与向无常关之沙市、宜昌、重庆各关，均属有减无增。又另设分卡四处，月共支银二百五十六两。一俟商务繁盛，税收畅旺，如有应行增设之处，再行酌量办理。”等情。详请奏咨前来。

查金陵设关酌拟月用各款，经臣覆核，尚属撙节，委无浮冒滥支。合无仰恳天恩，俯准照数支给，以资办公。

除将造呈关用经费细数清册分咨总理衙门、户部查照外，谨会同江苏巡抚臣德寿恭折具奏，伏乞皇太后、皇上圣鉴训示。谨奏。

衰病难支恳恩开缺折

光绪二十五年六月初十日

奏为微臣衰病难支，吁恳天恩，俯准开缺，恭折仰祈圣鉴事：

窃臣于本年三月间，因病耳疽、乳核，气虚肝旺，驯至牵动内风，五更自汗，手足抽掣，精力日形困惫，奏蒙圣恩，赏假一月，假满后病未全痊，复经附片续假。嗣因协办大学士、兵部尚书刚毅奉命来江查办事件，与臣有会商事宜，不得不力疾销假，以便随时商办，奏明在案。讵意甫及旬日，病体又复不支，头晕心烦，气短语涩，乳核益见红肿，疼痛异常。又以湿热下注，痔漏大作，起坐不便，扶掖需人。现已两月有余，内外兼治，未见轻减。每日核判公牍，委顿不堪，僚属来署面商要公，亦难一一接见。自春徂夏，药饵未尝刻离。臣年甫届七十，亦不自料一衰至此。

方今时局多艰，我皇太后、皇上励精图治，两江责任重大，臣以病躯承乏其间，设有贻误，臣一身不足惜，如大局何？现在意大利各兵舰，除陆续开去外，泊淞三船均尚安静，体察情形，似不致遽行决裂。至刚毅会商各事，亦已渐有端绪。臣病势增剧，实觉难以支持。合无仰恳天恩，俯准开缺回籍调理，则此后有生之日，无非戴德之年。臣受恩至深，沦肌浃髓，犬马恋主，何忍遽请退闲。只以衰病侵寻，日甚一日，仔肩过重，偾事堪虞，伏求圣慈曲赐矜全，以保晚节，不胜感悚待命之至！

谨缮折具陈，伏乞皇太后、皇上圣鉴训示。谨奏。

崇明白茆口等处不宜建筑炮台折

光绪二十五年六月二十三日

奏为崇明及白茆口等处地势不宜建筑炮台，据实直陈，恭折仰祈圣鉴事：

窃臣接准钦差查办事件大臣刚毅咨，抄录具奏查阅沿江炮台营伍折稿内开："崇宝、石头两沙之北曰北洪，非南岸所能截击。宜于崇明县属六滧、四滧地方两岸建筑炮台，以固长江外户。白茆口暗沙萦互，水线弯环，实为天然险要，亦宜建筑炮台，以固长江内户。"等因。续准咨会："奉朱批：'览奏已悉。即着会商刘坤一，将沿江应行添设炮台之处，上紧举办，以昭周密，而备不虞。单图留览。'"钦此。

臣查建筑炮台，当以形势扼要为主，尤以地质坚实为先。否则，洪路太宽，必有弹力难及之憾；土脉不实，且有台址塌陷之虞。崇明一县，居长江尾闾，直接大海，四面皆水，县南对岸即崇宝沙、石头沙，两沙之南为南洪，北即北洪，水深自三十余尺至四十余尺不等，轮舶可通。虽北洪水浅沙多，不若由南洪驶入之便，然海轮来往，亦间有由北洪行驶者。南岸南石塘炮台，专防南洪一路。狮子林炮台，仅能兼顾北洪西口。自狮子林溯流而上，至江阴乃有炮台，相距较远，中间白茆沙一带，沙线萦回，又为行船最险之处。该大臣爰拟于崇明之六滧、四滧及白茆口等处添台扼守，自系为慎固江防，密益加密起见。顾以防务所系，尽人所知之事，而臣待罪有年，暨前任各督臣均未及时兴办者，则以各处碍难设台，地势实有以限之，而不敢稍涉迁就也。

崇明原属涨沙，坍涨无定，地系沙土，质甚松浮。其四滧、六滧逼处海滨，每遇风潮，坍塌立见。岸距中洪不下十七八里，岸前皆系沙滩，潮小则沙见，潮大则沙隐。筑台于滩，潮深将没入水中；筑台于岸，道远又势等弩末。且欲求摧坚击锐，非数百磅后膛大炮不为功。该处土性不能负重，迥非南石塘、狮子林可比，施放震动，塌陷实在意计之内。是以光绪二十年间办理海防，臣于北洪遍布水雷，以遏敌舰，前署督臣张之洞，于崇明添扎营勇，以保海疆，而未敢议筑炮台，盖为此也。白茆口即白茆港，为福山镇汛地。该处江面辽阔，一望无际，暗沙萦互，轮船最为难行，惟视税务司所设浮筒为标准，夜间仍难驶过。从前行船，本有两洪：一在沙南，一在沙北。沙南洪路，距岸较近，谓之老港。近因白茆沙与老鼠沙之间沙涨水浅，各轮均由沙北洪路行驶，谓之新港，港北复有大沙。目前洪路适在江心，距南北两岸约有数十里，断非炮力所能及。且沿江一带土岸，皆系沙泥相间，虽较全系沙土为坚，而风潮冲刷，时有坍塌，建台亦不甚相宜。现复电令江南提督李占椿会同苏松、狼山、福山三镇总兵，于白茆港附近之南岸徐六镇、溆浦，北岸任家港、天心港等处，详加查勘，亦与白茆港地势略同。矧江流之变迁，原无一定，洪路之远近，亦有更易，该处江面太宽，岸上炮台总难制胜。是以臣前办海防，饬将白茆沙各浮筒一律撤去，俾敌船不敢轻进。前抚臣奎俊调营驻扎福山，前署督臣张之洞添营驻扎狼山，以扼南北门户，而未敢议筑炮台，盖为此也。臣再三体察，所有崇明及白茆口等处，均不宜添设炮台，虚糜薪费，不得不据实陈奏，伏候谕旨遵行。

目下意大利之事，尚未定议，臣业经商同抚臣德寿，于福山、狼山两处，拨营守御，以防登岸。至江内布雷、撤筒两事，亦饬税务司及制造局密为预备。但须有开仗明文知会各国，方能照办，否则，洋商轮船，设有失误，索赔堪虞，不能不格外慎重。合并陈明。

谨恭折具陈，伏乞皇太后、皇上圣鉴训示。谨奏。

覆陈江南营制饷章片

再，臣接准钦差查办事件大臣刚毅咨，抄录具奏遵饬各营加紧训练片稿内开：“奉上谕：‘现闻江南各营一切营制、饷章、操法，该将领等率多各行其意，并不悉归画一。’”等因，钦此。

查各营布置散漫，营制、饷章均不一律，操练或用中法，或用西法，号令辄多纷歧，该将领诚不免各行其意，等因。续准咨会：“奉朱批：‘知道了。’”钦此。臣接阅之下，惶悚莫名。

伏查江南自裁兵节饷、改营为旗之后，地广兵单，本属不敷分布，而沿江千数百里，不能不择要驻防，如吴淞则有盛字军，江阴则有自强、合字等军，镇江则有江胜、新湘、南字等军，江宁则有亲军、护军、衡字等军，各专责成，一气联络，并非稍涉散漫。惟亲军、衡军驻扎江宁城外，四乡时有游匪枭匪，不得不抽队巡查，仍更番调回，以资训练。又徐州防营及各标制兵、练兵，系因弹压地方，势难调集一处，致有顾此失彼之虞。至各军饷项，既有洋操、湘淮马步水陆防练制兵之别，月饷即不免因之而异，营制具在，历经奏咨有案。各省亦大抵相同。其各军操练，除自强军外，上年奏明将沿江三十七营、旗改练洋操，皆由自强军挑选排长教练，一律皆用西法，其余各营，一律仍用中法。盖改练必先加饷，且须成营成旗，方能编练。徐防等营，势有所难，是以仍循其旧。各该统领恪守定章，尚未敢各行其意。惟是时艰孔亟，首重练兵，臣自当钦遵谕旨，申明军律，督饬各营实力训练，以副朝廷整军经武之至意。

谨附片陈明，伏乞圣鉴。谨奏。

两淮盐价碍难再加折

光绪二十五年六月二十三日

奏为两淮盐价碍难再加，恭折仰祈圣鉴事：

窃臣准户部咨："遵议体察盐务加价情形，通筹具奏，声请饬令切实筹画，查明覆奏。"等因。当经分饬查议，并将淮盐碍难再行加价大概情形，电覆户部在案。

兹据两淮运司暨各督销局分别详禀前来。臣覆加查核，淮鹾以鄂岸为大宗，鄂岸淮盐加价已非一次。自江防、海防两次加价后，又经商人禀因钱昂本亏，请加岸价，分作三次议加。然川、淮并销之处，尚有加未足数者，或全未议加者。特以川、淮树敌，加之陆有北私、潞私，水有浙私、岱私，腹地又有应私，四面环攻，淮销几成孤立。现又经湖广督臣张之洞等，奏准加价，民间贪贱食私，淮销已恐短绌。其次皖岸离江较近，侵灌堪虞。且和尚港一带，私枭甚炽，拒捕伤勇之案，层见迭出，若再议加，则厘收势必短缺，所得殊不偿所失也。若湘岸则江防及筹饷案内，前后已每斤共加四文，现在湘省奉旨练兵，筹备军需，奏准加价二文。淮价愈重，则川、粤两私势必因之侵销，于课厘已多妨碍。西岸则自光绪二十一年以来，已三次加价。况西岸引地，处处与粤、浙、闽毗连，当未加之先，邻私每斤已贱至十余文、二十余文不等。加价之后，私价愈贱，官价愈昂，官不敌私，举步即虞阑入，现已岌岌可危，万难再加。此外淮南各食岸逼近场灶，为私贩出没之区，前因海防加价，出于万不得已，奉文遵行，而各食岸几至片引不行，不得已请减加一文，稍资补救。前车可鉴，似难再加。此淮南不能再加盐价之实情也。

淮北有坝销、关销之别：坝销者，西坝销市也；关销者，正阳关销市也。又有所谓岸销者，邳、宿、睢、桃四食岸也。若论坝销，系售之于湖贩，自有一定章程。若论岸销，近年徐、海等属迭被水灾，小民荡析离居，不堪困苦，迭蒙恩旨发帑截漕，并广集捐输，以资赈抚。现虽流亡渐集，而灾祲之后，似宜培养元气，未便言加。且该四岸为淮北藩篱，以蔽山东私盐，故前议加价，只令由商筹款，未敢加之于民，以期减价敌私，保全淮北大局。若论关销，大半毗连卫盐引界。卫盐价本贱于淮盐，平日已有不敌卫盐之虑。前于光绪二十年饬令加价，先因窒碍难行，销数疲滞，直延至次年九月间，始能开办，前去两年，销数短绌，亦由于此。上年涡阳土匪滋扰，穷民无所依赖，不免贩运卫私以糊其口。此次加价一事，似较他处为尤难。此淮北不能再加盐价之实情也。

合无仰恳天恩，俯念淮鹾课饷攸关，免予再行加价，以示体恤而广皇仁。

除咨户部外，理合恭折具陈，伏乞皇太后、皇上圣鉴训示施行。谨奏。

盐政公费汇储候拨片

再，臣查两淮盐政，向有养廉银两，自归两江总督兼管后，即经裁解部库，于税课经费内，每引提银四分，以作盐政公费。现在饷项艰难，经协办大学士、兵部尚书臣刚毅奉命来宁筹款，臣有表率之责，应由前项内实力撙节，每年尚可余银一万两，发交江宁藩司汇储候拨。

理合附片具陈，伏乞圣鉴，敕部查照。谨奏。

叩谢天恩折 光绪二十五年七月十二日

奏为叩谢天恩，恭折仰祈圣鉴事：

窃臣于光绪二十五年六月十八日，恭阅电钞："钦奉慈禧端佑康颐昭豫庄诚寿恭钦献崇熙皇太后懿旨：'刘坤一奏病体未痊，恳请开缺一折。刘坤一老成稳练，久任疆圻，办事具有条理。着赏假一个月，毋庸开缺，并赏给人参四两，俾资调理。'"钦此。旋于二十八日，准兵部火票递到恩赏人参四两，当即恭设香案，望阙叩头谢恩祗领。

伏念臣久领疆符，涓埃未报，天良具在，何忍遽请退闲，只以衰病难支，深恐贻误时局，不得不沥情上达，吁恳恩施。耿耿愚衷，方深悚惕。乃荷圣慈垂注，温谕优加，既宽予以假期，复特颁夫灵药，训勉体恤，无微不周。自顾何人，蒙兹宠眷，奉诏书而滋愧，感激难名，值时事之多艰，兢怀弥切。臣惟有赶紧调理，力疾从公，一俟病体稍痊，即当具折销假，敬念臣子致身之义，勉副朝廷委任之隆，借以仰答高厚慈施于万一。

所有微臣感激下忱，理合缮折，叩谢天恩，伏乞皇太后、皇上圣鉴。谨奏。

宁属漕米业经分别提减折

光绪二十五年七月十二日

奏为江宁各属经征丁漕银米收价，业经分别提减，恭折覆陈，仰祈圣鉴事：

窃准部咨："光绪二十四年十二月十六日奉上谕：'军机大臣会同户部遵旨议覆各省丁漕钱数折合银两酌中定价一折。各省地丁、漕粮，向有定额，例准折钱交纳，原为便民起见。惟近年银价日落，钱价日涨，在民照常交纳，在官颇多盈余，以致正供所余，悉归中饱，殊非体恤民艰之意。着各将军、督抚严饬藩司、粮道，查照本省银钱通行市价，将丁漕银米，按照时价折钱若干，以钱合银，均照库平、库色为断。每年酌中奏定数目征收，以归画一。如有不肖州县，巧立名目，借端浮收，即着从严参办。"等因，钦此。当经恭录转行钦遵去后。

兹据江宁布政使恩寿、江安粮道吴重憙会详称："江宁、淮安、扬州、徐州、海州、通州等府州属，并海门厅三十六厅、州、县，兵燹以前，钱漕积弊本深，同治七年，议禁浮收，统查各属进出款项，按照当时银价及原收钱数，减其太长，因其本短，酌量核定，遵行三十余年，官民称便。近年以来，银价骤跌，收价较前节省，原非州县所应有，于光绪二十二年，经前藩司瑞璋议提银价盈余，每银一两饬解钱一百文，米一石解钱二百文。嗣奉部咨，议覆给事中庞鸿书奏，饬令江、浙等省，酌减地丁收价。又奉另咨，饬照江西成案提解平余凑还借款各等因。复经升任藩司松寿，就已议提解之数，分别减提，请将各属所收条银，每两减征钱一百文，以纾民力，漕米收价不减，仍每石提钱二百文，解济俄、法、英、德四国还款，以裨度支，详经臣等于上年三月十一日两次奏明在案。

“伏查江北田土瘠薄，科则较轻，州县经征银米数目，亦不逮江南远甚。自核减酌提以后，盈余已少，州县勉敷办公。且丁漕征钱折合银数，火耗轻重，运解远近，各处既有不同，市价大小，又因地方之冲僻而异，势难使归一律。此次户部原奏内称：‘自奏准通行后，各省照办者，江西以外，仅有江苏、安徽等省。应由部申明前奏，凡未减征提解各省，仍令各就各该州县折钱盈余数目，核定减征，民间者若干，提解归公者若干，报部查核。’是江苏省业经奏明遵办，已为部臣所深悉。拟请仍旧办理，免予纷更。如有不肖州县，于定价外巧立名目，借端浮收，即当从严详参，断不敢稍事姑容。”等情，详请具奏前来。臣等覆加察核，系属实情。

除咨部查照外，谨合词恭折覆陈，伏乞皇太后、皇上圣鉴训示。谨奏。

沪宁两局现制枪枝未能即解来京片

再，臣钦奉寄谕：“饬令江宁、上海、湖北各厂，将仿造之小口径毛瑟枪，各提二十枝，配齐子弹药码一切零件，派员解送来京，以备考验。”等因，钦此。钦遵分饬遵办在案。

惟江宁机器局常年制造南、北洋操防军火，修整各营台枪械零件，兼造两磅快炮、后膛抬枪，委无大宗款项可购新式机器以仿造小口径毛瑟枪，当蒙圣慈垂鉴。至上海机器局所造快利枪，系就原有之林明敦旧枪机添改零件，参以人工，创造新式，尚称便利，二十三年解交神机营练兵处三千二百杆在案。上年奉饬各军改练洋操，通用小口径毛瑟枪，以归一律。本拟另置专门枪机，借此扩充制造，无如费逾百万，期以三年，仓猝无此财力，只得仍就原有之林明敦旧枪机，督同洋匠，详细讲求，更易机簧，改配车座，并添购零星机件，仿造七美里九口径毛瑟枪，当经绘图贴说，件析条分，交洋行代为订购，声明本年秋季，运齐到局，每日约出枪十余枝。并由该局员匠先就旧机，另用手艺，造成洋枪两枝，携赴湖北枪炮厂互相比较，与该厂所造七美里九口径毛瑟枪一律合膛，子弹分量适均，并无歧异。其兼造各项快炮，亦与津局、鄂厂随时会商，切实考究，均经迭次奏明在案。现在添配枪机，已经分批运到，尚有车床、炉座，准九月内一律到齐，便可督饬工匠，漏夜安装，赶即仿造枪枝、枪弹，于枪上镌勒厂名及制造年月，遵当拣选二十枝，配齐子弹药码零件，听候委员赍解呈请考验，据详请奏前来。

臣查上海机器局仿造小口径毛瑟枪，系以林明敦旧机更改添配，一俟机器全到，即可分配造成，当饬飞电洋厂趱程起运，限九月内到齐。一面妥速安装，精心制造，膛口子弹统归一律，务须精益求精，以副朝廷慎重军实之意。

除江宁机器局并未仿造小口径毛瑟枪应请免其提解外，谨附片具奏，伏乞圣鉴。谨奏。

酌加湘岸浏阳盐票折

光绪二十五年七月十二日

奏为酌加湘岸浏阳盐票，谨将筹办情形，恭折具陈，仰祈圣鉴事：

窃臣于上年奏覆裁减各项用费案内，声明淮南废岸力图规复，以拓利源在案。

当查湖南浏阳县广三百二十里，袤二百一十里，地居长沙上游，东界平江及江西之义宁州、新昌县，南界醴陵及江西之宜春、万载、萍乡等县，西界善化、醴陵等县，北界长沙、平江等县，户口繁盛，向未设局分销。其地界平江者，多食碱盐，界义宁者，多食西盐，界南乡者，多食粤盐。南乡自羊牯堨以上，广袤约百里，多食江西与永兴、安仁转贩而来之粤盐。北乡自北盛仓以上，谓之上北乡，其地广袤百余里，均界平江，多食碱盐。北盛仓以下，谓之下北乡，多食长沙省河之盐。西乡与县城一带，至省河一水相通，程途较近，时有以土货赴长沙、靖港两处易盐。该两处并计，每年约销二十七八票有奇，是食淮盐者半，食邻私者亦半。臣体察情形，贪贱食私，固属恒理，舍近图远，亦非人情。该处于现由贩运淮盐之外，尚可酌加一十六票，每票五百引，照案缴票费库平银一万两，由新旧商人各半分认。

兹据两淮运司江人镜、湖南督销局道员易顺鼎，分别招商，认足票价，均据收齐，共计库平银十六万两，于公项不无裨益。一面饬令督销局设立分局，实力疏销。惟目前开办伊始，销数未能骤增，所有新加之十六票，应归通岸统销，仍俟日后畅销，如每年销至三十票以外，则是新票各商办有成效，应除三十票外，其余增销之票，均归新票运销，以为认真开岸者劝。新加之引归入纲分，仍与旧引一律，挨售三纲之内，免予输捐。在旧引无占压之虞，在新票获转输之益，商情均各翕然。所收票价库银十六万，现因海州、赣榆一带兵力太单，拟招募三四营以资防守，即将此项票价银两，留作饷费之资。除另行附片陈奏外，合无仰恳天恩，俯准将湖南浏阳引盐照加一十六票，以浚利源。

所有酌加湖南浏阳盐票筹办情形缘由，理合恭折具陈，伏乞皇太后、皇上圣鉴训示，敕部立案施行。谨奏。

添募勇丁驻防海赣要处片

再，时局多艰，强邻环伺，沿海防务，最为吃重。南洋滨临江海，要隘甚多。自吴淞上至江宁，节节有防军扼扎，一气联络，尚足以资战守而备不虞。惟海州、赣榆一带，僻处海隅，与山东日照毗连，距胶州、青岛甚近。比年以来，海势东汴，该处洋面潮大水深，小号兵轮可以行驶。甲午之役，有日本兵舰往来游弋。本年春间，复有德国兵舰驻泊赣榆县境之朱篷口，并时有洋人以游历为名，在各该处海口测量水势，居心叵测，不可不严为之防，仅恃绿营制兵，实嫌单薄。清淮等处，虽有漕标马步防军可以随时咨调，而相距二百余里，中间港汊阻滞，转运不灵，亦恐难以应急。臣拟添募勇丁三营，于海、赣扼要驻扎，以昭周密。第目下度支奇绌，筹饷维艰，现经臣于湘岸酌加新引十六票，照案收票本银十六万两，已于另折陈奏。即以此项票本银两为招募经费及该军饷项之需，约计可敷一年有余。以后军饷，容臣再行设筹，奏明办理。如蒙天恩俯赐照准，即当遴选将领，按照淮军营制，就近招募徐、海勇丁一千五百名，认真训练，相机守御。一面严饬该地方官，将团练一事，切实筹办，以辅兵力之不足，似于海防不无裨益。

谨附片陈请，伏乞圣鉴训示。谨奏。

商人请设筹赈彩票片

再，上海为南洋商务荟萃之区，外人恃其心计之工，以牟我中国之利，不止一端。有所谓彩票者，起于吕宋，流入内地，月售数万张，开彩一次，由数万元以次而数千百元，得巨彩者，竟有十百千万之利，商民惑之，争趋若骛，岁耗资财，难以数计，虽迭经严禁，而每藏匿于外埠租界以内，辄为若辈所持。近年美、日二国用兵，吕宋停止售票，于是澳门华赍赐诸票踵起，名目愈多，流行愈广。正以利源外溢，日甚一日为虑。值上年徐、海等属重被水灾，赈款不继，有商人郭贞等，请援广东闱姓票之例，于上海、宝山两县，集资设立义赈彩票公司，先缴按厘洋二万元，每月按票抽厘一成，随时解充赈需，禀经赈捐局请示到臣。当以广东闱姓弛禁之举，系遵奉谕旨，熟权利害，不使利归他族，以为权宜弭患之方，十余年以来，竟得数千百万之巨款，成效昭然。今听商人仿行外洋彩票，实与广东闱姓弛禁同意，以杜外人攘利之谋，而当赈事殷繁，筹款万难之际，得此一成厘金，借资接济，款力亦可稍纾，批饬先行试办四个月，察看情形，再行核夺去后。

兹据办理淮、徐、海赈捐局司道恩寿等禀称："该商开办以来，均能按月照章售票缴厘，商民信从，票数得以渐增，而租界内所售各项洋票，销数亦渐减少，此日盈而彼日绌，当可不禁而自绝。该商因票销渐畅，复加缴按厘洋三万元。至月厘虽仅有此数，以后销数日旺，售票愈多，约计岁可得十余万元。现在赈务虽将次办竣，而饥馑之余，民气未纾，冬赈尤不可缓。江宁司库久已空虚，向之所赖拨接于各局者，又因提备要需，实已毫无余款，与其留此漏卮，授与外人作无形之销耗，何如持不禁之禁，收回余利，犹可以赡贫民。势以利导，法贵因时，以后即拟改作冬赈名目，准该商专办六年，其预缴按厘洋五万元，应照广东闱姓章程，准于尾年扣还。”等情前来。臣覆加察核，该司道等系为塞漏卮、筹冬赈起见，且系援照粤东闱姓成案，权宜仿办，尚属可行。

除咨总理衙门、户部查照并饬该司道派员认真稽察勿任稍滋流弊外，理合附片具陈，伏乞圣鉴训示。谨奏。

自强军兵丁查无告假潜逃事情折

光绪二十五年七月十二日

奏为遵旨查明自强军兵丁委无相率告假各情，并严定钤束章程，恭折覆陈，仰祈圣鉴事：

窃臣承准军机大臣字寄：“光绪二十五年六月初七日奉上谕：‘有人奏，江南自强军营中军士，往往相率告假，潜赴胶州，应德人之募，请饬严定营规，重惩逃兵等语。江南自强军练习洋操，军需甚巨，所期操演纯熟，成一枝劲旅。所奏该营兵勇，相率告假各情，是否实属，着刘坤一详查具奏，并将该军营规大加整顿，饬令一律取具保结，严加钤束，总期练成一兵即得一兵之用，如有潜逃情事，即行随时查办，以肃军律。原片着抄给阅看。将此谕令知之。’”钦此。当经恭录咨行总统自强军江南提督李占椿钦遵查办去后。

兹准该提督覆称：“自上年三月接统自强军以来，督率训练，无间寒暑，并迭次严饬各营哨官，操练宜勤，军令宜肃，尤须严束兵勇，不准擅自出营。惟人数既多，开革事所恒有，凡久病旷操者，即行革退，其干犯营规不遵约束者，轻则责惩，重则斥革，均系随时查办。若如原奏所称：'军士相率告假，一次多至二三十人或七八十人，潜赴胶州'等语，委无其事。惟有懔遵谕旨，大加整顿，严行约束，并于入营保结之外，再饬加具妥保切结，如有潜逃情事，严拿究办。"等因。咨覆前来。

臣查自强一军，练习德操，整齐纯熟，实为江南大枝劲旅。提臣李占椿治军严肃，威望素孚，为军士所畏服。上年十一月间，曾经拿获逃勇周登标，电经臣饬令正法有案，稽查尚属认真。兹复饬令各营兵丁，于旧有保结之外，加取妥保切结，办法尤为周密。惟是该军马、步、炮队十一营，共计三千余人，因事黜革，在所难免，以一营一二人计之，合计则有一二十人。胶州距沪较近，外洋军饷又视中国为优，被革兵丁出营后，私往应募，此弊不可不防。臣再四思维，嗣后凡斥革之兵，应即发交地方官递解回籍，严加管束。其因久病等项请假者，验明交保，勒限回籍，到籍后由地方官报明，并随时查察，如逾限仍未到籍，即惟原保是问。似此严定章程，庶足以资钤束而杜弊端。

除咨行查照办理外，理合恭折覆陈，伏乞皇太后、皇上圣鉴。谨奏。

筹防前项实销请一并照准片

再，南洋筹办防务，所有十四、五、六、七等案造报用款，迭经臣先后奏报，并咨请各部核销，除户、工二部均已分别准销，并兵部销款已奉议准不计外，其删查各款，现准兵部咨会应行补奏等因，自应遵照办理。臣查普陀、平安、平镜等船，奉差往来，无一息之停，未便与龙、虎炮船暂减之数相提并论。且所定饷项，已属从省，委难再减，其辰、宿、列、张四鱼雷艇，月支各项，考核再三，始行酌定，实未浮多，难再减删缘由，前已咨部，应请照销。又外洋运华军火等项水脚保险，不能概照一五成之数核销，经北洋奏准有案。前因中、日构兵，北洋曾按三成支给东征粮台，又按三成五请销，均经兵部核覆照准。而南洋最多者，仅支二成五，亦有不及一成五者，实较北洋为廉，应请查照办理，以免两歧。且系与外洋交涉之款，久经支领，亦无从再议追缴，致失怀柔远人之意。他如电报、车价、船脚等款，前已缮折登覆，应请查照准销，以清款目。合无仰恳天恩，俯念款系实用，将十四、五、六、七等案销款，饬部一并准销，俾免巨款久悬，历案亦得以清结。至十五、六两届登覆各折，已送存兵部在案。其前次发还十四案登覆一折，仍令录送。又十七案内删查各项，请仍查照册列原数分别核覆，准销完案。

除咨部外，谨附片陈请，伏乞圣鉴。谨奏。

力疾销假折光绪二十五年七月十八日

奏为微臣力疾销假，恭折仰祈圣鉴事：

窃臣前因衰病难支，奏恳开缺，于本年六月十八日钦奉懿旨："赏假一个月，毋庸开缺，并赏给人参四两，俾资调理。"等因，钦此。圣慈下逮，至渥极优，业经缮折叩谢天恩在案。

一月以来，加意调治，头晕渐见轻减，饮食亦较前略增，惟所患耳疽、乳核、痔漏等证，仍未痊愈，步履尚难如常。据医家云，年衰气虚，湿热内蕴，必须清热利湿，兼补气血，徐徐调治，方可见功，非一时所能奏效。伏念臣渥蒙慈眷，浃髓沦肌，敢不殚竭余生，仰酬高厚生成于万一。谨即力疾销假，照常办公。

理合缮折具陈，伏乞皇太后、皇上圣鉴。谨奏。

吴淞官地暂设公司召售折

光绪二十五年七月十八日

奏为清查吴淞官地，暂设公司，出名召售，以杜抑勒而裕款项，恭折仰祈圣鉴事：

窃查上海吴淞一带，滨海沿江，历年涨出滩地，皆系繁盛冲要地方，久为市侩、地保隐匿，私租私售，每滋轇轕。经前署督臣张之洞委员设局清查，召售变价，归还纺织局纱机垫款，均经奏明在案。

上年春间，吴淞自开口岸，奏准总理衙门咨行，作为江海关分卡，即经关道会同税司勘定界址，自炮台迤南，以讫牛桥角，作为通商场，准各国商民公共居住。维时旅沪各商，争往觅地，议购纷纷，硗确悉变膏腴，价值日益腾涌。所有通商场内官地，先经淞沪铁路公司将海滩繁要之处，圈为建造车栈、码头等用，拟照官定价值，每亩给银五十两，往返争执，议售未谐。洋商闻之，亦耸领事属其驻京使臣，向总理衙门援案抑勒平价给领。臣维彼族觊觎吴淞，已非一日，今幸自开商埠，不能占我要隘，必思挠我利权。若援津、汉辟界章程，各开专界，照发官价，不但菁华悉为所夺，商民田地买卖，所失不赀，抑且淞、沪用费，纱机垫款，弥复难于挪借。经臣通盘筹画，檄饬道员沈敦和、知府许宝书等，在吴淞设局清查，统将海滩新涨营台旧基，以及官荒地亩，丈勘明确，详定等差，分为四等拟价，密托公正商人，出名认领，设立兴利、恒源两公司，挂牌注册，陆续将地变价，酌提酬劳外，余利悉以归公。并派该员就近兼管，一切章程，亦经禀定有案。事机周密，外人莫测端倪，是以倭、德官商，领购官地，均照公司定价办理。嗣后英商、俄商，啖以重价，欲将商场官地全数领购，该公司恐其独擅利益，密电上陈，峻拒其请。用是华商不能把持，洋商无从抑勒，相率观望，以致民田官地，报售寥寥。约俟沪宁铁路告竣，江海关货厂税卡开办有期，商货一经流通，地价必然翔贵，则公司官地变价，亦可集成巨款，暂济要需。将来部拨各处埠费解清，仍可归还纱机垫款，于公家不无裨益。现在沈敦和因案革职遣戍，另委道员沈瑜庆驰往接办工程清丈事宜，并饬密谕公司商人妥慎经理，勿以事经更替，稍涉张皇，致贻人以口实。

除纱机垫款、淞埠用费，应俟事竣分案奏报外，所有吴淞官地暂设公司召售缘由，理合恭折具奏，伏乞皇太后、皇上圣鉴。谨奏。

裁撤学堂商局节省公项片

再，江南高等、练将两学堂及上海商务局，前经钦差查办事件大臣刚毅会同奏请裁撤，声明每年节省银八万四千两，储库候拨在案。

兹据江宁布政使恩寿等详称："伏查高等、练将两学堂及上海商务局经费，向由筹防、支应两局及江海关道筹拨。前详高等学堂岁可节省银六万两，练将学堂岁可节省银一万八千两，上海商务局岁可节省银六千两，合计三项共可节省银八万四千两，均系查照筹款整数核计。惟查高等学堂原筹款六万两，除每年酌留银一万两，以备游学日本各生旅费，仅止裁节银五万两。练将学堂原筹银一万八千两，在创办之初，不能不宽为筹备。嗣因原款不能源源接济，酌减挑练人数，每年限定额支银七千九百余两，实无一万八千两之多。又上海商务局每月由金陵支应局拨发湘平银二百八十两，江海关拨发规平合湘平银一百九十两，共计无闰之年，每岁裁节经费银五千六百四十两。统计高等、练将两学堂及上海商务局，每年节省经费湘平银六万三千五百四十两，折合库平银六万一千二百五十二两五钱六分，核与筹款整数悬殊，湘平折合库平亦有不敷。”此系常年备拨之款，现经该司等查明，详请奏明更正前来。

除咨户部查照外，理合附片陈明，伏乞圣鉴，敕部查照。谨奏。

乌龙山添筑炮台安设炮位折

光绪二十五年八月十九日

奏为添建金陵乌龙山炮台安设炮位，以固江防，恭折具陈，仰祈圣鉴事：

窃臣承准军机大臣字寄：“光绪二十五年七月初三日奉上谕：‘刘坤一奏崇明及白茆等处地势不宜建筑炮台一折，览奏已悉。既据该督查明，崇明之四滧、六滧逼处海滨，沙质松浮，易于坍塌，白茆口老港、新港距岸太远，均不宜建筑炮台，虚糜薪费，所有该两处添设炮台一节，即着毋庸置议。此外险要各口，仍着该督会商提督李占椿督同苏松、狼山、福山三镇总兵，详细查勘，有无应行添设炮台之处，一面将各该处防务派定队伍，严密布置。其布雷、撤筒等事宜，亦应豫行筹画，毋得稍涉疏虞。将此谕令知之。'" 钦此。伏读之下，钦感莫名。当经恭录转行钦遵。

臣维临江筑台，必择形势扼要、洪路相近之处，方能确收实效，不致虚縻薪粮。下游各路炮台，频年以来，几经筹度，一再修改，务求合宜，炮位亦经换用新式，声势联络，尚足以资守御而备不虞。惟金陵乌龙山地方，从前原有炮台，系同治十三年所筑，事属创办，地势既未合宜，炮位亦是旧式，经前督臣曾国荃饬令拆毁。伏查乌龙山在金陵下游六十里，绵亘南岸，六峰并峙，俯瞰大江。该处江面极窄，距北岸仅三四里，第一峰下有小山，土名狮子山，第四峰下有山嘴一处，两矶相距匪遥，共成掎角之势。山后之陆路，可直达省垣之太平门，与老虎山、钟山鼎足而立，形胜天然，实为金陵一路最要门户。今老虎山、钟山已有炮台，则乌龙山炮台断不可少。即经檄饬统领亲军大同镇总兵刘光才、两江营务处陶森甲、办理筹防局道员唐际昌等会同查勘，按照该处山势建筑炮台，分别配设后膛大炮，拟在第一、第五、第六等峰各安大炮一尊，第二、第三、第四等峰各安大炮两尊，左右旋击，兼顾陆路。又第一峰下狮子山安炮三尊，第四峰下山嘴安炮两尊，相辅而行，尤为得势，有裨江防。共需炮位十四尊，现在机器制造局存有自制二百五十磅子后膛大炮二尊，一百磅子快炮二尊，并吴淞折存之一百八十磅子水力机器后膛炮一尊，一百二十磅子克鹿卜后膛炮三尊，焦山折存四十磅子后膛炮六尊，堪以拨用，毋须另行购办。其山后并应筑堤，安设前膛炮数尊，以防后路抄袭。估计建台、安炮以及子药、兵房、购地、运脚各项经费，约需银二万七八千两，即于南洋防费项下动支，核实造报。仍俟工程告竣，再行酌添弁勇，请拨防营，俾资驻守等情，详请奏咨立案前来。

除分咨总理衙门、户部、兵部、工部外，理合恭折具陈，伏乞皇太后、皇上圣鉴训示。谨奏。

粮道三运期满给咨引见片

再，定例粮道督押漕米抵通交兑全完，如届三运，应行给咨，随漕赴部引见。江安粮道吴重憙，于光绪二十三、二十四两年，督押江北漕米河运，扣至二十五年河运抵通交清后，已届三运全完，业经臣缮给咨文，饬令于本届漕运完竣，就近赴部引见在案。

惟查近年以来，东省河道失治已久，漕船行驶，拽磨牵挽，倍极艰辛，南北两运口，淤垫日深，出运入黄，出黄入运，尤形棘手，与办理海运，劳逸迥不相同。该道吴重憙精心筹画，竭力经营，每至浅滞难行之处，莫不随地随时相机设法，以利漕行。虽值盛暑，必躬历河干，督率催趱，勤慎将事，劳瘁不辞，而米石务求干洁，经费务求节省，朴诚明干，尤能事事认真。臣每于接见时，觇其言论，该道志趣正大，体用兼赅，于吏治民生确有心得，更不仅以漕运一端见长，实为干济之才，足膺艰巨之任。臣既知之有素，不敢壅于上闻。

谨附片具陈，伏乞圣鉴。谨奏。

奸商倒骗存款拟照例严办折

光绪二十五年八月二十日

奏为奸商虚设公司、行铺，倒骗存款，有碍商务，拟照京城钱铺定例，分别办理，恭折仰祈圣鉴事：

窃臣前据上海商务总局绅董呈称："近来市面日紧，倒闭之局愈出愈奇，以有挟为护符，以延讼为得计，甚至朝集股本，暮即卷逃，昨方下货，今已移匿，栈单房契，轻赍远遁，于是倒盘贬价，弊端百出，贻害无穷，请奏明照骗人财物律例办理。”当经咨准户部抄录刑部律例，咨覆查照奏明办理等因。

又饬经据署江苏按察使朱之榛详称：“嗣后商民开设公司、钱铺，即援照京城钱铺定例，无论新开、旧设，均令五家联名互保，报官存案。如有侵蚀倒闭商民各款，由地方官立拿监禁，分别查封寓所资财及原籍家产，勒限两月全数完竣，起意关闭之犯，枷号两个月，杖一百，折责释放。若逾限不完，无论财主、管事人及铺伙侵吞赔折，统计数在一百二十两以下者，照诓骗财物律，计赃照窃盗论罪，至一百二十两发附近充军，一百二十两以上至三百三十两发近边，六百六十两发边远，一千两发极边足四千里充军，一千两以上发黑龙江安置，仍照章发新疆种地当差改发极边足四千里充军，到配后加枷号三个月。一万两以上，拟绞监候。均勒限一年，追赔全完，枷责释放。不完，再限一年，追赔全完，死罪减二等定拟，军流以下仍枷责发落。若不完，军流以下人犯即行发配，死罪人犯再限一年，追赔若再不完，即永远监禁。所欠银钱，勒令互保均匀给限代发，免其治罪，仍咨行本犯原籍，于家属名下追偿。如互保不愿代发，或限代发未完，拘拿到案，照准窃盗为从律减一等，杖一百，徒三年。其互保代还银钱，如本犯于监禁及到配后给还者，军流以下即行释放，死罪人犯减二等发落。若互保同时关闭，一并拘拿监追，照前治罪，未还银钱，仍于各犯家属名下严追给领。其有虚设别项行铺，侵蚀商民各款，情节相似者，亦即照此办理。”详请核奏前来。

臣查奸商市侩，虚设公司、行铺，招徕客商存款，希图倒骗巨资，自开自歇，席卷潜逃，恃为得计，而存款之户，既已罄其财产，甚且酿成命案，近来迭有所闻，殊于商务大局攸关，尤于平民生计有碍，若不申明例章，严定办法，不足以示儆戒。

除咨部立案外，所有公司、行铺倒骗存款，拟照京城钱铺定例办理缘由，理合恭折具奏，伏乞皇太后、皇上圣鉴训示。谨奏。

教士助平逆匪请赏五品顶戴片

再，安徽太和县与涡阳、亳州壤地相接。上年冬间，匪势披猖，官绅勇练，奋力堵御，所用多系土枪，子药又复不足。该县淝河口法国天主堂教士舒复礼，借助后膛洋枪，并帮同照料，俾得利器攸资，遏匪西窜之路，实属深明大义。所有出力员绅，现经臣奏请奖叙。合无仰恳天恩，俯准赏给该教士舒复礼五品顶戴，以昭激劝之处，出自鸿施。

谨附片陈请，伏乞圣鉴训示。谨奏。

北洋军米请饬分省购办片

光绪二十五年九月二十八日

再，江苏偏灾屡告，米缺价昂。上年五月间，沿江一带，贫民聚众攫米之案，层见叠出，几至酿成事端。迭经严饬各属办理平粜，并饬司筹借款项派拨轮船，赴江西等处购米十余万石，运来江宁接济，地方始得安谧，而民间食贵，已觉困苦难堪。本年夏间，旸雨应时，禾苗丰茂，可望有秋，粮价较前渐减。讵意收获之际，雨水过多，连宵达旦，低洼之处，多被淹没，秋成顿形减色，米价亦因之递增。又以近日各处纷纷采运，益见飞涨，浃旬之内，每石加价洋银一元以外，小民已觉为难，来春青黄不接之时，更宜豫为筹计，不得不酌定限制，俾免缺乏之虞。

伏思武卫五军及北洋淮练各军，拱卫京师，非他处防军可比，允宜源源采购，俾资饱腾。惟是需米甚多，似应酌定数目，分向江苏、安徽、江西、湖北等省购办，以期无碍民食。又准北洋大臣裕禄咨：北洋淮练各军采买食米，奏准照武卫军一体免完税厘等因。查江苏省拨款浩繁，全赖税厘以资挹注，所收厘税，向以米谷为大宗。今北洋军米，业经一律奏准免纳，收数已不免短绌，自应认真稽查，以杜夹带影射之弊。究竟各该军每年需用食米若干，某军赴何省采买若干，亦应由该大臣先行查明，开单咨会，并严饬该委员经过关卡，务须遵章，听候查验，庶可稍资稽考。以上两端，臣为体恤民艰、维持税厘起见，合无仰恳天恩，饬下节制北洋各军大学士荣禄、北洋大臣裕禄一体查照办理。

除分咨外，谨附片陈请，伏乞圣鉴训示。谨奏。

会剿徐州刀匪片

再，江苏徐州府属之丰、沛、砀山等县，均与山东壤地毗连。本年七月，东省刀匪有纠众闹教之信，丰县、砀山两处，二十二年间，曾有刀匪滋扰，经该兵团击退，时思报复，防务尤应加严。当经徐州镇总兵刘青煦、徐州道桂嵩庆饬派营官熊长春、游击何迪华，分带防练各军，驰赴丰、砀，会同地方文武，严密布置，保卫教堂。七月二十日，突有东省匪首陈宝潽、孟继礼率党三四百人，由沛县郝集窜至丰乐村、八里屯一带，抢掠教民牲畜，并将丰乐村旧堂学屋门窗毁坏。该镇道接据县禀，即飞调熊长春、何迪华由砀赴沛，并加派营官李辅勋、铭军营官陈凯，各率马队，星驰往剿。该匪等闻风遁回东境。正在筹商会剿间，该匪复于二十五日，自谷亭、阎家集分作两股回窜，一由城子庙窜杨官屯，一由三河尖窜郝家集，每股约三四百人，蜂拥而至。适新兵右营帮带刘正廷前往龙堌集侦探，得信后即会同铭军马队哨长周万春及徐州马小队管带高文声，各带队伍，驰至杨官屯，与由城子庙窜来一股，会遇接仗，登时格毙十余名，生擒十九名，匪势奔溃。何迪华、熊长春闻信进剿，行抵张庄，与刘正廷相值。而该匪由三河尖窜郝集一股已从东、西刘庄抢掠而来。何迪华虑其突前劫犯，即将悍匪十五名先行正法，其余四匪派兵解回县城，一面整队迎击。该匪见势不敌，东窜丰乐村，突入唐团，强闭圩门拒守，团勇李安祥、赵法其拦捕，立被轰毙。时何迪华等跟踪追至，督队环攻，匪众弃械越圩逃遁，我军开枪轰击，毙匪九名，生擒五名，讯明正法。复于圩内搜获一名，解县收审。余匪四散，搜捕无踪，地方安谧如常，人心大定。当饬李辅勋、陈凯先后回徐，仍留何迪华、熊长春暂住沛县，期与东省会捕。讯据获匪供称，匪首陈宝潽、曹守赟即曹鞋均单县人，孟继礼巨野县人，是否遁归，尚难指实。据该镇道禀报前来。

除饬赶紧购线严拿务获惩办，其沛县被抢各教民，勘明抚恤，旧堂被毁门窗，一律修整，并将所获匪犯讯供解办，一面咨会山东抚臣饬属会同严缉外，理合附片具陈，伏乞圣鉴。谨奏。

请饬铁路公司认解息银备还洋款折

光绪二十五年九月二十八日

奏为洋款数巨期迫，铁路总公司拨用款项本息无着，请旨饬催，以免贻误，恭折仰祈圣鉴事：

窃照前署两江督臣张之洞，在江南息借瑞记洋款英金一百万镑，订立合同，分作二十年还清，前五年只付全息，第六年起分还本金及余本应得之息，并经先后奏明，前项借款，五年以内分派摊还，五年之后还数较巨，现于借款内，提出银二百五十万两，备造苏沪铁路，计彼时路已造成，岁可提余利银二十万两派拨应付。臣于光绪二十二年回任后，当即遴员前赴北洋察看铁路并抄录章程，一面派员履勘苏沪造路基地。正在经营筹办间，接准户部来电："吴淞至上海铁路已归盛宣怀办理，前项存款二百五十万两，应拨交该京卿备用。"等因，遵即如数解交督办铁路总公司大臣盛宣怀接收。并由臣电明户部，瑞记洋款，指明以此项铁路余利凑还，现既归该京卿接办，应照案提还余利。此系现存之款，苏沪之路，自应即办，不宜移用别处，致将来还款为难。旋准户部咨覆："自应照案将余利银两，提出备还洋款，此款专作该处铁路之用，况关系瑞记还款，尤应先造，不得延缓，飞札该京卿遵照。"等因各在案。

以现成之款，造指定之工，该京卿果能遵照部咨办理，路工固计日可成，余利亦操券而得。乃历时三四年之久，所造铁路，仅止淞沪一段，计程不过数十里，且轨道南不及淞，北不及沪，尚是未竟之功，中外商民，咸称不便。臣以此项攸关洋款，迭次电牍咨询，并催解息银。该京卿始则谓铁路未行之先，赔利亦不能多，继则谓路利渐裕，如数拨解，终则谓部款续到，即行提还，一味宕延，毫无实际。经臣再四驳覆，后竟置之不答。查瑞记一项，来年十一月即届本利兼还之期，共需英金九万余镑，约合银七八十万两，二十七年以后，每岁约需十二万余镑，为数尤多。债期踵至，何以应之？前项银二百五十万两，若仍存洋行生息，尚可借资凑付。乃自拨归总公司，迄今数年，不惟无铁路余利可分，即应认月息，亦从未解过分文。江南此款，本由称贷而来。该京卿综揽利权，臣实无从深悉其底蕴，惟置奏案于不顾，视部文如弁髦，徒令江南为之筹本筹息，罗雀掘鼠，年复一年，该京卿受恩深重，素有精核之称，当不应膜视至此。果为力所能支，臣仍必腾挪因应，无如江南各库早已搜括靡遗，年来艰窘情形，有非言词所能殚述，委属垫无可垫，筹无可筹。洋款一经到期，丝毫不能短欠，万一贻误，失信外人，有碍大局，臣实不敢当此重咎。总之，南洋之款，系指造苏沪铁路，铁路之利，系指还瑞记洋款。既未造路，即应认息，本利皆恃此取偿，万不能虚悬无着。相应请旨饬下盛宣怀，将南洋拨款二百五十万两应付三年息银迅速解清，以后源源拨解，备还洋款，以符原案而应急需。

除分咨外，理合缮折具陈，伏乞皇太后、皇上圣鉴。谨奏。

拨解骁骑营枪炮子弹片

再，骁骑营王大臣奉命督练八旗兵丁，需用枪炮教练，商准由南洋酌拨金陵局造之两磅后膛熟铁过山炮三十二尊，配子一千六百颗，九响后膛毛瑟枪三千枝，配弹九十万颗。续准来咨：“即将此项枪炮子弹什物零件，派员运解，并选择熟悉枪炮教习匠弁，随同来京。”等因。当经饬令军械所，如数拨齐，并派拨兵轮遴委江苏补用知州汪乔年管解，由海道装运至津，解赴骁骑营交纳，并选派教习一名，工匠二名，随同北上，应需剥运及一切用费，由江南筹防局拨发济用，汇案造报。

除咨部查照外，理合附片陈明，伏乞圣鉴。谨奏。

拨付北洋荆州川省枪炮片

再，前准北洋大臣裕禄咨，北洋添练新军兼办团防，需用军械繁多，局存不敷分拨，请将南洋所存各种枪炮，酌拨若干，以资应用，又准荆州将军祥亨咨，请拨江南毛瑟快枪千杆，以资操练各等因。臣查北洋为近畿门户，各军拱卫京师，荆州据长江上游，操防亦关紧要，均应不分畛域，匀拨济用。当经饬据金陵军械所酌拨德国小口径五响毛瑟枪二千杆，配弹一百万颗，九响毛瑟枪二千杆，配弹一百万颗，九响毛瑟枪二千杆，配弹四十万颗，前膛马枪四百杆，曼利夏后膛马枪二百杆，配弹六万颗，六生特过山快炮七尊，配开花弹一千颗，铜五件一千副，蒲萄弹一千颗，药袋二千个，拉火二千枝，交由北洋委员试用同知戴绪适等领运回津。又酌拨大小径毛瑟快枪一千杆，配弹五十万颗，交由荆州旗营委员佐领忠全等领运回荆。又四川督臣奎俊前在江苏巡抚任内，奏明由江南各局拨取各项枪炮，以为川省改练新操之用，业经该督臣先于苏省军装局拨取毛瑟连珠枪二千五百杆，弹五十万颗，马梯尼枪五百杆，弹五万颗，呍者士得马枪六十杆，弹一万八百颗，江南机器局拨取十二磅子陆路车轮快炮八尊，开花弹八百个，铜螺丝击火八百个，军装药铜壳一百六十个，碰火铜引八百个，无烟药三千磅，炸药四百磅，三磅子陆路车轮快炮十二尊，开花弹一千二百个，铜击火一千二百个，装火药铜壳四百八十个，碰火铜引一千二百个，无烟药三百磅，炸药三百磅，功字枪药一百磅，毛瑟枪子装药机器十副，快炮铜螺丝击火二百个，带赴川省应用在案。兹又准该督先后电咨，前存未运九响毛瑟快枪三千杆，并需子弹六十万颗，又两磅后膛过山车炮十尊，实心弹二百颗，开花弹三百颗，铜六件三百副，铜管拉火五百五十枝，派员前来领解，并经臣饬据金陵军械所陆续拨交该省委员补用都司何正修、候补知县李铧等领运回川济用。

除咨部查照外，谨附片具陈，伏乞圣鉴，敕部查照。谨奏。

沛县民建专祠岁祀故员唐守忠片

再，已故五品顶戴州同衔平阳屯屯官唐守忠，于同治四年，因贼匪窜至湖团地界，带团抵御，力竭捐躯，其次子附生唐锡彤、族叔千总唐振海，被执不屈，同时遇害，经前督臣曾国藩奏请优恤，建坊立传。光绪十三年，复经前督臣曾国荃奏请，于该县地方捐建专祠，由地方官春秋致祭，并将唐锡彤、唐振海一并附祀，奉旨允准各在案。

兹据江宁布政使恩寿详称，业由团民在沛县唐团地方捐建该故员唐守忠专祠一所，于光绪二十四年三月中旬落成，并未动用公款，详请具奏列入祀典前来。臣覆核无异。

谨附片陈明，伏乞圣鉴，敕部查照。谨奏。

遵查吴家正参款折光绪二十五年九月二十九日

奏为遵旨确查，据实覆陈，恭折仰祈圣鉴事：

窃臣承准军机大臣字寄："光绪二十五年八月初五日奉上谕：'有人奏，松江缉私统带吴家正，本年六月间，阑入浦东内地缉私，以致枪毙二命等语。着该督等确查参办。原片着抄给阅看，将此谕知刘坤一，并传谕聂缉椝知之。'"等因，钦此。当经檄饬江苏臬司遴员密查禀办去后。

兹据署理江苏臬司朱之榛派委候补通判任汝霖前往上海浦东一带，按照原参情形，逐层访查明确。如原奏："松江府属滨海，居民煮盐为业，定例盐场三十里内不准缉私，乡民肩挑步担，在所不禁。场地皆在黄浦江之东，缉私巡船只准在浦中巡缉，不得阑入浦东内地，借端滋扰。”一节。查松江府属上海、奉贤交界地方，滨海产盐场地在黄浦江之东，是以内河盐场，内地乡民肩挑步担，向所不禁。光绪二十五年春间，经商陈宝珩、引商顾元兴等，于原认课额外，加增正帑课五千四百余引，举办食销。因上海租界私盐贩自浦东，拟在浦东一带设巡，以清其源，禀由浙江运司详经前浙江抚臣廖寿丰咨准前江苏抚臣德馨，饬令管带盐捕营缉私左营吴家正兼巡有案。是吴家正巡缉内河，系属遵札办理，尚非越境阑入。

又原奏：“本年六月间，巡船在浦东内地缉私，见乡民步担食盐，上岸兜拿，旁观不服，群起哗阻，营勇始扬帆退去，行经陈家行，见众随不散，放枪轰毙二命，受伤惊仆者甚众。”一节。查本年六月间，吴家正饬派巡船四艘，巡至浦东裕伯题桥，见肩担私盐络绎而来，巡勇上岸兜拿，私贩分路逃逸，撩弃私盐九担，即雇就地民人挑送下船，因争挑钱多寡，互相口角，哄动两岸居民，其中好事之人，帮同争索。巡勇恐生事端，将船开行，岸上众人跟随哗噪。该巡船正欲驶过陈家行桥洞，众复抛掷砖石。舱长吴宪鸿情急，向空连放洋枪，意图吓退。适民人汪五观、凌元观被枪子误伤殒命，并张堂堂等三人一并受伤。嗣经尸亲以天气炎热，尸难久停，不愿报官相验，求给抚恤，自行棺殓，尚非吴家正吓阻不报。张堂堂等三人，亦因受伤轻微，各自谋生他往。旋经松江府访闻札饬上海县查传，即据吴家正将吴宪鸿送县审讯，并非徇庇不办。

又原奏：“吴家正本系私枭，投效营伍，所带巡勇皆其旧党，素以巡辑为名，到处聚赌，劫掠勒赎之案，层见迭出。”一节。查吴家正投效军营，历保游击，其管带盐捕水师，已十余年，颇称得力。所带弁勇时有更换，并非旧党，亦无聚赌滋扰情事，更无劫掠勒赎案据。原奏所云，似系传闻之讹等情，禀由该署臬司详请覆奏前来。

臣覆加察核，吴家正被参各节，虽据查无实据，或事出有因，惟营勇放枪，误毙平民二命，遽听尸亲不愿报官，遂不移县验讯究办，究属非是，相应请旨将管带浙西盐捕水师左营候补游击吴家正摘去顶戴，以示惩儆。至该商等既增引课，浦东一带缉私，自不可少，然只可往来梭巡，不得驻扎，俾顺舆情。

除札饬遵照，一面饬令臬司将命案凶犯速审确情，另拟详办外，所有查明吴家正被参各缘由，理合会同江苏巡抚臣鹿传霖恭折覆陈，伏乞皇太后、皇上圣鉴训示。谨奏。

林朝栋治军海州未克赴闽片

再，臣承准军机大臣字寄："光绪二十五年九月初九日奉上谕：'福建为海疆要地，团练一事，亟应实力举办。候选道林朝栋，现在南洋差委，着刘坤一传知前赴闽省办理团练。'"等因，钦此。自应钦遵办理。

惟查该员林朝栋现统栋字等营驻扎海州、赣榆一带，该处距胶澳甚近，与日照毗连，地势极为扼要，屡有外国兵轮在各该海口游弋驻泊，并测量水道，居心叵测，亟宜严为之防。经臣奏准，添募勇丁三营，以资扼守。就该处情形而论，三营实尚觉单薄，只以限于饷力，不得不从缓议增，全赖将领得人，方足以少胜众。林朝栋晓畅戎机，胆识并茂，是以派委前往，招致旧部，选募精壮，实力操防。目下业已成军，正在妥定章程，认真训练，似未便遽行更易。合无仰恳天恩，俯准该员仍在江南统带勇营，俾臣得收指臂之效。其福建团练一事，由臣咨会闽浙督臣许应骙，另行派员举办，伏候圣裁。

谨附片陈请，伏乞圣鉴训示。谨奏。

南洋劝捐员绅请奖折

光绪二十五年九月二十九日

奏为南洋华商报效江苏、山东工赈银两，业已缴清，请将劝办出力员绅，酌给奖叙，恭折仰祈圣鉴事：

窃于光绪二十四年十二月十四日奉上谕："李鸿章、刘坤一、张汝梅奏，出洋华人报效工赈巨款，恳恩给奖一折。本年山东、江苏地方，连被灾歉，需款浩繁，据道员李征庸等禀据南洋各埠华人李戴清等电称：'约集出洋经商华人，报效山东、江苏工赈银各二十万两，共银四十万两。'等语。李戴清等身在外洋，心存乡国，慨捐巨款，实属深明大义，有裨时局，着准其按照银数给奖实官，以示优异。"等因，钦此。当即转行钦遵，派员将前项报效银两，分运起解济赈。一面查造各捐生履历，分起咨奖，现已结报完案。

查赈捐久成弩末，专恃衔封、贡监，所捐无几，非收集巨资，无以应急。上年冬间，江苏、山东被灾地方宽广，待赈孔殷，迭次蒙恩拨帑截漕，并本省、外省劝募赈济。无如灾黎甚众，为日方长，深恐未能普遍，幸经道员李征庸、洪恩广分派委员驰赴南洋商埠，竭诚谆劝。旋据李戴清约集出洋经商华人，公同报效银四十万两，先行垫解分济。方工赈万难措手之时，得此巨款接济，于灾区深资利赖，饥民全活甚多。各该委员往返重洋，先则多方劝办，继则解款络绎，始终在事出力，其劳绩诚不可泯。查直隶前次办理赈捐出力人员，系按劝捐银二万两保奖一员有案。今前项报效工赈银四十万两，既经结报完竣，自应照章请奖，以昭激劝。谨择其尤为出力者二十员，拟请给予升阶、升衔，核与寻常劳绩章程相符，所保员数，按照银数给奖之案，亦无浮滥。据直隶候补道洪恩广开单详请具奏前来。臣等覆核无异。

谨将拟保各员衔名，缮具清单，恭呈御览。合无仰恳天恩，俯念该员绅远涉重洋，劝捐赈济，着有微劳，准予照拟给奖，以示鼓励。

除饬取该员等履历另行咨送吏部查照外，谨合词恭折具陈，伏乞皇太后、皇上圣鉴训示。谨奏。

出洋华商绅董集捐请奖片

再，出洋华商报效江苏、山东两省工赈银两，经劝出力各员绅，业经恭折奏请奖叙。查前项报效银两，系由出洋华董盐运使职衔监生李戴清首先倡议，激厉众商，用能同心向义，集此巨款。该职员羁迹外洋，心存乡国，拳拳忠爱，尤能以信义号召同人。钦奉谕旨，嘉其“深明大义，有裨时局”，是其劝捐最为出力，已邀圣明洞鉴。惟系盐运使职衔，无可拟保，应如何给奖之处，出自特恩。

谨合词附片陈请，伏乞圣鉴训示。谨奏。

洪恩广办赈勤劳恳交军机处记名片

再，直隶候补道洪恩广，供差天津，历办各省赈捐，勤劳懋著。上年江苏淮、徐、海等属灾重款绌，经臣坤一委办劝捐事宜。该员首先筹垫银一万两，并多方筹集巨款，复转劝出洋华商，竭诚报效，统计不下数十万两。实心实力，百计经营，急公好善之忱，孜孜焉如治家事，洵属异常出力，于时局裨益匪浅。该员志趣向上，识量恢宏，勤奋从公，历久不懈，实为监司中出色之员。合无仰恳天恩，交军机处存记，量予简用，出自逾格鸿施。

臣为奖劝人材策励在事起见，谨附片陈请，伏乞圣鉴训示。谨奏。

奏疏卷三十二

遵旨筹办江防折光绪二十五年十月二十日

奏为遵旨筹办江防情形，恭折具陈，仰祈圣鉴事：

窃臣承准军机大臣字寄："光绪二十五年五月十六日奉上谕：'刚毅奏，长江防务紧要，水师兵单，不敷分布，请饬沿江五省督抚，不分畛域，节节设防，以期首尾相应等语。长江江面辽阔，港汊纷歧，现值多事之秋，亟宜加意严防，以杜窥伺。着刘坤一、张之洞、德寿、邓华熙、松寿、于荫霖、俞廉三会同妥商，各派得力将领，择要驻扎，严密设防。该督抚等务当不分畛域，联络一气，庶几缓急可恃，仍将筹商布置情形，先行具奏。'"等因，钦此。仰见圣主慎固江防有备无患之至意，跪诵之下，钦服莫名。

当此时局多艰，强邻环伺，意大利国又以兵舰往来游弋，飘忽靡常，居心尤为叵测，自应严密防御，以备不虞。苏省为长江尾闾，实上游数省关键，情形更为吃重。各处要隘均已驻有防军，惟迭经裁减，改营为旗，兵力实觉单薄，而饷项奇绌，又未敢遽行议增，不得不就现有人数妥筹布置。一面分咨上游各省豫为筹画，万一有事，应即钦遵谕旨，不分畛域，酌派勇营，驰赴下游助剿，以收敌忾同仇之效。盖门户既固，堂奥自安，此一定不易之理也。

各路防军炮台，均饬昼夜戒备，并将子药宽为拨发，俾资应手。檄调各兵轮、蚊船、雷艇驻泊江阴一带，依附炮台，相机守御，并饬苏松镇总兵陈旭乘坐兵轮驻吴淞口，密觇意舰举动，随时电告。南石塘外高坡添设炮台，以防敌由吴淞口登岸。复调苏防三营分扎浏河、浒浦，会同福山镇勇练以防下游南岸。调前驻刘海沙之合字一旗移扎任家港，会同狼山镇勇练以防下游北岸。又以金山卫地方与浙江乍浦毗连，亦关紧要，抽调扬州之南字二旗驰往扼守，先在吴淞口驻扎，相机进止。而以长江提臣黄少春所部江胜军三千人为大枝游击之师，何处有警，即行前往策应。至长江水师船只，诚难与兵舰争雄，然以之防守港汊，若遇敌人乘放舢板希图登陆，此项师船运掉极灵，操练有素，亦足以资抵御。现经商准黄少春，严饬各营妥为整备。并据该提臣面称，长江水师，本系水陆兼操，敌若登岸，亦可跟踪追剿。又准安徽抚臣邓华熙、江西抚臣松寿先后咨覆，各于本省扼要设防，并预备劲旅，闻警驰援，联成一气。湖广督臣张之洞、湖北抚臣于荫霖咨覆，届时酌拨水师，并拨济枪械。似此联络声援，尚足以备缓急。臣受恩至深，责无旁贷，自当殚精竭虑，力任其难，以纾朝廷南顾之忧。

所有筹办江防缘由，理合会同江苏巡抚臣鹿传霖恭折具奏，伏乞皇太后、皇上圣鉴训示。谨奏。

宁藩认解武卫军月饷折

光绪二十五年十月二十日

奏为遵旨详订江宁藩库应解武卫先锋军月饷章程，恭折具陈，仰祈圣鉴事：

窃臣等承准军机大臣字寄："光绪二十五年九月初二日奉上谕：'荣禄奏募练新军，请将的饷就近存储，以备应用，并拟刊发关防一折。前因淮、徐一带为北洋第一重门户，特令苏元春精练一军，择要屯扎，指拨宁、苏两属筹出银一百二十万两，作为该军的饷。着两江总督、江苏巡抚会同详订章程，务将此项饷需，自奉旨之日起，按期解交宁、苏两藩库专款存储，随时报部，以备苏元春就近拨用，不得稍有延误。此军即名为武卫先锋军，由荣禄刊给关防，以资信守。'”等因，钦此。当即恭录转行江宁、江苏两藩司钦遵办理去后。

兹据江宁布政使恩寿详称：伏查协办大学士、兵部尚书刚毅前在江宁、江苏筹提各款，约计共得银一百二十万两。内在苏属办理清赋约增银米各二十万合银六十万两，又苏州善后局节省银一万二千两，应划归江苏藩司筹解。至在宁属加增厘金比较银二十万两，酌提江海关盈余规元银十万两，镇江关盈余银一万两，两淮运司节省银一万二千两；督销盐厘掣验各局卡及通州、泰州、海州三分司，板浦、伍祐、草堰、新兴、安丰五场共盈余银十万八千两，皖南茶厘局盈余银三千两；裁撤高等、练将两学堂及上海商务局原计节省银八万四千两，嗣经臣坤一饬司确查奏明更正，实共节省湘平银六万三千五百四十两；又金陵城内外保甲局改归江宁府经理节省银二万两，金陵、上海两机器局核减辛工银一万五千两，金陵善后等局节省银四万八千两：以上各款，每年共银五十七万九千五百四十两。今奉拨充武卫先锋军月饷，应由各该司、关、局、卡如数解交江宁藩库，统归该司按月汇解。惟各该司、关、局、卡，或解库平，或解（曹）〔漕〕平，或解湘平，或解规元，平色参差不一，虽经分查，尚未复齐，本难核定实数。而苏元春刻拟招募成军，需款甚亟。通盘筹画，惟有援照金陵防营支应局放饷章程，将前项银五十七万九千五百四十两统作湘平核计，无闰之年，每月摊解银四万八千二百九十五两，有闰之年，每月摊解银四万四千五百八十两。如果将来各该解款平色核有盈余，另款收存，年终报拨，以资济用而清款目等情，详请具奏前来。臣等覆核无异。

除饬自本年七月分起即照摊定数目，按月拨解，随时详咨户部查考。其苏属各款，业由臣等另行具奏外，谨合词恭折具陈，伏乞皇太后、皇上圣鉴，敕部立案施行。谨奏。

盐政公费抵拨提项片

再，协办大学士、兵部尚书臣刚毅会奏酌提江南盈余并裁减局所折内声明，金陵善后等局每年节省银四万八千两，系由臣酌量分派。内有酌提金陵制造洋火药局银一万两，原因军械所尚有存药，可以暂时减制，俟一二年后再行察酌办理。现在防务吃紧，迭奉电旨饬令严密备御，江、赣一带又经臣奏准添招防营驻扎，需药较多，不能不宽为储备，自应免其提解，照常制造。惟是此项节省银两业经奉旨拨充武卫先锋军的饷，应即另行筹补，俾免亏缺。查有臣前次奏明每年节省公费银一万两，堪以拨给抵用。如此一转移间，于该军饷项并无出入，而于制备军需不无裨益。

理合附片陈明，伏乞圣鉴，敕部查照。谨奏。

绅士加捐巨款请从优给奖折

光绪二十五年十月二十日

奏为绅士捐助巨款，照章请给优奖，恭折仰祈圣鉴事：

窃照江苏淮、徐、海等属连年灾歉，饥民待哺嗷嗷，迭次蒙恩拨籽截漕，并开办赈捐以资拨济。惟是灾区甚广，赈务殷繁，全赖地方富绅量力捐输，以辅官款之不逮。兹查有铜山县绅士张景武上年捐赈万金，经臣奏奉俞旨奖给从一品封典，转行钦遵在案。今春徐州荒象并重，该绅感激思奋，情切梓桑，复慨捐银一万五千两，亲赴高邮、宝应一带购买米粮运回，禀由徐州道桂嵩庆派员兑交。义赈绅士严作霖搭放春赈，汇册呈报。据赈捐局司道详请奏奖前来。臣查赈捐章程，凡捐实银至一万两以上者专折奏请优奖。今该绅张景武复捐赈款实银至一万五千两之多，洵属乐善不倦，有裨赈需。伊子廪贡生张开鼎留心经世之学，有志上进，按照新海防例，由廪贡生报捐道员，不论双单月选用，新章八成上兑，需实银一万一千五百余两，该绅所捐银数核计尚多三千两有奇。合无仰恳天恩，俯准移奖廪贡生张开鼎以道员不论双单月归部选用，以示优异，而昭激劝，出自鸿施。

除咨部查照外，理合恭折具陈，伏乞皇太后、皇上圣鉴训示。谨奏。

淮商邀免岁捐仍准循环转运折

光绪二十五年十一月二十日

奏为淮南商情极困，无力捐输票本，吁恳仍准循环转运，以保饷源，恭折仰祈圣鉴事：

窃臣接准部咨：“帑项奇绌，用度不敷，奏准筹款六条，行令两淮各票商查照从前奏案，酌定上中下三则，按年捐输票本一次，如果商情不愿，亦未便勉强，即听旧商告退，另招新商承充。限两个月将办理情形、筹集银数，专案奏报核办。”等因，臣遵经札饬运司遵办去后。

兹据两淮盐运使江人镜详：据鄂、湘、西、皖四岸运商云丰恒等联名禀称：伏查光绪六年部奏时艰筹备饷需一折，拟饬商等分上中下三则，按年捐银一次，作为票本。曾将运务、岸务为难实情，觑悉禀陈，当以边防吃紧勉捐银一百万两，奏明准其永远循环在案。迄阅二十年，商力之疲，余利之薄，捐款之多，银根之紧，种种苦况更有甚于往昔者，谨为披沥陈之：

一，票价实系血本也。查前任盐政曾国藩改票伊始，重厘课而不重票本，其意利归于上而不损下，故恤商以立裕课之基。是以奏定环章票为世业，人始争相购取，一纸万金，而当时原认诸商现已饱橐扬去。商等凑资买票，均于斯时，先后办运，禀准更名。不意托业以来，捐输重叠，休息无时。以历次捐资归入票价，核算血本，奚啻累万。读原奏谓票价不减于前，实则本重利艰，诚恐减价亦无人顾问。一也。

一，积纲苦难转输也。自光绪八年，前任盐政左宗棠以筹饷骤增鄂、湘新引六十票，皖引一百四十八票。时因新商无力承办，仍令商等缴捐分领，亦复给永远循环执照，奏咨立案。嗣于光绪二十一年又经前署盐政张之洞增湘、鄂两岸新引三十票，皖岸一百票，及上年浏阳所加新引十六票，统计前后累加至八万六千七百六十引之多。遂至积纲难清，销疲运滞。原奏谓近年销数较畅，诚未鉴及压纲之困，苦难转输。现查湘岸积二十纲，鄂岸积十七纲，西岸积十纲，皖岸积二十一纲。各岸销售迟速不同，或二十个月、或十五六个月不等。成本占搁，已苦难以转输，若再按年加捐票价，是前困未苏，后累又至，力诚不逮。二也。

一，捐款实苦繁多也。查正供而外，尚有杂捐，输将巨款又无岁无之，固荷皇仁优渥，屡给奖叙，赖此以鼓舞群情。现计光绪六年以后统共捐银将近八百万两，加以运脚、仓租、辛工、剥费无非取诸成本，成本愈重，获利愈微。日用衣食取给于兹，只以引票为世业，循环为定章，剜肉补疮，冀获休养于异日。今再按年加捐，势必顾捐误运，顾运误捐，关系实非浅鲜。三也。

一，市面深虞摇动也。查扬州钱铺殷实可靠者不过数家，市上现银时虑不敷周转，全赖上海、镇江、汉口等处通融挹注。近十年来，钱银两匮，市情异常紧急，各处银号纷纷倒闭，商等一遇征输巨款，动形掣肘，此实市面竭蹶情形。即如上年股票捐项挪缴为难，屡求宽限。今若再捐票本，责以常年，是必跋前疐后，倒欠频仍，一蹶难兴，何堪设想。四也。

且两淮商票散漫，类多畸零小户，甚至有数商合办一票者，近年屡因捐务之重，更名易主，不知凡几。此次甫经奉谕，人心惶惶，欲退票而己之血本无着，欲卖票而人且避之不遑。原奏谓另招新商不患无人，此诚商等所未敢悬拟。况闻去年东洋遣使持照至淮南北游历，遍赴各场研究煎炼，当出药水点卤，立化为盐，且嗤中国人火化为愚者，是其眈眈窥伺之心溢于言表。今如原奏商情如有不愿即听告退等因，斯时设有奸宄闻风暗通消息，外洋乘隙显干，此不仅商等身家性命之微末，实东南财赋全局所攸关。当兹民穷财尽之时，稍一更张，涸可立待。所陈各节固非一己之私借词推诿也。

查光绪十年、十一年两奏部议筹捐票价，曾蒙前任盐政左宗棠、曾国荃先行奏覆有案。在昔已难，何况今日。叩恳详请奏免捐输票本，则商等有生之日皆出自再造之恩，不胜陨越待命之至等情。经江人镜督同总局委员反复开导，晓以大义，勉以急公，至再至三，不啻唇焦舌敝。各该商托业于斯，亦非敢故意推诿，无如成本太重，利息太微，捐输太多，银根太紧，体察情形委实不胜困惫。该司复查商情之进退，全视获利之盈亏。从前捐款不多，一票万余金，人尚争相购买，近年输纳频仍，本重利薄，各岸票价大减于前，甚有旧商情愿减价出售，而人多徘徊观望，未敢承受者。自奉饬捐票本之文，外间议论纷纭，商情颇极惶惑，姑无论另招新商未必确有把握，且鄂、湘、西、皖四岸为淮南鹾务之大宗，各商办运有年，我国家固有之课厘，岁以数百万计，东南大局所关非细。光绪六年，前署督臣吴元炳奏请免捐常年票本一折有“藏富于国，不如藏富于商，宽恤在一时，正所以备缓急于异日”等语，实为不刊之论。何况今日情形比较光绪六年时又已大异。盱衡大局，察核商情，不能不代为呼吁等情，详请奏咨前来。合无仰恳天恩，俯念商情极困，免其常年捐输，仍准循环转运，以保饷源。

除咨部查照外，理合恭折覆陈，伏乞皇太后、皇上圣鉴训示。

再，淮北各商如何集议，现尚未据禀覆，容催覆到，再行据实覆陈，合并声明。谨奏。

淮商股票请照海防给奖片

再，效准部咨：“两淮盐商报效股票银两，自应查照官员报效之款，一律给奖。应查照官员报效股票银两，按照例定十成银数造册咨部请奖。”等因。当即行知运司饬遵去后。

兹据两淮盐运使江人镜详称：“窃据鄂、湘、西、皖四岸运商金永隆等禀：查光绪二十年八月内户部奏请息借商款，行令各直省照办一案。就商等业鹾之江西而论，曾奉劝办，陆续借至银三十一万八千六百两。嗣由职员张福田、朱连元等禀称：‘前借银两，除初期息银已奉筹款发还收领外，现值库款万分支绌，将所有应还本息情愿一并报效。’”等情，经前布政使翁曾桂详由前江西巡抚臣德馨奏明，经部核准，援照新海防减成捐例，奖给实官，以示鼓励。以后如有情殷报效借款本息者，亦准其一律办理等因，遵行在案。商等籍隶江西者多曾荷宠锡之殊荣，俾群情之鼓舞。此次股票亦系计息筹还，改归报效，与江西息借改奖事同一律，应恳恩施，查照海防成例，详请奏咨核办。并念原奏系恳查照臣工款数给奖，并未指定例案在户部核照官款一律十成，固为慎重名器起见，而商等愚昧以为臣工报效事属仅见，即十成奖叙，亦属格外从优。至商等则历届助饷、助工、预借、捐赈，输将叠叠，休养难期。际此时事日艰，商困日甚，犹复竭诚报效，若不稍示区别，何足以慰群望而劝将来。况照十成核奖，其有商止一票，票兼数人者，银数不敷，仍不免空负恩荣，独抱向隅之憾。伏读五月二十日邸抄有“御史余诚格奏请民间股息移奖一折，曾奉上谕：‘准行各省体察情形，总期各从其便，不得稍有抑勒。’”等因，钦此。天语煌煌，宽厚之恩，至优极渥。思维至再，惟有据情援案禀求俯念商等竭蹶之诚，殊非官款可比，而情事如一，实有成案可循，查照海防例定减成银数奖给实官，与前部议将来如有情殷报效借款本息者，准其一律办理之指，殊属相符。同吁详请奏咨，俾有遵循等情。该司复查两淮各商历捐部饷、海防、善后等巨款，均准照海防例请奖。此次事同一律，仍照海防事例减成银数，奖给实官，以顺商情，详请奏咨前来。

除咨部查照外，理合附片具陈，伏乞圣鉴训示。谨奏。

故员遗泽在徐据情吁恳立传附祀折

光绪二十五年十一月二十五日

奏为已故臬司政绩卓著，遗爱在民，吁恳天恩宣付史馆立传，以表循良，恭折仰祈圣鉴事：

窃于同治二年十一月二十四日奉上谕："祁寯藻奏，弭盗安民，必资循吏，请分别表彰录用一折。嗣后各省大吏，务宜加意访查，其有政绩官声遗爱在人者，着奏明宣付史馆，编入循吏列传。"等因，钦此。钦遵在案。

兹据徐州府知府詹鸿谟转据铜山等八州县详："据徐州绅士湖北提督吴凤柱等一百八员名禀称：'已故湖南按察使、前徐州府知府桂中行，江西临川县人，寄籍贵州，以诸生从戎，为前督臣曾国藩所识拔，洊保知县，历官安徽合肥、蒙城、阜阳等县，所至有声。光绪九年补授徐州府知府，下车伊始，适当大水之后，邳、宿灾民流离载道，该故员殚竭心力，筹办赈抚，全活甚多。徐郡盗风素炽，案牍倍繁，该故员以弭盗安良为先务，整顿保甲，严惩窝匪，奸宄为之敛迹。尤长于治狱，手自平反多案，民以无冤。又以地方瘠瘠，敦劝农民力田务穑，物产渐丰，生计以裕。倡立书塾，延名宿以讲求实学，购经史以扩充志识。士之颖秀而家贫无力者，助之以资，勉以通经致用，风尚丕变，人文蔚起。余如修堤埝，浚沟渠，督察积谷，添置水龙，以及育婴、施棺、矜孤、埋胔诸善政，凡民所好兴之，所恶去之。每接见属吏、士庶，教忠、教孝，娓娓不倦。勤政爱民，十二年如一日。中间因劳致疾，几濒于危，士民为之祈祷，疾用顿瘥。迨拜湖南岳常澧道之命，耆老攀辕饯送，绘像志感。逾年卒于湖南臬司任所。耗至徐，妇稚闻之，有走哭失声者，其德泽感人有如此。至其在皖治迹，则以清查蒙城墟寨，坚壁清野，使捻无粮可掳，日就殄灭，厥功甚伟。次则查办宣城教案，远人慑服，民教以安。清理皖南垦务，力翦巨恶，调和土客，均能处之裕如，尤昭昭在人耳目。绅等讴思旧泽，积久益深，用敢胪陈政绩，造具事实，联名禀请转详具奏。'"等情前来。臣查该故臬司桂中行，学有根柢，守正不阿，历官江、皖，循声卓著，尤以治徐为最久，遗泽入人亦最深。为政以求民隐、培元气为主，运之以精心，持之以定力，推诚接物，人不忍欺。不汲汲以图功，而地方渐被休养之福，严重静洁，有两汉良二千石之风。合无仰恳天恩，俯准将已故湖南按察使、前徐州府知府桂中行生平政绩宣付国史馆，列入循吏传，并附祀徐州府城前督臣曾国藩专祠，由地方官春秋致祭，以励臣职而顺舆情，出自鸿施。

除将事实册结分咨查核外，理合会同江苏巡抚臣鹿传霖恭折具陈，伏乞皇太后、皇上圣鉴训示。谨奏。

总兵劳故请恤片

再，山西太原镇总兵张国林，前在署扬州参将任内病故，业经臣附片具奏请旨，另行简放在案。

查该员张国林，湖南祁阳县人，由武童于咸丰七年投效湘军，转战安徽、江西、广西、贵州等省，随剿发逆、苗逆及广西山泽逆匪，骁勇善战，所向有功，克复府县城池十余座，嗣于同治年间率队援黔，攻克排羊等处大小二百余寨，左腕右腿均受炮子重伤，犹复裹创猛进，奋不顾身，卒复丹江、凯里各城，厥功尤伟，洊保参将补用。光绪九年，中法事起，经前浙江提督欧阳利见调赴宁波修筑炮台，该故员条陈战守事宜，如修长堤，挖地道，设疑垒，布暗雷，于海滩密钉梅花桩，又备船装石为填塞口门之计，欧阳利见多用其策，浙东赖以无虞，保升副将前先补用。十八年，经臣调回两江委带防营。二十年，海防吃紧，该故员遵旨统带忠信等五营，星夜北上，驻扎埕子口，布置严密，悉协机宜。和议成后，调扎山海关，并经前直隶督臣王文韶檄委兼辖卫远、控远各炮台。旋以防务解严，遣撤营勇，仍回江宁，经臣委统南字三旗，上年檄饬署理扬州参将篆务，巡缉操防亦能认真整顿。该故员随臣最久，知之最深，忠勇朴诚，缓急足恃。其用兵颇符拙速，驭众极有恩威，所至市肆不惊，其下奉令惟谨。臣曾于光绪十七年间奏保堪胜实缺提镇之任。本年八月，钦奉电旨垂询，该故员感激涕零，誓死图报。讵意旧伤陡发，呕血数升，患病未及旬日，遽尔不起。迨蒙简放太原镇总兵员缺，该故员业已赍志而殁。夙将凋零，深堪悼惜。合无仰恳天恩，俯念该故员张国林生前战功卓著，敕部照总兵军营立功后积劳病故例，从优议恤，以彰劳勚，出自逾格鸿施。

谨附片陈请，伏乞圣鉴训示。谨奏。

水师学堂人员照原拟奖折

光绪二十五年十一月二十六日

奏为南洋水师学堂出力人员，吁恳天恩，仍照原拟给奖，恭折仰祈圣鉴事：

窃准吏部咨，议驳臣奏保南洋水师学堂期满请奖单开内有："按照异常劳绩请奖三员，寻常劳绩请奖十三员，核与成案不符，应令遵照光绪十四年并二十二年奏准成案，核实删减，于光绪二十五年五月三十日具奏，奉旨：'依议。'"钦此。等因，行知前来。

臣查光绪二十二年天津武备学堂期满请奖文职十四员内，按异常劳绩请奖七员，寻常劳绩请奖七员，均经钦奉朱批允准。此次南洋水师学堂请奖十六员，系属三年期满，与北洋水师学堂事同一律，若照天津武备学堂二年保奖一次准保九人成案核计，仅多二员。惟照异常劳绩请奖三员，寻常劳绩请奖十三员，均与上次天津武备学堂请奖成案无所区别。所有在事各员，均能实心任事，加意讲求，课导有方，已著成效。保奖人数，业经从实裁汰，若再行删减，未免向隅。合无仰恳天恩，俯准仍照原保给奖，以劝将来，出自鸿慈逾格。

臣为鼓励人才起见，谨恭折具奏，伏乞皇太后、皇上圣鉴训示。谨奏。

三省会剿涡匪出力文员覆核拟奖折

光绪二十五年十一月二十六日

奏为遵照部咨，会保剿办涡阳土匪出力文职各员，吁恳天恩，俯准照拟给奖，恭折仰祈圣鉴事：

窃查上年冬间，涡阳土匪牛疙瘩等滋事，经江苏、安徽、河南三省派兵剿办，一律肃清，所有出力人员，奏奉俞旨准其请奖，当经臣裕长查明豫省文武各员，臣坤一、臣华熙会同查明江、皖两省文武各员，先后具折奏保，均奉朱批："该部议奏。"等因，钦此。

嗣准吏部来咨，以"并未三省会奏，江、皖所保员数亦较多于河南，未便照准，行令会同核实奏奖"等因，自应遵照办理。

惟查此次涡匪仓猝起事，浃旬之内，蚁附至二万余人，北至归德，南至蒙城、阜阳，东至宿州，西至亳州、太和，数百里之间均有贼踪，警报纷驰，远近震动，若不赶紧剿灭，为患何可胜言！幸赖三省官军赴机迅速，各该地方官绅随地剿办，未及旬日，一鼓荡平，有裨大局，实非浅鲜。各该员于严寒大雪之时，星夜进剿，奋不顾身，扫穴擒渠，勤劳懋著，自应照军功劳绩请奖，与寻常获匪迥不相同。三省所保人数虽共有百余员，然系并随营效力及地方官绅合计在内，其实每军、每县多者十余员，少者不过数员，各该营县请保人数，实不止此，业经臣等再三核减。至江、皖两省所保员数多于河南者，则以事隶皖省，被贼蹂躏地方较广，出力之州县绅董自较豫省为多，且内有江苏砀山徐鸣燕一股，亦系奉旨饬剿，在事出力员绅，汇案一体保奖，臣坤一、臣华熙业于前奏声明。现又遵照部咨，删除汪寿椿、陈寿藩、洪鹤龄、吴汝霖四员，其余各员暨豫省各员臣等覆加查核，委属无可再减。谨合缮清单，恭呈御览。合无仰恳天恩，敕下吏部照拟给奖，以示鼓励，而策将来，出自鸿施逾格。

除饬取各员履历另行咨部查核，并河南武职员弁业经兵部覆准，江、皖武职听候兵部核议外，所有会保剿办涡匪出力文职各员缘由，谨合词恭折具陈，伏乞皇太后、皇上圣鉴训示。谨奏。

寿春镇标裁余营兵招收复额片

再，寿春镇标各营兵丁，前经臣于奏裁三省制兵案内，酌定人数，查照山东成案，分作三起裁汰。截至光绪二十四年十一月底止，一律分起裁讫，造册咨部在案。

兹据该总兵郭宝昌禀称："皖北俗悍民贫，盗风素炽，龙山、颍州、亳州三营汛地，尤为辽阔。自去冬涡阳土匪滋事，萑苻未靖，伏莽潜滋，巡缉极关紧要，该三营裁存之兵，委属不敷分布，请将第三起所裁兵丁招收复额。"等情前来。

臣查龙山等三营所辖地方，上年被匪滋扰，与他处情形不同，自应严密巡防，以靖余孽。该总兵所禀兵力单薄，尚系实情。合无仰恳天恩，俯准将龙山、颍州、亳州三营前裁第三起兵丁共一百十一名，招收复额，俾资镇慑而卫闾阎。

除咨部查照外，谨会同安徽巡抚臣邓华熙附片陈请，伏乞圣鉴训示。谨奏。

遵添吴淞口炮台折光绪二十五年十二月初七日

奏为遵旨添筑炮台，以固江防，恭折具陈，仰祈圣鉴事：

窃臣承准军机大臣字寄："光绪二十五年十月二十日奉上谕：'吴淞口旧曾设有炮台，嗣经作为通商口岸，因将炮台拆毁，究于江防形势未宜。刘坤一久任封疆，公忠体国，此事谅系误听人言，以致建议未能详慎。着该督体察情形，相度地势，应如何设法修建，以资补救，务期与相近之南石塘、狮子林炮台联络声势，以固长江头道门户。将此谕令知之。'"钦此。仰见朝廷慎固江防，有备无患之至意。

伏查吴淞原设炮台，多系前膛旧炮，击力稍逊，仅能专顾黄浦一路，尚非长江扼要门户，且系暗台，不能得力。嗣又辟口通商，是以饬令拆毁。仰蒙圣恩不加谴责，训诲周详，跪诵之余，莫名感悚，自应赶紧设法筹办，以期仰慰宸廑。当经札饬江南筹防局道员沈邦宪驰赴吴淞，会同驻扎该处之盛字旗统领班广盛详确查勘，择地建台，总以附近旧台基址，炮路能及海道中洪兼顾浦江以及南石塘、狮子林后路为切要关键。旋据覆称："周历吴淞南石塘一带海岸，详加察度，惟南石塘南首高坡最得形胜。"臣复于十一月十六日出省，二十二日行抵吴淞口，亲往履勘。该处与南石塘壤地相接，距淞台旧基亦仅一百余丈，在通商场界址之外，若建台设炮，与南石塘、狮子林两台成犄角之势，屹然重镇，可以屏蔽海疆。再三审度，拟即在该处高坡建筑台座，安设一百磅子快炮三尊。此项炮位系上海制造局仿照新式造成，能击远十八里有奇，近顾浦江，远扼由海入江水道，四面环击，运掉极灵，与南石塘炮台协力夹攻，足以顾后路而资守御。并恐敌以舢板偷渡登岸，而我大炮仓卒不及施放，拟在台旁安设局造之六磅子快炮四尊，为护台之用。该炮能击远十一里有奇，异常快便，用以堵截旱队，益臻周密，而固藩篱。计共安设大小炮位七尊，如此扼要布置，深合形势，足弥淞台之缺，且较旧炮更能制胜。所有购地筑台，挑运土方，以及起造兵房、药库暨托沙等项，估计约需银二万七百余两，工竣由局汇册报销。并照章酌配专弁勇目，仍归盛字旗统领班广盛节制，于所部各旗内派勇守护，俾得联络一气。据筹防局司道详请具奏前来。

理合缮折具陈，并将该处海道形势，拟设炮台，绘图恭呈御览，伏乞皇太后、皇上圣鉴训示。谨奏。

南石塘狮子林安设炮位片

再，吴淞南石塘炮台控扼崇宝沙南首由海入江水道，形势天然，关系綦重。该台前设大小炮位十一尊，临流扼击，足资守御，而堵截旱队，非有新式快炮，严密防护，不足以壮声威。前经臣饬令江南筹防局在于该台北首安设四十磅子快炮二尊，为护台之用，共动用工料银一千四百余两，照章分别等差，配设炮勇十六名。又狮子林炮台在南石塘迤北十八里，南、北洋进口各船，或由崇宝沙南首，或由崇宝沙北首，行经狮子林洋面一线中洪，均由该处径入长江，实为由海入江最要门户。该台前设大小炮位八尊，内有八百磅子后膛炮二尊，二百五十磅子后膛炮四尊，均系新式巨炮，击力极远，若更辅以快炮，益臻周密。现拟于该台旁另行购地筑台，安设局造之二百磅子快炮二尊，以资扼守，每尊配炮勇十二名，共二十四名，并安设护台六磅子快炮四尊，共配炮勇十八名。计该台安设大小炮位六尊，中筑隔堆，宽约四十丈，高约一丈九尺，需用土方甚多，并须购地为取土之用。饬据筹防局核实估计，建设台座，挑运土方，以及起造兵房、药库等项，约需银一万三千余两，工竣汇册造报详请具奏前来。臣覆核无异。

除咨部查照外，谨附片具陈，伏乞圣鉴。谨奏。

拨解神机营军火片

再，臣前准神机营来咨："奉旨教练新军，调拨南洋后膛炮位应用。"等因。当经臣先后商准酌拨江南制造局造存十二磅子快炮十二尊，配齐开花弹二千四百个，实心弹二千四百个，铜壳一千二百个，铜击火四千八百个，无烟药二千磅，炸药六百磅，绒布药袋四千八百个，药挡四千八百个，碰火铜引二千四百个，引药一百磅，派委江苏候补知县朱枚管解入都，前赴神机营投收，以资应用。

除咨部查照外，谨附片具奏，伏乞圣鉴，敕部查照。谨奏。

机局制造有裨军需请奖在事人员折

光绪二十五年十二月初八日

奏为上海机器局创造枪炮、无烟火药，成效昭著，有裨军需，出力各员，照案择尤请奖，以示激劝，恭折仰祈圣鉴事：

窃今日自强要图，以练兵、制械为最急，迭次钦奉上谕、懿旨，饬令讲求军实，扩充制造各等因，钦此。惟制造以枪炮为首重，而枪炮以火药为要需。近年泰西化学之士，创造无烟火药，各国竞相仿效，枪炮所用，均系此种，取其施放时速力大而涨力小，枪筒、炮身不虑受损，而子弹出口时亦无烟气障目，命中及远，绝无捍蔽之虞。光绪二十年间，上海制造局曾经延聘洋员设厂试办，半年之久讫用无成。盖洋人恃为秘传，冀获厚利，平时购用皆悬倍蓰之价以居奇，临敌急需必守局外之例以相困。有利器而无良药，其何以实军储？是以前办局员刘麒祥锐意讲求，扩充制造新式枪炮，复建炼钢、栗药、无烟药三厂，督饬委员王世绶，设法创办，规仿有成。自直隶候补道林志道总办局务以来，复派熟习化学之吴家琢暨通知制造工艺各员，帮同王世绶竭力经理，苦思力索，极深研幾，昕夕旁皇，参互考订，几历岁月，而无烟药制造益精，试验施放与外洋所购者一律精利。复发交江胜、自强等军，以改造小口径毛瑟枪及各种大小快炮次第演放，均能贯远洞坚，线路准直，各处枪炮教习洋员，详晰比较，莫不赞叹同声。且每年制成五六百万磅，核价仅外洋四分之三，粤、鄂、川、闽各省备价代造，络绎不绝。此创造无烟火药成效昭著之实在情形也。现据总办局员林志道等将在事出力各员分别异常、寻常劳绩，开单禀请奏奖前来。

臣等伏查光绪十九年，该局创造新式枪炮，卓著成效，经前北洋大臣直隶督臣李鸿章会同请照异常出力奏奖；湖北枪炮局制造快枪、快炮著有成效，经湖广督臣张之洞援照异常、寻常劳绩，专案奏保，亦蒙俞允各在案。该局委员王世绶等，创造无烟火药，日有起色情形，臣于二十二年曾经附片奏蒙圣鉴。事历数年之久，经营缔构，克底于成，不特开中国未有之奇，且足泄外国未传之秘。该员等督匠考工，奔走于严霜烈日之中，指挥于炉火轮机之侧，毒烟猛药，熏灼驰驱，稍一不慎，命在顷刻，竟能艰险不避，劳瘁不辞，直与疆埸效力无异，洵属异常出力，且与历次保案亦属相符，自应援案择尤分别异常、寻常劳绩，开单请奖，以昭激劝。合无仰恳天恩，俯准照拟给奖，以励人材而厚军实。

再，此次请奖员数，业经节次删减，并无冒滥。

除将履历造册分咨外，所有上海机器局创造枪炮无烟火药成效昭著，照案择尤请奖缘由，理合会同江苏抚臣鹿传霖恭折具陈，伏乞皇太后、皇上圣鉴训示。谨奏。

局员办事精详堪膺简用片

再，二品顶戴直隶候补道林志道，前经臣檄调来南，派委会办上海制造局。嗣准南北洋大臣直隶总督臣王文韶电商，以该员缜密端详，堪委总办局务，均经会同奏明在案。该员到差之日，值炼钢、栗药、无烟药三厂甫经告成，督率工作，不辞劳瘁，勾稽款项，事事运以精心。两年以来制造倍多，转输四达，炼钢、配药日益精良，而以无烟药为最，各省均来购用。核计工价，较购诸外洋为廉。去年奉旨，各省一律改用小口径毛瑟枪，遵饬预筹仿造。该员就局存旧枪机器，绘图折样，督同委员、洋匠逐细考求，爰就旧机添配新机，借免另购多费，且稔知库储奇绌，不请另筹，仅以原拨之二成洋税及三厂常费，撙节腾挪，添购仿造。现在此项枪枝造成解京，经总理衙门王大臣验收，试放口径子弹均称一律。其实心任事，力体时艰，裨益军储，良非浅鲜。臣查该员林志道，局度闳深，才优守洁，曾经两次蒙恩交军机处存记，是该员才具已在圣明洞鉴之中，应如何加恩简用之处，恭候慈施。

理合附片具陈，伏乞圣鉴训示。谨奏。

水师教习洋员请给宝星片

再，江南水师学堂两届期满，在事各员经臣择尤请奖在案。查该堂驾驶头班教习英员彭耐尔，自光绪十六年到差以来，所课头班学生，先后毕业两起，现又接教三起学生，约至二十七年春间亦可毕业。又寰泰练船测量教习英员迪兑亦届三年期满，所教驾驶学生，船课已经第一班毕业，现又接练二起。该洋员等课导认真，始终罔怠，洵属著有微劳，自应援案奖叙，以示策励。据江南水师学堂总办道员柯铭详请核办前来，臣覆查属实。合无仰恳天恩，俯准照案赏给洋员彭耐尔二等第三宝星，洋员迪兑三等第一宝星，用酬劳勚。

除咨总理衙门查照外，理合附片具陈，伏乞圣鉴训示。谨奏。

奉查苏省现存勇号人员折

光绪二十五年十二月初八日

奏为遵旨查明，开单覆陈，仰祈圣鉴事：

窃臣前准总理衙门来电："奉旨：'从前在军营著绩，保至提督、总兵、副将、参将、游击，内有曾经得赏黄马褂、勇号，现已离营在籍者谅不乏人。着该督、抚分别查明，即将员名人数电覆。'"钦此。当经恭录转饬各属钦遵查覆去后，兹据各该州、县先后查明申覆前来。

臣查江苏省在籍各武职，并无曾经得赏黄马褂之员，仅据查有奉给勇号之副将徐光斗等三员，均已离营回籍，现无事故。

谨恭折覆陈，并缮具清单，恭呈御览，伏乞皇太后、皇上圣鉴。

再，此案因饬查通省，现始据陆续覆齐，是以覆奏稍稽，合并陈明。谨奏。

淮徐海赈捐第一案收支款目折

光绪二十五年十二月初九日

奏为江苏淮、徐、海赈捐收支款目第一案奏销，恭折仰祈圣鉴事：

窃照光绪二十三年江苏淮、徐、海等属被水成灾，民情困苦，经臣坤一奏准援照顺、直等省成案，开办赈捐，奖给封典虚衔、翎枝、贡监等项。当即分派委员，广为筹劝，所收捐银随时解济，并分次造册咨部核奖在案。

兹据赈捐局司道会详称："是年灾歉情形以邳州、宿迁为最重，海州、沭阳、睢宁、安东次之，均应分别赈抚。其毗连灾区之铜山、萧县、赣榆、阜宁等县，亦以次年春寒雨雪，粮贵钱缺，民情拮据，相继求抚。所有筹办之法，徐属由徐州道桂嵩庆先就邳州、宿迁灾区河道堤埝克期挑筑，核查户口，令少壮者趋于工作，自食其力，老弱妇孺散给抚恤钱文，其次贫之户济以平粜。睢宁亦先拨给平粜米石，以次酌办抚恤。铜山则以积谷仓粮减价出粜。惟地广人众，后继为难，复饬办理义赈绅士严作霖，携款前往邳州、宿迁、睢宁、铜山、萧县等处查放赈抚，并设慈幼局收养幼孩。因粮价交春愈贵，平粜势难遽止，公款不继辅以积谷捐钱，并劝商民领照凑资，南北运售米、麦、豆饼。嗣经大理寺少卿盛宣怀代购干薯，源源接济。海州并所属之沭阳及淮安府之安东境内河道，经前署淮扬海道丁葆元派由海州分司会同海州直隶州安东县知县，将民场相连一带次第兴挑，并沭阳河道同时挑办。招集丁壮，以工代抚，另行拨款，散给老弱妇孺之不任畚锸者。嗣经淮扬海道谢元福察看，春荒尤甚，请款购买干薯，分拨散放。海州、沭阳更形岌岌，义绅严作霖复携带巨款，由徐州前往查放，并分济安东、桃源二县。其时海州、赣榆地广灾重，复委义绅指分广东候补知县宋治基前往赈抚，安东则有该县教谕唐锡晋募捐购粮解济。又有四岸盐商邓贤辅捐募钱、米、豆饼、干薯、杂粮，分运徐州、海、沭、安、桃及盐场各处散放。至外出就食灾民，经前抚臣奎俊派员在常州、镇江及瓜洲口、扬州一带会商运司督饬府县，或设厂留养，或资遣回籍，分别安插，其由里下河南下者，亦通饬经过州县设法资遣。江宁省城设立粥厂，淮、徐、海饥民之外，复有安徽凤、泗等属被水灾民，不得不一体收养。清江、板浦等处，并由海州分司运判徐绍垣散米放粥。扬州绅士亦捐资助办粥赈、遣送。因念号寒之惨，等于啼饥，复依时多制棉衣，分给在厂各饥民，并解往灾区散放，俾资挟纩。二月间大雪严寒，北归之众，沿途冻阻，并又派员随地抚恤、留养。至闰三月资遣完竣，刊给凭票，俾得到籍领赈，以免中道流亡。其有短缺籽种、牛具者，亦饬酌量借助。以上办理情形，均经先后奏报在案。

"现值清理报销之际，除光绪二十四年徐、海复被水灾，接办赈抚，应归后案另办外，所有此次徐、淮、海灾歉州县，筹办赈抚、工、粜各事，均系分派印委官绅，查明户口，体察轻重情形，因地制宜，妥为经理。凡有可以为灾民谋生全者，无不悉心讲求，力图补救。支用各款数目，多寡不一，均皆核实散放，不假胥吏之手，归于实惠均沾，以仰副朝廷轸念灾黎不使一夫失所之至意。

"兹将二十三年分筹赈案内收支款项，先就已经报到各处截数列为一案，核计共已收库平银一百十一万三千九百十九两四钱。除拨义绅严作霖经放库平银二十七万六千一两零，广东候补知县宋治基经放银七万六千七百十六两零，安东县教谕唐锡晋经放银三万四千六十一两零，徐州道经放银四万九千九百七十五两零，淮扬海道经放银四万七千七百五十五两零，又另行委员办理留养、资遣等项共放银三十五万二千六百十六两零，海州分司经放银十二万七千六百五十八两零，拨放安徽等处银十四万五千九百两零，统共放库平银一百十一万六百八十七两九分三厘，均系印委官绅亲历灾区，认真散放，实用实销，并无丝毫浮冒。仍存银三千二百三十二两三钱四分八厘四毫八忽，归于后案列报。”等情，并开缮清单详请奏咨前来，臣等覆核无异。

除将收支银两清单分咨户部、工部查核外，谨合词恭折具陈。伏乞皇太后、皇上圣鉴。谨奏。

陆师学堂期满请奖折

光绪二十五年十二月十五日

奏为江南陆师学堂三年期满，吁恳天恩，俯准将优等学生及出力人员分别奖叙，恭折仰祈圣鉴事：

窃照江宁省城创设陆师学堂，经前署督臣张之洞奏明以三年为期满，仿照总署同文馆章程，择尤保奖，并选派学生分发各营任用，于光绪二十二年二月初五日奉朱批：“着照所请该衙门知道。”钦此。钦遵在案。

伏查该学堂自二十二年冬间开课，迄今已届三年，各学生在堂肄业，以经史为体，以武备为用，分门别类，昕夕讲求，如兵法、行阵、营垒、军械、地势、测量、算学、绘图、工程各理法，以及步队、行军、炮队、马队、打靶、体操各艺，均已一律毕业。经臣亲往该堂考试，并派委江宁布政使恩寿会同总办道员钱德培督率华洋教习及执事人等，分班校阅，取列等第，填榜晓示。该学生等于内外场各项功课，均属确有心得，融会贯通，具见教练认真，成效卓著。据总办道员钱德培查照奏案，详请分别奏奖前来。

臣维今日时势，以练兵为亟，而练兵次序当以陆军为先。泰西陆军以德国为最，而德国将才悉由学堂而出。兹江南创设陆师学堂，延聘德国将弁为教习，三年以来，无间寒暑，各学生悉心探讨，造就均有可观。迭经德国亲王亨利、英国议绅贝思福、美国使臣康贝请赴该堂阅操，极口称许，咸谓中国如此教练，何患不强？是此项学堂为戎事强弱之基，亦各国观瞻所系。现经臣将毕业一、二等优生分派各营任用，增其历练，广其智能，度必有英才出乎其间，仰备国家干城之选。自应照同文馆章程，按异常劳绩，择尤请奖，俾资策励，而劝将来。至在事出力之教习、翻译、委员，或训迪有方，或勤劳罔懈，实心实力，克底于成，均属有劳足录，拟请一并择尤奖励。谨缮具清单，恭呈御览。合无仰恳天恩，俯准照拟给奖，出自逾格鸿施。

除将千总以下末职照章咨部给奖，并饬取履历分咨总理各国事务衙门、吏部、兵部查照外，理合恭折具陈，伏乞皇太后、皇上圣鉴训示。谨奏。

毕业学生分发营旗充当教习拟给薪水片

再，江南陆师学堂已届三年毕业，各该学生于泰西戎事实力讲求，确有心得，迥非专袭皮毛者可比。江南各军业经改练洋操，自应将此项一、二等优生分发各营旗，教习测绘及一切攻守机宜，俾各勇丁取法有资，日臻精进，各学生亦可借事历练，以储异日将领之材，实于武备大有裨益。查一等学生共三十二名，每名月给薪水银二十四两，二等学生共四十名，每名月给薪水银十六两，即在陆师学堂经费项下支给，核计尚有不敷，并饬于金陵支应、江南筹防两局各拨银五千两，俾资济用。

除分饬遵照外，谨附片具陈，伏乞圣鉴，敕部查照。谨奏。

淮徐海赈捐第二案收支款目折

光绪二十五年十二月十五日

奏为江苏淮、徐、海赈捐收支款目第二案奏销，恭折仰祈圣鉴事：

窃查光绪二十三年江苏淮、徐、海等属被水成灾，筹办赈抚业据赈捐局将收支各款列为第一案报销，详经臣等分别奏咨在案。

兹据该局司道详称："光绪二十四年，各该府州所属复被水灾，小民荡析离居，较前益形困苦，凡次贫之户，无不转为极贫。加以二十四年春遣送回籍之灾黎以及闻赈自回之穷民，为时已迟，不及播种，不得不量予补赈。核计人数，不下数百万，待哺嗷嗷，刻不容缓。当即借拨巨款，散放急赈，将淮、徐、海各属普赈之事，属之义赈绅士严作霖、广东候补知县宋治基、安东县教谕唐锡晋等分途认真办理，并派委江苏候补道方硕辅、直隶候补道邓贤辅专办淮、海工赈事宜，其徐州工赈，则由徐州道桂嵩庆督饬印委各员承办。又复多派干员，沿途截留，设厂赈粥，米钱并放，工赈兼施。于普赈之外，加以收养耕牛，至今春分途资遣，并择极贫之户兼发籽种、钱文，酌办平粜。维时用宏款绌，甚费支持，仰荷天恩浩荡，截留漕米八万石，准再展限劝办赈捐，并以请奖实官，部议未准，拨给广东等省昭信款银三十万两，又大理寺少卿盛宣怀、道员李征庸、严信厚等均各筹垫巨资，本省司局各库借拨之外，复向各省筹借，以及派出劝捐各委员解到之款，随收随拨，以资济用，赈务乃得应手。

“兹查续据报到各处，计阜宁、安东两县春抚项下共用库平银七千五百两零，各属补赈项下共用库平银三十一万五千八百十六两零，急赈项下共用库平银五万三千五百九十五两零，留养项下共用库平银三十九万六千三百四十一两零，资遣项下共用库平银十八万五千三百四十九两零，收养耕牛、给发耔种项下共用库平银十三万九千三百五十九两零，购米及平粜项下共用库平银四万七千七百七十五两，工赈项下共用库平银十二万一千四百三十四两零：统共放库平银一百二十六万七千一百七十二两三钱三分九厘一毫八忽。以本届续收银一百二十七万二千四百七十六两四钱七分八厘四毫八忽计之，仍存银五千三百四两一钱三分九厘三毫，归于后案列收另报。所有本案支放各款，均系实用实销，毫无浮冒。开缮清单，列为第二案报销。”等情，详请奏咨前来。臣等覆核无异。

除将收支银两清单分咨户部、工部查核外，谨合词恭折具奏，伏乞皇太后、皇上圣鉴。谨奏。

淮北各商免捐常年票本片

再，前准部咨：“帑项奇绌，用度不敷，奏准筹款六条，行令两淮各票商，酌定上中下三则，按年捐输票本一次”等因。业经臣将淮南商情极困无力，常年捐输，仍恳循环转运，恭折具奏，并声明淮北各商，如何集议，容催覆到，再行据实覆陈在案。

兹据两淮盐运使江人镜详：“据淮北各票贩禀称：‘伏查光绪六年，部奏边防吃紧，筹备饷需，随同淮南运商勉力分成捐缴银两，仰沐皇仁，准其永远循环，常沾余润，无任感激。今复照从前奏案，饬令按年捐输，贩等力苟能逮，自应竭诚图报。无如北贩情形较淮南运商困苦尤甚，推原其故厥有四端：

‘一，由于捐款之繁。查自循环转运以来，举凡公家之急，无不勉力输将，历捐巨款，随同南商分成呈缴，加以近年各省赈捐叠叠不已，无岁无之，及上年认领昭信股票，无非取诸成本，成本日重，利息愈微。此困苦者一也。

‘一，由于票价之跌。查北鹾四包成引，百引为一票，与淮南八包成引，五百引为一票，相去悬殊。当环章奏定之始，尚有余利可图，以致喧传居奇，每票尚值四百金，原认诸贩转相脱售，遂皆盈橐而去。自贩等业鹾后，捐输一次，血本又加一次，于是票价不能加长，转致日渐跌落，每票尚值三百余金。近闻饬捐常年票本之议，虽三百金以内亦无人过问。在贩等票皆重本，不得不恃票本为维系，而票价日低，又何足恃。此困苦者二也。

‘一，由于成本之重。查自光绪二十二年以后，或因风潮漫溢，垣盐短少，或因雨潦浸淫，场产歉收，以致历纲成本，逐渐加重。统计场局、坝局各项开支，每包竟又增至一钱有奇。自有之票，获利已微，租票之家，其利更减。且北鹾畸零小户赖此为生者居多，成本则有加无已，利息则几无盈余。似此情形，转输不继，贩力实属难支。此困苦者三也。

‘一，由于息借之亏。查贩等托业北鹾，只此一副资本。近纲因成本占搁，当各项费用纷至沓来，不得不息借情挪，以济目前之急。淮北地较偏僻，银钱更紧，出息较重，即如本年秋间承运票盐，场河干涸，开钳口坝，节节筑堰灌塘，层层用船驳运，煞费经营，所费实属不支，且又从借贷而来，偿息归本，力尽筋疲。此困苦者四也。

‘以上各节无不为贩等切肤之痛。种种苦情，琐难禀罄。惟有禀请奏恳天恩，免捐常年票本，以顾全局，而纾贩力。’”等情，详请奏咨前来。

臣查淮北系属小票，票价亦轻，与淮南情形不同。除咨部查照外，理合附片具陈，伏乞圣鉴训示。谨奏。

遵旨妥筹南洋防务折

光绪二十五年十二月十六日

奏为遵旨妥筹南洋防务情形，恭折覆陈，仰祈圣鉴事：

窃臣承准军机大臣字寄：“光绪二十五年十月十八日奉上谕：‘现因意大利兵轮在沿海一带不时窥伺，曾经传谕叶祖珪预行布置，妥筹万全，朝廷不为遥制。惟是各省沿江、沿海炮台与兵轮相为表里，必须先事联络一气，始免临时紊乱之虞。兵轮通语，日用旗号，夜用灯号，各式旗灯，具有成书可考，闻南洋各台于此事不甚谙晓，必致呼应不灵。各国兵轮大约相似，北洋所购新船，各炮台亦未经认识，万一辨别不真，为害非细。至炮台攻船之法，必须将炮表度数，船行速率，推算定准，各省炮台恐未能悉精此艺。且建有炮台地方，岸上各要隘固应严密扼堵，又须紧防抄袭后路。以上各节，皆系吃紧关键，必有制胜之将，熟练之兵，炮台、兵轮互相犄角，纵不能出洋攻敌，守口尚属有余。现在吴淞、镇江、长门三处及沿江一带炮台统领为谁？是否得力？守台兵数各若干？着该督抚先行具奏。此次叶祖珪率船南下，并着南洋、闽、浙等省督抚接见该统领，面商一切机宜，即令会同各炮台统将，周察形势，讲求布置。总期事出万全，不准稍存畛域之见，致误事机。其各该省应如何先事预防之处，朝廷仍不为遥制。将此谕知各该督抚，并由北洋大臣传谕叶祖珪知之。'"钦此。仰见圣谟宏远，训诲周详，莫名钦服。当经分别转行钦遵去后，臣复于上月十六日出省，二十一日行抵吴淞口，适北洋海军统领叶祖珪由浙回淞，面商一切，并嘱与提督黄少春、李占椿及各炮台统领、兵轮统领详细妥商。臣回省后，该统领叶祖珪复来江宁，又经接见，再四商酌，均各就绪。兹据江南筹防局司道江宁布政使恩寿等详请覆奏前来。

臣维时艰孔亟，外侮侵寻，必须有熟练之兵，制胜之将，先事密为布置，庶足以备不虞。本年意大利兵船时在沿海一带往来游弋，居心叵测，尤不可不严为之防。江苏滨海临江，地方极为辽阔，就防务而论，以吴淞、南石塘、狮子林、江阴为最要，镇江次之，金陵又次之。各该处均经设有炮台，派勇守护，吴淞、江阴等处并派有兵轮、鱼雷各船依附炮台，分别扼守。炮台、兵轮相为表里，迭经饬令联络一气，互为声援。各该统领目击时艰，均能督率弁勇，严密防范，未敢稍涉疏虞。南洋兵轮、炮台通语旗、灯，均系按照北洋所颁章程办理，各台各船亦均设有专管旗灯之人，讲习有年，一无隔阂。此次叶祖珪率船南下，所有北洋各船，其驶入长江者，业经各弁勇分别辨认，其停泊吴淞者，亦经详加审察，一以灯旗为凭，不致稍有歧误。至各国兵轮大略相同，诚如圣谕："万一辨别不真，为害匪细。"第各国旗式，均有成书可考，广狭大小，截然不同。各台、各船遇有外洋兵轮，亦惟以船旗为准。现已会商各统领，慎益加慎，以免别滋事端。各炮台安设炮位，多系新式坚利之炮，临流扼击，足资堵御。台后各要隘，尤须相度地势，严为设备，均已安设护台灵捷炮位，堵截旱队，以防由后路抄袭。

现计吴淞、南石塘、狮子林一路驻有盛字五旗，归记名总兵班广盛统带，勇丁一千四百三十名，炮台专勇三百六十四名；江阴一路驻有合字五旗，归补用副将章其俊统带，勇丁一千五百三十七名，炮台专勇五百八名；镇江一路驻有新湘五旗，归湖北郧阳镇总兵陈基湘统带，勇丁一千四百三十名，炮台专勇六百三十名；金陵一路驻有亲军七旗，归山西大同镇总兵刘光才统带，勇丁二千零二名，炮台专勇四百九十六名。各统领纪律严整，熟谙戎机，江海兼防，深资得力。此外江阴、镇江等处，尚有长江水师提督黄少春所部江胜军三千人，江南提督李占椿所部自强军二千六百五十人，均于附近炮台地方择要驻扎，遇有警信，互相策应，与炮台各军联络声势，以备缓急。至炮台攻船之法，平时练习有素，临时始有把握。各炮台总专台官，均系慎选委充，并遴派教习、匠目人等切实讲求，所有炮表、度数、船行速率均经逐细考究，以期心手相应。昨经臣出省阅看，各路炮台打靶，施放有准，已有成效可观。仍当饬令各统领，随时严督各弁勇，勤加操练，总期推算定准，精益求精，以期仰副朝廷整饬武备、慎固江防之至意。

所有遵旨妥筹南洋防务各缘由，谨会同江苏巡抚臣鹿传霖恭折覆陈，伏乞皇太后、皇上圣鉴训示。谨奏。

吴淞口添募盛字中旗一哨片

再，吴淞口地方关系紧要，迭据驻防该处之盛字旗统领班广盛禀请，仿照江阴合字旗成案，添募中旗勇丁一哨，以资分布。

臣查合字中旗系属四哨，共计勇丁三百九十三名，其余各旗一律每旗三哨计，勇丁二百八十六名。现在防务吃紧，南石塘南首高坡又拟增筑炮台，该统领请添勇丁一哨，系为有裨海防起见，应即照准。饬据支应等局司道、江宁布政使恩寿等详请具奏立案前来。

理合附片陈明，伏乞圣鉴，敕部查照。谨奏。

筹还通州纱厂机价官商合办折

光绪二十五年十二月十六日

奏为江南通州纱厂领用官购纱机，官商合办，谨将筹还机价数目暨前后办理情形，恭折具陈，仰祈圣鉴事：

窃前署督臣张之洞在两江任内，迭奉谕旨，饬令招商，多设织布纺纱等局，以收利权。当以通州、海门为产棉最盛之区，奏派在籍绅士翰林院修撰张謇，邀集绅商，就地设厂，招股兴办，并以前在湖广总督任内向上海瑞记及地亚士两洋行垫款订购纺纱机器全部拨归苏州商务局招商合办，均各奏明在案。迨臣于光绪二十二年回任后，察知商情观望，领办乏人，机器仍庋沪栈，应还机价迭又届期，镑价日昂，息款暗蚀，加之栈租、保险以及华洋员匠随机照管、守候装配等费，阅时已多，需款更巨，即饬前办江宁商务局徐州道桂嵩庆赶速筹款清厘，招商分领承办。

当查前项机器原奏内称合银六十万两，系就当时镑价约合库平核算，且止统计正价及来华运、保各费而言，存沪栈租尚不在内。又合同系十九年在鄂所立，先由该洋行垫款代办，其垫付银两每年七厘起息。又由洋厂代雇洋匠，随机到沪，派令经管守候，安厂装配，川资薪费按约照给，原奏均未详细声明。又按合同，机件仍有短缺，两次续补，津贴购价，亦原奏所未及预计。时阅四载，款分六期，息款虽随本递减，镑价则积时愈增。以上各款，除由鄂省先付定银二万五千两，续拨湘、鄂票价库申规银三十二万八千八百两，嗣又陆续动拨上、宝滩地变价银二十四万五千七百余两，其余不敷之款，暂在南洋各处先行借拨，仍俟续变地价归还，以符原奏。统计购办纱机正价及运、保、栈租等费以及垫款息银，兑镑涨价，补还机价贴项，洋匠薪水、川资，共规平银八十七万九千七百四十二两有奇，均于上年一律付清。此鄂省订购纱机拨归江南历次筹还银款之数目也。

至此项纱机本拟归苏州商务局领用，旋因在籍绅士前国子监祭酒陆润庠承领息借商本积谷公款，另行购置丝纱等机，设厂开办，而通、沪厂商潘华茂等又因苏、沪各厂争利，商股一时难招，延宕经年，不愿领办，复招商股，屡议屡更。既因机器久阁，锈损必多；兼虑洋栈远存，糜费未已。当经桂嵩庆与大理寺少卿盛宣怀、翰林院修撰张謇迭次筹商，咸以官机占本大重，商股受亏必多为辞，因酌商变通办法，延请公正行商，照时估值，除去各种费用，将全部纱机四万七百余锭作价规银五十万两，由盛宣怀、张謇在上海、通州各设一厂，分领纱机，作为官本各二十五万两，另招商本各二十五万两，订明官商合办，照章计息，载在合同。其通州一厂，即由张謇督同商董招齐股分，择于通州西门外沿江地方建厂安炉，兴工举办。经始于二十三年十二月，至本年春季甫经落成，开机轧花，分投工作，十二月十五日全机二万三百余锭，均已开齐。出纱既佳，行销亦旺，中外争来购用，谓比苏、沪厂纱为优。此通州纱厂官商合办渐著成效之情形也。

臣维通、海一带土产棉花，柔韧精良，冠于环球，各国洋商购花纺纱，还以输之内地，土布为所拥挤，漏卮颇难挽回。今幸官商合本设厂纺纱，地利既宜，人工亦便，获利之厚，左券可操。然当议办之际，正值沪厂倒闭相仍，洋商挤排尤甚，多端疑阻，几败垂成。该绅商等艰苦经营，始终罔懈，臣亦毅然力任，俾底于成而后已。顷虽纱销畅盛，工作辛勤，从此扩充厂务，可期自立。第内地制造之利，约已颁行，外人倾轧之心，势所难免。通厂官商合本，嗣后仍须官为护持，庶通、海之土产可保，闾阎之生机日长，国计民生两有裨益。

除上海一厂领用官机应由大理寺少卿盛宣怀自行具奏，并分咨总理衙门、户部查照外，所有筹还纱机价值数目暨通州纱厂官商合办缘由，理合恭折具陈，伏乞皇太后、皇上圣鉴。谨奏。

查覆许宝书清丈参款片

再，臣承准军机大臣字寄："奉上谕：'有人奏，局员清丈滩地，将有粮田亩变价充公，请饬严查一折。据称上海、宝山两县前曾设局清丈滩地，局员许宝书接办局务，改用洋法丈量，于业户田单亩分不符者指为溢出，勒令充公，或令业户缴价领还，所缴之价，有增至数十倍者。上海一县清出亩分变价至五十余万两之多，宝山清出之数尚不在内等语。着刘坤一、聂缉椝按照所奏各节，确切查明，据实具奏，勿稍徇隐。原折着抄给阅看。将此谕知刘坤一，并传谕聂缉椝知之。'钦此。遵旨寄信前来。"等因，并抄奏，即经恭录抄咨前护抚臣聂缉椝，会饬江海关道秉公确查。

兹据江海关道余联沅查明禀覆前来。如原奏内称："清丈步弓改用洋法皮条，溢出亩分勒令充公"一节。查上海县于咸丰五年清定赋额，均照部颁步弓查丈，挨号给单，以为执业之据。迨通商后，市面繁盛，境内民田间多售与洋商，丈量亦仿用皮尺，习俗相沿，均称简便。许宝书接办后，亦即照旧办理，比较并无出入，并未闻有溢出亩分情事。

又原奏内称："宝山清丈凭串给单，上海办法殊不一律"一节。查许宝书接办上海清丈事宜，宝山亦归兼办。上海向以田单为准，民间执业及呈税道契，均应验单，借杜粮串移东补西朦混冒领之弊，与宝山向无田单但凭粮串者情形不同，办法致难一律。

又原奏内称："该县田亩，如业户遗失田单，准给印谕执业。乃许宝书知照县署停给，遂使失单之业户，县不给谕，局不验串，坐听变价充公"一节。查上海民间田地，自咸丰五年定额给单，如有遗失，本准业户在县呈明，随时补请印谕。嗣因奸民混领串卖，往往以无粮之地，朦请印谕，展转售与洋人，以致新涨滩地，无主官荒，多被隐占。迨经设局清丈，议章行县，凡有无单地亩补请印谕者，必须澈底查清，方准给发，其以前所请印谕，仍准呈明照旧执业。系为杜弊起见，并非概行停给。

又原奏内称："上海地界有贵至三千两一亩者，即以每亩千两为断，统计已有五十余万，不知销归何所"一节。查上海通商以来，商贾云集，市肆日兴，附近洋场马路地方，地价每亩自数千金至百余金不等，其租界以外距市较远售价亦廉。清丈滩地多在沿浦临江，地段僻远，价值低昂难以一律。计许宝书经手查出上海县境充公地亩变价银二十六万余两，均经造册开报，实无五十余万之多。

至原奏内称："接办之员复议展界续丈"一节。查上海通商各国，请扩公界，业经议定界址。所有界内、界外涨滩地亩尤关紧要，应饬局员赶紧清查，切实勘丈，验明单据，分别照章办理。是现查之地，并非展界续丈，亦无扰累情弊。

此查明清丈局员被参各节之实在情形也。

臣等覆查原办上海清丈局员许宝书，综核精密，办事认真，任怨任劳，易招忌嫉。到差以来，查出新涨滩地及无粮公地变价至二十六万余两，借以归还纱机要款，洵属有裨度支。惟丈量地亩，向系遵用部颁步弓，本未便改用西洋皮尺。然上海通商以来，中外商民售田、租地，率以皮尺简便，闾阎亦各相安，骤难更革，实非许宝书为之作俑。至无单田地由县澈底查清，始准补给印谕，亦因土豪侵冒，弊窦丛生，间有一业两主，单串各执，所派员司人等未及查对粮册，辄即断令充公，虽则情有可原，究属失于觉察。相应请旨将前办上海清丈局务现任淮安府知府许宝书交部察议，以示薄惩。

除现在尚未清丈各地，已饬道督同局员查对粮册核实办理以顺舆情外，所有遵旨确查清丈局员被参各节缘由，谨会同江苏抚臣鹿传霖附片覆陈，伏乞圣鉴训示。谨奏。

查明驻关收发枪炮等项数目折

光绪二十五年十二月二十四日

奏为遵旨查明甲午之役，微臣奉命驻关督师，经收经发枪炮等项数目，分别缮具清单，恭折仰祈圣鉴事：

窃臣承准军机大臣字寄："奉上谕：'有人奏，南、北洋所存新旧枪械甚多，为魏光焘、唐仁廉、牛师韩、宋朝儒、刘树元诸军所领，遣散后曾否缴回？请饬查明等语。甲午之役，在事各军，均已遣散，各该统领等所领枪械，缴存何处，及漏未呈缴枪枝，亟应澈底清查。着增祺、裕禄、刘坤一查明原领暨已缴未缴各确数，饬知该统领等限期缴回，其有业经回籍及病故者，即行文该省，传知该员及该家属迅即一律清缴，毋任隐匿。其魏光焘一军所领枪械已否缴回，即着该抚据实奏覆。将此谕令知之。’”钦此。跪聆之下，仰见朝廷综核军实之至意。

臣查甲午之役，调防各军云集，所需枪炮由南、北洋，各省协拨接济，解交臣榆关行营各项洋枪二万一千九百零六杆，抬枪背枪二千二百八十杆，大小炮位二百三十六尊，地雷一千二百六十具，洋火箭五百四十枝，又调防各军随带枪炮在榆关呈缴各项洋枪二千四百零五杆，抬炮二百十杆，大小炮位六十五尊：总共经收各项洋枪二万四千三百十一杆，抬枪、背枪二千四百九十杆，大小炮位三百零一尊，地雷一千二百六十具，洋火箭五百四十枝，当即分发各军操用。事定撤防、调防，各军统领所领枪炮，有带赴陕、甘剿办回匪者，有带往各原省操用、缴存该省者，有撤防遣散就近呈缴天津、奉天、河南等处者。按照请领数目，共计未经缴回各项洋枪一万五千一百十九杆，抬枪、背枪九百杆，大小炮位三十四尊，地雷一千一百五十具，火箭三十七箱。其撤防、遣散各军，当经臣督饬各该统领，逐一查明，何项枪炮在何处领用者仍缴还何处。在臣行营军械所领用之枪炮，除前敌遗失并驻扎海滨之军被海水冲失及操演炸裂损坏各项不计外，其余枪炮各件，按照原领数目，当即饬令一律呈缴。臣于回任后派委知县刘世芳运回江宁发交军械所存储备用。

至统领武威军陕西抚臣魏光焘等军带赴各省枪炮曾否一律缴清，除咨各该省督抚臣查明径行具奏并知照南洋备案外，所有前在榆关经收经发枪炮等项数目，谨恭折覆陈，并缮具清单，恭呈御览，伏乞皇太后、皇上圣鉴训示。谨奏。

特保道员备简折 光绪二十五年十二月二十四日

奏为特保贤明道员以备简用，恭折仰祈圣鉴事：

臣维人臣之义，以人事君。值此时局艰难，朝廷求才若渴，臣忝膺疆寄，自应敬举所知，以副圣谕。兹查有二品顶戴江苏候补道钱德培，先在德、和、奥、义、日本各国充当使署文案、参赞等差，历著劳绩，经臣汇保使才在案。该道志趣正大，操履清贞，委办陆师学堂，首教以治心以作其忠勇，次教以讲艺以开其智能。现在毕业学生多所成就，各省争先延为教习，实该道训迪之功。该道于公事则巨细必亲，于私财则丝毫不苟，有为有守，用之于关道、巡道均能胜任。又江苏试用道沈邦宪，华实并茂，体用兼赅。平日于古今时势，中外情形，以及治乱安危之迹，因革张弛之宜，讲求有素，每遇事变猝投，辄能当几立断，观其设施方略，洵足干济时艰。现在委办筹防，不啻驾轻就熟，调兵调食，措置裕如。又江苏候补道沈瑜庆，赋性强毅，卓著丰裁。有明决之资，经权悉协；有贞固之力，终始不渝。历试皆然，颇收成效。现在委办吴淞埠务，区画井井有条，华洋莫不翕服。又安徽补用道席汇湘，器识闳深，志存匡济。为忠荩之后，勉绍前猷；处富贵之中，痛除陋习。其于中西书无不读，尤以算学擅长，将来假以斧柯，不患挟持无具。现办两江营务，操纵尚属合宜。该道等与臣共事有年，颇能知其底蕴，倘蒙俯赐录用，必能殚竭血诚，上酬高厚。可否仰恳天恩交军机处存记，遇有道员缺出，请旨简放，出自逾格鸿慈。

所有特保贤明道员各缘由，理合恭折具陈，伏乞皇太后、皇上圣鉴训示。谨奏。

郭道直送部引见片

再，查布政使衔江苏补用道郭道直，老成稳练，精细慎勤。

臣于光绪元年初来江宁署事时，该道办理金陵机器局务，迄今二十五年，既未得与补署，又未调换优差，该道处之泰然，绝不为意。光绪十六年，前署督臣沈秉成，体恤局员，各委兼差，普增薪水，独该道与已故道员吴炳祥力辞不受。本年调办支应，该道复以原办机器局积年节省经费，购存材料，约值二万余金，悉数归公报效，不以自私。其操守之廉，实为近今罕觏。至于制造枪炮等项，昕夕驻工，每遇拨发频繁，竟至眠食俱废，是以接济南、北洋军械，无论缓急，从无贻误，未便没其微劳。可否仰恳天恩，俯准将该员郭道直送部引见，量予录用，以昭激劝，恭候圣裁。

理合附片具陈，伏乞圣鉴训示。谨奏。

陶森甲历练才优恳恩录用片

再，二品顶戴江苏试用道陶森甲，于光绪十三年随同兵部侍郎洪钧出洋，派驻德国，熟悉交涉情形，经臣汇保使才在案。该道先经前新疆巡抚刘锦棠、前大学士闽浙总督左宗棠、前台湾巡抚刘铭传次第奏调新疆、福建、台湾等处办理军务，盘错功深，韬钤夙裕。及到江苏候补，经臣委办两江营务处，调和诸将，整饬戎行，颇有起色。嗣经委往日本阅操，该道文采可观，议论动听，其于周旋晋接，悉合机宜，该国大臣竞称其能。事竣回省，随将所历各处形胜以及风土民情，并该国行军之号令、营阵，一一绘图贴说，编为成书。其识略之优长，深通兵法，熟谙邦交，为方面中所不多得。该道前在陕西受知于西安将军今大学士荣禄，每与论及人物，亟称该道为有用之才。可否仰恳天恩，发往荣禄军营效力，以资指臂之助，俾展所长，抑于沿江沿海各省简放一缺，必能措置裕如，于时局不无裨补。

理合附片具陈，伏乞圣鉴训示。谨奏。

特保武职各员折光绪二十五年十二月二十四日

奏为特保武职得力人员，以备简用，恭折仰祈圣鉴事：

臣维各省正在练兵，将才是为急务，而将才每由历练而成。咸丰、同治年间，用兵最久，造就人材颇多，迄今三十余年，宿将日形凋谢，其仅存者又以衰老，难供驱策。就臣察看，查有统带南字旗记名提督吴恒山，年力正壮，胆气甚优，初带一哨而不嫌轻，继统各营而不觉重，其器局亦复过人。至其纪律严明，戎行整肃，不可猝犯，在湘军中卓立不群。又统带盛字旗记名总兵、借补江西袁州协副将班广盛，资性雄毅，智虑深长。上年裁勇之时，该营刁徒造谣惑众，该总兵立斩四人，余均妥为遣散，军心始安。现在驻防吴淞，高垒深沟，如临大敌，隐然有长城之寄，且自行筹款，于营中设立体操、测绘学堂，以教子弟，可谓有志，洵为淮军后劲。此外湘军如管带太湖水师左营提督衔、记名总兵陈正珀，朴诚果敢。淮军如管带新兵营记名总兵、江西广信营参将吴继培，稳慎勤能，亦足以资指臂。其次则如堪胜提镇，借补江西抚标右营游击补用副将王国权，统带衡字旗补用副将王世雄，均属深识机权，善于操纵。又次如统带护军副将衔补用参将赵云龙，淮扬镇右营参将章宗瀚，管带护军补用游击佘炳文，管带江胜军尽先游击陈煦亮，皆能有勇知方，可当一面。该员等经臣委任多年，历试有效，今因交卸督篆，不敢壅于上闻。木屑竹头，有时亦足以应缓急。古来有以偏裨擢至大将，卒收战胜攻取之功。方今时事多艰，是非破格用人不足以拔殊尤而资鼓励。是否有当，伏乞圣裁。

所有特保武职得力人员，理合恭折具陈，伏乞皇太后、皇上圣鉴训示。谨奏。

恭报交卸日期折光绪二十五年十二月二十四日

奏为恭报微臣交卸篆务日期，仰祈圣鉴事：

窃臣钦奉光绪二十五年十一月二十二日上谕："刘坤一着来京陛见，两江总督着鹿传霖署理。"等因，钦此。跪读之下，钦感莫名。当以臣患痔未愈，奏恳俟交卸后，暂住江宁调理，春融再行北上，旋准总理衙门来电蒙恩允准，钦遵在案。

兹署督臣鹿传霖行抵江宁，臣于十二月二十四日派委江宁府知府刘名誉、臣标中军副将王幼山，将两江总督关防、两淮盐政印信、钦差大臣关防并王命旗牌、文卷等件赍送鹿传霖接收。臣即于是日交卸，自当赶紧医治，以期早日就痊，俟开冻后航海入都趋诣宫门，恭聆圣训。

所有微臣交卸篆务日期，理合缮折具奏，伏乞皇太后、皇上圣鉴。谨奏。

奏疏卷三十三

叩贺天喜折光绪二十六年正月初十日

奏为叩贺天喜，仰祈圣鉴事：

窃臣恭阅邸抄："光绪二十五年十二月二十四日奉朱谕：'以多罗端郡王载漪之子溥儁承继为穆宗毅皇帝之子，仰遵慈训，封溥儁为皇子，以绵统绪。'"等因，钦此。

钦惟慈禧端佑康颐昭豫庄诚寿恭钦献崇熙皇太后，量侔圜矩，泽普垓埏。播戢兵和众之勋，八荒底定；广泳沫游原之颂，九译来宾。遗大投艰，振钟虡不移之伟烈；保邦致治，定车书一统之宏谟。媲郅治于飞龙，砥道则荡平共庆；持小心于驭马，璇宫则宵旰弥勤。洵乎接踵炎黄，超踪任姒矣。

兹乃轸十庙创垂之绪，措万年磐石之基，早育储徽，慎维国本。方汉明德之诞膺多福，长乐含饴；迈宋高后之坐镇时艰，少阳表瑞。主器莫若长子，匕鬯无惊；承祧赖有元良，宗祊式固。

臣忝膺疆寄，敬仰徽音。喜毓粹于青宫，谨循视膳问安之礼；钦承光于紫极，豫卜守文继体之长。

所有微臣忭庆下忱，理合恭折叩贺天喜，伏乞皇太后圣鉴。

再，臣奉旨陛见，现已交卸篆务，此折系借用两江总督关防拜发，合并陈明。谨奏。

叩贺天喜折 光绪二十六年正月初十日

奏为叩贺天喜，仰祈圣鉴事：

窃臣恭阅邸钞："光绪二十五年十二月二十四日奉朱谕：'以多罗端郡王载漪之子溥儁承继为穆宗毅皇帝之子，仰遵慈训，封溥儁为皇子，以绵统绪。'"等因，钦此。

钦惟我皇上体元御寓，建极绥猷。荷重熙累洽之基，丕承堂构；萃食德饮和之众，普集共球。道击鼓而义击钟，扩大禹拜言之量；望如云而就如日，峻伊耆光被之勋。保泰持盈，夙夜懔春冰之戒；迩安远至，埏垓歌夏雨之甘。固已巩国脉于苞桑，敷湛恩于汪濊矣。

兹乃念列圣继承之业，廑万年统绪之传，慎简元良，永绥根本。震方主器，备仪天俪景之祥；宸掖承欢，毓轶诵韬庄之德。敷天庆洽，率土讴兴。昔汉元延之嗣定陶，尚赖引援于外戚；宋嘉祐之立宗实，亦资匡赞于辅臣。岂若我皇上独断渊衷，早储副德。春坊典学，执中上衍心传；博望招贤，庶物群瞻首出。斯则绍庭陟降，孚十庙之式凭；卜世绵长，合万方而攸赖者也。

所有微臣忭庆下忱，理合恭折叩贺天喜，伏乞皇上圣鉴。

再，臣奉旨陛见，现已交卸篆务，此折系借用两江总督关防拜发，合并陈明。谨奏。

赐寿谢恩折 光绪二十六年正月十七日

奏为叩谢天恩，仰祈圣鉴事：

窃臣上年十二月二十二日生辰，仰荷圣慈，特加赏赉御笔

"星应寿昌"匾额一方，御笔"筹添七秩芝纶渥，威镇双圻莀画深"对联一幅，御笔福字一方，御笔寿字一方，御笔长寿字一幅，御笔画菊四幅，无量寿佛一尊，三镶如意一柄，蟒袍一件，大卷十二件，领赍到宁。臣当即恭设香案，望阙叩头谢恩祇领。

伏念臣衡湘下士，樗栎凡材。三朝沐知遇之恩，渥蒙煦育；卌载厕封疆之任，未报涓埃。每循分而怀惭，惧受荣之逾量。乃以衰颓之晚景，仰邀稠叠之隆施。迓瑞霭于日边，龙笺绚彩；烛荣光于天上，翠墨凝辉。星炳弧躔，九译咸登寿寓；岁逢渊献，三能欣应昌期。七秩衰龄，异数拜芝纶之渥；双圻重任，宸章荣莀画之褒。钦向用而攸叙箕畴，颂无量而上齐佛寿。延龄菊秀，近瞻宝绘之璘瑞；如意花开，远耀璚枝之润泽。备彰施于五采，焕虞廷作服之华；丽纂组于七襄，诵周雅承筐之什。荷恩膏之曲逮，岂梦想所敢期。申锡祗邀，寅承倍切。臣惟有益加感奋，勉竭悃忱。乐爱日之舒长，戴慈云之布濩。俯惭蒲质，回春涵雨露之滋；益切葵倾，赞化仰乾坤之大。

所有微臣感激下忱，谨具折叩谢天恩，伏乞皇太后圣鉴。

再，臣奉旨陛见，现已交卸篆务，此折系借用两江总督关防拜发，合并陈明。谨奏。

赐寿谢恩折光绪二十六年正月十七日

奏为叩谢天恩，仰祈圣鉴事：

窃臣上年十二月二十二日生辰，仰荷圣慈，特加赏赉御笔"绥怀多福"匾额一方，御笔福字一方，御笔寿字一方，无量寿佛一尊，三镶如意一柄，小卷十六件，领赍到宁。臣当即恭设香案，望阙叩头谢恩祇领。

伏念臣壮岁从戎，边隅陈力。仰天戈之奋武，幸际兵销；荷轩御之论功，滥膺疆寄。经纶未裕，久持节钺于西江；冠冕遥通，复总师干于南服。洎两江之徙镇，历四任而承恩，未能图报夫涓埃，方切怀惭于夙夜。何意加增马齿，渥蒙宠贲龙章。命懔绥怀，愿播尧仁于象译；眷膺多福，仰叨天覆之庞洪。奎章则辉映景星，禹畴锡极；睿藻则光分爱日，天保赓诗。璎珞腾光，礼金仙之宝相；指挥如意，灿玉树而长春。丝纶焕作服之华，荣颁宫锦；币帛诵承筐之什，香染御炉。凡兹恩遇之加隆，夫岂衰庸所敢望。臣惟有益加策励，殚竭愚诚，冀酬高厚之生成，乐效轩鼚之鼓舞。幸值尘清函夏，愿偕万姓而呼嵩；欣逢治洽熙春，合颂九如而奏雅。

所有微臣感激下忱，谨具折叩谢天恩，伏乞皇上圣鉴。

再，臣奉旨陛见，现已交卸篆务，此折系借用两江总督关防拜发，合并陈明。谨奏。

议叙谢恩折光绪二十六年二月二十四日

奏为叩谢天恩，恭折仰祈圣鉴事：

窃臣钦奉光绪二十六年正月十四日上谕：“三载考绩，国家激扬大典，中外满汉诸臣，有能恪共职守，劳勋最著者，允宜特加甄叙，以示优眷。兹当京察届期，吏部开单题请，详加披阅，两江总督刘坤一，老成硕望，懋著勤劳，着交部从优议叙。”钦此。自天闻命，感悚莫名。

伏念臣猥以衰庸，忝膺艰巨，兼筹江海，敢忘宵旰之忧劳，久领疆圻，渥荷慈施之高厚，愧涓埃之未报，常夙夜以怀惭。际兹大典重逢，何幸微劳必录，褒题逾格，奚殊华衮之荣；甄叙有加，倍懔冰渊之惧。惟有慎勤从事，殚竭愚忱，切感奋于五中，窃图坠露轻尘之报；拜恩荣于九陛，喜遂瞻云就日之忱。

所有微臣感激下忱，理合恭折叩谢天恩，伏乞皇太后、皇上圣鉴。

再，臣遵旨入觐，现在行抵天津，借用直隶总督关防，合并陈明。谨奏。

赏加太子少保衔谢恩折

光绪二十六年二月二十七日

奏为叩谢天恩，恭折仰祈圣鉴事：

窃臣钦奉光绪二十六年二月十二日上谕：“本年朕三旬寿辰，覃敷闿泽，中外均沾。因念文武一品大臣，有年逾七旬，精神强固，供职克勤者，洵属熙朝人瑞，允宜特沛恩施，以昭优眷。两江总督刘坤一，着赏加太子少保衔，用示朕尚齿引年优礼耆臣至意。”等因，钦此。闻命之下，感悚交萦。

伏念臣疆索久持，涓尘未报。领节符于江表，马齿徒增；锡纶綍于天阶，龙颜喜近。皇华作赋，介圭方促夫骁征；圣算延洪，颁瑞复承夫鸾诏。自顾七旬衰质，蒲柳先零；何期四辅崇阶，棘槐滥厕。卅余年屡膺重寄，时切冰渊怵惕之怀；五十日三拜殊荣，渥蒙高厚生成之赐。鸿施逾格，鳌戴难胜。惟有勉竭愚诚，益加感奋。仰圣恩之广被，庆寿寓之宏开。随百辟而皋扬，幸跻师保疑丞之列；先兆民而华祝，载赓炽昌耆艾之诗。

所有微臣感激下忱，理合恭折叩谢天恩。伏乞皇太后、皇上圣鉴。

再，臣遵旨入觐，现在行抵天津，借用直隶总督关防，合并陈明。谨奏。

恭报回任日期谢恩折

光绪二十六年四月初八日

奏为恭报微臣回任日期，叩谢天恩，仰祈圣鉴事：

窃臣钦奉恩命入都陛见，于本年三月初二日到京，先后仰蒙召见四次，训诲周详，莫名钦感。陛辞后航海南下，于四月初一日行抵江宁。初五日，准署两江督臣鹿传霖派委代理江宁府知府王毓藻、中军副将王幼山，将两江总督关防、两淮盐政印信暨办理通商事务钦差大臣关防并王命旗牌、文卷等件赍送前来，臣当即恭设香案，望阙叩头谢恩祗领任事。

伏念臣猥以衰庸，渥蒙高厚，畀两江之重寄，荷五至之殊恩，自顾何人，膺兹宠遇。当此伏莽未靖，时局多艰，安民以察吏为先，惩贪猾而吏治乃肃；御侮以练兵为亟，严纪律而兵事始精。交涉纷纭，贵刚柔之互用；鹾纲疲滞，在疏缉之认真。臣薄植菲材，深惧弗克胜任，惟有殚竭心力，振刷精神，懔遵慈训，破除情面，切实整顿，固不敢稍涉偏私，亦不敢稍存迁就。并会同漕督臣及三省抚臣，将一切应办事宜，妥为经理，仰纾宵旰之忧劳，勉副朝廷之委任。除将回任接篆日期，循例恭疏题报外，所有微臣感激下忱，谨缮折叩谢天恩，伏乞皇太后、皇上圣鉴。谨奏。

遵筹洋货税厘并征折

光绪二十六年四月二十八日

奏为遵旨筹议洋货税厘并征事宜，恭折由驿覆陈，仰祈圣鉴事：

窃臣承准军机大臣字寄："光绪二十六年三月二十六日奉上谕：'户部、总理各国事务衙门奏：遵议盛宣怀等覆奏增税事宜各折片。洋税为国家岁入大宗，前因饷项支绌，特派盛宣怀、聂缉椝会同赫德将加税事宜，查照条约，筹议办理。该京卿等所拟将进出口货物照时价另行核估，暨外国烟、酒等物分别纳税，均属有利无害。现在修约届期，即着盛宣怀、聂缉椝会同赫德照会各国公使，将此次修改税则缘由，声明大旨，即就以上两端先行开议，以免延误。至该京卿等所议厘税并征，系专指洋货而言，与土货厘金尚无关涉。此事利害出入，关系甚大，如果确有把握，则每年可增千百余万之进款，于大局实有裨益，亦不宜诿延观望，致失事机。所有洋货加税免厘一事，着南北洋大臣、两广、湖广、四川、闽浙各总督，江苏、安徽、江西、浙江、山东、湖北、湖南、广东、广西各巡抚，查照盛宣怀等及户部、总理各国事务衙门各原折，参以本省情形，按之中外时势，如何可有利而无害，如何可利重而害轻，勿持两端，勿执成见，务即妥为筹定，限于一个月内迅速覆奏，听候谕旨遵行。盛宣怀等折单及户部、总理各国事务衙门折片，着分别抄给阅看。将此由四百里谕知各督抚并谕令盛宣怀、聂缉椝知之。'"钦此。

窃维富国乃能强兵，理财必先足用。统计部库岁入，盐、漕、地丁之外，复有厘金、洋税，进款不为不巨，自与各国通商以后，常年额供之项亦复递有加增。近以强邻环伺，防务吃重，练兵制器，需用更繁，而又加以应还洋款岁至千数百万之多，以致出入大相悬殊。凡有理财之责者，终岁力筹挪应，犹虑还款愆期，而京外一切供支多有未遑兼顾。时艰财匮，至此极矣，若不亟思穷变通久之计，其将何以支持！然生财之道，不外开源节流。年来汰冗兵，裁浮费，业已至再至三，固无论节无可节，纵或不惮刻核，竭力整厘，数必畸零，要无救于目前之急计。惟开源以图补苴，而开源又必求其无损于民，方为有利于国。该京卿等所请洋货免厘加税，详加考究，实为筹饷裕课至计，总理衙门与户部拟照岁收洋货之厘金与并征可增之税数，比较核定，亦系确切不易之办法。

伏查东西洋诸国抽收关税，土货出口征收甚轻，客货进口抽收极重，盖所以畅土货之行销，遏客货之侵占。中国洋税载明约章，进出口均照值百抽五例征收，如运入内地照完子口半税，无论运至何省，沿途关卡只有查验单货是否相符，不再重征，未完半税经过内地关卡方能照收税厘。半税本为抵厘而设，税仅一次，厘则每过一卡即有一卡之捐，运路愈远完厘益多。商人利晰锱铢，是以运入内地洋货，苟程途稍远，即均完纳半税，距口较近应完之厘轻于半税，始肯完厘。是内地岁收未完半税之厘，断无逾于岁收半税之数，不待核计可以概见。此外尚有完纳半税领单之货，运到指销之地，缴销税单以后，间有抽取落地厘捐，各省或有或无，数更无几，即如江苏一省仅苏州六门、上海刘河两处收此捐项，余则概不抽取。光绪二十五年各关共征洋货进口正税银六百六十五万余两，内地半税只银六十七万余两，仅及十分之一。子口税为正税之半，议者见子口税收如此之少，以为凡未完半税之货，必皆完厘，故有“子口税单无碍厘金”之语。殊不知洋货运进各关，完纳正税之后，在租界零售即无半税厘金可收。而此项零销之货，不仅就地居民食用所需，即附近口岸之人民以及往来口岸之过客，零星购带，照章均属不能收取税厘。总而计之，则此项免完税厘之零售实倍于报完税厘之货物。现在饬据各关局查议具覆，苏州厘局每年抽收过路及落地两项共银二万二千两左右，合计百分中不及三分，淞沪厘局每年抽收过路、落地两项共银十一二万余两，合计十成中不过一成有奇。漕捐并无洋货之厘。徐州厘捐近三届共只收钱七百千零。金陵厘捐抽收洋货、土货厘金向未分晰开报，饬查需时，深虑延误。各卡经过洋货多系凭单验放，其中偶有完厘，数当无多。江苏厘金较各省为多，统计每年所收洋货之厘仅此十数万金。电询各省，除山西、河南、黑龙江、新疆及江苏漕捐向无洋货厘金外，广西、吉林、湖北、奉天、湖南、广东向系笼统开报，未曾分晰洋货、土货。山东、安徽、直隶、江西、陕甘、云南、贵州、四川共计收银不过三十万。陕西最旺之年百货收厘银四十七万余两，约计洋货捐数在三成。福建、浙江，未经电覆。统而计之，即从宽核算当不过百余万两。若进口之货悉数完税，运售内地，照二十五年进口正税之数减半核计，应得半税银三百三十余万。今实收半税与各省所收洋货之厘合计仅银一百数十万余两，则所短一百数十万金，多系各口租界零售未完税厘之货物。是以多开一口岸，即为税厘多添一漏卮。现在拟照正半两税加倍并征，不独完税完厘商人无可趋避绕漏，即租界免厘之章亦得借此补救。而按照近年实征进口正税之数，计可多增两倍，共应得银一千九百余万，除去原收之正税及实征之半税，并入内地之厘金共银八百余万，计可额外加增一千一百余万。若再将洋土各货照时价核估征收，及向来免税之烟、酒等物议征税银，则正税尚可增收，并征税数必更增巨。通盘筹计，是洋货厘税，归关并征，证诸药厘前事，只虑外人难于就范。若以所加之税以抵应免之厘，非特决无亏短，实为进项莫大之利。各省所免原有之税厘，总理衙门会同户部业已电允拨补，即于各省向有进项亦复毫无窒碍。

至各处筹议，因鉴于历来洋货领单运入内地曾有夹带之事，大都以土混洋为虑。惟查洋货领单运入内地，按照约章，沿途应行呈单照验，如查有单货不符，以及单内添改挖补等弊，本有扣货罚办之条，特载税单加戳之内。此次会议并征，自应仍照约章，于领单入内地之时，由各关子口及沿途关卡认真验单查货。未经并征以前，尚虑其单外多带同类之货，将来并征以后，税银已于进口时一并完纳，多带之弊不除自绝，可以少一弊窦，只须查其有无土货夹杂，较前尤为简便。如洋商虑及留难，自可准其过卡提前先行查验，以示体恤。

又如进口之台湾茶叶，东西两洋及香港之海味、药材、白糖等项，凡有与中国土货色味相似者，拟由总理衙门饬令总税务司查明，详晰刊布，仿照洋药办法精刊印花，分发各关，加盖关防，存俟各货报关请单运入内地之时，由局员会同关员覆加查验。无论原包零件，均眼同黏贴印花。向来洋货复运出口及完税运入内地，于呈递报单时，本须委员查验盖戳，此后不过加贴印花，俾内地局卡易于辨认而免争执稽延。此外如机器所制之绒毯、棉布等项可以一望而知为洋货者，仍可毋庸黏贴印花。盖相类土产之洋货，税厘归关并征后，深虑其将进口之件存口销售，而以相类之土货伪充进口之件，运入内地，漏免土货之厘。此系议办并征时为防弊要着，必须抱定约章商议照办者。

又在口岸机器制造之货物，向章在口销售，不完税厘，运入内地或转运别口暨出洋者，均只完一正税。总理衙门因洋商贩运洋土各货，无论进出口，均完一正税、一子税为断。机器在口制造，运货、保险、人工均省，获利较厚，是以酌定不论华洋，均于离厂之先仿洋货进口例，收值百抽五之正税，再加一倍，以抵内地之厘。计共值百抽十。嗣湖广督臣张之洞虑洋商能否照加尚不可知，而华商已先受其敝，奏准暂行缓办，俟各国一体允加进口税之时，再行照办。此后并征果成，则洋货成本较重，在口设厂制造必多，离厂之税或仍照值百抽十抑或如何变通衡定，必须预筹举办，并照日本文凭所载，华洋一律。此系开办并征后商务变更必须预为筹措，以免趋避而妨税厘者。

总之，办事不能有利无弊，但当求其弊而防制之，则利可兴而弊自绝。现在财用匮乏已极，非加税无以为计。并征得能有成，则以后应还之款，应练之兵，应兴之利，皆可次第经营，不致束手无策。七处盐货厘金可毋庸税司代征，既免更章之难，亦节代办之费。是并征有裨时艰，此机万不可失。拟请朝廷毅然为之，务底于成，大局幸甚！

所有遵旨筹议税厘并征缘由，理合恭折由驿驰陈，伏乞皇太后、皇上圣鉴训示。谨奏。

还款必需加税片

再，臣在京因加税一事，先约盛宣怀、聂缉椝来寓查询各条情形，嗣往总税务司处商酌。据总税务司面称：“中国所借洋债，目下仅还息银已形拮据。不数年后，本息兼还，每年多出银五六百万两，若非加税，从何得此巨款！中国所收洋货厘金无多，加税拨抵，必可有余。”所言深切事理。当此时局艰难，应办之事需款之亟，虽不仅洋债一端，即以该总税司所言而论，为期已迫，若不预行筹措，临事何以支持！是宜为未雨牖户之谋，不可为临渴掘井之计。

理合附片具陈，伏乞圣鉴。谨奏。

挑选精锐归并防营片

再，前因海州、赣榆一带，地方空虚，清淮防营无多，难于兼顾，奏准招募栋字三营并炮队一哨，共计勇丁一千五百余名，札委道员林朝栋统带前往海、赣驻扎在案。

嗣查湖北提督张春发、江西按察使陈泽霖先后奉旨招募武卫先锋左、右军二十营，驻防江北等处，是淮、徐兵力已厚，所有栋字三营一哨应即裁撤。经前署督臣鹿传霖晤商陈泽霖，挑选栋字营勇四百名，拨入武卫先锋右军，复饬统带衡字旗参将王世雄挑选栋字营勇六百三十余名，带回江宁省城，归并衡字三旗，按照营制编为三营。其余各勇丁，一律遣散，于正饷外，另给恩饷一月，以示体恤。现已分别遣留完竣。

除咨部查照外，理合附片陈明，伏乞圣鉴。谨奏。

酌改盛字等旗为营片

光绪二十六年五月二十四日

再，时局多艰，外人伺隙而动，江海防务不可稍疏，而尤以靖内奸为第一要义。遇有匪徒滋事，必须迅速剿除，以免蔓延而滋借口。若稍涉迟缓，各国动以护教护商为名，调舰征兵，深入腹地，听之不可，拒之不能，办理最形棘手。外侮内患，相继而起，大局更何以支持！此臣所夙夜忧虑难安寝食者也。

沿江一带盐枭、会匪、安庆道友，出没靡常，煽诱日多，潜相勾结，迭经拿获要目，从严惩办。无如党与甚众，总难尽绝根株。近因直隶、天津等处拳匪不靖，谣诼繁兴，各处匪党亦有蠢蠢欲动之势。各外国兵轮时入长江游弋，难免伺间思逞。亟应严密布置，庶免临事疏虞。

查南洋各防军，自光绪二十二年裁兵节饷一律改营为旗，每旗弁勇仅二百八十六人，无事之时，尚可勉资镇慑，一遇有警，兵力实觉太单。第值此费绌用宏，库款艰窘，若将各旗咸复旧制，每年所增不下数十万金，安得有此饷力！再四思维，不得不随宜酌办。吴淞地方紧要，该处仅驻有盛字五旗，拟即改为五营，每营添足五百名，并于江宁添募亲军中、前两营勇丁一千名，以备征调。严饬各该统领总兵刘光才、副将班广盛，勤加训练，实力操防。所需饷费，即在裁兵节饷项下动支。统计添勇约二千人，饷项尚可腾挪，于江防大有裨益。

臣为体察情形、备御不虞起见，理合附片具陈，伏乞圣鉴训示。谨奏。

拨解武卫军枪炮火药片

再，查接管卷内，准总理武卫全军大学士荣禄来电，请拨江南造存抬枪数杆，以备试验，又请拨有箭枪子及无箭枪子各百万颗等因，当经前署督臣鹿传霖，饬令金陵机器局拨发抬枪五枝，每枝随带枪子二百颗，上海机器局拨发有铅箭毛瑟枪子一百万颗，无铅箭毛瑟枪子一百万颗，派委候补知县萧仁晖管解赴京投收，应需运费由江南筹防局拨给汇案造报。

又据总统武卫右翼先锋军江西按察使陈泽霖呈称：所募勇丁渐齐，应需军火赶办不及，请在金陵军械所拨发济用等情，并经前署督臣鹿传霖，饬令该所拨发比国后膛枪三千五百杆，无烟药弹三十五万颗，毛瑟马枪二百五十杆，药弹二万五千颗，英式后膛抬枪一百四十杆，自来火子一万四千颗，前膛来福枪三千五百杆，洋枪药七千磅，铜火三十五万颗，皮纸三万五千张，铅子二千六百二十五斤，两磅熟铁后膛过山炮四十二尊，细炮药七百五十六磅，开花子五百零四颗，实心子一千零八颗，铜管自来火一千六百六十枝，皮纸七百五十六张，三磅快炮八尊，开花子一千六百颗，碰火一千六百副，铜壳四百个，铜螺丝拉火一千六百颗，无烟药二百四十磅，炸药二百磅，白布单帐棚二百架，交由该军来员领运回营，俾资应用。均未及具奏，移交前来。

理合附片陈明，伏乞圣鉴。谨奏。

遵旨派兵北上折 光绪二十六年五月三十日

奏为遵旨派兵北上，恭折驰陈，仰祈圣鉴事：

窃臣坤一、臣传霖承准军机大臣字寄："光绪二十六年五月二十一日奉上谕：'近因民教寻仇，匪徒乘机烧抢，京城内外，扰乱已极。着各直省督抚，迅速挑选马步队伍，各就地方兵力、饷力，酌派得力将弁，统带数营，星夜驰赴京师，听候调用。根本之地，情形急迫，勿得刻延。将此由六百里加紧各谕令知之。'"钦此。瞻望阙廷，万分企念。

伏查江南兵力，苦无大枝劲旅可抽，沿江一带防务正形吃紧，驻防各军万难调动，且距京较远，亦虑缓不济急。然京畿情形如此之亟，谕旨盼望如此之切，无论如何总须设法抽调，迅速驰援。臣坤一查有统带铭、元、镇字等营旗记名提督、前徐州镇总兵陈凤楼，忠勇性成，不避艰验，为淮军著名宿将，于北地亦极熟悉，所部铭字马队三营，元字、镇字步队四旗，久经训练，堪称节制之师，驻扎徐州、宿迁一带，就近调集，星驰赴京，最为便捷。

惟元、镇步队四旗人数较少，并经电饬该提督，刻日增募，改旗为营，每营添足五百人，以资厚集。徐、宿地方紧要，南北运道所关，复饬徐州镇总兵刘青煦添招马队一营，步队三营，分赴各要隘填扎，俾免疏虞。

抑臣等更有请者，前接张春发等来电，武卫先锋左、右两军，现亦钦奉谕旨，饬调赴京，定于本月二十七日拔队。计该两军二十营，兵力尚厚，均食江南之饷，第须有统率之员，相机调度，方有实济。臣等受恩深重，谊同休戚，值国事艰难之际，正臣子图报之秋。公同商酌，臣秉衡奉命巡阅长江，目前尚可暂离。拟即招募卫队二百人，亲率星夜北上。惟有仰恳天恩，准将武卫先锋左、右两军，暂归臣秉衡节制，以资钤束，于军务实有裨益。

谨合词恭折由驿六百里驰陈，伏乞皇太后、皇上圣鉴训示。谨奏。

驻防各军一律改旗为营片

再，江南防军，前因裁兵节饷，改营为旗，每旗人数仅只二百余名，兵力实嫌单薄，限于饷绌未能遽议加增。现在防务万紧，自应迅速添募，以资抵御。除江宁添招亲军两营，吴淞盛字五旗改为五营，业经具奏，并元字三旗、镇字一旗，遵旨北上，改旗为营，暨徐州增募马队一营、步队三营，填扎宿迁等处，另折陈明。所有现驻江阴之合字五旗，刘河、扬州之南字三旗，镇江之新湘五旗，上海之奇兵右旗，均饬各该统领、管带，改旗为营，每营添足五百人。又饬调福山镇总兵杨金龙前来江宁统带护军，将原有之中、左、右三旗，改为三营，另添前后两营，合成二千五百人。各营饷项，无论何款，先行拨用，一俟事局大定，再行清厘造报。

谨附片具陈，伏乞圣鉴，敕部查照。谨奏。

购办军米请免税厘片

再，筹办军务，兵食为先。江宁本非产米之区，全赖上游接济。现在军情日紧，商贩来源较少，自应由官赶速购储，以免缺乏。业饬司局拨款派员前赴芜湖一带采购米一二十万石，分批运济。此项米石，系为筹备兵糈之用。目下情形急迫，饷项艰难，所有沿途税厘，应准概免完纳。

除咨行查照外，谨附片具陈，伏乞圣鉴。谨奏。

覆陈筹办防务情形折

光绪二十六年六月十五日

奏为筹办防务，遵旨覆陈，恭折仰祈圣鉴事：

窃臣承准军机大臣字寄："光绪二十六年六月初七日奉上谕：'现在中外业经开战，断无即行议和之势。各直省将军、督抚，平日受恩深重，际此时艰，惟当戮力同心，共扶大局。谨守封圻，惟尔之功；坐失事机，惟尔之罪。功多有厚赏，不迪有显戮。各将军、督抚等，务将和之一字先行扫除于胸中，胆气自为之一壮。所有一切战守事宜，即着一面妥为布置，一面迅即奏报，务各联络一气，以慑彼族之骄横，以示人心之固结，朕于尔将军、督抚，不得不严其责成，加以厚望也。将此由六百里加紧各谕令知之。'"钦此。跪诵之下，钦悚莫名。

窃维此次战事，本非朝廷意料所及。顾臣屡次电奏，不免鳃鳃过虑者，则以各国同时开衅，有敌众我寡之虞。然时势所迫，实逼处此，军事一日不了，防务即不可一日稍松，兵法所谓‘毋恃敌之不来，恃我有以备之’，此诚千古不磨之论也。臣受恩深重，具有天良，南洋滨海沿江，关系尤巨。当此变生意外，时局艰危，上念宵旰之忧劳，下念责任之重大，敢不殚精竭虑，奋勉图维。业经迭次电令各路防军、炮台，备足子药，昼夜严防。先后饬将吴淞之盛字五旗，浒浦、刘河等处之南字三旗，江阴之合字五旗，镇江之新湘五旗，上海、仪征之奇兵左右两旗，一律改旗为营，每营添足五百人，以厚兵力。复将自强军马、步、炮队各营，加添哨队，并饬令总兵刘光才，添募亲军两营，总兵杨金龙接统护军三旗，改旗为营，另添两营，合成五营，驻扎江宁，以备调遣。长江水师提臣黄少春所部江胜六营，本系游击之师，何处有警即行驰往援应。各路炮台，炮勇较少，亦饬由各就近防营内，挑选熟悉炮法之勇丁，加给津贴，协同操习。一面调集各项兵轮、雷艇、蚊船暨北洋驶来之海圻、海筹、海琛、海天、复济、通济、飞鹰七兵舰，分泊江阴等处，俾收水陆夹击之效。又以上海机器局为制造军械重地，并饬添募营队，严密防护。此江海要隘布置之大概情形也。

沿江港汊纷歧，敌人处处可以登陆，所幸沙线萦曲，敌舰吃水较深，不能近岸停泊。经臣商准黄少春，调集长江师船，分泊江阴、镇江一带，并另招新胜水师一营，沿江梭巡，无事则缉捕枭匪，保护商旅，若遇敌舰内犯，乘放舢板，希图登岸，则会合师船，奋力抵拒。复咨会江南提臣李占椿及苏松、狼山、福山三镇总兵，将所辖之广艇、领江等项战船，于崇明、任家港、溆浦等处分拨扼守。此沿江港汊布置之大概情形也。

从来军务倥偬之际，往往有内匪乘机滋扰，矧大江南北，人心浮动，盐枭会匪，出没其间，党与众多，行踪飘忽，当此江防吃紧，谣诼繁兴，深虑揭竿起事，为害地方。各标制练兵丁，近年裁节饷需，人数太少，实不足以资分布。臣体察情形，先将督标新兵练军五营，提标练军两营，淮扬镇标练军一营，狼山镇标练军一营，各照从前旧额添足人数，俾期得力。如有匪徒溷迹煽惑滋事，即行相机剿捕，毋任蔓延。复严饬各州县整顿团练，巡辑奸宄，责成该管道府，随时稽察，如敢虚应故事，禀请撤参。此内地等处布置之大概情形也。

淮安、徐州二府，地属通衢，为南北最要关键，幅员辽阔，民悍盗多，现值军情紧急，转运粮饷、军械，皆系必由之路，驻防淮、徐之武卫先锋左、右两军及提督陈凤楼所部之马步七营，次第北上，地方实觉空虚，经臣檄徐州镇总兵刘青煦添募马队一营，步队四营，填扎邳州、宿迁等处。并商淮漕臣松椿，饬令淮扬镇总兵潘万才，招募四营，驻防清淮。此又防守北路兼护运道之大概情形也。

目下库储奇绌，筹饷万分艰难，惟添勇设防，为大局安危所系，无论何款，总当先其所急，竭力腾挪。并电商安徽、江西两抚臣，如下游有警，即由该两省分拨得力劲旅，以期联络声援，共扶危局。总之，疆臣有守土之责，倘有敌人贸然侵犯，必当激励将士，奋勇堵击，庶人人有敌忾之心，以副圣主谆谆诰诫御侮保疆之至意。

除苏防布置一切事宜，另由抚臣奏报外，所有筹办防务情形，理合恭折由驿驰陈，伏乞皇太后、皇上圣鉴训示。谨奏。

江阴北岸添招两营驻防片

再，查江阴为长江最要门户，该处北岸兵力尚单，臣复委堪胜提镇之候补副将王国权驰回湖南，挑募劲勇千人，编为两营，即名权字营，带来江南，添扎江阴北岸，统归江南提督李占椿节制调遣，以一事权。所有营制、饷章，均照湘军办理。

除咨部外，理合附片陈明，伏乞圣鉴。谨奏。

徐州土药歉收片 光绪二十六年六月二十四日

再，徐州府属设局抽收土药厘捐，业将光绪二十五年九月底以前所收捐款，按批分解，先后奏报在案。

兹据办理徐州土药统捐局江宁布政使恩寿、徐州道桂嵩庆详称：徐州各属，地属平阳，界连三省，周围千有余里，举步即入邻境，无要可扼，故巡缉稽征倍觉难于他省。且徐属连年水灾，地方荒歉，饥民外出就食未能复业。兼之田土被淹，无从耕种，仅只高阜田地可种罂粟，为数无多，继因天气亢旱，受灾甚重，苗叶间有发生，复被灾民剜食充饥，所余无几，实与历届被歉情形迥不相同。自来罂粟收成之薄，未有如此之甚者。

出产既少，价值腾昂。商贩携资至徐多以价昂利微，尤恐坐耗银息，改贩他货而去，捐数因之异常减色。虽经该司道等严饬各卡员认真巡缉，设法招徕，无如徐州土药向系运至上海、镇江一带销售，该处现销川、滇土药，其价较徐土为廉，商贩因之裹足不前，销路益形壅滞。计自光绪二十五年十月初一日起，至二十六年三月底止，各局共收银四万四千二百八十九两有奇，连同前半年所收银两，自二十五年四月初一日起，至二十六年三月底一年截数之日止，统共收银十二万二千二百九十三两有奇。内除照案开支各项费用外，所有应解捐项，均已扫数解赴户部兑收清款。至出省加捐一项，虽经开办，报捐之户仍属寥寥等情，详请具奏前来。臣覆加查核，该司道所详委系实情。

除饬严督各卡员竭力整顿，核实稽征以保捐务外，理合会同护理江苏巡抚臣聂缉槼附片陈明，伏乞圣鉴。谨奏。

兵事方殷合陈管见折

光绪二十六年七月初二日

奏为战事方殷，谨合词敬陈管见，以间敌谋而裨京防，恭折仰祈圣鉴事：

窃闻津郡不守，敌势益张，该处距京仅止二百余里，上念皇太后、皇上缵承宗社，不知如何忧劳，臣等遥望神京，难安寝馈。现闻东西续到之兵，日本已有万余人在大沽登岸，其余各国兵队启行日久，亦必相继到津。闻各国相约进兵，现仍征调不已，事机日紧一日，尤深焦急。伏念兵端既开，在我自无不战而和之理，臣等惟当振刷精神，将一切战守事宜，赶紧次第筹备，严密布置，无论何国来犯，即尽力遏剿，断不敢稍涉疏懈，自弛藩篱。

惟自古用兵之道，本可操纵并行。两次伏读致俄、英、日本及美、德、法六国书，嘱令排难解纷，仰见朝廷委曲求全，苦心调剂，仁至义尽，薄海同钦。现在日、俄两国已有复书，词气虽尚和平，语意究难揣测。大学士臣李鸿章周知四国，体用兼赅，办理交涉有年，为各国所信服。现已遵旨北上，行抵上海，适战事方亟，航海既难径达，遵陆又虑需时。可否吁请天恩，授以全权，示以机宜，饬令就近在上海与各国电商，借探消息，察其意向，缓其进兵，何国有隙可乘，即由何国入手，总以间敌谋、纾国难、安两宫为主。此次战事起于仓猝，各路援兵均未齐集，但能使敌氛稍松，即可多增一日筹备，多固一分战守，庶于缓兵之中益便设防之计，于大局实有裨益。

是否有当，谨合词恭折由驿六百里驰陈，伏乞皇太后、皇上圣鉴训示。谨奏。

遵设清江转运局筹解军米折

光绪二十六年七月初三日

奏为遵旨设立清江转运总局，会商各省筹款，购米运京济用，恭折驰陈，仰祈圣鉴事：

窃臣承准军机大臣字寄："光绪二十六年六月初九日奉上谕：'御史陈璧奏：战局既开，宜速筹粮食一折。着刘坤一于清江浦一带设立转运总局，委派前福建兴泉永道恽祖祁督办，将各处粮食妥筹采买，由内地水陆分运到京，以资接济，所需脚费，准其作正开销。山东、山西、陕西、河南等省，并着各该抚派员设局采运。其东南各省应行运京军火、器械，并着随时妥速起运，应如何设立分局之处，即着该督抚督同派出各员，妥为办理，毋稍延误。'"等因，钦此。仰见朝廷慎重兵糈，有备无患之至意。

当此军事方殷，京城为根本重地，军米一项尤关紧要，自应赶紧购运，以免缺乏之虞。前福建兴泉永道恽祖祁，现在常州原籍，臣奉旨后，即日电饬前来江宁商办一切。并与护理江苏抚臣聂缉槼往返电商，于司道各库，筹拨银十五万两。一面电商安徽、江西、闽浙、湖广、两广各督抚臣，通力合筹，共维大局。旋准先后电覆，安徽认筹银十万两，江西、浙江、湖北三省各筹银十二万两，湖南认筹银三万两，广东认筹银三十万两，广西认筹银四万两。总共江苏等八省，计认筹银九十八万两。内湖北一省银十二万两，拟自行采买，酌量妥办。又福建一省，现因电线迟滞，尚未覆到。惟各省距清江较远，兑解现银一时未能到浦。现在军情紧急，必须将米粮赶为筹运，已饬将江苏认解银两，先行解交恽祖祁兑收，以便即日采购，分途起运，其余各省款项随到随购。并饬拨淮扬镇总兵潘万才所部营勇、水师左营陈有明所带炮船，随时护送。遇有要件，必须轮船催提，已酌拨小轮两号，以期迅速。至各省运解军火前至清江，如须该局转运，即由各该省先行电知，以便豫备车船，仍由各该省自行给价。清江至京道路绵长，车辆船只雇备甚难，前准直隶来电已派津海关道黄建筦，山东来电已派济东泰武临道吉灿升，在各该省设局转运，应如何联络一气，并饬恽祖祁妥筹办理。

际此时艰孔亟，筹款为难，固不可草率以误事机，亦不可妄费以糜饷项。经费能省一分，即于军食获一分之益。恽祖祁条陈开办事宜，颇能深体此意。

除刊给木质关防，饬令该道前赴清江刻日开局妥办，并咨部查照外，理合会同护理江苏巡抚臣聂缉椝恭折驰陈，伏乞皇太后、皇上圣鉴训示。谨奏。

拨解天津军械片

再，钦奉上谕："天津等库等处所存枪弹均多毁失。现在各营逐日开战，子弹不敷，亟须速行筹备。着刘坤一、张之洞于上海、金陵、武昌各局，宽为提拨，迅速设法解津。"等因，钦此。

查江宁、上海两局制造军火，因限于机力，所造各种枪炮、子弹，仅供南、北洋岁操之需，往年购存各项军械，平时协拨京营及北洋各省，已不下数万余件。此次军务起后，江南增募营勇一万余人，以及援北诸军暨安徽、江西、湖北、浙江、四川、云南等省，纷纷请领，库藏几空。惟目下天津军情紧急，该处所存枪弹均多毁失，钦奉谕旨，饬令宽为提拨，自应于无可腾挪之中，勉筹解津。计凑拨哈乞开司枪一千枝，配弹二百万颗，小口径五响毛瑟枪一千枝，配弹二百万颗，哈乞开司一磅轻快炮二十尊，配平炸弹九千六百颗，铁罐炸弹九千六百颗，分批派员妥慎管解北上，以应要需。

除饬局拨给运费汇案报部核销外，理合附片陈明，伏乞圣鉴。谨奏。

凑解神机营枪弹片

再，准神机营来咨，京营需用枪弹，行令拨解快利枪子四十八万颗等因。当查快利枪子，金陵军械所现存无多，京营需用甚急，应即凑拨三十万颗，以济要需。饬委江苏候补直隶州知州王茂中妥慎管解，兼程前进，并由电商准山东抚臣袁世凯，将前项枪子解至济南，转解入都，以期妥速。

除饬局发给运费汇案造报外，理合附片陈明，伏乞圣鉴。谨奏。

各标练兵添募足额片

再，督标新兵练军五营，提标松江练兵两营，淮扬镇标练兵一营，每营向系五百人，狼山镇标练兵一营，向系三百人。光绪二十三年裁兵节饷及上年免裁淮、徐第三起兵丁各案内，计狼山练兵裁去八十六名，督、提各标练兵每营裁去一百七十九名，淮扬练兵裁去一百二十名，先后奏奉谕旨允准在案。

兹据各该统将因防务紧要，裁存练兵不敷分布，禀请仍照从前旧额招募足数前来，经臣批准暂行募补足额，俾卫地方。至狼山镇标练兵，本只三百人，兵力过单，并饬该镇另再添募勇丁一百人，以资巡缉，事定均即裁撤。

除分行遵照并咨户、兵二部查照外，谨会同漕运督臣松椿、江南提臣李占椿，附片陈明，伏乞圣鉴。谨奏。

筹款六条议覆苏宁各项杂捐折

光绪二十六年七月初三日

奏为部议筹款六条，江苏司关道局办理情形，恭折具陈，仰祈圣鉴事：

窃准户部咨奏："帑项奇绌，用度不敷，谨拟筹款六条，内归部库筹办者一条，归各省筹办者五条，各省增添若干，专备洋债应用一折。光绪二十五年九月十四日具奏奉旨：'依议。'钦此。飞咨遵照将办理情形及筹集银数专案奏明报部核办。"等因。当经转行去后。

嗣据各司关道局先后详覆，除两淮盐商捐输票本一条另行奏明，田房税契一条，苏属经抚臣鹿传霖酌定章程，业经另案会奏，江宁各属事同一律，已饬该藩司一体仿办，自应毋庸改议。并经臣将土药税厘加抽三成一条，因徐州土药近年歉收，货少价值昂贵，尚未加抽税厘，已觉销滞，未敢遽加三成，拟于正捐之外暂加一成，试办一年，随同正捐解部。如果收数畅旺，再行逐渐加增。咨明户部查照外，其余烟、酒加捐一条。查烟叶一项，江宁各局从前每年收数不过钱五六千串，本年试办统捐甫就范围，未满三月已敷往岁一年之收数，应俟试办一二年后，如果踊跃，再为酌加，庶已成之局不致涣散。又酒一项，宁属则以高粱、大曲行销为最广，然皆产自皖北及东、豫等省，运往江北者寥寥。江北间有酿酒之处，不过土产土销，每年仅收厘钱三千串上下。盖因华洋商人赴内地买运烟、酒，均在洋关请领报单，完纳半税，经过常关，厘局概免完纳。若无洋单之烟、酒，再由常关、厘局加征税厘，势必均请洋单护运，于内地税厘大有损碍。此后各卡，凡有无洋单过往之烟、酒，自应加征一倍。至于苏、沪两属各局卡，无论坐贾、行商，每年加倍认定捐钱约四万九千串。

核减汇费一条，各号商均以近年市面疲困，期限急迫，除去支销汇水及贴补、垫款、折息，本无多余，无可再减。经各该司道，体察核议，汇京银两，每千两酌减四两，以后永不复减。再三开导，始勉允遵。约计每年江海、镇江两关及苏州藩司，共可节省银九千余两等情，详请具奏前来，臣覆核无异。

除咨部查照外，谨会同护理江苏抚臣聂缉椝恭折附驿具陈，伏乞皇太后、皇上圣鉴训示。

再，此项银两为数无多，拟请免解部库，留备凑还瑞记洋款之用，合并声明。谨奏。

运河浅阻漕船开行稍缓片

再，本届江北河运漕粮，因上年回空船只在东境浅阻，直至本年四月间陆续南下，始得装运新漕分起北上，业经奏明在案。

起行日期既较往年为缓，而宿迁一带占浅甚多，重载漕船行驶尤难迅速。目下距渡黄尚早，又接天津不守之信，届时能否畅行过津，尚无把握。惟京城需米甚急，自应饬令星夜趱行，俟抵德州后探明运道，相机办理。总期早抵通坝交兑，以期妥速而实仓储。

除咨部查照外，理合会同漕运督臣松椿、护理江苏抚臣聂缉槼附片具陈，伏乞圣鉴。谨奏。

淮商每年认捐票本片

再，部咨筹款六条内，行令淮商分上、中、下三则，按年捐输票本。臣于上年奏请免捐，部议酌减前定三则银数，仍令按捐，前署督臣鹿传霖饬司遵办。臣回任后，一再饬催，运司复行详请奏免，经臣批饬，集商开导。兹据两淮运司柯逢时详称："据四岸运商禀：'恭阅邸抄，长芦、山西两省每年捐银三千两有奇，请援长芦、山西之案，十倍报捐，常年勉认银三万两，按引摊派。'"又经该司以为数太微，批饬另议。并据海分司禀："各票贩皆环求免捐，第淮南、北事同一律，淮南各商如何定议，淮北断难独异。"等情。嗣据淮南总局委员详称："据四岸运商云丰恒等三十商禀覆以：'商力疲困，竭蹶万分，叠奉严谕，遵于无可设法之中，勉竭绵力，每年认捐银八万两。惟是商等身家血本，均在引票，或为归并，或为后加，均各出有重资，办运更须巨款，实已获利几微。加之历年捐款八百余万，各岸积压一二十纲，令复认兹巨数，捐以常年，际此时事多艰，下情拮据，定沭恩原。所有此次认捐银八万两，请于明年起捐，照销数按引摊派。第为款已巨，为日方长，奋勉于今兹，亟望休养于异日，嗣后别项捐输，宽予豁免。'"该司又电饬，据海分司覆称票贩已遵认二万两等情，详请奏咨前来。

臣查两淮引地虽宽，而积纲实多，捐款亦巨，商贩获利似未厚于他商。长芦、山西等省，既每年捐银三千两有奇，今淮商共认捐银十万两，尚属急公。合无仰恳天恩，俯念淮商困苦，重叠输将，准自光绪二十七年起捐按引公摊，以纾商力。

除咨部查照立案外，理合附片具陈，伏乞圣鉴，饬部查照。

再，此项捐银并请留备凑还瑞记洋债之用，合并声明。谨奏。

江宁开办筹饷捐输折

光绪二十六年七月十四日

奏为遵旨开办江宁筹饷捐输，以佐军需，恭折驰陈，仰祈圣鉴事：

窃臣等承准军机大臣字寄："光绪二十六年六月二十日奉上谕：'御史刘家谟奏请劝捐助饷一折。现在军务紧急，需饷孔殷，各省绅商，食毛践土，当能激发天良，毁家纾难。着各督抚遴选公正绅耆，设法劝办，有能倡捐巨资者，奏请破格优奖，其余按照海防捐例，分别奖叙。并须妥定章程，严防弊窦，于裕饷之中仍寓恤民之意，是为至要。'"钦此。等因。当经恭录行司钦遵去后，兹据江宁布政使恩寿筹议详覆前来。

臣等伏查江苏一省，滨海临江，防务最关紧要，与内地情形迥不相同。各处防军本形单薄，自军务起后，不得不添募勇营，以资抵御。清江一带界连东、豫，又为运道所关，陈凤楼各军先后奉调北上，地方空虚，更须增营填扎，严密布置。统计各处防勇及各标练兵增募一万余人，需款浩繁，无可罗掘。加之购运京米认筹银十五万两，直隶军饷派筹银三十万两，现虽百计腾挪，冀免迟误，而库储如洗，实有岌岌不可终日之势。再四筹思，舍劝捐外，实无开源之策，惟近日捐输早成弩末，欲求踊跃，必须变通。

溯查光绪二十年中日开衅，海防戒严，江宁办理筹饷捐输，共劝集银一百二十余万两，用能拨济各项要需，无虞缺乏。自海防捐例加成以来，收数顿形短绌。当此海氛不靖、需款万紧之时，若再拘于定章，恐徒有开捐之虚名，而无收捐之实效。臣等与司道公同商酌，所有核奖章程，凡报捐巨款至一万两以上者，应专折奏请特恩奖叙，其在一万两以下者，拟请照新海防例，减成核收。凡四品以上实官暨各项班次花样，照筹饷例四成实银核奖。五品以下三成核奖。知县遇缺先花样八成实银核奖。道府两项，无论何项出身，均照四品以上实官，四成核奖。其余衔封、贡监、翎枝等项，仍照各省赈捐之例核收，均准其移奖子弟。所收捐款，一俟集有成数，以一半留备部拨，一半留为本省添军办防之需，仍以一年为限，限满即行停止。似此酌量办理，庶于鼓励之中，仍寓限制之意，于防务饷需均有裨益。

合无仰恳天恩，俯念饷项万分艰窘，非减成核奖不足以昭激劝而集巨资，敕部照议办理，以济军需。

谨合词恭折驰陈，伏乞皇太后、皇上圣鉴训示。谨奏。

宽备军火迅筹北运片

再，臣承准军机大臣字寄："光绪二十六年六月二十五日奉上谕：'现在战事既开，枪炮子药必须宽为筹备。江南上海制造局所储军械子药，为行军要需，倘有疏虞，关系匪浅。着刘坤一体察情形，应否先行运赴江南省城存储一半，以备应用外，以一半乘此运道尚通，迅速妥筹北运，以资接济，万勿延缓，致误事机，是为至要。”等因，钦此。仰见圣虑周详，莫名钦感。

臣于此次军事初起之时，因上海制造局逼近租界，所存军械必须运入内地，方足以昭慎重，当经饬派威靖、登瀛洲等运船前往该局，将轻便精利之器，先行提取，分批运至江宁，其笨重炮位，俟各项运竣后，再行设法办理。目下近畿一带，军情吃紧，业经在沪局存储项下，提拨哈乞开司等项枪枝、子弹，派员管解北上，以资接济，并分拨各省及援北各军，不下数万余件，存数较少。时值清江一带车辆极缺，道路又复泥淖难行，水陆分运，倍形棘手，未能克期前进，焦灼莫名。惟直隶军事方殷，军火等项必须宽为协济，无论如何为难，总当遵旨妥筹北运，以济要需。

理合附片具陈，伏乞圣鉴。谨奏。

拨发京口旗营及各省军械火药片

再，江宁、京口驻防旗兵，遵旨挑练捷、胜两营，业将择地筹款，修筑营垒情形，奏明在案。

兹准江宁将军臣崇善先后咨请饬拨枪械，当经陆续拨给十响毛瑟枪一千杆，子弹三十八万颗，空铜壳十五万二千颗，细枪药五千三百五十八磅零，小铜火四十五万一千二百颗，机器二具，温者斯得枪十六杆，子弹四千八百颗，发交该两营领回应用。

又准安徽抚臣王之春咨称：“皖省添募勇营，需用枪械子药等项，请饬拨给。”等因。经臣饬拨十响毛瑟枪二千杆，配子二十万颗，单响大毛瑟枪一千杆，配弹二十万颗，枪药四万磅，老毛瑟枪子十五万颗，黑药一万磅，大铜帽十万粒，装子机器三副，分别交由该省委员领回应用。

又准署云贵督臣丁振铎电称："防务紧急，哈乞开司逼码缺乏，请拨给四十万颗，并请拨发军械接济。"等因。经臣饬拨哈乞开司枪子四十万颗，并酌拨两磅快炮十二尊，配开花弹二百四十颗，实心弹三百六十颗，拉火六百枝，派员解赴湖北，由该省委员接运回滇应用。

又准山东抚臣袁世凯来咨："请拨曼利夏枪子一百万颗，并经照数饬拨交该省来员，领回应用。"

又准湖南抚臣俞廉三先后电咨："湘省举办团练，请拨江南旧存枪枝。"等因。经臣饬令金陵军械所，于旧存前膛来福枪内选拨三千杆发给该省委员领解回湘应用。又准湖广督臣张之洞先后电咨："北上援军，需炮甚急，请即协拨。"等因。经臣饬拨两磅过山炮四十尊，配开花子四千颗，实心子八千颗，拉火三万枝，委员解赴鄂省应用。

又据调赴北上之统领铭字元、镇马步各营，前徐州镇总兵陈凤楼呈称："前领枪械不敷应用，请添拨毛瑟枪枝子弹。"等情。经臣饬拨十响毛瑟枪六百十四杆，配弹四十二万颗，并酌拨五响毛瑟子弹四万颗，发交该营带赴北上，以资应用。

又准总统武卫左翼先锋军湖北提督张春发电请续拨马梯呢逼码，总统武卫右翼先锋军江西按察使陈泽霖请拨枪炮药弹等项，经臣饬拨旧式马梯呢枪弹九十万颗，发交武卫左翼先锋军领运委员，解回应用，又酌拨枪药一万磅，炮药五千磅，铜火二十五万颗，铅子二千斤，比国快枪药弹二十五万颗，毛瑟马枪药弹一万五千颗，后膛抬枪药弹六千颗，两磅炮开花弹五百颗，实心弹五百颗，铜管拉火二千枝，发交武卫右翼先锋军来员领解回营，并饬核价照缴，俾得接续制造。

除咨部查照外，谨附片陈明，伏乞圣鉴。谨奏。

应付李秉衡北上公费片

再，巡阅长江水师大臣李秉衡，奉旨北上，月需公费银一千两，并商请另拨银四万两，以备缓急之需，经臣饬令金陵支应局拨给四个月公费银四千两及备充公用银四万两，先后解存淮扬道库，陆续提用。又选用卫队两哨，每哨弁勇、长夫共一百四十员名，亦经饬局拨发，自本年六月初一日起至九月分止，连闰共五个月薪饷银两，随带应用。嗣准该大臣咨："钦奉谕旨，迅速进京，沿途恐稽时日，只带卫队一哨，其余一哨仍令回宁听候调遣，并将一哨饷银带回呈缴。"查江宁正在筹防，该哨勇丁甚属精壮，遣散未免可惜。现经拨归统带亲军等营总兵刘光才，作为亲兵一哨，随同守御，以裨江防。

除咨部查照外，谨附片陈明，伏乞圣鉴。谨奏。

奏疏卷三十四

銮舆西幸敬陈下悃折

光绪二十六年八月初三日

奏为敬陈下悃，恭折驰陈，仰祈圣鉴事：

窃臣接据探报，七月二十一日，各国洋兵进犯都城，銮舆西幸。闻信之下，五内震骇，当即飞电直隶、山西、陕西等省，分投探信。现得护理陕西抚臣端方来电，恭悉皇太后、皇上圣驾于七月二十七日行抵山西阳高县城，至驻跸何处，探明后再行电知等因。

伏念此次各国有意寻衅，以细故遽开兵端，夺我沽台，陷我津郡，狼奔豕突，竟致上犯京师，变出非常，敷天同愤。臣待罪南服，既不能亲提一旅，迅扫欃枪，复不能入卫九重，恭随车驾，痛心疾首，无地可以自容。江南士民，初闻洋兵入都，莫不忧愤惊惶，奔赴臣署问信，现经臣将乘舆西狩，行在万安，敬谨宣示，人心稍定。惟是宫车远出，冒暑遄行，臣敬念下忱，万言难罄。伏求皇太后、皇上宽怀珍重，稍节忧劳，俾慰天下臣民之望，臣不胜迫切之至。

除将应办防务及地方事宜，实力经理，并商令提督程文炳督带营勇西上迎扈，另折具陈外，谨缮折驰陈，伏乞皇太后、皇上圣鉴。谨奏。

调集五省十七营派员统带入卫折

光绪二十六年八月初三日

奏为商派大员率队扈跸并节制各援军，恭折驰陈，仰祈圣鉴事：

窃臣等前因近畿一带军情紧急，遵旨饬派勇营北上，先后奏闻在案。

兹闻洋兵上犯都城，皇太后、皇上圣驾西幸，自应先其所急，饬令各援军西行迎扈，勉效前驱，惟须有知兵大员统率调度，事权画一，呼应方可灵通。

查有本任福建陆路提督程文炳，前奉谕旨募勇赴北，因病未克启行，现以车驾西巡，忠愤勃发，自请力疾就道，稍伸臣子恋主之忱。臣等往返电商，拟即将安徽所派之记名提督吴隆海五营、江西之候补副将王德怀四营、福建之福宁镇总兵曹志忠两营、浙江之定海镇总兵余朝贵、补用副将雷芸桂四营，统归程文炳节制，并令另招两营，所需饷项军械，由臣坤一酌筹拨给，以资应用。统计五省援军共十七营，星夜兼程前进，驰赴行在，恭卫銮舆。该提督程文炳晓畅戎机，威望夙著，必能殚竭心力，上副恩知。

除臣坤一前派陈凤楼一军北上，系归江苏抚臣鹿传霖节制，该军应至何处，由鹿传霖酌办外，所有派员带队迎扈各缘由，谨合词恭折驰陈，伏乞皇太后、皇上圣鉴。

再，吴淞口外现驻有外洋兵船三十四艘，英、法各调陆兵来沪保护租界，人情不免惊疑。所有一应战守事宜，臣等业已严密筹备。目下地方尚称安靖，堪以上慰宸廑。合并陈明。谨奏。

补缮前两次赍呈折片折

光绪二十六年八月十七日

奏为补缮折片，请旨遵行，由驿驰陈，仰祈圣鉴事：

窃臣衙门于本年六月二十四日拜发奏折一匣，专差武弁高相仁恭赍入都。兹据该弁回称："奉差后即日起行，因山东德州以北，土匪甚多，艰难险阻，七月十九日始抵京城，即日赴奏事处挂号，将折匣呈交，候至二十二日未奉发下批折。彼时洋兵已入京两日，不得已由间道回至江宁。"等语。查此项折件于七月十九日到京，仓猝之际，深恐未经呈进。又七月十四日六百里驰递奏折一匣，亦未接奉批折。谨将两次拜发折片补缮各一分，计折五件，清单一件，附片九件，共五封，伏候谕旨遵行。并开具折片事由清单，恭呈御览。

谨由驿驰奏，伏乞皇太后、皇上圣鉴。谨奏。

恳准减成收捐片

再，筹捐助饷，为目前切要之事，臣于七月十四日缮折由驿六百里具奏，迄今未奉朱批，亦未据驿站将原折退回，恐致遗失，谨已补缮拜发。现在库空如洗，供亿浩繁，举凡接济行在，应付援军，以及本省筹防，皆属刻不容缓，掘罗无术，焦灼莫名。臣所请开办捐输，减成核奖，均系照前数年定章办理，仰恳特旨允准，俾得即日筹劝，凑济要需，庶免缓不济急。

谨附片具陈，伏乞圣鉴训示。谨奏。

转运改道解赴行在交纳片

再，前奉寄谕，饬在清江设立转运总局，派前福建兴泉永道恽祖祁督办，将各处粮食妥筹采买，分运到京，以资接济等因，经臣电商各省，认筹银两，统交恽祖祁购米速运，至湖北一省，另行办理，业将遵办情形奏奉朱批："所筹尚属切实妥速，着即督饬认真办理，以济军需。"等因，钦此。钦遵在案。

现准护理陕西抚臣端方来电，乘舆西幸，即日将至太原，一切情形较前迥异。即经饬据恽祖祁电覆，业经采购糙米十万石，雇定船只，分批装载。本拟取道运河北上，现议改由陆路，陆续解赴行在交纳。并先行敬备御用白米四百石，交参将蒯德浦敬谨管解起程。至湖北电请附运之米粮十万石，一俟交齐，亦由恽祖祁妥速起运。该费由各省认筹款内动支。以后鄂办米石，仍由该省自行运解，以期便捷。又江苏现解各项京饷，计江宁藩司解银十三万两有奇，江苏藩司解银二十万两，两淮运司解银十二万两，统共银四十五万两有奇，并饬恽祖祁赶备车辆，由原派管解之员，随同起程。目下各省人心未靖，伏莽尚多，饬令蒯德浦招勇两哨，沿途护送，并由臣咨明河南、山西各抚臣一体饬营迎护，以昭慎重。

除分咨外，理合附片陈明，伏乞圣鉴。谨奏。

剿办大通票匪折 光绪二十六年八月十八日

奏为票匪滋扰大通，派兵会剿，一鼓荡平，地方安靖，恭折驰陈，仰祈圣鉴事：

窃照沿江一带，时有会匪出没其间。兹值时局多艰，人心不靖，逆犯康有为阴遣其党，潜入长江，散放富有纸票，到处煽惑，遍贴伪示，语多悖逆，并拟私运军火，谋为不轨，意在乘机起事。经臣等飞咨各省，通饬各属一带，严密查拿在案。

七月十四日，据办理安徽铜陵县大通镇厘局知府许鼎霖等电禀："探明有富有票匪，在江北桐城地界啸聚数百人，宰牲祭旗，请速派队剿捕。"当经臣之春饬派定安后营李桂馨，督率队伍驶往捕拿。

嗣据徽宁池太广道吴景祺、办理皖岸督销局道员钱松年、大通厘局知府许鼎霖、大通营参将张华照、裕溪营参将彭源洽先后电禀：七月十四夜有匪徒多人窜至裕溪，该参将彭源洽率兵抵御，众寡不敌，军火被劫。十五日匪窜大通，是日黎明该处文武官汛及桐城县练董共拿获匪徒八名。正拟会讯间，突来匪徒游勇数百人图劫，长江师船外委洪益金奋力抵御，身受枪伤甚重，各弁兵亦多受伤，纷纷落水，溺毙兵丁八名，致被抢去师船八号，并劫药局军火多件，砍断电杆多根。该匪声势汹涌，开放大炮，向大通督销局猛击，致将该局常平差轮打沉，并劫厘卡炮船。匪众旋即登岸，直攻盐、厘两局，肆行抢掠，伤毙勇丁二名、盐局司事一名，家丁受伤四名，所获匪犯概被劫去，并纠抢钱店一家、居民数家，伤毙百姓二名，分向青阳窜去，希图劫狱，幸先获之匪首郭老太、陈得沅二名先已批饬正法，青阳、芜湖、南陵一带均形吃紧各等语。

复经臣之春添派统领武卫楚军李定明、营官傅永贵，各带营队，星夜驰往大通，会合李桂馨分三路追剿，并派营官萧镇江、李维义分赴池州、南陵等处截击。臣坤一饬派龙骧、虎威、策电兵轮三号驶赴大通江面堵截，并派统领衡军王世雄酌带一营，乘坐开济兵轮赴芜湖驻防，会商徽宁池太广道吴景祺妥为布置，相机剿办。

臣少春立饬调防江阴之长江提标裕溪、大通三营舢板，星速驶回原营。湖标舢板三十号，亦饬上驶协剿，加派江胜左营步队营官刘达义赴南陵会剿。并闻有兵丁通匪情事，经臣坤一、臣少春各派文武廉干大员，前赴大通密查，先将大通营参将张华照撤任，听候参办。

旋据禀报，营官傅永贵于十六日率队行抵大通，首先拿获匪党四名。统领李定明于十七日探得匪首许大老等四名，以黄绫裹头，党约八百余人，因闻官兵将至，以大通孤悬江心，非鏖战之地，齐赴洛家潭，图结各路匪党，并力抗拒。该统领李定明商同营官傅永贵即刻拔队驰抵洛家潭，分布水陆截击。匪惧不敌，舍舟登陆，纷向东岸奔窜。我军随发抬枪，轰毙五六十名，夺回炮船十四艘，火药枪械多件，余匪四五百人向南逃逸。李定明等复催兵前进，至结岭地方，勇丁多染暑证，谕令暂行休息，并多发探队，以备不虞。忽闻山内枪炮齐发，当饬队伍奋勇进击，并分兵绕至山后围剿，擒获余、周等三首犯，即行枭首，开枪击毙匪党十一名，余匪从山顶向东滚跌而下，坠沟碰石毙者三四十人。乘月色追袭至木竹潭，又枪毙三十余名。维时已近三更，正拟驻扎，忽据报称匪复分股前来，我军随分四路搜缉，行至六町村，遇匪二百余人，奋勇格毙二十三人，余悉向南陵逸去，与余老五一股会合。天色已晓，李定明率队追至戴家会村，突遇悍贼约三百人，列队发枪，拼命拒敌，我军力战数时之久，毙匪一百一名，生擒首逆余老五，夺获伪印富有票、枪械、马匹无数，傍晚始行收队，即将余老五处斩。

十九日，各村团勇拿获窜匪十二名，亦即正法，并留枭匪七名带至大通斩枭，以寒匪胆而定人心。

营守李桂馨于十七夜会合铜陵县在丁家洲、横港头等处毙匪十余人，生擒朱炳荣等十名，讯明正法，夺回火药三十余桶，搜获刀械无算。十九日在阳二耆地方，枪毙匪首何广源及党与十余名，夺获毛瑟枪子两箱及洋枪、马匹、票布、元宝、洋元等件，生擒匪首朱则徐等十二名。营官萧镇江、李惟义、刘达义会禀督率各营在南陵会剿拿获首要匪犯多名，并擒获伪三千岁石方玉解省讯办。又经营官刘达义督同该营哨弁，拿获要目杨长发、陈玉才、伍开寿、蔡略元、袁孝杰五名，起获枪枝子弹、飘布、号簿。营官傅永贵拿获匪首伪四王爷陈英士、伪八王爷李梅生、伪七千岁周得方三名，统领王世雄会同芜湖游击刘炳庭，拿获抢劫大通匪犯张桂友、万启成二名。裕溪营副哨李鸿钧等拿获巨匪吴老九一名。

又据徽宁池太广道吴景祺禀，督同营哨，拿获要匪丁德恺、于锦堂、符焕章、吴正金、唐有元五名，均讯取确供，实系富有票匪，分别提省及就地惩办。复经臣等严饬各统领、营官，分投搜捕，务期净绝根株。现在地方一律安谧，堪以仰慰宸廑。

嗣据查办委员禀覆，臣少春以案情重大，复亲往大通严查，该营等实因师船奉调前赴下游办防，所余船只无多，又将每船兵丁酌拨两名至调防船内协助，兵力益形单薄。此次变起仓猝，寡不敌众，又有革兵、游勇在内冒充水师兵丁，勾结票匪，以致出此重案，实属咎无可辞。

臣等伏查长江以内正值筹办防务，各该师船有巡缉之责，宜如何严密设防，以期有备无患。乃竟因循玩忽，致酿事端，师船军火，均被匪劫，若非派营刻速剿灭，几有燎原之患。该营哨员弁，平日于革兵、游勇未能严行驱逐，尤属形同聋聩，自应从严参办，以儆将来。

相应请旨将长江水师大通营参将张华照、大通营左哨都司宋春桂二员，即行革职，永不叙用，裕溪营参将彭源洽、裕溪营左哨都司吴斌臣、大通营前哨二队千总吴高太、右哨四队把总颜福成、左哨五队外委谢云龙、左哨六队外委刘传薪、右哨五队外委郭福全、左哨六队外委萧近理、后哨四队把总钟龙贵、裕溪营请补后哨一队千总李茂芳、后哨四队把总周成喜、请补左哨七队外委张保元、右哨五队外委张福友共十三员弁，一并革职，以为疏防失事者戒。

统领安徽武卫楚军奏留差委头品顶戴、已革记名提督李定明，督队剿匪，盛暑奔驰，两昼夜间追逐百余里，毙匪数百名，夺回炮船、军火，夺获伪票、骡、马等件，赴机迅速，立挫凶锋，劳苦功高，实为各营之冠。该统领晓畅戎事，谋勇兼全，将领中不可多得，仰恳天恩，开复原官，以备干城之选。其余出力各员弁，容再查明，择尤奏奖，俾示鼓励，出自鸿施。

所有票匪滋扰大通，派兵会剿，地方安靖各缘由，谨合词恭折驰陈，伏乞皇太后、皇上圣鉴训示。谨奏。

密陈严拿富有票匪片

再，逆犯康有为，罪大恶极，久稽显戮。兹乘时局多故，阴遣其党来华，窃外洋之名，为内乱之计，张贴伪示，散放富有纸票，迹其行径，与哥老会匪无异。言伪而辩，文人往往为其所愚，近日湖北所诛拔贡生唐才常直认康党不讳，是其明证。

当此国事艰危，实以正人心为最要。臣以叠次出示，凯切晓谕，并作歌解散，设匭投票，但能缴票悔过，无不予以自新，反侧既安，民心庶可略定。并商准英国领事，在租界出示声明，富有票匪实系叛逆，各国并不相助，以期破除群惑。日本领事亦允电致该国政府，密饬严查，不准该匪私运枪械。昨又由大学士调补直隶督臣李鸿章电嘱出使大臣罗丰禄密商英外部，电饬新嘉坡、香港总督，严查逆党拘禁，俾遏乱萌。一面由臣通饬各属，严密查访，如该逆等潜入内地，即行密拿，处以极刑，以彰国法而快人心。

谨附片密陈，伏乞圣鉴。谨奏。

江海关经理四国还款折

光绪二十六年八月二十八日

奏为江海关经理四国还款，谨将光绪二十五年收支各数，恭折具陈，仰祈圣鉴事：

窃前准户部咨："各省关认还俄法、英德两款，每年匀作两次、四次，分别于九月、十一月一律解清，均赴江海关道交纳，按年造册，奏咨报部。"等因。业将该关光绪二十二、三、四等年经收各省司、道、关、局解到银数，付还俄法、英德两款本息以及实存数目分造清册，奏咨在案。

兹据江海关道余联沅详称："光绪二十五年俄、法还款共收各省司、道、关、局解到库平银五百一十万两，英、德还款共计解到库平银六百九十万两七毫五丝，按照指拨摊派之数，均已一律解清，并无蒂欠。又收苏省松、沪两厘局补解二十四年分俄、法洋款库平银二万二千八百五十七两一钱四分三厘，并芜湖关暨苏、沪两厘局补解二十三、四两年分英、德洋款库平银十八万九千六百四十二两八钱五分七厘，除芜湖关尚欠二十四年分俄、法洋款银十四万两，英、德洋款银六万两，应俟补解到日再行列收造报外，余均按年照解清款。遵照部咨，详造清册两分。计俄、法一册，除归还上届垫款不计外，实收库申规平银六百十五万八千八百三十九两六钱二分二厘八忽，共放规平银六百二十九万二千六百三十七两五钱四分，仍不敷规平银十三万三千七百九十七两九钱一分七厘九毫九丝二忽。英、德一册，连旧管共收库申规平银九百七十九万七千四两八分六厘一毫四丝八忽，共放规平银七百十八万七千六百三十六两二钱四分，尚存规平银二百六十万九千三百六十七两八钱四分六厘一毫四丝八忽，内除长芦运司二十二年解款短交未归规平银五十七两六钱，又垫放俄、法还款不敷规平银十三万三千七百九十七两九钱一分七厘九毫九丝二忽外，计实存规平银二百四十七万五千五百十二两三钱二分八厘一毫五丝六忽。”等情，详请奏咨前来。臣覆核无异。

除将送到清册分咨总理衙门、户部查照外，理合会同护理江苏抚臣聂缉椝恭折具陈，伏乞皇太后、皇上圣鉴。谨奏。

协拨江西火器片

再，江南协拨各省军火，均经随时奏明在案。兹准江西抚臣松椿咨请拨发毛瑟枪子十万颗，哈乞开司一磅陆路车轮快炮八尊，炸弹二千颗，枇柏地枪一百二十杆，枪弹二万颗，前膛抬枪五百杆，铜火五十万颗。又据九江镇总兵宋朝儒呈领枇柏地枪一千杆，枪弹二十万颗，后膛世邦道炮八尊，开花弹一千六百颗，前膛枪一千杆，过山炮拉火五百根。又据九江关道明征禀请酌拨前膛来福枪四十杆，洋药二百四十磅，铜火一万二千颗，铅子九十斤。当经檄饬金陵军械所照数拨给。

除哈乞开司快炮及炸弹两项应由江西省缴还价值，其余军火作为江南协济，毋庸缴价外，理合附片陈明，伏乞圣鉴。谨奏。

进呈方物折光绪二十六年闰八月初八日

奏为派委大员，敬诣行在，恭叩圣安并进呈方物，恭折仰祈圣鉴事：

窃臣等接准护理山西巡抚李廷箫来电，皇太后、皇上圣驾于八月十七日安抵太原等因，闻信之余，稍纾企念。臣等待罪南服，江海兼筹，现值洋舰纷来，防务正形吃紧，未敢吁请西上，迎护銮舆。而月余以来，敬念圣躬，实觉难安寝馈。谨派委江安粮道吴重憙驰赴行在，恭叩圣安，并恭备方物二十八件，交该粮道敬谨赍呈。未遂瞻云之愿，稍伸献曝之忱。缮具清单，恭呈御览。伏求天恩赏收，臣等不胜瞻仰企恋之至。

谨缮折具奏，伏乞皇太后、皇上圣鉴。谨奏。

提臣应行陛见暂请展缓折

光绪二十六年闰八月十一日

奏为江南防务紧要，吁恳天恩，俯准提臣暂缓陛见，以重江防，恭折仰祈圣鉴事：

窃照钦奉上谕："黄少春着来京陛见，长江水师提督着杨金龙署理。"等因，钦此。

伏查此次中、外开衅，沿江、沿海各省处处戒严。江苏滨海临江，防务极形吃紧，吴淞口外泊有洋舰三十余艘，不时往来，居心叵测，际此时局未定，尤须严为之防。长江水师提督黄少春调集上游各标师船，分驻江阴等处，协同防守，统率江胜六营，驻扎镇江。该军本系游击之师，何处有警，即向何处援应。安徽大通地方，匪徒滋事，幸经黄少春派拨勇营，会同皖军立即扑灭，不致蔓延为患。该提督老于戎事，忠爱性成，于同治五年蒙恩简授湖南提督，迄今三十余年，专阃久膺，深孚众望，其朴诚忠勇，早在圣明洞鉴之中。现虽年逾六旬，精力极为强固。臣待罪南服，惟赖一二知兵大员相助为理。该提督驻守要隘，一时实难远离。

合无仰恳天恩，俯准黄少春暂缓陛见，俟防务稍松，再行交卸就道。至福山镇总兵杨金龙，经臣奏明调至江宁省城，统带护军五营。现在山西大同镇总兵刘光才遵旨带队前赴本任，省营可恃之将，已无多人，该总兵杨金龙亦难遽离江宁。应俟将来黄少春遵旨陛见，再由杨金龙署理长江水师提督篆务。

臣为慎固江防起见，是否有当，理合恭折具陈，伏乞皇太后、皇上圣鉴训示。谨奏。

刘光才移军赴任拨营填防片

再，钦奉谕旨："总兵刘光才率营赴任，现在江海戒严，江南亦属吃重，应由刘坤一酌量添募数营，分别填扎。"等因，钦此。仰见圣虑周详，眷顾南服，跪诵之下，钦感莫名。

查刘光才所部亲军，本系两营、七旗、一哨，驻防金陵下关地方。该处为沿江要隘，省城门户，关系极重。现将该两营、七旗、一哨，遵旨并足五营，归刘光才督率，拔队赴晋。所余勇丁，尚有数百名，经臣饬令原扎雨花台之统带衡字营参将王世雄酌量挑留，并另行添招补足两营，合之原有衡字三营，共成五营，调扎下关，分驻炮台，严密布置，俾资扼守。所遗雨花台营垒，实当省城南路之冲，未可空虚，另调元字勇一千五百人填扎，以昭周密。

除咨部外，谨附片陈明，伏乞圣鉴。谨奏。

清江转运雇养长车折

光绪二十六年闰八月十一日

奏为清江转运总局饷械络绎，需车较多，拟请变通雇养长车，以资济用，恭折仰祈圣鉴事：

窃查清江浦地方，遵旨设立转运总局，业将开办情形，并派参将蒯德浦管解上用白米暨江苏等省大批京饷，随同起程，取道河南前赴行在交纳，经臣先后奏明，并在山东郯城、德州两处，各设分局照料北上饷械各在案。

兹据清江转运总局开缺福建兴泉永道恽祖祁详称：“奉饬在浦设局，兼顾各省军火、器械，戎机所系，不容稍有迟延。清江水陆冲衢，向为车船荟萃之所，自轮船通行海上，车辙遂稀，往来船只因之亦少。光绪二十年中东之役，江南转运北军饷械，沿途节节设局，雇觅舟车，倍极艰难，于是各局多养长车，间亦有设长船者。此次事同一律，而车船之稀少，则更甚于前。因派员于清江浦设立车船局，并于桃源县之众兴镇设立分局，专以招雇车辆、船只为事。查船只一项，如装运米石，系照江北河运漕粮章程，按石议价，若拨运军火，止须酌贴坐日钱文，随时应用，尚可无须长养多船。独车辆一项，南来既属无多，又恐途遇兵差，大率卸载于一二百里之外，若不优定价值，招致长养，断难应手。是以于设局后，先行长养数十辆，并酌定双套骡车每辆每站行价制钱一千六百文，回空制钱一千文，住日喂养每车每日制钱五百文，三四套大车照此推算递加。派员当面将车价点发，不经丁役之手，毫无克扣，以故车夫乐从，车辆渐集，即饬陆续收养。计七月间，合清江、桃源两局长养车六七十辆，八月间因各省京饷由局汇合大批，并备上用白米解赴行在，需车较多，增养至二百余辆，悉数拨用，尚有不敷，复经多方添雇，头批饷米方得成行。以后各省饷银接续而来，就业经由电知会有数可计者，已不下一百万两。是车辆仍不能不招徕收养，以利转输。”等情，详请具奏前来。

臣查此次军务骤兴，事机急迫，雇备车辆较二十年中东之役倍形棘手。现在各省饷项络绎于道，若待辘轳周转，不特稽延时日，亦恐有误事机，详加察核，势非变通长养车辆，不足以期迅速。惟值此时艰财匮，仍当力求核实，不任稍有浮冒，以仰副圣主慎重饷糈之至意。

理合会同护理江苏巡抚臣聂缉槼恭折具陈，伏乞皇太后、皇上圣鉴，敕部查照。谨奏。

乌龙山等处炮台添配置守片

再，金陵乌龙山地方，前经奏明建筑炮台，安设大小炮位十四尊，业经饬据统领督标亲军等营旗总兵刘光才，督率匠勇，合力兴作，现已一律工竣。计配设台官、教习、灯旗号令、机器、匠人等及炮勇一百四十八名，月需薪饷银九百四十余两。又吴淞之南石塘、狮子林两处，并经奏明在南石塘南首高坡添筑炮台，安设快炮大小七尊，又于南石塘北首，添设快炮二尊，狮子林添设快炮六尊，以期周密。饬据统领盛字等营副将班广盛，督同工员，分投举办。现在炮位亦已一律安设，计配台官、教习、机器匠人等及炮勇一百二十名，月需薪饷银八百余两。又镇江焦山地方，因防务戒严，经臣饬令统领新湘等营总兵陈基湘，添安四十五磅子快炮二尊，计动用工料银二千三百余两，配勇十六名，月需薪饷炮费银八十余两。以上各项，均照定章，由局分别开支。据办理江南筹防局、江宁布政使恩寿等详请奏咨前来，臣覆核无异。

除咨户部、兵部、工部查照外，谨附片具陈，伏乞圣鉴。谨奏。

起解饷银赴陕交纳片

再，清江转运局前派参将蒯德浦带勇护解第一批饷项赴行在交纳，奏明在案。

兹据该道员恽祖祁详称："现有镇江关饷项银十八万两有奇，江苏藩司银十万五千两，又搭解浙江藩司饷项银二十万两，浙江运司银九万两有奇，淮安关银一万两，统共银五十八万六千余两，由局拨给车辆，仍令原派管解之员于闰八月十八日由清江启行，取道河南解赴陕西行在交纳。适新授福建臬司吴重憙管解江西方物赴陕，亦由局备齐车辆，同时进发。前项饷银，该司允为督率照料，以昭妥慎。"等情，详请具奏前来。臣覆核无异。

除饬淮扬、徐州二镇拨勇护送，并咨河南、陕西抚臣一体饬营迎护外，理合附片陈明，伏乞圣鉴。谨奏。

厘局奉拨军需入不敷出折

光绪二十六年闰八月二十八日

奏为金陵厘捐局拨款浩繁，谨将入不敷出情形，恭折具陈，

仰祈圣鉴事：

窃照金陵厘局，所收捐款向本无多，从前每岁不过收银三四十万两，近年以来大加整顿，收数较增，光绪二十四年收银五十二万余两。二十五年奉饬增筹，每年以七十万两为比较定额，该司道等深以收难足数为虑。经办理局务道员穆克登布迭次亲临各卡，严密巡查，认真厘剔，偷漏中饱诸弊，一扫而空，又值年谷顺成，米粮销路极畅，捐收之旺为历年所未有，是以奉拨各饷，幸无贻误。本年自入夏以后，海氛不靖，东南各省，风鹤震惊，商贩咸有戒心，半多辍业，又因天气亢旱，秋获无期，新米来源无多，捐数大为减色。本年奉拨京、协各饷及本省洋款等项有一百余万两之多，或为计授要需，或为大信所系，无一不关紧要，不容稍有稽延。即使捐数旺收，比较足额，约计所短尚有三十余万两。腾挪无术，焦急莫名。

窃维量入为出，古有常经。宁局入款仅只此数，而出款如此之巨，通盘筹画，实难凑解足数。再四思维，惟有恳请将本年奉拨京、协各饷，除业已报解外，所有未解各款，尽此饷力通融匀应等情，详请具奏前来。臣察核所详，委属实情。

除将本年应解各款开单咨明户部外，谨会同护理江苏抚臣聂缉槼恭折具陈，伏乞皇太后、皇上圣鉴，敕部查照。谨奏。

代陈大员报效巨款折

光绪二十六年闰八月二十八日

奏为大员报效巨款，恭折代陈，仰祈圣鉴事：

窃臣准前山东巡抚张汝梅函称：“中外开衅，乘舆播迁，汝梅蒿目时艰，患恙未愈，弗克趋赴行在，恭叩圣安，五夜徬徨，愧奋交集。近日恭阅邸钞，敬悉皇太后、皇上西幸长安，布置一切，需用自必繁巨。汝梅受恩深重，未能稍效微劳，犬马私衷，莫由报称。谨变换产物，凑足库平银三万两，请代奏吁恳赏收。戋戋之数，明知无济于用，惟稍尽报效愚忱。所有银两，拟即解交江苏藩司收存，以备提拨。汝梅屡邀分外天恩，万不敢再邀议叙。”等因前来。

臣查该前抚臣张汝梅，忠爱性成，久而弥笃，前在山东巡抚任内，曾经报效银十万两，兹又变产报效巨款，益见公忠体国之忱，不愧毁家纾难之义。虽据声称不敢仰邀议叙，应否仍予奖叙之处，伏候圣裁。

理合据情代奏，伏乞皇太后、皇上圣鉴训示。谨奏。

淮商沥陈困苦邀免重输折

光绪二十六年闰八月二十九日

奏为淮商困苦，恳免捐输，恭折仰祈圣鉴事：

窃本年六月十八日奉上谕：“有人奏请开盐捐以裕饷源一折。现在兵事方殷，库储支绌，亟应设法筹备以裕饷源。着刘坤一督饬运司，于两淮盐务中筹劝捐银一百万两，准其照新海防银数移奖实官及虚衔翎枝等项，一面劝捐，一面即行设局请奖。所收捐项分批源源报解，不得任意迟延。此款专备北省军饷，该督不准借词截留挪用，致误军需。原折着抄给阅看。将此由六百里谕令知之。”钦此。当即札行淮运司钦遵，集商速议。

嗣经电催，据运司柯逢时详称：“淮南总局委员详，运商清吉昌等禀：‘商等六七年来，捐银至五百万两，罔不竭蹶输将。当此时事多艰，何敢哓哓上渎。缘自兵衅开后，到处市面紧急，昭信股款立待解交，又当岸盐待销，急资周转，所获余利不敷缴捐。在商之所恃者，只此引票。今押无可押，租无可租，售无人受，因之转移乏术，告贷无门。既共抱倾覆之虞，而与通往来之钱庄，亦多因牵累倒闭，窘迫情形，实有岌岌可危之势。夫国家之所重者厘课，而厘课之所出，端资办运。今一捐未已，一捐又兴，商力几何？微利几何？窃恐顾运则误捐，顾捐则误运。物力只有此数，仍无补于宵旰之忧。虽商等之身家原不足惜，然一有贻误，获戾滋深。再四踌躇，力实不逮。今奉电催，敢乞鸿施逾格，始终成全，上达下情，俾免转输不继，而于维正之供似亦不无攸赖。'等语。该委员等覆：'查此次饬令淮商捐银一百万两，准照新海防银数奖给实官等项，我朝廷体恤商情，固已无微不至。该商等世业淮鹾，久沾乐利，宜如何激发天良，竭力捐助，稍展微忱。乃劝谕至再至三，仍以商力不逮等情，始终禀求邀免，殊与该商等平日急公奉上之怀大相刺谬。惟近来市面艰难，银号窘急，该商等前既叠捐巨款，近复认缴常年捐输每年十万两，为各省所无，而认借之昭信票银，屡次严催逾限至年半有余，仍难一律清缴。且昭信请奖，开办已逾两月，请奖者仅只四名。虽志切显扬者固不乏人，皆因市面紧闭，筹措为难，以致未能踊跃。察核该商等所禀竭蹶各情，尚非虚饰。'”等情。并据食岸商人公鼎丰等以“淮南各食岸逼近场灶，全赖减价敌私，保全各纲岸之门户。近来枭匪横行，私盐遍地，商等招募巡勇，添置炮船，从不敢顾惜成本，如江、甘五岸地方之大，需费之重，固不待言，即泰兴一岸，每年亦须巡缉经费一万余串。加以迩年捐款林立，几于无年不捐，无捐不有，每于缴解之时，商等无不艰于筹措，无不迁延至再，竭蹶情形，久邀洞鉴。今奉饬捐军饷，准照新海防例给奖实官，体恤不为不厚。商等食毛践土，具有天良，敢不力图报称。无如食岸疲敝，日甚一日。本年自闻北方兵信，市面艰塞，银路不通，商等认额包课，责有攸归。目下虽上纳钱粮，筹备现银，几如罗雀掘鼠，窘迫万分，若再认此巨捐，商力实有未逮”禀经运司，先后转详前来。臣覆加体察，尚系实情。

合无仰恳天恩，俯念商困销疲，认缴常年票捐，已无余力，此次北省军饷免予捐输，以示体恤。

理合恭折具陈，伏乞皇太后、皇上圣鉴训示。

再，淮北商贩如何筹议尚未据覆，容催速办，合并声明。谨奏。

点验武卫左右两军折

光绪二十六年九月二十一日

奏为遵旨点验武卫先锋左、右两军，认真裁并，节省饷需，恭折覆陈，仰祈圣鉴事：

窃臣等先后承准军机大臣字寄：“奉上谕：‘张春发、陈泽霖两军溃散后，究存实数若干，着刘坤一遴派大员点验，汰弱留强，不必拘定十营，挑选成军，奏明给饷。’”等因，钦此。又奉上谕：“据鹿传霖陈称，张春发军饷六十万两，系该督在江苏巡抚任内全数催运清江存储，陈泽霖军饷六十万两，系指定江宁筹解。该两军于七月十四、五日业经溃散，饷银自应截止。着刘坤一、聂缉椝迅饬管饷之员，即行截留，查明确数，再行给发。余存银两报部核办。”等因，钦此。又奉上谕：“前据李秉衡奏，张春发尚属奋勇。陈泽霖素不知兵。着该督仍遵前旨，核实点验，分别扼扎，统归该督节制调遣。”等因，钦此。又准陕西巡抚岑春煊电传谕旨：“张春发一军前存清江之饷，尚余实数若干，派员尽数解赴行在应用。陈泽霖一军，着遵照前旨分别去留，将余存之饷一并速解。”等因，钦此。仰见朝廷整饬武备、慎重饷需之至意，跪诵之下，钦服莫名。

当此时局艰难，库空如洗，又值銮舆幸陕，诸军待饷孔殷，张春发、陈泽霖两军既经溃败回防，自应认真裁并，腾出有余之款，以供行在之需。臣等钦遵谕旨，派委徐州镇总兵刘青煦、徐州道桂嵩庆在宿迁县点验陈泽霖一军，淮扬镇总兵潘万才、署淮扬海道李维翰在清江浦点验张春发一军，严饬切实查点，不准稍有含混。嗣据各该镇、道禀覆："张春发所部武卫先锋左军实存勇丁三千二百三十四名，陈泽霖所部武卫先锋右军实存勇丁四千四百八名，均令分行排列，逐一应点，并询其籍贯，察其口音，多系南省之人，年力亦尚强壮。惟右军步队，挑出老弱及口音不符者一千四百余名，询明内有在德州收集溃勇五百余名。马队马匹亦多疲瘦。”各等情，先后禀覆前来。

臣等伏查该两军均系新募之勇，未经训练，仓猝北行，遽逢大敌，以致溃败，该提督等亦知负疚，滋深悚惶无地。窃以兵事强弱，全在操练，操练勤惰，端赖将才。张春发熟谙戎机，湘军宿将，可胜统领之任。陈泽霖于吏事尚能谙习，于军务似非所长，已于另片陈明。现饬将左军照湘军营制，裁并步队六营，马队一百五十名，全军饷项截至七月底止，应点人数截至闰八月底止。挑留之勇，自九月初一日起，照湘勇给饷。遣散之勇，于应领饷项外，另给恩饷两月，饬令回籍归农。右军亦照湘军营制，裁并步队五营，全军饷项截至七月底止，应点人数截至闰八月初十日止。挑留之勇自闰八月十一日起，照湘勇给饷。遣散之勇，于应领饷项外，按其籍贯道路之远近，分别酌给川资，至多不过四两，饬令回籍归农。其德州收集之溃勇，自收集之日起至到徐点验之日止，只准给领小口粮，即行遣散，不准发给全饷，亦不得再予遣资，以示区别。裁改以前经手款目，仍由张春发、陈泽霖呈由大学士荣禄奏销，以后即归入江苏留防案内办理。统计该两军原有二十营，裁存十一营有奇，均改湘军营制发给，每年所省实多。左军月饷，经升任抚臣鹿传霖饬司筹至明年正月分止，一律提解，淮扬道库存储已由道转解至七月分止，现尚存银三十一万余两。右军月饷由江宁藩司经理，已解至八月分止。现饬于留备本军及裁遣各饷外，年内约可余存若干，嗣后按照常年核计，每年实可节饷若干，由司与各该军逐细划算清楚，通盘核计。所有余存之款，即行遵旨迅速分批解赴行在户部交纳，以应要需。

除分咨查照外，所有点验武卫先锋左、右两军裁节饷需缘由，理合恭折由驿覆奏，伏乞皇太后、皇上圣鉴训示。谨奏。

乡会恩正两科请归并下年举行折

光绪二十六年十月十八日

奏为军务未竣，请将恩、正两科乡、会试归并举行，以恤士子而节经费，恭折仰祈圣鉴事：

窃于本年六月十五日奉上谕："本年恩科乡试，如展缓数月，恐天气渐寒，士子倍形劳苦，远省放榜过迟，公车亦多窒碍，缓至明年三月初八日乡试，八月初八日会试。至庚子正科及次年会试按年递推。"等因，钦此。又于七月十一日奉上谕："各省武乡试，着按照文乡试展缓日期，以次递推。"等因，钦此。仰见朝廷体恤寒畯，无微不至，跪诵之下，钦佩莫名。当经转行所属，出示晓谕，钦遵在案。

现距明年三月甚近，一切事宜即应预为举办，而人心尚未大定，各省正在筹防，诸务倥偬，军书络绎，试期瞬届，仍觉兼顾为难，且各省屡有偏灾，民情困苦，士子连年应试，实力有未逞。伏查同治年间，各省军务未竣，请将恩科归并正科举行，奉旨允准有案。拟恳天恩，将明年应行庚子恩科乡试，展至八月初八日与壬寅年行庚子正科乡试归并举行，再于次年归并会试，其武乡会试一体仿照办理，庶恤士节费两有裨益，伏候谕旨遵行。

谨合词恭折具陈，伏乞皇太后、皇上圣鉴训示。谨奏。

剿平大通票匪请奖出力文武折

光绪二十六年十月十八日

奏为票匪滋扰大通，江、安两省派兵会剿，在事出力文武各员，酌拟保奖，恭折仰祈圣鉴事：

窃照票匪滋扰大通，派兵会剿一案，经臣等于光绪二十六年八月十八日由驿具奏，并请将已革提督李定明开复原官，其余出力各员，声请查明择尤保奖，俾示鼓励。钦奉上谕："已革提督李定明此次剿匪，尚知愧奋，着准其开复原官，余着照所议办理。"钦此。当经恭录咨行钦遵在案。

臣等伏查，本年入夏后，时局多故，人心嚣然不靖，沿江一带，会匪蠢蠢欲动。外患方亟，风鹤震惊，江海筹防，倍形吃紧。经臣坤一商由臣少春将盐贩徐宝山妥为招抚，即责令徐宝山严拿匪党，多有弋获，民心稍定。嗣逆犯康有为阴遣其党潜入长江，散放富有纸票，到处煽惑，意在与会匪勾串一气，互为声援，筹备巨资，以充饷项，私运军火，以助凶焰，谋为不轨，匪势鸱张。七月间，该匪等在江北桐城地方，宰牲祭旗，啸聚起事。迨经官军往捕，窜至裕溪、大通等处，抢掠师船，劫夺军火，攻毁盐厘等局，四出纷扰，声势汹涌，裹胁愈多。经臣坤一、臣之春饬令各军，迅赴戎机，合力剿办，将匪首先后拿获，并阵斩匪徒数百余名，夺回船械、军火以及伪票、伪印、洋枪、马匹等件，大股巨匪，一律荡平。各该员弁等，于枪林弹雨中，昼夜跟追，不辞劳瘁，或裹创力战，或歼厥渠魁，均属奋不顾身，异常出力。下游镇江、十二圩，六、七濠口等处，时有匪徒出没，一闻大通警信，无不狡焉思逞，迭经臣等通饬地方文武，严密查拿，将著名票匪，按名缉获严办，该匪等闻风解散，始得弭患无形。各该员弁，屡获巨魁，亦复有劳足录，应请一并奖叙，以昭激劝。理合分缮清单，恭呈御览。合无仰恳天恩，俯赐照拟给奖，以示鼓励。

除饬取各员履历咨部查照，并将千总以下末弁咨部核奖外，谨合词恭折具奏，伏乞皇太后、皇上圣鉴训示。谨奏。

马鞍山火药库被轰片

再，本年入秋以来，久旱不雨，干亢异常。九月初五、六等日，得有微雨。初八日臣率同僚属，在龙神庙祈祷。是日午初，天气沉黑，雷电交作，旋闻霹雳一声，房屋震撼，大雨如注。臣回署后，即据办理金陵军械所道员朱潜禀称，据该所委员兼管城内马鞍山火药库候补知县崔作球禀报，马鞍山库于初八日午刻忽为雷火轰毁，房屋夷为平地，药库击成深潭，管理该库委员候补千总徐福成、司事补用从九品叶桂荣以及亲兵三名，并拨往防护该库之新湘营兵丁二十六名，同时轰毙，附近居民、房舍，亦有伤亡倒毁。经该道员朱潜亲往查勘，与崔作球所报相符等情，禀报前来。

臣查两月以来，天时亢旱，地气郁塞。初八日午刻，雨势倾盆，白昼如晦，阴阳相搏，流电四射，该库适为电气所触，遂致立时轰毁，实系变生意外，委非防范不力。管库委员徐福成及司事、兵丁人等同时身毙，深堪悯恻，除饬将该家属等优予抚恤，并查明被毁药数开报外，理合附片具陈，伏乞圣鉴。谨奏。

拨解陕西枪炮子弹片

再，前准陕西抚臣岑春煊来电："奉旨：'岑春煊奏陕省防务紧要，请拨枪械一折。据称虎神营前拨江南十响毛瑟枪三千杆，该抚业与虎神营商明分用。又称，该营曾经拨有快炮，请一并迅解来陕等语。前项枪炮，着刘坤一如数配足子药，迅解应用。'"等因，钦此。又承准军机大臣字寄："奉上谕：'岑春煊奏，陕省募勇，请拨枪械等语。着刘坤一、张之洞于上海、湖北各制造厂，酌拨小口径枪四千杆，快炮十尊，配齐子弹，解赴西安，俾资应用。'"等因，钦此。

臣查虎神营咨拨枪械案内，并未拨有快炮。江南存械，自军兴后，添招新勇，并协济各省，拨发殆尽，前购小口径枪，已无存储。上海制造局添购新机，甫经运齐，安配开车试造，出枪无多。惟陕省需械甚殷，自应钦遵谕旨，设法筹拨。当经臣饬令金陵军械所，将前拨虎神营十响毛瑟枪三千杆及皮件三千套，每杆配足子弹四百颗，共弹一百二十万颗，并筹拨两磅过山快炮十尊，每尊配开花弹二百颗，实心弹二百颗，共弹四百颗，一并发交副将王世雄带运赴陕投收，以资应用。所有运费，饬令筹防局垫给，仍咨由陕西拨还归垫。

除分咨查照外，谨附片陈明，伏乞圣鉴。谨奏。

时局艰危谨陈愚虑折

光绪二十六年十月二十六日

奏为时局艰危，恭陈愚虑，仰祈圣鉴事：

窃查中国与外洋订约以来，于今六十年矣。中国数次用兵，以庚申、甲午为最甚。然庚申之役，虽洋兵至京，而不久即退。甲午之役，虽割地赔款，而都城无恙。今以拳、教互哄之故，激怒各国，群起而攻，宗社震惊，乘舆迁播，生灵涂炭，元气凋残，思之痛心，言之疾首。自大沽开衅以至祸及京师，为时仅两阅月，历观前史，未有如是之烈且速者也。幸各国互相牵制，尚可设法转圜。迭接北京电报，将次订期开议，时局至此，受亏自不待言。嗣后非坚苦一心，不足以自立；非忍辱努力，不足以图存。值此创巨痛深，尤当惩前毖后，谨就臣愚虑所及，酌拟四条，为皇太后、皇上敬陈之。

一曰重邦本。此次事变之来，由于拳匪，而拳匪之炽，由于王公、贝勒为之主持。诸王公等，以天潢至亲，休戚相关，讵有愿致危亡之理？岂不以国势日弱，受侮日深，一睹拳匪之奸回，诧为神奇，许为忠义，而于治乱本末，华洋情形，未尝考求，轻举妄动，卒之薄海切齿，灾逮其身。此不学之过也。在昔周、召夹辅，有大勋劳，东平好礼之风，河间儒术之雅，史册褒美，代有传人。拟请饬下书房诸臣，严定课程，以性理、经济为最要，务将古今兴废之迹，中外强弱之原，以及邪正所由分，义利所由判，切实讲求，认真辅导。庶近支王公，植身有本，献替有资，以副朝廷倚畀亲贤、慈爱骨肉之至意。

一曰节国用。近年洋债日增，患贫已久。通计出入，每年不敷银一千数百万两。和议定后，偿款更将不赀。竭泽而渔，从何罗掘！是非节用不可，尤非节省大宗不可。即如八旗钱粮一项，国家帑金有数，旗人生齿日繁，不使之自为养而长欲以官养之，力有不及，势有所穷。在乾隆全盛之时，诸臣已建议及此。况身受豢养，每多游手好闲，转无以淬厉其精神，奋发其志气。际此时艰孔亟，自应略为变通，令其自谋生计，以垂久远。京城肃清以后，土木之功必多，只合择要兴修，勿求美备，以复旧观。即寻常服御所需，并当力图减省，以示震动恪恭之意。此外一切浮费，并应因时革除。拟请饬下部臣、内务府大臣及各督抚臣，通盘筹画，各抒所见。可省者省，可裁者裁，庶免竭蹶之虞，借收桑榆之效。

一曰慎教案。拳、教交哄，固由匪徒煽惑，亦以洋教倚势欺陵，民间蓄愤日久，倡言杀教，足以摇动人心，致有今日之祸。此后积弱益甚，教士益横，民怨沸腾，仍必铤而走险。危机猝发，法令亦有时而穷，即使洋舰远来弹压，恐亦无及。在中国固无安枕之日，在各国亦无息兵之时。天下骚然，商务必致减色，俱伤两败，大干天地之和。夫外人传教，本为劝善而来，揆厥初心，当亦不愿有此。近日英国沙侯及日本宗教，皆谓西教行事，或亦不无遗憾，正可迎机善导，共泯诈虞。拟请饬下全权大臣与各国公使婉切商订，另立专条，总以握定不得干预词讼为第一要义。明知战败议款，何能就我范围，然非此不能相安，各国当思共保和平之局。

一曰杜祸根。义和拳为白莲余党，左道惑众，在嘉庆年间，钦奉谕旨查拿惩办，备载圣训，可以按籍而稽。此次滥杀教民，无非假借名义，乘机为乱，有类于黄巾、赤眉，贻患邦国，罪在不赦。若使根株不尽，将来滋蔓日宽，即无教民，亦必伺间思逞。

惟是聚则为匪，散则为民，概予骈诛，深恐或有冤滥，故剿拳匪必须严捕拳师，方为拔本塞源之策。拟请饬下直隶、山东、山西、河南及东三省各将军、督抚严拿拳师，如有举报指引及捆送到官者，审明后就地正法，并将出力员绅从优奖赏。其余拳党，勒限改悔，悬为厉禁，永著为令。倘有恃众抗违，则是甘心为逆，迅即派兵痛剿，草薙而禽狝之，治乱民用重典，不可稍存姑息。

以上四条，谨就管蠡之见，略陈梗概，伏候圣明采择施行。

抑臣更有请者，遗大投艰，端资群力。拟恳明降谕旨，饬令京外臣工，凡有言事之责者，择其有关治乱，如用人行政诸大端，各陈谠论，毋有隐讳，于以扶定倾危，赞成郅治。臣之区区不胜至愿。

所有敬陈愚虑各缘由，理合恭折由驿驰陈，伏乞皇太后、皇上圣鉴训示。谨奏。

转运局起解三批饷银片

光绪二十六年十一月二十二日

再，清江转运局前解第一二批饷项，赴行在交纳，均经奏明在案。兹据该局道员恽祖祁详称：“转运局移设汉口，既无长车可雇，而襄河水道，逆流艰滞，转解饷需必难克期解到，自应改由陆路行走，以期迅速。查有广东藩司饷项银二十万两，粤海关饷银二十一万一千七百两，广西梧州关银十万两，由各省原派委员管解。闽海关饷银十万五千三百九十五两，福建善后税厘总局银五万两，福建盐法道银五万两，江苏徐州土药局统捐银三万一百四十四两有奇，由局派委管解。以上共计银七十四万七千二百三十九两有奇，分为四批，于九月初十、十二、十八、二十四等日先后起程，饬由各州县雇备人夫，自夏口厅起，按站接递，取道河南，解赴西安行在交纳。”等情，详请具奏前来。臣覆核无异。

除咨河南、陕西抚臣一体饬营迎护外，谨会同湖广总督臣张之洞，附片陈明，伏乞圣鉴。谨奏。

土法枪炮毋庸设局片

再，前准军机大臣字寄：“光绪二十六年六月十八日奉上谕：‘枪炮为行军利器，国家旧制本有各种枪炮以及抬枪、线枪、背枪并各种子药，足御外侮。近年军火多购自外洋，制造土法几致废弛。现在中、外交战，外洋军火既不能购，亟应用旧法自造，取之不尽，用之不竭。着各该督抚，迅即设局招徕匠艺，广为制造，以备军储。’”等因，钦此。

伏查江南分设上海、金陵两机器制造局，已将四十年之久，所造枪炮仿照西法，推陈出新，由前膛而至后膛，由后膛而至快枪、快炮，沪局并能采用华铁，自行炼钢，精益求精，均已著有成效，与内地各省未经设局者，情形本自不同。近年迭经饬令扩充，加工赶造各种枪炮、子弹，不独供应南、北洋各营台兵轮之用，即闽、浙、粤、鄂等省，亦多取给于此两局。一切器械全用机器，出数较多，尚恐不敷分拨，如另设旧局，既虑旷日持久，缓不济急，又须增筹巨款，一时实不及新旧兼营。且战事之利钝，恒视军械之精窳。外洋于制造工程，考究不遗余力。江南两局，限于款项，未能随时购办新机，竭力经营，犹虑相形见绌，旧式枪炮，益觉难于适用。经臣督饬司道各员商酌，意见相同，拟请毋庸设局，以节经费。

谨附片具陈，伏乞圣鉴。谨奏。

故御史在京殉难恳恩赐恤折

光绪二十六年十一月二十三日

奏为言官在京殉节，恳恩从优赐恤，以彰忠义，恭折仰祈圣鉴事：

窃据江苏绅士、二品顶戴、前湖北荆宜施道俞钟颖等联名禀称：“三品衔、原任湖广道监察御史宋承庠，籍隶江苏松江府华亭县。生自单寒，事亲至孝，励学敦品，举动必以先哲为师。由拔贡生恭应朝考，录用七品小京官，签分工部。光绪五年己卯科顺天乡试中式举人，九年考取总理衙门章京，奉旨记名，十年传补到署行走，矢慎矢勤，弗辞劳怨。历由主事升补员外郎，递保知府，补缺后以道员升用，加三品衔。十九年补授河南道监察御史。旋丁父忧，尽哀尽礼，乡党人士莫不敬叹。二十四年服阕，将入都，家人以时事多故，劝其暂息里门。该员谕以使人人皆以时局艰难而故为规避，国家岂尚有效力之人耶！毅然遂行。抵都后，补授湖广道监察御史，兼署陕西、山西道监察御史，历署兵科、刑科给事中。奉旨巡视南城，整饬庶务，严绝苞苴，凡所陈奏，务裨大局。因贫不能挈眷，在京二十余年无异寒素。本年五月拳匪滋事，该员手谕其子树基云：“急难时自有主意，家中勿念。”自是音讯遂绝。当洋兵入京，内城炮声大震，该员谓儿庙震惊，乘舆出狩，食禄无补，何颜见人，愤懑悲泣，并留书以鸣感恋，遂于是夜仰药自尽。至是始知前寄家书，其以身殉难之志早已决绝，非仓卒轻生之比也。钟颖等属在桑梓，不忍听其湮没。”等情，禀请具奏前来。

伏思成仁取义，本臣子致身之常，而表节旌忠，亦朝廷励世之典。该故御史宋承庠，矢志清廉，心存君国，见危授命，大节凛然。本年国子监祭酒王懿荣在京殉节，经山东抚臣袁世凯具奏，渥荷殊施，优赐矜恤，并蒙加恩，一并予谥。仰见圣朝褒显忠良，有加无已，凡在臣僚，同深钦感。今该御史临难捐躯，事同一律，应如何从优赐恤之处，出自逾格恩施。

理合会同护理江苏巡抚臣聂缉槼恭折具陈，伏乞皇太后、皇上圣鉴训示。

再，该故御史宋承庠一子名树基，松江府学增生，孙二人，世悳、世贻，合并陈明。谨奏。

安设德律风经费片

再，前因防务戒严，省垣地方辽阔，文武各员分驻较远，遇事传商，深虑稽误，当饬分段安设德律风，由线传语，以期呼应灵通。计用工料银二千九百六十三两有奇，每月开支传语司事人等薪费银九十四两，均在江南筹防款内拨发，汇入官电经费造报。兹据金陵官电局道员郭道直造册详请核销前来。臣覆核无异。

除将清册分咨户、工二部查照外，理合附片具陈，伏乞圣鉴，敕部查照。谨奏。

苏省代解三期洋款后请改拨折

光绪二十六年十二月二十日

奏为苏省代解津海关三期洋款，勉力筹垫，以后万难兼顾，请旨饬部另行改拨，以免贻误，恭折仰祈圣鉴事：

窃照本年五月间，津、沽不守，津海税抄两关应征税项，涓滴无收。八月间应还英、德洋款银五万余两，据该关道黄建筦详请筹款垫付。臣以限期已届，不能失信，即经札饬江海关道照数筹垫。嗣准北洋大臣咨，该关九月应还俄、法款银八万余两，十一月英、德款银五万余两，迭经户部议令南洋所辖各关筹垫，又经臣分饬江海、镇江、芜湖、苏州、金陵各关设法筹解。各该关均以税收短绌，势难兼顾，详请量予改拨。复经臣以偿期迫促，若再咨商部臣，改拨他省，必致愆期失信，贻误堪虞。檄饬各该关勉为其难，无论何款，竭力匀应，以免别生枝节。计先后三期江海各关共代筹银十八万余两，业已汇付清款。惟查江海、镇江、芜湖等关拨款繁巨，税收只有此数，本已入不敷出。金陵、苏州两关设关未久，收数尤属无多，常年应拨要需，已形竭蹶，本年军事起后，沿海沿江各省同时戒严，商贾裹足不前，税收因而益绌。目下时局未定，各该关收数仍未畅旺，而奉拨各款，迭有增加，即如本年筹还江南息借瑞记洋款，兼须还本，需银四十余万两，均出各该关勉力筹措，腾挪周转，实已罗掘一空。江南司局各库又因松、沪等处厘金改解税司，部臣拨补之款类多无着，各项应拨要需均刻不容缓，库空如洗，挪无可挪，艰窘情形未有如今日之甚者，点金无术，焦急莫名。现在款议甫有端倪，津海关税务能否照常启征，尚无把握。明年二月一期英、德洋款转瞬即届，该关如仍无收款，江南财穷力竭，实无余力再行代解。相应请旨饬下户部，以后津海关应还四国洋款，另行改拨他省筹垫，以免两误，而纾饷力。

谨会同护理江苏巡抚臣聂缉椝恭折具陈，伏乞皇太后、皇上圣鉴训示。谨奏。

李秉衡入援殉难遗失军械饷银片

再，前巡阅长江水师大臣李秉衡，奉旨北上，经臣饬令金陵防营支应局拨给公费银四千两，备充公用银四万两，又选派卫队一哨，拨给五个月薪饷，随带应用，于七月十四日附片奏明在案。

兹据该局司道详称："前项公费等款，经李秉衡在江宁提用湘平银一千两，在清江浦提用库平银五千两，并支给委员解饷盘川及驻浦办理支应费用湘平银一百六两有奇，其余支存银两业经支应局尽数收回，归入正款动用。又选派卫队北上时，制备军装器具及船价等项湘平银九百七十两有奇。所带薪饷五个月，仅发过六个月分，小建一月湘平银五百八十四两有奇，其余四个月薪饷三大建、一小建共湘平银二千三百九十五两有奇，均因该大臣李秉衡殉难通州，连同枪弹一并遗失。嗣由李秉衡家属及升任江苏巡抚臣鹿传霖拨给该哨弁勇七、八两月大建湘平银一千二百七两有奇，以上共支用银八千八百六十七两有奇，遗失湘平银二千三百九十五两有奇，分别列报，并将回防弁勇，归并衡字副右营，找发饷项。"等情，详请奏咨前来。臣覆核无异。

除咨部查照外，理合会同护理江苏巡抚臣聂缉椝附片陈明，伏乞圣鉴，敕部查照。谨奏。

甘饷淮厘仍请解交支应局济饷片

再，前准部咨，令将湘岸盐厘项下拨解黔、甘军需款项提出另储候拨等因，当将改拨金陵支应局凑放饷需原委情形，详晰咨覆。嗣部臣仍令停解存储，因饬司道妥筹核议。

兹据江宁藩司恩寿、两淮运司程仪洛等详称："江南江海防务均关紧要，需款浩繁，而各岸盐厘又以提解京协各饷，洋款较多，其解交支应局济本省军需者，实属无几。光绪二十三年以前，即以借拨原协甘饷凑放。迨二十四年鄂、皖盐厘，苏、沪货厘，改归税司监征，抵偿洋债，饷源愈绌，虽有部拨抵补之款，而款多无着，不能接济急需。若再将此借拨厘银，遂行停解，则应放京协营饷，更属无从措手。惟有仍由湘岸督销局照前解交，以济眉急。其湘岸支存淮厘，向分一半协湘银两，由前护理湖南巡抚臣锡良奏准照旧拨解。所有向留一半，解交支应局充饷银两，较诸湘省待用尤殷，应请援照拨济。"等情，详请具奏前来。

臣查甘饷改拨金陵充饷及向分淮厘一半，两款本在应解金陵充饷盐厘内提拨。今支应局饷糈奇绌，所有本年增募各营，应需饷项多由该局供应，竭力腾挪，实已不敷周转。各司关库又复同一艰窘，无可匀应，深赖前项两款借资挹注。再四思维，惟有仰恳天恩，俯准将此项甘饷淮厘，照常解交金陵支应局，免予提存，以济紧饷。

理合附片具陈，伏乞圣鉴，敕部查照。谨奏。

请仿秦晋捐例敕部颁发空白执照折

光绪二十六年十二月二十日

奏为江宁开办饷捐，请照秦、晋两省办捐成案，敕部颁发空白执照，以期便捷，恭折仰祈圣鉴事：

窃照江宁开办筹饷捐输，业经奏奉谕旨允准，饬属一体筹劝，设局开办在案。

兹据筹饷劝捐总局司道详称："劝捐实职，必须颁照迅速，方足以广招徕。现在时局未定，一时固难咨部，即使按卯详咨，而行在部案未齐，恐亦无从核办。颁照无期，捐务终难起色。查陕西、山西两省办理赈捐，业已奏准仿照咸丰三年成案，颁发五品以下实官空白执照，诚至简至捷之法。拟请仿照办理。”等情，详请具奏前来。

臣伏查近年捐输已成弩末。各省赈捐分局林立，向只准奖虚衔，今则秦、晋赈捐兼准报捐实职，且有执照可领，与饷捐相形之下，筹劝更觉为难。若不稍事变通，徒有开捐之虚名，恐无筹饷之实效。思维再四，惟有仰恳天恩，敕下户部，仿照秦、晋赈捐成案，颁发文职五品以下空白执照二千张，武职五百张，存臣衙门，由局造具履历清册，呈送副实收时，再由臣衙门加盖关防，饬局填发。一面仍将副实收奖册，送户部查核，以期妥慎。所有部饭等项银两，仍照章随同奖册解部交纳。

除咨部查照外，谨会同护理江苏巡抚臣聂缉槼恭折具奏，伏乞皇太后、皇上圣鉴，敕部查核办理施行。谨奏。

奏疏卷三十五

请旨饬催各省拨补抵还洋款折

光绪二十七年正月二十七日

奏为江苏省奉部拨补货、盐厘金，款多未解，请旨饬催各省赶紧照数拨解，以免贻误，恭折仰祈圣鉴事：

窃查江苏省苏州、松沪货厘，鄂、皖两岸盐厘等局，自光绪二十四年闰三月十一日起改归税司代征，抵还洋款，本省应拨各饷，递经户部按年照数拨补。其中款目分别本省、外省，有已经照数清解，有已解尚未清楚，并有一款两抵者，详加查核，半多无着，亟应逐款清厘。即经饬据办理金陵支应、筹防等局江宁布政使恩寿等，会同两淮运司程仪洛，逐一查明各省欠解无着各款，共有一百二十余万两，分年开单，详请具奏前来。

臣查拨补厘金一项，光绪二十四年分奉部指提各款，以江苏昭信股票为大宗，外省款项无多，故欠解尚少。至二十五年分指提外省款目增多，其中如河南、广东已有蒂欠，四川、山西则未解丝毫。迨二十六年分，凡上届无着者，依旧列拨。又因宜昌一半加课及万户沱加厘留抵洋款，将拨补银两，划交江南经收，于是加拨四川、山西之项，并益以云南、陕西拨款，无着更巨。现截至光绪二十六年年底止，综计各省欠解无着，共有一百二十余万两之多。

窃维前项货、盐厘金，本系各有待支要款，自改归税司代征后，来源顿绌，举凡京饷、协饷、本省应还四国及瑞记各项洋款，固须照常拨放，未敢愆期，即宁、苏防军月饷、善后经费、南洋防费、湖北盐道及鄂岸缉费等项，悉为军食、公用攸关，亦不容稍有欠缺。上年军事起后，江南新募各营暨北上诸军月饷以及额外增支之项，需款甚属浩繁，竭力腾挪，万分艰窘。且查续借英、德商款，以七处厘金作抵银五百万两，内系江西派银二十万两，浙江派银一百万两，湖北原派银一百万两，续减为七十五万两，江南则苏、沪货厘，鄂、皖盐厘银二百八十万两，宜昌一半加课及万户沱加厘银二十五万两，实共派银三百五万两。是各省共摊不及十之四，江南独任竟逾十之六，其困惫难支情形，较他省为尤甚。即使各省拨补之款均系有着，已觉缓急悬殊，乃各省或动用无存，或截留他用，屡催罔应，电牍空驰，徒有拨补之虚名，并无协济之实效。江南财穷力竭，无米为炊，一应要需从何拨放，臣兴嗟仰屋，焦灼莫名。

上年十一月间，因河南截留未解银二十七万两，业经奏奉朱批，饬催于荫霖如数筹拨等因。此外各省欠款为数甚多，若不奏请严催，各该省报解无期，江南应还洋款及应放军饷等项无款腾挪，深虞贻误。理合缮具清单，恭呈御览。合无仰恳天恩，俯准敕下户部，严催各省督抚臣，督饬司道，查照部数筹足，分批汇解。如有款系无着，由部另行拨补，以免悬欠而舒饷力。

抑臣更有进者，瞬届二十七年拨补之期，凡连年拨而未解，如四川、山西等省各款，并请敕部勿再派拨，另于近省及本省中指提有着之款，庶几受拨均归实际，借应要需。

谨会同新授湖北巡抚、护理江苏抚臣聂缉椝恭折具陈，伏乞皇太后、皇上圣鉴训示。谨奏。

税司购地建屋提支厘项片

再，金陵设关通商，曾因开办经费无从筹措，电由总理衙门商准户部，复令开数酌核等因。除关署额支经费业已奏咨经部核定外，开埠、筑路等项需用之款，因界务未定，难以估计。其设局清理地亩诸务所用经费，均由该关道暂筹垫用。惟税务司人等征收税项，由关署未建，暂就停泊官轮之趸船等处以为办公之所。税司等因食宿不便，迭催建造。又以关基坝土工程浩大，若与税司等住屋同时并举，筹费为难。现商定先建正副税司寓所，以资栖息。在仪凤门内购买民地两方，仿照苏关程式，由营造司核实估计，除地价外，共需造费银二万两，核与苏关造价相仿。工程归税司经理，以期妥洽。现据金陵关道徐树钧禀请，在该关所收药厘内拨银四万两，以二万两交税司建屋，以二万两为购地及开埠应用之需，仍俟支用后，汇案造销等情前来。

臣等查所请拨款，均为必不可少之需。目下各库罗掘已空，请部筹拨，势必为难，惟有在该关药厘项下，陆续提支应用，以济要需。

除咨部查照外，理合会同护理江苏抚臣聂缉椝附片具陈，伏乞圣鉴，敕部查照。谨奏。

察看疆臣片

再，臣承准军机大臣字寄："光绪二十六年十二月十二日奉上谕：'有人奏，疆臣巧滑衰庸，封圻万难胜任，据实密陈一折。着刘坤一于李兴锐到任后，秉公察看，有无巧滑衰庸情形，是否胜任，据实奏陈，无稍徇隐。将此谕令知之。'" 钦此。

查李兴锐为前大学士曾国藩、直隶督臣李鸿章所奖拔，光绪初年尚在江南当差，臣曾与共事，深知其心地朴诚，人品端正，绝无巧滑习气，公事极其认真。即如前办上海制造局，每日亲历各厂考察勤惰，以记功过而定劝惩，一时人心鼓舞，局务大有起色，迄今该局员司犹称道不置。此其一节也。迨后历官直隶、福建、广西等省，清介绝俗，所至有声。虽年岁较臣稍长，而精力比臣甚强。臣近于江西来江人员询问李兴锐体气如何，莫不称其矍铄如五六十岁人，克尽职守。江西居东南腹地，巡抚端赖老成，李兴锐尚能胜任，堪以仰慰宸廑。仍由臣随时察看，如李兴锐果有衰庸情形，即当据实奏陈，不敢稍涉徇隐。

理合先就所知附片陈明，伏乞圣鉴。谨奏。

初捐人员免取印结片

光绪二十七年二月二十一日

再，案查部定新章，凡初捐人员，在外省海防捐局上兑者，必须取具同乡官印结，其本籍上兑者，必须取具族邻甘结，随同奖册咨部，方准报捐。历经遵办在案。

兹查江宁上年开办筹饷捐输，奏准照海防条例减成请奖，分饬各属广为劝办，并咨请出洋使臣一体筹劝，所有取结章程，自应查照仿办。惟查筹饷例载，凡捐纳及各项人员验引到省时，必须在京取具同乡官印结，呈缴捐免保举银两，方能核准验引到省。盖以捐官而不验引与不捐同，此原定章程所以仅于验引时取具印结也。现在各省饷捐，秦、晋等省实官赈捐，同时开办，随地筹劝，穷乡僻壤势难遍喻新章，诚恐转滋疑虑。况捐生散处四方，有离乡日久而不识族邻者，亦有虽系同乡而非印官者，更有出洋华商，寄居海外，既无同乡官印，亦无族邻可认，殊难就此范围。似初捐人员尚可免予取结，其捐免验看，先行到省人员，仍照旧章办理。据江宁筹饷劝捐总局、江宁布政使恩寿等详请奏咨前来。

臣查该司道所请，系属实情。合无仰恳天恩，敕部查照办理，以广招徕。

除分咨吏、户二部查照外，谨会同江苏巡抚臣聂缉椝附片陈请，伏乞圣鉴训示。谨奏。

江宁饷捐仍请照发空白执照折

光绪二十七年三月二十四日

奏为江宁筹饷捐输，请仍照顺、直、秦、晋赈捐成案，敕部颁发空白执照，以广招徕，恭折仰祈圣鉴事：

窃照江宁开办筹饷捐输，前经奏请颁发空白执照，接准行在户部咨，以“江宁劝捐筹饷，虽属孔急，较之秦、晋赈捐情事不同，未便一律颁发空白执照，致与赈捐有碍，应仍令先发实收，俟奖册到部核明赶颁执照”等因。当经转行遵照去后，兹据江宁筹饷劝捐局司道沥陈捐输减色，仍请奏颁空白执照前来。

臣查江苏省奉拨款项最为繁重，近年以来，厘金抵还洋债，外省拨补之款大都无着，腾挪因应，竭蹶万分。上年军兴以后，增营购械，办理转运，又复通饬各属举办团练，沿江沿海地方悉照光绪二十一年防务办法，严为设备，并饬徐州道招募团丁，择要驻扎，以辅兵力之不足。用繁款巨，司道局库罗掘一空，虽经开捐接济，无如频年捐输重叠，势成弩末。现在秦、晋、顺、直等省相率委员来宁设局劝捐，均携有空白执照，独江宁仍先发实收，捐生舍此就彼，实属情势使然，甚至向饷局查询捐例，转赴赈局报捐。统核江宁收捐银数甚属寥寥，若不及早变通，徒有开捐之虚名，终无筹饷之实济。

秦、晋连岁旱荒，灾区较广，顺、直猝遭兵燹，亟待救援，自与寻常赈捐不同。江南滨海临江，防务紧要，未可一日松懈，亦非他省情形可比。且此项饷捐，奏准一半济饷，一半解部，多收一分捐款，大部即省一分筹画。臣与司道再四熟商，惟有仍恳天恩，特敕户部颁发文职五品以下空白执照二千张、武职五百张，存臣衙门，加盖关防，俟饷捐局造具履历清册，呈送副实收时，核明填发，庶与捐务饷需两有裨益。一面仍将副实收奖册咨送户部查核。应需部饭等项银两，照章随同奖册解部交纳，以资办公。此系为江宁急筹饷需，以广招徕起见，他省不得援以为例，俾示限制。

除咨部查照外，理合会同江苏巡抚臣聂缉椝恭折具陈，伏乞皇太后、皇上圣鉴训示。谨奏。

酌保人才折 光绪二十七年五月十七日

奏为遵旨酌保人才，以备录用，恭折仰祈圣鉴事：

窃于光绪二十六年闰八月初三日奉上谕："现在时局阽危，需才孔亟，各封疆大吏均有以人事君之责，务各激发天良，虚衷延访，如有才猷卓越，克济时艰，无论官阶大小，出具切实考语，迅速保荐，以备录用。"等因，钦此。

臣维人才难得亦难知，必须久与共事，察其心地光明，器识深稳，庶几善用其才，仰供朝廷之任使。兹查有统领江胜军二品衔江苏特用道杜俞，学养兼优，胆识并茂，整军经武，隐若长城，其于吏治民生讲求有素。办理筹防局江苏试用道沈邦宪，志趣端方，才具敏练，理烦治剧，游刃有余，有时事变猝投，措施悉当。办理洋务局二品衔江苏候补道汪嘉棠，气度安详，智虑精密，通达治体，熟谙时宜，现在交涉纷繁，动形掣肘，该道善于因应，不惮勤劳。办理上海制造局江苏补用道毛庆蕃，操履谨严，性情忠笃，历官京外，忧国奉公，至于慎重度支，爱惜物力，莫不实事求是，不避怨嫌。该员等或在江苏当差多年，或与臣旧日僚友，故得悉其底蕴，信其贤能，如蒙逾格鸿施，量予拔擢，该员等年力正强，必能立尺寸之效，分宵旰之忧，倘所举非人，奉职无状，臣不敢辞滥保之咎。

所有遵旨酌保人才各缘由，理合恭折具陈，伏乞皇太后、皇上圣鉴训示。谨奏。

酌保将才折光绪二十七年五月十七日

奏为遵旨酌保将才，以备简用，恭折仰祈圣鉴事：

光绪二十六年闰八月初三日奉上谕："各省制防兵营，星罗棋布，谅不乏折冲御侮之才。着该督抚务选真才，有堪胜专阃之任者，即行保奏，用资采择。"等因，钦此。

臣查兵家本系专门，各国设立练将学堂，以资讲习，是以将才辈出。中国惟于军营劳绩中求之，为途已隘。近三十年来，偶尔用兵，历时不久，新出人材无多，而咸丰、同治年间湘、淮宿将，几同晨星硕果，其幸存者亦老无能为矣。兹谨就臣所知者，有记名提督吴恒山，气局安详，韬钤夙裕，治兵颇有纪律，所至市井晏然。记名提督金德恒，性情忠直，方略亦优，调度颇合机宜，可以自成一队。提督衔记名总兵谭用宾，胆气甚壮，智虑过人，驭众善于拊循，士卒乐为之用。前陕西延榆绥总兵蒋云龙，训练有方，声威彬著，每战辄先陷阵，所向无前。该员等现在江南当差，臣得以详细访察，知其可备干城，为国效命。倘荷天恩，俯赐驱策，该员等感激奋兴，自当勉竭驽骀，以图涓埃之报。

所有遵旨酌保将才缘由，理合恭折具奏，伏乞皇太后、皇上圣鉴训示。谨奏。

副将王世雄请破格录用片

再，两江补用副将王世雄，心地明白，智勇深沈，前在江南统带衡字营，与各文武和衷共济，遇有疑难之事，捧檄即行，绝无规避，卒能通权达变，措置合宜。至于驭众严而有恩，所部奉命惟谨。臣尝与论用兵方略，觇其抱负，颇有大将之才。如荷鸿施，破格录用，必能折冲御侮，仰副朝廷知遇之隆。

理合附片具陈，伏乞圣鉴。

再，该员现经调赴山西，合并陈明。谨奏。

营员缉私殒命邀请议恤片

再，据统领淮北缉私得胜营副将陈有元禀：本年四月二十五日，管带盐河水师营官记名总兵侃勇巴图鲁刘道忠，因访闻枭匪捆载私盐，意图偷运过坝，并恐附近有窝囤情事，即于是日出巡。二十六日巡至武障河西，见有私盐，上前兜拿，当获一百余包，发上炮船。讵意该私匪纠集众匪，携带火器前来报复，抢夺盐斤，对岸亦复有鸣锣拒捕者，势甚汹汹。众寡悬殊，该营官率水勇很斗逾时，嗣以调队不及，暂退至武障河盐卡门首。而该枭恃众跟追，枪子如雨，该总兵身先士卒，被匪枪子洞穿右目，立时因伤身死，其余受伤哨官一员、水勇二名，经该副将带队往拿，枭匪已远扬四散，即移海州缉凶严办等情，禀请核办前来。当经臣批饬勒拿逃匪，速获另行究惩，及将勇丁哨官等赶紧医痊具报。

伏查该总兵刘道忠平日缉捕勤能，私枭敛迹。今于武障河缉获私盐之后，该枭复集匪穷追，必毙其命，其为平日缉私认真，该枭恨之刺骨可知。实属因公捐躯，当此严紧缉私之时，非优加议恤，无以作士气。核与光绪三年安东县外委赵良彩缉私殒命，经前督臣沈葆桢奏请照阵亡例议恤之案相符。合无仰恳天恩，俯准饬部照阵亡例议恤，以慰忠魂而昭激劝。

除饬取该总兵履历咨部查核外，理合附片陈明，伏乞皇太后、皇上圣鉴训示。谨奏。

覆陈剿匪武员择尤请奖折

光绪二十七年五月十八日

奏为覆陈剿办大通匪徒奖案，声明武职出力各员，分晰劳绩，恭折仰祈圣鉴事：

窃照票匪滋扰大通等处，江、安两省派兵会剿一案，当将出力各员，择尤保奖，奉奉朱批：“该部议奏。单二件并发。”钦此。转行钦遵在案。

兹准兵部咨，以所保武职员弁六十余名，并未分晰劳绩，核与获匪定章不符，令将尤为出力之员，准照异常请保，其次出力之员，准照寻常改奖等因前来。

伏查上年七月间，票、会各匪猝扰大通地方，附近之青阳、铜陵、繁昌、南陵四县同时窜扰，匪势披猖，锋不可遏。臣等闻警后，即经选派营队，星夜驰往，会同地方文武，分途堵击。各该员弁杀敌致果，奋不顾身，穷数昼夜之力，生擒、轰毙匪徒共计八百余名，并夺回炮船十四艘，用是凶锋立挫，一鼓荡平。维时外洋兵舰麇集吴淞口外，长江一带讹言四起，民心极为不靖。逆犯康有为阴遣其党潜入长江各埠，散放富有等项纸票，到处煽惑，意在与会匪勾串一气，乘机起事。此次匪徒扑犯大通，分投滋扰，声势汹涌，迥非开堂立会、散放飘布可比，若非在事各员弁，合力堵剿，迅速扑灭，为患何堪设想！各该员弁等，或裹创力战，或冒险冲锋，歼厥渠魁，肃清要隘，均属效命戎行，异常出力。按照部章，大股会匪抗拒官兵，实系调兵剿灭，所有出力各员，应照异常劳绩核奖。且上年办理奖案，查核各军开送出力员弁应奏奖者，共计一百余人，经臣等一再删汰，并将其次出力之员，咨部核奖。奏保各员，均系尤为出力，核其劳绩，实无轩轾可分。惟接准部咨，行令分别等次，自应遵照办理。臣等覆加查核，其尤为出力者实有五十二员，出力稍次者共计八员。谨缮具拟保官阶升衔清单，恭呈御览。合无仰恳天恩，俯准照拟给奖，出自逾格鸿施。

谨合词恭折覆陈，伏乞皇太后、皇上圣鉴训示。谨奏。

拟办哄堂旗兵折 光绪二十七年五月十八日

奏为京口驻防旗兵哄闹协领衙署，提宁委审，供词狡展，分别拟办，恭折具陈，仰祈圣鉴事：

窃据署丹徒县知县莫葆辰禀：城内演军巷事主陈忠监家，于光绪二十六年九月初四夜被窃，临时行强一案，讯据另案赌犯梁益之供，系旗人宝山即赵维芝又名宝善、昇林即苏二、万林即苏

三、长奎即马有如、玉露即卜小更、玉书即李小和、文浩即刘四、荫良即柳小四儿、锦康即柏龙儿等九人抢劫。当经臣坤一咨经京口副都统吉陛，饬令该管协领、佐领，将犯事旗兵按名传集，交协领荫浓带赴镇江府衙门会审。宝山等不候传讯，全行散去，旋率众一二百人拥入该协领荫浓衙署，肆意恣闹。该协领向众解说不听，荫良执刀欲砍，锦康施放洋枪，言词挟吓，讹索洋一千元。该协领被逼无奈，将箱存现洋三十六元，尽数付给。并经佐领文蔚至署解劝，众始散去。禀经臣等派员前往，分别拿解来省，革除钱粮，发委帮办左司协领恒龄、两江营务处道员曾丙熙、署江宁府知府王毓藻、署江宁理事同知觉罗春泰，会同审讯。续又据丹徒县禀城内磨刀巷事主高成章家，于十二月二十六夜被劫一案，访获蒋立贵、宋瑞田两名，讯据供系昇林、荫良、长奎、锦康并不识姓名二三人行劫。质之邻右唐长贵供词相同。经臣坤一饬令承审各员，提讯各该旗兵并究禀办。该旗兵宝山等于盗案坚不承认，供系梁益之等挟嫌诬扳，仅认埋怨协领荫浓不该将伊等在旗官名开送，大众前往借洋。复讯梁益之、蒋立贵、宋瑞田，供词如故。熬审数十次，该旗兵等明知罪干骈首，抵死不承。据承审委员禀请核办前来。

臣等查京口旗兵，自光绪十七年毁闹右翼衙署一案，认真惩办后，稍知敛迹。近年以来，旗兵故智复萌，往往在外生事，甚至成群结党，伙贩私盐，扰害商民，不服查诘，若不从严惩治，何以肃纪律而靖地方。此案梁益之等供指宝山等行劫事主陈忠监、高成章两案，该旗兵等供词狡执，赃迹未明，自未便草率定谳。惟哄闹协领衙署一节，已据宝山等自认，因埋怨荫浓不该将伊等在旗官名开送，伙众前往，足见起意滋闹，及至得洋后始行相率散去，尤见意图讹索。夫以在营兵丁，聚众至一二百人，执持洋枪、刀械，哄闹本管协领衙署，逼索银洋，荫良执刀欲砍，锦康施放洋枪，将协署门墙轰洞数十处。并据丹徒县知县莫葆辰会同镇江理事同知恒坦诣勘属实，是其均非善类，毫无疑义。

查例载："直省刁民，假地方公事，或果有冤抑不于上司控告，擅自聚众至四五十人，尚无哄堂塞署，并未殴官者，照光棍例，为首拟斩立决，为从拟绞监候。"又"部民军事，怀挟私仇，挺身闹堂逞凶，杀害本官已伤者，为首照光棍例斩决，为从下手者绞候"各等语。该犯宝山等执持枪械，哄闹该管官衙署，似此目无官长，形同化外，自应按例问拟，何能任其狡赖！第首从未分，碍难遽行定拟。臣等衡情酌度，应请将各该兵丁本身旗档注销。锦康即柏龙儿、荫良即柳小四儿、宝山即赵维芝又名宝善、文浩即刘四、昇林即苏二等五名尤为凶横，应即永远监禁，不准释放。万林即苏三、长奎即马有如、玉露即卜小更、玉书即李小和等四名各予监禁十年，俟限满察看能否悔悟，再行释放。

除饬将梁益之、宋瑞田、蒋立贵等递回丹徒县分别办理并由臣崇善将协领荫浓撤任另行派员接署外，所有京口旗兵哄闹协领衙署，提省讯供拟办缘由，谨合词恭折具陈，伏乞皇太后、皇上圣鉴训示。谨奏。

变通政治筹议先务四条折

光绪二十七年五月二十七日

奏为变通政治，人才为先，遵旨筹议奏陈，仰祈圣鉴事：

窃臣等钦奉光绪二十六年十二月初十日上谕："法令不更，锢习不破，欲求振作，当议更张。着军机大臣、大学士、六部、九卿、出使各国大臣、各省督抚，各就现在情形，参酌中西政要，举凡朝章国故、吏治民生、学校科举、军政财政，当因当革，当省当并，或取诸人，或求诸己，如何而国势始兴，如何而人才始出，如何而度支始裕，如何而武备始修，各举所知，各抒所见，通限两个月，详悉条议以闻。”等因，钦此。仰见我皇太后、皇上，惩毖多难，必欲扫积习以济时艰，感涕之余，且愧且奋。

臣等尝闻之，周易乾道变化者，行健自强之大用也，又闻之孟子，过然后改，困然后作，动心忍性，增益其所不能者，生于忧患之枢机也。上年京畿之变，大局几危，其为我中国之忧患者可谓巨矣，其动忍我君臣士民之心性者可谓深矣，穷而不变，何以为国？然则修中华之内政，采列国之专长，圣道执中，洵为至当。惟是中国贫弱废弛之弊，或相沿百余年，或相沿二千余年，一旦欲大加兴革，必须规画周详，确有下手之处，然后血气生而宿疴自去，疣痈决而元气可支。

窃谓中国不贫于财而贫于人才，不弱于兵而弱于志气。人才之贫，由于见闻不广，学业不实。志气之弱，由于苟安者无履危救亡之远谋，自足者无发愤好学之果力。保邦致治，非人无由。谨先就育才兴学之大端，参考古今，会通文武，筹拟四条：一曰设文武学堂，二曰酌改文科，三曰停罢武科，四曰奖劝游学。敬为圣主陈之。

一曰设文武学堂。取士之法，自汉至隋为一类，自唐至明为一类，无论或用选举，或凭考试，立法虽有短长，而大意实不相远。汉、魏至隋，选举为主，而亦间用考试，如董、晁、郄、杜之对策是也。唐、宋至明，考试为主，而亦参用选举，如温造、种放之征召是也。要之，皆就已有之人才而甄拔之，未尝就未成之人才而教成之。故家塾则有课程，官学但凭考校，此皆与三代学校之制不合。现行科举章程，本是沿袭前明旧制，承平之世，其人才尚可以佐治安民，今日国蹙患深，才乏文敝，若非改弦易辙，何以拯此艰危？

然而中国见闻素狭，讲求无素，即有考求时务者，不过粗知大略，于西国政治未能详举其章，西国学术未能身习其事。现虽举行经济特科，不过招贤自隗始之意，止可为开辟风气之资，而未必遽有因应不穷之具。考周官司徒之职，小戴礼、学记之文，大率皆以德行道艺兼教并学，学成而后用之。此外见于经传者，乡国之学皆兼六艺，大夫之职必备九能；书、礼干戈，司成并教，寄象鞮译，王制分官；海外图经，伯益所传，润色专对，论语所重。又按三代之制，庠序之称曰士，卒伍之称亦曰士，实为文武合一，文武并重之明征。若孔子兼通文武，学于四夷，尤圣人躬行垂教之彰彰者。此后汉举使才，唐采回历，隋志经籍多收方言，明初文科亦兼骑射。钦惟我朝康熙年间，测天造炮，皆用西人，内府地图，创用西法之经纬线，此图所刻铜板，即用东洋铜板之阴阳文。尼布楚界碑兼用三体文字。乾隆年间，西域同文志兼列清、汉、蒙古、西番、托忒、回部之书。至于内廷功课，八旗授官，皆系文武兼习。祖宗旧制，洵足为万代法程。

今泰西各国学校之法，犹有三代遗意，礼失求野，或尚非诬。其立学教士之要义有三：一曰道艺兼通，二曰文武兼通，三曰内外兼通。其教法之善有四：一曰求讲解不责记诵，一曰有定程亦有余暇，一曰循序不躐等，一曰教科之书，官定颁发，通国一律。大小各学，功有浅深，意无歧异，其考校进退章程，皆用北宋国学积分升舍之法，才能优绌，切实有据，既不虞试官偏私，亦不至摸索偶误，故其人才日多，国势日盛。德之势最强，而学校之制惟德最详；日本兴最骤，而学校之数在东方之国为最多。兴学之功，此其明证。

其学校教法，大率少年者先入小学堂，先教以浅近文理、算法、史事、格致之属。小学堂又分初等、高等两种。小学成后，选入中学堂，所学门类甚多，名曰普通学。如：国教、格致、算学、地理、史事、绘图、体操、兵队操、本国行文法、外国言语、文字、行文法等事，皆须全习，惟外国文字，止兼习一国。无论大小学堂皆有讲国教一门，皆有学兵队之操场。日本之教科名曰伦理科，所讲皆人伦道德之事，其大义皆本五经、四书。普通学毕业后，发给凭照，升入高等学堂，习专门之学。自此以后，然后文武分途，或文或武，听其便，惟文武皆必先习普通。至专门之学习文事者，名高等学校。英分经、教、法、医、化、工六科，又另设专门农、商、矿学。法与英略同。德又另设专门工学。日本高等学校亦分六门：一，法科；二，文科；三，工科；四，理科；五，农科；六，医科。每科所习学业各有子目。其余专门各有高等学校。查日本门目与中国情形较近，欧、美无学不兼讲西教，日本无学不兼讲伦理。习武备者，名士官学校，略分地理、战史、战法、军械、测绘、工程、经理、军医八门，兼习外国文字、兵式体操、兵队操、行军操、射的、击刺、乘骑、游水等事。射的即枪炮打靶，击刺即短刀刺枪互击。习文事者，高等学校毕业后发给凭照，略如中国举人，分类量能而授以官，其愿再学者，升入大学校。大学校毕业领照者，略如中国进士。习武备者，普通毕业后先入营练习半年，方入士官学校。士官学校毕业后，仍须入营练习三年，方为毕业。第一年学为兵，第二年学为弁，第三年即在其营内充弁。其弁亦名下士官，其分际略如中国把总、外委、额外。此堂毕业后，发给凭照，其国家即用为各军少尉。自少尉以上皆名士官。大尉、中尉、少尉略如都司、守备、千总。自官少尉以后，可在本营叙劳升转。若仅由充兵出身者，官至特务曹长为止。曹长略如把总。仅由士官学校出身者，官至大佐为止。大佐略如副将，中佐、少佐如参、游。若欲为大将、中将、少将者，仍须升少佐、中佐后，再入陆军大学校三年。习水师者，名海军大学校。其海、陆大学校体制与文事大学校同。大将如统兵大臣，中将、少将如提、镇。以上所举皆日本官名，取其易晓。各国学制、教法，节目虽有小异，用意事事相同。其大中小学之年限，无论文武，大率三、四、五年不等，等级渐深者，子目亦渐加多。其东西各国，今昔章程微有不同者，大约西繁而东简，西迟而东速，昔专一而今变通。如西国马上不放火枪，日本近三年始于马上操枪之类。其学校监督皆用武官为之，以武官于礼节规矩最为谨严详密，文职偶有脱略，武官断不通融。此外国学校教士官人之大略也。

臣等谨参中外情形，酌拟今日设学堂办法，拟令州县设小学校及高等小学校。童子八岁以上入蒙学，习识字，正语音，读蒙学歌诀诸书，除四书必读外，五经可择读一二部。家塾、义塾悉听其便，由绅董自办，官劝导而稽其数，每年报闻上司可也。十二岁以上入小学校，习普通学，兼习五经，先讲解，后记诵。但解经书浅显义理，兼看中外简略地图，学粗浅算法至开立方止，学粗浅绘图法至画出地面平形止，习中国历代史事大略，本朝制度大略，习柔软体操。三年而毕业，绅董司之，官考察之。十五岁以上入高等小学校，解经书较深之义理，学行文法，学为策论、词章，看中外详细地图，学较深算法至代数、几何止，学较深绘图法至画出地上平剖面、立剖面、水底平剖面止，习中国历史大事，外国政治学术大略，习器具体操，兼习外国一国语言文字之较浅者。此学必设兵队操场。三年而毕业，官司之，绅董佐之。毕业后本管府考之，分数及格者给予凭照，作为附生送入府学校，分数欠者留学。府设中学校。十八岁高等小学校毕业，取为附生者入中学校，习普通学。其有监生、世职、职衔愿入普通学者亦听，但须酌捐学费，与附生一律教课。其有营弁、营兵，文理通畅，能解算法、绘图，考验有据者，亦准收入此学。温习经、史、地理，仍兼习策论、词章，并习公牍、书记文字，学精深算法至弧三角、航海驶船法止，学精深绘图法至测算经纬度、行军图、目揣远近斜度止，习中国历史、兵事，习外国历史、律法、格致等，学外国政治条约即附于律法之内，并讲明农、工、商等学之大略，习兵式体操，兼习外国一国语言文字之较深者。词章一门，亦设教习，学生愿习与否，均听其便。弁兵入学者，专学策论，免习词章。此学亦必设兵队操场。三年而毕业，学政考之，给予凭照，作为廪生，送入省城高等学校。省城应设高等学校一区，大省容二三百人，中小省容百余人，屋舍不便者，分设两三处亦可，但教法必须一律。非由中学校、普通学毕业者，不能收入。拟参酌东西学制，分为七专门：一，经学，中国经学、文学皆属焉。二，史学，中外史学、中外地理学皆属焉。三，格致学，中外天文学、外国物理学、化学、电学、力学、光学皆属焉。四，政治学，中外政治学、外国律法学、财政学、交涉学皆属焉。五，兵学，外国战法学、军械学、经理学、军医学皆属焉。六，农学。七，工学，凡测算学、绘图学、道路、河渠、营垒、制造军械、火药等事皆属焉。共七门，各认习一门，惟人人皆须兼习一国语言文字。此学亦必设兵队操场。至医学一门，以卫生为义，本为养民强国之一大端，然西医不习风土，中医又鲜真传，止可从缓，惟军医必不可缓，故附于兵学之内。并另设农、工、商、矿四专门学校各一区，专以考验实事为主，机器、药料、试验场皆备，亦三年而毕业。其普通学成愿入此四学者听。入此四学者，中国经学、文学皆令温习。无论何学皆有兵队操场。其习武者，专设一武备学校，择普通毕业之廪生愿习武者送入，四书、中国历史、策论，人人兼习，其余悉依外国教课之法，并专习一国语言文字。或仿日本并设一炮工学校，专学制造枪炮之法。均三年而毕业。文学生高等学校毕业后，除农、工、商、矿专门四学另为章程外，此七门学生，学律法者派入交涉局学习实事，名曰练习学生。学兵法者，派入各营学习实事，亦名曰练习学生。其余五门学生，均随其所愿派入农、工、商、矿等局，兼习实事，名曰兼习学生。均以实在局、在营一年为度。农、工、商、矿四专门学三年毕业后，农学派赴本省外县，山乡水乡，考验农业；工学派赴本省外省华洋工厂，考验制造；商学派赴南北繁盛口岸，考验商务；矿学派赴本省外省开矿之山，炼矿之厂，考验采炼。均名曰练习学生，亦均以实在出外游历练习一年为度。其武学生，武备学校毕业后，令入营学习，操练一年，半年充兵，半年充弁，以实在营一年为度。合计在学肄业及出外练习，文武各门均四年学成，先由督抚学政考之，再由主考考之，取中者，除送入京师大学校外，或即授以官职，令其效用。大学校学业，又益加精，门目与省城所设高等专门学校同，三年学成，会试总裁考之，取中者授以官。此大、中、小学教法、门目、等级、年限之大略也。

其考用之法：高等小学学成者，本管知府考之；普通中学学成者，学政考之；均不弥封。县送府考，府送学院考，均须详注分数，知府、学政考取榜示，亦须注明分数，不准浑沦取进。高等专门学成者，督抚、学政分文武两途考之，应分几场，临时酌定。取者作为优贡，武者作为武优贡。其文事由他途径入普通中学，洊送农、工、商、矿四专门学，非由生员者，及由普通中学毕业，径入四门专学，非由高等学毕业者，其武事由弁兵径送入普通学，非由生员者，一并准其与考。其优贡所取人数，视本省中额加倍。钦派考官，会同督、抚、学政，亦分文、武两途考之，应分几场，临时酌定。考其专门之学及各国语言文字，非优贡不得与考。大率督、抚、学政所取优贡，即系录送乡试之意。应试人少，且诸学有须面试者，毋庸糊名易书，考中者作为举人，其非由生员出身及非由高等出身者，作为副榜。择其中式前半若干名，分别送入京城文武大学校。所以止送一半入大学校者，一为京师大学若欲全容天下举人，费用过多，故减半送京，以节经费，一为分半就职，俾得及时效用，以应目前急需。其有未获送入大学校者及已经送京而不愿入大学校愿就职者，听。其未送大学校而不愿就职，自愿留学以待下科者，亦听。就职者，文授以七品小京官及六七品佐贰首领，分部、分省候补，或充各局委员。武授以守备、千总等官发营差委。考官照学政例，准带幕友二三人，同考官由外省酌量访求聘委，不拘官阶，亦不必本省人员。京城设文事大学校、水军陆军大学校各一，学业又益加精，门目略与省城专门学校同。学成者，钦派总裁大臣考之，作为进士。经廷试后，文授以部属、知县等官，武授以都司、守备等官，均令分部、分省、分标候补，优其序补班次，毋庸归选。如朝廷需用编书修史应奉文字之词臣，宿卫禁廷之侍卫，应随时听候谕旨考选，不在科举常例之内。统计自八岁入小学起至大学校毕业止，共十七年。计十八岁为附生，二十一岁为廪生，二十五岁为优贡、举人，二十八岁为进士，除去入学出学程途、考选日期外，亦不过三十岁内外，较之向来得科第者并不为迟。此大、中、小学层递考取录用之大略也。

其取中之额，即分旧日岁科考取进学额以为学堂所取生员之额，分乡会试中额以为学堂所中举人、进士之额。优贡应请新定学堂之额，大约比本省中额加倍而略多。初开办数年，学堂未广，取中尚少，前两科每科分减旧日中额学额三成，第三科每科分减旧额四成，十年三科之后，旧额减尽，生员、举人、进士皆出于学堂矣。至日久才多，以后应仿各国章程，视其学业分数以为中额之多少，并可不拘定额，以昭核实而资策励。总须较旧额之数有增无减。此学堂取中额数，移拨旧额，日后并不限以定额之大略也。

或谓废八股则人不读经书，不尊圣贤，不宗理学。不知八股始自前明，自汉至宋皆无八股，何以传经卫道代有名儒，忠孝节义史不绝书。即如周、程、朱、张乃理学宗主，其时未尝有八股也。或谓废八股，则人不能为文。不知文章之最美者，莫如春秋之左、国，战国之诸子，两汉之班、马，唐、宋之八家，其时未尝有八股也。或谓废八股，则旧日专攻帖括者无进身之路，不知历来擅长八股诸名家，亦必系学赡才敏、文笔优长之士，其最著者，前明如唐顺之、归有光，国朝如韩菼、方苞辈，即不由场屋，岂患无自见之学、登进之阶。故能为好时文者，考试策论固属优为，兼习诸学亦非难事。无论少年易于改业，即二十五岁以上至五十岁者，除外国语言、精微算法外，何事不能通晓？若从此三科十年以后，不能中式而又不能改习诸学，则断非有才有志之人，国家取之何益于用！然此辈仍可为小学、中学、经书、词章之师，其衰老不第而学行尚有可取者，可由督、抚、学政访察、考选，朝廷优予体恤：六十岁以上者，酌给职衔，五十岁以下者，广设其途，分别举、贡、生员，用为知县、佐贰、杂职，详见酌改文科专条，似亦足以安宿儒而慰寒畯矣。捐纳既停，即中等儒生岂患无出路哉！此裁减旧日学额中额，仍将从前举、贡、生员分别录用之大略也。

论外国设学之定法，自宜先由小学校办起，层累而上，以至中学、高等学、大学方为切实有序，惟经费太绌，师范难求，止可剀切劝谕，竭力陆续筹办。若必待天下遍设数万小学、数百中学，然后升之高等学、大学而教之用之，至速亦须十年，时事日棘，人不我待，刻舟胶柱，必致空言误事。今日为救时计，惟有权宜变通，先自多设中学及高等学始，选年力少壮通敏有志之生员，迅速教之，先学普通，缓习专门，应各就省城及大府酌量情形，迅速筹办，以资目前之用。取才由粗入精，立法由疏入密，凡事何莫不然。将来小学林立，中学亦多，则循序渐进，取材既裕而教法亦不劳矣。查三十岁而入官，科名不得为晚。自初学以至学成，十七年而成文武兼备之人才，造就不得为迟。惟事急需才，恐难久待。查日本文武各种学校皆有速成，教法于各项功课择要加功，于稍缓者量加省减，刻期毕业。应请旨饬出使大臣李盛铎切托日本文部、参谋部、陆军省，代我筹计酌拟大、中、小学各种速成教法，以应急需。此权宜救急，先设普通中学暨采访速成教法之大略也。

惟成事必先正名，三代皆名学校，宋人始有书院之名。宋大儒胡瑗在湖州设学，分经义、治事两斋，人称为湖学，并未尝名为书院。今日书院积习过深，假借姓名，希图膏奖，不守规矩，动滋事端，必须正其名曰学，乃可鼓舞人心，涤除习气。如谓学堂之名不古，似可即名曰各种学校，既合古制，且亦名实相符。

总之，中华所以立教，我朝所以立国者，不过二帝、三王之心法，周公、孔子之学术。今宗旨则不悖经书，学业则兼通文武，特以世变日多，故多设门类以教士，取其周知四国，博学无方，正与经传所载三代教士取人之法相合，看似无事非新，实则无法非旧。且经、史、词章仍设专门，学人、文人皆有自见之路，何得以唐人专考词章之下策，前明八股之俳体，视为儒者正宗哉！

臣等所拟以上办法，不过明宗旨，标门类，分等级，计年限，筹出路，除妨碍，举其大略如此。至于详细章程，究应如何斟酌损益之处，应候敕议裁定。此一事为救时首务，振作大端，伏望我皇上思危虑患，饬取日本学校章程迅速详议，乾断施行，收人心以固国基，四海瞻仰首在此举矣。

一曰酌改文科。科举一事为自强求才之首务，时局艰危至此，断不能不酌量变通。半年来，谘访官绅人士，众论佥同。两广督臣陶模、山东抚臣袁世凯咨来奏稿，言之甚为恳切。改章大指，总以讲求有用之学，永远不废经书为宗旨。拟即照光绪二十四年臣等所奏变通科举奉旨允准之案酌办。原奏乃系参酌古今，求实崇正，力驳侈谭新学者之谬论，不过原本旧章，力求核实而已。大略系三场，先后互易，分场发榜，各有去取，以求核实。头场取博学，二场取通才，三场归纯正，以期由粗入精。头场试中国政治、史事，二场试各国政治、地理、武备、农、工、算法之类，三场试四书、五经义，经义即论说考辨之类也。头场十倍中额，二场三倍中额。原奏经礼部通行陕西，有案可查。惟声、光、电、化等学，场内不能试验，拟请删去。此系原本朱子救弊须兼他科目取人之意，欧阳修随场去留鄙恶乖诞以次先去之法，而又略仿现行府县覆试童生、学政会考优贡之章，且可免寒士之候榜艰难，考官之疲劳草率，似乎有益无弊，简要易行。

窃维今日育才要指，自宜多设学堂，分门讲求实学，考取有据，体用兼赅，方为有裨世用。惟数年之内，各省学堂不能多设，而人才不能一日不用，即使学堂大兴，而旧日生员年岁已长，资性较钝，不能入学堂者，亦必须为之筹一出路，是故渐改科举之章程，以待学堂之成就。似此办法，策论乃诸生所能，史学、政治、时务乃三场策题所有，考生断不致因改章而阁笔，科场更可因改章而省费，而去取渐精，学业渐实，所得人才固已较胜于前矣。兹拟将科举略改旧章，令与学堂并行不悖，以期两无偏废。俟学堂人才渐多，即按科递减科举取士之额，为学堂取士之额。其颖敏有志者，必已渐次改业，归入学堂。其学优而年长者，文平而品端者，尽可宽格收罗，量才录用：或取作副榜，多取数名；或令充岁贡，倍增其额；或推广大挑，每科一次；或特令挑作誊录，令其议叙有资；或举人比照孝廉方正，生员比照已满吏，准其考职，令其入官效用。宜汇总核计以上各途推广录用之数，足以抵每科减额之数，则旧日专习时文者亦尚有进身之阶。十数年以后，奋勉改业者日多，株守沉沦者日少，且仍可为小学堂、中学堂经书、词章之师，其衰老者可从优赏给职衔。总之，但宜多设其途，以恤中才之寒畯，而必当使举人、进士作为学堂出身，以励济世之人才。只可稍宽停罢场屋试士之期，而不可使空疏无具者永占科目之名。果使捐纳一停，则举、贡、生员决不患其终无出路。此其兼顾统筹，潜移默化，而不患其窒碍难行也。

一曰停罢武科。文武两科并称，而两科之轻重利弊迥然不同。国家任官求才，无论章程如何，总之必用读书明理之士。因近年帖括之士有文无实，故改章以求实学，先略改科举章程以取已有之人才，次广设学堂以教未成之人才。他日专门学成，体用兼备，仍是此等读书明理之人，其法小变，其意仍同。若武科则不然。硬弓、刀石之拙固无益于战征，弧矢之利亦远逊于火器，至于默写武经，大率皆系代倩，文字且不知，何论韬略！以故军兴以来，以武科立功者概乎其未有闻。凡武生、武举、武进士之流，不过恃符豪霸，健讼佐斗，抗官扰民，既于国家无益，实于治理有害，此海内人人能言之，无待臣等之烦言者也。或谓武生等可使改习枪炮。不知利器散布民间，流弊太大，实无防察之法，万不可行。或谓武生等可使入武备学堂肄业。不知学堂定法，无论水师、陆师皆必须曾读书通文理，若不识文字者，虽有西师善教，精者不能解，粗者不能记，断无受教之地。或谓武科所以收强梁不驯之人才。不知凡应武试者，大率小康之家子弟，椎鲁游荡，不肯读书，乃使之习武以博科目之荣，其弓马衣装之费，较之文生为多，故世俗有“穷文富武”之谚。夫取士求将，本欲得良善守法之士，教以礼义，授以技能，以备干城腹心之用，岂有搜罗不逞，加虎以冠。且天下盗贼，会匪亦多矣，岂武科所能网罗者哉！今日勇营甚多，其材武有力之辈皆可容纳，何借武科？或谓古今名将未必尽能知书。不知古之孙、吴、韩、岳、戚继光，今之罗泽南、彭玉麟等，何一非学古能文之士。间有不学问而为名将者，多由阅历而来。故兵勇起家为良将者有之，然在今日已不能与洋兵角胜。若应武科者，平日所习皆与兵事无涉，既不晓枪炮之精，复不谙营阵之法，及取中武科，年齿已长，习气已深，循资数年，即可为参、游、都、守，何所谓阅历哉？查国家官制，武职以行伍为正途，八旗世家无非兵籍。此时讲求兵事，必须武学、西操相资为用。其学堂毕业入营操练精熟者，自必予以出身，洊擢官职。将来内而禁卫，外而将校，皆可于此取之。考拔擢用之法，另详专条。若仍以循旧之武科，滥厕右职，殊于讲武励才之出路有妨。近年自故督臣沈葆桢以后，中外大臣言武科改章者甚多，盖久已共知其弊。臣等揆之今日时势，武科无益有损，拟请宸断，奋然径将武科小考，乡、会试等场一切停罢，其旧日之武进士、武举、兵部差官，一律发标学习，考察人材，酌量委用补署，不必按资挨次选补实缺。武生年壮有志者，令其讲求武学，以备应募入伍之用，疲老者听其改业。如此则学堂讲武学者，营弁精操练者，在标有战功劳绩者，登进之途较宽，必皆鼓舞奋兴，而将校皆有实用，此诚自强讲武之一大关键也。

一曰奖劝游学。学堂固宜速设矣，然而非多设不足以济用。欲多设则有二难：经费巨，一也；教习少，二也。求师之难尤甚于筹费。天下州县皆立学堂，数必逾万，无论大学、小学，断无许多之师。是则惟有赴外国游学一法。查外国学堂，法整肃而不苦，教知要而有序。为教师者，类皆实有专长，其教人亦有专书定法。凡立一学，必先限定教至何等地位，算定几年毕业，总计此项学业，共须几年若干时刻方能教毕，按日排定，每日必作几刻功夫，定为课程，一刻不旷，如期必毕，故成效最确，学生亦愿受教。而教法尤以日本为最善，文字较近，课程较速，其盼望学生成就之心至为恳切。传习易，经费省，回华速，较之学于欧洲各国者，其经费可省三分之二，其学成及往返日期可速一倍。江、鄂等省学生在日本学堂者多，故臣等知之甚确。此时宜令各省分遣学生出洋游学，文武两途及农、工、商等专门之学，均须分门认习，但须择其志定文通者乃可派往。学成后得有凭照，回华加以覆试，如学业与凭照相符，即按其等第作为进士、举、贡，以辅各省学堂之不足，最为善策。此时日本人才已多，然现在欧洲学堂附学者尚数百人，此举之有益可知。并宜专派若干人入其师范学堂，专学师范，以备回华充小学、中学普通教习，尤为要着。

再，官筹学费究属有限，拟请明谕各省士人，如有自备资斧出洋游学，得有优等凭照者，回华后覆试相符，亦按其等第作为进士、举、贡。如此则游学者众而经费不必尽由官筹。盖游学外国者，但筹给经费，而可省无数之心力，得无数之人才，已可谓善策矣。若自备资斧游学，业成者准按凭照优奖录用，则经费并不必多筹，尤善之善者矣。此四条为求才图治之首务，其间事理皆互相贯通，互相补益，故先以此四事上陈。盖非育才不能图存，非兴学不能育才，非变通文武两科不能兴学，非游学不能助兴学之所不足。揆之今日时势，幸无可幸，缓无可缓，仰恳宸衷独断，决意施行。其间条目章程自须详议，而大纲要旨无可游移。其有为因循迁就之说者，惟赖朝廷坚持，勿为其所摇夺。其余各条，另折奏上。

臣等往复商酌，意见一切相同，未便各自具折，转嫌雷同重复，谨合词恭折覆陈，伏乞皇太后、皇上圣鉴。谨奏。

赔款外专筹巨款兴作片

再，臣等此次所奏变通政治诸条，或养人才，或厚民生，或整军实，或肃官方，所需经费必皆不少。此次赔款极巨，筹措艰难，论者必以度支困绌为词，谓诸事方求节省，岂宜更增用费，遂不免顾惜迟疑。臣等之愚，窃以为不可。今若竭海内之力，百计搜括，但供每年赔款，以冀无事，则外国必将视我中国皆苟安无志之人。士无奋心，民无固志，各国之轻我、侮我，更将得步进步，不待赔款还清，而中国已不能立国矣。

窃谓节用之与自强，两义自当并行，不宜偏废。此时应省之事必须省，应办之事必须办，应用之财必须用。尝闻数十年来论理财者，大率皆以省啬为先，谓以备有事时用之。此省事息民之常经，闭关自守之善策，而非所论于强邻环伺之时势也。大率富强之道，无论民事、兵事，皆须平日未雨绸缪，多年积累，近者四五年，远者一二十年。即如讲求农工商，本为富国起见，然当其创新法、开新埠之初，必先官设学堂以为教，官创机厂以为式，官助资本以为扶持，然后农工商之利可开。本欲阜财，必先费财，西洋各国皆然，而日本为尤著。若立学、教士、练兵、制械、训农、劝工等事，皆以款绌不办，一旦有事，安得人才、兵械而用之。纵使存款饶多，取办仓卒，止能募乌合之勇，购废杂之枪，虚糜而兼误事，即为度支计，亦甚可惜矣。譬如备荒，必须积谷于累年；防水，必须筑堤于平日。如待灾成而后买谷，则饥民已转于沟壑，待水至而后修堤，则田庐已沦于巨浸，虽有多金重赏，亦无所施。至于军国大计，尤贵远谋，难规近利。豫筹于平日，则一钱得万钱之益；赶办于临时，则万金无一金之效。试以远事证之，道光辛丑，广东议和，藩、运两库现银六百万搬运塞途，尽付赔款。以近事证之，上年天津不守，司、道、局各库存银六百余万，招商局存米四十万石，尽资外人。然则务省啬而不务修备，前车具在，可为寒心。或又谓此时民力已困，欲筹办事之款，岂不重为民累？此又不然。譬如备荒，必于本乡捐社谷；防水，必于近村捐堤费。社仓多一石，则全活不止一命；堤上高[illegible]尺，则获田不止一顷。虽甚竭蹶，犹必为之。其初虽难，其后必善。推类言之，寒士力学，不可惜膏火，中人之产，不可无墙垣，行江海者不可乘敝舟，负债多者不可废酬酢。夫岂不知筹措之艰难哉？诚有所不得已也。

窃谓既须筹赔偿之款，尤宜筹办事自强之款。赔偿之款所以纾目前之祸难，自强之款所以救他日之沦胥。应请敕下政务处大臣、户部及各省督抚，于赔款外，务必专筹巨款，以备举行诸要政，庶几各国刮目相待，而中国之生机不至于遽绝矣。

臣等谨合词附片具奏，伏祈圣鉴。谨奏。

敬陈下悃折光绪二十七年六月二十一日

奏为敬陈下悃，恭折仰祈圣鉴事：

窃奉上谕："择于七月十九日，恭奉慈舆，由河南、直隶一带回京。"等因，钦此。薄海闻知，同深忭舞。

溯自乘舆西幸，瞬已经年，微臣敬念圣躬，时萦寤寐，只以职守所在，未奉谕旨，不敢擅离。兹值和议告成，回銮在即，又未能恭诣行在，随驾入都，悚疚之余，弥深企念。惟是秋暑犹炽，跸路远经，伏愿皇太后、皇上稍释忧勤，顺时珍卫，以慰天下臣民之望。臣不胜依恋驰企之至。

谨缮折具陈，伏乞皇太后、皇上圣鉴。谨奏。

江海关照拨直隶大差银两片

再，前准直隶总督李鸿章电开："臣民仰望回銮，和议渐有端绪。惟直隶兵燹之余，民穷财尽，拟请江宁、江苏、江西、浙江、广东、四川、湖北、湖南、山东等省，各筹借银十万两，分四、六、八月三次汇沪转汇来直，以便供支要差。仍自明年起，分十年由直匀还，或即抵扣协饷各款。"等因。

当查江宁、江苏两藩司，近年以来供亿浩繁，库储奇绌，实属筹借为难。惟攸关回銮大差，直隶又甫遭兵燹，不能不借资众力。臣与抚臣往返电商，拟由江海关借拨银十万两，分批解交直隶藩司兑收，所借银两即在该关应解北洋经费内扣还。饬据江海关道袁树勋详请奏咨前来。

除咨部查照外，理合会同江苏巡抚臣聂缉椝附片陈明，伏乞圣鉴。谨奏。

上年增募勇丁分别裁改片

再，上年军事起后，徐、淮地方空虚，经臣分饬徐州镇总兵刘青煦添募马步七营，淮扬镇总兵潘万才添募建字二营，以资分布，奏明在案。

嗣因奉调北上之武卫先锋左军及铭字马队等营先后南旋，当饬刘青煦、潘万才将新募各营一律改旗，饷项截至上年十一月初十日止。本年正月间，复饬潘万才将建字二旗悉数裁撤，正饷截至正月底止。现在元字三营调回徐州，兵力已厚，应令刘青煦将裁改之马步七旗，全行裁遣，饷项截至六月底止。又上年江防吃紧，沿江各营酌量添募勇丁，计驻扎江阴之自强军马步炮队十一营，添设员弁勇夫共八百八十四员名。步队营务较繁，营官公费每员加给银二十两。驻扎镇江之新湘五旗增募成营。现值和局渐定，库储奇绌，应将自强军马、步、炮队各营增添之员、弁、勇夫等项一律裁停，仍照原定营制办理。新湘五营仍令改营为旗，饷项一并截至六月底止。以上先后所裁各勇，均饬收缴军械，于正饷外另给恩饷一月，分别派轮及由各该营押送回籍，妥为遣散，俾示体恤。

除咨部查照外，理合附片陈明，伏乞圣鉴。谨奏。

武卫左军回防以前报销折

光绪二十七年六月二十二日

奏为武卫先锋左军未经裁改以前，支用各款，造册报销，恭

折仰祈圣鉴事：

窃准总统武卫先锋左军云南提督张春发咨：于光绪二十六年正月初九日奉旨招募壮勇十营，作为武卫先锋左军，并奉大学士荣禄发给武卫中军营制、饷章，饬令招募步队八营两哨、马队两旗。当经照章将月需薪饷、柴价、马干、恤赏、药资、倒马、船价、平时车辆夫马粮干、修理擦抹枪枝物料，总统、分统并随营营务粮饷、军装、官医、军粮，采办转运各局处员书、工匠、勇夫应需薪公、口粮以及开办各项经费，分晰开折，呈经大学士荣禄核定，先由江南提银十万两，作为开办经费，饬令遵办等因。遵即派员先后分赴湖南、皖北等处招募足数，于四月初九日成军，率赴淮安府属清江浦驻扎，查照中军开办成案，酌支经费银两修造营垒、兵房。并因金陵军械所配发军火不敷操演，自行购备应用。

正在加紧训练，于五月二十七日遵旨开拔赴京。当将军粮采办转运各处，照案分设，俾济军需。又因各营额设长夫较少，远道奔走繁苦，查照中军奉调之案，奉准将调拔之步队七营两哨，添设搬运子药夫，仍与添设各处，均截至回防之日裁撤停支。

七月十四日驰抵河西务，探报北仓失守，即就该处掘濠，列阵以待。十五日，洋兵大至，拦头截击，营官阳得胜、哨官陈正发阵亡，其余弁勇伤亡甚多。是夜收队驻扎马头地方，将载饷车辆屯驻于后，派兵守护。十六日联军环逼，四面抵御，互有伤亡，而道路梗阻，前后不能相顾，以致饷车被截，退守张家湾。十七日悬赏决战，终以新募之众，又系孤军，不能当此大敌。正在极力整顿，嗣奉大学士荣禄檄饬回防，于闰八月初四日回抵清江浦。经臣遵旨派员点验，汰弱留强，奏准并裁步队六营、马队一百五十骑，全军饷项截至七月底止，应点人数截至闰八月底止。挑留之勇自九月初一日起照湘军营制给饷，遣散之勇于应领饷项外，另给恩饷两月，饬令回籍归农。裁并以前经手款目，呈经大学士荣禄饬令就近咨由两江奏销。统计武卫先锋左军由苏州藩库、淮扬海道库，领过库合湘平银三十八万五千五百四十七两有奇。开办支过办公、招费、船价，采买帐棚、旗号、军械、器具，修造营房等项经费，共银九万五千五百两有奇。自成军日起至改并止，支过各营旗哨薪饷、马干、柴价、恤赏、药资、遣费、倒马、车船，采买军火物料，更换帐棚各项价值，总统及随营各局处薪公、口食等项银二十四万八千一百八十二两有奇，合以洋兵截阻饷项银二万七千二百两，总共请销湘平银三十七万八百八十二两有奇。查照报销章程，各归各部核销：计应归户部核销银二十二万七千二百七十五两有奇，兵部核销银五万七千七百六十九两有奇，工部核销银八万五千八百三十七两有奇。均系按照武卫中军营制饷章及奉准成案，分别核支，并无浮冒。余存湘平银一万四千六百六十五两有奇。又本案米头项下扣回一分平余湘平银六百九十八两有奇，照数解缴等因，造册咨请奏咨前来，臣覆核无异。

除将清册分咨户部、工部查照，并行令该提督将余存及平余等项银两解交金陵支应局分别充饷存储外，谨会同江苏巡抚臣聂缉椝恭折具陈，并缮具清单恭呈御览，伏乞皇太后、皇上圣鉴，敕部核销施行。谨奏。

副将阳得胜阵亡请恤片

再，臣准总统武卫先锋左军云南提督张春发咨：管带先锋左军正中营花翎尽先推补副将阳得胜，江西萍乡县人，于同治年间投效老湘军，随同剿匪，转战陕西、甘肃、新疆等省，叠克名城，积功洊保以副将尽先推补，并赏黾勇巴图鲁名号。光绪二十六年二月委带先锋左军正中营，五月奉调率队北上，七月二十五日在河西务地方与洋兵接仗，奋力抵御，枪穿胸膛，登时殒命，咨请奏恤等因前来。

臣查该故副将阳得胜，临阵捐躯，深堪悯恻。合无仰恳天恩，俯准敕部从优议恤，以慰忠魂。

除将履历清册咨部查核外，理合附片陈请，伏乞圣鉴训示。谨奏。

创办海州云台山树艺公司折

光绪二十七年六月二十二日

奏为在籍绅士创办海州云台山树艺公司，以开风气而兴地利，恭折具陈，仰祈圣鉴事：

窃于光绪二十三年间准工部咨：议覆御史华辉奏请讲求种植、水利以开利源一折，奉旨："依议。"钦此。钦遵咨行到臣。当以民间大利，莫过于农功、树艺两端，而种植之利尤丰于种田。是在贤有司各就地方情形多方劝导，因利而利之，开衣食之源，分行各属遵照在案。

兹据在籍绅士、广东候补直隶州知州宋治基等禀称：该绅前于光绪二十四年办理海州、赣榆义赈，二十五年接办春赈，事竣之后，察看地方元气未复，经前任海州直隶州知州刘运吉等商留该绅等创设树艺公司，筹集资本，招募农民开垦海州所属之云台山官荒旷土，讲求种植，隐寓以工代赈之意，地方饥民，借此工作糊口，不致流离失所。两年以来，前山次第垦办，种植茶茗、桐茶、柏油、棓子、杉、樟、橡、榆、松、柏、杂木一千四百余万株，先后生长出土高至二三尺、七八尺者已有六百余万株，成效渐著。拟即接办后山，禀请奏咨立案，由官保护。经臣饬据署理海州直隶州知州章邦直查勘明确，绘图贴说禀覆前来。

臣查云台山在海州城北五十里，从前孤峙海中，周围约三百里，康熙十六年收归内地。厥后海水东趋，山遂为岸，险峻崎岖，荒废二百余年，无人过问。今该绅宋治基等创设树艺公司，开山凿岭，平治道涂，筑室成村，随山栽种，化硗瘠而为沃壤，用意实属可嘉。创始艰难，规模略具，办理尚属妥善。考之欧西各国，莫不以种树为要务，戕伐有禁，官为护持。中国地广人稠，大利未辟，果能渐开风气，俾民间多设公司，筹集股本，按股分利，听民自便，官则任其保护，实力维持，绅则锐意经营，垂诸久远，庶几野无旷土，民歌乐利，特产日丰，税厘亦因之日旺，诚于国计民生两有裨益。

除咨部查照立案外，理合会同漕运总督臣张人骏、江苏巡抚臣聂缉槼，恭折具陈，伏乞皇太后、皇上圣鉴。谨奏。

徐州土捐收数因灾跌减片

再，徐州府属，上年罂粟被灾，收成极歉，捐数大减，业将九月底以前所收土药捐款，照章奏报在案。

兹据办理徐州土药统捐局江宁布政使恩寿、徐州道桂嵩庆详称：上年徐州罂粟收成仅十分之二，各处乡民收土之后即行售卖，存货无多。又值北方告警，兵差络绎，人心惊惶，商贩裹足。且向来徐土运至镇江、上海一带，分投销售，亦以大局未定，销路顿滞，商贩大都携资而返。虽经该司道竭力整顿，认真查缉，收数总难起色，实属时势使然。计自光绪二十六年十月初一日起，至二十七年三月底止，各局共收银一万七百五十一两五钱六分八厘，连同前半年所收银两，自二十六年四月初一日起，连闰至二十七年三月底一年截数之日止，统共收银六万一千六百六两二钱三分四厘。除照案开支各项费用外，所有应解捐项，另行扫数解赴户部兑收清款。至出省加捐一项，本系听商自便，各省捐数均轻，商情锱铢必较，是以报捐寥寥等情，详请具奏前来。臣覆加查核，该司道所详委系实情。

除饬严督各卡员竭力整顿，核实稽征，以保捐务外，理合会同江苏巡抚臣聂缉椝附片陈明，伏乞圣鉴。谨奏。

截留一半饷捐赈恤水灾片

再，本年五月以来，雨水过多，连宵达旦，江宁省城积潦深至数尺，江河并涨，盈岸拍堤。又因湖南、江西等省同时发蛟，水势奔腾而下，江苏号称泽国，地处下游，既系众流所归，又为海潮顶托，江水漫溢，一片汪洋，圩堤多被冲坍，田舍大半淹没，沿江一带灾象已成，小民荡析离居，露宿乏食，深堪悯恻。上游等处既已被灾，米谷顿乏来源，粮价日见翔贵。迭经饬令各该地方官先行散放干粮，并示谕米商不准居奇抬价，一面设局平粜，暂济目前。体察情形，必须豫筹赈抚。惟时苏省供亿繁巨，库储罗掘一空，各省拨补之款又多积欠未解，现因猝遭水患，商货难以流通，关税、厘金亦复骤形短绌，库用军饷等项无款供支。目击时艰，倍增焦灼。而赈抚一事，民命攸关，不得不迅速设筹，以免延误。查上年经臣奏准开办江宁饷捐，一半为本省军需之用，一半存候部拨。开办以后，正值顺、直、秦、晋赈捐派员赴各省劝募，以致宁捐收数寥寥，不敷分拨。值此财源日绌，筹款维艰，再四思维，只合暂挪应急，以广皇仁。据江宁布政使恩寿等禀请具奏前来。合无仰恳天恩，俯念江苏赈抚需款甚急，准将应行解部之一半捐款截留济用，出自逾格恩施。

谨会同江苏抚臣聂缉槼附片陈请，伏乞圣鉴训示。谨奏。

故员蒋国桢遗爱在人邀请附祀片

再，据江苏绅士翰林院庶吉士潘祖同等、安徽绅士翰林院编修曹汝麟等联名禀称："已故二品顶戴浙江尽先题补道蒋国桢，安徽无为州人。咸丰四年，在籍督带乡团，身先士卒，血战解围，攻克宁国府城。七年，随同前大学士曾国藩创议水师，管带师船，攻克雍家镇、裕溪口、西梁山、太平府城。贼踞金陵，提督黄翼升统师攻下关、九洑洲等处，进屯浦口，该故员率领长龙，督阵于枪林弹雨之中，冒矢冲锋，虽身受重伤，犹复奋勇直前，杀贼无算。嗣转运军火至曾国荃大营，几为贼裹，屡濒于危，殚竭心力，幸卒得达。同治元年，李鸿章饬令督带长龙六艘，冒险渡海至吴淞口，委统淮扬陆军，攻克苏州、无锡、太仓、嘉定等城。该故员裹创血战，靡役不从，其功绩有足多者。前兵部尚书彭玉麟及曾国藩均以该故员谋勇兼优，深为器重。嗣随同李鸿章荡平东、西捻匪，积功保至道员，分发浙江补用，历署杭嘉湖道、金衢严道、两署温处道。剿办土匪，调和民教，以及清理词讼，培植文教，凡有益地方之事，均能不辞劳怨，百废俱兴。光绪二十二年七月，因病牵动旧伤，在浙身故，士民闻之有走哭失声者。"该绅等追思功德，感戴难忘，禀请奏恳将该故道蒋国桢附祀金陵及原籍安徽曾国藩专祠，以彰荩绩等情。

臣查该故道蒋国桢，战功卓著，遗爱在民，既据该绅等胪陈事实，合词禀请，合无仰恳天恩，俯准将已故二品顶戴浙江尽先题补道蒋国桢附祀前大学士曾国藩金陵及安徽各专祠，以昭激劝，而顺舆情之处，出自鸿施。

除将事实清册咨送部科查核外，理合会同江苏巡抚臣聂缉椝、安徽巡抚臣王之春附片具陈，伏乞圣鉴训示。谨奏。

续获票会各匪酌保出力人员片

光绪二十七年七月二十二日

再，上年五月以后，警报纷驰，人心惶惧。逆犯康有为阴遣其党来华散放富有、贵为等票，勾结会匪，希图乘机为乱。七月间，安徽大通镇地方突有匪徒起事，当即派兵剿捕，一鼓荡平。业经奏明在案。

维时沿江一带，逆党甚多，到处张贴伪示，煽惑愚民，情形岌岌可危。经湖广督臣张之洞、湖南抚臣俞廉三拿获匪首唐才常等，审出首要各匪姓名、籍贯、住址及伪职名目、伪印字样、刊单，密咨各省通缉。复经臣随时访察，于就获各犯严究匪党，悬立重赏，并许以破格保奖，通饬各地方文武严密查拿去后。

嗣据署金陵营参将陈麟书，派委都司吴大元、张培霖，守备高麟并会同前署上元县知县龙璋，拿获邓宝潮一名，供认为伪副元帅，散放富有票多张，抢劫大通盐厘各局营署军火及钱店不讳。又据调署吴县知县田宝荣拿获张海棠即张蘐莛一名，并搜获山檄歌一纸，语多悖逆。讯据供认自开山堂，嗣受康有为总堂伪职，散放富有票不计其数。又据芜湖营游击刘炳庭拿获汪豺有一名，供认系富有票匪，抢劫裕溪营军火。又据铜陵县差弁曾福拿获何少甫一名，供认为富有票匪头目。又据管带武卫前营谭华忠拿获谭本富即董复胜一名，并搜出逆盟一纸，讯据供认先在四川等省散放富有匪票及拐带妇女已成不讳。又据统领武卫楚军提督李定明会同精健营副将徐学仁、差弁王正发、徐世华、王辉卿拿获谈得森即谭子云一名，供认入大金山会并散放富有票不讳。又据前统安字营总兵颜琼林会同上海县知县汪懋琨派弁拿获秦俊杰一名，供认开堂放票，纠人入会。又据颜琼林拿获师中吉一名，供认唐才常邀令入会，受护卫队官伪职，在上海开设栈房为各匪往来聚集之所。又据狼山镇总兵曹德庆派委守备张凤梧、把总王之学，并会同通州直隶州汪树堂拿获孙骡子即孙殿卿一名，供认勾结党羽千余人，私置军械，谋危地方。又据曹德庆派委都司于国靖、降调游击何复胜、守备喻松筠、千总陈贵忠、把总唐廷瑞、方永年、额外王坤会同通州直隶州知州汪树堂，督勇格杀熊兰亭、俞老窝子、张保昆、刘红宾四名，拿获张金沅、沈东郎、吴三寿三名，供认积年会匪勾结为患，并伙劫有案。又据署大通营参将张有亮拿获吴汶标一名，供认系富有票内副会长，率党抢劫大通营军装不讳。又据署六安直隶州知州瞿世琬，拿获宋海山一名，并起获票布伪号、手折、洋枪等件，讯据供认开立山堂放票多次。又据署德化县知县沙昌寿拿获张锦标一名，供认散放富有票，抢劫大通盐局。又据江胜前营管带陈煦亮派委都司陈普恩、外委萧复春等拿获罗金魁一名，并搜出票板、伪印，讯据供认为伪督办散票二万余张。以上各该犯，乘大局危急之时，结党散票，谋为不轨，实属甘心从逆，罪不容诛，业经臣先后批饬正法，以昭炯戒。所有出力各员，或购线蹑缉，或率勇往捕，均能拿获首要，消患未萌，不无微劳足录。合无仰恳天恩，俯准择尤保奖，俾资鼓励。

至逆犯徐春山谋运炸药入江，经督带新胜营徐宝山派委干弁设法诱获，讯明惩办，前已附片奏明。该员弁铲除巨憝，厥功尤伟，拟请一并酌保，出自鸿施。

谨附片具陈，伏乞圣鉴训示。谨奏。

派员恭迎圣驾折 光绪二十七年八月二十日

奏为派委大员恭迎圣驾，仰祈圣鉴事：

窃臣等恭阅电钞："奉上谕：'改于八月二十四日恭奉慈舆启跸回京，所迟不过月余，一切较为妥慎。着即遵照办理。'"等因，钦此。逖听纶音，同深钦忭。

伏惟皇太后、皇上銮舆西幸已历年余，宵旰忧劳，无时不以宗社为念。兹值款议大定，启跸回京，仰慰列圣之灵，俯遂兆民之望，而又躬行节俭，母子一心，准放勋粝食之经，迈神禹卑宫之德，轸念物力，特沛恩施，此尤天下臣民所当观感兴起、黜华崇实以底于富强者也。臣等忝领疆圻，受恩至渥，尤宜趋赴行在，扈跸入都。惟是职守攸关，分驻江宁、苏州两处，责任重要，未敢远离。谨派委花翎二品衔江苏即用道李光瑜驰往河南、开封一带跪迎圣驾，稍展悃忱，臣等不胜依恋敬企之至。

理合缮折具陈，伏乞皇太后、皇上圣鉴。谨奏。

江北冬漕改行海运章程折

光绪二十七年八月二十六日

奏为光绪二十六年分江北冬漕改行海运，筹议办理章程，恭折驰陈，仰祈圣鉴事：

窃臣于上年十二月初十日，钦奉电旨："江北新漕，着即照议赶办。明年无论河运、海运，及早筹画。”等因，钦此。当将仍办河运，查明起运米数，于本年二月二十一日会折驰奏，一面赶紧筹办。嗣由驿递回原折，奉朱批：“江北新漕，经户部奏明改办海运。即着遵照妥筹办理。”钦此。并准部咨：“江北河运新漕，改归海运。”等因。当经转行遵办在案。

兹据江宁布政使恩寿、江安粮道效曾详称：“本届江宁、淮安、扬州、通州等府州属应征熟田漕米暨徐州府属粟米，改办大米，除节省丁耗循案抵充运费外，实该起运交仓米一十二万九千六百二石零，又筹备余米二千五百九十二石零，应备经耗米一千九百四十四石零，轮船耗米一万三百六十八石零，又备带火车、骡车搬载折耗米二千六百六十九石零，均在江北安徽等处采买，与招商局议定，照案在镇江分局兑交，装袋存栈，候上海派拨轮船赴镇，分批装运开行放洋，运至塘沽上栈，复由栈扛上火车，运至铁路码头，再由火车改用骡车，运至京仓交卸。现经饬催各委员，赶将承购米石，多雇船只，剋运全镇。并饬襄办委员候补直隶州知州恩芳前赴镇江，于六月二十一日开局，将收米各事，认真斛收，趱办装袋，储栈候运，俟招商局派轮来镇，即行起运，放洋北上。”等情，详请具奏前来。

臣查本届漕粮，先经饬办河运，嗣又改办海运，深费周折，且事同创始，用款不无稍多。轮运至塘沽后改用火车，再改骡车运至京仓，所用脚价，悉照苏属改定新章办理，俾归一律。惟海运任重事繁，关系重大，应派该粮道效曾，酌带委员，先期驰赴津、京等处，妥速经理，以昭慎重。所有酌拟章程，均系因时制宜，谨缮具清单恭呈御览。此外如有未尽事宜及尚须变通之处，随时由该粮道酌量禀请奏明办理。

所有酌拟改行海运章程缘由，谨会同漕运总督臣张人骏、江苏巡抚臣聂缉槼，恭折由驿驰陈，伏乞皇太后、皇上圣鉴训示。谨奏。

谨将江宁、淮安、扬州、徐州、通州五府州属光绪二十六年分漕粮改行海运酌拟章程十二条，缮具清单，恭呈御览。

计开：

一，米色挑选干洁也。查江、安各属多产籼米，光绪三年改办海运及历届河运均系红白兼收，此次自应照办。所有本届江宁、淮安、扬州、徐州、通州五府州属应运米石，经前署粮道松麟遴派委员，分赴上、下江产米处所，如数采买。兹经该道效曾饬委监兑委员认真验收，总以干洁为主，不得稍有潮杂，以重仓储。

一，漕米分数交仓也。查江宁、淮安、扬州、通州四府州属光绪二十六年分漕粮，应征熟田米一十万七千三百四十二石七斗八升八合七勺，内除节省给丁耗米六千二百五十二石二升五合四勺循案抵充运费外，实该起运正耗米一十万一千九十石七斗六升三合三勺：内正兑正米五万五千三百三十石五斗八升四合六勺，加二五耗米一万三千八百三十二石六斗四升六合，改兑正米二万七千二百八十八石四斗八升九合六勺，加一七耗米四千六百三十九石四升三合一勺。又徐州府属应征熟田粟米二万八千九百九十三石五斗七合四勺，内除节省给丁耗米四百八十一石九斗五合七勺，亦请循案抵充运费外，实该起运正耗米二万八千五百一十一石六斗一合七勺：内正兑正米一万四千八百九十九石九斗七升四合三勺，加二五耗米三千七百二十四石九斗九升三合五勺，改兑正米八千四百五十石一斗一升四合五勺，加一七耗米一千四百三十六石五斗一升九合四勺。业经奏明将徐属粟米按数改办大米起运，以期迅速。以上共该起运米一十二万九千六百二石三斗六升五合。查照旧章，按漕斛采买，亦按漕斛交仓。现将部颁道库小口铁斛制造木斛，由粮道较准发交应用，仍饬各备样米，俟兑交轮船时呈验，加贴印花，连较准之漕斛，一并带至京仓比对，以归画一。

一，海运事繁分别筹办也。查苏属历届海运，先在苏州设立省局，由司道督办，并派苏州府知府总司其事，遴委各员随同襄理。又在上海设立沪局，委办雇船验兑各事宜。此次江北改办海运，悉由上海派拨轮船至镇江装运赴津，任重事繁，自应专设镇局，省城毋庸设局，以节糜费。其镇江验装催兑放洋各事务，业经札委襄办委员候补直隶州知州恩芳前往设局，妥速办理。至塘沽查验过车径运京仓各事宜，自应随时体察情形，仿照苏、浙章程办理，由粮道酌带委员，先期前赴津、京等处分设各局，督同妥为筹办，以专责成而昭慎重。

一，轮船装运由镇江交兑放洋也。查上海招商局轮船，历年承运苏、浙等省漕粮，极为迅利，久著成效。此次江北改办海运，悉由轮船装运。所有各委员承办漕米，均在江北安徽等处购买，当与招商局议定，先期多派监兑委员，分赴上、下江采办。各水次将购存米石认真验收，按石斛准装袋捆扎完固，多雇民船，自行剥运镇江商局码头，会同商局司事，剔除破袋，验明磅准，接收上栈。一俟苏、浙新旧各漕运有成数，由沪派拨轮船赴镇，接续装运，即由镇江开行放洋，较为捷便。至轮船由沪至镇应需候兑一切费用，拟照光绪三年江北海运成案办理，较之运沪交兑所需剥船水脚减省实多。惟镇江商局栈房存米至多不过二三万石之谱，此外须由江北自行租栈，自认栈费。至于镇江上栈以及装轮至大沽过剥运至塘沽上栈，所需剥费、上下扛力等项，均归招商局承认，以示限制。

一，轮船水脚照章核给也。查光绪三年，江北海运漕粮由轮船装运，系照沙宁船章程，每石给水脚漕平银五钱五分，又神福、犒赏等款均系按米支给。此次江北海运应否照章核给，随时参酌苏、浙章程，撙节办理。至轮船停泊码头及入大沽口领港等费，或遇搁浅起剥等事，均由招商局自行料理。

一，经纪等项耗米分别交仓支给也。查海运章程，通仓经纪耗米每石给米一升五合，应按洪斛核计。又轮船耗米，照沙宁船章程，每石给米八升，又筹备余米二升。前因苏属改由南省径运赴通，经纪已无承起承运之责，曾经奏明漕粮经耗每石一升五合，以一升交仓，以五合留作南省运通折耗。此次江北海运自应循照办理。核计江宁、淮安、扬州、徐州、通州各属起运交仓漕粮，正耗米一十二万九千六百二石有奇，又应备经耗米一千九百四十四石有奇。轮船耗米一万三百六十八石有奇，筹备交仓二升余米二千五百九十二石有奇。又备带火车、骡车搬载折耗每石酌带二升米二千六百六十九石有奇，均应按数购买，照章分别交仓支给，以免缺乏。缘漕粮由镇装轮运至塘沽储栈，复由栈扛上火车运至铁路码头，再由火车改用骡车运至京仓，层层起卸，诚恐袋破抛洒，致有亏短折耗之虞。倘无折耗，自应将备带二升耗米随时变价归款，以清款目而免临时补购为难。

一，装运轮船照章办理也。查给商轮船耗米每石八升，原备到津折耗弥补之用，应照案于是项耗米内提出三成，给价收买，以补亏耗。近年商局承运江、浙漕粮，轮船抵埠，展转剥运，亏耗甚巨，竟至无余，或所余无几。是以近年江、浙或不收买，或收买不足三成。今江北收买余米，亦照江苏办理。至正米或有亏短，应由商局照数赔补。其运米在途设有松舱不测等事，悉照沙宁船章程办理。如果承运无误，事竣后由招商局核明急公承运各商，援案请奖，以昭激劝。

一，由塘沽改用火车运京应需用费遽难悬揣也。查本届江北海运漕粮，由塘沽起卸上栈，改用火车、骡车转运京仓，沿途节节装卸，以及派员过磅、护送弹压等事，所需用费，此时尚难预定，惟有届时仿照苏、浙章程酌核办理。

一，解款循案办理也。查粮道衙门应解轻赍席木银两，经仓场总督饬催该道赶紧设法汇解。该道深知时事艰难，修补仓廒待款甚殷，业经饬委交号商汇解，以济要需。所有应解厅仓茶果等项，应仍照章批解。至漕粮经纪饭米折色及一半津贴两项，原为经纪赴津起米承运至通而设，既改径运京仓，经纪已无承起承运之责，自应全行免解，留作南省办运经费。嗣经仓场总督以此项米折津贴为通坝外起里运之资，未便全行免解，奏准以一半留南办运，一半解北济公等因，光绪三年江北海运遵照酌半解交在案，此次自应循照办理。

一，海运漕粮应用口袋装盛也。查河运向系散舱，酌买麻袋以备沿途起剥拖坝之用。今改海运，本届江北起运正耗米共十四万有奇，米数较多，况自镇江轮运至大沽、塘沽，由塘沽又陆运至津、京，上下起卸，周折太多，若不概用麻袋盛装，难免抛洒折耗。且据招商局文称，须预为购定，以免临时周章，虽需款不无稍巨，亦不得不设法购办，以重正供。详经批准赶紧照数购齐，核实另款开支。业经该粮运派员连同扎线捆绳如数购齐，饬令监兑委员带往上、下江采办各水次，认真验收，按石装盛运镇，责成襄办查验米色干洁，并饬将扎口麻绳捆成井字形，以防松漏破损。袋面棕印“江北漕米”字样，并逐袋注明监兑委员姓字，以资考核而杜弊端。

一，漕米随到随验也。查轮船装运既经远涉重洋，及抵塘沽又须起栈，复由栈扛上火车运至铁路码头，再由火车或骡车接运京仓，诸多转折，倘不即为验收，诚恐车夫舞弊偷漏，一经雨露浸湿，霉变堪虞。臣等已咨明仓场总督，督同坐粮厅监兑人员，于漕米抵仓，随到随验，米色干洁，务请随验随收，倘有需索留难情事，许即从严禀办。至河运历届存仓余米共一十五万五千六百五十四石零，原备抵补正供。此次江北漕粮由海运京，如有折耗短缺，请将本届随交余米另档存记，仿照江苏办法，先以余米作抵正供，具报交仓全完，而示体恤。

一，河运开办已久，所用经费应请专案开报也。查前署粮道松麟，自上年开办河运，照章发给委员薪水及局用杂支各款。迨该道效曾于本年二月十二日抵任后，正在筹办间，接准部咨改办海运。是河运开办在先，海运改办在后，各委员供差多日，已领薪水各款无从追缴，应请专款核实开报，详经批准在案。上年米价昂贵，经前署道松麟多方设法，派员采办，始得集事，均系按照市价支发。其海运水脚及厅仓茶果、个儿等款，并收买余米一切杂费，需用浩繁，不敷甚巨，惟有督饬委员力求撙节，不准稍有浮冒，俟交米事竣，再行汇核造册请销。如果委员办理无误，准其援案请奖，以示鼓励。

自强军奉调赴东节经布置江防片

再，承准军机大臣字寄：“奉上谕：‘自强军调往山东，交袁世凯酌量分布，督饬训练。’”等因，钦此。

查自强一军，步队八营，每营二百五十人；炮队二营，每营二百人；马队一营，一百四十骑：共十一营，又亲兵一哨，向归江南提督李占椿统领，驻扎江阴。李占椿系实缺大员，有全省营务之责，总统江阴各防军及南北岸各炮台，责任綦重，未便远离。

现经臣札委该军步队第八营管带记名总兵张腾蛟为全军统带，仍兼带第八营，并派步队第二营管带记名总兵卢国泰为全军营务处，仍兼带第二营。除将亲兵一哨，仍留备李占椿差遣外，所有马步炮队各营，由张腾蛟等统率，于八月十七、二十等日，先后自江阴开拔，派拨兵轮运至瓜洲口，勇丁登陆步行，军装等件换用民船运至清江浦再行雇备车辆送至山东沂州。所有车船价等项，由各该地方官先行垫发，准其作正开销。一面由臣电咨袁世凯，饬属在沂州预备接运，以利师行。该军到东后应扎何处，由袁世凯酌量办理。

又该军向无长夫，此次奉调赴东，长途搬运需人，准由该统带等酌添短夫，步队每营七十名，炮队每营六十名，马队每营五十名，饷项照章开支。

李占椿统兵有年，威惠兼施，廉明笃实，于所部各营军饷截旷银两，无不据实开报，涓滴归公，一洗军营陋习，操守实为可信。惟查自强军一切薪费，时有增减，核与原定营制间有不符，自以现办之章为准。现经臣饬局发给本年八、九、十三个月饷银五万八千六十三两八钱三分，交张腾蛟携带赴东，并将原领军械等项一并带往，俾免缺乏，经臣分咨袁世凯查照。其短夫一项，本系暂准添募，应以到东之日为止。江南库储奇绌，此项短夫之饷，已苦无可掘罗，如到东后仍须留用，改作长夫，即由袁世凯在东省另行筹给。

至江阴地方，为长江五省第一门户，关系甚重，亟须调勇填扎。前奉电旨，饬调提督张春发一军前往。臣查张春发，湘军宿将，晓畅戎机，第于江阴情形，未能如李占椿之熟悉，且淮、徐一带，近因节省饷需，裁勇稍多，兵力亦觉单薄，自应将张春发一军，仍留清淮为游击策应之师。现经臣檄调南字三旗，前赴江阴，并原有之合字五营、旗，统归李占椿节制调遣，妥为分布，以一事权。又南洋兵轮，前经奏明以李占椿接统，亦饬驻泊江阴依附炮台，相机守御。似此水陆兼筹，于防务较有裨益。

所有自强军遵旨调赴山东及布置江防各缘由，谨附片陈明，伏乞圣鉴。谨奏。

拨济北洋枪子片

再，准直隶督臣李鸿章咨：北洋各军，枪子缺乏，请由南洋借拨大批，以济急需等因。臣查直隶境内，土匪未靖，北洋一时又难自造枪子，南洋存储军火虽已无多，事关大局，不得不勉为协济。当经饬令金陵军械所凑拨哈乞开司枪子五十万颗，老毛瑟枪子五十万颗，发交办理北洋转运局江苏候补道吴学廉查收转解济用。

除咨部外，谨附片陈明，伏乞圣鉴。谨奏。

通属吕四场境荡滩拟集公司开垦片

再，时局艰危，财赋日绌，臣前迭奉谕旨，查垦荒地，即饬藩司随时查访滨江滨海久荒可垦之地。上年查得通州分司所属吕四场，坐落通州境，东北皆海，南临大江，其东南一带，有名东南壅涂、二补、三补及海门厅东小安沙地方各荡滩，共计一千数百顷。吕四本系盐场，盐法旧有放荒蓄草禁民开垦之例，故荒废之荡占及该场全境之半。海门小安沙滩本系苏松、狼山两镇及民间于道光、咸丰年间报买之地，嗣因原报案之户无力缴价筑堤，故亦听其荒废，已阅六七十年。臣思此项荡滩，废弃可惜，若听民间以肥瘠为弃取，则所垦复有几何？而全局通筹，需本甚巨，非得本地公正明白见信于人之绅士为之斟酌办法，集款倡导，则民隐未必尽知，即巨款亦无从筹措。

查有通州在籍翰林院修撰张謇，经前署督臣张之洞奏派经理通海商务，著有成效。臣即商令鸠集公司，酌度情形，筑堤开垦。据张謇周历详查，拟具集股试办垦牧章程，由臣核定。复经臣札饬江宁藩司、两淮运司，委员会同地方、盐务印官，逐细测量，按照供煎额盐草地外，宽留两倍有余，此外责成公司，陆续开垦，由印委各员绘图贴说，详由藩司、运司核详定案。其海门小安沙，凡属苏松、狼山两镇旧时报买之滩，除前已围筑外，未筑之地，均经饬据呈覆无力，愿听公司筑堤，日后按两镇尚余缴价银数收地，民间原报而迄未缴价者十四案，历届大丈，催缴罔应，并由印委各员查明，详由藩司注销，归入公司，责成开垦。一俟股分集有成数，即可次第开办，俾荒废之区得以垦熟升科，于国计民生均有裨益。

理合附片陈明，伏乞圣鉴。谨奏。

奏疏卷三十六

遵议本章改题为奏酌中办法折

光绪二十七年九月十五日

奏为例应具题各案，遵旨分别删改，谨拟办理情形，开单恭折具陈，仰祈圣鉴事：

窃臣恭阅电钞，光绪二十七年八月十五日，内阁奉上谕："李鸿章等奏妥筹本章办法一折，据称向例各项本章均由内阁票批进呈，其请补、请署各项本件，必俟进呈出科后，始行遵旨办理。请嗣后凡属缺分题本，改题为奏，以免积压，其余本章照旧票批进呈等语。内外各衙门一切题本，多属繁复。现在整顿庶政，诸事务去浮文，嗣后除贺本仍照常恭进外，所有缺分题本及向来专系具题之件，均着改题为奏，其余各项本章，即行一律删除，以归简易。将此通谕知之。"钦此。仰见朝廷实事求是，不尚浮文之至意，下怀钦佩，莫可名言。

伏思上年銮舆幸陕，各项题本，暂缓核办。嗣接行在部咨，议覆湖广督臣张之洞条陈案内，奏准暂行改办，即经臣遵照将缓办题本，先后分别奏咨各在案。其武职疏防限满开参各本件，咨准部覆，奏明缓议，是以停搁未办。现复钦奉谕旨，永远删除，自应一体钦遵。惟查臣衙门每月拜发本章，紧要、寻常，合计总在二三十件，若全行陈奏，固觉琐渎圣聪，一律改咨，亦恐难昭慎重。谨就臣衙门应办各项题本，体察情形，参酌暂改新章，悉心核议，所有本应具奏又复题本之案，拟请毋庸再行具题；其事关紧要者，拟请改为具奏；其头绪繁多、向缮黄册题呈者，拟请改为开单具奏；至寻常循例具题之件，拟请随时咨部核办。题本概行删除，每月摘录简明案由，缮单汇奏一次，庶于简易之中，犹不失敬慎之道。如蒙俞允，所有积存各件，先行核咨，嗣后即永远照此办理。

谨将拟议各项本章分改删改办法，缮具清单，恭呈御览。是否有当，理合恭折具陈，伏乞皇太后、皇上圣鉴，敕部查照立案。谨奏。

绿营将备一律改习枪炮片

再，我朝武科取士，沿用前明旧制，专重弓箭骑射：凡考劾军政，校阅营伍，黜陟将备，均以弓马为重，考拔营弁，甄别随营学习之武进士、武举、世职，亦皆以弓马之优劣，为去取之准绳。下至直省绿营兵丁，莫不责令操习弓箭，定以中靶分数，上以是求，下以是应，势使然也。近年以来，泰西制造枪炮，日精一日，而我犹重视弓箭，习非所用，用非所习，武备安能起色。兹奉谕旨，永远停罢武科，另设武备学堂，专门学习。又准政务处咨，所有旧日兵器藤牌、长矛、土枪等类一概停止，不得搀杂练用，徒耗兵力等因，亦经通饬遵照。自强之道，当不外此。

臣愚以为取士求将，本出一途，取士之法既已改弦更张，求将之方亦宜折衷一是。拟请嗣后绿营实缺候补将弁以及随营学习之武进士、武举、世职等官，无论曾否因伤奏免骑射，一概令其改习枪炮，讲求取准命中，凡遇堂考、军政大阅、考劾将弁各事，即以考验枪炮为准，俾收实效，而储将才。

是否有当，理合附片陈请，伏乞圣鉴训示。谨奏。

裁减护军仍改营为旗片

光绪二十七年九月十七日

再，上年夏间，防务吃紧，当将沿江、沿海各防军查照旧章，改旗为营，并饬护军于补足三军外，另添两营，合成五营，以厚兵力。嗣因衡军五营统领王世雄遵旨抽带一营赴陕，遗下衡字四营，改为护军副四营，经臣派委参将徐万福分统，仍归福山镇总兵杨金龙总统各在案。目下江防稍松，库款奇绌，自应分别酌量裁汰，以节饷需。兹将护军正副九营，除中营为该总统坐营毋庸裁减外，其余八营汰弱留强，裁去两哨，改营为旗。所裁各勇正饷，截至九月十二日止，另给恩饷一月。又驻扎吴淞之盛字五营，驻扎江阴之合字五营，各该中营均系六哨，内抽拨一哨前来江宁防护各局饷械。现饬将各该中营准留四哨，合之调省一哨，共符一营五哨之数，为各该统领坐营，其余一哨即行裁去，其前后左右四营，一律改营为旗，裁去两哨。所裁各勇正饷，截至八月底止，另给恩饷一月。以上裁改各营，均饬收缴军械，派轮运送回籍，妥为遣散归农。

除咨部查照外，理合附片陈明，伏乞圣鉴。谨奏。

饷捐虚衔请展办一年片

光绪二十七年十月初五日

再，钦奉懿旨：“捐纳实官，本一时权宜之政。近来流弊滋多，仕途冗杂，着即永远停止。其虚衔封典、翎枝、贡监及现行常例准捐各项，着该部核议奏明办理。”等因，钦此。嗣准户部咨，议奏现行常例酌拟准捐各条专归部库收捐，其衔封贡监，按照五成实银上兑，翎枝按照赈捐章程上兑，不准减折各等因，当经分行遵照在案。

兹据办理江宁筹饷劝捐总局司道详称：“江宁筹饷劝输先后奏准一半充饷，一半济赈。现在实官既奉停止，其衔封等项，按照原请开办一年，限期亦满，本应一并停止。惟本省借垫饷需甚多，且各属水灾亦重，待赈孔殷，冬令需款尤急，值此库款匮乏之际，深苦接济无资。所有准捐衔封贡监翎枝等项，并赈捐准收各条，拟请接续展办一年。虽收捐无多，似于饷需灾赈等款，稍资裨补。”等情，详请具奏前来。

臣查江苏费绌用宏，各库异常艰窘，奉拨京饷洋款甚巨，实属难以支持。自盐货厘金抵还洋债以后，指拨各省协补款项欠解累累，任催罔应，苏省独为其难，库储如洗。每值水旱灾歉，防务加严，一切要需无可挹注。该司道所详各节，委系实在情形。明知实官停止，虚衔等捐不易集成巨款，然舍此更无可设筹。惟有仰恳天恩，俯准将此项虚衔等捐，展办一年，以资接济，出自鸿慈。

除咨部查照外，理合会同江苏巡抚臣聂缉椝附片陈请，伏乞圣鉴训示。谨奏。

两淮盐斤加价片

再，两淮盐斤加价，臣前电奏拟加每斤三文，经部议令仍加四文，当即分别咨行在案。嗣以各省摊派赔款，虽有多寡，其为难情形相同。拟将现加之四文，以二文归产盐之省，二文归销盐省分，各省不再另行加价，庶盐务不致败坏。倘有于四文外另加，则现加之四文全归淮用。电准部覆，所陈洵属持平，仍令和衷商办。并准湖广督臣张之洞电，谓鄂加四文，外间尚无议论，似可先行试办，如有窒碍再行斟酌。湖南现亦奏加四文。是淮盐行销于鄂、湘者，每斤骤加八文，合之旧案加价，每斤共加至十四文之多，未免太重。价重私充，淮销立滞，厘课短收，反于原有之正项有碍，不得不量予变通，以资补救。现已电饬湖南、湖北督销局，淮盐之行销鄂、湘者，每斤减去二文，止加二文，稍纾商困。其余西、皖等省，仍遵部议，统加四文，各半分解。

理合附陈，伏乞圣鉴，敕部查照。谨奏。

请将图书集成颁发各省片

再，前由总理衙门奏办石印图书集成一百部，于光绪二十年间工竣后，当将该书局报效之黄绫本一部进呈御览，另提十部咨送总理衙门，余书存储沪栈。仅据四川、安徽、陕西、贵州、福建、广东、新疆等省，各备价银购领一部，直隶省购领二部，臣衙门购取二部，出使日本大臣那桐提取一部，系朝廷赠送日本国礼物，此外他省，迭次咨电催询，均以无力购办，迄未领取，现在存储尚多。沪地低洼，既虑潮损，且岁耗栈租、保险、看守等费银四五千两，自成书迄今，总计所耗租费等项，业已三万余金。此后各省分筹赔款，更属力难购办。此书若任其长存沪栈，则耗费更无底止。因思现值各省广设学堂，凡关政治诸书，均宜详备。可否仰恳天恩，赏给每省一二部，并由外务酌提若干部解京，备发各衙门，俾资观览，既可节费，并得嘉惠士林，诚为一举两得。伏候圣裁。

谨附片陈请，伏乞圣鉴训示。谨奏。

赏加太子太保衔谢恩折

光绪二十七年十一月初六日

奏为恭谢天恩，仰祈圣鉴事：

窃臣恭阅电钞，光绪二十七年十月二十八日奉上谕："朕钦奉慈禧端佑康颐昭豫庄诚寿恭钦献崇熙皇太后懿旨，现在大局渐定，回京有期，刘坤一、张之洞、袁世凯共保东南疆土，尽心筹画，均属卓著勋劳，自应同膺懋赏。两江总督刘坤一着赏加太子太保衔。"等因，钦此。当即恭设香案，望阙叩头谢恩讫。

伏念臣猥以庸材，久膺重寄，时艰莫补，陨越滋虞。上年北方拳匪肇乱，东南亦岌岌可危。钦奉谕旨，饬令相机审势，保守疆土。遵即布置防务，并会商湖广督臣张之洞与各国驻沪总领事，共订保护章程，当将办理情形，随时电奏，羁縻因应，借免衅端。凡此职分所当为，悉出圣明之指示。海疆吃重，既未能入卫京畿；警报频闻，复未能亲随辇毂。我皇太后、皇上銮舆西幸，千里蒙尘，麦饭豆羹，备尝艰险，读诏书而流涕，实夙夜所疚心。而况保守江南，辑和民教，端赖江苏抚臣聂缉椝、安徽抚臣王之春，同心协力，强勉支持，如臣衰庸，无劳足录。乃蒙纶音下逮，懋赏渥膺，拜宠眷于九天，列崇班于三太。在朝廷不遗片善，奖叙从优；而微臣愧无寸功，叨荣滋惧。兹幸款局就绪，法驾还京，多难所以兴邦，殷忧所以启圣，臣惟有勉策驽钝，翊赞鸿谟，居安思危，不忘尝胆卧薪之义，惩前毖后，仰纾宵衣旰食之忧。

所有微臣感激下忱，谨缮折叩谢天恩，伏乞皇太后、皇上圣鉴。谨奏。

宁属丁漕分别征提储备赔款折

光绪二十七年十一月初六日

奏为江宁各属丁漕分别征提钱文，以备偿款新政之用，恭折仰祈圣鉴事：

窃准行在户部咨开："护理山东巡抚胡廷干奏，厘定东省地丁，剔除中饱，酌提赢余，以集巨款，奉旨准行。偿款过巨，各省均应预为筹备，可否按照山东办法，钞奏通行，各就本地情形，妥酌办理。"等因。当经札行遵照，体察情形，妥议详办去后。

兹据江宁布政使详称："江宁各属地丁，一律折钱征收，并无银号钱号之别，每两折价系查明各属用款，分别酌定，禁革大户、小户，统归业户自纳，亦无揽收包完名目，与山东情形迥不相同。前于光绪二十二年间，因筹还俄、法、英、德洋款，酌令各属每征地芦等款银一两，提钱一百文，征米一石，提钱二百文。嗣准户部咨，议覆给事中庞鸿书奏浙江等省征收地丁条银折价与市价悬殊，请饬酌减，又奏令各省查照江西减征丁漕钱价，凑还四国洋款，复经该司道详定，将光绪二十二年议提各属丁漕等项盈余钱文，分别减提，所有各属以钱折收之条银按照该处收价，自光绪二十四年上忙起每两减收钱一百文，漕米收价不减，仍每石提钱二百文，解抵洋款，奏明在案。是丁漕两项，均已酌提盈余。江北号称瘠区，本非苏属可比，势难再议提减，致令州县办事竭蹶。惟江苏奉派赔款，为数甚巨，现值议行新政，需款尤殷，又经钦奉谕旨，将漕米项下征收浮费和盘托出，全数归公。各该州县身受国恩，际兹时局，自应急公奉上，勉为其难，于留存办公经费内，每漕米一石再行酌提钱二百文，合前提之数，每石共已提钱四百文，并仿照苏属办法，将宁属地丁前次每两减收之一百文，照旧征收。第各属钱漕早经启征，且本年沿江州县猝遭水灾，民情亦属困苦，碍难开办。拟自光绪二十八年上忙起，各属征收地芦等款条银，每两加收钱一百文，按照熟田征数，并留属径支银两，随同正款，照市易银批解。约计中稔之年，熟田地芦岁征银六十万两左右，可提钱六万串有奇，连同漕费每石提钱二百文，共可得钱十万串之谱，约合库平银七万两，统由司库专款存储，以备赔款、新政要需。”等情，详请具奏前来。臣覆核无异。

除咨部查照外，理合会同江苏巡抚臣聂缉椝恭折具陈，伏乞皇太后、皇上圣鉴，敕部查照。谨奏。

恭谢恩赏折光绪二十七年十一月初六日

奏为叩谢天恩，仰祈圣鉴事：

窃于光绪二十七年十一月初三日，赍贡委员回抵江宁，奉到恩赏“福”、“寿”字各一方，蟒袍一件，臣当即恭设香案，望阙叩头谢恩祗领讫。

伏念臣猥以辁材，忝膺重寄。久持疆索，时深临履之思；遥望觚棱，莫遂就瞻之愿。衰庸滋惧，企念方深，乃蒙宠赉优加，殊恩下逮。自天锡祜，钦瞻羲画之垂型；惟帝与龄，远迈尧文之制字。备彰施于五采，被兹绣裳；绚组织于七襄，荣逾华衮。鸿慈至渥，感悚难名。臣惟有益矢兢怀，勉图微效，布恩膏于四表，同游多福多寿之天；宣德意于三江，共仰垂衣垂裳之治。

所有微臣感激荣幸下忱，理合恭折具陈，叩谢天恩，伏乞皇太后、皇上圣鉴。谨奏。

拿获弥陀教匪分别惩办折

光绪二十七年十一月二十八日

奏为拿获弥陀教首要各匪，讯明分别惩办，恭折具陈，仰祈圣鉴事：

窃徐州一带，伏莽未靖，迭经严饬该地方官及驻防勇营认真缉拿，随时严办，以期净绝根株。本年十月间，有匪徒倡立弥陀教，勾结党羽，定期起事，经驻防宿迁营员会同该县拿获要目夏世承等，起出伪印册籍，逆党众多，分布河南等省。据徐州道桂嵩庆、淮扬镇总兵潘万才、统领铭字等营提督陈凤楼先后电禀到臣。当经电饬该文武严行审讯，实力防范，并出示晓谕，解散胁从，一面分咨河南等省一体防缉，业已由电具奏在案。

兹据徐州道桂嵩庆等禀称：十月初七日，宿迁县知县陈守叒至该统领陈凤楼营中面称，据淮右营千总蔡叠山访有匪首夏世承等潜匿宿迁县境，当即派委营官刘学强、程孔武督带马步队伍会同该县陈守叒、团练委员常桂馥及该处汛弁人等前往该匪住所，破扉进内，立将该匪夏世承并赵开业、张根、王振核、陈玉芝共五名拿获，搜出“奉天承运一贯真传”伪印一颗，大小图记四十余颗，册籍书本票据多件，续获李景灿一名，一并提道审讯。据夏世承供：桃源县人，先入普度教，嗣至河南上蔡县，在逸匪张妙松即张步松家教读，与张妙松谈道投机，并知张妙松系认从前犯案教匪王觉一徒弟昔存今故之陈学余为师，新改倡弥陀教，既学扶乩，又有无生老母附体传道，兼有腾云驾雾法力。伊因张妙松道法高超，亦改从弥陀教。胞弟夏世启亦同入教。上年春间回家，张妙松送给银两，令在家乡招徒，并令派人分赴别省，广传教法。八月间，在宿迁地方与张妙松会晤一次。七月，伊移住宿迁东关，与同教已获之赵开业、在逃之陈永清等讲道。九月初旬张妙松来劝伊设堂念经，只向上边礼拜无生老母，并未供立牌位。即派同教已获之王振核打扫经堂，张根煮饭打杂，并由张妙松带来册籍书记图本多件，令伊执笔掌管图记，代书新入教人册簿给照。九月半后，张妙松向伊等谈及各处水灾，人心不定，又见陈永清带有"奉天承运一贯真传"木印，说是教中遗留之物。张步松复声言，在河南时早与马子如要做大事，并有韩明义、陈玉赍、王飒先等，可约山东八卦、大刀各会相助，现又得此木印，正是天时到，地利合，人手将齐，不可错过。定期十月初七夜起事，举火为号，知照马子如、韩明义等带人接应，内外动手。夏世承、陈永清、赵开业应允。张步松又嘱凡在教中之人，均给"会元龙华弥陀收圆"旗号，并门外画一无极真圈，口对"会元龙华"口号条各一纸，到时各在门首画一大白圈，并做旗子对答口号。商定后，张步松、陈永清各去分投邀人，不期至初七日，即被破获。复讯赵开业，桃源人，张根、王振核均上蔡人，供词亦各相同。陈玉芝，商水人，供认入教收徒，十月初到宿迁，经夏世承留住堂内，查知逆情不敢出声。李景灿，桃源人，供系十月初三日由陈永清劝伊入教，并给"会元龙华"旗号口号条纸，令伊带回，初七夜在门首画一白圈，对答口号，免遭劫数。伊回家后畏惧，转向熟人告知防备，露风破案各等语。诘以："既图起事，讵有不置军械之理?"夏世承供："当时亦虑及此，因张妙松称有法术，能抢营内军火来用，所以相信。"等情，禀请核办前来。

臣查该匪夏世承与逸匪张妙松，倡立弥陀邪教，传徒结党，谋为不轨，复起意勾结东省八卦、大刀各会匪，约期起事，若非立时破获，北方拳匪之祸难保不复见于今日，实属罪大恶极，罪不容诛。该匪赵开业、张根、王振核，同恶相济，厥罪维均，已批饬一并正法，传首犯事地方，悬竿示众，以昭炯戒。陈玉芝系河南人，现查在逃首要各匪多系豫籍，应暂行牢固监禁备质。李景灿甫经入教，实被愚弄，尚非确知逆情，又漏风破案，似尚可原，拟即永远监禁。现已檄饬该道等并分咨直隶、河南、山东、安徽等省，严缉首逆张步松等，一体查拿，务获究办，以免漏网。至出力各员弁拿获此等要匪多名，得以消患未萌，实属异常出力，不无微劳足录，合无仰恳天恩，俯准择尤保奖，以示鼓励，出自鸿施。

除分咨吏、兵二部查照外，所有拿获弥陀教首要各匪讯明惩办缘由，理合会同江苏抚臣恩寿恭折具陈，伏乞皇太后、皇上圣鉴训示。谨奏。

请给倭员宝星折光绪二十七年十一月二十八日

奏为吁恳天恩，赏给日本各员宝星，恭折仰祈圣鉴事：

窃本年秋间，日本举行大操，臣等先后接准彼国少将福岛安正及驻华领事官等来函，请遴派文武前往参观。臣等伏查光绪二十四年间，曾经派员前往东瀛阅操有案。现值变法自强，戎政尤关紧要。日本简练军实，效法泰西，相距匪遥，又为同文之国，取则较易，有裨戎行。彼国殷殷相邀，具征唇齿辅车之义，当经分派文武大员及翻译学生刻日东渡，电明军机处、外务部查照各在案。

兹据该文武各员次第阅操回华，佥称奉委起程行抵东京后，经日本外务省大臣及参谋总长、陆军大臣、宫内省大臣及式部长派员照料，预备馆舍，接待殷勤，居则朝夕盛筵，出则车马咸备，迎至濑峰地方阅看大操，濒行复分赠宝星、手枪、佩刀等件，禀报前来。

臣等覆查光绪二十四年间，派员赴日本阅操，曾经前直隶督臣裕禄等奏给日本各员宝星。此次江、皖、赣、湘、鄂、川、闽、浙等省所派文武等员，彼国相待极优，分赠宝星、手枪、佩刀等件，情谊肫挚，自应酬答宝星，以昭睦谊。谨缮具衔名清单，恭呈御览。拟恳天恩俯赐照准，即由臣等照式分别制造颁给。

除咨外务部查核外，谨合词恭折具陈，伏乞皇太后、皇上圣鉴训示。谨奏。

请将郭宝昌战绩宣付史馆并建专祠折

光绪二十七年十一月二十九日

奏为已故总兵战功卓著，遗爱在民，胪陈事迹，恳恩宣付史馆立传，并准捐建专祠，恭折仰祈圣鉴事：

窃照上年九月，记名提督安徽寿春镇总兵郭宝昌，因病出缺，经臣会同安徽抚臣王之春奏恳优恤，并遵旨查明该故总兵子嗣具奏，复荷谕旨："郭宝昌长子江苏候补通判郭占芝，加恩以同知用。"钦此。均经转行钦遵在案。

兹据寿春镇总兵宋朝儒等联名呈称："已故寿春镇总兵郭宝昌，安徽凤阳县人。咸丰九年投效袁甲三军营，充当哨官，力解凤阳府县城之围。旋经前浙江处州镇总兵陈国瑞委充楚胜军管带，驻扎江苏高邮、宝应界内。适捻酋龚瞎子以万众来犯，该故镇率死士十八人出间道迎击，贼不敢前，复大呼陷阵，杀贼数十人，贼遂大奔，是为立功之始。十一年九月攻克天长，保升尽先守备，并赏换花翎。同治元年正月，捻首任柱、李成率众十余万犯清江浦，该故镇奉檄往援，先后击败任柱、李成于车桥镇、众兴集，旋乘黑夜以千人伏贼营外，自率亲军逾垒潜入，内外夹击，贼众大溃，乘势袭破贼营二十余座，擒戮不可胜记。奉旨免升都司，以游击尽先选用，赏给卓勇巴图鲁勇号。三月，捻酋刘天福等复犯清江浦，该故镇率军堵截，一日三战，贼退扎高陵涧之汉河，乘胜追击，会雷雨交作，枪炮不能发，军士裸身酣战，自朝至于日昃，杀千余人，贼汹惧凫水争窜，淹毙无算。五月，山东棍匪高圭、宋三冈等聚众谋叛，集于邳、宿一带，前漕臣飞饬剿御，该故镇率军进剿，贼首就戮。奉旨免选游击，以参将尽先选用。二年三月，土匪孙化祥勾结任柱、李成叛于中村，该故镇往剿，值任、李来援，连击败之，中村人缚化祥出降，东境、费峄数邑以安。奉旨免补参将，以副将补用。五月，亲王僧格林沁檄调楚胜军赴白莲池助剿，该故镇始至之日，即阵毙贼党刘金春，生擒贼目刘双印，斩杀数千人，夺骡马三百匹。奉旨以总兵交军机处记名简放。八月白莲池平。时苗沛霖叛，攻蒙城颇急，亲王僧格林沁檄陈国瑞与该故镇往援，军次洪城，攻克贼营三座，九月，复攻王家圩破之。移军河北，与苗逆对垒，该故镇乘夜引军凫渡河南，立筑三营，贼见大惊，以全力来攻，坚守不出。会各路援军至，围之数重，苗逆悉率精锐突围而出，战三昼夜。正相持间，亲王僧格林沁由东省驰至，立马视贼营，发开花炮十数，贼骇溃。该故镇会同各军四面兜剿，斩首一万余级，生擒二千人，夺获贼船数百号，苗逆死乱军中。乘胜分兵四出，迭复板桥集、龙冈、张家湾、双桥集、骆骡铺等二十余圩，削平苗逆老寨，击散十八冈教匪，军抵下蔡，贼以城降，旋克复颍上、寿州、怀远等城，并大小百余寨，淮北悉平。奉旨赏加提督衔。三年五月，该故镇遵旨随同帮办军务陈国瑞赴安徽六合交界防堵。其时发逆东窜，方扰麻城，光州、固始吃紧，陈国瑞令该故镇移师往剿，率二千人先行。贼树木为栅，坚不可犯。该故镇深夜拔栅而入，贼惊起格斗，适大队踵至，围攻夹击，杀贼五千，麻城解围。亲王僧格林沁以该故镇才堪济变，令与陈国瑞分营，另立一军，名曰卓胜，至是该故镇独领一军，与楚胜相颉颃矣。八月，伪福王陈得才、伪瑞王蓝长春及伪将马融和等拥众十余万，阑入英山之东北，该故镇既连败之，最后黑石渡一役，杀贼逾万。马融和方议投诚，疑惧未决，该故镇单骑入其营，呼酒共饮，谕以祸福，反复数千言，夜深解衣与融和同榻，融和大喜，旋陈得才缢死山谷，乃与蓝长春即日率数万众降。十二月，奉旨赏穿黄马褂。十二月，捻逆犯宝丰，势颇张，亲王僧格林沁分军为三翼，以右翼属之。该故镇率右翼全军，从后抄击，转败为胜。四年二月，贼窜确山，僧格林沁亲率大军由中路进，陈国瑞进西路，该故镇进东路。时贼专顾西山口要道，不虞郭军由东猝至，仓卒接仗，我军士勇气百倍，无不以一当十，陈国瑞军由西路逼击，杀贼四千，余党星散。是为河南两大捷，凡隶军中者，至今犹艳称之。

四月，曹州之变，奉旨革职，发往新疆，旋经前督臣与安徽抚臣乔松年会奏，请免发遣，留营效力。六年正月，乔松年奏调赴陕助剿捻、回各匪。三月抵陕，适老湘军继至，合军进剿，一败捻众于徐家堡，再败回众于石牛山，三月，攻克临平，收复辛店及南渠、上渠等堡。嗣于武功、兴平、三原、富平、惠店等处，接续进战，辄获全胜。捻首张总愚初踞老巢不出，旋悉悍党万余阵于富平城下。该故镇饬分统宋朝儒、邓正峰等设伏村内，自督亲军与贼鏖战炊时，佯败，望伏兵处疾走，贼尾追之，宋、邓两军待贼过半，突出截杀，该故镇回军痛击，生擒数千，阵毙不可数计，贼众骇散，自是凶焰顿戢。五月，奉旨着免发遣，留营剿贼。六月，贼入蒲城，扰大荔。该故镇虑贼趋韩城、郃阳以窥晋，会合老湘军由北山兼程而进，疾抵永丰镇击却之。该故镇自入陕后，无日不战，每战必捷。九月奉旨开复原官，并赏还勇号。

时左宗棠奉命督师，檄该故镇会老湘军筑长墙于富平，十月，攻克绥德州、吉州等城。贼继窜郃阳、绛州、高平、武陟，复回窜怀庆、彰德，该故镇随贼所向，星夜追击，贼不敢逞。十二月，奉旨补授安徽寿春镇总兵员缺。七年正月，贼由彰德入磁州，扰及邯郸、赵州，该故镇自率轻骑尾追，至滹沱河，贼军河北，我军河南，该故镇雪夜凫渡突入贼营，麾众奋击。贼败走，复破深州，围保定，畿辅戒严，有旨：传谕郭宝昌、刘松山速顾西陵，郭宝昌着先行交部从优议叙。该故镇闻警，由东道倍驰，一日夜行百八十里，抄出贼前，达保定城西，严阵以待，贼乃引去。左宗棠、官文会保，得旨赏换法福凌阿巴图鲁勇号。时淮皖各军会合直境，贼复由直入豫，该故镇跟踪追剿，至曹邱之黄河套，该故镇约同诸军乘夜劫贼营，乃自率马队一起、步队一营先行。是夜昏不辨路，贼闻人马声，纠众围攻，该故镇单骑遇贼受伤落马，宋朝儒等踵至，奋力冲入死斗，贼始夺路而去。时该故镇已晕绝墙隅，头顶、左耳、左手、左胯受刀矛枪子伤十三处。经前安徽抚臣英翰将血迹风帽，恭送交军机处呈验，奉旨赏假两月，安心调理，并蒙颁赏荷包、翎管、搬指、刀镰等件。直东肃清，奉旨赏还黄马褂，交军机处记名，遇有提督缺出请旨简放，并赏给骑都尉世职。

同治十一年到寿春镇本任，兵燹以后，民气凋残，伏莽未靖，数月之内，先后拿获巨匪数十人，悉置之法，民赖以安。十二年六月，霍邱土匪李六攻破附近村庄数处，有贼众数千人，该故镇督军往剿，一鼓平之。奉旨赏给头品顶戴。光绪二年春，教匪倡为蒴辫之说，摇惑愚民，所在震惊。该故镇出示晓谕，密访获斩奸人数名，民心乃定。六月，宿、怀、凤漏网积匪，谋为不轨，匪首匡同纠约胡志端、赵爽、陈骆驼、刘添凤、刘四巴、朱秀、李凉等，拟各于宿州、怀远、凤台三处同时起事。该故镇闻报，飞移徐州、归德两镇会师往剿，即时擒获匡同等数人，讯明正法，复派部将郭占元、李文奎等将胡志端拘获。奉旨交部从优议叙。十年，奉旨以二千人驻扎梁山。该故镇到防后，请建炮台，设电线，经营缔造，历十余年，诸防军咸取则焉。

后以母老陈请终养。二十年，中东事起，奉旨饬令北上，二十一年春到京，奉旨补授广东南韶连镇总兵，旋调补寿春镇总兵，是年丁母忧，奉旨改为署理。二十四年，皖北大饥，涡阳匪徒乘机起事。该故镇调集兵勇，会合邻省援师，相机进剿，一面出示解散，先后擒获匪首刘疙瘩、邵大发等数人，余众解散，不逾月而事平。

该故镇在任前后二十余年，如捐修寿州城垣、凤阳公署，创建临淮学宫，捐送凤阳八属士子卷资，及光绪年间，皖、秦、晋、豫、直各省先后告灾，该故镇迭次捐助银米，数逾巨万，其见义勇为，如出天性。论战功固宣力有年，勤劳懋著；论政迹亦功德在民，舆情爱戴。查中兴名将，如程学启、张树珊、周盛波、周盛传均蒙恩准建祠予谥，宣付史馆立传。该故镇战迹相等，资望较深，援案禀请具奏前来。

臣伏查该故总兵郭宝昌，弱冠从军，转战八省，忠勤奋勇，所向克捷，身受重伤，不下数十处，行军纪律，最为严明。在任之日，威惠兼施，军民感畏，几于万口交颂，妇孺皆知。综核生平，无愧名将。合无仰恳天恩，俯准将已故记名提督安徽寿春镇总兵郭宝昌战功政迹宣付史馆立传，并准在原籍及立功省分，自行捐建专祠，以彰忠荩而顺舆情。至应否加恩予谥之处，非臣下所敢擅请，出自逾格鸿慈。

除将该故镇事实清册分咨查核外，理合会同安徽抚臣王之春恭折具陈，伏乞皇太后、皇上圣鉴训示。谨奏。

密保将才片 光绪二十七年十二月初六日

再，狼山镇总兵一缺，兼辖陆路、水师，地处下游，为江北第一门户，汛地辽阔，兵力较单。现在奉旨裁并绿营，尤赖认真筹画，必得威望素著、谋略兼优之员，方足以资坐镇。朝廷知人善任，自有权衡。而就微臣所知，如江西南赣镇总兵何明亮，晓畅戎机，朴诚稳练，任事勇往，不避艰危，在营在任垂四十年，纪律严明，操守廉洁，士卒乐为之用，实为各镇中出色之员。前因江西教案，奉旨撤任，良由地方文员保护不力，该总兵因公受过，其情不无可原，若令得力将才，久置闲散，殊为可惜。又记名提督江宁城守协副将蒋良眷，忠勇性成，韬钤夙裕，治军最久，声绩卓然。驭下严而有恩，如家人父子之谊，所部奉令惟谨，营规极为整齐。其于江南情形甚为熟习，迭经臣奏保有案。

以上二员均堪胜任，臣既知之有素，不敢壅于上闻。目下宿将凋零，时艰孔亟，倘蒙天恩简擢，该员等必能殚竭心力，仰酬知遇之隆，微臣亦借获指臂之助，出自逾格恩施。

是否有当，谨附片密陈，伏乞圣鉴。谨奏。

据情恳请建立故相专祠折

光绪二十七年十二月十六日

奏为已故大学士政绩卓著，遗爱在民，吁恳天恩，俯准捐建专祠，列入祀典，以彰荩绩，恭折仰祈圣鉴事：

窃据江宁绅士三品衔补用道前河南南阳府知府濮文暹等五十三员名禀称："已故大学士一等侯前署两江督臣李鸿章于本年九月卒于京师，朝廷饰终之典，至优且渥，并准立功省分各建专祠。江宁既系立功省分，而食福者非一事，被泽者非一时，有不能已于言者。江宁自咸丰癸丑失守，沦为贼窟穴者十有二年。迨前督臣曾国荃率湘军再壁城下，铲平贼垒以百数，长围已合，而地道无成。贼恃有江、浙援应，负嵎固守，赖故大学士李鸿章率孤军由上海转战而前，克复江、浙各属，连复苏州省城，贼援始绝。嗣攻克常州，进扼句容、溧水、东坝等处，贼之由陆运者升斗皆不能入城，更无固志。其时朝廷屡促会师，李鸿章意在让美，以湖州未克，炮船须练，故缓其期。曾国荃益激励将士，于龙膊子山阴重挖地道，誓死灭贼，遂能扫穴擒渠，肤功克奏。伏读谕旨：'李鸿章统领各军，连克苏、常，现复扼扎高、溧一带，使江宁逆匪进无援兵，退无窜路，实属谋勇兼优。'等因。故大学士曾国藩奏疏，亦称李鸿章'有让功之心，而不欲居其名'，是其有功不居，天下实共鉴之。

"同治六年七八月间，东捻纵横于徐、海之交，江北烽火相望，警报络绎，江宁讹言四起，势甚岌岌。李鸿章亲驻济宁，严檄所部昼夜追贼，屡获奇捷，全股荡平，江宁自此得休养生息，迄今三十余年。此功在平捻，而江宁阴食其福者也。

"上年拳匪之变，京师不守，李鸿章奉命议和，力疾北行，无一卒一兵之卫，独恃一片血诚，冒险深入虎狼不测之区，忍辱负重，委曲求全，卒使钟簴不惊，河山如故，而沿江、沿海亦得商贾流通，不遭兵革。此功在议和，而江宁阴食其福者也。

"以上三事，皆关系天下治乱安危之故，其功不专在江宁，而江宁实受其赐。

“至在江宁之惠政，如该故大学士署任两江与曾国藩会奏，以江宁被害最烈且久，请豁免漕粮三年，得旨俞允，遗黎始有生意。又以省城善后诸政，粗有规模，条目尚未毕举，于是申占屋之禁以清讼源，设劝农之局以贷牛种，造救生红船以拯溺，复清节、普育、崇善诸堂以恤无告。而尤以振兴学校、培植人才为己任，患省试之向隅，则增贡院号舍；虑多士之荒经，则复惜阴书院；恐省垣科目之不竞，则改建江宁府学。复以江宁计偕之车，往往艰于资斧，爰创立公车费，慨捐巨款生息，源源输贯，利赖至今。其生平爱士，出于天性，讲院课卷，手自校阅，优加奖励，所识拔者，一见即终身不忘。凡此皆江宁之人士亲被其泽者也。

“今者和议甫成，大星遽陨，江宁之民，奔走相告，倾觞望祭，故老有泣下者。揆之古人，以死勤事，以劳定国，与有功德于民之义，实为当之无愧。”该绅士等公同集议，拟卜地捐建专祠，禀恳奏请列入祀典等情前来。

臣查故大学士李鸿章，经猷远大，忠爱性成。以翰林起家，受四朝之知遇，出秉节钺，入赞纶扉，文学武功，外交内治，决大疑，定大计，苦心经画，必出万全，艰巨独膺，数十年如一日，忠诚笃棐，实为国家柱石之臣。昔朱熹谓李纲之为人：“知有君父而不知有身，知天下之有安危而不知其身之有祸难。”以古方今，讵容多让？时艰孔亟，良相云徂，缅想老成，不能不为朝廷惜而兼为海内痛也。江宁为该故大学士立功之地，既据绅士禀请捐建专祠，尤见德泽入人之深。合无仰恳天恩，俯准敕部列入祀典，由地方官春秋致祭，以彰忠荩而顺舆情。

理合恭折具陈，伏乞皇太后、皇上圣鉴训示。谨奏。

遵谕裁汰书吏片

再，钦奉上谕，饬令裁汰书吏，当经通行遵照在案。

伏查臣衙门统辖三省，兼管盐政及南洋通商事宜，政务殷繁，数倍他省，缮办文牍，需人较多，一切稿件，皆由臣亲自核办，书吏仅供誊写，从不假以事权，平日严密关防，尚无把持积压等弊。既奉谕旨饬裁，自应钦遵办理。现就臣署额设书吏严加厘剔，择其趋公勤慎、字画端楷者，分别酌留，改为写生，专供钞胥之役，其余概行遣散，计裁书吏一百二十三名。仍严催各属迅速遵办，毋得因循徇庇，自干咎戾。

除咨明政务处查照外，所有臣衙门遵旨裁汰书吏缘由，理合附片覆陈，伏乞圣鉴。谨奏。

叠获票会积匪出力各员邀请奖叙折

光绪二十七年十二月十六日

奏为叠获票会各匪，在事出力文武各员弁，遵旨择尤保奖，恭折仰祈圣鉴事：

窃照上年安徽大通地方，匪徒滋事，当经派兵剿灭，奏明在案。维时沿江所属枭、会各匪，党类甚多，广通声气，仍思勾结谋乱，情形岌岌可危，叠经臣通饬严密查拿，许以破格保奖。嗣据各属先后禀报，拿获首要多名，讯明惩办，业经附片具奏声请，将在事出力员弁择尤保奖，钦奉朱批：“准其择尤酌保，毋许冒滥。”钦此。仰见朝廷微劳必录，慎重名器之至意，下怀钦佩，莫可名言。

伏查沿江一带，上至汉口、九江，下至镇江、上海，轮舶通行，往来甚便，匪踪飘忽，出没靡常。自大通匪平之后，旋有自立会匪魁萧子云之党羽，伪副元帅邓宝潮逃匿江宁下关地方，散票多张，立即拿获正法，匪徒稍知敛迹。湖北自逆犯唐才常等相继伏诛，余党窜匿上海租界，纠集会匪、盐枭，至三四千人之多，意图焚劫洋行，乘机作乱，为唐才常等报复，以彭桂生即彭松堂为大头目。经派出员弁，购线设计，阴令其党自相残杀，将彭桂生即彭松堂勒毙，并诱获会中伪总统师中吉及伪总堂秦俊杰，先后就戮，人心始定，租界甫安。沿江及腹地各属匪势蠢动，亦经各该文武员弁严行查缉，有犯必获，地方得以安堵。本年三月复有回天票匪徐春山受匪首王哈生之托，允为康有为私运炸药入江，定期五月间起事，幸先时访闻，设法诱获，解宁惩办，消弭巨患。综计自上年七月以后，先后拿获票会各匪及拒捕格毙共计二十余名，多系积年开堂聚众散票著名要犯。各该员弁奋勉从事，不避艰险，洵属著有微劳。谨缮具清单，恭呈御览。均系最为出力，并无冒滥。合无仰恳天恩，俯准照拟给奖，以示鼓励。

除千总以下各弁照案咨部给奖，并饬取各该员弁履历另行咨部查核外，所有迭获票会各匪出力文武员弁遵旨择尤保奖缘由，谨会同江苏巡抚臣恩寿、安徽巡抚臣聂缉槼恭折具陈，伏乞皇太后、皇上圣鉴训示。谨奏。

漕粮改办海运一切用费片

光绪二十七年十二月十八日

再，光绪二十六年分江北漕粮，前奉电旨，无论河运、海运及早筹画等因，钦此。当即饬令前署江安粮道松麟仍办河运，分派委员前赴上、下江产米之区，分投购买，遴派襄办及押运随漕各员，饬赴汜水等处设局，将兑米雇船一切事宜次第开办。嗣于二十七年二月二十一日查明起运米数，奏奉朱批改办海运，并准户部咨行到臣。维时河运开办已久，委员薪水杂支各款以及局用等项，业已照章先行发给，委实无从追缴。既奉饬改，不得不力任其难，妥筹赶办。复饬襄办委员前往镇江设局，并与招商局商定，派拨轮船至镇装运放洋。当将筹办情形，拟具改办海运章程，奏明由该粮道酌带委员先期驰赴津、京妥速经理，并声明河运漕粮向系散舱，酌买麻袋备用，今改海运，若不概用麻袋装盛，难免抛洒折耗，需款稍巨，不得不设法购办，以重正供，购齐核实另行开支各在案。

兹据升授江苏按察使前江安粮道效曾详称："本届漕粮中途改办海运，诸多周折，且事属创办，用费不无稍多，而海运经费，例有限制。其自镇江设局收兑，以及装运塘沽改用火车，复由火车改用骡车，运抵京仓交卸，所有运脚车价、委员薪水及局用房租等项，督饬在事委员力求节省，格外撙节，共用运费银十三万二千三百一十五两七钱二分二毫，循案造册，另行送部核销。所有应备麻袋，按起运交仓米数，核计共购办十三万三千四百九十条，每条价银二钱五分，共银三万三千三百七十二两五钱。又雇用民船剥运赴镇交仓正漕及余耗等米共十四万六千五百二十八石四斗二升三合九勺，每石给剥价银五分，共银七千三百二十六两四钱二分一厘。又前支河运委员薪水及局租等款，共用银二千一百二十两六钱一分。统共用银四万二千八百一十九两五钱三分一厘，均列入该年漕项奏销简明册内另报。"等情，详请具奏前来。

臣查本届江北漕粮改办海运，端绪纷繁，且天津尚未交还，办理尤形棘手。该升任粮道效曾悉心筹画，得以妥速交仓，所用经费亦尚核实，并无浮冒。

除咨部查照外，理合会同漕运总督臣陈夔龙、江苏巡抚臣恩寿附片具奏，伏乞圣鉴，敕部核销施行。谨奏。

因病恳恩开缺折光绪二十八年二月初六日

奏为微臣衰病难支，吁恳天恩，俯准开缺调理，恭折具陈，仰祈圣鉴事：

窃臣自上年秋间大病之后，体气总未复原。入春以来，接见僚属稍多，感受风寒，触发旧证，寒热往来，精神恍惚，当经电奏请假半个月，日行公事饬委江宁布政使吴重憙代折代行。嗣因假期届满，病仍未痊，请续假半个月。均蒙恩允，并屡荷圣慈垂询，慰勉备至，跪诵之下，感激涕零。满冀调治就痊，尽心职守，借以仰酬高厚于万一。无如本元耗损，甫愈复翻，且以患痔有年，近日益觉增剧，夜则展转不寐，昼则坐立维艰，用心稍过，则浃体流汗，谈话稍久，则舌强声嘶。据医家云，前在军营积受潮湿，今年逾七十，血气大亏，证属虚劳，非静养难期收效。伏念臣猥以庸愚，渥蒙恩遇，致身之义，矢诸毕生。现值宵旰忧劳，励精图治，但能强起支拄，敢不勉竭犬马之忱。顾念大难初平，痛深创巨，惩前毖后，治法尤贵治人，安危之机，亦只在此数年之内。疆吏责任重大，固不必显有贻误，即使循涂守辙，而才力不足有为，则败坏于无形者已多矣。臣精力衰颓，几至无日不病。以两江繁要之地，为微臣休沐之区，纵蒙圣主矜全，不加谴责，而臣扪心清夜，何以自安？蒿目时艰，讵堪再坏。若仍因循恋栈，自蹈愆尤，虽受斧钺之诛，犹觉无以对君父。思维再四，惟有吁恳天恩，俯准开缺，俾资调理，并请迅简贤员，以重疆寄，出自逾格鸿施。臣交卸后倘能医治痊愈，即当泥首宫门，求赏差使，不敢稍耽安逸，自外生成。

所有微臣衰病难支，恳请开缺缘由，谨恭折具陈，伏乞皇太后、皇上圣鉴训示。谨奏。

亲王出洋请并给副领事等宝星片

再，上年醇亲王奉命出洋，道经上海，驻沪德国总领事等官，因系特派赴德专使，又为天潢至亲，款接迎送如礼，具见谊笃邦交。除总领事克纳贝业经醇亲王奏给宝星外，可否仰恳天恩，赏给副领事贝特兰、副领事古尼平、副领事连爱森，随员勒根肥、随员慕德乐，各三等第二宝星，翻译佛尔克、书记赛赐，翻译学生魏阿斯，各三等第三宝星，以昭睦谊，出自鸿施。

理合附片陈请，伏乞圣鉴训示。谨奏。

遵将防练各军分别裁改折

光绪二十八年三月初七日

奏为遵旨将防练各军分别裁改，恭折覆陈，仰祈圣鉴事：

窃奉上谕："各省制兵、防勇，耗饷颇巨，饬令悉心规画，核实厘剔，除素称得力及练习洋操著有成效者毋庸裁撤外，所有各省原有之绿营、防勇裁去十之二三，上年有事时添募之勇营亦一并酌量裁撤。"等因，钦此。又奉上谕："着将原有各营严行裁汰，精选若干营，分为常备、续备、巡警等军，认真训练，以成劲旅。"等因，钦此。仰见朝廷整军经武，实事求是，下怀钦佩，莫可名言。

伏查江南各防营屡经裁减，为数本已无多，向系练习德操，迭次奏明有案。光绪二十六年夏间，北事骤起，人心汹惧，沿江等处情形亦岌岌可危，屡奉谕旨筹办防务。维时饷项艰难，而军情日紧，不得已将改旗各军补足成营，并增募新勇，分地扼守，借以绥定人心。一面奏准开办筹饷捐输，凑拨济用。迨上年和局告成，饷需不继，当经分饬次第裁减，妥为遣散，计裁左右哨亲兵一百名，护军除中营外，正副八营改旗，裁勇一千七百一十二名。新湘五营改旗，裁勇一千七十名。盛字除中营外，其余四营改旗，裁勇九百五十六名。合字除中营外，其余四营改旗，裁勇九百五十六名。抚标沪军营裁勇一百名。奇兵左右二营改旗，裁勇四百二十八名。南字三营改旗，裁勇六百四十二名。权字二营一千名全裁。新募徐防马步七营先饬改旗，嗣又全裁，计勇三千二百五十名。建字二营先饬改旗，嗣又全裁，计勇一千名。自强军马步炮队，裁勇八百八十四名。督标练兵裁去八百九十五名，提标练兵裁去三百五十八名，狼山镇标练兵裁去八十六名，又勇丁一百名，淮扬镇标练兵裁去一百二十名。统核防营练军及添募新勇，共裁一万三千六百五十七名。现存各营，或数百名，或十余名，零星分布，委难再行议裁。自强军业已奉调赴北，仅有武卫先锋左军及江胜军各三千人，此外并无大枝。现经臣饬将武卫先锋左军作为常备左军，江胜军作为常备右军，屯扎训练，以备游击之用。其吴淞之盛字五营旗，江阴之合字五营旗、南字三旗，镇江之新湘五旗，江宁之护军九营旗，上海及十二圩之奇兵左右二旗，徐防步队三营、马队二营，宿迁一带之铭字马队三营、元字步队三营、镇字步队一营，督标水师前左二营，新胜水师一营，苏防五营，亲兵一营，均作为续备军，分扎原处，以资防卫。各标练兵本由制兵挑选而成，应作为巡警军。又太湖水师本应作为续备，因该营分驻苏松等五属，巡护厘卡，亦应作为巡警。以上各营旗，经此次裁定之后，责成该统领、管带等官，督率弁勇，一律操用新式枪炮，认真练习，务使兵有实用，饷不虚糜。仍由臣严密考察，如有积习未除、虚应故事者，随时参办，不敢稍事姑容。勇饷本不为薄，暂可勿须议加。至裁减制兵一节，事关三省，办法应归一律。经臣酌定章程，并电商三省抚臣、漕臣，一体通饬遵办，大致照额裁去二三成，汰弱留强，不分马步战守，一律改为守兵。裁存之兵于原饷外，酌量加给，即以裁节之款抵支。并酌裁千把以下冗弁，俾资节省。总以化无用为有用，方不失设兵之本意。裁定后一并作为巡警军。事关更改营制，端绪亦极纷繁，容臣另行专案会奏。

所有遵旨裁改防练各军缘由，谨会同江苏抚臣恩寿合词具陈，伏乞皇太后、皇上圣鉴训示。

再，所裁各勇，均系前年增募，其饷项本由饷捐等款内挹注支放。现虽陆续裁遣，而捐项亦已停止，并无节省之款，合并陈明。谨奏。

酌加淮盐厘课折光绪二十八年三月初八日

奏为遵旨酌加盐课、盐厘，并筹办一切情形，恭折覆陈，仰祈圣鉴事：

窃臣于上年钦奉电传谕旨："此次商议偿款，中国常年度支，除指抵外，不敷甚巨，必须设法另筹。盐务为饷源大宗，近闻有欲谋揽办者，更应自行认真，预筹办理。从前四川盐务，经丁宝桢破除情面，切实整顿，至今增款甚巨。自应仿照妥办，以期加多库款。着刘坤一、张之洞、奎俊、陶模、许应骙、魏光焘、袁世凯、岑春煊、余联沅各就地方情形，详加体察，应如何设法变通，剔除中饱，严缉漏私，痛革官商一切积弊，并酌量加厘加课之处，悉心筹办。”钦此。遵即札饬淮运司及各督销局悉心妥筹，痛除积弊，并迭经电饬催议。嗣据该司道先后禀详前来。

查淮鹾厘课为饷糈大宗，欲裕饷源，须广销路，要非严紧缉私不可。近来私枭充斥，不得不添勇严巡，以昭周密。当此时艰财匮，不敢开支正项，惟于外销经费内，力加裁减，以为挹注之资。至官商积弊，业据运司程仪洛痛行革除。此外，各督销局自前大学士臣刚毅提款后，办公已形竭蹶，无可再提，致令弊生法外。惟有于课厘酌量议加，凑还偿款，迭饬该运司再三劝谕，而各该商总以完纳原有课厘外，历次捐输报效及各省赈捐，统计不下千万两，且岁捐票本十万两，各省未有如许之巨，商力已竭，吁乞免加，并一再来臣衙门泣诉。当经剀切开导，晓以大义，勉其急公，不啻笔秃唇焦，并允以后无论何项捐输，不再重累，始据勉认。淮南运商每引加新课银三钱，加新厘八钱，场商每引捐银一钱五分，江宁等食岸每引捐银二钱，淮北票贩每引捐银一钱二分，池商每引捐银二分，每年约计可增六十余万两。盐斤加价，接准部咨，每引新加四文。嗣以湖北、湖南、河南另行奏加四文、六文不等，深恐价增销滞，遂于各该岸减去二文，俾顾销市。江宁等食岸系在腹地，距场太近，亦应量予变通，每斤止加一文。其行销安徽者为皖岸，行销江西者为西岸，仍照部咨一律统加四文，分二文归安徽、江西济用，所余二文及食岸各加价，并加课、加厘、场食各捐，均归江苏备还偿款之用。

所有酌加课厘并筹办一切缘由，恭折具陈，伏乞皇太后、皇上圣鉴，敕部查照。谨奏。

淮盐章程与川盐不同片

再，据两淮盐运使程仪洛禀称："四川盐务，前四川督臣丁宝桢整理之时，系在黔、滇两边运销废弛，所定章程，不外乎办官运、减浮费、严缉私数端。淮鹾整轮保价，官为主持，大致相仿，裁费缉私，亦经办理。其中有不能强同者。前于光绪十年十一月间，前四川督臣丁宝桢议覆川盐仿照淮票窒碍难行折内，有'两淮盐法不能行之于川，犹川省盐法不能行之于淮'等语，迁地弗良，诚为至当不易之论。"等情。

理合附片具陈，伏乞圣鉴。谨奏。

整顿两淮鹾务折光绪二十八年三月初八日

奏为遵旨整顿两淮鹾务，恭折覆陈，仰祈圣鉴事：

窃奉寄谕："有人奏盐务积弊，酌拟治本、治标二策一折。盐务为国家岁入之大宗，亦直省丛弊之渊薮，而两淮、两广为尤甚。况当此时艰孔亟，帑饷支绌之际，尤宜变通整顿。惟各省情形不同，必须因地制宜，期收实效。原折所陈盐务积弊及酌拟治本、治标各节，不为无见。着各督抚各就地方情形，详加考核，妥筹办理具奏，总期兴利除弊，以裕饷源。原折均着抄给阅看。将此各谕令知之。"钦此。仰见朝廷励精图治，整肃鹾纲，于变通尽利之中，寓因地制宜之意，钦悚莫名。

伏查原奏所称，外配海运灌包红盐诸弊，大率就两广而言，两淮尚无此情弊。淮盐经前督臣曾国藩详定章程，至周且密，而行之已久，不无有废弛之处。臣于光绪十七年莅任后，首先奏裁盐局干脩，复令各局卡力求撙节，提解节省盈余，以充公用。

至节敬一层，前督臣曾国藩早经禁革。迄今一再提款归公，各局员岁获薪银无几，焉有余力酬应。

其规费一层，现据运司程仪洛将巧立各名目痛加铲除，刊刷成本，期垂久远。

其抚枭一层，臣曾于光绪二十六年招抚徐怀礼，令其悔罪自新，统带新胜营专缉私枭，颇多缉获。惟目前情形较异，枭而兼盗者有之，枭而兼匪者有之。且自加盐价后，官价愈增，私稍愈旺，贩私者日益众，焉得人人而抚之？惟有抚缉兼施，或可期有裨益。当此整饬戎行之际，又未便令营勇缉私，致旷操练。只有严饬各督销局添募缉勇，实力梭巡，以期有犯必惩，俾畅销市。

其秤手一层，两淮定章较他处稍善，有官为之监视，复令场、运两商眼同过秤，即使秤手高下，其间该商等成本攸关，势难缄默，此所以掣验各卡掣提重斤较少，夹带较多。现有以掣验多提为言，而定章有私则提，无私则免，似未便稍予宽纵。业饬运司另议妥章，俾无流弊。

其官收一层，业经前署督臣张之洞奏明有案。收官盐尚多弊混，如收私盐，分别道路远近，从优给价，则官代私销，而私仍占官销也，况盐务以课厘为重，若官收之盐止缴半课，即准在各岸融销，恐纷纷效尤，势不免引额之占，似难照行。

总之，盐务素称利薮，弊窦易生。臣当督饬运司，随时厘剔，设法整顿，以裕饷需。据运司暨督销局道员先后禀详请奏前来。理合将整顿鹾务情形，恭折具陈，伏乞皇太后、皇上圣鉴训示。谨奏。

变通外部及出使人员章程折

光绪二十八年三月初八日

奏为国势积弱，交涉重要，亟宜变通外部及出使人员章程，以固邦交而维大局，恭折会陈，仰祈圣鉴事：

窃维天下大势，几同战国，交邻之道，关系绝重，因应之当否，而事机之得失、国势之安危判焉。故环球列邦，竞长争雄，莫不于交涉人员倍加之意：其未用也，皆储之有素；其将用也，必择之綦精；其既用也，又委之甚专而任之甚久。凡居外部、膺出使各员，既设为额缺，复互相调用。其居外部者，大半曾经出使，其任出使者，率多选自外部，二者交资，轮替出入，职地虽异，事寄则同。终其身周历乎交涉之途，于本国之局势及外邦之情形，无不烂熟胸臆。而其人又率皆兼习各国语言文字，彼此联络，情志易通，遇事见几，多占先着，利则阴为规取，害则预为防维。故外部与出使两途，各国均视之极重，从无以茫昧扞格者厕其间也。

中国今日创巨痛深，积弱已甚，列强环伺，事变难知，措注之机，讵堪偶误。权力虽难并竞，公理尚未全泯。亟宜慎选办理交涉人员，妥订章程，使其出入中外，互资阅历，事以经练而日习，材以造就而渐多，冀可得人分任，应付咸宜，潜消陵侮之萌，预杜侵削之患，时务大政，莫要于此。拟请嗣后外务部司员各缺，由出使各国大臣在所属参赞随译各员中，精拣久在外洋者，出具切实考语，保送外务部考察充补，如虑不敷，暂准由沿江沿海各督抚精拣曾经出洋之员，或游学或学生确有考究者，一体保送外务部酌量选用。额缺之外，可作为候补。其使馆参随各员缺，由外务部精选品端学优、能通洋文之司员前往充补，如虑不敷，暂准由翰林、部属、府厅州县通洋文愿出洋者，呈由外务部考察，一体选派。额缺之外，亦可作为候补。概不准以洋务隔膜之人，滥与其选。五年以后，人才日多，外无滥竽之参随，内无隔膜之司官，则专以使馆、外务部人员互相调补而已足矣。

至使馆参随等员，尤宜改作实缺，久于其任。除由外务部调用及有事故遣退外，概不准出使大臣随意携带，并无故调换，有时使臣受代，所属各员仍各照旧供职。仿照各国遣使通例，立限给假休息，派员代理，缺俸仍旧，假满复充。三载考绩，按书记、翻译、随员、领事、参赞等缺，择取卓异，依次递升，出使大臣有缺，亦可于参赞中遴员请简。务使人人久于所事，情一志专，得以考究所驻之国风土人情，及一切政治利弊与其意向动静，随时刺探详报外务部。庶外务部与使员呼吸相通，气脉贯注，虽隔万里，如聚一堂，自可内外协谋，算无遗策。而出洋各员更事既多，历时既久，不但胜任愉快，且可应变适机，其无形之维持与随时之补救，裨益尤非浅鲜。

臣等以时艰日棘，交涉才难，事关国计安危，断难蹈常习故，必须变通成法，以期得人，而资救时。往复筹商，意见相同，用敢不避越俎之嫌，冒渎圣听。仰恳宸衷独断，决意施行，大局幸甚。

谨合词恭折具奏，伏乞皇太后、皇上圣鉴训示。谨奏。

仿照各国蓝皮书办法编订交涉案牍片

再，查各国外部及出使人员与他国往来文牍，率皆择其要件，年终汇刊合为一簿，名为蓝皮书，分发通国办理交涉人员，俾周知本国与各友邦往来事案，遇事参互考证，得有依据，免致两歧，立法用意颇为精善。拟请旨饬下外务部，仿照各国蓝皮书办法，另派专员选择该部与各国往来案牍，及各疆臣使臣交涉文件咨报外务部者，除极密之件另存外，余皆先自近年编订，推及远年，依次纂辑成书，芟繁撷要，每年一簿，先呈御览，嗣即陆续刊发。又自本年为始，按年编纂一次。凡疆臣、使臣以及各口关道、出洋领事人等，均各颁发一簿，用备考查，庶全国交涉事案，中外远近皆得备悉，不难援引因应，可免扞格、龃龉、疏漏、舛误诸弊，有裨交涉，亦非浅鲜。

是否有当，谨附片会陈，伏乞圣鉴训示。谨奏。

指省江苏人员请停止分发折

光绪二十八年三月初九日

奏为江苏候补人员异常拥挤，拟请停止分发二年，以资疏通，恭折仰祈圣鉴事：

窃维吏治之不修，由于仕途之太杂，而仕途之太杂，由于分发之日多。江苏候补人员拥挤，甲于他省，道员一班为尤甚。前于光绪二十五年间，经臣坤一会同前江苏抚臣德寿奏准停止道员分发三年。计自是年五月初六日奉旨之日起，现在将次届满，而各项候补道员仍有八十余人，其余候补府厅州县不下一千余人，候补杂职不下二千余人，匪特补署无期，即差委亦断难遍及，困守日久，流弊易滋，奔竞钻营，无所不至，殊非澄叙官方之道，抑亦人心风俗之忧。现虽停止捐纳，而从前业经报捐指省江苏尚未引见验看到省者，实繁有徒，若不设法疏通，吏治安能起色。臣等与司道一再商酌，拟恳天恩敕部自道府以至未入流，除榜下即用及特旨发往各员照旧办理外，其劳绩、捐纳各项人员，自此次奉旨之日起，一律停止分发江苏二年，盐务各官，停止分发两淮二年，其先经捐指江苏及保留江苏尚未分发到省之员，停止限内，有愿改指他省者，均准照案免交离省等项银两，俾昭公允。俟二年后，由臣等察酌情形，再行奏明办理。一面由臣等将在省候补各员严行甄别，酌定去留，以肃官常而杜冗滥。

谨合词恭折具陈，伏乞皇太后、皇上圣鉴训示。谨奏。

病势就痊力疾销假片

再，臣前因患病，奏恳开缺调理，钦奉恩旨："着赏假一个月，安心调理，毋庸开缺。"钦此。并奉电传谕旨："朕钦奉慈禧端佑康颐昭豫庄诚寿恭钦献崇熙皇太后懿旨，刘坤一奏因病恳请开缺一折，该督公忠体国，为朝廷所倚畀。现在时事多艰，两江重地，正资坐镇。除已赏假一月，毋庸开缺外，着颁赏人参二两，以资调养。一俟就痊，即行具奏，用慰廑系。"钦此。跪诵之下，感激涕零。当经电奏叩谢天恩，一面赶紧延医调治。兼旬以来，头晕渐愈，眠食亦稍胜于前，惟痔疾下血日多，精神仍觉困惫，虽日事药饵，恐难克期就痊。两江政务本极殷烦，又值会议商约，关系尤重，稍有迟滞，即虞贻误事机。臣受国厚恩，涓埃未报，时局至此，何敢爱惜微躯。谨于三月初十日，力疾销假，照常办公。

理合附片具陈，伏乞圣鉴。谨奏。

请赏互保东南各国领事折

光绪二十八年三月初九日

奏为前岁兵端猝启，上海各国领事和商保护，有裨大局，恳恩赏给宝星，以酬劳勚，恭折仰祈圣鉴事：

窃查光绪二十六年，北地拳匪滋扰，猝发兵端，京、津戒严，东南因之震动。沿江一带，伏莽潜滋，到处思逞，中外商民纷纷迁徙，一夕数惊。各国复征兵调舰，声称保教护商，分布各口。仓皇扰攘，互相疑惧，内外交讧，办理甚形棘手。适奉谕旨，责令各直省将军、督、抚相机审势，保守疆土。臣等函电交驰，妥议互保之策，以臣宣怀久驻上海，与各国领事联络有素，督同前江海关道余联沅妥筹商办。各领事因与驻京使臣声息隔绝，电经本国外部给予办事之权。彼此再三晤商，坚明约束，订定上海租界由各国实力保护，长江及苏浙等处内地均归各督、抚实力保卫，两不相扰，以保全中外商民人命财产为重。江海口岸，各国只酌派一二兵轮，以安洋商之心。至各路炮台及制造局等处，勿往游弋驻泊，均能奉约维谨。一切防守事宜，并经臣等妥为布置，处以镇静。各处土匪滋扰，立即剿灭。遇有交涉，委曲商筹，各领事亦均能和衷共济，深信不疑。历时数月，幸免衅端，事后追维，实非始料所及。臣等受恩深重，各有应尽之责，而各领事始终协助，得以转危为安，实属力顾大局。兹将各洋员衔名，开具清单，恭呈御览。合无仰恳天恩，俯准照拟分别赏给宝星，以酬劳勚，出自鸿施。

除咨外务部查照外，谨合词恭折具陈，伏乞皇太后、皇上圣鉴训示。谨奏。

随办洋务人员分别请奖折

光绪二十八年三月初九日

奏为随办洋务人员，异常出力，恳恩分别奖叙，以示鼓励，恭折仰祈圣鉴事：

窃查随办南洋洋务出力人员，定章三年奏奖一次，以十员为率，历经循办在案。自光绪二十四年四月请奖以后，扣至二十七年四月，又届三年期满。近来商务日辟，交涉益多，保卫调和，本已倍形繁重。光绪二十六年，北地拳匪事起，全局震惊，又有回天、富有、贵为各项票匪，乘机思逞。各国增兵调舰，声称保商护教，驶入长江。中外商民互相疑惧，仓皇迁徙，远近骚然，安危之机，间不容发。臣一面将水陆各营密为分布，遇有匪徒蠢动，立即剿除。一面分派各员与各国领事，妥为联络，倡议互保。巡防弹压，电牍纷驰，各该员不避艰危，相机筹办，吃紧之际，甚至彻夜不寐，坚忍劳苦，实属倍异寻常，用能化险为夷，地方得以安堵。臣待罪南洋，本有应尽之责，款局大定，尚蒙懋赏优加，各该员等奋勉从公，臣实不忍没其劳勚。兹仍照向章保奖十员，内有勤劳尤著者五员，按照异常劳绩请奖，其余五员仍照寻常劳绩奖叙。

窃维论功行赏，朝廷一秉至公。此次变出非常，与历届情形迥异。臣斟酌再四，既不敢稍涉冒滥，亦不能不分别办理，期昭公允。谨缮具清单，恭呈御览。合无仰恳天恩，俯准照拟给奖，以示鼓励，出自逾格鸿施。

除将各该员履历分咨外务部、吏部外，理合会同江苏巡抚臣恩寿恭折具奏，伏乞皇太后、皇上圣鉴训示。谨奏。

奏疏卷三十七

筹办江南省学堂大略情形折

光绪二十八年四月初八日

奏为遵旨筹办江南省各学堂大略情形，恭折具陈，仰祈圣鉴事：

窃臣钦奉光绪二十七年八月初二日上谕："各省所有书院，于省城均改设大学堂，各府厅直隶州均设中学堂，各州县均设小学堂，并多设立蒙养学堂，着各该督抚、学政，切实通筹，认真举办。"等因，钦此。又奉十月十五日上谕："前经谕令各直省设立学堂，责成该督抚、学政，切实通筹举办。查袁世凯所奏山东学堂事宜及试办章程，着政务处即将该署督原奏并单开章程，通行各省，应即仿照举办。"等因，钦此。均经转行钦遵筹办去后，本年二月初二日，复奉谕旨，催令妥速开办具奏等因。仰见圣朝锐意兴学，力图自强，敬聆之下，感奋莫名。又经恭录行催司道妥速筹议详办。

兹据江宁布政使吴重憙、江安粮道胡延、江南盐巡道徐树钧详称："伏查江南原设水师学堂、陆师学堂及格致书院，讲求中外诸学有年，并将堂中学生，派往东洋肄业，风气现已渐开，今将遍设学堂，实为迎机利导。惟学业有浅深，功夫有次第，必先由小学而入中学，由中学而入大学，而小学必须课本，课本尤资师范，此一定不易之理。现已另设师范学堂，选中学淹通、人品端正者，授以算法、绘图等事，学成给以文凭，使为小学堂教习，则小学不患无师。又江楚会设编译书局，一俟成有课本，咨送京师大学堂核定颁行，则小学又不患无书。小学既立，中学、大学得以依次兴办。兹将江南省文正书院改设小学堂一所，聘候选教谕陈作霖为总教习，课上元、江宁两县人士，习初级浅近之学，钟山书院改设中学堂一所，聘河南候补道濮文暹为总教习，课江宁府属人士习普通之学，均就原址酌量增葺。至高等学堂为课专门之学，江南地大物博，夙称人文渊薮，省会高等学堂规模必求宏敞，俾可广育人才。现在设法筹款，择地建造，庀材鸠工，接续举办，聘翰林院编修缪荃孙为总教习。其尊经、凤池两书院，改为校士馆，凡举、贡、生、童，年齿已逾定章，未能选入学堂者，按月课试策论、经义，膏奖悉仍其旧，以示体恤。凡各学课程，以入学次序分等级，固不宜欲速而致陵躐，亦不宜求备而苦烦难，尤不宜歧视中外而有偏重。中西并课，由浅入深，无论初级、普通、专门，总应恪遵谕旨，以四书、五经纲常大义为主，以历代史鉴、中外政治、艺学为辅，务使文行交修，讲求实用，仰副朝廷图治作人之至意。上元、江宁两县小学堂，额取各八十人，附课十人，以少年聪颖、文理清通之士充之。江宁府中学堂，额取一百六十人，附课十人，本应以小学毕业生拔补，现中小学同时并举，权且考取经义、策论及曾习西文、算学、格致之举、贡、生、监，送入肄业，以后仍以年限递升。省城高等学堂，额定三百人，本应俟各中学有毕业学生拔尤补入。惟当此需才孔亟之时，若俟辗转递升，不免旷日持久，自应变通办理，亦拟俟高等学堂规模粗定后，于举、贡、生、监中考取已深通中学经义、策论，及习过西文、算术、格致之有门径者，先令补习普通，再习专门，以期速成。以上三学堂，各照定额，于开办时，先取一半，数年后再行全取。此外更于省学堂设藏书楼，荟萃中外书籍，并各种图册，以供师生流览，设仪器院，备列各种仪器，以资考验研求之用。将来各生学成，遵章咨送京师大学堂，候旨奖励，并因材选派游学外洋，以广见闻，而资阅历。所有委员、教习，均已分别委请开办，各府州县书院，亦已饬令改为学堂。其民间自设之蒙养学堂，均令遵章办理，以归一律。惟经费多有不敷，通省各属，尚未能一律办齐，已饬就近筹款，以期遍立。至省城常年经费，以从前书院经费计之，多不敷用，而开办建造，需费尤多。现由司道设法筹措，先将裁改各书院经费，分别存留提用，其不足者，已在司局先行挪垫，以济动工之需。以后无论如何为难，总令逐渐增益，期于必成。”等情，拟具试办章程，详请具奏前来。

臣维兴贤育才，诚为当务之急，鼓励振作，尤赖学堂为转移，大政所关，岂容延缓。惟学堂较书院规制不同，需款增巨，江省财力支绌万分，不特省城高等学堂，事属创办，巨款难筹，即就书院改设之府县中小学堂，亦需另筹修葺及增拨常年经费的款。数月以来，臣与司道再四筹商，甫经定议，亟应及时兴办，以慰多士喁喁向学之忱。现已谆饬司道，挪提款项，将三学堂一切事宜，赶速筹备，接续开办。一面访延东洋品学兼优之人，来华入堂教习。并行催各属，妥速筹议改设中小学堂，俾广造就而资升进。

除试办章程先行咨送京师大学堂查核，如续应增改，随时妥核办理外，所有筹办江南省各学堂大略情形，谨会同江苏巡抚臣恩寿、江苏学政臣李殿林恭折具奏，伏乞皇太后、皇上圣鉴训示。谨奏。

苏省筹解直隶协饷片

再，承准军机大臣字寄：“光绪二十八年二月十九日奉上谕：‘直隶协饷，着自本年始，即照户部核定单开各款，筹解足数，不准稍有延欠。’”等因，钦此。当即恭录开单，分饬各司关局，竭力遵筹。兹据江苏藩司呈覆，认解淮饷银八万两，闰年加银二万两。江海关道详覆海防经费银四十六万两，仍照向章，按结提解认解淮饷银三十六万两，练饷银二十四万两，制造经费银八万两，均自本年起，分匀筹解。江西督销局电禀，认解淮饷银二十二万两。其淮运司淮饷银十万两，镇江关淮饷银六千两，湖南督销局淮饷银二万两，均据先后电禀，照数勉筹，按年解足等情前来。

臣查苏省自税厘抵还洋款以来，各省拨补之款，欠解甚巨，现因各筹新案偿款，自上年起，数更短少。以苏省现收进项，悉供本省之需，已属异常竭蹶，何能协济他省？第关畿辅济饷要需，自应尽力筹挪，未敢稍事延缓。现在饬据各司、关、局，每年认解前款，或勉照派数，或稍有短绌，共计银一百五十六万六千两。核之户部单派苏省应解银一百八十一万六千两，总数将及九成，就目前而论，实已不遗余力。如将来再奉增拨别款，或镑贵还款增巨，则挹注无从，恐即此认定之款，亦难作为定数。臣与袁世凯，同处艰难，义当合力经营，共维大局，惟苏省实在窘迫情形，不得不据实沥陈。现已将认解各数，电准袁世凯覆称：“苏省协饷解及九成，三辅幸甚。倘他省亦能如此协助，实于大局有裨。”等语。

除严饬各司、关、局将此次认解各款，务筹足数，源源报解，不准再有短欠，并分咨外，所有苏省力筹认解直隶协饷缘由，谨会同江苏巡抚臣恩寿，附片具陈，伏乞圣鉴训示。谨奏。

举行军政请展限一年片

再，准部咨，本年轮办军政，行令各省照章办理，于十月内，具题到部。又准部咨，自本年军政起，凡京外绿营弁兵，悉令考验枪炮，倘为期太促，未能谙熟，准其奏请展限各等因。

臣查军政为考核大典，黜陟攸关，必须详慎办理，方期核实。两江各营将弁，自上年饬令一律改习枪炮，阅时未久，诚有如部臣所言，“未能谙熟”者。况当裁改营制尚未定案，事务益形繁重，本年军政例限，实属赶办不及。合无仰恳天恩，俯准将江苏、安徽、江西三省军政展限一年，扣至次年十月具奏，期昭妥慎。如蒙俞允，其下届军政，仍自光绪二十九年起，扣足五年举办，以归画一。

除咨部查照外，谨会同江苏巡抚臣恩寿、安徽巡抚臣聂缉椝、江西巡抚臣李兴锐、江南提督臣李占椿附片陈请，伏乞圣鉴训示。

再，长江水师各营官弁向习枪炮，不在展限之列，现已咨会长江提督臣程文炳，认真考核，遵于本年赶办，合并陈明。谨奏。

核减陆师学堂奖案仍请照准折

光绪二十八年四月初九日

奏为江南陆师学堂毕业学生及出力各员，吁恳天恩，仍准照章给奖，恭折仰祈圣鉴事：

窃江南创设陆师学堂，自光绪二十二年冬间开课，扣至二十五年冬间，三年期满，经臣于是年十二月间，将毕业优等学生及出力各员，分别文武职，恭折奏保。旋经兵部将武职各员议准。嗣准吏部咨："各省操防练军等营，均无例保成案。陆师学堂期满，若准其奏保，将来凡有陆师省分，必致纷纷援案请设陆师学堂，为按年例保之地，既于各省防营操练有碍，亦与臣部历办各省防营保案章程不符，所请应毋庸议。奏奉谕旨：'依议。'"钦此。咨覆到臣。在部臣严核保案，诚为慎重名器。

惟查今日时势，以练兵为亟，而练兵之要，以选将为先。江南陆师学堂，原为教育将才而设。当三年毕业时，经臣亲往，督同司道及在堂各员，分门别类，命题考试。各该学生，于兵法、行阵、营垒、军械、地势、测量、算学、绘图、工程各理法，以及马、步、炮各队打靶、体操等艺，均能确有心得，融会贯通。德国亲王亨利、英国爵绅贝思福、美国使臣康贝先后来堂阅操，亦各极口称许。各该教习等员，于创办之始，夙夜在公，勤奋将事，实属著有微劳。且查奏设该学堂原案，经前署督臣张之洞奏请，三年期满，仿照总署同文馆章程，择尤保奖，钦奉朱批："着照所请，该部知道。"钦此。江南水师学堂暨北洋武备学堂，亦迭次奏准给奖有案。若如部臣所称，江南陆师学堂不准请奖，殊与奏定章程不符。各学生既乏上进之阶，各委员亦抱向隅之戚。况办理学堂，与防营操练迥乎不同，未可相提并论。时艰至此，兴学实为要图，锐意自强，武备视文事尤重。方以未能遍设学堂为憾，正不必以援设学堂为嫌。此次武职保奖，业经兵部核准，一案两歧，亦不足以昭公允。现经臣覆加查核，将前次拟保文职四十五员，大加核减，计删去三十员，仅余十五员，实系学业最优，勤劳最著。谨缮具清单，恭呈御览。合无仰恳天恩，俯准照拟给奖，以昭激劝而励将来，出自逾格鸿施。

除饬取履历咨部查核外，理合恭折具陈，伏乞皇太后、皇上圣鉴训示。谨奏。

江宁设馆课吏折光绪二十八年四月初九日

奏为江宁省城设立课吏馆，以资考核，恭折具陈，仰祈圣鉴事：

窃于光绪二十八年正月十七日，奉上谕："各省候补人员，冗滥尤甚，平时不加考察，一旦使之临民莅事，安望其措理得宜。近来各省已有奏设课吏馆者，自应一体通行，惟重在考核人才，不得视为调剂闲员之举。仍着该将军、督抚、两司等，勤见僚属，访问公事，以觇其才识，并察其品行，其贤者量加委任，不必尽拘资格，其不堪造就者，即据实参劾，咨回原籍。统限半年具奏一次。务当破除情面，严行甄别，不准虚应故事，稍涉瞻徇。"等因，钦此。仰见圣主澄叙官方、实事求是之至意，跪诵之下，钦佩莫名。

臣等窃维为政首重得人，安民必先察吏，督责于临事，不若校核于平时，询考其事言，始得详征其才识。江苏仕途冗杂，流品纷淆，亟宜加意甄陶，期得真才而资治理。遵经转饬司道妥议筹办去后。

兹据江宁藩司吴重憙、江安粮道胡延、江宁盐巡道徐树钧，酌拟章程，先后具覆，并择定善后局公屋一所，设立课吏馆，藩司总理馆事，粮道、巡道为正副馆长，凡系在省候补人员，分班轮流传入馆中，就本馆所备书籍，分刑名、钱谷、武备、交涉四科，令传到各员，自认一科，按日肄习，以抄录札记为功课。由该司道，随时稽核，甄别高下，默为存记。每年四仲月，分班传考一次，最优者立予委署，其次列为等第，酌记功过，积功过至三次者，分别酌委、停差。如有才识闳通，品行纯正者，择尤请保，破格录用。其识见猥琐，文理荒谬之员，据实详请勒休回籍。似此专定课程，轮班肄习，分期考试，明示劝惩，庶在省各员争自濯磨，悉心考究，实于鉴别人才，讲求吏治，均有裨益。业于三月初二日开馆。馆中经费，就原有考课吏治款内动支，如有不敷，另行筹拨。详请奏咨立案前来。

除督饬司道认真考核，秉公弃取，冀渐收得人之效，并分咨政务处、吏部查核外，所有江宁省城设立课吏馆缘由，谨合词恭折具陈，伏乞皇太后、皇上圣鉴，敕部立案施行。谨奏。

都司通匪革职审办折

光绪二十八年四月初九日

奏为都司捕匪不力，迹近纵庇，请旨革职归案审办，恭折具陈，仰祈圣鉴事：

窃照沿江一带，伏莽未靖，票匪、会匪时出肆扰，踪迹飘忽靡常。迭经臣等严饬各营，实力捕拿惩办，总难尽绝根株。兹于华阳下江口黄显荣停船被劫案内，获犯曾少卿，供出逸匪多名，并称匪首唐连觉，潜匿建德县境。当经臣文炳钞供咨行饬缉，一面严札署华阳营右哨都司刘自连前往缉捕。嗣据署建德县知县张廷权，拿获唐连觉解省，而该都司尚在中途逗遛，并无一字禀报，缉捕无能，已难辞咎。且查各犯供词，该都司有与唐连觉饮食往来情事，迹近纵庇。经臣文炳，将该都司先行撤任，解至安徽省城，由臣缉棨，饬令臬司督同审讯。该都司供词刁滑，声称系挟嫌诬扳，难保非恃符狡展。相应请旨将正任吴城营前哨守备署华阳营右哨都司刘自连，即行革职，归案审明实情，从严惩办，以成信谳而肃戎行。

谨合词恭折具陈，伏乞皇太后、皇上圣鉴训示。

再，该员刘自连所遗吴城营守备员缺，容臣等另行拣员请补，合并陈明。谨奏。

筹解帑利要需实难如数片

光绪二十八年四月初十日

再，臣接准内务府咨："本府具奏筹备要差急需，请饬两淮、山东两省，将历欠帑利银，各筹解七万五千两，照案请由户部先为借拨银十五万两，俾备各项差务，俟两淮、山东解款到京，即行归还，以清款目等因，奉旨：'依议。'"钦此。抄录原奏到臣。并准户部咨同前由。即经转饬如数筹解。

旋据运司程仪洛详称："两淮应解帑利，从前行运纲盐，原有岁征之款。嗣后改纲为票，各处纲商无一存者，以致各项利银，均归无着。前于光绪十六年，奉拨前项要差银二十万两案内，经前司详请另拨，前督臣曾国荃饬于海分司库经收正课项下拨银二万两，筹防局经收川厘项下拨银二万两，交由前司汇解交纳，并附片奏明在案。奉札前因，是否查照十六年成案，酌量饬拨，由司交商汇京。"等情。经臣查明，现在海分司库款异常竭蹶，川厘已改还洋款，非归筹防局经收，均属无款可拨，自应由司照拨汇解。嗣据该运司详报于司库光绪二十七年下半征存淮南正课项下，动拨库平银二万两，请给文批饬，交号商汇解户部交兑，并咨明内务府查照在案。臣维前项关系供备要差，非寻常拨款可比，复饬如数补解去后，兹据该司详覆，司库所收课项，入款有常而出款无定，近年添拨洋款及垫解各项协饷，支数繁多，益难周转。

目前筹解三、四两批边防京饷等项，及改解沪关之闽厂经费银两，罗掘俱穷，所有前解要差二万两，已属勉力腾挪，其余银两，实难如数筹拨等情，详请具奏前来。

除分咨户部、内务府查照外，理合附片陈明，伏乞圣鉴。谨奏。

恭谢恩赏折光绪二十八年五月十九日

奏为恭谢天恩，仰祈圣鉴事：

窃于光绪二十八年四月初十日，奉旨："平定粤匪、捻匪、回匪方略，前由外务部刊印，现存尚多，着赏给各省督抚各一部，由外务部颁发。"等因，钦此。遵经派人领赍到宁，当即恭设香案，望阙叩头谢恩祗领。

窃维经世保邦，非殷忧无以启圣；戡乱定变，惟善继乃能迪光。溯昔岭峤扬氛，蹂躏独深于南服，徐方煽焰，俶扰几遍于中原。继以乌氏蕃渠反侧，逞貙狼之毒；龙堆塞种披猖，肆蛮触之争。钦惟文宗显皇帝广运圣谟，恭行天讨；穆宗毅皇帝绍承武德，缵集大勋。汉日再中，庆两朝之济美；尧天复旦，张九伐以宣威。我皇上仰秉姒规，稳操宸算，有苗终格，干羽舞而寰宇永清；众志成城，候尉置而边陲式奠。世变周乎二纪，劳圣神文武之经营；纪载萃乎三编，讫南朔东西之声教。允震今而铄古，实旋乾而转坤。

臣昔厕戎行，未娴将略，久膺疆寄，愧总师干。兹复渥荷醲恩，荣颁睿制，拜神机于天上，阴符陋吕望六韬；锡秘笈于人间，宝典比泰郊三誓。鸿施下逮，鳌戴难名。惟有运甓习勤，受书励志，惩前毖后，切桑土之绸缪；简实储才，期金汤之巩固。窃幸球图贲宠，借探珠囊金匮之奇；更欣琛赍来王，共上镜清砥平之颂。

所有微臣感激下忱，谨缮折叩谢天恩，伏乞皇太后、皇上圣鉴。谨奏。

已故将军被诬恳予昭雪折

光绪二十八年五月十九日

奏为已故将军战功卓著，受诬颇深，吁恳天恩，俯赐昭雪，以彰公道，恭折会陈，仰祈圣鉴事：

窃查光绪二十四年十一月，江宁将军丰绅，因病出缺，经臣坤一会同臣额勒春由驿具奏，并代呈遗折，奉旨从优赐恤，备极宠荣，凡在臣工，同深感奋。嗣于二十五年二月，经署将军臣毓秀奏参丰绅前在江宁任内，于所收洲款，朘削浮冒，罔恤兵艰。御史彭述随即奏请将该故将军恤典，量予裁抑。奉旨："着撤去专祠，并毋庸予谥。"等因，钦此。仰见朝廷予夺，一秉大公，下怀莫名钦佩。

惟是廉污须征素行，是非自有公评，未便以一面之词，遽为定论。臣坤一与丰绅共事最久，臣崇善与丰绅同于光绪二十年经督办军务处奏留管带神机营马步各队，夙谂该故将军，平日砥励廉隅，爱惜士卒，决无朘削浮冒之弊。并据该故将军之子休致骁骑校舒通阿呈称，伊父在任所收洲款，除八旗公用外，余皆发存右司，并未分毫染指，有该右司月报可凭。今抱不白之冤，有关伊父名节，泣请代为申雪等情前来。臣坤一以此项案卷，存在旗营，无从核办。及臣崇善到任，调查丰绅任内收支洲款数目，均系实用实销，访诸八旗官弁，亦称丰绅并无朘削浮冒。乃于身后被诬，臣等私心痛之。丰绅统兵多载，服官有年，经手兵马钱粮不知凡几，从不闻有劣迹，何独于区区洲款任意肥私。查此项洲款，经前任将军穆□□奏明，不入奏销。原以外间一切杂支，不必尽合定例，八旗官兵最苦，不能不随事通融，此系向办章程，非自丰绅为始。如果丰绅稍有侵蚀，克剥兵丁，旗营耳目众多，何竟无一人控诉？毓秀署事不满两月，未能熟悉情形，仅据一二人疑谤之言，率行弹劾，人心皆为不平。

今经臣等查明，丰绅并无朘削浮冒实迹。合无仰恳天恩，俯赐昭雪，以慰忠魂。至该故将军壮岁从戎，身经七百余战，勋勤懋著，为国干城，应否仍准建祠予谥之处，伏候圣裁，非臣等所敢擅请。

谨合词恭折具陈，伏乞皇太后、皇上圣鉴训示。谨奏。

开济兵轮失事片

再，开济兵轮，前经调至江宁下关停泊，遇有各国兵轮往来，还答礼炮。本年五月十七日午时，忽据报称，该轮轰炸沉没，当即派员往查。旋据该船管带官福建烽火门参将李田禀称，该管带因赴下关炮台，会商轮台还礼事宜，忽闻大声发于江中，开济兵轮被轰沉没。当雇多船沿江捞觅，救起水勇陈鸿第、陈祖藻二名。讯据供称，该勇等正在船首做工，闻险立纵入江，遇救得生，如何失事，委不知情。其余在船弁勇七十余人，均已轰毙，无从查问。伏查兵轮火药、子弹，向系专舱收储，极为严密，非操练取用，不准擅启舱门。十七日适值星期放假，在船弁勇，正当料理午膳，更无启视药舱之理。惟是日天气燥闷，药舱存储之无烟等药，性又猛烈，或由药受郁闷热气过度，猝然轰发。从前外洋兵轮，亦有无端轰沉者，默揣因由，当不出此。事虽出于意外，而战舰遽毁，又毙多命，咎无可辞，禀请治罪等情前来。

臣查李田系由闽厂学生出身，管带兵轮，历有年所，虽平日尚谙驾驶，而此次巨舰无端轰炸，总由未能慎重检点所致，情罪较重，迥非药库失慎可比，已由臣先行饬发中军看管，并责令雇人捞取炮械及轰毙人等尸身棺殓，一面将请假登陆未罹于难弁勇六十余员名，照章遣散。相应请旨将管带开济兵轮福建烽火门参将李田，即行革职，俟打捞事竣，发往军台效力赎罪，以示惩儆。至在船轰毙弁勇，惨遭此厄，殊堪矜悯，拟请查取职名，开单咨部，照例议恤，以慰幽魂。

除分咨外务部、兵部查照外，理合附片具陈，伏乞圣鉴训示。谨奏。

前署浙江抚臣病故请恤折

光绪二十八年五月十九日

奏为大员在沪病故，舆情爱戴，禀请奏恤，恭折具陈，仰祈圣鉴事：

窃前署浙江巡抚开缺湖南布政使余联沅，因病在沪就医，调治无效，于上年十一月十六日病故，据苏松太道袁树勋呈报到臣。正在具折奏报间，据苏、浙绅士三品衔候补四品京堂庞元济等二十六员联名禀称："该前署抚余联沅，湖北孝感县人，由翰林洊历谏垣，补授福建盐道，历署福建按察使、布政使，皆有政声。迨调补苏松太道，善政尤多。其最著者，光绪二十六年夏间，北方拳匪肇衅，全局震惊。上海为通商总埠，各国战舰洋兵云集，谣诼纷起，防务戒严，寓沪绅商，日谋避地，惶遽万分。兼之外来游匪勾结土棍，时思乘乱起事。内奸外侮，势将一发燎原，安危之机，间不容发。该前署抚多方戒备，严密巡防。复奉委与各国领事定议互保，东南各省得以安全，关系大局实非浅鲜。一面捐廉募勇，昼夜分巡，外保教堂，内靖游匪。迨至皖、鄂票匪甫逃上海租界，出没靡常，则又多方设法，擒治巨魁，无稍枉纵，卒使海上安堵如常，从容接济西北。方事之殷，该前署抚，日则奔走于炎天烈日之中，夜则自治官书，每接警电，辄忧愤涕泣，或数夕不寐，或一夕数兴，自夏徂秋，迄无宁晷，形神憔悴，遂成下血之证，嗣又患肝胃气痛。该前署抚，以时艰孔亟，乘舆播迁，不敢稍休，仍强起视事。累迁江西按察使、湖南布政使，旋奉恩命，署浙江巡抚，迅速赴任。该前署抚知浙事紧要，扶病起程，到任后先将全省教案议结，各领事、主教，鉴其公忠，故偿恤银两视各省为少。并于衢州教案内，省释无辜株累者数十人。严饬各属，整饬缉务，拿获台州巨匪吴玉葵，讯明惩办，浙东盗风借以稍息。二十七年六月，卸任至沪就医，呈由臣奏准开缺调理，延至十月十六日，在寓病故。其在道任，捐廉银八千两，为龙门书院经费，嘉惠士林，在浙创办各属义冢，先后输秦、晋赈捐，为数巨万，又捐印度赈救济会，皆勿稍吝惜。生平俭于自处，而勇于为善，大致如此。上海绅商，江、浙士庶，闻该前署抚一病不起，无不同声悲感，至于陨涕。至该前署抚为御史时，首劾康祖诒即康有为，非圣非法，心术不正，尤为独有先见，善于辨奸。绅等感循遗爱，未忍没其劳勚，公恳邀恩，准于上海地方捐建专祠，生平政绩，宣付史馆立传，以彰忠荩。”等情，禀请具奏前来。

臣查该前署抚臣余联沅，沉毅明决，忠爱性成，宣力京外，垂三十年。其在苏松太道任内，适值拳匪滋事，上海为通商总汇之区，全局机纽，经臣会同湖广督臣张之洞，饬派会商各国领事，订议互保，艰难筹画，卒能有成，于大局不无裨益。方冀克享遐龄，时艰共济，乃以积劳致疾，竟至不起，悼惜实深。既据该绅等胪陈政绩，合词吁请奏恤，未敢壅于上闻。合无仰恳天恩，俯准将已故前署浙江巡抚开缺湖南布政使余联沅，量予赐恤，并将政绩宣付史馆立传，准由该绅商在上海捐建专祠，以彰劳勚而顺舆情之处，出自逾格鸿施。

除咨部查照外，理合恭折具陈，伏乞皇太后、皇上圣鉴训示。谨奏。

查明部内枭匪幕丁情实折

光绪二十八年五月二十日

奏为遵旨确查，据实覆陈，仰祈圣鉴事：

窃臣承准军机大臣字寄："光绪二十八年三月二十六日，奉上谕：'有人奏，江南苏、松、常、镇、扬、通一带，盐枭林立，劫人勒赎。上年正月间，武进、阳湖并有仇杀至数百人之案，通州、海门等属幕友、家丁，骫法营私等语。江苏地方紧要，沿江枭、会各匪尚多，全赖吏治整饬，消患未萌。着刘坤一按照所指各节，认真查办，据实覆奏，毋稍徇纵。原片着抄给阅看。将此谕令知之。'"钦此。遵旨寄信到臣。当经遴委江苏候补道杜俞前往苏、松、常、镇一带，江苏即用道李光瑜前往扬、通、海门一带，按照原奏各节，严密确查。兹据先后禀覆前来。

如原奏："苏、松、常、镇、扬、通一带，盐枭林立，俨分引岸，买盐则通衢白昼过秤捆包，运盐则结阵连樯鸣枪架炮，劫人勒赎，敢掳当差道员，行贿放私，能通实任镇将。上年正月，武进、阳湖民枭仇杀至数百命。”各节。查常州府属之武进县，与阳湖、宜兴犬牙相错，与金坛、溧阳、丹阳水陆相连。自光绪二十六年，北方拳匪事起，各处莠民，闻风蠢动，即有外江匪船，装载私盐，携带军械，由武进小河等口，连樯入内，暗地洒卖。始尚不敢生事，继则聚赌抽头，开堂放飘，入其会者，讹诈横行，无所不至。虽经地方官随时拿办，此风仍未稍息。内有红帮、青帮匪党名目，青帮专重贩私，红帮兼行劫掠。乡民积恨红帮已深，于是年冬月，乘其不备，聚杀多人，皆于昏夜剖腹沉之水底，自知非法，同心讳言，迭次访查，莫能得其实证。二十七年正月，小河口等处，谣传红帮三路进攻，寻仇报复。经臣访闻，会同调任抚臣聂缉椝，电札委统领江胜军道员杜俞，驰往查核。该道抵常州后，明查暗访，将著名滋事首要及造谣奸民，一体购拿严办，余匪潜逃，风声略息。复带队至卜弋、查室、奔牛等镇，传集绅董，切实开导，告以分驻营勇，尽可安枕，如有匪来，报营兜剿，或捆送营县，不得私戕。出示晓谕后，即亲历各处，责成董保，互相清查，由是匪难容身，人心渐就安贴。一面刊发自新免究票据，并严禁诬扳，以杜反侧。

至所称“鸣枪架炮，劫人勒赎”。查有光绪二十五年冬间，匪首金昆秀与金云飞、包石泉，在南汇地方捆缚地保，勒赎三百元，复在周浦镇，搭棚聚赌。南汇县柘林都司，闻风往查，该匪胆敢持枪拒捕。嗣经武生张姓将包石泉格毙。该匪复敢率党扛尸索命，并向该处铺户，逼索银元。经前署督臣鹿传霖，札委该道杜俞，督率弁勇，拿获金昆秀正法，金云飞监禁备质。又查有二十六年二月，昆山地方，有匪首董道能，率党枪毙乡民四人，劫去九人，经飞划营官周远朋，格毙董匪，遂将劫去之九人救出。

至所称“敢掳当差道员”系指韩庆云之事。光绪二十六年六月十五日，江苏候补道韩庆云，因事经过常州三官塘，天甫破晓，与枭船相遇，互争纤路，家丁谩骂，枭即过船，将韩庆云拉去，经武进县施沛霖率勇追回，旋由太湖水师及新胜营将匪首徐贵友拿获，经调任抚臣聂缉椝批饬正法。江北七濠口十二圩，素为盐枭出没之区，飘忽靡常，此拿彼窜。然扬、通等属，尚无劫人勒赎之案。实任镇将，职守綦重，应知自爱，何至贿通放私？即如上年冬间，苏松镇总兵陈旭，设计将匪船诱出，四面围攻，毙匪甚多，获盐无算。匪党恨之刺骨，遂于本年四月，在镇江乌沙港地方，假扮鱼舟，袭攻巡船，伤毙哨弁巡勇，现正严饬拿办。具见镇将认真巡缉，枭匪意在复仇，可为贿赂难通之证。此查明盐枭滋事之实在情形也。

又原奏："通州近年讳盗，幕友黄穆，劣迹最著，置买田产，开设钱铺，取民女为妾，及知州代惩佃户，纵容收受干脩，科派典商分外规礼，搜括杂税，侵吞入己。海门家丁金某招摇撞骗，纳贿揽权。同知梁佩祥，官声大坏。"各节。查通州自光绪二十四年以后，共出盗案十余起，有已经获盗者，有未经获犯者。知州汪树堂，于盗案随报随勘，亦即据实具禀，并无报而不勘、勘而不禀之案。黄穆在汪树堂幕颇久，于光绪十七年，将亲女嫁与汪树堂之胞侄汪某为妻，事在未到通州以前，黄女现已病故。黄穆声名平常，与通州白蒲镇劣绅沈来宽号广庭者联姻，致滋物议。黄穆在新地置田数十亩，并无新西关庙之称。黄穆住宅在城内西关帝庙，所谓新西关庙，或即指此。至黄烈祠、黄太和、黄轮香、黄始宜等名，均系粮串名目，该委员遵饬改装易服，前往密查，未便至州署调卷，无从查考。白蒲街开有谦吉钱店，兼卖棉纱，有谓系沈、黄合股者，道路传闻，未敢据以为信。黄穆有妾二人，一系通州人，一系家婢收房，有无压制弋取情事，并无实据。但幕友非官可比，似不得谓之民女。黄穆曾因田产招佃，意欲加租，佃首应鹤林不允，遂勒令退租，另招钱兆南承佃，汪树堂并无代为惩办之事。其收受属县干脩，闻如皋、泰兴各馈黄穆节敬二三十金，历年已久，尚非始自黄穆，别无干脩名目。通州典铺共二十余家，每节公送黄穆洋银七十元，随封七元，询之典商实有其事，不能曲为之讳。至搜括杂税入己，遍访居民，佥称自光绪二十四年，商民顾森泰等，联名禀请将杂税改为商家包捐，案经禀定，黄穆实未搜括入己。汪树堂与黄穆共事有年，见其熟悉地方利弊，信为老练，不及觉察，舆论皆然，似尚可信。海门家丁金春亭，倚官信任，操纵自由，该处居民交相訾诟。如民人崇清和开张客栈，去岁中秋，邻人闹事，株累及崇。金春亭闻崇姓小康，吓诈索贿，如愿始快。又粮书高鼎元者，金春亭诬其私行设柜，诈取贿赂若干，怙势狼贪，肆行无忌，众议纷起。署同知梁佩祥，毫无觉察，官声贻玷，率由于此。此查明通、海幕丁之实在情形也。

臣查沿江一带及太湖等处，港汊纷歧，向为丛匪之薮。自上年盐斤加价，官销愈滞，私枭愈多。臣久任两江，于缉拿盐枭、会匪一事，从不敢稍涉松懈，每年惩办总不下数十案，均于讯明后即行批饬正法。无如利之所在，虽严刑峻法，仍难戢其贪心。近来裁撤营勇，不下万余人，难保无会匪、票匪煽诱入党，扰害闾阎。若谓尽绝根株，臣诚不敢作此欺饰之语，惟有督饬文武，整顿捕务，随时严拿，遇有大股匪徒滋事，立即派兵剿灭，毋任蔓延，以期奸宄戢而地方可安，淮销畅而还款无误。仍当钦遵谕旨，整饬吏治，消患未萌，为正本清源之计，以仰副圣主垂念南服之至意。

通州直隶州知州汪树堂，在任十年，平日官声颇好，舆情爱戴。此次派员前往密查，亦佥谓州官勤能，仅止失察幕友，然确无徇庇情事，应记大过一次，以观后效。幕友黄穆，虽尚无赃贿实迹，而罔知检束，致招物议，应即驱逐回籍，不准逗遛。调署海门厅同知本任江宁江防同知梁佩祥，一任劣丁用事，听断亦复平常，应即撤任，并不准回本任，以示惩儆。劣丁金春亭，招权诈贿，应拿究追赃，按律惩办。

除分饬遵照外，是否有当，谨恭折覆陈，伏乞皇太后、皇上圣鉴训示。谨奏。

大员乡举周甲请重赴鹿鸣宴折

光绪二十八年五月二十一日

奏为大员乡举重逢，吁恳恩施，准其重宴鹿鸣，恭折仰祈圣鉴事：

窃查例载，嘉庆二十一年，奉上谕："三品以上人员，无论现任、在籍，其中式科分适遇花甲再周应重赴鹿鸣宴者，该省大吏专折陈奏，加恩晋秩，以彰人瑞。"等因，钦此。历经遵办在案。

兹据江宁布政使吴重憙详准江苏候补道欧阳霖等呈称："三品衔江苏开缺另补知府陈卿云，现年七十七岁，江西瑞州府上高县附生，应道光二十三年癸卯科本省乡试，中式第三名举人，扣至光绪二十九年癸卯正科，花甲一周，例应重赴鹿鸣筵宴。霖等谊属同乡，呈祈转详具奏。"等情前来。

臣等查陈卿云，系道光癸卯科举人，同治辛未科进士，由编修洊升翰林院侍讲，奉旨简放江苏扬州府知府，经臣坤一奏请开缺另补，嗣于办理河运案内，保加三品衔。早登科第，曾列清班，兹当乡举重逢，洵属艺林盛事，吁恳天恩，准其重赴鹿鸣筵宴。

至应如何量予恩施，以示优异而惠耆儒之处，伏候圣裁。

除将履历咨部查核外，谨合词恭折具陈，伏乞皇太后、皇上圣鉴训示。谨奏。

道员席汇湘等请交军机处存记片

再，安徽候补道席汇湘，志趣远大，器识闳深，家居绩学能文，讲求时务，绝无富贵陋习。及来江南候补，犹是恂恂儒生，当差矢慎矢勤，实事求是。此次委办湖南督销盐局，正值部议加价之时，湖南抚臣俞廉三，以偿款无出，另行加收口捐。臣方虑捐重价昂，私充引滞，有碍两淮课厘，乃该道措置合宜，得以如恒征解。湘抚臣以其和衷共济，电嘱臣勿遽移动，该道能事，即此可见一斑。

又江苏候补道穆克登布，气局安详，才具稳练，遇事肯任劳怨，而尤长于理财。金陵厘捐，从前至旺之年不过四十余万，自该道接办后，认真整顿，日有起色，近年收数增至一倍之多。此其明效大验，裨益度支不小。现值时局多艰，厘务诸形掣肘，该道劝谕商贩，改办统捐，豫为补苴之计，唇焦舌敝，渐就范围，亦可谓苦心孤诣矣。

又江苏候补道郭道直，躁释矜平，资深望重，到省二十余年，退然自守，从不干求，历当苦差，均无贻误。现在办理支应局务，力任其难，每遇入少出多辄形束手，即须移缓就急，权应然眉，该道智虑周详，情形熟习，综核名实以杜漏卮，酌剂盈虚以资挹注，兼筹并顾，洵足干济时艰。

以上三员，堪胜方面之任，亦各著有微劳。可否仰恳天恩，交军机处存记，以备简用而示鼓励，出自逾格鸿施。

谨撮叙事实，附片奏保，伏乞圣鉴训示。谨奏。

杨模等捐建小学堂恳予嘉奖片

再，劝学育才，自应官为提倡，亦须地方绅士自行筹办，辅官力之不足，庶众擎易举，日起有功。江南士子，学有渊源，素知讲求根柢，钦逢朝廷举行新政，崇尚实学，莫不感激奋兴，争自磨砺，以期仰副圣主造就真才之盛意。如上海县叶成忠，独力捐建之澄衷蒙学堂，办有成效，业经议约大臣工部尚书吕海寰专案奏奖。兹查有无锡县俟实小学堂，系五品衔举人杨模、中书科中书单毓德、候选知县高汝霖、议叙知县秦培谦、附贡生王镜藻等筹款设立，开办数年，规模大备，俊髦日兴，即改为该县高等小学堂，实足以树先声而资观感。合无仰恳天恩，传旨嘉奖，并由臣制给“乐育英才”匾额，以示鼓励，出自逾格鸿施。

理合附片具陈，伏乞圣鉴。谨奏。

驻宁驻汉领事请一律给奖折

光绪二十八年五月二十一日

奏为前岁长江商订互保，江宁、汉口领事协力赞助，有裨大局，援案恳恩赏给宝星，以酬劳勚，恭折仰祈圣鉴事：

窃查光绪二十六年长江互保一案，业将驻沪协助各领事，会奏奖给宝星，奉旨允准在案。

兹查驻宁各领事，当时凡遇一切筹办保护事宜，亦无不和衷商榷，有与上海各总领事商办之件，多赖为之转达，各国入江兵轮并经过洋员，由该领事先行道意，得以措置裕如。又值銮舆西幸，汉口为东南运道枢轴，兼以票匪谋乱，事机紧迫异常，驻汉各领事深明大义，守约不渝，华、洋商民，安堵如常。均深资协助之力，未便令其向隅。谨将各洋员衔名开具清单，恭呈御览。合无仰恳天恩，俯准照案分别赏给宝星，以酬劳勚，出自鸿施。

除咨外务部查照外，谨合词恭折具陈，伏乞皇太后、皇上圣鉴训示。谨奏。

筹挑扬州河道动拨经费折

光绪二十八年六月十九日

奏为遵旨筹挑扬州界首子婴闸一带河道情形，恭折仰祈圣鉴事：

窃臣夔龙于上年十一月间，在河南彰德府行在面奉谕旨："界首子婴闸一带河道淤浅，饬令查勘挑浚。"钦此。到任后，遵即委员详细查勘，并咨商臣坤一妥筹办理。时因转瞬春水发生，未能工作，定议缓至本年秋后，再行拨款兴办。

臣等伏查淮、扬运河，为民船往来要道，比年以来，河堤日加培厚，河底日益垫高，淤浅之处较多，而以子婴闸一带为尤甚。推原其故，盖因运河上承蒙、沂诸水，奔腾直注，经过各涵洞，逐渐分泄，水势已弱，至宝应之汜水子婴闸，则河流高下悬殊，运河之底高出闸底，水性就下，形同吸川，长河溜势旁趋，由子婴闸而入下河者十之六七，由运河南下者十之三四，水缓沙停，受淤实由于此。加以下游永安汛之马棚湾，有出湖救生港一道，湖水入运，一遇盛涨，势必河流顶托，向北逆流，以致上游数十里，全行淤垫。冬令水涸之时，虽轻载商船亦不免有阻滞，非设法挑淤，难以畅行。第欲筹挑浚，必先挑备引河以通舟楫，然后筑坝戽水，挑挖正河，工程浩大，计费非六七万金不敷，计时非四阅月不可。是以臣坤一近年叠次饬议兴挑，并派员详勘，非因经费一时难筹，即因时令早迟不一，屡议屡止。兹既奉旨饬挑，自应勉为筹款，及时赶办，以期上纾宸廑。现经饬委勘估，自子婴闸上游七里闸起，至马棚湾止，一切挑挖引河、闸河、湖淤、劚挑口门、筑坝等工委员薪水，各项器具杂支，撙节估计，共约需银六万两。苏省库藏奇绌，兼值赔款浩繁，艰窘万分，实觉无从挹注。惟事关地方水利，不得不竭力设筹，拟由两淮运司拨银一万两，江安、江苏两粮道各拨银一万五千两，其余二万两，商之淮安关监督世纲相助为理。该监督力顾大局，并以该处为商贾冲途，于税务极有关系，允于关库核减二成经费及节省一成养廉项下凑拨银二万两，以济工用。此项工程，查有现办扬属运河堤工局江苏候补道丁葆元，熟习情形，办事精核，堪以委令兼办，俾资熟手。一俟霜清水落，即行开办，工竣核实造报。仍由臣等随时督率，务使功归实际，款不虚糜，以仰副朝廷轸念民生、实事求是之至意。

所有遵旨筹挑扬州界首子婴闸一带河道并动拨经费缘由，理合会同江苏抚臣恩寿恭折具陈，伏乞皇太后、皇上圣鉴，敕部查照。谨奏。

苏局仿铸铜元畅行无弊片

再，前因苏州仿照闽、粤章程，奏准鼓铸当十铜元，颇著成效。江宁地方近年制钱短缺，银价日低，亟应仿办以济钱荒。当经臣饬令该藩司妥筹详办。嗣奉上谕："近来各省制钱缺少，不敷周转。福建、广东铸造铜元，民间称便，江苏仿办亦极便利，着沿江、沿海各督抚，筹款仿办。”等因，钦此。又经转行钦遵去后。

兹据江宁布政使吴重憙详称：“此案经前署藩司徐树钧，会商江南银元局，由司库借拨银二万两，解交该局开铸铜元，陆续解司，转发钱典各铺配搭行用，辘轳铸造，商民交易及完纳钱粮厘税均照制钱出入，一律不准低昂。其铜质轮郭，悉与江苏所造无异。每次铸本银一万两，能铸铜元一百四五十万元，就现在银价兑售，约可得盈余银千两之谱，倘以后银价稍涨，盈余即就轻减。数月以来，颇能畅行，并无流弊。”等情，详请具奏前来。

除咨部查照外，谨会同江苏巡抚臣恩寿附片具陈，伏乞圣鉴。谨奏。

扬州署守石作桢撤任革职片

再，本年春夏之交，青黄不接，米价日见翔贵，迭经严饬各属，禁运米粮出口，嗣又钦遵谕旨，饬属查禁奸商私贩出洋各在案。乃署扬州府江苏补用知府石作桢，于奉文后，委员访查，竟任宁波米董浙江桐乡县教谕举人张传芳，盘踞江都县产米之仙女镇，逐日偷运万余石或数千石出口，人言啧啧，咸谓该府与沈、冯两委员，受贿故纵，恐难保其必无。四月初旬，该处饥民群起闹事，石作桢犹请张传芳在公所筵宴，物情大骇。及张传芳于四月杪潜逃，石作桢乃于五月初一日，密札江都、甘泉两县拿办，词极严厉，以图掩人耳目，离奇闪烁，舆论哗然。石作桢以方面大员，居心贪狡，实属有玷官箴，张传芳出自正途，身膺司铎，而行同市侩，尤为衣冠败类，均未便稍事姑容。据江宁藩司等揭参前来，相应请旨将三品衔署理扬州府江苏补用知府石作桢即行革职，张传芳革去教谕、举人，勒回原籍，交地方官严加管束，以示惩儆而肃官常。

除饬司先将石作桢撤任，另行委员接署，一面饬查沈、冯两委员衔名，另行参办外，理合附片陈请，伏乞圣鉴训示。谨奏。

江北河运出力各员请奖折

光绪二十八年六月二十一日

奏为查明江北河运漕粮出力各员，援案恳恩分别给奖，恭折仰祈圣鉴事：

窃江北历届办理河运出力人员，均经奏准给奖。光绪二十五年河运漕粮，于二十六年四月二十一日开行，九月十八日赶抵临清，十月二十九日由山西委员一律验收清楚。所有在事出力各员，据江宁布政使吴重憙、江安督粮道胡延开单详请具奏前来。

臣查是届漕船开行后，驶抵清江各闸，维时河间以北拳匪起事，当经臣电饬该前署粮道松麟随时探明，相机前进，以昭妥慎。该前署道遵即派员前往侦探，启放湖水济运，提剥拉溜，挽入东境八闸至李家窑决口，三堵三溃，节节拽磨，八月三十日始将十起漕船挽入陶城埠。黄水枯涸，御黄坝外淤滩三十余丈，开挖引河，接进大溜，分帮全剥，趱入运河，行至东昌以南八里庙，西堤决口水耗，雇夫挽拽，将米起囤周家店，闸下板抬水过浅，乃抵东昌。奉旨："江北漕粮十四万余石，前已拨给山西，即着锡良派委妥员，前往接运。"等因，钦此。又经电饬钦遵，严催各船，加成提剥，驶抵临清。适接山东巡抚电开：现得保定来电，漕船将抵德州，而敌兵游弋直、东，嘱饬运员妥慎将事。临清旧仓宽大，囤卸较妥。并接山西巡抚电同前因。该前署道遵即照办。旋经山西抚臣锡良派委道员张毅抵临，交收清楚。在事文武各员弁，相度机宜，妥为筹办，加以北方兵警，冒险渡黄，艰苦备尝，得以无误，洵属著有微劳。现在山西、山东接运人员，均得异常保奖，而江北辛苦过之，谨择其尤为出力者，仍照成案，分别请奖，缮具清单，恭呈御览。合无仰恳天恩，俯准照拟奖叙，以示鼓励，出自鸿施。

除出力稍次武弁咨部给奖，并遵章饬取文职履历咨送吏部查核外，谨会同漕运总督臣陈夔龙、江苏巡抚臣恩寿恭折具陈，伏乞皇太后、皇上圣鉴训示。谨奏。

遵保人才恭应经济特科折

光绪二十八年七月十四日

奏为遵保人才，恭应经济特科，恭折仰祈圣鉴事：

光绪二十七年四月十八日，钦奉慈禧端佑康颐昭豫庄诚寿恭钦献崇熙皇太后懿旨："为政之道，首在得人。况值时局阽危，尤应破格求才，以资治理。允宜敬遵成宪，照博学鸿词科例，开经济特科，于本届会试前举行。天下之广，何患无才。其有志虑忠纯，规模闳远，学问深通，洞达中外时务者，着各部院堂官及各省督抚、学政，出具考语，即行保荐。并着政务处大臣，拟定考试章程，请旨办理。"等因，钦此。又六月初四日，御史陈秉崧奏，保荐经济特科，请饬破除夤缘积习一折。复奉上谕："着各督抚、学政，于保送时，虚心采访，果系物望素孚，确有实学者，方准保奏。"等因，钦此。仰见圣朝破格求贤、综核名实之至意，莫名钦服。当经恭录咨行钦遵，并由臣随时加意采访，先于各僚友中，核实考察，复据各属遴选保送，经臣择尤调省，亲加验看，详切谘询，试其议论，觇其性量，非确系素负众望，学有根柢，堪应世用者，不敢滥行保荐。

兹查有刑部郎中沈曾植、江苏候补道蒯光典、江苏候补道俞明震、前安徽青阳县知县汤寿潜、安徽宿松县教谕程佐衡、江苏无锡县举人杨模、湖南湘乡县举人张通谟、湖南安化县举人黄运藩、江苏桃源县拔贡尹彦钺，以上九员，器识闳远，学业精深，博览古今图书，通晓中外掌故，历代帝王之制作，五洲邦国之规模，颇能悉其源流，得其要领。至于教养兵刑诸大政，以及天算地舆，则各就其智力所及，孜孜讲求，以为致用之地，可谓俊杰之士矣。溯自咸丰以来，世变频仍，邦交日棘，凡属食毛践土，均应尝胆卧薪。该员等幸列搢绅，钦承纶綍，慨时艰之莫补，志切刍荛，翊量运于维新，忱倾葵藿，恭际临轩盛典，允宜荐剡同登。合无仰恳天恩，俯准召试，俾该员等遂观光之愿，摅蓄德之怀，则感荷鸿施，重于鳌戴。

所有遵保恭应经济特科人才缘由，谨恭折具陈，伏乞皇太后、皇上圣鉴训示。谨奏。

代递前浙江巡抚臣遗疏折

光绪二十八年七月十四日

奏为大员在籍病故，代递遗折，并恳恩赐恤，恭折仰祈圣鉴事：

窃兵部尚书衔前任浙江巡抚臣恽祖翼，于光绪二十六年十二月，丁母忧开缺，回常州本籍守制。兹据该家属呈报，该抚臣恽祖翼，因历年积劳，举发咯血之证，旋复气喘腿肿，医药罔效，于二十八年六月初四日病故，交到遗折，呈请代递前来。

臣查恽祖翼，器识闳深，才猷卓越，由举人、郎中保升道员，分发湖北，补授湖北粮道，调补汉黄德道，升授湖北臬司、浙江藩司、浙江巡抚。历官所至，卓然有声，迭经各督抚保荐，七奉军机处存记之命，忠勤劳勩，久在圣明洞鉴之中。而其尤著者，则以在浙江藩司任内，适值北地拳匪事起，全局震惊，浙省同僚，又复意见互异，稍有不慎，立蹈危机，东南各省，且将为之牵动。该抚臣相机因应，维持其间，总以保守疆土，潜消兵衅为要义，苦心调护，坚定不摇，卒使地方转危为安，中外商民翕然称颂，非该抚臣之力不至此。余如减漕价以杜浮收，兴水利以滋灌溉，整剔厘务以裕度支而除中饱，吏畏民怀，至今攸赖。及擢授巡抚，自以受恩愈深，时局益亟，练兵一事，实为切要之图，疏陈军营痼习，请定严条，认真整顿，奉旨嘉纳。寻以丁忧去官，虽事未及行，而其志徇公家，不避嫌怨，有足多者。方冀服阕起用，共济时艰，乃以积劳致疾，遽尔溘逝，臣实惜之。谨将交到遗折，恭呈御览。合无仰恳天恩，从优赐恤，以彰荩绩，出自逾格鸿施。

所有大员在籍病故，代递遗折各缘由，理合恭折具陈，伏乞皇太后、皇上圣鉴训示。

再，该抚臣有子二人，长子毓良，花翎江西候补班补用知府，次子毓珂，花翎工部郎中双月选用道，合并陈明。谨奏。

制造局监工洋员请分给宝星片

再，江南制造局机器兼炼钢两厂监工英人彭脱，艺事精敏，亲往英、德各厂考求机器，创办炼钢，费省工速，克底于成，教授华匠，亦复不辞劳瘁。又造炮及炮弹两厂监工英人柯尼施，精细和平，督匠仿造大小快炮，考验制药速率涨力，懋著勤劳。又前子药厂监工德人毕第兰，坦直精详，考究枪子内膛作法，剖析毫芒，于工匠殷勤指授，从无隐秘。据总办局务苏松太道袁树勋、候补道毛庆蕃禀请奏奖前来。

臣查制造军械，为当今急务，该洋监工彭脱等三员，在局有年，办事勤奋，洵堪嘉尚。合无仰恳天恩，赏给彭脱、柯尼施各三等第二宝星，毕第兰三等第三宝星，以示鼓励。

除咨外务部查照外，谨附片陈请，伏乞圣鉴训示。谨奏。

裁改三省制兵更定章程折

光绪二十八年七月十五日

奏为三省制兵分别裁减改并，并酌裁员弁，更订画一饷章，恭折会陈，仰祈圣鉴事：

窃奉上谕："着将原有各营，严行裁汰，精选若干营，分为常备、续备、巡警等军，认真训练，以成劲旅。"等因，钦此。遵将三省防练各军，分别改设各缘由，经臣坤一、臣兴锐暨前安徽抚臣王之春，先后具奏，臣坤一裁改防练各军折内声明，制兵三省应归一律，俟会商酌拟章程，另行会奏各在案。

臣等伏查苏、皖、西三省制兵，近年以来，迭经裁减，所存本已无多，地广兵单，实觉不敷分布，兼之积习较深，扫除匪易。今欲大加整顿，固当从严裁汰，以节饷需。惟兵数愈裁愈少，非酌照练军改订章程，新其耳目，作其志气，不能使一兵得一兵之用，所需饷项，仍属虚縻。查绿营兵饷，向分马、战、守三项，守兵饷银每日仅止三四分，实不足以资养赡。兹既改为巡警，专备巡防警察，拟照现存之额，裁去二三成，不分马、战、守，统改守兵，于原饷之外，酌量加给，即以裁节之款抵支，核有不敷，再裁冗弁，俾资挹注。苏、皖两省各标营，酌裁千把等弁，计每年苏省约可节余银一万五六十两，皖省约可节余银八百余两。惟江西全省三十五营内，有驻扎各属县城及乡镇地方，向设都司之武宁等营，原存兵丁，再行裁减，数甚畸零，原设都司等员，几同虚设，徒耗巨饷。且库款支绌异常，加饷苦难筹措，拟将武宁、铜鼓、广昌、铅山、浮梁、赣后、兴国、龙泉、万安、永丰、莲花、文英、永镇等十三营，原设都司、守备，概行裁去，仍留千把等弁，分扎各县汛地，该弁等与裁存之兵，各就驻汛，归该府州标营管辖，该都司等廉俸马干等项，节归加饷，统计有盈无绌。并察酌地方情形，其紧要处所，于裁存弁兵较多各营内酌量拨驻，即隶该处营分，此则因时制宜，不得不量为变通者也。至裁存之兵，按数分哨，各以营官为管带，自帮带以至正副哨弁，督队、督操，均以本营裁存各弁，依次递派，仍各支原领廉俸薪饷，勿须另加。各兵月饷，不分银米，拟每名给银二两四钱，什长给银二两九钱，均照向章支放。拟裁之兵，酌发恩饷三个月，即于节省款内动支。其存兵加饷，亦俟定案三个月后，再行照加，免致另筹为难。马匹变价，为该营改制旗帜号衣之需。三省各标营，一律照此办理。其奉裁员弁，仍各归原省，按照裁缺章程，分别补还一缺，俾免向隅。第念裁并后，兵数较前更少，应令常川屯扎，认真训练，方能破除旧习，渐底精强。从前解犯、护饷等差，嗣后应免佥派，即责成州县经理，庶不致袭循例之虚文，旷操防之实效。总之，此次裁汰制兵，与各标练军，同改巡警，当用挑练成规，化无用为有用，以冀仰副圣主经武整军之至意。现拟办法，臣等咨函往返商酌，意见相同。如蒙俞允，俟奉旨后，臣等即遵照办理。节饷加饷银数，分行各藩司确核，各归各省，连同裁存兵数，另行分别造册，咨部查核，其节除之项，即留为各该省凑解洋款及举行新政之用。除将分立营哨及拟裁员弁另行开单分咨政务处、兵部查核外，谨将裁改并拨营汛人数，分缮清单，恭呈御览。

所有遵旨裁改三省制兵更定章程缘由，是否有当，理合会同江南提督臣李占椿合词具陈，伏乞皇太后、皇上圣鉴训示。

再，安徽皖南镇标练军马步三营，经前抚臣王之春奏明改名续备，现已一律更正，作为巡警，以符通案，合并陈明。谨奏。

拨济广西枪炮片

再，准新授广西抚臣王之春来电，请拨后膛毛瑟枪四百杆，快炮八尊等因。臣查广西军务紧要，南洋虽存械无多，自应勉为拨济。当经饬令江南制造局拨给三磅子快炮八尊，配开花弹八百颗，实心弹八百颗，铜壳四百个，碰火铜引八百副，炸药二百磅，无烟药二百五十磅，引药十磅，铜螺丝击火二千枝，新毛瑟兵枪四百杆，无烟枪子二十万颗，黑药铜壳四万颗，并照配药袋、药箱、皮条等件，以资应用。

除咨部查照外，谨附片陈明，伏乞圣鉴。谨奏。

裁汰淮北监掣同知各缺片

再，准军机大臣字寄："光绪二十八年五月十四日上谕：'有人奏，淮北盐务向归运判办理，监掣同知一缺，久成虚设，请旨裁撤等语。着刘坤一确切查明，据实具奏。原片着抄给阅看。将此谕令知之。'钦此。遵旨寄信前来。"并抄原片等因。当经转饬钦遵，确切查明，据实详办去后。

兹据两淮盐运使程仪洛禀称："伏查淮北监掣同知一缺，向管北盐掣运事宜，自淮北改票后，一切场坝捆运各事，责成海州分司经理，监掣同知，仅有会办之名，并无掣验之实，自应遵照裁撤。其所属之乌沙河巡检一缺，情事相同，应请一并裁汰。又淮北永丰坝监掣、淮南白塔河巡检两缺，改办票盐以来，均无专责应办事宜，当此澄叙官方之际，拟请均予裁撤。"等情。臣覆查无异，相应奏明请旨俯准将淮北监掣同知一缺，查照原片裁撤，并将无关紧要之乌沙河、白塔河巡检两缺及淮北永丰坝差缺，一并全裁，以省冗滥。

惟以上请裁各缺，淮北监掣所裁之员，现查淮南尚有监掣同知一缺，应请归于裁缺即补班内序补。至巡检一项，两淮只乌沙河、白塔河二缺，既经一律裁去，所有裁出之二员，暨候补巡检中之堪以补缺者，此后均无缺可补，未免向隅，应如何改归有缺省分补用，或改补地方巡、典之处，除咨商部臣核办外，理合会同江苏抚臣恩寿附片具奏，伏乞圣鉴训示。谨奏。

代递前抚臣张汝梅遗疏折

光绪二十八年七月十五日

奏为大员在寄寓病故，代递遗折，并恳恩赐恤，恭折仰祈圣鉴事：

窃头品顶戴前山东巡抚张汝梅，开缺后寄居江苏山阳县。兹据该家属呈报，张汝梅于本年五月间，举发旧伤，兼患咯血，医治罔效，延至六月初五日，在寄寓病故，交到遗折，呈请代递前来。

伏查张汝梅，河南密县人，因念其父守城徇难，投笔从戎，遂以军功起家，为前漕运督臣袁甲三所识拔。维时皖北一带，群盗如毛，该抚臣忠勇性成，身先士卒，攻破亳州等处贼圩，克复临淮关，进剿定远，力解凤阳府县城围，攻克庐州府城，战绩卓著，迭受重伤，洊保道员、按察使衔。旋奉调赴河南军营，剿办捻匪，大小数十战，所向有功。嗣因亲老丁单，陈请乞养，奉旨允准。光绪十四年，补授广西右江道，升授山西按察使、陕西布政使，护理陕西巡抚，二十三年，蒙恩擢授山东巡抚。历官所至，孜孜以讲求吏治，培养民生为要务，筹办赈抚，实心实力，俾穷黎得沾实惠。二十四年，奉饬办理昭信股票，该抚臣自念受恩至深，允宜毁家纾难，首先报效银十万两。二十五年，奉旨开缺，降二级另候简用等因。解任后，遂寄居江苏山阳县。二十六年秋间，敬闻乘舆西幸，昕夕忧思，又因患病，未能趋诣行在，复变产凑集银三万两，借申微悃，由臣代奏，蒙恩赏收，并赏给头品顶戴，钦遵在案。该故抚性成忠孝，懋著勋勤，值兹时局艰难，屡捐巨款报效，洵属止知有国，不知有身，靖共之忱，老而弥笃。兹以旧伤举发，一病不起，悼惜实深。合无仰恳天恩，量予赐恤，出自高厚慈施。

谨将交到遗折，恭呈御览，伏乞皇太后、皇上圣鉴。谨奏。

总兵劳故邀恳赐恤折

光绪二十八年七月十六日

奏为已故总兵，功绩卓著，恳恩赐恤立传，并附祀提督吴长庆专祠，以彰荩绩，恭折仰祈圣鉴事：

窃据江苏候补道郭道直、浙江处州镇总兵班广盛等禀称：“已故记名提督江南狼山镇总兵曹德庆，安徽庐江县人，由武童在籍办理团练，克复栟皋、三河等镇，左腿深受矛伤。于咸丰十一年，投效淮军，隶提督吴长庆部下，克复苏州省城及浙江各城隘，历次血战解围。同治二年，进攻嘉兴府乌金桥贼垒，迭受枪子、炮子重伤。又于克复宜兴、荆溪、江阴等城，左臂受枪子伤，深入筋骨，验列头等，积功洊保至记名总兵。七年，剿办张总愚股捻，屡获大胜，厥功甚伟。九年四月奉上谕：'着以提督简放，并赏给烈勇巴图鲁名号。'钦此。嗣管带庆字营，奉饬修筑各处炮台，挑浚河道，收捕蝗蝻，缉私缉匪，均能实力奉行，以致积受潮湿，深入筋骨之中，每逢阴雨，感动旧伤，时发时愈。光绪五年九月，统领庆字全军驻防吴淞，仿筑新式炮台，工作余暇，辄于附近各乡镇，开通沟渠，修造桥梁，以惠农民。迨海疆告警，不分昼夜，严督操防，沿江一带，赖以巩固，居民至今犹称道弗衰。前督臣曾国荃，深资倚任，屡疏保荐。十三年，奉旨补授江南狼山镇总兵员缺。到任后，布置江防，屯兵要隘，训练士卒，无不实力实心。其平日治军最严，专以不扰民为主，驻军之处，纪律肃然，秋毫无犯。常短衣匹马，巡视各营，与士卒共甘苦，医药有资，殡葬有所，人惮其威又感其恩。比岁辖境荐饥，该总兵捐廉办赈，远近穷民全活无算。每届轮巡出洋，虽酷暑严寒，风涛险恶之际，必身先士卒，周历各岛巡缉。在任七年，有如一日。上年八月，该总兵督师巡洋，感受风寒，触发旧伤，请假调理，仍复力疾从公，以致操劳过度，病势日增，于十一月二十一日出缺。”该员郭道直等，或与同官，或系旧部，知之最深，不忍听其湮没，禀恳奏恤等情前来。

臣查该故总兵曹德庆，从戎最久，迭克名城，身受重伤，功绩懋著。嗣在防次及狼山镇总兵本任，修筑炮台，挑浚河道，均属能举其职。生平任事勤奋，不辞劳瘁，治军威惠兼施，故士卒乐为之用。乃竟以微疴，牵动旧伤，遂至不起，将才难得，悼惜实深。合无仰恳天恩，俯准将已故记名提督江南狼山镇总兵曹德庆，照军营立功后积劳病故例，从优赐恤，生平战功事迹宣付国史馆立传，并准附祀原任广东水师提督吴长庆专祠，以彰荩绩，出自逾格鸿慈。

除将事实清册分咨部科暨国史馆查核外，理合恭折具陈，伏乞皇太后、皇上圣鉴训示。谨奏。

典史钱涛请附祀丹阳片

再，据统领江西内河水师江苏候补道钱德培禀称："该员之故父钱涛，原任江苏丹阳县典史，于咸丰十年，在丹阳县城办理大营赏恤局事务，城陷遇贼不屈被害，业由前江苏抚臣汇入第二案殉难外籍官绅册内奏恤，于同治二年正月十三日奉旨：'均着照所请，交部分别旌恤。'等因，钦此，在案。嗣悉同时殉难之丹阳县知县方濬泰，奏准在丹阳县城建立专祠，地方官春秋致祭。该员故父事同一律，禀恳奏请附祀。"等情。当经批饬藩司查明核议去后，兹据江苏布政使陆元鼎覆查属实，详请具奏前来。合无仰恳天恩，俯准将已故江苏丹阳县典史钱涛附祀前丹阳县知县方濬泰专祠，以慰忠魂，出自鸿施。

除将该故典史履历咨部查照外，谨附片陈请，伏乞圣鉴训示。谨奏。

口授遗折光绪二十八年九月初五日

奏为臣病垂危，君恩未报，伏枕哀鸣，仰祈圣鉴事：

窃臣自咸丰五年，由诸生从戎，转战湖南、江西、广西等省，仰蒙文宗显皇帝特达之知，十一年简放广东臬司，升授广西藩司，洊历江西巡抚。同治十三年，由署理两江总督擢授粤督，旋复调任两江。先后待罪垂四十年，力小任重，未报涓埃。近年交涉烦难，措理愈形棘手。庚子之变，乘舆播迁，薄海震惊，每念我皇太后、皇上千里蒙尘，备尝艰险，神魂飞越，时以未能奉扬国威为耻，寝馈难安。迨至事定回銮，亟思修觐，又因会议商约，未得叩谒天颜，徒深依恋。

臣昔年在军营，感受湿毒，下血过多，遂患痔漏，不时举发。近年血气愈衰，今秋更甚，每遇案牍纷集，稍一用心，精神恍惚，智虑昏迷，不得已两次电奏请假，仰蒙皇太后、皇上天恩温谕垂注，并蒙颁赐参枝，感荷慈施，沦肌浃髓。不意旬余以来，中焦燥结，旋复泄泻，时觉痰涌气逆，深惧危在旦夕，不获长依日月，报答圣恩，此则臣夙夜疚心、死有余憾者也。

方今强邻环伺，天步艰难，惟愿皇太后、皇上敬天述祖，勤政爱民。法无论乎中、西，而要以核实为贵；人无分乎新旧，而必以忠爱为先。选将练兵，借收众志成城之效；讲信修睦，免启外人借口之端。庶几国祚永延，民心益固，天下幸甚，万世幸甚！

谨口授遗折，谕令臣子能纪代缮，亲交江宁布政使李有棻代递，不胜感恋之至。伏乞皇太后、皇上圣鉴。谨奏。

电　奏

电奏卷一

寄督办军务处光绪二十年十二月二十八日

坤一于二十八日午刻抵津，见直督李鸿章，湘抚吴大澂亦到。座中询悉，长军获胜，海城已复，东路较松。倭尽锐趋山东沿海，威海甚危，海军告急。倭计欲得我铁甲兵轮，并欲窜扰山东，以断南北运道，诚于大局有关。坤一商之李鸿章，电饬丁汝昌相机办理，务须保全铁甲兵轮各船。一面由坤一电饬所调江南马步诸军，由山东境，迅赴烟台，或赴威海，探悉倭人所向，并力截击。现在情形不同，似可暂留牛师韩、马心胜等营守护近畿，而令程文炳、董福祥即日统老营启行，由德州、济南一路前进，以期迎头堵剿。坤一暂驻天津，察酌事宜，令宋朝儒、杨金龙等营，整顿队伍，听候调遣，为夹攻计。至海军吃紧，督率需人，可否仰邀天恩，姑宽丁汝昌拿办之罪，责令立功自赎，出自逾格鸿施。请代奏。

复督办军务处光绪二十一年正月初一日

二十九日夜，钦奉电旨，曷胜悚惭。坤一于二十八日抵津，议援山东，即经电奏，初不知湘抚出关之期。湘抚既于初二出关，坤一自应亟往瓜代。现饬宋朝儒所部于初三日起程，一面电饬牛师韩、马心胜各营相继前进，并电催闪殿魁一军迅往乐亭，替出刘光才、申道发两支，赴关驻扎。惟杨金龙新招之勇，刻难就绪，只合听其后来。洋枪尚未到津，亦难久待。坤一俟部署稍定，即当克日启行，在津在关，事同一律，但期有裨时局，何敢稍涉逗遛。其江南北上之师，业经分电饬往威海助剿，暂归东抚调遣。请代奏。

复督办军务处光绪二十一年正月初九日

接阳电，奉旨："吴大澂已经出关。转瞬春融冰判，恐贼由滦河一带登岸，震及近畿，所关匪细。着刘坤一克日赴关，察看地势，整饬各营，妥筹布置，以慰廑系。"钦此。

窃坤一定期于十三日起程赴关，由四百里驰陈，并将滦、乐事宜，附陈大概，计已到京。现在感冒未痊，仍当舆疾上道，不敢借延，致劳廑虑。请代奏。

寄督办军务处光绪二十一年正月十一日

威海全失，时局益危，派援山东各营，刻难抽调。查有江南记名提督黄本富、江西赣州镇何明亮，奉旨赴坤一行营差遣，拟令各招勇五营前来，俾归部拨，先由该两省垫发军装、行粮，所需枪炮，即于南洋续购项下请领。分别电知外，请代奏。

寄督办军务处光绪二十一年正月十二日

坤一以征倭兵勇云集关东，宋、吴两帮办亲临前敌，所有防剿事宜，亟应设立营务处，以资襄助。兹查有新疆藩司魏光焘，胆识深稳，纪律严明，堪以胜任。除分电外，请代奏。

寄督办军务处光绪二十一年正月十四日

十三日在山海关奉旨："刘坤一电悉。魏光焘业已带队出关，与该大臣相去渐远，能否兼顾营务处，着刘坤一酌量覆奏。"钦此。

坤一因宋、吴两帮办均经向前，湘、淮诸军并集，惟魏光焘性情和厚，颇得人心，且纪律严明，为各勇所惮，是以委为前敌营务处，以资联络而期整顿，为宋、吴两帮办之助，并非派为坤一行营营务处也。仍祈俯允所请，当饬魏光焘努力图报。请代奏。

寄督办军务处光绪二十一年正月十四日

谨启者：

各营湘勇，陆续出关，愈进愈远，不可不预筹接济。原议所需月饷，仍由原省拨解，有时缓不济急，先由户部垫发。至坤一行营支应局，每月八万两，以及添招护军三营，月饷则归部拨，均由东征粮台就近给领。广西臬司胡燏棻，畛域无分，莫不随时应付。现有记名提督黄本富、赣州镇总兵何明亮，各招湘勇五营北上，所需月饷，亦是部拨之项，为款弥巨，其事益繁，恐胡燏棻一人难于兼顾，不若遴员分办，各任责成。查有新授直隶藩司陈宝箴，秉性公忠，才具稳练，前官湘省，懋著循声，士民爱之，又与坤一旧好，委以湘军饷事，必能措置合宜。相应请旨饬令陈宝箴接办湘军东征粮台，并准专折奏事，以期顺手。嗣后湘军由部垫发各项，统由该藩司请领支给，别营偶有缺乏，亦当量行挹注，期共饱腾。其应如何就事变通，由该藩司奏明办理。坤一为湘营日众，理饷需人起见。请代奏。

再，查淮军宿将，除前台湾巡抚刘铭传外，前安徽寿春镇郭宝昌，威棱夙裕，胆识亦优，办事公勤，众所惮服。现在关内外淮军尚多，就坤一察看，诸将人才无一能出郭宝昌之右。郭宝昌养亲在籍，当此时艰孔亟，自应移孝作忠。可否请旨饬令安徽抚臣传谕郭宝昌酌带马步队，刻日起程北上，听候差遣，以备缓急之需，而收臂指之效。郭宝昌果敢善战，抚驭有方，将来到营，可以随宜位置，必能裨益戎行。请代奏。

复督办军务处光绪二十一年正月十五日

十三晚接文电，奉旨："李秉衡电奏已悉。威海既失，瞬届冰开，畿辅防务，较东省大为吃紧。丁槐曾与洋人接战，熟习地营之法，着统所部来津，听候谕旨。并着刘坤一传谕岑春煊，俟丁槐到后，即与会同商办一切。"等因，钦此。

查岑春煊在津辞行赴东，未知现抵何处，无从传谕。丁槐援东，首先入境，若遽赴津，人情大恐，似应准其暂留，以救眉急。连接李秉衡及东海关道刘含芳电述情形，极其危迫，不敢不为之转陈。请代奏。

寄督办军务处光绪二十一年正月十八日

昨接江西巡抚电称：赣州镇何明亮，以勇难招，亦不愿招勇，仍带亲兵数十人，来关办事。何镇气局与众不同，只合听之。另查有记名总兵郑连拔，系魏光焘旧部，勇略尚优，堪胜统领之任。

坤一家居时，见郑连拔人材壮健，与魏光焘所称相同，将来可期得力。相应请旨饬下湖南巡抚，速令郑连拔招勇五营北上，先由湖南支发军装、行粮，到关月饷，即以原议部拨何明亮五营薪粮给之，所需枪炮，仍由南洋设法应付。请代奏。

复督办军务处光绪二十一年正月二十日

谏电谨悉。奉旨："李鸿章、刘坤一电奏均悉。海军覆败，敌船无所顾忌，嗣后各口冰判，可以登岸处甚多，而北塘、乐亭两处，尤为可虑。吴育仁既非御侮之材，闪殿魁亦皆新募之众，或改换将领，或再筹添营助防，着李鸿章、刘坤一迅即会商，妥筹具奏。鸿口地势延长，亟应逐段添置马探，以期闻警即报，声息灵捷，并着迅速办理。"等因，钦此。

坤一以乐亭海口紧要，闪殿魁十营，系新募之众，且无洋枪利器，先经商之北洋，发给快炮、神机炮共八尊，操练未精，恐不足恃，只得留申道发五营，与闪殿魁合扎。申道发前随鲍超驻守乐亭，熟谙地势，虽智谋不足，而勇敢有余，可资臂助。坤一令刘光才俟闪殿魁到乐，务将一切防剿机宜，会同申道发，三人详细商办，而后拔营赴关。其派驻昌黎之牛师韩，派驻滦州之马心胜，亦令来关，面筹方略，谆饬分途部署，保护铁路，相机接应乐亭，并为东西两面游击之用。牛师韩颇有将才，所部亦严谨。北塘近津，吴育仁应否更换，由直督李鸿章核办。至沿海马探，即饬驻扎昌、乐之王可陞马队与马心胜马队并各州县，各派劲骑健卒，分投哨探，随时报闻。请代奏。

再，太仆寺少卿岑春煊，于上年十二月奉旨交坤一差遣委用。坤一屡与接晤，见其年富力强，勇于任事，冀使历练，以继先声。

嗣因山东军务吃紧，委派前往办理调援各军营务，期资得力，并令将防剿情形，随时发电驰报，俾得相机筹画。兹据报，于正月十一日起程赴东等情前来。请代奏。

寄督办军务处光绪二十一年正月二十一日

本日接聂士成电，于十八日由大高岭开拔。接陈湜电，十八日始知有调守大高岭之旨，即于十九日拔营，赴岭接防，约二三日方到。接宋庆电，十三日即催聂料理入关，并商吴大澂，催陈赴岭，迄无回电等语，即坤一两次分电，聂、陈亦未接到，不知何故。闻石山站前面二三百里，未设电局，须用马递，或致转折延误。但望陈速到岭，免为倭寇所乘。坤一复电陈速行，并电吕、孙，于陈未到前，严密防范。请代奏。

寄督办军务处光绪二十一年正月二十二日

坤一于二十日，谨将遵旨筹添防营，酌留申道发一军，与闪殿魁合扎乐亭，刘光才俟商办防务后，统带所部亲军五营来关等情，电请王大臣代奏在案。

兹据乐亭县知县张鹤龄来关禀称，闪殿魁现有六营，已行抵乐亭地方，新招之勇，枪炮无多，申道发一军兵力尚形单薄，以致人心皇皇，坚请并留刘光才一军驻乐，情词迫切，访之众论，皆以为然。坤一以乐亭要口，上廑圣怀，今以闪殿魁新勇，申道发兵单，深虞贻误，只合俯如该县所请，并留刘光才一军驻乐，与申道发协力堵守，闪殿魁各营，则扎后路，以便训练，而壮声威。惟坤一无一老营亲兵，改调牛师韩一军到关，以资分布。马心胜一军移驻昌黎甜水沟，俾与乐亭及贾启盛驻扎之洋河口，遥相策应。至北塘一口，尤为紧要，钦奉上谕，以该处统将吴育仁非御侮之才，如须改换，坤一以奉调赴津之徐州镇总兵陈凤楼，忠勇可靠，亦是皖人，堪以胜任。事机日迫，伏望速赐指挥。除电商北洋李鸿章及署督王文韶外，请代奏。

复督办军务处光绪二十一年正月二十四日

养电谨悉。奉旨："刘坤一电奏已悉。现在海防吃紧之处，以滦、乐为最，除现派驻守各营外，仍着刘坤一、王文韶妥商添拨。直、东交界之埕子口，距沧州甚近，若敌由此登岸，恐断南北运道，着王文韶迅筹调拨防范。有人奏：总兵闪殿魁，杂募市人千人，窳惰性成，拔队启行，多不愿去；总兵潘万才，前平朝阳会匪，冒功得保，纪律不严，不免虚饰之弊等语。着刘坤一、王文韶，确切访查，据实覆奏。"钦此。坤一查乐亭一口，实属紧要，业留刘光才、申道发两军驻扎，并令闪殿魁驻扎后路，马心胜一军分驻昌黎，以资接应，此外无可添拨。惟望聂士成一军入关，为自滦至芦游击之师，方有把握。直、东交界之埕子口，前调李永芳一军驻防，兵力单薄，亦赖曹克忠大支游击，庶保无虞。目前有无添拨营勇，应由王文韶酌办。

至闪殿魁十营，仓卒召募，其中难免市人，惟既经成军，应令勤加训练，随同防堵。闪殿魁尚知愧奋，或可转弱为强。仍由坤一随时察看，如实不能得力，即行裁撤。潘万才现守秦王岛要口，一时瓜代无人，坤一当饬令申明纪律，力戒虚饰，勉图报称，被参前事，姑予包含，此亦军营使过之道。除由王文韶确切访查覆奏外，谨先电覆。

又，闪殿魁驻乐有马队三营，马心胜驻滦有马队二营，足资分布。所有原驻昌、乐之宣化镇王可陞马队，应即调来榆关，听候差遣。请代奏。

复督办军务处光绪二十一年正月二十六日

敬电谨悉。奉旨："有人奏，歧口海岸空虚，闻倭船二三十艘俱集彼处，恐其乘间登岸。着刘坤一、王文韶查明虚实，随时侦探，严行防范，应否添兵驻扎之处，并着妥筹办理。至山海迤西，南至大沽，要口甚多，皆可登岸，并着详细查明，一体严防，毋留罅隙，致滋贻误。"钦此。

查歧口即祁口，前准直督李鸿章咨报，派统领乐字营记名提督梅东益，分防沧州及祁口一带。坤一在天津见梅东益，询悉所统仅两三营，兵力单薄。现在山东登州镇章高元所统八营入关，王文韶拟令扎埕子口，能否兼顾祁口，抑可分扎两处，由坤一电商王文韶酌办。仍应责成前广东陆路提督曹克忠三十营，大支游击，庶可万全。至由关至津，要口甚多，而以乐亭为最要。坤一留大同镇刘光才所统亲军五营，与记名提督申道发所统刚字五营，合扎该县，而以闪殿魁新营驻后，能否折冲，尚无把握。其余如刘家河、黑洋河、间河等口，若必不留罅隙，安得有此兵力？且兵愈分而力愈单，虽有若无，为行军所大忌。坤一递次电催直隶提督聂士成所部八营进关，以期查照原议，该提督合并老勇新募二十四营，成一大支，为自芦台至滦州一路游击之师，方可以卫近畿而保铁路，否则难免贻误。谨据实电覆，祈代奏。

寄督办军务处光绪二十一年二月初四日

查榆关外东路十二里之红墙子、关内西北八里之二郎庙一带地方最为紧要。前蒙尊处委派洋员汉纳根，会同东征粮台胡臬司燏棻，督同管带炮队记名提督周兰亭，于该两处仿照洋式修筑炮台，颇属合法。胡燏棻原奏，周兰亭以一营而守两处炮台，兵力太单，应由帮办军务湖南巡抚吴大澂派兵协守。随经吴大澂派令翰林院编修曾广钧及副将吴元恺，分途驻扎。今吴大澂调吴元恺、曾广钧先后出关，所有该两处炮台，仍委周兰亭一营。该两处相隔二十余里，一营不敷分布，若另调别营，不谙放炮之法，急切难期得力。应请由周兰亭添招一营，参同新旧勇丁，演放炮位，易于熟习，所需薪粮，由胡燏棻筹给，以归一律。坤一因事机吃重，不敢不及时绸缪，与胡燏棻往返商量，意见相同，已饬周兰亭遵照办理。请代奏。

复督办军务处光绪二十一年二月初五日

支电敬悉。奉旨："着刘坤一迅饬陈湜统带数营，驰往分水岭一带，协同奉军，尽力堵剿，以扼辽、沈门户，并将开拔日期电闻。"钦此。

坤一接陈湜江电，以三家子告急，已派吴提督带福右等营往救分水岭，并拟亲率数百人往汤河沼堵御兴隆沟之贼。惟兵力太单，请拨李光久、徐邦道两军往助。而吴帮办电，以正在会攻海城，李光久等难以抽动。坤一以前敌兵力颇厚，似不争此数营，即使缓攻海城，尚无甚碍，若辽、沈告警，关系大局非轻，仍电吴帮办，赶紧设法派援。并电依、长两将军，分兵回顾根本。诚恐未能动听，相应请旨督催。祈代奏。

复督办军务处光绪二十一年二月初八日

阳电谨悉。奉旨饬陈臬司湜："星速往援辽阳，不得借词延宕，致干参办。"等因，钦此。当经转电该臬司，钦遵办理。

查倭寇自得海、盖，设守甚严，故诱我军，尽锐围攻，预于坚城之下，相持不决，彼得乘间以犯沈、辽。坤一屡嘱前敌诸军，先固沈、辽根本，进兵海、盖务须慎重，以免中其奸谋。嗣接长顺回信，深以为然。本月初三、初四等日，辽阳徐庆璋告警，坤一即电饬陈湜拨兵驰守分水岭，一面电宋庆、吴大澂赶紧派援，并电长顺与依克唐阿回救，于初五日电督办处，请旨饬催。现闻倭寇大股北趋，事机亦紧，惟有谨遵此次电旨，长、依专顾沈、辽，宋、吴分防海、盖，各任责成，并须彼此消息常通，联络声势。至陈湜一军既行，则大高岭之防，仍由吕本元、孙显寅两军协力筹办，以期周密。请代奏。

寄督办军务处光绪二十一年二月十一日

太仆寺少卿岑春煊，前经奏派办理调援山东各军营务处，业将起程日期，电奏在案。现据报于正月十七日行抵济南。请代奏。

复督办军务处光绪二十一年二月十三日

真电敬悉。奉旨："现在关外贼图西窜，又恐由水路伺隙内犯，防务甚关紧要。各处防军尚不为少，第恐不尽得力，临时各不相顾，易致偾事。刘坤一奉命专征，务宜豫为部勒，谆谕各将领，互相联络，合力同心，以收夹击之效。董福祥、程文炳两军，驻扎（东京）〔京东〕，保卫近畿，未便移动，如有应商之事，着先与筹议，即饬回防。”钦此。仰见睿虑周详，廑筹严密，下怀莫名钦佩。

查关门各军，多系新集之众，与坤一初同袍泽，不审兵之强弱、将之勇怯何如，诚难保其尽能得力，不至偾事，惟有懔遵圣训，豫为部勒，谆谕诸将，联络声援，勉图报称。至程文炳、董福祥两军，保卫近畿，坤一并非令其移动，惟拟约该提督等赴津，会商战守之策，不过数日，各回原防。现在关外军情吃紧，坤一若由关返津，人心不免摇惑，且地面甫经开冻，正在督饬各军，扎营开濠，无暇他适。应俟关外事势稍定，各营筑凿竣工，届期能否赴津，徐议行止。

此次关外牛庄湘、鄂诸军挫溃，仍系被倭包抄，失亡粮械甚多，损折将卒不少。吴大澂现退双台，以期重整，良非易易。宋庆知营口难守，先行移扎田庄，自是老成之见。倘该军迟留，复为倭败，东三省将不可为。

现在惟有北固沈、辽，西防宁、锦，以保大局。不必急与争锋，俟我蓄锐养精而后与之决战，亦当出奇制胜，不可一味攻坚，使倭伺间乘虚以袭我后，致蹈今日覆辙。相应请旨饬令宋庆、吴大澂、长顺、依克唐阿、裕禄、唐仁廉等，相机酌办。祈代奏。

寄督办军务处光绪二十一年二月十四日

坤一查帮办宋庆，在田庄台于十一日迎击倭寇，斩杀六百余名之多，大获全胜，足以壮军心而寒逆胆，现由坤一行营支应局给赏银五千两，以示奖励。臬司陈湜、辽阳州徐庆璋与吕本元、孙显寅，分途剿捕，各有斩获，或数名十数名或数十名不等。陈湜先奉电旨援辽，目下情形不同，岭防亦极紧要，坤一电饬该臬司，妥筹兼顾，一切进止机宜，与奉天将军裕禄商办。帮办吴大澂，由双台子退石山站，沿途溃勇尚属安靖，经道员袁世凯等设法安顿，由该管带官收回归伍，以期重整。请代奏。

复总署督办军务处光绪二十一年二月二十二日

马电敬悉。奉旨："刘坤一电奏已悉。倭寇悉聚海、盖，未测所向。宋庆、吴大澂所部退扎之地，距贼太远，本日已谕宋庆酌量进扎。吴大澂大言无实，难期振作，本日已降旨撤去帮办，来京听候部议。着刘坤一传知吴大澂，即将所部各营交魏光焘暂行统带。如何扼要分扎，互相联络，相机剿办之处，着刘坤一妥筹调度。魏光焘、李光久各营，前在牛庄接仗，伤亡若干，现存若干营，兵数若干，统计关外吴大澂所带湘军共有若干，着详细查明具奏。丁槐一军，即着刘坤一调赴榆关，以厚兵力。本日据王文韶电称，十九夜有倭船三只，在黑沿子口外离岸三十余里停泊一点钟许，向东开去等语。敌情诡谲，仍着该大臣确探严防，以备不虞。"钦此。坤一当经电咨吴大澂，电饬魏光焘，钦遵办理。俟吴大澂将所带湘军若干，魏光焘将该营及李光久各营伤亡若干，现存若干营，兵数若干，详细覆到，另行具奏。

坤一查宋庆忠勇老成，调度有方，情形亦熟，惟田庄台之败，损伤二千余人，似应听其扼要严防，养精蓄锐，不必催其进剿。至牛庄之败，魏光焘甫经到防，喘息未定，即奉调会攻海城，苦谏不从，只得移营前进。而倭寇已犯牛庄，时刘树元、李光久两军均在海城，吴元恺一军又改隶宋庆，魏光焘以孤军血战，短衣匹马，挺刃向前，督勇苦斗，三易坐骑。及见各营死伤相继，势不能支，魏光焘植立阵前，誓以身殉，左右掖之以出，已濒于危。李光久闻警回援，交绥数次，而贼来益众，只得领队突围，失亡亦属不少。魏光焘现接统吴大澂所带湘军，相应请旨即派为帮办军务，准其专折奏事，重其事权，并请派陈湜、李光久，为前敌营务处，以资襄助。陈湜久历戎行，现任江苏实缺臬司，李光久以江苏候补道兼袭男爵，资望颇深，众情允服。吴大澂所带湘军，内有统带钢武军翰林院编修曾广钧，前在榆关，挟愤棍责已革总兵杨载元，被人奏参，奉旨查办。曾广钧人尚年轻，不谙军务，应令回京当差，免其查办前案，所带钢武军三营，即交李光久接统，认真训练，以期得力。余如刘树元等军，应由魏光焘于接统后，查明应否裁并，分别整顿，将来应如何分扎联络，相机剿办之处，由魏光焘与宋庆筹商办理，坤一未便遥制，致误事宜。

现值关防吃紧，二十日，据直隶提督聂士成电报，十九夜，有倭船在黑沿子停泊开去。二十一日，又据驻防秦王岛之淮扬镇潘万才电禀，见有倭船游弋海面，驶向东南。已饬沿海防军，严密堵剿，仰慰宸廑。请代奏。

再，查奉防帮办唐仁廉，赋性勇敢，夙著战功，将来枪炮配齐，必能剿办倭寇。将军长顺、依克唐阿，均骁勇善战，屡挫凶锋。辽阳州徐庆璋，胆气过人，带兵督团，皆能得力。朝廷委任责成，俾得各展所长，必能敌忾同仇，扫荡岛夷，恢复疆土。并请代奏。

寄督办军务处光绪二十一年二月二十三日

宋庆移驻（吕）〔闾〕阳驿，或可支持，吴大澂以败溃之余，守石山站，恐不可靠。宋庆有退扎大凌河西岸之议，似是稳着。如尊意亦以为然，即请电饬吴大澂一律办理。沈、辽现在依、长、唐三大支，计足自固。

闻各路倭寇悉聚海、盖，气焰甚张，并将零队收回，计在并力攻我一处，但未测其所向。前准王文韶传到电旨，饬调丁槐所部来关，仰见庙算宏深，智周几务。现在寇氛日逼，关防颇单，坤一遵即电催丁槐，刻日启行，兼程疾进，并电李秉衡及王文韶知照。请代奏。

复督办军务处光绪二十一年二月二十四日

号电敬悉。奉旨："王文韶电奏，聂士成已遍历滦、乐至津、沽各防，仍回芦台整备等语。该提督屡与倭兵接仗，一切防剿情形，自已胸有成竹。地营之说，迭经有人奏陈。前据刘坤一电奏，榆关各营，已饬扎营开濠，津、沽各海口，凡有防营处所，皆宜一律兴筑，其附近铁路之处，应派得力防军，遍挖地沟，以资守御。着刘坤一、王文韶通饬筹办为要。滦、乐一带海口，有无贼船游弋，并着刘坤一随时具奏。"等因，钦此。

查关门各军，正在扎营开濠，在前敌者，并令仿作地营，惟地冻尚未尽开，施工不易，且多水之处不能开濠，只合于面上堆土筑垛，变通办理，以期速成。津、沽情形，应由王文韶与聂士成商酌。附近铁路，应挖地沟，并电王文韶与聂士成等分办。二十日，据聂士成电报，十九日夜，倭船三只，泊黑沿子外三十里海面，约一点钟向东驶去。查黑沿子系丰润县所辖，西则芦台，东则乐亭。由乐亭海口至该县城，约五十余里，至滦州一百二十余里，此路未设电线，尚未据刘光才等禀报，已饬加意严防。请代奏。

寄督办军务处光绪二十一年二月二十五日

前奉电旨，饬查吴大澂所统关外湘军若干，魏光焘、李光久两军伤亡若干，尚存若干，营勇数若干，据实具奏等因，钦此。当经分别电查去后。

兹准吴大澂电覆，除魏光焘、李光久两军应由魏光焘查明径禀外，总兵刘树元统带亲兵六营，参将谭鼎忠管带护卫一营，副将吴元恺统带湖北炮队四营，道员左孝同统带忠信五营，编修曾广钧统带钢武二营，又续募一营，已革副将郭云管带卫队四哨，共十九营四哨，移交魏藩司接统。又据魏光焘电覆，该军除马队二起损伤无多外，共计七营三哨，三千三百人，阵亡九百余人，收集二千二百余人，内受伤三百余人，新募千人补缺，计足旧额。在湘续募两营，二月初四开拔，春杪可到。又据李光久电覆，该军共五营二哨，计二千七百余名，阵亡七百余人，收集约二千人，内受伤三百八十余名，拟由曾广钧拨余勇五百名补缺，现尚未到，余俟陆续招补各等情前来，谨据实电覆。

再，准吴大澂电，以曾广钧三营拨归李光久，左孝同五营拨归魏光焘，合并陈明。请代奏。

寄督办军务处光绪二十一年二月二十七日

魏光焘、李光久两军败于牛庄，所有阵亡将弁，业经湖南巡抚吴大澂具奏请恤，其余受伤弁勇甚多，应得养伤银两，该营败溃之余，无从筹发，坤一饬行营支应局，于每月经费项下，各解银三千两，为医药之资，由该统领查明受伤轻重，分别给领。其阵亡勇丁等，虽据该统领等声明陆续招补，及由别营拨补，仍饬令将截旷日期，于应领月饷内扣除，以昭核实而重库款。请代奏。

复总署督办军务处光绪二十一年三月初三日

沁电，奉旨："以战事既难停罢，恐将图犯畿辅，自津、沽以至山海关，彼久垂涎，若令占据一处，全局即形震动。着严饬各军，时加侦探，整备迎击，关内铁路，尤应设法保护，事急务须折断。"等因，钦此。

坤一与王文韶往复筹商间，会程文炳、聂士成、北洋营务处周馥等先后来关，面议各路如何布置。详察地势，熟揣敌情，窃意倭若图犯畿辅，必不从津、沽及津南而来，盖自津至通长途一线，两旁多水，南则绕道太远，沿途泥淖颇深，即山海关外，高垒深沟，亦难飞越。万一有警，必由津、榆中间之北塘、乐亭、洋河口、秦王岛等处登岸，进步颇宽。北塘近津，兵力尚厚，设备亦严。惟守乐亭海口只有刘光才、申道发十营，洋河口贾起胜则以八营守五十里，秦王岛潘万才则以四营守四十里，四营中马队两营，守岛难期得力。而山海关营勇尚单，各分汛地，未便抽拨。所调丁槐一军，未审何日到关。目前情形，惟恃聂士成游击之师，以应缓急。坤一先以马心胜一军，移扎昌黎沟儿湾，与贾起胜联络。兹复商之聂士成，以陈凤楼马队移驻滦州，并将马心胜马队及驻乐亭城外之闪殿魁马队，统归聂士成调遣，合计二千余匹，尚可以壮军威。该三起马队，只距数十里，声援相接，聂士成步队自南而北，于此项马队，亦易招呼。聂士成、周馥皆称倭若来犯，惟于陆路并力奋击，以挫凶锋，沿海设防，殊无把握，坤一意亦以为然。程文炳现回张家湾，与董福祥整饬部伍，预备资装，倘有不虞，视倭寇所向，迎头邀截，以固畿疆。此近日商办事宜。请代奏。

寄总署督办军务处光绪二十一年三月初四日

递据淮军前敌营务处道员袁世凯、锦州府知府奎华电禀，湖北提督吴凤柱所招新勇四营，多系土匪，恃符滋事，有甚于前，近更托名查乡，异常扰害，每遇开差，辄拐快枪逃走，聚党肆劫，兵贼难分，民不堪命等语。坤一电询宋庆，亦有微词。拟请将吴凤柱新勇四营，就地裁撤，由袁世凯查明人数若干，收缴军械，补饷遣散，并由宋庆拨营弹压查拿。吴凤柱新勇口粮，本系东征粮台给发，今遗四营之饷，可否准由驻防秦王岛之淮扬镇潘万才添招两营，以资守御。秦王岛海口紧要，潘万才兵力甚单，前电已经陈明。似此一转移间，实于两处有益。吴凤柱尚有老勇七营，仍令照常统带，严行约束。请代奏。

复总署督办军务处光绪二十一年三月初六日

歌电奉旨：“连日津、沽无警，关外踞贼亦无窜动消息。惟澎湖失守，台防万紧，据目前贼势，自系并力南趋，而各海口空虚处所，恐其乘隙登岸，正不可一日疏防，仍须勤加侦探，时时作临敌备御。本日据唐景崧电称，倭攻澎湖，用气球登岸，人执铁板，聚成炮台等语。此等诡谲情形，当饬各营知悉，预筹防范。”等因，钦此。随即通饬各军，钦遵办理。

查近日接宋庆、依克唐阿电称，海城有贼万数千人余悉窜向西南等语。本月初四、五、六等日夜，时有倭船或三或两，经过老龙头、秦王岛、洋河口洋面，每次停泊少许，旋即驶去。大沽口外，亦时有倭船往来。是其窜向西南，信而有征。坤一以倭若由津、榆等处登岸，有曹克忠、聂士成两大支，足以与之一决，各处防营，亦足以资犄角，无论孰胜孰负，彼此各有损伤。

前据牛庄逃出难民，据称初八日魏光焘、李光久两军之败，倭亦阵亡千余人，十一、十二、十三在田庄台与宋庆血战，倭伤亡至五六千人之多。倭地褊小，人民几何，精锐几何，何能数数与我苦斗？即使占据一处，将来援师四集，克复无难。所可虑者，倭船沿海游弋牵制，而以全力攻台，片壤孤悬，势成坐困。倭距本国甚近，一切接济，源源而来，我则全无水师，徒为望洋兴叹。查中法一役，系由闽、粤密以子药、粮饷等项输台。询据聂士成等面称，前次援台，亦由渔舟暗渡。似应分饬闽、粤督臣，预为之计。

坤一更虑及将来旷日持久，倭寇即不据台，亦不登岸，而以兵轮更番扰我海疆，使我沿海数千里，常宿重兵，不敢遽撤。此项经费，积累日深，虽有洋债可以通挪，将来如何弥补？兼以兵勇不免骚扰，宁、锦、辽、沈一带，民不聊生，难免不滋内患。坤一已咨行依克唐阿、长顺、沙克都林札布、宋庆、唐仁廉及魏光焘、陈湜等，申明纪律，慰安闾阎，当此东作方兴，务令各安农业，并请旨饬令各统兵官，认真约束所部，各地方官，以保卫百姓为心，不得稍涉迁就，贻害城乡，以期兵民相耦无猜，俾靖地方，而重根本。请代奏。

再，坤一前经奏明，俟关防布置就绪，暂赴天津与王文韶等面商军务。现患手足酸痛，心气怔忡，若坐火车，竟日震撼，恐不能堪，应请从缓赴津。合并陈明。请代奏。

寄督办军务处光绪二十一年三月初八日

昨奉电旨，各路停战，而台不停。倭以全力攻台，台必不保。倭破台后，其焰益张，势必来攻津、榆。宋庆电，拟以毅军回扎大凌河，为驰援津、榆之计。否则，大凌河宽船少，临急过渡为难。仍留铭、嵩两军，分驻闾阳驿一带，以顾辽、沈后路运道。似应俯如所请，以备不虞。请代奏。

寄督办军务处光绪二十一年三月二十日

坤一于十五至津、榆适中之唐山，约会聂士成及周馥面商防务。十七回关，沿途缓轮察看，海岸甚长，海口甚众，以乐亭及洋河口、秦王岛为最要，而兵力颇单。聂士成游击之师，似应移驻唐山，以资兼顾，否则相距太远，虽有火车，不免拥挤停待之虞，或致贻误。倘铁路、电线一有疏失，则关内外接济，声息不通，军情惊惶，有碍大局不小。事机至紧，坤一已分电王文韶、聂士成迅速施行。陈凤楼马队，因滦州饥荒，无从购买草料，尚未移扎，拟令随聂士成同驻唐山。请代奏。

寄督办军务处光绪二十一年三月二十二日

昨今两日，递接津电，有和议将成，除赔款外，割给辽东、台湾之语，未审是否属实？既经赔款，又须割地，且割完富未扰之地，无此办法。辽、台并失，南北皆危，并恐各国从此生心，后患不堪设想。如畏倭攻京城，不得已而出此下策，则关、津、畿辅均宿重兵，讵不可以一战？战而不胜，尚可设法撑持。现在各军枪械略齐，兵勇锐气可用，似不可听其恫喝之言，为此迁就之计。大局所系，不敢以未与闻和议，缄默自甘。请代奏。

寄督办军务处光绪二十一年三月二十四日

山海关地方紧要，所遗副都统一缺，应请旨迅赐简放，并饬赶紧到任。宜贵办事尚属勤干，可否免发军台，留关效力赎罪，即交新任山海关副都统差遣，出自逾格鸿施。请代奏。

寄督办军务处光绪二十一年四月初六日

初一戌刻奉电旨："新定和议，让地两处，赔款二万万，皆万难允行之事。设竟决裂，则北犯辽、沈，西犯京畿，皆在意中。着即体察现在大局所系，及各路军情战事是否可靠，据实直陈。"等因。坤一于新定条约，虽未尽悉，要之让地、赔款两条，目前固难允行，后患更不堪设想。宜战不宜和，利害重轻，事理显然，此固天下所共知，亦在圣明洞鉴。

惟一经决裂，倭必分扰猛攻，自以保京畿，固辽、沈为第一要义。查辽、沈等军，依克唐阿、长顺、陈湜等，皆与贼屡战，甚为得力，唐仁廉亦系夙将，所部枪械已齐，当足以资抵御。更有宋庆、魏光焘、李光久诸军，驻扎宁、锦一带，该将领等忠勇过人，屡经大敌，相机战守，似辽、沈后路可无他虞。倭如图犯京畿，则自关至津，沿海要口，处处设防，又有各大枝游击之师，倭寇岂易深入？纵或登岸，究属孤军，既有程文炳、董福祥两军堵御于前，而津、关各军可以两面夹击，即不得手，自可再战三战，以期必胜，未必彼即长驱直入，我即一蹶不振。万一京畿吃紧，坤一必抽调劲旅，迅速入卫，以保无虞。前电所陈，尚可设法撑持者此也。

夫利钝本难逆睹，但倭奴远道来寇，主客之形，彼劳我逸。近得探报，倭新卒多以老弱充数，饷亦不继。在我止须坚忍苦战，否则高垒深沟，严为守御，倭寇悬师远斗，何能久留，力尽势穷，彼将自为转圜之计。况用兵两年，需饷不过数千万，较赔款尚不及半，而彼之所费愈多，“持久”二字，实为现在制倭要着。

诸将一闻和约，义愤填胸，皆欲一决死战。坤一职在兵戎，宗社所关，惟有殚竭血诚，力任战事，此外非所敢知。昨于初三日，驰抵津、关适中之唐山，与王文韶、聂士成、丁槐等面商，意见相同，谨据实直陈。请代奏。

再，此电系初四下午由唐山送芦台官电局发，因连日大风雨，线断，铁轨亦坏，以致稽迟，兹复专马再送，合并声明。

寄总署督办军务处光绪二十一年四月初十日

支电想蒙代奏。坤一右足酸痛仍未减轻，现又感冒，牵动肝疾，遍体作烧，四肢发冷，痰咳不止，病势颇重，拟暂住唐山调养。请代奏。

复总署督办军务处光绪二十一年四月初十日

蒸电谨悉。业经恭录谕旨，电知宋庆钦遵。山海关沿海防营，因初四五风雨，海潮大作，墙垒濠沟，莫不摧塌填平，军装亦多损坏，幸兵马伤毙无多，较津、沽一带灾情略轻，已饬赶紧修理，妥为抚恤矣。请代奏。

寄督办军务处光绪二十一年四月十一日

和战大局，宗社攸关，朝廷当早权至计。坤一前两次电奏，已罄愚忱，何庸再渎。惟近日外间传闻，谓和约业经批准，不日派员赴烟台换约。又得各处电报，据称德、法、俄三国电阻倭割地条约，倭未允许，各国屡联致决绝之书。又称俄舰多艘开出广岛，俄国决意开战。又称伊藤甚急，催中国先行换约，有事再相商等语。以上各节，坤一无从深悉，亦未敢遽信，如果属实，是倭已处极危之势，而我即有可乘之机。各国群起而攻，以倭兵力饷需已苦难支，方且自顾不遑，何能攻我？在我止须展期换约，观衅而动，则目前之地步稍纾，正好亟图补救。且约即批准，彼此未经互换，行止仍由我主持。当各国纷起环攻，我坚持与之展期，极力磋磨，彼何敢遽然决裂。若一经换约，即系定局，纵各国攻取约内之地，恐仍非中国所有，倭即许以后再商，已落后着。与其挽回于事后，曷若坚定于目前？关系非轻，事机难得，天下大计，争此关头。况各国一与交锋，倭自力难兼顾，关、津防务较松，即可抽调关内劲旅，会合关外诸军，迅速分路猛攻，收复辽东失地，揣情度势，此尤机会之不可失者。倭岛国耳，今日已成虎狼，又与我最为逼处，若得辽、台，如附两翼，中国必有噬脐之祸。辽、台与倭本国联成一气，日益强盛，将来即求援西洋各大国，亦无能制其死命。是此次和议一成，惟任倭为所欲为，贻患无穷，何堪设想。

现在如何消息，出使许大臣想已密电陈奏。在王大臣熟思审处，必有权衡。坤一昕夕焦思，不敢不据实上陈。是否有当，伏候圣裁。请代奏。

寄督办军务处光绪二十一年四月十一日

坤一于前月初奏奉电旨：“郑连拔五营，着即饬令裁撤。”等因，当经转电去后。

嗣接谭署督继洵电覆，郑连拔五营已抵鄂渚，时闻和议难靠，而郑连拔已经成军，复经电饬暂行留鄂候信。现在时局尚在未定，魏光焘亟称郑连拔忠勇过人，可否电催郑连拔统率所部，由鄂刻日启行，兼程北上，并电谭继洵宽发行粮及长江轮船之费，以利遄征，抑仍饬令裁撤，请旨饬遵。祈代奏。

寄总署督办军务处光绪二十一年四月十四日

昨奉电旨：“着仍回榆关驻所调理。”本日又奉电旨：“以换约逾期，停战限满，恐倭遽进兵，着严为戒备。”等因，钦此。

查山海关一带，均已严密布置，惟滦州尚嫌空虚。据魏光焘、贾起胜等拿获奸细供称，倭计由滦河登岸，断关、津往来之路，进窥永平，自应加意严防。坤一已电商王文韶，调丁槐一军到滦驻扎，并电饬陈凤楼拔队来滦。坤一拟暂驻唐山，俟丁、陈两军到防，就近妥为部署，稍缓回关。榆关各营，当即电饬营务处并各统将，认真整备，仰慰宸廑。请代奏。

寄督办军务处光绪二十一年五月二十日

和局已成，关东无事。湘军惟陈湜十营驻大高岭，现闻染病颇多，可否先行调回锦州，与魏光焘、李光久等合扎，将来或留或撤，可以就近商办。请代奏。

寄督办军务处光绪二十一年五月二十三日

二十二日承准字寄："十九日奉上谕：'关内外防营，应行裁留归并，由坤一等妥筹具奏，覆核定议。'"等因，钦此。

查防营太众，延扎甚宽，所有裁留归并事宜，必须详细商办，以期妥协，非旦夕所能猝定。第就坤一所部而论，其中有急须遣撤者，如直隶闪殿魁十营，河南牛师韩七营，陕西马心胜六营，及宋朝儒兼统泰安六营，何鸣高接统山西练军五营，似可由坤一先行分次遣撤，以节糜费。其余关、津等处各营，均系直隶辖境，淮军尚多，可否与北洋大臣筹商，请旨饬遵。祈代奏。

寄督办军务处光绪二十一年闰五月初六日

初六日酉刻，接驻扎乐亭派往弹压闪营之申镇道发电称，闪镇十营，已经收齐军械，按日遣撤完竣，安静无事，堪以仰慰宸廑。又接驻扎埕子口之李提督永芳电称，奉河南抚院微电，该军全撤，或就近遣散，或带回德州遣散，以所领北洋枪炮，若何办理，请示，坤一电复，仍应缴回北洋。请代奏。

寄督办军务处光绪二十一年闰五月十七日

闰五月十六日，准尊处咨议覆裁留归并一折，奉旨："依议。"钦此。

坤一前奏请将王连三、李永芳、丁槐、陈凤楼、宋朝儒五军，分别撤遣，原为裁留归并定局后，应将该五军先撤。今恭绎尊处议奏，聂士成、魏光焘、宋庆各拨足三十营，驻扎津、关、锦州等处，其余各营，悉数裁汰，系指将来办法，现在前敌得力诸军，饬缓撤遣，仍前扼守各等因，自系切要办法。查现驻关前九门口之王连三、驻关内石河之宋朝儒、滦州之丁槐、陈凤楼四军，均是前敌得力之军，碍难遽撤，理合陈明。请代奏。

复督办军务处光绪二十一年闰五月十九日

筱电，奉旨："着刘坤一即饬牛师韩统率所部，迅速赴甘。"等因，钦此。

时牛镇尚未启行，当将电旨传谕，据牛镇面禀，受恩深重，自应懔遵。惟于本部七营外，请在河南添招马步队十三营，合成二十营，所需月饷等项，请照湘军章程发给，以期成功，否则兵单饷绌，恐难得手。并请由河南预备新招十三营枪炮军装等情。

查该镇勇敢朴诚，自能胜任，所陈各节，亦系实在情形。如蒙恩允，请旨切饬河南抚臣，于添兵增饷迅即遵办，并将军装配足。或该省军装短绌，南洋现裁多营，枪炮必有余存，应由该抚派员迅往借领发给，以利遄行。至新募倘虑迟期，闻该省有已招之防勇十营，似可拨交该镇，只再添募三营，以足十三营之数，尤为迅速。事关戎机，只求妥速为妙，该抚自必筹画周密也。坤一现饬该镇赴东征粮台算给七营以前饷项，酌发恩饷，刻日统率所部起程，已缴枪械仍发还应用。是否有当，伏候钧裁。请代奏。

复总署督办军务处光绪二十一年闰五月二十五日

有电，奉旨饬余虎恩一军移扎河西务，以资拱卫等因，钦此。

遵即转饬该镇钦遵办理。

惟查山海关驻扎之王连三、宋朝儒及马心胜、牛师韩等军，业经遵旨次第裁撤。今余虎恩一军，移扎河西务，是山海关仅有熊铁生十营及周兰亭炮队两营，兵力太单，而熊铁生又因病重请假回鄂，经坤一慰留，恐难责其照料防务。可否查照督办处原议，即调魏光焘统带所部回扎山海关，并令宋庆统带所部回扎锦州，俟各到防，即将三十营之数挑补足额。似此节节填扎，既与原议相符，亦于防务有益。如蒙俞允，即请电敕宋庆、魏光焘遵照，刻期拔营。请代奏。

寄督办军务处光绪二十一年六月初三日

滇防紧要，若不预为绸缪，将来闻警派援，缓不济急。倭事着着落后，安可不鉴前车？冯提督年力已衰，易以丁槐瓜代，责令练团固圉，必有成效可观。该镇不习江南情形，五营亦属无益，不若用之于滇，驾轻就熟，足资展布，且关系大局为尤重。祈代奏。

复总署督办军务处光绪二十一年六月初六日

支电奉旨：“刘树堂电奏，牛师韩一军，宜由保定至山西前进，最为近捷。”等因，当经电饬去后。

兹据牛师韩电覆，禀商王署督，以董提督一军并永兴军均由保定、山西前进，若该军亦由此路，恐车辆缺乏，道途拥挤，仍属阻滞，不能兼程。拟将军火走水路，队伍走陆路，仍由河南兼程前进，以期迅速等情。祈代奏。

寄督办军务处光绪二十一年六月十二日

吴凤柱所部，业经宋庆饬令撤回天津，并将在津所招步队四营，就地遣散。至由湖北带来马队三营，先在襄、樊一带巡缉得力，自应准其带回原防，以资熟习。又余虎恩一军，已经拔往河西务。惟山海关兵力太单，统领熊铁生又患偏枯之证，可否先调李光久各营入关，所遗宁远州防务，即令魏光焘拨营填扎，相应请旨饬遵。祈代奏。

复总署光绪二十一年六月十七日

谏电悉。现在裁撤各营，除牛师韩一军业经拔队西行外，余如宋朝儒、何鸣高、马心胜、闪殿魁、王连三各军所领器械，或仍回原省归缴，或一时尚未缴齐。刻计军械局所存无多，骤难筹拨，拟俟防务告竣，再行查点清理，分别截留。请代奏。

寄督办军务处光绪二十一年七月十七日

江西巡抚德寿电称，该省沿边不靖，请调刚字全军并吉字一营回江，以资防范。如刚字全军尚难抽动，即调吉字一营先回等语。坤一查江省地方紧要，可否俯如所请，即将吉字一营先行调回江西，相应请旨饬遵。祈代奏。

寄督办军务处光绪二十一年七月十九日

坤一蒙恩，再赏假一个月调理，兼旬仍未就痊。今体气稍健，可坐火车，于十九日缓轮赴津，以就医药，冀速获痊。各防军裁并事宜，亦得随时与北洋大臣及两粮台商酌办理。祈代奏。

复总署督办军务处光绪二十一年七月二十日

总署效电，奉旨："前电转饬陈湜赴甘剿回，着即催令迅速前往。此外各营，如有可调拨者，着该督查复具奏。"等因，当经电饬陈湜钦遵办理，先将拔营起程日期电复。

查各营中，惟分统铁字三营方友升，人甚勇干，前随左宗棠、刘锦堂等转战陕、甘、新疆等处十七年之久，情形熟习。嗣于广东南韶连镇任内，因案降为副将。该前镇亟图开复原官，自请拨足五营从征，即归陈湜节制调遣。坤一以军营有使过之条，当可期其立效，未知陈湜果否以为可用，并电陈湜刻日入关商办。祈代奏。

复总署督办军务处光绪二十一年八月初一日

光绪二十一年七月三十日，总署电，奉旨饬查裁撤各军缴回枪械并现存军火数目究有若干，并陈湜何日入关，催令迅速赴甘等因。

查局所现存抬枪六百杆，林明敦枪千余杆，毛瑟枪六百杆，哈乞克斯枪五百杆，地利坚枪四百杆，格林炮四尊，瓶炮二百尊，听候酌拨。缘关外裁撤各军，应缴枪械，前奉电敕，由宋庆截留交伊克唐阿应用，关内裁撤各军枪械，或带往陕、甘助剿，或带往江、皖设防，致无留存大批。至军火本系仰给北洋，局所现存三千箱留为自用，无可拨解。陈湜约于八月初旬入关，坚求拨足马步二十四营。祈代奏。

寄总署督办军务处光绪二十一年八月初九日

查移驻山海关之李光久所部老湘勇五营，于上年九月奉调北上，迄今将满一年，因在关外日久，各勇染病颇多，思归甚切。现在魏光焘刻日移营入关，兵力已厚，可否准老湘勇撤回江南，以示体恤。如蒙俞允，李光久先令帮统带队南旋，自遵恩旨赴部引见。祈代奏。

复总署督办军务处光绪二十一年九月十八日

铣电，奉旨钦悉，惶悚莫名。查江南北上各军，原以封河期近，奏明于九月内次第撤回。惟李光久所部老湘营，八月十九钦奉电旨，暂缓遣撤，不得不再请示，以定大局。兹蒙体念，久戍罢归，遵即遣令南旋，交张之洞酌办。至陈湜驻山海关内外，地方辽阔，且以边城残缺，路径纷歧，非三十营不敷分布，督办处原议实协机宜。仰恳天恩，准其如数拨足，俾与淮、豫两军并重，以卫海疆，而固畿辅，相应请旨饬遵。祈代奏。

寄总署督办军务处光绪二十一年十月十六日

江南北上各军，杨金龙、刘光才、申道发、李占椿、万本华、李光久等共三十三营，自九月初十日起至十月十五日止，陆续遣撤完竣，系用轮船送回到江南后，应裁应留，并经坤一与张之洞往复电商，妥为办理，仰慰宸廑。祈代奏。

复总署督办军务处光绪二十一年十月二十五日

敬电，祇悉。当即电饬程文炳委员史道将该马队交还陈凤楼，仍归该镇统带。查此起马队，系同治四年陈凤楼招募成军，历从僧王及刘铭传剿办发、捻各逆，懋著战功，迄今三十余年，在徐亦甚得力。此次改隶别人，一军皆哭，经陈凤楼剀切开导，并扣留一月薪粮，交史道接收，俾各弁勇有所顾恋，而求去者犹纷纷也。陈凤楼人尚朴直，皖人皆呼为陈傻子，然居官清而有执，其待士严而有恩，故得军心如此。现在仍统马队，拟令暂留天津，以备差遣，俟坤一进京陛见后，再饬回任。是否可行，祈代奏请旨。

寄总署光绪二十二年二月初七日

江南名为财赋之区，自兵燹后，元气大伤，迄未能复，历年库储支绌，办理竭蹶情形，早为部中所深悉。前岁办防以来，筹兵筹饷，罗掘一空，是以前署督不得已先后息借华洋商款，又因举办各项指拨无余，所收丁漕、税课、盐厘，只有此数，额支各款已属不敷，近又骤添应还华洋商款，更虑无可腾挪。新增名目，能否应手，尚无把握。坤一到任后，通盘筹画，入少出多，挹注无资，莫名焦灼。因与运司江人镜再四商酌，惟有于盐务中设法劝捐，以期集事。虽近年岸销疲滞，新引骤加，一再集捐，商力固属不逮，若仍照海防例，奖给实官，一二年内，或可捐足一百万两，舍此实无良策。可否仰恳天恩，垂念江南款绌用繁，俯准照办。如蒙俞允，此款专备江南海防善后之用，出自逾格鸿施。请代奏。

寄总署光绪二十二年五月二十二日

徐州道府昨晚电接砀山县禀，刀匪在曹、单盘聚，人数极众，单境马良集盐店已被抢。单与砀、丰毗连，请调营驻宿备防。丰县教堂，由该县与教士议有眉目。陈镇中途来信，转据汛报，闻刀匪有非毁尽教堂不散之说，该镇已星驰赴砀。又据本日电，马良集纠练对敌，匪伤逃回，称邀大股复仇，该处已齐团守圩，恐开仗，营县已往策应，陈镇今晚可抵砀云。现饬实力防堵严护，并由省派刘镇光才酌带亲军四营，前往徐州会同防御，如窜扰，即合击。谨电闻。请代奏。

复总署光绪二十二年五月二十五日

钦奉二十三电旨，当转电钦遵。

顷据徐州道府电，砀山县禀刀匪扰马良集并复毁侯庄教堂余屋，激励团练会拿，匪窜马良。该县会同徐州马步各队及城守兵，于是日午前驰往，见匪二百余人，在该集西圩门外与民团接仗，即督勇练上前鏖战三时，杀伤会匪百余人，并格杀匪目陈五呆子一名。该匪逃入单境，又邀五百余人，于次午后复来，该县仍会马步勇练，在集西迎敌。匪甚凶悍，正在危急，适陈镇凤楼中途得信，亲带马步队星驰赶到，督饬攻扑。由午至申，匪势渐懈，遂格杀会匪八九十人，斩匪目智效忠、擒匪首彭桂林各一名，并拿获会匪十三人，夺获刀枪百余件，战马十余匹，并搜获中哨会匪姓名簿一本，符咒五张，我军丁练受伤七八人。该匪败入单县境，又被该处团练两次截杀，死伤无算。讯据匪首彭桂林供认投入大刀会，在匪首刘士端名下充当中哨首领。刘士端因庞三被教民欺负，遂派伊与智效忠等带千余人来砀，迭毁教堂，并抢马良集店铺，拒敌官军不讳。内有五匪伤重倒毙，三人讯被误拿保释，余匪并匪首彭桂林迎提解郡讯报，仍令加紧防守。侯庄续毁堂屋，饬县复勘清理。请电山东、河南一体会防云。除饬将获匪解郡讯供，立予正法，仍实力防剿，一面分电山东、河南会防外，乞代奏。

复总署光绪二十三年四月初三日

钦奉谕旨，饬裁兵勇。伏查江苏现存防营，虽与往岁相等，滨海临江，为东南财赋重镇，论目下地方情形，实难大加裁汰。第当此时局艰难，需款至紧，非裁营无以节饷。现经督同司道，详加体察，力筹议减，将湘、淮水陆各防营，凡每营五百人者一律改营为旗，每旗留勇二百八十六名，长夫亦按成核减，零星队伍酌量裁并撤遣。合计勇夫两项，共裁一万余人。统限四月中旬裁遣，酌给遣饷，雇拨轮船运送回籍，每年约节饷费等项银四十七万余两。苏防各营及太湖水师，经苏抚臣分别酌裁勇夫一千余名，每年约节饷费七万余两。统计江苏防营，岁约节银五十四万余两。裁存之勇，皆系分布要地，为镇抚必不可少，实难再裁。至练兵、制兵，已会商三省抚臣，另行分别裁汰，惟头绪较繁，未能依限奏覆。合先将裁勇情形，择要上陈，统俟办定后详晰具奏。请代奏。

复总署光绪二十三年七月初四日

钦奉电旨，饬令搜捕徐州匪徒等因。遵查徐州界连数省，匪徒易于潜踪，地瘠民贫，动多劫盗。上年刀匪滋事后，迭经严饬该地方文武，实力巡查，并举办团防，以补兵力之不逮。目前风闻有匪徒混迹丰、砀等处，传徒敛费。并准法领事电，徐州有教堂被毁之事。先后由电饬据该镇道禀覆，六月廿四匪入砀山侯庄，营县闻信，带兵往捕，匪正放火图劫。一面派兵保护教堂，一面扑捕，格杀五匪，余匪窜入高粱逃散。计伤亡庄丁一名，被毁居民草屋三十余间，教堂得保无恙。当经饬令实力搜捕，并饬集团巡防，使匪徒无从托足，一面分饬丰、沛等属，严密访查在案。钦奉前因，除再严饬认真筹办并确查铜、丰等处究竟有无匪徒啸聚等事迅速禀办外，请代奏。

寄总署光绪二十三年十一月初二日

本年江苏宿迁、邳州等处，被水成灾，睢宁、海州、沭阳及安东、桃源等属，被歉亦重，业经奏明先行筹办抚恤在案。各该属地本瘠苦，民鲜盖藏，今又遭此灾歉，更属民不聊生。转瞬隆冬，饥寒交迫，颠沛流离，深堪悯恻，非动款速为赈抚不足以全民命。现经坤一等筹借款项，饬令各该司道发交各属，分别极贫、次贫，办理急赈。一面多设粥厂，宽为留养，并于该属择要挑浚河道，以工代赈。江南近因还款，库储搜索殆尽，然事关民命，不能不多方设筹，先行济急。惟地广人众，为日方长，可否仰恳特恩，赏给江北河运二十三年分漕米三万石，尽数改折，并将运费水脚等项一并作为赈抚之用。坤一等仰体皇仁，用敢为民请命，伏求恩准。除将应办事宜妥为筹办外，请代奏。

寄总署光绪二十三年十一月二十七日

胶州一事，钦奉电旨，饬令各抒所见，仰见朝廷统筹全局至意。

德借教案据胶，各国又借德事互有举动，以阴遂其私。目下纷纷调舰，虽蓄而未发，实以胶案未定，尚在观望，若胶不速还，势必群相效尤，各图占据。以中国之财力、兵力，一国尚难与较，更难与各国争持。若一任包荒，则要害全失，何以自立？以后局势，和战两穷。是胶之能归与否，实为目前安危要着，胶可保则纷争可息，不仅为一隅计也。

辟口通商之议，既全国体，又杜狡谋，德能允从，自最妥善。惟探报德王弟名恒利，督带快船四艘，陆兵五千，陆炮十二门，于廿三由包尔海口开行，尚有头二等快船明春来华，大小战舰到齐约十六号，水雷艇六艘等语。是海靖电商外部之说，恐系推延之计。

近阅新闻等报，胶澳之事，各国多抱不平，特以事不干己，是以咸守局外。若开作口岸，利益均沾，当为各国所乐从。现在英、俄虽各存分据之心，而一则以自保商务为名，一则以协保旅、大为说，尚在敦笃邦交。彼既未露阴谋，我即可迎机以导。为今计，惟有迅速集商各国公使，示以断难将胶与德之意，并告以德人此举，实违公法，与各国联之以情，动之以义，推诚相告，浼为调停。在中国既免失地之虞，在各国仍可获通商之益，若允相助，德必就范。如各国意涉游移，德又不允所商，与其失胶而启争局，致将来受各国之敌，不如今日与德坚持，尚合两害从轻之义。各国知我意在必争，将有战事，有碍商务，或可出为调处，事机得以转圜。愚虑所及，仍乞圣裁。

现闻英舰有廿八在定海洋面会齐之说，坤一自当镇静戒备，不事张皇，如有意外占据之事，再行请旨办理。请代奏。

寄总署光绪二十四年正月初三日

日前闻英愿借债、索款三端，因未悉其详，未敢冒昧陈奏。顷阅各处电报，甫知梗概。英以轻息之债，借我偿倭，权衡出入之间，似觉此胜于彼。然细核所索，实大不利于我，全局攸关，不仅东南各省为其隐占已也。俄借德占旅、大，英又借俄以借款图长江一带，今德闻英谋，又复翻议，欲吞山东，各国借端图占，步步相逼而来。如借英款，即不能不允其所索。英议既定，长江即非我有，法亦必相继而来，俄愿方奢，更非旅、大能餍其欲，而中国局势不堪设想矣。是去冬各国以德事为权舆，今则以英款为机括。且倭款未还之一万万两，原约本属从容，还款迟速，于国事无甚轻重。若以财赋之地作抵押之据，还日本不急之款，启各国分占之心，利害显然，万难允许。

为今计，英既以借款为由，款之欲借与否，权固操之在我，我不借款作抵，彼即无辞，似宜婉词谢绝，以杜诡谋。纵因强弱异势，不无要求，或许以添开口岸，尚合两害从轻之义，庶大局得以保全。至日本偿款，尽可与之熟商，默揣中倭目前情势，当可从长计议。

坤一与张之洞往来电商，意见相同。该督已另行电奏。愚虑所及，谨密切上陈。请代奏。

寄总署光绪二十四年正月十一日

接鄂督电，闻容闳请造镇江至津铁路，报效百万。坤一再四筹思，此事万不可允。胶案许德造路至济南，并俟成后再商接造至我干路，本系万不得已之举。且就德路而言，仅许接至干路而止，而干路之权操之在我，营造干路之迟速，亦仍由我自主，其害较缓，尚可徐图补救。若允容闳之路，其成必速，德路亦必接至容路。容系洋股，与德易于勾串，是目前允容造路，无异许德造路至京，害将不测。容闳图揽造路之意，蓄志已久，往岁即欲暗纠洋股，承办中国铁路，今施其故智，款为洋股无疑。盖中国铁路，自奉旨创设公司，号召华股，迄鲜应者，岂有久在外洋甫经回华之容闳，转能遽集华商巨股之理，纵有寓美华商股分，流弊仍与洋股无异，且其中亦必以洋股为巨擘。中国公司因华股难集，乃借比款以资工本，比商之肯借款，亦以南北仅此一路，利可独擅。若准容路，成速利分，不敷还款，比必悔议，芦汉干路更无成日。况目下英欲擅造路之利，已藉借款要求，若准中有洋股之容路，英固有词，各国更将群起效尤，路权全失，祸且不可胜言。若因其报效，既无济于财用之急，若借以抵制，转启各国觊觎之心。容路既非德路要挟可比，应请驳不准行，免致有碍大局。请代奏。

寄总署光绪二十四年五月初三日

窃查续借英、德商款，将苏州等七处货盐厘抵偿，前准部咨："按年多寡牵算，足敷五百万之数，如有盈余，即解还各该省补用。"等因。厘收盈绌，固难预计。惟历还洋款，皆以规银合镑价，江海关历办有案。查苏、沪货厘平色，每百两合规平计长八两一钱零，鄂、皖盐厘平色，每百两合规平计长七两一钱零。就苏、沪、鄂、皖加抽川厘，五局岁收厘金，约计每年总有三百五六十万之谱，应余平色银二十四五万两。若合七处以五百万一年计之，应余三四十万两。部咨虽浑言五百万未及平色，而原奏声叙，订盟续借英金一千六百万镑，则还款须合镑价可知。且据鄂局禀，该副税司卢力飞专以平色为问，似当时尚未议及。若不预将货、盐厘平色所余议订扣算，则既受其重折抵押之累，复益以侵牟中饱之资。当兹款绌用宏，不得不早为之计。江苏骤缺饷需一百八九十万两，业经通盘筹画截留抵拨，咨商户部。此项平色盈余，应请饬部一并核议。

再，盐厘有销数可稽，货厘向无定额，权不我属，伸缩可以自如，无从核其盈余。应如何设法稽查，俾免弊混，拟请饬部与赫德妥为议订，咨行各该省照办。是否有当，乞代奏请旨。坤一、奎俊。

寄户部光绪二十四年六月初二日

奉电旨："江南米缺粮贵，饬令设法平粜，一面飞咨邻省即弛米禁。"等因。仰见圣主轸恤民隐，弭患无形之至意。遵即分别咨行，一体钦遵办理。

查江苏各属，除徐、淮、海上年被水灾歉外，其余收成亦仅中稔。本年春间，日本忽有购米之请，外间纷传洋人将运大批米石出海，价遂渐贵。及倭议作罢，又值美、日交战，中国认守局外，米粮亦在应禁之例，饬令各属严申海禁，不得私运接济。而事系创办，民间误会禁令，遂并内地亦鲜流通。迭经饬属切实开导，内地照常贩运，无如来源总未见旺，以致米价飞涨，五月初间，每石竟需英洋七元有奇，为从来所未有。贫民多以居奇抬价归咎行商，匪徒从中煽惑，于是沿江等处，聚众抢米之案层见迭出，米行相率闭市，势甚岌岌。经坤一等飞电各属，迅速设局平粜，一面严拿滋事首要各犯惩办，并谕饬米商如常贸易。

江宁为省城重地，人烟辐辏，平粜需米尤多，并经坤一借动款项，派员分赴上江购买米谷数万石，由轮船拖运来宁，俾资接济。复商准皖、西两抚，无论官商购运米石，验有苏省护照，一体暂免税厘，至七月中旬为止，以轻成本，而恤民艰。业于上月二十六日附片具奏。现在米价渐减，官局未撤，民情市面一律安静，堪慰宸廑。请代奏。坤一、奎俊。

寄总署光绪二十四年七月初一日

六月二十一日奉寄谕，饬拨福州船厂经费等因。除出使经费三十万另有专款，转饬江海关照解外，奉拨江苏省二十五万，淮盐督销局十二万。

查江南自盐、货厘金改征抵借，骤短饷项甚巨，部咨拨补各款，又难恃为的饷，业于上月具折沥请饬部仍照指款留抵之案办理。此外司、关、道、局所收地丁、税课，无非拨解饷项、洋款等项，委属无款可提。

至厘金一项，苏、松两局业归税司代办，权不我操。仅只金陵一局，又因内河准行小轮，洋商拖货闯卡，不服查验，利权顿失，厘数锐减，小轮日多一日，将至无厘可收，遑论中饱！归并局务一节，省内如筹防、支应、保甲、洋务等局，事务均极繁重，省外盐、茶各局均系紧要，亦难裁并，致滋贻误。是江南目下情形，迥非从前可比，此次奉拨两款，实苦无可筹解。

惟整顿海军，添造战舰，系为自强要着，不得不勉力图维。况钦奉谕旨，京饷洋款外，无论何款，准其移缓就急。圣明体恤，备极周详，尤当通盘筹画，急其所急。现经饬据司、关、道、局，遵旨分别认筹银二十五万两，又淮盐督销局十二万两，以副朝廷谆谆诰诫经武威远之至意。

第念岁入有常，势难骤增出款，江南库储奇绌，罗掘俱穷，挹彼注兹，诚亦不得不尔。此后如织造特办等款，拟恳天恩，俯准酌量缓解，庶免延误要需。

谨将遵办情形，先行电奏，仰慰宸廑。请代奏。坤一、奎俊。

寄总署光绪二十四年七月二十一日

六月十七日奉寄谕，饬坤一与楚督拣选员绅，于上海、汉口试办商务局事宜，慎选有人，即着具奏等因。

振兴商务为富强根本，上海绾毂中外，枢纽南北，商务甲于亚东，如丝、茶、棉、茧、麻布、陶器、纸货等类，以及机器、纺纱、缫丝、织布、造纸、舂米、榨油各厂，胥于上海总汇，物产饶衍，贸易繁盛，与汉口脉络贯通，两地当联为一气。现于上海设一商务总局，拟举在籍翰林院修撰张謇，会同分发湖北候补道刘世珩经理其事，并派江西候补道恽祖祁、江苏候补道蒯光典，分办江南、皖北商务，使之联络绅富，鼓励商民，讲求物土之宜，仿办制造之事，以期厚集资本，渐加扩充。沿江、沿海蕃庶之处，亦令其选举朴诚明白之商董数人，量设分局，协同办理，俾克合群兴业，以辟利源。其商学、商报、商会，当令因地制宜，妥议举办。

惟商务以农为本，以工为用，三者必相辅而行。泰西经商致富，以生植制造之阜昌，其大较也。上海现有绅士创办之农学报馆，规模粗具，方以建堂、设学、立会、考业为请，拟由官酌拨款项，量为布置，定名上海农学总会。并就上海制造局之广方言馆，拓为工艺学堂，就款定章，招延生徒，以考求各项工艺为要，庶期置之庄岳，尤易程功。至汉口设局，应由湖广委派员绅办理。其余筹办事宜及应行联络之处，当与楚督会商核办，以期妥善。

除将详细情形恭折具奏外，请代奏。

寄总署 光绪二十四年七月二十九日

奉旨，各省裁并各局所，限一月覆奏，圣意严切，不敢稍避嫌怨。现就所辖各局所，通盘筹画，无论省内省外，亦无论所支局费系属内销外销，一概认真裁并，现已裁撤归并十余处。其裁存各局，亦饬将冗员大加淘汰，杂费严行节删，总期款不虚糜，实事求是。所有裁节各项薪水银两，拟请拨办农工商等项事宜，业经恭折覆陈。谨先电奏，仰副宸廑。请代奏。

复总署光绪二十四年七月三十日

勘电敬悉。奉旨藩、臬、道、府均得上书言事等因，遵已通行各属，一体钦遵。除藩、臬、道、府，无论实任、署事，俱令自行具折陈奏外，其候补各员及州县等官，条陈事件，俱由督抚附同奏事折件，随时将原封代递，毋庸拆阅，另备一匣，不计折数，并由该督抚另具一折，奏明代递封事共若干件，士民上书，即径由道府代奏，不敢稍有抑格，以副朝廷明目达聪、勤求民隐之至意。请代奏。

寄总署光绪二十四年八月十七日

前奉电传谕旨，令保荐医士。皇上圣躬欠安，莫名企念。当经详加延访，查有在籍郎中陈秉钧，医理精通，堪膺保荐，电饬苏松太道蔡钧星速派员敦劝应召。昨据复称，该郎中料理行装，准二十四到沪驰京等因。正在电奏间，准苏抚电知，该郎中业经盛宣怀奏保，奉旨迅即驰送来京等因。除饬蔡钧传知该郎中迅速航海北上外，谨先电陈，并跪请圣躬万安。请代奏。

寄总署光绪二十四年八月二十八日

谨密陈者：

国家不幸，遭此大变。经权之说须慎，中外之口宜防。现在谣诼纷腾，人情危惧，强邻环视，难免借起兵端。伏愿我皇太后、我皇上，慈孝相孚，尊亲共戴，护持宗社，维系民心。并请查照八月十一日、十四日两次谕旨，曲赦康有为等余党，不复追求，以昭大信，俾反侧子自安，则时局之幸矣。

坤一受恩深重，图报无由，当此事机危迫之际，不敢顾忌讳而甘缄默，谨披沥具陈，伏乞圣明俯赐采纳。请代奏。

寄总署光绪二十四年八月二十八日

敬陈者：

从来邪正不容并立，正气固则邪气自消。前礼部尚书许应骙，首发康逆有为之奸，未蒙朝廷采纳，酿成大变，宗社几危。幸康有为阴谋败露，则许应骙忠悃宜旌。夫曲突徙薪者无功，焦头烂额者有赏，自昔相为诟病。今许应骙曲突徙薪者也，遭际圣明，安可竟从废弃？且同案获咎诸臣，以次光复，独许应骙一人向隅，殊非大公之道。现在老成凋谢，而许应骙灵光岿然，伏乞俯赐慰留，立予超擢，以昭激劝而存典型。坤一区区之忱，实为扶持正气起见，是否有当，伏候圣裁，不胜悚惶待命之至！请代奏。

寄总署光绪二十四年九月二十四日

据徐州道桂嵩庆电称，东民逃荒南下，络绎不绝，请咨会东省截留等语。查徐、海等属，本年复被水灾，情形极重，业经坤一等迭次陈奏，已邀圣慈洞鉴。现因久旱不雨，麦种尚未下齐。转瞬冬令，数十万灾黎，饥寒交迫，工赈浩繁，款项不敷甚巨，正深焦灼，若使纷纷南下，与徐、海饥民合聚一处，留养、驱遣两有所穷，尤虑彼此不能相安，酿成巨患。再四思维，惟有就东省截留出境，各筹赈抚，庶免流离失所，滋生事端。除由坤一电知东省外，应请旨电饬山东抚臣，飞饬所属，认真办理，江南幸甚。非敢稍分畛域，实因徐、海同时被灾，势难兼顾，伏乞圣鉴。请代奏。

复总署光绪二十四年十一月十四日

真电敬悉。仰见圣慈轸念灾黎，有加无已，钦感莫名。

伏查徐、海等属，灾重地广，工赈浩繁，目前已觉难支，来春更形艰窘，业将款绌情形，于本月初六日附驿具奏在案。坤一与司道等百计腾挪，万分焦急。兹幸渥荷恩纶，当即分电盛宣怀、李征庸、严信厚设法筹垫。现据头品顶戴记名道李征庸电称："身受国恩，至优极渥，目击徐、海灾状，何忍膜视？谨遵旨先行筹垫规银十万两，即日由津、粤电汇上海，听候提拨散放。"等语。该员从前迭捐巨款，好义急公，此次钦奉谕旨，竟能首先电复，垫款至十万两之多，徐、海地方得资接济，洵足以广皇仁而支危局。当此筹赈艰难，如该员之公尔忘私，实为难得。拟恳天恩优奖，宣示中外，俾各闻风兴起，裨益大局非浅。除俟盛宣怀、严信厚电复另行酌办外，请代奏。

寄总署光绪二十四年十二月初一日

据安徽宿州电禀，涡阳曹市有匪首牛世修倡乱，占据石弓山，白日焚劫，逼近宿境等语。业经坤一电饬徐州镇道，分派马步队驰往剿办，并饬皖北镇道抽调兵勇，星速赴援，以资厚集而杜窜扰。涡、宿一带与河南永城毗连，并经电致豫抚，飞饬该管文武，严为堵御。三省合力兜拿，以期迅速扑灭。

除将剿办情形随时电奏外，请代奏。坤一、华熙。

复总署光绪二十四年十二月初五日

奉初三电旨，遵即分别咨行钦遵。

查涡阳牛世修倡乱，现已有二千人，贼马亦百余骑。龙山营被陷，千总被戕，涡城被围。宿州与涡阳接壤，信息不通，匪势颇大。坤一接据警电，即经电饬徐州、皖北各镇道，星夜派兵前往涡、宿一带会剿，一面电致豫抚速饬归德镇严防永城一路，以杜窜扰，三面合力兜拿，俾可早日扑灭。迭据徐州道电禀，总兵刘青煦业已督率马步队，驰赴临涣集迎头拦剿。复经坤一调拨铭字马队、元字步队，随同该镇前进，以厚兵力，一面又调衡字一哨，扼扎正阳关，以期周密。其皖北一路，先经寿春镇郭宝昌饬派卓胜营往剿，复经皖抚饬派省城练军驰赴涡、宿会合各营兜剿。并准豫抚电复，业经飞饬归德镇拨队往永城堵御，并由省派营前往。当此连年灾歉，皖北俗悍民强，深恐裹胁日多，致烦兵力，总须迅速剿平，民心方能安靖。业经严饬各军速抵涡阳，先解城围，一面会合兜拿，歼除丑类，以期仰慰宸廑。请代奏。

复总署光绪二十四年十二月初九日

初九电旨钦遵。

查涡匪声势颇大，聚集将至万人，深恐裹胁日多，致成心腹巨患。迭经坤一电催江、皖各军，并电咨豫省，飞饬派出各军，星夜前进会剿。现徐州、寿春、归德三镇总兵先后行抵涡、宿等处，各路援军亦次第赶到。该匪闻官军大集，即西窜河南永城之童沟集、马村桥，及闻归德镇兵到，复由马村桥南下直扑白龙庙。业饬各该镇迅速会剿，毋任南窜。该匪人数虽众，多系饥民被胁，未必甘心从逆。首要自应歼除，胁从似宜宽宥。昨饬各该文武，出示晓谕，以冀解散。并由地方官妥为抚恤，以广皇仁。一面严饬前敌各军，火速进兵，视贼所向，相机堵截，务须早日竣事，俾免蔓延。又前据探报，夏邑有匪首徐鸣燕等，聚众数百人起事。该处距砀山境仅七里，深虑窜扰，并恐勾结涡匪，益难收拾。当经电饬严为堵御，并调铭字马队两哨，驰往援剿。兹据徐州道电禀，砀山初六得夏邑匪信，立会营汛，调集团练，前往迎击，兵练用命，鏖战良久，生擒匪首徐鸣燕等十二名，格杀四名，夺获车马旗帜多件等语。逆首业已就擒，余党当易扑灭。现又电饬迅将此股荡平，仰慰宸廑。请代奏。

复总署光绪二十四年十二月十一日

初十电旨钦遵。

现据徐州道桂嵩庆电称：徐州镇刘青煦，初八到临涣，次早派马队三营向石弓山进至张家圩遇贼，马队三路包抄，步队迎击，该镇亲督鏖战两时，贼大败，阵斩匪首刘昼远，杀贼四百余，生擒匪首刘丑并从贼六十余名，夺获牛、马、枪炮、火药、旗帜、车辆甚多等语。涡匪本分数股，得此胜仗，则刘疙瘩一股可期荡平。业经坤一电饬各军，星速会剿，以期早日扑灭。并另派衡字军，由江浦直抵凤阳，铭字马队全军进驻砀山，严密布置，以防奔窜。总期会合各军，四面兜剿，断不敢驱贼出境，致令蔓延，请纾圣虑。祈代奏。

寄总署光绪二十四年十二月十四日

十一日明降谕旨，钦遵办理。

徐州镇刘青煦，初九日在张家圩获胜，业经电奏。续据电禀，该镇初十日进至青潭集，遇刘疙瘩率悍贼三四千、马贼二百余，该镇亲督鏖战三时，贼始败遁，杀贼百余，斩马贼头目两名，生擒十余名。讯供匪首牛世修、刘永善、刘疙瘩、孙长治、鄢文勋均未就获。我军仅阵亡两名，带伤数名。郭宝昌由蒙城进攻鹿家圩，匪众投诚，仅将首逆鹿小贵正法。复进剿涡城附近一股，亦获大捷。闻豫军亦得胜仗。现由刘青煦约会郭宝昌、武朝聘、杨鸿礼等，同至龙山营会议兜剿，以期迅速平定。复经坤一电饬各军，务须联络声援，三省合为一气，及早扑灭，仰副宸廑。请代奏。

寄总署光绪二十四年十二月十六日

连日据郭宝昌、刘青煦电报，涡阳大股悍匪，经三省官军迭次痛剿后，贼众死伤溃散殆尽，匪首小花旗主马启芳、蓝旗主刘成均擒获正法，孙长治为团练击毙，余党除阵斩外，生擒者甚众，讯明分别斩释。惟首逆牛世修等尚未获，现派马步队四出搜拿，务获惩办。各圩寨自官军到，均反正，临涣、石弓山、丹城、龙山、青町、殷家庙、曹市集、袁家寨、高庐集、西洋集等处，大致肃清等语。涡匪声势甚大，攻陷多处，幸仗朝廷威福，旬余之间，渐次平定。现饬该镇等严拿首逆，安抚人心。并闻亳州境尚有鲁匪一股，亦即乘此声威，迅速击散。总期一律肃清，毋留余孽。一面会商抚臣邓华熙，筹拨巨款，委员分赴凤、颍各属，将灾民及被贼蹂躏之户，妥为抚恤。谨先电奏，仰慰宸廑。请代奏。

复总署光绪二十四年十二月十九日

奉十八日电旨钦遵。

现据郭宝昌电禀，首逆刘疙瘩为徐州官军击败后，率党百余名逃青町，遇该镇所派游击何师程等，刘逆率众猛扑，官军奋勇围拿，立将刘逆擒获，供系总盟主，又自号“大汉刘龙主”，廿六，烧香破曹市、石弓、龙山、义门等处，众万余，因迭犯盗案，不得不反，即饬正法。又邵大发一股，为兵团击败，由涡南折向北窜，经郭宝昌饬派营官李桂馨等，率马步剿拿，邵逆受伤被获，供系仁义王，众数千，破数十圩，杀人无算，亦正法。两逆皆凶悍异常，次第授首，远近大悦，余党悉解散，涡、宿肃清。惟牛世修一犯，尚无确实下落，已饬严密搜捕，毋任漏网。至亳境鲁凤林一股，并饬会合各军，迅速剿办，当不难于扑灭。

军事渐定，赈抚最关紧要，坤一已电商邓华熙，饬司筹拨银八万两，派员分投散放，并由江苏赈局协拨三万两，俾纾眉急，仰副宸廑。请代奏。

复总署光绪二十四年十二月二十八日

奉二十六日电旨钦遵。

查涡、亳等处匪势虽大，多系灾民被胁，自会剿后，首要多被擒斩，而刘疙瘩一犯，尤为渠魁。惟牛世修即牛汝秀、薛五二犯在逃，前据徐州镇道电禀，牛逆已经阵毙，有所戴红风帽可认，有匪党供证可凭，而坤一未敢遽以为信。日前复悬重赏，通饬皖南、北及徐州等属，严拿该二犯，务获究办，以绝根株。至余党先后阵斩生擒，已不下数千人。现复饬令严行清查搜捕，并无贼股应行围剿。

惟皖北民素强悍，盗贼时闻，当此人心甫定，尤应严密巡防，以免奸宄勾结，复滋事端。业经会商于皖北原驻练防各营外，添步勇二营共六百名，马勇一起八十名，又将省城、芜湖等处调往之练军步队二营、炮队及马队，并精健一营，留扎涡、蒙、亳、太等州县，分段扼要驻防。复由徐州镇酌留马队，扼扎宿州地界，星罗棋布，联络声援，兵力尚足资镇慑。苏、皖派出各营陆续撤回，似勿须马玉崐一军前来。

目下情形，实以赈饥恤难为最急，坤一、华熙已饬司赶速筹款，源源接济，以免灾民难民失所。谨将实在情形电陈，不敢稍存讳饰。

再，电商裕长，准复，自商、永以至光、固，节节有兵扼扎，足资防守，勿须毅军会助，意见相同。请代奏。坤一、华熙。

寄总署光绪二十五年正月十七日

涡匪一律平定，惟首逆牛世修即牛汝秀在逃，迭经坤一等悬立重赏饬拿。现据寿春镇郭宝昌、蒙城县曾光煦先后电称，该逆逃至骆驼集地方，于十四日被获，送至蒙城等语，元恶就擒，远近称快。除饬审明严办，另行具奏外，谨先电陈，仰慰宸廑。请代奏。坤一、华熙。

复总署光绪二十五年四月初七日

奉初六电旨钦遵。

意舰现到三艘，两泊淞，一泊沪。在淞者拜会苏松镇陈旭，据云提督日内即到。闻尚有三舰续来。南洋形势，海防以吴淞为要，江防以江阴为要。吴淞有盛字五旗，系班广盛统带，江阴有自强军二千余人，系李占椿总统，合字五旗，系章其俊统带。淞防力单，已饬陈旭调集兵轮数号，会同陆军，相机守御，而以黄少春所部驻扎镇江之江胜军三千人，为预备策应之师。目下并未失和，只能密为戒备，未敢遽调赴下游，致滋口实。防军仅只此数，不能不腾挪布置，以免顾此失彼。现已密饬各该军，将军装、子药备齐候示。意使到京，如果难就范围，拟请钧署早日密示，俾占先着。现在水师太单，南洋只木壳兵轮数艘，势难争雄海上。坤一与浙抚电商，均主陆防，以守为战，敌难久持。是否有当，候旨遵行。

再，统带亲军七旗山西大同镇总兵刘光才，奏准入都陛见，正在遴员接统。兹江防有事，若黄少春开赴下游，则上游兵数无多，该亲军甚为吃重，临事而易将领，情形未熟，拟恳天恩准其暂缓北上，俾资臂助。请代奏。

寄总署光绪二十五年四月十四日

意事前饬沪道密探，并商税司，预备撤去白茆沙一带浮筒。现据道复，据税司密告："探闻意国索租三门湾，意一欲仿俄租旅顺通商，二因俄在西比利亚铁路外，拟添新路，英阻不从，为暗助英计。刻师船在淞、沪游弋，不过虚声恐吓，断不敢在扬子江肆扰，且英亦决不许彼妄为。撤筒不难，一小轮一日即可除去，惟刻下万不可撤，致碍及商务，税饷受害。请以镇静对之。数日内尚有一舰来，只此五舰，不足为虑。”等语。又据吴淞探报，十二日下午有意国重载运船一艘抵崇宝沙，派弁往查，正将出口，该运船已驶入，我船用远镜窥察，见其升旗招海关洋人，抛锚移时又复驶出。因派人到海关查问原委，据云：“初见该船载重，取阅关单，渠诳称火食。正多方盘诘，意提督差其船主到关陈说，意求入口。而关上必令说明所载何物。渠见势不能隐，乃改说有军火子弹千一二百吨。关上比拒其入，该船主遂称与税司至交，可无碍关。仍不许，答以‘既有交情，且候商妥再入’。该运船不能强，因驶出口外停泊。”等语。查白茆一带浮筒，为行船标志，如遇战事，必须撤去，以乱敌船水道。税司所称不敢在长江肆扰及不足为虑，未敢深信。已饬沪道及江阴、吴淞水陆各统领，一有警信，即将各浮筒一律撤去，以重江防。意新到运船既系重载军火，并饬关转嘱税司不准进口。该船陆续来淞，事机难测，已密饬各防营炮台，如意人登陆强占，即行并力抵拒，毋得临事请示，致滋迟误。谨闻，并请钧署代奏。

寄总署 光绪二十五年四月十六日

意舰陆续到淞，其新到重载运船，又经税司放入，运物上船，刻又上煤欲开。事机急迫，不能不力争先着，若竟登陆强占，衅自彼开，情形显著，自当奋力抵御。但目前尚未失和，各国兵船游历长江，向所不禁，彼若借此为名，以一二舰驶入，我当派一二船装好子弹，尾随其行。如竟连樯而来，势难听其直入腹地，我当先以居民惊恐婉阻，设竟不允，即当开炮轰击，免堕狡谋。事关重大，请速核示电复，以便饬遵，至祷！并乞代奏。

复总署光绪二十五年四月十七日

奉初十日电旨钦遵。

坤一待罪南洋，何敢稍分畛域。自接意舰到淞警报，均随时电商浙抚，严密办防。旋准浙抚电告布置情形，坤一按沿海舆图详细察阅，该抚筹备一切，尚属周密，惟所用将领多未识面，不知其才具何如。比经电商，如需将佐，此间尚有可用之才，当选择曾经到浙、熟谙地势者，咨送差遣。至拨营一节，南洋屡次裁兵节饷，现存兵勇无多，分扎要隘，力已单薄，仅有江胜一军，为往来游击策应之师，若再抽调，全局机括不灵。苏、浙防务，同关紧要，不得不兼顾并筹。如浙必须添兵，远招湘勇，恐缓不济急，不若由派往之员，就近招募。台州一带，风气强悍，用之得法，可期得力。所需军械子药，由南洋协拨济用。嗣准电复，现派之道员钟念祖，在滇卓著战功，于本省舆地亦熟，并请调王世雄、张显荣赴浙。又经电商，王世雄、张显荣现分充衡军统带营官，江防吃紧，未便遽易生手，仍拟另派前往。昨准电复，饷绌添募为难，筹定再调等因。此近日会商情形也。

本日据探报，意舰不久即开赴三门，新意使仍驻沪，无北上准期。深虑意人猝发，已电浙抚严备以待。请代奏。

寄总署光绪二十五年四月十九日

前奉电旨，饬兵轮常川于各海口梭巡会哨等因。当以南洋各船，正在调拨分守要隘，未能远赴他口，电商北洋裕禄亦以为然。

又奉十七日电旨，自应钦遵办理。惟南洋现办情形，有不能不据实沥陈者。南洋兵轮六艘，皆系木壳旧式，钢板不过数分，只能依附炮台，相机守口，以收水陆夹击之效，尚为合用。若责令出海备战，即以现驻吴淞意舰相较，钢厚六寸者一艘，三寸者两艘，利钝悬殊，实未敢轻于尝试。现在驻淞两船，即令陈旭乘坐，默察意舰举动，若彼登陆，即会吴淞营台合击，若彼开行游弋，亦即尾随其行，此两船万难调动。尚有四船，一派在镇江，并另拨运船一号，专备黄少春带营随时策应游击，以期往来迅捷，亦不可少，其余三船，并蚊船、雷艇均驻江阴，该处为沿江各省第一门户，江面极窄，有此数船驻泊，更得炮台辅助，则敌船难以飞渡，内地自安。如调赴他口巡哨，万一有事，敌船半日可到江阴，而我船急切不能驶回，转虑落后误事。再四筹思，目下南洋防务较北洋为重，碍难遽离防守，不敢不据实陈明，伏乞圣明训示。请代奏。

寄总署光绪二十五年四月二十七日

坤一前因假期已满，病未全痊，于本月十六日，附片奏请续假一个月，俾资调理。现在协办大学士尚书刚毅奉旨来江查办事件，日内即抵江宁。昨接吴淞来电，刚毅有与坤一面商事件，廷寄即日抄咨等因，坤一自当力疾销假，以便商办。当此海防吃紧之时，坤一受恩至深，断不敢退闲卸责。惟年衰力惫，任重材铨，实深兢惕。一俟意事平定，再当吁恳圣慈，放归田里。请代奏。

复总署光绪二十五年五月十七日

咸电谨悉。前奉电旨，查询制造枪炮数目，并枪炮子弹首重合膛等因，遵即电知鄂督，互相考求，并由制造局员将试造枪枝及各项快炮口径格式、子弹分量，与津局鄂厂承办各员，逐细比较，期免参差。犹恐函电往还或有舛误，复由该局员驰赴鄂厂，会同该厂员匠，更番试验，枪弹均属合膛，快炮亦复一律，与坤一去年腊月复奏三省枪炮合成一律情形无异。

正在叙奏间，奉到四月二十七日寄谕，莫名感悚。遵查江宁、上海两局，制造枪炮、子弹、火药以及各种军火、雷电等件，以供南、北洋操防备战之需。宁局经费岁有定额，由南、北洋在制造二成税项内匀拨。沪局逐渐扩充，规模略备，节经添造快利枪、各项快炮，并创设炼钢、无烟药、栗色药三厂，所造军火，除南、北洋常年取用外，并经神机营、武胜新队暨各省各军调拨协济，为数甚多。制造数目之多寡，视经费盈绌以为衡。甲申、甲午两役，征调纷繁，该局加工赶造，昼夜不停，储偫未尝缺乏。现就机器力量及近年制造成数计之，宁局每年可造后膛抬枪一百八十枝，两磅后膛炮四十八尊，一磅子快炮十六尊，各项炮弹六万五千八百颗，抬枪自来火子弹五万粒，毛瑟枪子弹八万一千五百粒。沪局每年可造快利枪二千余枝，各种枪弹四百万粒，各项快炮七八十尊，各种大小实心开花炮弹三四万颗，无烟药、栗色药、黑药三十余万磅，各种引火、拉火、击火、铜帽、铜引一千数百万个，炼钢二千余吨。此外代造各省军火，修理枪炮、兵舰、差轮、水雷等件不在此数。详细情形，遵当专折奏明办理。惟沪局所造之快利枪，系就旧置修整林明敦枪机器，参以手工造成。上年奉旨饬令各军一律改用小口径毛瑟枪，当饬局核议拟购此项枪机，比因款巨难筹，仍就旧机添换零件，按照各军所用德国新式七美里口径毛瑟枪订购仿造，即与鄂厂所购枪机造成之枪可期一律，未敢稍有更改。现在枪机将次到齐，安配竣工，秋初即可开造。第机器迭经改配，能力有限，每日仅只出枪十枝，较之湖北所购专门新机，大相径庭。用敢据实陈明，伏乞圣慈垂鉴。请代奏。

复总署光绪二十五年五月十七日

咸电谨悉。三月铣电，奉旨饬查官办机器各项局厂，当经分饬钦遵。

查机器制造枪、炮、药、弹，同治年间，历经奏明创办金陵、上海两局，制造各项军火，专供南北操防备战之需，常年经费在沪关二成洋税项下拨给，历年奏咨造销在案。现办情形，另电覆奏。嗣金陵添设洋火药局，以机器碾造洋药，供水陆各营及长江水师之用，所需经费亦经奏定额数，历年照案报销。去岁裁节用费，已改归金陵军械所兼办。至铸造银元，因前奉寄谕，据御史易俊、陈其璋奏请，令南、北洋酌量设局，遵即筹款订购机器，营建局厂，所铸大元小角，兼搭铸钱，市面甚为流通，足以抵洋元而维圜法。二十二年春，奉旨振兴商务，鄂督张适在两江署任，据苏绅之请，设立缫丝、纺纱两厂于青阳地，以息借商款移作股本，复拨官款以厚其力，合成一大公司，现归职员祝承桂包办，仍由官绅维持。其职商黄宗宪苏州丝厂、绅董杨宗瀚无锡纱厂，亦均酌拨官款以资转输。又以官购之纱机四万余锭，交商兴办通州纱厂，商股未齐，旋值交卸。后由大理寺少卿盛宣怀、翰林院修撰张謇与坤一商议，分领此机，在上海、通州各设纱厂，以机价作为官本，另集商股建厂办工，是为官商合办。现通厂甫报开车出纱，沪厂尚未议办，纱机仍然阁置。其时并于江宁、苏州设有商务局经理其事，续又添上海一局，经费均由外筹。

上年奉旨，饬在上海、汉口兴办商局、商会，经坤一裁撤宁、沪两局，改设商务总局于上海，遴派员绅经办，与汉口联络一气，以宁、沪局费归并开支，奏奉批谕，督令认真经理，分举各业总董，会同联贯，期以逐渐振兴。惟商疲力困，洋商益肆挤排，现在苏州、通州各厂，与盛宣怀督办之华盛、大纯、华新、裕源、裕晋五商厂势甚危殆，其余商办丝纱等厂，或亏折资本闭歇，或售抵洋商改牌，察看情形，商务骤难起色，合并陈明。请代奏。坤一、德寿。

寄总署光绪二十五年十月初一日

奉二十九日电旨，钦遵。

江南各防军，前因意事未定，迭次饬令严防，未敢稍涉疏懈。现彼族暗调兵舰，居心叵测，尤应严密防范。已密电各军，昼夜戒备，如该国兵舰驶到，登陆强占，即遵前旨，开炮奋力抵御。一面电令长江提督黄少春，由湘星夜乘轮东下。现据淞报，未初来意舰一艘，进泊张华浜，余无动静。请代奏。

寄总署光绪二十五年十月三十日

迭奉十八、十九、二十日廷寄，钦遵。

现拟于吴淞口、南石塘外高坡添建炮台，以顾南石塘、狮子林后路。意舰在淞，防务吃紧，先拨快炮四尊，赶筑台座安设，俾资抵御，并另调南字两旗，驰赴吴淞暂扎，会同盛字五旗扼守，相机进止，业已到防。以上如福山、狼山、江阴、镇江、乌龙山及江宁省城，均节节布置。复照光绪七年成案，购造木排为拦江之用，以免疏虞。

除俟叶祖珪来宁妥为商办，所有详细情形另行具奏，谨先电陈，仰慰宸廑。请代奏。

寄总署光绪二十五年十一月十二日

意事未定，防务自应加严。坤一拟于本月十六日，由省起程，乘坐兵轮，阅看沿江炮台至吴淞止，并与黄少春、李占椿及防军统领，面筹一切防御事宜。

再，叶祖珪来电，定十三日赴浙。如十八、九日该提督回淞，亦可面商布置。请代奏。

寄总署光绪二十五年十一月十六日

坤一今日出省，署中日行公事，委藩司恩寿代折代行，要件仍包送行次核办。请代奏。

寄总署光绪二十五年十一月二十五日

坤一于十六日出省，乘坐兵轮，查阅沿江炮台，业经电奏在案。

是日抵镇江会黄少春，时李占椿亦由江阴来。次晨阅江胜军操，十八日阅象山等处及圌山关等处炮台，十九日阅江阴炮台并兵轮打靶，二十日阅自强军操。二十一日抵吴淞，苏抚鹿传霖及北洋兵轮统领叶祖珪亦到，会商一切。次晨与鹿传霖同阅南石塘炮台，并查勘拟增炮台基址形势，顺道阅铁路、马路各工程。二十三日转轮上驶，就便停轮江中，阅狮子林炮台子路。二十四日晨过江阴，阅看演放鱼雷，亥刻回抵江宁。伏查各路炮台打靶均能致远命中，而江阴一路尤为出色，演放八百磅子大炮，六出无一虚发。自强、江胜两军操法，极为整齐，所演行军队连环炮，声势连络，均足以备缓急，上慰宸廑。至吴淞口北、南石塘南添建一台，近顾浦江，远扼由海入江水道，兼顾南石塘后路，地势极为合宜，足弥淞台之缺，拟安设大小快炮七尊。又应用通语旗灯，已嘱叶祖珪与黄少春、李占椿及各台统领、兵轮统领妥商。详细情形，另折具陈。请代奏。

寄总署光绪二十五年十一月二十八日

坤一奉旨来京陛见，感悚莫名。惟坤一患痔未愈，昨力疾巡阅江防回省，感寒甚重，痔漏增剧，不能久坐，现已封河，遵陆实难支持。合无仰恳圣慈，准俟交卸后，暂住江宁调理，明春开冻，再行航海北上，不胜悚惧待命之至。请代奏。

电奏卷二

寄总署光绪二十六年五月十二日

拳匪事已奉谕旨，朝廷恩威并济，钦佩莫名。惟匪势如此猖獗，毁路踞涿，种种不法，名为忠义，实为叛乱，即使宣布解散，亦难保不散而复聚，蔓延日久，收拾益难。现闻大沽已有洋舰二十余号，万一出而干预，大局何以支持？畿辅重地，关系匪轻，似应一意主剿，痛剿一二股，则余股自灭，辟以止辟，正所以保全民命也。谨披沥直陈。请代奏。

寄总署光绪二十六年五月十九日

拳匪势甚猖獗，各国纷纷征兵调舰，大局危急。宣布劝谕，该匪未必遽散，散亦难保不复聚，即或遵谕解散，外人以西人及教民伤亡甚多，我未办匪，遽行了结，群相诘问，我将何辞以对？况就目下局势观之，断难就抚。如再迟疑不自速剿，各国兵队大至，越俎代谋，祸在眉睫。此实宗社安危所系，不敢不披沥上陈。拟恳明降谕旨，定计主剿。先剿后抚，兵威既加，胁从乃散，或可转危为安。即此了结，将来商办善后，已属不易。若一面宣抚，一面拳匪仍痛杀教民，各国断难忍耐。昨赫德电，亦谓“大局若无速转机，各国定并力大举，危亡即在旦夕”等语。从来邪术不能御敌，乱民不能保国。外兵深入横行，各省会匪四起，大局溃烂，悔不可追。机变甚速，间不容发。请代奏。坤一、之洞。

寄东抚袁光绪二十六年五月三十日

现有会香帅电奏一件，请尊处代为缮折，交驿六百里加紧驰递。奏稿如下：

“臣等奉二十四日寄谕，钦遵。续准东抚密电：‘奉二十五日寄谕：拳会在津助官军获胜，降旨嘉奖。饬各省招集此义民成团御侮，必能得力。办法迅奏。沿江海尤宜急。’”等因，钦此。

窃谓此次大患，在与各强国一齐开衅。目下大沽已失，京都危急。拳会仅恃邪术，各国非比流寇，虽幸获胜仗，各国断不甘心，势必增调重兵报复。俄、日两国陆兵最多，其来最速。现俄用装茶轮船改赴旅、大装兵，英调印度兵，美调小吕宋兵，日本调广岛兵，法调西贡兵，连德国陆兵，当不下八九万，断非董、宋、聂诸军所能抵御。拳会无纪律，可胜不可败，败则四散。以京师之重地，作孤注之一掷，危迫甚矣。论兵力，一国焉能敌各国，不败不止。论大势，各国焉肯输一国，不胜不止。岂有拳会可操常胜而无一败之理。鏖战旬日，药弹必竭，接济无从，更何能以血肉之躯与炮火相搏。一旦兵败会散，各国大队直入京城，宗社、乘舆何堪设想！此臣等痛哭流涕不忍言而不敢不言，不得不万叩以请朝廷亟思变计者也。

沿江一带，会匪、盐枭、安庆道友甚多，与拳会各自为党，平时专以抢劫为事，名号皆悖逆之语，并无拳会之党可招。臣等已将防务密为筹备。但就目前计，北事已决裂至此，东南各省若再遭蹂躏，无一片干净土，饷源立绝，全局瓦解，不可收拾矣。惟有稳住各国，或可保全疆土。江宁、汉口英国领事迭来臣等署中面商，欲派兵舰多艘入江保卫商、教，臣等以力任保护，坚辞却之，该领事已允不再派舰。上海各领事处，并经饬令江海关道密为转商，亦各允许。盖长江商务，英国为重，各国觊觎已久，惧英而不敢先发，英亦虑各国干预而不敢强占，以启各国戎心。在我正可就其所忌而羁縻牵制之，若触动一国，势必群起而攻，大沽覆辙，可深鉴也。此实委曲求全之策。现在尚属安静，自可暂与周旋，仍一面严密筹备。惟沿江防军甚单，精械不能一律，虽酌量增募，利钝仍无把握。一经宣战，各国封我海口，沪局军火不能运出，将士战守奋勇，亦无药弹接济。沿海各省纷扰可虑，防不胜防。闽、浙、广东兵力亦薄，从前法、越之战、日本之战，开衅皆止一国，军械药弹尚可设法分购密运，勉支半年。一国尚可力战，若谓可以抵拒各国，臣等诚不敢作此矜夸之语，以欺君父，而误国家。外衅一开，内匪四起，更难措手。总之，能联络一日长江以内尚可使外人无从逞志。倘各国必欲以干戈从事，派大队兵舰来江，攻我营台，实逼处此，臣等受恩深重，有守土之责，自当尽力抵御，存亡与共。事机甚紧，所关甚巨，谨披沥上陈。

再，出使各国大臣，此时请勿遽行召回。若使臣下旗回国，即是明言决裂，自认攻毁各国人命、物产，以后更难转圜，似宜仍令暂住各国为宜。在京各国使臣亦宜设法挽留，勿遽听出。合并沥陈。

此奏系电由东抚代为具折，交驿六百里加紧驰递，以期迅速。不胜急迫之至云。

何时发行，及有无谕旨，并祈电示。感切！祷切！

复粤督李光绪二十六年六月十五日

奉真酉电，辗转筹思，此事商缓多窒碍，暂还既无款，亦太冒险。惟有遵钧谕，照香帅意电奏，以冀万一。稿请斧削后，径电袁慰帅代具折，用六百里加紧驰奏，似较保定转总署为妥。奏稿及联名如下：

奉寄谕："各省认还洋款，着即暂行停解。"等因，钦此。

目下中外兵端已开，臣等惟有钦遵力筹战守，断不敢存和字于胸中。恭绎廷旨之意，本因防亟饷绌，故俯为各省筹画，移还款以充饷需。惟此事于全局军饷甚有关系。现在东南各省尚无兵事，商货亦尚流通，故税厘得以征解，军饷得资挹注，而风鹤震惊，居民迁徙，收数已不免短绌。各项洋款，均以关税、厘金作抵。彼贪我通商之利，与应还之款，牵制顾忌，不敢到处逞志。今若停还，彼无所希冀，各国股栗惊惶，必致耸动该国力据海关，分扰沿江、沿海、沿边等省。臣等均有守土之责，自应极力抵拒。惟利钝非所逆睹，难免日久旷持。从此军事四起，腹地伏莽乘机滋扰，外侮内患，天下骚然。洋货不能入，土货不能出，各省商贩裹足不前，洋关与沿海常关固涓滴无收，内地厘税亦必因而大绌，京外正在筹备战守，饷需不继，为害非轻。

查每年应还各洋款计共二千数百万两，每年洋税及洋药税计收二千数百万两，常税厘金计收二千万两左右，税厘两项岁可收银四千余万两，除还洋款外，尚可余银二千万两之谱。若沿江、沿海、沿边等省到处用兵，洋税全失，内地税厘收数亦必十去五六，通盘核计，较之向解洋款转受亏在二千万两以外。是停还洋款，于各省筹饷有损，尤于京饷有妨。盖停战无期，则需饷尤巨，既有必战之志，必宽留筹饷之源。

臣等再四思维，拟恳天恩，俯念此时保疆以练兵为急务，筹饷以商贾厘税为大宗，洋款若停，牵动内地厘金，亦碍华民生计，转于饷需有害，京饷及北上诸军饷项无从接济，关系尤大。可否饬下户部通盘筹计，俯准暂行仍照旧案解还，以保饷源而维全局。俟数月后，体察大局情形，再行请旨办理。臣等未敢擅便，谨据实核计声明，请旨遵行。

李鸿章、善联、刘坤一、张之洞、许应骙、奎俊、丁振铎、袁世凯、王之春、松寿、刘树堂、德寿、聂缉椝云。

复鄂督张光绪二十六年六月二十三日

养电悉。会奏稿，拟借救使立论，带叙保护事，较不着迹。惟弟近日心思枯涩，笔不能达，务求大加改正。电由慰帅驰递，应会何省衔，请酌。文曰：

奏为遵旨相机审势，妥筹办理，以彰威德而维大局，恭折仰祈圣鉴事：

窃此次战事，由于匪徒借口仇教，肆行烧杀，致酿大患。各国亦以剿匪、救使及保护商民、教士为词，调舰增兵，合而谋我。军事既起，各省自应力筹战守。臣等已将防务严密筹备，倘彼族前来侵犯，即当奋力抵拒，不敢稍涉疏虞。

窃惟中朝宽大，圣泽如天，怀柔远人，无不仁至义尽。目前办法，总须将朝廷万不得已之苦衷及并行不悖之德意，切实宣谕，庶匪徒不敢借端滋扰，为害地方。臣等于战事初起之时，即行出示晓谕，务各相安，不必妄生疑虑。并接出洋华民电禀，请保护各国洋人，以免报复，情词极为迫切。臣等遂乘各领事来商保护商、教之时，会饬江海关道余联沅与之订定章程，长江一带及苏、杭内地，各国如不侵犯我，当照常保护。经各领事电商各外部，臣等亦电各使臣，向各国切实声明。德因戕使，颇持异议，嗣为各国牵制，遂亦帖然就范。

恭绎五月二十九日谕旨，现在各使馆势甚危迫，我仍尽力保护，并饬臣等各尽职守所当为，相机审势，竭力办理。六月初三日寄谕“各使臣现仍严饬带兵官照前保护，使馆惟力是视。各该大臣在各国遇交涉事件，仍照常办理”等语。是朝廷于天津犯顺之洋人，则痛予惩创，于未与战事之洋官、商、教，则曲为保全，威德兼施，昭如日月。臣等屡次奏请保护公使，亦以圣虑之所重，时局之所系，首在此举，不容稍缓。迭准各使臣杨儒等来电，总以保全公使暨在各省之洋人为第一要义。拟恳天恩，饬下在京得力各军，保护各国公使，正所以自保使臣，饬令各督抚保护在华洋人，正所以自保在洋华民。不胜急迫之至云。

寄鄂督张光绪二十六年六月二十六日

傅相现已抵沪，累诏催令北上，并未指授方略，即调任北洋之说，闻亦子虚。只身进京，何从措手？匪特与大局无补，且恐入直境后，为拳党所持。鄙意若能授以全权，先商停战，如蒙俞允，方有办法。惟奏内不可露“和”字，总以抱定国书排难解纷为言，庶无窒碍。兹拟会奏稿求政，文曰：

昨闻津郡不守，敌势益张。该处距京仅止二百余里，上念皇太后、皇上缵承宗社，不知如何忧劳，臣等遥望神京，难安寝馈。现闻东西洋续调之兵，日本已有万余人在大沽登岸，其余各国军队启行已久，亦必相继到津，且闻各国相约进兵，现仍征调不已，事机日紧一日，尤深焦急。

两次伏读致俄、英、日本及美、德、法六国国书，嘱令排难解纷。仰见朝廷委曲求全，仁至义尽，不忍兵连祸结，涂炭生灵。

臣等伏念此次变故之来，宫廷筹画之苦，忧愤涕泣，不知所云。现在俄、倭两国已有覆书，词气虽尚和平，语意不无推宕。国体所在，既难时时致书，而通意斡旋，正臣子效忠之日。大学士李鸿章周知四国，体用兼赅，办理交涉有年，为各国所信服，往年与俄订立密约，本系李鸿章专使，相机通词，尤易就范。李鸿章现抵上海，可否授以全权，饬令就近在上海酌商停战，何国有隙可乘，即由何国入手，总以舒国难、保京城、间敌谋、弭兵祸为主，于事必有裨益。不胜惶悚迫切之至云。

请公改正，即飞电慰帅驰奏。应会何省衔，并请酌定，多多益善。先发后商，事机危急，傅相碍难久留，千万迅赐施行。

寄东抚袁光绪二十六年七月初六日

接俄馆初三代转吕使电：

“遵六月初三旨，向外部切实声明。据称使臣遭害，辱国莫甚。当力陈中国决无开衅意。克使为乱党戕害，朝廷惋惜殊深。彼谓须确查再商。因此官民愤怒，颇欲为难，幸有巡捕保护，尚无他变。彼虽云无瓜分意，亦不求专利，殊未敢信。刻派新使刷次士潭，并闻派兵二万来华，深恐愤兵不分玉石，民遭涂炭。正拟请旨为德使电唁，并许办犯保馆，免彼借口，因外部突禁发华码电，不果。幸奉国书及廿一日旨，适德王避暑，译交外部转呈。彼诘问克使眷属，臣许以查明再覆。容密书另行电奏外，窃思为今之计，宜乘各国兵未集，先自靖乱，免致借词要挟。或请驻京各使居间排解，各国易听，亦釜底抽薪之法。睹此时势，忧愤交深。外部屡言论情形不应再为接待，虽无逐客令，已不以使臣相待。臣不敢心存观望，但恐往晤被阻，反难转圜，拟派参赞赓音泰代为传说，以免龃龉。谨披沥上陈，请代奏。海寰”云。

请尊处缮折驰递为盼。

寄东抚袁光绪二十六年七月二十二日

驻韩徐使电：

“洋兵必欲进京，断难听之。惟有在京则力保各使馆，以杜其口，在津则力阻各洋兵，以挫其气，能相持两三月，彼当自有悔心。各国互相猜疑，势必不能持久。但须速催各省接济军火、粮饷，免致缺乏。俄以全力注东三省，各国忌之。若与各国讲解，宜托英、美。日本断不可托，俄恐彼挟诈相欺，且各国皆不甘心，转难了事也。请转总署代奏”云。

即祈尊处代转。

寄陕抚端光绪二十六年闰八月初四日

兹有电奏一件，祈具折代奏，六百里驰递为荷。文曰：

钦奉寄谕，饬将江北漕粮改解山西，于清江转运局拨给直隶赈米十万石等因。当经分行钦遵。

旋据清江转运局道员恽祖祁来电禀：“遵将运直赈米于闰八月初一日由镇江次第开行，并派员至陶城埠、临清等处查探情形，预为料理。”嗣据江安粮道松麟电禀：“江北漕粮，前奉旨饬运德州交收，由直隶搭放军米，当即催趱粮船，迅速上驶。兹又奉旨改解山西。当此时局艰危，銮舆西幸，敢不勉筹转运，以供扈从之需。惟再四筹思，运晋实多棘手。本届河运船只，因回空太晚，开行较历届为迟，奏明在案。沿途浅阻，李家窑迭次堵口，现甫全帮入黄，节令已逾秋分，此后由黄入清，由清入卫，何时能抵德州，尚难逆料。由德至晋全系陆运，此次漕粮十四万五千余石，每石须布袋一条，制办不易。其难一。每十石一车，约须车一万四千余辆，无处招雇。其难二。即在德雇车数百辆，辘轳转运入晋，每次往返约二十余日，非数十次不能竣事，需时太久。其难三。车价一项，即须银数十万两，布袋、席片、袋索、夫力、薪水、局用，尚不在内。各省库藏如洗，军兴以来，窘迫万状，此项巨款无处筹拨。其难四。新漕开办在即，粮道不能遽回，必致贻误。其难五。以上仅就大概言之，为难之处，实尚不止此。臣等体察情形，惟有吁恳天恩，仍照前次谕旨，将江北漕粮十四万余石运至德州水次，候直隶派员验收，搭放军米，该粮道即督率回空船只南旋，接办新漕。如山西需用米石，由晋抚咨商附近各省另行妥筹办理。伏候谕旨，由电饬遵，不胜迫切之至。

"再，清江转运局除拨运赈直隶米十万石外，尚有十万石应行运赴行在备用。惟圣驾是否幸陕，尚无确信。此项米石如用轮运鄂入陕，劳费较省，若由浦经豫省至晋，运道亦极艰难。第该局专司转运，并已筹有经费，与江安粮道情形稍有不同。所有浦局之十万石，究应运至何处，并候训示遵行"云云。

坤一、松麟。

复东抚袁光绪二十六年闰八月十二日

真电悉。疏稿词意肫挚，极佩。洋兵未退，既不敢遽请回銮，西幸长安，又虑各国梗议。乘舆已发，讵能折回？欲图补救，惟有先请谕旨，事定回京，庶可杜外人之口。此奏甚有关系，祈慰帅电商各省联衔电陕入奏，坤一当列衔。

初七又有启銮通谕，拟附一片，文曰：

“再，臣等正会商电奏间，续奉本月初七日谕旨：‘太原荒歉，供亿维艰，且电报不通，辗转延误，不得已西幸长安。’等因，钦此。仰见天心仁爱，体念民生，并以时局急迫，深虑要件或有迟误，故为此不得已之举。是驻跸长安，可暂不可久，已在圣明洞鉴之中。顾臣等鳃鳃过虑者，则以宗社为重，深恐各国以自弃京城为言，变其宗旨，分占要地，开议无期，大局不可收拾。仍恳俯如臣等所请，明降谕旨，以慰臣庶之心，以遂各国之望。谨附片具陈，伏乞圣鉴。谨奏。”

祈一并裁酌，电商附发为荷。

寄西安行在军机处

光绪二十六年闰八月十九日

出使大臣吕海寰来电：“国书已递。外部云：‘覆书交德使专呈，并另颁训条，饬使译办。其书已登报，请查奏。’等语。兹谨撮要译呈。其文曰：

‘大皇帝来电已阅。深悉大皇帝拟将凶杀德使辱及文化之事，按照华律赐祭奠醊，作为偿恤。然予身为德主，世守耶稣教规，似此凶恶之事，碍难遽以奠醊了结。此次传教及奉教人惨遭荼毒，不可胜计，其冤魂亦非奠祭所能解释。使臣公署，各国所重，向无加害之理，而中国反是。且各国商民、教士及大皇帝属下人民崇奉与予同教者，均无故被难，闻之无不凄惨。然予不责罪于大皇帝，惟倡首肇乱、扰害生灵、主谋办事之大臣，既自肇祸，即属罪有应得。如大皇帝能治以应得之罪，则予固可释然。倘肯照办，并允各国代君行权之人，赞襄其事，即可允行。大皇帝如能回京，尤所深喜。当饬瓦总帅不但遵照大皇帝应得体制敬谨接待，且可派兵护卫，听凭裁夺，犹有抗法者，亦可饬令帮剿。和局亦所深愿，但志在惩罚有罪及所失尽为弥补不缺，日后各国寓华之人，皆得安居乐业，无财产性命之忧，其传教、从教诸人，得以任便，尤为厚望'云云。"

"臣在德，外部久不接待，遇事遣参赞赓音泰传话。前因德通文各国，意在索交罪首，方肯开议。迭饬赓音泰遵历次电旨，以民教相哄，事起仓猝，实非朝廷本意，亦非朝廷意料所及，反覆理喻，迄未就范。臣又以情动之，遂将中、德历年交好，前既有遇事相助之美意，仍望追念旧好，及早议和，顾全中国体制，尤不可使中国有失自主之权，函达外部，尚未接覆。幸奉国书，从优赐祭，其覆电虽有不足之言，已有转意，惟仍以严惩祸首为词。所颁德使训条，据外部面称：一，须由各国驻使查明中国拟罪诸王，是否实系真正犯罪之人；二，须查明中国自愿治以何罪；三，须向中国索取切据，拟定之罪，必见施行。应令各使随同办理，以为确证。此三节办妥，再议和约、赔款诸事云。外部久已隔阂，迭经疏通，至十二日始允接见。德王出外，国书由臣面交外部转呈，并喻以大义。彼愤气稍平，仍未能如常接洽。臣奉使无状，不能挽回狂澜，愧愤交并，曷胜惶悚。除俟克使棺柩回德时，遵旨办理外，谨先奏闻，伏乞圣鉴。臣海寰叩覃。请代奏"云。

即请代奏。

再，此电系由俄京转来，十八日亥刻始到江宁，合并陈明。

寄西安行在军机处

光绪二十六年闰八月二十五日

接驻宁英领事孙德雅函称：

“兹得上海总领事电称，接准本国外政大臣电，北方启衅，两宫蒙尘，实因拳党擅权所致，我国良深愤恨。决无稍欺两宫之念，只知遇事竭力挽救，以安我心，此衷可表。相应具闻，务祈贵大臣详为转奏两宫，毋庸见疑多虑，我国断无异心贰意也”云。

请代奏。

寄西安行在军机处

光绪二十六年闰八月二十五日

迭奉谕旨，清江转运局改设汉口，所拨直隶赈米十万石运至德州，由直隶总督派员接运、其余十万石由襄河运赴行在等因，遵即饬令恽祖祁钦遵。

兹据该员电称：“饬移汉口，惟奉拨直隶赈米十万石，自闰八月初一日由镇江开行，头批因河水浅涸，仅抵汜水，二批沮滞扬州一带。虽经严饬汛坝蓄水趱行，奈天时久旱不雨，水无来源，实非人力所能施。”正在焦灼，适接德州粮台长芦运司杨宗濂、津海关道黄建筦、山东粮道尚其亨电：“漕粮运道艰难，至今尚未到德。直隶赈米若由运河上挽，恐须数月，饥民何能忍待？请折价银二十万两，以资济急。”又接袁世凯电：“北运河本系借黄济运，现在节近霜降，水枯无可借，运直米船，难以浮送。”等语。

查直民望赈甚殷，自应迅筹救急。应即如杨宗濂等所请，在运费项下提银二十万两作米十万石，由直隶就近采买，迅速赈济，以广皇仁，而免延误。其由汜水等处折回米石，即令恽祖祁酌量情形，连同奉饬由襄运陕之十万石，一并运赴陕西。如此一转移间，直民实惠早沾，陕仓亦较充裕，两有补益。前项米石，饬转运局迅速运赴龙驹寨地方，遵陆径运长安，并请旨饬令陕省在龙驹寨设局豫备接运，以利遄行。

请代奏。

寄鄂督张东抚袁盛京堂

光绪二十六年闰八月二十六日

顷照杏翁电拟奏稿奉商，请酌改，各省愿列衔者即照列。既有折衷一是之旨，香帅必须会衔。稿如下：

“奏为密陈大计，以救危亡，恭折仰祈圣鉴事：

“窃以此次拳匪肇乱，中外构兵，驯至决裂不堪，实为千古所罕见。各国因听各驻使之言，归罪于误信拳匪之王公大臣，必欲严速惩办，方可议和。臣坤一、臣之洞每晤各国领事及经过洋员，剀切开导，示以闰八月初二日谕旨，嘱其转达外部，催令开议停战。而各国以事未施行，疑系空言搪塞，固执前说，众口一词，观于德、日所覆国书及美总统之言，其情可见。若不迅速惩办，现在联军已抵保定，并闻将趋正定。似此深入不已，万一渐引而西，断非程文炳、董福祥等所能敌，亦非百二山河所能阻。不得不仰恳宸断，立将该王公大臣分别治罪安置，毋令随扈，以平各国之愤，以释各国之疑，当可早日开议。该王公大臣误用拳匪，或出一时愚忠，惟各国啧有烦言，势将忧及宗社，即应以身任咎。古来当国辅臣，每遇水旱、盗贼，辄以佐治无状，自请罢斥。义固应尔，史册可征。况轻开邻衅，乘舆播迁，该王公大臣应亦体量及此。且由我速办，尚存自主之权，去可复还，夺可复予。若迁延日久，时局日非，深恐将来要索益坚，转非王公大臣之福。此外各省有酿成拳祸、杀戮无辜之员，应行重惩，朝廷自有权衡。臣等自五月以来，惊魂欲断，血泪将枯，自维待罪疆圻，何敢妄预内政，第事关存亡大计，不得不冒死沥陈”云云。

若发，未可再迟。拟即电陕藩具折密陈，候电覆。

寄西安行在军机处

光绪二十六年闰八月二十九日

奉旨：“副将王世雄，着饬令该员前往陕西，交岑春煊差遣委用。”等因，钦此。又准岑春煊咨，请饬该副将原带之衡字五营开拔来陕等语。

查目下江防戒严，外患内匪，在在可虑。安徽大通前有匪徒滋扰，势甚猖獗，幸派兵速剿，得以敉平。各处伏莽尚多，情形吃紧，防务未可松劲。前经遵旨饬令总兵刘光才率队赴晋，江宁城外空虚，随将王世雄一军添足五营，调扎下关，以昭周密。王世雄办事勤干，日熟习地方，所部亦多旧人，甚为得力。兹又经陕抚奏调该员差遣，奉旨允准，并咨调勇营同行。江南既少可靠之将，又无久练之营，即使再行添招，恐不足以应缓急。惟现在銮舆幸陕，行在需员，坤一何敢率行奏留。应否只令王世雄赴陕交岑春煊差遣，抑照岑春煊咨饬令王世雄带所部同行，相应请旨饬遵。请代奏。

复鄂督张并寄东抚袁盛京堂

光绪二十六年九月十五日

鄂元亥电悉。香帅既再三见委，自应勉拟一稿。窃谓此奏命意，一在破主战之惑，一在助全权之力，应办何人何罪，均可不必明言。拙稿奉呈鉴政，即存杏翁处，候邸、相电奏到日，一同电陕，不先不后，庶可得劲。香帅如肯酌改，亦即径电杏翁照办为祷！奏稿如下：

“行在军机处钧鉴：

“此次与各国议款，首以惩办酿祸诸臣为请。业奉电旨饬令庆亲王、大学士李鸿章与之磋磨，密拟具奏。该王大臣自必竭力商办，覆奏到日，朝廷具有权衡。顾坤一等鳃鳃过虑，则以洋兵日西，事机万紧，有不得不再渎宸聪者。

“陕西古称天府，今非雄都，时势固自不同，战事亦各有异。洋兵乘胜锐进，连横而来，不畏数万里之海，岂畏二千里之陆？以北京士气之新，军械之利，尚难资以御敌，岂陕西大河之限，潼关之隔，即可恃以无忧？且入陕之路歧出，备多力分，断难抵御。此地险不足恃也。

“銮舆驻陕，需用浩繁，西北力有难支，东南责无旁贷。目前沿江、沿海各省，暂示羁縻，尚可妥筹运济，一有决裂，恐难任我转输。近接各处电音，备述各国意指，有谓宜分攻晋、豫者，有谓宜进兵襄、樊者，甚且欲以留还洋款为词，禁我运解京饷。和局若变，战舰即来，各省专顾筹防，关中将成坐困。此接济不足恃也。

“各省伏莽潜滋，会匪遍布，大局未定，窃发时虞。即以沿江而论，如湖北汉口、安徽大通之案，可为前鉴。幸经派兵速剿，不致蔓延。若值敌舰来侵，何能兼顾？和议一变，各国分路进兵，匪徒乘机起事，外患内讧，天下骚然，将有瓦解之虞，适激瓜分之祸。此又时局大可忧也。

“总之，以一国而敌八国，强弱异势，众寡相悬，和战机宜，无待蓍蔡。坤一、之洞闻自晋来者，历述两宫西幸在途艰苦情形，芜亭豆粥，滹沱麦饭，愤憾涕泣，无地自容。并闻圣驾抵陕后，仍复日夜忧焦，悬望款议，临朝辍食，还宫沾襟。若不早图定局，天下臣子问心何以自安。从前在京肇衅之王公大臣扈跸西巡，目睹两宫遭此困厄，当亦有所不忍，自应为国任咎，为主分忧，更何忍以二百数十年之社稷，二十余行省之人民，举以同殉。坤一等钦奉谕旨，磋磨自与各国使臣妥为商酌，而要不能不稍为迁就也。古来圣帝明王，每遇阳九之厄，往往委蛇求济，隐忍图存，上惧宗社危亡，下悯生灵涂炭，不惜一时之屈，但期百世之安，诎可复伸，衰可复盛，史册昭垂，班班可考。我皇太后、皇上量同天地，泽沛华洋，伏愿宸衷独断，早定大计，以平各国之愤，以联各国之情，庶几早日开议，挽救危局，不胜迫切待命之至。

“刘坤一、张之洞。请代奏。”

寄西安行在军机处

光绪二十六年九月二十四日

本日由俄京转到出使大臣吕海寰歌电：“臣迭催外部速行开议，昨始得覆。据称德主现已格外允准查验议和大臣全权字据，惟所注意者，必须朝廷回京，方能商议，且收实效，中国庶可因而复旧等语。臣默观各国意见，似均愿从速议结，即德国亦渐有转圜之机。惟一日不回京都，人心即一日不定，且奏报难免迟滞，和议势必久延，各国借词另生枝节，天下大局致为牵动。窃思乘舆西幸，诚非得已，殽函虽固，未可久持。况各国使臣有驻京之名，若驻跸西安，将来通问递书，亦难拒其不来，所谓‘我能往，寇亦能往’。情势昭然，究非万全之策。似不如俯允各国所请，以固邦交而安人心。可否饬下全权王大臣，预与各使臣暨各统帅从速议定迎护切实章程，指日还跸，俾和局早成，天下幸甚。迫切上陈，曷胜惶悚。请代奏”云。

即请代奏。

寄西安行在军机处

光绪二十六年十月十一日

奉寄谕："清江转运粮米事宜，派程龢祥、蒯德浦办理。"等因，钦此。自应钦遵办理。

惟南省自军兴以来，骤添多营，筹拨饷械，需款浩繁，罗掘殆尽。又有入卫军饷、筹集购米运京经费、协济直隶军需、奉拨山西陕西赈款，皆为常年所无，数目繁巨，而关税、厘金等项，因商务减色，收数远不如前。洋款偿期踵至，直隶等省奉拨之项，多未解到。江南复有瑞记一款，本年应本息兼还，值此时局，何敢失信友邦，再误大局。电牍络绎，移东补西，数月以来，实已筋疲力尽。若款议迁延不定，以后能否支持，尤觉毫无把握。广东号称繁富，此次应解洋款无着，勉借商款应付。其余各省概可想见。若再增措数十万金巨款，实苦无从挹注。此筹款之难也。

恽祖祁设局清江，因圣驾幸陕，饬令移局汉口，以期便捷。所办运米二十万石，次第启行，约计运至荆紫关，水路需费二十余万两，陆运西安又需费七十万两，车马、骡驼均不易雇，尚拟雇夫挑驮，艰难可想。若在浦设局办运，陆路二千余里，较之汉局需费尤重，车价甚贵，且亦难雇。此办运之难也。

坤一等再四筹酌，现无此款力。在浦办运入陕，似不若汉口汛舟之便。至于批解饷银，应归驿站。运拨军火，外人正拟阻截，即目前解陕毛瑟枪、快炮等件，正在设法密运，亦未必专走清江，似更无须转运局照料。拟请暂缓在清江设局，免致徒糜局费。

请代奏。坤一、之洞。

复鄂督张东抚袁并寄盛京堂

光绪二十六年十月十三日

鄂锡午、济文电悉。慰帅致荣相续电，极佩，第恐诸谬未必有耻耳。会奏事，既奉调董赴甘，谕旨木可不发。然降调、革留诸臣，尚无后命，仍以电奏为是。香帅所论哲美森及木斋齐电两节，鄙见哲谈，内间未知，木电虽并致荣、王，所谓自办，正与此奏相合，似可不必辩正，转涉痕迹。奏稿拟就，请斧政，由鄂径发。此奏发后，即可将慰帅所拟劾董折速商各省续发矣。奏稿如下：

行在军机处鉴：

近闻洋兵西逼，已抵井陉，太原戒严，宣化、居庸等处洋兵不少，晋防万紧。坤一、之洞迭电各出使大臣，向外部劝阻，彼族均涉推宕。连接各处电报，外人总以惩办首祸未能满意，毓贤、董福祥尤为各国所切齿。闻已预备哀的美敦书，允之，则必有为难，拒之，则立致决裂。时局至此，恐终归于不能不允。坤一等窃谓此次议款，当握定不失自主之权为第一要义。赏功罚罪，中朝自有权衡，本非外人所得干预。肇祸诸臣纵匪滋扰，贻害国家，得罪于宗庙社稷；乘舆播迁，备尝艰险，得罪于皇太后、皇上；大局阽危，生灵涂炭，得罪于天下臣民；围攻使馆，妄杀洋人，得罪于海外诸国：种种罪戾，擢发难数。即令诸臣自思，当亦无颜再生于尧、舜之世，即无各国要索，当亦不能幸逃于祖宗之法。圣朝忠厚，两宫仁慈，或念其随扈微劳，不忍遽置重典，似不宜令其再窃高位，再误国是。拟请断自宸衷，明降谕旨，将载澜、赵舒翘、英年一并革爵、革职。刚毅查办拳匪，语多纵庇，虽已病故，仍请革职。毓贤、董福祥情节最重，法无可贷，请治以应得之罪，董福祥现在调回甘肃，或俟抵甘后，再行惩治，伏候圣裁。一面速发国书，切商各国，迅发训条，和平开议，或冀早就范围。与其待彼书到，迫以必办，损我国体，何如趁书未到，先行自办，伸我大权。事机危急，诸臣罪有应得，坤一等不敢徇外人之好恶，不敢不为朝廷整纪纲，谨冒死沥陈。

请代奏。刘坤一、张之洞。

寄西安行在军机处

光绪二十六年十一月十一日

昨上海英总领事霍必澜，奉其公使令持条款译稿来商，当举数条略与辩论，本日复致函列款，嘱其转电英使。文曰：

“昨承贵总领事远道来宁，畅谈一切，并见示和议条款译稿，具征贵国敦重睦谊。贵驻京大臣、贵总领事慎固邦交，本大臣曷胜忻慰。此次变生仓猝，实由祸首纵庇拳匪，以致开罪友邦。今承各国尽释前嫌，重联旧好，所有条款，凡敝国力所能及者，自当勉为其难，以适各国之意。惟查五、六、七、八等月间，各省情形不同，除北省肇衅各处外，余均照常保护，慎守约章，为各国所共鉴。此次议款，务宜格外从宽，俾免安分之民为滋事之匪所累。况敝国与贵国交好有年，贵国商务之在敝国者十居七八，商利之厚薄全视地方之盛衰，尤望贵国竭力维持，借收辅车相依之效。本大臣久膺艰巨，任重材轻，既荷贵总领事雅爱，允将所见代为电京，兹酌拟数条达览，尚希迅赐电达贵驻京大臣与各国大臣，察酌照拟商订，不胜企感。

"一，第二款惩办祸首。懿亲不加刑，各国通例。中国政府允将各王公分别远戍圈禁，并永远革爵，本支子孙不准承袭。其余各员，除毓贤获咎最重，应照例处治外，余仍分别惩办，惟内有一时碍难遽办者，应暂缓办。

"一，第五款禁运军火器料。中国既认保护商、教之责，不能不购制军械，严防土匪。能将此条删除最妥，否则，不禁器料，仍严禁私售济匪。

"一，第六款赔偿费用。中国入不敷出，患贫已久。此项偿款，各国酌定数目，不使过多，庶免中国筹措为难。

"一，第七款使馆留兵。应酌定数目，务宜从少，以期宾主相安。

"一，第八款京、津设卡数处。兵数、卡数亦宜从少，不可干预地方行旅，以免兵民猜忌。

"一，第十一款更改约章。务使妥善，无碍商民生计、中国利权。

"一，拟增一款，各处教堂应申明旧章，不预词讼，并妥定专条，务求永远相安之法"云。

又德总领事克纳贝亦奉公使令持译稿来见，其意与霍总领事同，坤一亦将前情面托电京和商。

请代奏。

复西安行在军机处

光绪二十六年十一月二十八日

个电奉旨恭悉。修改通商行船条约，载在大纲十二条，已经奉旨照允画押。若忽生异议，不愿修改，各国将疑我反覆，各款均不足信，于和局且有妨碍。原奏谓："战事止在北方，东南通商行船一切照常，应与商免修改。"等语。查当日保护东南大局，原系奏明遵旨办理，所以宣布朝廷德意。今日议约，未便以朝廷已允之件，另起波澜。至补救之方，谨当详思力筹。此系善后事宜，不比议和总约。事机紧迫，惟有于商酌细目时，视彼要索何款，相机抵制，设法保护，总以勿碍我商民生计、勿侵我自主之权利为主。闻各国已令议院、商会，各抒所见，势将择其利彼损我者，合力挟求更改。盖各国通商自有常法，修改条约必期彼此有益。中国则旧约本已受亏，彼本不以各国通例待我，战败以后，愈改愈很，势所必然。倘能于和局大定之后，即行宣示整顿内政切实办法，使各国咸知我有发愤自强之望，力除积弊之心，则筹议修约时，尚可容我置词，不致一味听人指挥，受人侵削。坤一、之洞拟即札饬各关道并分咨转饬各省关道，将关系通商行船各事宜，各具说帖，以备参酌，一面并商全权大臣，一面奏明备考。如间有京议阻格之时，再由坤一、之洞设法转达各国公使，相机调停，以为全权之助，或当稍有裨益。宣怀亦饬各商局预筹利弊，届时以便随同商酌。

请代奏。坤一、之洞、宣怀。

复西安行在军机处

光绪二十六年十二月三十日

宥电及艳电旨均奉到。坤一于未接宥电之前，曾托驻宁各领代达公使，恳为商减，再三与商，始允转电，屡询尚无回音。各使覆全权词意决绝，似难转圜。此事枢纽全在各使。驻宁各领现难再托，惟有托驻沪各领代达公使，告以首祸诸人，业已分别惩办，朝廷实一意主和。惟赵舒翘查办拳匪，两日即回，颇有解散，惜办理草率，第前在苏抚任内，办交涉各事，亦尚持平，其无仇视意可知，现办斩监候，实已情轻法重。英年虽会衔出示，曾经阻止，惜未能力争，惟究属为从，量情亦宜末减。惩办祸首，曾经电奏必须严办。如果情罪相当，何肯转为商减？实缘英、赵非毓贤等可比，还望深念睦谊，力为解释。至启秀、徐承煜两人，并望交还，如果应得重罪，由中国自行严办。嘱各领代恳公使，电由盛宣怀转托。惟各国要挟甚坚，能否就范，毫无把握。仍请俟全权大臣具奏到日，察核施行。

请代奏。

复西安行在军机处

光绪二十七年二月初一日

沁电旨恭悉。国能自主，以其国是皆不必听命于人，而国是之重，莫过于权、利两项。今细绎俄约，虽略加删改，凡关兵权、利权均须商之于俄，满洲全境无异为俄所有。此约大体已非，纵再删改，总不能一无所损。各国必须效尤，均早明告中国。一俄尚未能拒，岂有能拒各国之理。是满洲失一分权利，即举国之权利皆失，不仅现在联军未撤，细约未定，京畿一带在各国掌握之中已也。为今之计，惟有请速发电旨，令驻英、日、美、德各使，切商各外部，告以俄改约仍多关碍中国及各国之处，期迫难允，请各国代为恳俄展限，俾得详筹。此即照英澜侯语"不得各国回信不画押"之意，借为腾挪迁延之计。一面即与各国相商，如能力助中国拒俄，愿将东三省全地均准各国通商，公享利益，各国当必欣然。与其为俄独占其利，受无穷之害，不如借各国通商，以为牵制之策，不独目前可以拒俄，亦从此可免俄国侵吞满洲之患。俄欲筑路、驻兵，直达长城，蓄意最很。如难商阻，即令杨使告以在奉天一带，聘英、日将弁练水陆各师，以为抵制。俄能因此停止，固善，否则亦可借伐狡谋。是今日欲求自保权利以为救急之谋，舍此实无别法。坤一等往返筹商，意见相同。其详已具之洞俭电。现俄催画甚急，显虑各国阻挠，欲迫中国自允，为箝制各国之计。全局所关，伏乞朝廷力为主持，不胜迫切之至。请代奏。

坤一、之洞、宣怀。

寄西安行在军机处

光绪二十七年二月初三日

罗使东电："顷晤澜侯，据云：'聆蒸旨，诘俄从未稍懈。兹闻俄允删改，虽未据驻俄英使详报，而第八款中蒙古、新疆等字样均删，与原稿相衡，为害较轻。惟公约未定之先，鄙见仍以缓允为要。英在中国保商外无他图，如韪鄙言，当始终以全力相助'等语。祈转枢府代奏"云。

英肯如此推诚许助，实为中国大局之幸。惟恭阅寄全权东旨，令权利害轻重，妥筹定议。深虑全权即照改约定议签字，盖全权此时正欲照此定议。日前驻宁、汉英领分向坤一及鄂督言，谓奉萨使电云，“由周馥面告，约已改好”等语，令各告知江、鄂。其约内凡有损主权及碍各国之处，周均藏过不提，无非虑英阻挠，故以好言相慰。岂不知定约以后，约内各条，各国断无不知之理，掩饰一时，更足贻各国口实。此次东旨，虽有应明告英及各国之语，纵全权告各国，亦恐如周馥之含混其词。俄约一定，大局即将瓦解，焦愁忧急，莫知所措。总之，俄此次允改条款，实系被英诘问，有所瞻顾，迫中画押，深虑各国阻挠，欲借箝制各国之口。东旨令全权妥筹定议，无非因各国无实在回信，孤立无助，万不得已而出此。今英既允以全力相助，何可迁就允俄，自蹈危机，致成不可收拾之势。惟有仰求迅赐宸断，饬全权万勿画押。一面俯采坤一、之洞等东会奏斟酌施行，无任迫切之至。

请代奏。

寄西安行在军机处

光绪二十七年二月初四日

吕使勘电：“昨德相毕鲁在议院宣言曰：‘和议最要者两端：一，启衅首祸，前言概治以死，今稍从宽，不分官之大小，以罪为断。醇王来德一节，我皇甚喜，然须和局定后，方可接待。二，赔款除军费外，商、教亦应索偿。惟款须有着，而仍不伤中国财力。已与谙华情者相商，均谓不宜干预华内政，亦不宜稽查一切财项，以海关作抵为最妥。银价已落，华已吃亏，稍加关税，亦属所宜。至盐厘等应否加增，须详察再定。或谓应废厘金者，是干预华内政，我政府不甚谓然。倘中国办法未能尽如各国意，则各国应代筹理财善策。德兵何时可撤，以华人办事迟速为断。赔款有着，兵即可回。去年德、英条约，一保中国土地，二保英、德在华商务，与满洲事无涉。德在满洲无多商务，存亡无干，然德不愿中国国产任意弃置。国债甚巨，各债主亦不愿其浪掷。各有专约牵涉中国财力，我国断不坐视。幸各国立论，均谓在华不求专利，有则公之。惟公司数家乘机索利，若不严阻，恐华财将尽，我无所取。华使来商满洲事，答以归驻京使公商为妥。有谓俄、德相持不下者，此说无稽。要知俄专注北省，与德无涉。德廷办事，大意在保全太平，勿损己利益，各国或有争端，德必守局外例。我行我法，不为他人指使。我德总以速结华事为宜，遇事公平妥商，如各存意见，亦必竭力排解。'等语。谨撮要电闻。乞代奏"云。

寄西安行在军机处

光绪二十七年二月初四日

英澜侯谓俄约仍以缓允为要，英在中国保商外无他图，当始终以全力相助。日外部谓中国能确意拒俄，可泯各国借口之端。是不画押，俄虽决裂，不过缓交三省，各国断无效尤之理。俄久据辽、沈，与各国亦多不利，事后必有公论。若一经画押，则德于山东必先照办。各国执利益均沾之说，群起纷争，即成瓜分之局。两害相形，不画押祸缓而轻，画押祸急而重。俄外部不见杨使，不肯阅信，皆恫喝惯技。其逼迫画押，无非恐各国阻挠，欲借此箝制各国之口。俄果毫无瞻顾各国之意，则原约十二条断不肯自行删改，此中情伪显而易见。存亡呼吸所争止一押之间，务求朝廷坚持到底，无论俄人如何恫喝，勿稍松动。现既电驻英、日、美、德各使转商各外部代请展限，必须俟各国回信，再行定议。求电饬全权万勿画押，不胜迫切。

请代奏。

寄西安行在军机处

光绪二十七年二月初八日

庆李鱼申、阳两奏，吕使鱼电奏，想达览。俄前拒杨甚坚，忽尔约晤，口气松动，必系因日诘问，中有所馁，格使谓不惧各国，全是虚声恫喝，断不可为其所动。全权力主定约，至今日亦知日本实心帮助。英澜侯始终请我勿画，当以公论相助。即中立观望之德国，亦谓俄若决裂，公约在京照常办理，尤可放心。中国开衅各国之后，不图有此邻助，正宜迎机善导，为联交自立之计。细揣英、日情形，澜侯虽有不助兵力之言，然诘问不应，势必不能中止，日本若不得英人助兵确据，岂敢遽然出头。此等机倪，英可与日言之，不便明告我耳。宜饬杨使暂行停议，持以镇静，不可轻着一语，致贻口实。我不画押，而逼出英、日顺、直退兵之言，不令杨使画押，而又逼出日本向俄诘责之事。此时我能坚持到底，各国必出调停，东三省事势必归于公断，不惟瓜分之祸可解，即三省亦可保全。万不可将前约略为删改，仍令画押，又堕俄人术中，自蹈危机，不可复救。伏祈迅发电旨，饬令三全权无论俄约如何删改，总须与各国商允，方可定议。朝廷持以定力，大局必有转机。若稍一松劲，日、英助我不成，转撄两国之怒，岂第俄约虑有枝节，更恐公约因之牵动，危可立待。机括间不容发，伏望圣明采纳，曷胜迫切之至。

请代奏。

寄西安行在军机处

光绪二十七年二月初八日

顷庚电，想达览。寄庆、李阳旨敬悉。俄垂涎辽、沈，蓄志已久，今得乘机要挟，譬如物在虎狼之口，断非情理所能禁其吞噬。幸赖朝廷坚持，英、日力助，得以戢其狡谋，先废旅约，复改续约，今又自许展限一二日，其虚声恫喝，业已毕露。盖中虽不敢抗俄，俄与各国亦必有所顾忌。今既得英、日之助，正宜力与相持，听英、日与俄诘论，归入《北京公约》并议。若由我与彼仍就原约商减，非独仍难杜其要索，保我权利，且英、日如此相助，而我转自松劲，各国将视我不足有为，势必以诘俄之力反而向我，其祸即不堪设想。逆料俄经日诘问，知众怒难犯，必自转圜，乘杨转商，或当删减一二，复为欺饰之计。然英、日既经出为公论，断非俄删改一二所能惬意。值此安危吃紧关头，伏求朝廷始终坚持。不日全权奏到，无论如何删改，总须俟英、日允许之后，方可定议。又将来图报及相推让等语，似可不提，以免俄人日后要求、各国目前诘责。

请代奏。

寄西安行在军机处

光绪二十七年二月初九日

京庚电奏所论事理，实非筹国至计。画俄约，各国效尤，前据各使、各领之言，均经由电上达，不再复述。不画俄约，英澜侯云无论俄如何举动，英当以公论相助，又谓英在中国保商外无他图，当始终以全力相助，并云公约仍可在京商定，顺、直亦必届时退还。日云俄即决裂，强占东三省，各国必主持公论，联军先退出顺、直，再向俄责令退兵。美谓前照会各国，保全中国疆土，不可与一国订立密约。即中立之德亦谓中国地土，德不愿有所损伤，一再发训条，饬穆使俟中国将俄约知照后，迅速在京会同各使公商，又谓俄若决裂，公约在京照常办理等语。是允俄约，即有分裂之祸，不允俄约，按照各国所论，非特无碍公约，不占地土，且肯力助。公论于我实大有益。此皆有电可稽，并非凭空臆断。京电所云，俄踞东三省，各国亦必借词踞地，实系俄人捏词恐吓，万不足信。俄欲谋占三省，诚不能谅我苦衷，全我友谊。惟各国公论所在，实为俄所深忌。纵俄欲永踞三省，各国既出公论，亦断不能听其所为。一经画押，非但公约停议，各国势必效尤。若决计拒俄，英、德既许公约照常办理，纵延时日，亦无他害。利害分明，不意全权转行误会。在全权所见既偏，又值杨使患病，惟有将此约暂行停顿，听候各国公议，即使将来商议此约，亦请照各国之意，归各国公断，方为万全之策。伏乞朝廷力赐主持，大局幸甚。

请代奏。

复西安行在军机处

光绪二十七年二月十一日

佳电奉旨恭悉。俄约关系重大，坤一等非确有所见，何敢上渎宸聪。画押，则群起分裂，各国已有明言，具详历次电奏。李鸿章谓不画亦必效尤瓜分，不知何所见而云然！俄怒自在意中。

然怒一国，究胜于怒各国。时势所逼，只能权害从轻。目下限期已逾，俄无可商，即或再来商办，我亦万难遽允，不能不与各国妥酌。是宣布俄约为最要关键，尤须于俄未变态之前，宣示各国，方能得劲。拟请旨将俄约全文，电饬各驻使转告外部，请其公议，或由江、鄂告知各领事，亦无不可。至《北京公约》，英、德等国均谓照常办理，并请谕饬全权大臣迅速商办，以免延误。总之，俄约必归公断，方无后患，公断必先宣约，方有办法。此一定步骤，伏乞宸断施行。

请代奏。坤一、之洞。

复西安行在军机处

光绪二十七年三月十七日

奉两咸旨及钧处咸电、沪转全权愿奏敬悉。赫论借款还现，大不合算，并不可以抵款难筹推托，及全权必先通盘筹定会议时商论延时增费，皆扼要办法。钧处拟以海关洋税一项全行作抵，既免牵涉别项议抵将来有干预之弊，又预括洋货加税在内，为中国财政计，最为善策。详加察度，其要有三：一，议减赔款；二，分年摊赔，不还现银；三，预筹抵款。能减一分赔款，即少一分抵项。不还现，可免经手银行折扣巨亏。

前商美外部云："减数、摊还均愿，已电柔使商劝各使"等语。是柔使所称，彼政府谓中国力量不过赔至三万一千万两为止，拟向各国劝减。此实美力助之意，自应切托柔使照商各使。果能减赔此数，照英使所云，可省一万四千万两。惟不还现，分年摊赔，英外部实已允商劝各国。若须还现，赔数难减，仍受折扣大亏，此亦应商明美使。现托美领达柔使，并电伍使商外部。

罗使电覆，谓澜侯云："分年筹还，中国财力，岁能还若干，分若干年，应列表，方能拟议。借款还现费虽大，可免干预财政"云。当告以："二十五年户部总结出入，岁短一千六七百万两，此最确之数。洋货加税，能照前议值百抽十五，所得仅弥其阙。纵将用款裁节，进项增筹，不过岁可抵赔千数百万，必须恳英力助商减不索现。中国商民既输赋课，已属苦累，不能照泰西办法。若因摊赔干预，民不聊生，万不可行。"覆电罗使谆商。是不还现，英亦可。

前电李使，摊还可免折扣，息减轻，亦较银行合算。李使电覆云："告加藤，称偿款一条，现代中国极力设法，不知能否办到，如何办法，暂难说明。"来电所言"将来尚可办到，现尚难定"云。顷又告以中国支绌情形，并美外部所云只能赔至三万一千万为止之语，嘱李使再商力助。

此与英、美、日各外部商办之情形也。

至抵款一节。查中国入款，只有丁漕、货厘、洋关货药税厘、盐课厘为大宗，常税、土药厘等项，数本无多，余更零星。每年原有洋债约二千五百余万，除七处盐货厘作抵五百万外，其余均海关所抵。照岁收洋税一千七百万计算，业已不足抵数。此次钧处议以洋税作抵，诚预包加税在内，但每年摊还之数多寡既尚未定，指抵之项即难预为悬拟。若每年须摊还三千万，除地丁外，势必将原有大宗之款悉数拟抵，亦无可预酌。若能岁摊一千五百万，自当先以洋税全抵。如彼因已抵前债不允，可告以此后加增洋税，亦即并抵在内。照前债海关作抵，仅指洋税所收，药厘系代厘局征收不在其内，岁收百万。如仅将洋税全抵，彼未能允，即可将药厘并抵。如尚不敷，惟有再将江、浙漕粮改解折色凑数，犹胜别项作抵。盖摊还不能不虑后有干预抵款，即不能不预择无碍之项。药厘本由关征。漕米改折仅止两省，不致牵连全局，惟须与原收各省漕折划分为二，庶免牵混。如京仓需米，不妨以原有漕折之款招商购办，实较漕运尤为省费。核计漕米改折与药厘并计，约有六七百万的款可抵。至苏省用款，一切前已迭次裁节，丁漕、课厘等项亦均随时整顿，不遗余力。此时不但抵款之急，昕夕焦虑，苦难为谋，即以本省而论，上年因筹防增兵，所费不赀，部中拨补各款，大都无着，出多入少，万分窘迫，苟可厘剔济公，敢不竭力筹画，第以赔款之巨，不得不就原有各款斟酌拟抵。

除电全权及鄂督外，乞代奏。

寄西安行在军机处

光绪二十七年五月初九日

赔款事，萨使每年二十六兆之议，全权既以多筹八兆为难，窃拟有酌中筹还一法。目前每年约止多筹四兆，共分三十六年还，前十四年，每年还二千二百万，第十五年至三十五年，每年还二千六百万，第三十六年还一千一百九十六万四千一百三十两，总数共八万六千五百九十六万四千一百三十两，核算无异。较全权议还完早八年半，除前二十九年多还本银之数抵除外，所省约二万一千万。查前二十九年虽较全权所议略增，然前十四年仅多或四百万或三百二十一万，后十五年虽多四百五十四万零，而旧债表为数渐轻，海关已盈余一百二十七万零，实仍只筹三百二十六万零，第三十年至三十五年，则每年少还七百七十四万零，第三十六年则少还二千一百万矣，第三十七年至第四十四年既已还清，则每年省三千三百万矣。窃思每年最少需还十八兆，亦必须京外合力另筹大宗巨款，方能应付。即多筹三四兆，似尚有策，而总数所省实多，免致三十年后忽增巨累。尝考法为德破，赔款极巨，其国臣民同心努力，赶先筹措，于未满年限之先，即行清还。各国惊异，谓其志气坚壮。不数年，法国复强。盖谋国之道，当计久远，微弱时尤甚。若目前不避艰难，早图自振，是为生机；若苟图一时轻省，不计久长，是为败气：强弱进退之消息，实在于此。

至撤兵一节，久经各使言明，利息议定，即允撤兵，断不至因筹商年限另思变计。即使全权所议已告各国，而此次所议办法乃系提前还本，当必更愿。

坤一、之洞等非与全权立异同，特为国家亿万年计，不敢不言，仰恳圣明裁夺。

请代奏。坤一、之洞。

寄西安行在军机处

光绪二十七年五月十五日

阅全权电奏稿，各使欲乘黄轿在乾清宫前降舆，实堪骇异。公使虽待以客卿，究是人臣，若国君游历来华，又将何以待之？且各使与各国太子、亲王亦有等差，即黄轿亦不应乘坐。各使不顾中国仪注，独不为中国留体制乎？此节无论如何，万不可许。窃思各国骄盈逼索，不过欲泄其攻馆之忿。查外国之待公使，遇有大典礼，则国君必遣其自坐之车前往迎迓，此各使所以借口也。然各国君向无黄轿，故其国君民不以为异，行之中国实骇物听，恐因此或生事端。此时似宜筹一抵制之法，或令上驷院备良马数匹，即称为御用之马。遇各使有大典礼觐见之时，即用此项马匹前往迎迓，平日则否。抑或别予优典，总以阻其黄轿诣宫门为断。恳饬全权设法婉商，以存国体。

再，各国使馆留兵之数，亦请饬全权查明，据实奏闻。请代奏。坤一、之洞。

寄西安行在军机处光绪二十七年七月二十二日

坤一日前感冒，旋患停滞，胃膈壅满，食入即吐，三日以来，眠食俱废，精神恍惚，不能阅看案牍。体察病情，恐非数日所能就痊。两江政务繁重，碍难延阁，致滋贻误，恳恩赏假一个月调理。所有日行公牍，委江宁藩司恩寿代折代行。

祈代奏请旨。

复西安行在军机处

光绪二十七年七月二十四日

漾电旨，钦遵。慈恩高厚，感激涕零。当此时局艰难，两宫在陕，坤一受恩深重，具有天良，但可支持，何敢请假。乃自本月十八日忽患感冒，次日复因饮食停滞，胃气上逆，食入即吐，自二十至二十二日水浆未入，精神恍惚，展转卧榻，不能阅看案牍。两江政务繁重，每日多至数百件，若延阁贻误，何能当此重咎。是以一面电奏请假，一面委藩司代折代行。现在延医调治，连服安胃降气之剂，先尚吐药，至昨夜始稍稍下咽，并食薄粥数匙，稍能安睡。病势如此，仍恳赏假调理，一俟稍痊，即当力疾销假，断不敢自耽安逸。所有日行公事，暂仍由藩司恩寿代行，以免延误。谨叩谢天恩。

祈代奏请旨。

寄西安行在军机处

光绪二十七年八月初九日

坤一蒙恩赏假十五日延医调治，胃逆渐平，饮食略进。嗣化为疟，间日一发，寒热往来，甚形困惫。现在疟疾虽止，精神仍觉委顿。医家云：年逾七十，精力渐衰，大病之后，元气耗损，必须加意静养。拟恳天恩俯准续假十日，俾资调理，遇有重要事件，仍当力疾核办，不敢稍涉疏忽，以期仰慰慈廑。

祈代奏请旨。

寄西安行在军机处

光绪二十七年八月十一日

坤一钦奉懿旨："再赏假十日，安心调理。"等因，钦此。谨叩谢天恩。一俟稍痊，即行遵旨销假，仰慰宸廑。请代奏。

寄西安行在军机处

光绪二十七年八月十八日

目前最急之事，以筹款为第一要务，不独赔款为数之巨，且创行新政亦非先筹的款不能举行。坤一与鄂督会奏变法案内，业已附片沥陈。

苏省自摊派四国还款，入少出多，本已万分竭蹶，更自盐货厘抵债，原有之进项顿失，拨补各款又有名无实，罗掘一空。现在不特新政无款济用，即向来待用之款，亦苦无术支持，窘迫之状，非言能罄。所有赔款，应听候户部核定指款分摊，另行筹办外，新政既为自强要图，尤为各国观瞻所系，万不能因无款停待，致误事机。现拟先行筹定的款，以便次第举行。第值此民穷财竭之时，欲筹巨款，其最公最普者莫如盐斤加价。盖盐为民生日用所必需，藜藿之人食盐自少，富贵之家需盐必多，是增取之多寡，仍视处境之丰啬。每斤加价数文即贫者每人日食盐，至多不过一两，所加甚微，轻而易举。但统全国而论，两淮加价已非一次，实已较各省价昂。迭次报效捐输，亦以淮商为多，论商情实宜体恤。惟舍此既乏巨款可筹，而办法不能不求其画一，庶于加价之中，仍寓体恤之意。现酌中衡定，拟每斤加售价三文。查淮盐行销五省，处处与邻盐交接，此时淮价既重，若再淮盐加价，而邻盐不加，则淮太偏重，必为邻盐暗侵，不仅商本有亏，亦与国课有碍。若谓加价难敌私贩，不知私盐既无课厘，官私价本悬殊，现未加价，岂能杜绝私盐？似未可因此疑阻，致误筹款之机。事关各省，非蒙朝廷一力坚持，势必涣散无成。如蒙俞允，请电饬各产盐省分一律照加，以免偏重。而奉行新政，亦措手有资，不胜祷切。

请代奏。

寄西安行在军机处光绪二十七年八月十九日

坤一两次蒙恩赏假，延医调治，病势稍减，总未全痊。胃腕作痛，腿足浮肿，眠食既未复元，精神仍觉困倦。惟是受恩深重，时局艰难，何敢顾惜微躯，谨力疾销假，照常办事，以期仰慰慈廑。请代奏。

寄行在军机处光绪二十七年九月初二日

顷见全权敬电奏，与俄雷使所议约稿，虽较前约和平，其分年撤兵及中国兵数、驻处，均须由将军与俄国兵官筹定，并捕兵不准用炮各节，与日领日前来电相符。不独盛京俄兵须分今、明两年撤退，已虑时远，且吉、黑俄兵更须迟至第三年，尤须查看能否撤退，语尤含混。届时万一彼谓未便撤退，事有成约，即难商撤。更虑此约一经照允宣布，各国津、沪之兵，亦必效尤不撤，共视俄兵以为进退。况所谓主权者，以其一切政治皆能自主。今兵数、驻处皆须与彼筹定，并不准用炮，皆有碍主权之确据，均万不可允者。查东三省一事，当初次议约之时，其要挟恫喝，几至一字不可商改，乃蒙朝廷坚持，迫于各国公论，一再自为转圜，其不能独逞强占技穷可见。日本始终允为相助，诚以事关东方大局，与彼亦复休戚相共，故历次来电皆嘱与俄商议必先知照。日前李使漾电所述日外部语，尤为切实，并云："中国万勿求速，结局必好。"又谓："俟回銮后，即可诘俄撤兵。"非独彼国于兹筹之已熟，即俄亦知回銮后再不撤去东三省之兵，难逃公论，故亟亟焉乘此复申前说，冀得执约以杜各国之口。一堕其计，岂第从此受俄之亏，亦虑日本移诘俄之力，转而责我，后患更无底止。此皆意中之事，不能不虑。目下既不便以与俄相商告知日本，若俄不能悉照未占据以前办理，惟有暂作宕计，不即立约，徐俟机会。伏候圣裁。

请代奏。

寄行在军机处光绪二十七年十月初一日

钦奉卅日懿旨，跪诵之下，感激涕零。伏念两宫蒙尘于外，日理万幾，昕夕忧劳，犹念及坤一犬马之疾，自顾何人，膺兹殊遇。坤一病已痊愈，精神仍未能复原，现尚服药调理，寻常公事，自应遵旨节劳，重要之件，仍当竭力撑持，认真筹办。坤一庸陋，何敢遽望前贤，惟鞠躬尽瘁之义，不敢不勉。谨叩谢天恩。

请代奏。

寄行在军机处光绪二十七年十月初十日

江苏奉派新赔款二百五十万，数甲各省，款巨期迫，坤一等与司道悉心筹酌，苏省近年供亿浩繁，度支奇绌，实有万难支持之势，不敢不上达宸聪。查旧债洋款派还之项，以苏省为最多，又有瑞记洋款，现值本息兼还，每年不下九十万，搜罗应付，已同竭泽而渔。自盐货厘金抵借之后，隶于江南者三百余万，虽经户部照数拨补，而各省欠解累累，上年竟欠至一百余万之多，任催罔应，咨部改拨，则仍令该省自筹，咨催速解，又复以仍请改拨，展转推延，迄无实际，今年解到更属寥寥，江南军饷从何拨放。今又骤增大赔款，各省以全力筹解尚苦不能足数，以后何能再解协饷。是江南奉部拨补款项，必更有名无实，不待智者而知也。江南既奉派新赔款二百五十万，又须筹备拨补解款之不足，统计非每年增筹四百万，洋款必致贻误，饥军必致哗溃，坤一等何能当此重咎。至于议行新政，在在需款，犹不在此数内。现在筹款之策，如盐斤加价甫经开办，各省已起而相争，遵照部议持平办法，每斤分给二文，照此定案，江南又少一半进款。此外如规复钱价，酌提漕费，整顿课厘以及房捐、膏捐，凡可行者，无不酌量议办。诚以宵旰焦劳，关系大局，坤一等殚精竭虑，不敢稍避嫌怨，然无论如何，总计尚不满二百万，数未及半，忧心如焚。再四思维，仅有张春发、陈泽霖两军裁改后，节省饷需分储江宁、江苏两藩库，虽岁有丰歉，厘有旺绌，常关归税司后局势变迁，不能解足原数，然合计除供支张春发军饷外，总可得数十万金，以之留抵赔款，苏省略纾喘息。其余不敷之百余万，容坤一等再行设筹，为得尺得寸之计。苟非万不得已，亦何敢上烦圣虑。苏省虽号称财赋，而供支亦倍蓰他省。譬之富家岁入十万，而用之二十万，其窘迫视贫家为尤甚。伏乞圣明垂念艰窘，敕部照准，坤一等得免罪戾，出自逾格鸿施，不胜迫切待命之至。

请代奏。坤一、缉槼。

寄行在军机处光绪二十七年十月十一日

据徐州道桂嵩庆、铭军统领陈凤楼先后电称，宿迁、睢宁有匪徒滋事，经该统领会同宿迁县拿获匪首夏业成、赵开业等五名，搜出“奉天承运一贯真传”伪印及各名图记、号簿、票据甚多。夏匪供认龙华会首，由河南到此未久，另有头目张步松在鹿邑一带勾匪倡乱。而匪簿惟河南多至十八本，党羽盘踞，逼近开封等语。除电饬该文武严密查缉巡防，并讯究要目拿办及出示解散胁从，一面电知河南巡抚外，相应请旨饬下松寿迅速饬属密拿张步松务获严办，并派勇营至鹿邑一带弹压巡缉，以遏乱萌。

请代奏。

寄开封行在军机处

光绪二十七年十月十六日

各省分派赔款，为数过巨，筹措万难。方今民生困穷，商业凋敝，经去冬之变，各省商民元气大伤，种种筹款之法，历年皆经办过，久已竭泽而渔。若再痛加搜括，民力既不能堪，赔款仍必贻误。且沿江、沿海五省盐厘、货厘，久已抵还旧案洋债，拨补大半无着，近年加拨各款，多系有名无实，无法筹解。而自去年以来，南、北各省闹教，赔款多者二三百万，少者数十万，即不闹教省分，摊派直隶教案赔款亦二三十万至十数万，此又出于各项饷需之外，民怨已深，正苦无从设法。

自新案大赔款经全权定议后，数月以来，屡与司道各局筹商，无不焦思束手，虽勉强搜罗，断难如数，且即所拟议奏明筹捐加收之数，将来亦恐难收足，实无把握。间有议加货厘者，乃是无聊之极思，窃恐驱鱼驱爵，徒归洋旗子口，收数转不能多。若按粮捐输，少则无益，多则必然扞格。房捐虽有办者，亦不能多。此外，各种筹款之法，无一易者。总之，无论如何，筹捐筹加，无非取之于民。当此时势，民心为国家第一根本。以民穷财尽之时，倘再尽力搜括追呼以供外国赔款，必然内怨苛政，外愤洋人，为患不堪设想。否则商挂洋旗，民入教堂，国势何由固结。坤一等渥受厚恩，分膺疆寄，若因赔款之故，以致稍生事端，罪戾滋重。若百事俱废，专凑赔款，将兴学、练兵、农工、商务，一切养民、治民、卫民之自强要政，概行阁置不办，则民心日涣，士心日离，国势日微，外侮日甚，内乱将作，大局亦必难安。

惟赔款岂能失信。窃拟一稍纾民力之法。盖各省赔款数巨，筹足固难，而尤以明年上半年一期为最难，筹款甫经试办，尚无端绪，限期已迫，必然贻误。查十月初一起，洋货加足值百抽五一条，据上年二月总署咨赫德条议每年可加增三百万以内，即按九成核计，亦可岁增二百七十万，向来免税洋货亦按抽五纳税一条，据税司贺璧理现开节略，照二十四年免税各物计，每年可收三十二万，据盛京卿宣怀条议为数更多。常关归税司代收一条，据德国穆使自天津来与之洞面言津海一关税司代收，每年可多收三十万。准此类推，除粤海关不归税司外，赫德初次指定之十四关及外务部咨赫德二次添指之十关局，合之天津关共二十五关局，每年必可多收一百五十万，有盈无绌。折漕一事，现经漕督张奏请以二两折放九十余万石。今江、浙购米五十万石，备用折解折放者，每石省运费一两三四钱，每年可省一百三十余万，即照仓场文，令江、浙运米一百万石，每年亦可省约七十万，合之山东折漕省出运费约二十万，省挑挖运河等费约十万，南北各省折漕合计总可省一百万。以上四项统计，或增收，或裁省，共得五百五十万，就每年赔款一千八百万之数核计，已得三成有奇。

伏思洋货加足抽五，免税之货完税，常关归税司兼办，全漕改折四款，乃各国公使及全权指定者，本议明专为赔款而设。户部咨亦有“关税增数专为赔款，各省摊数，尚可酌减”之语，具征体恤。窃拟吁恳圣恩，俯念民生困苦，巨款难筹，准将各省赔款减免三成，而将上项所指加增、裁省之款凑足，各省上半年止解二成，下半年解五成，以纾民力而免贻误。此减剩七成，自必如期筹解，不敢延欠。惟所指抵凑三成之款，必须明年十一月方能收齐，而明年上半年五月还期万不能缓。拟请敕下户部、盛宣怀及上海道向外国银行如汇丰、德华之类商借五百四十万，约定明年五月半交银，一年归还，酌给利息，能止借八个月尤善。国家止借此数，并不为难，年限既少，即利息稍重，亦属有限。俟明年十二月间，核计所指增收、裁省各款实得若干，如足敷三成及息银，即请于光绪二十九年起，令各省以后即照此七成之数筹解。如洋、常两税于抵足三成外，能再多收一成一百八十万，各省即再减一成，能再多收半成，即再减半成。如尚不敷三成及息银，则请由各省照数分摊，解部补还，限后年二月解足。盖减少三成，薄海商民，固感朝廷宽恤之恩。展至下半年始解巨款，亦可从容妥筹，免致操切生事。此外西北各省尤为瘠苦，情形亦必相同。

坤一等为仰体皇仁、纾民力、固邦基起见，不得已勉筹此策，仰恳圣裁施行，不胜惶迫待命之至。

请代奏。刘坤一、张之洞、奎俊、许应骙、陶模、魏光焘、聂缉椝、李兴锐、任道镕、德寿、端方、俞廉三、岑春煊、丁振铎、李经羲、邓华熙、盛宣怀。

寄开封行在军机处

光绪二十七年十一月初一日

准行在户部咨，坤一奏请截留张春发、陈泽霖两军余饷以抵赔款及拨补无着各项，应毋庸议。在部库需款浩繁，诚有不得已之势。惟江南财力万分艰窘，设有贻误，坤一固咎戾滋重，大局更如何支持。前奏陈明非岁增四百万不能敷用，系专指赔款及拨补无着各项而言，举行一切新政，如学堂等事在在需款，尚不在内。赔款现经奏准减解三成，其余七成自当竭力筹凑，以维大局。而拨补抵厘款项，仍属无着。从前各省虽多蒂欠，尚有解到者，今则电催各省，均以新派赔款为词，直截回覆无款可解。查此项拨补银两，部臣原以攸关江南军饷及各项洋款，均系必不可少，必不可缓，是以如数拨还，若系可有可无之项，更何所用其拨补？兹既有名无实，江南应用之款断难无米为炊，应解之款仍是刻不容缓。张、陈两军余饷，明系本省之款，不准留用，而必以部催罔应、奏催不覆之拨补空款虚拟作抵，置江南军饷及应解洋款于不问，坤一无术点金，势成坐困，有不得不呼吁于圣主之前者也。且查前准行在户部咨："拨补各款倘未能清解，准由该督查明本省存储的款报部拨给应用。"是坤一请留张、陈两军余饷，正与部咨相符，各省欠解一百数十万，即准留前项饷银不敷尚多。若并此不许留用，委属措手无从。再四思维，惟有仍恳天恩，俯准将该两军余饷截留备用，以济急需。现在待用孔殷，如蒙俞允，伏求电谕遵行，迫切待命。

请代奏。

寄军机处光绪二十七年十一月二十八日

奉旨赔款仍解十成，自应钦遵办理。惟近日与户部迭次电商，仍令提解关税二成，并谓折漕原抵赔款与山东挖河等费，当分别办理。伏查各省奏减三成之案，原因财力不支起见。今既奉旨仍解十成，若再提关税二成，是较之原派更有加增矣。各省财源，税厘实为大宗。就江南而论，沪关税收尤为各关之冠，照该关六成项下核计，酌提十成之二已有数十万之巨，安有余力再认本省奉派之赔款？户部派数以江南为最多，原因财赋较他省繁剧，不知盐货厘金早经抵还洋债。今提关税，复谓折漕与山东有别，然则江南奉派之二百五十万，更从何处掘罗？且查山东挖河等费，实因停办漕运省出此款，是以前次奏减案内，将此项挖河等费三十万归入折漕百万内计算。兹仍遵解十成，江南留用江苏江北折漕之款，与山东办法事同一律。户部准驳两歧，未免有意轩轾。江南前奉俞旨减解三成，业将每年一百七十五万筹备。现既仍解十成，则原议抵解三成之关税折漕等款，自可不必另提江南请留凑解十成赔款，与案相符。应恳天恩照准，俾得迅饬各该司道匀解，免致贻误。俟将来户部核见增税确数，并折漕挖河等款共有若干，各省派款可减几成，江南仍将新税及折漕款归公，断不敢自顾一省有碍全局。

时艰至此，坤一受国厚恩，苟可勉为，何忍仰烦宵旰。无如财力有限，事理宜然，若必令另筹，岂仓猝所能集事，不惟还期有误，更恐民怨滋深。伏愿朝廷俯赐曲谅，户部仰体皇仁，坤一不敢不为小民惜脂膏，迫切待命，乞电谕遵行。请代奏。

寄军机处光绪二十八年正月初八日

坤一自去秋大病，体气总未复原，政务殷繁，不敢不力疾任事。近日接见僚属稍多，又因筹议商约，心血耗损，痔漏益甚，复感风寒，饮食少进，寒热往来，似疟非疟。勉力撑持阅看公牍，即觉心烦头晕，夜间忧心如焚，不能成寐，实难支拄。拟恳天恩赏假十五日调理，日行公事委藩司吴重憙代折代行，紧要之件仍亲自核办。

请代奏。

寄军机处光绪二十八年正月初九日

接全权函，欲将俄约允许。此约一成，祸不旋踵。大局存亡所系，敬为圣主陈之。

原函谓：“俄约有碍主权各节，一概删除，各国尚无他说。惟银行合同，再四商改，以保权利。”等语。查银行合同明系与俄专利，何得谓无碍主权！英国国家明言将与中国为难，萨使明言定向中国索偿，何得谓“尚无他说”！

原函又谓：“东三省矿务，中国自办，如交俄办，须中国批准，尚不失主权。至中、俄商务小事与各口岸无涉，于各国工商利益无碍，我持此义，彼未遽从。”等语。查矿务既声明中国自办，复云“如交俄办”，即是许俄专利之据。既禁他国来开，中国更无此力，俄有所欲，岂能不批准乎！主权已尽失矣。萨使明言此乃弥缝背约之法，是外人业已窥破，何可再持此义。

原函又谓：“英、日、美但有阻缓之言，并无切实相助办法。两国订约，不应他国干预，能自定为上策，请各国调停为下策。”等语。查英、日等国忌俄最深，俄得志东三省，日固有唇齿之虑，英商务亦大受损。英已屡劝中国坚持，日本去秋复电允俟津兵撤后，联英、美诘俄，语尤结实。近日英、日联盟专为东三省事。揆之理势则如彼，证之事实又如此，不能自持定见，乃专以不切实相助责人乎！自行订约为上，系指寻常而言。此次俄约本与《北京公约》事属一案，既有各国牵制，毅然许俄，开罪各国，实是下策。激怒之后，咸相诘问，何以应之？况日、英联盟互保权利，我能从彼力持，即与三省有益，若堕俄计，日、英权利受损，必取偿于我，利害显然。

原函又谓：“各国评断，俄即相从，事后要索酬报，亦难遍应。”等语。查东三省利益，若许各国均沾，岂能再索酬报？今不虑索偿而虑索谢，殊不可解。

原函又谓：“拟妥定矿路章程，俄办矿务以此为衡，他国援办不能出此范围。”等语。查自定章程，在强国为有用，今国势至此，岂一纸矿路章程所能限制各国？且约内已明言，“如交俄办”云云，将来各国援请，英于长江，德于山东、江北、河南，法于滇、桂，日于闽浙、江西，皆在意中。外人租山办矿，原无不可，惟每省不专归一国，则权在主人。若援俄例，则一省利权专属一国，地产全失，兵权在人，道路阻隔，政令不行，与瓜分何异。

原函又谓：“东三省为俄兵力所得。”以此为言，无异召敌，各国并起而中国危矣。

坤一等反覆思维，此约万不可许，仍以请各国公断为妥，否则仍暂作宕局。转瞬冰泮，先商各国撤兵、还津，再联英、日、美诘俄，此一定之步骤，伏乞宸断施行。

请代奏。坤一、之洞。

寄军机处光绪二十八年正月初十日

坤一钦奉懿旨赏假，叩谢天恩。请代奏。

寄军机处光绪二十八年正月二十三日

坤一半月以来，医药调理，寒热已止，而痔漏较前益甚，坐立均觉为难，饮食亦未复原。据医家云：衰年气虚，又值表邪初解，仍宜避风静养，方可就痊。假期届满，拟恳天恩，再行赏假十五日，俾资调摄。稍痊即行销假，不敢自外生成。

请代奏。

寄军机处光绪二十八年二月二十二日

坤一仰蒙恩赏人参，并赏假一月，慈施逾格，温谕优加，感激涕零，敢不力图报称。现在赶紧医治，一俟就痊，即行具奏。谨叩谢天恩。

请代奏。

寄军机处光绪二十八年三月二十七日

苏省近来米价飞涨，每石需制钱六七千，民食维艰，极形困苦。迭经严申海禁，饬属赶办平粜，并出示禁止抬价居奇，无如米粮缺少，到处皆然，市价仍有增无减。推原其故，盖由上年水灾甚重，秋收歉薄，高阜田禾结穗稀而空粃多，向来每亩可获净米二石以外，去秋仅获石余或一石，农民谓之暗荒。低洼被淹之田，颗粒无收，约计一县少获数十万石。无锡向称产米，现查存储无几，仅敷该县境内两月之粮。上游等省灾歉相同，民间各自禁米出运，往往因购米滋事，商贩裹足，来源顿绝，情形甚为岌岌。而浙省因灾来苏告粜，米市更为之一空。戊戌年五月间，各处穷民聚众抢米，几酿重案。今时甫三月，米价已如此翔贵，又值春雨连绵，麦苗受损，青黄不接，人心惶惧，实切焦虑。惟有仰恳天恩，俯准本届苏漕减运二十万石，将价脚等项银两全数存储藩库，听候部拨，俾得借资流通，以裕民食。出自慈施。

请代奏请旨。坤一、恩寿。

寄军机处光绪二十八年五月初十日

松、太、苏、常一带，米价腾涨，每石售洋八元有奇，民不聊生，恐滋事端。上海五方杂处，洋兵未退，事尤至急。查本年江、浙全漕，因京津铁路耽搁，五月内方始开运。现存招商局糙米七十余万石，暂拟动借十五万石，由局会同沪道转发商务公所及各州县具领，减价平粜。俟九、十月新米上市，责成招商局会同商务公所如数买还，倘有亏耗，各属绅商捐资认赔。约计轮船、火车递运，本不能速，一转移间，于海运交仓，断不因此延短，并受出陈易新之益，而贫民得资济急，地方赖以安静。伏乞天恩俯准训示。

请代奏。坤一、恩寿、宣怀。

复军机处光绪二十八年六月十六日

咸电奉旨，敬悉。此次修改商约，各国意在损我权利，故公约载明，各国以修改为有益者，认与商议更改。而厘捐在彼视为最碍商务，必欲尽去而后快，是以英、日开送条款，多系侵我厘金。就款与议，无论如何坚持，万不能一无所损。况近来捐务历久弊深，又为洋票日增，侵削内地，商民复受厘金重累，在我亦万不能不力图变计，俾得保我财源，借纾民困。通盘筹计，加税、免厘最为上策。数月以来，坚争婉磨，幸得就绪。所议一切办法，在彼既无可再商，在我增免亦足敷抵补，实非始料所及。且英约有成，与各国商议即有依据，英约中变，各国必协而谋我，转受大亏。惟英国议院散议在即，不得不请速定，以免有误事机。会奏后，复由坤一会同之洞切电户部请旨定议，盖户部综核财政，此中利害必能洞见。今就前数年收数核计，现拟加抽之税以抵内外销诸厘，所差者不过二百万左右，尚有销场之税可以抵补。税则重轻既听我自定，非民生日用所必需者，又可从重加抽，虽不能预为逐省分计，然统全国所抽，无论如何必可有盈无绌。且厘裁之后，创办花业、印花等税，民亦不致苦于重迭输将，于国计民生实两有裨益。惟事机迫切，伏求迅赐允准施行，大局幸甚！

祈代奏。

寄军机处光绪二十八年六月二十一日

赔款还银事，幸赖使臣伍廷芳向美国力为商办，得美照允还银，并力为劝商各国。英亦允九百十年前照表收银。虽各国尚多未允，因有美廷已允五月二十二日首期付款照表还银，各银行遂勉强收受，不致别生枝节。此时各国意见不一，在我正与坚持，设法筹商，惟美国是赖。美虽能顾睦谊，然亦深赖使臣能与联络商办，方可得力。伍廷芳驻美多年，深谙西国律法，故逐事与商，甚为美廷器重。即如美国上下论照表还银，均谓我理长，而科士达说应照时价还金，即被伍使驳斥，现延公法家详考。若非该使臣深得时望，何能臻此。赔款还金还银，不独攸关中国财政出入甚巨，亦为地方安危所系。现正筹商吃紧之际，奉旨改派梁诚，遽易生手，恐致松劲。务求朝廷俯准伍廷芳暂留使任，饬令从缓交替，俾得从容商办，大局幸甚！

请代奏。坤一、之洞。

寄军机处光绪二十八年七月二十日

英使马凯原送商约二十四款，初以和议，允其商改，颇多奢望。迭经会筹，坚耐磋议，凡有碍政权、利权各款，严词拒绝，其偏重损厘各款，设法推宕，一面自筹加税免厘抵补善法。计在沪议定七款，均经海寰、宣怀随时电商之洞、坤一及有关涉各省，并请外务部酌核准驳。仅择其无大关系之牌号、合股、存票、关栈，珠江、川江整顿行船，广东轮船、民船一律征税六条及有裨国政之整顿圜法一条，先行议定。除第八款至十三款已由鄂会同电奏外，所有第一款至第七款，理合厘订次第，再将全文会电列款如下：

第一款，向来存票延搁，推原其故，系由此等存票由监督经理，而监督与海关相离遥远。现议定嗣后所有存票，悉归海关发给。自商人禀请之日起，以三礼拜为限。此等存票可用作海关通行税票，以抵出入口货税，惟不得用以抵纳子口半税。至洋货入口后，三年之内再运出外洋，其存票可由该货入口纳税之处向海关号领取现银，不得减扣。倘请发存票之人欲图混骗，一经海关官员查出，须罚银，照其所图骗之数，不得逾五倍，或将其货入官。

第二款，中国允愿设法立定国家一律通用之银式，即以此为合例之银式。将来中、英两国人民，应在中国各处用之完纳各项税饷及各项之用。

第三款，中国允许凡民船载货，由香港往来广东省内各通商口岸所纳之税，连厘金合算，不得少于洋关征收轮船所载相同货物之数。

第四款，曩者曾有因中国人民醵资附入外国人所办之公司等举，亦有经中国人民出资巨数，为众所共晓，惟是否合例，尚无明定之章。中国今允认定，不论从前、现在、将来，凡中国人民出资附入外国人所办之公司等举者，应均视为合例，有利共享，有害共承，始昭公信。中国更允，凡中国人民，或已附股，或此后附股英之股票公司者，既已为股友，即应为已允依从公司所订明各章程，遵守英公堂所解说办法。如有因前项控告公堂之事，中国公堂即应饬附股华人遵所判断，与英人无异，不能较同附股之英人受累有多、有少。英国政府亦允凡英国人民附中国公司等举者，亦当一体遵有利共享、有害共承之例，与华人之同附股者无异。凡以上所开各节，应与曾经呈控公堂已经判断完结者无涉。

第五款，中国政府允于两年内将有碍广东珠江行船并非天生窒碍者拆除。又允准将广州口岸泊船处整顿，其如何设法整顿，由中国海关经理。其经费，准于华、英两国商人所卸装之货物收捐充用，应抽若干，仍候海关与华、英商人议定。第二节，中国政府悉知宜昌至重庆一带水势宜整顿，以便通行轮船，又深知整顿工费浩大，且关系川、楚两省地方百姓，所以彼此订定：目下未能整顿以前，应准轮船听由海关核准后，安设拖拉过滩利便之件，经费由轮船自出。该利便之件，不论轮船、民船均可任便听用，仍须遵照海关议定章程办理。但所设之件，不得阻碍河道及民船畅行。如须用号塔、号标，均由海关酌度何时何地相宜备设。将来如有可以条陈利于行船之法，果能无害于地方百姓，而费不由官出，中国可和平商酌。

第六款，中国允愿设法在通商口岸，多给利便之方，以设关栈及将关栈所存之货改包。又凡英国官员照会请将民栈给以关栈之利益者，就中国海关验明称意，足以保护税饷不致走漏，即可将民栈改为关栈。该关栈，应按海关所定之章程办理。该章程并载取收费用，按货物之贵贱，离洋关之远近，与作工之时刻而定，及海关于保护税饷之处，须寓方便下人之意。

第七款，英国政府保护中国贸易牌号，以免英国民人违犯假冒名色，中国政府亦应保护英国贸易牌号，以免中国民人违犯假冒名色。中国政府再请南、北洋大臣在各管辖境内设立局所，归中国海关管理，以便将贸易洋牌号，可以注册。应收注册费，公道收取。

以上七款，连鄂定六款，马使已将洋文刷印送来。

除第十款、第十一款尚待另奏，又第八款英廷尚须酌妥字句另电外，其余各款俟核准后，所有汉、洋文亟应预为校对，以免届时匆遽错误。

请代奏，候旨施行。坤一、之洞、海寰、宣怀。

寄军机处光绪二十八年七月二十四日

英使马凯索议内港行轮、口岸利权两条，之洞、海寰、宣怀在鄂电奏，奉旨："流弊滋多，责成坤一、之洞等再行详慎筹商，妥议具奏。"等因。

查内港行轮一条，在鄂仅议一次。马凯欲照裴、贺两税司所拟章程，催与定议。之洞等以内港虽本许行轮，惟防弊全在章程严密，见裴、贺两税司所拟章程未妥，当经坚持力驳，谓章程须由赫总税司重议，此时断不能遽定。马无可如何，始允回沪后再行斟酌。奉旨后，经坤一会商之洞等，将小轮一款，扼定总署原订正续章程，只准由通商口岸入内地，不得由此不通商之内地至彼内地，并不准自建栈房，拖船船户应归华民充当，及不得稍损中国管辖之权。寰、宣旋沪后，遵照辨论。

又拟添一华商设立公司，只准洋商附股，挂中国旗，归中国注册管辖一条。与马使会议十数次，反覆辩论，始允将原议第十款酌删，仍照总署所订正续章程遵行，将所与裴式楷、贺璧理两税司修改之本作废，另议续章十二节，附于原章之后，一体遵守。其间有已照坤一等指驳各节全行争回者，亦有未尽争回而已酌改受我限制者，均随时电请外务部分别核覆。实系磋磨再四，无可再商，应请照准。谨将第十款删并两条及续订章程十二节，开列于下：

计删并第十款之两条。

一，兹因一千八百九十八年，内地水道已许凡特注册之中外轮船行驶，以利便各通商口岸之贸易，又因是年七月二十八号所定之章程及是年九月所续定之章程，间有于行轮未便，兹将章程彼此允愿修改，附载此约之后，按照遵行，直至日后彼此允愿更改为止。

一，中、英两国再彼此议定，将口门开为通商口岸，又议定除一千八百九十七年二月九号《缅甸条约》专款所载各地方外，准英国轮船在下列各地，按照扬子江轮船停泊处所章程起下货物及搭客，即北山口、罗定口、都城，又议定英国轮船准在下列广东西江十处上落搭客，即容奇、马宁、九江、古劳洼、永安、后沥、禄步、悦城、六都、封川。

又续定十二节。

一，英国轮船东可向中国人民在河道两岸租栈房及码头，不逾二十五年租期，如彼此两愿续租，亦可从新再议章程。倘英商不能向华民妥租栈房及码头，与商务局商妥后，须由地方官照时值，公道预备栈房码头租给，租满之后亦可接租。如该处尚无商务局，可与商务大臣商办。

二，靠船码头不得有阻水道，亦不得碍船只通行，并须由最近海关先行查明允准，但海关亦不得苛求。

三，英国商人所租栈房及小码头，须纳税捐如同中国人民左近相类之房屋一样。英国商人止能用中国代理人及执事等人在该内河行轮处租房之内居住贸易，惟英商亦可随时前往察视其生意情形，不得因此于中国管辖人民之权稍有减损或有所妨碍。

四，凡中国内港行驶之轮船，如有损伤堤岸或各项工程，责成该轮船将该堤岸工程查系损伤以及他项因伤受亏一切赔偿业主。如有浅水河道恐因行轮致伤堤岸以及相连之田地，中国欲禁小轮行驶者，知会英国官员查明实有妨碍，即行禁止英轮行驶该河，但华轮亦应一律禁止。至华、洋轮船并不得在内河向有坝闸之处行驶，防有损伤该处坝闸，致碍水利。

五，英国政府欲将中国内地水道开通，行驶轮船，大意实为中外货物运动迅速起见。如现在或日后有行驶内地水道之英轮，而该船允愿将轮船转卖于华人公司及挂中国旗号，英政府应许不加禁阻。

六，如有华人按照中国律例注册，设立内港行轮公司，而有英人附股者，不得因该公司有英股在内，遂以为该公司轮船即准挂英国旗号。

七，民船向不准装运违禁货物，凡行驶内港轮船及该轮拖带之船，亦均一律不准装运。如有不遵，即照违禁章程办理，注销所给关牌，不准行驶内港。

八，内港行轮，风气未开，内地居民宜令其少受惊扰，故凡内港向来未经轮船行驶者，须审察商人之便，并轮船东实见生意有利可图，方可渐次开驶。如有商人欲于商船未经到之内港设轮行驶，须先向最近口岸之税务司报明，以便转禀商务大臣会商该省督抚体察情形，迅速批准。

九，此项轮船，只准在口岸内行驶，或由通商此口至通商彼口，或由口岸至内地，并由该内地处驶回口岸，并准报明海关在沿途此次所经贸易各埠上下客货，但不得由此不通商口岸之内地至彼不通商口岸之内地专行往来。

十，英国轮船在中国内港行驶者，应尽力量所能到之处，方便中国邮政局运寄信件、包裹，其章程须由船东或船主与中国邮政局彼此妥商办理。除中国现办之邮政局信件、包裹外，凡人民或行铺之信件不准行驶内港之轮船带运，惟外国领事官所寄之信件及轮船本行之信箱不在此例。

十一，无论客船或货船均为轮船拖带。凡被拖之船只，其船户、水手人等均应归华民充当，并不拘船东为何人，均须挂号，方准由口岸行驶内港。

十二，现在所定以上各章程，系补续光绪二十四年西七月、九月前后所订内港行轮之章程。其未经此次所订更改者，则仍旧照行，其为此次章程所改者，则以此次所定为准。此次之章程，是补续光绪二十四年前后之章程，拟视同旧章一样，足为现时管理。此项轮船之章，嗣后倘有应行修改之处，即可随时彼此酌情商准。

除十一款口岸一条，现尚与马凯争持，日内即当另电具奏外，请代奏请旨施行。坤一、之洞、海寰、宣怀。

寄军机处光绪二十八年七月二十五日

昨敬电会奏第十款内港行轮事，想已代陈。至十一款口岸事，原定三节：第一节，限制租界外之洋人贸易居住使有范围，不能任意私占；第二节，使凡在口岸之洋商可遵我地方官约束；第三节，并使租界内华民仍纳我国家税捐，纵口岸界址稍宽，亦均须在我范围之内。三节原是互相为用，实于向来已失之治权、利权挽回不少。无如马凯回沪后，为上海租界工部局及各洋商所诟病，以此条于洋人权利太觉有损，万不允行。马不得已，坚请将十一款删去，情愿备一照会，声明此次商约不再议及口岸。查此款关键全在第二、三两节。现经反覆商辩，马以众怒难犯，坚不肯允。为期已迫，恐再迁延，致误全局。坤一等往返电商，只得照马使所议删除此款，虽未能收回已失之权利，彼亦无新得之便宜，于我尚无格外受损之处。除俟送到照会再行电达外务部外，合再专电陈明。

请代奏。坤一、之洞、海寰、宣怀。

寄军机处光绪二十八年七月二十五日

再，前经坤一等奏准第八款加税免厘案内之第二节，以所载进口加税，似专指海关，而陆路边关未经声明，将来恐致误会，因于此节末增入一节，曰：“凡经陆路边界运入中国十八省及东三省之货，与从海道运入中国之货，一律征收此项加税。”等语，较为切实。及第一节，丝斤一项，原定为蚕茧、蚕种过内地第一常关免予征税。马凯初以为丝斤过常关亦免，复经切商，详晰更正曰：“至于丝斤一项，无论手缫或机器缫，所征出口正税之总数，不得逾估价切实值百抽五之数。此税并可在丝斤所过之第一内地常关征抽一半，惟须按照第三节所载办法，给以单据，该单据即可抵纳出口正税一半之数。若蚕茧经过常关，则须免抽各项之税。

其在中国内销不出洋之丝斤及蚕茧仍按第八节须纳销场税。”等语。又第十节，马凯谓接英政府电嘱，请增叙“该员等须实力监察，如有不合例之需索留难，一经监察之员禀报该省督抚，即行将弊端除去”等语。又第十一节，马使亦云英政府请声明“查办之员如多一半查出实情，即由就近海关拨款赔还”，并加入“英国驻京公使如得有凭据致信该关等有不合例之需索，或留难情事，应请中国派员查察”一段，公同斟酌，彼意重在防弊，尚无出入，自应照准。又第十二节，“英国国家若不允照此款全款”各节句，是当日议而未定恐英国不允，是以如此声叙。今英廷已允此款，应将此句改为“此第八款，若不施行”八字，以合体裁。此外如第十四款米谷禁令，在英使以照约准其运往别口，是我已无权禁运，而每遇岁歉禁米出口，英商辄有辩争，不得不与明定办法，借挽回禁运之权，以免后论，前经奏陈在案。兹复与之磋商，将出示一月后起禁期限减为二十一日，以顾民食。

除将核定全约汉文另电陈奏外，谨将增改条款缘由附电陈明。请代奏。坤一、之洞、海寰、宣怀。

寄军机处光绪二十八年七月二十五日

英使马凯原索商二十四款，无非损我权利，动以和议大纲十一款载明中国已允以商改利益为要挟。当经坤一等于未开议前往返电商，皆以加税免厘一事为全约主脑，复窥破马凯用意偏重在损厘而不加税。磋商八阅月之久，聚议六十余次之多，舌敝唇焦，始克就范。中间复以在沪议不能决及议而未成者，海寰、宣怀邀同马凯偕赴江、鄂共筹抵制，坚持力辩，务期取益防损，不致吃亏。综计先后驳拒不议未允入约者七款：曰洋盐进口，曰内地侨居贸易，曰邮政电报，曰设海上律例，曰整顿上海新衙门，曰口岸免厘界限，曰货物同在一河免复进口税，归入加税免厘款内并议。借为抵制者五款：曰新开口岸，曰减出口税，曰三联单，曰子口单，曰常关归新关管理。商允改妥者十一款：曰存票，曰国币，曰广东民船与轮船纳税一律，曰华洋合股，曰整顿珠江、川江，曰推广关栈，曰保护牌号，曰加税免厘，曰矿务章程，曰内港行轮，曰谷米禁令。皆就马凯原送款目而分别准驳删改归并者也。坤一等复向马凯索议，彼允入约者三款：曰治外法权，曰筹议教案，曰禁莫非鸦，皆我补救国计民生要图，幸就范围，实有裨益。马凯于定议后，复补请入约者两款：曰修改税则年限，曰约文以英为凭，核系查明旧约办理，为约中应有之义。共计十六款。其全约文本列有第十一款系口岸利权，因马凯议定复翻，只得照议删除。业于径电会奏陈明，是以剔除不计。

总之，战后立约，彼要求多端，万不能一无所允，然允则于彼有益，即于我有损，不得不权其轻重，设法挽回。综核全约利益，彼此尚得其平。要皆仰赖圣明训示，周详用得，勉与图成，以释廑念。本拟专折具奏请旨，因马凯以事急欲回国，定期本月二十七日起程，坤一等电留不允。并闻英商多以此约于英无多利益，意图谋阻，非趁其在沪画押，恐马使一行，全约或有更变，则全功尽弃，甚为可虑。谨将核定约文电呈御览，惟有仰求迅赐核定，准饬先行画押，一面将汉洋文约本专折进呈。

再，立约向以洋文为准，议定后复经派员按照洋文与汉文逐加校对，虽词句较原本间有增易，而意义则较原本仍无出入，合并陈明。

请代奏。坤一、之洞、海寰、宣怀。

寄军机处光绪二十八年八月十三日

坤一自三月间力疾销假，仍日服汤药，体气总未复原。嗣因会筹商约，英使马凯来宁面议，要索多款，忧愤焦灼，坚忍磋磨。又值天气奇热，染受暑湿。上月患癃闭之症，延医调治，仍强起视事。日前忽大泄不止，日夜数十次，精神困惫异常，饮食少进，坐立维艰，不能阅看公牍。惟有仰恳天恩，赏假十五日调理，日行公事委江宁藩司李有棻代折代行，至紧要之件及现议日本商约，仍自行核办，不敢稍涉疏忽。

祈代奏请旨。

复军机处光绪二十八年八月十四日

电旨敬悉。坤一因病请假，仰蒙皇太后、皇上垂汴赏假调理，谨叩谢天恩。

请代奏。

寄军机处光绪二十八年八月二十六日

坤一自蒙赏假，赶紧延医调治，旬余以来，泄泻已止，精神困惫，饮食少进，语言两三句即觉气短舌强，遇有要政稍一用心，则摇如悬旌，不能自主。医家云：年老久泻，元气大伤。所见各症，纯是虚象，非安心静养，加意滋补，难期速痊。现在假期将满，仰恳天恩，再行赏假十五日，俾资调理，出自鸿慈。

请代奏。

复军机处光绪二十八年八月二十八日

沁电旨敬悉。坤一患病未痊，仰蒙温谕赏假，并颁赐参枝，慈施稠叠，异数频加，惟有赶紧调治，期早就痊，殚竭愚忱，以图报称。谨叩谢皇太后、皇上天恩。

请代奏。

附：电信

电信卷一

寄总署光绪十七年八月十四日

顷据黄道电覆："十一夜，怡和轮船到镇，有英人美生私带军火，经关搜获。询据税司云，美生由香港带来洋枪三十余箱，已由沪关查获，镇关仅炸药五磅，已弃江中。晤领事，互询美生，供系香港匪徒托交镇江会匪，未供匪名。税司恐匪党滋事，先派李帮办带美生赴沪，已电上海道会领事澈讯回电，一面会督严密访察防范。现在安静。"又据上海道电："美生解沪，英领事因无原告，照西例不能会讯，拟即至关先讯。惟讯后，美生应交何处，请示遵。闻港匪接济镇匪军火之洋人，不止美生，已密嘱中西捕探密访。沪关拿获枪件，由九龙税司及香港巡理府电达，已各赏六百元，并电达两处，嘱其格外留心访察，随时电沪。可否求电钧署请公使电达港督，饬船政厅，以后各货报关，须令商人开明实系何物，不得笼统开报，并严禁洋行无华官印照不得擅售军火，并令巡理府严密稽查。"各等情。

查近因各教堂滋事匪徒不靖，迭饬地方文武防范查缉，未敢稍懈。昨获会匪巡风刘开泰，已讯明正法。现又严札沿江各营一律严密访缉，并通饬各关，遇有商轮进口，务须严查。惟英人美生既云军火系港匪托交镇匪，必知两边匪徒姓名居址，现虽电令聂道先会税司根问，恐不实吐。此事中外皆有关系，私带军火济匪，已人物并获，本无须原告，自应会讯澈究惩办。究应如何办理，乞会商公使酌定办法，电饬领事遵行，以免借词推诿，并请公使电致港督，分别饬遵。仍乞电覆。

寄总署光绪十七年八月二十四日

黄道禀："访闻美生在镇所用细崽九江人徐春庭，为会匪首徐春山之弟。当函嘱聂道向美生根究下落。嗣闻徐春庭已往芜湖，即商瓜州吴镇派委弁密往查拿。并闻徐春山现在福建海关税司处为细崽，当赴税司处面询，据云八月十一夜在美生行李内检出希腊文号码杂记，甚难翻译，已译出美生由致远轮船致沪关税司函，显系欲骗过沪关至镇滋事。兹据税司劳偲译出面交，声明原件已寄总税司。查译出来书内确有约徐春山兄弟起事之语，并无牵及易统领、陈经历之词，并欲改作传教之人，劝外国水手相从。又云大洋行借贷之钱，均已预备并有上海外国之富人从中帮助。又欲发电借香港银五百镑，要会春山，要抢福州军器等局，抢英商太古行之安庆轮船，并向商人要钱，并令徐春山回福州及在甘露港会集等语。可见此事系美生为首，洋人助银，徐春山兄弟同谋，是美生为中、英两国之罪人。当即照缮，派员送聂道等察核商办，澈究美生，令将匪党姓名住址供出，一面会商各营访缉防范。"等情。

查核杂记无非悖逆荒谬谋为不轨之词。现已密电希将军派员分赴闽省各关密速查拿徐春山、徐春庭解沪讯办，并将查送美生杂记飞咨钧署备核外，合电闻。

寄总署光绪十七年八月二十五日

聂道电："余丞、税司与领事详商美生所犯三款：一、私运军火；二、串谋叛党作乱；三、身带炸药，谋为不轨。领事已准票拘美讯办，惟云：'西例私运止充公，串谋作乱未成，又无叛党指证，难成信谳。且美不供同党，领事无权使供，应照第三款重罪办。'现由余丞主告，请英国家律师按例控告，并电镇嘱搜获炸药之副税司及在场扦手来沪作证，讯确约监禁十四年，较有把握。"又电称："所访助匪泰山等六名，照会领事密拿，以无证为诿。当以美供可证，商税司，谓'美由领事拘禁，若据供治罪，恐不能恃。且会讯供辞，刑司未必准许为据，控告徒然'云。现美已由领事拘押，容再议。"等语。

坤一复以美杂记谋为不轨，即美为首。既有美自己杂记，较叛党指证为尤确，不独串谋作乱欲抢中国船局军装，并欲抢太古、安庆船，幸即发觉，不然中外受害非小。美为中外罪魁，同谋者亦为中外罪人。泰山等六名，既有美供可据，应一并严拿重办，以示炯戒。令商领事逐层严究，秉公办理。请商公使，饬拿并究。

寄李中堂光绪十七年九月十三日

津获松江船军火事，准覆后，当电聂道。旋据电禀："松江船准本月十二日抵汕头，乞电粤省商拿船中买办及水手诸华人讯究。上海太古经手西人已允电致汕头该行帮拿。"当电请筱帅密饬转商照办。兹准筱帅电："当饬潮州府夏云督地方营县及洋务委员廖丞维杰、县丞梁梦梧、巡检封锡保、绅士萧鸣琴会商领事、税司，待船到即悉拿，中间领事尚疑阻，往返电饬商妥。兹据电称，松江船十二下午抵汕头，该守等带兵将船围住，拿获刘岳箴水手等四十六名，现讯大致供词。惟粤无大兵轮，又不便交商轮解往，务请速派大兵轮一二号给文往汕提回讯办。望电覆。”等因。南洋兵轮因不敷分防，由尊处拨船来南防护。目下南洋实无船可拨，惟有求尊处派船给文往汕提津澈究。军火既运津，其匪必在北路一带，讯出便于查拿质究。沪为藏垢之处，为公深悉。敝处获匪目陈金龙，恐与美有涉，解沪备质，因谣言甚多，已饬迅速提省审办，以免意外之虞。现获松江船买办等，人数既众，提沪不独无监处，且亦更可虑，务请一径提津讯究。将来如讯与美有涉，再行酌办亦便。在沪两北船乞勿派。统求照办，并电覆。

寄总署光绪十七年九月二十八日

日前聂道禀，美生案定廿七覆讯。昨午后知美案已定，拟只监禁九个月，殊不成事，当电聂道等商请从严，并不准其再行在华，以绝祸根。嗣据该道等电：“本日美生自认罪求恩，臬司判定监禁九个月，到期许觅两保人，每人缴二千五百元，保美生以后不再犯事，有保准释，无保递解回国等语。余容另禀。”等情。

查美生勾串会匪，私运军火，身带炸药，谋为不轨，即按西律，厥罪亦极重大，今既自认，自应按照西律严办，方足以示大公。昨据余丞来禀，该犯所延律师图达谓美带炸药，行为不轨，英例止行于英，不行于中。经该丞向威律师商驳，以该律系英国总例，凡属英民均当奉守，并未指明专行彼国，不行他方。威亦以为然，已向图达说明此层不辨，今竟定拟监禁九月，且准到期取保。既为英民应照英律，如谓在别国犯事，即可不照英律，即当照别国之例，断不能因在别国格外从轻，至失公平之道。美既有匪接济巨款，私购大批军火，亦岂乏区区保银。该犯前由总税司委以帮办关务重任，尚欲为匪不法，岂有区区两保人能保其以后不再犯事。是此人若再在华，实属防不胜防，将来中外必深受其害。能商请公使再嘱从严惩办固妙，否则应请即解回国监禁，永不准其来华。如或英使不允，可否电商薛大臣转商外部。务乞钧处酌核商办为祷。

寄总署光绪十七年九月三十日

俭电饬据聂道电覆："廿七，正刑司讯美自认罪并呈亲供：'五月间各处闹事，欲知细底，佯入会为办军火，用己钱买炸药，不知定例不准携带，亦不解如何用法，并无害人意。香港所作事，恐会中人觉察，将钱交别人代办，所供并非推诿。今认罪，生意不能做。在监数礼拜，苦不可言，求施恩从轻办。'刑司询律师作何辨论，答称：'美犯法证供确凿，请公断。'刑司谓：'美所犯关系不小，不能从轻开脱。有人具洋二千五百元保以后不犯事，有保准释，无保则驱逐回国。'谨摘录先报，余开折另禀。"云。

查美所犯，有证有据。按西律，身带炸药，谋为不轨，须监禁十四年。今律师既谓证供确凿，刑师亦知所犯关系不小，乃不按律严惩，又不究问匪党，转行从轻开脱，实不足以示公允而绝祸萌。北洋来电，亦谓能商令解回本国，庶免后患。能否照前电商令解回本国监禁，永不准来华，大局幸甚。

寄聂仲芳观察光绪十七年十月初九日

湖北张制台电："拿获会匪头目高德华供：'长江各口岸会匪头目通为一气，皆奉已经正法李世忠之子李洪为总头目，称为大元帅。李洪声言欲为其父报仇，约期十月十五日竖旗起事，分为五旗，沙市、汉口、黄石港、九江、大通、芜湖、金陵、镇江、十二圩等处，派定头目，分投布置，皆供有姓名，内有数名已经楚、皖拿获正法。今年七月接李洪信约会起事，众头目在黄石港会议，本拟分为两支，安庆一支，沙市一支，因下游水陆各营甚多，惟沙市兵勇少，且有四川、湖南可作退步，故先在沙市滋扰。闻李洪有托洋人办军火之说。八月间，该匪在镇江，因查获私运军火，恐惧逃回本县藏匿被获。李洪闻现在烟台等处。'又有数匪目所供亦同。查李洪系李世忠养子，素不安分。既有数匪目供李洪为首，似不能凭空捏造，且非有力巨匪，断不能以重金募洋人购军火，情节尤有可疑。惟现在烟台之说恐难拘定。查李洪家在河南固始及安徽霍邱，至安庆、芜湖、裕溪口等处，皆广置产业，党伙繁多。此时难保不仍在本籍，据巢结党，观衅而动。前接两江咨，美生日记有占据开封等语。若系李洪，则固始地属豫省，与占据开封之说亦尚相近。案关纠党谋逆，滋扰各省，无论匪供虚实，均需严查防范。其应如何密速查拿确实审讯之处，应请各省裁酌办理示覆。"等因。

前讯美案知必有巨匪济款。嗣访闻有李世忠之子之说，因无实据，未能指拿。即经密札淮运司杨道钟琛、吴镇家榜密访，查有形迹，即行严拿禀办。今既由鄂拿获匪目高德华等供指，自应暗访该匪踪迹严拿重办。高德华当必为美所识，应由尊处设法向美究问，一面酌派识得李洪员弁人等，遇有出入洋轮，随时侦察，以免远扬。一经拿获审实，必当予以优奖重赏为要。

寄裕泽帅光绪十七年十二月初五日

十月间，湖北督抚院齐佳两电，匪目高德华供，长江各会匪头目皆奉李世忠之子李洪为总头目一事，曾并电尊处、敝处。现获私运军火洋人美生之细崽徐春庭等，讯供："会匪头目系李洪，他的父亲做过长毛被杀，李洪欲为父报仇。"核与高德华供相同。其军火据称由该匪之兄徐春山邀美生入会，到香港购办，银子是李洪出，约有二万两。并云"今年闹教都是李洪的党所做的事"，及余供均与美生杂记、敝处访闻情形相合。并获会匪万松亭，据称认识李洪，并知其小名李地虎。现由皖省扣留之李显谋，经沈仲帅访悉其小名李小狗，并名地虎，业已派员带同万松亭前往面认。是李显谋即系李洪可知。一经认明，断难予以轻纵。惟案情重大，必须澈究明确，以凭核办。敝处前此访得李世忠有五子，长早故，次即显谋，在外游荡，变产几尽，三今年中副榜，四、五尚幼。是否属实？李显谋与其诸弟是否同母？曾否分炊？香帅前电曾云李世忠之妻，颇明大义，李洪为匪与李世忠妻及亲子无涉。盖当时香帅止知李洪为世忠义子，今李显谋系属亲子，其一切作为，究竟与诸子及世忠之妻是否无涉，均望尊处迅赐确查电示。该匪党与遍布，办理必须从速，务乞赶查速电，尤为感盼之至。

复总署光绪十八年六月二十三日

养电敬悉。美生限满解回，前饬聂道与商，据领事云："保人必须体面方正，为领事深信。美生所犯，西人均以为耻，体面英人决不肯保，无保决不释放，当解回国。"是美解回与否，须视有无保人为断。保人既须领事深信，则准保与否，权操领事。复饬届时妥商在案。

招律师上控一节，复准薛使电，谓："权操在我，勿商领事。"并准抄咨与外部往来照会，又函寄洋文原稿，嘱饬检先后口供与担文讨论，均已饬道遵办。并据该道录呈担文节略云："美通匪无供据能证结识哥老会之原委，不能照办。募人即系泰山雇西人数名，非得泰山亲供不可。人已不知何往，难科罪。私运违禁，只能将货入官，无办罪之条。"又据聂道电："美难另控。已将担文查例禀覆。应否另行延控，抑仍与担商，请示。"查薛函因担文历代中国办理要案，故嘱与担文商，如担文不能办，另延亦无益。当电复聂道，美通匪，有副刑司前审供证可凭。募人，泰山虽已不知踪迹，亦有前供可据。令照薛函所嘱，检齐各件，再与担文妥为推敲。控准虽未必加重罪，亦无非重在解回。若不能办，控能商解回国，亦足杜后患云。现已将担文节略咨呈，仍俟道覆电闻。

寄薛星使光绪十八年闰六月十二日

美生案迭商担文，谓证据不足，刑司前审供证，西例不为确据，且与税司均言再控必留沪质审，前断解回转作罢论。彼既联一气，语必有因，由此间再控，必有反覆。商准总署，电嘱促其速解，再由尊处与之辨论。经沪道屡商，已于十一押解回国，并允不准再行来华。祈酌办。

寄裕泽帅光绪十九年三月初七日

哥匪头目匡世明由鄂解宁，提同美生细崽徐春庭等面质，供出李洪系李长寿亲生次子，计图为父报仇，出银托买军火，并称为“二少爷”，乳名地虎，别号雨生，闻已获案等语。是李洪即李显谋，毫无疑义。正拟提集对质，李显谋情虚畏罪，与其妻妾先后服毒自尽。此案得破，可谓天网恢恢，疏而不漏。唯念李显谋之兄弟及亲属人等，均系安分，应并其家产一律保全，以广皇仁。谨先电闻。应否传谕该亲属，俾得安心，伏候酌裁。

寄督办军务处光绪二十一年正月十五日

坤一于十三日自津赴关，经过滦州，预传刘、申由乐来见，询悉乐亭海口极为紧要，闪镇尚无一人到防。其派扎滦州之马提督，不惟该统领未曾来津，亦无一字回覆，业由坤一于抵关后，分别电催，倘再迁延，惟有严参，以肃军令。将来闪镇十营到乐，拟将刘、申两军暂留原处，俟防务料理就绪，而后抽调来关，或只调刘镇一军，仍留申提督一军，临时酌办。牛镇一军则令暂驻昌黎，与滦州马军联络，为乐亭接应之师，应否抽调到关，已饬牛镇先来商酌。此乐、滦一路大概布置。如得聂提督大支劲旅游弋其间，庶为稳着。

至山海关素称天险，原以后靠山，前临海，可以限敌。今倭船横行海上，则关前之海适以资敌。坤一约洋员汉纳根、锡乐巴两人同来详细询商，据称关前老龙头炮台诚足制敌，而势甚孤悬，敌若以多船围攻，恐难持久，目前不惟难于添炮，并难添台，只合于现有炮台，外护以沙包土袋，冀可支撑。关后之岭，如九门关、角山寺等处，务须扎营设炮，自据形胜，免蹈覆辙。又关外十里之红墙子，关内十余里之红瓦店、二郎庙一带，均须屯扎重兵，高垒深沟，并开挖长濠，自山至海，以固藩篱。此山海关大概情形。一俟各军到齐，部分何营驻守何处，并派一军游弋，以资策应。

山海关系京东锁钥，为东征诸军后路。拟电商东征粮台胡燏棻另行筹款买米五万石，运关存储。并电商直督李鸿章先由北洋拨运洋药十万磅来关，以资接济，仍由南洋补解来津。是否有当，伏候钧裁，迅赐电复。

再，九江镇宋朝儒业于今日起程，由津转通接统李提督培荣六营。坤一嘱该镇于点验后，即带来关训练，务于月内赶到。闻此六营人尚精壮，所需枪炮亦有七成。惟祈迅饬东征粮台酌给月饷，俾得刻日启行。如能上紧整顿，亦可得此一军之用。合并陈明，并候电复。

复督办军务处光绪二十一年正月二十日

号电谨悉。查锦属之高岭即天桥厂，与马蹄沟及宁属之望海甸、钓鱼台四处，均是紧要海口，为东征诸军后路。坤一亦曾虑及，以关内无营可拨，于十六日电奉天裕将军转嘱唐帮办拨营分防，迄无回电，不能不借重尊处一言，即祈迅赐指挥唐帮办，兵力渐厚，可以兼顾奉天前路。如辽阳大高岭有重兵驻扎，门户已固，唐帮办抽出数营，似无大碍。坤一现电左道孝同留驻锦州，借以就近照料。并拟俟贺星明七营旗到关派扎关外东北角之九门口，即令酌抽马队步队为游弋望海甸、天桥厂之计。唯由九门口距望海甸一百六十里，距天桥厂二百七十五里，殊虑鞭长不及，又不知贺军马步队强弱何如，故不敢以之自任，仍照原议责之奉天唐军，方为稳着。

又接李占椿电由兰赴莱。坤一以倭陷威海，覆我海军，无后顾忧，或不深入山东，而以全力分攻津、关，电饬李占椿确探倭船所向，相机前进，倍道驰援，勿在山东观望，复致落后。山东已招三十营，若寇氛稍远，当不须此客军，并祈尊处电李抚院熟计之。候电复。

寄督办军务处光绪二十一年二月十七日

宋帮办田台之败，损伤二千余人，而锐气不衰，拟暂退驻石山站，稍为休养，请吴帮办回防锦州，似于事机尚合。现在魏藩司、李道均到锦州齐队。唯吴帮办争扎石山站，欲与倭寇再决，并欲调余、熊两军前进。坤一接据东海刘道探报，倭调集大股，将于开冻后，直攻直隶。又据上海沈道探报，倭将以一股攻榆关上下游，一股攻北塘等处。是否实情，总须严为之备。余、熊两军派定地段，断难抽动。伏祈贵处迅电吴帮办与宋帮办和衷商办，以维时局为祷。

寄总署督办军务处

光绪二十一年五月十一日

递接依将军、徐署牧及大高岭吕、孙两镇电称，凤凰、海城、析木、营口等处，复有倭人大股前来筑台挖沟，与前情形不同，似欲悔和，不肯以辽东还我。应否准其派队进据冲要，以占先着而免后时，伏候裁示。

鄙见为目前计，为将来计，均应联络俄与法、德，以壮声援。倘倭再得三国之助，动辄与我为难，则我不能自立。伐交为制敌上策，并祈权衡利害轻重，迅赐施行。

又接津沪探报，台倭于初六、七、八相持三日，至初九日台军大捷，杀倭甚多，并擒其副提督某。辽东来电，亦谓倭以船载受伤兵丁数百前来海城，事若符合。谨以奉闻。

寄户部光绪二十二年二月二十日

顷准苏抚转电苏漕改折一案，事关天庾正供，必当内外统计，利害相权，庶可行诸久远。查议办折解，原为节省起见。河运较海运为费，坤一初亦以拆解为然。第念京师食米端赖南漕，为大部所深悉。苏抚现议收折解折，收本解本，是海运为数无多。宁属均收折色，若河运全停，则是京米专恃商贩，盈虚迟速，把握毫无，抬价居奇，在所不免，一有贻误，关系匪轻。年来于河运不唯未尝议停，并图规复增运苏漕，诚有鉴于往年法事阻遏海运，不得不预留河运地步。停运之后，河道益淤，倘有海氛，从何措手？言者请停漕运，辄谓运米一石到通，费银十两、八两，以此动听。不知江南起运漕米，合米价、运脚两项并计，海运二两数钱，河运三两内外，每届奏销，户部有案可核，何至有十两八两之多。合之山东修河及津、通起拨上仓诸费，每石亦不过四两。将来停运，津、沽米价必昂，正恐此四两折价不能买米一石。至于江南之米少此销路，谷贱伤农，沿河穷民以挽运为生者必至失业，亦不可不虑。通盘筹画，拟请江北仍办河运，留此一线运道，借为缓急转输之计。将来芦汉铁路告成，再行一律改折，庶较稳妥。如贵部察核苏、宁所拟为然，可否即据电奏复，敬候电示。

寄荣仲华中堂光绪二十四年七月二十一日

自我皇太后训政，于变法各事，应办者仍办，停者即停，措置合宜，天下欣然望治。我皇上恭己以听，仰见两宫慈孝相孚，始终无间。我公与礼邸、庆邸从中调护，永保安全，外议纷纭，无可借口，是皆社稷之福，始得有此转机。

现闻康逆监禁香港狱中，似可将其恶迹宣布各国，照会英使交犯惩办，伏祈卓裁，并候电覆。

复盛杏荪京堂光绪二十六年五月初四日

江电悉。拳匪煽惑日众，如厝火积薪。春间曾面奏利害，今果有此患。昨已有旨严拿，并着派出之统兵大员相机剿办，惟望早日敉平，大局之幸。续有闻，仍祈电示。

复裕寿山制军光绪二十六年五月十二日

真电敬悉。刚、赵两枢密往谕，该匪能悔悟否？贼势如此，以剿为宜。先清内匪，次杜外患。若剿抚无定见，蔓延难图，各国从而干预，大局不支，惟公与荣相熟计之。

寄荣中堂光绪二十六年五月十三日

时局多艰，外人伺隙而动。英、法各国近借拳匪滋事，亦有派兵舰入江保护之说，防务自宜加严。江阴为五省门户，该处兵力仅能专顾南岸，他处防军无可抽调，遇有缓急可否准调现驻清江之张提督一军，移扎江阴北岸，以备不虞，事竣仍回原防。我公任天下之重，江防定系荩怀，乞俯允电示，至祷！

寄盛京堂光绪二十六年五月二十一日

昨闻北洋以阻止洋兵商各领事，答以办法三条，内有护各使眷出都语，此即下旗回国之谓，特虑意外，未敢明言耳。宜由尊处函请荣相，设法劝阻，若使眷回国，则决裂更速，无可挽回矣。

复鹿滋轩中丞光绪二十六年五月二十一日

马电悉。台旌回省坐镇，极佩。北事危急，线阻信滞，已委达道斌率洪令檠赴京、津坐探，苦难通电。连日电奏，均由济宁驰送，或托杏荪交轮带北，甚焦急。

此间防务，严饬各统领布置，并将盛字亲军各添千人备调遣。至分兵援北，江南无大支劲旅可抽，若勉调现在各军赴北，又恐江防有失。且都门拥兵数万，患在不肯主剿。刚、赵必欲取结了事，而不虑开罪各国，群起而攻。迭次电奏，切陈利害，并屡电荣、王，责以大义，请速定计剿匪，以谢各国而支危局，均无回音。当轴刚愎，大事将去，公有何良策？

复张香涛制军光绪二十六年五月二十二日

马电悉。敝处亦两电荣、王，初次云："拳匪势炽，洋兵迭进，董军又妄杀倭员，大局危急。坤一屡电奏请速剿匪，闻仍主抚，并禁洋兵进京，再来即由裕、聂力阻，显与各国为难，必酿大变，一国且不敌，况各国乎！为今计，惟有电李使谢倭，稳住各国，宣示剿匪，或可转危为安。若仍信拳匪恃以拒洋，全局糜烂，不可收拾。公任天下重寄，宗社存亡，在此一举，千祈力陈。"

闻刚、赵抚局已具结，并禁洋兵入都。是袒匪拒洋，已有明征。各国兵队大集，危亡即在旦夕。无论中国势弱至此，即英、俄等强国亦断无开罪各国之理。祖宗创业艰难，无端家居撞攘，谋国者不得辞其责。务恳切速陈奏，幡然变计，危局或可撑持。万勿再信邪说，致悔莫追。

顷得盛电，荣亦撤兵。事无及矣，奈何！

寄张制军于中丞鹿中丞王中丞松中丞

光绪二十六年五月二十三日

廿一，各国在大沽开仗，炮台被夺，北事决裂。顷据沪道电，风闻英领奉英廷电，自宜昌至吴淞每日派一兵轮，上海、江宁派头等铁甲驻守。又闻俄、法、英拟截留关税等语。已饬确探电闻。为今计，惟有力任保护，稳住各国，一面添兵自守，镇慑地方，饷源支绌，无论何款，先行挪用，事至危急，未可拘泥。若东南再有事，则全局糜烂矣。公谓何如？

寄张制军光绪二十六年五月二十四日

沪道电，遵即密商英领，渠以长江一带商务，有两制军主持保护，极为放心，英舰均聚北洋，并无另调入江之意。中、英视同一家，如有不虞，彼此自当协助。惟赴汉口之脱乃黎，又赴南京之恩密赫两舰，均于廿一上驶，不便追回等语。察看英领意甚和平，英舰往来长江游历，本是常事，此次开赴宁、汉两舰，只合听之。昨英舰管带来见，问答如前。现一舰来鄂，尚拟晋谒台端。一舰赴芜，敝处并调蚊船一号至芜弹压。并闻。

复李鉴帅光绪二十六年五月二十五日

有电悉。此次拳匪召祸，患在政府不肯主剿，致动各国之兵。从古无开衅各国之理。津、京危急，大局不支，东南若再有事，则全局糜烂。迭与香帅电商，就目前计，惟有力任保护，稳住各国，以冀北事转圜。连日与英领会晤，及沪道晤各领事，均以此意告知。长江权利，各国觊觎已久，惟畏英不敢遽为戎首，英亦因该国商务在长江为多，不敢遽行强占，致启各国戎心。若触动一国，各国必群起而攻，在我既无敌各国之力，亦只有就其所忌而羁縻牵制之，仍一面严密筹备。若彼族以兵舰照常游历护商，尽可听之，非至十分相逼，断不可先开衅端。千祈查照办理，东南幸甚。

复鹿中丞光绪二十六年五月二十五日

漾电悉。沽失衅开，合而谋我，内召拳匪入卫，直错到底，大事不可问矣。目前计惟力任保护，稳住各国，暂保长江，以期北事转机。若再卤莽从事，各国兵舰转舵南攻，危亡即在旦夕。现与各领事密商，使其互相牵制，免遽决裂。一面饬沿江营台严备，如竟欲强占，亦惟有尽力抵御而已。扬州南字一旗、衡字三营，均难调动。此间又增募数千人。尊处似亦应添勇，无论何项协饷，先行拨用，事至危急，未可拘泥。卓见谓然否？

复张制军于中丞光绪二十六年五月二十五日

敬电祗悉。会衔电奏，具征忠悃。盛京卿电，已传拳匪入卫，举动尤为骇异。望即刻发电至距京最近电局，用八百里驰奏，迟则无及矣。

再，内间始终袒匪，甚可疑。此次电奏正与相反，虑有阻隔，祈妥筹上达之法为要。

寄陈修五镇军光绪二十六年五月二十六日

奉二十一日六百里加紧廷寄："近因民教寻仇，匪徒乘机烧抢，京城内外扰乱已极。着各省迅速挑选马步队伍，酌派得力将弁，统带数营，星夜赴京，听候调用。"等因，钦此。

君父之急，自应刻日赴援。现在大沽不守，军情更紧。查该镇忠勇性成，不避艰险，心存君国，调度有方，所统马步各营，又久经训练，分扎徐、宿一带，距北较近，应即调集铭字马队三营、元镇四旗，迅速北上。如嫌兵力未厚，准将元镇四旗各照营制添足五百人，以资厚集。所有徐、宿等处防务，已电饬徐州刘镇添募步队三营，刻日成军，前来接防。该镇务速部署齐备，一俟刘镇所派接防弁勇到后，即行拔队星夜兼程赴京。所需饷项军火，由该镇次第电禀运济，毋片刻延。先此电饬，即电覆。

寄张制军光绪二十六年五月二十七日

力任保护，稳住各国，实委曲求全、保东南至计。而鉴帅意见未融，顷又来电询水雷拦江各件，嘱拨款二三万济用。敝处电约其来宁面商，并派员赴江阴详告办法，款从缓拨。如能水乳最善，若竟固执，不得不另作计议。查鉴帅巡江旨内，并无督办防务之语。沿江地方自是两江、两湖之责，拟会公电奏请饬李毋得干预防务，以一事权而免贻误。时事至此，身何足惜，保守东南，实顾全局，一涉孟浪，祸在眉睫。惟公同志，谨电密商，祈电示。

寄余晋珊观察光绪二十六年五月二十八日

罗星使电："遵告沙侯，据云：'英政府注重保全民命产业，绝无侵占意，水师只在口外，不至分兵喧扰。承示极力保护，心感。'"等语。又吕星使电："告德外部，甚感。因北事电阻谣多，恐煽惑起波，应转嘱各国领事告本国政府，长江安谧，勿派兵，较使臣劝阻更昭信实。"云。盛京卿请与各领速订保护中外人民产业之举，现已商香帅。惟盛电有英领拟一口派一船之说，想系前议，嗣许不再派船入江。仍望速将沙侯意转告，抱定长江商务、教务由我与香帅力任保护，并照吕使意商各领，请电告彼外部，以为议订保护之根。

寄李鉴帅光绪二十六年五月二十八日

接滋帅电："奉廷寄，派营入卫，虑缓不济急。武卫、先锋两军奉调否？可奏明由鉴帅带两营北上，一面奏，一面启程，较为迅捷有实济。"云。武卫张、陈两军已奉调，定廿七八拔队。敝处又派陈凤楼马步七营入援。然非得威望素著之大臣总制调度，恐无实济。滋帅办法，弟深谓然。如公允许，敝处立即出奏，并饬令张、陈及陈凤楼遵照。事急不得不从权，立候电覆。

复刘景帅光绪二十六年五月二十九日

俭电悉。北事已决裂至此，东南各省若再遭蹂躏，全局瓦解不可收拾矣。敝处与香帅迭次电商，惟有稳住各国，力任保护，或可暂免祸端。已饬沪道与各领事晤商，均云既任保护，当不派兵入江。所言虽未敢深信，目前计亦只合如此羁縻。贵省似可一律照办，宁饬甬道联络领事，告以洋商、教士，抚台竭力保护，尽可放心，不必派兵舰，转致居民惊扰，匪徒乘机而起，弹压为难。一面严切通饬各属严拿匪类，有犯必诛，力护教堂，勿稍疏失，致滋借口。如各国或以一二舰照常游历，尽可听之。彼不开衅，我总虚与委蛇。仍严密筹备，非十分相逼，不可拒绝。此为保东南委曲求全之策，正所以顾大局。祈卓裁。

复张制军光绪二十六年五月三十日

俭电悉。兹事体大，公自应列衔。沪道所拟五条，均可行。惟须照尊电加入制造局一条及上海租界归各国保护一节，已电令速商杏荪，定今日三点钟会议。陶道到宁，沈爱苍亦来，告以尊意，并加派沈帮办此事，均令速往，仍电沪先议，不必候。至杏荪处，昨经电托相助为理，得覆允办。

廿四廷寄："近日京城内外拳民仇教，与洋人为敌，教堂、教民连日焚杀，蔓延太甚，剿抚两难。洋兵麇聚津沽，中外衅端已成，将来如何收拾，殊难逆料。各督抚受国厚恩，谊同休戚，事局至此，当无不竭力图报者。应各就本省情形，通盘筹画，于选将、练兵、筹饷三大端，如何保守疆土，不使外人逞志，如何接济京师，不使朝廷坐困，事事均求实际。沿海、沿江各省，彼族觊觎已久，尤关紧要。若再迟疑观望，坐误事机，必至国势日蹙，大局何堪设想！是在各督抚互相劝勉，联络一气，共挽危局。事势紧迫，企盼之至。"云云。

廿五之件亦到，与袁电略同。会奏事若何？务祈迅即电覆，盼祷！

寄廷方伯光绪二十六年六月初一日

兹有致荣相密电，即祈照录原码，专马星夜飞送。电码如下："荣中堂钧鉴：奉覆电，读竟痛哭。时局至此，已无可言。但各国增兵八九万，会合猛进，不入京城不止。此时救社稷，安两宫，公宜早为之计，迟则无及。万望保重柱躬，与庆邸共担大事。

总之，须出而议款，万不可用‘迁’字诀，逼成瓜分之势。德使已矣，其余各使，尤须赶紧严护无损。若再有失，将来之祸，有万不忍言者，求为城下盟，不可得矣。此间联络各省共筹保疆之策，尽此心力，不敢谓确有把握也。”

寄袁慰亭中丞光绪二十六年六月初一日

接卅电，万分焦急，姑再会香帅致端邸一电，冀收万一之效，请即飞马专送，电稿如下：

“王爷钧座：接直督电，沽失路据，八国日增兵已三四万。津如有失，则直驱京师，宗社可忧。此电系廿七发，今已四日，不知情形如何，忧灼万状。各国并力谋我，以寡敌众，即或偶胜，闻彼族征调连横，指日可到。我之兵力有限，彼之接济无穷，一旦直入京都，宗社乘舆何堪设想。若再不与之转圜，危亡即在顷刻。王爷天潢肯肉，秉国之钧，才足以济时艰，亲足以当大事，如不早作主持，京外何所仰赖。伏求王爷上念祖宗缔造之艰，下慰万姓瞻依之切，早定大计。此时各国公使，尚未出京，及早与议停战，一面催李鸿章进京面授方略，保社稷、安两宫。万世瞻仰，在此一举。不胜迫切之至。”

寄苏皖赣三省司道光绪二十六年六月初一日

北事匪徒闹教，致肇巨衅。东南一带，再滋事端，大局不堪设想。迭经电檄通饬保护商教，拿办匪犯。现因各国均欲以兵舰入江自卫，恐启惊扰，会同湖广张部堂饬令沪道正与各国领事议订长江一带由我自行力任，禁止造谣，严办匪徒，保护商教，不使疏虞，以期各不相扰，俾得保守东南，以待大局转机。惟现当北事糜烂，人心浮动，匪徒思逞，防维固宜周密，办匪尤必从严，倘有造谣生事，即行严拿正法，以遏乱萌。至保护之法，值此兵单饷绌，分防要隘，尚多不敷，断难分拨内地。所有各口商教，应责成关、道、营、县，沿江、内地教堂，应责成各府、厅、州、县会同营汛各集地方绅董，共筹保护之法，切实办理。要知保护商教，即所以自卫地方人命财产，事关切己，祸福与共，必能一体晓悟，协力图维。经此通饬，若再稍掉轻心，必致贻误大局，断非参办所能蔽辜，望严饬懔遵！

寄廷方伯光绪二十六年六月初三日

接荣相电，万分焦急。今有致庆邸、端邸各一电，请照录原码，用六百里加紧排递为荷。电稿如下：

"王爷钧鉴：自古两国相战，不罪使臣，礼也。今我先残日官，复毙德使，为万国公法所不与，将视我为无礼之国。此外各国公使，务须极力设法保全，否则各国仇我必深，攻我必急。以一弱敌众强，安能常操胜算。万一跌蹉，恐求和而不可得。事机间不容发，惟王爷急图之。"

复松峻帅光绪二十六年六月初三日

宋电悉。北方召祸，各国齐开衅，从古无此办法。闻西兵将抵京，兵匪均败，祸不可测。弟电奏四五次，痛陈利害，未能挽救，北望忧恸。东南财赋地，若再卤莽，各国大队兵舰齐攻，伏莽因之四起，则全局瓦解。但能保全东南各省，大局或可有转机。

连日与香师会饬沪道与各领事会议，我力任保护，彼亦不得派兵入江，渐有眉目。此实委曲求全，保疆要策，公谓何如？廿九明谕暂勿宣。团练或可御窜匪，若以敌洋，万无此事。祈酌办。海州一带，无兵可拨，奈何！

寄李中堂光绪二十六年六月初四日

杨子通电："方筹挽回朝局，忽外部称盛京有兴兵毁路之举。俄通国身家在此铁路，若满洲有警，决裂无疑。大局安危，在此一着。已两电增帅，力保路工。仍祈诸公切电加劲，千万。"云。此事关系甚巨，可否由公电致增、长两将军，如挈贱名亦可。又吕镜宇电：

"德外部云，各国并无意与中国为难，总盼先靖内乱。傅相北上，属望甚切"云。目下朝局，非公速发，另筹切实办法，病在腹心，几不可治。行期方略，幸示端倪。

复盛京堂并寄余观察

光绪二十六年六月初五日

杏翁两支电悉。明件当日见京报，已无可挽。然各省迭奉电旨，一则曰，各督抚相机审势，保守疆土，再则曰，团民蔓延，剿之即刻祸起肘腋。恭绎语气，与各明件迥不相同。两宫于此有万不得已之处，亦可见矣。江、鄂办法，本是遵旨保守疆土，各国尽可放心。尊指甚当，只合握定此义办理，将来大局转圜，恐亦非此不可。惟前次约定不派兵船入江，为题中最要之义。宁英领亦曾面允，仍请商霍领与各领一律照办，以免民情惊疑，难于弹压。晤商后即电示。

寄英美德法俄日本各使

光绪二十六年六月初八日

各国政府允如能保护内地洋人，可不扰及东南各省。各国水师在大沽会议，亦谓专弹压拳匪及自救本国人。又杨星使东电，各国既不直认大沽之役为开战，似止可姑与羁縻。总署电既有“酌”字，诸公荩谋，自必斟酌妥善，如能暂留各国以通声气而知外情，且为日后开议地步最好。但恳请卓裁，自行酌定，不敢越俎代谋。

寄东南各省督抚光绪二十六年六月初九日

顷奉初四廷寄：“现在统筹战备，迭经谕令各省筹饷、练兵，共保疆土。惟库款支绌，饷项艰难，既与外洋决裂，所有各省认还洋款，着即暂行停解，听候部拨，移充军饷。”等因，钦此。各项洋款，系关税、厘金作抵，若不还款，各国必以兵力据海关、厘局，并扰边省，处处受敌，防不胜防，军火亦难为继，战事断无把握。且兵连祸结，伏匪乘机四起，天下骚然，商贾停歇，洋税既无可收，常税厘亦有名无实，正在筹防增勇，饷费何出。查每年应还各洋款计共二千数百万两，每年洋税及洋药税计收二千数百万两，常税、厘金计收二千万两左右。内地省分常税厘金收数无多，纵能照常征收，既失江海大宗入款，通盘核算，亦得不偿失。是不还款，既失大信，又受巨亏。土货不能出洋，商民亦不聊生，食力者生计并绝，势必为匪。外侮内患，同时并起，将有土崩瓦解之势。商之傅相，嘱即联衔电奏，请收回成命，以全国体而支危局。用特电商，务祈速覆，不胜迫切之至。

复张制军光绪二十六年六月初九日

庚电悉。伊藤所询，其意难测。前以门面语答之，公三说措词正大，胜弟多矣。惟须告李使作谈论答覆，方不着迹。至奏明一节，似可不必。语虽冠冕，秉钧者固未可以常例测度也。傅相处可勿须商。

寄张制军盛京堂余观察

光绪二十六年六月初九日

裕使来电："江电想邀鉴。彼复云：'详阅来件，可毋庸作为专约。如一二条内开外国人民财产，中国官员亦例应保护，现两帅力任，各国慰甚。法政府当饬领事官接训条后，遇事转达华员，或有华员设防，领事可与商酌，以副美意。其九条有仍应提出声明者列后：四，原开水手不得登岸。查各租界必须有兵保护，此节难照办。五，沿江安静，我亦不愿派多轮，致惊疑，倘遇必须派轮，我当仍照常时办法酌办。缘恐言明不派，无知者转借此闹事。八，偏僻地止洋人前往，但可作为暂时办法。九，设防保护沪租界，我亦必安静办理，华员尽可放心，不必过问。又，现无钦差办事，保护责任归兵官。倘以后有情形不同，亦可不待本国训条，相机酌办。'云。探闻彼密议，东南大帅如真能任保护，可不相扰，惟未肯明立条约。"云。

寄李中堂光绪二十六年六月初十日

李使电："外部嘱电傅相：'德主闻杀使甚怒，派四舰、兵二千来。现匪攻使馆，如商袁抚率兵入都救各使，或挽危局。'等语。所言自办不到。惟驻东美使、法员来谈，告以因沽口战，致兵民交愤，与匪合攻使馆。彼等颇咎舰督冒昧，致启战祸。似各国稍有悔心，且皆注重救使。如能量为设法，或拟派援北之兵，托名救使，亦足维系一二。当否，乞酌夺。铎佳。"云。属转尊处。

寄鹿中丞光绪二十六年六月十一日

公刻日启行，殊深企念。陈凤楼所部素称得力，马队为最。该镇朴忠，敝处已切嘱为国宣力，为公分忧。该镇来禀，亦谓得侍大贤，愿受指挥。谨闻。

寄松峻帅光绪二十六年六月十二日

现派王直牧、茂中管解神机营枪子，由水路至济南，交由慰帅派员转解。请俟王直牧到浦面禀后，饬所属文武，沿途派拨弁勇护送为祷！

寄李寿亭军门光绪二十六年六月十二日

转交和甫：

准李中堂电："洋债多由税司经手。顷与粤税司密商停缓一节，彼谓切勿商领事、银行，致风声一漏，各国民心必不靖。缘股票散在民间，以为华失大信，必求政府用兵压制，是于害使臣外又加一大害。语甚切直，似应仍照香帅原拟，婉曲会奏。"云。会奏仍无把握。执事密商，务望详审机密，免生枝节。

寄张制军光绪二十六年六月十三日

杨使电："阳电已商外部，据云：'俄极愿顾邦交，并深佩两公良法美意，既承力任按约保护所管省内人民财产，俄即不增舰添兵，以示酬报。惟北方消息日坏，深盼设法兼筹剿办，以保贵国危局。'等语。请转电香帅。"云。

又裕使电："外部请电政府王大臣，如各国钦差及使馆人员并商民人等被害，定要中国政府抵命。嘱勿改一字，请转译署。"云。与英意同。然此电转署，于事无丝毫益，转恐激成他变。拟概不转，或以此意密电罗、裕两使，何如?

寄奎乐峰制军光绪二十六年六月十五日

北事艰危至此，昨有电旨，饬各使勿回华，并向英、俄、日本递国书，请排难解纷，或渐有转机。美素无嫌，大沽独未开炮，托美排解，似易有济。德、法皆强国，德又有戕使事，若独无国书，恐更激怒，似应一并致书。荣相处未敢径电，祈公设法速达到，为感。

寄袁中丞光绪二十六年六月十六日

时局危急，各使存亡，关系甚巨。拟公致庆邸、荣相、王相一电，惟宜格外秘密，请照缮一纸，六百里加紧排递荣相，以冀挽回万一。电稿如下：

各国最忌伤使，攻津洋兵续调大队，俱以救使为言。罗使来电，外部言，若害各国使臣，要政府抵偿。吕使电，德主闻戕使甚怒，派铁舰四、快船一，誓取北京。裕使电，外部言，若伤各国使馆人员及商民，要政府抵命。上海英总领事电，奉外部电，如各国公使及各色西人受伤害，必将其罪归于北京主谋之人。语极凶悍，实堪发指。德主及德领事来电，如能救出各国西人，每人赏银一千，费用俱由德主给等语。彼各国既合为一气，公愤救使，其锋甚锐，必须于各国续调之兵未到以前，设法保护，及早善处，方可减其凶焰，于战事并无所妨，于大局实有裨益。伏读五月廿九日谕旨，现在京城使馆仍尽力保护。又阅六月初三日电谕各出使大臣，现仍严饬带兵官照前保护使馆各等因，仰见圣谟广运，威德并施。天津于犯顺之洋兵，自应力加攻击，以彰圣武，京城于束手之公使，自可格外保护，以广皇仁。但既有德使之变，京、津电报不通，各使久无音耗，洋人皆疑各使已死，举国哗然，合而谋我。初七电致英、俄、日本三国书，而彼使无信。尤滋疑虑，且启别国猜忌。为今计，宜将各使保护安全，加以抚慰。一面补致美、法、德国书，一面令各使将国书之意，分电本国，方可释然，于事有济。关系至巨，惟赖钧座主持。应否将此电婉为奏陈，或将各使来电字面略改浑涵，统祈裁酌，不胜急迫之至。

李鸿章、善联、刘坤一、张之洞、奎俊、袁世凯、王之春、端方。

寄袁中丞光绪二十六年六月十六日

各军纷调赴北，转运一事，最关紧要。北洋已派黄道建筦在青县设局。敝处前派淮、徐二道筹备。昨奉寄谕，派恽道祖祁在清江设转运局。务祈尊处在中权要地，再设一局，南北即可联成一气，大要以多雇车马为最急，即请妥筹电复。

复奎制军光绪二十六年六月十七日

元、愿、咸电均谏到。昨盛京卿接总署总办电，使馆被攻甚急，意在聚歼云。若果有失，各国不以公法待我，将来之祸有万不忍言者，是目前以救使为最急。昨会台衔电庆邸、荣、王两相稿，已电呈。公能再发密电致荣相，更可有济。事机危甚，幸勿稍迟。非各使安全，转圜无望，即会电外部，亦徒劳也。

合肥召催速入，坤一亦发电促之。

英领事电，甚难措词，未覆。

展缓乡试，未得旨，昨向总署探询，得覆再闻。

寄廷方伯光绪二十六年六月十七日

转寿帅阳电，谏到。江宁军械，存件本属无多，近来分拨京营暨各省，不下数万。自军事起，敝处添勇万余人，及援北各军，东南各省纷纷请领，库藏几空。天津需械既急，不得不勉力腾挪，现凑拨哈乞开司枪一千杆，配弹一百万颗，小口径毛瑟五响快枪一千杆，配弹一百万颗，哈乞开司一磅轻快炮二十尊，配平常炸弹九千六百颗，铁罐炸弹九千六百颗，以应急需。目下车辆难觅，且德多间谍，由胶进兵要截可虑，此项军火，非密运不可。迄密转寿帅。

寄李中堂张制军光绪二十六年六月十八日

黑龙江将军来电："京、津情形，仍无确耗。奉省近因俄在铁岭阻隔，信亦不通者七日。屡电杨钦差，据俄外部覆称：'现在拳民四起，扰及路工地方，地方官不能弹压，除飞速进兵保护，兼助平乱，别无他法。'等语。山因祸在目前，俄督抚及监工人等又称和好如故，特商彼此撤兵与释疑忌。乃十五夜，省西七十里富拉尔基监工盖尔肖甫等自焚房屋，坏我电线，乘火车逃往哈尔滨钲河，今晨复由轮载兵数千南下。哈尔滨来电，诬我攻击故逃，铁路惟我是问等语。此刻情势万紧，迫我太甚，乞将各情登报，以辩曲直。东北战事，山力任之，南中如何？便示为祷。山阿①洽。"云。嘱转尊处。

寄袁中丞光绪二十六年六月十八日

杏荪霰电救使事，请尊处照谏电酌妥会奏，此事昨经电请转电庆、荣、王。现傅相筱电谓："盛谏电极婉，并奏请宋庆派队护送各使赴津，更为釜底抽薪之策，鸿愿列衔。日本兵二万，计到津即北指。此电早发一日，早松一日，不必迟疑。"等语。应请尊

①中华书局版《刘坤一遗集》无"阿"字。

处查照盛谏电酌妥拟奏，内派何人何军句，即可指明请派宋军护送赴津，敝处洽电请删各字，仍请删去。四川奎、成都绰、福州善、陕西端及坤一均愿会衔。

寄张制军光绪二十六年六月二十一日

奉十七寄谕："天津武库等处所存枪弹，均多毁失。现在各营逐日开仗，子弹不敷，亟须速行筹备。着刘坤一、张之洞于上海、金陵、武昌各局，宽为提拨，迅速设法解济。"等因，钦此。敝处军械迭次分拨各省，存项几空，子弹尤形短缺。现虽加工赶造，急切难成大批。然既奉旨饬解，总须设法凑拨。尊处拟如何办理？祈速电覆。

寄盛京堂光绪二十六年六月二十二日

津破京危，内间必有大变局。傅相到沪，宜速筹解救策，迟则无及。东南若能保护安静，目前似暂可无碍。惟洋款事虽已会奏，准否难必，各省汇号不通，道路梗阻，即邀准亦断难如期解到。英、德款三十日一期，俄、法款闰月即届，有数百万之多，无论如何，江南万无此力，届期失信，仍是不了之局。傅相到时，望详陈一切，务请预为之计，东南安危在此一着也。

寄徐州皖北镇道光绪二十六年六月二十五日

现在豫匪甚炽，纷锯电杆，焚毁教堂，势已岌岌。北方拳匪均带械溃逃，难保不纷纷南窜。徐州、皖北均与东、豫毗连，亟应严密布置，妥筹堵御，毋令匪徒阑入，并查拿奸宄，从严惩办，以遏乱萌。昨奉旨饬令各省认真保护各国教士、商民，剿办乱民匪徒，该镇道尤须严督各地方文武，切实保护，毋稍疏虞。如有匪徒造谣闹教，拿获立予正法。处分阴骘，本部堂一身任之。切速。仍将遵办情形迅电覆。

寄袁中丞光绪二十六年六月二十九日

奎乐帅感电请派李相全权在沪先议，诚救急要着，弟昨遵电荣相，亦系此意。伏读廿三日上谕，饬令各省亟筹战守，圣虑极详。第大局宜策万全，胜负本难逆料，战而胜，诸事自易转圜，不幸稍有错失，则危迫何堪设想。断不可为城下之盟，致要挟万难应允。况京畿势将坐困重围，宗社所关，岂可拼为孤注。又，护使之旨不为不力，而闻外人不信。如能请各使将保护明诏电达各外部以释疑，亦缓兵一策也。应否酌采妥叙入奏，祈酌。奎、绰均列衔。

寄黄芍岩宫保李寿亭军门

光绪二十六年七月初二日

奉上谕："刘坤一等奏，相机审势，妥筹办法一折。朝廷本意，原不欲轻开边衅，故曾致书各国，并电谕各疆臣，及屡次明降谕旨，总以保护使臣及各口岸商民，为尽其在我之责，与该督等意见正复相同。现幸各国使臣，除克林德外，余均平安无恙，日前并给各使馆蔬果食物，以示体恤。如各国恃其兵力进犯，各省自应保守疆土，竭力抵御。即使目前相安无事，亦应严密筹备，以防意外之变。惟总不欲兵衅自我而开，一面将坦怀相与之意宣示各国领事，共筹补救之方，以维大局，不得轻听浮言，致多疑虑，是为至要。将此由六百里各谕令知之。”钦此。特转电一体钦遵。

寄袁中丞光绪二十六年七月初三日

聂护抚来电：“奉廿八日谕旨，饬关道向英、日两领传宣圣德，彼口虽言感，总以未接各使亲笔，未能深信。可否电译署嘱使臣致书沪领，以安其心。”云。各国望使信甚切，似可由尊处函请译署照办，以宣德意而释疑虑。祈酌。

寄李中堂张制军盛京堂

光绪二十六年七月初三日

寿将军东电：“敝省爱珲与阿穆尔一江之隔，十八日，俄用轮船载兵欲发，我军阻止。正争论间，俄廓米萨尔用船带兵，枪炮齐发，向我攻击遂至开仗，自此以后，连日恶战，现仍彼此相持。俄工役官兵人等之在我境者，均派兵妥送出境。哈尔滨之男妇，今日始护送去讫。但三省监工人等，俱聚于村野不去，并抢我吉军饷银十六车，屠我铁岭、双城人民无算。并将阿砮尔华民五千余人，逼令入江者二千余，乘其浮沉江面，开枪击毙，其得逃生来归仅二百人，未入江者，以大斧登时劈死。此二十一日未刻事也。哈尔滨一处，先烧烈火，将我华民絷其手足，投入火中者日数十人。此处商民数千人，其得逃生者不过数百人。此十五以后事也。现在人心正愤，万难遏抑，即使有排解者出，试问我国赔乎、偿乎、降乎、割地乎？仍乞登报，云俄人残毒至此，令人发指。”然时局方亟，何可再启衅端，登报亦恐无济。已电嘱其遵旨保守疆土，勿越界寻战。应否登报，杏翁酌之。

寄袁中丞光绪二十六年七月初五日

洋款事仍拟会尊衔及香帅衔，公致荣、王两相一函，请酌定后即用六百里飞递。电文录下：

“洋款事奏蒙俞旨，仍照案按期解还，示大信而保饷源，实为大局之幸。昨闻桂抚拟上疏仍请停还，摭拾多词，希图耸听，于全局得失，并未熟计。此外尚有一二省亦主停还之说。果如所议，匪特厘税全失，彼必力据海关，祸可立见。坤一等前奏，实系通盘筹画，无一语稍有欺饰。若非熟权利害，何忍以筹饷奇窘之际，转以巨款资敌，天良具在，断不出此。倘桂抚等竟有此奏，务求中堂力为主持，奏明将原折留中不发，实为万幸。不胜迫切之至。”云。

复张制军光绪二十六年七月初五日

讲电悉。非认剿匪，万难言和，非请密旨，万难剿匪。怨归于外，德归于内，诚委曲调停策。第虑患在肘腋，事机稍泄，转以速祸。且俟傅相会奏件奉准后，与各国商有端绪，再相机酌办，何如？

寄松鹤龄中丞光绪二十六年七月初六日

盛京卿接浙藩电："江山县失守，衢州戒严。西安县吴令向与西人联络，此次更遵任保护。不意城内奸民以吴令通匪为词，戕之于道署，遍体鳞伤。拳匪唾余，流毒至此。并焚毁教堂，住郡及过路洋人数名，均遭杀害。现在惟有催营速进，先将土匪击散，再办内奸。然情节重大，恐坏东南大局。此系吴令幕友逃回面述，未见明文，特先密致。乞公勿言弟电，作为传闻，密商岘帅，如何措置。愚见欲求南洋速派晓事大员，并带一营赴衢查办，将起意及下手各匪悉数擒斩，以谢洋人，并为吴故令雪憾。南洋有兼辖旧例，订约新章，不嫌越俎。且浙官不为彼族所信，得岘帅自认查办各事，便不至决裂。洋人处暂宜秘密。望速商松中丞拨营由常山进剿，必能得力。"云云。

浙匪猖獗至此，亟应迅速剿办，免蹈直隶覆辙。袁守树勋干练精明，堪胜此任，请公会饬该守，酌带一二营，由广信赴衢，星夜兼程驰往查办，不分畛域，相机与浙营会剿，务期一鼓荡平，愈速愈妙，迟则恐生枝节。一面由公于边境严密布置，实力堵遏，毋令匪踪窜入。此事关系甚大，务望立赐施行，至祷！候电覆。

复盛京堂光绪二十六年七月初七日

鱼电悉。各使改用明码，诚多窒碍，第总署酣梦未醒，无论何处何事电商，从无覆信。海城到京，固执尤甚，朝局又变。会请派傅相全权折，留中不发，而以海城帮办武卫军。此时若以准各使用密电商总署，必谓恐泄军情，决难邀准。且俟傅相会奏四端如何，再酌，第恐亦系留中耳。事机甫转，又为海城所败，定兴到后，益觉牢不可破。一误再误，京城恐难保全，北望痛甚。

寄松中丞光绪二十六年七月初八日

现闻抚州亦有闹教之案，似此纷纷滋扰，动聚多人，恐非州县所能力卫。滋事各处，非迅拿首要，立予正法，不足以遏乱萌。派往之兵，必须责成管带严加约束，方免别生枝节。为今计，惟有酌派营哨，扼要分驻，俾便分投弹压。一面遴派干员，分往各属，责令地方官剀劝绅董，集团共卫。尚祈卓裁，并饬查抚案为祷！

寄松中丞光绪二十六年七月初八日

明道禀：饶州城内英、法教堂、医院、育婴、老人各堂、义学，均于廿九焚毁，并烧毙老幼妇女多名，陶教士受伤甚重。浮梁西乡教堂、教民房屋，亦于十七被焚，李司铎不知何往。据教士、领事云，系王赐福在镇招勇往省过饶，同地匪焚毁各属教堂。似此迭被匪毁，若再不能禁遏，必误东南大局。浮案前已批道将营县撤任留辑，限拿匪犯重惩，道府记大过一次，令录报冰案。饶案虽据教士称非府县保护不力，究未能预防，应将该营县先行摘顶示惩，勒限务获首要，讯明立予正法。浮梁西乡滋事之匪，亦应一律严拿重惩。治乱民用重典，火烈人望而畏。其余各属教堂，并应如何责成保护，不再滋扰，以保大局，想荩筹必已妥为布置矣。

寄李中堂张制军盛京堂

光绪二十六年七月十四日

据陶道密禀："有日本人向伊力言，英将西摩欲立功长江，以泄杨村败绩之耻，须由中堂、香帅及敝处径电英政府，以沮其谋。"等语。此说固未敢遽以为信，然近日英人举动可疑者确有数端：重庆洋官、税司洋人纷纷东下，内地商教亦多赴沪，可疑一。英拟扎兵上海，闻已电调数千人，未免太多，可疑二。日前英雷艇入江，向其诘问多方掩饰，继又谓赴鄂送信，何以不用电报？可疑三。英舰分泊各口，日见其多，淞、申所泊洋舰二十余艘，英为多，统计已不下二三十舰，可疑四。应否会电罗使向外部相机进言，陈说利害，我保疆土，彼保商务，毋为武员所愚，祈卓裁。速电覆。

复张制军盛京堂并寄李中堂

光绪二十六年七月二十日

鄂效、申西、沪效及效西各电均悉。此次事变，始终误于主持拳匪之人与匪相依为命，而挟两宫自重，无论在京、西幸，万难离开。历观各国回电，兵不到京不止，不得主持拳匪之人不止，然决无侵犯至尊意。为彼设想，此说尚属可信。若千里蒙尘，则意外之祸，岂独外兵追袭已哉？事已至此，尚何顾惜！贱名已附。香帅负中外重望，仍祈电袁会奏，共挽危局。

复袁中丞光绪二十六年七月二十三日

漾电万分惊骇。滋帅何日到京？曾否召见？现办何事？来文如何措词？五台偏僻，万难驻跸。董军是否随扈，祈详询来人，电示。并多发京，探都中近情，何人留守，如何办法。又会奏折，约今明可递回，朱批是否皇上亲笔，均速急电示知。

复李中堂光绪二十六年七月二十五日

敬酉电悉。杏荪来电，庆邸留守，照庚申案与公会筹议约。是宗社安危，在公一人，公不到京，不能会议，事局非唯难定，且虑各国改易初心。千里蒙尘，是何景象！各省无所适从，是何危急！惟公念四朝恩遇之隆，两宫倚畀之重，同僚推许之切，天下仰望之殷，迅速北发，拯溺救焚，不胜泣祷。

寄许制军刘中丞王中丞松中丞聂中丞

光绪二十六年七月二十九日

接慰帅电，两宫廿一西幸，仓猝可想。现虽未得行在确信，或易州、或晋、或陕，各省必须派兵迎扈。福建程从周军门刻在江宁，商定赶募两营，相机确探前进。鄙见闽浙、两江似可联成一气，将前派援北各军，奏请统归程军门节制，兵力较厚，可当一面，各省亦可不再另派。如公谓然，即请电覆，并将所派营名营数及统带衔名示及。一俟得行在实信，即会列尊衔具折驰奏，一面咨程军门并行各该统领知照。祈速妥酌为祷！

寄张制军光绪二十六年七月二十九日

顷驻宁英领事函："准上海总领事电内开：'奉外政大臣电称，目下北方失和，嗣后停战议和时，他国非我所知，我英夙重两江总督及湖广总督，自专恃二人主议，威重望隆，智深虑远，得不唯命是听耶？合奉闻。"云。驻沪英领有无此函致尊处？全权系傅相。此电恐别有用意。应如何答覆，请速电示教。

复袁中丞光绪二十六年八月初三日

江电悉。若再迟疑，瓜分立见。惟傅相与各国电商办法，均涉推诿，甚且不认全权，只日本语气较好并指请加派数人。傅相已据以入奏，未知何日奉旨。事休重大，总须内间有一定主见，密寄傅相及各省，方能措手。否则无所适从，坐以待毙，诚可痛哭。今日发电致荣相，恐不易达。尊处宜速致函，派妥员赍送，商定大计，请荣相将内意密示。事机万紧，千祈速办，至叩！

寄张制军光绪二十六年八月初七日

袁慰帅电："傅相奏既切实，自当稍待。但彼徒尚在肘腋，虑其畏罪自固，力持幸陕偏安说，纵允添派全权，仍不免掣肘于后，至贻误到底。如能联衔痛陈偏安必不可成，邪匪必须迅剿，宗社陵寝、八旗生灵必不可弃等语，庶偏安望绝，匪类势孤，又足以感动慈圣，当可坚持和议，彼徒见各省齐力一心，难违众志，亦可敛慑。杏公另片，意似可缓。如将邪匪误国殃民挑衅召侮各情形，切实缕叙，自可寓意。”云。所论甚切实。其论另片事与公鱼电意指相合，尚乞酌裁。

复恽观察光绪二十六年八月初八日

阳电悉。圣驾计抵太原，尚无确电。虽有幸长安说，到晋省后，是否不至改议，或在晋多驻两月，均意中事。日内晋当有电。如即幸陕，当照尊议办理，否则再酌。米船已受兑，必须执事相机照料，暂勿来宁。

复张制军光绪二十六年八月初八日

阳已电悉。孙领函不便久延，于初一日复函云：“接函深感贵国政府厚意。中国保疆为要，贵国保商为重，彼此相交，睦谊最洽。故自北方拳匪滋事，李中堂、张制台与本大臣等，均以力保商教为先。目下国是艰难至此已极，亟盼贵国顾全大局，排难解纷。李中堂与张制台、本大臣同此愿望。今函知贵国政府电，足见关怀之谊。月前奉旨派李中堂全权，原与各国和商办法。此时深冀贵国商劝各国，各派大员会商停战议款。本大臣与张制台，仍力保东南商教，与各国会议，须全权大臣主持。李中堂与本大臣、张制台彼此一心，与贵国商议，必能妥洽。现北方商务停顿，惟愿和局早定，商务复兴。尚祈代达。”云。

初六又续致一函云：“前函知贵国政府电，当将感忱并就鄙悃函请代达，尚有未尽之怀，特再奉布。北方匪乱以来，长江商货停滞，市面败坏，迄今三月，不独中国商民吃亏，即各国商民亦隐受其害。现北京不守，人心震动，各处会匪多有借保国为名，乘机窃发。虽沿江督抚严行惩办，和局一日不定，人心一日不宁，商务愈难振作。贵国在华通商五十余年，逐渐经营，各口商务始有此鼎盛局面。若贵国不早倡议联同美、日两国，赶为调停，设或到处匪徒滋闹，就各省兵力虽不难扑灭，而地方人民市面被扰，必更凋敝，恐非数十年不能规复，揆之贵国重商之意，亦属失算。前闻甲午中东之役，贵国不早调停，曾经贵国商民议论。在中国此时排难解纷，固惟贵国是赖，贵国为中国代筹，亦即自保商务。承贵国政府厚意，用布腹心，祈转致霍总领事代达贵国政府，不胜盼切。”云。

敝处两函与尊电相仿，应请尊处单衔电覆，以示彼此之意不约而同。

复张制军并寄李中堂袁中丞盛京堂

光绪二十六年八月初九日

鄂两庚电悉。初以两宫西幸，虑彼辈复挠款局，故拟各省会请早定大计。今中堂已奉怀来所发廷寄，饬令迅筹转圜，又有旨令荣帮办。日内中堂奏请加派全权折亦必邀准。再将俄愿撤兵奏闻，并请旨饬各省照常办事，是目前要义已尽，此外暂难议及。至于如何议款，不外“吃亏”二字。似须候外人发议，未便由我先行陈请，现在总以设法开议为亟。鄙见如此，尚祈卓裁。

复李中堂 光绪二十六年八月十五日

寒电悉。俄先撤兵，意颇真挚，子通所论，亦极切要。惟回銮一层，各国兵队尚未一律退出，德续调二万余人，亦未到华。

我无得力大军驻京，恐难邀允。统乞中堂裁酌，坤一无不从命。第无论如何，董军万不可再行调回，致败和局。

伊犁事请严切电阻。公奉旨便宜行事，亦应将廷寄全文电知伊犁，庶免误会。

复张制军并李中堂袁中丞盛京堂

光绪二十六年八月十七日

香帅铣谏各电均悉。默察现在情形，商德最为棘手，有戕使之嫌而未得独遂其欲也。由俄、日两国入手探询意指，自是善策，然大要不外和使所言第二节，穆使固已明言，亦即从前如各使被害归咎政府之意，如俄、日指请惩办某某，方肯开议。中堂到北晤商庆邸，当可酌量办理。劾董请解兵柄，极要请中堂领衔，香帅主稿，会各省并挈敝衔密奏。事机甚紧，可勿再商。至剿匪一事，中堂已有此奏，尚未奉旨，度无不允之理，能再申前请，亦可加劲。并祈香帅酌办。鄙见剿匪本督抚应办之事，中堂到任后，必当放手为之，但能得一明旨，庶可稍谢外人耳。

复李中堂并寄张制军

光绪二十六年八月十八日

中堂霰电悉。宫阙果无恙，两宫当肯回銮，第迟速难必，联军未去，德兵方来，亦不敢遽请。既派中堂与庆邸在京议款，何谓无主？美顾邦交，当劝各国派全权速议，早定一日，车驾可早回一日。此美国本怀，仍赖伍星使大力。应否如此答覆，乞酌。

寄李中堂张制军 光绪二十六年八月十八日

中堂啸电，非一董所能谢过，看题雪亮，佩极！但如袁电再加一人，虽较切实，恐外人所欲尚不止此。似可照香帅原议，先翦羽翼，余待各国言之，于事权诚有小碍，实逼处此，不得不尔也。统祈香帅酌裁。深盼中堂北发，今行有期，转增眷恋。惟匡扶危局，日月重光，十庙在天之灵，实式凭之矣。秋高，乞珍重！

复李中堂袁中丞并寄张制军盛京堂

光绪二十六年八月二十日

中堂效电、慰帅号电悉。俄允商各国撤兵，而必欲两宫回銮。德新使致香帅电，必欲先办主持拳党之人，而后开议。参观各路电报，大旨均不外此。殆虑全权于此事不易办到，故欲待回銮后劫制使行耳。用意很毒，是回銮未为妥策。然若迁延不办，恐各国变其宗旨，愈久愈不可收拾。连日苦思，惟有密陈先发制人。又虑董拥重兵，近在肘腋，恐激变端。拟请中堂设法密奏，直达两宫，先将端、刚、赵从轻褫职，明降谕旨，归罪于三人，以致种种愧对各国，故先罢斥，以为谢过之据云云。此等处分有何大碍？该王大臣分应为国任咎，为主分忧，随后徐徐图之。董或解其兵柄，或令赴任，总期速离君侧，方易措手。毓则俟回銮后再办亦可。统祈中堂酌奏。坤一愿列衔。香帅、慰帅与杏翁何如？

复张制军并寄袁中丞

光绪二十六年八月二十七日

鄂感辰电悉。致各使电文曰："联军到京，本以救使剿匪为言。现使已救，又有旨剿匪，保定、正定教士已由护直督妥送长辛店、卢沟桥交洋兵接收。庆、李、荣现正会商开议。请公各就邦交立论，力商外部，践前言不再进兵，勿扰各口，早派全权会议，保全大局。"云。

致庆、李、荣电文曰："王爷、中堂钧鉴：款局须速开议，迟则生变。目前要义，计有四端：一，俄允撤兵虽空言，然致谢亦空言，无妨以此羁縻，并托其劝德。二，屡闻德有窥海州，图江北意，木斋亦有此电。善将军电覆英领，谓宜趁德队未全到，先请旨将德克使优恤云。西例应如何优恤，请速商酌办，知照德新使及联军。三，各国谓和局不定，联军必西追，无论远近，皆深入。现已有攻保定说。宜早商停战，免至不可收拾。四，日本有言，若有诚心悔过谕旨，即不回銮，亦可开议。廿一傅相会奏，即是诚心悔过。若奏明照此办法，可勿回銮，前奏庶可邀准。总之，无切实办法，各国难允开议，不开议即不停战，祸无底止。停战、开议，确是一事，请连说声明，以见事机万紧。统祈钧裁。"云。电内似无窒碍处，请香帅酌核，如有不妥，即径电盛，追改可也。

寄张制军 光绪二十六年闰八月初八日

杨使江电："岘、香两帅鉴：宥电遵转。联军到京，各使无恙，儒即屡催外部亟撤兵，以践前言，开议以复邻好。俄遂允撤京兵，然他国非之，英、德尤力梗之，谓徒长中国虚㤭之气，转误大局。俄不得已，特请傅相会两公奏请回銮，意谓全权如面秉机宜，罪首可缓图处置，当电傅相转达冰案。尊处所属，外部深佩苦心。据称：'俄本意俟两宫回京开议时，必先作一和平榜样，使他国不敢任意要求，曾向贵大臣面言之。乃近观中国举动，又有变局。现值德通告各国，先惩罪首，再开和议。而贵国于此辈，非但不摈斥之，反重用之，入军机者有人，制军务者有人，各国群相哗然。德尤以此举专与彼作对。德统帅到华，本欲生事，现正与以借口之资，非但难以止兵，是逼之增兵也。明春势必大举西向，恐咸阳之宫阙未成，又将税兰皋之驾矣。陕、甘地瘠民贫，偏安非计。可惜好机会，而自己不肯下场，甚为贵政府所不取也，等语。外部之言，激切周挚。窃观朝政负嵎之势已成，国事正难措手，焦虑万状。两公有何救时之策，尚祈详示。'"云。

又吕使歌电："德外部久不接待，宥电遣赓参赞婉告，剖析利害。彼不置可否，竟难理喻，曷胜焦愤。"云。

寄恽观察 光绪二十六年闰八月十四日

准晋抚电："奉旨：'刘坤一等奏，江北糟粮转运艰难情形一折。江北漕粮十四万余石，前已拨给山西。现既运至德州，即着锡良派委妥员前往接运。至清江转运局所拨直隶赈米□万石，仍着该督等饬令恽祖祁运至德州，由直隶总督派员接运，其余十万石，及本届截存海运漕粮二十余万石，即着一并取道汉口，由襄河运赴行在。现在驻跸长安，该省适值旱灾，需粮甚多亦甚急，着刘坤一、张之洞务饬在事各员，迅速转运，毋稍迟误，是为至要。钦此。’”

查昨接贵局来电，拟将运直米石一并改运陕西，业经据情电由陕抚代奏。兹奉谕旨与贵局所拟办法不同，顷已用急电请陕抚将昨电暂存勿奏。望速体察情形，电覆，立候。

寄张制军光绪二十六年闰八月十六日

昨日美使柔克义来宁，小坐请间，出示美外部与庆邸书，大旨先期两宫回銮，而后开议，庶几遇事可以就近请旨，不为诸奸把持，庆邸则以转奏覆之。坤一喻以两宫由晋幸秦，因太原湫隘，不足以容万乘，西安规模较大，且通电线，请示更易，不过暂时驻跸，并非迁都。无论两宫本无迁都之意，中国目前安得有此物力，各国不必过虑。唯因联军入京，是以车驾出巡。今联军未退，断无遽请回銮之理。虽各国可保无他，而事变靡常，中国何能无虑。请其代恳美总统及外部从中斡旋，务须先行开议。一面撤退联军，而后由我肃清京城，迎回圣驾，方为稳着，方为正办。柔使颇以为然，许即密电美廷。盖外洋最忌迁都，此层必须说透。最恶拳党，因示以初二日上谕，听其自为之词。将来柔使到鄂，再得鼎言开导，事必有济。谨先电闻，候覆。

复盛京堂并寄张制军袁中丞
光绪二十六年闰八月二十六日

沪宥电悉。联军将荣相、刚、董并论，骇极。拟电邸、相向各使及联军为荣剖白，请杏翁转京，香帅若联名尤得劲。希候鄂信，至明日辰刻止，如鄂无电，即照发。文曰：

“庆王爷、李中堂钧鉴：阅盛京堂转孙钟祥电，有‘联军询及荣相、刚、董，上能严办，或可止兵’等语，甚为骇异。荣相虽统武卫军，而庇匪攻馆，实非其意。当拳匪初起时，荣相主剿，奏请七次未允，六月初有电可查，曾经登报，中外共知。董福祥坚不任剿，致酿此变。维时京、津鼎沸，举国若狂，上有擅权之王公，下有跋扈之将领，同侪排挤几蹈危机。荣相孤掌难鸣，苦心调护，始终以保使为要。兵匪攻馆不下，将用开花大炮，荣相坚阻乃止。是荣与刚、董居心行事，迥不相同，何能相提并论？且行在政繁，枢垣责重，荣相尚知大体，正思赖以斡旋。各国要索人数日多，转虑不能办到。如果荣实袒匪，亦难却外人之请。无如荣、刚水火，前事具存。在朝廷宜惩真祸首以明是非，在各国亦以办真拳党乃为公允。务请王爷、中堂向各公使及联军剀切为荣剖白，若将孙钟祥电入奏，亦请勿列荣名。坤一与荣非有所私，事体所在，更未可将政府在前诸人概行劾罢，致行在乏人办事，转令真误国者借以幸免。关系至巨，伏候钧裁。”云。

并祈杏翁向各领事力为分剖，嘱其各达公使以全大局。盼电覆。

寄荣中堂 光绪二十六年九月十八日

联军日西，时局万紧，秦关地利固不足恃，各路防军亦不可靠，山穷水尽，断无再战之理，惟盼和议速成，保此危局。公此行，存亡系之，千万于召对时，切实密奏，坚持此义，无论如何，勿为他说所动，否则直误到底，后悔莫追。坤一言尽于此，报国在是，报公亦在是。伏惟详察，祈电覆。

寄荣中堂 光绪二十六年十月初一日

凡自北京及行在来者，莫不谓董跋扈不受制，拥兵辇毂，迹近挟持，深虑酿祸以贻宗社之忧，于公亦有所不利。现在由鄂解陕银、米以及军械、军火，洋人疑为接济董营，屡欲拦截，香帅百端解说，总未释然。此次王世雄所带洋枪太多，尚须设法转运。北京迄未开议，始终以董为嫌。似此中外切齿，何故曲予优容？尽可别调一差，令其去陕以释群疑、众怒，或尚可以瓦全。彼若稍有人心，未必遽生反侧，否则所部必不从逆，取之何难。董为公所提拔之人，务祈及早图之，以谢天下之责。刍言有无可采，伏候卓裁，仍赐电覆。

寄庆亲王李中堂张制军

光绪二十六年十月初一日

吕使电："谏电览否？惩罪有关国体，屡经力争。顷得盛电，刚故、毓遣，王大臣分别圈禁、革调，当即译交外部，告以'亲王至革爵职为最重，又复圈禁，核与西律弑逆只监禁者已属加等，各大臣分别惩办，在中朝已斟酌至当，实属格外从重。欧洲每以华刑为酷，今反逼令加重，殊不近情。况各王公大臣，志在保国，不得谓之不忠，断无不分轻重概与骈诛之理。董执兵柄，操之太急，势必变生肘腋，仍应请中朝相机自办，不可再为催逼'。彼闻之憬悟，允与各国再商。又告以'瓦帅在华，武威已震，勿再派兵前进，致小民蹂躏。况踞守保定、西陵，戕害大员，举国尤为愤激，亦应早退，以安众心。请撤队议结'。彼云：'德廷亦愿早结，惟瓦帅系八国统领，本部不能遥制。’又告以：‘德君屡言仍愿与中国交好，若奏请速颁训条，饬其停战速议，当无不从。’反覆辨论，彼允与各国会商。并云：‘今日瓦帅与王爷会晤，和议不日可成，联军自然撤退，容日再覆。’等语。王爷是否与瓦帅已见，尚受商否？各使议款，西报已登，闻美廷大半不以为然，已饬康使居间调停，确否？谨先密闻。傅相电已悉，曷胜焦愤。余得覆再电。以上均请秘密。海宥。”

乞转庆邸并李、张云。

寄张制军光绪二十六年十月初三日

江辰电达否？江、鄂苦心保护，已阅半年，和局将成，讵可功亏一篑？各国战舰麇集吴淞，法、德兵官先后来见，并无寻衅之意。西摩若欲洋兵入江，谁肯袖手？纷至沓来，沿江震动，势必激成大变。英商务在长江最重，损失必多，是徒为各国开端，中固有损，英亦不利，殊为不值。似不若照常镇静，两释猜嫌，共保和平之局。应否照此开喻，伏祈酌裁，示覆。

寄张制军袁中丞盛京堂

光绪二十六年十月初五日

致邸、相电，请杏翁速转京。文曰：

庆王爷、李中堂钧鉴：闻法兵将赴晋，毓贤残害教士多名，诚难怪外人切齿。第罪在毓而不在晋，毓早褫职，晋民何辜？洋兵深入，徒使地方受害。况朝廷已允办毓，法人已可释然。伏祈钧座设法劝阻，以保全晋而维和局。现合请罢董，若法兵西逼日深，两宫倚董为卫，不肯遽罢，万一要挟车驾，再幸他处，益成不了矣。祈赐电覆。

寄张制军袁中丞盛京堂

光绪二十六年十月初九日

西摩与霍总领事等六人昨下午来署，旋往答拜，相见两次，一派寒暄，别无要语。询以法兵赴晋何故？西云："并无此事，有则必先知会各国，我等断无不闻。"喻以"中朝现拟重办毓贤，并将董福祥调往甘肃，若法兵赴晋，恐董要挟两宫，上陇进川，事更难了"。西以为然，惟虑董不肯行。告以："董决不敢抗旨。"西云："闻沿江添炮添台，洋商不免疑惧。"答以："各处并未添炮添台。惟天气渐冷，炮台弁勇不能不盖房栖止，不可误会。日前法、德两提督相继来宁，所坐兵轮又大，是以军民惊慌，争请堵塞长江各处洪路，当经严行申饬，不准妄言。南洋决不无端用兵开衅，所虑法、德来扰长江，英不能阻，则沿江各军不能不协力抵御，以尽职守，万无听其长驱直入之理。"西颇动色，云："德提督于入江前夕见我，自言来宁拜望，并无他意。"此外则责西于七、八月调兵来护租界，以致各国亦调兵来，英不能禁。西谓："只有德、法、日各调兵数百名，均甚安静。"等语。西不认法兵赴晋，似有匿情，应请香帅照在鄂问答会衔电奏为荷。

复盛京堂并寄张制军袁中丞

光绪二十六年十月十一日

沪卦亥、济两真电悉。董果如孙言，尚有天良，或故作是语以固宠荣，然正可借此解其兵柄，不审能有此魄力否。杏翁所论各节，胸中雪亮，面面俱到，佩甚。惟全权既不敢保，则江、鄂亦何能下断语，要索与否固权在外人也。鄙见诸臣误国，罪在不赦，是中律不是西法，朝廷当论其应办与否，不当问外人之能允与否，既应严办，何必待各国之要求，损我大权，伤我国体。是非自有定评，中外理无二致，似可揭明此义，或电奏，或电政府，未知香帅愿列衔否？幸速示，若待美敦来则无及矣。鄂拟致邸、相电，仍请杏兄速发，电枢似可从缓。

寄荣中堂光绪二十六年十月二十六日

接探电，各国闻何乃莹奏请幸蜀，有如不回銮，另立明裔之说，闻之惊怛。近来康党票匪正以反清复明煽惑人心，若各国再有此议，天下骚然，不可收拾。固知朝廷圣明，决无幸川之事。何乃莹本系刚党，中外共知，果有此奏，摇群情而挠大计，应严斥之。艰危至此，惟公与夔老力图挽救，切祷！祈电覆。

复行在军机处光绪二十六年十一月初三日

盛京卿转到东电敬悉。坤一迭次电询全权何日开议，条款如何，尚未接覆。闻各使不甚与全权见面，亦不与议公事。又闻各国密商条款，议定照会，我无可商。坤一虑照会到时，允拒两难，当经分电各星使向外部探询，从中斡旋，勿夺我自主，勿迫我所难。旋准伍使、李使电覆，美、日两国，意尚和平。日谓开议，因有一两国未发训电，以致稍迟。又谓："闻英廷不以宽办首祸、偿款数目为然，未饬开议。"等语。核与全权电奏英使反齿之语相符。坤一又电李使："中、日唇齿，谊应亲密。前闻日多派军队，亦以兵多权重，乃可维持款局。今英有异议，日欲助中，正在此时，请商外部，赶速调停。日、英缉睦，得日力言必有济，亚东幸甚。"尚未得覆。其余各使，亦未覆到。时局危急，两宫宵旰焦劳，且虑迁延日久，变端百出。顷又将钧意电达全权，请其从速商办，如有为难，遵旨直陈，恭候圣裁，以挽危局而慰宸廑。

复盛京堂光绪二十六年十一月初四日

江电悉。致邸、相电既未发，今情形不同，拟酌改。文曰：

"王爷、中堂钧鉴：军机处东电，想盛京堂已转电钧处。时局危迫，两宫宵旰焦劳，上意并无成见，嘉谟入告，必荷圣俞。初三晤各使，交出条款否？与美署传抄草约相符否？各款利弊，钧座洞悉无遗，必能斟酌至当，可允则允，如实有为难，亦可详切拟议，电奏请旨。危急至此，朝廷必当曲鉴，天下后世亦必相谅。若再迁延，恐变生意外，终归于不能不允，受亏益甚。安危所系，惟赖荩筹。再，沪转中堂电，已致仲彭。柱躬大安，至切驰企。祈电覆。"云。

即请照此转京。

寄盛京堂光绪二十六年十一月初四日

木斋电："据参谋部密告：'禁械款内有细章，如限兵数、禁制造械弹、购兵船、禁用炮队及快枪等款，皆在内，务宜力争，必不得已，只可允除奉旨购买外，不准军火进口，此外万不可允，至偿款、撤台，较此犹轻。宜放松别款，专驳此条，否则断难立国。’铎谓外部所述不同，彼谓各使所议未列细章，故外部不知。”云。

所言果确，外侮固不能御，内匪亦不能办，何以为国！请密速电邸、相，相机力争为要。

寄盛京堂光绪二十六年十一月初七日

九月间，曾以加税事托转邸、相。现值商订条款，祈再将前议电京，趁势略提，为将来地步，否则巨款来源，更无可筹。

复盛京堂并寄张制军袁中丞

光绪二十六年十一月十四日

沪元电，深佩名论。中国受病在习非所用，用非所习，有实学乃有真才。综览古今，参酌中外，而新政可成，不揣其本，而齐其末，害可立见，新政终不能行矣。宫府一体，尤为扼要，是在政府得人。

复张制军盛京堂光绪二十六年十一月十八日

鄂洽辰、叶申电悉。此次议款，各国何肯就我？移沪移宁，均做不到。生此波澜，徒费笔舌、延时日，更虑别滋枝节，一若朝廷不能见信于全权，更棘手矣。近日各国领事来宁，及汉口各领谒香帅，似尚受商。然彼此均是从旁参赞，彼为修好而来，乐得为我转电，听否自有主持者。若令我两人处庆、李地，必有大为难处，各国未必果厚于我两人也。康党亦有逆书到宁，消息正紧，断不可同时离省。香帅电复定兴各语，简括精当，极佩。仍电催邸、相速商速定，总以大纲内留细目补救地步为要。请杏翁转电京。

复张制军并寄袁中丞盛京堂

光绪二十六年十一月二十二日

鄂、沪个电均悉。通商行船诸事既在所允十二条内，自难免改。敝处前与英、德函内，亦已谆切致意。所谓补救者，亦惟于商议时尽力磋磨。杏兄所云，益彼一事，则当益我一事，此本有一件换一件改约之常法，特恐此次亦难办到。至通商利弊，久于其事者尚难尽悉底蕴。既须有真知灼见，又须视其事尚可商，方足以备采择，否则徒出难题，于事何益？鄙意饬属一层，亦只能令各关及杏兄所属，就现办情形何者宜如何变通，可以有利无害，条具说帖，汇寄邸、相。请旨一节，似可不必。未识当否？乞酌示。

复张制军并寄袁中丞盛宗丞

光绪二十六年十一月二十三日

鄂、济各电悉。数月来，苦心孤诣，以冀补救于万一，所谓知不可为，无不下药理，全权谓然与否，固不敢计也。公忠如香帅，并世能有几人？时局艰危至此，两宫忧劳至此，何忍以细故介怀。惟有知无不言，言无不尽，臣子义固应尔，矧香帅廓然大度乎！

复袁中丞并寄张制军盛宗丞

光绪二十六年十二月十二日

济文电悉。此次机括首在各国不占地，若俄开端，各国效尤，瓜分祸成，全局危殆。惟有由傅相赶紧向俄声明另议，一面严劾增祺，请明谕拿问治罪。崇厚真全权且交刑部，况假全权乎！非重办增祺，已订之约不能作废。此釜底抽薪法。祈杏翁速转京，并查详细情形见示。如须助力劾增，我辈义不容辞。

寄盛宗丞光绪二十六年十二月十六日

兹有致傅相一电，请转京。文曰：

“增祺与俄私立条款，实关中国安危大计。各国眈眈虎视，此次允和而不占疆土，因彼此猜忌，互相牵制，若允俄独得东三省政权、兵权，无异地为彼有，各国必将效尤，分裂之祸立见。近因报载此事，各国业已议论蜂起，谓俄所要索，中国如能坚持不允，俄虽横，各国决不直俄，俄亦未敢妄有举动。允之则是中国愿予，即曲不在俄，各国即不能不各图分据。是目前为中国计，力拒尚可望各国牵制，未必遽有失地之患，允之即逼成瓜分之局，势必名实俱亡。与其允而失中国，何如坚持勿允，虽弱犹可图存。此中利害，中堂必已鉴及，务望奏请将增祺拿问，并将私约作废。只能允其保护铁路一事，凡关涉自主之权，皆万不可允。一面密商各国公使以为箝制之计。日为唇齿，英、德忌俄亦甚，皆可与商。危急存亡，事机万紧，惟赖中堂主持，万叩！”

复行在军机处光绪二十六年十二月二十一日

盛宗丞转效电敬悉。驻沪驻宁各领先后来见。初因洪、夏两主事条奏得旨，分发存记，颇疑朝廷阴纳其说，意在依违，各以微词探问。当经喻以宽待言官，自是中国政体，并无碍于和局，该领等释然。嗣日领又因增与俄人私约，谓各国闻而动心，谆嘱密电各全权，使坚持勿允，免启瓜分之渐。并请惩办首祸一款，奏到即行，以坚各国之信，否则借此恐有反覆。情词极为迫切。当将俄约一层，密电各全权力拒。此外无可访察，似亦别无意见。现密商驻宁各领转达公使，惩办务从轻减，未审能否有济。谨据实覆陈，祈鉴察。

寄行在军机处光绪二十七年正月初九日

沪日总领事奉外部电饬："准驻意钦差电，意国外部总办言，该国政府已饬驻燕意使向中国声明，万不可与某一国另订壤土驻兵之约，此约一订，与局面大有碍。意国此次忠言，恐系德所劝。"云。现闻俄定十二款，反客为主，权利尽失。各国既均声告，允则大局有碍，是明告我允则均必效尤，不分而分，虽存实亡。或虑万一因此决裂，亦不商议归地各国，更为得计。然允则各国群起而争，中国断难自全。反覆筹计，与其坐以待亡，曷若坚与相持。一国要挟与各国争效，轻重悬殊，迁就一分，即受一分之祸，矧此时中国能坚持到底，公论所在，俄亦有所顾忌。各国明于利害，俄得志东方，日为唇齿，固最受害，即英、德亦无安枕之日，是以皆有忌意，再三相告。如为以后效尤计，彼各挟兵威，无所不可，何必豫为声明？此实逆料中。能坚拒俄必踌躇反顾，日领前已言之。为今计，拒恐决裂，允必瓜分，急脉缓受，诚为良策，第孤立无助，虽缓亦仍无益，更恐势难终缓。拟请钧处分电李、罗、伍、吕各使，密商外部，告以俄若逞志，各国均有后累，恳其联约各国出力排解。倘各国能虚张声势，扬言相助，不必实有其事，当可戢俄骄志，与中国和平商结。敬候钧裁。

寄行在军机处 光绪二十七年正月十四日

今日英领面告，俄约宜勿画押，并面交一函，内称奉驻京使电："近李中堂在京与俄国私订密约，内载奉天、黑龙江、吉林三省应归俄国驻兵管理，大有据为己有之意。复以蒙古、新疆、伊犁三处，坚约中国不得修造铁路，其蚕食之心尤著。惟恐日内李中堂一行签押，则中国不特以上数地为俄所有，且此端一开，难保效尤，嗣此瓜分之势，中国甚足虑也。请速电西安，饬李切勿签押，恐日内一签押，则莫可挽回。"等语。当告以："此事必赖英国联约各国向俄劝阻，方可和平商结。环球无偏重之弊，即于英国商务，亦可无亏。"托其切实电达外部。谨电达。

寄袁中丞 光绪二十七年正月二十日

木斋啸电："正初，据参谋部密告，德帅下令诸军限西二月底备齐粮弹，听候拔队，拟攻何处，并未明言。现日、美两国，决计不从，他国未定。至进兵之意，或因减惩首祸，或因俄约，或因别故，事难臆测，亦未与各使商酌。"等语。密询外部，答称："事确。现首祸照办，当可中止。"遂未电陈。顷参谋部复告："德军数千，已于十五日拔队向沧州一带，恐系进犯山东，冀通胶澳之路。各国均未同行。德帅宣言，此次条款，中国臣民不愿者多，非再示兵力不可。无理已极。就中国论，何难背城借一，此次款议，已让到如此地步，若复有战事，势必决裂。且袁军为各军之冠，幸胜而械弹不继，亦难持久，不胜则大局愈不可问，不如全军而退，留此一枝重兵，尚可借以支持。”等语，并嘱电陈。窃思德主素称很鸷，此次派兵来华，志在攘地，自不待言。惟款议已成，复图进犯，实出情理之外。参谋所言，未为无见。但战既毫无把握，攘地何所底止。此事如确，军情至紧，应否电袁抚妥筹，望衡夺云。

穆有前言不犯东省，英、德又有密约不占土地，此事恐不确。现电盛查取李电转傅相，请密探，如确，即商阻。特奉闻。

寄行在军机处光绪二十七年正月二十一日

吕使号电云：“效电计览。遵巧电切商外部，据称：‘英已径询俄政府，俄如覆英，德亦知悉，不必再问。日使来询，本部曾以效电之意答之。中国财利土地，德不愿有所损伤。’婉商再三，允为再发训条，饬穆使仍俟中国知照后，迅速在京与各使公商云。曾否知照各使，殊切焦急，乞转庆、李、张。”云。

李使哿电云：“效电遵商外部，据称：‘各国所商，尚未回覆。闻俄外部告英使，俄据东三省，无论何时，亦无论立约，不立约，决不退还。现中国催俄立约，各国阻挠，殊觉无谓。’云云，极可怪诧。据此情形，不立约不还地，立约亦不还地，与其立约受绐，收有名无实之地，不如听俄所为之为愈也。若虑俄决裂，则东三省已落俄手，无所顾惜。直隶有联军在彼，俄何能进兵？东南各省，他国断不容俄觊觎。新疆一带，路隔沙漠，用兵尤难。是俄人所言，不过恫喝故技。俄近索韩镇海湾，屡以兵船逼韩，韩竟不允，至今毫无动静，其技已穷。倘中国因俄逼，竟允画押，必致各国尽起攘地，大局瓦解等语。窃思各国互议保全中国不分割之举，俄亦在内。揣各国之意，或俟公约定后，京、津联军先退，俄若不还东三省，再向诘问，勒令退出。俄人知之，乃先逼立约，冀令中国情愿割地，箝各国之口。若坚持不许，俄怒或至摈奉、吉等省官吏，此外，热河容有可虑，他处恐其亦未便用兵。许之，则各国攘地，东南俱不保矣。中弱不敌俄，又岂能敌六国？存亡所关，伏望力请拒俄，以保大局，幸甚！乞转荣、王两相、张督。”云。德、日均云，英已询俄，事当确。日述俄覆语，恐不尽实；惟为中反覆筹计，甚为透澈。两害相形，宜取其轻，为中国计，与其使各国效尤，不如听俄所为。英、德已允公商，似与空言有别，但均须先行知照。乞裁酌。

寄盛宗丞 光绪二十七年正月二十二日

请转杨使：“东三省事，赖公婉拒力磨，实宗社大幸。俄约，各国迭相告语，允必效尤，祸成分裂。反覆筹思，拒俄必干俄怒，侵地难返。然一俄尚不敢拒，况众俄乎！若谓各国不能阻挠俄约，俄即不能阻止各国效尤，是中朝不允俄约，非有吝于俄，实为关系全局。俄既二百余年邻好，不欲稍损主权，岂转忍使受分割之祸。力既不敌，惟有以情相感。纵或不能，各国既力劝中国勿允，若因此侵地不返，各国自不能以此效尤。两害相形，孰轻孰重。矧俄为各国深忌，去秋因拳匪事，英德即首订密约不乘机取中土地，告明各国照办，即所以预杜俄谋。俄知见忌各国，是以亦曾声明与各国公同一致，排除分割中国之端。墨沈未干，俄占侵地，各国岂肯默无一言。若因俄迫而允，是中自予，俄即可箝各国之口。惟婉拒到底，俄未必一无顾忌。此中机括，早在洞鉴，务求始终维持。切祷!”

寄行在军机处光绪二十七年正月二十五日

盛京卿敬电：“小田切以外部电来，英文俄约十二条文阅，大概与华文一样，并称首条吏治照旧，不妥，四条驻兵与俄商定数目，不妥，军火禁入满洲，不专指外洋，与公约不同，五条办事不合邦交大员即革，与公约第十款不同，六、八条十二条应删，我不允，彼必让等语。杨电已允略改与俄答英言符，但恐我电索改者尚不合各国意，俄必执定一改不能再改，应请预酌。”云。

日所称应删及不妥各条，皆关我自主权利，亦与公约不符，似宜乘机令杨商改，免定后不合各国意。俄不允再改，转多为难。纵俄未能全允，亦可随时体察各国情势，相机再酌。是否，仍乞钧裁。

寄行在军机处光绪二十七年正月二十六日

盛宗丞电：“顷有外人面商：‘一款，吏治照旧，应加“政权”两字，二款，留兵一股，数目应与中国商定，三款，或删或改，应由我请援再助，七款，现索三省以外之矿路利权，将来因矿路设兵而兵权又尽属之，现议三省专约，不应议及他处，应删。’云。其言甚有理。一、七尤要紧，但恐愈说愈难，不如抱定四国未回信，总不画押。”等语。

俄约必须商改妥洽，方可画押。未妥前似宜抱定四国未回信，不画押，应商处犹可随时参酌，删一分获一分益。俄外部语杨，则诿于户、兵二部，谓力商几至龃龉，始允略改。语英则谓仍可商改，中国实愿速行。是俄于中虽肆要挟，于各国实多瞻顾。诚如英澜侯云："不画押，俄不致别有加害。"自宜乘各国排解与之坚持磋磨。乞酌。

复盛宗丞并寄张制军

光绪二十七年正月二十八日

沪三沁、勘已并转沁旨，均悉。细核改款，较原款关碍处业已十去八九，已极难得。若以有碍自主之权言之，除沁旨所指各节，暨杏翁沁电所云第十二款各国恐商着眼外，四款禁军火入满洲，既照公约，乃又云目前暂由中国自禁，此仍将中国自有军火概禁在内，不过措词较为好看，及五款军火除炮均与公约不符。以上关碍各节看似平淡，若各国效尤，亦多受累。该约俄肯如此商改，固由杨使磋磨，亦借英诘问之力。澜侯既再三嘱俟四国回信再行签押，此约既不便宣露，俄亦断不肯告知各国，英既未知，四国断无回信，若遽画押，四国必生怨望，益坚其效尤之心。逾期，俄将父收作罢，所关实较重大。盖目前所争无多，俄不交收，各国能否力阻，中国又未可必。辗转筹思，惟有一面请饬全权、杨使再与磋磨，一面由枢垣电嘱罗使告知英国，俄经各国诘问，现已和平商改，恐重劳各国唇舌，拟即照允，并告罗限期令速覆。知照在先，较之秘不与闻，率行画押，似转稍妥，并可视英覆再酌。第此节不识能副限期否？鄙见如此，仍求香帅、杏翁详酌。如有未妥，径请香帅酌定主稿会奏径发，不必再商，坤一断无异议。杏翁如有卓见，径电香帅，并告知敝处。事巨时促，千乞香帅勿存客气，祷切盼切！杨使有电，尚未见。

寄行在军机处光绪二十七年二月初二日

俄迫画押，急于星火，全权迭奏，亦意在速画了事。在全权身处为难之地，不得不尔，在国家统筹全局，实有万难应允之处。俄既词气决绝，就约与商，亦置不理，纵再允改，必仍损我权利。闻在沪英、日水师咸已戒备，佥云中如照允改约，必成瓦解。是各国兵锋所向，虽莫知所指，若东约照允，必挟兵威一体要求，大局即不堪设想。若抱定英澜侯之语，未得四国回信，不允画押，因此激怒俄国，侵地不返，各国纵不代为出力，理势所在，亦断不肯转行效尤。一隅之失，究与全局轻重悬殊。况俄占东省，各国亦有不利，若为效尤计，尽可俟俄约画后，执均沾之说，向我要索，何必合力劝阻？若谓使我故激俄怒，借为分占之计，各国上年七月以后，何求不得，英、德两国又何必自订密约不占中国土地，并告各国照办。反覆筹度，情势显然。时迫势促，存亡所系，全赖钧处坚持到底，勿令签押。此着一失，不可复救，无任迫切。敝处覆电杨大臣向俄外部婉言展限，俟公约定后，再议私约，以免有所借口。

寄行在军机处光绪二十七年二月初十日

顷盛宗丞电，英、日、美坚执勿立专约，本属正办，特虑德中立不助。今吕电，德廷仍照效电。查效电称俟中国知照，即可会同各使在京公商。是四国相同，奥、意必随，理足势亦足。且朝廷已电四国，江、鄂又径电声明，若不照办，俄必出变态，各国转致无凭公议。鄂谓李相不愿与英、日、德、美各使询商，闻庆邸意见不同。查全权啸奏："俄约布告，怒必更甚。向例两国议约未定稿之先，不得漏与各国，况布告耶?"等语。然不布告，各国虽知其详，难遽发为公论。璧利南初谓两国专约不应布告，今接澜侯电，亦谓："有碍各国权利，则不妨知照。惟有请江、鄂奏请派庆邸等知照公使，并发电旨令我驻使将十一条知照外部，请其公议。"云。

日前江、鄂会电，李使嘱转商日外部公断。顷李使电覆，据外部云："日本所得约稿，来历不明，未敢自信，请照英国前次劝言，由全权将约稿交各使阅看，方可据以公断。如无洋文，汉文亦可。若全权不便，交由江、鄂交各领事亦可。"等语。属电陈云。

俄约无论在公约前后，若仍由我与俄商改，必损权利，仍不能洽各国之意，惟有请各国公评最为万全至计。既欲各国公评，必须将约分告。我既听各国之言，逾期不画俄约，必撄俄怒。俄约分告，系照四国所请，自宜乘此宣布，俾各国公断有据，兼示我推诚求助之意。约内有碍各国权利，宣布纵撄俄怒，在我亦复有词。李相既不以宣布为然，虽电庆分告，亦虑为李所阻。惟有请钧处请旨将改约十一条，分电我驻使知照各外部，请其公议，或照李使电，令江、鄂分告亦可。乞迅赐核覆。

寄张制军 光绪二十七年二月十二日

沪真电，俄以三省利益各分与日。此说果确，英人岂肯袖手?如能各国在三省共沾利益，正所谓开门通商也。各国既沾三省利益，即不致借口瓜分，正所谓借牵制以立国也。第虑俄占三省不还，略以利益饵各国，日、英义始利终，不复助我，虽免分裂，究失三省，更虑后多枝节。公有何良策，祈速筹示。

寄李木斋星使光绪二十七年二月十二日

俄约幸赖英、日力助，得以坚持。日为唇齿，相关较切，是以江鄂推诚与商。俄知众怒难犯，虽未敢强占，然亦未必遽肯轻弃其利。今有人条陈，谓俄惯用甘言蜜饵诱人，现以好语慰日，

虑俄以三省利益分日为反间，或以三韩互换利益。此诚过虑。查俄为虎狼之国，得志东方，不独中、日同受其害，即英、德亦多不利。今俄以婉词答日，诚如尊论，东方铁路未成，不敢轻开战衅。若日于三省或于三韩稍分利益，俄路成后，亦仍必为俄有，情势所在，尽人皆知。昨江、鄂会电英日，拟将三省开门通商，日外部谓碍难商办。日领谓政府之意，各国只可仗义执言，不可以利相争。所见远大，钦佩莫名。将来总可办到交约一节，并深知中朝为难情形，委曲代筹。现已查照日外部意，由江、鄂托杏荪将俄改约十一条，密交英、日、美、德四领事，请电外部，俾各国据以公评。务望尊处再为切托始终相助，以保东三省中国自有权利。至枢见前项条陈，恐又踌躇。并望作为旁观悬揣之词，据以告日，探其宗旨电示。俟枢询及此，借得据以转覆，坚定内意。

寄日本富领事光绪二十七年二月十三日

李钦差电，谓贵政府云："俄约，若全权不便交，由江、鄂交

领事亦可。”中国为难情形，深蒙委曲代筹。兹将俄改约十一条录下，乞密达贵政府，联约英、美等国，力赐公评，不胜盼祷。至俄答贵国，谓无损中国主权，无碍各国利益，一经查核，难逃洞鉴。此后恐尚有甘言蜜饵向贵国尝试者，幸贵政府加意垂察。

一、俄主愿表友好，不念满洲开衅之事，允将满洲全行交还中国，吏治一切照旧。

二、东省铁路合同第六条，准该公司设兵保路。现因地方未靖，该兵不敷，须留兵一股，至地方平靖，及中国将本约末四款办到之日为止。

三、如遇变急，留驻之兵，全力助中国弹压。

四、此次与俄攻击，华兵尤甚。中国为保东省路工与开办铁路事宜并俄交界无事起见，应与俄商定满洲兵数及驻兵地方。禁军火入满洲，照各国公约办理，目前暂由中国自禁。

五、中国为保安地方计，凡将军、大员办事不合邦交，经俄声诉，即予调离。满洲内地可设马步巡捕兵，与俄商定数目。地方未经全行平定以前，军械除炮，供差只用中国人。

六、为保安，地方官就近另立专章。

七、中国在满洲全境内，如未与俄先行商明，不允他国或他国人造路开矿及一切工商利益。

八、此次俄兵费，各国赔款，均应清还，俄名下赔款数目、期限、抵押，与各国会同办理。

九、被毁铁路暨公司工师被劫产业，又迟误路工赔费，中国允照各国核准驻京各使拟定赔款意旨，与该公司商赔。

十、上项赔款，可与公司商定，将全数，或分出若干，以他项利益，可酌改旧合同，或另让利益。

十一、九十八年九月二十八号，中国向一私家公司借款，造山海关、牛庄、新民厅等处铁路，直至满洲，有背中、俄成约。现为酬报此层，并为速令满洲平靖如常起见，中国允东省铁路公司自干路或枝路造一路至直隶、满洲交界处之长城为止，照现行合同办理。

复行在军机处光绪二十七年二月十四日

真电悉。盛京卿真电虑俄饵日一节，事关各国利益，揣日当不出此。惟盛电既有是说，不可不加考校，因电李使密询宗旨。顷准覃电云：

"锡电悉。约交领事，外部谓好极，惟请速办，当商各国设法，以保中国权利。密探宗旨一节，据称日争俄约，专为保全中国，并令各国势力均平，不欲一国偏重，贻害东方大局，决无攘利之见等语。窃思日倘受俄饵，欲分三省利益，或与三韩互换，似不应力劝将约交各国公评。各国力争，日本独得利益，各国岂能甘让？此理似明，乞核夺。"云。坤致李使电，另录奉达备考。至俄约既欲各国公评，必须将约分交各国，方有依据。钧处真电嘱令密交办法最妥。商盛密致，谓应由沪道面交，因未妥洽，已由敝处分别密致各领。并闻。

寄张制军光绪二十七年二月十八日

木斋铣电、咸电遵达。

"加藤询交约系作为公件，抑系私件。铎答揣度当作公件，但须电询钧处。加言已由英领面请钧示，不必铎询。铎嘱加速商各国诘俄。加答，一两日内本国酌议后，即商各国，俟有所闻，再当奉告。铎询探俄有战事举动否？加答，未闻。”等语云。俄约非赖公评断，无自全之法。英、日许助，实为至幸。所交之约，此时既以公私见询，若仍作私交，彼必不肯据此出为公断，必于大局有碍。颠危至此，不得不权衡轻重，以为应付之法。此事惟有江、鄂力任，为朝廷留一退步，纵使将来因此任咎，苟于大局有裨，公与鄙人亦心安理得。日前日领电询及此，当答以：“朝廷宣布，恐激俄怒，是以江、鄂密交。若能作为探知，不指明交约之处，俾泯痕迹，尤感。”驻宁英领昨复以沪总领嘱再三询问，当遣员告以如不能隐，即作为该领自向南洋查抄，英领亦以为然。如照以上所告两层，倘英、日仍作私交，不能为据，惟有明告系江、鄂交出，俾得速为公评。是否，乞速裁示。

寄行在军机处光绪二十七年二月十八日

罗使筱电云：“咸电遵致澜侯，据云：‘中国坚持不画俄约，甚是，否恐群起取偿，故宜以静待动。俄虽踞满洲，于现在情形，毫无加损。英如向俄公论，或约公评，转触俄忌。承示俄约已照嘱密交各领转达等因。查改定新稿，敝处尚未接到。中国如拟将此稿交驻京各使公议，英当饬萨使会同各使照办。’”等语云。

又日总领啸电：“顷奉外部大臣电开：‘日本政府顷获中俄约稿，即向英国商议办法。一面仍为表白日本意思，并保持日本一切权利起见，业已电饬驻俄钦差面告俄外部云：“本钦差已将贵外部三月二十五日所声言转达日本政府。顷奉电饬，转告贵外部：日本政府意思，现在未便详告。但日本所见与贵国所答不同，此为至憾。”等语，密达南洋亮鉴。’等因，奉此。即乞电达行在，俄约万勿照允为盼。”云。当覆罗使：“筱电悉。俄雄视五洲，惟英是忌。承英关顾，劝中不画俄约，无论俄如何举动，英当以公论相助，并商各国排解，将约公商，中遂仗英之助，坚持不画。现俄户外部谓：‘中信英、日谗言，从此应绝交，满洲改作俄省，并谕格使，公约加劲与中为难。’俄被日诘，即好言相慰。若仗英再加诘问，俄虽横，必慑于众论，庶可将约听各国公商。日外部已电驻俄日使告俄外部，‘日本所见与俄所答不同为憾’。并向英商议办法。务请切恳英与日向俄公论，并格外见谅。嘱萨商各国，将公约曲为减让，勿堕俄狡谋。惟仗执事力筹补救，祷切。”云。

并覆日领：“啸电感悉。已电敝政府，仍坚持勿允，以后商办情形，仍乞密电见示为祷。俄户外部有饬‘格使将公约加劲与中为难’之语，并望贵国商英，将公约格外减让，力破俄谋，至为感荷。”云。

谨奉达备查。

寄袁海观观察光绪二十七年二月十九日

张香帅电：“接沪信，新党因俄约事，在张园集议，初次尚无谬处，二次集议数百人，满口皆‘流血、自主、自由、仇俄’等说。张园悬有各国旗帜，当场将俄旗撕毁，并欲立仇俄会等语。查此等议论举动，不过借俄约为名，其实是自主会党，借端煽众，以显国会权力，能把持国家政事，蓄谋甚深、甚险。现各国公约，请禁立仇视洋人之会，已颁严旨。该党矫立此会，违旨挑衅，予俄人以口实，俄事愈难转圜，为害不细。日外部词，‘宜决绝，语却和平’二语，尊处意甚许可。张园之举，正与相背，望密饬沪道设法阻止，以销乱萌。”云。

国家大政，本无须民间代谋。矧仇洋立会，甫经严禁，此等举动，不特违旨挑衅，亦复迹近煽惑。该道身膺地方，未便膜视，应设法商阻，切要。电覆。

复富领事光绪二十七年二月二十二日

马电感悉。此实仰赖贵国，力顾唇齿，仗义执言，得以和平了结，不独中国之幸，实全球同享升平之福。惟俄现迫势力，暂作罢论。既云“以俟事有转机”，又告德“以后不必用此策”，其情可见，其恨愈深。窃料早则公约定后，迟或东方路成，必仍有隐谋。惟有三省通商，仗各国之力，为牵制之计，方永绝俄国觊觎三省、逞志东方之念，即系贵国不欲令一国偏重，贻害东方之意。贵政府前覆谓碍难商办者，时正仗义诘俄，不宜言利。今俄约虽罢，必当预筹防范，惟有三省通商，中国得杜俄患，各国共沾利益，事最妥善。务望贵政府代赐筹度。此系敝处私计，贵政府如所见相同，当再商敝政府核办。如目前尚非其时，或稍从缓，然总宜乘未回銮前商办为妥。乞密达，得覆电示为盼。

复张制军光绪二十七年二月二十七日

寝辰电悉。四电均未见。俄约虽作罢论，因俄覆日，有“以俟事有转机”告德“以后不必用此策”。又因合肥袒俄，牢不可破，深虑公约定后，被其暗算，是以仍作私意密商日本，拟将东三省全开通商，如日谓然，当商尊处会奏，不意合肥已预为埋根，实可骇怪。有英、日相助，俄决不敢用强，所虑者暗算难防。为今计，惟有据实电奏，将俄以后必有阴谋，合肥必仍偏袒，俄约已告各国作罢论，断不可再定以后再商等语，使彼得以乘隙而入，有英、日可恃，决无妨碍。俄既云照前次宣布之言信实办事，联军撤后，东三省俄亦不能不还。痛切陈明，以坚内意。并请照李使号电，以后俄事务电江、鄂与英、日商妥再答，以免堕其狡谋，暨由枢密电庆邸一体留意，遇俄事请英、日各使密商各外部，以期共保危局。迭次谕旨，并未饬令画押，何以李擅言于公约定后再行画押？并恳严旨责李，以杜将来借口。请公主稿挈衔上陈，定即发，不必再商。以后事，盛不转电，敝处无从探访，唯望公一力主持，至祷！

寄袁中丞光绪二十七年二月二十七日

闻合肥佳电奏，璞科第述俄欲绝交，及吴王克托劝修好各语，声明不便答复。顷闻全权筱电，又有已于十二电覆吴王，请其密劝俄王宽宏大度，仍守不占中国土地原议，俟公约定时，再行画押等语。日使相告俄事作罢，亦只庆单衔电，合肥不会奏，显系成算在胸，必欲袒俄到底。俄约得英、日相助，已作罢论，决不虑其再行强逼，既告各国照前次宣布之言信实办事，亦决不虑其强占侵地。惟彼既覆日“以俟事有转机”，告德“以后不必用此策”。合肥又复如此偏执，深虑阴谋暗算，内意摇惑，堕其术中。至俄约不画，因其夺我利权，有碍全局，无论公约定否，皆万不能允，合肥岂不知之。不意覆吴王电，竟擅言“公约定时，再行画押”，难保俄将来不即借此复责画押。德索东省矿界，更难保非知此消息，预为安根。现虽请香帅会衔痛切陈奏，总虑将来内中稍涉游移，人即乘隙而入，大局即行瓦解。应请尊处密电荣相，一力主持，以后凡遇俄事，务先电知江、鄂与英、日商定再覆。日本利害与共，真心许助，推诚与商，必可无虑。惟盼朝廷扼定李使号电办法，方为大局之幸。敝处亦当电荣。

寄荣中堂光绪二十七年二月二十七日

前虑俄约逾期不画，俄必决裂。今赖日为出头诘问，英复暗中助日，俄遂将约作罢。是俄之不敢违众逞强，业已昭然共见。俄既布告各国照前次宣布之言信实办事，公约定，联军撤，亦不虑其侵地不返。所虑者，俄复日既有“以俟事有转机”，告德“以后不必用此策”。俄之阴谋叵测，合肥之偏执难化，非朝廷坚持定见，必仍堕其术中。今知合肥佳奏，谓“惟德吴王之语，不便答覆”。筱奏又谓：“已于十二覆吴王，请其劝俄皇仍守不占中国土地原议，俟公约定时，再行画押。”是无异为俄预伏后着，将来公约定后，难保俄不借此复责画押。德索东省矿地甚广，亦难保非知此消息，预为安根。讵不知俄约不画，以其夺我利权，有关全局，无论何时，皆万不能允。现在俄既告知各国已作罢论，此后亦断不可作通融之语，许以再商。即使俄因东三省事复有后言，必须抱定李使号电办法，先与英、日商定再答，实为最妥。合肥先后电奏既有不符，擅许公约定时画押，亦复有违迭次电旨，应请旨诘责，以杜后患。近来全权电奏及电旨，盛均不转江、鄂，非受李嘱，即系护李，事关全局安危，以后遇有俄事往来要电，可否设法随时电知，或随时令盛转告，俾消息无阻，江、鄂得以共献刍荛，不胜叩祷之至！

寄罗星使光绪二十七年二月三十日

中国财匮已久，出入统计，前已岁短一千六七百万，即不增用，已虑年亏一年，应还洋债岁至二千数百万，后难为继。今复遭此大难，贫困益甚。以后整理一切，需费已繁，又须加以各国赔款，为数甚巨。若罄原有之项，以为抵偿之需，则办事无费，何以立国。即谓理财法有未善，只能次第改变，操之过蹙，转虑激而生事，有碍商务。为今计，非筹增款之法不能济目前之急，非洋货加税免厘照洋药并征，无从增筹巨款。北方拳匪未乱之先，盛、聂两公在京与继税司议加洋税，已有成说，坤一亦与闻。去秋英、德驻使曾与盛京卿论及，谓舍此不能为国，实系笃论。向来洋货完厘，商嫌局卡留难，国家难得实际，归关并征，事最直捷，两有裨益。此后还款愈多，镑贵当难复贱。镑置洋货，自应照时估价。烟酒器皿等项，前因洋商自用免税，今多售卖，亦应区别征免，以期悉昭公允。此次之乱，承英曲谅，重敦睦谊，俄约又承英助，得作罢论，无非顾全中国，以冀振作厚意。顷镜宇电："德外部云：'加税，德以为然。闻英不允，当极力调停，或筹一折中法，以金抽税，计可暗加厘金。"云。金抽税，即按时估价，所增无几。今欲筹款，非加税无以为计。加税之后，一切政治兴革，有资地方兴旺，与英商务亦属有裨。若虑税重销滞，华民用洋货已惯，购洋货又均系有力之家，亦断无虑销滞。此事非恳英始终帮助照允，中国实难支持。务乞谆商，并择要电吕商德赞助。祷切。

电信卷二

复富领事光绪二十七年三月初五日

支电悉。承贵政府指示机宜，甚感。俄约不画，原为自保权利，三省全地通商，亦冀永保勿失。第交还满洲，俄廷须俟中国京都立定，政府力量稍强，保无后患，方可再提，意在设词刁难，隐图久占。将来联军退后，尚须重烦贵国始终力助，俾侵地全返。至开通满洲办法定后，自当布告各国。今贵政府谓，若中国自主之权有所亏损，则各国不乐来，中国无所益，实为扼要之论。目下俄军未撤，侵地未返，不独该地主权，势难我操，且俄正图占据，亦恐因此借口不还，谋定后行，方免格碍。贵政府既劝敝政府此时开办，必确有所见，是否一经宣布，中国于该地，凡有应操主权之处，俄国不能阻挠？联军退后，俄在满洲之军，如有不退，是否各国肯出为理论，亦不虑其借口占据？尚望执事再请贵政府指教，以便转商敝政府核办。

寄罗星使光绪二十七年三月初十日

俄约虽罢，狡谋难测，必须东三省通商，方可杜俄诡计。商诸日本，云："毫无窒碍，即可设法赶办。惟该省主权，须由中国操之，若有亏损，则各国不乐来，最好由中宣布各国，三省本中外约内地，兹允永远开放，与有约各国，共享利益。"等语。当答以："现俄军未退，主权难操，虑俄借口图占。"昨又接日电："此事似乎过虑。俄向中索一万万七千万，俄路赔款在内。请密商英、美定谋。"等语。俄路既归公约议赔，祈密商英、美，可否于俄兵未退前，由我开通三省，有无窒碍。如俄阻挠，英、美能否相助。此坤一私意，如商有成说，当奏请开办。转秩庸。均盼电覆。

寄行在军机处光绪二十七年三月初十日

大局未定，回銮尚难定期。京师贡院被焚，今年顺天势不能开科。长江一带，匪徒未靖，骤聚数万人，隐忧弥大。秦、晋奇荒，近畿兵燹，流亡都未复业。且和议条款暂停滋事地方考试，究停何处，尚未议定，亦有窒碍之处，似以展缓为宜。惟敝处已奏展两次，本年可否由钧处面奏请旨，将乡会试再展一年。祈酌裁电覆。

复李星使光绪二十七年三月十六日

咸电悉。昨罗使电："商澜，询分年摊还，以中国财力，岁能还若干，以若干年为限，详细列表，方能拟议。如借款还现，费虽大，可免各国干预财政。"云。当覆以廿五年户部总结，以入抵出，岁短千六七百万，此最确之数。洋货加税能照前议，值百抽十五，仅弥其阙。纵再将用款竭力裁节，进款设法增筹，不过岁得千数百万，可抵赔款，如此尚可支持。必须英力助商减，并不索现。中国商民贫困已久，现收赋税，已属苦累，断不能如殷富之泰西办法，若因摊还干预财政，必致民不聊生，尤为不可。嘱罗谆商。顷全权电：美柔使称，彼政府谓中国力量，不过能赔至三万一千万两为止，拟向各国劝减，但须筹备现银云。中国现每年还款已有二千五百余万，再加此赔款，若岁摊千五百万，共须年还四千余万。美云赔数，实知中国财力只能及此。但减赔还现，暗受折耗更大。望将此情告日外部力助为祷。

寄行在军机处庆亲王李中堂张制军

光绪二十七年三月十八日

赔款事，德、美、日均有可商。此时要义，应请全权切商各使，减数展期摊还，并电吕、伍、李商外部助力。抵项暂勿指定，俟赔数、年限定后，先以海关药厘及加税指抵。海关虽已抵债，若连药厘算入，尚可余四百万，再增加税，已敷作抵。倘加税尚难遽作抵款，即益以漕折，漕项常税尚无大碍，至盐课厘则断不可抵。

德外部所言，似隐指赫。且赫觊觎盐务已久，近密饬各税司考核盐务甚详，又多设学堂，专习华语，以备将来分布内地办事之用，蓄意甚深。盐课厘作抵，势必归赫榷征，既管鹾务，必须缉私，窃取兵柄，流弊极大，不可不防。七处盐货厘抵债，不遽接办，盖因尚少谙习华语住卡办事之人，学堂既成，则取用有资矣。

寄行在军机处张制军

光绪二十七年三月二十二日

驻宁美领事来见，谓赔款事，美愿助中商减，屡向各国言及中国财力不支，而各国总谓中国能还此数。柔使之意，须由全权将中国为难情形，详切照会各使，商请减数展期，柔使即可持此再商各国，从中斡旋等语。中国患贫已久，负债已深，近年核计出入款目，岁短千余万。本拟商办加税弥补，尚未议定，忽生此意外之变。今骤增赔款，无论如何开节，每岁至多能还千余万。若各国不肯见谅，仍欲加多，则中国无款办事，何以立国？昨伍使电，美肯减四分之一，为各国倡，可谓实力相助。但不肯先言，以致各国之疑。拟请钧处密电全权，照柔使所言办理，将中国艰窘为难切实照会，俾居间调处者有所凭借，仍不可漏出自美使之意。日、德外部曾允力助，或因美使调停得以就范，此机似不可失。祈酌办。

寄富领事光绪二十七年三月二十二日

天野见顾，面交惠函，诵悉俄约幸赖贵国指示机宜，力助公论，得以坚持不画，不为俄欺，敝国实感贵政府厚谊。敝处屡次电致敝政府，以后凡遇俄事，先与贵国商量，足见本大臣深佩贵政府实力相助，并无有因不画俄约反与中国不利之意。前致执事冬电所云，力劝不画押等语，即系申说贵国杜俄狡谋原委，并因俄官报所登各语，虑俄阴怀不测，欲恳贵政府始终帮助，及早设法索还东三省，以便开通，亦即贵政府前与李大臣所云“遇事彼此妥商，免堕术中”办法。贵政府所论俄人举动，尤为透澈，务请将鄙意电达贵政府，为祷。至开通东三省事，英谓尚非其时，仍请贵政府与英随时察酌，见示。

寄行在军机处张制军

光绪二十七年三月二十六日

鄂督径西电，论赔款拟抵事极为切要，全权所拟办法，于减数展限二节均未办到。本息分两次说有何益处？厘金只抵二百万，隐留所余及漕项作抵息用，税厘尽落人手，如何支持？盐课厘万不可抵，前已详陈其弊，鄂督所言，皆系实情。且盐务正在奉旨整顿，一经抵债，万一外人干预，益觉筹办为难。加税一事，几费经营，各国均尚可商，亦惟此项可期增筹巨款，何可遽以三分之一与商。免厘，专指洋货，与土货无涉，为数无多，即外人争此一项，允之亦尚合算，何可以此为虑，先自减少加数？如向商不允，减数未晚。全权办法，殊难索解。况美使密请照会各使，以便从中斡旋，实为大好机会，断不可遽行照允，致贻无穷之患。务望钧处切电全权，照美使意，先商减数展限，再议抵款，至祷！

寄行在军机处张制军袁中丞

光绪二十七年四月初五日

和局渐定，赔款繁重，但就旧款腾挪，无论如何裁节，断难支持，非另筹新项不可。本朝深仁厚泽，圣圣相承，永不加赋，垂为令典。鄂督、东抚，仰体此意，爰于无可设法中，思及丁捐之一策，具见筹画苦心。惟据吕使电，德外部称，丁捐恐别生事端，且中外情形不同，将来造册籍、定捐数，亦苦无所凭借。计惟有捐输与印税相辅而行，虽税则未便过重，集款不如丁捐之巨，办理较易措手。查印花税一项，外洋为大宗进款，中国现议仿行。

所有厘金等项，未可遽更旧章。若于厘金外行印税，莫如先就各项票据试办。串票为完粮之据，加贴印花税票，各省一律照办。余如田房税契、捐官执照，以及汇票、提单等项，凡执以作凭者，均可仿办。惟当票多系贫民，免贴税票，以示体恤。约略计算，每年可得千万之谱，有裨时局匪浅。如钧处谓然，请旨饬下户部查照各国印税章程，参酌妥善，通行照办。明知民力艰难，不忍稍事朘削，然时势危急，宵旰忧劳，天下臣民，涵濡德泽二百余年，当能共谅。其串票一项，仍俟洋债还清，即行免抽印税，俾示限制。是否有当，伏祈裁酌。

寄行在军机处庆亲王李中堂张制军盛宗丞

光绪二十七年四月十二日

真申电想达。每年二千六百万零，三十年还讫，共七百八十兆零，即是四厘息。年二千九十四万零，五十年还讫，共一千四十七兆零，亦是四厘息。杰参赞面言，查表符合，照五十年办法，虽稍舒力，然较三十年办法，总数已受亏二万余万，为数太巨。若如盛大臣来电，每年还二千五百余万，五十年讫，共一千二百七十三兆，较杰算又受亏二万余万。则是较三十年每年二千六百万办法，每年所省不过数十万，而总计受亏将五万万矣。盛电未知有无错算。杰所拟两节还数，再三与之推敲，杰云并无错误，且谓萨使电亦系如是。江、鄂正托商减，纵不允，亦不应我允之数转逾于彼索之数。出入太大，请全权以杰言质萨使商订，万勿算错。西人有本息表，可以查阅。

寄行在军机处光绪二十七年四月十六日

杰弥逊昨向局员告知萨覆，赔款厘息，均已商定，难再向各使商减。惟萨知中国财力不能多还，现拟连旧债并计牵算，将新债岁减六七百万之谱。诘以如何算法，云："正商酌算法未定，是以尚难指明。并每年实减之数，俟商定电请本国核覆，再告全权。"又云："全权拟将盐课厘抵一千万，常税抵三百万，货厘抵二百万。各国因将来加税，须免土货厘，是以未允货厘抵债。"询以："加税值百抽十，是否可办？土货仅免洋商往内地办运出洋货厘，尚有华商自完厘金，何亦不允作抵？"杰谓："能将吴淞淤沙许彼开通，即加税值百抽十二五，亦未尝不可商办。惟土货，洋商办运，既欲免厘，此时即不便作抵。"现各国均欲将漕折改抵，全权未允，萨欲坤一商鄂督请照允，再三见商，当覆以"江、鄂商恳减息，丝毫未允，今转以全权难允之项，江、鄂代各国陈请，事实为难"。现杰今日返沪，察其语意，亦知力难多还，所谓连旧牵算者，大约将近年应还新债，匀减若干，至光绪四十年后，旧债轻减，将现在减还新债之数，摊于彼时增还，使此数十年中，每年还数相均之意。加税，此时与商，纵允作抵，亦必为其挟持，似应稍缓，再与从长商办。惟土货之厘，必有多方请免之处也。谨闻。

复张制军光绪二十七年四月二十八日

沁电悉。全权议款，不提东三省，咄咄怪事。若俟回銮后，合肥与俄重申前议，面请谕旨画押，中外挽救不及，各国怒而效尤，便成分裂之祸，机局甚危，不可不豫为防杜。开门通商，公前已奏准，舍此亦无保东三省之策。近卫所拟各节，于东三省官制、政令、赋税，全行更改。内间之意，过新之事不行，必以为骇人听闻，置之不理，于事仍属无济，盖全权方谓俄将交还三省，内间决不肯视为倘来而破格试办也。鄙见宜将俄人坚忍狡诈，待时而动，详切会奏，请严饬全权于赔款议定后，照会领袖公使，请俄照议交还，不另立约，并于公约内载明东三省在内，赔款而外，一切自主权利，仍归中国，与俄无涉，倘再疏忽，即惟李某是问。公义所在，谅俄亦无能为。且看合肥如何覆法，奉旨再行酌奏。总以回銮前，议有东三省实在办法，方免后患。一面将开门通商一事，密电驻英、日两使，怂恿两国相助举行。该处政治，宜如何变通尽利，由两使谘询，采择电奏，择其可行者行之，似较近卫拟章，从容不迫，易于动听。目前不妨密为商筹，俟俄兵撤退，即行宣谕，次第举办。大意如是，尊意若谓然即会奏。祈速示。

寄英美德法日本各使

光绪二十七年五月十三日

辑洽民教事，香帅拟章，请商外部。推民教相仇之由，实因教士袒教抑民，致成水火。教士所以必欲违背条规，妄事干预，袒教抑民，无非欲广传其教。殊不知所从者，非贫民即无赖，贫民有所贪图，无赖得以恃势横行。故西教行华数十年，极少士大夫信从。盖传教所以明道，若照教士行为，直与人为难，循此不变，不独教道益难使人信服，亦复后患靡所底止。是以日本近宗教家言，以西教之在中国一切举动，有昧总会真意，越宗教范围，力劝以仁爱平等之义，发为议论。更有法国近设之中国和议会董，胪陈保罗包尔君所论，拳民闹事，半由传教士恃大国兵威护符，横行无忌，令人难以忍受，是为永远争论之由，亦即取怨之方。会众议定，将保君所开各节，再加讲论，拟力劝当轴，勿许教士及奉教华民归使臣保护。英员古迩逊亦著有论说，极言传教弊病。是传教应妥设良法，各国高明之士，早已筹计及此。且英国教会公同议定，此次匪乱，教会中毁失物产，概不索赔，惟望崇信教理者之乐输。虽各省英国教案业先赔偿，但教会用意，无非为解冤释结。盖传教而生事端，非特有背劝善之意，且地方扰乱，亦复大害商务，两有不利，亟宜乘此妥定善后之法，为永辑民教之计。能照鄂电补救一分，即受一分之益。望商办为盼。

复行在军机处光绪二十七年五月二十二日

个电悉。查改约中第四条，满洲兵数及驻兵地方仍须与俄商定，第五条，将军办事不合邦交，经俄声诉，即须调离，第七条，东三省路矿等项利益，非先与俄商明，不允让与他国人：则是事事听命于俄，我自主之权尽失矣。至第十二条，俄自干路或枝路造一路至直隶满洲交界处之长城为止，其计甚毒，其事尤危。此约若行，则东三省地还犹未还，俄队退犹不退。各国闻有此约，莫不哗然，竞思效尤，一经画押，即启瓜分之渐，不仅失东三省也。江、鄂所以坚持，各疆吏各驻使皆以为然者，诚不忍坐视祖宗发祥之地沦为异域，全国权利为各国分占，非故与全权为难。日本深虑唇亡齿寒，不得不与我合，而中、俄强弱不敌，亦不能不引日本为援。全权始终为俄所愚，而谓江、鄂为日本所愚乎？此事以俄约是否有碍主权、不至效尤为断，若有此二害，则力阻画押，未为失计。全权于江、鄂似有意见。时艰至此，虽戮力效忠，犹虑不能补救，何可自相水火，置国事于不顾！此次赔款，惟俄独得声明东三省铁路等费在内，既在公约内同索赔款，自应与联军一同撤兵。且系请照会领袖公使，并非专商俄使，本是正办，未为谬论。商而不允，再作计议，先不肯商，其谓之何？拟请仍电全权，照会领袖，勿再偏执，至祷！

复张制军光绪二十七年七月初四日

讲电悉。合肥屡云俄事无可再商，何忽又有此举？俄于停约后，时历数月，忽再提及，足见中有所忌，不能永踞东三省。且俄人曾言以后不用此策，则此次举动，必有狡谋，可知此事曾与各国共商。若如三条不令他国知之，他国何能默然？英、日尤甚，必致另生枝节。从来国势不敌，不能不稍事迁就。然以外国制外国，乃我之利。何苦堕俄术中，干犯众怒，自蹈危机。合肥意见极深，惟有奏请朝廷主持，另图补救。祈公主稿，挈衔电发。

再，“甘心自愿”一条，直令中国自认甘心让他。将来若被他国询及效尤，我直无辞以对。此层尤关紧要，必须道破。统惟裁酌。

复张制军光绪二十七年七月十五日

愿电悉。荩画周详，敬仰无似。惟兹事体大，允宜慎之又慎，谨体虚怀，再贡刍见。

政务处注重节流，宗旨已误。中国岁入八千万，除还洋款，所余几何？无论如何裁节，断难凑足赔款，况从前出入统计，本有不敷，尚待弥补耶？此意必须先为揭破，方可议筹新款。酌派各省若干，自是正办，但亦有难处。东南号称财赋，今则有名无实，部中向不体谅，若遽行派数，势必于东南各省为最多。即于江苏论，奉部拨补各款，大都积欠未解。自上年军兴后，办防增兵，转输直、陕，并为各省筹垫洋款，各库罗掘一空。此次以盐款抵偿，两淮为多，本省用款无着，尚须筹补，若再奉派巨款，从何措集？势必坐困贻误。鄂省情形，当亦略同。厘金抵偿以来，辛苦艰难，唯江、鄂自喻耳。

至筹款之法，亩捐无异加赋，粤议及此，内间似不谓然。五成太重，亦恐民力难堪，转碍农务。且创办伊始，最宜慎重。本年水灾太广，民困方深，若再骤增巨捐，恐多窒碍，是非减轻不可。且既办亩捐，不能再办印税，似以亩捐并入印税为便。粮串之上，加印税二成，钱漕一律约可得四百万。定价发贴，则官吏诸弊不禁自除。余如田房税契，凡可作凭之件，概行印税，稍重无妨。约略计之，亦可得数百万。此后渐推渐广，较之亩捐，尚觉活泼公普。川省成案，各省难以仿照，科则有异，时势不同也。房捐、膏捐均可办，两项约有二三百万。加以新增洋税，去千八百万之数已不甚远。如仍不足，益以京部裁节之项，计可敷用。八旗钱粮，即不肯全裁，独不可酌减乎？此是何时，而能效鼎盛之时办法耶？其外省新筹盐款，及裁省各项，只能留为外用。举行新政弥补旧亏，无一非款不办，此时遽难和盘托出，必须稍留余地。

卓见如以为然，祈电示，再行拟稿奉商。

寄行在军机处光绪二十七年九月初十日

俟回銮后，津兵撤，即可诘俄撤兵，系日外部向李使言，由李使漾电陈明钧处。承鱼电，嘱询确情，当请李使切询。兹得复电，谓："遵达外部，据称：'东三省一事，于日本、朝鲜关系甚重。俟回銮后，天津兵撤，日本自当联英、美各国，责俄撤兵。万一各国意见不合，日本利害所关，不能坐视，亦必独诘俄，催令撤兵还地。缘俄曾布告各国，言明并非永踞三省，俟中国有可靠之政府，立约定后，即当交还。日本据此诘之，并不为难。总之，诘俄之事，时机一到，日本决无游移。'等语。乞转枢署。"云。日答语可谓切实之至。总之，此事若不与彼利害相关，去冬迄今，岂肯如此为我代筹切劝？俄若可以久占，亦岂肯复与我商改续约？所议四条，看似平常，实则仍系暗夺主权，久驻兵队。此即俄前告德国，以后不用此策，盖不用强而用诱。今日本既向我推诚切告，若再堕俄计，与之立约，致碍于彼，不独日必反而责我，亦恐各国共肆要求。安危之机，间不容发，此时惟有宕延以待公论。不胜切祷！

寄行在军机处光绪二十七年九月二十五日

李使电："顷外部言：'俄约新稿应驳应允之处，前已详陈。顷得确电，五款之外，尚有东三省矿务专归俄人办理一条，似此实与中国与各国现约大有妨碍。万一照允，恐东三省之外，各国不免效尤，为害甚大。深盼奏恳朝廷，坚执勿允，以保大局。'等语。"转电前来。中国矿利，外人垂涎已久，谋办甚力。若俄约允此，则矿利全失，关系非浅。务乞钧处主持，切祷！

复张制军并寄各省督抚

光绪二十七年十月初四日

香帅沃、冬两电悉。赔款数巨期迫，各省皆力不能胜。香帅全局统筹，苦心经画，而又以纾民力固国本为主，钦佩曷可言喻。惟事关会奏，考核不厌精详。查洋税加足值百抽五，上年仲帅、杏翁在京议加税时，赫德即称，照值抽税，每年可增三百万以内。此次总税司所呈赔款节略，又云新税拨二三百万。凡约计之款，总宜从少，庶免临时不足，此款似只能作二百万核算。户部派款原奏，本声明加税专为赔款，各省摊数尚可酌减等语。在户部因加税未见确数，不敢遽作的款。然既有历年税数可稽，各省现难筹足派款，即不能不预计加税之项，俾各稍纾喘息，似亦应酌量叙明。又免税之货抽税，按贺璧理节略，照廿四年进口洋商自用免税各物，共值六百五十万两，值百抽五，仅有三十二万五千两，似无百万之多。又常关归税司代收，穆使谓津关可增三十万。津关情形不同他关，断难比拟。且各常关本有酌提盈余为公用之项，如学堂经费等类，皆系要政，将来仍须照案提出，不能作为增收税款。且距商埠五十里外，子口仍归监督，则洋员代收者较少，每年究能增收若干，实无把握。总税司节略，初谓常关拨四五百万，乃是歆动当局，为揽权之计。继又谓所指四五百万，必俟试办后方知，若有不敷，另筹他款补足。其前说之不足信，亦可见矣。又折漕岁省百余万，是否指节省运费？若全指运费，南漕虽经改折，京仓仍须用米，如以南省购米原价解京另购，北方米价较贵，恐不敷用，必以节省之费贴补购米之价，则所省不及百余万矣。以上四项，似须考究确数，方可核计请减几成。至张、陈两军节饷，现因拨补之款，解不足数，拟请自行留用，万望勿列入奏内。又董军节饷，是否确有四十余万，香帅必有所据。筹借洋款，须有抵项，拟以何件作抵，亦应预为计及。窃以此事即幸邀允准，减去派款几成，所余几成，仍须出自民间，如房捐等事，断难不办，似须参用轻笔，较为灵活。统祈香帅卓裁，并请各帅指示，至用祷切！候电覆。

寄荣中堂光绪二十七年十月初十日

请转庆亲王、王中堂同鉴：

俄人续立新约，语气较前轻减，仍欲夺我主权，独占三省矿利，一经画诺，彼得为所欲为，还地与不还何异？各国必群起效尤。英已啧啧有词，日亦屡屡切告，义方硬索浙江口岸筑路。此时唯有用宕字诀，婉言推缓，万勿与之立约，以免堕其术中。一俟两宫回銮，津沽联军撤退，俟日联约英、美诘俄，公论所在，可望转圜，实不劳而定。务乞坚持大局，幸甚！

再，据前驻宁德领事尔增密语云：“俄以东三省土产甚富，计在得而甘心，无论中国如何交情，必欲诱夺。”又据英、日领事云：“俄人蚕食列邦，惯用胁诱之术，始而恶言恐喝，继而软语纠缠。如果坚忍相持，彼亦废然而止。虽属夜郎自大，其实伎俩易穷。现在国内空虚，必不敢于决裂。”该领事等窥破其隐，力劝中国勿为所愚。窃自上年东三省之乱，俄人凶暴异常。及其立约议和，先后三易其说，或迎或拒，忽刚忽柔，迹其狡狯情形，外强中干，诚如该领事等所见，合并陈明。

复张香涛宫保光绪二十七年十月十六日

铣已电悉。穆使来，谈及撤兵事，弟询何期准撤，答："譬如硕果，须熟方食，现未及时。"弟询吴淞开淤事，答："亦知南洋不以此事为然。第事关各国，德有可相助之处，必尽力。"萨使来，谈东三省事，英意与日本略同。弟答以："中国断不肯自行放松，仍望贵国与日本、美国共助。"又问荣相上年在京袒匪攻馆，何不加罪。弟答以："荣相当时稍事依违，具有苦衷，亦有深意。若非荣相暗中救全，荣固自罹奇祸，各馆亦何能无恙？实有功无罪。"渠亦唯唯。余皆寒暄语。

复盛宗丞光绪二十七年十月二十七日

宥电，深佩荩筹。彼议裁厘，在我必须加税，公谓非十五或二十不可，实为扼要办法。惟厘裁，洋商办货运洋，必无半税可收，是出口土货，亦须照贺电加十为要。马见顾，必当如尊指，告以各省不报之厘，实较多于报部之数，赫悉情形，是以有五端之论，并有不下五六十兆之说。至此事，朝廷既属于公，一切自应由公主持，敝处苟有所见，当随时奉达也。

寄庆亲王王中堂光绪二十七年十月三十日

昨驻宁英领事来见云："接萨大臣电，上年武卫军攻使馆，各国不愿荣相回京。"并询荣相为人何如？坤答以："勇攻使馆，非荣相本意。当时拳焰方炽，内则有端，外则有董，狼狈相倚，荣相不得不阳与之合，为暗中保护之计。否则，自罹奇祸，大局更不可收拾。具有苦心，外省尚有未能深悉者，况各国乎？使馆卒得无恙，实荣相保全之力，东南得以认真保护，亦荣相密为维持。现在一切事宜，尤赖妥筹补救，政府万不可少之人。”该领甚以为然，允即电告萨大臣。特奉达。

寄张宫保盛宗丞光绪二十七年十月三十日

昨马使接晤后，即言及厘捐如何免，洋税如何加。当答以：“去年在京，与赫德筹议，洋货税厘并征，必须税至值百抽十五，方能免洋货之厘。盖中国财用只此，既有所免，不能不有所加。今困穷益甚，又须岁还各国巨款，于进项更不能稍有短绌。若欲将厘金全免，非将洋货进口税值百抽二十、土货出口税值百抽十不可。”彼于洋货加二十，不置可否，但谓：“土货出口税，方欲请免，何可再加。”复告以：“既免全厘，不能不将进出口税分别酌加。盖全国所收厘捐，未经报部归作外销者，实较报部之数为多，非照此办，万不足以抵补。”彼又谓：“若免出口税，多加进口税，何如？”答以：“只要能抵足数，未尝不可。第洋货若税重滞销，未免彼此受亏。”彼亦无词。用特奉闻。

复张宫保并寄庆亲王王中堂

光绪二十七年十一月初一日

鄂艳电悉。英萨使前来宁密谈，亦以俄约为虑，而无如在鄂所言之详。查俄人新改之约，碍我政权利权，迭次电内业已详陈。英、日各国均已明言，中国若许，各国必向中国索偿。此约万不可不慎。萨使所言，虽是借箸代筹，第明定暂时年限一节，必须如日本代拟第四款改为“吉林、黑龙江俄兵限定约后一年内，陆续撤退”，第五款添改“俄兵撤完之日，此款即行删除”，方无流弊。若年限稍远，将来借端翻约，仍与永占无异。且各国亦可照此定立暂约，关系甚巨。鄂电总以请五国公断为妥，实为良策。俄人怵于公议，不敢肆其狡谋，各国既已与闻，更可免其借口，面面俱到，计无善于此者，务请照此商办为要。

复行在户部 光绪二十七年十一月初三日

冬电悉。江南费绌用宏，万难支拄，请留两军余饷，实出万不得已。承示部库空虚，令将一半六十万留用，一半六十万解部。查宁、苏原筹百二十万，系举成数而言，内如苏属之清赋，岁有丰歉，宁属之厘金，收有旺绌，碍难遽定各半六十万。且查张提督一军，本食部饷，与邓、马各军相同。现饬两藩司于每年实收各款内划出一半，留归江南应用，下余一半，除供支张军饷项外，全数解部，与贵部各半之议相符。江南奉拨之款，较山东多至数倍，即如新赔款，江南已设法筹集百余万，无如原派之数，视山东加多几将两倍耳。设使将山东入款抵还洋债，而拨补有名无实，恐亦难支。

复张宫保并寄盛宗丞

光绪二十七年十一月初五日

鄂觉电，具征荩筹之密，虑患之深。中国贫弱至此，一切权利，万不堪再为侵削。然约载既须有益于彼，各国又均择熟谙商情深悉机要之员，协而谋我，其因应之难，实非寻常议约可比。昕夕焦思，欲筹抵制，必先探其注意，然后可以统筹。如用兵然，非有所舍，亦不能有所全。杏翁既身当其任，于商务又考究有素，现驻沪上，于各国商情闻见较切，究竟彼等用意何在？我宜如何筹谋方于国计民生得以保守勿失？香帅十八条，于意云何？统乞杏翁详筹见示，不胜盼祷！

寄鄂督东浙苏各抚

光绪二十七年十一月十六日

奉旨偿款，按月摊付，本年十二月二十二日，即是第一期。查奏减三成之案，原拟以山东折漕省出运费约二十万，省挑挖运河等费约十万，共三十万两。余七十万，江、浙商定，江北认二十万，苏、浙合认五十万。南北共足一百万两。现既奉旨按月摊解，则此项百万，亦应各按认定之数，照十二个月匀摊，先期解沪凑付。用特电商，祈速电覆，以便电部。至盼！至祷！

寄行在军机处户部

光绪二十七年十一月十六日

奉旨，偿款按月摊付，十二月二十二日，即是第一期等因。查奏减三成之案，原指洋货足抽五、免税之货完税、常关归税司兼办、全漕改折四款抵补，如一时不能收齐，即暂借洋债应急。现在洋债固尚未借到，且既系按月摊付，则四项抵补之款，亦可按月解沪，免借债耗息。除折漕省费一百万两，业经分电浙江、江苏、山东各照认定数目，分作十二个月摊匀，先期陆续解沪凑付外，其余三项，皆须由贵部照奏案：洋货足抽五，岁增二百七十万，免税之货完税，岁增三十二万，常关归税司兼办，岁增一百五十万：三项共四百五十二万，分作十二个月，每月三十七万六千余两，分派数目，电饬各关道税司遵照。第一期均于十二月二十前解沪，以后即照此数，陆续先期解到，以资凑付而符原议。此次偿款，先谓半年一付，明年五月始到期，各省筹款，大抵尚未凑齐，即已定议，亦多未收有现银。今遽改为按月一付，期迫数巨，七成已属为难，且恐迟误日期，若将减解三成之案再有更动，必致贻误，关系匪轻。各关近日收税甚旺，认解并不为难，虽原奏系指每年于原有收数外新增之税而言，目下尚难核计，而偿期已届，只能先行提解，俟一年期满，再行统计盈绌。祈速分电遵照。至祷！

寄行在户部庆亲王李中堂张宫保

光绪二十七年十一月十七日

查赔款，照约本应按半年交还一次，今须按月摊付银行，虽亦照公约第六条丁款办法，推原预先按月摊交之意，无非恐误还期起见。惟首期应付之利，因展限匀作三年摊还，仍须照四厘付息，银行收储存项，亦系按照存期长短以定给息多寡。今计前项赔款，按月先行摊交，长短牵算，每期实计预存该银行三个月，即不能照赔款四厘计息，似亦宜照银行存银规例算息，方昭公允。此节应请全权转商，苟能照办，一期之息，虽属有限，按照三十九年付还，全款合计，即属巨数。至中国财用，上下困穷已极，罗掘为难。各省筹增新项以应还款，此时断难集有成数。还期既促，解沪路遥，按照原摊七成减解，已虑误事，若再责令仍照十成摊解，力更不及，脱有愆期，解不足数，即须深烦户部筹画，大费周章。是减三成之案，万不可更动，所筹抵补三成各款，必须查照谏电，分饬遵办。苏省无论如何为难，必当照案办理，决不贻误，可请放心。仍乞电覆。

寄行在户部光绪二十七年十一月十八日

据沪道电，还款数巨期迫，摘要禀商：一、洋税改章，头绪纷繁，税司仍照向章笼统开报，未能将增收之数指出，诚恐界限不清。拟请转部分饬各关道，按近三年收数，定一中数，留关备拨。其余溢收之银，概归足税，按月提解，不准挪用，以清界限。二、此次还款，系还关平，每百两须加补水库平一两六钱四分三厘。除各关派款，及此后加税解款尚可饬按原收关平支解，毋庸另筹，其余各省库款，均请部电令各省按数补足，以免短绌贻误。三、历次还款，均系交商汇沪，以免批估折耗，此次请仍照办，惟汇解关平，各商多有未谙，应请核足库平交汇，以期妥洽等语。除第一条现在尚难核见增收确数，只能由部先行派数提用应急，俟一年期满，再行统计盈绌外，其余各条，均极紧要，应请贵部分别电行遵照，免致贻误。

寄行在军机处光绪二十七年十一月十九日

赔款奉旨准减三成，前接尊电，饬令电知各省，当经查明户部原派摊解新赔款，各省一体转电知照。现改按月摊付，查奏案抵解三成各款内，有山东节省挖河等费三十万两，昨两次电请按月匀解，东抚总以袁抚任内业奏明照认十成九十万，不肯照奏减三成之案办理。伏思奏减三成，系合各省而言，山东自在其内，讵有各省酌减，山东独异之理。且东省三成应减二十七万，较之将挖河等费三十万归入十成九十万内，相去不过三万，每月只二千五百两，为数无多，在东省亦何必惜此三万，牵动奏减三成大局。今常洋关税，已奉钧处照准，匀派苏、浙，及江安折漕省费，亦各认按月匀解，只东省未能见允，祈钧处电令东抚遵照，免致贻误。至祷。

寄沿江沿海各省督抚

光绪二十七年十一月十九日

赔款改为按月匀付，各省应照奏减三成之案，筹足七成，分十二次匀解。昨因行在户部寒电，有“全权来电，南洋等省，电请减成缓解，恐致参差贻误，令各省各将拨定数目，匀作十二次，先期解沪”之语。当查各省赔款，甫经筹办，均未收有现银，顿改月解七成，已虑不支，若照原派，必致贻误。电达军机处、户部，请将原奏指抵三成之洋货足抽五、免税之货完税、常关归税司兼办三项，由部分饬各关道、税司，照数按月先期解沪。顷准枢覆筱电开：“谏电悉。常洋各关收数，昨据全权来电，税司仅派员稽核，税银仍归华官经收，听候拨付。尊处但饬南洋所属常洋各关，查明自赫德经办之日起，截至本年十一月底止，收得若干，按月照数匀拨，解交沪道，以便届期汇付银行。其余各省常洋各关收数，亦由户部分别电令查明，按月匀解沪道矣。除分饬南洋所属各洋关并江海、芜湖、九江三常关道遵照拨解外，查各省各常关何处改归税司兼管，敝署无案可稽，请电饬所属各洋关并现归税司兼管各常关，一体遵照。”枢电查明照数匀解，仍祈将各关认解银两，照关平申足库平数目，先行电覆。

复行在户部光绪二十七年十一月二十二日

个电悉。各省因财力不逮，是以奏减三成，奉旨允准。嗣准电，款改月付，并谓南洋等省奏案，难免参差贻误。于是各省电询应否仍解七成，敝处未敢遽答。迨准枢筱电、贵部啸电，提拨各关常洋税，又准贵部号电，税提二成，知仍照奏减之案办理，乃先后电达各省，仍解七成。嗣苏、浙所认折漕五十万及江北折漕二十万，均亦照办，只山东坚执不允，是以电请饬东一律分别匀解。今来电如是，岂仍令各省解十成乎？七成且虑不足，十成将何以堪！抑听东省多解，胜于少解乎？东省既将议抵三成之挖河等费三十万归入，已少三万，再将东海关奉提之款缩除，所少尤巨。此等大事，必须有一良法准程，是则是，非则非，贵部从缓之意，其谓之何？总之，综核度支，贵部之责，收付偿款，沪关之责，敝处但将奉派之款，如期解到，余均不能任咎。应请速示，若减三成，江南岁解百七十五万，折漕款归入三成，若仍解十成，则岁解二百五十万，折漕款留抵，与东省一律。为期已迫，务恳飞电并请通电各省遵照，免致歧误。

再，以后各省如询及赔款事，当覆以自请贵部示，合预声明。

寄行在户部庆亲王李中堂

光绪二十七年十一月二十二日

向来借款计镑，故还时不问银数，总以还足所借镑数及应付之息为断。赔款如系议定银数，即照数付银。今各国赔款，约载海关银四百五十兆，息四厘，按照表列分卅九年，共还本利九百八十二兆有奇。照此系应还银数。然第二条甲款，又载有“本息用金付给，或按应还日期之市价易金付给”。照此似又须付给金镑。故葛使照会，有“应按光绪二十七年二月十三日市价易金，按四厘息，即为诸国偿款一定总数”。全权照覆，改为按付款时镑价。惟既须付给金镑，每期究竟应付若干镑数，并未列表颁行。且既定付镑，各国只须按照镑数收取，则银两平色，彼可不问，何又约载必须关平？既定平色，则又系付银，是否即照约表所载平色银两，尽数按期交付，照市易镑分还各国，多寡不再过问？抑系如何办理？务望详晰电覆，以凭饬遵。

复张保宫光绪二十七年十一月二十六日

有电悉。弟于此事辩论旬日之久，电文数千言，无非为大局计，为各省计。不意户部回护山东，牵动全局，章法全乱，暮四朝三，公是公非，无难共白于天下。今奉煌煌谕旨，偿期又迫，何敢再有异词，已电覆认解十成，将江苏江安折漕省出款留抵，与东省留用挖河费，事同一律，断断不敢再奏，一任我公主持办理，亦不必列敝衔。总之，江南解十成则折漕自用，解七成则折漕归公。时局艰危，司农掣肘，亦不止此一端，惟有早乞骸骨而已。

复张宫保光绪二十七年十一月二十七日

近事虽多由敝处领衔会奏，其实皆出胜筹，此中外所共知者。昨电赔款，上半年解足十成，下半年则视四项收数之盈虚，以定各省解数之多少，系为纾财力起见。若仍出自敝处，不唯前后异词，亦未免以数取辱。似可由尊处单衔具奏，或与各省会衔，必可邀允，唯熟裁之。至江南现遵解十成，自不得不将折漕款留用摊解，如果下半年减解三成，则折漕款立即归公，数亦不甚相悬，于彼于此，均可奉行。时局至此，非公莫能挽回。余唯袁、陶可资臂助，老朽无能为役，谅之而已。

复盛杏荪宫保光绪二十七年十二月初一日

卅电悉。商约税则，关系国计民生至巨。彼遴深谙此事各员，择利与我商改，在我竭尽思虑，相机以应，智势不敌，已虑明暗兼受其亏，若再于彼此互相筹计，稍存客气迁就，必更受大亏。且江、鄂于商务既非躬亲其事，其中利弊断难洞澈无遗，唯有各抒所见，聊资赞助，而利害所关，全赖我兄切实推敲，批示商办。是以香帅觉电，敝处曾经就教。今就鄙见陈鉴。

此次议改商约，闻外人注意在免厘、加税并矿路、制造各利，到处行轮，议设商律，内地杂居等事，而厘捐尤所深恶，必欲概行议裁，而后始肯加税。且照商会所议，亦只肯加至值百抽十，若欲仍留内地之厘，非但洋税难加，且必如公言："不明免，亦必尽归洋旗，必多方箝制，隐为阻挠，虽有如无，转受大亏。"盖洋商领单办运土货，照约本只完半税，不完厘金。然沿途过卡呈验，即不免延时索费，是以情愿多加洋税，冀图裁厘便于运货，厘不全裁，留难仍不能免，彼何乐为此？若领单之货，遇卡不验，则隐射夹带，弊将百出。与其不全免，隐受牵制，税不能加，厘为暗亏，不如加税免厘，从此交涉可省无数葛藤。明知加二十必不能允，然不能不预进一步，留为磋磨之地。然厘金全免，税即加至十五，仍得不偿失。不能不将土货出口之税酌加，照现约正半并计，值百抽七五改为值百抽十，仅增二五。若大宗之丝茶，不但不加，且必须计值议减，统盘筹计，必无窒碍。西国于贫寒日用所需之物概免收税，于富商巨室所用者必重征之。中国年来百物昂贵，贫民食用维艰，多为厘金重累。厘若全免，物价必平，不独食力之民易于温饱，工料之价亦必较廉。出口之税，虽加无多，然非此不能补免厘之缺。全厘尽免，民生物产获益甚大，出口之货必可畅旺。此即公十一条注所云诸义。至免厘后，地方所需，似仍可酌量收捐，此即西人所谓乡约、巡捕等捐，外人当不能阻，但须酌定限制。印花税本仿西法，贺阻甚谬，自宜于议约时，先行声明。至洋商内地办土货，必须假手华人，断无一尘不染之理。资本虽巨，费用必繁，断不能如华商自行办货之核实省费，似不致因免厘，华商运货之利为其所夺。且厘不免，华人托洋人出名请单包庇诸弊，万不能免，不特碍事权，漏厘金，生枝节，洋商转得坐收费用之利。

惟制造之事，华商万不敌洋人考核之精，资本之厚。现在仿行西法，内地华厂，必可日见增多。洋商所不能与华商争者，在内地制造之利。即如沪上制造，华厂不敌洋厂，内地通州、锡金之厂，又胜于沪上洋厂。假使通州等处，亦准洋人设厂，则大生等厂必受倾轧之虞。前因杏翁将山西退还之轧花榨油机器，拟与沪上各洋厂合股，至海门设厂，谓系照马关约。通厂深虑受累，经敝处辩明："马关约亦无允内地制造之条。此事为国计民生所系，竭力商阻，杏翁遂请改与通厂合办。"已由季直派人与议办法，此实明证。是内地制造之利，万不可许，厂税亦不可轻减，虑洋货在华制造，暗减进口之税。若以日本文凭载明，华洋厂税必须一律，似可照译署前议，按其岁输，予以津贴。此国家护持商务，本为西国通例。以上各节，业已电鄂，务祈卓裁，详悉指示，为祷！

复盛宫保并寄张宫保

光绪二十七年十二月初五日

沪支电悉。议约系杏兄专政。若彼交细目，杏兄不近量情势，详察事体，分别衡断，欲江、鄂先行考核，不独往返相商，转濡时日，且敝处所办事非仅此，亦万难逐条详核列论，不仅彼此面商情形无从体察，商务紧要关键未能洞悉已也。今与杏兄约，若必欲敝处妄参末议，须杏兄逐条先示利弊，酌定论断，否则实无从置议。幸杏兄谅之。

复盛宫保并寄外务部张宫保

光绪二十七年十二月初五日

沪两支电悉。内地杂居，意在制造，断不能允。如再要求，必须援各国通例，将洋人归华官管理。推广关栈，系分商局承充之利，官既不能特建，彼合关栈式者，遵章承充，似尚可允。保护牌号，论事理本不应听民伪造。杏兄拟将华商牌号应一律保护相抵，甚善。但历来洋人鲜有冒华商牌号之事，只有华人开假洋行，洋人出名包庇，假用洋旗。照约洋旗虽禁假冒，因洋商得费包庇，洋官非特不禁，且袒护之，致碍政权、税厘。近自内河准行小轮，大都华商借名，洋人更不仅口岸假行已也。杏兄能如何设法商禁，以相抵制，则尤善矣。且彼既于我厘务着劲相挤，我纵处处竭力防范，其势万不能一无所损，积少成多，厘即受亏甚大。厘亏无补，财用必绌。此实为命脉所关，杏兄宜预先筹之。

寄张宫保盛宫保长观察

光绪二十七年十二月初六日

杏翁电，马使交应议商约条款目录内有土货出口三联单、镇江章程宜修改并推广一条。查洋商入内地办土货，完一子口半税，准免沿途厘金，诚以货系出洋，优待远人。盖华商内地运货，逢关纳税，遇卡抽厘。洋商办货若不出口，岂非自绝华商生计，各国当无此办法。是以《烟台条约》载明："若非英商自置土货，该货若非实在运往海关出口，不得援照办理。"等语。镇章所以"请单之后，必须限内将货运口并预缴正税三倍，若逾限不运出口，除应完正半税外，下余正半罚缴充公"，原所以杜中途卸卖，漏免税厘，货不出口，有碍华商生计。事本照约，最为公允。近来请单办货流弊，业据沪道条陈汇咨杏翁有案。此时正拟将江海等关，商照镇单办理，岂可转将镇章修改，益滋弊窦。应由镇关速将章程原案漏夜录送杏翁，以便辩论维持。

复张宫保并寄外务部盛宫保

光绪二十七年十二月初七日

鄂歌、尾、语电悉。洋盐进口，实关国计民生。以交涉言，则新旧还款、公家地方用度，多取给于此。以民生言，则数百万煎丁灶户，舍此更无从谋生。是洋盐姑无论如何加重收税，万不能抵华盐现抽课厘及地方一切经费。洋盐洁白，本轻利重，华盐销必大绌，业此商灶必致无可谋活，因此地方不靖，亦非各国和好通商之意。此条纵使要求，必须坚拒。矿路难拒不议，俟开细目，请杏兄详酌。内地杂居，纵改律例，亦未能遽允归我管理，考日本可知。此不过为抵拒计，若一准，则内地制造之利即为所夺。关涉税厘各条，诚如杏兄所云，“无非着劲相挤，逼我免厘，稍加税耳”。五谷以米麦关系民食最重，杂粮中如豆石、豆饼，照约除登州、牛庄外，其余各口，已准纳税带运外国。米麦出洋，实关民食，此条如难拒绝，惟有择杂粮以应之。洋药、土药税厘，照约应各较值。现土药税捐亦重，如洋药不能加，土药亦不能增，不但不能抵免内地货税，如欲免内地土货厘，必须将洋货加税。银两平色似指纹银言。华人附股，沪道条议已陈其弊。且前有大东、惠通公司华洋私自合股，洋董擅做别项贸易亏折，硬欲华商添股，涉讼至今未结，当为杏兄知之。华洋合股既多流弊，若准附足股票，即准合股，且恐有关惠通前案。惟矿路已有华洋合股，或但指定矿路两事，并如何定以范围，其余仍不准行。此外各条，俟见细目再商。

复盛宫保并寄张宫保

光绪二十七年十二月初十日

沪三佳电悉。电报、邮政，本属中国内政，如英国驻京大臣有陈说，只能作为代筹，听中国自行斟酌，可行则行，不得相强。缘邮政近因加收民局寄资，民局力不能支，停班乞免，业此数万人又难骤改别业。现虽电外务部，暂行减为每磅三角，然以后仍须岁加一角，增至九角为止。正饬沪道体察筹议。此事于国计民生亦颇有关系，是以约内不能不参活笔。

银元平色本属一律，所难整齐者价值。盖龙元本仿洋制，而洋元始销及今皆随市作价，如仍照市价，则收支价有出入，计数即有多寡，此中弊窦实多。其制九银一铜，若照分两，概作纹银，商民必难信从。且作银易钱，仍须按照银价核数，似非仿西法用金银铜酌定三币画一等次，并废生银，不能整齐价值。然中国力量，此时如何能行。禁用洋元，诚为扼要，业已流入之洋元，作何办法，亦须预筹。现因变法，民心已摇摇未定。圜法关全国民生日用，万一民不能从，必致扰累。洋商但图出入之便，不顾闭塞之虞，中外皆受其累。统祈香帅、杏兄卓裁。如杏兄推诚详告，使之能不干预，听中国渐自量力整理最妥。

索开多口，无非挠我厘务，兼为内地居住之谋。往岁广开口岸之旨，原冀预杜侵占。第多一口岸，于税厘即增一漏卮，于国帑即多一分费用。通盘筹计，沿海择要开口，利多害少，沿江内地多开口岸，实属有害无利。盖内地与沿江，断不虑有侵占，而于华洋杂处、厘务、制造皆有大损。且内地开口，沿途经由之地，皆隐类口岸，是内地明虽开通一处，实则沿江海而至内地开口之处均与口岸无异，所损尤大，而于商务未必真有利益，观苏、杭可知。所索各口，北京、常德、长沙、成都、叙州云南府皆在内地。北京关系国都。湘中现开岳岸，创办极难，若再深入内地，目前之开办，与夫日后之弹压保卫，其难更可想见。此时中国应还洋债已如此之巨，财力已万分为难，若再多耗国帑，损我厘税，不独有碍还款，且致中国民穷财尽，于英国商务亦有不利。凡事彼此总当从大处着想，应请杏兄切实与之辩论，如其必不得已，亦只有将所索江海各处，量为因应，并作为自开之处。仍乞裁示。

复张宫保并寄外务部盛宫保

光绪二十七年十二月十二日

鄂蒸、卦电悉。彼意在免厘加税，而又不明索，但于各款中，处处侵损厘务，无非为逼免全厘、稍加洋税蓄势，我若索加税，彼然后索免厘，我若不索加税，但将各款与之磋磨，彼得一是一，即不免厘，已大获便利，用意巧黠，无过于此。在我惟有将彼索款，凡碍我厘者，处处不稍放松，一面向索加税，以为抵制。土货单，镇章虽繁碎曲折，然非此不能周密。彼既谓镇章足可振兴贸易，愿各口悉照镇章。在我多年相商未允之事，今难得彼愿推行，实不宜自行改简，致挂漏滋弊。惟彼欲无论何项土货皆可领单办运，则关碍厘务实大，必须抱定镇章，限有种数，明示保厘，暗逼加税。

银元之事，已详蒸电。鄙见尚有所虑，禁用洋元，能否办到，既不可必，纵能允行，业已流入之洋元，应如何酌办？若销毁，则收不胜收，若仍准用，则暗地新来之洋元无从识别查禁。若照龙元作银，利为外溢，若仍照市作价，与龙元分两成色均同，价值特廉，民必愿用洋元，即足以阻碍我圜法。龙元作银，数少不敷成本，照分两作库纹，民间能否信从，亦无把握。况洋商完税、买卖，既允作银抵用，而中外款项出入，交涉亦必须先行度量。查中国付洋人之款，以还债为大宗，洋商输中国之款，以完税为大宗，华洋商往来，以货价为大宗。如还债亦准用龙元作银购镑，则完税照用，明虽无亏，犹虑其故昂镑价，中国只有纹银与银元，则银与元兼受其亏。华商本微，贩货急于求售，洋商富厚，囤货可以熬价，一出一入，亦虑暗算。历年华洋商交易丝茶，洋商得操利权，抑勒盘剥，已可概见。请香帅、杏兄再加详酌，免贻后悔。

复盛宫保并寄外务部张宫保

光绪二十七年十二月十四日

沪函折悉。内地杂居与民争利，既占口岸之利，又夺内地民生之谋，并挠政权，此事若允，官民交困，必当力拒。裴议既带眷属，许其暂居，又准展限，是即许予居住。照约，贸易并用华工，租屋办公作栈，即暗寓制造。戴拟则直许居住贸易。若谓遇事又由领事前往查办，观历来教案，能秉公否？姑不具论。即如近因英人龚茂林领照游历，先至扬州包讨欠项，继至淮关包揽税货，旋至清江干预词讼。迭令关道照商领事，今尚逗遛该处，官则弹压保护，民则被其欺索，均已受累难堪。照约，不安本分之人，不准给照游历。今无赖若此，办法若此，受累若此，试问约章，洋官可凭信乎？内地准居之后，纵然遇事秉公核办，而商民之利已为所夺，矧欲求秉公，断不可得。此皆欺饰之词，无救所失。中国通商所以特限在口居住、贸易者，诚以风气未开，情形不同，律法互异，权不我操。且因未经全国开通，致一切交涉章法权利，处处受亏。今准居住贸易，仍不得照东西各国交涉办理，岂不更受大亏。和好通商，安有此不公之事！沿江之大通等六处，准其起下货物，尚不准居处、开设行栈，载明《烟台条约》，矧内地乎？马关约，货运内地时，租栈暂存。盖入内之货，不能无寄存之处。照约西商本亦准入内办货及运货入内，是西商货运内地及内地办集货物，向亦有存储之处，日约不过揭明其义，并非别有优异，是以译署商约解义，言明比照泰西各约所有界限，日本亦不能越其范围。今何能因日约申明西约之义，借此以为入内杂居贸易之计？至机匠更属受雇而往，仅卜薪资，事事仍须听命总办，与商民自行携资入内居住贸易为占夺华民生计，迥不相同。总之，中国苟无十分大碍之事，断不愿坚却，岂有有利之事，转肯自阻？此时全国尚难开通，内地居住贸易，有害无利，万难允从。且中国商务，英居六七，中国地方兴旺，英亦大利。现眈眈者欲与英争中国商利，颇不乏人，一国准居，各国照办，因此滋生事端，地方扰乱，于商务亦多不利。英何必为各国争利权、损中国、自害其商务乎？若再要索，请杏兄反覆申论，推诚商阻，保我黎庶，大局幸甚！

保牌一条，能将洋人得费包庇华商、冒充洋行洋旗之弊，如何设法商禁为妥。存票一条，请就近询沪道，期限须宽，过期万不能算息。华洋合股，税厘不同，应如何区别限制，亦请明定。常税一条，民船完常税，纵然稍轻，惟经常关之货抵埠，无不兼完厘金，税厘并计，实较洋税为重，若再加重常税，商何以堪？船户失业，即为地方之患。能商照现章为要。

复盛宫保并寄张宫保

光绪二十七年十二月十八日

沪霰电悉。惠通案在中视为已结，在彼犹饶舌不已，此条显为惠通而设，虽约章只能管理订后之事，彼无非冀可恃强逼照后约办理。今被识破注明，彼遂复有此函，若一允诺，则前案已暗寓允理之意，各该华商何能受此巨累？现已电令沪道，将此案全卷送杏兄查阅。请设法将函商注销约后拟加之语，改为“以前之事不能援照此条办理”，免致再借未结为言，别滋异议。是否，仍请卓裁。土货章已严催长道矣。

复张宫保并寄外务部盛宫保

光绪二十七年十二月二十日

鄂效电悉。土货领单办货，诚大碍厘金。第领单办货，本为旧约所许。嗣因仅准洋商领单，华商向隅，未免偏枯，是以译署续章，亦准华商照领，以免洋商出名代领，坐收领单之费，然沿途遇华商单货，仍不能如洋商之便利，故虽有华商准领之章，迄鲜华商领单之事。旧约只有领单办货之条，并无缴单抵口限期转运出口之事，是以各口领单多不呈缴，向追亦置不理。货借单护得免沿途税厘，中途卸卖，并不至口。惟镇章较为严密，迭经译署饬令仿照办理。如芜、九等关，极少领单者，商经领事照允。如上海等处，请单最繁，屡商屡拒，迄未允行。今彼所以愿照镇章者，缘各处请单多有辩阻，或某货准运，或某货不准请单，如茶叶等货，向不发单者。冀图凡属土货，皆准领单。我但许照镇章推广仿办，仍须限以种数、货数，似有益无损。若虑一照镇章，各省即无厘可收，然不照镇章，彼在各口，照约请单，各关仍不能拒绝，缴单出口，均无定期，转致漫无限制。是否汉口等关向不发单，以后请领能否坚拒？又杏兄与议，能否限以种数、货数？若势难坚拒不发，不如定有章程为妥。若难限数目，自以不允为宜。统祈香帅、杏兄再为详酌。

复盛宫保张宫保并寄外务部

光绪二十七年十二月二十日

沪巧电、鄂三啸电均悉。彼凡损我厘金各条，如不加税，断难稍让，此为命脉所关，马使亦深知中国财用匮乏，负债甚巨，若无抵补，中国将何以支。马使所议，皆商会之意。而商会早知欲免厘，非加税不可，是以前次马使至宁，告以欲免全厘，非将进口税抽二十、出口税抽十不可。彼意尚欲减出口税，多加进口税。此时但允一面议加税，一面议免厘，加税只照报部数通扯，仍俟十年后，递减复旧。彼明知做不到，故意刁难。加税免厘，只能合商，万不可分议，虑其取巧，免多加少，实免虚加。此事自应照鄂电，推诚明白相告，现在还款、新政，正当增筹进项，总须征免抵补有余，方能照办。中国兴旺，方能与英商务有利。口岸免厘界限，鄂电实为扼要之论。华洋合股，不独华洋商人完纳税厘不同，并有碍惠通前案。更虑此条照允，内地合伙营谋，即不允而允，夺我华民生计。是即鄂电所论“遍地皆洋公司”。此条务请杏兄详酌。纵或必不能已，亦必须保全内地华商营运，不使借此得以占夺。此条看来似轻，其用意同一为夺民生计。若珠江诚可照允，川江设标记等项，照章本应动支七成船钞归税司经理。此节可允，但须声明，设拖拉便利，若由商自备，亦无不可，惟以后整顿，既关巨费，又关西省田庐民命，自应照鄂锡电推诚商议。总之，事无大碍，不必与之坚持，借留地步，以为争论切要之事，但不可直捷许诺，须稍作回翔难允之势，以为利益互换之谋。均请杏兄卓裁。

复盛宫保并寄张宫保

光绪二十七年十二月二十一日

沪号电悉。各国共议，不独人多意杂，且势巨力张，与一国先议难易迥别矣。英既欲顾体面，执牛耳，大可因势利导，推诚先与商议。英须中国兴旺，以利商务，实理势相因。苟英肯和商，中国正可借英商务较盛，先行定议，可以抵制各国，似与中、英商务两相维系。马使议款，总须请其识得此意，两两兼顾，不独事易商办，亦实两国共利也。

寄张宫保盛宫保光绪二十七年十二月二十二日

马电想已达。杏兄号电，虑税厘一事，殊难如愿，则此次议约即受大亏，中国即难支撑矣。各国所要索者，无非损我权利。彼此筹计，以在沪先与英议为愈，赫亦以同议更难为言者，皆虑其协而谋我，势力相迫，纵与情理相喻，亦得互相借口推诿。税厘既为命脉，此时负债之巨，整顿地方用款之繁，一切进项，非特万难减少，且须增筹，方能敷用，此为各国共晓。即商会自行筹议，亦知免厘必须加税。现在马使故意刁难，无非图占便利。惟中、英必须彼此关顾，方能有利。马使当知此意。厘金外销多于报部，赫德致曾章京函，驳贺议亦详切言之。杏兄与马议，尽可将款目和盘托出，推诚剀切相商。中国但冀办事经费敷用，还款无误，无不可以和商。此事全仗杏兄力为主持，实属大局之幸。

寄外务部户部庆亲王李中堂

光绪二十七年十二月二十二日

据沪道电："各省关派解赔款已敷拨用，间有未经解到，容另查催。前奉外部电，以还款重大，添派沪关好税务司帮同办理。职道一再密商，彼谓还镑，非特目前价昂，即日后亦恐难复，每关平一两合三先令之价，吃亏甚巨。职道意执约载每年应还关平银数，并未允按归日市价结定金镑，力与磋磨，或能办到还银亦未可定。随又查悉，咸丰十年，《天津条约》议赔英、法各八百万，亦系照还关平，有案可稽。顷与专理银行赔款参议之比领事晤商，彼即嘱于一百八十二万外，每月加付一成，备贴补镑价之需。当答以：约虽载有各国金银币价，究无结定确数，全权亦未允照此办理，有全权咨会外部公文，改为按付款时镑价一语可证。自应按年还足关平银数，不必再合洋币。比领事谓不能擅专，须会商各银行再定夺。愚见各银行或禀各使向政府商议，乞先分电外部，全权务执约无结定洋币数目，只能交足关平银两或尽关平买镑，盈亏不问，免受彼族抬高镑价，裨益匪浅。仍请全权将原议，按二月十三市价，改为付款时价文据，摘要电示，俾有根据。”等语。

近来镑价日昂，前据沪道电，每规银一两只易二先令六本士一二五，若付还金镑，较之原议银数，每年约短二百万内外，倘再届时抬价，短数更难预计。该道所陈，不为无见。查约载本只有银数，并无镑数，葛使照会，原请照西历四月初一市价为诸国偿款一定总数，全权所以改为按付款时镑价者，冀以后镑价能廉，还款可以节省。惟以银购镑，价值高下，权操银行，历来每遇还款将次届期，镑价即行抬高。此后还数更巨，各国银行皆经收还款，更易暗联抬价，是以后每届偿期，价必增昂，断不能廉。自不如仍执葛使照会，再与商定，照所定关平银数，即为应还一定总数，不特此次还款可免购镑巨亏，而镑价不致因此抬高，即旧项还款亦不致牵连受亏。所关匪细，务祈主持力商，并电示，以便饬遵。

复盛宫保并寄外务部张宫保袁宫保

光绪二十七年十二月二十三日

沪两个电悉。免厘加税，上海西商局会董、伦敦董事之在香港分局者，皆以为然。且以积想数十年，欲照此商办，冀免沿途厘卡留难需索、货运内地缴单以后滥行收捐。是彼早有成竹在胸，其故靳无非冀得少加洋税。抽十本亦商会议论，在我与其厘捐处处为彼侵削牵制，暗受大亏，似亦不如免厘加税，以轻土货价值，得以畅销路、纾民困之为愈也。第征免总须抵补有余，方是胜着。进口抽二十，诚做不到，惟抽十五亦不能再减。出口抽十亦属要着。照贸易册，出口正税岁约收银八百数十万，抽十岁可增四百万，除抵原有半税外，约可年增三百余万。惟为外国侵销者，仍抽七五，是否仅丝茶两项，抑尚有别货？照外人所查，丝每石约共收税捐五十两左右，较日本丝税几逾两倍。茶值二十余两者，收税五两，约计值百抽二十有奇，地方捐项尚不在内。若减收七五，此两项捐固无着，税必骤绌。如尚有别货亦须减七五，则出口税必更绌。丝茶既关商民生计最巨，不能不减，余货即须详酌。且议减必须筹补，出口抽十，虽岁可增三百余万，惟丝茶减七五，短收亦必多。该两项出口税，虽洋关有数可稽，而内地杂捐，实散漫无可查考。此等杂捐或济饷需，或充地方善举等用，皆不可少，均须拨补。统盘约计，是虽增收当亦无多。然照此办法，似尚不致受亏。以后税增捐免，内地制造渐兴，出口货虽可望增，进口税恐将减少。是非进出口统加，将来盈绌庶有抵补。杏兄与彼辩论，语皆扼要。惟和约虽允议改，第载明系属修改有益，非谓损中，是必须两有裨益，方能商改。且马使既云关顾中国，无论如何商办，总须不使中国有所亏损，方符关顾之意。

第三节乡约捐，似不应列入免抽。西例地方用款，本可抽捐。上海通商局匹头绒货董亦议及此，但云须限定数目，不使地方官任意滥收。应请杏兄与之商明，提出另订向行铺抽收限制，不在中途设局收取。洋关之外，既尚有常关，自应一体载明。

第八节不照所定办法，约可随时废弃，系仿洋药并征约载办法，国家既经立约，断不准再行妄捐。惟内地未谙条约，容或间有误会。彼此煞费心力，商定妥法，若因偶误即行废去，彼此皆有不值。能与商作：有误抽，如不立时更正，即可废约。

第十节万不能行。此时商定，所增即系抵补所免，十年后递减，则所减者又从何处筹补?

十一节包括太广，既已免厘，进出口均只征收一税，已征本不再征，未征本须征收，何必再立此条，致滋漏免之弊。此两条均应商删。各国能否照允，虽不可必，然通盘筹计，无逾于此，不能不照此与商。苟能与英先行议定，然后再与各国力商，并可挽英相助。并征若定，各省原有厘收照数拨补，各项厘捐自不能不照约一律裁撤。印花税本属应办之事，厘既尽裁，地方用项无出，亦非办铺户捐不可。第东西洋铺捐如何办法，乞杏兄考询详示。

寄张宫保盛宫保

光绪二十七年十二月二十四日

漾电想已达览。沪个电第十一节包括固广，意义亦有未明。若指土货，显系欲免复进口半税，并可任意行走。殊不知厘虽免，尚有常关。洋商自内地办货运洋，只完正半两税，所以特轻于华商者，诚以货系出洋，无碍华商贸易。复进口半税，原所以杜在口销售，是以离口入内地，即须照华商例，完纳内地税厘。此后纵加税免厘，此项复进口半税似不应免。若指洋货言，则其命意何在？亦请杏兄指示。

复盛宫保并寄张宫保

光绪二十七年十二月二十五日

沪两漾电悉。赫云此次修约，彼此并无假权势相强之处，乃系和衷熟商之举，以期求益防损，永远相安，实为扼要之论。即与敝处漾电所云“约载修改有益，并非损中，必须两有裨益，方能商改”，语意相同。今证以赫言，益见事理宜尔。日前孙领传述马语，谓：“廿四条，如中有未妥，尽可商改，请告知以便转达。”且谓：“总须与中国有益，方与英国商务有利。”当谢其厚意，并告以：“事归杏翁专办，江、鄂会商。”马使既语及此，彼此必须抱定此意，和衷从长筹商，方可两有裨益。至各条应如何商改，江、鄂当随时商由杏翁核定，转商马使。派裴帮办甚妥。涉税务，浼赫赞助则可，奏派会办，须酌，恐事权并重，万一意见稍歧，必致掣肘。此系杏翁专政，不可不虑及此，请杏翁再加筹度。赫节略并两税司条陈，均乞录示。此时与商，能先议加税最妥。

寄张宫保盛宫保

光绪二十七年十二月二十七日

此次议约，英既开送条款，自应先与商议。然一国允许数条，各国合计，所许必多，即受亏不小。然既与商议，其可允者，又不便显然拒绝。查马议加税，各国与中国立约，有优待均沾之条，须一律与中国立约，议准照现在所定完纳方可。此时自应先与商议加税，庶我所可允彼各条，亦可声明因英允许加税，我允某某等条，所谓利益互换，各国欲照办，亦当允我加税。如别有所索，亦当予我别利，以为抵制。是否，仍祈杏兄裁酌。

寄袁观察 光绪二十七年十二月二十七日

顷接外部宥电："养电悉。沪道以赔款购镑价昂，欲改为按银交付，洵有见地。现在各使未来提及，若骤与商办，恐彼以不符原议为词，转致阻挠。应先令沪道与各国银行董事婉商，或可就绪。本部俟有机可乘，自当尽力维持，以冀免此巨亏。希查照饬遵。"云。赔款，约载本属银数，葛使照会，亦以约载银数，为赔款一定总数，嗣经全权改作付款时镑价。现拟仍按银数交付，本系照约并葛使照会办理，自应仍由全权与商，方为正办。今部电既令该道先与银行婉商，苟能商允，公款裨益实非浅鲜，该道其力图之！

复张宫保并寄外务部袁宫保盛宫保

光绪二十七年十二月二十九日

鄂宥、寝、感电均悉。杏翁两个电如未达外务及枢、户，似应由杏翁补电，并请由外务部，此后凡议约之电均抄送枢垣，关财政者并抄送户部，既简便，又得互相商酌。此次议加税，大约非尽免全厘，断不能允，加税能议至抽十五，亦万不能再增。既免厘加税，除常税乡约捐，此外凡欲在货物上收钱，恐其势亦不能允。如房税、地税、营业税、进项税、印花税，凡不关货物、又为外国向有办法，中国如仿办，外人当亦不能阻。惟中国须自体择，不能悉如外国一律创收耳。厘全免，税加十五，万不敷抵。查各省报部厘收，照廿二至廿四年，岁约一千七百万。进口税照贸易册，十九至廿一年，岁收六百余万，至廿六年岁约七百余万，独廿五年八百余万，是年各税皆特增，不能作为定数，从宽当以七百万为则。是税厘并计，岁共二千四百万。现抽足五及向免税者，收税两共所增只能约作二百万，新旧并计，岁收进口税不过九百万，抽十五计增两倍，共可收二千七百万。除抵向有进口税及报部厘金外，所余岁仅三百万。杏翁系将原收进口税作八百万，加抽足五及免税收税增二百万，故抽十五有三千万之说，然不能作准。各省杂捐报部而不名厘，及外销不报部之厘并地方收用各项，约计决不至此数。矧洋货税加，进口之货必渐减少，视洋药可知。洋药因税厘并征数重，食者多购土药。故税厘并征，初办时厘收岁至五百余万，近减至岁收三百余万。现在风气未开，内地制造渐兴，洋货税重价昂，华洋商必更谋在华设厂制造，将来进口之税，亦必如洋药之递减。是免厘加税，仅能作抵向收进口税及报部厘金之数，至此外一切报部杂捐，及不报部外销各项捐厘，均成无着。地方各捐，即以乡约捐作抵，其余无着，必须另筹。丝茶万不能不减，若减至七五，短收必多，非将土货出口税加至抽十，不能补苴丝茶减税并内外杂销杂捐。以此抵补之外，纵且不敷数，当无多。即以印花房地等税补之，庶有盈无绌。进口税，香帅拟分完，原虑偏重。第货物进口，未必尽属转口，亦万不能禁其在口售卖。若抵口先完一半，在口销售者，俟售卖时再行完足，则偷漏隐射，必致百弊丛生，盖百货断不能如洋药抵口悉数封储也。历来入内地半税，仅及进口正税十分之一，固有厘轻者、完厘不完税之处，然究其短少之巨，实以在口零售漏免为大宗。此时加税，必须一气完纳，方可杜其隐漏，此最切要。物之不齐，其势使然。将来酌盈剂虚，是在大部之秉公核办也。

寄张宫保光绪二十八年正月初五日

顷接全权密函，必并寄尊处。惟到鄂尚需数日，先择要电达。略谓：俄约四条，磋磨经年，将有碍主权各节，一概删除。各国尚无他说。惟华俄银行议订合同，再四商改，以保权利，较之李文忠原议，亦多删易。大意谓："东三省矿务，中国自办，如交俄办，必须由中国批准，尚不失主权。至所称中、俄商务小事，与各口岸无涉，并于各国工商利益毫无损碍等语。我固力持此义，彼尚未肯遽从，到此地步，已属为难。合同不定，俄约虚悬，三省即不交还。根本久为敌踞，彼方建置经营，不遗余力，若再延宕，局势已成，返璧无期，转圜乏术，后患何堪设想。此次英人既与尊处提及，美、日两使亦曾来晤，但有阻援之言，并无切实相助办法。两国订约，不应有他国干预。中国能自订为上策，必不得已，请各国调停为下策。若如来电请各国评断，恐俄未必就商，即迫于公议，降心相从，事后要索酬报，亦难遍应。合同订后，各国援办索偿利益，不可不防。拟妥定矿路章，将抵押、抽税、分利各节，详细声明，无论华洋商承办，概须遵章办理。将来华俄银行，揽办东省矿务，亦以此为衡。即他国援办，不能出此范围。国家得饷，民亦获工作之利。中国矿产，如能筹资官办，原杜觊觎，而财源枯竭，势不能不为此补苴。似于收地后，如他国效尤争利，尚可隐寓维持。东三省为俄兵力所得，不稍与利益，彼岂肯交还？两害取轻，舍此别无办法。"云。

查萨使电："中国若画此约，英国索偿利益。"何得谓尚无他说？银行合同，明系予俄专利。矿务既谓归中国自办，又谓"如交俄办"等语，即是许俄开办之据，强弱异势，何患中国不批准？所谓保全权利者安在？但云："如交俄办，他国又岂肯甘心。"商务小事一款，萨已指明为弥缝背约之法，万不可再持此义。能自订约为上，此指寻常而言。此次既有各国牵制，不使闻知，是即予人口实。英美虽无切实相助办法，而日本去秋覆电，语极结实，欲求外援，亦只能到此地步。目下日本方力劝延缓，而我毅然定约，激怒实在意中，各国效尤更不待言，仅恃路矿章程，国弱至此，何能就我范围。若以俄以兵得为言，无异召敌。鄙见此事大不妥，卓见若何？祈速电示，以便电奏力争，保此危局。

复盛宫保并寄外务部张宫保

光绪二十八年正月初六日

沪支电悉。第一条所拟传教各节，均本条约章程立论。是条以"不得由传教者干预地方官管理民人之权"一语，最为包括扼要。推其用意，盖恐立意过多，措词过严，彼不能允，故为此含蓄包扫之语。惟近来华民，每因犯事，投教以逃法网，甚且平民受此教之民欺陵，即投彼教，聚众报复，两教仇闹之案，层见迭出。西、皖两省，此风最甚，皆由教士滥收所致。能于条内添入："教士收人入教，必先查明其人平日安分，并未犯事，亦未涉讼，然后再收。"又租地每有盗卖侵占等事，致民教结怨。美约本有"无碍民居，不关方向，方能照租"。能于条内添入，必须查明无侵盗纠葛，方可租买。第二条，"凡华民照例不准行者，英国人民亦应一律遵守"，亦属切要之语。第三条，本于同治八年与英议而未行约内有此。第四条亦佳。应请将以上各节，酌量叙入与商。

寄外务部光绪二十八年正月初七日

中外通商已久，外人于我政治、法律，纤悉必知，我于各国约章、律令，亦必须详加考究，不独遇事因应得有依据，日后编纂商律，尤资考证，此实为目前切要之图。拟请钧处分电各使，各就所驻之国，将该国律例、条约，详加编译，分类成书，寄交钧处核明刊发，以备研究，实较在华搜求译印事半功倍，务乞照行为祷。

复张宫保并寄外务部盛宫保

光绪二十八年正月初九日

鄂阳、霁电悉。十条实皆对证之药，能照办，此后教案必可渐弭。惟上年江、鄂托各使商各外部，日本以未传教，恐招忌为辞，法则艴然。即美于教案较为公平，亦以所拟关教士职分利权，须待细酌，并商教会方能答覆。惟德允电穆使与各使妥商。英澜侯亦云“防范未然，彼此同心”，允转电萨使酌办。统观各国之意，是欲照我拟章必难办到。自上年拳教闹事以来，教士之气焰益盛，地方官之调和愈难。值此修约，若不稍定范围，以后遇事，恐更无从措手。譬如久病之躯，既不能骤进猛剂，不得不先用和平之品，以冀逐渐进步，可收得尺得寸之效。且澜侯既有“防患”，“同心”电萨酌办，此时似宜先与英商，并可以澜侯意告马。一经提出，恐后商办为难。教士非官，不能干预词讼，本载传教谕单，以见华教士见官仍与平民一律，教堂不得匿犯，皆事理应尔，均可与商。仍由香帅、杏兄再行详酌，应如何添列商办之处，均请卓裁。

复吕侍郎盛宫保并寄外务部张宫保

光绪二十八年二月二十四日

沪个电悉。银元改重一两，上年政务处电询，曾经江、鄂将窒碍情形先后详陈有案。此次贺、戴两税司复踵前议，在该税司但知化零为整，可以画一，殊不知中国币政不能画一者，在银两平色之参差，不在银元分两之轻重。盖银元自大至小，以次递减，分两成色，本均一律。若能废生银，则银元分两即不改，亦能画一，不能废生银，则银元分两虽改，仍不能画一。若废生银，悉用银元，不独现仅三局万不能应全国所需，纵将存沪机件运京，添设一局，亦无济于事。若待铸集巨数，然后通行，目前实无此财力。若随铸随用，既不足以供各省之用，则现用之纹银、洋元，不能不准兼用，是仍不能画一。若再广购机具，增添多厂，俾所铸务求足用，不独购机建厂需时，即欲遽行筹此巨款以为购办机厂之用，亦恐力有未逮。且银元之制，悉仿洋元，价有洋元可凭，至今尚难一律。改用一两，若准随市作价，高下毫无凭借，若酌定画一价值，商贾利析毫芒，与洋元计重较值，定有盈绌，势必阻格不行，民不信用，亦恐法令有时而穷。马使虽允中、英通行，中国现无金钱，还债须用金镑，彼可暗抬镑价，权操于人，受亏实在意中。在中国自欲变通，有此种种关碍，尚未可轻于尝试，刓圜法本自有之权，一经入约，即自弃其权。万一事有阻格，彼时欲行不得，欲罢不能，岂不更受大累？是以赫德之议，亦谓不必载入约内，实为有见之言，但不肯将入约关碍说破耳。事关国计民生，应由中国自度财力，酌定善法，再行核办，非独不便入约，亦不应遽定办法。且无金钱，徒有银元，亦万不济用。如欲创用钞票，即银元不改，亦属可行，盖银与元尽可各分票也。

复张宫保光绪二十八年二月二十五日

敬电悉。前见沪祃电，有廿五复议存票事，恐其借此遽与马定，是以迫不及待，先就鄙见，昨即电覆，并达尊处暨与外部，想已邀览，请公再单衔切电。惟改重一两，公去年曾切电不可行。此时彼欲入约之际，万不宜允办，免为所持。且作库纹，民间亦决难信从，将来格碍不行，即流弊滋多。铜仙苟能经办得法，获利甚厚，民已信用，不如先行广铸铜仙。闻日本尚有白铜仙一值五十文者，系紫铜与镍合炼，其利尤厚，或即取样先行试仿。至银元此时只能姑仍其旧，俟铜仙广行，再商办法。墨元此时既不能废，则银元外人允用与否，皆无关出入，万不可因此为其所惑。

复吕侍郎盛宫保并寄外务部张宫保

光绪二十八年二月二十五日

沪祃电悉。所谓苏、杭关章第十八款不准给免票，即系由沪转运苏、杭洋货，沪关不发免票，盖恐苏、杭无税可收。现商经筱帅、艺帅皆谓可允，请即照议办理。惟沪为出入货总汇之区，发票三礼拜为期，能否酌展，以免因事冗逾限，口实请酌。

再，此次议约，彼索款如可允者，我悉照允。别国来议，又必有允行之条。合而计之，所允必多，即属受亏。现已允马使数款，自应向其索允数款，再与商议彼索之款以为抵制。加税事应如何与商，亦请筹度。苟能将加税、免厘商定，于彼索款中，凡为损我厘务而设者，皆可不驳而自止，不仅迟久难于再与议加已也。想镜翁、杏翁必已预计及之。

寄军机处外务部张宫保吕侍郎盛宫保

光绪二十八年二月二十七日

鄂有电，银元改一两，谓可行者，冀外人允作库纹购镑。然外人纵允照办，现在中国无金钱，镑价低昂，权操于彼，官商必兼受其亏，曾详去腊文电。近来每镑价已涨至规银八两二钱有奇。此后赔款，如必须还镑，价必有增无减。若再将九银一铜之银元允作库纹购镑，彼必更抬镑价，不独银元被其抑制，即生银亦为其牵累，彼转将售镑所得之银元，作库纹完税，使我处处受亏。反覆思维，不仅圜法自主不应与商已也，万万不可照办入约。

寄军机处外务部张宫保吕侍郎盛宫保

光绪二十八年二月二十八日

鄂寝电所论，极为扼要。此后凡关厘务各款，万不可再与商议。若厘被侵损，彼已如愿而偿，再商加税即万不能成。照约转口土货，一经离口，即逢关纳税，遇卡抽厘。洋货照约本只租界免厘，乃续增烟台约，复载免输洋货厘金，地界须再商酌，是洋货界内免厘，彼尚未能满意。土货离口界限，我照洋货以租界为界，屡滋辨论，迄无一定办法。此时洋货免厘界限，不议则已，一经商议，无论如何坚持，其势必须较旧章放宽口岸，洋土各货之厘必致尽失，受亏实大。为今之计，惟有先议加税，苟能有成，不独丝茶减税得有抵补，其余土货得免厘捐，洋销亦可畅旺，通盘筹计，无逾于此。幸镜翁、杏翁详察为要。

复吕侍郎盛宫保并寄外务部张宫保

光绪二十八年三月初四日

沪、江电悉。关平与库平不同，事不难解，因洋货用司马镑，较库平为重，是以收税亦用司马平，于洋商本无出入。若彼争改税平，则货镑亦应照收，否则即属暗中减税。从前税收平余，尚系充作外销，今关税拨还洋债，须付关平，若将税银改平，则关解赔款必须另加贴平之银，一出一入，受亏甚大。一两重银元，照洋制银九钱、铜一钱。今作纹银九钱，则铜价、工价、火耗经费，均无所出。此等亏蚀，中国财力如何能任。今三局所铸大小银元，随铸随销，并无存积，洋商用与不用，本无所谓受制。若入约许以定一通用银式，则必尽废生银，纯用银元，方有定式。前电业已言明，纵再增机厂广铸，亦非一时所能尽废生银。彼时若执约相诘，势必又生枝节。此事反覆筹思，整齐圜法，诚属要图，然只能由国家自行变计，万不应列入条约，幸镜翁、杏翁详慎为要。

复吕侍郎盛宫保并寄外务部张宫保

光绪二十八年三月初四日

沪江电悉。议约本委曲烦难之事，盖彼意在索取利益，自必多方要求，在我总当权衡利害，与之坚持辩驳，譬诸逆水行舟，求进诚难，然稍松劲，即顺流而下。此次议约，赫德亦谓彼此并无权势相强之处，反系和衷熟商之举，以期求益防损，永远相安，若与何项利益之章，必须俟各国均允，方可施行。并应以我所与者易我所求，不必偏重彼面，随请随允，此实为扼要办法。允彼之事，必俟各国均允，既为预杜各国分索多款之地，亦为向彼索取利益之计。敝处前电即是此意。诚以事关大局，不得不力任其难。现允之款，应否声明，必须各国照允，方能施行。前拟廿一款，均系何事？现外部如何酌改？乞录示。

寄张宫保吕侍郎盛宫保

光绪二十八年三月初五日

豪电想达览。此事镜翁、杏翁所以与议者，原虑其只争关平不用银元，有损无益。惟各关收税秤码，照粤关定式，载明约章。关平虽较库平为大，然事系照约办理，彼故借整齐平色，以冀减我税平，其用意可谓巧极。关收平余，凡一切不能作正开销之项，皆取给于此，无此平余，各关必多为难，如有必不可少之需，即不能不准动支正项，即于公款受亏。两公曾任海关，当知其详。然此犹就关道言之。今赔款须还关平，即以原收平色照解。若完税改用银元，或酌改平色，则此后关解赔款，亦必须另开加平，统而计之，必成巨款。近因镑贵，还款业已暗增，若再于税平出入兼受其累，则中国财力更何能支？银元外人不用，本不能碍我行使，若欲其一律收用，准完关税，非徒无益，转受种种大亏，则亦何必自弃其权，入约受亏。前电未尽，特再缕陈。幸镜翁、杏翁再加详察，万勿照允为祷。

复吕侍郎盛宫保并寄外务部张宫保

光绪二十八年三月十二日

沪两真电悉。鄂、宁屡电请勿议损厘各款，诚以财匮力殚，原有利源，万万不可再受侵损。各关报单，多无定限。今得照镇章议立限制，看似有益，要知彼似此咄咄相逼，盖必有利于彼，利彼必损我，事理显然。今就所拟，较之镇章亦未尽合。盖镇章，一商只准设两行，一行同地同货只准请十单，惟金针菜、花生单数稍宽。别关所发之单，运货过镇，只准由民船径运给单之关，不准在镇关完税转运。所以处处设法限制者，原虑单多损厘。马使为我设筹，畅销土货，诚属善策。惟中国现受巨债相逼，喘息一刻难纾，若但损厘而无抵补，恐未收土货畅销之利，先受债项愆期之累。两公终日辩论受逼，处地诚属为难，敝处亦同深焦灼。惟查核所索各款，既欲广开口岸，多免租界之厘，又欲推广口岸免厘之界，以冀界内外皆使我无厘可收，复欲推广镇章，修改内河轮章，并欲将内地由此运彼之货免税，及彼埠至此埠之货在一河或分支者，进出均不收税，是又将内地税厘尽欲侵损。诸如此类，若勉允一款，彼必又易一款相逼。加税既无可望，受亏无从抵补，势必不支。为今之计，只可直告以：中国负债过巨，财力已竭，凡偏损于我财源者，无论如何相逼，亦不能允。易地以思，马使明达，当能谅我为难。马使果肯推诚关顾，惟有相商加税，庶几两益，不致偏损。坚忍相持，婉词相答，以冀曲曲有济。务祈两公竭力图之，大局幸甚！

复盛宫保并寄外务部袁宫保张宫保

光绪二十八年三月十七日

沪翰、谏电悉。加税事全赖杏翁一力主持，得能有成，所全于国计民生者实非浅鲜。告马：洋货入华人手，土货未入洋人手，皆须加重抽厘，为还债之用。此为彼最忌，而又坚持不与议碍厘诸款，皆逼彼加税要策。美因北地厘轻，故不愿多加税。然美不多加，英即为其牵掣。自应由慰帅虚张声势，故作欲加洋货落地、土货产地各捐。日本不愿多加，盖亦有取巧处，彼国行销中国之货，以煤斤为大宗，余即海味、药材、磁器、玻璃、洋绸等物，大都即在口岸折兑，贩运内地多不成件，不完半税，亦鲜有厘可收。惟有告以：此后内地洋货诸铺，亦当估本按月加重缴捐。至所谓坐厘者，即系落地产地两捐，产地散漫，稽征甚难，有行厘，遇漏免尚有验补之法，免行厘，产地被漏，即无从稽考补抽。惟在出产大宗货物之处，劝设牙行，以为收束之计，一面令行代缴，一面派丁巡缉。然捐宜轻减，重则漏多，转难招集。落地捐如在口岸，捐重则尽驱入租界，惟内地城镇等处，操纵由我。然口岸之捐既轻，则内地城镇即不便过于悬殊。按此而论，但抽坐厘，收数必然有限。设局巡查，收捐需费，地方办理一切，又本有动支厘捐者，虽非外人所云之乡约、巡捕等捐，以就地之款，供就地之用，然以有限之坐厘，除开支外，可以供于国用者恐更无几矣。是留坐厘数既甚微，不独进口税抽十五不可再减，即出口税亦不能不增。盖洋商入内地办货，既免行厘，决不领单，则半税无着。自应于出口时，正子并纳，以抵向有进项。改为值百抽十，除原有正半之七五外，仅增二五以为凑抵所免行厘。恐尚不敷，再加丝茶减税所短之款，仍须办印花等税以弥其阙。万一厘不全免，税不允照加，宁可并免坐厘，言明但改抽乡约、警察等捐，为地方之用，仍照增进出口税为得计也。用就管见，以备采择。晤小田切，当照杏翁之意言之。如有议论，容再电闻。

复吕侍郎盛宫保并寄外务部户部袁宫保张宫保光绪二十八年三月二十一日

沪效电悉。此次筹议免厘加税，为中国财源出入极大关键，必得内外通筹，互相稽考，既欲望其事之可成，又须预防亏损。究竟税宜如何加，厘宜如何免，先行商定切实办法，与议方有依据。江、鄂之意，拟加税免厘者，实因彼索款处处谋损厘务，就款与商，无论如何商法，总是有损无益。按照户部廿二、三、四三年出入核计，岁约不敷银一千数百万，今又加以新债二千余万，年短几及四千万，筹办新政所需不与也。现虽各省于用款竭力裁节，于进项竭力筹增，就各省筹解新摊偿款视之，多系挪移应急。是所节所裁，于新增之赔款尚难敷衍，矧近因镑贵，还款复增无形巨款。按此而论，目前之亏短，必较廿四等年为更甚，不问可知，则原有之进项，何可再受侵削。故不能不以加税为抵制，不仅生民之困重受捐厘之累已也。现查洋货进口税，岁约收银七百万，再加足抽五及免税物收税约二百万，共九百万，抽十五较旧增两倍，约可增收一千八百万，除入内地向有之半税约六十万，实可增收一千七百余万。土货出口税原收约八百余万，抽十较旧增一倍，可增收八百余万，除原有子口半税及复进口税约二百余万，实可增收六百万。照此进出两税，岁可增银二千三百万，除原有报部厘金一千七百余万，九厘局用一百数十万，岁尚余银四百万。外销不报之厘及地方所收善举等项，虽无数可稽，然以所余相抵，必多不敷。再加丝茶减少税厘，亦须筹抵。向来厘收之数，大约坐厘居十之二。即如苏省，惟苏、宁、镇、沪、清江、盛泽等处，有产地、落地等捐，余皆抽收行厘。此后如留坐厘，即于大宗出产及销货之城镇，均行改设坐厘，数虽可以稍增，以之抵补丝茶所减税厘及外销不敷之厘，能否无亏，无从悬揣。且访闻沪上洋商，进口税加十五未尝不可，惟厘欲全免，并虑免厘之后，仍有设法收取，因此多欲谋损厘金，听我自为，迨至不了，急而相就，彼得要挟。惟贸易较大各商，仍以免厘加税为然。现在与议进出口税，必须照此商加，万万不可减少。能留坐厘，诚属甚善。若万不得已，坐厘亦须并免，如乡约、警察等捐，系以就地之捐办就地之事，本西国所有，亦为商会筹议所及，纵须议立限制，必当与之商留。增免相抵不敷，惟有照西例，创办印花等税。如此筹计，或可冀其有成。通盘核算，应较旧有进项，可以加增。厘免，物值轻减，不独民困可纾，即土货亦可畅销。谨就管见，用备裁酌，仍乞指示为祷！

复吕侍郎盛宫保并寄外务部张宫保

光绪二十八年三月二十七日

沪宥电悉。漕粮、兵米，皆关国用，与商贩谋利之米迥不相同，马使无论如何要求，自难允其入约。惟议款就苏省情形而论，尚有须辩明者。查光绪十六年间，因苏患灾歉，禁止芜米轮运出口，英使即以只禁轮运，仍准民船贩运，有违定章为言。当将下游宁、镇等处民食，全赖芜米接济，若遇灾歉，不禁芜米轮运，势必尽贩各省，下游之米价必翔贵，民食愈艰，若并民船一体禁止，更属自绝来源，此实地势民食两相维系，不能与从前一律办理，英使遂无异词。此后遇歉，皆系如此办法。今议款有“既禁之后，如准运出口，即为弛禁”。是无论民船、轮船，一体包括，与沿江省分遇歉禁米办法大有格碍。此节应如何与之商明，或款内酌量区别添叙，或另行备文声明“沿江各省，如遇禁米轮运出口，仍准民船上下流通”。事理所在，民食攸关，彼意又非重在禁米，务望两公切商为祷。又各口禁米，如有奸商偷漏私运，只能查办，不能作为弛禁，亦请先与声明。

复吕侍郎盛宫保并寄外务部户部袁宫保张宫保光绪二十八年四月初五日

沪支电悉。此次筹议加税免厘，必须增免足敷，尤必须核计确数，方免以后短绌受亏。足抽五及免税物收税两项并计，现据查覆，汉关增收最多，照原收仅增二分七厘余或二分有奇，甚有一分零者。其余如沪、浙等关，以未能核计为言。按旧收进口税，岁约七百万，即通照增数最多之二七计算，亦只岁增一百八十万，况多有不能增收至此数者。是现在增收，较旧不过多收百余万，较个电所计有绌无盈。土货旧收八百余万，加二五约增四百余万，除子口半税十余万，约计增四百万。土货由此口运彼口，应收之税，即系复进口半税，此外并无别税。照贸易册，每年仅收复进口税一百五六十万。若出口税改七五，复进口半税改三七五，较旧加一二五，照旧收之数，岁可增二十万。今裴云：“除新约估价三百万不计外，照四年货本通扯，抽十二五，可多收一千三百五十万，土货抽七五可多收七百四十五万，复进口多收二百九十万。”相去悬殊。究竟现在关税是否即按货本抽收，实在可增若干，必得考究的确，请再查示。常关收数，能否增至百万，尚不可必。缘近有据覆，除税司经费外，尚不及旧数目。为畅销土货计，诚不宜加重出口税。第中国负债之巨，不独原有进项不能再短，且必须多筹进款，方免贻误。厘已全免，所失既不能全数取偿于进口之税，则不得不加出口之税，以资凑补。厘免，民困既纾，工料之价必廉，物值即因之而减，纵稍加出口之税，较之旧收厘金，实已轻重迥异。且物值廉，将来计值收税，税亦随之而减，则加与不加无异。且鄙意更有鉴于洋药自税厘并征，进口即年逊一年。洋货价昂销滞，进口之货亦恐渐减，税亦随之而绌。照约正子并计，本收七五抽十，仅加二五，所免内地重迭之厘，岂止倍蓰，断不致碍出洋销路。将来进口税绌，犹可望出口税增牵补，如仅抽七五，与进口税相去过巨。纵出口税之短，诚不仅目前赖此以弥其阙。至王、聂所云外销，殆指官中成宗用款而言，若并地方善堂义举及各处一切琐屑捐项并而计之，数必不细。乡约、警察等捐，前者商会曾议及此，如能与商限制，留此一项为地方之用，不独将来省无数为难，亦可借补公项。总之，此事关系甚巨，必须通盘算计。裴言果确，或于进抽十五、出抽十，酌量于二者之间，让去二五，统祈再加详酌。

复吕侍郎盛宫保并寄外务部户部袁宫保张宫保光绪二十八年四月初五日

沪支电四条悉。一切已详微电。出口税似宜照进口之条，先以抽十与商。复进口半税，既不应免，且照另电，更有并计增收之款。现拟四条，既未言及此项复进口半税，第二条抽七五外，又谓“无论经过，远近何处，一切税厘捐款，概不征收”，照此恐与应抽复进口税有碍，应请再行酌量增改商办。至进出加税所增之数，如何核算，并望电示。内地常税亦望预留地步。

复吕侍郎盛宫保并寄户部袁宫保张宫保

光绪二十八年四月初六日

沪两支电，初五十点、十一点始到，以后急商电，务令各局速递免误。微、歌电想达览。合支电细核，所云进口增一千八百万，系估抽照原收七百万增三百万共千万，加倍半，合二千五百万，除原收，始多前数，然约计各关报收，所增至多二成有奇，不满二百万。照裴计估增差百余万，加倍半，共短二百万有奇。出口增七百四十五万，系估抽照原收八百万增二百三十万，共一千三十万，加半倍①，合一千五百四十五万，除原收，始多前数。前岁议加洋税，由杏翁向赫德考较，据云："出口土货系属银本，估价所增无几，进口货系金镑，照岁收六百六十余万，可估价三百万。"云云，与裴计不符，必须切考，因出入过巨也。又复进口半税，即征诸转口土货，虽有出洋之货在内，实系转售各口、仍分运内地者为多，所以由轮转口者，固求迅便，亦为图免沿途重迭报捐之计。此后厘金裁撤，商人唯利是图，转口之货，若非急待出售，必多改装民船。是后进口半税所云可多二百九十万之说，非特毫无把握，且转恐较前为绌。盖税厘若先后增免互异，则商人之趋向亦复随之变易，不可不预为计虑，虚增尤不可作为实抵。又出口税岁约八百万，论理半税应得四百万。但考历年所收运出半税，至多不过十三五万。议者有谓不完半税必须完厘，但商人

①中华书局版《刘坤一遗集》作"倍半"。

无不避重就轻。此项出口之货，虽闻有洋商不便赴内地零星购集，或在口购贩出洋，亦实由华洋商互相隐射，借报单免沿途之厘，将次抵口，又复多方弊混，漏应纳子口之税，观各口领单不缴，即可知矣。现在厘既议免，则出口之货，应纳正子，亦必须照洋货改为报运时一同并缴，不可如旧分征，转致半税丝毫无着，条内应加“并征”字样为要。且出口抽较原约多二五则谓之加，否则正子本照约应纳之税，不过改为同时并征，即不得视为加税。二十年后递年减除之说，尤不可入约，致失操纵之权而贻后日之累。统祈审察裁酌，为祷！

复军机处并寄外务部张宫保

光绪二十八年四月初七日

枢鱼电悉。沪两支电，已由微、歌、鱼三电详陈。免全厘，敝处照贸易册载核计，若进口税至十五，出口税至十，增免相抵，相去不远，再办营业、印花等税，必有盈无绌。吕、盛据裴议照估本计，进口税至十二五，出口税至七五，谓增免抵补，可多七百万。细考前岁议加洋税，盛向赫考较，据云“出口货系银本，估价所增无几，进口货系金镑，照岁六百六十万可估加三百万”云云，与裴现计估抽出口税照收可增二百三十万，数实悬殊。进口税裴计估加三百万，虽与赫同，但赫照原收六百六十万，裴照原收七百万，然犹可谓近年镑贵。至复进口半税，以商情事理度之，纵不短绌，亦断无如裴计可增二百九十万者，此等虚拟增数，似不宜作实款相抵。又子口税，照贸易册，统中国各关岁收共三十五万。惟查核沪关结报，照银号实收，每年约可收银二十余万，缘内有华商补纳丝税，故较税司单开为多。虽仅沪关如此，然合册载各关收数共计，岁须收银三十余万。又苏省尚有茶厘、木厘，岁约收银三四十万，系供长江水师等饷，归饷册列报，似在部计各省厘金一千七百万之外，筹议抵补，均当并计。如进出口税，估抽照裴计不爽，抵补子厘及进出子税之外，只多三百余万。而出口土货，尚有茶叶一项，非但不能增税，且须减税，则减收之数，及土货估本之数均须缩除。现鄂电照减至抽五，计汉关岁须短收七十万，尚有闽、粤、沪、浙、九等关，总计所短当亦不细，统盘牵计，难以有余。而外销不报，诸厘即无着落，不能不商留产税，或地方乡约、警察等捐，少弥其阙，然后再办营业、印花，亦尚合算。如照裴计，进出货估抽，内除茶叶一项外，尚有参差，或丝税将成亦须议减，则进口税至十五，出口税至十，即使不能照此并加，亦只能于二者之间，酌让二五，或进抽十二五，出抽十，如出抽七五，进抽十五，似尚可行。是此时必当先行考明进出估抽各可实收若干，最为扼要办法。至沪支电第二条所云："一切税厘捐款，概不征收。"系指土货而言，营业、印花、铺户等税，并不抽之于货，本不在内，惟须先行声明。又该条内，须将复进口半税添入，均免以后枝节。总之，免厘出入固极重大，舍此亦实别无办法。英国纵允照加，美、日等国能否均允，尚不可知。惟我若但裁行厘，所免既巨，彼允加税，必不能多，抵补断不能敷，受亏转大，民困仍不能纾，土货亦难畅销。且华洋商办货，于应收产税，必然多方影射图免。若加税不成，必将捐厘诸款，并力向我要求，免一分即受一分之亏，从何筹补？反覆苦思，实乏良策，不能不望此事之有成也。

复吕侍郎盛宫保并寄外务部袁宫保张宫保光绪二十八年四月初八日

沪阳电悉。数月来博访周谘，复征于沪、港等处商会所议，意实全注裁厘、加税，若厘不全裁，加税必非所愿，鄂宁可少加关税、愿留产税者，诚虑利权全为人操。惟加税不成，必仍谋损我厘，当此上下交困之际，既不便再行重取于民，则被损将何所取偿？况目下财用，出入悬殊，谋补未遑，岂可再使受损？利害相形，缓急相权，则不得不舍彼就此，以期保全国用。且免厘加税以后，仍酌办营业、铺户、印花等税，则内地财政之权，仍属己操。惟通盘筹计，现既出入不敷甚巨，已详个电，则以后创办营业、铺户、印花等税，只能留补原来不敷之用，而此项商议加税免厘，必须增免足敷抵补，方为妥善。若恃营业等税，牵计凑补此次增免所阙，则原亏之项从何设筹？是厘拟全免，则进出税应如何加增，必须考究实在，不使稍有短缺，此为命脉所关，无论外人如何刁难，我亦不能迁就。至巡捕、乡约等捐，商会所议，谓“系照西例地方所用与落地捐不同，西商不能干预禁阻，从前与今各董均无异词，惟须立一定数，宣示各省，如有过取者查究”云云。纵免全厘，则此项乡约、巡捕等捐，必当援西例并商会之议与之商明抽取，此亦要着。

复张宫保并寄袁宫保

光绪二十八年四月初八日

鄂齐电悉。枢电阳复，并电鄂，尚有复沪齐电，并电保、鄂、外部，想均达览。若必留产税，则加税难成，以后议款更难为计。免厘加税，与洋药并征无异，若不违约妄抽，似不致遽废，彼纵欲废，我亦可复。所虑英允，各国难允。必须核实考较，足敷抵补。营业、铺户、印花等税，沪阳电谓已言明，但再须敦实。惟创收此等税款，必为留补原来不敷之用，不宜凑补增免之阙，乡约、巡捕捐，沪上商会本谓西例应抽，西商不应禁阻者，自须商明照办，以济地方之用。鄙见如此，请再裁酌。

复张宫保并寄外务部袁宫保

光绪二十八年四月初八日

鄂麻电悉。洋人揽办熬膏事，关系甚重，一经允许，流弊无穷。鄂电奏，语语切实。上年九月，法员戴文纳尔以此为请，业已力驳。若洋人怂恿公使向外部要求，务祈坚拒勿允，至祷！

复吕侍郎盛宫保并寄外务部张宫保

光绪二十八年四月初十日

沪佳电悉。矿章必须速改颁行。此为内政，只能由我自定章程，若入约准其查勘兴办，一国照允，各国均沾，非特矿路之利尽为所夺，抑且太阿倒持，各国洋人必均以查勘矿路遍布，内政纷扰为难，则内地杂居贸易，更复有词可借。沪电以不入约为是，实一定不易办法。此时应以事属内政，应自定章。且局章本准华洋合股，洋人愿办，尽可自合华商遵章办理。请酌。

复户部吕侍郎盛宫保并寄外务部袁宫保张宫保光绪二十八年四月初十日

户青、沪佳电悉。鄙见已详微、歌、鱼、齐各电。事可求全，诚不能不取其便利者，若势处两难，亦只能求其大端无碍，庶可事期有成。就目前情形，欲留产税，彼既不允商，自难坚执。第彼既非全厘免，不允加税，在我当以议加之数必能足抵所免，方能照办。此为事理应尔，使易地以思，亦不应强我必须受亏。惟进出估本应有若干，足抽之能实收若干，核见确数，然后再定进出各加若干，以抵所免，方免受亏。此事自应由镜翁、杏翁转嘱裴税司等再行确查，并请外部向赫德切实考究，庶与议得有准则，亦可持为辩论之据。至营业等税，须抵原来不敷之用，以免将来无可弥阙。乡约、巡捕捐，本亦为西例应抽，即系沪上现收之码头捐分归英、法工部局所用者。能留此一项，俾将来改设巡察、修筑路灯，地方之用，不致为难，裨益公项，实非浅鲜也。请再察核酌办。

复吕侍郎盛宫保并寄张宫保

光绪二十八年四月十五日

沪电悉。现已派朱道之榛即日赴沪禀承筹商。惟昨因议留产税，马使词意决绝，两公用何术仍使复允商留，不胜钦佩，尚乞垂示颠末。且商留产税，或销场税，则进出口两税仍约可各加若干。行厘既免，必须整顿常税，方能保全出口及复进口各税。货在产地，势极散漫，拟留产税，亦须使有归宿，尤须使之抽于未归洋商之先为要，否则仍不免借单隐射，复为洋商坐收包揽之利。销场税宜预将税与厘不同，切实辩明，以杜其扩充口岸免厘之界为免销场之税。用陈管见，以备裁酌。乞将近日商办情形及拟筹办法，电示一二，以慰悬系为盼。

复张宫保并寄外务部袁宫保吕侍郎盛宫保

光绪二十八年四月十七日

鄂谏电悉。缴处元电所云加税，本仅指抵报部之厘及进出各半税而言，且加税亦指进出统加，若仅加进口税，正厘且不能抵，更何能兼抵外销诸厘。现估货值足抽五，本须洋土统估。惟土货系银本，照实值估抽，纵能加数必不多，连茶并计，盈绌恐尚难相抵。外人欲民船与轮船收税一律，盖即预杜厘免，货装民船，欲保轮船之利不为民船所夺。土货连洋关收出口税后，抵彼口收一复进口半税，无论经过多关，总是收一正半税而止。常税过一关征一项，姑无论内地添关与杜避无涉，若有洋关之处，向号常关者亦必添设。是常关亦如洋关之栉比，势必凡货皆装轮船，似我转夺民船之利与轮船矣。且此等添设常关，若归税司兼办，其利权均操外人。若由中国自派官员，近来常关需索之弊，甚于捐卡，免厘为民去弊，添关复为民增弊。管见常关似宜就原有整顿，使不致多趋民船，以保洋关出口之税不添常关，为民船仍留生计。纵虑将来辟口日多，内地之货尽装民船绕漏，必不得已，亦只可择要添设一处，总不可随洋关增设。西国于贫民日用所需之物，多不收税，所以轻民累纾民力，并非仅较进口税，专为销畅计。此次议税，即不欲多加出口税，则原有七五之数，必须并计征收断不可舍此切实可靠之数，转于行销内地，设法另收。此系全国之事，不得不就大势统筹也。谨贡其愚，请再详酌。

复吕侍郎盛宫保并寄外务部袁宫保张宫保

光绪二十八年四月二十六日

沪径电悉。请外部商各使，或洋税改纳金圆，或赔款仍照约载以海关银两交还，二者必求一允，此实为目前至要之事。然权衡二者，货税估价，约载虽无增至切实值百抽五，而下文又载“应以一千八百九十七、八、九三年货值牵算”，纵允定纳金，亦不能照目前金价。且历来完税用银，约内更无“金圆”字样，持此与商，理既难以圆足，能成亦获益无多。赔款虽云还金，而金价业已载明约内，保票与条约又均声明照约载诸金钱之价算还。因金钱约内已有定价，照价核银，有数可稽，是以约表均载应还银数，并载明银两平色，不复再载金数，其理至明。照约票所载金价算付，事本照约办理，不仅较照市价易金出入相去悬殊已也。此时外部与商，当以偿款还银为主，而以金圆完税陪衬。沪电措词甚妥，惟偿款照约应行完银，必须婉为辩明。西报，英员在议院宣言：“中国因派赔款，激成变乱。户部大臣有深愿与各国设法，令各银行妥筹善策，使中国清偿此款，不致过于局促，则乱自敉焉。”等语。现在各省因摊赔款多有闹事。若照市价易金付还，中国财力断断不及，地方必更因而多事。与商时，亦必须将此层切实激动。此皆题中要义，万不可少。现据沪道电，比参赞已奉领衔公使核覆，佥谓应照市价计算，月送一百八十二万，不敷归还，向索补足。请转电坚持与商，免误。现距还期已迫，外部若再不与之切商，各省既无可搜括，势必贻误，别生枝节。且事体过于重大，恐各使亦难遽允。并请一面商各使，一面详晰分电各驻使，令其恳切商各国外务部，请始终顾全。统乞外部钧裁，迅赐施行，大局幸甚，不胜焦急切祷之至！

寄张宫保吕侍郎盛宫保

光绪二十八年四月二十六日

沪径电："产地散漫，无水卡多漏免。"但细绎语意，所谓销场税者，是亦但抽鄂轸电所谓之十四种及可推广若干种而已。此后口岸必愈辟愈多，凡货物聚集之镇市，将来必多开口岸，不知能否设法与之商明，无论内地口岸，皆听我抽取，抑尚有别法，乞筹示。乡约等捐，已否商过？若犹未也，盍试商之，以为将来自行开埠留充埠费之地。进口抽十二五，出口抽七五，敬电谓马已允。此电复"现拟"云云，究竟已否商定？营业、印花等税，亦须预为约明。各国印花税，无论本国、外国，凡在境内皆照纳。中国将来举办，不识能否照办，亦不妨先为试探，相机与商，亦乞电示。一切果已商妥，届时自当会奏。

电信卷三

复吕侍郎盛宫保并寄军机处外务部直鄂川闽粤各督光绪二十八年五月初二日

沪艳电悉。偿款应照约表所载关平银两，按期付给，坤一自去冬迄今，执约详剖，迭次覆电，商请外部向各使辩明，并沥情电奏。嗣经外部奏覆，亦以坤一所论应按约票所载各国金钱价目算付，不为无据，惟以约载欠款一切事宜，均在上海办理，令由沪道商办。现在沪道与经理偿款之比参赞，一再痛加驳辩，彼诿于公使谓应偿金，且以每月所付一百八十二万，照市价计算，不敷归还，向索补足。其势既不能再与商办，五月二十二还期又转瞬即届，若不速为商妥，届时索补，即无转身之地，并无可算之款，必至束手无策。是以昨复切电外部，请一面商各使，一面电我驻使商各外部，又电直、鄂，拟会衔加电我驻使，以期内外协力商办。现在外部究拟作何商办，仍无覆电，徒切焦愁。今详阅沪电，措词用意，均属切要，惟辩别还金一节，鄙见稍有未符。现与各国争辩，其主脑固必须情理兼至，方可期其有济。所谓理者，即系详剖约意，既欲执理以争，必当剖辩确实，使之信而有征。沪电谓各国欲定为金款者，即系公约第六款甲字所载："此四百五十兆两，系照海关银两市价易为金款，此市价按诸国各金钱之价易金如左。"两语。鄙见此实为按照约内所载各国金钱价目算还之据，亦即系四百五十兆关平银数，各国欲我照市价易金者，实系照本款下文所载“或按应还日期之市价易金付给”一语。若以甲字下“此四百五十兆，系照海关银两市价易为金款”，即指此为还金之据，则该约只须直捷照还日市价易金付还为言，银数之多寡皆可不计，更何必兼及银两之平色？且下“此市价按诸国各金钱之价易金如左”一语，又作何解？下载各国金钱价目又作何用？再下尚有“或按应还日期之市价易金付给”之语，“或”字系两可之词，如下文系作照市价易金付还，则此语又系如何分解？照此证解，其矛盾可知。鄙见以甲字下所载为还金之据者，盖约文向无赘词。历来洋债借金还金，是以借据、借票均载应还金数。赔款向系由金合银，均照约载银数付还，此本有成案可考。此次赔款公约第六款，即首载中国允定付诸国偿款海关银四百五十兆两，即系各国之赔款总数。约既开载银两，应即照数还银，证诸往事，本属确有可凭。况甲字下所云“此四百五十兆，系照海关银两市价易为金款，此市价按诸国各金钱之价易金如左”。所谓“如左”者，即指下载各国金钱之价值。是此项偿款虽应还金，而金价实已预为订定载明约内，按照市定价核银即系四百五十兆关平银数，故约表均照核定应还之银数平色开载。今照约表所载银数平色归还，即系照约办理，故约内不再载金钱之数。保票亦复声明“此保票，即当四百五十兆海关银两，按以上所述诸国各金钱之价易金，即此为凭”云云，益见保票所保亦系银数，并应照约票各国金钱之价易金算付。葛使照会亦叙明“查照海关银四百五十兆，按中历光绪二十七年二月十三日市价易金，四厘息，即为诸国偿款一定总数”。所谓上年二月十三日市价，即表约所载各国金钱之价值。互证参观，其为应照约载金价算付，其理至明。至该款下文所云“或按应还日期市价易金付给”，极言如不照约载已定金价算还，即照还日市价易金付给，此系第二层变通办法。

揣立约之意，当时各国深悉中国财力，是以赔款一再减让，并按旧债每年应还之数分年匀摊，不使财力有为难之处。约内赔款酌定两样还法，如果以后金价较约载定价为廉，俾可照还日市价算付，不以约内预定金价，使中国复受金价之亏。此本各国格外体谅之处，岂有因今日市价较约载增贵，强我舍正办而从变通之法，赔款之后再受金价大累之理。

估税一节，八百既载明应以一千八百九十七、八、九三年货价牵算，其时金价尚未大贵，照每年进口税亦六百余万。彼族纵允照该三年金价牵算，所增无多。加税能成议否，既不可必，即幸而有成，亦必在一年后方能开办。不独估价税金与赔款还税金与赔款还银，两两比较，得失悬殊，且此一年中易金不敷，赔款亦复从何筹补。

再四思维，争赔款还银出入较大，还期已迫，此时自应先商赔款，将来迫不得已再商完税纳金。似此次第相商，庶缓急出入亦复合拍。沪电请发国书，并由疆臣公电各出使大臣，实为要着。事不宜迟，直、鄂、川、闽如意见相同，请即电示。国书发后，当拟公电照发。此电剖论约意，如杏翁以所见不谬，并请采取解释约意各节，再登新报。统乞裁示，不胜祷切！

复吕侍郎盛宫保并寄张宫保

光绪二十八年五月初二日

沪东电悉。马既拟二十四号回国，何以仍能接议内地侨居等款，此无非刁难之意。惟体察情形，进加十二五，出加七五，再留内地销场税，似尚无甚受亏，果能照议办理，似亦可允。惟销场税既云“内地”，是否口岸不在抽税之列，抑指仅收不出洋之土货税而言？祈详示为盼。

复吕侍郎盛宫保光绪二十八年五月初三日

冬电悉。裴昨晤，但言加税免厘事，当答以进抽十二五，出抽七五，仍留销场税，鄙见尚可勉允，余未说及。今晨濒行，至洋务局始言英仍须议内地侨居及矿路章程，推广口岸利益，当经汪道台告以杂居窒碍为难，彼此有害无利，万不能行。渠谓此系私谈，以后当详筹办法，函请密达敝处云云。裴回可不提，俟其函来，再将万难与议答之。体察裴来，大约仍为己事，兼为马探敝处之意。是否，仍祈密示。

寄吕侍郎盛宫保光绪二十八年五月初三日

查约载海关银两一节，即英之先令，即葛使照会所云“二十七年二月十三日易金市价”，各国赔款约内所载“四百五十兆之银数，即照此市价核定”。按照约票所载，还法亦应照此市价算付，亦即约表所载之各国银数。今因金贵，海关银两不到三先令，是以银行欲强我还日市价算付。尊处勘电谓“银行因甲字下载‘照海关银两市价易为金款’，遂持定三先令金价，岁增五百余万，与附表所载银数不符”云云。鄙见未符，现须争论还银，必须考求实在。是否别有解释，抑系误笔，请电示为盼。

寄袁观察光绪二十八年五月初四日

商定赔款还银一事，因还期将届，万难再延，一再切电外部。

兹接覆电，“辩论赔款用银事，本部已切实照会各使转达外部，电各出使大臣向外部切实商，俟覆到再行电达”云。如薛参赞再向该道言及，务须兼持敝处辩论还银，详致吕、盛大臣冬电，该道可向抄阅，务照该电之意以为辩论张本。约票所载银数，因照约票所载金价合成，按照约票所载还法，亦系应照约票所载金价算付。持保票末后声明之语，以为甲字下“此市价按诸国各金钱之价易金如左”等语，则应照约载金价算付，理甚明显。再照葛使照会内所云，“查照海关四百五十兆，应照西一千九百零一年四月初一日，即中历光绪二十七年二月十三日市价易金按四厘息即为诸国偿款一定总数”云云，以证约票所载尤为铁板注脚，照还日市价易金，系第二变通办法，故用或字也。

寄军机处外务部户部直鄂川闽粤各督吕侍郎盛宫保光绪二十八年五月初五日

查各国赔款，有约载易为金款，并用金付给字样，银行遂执还金应照市价付给为言。在我必当将还金二字解释明白。今就管见，再为申辩，并表示各国立约本意，中国财力仅此各缘由，亦即鄂觉电统解为以银折金理喻情求之意，以备采择。闽、粤、川、直、鄂如愿会电出使大臣转商各国，并拟即作公电发寄。请速覆。电曰：

“此次赔款，约载系分两样办法：一系照约内已定金价算付，一系照还日市价算付。盖中国用银，本无金钱可还。所谓还金者，无论照已定之金价，或按还日之金价，均属照价用银算付，亦即系还金办法，此本不待烦言而解。

“第一法系正办，即照约载金价算还，照定价核算，即约表所载银数。是以第六款即首载四百五十兆之银数还款表，即照约载银两平色连息并计分摊，亦列明每年应还银数。约表既已按照定价核成银数，照所载银数依期归还，即属照约办理。甲字下所云，‘此四百五十兆，系照海关银两市价易为金款。此市价，即按诸国金钱之价易金如左’两语即系解释照定价算还之法。所谓‘如左’之市价，即指下载各国金钱之价值而言。所谓照海关银两市价易金，即指应照约载之金价核算，即系约载之关平银数亦即为易金之办法而言。故保票直捷载明，‘按以上所述诸国各金钱之价易金’。所谓以上所述金价，即系约票内所载各国金钱之价值。照约载金价核算应还之本银，即系四百五十兆之关平银数，保票亦即系此四百五十兆之关平银数。是以约内所载金价之下复声明，‘此四百五十兆，按年息四厘，分三十九年，按后附之表清还’。今照约表银数如期付给，即系照约载金价核算，实与用金付给无异。

“再下所云，‘或按应还日期之市价易金付给’，系第二法。事属变通，故用或字，极言如不照约载金价算付，或照还日市价算付。若以上一法，即指为照市价还金，则下一法作何解释？何以不载金数，转载银数，更何必并载平色，又何必兼载金价？此亦不待辩而自明。况前定赔款，承诸大国曲谅中国财力有限，将应赔之款尚复一再减让，并细加核算，至多每年只能筹还四十二兆，特将新旧各款并计匀摊，不使每年应还新旧各款有逾前数，以免财力为难。即约内分定两样办法，亦为以后金价如较约定为廉，俾可照还日市价算付，不欲以约内预定金价，使中国于赔款之外复受金价之累，亦系格外体谅厚意。今中国按照约表所载银数付还，各省尚苦难于解足，因另筹新款多有滋事事端，地方为之不靖。盖统全国岁入之款不过八千万。旧债须照市价还金，镑贵已岁增银数百万，深为受累。前三年又须带还赔款首六个月息款。

现在新旧并计岁须还银将及五千万，可供全国用度者仅三千万，各大国代为思之，当亦知其为难矣。若再如银行将新赔款照约载第二法还日市价算付，又须岁增四百万，不独国家财力万万不能及此，中国民多穷苦，迥非泰西殷富可比，若再向民间苛敛，民不聊生，必致激成变乱，亦甚非各大国立约定表维持中国之本意。不能不商各国，务恳始终关顾，仍照约表正办，按所载定价银数算还，万勿任银行迫令照第二变通之法，按还日市价算付，俾中国财力得以勉支还款，得以如期照付。环球幸甚！”

寄袁宫保张宫保许制军

光绪二十八年五月初六日

微电想达览。约表虽载银数，不载金数，但中有为金款及本息用金付给句，若不将此节解释明白，虽争无益，故微电分辨着重在此。事不宜迟，尊意谓然，务望迅赐电覆，以便即发。盼切！

寄外务部户部直鄂川闽粤各督

光绪二十八年五月初六日

外务致各星使电已发数日，各省公电万难再迟，现已会衔分电各星使。电文即照微电，“此次赔款”，改为“各国赔款”，此本不待烦言而解。下添“惟历来洋债借镑、还镑，是以票据皆载镑数，还亦按照镑数算付。赔款向系由金合银，约内均载银数，还亦照约载银数付。此次约载赔款第一还法系正办，即照约载金价算还照定价核算，即表约所载银数，是以仍照历付赔款办法。第六款即首载应还之四百五十兆银数”。余俱照原文。至“下一法”，改为“下载之附法”。又，“再如银行照约载附法还日市价算付”下，加“不独于理不合，且又须岁增四百万，财力万万不能及此，缘中国”云云。电文不敢从简，以备各星使据以辩论也。

复盛宫保光绪二十八年五月初八日

庚电悉。川、闽、粤、鄂均见微电后，嘱即速发。敝处因事不宜迟，已由鱼电各星使，此时必已到各使署。按“还日市价易金付给”句，卓见与袁意亦拟作为由金合银，尽表约所载银数算付，不问金数多寡，亦是一法。即请速将尊意代为补电各星使，以备辩论，并请各星使务为坚持婉恳，至比、和、义、奥、日五国，并请兼使一体转商。所有补电一节，仍请分电各省知照，以便接洽。

又现枢齐电：“此事经外部照会后，各使照覆，仍执前说，以违约为辞。似辩驳非所愿受，反为无益。计惟有以镑价日涨，财力不支，务请按照定约时金价算付，京外合力婉切磋商，以期就范。卓见谓何如。”云。并闻。

复盛宫保并寄张宫保

光绪二十八年五月初九日

沪庚电悉。昨先得沪另庚电，示以先后两层，拟金作一解，当答以亦是一法，请杏翁补电各星使，以备辩论，仍请杏翁查照部电补电。盖各星使得公电后，必须多方向各外部辩论，如各国以公电下一解不协，即可据此意续与分辩，于事亦仍无碍也。

复吕侍郎盛宫保并寄张宫保

光绪二十八年五月初九日

沪庚电悉。加税原系抵免百货行厘，盐、土本不在百货之列，是以马使前送第十、第二十三两款，亦载明盐、土两卡可留，实为持平办法。今加税免厘，大致已具，似不应别为牵扯，强我为难。是马使屡以中、英谊笃，深愿关顾为言，则遇事必当体谅。盐非就场征课，断不能撤沿江掣验及销盐省分缉私巡卡。盐务进项，均已抵还赔款、洋债，以收抵解，尚时虑延误。此时譬如急喘难纾，如何能骤改办法，致使还款无着，既难即改办法，更何能撤去查盐各卡，致私盐充斥，官销阻滞，有碍还款。土厘，苏省本多由货卡兼收。此后百货行厘议裁，土药销数无多，若设专卡，即多费用。销场处有可收捐者，似亦不愿另设水卡耗费。若非万不得已，每省亦不过酌设一二卡而止。如果货船决不夹带盐、土，似可允其不查。惟此节，在马使既不能保其必无夹带，在各卡似亦难听其弊混。总之，沿江掣验，本不查货，此外盐、土之卡，亦甚寥寥可数。若货船并未带有盐、土，纵然须验，亦一望便了，倘有借端留难需索，不难即予查办。此皆彼此推诚切实商办之法，马使自可不必以此为疑。至留各常关，并整顿税收，亦须商明，免再事后异议。

复张星使 光绪二十八年五月十二日

真电已分转各帅。此事关系甚巨，姑无论按约本应还银。且中国财力照约表银数归还，已万分艰窘，各省多因筹款闹事，中外共知。中国商务，英居六七，赔款英实无多，强令还金，英得更微，地方滋乱，于英商务受害实大，务恳英力助还银，至祷！

复张星使光绪二十八年五月十五日

元电悉。伍使电，美廷已允照约还银，并允婉劝各国。今承澜侯允极力设法，甚感！但此事，各驻使必听各政府主裁。现距还期已近，由驻使公同设法，事难遽定，务再切恳澜侯，即允照约还银，电萨使，并求代劝各国照办，庶仰仗英、美两国照允商劝，可望各国一体允行，中国财力得以勉支，即于英国商务有益。不胜盼祷！

复张宫保光绪二十八年五月十五日

盐电悉。张使电已达听。顷又电伍使云："英澜侯虽谓中国误会约文，然已允极力设法电萨使与驻京各国公同设法办理，而外部屡商各使，仍皆以违约为言，现还期已届，事须由各政府主裁，归各使公商必难遽定。事迫情切，非仰仗美廷迅赐力劝各国政府照允还银，难得转圜，非赖执事切恳美廷，难得十分助力。务望速商电覆。各国如有覆美回音，亦求电示。祷切。"云。

复蔡和甫星使光绪二十八年五月十五日

愿电悉。伍使电，美外部允照约还银，并允婉劝各国。张使电，澜侯虽谓中国误会约文，然已允极力设法。盖按还日市价系第二法，亦指尽约表银数归还，言中、日唇齿相关，中国财力至此已极，英、美已允，日本更当力助。一次照还，后难补救。望再切商，照允还银，并恳转劝各国。祷甚！

寄军机处外务部直鄂川闽粤各督

光绪二十八年五月十六日

裕使电："前奉部江电，当返覆转告法外部。奉鱼电，又详细申论，并交节略，仍告以：'即使如银行说法，各国分摊亦有限，而中国则吃不住，论事论理，皆不宜尔。'彼云：'此事不能即时回答，须应查核。'查用'金暨''或'字两语，本藏有毛病，而洋文语意包括尤甚。传闻当时出义使之谋，致贻此累。若能找清一句，即免流弊。陈语不重提。今令其拒银行之言，而一国出头帮我，固骤难办到，只求不坚持，已属中道。又此事视英国为权衡，英商在沪者，提到钱字，彼头头是道，我步步须防，久曾领教。惟还期已迫，事难即决，违期二字，万作不到。此外有无别法可稍抵制银行之处，公等定已筹及，使臣惟有尽力所能。仍请分转。"云。

现覆电使曰："锡电悉。美廷已允照约还银，并允婉劝各国。英澜侯亦允极力设法。中、法交谊不亚英、美，但得法外部照允还银，其事当可转圜。此项赔款，各国一再减让，并与旧债匀摊分还，盖深知中国财力仅此。现金贵，旧债受亏已巨。应还偿款，照约表将应还银数按月交存银行。各省已搜括殆尽，万无余力再受还金之累。乞再为婉商，切恳允照约表银数归还，俾中国得以勉支。舍此实无他策。不胜盼祷！仍望随时电覆。"云。

复吕侍郎盛宫保并寄张宫保

光绪二十八年五月十七日

沪两谏电悉。请发国书，沪艳电、敝处冬电皆已沥陈，故鄙见会奏不如条陈，如奏而不发，后难为计，条陈不行，尚可会奏。望杏翁撮叙目前各情，密切电枢为要。

常关水陆皆有，每年收数总计当不在少。苏、皖、西，除已由税司代办外，尚有凤阳关、赣关、淮安关、扬由关，其势均不能裁。陆关如秦、晋、云、贵、陕、陇、豫、粤等省皆有。须请户部查开此等水陆常关与洋商领单运货，实不致有需索留难之虞。边地陆关，更非英商办货经由之处。总之，加税系抵免百货行厘。除抵免外，仍欲将别项收款办法多方阻挠，是强我为难，事非情理。在彼所执以相争者，不过曰免留难而已。在我已许其有留难立予查办，亦足相对。乃必欲概裁而后快，试问彼所加者，能否足抵请裁免各项原有之款乎？中国匮乏已极，负债已巨，一切进项只能筹增，万不能再行受损。彼以整顿律约二十八款为言，殊不知中国每年应还之债，应用之款，不能不取之于商民。若土货未入洋商之手，洋货已归华铺之后，中国向之设法收取税捐，各国断不能阻。马使熟习公理、人情，代为思之，亦知其难。即如产土之处，若不分设巡卡，则税必绕漏无着。现在徐土设立多卡，尚多漏免。此等陆地巡土之卡，亦断不致有留难百货，其事各不相涉。以上各节，务请两公力折以理，再与反覆辩论，总以保留为要。盖彼以归税司兼办即无异词，其意可知矣。

复吕侍郎盛宫保并寄军机处外务部直鄂川闽粤各督光绪二十八年五月十八日

沪霰电悉。柔、伍言皆切要。现致蔡使电曰：

“咸电想达览。伍使，询柔使谓‘各国索款初未开列细数，但众议令索四百五十兆两，由各国自行均派，中国原不管其易作何项金钱’。又云：‘各国定约时，照西四月一号金价合银，原是体谅中国美意。或按还银日期易金者，系听中国之便。用“或”字并未说实。’云。查当时领衔葛使照会，本言海关银四百五十兆应按西四月一号市价易金，即系约内甲字下列各国金价照此定价核银，即四百五十兆海关银数，亦即用金付金之办法。英国蓝皮书载萨使去年西七月二十六号电英外部，亦谓‘四百五十兆海关银两，系照西四月一号市价易金算’。柔为原议赔款公使，故其言与约吻合，皆确凿可据。现美廷又电康使，力土此议，并劝各国照办。中、日唇齿，相关尤切，自前岁以来，事事力助。今此事若再承日廷仗义慨诺，并劝各国，即可转圜。执事平日自许报国，目前之事莫大于此，幸力图之，仍望电覆”云。

致蔡电请杏兄代发。

寄军机处外务部盛宫保直鄂川闽粤各督

光绪二十八年五月十八日

顷又得伍使谏电、缉电，想蒙采纳。美甚仗义，柔克义尤关切。彼谓“我坚持定见，不改主义，方有济。各国现尚游移未答，届期不必急，违约在彼，咎不在我，坚执必胜，勿虑决裂”云。

此事不独受亏过大，且财力亦万万不及。惟事到吃紧关头，必得拿定主意，不为恫喝所摇，方能有济。柔深谙交涉，所言实确切不易办法，务请外部坚持为要。

现致张使电曰："咸电想达览。此项赔款，领衔葛使照会本言明'海关银四百五十兆，按西四月一号市价易金，四厘息，即为诸国偿款一定总数'。所谓西四月一号市价，即约内甲字下所列各国金价，当时即照此价由金合银，是以约表即载明此价，并均声明按照此价算还，照此定价核算，仍系四百五十兆海关银数，亦即用金付给之办法。英国蓝皮书载萨使去年西七月二十六号电英外部，亦谓'四百五十兆海关银两，系照西四月一号市价易金算'。又伍使电询柔使，谓'各国索款初未开列细数，但众议令索四百五十兆两，由各国自行匀摊'等语。柔为原议赔款公使，言更确凿。务望婉为辩明，并切恳澜侯仗义慨诺，兼劝各国，不胜切祷！"

又覆伍使电曰："缉、谏电悉。美廷及柔使公谊，甚感。现照缉电意电张使。惟各驻使正以违约见责，纵赖康使劝，恐转圜不易。能再设法恳美廷径劝各国政府，再得一二国照允，即有转机。谏电已达外部坚持矣。"

致覆张、伍两使电，请杏翁代发。

复伍秩庸星使光绪二十八年五月十九日

洽电悉。赔款转圜，实惟公是赖，不胜佩仰！现又会电枢部，告以此事命脉，全仗坚定不摇，断不致因此失和，切请主持，事必有济。俄、日使既允转达，倘能乘此再请美廷电驻各国公使谆劝各政府，必得力，再有一二国照允，势即顺。乞速图为祷！

寄军机处外务部光绪二十八年五月十九日

伍使覆商赔款各电，想均邀鉴。美亦有应收赔款，美廷乃亦谓应照约载金价核算还银，一再电康使力主此议，并劝各国照办。柔使为原议赔款公使，更谓“众议令索四百五十兆两，由各国自行均派，中国原不管其易作何项金钱”。是此项赔款，照约载金价核算，即四百五十兆海关银数，照约银数付还，亦即与用金付给无异，皆确凿可据，无用游移。美既为我如此仗义力助，并与柔使一再劝我“坚持必胜，违约在彼，届期不必急”，亦可谓竭诚代谋。现伍使洽电所云俄、日使各情，更可想见。此时在我必当坚忍相持，事必有济。纵各使好胜，届期以违约恫喝，亦断断不可为其摇惑，转致自误。万一各使嬲之不已，即请用国书，动以上午保全之义，怵以财力难受此亏，仍请照约还银，仗义相助，美则谢其主持公道助我之效。各国君主多顾大局，各国阳顾和好，阴则互相猜忌，苟再得一二国照允，即可迎刃而解。此事财用出入甚多，地方安危所系，还期已届，事必吃紧，务求钧处一力坚持，断不致因此失和。至叩！至祷！

又汇丰密向盛大臣云，“如允还金，镑价必贵至二先令，中国必不支矣”。是赔款照约还银，不独本款免受金价大累，此后镑价渐平，旧债亦得轻减之益。总之，此事命脉，全仗钧处握定不摇，伏乞鉴纳，大局幸甚！

寄军机处外务部光绪二十八年五月二十日

皓电想邀鉴。各国赔款，现饬沪道查覆，付过五期各关平一百八十二万，取有银行总收据备案，第六期到期再付云。即第六期，现切电该道，到期仍只照付关平一百八十二万，余不必问。此时各政府意尚游移，固须尽力商办。纵各驻使以违约恫喝，亦必须放胆坚持，不为所摇。至万不得已，再发国书，事必有济。美国如此仗义力助，谆切劝我坚持。柔使原系议约大臣，其言自必有把握。我转松劲，甘受大亏，不独负美盛意，且似此理直气壮之事，又有友邦协助，尚复不能坚忍相持，以后交涉，各国必更轻侮。况汇丰所云，还金镑价必贵至二先令，实系确情，统计新旧款又须受亏七八百兆，中国亦实无此财力，搜括民间必致激成乱端，大局即不堪设想。日夜焦愁，不安寝馈，惟有沥情叩求钧处，始终坚定力持，不胜叩祷！事急情迫，语多激直，并祈垂谅。

寄军机处外务部袁宫保张宫保盛宫保

光绪二十八年五月二十二日

胡参赞愿电："鱼佳电悉。即译洋，面交俄外部，反覆申辩，并告以：'当时已按金价变银，载入约表。是按期还银，即是还金，即是照约。况议约时核算中国财力，定此银数，载明平色，以免误会。若须逐次按照市价，即应声明银数视金之涨落为加减，方合条约措词之法。中国民生已极不支，搜括激变，贻误大局，必非各国所愿。'彼称'须与户部会商，与各国接洽，不能立即置答'。又告以：'此系银行为额外之苛求，中国只求合此事之正办。中、俄休戚相关，顾邻好而维大局，端赖贵国主持公道，为他国先。'彼允晤户部再覆。奥外部已备文知会，请分转。"云。

现会香帅覆胡电曰："愿电已分转。向俄辩论，情词恳挚。前伍使电驻美俄使喀希呢，奉本国命来询赔款事，将情节告知，并证以葛使及萨使文电，彼颇动容，已托转达本国云。盖前领衔葛使照会全权文内，言明四百五十兆海关银，系按西四月一号市价易金，年息四厘。又英蓝皮书载萨使去年西七月二十六号电英外部，谓‘四百五十兆海关①，系照四月一号市价易金算’。又柔使为原议赔款之人，亦谓‘各国索款初未开细数，但众议令索四百五十兆两，由各国自行均派，中国原不管其易作何项金钱’。我国今年照表还银，是照去年西四月一号金价核算，即与用金无异也。美固一再电康使力主此议，并劝各国照办。英澜侯现亦知我为难，允善待中国，总期与美相待无异。俄为贴邻，相关尤切，务恳仗义，照允力助，不让英、美独擅其美。切祷!”云。

致胡电乞杏兄速代发，为叩!

复袁宫保盛宫保并寄军机处外务部张宫保光绪二十八年五月二十二日

保个电、沪五个电均悉。旁观论极好。还款已由沪道按月交付银行，取有收据。各使不向我言，我亦不必先行照会，转启饶舌。是否，乞酌。

复张宫保光绪二十八年五月二十八日

寝、宥三电均悉。昨先与吕、盛大臣商酌，今日再见马使，当体尊意，坚留在宁商办。惟加税免厘未能遽定三事，即盐、土

①中华书局版《刘坤一遗集》作“关银”。

卡与常关。昨面商常关，甫悉马意须仿洋关税七五，一关征收，再经各关，一律验免，内地关可留，有洋关处可酌添。当以三者皆损我进项，受亏过大，势有所难。吕、盛以马意甚坚，来江、鄂商即尽头办法，能允则定议，不允即罢论。就管见，常关一征余免，添关徒然增累，原有收数必减少。且完常税之货，再由洋关出口，即可持常税票作抵，免其再纳洋税。其意无论常、洋只允收税一次，洋关每借同类货税，移抵隐射常税，如准抵洋税，此弊必更增甚。譬如经常关征税之货，抵口销售，或在邻近各市镇售去，税票即属无用，如有同类之货，初未经常关完常税者，欲运出口，应完洋税，即可串购前项无用之常税票，持抵洋税。盖同类之货，如各处多有出产者，弊即难杜。吕、盛亦已知之，特虑马意坚执，因此颇为踌躇，谓当向裴再行切考。就三事而论，盐卡不查货，受害最轻，次则土卡，而以常关只准一税，吃亏碍事，受害似乎最重。鄙见常关如不改章，则有洋关处酌添，方有益无损，且盐、土亦得赖常关兼查。能如此，则盐、土卡亦可允彼或裁，或不查货，此节虽尚未说明，然昨已反覆推敲至数时之久。照吕、盛口气，三端，马意大有坚不可改之势，姑俟今日见后再行酌商。尊意若何，乞飞示为盼！

寄张宫保光绪二十八年五月二十九日

昨马来议，竟欲将内地各常关及盐、土卡悉数裁撤，并及掣验。其持论总以碍商为言，留常关只征一税，并准抵洋税，尚未出口，系进一步说法。辨论至数时之久，言急即欲罢议。当答以：“如真欲不议，亦只好罢论，盖中国实不能再受此亏。”原约今日午后再议，因日来正发痔疾，昨甚痛，强持，为时过久，今日力不能支，只好稍缓再议。鄙意三者，当以留常关照旧各自征税为最，庶有洋关处添常关有益无损，万一办不到，或再允裁内地水路各常关。未识卓见如何？请速裁示，为盼！

寄军机处外务部张宫保

光绪二十八年五月二十九日

张使沁电："漾电悉。晤澜侯，复与再三婉商。彼云'美廷所议办法，不见妥善。英现愿照表开银数收受赔款，以八年为期。中国政府应将改修商约一事，饬令从速办理，以为酬答'等语。请分转。"云。

伍使沁电，虽谓美已暂允照英办法，惟不能损我日后之权，已为我预留日后地步。惟照约，若不能还银，美国固不能早允，英亦岂肯前八年照表约还银？且既云照表约还银，更见本应还银，在我固万不能答应八年后照市价还金。然彼许八年还银，我若照允，纵照美云，"不能损我日后之权"，已留地步，究于条外又多一枝节，将来辨论更难挽回。盖国势强弱，既有不同，据理论事，即难一律。今照约本应还银，尚有此意外要求，仅恃"不损日后之权"一语，断难抵制也。反覆筹思，不得不再与磋商。虽美已暂允照英办法，并电康使，而各国尚未定见，拟再会香帅衔，照此意电伍使商美始终力助，以免后累。请香帅酌复。

复张宫保 光绪二十八年六月初一日

俭、勘、艳电悉。昨宴马，因痔疾不能坐，不陪亦不议。但告以两淮盐卡可保不查货船，彼初不信，嗣经两星使诘以南洋担保，岂尚不足取信，彼遂允留，惟须改为两淮报盐公所，以避卡名，余由两星使电商。各省土卡未允撤留，待尊处裁酌。并告以常关须照旧章，尚未详论。因敝处日内不能议，已于今日偕星使起行，前赴尊处商议。默察此事成败即在此三端，而马意甚坚。三事惟常关为最要，土卡次之。就鄙见，彼若能允常关照旧收税，听我自定，即撤土卡，亦不碍事。从前户部查开二十二年收二百五十余万，二十三年收二百六十余万，二十四年收二百七十余万。三年收数各不相同，必系实收，决非额征。两星使执户部近开之数，岁仅一百八十余万，必有遗漏，或各关报解盈余不在其内，亦未可知。且照公约，近年各处之常关均归税司兼办，以后税收悉数归公，必可岁增百余万。照此核计，常税不改办法，总可岁收三百余万。若照现议，一关经征，余关尽免，纵加税亦得不偿失。据裴云，现收常税不过值百抽四。譬如由北来南之货，进出各常关，均应收税，合计进出共收八两，改收七五一次，即短五数，若再经一关，更短收一关之税，经关愈多，短少益甚。又准抵洋税，至口岸转运别口之货，合常、洋已只收一税，不仅出洋已也。且完过常税已售之货，所执税单，并可售抵未完常税之货。由洋关出口之洋税，弊更难杜。一再比较，受亏实大。若照旧章，过一关收一税，添关不止，徒耗经费。若鄂省在宜昌、汉口各添常关，不独可多常关进项，且土药、私盐亦可由常关兼查代征，即撤土卡，亦于事无碍。统全国计算，不但原有常税不致亏损，抑且收数可以加增。惟税则须酌中，不能收七五。但使货物不致多趋民船，而船户生计亦不致尽绝，计无逾于此者。两星使谓重征，当答以口岸华洋商仍可用报单办货，经常关验免。又以马意用报单办货，总有未尽裁撤之卡，殊不知即不用报单，货经常关未收税者，固须收税，即已经完税之货，亦仍须查验。是用报单于洋商无碍，必欲照现议改法，徒于中国收款大损。此事出入既巨，且核计增免亦恐不敷抵补，应请尊处再加详酌，以免后累。户部电两星使，亦收到。此次系裴偕来，似只能挽其调停而已。

复张宫保光绪二十八年六月初二日

东电悉。常税事，复由东电详陈。恤商原是德政，惟目下财用困乏已极，不能不鳃鳃过虑。一征余免，并准抵洋税，是可实收者，仅运内地之税。若内向外之货，大都皆至口岸，并再转别口，或运出洋，所收常税皆须抵作洋税，虽有如无。且过常关，不到口岸及抵口，不再转运别口各货，其常税均可售与未完常税、由洋关出口之货，以抵洋税。盖过常关之货，或本不至口岸，嗣以销路不合，价值不宜，复运各口，或抵口后再转别口，此为商情常有之事。在该商于过常关之时，尚不能预定货之所至，若后改抵口岸，再转别口，所完常税，其势仍不能不准作抵，货既毫无区别，则税票虽封寄各口，仍不能杜其隐射。反覆思维，总虑有绌难盈。惟敝处不过就其所见，以备采择，至究应如何商办，仍请与两星使商定。

复伍星使光绪二十八年六月初三日

沁电悉。张使电，谓英现愿照表约银数收受赔款，以八年为期云，与尊电至九百十年止，微有不符。承美预留地步，可谓关切之至。十年后固万不能还金，然彼只允八年照表约还银，我若照允，纵照美意答以“不能损我日后之权”，届时再争，恐于约外多一枝节，挽回更复不易。盖国有强弱不同，理即为势所绌。明明照约应行还银，今尚有此意外。若彼只允八年，我不再争，恐以中国之力，仅恃“不能损我日后之权”一语，难以抵制。反覆筹思，不能不再切恳美廷始终关顾，仍照全允全款还银，再设法商劝各国。倘得仰赖执事唇舌之妙，为国家省数百兆巨资，功在宗社，当以贤劳上陈。不胜切祷!

复张宫保光绪二十八年六月初四日

觉电悉。常关就管见改章，必较现办见绌。两星使亦云曾询裴，现收税数，合计牵算，大约值百抽四，而粤中常关税则又早改重。惟现议一征余免，并准抵洋税，两星使与马业有成议，再改诚难。事关国课盈虚，又不得不作万一之想，是以敝处仍与坚持，以待尊处再与磋磨。至究应如何商办，冬电业请与两星使商定。今既体察不变通必决裂，似只合照允。惟致枢、外、户部电内，“较旧额必可多增数百万”，此语应删或作活动语。盖允则迫于事势，而无把握之增数，似不宜遽达于内，万一将来竟无盈余，此语即蹈不实。又外人欲争内地杂居者，即图制造贸易，盖彼不能与华民争者惟此，在我所以保内地商民生计者亦在此。彼曾向两星使言，如住界外洋人一切税项，皆可与同华人一律。是欲饵以输税微利，夺我内地华民生计。此节本与加税无涉，电内应请删除。马如向议，并千请坚拒，万万勿与商定办法，至祷！尊意谓然，即请酌商会电，迅发见覆，能会两星使衔更妥。请酌。

寄张宫保光绪二十八年六月初四日

小田切致杏翁电，想送阅。敝处亦准小田切电，告现乘各国意见未定，似宜再就理势切商，若一经商定，即难挽回矣。现拟致各使电曰：

“赔款，美允还银，英允九百十年前照表收银，俄、法嘱将进口税收金。查中国岁仅八千万进项，须五千万还债，以二十二行省用度，岂三千万所能济事！另筹新款，各省多有闹事，若再重敛，必至激成变端。还款则刻不可缓，目下各期付款，皆挪移应急。是照约还银，已万不能支。各国亦悉中国财力，故前议赔款，承一再减让。即今美、英、俄、法或允还银，或允税金，用意虽各不同，要皆知还金非中国之力能及。惟既承各国维持厚意，不能不切恳，期其事之能行，中国力所能办。中国商务，英居大宗，税金必非英愿。因税金而还款付金，得失相去亦巨，中国力仍不支。还银即照现在金价，各国分计，每年少得有限。况赔款一定还银，则金价必然渐平，各国收银易金，不独仍不受亏，如能平至三先令，更且转可多易金钱。盖近来金价陡贵，实由各银行意图赔款索金，以为高抬罔利之计。若还金，则金价必须贵至二先令。现在各国商人业洋货者已深受其累。若金价再贵，洋货价必更随之增涨，使中国财竭民穷，于洋货势必无人过问。是还金徒使中国力不能支，于各国库款无补，所利者不过数银行，而商务因此败坏，为各国计亦不合算。此事利弊昭然。各国政府皆图振兴商务，且均熟谙商情，若允照表还银，既免中国重累，且为保商良策。请再各就情势，剀切恳商，并请将此事质于各国议院诸君，商会首事，共评此理”云。

如尊意谓然，请电覆，以便会衔即发。如有未妥处，亦乞裁酌电示，以便照改，为盼！

复张宫保光绪二十八年六月初九日

佳辰电悉。马开二十四条，只有内地侨居贸易，即暗藏制造，洋商所不能与华商争者即此，在我保华商生计者亦在此。允内地制造，而侨居即寓其内，亦与全国开通无异。地方有教堂，治权已为所挠，保护已属为难。然传教尚无与民争利之事，其为难已复如是。若再准洋商在内地制造，直无异自残华民生计，亦恐地方益复多事。是洋商制造，只能照马关约在口岸，断不能允其在内地。坤一万不敢允，还祈公一律坚拒。即两星使亦深知此事万无允理。惟草约稿内虽未言明准在内地，亦无声明只准在于口岸，并请两星使于约内务须声明口岸字样为要。

至厂税，照日文凭，不得比中国人民所纳加多，或有殊异，在我通盘筹计，亦万不可轻。缘加税，如或开办时，进口洋货必以价昂销滞，进口税必渐见短绌，中国地方制造必日见增多，土货虽厘免价轻，而洋货既多在中国制造，土货就近多供厂用，出口亦未必再能增旺，此皆一定不易之理。如准在内地制造，且无出口税可收，不仅厂税轻减，将来于财源受亏已也。两星使所拟草约，厂税定七五，曾与言及过轻，其意加增抽十，并非难事。光绪二十二年译署函论厂税，谓“赫言英商在华制造获利诚厚，然只利于寓华之英商，其本国办货运华者无与焉，故英国断不因此计较”云云。厂税在我既不宜轻拟增，在彼亦尚可允，自应商增，能照进口税最妥，应请裁酌。

华商宜优恤一节，二十二年译署函，曾谓“华商果因成本稍重，实有受亏，不难会商户部就岁收量予津贴，亦可俟定约后，援此密陈酌剂之法”。此时可无虑此节，亦万不可宣露，致为外人借口。

制造用进口货须还进口税一节，论事理，货已收造，本不应退还原税。即如洋货原件退回外洋，必须原色原货毫无拆动，方准给还原税。今改造转可退还原税，事非平允。苟能在此与争，亦系畅销土货、保护华商之策。盖税不还，彼用洋货制造成本较重，自必尽用土货矣。如其万难坚持，苟厂税已议加增，原货改制必有折耗，互相牵算，似尚不致倒贴。惟照草约所开十款第二节所云“亦照以上所拟章程办理”，系指免完复进口半税、出口正税而言。其第四节所言还进口税者，专指外洋棉花而言，自应声明，其余制造所用洋料及一切土货，均不得援还进出口税，以示限制。彼族议约，每有相类甚多之事，恐用包括语，因受损较大，不允特指一二列约，俟将来再行援照，使之无词可阻。今彼既仅云花税，我即就此列明限制之语，以杜后来借口之端。又有非厂用之花，保无朦报隐射图还进口之税，则定章不能不严，能于约内先列数语，将来议章稽察，较有根据。

总之，马此来，其意实在盐、土卡。今允其留卡改名，并不查货，已如愿而偿。又向索内地制造，显系得步进步，难逃烛照。惟内地制造，无论如何要求，总求我公坚拒勿允，俾数万万华商生计，不致为人侵夺。大局幸甚！

寄张宫保光绪二十八年六月初十日

佳戌电想达览。马来本谓盐、土卡、常关三事，今乃又强索内地制造，似此要求无已，有何底止！且复查两星使与马私会议准各条，其第十款所载制造，虽未言明只在口岸，但既声明出厂税由洋关征收，是只在口岸，不待言喻，是以吕、盛两公亦谓内地制造万不能允。今马复向尊处坚索，为今计，惟有坚词峻拒，勿与议此事。厂税仍由吕、盛两公商加，并于约内添入“在口岸制造”字样，以免事后争执，或去“华商”，但云“洋商照马关约在中国设厂制造”云云。盖马关约只准在口岸，照马关约即暗藏不准在内地也。纵或厂税提开不入，此约有中、日文凭，将来中国尽可自定华洋厂税，各国欲均沾马关约制造之利，即应照我定厂税办理。

总之，中、日目前定议约，日本要求甚于马凯，及至约成，仍不得逾越泰西各约范围。即制造一事，名虽始于日约，实因各口本有洋厂，并非于向办各约外别有格外利益。今议加税免厘，在我受亏，相让处业已不少，更何能再准内地制造，使商民生计为之尽夺。想公智珠在握，必能力折其非，保兹黎庶，不胜盼切！

复张宫保吕侍郎盛宫保

光绪二十八年六月十三日

真、文、轸五电均悉。此事深赖荩筹，不遗余力，磋磨就范，佩甚！二轸电，现已照两文电加改电发矣。惟真电谓：“常关只准第一关征二五，抵出口税。”查第八款第三节：“自产处起运到内地第一常关，只准照洋关税则征收”，第七节所载之“出口加税给予凭单”云云，是否征收七五，以五数正税不准抵出口税，但将所加之二五，给凭单抵出口税？果尔，则较原议准其全抵为优多矣。又第五节：“凡所有应缴各种税捐，作一次交纳，即算在该省之内已完清各项税征，给予印花粘贴”云云，是否土药改收产地税，抑系指经过之省应收税项一次完纳而言？又膏捐是否仍可另收？以上各节，请指示。又加税拨还各省抵厘，马索照会附约，诚不便，因此坚争。惟各省均有应解赔款，还款若此项加税必须核明分解，不独事多周折，且加税分布各关，核摊甚难，照会内请酌用活笔，以免后来饶舌。

寄荣中堂光绪二十八年六月十四日

此次议约，各国意在倾我利权。而厘务，在彼固最恶，必欲尽去而后快，在我利久弊深，亦万不能不急图变计。加税免厘既得保我财源，又得扫除积弊，计无逾此，是以自开议后，即首创此说。数月来商议情形，具详各电。彼先则在沪，继而至秣，现又至鄂，几裂复合。今幸议成，一切均已商至尽头，万难再与磋磨。就事理而论，此次议约苟无亏损，已属万幸。今在我所免者，不过沿途及产地之厘，而销场处仍可抽税。向来洋土货进出半税，有名无实，每年总计不过数十万。今洋货税加七五，土货税加二五，常关非但不裁，且以后创设洋关处转可增设常税，亦增抽至七五，运至洋关出口者，始准以二五抵洋税，其余税仍不准作抵，出场税现亦议抽十。通盘计算，必可有盈无绌，实非始料所及。且英约成，与各国商议即有依据，英约中变，各国势必协而谋我，关系财政出入，殊非浅鲜。务乞中堂鼎力维持，俾得照议施行，大局幸甚！不胜祷切！

复户部光绪二十八年六月十四日

沁电悉。英商约，已会吕、盛电奏。此约经江、鄂覆议，竭力辨论，无可再争，确已足敷抵补，于中国国计民生实无所损。惟望与枢、外两府请旨定议，免致英国议院一散，必为他国阻挠中变。不胜盼切待命之至！

复张宫保并寄外务部吕侍郎盛宫保

光绪二十八年六月十五日

鄂寒电悉。矿务所以不愿入约者，以其事属内政，权应自操。惟现行矿章，本准洋人开办。今与马议，仍由我采取各国矿章自行修改，而各国所定矿章当不肯自损其权，照此入约，既尚无碍，且可杜各国要求，就管见似属可允。

寄张宫保吕侍郎盛宫保

光绪二十八年六月二十二日

小轮行驶内河，名为洋商，实皆华商，不过雇一流氓洋人代为顶名。平时不过搭客或拖带搭客民船，惟欲闯关越卡，漏免税厘，始有包揽货船为拖带闯过关卡。自准小轮行驶以来，闯关卡，碰民船，滋事端，不一而足，本署案已累累，皆有实事可证。前次马使至宁，正值美商小轮在扬闹事。曾令局员详告，小轮多系华商托洋人出名，水手人等又恃势横行，迨闹出事来，洋商、洋官又多方庇护，致办理掣肘，民怨日深，不独碍中国政治，亦非使华洋商民彼此相安之道，将来议约必须妥筹防范，庶商务地方两有禆益。马使深以为然，且谓："初次至华未悉此等情事，今承告知，必当妥筹。"今议章转行大为推广，更无范围。且既加税免厘，业已定议，而章程仍有完厘各语，是明明因加税条款，须待各国概允，方能照办，行轮之章，意在允后，即为定案，其隐情已可概见。况现在中国并未全国开通，则水路行船仍应照约办理，不能毫无限制。查洋商照约只能由口岸运洋货入内地，并由内地办土货至口岸，不准在此内地至彼内地任便贸易。又烟台约六处起下货物，载明仍不准在该处居住，开设行栈，马关约亦只准暂租栈房存货。此次如必欲议修小轮之章，只能由口岸径至某内地，仍由该内地回口岸，断不能由此内地至彼内地，任便行驶。盖洋商运洋土货出入内地系如此办法，则小轮亦只能照此，万不能别行推广。运货至内地，亦只能照马关约暂租栈房，断不能久租，亦断不允自造。以上两层，万万不能稍有松劲分毫。又闯关闹事，应从严罚办，水手人等系属华人，应听闹事处地方官拿办，知照就近口岸该管领事派员前往观审，不能阻挠，如因水手提案，船不能行，亦不能别有借口之处。以上各节，亦须列入定章。

总之，洋商办土货，本令华人前往，即售洋货，亦从无洋商自运入内地销卖者。小轮又多系华商托名洋人，更与正经贸易之商人毫无利益。年来内地已因民教不洽，煞费保护调停。近因小轮恃势横行，民多积怨。论通商正办，必当先使华、洋商民辑洽，然后贸易可以兴旺，于商务可获实益。若为流氓洋商多收包揽之费，致使中外商民猜忌日深，实与正经洋商贸易转多窒碍，亦非计之得者，不仅中国过于受损不能允也。非照上意大加删改，不能商议。

复张宫保并寄外务部吕侍郎盛宫保

光绪二十八年六月二十三日

小轮事，于祃电详覆。养晚接鄂发两会效电，询系九江至殷汇三线齐阻，至今不通，由邮寄故迟，今始到。内河行轮，本系予以约外利益。二十四年先后定章，定有限制，只准由口岸至内地，由所至内地回口岸，并非准其内地到处任意行驶。既有定章在先诚难翻异。第事本约外通融，官民已受累不浅，若再不抱定原限，受累更无底止。无论如何要挟，必当万变不离其宗，断不能于原章限制稍有放松。至“内港”二字，照烟台约第三端第四节所论“内地”二字相同，实系定章之初，为赫等欺朦所误，今已无可补救，惟有执定原章行驶为限，庶免再受亏损。此事与正经贸易之英商实无利益，徒使中国受无穷之害，不知马使何以要求及此？即赫议二十四条内，亦谓“小轮章关系不小”。惟所云“察看各省损益，随地议定”，亦非妥善办法，事不可行。幸镜翁、杏翁坚争之际，并切向开解不必代人损我。又，不能以公道之价租得栈房，准其租地自造，尤万万不可。盖租赁民房，租价高下，虽同在一处，亦难有定。我以为公，彼谓不公，必欲自建，即难阻止。若小轮到处可以行驶，所至内地又可建造栈房，直是水乡各处，即与全行开通无异。烟台约，沿江六处上下大轮之货，尚不准其设栈，岂有内地小轮运货转许建栈之理？况小轮从无装运货物，即拖带货船亦复罕有之事。此其意实不在储货乏栈，直注意在到处开通，使我不获开通之益，实受暗为开通之累。如彼定欲议立此款，必当切实声明，只准由口岸至内地，并由该内地处回口岸，断不能由此内地至彼内地任意行驶，并不准自建栈房，此为扼要之着。

至口岸一节，中国通商，始于道光年间。《江宁条约》第二款载明上海等五处港口贸易通商，此为辟口之始。通商之处所以名口岸者，以其在口之滨岸地方，便于泊船、货物上下也，天津约虽有“城口”字样，城口既不能作城内，大凡通商之区，多系近有城邑，所谓城口，即系城外之口之谓，亦指买卖往来而言。至于听便居住、赁屋租地等事，本款下文即载明悉照已通商五口无异。无论英文如何，第既与五口无异，是仍只能在港口居住贸易，尤为铁板注脚。是以烟台约第三端第二节载明“新旧各口岸，除已定有各国租界，应毋庸议，其租界未定各处，应会商各国，将洋人居住处划定界址”云云。中国已开新旧各口租界，无论已定、未定，而通商之区要，均在江海河滨岸之地，照烟台约，已划定者固毋庸议，未划定者亦不过将居住地势广狭，酌量商定而已。此不独有各约可证，更有实事可凭。通商开口已数十年，久有成约成法，何能至今日由马使强词争辩，希图翻异。至马关约第六款第一节所云“添设口岸，均照向开通商海口或向开内地镇市一体办理”，此指马关约索添各口，应照已开各口办理而言。日本商约第四款，“已开及日后约开各口岸城镇往来，赁房、租地居住、商业、工艺制作，均照现在及将来给与最优待之国臣民一律无异”，亦系指照各口办法而言。是以添开之四口，亦均在滨江临河之处，仍照各口一律办理，并无别有优异。足见城镇市等字，皆属泛指设譬，实重在“一律无异”四字。故商约解义谓“日约以西约为本，比英、美等约字句虽有不同，施行要归一律。西人应得之利益，日本无不从同，西人未得之利益，日本亦未尝特异。各省解说，当知此意”云云。今马使议款，虽于城镇等字藏而不露，然照所议不独未定租界之处，将来会定必致于城内外任意扩充，即已定之处欲为翻异，亦可执后约争扩，势必将口岸繁盛之处为其并入界内，于口岸事权利权尽失，销场之税亦无可抽收。前岁江宁英领即执“城口”二字，强欲在城内租地通商，并称系奉公使之命。坤一执约力驳，因城外荒凉无屋可租，准领事暂在城内通融租住，商民仍照约在江边通商。今马又执此相争，其意可知。彼如必欲立款，只能照烟台约声明已定有租界者毋庸议，未定有界限者仿已定办法，量商务衰旺，酌定广狭，会商界址，庶得援已定之办法，范未定界限，不致将城镇一并牵入，此皆至要关键，未可稍有退让者。

总之，马使前议加税，必欲中国政府允准，照会该使，方能转送英政府，劝请依办。今又谓须前两款核准，方允将加税一起，电致英廷，得步进步，无非任意要挟。加税以抵免厘，并非别有利益。若与税厘毫无干涉之事，因此牵连强我受亏，实非下私所敢出此。惟在镜翁、杏翁有以力折其非，外部主持于内，大局幸甚！

复盛宫保光绪二十八年六月二十五日

敬电悉。第一端所云外国口岸之船、中国口岸之船，不知是否即指华商与洋商之船而言。盖行轮本在中国口岸，无所谓各国口岸也，应请询明见示。至行驶小轮原章，只准由口岸至内地及由所至之内地回口岸，此次定章必须守定此限，以免到处行驶滋事，稽察为难。船上人系华人，应归中国管理，使之有所瞻顾，不致任意妄为。现在既与马使商定加税免厘，小轮定章议妥，亦必须待加税照办，然后方能一体允行。章程内，即有税无厘矣。各口详细办法，虽可各就地方酌定，然亦断不能越统章限制，能如此，方免流弊。细情已详祃、养两电，想邀鉴及矣。

复吕侍郎盛宫保并寄张宫保

光绪二十八年六月二十六日

沪径电悉。小轮、口岸两款，昨外部转到电旨，本以流弊滋多，尚未照允，鄂与马议，亦本未全定。今马谓加税未能作为应允，何以我本未允者转谓已定，不能再改，实属理不可解。加税之议，在我不过虑及厘捐不如加税，允其免厘，然已多方迁就，将来利益是否实足相抵，此时亦无实在把握。况此款，纵马不再别事要索，尚须待英照允，英无异词，又须与各国商允，若有一不允，仍作罢论。美国沙使昨特为此来言不允之意甚坚，虽经敝处反覆辩论，再三商劝，口气已松，然亦难保非碍于面情，不自径拒，委于美廷。此外各国如何，更难逆料。是加税一事，与马虽有成议，将来能否照办，尚在未定之天。而马先则借以索开各口，汇入该条，谓欲以此慰藉英商，免其阻挠，又复迫我速允，彼欲乘二十以前英未散议院，电达该国政府，惟又须俟续索之行小轮章、推广口岸利益两款允准，方允将加税一款一起电致英廷。今我于前两款本未允准，尚须商议，乃谓已定，不能再改。彼则于已定加税，不能作准，又须待添索米谷一款改定，可望依允。似此语无信实，竟执加税一事以为挟诱之计。

总之，加税我为抵厘，本不能借此别索利益。况该款载明各国一律照样允立此约，不得明暗要求中国给以政治权利，该使更何能自行借此作无厌之求。至前两款，就敝处所见，业于码漾电详陈。若照该使似此要索，统筹兼权，此中利害，出入甚大，断不敢就一己之见，再加论断，惟有请镜翁、杏翁电外部裁夺，为祷！

寄张宫保吕侍郎盛宫保

光绪二十八年六月二十六日

沪有电，复加细思，大凡禁米，必米缺价昂，民食维艰，非至万不得已之际，决不愿禁。若须预先一个月通知，则此一月中必已纷纷赶贩出口，迨过一月禁运，则该处之米更必缺乏，价必更涨，民累更必难堪矣。一月之期，应请竭力商减，能减至五日，至多一句最妙。特再补达。

复吕侍郎盛宫保并寄张宫保

光绪二十八年六月二十九日

沪勘电悉。加税本中国应进之款，亦系免厘相抵。用马使照会所索，未免干预过分，亦束缚太紧。纵谓虑及各省原有之厘无着，若不拨补，恐于货物上再有设法抽取。第约载业已万分切实，何必再为此过分之举。即照约载，亦只须备一照会，言明照数拨还各省而已。应请镜翁、杏翁先与婉切商酌，其大致总以不致碍我后来办法、损我自主为要。

复吕侍郎盛宫保张宫保并寄外务部

光绪二十八年六月二十九日

沪勘、鄂俭电悉。第十及十一两款，即小轮、口岸两事，鄙见已详祃、漾、俭三电。是在镜翁、杏翁相机磋磨，外部体察情势，分别衡定。至小轮前由镜翁、杏翁交阅约稿，计列五节。第一节，系总纲，今电示删改，法似系将下四节，合两节为一，分前后段。惟第二节前段，系指内港行船伤损堤岸等项赔偿，后段系指英国轮船东租栈房等事。既拟删改约款，妥议章程，专立华船公司，电内所云第二节删前段，是否系删后段之误？乞镜翁、杏翁查示。

复张宫保并寄外务部吕侍郎盛宫保

光绪二十八年七月初一日

鄂二十九及艳电悉。劝马勿徒损中国，以益他国，实情理兼治之法。至“城邑”二字，系马关约第六款第四节所载。若仅就本文论，似乎城邑可任便从事工艺等项。惟条约必须统全约参看。该款第一节既限定日本臣民往来、侨寓、从事商业、工艺制作，均照向开口岸一体办理。又商约第四款后指明，现在已定及将来所定外国人居住地界之内，照给与最优待之国臣民一律无异。约内既有专款立定限制，此外即属泛语，不能据以为实。即如同治四年间，上海有英商欲援津十二款，在各口各地方租房设栈，禀经英国总理衙门批示，谓“本国总理各国事务大臣喇肃意见，以此款必须连上第十一款合看，其十一款既有限定商人只可于通商某某口岸方准沾获此等利益之明文，尔等呈请，实无从得其情理”云云。载在英国蓝皮书，可资考证。日约既已定有限制，则“城邑”二字亦只应如城镇、镇市一体作为泛论，盖辟口之处必近城邑也。往岁苏州辟口，日商即欲居住城内，嗣经辩驳，遂择地盘门之外。已行之约，无从改正，惟就约解释，其义本属如此。故商约解义，亦谓“西人未得之利益，日本亦未尝特异。各省解说，当知此意”云。

复吕侍郎盛宫保并寄外务部张宫保

光绪二十八年七月初四日

沪江电悉。商注内河行轮各节，于英商贸易一面，备臻周妥。

马使即不急欲回国，亦应早日就此定议，何苦为他人索此无益英商利源之事，以撤我藩篱。至敝处只准由口岸至内地，并由该内地回口岸，悉照旧章办理，并非凭空臆说。马谓旧章载明任便往来，专作内港贸易，不知旧章第一条任便下有“按照后列之章”六字。兹查后列第三条，载明“在口岸行驶，无须每次赴关呈报，若欲前往内港，于出口、回口时一体报关”。又第五条载明“在各口装货赴内港，核完出口税，由内港装货回本口，一体报关核办”。处处抱定本口，语不离宗。再证以续增之第四条内，载“华洋各轮往来内港，每四个月在挂号之口纳钞一次，民船被轮船拖带者，必须按章完纳船料”等语。小轮往来内港，专资拖带民船，而此项船料又为海关应征，而非内港各处向来应征之项，如非由口岸入内地及内地至口岸，海关何从而征之？岂非此条竟成虚设？据此而论，则旧章所谓任便往来，实指由口岸任便往来内地，而非此内地可到彼内地明甚，何能指为已定之案，更无所谓之更改。马使既以旧章为言，非前后细按不能明晰，仍乞镜翁、杏翁切实剖商定议，再行请旨，否则敝处万不敢允。

复吕侍郎盛宫保张宫保并寄外务部

光绪二十八年七月初六日

沪歌、鄂歌一二电悉。小轮旧章，只准由口岸入内地，及由内地回口岸，香帅解释与敝处支电同。洋文较华文尤详，更为铁板注脚，断难任马异议。汉、湘、赣、淮各内地，本有轮行，先列入约，余俟察看情形，徐议增广，洵为提倡华商公司基础。至口岸界限，原议甚属含混，鄙见总须考究明晰。如不作租界解说，则英善后约第六款本有各口界限，由海关妥为定界明文，此项界限，即闽海关章第一款“商船赴福州者，行至金牌，即为进福州口”等语，是只须将未经定界各口勘定，于原约所许利权无所损益。倘马意为推广租界起见，则关系较巨。虽经议添外国人民在租界之外居住一条，仍须守定烟台会议三端二节已定有“各国租界应毋庸议”一语，订入约内，庶免将已定界限另有扩充。均请镜翁、杏翁汇核辩商。

再，索添此口至彼口运米一条，未见沪电。彼既指我延宕，何以又节外生枝，香帅驳之甚是。漕米、军米事关内政，不牵涉入约为要。

寄外务部张宫保吕侍郎盛宫保

光绪二十八年七月初六日

前接沪江电，先将小轮旧章由支电辨正达览。顷再细察两星使拟改内港行轮新章，原议专归中国轮船行驶，如各国人民欲行小轮，只能与华人议立合股公司，归中国注册，填发关牌，张挂中国旗号，主权较足。今沪江电又另加一条，说明“英商如愿将轮船转归华商公司及挂中国旗号，英政府应可允许”数语。夫曰“英商如愿”，则事权在彼，此条已属空文。且原议华洋合股之轮船一切办法，无须英国允许，则退股专归华商公司，挂中国旗更无须英国允许，毫无疑义。今添此一条，将来不免启洋商置船附名华商，习用华旗，有事英国仍可出为干预之弊，反不如不添较妥。请两星使再告马使，总须得有切实办法，将来方可据以会奏，或将此条核实改正，亦无不可，乞裁酌。

寄汴抚光绪二十八年七月初七日

拨补松沪货厘案内，部拨贵省各款，自二十五年起至本年分止，除解到外，尚有欠解应解银共六十余万，迭次电催在案。此项拨补，为计授要需，一有短缺，哗溃堪虞。现在各库挪垫一空，专待贵省之款接济，务祈俯念艰窘，迅饬司道筹解大批来宁，以济眉急，共维大局，坤一与江南饥军共拜仁人之赐。迫切电恳，伏希鉴察，并求将数目先赐电示。感切！

复吕侍郎盛宫保并寄张宫保

光绪二十八年七月初七日

沪支电悉。中国各省用项，共计三大宗：一系应解京协各饷，一系应还洋债赔款，一系本省用项。入款：地丁、钱漕、关税、盐货课厘。现议加税免厘，虽少厘收一项，尚有销场之税可资抵补，亦尚非丝毫无着。是将来查办抵补，应由各省查明以前每岁实收厘，先由户部于加税内拨补，俟后仍当查明每年征收销场税数，将拨补之款照数核减，此为公平办法。惟各省应还洋债赔款，均须解至上海汇付，若所少厘银，必须照数拨补，仍须由部查明每海关征收之数，分拨解交各省，则一往一来，增无数烦费公牍。论实在办法，只须由户部每年查明各省短少厘银，将向来指拨京协各饷，分摊赔款，照数核减，即与抵补无异，办法亦较直捷简便。今马使必欲将会奏及奉旨日期，一并照会附约，则会奏内固宜分别奏请，免成呆着。惟不得抵借新洋债一节，款为本国进用，应本国自主，非特难以奏请，亦非马使应行干预。究应如何与之商删，并拟如何会奏为妥，应请诸公详酌。如两星使能于商删后先拟一稿见示最好。

复吕侍郎盛宫保并寄外务部张宫保

光绪二十八年七月初七日

沪微电悉。马使屡以所议之约废弃为词，无非意在要求。在我总当统筹权利，不致过受亏损，方能允许，否则何取乎成！

顷由驻宁英领交到马使来函，谓“武昌所定第十条行船章程，敝处不以为然。与中国钦差细心琢磨，以冀有合敝处之意。在华英国商务有振兴之机，本大臣所期望者止此，否则恐商约作废，前功尽弃。因政府与商会于货物增抽一个半一节，极力阻驳，想早详悉。除非中国另给商人加增利便商务之机，定公道行船章程。章程总以中国利益无损、国权无碍表明办法，则庶民兴旺，赋税亦增。未悉敝处之意，欲将以上所商之约改订之，抑或损坏之，请斟酌卓裁”等语。函尾虽亦语藏要求，特其意亦知我权利有损，万不能允，故复以好语饵我。现函覆该使：“武昌所商第十等款，承贵大臣与敝国两钦差商拟，冀合鄙意，具征盛怀。拟订公道行船之章，并示中国利益无损，国权无碍，尤具推诚平允办法，莫名钦佩。本大臣之意，此次筹议商约，亦但求于洋商便宜，仍于中国利权勿失而已。不仅行船一款为然。而近年来小轮行船内地闹事之案，不一而足，不独毫无利益，抑且治权亦复为之牵掣，前承嘱局员代达清听，想贵大臣当能记忆。且详考情事，与正经贸易之英商亦实无甚利益。祈贵大臣再行细察，当知本大臣所言非虚也。至本大臣凡遇交涉，无不竭力维持，当亦为贵大臣所深悉。现在所商之约，更无不愿早日有成，特如尊示，不能将国权利益过受亏损。惟望贵大臣之曲谅和商耳。”云云。特闻。

又前承录示与马议定七款内第十一款银式一条，鄙见始终不以为然，历详各电，嗣后亦未经两星使电知与马如何商议情形，此时姑不具论。第以完税之关平与库平相较，每百关平大一两六钱有奇。如加税之约有成，岁收洋税将及五千万，税平改照通用银式，即岁须短收平银将及百万。当此财用如此支绌，岂可到处受其侵削。盖彼明为整齐银式，实则暗减税银，用意可谓巧黠。不能不就管见再行陈明。

寄吕侍郎盛宫保并寄张宫保

光绪二十八年七月初八日

沪阳电悉。沪定七款，其二、四两款，敝处因中多窒碍，一则关系国课出入，一则关系商家讼累，迭次详悉电陈，请将银式一款不必入约，合股一事须分别添改①，均有电可查。厥后电两星使如何与马使商议订定，敝处并不知悉。昨今复将前两款先后电请两星使分别商改，想已达览。此时姑无论定议前两款，敝处并不接洽，即照彼此商办情形而论，如第八款早经两国国家允准，现在英廷尚有添改前两款，于我既有万分不妥，又系议而未经公同允定之款，与之商议删改，亦不患无词。两款相较，其银式一条，岁须亏银百万，受害尤甚。务望两星使力任其难，将前两款再与分别商改、商删，大局幸甚！

---

①中华书局版《刘坤一遗集》“改”作“收”。

寄外务部张宫保吕侍郎盛宫保

光绪二十八年七月初八日

准沪咨马使照会内开，“新约第四款，论及中外股东应得之干系，曾经彼此议允各节，兹特声明：英政府于应允末段之处，虽不援引此约为据，可预留权衡，以便将来因惠通之案，或别等相类之案，任便再动公文，作交涉办理，附洋文一纸”等语。录叙议订原文，咨请查案驳覆。

查华洋合股，中国向不准行。惠通案，华人受亏甚巨，前虽判结，而在英仍视为未结。是以上腊接杏翁霰电告知，“前款末拟加‘从前旧案，经中国曾已判结注销者，于上列各节，无相干涉’数语，英使拟照政府电意致函声明”云云。彼时敝处即虑翻惠通前案，且未知相仿者系如何案情，华商断难受此巨累。即由巧电分达沪、鄂，请杏兄设法将函商销，并将约后拟加之语，改为以前之事不能援照此条办理，免致再借未结为言，别滋异议。嗣后如何商办，未得电示。大凡议订商约宗旨，专为以后取益防损，是所立条款，只能管理订后之事，从前交涉之案断难羼入。今按沪拟该款全文，末段并未改正，款内又有“中国今允认定不论从前、现在、将来，凡中国人民出资附入外国人所办公司等举者，均应视为合例，有利共享，有害共承”云云。所谓从前者，不独关碍惠通之案，且恐各口难保无类于惠通之案，亦必尽为牵连，此实万万不可。况惠通系交涉讼案，亦未便由议约大臣另送一函声明此案。为今之计，惟有请两星使一面将此“不论从前”四字商删，以绝萌芽，并以惠通之事交涉词讼，又经援照美商之案早已断结，更与商约无干，马使不能借议约干预图翻，将送到另函，切实驳覆。

复吕侍郎盛宫保并寄张宫保

光绪二十八年七月初九日

沪庚电悉。银式一事，敝处始终只有力阻入约之电，并无允许之语。尊处与之订定，亦未有电知照，此皆有往来电报可覆按也。完税既用关平，较通用诸平特大，此后完税，通用改为一律，无论如何改法，将向来较通用特大之平银无着，即属吃亏。况加税，各国如有一不允，即作罢论。此款将来换约之后，势必逼令照办。是未获加税之益，更受暗减税平之亏矣，尤非鄙见所敢出此。大凡会奏必意见相同，今兹事见解既不相侔，敝处似未便会奏。好在由外部核准，尽可提出由尊处单奏，亦从实办法。

至附股一款，前电奉商，未识卓见如何，并能否设法挽回，来电未蒙示及，统祈再赐详酌。

复张宫保并寄外务部吕侍郎盛宫保

光绪二十八年七月初十日

鄂佳电悉。银式一款，敝处所以未能照允者，实因暗减税平，受亏过巨。马在鄂时，既经香帅询明关税仍照关平照加，然口说无凭，约内必须声明，免致事后异议受亏。应于原议款末“完纳各项税饷及各项之用”句下，酌添“惟银式无论如何改定至完纳关税，仍应按照向来关平大于库平银数比较核算，补足平色”数语，请两星使商添电示。

复吕侍郎盛宫保并寄外务部张宫保

光绪二十八年七月十一日

沪蒸一二电均悉。前电请商减米谷禁限，原虑限期太宽，奸商得以尽力收买，贩运出口，歉收之口愈形其缺、愈形其贵起见，能减少一日即地方受惠不少。敝处既有所见，不得不切陈，以尽我心。至于如何议改，仍请两星使相机力图，可允即允，免彼再说延宕。

惠通控案，经中国以向无准华洋合股之例，驳不准理。而彼并不执此外合股所买之股票不能作算，与我坚持，此即系不认已结之根。合股款末虽声明与曾经控告断结者无涉，但彼既不认惠通案已结，而本款上文又有“不论从前”四字，彼即未尝不可以惠通案亦应视为合例为言。证以马所云，“如果视为不合例，则以前华商所买股票，不能作算”，尤为意在言外。查西例，合股权在公司，未闻有因此公司在彼国控理不直，遂可强令他公司将彼国商人股票不算之理。况惠通案判定在先，彼既以此抵制，何以不早为声明？既先未声明，订款后更不容另有异议，一也。华商现执从前股票，虽未尽可以“现在”二字该之，然订约后再行过户注册，即可享本款利益，毫无阻碍，二也。敝处前请商删，系并杜马使照会所云，“相仿之案，不仅为惠通一案”，非愿以无益之事相扰。且明知磋商不易，庚电曾将二、四两款比较立说，只候两星使权衡轻重，妥商酌定。至马使照会应驳各节，已备公牍咨覆，并闻。

复张宫保吕侍郎盛宫保并寄外务部

光绪二十八年七月十四日

鄂覃、沪元二四电均悉。查税课银两应纳平色，天津条款本已载明，毋须另定。因银式订入条款，又有“一律通用纳税”字样，语意含混，恐为借口减平之端，不得不辩明，自占地步。盖外人往往因旧约一二字迹涉疑似，与我争论，辩正为难。今多此一番推敲，彼虽不允入约，然果照覆备案，别无异词，自可就此了结，以省烦渎。至合股款末，“已经判断完结者无涉”一语，两星使谓凡有类于惠通之案，亦可援照。鄙见此只能指类于惠通而已结者言，若相类而未结者即难援照明甚。原款如不商删，难免一无流弊。今两星使谓尚无损，自必确有见地。容俟马使银式照覆电到，再当汇核电覆。

复张宫保吕侍郎盛宫保并寄外务部

光绪二十八年七月十五日

鄂元、沪元五电均悉。烟台约续增专条，洋人居住地界，虽有须再商酌之语，但未经商定之先，仍应按照原约办理。现议条款若不磋磨妥洽，前约既置无用，嗣执新约商办，即漫无限制，此敝处所以不得不加意慎重。各国争不争，英可不管，中国自能与各国商办。惟马云无扩界之意，若语属由衷，不妨备一照会声明，如其并此不肯，则所谓无扩充意者，无非欺我之词矣。今鄂电意既与鄙见相同，应请两星使再与商酌。但得英能照允，即与各国商议，亦有依据。盖洋人居住之界，须再商酌，出自英约，此时更不能不先就英与之订定也。事关各口界限，即为各口地方利权所关，幸两星使力任其难，受益非浅。

复吕侍郎盛宫保并寄外务部张宫保

光绪二十八年七月十五日

沪元一电悉。内港行轮，英注意全行开通。现议续章第八节“不得由此不通商口岸之内地至彼不通商口岸之内地”，第七节未开“内港如欲行轮，须先报名批准”，均系紧要关键。两星使业经详细订明，俾彼不得任便行驶，实于治权、利权挽回不少。其余如租给栈房、码头各节，均系题中应有之义，既经明订限制，彼亦不能越我范围，均足补赫章所未及。虽华商公司只准洋商附股一节，尚未办到。第赫章先既准洋轮行驶，此时驳拒，自非易易。第五节所载“英轮愿转归华商公司，英国应许不加禁阻”等语，为日后计较胜于无，似可无须删去。惟一节租给栈房码头及七节开通内港，关系地方利弊，虽有商务大臣主持核办，然该管大吏亦应预闻，两星使如能再商，添入“督抚”字样最好，否则亦应预为声明，随时由商务大臣知会督抚核办，庶几更昭妥洽。此事屡接沪电，马使要挟多端。今兹就商，实赖两星使坚忍之力，即请两公主政会衔奏覆。

复吕侍郎盛宫保并寄外务部张宫保

光绪二十八年七月十五日

沪盐及盐三电悉。英约磋磨至此，荩筹亦良苦矣。事机所在，诚不宜过迟，自应将未定各节赶商，以竟全功。前七款银式一条，应声明仍照关平完税，赶催马使照允见覆，即由两星使先行挈衔电奏。尚有口岸一款，应声明无扩界意。米谷一款，三礼拜禁运，亦望催请照覆，并由两星使接续挈衔奏覆。其余盐电三款或另奏，或汇全约具奏，统由两星使主稿会核办理，盖事由两星使主政，不仅其中商筹委曲情形便于声叙也。统计全约十七款，大致均已议妥，所未定者只此三端，并非不知缓急，故事推敲，实以出入所关匪细。马如照我所办，与英毫无损。英既如此敦睦关顾，似不值损中益人。七级浮屠已到合尖之际，全仗两星使推诚力商，使之速允定议，大局幸甚！

复张宫保吕侍郎盛宫保

光绪二十八年七月十六日

鄂愿咸、沪咸二电悉。合股款，两星使一再商榷，以为不删无损，只合就此了结，已详盐电。香帅拟乘机订入印税一节，如能办到，既杜流弊，亦得一宗进款。至英政府前请在八款第十、第十一节下添改数语，弟即疑为指派洋员张本。今咸二电明言洋员，可见实非过虑。惟办法与我尚无甚碍，昨咸电亦已勉允。只要以允我商改别款，我始允照添改，以期事得其平。香帅谓可照允，以为我添改他款之地，甚合鄙意。均候两星使统筹酌办。

复张宫保吕侍郎盛宫保

光绪二十八年七月十六日

鄂盐二、沪咸三、咸四电悉。加税拨补裁厘奏稿妥洽，即请挈衔会奏。米谷禁运限期已允减为二十一日，银式照覆亦到，甚费尽筹。如合股款，香帅毋须磋商，则前七款与米谷一款，均可接续奏覆。惟马使所请到埠尚未装完之米谷，仍准完装出口，与敝处商减运既用意不符，如能商删最妥，否即亦只好照允。总之，事关民食，两大臣有可保全之处，当不至畏难自阻。统候裁定主稿，挈衔会奏，至幸！

寄外务部张宫保吕侍郎盛宫保

光绪二十八年七月十七日

准沪文函，裴、贺两税司与各司所订税则，沙使即欲签字。奏奉电旨，着坤一等会同酌定，再行签字等因。遵查此次所订税则，不分进出口名目，并列十七类，约六百五十种，内一百四十种较旧则增收税银由数分至数两不等。丝茶另订专章，不载其内。另有十数种税数稍减，为数既微，亦非大宗货物，无关出入。惟布匹、企呢虽有旧则，因此时货样长短阔狭，后先不同，以致无从比较。其余各样著名税数，或系旧免新增，或系向来估抽，今始改定画一，或因货虽一种，精粗不一，价值悬殊，仍只载明值百抽五。名目增繁，急切难得统加确数。又税则既照前三年货值扯算，与近日市价亦难强同。裴、贺两税司熟习税务情形，既经再三商榷议订，大致必不离谱，拟请准令签字，以免翻覆。至后附善后章程三款，一系估价征税办法，一系限制洋商用物免税，一系重申食盐、军火禁令，已详会奏，均属有益无损，即请核办。

复吕侍郎盛宫保并寄外务部张宫保

光绪二十八年七月十八日

沪铣二、三、四电均悉。小轮款一节、七节，请添入“督抚”

字样，本系活笔，既属事有为难，不添亦可。口岸一事，马云租界是中国予以格外利益，如果见诸照会，遇事即有根据，又何迟疑。因其徒托空言，是以不得不请其将无扩界意备文照覆。盖已定租界应毋庸议一节，经《烟台续约》载明，再行商酌，遂成具文，再不趁此时商订入约，事机错过，实属可惜。且上海口岸，洋人居住界址未予限制，彼尚屡请拓界，一经定立限制，彼难免协谋推广，更不能不过虑也。总之，订立界址，香帅虑无限制，敝处防其拓界，均无非力杜流弊起见。但使此款订后，他处得受其益，敝处亦不定专为上海一隅坚索照会，至碍大局也。仍乞两星使统筹酌办奏覆。

寄外务部张宫保吕侍郎盛宫保

光绪二十八年七月十八日

小轮款谓华商公司准洋商附股一条，系两星使回沪后另订办法。敝处上月俭电，即以为治权稍可挽回。嗣香帅月一电，拟限制华商公司所附洋股不得过十成之五，须挂中国旗。敝处庚电亦谓此等合股各半，船应归中国管辖，庶免碍我治理之权，请两星使切商增入，并无不愿之语。日昨见沪元一电，所订三事十节，于此条绝未议及，即觉诧异。然犹以为两星使必经切商未允，事出无奈。乃顷闻沪上传言，两星使谓敝处不以合股为然，故置不议。此更万无是理。盖商约事关大局，总以国计民生为重，不容一人参私意其间。限制洋轮不得入内地，较准由口岸出入内地主权更足，两星使既经见及，即应速与商定。况此事彼此意见皆同，更不应未商先馁。好在事未先商，此时仍可作为敝处与香帅之意与之商办。英国与我如此关顾，全约亦已大致议定，只此一端，允我入约，与正经英商无损，于中国实大有裨益，马使决不至十分见拒，甘弃前功。务请两星使竭力速商添入，庶后来各国议约不能越此范围，大局幸甚！

再，鄂谏电，丝税经第一常关先纳二五，至出口之关验有曾完二五关单，只抽二五，仍与抽五之议相符，办法亦为平允。此乃常关自抽土货之税，与出洋之丝无关，均请两星使查照商改电覆。

复张宫保并寄外务部吕侍郎盛宫保

光绪二十八年七月十九日

鄂铣、筱一、二电均悉。查银式、小轮两事，敝处早虑及流弊甚多，屡电力争，可以覆按。而银式一条，将来受累尤甚，不仅暗减税平一端，只以两星使先有成议，不得不通融允诺，先设法将关平暗耗争回，再商补救。前阅沪咸二马使照覆电文，"系谅贵国政府必于要紧之区，设立铸局"云云。因"谅"字尚属空泛，致未驳覆。今香帅接电，系属"请"字，文义更加逼紧，一经揭破，我愈无转身之地。自应赶紧将照会退销，只商今将照关平完税一节照覆，其余毋庸叙入，以免别生枝节。至八款十节"中国政府"四字应改为"本省督抚"，自系不易办法。小轮款一节、七节，应添"督抚"等字，与敝处咸二电意同。此外拖船式样、合股行轮两节，均系利权所关，务请两星使力任其难，查照香帅各电，切商更订，电覆，幸甚！

复吕侍郎盛宫保并寄外务部张宫保

光绪二十八年七月十九日

沪啸一、二电悉。口岸事，第二、三节限制界外洋商，遵守中国章程，界内华民不独免缴税捐，极为有益之事。敝处前请马照会无扩界意，系防流弊，并欲了结《烟台续约》“再行商酌”一语，然大局所系，不在一隅，业于巧电声明，候两星使相机商办。今马不收我照会，反欲撤删此款，更无是理。鄙意姑予照允，徐俟另商。至禁运米谷，已买未装者改为七日完装出口，较有限制，亦可照准。均请香帅与两星使酌定。

寄张宫保吕侍郎盛宫保

光绪二十八年七月十九日

马使关平完税照覆，干预过甚，必应撤换。效电发后，接香帅啸电，再覆一照会，声明详细章程应由中国政府酌定等语，足补原款所未及，亦较撤换省事。即请两星使查照啸电办理，电覆。至盼！

寄外务部张宫保吕侍郎盛宫保

光绪二十八年七月十九日

效电两论银式一款，想达览。顷又由鄂报房电知请添各节，再三详察，通用银式既非一旦所能尽改，生银一时即难尽废，银圆易银势必仍有市价。此时若完税核定画一之价，与市价必有高下，于课、于商转有出入。盖历来华洋商人完税，本有用洋合银者。假由银号照市价收，事无流弊，现在亦不可先行折定，照会转成呆着。惟铸造银元系国家币政，自应由中国国家酌定专铸，万不能准商附铸。鄂电请添数语应改正，直写“由国家专铸”，所云“应否华洋商人附铸”数字，务请照覆内删除勿用，至要！至祷！

复吕侍郎盛宫保并寄张宫保

光绪二十八年七月十九日

沪巧二、四电悉。马使辞行电，至今未到，是以敝处未便径覆，务请两星使转告马使，电尚未到情形，并切商马使暂行展缓荣旋。此次莅华议约，虽历时稍久，然所商定全约十余款，大致均已议妥，而所定之款，多关两国商民利益。目下尚未见诸施行，商情一时偏见，不足为据，日后彼此得收实效，则马使之公正盛名，当为中外同钦。此时所以尚小有推敲者，亦无非力求将来事无格碍，得以永远彼此恪守，不致因小节而留异日之憾。务请代为挽留，一面并请将小轮条款，照鄂电分别商添、商改。银式一款照覆，声明由国家酌定专铸，或由鄂拟稿，或仍由沪主稿会奏，以竟全功，不胜切盼！

复张宫保吕侍郎盛宫保

光绪二十八年七月二十日

鄂效三、四，沪效一、三、四电均悉。小轮款另加一条，洵属有益。十年修改限期，专指税则，亦尚无碍全约。至此众议相同，兹已将前七款电奏，余款请俟香帅将口岸事核定。外部将小轮拖剥核覆，即由两星使连同米谷款先行主稿覆奏，并接定全约奏稿挈衔会奏，先示电稿。再，银式照覆，前七款内尚未陈明，请与八款十节、十一节添改之语一并附奏。诸费荩筹，感甚！

复张宫保吕侍郎盛宫保

光绪二十八年七月二十一日

鄂号、沪嵜电均悉。马使行期不肯再展，只有一面请两星使赶速定稿，接续电奏，一面由敝处再照香帅意，加电挽留。请译送为感。电稿附下："前接吕、盛两大臣来电，知贵大臣以议款就绪，急欲荣旋，当即切托致意挽留，想达清听。此次贵大臣莅华议约，首将加税免厘在鄂议定，与两国大有裨益，本大臣早深感佩。旋沪续议各款，均承体谅和商，诸臻妥洽，尤征关顾之情。本大臣已赶商两钦差、张制台电奏。惟电奏多起，奉准画押，尚须数日。想贵大臣在华稍久，眷怀家国，原属至情。第所议各款，均关商民利益。全约已具，只待画押，为山九仞，何惜一篑之劳？务请宽留数日，候旨允准，会同画押，以竟全功，实本大臣与张制台同深企望者也。"

复吕侍郎盛宫保并寄张宫保

光绪二十八年七月二十一日

沪号五电悉。全约电奏，马使不能久留，自当妥速商定。惟此次议约，时阅数月，因应之难，磋磨之苦，悉赖荩筹，甫获就绪。全约枢纽及斡旋补救，惟镜翁、杏翁胸中综核贯澈，非由沪主稿不能详尽切实，上契宸衷。务请镜翁、杏翁妥酌速办，俟全约核定，即可会衔译发。鄙意亦恐展转商酌致有迟误，非敢推诿。

复吕侍郎盛宫保张宫保并寄外务部

光绪二十八年七月二十一日

沪号一、鄂哿三电均悉。《内港章程》添邮政一款，马改照现在海河轮船之法办理，香帅以为欠妥，所虑极是。不独海河轮船，现代各国递送邮件，正须设法挽回，不宜再添此一大漏卮。请两星使切劝马使仍照原拟添入，倘马只为取资起见，似不妨由船东等与总局商酌，惟此外总以概不代递为是。鄙见如此，请两星使统筹酌定。

寄外务部张宫保吕侍郎盛宫保

光绪二十八年七月二十一日

马使辞行电刻甫到。即言“西八月三十号前允将此约画押，不然，不能担认此干系”云云，前拟覆马使电，请两星使速转，若措词视为稍过，即请酌删转送。一面并请两星使主政，拟办会奏各稿，赶于日内出奏，并另办华洋约稿，俾奉旨即可画押，以防马不展缓行期，有误全约。覆马电曰：

“刻接贵大臣电，悉昨由两星使电，知荣旋在即，即经电请挽留，今日复有电，特致宽留数日，想均达听。贵大臣莅华，虽时日稍久，幸全约告成，是贵大臣此来，已收全效。只因约款较多，赶办奏稿，分办华洋文约稿，核筹抄录，小需时日。在敝处不能不切请贵大臣稍缓行期。在贵大臣此来，既为专议商约，责任重大，今约已定议，只待画押，似亦宜稍缓数日，以竟全功。想贵大臣必能俯鉴鄙怀，务请展缓归期，不汲汲于旦夕也。现奏约各稿，已请两星使尽力赶办矣。”

复外务部张宫保吕侍郎盛宫保

光绪二十八年七月二十一日

号六电悉。莫非鸦〔片〕载在税则，自难禁止进口。立条款限令取保给凭，始准贩卖，较为有益，即请汇奏。

复吕侍郎盛宫保并寄外务部张宫保

光绪二十八年七月二十一日

沪号二电悉。前七款，系就原来电文会奏。银式照会一节，已于啚电请俟全约会奏与第八款添改各节一并附奏，想已达听。小轮、口岸两款，今日已遵命勉为拟稿，请香帅与两星使核定电发。余款及全约会奏稿，必须汇核全案，撮叙要端，并将其中商议为难情形，酌量声叙。马使画押甚急，现虽江、鄂一再电留，恐行期势难展缓。如拟奏延时，或中有遗漏，皆足误事。坤一老而多病，实难办此。事系两星使专政，又复人才济济，自应由两公迅速主稿，挈衔电奏，以期妥速。鄙见电报过长，发电收电，展转翻译，皆延时日。会奏全约，如须将所议条款一并汇奏，约款既定，本无可改，不如先行汇集全约各款，电达外部，请俟电奏到日，汇同进呈，此亦以速补迟之法。是否，并请诸公裁酌。

复张宫保并寄外务部吕侍郎盛宫保

光绪二十八年七月二十二日

鄂个午电悉。沪税则文函，敝处系十三递到，计距沙使请展之期只数日，急迫比较核算，只见其前式增繁，增收者尚多，减收者无几，实无从得其确加之数。且各国已经签字，是以筱电拟准照签。今香帅亦谓势难细核增改，应请即由两星使准予签字定议。惟此次进口税则，内有五十余种载在出口旧则，今又改定添入者，原奏未经声明，将来应分别洋土货照则办理。筱电谓“不分进口、出口名目”一语，尚嫌浑括，兹再陈明。

寄外务部张宫保吕侍郎盛宫保

光绪二十八年七月二十二日

鄂马电论口岸款，诚有至理。敝处哿电，本亦谓删去不值。现为时已迫，马使能否展缓行期，尚不可知，自应即由两星使迅速设法切商马使，照留此款，或照鄂拟添拟改，以慰其意，仍俟商后，速电香帅核定，将会奏稿改妥径发，以免延误。切祷！

复张宫保并寄外务部吕侍郎盛宫保

光绪二十八年七月二十二日

鄂马辰、酉两电悉。口岸事，自应由两星使速再与商。具奏全约，昨亦虑及延时贻误，故有先电约款之语。今香帅指示办理，极为简要。应请两星使一面与马商口岸款，一面查照鄂电，主政速拟电奏稿，请香帅核定电示转发，以免延误。全案至第十及十一两款，电奏稿已个达，请香帅核改发行。

复张宫保光绪二十八年七月二十二日

号电悉。商约有成，实公之力，敝处谨步趋而已。前遵嘱密电荣、王两相云："商约幸已告成，马使归期甚迫，万难允留，现在赶办电奏，一俟全约奏到，即烦二公请旨照准，电饬画押，以竟全功而杜翻异。至盼！至祷！"得覆奉达。

寄张宫保吕侍郎盛宫保

光绪二十八年七月二十二日

枢电："江鄂四衔效电已进呈，奉旨饬令寄电驳诘。所陈一节，系我内政，何以任听马凯照会，即请明降谕旨。此事与彼何涉，何以要求及此！且商约尚未全定，此时何能先行降旨！上意责成尊处详慎妥酌，再行电覆。"云。

又枢养电："胥电已进呈。所称第八款，英廷尚须酌妥字句另电，是此款尚未全定，何能即行画押！务将各款逐一通筹妥酌，并将所送刷印洋文，由江、鄂、沪三处各详细校筹，再行核定。"云。

查四衔效电系拨补事，原系内政，第当时因加税迁就，业于第八款第十六节奏明。现在全约已定，似难翻异。细绎电意，须俟全约定后方降旨。惟第八款已定，似不妨仍请先降谕旨，以便赶办。附约之后，应请香帅主稿挈衔奏覆，仍请先行降旨。条约敝处固无洋文底本，恐鄂亦未必齐全，时促不独不及录寄江、鄂，且敝处更无洋文好手堪任其事，此事惟有请两星使责令译员详加核对。惟江、鄂不及再核情形，亦须先行电覆枢垣，并请香帅主稿会电，均不必再商。切祷！

复吕侍郎盛宫保张宫保

光绪二十八年七月二十三日

沪养一会奏及鄂养未、祃午戌电均悉。全约本已先后分款电明外部，照外部正月江电，自必随时照录进呈。马使行期已迫，若再电全约，必辗转翻录延时，贻误画押。事关大局，不能不稍为变通，香帅提纲简叙之法甚妥。所有会奏内谨将“核定约文，电呈御览”句，应请改为“议定约款，本已陆续电经外部进呈，谨再撮叙约目会陈”云云。又约文如下句“请删口岸一条”，既尚会商未定，会稿内应先删去。此款仍候两星使迅速商定，允则补奏陈明，亦无妨碍。如此办理，庶不致延误。鄙见如此，仍请香帅酌定核发，万勿再商，并再推归宁发，以免转折延时。切祷！

复吕侍郎盛宫保并寄外务部张宫保

光绪二十八年七月二十四日

沪养四电悉。马使行期不允展缓，现已请旨传电慰留。惟事机难料，只请香帅将沪拟会奏稿核明速发。如马允留，仍可待校约款。万一慰留不住，即望外部俟电奏到日，迅赐请旨，仍得赶于马使未行前画押，两星使画押所须文凭，亦惟有由外部请降电旨给予画押之权。事已至急，均请速办！

复军机处并寄外务部张宫保吕侍郎盛宫保光绪二十八年七月二十四日

枢两养电到，遵查拨补厘金，本系内政。因马使奉英廷训条，闻各国虑裁厘后各省无款，仍难免厘，故请明降拨补谕旨，附入约后，以安洋商之心，至于如何拨补，并不干预加税免厘。照第八款十六节所载，本须明降谕旨。兹既定议，自宜即行降旨，附约遵守。请即奏明，以慰宸衷。约本以洋文为凭，敝处无洋文好手堪胜校筹之任，应即责成两钦差督率华洋翻译各员，认真检校办理。商约磋商各节，敝处均随时并达外部，想均邀览。全约至此已商办到极顶地步，虽无格外收回，已较历来条约得体。现计全约关键，以加税免厘为胜算。此外虽小有迁就处，然尚无大碍。既有所取，即不得不有所舍。如谓一无流弊，毫无吃亏，坤一不敢言。特以事势至此，统盘核算，实非始料所及，马使人尚朴质，毫无习气，自以令其在沪候旨画押为妥帖，惟行期只两三日，迫不及待，惟有请旨饬外部电传将马使量加褒奖，慰留旬日，一面再由两星使代江、鄂致意，并在江海关拨款酌送土仪，以尽友谊，冀其钦感愿留。万一不行，惟有赶速办妥，庶免后虑。会奏到日，务乞主持迅赐照允，以免马行有误画押，英廷借此悔议。各国所望甚奢，英约有成，与议即有依据，一经翻异，协而谋我，转难收拾。且马回必换萨，萨欠谙中国情形，更虑狡黠。此中委曲情形，亦不敢不为密达。

复吕侍郎盛宫保张宫保

光绪二十八年七月二十四日

沪养二五、漾二三、鄂漾辰电均悉。订第十一款，无非为二、三节与我有益。今二节马不允留，而改定三节末句，只声明不得妨碍现行征收地税一项。此外各口租界内向有华人缴款既未能逐一查明载入，将来不免仍有妨碍。鄙见如香帅以此条及一节均应照留，即请两星使务向马切商，于地税下添入“一切”二字，以免流弊。好在本文明言现行办法，添此二字，不过向来准收者依旧照收，向来不准收者自毋虑我抽收也，与马之“有权力在租界抽收”数语，并无出入。全约会奏附奏，及内港、口岸两款，务请香帅核定，径行奏覆，并将日期示知。诸费荩筹，感切！祷切！

复张宫保并寄吕侍郎盛宫保

光绪二十八年七月二十四日

鄂漾二电悉。因先接电有各电枢要之说，是以径先电覆，应请香帅另电加劲。第十、十一两款会奏稿，已照鄂漾三电，添改首段，明原委，章程照改作十二节。五节“转归”二字，易作“转卖”，与三字后半段，照划出作第六节，以下递推。第十节邮政，照沪养三电，马允更正之文全叙，所有鄂电内港邮政事云云二十三字删去不用。其篇尾“酌情商准”句下，即照鄂电接叙“除十一款口岸一条”云云，坐衔下用“敬”字。

复吕侍郎盛宫保并寄张宫保

光绪二十八年七月二十五日

沪漾五电悉。慎校华洋文，系枢切嘱。论事系两星使专责，早应督饬校筹妥密，无待此时筹商。且敝处本无译员，又无洋文约稿，前已电明枢廷。究竟是否校有把握，应否即行画押，两公自有担当，敝处无从参议。至邮政一节，已照鄂电，请外部核定径覆两公。此外尽可先行排印。

寄外务部光绪二十八年七月二十五日

此次约款，虽马使行期已定，不肯展缓，凡关利益之处，仍不肯稍有放松，力与磋磨，以致会奏不能从速。惟马二十七即行，会奏到，务求迅赐请旨照允，尽二十六电沪，愈速愈妙，并给画押之权，俾得赶为画押，以免马使行后翻异，大局受亏。不胜叩祷！切盼之至！

复张宫保吕侍郎盛宫保

光绪二十八年七月二十五日

鄂有辰、沪径午电悉。画押期促，全约会奏等件尚转推宁发，欲速反迟，殊深焦灼，兹已赶转外部。惟会奏稿，照养五电删去议定“至口岸利权”一段，余未改。又总计十六款下添“其全约文，本列有第十一款，系口岸利权”，因马凯议定复翻，只得照议删除，业于径电会奏陈明。是以剔除不计共四十三字，以免与全约文有碍。又附奏第十一节，自应照准下添。又第十二节，“英国国家若不允照此款全款”各节句，是当日议而未定，恐英国不允，是以如此声叙。今英廷已允此款，应将此句改为“此第八款若不施行”八字，以合体裁。共六十五字，坐衔用一二字。

复张宫保并寄外务部户部吕侍郎盛宫保

光绪二十八年七月二十六日

鄂敬未电悉。进口税则内所列货名有与土货名目相同者五十余种，名目虽同，货实洋来，税亦较土货旧则为重。敝处养一电，声明将来分别洋、土货照则办理者，盖虑洋货混充土货，避重就轻。此次所定进口税则，除已核定外，余须估价抽收，即不能如善后条约援照出口之税完纳，则出口之货，似亦不能援进口之税照完。况新约业已载明土货切实值百抽五加二五，现虽未定税则，而洋、土货价既各不同，将来开办新约，进出税数多寡亦复悬殊，似均不致援比暗减。为时已迫，事无窒碍，似可毋庸照会，免稽画押。

寄外务部张宫保吕侍郎盛宫保

光绪二十八年七月二十六日

画押谕旨奉到，已由沪钦遵赶办。惟马尚索第八款拨补谕旨，请速补发，径寄两星使附入约后。至内港小轮款，议添邮政一节，应否删去，亦请速电沪照办。

寄张宫保吕侍郎盛宫保

光绪二十八年七月二十六日

全约会奏附奏等件，因内有口岸、行轮两款，香帅尚须斟酌，是以请由鄂核定径发，原期从速，乃因此转致稽迟，万想不到。此次虽幸就绪，惟以后彼此交涉正多，必须预先约明，嗣后责成江、鄂查议之件，系鄂定议，即归鄂主稿，会江衔奏覆。系江议定，即归江主稿，会鄂衔奏覆。如奏报商约等事，即系两星使专政，应由沪主稿，四衔奏覆，各专责成，庶免迟误。

寄吕侍郎盛宫保光绪二十八年七月二十六日

华洋文约想已校正妥善，一经画押，即飞电告慰。至拨补谕旨及邮政事，如两星使已奉到照办最妙，万一久等不到，事机到此，只有先就约画定，以维大局。此外小欠周妥，再图补救，万勿拘泥。并望告马，拨补谕旨，画押后到，仍可增附入约，或另备照会声明，慎毋因此怀疑，彼此两误。至为切祷！

复吕侍郎盛宫保张宫保

光绪二十八年七月二十六日

沪宥巳、鄂有电悉。镜翁、杏翁以比核华洋文，须江、鄂另奏请旨，具见慎重。惟为时太促，另奏万来不及。且电奏内已陈明，“逐加校对，意义较原文无出入”等语，四衔会奏，即与江、鄂担当无异。请速遵旨画押，万勿迟回致误。

复吕侍郎盛宫保张宫保

光绪二十八年七月二十七日

沪径亥、宥已、午、申，鄂二宥及戌一、二，寝亥电、宥亥及沁晨陆续到，均悉。距午刻画押，时已促迫，电奏万不及，想两星使必已查照江、鄂各电，预筹妥帖。如拨补谕旨未到，如何设法变通，令马画押，不致中变，悉听两星使裁酌。事后会奏陈明，万勿迟误，画押后即飞示。

寄军机处张宫保吕侍郎盛宫保

光绪二十八年七月二十七日

沪沁午电拨补事，想已达览。盖马使所虑重在加税挪作别用，及抵押新债，各省用度无出，仍在货上设法抽取，前奏陈明。今既商允。七月十九日会奏请批“着照所请办理”，实较圆融得体。务请枢部照沪电代奏请旨俯允，俾得全约告成，不胜叩祷！

寄张宫保吕侍郎盛宫保

光绪二十八年七月二十九日

艳电旨，想已奉到。此事，马意在不准抵新债及挪作别用。照各省再在货物收捐，业已先后奏明。此外似别无流弊，应请两星使遵旨办理可也。

复吕侍郎盛宫保并寄外务部张宫保

光绪二十八年八月初一日

沪艳电悉。日本索议十款，应驳各节，于五月间寒、盐、迥择要电明。统核各款，均已订入英约，洋商沾益不少，断难格外优予利益。如彼尚另有所求，我惟有进一步与之商办，庶将来轻轻放落，恰到英约地步。两星使成竹在胸，操纵得手，无待敝处指陈。嗣后电示商议情形，如有管见，再当随时电达，以备采酌。

复张宫保吕侍郎盛宫保

光绪二十八年八月初三日

鄂沃、沪冬亥电均悉。马使刁难，久稽画押，殊为焦盼。前改内港行轮华文，如第三节“房屋”改“房产”，所包较广，又“管辖人民之权”句，“管辖”上加“向来”二字。将来遇有新立之章，彼必借口阻挠。此外尚多，因彼时急于画押，不及电争。刻下马如节外生枝，更有挑剔更改，于事权利益有碍，务请两星使坚持峻拒。否则敝处亦不能任咎。俟事妥画押后，再四衔覆奏，以期稳妥。

复柯逊庵中丞 光绪二十八年八月初七日

鱼电悉。新订英约，洋货加税，全免各省厘金，凡向在本地行销土货所完之落地捐，可改为销场税，酌量抽收。惟产地统捐，未允照行。部电设法归并各节，系预为开办地步，刻下自应照旧办理。俟商约大臣将中英新约咨送到时，再行详核酌办，庶臻稳妥。至裁厘后，各省支解不敷，由各省咨请户部查明，在加税内拨还，已奉谕旨允准，似可毋庸过虑。

尊拟奏留华守办西省农矿各事，暂缓赴任，自较妥协，即请照办。

刘坤一集

第四册

刘坤一 著
陈代湘 校点

岳麓書社·长沙

总　目

第四册目录

书　牍

书牍卷一

书牍卷二

书牍卷三

书牍卷四

书牍卷五

书牍卷六

书牍卷七

书牍卷八

书牍卷九

书牍卷十

书　　牍

书牍卷一

禀耆九峰中丞咸丰八年正月二十九日

敬禀者：

窃卑府于本月初七日接奉湖南抚宪札饬，以“统领援军刘道，秉性醇良，因久履行阵，积劳致疾，屡据禀请给假，暂资调摄，情词极为肫挚，未忍过拂其意，准假三月，以期速痊。所有楚、胆、义及各营，即暂交刘牧坤一权为摄理。一应如何撤留、归并之处，即由该道一面禀知，一面饬知刘牧遵照可也。合就札行。札到，该牧即便遵照办理。此札。”等因，奉此。嗣于本月二十四日奉到刘道札开，均如前因。

窃卑府碌碌庸才，深虞蚊负。第以刘道业蒙赏假，营中摄理无人，当此防剿孔急之时，未敢推辞，致稽军务。惟有恪守刘道成规，激励各营弁勇，力图报称，以副宪台委任之意。

至现在新淦未复，东岸贼势蔓延，将来萧道一军渡河，兵力尚嫌单薄。卑府曾经禀商刘道，除分派数营留守临城及驻防峡江、仁和、长棑一带外，其余各勇，卑府督率渡河，随同萧道相机进剿，务期殄兹余孽，仰慰宪廑。

兹因刘道已于二十八日由营起程回籍，卑府即日接理军务，所有筹办情形，理合肃禀。

敬再禀者：

二十九日未刻接据驻防仁和、长棑之游击李明惠、守备漆盛年、都司杨虎臣等报称："卑营游胜军、奇胜军、新红旗勇于二十日后扬兵渡河，进至马埠、水边墟一带，相度地势。淦逆知大军且至，恐断去路，多潜遁去。甘肃刘道督同战舰及阳字、长字营勇乘势力攻，贼不能支，遂于二十八夜四鼓弃城遁向抚州。二十九黎明，李明惠、杨虎臣等督率各勇，会同江军渡河，收复城池。时贼已远去，我军追之不及"等[①]语前来。嗣接刘道函报亦同。

卑府闻捷，当派即补游击邓在富带老蓝旗勇、老红旗勇及义勇于二月初一日拔营移扎仁和地方，其余老青旗勇、飞虎军及胆勇当以次移扎，以便将来随同萧道渡河。惟留精捷勇及老白旗、新蓝旗勇合二千余人留守临城，以资镇定。理合肃禀。

禀耆中丞 咸丰八年二月二十一日

敬禀者：

窃卑府于前月二十九日曾将接理军务及收复淦城、移营界埠各情由，驰禀在案。

嗣于本月十七日接奉宪台札饬："本年二月十一日，据管带湘勇即选张道等禀：'会该营全军并吉左、副湘及宝营等于初四日行抵永丰，侦探淦贼日内仍折窜乐安，至乐城啸聚，较前颇多。惟该县城四面皆山，必须分道进攻。现已函商萧道，拟职道等督带各营由水南进扎增田，攻乐安之南，萧道诸军由戴坊进扎龚坊，攻乐安之西，务将四乡伏贼搜剿净尽，再行攻城。'等情到本部院。据此，查前因淦邑克复，余匪下窜，业经札饬临江各营跟踪追剿，并令老湘营分路并进，恢复乐安、崇仁，直捣抚郡在案。

---

①中华书局版《刘坤一遗集》无"等"字。

今乐安县城贼匪既多，亟宜分路进攻，以免滋蔓。且瑞、临复后，新淦、白马寨之贼相继击退，其势已成破竹，而近日抚州之贼，又已大股东趋，足见各无守志，此机尤不可失。若各营如风雨而至，猛力蹴之，不惟旁邑指顾恢复，即抚、建二郡亦易得手。其吉郡之贼，此时长营回扼水东，必不东窜。惟袁州一路，实属空虚可虞，亦当预为严备。据禀前情，除批饬遵照并分札曾丞及袁州府协各拨兵勇，在于西路各隘分股严密防堵，多方设伏，暨移行李镇军及江军刘道，亦即相机会剿外，合行札饬。为此札仰该守立即遵照，随同萧道，督率诸军，驰赴乐安，相机剿洗，毋稍迟延。切切！此札。”等因，奉此。

窃卑府于初六日率亲勇继进界埠，萧道亦于初十前来。十三日全军渡河，由大东路进屯七琴，以堵崇仁之贼。十四日卑勇渡河，由小东路进次官桥，函约老湘勇会攻乐安。因连日大雨，未便启行。适奉前因，正拟冒雨前进，旋于十八日谍报，乐安已于十五日收复。嗣接张道函报亦同。卑府当派老蓝旗勇、义勇改道移屯澄江地方，与萧道军相距里许。卑府于十九日率老青旗、老红旗、胆勇、飞虎军、新安勇全军继至，会商萧道，分道进攻崇仁。萧军于二十日由蜜蜂墟一带进崇仁西以攻官城，卑勇于是日由龚坊一带进崇仁南以攻民城，并约老湘勇同进。

窃查乐、崇为抚、建藩蔽，声势联络。今贼既弃乐安，则崇仁断难孤立。崇仁既拔之后，据其门户，会合各路官军，进围抚、建，当亦得手。惟现据谍报，新淦、乐安及白马寨之贼，先后退聚崇仁，分布内外，计以全力背城一战，我军仍宜步步为营，稳扎稳打，以图万全。是否有当，伏乞宪裁。

至临城曾经留勇二千驻守，深以统御无人为虑，兹幸已保守备都司衔江忠朝前来摄理精捷营事。该弁久历戎行，谙练营务，卑府现经嘱其照料一切，并函嘱新蓝旗、老白旗两军，凡事与江忠朝商榷，务期戮力同心，勤放侦探，严加防堵，仰慰廑怀。其江忠朝摄理关防，可否权由卑府镌发，统候批示饬遵。

所有连次移营及筹剿崇仁踞匪各情，理合肃禀。

禀耆中丞 咸丰八年二月二十九日

敬禀者：

窃卑府于二十日曾将由新淦连次移营会剿崇仁各情，驰禀在案。

兹于二十八日奉到宪台札饬，以"抚州石逆大股悉数东窜，郡城仅止广匪三千，崇、宜贼亦无多，迭经咨行各营分路进攻在案。今所获贼犯讯供相符，其为西路贼势已衰无疑。亟宜乘机会剿，以收建瓴破竹之功，不但抚城易克，且可牵制前窜信州巨寇。除分别咨行外，合行札催。札到，立即遵照，迅速会商各营，督饬诸军，速筹进剿，合力夹攻，赶紧恢复旁邑，再行进取抚郡，歼除丑类，期于一鼓荡平。机宜所在，万勿稍事稽延，是为至要。切切！此札。"等因，奉此。

窃卑营于二十、二十一日先后进扎银塘地方，距崇城尚八十里，本拟长驱直入，迅图会攻，乃因春雨连绵，欲行复止。加以地方兵燹之后，米谷维艰，新淦、峡江又因小路崎岖，难于转运，由此再进，则公碑墟一带，颗粒毫无，各勇必至枵腹，是以暂留数日，传集绅民，筹办接济，现在稍有头绪。又值天气晴明，已于二十八日先派老蓝旗、老青旗、楚勇及胆勇、义勇、飞虎军、新安勇进扎前二十余里之南塘地方。卑府拟于二十九日率老红旗、楚勇继进。兹奉前因，遵即会商萧道，两路并进，迅图恢复崇城，规取抚、建，以期仰慰宪廑。

所有移营进扎南塘及遵札筹办各情，理合肃禀，伏乞俯赐察核。

再，卑府于日前察看形胜，因见地方辽阔，路径纷歧，防剿不易，而卑营各勇仅三千余人，兵力尚单，恐难独当一面，乃调驻临之精捷勇，抽拨五百前来，已于二十八日行抵银塘，拟令休息一二日，即行同进助剿。合并禀明。

禀耆中丞 咸丰八年三月初七日

敬禀者：

窃卑府于前月三十日曾将由乐安、银塘连次移营及调精捷营前来助剿各情，驰禀在案。

嗣于初三日进屯公碑墟，距崇仁三十余里。因闻前面有重河之险，兼之山路崎岖，乃于初五日令李明惠、邓在富等各引轻骑前进觇贼，并择形胜，以便移营。时距营十余里之铁子岭有贼百数十人拒守，闻官军至，遂遁。我军追至距城十余里之湖头，仅获其小孩数名，余俱渡河拆桥自固。我营勇日晡回营，适接王守飞报宜黄已复，卑府即于初六日留辎重于后，先率各勇径抵湖头，赶造浮桥二所。正在扬队排开枪炮，旋见萧军攻城，当即麾兵渡河，李明惠、何益发、李长龄、陈本炽各率所部进逼南门。时贼已败退，卑府以未筑就营盘，还屯西岸。是夜更定，谍报崇贼弃城东遁。卑府一面函知萧道、王守两营，一面派勇入城，随即露夜力追，务令大创而去，免致完聚一隅，将来仍然抗拒。

除俟回报续禀外，所有移营会剿、收复崇城、派队追剿各情，合先驰禀，仰慰宪廑。

禀耆中丞咸丰八年三月十一日

敬禀者：

窃卑府于初七日曾将初六日会攻崇城，即于是夜收复，当经派队追剿各情，驰禀在案。

嗣据卑营李明惠、邓在富、崔大光等归报，卑勇于更初袭取民城，时官城尚有贼数百人，亟开北门而遁。卑勇旋入官城，夺获劈山炮一尊，铜炮二尊，子药五担及伪签筒、笔架等件。五鼓，卑营各勇追及贼于三十余里之六家渡，斩首二十七具，余贼多弃器械而走。卑勇夺获大小旗帜五十二面，抬枪九杆，小枪十六杆，大刀二把，铁叉一把，伪帽一顶，号衣三件。因闻前面有大股贼屯聚，乃收队还崇。是日卑府由沙仔岸移营进屯民城外数里地方，与萧道、王守会商，再图进取。

初，卑府渡河，即闻崇邑东路廪生汪波督办团练，众数万人，名为助贼，实以制贼，使不敢扰害地方，计伺官军来时，即可从中举事。至是卑府以书招之，汪波先后遣其党武举李荣等数人来营归诚，当经付以札示，谕慰令归，整饬团丁，拒守险要。抚贼旋觉，率大股来屠，汪波等于初九、初十两日督团迎击，颇有斩获，复遣其党来营献俘，并请援兵。卑府查问汪波带团杀贼，实系各营探勇目见，则其真心效顺可知，今若弃而不救，万一被贼鱼肉，实所以灰其向义之心，地方从此解体矣。第查该团距崇尚六十里，殊属鞭长不及，且距抚仅二十余里，又未敢一军冒险轻进。现经会商萧道、王守，每日扬兵前进三十里之六家渡，可与该团遥为声援，如闻贼入，该团亦可相机往助。惟闻建昌之贼较抚更多，相距仅数十里，可以互为应援。将来进围抚州，似宜兼攻建昌，牵制贼势。

又据谍报，石逆大股为闽、浙兵所遏，退屯玉山、铅山之间，如闻官军进取抚城，彼必回顾巢穴，是非厚集兵力，诚恐难保万全。伏乞宪台移会闽、浙两省，一伺石逆大股回救抚城，即可追蹑其后，使之腹背受敌，首尾交困，当可成擒。是否有当，统候钧裁。

至昨接李镇军函报，伪九公子带贼于初三日窜至界桥，当经该营击退，从此丰城一带，当可无虞。吉安之贼，前经湖南抚宪调星、藻两营助剿，该逆必难窜越临江，似无须重兵驻防。卑府现在进剿孔亟，因复札调老白旗前来，以资厚集。合并禀明。

禀耆中丞咸丰八年三月十七日

敬禀者：

窃卑府于十一日曾将追剿崇逆及筹办各情，驰禀在案。

是夜二鼓谍报，抚逆于是日袭破秋溪团练，焚掠一空。初，卑府与萧道、王守会商，轮流扬队，以为该团声援。是日萧道帅师前进，卑府亦派石有周带勇百人同往察看情形。未至秋溪数里，汪波率团勇渡河来迎，贼乘虚袭之，团丁溃散，争先西渡，浮桥遂断。萧军与贼夹河而阵，对施枪炮，互有损伤。卑府闻警，即于十二日黎明率勇往助，行至距秋溪二十里之六家渡，谍报贼已引去，萧军亦收队还营。卑府以秋溪距抚仅三十里，该贼不时出没，乃留精捷营、胆勇、新安勇驻六家渡以顾后路，自率老蓝旗、老青旗、老红旗、飞虎军、义勇驰抵秋溪西岸。时贼果复出，距秋溪数里，并于左路上顿渡搭造浮桥。地方百姓避匿山谷间，闻卑勇至，乃稍稍归，汪波亦率团丁数十人来谒，泣诉致败之由。

卑府极意抚慰，令其收合散亡，以图再举。是夜卑营各勇露宿岭头，戒严以待。

十三日黎明，风雨大作，遍体沾濡，各勇衣单，寒战甚苦，因距贼甚近，不敢住居民房，恐被掩袭，只得传令收队。而地方绅民号泣遮留，情甚可悯，卑府乃令帮带李明惠带老青旗勇、卢秀峰带飞虎军留防，复令帮带邓在富带老蓝旗勇仍驻六家渡，以防上顿渡、罗坊渡之贼，并令日则多张旗帜，夜则多设烽火，以作疑兵。贼知西岸有备，不敢渡河，惟在东岸掳掠。

十四日，李明惠等渡河，伏兵击之，擒斩七名。邓在富亦移兵进至罗坊、上顿渡一带，贼遂悉退入城，地方得以保全，士民欢呼，重新振顿团练。惟该处距崇仁老营五十余里，卑勇留防，实属孤悬，卑府亦难遥制。乃一面函催萧军，一面移营，于十六、十七先后前进秋溪西岸一带，界河而守，一俟萧道各军毕集，即当相机进攻，务期迅复抚城，仰慰廑念。

所有派勇留防及移营进扎各情，理合肃禀。

禀耆中丞咸丰八年三月十九日

敬禀者：

窃卑府于十七日曾将派队留防秋溪西岸，旋于十六、十七拔营进扎各情，驰禀在案。

先是，十六夜谍报，抚逆于明日分三路前来攻营。当即部署各营，戒严以待，并飞调留崇城之老白旗、老胆勇星驰来助。十七日辰刻，贼果大至，一由下游之罗坊渡来，一由上游之万年渡来，一由中路之永安渡来，漫山遍野，五色旗帜纷披，每路马队数十，河中并来炮船四号，水陆并进，其势甚盛。卑营义勇、新安勇阵于营后，以防贼由间道袭营，其余各勇与贼夹河而阵，然炮击之。贼死伤甚众，犹复相持至午，我勇退阵山上。惟帮带李明惠率轻骑横流而渡，诱贼过河，贼终不敢来追。各勇更番休息，计图击其惰归。

及至近晡，贼倦欲退，我军鼓角一鸣，各勇争先渡河，李明惠率老青旗勇、卢秀峰率飞虎军、杨虎臣率阳字勇由上游渡，邓在富率老蓝旗勇、翟国彦率老白旗勇及老胆勇由下游渡，李士恩率老红旗勇、黄仁遗率精捷勇由中流渡。贼初悉力拒战，李明惠等数骑登岸，左冲右突，所向披靡。邓在富等亟由下游邀贼归路，贼遂溃乱，其炮船亦鼓棹而去。我军追至十余里之嘉庄地方，伪九公子率众转斗，李明惠、卢秀峰复击败之，穷追二十余里，擒斩七十七名，夺获抬枪十三杆，小枪五杆，藤牌七面，大小旗帜八十五面，内红绸旗甚多。

卑府窃思贼见官军合围而进，势必不支，故乘卑营尚未完缮之时，并力一举，计图侥幸，以牵动各路官军。仰托福威，有此一捷，颇挫凶锋，将来相机进攻，或易得手。萧军于十八日进扎上顿渡，与卑营声势联络，防剿更易为力。

所有十七日卑营击贼获胜情形，理合肃禀。

禀耆中丞 咸丰八年三月二十一日

敬禀者：

窃卑府于十九日曾将十七日贼来扑营，卑勇迎击大胜各情，驰禀在案。

先是，十八夜三鼓，接据萧道函告，前队五营已于是日进上顿渡，探悉抚逆定于明日来扑，该道嘱令卑营出队前往策应。卑府当派帮带邓在富率本部老蓝旗勇，及程国模率新安勇，黄仁遗率精捷勇队各五成，四鼓传餐，五鼓启行，前赴萧营助剿。行至罗坊渡岭上，见贼已由上顿渡下游渡河，一股阵于萧营前面坡上，一股绕出萧营之后，东岸一带之贼，蜂屯蚁聚，约计二三万人。时萧营按兵未动，来催卑勇速进。邓在富亟令精捷勇由罗坊渡上游渡河以击东岸之贼，牵制西岸之贼，自引本部及新安勇疾驰至萧营后岭上，与贼相距半里，列一字阵。贼见卑勇倏至，其势稍却。邓在富以东岸贼多，务须乘其半渡击之，当派百长郭成璋、何明立率勇由左路绕向贼后，自率百长黄仲庆、刘光文、刘永光等各勇，直突贼阵，新安勇随后接应。贼见我进，枪炮齐施，子如雨骤，纷掷火蛋、喷筒，志殊死斗。邓在富、黄仲庆、刘光文、李景康及新安勇帮带程国模，百长李明春、鄢祥胜等，策马当先，所向辟易，众勇鼓噪相从，当斩贼先锋数十名，贼势益却。郭成璋、何明立复从左路袭贼之后，萧营各勇由营前涌出，遮贼归路，贼遂败溃。我军三面击之，斩获无算。贼众争渡，自相践踏，溺死甚众。卑勇追过浮桥，贼悉退入东岸街市，卑勇未敢冒险，乃与萧军同时收队。精捷勇由罗坊渡过河，时贼多向下游，余悉惊溃。黄仁遗率勇追斩十余人，及追近上顿渡西岸，贼尽过河，黄仁遗恐众寡不敌，亦收队还。

是日约计杀贼四五百名，溺死五六百名。卑营斩取首级一百三十七具，夺获战船一只，大铜炮三尊，抬枪七杆，小枪十六杆，大小旗帜一百一十九面，伪印一颗，其余刀、矛、藤牌甚众。卑勇阵亡一名，受伤三名。

是役也，贼见萧军前队颇单，故敢渡河决战，不意卑勇驰往夹击，复挫凶锋，从此心胆益寒，谅不再生窥伺。

惟闻建逆三路援抚，卑营实当其冲，将来前进西南，诚恐腹背受敌。可否再调驻防仁和之新红旗前来，以资厚集，统候批示饬遵。

所有十九日派队前赴萧营助剿大获胜仗各情，理合肃禀。

禀耆中丞咸丰八年三月二十三日

敬禀者：

窃卑府于二十日曾将十九日派队前赴萧营助剿大获胜仗各情，驰禀在案。

是日即闻建昌贼目陈旭、郭曜明共带广贼五六千来援，沿途杀掳人畜，焚毁房屋，不可胜纪。卑府正与萧道函商堵剿，旋于二十一日谍报建逆窜至卑营上游三十五里之龙骨渡，并在东岸筑垒自固，裹胁百姓，积聚资粮，为持久之计，不时过河焚掳，居民避匿一空，抚逆伪九公子带贼四千余人，由东路绕来会合等语。

卑府查龙骨渡距宜黄五十余里，距崇仁六七十里，均系平坦大道，其间并无一兵。贼之屯聚此处，计在由间乘虚，窥伺崇、宜，断我饷道，牵制各路官军，若不及早击退，将来滋蔓难图，实为后顾之虑，且与抚逆既合，则势焰益张，即难得手。乃一面函请萧军出队助守卑营，以防抚逆，即①一面传队五成，掩贼不备。是夜四鼓，卑府督同各勇衔枚疾进，二十二日黎明抵龙骨渡西岸。时贼正在东岸筑营，闻官军至，仓卒出御，与我夹河而阵。贼未成列，卑营帮带李明惠急开劈山炮击之，毙贼数名，贼势稍却。卑府当麾各勇乘机渡河，老红旗、义勇、新安勇先渡，精捷勇、老青旗、老蓝旗勇及卑亲勇继之，斩贼先锋十数名，贼遂败

①中华书局版《刘坤一遗集》无“即”字。

退。卑府复令老胆勇、飞虎军由下游渡河邀贼去路，贼退至营前，并力拒战。李明惠督同义勇帮带李长龄，百长李永年、任加贵。老红旗营总李士恩、百长夏永宽。老蓝旗帮带黄仲庆，百长尹善堂、石有周。老白旗营总翟国彦，百长郑荣华、陈昌达。精捷营总黄仁遗、百长陈大运。新安勇帮带陈国模、百长李明春等，各率所部奋呼而入，破其前营，其余六营，以次瓦解，我军斩获甚众。

屯聚乡村之贼，尚在传餐，闻败悉遁。我军逐之，贼蹙，多弃器械，横塞道路。初欲走向抚州，为胆勇、飞虎军所邀，死伤无算。折归建昌路上，胆勇营总崔大光，百长何流庆、何流恕、黄淳宏、黄仲光，老青旗百长吴定高，卑亲勇罗际昌、曾庆和、谭得胜、郑连陞、萧朝升、吴采芹等穷追二十余里，各有斩获。崔大光、吴定高身受重伤，犹复手刃数贼，收队而还。是日攻破贼营七座，约计杀伤贼四五百名，斩取首级二百七十五具，生擒十七名。夺获大小旗帜四百六十四面，抬枪十七杆，小枪七十二杆，藤牌三十一面，伪黄伞二把，伪帽二顶，黄马褂七件，号衣四十五件，药七桶，铅子四桶，米二百余石，钱数百串，其余一切军资甚众。我军阵亡二名，受伤九名。

所有二十二日督队堵剿建昌援贼大获胜仗各情，理合肃禀。

禀耆中丞 咸丰八年三月二十九日

敬禀者：

窃卑府于本月二十四日曾将迎击援贼大获胜仗，及该逆败溃后，道遇抚逆，合股复来屯聚距龙骨渡十余里地方，计图再举各情，驰禀在案。

正拟会商萧军，定期渡河，相机迎剿。讵意春水陡涨，河岸淹没，饬建浮桥，又未完善，是以未便前进。

卑府忽于二十五、六等日，因天时寒暖不常，偶感风湿，初觉身热形昏，饮食减少，继因误投药饵，遂至愈加沉重，现在委顿床褥，实难支持。虽赶紧加意调治，奈行营所在，殊乏良医，深恐旬日之间，未能即愈。伏思刘道上年在营时，偶尔感冒，尚有卑府可以分任其劳。若卑府本以樗栎之材，谬膺重大之寄，仔肩独任，旁贷无人，亦惟有恪遵刘道成范，事无巨细，必躬必亲，毫不敢稍涉疏虞，致滋陨越。况对河贼氛逼近，更宜悉心筹画，布置周密，期无贻误，俾免愆尤。而当此紧急之时，忽染缠绵之疾，即欲勉强支撑，实出于势有所不逮。以故情日益急，病日益增，再四踌躇，惟有仰乞宪台，俯念攻剿吃紧，经理乏人，迅赐咨调刘道，勿拘假限，星速回营，俾军务不至旷持，而孱弱病躯亦得借资静摄。

明知刘道三月假期未满，无如卑府一时急证难痊，不得不沥情吁恳，稍为变通。为此冒昧陈词，无任悚惶待命之至！

禀耆中丞 咸丰八年四月二十一日

敬禀者：

窃卑府于十七日曾将病渐就痊及筹剿各情，驰禀在案。

是日，卑府派队会同萧军进攻抚城，贼初于西南角城下搦战，计伺我军近前，彼得以枪炮伤我，卑勇严阵不动。旋见南门突出贼二千余人来袭我勇之后，我勇退以诱之。贼冲至坡上，卑营崔大光率胆勇，卢秀峰率飞虎军绕出贼右，遮其归路，贼遂转斗，卑营楚勇、义勇亟击其左。贼两面受敌，乃悉退向城下，为港所阻，溺死数十名，马二匹。胆勇追至港前，斩首十七具，夺获马一匹，大小旗帜九面。

是夜谍报，卑营留防龙骨渡之老白旗勇、精捷勇及汪波等团勇大破建逆于吴口地方。先是，卑府令汪波等进驻大路游，老白旗勇、精捷勇进屯云山，以相策应。十六日，建逆出至吴口肆行焚掠，扬言复出秋溪以援抚郡。百姓不堪其苦，于大徐岭一带连络乡团，与汪波等合并遣人来营告急。卑府飞檄老白旗勇、精捷勇往助。十七日贼果来攻，已分股绕出团勇之后，适老白旗勇、精捷勇鼓噪而至，枪炮甫施，贼遽惊溃，团勇乘之，追至距建城三十余里而还。斩取首级七十八具，生擒四十五名，夺获马二匹、抬枪九杆、小枪十六杆、大小旗帜六十四面。

卑府闻捷，料建逆不敢再出，饬令乡团守据险要，遂调老白旗勇、精捷勇回营。十八日，卑府传令各勇于黎明出队五成，会同萧军进攻抚城，贼坚伏不出，惟与水师对开枪炮。日晡，我勇收队回营。卑府以抚逆似无战守之志，函商萧道移营，进逼城下，以图克复。二十日，萧军移营进驻城西南角，卑府先派胆勇、飞虎军及老蓝旗、老白旗、精捷勇进驻城南。崔大光等前队甫到，贼遂弃城东遁。卑府当即会同萧军及水师入城，随即跟踪追剿，以期痛予创惩。窃抚逆屡为官军所败，日盼建逆来援。兹闻建逆亦为卑营所破，官军三面合围，其东窜之贼，刻下不能回救，知难据守孤城，故遂弃之而去。是非仰托大人福威，何能如此①成功之速之易也。

除俟追剿各勇回营续行禀报外，所有十七日卑勇大破建昌援贼及连日进攻抚城均获胜仗，二十日移营进扎，遂复城池各情，

①中华书局版《刘坤一遗集》无“如此”二字。

理合肃禀。

禀耆中丞咸丰八年四月二十四日

敬禀者：

窃卑府于二十一日曾将龙骨渡防勇复破建昌援贼及连日攻抚获胜，二十日移营进逼，遂复城池各情，驰禀在案。

嗣查抚逆大股由金溪一路窜去。二十一日，卑营老白旗、老蓝旗各勇进至浒湾时，贼尚未尽渡，卑营勇击之，擒斩数十名，夺获器械、旗帜数十件，其余溺死数十名。是夜贼自惊溃，分途乱窜，散亡一千余人。加以是处溪港甚多，溺死之贼男妇老少不计其数。二十二日，卑勇由小路穷追至琅琚积地方，沿途斩获甚众。二十三日始收齐队回营。合计斩取首级一百二十一具，内伪将军一名，于身上收获伪印，生擒九十七名，夺获骡马六匹，抬枪八杆，小枪二十五杆，藤牌七面，大小黄旗四十三面，号衣五十七件，刀矛二百余件。又查胆勇、飞虎军、老蓝旗、楚勇于二十日会同江军、萧军入城时，擒斩共三十五名，夺获铜炮十一尊，铁炮十七尊，抬枪十二杆，小枪二十六杆，伪袍一件，大小旗帜五十六面，其余一切军器货物甚众。

窃抚城坚固，三面临河，粮食既充，枪炮更伙，假令负嵎固守，诚非旦夕所能成功。惟以外援已绝，加之内衅复生，又见官军合围，恐如袁、临故事，故遂陆续逃去，至二十日乃空城而遁。抚城既复，则建逆势孤，当易得手。如其仍然负固，卑府拟俟接济办有头绪，留勇三千驻抚城南以资防堵，以备策应。其余三千余人，亲率赴建助剿，以期一鼓荡平。是否有当，伏候训示饬遵。

至此次克复抚城，仰托大人福威，为力较易。惟念东渡以来，步步为营，时值春雨连绵，在事文武员弁，实属倍常辛苦，且自克复崇邑，进驻秋溪，屡次堵剿建昌贼援，进剿抚州巨寇，各将士尚能用命，著有微劳，可否一俟刘道回营，饬令择其尤出力者开保，以示鼓励之处，出自逾格鸿施。

所有卑勇追贼回营及现筹剿建逆，伏候批示各情，理合肃禀。

禀耆中丞 咸丰八年四月二十八日

敬禀者：

窃卑府于二十四日曾将卑勇追贼回营及筹分兵赴建会剿各情，驰禀在案。

是日东路来营告警，卑府当嘱帮带已保副将遒勇巴图鲁李明惠率所部老青旗勇八百名，驰赴浒湾防御，以镇民心。二十五日，复益之以老蓝旗勇四百名。二十六日，递接宝营、老湘营函报，建城已于二十四日收复。

同日奉到宪台札饬：“该逆既经败窜，当无回扑之理。然贼情诡诈，不可不防，诸军仍宜分布郡城内外，并扼文昌桥东岸，俟探明贼踪，再定进取分剿之局。此时各统领万不可尽行入城，以防贼由各路回扑被围。除分檄饬遵外，合亟札饬。札到，即便遵照办理，仍将遵办缘由禀报查核。切速切速！特札。”等因，奉此。卑府以建城既复，遵即加队千名，嘱帮办已保参将邓在富等于二十八日继进，会同李明惠等由浒湾一带相机追剿，以期肃清金溪一带，仰慰廑怀。

所有先后派勇防堵东路及遵札相机进取各情，理合肃禀。

禀耆中丞咸丰八年五月十二日

敬禀者：

窃卑府于初二日在省接奉宪台札饬："照得现据探报，抚郡窜贼犹扎浒湾以上十里地方，建昌府城逃匪蔓延金邑、石门一带，余贼父子已进金溪县城，及刘守现发兵二千驻扎浒湾地方防堵等情。查金溪等处余匪，业经札饬萧、刘二道及刘守会督各军驰往兜剿在案。今抚、建两郡余匪既已会聚金溪，贼众不少，且又切近抚城，难保不死灰复然。虽经刘守拨勇二千，人数未免过单，亟应厚集兵力进剿，以杜蔓延。顷据萧道面禀，拟即率领全军往剿。惟查该军前经留防崇仁一营，今须随同前进，崇邑地方应由刘守分拨两营前往接防，以便萧道统领各营驰赴剿办。其抚州郡城内外亦应分兵扼守，所有刘道陆军应即驻防抚郡城上，水师各营梭巡抚河截击。至原守之平江勇全军，即扼守文昌桥东岸，用杜窥伺。除分檄饬遵外，合亟札饬。札到，立即遵照，分拨两营，刻日驰往崇邑，会同城守县汛，督率乡团，妥为布置，实力防守，毋稍懈怠。仍将遵办缘由报查，均毋违延。切切！特札。"等因，奉此。

卑府即于是日叩辞，初三日由省起程，至初六日抵营。各路谍报，抚、建之贼均窜闽界，金、泸一带已无贼踪，并闻金城已有官军驻防，泸境亦有乡团堵剿，时因萧道未回，一切未便遽动。初八日夜，萧道回营，定期于十一日全军进屯金溪。其防崇城之勇，业经调来一同前进。卑府以金溪既有重兵，则浒湾无须设防，遂檄卑营老蓝旗、老青旗勇于初十日回抚，随即遵札派老白旗勇及新安勇两营，定于十二日起程转驻崇城，以资堵守，其余各营仍驻抚城听候调遣。至驻临之新蓝旗勇五百名，该营总鄢参将业已撤委，卑府拟调该营来抚，以便就近训练。仍调在抚之精捷勇五百名转临，合之原驻精捷勇五百名足成千人，且使事权归一，防剿更能戮力同心。合并申明，伏乞俯赐察核。

再，卑府在省曾奉面谕，卑营义勇、新安勇、游胜军盐粮，将来须由省局合办支应。现在所需米粮，当即札饬临邑官绅接济。仰见大人体恤周至，下怀感激，莫可言宣。嗣于初九日奉到批示："查抚、建二郡均已克复，逃窜余匪，现饬各营追剿，谅亦不难翦灭。惟闽、浙二省逆焰甚张，一俟抚、建境内肃清，各军即应出境援剿。所需月饷，自应由江、楚两省合力支应，业已咨商湖南抚院酌核会办。但该营每月需饷若干，未据禀报，无凭查核。仰即将该守统带援师，计若干营，员弁、勇夫若干名，每月需薪水、口粮、夫价，湖南、江西各应支发银若干两，袁、临二郡及崇仁县所收厘金、捐输、钱漕每月可得银钱、米石若干，统共设卡几处，刻日详晰开列清折禀送，以便通盘核计，设法匀拨，毋延！此缴。"等因，奉此。卑府遵即饬查，容当据实汇册禀报。

惟卑勇进驻抚城南郊已逾两旬，每日各营需米百四十余石，当因崇仁运解寥寥，不能接济，临川戴令又以未奉宪札，推诿再三。卑府以各勇待哺嗷嗷，刻不可缓，只得一面禀请宪示，一面由营委员并札饬地绅在于南乡设局筹办，许以将来作抵丁粮，以期踊跃。彼时实为权宜之计，图舒然眉，故尔冒昧。兹既面奉宪谕，复奉批示，卑府自应遵照办理。惟乞迅赐札饬地方官绅，设法筹办米粮，接济卑营，俾无枵腹，则感荷矜全之德于无既矣。其前所收南乡米粮作何报销之处，并恳批示饬遵。理合肃禀。

禀耆中丞咸丰八年五月二十一日

敬禀者：

窃卑府于四月二十三日奉善后总局札："奉宪台批：'据高安县禀，莺冈岭饭店孙麻生等禀送营勇萧时品等，查讯供情，并恳札饬清江县释回被营捉去乡民由。奉批：查勇目萧时品等，既系私自出营，捏诈滋事，送县讯供确凿，何以该营反将乡民多人捉去不放？殊干军令，仰总局司道速行刘守确切查明，据实从严究办，以肃纪律。此缴。禀单抄发。'"等因。并抄发禀单转行到营，奉此。

遵查此案，前据高安县举人刘昕以前情赴营具禀，并准瑞州府铭署守会移前来。随经卑府将该营总已保参将花翎游击鄢世堂先行撤委，一面行查去后。嗣奉前因，又经札委候选知县杨应昌驰往临江，会同清江县冯令确切查办。兹据该二令会禀："卑职应昌抵临后，查羁营人等，除业经保释外，尚有孙镇聚、傅启元、黄耀辉、熊荣一、徐科七等五名，随即会同卑职械提讯取保，移提萧时品等质讯。旋准高安县以案经禀请抚宪提省审办，应否解讯之处，应再禀候宪示遵行。"等因，移覆。查萧时品等既不解质，则此案起衅缘由，无从跟究。孙镇聚等既经讯据供称均系无干，营勇亦无讹索，未便久羁，已由卑职械移解高安县保释。乞即转禀抚宪，札饬高安县萧令将萧时品等解回营中审办，以归简便，而免拖累。并据鄢游击呈到亲供称："于二月晦日派勇萧时品等携带银两，前往南省采办旗帜、军装，由莺冈岭经过，投宿孙仁兴饭店，被窃起衅，致为该处乡民捆送高安县管押。当据同去之勇回报，游击即带亲勇前赴该处查询，讵该乡民等出言不逊，随将孙镇聚等带回营中细鞫。嗣奉札饬，即经陆续开释多名。现奉委查，所有留营之孙镇聚等五名，业由清江冯令转解高安讯释，实无索诈情事。”各等情前来。

除另录供折呈核外，理合据情转禀。伏乞大人俯赐查核，可否邀免解省委审，札饬高安县将管押之勇目萧时品等移解回营，从重审办，以肃法纪之处，出自恩施。谨禀。

禀毛寄云制军张月卿中丞

同治二年二月初八日

敬禀者：

窃本司于正月初三日曾将上年十二月二十四日行抵浔郡，定于本年正月初四日起程赴营，振顿各营，力图剿办各情，具禀在案。

嗣因船只未就，至初八日会同营务处王道承泽起程。途次闻黄逆仍欲窜出龙山，以救龙岩之贼，本司当由范界墟上岸，先赴大墟，以原驻该处马队、炮队、府勇尚单，一面飞调云字营、湘勇前来，并一面严饬原办武平里团练之郭游击承凤纠集各团，以扼六乌山口侧髻山口。黄逆知我有备，随即缩退。

本司于十二日行抵贵县，整饬水陆各营勇弁，周览南北两岸形势。黄逆侦知本司已抵贵县行营，飞调龙山之贼回顾巢穴。十九日，郭承凤督武平里团总汤振廷及冯会等乘虚进攻龙山，已破中里，黄逆大惧，急令逆目李花四从上石龙来援，并调龚漱六从上里夹击，众约三千余人。该团练等以众寡不敌，于二十一日退守六乌侧髻山口。本司饬郭承凤不得再退一步放贼出险。该贼屡攻不利，绕道铜岭，潜由亚八村、纳凉村，于二十五日黎明，突出石梯山口，攻入上隍村。郭游击当督武平里团练黄履太等带练驰救，乘雾而进，鏖战逾时之久，贼渐怯退。适圃里团总黎金育等带练绕向贼后，贼遂大溃。该练丁追至纳凉村，生擒六名，斩取首级九颗，夺获马二十八匹，大小旗帜六十七面。二十六日，该逆退至亚八村，该村团总陈秉衡带练邀击，生擒一名，斩取首级一颗，夺获马二匹。该逆屡挫，乃窜回上石龙及上里。

本司以该逆敢于远出龙山及南岸牵制官军者，以覃塘、登龙桥险而易守，亦见我军尚未进攻耳。若攻其必救，贼将自顾不遑，且岭底龙岩之贼，全赖覃塘、登龙桥运粮接济，我军截其运粮之路，亦将不攻自破矣。因与营务处及各将领熟商，先令原驻南岸楚军营务处李副将士恩率德安勇、德勇、向勇于二十八日进屯萝卜湾前面，并令统领水师利参将辉分拨炮船并进，诱贼出斗，击毙骑贼一人、余贼数人。黄逆见我军稍前，仍调上石龙及上里之贼回守贵县登龙桥。

本司于二月初一日复令郑总兵金华统带北岸中军正中、副中、前、后五营进逼登龙桥。料贼必悉众来争，令李副将士恩带南岸之勇过河及五营亲兵列阵左路，戴副将盛宽带海字、绩字及上字、元字四营列阵中路，南勇营务处黄县丞趾麟带南勇左、右、后三营及亲兵列阵右路，本司与郑镇、王道各率亲兵往来督战，并令利参将多拨炮船，攻贼河岸炮台，以分贼势。先是，我军搦战，贼每俟至日中始出，计在击我惰归。兹见我军逼桥筑垒，初用大炮三面轰击，子如雨骤，我军受伤颇多，坚阵不动。贼遂出棉花街攻我左路，其锋甚锐，楚勇后营营总易游击胡恩即率亲兵迎击，阵斩先锋贼十数人，贼势遽却。李士恩复率亲兵夹攻，贼恐断其归路，争先退走，多挤入塘，陷于泥涝，悉为我军所歼。贼旋以数百人缀我左路之勇，又以数百人出登龙桥缀我中路之勇，悉其骁悍约三千余人，由贵县城下绕攻我之右路。是日管带南勇亲兵翁守备长春因病未出，南勇营务处黄趾麟及后营总谭从九受益、右营总雷千总克先率勇迎敌，枪炮互施，贼以数百骑抄出其后，该勇力不能支，退据坡上。贼乃以数百人向南勇，余悉折攻中路。何都司元凤率元勇，胡游击志高率道勇，戴副将盛宽及姜游击正友、黄都司建勋、夏游击安提率海、绩勇并力血战，阵开复合者数次，黄建勋、夏安提策马陷阵，身受重伤，其战愈力，南勇旋亦转斗。两路正在相持，楚军副中营总宋都司光宇、前营总李参将昌连各率亲兵，直冲贼胁，李士恩亦率亲兵继进，击斩十余人，中路之贼始败，与左路贼合，甫却复前。

本司与王道急令何都司明亮、刘都司元复、胡都司德芳率各亲兵驰赴左路，该都司等身先士卒，所向无前。贼忽遇此生力之军，屡战屡北。中、左两路之勇鼓噪并进，贼悉披靡。我勇分途追逐，斩获甚多。该逆退至罗云塘岸，其众复集，悉伏岸侧，伺我勇上岸，始开枪逆击，且然登龙桥内大炮及罗云塘船上之炮，我勇乘高，辄为飞子所中。本司令其益引而右，郑镇令德安营总周都司德率勇沿岸而进攻贼之背。贼两面受敌，且战且退，我军乘势掩之，贼首尾不相救应，死伤狼藉，余多抛弃器械，一支上走覃塘，一支走入登龙桥。周德率勇追至卡门，刺杀断后悍贼十余人。其守桥余贼见我军，多赴右路从河岸突出。时营垒已成，该勇番休拒战，利参将复率水师扬帆直上，炮声雷动，贼旋退去。本司以日已薄暮，令各勇振队还营。是日约杀伤贼二三百名，斩取首级四十五颗，夺获大小旗帜三十七面，长矛二百余件。我勇阵亡一十七名，受伤一百二十五名。

窃查该逆凭依巢穴，主客劳逸，其势自分。我军先以事权不一，不相应援，每一路稍挫，辄不可复救。即相持竟日，贼仍伺我收队之时，悉众追蹑。兹幸仰托福威，将士用命，搴旗斩馘，大挫凶锋。现在郑统领六营及德勇、向勇营垒已完，本司拟俟晴明，令海、绩、道、元、南各勇以次结营而进，屯南田村，塞龙口山，谅贼必不敢远离覃塘、登龙桥，而岭底、龙岩两处声援亦断矣。本司仍饬郭承凤等督团严守龙山要隘，并札委邓游击在伦前往南岸督办桥墟、木格、木梓等处团练，约会横州及广东灵山兵团，攻取香江。另饬团总县丞李元芳、武举杨廷材、武生李英捐资带练，进屯郑村，上下联络，刻期北渡，与官军合围，则西山各团群起响应，声威益壮，自易成功。

惟闻黄逆起码办粮，多在武宣东北两乡及宾州、来宾、迁江地界，且因此间堵剿甚急，声言欲窜武宣、宾州，亦不可不预为虑及。虽经本司札委署浔州协都司陶茂凤与绅士黄检真前往该州县集团堵御，究属未可深恃。伏乞宪台迅派荔浦得胜之师，由象、武渡河前进山东石龙、樟木，相机剿抚，则贼日益困敝，并可遏其狂窜，免致滋蔓难图。是否有当，伏候批示饬遵。

除将阵亡受伤各勇、练分别开具清折咨送军需总局外，所有本司抵营日期，力图剿办及官军递获胜仗并请调拨荔浦官军前进各缘由，理合具禀。

禀张中丞 同治二年五月初三日

敬禀者：

窃本司曾于二月初八日将郑镇六营进逼登龙桥各营接仗获胜及一切剿办情形，驰禀在案。

嗣闻黄逆以官军日逼，四路起码，计将倾巢而出，以图困兽之斗，本司飞调马炮队前来，与各营戒严以待。二十一、二、三等日，黄逆果由覃塘窜出棉村一带盘踞，二十四日黎明，悉锐来攻，众约二万余人，本司当饬各营坚壁以挫其锐。贼屡攻不利，乃以一股由登龙桥拒郑镇各营，以一股出沙江桥据我旧垒，围原扎岭底之南、元、上各营。本司亟令李副将士恩带南岸信勇、德安勇，会同戴副将海、绩勇力救，贼死拒不退，鏖战至暮，始各收队。是日我军伤亡七十四名。

二十五日，本司令南岸信勇、德安勇连营而前，以救南、元、上各营。是夜，南右营以水米已断，于三更拔众而出，被戕病勇十余名。

二十六日，贼益增垒，以围南、左、后、元字、上字亲兵五营，并结垒以围郑镇六营，本司亦令郑镇筑垒拒之。贼众来攻，步骑并进，其锋莫当，我军并力血战，阵开复合者数次，鼓噪之声动地。利统领辉令水勇登岸助战，击杀贼三四百人，马五十余匹，贼悉败退。是日我勇伤亡九十八名。

日晡，陈参将本炽率新安勇到营。

二十七、八两日，本司令郑镇率所部六营，李副将率德安、信、新安马炮队力攻登龙桥外贼垒，令南、元、上各营力攻沙江桥贼垒，以图解围。该逆坚伏不出，我勇破其二垒，杀贼数名，我勇伤亡七十六名。

本司以贼垒甚坚难破，乃挑奋勇千人，于二十九日由南、元、上营后之石脚村筑营以通接济，并驰嘱营务处王道及浔州府覃署守由双井带勇来援。该逆复于独寨村下筑垒，以拒石脚村之勇。

三十夜接南、元、上各营总告急书，本司以事已危迫，悬立赏格，于三月初一日令郑镇率勇分攻登龙桥贼垒，而令李副将率重兵向沙江桥以救南、元、上各营。我勇争先致死，贼败入垒，我勇已逾外濠，黄逆自率劲骑四五百抄出我勇之后。我勇且战且退，贼骑来追，炮队营总郑都司宗昆及百长外委薛仕兰、副中营百长守备李玉春帅众转斗，皆没于阵。戴副将率海、绩营勇突出邀贼，利参将亦令水勇登岸助之，贼始败去。是日杀贼二百余人，夺获器械甚众。我勇伤亡二百一十三名。

是夜，王道、覃守率右翼劲勇进屯乐堂，遣人来约攻贼。初二日，本司令郑镇率勇向登龙桥以牵制贼，李副将率勇向沙江桥以与王道、覃守会攻。王道率勇进至石脚村，贼以千余来拒，李副将即率勇绕出旺岭外，以蹑贼后，贼势遂却。王道以日已暮，收回乐堂。

初三日，本司令李副将往乐堂会商王道去后，旋接王道函约再举，本司乃令郑镇率勇出沙江桥应之。是日，王道、覃守督勇力战，数合数胜。因得信迟，沙江桥各勇进兵稍缓，贼以劲骑抄出王道之后，遂不能支，王道、覃守身自断后，贼不敢逼，乃得振队，仍回乐堂。是日杀贼百余人，我勇伤亡二十三名。

是夜，本司责令各将领带勇潜袭贼垒，部署甫定，而南、元、上各营于二更溃围而出，南左营总章世鸿、后营总谭受益为贼所害，其余弁勇夫被杀掳二百余人，遗失军装器械殆尽。

本司以王道一军孤悬，驰函嘱其退守双井，并收回石脚村之勇。初四日黎明，黄逆率骑追王道不及，适遇石脚村各勇，因众寡不敌，我军阵亡一百四十七名，余出东华退回原营。其南、元、上各勇，令其分驻南北两岸，收合散亡，添补器械，以图再振。自是贼势益炽。

本司令海、绩营于初五日转驻沙江桥南与各营联络，黄逆率众环攻，昼夜不息，且以劲骑绕出河边，我勇更番拒战，用炮击杀贼数百人。贼知难犯，乃分股四出掳粮。

本司以贼气已怠，贼营已虚，于初九夜挑敢死士数百人持火攻之，连烧十余座，贼悉惊溃，一股下窜元里与龙岩贼合，黄三自率其党，上窜新村等处，旋于十四、十五由瓦塘南渡，计将直窜横岭，而令北岸元里之贼出水寨以阻我河道。本司令李副将带信勇马炮队先据六村以拒之，贼乃折攻三塘。

本司正拟遣兵往御，该处土匪潜引黄逆于十七日攻陷桥墟，以窥东津，密结黄亚德为内应。本司令郑镇于十八日带正中、副中、南左、南后各营由水路驰守东津，并令德安、新安勇守东井塘与为犄角。时黄逆已抵距东津七里之郑村，闻我军有备，乃退南溪桥，黄亚德亦不敢发。

初，黄逆勾合姚逆新昌及曾五、范亚英等围攻蒲塘，本司当令梁经历俊带德勇往援，至是黄逆催姚新昌等力攻蒲塘，于二十三日夜陷之，梁俊退守沙塘，南岸大震。二十九日，黄逆乘势来攻东津，而令北岸之贼出武乐，仍欲阻我河道，黄逆旋为郑镇所败。是日王道亦击退武乐之贼。

适易道所部潘参将忠实督带荔军前队四营于四月初一行抵东津，本司于初三日由沙江驰往会商，促令登岸筑营。贼觇援军日集，乃敛南溪桥之众，退守桥墟。本司以荔军守东津，而令郑镇率所部绕赴黄蜂墟断贼归路，黄逆复调北岸大口扒一股据守三塘以拒，郑镇潜由桥墟分股往攻兴业、石础堡。本司以登龙桥已无外援，令郑镇渡河，暂同沙江各营于初九、初十连日力攻，利参将督带水师夹击，次日已破二栅，杀贼十余人。旋因大雨，我勇乃退。本司并令梁俊率德勇合同马村团练，于初十日乘虚袭桥墟，而以荔军继进，该逆退守广安寨，我勇突入纵火，亦因大雨而退，贼遂分途回援，守御益固。十一日，荔军后队三营抵东津，本司催令会同前队进屯南溪桥，并令郑镇进屯铜鼓岭会攻桥墟，使贼归救，冀解石础堡之围。

初，水师前营总梁光自备资斧，前往横州募勇渡河，以袭覃塘，既而不果。至是，本司令其率勇会同木格团练李炳南就近往援石础堡。黄逆固守桥墟，而约姚逆大股会攻石础堡，梁光、李炳南之勇又因无粮而退。该堡四面受敌，于十二夜溃走木格。黄逆随于十四日折攻马村，我勇邀击，十九、二十连日苦战，递有斩获，我勇伤亡一百六十七名。

黄逆潜诱马村附近之学庄、石村等处开闸据之，以困马村，并令姚逆收回兴业之众攻罗播以窥下湾，黄亚德招码出天塘以窥耀团，使官军首尾交掣。本司令梁俊、莫云成两营移屯石塘以资兼顾。嗣姚逆为罗播团所败，又闻蒋署道泽春全军于二十四日行抵下湾，不敢出窜，转攻葛村、大莫村，计与黄逆合围马村。本司一面饬南、左、右亲兵各营及南丹马队，前赴下湾，听候蒋署道调遣，并饬浔州府覃署守带府勇随同进攻垌心，使姚逆反顾巢穴。一面催李士恩、潘忠实、梁俊等速解马村之围，以复桥墟而歼黄逆，并会商王道、利参将等分攻龙岩、登龙桥以期得手。

此黄逆悉众出窜，围陷南、元、上各营，旋窜南岸攻陷桥墟，并勾合姚逆攻陷蒲塘等处，敝营分途堵剿，及易军、蒋军先后行抵东津、下湾，移营前进之实在情形也。

窃查本司到营，甫及两旬，即遇此股巨寇，各营从征日久，均属疲病不堪，猝难振顿。而南、元、上各营，因原驻岭底，地势不利，为贼围陷，损伤将士颇多，本司咎无可辞，应请严参究处，以肃军令而饬戎行。所幸仰托福威，固守沙江各营，保据东津等处，大局尚未决裂。惟口粮万分拮据，至于日食不敷，军心颇涣，且以易统领在梧未到，郑统领病转浔州，督率无人，益形掣肘。伏乞俯赐体恤，严饬各卡员顾全时局，务将厘金凑解前来，以应眉急，并饬严催易统领刻日到营，郑统领认真办事，免致本司独力难支。

至蒋统领一军，现经本司催令进屯下湾，将来克复蒲塘，击退姚逆，道路疏通以后，应否遵照前札取道郁林，进规容、岑，或即跟剿姚逆，抑与卑营会攻桥墟，伏候批示饬遵。

再，南左营总候选从九章世鸿、后营总候选县丞谭受益，临危殉难，及楚军炮队营总都司郑宗昆、外委薛仕兰、副中营百长守备李玉春力战捐躯，均堪悯惜，应请优恤，以慰忠魂。

除将楚军各营递次阵亡受伤汇咨总局，其南、元、上各营于失陷时各勇被掳有逃归者，应由该营总确切查明实在伤亡若干，另行开报外，所有黄逆悉众出窜以来一切剿办缘由，理合具禀。

禀毛制军同治二年五月二十六日

敬禀者：

窃本司于二月初十日曾将卑营进逼贵县登龙桥，屡次获胜各情由，驰禀在案。

窃照黄逆以官军日逼，自知难于图存，乃集各处之贼，并裹胁居民，于二月二十四日倾巢而出，众约二万余人，围陷岭底南、元、上五营。随于三月初九日为沙江桥各楚勇所败，连烧贼营二十五座。该逆退至上游，复于本月十五日过河窜陷桥墟，以图断我粮道，本司立拨勇二千人驰守东津。该逆折攻石础堡，进围马村，环筑六十余营，凶焰益炽，并勾结姚新昌、范亚英、曾五各股，窜踞蒲塘，以窥下湾。本司飞调运司衔候选道易元泰所统荔浦各营，会同总兵衔湖南即补副将李士恩各营，以救马村，署右江道蒋泽春所统南勇各营以守下湾。黄逆与我相持一月之久，屡战屡却，由是坚伏不出，计老我师，而使马村自溃。本司饬易元泰等选敢死之士并力进攻，于五月十四日连破贼营七座，遂解重围，黄逆为之夺气。本司复饬广西补用道王承泽攻破大墟顶寨，进围龙岩，广东署督标参将利辉、副将衔湖南补用参将戴盛宽亦力攻贵县与登龙桥。

黄逆深以根本为虑，而又为易道、李副将两军所持，不能遽退，密遣其党区亨圃、周竹岐前来请降，求还北岸候命，词极哀恳。本司查知周竹岐最为黄逆用事之人，当经收系，惟释区亨圃转谕黄逆，即在南岸剃发。黄逆既失周竹岐，益无所主，遂于二十一夜先行轻骑而遁，众亦随溃。我勇攻入桥墟，追至瓦塘，斩获甚众，贼自拥挤入河，溺死不计其数。

本司以贼胆已寒，贼党已涣，亟饬诸军乘胜攻之。二十三日，广西补用参将陈本炽克复岭底，贼失外援，人无固志。二十五日，李士恩、利辉等水陆大举，当即克复贵县及登龙桥，并尽夺河下战舰。黄逆走匿平天寨，余悉退归覃塘。本司一面安抚地方，一面移师前进，以期扫除余[①]孽，稍慰廑怀。

至蒋署道现由卜湾进剿蒲塘之贼，本司已拨候选经历梁俊所带德勇、即补外委莫云成所带云勇由沙塘前往夹攻，谅亦不难得手也。

惟敝营饷项艰难万分，屡至断炊。本司极力拊循，激以忠义，各勇忍饥苦战，幸拔坚巢，而待哺嗷嗷，终不免于鼓噪。伏乞大人俯念卑营利钝实为东西两省大局所关，严饬军需局及屯田局迅将新定协饷章程每月万两，筹解前来，以资接济，俾得饱腾，用命则自易于奏功矣。

①中华书局版《刘坤一遗集》作“除”。

禀张中丞同治二年五月二十六日

敬禀者：

窃本司于初三日曾将二月二十四日黄逆出窜后一切军情，驰禀在案。

先是，本司函商王道承泽，以龙岩为我军后顾之虞，不可不亟图扫荡，而顶寨实与龙岩犄角，必须先攻。王道遂于初三夜四鼓，部分各营，以平字勇堵御龙岩，以兰字、云字勇潜伏顶寨下贼垒之侧。初四黎明，我勇鼓噪并起，纷掷火器，贼遂惊乱，我勇乘势一拥而入，斩其先锋数十名，余悉奔走上寨。我勇蹑之，连破木栅四重。贼至寨顶，乘高击我，砖石、铅码如雨，我勇受伤甚多。龙岩之贼亦出抄我勇后。王道令县丞关天球率勇击龙岩之贼，自率夏游击永宽等前往顶寨督战，士气益奋，胡游击时朋、黄都司万胜执旗先登，兰勇、云勇竞进，扪石攀藤而上，前者甫坠，后者继之，贼殊死斗，鏖战至午，遂拔其寨。击杀贼数十名，余不能支，奔匿寨下岩内，我勇以火薰之，贼悉焦灼。次日，我勇入岩，复于深曲之处搜获妇女二十余人，受伤贼十余人，大炮五尊，抬枪十一杆，小枪二十七杆，马牛共十六匹。

日晡，王道驰函告捷，并称龙岩贼骑数人奔往求援。本司飞饬戴副将、利参将率勇攻登龙桥之贼，李副将、潘参将及李县丞道本率勇攻桥墟、马村外之贼，以图牵制，俾免回救龙岩。初五日，李副将、潘参将、李县丞移营进扎桥墟、马村外之相思村、中村等处，黄逆亦令其众筑垒拒我，当为我军击退。初六日，戴副将、利参将率水陆各勇攻贵县、登龙桥。初得顺风，利参将扬帆直上，戴副将亦挥勇进攻，贼惧欲遁，忽风返吹，兼大雷雨，水师桅樯多折，各勇枪炮难施，收队回营。是日本司前往李副将、潘参将营中，令梁经历、莫外委两营出扎洗岭，联络马村，黄逆亦于洗岭前添筑数垒，我勇卒不得前。本司乃令各勇于初七日黎明，力攻贼营。该逆坚伏不出，伺我勇收队，悉锐来追。李副将令副中营总宋都司光宇帅勇转斗，施放洋枪，击杀贼目一人，并夺其骑，贼众遂却，我勇乘势击之，复杀其先锋数十人。

本司以马村被围日久，而贼营数重，难以悉破，于是夜令李副将、潘参将、李县丞率勇分攻贼营，使贼不敢轻出。环施枪炮，纷掷火蛋，以乱贼耳目，潜令梁经历、莫外委选敢死之士四百余人，多带竹木，于贼营之间，连筑大小十一垒。贼至天明始觉，悉众来攻，杀伤相当，然尚未得径通马村。

正拟再进，适本司痔发，于初八日回东津调治。是日易道元泰抵津，本司告以马村事急，该道随于初十日赴营察看形势，悬立重赏，令潘参将忠实选奋勇七百余人于十三夜悉伏梁经历、莫外委营中，四鼓进攻洗岭前贼营。左护营总陈游击定元、右护营总欧游击见祥、集安营总张游击士安及莫外委云成等，身先士卒，斫栅而入，各勇大呼乘之，连破贼七营，擒斩百五十余人，夺获枪炮五十七杆，大小旗帜一百一十面。五鼓，黄逆由桥墟悉数来援，李副将士恩率各营邀击，杀伤贼百余人。时易道已拨勇尽据所夺贼垒，遂与马村相通。黄逆愤甚，欲斩失营贼目李花四等，责令仍来筑垒，横截我军，并亲带枪炮环击我勇。潘参将等增筑炮台，并令原守马村之贲振元、石朝龙等督同勇、练筑垒村外，贼遂无间可入。李副将士恩亦率各营进扎徐村，贼转在我围中，潜率亡去，黄逆由是气慑。

先是，初八日，王道率各勇进围龙岩，营垒未就，林逆悉众出斗，旋为我勇所败。王道复调郭游击承风带石龙团练击退和村一带之贼，林逆遂失外援。初十晚，潜令其党百余人夜出运粮，为大仁岭李元芳练丁所邀，擒斩数十人。十六日，王道令各勇进攻龙岩不克，乃环筑木栅困之，并调黄参将兴发新勇前来合围。

是日戴副将、利参将亦率水陆各勇力攻登龙桥，贵县贼众大惧，各遣人来桥墟告急。时黄逆亦粮尽，因为易道、李副将两军所持，势不能退，于十八日遣其心腹区逆亨[①]圃前来乞降，词极哀切。本司查悉黄逆所最亲信用之人惟周逆竹岐，因要令出质，始允其请。黄逆果于二十日遣周逆前来东津，本司当将该逆收系，令区逆于二十一日转桥墟传谕黄逆，先退登龙桥及河下船炮，即在南岸剃发，逆料黄逆必不能从，密令李副将、易道两军严为之备，并令戴副将率沙江各勇过河邀击。是夜二鼓，黄逆果引众潜遁，我勇乘机攻入桥墟及各贼营，擒斩三百余人，夺获枪炮子药及一切资装甚众。惟因贼于营外及桥墟各路密布竹签，我勇不能径进，以致贼大队得以遁去。随即分途力追，又以夜黑路歧，且贼抛弃枪炮、刀矛及锅盆等项塞路，我勇人马不能驰骤，至二十二日黎明，始追及于瓦塘地方。时贼已半渡，以精悍约二千余人断后，我勇直前薄之，贼且战且退，贼船百余往来梭织，贼众争渡，自挤入河，溺死者三四百人，我勇击斩二百余人，沿途所杀亦三百余人，夺获器械、牛马无算。桥墟以上一律肃清。

二十二日，陈参将本炽等率沙江各勇攻破岭底村，擒斩五十余人。本司以贼递受惩创，其胆已寒，且闻登龙桥粮食将罄，众情益涣，随于二十三日饬李副将士恩率所部各营前赴沙江，会同利参将水师，乘势进攻登龙桥。易道各营前进瓦塘，以资夹击。仍令周竹岐函招黄逆，并宣谕地方贼众，闻之益无斗志。

①中华书局版《刘坤一遗集》作“亭”。

二十五日黎明，李副将率勇由苏湾过河，与郑镇、戴副将等督同沙江各营，围攻登龙桥三面，利参将率战舰径冲贼船。该逆初犹拼死拒战，环开枪炮，我勇如潮而进，直逼栅门，易道亦从瓦塘遣兵渡河，该处守卡之贼走归登龙桥，贼众大惊，恐断归路，遂弃巢而遁。我勇追至鲤鱼港，擒斩二百余人，夺获大小旗帜六十余面，抬枪、小枪八十余杆，刀、矛无算。复于登龙桥、贵县城内搜获贼五十余人，铜、铁炮十五尊，尚有米、盐各万余斤，谷十余万斤，药三千余斤，铅子不计，并尽夺河下大小扒船二十余只，铜、铁炮二十三尊。本司现令李副将等移师前进，以捣覃塘，利参将率水师径上瓦塘、香江搜捕余匪。

此卑营各勇五月以来先后踏破大墟及马村外贼营，克复顶寨、岭底、桥墟及登龙桥、贵县之实在情形也。

至蒲塘之贼，溃散亦多，黄逆既经败窜，则蒲塘益孤。现闻蒋署道各营进扎古社，覃署守所部进攻垌心，本司复派云勇、德勇千人，由沙塘前往助剿，即归蒋署道节制调遣，将来随同剿办容、岑，该弁勇均系郁林州人，于地方情形熟悉，定能得力。

窃黄逆初以本司甫经到营，士马未集，悉力一举，以图先发制人。既以沙江各营不能动摇，复狂窜南岸，抄我饷道，又以东津有备，遂于桥墟增造房屋数十间，斩木为城，起炉铸炮，计在久持。及陷石础堡后，蚁附日众，凶焰益张。其图张马村也，环筑六十余营。志在必取，据为巢穴，以与官军抗衡，并勾结姚逆、曾逆、范逆各股攻陷蒲市，以窥下湾、耀团。维时饷竭兵单，军情不免惶动。本司以卑营利钝，实为浔、梧大局所关，极力支持，心力交瘁。幸赖大人调度有方，易、蒋两军相继前来，得资臂指之助，此间各营，亦争自奋勉，是以递次克捷，收效桑榆。虽黄逆尚在稽诛，覃塘仍然负固，而登龙桥、贵县既拔，从此长驱而前，贼断无能为役。本司仍惟有奖率诸军，力图剿办，以期尽歼余孽，仰慰廑怀。伏乞大人俯念卑营忍饥苦斗，饬局设法筹解饷项，俾资饱腾，则更易于竣事矣。

至王道承泽、运使衔易道元泰、总兵衔李副将士恩、利参将辉、陈参将本炽、潘参将忠实各员，剿办认真，著有成效，可否仰恳宪恩，随折奏保，以示鼓励，出自鸿慈。其余出力员弁勇丁，应俟克复覃塘等处，由本司逐一查明，汇案请奖。

除将阵亡受伤咨报总局外，所有卑营各勇先后攻破贼营克复顶寨、桥墟、岭底及登龙桥、贵县等处及现图进剿覃塘各情，理合肃禀。

敬再禀者：

前奉大人札行，奏明荔蒲各营并归本司一军，毋庸易道统领，祗奉之余，莫名感悚！

查荔浦各营三千数百名，原可以独当一路。值此分途剿办，本司不能专顾该营，以外又无干员可委。查易道在营，历练有年，才识日进，且感大人培植之恩，益自奋勉。所部各营，亦以相从日久，尚能受其箝制。此次该道来营交卸军符，及见时局艰难，毅然以破贼自任，各勇踊跃用命，所向有功，即此可以概见。现在该道屡请回省，本司以军事正在得手，再三慰留。可否仰邀宪恩，仍准该道统领旧部各营，并拨各卡厘金，以为该勇饷项，由该道自行收支，俾有专责，出自逾格鸿慈。至该勇先后抵浔，当经委员点验人数尚敷，且属精壮。其自四月以前该营收支口粮，应由该道自行开报。

又郑镇于前月二十六日请假转郡，维时剿办孔亟，所部六营，不得不委李副将接统，以资督率。该副将接统后，遇事认真，军务日有起色。郑镇嗣于本月十六日来营，颇知愧奋。本司以统领重任，未可数易，致为弁勇所轻。合无仰恳宪恩，另行委用，均候批示饬遵。合并具禀。

禀张中丞 同治二年六月初七日

敬禀者：

窃本司于前月二十六日曾将营务处王道承泽督率各勇于五月初四日踏破贼营，攻拔顶寨，初八日进围龙岩集团，击退外援设卡，截获接济，并调新勇环筑木栅各情，汇禀在案。

本司自肃清南岸，复拨元字营前往助剿，王道乃令各勇增筑子营十余座，自是龙岩之围益密。而林逆恃其巢穴险固，子药、盐米充足，志在死守，惟日盼黄三来救，及闻贵县、登龙桥已经克复，始惧乞降。王道饬令面缚来投，先缴军器。林逆自以屡次反覆，无路求生，终不敢出。王道屡攻不克，密购内应，约期举事。本月初五夜，王道令关天球率平字营，胡时朋率兰字营，缘上岩顶，纷掷火炮、火蛋，黄万胜率云字营，何元凤率元字营，径逼岩口，黄兴发率新勇，夏永宽率亲兵，设伏岩外，以备冲突。并令郭承凤、姜正发等练丁分据通武乐、龙山之路以待。林逆极力拒战，鏖至四鼓，岩内火起，林逆自知有变，率众突围而走，各勇四面环攻，阵斩甚众。林逆左右损伤殆尽，适天将明，料不能免，自刎未殊，走匿一小岩内，余众悉溃，纷纷乱窜。王道令各营勇分途搜捕，共获一百五十余人，生擒林逆，随将岩内木栅烧毁，释放被掠妇女，夺获马二十九匹，牛十五头，米粮万余斤，子药各二千斤，大炮五尊，抬、小枪共六十余杆，旗帜刀矛无算。

窃林逆在贼中最为桀黠，以数百人盘踞龙岩，降而复叛，常为我军后顾之忧。虽先克复贵县、登龙桥，而此股尚足作梗，牵缀重兵。兹幸仰托福威，一鼓克复，扫穴擒渠，余亦悉数歼灭，实足以伸国法而快人心。从此大军可以长驱前进，惟附近土匪尚多，王道现拟乘势剿办，以期一律肃清。除俟查明我勇阵亡受伤咨报总局外，所有王道督率各营于初五夜克复龙岩生擒首逆各情，理合具禀。

禀张中丞同治二年七月二十五日

敬禀者：

窃本司于六月初六、初七两日曾将先后克复蒲塘、龙岩，夺获伪印，生擒首逆各情形，驰禀在案。

本司随调易道各营进驻瓦塘以资声援，王道各营进屯山口及鲤鱼港以固后路，乃令李副将各营进据根竹以规罩塘。时黄逆鼎凤率[①]众剃发请降，所有胁从各处亦一律乞抚，其绅士耆老相继来营自首，且以牛酒犒师，惟黄逆匿不出见。本司以该逆狡滑异常，仍饬李副将各营进扎距罩塘数里之长塘以逼之，并调易军从瓦塘渡河进扎石罅。黄逆大惧，潜走上平天寨，其党李亚德等窜上横州。罩塘监生陈六钧、生员麦乃登等于廿[②]七日开墟迎纳官军。本司随于七月初七日亲往罩塘安抚，宣谕国恩宪德，勒令缴出大小炮位七尊，抬枪、小枪二百余杆，并派候选知县曾惟德、即补游击郭承凤、署五山司巡检鲁筠泽、五山守备唐淑世等，分途前往龙山、山东、石龙、蒙工、樟木、五山司、黄练、三里、西山等处清查户口，发给门牌，周围三百余里，大小七百余村，据各委

①中华书局版《刘坤一遗集》“率”为“降”。
②中华书局版《刘坤一遗集》写“廿”为“二十”。

员等回营禀称，均经剃发归团，惟黄逆坚伏平天寨上。

本司以该寨四面削立，险固非常，该逆储蓄粮食甚多，寨上水亦足用，难于围攻。乃递次遣陈参将本炽、段游击荣升、刘都司金友等上寨，再三开谕，计在诱之出寨。该逆自知罪在不赦，对该参将等自誓不复为逆，惟祈在寨以延余生。本司以该逆屡次抗拒官军，杀戮百姓，力屈投诚，断无任其漏网之理。第以该寨实难力取，仍须设计密图，方能得手。乃悬立赏格，谕令附近各团，断其接济，俟其下寨，擒送来营，仰托福威，当亦不能苟延残喘。

其党如著名头目罗华观，前在南岸受伤，随于六月初八日身死。区亨圃、周昌康带众二千余人投营，当经遣散男妇一千数百名，挑留四百名随营效力。惟李亚德、富益发二人带众二千余人上窜横州，递为六味等村练丁所败。本司当飞饬署横州曾传薪、委员班梦麟等集练堵御，并调东省灵山县城守曾千总等带勇助剿。复与王道会商，令易道各营由云表、新墟一带前进夹击，以期迅速扫荡，仰慰廑怀。

以外各营暂驻原处，伺便以图黄逆。且以各勇多系外省之人，不服水土，又因三、四、五月内分途堵剿，未免过劳，以致病者十之六七，不得不稍稍休息，以资调养。须俟天气清凉，再议分途进剿。是否有当，伏候批示饬遵。

所有收复覃塘老巢及被胁各处地方，现在留兵以图黄逆，分兵进剿窜横余匪各情由，理合具禀。

禀毛制军 同治二年八月十四日

敬禀者：

窃本司于今年正月二十七日行抵贵县行营，当饬楚勇于二月初三日移营进逼登龙桥，黄逆鼎凤大惧乞降。本司以该逆词尚倔强，不许其请。该逆随于本月二十四日倾巢而出，众约二三万人，结垒以逼南勇。龙岩林逆亦乘势扰我后路。本司督饬各勇并力血战，于三月初九夜，袭破贼垒十余座。该逆转窜上游，于本月十五渡河，攻破南岸桥墟，围困马村，并勾合梧州范逆亚英、曾逆五，郁林姚逆新昌攻破蒲塘，窥伺耀团，计图断我粮道。本司督饬统领楚军李副将士恩全军、营务处王道承泽分途堵剿，屡挫贼锋。适统领荔军易道元泰、统领南勇蒋道泽春各率所部前来，兵力益厚，所向无前，于五月十四日攻破马村贼垒七座，昼夜混战，黄逆不支，于本月二十一日解围而遁。我军即于是日克复桥墟，斩获甚众。黄逆败退北岸，众心瓦解。本司督饬易元泰、李士恩及统领扒船利参将辉水陆并进，于二十三日克复岭底，二十五日克复登龙桥及贵县城，并尽夺河下贼之船炮。黄逆窜回覃塘。

初，桥墟克复，本司令蒋道各营进攻蒲塘，另拨德勇、云勇助之，令王道各营进围龙岩，另拨元勇助之。嗣蒋道督饬德勇、云勇于本月三十日克复蒲塘，夺获伪印，王道于六月初三日克复龙岩，生擒林逆。由是军声大振，各处团练响应。

本司乃令蒋道由郁林以规容、岑，王道会同易道、李副将、利参将各军合图黄逆，进取覃塘。黄逆势蹙，剃发投诚，自知罪在不赦，走匿平天寨上。覃塘百姓于本月二十七日开墟迎纳官军。本司于七月初七日亲往安抚，勒令缴出大炮十余尊，抬枪、小枪二百余杆，并分遣员弁前往被胁之石龙、樟木、蒙工、五山、三里、黄练、西山、石罅、龙山等处宣谕朝廷恩德，令其剃发归团。各处欢呼鼓舞，争以牛酒犒师，愿受官吏约束。惟水码李亚德、潘炳等率其余匪窜往横州，本司现饬易道一军前进横州，追剿余匪，仍留王道、李副将两军驻扎贵县及根竹、龙山口等处弹压地方，密图黄逆，以期净绝根株。

此本司今春抵营后督同各军剿办得力之实在情形也。除节次禀前督宪及西抚宪外，理合具禀。

禀张中丞同治二年九月十二日

敬禀者：

窃本司于七月二十五日曾将收复覃塘贼巢及被胁各村，留兵围剿黄逆，分兵追剿横州窜匪各情，具禀在案。嗣于八月二十八日在于云表营次奉到批示云云。等因，奉此。

查李亚德等同黄三剃发投诚，即率其党窜陷横州，本为逃死之计。既而裹胁各村，初犹在横州地方，既而渐及贵县边界。本司恐其余孽复炽，若伺我军围攻黄逆，彼必乘间来援，不可不先行翦除，使黄逆孤立无助，庶可并力图之。乃饬潘参将忠实带领荔浦各営，于八月初旬出石罅进驻云表，前[①]委李丞能通同往筹商机宜。

本谓李亚德败窜之贼，横州破坏之城，随手可得，乃李亚德等结连永淳孙逆广仁、梁逆安邦为声援，并恃石井、交椅、谢墟、邓墟为屏蔽，多聚粮食，修补城垣，仍于城内堑断西南两门，另筑土围，卫以木栅，环以深濠。及闻官军将临，令其死党甘逆泰能等带众千数百人固守县城，自与潘逆炳等出屯宾、永、横三交界之石狗、黄村，啸聚土匪，相为掎角。李丞、潘参将带勇进至云表，而石井、交椅、谢墟、邓墟等处集众抗拒。

李丞、潘参将乃令勇攻破大塘村、林村等处，新墟团总甘陈

①中华书局版《刘坤一遗集》此处注为“前〔并〕”。

介、清江团总雷冲霄起练相应，地方人心颇惧。适值东省灵山县千总曾远辉，外委王镇邦、张其辉、莫名刚、丁鸿政各率所部由那龙渡河，前代理横州蔡达卿、现代理横州曾传薪亦率南岸团练继至，声威甚盛。由是石井等处皆来乞抚，剃发投诚，头目班裕提等愿率其党向导。

李丞、潘参将率勇进逼横州。本司虑其悬军深入，后路空虚，于八月十九日带领亲兵，并令贵县团总宋鸣球、杨敬新等各带练丁，进驻云表，以资策应。随饬潘参将督同曾千总等于二十二日乘势急攻。甘逆率众出城拒战，我勇奋击，阵斩二十余人，贼乃败退，坚伏不出。潘参将与曾千总以横城甚宽，贼守必不严密，各挑锐卒，并令甘陈介、班裕提等于二十四日五鼓梯城而入，贼巷战逾时，始退入西南土围。曾千总与甘陈介、班裕提等即率练勇据城东北两面，潘参将部勒各营分驻城跟象宋、太平各村。

李亚德侦知官军进城，即邀孙、梁两逆于二十六日以扒船十二只顺流而下，自率悍贼二千余人，亦于是日由零竹、汶井驰抵石井，合救横州。李丞、潘参将令曾千总、甘陈介等围守城贼，自率各营遮击援贼，严饬石井投诚头目黄赋平集众守墟，毋令援贼盘踞。贼众野宿，屡战屡却，杀伤甚多。本司闻警，令何都司明亮、刘都司元吉、姚军功盛辅各率亲兵，并令团总宋鸣球、杨敬新等各率练丁由邓墟邀之，该墟投诚头目徐有参亦出众相助，捕斩五十余名。李亚德既无巢穴，又前后受敌，遂于二十七夜遁，我勇于二十八黎明，追及于花桥，擒斩百余，夺获旗帜、刀矛无算。

援贼既败，我军勇气百倍，于二十九日五鼓，进攻横城土围，贼殊死斗。潘参将乃令曾千总及莲塘投诚头目石朝龙、贲振元等率勇上屋，抛掷火蛋、瓦片，杨游击子吉、李守备玉德、方守备以元等勇逾堑钻壕而入。贼不能支，且战且退，各勇步步进攻，连破木栅二十余重，夺获大炮数尊。时甘陈介、班裕提等并击退南城外河街及西城外文庙之贼，悉走入孙、梁两逆扒船，退窜上游。城贼尚五六百人，欲逃无路，悉退入城守街内。是处为贼屯聚米粮、子药及妇女、马匹之所，铺户约百余间，前接武庙，后抵魁星阁及大炮台，两旁均系藕塘，水深且阔，周围木栅甚密。我勇力攻不入，潘参将乃率各勇进屯城内各街，分守各门，并令曾千总等勇移屯城外河街、文庙。城贼由是与外声息不通，自知必死，惟据咫尺之地，苟延旦夕，然以力聚志坚，枪炮太多，我勇逼攻，损伤颇众。

李亚德旋托早年投诚之朱耀龙及新就抚之黄开基等乞抚，求先释横州之围。本司以该逆反覆异常，且城贼已成槛兽，若不悉数歼除，实不足以示警，不许其请。

李亚德复固邀梁安邦之众同由陆路来援，于初四日突至零竹。因鉴前败，于初五先遣骁悍千余，于距邓墟十余里地方筑营以拒云表之师。本司探知其谋，飞调新老马队前往掩袭，并令亲兵及各练继进。该逆垒尚未就，见我马步大至，不测多少，弃垒而遁。赵参将明义、洪游击福齐等纵马逐之，生擒二十余人，尽获其锄、铲各件。贼气屡挫，惧不敢进，随即引归石狗、黄村。

现据探报，李亚德往招宾州各匪，欲由三里、五里窜出西山，以绕云表后路。本司商令王道承泽带勇两营进驻西山，是处距贵县三十五里，距云表四十五里，可以兼顾，并飞调周荣宗驰赴安城司以牵制李亚德，使不敢悉众下窜，仍严催潘参将督同各勇、练，昼夜力攻。甘陈介等冒死向前，石朝龙等泅水而入，已于初六夜夺据炮台，城贼势益穷蹙，仰托威福，当不难于克复。

此卑营移师进攻横州，剿办得手，力图克复全城之实在情形也。

至黄逆鼎凤仍伏平天寨上，百计诱之不出，而亦无有变动。且卑营节节设防，尚易接应，当无他虞。惟该寨险峻非常，寨上储蓄甚富，攻固无所用力，围亦必至需时。附近各处从逆有年，如见师老而疲，难免复生他志，本司实深焦灼。仰恳宪恩，遴委干员前来察看该寨形势，确探地方情形，俾本司得免迁延之咎，出自逾格鸿慈。

再，遵查罗逆华观于五月十四日为易道各勇所伤，左肋及两腿均受枪子，当经黄逆送回青云村调养，随于五月十九日毙命，即瘗村旁。本司初犹得之传闻，嗣因冯康义投诚，始悉该逆确已伤毙。而以口音未习，以致月日尚未听明。兹奉钧批，即传该头目前来详问，并令该勇带领亲兵起尸，已经腐烂，随令就地焚烧。理合据实禀复，伏乞俯赐察核。

除将伤亡各勇、练查明籍贯、验明等第咨报总局外，所有卑营进攻横州，现在力图克复全城，及黄逆尚无变动，罗逆伤毙地方、日期各缘由，理合具禀。

禀张中丞同治二年十月十六日

敬禀者：

窃本司于九月十二日曾将潘参将一军及东、西两省勇、练会攻横州，剿办得手及一切情形，具禀在案。

本司以贼所据城守街，两边均系深塘，前后卡栅极其完固，乃令开挖地道，已抵贼巢，旋为贼所邀截，正在设法进攻。十四日，李、潘两逆复邀孙、梁两股悉由水路来援，民船、扒船蔽江而下[1]，盖惩于零竹、邓墟之役，递为云表各勇遮击，不能前进也。时久晴水涸，河道甚隘。十五日，我军于两岸用枪炮夹击，贼扒败退。十六日黎明，驶至距城五里滩下，停泊中流，诱我与战，潜以悍贼千数百人，多持枪炮，伏两岸芦苇中，我军进击，受伤颇多。潘参将乃与曾千总各选锐卒绕向滩上，贼恐塞其归路，且战且退。我军蹑之，岸上之贼不及上船，为各勇擒斩及落水死者百数十人，贼由是退泊二十余里。本司恐其再下，飞调左营水师于十七日来横助剿。

十八夜，贼扒令其党韦正举等二十余人偷送子药、油盐入城，悉为逻卒所获。潘参将亲释其缚，许以重贿，令韦正举八人稍送油盐入城，密作内应，余仍羁之营中为质。十九夜四鼓，韦正举等杀其守更者，潜引我军登城，已入魁星阁，贼觉惊乱，欲从大街突围而出，走至武庙，复为该处守闸之贼督令转斗。魁星阁上之贼，尚数十人，纷掷火炮、瓦片，我军后队难进，前队兵单，且时将天明，只得退回。

本司以该逆如此凶悍，莫名焦愤，令各勇于城外筑立木城，并开长濠，严断接济，复借水城大炮十余尊入城，三面日夜轰击，子如雨骤。贼巢墙壁皆穿，屋瓦多碎，始惧请降，禀求官军先退十五里，语多倔强。本司益督各勇力攻城，贼势急，潜令二人剃发乘夜出城，前往永淳，哭泣求援。

本月初二日，李、潘两逆另邀宾州黄大一股及孙、梁各股大举来援，扒船、民船共五十余号，陆贼二千余人，由南岸而下，直抵距横州十里之西津，旗帜纷披，其锋甚锐，将为破釜沉舟之

---

[1]中华书局版《刘坤一遗集》中将“下”写为“上”。

计。初三日，以轻舟渡贼千余人，先过北岸蒙洞前筑垒，欲俟垒成而后来与官军死斗，又鉴于前月十五、六两日之败也。

潘参将与曾千总觇知贼谋，预令班丞梦麟带莲塘等处练丁伏蒙洞村内。是日贼先攻破六旺村，继攻蒙洞村，不入，谓为本处百姓守村，不以为意。班丞于贼初过河时，即遣人来报。潘参将乃令蔡代牧、曾代牧及甘团总等围守城贼，自率各营及曾千总之勇驰往掩击。时贼垒尚未就，见我军至，即出列阵，南岸之贼飞棹过河，贼扒亦多移过北岸。是日无风，我军水师船大难上，潘参将分兵渡过南岸，以牵缀贼。正在与贼相持，一前一却，班丞令各练丁从蒙洞村鼓噪而出，贼惊遂退。潘参将与曾千总麾兵纵击，生擒二十三名，斩首一百一十七具，余众争走上船，溺死无数。我军当将贼垒毁平，夺获大小旗帜三十余面，抬、小枪各二十七杆。

是夜，巡获贼谍一人，供称李亚德令伊三人送信入城，约初五日内外夹攻官军，并力决一死战，如不能胜，便合城贼乘间冲出等语。潘参将与曾千总部勒各勇以待，并请益兵，本司函请刘元吉、姚盛辅率亲兵赴之。

初四日昏，贼悉移过北岸，仍于蒙洞村前乘夜筑垒，以数百人设伏海棠桥西。潘参将闻之，令贲振元、方以元于是夜三鼓，带勇往袭，遇伏而退。初五日黎明，潘参将仍令蔡、曾两代牧，甘团总等勇、练及本司亲兵围守城贼，曾千总带所部勇过南岸塞贼去路，以河流曲折，贼退必依南岸也。蔡都司水师亦进泊海棠桥下，举帆伺贼，潘参将自率荔军进攻蒙洞贼垒。贼初坚壁不出，惟分扒船转泊南岸，以拒曾千总之勇。先是，探报贼在飞龙新招数百人，至是见右路一贼营均是新旗，潘参将料是新招之贼，易于破败，先令欧见祥带右护军、彭寿昌带左护军、刘益元带义勇攻之，并令杨子吉带果胜军、李云梯带义胜军绕向左路河边，以攻贼船。贼恐有失，悉众出拒，排列一字，我军直薄其阵，贼环施枪炮者三，我军随伏随起，并未损伤一人，勇气百倍，冒烟而进，阵斩贼先锋数十人，蒙洞村内练、勇亦出攻贼之后，贼阵遂乱。贼目黄大率骁悍百余，往来督战，李云梯挺矛刺之坠马，该逆犹施洋枪击伤我勇，我勇斫之，并歼其众殆尽。余悉败走，不复入营，各营之贼随之以溃。时南风大作，蔡都司率水师扬帆而上，南岸贼船先退，北岸贼船退过南岸，为曾千总之勇所遏，水师从后追至，贼悉弃船泅水而遁，溺死及被擒斩甚众。北岸败贼无船可渡，沿河窜向上游，我勇追斩数十名，余船掉棹来迎，众始获免。我军收队查验，生擒九十五名，斩取首级二百一十五具，夺获大小扒船六号，民船三十一号，大小铁炮十二尊，抬枪二十五杆，小枪二十九杆，大小旗帜七十余面，内有湖绉四方大旗，上用阿缎制“福胜堂”三字，系是孙逆伪号。并据擒贼供称，孙逆率党同来河下，扒船均是孙逆所带等语。

横州城内之贼，望见我军与援贼鏖战，悉众突围。曾代牧、蔡代牧及甘陈介等严督各勇、练分守城外长濠及城内卡栅拒之，伺其逼近而后开枪轰击。嗣见外援败退，城贼夺气，旋即缩入。初六日，贼目甘泰然等哀词乞降，竟不待报，遂于初七日率众剃发，并请率同南岸桄榔、巴梗、泷水、社根四处贼巢，一律就抚，以自赎罪。查甘泰然等，多系桄榔村人，桄榔等处约计三十余家，地势深险，历年负固，外匪借为巢穴，窥伺州城。该处又系冲衢，匪徒沿途劫抢，大为商民之害，递经东、西两省勇、练会剿，均未得手。如能借此收复，不惟横州得以安枕，即东省灵山亦免边患。灵山县王令及曾千总亦代为之请，且愿将甘泰然等家眷押往灵山县安置，即令甘泰然效力该营，助剿孙逆所踞之飞龙、江口等处。本司熟察情形，尚属可靠，乃查出甘泰然所带百三十余人，姑贳其死，交曾千总管束，其余三百余人，仍择其桀黠者二百余人悉数诛之，惟遣撤被胁及妇女幼孩二百余人。初十日，桄榔等四村耆老俱赴营投诚，自誓永为良善。其飞龙、江口等处曾千总带该营勇及甘泰然等前往剿办。

此本司督率荔军及东、西两省勇、练递次击退援贼，克复横州，分别剿抚，地方渐就肃清之实在情形也。

查横州上界永淳，下界贵县，从前屡次克复，官吏仅守一城，南岸如桄榔、巴梗、泷水、社根、飞龙、江口，北岸如石井、交椅、邓墟、汶井、云表等处均为贼巢，距城远则三四十里，近则二十余里，是以得而易失。兹幸仰托福威，或剿或抚，各处肃清。且见官军屡获大捷，匪徒首从或诛或降，人心震慑，以后当不敢复萌异志。本司现饬曾代牧募勇守城，并委员督办各处团练，以期长治久安，仰慰廑念。

除将阵亡受伤开具清折咨报总局外，理合具禀。

禀两省部院同治二年十一月二十日

敬禀者：

窃本司于十月十二日曾将克复横州，并力围剿平天寨以图黄逆各情形，具禀在案。

查黄逆自本司督同易道一军前往横州后，阴召其党，分布覃塘及岐山寨与平天寨前之青云、朱砂、杨、李四村，寨后之牛角、柑子两村，欲以牵动李副将一军。

九月十九日，逆党王兴福诱贵县局绅候选训导冯会、候选从九林长材，及练丁二十余人，进牛角村执而杀之，随于日昏，冒为绅练来赚龙山墟。时督办下石龙团练郭游击承凤及团总军功梁修已、龙山团总武生潘升科，带勇、练数十人在墟察觉其伪，闭栅然炮，击杀数人，贼始引去，而犹时来窥伺。

营务处王道承泽闻警，以龙山绵延百余里，下通桂平，该处系龙山咽喉，贼若得据该墟，则我军疲于奔命，即调平字营驻扎该墟，并驰告本司，飞调荔军、新中营由兴业驰回，驻望墟岭以与平营联络。

十月十三日，本司由横州回贵县，令龙山团总潘升科、候选县丞覃铭鼎密购内应，多派向导，于十七日五鼓，令候选知县关天球带平字勇，即补副将郑长纯带新中营勇，进攻牛角、柑子两村，王兴福率贼出村拒战。正在相持，村内火起，贼知有变，遂悉惊溃，各勇、练追斩七十余人，夺获大炮四尊，抬枪三十余杆，小枪二十余杆，当将两村焚毁。黄逆大惧，益增覃塘等处之备。

本司与王道熟商，以覃塘系黄逆心腹之地，资财甚充，不破覃塘，则逆党日聚日众，滋蔓堪虞。第以覃塘地方四平，墟外村庄环列，左倚平天寨，右倚岐山寨，明张旗鼓进攻，实属不易为力。且朱砂、青云各村均在覃塘之前，欲攻覃塘，必先攻各村，节节扫荡，必至旷日需时。惟有潜师暗袭，溃其心腹，余可迎刃而解。又以李副将一军，在平天寨下，动息易知。易道　军，尚驻云表，相距甚远，抽调更难掩人耳目。乃令各营建醮立坛贵县城外，广延僧道，多树旗幡，每日迎神，陈设杂戏，纵兵民聚观，各营营总、哨长均来拈香，数日之内，街市辐辏，各军人马，日夜来往，络绎不绝。阴令易道营务处潘参将忠实、蒲牧荫枚挑敢死士千人，暗伏李副将营内，并令千总王正明，军功贲振元、石朝龙、王凤全等，于趁墟日先入覃塘，周览街道、墙栅甚悉。贼以我营方在建醮，断无有他，遂不及察，防守颇懈。

十一月初一日，部署悉定，初二日，大风扬尘，阴霾昼晦，我营知其事者谓为天助，无不喜跃。日晡，王道率帮办营务孟丞继宗等前赴根竹营中，令潘参将所部进袭覃塘，以何游击元凤带元字勇、胡游击时朋带兰字勇继之，自与李副将勒兵以备平天寨与各村之贼。四鼓，潘参将所部抵覃塘墟外，风益寒劲，各勇战栗，潘参将令王正明、贲振元、石朝龙、王凤全等各率勇数十人，先由西南两面梯墙而入，时墟内皆闭户熟寝，守夜之贼亦多偃卧，惟三界庙及粤东会馆两处张灯聚赌，人声嘈杂。石朝龙等斫杀守栅之贼，毁栅以纳我军。杨游击子吉、陈游击定元、欧游击见祥、李守备云梯、方守备以元等率勇一拥进墟，呼噪动地，合墟惊起，不知所为，仓惶乱窜。庙内及会馆之贼约七八百人，均系骁悍，出遇我军，彼此格斗，短刀相接，互有杀伤。混战一时之久，天色微明，何元凤、胡时朋亦率勇至，贼知不敌，遂悉散走，我军纵横掩杀，血流有声。潘参将随令各勇分守各门，墟外各村，慑不敢动。惟岐山寨姚逆十来悉众来援，我军出墟，严阵以待，贼见覃塘已破，旋即退出。王道以云表营盘一日难到，各勇劳倦，恐为贼乘，传令搬运枪炮子药，焚烧铺屋、谷米，整队而回。

初，黄逆望见我军攻入覃塘，因为李副将各勇所扼，不敢下寨，旋于寨上连开巨炮，朱砂、青云、杨、李各村之贼，一时并出，列于回龙村外，欲邀我军归路，李副将分兵击之，贼即各走回村，我军分途追逐，斩获三十余人。此次各营约杀贼五六百人，生擒首逆黄鹄飞、李亚苗、黄大杆、韦得聘、陆帝养等，当经讯明，极刑处死。并擒获贼众三百余人，夺获马二百余匹，大炮十一尊，抬、小枪二百三十余杆，子药共二十七石，其余旗帜、刀矛及一切资财无算。

我军收队后，余贼即回灭火。黄逆愤甚，欲悉起郭西里各村百姓，以拒官军，莫有应者。乃调岐山寨贼出屯覃塘，修整门楼卡栅，仍为守御之计。本司亟催云表各营，于初四日移扎西山，令李副将、潘参将各率所部，复于初五日五鼓，径抵覃塘。贼已胆落，即弃墟遁，我军当将各房屋围墙澈底撤毁，随移西山各营进驻该处，由是各团人心益奋。初六日，督剿郭北村练，萧都司登魁与团总生员黄锦云、童生侯立勋等带练攻破青云村，夺获大炮十尊。初七日，原驻西山营总胡游击时朋与团总杨琼新带练攻破朱砂村，夺获大炮四尊。惟杨、李两村系平天寨门户，贼守甚力，各团屡扑不破。初九夜，李副将士恩、陈副将本炽潜率所部伏于村外山内。初十日黎明，先令团练进攻，佯败，诱贼出追，陈副将与蒋游击启纲、姚游击世文、赵守备明义等率勇突起夹击，杀贼百余人，余悉奔走上平天寨。陈副将率勇力追，当为飞子所中，鼻破血流，幸未殒命。李副将与文游击德备、曾守备贵、马守备正龙、莫外委云成等率勇攻入两村。村内贼殊死斗，悉为我勇所歼。各村已破，余贼无归，黄逆疑不肯纳，令其分屯岐山寨及平天寨前之炉房，及寨后之六卢、六班两山与灯盏窝等处。本司与王道商令潘参将各营攻岐山寨，李副将各营攻炉房，令姜都司正友带靖寇勇，及新招军功李元芳带福胜勇、新抚冯康义带东勇，由石龙绕赴蒙江，以塞六卢、六班山口。令关天球带平字勇、莫外委云成带云字勇，督同梁修己、覃铭鼎等练、勇攻灯盏窝。

十一日，潘参将带所部勇进抵岐山寨下，该逆坚伏不出。杨子吉、陈定元、欧见祥、李云梯率勇直前斫栅，栅内子骤如雨。潘参将乃令方以元、石朝龙等带勇绕赴寨后石山，俯瞰寨内，见寨居中房屋，悄无一人，虚立旗帜，其贼悉于墙下扎栅环守，无间可入。本司问悉该寨虽坚，必于寨外取水，令潘参将督饬各勇于寨外有水之处筑立营垒，据其汲道，并多派勇四面巡逻。该逆人马俱渴，遂于十二夜三鼓溃围而出。我军于十三日将寨撤毁，夺获大炮九尊，回营谷米甚众。

十四日，关天球、莫云成督同梁修己、覃铭鼎等各勇、练进攻灯盏窝，该处在平天寨脚，系上寨要路。贼以死抵拒，排开枪炮，黄逆亦于寨上鼓噪相应，纷掷砖石，各勇、练冒死向前，乘风纵火，该处多系茅屋，延烧殆尽。贼悉走上寨，各勇、练追至头栅，擒斩二十余人，栅内开放大炮，并乘高下石，各勇、练损伤数人，退阵寨下，贼不敢出追。关天球、莫云成及覃铭鼎、梁修己等折攻六卢、六班两山之贼，适姜正友、李元芳、冯康义各带勇从蒙工前来夹攻，贼不能支，翻山走入布四、平龙等村。我军分途围攻，随将各村攻破，擒斩悍贼一百二十余名，并生擒覃塘逃窜逆党及伪军师梁天禄，立即确讯正法。姜正友等即由蒙工移屯该四村，关天球等将两山内房屋悉数焚毁而还。是日李副将亦将炉房攻破，斩获甚多。是处系黄逆铸炮之所，距寨更近，黄逆力不能救，惟于寨上开放大炮。

此卑营以计破毁覃塘，各勇、练次第攻克岐山寨，六卢、六班两山，及灯盏窝、炉房与青云、朱砂、牛角、柑子、杨、李各村之实在情形也。

窃查覃塘等处均为贼之老巢，地方百姓甘心从逆，一切资械甚充，黄逆恃以借手。此次虽经就抚，而防范极严。本司初以兵分力单，未敢轻动，且欲诱擒黄逆，是以外示羁縻，而惴惴焉虑其先变，我军实有牵制之虞。兹幸仰托福威，智取力攻，各处巢穴，一律扫荡，黄逆仅据孤寨，可以四面合围，虽地险粮多，尚难刻期就缚，而釜鱼槛兽，不能久逭天诛。本司现在悬立重赏，激厉兵团，该逆奇货可居，将来必能设法歼擒，仰慰廑念。

除将伤亡勇、练开具清折咨报总局外，理合具禀。

禀两省部院同治三年正月二十三日

敬禀者：

窃本司于上年十一月二十日曾将卑营攻破罩塘墟、岐山寨等处，斩获甚多，及合围平天寨各情，具禀在案。

查平天寨上系土山，约宽七里有奇，坡陀起伏，有井可供数十人。寨正身前、左、右三面，石壁削立，高三十余丈。前面原有石涧，涧底即开银矿之所，有泉滃出矿穴中，贼于涧中叠石为路。上寨修筑内外两闸，闸上安七千斤大炮。寨下三面均系土山，前面土山甚长，斜行数里，方抵平地。寨后一面，石山带土，地势欹颇，下有沟水。贼于寨上筑垣三重，炮台、卡房星罗棋布，每遇稍平之处，辄加铲削，令其绝陡。偏右一线，羊肠盘旋而下，贼筑闸守之，为大风门。

本司与易道元泰、王道承泽督同各将领周围察看，以寨前闸难于仰攻，左右两面更无施力之处，惟寨后一面，尚可经营。先令郑副将长纯带新中营、姚参将世文带左营，督同右营、后营、德安营、靖寇营、福胜营、贵字营、老东营、新东营，自香炉山、六班山进扎寨前、左、右三面土山，并令何游击元凤，臬外委云成由龙山来会。每营分为数小营，鳞次联络，极其严密。十二月十六、十七、十八等日夜，郑长纯、姚世文等屡次率同各勇进攻前闸，烧其闸外房屋，擒斩数十贼，飞子如雨，滚石如磐，我勇损伤颇多，甫前即却。其寨后斜对之太平、天原，派萧都司登魁带建武营、蔡倅达卿带长捷营驻扎。各勇断竹汲水，负橐担粮，已属万分辛苦，每遇雨雪，山上冰凌，不惟运粮维艰，即行动亦多不便。又寨后正对之象鼻山与贼寨正近，高出贼寨数丈，可以俯瞰寨中，尤为贼之要害。第该处悬岩乱石，难于安营，且贼炮所注攻，各勇不免畏缩。王承泽议以我勇不扎象鼻山不足褫贼之魄，并使摸攻后闸之勇不敢向前，遍询各营，无敢应者。管带兰字营胡游击时朋奋然请行，翟守备国式亦愿率亲兵助之，多备竹木，乘夜筑垒。及明，贼觉大骇，发炮声如雷鸣，子重五十余斤，胡时朋、翟国式令各勇穴地避之，营墙屡坏屡补。嗣蔡达卿、萧登魁相继移营前进，各安大炮，日夜轰击，贼出辄中，由是坚伏炮台卡房内不敢来往。本司以有间可乘，商令易元泰、王承泽督同各营挑选锐卒，仍令郑长纯、姚世文等率各弁勇自正月初三起，连夜进攻前闸，以分贼势。潘忠实、陈本炽等率各弁勇由后闸袭之，孟丞继宗、蒲牧荫枚各率亲兵策应。初四夜，石朝龙、贲振元等进抵后闸，贼遽惊觉，并力格斗。潘忠实、陈本炽亟督各勇，攀藤附葛而上。贼居高下石，纷掷火炮，各勇弁旋即退下。初五、初六两夜，均以贼已有备而退。

先是，黄逆见我勇扎上象鼻山等处，其势益窘，知难久持，潜令其党韦树芳、姚十来、黄日富、黎大煞、陈六五人各怀重金，缒之下寨，夜由沟内逃出，分赴宾、迁等处，起码来援，或据附近各村，以图牵制。及覃塘各勇往攻平天寨，姚十来遂由宾州带贼数百人潜匿郭西里之上姚村，韦树芳亦由宾州带贼数百人潜匿郭西里之柳山村，计图乘夜袭我覃塘各营，并欲分据郭西里之杨榨村，梗我粮道。本司以上姚、柳山等村，近在肘腋，且郭西里土匪尚多，诚恐滋蔓难图，不可不速扑灭。商令易元泰督饬各勇，于初七夜先攻上姚村，行至半途，即与贼遇。管带义勇刘参将益元、管带左护军陈游击定元、管带右护军欧游击见祥等率勇奋击，毙贼先锋数十人，贼遂败溃，不敢回村。刘益元等当将上姚村攻破焚毁。姚十来收合余众，欲入据下寨村，适易元泰别遣管带果胜军杨游击子吉、管带义胜军李守备云梯、管带新胜军黄守备义光、管带秀字营李守备玉德率勇邀击，复杀百余人，姚十来仅带亲信数十人遁去。次日谍报，韦树芳闻姚十来已败，即由柳山村率众遁回宾州。惟黄日富尚在黄练墟水泡村，黎大煞尚在石龙墟留村，本司随令管带亲兵何都司明亮、刘都司元吉带勇前往黄练督团，围水泡村，管带中营蒋游击启纲、管带新安营李守备明春带勇前往石龙，会同办团委员曾令维德围留村。时黄日富、黎大煞起码未到，随为该两村百姓擒送来营。本司令其赴象鼻山招呼平天寨上之贼。寨上贼见黄日富、黎大煞已擒，又闻韦树芳、姚十来已败，为之丧气。王承泽复督令姜都司正友带靖寇营进逼灯盏窝，姚世文带所部及马守备正龙带右营、宋守备荣藻带后营进逼前闸口，何元凤、莫云成各带所部进逼大风门，胡时朋、翟国式添运大炮上象鼻山贼寨，房屋多被击碎。贼众益惧，头目龚溅六等密遣人由寨后来营通款，王承泽责令擒献黄逆，未知能否成事。

本司现在一面分遣员弁前往宾州，及饬各团督令严拿韦树芳、姚十来各逆，一面会同易元泰、王承泽督饬潘忠实、陈本炽等激励弁勇，一俟晴霁，悉锐进攻，仰托福威，当不难于得手。

伏查元年刘制宪在营，以黄逆势甚猖獗，原许生致赏银二万两。本司自克覃塘墟等处，以贼势已穷，悬赏减半，嗣因各勇围剿备历艰辛，易道、王道求加赏银五千两，合为二万两。仰恳宪台俯如所请，俾各勇踊跃用命。

除将阵亡受伤开具清单咨送军需总局外，理合具禀。

禀两省部院同治三年二月十三日

敬禀者:

窃本司于正月二十三日曾将各营围逼平天贼寨，递次摸攻，及击破外援，擒获头目各情形，具禀在案。

黄逆鼎凤知黄日富、黎大煞两逆被擒，姚十来、韦树芳已遁，复令伪前二军统领咟嘲四即黄祖志，于正月十五夜潜逃下寨，由水沟伏行而出，会合姚十来、韦树芳起码来援。当为后营逻卒拿获随同逃出之贼李合生，解交王道承泽，讯知其情，料其必往宾州，随即传饬沿途各团严密查拿。黄祖志于二十夜带数十人逃过山西，该处客民关汝泰见之，飞禀办团委员李从九文德、胡都司永昌，督饬团总兵部差官武举秦善保、军功谭明道，调集练丁往捕。于二十一日追至山南，始将该头目拿获，搜出伪印一颗，并擒斩余党二十余人，于二十四日解到贵县，当照赏格赏银五百两，分别给予记保札付。旋将该头目押赴象鼻山，招呼黄鼎凤，令其党龚漱六隔寨会语，逾时，土音不辨，惟闻“即降亦不免死”一语。各团见山西团总获重赏，由是益奋。

姚逆十来及其党姚三发等自上姚破后，逃往山南木楹墟岩内，及闻黄祖志被擒伏法，该处团练将来围攻，遂改女装遁去。易道元泰令郭西团总监生宋鸣球购线潘士活，诇知姚十来、姚三发逃匿贵县与横州交界之团岭村。亟督饬宾州黄茶团监生梁作桢，与贵县黄练团童生黄金昌等，于初五日集练往捕，当将姚十来、姚三发等拿获，交潘参将忠实、刘都司元吉押解来营。按照赏格及另许线银赏银一千四百两，分别填给记保札付功牌。适黄练等处办团委员李副将永堂、王典史振鹏擒解逃脱之伪先锋王二前来。

本司查姚十来亦系黄逆伪封统领，姚三发向带贼之马队与前获之黄祖志、黎大煞桀黠异常，均为黄鼎凤死党，故令下寨起码，仰托福威，次第擒诛，实足以快人心而寒贼胆。

现闻韦树芳尚在宾州，或传其往依周荣宗。本司重悬赏格，密饬周荣宗及各州县团总严行缉拿，并另委把总蔡元友、外委梁任发前往宾州，确觇韦树芳踪迹，设法擒斩，当亦不能漏网。

至平天贼寨自正月以来，我军愈逼愈近，伺间摸攻。黄鼎凤防守益严，其萧都司登魁遣往内应之投诚陈世德等，早为黄逆察觉杀毙，其来营通款之头目龚漱六、游亚四等，黄逆时常易置之，并以亲属监临，苦不得举事。易道元泰、王道承泽督饬各营，从寨前之头榨、寨后之象鼻山嘴偏右之大风门、正左之泥鳅脊更番摸攻，日夜不息，计使贼众坐受困敝。而本月初六、初七之役，管带靖寇营都司姜正友、管带贵字营把总梁修己等尤为奋勉，各勇登寨，已将贼棚焚烧，竟以地势陡险，后队不能继进，致未成功，各勇损伤颇多，实深焦愤。王道承泽以姚十来、黄祖志每从泥鳅脊逃窜下寨，督令黄都司光梓带前营勇进扎该处，贼寨从此无一线生路矣。

顷据兰字营胡游击时朋禀称，近日每遇阴雨，贼寨后防守颇懈，自愿率所部奋勇当先，由象鼻山嘴缒下贼寨，志在必破，誓无返顾，并请本司亲往督勇继进。本司壮而许之，果能一举得手，固为如天之福，否则惟有督饬各勇轮流进攻，外援既绝，内变将生，黄鼎凤亦必不能久稽显戮也。

除将递次摸攻伤亡各勇开具清单咨报总局外，所有拿获在外起码之伪统领黄祖志、姚十来，及伪先锋姚三发、王二等逆，及各营摸攻并现筹剿各缘由，理合具禀。

禀张中丞同治三年三月二十二日

敬禀者：

窃本司于二月十三日曾将拿获伪统领黄祖志、姚十来，伪先锋姚三发、王二等逆及摸攻贼寨各情形，具禀在案。

查平天寨周围削立，惟寨后与象鼻山过脉之所尚可攀缘而上，寨上重垣之外，濒有余地，堪以驻足。王道承泽于十四日上象鼻山，并带赏银五千两，挑选锐卒，于十五日由寨后进攻。我勇方欲登寨，贼亟出闸迎拒，飞石如雨，王承泽令象鼻山各营排开大炮，立时击杀五人，余贼悉缩入闸。我勇甫登数人，贼复一拥而出，营中恐并伤我勇，不便施放大炮，其登寨之勇，人少力单，只得退下，贼亦随入，如是数回。王承泽以各勇且前且却，令都司黄建勋持令往督，传谕各勇，若不得寨，不准回营。管带兰勇游击胡时朋等即率各勇奋身上寨，进逼闸口，贼见我勇气锐，闭闸不出。靖寇营百长周之洛、长捷营百长张忠清及兰字营大旗秦泰和、王耀德等跃上贼闸，拔帜而舞，相继中炮而坠。寨后重垣，形如偃月，三面枪炮注攻，弁勇伤亡甚众。时已昏暮，王承泽乃传令收队。此次阵亡哨长二名，受伤哨长三名，阵亡勇丁二十七名，受伤勇丁五十名。

是夜贼于我勇上寨之路另筑四碉，土覆木板数重，四面重开炮眼。十八日，管带建威军都司萧登魁带勇进攻，为碉所阻，阵亡三名，受伤二十八名。王承泽令守备翟国式于象鼻山吊炮轰击，碉上木板洞穿，贼竟死守不去。

二十日，本司会商王道承泽、易道元泰等以贼寨粮食尚多，而人数甚少，一味围攻，则益旷日需时，不得不更番进攻，以图侥幸万一，纵令不能破寨，而贼众总有损伤，况日夜拒战，久则必疲，或可以乘其懈。本司复于二十日上象鼻山，二十一日传集各营总三令五申，严行激励，并于头等奋勇先给阵亡银各二十五两，期以必死。二十二、二十三两日轮行进攻，各营均用哨长带队，营总督队，前者既陨，后者继之，各无返顾。而贼悉伏碉内闸内，枪炮连环不绝，无使我勇逼近，乘垣抛掷砖石，有受伤跌于垣外者，亦置不救，贼尸与勇尸相枕藉，穷两日之力，卒未能破贼一闸，得贼一碉。此次营总受伤二名。百长阵亡二名，受伤二名。勇丁阵亡三十七名，受伤四十二名。

二十七日，易元泰带勇上象鼻山，适值大雨，潘参将忠实等计欲掩贼不备，冒雾而进，及抵碉下，贼已惊觉。易元泰守俟天霁，令各奋勇力攻两日，我勇受伤二十七名。

三月初五日，刘丞培一上象鼻山，以贼恃碉卫闸，我勇欲破贼闸，必先破贼碉，令各营密施枪炮，使闸内之贼不敢出救，我勇专攻四碉，各带长钩，以曳碉上木板，以便抛掷火蛋入碉。且意碉内子药无多，我勇围攻竟日，贼必弃碉而走，计俟得碉，拨勇守之，而后进图贼闸。自卯至午，我勇阵亡五名，受伤二十五名，犹复力攻不退。旋因大雨如注，昏雾弥漫，咫尺不见，象鼻山不便施放枪炮，闸内之贼悉众出救四碉，我勇始行收队。

盖我勇攀缘上寨，不能执持挡牌及各护身之具，即抬枪、长矛等项，亦属难施。且以一线羊肠，必须鱼贯而进，每遇阴雨之际，尤属滑汰堪虞，是以易于受伤而难于得手。而黄逆又防范严密，守闸之贼，时时易置，并使其妻子监之，不令与外交言，明招暗诱，无术能售。管带靖寇营都司姜正友密购内应，留其数人在营为质，及十四日届期进攻，闸内阒然不动，我勇既逼，则枪炮频施，伤亡四十六名。事之反覆，已非一次，令人智力俱困。

惟幸寨上柴草甚少，贼虽有粮，顾不能不火食。近日黄逆在寨故为整暇之状，难免设法逃窜，不可不严为之备。现令孟丞继宗、李丞能通、黄守芳在于前、左、右三面督勇开挖长濠，以防狼奔兔脱。计自大风门至泥鳅脊约二千数百丈，其不能开挖之处，则筑立卡栅，将次告竣。

至在逃首逆韦树芳与李亚德，初在宾州起码二千余人，攻破红水各村。本司恐其滋蔓难图，会商王承泽、易元泰，令潘忠实带勇数营，由安城司前往剿捕，并令蒲牧荫枚带勇两营，进驻樟木，为之后继。顷据宾州王署牧禀称，韦、李股匪进攻横岭村，递为团练所败，又闻官军将至，其众遂溃，仅有二百余人退踞永淳交界之潘园村等情前来。本司一面批饬该署牧等集团追捕，仍一面饬催潘忠实等带勇前进，免致死灰复然。是否有当，伏候批示饬遵。

除将各营伤亡员弁勇丁造具清单咨送军需总局外，所有递攻贼寨、开挖长濠以防黄逆窜逸，及拨兵赴宾剿捕韦、李两逆各情，理合具禀。

禀张中丞同治三年四月二十一日

敬禀者：

窃本司于三月二十二日曾将卑勇递次环攻贼寨，周围开挖长濠，及拨营进安城司堵剿援贼各情由，具禀在案。

韦逆树芳、李逆亚德等见我勇进抵安城司，地方土匪争先乞抚，自知难逞，乃弃红水等村，退屯永淳，依梁逆安邦。旋于本月二十六夜，带贼千余潜出零竹墟，四宝堂亦遣其党黄逆子芳带贼千余来会，二十七日黎明攻破邓墟、团内、六房等村，据为巢穴，获粟数万石，尽发以诱贫民，蚁附甚多，势颇猖獗。谍报将由三里来援黄逆。

先是，以三里原有林姓、宋姓当铺，极其坚固，向为黄逆之党区亨圃盘踞。周荣宗等与黄逆内讧，所有黄逆各处村墟，尽被攻破，惟三里当铺与覃塘掎角，周荣宗卒为所败。因商令易道元泰派勇撤毁事竣，而六房警报适至。本司以三里既无可恃之险，贼众乌合，未必敢来撄官军之锋，所虑日益蔓延，难于扑灭，又恐乘虚上窜横州，以图牵制。一面飞檄曾代牧严行守城，一面令管带亲兵营都司何明亮带精锐千人，以投诚李发所部向道，由龙镇里卷甲疾趋，掩贼不备，并令军功朱耀德等驰赴邓墟督团夹攻。贼以龙镇里山径深阻，不虞官军猝至，其众又系新集，大惊遽溃。韦逆、李逆欲率其党退保零竹，邓墟团总徐有参等觇知贼踪，带练邀击，何明亮等亦由龙镇里力追，斩获甚众。零竹墟见贼败归，闭闸不纳，乃径走永淳之甘塘、均墟两屯。

本司以援贼虽无能为，而贼寨一日不破，军营一万数千人，终为所缀，劳师縻饷，寝食难安。长濠已经告成，仍令各勇更番攻剿。查贼寨惟后一面尚可施力，贼于闸外筑碉严守，递经象鼻山大炮轰塌，而贼随坏随补，及我勇攀缘前进，碉已复完。乃与王道承泽会商，令胡游击时朋带兰字营百人，陆把总广升带长捷勇百人，移扎象鼻山下沟内，以逼贼碉。其贼寨左右如大小风门及泥鳅脊无论悬岩陡壁，稍可驻足之处，均经拨勇守之，防贼缒取柴草。惟寨前闸外偏右，贼先筑有石垒，既以卫闸，又可以通小风门及泥鳅脊，每遇黑夜及有雾之时，贼辄偷取柴草入垒，转运上寨。王承泽与刘丞培一递次督勇进攻，损伤甚众。密令贵字营把总梁修己另觅由寨逃出之贼，熟悉寨前僻径及贼中口号者数人，引该营锐卒三十余人，各带火炮子，四月初七夜三更，鱼贯而入，绕伏垒后罅内，令游击姚世文带前营勇百人，副将郑长纯带新中营勇百人，于初八日五鼓进攻。贼正凭垒向前相抵，梁修己率勇由后呼噪突出，纷掷火炮入垒，贼众骇乱，逾垒走依头闸，我勇入据其垒。时晨雾未开，寨上之贼以闸前之贼为勇，飞石投之，寨下之勇以垒内之勇为贼，开枪攒击，彼此误伤多人。旋贼入闸，王承泽令姚世文拨勇驻守贼垒，仍为连营，以备接应，贼由是益蹙，不敢出前闸一步。

是日胡时朋、陆广升寨后沟内之垒，亦经筑成，守备翟国式复运三千斤大炮上象鼻山轰击，当面两碉洞穿数处，贼犹死守不退。沟内各勇时以抬枪拟之，贼亦不能修补。

十七日，本司令都司刘元富挑选亲兵百余人前往，会同胡时朋、陆广升各率所部奋勇，于十八日黎明一拥上寨，围攻当面两碉，贼枪炮子如雨雹，我勇旋起旋伏，且预以湿絮裹身，两人持一挡牌，无甚损伤，士气益奋，相持竟日，碉内贼不能炊，守御渐懈。胡时朋、刘元富及长捷营帮带把总覃东义督率各勇，竟由洞眼纷掷火炮入碉，贼多焦头烂额，启栅欲走，我勇乘势攻入，两碉之贼共五十九人，悉为我勇所歼，无一得脱。夺获大炮二位，洋枪十二杆，线枪四杆，小枪八杆，子药二石及被盖、米粮等项。当将两碉毁平，尚余闸口一碉，以日已暮，收队回营。闸内之贼出追，亲兵黄顺挺矛转斗，刺杀数人，余悉退缩。

十九日，王承泽添派各营进攻，以该碉地势坳深，象鼻山炮不能及，碉身完善，无间可投，各勇以长钩曳去覆碉木板，因与闸近，甫前复却，急切难拔。胡时朋等以该碉尚存，我勇终不能上寨筑垒，即于是夜初更，邀同元字营游击何元凤各带奋勇，皆持铁钻狙伏穴碉下，并于闸口多然火绳，以作疑兵。贼不测我勇多少，惧不敢出，复恐碉坏如前，两碉之贼被歼，随即弃碉入闸。

胡时朋等复将该碉撤毁，筑立营盘，拨勇二百守之。

查贼寨惟后面地势稍平，我勇屡次进攻，迄无成效者，盖以贼筑土垣数重，垣外余地复筑数碉扼我上寨之路，使我不能与争。兹幸将士用命，铲平各碉，得以上寨筑垒，则贼已失其险。现在我勇与贼仅隔重垣，本司惟有激励将卒，设法进攻，刻期蒇事，仰慰宪廑。

除将伤亡咨报军需局外，所有击退援贼及攻破寨前石垒寨后各碉，拨勇驻扎，以期迅拔全寨各情由，理合具禀。

书牍卷二

禀张中丞同治三年四月二十七日

敬禀者：

窃本司于本月二十一日曾将军营击退横州援贼及袭据平天寨前石垒，随复攻破寨后各碉，遂即其地筑营以便进捣各情，具禀在案。

本司查平天寨异常陡峻，难于仰攻。兹既上寨扎营，则所恃之险已失，而贼胆益寒。当与王道承泽等会商，必须乘势进捣，以收全功。王承泽立即亲赴象鼻山，于二十一日督同驻扎贼寨之游击胡时朋，守备黄建勋、伍青云、翟国式，把总覃东义等，各率所部，进攻寨后头闸，而令都司周德，外委胡永昌、李元巽、莫云成各率精兵助之。副将陈本炽督同游击易胡恩，都司黄光梓、姜正友，守备宋荣藻、马正龙等，率勇由前闸进攻，副将郑长纯督同游击姚世文、蒋启纲，把总梁修己等，率勇由小风门进攻，孟丞继宗会同游击何元凤、知县关天球等由大风门进攻。黄鼎凤亲在后闸率众死拒，枪炮子如雨雹。胡时朋、翟国式、伍青云、覃东义、黄建勋等，身先士卒，直逼闸口。伍青云腹中大炮，肠流倒地。覃东义等不为少却，践尸向前。即乘垣拒战，当为覃东义等手刃数人，各勇鼓噪争登。孟继宗亦由大风门挥勇上寨，遂夺头闸，贼悉退守二闸。王承泽以天色已晚，而贼飞走皆绝，必为困兽之斗，我勇务宜步步进逼，乃令各勇即据头闸为营，以备夜间冲突。

二十二日，王承泽督饬胡时朋、何元凤等各以挡牌居前，枪炮随后，如墙而进。陈本炽、郑长纯等仍由原路奋攻，日夜不息。黄鼎凤与伪元帅梁赞、伪统领龚漱六先后中枪，余亦死亡甚多。寨后五千斤大炮忽裂，守炮之贼，悉为齑粉，炮台上树旗杆折为数段。黄鼎凤自度必不能支，遂于二十三日率伪军师周竹岐及其母面缚自投，仍留其党守寨，以要生路。本司当将黄鼎凤、周竹岐监禁寨上。各逆目等知不能免，闭闸固守。本司以寨既无主，众心已乱，随即会督王道承泽、易道元泰、李副将士恩及陈本炽、郑长纯、孟继宗等，一面率勇乘势攻寨，一面率勇环守长濠。

二十五日，陈本炽等先从前闸毁栅突入，纵火烧闸，伪元帅康世平、陈云德率众格斗。黄光梓等复从泥鳅脊攀缘而上，与陈本炽夹攻，贼乃溃向寨后。适胡时朋等已逾重垣而入，挺刃以待，斫杀数十人。贼走向小风门，又遇蒋启纲等各勇，击斩多人。时日已曛暮，贼众纷窜，悉为我勇掩捕，其逃下寨者，皆为守濠之勇遮获，间有逾濠而逸，亦为六卢、六班两山所驻之老东勇、福安勇及易元泰预伏布四村之集安勇、新胜勇所俘。次日查点，生擒伪军师黄庆蕃、伪元帅康世平、梁赞即大口扒、蒙富、陈云德，伪统领王兴福、龚漱六，伪将军曹立本、伪平章汪捡蛟及黄鼎凤妻妾四人，子女各二人，其余逆党及各逆属，共计生擒四百七十余名。斩取首级四百三十余颗，自投下寨毙命者五十余名。夺获黄鼎凤伪造金印一颗，银印、金钱、银钱及各伪造衣物、旗帜等件，大小炮位二十七尊，抬枪三百九十余杆，小枪五百二十余杆，其余军器、子药、资粮无算。

窃查黄鼎凤作贼将近十年，窜扰各府、州、县，夺城戕官，杀掠良民以数万计。其余头目，多系各处积年悍寇，自柳、浔克复后，走投覃塘，是以黄鼎凤如虎生翼。又得金陵余党周竹岐等为之主谋，遂致僭号称尊，刊刻伪书，且欲出江滋扰。递经蒋藩司、刘制宪督兵前来剿办，黄鼎凤狡滑异常，胜则披猖，败则坚守，究未能扫穴擒渠。兹幸克复平天寨老巢，生擒首逆黄鼎凤，其余头目，累累就缚，无一脱逃。其先在外起码之陈六、黄大有，亦于二十六日经三里团练擒解前来。合前所歼之林单眼、罗华观、潘炳、黄祖志、姚十来、黎大煞等，则黄鼎凤全股仅剩韦树芳、李亚德两人，余皆无有漏网，不致流毒别处，贻祸将来，洵足以快人心而伸国法。

惟是本司才识疏庸，不善调度，以致旷持一年数月之久，仰赖宪台指授方略，又得各将佐戮力同心，幸告成事。计自沙江桥堵剿，嗣解马村重围，以次克复桥墟、蒲塘顶寨、龙岩岭底、登龙桥、贵县、横州、覃塘、岐山寨等处，大小约百数十战，肃清数百里，解散胁从数十万，及合围平天寨，各勇穷幽陟险，裂罅凿幽，尺寸必争，宵旰无间，艰辛备历，奋勉异常。合计卑营阵亡将近千人，而病故者不计，受伤约三千有奇。各员弁兵勇均系锋镝瘴疠之余，仰恳宪恩，准将劳绩卓著者随折奏保，余俟会督各统领营务处，及各营总确切查开，汇详请奖，以示鼓励，出自逾格鸿施。其阵亡及立功后病故各员弁，亦由本司查开，详请奏恤，以慰忠魂。

除将拟请随折保奖员弁开具清折呈请核夺外，所有各勇攻据头闸，首逆面缚投营，随即克复全寨，擒斩各头目及余逆党，并请保奖各情由，理合具禀。

敬再禀者：

查左江一带，自咸丰初年以来，群盗蜂起，地方百姓多被胁从。而守正办团、历年抗贼、捍卫地方者，亦复不少，甚至有心如金石，至死不渝，如本司所亲见横州之陶墟、莲塘墟、博合墟，郁林州之平阳堡、兴业县之石砒堡等处是也。又如桂平县石龙墟之县丞汤振廷、贵县石脚村之生员黄锦云、木格墟之训导李炳南，当黄逆披猖之时，独能集练助剿，递次获胜，尤堪嘉尚。现在军务告竣，所有甘心从逆顽民，均经次第拿办，其有团练出力懋著劳绩者，合无仰恳宪恩，准其择尤拟保，以示鼓励，伏候批示饬遵。

至各地方官练团捐米，均属急公。惟查署浔州府覃远琎自同治元年捐资募勇，亲在戎间，随同围攻龙岩，救援南勇及进剿蒲塘、小港塘等处，屡著战功，可否随折奏保，出自逾格鸿慈。

禀张中丞 同治三年五月二十日

敬禀者：

窃本司于四月二十七日曾将二十五日克复平天寨，先后生擒黄鼎凤、周竹岐及各头目，其余逆党逆眷悉数斩获各情形，具禀在案。

查伪元帅梁赞等共十一人，当经凌迟处死，余党亦经随时斩决，惟留黄鼎凤、周竹岐及黄鼎凤之母骆氏，妻周氏，妾游氏、梁氏、韦氏，子亚大、亚细，女亚娇、亚妹，原拟一并解省，听候宪台委员审办。乃黄鼎凤自闻解省，自知万无可免，不肯饮食，且素吸鸦片，屡欲吞烟自尽。本司以现在河水陡涨，到省需时，诚恐该逆在途自毙，幸逃显戮，又以沿河时有匪徒出没，难免意外之虞。且地方绅民，因受该逆之害，伏辕固请将该逆就地正法，以快人心。本司遂于五月十七日，督同署浔州府覃远琎、贵县岳维翰及委员余萼衔等，讯取黄鼎凤、周竹岐两逆口供，随即绑赴市曹，处以极刑，并将黄鼎凤妾游氏、梁氏、韦氏，子亚大、亚细，女亚娇、亚妹一并斩决。先期出示，传谕城乡。是日远近奔观约数万人，且有呈请愿代行刑。本司预于行刑之处，扎立高台，建竖红幡一面，将黄鼎凤及周竹岐缚于台上，以便众目共睹。嘱令郐手每割一刀，辄停一刻，大呼“作贼头者视此！”先将黄鼎凤之三妾、两子、两女，列跪台下，每杀一人，以首级举示黄鼎凤。行刑已毕，将黄鼎凤、周竹岐两逆首级及心肝祭奠阵亡弁勇官绅，并取出黄鼎凤之胆，大如鹅卵，见者无不骇异。百姓纷裂其尸，并骨皆尽，同声称快，欢呼动地，沿街爆竹，竟日不绝，可见该逆恶贯满盈，各士民冤愤已极也。

惟黄鼎凤之母骆氏年近八十，屡次教诫黄鼎凤不听，祈以速就诛殛，常居青云村，不肯往覃塘及平天寨。又其妻周氏亦曾劝诫黄鼎凤，每受捶楚，该氏遂与之绝，依母而居，黄鼎凤亦唾弃之，该氏自以针线糊口。及官军攻破青云村后，黄鼎凤恐其母、妻被获，损其凶威，令人强舁上寨。本司详细问悉，遂将黄骆氏、黄周氏免死，听其自便。

除将黄鼎凤、周竹岐口供录呈电鉴外，所有督同府县委员将该两首逆，及逆妾、子女就地正法，及释其母、妻各情由，理合具禀。

敬再禀者：

查克复平天寨夺获黄鼎凤伪铸金印一颗，上篆“鼎凤之宝”四字，又银印一颗，上篆“岐山寨”等字，又银印一颗，上篆“洪顺堂前营”五字，又梁赞银印一颗，上篆“梁赞之印”四字，又金银钱共十四个，上篆“平天寨之宝”“岐山之宝”“国记通宝”等字，以及伪制黄帽、黄旗等件，前因报捷快差陆路赴省未便携带，嗣交营务处王道承泽亲解前来呈缴，伏乞俯赐核明。

禀张中丞同治三年六月初六日

谨禀者：

前月二十日及二十五日肃具禀函，计达慈览。嗣奉十五、十六两日手谕及钧札，欣悉本司兄弟均蒙宪恩从优奏奖，惭感莫名。郑副将暨孟丞、蒲牧、李丞，因过多暂遗，仍荷宪恩，许于大案汇保，该员等无不感戴鸿施。查李丞能通本系投诚人员，前在江西，蒙刘制宪保以文职，兹请留省补用，实恐难免人言。该丞乃援李倅文涛署理荔浦故事，固以为请，本司不胜其搅。且以南太泗镇遍地荆榛，又多瘴疠，人皆视为畏途，将来该丞或可承乏，究竟可否奏留之处，尚候钧裁。

易营围攻宾州大岭贼巢，日久未拔。昨已令其将覃塘墟各营移上安城，以备黎村宋日祥等外援，仍留两营驻扎黄练以顾后路。本司初将大岭头目陆盈谟及上林头目莫帯光两人，送交潘参将羁押，勒令两处起练进攻黎村宋日祥，或令密购内应，责其成功，以自赎罪，无不应命，则宋日祥势孤，当易授首，俟宋日祥伏法，而陆盈谟等生死仍悬吾手也。该村恃其有功，断不严备，因其懈而袭之，或于村众尚未撤归之时，乘虚而入，似可集事。兵不厌诈，况群盗乎？易道因徇安城团总之请，先剿大岭，又任陆盈谟服毒自尽，故该村众以死抗拒，而宋日祥怵于辅车之势，时率党来援，我军未免受其牵制，所幸兵力尚厚，足以支持耳。各勇逼攻，受伤甚众，本司严饬潘参将督同各营于破村之时，无分少长，悉数剿绝，使各土匪以后不敢负嵎也。

李副将不善驾驭，诚如宪谕所云。此次进攻永淳各路，均经本司妥为部署，授以机宜，慎以持之，当不至于失事。查永淳南北两岸，县城在南岸，贼头孙广仁之山泽村、梁安邦之那坛村均在南岸。然北岸地方最宽，粮食最足，各村被胁百姓，矫首以望官军，多先来营通款。本司拟令李副将与孟丞率楚勇六营前进北岸，计必壶浆来迎。其后路系横州莲塘、陶墟两团，饷道无虑，且可借为声援。另令李丞督带长捷、东勇两营由横州城逾南岸，会同水师及曾千总之勇先攻飞龙江口。盖长捷勇均系横州南岸人，东勇曾依孙、梁两逆，于南岸亦为熟悉，两营皆因李丞来投，服其箝制，李丞上年随同本司在横州时，与曾千总相得甚欢，呼应必灵，故用之也。飞龙江口系横州地，贼数无多，我军水陆并进，贼必望风而逃。既得飞龙江口，暂驻横、永界上，俟李副将、孟丞肃清北岸，从三洲陈兵渡河，而后李丞与曾千总各营及水师长驱而前，夹攻梁安邦巢穴及永淳县城。盖梁安邦巢穴附近县城，距飞龙江口不甚远，且近河，我军水陆既据飞龙江口，则梁安邦不敢北渡以拒李副将，北岸之贼亦不敢南渡来援梁安邦。又梁安邦前曾托人来营乞降，请俟官军入境，即擒献孙广仁自赎。将来李丞进驻横、永界上，便可构使内应，否则即纵间离之。长捷、东勇及曾千总之勇，多与梁安邦相识，此事或易办耳。曾千总与管带长捷营陆广升、管带东勇李发所部均其乡人，且其旧人，三人之才足以控制其勇，断不至为贼所诱。曾千总、陆广升帅贼日久，李发虽新就抚，其母、妻、子女尚羁贵县，三人又感激李丞，断不至有他也。孙广仁之山泽村距县城甚远，该逆自思维村为周荣宗所败，退匿村内不出。周荣宗蹑追至那马村，已逼山泽，已谅孙广仁决不敢远离巢穴。本司檄饬周荣宗及李青靛察看山泽村，可攻则攻，否则缀之，使不敢远出，俟李副将与李丞克复永淳县城及梁安邦之那坛村，则四面围攻，想亦不能久支也。据东营李发呈阅孙广仁书，亦愿投诚，并不自认为贼。本司切嘱李副将、李丞，两人无论投诚与否，梁安邦、孙广仁断断不可瓦全。盖抚所以济剿之穷，我既兵力有余，安可复从宽典？况孙、梁两逆狼子野心，屡降屡叛，与黄鼎凤无殊也。此本司所筹进剿大略也。

贵县余匪虽多，而头目均经伏法，昨日东津团练亦将黄亚德擒解来营矣。以外所谓头目如黄亚娘、刘亚乌、杨二婆、杨三信等，或早年投诚，或未曾成股，不过上年勾通黄逆南窜，希图乘势掳掠，本司已严饬各团总查拿，纵令远扬，亦断无能为厉。又如从前助逆现充团总数人，似须缓图。盖自攻破平天寨，所有就抚各处，人心惊惶，相率走匿，迄今甫定耳。覃署守来贵县时，传各团总赴局议事，届期尽来，无一敢后，近日捆送土匪尚多，可见地方震慑，善后不难也。本司拟令陈副将带新安营、元字营、老东营、楚右营及各亲兵留防贵县为思、南两路后劲，以向道营隶覃署守，先办桂平甫里等处土匪，该营系覃署守旧部，易听指挥。以德安营赴武宣，会同洪游击搜捕南泗及庙隍墟等处土匪。顷据洪游击禀报，南泗墟已经攻破，似毋庸添拨重兵。周德深感宪台再造之恩，又惧人言，又畏法网，此行定能得力。此本司所筹善后大略也。

水师进剿永淳，有左营已足矣。唯右营分防后路，尚属不敷，拟商之利参将添拨前营舢板前来，毋庸另募。利参将以梧州缉捕事重，难于兼顾上游，请辞统领。本司以永淳贼艇无甚伎俩，扒船亦只有此数，欲即许之，宪意以为何如？

本司本应谨遵钧谕，于七月初晋省，第思宪台八月初旬入闱，若本司晋省太迟，不能熟商壹是，万一王道不复来粤，仍须本司转营，时日迁延，反致贻误军务。本司现将李副将、李丞两路进止之处，缓急操纵之机，绘图贴说，详细指授，并将所需办团、办米委员绅士，预为选派，其告示札谕，亦先缮成，逐一交付，如李副将等不敢妄作，亦如本司亲行。虽事变无常，难于悬揣，而跳梁之技，似不能出此范围，盖时势今与往殊，而孙、梁两逆与黄逆相悬绝也。

唯裁撤勇丁，未尽发遣，所缺原额，尚未添招，须候饷来，方能就绪。本司择吉于本月二十六日李丞各营启行，七月朔日李副将、孟丞各营继进，其分赴桂平、武宣两营日内可以上道，贵县营团事宜，亦经谆嘱陈副将、岳令及各局绅团总妥速办理。本司布置已定，趁此事势尚缓之时，拟于本月初十起程，轻舟转省。如果贱体稍强，军情吃紧，断不在省偷安，致劳廑虑。

禀张中丞 同治三年六月十六日

敬禀覆者：

窃本司于六月十一日奉到钧札云云。等因，奉此。并颁到饷银一万两。仰见宪台调度有方，体恤备至，感佩莫名。

查易道元泰一军于前四月内因堵剿援贼，先令潘参将忠实督带义勇、义胜、果胜、秀彪各营进驻宾州安城司。嗣以援贼溃退，潘参将即率各营围攻大岭土匪，随将留防樟木之左右护军，留防覃塘之新胜、集安与围攻平天寨之新中各营，次第移去，以厚兵力。本司咨会易道，俟宾州各股土匪扑灭，即可移剿迁江、来宾以进思恩。

至王道承泽暨李副将士恩两军，自攻破平天寨后，重伤各勇，尚未就痊，余亦久冒岚瘴，受病更多，不得不严行淘汰挑补，或即一营全撤，从新添招，以期得力。惟因欠饷无发，兼之归路甚遥，筹给盘资，应付船只，在在为难，两月以来，始经就绪。

本司现令李副将振顿所部，定期于七月初一日率亲兵、中军、中、左、前、后六营，由横州进剿永淳县股匪，先清北岸，而后渡河，另派李丞能通督带长捷、东勇两营，由横州南岸前进，以图牵制，并咨调广东廉州游击梁国安、灵山县城守曾远辉，及管带耀勇军功周荣宗、宣化首民李青靛等兵勇、团练分路夹攻，使贼面面受敌。其利参将辉水师左营暂交李副将率同前进，如能肃清永淳，即可乘胜进规南宁。

此部分易道、李副将两军进剿思、南各属先后起程日期也。

贵县地方，自黄鼎凤及各头目伏诛，人心震慑。前月覃守、岳令传集各团总来县商办善后，届期毕至，无敢或后。谕令查拿土匪，缴解大炮，酌撤围墙，均奉约束维谨，陆续拿解前来。本司仍留亲兵营、新安营、老东营，及李副将所统右营，与利参将所统右营水师，驻防贵县登龙桥，暂交黄守芳及陈副将本炽摄理，以一事权而资弹压。另派德安营前往武宣剿捕南泗墟、庙隍墟土匪，复派元字营、云字营前往桂平剿捕甫里、赵里土匪，即归覃守节制调遣，以期用命。此酌留一军驻防贵县及分剿武宣、桂平两县余匪情形也。本司一面饬黄守、陈副将及覃守察看思、南两路情形，相机策应，一面饬易道、李副将、李丞等激励弁勇，实力剿办，申明纪律，严禁骚扰，并经通饬思、南、柳、浔各府、州、县办米接济，俾得饱腾，迅殄余氛，仰慰廑虑。

除饬转运支应局员即将收到省饷按成分给三军，以利遄征，并饬各厘卡按成拨解外，理合遵札禀覆，伏乞俯赐察核。

再，本司已将军务逐一妥为料理，各路军情，目下尚非吃紧，遂于本月初十日由贵县起程晋省，叩谢鸿恩，禀商一切事宜，以便将来有所遵守。合并申明。

禀张中丞同治三年十月二十九日

谨禀者：

本司自叩辞解缆，于阳朔舟次肃复一函，计呈钧览矣。

嗣于昭平、梧州递据李镇等禀报，永淳贼自前月二十三、二十四为官军所挫，复从南岸纠集大股前来。我灵山新招之勇，不谙纪律，骤难得力，以致前营仍为贼围，于二十九夜退出，贼势益炽，渐逼朦胧，人情大震。李镇等探知贼精锐悉来与官军相持，其甘棠巢空虚，乃密购内应黄金宝等于本月初七夜袭破该屯，拨练守之。贼闻甘棠有变，恐官军绕出后路，亟分其众往争。我军乘势于初八日攻破周田村外贼营二座，甘棠守御亦力，贼旋败还，由是逆焰稍衰。陈镇随会合何游击等营进援，声威愈壮，当无他虑矣。李镇虽系奴才，然此次勉支危局，胜负互见，尚属可嘉。唯据禀称，贼数逾万，扼险环筑坚垒，计图持久，以老我师，诚恐急切难下，俟本司到营察看情形，设法剿办。

至子药一项，各路需用极多，昨据浔局、贵局两处禀称，已经扫数解去，毫无存留，虽经省局拨来药五千斤，铅子三千斤，不能济事。初尚指望东省应付，乃据委员吴宾禀称，仅蒙制宪饬发药一千斤，闻之殊深骇叹！本司续委蔡守前往请领，想亦徒劳往返也。当兹各路进剿孔亟，子药较饷项更为要紧，伏乞饬军需局，先将王道承泽解来万斤转解到营，以应目前之急。仍须赶紧委员并托王道在于宝郡采办，以期源源接济，是为切祷！否则别无可设法之处，将来难免贻误。

梧州加抽厘金，因蒋道积欠未清，尚欲提九月初十以后所收银两，只得议以九月全数归之，其黄万胜之清字勇前欠，则仍由蒋道弥补，该营每月饷项约须千金，全月厘金则有数倍，蒋道亦经面允矣。

东省外匪虽未全股出境，而情形尚松，唯肇郡客匪，剿抚皆穷，恐成养痈之患。本司谨遵宪谕，转饬卢守、唐副将等多派快足，分投确探。

藤县糯峒地方，近有匪徒蚁聚，约千余人，计在掳掠。本司商之卢守，面令姚丞前往解散，即于内挑留五百名，带赴南宁，一举两便。仍暂留黄万胜一营在藤县城驻防，如该匪等胆敢违抗，即可会团进剿。

至姚丞新募之勇，意欲足千人之数，且请照湘、楚勇支饷项。本司以勇数不宜过多，饷项则只得勉从其请。是否有当，尚候钧裁。

本司自出省后，牙疼益甚，每日吐涎沫数碗，精神因之疲倦，顾际此军情吃紧，唯有勉强扶病向前也。

禀毛制军同治三年十一月十八日

敬禀者：

窃本司前将派拨易道元泰一军进剿宾州，李镇士恩一军进剿永淳，并派李丞能通督带两营会剿，自留一军驻防浔州，及本司回省面禀一切机宜各情，具禀在案。

嗣查李镇士恩会同李丞能通于六月二十六日及七月初一日分率各勇先后启行，陆续进抵横州。旋据谍报，永淳孙逆广仁、梁逆安邦侦知我军攻破平天寨后，乘胜来攻，预将县城及各巢穴重加修葺，沿河添设卡栅，湾泊扒船，为抗拒之计，并结黄鼎凤先前逃出余党韦逆树芳、李逆亚德分守南北两岸。李士恩、李能通等以北岸地方辽阔，而朦胧墟距县城仅十五里，实居一县之中，为贼腹地，我军若得此处，则其余定然土崩。七月二十二日，李士恩带领所部，由横州北岸进扎永淳交界之莲塘、新城地方，令蔡游击其昌水师进扎米埠，以资联络。适贼党孔逆炳昭、邓逆超然等率众出境掠粮，李士恩纵勇奋击，败之。二十三日，我勇乘胜间道进攻朦胧墟，贼出墟拒战，我勇击杀百数十名，余悉退入墟内，坚守不出。李士恩、李能通等令永淳把总何永发密购内应张道烈，于八月初二日五更潜引我军袭破该墟，杀贼五百余名，生擒孔炳昭、邓超然及余贼一百三十余名。李士恩自率所部进据该墟，仍留一营驻防新城，以固后路。是日蔡其昌亦率水师攻破干井各村，由是自新城至朦胧六十余里悉剃发就抚。

李士恩以我军既由北岸深入，诚恐南岸之贼来援，商令李能通于初四日带领所部渡河，约会广东灵山县城守曾千总远辉之勇进攻，以图牵制。初五日，韦逆树芳果带贼三四千人由南岸渡河，窜至朦胧墟附近之那度、那局、南阳、那宽、佛子、周田等村。李士恩乘其未定，率勇亟攻，于初七、初八、十一日连克那度、那宽、佛子三村及村外三营，擒斩极多，生擒先锋梁世文等数人，那局、双渡、南阳三村之贼遁归周田，并力固守。十三日，李士恩进兵围之，贼于村内筑垒相拒，暗约石塘墟内之贼由朦胧墟后绕攻张村，欲以断我饷道。李士恩于二十日夜分兵驰救张村，令永淳把总何永发带练向导人执一炬，鼓行而前，贼不测我军多少，大惊遂溃。李士恩以石塘余孽终为后顾之虞，乘其新挫，于二十二遣兵进攻破之，生擒贼目黄法教及余党二十余人。二十九日，孙逆广仁、梁逆安邦亲带骁贼数千前来，一支阵于周田村外，一支阵于岭背。李士恩亲率锐卒，先攻贼伏，贼殊死斗，乃别遣兵抄出其后，贼遂却退，我勇鼓噪乘之，杀贼甚众，周田村前之贼随亦败去。

孙、梁两逆以屡战屡败，尽发家资，招募骁悍，为决死之计。九月初八、九等日递据谍报，贼众大集，合万余人，李士恩一面传集所部各营严兵以待，一面函请浔州各营兼程赴援。十五日，贼分三路而出，五色旗帜纷披，合围我营，其锋甚锐。李士恩督同各营总率勇连日血战，十八日夜，贼攻陷我中营，营总守备何书修手刃贼十余人，力尽被擒，受害极惨，并杀我百长二名，勇丁伤亡数十人。十九、二十两日，襄办军务孟丞继宗会商李能通，由南岸抽调勇五百名，另招勇一千五百名来援，兵力稍厚。二十二日，贼逼我前营。二十三日，贼筑垒以断我前营汲道，李士恩督勇攻破其垒，杀贼百数十人。贼复架炮以击前营，前营地势稍低，飞子雨集，锅帐皆坏，各勇损伤甚多。李士恩恐前难守，于二十八夜密令退扎高阜。贼觉来追，前营营总游击王有元亲自断后，中炮而亡，贼焰愈炽。

李士恩以贼悉众与我相持，探悉甘棠墟为贼屯粮之所，防守颇单，于十月初七日遣兵袭破该墟，令永淳把总何永发带练据之。贼闻甘棠有失，分众往救，我勇乘机进攻，立破贼营两座，杀贼二百余人，贼势稍却，然时分党绕出朦胧墟后，攻掠各村，民情汹汹，馈运几绝。十四、十五等日，陈镇本炽督同浔州防军新安、德安、元字、友字等营前来，军声始振。

二十四、二十五等日，陈本炽会同李士恩两路进攻，贼亦分途拒战，递为各营所败。贼见我援师大集，坚壁不出，分筑小垒，横亘十余里，以遏我进取之路。每乘黑夜潜来斫营，陈本炽、李士恩等严为之备。

此李士恩等由北岸剿办永淳股匪情形也。

至李丞能通自七月初四日督率所部两营，渡过南岸与广东灵山县王令振荣及城守曾千总远辉面商会剿，以永淳之贼侵占灵山及宣化、横州地方甚宽，横州为我进兵之路，贼设守甚严，且于沿河大庙、江口、飞龙坚筑水闸，以遏师船，我军必须克复横州各处地方，方可直入永淳之境。初十日，李能通率勇进扎槲稔，十一日进扎山株，度贼必来争，预先设伏以待。我勇正在筑营，贼果掩至，并有贼扒溯流驶上，蜂拥登岸。我勇佯弃旗鼓诱之，贼趋利争进，伏兵突起截击，贼众惊乱，当被我勇擒斩百数十人，余走上船，溺死甚多。十四日夜，贼前来袭营，李能通遣兵断贼归路，尽歼其众，十余里贼尸枕藉，由是不敢来犯。附近数十村，相率投诚。是日，曾远辉带东勇一千二百名来会，十五日约同蔡其昌水师进攻大庙，贼悉锐拒战，随经我勇击退入栅。我勇连日前往诱战，贼惩于前败，甫出即入，不肯离巢。李能通、曾远辉各进军逼之，环攻一月之久，我勇损伤甚多，尚莫能拔。李能通乃留曾远辉与蔡其昌水陆围守，自率所部于八月廿三日进规江口，并分兵以徇旁村。

孙逆广仁侦知李能通由大庙前进，令李逆亚德率贼二千余人据古城村，并于莺歌坪筑垒以为掎角。九月九日，李能通率勇进驻距莺歌坪二里地方，即于是夜挑选锐卒，往攻贼营，乘风纵火，贼营一时俱烬，贼悉退归古城，我勇尾之以入，擒斩二百余人，余半走归江口，半走往西成墟。我勇乘胜攻下三阳、双峰各村。李能通恐西成墟之贼蔓延窥我后路，随于十七日遣兵往攻，时贼守备未固，望风而遁，当将其墟毁平，长驱进围江口。适接北岸警报，即商之曾远辉抽兵往援，另招新勇继进。贼谓兵已大半分去，抽北岸之贼二千，渡河来救江口，李能通戒严以待，并令把总秦宏纲等督饬就抚各村坚壁清野。贼至江口，见无间隙可乘，仍率其众北去。

此李能通由南岸剿办永淳股匪情形也。

本司于九月下旬在省闻永淳之警，随于十月十二日起程，二十九日行抵浔州，十一月初五日进驻贵县。所有李士恩、李能通等剿办情形，理合具禀，伏乞俯赐察核。

窃本司原奉抚宪行知，钦奉上谕，饬令本司出省扼要督办，自应留驻浔郡，以便兼顾宾州易道一军。第以永淳贼势披猖，本司何敢避劳居逸，亦何敢避重就轻，拟即刻期亲赴永淳军营，督饬李士恩等并力进剿，以期节节扫荡，仰慰宵旰忧勤。惟易道一军相距既远，一切情形，难于详悉，应由该道自行具禀。是否有当，均候批示饬遵。合并禀明。

禀两省部院同治三年十二月初五日

飞禀者：

本司自前月初五日抵贵县登龙桥后，即将永淳南北两岸军情查明，禀报在案矣。

本司本拟调集姚丞茂田、黄游击万胜、胡副将时朋等各营到齐，而后率之前进。嗣接李镇士恩、孟丞继宗等警报，初三、初五复失两营，贼焰益炽，欲乘本司未到，为侥幸万一之计。本司恐其决裂，将来难于收拾，随于十一日先率亲军启行，于十三日驰抵永淳北岸朦胧墟，察看贼众分据中路周田、左路江平、右路佛子三村，为犄角之势，延筑大小三十七营，张两翼以围官军，五色旗帜相间。我勇亦随所向筑垒拒之，与贼犬牙相错，日夜枪炮对轰，子如雨雹，营中锅帐悉坏，穴地以居，营外凿沟以通往来，并于沟上筑垣为障。各弁勇等劳苦日久，人色皆无，然因彼此以死相持，未可少动。本司因见左路地方辽阔，立马登山，指画形势，旋见中路白旗贼二千余人疾趋而左，依营列阵，及本司等转朦胧墟，贼亦引去，似有惧意。

本司一面与李士恩、孟继宗熟筹破贼之策，一面催调留防贵县捷勇、云勇及新招德勇、贵勇前来。十四夜，左路江平村及村外十一营之贼，均退据周田村外，以图自固根本，我勇掩之，夺获资械颇多。

本司以贼胆颇寒，于十五日令左路各营先以数百人挑战尝贼，而令陈镇本炽勒阵以待。德安营百长陈永安单骑径薄贼垒，中炮坠马，我勇夺尸而返。贼众来追，陈本炽督同何游击元凤、周都司德等率勇横击，李士恩亦从中路督同宋游击荣藻、翟守备国式等率勇夹攻，杀贼先锋二百余人，贼却而复前，我勇再接再厉，贼遂披靡。

十六、十七、十八、十九等日，我勇乘胜进攻，贼坚伏不出。时捷、云、贵、德四营陆续到齐，本司以兵力已厚，令孟继宗于二十日带楚右、元字、贵字、德安四营从右路岭背绕出格木地方，窥贼后路。正在筑垒，永淳城内之贼，飞棹过河，会合北岸之贼，并力来斗。李士恩率勇亟攻周田、佛子两路贼营，以分贼势，陈本炽亦即率勇驰援格木，血战竟日，数开数合，贼死无算，始皆败退。是夜贼于格木河岸学宫之侧，筑立三营以守。本司令孟继宗于二十一日移营上岭，俯瞰贼营，贼不敢犯，惟于营内然放巨炮，子重二十斤，楚右营垒成复坏，营总马都司正龙臂受重伤，植立不动，各勇冒死负土，卒完其垒，由是贼之动息皆知。是夜贼惊扰达旦。

本司度贼已纷乱，令各勇于二十二日攻贼右路，贼殊死拒，环施枪炮，我勇随伏随起，斫栅以入，连破佛子村及村外九营，杀贼四百七十余人，夺获大炮六尊，抬、小枪四十九杆，旗帜一百一十七面。是夜中路十七营之贼并溃，所有孙逆广仁裹胁南岸百姓争走渡河，贼斩之不能止。惟各逆党仍归周田村，合左右两路败贼，环村筑营，亦如我守朦胧之法。

二十三日，本司令格木各营缀河岸之贼，令朦胧墟各营攻周田之贼。时贼散亡近半，惟韦逆所将六千余人，均系百战之余，极其凶悍。我勇数道并进，贼亦分途来迎，合战逾时，杀伤甚众。捷勇营总宋都司光宇策马突阵，手刃数人，旋陷泥淖之中，几为贼获，百长魏辉应大呼驰救，力格贼矛，宋光宇乃跳而免。李士恩、陈本炽以贼战甚力，自晨至午，尚在相持，乃尽集各营劈山炮，间以抬枪，一缩一伸，步步逼之，击杀贼百数十人，贼不能御，敛众入营。我勇三百围绕，更番向前，以贼木城甚高，枪炮甚密，终莫能近。日晡，陈本炽率新安、捷勇、云勇、德勇多持板片，扬言由左路梁村绕出湾渡，断贼归路。贼闻颇惧，数数驰骑往觇，营中汹动。会发大风，李士恩令楚前营、后营、中营、左营及灵勇、东勇每人持茅一束，烧贼木城，俄顷之间，贼营相继火起，我勇鼓噪乘之，贼乃弃营结阵而退。李士恩恨贼刺骨，自率劲骑冲入贼中，纵横驱杀，陈本炽亦由梁村驰来邀击，贼乱而复整，且战且走。我勇追至河岸，贼多泅水过河，溺死甚多，余悉走入学宫及三营内。时已昏黑，且河中贼扒排廾大炮，击伤我勇多人，李士恩、陈本炽各收队回营。沿途贼尸枕藉，抛弃器械塞路，我勇擒斩六百三十余名，夺获大炮十一尊，土龙二十杆，其余抬、小枪，刀、矛、旗帜不计。

是夜贼复于河岸增筑五营，共前八营。二十四日，李士恩、陈本炽分率朦胧墟各营，并约格木各营进攻。初见贼营寂然，若虚无人，惟营后微露扒船数只。李士恩等知其有诈，列阵湾渡村前，密伏枪炮于村内败垣之下，先令宋光宇、翟国式各以百余人直前搿战。约逾两时之久，倏闻学宫内角声乌乌，各贼营遍树旗帜，对岸之贼亦由滩头横流过河。李士恩、陈本炽令各勇退阵村后岭上，盖以诱之。贼旋分两路而出，一拒格木之勇，一直趋湾渡，势如潮涌。离村数步，我勇枪炮齐施，贼众纷然倒地。李士恩、陈本炽即由岭上驰下奋击，阵斩七十余人，夺红绉大旗十余面，贼悉败走。我勇追近贼营，贼扒开炮截击，我勇伤亡十余人，贼复转斗，我勇复击却之，因见格木各营未与贼交，李士恩、陈本炽遂收队回营。

贼旋悉趋格木围攻元字、贵字及楚右营，前者受伤，后者继进，势甚猖獗。何元凤等率勇固守，周德以元字营濒危，率勇力救，贼踞岭上，我勇以枪炮逆击之，每发辄中数人。贼乃分众下岭，我勇欲退，周德下马督战，以死自誓，我勇气奋，争先向前，无不一以当百。会李士恩遣灵山勇由平分岭抄袭贼背，贼众惊溃，德安勇乘势蹙之，元字、贵字、楚右各营亦即开壁出击，贼众争走，挤堕下岭，自相践踏，我勇追斩三十余人，夺获旗帜十余面。

二十五日，李镇率亲兵，中、左、后四营及友字、永字两营进扎湾渡。二十六日，陈镇率新安、云勇、德勇三营进扎东班江口，以逼贼营，贼伏不出，惟增垒浚濠为固守计，并益众分守鹿胫三洲两墟，以防官军渡河。本司以贼据河岸一线之地，背水为营，我勇力攻，必至多损精锐，即令一律扫荡。而河中尚有贼扒，我勇毫无舟楫，仍为此衣带水所限，不能飞渡，且使贼悉聚于城内，将来克复更难，不若潜由上下游过河，捣其巢穴，则北岸之贼可使尽为鱼鳖矣。

查南岸督带李丞能通留曾城守远辉所部围攻大庙，自率长捷、新东两营进围江口，连破上那、火烟等四十七村，擒斩贼酋阮大章、梁德兴等数十人，招降妙相、丹竹等百余村。首民林德、王世馨等自率其党七百余人愿为前驱，军声颇震。据李能通禀称，大庙、江口两处，指日可克，机有可乘。本司先抽灵山勇一千六百名，于三十日由米埠过河，随同李能通进剿，如将大庙、江口以及飞龙、平塴等处次第攻破，则可径抵梁逆安邦之那坛村，以规县城。蔡游击其昌水师亦即由米埠扬帆而上。本司拟于十二月初六日亲过南岸察看情形，以便再拨重兵继进，仍须留勇数千驻扎北岸，以牵制贼众，以保全地方。惟贼既闻我军多由下游过河，计必悉众抗拒，上游定然空虚。本司经委员前往南郡会商姚守，整修扒船，顺流而下，以便再抽北岸各勇，由上游渡河，使贼首尾不能相顾，必有土崩瓦解之势矣。

此本司抵永淳军营以后击退北岸大股，现在抽拨重兵渡过南岸以期进取县城及筹办一切情形也。

查永淳之贼，孙逆为首，梁逆次之，从前屡降屡叛，狡猾异常，不惟全县被其胁从，且占踞宣化、横州、宾州及广东灵山交界各数十村，或百余村，地广人众，不减贵县黄三。自黄三全股殄灭，其党韦逆树芳与李逆亚德先后走归永淳、贵县，余匪因为团练不容，相率趋附，由是孙、梁两逆之众益盛而势益猖。其初来朦胧墟也，实有一万余人，欲先击败北岸各营，则南岸之师自退。幸李士恩等力支两月之久，遏其凶锋，使不至于横决，否则横州、贵县不堪设想矣。及本司亲督援师前来，贼党望风而溃，然犹经旬血战，屡次力攻，始能渐扫狂氛，仍敢死据河岸片地，未即一律肃清。至查贼巢之坚，贼守之力，亦与登龙桥等处无殊，如南岸大庙弹丸之地，经李能通督同曾远辉围剿已逾三月，尚未成功，其余可以想见。

本司初冀孙、梁两逆，震于贵县军威，畏罪投诚，可以计取，不意竟为韦、李两逆煽动，纠集群丑，以抗官军。迹其披猖情形，诚非零星小股可比。本司惟有激励将卒，设法进攻，捣穴擒渠，仰慰廑念。第恐不能刻期竣事，不得不仰恳宪台奏明，俾免旷持之咎，出自格外鸿慈。

所有本司行抵永淳军营，督勇击败北岸大股贼匪，现在添兵渡过南岸，以期进复县城及筹办各缘由，并一切贼情，除俟查明阵亡、受伤咨报军需总局外，理合具禀。

禀张中丞同治三年十二月十六日

月初驰禀报捷，计呈钧览。

查永淳孙逆、梁逆侵占横州南乡，纵横近二百里，大小二百余村，大致略已肃清，唯大庙、江口、飞龙三处，负固未下，经各勇、练分途围攻。本司抽调新招灵勇千六百名过河，饬令进攻永淳交界之平塴。初三行抵屯僚村，贼即率众逆战，管带灵勇张宏本挥勇击之，李丞令覃东义、林吉各带所部来援，绕出贼后，首尾夹攻，贼众败退，韦逆帅贼转斗，中枪堕马。嗣据平塴走出难民具报，韦逆已死，尚未得实，此贼如果伏诛，则孙、梁两逆胆碎矣。盖孙、梁两逆倚韦逆如长城，因闻官军渐引而南，故亟令韦逆来拒也。

本司随于初六日帅亲军渡河，沿江按部与诸将议，以大庙、江口、飞龙等处均在河干，若不先据，非唯水军不能扬帆而上，即陆军前进亦有后顾之虞。本司以曾千总久围大庙，师老而疲，乃令亲兵助之。于初八日更番前进，再攻再却，损伤锐卒百余，并亡百长黄顺，营中虎将也，实深惭愤。以大庙一隅之地，贼众不满三百人，经曾千总与蔡都司水陆围攻，将近四月，尚稽克复，由此而江口，而飞龙，而平塴，难免旷日需时。本司拟于各营各团，挑募善开地道熟手二百人，编成一队，以利攻取，以贼之善守，且巢穴极坚，非此莫能破耳。

本司问悉平塴贼数颇多，正在添调德安等营过河，会同灵山勇进逼，计俟合围之后，即由平塴相机抽兵，以窥县城。适接陈总兵由格木禀称，永淳附郭之文笔等村父老，密托局绅卢举人来营纳款，自愿集团迎官军，由上游渡河，果能有成，较之下游节节进攻，事半功倍，第系险道，不可不谋万全。倘不能行，俟开正后，另拨一旅，益绕而上，由伶俐墟督同李青靛带练过河，亦可拊贼之背也。

子药一项，本司前过梧州，亦曾嘱陆丞会商彭守，量为采办。昨据彭守禀称，接陆丞函告，已经采办三万斤，每百斤用银十七八两。厘金只有此数，当兹需饷维殷，何堪如此耗费！已饬停罢，即在浔州采办，每百斤亦只须十四两有奇。左江米价更为昂贵，每斤近三十文。卑营每日用米二万三千余斤，采办实属不易，明年春季，更为可忧。伏乞宪恩，俯赐体恤，分饬藩司衙门及军需总局，务于腊底新正，筹拨二万金，以资接济，出自鸿施。

本司自抵营后，日事奔驰，旧恙既未就痊，鞍马甚为不便，新得怔忡之证，每忽忽如有所忘。自分受恩最深，微躯何敢顾惜！所虑精力未能周给，难免贻误机宜。前接王道来函，似有东行之志，伏乞饬苏署司另委干员，接署浔州，俾调覃守来营，以备臂指之助。又，蒋道营务处吴道，勇决老成，闻已请假南旋，仍乞札调前来，以资将伯，永淳事竣，必须分途进剿，在在需人也。

至孟丞从戎日久，备著勤劳。此次本司到营，该丞异常奋勉，格木之役，力疾请行，因病势益增，扶归横州莲塘调养，遽于本月初二夜溘逝，并无一语及私，深堪悯恻，伏乞从优奏请赐恤，以慰忠魂。

李镇袭取朦胧，据其腹地，诚为良图，故当贼焰甚炽之时，而石塘、甘棠相继就抚，形格势禁之道也。第以纵兵浪战，渐损军威，旋复分营进围，周田益形单弱，以致为贼所乘，实系举措乖方。顾念所部不满三千，以当万余悍寇，相持四十余日，日夜苦斗，力遏凶锋，使不至于横决，及十月底而后，援师始集，似亦可以自赎矣。伏乞宪恩，免其置议，该镇自能益知感愧，竭死以图报称。

敬再禀者：

顷闻容、藤余匪萌动，势渐蔓延梧州，关系匪轻，计必增兵剿办，诚恐此项军饷，目下无款可筹。查中关谷米，加抽厘金，原奉宪谕，谆谆虑防民食，是以议裁。嗣因陆丞求缓撤一月，又经李道禀请钧示勉从。现据彭守禀称，该卡加抽，照常办理，未审作何使费？如果增兵剿办容、藤余匪，似可即此项作为口粮。盖谷米、厘金，唯冬季甚旺，而陆丞欠款，据报仅二千金，想早弥补清楚。如不须此项口粮，仍应遵照宪谕裁去，以昭大信。是否有当，伏候钧示饬遵。

禀张中丞 同治三年十二月二十日

昨日肃函甫发，适奉本月初七日钧谕，领悉壹是。易道生擒宋逆，当经驰报。本司前函仓卒，漏未声叙，致劳宪廑，咎无可逭。黎村极其完固，以致尚未削平。即如横州大庙，贼数不满三百人，亦经东师围攻数月，初八之役，本司身亲桴鼓，各勇争先致死，损伤精锐颇多，卒不能拔，类如此矣。

自朦胧墟外之贼败退，本思进乘其敝，奈为各处巢穴所阻，莫收破竹之功。现在贼悉力防守下游，应由上游渡河，拊贼之背，方为出奇制胜。陈道所言，诚如宪谕，不为无见。本司亦早筹及，前函已略陈之。第由宣化进兵，相隔既远，本司难于兼顾，必须堪当一路之人。且此举原为捣贼之虚，务须洞悉机宜，用兵神速，为疾雷不及掩耳之计。若涉于迟缓，俾贼得分守要害，恐仍难于奏功。苟非其才，未敢轻属，转令贼预为之备。唯望姚丞速来，或者可以胜任。

李镇受任无状，罪无可辞，顾当贼势披猖，兵单饷绌，日夜苦斗，力遏凶锋，使不至于蔓延，其劳绩亦未可抹摋。盖永淳北岸为横、贵之障，我军若溃，流毒无穷，迄今念之，犹为心悸。至本司抵营以后，事权既重，呼应自灵，兵力益增，声威大震，固宜贼之败退，何敢自以为功耶？唯李镇实属不胜统领，伏乞檄撤，或仍留营，或令回籍，均候宪裁。

贵县目下无他变动。姚逆一股，原系羁縻，早在洞鉴之中，无足深怪。本司已留黄万胜所部驻登龙桥，遵即饬归浔州覃守节制调遣，能否添拨，应视永淳利钝如何。

横州古平村啸聚土匪数百，时出抄掠，月初城中一日数惊。又其地近大滩，屡次拦河劫夺运道，深为可虞。亦经留驻一营，可与贵县径为联络。横州上年招抚太滥，与梧州同，将来不可不重予惩创。本司部署粗定，因闻后路不靖，于十二日转驻横州，距营远者八九十里，近者三四十里，尚非鞭长不及也。

卢守谙练老成，实不易得，超擢山东运使，仰见朝廷善于用人，唯广西少一贤员，为可惜耳。

再，查本司十一月二十日祗奉本月初五日钧函，戒勿浪战，诚为行军要诀。而在方炽之寇，屡挫之师，更须养威持重，方可以蓄士气而钝凶锋。拜颂训言，莫名钦佩。

承示席臬司擒获幼逆，其功实与沅帅后先。回忆畴昔援江，本司忝居鸡口，一时同袍之士，近来无不烈烈轰轰，唯本司如薄暮虫声，深宵萤火，遥闻伟绩，且喜且惭。

禀两省部院同治四年正月十八日

敬禀者：

窃本司曾于上年十二月初五日将击退北岸大股贼匪，添拨重兵过河，会合南岸各营前进，以捣巢穴并一切情形，具禀在案。

查本司于十一月三十日，先令游击张宏本带灵山勇一千二百名由下游过河，饬令进攻横、永交界之平塴。十二月初三日行抵屯僚村，距平塴二十余里，孙逆广仁、梁逆安邦即令韦逆树芳、李逆亚德率众逆战。张宏本以各勇喘息未定，敛众入村，分守各闸，任贼鼓噪，我勇寂然。贼围村数重，分踞村后岭上，俯瞰村内，乘风纵火，延烧村内草房。张宏本率勇扑灭，仍伏不动，令各勇饱食番休，驰骑前往飞龙告警。日中，长捷营帮带守备覃东义、新东营帮带军功林吉各帅所部赴援，张宏本率勇突出，内外夹攻，杀贼数十人，贼不能支，退阵村前高阜，与我勇隔一田垅。张宏本率勇攻其左，覃东义、林吉率勇攻其右，贼恃田垅道狭，两旁均系湾泥，我勇众无所施，分途拒战，不为稍却。张宏本令百长周胜新、王正朝等率勇悉解下衣，践淖涌进，贼乃多向左路，覃东义、林吉即由右路乘间而入，适投诚头目黄大演等由白鹤村绕出贼后，贼众遂溃。我勇逐之，沿途擒斩甚多，水为之赤。追至距平塴六里之平塘，韦逆复率众转斗，覃东义策马向前，枪伤韦逆坠马，贼众夺尸而走。张宏本等即于平塘筑垒逼之。嗣据逃出难民报称，韦逆已死。

本司闻捷，于初六日过河，以次按部大庙、江口、飞龙等处，见各贼巢均临大河，若不先行扫荡，不惟水师不能溯流而上，即陆勇亦有后顾之虞。随于初八日令都司刘元复率亲兵，会同千总曾远辉所部，更番进攻大庙，亲兵百长黄顺纵身上屋，中枪而坠，各勇屡前屡却，损伤百余。先是，曾远辉断贼汲道，贼于巢内掘井得水。曾远辉复为飞楼，悬炮击之，贼穴地以居，上覆木板以避铅子。本司以贼负嵎死守，我勇围攻数月之久，已属无法不施，迄莫能拔，不胜焦愤。因令曾远辉督同百长甘泰然等，潜开地道，且凿濠树栅，期于聚歼。惟以江口、飞龙、平塱等处贼巢层叠，难免旷持，密令陈镇本炽招降永淳上游之文笔、六长等村，来营纳款，引官军由上游渡河，并诱鹿胫贼目施满先献该墟。事已垂就，旋为贼觉，拉杀施满，以割耳黄代守鹿胫，复于滩头结营，以防暗渡。

本司见上游无隙可乘，添调德安等营，仍由下游过河。甫移新城，逊逆、梁逆即于二十一日率贼径扑格木营盘。陈本炽先夜望见两岸微有火光往来，知有变动，督同游击何元凤、廖明盛，都司马正龙、守备莫云成等设伏以待，击斩贼前锋百余，夺获大旗数十面，贼大败退，由是不敢来犯，我勇是日亦伤亡数十名。

二十五日，贼由平塱乘夜过河，攻破倒湾、六为等十余村。本司亟调副将胡时朋率所部驰赴新城，督同德安勇往御，贼遽引去，我勇收队，贼复过河。是处系横、永交界地方，为北岸官军后路，若令贼踪滋蔓，实于饷道有关。本司令胡时朋率勇进驻白沙，暂资堵守。时值岁暮，本司严饬各路戒严，毋稍疏懈。孙逆、梁逆果添悍贼千余人预伏江口，于元旦日五鼓出扑长捷营，前者受伤，后者继进，其锋甚锐。抛掷火蛋入营，烧毁帐房十余，我勇受伤三十余人，营总外委陆广升以死自誓，率勇固守。适督带李丞能通及新东营营总军功李发次第率勇来援，贼始败退。盖贼知大庙已危，欲先攻破江口营盘，而后长驱，以救大庙。既不能逞，即于是日聚舟平塱，河中扒船、民船约百余只，计图顺流而下，时登北岸滋扰永淳之良鸡屯、横州之丁宋屯，焚烧民房，烟焰障天，民情大震。

本司于初三日亲往白沙塘，督同胡时朋及驻南岸飞龙覃东义等，率勇沿河筑立炮台，与江口水师联络，并催曾远辉力攻大庙。初，曾远辉令甘泰然所开地道，已逾重濠，竟为贼截。甘泰然即于两旁另开歧穴以入，至初四日均达巢内，实以火药，曾远辉部分各勇，四面围守。初五黎明，点放地雷，轰裂墙垣数丈，房屋崩塌数座，砖石飞十余丈，贼震死无算。余逆惊窜，各勇挺刃以待，捕斩一百三十余人，生擒伪将军邱立洪、伪副将军韦文高、伪军师梅占春，伪先锋谢汉吉、零亚彩等，及在永淳头目马老仁、先逃头目吴一芳、先擒头目班大元等妻子，共男妇老幼二百七十八名。夺获谷米万余斤，盐五百余斤，大炮五尊，抬枪三十三杆，小枪八十五杆，大小旗帜六十七面。本司随令将大庙贼巢一律撤毁，从此局势稍为松活矣。

本司初以姚丞茂田未来，拟派刘丞培一带数营前往南宁，由蒲庙进，上下夹击。嗣据姚茂田禀称，在梧招募营勇，刻日起行。应如原议，即令该丞前赴南宁，以周荣宗所部隶之，并令号召李青靛团丁，足以拊贼之背，扼贼之喉，改派刘培一会同李士恩一军，添往南岸，督率曾远辉等所部，长驱席卷，进逼永淳，横截山泽老巢，使与县城及那坛村不通声息，仰托福威，或者易于奏功。其江口、飞龙、平塱，仍留李能通两营，并督同张宏本之勇，分途围守北岸，格木、朦胧、新城地方，仍留陈本炽等各营镇压。是否有当，伏候批示饬遵。

除将伤亡弁勇咨报总局外，所有上年十二月以后南北两岸递获胜仗，今年正月初五日攻克大庙，歼除积寇，及现筹进剿各情形，理合具禀。

禀张中丞同治四年二月初二日

敬禀覆者：

本司于二十五日于朦胧墟营次，奉到初四日发下钧函，指示一切机宜，莫名钦佩。

本司于拔大庙后，益兵由下游过河。拟以三千人分围江口、飞龙、平塴等处。以三千人径由下屯、中屯进捣那坛、山泽，并窥县城，姑令刘丞前往节度。本司于十六日移来朦胧墟，督饬陈镇精选锐卒二千人绕赴鹿胫上游，聚舟欲渡。贼若置不为意，则可伺间过河，倘严备上游，则下游可以长驱而进。此即宪台以南岸为正兵、北岸为奇兵之意也。

团练自守则有余，助攻则不足，经戴令多方激厉，迄无成效可观。

水师现为江口所阻，未能向前，虽用大炮环轰，而贼巢穴极坚，未足制其死命，观于大庙可知。

李镇不能慑服诸将，甚费调停，不若令其乞休，尚可保全终始。然诸将中亦无有人堪为统领，应姑缺之，以待王道之来，本司亲在行间，尚可随时提挈。

唯本司戎马倥偬，以致贵县保案及应请恤各员弁尚未开办，实深焦灼。且本司之病有增无减，精神远不如前。屡荷宪台俯赐体恤，谕令养心节劳。当此军务旁午之时，即令昕夕勤劬，诸事尚多废弛，何能自图暇逸！目下地方米粮极少，价资极昂，各勇时虞断炊，进剿甚形掣肘。至署藩司所拨南宁丁粮及军需局所拨南宁厘金，现在均属画饼，谅荷宪台洞鉴，如果营中稍可敷衍，本司亦不敢多求耳。

禀张中丞同治四年二月初六日

飞禀者：

永淳之贼，自失大庙以后，悉锐防守下游，并分据尖角、倒湾各处要害。本司令陈镇本炽督同萧都司登魁，率锐卒由上游绕赴石洲、道庄，聚舟渡河，以拊贼背，令刘丞培一会商李镇士恩一军，径趋下屯、中屯，捣贼腹地。各处团练群起响应官军，城贼大惧，调贼回顾根本。刘丞乃会商李丞能通，以所部乘虚力攻江口，于二月初二夜拔之，斩获甚众。

初三日，我勇进逼飞龙，贼即于是夜突围而遁。从此下游一律肃清，南岸各营可以长驱而进，北岸各营亦可由上游节次渡河，仰托福威，永淳或易竣事。合先飞禀，稍慰廑怀。

禀张中丞同治四年二月十三日

谨禀者：

本司于初六日曾将南岸各勇克复江口、飞龙，下游肃清及现筹各情，驰禀在案。

时上游北岸鹿胫墟、南岸滩头村等处贼匪，死守待救，我勇中为所梗，进退维艰。本司乃令刘丞培一督饬下游各勇，分途进逼，日往挑战缀贼，使之不能返顾。令陈镇本炽、蒲牧荫枚督饬上游各勇，分据北岸石洲、覃寨，南岸文笔、六长等村，以遏贼援。令刘都司瑞清、萧都司登魁督饬戴代令荣垲所集练丁，力攻鹿胫、滩头等处，日夜不息，遂于初九、初十两日次第克复，擒斩二百余人，夺获船炮甚众，上游一律肃清。由是学宫贼匪接济亦断，随于十一夜，八营俱溃，我勇追捕一百余人，其余溺死无算。陈本炽等乘机招抚三洲各村，现在北岸已无一贼矣。

本司以贼尽聚南岸，饬刘培一严为之备，俟陈本炽等重兵渡河，进规县城，上下夹击，贼虽坚守，终成坐困之势。且上游既通，则南宁米粮可以运到，不致全赖下游米粮时断时续也。谨先驰布，仰慰廑悬。

唯查县城甚属完善，贼之蓄积极富，且三面临水，恐费兵力。未审从前失陷，曾否奏报，将来能否奏报克复，我宪台自有酌裁。上年卑营克复贵县、横州，碍难奏报，诸将佐颇以为言，早荷洞鉴矣。

禀两省部院同治四年二月二十五日

敬禀者：

窃本司于正月十八日曾将卑营递获胜仗，攻破大庙贼巢及筹剿情形，具禀在案。

初，李丞能通督率长、新两营，分攻江口、飞龙两处，张游击宏本亦率灵勇以攻平塱。唯该三处两面临河，贼扒尚得来往。及闻大庙已破，贼料官军必次第进取，悉锐扼守下游水陆要害，以图抗拒。本司令李能通、张宏本等与贼相持，令陈镇本炽、蒲牧荫枚挑奋勇二千，戴代令荣垲挑练丁千人，绕赴上游，声言渡河，拊贼之背，南岸沿江屯各村，群起响应。令刘丞培一会同李镇士恩，率楚前营、后营、中营、捷营，由南岸进据下屯、中屯各村，捣贼腹地。孙逆广仁、梁逆安邦大惊，遂撤下游之贼，回顾根本。孙广仁随率众破中屯之洞口村，杀我把总何永发及练、勇数十人，梁安邦亦率众攻沿江屯之六祥村，欲据之以御官军。刘培一见下游贼退，会商李能通督勇亟攻江口。二月初一夜，令蔡游击其昌先以舟师破洲上水闸，外委陆广升、军功李发分兵据守，断贼馈运。初二夜贼来夺闸，当为陆广升、李发奋力击退，尾追而入，遂拔江口。是夜守备覃东义、军功林吉等同时率勇进攻飞龙。贼初固守，嗣见江口余匪退至飞龙，度难孤立，随之以溃。覃东义等业已断贼去路，贼争走上船，渡过北岸，我勇从后挤之，落水甚众。胡副将时朋由白沙塘率勇驰来邀击，擒斩无算。

本司以下游渐就肃清，令曾千总远辉率灵勇随同张宏本进围平堋，令李能通率长、新两营悉赴中、下两屯，与刘培一、李士恩合。贼闻江口、飞龙已破，南岸官军日逼，乃罢六祥村之攻，益众来守平堋，分拒中、下两屯之师。本司觇知上游空虚，惟北岸鹿胫之贼与南岸滩头、白沙各营之贼，狼狈相倚，以图牵制，令陈本炽、蒲荫枚率元字营、友字营、云字营、新安营驻龙口、石洲等村，于初六、初七、初八连日环攻鹿胫墟，密遣刘都司瑞清带练丁五百人以为向导，马都司正龙带楚右营继之，乘夜结筏渡河。初九日夜攻破白沙贼营。初十日进攻滩头贼营，城中之贼，倾巢来援，其锋甚锐。马正龙、刘瑞清分途逆战，练长卢焕琛陷没，各勇、练伤亡数十人，贼势益张。陈本炽恐其不支，亟督廖游击春盛、吴游击龙开、萧都司登魁、莫守备云成率勇横流而渡，河水忽涸，深仅没膝贼扒排开大炮截击，子如雨骤，百长吴茂春受伤坠马，复腾而上，各勇欢跃登岸，岸上勇、练鼓噪相应，水为之沸，贼相顾腭眙。各勇、练并力奋击，阵斩一百余人，贼乱而复整，鏖战至晡。陈本炽以背水难退，亲督各勇、练冒死向前，百长莫易昌坐马受伤，即舍骑而步，挺矛直贯贼阵，所向辟易，各勇、练大呼乘之，贼众大败，遂焚滩头各营，同走入城。是夜各勇、练露宿滩头村外。二鼓，贼扒六只潜送米粮赴鹿胫墟，为各勇、练所夺。吴龙开、刘瑞清即于四鼓各率勇、练百人，伏于船内，伪作馈运之状，直扣鹿胫墟，贼疑，不即纳。各勇、练乘势毁栅，一拥而入，贼众逾垣而走，为何元凤、冯康义之勇捕斩殆尽，由是上游悉就肃清，两岸声援联络。

十一日，陈本炽、蒲荫枚率何元凤、吴能开、莫云成、冯康义等各营悉过南岸，进驻滩头村前，戴荣垲、刘瑞清率各练进驻文笔等村，即用所得贼扒，扼截河道，以断北岸接济。学宫外各营之贼，遂于是夜俱遁过河，溺死甚众，其在后者，悉为蒋游击启纲营勇所歼，遗弃器械，堆积河岸。陈本炽等见贼势瓦解，请乘机进规县城。本司乃饬刘培一、李能通等督率各勇，分缀山泽、平塱之贼，使之不能相顾。时李逆亚德据附郭之马眠村，与那坛梁安邦犄角，以卫县城。

十二日，陈本炽、蒲荫枚率各勇前往近城察看形势，见城东、南、北三面临河，西门出城数里即马眠村，再数里即那坛村，我军必先破马眠村，方足扼其咽喉，以断那坛之援，则县城可唾手得。令吴龙开、何元凤、马正龙、莫云成等各率勇搦战尝贼，贼坚伏不出，惟于村内施放大炮。陈本炽、蒲阴枚自率亲兵绕赴村后岭上，俯瞰村内，贼乃出阵村外，尚未成列，吴龙开等直前搏战，互有杀伤，随各收队。陈本炽等回营，正在筹商，适马眠村逃出百姓来报，贼毁村内房屋，将于村后岭上筑营。陈本炽、蒲荫枚等以贼若守此岭，则马眠村难于动摇，令何元凤率元字营，冯康义率友字勇，即于是夜移营据之，令吴龙开率新安勇，马正龙率右营勇设伏村外，使贼不敢出村。

十三日黎明，何元凤、冯康义两营垒成，吴龙开、马正龙始收队回滩头村。喘息未定，探报马眠村贼出攻元、友两营，县城与那坛之贼，亦由左右绕出岭背，约三四千人。陈本炽、蒲荫枚亟督吴龙开、马正龙等率勇驰救，戴荣垲亦会同刘瑞清、萧登魁等率练继进。贼见各练勇如潮而至，稍稍引退，诱我近村。陈本炽、蒲荫枚知贼在决死，令何元凤、冯康义坚壁勿动，令吴龙开、马正龙依营置阵，令刘瑞清、萧登魁别为一队，以分贼势。贼见我勇久不进，复张两翼而前，我勇俟其既逼，始开枪击之，子无虚发，贼死伤枕藉，犹复践尸而进。陈本炽、蒲荫枚乃纵兵大战，数开数合，何元凤、冯康义及百长康连升等各率劲骑，纵横荡决，所向披靡，我勇气倍，乘势攻破马眠村。刘瑞清、萧登魁率各练抄出贼后，贼腹背受敌，精锐几尽，余众不敢回城，悉数奔归那坛。守城之贼，随开南门，走往平塱，各勇、练追十余里，回驻县城内外。

十四日，刘培一、李能通督饬张宏本、曾远辉、蔡其昌等水陆进攻平塱，胡时朋亦于对岸架炮击之，沉其扒船七只。贼胆已落，即于是夜走归山泽，各勇邀斩甚众。合计共杀贼一千三百有奇，其受伤及溺水死者不计，夺获大小旗帜三百余面，大小扒船十三只，大小炮三十一尊，抬、小枪二百九十余杆，子药各万余斤，谷米三十余万斤，油盐各万余斤，其余刀矛器械极多。

此卑营各勇及各团练克复永淳县城，及上下游贼巢之实在情形也。

本司以各首逆尽聚山泽、那坛两处老巢，及附近之小黎墟、太平墟等处，实为必死之寇。而县城甫经克复，人情疑惧不安，一面严饬陈本炽、蒲荫枚等振顿各营，与刘培一、李能通等分途进攻，以期悉数聚歼，免致窜扰他处，一面令戴荣垲入城驻扎，招集流亡，抚安反侧，务使地方日有起色，仰慰廑怀。

惟查贼匪盘踞永淳，梗塞河道，左江水陆不通，十有余载。计自上年七月卑营两路进剿，大小百数十战，伤亡弁勇二千有奇，其病故者不计。兹幸仰托福威，谨遵方略，各营将士用命，团练争效前驱，半月之间，递破卡隘，遂复县城，河道一律肃清。将来山泽、那坛事竣，可否仰恳鸿慈，准由本司择尤请奖，以示鼓励，伏候批示饬遵。

除将各勇、练阵亡受伤咨报西军需局外，理合具禀。

禀两省部院同治四年三月十五日

敬禀者：

窃本司曾于前月二十五日将克复永淳县城并上下游各巢穴，河道肃清及筹办各情，具禀在案。

查县城克复以后，梁逆安邦退守那坛村及太平墟与附近之平天村、龙角塘村，孙逆广仁退守山泽村，并分据山泽、那坛适中之小黎墟，以资联络。其山泽附近纵横二十余里，村庄数十，尚为贼胁，均未反正，韦逆树芳、李逆亚德则时往来策应。

旋据梁安邦具禀投诚，愿擒韦逆自赎。本司以那坛村离城仅十五里，实为榻侧之虞，且该村负山面塘，极其险固，攻之旷日持久，牵缀多营，佯许其降，欲诱而执之，勒令缴出枪炮，撤毁围墙，俾各营一心并力，以图孙逆。乃梁安邦自知罪在必诛，推病迁延，不肯来见。

时李镇士恩率中军营、后营、捷勇营及亲兵营进扎屯东。刘丞培一率长捷营、新字营、德安营及亲兵营进扎池库。二十三日，贼众千余前来挑战，当经李士恩击退。是夜贼于中路坛孙村、左路孙岭村外，连筑八营相拒，并袭据右路之那柴村，以扰李士恩饷道。

二十四日黎明，孙广仁于坛孙村后岭上设幄观战，韦树芳、李亚德率贼来攻，约五千人，势甚猖獗。李士恩以贼锋正锐，饬令各营闭栅固守。刘培一闻警，即令都司周德带德安勇、外委陆广升带长捷勇、军功李发带新东勇往援，自率亲军继进。周德等见右路贼重，恐其由那柴村结营而出，以断后路，商令陆广升、李发各率所部，先据那柴村前高坡，自率所部阵于坡侧。甫经成列，右路贼已蜂拥而来，逆击坡上之勇，枪炮子骤如雨，我勇伤亡颇多。陆广升、李发引众下坡，贼沿坡来追，周德率勇遮击，陆广升、李发等亦即转斗。周德左腿中炮，裹伤督战，士气益奋，杀贼先锋百数十人，贼势稍却。其中、左两路之贼，径薄屯东各营，我勇环施枪炮，贼死甚众，犹复践尸而进，纵火入营。正在相持，适刘培一及记名提督郑长希率哨长胡永昌、李元胜等大呼陷阵，所向辟易，周德、李发、陆广升等乘势夹击，右路贼遂大败。李士恩随令各营开壁出击中、左两路之贼，鼓角一鸣，数道并进，贼众披靡，我军立将贼营攻破。孙逆尚在岭上跳踯指挥，中军营总守备翟国式、后营营总游击宋荣藻率同哨长刘国攀、李万春等策马上岭，欲擒孙逆，孙逆单骑遁回山泽，韦树芳、李亚德各收余众走入孙岭、坛孙各村，我勇环攻逾时，日暮收队。是日生擒贼三十七人，斩取首级二百五十六具，夺获抬、小枪四十余杆，大小旗帜三十余面，我勇伤亡一百四十余名。

是夜，刘培一令陆广升率长捷营进扎右路那柴村前坡上，贼亦复据坛孙、孙岭两村外旧垒，以右路后有重兵，计不得逞，旋于二十五日攻左路就抚之那贵村。该村极力固守，李士恩、刘培一拨勇、练进村助之。韦树芳、李亚德率众更番进攻，我勇、练俟其既逼，即开枪炮，自晨至午，击杀无算，由是贼众不敢来犯，惟远绕出施零、杨会一带，肆行焚掠，以摇我军。李士恩、刘培一严为之备。

本司闻报，以梁逆乞抚缓兵，使孙广仁、韦树芳、李亚德等得悉锐以撼屯东之师，亟令陈镇本炽、蒲牧荫枚留新安营及亲兵守城，令兰字营、清字营、云字营、楚左营进攻那坛及太平墟，并令李丞能通督饬灵勇由平塴以出那坛、太平之后，别遣何元凤率元字营督同友字营、楚右营，及李青龍之练勇由石桥、浪选间道进攻小黎，若得该墟，不惟坛孙、孙岭之贼腹背受敌，不击自退，且使孙、梁两逆声势中断矣。孙广仁旋调李亚德退保小黎，并分据糯溢等村。梁安邦亦令韦树芳分众数百人，于那坛、太平之间筑一土城、一木城以守。

刘培一觇知施零、杨会之贼渐退，无他顾虞，会商李士恩挑选锐卒于三月初二日进攻那柴村，其余各勇严阵村外，以遏外援。那柴村墙垣甚峻，村外木栅两重，村内房屋栉比，约五百家。贼见我勇进攻，坚伏不出，惟于栅内施放枪炮。我勇径逼栅下，纵火焚之，顷刻俱烬，贼退入村固守。刘国攀一跃登垣，中枪而坠，各勇继之，近辄受伤。刘培一以不拔此村，我军受其牵制，申明赏罚，期于必破。是夜即令各勇露宿村外，多备锄铲，计将坏墙而入。贼众大惧，枪炮竟夜不绝。初三日黎明，刘培一易以生力之军四面进攻，贼悉乘垣纷掷瓦砾。我军知其子药将罄，勇气百倍，欢噪争登，贼不能支，哀词乞抚。刘培一等饬其先缴大炮，郑长希带亲兵十人，密藏利刃，佯往受炮，俟其启栅，纵步入闸，刺杀守闸之贼十余人，余悉惊窜。各勇随后拥进，生擒男妇老幼七百八十余人，讯释村民四百余人，其余悉数正法，并将伪将军陈元定及旗头韦老毛极刑处死。夺获大炮三尊，抬、小枪三十余杆，大小旗帜二十余面，谷米二万余斤。

本司仍饬刘培一等持重，须俟那坛成围，小黎已得，方可长驱进攻山泽，以期万全。初五日，何元凤督同各勇、练进攻橎涟，以该处乱山丛杂，令马都司正龙带右营勇伏于村后里许之树林内，自率元字勇及冯康义之东勇、李青靛之练、勇逼村搦战。日中贼出，我勇甫交，即退以诱之，贼果倾巢来追，伏兵突起击之，杀贼七十余人，生擒十余人，余悉败退入村。我勇、练追至村前，度未可破，收队回营。

适蒲荫枚前往犒军，会同何元凤讯释所擒村人五名，给以告示，令其回村解散胁从，潜作内应。商令李青靛分五百名堵御上游们头墟之贼，以固后路，余随何元凤等由浪选进围橎涟。初六日，陈本炽、蒲荫枚督令兰字、清字、云字、楚左各营进扎那坛、太平前莲蓬岭。初七日，李能通督令灵勇进扎那坛、太平后之琅玕岭。

梁安邦见势日蹙，连日悉众死斗，互有杀伤。初九日五鼓，灵勇攻入龙角塘村，正在分兵归取辎重，贼众掩至，杀伤我勇二十余人，李能通、曾远辉等率勇驰救，陈本炽与胡副将时朋亟率亲兵及兰字勇攻太平墟以分贼势，贼乃败退，灵勇追斩三十余人，生擒数人，添兵据守该村。

是日黄游击万胜率清字勇、蒋游击启纲率楚左营勇、莫守备云成率云字勇亦攻破平天村，毁之，那坛村、太平墟遂无外障。现在各勇围其前、后、左三路，本司复挑姚丞茂田所部进扎右路，四面合围，各挑奋勇，多备竹木，逼近筑垒，以便开挖地龙，一俟布置既定，梁逆坐困，而后抽拨数营前进小黎，与何元凤等夹攻，且令李士恩、刘培一得以径取山泽。

此克复城池以后各路剿办之实在情形也。

本司察看孙、梁两逆，计在恋栈，必不远扬，惟韦、李两逆，将来势穷，难免狂窜。本司已经通饬东西两省附近各州县扼要防范，仍拟分兵前赴宣化，转扎横州，以资堵截。是否有当，伏候钧裁。

除将阵亡受伤开报总局外，理合具禀。

禀张中丞同治四年三月十五日

敬禀者：

本司于本月初二日递奉宪台上月十二、十八发来两函，具领廑注。正拟肃复，于十四续奉前月二十九日手书奖借，宠锡诗章，并悉诰轴，已经到省，实荷逾恒关切，感激难名。

本司伏查孙、梁两逆，食足巢坚，且家口众多，计必死守。韦、李两逆无所系恋，所带之贼，均系横、贵遗党，百战之余，将来势穷，定然狂窜，务须四面蹙之，使悉归山泽、那坛，而后设间令其相图诱降，使之就缚，以期一网聚歼，然非旦夕所能收功也。永淳团尚可用，官军过河复城，团练实为向导，目下尚留数百人。第此时贼已设守甚严，无间可乘，且恐另滋事端。缘永淳之乱，始于甲人侵产，屯人抗租，将来贼平，调停尚属费力，是不能不责之贤有司。

又，横州凋敝，甚于他处，且伏莽极多，善后倍形棘手。伏乞遴选廉干之员，前来接署，庶几地方日有起色，若陆丞辈，不如仍旧，犹资熟手也。

镇郡盼兵甚切，亦须俟那坛、山泽成围，或破一处，方可拨兵前进。昨据易道捷报，黎村已经荡平。此军应否移剿上林各属，抑仍留数营搜捕余匪，想宪台已有指挥矣。

姚丞带勇径来永淳，以邕郡现无他警，不愿投闲。本司乃令其合围那坛，将来那坛事竣，仍须饬其先赴邕郡，以备不虞，或再添拨两三营，令其绕攻山泽之背，便可兼顾郡城。本司详问容、岑贼情，据称早经该丞解散殆尽，唯南渡尚余真贼数百名，无能为役。如果属实，则东西两省会剿，何难刻日扫除！姚丞之来，实非本司促之也。

黔事虽无把握，然既越境赴援，不能不竟其力。想本省当事不能作壁上观，即湖南亦不能不顾唇齿之谊也。

李令人极明敏，亦觉老成。本司初抵营后，东驰西逐，因见李令文弱，恐其不任鞍马之劳，暂行令在桂平捐办军米，嗣闻书法极工，拟请来营任以记室，以同事禀留而止。

覃守正在安插各属土客，刻下自难抽身，即令固守抵省，亦应察看彼时地方情形如何，与人才如何，能否胜任。浔郡为两江关键，据梧州上游，且为大军后路，诚未可轻授也。

杨牧甚有治声，今蒙委署太平府，凡自邕来者，询之均谓得人。本司先因该郡绅民呈请，复委前代理朱令，虽经批准，仍拟于抵邕时访之陈道，而后上详，兹则毋庸议矣。

熊守初领郡事，即能翦除林、梁两巨奸，具此辣手，诚足有为。乃据太平局绅农效忠等禀称，该处首民王士林及南宁周平瑞等因闻林源海等被诛，颇怀疑惧，密嘱善为羁縻。本司以为伊等狐兔之悲，在所难免，顾当此时势，夫亦何能为厉，不能不就我范围。

李青靛尚无反相，自捧檄后，筹办资装，随同何游击等进剿，极其奋勉，苟抚御有方，当可得其死力，唯宣化绅民纷纷禀诉，似欲得而甘心，只合寝之不报耳。

周荣宗亦无他，然所部多而无纪，屡戒不悛，以致前月大为孙逆所挫，失亡甚多，遂不能振。据李青靛覆称，周营已退往东省廉州境上，此时亦无须伊来，听之而已，若竟假手于贼，亦未始非福也。

东省不唯不发子药，其语更难入耳，以后毋庸再往请领，只取辱焉，即下欠之三千斤，亦饬刘金友无须守候矣。

米粮一项，目下价值极昂，所望今年丰收，庶几易于接济，否则全赖省中挽运，实属为难。今年各勇每名只得银六钱，因正、二月厘金歉薄，又值赏恤浩繁，倘蒙再饬司局筹拨一批，出自格外鸿施，本司亦不敢望满二万之数也。

再禀者：

蒲牧荫枚人甚明白老成，不失读书面目。前由易营请假回籍省亲，并非遽告终养。及苏署司不准禀到，实系本司挽之来营。此次克复永淳，多系该员之力。伏乞宪恩俯赐察核，人才难得，而卑营尤为寥寥也。

又何丞应祥人甚平正，学问尚优，公事亦属熟习，随营数月，备极辛勤。兹因其女病故，其母又寝疾在床，涕泣求归，侍奉汤药。本司未忍固留，唯念该丞薪水早经用完，家中极其清苦，老幼计数十口，何以谋事畜之资？可否仰恳宪恩，就近量予一缺，俾遂孝养，则感激同于身受矣。

梧州正卡，去陆丞而用陈丞，非我宪台，谁复具此识力！唯昨据刘守禀称，中关谷米加抽，尚未裁撤，并查缴照票两张，陆丞实属胆大妄为。可否勒令该丞回省，抑调往南宁，免致在梧多事，伊既在梧熟习，其卡弊亦难稽察也。伏候钧裁。

又，据支应局员转据蒙江卡员函称，木商持有军需总局札示，减免厘金，以致所收益形短绌云云。本司以此卡厘金，当归卑营接济饷项，即有应减之项，亦应咨商本司，或饬该卡员查覆，安得据商人一面之词，即准减免？且先给以札示，而本司与该卡员尚懵懵不知也耶？将来卑营愈进愈远，若今日减去一项，明日或拨去一项，不使本司与闻，指望皆空，难免贻误。本司现饬该卡员照常抽收，且出示严禁闯骗，非敢故与总局参差，实以饷项正在为难，不得不惜此涓滴。伏乞宪台饬令总局，嗣后遇有应拨应减之项，无妨先行咨商，俾得预为之计。愚直之见，并候宪示饬遵。

禀张中丞同治四年四月初三日

敬禀者:

本司于前月十五日具禀各路进剿情形，另肃长函，嗣于十九日复肃一函，计达宪览。月底奉到十二日手谕及前次批饬，曷胜感悚！查那坛离城仅十余里，梁逆既不果降，不得不先其所急。仰托威福，昨已赚开太平墟及墟外两营，自此那坛势成孤立。倘梁逆再不出见，即令陈镇、姚丞、李丞等分兵断其去路，三面力攻，不难擒渠扫穴。

蒲牧、何游击等于前月中旬攻破屯湴、屯桑等村，进逼小黎，别遣李青靛攻破们头、天堂各墟村，已断山泽左臂。刘丞、李镇等亦于前月下旬攻破坛孙、孙岭村及村外贼营，进取山泽，并分两营合围小黎，以小黎居山泽、那坛之中，贼所必争，而蒲牧、何游击兵力尚单也。山泽附近各村，争先就抚，其从贼者，不过十余村。唯该处溪峒甚多，且碉寨林立，诚如宪谕，将来难免旷持。所望那坛速下，则兵力有余，俟四面成围，穴地以入，亦无术以御我矣。

本司初拟姑抚梁逆以饵孙逆，使之骈首就戮。乃梁逆怀疑不出，欲以捐军需、缴军器了事，即令果出，似难纵之复还。盖那坛近城，且系官军后路，梁逆又得城厢客人之心，若留重兵守之，则仍为其牵制，亦非所以推诚。不留重兵，万一梁逆先变，县城在其掌握，官军亦腹背受敌，不如即时诛之，或囚禁之，则其余党无主，势必瓦解，而后令其村人缴出枪炮，撤去围墙，便可结局。盖那坛村内，良民甚多，特为梁逆所胁，诛梁逆以示威，赦胁从以示德，犹去虎口而就慈母之怀，虽死党百数十人不走，亦必为村人所擒，断不至如黎村之依然负固也。不过降路已塞，不能以诱梁逆者诱孙逆耳。是否有当，尚候钧裁。

那坛既下，则小黎自溃，可尽锐长驱，以攻山泽，亦可分军以援镇安。本司因镇安络绎告急，商之陈道，檄饬周平瑞先往解围。盖周平瑞自请捐资效力，计将立功赎罪。镇安团绅龙昭亦以为事必有济，既资其力，复安其心，是即前奉宪谕于驱策之中寓羁縻之法也。

横州凋敝，甚于他处，且伏莽尚多，善后颇为掣肘，本司深以为忧。兹幸请出在籍绅士前任直隶宛平县邓岳霖办理局务，所拟善后十四条，纲举目张，极其妥善，间有不合之处，均经分别批示，果能实力行之，地方定有起色。然此特据本司管见，究竟有当与否，尚俟详请钧裁。

唯曾代牧近日与各局绅颇不相能，亦实才力不逮。如省中一时难得其选，可否以朱腾伟代之？该员人甚勤干，前往署理横州，甚有治声，邓岳霖等合词以请，未敢擅许也。

永淳戴代令尚属奋勉，现在修补城垣，昨据禀称，钱粮征册底稿尚存，将来易于清理。该县绅士，均系被贼胁从之人，无不畏官，是以该令呼应尚灵，似可缓代，以资熟手。

何丞应祥已经回省。南宁厘金需员孔急，本司拟令王丞鸿昌前往接办，该员人甚老成明练，似尚可用，均候宪示饬遵。

至镇安失而复得之事，本司竟无所闻，已节录宪函，寄示陈道矣。

本司于前月倏得重病，疟痢交作，虽幸数日即瘳，而气促神昏，奄奄不振，似非上年可比。左江军务伊始，诚恐不能终事，有负宪恩也。

禀两省部院同治四年四月十四日

敬禀者：

窃本司于前月十五日曾将克复县城以后各路进剿情形，具禀在案。

本司熟察形势，必须先得小黎，横截山泽、那坛，而后孙、梁两逆声势中断，我军各路联络方易为力，然不牵制山泽、那坛，则小黎断不可得。因令李镇士恩、刘丞培一力攻坛孙、孙岭以撼山泽，令陈镇本炽、姚丞茂田、李丞能通速拔太平以围那坛，使孙、梁两逆各顾巢穴，不敢赴援小黎。令蒲牧荫枚、何游击元凤于十七、十八、十九等日，次第进攻附近小黎之屯溢、屯浸、屯朗等村以削小黎之势。该村民等初犹相抗，及屡受创，始同声乞抚，仍闭栅自守。蒲牧荫枚知其计在中立，以观我之强弱，即以好言慰之。随于二十日鼓行而前，立破距小黎半里之屯桑村、新村，进逼小黎而阵。韦逆树芳、李逆亚德率众逆战，我勇奋击，杀其先锋数十人，余即败退入墟，由是屯溢、屯浸、屯朗各村父老出伏道旁，各以壶浆饷军，愿奉约束。蒲荫枚以屯溢村地居冲口，左右均系高山蜿蜒，山泽、那坛极其险要，恐为贼据，即日拨萧都司登魁练丁数百人守之。二十一日，小黎之贼果悉锐来攻，蒲荫枚、何元凤督率各勇驰救，贼殊死斗，互有杀伤，至暮未决。楚右营总都司马正龙、友字营总军功冯康义各率锐卒从后抄袭，贼始败去。是夜蒲荫枚率楚右营筑垒屯溢村前，二十二日复令友字营继进，以逼小黎，何元凤率元字营留驻浪选，以顾饷道。督饬李青靛乘势于二十二、二十三两日攻破们头墟、天宫村，招降汝水、天堂、黄经等村，进驻绿蒙，以向山泽。

刘培一等连日进攻坛孙、孙岭各村及村外贼营，贼惟坚伏，伺我勇近，辄放枪炮，我勇屡有损伤。刘培一与李士恩议由间道断其馈运，使贼自溃。传问局绅生员黄峻楷，知下甘村有小路，可以绕出坛孙、孙岭之后，而下甘村系孙逆死党黄杂毛所守。令黄峻楷密报该村黄维祈等，啖以重利，遂于十九夜斩黄杂毛之首及其党四十余人来献。记名提督郑长希即于二十日黎明，督率长捷、新字两营锐卒，以黄维祈为向导，由下甘村卷甲疾趋，日中进抵坛孙、孙岭村后二里之那例村。该村原系被胁良民，闻官军至，即时迎降。郑长希严饬各勇，不准入村，惟令村人多送竹木，依村筑营，比及贼觉来攻，而垒已成。李士恩与郑长希腹背夹击，贼不能支，即于是夜三更遁归山泽。我勇设伏邀之，擒斩八十余名，余悉折窜小黎。二十一、二十二等日，李士恩、郑长希分徇杨会、那蒙数十村悉下。

二十四日，李士恩率亲兵营、中军营、后营进驻小祥，造桥过溪，以便进攻山泽。郑长希率长捷营、新字营进驻施门楼与蒲荫枚等合围小黎。刘培一率亲兵营及德安营、捷勇营留驻那例，以资兼顾，并令军功施亮光等练勇分驻那杨、施零，以防宣化、灵山余匪。时小黎之贼于那了、施大路各村外连筑八营以下达山泽，又于那平村外筑三营以上达那坛。

二十五日，郑长希进攻小黎，以缀韦、李两逆，马正龙、冯康义、萧登魁等乘风纵火，攻破那平村及村外三营，生擒贼目李山翁，斩获无算，小黎遂与那坛不通。

二十八日，蒲荫枚令马正龙移营进驻屯桑村前，欲以绝小黎通山泽之路。度贼必来争，令百长汤连升率亲兵，冯康义率友字勇，萧登魁率练丁，各严阵以待。贼果倾巢而出，直薄友字营。冯康义等率勇拒战，贼施放枪炮，子如雨雹，顷刻，我勇伤亡数十人，其阵遂动，为贼所乘。各练丁见贼势甚锐，观望不前，汤连升力单，亟引亲兵退入马正龙营。马正龙督勇且战且筑，郑长希令外委陆广升率长捷勇、军功李发率新字勇来援，亦为守墟守营之贼所却。马正龙正在死斗，何元凤由浪选率勇驰至，奋呼陷阵，所向辟易。刘培一亦适由那例前来按部，即令百长李元胜、许瑞才等率亲兵夹攻，冯康义等亦率勇转战。贼死伤甚众，大败而走。是夜，贼来斫营，马正龙率勇固守，至晓始退。然以该处路宽，贼尚得以过往。四月初二日夜，刘培一复调都司宋光宇带捷勇于河洞村前骈筑两营，与右营鼎峙，山泽之路亦断。

初三日，孙逆胁各村民，令其弟伪四王孙仁昌带二千人，阵于新庆村外，阻溪以御李士恩，令伪二王刘天禄带二千人，守甘燕村以防李青靛，自将骁悍三千人，来解小黎之围。本司以各贼既经我军隔绝，势将坐困，度必出此，以冀侥幸，预饬诸将严密防范，互相救援。是日郑长希、何元凤诫令各营任贼鼓噪，坚壁勿动。刘培一、蒲荫枚率亲兵及德安勇为游兵往来，遇急则应。孙逆亦防其败，为前后阵，更番而前，先攻捷营、右营，马正龙、宋光宇随方御之，贼近则击，贼远不追。孙逆攻至日中，尸填壕堑，见我军情整暇，知不可犯，遂卷甲以退。是夜，小黎之贼溃围而走，我勇追斩百余人，夺获大炮三位，抬、小枪二十余杆，谷米七万余斤。其那了村外各营之贼亦遁，均为孙逆所遏，复令于施大路一带筑营，合拒官军。现在遥望山泽村外，周围十余里，贼营数十，星罗棋布。本司饬李士恩、刘培一、蒲荫枚、何元凤等部分各勇，三道并进，务期先破贼营，方可逼攻山泽，并饬该将佐等就近察看形势，审量事机，为蹈瑕抵隙之计。

至那坛村内，五百余家，地甚宽长，与太平村绵延数里，又以背山面水，间有不能立营地方，虽经添拨莘勇，合计五千余人，尚未断其樵汲。本司会商陈本炽、李能通、姚茂田等，令一大营分为数小营，以资弥缝，仍于数小营中，立一大营，以防冲突。梁逆每见我军增垒，即率悍贼来攻，日夜血战，环开大炮，伤我勇夫甚多。

及刘培一、何元凤等两路均抵小黎，攻破那平，本司调萧登魁练丁移驻刘奇以塞那坛后路。黄游击万胜、蒋游击启纲、莫守备云成知贼无外援，各移营进逼其栅，飞炮入村，村人穴地以居。胡副将时朋、曾千总远辉各移营挤入那坛、太平之间，与贼营相错。

梁逆势蹙，复来乞降，仍求缓见。本司佯许其请，令戴代令荣垲、刘都司瑞清等及局绅举人卢焕、拔贡生梁冠宇、生员陈玉璜等各带练丁往太平墟议抚。遂于四月初二日夜乘间袭据该墟，墟外两营贼亦惊溃。湴北各营兵力有余，合围益密。梁逆乃令其子梁为阜守营，自率死党二十余人，于初四夜由刘四岭下伏行而出，往小黎墟求援。五更抵屯浸村，始知小黎于初三夜已破，欲复回村，恐为逻卒所获，折入下莫村，匿其妹大生员莫明善家，仍议绕道走山泽村与孙逆合谋。该村人知之，利得重赏，且惧及祸，走报戴荣垲、刘瑞清等，请兵往捕。本司当令陈本炽、姚茂田各带亲兵，督同戴荣垲、刘瑞清等练丁往围该村，遂缚梁逆回城。本司面讯该逆，供称恐为局绅所卖如太平墟故事，欲求莫明善先容前来乞降，并称先因带团击走李七，克复县城，嗣为屯人所激，以至于此。其实该逆与孙逆原附李七，乘其由广东败回逐之，遂分据永淳。本司问及前任永淳县刁故令，该逆大哭失声，称系自尽。其实刁故令为该逆所逼至死，该逆复将刁故令之子送与李七杀之也。本司见其目动言肆，狡滑异常，当经严行监禁，许以不死，令招其子及同村人出降，强之后可。其子坚伏不出，惟该逆胞兄武生梁常纲及各父老数人来见本司，纵之回村，令其自作内应，饬令各营严劲围攻。仰托福威，当不难于得手。此本司督饬各勇练攻克各村及小黎墟，进规山泽村以图孙逆，并袭据太平墟，合围那坛村，截擒梁逆之实在情形也。

再，镇安请兵甚急，本司商之左江陈道，檄委周平瑞捐资募练，先往救援，仍俟卑营拨兵继进。

除将伤亡咨报总局外，理合具禀。

禀两省部院同治四年五月十五日

敬禀者：

窃本司于四月十四日曾将卑营攻破小黎等处村墟，进逼山泽，袭据太平墟，合围那坛并截获首逆梁安邦各情形，具禀在案。

嗣因逆子为阜坚伏不出，仅缴出大炮数尊，抬、小枪各二十余枝，子药各数百斤，又不肯撤毁围墙。本司复于十四日购获逆妻何氏，逆孙大鹏、二鹏，随释何氏回村，告以全家就擒，谕令迅速出降，尚可免死。为阜仍不受命，并留其母不遣。本司以该逆豺狼之心，枭獍之性，督饬各营逼村筑垒，相去仅数十武或十余武，日夜摩攻，该逆胁令村人，以死抗拒。陈镇本炽、姚丞茂田、李丞能通等四面架炮轰击，每发，墙壁洞穿，屋宇摧折，村中汹汹有声。该逆潜遣旗头卢景猷等往山泽村求援，当为逻卒所获，搜出伪信二封，始悉该逆另遣旗头数人在外起码。即饬戴代令荣垲、刘都司瑞清按名查拿，随获黄善进一人，余悉遁去。本司晓谕各村，勿为逆党煽惑，自取灭亡之祸，民情由是帖然。

惟孙逆广仁与梁逆唇齿相依，深恐官军既破那坛，萃于山泽，令伪将军马逆老仁率骁悍四百人，于二十日夜，乘大风雨之时，循山而下，直趋那坛。诇卒回报，我勇亟出邀击，擒斩三十余人，夺获子药十余石，其众半冲入那坛，半遁归山泽。

本司以自山泽至那坛山径歧出，难于节节严防，饬围那坛各营，环开长濠，以截内外，又以巢穴险固，并令多开地道，以期一鼓拔出。贼知无路求生，屡次悉众出斗，均经我勇击退，第以距村太近，彼此互有损伤。现在长濠告成，贼之声息已断，惟地道因下雨多水，且每遇大石，辄为歧穴以入，尚须旬余方就。其孙逆一股，自周荣宗败退后，自知不能独立，率所部来投本司，故那楼一带，复为贼有。其众稍盛，约五六千人，分据山赖、刘村、施大路等村，以为山泽外障。本司饬李镇士恩率勇由左路进，刘丞培一、蒲牧荫枚率勇由中路进，别遣何游击元凤率勇由右路进，贼亦于各村外筑垒相拒，我勇益移垒逼之，相距咫尺，出即相搏。贼欲抵我之隙，我亦蹈贼之瑕，伺间而动，枪炮之声，昼夜不绝，然各凭垒鏖战，无甚胜负。刘培一查看左路贼村稍稀，商同李士恩于二十六日进围山赖，预备竹篱，乘夜筑营，比贼知之，而垒已立。二十九日，孙逆督同李逆亚德来救山赖，以羸弱数百人，登岭搦战，精锐悉伏岭背。李士恩等觇知之，由岭两旁抄出，先掩其伏，贼众惊起，结为圆阵，旋张两翼迎战，相持两时之久。李士恩等退以诱之，伺贼追近营濠，挥勇转斗，枪炮环施，贼众披靡。我勇恐山赖之贼乘我之虚，遂止不追。

初，孙逆各贼趋山赖时，刘培一、蒲荫枚亦率勇进攻中路刘村贼营，以相牵制，至是，孙逆复率李逆等来救。我勇正在运土填濠，倏见贼众奄至，仓卒迎拒。李逆率党数百人，直冲右营，杀我百长石辅勋及勇丁数人，我勇稍却。该营总马都司正龙横戈跃马前，刺李逆中肩，复手刃先锋数人，各营弁勇鼓噪并进，贼遂大败。我勇追斩二十余人，时已日晡，随亦鸣金收军。刘培一现拟令何元凤等由右路施大路村绕入，以撞贼胁，中左两路亦即并力进攻。

此自四月十四以后购获逆孙，分途剿办，屡次获胜之情形也。

本司初以梁逆安邦既经就擒，贼中无主，且以那坛甚宽难守，计日可下，不料逆子为阜狡悍过于其父，复得马逆老仁之助，以致负固至今。所望地道速成，当可一举得手。那坛既拔，即拨数营由南宁、宣化绕出那楼，以攻山泽之后，孙逆面面受敌，势必不支。第虑李逆等鉴于平天寨之事，率众远扬，将来流毒无已，彼时必先扼其去路，以期悉数聚歼。查左江土匪虽多，而以永淳孙、梁两逆为最，且收召贵县黄逆、宾州宋逆遗党，均系百战之余，如能草薙而禽狝之，不令漏网，不惟南、汰、泗、镇蜂屯蚁聚之徒心寒胆裂，可以折棰笞之，传檄而定，即宾、贵余氛亦可荡涤净尽矣。

除将阵亡受伤查明咨报总局外，理合具禀。

禀张中丞同治四年五月十五日

谨禀者：

前月二十日及本司初二日递奉宪台前月初三日及十五日钧函，领悉廑念，感佩难名，一切军情，另陈公牍矣。唯本司精神不如从前，诚恐有智虑不及之处，贻误匪轻。宪台运筹决策，洞中机宜，伏祈随时指示，俾有遵循，是所切祷！

东省奏明派梁游击越境会剿，迄今未见一骑西来，窃人之财，犹谓之盗，似此之为，左丘明耻之也。

镇安已经解围，据报系投诚头目陆四大之力，并力止周平瑞之兵，词甚危耸，陈道颇不释然。盖陆与周积不相能，镇人则右陆而恶周，陈道则右周而恶陆，其实均非善类，不过暂为羁縻，有为调和陆、周之说者，则非计也。此辈若合，岂我之利？本司已经酌发功牌、银牌，实收执照，交王令大钧解回镇安，嘱其姑用陆四大，以备缓急，第不可假以事权，以致尾大不掉。亦函商陈道，即令周平瑞缓行矣。本司初与宪意相同，特以龙昭有包胥之忠，陈道有齐桓之义，己不能救，又沮人之援，万一镇郡为贼所屠，其将何以自解？且恐陈道或疑本司有他，至小张三为周平瑞之党，固早知之，正唯其一党，冀其必能成功，亦唐人用李国昌为节度大同之意耳。况非周勇则陈道不能成军，今镇安既幸保全，则伊等之毁誉用舍，何足介怀！昨闻兴守有瓜代之信，此时似不宜易以生手，唯宪台熟裁之。

本司因宾、永交界之刘村等处，土匪日益披猖，移请易道就近分兵剿捕，并令戴代令驰往会商。顷据禀称，该各村士民自愿将土匪悉数缚献，以免玉石俱焚，当易竣事。其余各营，亦经催令速赴上林矣。省中拨解易道饷银三千，仰见逾恒体恤。其拨解此间六千四百两，以三分较之，数适相准，可否免给易道，尚候宪示饬遵。盖此间勇数，现在三倍易营，捐米早罄，采买甚昂，常有断炊之虑也。

梧州军务似有此拿彼窜，甫灭复然之势。本司初闻吴道欲仍主抚，深不谓然，当贻书论之。宪意欲以吴道各营隶之冯军门，以便呼应，本司未知冯军门人材如何，亦未卜吴道军情如何，未敢妄参末议。

昨闻平南、藤县河道劫抢频仍，几至梗塞。本司已经严札浔、梧各府县，认真缉拿，务须获盗破案。伏乞宪台札饬吴道，此次必将容、岑各匪痛予创惩，为一劳永逸之计，并札饬刘守、覃守督同唐令、龚令肃清河道，免致养痈。黔匪既不能剿，诚如宪谕，不得不以抚了局。唯李七等党羽仍遣回籍，本司颇以为忧。杨军调赴思南，足为臂指之助，第须预筹接济，想宪台早区处也。

蒙江本系重抽，商人请免木厘，在宪台遽闻其言，自应批局议核。唯局员不将原委禀覆，擅允商人之请，且以札示私给商人，久不饬知该卡，殊属不合，既蒙宪恩准其复旧，本司唯有感激而已。一俟南宁厘金畅旺，营中勉可支持，即当仰体宪台恤商之意，撤去重抽，不必定待军务告竣。

陈丞源扬既与梧州官民均不相能，自应仍撤回省。该丞如药中附桂，虽于病体或不相宜，终不失为上品。改委王守达材，实属得人之至。

陆丞晟祖断不可复听留梧，致滋贻误，伏祈宪台决计去之。该丞贪滑已极，实为地方之蠹。梧州两省之交，弊端难防，人言可畏，所系诚非浅鲜。本司谨将查获该丞私收中关谷米加抽厘金照票，呈请察夺。照票式样，虽有不同，而笔迹则同，图记又同，若非该丞，谁为之者？正月内所发照票，内有抚部院转运局字样一张，尤堪骇异，该丞之诪张为幻，真非思议所能及也。今年二月，本司因闻该卡加抽未撤，并托军营名色，当即札查。据该丞覆称，缘上年十一月加抽不旺，是以多留一月，已于十二月底裁撤。既欲多留一月，何以不先禀明？复据凌守覆称，现已裁撤，语甚含糊，则是正月尚未撤也。及三月内据刘守禀称，该卡加抽仍未曾撤，可谓利胆大于其身矣。又如大洲一卡，系该丞督办，所有弊端，均系该丞所为朱炳诸人，则扶同作弊，希图分肥，故于总局札提朱炳之时，该丞令其逃来此间，为之力辨。盖恐朱炳到省，事即败露。本司已将朱炳交刘金友押解回省，不敢袒护。唯欲并究陆丞，以拔根株，以昭平允。伏祈宪台澈底查办，毋庸姑息。本司原因大洲有弊，而后委朱炳前往剔除，乃朱炳竟敢扶同作弊，丧心昧良，其罪与陆丞等。既经提解到省，若从末减，则不足为惊人之鸣矣。至于陆丞所办卑营转运，浮报极多，本司因戎马倥偬，未暇驳饬也。

横州一缺，昨接苏署司函报，亦以朱丞腾伟为宜。唯该丞究系候选人员，有违定例，谨具公牍晋省，伏祈批示饬遵。

浔州驳案，仰荷宪台分别奏咨，实属格外成全，该员等失而复得，无不感激鸿施，益思奋勉图报。贵县保案，月内可以上详，迟延之咎，本司无可诿也。

顷闻王道承泽须俟秋凉方可来粤，或东或西，未知果否定计。

本司自上年十一月底即得溏泻之证，迄今未痊，以致头昏气促。然有宪台在粤，本司不敢言病，不敢告劳，唯有得一日活，办一日事。特负性粗疏，不尤乖谬，伏祈宪台鉴其愚直，时锡教言，俾免愆尤，不至陨越耳。

禀张中丞 同治四年闰五月十八日

敬禀复者：

十五日肃呈一函，计尚未达钧鉴。

十七日晡，钦奉上谕，简授江西巡抚，感激悚惶，莫知所措！随奉钧函，谬蒙奖借，益觉惭惧难安。窃本司性拙才疏，时虞陨越，幸荷俯赐提挈，曲为成全，每于奏报之章，即寓栽培之意，人非木石，能勿刻骨铭心？原誓扫荡边氛，稍图报称，兹奉恩命，既虑此间付托之为难，又虞将来负荷之匪易。现在激厉将卒，限于日内克复那坛，庶得并力以图山泽一巢，不唯局势稳固，似亦易于收功，未知能否如愿？

详察军情所向，唯王道最为相宜，不知已否定计西来，何时可到？伏乞赐书严催，否则唯有调王守达材署浔州，令覃守远琎前来接统，亦足以维系人心。覃守威望不及王道，而精神胆气则过之。此外则只合令易道移驻永淳，以资兼顾，而令蒲牧荫枚仍往会同潘副将忠实督带本部，当能支持，以后毋庸派总统。李镇计将请假，另派一统领可也。至各将佐勇丁，自当妥为弹压，婉为调停，断不令其摇动。

本司身受宪台知遇，实切依恋之忱，且士民相信已深，诸军相从甚久，岂肯苟图脱卸，不顾事宜？广西亦系宵旰忧勤，倘遽舍旧图新，万一事势有变，亦未可辞咎也。唯以江西贼踪既逼，本司恐难日久迁延，应委何人前来瓜代，伏乞迅赐酌夺施行。

再本司初领封疆，诸多暗昧，所有应行事件，伏乞详悉示知。此次谢折，应否由营拜发，应否附片略陈此间军情，即祈宪台代请友人拟稿，并祈酌定在省缮誊寄示，并录示宪台元年升授广西巡抚谢折，及附片原稿一观，是为切祷！

禀张中丞同治四年闰五月二十四日

敬禀者：

本司于十八日肃覆一书，计达钧览。

嗣与各将佐熟察妥商事宜，如能速拔那坛，并图山泽，固为上着，即令那坛未下，山泽之贼亦无能为，盖兵力既厚，布置已周，逆焰甚衰，民情亦定也。第事权必须归一，庶无参差。查永淳现在二十余营，李镇只统六营，其余各营，则由各营务处随时随地督率，而皆总于本司一人。若本司既行，李镇不能兼统各营，各营务处亦无能为统领者，盖以功名位望相埒也。唯舍弟培一在此军中年久，且系本司至亲，目下稍可羁縻，然断不可经久，盖久则局势有变，人心有变，非熟于机宜、善于驾御者不能办也。伏乞宪台迅派干员前来统领永淳各营，本司当令李镇请假，免分事权，其余暂可勿易，俟永淳事竣议之。本司仍留培一在营，借以维系军心，且为新统领一臂之助。营中恶习，每于易帅之时，纷纷求去，以明不事二人之意。其实不许，彼必不敢擅去，即令许之，亦未必真去。本司所以仍留培一者，特为万全之计，且以受宪台委用，不敢不令始终其事，以图报称。将来永淳结局，务求恩准请假，盖本司四弟傅一往麓山肄业，家中均是妇孺，培一出外日久，不得不暂回料理。

查王道承泽尚无来营之信，不审决否西行，亦不审何时就道，似难久待。易道元泰病体极重，步履需人，亦难兼顾。唯有迅委王守达材接署浔郡，覃守远琎驰赴永营，接办军务，路既甚近，人更相宜。该守久与各营共事，于将卒相宜，本系南宁实缺人员，于地方相宜，又同彭守相处日久，熟习支应局中利弊虚实，于饷项相宜，至于才情血性以及操守，本司可以百口保之。营中前后欠饷甚巨，必得如覃守之廉正，将来大功告成，弥补薪粮之时，方不至浮冒，以耗帑藏。此亦不可不预为之地。

本司现令培一会同营务处、支应局各员将二年正月以后、今年六月以前，共欠若干，应补若干，详细核明，分别详咨，以清首尾，免致经手者从中舞弊，致成不了之局，上劳廑念。

宪台如以覃守为可，即请檄催速行，并由省局刊就关防，与钧札同发，是为切祷！

伏读上谕言："现在江防吃紧，该抚着即驰赴新任，督饬兵勇，严密布置。”等因。又闻鲍营叛卒已由桂阳折窜龙泉一带，则是江西内外有警，本司似难在此久延。且以原缺已开，又未便复称总统，往来文移，殊形滞碍，恐致呼应不灵，必得新统领来，方为名正言顺。本司毫无成心，所见如此，倘有不合之处，即祈宪台俯赐示知，俾有遵守。

至于谢恩折稿，如未拟就，先请宪台元年荣升正折、附片各稿抄寄来营，以便仿照，其余一切事宜，均求详悉教诲。

禀张中丞同治四年闰五月二十九日

敬禀覆者：

本司于十八及二十四、二十五递肃芜函，均专快马赍呈，当可先后达览。

昨今两奉十四、十七手谕，领悉拳勤。本司初谓贺折当用新衔，故即由营拟就谢恩折稿，呈请酌定，以便同时缮发。顷据许介禀称，已蒙宪谕，贺折仍用旧衔，则谢折尚可缓发，然亦须在奉上谕一月以内。此间大概情形，自应附片陈明，其稿并经送呈钧鉴，倘有不合之处，均祈更改，是为切祷！

本司赴任，应否选将募兵，且俟行抵衡、永地方，就近察看江西情形，方可定计。

本司自奉新命，非徒照常支持，并经严督各营，加劲攻剿，幸得那坛速拔，则乘胜长驱，尽锐以图山泽，孙逆便成槛兽釜鱼，即否，贼亦无能为厉。如果本司拟定行期，自当妥为部署，断不至有变动，以期仰慰廑怀。

惟舍弟培一才识平庸，谬蒙期许太过，深感宪台知顾。又因本司去留两难，公义私情均无可诿，只得权时承乏，借以图报涓埃。务望宪台迅催王道或覃守前来接统，培一仍以参佐听候指挥，将来永淳大功告成，即祈准假，俾得以归里省亲。夙荷逾恒体恤，定鉴其苦情也。

姚逆自应及时剿办，以绝根株。如令覃守来营，则王守亦能了事。本司过浔，苟有所见，遵即与之熟商。百色更得一军，则全局益振，将来更易肃清，且永淳事竣之时，楚军似可议撤，恐于水土不宜，难期得力。现在文员部驳极严，营中亦所深悉，既蒙宪恩培植，当亦无所用其怨尤矣。至外奖各弁，初未开明籍贯，此时销差大半，查造实难，尚求宪台酌夺。

再，朱革守德澄之事，已否咨查，能否附奏，并希密赐示知。

禀两省部院同治四年闰五月二十九日

敬禀者：

窃本司于前月十五日曾将购获逆孙大鹏、二鹏两名，及分途攻剿那坛、山泽两巢各情形，具报在案。

嗣以守备罗盛合等于那坛村外所开地道，一为贼所穿，一因雨而塌，惟存军功甘泰然所开之处，又以地势低洼，易于聚水，不时停工，难期速效。复于四面用炮轰塌贼村围墙，贼随坏随补，莫能成功，实深焦灼。因饬各勇更番进攻，日夜不息，每攻一面，其余三面虚张声势，以期牵制。二十五夜，副将胡时朋督兰勇攻贼东闸，破其外栅，复为内栅所阻，力攻逾时，百长许裕元、曹玉龙纵身上闸，中架而颠。贼复由闸内施放枪炮，抛掷火蛋，伤我勇十余人，我勇随即退出。游击黄万胜复率清勇继进，甫抵栅门，右目即受枪伤，贼遂乘势拥出，我勇力斗，始救回营。二十六夜，守备党敏先率莘勇、外委周胜新率灵勇攻贼南闸，是处闸仅一重，然两边均系深塘，且路窄不能容众，莘勇蛇行而进，收其竹签，逾垣而入，杀其守栅之贼，夺出栅内九节铁炮，贼众惊觉，悉锐来拒。灵勇拥挤在后，不能向前策应，以致莘勇百长李绍璋、萧为义、戴启宗三人相继受伤，勇亦伤亡十余人，且战且退。贼旋以粗重木器堆塞栅口。闰五月初六夜，守备莫云成挑灵勇百人，由德安勇旧开地道伏行而入，至贼塞处，破土而出，距贼围墙，仅尺有咫。即于其上筑垒，各以蒲包盛土，上覆木板数重，以避火药砖石。计于垒中另开地道，易于为力，并拟多为歧穴，使不能防。贼屡攻屡却，乃以棉絮数张，浸油掷烧覆板，适值大风，烟焰遂炽。百长莫云英知不能守，率勇出垒逆击，纵火之贼，旋受枪伤，退还原营。初七夜，莫云成复令百长莫易昌率勇逼村筑垒，较前稍远，贼众来攻，莫云成率勇救之，莫易昌两腿受伤，仍率各勇且战且筑，其垒遂成。即日依垒再开地道。计自前月二十日以后，无昼无夜，有间即攻，因贼防守甚严，致难得手。姚丞茂田、李丞能通等又率所部各勇，开濠作路，移营向前，分寸必争，无法不设，而贼志在必死，并力抗拒，以延余生。一月以内，各勇伤亡百数十人，据逃出贼供，村内伤亡，亦与营勇相当也。

本司因闻村内良民甚多，檄谕顺逆祸福，令其缚献梁为阜，以免玉石俱焚。由是村内父老潜遣人来输诚，即外匪马老仁亦托人来求贳死，而往返议论，迄无成言。本司诚恐各营总意见难同，即陈镇、姚丞、李丞亦觉事权未一，抚则嫌疑互启，剿则呼应不灵，乃令刘丞培一由小黎移驻那坛村外，督同办理。刘培一察看贼村围墙不高，惟排杉木桩甚密，且于当冲之地，辄卧大树，锐其枝以向外，使我勇不能一拥直前。随于二十五夜，会商陈镇、姚丞、李丞，传令各营，多用利斧，断其树枝，并拔其所排杉木桩，已去三分之一，时以枪炮拟之，使贼不敢出村补修。二十六夜，各营四面环攻，或却或前，时伏时起，贼不能测。攻至黎明，各勇鼓噪并进，纷掷火蛋入村。提督郑长希、副将胡时朋督勇冒死毁栅，已破东闸两层，贼排开巨炮，立毙我勇五名，并伤我勇十七名，各勇始夺尸而出。

贼见我勇愈攻愈力，心胆益寒，复屡遣人来营乞抚。据刘培一及各将佐禀称，抚即不成，亦在旬日间可拔。本司现在申明赏罚，总期迅速歼除，不得以将就了事。

此攻剿那坛之实在情形也。

至剿办山泽各营，分为中、左、右三路，相距约六七里。前五月十八日，何游击元凤率元勇，马都司正龙率楚勇，督同李青靛之选锐勇由右路进扎屯羌村前，以抵贼胁。正在相度地势，贼旋悉众来斗，其锋甚锐。何元凤、马正龙亲自负土督勇筑营，令李青靛严阵拒战，数开数合，约逾两时，杀伤相当。尚持未决，适元、右两营已成，何元凤、马正龙各率所部奋击，贼众大败而走，我勇追斩四十余名。何元凤、马正龙度贼必复至，令李青靛之勇乘夜筑营，与元、右两营联络，各据形势以待。十九日五鼓，贼果大至，何元凤、马正龙、李青靛等坚壁不出，营中阒若无人。贼迟疑久之，自寅至巳，忽分数道，径来攻营，火蛋光若星流，枪炮子如雨骤，我勇亦伏不动，伺其近则击之。贼死伤既多，力倦欲退，我勇鼓噪乘之，贼众遂溃。我勇力追，擒斩三十余名，夺获旗帜、枪炮甚众。

二十五、二十六、二十七等日李镇士恩留周荣宗之勇，以围山赖，自率楚勇、中军中营、后营、德安营由左路以次进驻新庆、那荐、上刘村前，每日贼辄出攻，皆为我勇所败。闰五月初二日贼倾巢而来，彩帜纷披，遍满山谷。李士恩以该处冈峦起伏，不可任贼近营，乃令各勇出营，列阵高阜以待。贼旋分三路搦战，游击宋荣藻、都司周德、守备翟国式等亦分路应之。山路崎岖，虑贼为伏，饬令各勇，贼至则击，贼去勿追。李士恩自率抬枪、小枪队专伺贼锋所向，驰往助战，毙贼甚多。刘培一等觇知中路之贼多往左路，亟令游击何明亮率亲勇，都司宋光宇、朱长发率捷勇，外委陆广升率长捷勇，军功冯康义率老东勇，李发率新东勇，进攻中路贼村，贼闻中路有警，分众归救。李士恩乘势薄之，余众悉溃，两路夹击，贼益不支，我勇多所斩获。刘培一等以贼递受惩创，精锐大半损伤，饬中、左、右三路，同时进攻，以乘其弊。初十日，中路各勇已经攻入施大路村，村内百姓惊号，贼据巷口，且战且退。俄尔大雨倾盆，我勇火绳尽湿，贼复转斗，我勇随亦整队回营。十一、十二、十三等日，各路力攻，贼亦防守严密，依村拒战，彼此互有杀伤。十四、十五两日，贼亦分犯我营，均经立时击退。

此剿办山泽之实在情形也。

查孙逆死党，悉在中路之施大路，左路之新庆、那荐、上刘，右路之甘燕、唐厚、屯羌等村以捍山泽，其后路刘墟一带，虽被孙逆胁从，日望官军拯救。所冀那坛速拔，增调营勇，绕出刘墟，孙逆必抽回施大路等村之贼以守山泽。我勇四围蹙之，则贼土崩瓦解，定成槛兽釜鱼，即令巢固粮充，而受困既久，内变必生，当不难于擒渠扫穴也。目下山泽后路虽无官军，本司早经札委宣化团总谢岳生等，集团扼守要害，屡擒贼谍，使与灵、钦各处土匪不能往来，且各土匪慑我军威，亦料孙逆将灭，必不起码来援，自投罗网耳。

除将阵亡受伤分别造册咨送总局外，所有剿办那坛、山泽两村情形，理合呈请俯赐察核。

书牍卷三

复覃玉次太守同治三年六月初七日

昨接复函，领悉壹是。弟现拨向导勇一营移驻蒙墟，即归老兄节制调遣，剿捕赵甫两里之贼，另备公牍前来。该营定于初十日启行，因莫守备于该处地方生疏，故未遽进官桥，应俟台从到营，指挥前进。唯所需米粮，先请饬该处团总接济，该营勇丁四百名，长夫百二十名，每名每日给米一斤四两，不准滥支，其营总、哨长，红旗、蓝旗帮带、书记，则多发一二斤以养马匹耳。如谓一营力单，不足以慑人心，拟再添派元字营前来。

弟初十日解缆，大约十一上午可抵贵郡，一切事宜，尽可熟商。缘未接尊处及海兄两函之先，部署已定，公牍亦经缮就，刻因事繁，无暇更改，亦经面饬元字营总，暂驻龙山墟听候调拨矣。

武宣南泗墟已经洪日高攻破，拨勇驻守，搜捕余匪。弟因应令催请甚急，拟仍令德安勇前去，经过南泗，可与洪日高商量，若该处已经肃清，或无须臂助，则德安营便可长驱渡河，会商应令，剿办庙隍之贼，尊见以为何如？

中丞来谕，谓因弟此次拟请随折奏奖人员过多，故将老兄与孟端兄诸君改归大案汇保，其实老兄积年劳绩，中丞断无不知之也。我辈竭诚办事，岂复为此微名？能知人者，亦决不敢以“名利”两字结纳豪杰之士。第懋功懋赏，公道所存，弟职司所在，安得没人功劳而不以上达？

致易墨村大令同治三年八月初九日

前二月内，由贵县肃具芜函，驿寄上犹县署，未审曾否仰邀慈鉴。兹于六月朔日奉到五月初三日手谕，情真语挚，读之感激涕零。就谂夫子大人循声伟绩，荣列荐章，当此时局多艰，上游正资倚赖，何遽莼鲈动兴，欲放扁舟？去留疾迟，想吾师自能熟思审处，毋庸他人置议也。

门生于元年由东省改官西行，途中惨闻三舍弟凶耗，即拟披发入山，无奈浔州警报频仍，未敢以私情而废公义，只得含凄就职，随即挥泪赴营。贼乘新易军帅之时，知我士马未集，倾巢出犯，势极披猖，加以军中庚癸常呼，师不宿饱，忍饥血战，岌岌不支。门生志在死绥，持以镇定，辗转数月，始得收效桑榆，而贼计穷乞降，犹复负嵎自固。各将裂山凿罅，围攻又近一年，而后扫穴擒渠，克告成事。此次用兵之苦，颇与金川相同，所幸伪王、伪官累累就俘，余党无一漏网，并夺获马、骡四百余匹，枪炮二千有奇，资粮以亿万计，及伪造金印、银印、金钱、银钱借充军用。其伪造尧天五典诸书，于一切制度，厘然毕举，可见贼中未尝无人，而其逆志不在小也。广西群盗，唯此股最为枭雄，今幸伏诛，余皆胆落，可以传檄而定。现在部署水陆诸军，分徇思恩、南宁、镇安、太平、泗城各属，以期次第肃清。第以绝徼穷边，瘴气甚重，飞鸢落水，洵非虚言。敝营援粤以来，崎岖万状，十余年纠合精锐，物故极多，言之痛心。

门生于六月初旬，轻舟晋省，面筹机宜，将来亦视各路军情如何，以定行止。戎马粗才，不堪吏事，曷若退而讲学，或者可期晚成。昔茅季伟年四十余，始遇郭有道，劝之从学，卒成名儒。

门生今年三十有五，未必遂为弃才也。且生平隐恸，养不逮亲，糟糠之妻，又因征人而死于非命，尚幸兄弟无故，稍慰于怀，不意三舍弟竟因科名，病殁于外，自问无生人之乐，亦何情于仕宦之途？吾师知之最深，当不以此言为虚矫耳。

金陵既复，国运中兴，唯江、鄂余匪尚多，一时恐难收拾。

荫渠制军自抵北直以后，外间颇有浮言，幸得两宫鉴其朴诚，群喙始息。春阶少年英敏，尚可有为，伏乞时锡教言，俾有遵守。

桂林山水颇胜，吾师解组之后，能否命驾一游，俾门生借遂依依之愿乎？

复利灿庭同治三年八月二十七日

捧读惠函及各佳什，窃黄鼎凤本系井底之蛙，而弟劳绩亦是辽东之豕，乃荷老兄及各搢绅先生宠以诗歌，已属惭愧之至！查各篇中间有过激之语，诚恐传闻于外，贾祸匪轻。务望深维东坡九泉蛰龙之刺，曲端江上渔舟之讥，切勿宣扬，致触忌讳。至若磨崖勒石，众目共观，尤不可之大者。惟高明裁之！

复陆贻轩司马同治三年八月二十八日

改为之议，原与海兄先有成言。及抵省后，察知当座为浮言所动，益思借此名色与之联络，免致诸君居中为难。不图海门忽有异词，弟亦何敢相强！已嘱暂缓转省，俟省中委员抵浔瓜代，不致贻误接济事宜，行止去留，听其自便。而海门欲委之舍弟，抑何不存恕心。大凡兄弟并执重权，未有不滋疑忌，而况利柄所在，尤为众谤所归。已令舍弟南还，始终守管兵不管饷之议。

吾兄屡辞转运局务，李观察亦数以为言，即请截止重阳节前，各卡厘金，均由支应局分途提催，仍就近照料，亏空多少，有无就中设法弥补。

杨二婆系积年滑贼，兹幸购线擒获，即请商之卢午峰，就地正法，不必远解省城。

致卢午峰太守同治三年十月二十五日

日中抵藤，接见边明府，据称糯峒之贼，目下尚无变动，地方百姓或从或否，多持两端，及早图之，似无难于瓦解，缓则胁诱日众，必至势成养痈。拟日内集练进攻，并请转饬现驻县城之清勇及驻虎跳之南勇，两路会剿，须仗官军声威，则团丁气壮，匪党胆寒，可克期竣事等语。弟以其说不为无见，唯尊处已令姚丞前往招抚，未知其事若何？果能不烦兵力，固为上策，万一计不得谐，应否如边明府所议办理，即请商之蒋廉访，速为定夺。

黄游戎现在郡垣，原系蒋廉访所部，自可听其指挥。弟已饬知伊营总哨刘都司矣。

复苏虞阶方伯同治四年五月十五日

蒋军并归冯军门节制，固足以一事权而资呼应，第未卜该营诸将能否帖然，又未知冯军门能否抚御？谬荷抚宪下问，弟实不敢妄言。至大洲厘弊，务祈澈底查办。朱炳以监收之员，竟敢扶同作弊，实属丧心昧良，已令刘金友押解来省。唯陆丞晟祖既系开办之人，又系督办之人，事有主谋，罪有攸属，何得置之不论？即同卡各员，亦决无不染指者，并须严行惩治，以昭平允。

弟两具公牍来省，并抄粘陆丞信稿，计达电览，观其为朱炳力辨求宽，可以想见，盖惟恐朱到省事皆败漏耳。此案既经提问，不得又从末减，以致厘卡各员，更无忌惮。不鸣已经三年，鸣复不能惊人，可乎哉？唯老兄裁之。

复张月卿中丞同治四年六月十七日

敬肃者：

旧属于初八日，肃呈一函，并各折稿，计达钧览。嗣于初十日奉到手谕，并寄来前稿，一经改正，便觉妥协，然终不若宪台原拟之稿极其老当也。既蒙缮发，毋庸别议矣。

旧属先诹起程日期，乃在十一，适值有贼将窜蒲庙之说，故复踌躇。旋据探报回称，并无是事，且据何元凤等禀称，初九日，倏见山泽烟焰冲天，有声如雷，探悉山泽药局失火，烧死贼党数十人，孙逆亦属存亡未卜，现在人情惊乱，断无他志等语。舍弟培一催旧属刻期就道，免致人心摇摇。盖皆妄意旧属如蒋芗泉故事，必带各营同行，贼怀觊覦，民怀观望，恒情喜新厌旧，故营中将佐亦不免思改图，唯既起程，则局面照常，众志亦定矣。

正在筹商，适奉谕促令转省。遂于十一日束装，于十二日解缆，仅带亲兵百名，正副百长二名，武巡二名，文巡二名与幕友四人，其余员弁，未准一人请假。一切事件，均经妥为交代布置，断不至有他虞，无烦廑念。

十五日行抵浔州，接见覃守，问悉罗秀贼数颇增至七八百人，该营仅招五百五十名，兵力尚薄，拟遵宪札，招足两营，而厘卡又难接济，惟接蒋燕斋函，许抽拨两营前来，或可借资臂助。至与吴道会剿之策，则谓吴道已经转岑，所部亦经带去，且贼现在窜往贵县边界，诚恐吴道鞭长不及，即约亦未必来等语。旧属转询厘卡马丞，据称每月加抽，多亦不过千金，除坐支外，断难接济千人之饷。能否另行设法，俾覃守自行招足两营，以厚其力，迅告成功，伏乞宪裁。

旧属于十七日由浔州开船，大约出月可以抵省，面陈营中事宜，借得亲承教诲。

复娄峻山军门同治四年六月十八日

另示一切，得悉贵营援闽无粮，回江就饷，恰逾旬日，奉檄赴援，是盖天欲保全江西，计非大军不足以资捍卫，故惜其去而阻其行，使之迅速转旆也。至于在鄂叛卒，亦何与于贵营，愿勿以为介介。惟既谣言四起，甚至达之奏章，务望极力拊循，免致各勇疑惧，更可借此以资激励，使之奋勉图功。凡兹事变之来，无非造物玉成之意，想高明早见及此矣。

贼悍而多，而又善于豕突，自必蓄力以待，方足以遏凶锋。贵营并归信丰，扼其冲要，精毅、祥字同进会昌，两面既有专司，三路复可兼顾，诚为胜算。

昨接段廉访函报，刘、朱两军，已经移驻吉安，李制府亦派洋队八千前来。似此援师厚集，果能同心戮力，布置得宜，无难犄角。此寇唯放令过界，以剿为防，亦是一策，尚须审图。在贵营士马精强，原有把握，第以江西为东南腹地，殊觉蹂躏堪虞，不若俟我门户既固，且待早稻登场，而后移营向前，约与闽、粤诸军会剿，似为万全。祈与席研香熟筹之。席公智深勇沉，心精力果，与弟十年挚友，兹复得与老兄左右，定能扫此余氛，以翊中兴。弟以不才，谬膺重任，仰荷将伯之助，获免陨越之虞，何幸如之！

致左季高制军同治四年七月初一日

晚生于闰五月十七日钦奉恩纶，随即肃函起居，敬求训诲，计已四十余日，想达典签。

嗣奉五次寄谕饬催，乃将在粤诸军，妥为部署，于六月十一日由邕启行，七月初旬可抵桂莞。因接李筱泉公祖两次函约，尚须绕道星垣。屈指中秋，当履新任。

途次递据江西司道及各将领函报，初，霆营叛卒窜入信丰，旋为娄军门逐之出境，既而汪逆分股窜入长宁，亦随为周军门击退。现在贼于镇平增垒自固，计将持久，并欲向犯羊城云云。查广东兵勇尚多，贼亦未必能逞，逆踪靡定，总在抵隙蹈瑕。官军各守各疆，何时可以了事？且恐日久生懈，难免为贼所乘，似须趁此兵力厚集之时，三省会剿，殄此余孽，免致师老饷糜。

先生全局在胸，指挥想已素定，晚生道听涂说，未免冒昧进言。昨接郭筠仙先生函邀东行，亦为面议此事，究应如何办理，伏候裁夺饬遵。

致易衡樵方伯同治四年七月二十二夜

今日交贵差官带回一书，并茸三两，想尚未到。

兹有启者：永淳诸军，现在分途进攻那坛、山泽，又须留防县城，以致兵力尚形单薄。那坛未能遽下，山泽久未合围，孙逆有鉴于梁逆之被诛，纠合韦逆、李逆敛众固守，其所分遣死党，在于各屯及各边境，起码应援。虽以目下军威，地方不敢变动，而任其往来勾结，诚恐事出不虞，且宜添拨劲兵，四面围其巢穴，使之外难望救，或者内自生心，纵令并力负嵎，亦可坐制其命矣。

原拟先破那坛，而后悉锐以图山泽，今行迫不及待，不得不仰仗同袍。伏闻尊体尚未全瘳，势难率师深入，与其驻之无事之地，即请惠拨现在武罗之勇，就近移赴永城，弟得抽出原防各营，助剿山泽，令其绕向贼背。窃料韦、李两逆，惩于平天寨之祸，一网聚歼，定然各求生路，孙逆便成孤立，惟我所欲，为槛兽釜鱼，不能为厉，即使那坛成功稍缓，亦无所妨。此间局面既已万全，则贵勇应否调回，惟命是听。

约计往返时日，大概不过月余。如其许之，鹄候覆示，可否即令潘协戎为将，并祈饬知。弟奉新命，不日启行，倘借威棱，大军压境，则军民皆蒙厚赐矣。

致郭筠仙中丞同治四年八月初三日

会剿之策，弟于奏报起程折内亦论及之。昨接左帅来书，极言贼势已穷，无难扑灭，与筱泉公祖前信大概相同。弟以为贼之盛衰，亦有何定，正宜并力以乘其敝，庶可一网聚歼，毋使死灰复然，致成燎原之祸。

查江西以席、娄两军为最大，席军现驻长宁，娄军现驻信丰，均距镇平不远，其余各勇，棋布星罗，亦可以助声援而资提挈。弟接篆后，即遵来谕，前赴赣城，以便就近为各营节度。台从应否出省，务祈熟察事宜，如果必须亲行，左右务得劲卒千人，以昭威重。李星衢将兵日久，尽可以诸军隶之，重其事权，责以成效，先生居中调度可乎？贼若长驱入犯，总宜坚避遏其奔冲，奇兵断其抄掠，切戒浪战与穷寇争锋，待闽、楚、江三省之师合围而进，方可相机击之。先生谓为然否？

广西之事，本毋庸仰渎清聪，弟前因有激于中，遂不禁笔之于纸。所谓居中用事者，署盐法道李钧为最著，所谓大蠹者，内则李道，外则候补同知陆晟祖为尤甚也。陆丞私收梧卡谷米，加抽厘金，经弟揭参有案。李道罔上行私，亦经屡次论列。张月帅似信而不尽信，似知而未尽知，弟已行矣，听其所为而已。

覃玉次现署浔州，已就而何能去？王润生请假在籍，已去而不复就，其时地有不同也。润生先经荫公奏调，弟曾阻其北上，后经先生奏调，弟则劝其东行。盖二年春夏，黄逆披猖，不能不赖其臂助，彼时荫公若知粤事，亦决不促其行。迨三年渠魁就歼，军务已缓，故不愿以豪杰之士同屈一隅，而不能发迹，原不仅为先生需人计。此系是年七月同在桂垣商榷之语。及十月，弟转营后，闻其尚未赴召，则又催之来邕，乃亦屡催不出，未审其意云何。兹已约其来衡，当以尊旨叩之。

二舍弟性最友爱，所以随侍戎行。弟既谅其本心，又不愿其同在瘴疠锋镝之地，故从未滥竽荐牍，免致久受縶维。此次弟由南宁启行，一时人情大震，只得令其留摄后事，未知何时可以卸肩，尚慎旃哉！犹来无止，真有不堪回首者。谓弟徇公义而忘私情也可，即谓弟为重功名而轻骨肉亦无不可也。

至为政之道，要在正本清源，欲挽末流，徒费心力。国朝良法美意，均有成规，因其旧而新之，循其名而实之，正不必求之高远，侈言更张。大乱既平，人心将静，有志上理者，其在斯时乎？拟俟扫荡此股余氛，窃思有以访之于我先生者。

致席研香方伯同治四年九月初四日

汪逆乘我防军移动之时，悉众西犯，若非东石大捷，则江省必不堪问，恐东南大局，又从此多故也。霆、铨、湘军皆大军余威而贾余勇者耳。

顷据各路探报，贼势似趋南安，将为入楚之计。弟抵任后，即遵来示，咨请刘南云、朱焕文移师速进，乃昨接函覆，拟于本月初四、五日启行，未知鞭长能及否也？贼若入楚，不可复制。弟从星垣来，颇知其中虚实，窃以为忧。所望大军驰出贼前，并得娄军继至，庶可遏其冲突，困之于江、广之交，与闽、粤追兵聚而歼之。本拟即日出省督师，因前函商之老兄，未得覆示，又为时议所阻，俗事所羁，是以游移未决，姑视贼势如何，再定行止也。

复左季高同治四年九月十八日

晚生此次出省，初非虑贼深入江西，实恐其远窜楚、粤，各军迁延观望，或致听贼远扬，所以驰来赣南，计得就近调遣。

查贼于八月廿七日，在信丰铁石口再为精毅勇所挫，斩获甚多，霆、铨、湘各营与各属团练沿边邀击，亦屡有捷音。贼败走粤东连平，又为南雄官军所扼，复于前数日转窜龙、定两厅县地方。现在克庵已扼中站，南云、焕文拟由南安横过桂阳，芳圃亦由吉、袁进扎茶、攸境上，是江、楚交界，万无可虞，所虑贼复犯江，狂窜南路，则长、会、瑞、石在在虚空，西路各军鞭长不及，幸节麾伊迩，可以仰仗声援，唯望预为绸缪，以固唇齿。

晚生大约廿一可抵赣郡，察看贼情，妥为筹画，再行布闻。

复刘克庵方伯同治四年九月二十三日

弟初以贼已悉窜韶江，故急咨请南云、焕文两军速遏桂阳。及廿一日行抵虔城，始知贼尚在连平、始兴、翁源境内，尚不测其所之，应如尊谕，仍留副后、长胜营暂驻南安，相机进止。唯南安兵力既厚，则芍岩一军，弟已请其移驻信丰，以兼顾东路会、长、瑞、石，此系仿照老兄原议，谅不责其冒昧也。

倘贼复西窜，芍岩即当倍道驰来，以供指臂之助。若贼久踞不动，弟拟请席、娄两军越境会剿。南安各军，能否分出始兴，以资夹击，伏候尊裁。并祈就近咨商粤师，由翁源进攻，即以断贼去路。贼三面受敌，计必不支。弟于地方情形生疏，未知有当与否，务祈剀切示知一切机宜为祷！

致李仲云黼堂昆仲同治四年九月二十六日

弟由袁郡舍陆而舟，于十八日抵任视事，时左帅已奉节制三省官兵之命矣。嗣以贼折而西，势将由江入楚，左帅不能兼顾首尾，难免贻误事宜，是以奏明于本月初八，由省起程，前往赣南，就近调度。

顷据席研香营报，贼尚辗转于连平、和平地方，当即奖率诸军，越境殄此余孽。此次贼自镇平窜动以后，各营沿边邀击，均有捷音，而以精毅勇平远东石、信丰铁石口两次战功为最，擒斩降散实有四万余人，贼之坚甲利兵，丧亡殆尽，所以不能再逞。

至于近日地方吏治似近于玩，民风渐趋于刁，加以游匪太多，所在劫抢，将来不能不逐一整顿。唯弟初膺疆寄，且人地生疏，既恐流于因循，又虑失之冒昧，尚望箴规时锡，俾有遵循，是所切祷！

前承示修《文献通考》，当即捐银二百两，托墨村老师转交，想已收到矣。

复刘克庵同治四年十月初一日

祥营本应出扎邓坊，刻接娄峻山来函，知该军已进龙南之新兴堡，则原扎之九度水万不可空虚，应以祥营填扎。大军似宜以全力扼中站，不必分赴南雄。缘闻该郡已有粤师万余，兵力极厚，而中站当贼之冲，且系驻节之地，防师不可过单，尚祈酌夺。

至朱、刘两军，本令兼顾湖南，弟亦未便请其赴粤会剿。况贵营已出，祥营又移，该两军亦应暂留南安，以备缓急。普镇军水师尽可分泊上游，以利转运。

弟与老兄同乡、同姓、同事、同方，遇事当从便宜，切勿稍存形迹。惟鄙性粗率，且人地生疏，尚祈卓见所及，不吝数行，随时指示，无任恳祷之至！

复刘克庵同治四年十月初五日

弟自抵任以来，未接粤东当座只字，虽经先后致书筠仙、星衢两公，商榷军务，迄今未接覆音，惟席研香诸君信中，往往论及粤东某营驻某处，然只得其现在大概，究竟如何调度，不得而知也。

弟之只能管江军，亦犹老兄之只能管闽军，纵自不以越俎为嫌，而呼应何能灵动？惟望季帅速来，庶几事权归一。以数省兵力，殄此屡挫余氛，可计日待。否则即无九节度之溃败堪虞，而贼蓄锐狂奔，恐诸将未必能为岳军之山立也。

弟初调祥营移扎九度水，昨因接南云、焕文两兄函云，恐贼窜楚，渠两军定于初八移往桂阳。弟于江、楚、粤交界地势，未能周知，不得不听其去。第同日接筱帅函，则并无是意，乃以原信寄示南云、焕文，请其自定行止。如渠两军过湖南，则南安似未可空虚，仍留祥营防守，以重根本，而备不虞，其九度水一路，惟有随时兼顾耳。

黄芍岩之留信丰，系照老兄原议，以便策应东路，应否调扎九度水或扎邓坊，即请尊处与之商办为荷！

致黄芍岩军门 同治四年十月初九日

前日布覆一函，及今日咨文，计当以次达览。

现在副后、长胜两军，已过湖南，则南安空虚，务望大军刻日进扎该郡。如祥营已先返旆，则请大军移驻九度水。盖大营不惮跋涉，辱临此间，原为兼顾江、楚，而南安实为江、楚门户，九度亦系南安冲途也。

克兄来函，欲令大营前往南雄之石子坳，并拟再分重兵深入粤境，本属公忠之志，然于此时事势，似未相宜。副、长两军既去，南安后顾未免可虑，况广东兵力极厚，亦何须处处借重闽师也。即令贼遂窜过始兴，届时克兄与老兄由安、雄横出邀击，以卫楚疆，当不至鞭长难及，且楚复得副后、长胜与吉左万余劲旅，足以待贼也。

大局所关，不可不熟思审处。弟已将此意布覆克兄，并陈之于季帅矣，惟祈老兄垂纳焉。

致刘克庵同治四年十月十一日

今日接南云、焕文两君覆书，许仍暂驻南安，是为目前正办。似此祥营可留九度水，黄芍岩一军或移扎石子坳，或移扎邓坊，均听台命。

昨夜奉廷寄，复令左帅来江居中调度。虽其时不知贼复转窜粤地，然以今日之情形，左帅亦应驻虔，方能兼顾。惟东路极其空虚，前经咨请广东当座拨派重兵，严扼和平，未知能行与否？又未知龙、定诸军，能否与现扎和平之刘军门联络一气，以断转窜之路。想左帅移节来江，定能预筹及此，尚祈尊处为之一言何如？

今日接孙方伯来函，据称鲍帅已经由省解缆来虔，其奉旨赴豫一层，并未论及。左、鲍两公同来，且添生力之军，谅此余氛，不难扫荡矣。粤师已否添驻始兴？黄芍岩即来，大军似亦毋庸深入。是否有当，伏候胜筹。

复刘南云朱焕文同治四年十月十一日

前闻大军欲移桂阳，弟既不敢强留，而实深忧其去，五中辗转，莫知所从。日与克帅争黄芍岩一军，几至唇焦笔秃。兹奉来示，欣悉大军仍驻南安，喜跃之私，不觉屐齿之折也。大军惠临江省，原系兼顾湖南，以道路之纷歧，兼贼踪之飘忽，欲占先着，事亦宜然。弟所以不敢絷维，原与两兄彼此均无成见，而来函乃以之引咎，转令弟抱不安耳。

南安既有大军，则黄芍岩自可径赴石子坳，席研香、王瑶阶亦可刻期出境。将来贼果西犯，弟即当迅拨重兵，附骥前往桂阳，余亦并力追蹑也。

至定守撤省，事在弟未到吉以前，彼时既未知其人与事如何，而以曾经护院藩司初次进退一郡守，断无不许其请之理。及抵吉后，询悉事出有因，人亦明干，当经驰布孙方伯，意在曲全，乃已一面会详，一面檄调矣。昨接其覆函，许数月后即令回任。弟自当仰体两兄爱惜人才之至意，不令赋闲，兹先遵命札调来营，将来于奏报回任折内，妥具考语。

复刘克庵同治四年十月十一日

顷奉来翰，仍调黄军驻石子坳，谓可屏蔽南安，以形势论之，诚如胜算。而弟不免鳃鳃过虑者，昨接席研香启事称，有伪佑王李继远及伪奉、伪扬等逆来投，据供康逆决意窜江，并禁勿携辎重妇孺等语。另函又称，康逆前曾遣人往诇捻逆，现已归报，约会于江、鄂之交，欲从吉、袁、临、瑞而下云云。其事虽无可凭，其言亦有可信。

查龙南各隘，兵力颇厚，不忧豕突狼奔。至信丰之九度水，地方宽阔，非三千人能守，娄峻山早言之。若贼以轻锐数千缀祥营，余即径掩南安之不备，大军远隔五十里，仓猝何能应援？康逆众尚四万有奇，此又系其长技，且铤险之鹿，岂必求全？而我一有疏虞，大局从兹决裂矣。倘蒙俯采刍荛之见，弟可无事纷更，否则请速回音，并求暂饬黄军，稍留南安一二十日，计二日可接覆示，拟即飞调会昌之平江营，或定南之铨字营，于十日内驰来南安瓜代，抑令祥营返旆，复以娄军分防九度水，席军且缓出境，亦于旬日内定议也。惟老兄熟裁之！

复鲍春霆军门同治四年十月十六日

正拟缮折奏留，适于今辰钦奉寄谕，仍令台从在江剿贼，毋庸改赴楚、豫，无任喜跃！此时只应奏报执事抵虔日期与进剿机宜也。

现据各军禀报，贼已窜往和平，东路又形吃紧，惟望老兄兼程速进，早日面商壹是为祷！

定守已经檄调来营办事，所有原委，容晤再罄。

复刘克庵同治四年十月十六日

现据谍报，贼尚徘徊和平境上，趋向若何，实难臆断。顷王钤兄以左帅批语见示，内有贼不能由连平窜南安，必由和平窜韶关云云，是贼在和平未始不可西窜，左帅已虑及之矣。顾以闽省目下兵力极单，江省抚、建、饶、广亦属空虚之至，万一贼果东窜，大局甚为可虞，仓卒回援，鞭长难及。此时贼踪既无一定，大军应否返旆，弟实未敢冒昧置词，至于归途，似宜取其便捷也。惟明公裁之！

黄芍岩于十一日何以尚未知贼窜和平之信，仍移来南安？顷有函来，拟复取道赣郡，未免太纡，不若信丰较近。

又据各军报称，康逆勾结粤东地方匪徒，为数逾万，亦是莫须有之事。盖连、和等处，即王文成用兵之地，向来顽梗成风，近年械斗抢劫频闻，实与贼无少异，日久为贼所煽，难免蚁附蝇营，若令益聚益多，复成燎原之势。明季流寇，往往余烬复然，今日虽非其时，究不可不速图扑灭。而况往来奔命，防不胜防，糜饷劳师，莫此为甚。弟已令研、镜两兄会商诸将，察看情形，如贼尚在和平，急宜乘其未定，出境击之，勿任另谋巢穴，致难动摇。第以左帅未来，无人提挈，未知粤境诸军能否并力歼之耳。

致刘克庵同治四年十月二十一日

顷接各处报称，贼已窜往龙川、兴宁之交，并据擒贼供称，康逆锐志窜江西之抚、建，否则即窜福建之汀、漳等语。现在席研香已扼长宁、安远交界之太平堡，铨、湘、霆、祥各军亦令相机继进，其平江营则原移驻长宁、安远也。

本省兵力已尽于此，未知能否遏贼？黄芍岩闻已径出信丰，大军此时似当回援，应否道出赣州？伏祈裁夺。弟已遵饬王守等转饬各属，预备各过河处船只以待矣。

致刘养素方伯同治四年十月二十九日

弟抵虔后，一面部署各军分途出境，一面咨请广东严扼和平、龙川，杜贼转窜，并经函嘱季帅，预为绸缪，以固唇齿，盖料康逆必不坐而受困。今南安、南雄既有重兵遏其去路，势必乘虚转窜，无待卜筮而知。江西自应以全力扼西南，断未有以有用之兵而置之东路无用之地。乃广东当座置若罔闻，其现在和平、龙川诸军觇贼转窜入境，并不邀击，反移入守城，俟其过尽，始从后驱之，其居心尚堪问乎！

季帅令高果臣、康友之、刘楚臣三军为进剿之师，即以为拦截之师，部署未尝不善。不图该三军为贼所败，刻难复振，故与粤军同在和平、龙川，彼此作壁上观，致贼如入无人之境。现在贼已逼近江西之长、会、安三属，据探报称，贼志欲犯抚、建，否即折向福建汀州。弟檄饬席研香进扼太平堡，王瑶阶进扼鹅公墟，周厚斋进扼下历司，其娄峻山、刘瑞林两军相机前进，未知能否驰出贼前？当贼在和平、龙川交界之时，诚恐其复窜龙南、定南，不得不留兵设守也。

查建昌尚有普镇军一旅，惟抚州未免空虚，如贵勇尚未裁撤，即请暂留，以备不虞。并祈台从一行，以为水陆督率，声威所至，稳若长城，谅贼不敢复怀窥伺矣。倘贼果向此路，弟当躬率诸军蹑之，期与老兄收夹击之力。闽师刘克庵、黄芍岩两军亦经早转回援，芍岩已出信丰，克庵则有取道抚、建以赴汀州之议，俟其抵赣，当与熟审机宜。

复刘养素同治四年十月三十日

贼既窜陷嘉应州城，江军自应越境会剿。惟江省除席、鲍、刘三军外，其余不敷防堵，出境之师，必须东连闽师，西连粤师，方足以屏蔽江境，不至左支右吾，前瞻后顾也。

各军出境，自必预备接济军饷、军火等项，当以赣州为总局，长宁设分局，再前，则须各军自行料理，转运到营，若专责局员，必至误事，盖无重兵护解，且需费不赀耳。至在白埠设局采办米粮，只可接济前往嘉应会剿之席、鲍、刘三军，其驻防边境之铨、湘、平三军，仍令自行采办，若系仰给于该局，更易误事也。弟拟商之司道，各军一概发现饷八成，所领之米，即在八成内划扣。当照左帅所定每石三两之价，顷与王、黎诸君熟筹，每石尚须贴银四钱，下欠二成正饷，俟军务稍松弥补，断不短少。所领米价，虽于八成现饷内划扣，然以此间采办万难，仍须议定限制，不准浮领。如铨字营从前以三千人每月领米一千六百石，霆字营每营六百人每月领米三百五十石，何其多也。据闻江西亦有营中卖米恶习如广西，岂不可惜？弟已请王、黎两君拟立章程，倘以为不可行，则霆字营米粮，仍照向章，由该营委员自行采办。精毅、祥字两营或亦自行采办，或请老兄就便代办，盖研兄原以后路粮台相托，祥字营则已并归研兄者，想老兄必不惮烦，然亦不过自总其成，请酌调人员差委可耳。弟深知办米之人易于舞弊，且领米之人多有刁难，总不若自行委员采办之为妥，惟熟裁之，迅赐示覆。

台从拟回赣面商壹是，实获我心。然弟已定于初七日起程，邀黎召民一同转省，不能久待矣。缘孙方伯引疾乞休，一面具详，一面将藩司衙门事件，交与新入善后局之盛守代行，并传谕弟署书吏，将本衙门事件尽送行辕，当经阖城官绅前往慰留，均不肯见。惟见同乡许、王两守，出称去志已决，万不能挽云云。而其覆段培元书词，则极其愤激。弟自到任以后，遇事谘询，虚怀听受。此次来赣视师，除径撤信丰陈令外，无不驰商待报，实不知于何取罪。即以弟为不足共事，无妨稍缓数旬，何至急遽如是，决绝如是乎？江西之事，非弟一身一家之事，现值岁暮，各军需饷浩繁，且以游勇迫于饥寒，亦恐乘机滋事，不图方伯竟能安心撒手也。当此事势吃紧，以抚、藩两署之事委之新进，恐其不能独力支持，矧系破格躐等，虑其呼应难灵，故亟须回署，为之主持调护。若各当座稍为相安，而边隅又或有警，则弟仍星驰前来。目下军务，惟在老兄与研兄及各统领好自为之。夫贼情虽无定而军情自有定，贼若东窜，则各军循长、会而东，贼若西窜，则各军转定、龙而西。惟是贼由嘉应窜动之时，则席军不能出境，当先固本省门户，即鲍军亦不能不顾全江境也。

老兄前此保案被驳，弟自当明白声叙，设法妥办，决不至不留意，第目前五中烦乱，尚未清理耳。

复左季高同治四年十一月初六日

方贼之踞上坪也，晚生檄饬席、娄两军由龙南之太平堡、新兴堡出境，而度贼不受困，必回窜和平，当经咨请瑞、郭两公以重兵扼之，并另致李方伯就近速为之备，均寝不报，所以函请先生俯赐指挥。虽就江军而言，实以邻道之兵难于呼应，若只江西之军，则先生来，晚生具櫜鞬以听指挥，否则即可援桴鼓以代指挥，岂敢以俗人待长者？亦不敢以俗人自待也。

现在贼既窜陷嘉应州城，似将暂为休息之计。晚生咨行鲍、席两军，由平远前进会剿，且以祥字三千余人，隶席营以厚其力，计与鲍军各一万四千余人，可以并驾齐驱，然亦须东连闽师，西连粤师，庶不致虞旁顾。盖江西之健将精兵，尽于此三军中，边防已单，并多羸弱，嘉应一带无粮，沿途又虞劫杀，各项转运，尚须妥筹，前鉴匪遥，似未可以轻举。将来诸军四集，必得先生前往视师，方能戮力同心，刻期奏效，如鲍，如卓，非他人所能控制也。

复席研香同治四年十一月初十日

前分三路之议，本谓镜海与公有成谋，时以铨、湘两军屯下历司，不得不就地部署，亦将借此以作其气，而又虞其不足当贼，故仍请大军与霆军相机绕出其前，不为胶柱之论，固知公先着鞭，不让峻山也。

东石、铁石两大捷，鼎铛尚有耳。惟他军掩败为胜，捏有于无，则镜海转虔时始言之，使早廉得其实，决不依样铺张，以人之欺我者欺朝廷也。然公遽以此愤愤不平，殊所见之不广，愿痛抑之！我辈相知既深，相期者大，且公方以身许国，将来崎岖戎马，拮据封疆，恐难堪之事尚多，且有甚于今日者。至大军与霆军分道出师，已经据以入告。缘奉来函，词气甚壮，有灭此朝食之概。初无必待弟赴长宁之说，即令弟援桴鼓以从公后，而太阿不属，亦安能与人颉颃？转恐因之相舛。以公兵力之强，若直受其节度，彼方倚以办贼，何至别有吹求？倘有意相难，遇事龋龁，则公论在人，弟即伈伣，亦非仗马也。况兵与饷均出江西，一切军情，弟可随时奏报，夫何畏而趦趄？公志在澄清，岂视霆军出境，而拥兵株守，不过姑为是言，惟望于共事之时，稍为委蛇，始终不至抵牾，是为切祷！

转运之事，已嘱镜兄与钤兄会办矣。

复鲍春霆 同治四年十一月十八日

承示联络各军，以剿为防，实操胜算。希即就近商之席军，谋定后战，俾得以固吾圉而殄邻氛。军情瞬息百变，总祈相机宜图之。

闻东路闽省防兵甚厚，我军入粤，宜屏蔽江省西路，以为万全。

至贵军月饷，自应饬局尽力筹解，以资饱腾。转运一事，业饬营务处何道会同赣南王道妥为办理，并已函恳瑞制军严拿嘉应一带土匪，以畅我军饷道矣。

弟初七开行，十四到省。久客归来，案头尘积，所幸边事得大力维持，无外顾忧耳。

复李筱泉中丞同治四年十一月二十一日

弟初虑贼由江、闽乘虚长驱而下，则湘东、皖南均震，将为大局之忧。旋闻窜陷嘉应州城，犹不幸中之幸。然广东兵事殊不堪问，无怪左季老之訾议也。

诚得此时四面合围，可以聚歼一网。本拟令鲍、席、刘三军分途出境，乃克庵竟将新、老湘营调往武平，季老复令鲍军由江入闽、由闽入粤，则是东路万无他虞，西路又属可虑，不得不嘱席、刘两军暂留长宁，以资兼顾，否则敝省仅铨字、平江，计共四千余人，未免过于单薄，不足以备缓急，南、焕两军，似应缓撤。今日之必防西窜，犹前日之必防东窜，唯大公祖熟图之。

致何镜海观察同治四年十一月二十一日

昨接鲍春霆函称，拟由会昌出平远、镇平，请饬该县设局转运。又接左季帅公牍、私函，则催霆军分驻武平、上杭。未知究竟作何趋向，总之，以后似难望其全顾江西也。

今日接李筱翁公牍、私函，告撤刘、朱两军，时尚未知贼陷嘉应，经弟连函请留，未知果否见听。万一即撤，则江西西路虚无一卒，席、刘两军仍应从缓出境，以资兼顾。

季帅来函，嘱江西专防平远一路，果如所言，席、刘出平远，便可以为屏蔽。所虑粤军既不足恃，则兴宁、龙川、河源等处在在可通江西，恐兵到平远，亦鞭长莫及矣。倘新、老湘勇既回江境，而刘、朱两军未撤，自可照原议办理。或新、老湘营虽回，而刘、朱两军竟撤，应请会商各统领，酌拨数千人往守南安，席、刘出境迟速，视事势如何以为进止。鲍军若赴武平、上杭，则无由江转运入闽、复由闽转运入粤之理，若径出平远、镇平，则即照春霆所请，由会昌县设局转运，将来准其报销。若席、刘两军亦从长宁出境，其应如何分途转运，是在老兄与王钤兄酌裁。

顷奉批折，颇以此次贼踪东窜，江军不曾邀击为言，并饬以后不得借口株守。然边防单薄，恐有不虞，获咎更大。

致何镜海同治四年十一月二十二日

手教领悉。目下自以西路之防为急，无奈季帅四次公牍、私信催调鲍军迅赴武平、上杭，并嘱以席军进驻平远，词极严切。席军行止迟速，则请兄与研香察看事势。至鲍军之趋向，非弟所能主持，台端亦毋庸萦维，故意与季帅抵牾。原驻南安之刘南云一军，已奉湖南檄撤。刘军若撤，则朱军亦单，万一有警，仅足城守，不能出扼中站，断贼入楚之路。事权有属，其若之何？惟望速催新、老湘营回驻江境，以固藩篱。此军既经返旆，能以席军出驻平远，以符原议，免致季帅借口，则更善矣。

老湘勇已经议留，令其淘汰，与新勇归并五千人，以后饷项概归王镇军请领支放，以便振顿。尚望就近训饬，倘仍不能得力，即请示知为祷！

鲍军如由武平、上杭入粤，则转运似以出境为止，闽、粤以次接替，诚恐道路太远，不免贻误。若由会、长入粤，弟虽查照鲍帅所请，咨请广东督抚，在于平远、镇平设站接替，不知能否照办。又饬会昌县设转运局，亦系鲍帅所请，而声明由兄与王钤兄酌拨经费，即由尊处委员，亦须会同地方官办理，庶雇挑夫易于呼应。席军出境，其转运事同一例，惟兄筹之。

孙方伯谓弟不应委道府大员，只应委州县佐杂。其实委道府大员，不过督办，未必身亲其役，亦须转委州县佐杂，即委州县佐杂，而营务处与监司亦有督办之责，所谓一而二、二而一者。即祈俯鉴鄙意，妥为措施，军事无常，不为遥制。

复鲍春霆同治四年十一月二十二日

日前肃覆一函，计尚未达电览。嗣奉还云，领悉胜算，钦佩难名！

弟已严饬魏守多办米粮，会昌县令查照遵谕，沿途设局转运，不得稍有贻误。惟三十里一局似乎太近，拟五十里为一局如何？尚候尊裁。并经咨请广东于平远镇一体接递，当不至度外置之。隔省官民，非弟所能呼应，惟嘱营务处就近督催而已。

新、老湘营既赴武平，而原驻南安之连、南等军，又奉湖南檄撤，是江西边防已形单薄，西路更属空虚，康逆狡滑异常，难保不伺间狂窜。业经咨请左季帅察看情形，应否令新、老湘营回驻会、长，以资兼顾，否则或令席、刘两军暂缓出境，以备不虞。一切机宜，弟难遥制。大军若赴武平、上杭，则米粮一项，能否就近采买，江西照常拨给价资，即仍在江采买，只可转运出境，亦应由闽省地方官接递也。究竟作何趋向，务望迅速示知，以便料理。

复曾中堂同治四年十一月二十二日

承示任、赖各捻，窜突豫、皖、兖交会之区，图渡运河，经徐、济诸军邀击获胜，回窜入豫，又为周、刘两军所挫，仰见节麾所莅，士气奋兴，共厉前茅，一变向来尾追之局。现在筹拨劲军，赴豫会剿，以精锐之师，逐穷逋之寇，釜底游魂，聚歼在即，欣颂何可名言！

晚生抵虔之后，檄饬席、娄两军分途出境，唯以汪逆异常狡悍，必不坐受重围，而西路既有重兵，则东窜实意料中事。当经咨请粤东当座，严扼和平、龙川。乃久未得报，闻贼果由此窜陷嘉应。晚生初虑贼乘虚长驱而下，即湘东、皖南均震，将为大局之忧，今幸聚于一城，则犹是机上之肉也。现已咨行鲍、席、刘三军分途入粤，疏请饬催左帅，速往视师，以期事权归一，俾有成功。若得三省官军同时压境，提挈有人，似不难于扑灭矣。

南云积劳成疾，久役思归，自应仰体廑怀，许以凯撤。惟是江、闽之师悉趋东路，则西窜又属可虞。南安江、楚门户，全赖南云及焕文两军为长城，不得不暂为慰留，以备缓急，将来事势稍松，必不苦相縶维。

晚生庸劣菲材，谬膺疆寄，前以边隅告警，是以出驻虔州，本欲奖率三军，殄此余孽，嗣因贼踪已远，未便越俎代庖，且以孙小山引疾乞休，杜门谢客，不得不亲自回省经理。孙小山在江多年，情形熟悉，晚生到任后，虚心谘访，不知缘何开罪，致令去思浩然。业经奏请给假两月，以俟其释怨从公，未审能否再出也。

复鲍春霆同治四年十一月二十九日

嘉应地势平衍，便于用武，诚如卓见。该逆素惮威名，此次窜伏一隅，直如探囊取之，弟惟侧身以听捷音。

转运之事，节经奉告。查娄军门所部老饷，虽经定议每月共拨银六万五千，其实因值支绌，每月所解只在六万内外，有案可稽。前次所解五万五千两，系属老饷，非并新饷言之。询据各司道面称，贵营新饷，合计在鄂、在江先后所领，已至十二月分，想贵营务处亦有案可稽也。顷已另饬总局筹拨新老饷银共八万两，发交贵委员领解起程，实已为罗雀掘鼠之计也。

复刘养素同治四年十二月初一日

贼自武平袭陷嘉应，现当盘踞未动，亟宜乘其聚处一城，围而歼之。业经咨行鲍、席、刘三军，由会、长相继出境，并留铨、湘、平三军驻防后路，闽省各军厚集武平、上杭，似均足为东路屏蔽。

惟是贼之起伏无常，兵之利钝无定，弟已预嘱研香诸君，伺贼窜向抚、建一带，务须卷甲疾趋，驰出其前，并力邀击。目下部署已定，实属无兵可抽。伏望督饬现在水陆各营，及地方官绅，振兴团练，妥为绸缪，倘有警报，惟有登陴固守，以待援师，弟当飞檄各军，兼程前进。

复李少荃制军同治四年十二月初八日

现在贼踞嘉应州城，采粮增垒，南首潮州，似亦未必遽动，亦未必有意江、闽者，然其起伏迟速与其趋向，终不可测。弟初派鲍、席、刘三军出境，并以刘军隶席军，俾与鲍军并驾齐驱，连营而进。鲍军出左路则屏蔽东面，席军出右路则屏蔽西面，其铨、湘、平三军则分驻长、定，以资弥缝，而备策应。

明知康逆狡悍，不待诸军合围，势将伺间狂窜，江境延袤千里，均当其冲，而所留之铨、湘、平不足以资防遏，然所以尽派精锐越剿者，计非鲍、席两军不能图贼，而贼水满堤决，终为大局之忧，故以为防不如剿，而仍以剿为防。上策则困之于嘉应城中，中策则蹙之于广东境内，下策则贼或由他道远扬，江军不遇贼而成尾追之势，固望其得上策、中策，而虞其终出下策。

闽、粤各军之不竞，未尝不深知之，所以部分虽定，而不促其行者，即尊意也。现在闽、粤各军，均经进逼嘉应，而左帅亦由平和启行，则江军不能再缓。唯左帅止催鲍军改道西北，而不及席军，以为东南一路有恃无恐。左帅前疏示弱，而兹复示强，其实闽军虽较胜于粤军，然贼若悉锐而来，正未知作得山立否耳。弟即令鲍军迅出平远，而令席军暂留长宁，相机进止，倘贼已豕突，则视其所向，而会督铨、湘、平各军疾趋邀击，似不便遽移往建昌与广信。盖原驻南安、袁州之刘南云、朱芳圃两军，先后裁撤，仅剩朱焕文千数百人，西北兵单与东南等，而贼之铤险乘虚亦无定局，仍望先生预为绸缪之计，以备不虞。

左帅函称贼已蚁附十余万人，各处谍报亦谓贼数倍于从前，将来倾巢而出，其锋殆不易当，明春深为可虑。诚如先生所言，若贼志在广东，则地方日益糜烂，督抚势如水火，而皆不知兵，诸将不和，而又不能制其下，卓军之溃，闻大半入贼中矣。至江西以鲍、席两军为最大，亦最精，且为东南半壁，未敢膜视，而不得不论其短长。研香能军，远胜于鲍，春霆善战，似亦胜于席。研香近来不免矜愎，弟屡贻书规之，以广其意而矫其偏，尚不至如水投石。春霆则与弟新交，前在虔城倾谈数次，每及战事，议论风生，令人忘倦，而其骄妄之气，亦复咄咄逼人。所派之营务处何道台，则人更阴狡，以之自辅，是犹救焚而益薪，将来非导春霆为不义，即背春霆而自为不义，而终为春霆之累。以春霆之勇略而又有大功，岂不重可惜哉！况此军不振，则关系匪轻。务望先生密请官中堂调回何子廷，另由尊处择一平正通达者荐之春霆，不独责以赞画机宜，亦责以匡救其失，并须谆劝春霆，于待士之礼，隆之以虚文，啖之以名利，不如言听计从，推心置腹，能真好士，庶得真士矣。因闻先生与春霆旧交，春霆生平所极敬服，弟方倚重春霆，故敢冒昧直指其瑕，以冀先生有以玉成之也。

又孙小山与弟本无芥蒂，弟亦每事谘访，待报后行。前因出省视师，默察看司道中，惟何道堪办营务，而闻其恃才使气，且与孙小山有夙嫌，濒行微论及之，以觇其意。小山极力怂恿，且为之转诫镜海，以明无他。弟以为果已释然，而又以营务处无关地方之事，遂于抵虔半月之后，径行委用，不图小山终以是相尤，不欲相助为理也。弟尚在拟书慰留，而各司道来函称其杜门谢客，决计乞身，只得为之奏请假期，以黎道暂行庖代。乃弟抵省门，而小山迎候如常，且殷勤倍于畴昔，前踞后恭，令人莫解。人或谓其怒已平，欲出视事。噫！以屏藩之重，知命之年，而举动如是耶？恐不知者以为弟挤之，不亦冤乎！

一切用人理财，尚有应行振顿之处，而非故事风烈，有意纷更。倘举措乖方，务望先生直言斥责。弟虽不肖，亦不至护疾忌医，自取不可救药之证，以负君国而毒地方，惟先生进而教之。

致左季高 同治四年十二月十八日

递奉大咨，若以江军不堵和平、不速援闽为歉，展诵之余，曷胜惭悚！

惟念江西除席、娄两军外，如铨、湘、平各军，不足当贼，想在洞鉴之中。至如副后、长胜各客军，非主人所能呼应。当贼踡伏连平时，晚生部分席、娄两军由龙南越境，而不能兼顾和平，曾经两次咨请粤东严为之备，不图置若罔闻，及贼宵窜和平，极其飘忽，江军已落贼后矣。维时晚生深以江之抚、建、饶，广、闽之汀、漳、光、邵空虚为虑，且闻麾下亲兵仅数百人，公义私情，交迫于中而不能自已。递催诸军兼程前进，而其先江后闽者，贼势如是，地势亦如是，不惟席研香、娄峻山各军不能越长、会以至上、武，即刘克庵、黄芍岩两兄初亦不暇顾闽而亟于顾江。议由赣、宁以出抚、建，晚生则请其径取信丰捷径，回援汀、漳，两君现在麾下，可传问也。迨贼折窜粤之嘉应州，则闽师已经全回，又无烦江军绕道矣。至鲍春霆之趋向，原嘱其相机而行，赴武平，赴汀州，其扼杉关则系第三策，奏草早经咨来，亦可取视也。晚生虽不肖，何至听钤峰之言，存畛域之见，以误大局，以负知交。兹所以不得不辩者，非故逆指而文过，亦欲先生明其用心耳。

世兄奉其母夫人及各眷口于日前抵江，询悉旌麾入粤，刻难回闽，拟暂寄寓此间，晚生亦劝令小住，已于昨日移装登岸，赁居城内新建县署后公馆。世兄称奉先生之命，不许费地方官一钱，晚生未敢相强。惟世兄急欲来营觐省，则力阻之，以先生驻节尚无定所，而贼之变动无常，途中难免戒心，须俟嘉应合围，局势已稳，方议止行。世兄英华沉静，一见而知为伟器，可称明德之后也。

复李次青方伯同治五年正月初七日

江省精锐之师，均经左帅严催出境，守边既无重兵，又非劲旅，递闻闽、粤诸军多败于贼，倘任逸出嘉应，而鲍军不能遮之，岂独江西空虚可虑，将为东南大局之忧，吾乡不可不预为绸缪，想老兄早有成算。

贵友王明府，为守兼优，胆识并茂，今年两却巨寇，稳若长城，虽龙南士民好勇善战，而发纵指示，实非书生所能，所谓不经错节盘根，不足以别利器。目下龙南筹防孔棘，倚赖正殷，须俟解严方议调济，至将来论功行赏，守令中谁敢先之！

欧阳惠人，品端学裕，益见赏识有真。惟敝署朋友已十余人，此时未便更易，不独无事位置，即下榻亦无空斋，是以暂在外间寓居，薄送薪米之费。弟如不再出省督办军务，拟即请其南旋。渠欲杖策霆、毅各营，弟则力为劝阻，以其文弱甚于乃叔季文，不若仍理旧业之为愈耳。

致李少荃同治五年正月初七日

席军已为左帅檄催出驻平远，止之不及。幸递接捷报，汪逆已于客腊十二日为克军所毙，廿二日鲍军进复嘉应州城，余众万余由丰顺一路遁去，已经各军分途追截，当不难于悉数殄除，即令游魂未能遽灭，西窜或不可知，东则否矣。

鄂捻闻已转皖，未审能否与王镇军相值一创惩之？

何道台已为春霆所逐，则又嫌其出恶言也。此军月饷自当源源接济，仰副台命。

弟非敢故示谦冲，实自分菲薄，不能不求教益，冀得稍免愆尤，先生其勿辞。

复田忠普军门 同治五年正月初九日

前此黔、粤相邻，尚得粗闻情况。自台从入川以后，则三巴远隔，无由问讯起居。每念阁下智勇功名，一旦竟挂吏议，令人悒悒。

黔案颠末，虽未周知，天下莫不重其名而高其志。朝廷羁縻之意，想阁下亦莫不谅之。惟以正盛之年，值此多难之世，宜有不甘废锢者。弟虽不敏，亟欲为之一鸣，无奈江西现经肃清，目下无可借词，因思逆回日炽，西北正在需人，而阁下适有此行，安知非天所以伸豪杰？拟即请杨制府为之援手，计事必无不谐，阁下其有意乎？否则当商之当代名公，徐图报命。

弟崎岖岭峤，若将终身，乃荷圣恩，畀以疆寄。江西夙称繁剧，向常视四邻以为安危，粤寇未平，边防尚棘，筹兵筹饷，殊觉不易支持，未知阁下将何以教之？

复左宫保 同治五年正月十五日

日前欣闻首逆伏诛，嘉应克复，尚未知全股扑灭也。顷得元日捷书，不胜喜跃！先生之功，不仅在东南，而在天下。从此以得胜之师，有余之饷，移向西北，中兴之业，其庶几乎！至江西递为此贼蹂躏，常惴惴然有风鹤之虞，今日始得安眠，受赐多矣。

世兄前欲入粤，晚生力阻其行，指日节钺凯旋，当即拨派师船，护送来闽。

致李少荃同治五年正月二十四日

现在边境解严，除鲍军门一军应即赴鄂，席臬司一军应即赴黔外，暂留刘镇、张道两军，共六千人，弹压游勇降众，其周军门、王镇两军，拟即以次撤遣。所有铨勇来江后，积欠之饷，已饬司局悉数补给，不令短欠拖延。第查各军欠饷百万有奇，仍不能不借资厘卡，惟当择其烦重者酌减，以恤商艰。至于各起水师，亦应裁省糜费，一俟事局大定，而后改照防江章程，鄱湖、南湖两营均须变通振顿。

虔南距省甚远，且与闽、粤毗连，各属风俗强横，各县缺分瘠苦，吏治武备，此其先焉者也。以外地方善后，务恳惠赐机宜，俾有遵循为祷！

再，孙藩司已于本月十六日出销病假，晚生檄饬回任，筮吉于廿七日接印。惟黎道才行兼优，未可置之闲散，暂令总理善后、支应、交代、报销及厘金各局事务。知关廑念，谨以奉闻。

致李筱泉同治五年正月二十七日

昨日席研香抵省，经弟与孙、段两君再三劝驾，微有诺词。以黔、楚毗连，诸赖大公祖就近接济，不得不先请训示，嘱弟驰函奉询。湖南现在西征各营，是否敷用，李次兄能否一行，研香所部应否全军前进，每月饷项拨解若干，此公有功江西，不敢稍分畛域，然亦只能给半，无力从多，谅荷洞察。至于米粮、子药及器械、资装，断非隔省可顾，全仗大公祖供其匮乏。伏乞逐一示悉，以便转告研香，俾得熟为之计。

研香积苦行间，近复有鸰原之痛，迫于时事，不敢借口趦趄，第以贵竹瘠贫，万难自立，而军务又非旦夕能了，故尔慎重筹维，免致将来进退维谷。

致杨厚庵制军同治五年正月二十九日

再启者：

田忠普军门，雄心侠气，勇略兼优，谅荷洞鉴。弟在临、袁，与之共事数载，稔知其血性过人。现因妄杀教民，议发军台效力，来函深自咎责，亟思戴罪立功，从前躁气浮情，亦知深自敛抑，倘能弃瑕录用，定可收效桑榆。

因思忠普出关，必经辖境，其才具是否可用，意气是否已平，务望明公于此君晋谒之时，详加察看。如果弟言不谬，即恳俯赐吹嘘，矜全末路，想其感激图报，不惜顶踵俱糜，而尊处正在需人，亦可收臂指之助矣。

致万藕舲尚书同治五年二月十一日

弟忝膺疆寄，半载于兹，鼎覆堪虞，冰兢时懔。所幸援师出境，会同闽、粤之师，联络成围，遂得借手而告成功，以结十七省十五年扰攘之局，从此悉东南之力以注西北，中兴景象，指日可期。其详由左制军具奏，想先生早有所见矣。

豫章十年兵燹，民物凋残，今幸四境解严，自应力图休养。惟赣南民气素不及腹地之纯，且与闽、粤界连地方，尚多伏莽，九江密迩鄂疆，捻氛正恶，亦须增守，以固藩篱。且散勇降卒，纷纷归籍，又当弹压而镇抚之。疏请暂留平江、祥字两营，择要驻扎，余除鲍军赴鄂、席军赴黔以外，皆一律裁撤，以节縻费而安闾阎。

至厘金一项，其中稍形烦苛者，于去腊已减汰十数则。惟因各军积欠数逾百万，京外协饷，本境善后，费亦不赀，仍不得不借此以资补救。后当随时察看，逐渐裁并，总期上不误国，下不病民。敢望先生眷怀桑梓，凡事之有关利弊者，时时赐教及之，幸甚！

致曾中堂同治五年二月二十五日

皖省前欠周厚兄之饷，初因不知实数若干，应扣旷若干，不敢冒昧代偿，故备公牍，请由尊处弥补。继思节麾在远，无论皖省刻下正在拮据，即令守候回示，亦属需时，未便使之停军以待。随即商之孙藩司垫给三万二千金，促其赶紧遣散，其余四万余金，应否由皖省弥补，伏乞酌裁。

再，奉寄谕，饬令江、闽各军缓撤，听候指挥，时铨字及老湘营已经檄撤矣。此两军均系强弩之末，早在洞鉴之中。至霆字军已抵丰城，鲍春兄欲于该处休息，拟俟关外马到，并俟饷有成言，方肯拔舍。晚生以为必待马到启行，未免迁延。江西于补给该营欠饷外，另备行粮十万，将来协济之项，应以廷旨及中堂所定之数为准。春兄在江亦不能多，不在江亦不敢减，已嘱程道以此意劝驾，未知以为然否？尚希中堂檄催。原奉寄谕，只令江西协济鄂、皖等省之饷，未令协济霆营，然以协霆营之款作为协济鄂、皖等省之饷，似亦可以通融。惟春兄欲使江西应付全饷，且谓添募马队加至三十万有奇，则江西力有不逮。况该营不减步卒而增骑兵，且如此之多，未卜廷旨及中堂俯允否也？究竟江西应协该营月饷若干，应否解交两江粮台转发该营，伏候钧示饬遵。

席藩司一军，亦经回驻吉安。本拟令其赴黔，因湖南已令李次青募勇前进，不肯接济精毅营之饷，席藩司又以积劳成病，老父倚闾，再三请假。正在筹商，适接广信警报，福建崇安斋匪戕官踞城，扰及铅山境内，郡县空虚，盼援甚急。而留防虔南之平、祥两军，正在搜捕土匪，弹压地方，刻难抽动，且相距太远，亦属鞭长不及。故即檄饬席藩司先率劲卒五千，驰往堵御，并相机越剿，以期迅速殄除，不致养痈贻患，俟此事既竣，再议去留。谨以布闻。

复郭筠仙同治五年三月十一日

弟学识既浅，气质又粗，才智本无可矜，功名已叨非分，惟有遇事尽心竭力，稍酬皇上特达之知，即借以对我同乡先生而不至见鄙弃。来书奖誉太过，五中弥抱不安，谨当奉为座右之铭，益自刻励，以期不负先生嘉许之意，然正未知能否几希，并难保不愈趋愈下。盖于毁誉祸福之场，争此理欲公私之界，自非坚忍之性，将来气衰志惰，诚恐不能矜持，必至堕落与禽兽同群，草木同腐，兹乃大可惧矣。惟望先生进而教之，先生忧国奉公，励精图治，然而广东积弊，非旦夕所能更张，如理乱丝，幸勿过急。

肇庆一带客匪，嘉应一带土匪，似不仅恃兵威，谓宜妙选贤明守令，苦心辣手，芟莠护苗，而又剿抚兼施，未始不可以收肃清之效。来示所留之勇逾二万人，以广东近来度支之竭，而粤人最好鼓噪，恐有不戢自焚之灾，不若裁汰，为之选择偏裨，申明纪律，则饷节而兵亦精。况广东额设绿营，多于各省，及是稍得闲暇，亦须讲求训练之方，虽以欠饷过多，刻难振作，然系必不可已之事，决不可日事因循。

兹以洪逆发难以来，各省概用勇而不用兵，然勇亦非异地所生，均系三头六臂，岂一易名为兵，遂成废物乎？且勇裁撤以后，难保永无风鹤之虞，安可竟视兵为废物，而不思所以转弱为强，为亡羊补牢之计？是在有心世道者所宜亟加意也。弟在广东半载，及在西邻最久，颇悉辖境情形，故敢进愚瞽之说，未审有当否？

鲍春霆自系一时健儿，然性颇贪滑，作干城有余，寄心腹不足。弟自该营进逼嘉应，即以江西每月接济之数，飞咨尊处，盖虑有无厌之求，主人不知其盈绌而分外供支也。现在该营尚驻丰城，借口休息，江西除补清欠饷外，另送行粮十万两，并许嗣后每月拨解四万两，计使刻日起行，而不图仍为迁延之役。前月捻匪由鄂饱扬，旋复北犯，曾中堂驰檄三催，春霆殊不以为意，弟辈不敢进言，徒叹奈何而已。

江西今年春雨太多，山水暴涨，各处堤岸冲塌甚宽，倘遇凶年，殊为可虑。盖以目前之欠饷甚巨，将来之协饷亦繁，非借丁漕，无从罗掘。况以各属之游匪、抢匪、会匪、斋匪遍地皆然，更恐乘机滋事。弟委派张子衡所部及刘瑞林一军，分驻赣、宁，搜捕抢匪。该处与广东毗连，各匪得以出没，尚望严饬所属，一体缉拿。

再，前月底福建崇安有斋匪之变，侵轶江西饶、铅各县，幸得黄军门带勇赴浙之便，适抵广信，掩击破之，已经全数扑灭。弟调席研香往援，尚在半途未到。江西此类极多，实为将来隐忧，拟俟各军出境，即行设法查办，总须宽猛得宜，方不地方骚扰。

贱躯顽健，惟材力支绌，虽劳不治，终日如含瓦石。从前之所以不敢妄有冀幸者，固自谅其德薄能浅，预虑有今日耳。

复李少荃同治五年三月十四日

霆营月饷，由江拨四万金，异地不谋而合，可见凡事准情酌理，彼此自无参差。惟该营新添骑兵月饷，即令如其所请，江西亦无力再增矣。

程尚斋委署运司，适与其才相称。惟黎召民于奉札后，旋丁母忧，苫块哀号，不能视事。而程尚斋又急须履新，只得暂令孙小山兼理，听候尊处另行委人。黎召民治丧毕，应否留办督销局务，均候钧裁。

弟因广信民情不靖，游勇逗遛，仍令初拨之精毅勇三千人暂驻该郡弹压，责成钟守等力行保甲，缉拿斋匪头目，解散被诱愚民，以外亦须次第荡涤之。精毅勇除先撤新勇三千五百名外，尚余三千五百人，令席研香督同驻吉。因闽、浙遣散之勇，为水所阻滞，该郡属地方，水陆时有劫抢，不可不以重兵镇之。席研香以月饷不能就近仰给湖南，且以父老且病，家丧频仍，屡求尽撤各营，请假归省。弟以援黔已有姚、李、周诸军，计足办贼，前奉令兄筱泉大公祖覆函，亦许研香暂息，拟俟鲍营出境，广信师回，准其悉数凯撤也。

赣南伏莽尚多，颇有拜会结盟之事，普镇、王道均非方面之才，殊为可虑。弟欲以张子衡、刘瑞林代之，何如？张道学识均优，践履笃实，而人有议其稍偏者。刘镇才尚明干，人亦安详，而人有议其务外者。然较之原任两君，则过之远矣。张道、刘镇若经署缺，则所部当另择人。娄峻山诚武职中之铮铮者，弟曾嘱荫渠制府奏催饬赴镇定本任，迄今未接回音，拟再驰函询之，倘可留在江西，则地方、军旅，均无不可。

至弟幸际大功告成，并无微劳足录，乃荷天恩优渥，赏给头衔，益增惭悚！因念诸将士之沿边转战，各司道之数载筹防，尚未仰邀奖叙，而弟顾先之，《传》所云“贪夫窃财”，史所云“人耕我食”，其是之谓乎？

程尚斋面传尊谕，力却教称，兹谨遵命。

再，查武职自守备以上，例由尊处题补，所有武职疏防，亦由尊处题参，前因军务旁午，改归弟署通融办理，均经部议有案。现际军务肃清，自应仍照定例。是否有当，即候裁示，以便会衔分别奏咨。

复曾中堂同治五年三月十九日

霆军月饷，既经酌定江西拨解七万两，自当谨遵钧命，源源接济，不敢畏难。每念中堂王事勤劳，席不暇暖，而晚生辈转得深居宴处，五中甚抱不安，苟有裨于士马之饱腾，何敢不为之尽力！前者奏定四万两，并有函致少荃宫保，谓难再增，原以京外协饷尚多，不得不稍留有余，以补不足。今蒙陈明免添陕、甘协饷，自可挹彼注兹矣。

筱泉公祖既以席研香全饷委之江西，并催解李次青半饷，合算则在八万内外。以江西之力，不惟不能兼顾李军，即席军并难独顾。席研香亦以近邻毫无指望，概仰给于隔省转输，有时缓不济急，且为数太巨，将来难于取盈，又恐事权不专，成功难必，故力请假省亲。晚生以援黔之事，本系湖南为政，是以不敢劝驾。

兹奉钧谕，当即怂恿其行，并令迅返章门，面筹饷事。若能照筱泉所议，裁汰三四千人，则供亿较易，然湖南唇齿之国，终不得隔膜视之。

承中堂以剿办捻匪之策下问，仰见雅量虚衷，晚生未能深悉情形，不敢妄陈管见，而要其大指，不外前谕，谓“变向来尾追之习”一语。盖地本利骑，而贼复多骑，跟尾追逐，是以短而攻长，宜其不能操胜算。或谓河南满目荒凉，民无所归，是以甫散复聚，军务吏治，必须相辅而行。此固老生常谈，似亦为时事之要着也。

致李筱泉同治五年四月初四日

顷据席研香送来该营营务处谢道禀称，于前月廿六夜，在于吉安城外拿获抢匪陈连茂等三名，并搜出逆书、逆印各件。讯据供称，大头目曾湘帆住在湘潭十八总窑湾里梅家洲彭太盛饭店，结交拜盟，因知吉安系各散勇经过之处，故令伊等前来邀接等语。一切详细，容另备公牍前来。诚恐曾湘帆闻信远扬，贻将来祸根，故特驰函奉告，即祈严密查缉。

陈连茂等现交吉安府县审办。又据供称，曾湘帆系湘乡人，已保蓝翎知县，陈连茂系湘潭人，已保都司。又查逆书、逆印有“忠义堂”“紫云山”“洪字号”等字样，合并奉告。

复鲍春霆同治五年四月十八日

承示马参令永炽穷老有投荒之苦，历试为可用之才，嘱即释禁送营，列保免遣，仰见执事英雄面目，菩萨心肠，实堪敬佩。

但马参令以在禁官犯，势不能凭空脱缧绁而服戎事，即弟亦碍难将获咎人员无端奏派赴营效力，是以客冬曾覆芜函，请即赐文咨调，或为奏调，嗣以未接环章，事遂中止。是为定例所拘，非敢重违雅嘱。

倘阁下必欲振拔而驱策之，应请由尊处奏调，或咨请曾节相代奏，一经得旨，即当饬该参员走叩军门，力图报称。至保举一层，总须在奏调之后，遇案列入荐章，方不致干部驳。否则该参员既未能仰邀实惠，而有狱管狱各官，转有疏纵严谴，想高明应以为然也。

复李筱泉同治五年五月十二日

研香除三月内先裁二千五百人外，尚余七千五百人，每月全饷甚巨，江西本属难于供支，重以朝命及大公祖谆谕，又以该军有功江西，因与司局委曲商量，始能定议。乃研香到省，涕泣陈情，固请开缺撤勇，而弟微窥其意，似不独在乌哺之私，当经苦劝再三，渠竟固执己见，公牍词气颇涉不平，非惟不敢据实上闻，并不敢明达尊听，故不得已为之请假。

前月廿七奉俞旨，分别咨行该营欠饷及黔臬廉俸与各将领勇号薪粮，均截至本月初十止，需银近四十万，司局尽力掘罗，先凑二十六万金，当交研香赍往吉郡撤遣。此时计散大半，似可毋庸再留。渠拟南旋之时，晋省面请训示。江西俟补清该营欠饷，即筹解次青协饷，决不迁延，尚祈原谅。

致曾中堂同治五年五月十四日

承问守沙河及贾鲁河改骑为步两事，伏查古来以水制贼，事机互有得失，时地亦有异同。有谓贾鲁河沙多难浚，且随浚随塞者。至改用步卒，询之粗知捻逆情形之人，均称得策，亦有谓宜辅之以车，制其冲突，是在变通尽利，未审幕府以为何如？

崇安斋匪平后，旋有义宁、万载之事，幸经捕获十余人，余鸟兽散。江西斋而不匪者，遍地皆然。现在通饬力行保甲之法，严拿行教头目，勸悔被诱愚民。地方鉴于前车，颇不梗令，惟有切禁劣员、滥衿、书役，借滋诬陷诈索之弊耳。左帅始终谓斋匪巢穴在封禁山内，请令江西搜捕，而其营务处张守与广信府钟守，均称封禁山内实无斋匪，并称搜捕有三难，其论甚有可采，而又不敢遽信，故令段培元带所部前往确查。

龙南新有蔡姓仇杀巨案，并闻其与广东始兴土匪勾连。赣宁驻有重兵，已令相机剿办，谅不至于决裂。该处异常瘠苦，各州县惯于养痈，顷议津贴章程，以资办公经费。第各守令之贤否，省中难于周知，必须巡道得人，方可就近察看，故将王钤峰撤省，而以张子衡代之，此君明白勤恳，或者可期胜任也。

游勇劫杀频仍，虽经随时缉获凶犯，而此风未能止息，且有拜会结盟行迹，尤为狂悖。江西只留平、祥、衡三军，共六千余人，取其纪律尚严，缓急足恃，刻亦不敷分拨。因令何游击明亮、朱游击长发各招五百人来，两弁系晚生旧部中之铮铮者。

盐道奉旨开缺，送部引见，以董蓉初署理。该缺事简，适与其才相称，而其立身有本末，究在诸人之上，不可不有以风之。首府亦奉送部引见之旨，拟以许守应鑅署理，尚未有定。

晚生抵任已久，一切用人行政，所失必多。中堂随在关心，况于兼辖之地，同乡数人，是必确有见闻，务恳逐一指斥，俾知改过，以后亦知所从，则地方实受其赐，不独晚生感荷裁成。倘有愚衷未达，或系传言之讹，晚生亦必致辩，不以逆指文过为嫌，中堂其必许我而不以为不屑教诲也。

致左宫保同治五年五月二十日

江省广信及各属斋匪，谨照来谕，查拿行教头目，勒悔被诱愚民，而责成于保甲。节据各州县禀获首犯正法，并各百姓纷纷具结开荤。惟接钟守递次禀牍，坚称封禁山内实无斋匪巢穴，且寄贵营务处张守原函前来，亦力主不可搜剿之议。晚生未敢信以为实，故因精毅勇之撤，复派段道督带所部衡勇亲往确查，相机行止。如果必须搜剿，则地界三省，非江西所独能为力，务望饬令张守拨兵同进，免致此追彼窜，并恳指示方略，俾有遵循。

鲍军于前月下旬陆续启行，席军已奉俞旨裁撤。赣南土匪甚多，不可不严行缉捕，已委张道署理巡道，俾得展其所长，肃清边隅，仰慰先生顾念邻封之至意。张道此次来省面陈该处一切事宜，于民情吏治无不留心，益见先生赏识有真也。

复段培元观察同治五年六月十七日

接诵初七惠翰，因欲旁稽博采，求一妥善之策，是以作答稍迟，不谓数日以来仍无端绪也。

夫以是非利害而论，均以弛禁为然，第非确得详细情形，碍难分咨会奏。务祈熟商钟仲甫，多派可靠委员入山，查勘该山纵横共有若干里，其在江西地面者若干里，属之浙、闽两省者各若干里，界址在于何处，某处与某处毗连，山内村落若干，田土若干，某村落若干户，某田土若干亩，是何地名，系何族姓，以及成林竹木，有水溪沟何处若干，某处道路可通某处有若干远。又山外某处抵某州县、某营汛道路若干，将来弛禁以后，应否量移县营入山，究应设立何处。某县营管辖至何处止，应否照旧所定地段，某处田土可以升科若干，应否从缓再议，浙、闽两省应否一律办理，抑或宽窄险夷不同，另行设法，似宜逐一查勘，绘图注说，方能一目了然，确有把握。此事关系匪轻，不得不为此慎重之计。果能办理妥善，则穷黎享乐利之休，宵小无潜滋之患，其造福于民，有功于国，岂有量哉！

惟是天气如此之热，禁山如此之宽，穷极幽险，冲冒瘴岚，殊为苦事。应否先行查勘大概，粗与浙、闽咨商，一俟秋凉而后，详细办理，伏候尊裁。

弟前有信商之左宫保，迄今未接回音。台从抵广信后，曾否有禀与左宫保，有信与浙、闽道、府、州、县，已否接到回音，如何答覆。将来入山绘图，应否分带画工，应否量调人员，并请酌夺示知。

复李少荃同治五年七月初一日

前经致书召民，代达尊意，复蒙专札檄催，并咨粤东督抚。此君血性过人，必不固执前见。惟以盐司大员丁忧，扶榇归葬，似应请循前案声明，更为得体，弟当再驰书劝驾也。

封禁山内，并非斋匪巢穴，不过穷人耕蓄谋生，搜剿固不忍言，驱逐亦非易事，若循会哨故事，徒令营县朘削疲氓。已谆嘱培元详勘情形，绘图贴说，拟即咨商闽、浙，奏请弛禁便民，先生以为何如？前任广信伍守、铭守，均持不可弛禁，其论既未允当，今昔亦有不同矣。

洋人如来江省设立教堂，殊无调停善策。查二年之事，实出绅民，并非沈幼丹嗾之。前次既经得意，此次势必踵行，临事之弹压，事后之查拿，从何着手？平日尚可预为之地，惟遇考试之时，则万难防范。江省士习，近极嚣张，即如今年广丰之为地丁，进贤之为团练，动辄鼓噪挟制官长，更何有于洋人？弟固不惜为地方受过，所虑事至决裂，或启中外衅端，其将如之何也？

姚守隐怀退志，经手并无亏空，尚有应领之项约三万金，商嘱孙小山筹给矣。

江西漕折，行之已久，民甚便之，一时改收本色浮耗，弊不胜言。递奉部文，严催照旧起运，今年尚可以无仓无船推缓，明年则无以措词。拟即沥情奏恳天恩，定为永远章程，又恐大干部诘。究应如何办理，尚乞俯赐酌裁。

再，前月接诵手书及抄示各件，此事究应如何，朝鲜非不可守之国，而向不竞于武，恐不足以御强敌。该处系奉本朝正朔，素知事大之义，且与陪京势属辅车，似不可不极力排解也。和局终不足恃，东南尚易绸缪，所愿捻逆速平，自当戮力以御外侮。惟他族逼处辇毂之地，禁旅虚弱不堪，先生成算在胸，自必密与当轴预筹措置。“二三豪俊为时出，整顿乾坤济时了。”非先生与曾、左诸公，谁堪之者！

复张润农观察同治五年七月初五日

古人遇灾，惟在实力修省，不徒事此祈祷虚文。会垣为政所从出之地，今天气亢旱如此，其象为泽不下究，刑有未平，征之时事，如三四年蠲缓，延至今年，始经次第办出，保无有不肖州县及书役人等从中舞弊，致实惠虚悬者乎？

又如各属积案甚多，所有羁系无辜，足以上干和气。或居大位者，过刚过柔，群情抑塞，是亦亢旱所由。弟以菲材，忝膺此土，奉职无状，天降之灾，夙夜忧惧，莫知所措。兹承明教，谨当遵照各条，督饬办理，以迓天庥而慰廑注。

复郭筠仙同治五年七月初八日

奉四月初六日手教并抄示信稿两件，始悉粤抚之易置，系此公一力所为，曷胜诧叹！此公不慊于执事，固不深知，何竟不为封疆容耶？以广东之吏治民情，诚如来函所云，必须饬纪纲，变风气，力矫之使轨于正，收功虽缓，可望渐有转机，若以夸大之才、奢靡之性为之，是犹抱薪沃油以救火，岂独无效哉！

先生治粤之效，他不能知，其西江肃清，容、岑亦赖东师之力，则弟近在邕管也，所保周令士俊，则广东州县中之铮铮，弟在粤亦早心契者也。至于督辕共事之难，众所共闻共谅。总之，君子即有所短，当委曲护持，小人偶有所长，宜稍为裁抑，盖所见者远耳。季老顾不及此乎？弟自接诵先生此书，皇皇无以自主，盖以我辈之离合，实为人才消长剥复之所关也。来示谓不乐与之相倾，非独士大夫进退之道宜然，即所以全交弭患，宋、明之事，可为前鉴。此时计已南旋，果否于假满后入觐，尚祈便中示知。

胡筱簾函询先生出处，弟以为用人行政，出自朝廷，必得熟习外间情形，则一切取舍张弛，方不致于隔阂。先生其能勉为一行，以副中外之望否？

致张子衡观察同治五年八月初八日

昨接公牍，当经批覆矣。

中外交涉事宜，固应查照和约，然为和约所有，如于城内起造教堂，绅民如不乐从，不得不设词推却，即为和约所无，如贰秀实等来虔，散给书本、未执文凭之类，宜与之折辩。仍妥为调停，遣之出境，总须无滋邪说，以污地方，仍不致启衅端以碍时局，刚柔妙用，惟在神而明之。

至于公牍之中，不可用“夷”字及“叵测”“惑众”“驱逐”等字，致滋借口，此次已为节删转行矣。

复鲍春霆同治五年九月十六日

承示缪守转饷迁延，殊不可解，万一贻误，咎将谁归？至谓拨银制办寒衣，原系通融挹注，而该守职司月饷，不得不拘守定章，盖恐制办寒衣之银，不准抵扣月饷，倘因亏欠鼓噪，虽有百喙难辞。

又如设局团风，本系奏定处所，即须改设襄樊境上，似亦不得不先禀明江西，否则由省续解之银，不知交纳何地，是皆该守过于慎重公事起见，尚望俯赐鉴原。鄙意以为贵营嗣后一切制办寒衣等项之用，无妨饬各营总俟月饷领回，按勇如数扣交营务处转发委员，不必预往粮台动拨，免致将来葛藤，彼此难于核结。其该粮台改设之处，以尽鄂境为止。若随贵营去江太远，则运解难免疏虞，即谓咎归护送之该地方官，究竟于事何补？且江省委员总不免于畏缩。并希高明酌夺之。

缪守既奉委无状，不能仰供指挥，已嘱孙小山遵照来命，遴员更代。第王牧现署地方，诚恐刻难交卸，梅令虽在闲散，未知其才果堪胜任与否？

复曾中堂同治五年十一月十三日

捧读两次奏稿，忠诚贯天，心血洒地。正拟肃书布臆，适接少荃宫保来咨，欣悉中堂奉命暂缓进京，仍回两江总督原任，仰见圣明在上，倚畀甚专。从此少荃宫保一意视师，东南得资坐镇，伏愿善自珍摄，为国为民，勿复以开缺为请。

昨闻秦关之贼果回鲁山，胜算成谋，当可痛予惩创。

王守有才，急于自见，诚如来谕所云。去年余福先之事，骗案而作为抢案，一案而欲销七案，以致数人而株连数十人，未免志在鹯鹰，非父母斯民之道。初拟调省会审，又恐事白不能曲全，因迟久而托他词以撤之，微示警戒，非有苛求。此次阅兵过饶，察看该处地居冲要，乐平各属民风颇顽，必须精明强干之员，已令王守回任。

贺令履新之时，不事趋避，其器识已远过人，居官极其廉勤，尤为不可多得。可惜丁艰而去，江西少一循良。

孙藩司于交卸后，即经起程。此君实亦无他，惟嫌性量褊急。

俊道奉调北上，暂以许守代之。其人廉明强毅，且隶籍粤东，亦可调停洋务。

广信铜塘山经晚生亲往履勘，业经咨商浙、闽会衔奏请弛禁。

至于各府县善后，非三十年不能复元。斋、会匪徒一时尚难净尽，即如铅山、永新之变，几至蔓延，殊出意外。龙南等处，伏莽更多，密饬张道、刘镇设法翦除，未知能否不至激而思逞？

力微任重，贻误堪虞，祈中堂时有以策励之。

至晚生自惭谫陋，未敢言培植士人，然自抵任以来，亦尝留心物色，无奈见闻不广，目前尚觉寥寥。惟有义宁举人已保知府陈宝箴，品学尚优，胆识亦茂，虽间有不自捡束之处，终不失为豪杰一流。以外殊难许可。人才虽有盛衰，或非前代可比耳。

复彭雪琴侍郎同治六年正月十三日

承示长江水师额缺，必须熟习该处情形员弁，方可拟补，自系至当不易之论。惟江西既准咨调，不得不转行各营。嗣据江军、赣防各拣员送考前来，而孙栋臣独否，初以推让为辞，继则谓该将弁相从日久，不愿远离，是以不敢再强。迨奉来谕，复嘱段培元函催，微露尊意，而孙栋臣仍坚执前言。时江军赣防员弁已经过考，其中亦有曾在下江水师效力之人，只得另备公牍，咨送数员，不定缺次，听候酌夺。

以外所需各员，或即由贵部下拣补，或径调孙栋臣营弁考验，悉听大裁。

致张月卿同治六年二月二十四日

捻逆转窜珂乡、广济、黄梅一带，逼近浔江，幸为天堑所阻。顷又探报转窜蕲水，虽系败残之余，不难刻期殄灭，然地方实蹂躏不堪，倘使此股再炽，则西南交讧，势殊岌岌。

昨接舍弟来信，具陈宪台礼遇过厚，体恤入微，并蒙辱收门墙，五中莫名感奋，惟有令其倍矢慎勤，以期无负培植厚意而已。

支应局欠饷，除弥补外，未知尚欠若干，倘为数甚多，务祈奏广湖南、广西两省中额，盖敝营后来粤人居半，未可偏枯，再有余存，则请广宝庆府学额。其楚军粮台经手同治元年以前之欠饷，虽经设法弥补，将次清楚，然多以一成折给，或以双款报捐，可否前后并计从宽，吁恳恩施，出自逾格鸿慈。

至于省城昭忠祠，仰荷鼎力成全，工已告竣。惟上年接张润农覆函，谓楚军阵亡病故员弁勇丁，总局无案可稽，殊为诧异。窃思敝营除病故勇丁不计外，所有阵亡、伤亡以及积劳病故各员弁与阵亡、伤亡各勇丁甚多，均经分别详咨，并蒙随时请恤，何至难于清查。只因翟式之请假回粤之便，仅将同治二年坤一抵营以后，所有阵亡病故底册捡出，请其带来核办。而以前底册，缘统领屡易，或存舍下，或在荫渠处，刻难取齐。望饬军需局详细检查，勿令遗漏，俾得一律入祠，以慰忠魂而光祀事，是所切祷！

再，垫修祠费，系楚军弥补欠饷所收大洲厘金存项，荫渠另捐千金，想已收到。坤一屡嘱舍弟酌捐，而来函并未提及，兹托翟式之查问，如尚未及措，即由此间付来。其祠中一切经费，一俟捐项凑集后，应否置买产业，以垂久远，当由彭道、陈守经画，仍祈俯赐指示，将来诸事告竣，并恳专折奏明，则存殁均感厚德矣。

再，部查请恤各员弁履历，因有前在别营得过保举，敝营无案可稽，今身死家遥，甚至行知已经散失，无从查取造送。可否据情咨覆大部，仍照原报官阶议恤，均候钧裁。

泗城之匪计已荡平，尚祈便中示悉。

致左宫保同治六年三月初四日

闻鲍营追贼入陕，非先生不能提挈此军。惟鄂省余氛尚在往来奔突，顷复闻彭方伯战殁，全军尽覆，是亦曾沅翁素所得力者，目下情形可想而知。

克庵副帅谅已成军来鄂，高果臣军门尚无入江之信。张子衡拟请添募三千五百人，自成一军，业经具禀尊处。惟此项行粮如须江西给发，则不得不以每月协济大军之二万金借资挹注。江西度支拮据，早在洞鉴之中，客腊奏请改拨席研香协饷，已沥陈之，当经咨达冰案。

此次平江营欠饷既须补给三万金，该营西行，又须另行募勇，值此丁厘不旺之月，未免倍形支绌耳。

复张子衡廉访同治六年三月初九日

正在肃复，适接续函，并诵折稿，当转请高杏村细加斟酌，随经另拟折片两稿，似较妥协。盖谢恩折内不便请假省墓，况值西陲事棘，尤非所宜言，不若就寄谕中带勇赴任一层，声请回籍选补精锐，借以便道省墓，殊为顺理成章。初拟驰候尊裁，又恐日久迟误，只得代为缮发，录稿附呈电览。贵营欠饷，日前已委解起程，想不日可到。

承示以虔南情形详告何镜海，俾得恪守旧章，曷胜感佩！

复何镜海同治六年三月二十九日

张子衡所部既奉旨调，自不应留，昨据禀称，瑞金事已办结，将来能否不致再生枝节。来牍请留捷胜军在虔，改调祥营赴吉，已经移会瑞林兄查照。

厘金总局既归尊处，则分局自应仍归本府，以符旧章。

雩都一案，瑞林面陈委曲，与来函略同，当催令回防会商执事，妥速办理。

贵缺如果不致亏短，实为厚幸，否则亦请勿以为讳。所拨今年厘金，尽发今年兵饷，从前亏短之项，想经前任挪移弥补，否则虔标何以绝无一言？其挪移何项，张子衡前禀并未声明，当俟其来省时面问。

“记名”两字，一交部议，断无不驳。初意可奉特旨照准，不图为霆军所误，谨录上谕寄览，可否顶覆，则俟接部驳时议之。部中新定章程十二条，似专为杜部书之弊起见，将来经承，恐不能上下其手，尚希加察。

至于地方吏治民情与夫一切张弛事宜，诚如来函，必须两三月后方有把握。以执事之才，如能俯就范围，一归步步踏实，则何事不办！弟虽好听人言，亦决不为浮议所动，愿执事勿以为疑。

段培元坚请开缺，慰留再四，并晓以是非利害，无奈断不可挽，不得不听其去。此君此举，实属大误，不惟人疑弟有吹求，使之不安其位，且以叶姓正在上控，人将谓其惧死乞身。渠官声素佳，临去竟被谤议，殊为不值，何妨稍缓乎？

复曾中堂 同治六年四月十一日

丁粮改钱收银，因其开征在即，已饬司道一面缮发告示，一面妥议具稿，由晚生处送呈中堂核定，而后详请会奏，以臻妥协。交代、报销两项，其弊不可胜言，现在设法清厘，颇有积重难返之势。

孙栋臣侈然自大，诚如人言，每来省垣，仪从甚盛，而又好与人事，时有请托之词，有时故示殷勤，尤令人嫌恶。然其性尚愚直，巡缉亦属认真，晚生抵任以来，下游劫抢案犯，该营破获颇多，部将似尚有得力者。二月浔阳之警，孙栋臣不得报即拨炮船赴防，心窃感之。其阃内答人之事，此间实无所闻。仰恳中堂暂时宽容，以资熟手，更易统领，刻难得人。至于饶、广港汊纷歧，该营节节分布，近来劫抢之案多在陆路，亦可见地方匪徒尚众，而水路巡缉较严，目下未可松劲，并请暂缓裁撤。晚生惟当申诫孙栋臣，并传谕刘养素，极力整顿，听候调操，仍随时察看情形，如可酌撤，再行商办。是否有当，伏乞尊裁。

昨接部咨，于前月十三钦奉上谕，孙小山留京另候简用，以文友石补授藩司，王子坚补授臬司。文友石老成忠厚，王子坚亦慈惠廉明，然所资乎左提右挈者，晚生殊逊谢不遑也。务望时赐教督，俾与该司均有遵循，是为切祷！

复钟仲甫太守同治六年四月二十四日

另折所开一切陋规，当就省垣各署逐款密查，并非每年皆有之项，为数亦无如此之多。又据王大令面称，该署规费每年仅百余金，则后来者自可循旧。是否该书吏等借词抵制，尚望饬王大令确切查覆，著为定章。

至招解命盗案犯，所有寄禁、过堂名目，所费似亦甚微，其往返盘资以及相验、勘验、缉捕等费，势所必需，是在该府县深明损上益下之义，自行捐廉，并力从省约，毋致辗转勒索，以累闾阎，然任督察之责者，则赖贤二千石耳。弟当再将此间所有陋规详细查明，分别裁革，以除积弊。

原驻河镇衡勇，拟俟茶市过后，即将该营调回省垣。虽现在捻逆下窜之信已松，兴国、大冶教匪亦经捕获殆尽，无烦征调，而会垣重地，又值乡试之年，似须数营弹压也。

去岁湖坊之役，李参戎所带弁兵，借支该县银两，初次不得不照例批饬该营自行归款。其实江西各处陆营一经调动，无不另给盐菜钱文，尽可由尊处援案复请，便当批允，以免偏枯，将来执事亦易呼应。

禁山之事，递经函催闽、浙督抚，迄今未接覆书，如果不以为然，只合我行我法矣。

复何镜海同治六年五月初四日

文辅卿已扶病履新，在执事自以早卸仔肩为快，而弟从此不免南顾之忧。且以执事之才，复投闲散，岂天地间竟少位置斯人之处耶！惟同居省垣，得以朝夕接谈，俾弟不成聋瞶，是亦幸矣。

吉安分局已饬司改委杨守，以外各卡员，自应随时察看，以次更易。该分局钱价浮冒与各卡员任巡丁卖放，诚如来书所云，已撤之卡，毋庸再设。兴国一路，私贩既多，堵截殊非易事，曾与督销局徐孟卿议及之，恐非兵力不能也。

赌匪固应严惩，营弁包庇，尤为可恨。荣护镇何以不肯振顿？始信人言有因。其武职干预地方词讼，已照来教通饬各营并移会两镇一律严禁。定南逆产，务望速为清厘，免致缠讼，勘断惟期得平，亦何能徇萧姓之意，顿翻前案？

关税一项，只合暂时敷衍。江海关丝税尚恐难于提来，而本关事务，一时亦难大为更张，当熟筹之。

致刘蕴斋中丞同治六年六月初二日

湖南撤回弁勇太多，诚如尊虑，所幸湘乡匪类立时扑灭，浏阳窜匪亦在江西万载殄除，从此当稍知惩创。然该处江、楚交界，斋匪、教匪蔓延最宽，必为将来之患。门生现调长营驻之境上，严檄袁、瑞府县认真缉拿，伏乞饬浏阳县协力查办，以期一律肃清。其湘、衡一带哥老会匪尤属诛不胜诛，似宜通饬各属官绅，力行保甲，稽察奸宄，设条教以开导冥顽，责户族以安插游惰，其怙恶者则重治之，或可渐醒迷途，潜消后祸。吾师雅化在人，湘中绅士多出门墙，自当奉命唯谨也。

抑门生更有请者，湖南风俗素朴，近则竞趋奢淫，其端开于巨室，商民尤而效之，诸弊皆由此生，并乞设法禁约为祷！

至援黔师已深入，似难功废半途。席研香颇善治兵，以之代兆宝岩方伯，洵属得人。惟该营饷糈兼赖各省捐项，江西经门生出示晓谕，并分派各府，又得所委之王祝三观察办理得宜，是以富户尚属踊跃，乃以久无执照填给，卒至征解不前。若用本省藩司实收，非惟诸形滞碍，亦无以取信地方。将来席研香到营，一切自由吾师主政，务望宽为请领，迅发来江，否则此数十万捐输可惜，即王祝三亦觉进退为难矣。

致丁伊辅学士同治六年六月初二日

承赐《佐治》《学治》两书，实为仕途指南。先后照刊四百部，遇有府县禀辞赴任，各送一部，以仰副训饬吏治、勤求民瘼之至意。

惟江西久经兵燹，民凋物敝，刻难复元。现因京、协各饷太多，厘、税、捐输仍形苦累，且以界连六省，风鹤频惊，本省斋教匪徒亦相继萌动，虽经随时殄灭，地方未获安全，兼之洋人动与绅民为难，尤属调停无术。至于民风尚俭，而士习则浇薄不堪，官吏尚廉，而公事则因循不振。门生自惭谫陋，欲求所以激浊扬清，振聋启聩，伏乞时颁教诲，俾有遵循。

致曾中堂同治六年六月初八日

春霆病已渐痊，未审能否速出？峻山颇以北直饷绌为言，闻命或即就道，虽勇略微不及春霆，而操守清正、纪律严明则过之。闻鲍营将士竟属意宋军门，得毋利其宽纵？若以择帅居奇，其风似不可长，春霆再起，则毋庸议。

丁漕改收银两及漕折逾限加价，据该司道议具详稿前来，事尚可行。惟各州县照银折钱，难于由省酌定价值，恐该书吏因缘舞弊，任意低昂。谨将原稿转呈尊处，即望俯赐核示。另稿请自七年为始，每漕一石捐银六钱，每地丁一两捐银三钱，以五年、十年为期，以为善后经费，且请先行会奏，殊属诸多滞碍，已经逐层批驳，令其再与省外各属官绅熟商，各就地方情形，分别办理。昨又拟请只加漕折之六钱银，以备漕船、漕仓之用，即为将来起运地步。事虽应为，然与正项改收银两并行，不免苦累，目下尚无成议。

致曾中堂同治六年六月十三日

孙栋臣事，晚生初亦知中堂具有深意，而不敢遽信为然，是以未将前书宣谕，惟以微词喻之，令其自敛。日前来省，气焰顿衰，此君之妄处实其呆处，巧处实其拙处，尚不难于钤束。兹既仰荷恩施，拟即传来省垣，再行严切规戒，此后倘有骄纵废弛，自当据实请参，断不回护。至于中堂凡事一秉大公，岂复庇一旧部，晚生何所用其瞻顾？

前月进贤境内迭出抢案，内河与江军彼此互推，已令孙栋臣绘图贴说，以便委员确勘，务使其咎有攸归，按章示罚。又蒙派往吉安巡防盐卡，内河与江军各拨炮船三号，因徐孟卿意有所属，并非孙栋臣敢于梗令。晚生亦以徐孟卿续经请示尊处，乃姑听其所为，或彼或此，总宜专派一营。

捻逆尽窜山东，则畿辅自当设备。荫渠之子思谦现在敝署，据称直隶无可靠之将，无得力之军，实属可虑。霆营陆续裁撤，应否酌留数千人隶娄峻山，以资追剿，且使其猛将劲兵不致流而为寇。

季高先生来函，亦称老湘营屡获大捷，贼势甚穷，已与克庵、果臣分道入秦，遏其窜鄂、豫之路矣。

晚生于地方一切事宜，不能不随时达之左右。尊处事甚繁杂，非有指教之处，无烦逐函作答，以省文牍而养精神，免致转抱不安，是所切祷！

致刘荫渠制军 同治六年六月十八日

捻逆抢渡运河，窜入齐境，则辖疆又须设防，未知节从曾否出省督师？麾下诸军果否得力？此股自扰鄂后，官兵几不能撄其锋。大军进止，总宜持重。

鲍春霆请假回籍，曾中堂拟将该军陆续撤遣，以一万数千骄悍之卒，保不至流而为寇。江西系其熟游之地，尤虞复循前辙，惟有属娄峻山另行招募，或借以收其猛将劲兵。大概娄峻山目下难于回任，麾下殊少一臂助耳。

吉甫以豪迈之性，乐就拘束之地，竟于前月移来敝署读书，其志实非纷纷诸子所及，叩其所学，亦极有进益，爱之！敬之！

复郭筠仙同治六年六月二十日

自闻台旆南旋，无日不神驰左右。绿野之优游自得，苍生之属望弥殷，先生忧乐关怀，恐东山未可久卧也。

承嘱黄族之事，已经密檄严拿。地方有此凶恶之徒，侵侮忠臣烈士之后，官斯土者，不早芟锄而扶植之，良足愧矣。容俟获案定拟，再行报命。

弟抵任瞬及两年，深为吏事所苦。然所行皆一切苟且之政，究无裨于国计民生。屡拟上章，请以军务自效，而度德量力，远逊时贤，又不免长虑却顾耳。

秦师近有捷音，惟东窜一股渡运入齐，畿辅亦当设备，未知荫渠所练之军可得力否？湘乡老于兵事，欲以持重锉其凶锋，乃帅久无功，致滋众口，今竟何如？

倭相因同文馆之设，引疾乞休，朝廷竟听其去，士论惜之！

复刘霞仙中丞同治六年六月二十日

仰斗山久矣，因未一亲雅范，不敢遽申款曲，上渎清聪。兹承手教殷勤，不胜欣感，伏维阁下望重儒宗，勉应朝命。三年扬历，懋伟绩于关中。屡疏乞休，寻旧游于湘上。从此等身著述，何如过眼功名？惟是时局多艰，需才孔急，来函谓不欲与闻时事，恐不能如愿相偿也。

弟承乏章门，幸以强邻之力，荡平发逆，边境解严。然两年以来，土匪相继蠢动，地方善后之事，尚属头绪毫无，且以他族逼处浔阳，动与绅民龃龉。自维力微任重，陨越时虞，以视阁下身退名高，不啻鸡鹜之于鸾凤也。尚望不弃菲葑，时颁训诲为祷！

承嘱黄族之事，已作为访闻，密檄府县严拿务获。地方有此凶暴之徒，乡民无不被其鱼肉，岂独忠壮一家？俟定拟时，再行报命。

致张月卿同治六年七月初五日

尊体近来何似？驺从行抵何处？是否绕道西川？甚以为念。

夫事之难易无定局，惟视其人。时之治乱有转机，贵乘乎势。滇、黔用兵日久，其辛苦凋残，亦已极矣。顷闻靖臣中丞军声大振，次青廉访屡有捷音，兆宝岩一军又拟以席研香代将，此三公者，均具文武之才，得先生左提右挈，引为将伯之助，兼圻肃清，可计日待。惟先生去粤，则楚军如赤子之失慈母，谁为恤其饥寒、念其劳苦者，亦辗转待毙于穷荒瘴疠之地而已。

至于支应局欠饷，尤恐清结无期，江西正值拮据之时，殊难兼顾，且恐涓涓之滴，未能分润楚军。

二舍弟于五月底归里，在署时备述先生抚爱成全，情逾骨肉，允宜执子弟之礼，借酬坤一夙心。兹蒙教以探讨从政用兵诸书，遵将原函寄示，未审能否努力以副厚期？

坤一居官既久，疑谤颇多，自问未尝嗜利行私，人言亦无足畏。

复翟式之明府同治六年七月十七日

昭忠祠事及物故员弁甚费捡校，感何可言。

荫公自制联语，系临江之昭忠祠，俟有折差入都，当函嘱其另拟碑文，亦难急就。

总局所上广额详稿，诚如来教所云，由营补具禀咨，已嘱黄、赵两君斟酌，并催彭海门赶办报销，毋滋借口。欠饷尚有三万，递经函恳少村中丞与各当座早为补给。粤中虽属拮据，此数应亦非难。必待润于西江，则似挟以为饵，人谁乐受，况值竭泽之时乎？

义冢极为美举，正夙夜所耿耿者也。

复彭雪琴同治六年七月二十一日

齐捻深入青、莱，果能蹙之海隅，实为上策，未知诸军能制其冲突否？

秦陇事势益棘，土匪起而乘之，何左恪靖尚未入关，俄人狡焉思启，将来逼处堪虞。廷议有无方略，此间现无所闻。

春霆引疾乞休，中堂竟听其去，盖知其留亦难期得力欤？峻山勇略虽不能及，而纪律则过之，撤而再招，极合转移之法。

研香定计入黔，所请兵饷甚巨，湖南概许之，盖以频年劳师縻饷，此举务期成功耳。

湘中来者，均称蕴斋先生力图振作，吏治为之一新，而保甲尤为严密，当可消祸未萌矣。

致曾中堂同治六年八月初四日

承示丁漕改钱收银，不可多着呆语，将来起运加价，当于此折预为陈明，诚如尊谕。俟与司道熟商，如须具奏，自当将稿先请中堂核定。

至于协饷一层，连日通盘筹算，不得不仰恳酌减二万金。查今年二、三、四月厘金短少，除赣、吴各局支给本省防师尚属不敷外，所有省局拨解霆营月饷，每次由司库垫发三万金，或四万金，始足七万之数，时司库亦空，乃仅道库可动闲款提出十万两，以资挹注。迨后厘金稍旺，只能勉强支持，于司、道两库，仍未弥补。自七月初，各属科生络绎而来，难免包揽客货，厘金复形减色，冬季可想而知。且今年新拨京饷地丁二十万两，又厘金十万两，尚未筹解一批。至于云、贵、闽、粤领饷委员纷纷在江守催，亦属无从罗掘。此中拮据情形，谅荷洞鉴。否则尊处正在增兵，而江西乃欲减饷，晚生与各司道何肯为此不情之举也。如蒙俯允，所请减免谭、唐等军马队之二万两，则朱军之五万两，遵即按期如数解鄂，伏候裁示。

浙江江、常一带近有土匪滋事之信。江西铅、弋交界之处，亦时有匪徒往来，造谣惑众，经该府县拿获多名，顷由省垣派亮字营往驻河镇防范矣。

复席研香同治六年九月初二日

贵营协饷，连日与司局熟筹，实属无可掘罗，未敢轻诺寡信。此间度支拮据，前覆书中已略陈之。现在新拨解京之地丁二十万，厘金十万，尚冀曾中堂酌减霆营之饷，借资挹注，否则无可设法矣。方命之处，尚祈俯赐鉴原。

培元于谣诼纷起之际，引疾乞休，遂使小人快意，转得加以恶名。察看之旨，早经据实陈明，兹将片稿抄呈，祈为转致，弟断不敢以去留为冷暖耳。

贵营及各营从前历次驳案，均经汇齐，大约月内可以出奏。此次部驳之谢太守，自当遵命改奖，余亦一律核覆，决不搁置。

复曾中堂同治六年九月十一日

昨夜祗奉覆示，为之绕床而行。今晨与各司道熟商，佥称中堂正在兵饷拮据，江西本属辖疆，无论如何支绌，目下不敢不勉筹全数接济，将来如实力难为继，再行函恳减免，自可仰邀体恤也。其湖北之五万两，已于初一日据局详委员起解矣。惟军务利钝，似亦有时，幸勿过于焦劳为祷！

直隶之事，此间亦未得有确音。凡引见回江人员，均称枭匪已经击散，余众无多，或称贼骑仅数百人，饥民蚁附尚伙。并谓荫渠计在招抚，奏停所调黑龙江马队。而湖北缪守探报则云，官军屡次锉败，贼势极其披猖。前后虚实，未知孰是。

江、常土匪破获多名，大约无事。惟玉山有刁衿聚众之信，该府县来禀，既称与局绅挟嫌，又称因派捐借口，当经檄委周道溯贤前往，确查起衅原委与实在情形，现尚未据报覆，甚以为念。

浔郡洋人在雪山莲花洞地方租地造房，随经百姓撤毁，皆由景道酿成，虽经黄镇调停，亦觉涉于迁就。且景道庸懦如此，将来殊属可忧，已经严行申饬，倘再不自振作，定当据实奏参，断不稍事回护。

至前覆奏之折，收处嫌促，诚如尊谕，其甄别折内，未将给咨送部一层随案声明，尤见晚生之疏耳。

复魏柳南太守同治六年九月二十五日

前奏已奉特旨照准，想已转行到虔。交代积弊甚深，诚如来示。现将该局极力振顿，无奈格碍甚多，是以未尽就绪。

游勇果由何路出境，似应知会前途，以便预为防范。

席研香委员在尊处招募，目下计已成营，陆续启行，挑余丁壮，务须妥为遣归安业，免致聚滋事端。

雩都谭、谢两案，正凶有无缉获？伏祈会同瑞林，妥速办结，庶不致于株累蔓延。

龙南迩来何如，地方风气虽形犷悍，实由吏治未深讲求。各厅县果能矢清矢勤，遇事又能详慎，士民断无不畏而爱之，可以为所欲为，是赖贤太守督率之力。既有津贴调济，应请认真举劾，勿避怨嫌，自足以昭惩劝、寓观摩矣。

复钟子宾同治六年九月二十七日

再，前函询令郎、令孙音耗，日久不敢答书，诚恐以慰吊之词，转增哀悼。兹奉另示，弥难为情。然而父为忠臣，子为孝子，其死逾惨，其节弥彰，远迈马伏波，近同史阁部，有后如此，可谓不负所生而无遗憾矣。而况天恩优渥，世职绵延，更足以慰英魂而光家乘。伏乞达观颐养，勿过感伤为祷！薄具赙仪，聊表生刍之献，并希台登。

复钟仲甫同治六年九月二十九日

来函领悉。明年鹅湖书院，即如尊命，改聘华尧封主讲，弟亦先有成言。郑咨臣品行甚优，夙所钦仰，信江一席，自不能另属他人。惟吴棣斋难于赋闲，拟即另为位置。

江右向为人材渊薮，理学节义，事业文章，宋、明尤盛，近日颇不如古，是则弟与贤守令及各山长之责也。其应如何严立斋规，敦崇实学，务望商之华、郑两公，善为作育，俾知砥砺廉隅，讲求根柢，庶士习文风蒸蒸日上矣。弋阳县溪西桥田租拨入书院，代行衙门据僧人一面之词，大加批驳。时弟尚在出巡未回，昨据举人吴墉等来辕具控，仍饬该县讯断详办。

欧阳教谕欲与乃弟一同进京会试，第须回任起咨，可否将前案速为议结？玉山一案，细绎递次公牍，似不足于王令，而又若有未吐之词，其实无容瞻顾。

致张月卿同治六年十一月二十二日

日前拜读疏稿，洋洋数千言，情形如绘，筹画合宜，固知必邀俞旨，嗣准续咨果然。惟江西兵燹之后，滇、黔两捐难于并行，前函谓将改黔为滇，实为正办，而疏中何未提及？现兆方伯已被吏议，部照又久未颁来，捐项不能收解，黔捐或行或止，坤一已驰请蕴斋先生速为酌裁，特恐其未肯遽舍。尊处可否仍照原议，赶紧分别奏咨，将来尚有涓滴之助，否则难期踊跃。前之皖捐屡设屡撤者，以黔捐已占先着，各捐绅无从劝办也。

王祝三于月之十三在寓溘逝，一家六十余口，何以图存？幸有第二子候选知县王向荣随侍在江，其人精细老成，黔捐即已深资其力，如果开办滇捐，伏望札委襄办局务，以资熟手，伊家亦受惠多多矣。

复赵庆池同治六年十一月二十二日

黄司马昨已领饷五千起程，此间日形支绌，恐难再拨巨款。递经函恳苏、李两公，早为贵局清结欠饷，覆函无不俯允，不料其置若罔闻，拟再致书乞怜，未卜能否有济。至于零星章程，不能不重费唇舌，似未便由弟琐琐也。倘当座始终不肯体恤，即请会同海兄赶办报销送来，并切实声明，从前如何积欠，如何折算，与目下仍如何拖累，另行具禀，以便咨催，或即具奏请旨饬催以外，殊无别法。此意曾对褚季良言之矣。

海门报销延搁，予人口实，真不可解，当再函促之。忠祠、义冢，煞费经营，存殁均深衔结。

郭司马捐项，弟当时有无通融之言，不能记忆，既承来嘱，自当便中为之吹嘘。

贵乡受害情形，闻之令人发指，将来想可达天听耳。

致李和甫观察同治六年十一月二十二日

弟在营时，原有成言，不管饷项。惟闻支应局员久受拖累，未忍袖手旁观。且舍弟在家，亦不免各散勇及各债户之索扰。伏祈俯赐体恤，速为设法清结，则贱弟兄与该局员均荷隆施。

敝营欠饷之多，与折给之少，实为近来罕有，想蒙执事矜鉴也。

致李少荃同治六年十二月初四日

再闻谍报，欣悉大军赣榆之捷，任逆伏诛，从此贼胆皆寒，军声益壮，捻氛扫荡在指顾间。

惟闻公于贼逸胶防，不胜焦急，甚有吐血数升之语，具仰忠愤，而鄙意窃不以为然。大凡军务期于成功，区区利钝功罪之间，夫何足较！古名将姑不具论，如曾中堂之剿办发逆，公之所知也。此后亦难保所向皆捷，尚望为国自爱，宏此远谟，时方多难，能担当艰巨者，惟公与曾、左数君子，故不敢不进一解焉，尚祈垂听！

复曾中堂同治六年十二月初六日

承示酌减协饷万金，仰见体恤之至意。

欣闻赣榆大捷，任逆伏诛，斩获过半，诚如胜算。明春当可减兵，可见天下无不可转之机，要在持以坚忍，不为区区利钝功罪所挠耳。

荫渠请练八军，原为拱卫京师之计，朝廷力排群议，从之。乃以内地枭匪数百，剿办半年，一任豕突狼奔，蹂躏畿辅殆遍，则今日之被严谴固宜。闻其精神智虑远不如前，而所部又无得力之将，未知尚能重新壁垒，收效桑榆否？

景道于莲花洞一案，实属始终糊涂，本拟即会尊衔，登之白简。继思该关向系旗缺，断难由外拣补，而朱修伯谓内务府诸人，多远不及景道，诚恐后来者更不如法，是以尚在踌躇。可否再行察看，以定去留，尚祈速赐裁示。

致刘蕴斋同治六年十二月初九日

前准部咨，令江西与尊处及湖北、安徽均自明年为始，起运本色，仿照江北河运办法，应觅民船装运抵通等因。

查江北办理河运较易为力，似非他省可比。而江西漕多路远，其势更难。且本省民船不堪重载，不能不取资鄂省，诚恐同时起运，应雇船亦不敷，在在均形滞碍。第递准咨催，未便竟置不论。业经查取河运并江、浙两省海运各章程前来，以资核办。尊处能否如期全数起运，抑再展缓一二年，或先试办若干，果否仿照河运，抑办海运，以及海运应否由苏接替，想有成议，务祈迅赐示知，并颁发一切章程，俾敝处得以参酌。

又奉廷寄，饬提制钱三十万串，由轮船解赴天津。江西正患钱少，如此巨款，殊费收罗，且以钱之厚薄大小不齐，更虞挑剔。尊处能否照办如数，抑奏邀免解，或酌解若干，以及每万串运脚实需几何，均祈详细示悉。

书牍卷四

复朱修伯少卿同治七年二月十一日

东捻全歼，时局遂振，少帅功愈高而气愈下，真是一代伟人。西捻已窜近畿，目下情形何似？援师既经四集，想亦不难殄除。惟根本太觉空虚，每虞鞭长不及。此次事竣之后，似宜酌留劲军，是亦顺理成章之作，先生定有胜筹。

内乱渐平，中兴有象，皇上亲政在即，圣学宜急讲求。外议谓宜速起兰荪先生以资辅导，而不烦以机务，尊意以为如何？

致曾中堂同治七年二月十九日

前函谓难办运，本指新漕，而措词殊欠明晰。苏、浙两省海运章程均经移覆到江，事烦费重，江西尤属隔碍难行，不独无沙船一项。部议原令江西仿照江北河运，今江北既改为海运，则江西自可援案奏展，即声叙改办海运更难，一俟河运疏通，再行遵办。惟此次疏内应如钧谕，预先提及将来起解本色，必须酌量增收。农部早见及此，四年议覆孙小山奏定折收章程，有“该护抚疏称，即漕运复旧，亦不出此范围，想系确有把握”云云，其微词也。

解京制钱，谨遵钧谕，勉力筹办，多则照鄂省二十万串，少亦解十五万串，俟再催取鄂省运解章程到江，以便仿行。

筹复鼓铸，诚足裕国足民，五年曾经严定章程，并将一切陋规，尽行裁革，无奈炉头狃于私铸之利，多方刁难，迄未举办，仅于每年底押铸一卯样钱而已。江西停铸虽只两年，然未停铸以前，领银购铜，徒供私铸，其弊犹有不止此者。其每卯所缴藩库之钱，即系买回藩库发出前卯之钱，是以地方不惟同治制钱甚少，即咸丰制钱亦少，不得不略为陈明。

直隶情形何似？援军有无捷音？此间远无所闻，甚以为念。如果西捻扑灭，则霆峻营似可酌裁，想中堂已有成算。

李忠武公拟附祀张、江二公祠内，并拟改名四公祠，续经咨覆尊处，嗣商之各绅，意殊不以为然。盖谓江西首崇张、江二公，非他人所可并列，且奉敕建专祠之旨，附祀亦觉不安。以外尚有塔忠武、罗忠节、王壮武、萧壮果、李忠壮诸公，均应建立专祠。既未便尽附，又未便有附有不附，不若另行建祠，合祀六公，并将江诚恪公移入，每位仍各为一室，门前则列书某公某公祠，稍于专祠之义相仿，其说似属可采。现有公地可建，只须筹措工料经费，是否有当，伏乞酌示。

再，江西历遭兵燹，各属衙署、庙宇各项，荡然无存。曾于五年冬间，经善后局议详通饬各属，先择最要各工，照莲花厅、永兴县城工劝捐兴修，许以请奖。尚未核奏，嗣据广信府县禀称，地方富户难于再捐，且极言勸捐之弊。该府上饶、贵溪、玉山、铅山四属官绅会商，情愿按粮捐派，立法颇觉简便易行，当经批准。又以捐修贡院号舍，奏请奖叙，接准部驳，除军务省分捐修紧要城工准其请奖外，其余各项工程，只准加广学额，不准请奖。复经通饬各属知照，诚恐富户难期踊跃，并令察看地方情形，会商城乡绅士，能否仿照广信粮捐办理。现仅据抚、瑞两府属禀覆按粮捐修，以外各属则户捐、粮捐均不能办，似难勉强。其未经部驳以前已办户捐，纷纷索奖，尚费周章。兹因抚州粮捐亦请加广学额，与部议户捐准广学额稍有未符，谨会台衔奏请，饬部议覆，免致将来参差。除将折稿咨呈冰案外，合并陈明，伏乞俯赐察核。

复彭雪琴同治七年二月二十九日

日前奉诵覆函，具征雅意。展玩楹联、屏幅，魄力雄大，骨格清奇，仍饶妩媚风流之致，诗中有画，画中有诗，字亦相仿佛也，令人钦佩无已！弟本意得一即足，未敢求多，乃敝友误将余纸封投，以致重烦笔墨，此中似具因缘，惶悚之余，而又喜出望外。

贵体失血之证，惟在调摄得宜。弟由梧带来桑寄生膏，此间之病臂强者，辄来索取，闻亦有效，未审有当尊恙否？寄上一瓶，尚祈慎以用之，弟不知医道，且不辨药之真假耳。

长江水师事宜，已经出奏。江西考送各弁，想蒙录入矣。

复曾中堂同治七年三月十二日

同日接荫公函，惓惓以直隶军务为忧，甚得人臣去国之义，其于受人排挤陵侮，亦微露于辞意之间。其实挤之侮之者，不值一笑，究何损于荫公？小人情状大概如斯，宦海浮沉，又势所必至，惟有视为固然而已。谨遵钧谕，即以此意慰之。景介臣回浔，始知荫公已抵尊处，复遣人于境上迎候，乃因病泊浔三日，竟扬帆而去。濒行作书，来辞中有恐累晚生之语，是其不欲迂道，故托辞耳，否则何至设想如是之迂，相待如是之薄！七年之别，咫尺相违，不能无憾于此老矣。

直隶协饷十万两，已飞檄浔关于华、洋税内凑拨。前奉拨皖师协饷二万两，因念畿辅援军，不得不设法挹注，此后殊难源源接济。

客腊寄呈宣纸，敬求法书，务恳拨冗一挥为祷！

复朱修伯同治七年三月十六日

西捻为各军掎角，其势已穷，如能戮力同心，自可刻期殄灭，若事权不一，则相州之溃，亦不可不虞。咏史作总统，其如临淮何？可否请以亲王为元帅，左、李两公副之，左提右挈，臂指便灵，此我朝故事也。都中以韩、彭待曲逆，未知能否克副所期。至谓临淮本无灭贼之志，人言真可畏矣。

仙吏已经开缺，所谓禄薄，或是戏词。

清河书来，盛称其病增剧，未必遽肯赴滇。

洋人如知自敛，则是天启其衷，否则不戢自焚，岂独我之不利？浔郡主教尚无来省之请，想亦不欲再与士民为难耳。

致曾中堂同治七年四月初九日

天津练饷，谨遵尊命添解五万，合二十万串，已饬司局赶紧办理。

另修李忠武七公祠所需经费，只合于司局设法。昨因弥补旧案交代，札查历年所提丁粮、军需及加价两项收支若干，俟知现存确数，拟即酌拨五六千金，否则或于厘金挹注，总在秋冬可以兴工。

李忠壮讳臣典，于克复金陵后数日积劳病故。查奏案及传以前随令弟沅浦先生援江，奉旨于吉安、江宁、安徽各建专祠，应否即就吉安立功之地，饬该地方官绅建祠入祀，毋庸在省建祠，尚祈裁示。

粮捐一事，诚如钧谕，不能不并取贫民，初以江省久经肃清，各项工程多不可缓，而户捐既不准请奖，且其中流弊亦多，又以目下丁漕折收甚轻，故不得已曲徇其请，既而权衡利害轻重之间，颇以为悔，如奉部驳，当即分别饬停。

西捻南窜怀、卫，都门当可解严，所望诸军并力一心，歼兹余孽。又闻陕回披猖，势将复窜河、堡，现在黄流盛涨，当难飞渡。

近日贵溪有会匪滋事之案，幸将首逆周双桃当时格杀，拿获伙党十余名，大半福建人。万载张大吉一案，续获首从多人，已饬首府确讯严办。

浙盐既请引地，则广信所抽闽私厘金自应停止，另备公牍咨覆矣。

复黄殿臣 同治七年闰四月十一日

霆营撤勇、游勇于陆家嘴纠聚滋事，则浔郡水陆自应严为之备。丁军门既率水师抵浔，贵标亦派兵分途巡防，当无他虞。昨经函催孙军门饬汪营总迅带炮船来浔，计可速到。兹复抽调衡营前来，借助声威而听鞭策。吴游击带兵巡缉官牌、夹官湖港，诚为要着。倘该撤勇、游勇敢于拒捕及有抢夺滋扰实迹，自可格杀勿论，如系零星搜获，或肯束手受擒，则应带回郡城，讯明办理。缘该撤勇、游勇人数太多，其中恐有诖误潜匿该两处者，安知不因畏同伙之劫掠而然。若该游击涉于草营，转致激成事端，并祈会同丁军门、景观察出示晓谕，怵以兵威，使之逐渐解散。娄军门身为统领，何以弃营来浔，现在曾否回营，所余两营曾否已撤，其先撤之勇及各游勇有无军器，鄂省想已得报，究竟有何处置，尚祈详悉示知。

再，水陆巡查固宜严密，如系回籍经过撤勇、游勇，毋任兵勇乘间搜取行囊，致令穷无所归，阶之为厉，想高明早见及。此又衡勇是否可靠，并祈察看见示。

再，承示三营愿将所领盐菜银两捐修关帝庙及马襄愍专祠，具征义举。惟查建立专祠，须奉特旨，或祇奉敕于原籍建祠，由外奏请并建立功地方，亦有敕于立功地方建祠由外奏请并建原籍者。马襄愍阵亡之时，既未奉敕建立专祠，今事隔十余年始行奏请，殊无成案可援。且请建专祠，须奉旨后方可兴工，及工竣后又须奏请春秋致祭，转费周章。不若即名昭忠祠，中座祀马襄愍，其余官兵分别从祀，与专祠无异，而名义更正。一俟工竣，即请咨由弟处附片奏明，请由地方官春秋致祭，似为妥速，尚祈鸿裁。

复夏芝岑部郎 同治七年闰四月二十日

捻逆再犯津门，实属出人意外，旋复南窜东昌一带，则运河又须戒严。

奉天留都重地，自应慎重边防，早年归附部落，亦当善为扶持，为我藩篱，明季之事可为前鉴。

曲逆猛将，而非大将，稍加裁抑，实所以成全之。

筱泉折稿已经咨江，三不便与六难，可谓淋漓痛快，然以江西言之，则犹有剩义。盖江西北漕六十余万石，而所收折价一律三千文，将来起运诸形掣肘，又非皖、鄂、江所可比也。容与曾中堂定议，即当具折沥陈。

复黄兰舟观察同治七年闰四月二十二日

自闻台从归里，无日不盼惠临。今知近况若斯，则亦不敢促驾。肩弟因弟秋间入觐，原拟先期来江，老兄如可同行，犹未为晚，否则后会在不可知之数，尚祈念之。

弟自冬夏以来，几失故我，抚衷循省，又莫知其所以然。近则忽忽若忘，深虞贻误公事，特以涓埃未报，不欲废弃自甘。今年陛见之期，仍拟束装北上，倘得假以一旅，俾效死疆埸，末路尚有余荣，此身又何足恋，安敢望如荫公功成身退，有林园之乐，有骨肉之欢！

希陶分炊之议，由弟责之过严，兄弟怡怡，本有明训，况藏身不恕，故益觉难堪耳。

复曾中堂同治七年闰四月二十七日

捻匪再窜津门，实属出人意表，然忽北忽南，亦是辗转待毙之势。闻枭匪蚁附其中，或可聚歼一网。追剿之车，悉隶少帅，事权既一，庶有成功。

月初据景道及黄、丁两镇军先后驰报，鄂境游勇勾结娄营撤勇滋事，词涉张皇，当经添拨水师赴浔，以为不虞之备。惟称派黄游击过江搜查，讯明就地正法，武弁粗率，诚恐激成厉阶，且虑其中不无诖误，甫经分别批覆去后，即据报称，该勇丁等已解散矣。

江省三月协饷，本于中旬呈报委解，乃迟之又久，而后起程。嗣闻司局据称，当因筹备天津制钱，以致迁延。幸而娄军尚未决裂，否则江省不能不分任其咎。四月之饷，初未知截数若干，饬令稍缓，随亦全数解去。

东乡县之北乡鲁鱼典等，又以加价派捐，纠众殴官。该处风气强横，曾于三年抗粮滋事，经该府县拿问数人，此次不可不从严惩办。

粮捐既有滞碍，业经分别饬停。前奏虽闻议准，其未举办者仍作罢论，免致纷纭。改收银两，按价加征，各处亦多口舌，且有因此闹考者。司道议遵寄谕，另行奏明，俟拟就详稿，先行呈请核定。

致曾中堂同治七年五月初六日

兹接司道拟呈丁漕改收银两详稿前来。晚生熟与商酌，前经奏明之一两九钱、一两五钱，似仍应指出，免涉含混，致滋驳诘。将来如复收钱，亦应声明，随时具奏，以符部议。其二限、三限，每次加银三钱，以速催科，是否有当，伏候尊裁。

再，司道初遵照前谕，即于此稿添叙漕粮起运必须增收一层，称俟开办之年，仿照抚、建从前完米一石外加钱二千文章程，通饬各属，以此为法，参酌举行。并称届时骤增，民多观望，俟二三年后，于现折银数之外，奏明先加五七钱解存道库，以备钉造船仓之用等语。晚生以增收之议，不若即于奏展办运折尾声叙，更为顺理成章。而抚、建旧章虽善，诚恐执一难行，又不若仿照皖、鄂成案，更为妥便。谨就鄙见，分别删易，一并呈请核夺，其有应行添改之处，恳费清神，削定发还。

复何镜海同治七年五月二十九日

昨夜接诵手函，欣悉台从即于廿六日申刻驰抵东乡，承示情形如绘，拟办方略，均合机宜，无任钦佩！

榆街之役，或明攻，或暗袭，想有胜筹。进据其地，足断两乡声援，第须约束严明，各守其伍。城垣重地，不可空虚，应否待昌勇来，统维裁酌。何采臣大约震于十八日之众，又虑衡勇不可用耳，现在润溪雇船，疑是避乱百姓，匪徒乘间兔脱，似亦不可不防。弟于廿七接许星台禀报，即经檄调驻饶之刘镇军，亲带炮船两三号前往稽查巡缉，并知会尊处矣。

吴把总之事若成，最为妙策，五百金赏又何为多，将来尚可量为奖励。

寄示六言晓谕，词简义明，弟所缮发百张，大意亦属如是，惟并东乡鲁鱼典等言之。将军岭之说客与所出揭帖，具见狡黠，可否因势利导，是在熟察而审图之。

复何镜海同治七年六月初二日

该两乡既无人来邀恩，即来邀恩，或延不交犯，则进兵不宜再缓，缓则该刁徒以为官军畏缩，或有意外之虞，否亦恐首犯远扬，难于了事。且昌、亮适有斗杀之事，该刁徒幸而玩之，尤须示以不测。

至该两乡既未聚众，尊意又在先办一乡，进兵似无须两路。可否以一千人进榆街，焚其两乡公局，即驻该处，以断两乡声援，大张晓谕，示以恩威。先勒令北乡捆送首犯，相机分兵焚毁各首犯房屋，安辑被胁良民。其余两营留扎近城，抑分扎山口，以备接应。然弟未悉该处地势，一切仍祈酌裁，不敢遥度。至藻勇禀报于初二拔舍，到省恐尚须时日也。

复何镜海同治七年六月初二日

午刻函牍已由六百里发来矣，顷接手函，殊深烦闷。陈尔昌既能重办该勇五命之多，即足箝制该营，断不至于有事，第不可令与亮勇同进耳，阁下何必遽请撤退，而另调藻营。藻营之刻难到东乡县，想在鉴中，若再姑待迁延，尚复成何事体！阁下何不即留抚州营兵守城，会昌勇驻扎城乡居中，以备不虞而资接应。而令亮、衡两营撤毁榆街公局，择地驻扎，安集绅民，勒交各犯。以弟料之，决不至于对仗。或者匿犯不交，则确探踪迹，前往捕拿，相机围剿，阁下尽可在城调度，不必与亮、衡两营同行。以地方乌合之众，其实甘心为乱者无多，乃征调一千数百名官军，又请阁下亲往督办，迄无头绪，徒事纷纭，殊不可解。倘该各营不听节制指挥，当剿捕者不能剿捕，当防守者不能防守，当接应者不能接应，罪有攸归，决无姑贷，惟候揭参前来，立予处分。

阁下主持军政，亦宜大展明断之才，勿涉游移，致有贻误，是所切祷！

藻勇到省，先令驰赴进贤，听候檄调，并拨勇二十名随侍左右。

复曾中堂同治七年六月初六日

闻都直夫长于剿捻，朝廷用得其人，惟与左、李鼎足而三，号令似嫌不一。少帅来函有缩地圈制之议，未知形势若何？邓军月饷已照前咨拨解三万三千，所增亦属无多，尚可勉力接济。

东乡刁民初见亮勇移至，竟敢纠众拒捕。嗣见何镜海率衡勇、昌勇、藻勇继进，该乡乃惧，迁徙一空。现虽进驻榆街，竟至无从着手。昨复委周葭浦前往安辑，令其捆送渠魁。此君久住东乡，士民爱戴，或闻其至而相率来归，否则首恶终至远扬，地方难免株累。

旧案交代，将次清厘，恐署事者意存推诿，故奏留文友石以专责成。大约夏秋之交，可以详办，此事万不可再缓矣。

晚生现已疏请入觐，重阳前后计可束装，假道长江，仰瞻道范，以舒生平积悃，庶不至如前此两过衡阳而未登南岳，宦游岭外而不见东洋，迄今不快耳。

致张月卿 同治七年六月初十日

自闻乞休被议，不禁百感交萦，举笔不能成书，以致久稽问候。现闻吉旋珂里，遥维福集平泉，敬慰敬颂！

先生早掇巍科，久膺疆寄，文章勋业固已炳曜人寰，然而崎岖岭峤之间，出入兵戎之地，艰难险阻，亦备尝之，何幸甫逾知命之年，即有归农之乐。而况塞翁失马，正天所以惜才。朝廷明知滇南外阻内讧，断非单骑可入，故以靖帅相代，冀得借其兵威，否则诸葛复生，亦难继执事而强之使去。惟以收回成命，不得不有贬词，圣眷未尝稍衰，台垣何难光复，东山再起，在指顾间。

瀛眷曾否迎归，尊处迩来何似，尚祈便中示悉。

旧属章门承乏，瞬及三年，苟且因循，毫无裨补。兹已奏请入觐，约在九月束装。西北正在用兵，拟请以偏师相假，虽自分短薄，未必能为宵旰分忧，而裹革之忱，差可以自信。倘为恋栈之计，终有负乘之虞。且以起自戎行，又未便久在此地回翔容与也。

荫帅归舟过浔，信宿而去。闻其体气发舒，精神矍铄，自抵里后，每日读《易》一篇，天机适然，骨肉之欢，林园之乐，令人健羡！

燕、齐军务，迄无捷音，先生廊庙江湖，当亦闻之扼腕矣。

复何镜海同治七年六月十一日

王清元既系该县面认之犯，执事购拿有名，应即照章给赏，不可失信，果能将首要各犯悉数弋获，则二千金又何容吝，请即饬县筹备，将来准其开销。惟周葭浦来问，除首犯外尚须办若干人，以便转告绅士，似宜答以只须办此要犯六名，令各绅士赶紧捆送。若谓难于预定，须看获犯口供如何，则其中诖误者多，难免疑惧，各绅士亦将畏阻矣。此案拟既结而后奏闻，尚有应办之犯，归入善后办理可也。

再，百姓既经回家，宜急出示晓谕，令其照章完粮，则人心益定矣。请与该府县议之。目下藻营既到，抚州营兵似可撤归也。

致刘蕴斋同治七年六月二十二日

兹有恳者：

前室雷氏，十载糟糠，递遭兵燹，其中辛苦艰难，不堪回首。嗣因门生从戎江右，凶耗讹传，情迫自戕，尤为惨烈。贱兄弟历年在粤带勇，县中采访，乃以轻生为疑，致未举报。

今年舍弟归里，已由门生拟就节略，酌叙事实寄回，嘱其邀同邻族在县具呈请旌。如已转详到辕，伏乞迅赐核奏，俾得早邀恩典，不惟前室重泉瞑目，门生亦稍心安，衔结之报，存殁同之矣。

复何镜海同治七年六月二十六日

此次起解各犯，均无疑议，以外未解各犯，即请尊处讯明，分别办理。东乡丁漕，应如来示，不准绅士汇完，以断病根，未知日内已就绪否？经此一番惩创，不惟该处从此安分守法，即各处亦知鉴戒，不至动辄拒捕抗官，皆赖执事大力也。

惟闻孙令嗜好颇深，不善听断，唐都司初抵该县，有促北乡完粮花户勒索致死情节，何副将抵县，亦有放哨勇丁滋事之说。是否属实，尚祈密查。

致曾中堂同治七年七月初八日

奉覆示及发回改收银两展缓起运二稿，并蒙各增数语，具臻妥善，惟“怨声载道”一句，自晚生出之，似嫌太重，妄为删去，余俱照缮，月内即可出奏。

此间接济各处协饷，本属以公济公，借口为国守财，而实为国偾事，卒至财亦不守，似非良图。晚生前在粤西亦曾求助邻省，竟如富翁之视穷丐，甚至逐出请饷委员，初闻颇觉难堪，既思不禁失笑。兹恐人将笑我，不敢袭其所为，不图中堂体恤之复奖励之也。

东乡一案，已经拿获首要各犯十余人，仅嵇茂发一名尚在漏网，并经拿获结盟滋事之万贤才，益足以昭惩创，自非何、周两道之力，恐不至此。何道下手颇辣，而居心慈祥，出口近夸，而办事精细，周道则朴诚明干，均属难得之才。

达川自调任后，未接一音，晚生亦以道路迢遥，久未问讯。

昨接枢垣来信，讽令入朝，请觐一疏，计邀俞旨。惟前奏留文友石，当轴不以为然，孰后孰先，尚难预定矣。

致曾中堂同治七年七月二十四日

前月十九密商之件，迄今未蒙赐覆，不审尊指如何？晚生之意，均请暂免置议，容后随时察看，或从缓覆奏亦可，鹄候裁示。

展缓漕运及改收银两，已于十六出奏。东乡一案，亦于今日出奏，叙抗粮情形则详，于拒捕情形则略，以其近于叛逆，非十余人所能了案。其实该刁民等纠众虽至数千，不过狃于故智，并非有他。此间调勇虽号四营，均系酌抽队伍，合计仅千余人，更非有所讳饰也。

昨接雪琴先生手书，欣悉西捻全股扑灭，腹地一律廓清，从此振顿拊循，可期久安长治。

南城陈令日在醉乡，故以李芋仙代之，当遵前谕，戒以不得因学而废吏事。此间读书种子只此数君，亦不可多得矣。

致彭雪琴同治七年七月二十四日

寄荫渠书，当经付去。嗣诵乞休一疏，义明词质，有功名教之文，将来采入国史中，百世下读者犹为流连慨慕。弟忝附同舟，更有感于出处之道，进退之机，中夜傍徨，莫知所措。

兹复接到手示，欣悉东捻就歼，诚属敷天之庆，而先生从此去志益决，不审能否如愿相偿？大乱初平，需人共理，先生虽不屑于吏事，行藏实系天下重轻，朝廷倚畀方隆，将有内召之命，未必以长江水师事竣，遽许息肩。

弟才短不能有为，年强未敢自废，业经具折请觐，计于重阳前后戒途，道出浔阳，借得拜识荆州为快也。

致曾中堂同治七年八月十二日

初十日晡，祗诵钧函，敬悉中堂荣荷恩纶，调任直隶。以畿辅重地，是非盛德丰功，不足以副中外之望，维南北之心，朝廷知人善任，天下知有此举久矣。惟晚生承乏章门，于兹三载，仰赖提挈之力，得以稍免愆尤。今闻福曜远移，傍徨不知所措，此间官绅士民亦莫不为之色沮也。

尊处奏拨饷银二十万，已饬司道通融挹注，先凑足十万两，定于明后日起解，以应急需，其余十万两，亦即设法掘罗，仍由督销局陆续归款。惟淮军既经全撤，则原协之一万两，此后自可截停。此间厘金虽于五年内酌裁坐贾小卡，而两起两验，仍形繁重。商民现闻苏省厘金大减，莫不望泽希恩，援以为请。如蒙尊处裁撤霆军，此间接济已舒，即将各属厘金减为一起一验，以复旧章而资苏息。尚祈酌夺示知。

致曾中堂同治七年八月二十五日

借拨之项，因文友石将次交卸，以致延搁至今，始经起解，莫名惶恐！

委平景升署藩篆、周葭浦署粮篆，实以两处应行清理之件甚多，不得不为缺择人，未敢稍为迁就，内外见谅与否，听之。

节从何时上道？马縠翁精细和平，当易共事。霆营如现未撤，请以嘱之縠翁，盖江西厘金，今冬必须议减，以外别无余力可以接济此军。中堂自悉此间情形，縠翁得毋疑有异视。至于长江水师尚未逐一部署，闻彭雪翁有百日后仍赴江上之命，将来臂指自灵。

捻逆荡平，应否表贺，尚祈示悉。

复李黼堂同治七年十月二十四日

执事宦成身退，闭户著书，自不欲与闻外事。

吾乡十三之税，均谓犹龙所为，而吾宗盟，实执牛耳，乃漫无可否，宜议者不能置之。此间派捐，各州县亦近百万，然每府只一员一绅，并不责其取盈，或不至于扰累。

陈怡兄垂橐而出，鄙怀深抱不安，第此间情形，想早荷洞鉴。近来江流益涸，涓滴亦觉为难，即有舟子招呼，仍然高咏，卬否故不必耳。弟年甫四十，须发斑然，似此经秋即悴，又安望有发生？执事关怀，直同骨肉，惟有心感而已。

复文辅卿观察同治七年十一月十二日

螺川事已失之于始，此时既经有成，断不可以轻动，致启衅端，姑俟机会可也。不图庐陵节义之乡，人心涣散如此，亦由平日政教不行，纲维不肃所致。此后浸淫渐渍，风俗尚堪问乎？

来示严查保甲，以除内患而联众志，仰见卓识宏才。再能辅以乡约家规，则诸邪自无间可入。至于临事刚柔妙用，左右自能神而明之。

又彼设救生堂，为害尤烈。柳南前守建昌办理得法，似可仿行。

复左宫保 同治七年十二月十九日

江西应协十一、十二两月饷项，已经先后解赴鄂台。昨复奏明，自明年二月起，按月另由厘金项下协济尊处二万金。所办四省捐输，亦经粗有头绪，大约明春可以分途起解，以资饱腾之助。

前疏谓西北疆臣任兵事，东南疆臣任饷事，诚至当不易之论。况晚生起自戎行，乃久在回翔之地，每念先生崎岖拮据，五内难安，是区区者而敢吝之？乡俗讨年债，军中真有此情形，所幸挟纩之恩，足弭脱巾之变耳。绝塞隆冬，诸惟珍重！

此间霜雪应时，各属安靖，下游裁撤各勇，沿途亦属帖然，堪慰廑注。

复马毂山 同治七年十二月二十日

查前借拨二十万两，原系奏明动用漕折，俟督销局归款，即行解部。若自明年三月起，又迟至二十个月之久，则农部必有烦言。

盖自肃清以后，漕折年清年款，不容稍有蒂欠。伏乞俯赐体恤，饬督销局自明年三月起，分作四个月归完，庶于江西不致有误解期，即于尊处度支似亦无甚滞碍。必如来示办理，即请附片奏明，免致江西司道有干吏议。

复曾沅甫同治七年十二月二十七日

前蒙颁到《船山遗书》，公余展诵，诚粹然一代大儒。兹承尊嘱，广为流布江右，益仰表章先正、嘉惠后学之盛心。

此间现议于明年开办志局、书局，一俟筹有巨款，即饬分拨来湘印刷，届时再行函恳。

复江达川同治八年正月初五日

再，广西左、右两江，距省甚远，耳目难周，必须妙选贤明，与之共治。惟是该处道、府、州、县，瘠缺最多，又宜妥定津贴，调剂保举章程，方足以资激劝。弟因闻老兄勤求吏事，且以旧部关怀，故敢妄献一言，尚祈垂纳。

至该处辛苦凋残已极，颇有乱极思治之机。如得地方官加意拊循，遇事振顿，伏莽似无足虑。

致曾中堂同治八年六月十七日

叩别首途，舟车顺利，前月廿四，即抵章门。因染微疴，养息数日，始经就痊，业于本月初三接印。省外如恒安谧，堪慰廑怀。惟春夏之间，阴雨连绵，山水暴发，各属堤溃田淹，被灾甚重，为十数年所未有。现虽天气晴明，可以补栽晚稻，又因长江盛涨，倒灌鄱湖，低洼之处，骤难涸复。嗷鸿满泽，情景难堪，不得不暂为赈恤，而经费殊难为继，且捐厘均形减色，京协各饷亦不能支。闻两湖及下江与此间略同，尤为可虑。

昨阅邸报，欣悉京师于五月初旬甘霖大沛，想辖疆一律均沾，岁收当可补救。第晚生经过之处，颇好种罂粟花，闻各属亦所不免，似宜量行查禁，未知洋人不致以此饶舌否？又，省会逗遛营员甚众，其中贤愚不一，不免纠结招摇，似宜分别遣回，未审是否有当尊指。

复夏芝岑 同治八年八月十四日

弟在都诸荷照拂，得免愆尤，然言举之间，必多不得人意，尚祈俯赐指示，俾知省循。

关辅肃清，则陇右当可迎刃而解。太冲先劳后逸，与兵事相始终，不惟其功足多，其情亦属可悯，乃因小有旷持，遂群起而议之，未免不恕。以西事之难，即使柱史代将，亦未必立收全效，其他更无足道也。

滇、蜀运道，一切不得其详。伏波递受重伤，从此疑谤可释。援黔之师甫振，而其将复南旋，甚不可解耳。

珂乡自六月后雨旸应时，晚收可望丰稔。然以长江倒灌入湖，低田涸复无几，虽经分途赈恤，縻费已觉不赀，而饥民太众，粥少僧多，仍恐无济于事。

昨接苏省覆称，今届约剩船百数十号，可运江省漕米十数万石，而另函又属不符。现在为时已促，且经奏展，姑视来年何如。各属时有械斗之案，而乐平尤甚，盖其积习使然，不可不从严惩创。

复马榖山 同治八年九月初四日

承示“尽其力之所能为，与夫事之所可为”两语，足以括千古而历万变，岂独今日之洋务已也。敢不自勉，仰副明教！

乐平一案，业经拿获首犯叶四保、叶周仓、王周保三名，并获要犯十余名。现在锡守履新，仍饬黄前署守留缉，并妥议善后事宜，盖恐缪道过于谨慎，而何副将又呼应不灵耳。该县先于三月间，即有余、彭两姓械斗之案，亦十余命。以前劫案更多。已密令该印委各员以次振顿，为一劳永逸之计，未审能否如愿相偿？

各属高田，秋收颇稔，如再晴十数日，则颗粒皆登场矣。然滨江滨湖各处，尚属一片汪洋。饥民向隅，未便膜视，分别谅予抚恤，已费三万余金，将来水退之时，复不能不以工代赈，为款甚巨，从何掘罗？且上年奏明借修圩堤之三万数千两，今年春夏悉付洪流，兹复渎请，更难措词矣。

尊处增饷练兵，诚为当务之急。既奉谕旨，江省自可仿行。

复延树楠侍郎 同治八年九月十四日

承嘱漕运一节，就中备细缕述前函。今年水潦为灾，更难措手，业经疏请再展，尚费大部筹维。昨接丁雨生覆称，沙、卫等船，尚可招徕，无奈为时已促。明年如果试办，折价必须议增，然便于官，不便于民，恐不易于就绪。前人只博一时虚誉，并不为国家计及将来，先儒谓好名与好利同为其害心而害政也。

锡太守起自刑曹，必谙吏治，当经饬赴新任。该郡适有械斗重案，由省遴委文武大员带兵勒拿，现据禀获首要各犯多名，不致有他虑矣。弟于僚属，最好尽言，一有不当，或加以诘责之词，或即讼之于众，俾知有过必改，其实并无苛求，尚祈便中转致令亲，勿以此为疑畏。

复彭海门观察同治八年九月十七日

贵局报销稽迟，实由头绪纷繁，老兄又必欲一手清理所致。弟同事数载，岂不深谅苦衷？所有一切收支，自应由粤核办。惟查赏项，例不准报销，而新粮全无截旷，恐有驳诘。楚军欠饷多系一折，且报效数十万之多，而册报收款并平余零捐等项，亦经列入，可谓核实之至，想司局不至刻意吹求。至于报效欠饷，既有成言，已经具奏，此时何容拟议？其恤赏、饭照各项，均请自求当座清理。弟前言之苏、李两公，竟无一语作答，想因有管兵不管饷之议，故以越俎置之。又，贵局所欠李霖生薪水，屡向舍下及江署索取，不堪其扰，务望速为筹给。

老兄年逾六旬，闻亦多病，现在总办厘务，似可暂安一枝，既为上游引重，将来未尝不可权宜委署，北上不易，祈审图之。

弟入都展觐，得遂就瞻两宫，垂问吏治民生以及军务，甚为详悉，训勉谆谆。皇上仪表非凡，圣学日懋，一言一动，已越寻常。恭邸谦光伟度，于外事甚为留心。政府诸人亦莫不忧国奉公，励精图治，宜其有以致中兴之盛也。昨阅京报，安监已在山东伏诛，即此一端，岂汉、唐以来所能及者？承询，故并及之。

复胡砚生山长同治八年十月十四日

日前开示七公谥法、赠衔及原传一本，业经分别送交文友石、何镜海矣。昨据张大令面称，现有地基屋宇，湫隘不堪，已饬另择修造。七公均系死事大员，有功江省，各奉特旨饬建专祠，今既并而为一，似不应太涉苟简，尊意以为何如?

前室人十载糟糠，为弟毕命，前承询及，不禁感恸涕零。然而入祀珂乡，实不敢当此盛意。所有自拟节略及谢恩折，容即呈请大笔，立一小传，俾光家乘，以慰幽魂，亦见弟不能忘情故剑也。

致帅子文侍御 同治八年十月二十二日

省志越时已久，又属军务之余，亟应设局续修，业将各郡邑新旧志书调取到省，定于出月开局办理。一面通饬仅有旧志各郡邑，务即设局延请名宿，将以后事迹采访送省备纂，该郡邑亦即就局纂修新志，以期一举两得。

省志分修，拟先延请原修《忠义录》之胡学博雪村、朱孝廉镜湖、朱明经莲洋、熊大令松之及广信之郑山长容轩诸君，以后视事繁简，再行增请。惟总纂之任，必须齿德俱尊，学识并茂，惟先生与刘詹岩先生两公方足以司笔削之权而泯异同之见。昨已函请詹岩先生，约于冬月中旬到省。兹谨专函奉迓台端，伏望命驾早临，与之统持全局，俾折衷之有自，庶参校之无讹。仰赖鸿才，以成巨制，实为厚幸！百数十年文献所关，一十四郡典章攸系，想先生谊重维桑，必不吝玉也。

复刘靖臣制军 同治八年十一月十一日

滇南远在天末，寇乱近二十年，人莫不视为畏途，等于弃地。

阁下提师深入，不计险夷，各将士戮力同心，忍饥苦斗，卒能维持危局，扫荡狂氛，上舒宵旰之忧，下慰云霓之望，以视弟之回翔善地，抚髀兴嗟，其得失为何如也？

江省奉拨协饷，实属无款可筹，未敢轻诺。前经奏请免解，尚未接到部覆。续收捐银三万有奇，已分付贵委员汇兑。杨、刘两镇军所欠薪粮，似未便由此间代发。值此穷冬岁暮，又难听其久悬，因与贵委员熟商，即于所领捐银，通融补给，想左右必不责其擅专。

复朱修伯学士 同治八年十一月十八日

四维此行，似系虚声恫喝，其于江省尤属无可借词。在里边不得不细推敲，而外间不可不稍镇定。幸柴桑公尚有把握，不致先事张皇。现在体察情形，必无意外之变。惟将来洋人拖船翻湖，而又仿作中国式样，任其所之，无从（办）〔辨〕别，则省外自此纷纷多故矣。并闻有采煤乐平之议，其患尤不胜言。该处于道光、咸丰年间及本年五月，迭出械斗重案，每次毙命至百余人之多，风气犷悍已极，华、夷恐不相安。农部严催起运，握定孙小山原奏，岂非强人所难，以折价三千文而能运米至津耶！

潞公国之柱石，天必相之，将来病愈，可否劝其节劳。武侯如听杨主簿之言，或者多延数载，汉事略定。

南丰前次来书，以岁歉民饥，深自引咎。此次则微陈衰惫，而以军政、吏治难于振顿为忧，形诸奏章，其心事可想而见。此老进退，实系天下轻重，非平世三公比也。

治安一策，未见邸抄，即祈录寄为要！

致曾中堂同治八年十一月二十二日

直隶军政、吏治，自经振顿，便觉改观，都中来书，均谓畿疆数十年来无此景象。晚生夏间归过西道，接见府县，莫不叹服举劾之公。至于案牍之难清，将才之难得，亦不能期诸旦夕，所望久于其任，自能措置裕如。

晚生由京抄回尊处清讼十条，仿行颇有成效。

至绿营兵无可减，即饷无可增，训练殊无把握。

省志已阅百数十年，若再置为缓图，将来文献无征，从何着手？现在设局续修，请刘詹岩、帅子文两君总司其事。第调查郡邑志多修于嘉庆、道光年间，且尚欠十数县，又各属文武庙宇、衙署多属阙如，纪载无从着笔。此次不敢遽望成书，只期草创就绪，俾后人有所依据耳。

九月，得胜门内失火，时值北风，而火转向后，延烧城楼。前月有猛虎由西山而下，径趋近里之杨子洲，咋伤十余人，尤为异事。古人能反风灭火，今则火竟逆风以逞其威。古人使猛虎渡河而去，今则渡河而来。或者事之偶然，亦似有其所以然者。晚生德薄能浅，且自夏间下血太久，精神大减于前，顾此天灾人祸之交警，惶恐失次，要不敢稍存诿卸之念也。伏谂中堂垂念旧部，不敢不据实渎陈。

承询恽少薇盘柩之费，已于弥补捐款内筹给二千金，盖外间无可吹嘘，仅敝署与藩、粮两署为涓滴之助，恐其不敷。恽公有令子两人，其身后且如此。可慨也夫！

复朱修伯同治九年二月十三日

外间于交涉事件，但期不失国体，亦不启衅端，便为善全之策。当轴若责洋人不应借案索银，疆吏不应以银了案，方为冠冕，外间亦可神明其意。昨读折稿，似谓弟辈平日不畏简书，临时乃畏番舶，未免不善措词。英人新约，格碍难行，已据景介臣论驳十条，转咨当轴。

柴桑君真铁中铮铮者，非公几失之矣，现以时事艰难，浸有去志。俊质堂云，俟仲秋方履新任，何其迟也！此公近来骄蹇异常，固早忧其取败。彭雪琴谓人之才力精神有尽，真是见到之言。

合肥改辕而西，自足殄此余孽。

滇、黔兵事，全赖邻封，本省既呼应不灵，客军又事权不一，劳师糜饷，收效无期，川、楚徒疲于奔命耳！

复景介臣同治九年二月十四日

查义宁州茶落地税实征银一两四钱，河口茶征银一两二钱五分，若照新章，则义宁州茶由关找还三钱五分六厘，河口茶找还二钱六厘，已经分别更正。此外尚有措语过重之处，均经酌量删改，免致吹毛索瘢，反唇相稽，未审是否有当。

总署不知外间情形，故以所定新约为得意之笔，今见执事论驳详明，当亦省悟。第既经会押，恐难挽回。尚祈托人探明，密速示悉，通商大臣如何批覆，亦希告知。

致曾中堂同治九年二月十七日

英人新约，垄断最工，景道论驳十条，切中利弊，明知总署已经会押，难于挽回，第事关国计民生，不敢不为之转达。此次新约事宜，由总署询之通商大臣，通商大臣询之通商关道，似疆吏不必与闻。乃思之再四，终不敢以越俎为嫌，想当轴亦谅其愚而恕其妄。法人重在传教，不知将来新约更如何为难。俄国与我壤地相接，非如英、法各国远阻重洋，颁行和约，准在近畿及各内地并蒙古等处通商，履霜坚冰，大可虑矣。

刘寿卿战没，西事益觉难支。文百川先生扶榇归葬，未审何时还朝，此老似不可一日去政府也。

复夏芝岑同治九年三月十七日

承示于升正郎后，即以豸节指湘，福曜遥临，维桑有幸矣！惟台从既将出都，则抄国史馆列传以及《方略全书》，拟即分托朱修伯及许仙屏。盖珂乡与军务相始终，将来载入通志，诚恐与方略馆或有异同，故须抄出全书，以备考校。至国史馆列传，不独隶籍江西之人、历仕江西之官，即曾经流寓江西以及生平事实有涉江西者，均须分别抄出，以资征引，恐非仓卒所能竣事也。

敝署之事，请即转托李筱兄，此公虽系初交，而其心行才学，实已心醉矣。

致英西林中丞同治九年三月十九日

左吉云等一案，既在彭泽境内，难免该县人等从中勾引，诚如来示所云。景道现在督县查办，乃尸亲任意株连，所欲已盈，辄请解释，地方官又恐得罪清议，即有真犯，不欲深求，遂因其势而利导之。其实此端一开，彼益择肥而噬，而舍此亦别无方略，其如时局何哉！

驿里塘堤彼此分修，从前本有成案，然宿土少而化土多，宿民瘠而化民肥，亦何必过分畛域，已饬赶紧筹款及早兴工矣。

少帅改辕西向，陕回自易扫除。昨有自长安来者，据云贼势已敛，究未知实在情形。

湖南饥民借平粜之名，乘势劫掠，闻已拿获渠魁，余悉解散矣。

复刘詹岩同治九年四月十七日

承示函稿，具谛壹是。外间绅民未悉其中原委，而地方官又未明白与之商量，以致人心惊疑。弟已饬首府函致有漕各府、州、县，告以今年仍行奏展起运，嘱其从缓筹办，毋令绅士为难。将来筹办起运之时，弟当督同藩粮，妥为斟酌章程，大张晓谕，务令官民两便，断不任其影射浮收，如从前之百弊俱出也。余容面罄。

复朱修伯同治九年六月十八日

津门之事，近日如何？此次即能弥缝，将来终致决裂。弟昨覆总署书，劝其暂将淮勇全数留直，以应目前之急，并于山左、右赶练劲军，以备异日征调，壤地相接，呼应尚灵。在中国未有不能战而能和者，在外国亦未有可胜而不可败者。若以甘、陕、云、贵未平，专为隐忍姑待之计，恐官欲忍而民不能忍，我欲待而彼不能待也。

复黄殿臣同治九年七月初十日

法人多行不义，又动辄称兵，将来难免决裂。昨奉密旨，振顿留防水陆各勇，则陆营亦不能不及时训练。贵镇实当其冲，练兵尤不可缓。马制军奏准练兵章程，江西亦应试办，惟江南额兵则存三分之二，额饷则发十分之八。折内声明，此番训练，俟有成效，即为裁兵并饷之举。江西兵、饷两足，兵无可裁，即饷无可并，与江南事宜不同。

弟前与阁下所议轮练之法，似属妥善。先行抽练一营，练熟即撤归伍，再行抽练一营。抽练则增饷，归伍既停支，将饷不必常增，而兵可以悉练。散则归汛，聚则成营，万一有事，不独现练之兵可供驱策，即已撤归伍者亦易指挥。曾经商之马制军，亦深以为是。每营所练兵数，每兵所增饷数，自应查照江南章程。

至于训练以几月为度，以及一切详细事宜有无应行变通之处，即祈速赐酌示，以便一面办理，一面奏咨，幸毋稍稽时日。

复马榖山同治九年七月十九日

顷诵来翰，具领胜筹。洋人若犯长江，苏省实为门户，门户既固，堂室自可无虞。沿江各省，应即并力一心，不得仍前各分畛域之见。正拟以此覆奏，而尊指适与鄙见相符。惟江西除湖口丁镇所辖水师堪供指挥外，其余本省所留水师，船炮太小，甫议造换，目前若令出江，断难得力。所留陆勇仅二千七百名，分防各处，仓卒调集，亦难成军。

至于饷项一层，自当勉力掘罗，以顾时艰而副台命。应请飞催昌岐军门速回金陵，妥筹部署。

闻江南提督李军门智勇均优，所部亦系百战劲旅，当可以资掎角。并祈察看事势，奏请李中堂先其所急，全军回援，为公将伯之助。愚昧之见，伏候酌裁。天津、上海两处情形，仍希随时示悉。

再，查长江水师打仗舢板，每船兵丁只十四名，似觉太少，应请照旧增募两名，合成十六名，方可敷用，事缓撤去可也。

复沈幼丹中丞同治九年七月二十五日

杨卧云先生既承推奖，自系品学兼优，一俟归抵章门，即于志局量为位置，以副雅嘱。

天津之案，想尊处早有所闻。法人如此披猖，将来难免决裂。江西究属内地，其祸稍舒，惟滨海地方务须严为之备，而畿辅尤为吃重。闻李中堂全军北辕，夷情熟而部卒精，当可以资捍卫。弟承先生之后，于洋务极力支持，数年以来，幸留此一块干净地。

天津之事，若过迁就，必然波及江西，当以去就争之，誓不与共处此土也。

复孙栋臣军门同治九年七月二十八日

查贵营前、后、左、右、中五营，每营船二十二号，长龙一号，舢板二十一号。又麾下亲兵一营，长龙二号，舢板五号。今请将前、后、左、右、中五营，每营抽出舢板一号，共五号归入亲兵营。二十二号方成一营，内将长龙一号改为长江大舢板，为麾下督练之用，舢板十号均改长江打仗舢板。其前、后、左、右、中五营除左、右两营仍旧应毋庸议，前、后、中三营每营舢板二十号，亦均改长江打仗舢板，每营长龙一号，均改长江督阵大舢板。合计改造之打仗舢板共七十号，每船暂照长江各加勇两名，合共加勇一百四十名。此外不加船，亦不加勇。如此分拨改造，章程甚属妥善，即请查照办理，不必拟议纷纭。

弟现在诸务猬集，昕夕不遑，又加一文武乡试，益形烦苦，贵营改船练勇之事，一委之于麾下矣。

复彭雪琴同治九年八月十三日

前奉寄谕，振顿长江水师，朝廷原有深意，以公恩威夙著，是以倚畀独隆，众情喁喁，亦思重瞻风采。兹接手教，乃知清恙尚未全愈，而惓惓忧国之忱，溢于行墨。现在天津之案，想尊处已得其详。长江正在筹防，必续有旨促驾矣。又闻马穀翁于前月廿六为奸人刺中要害，越日殒命，则是防务更属需人，公之出山，恐难再缓。际此秋高气爽，尊体当已霍然，尚望勉为一行，以济时艰而顾大局。

至湖口、饶州、吴城三营均属恪遵纪律，无烦廑虑。江省船炮太小，拟照长江水师量行造换，陆营亦经分途训练，以备不虞。如得节从速临，左提右挈，合各省全力以制逆夷，则东南大局之幸也。

复梅小岩方伯同治九年八月十四日

前代行刺之事，或在兵间，或系乱世，即前十数年云南之案，亦属地方情形不同。辖疆肃清多年，光天化日之下，何图竟有魑魅为厉！奸人既经拿获，自应严究根由，拿办党羽，未可任其支吾。阁下内戢凶顽，外示镇定，具征卓识宏才。

曾中堂重莅两江，想不久即可抵任也。縠山制府平正慎勤，一生断无过举，乃忽遭此毒手，天道殊不可问矣。

复李筱轩同治九年九月十一日

法国现有近忧，不暇远骛，又得合肥全军抵直，当足以慑其骄心。长江正在筹防，甚盼湘乡速来，为之左提右挈。此老在津会奏之折，中外未免哗然。

洋人前争江省教堂旧基，递经与之驳辩，彼已理屈词穷，不复饶舌。惟外属近又有撤毁教堂之事，虽未损伤人口，将来仍费调停。该教流毒地方，几至无可方略。来示谓在礼乐修明，父兄劝诫，庶使该教不行，诚为至当不易之论。弟遇官绅来谒，亦无不以此勖之。然该教既以利诱，又以势趣，顽固无耻之徒，安得不望风而靡，污染日宽，大可虑矣。

复王子坚方伯同治九年十月二十九日

洋人于夏初来争筷子巷地基，与之再三折辩，彼始废然而返，而其心仍觉不甘。吴城近又折毁教堂，未审能否赔修了事？

天津案已奏结，尊处自得其详。曾侯来函，深以为恚，而外间人言啧啧，亦无恕词，晚节之难，亦殊可怕。自李协揆移师赴直，夷酋之胆始寒，可见抚驭远人，非可徒恃口舌也。

承示劝办普捐，自是权宜之计，川中素称沃壤，当不至于为难。执事职在用人理财，尚祈总大纲而略细务，以节劳自爱。

复刘蕴斋同治九年十一月十三日

席营来设转运局，借收闽捐一节，踌躇十数日，与各司道再三熟商，终觉滞碍难行。盖闽捐贱于四省捐输，闽捐一开，则捐生避重就轻，四省之捐必成虚设，无论无以接济四省，邻有责言，即该捐局之委员、委绅，亦不能缄口。且从前鄂、皖两省，未经奏准委员来江劝捐，当饬停办。兹事同一律，似难通融。

总之，席营来江收捐，无非以饷项拮据。研香有功江省，又重以吾师之命，此后惟有将应协月饷每年多解数批，所有石守设局收捐一节，毋庸举行。伏乞俯赐鉴谅。

复蒋璞山中丞同治九年十一月十九日

省三军门衔命而来，足为公臂指之助，未审左伯何时奏凯，以慰宵旰忧勤。金积堡虽经合围，不可不防其溃决也。

天津一案，左右自得其详。曾侯事后追悔，亦复何及？

弟不谙时务，积戾弥多，惟冀仰邀天恩，速赐罢斥，留此犬马余生，以图异日捐躯之报。

临川、吴城两处折毁教堂，各给银千数百两将就了事。当此时势，固宜顾全和局，亦须维系人心，与其屈抑士民，何如舍此戋戋之数。此中虽有流弊，只合害取其轻。

湖南、福建土匪先后萌动，江境亦经设防，目下虽已解严，边备仍难遽撤也。

部拨协饷，初拟径解崇辕，既思暮岁长途，又非熟路，难以放心，若解至鄂垣，亦觉诸多滞碍。即祈委员前来迎提，此间仍派炮船护送，或至汉口，或至襄阳，一惟台命。

复曾中堂同治九年十二月初三日

洋人贪而无厌，得寸望尺，其桀骜之性，未可全以柔道制之。闻合肥所部四五万人，畿辅当可无虑。长江一线，轮船技固难施，而兵力渐成虚弱之形，似宜及时振顿。

湖南会匪随处皆然，所赖地方官妥为劝惩，绅族善为约束，否则以习武之徒而作乱，固为大局之忧，以宣力之士而受戮，亦伤朝廷之意耳。

丁雨生扶榇过江，已饬沿途照料。

程憩棠中丞冢被掘毁，讯系同族挟嫌。谨录供词，附呈台览。业饬承令严缉在逃首要各犯，务期悉获究惩。

复李筱轩同治九年十二月十五日

陕甘、云贵军务未平，而乌里雅苏台又有此警，其将何以支持？闻之殊深焦愤！

何、段两君之才，业经据实覆奏，以外实不敢为溢美之词。

前件密寄，本是通行沿江、沿海将军、督、抚，乃弹章内竟称系寄某省某官某人，则似有意归罪，即谓出自九江领事之手，又何不可移甲作乙，以快其私？然弟不欲置辩也。作官总有去时，固已思之烂熟，若欲屈抑士庶，以博洋人欢心，自为固位之计，不惟清议难逃，本心难昧，于国体民心亦大可惜耳。

复英西林同治十年四月初一日

承示驿里塘堤事宜，仰见拳拳民瘼，一视同仁，不独两县苍黎感德已也。以千数百丈之堤工，而欲责成宿邑一千三百余亩之荒土穷民，其势断乎不能，目前毋庸再议。然此外亦有万难措手之处，如改闸换田，事多窒碍，已在洞鉴之中。即由两省官为筹费一节，一再为之，原无不可。上年大修一千八百两，今年小修八百缗，系此间借给，尚不敢稍涉诿延，若视为常例，奏请每岁动款若干，则无论在皖在江，或多或少，必为农部所格，如归外办，亦恐后难为继，业户借口定章，致滋纷扰。弟现遵大咨，转行该府、道迅将改闸换田两层酌议，否则即饬化民于驿里塘堤独承其役，或于本境自为子堤，倘二者均不能行，亦别无良法矣。

再有启者：

吴家墩等六处虽距驿里塘堤较远，实于初公堤切近，今该六处既未承修初公堤，似可劝令共修驿里塘堤，与七里荒及化民通力合作，是亦情理之平。且驿里塘堤不修，在化地与七里荒固为泽国，亦未必不波及该六处，穷则变，变则通，正不必拘泥成规，尚希裁夺是祷！

复曾中堂同治十年四月初五日

续奉覆函，欣谂中堂连得两孙，莫名喜跃！德厚则福泽自长，心宽则精神益旺，家庆即国庥也。惟年逾六旬，而殷忧百度，尚望总其大纲，略其细故，以资调摄，是所祝祷！

文辅卿深达治体，而耐劳耐苦，尤为人所难能，前密函中已略陈之。现闻旧疾渐瘳，尚无乞休之语，惟关税赔累不堪，未知如何弥补耳。

承询此间州县，平稳者尚多，明干者殊少。就目前而论，如拟补贵溪之即用知县沈镕经、拟补赣县之即用知县崔国榜、已补万安县之周之墉、调补浮梁县之王维新、调补上饶县之区作霖、升补义宁州之王恩溥、现署新昌之即用知县谢云龙、前署德兴之试用知县任玉琛，似属为守兼优。此外如现署赣县之候补知县王德溥、现署建昌之拣发知县陈惟清，似尚能振顿地方。以上数员，居官颇有治声，而其人亦属谨实，第未审能否始终一节，伏乞俯赐察核。

湖口、吴城、饶州三营水师，经晚生沿途详细访查，只有收灯油钱及与商民口角之事，实无别项劣迹，并不敢稍为遮饰。嗣接见各营哨官，遵照大咨所指各弊端，逐一申戒。

此次巡历南、九、饶、广、抚各府地方，尚属安靖。惟广、抚两府属以祖诉孙，以父母诉子、媳及叔侄、兄弟之互讼者，竟有十数起之多，天伦之变，风化之衰，亦可伤可愧矣。

晚生于前月廿五行过省垣，适值秋审，人犯陆续解省，定于本月初七提勘，一俟事讫，即行起程前赴临、吉、赣三府。知关廑注，并以奉闻。

致张竹汀侍御同治十年五月二十一日

直督移驻天津，殊嫌孤立，似不若原议添设重镇，更为得策，不惟不论满汉，亦不必论文武，惟以知兵者为之，仍归总督节制，以一事权。至海口如何设防，不谙该处形势，未敢妄对。合肥请于河北筑城，想亦公发其端。

洋人传教，实足败坏风俗人心，天下蓄愤已深，将来必至决裂，但使根本既固，外间尚易绸缪。惟五羊尽撤藩篱，异类盘踞甚多，有事殊为可虑。然今日弃之，明日取之，筹全局而要成功，正不在一朝之利钝、一隅之得失耳。

甘回马化漋，狼子野心，旋为左帅所觉，已并其党悉数诛之，足雪敷天之憾。令侄才雄气盛，读其文即可想见其人，将来乌能测其所至。

复曾中堂同治十年五月二十五日

承示目光昏雾，总由案牍过劳，惟祈善自珍卫！

逸斋观察之事，捡查案件，生前本无战功，惟是为国捐躯，一死已泰山之重，况其学识肝胆，又系中堂赏识之人，帅大令不惮数千里来江吁求，亦不可不成其孝。谨先抄呈片稿，伏乞俯赐酌裁，下月便可缮发也。

吾乡益阳、龙阳相继告警，并有旁窜安化之语，未审情形若何？

倭相骑箕长逝，朝廷少一老成，闻身后衣衾不具，可胜浩叹！

致刘荫渠同治十年七月初一日

再，近来之是非毁誉，本无足较，而我借以循省，亦未始非取益之道。先生督直五年，公忠清正，中外异口同声，迄今称道不置，惟于所部弁勇，政府及属吏均有歉词，又或谓于案牍之疑难者微欠断制。夫前事之得失，即后事之法戒也。坤一既有所闻，不敢不径达清听。

郭筠翁、蒋芗兄先后抚粤，可谓苏合之丸与蛣蜣之转矣，而众情喁喁，转谓后来者居上，则以禁娼赌，捕盗贼，裁陋规，令行禁止，是以舆论翕然，似不可以其人而废其政，公其留意。

复曾中堂同治十年七月二十日

承示钟伯平侍讲父子之事，晚生前在赣郡，魏守与蓝缦卿太史即以为言，当时未敢轻诺，兹荷钧嘱，自应懔遵。惟钟伯平父子之死，虽属因公，究系在城为乱兵所害，似与帅逸斋临阵捐躯者不同。所引浙江张太史之案，询悉守城徇难，全家为贼所屠，似又与钟伯平父子之死微有区别。前次帅逸斋之事，大咨谓朝廷褒忠之典，格外从优，臣下乞恩之举，亦宜出以详慎，诚为名论。现将钟伯平父子及浙江张太史两公死事情形，分途咨查，一俟覆到，再行核办。如与定例不合，复无成案可援，而由晚生具陈，恐干部驳，将来无可挽回。应请尊处主稿，借重鼎言，或可邀准，晚生或列前衔，或列后衔，唯命是听。

宾翁精神尚健，前经面邀来省，彼以细弱太多、道路太远为辞，未敢强也。

复黎召民同治十年七月二十九日

我辈立身涉世，自有本末，但行乎其所安，求其理之至是，毁誉祸福，何足介怀！古来以才见嫉，以忠见疑，致蹈不测者，何可胜数！兄前在台湾，苦心孤诣，虽不容于当座，幸见谅于朝廷，回江之旨，不惟知兄，且知弟也。

闻台从由海道返粤，计已早抵珂乡。现在天气清凉，即请倁装惠临为盼！引退之说，从容议之。敝署有书数十厨，一听左右随意取读，弟亦得借资教益，何必深山穷谷之中，深蔽固拒，而后可以探索经传，希踪圣贤耶？

来书又谓自揣愚昧，究因阅世未深，读书太少，虽系寻常引咎之词，然亦微有语病，阅世深，读书多，将为胡广之中庸、冯道之长乐老乎？此不可以不辨。

复刘詹岩同治十年八月初十日

奉诵惠翰，领悉冲怀。昨日面询吴筠轩，据称乾隆、嘉庆、道光登极恩诏，广西志已恭录，自可照誊。咸丰及今上登极恩诏，各署均有存案可查，当即抄送。此外何项诏谕应行恭录入志，尚祈随时指示，以便分途查抄。

至列圣诏谕，有关训典，谢志未登者，应如来示增入，其御制经书各序之类，想无多篇，拟请仍旧录存。是否，尚祈酌核。

复文星崖王补帆同治十年八月二十六日

吴显汉前在辖疆犯事，自应归案审办，早经咨请尊处委提，并饬蒋守妥为护解矣。

至该犯崎岖逃死，就获江西，实因贵属稽查甚严，追捕又力，所谓一角其前，一掎其后，此间未敢专美也。以后彼此如有越境会拿之犯，即照此次施行，密咨邻省县营，刻期并赴，客则从严约束，不得滋扰地方，主则认真兜擒，不得稍分畛域，伏莽或可净尽耳。

复许仙屏提学同治十年十月初六日

昨披手翰，敬谂启节遄征，安舆迎养。方绛帐高悬之日，即斑衣欢舞之辰。皇华以美使臣，白华以赓孝子。兼为公今日咏也。

承示取士崇器识而略诗字，具征留意真才，王、杨、卢、骆之流，诚不足以语干济。惟拔贡一途，专尚雕虫之技，已成锢习，公欲矫而正之，惟当持以定力，则趋向自可挽回。欧阳文忠权知贡举，黜新奇而求典要，初则众论哗然，继而莫不悦服，文格卒为之变。其事虽有难易迟速之分，而其收效则一耳。

教官、山长实为造士之原，公宜商之璞翁，于委署教官多用举贡，少用捐输劳绩人员，并行通饬各属，于书院山长务择品学兼优者为之，毋拘科名先后。輶轩所至，加以考察，为之劝惩，庶师道立而善人多，未始非作养之一助。弟自惭起于异途，绝口不谈文教，因公虚衷垂询，故敢妄献刍荛。

上年因公获咎，弟原未尝介怀，惟其中有吹求之词，资浅望轻，不无疑虑，然而向阳葵藿，终冀回光，上道驽骀，安能怯步？《传》曰："见无礼于君者，诛之，如鹰鹯之逐鸟鹊也。"又曰："当官而行，何惧之有？"即如春间洋人两次来省，传教卖书，均经叱之使去，不敢以前事为戒，此外遇事亦不敢稍涉迁就。兹荷开谕，弥觉释然。顾以弟之碌碌无能，且疏于结纳，而公如此期望之殷，关垂之切，令人且感且奋。愿与左右各自努力，以副相与有成之谊而已。

致胡筱蘧侍郎同治十年十月十八日

詹翁今年常在省局纂辑，无闲宵昕，笔墨亦极简当。惟越百四十年之久，考献征文，浩如渊海，初稿尚难句斟字酌。至分修诸君，原未必尽是史才，所以不欲取诸异地者，诚恐主客议论不合，徒兹纷纭，终无头绪，从前屡举屡废，正坐此弊也。鄙意今兹之事，务在必成，体裁或有未精，采访或有未确，再求尽美尽善，姑以待夫后人。

孔子删《诗》《书》而订《礼》《乐》，幸而《诗》《书》《礼》《乐》尚有存者，否则删订从何着手？《江西通志》已觉坠绪茫茫矣，若复畏繁难，慎讥笑，势必中止，将来逾远逾湮，虽有班、马复生，亦徒望洋兴叹。质之明公，以为何如？

致李筱轩同治十年十月十八日

恪靖崎岖关陇，于兹五年，所望迅收全功，以舒朝廷西顾。俄人代复伊城，未必拱手还我，势将重索兵费，宜思所以应之。祖宗经营新疆，不惜老师糜帑，二百年来，得免边患，未可委之强邻，致虑逼处。

闻法国又有内变，所谓多行不义必自毙，天道如此，英、美尚代为哓哓乎？

剥船应由东南修造，自是至当不易之论，明年定行届期兴工，断不推诿也。

复朱修伯同治十年十月十八日

来示谓富强之说，茫如捕风系影。愚以为用兵以来，人多习战，民亦同仇，强尚不能骤致。至“富”之一字，昨接农部行文，库款仅存四百余万，外省亦觉空虚，将何以待缓急？陇右、云、贵顿师日久，似应请旨严催，迅速蒇事，俾东南财赋，得以多输京师，本省亦得留以自给。

又谓造炮、制船，亦都隔膜之事。愚以为造炮，我尚得用，制船将与洋人争锋海上，以我所短，敌彼所长，学孺子之射以射孺子，恐终为所毙。且自古无常胜之技，金人之拐子马，终为岳家军所破。杨幺之跳梁，更与今日相仿。将来有事，必有以制轮船之法，九年大沽之捷，其明验也，何必多糜金钱，徒为洋人所笑？

此外时事得失，辱承垂询，谨就管见所及，目下情形，将来事势，以私布之左右：

通商之弊小，传教之弊大，救通商之弊易，救传教之弊难，弟于五年间已遵旨覆陈。现在法人传教已遍穷乡，凡习教者，人虽清朝之人，心实法国之心。如上年罗酋一到江西，教民莫不争先恐后为之奴隶，动曰“我法国，我钦差”，平日亦以此与官民相抗，更有背逆之语，令人不敢出诸口者。江西于教堂从不稍涉迁就，其教民尚然如此，则他省可知，是天下随处皆敌国矣。浸淫愈久，污染益宽，蔽锢益甚，一旦从中生变，何以御之？必谓洋人无利我土地之心，谁能保其必然？且地方士民，于教民莫不愤怨，偶与为难，则官以法绳之，由是士民愤怨教民之心，渐移之官吏，渐及于朝廷。夫蓄怨如蓄水，将来必有横决之祸，倘有枭雄起而乘之，假借名义，而不逞之徒，附和响应，为患岂可胜言！近年外间各匪萌动，颇有以驱除天主教为词者，忌讳太深，特不敢以上闻耳。尝忆幼时闻乡里言，京官好，外官不好。今则为传教之计，大张告示，一则曰奉上谕，二则曰奉文行。舆论怫然，安得不归咎于政府、总署？咸丰十年，宫车北狩，发逆旋陷苏、杭，时局几不可问，军民帖然不动，今则人心转觉解体，皆为法人传教之故。夫人心即国运所系，迨其既去，不可复留，不可不亟思所以固结之也。

就使教民永不生变，士民亦能相安，而使数千年冠裳礼乐之国，变为魑魅魍魉，天下后世其谓我皇上为何如主？大臣为何如人？前明虽有洋人行教，康熙年间，亦曾开禁，然受我箝制，就我范围，未至如今日之肆行无忌，靡然相从，乌可借前事以分谤而解嘲也。至以天主教等诸僧道，以示大度包荒，犹是分谤解嘲之说。

或又谓圣人之道，如日月经天，断非邪教所能害，更是欺心之言。夫杨、墨之“为我”“兼爱”，尚未若天主教之荒诞背谬，而孟子亟亟辟之，直比猛兽洪水，然则孟子何其不达乎？此皆明公所洞烛。弟因时贤常作是论，故不能不为之辩。

总之，今日之事，谓之不得不然则可，谓之当然则不可，久之不思所以变计，恐将来补救益难。

前由景介臣抄寄文中堂所议教务八条，极中肯窾，洋人啧有烦言，愿力持之。法国现有内患，未必遽起衅端，各国恐碍通商，未必乐于助恶。即使和局决裂，合肥现在畿辅，神完气足，所部兵力甚强，根本定可无虑。大沽一带，本系险要之区，若乘冬月冰冻，及时经营，计足集事，询之俊质堂亦复云然。此外长江一线，险要亦多，但使江、楚同心，共固江南门户，自足以御外侮。所虑江海孤悬之地，实难保其万全，然视其可守则守之，否则姑弃之，但能严断接济，严杜汉奸，彼即据我偏隅，有何损益！行将复为我有。国初，郑氏负固台湾，不时入寇，当将海滨之民，迁诸内地，任其所为，郑氏卒至坐困，似亦欲取姑与之术也。

夫人受病已深，非用克伐之剂，安望有瘳？苟能安我腹心，何妨移居支体，纵有癣疥之疾，将来自可全痊。愚以为洋务若有变动，总宜保固京师，至于外省则责之疆吏，期以成功，毋以尺寸之得失，旦夕之利钝，阻挠大计。始终与之决死，洋人必至力竭计穷。夫盈虚消长，直曲老壮，其理或不可凭，至于主客劳逸，彼我众寡，则事理较然。洋人远泛重洋，资械能有几何，种类能来几何，安能与我旷日持久？严刑峻罚，以断接济，以杜汉奸，而于中国民人为彼用者，则临时设法招徕之，免致以我攻我。弟在粤带兵多年，潮、嘉等处之人，当勇及作贼者最多，以利啖之，立使反戈相向，其性然也。

又各国狼狈相倚，信义在所不顾，离间亦属难行。一国有变，则各国宜暂停通商，一口有变，则各口宜暂停通商。否则洋人阳分阴合，挹彼注兹，我徒受其愚弄。上年曾以此议密陈，大拂当局之意，反覆思之，终觉无以易此。顾中国之于各国，终归于和，我即胜，亦不能扫穴犁庭，彼即败，亦未必高飞远举，惟待其厌兵求和，与之更始。只准通商，不准传教，只准在各海口通商，不准入我内地，如道光年间故事，仍不失怀柔之道，而无陵逼之忧矣。

刍荛之说，卓见以为何如？尚祈别锡胜筹，以开茅塞。

至洋人在内城购买房屋地基甚多，城门出入不敢稽察，鬼蜮伎俩，似应加意。公能否为当轴言之。惓惓愚忱，殊嫌好事，伏乞鉴谅。

复文辅卿同治十年十一月初十日

查办一节，余游戎到省，所陈亦如来示，但使足资惩戒，亦不故事吹求。唯军心易动难静，全在纪律严明，一涉宽纵，便相习成风，流弊不可胜道也。

祥营饷项，即使侵吞属实，当瑞林军门在时，何以噤无一言？今欲欺负孤儿寡妇，真狗彘之不如。已据来牍咨明南抚并径札新化严行示禁。其来江之邹兴发及署宁都参将刘福松，亦经分别告诫，令其早为寝息，毋自取噬脐之祸，想不敢再生枝节耳。

复曾中堂同治十年十一月十四日

张真人之事，必得尊处委员，会同勘断，方足折服其心，否则不免再来饶舌，重渎清神。张观察到江，晚生自当与之熟商，妥为处置，决不敢稍存客气，亦不敢预设成心。大概互控抢占各情，彼此皆难深究，但期以后宫归府辖，府毋宫陵，各有成法可循，庶几葛藤永断。

至前因案由官改之提点司罗保泰既与定章不符，自可由张真人另行选充，第张真人先所举在京误差斥革之黄保元，则断难允其所请。拟俟结案之后，晚生当邀张真人随张观察来省，面加告诚，俾守前规，以资表率。倘仍蹈故辙，任意需索，并在各处招摇，定行咨请奏参，革去世袭，照先贤先儒例给一奉祀生可矣。

致徐寿蘅同治十年十二月初五日

肃函未发，适奉手教，所以奖励之者甚至，愧不敢当，惟于“脚踏实地”一语，则不敢不勉。自维迂疏之性，本无矫饰之才，只有行其心之所安，以求得当万一而已。

畿疆自嘉庆五年以后无此大水，不惟目前抚恤为难，其象主盗贼窃发，外夷侵陵，虽是老生常谈，而以时事观之，殊为可虑！

我朝自勘定新疆百数十年，遂无边患，今为强邻所据，将来逼处滋虞，诚非岛人可比，未审当轴作何方略耳。

倭人新约，立法既严，用意尤远，安得有数合肥分布要区，为分宵旰之忧耶！

复王纫秋同治十年十二月初十日

近结枌榆，久钦山斗，自维鄙薄，莫由仰附清流。乃承谬听揄扬，远赐音问，展诵之下，欣悚交并！孔北海亦知有刘使君，不仅古人有幸矣。独怪“不可轻干”之语，镜海胡为云然？以维桑之谊，便道相访，礼亦宜之，非有营求，非有请托，何干之有？阁下以此却步，似亦未即其言而审其义耳。唯是高轩过境，以乏关津之报，致无一介相迎，又未适馆授粲，则主人之疏也。

来函谓“辕门尊严，恐适伤贤侯下士之名”，是否有疑于司阍，抑别有所闻，以仆诡诡拒人乎？仆粗才俗吏，虑为豪杰所轻，不敢冒昧交纳，以自取辱，则诚有之。况如阁下才高学富，倾倒一时，当代名公巨卿，争先拥篲，倘蒙枉顾，使人大惭，然而生平向慕之忱，一旦获瞻丰采，奚啻饥之得食，渴之得饮？畴昔与某某周旋，人言以为失之虚声之士。今阁下过门不入，谓仆为不足见则可，谓仆为不愿见，真无解乎叶公好龙之诮矣。仆诚不足以言友士，而台从抵里，犹致拳拳以订后会，又若终有动于涤老、霞兄之谈，意仆或尚可以承教者，可见君子之不肯轻弃人如此。江湖咫尺，未审何时惠临，为仆一雪斯言。

时事患在上因循而下游惰，阁下数语，足以尽之，而地方游惰之风，莫非官吏所致。仆曾以请诸蕴师，虽经播之文告，终属空言。此外百弊丛生，皆由不能振作之故，正不独一二省然也。

江右民气尚静，吏治亦清，仆承乏数年，借以苟且藏拙。其于兴养、立教、整军、饬武之道，则竭蹶未遑，阁下称之曰能，得毋以誉之者勉之耶！区区之私，尚容面罄。

复景介臣同治十年十二月十三日

黄殿兄家道丰厚，何至归葬无资？若以公馆即为债台，便可就中设法。省中偶提官项帮贴故宦，必系无力穷员，何得以生前豪奢而亦取偿于此？殊非周急不继富之义。有方台命，尚祈鉴原。

弟已专折为之请恤、请谥，足以告慰九泉，朋友之情，于斯已尽矣。

复勒少仲观察同治十年十二月三十日

查江省滨临江湖，各属未修圩堤尚多，即以珂乡而论，亦有西河各圩未修，不独昌邑一处。原议先修各圩，对年还款，再将所还之款借修别处圩堤，按年轮修，冀可一律兴办。不图七年所修之圩，八年尽行冲塌，非唯借款无着，而新归穷民，嗷嗷待哺，转不若从前在外游食，尚可谋生。是以八年冬间，仍将原堤借款重修，乃九年又冲塌殆尽。当将经修之员撤委，责令督同绅士、业户自行赔修，至本年正月始经竣事，幸而夏秋水势较小，圩堤得以保全。然以业户甫经赔修圩堤，不能骤还借款，轮修之议，遂至因循。

查新建一县，七年借钱四万七千八百有奇，八年借银二万八千八百有奇，合之各属，两年共借款二十余万两，其煮粥赈饥之费尚不在内，均系奏明动用厘金。前借修堤巨款，既无分厘缴完，似未便再三凑借。江省厘金系照部章按年咨报，且拨款太多，今年银贵钱贱，以钱合银，益形减色，碍难由外融消，故不得不待借款缴完而后轮修他处也。现在进贤之下王板等处及新建西河等处业户，纷纷呈请借修，约计尚须银十数万两，弥觉难于卅端。如托福庇，明年堤固年丰，各属借款得以收有成数，即当先修昌邑及西河两处圩堤，以副台命。

第前此勘修官绅，均称昌邑及西河等处地势太低，恐难着手，是以从缓。明年即有完款，可以借修，尚须逐细覆勘，分别办理。限于地势物力，并非稍涉偏枯，尚祈俯赐鉴谅。

复华尧封山长同治十一年正月十五日

粮捐一事，久经饬停。贵处修志，费无所筹，不得不取给于此，原系通融办理，省中仍作为不知。兹若委员查究，则舞弊者固是咎有难辞，即无弊者亦为公而受过，且以出控粮捐之人，即令身任其事，亦觉疑其不合，难免反唇相稽。

现在既无士民来省具呈，似未便指实粮捐，自招口舌。拟将各蠹书作为访闻，饬广信府严行驱逐，并令督县确核局帐，勒令吐赃，其未刻志书，亦饬赶紧刊刷竣事，以期不致别起波澜，而不肖绅吏亦稍敛迹。尊见以为然否？

致曾中堂同治十一年正月二十五日

赣关免九赔一之奏，已经议驳。查前次免八赔二，部文内声称，“若下届再短于本届，着赔减数亦以次递增”云云。今十年之税，又短于九年千余两，部议仍赔二成，不复加至三成，在司农已谓宽典矣。

张真人之案，屺堂观察东旋，自可面呈委曲，应否照详批允，伏候尊裁，晚生未敢擅便。至占抢一节，系新旧提点司互控之事，法官并未擅抢真人，真人亦未控法官擅抢。此外各情，彼此均有是非虚实，两造业经具结，似可以方外置之。若必切实根究，则法官固应重惩，真人亦应奏革，目下从何得有道行之人以代之也？

李芋仙吏才平等，南城之撤，系文护院所为。然于八月前到任，次年四月后交卸，丁漕固已全收，迄今未满三年，又有志局差使，当不至十分拮据。既承钧嘱，容再另图位置。农部奏催司库拨解各款，友石谓须渐次清厘，晚生屡嘱先将清厘章程详候核覆，其意犹以为难，奈何！

致朱修伯同治十一年二月十七日

新疆断不可弃，然不可轻举妄动，徒为老师费财，挑强敌而启边衅，诚如来示所云。

近来官场，莫不勤于职守，而为国家计深远、为地方任艰难者，殊不多得，风气使然耳。天下人材既少，非具特识，又不足以言知人，间有一二人堪以应诏，复未审果蒙采用否？夫论人才，不外才、德。才则难言，当以认真为要，德更难言，当以有守为要。明公以为何如？

曾侯骑箕长逝，从此东南半壁，谁能撑持，何天夺此老之速乎？弟与先后共事数年，诸荷体谅，不胜华屋山丘之恸也！

蒋璞兄亦于去岁物故，陕西失一良吏，江西少一善人。

秋季大婚贺表，是否由内阁颁发，此外有无别项事宜，外间并无成案，明公熟谙掌故，伏乞速赐示知为祷！

此间一切情形如旧，惟客腊突有棚匪百余窜入靖安县城，虽经即日扑灭，而民情之顽悍，吏事之因循，即此可见矣。弟承乏数年，地方尚有此变，真堪愧死，明公何以教之？

致何小宋同治十一年三月初四日

曾侯力疾从公，死而后已，无愧武侯尽瘁之义。惟时艰尚棘，而硕辅云亡，中外同声恸悼。所赖朝廷知人善任，阁下移节金陵，足以继美前贤，上慰宸衷，下孚众望。

昨读疏稿，为曾侯极力表扬，洋洋数千言，无一字不是实录，即无一字不出至情。想见下笔时，曾侯之精魂毅魄，毕具于心眼之间，文与人均足千古矣，钦佩奚似！

致左子重同治十一年三月初十日

正覆函间，适闻河州之师小有挫折，想不难于收拾。唯是尊翁以六十之叟，崎岖边徼，即使事机顺利，左右调护，总须有人。世兄既经在营，幸毋遽作归计，不惟足以慰晨昏，亦可随事襄助也。

五年冬间，尊翁道出章门，尝告弟曰：“陕甘不可无总督，我亦何敢畏难。”又曰：“朝廷冲年，若不能使一疆臣，尚属成何事体?”此数语，皇天厚土，实式凭之。弟每举以告人，以为遇事规避者戒。忆自用兵以来，衮衮诸公，均未有如尊翁之劳瘁与军务相为终始者。所望大功告竣，为国家舒西顾之忧，尊翁亦得稍息仔肩，是则私衷所为默祷矣！

复郭远堂中丞同治十一年三月十三日

贵同年黄五云司马，学粹品端，夙所钦仰，唯闻年在八旬以外，未知精力若何？容与詹岩殿撰及各司道熟商，即行致聘。此间通志稍有头绪，添请协修，不能不谋之局中诸同事，风气然也。

至刘竹芬司马之事，前准湖咨，开复原品顶戴。时江省请恤未见开复明文，是以仍照已革知县声叙。嗣奉谕旨，准照原官议恤，即与开复原官无异，较之开复顶戴更优矣。其所以仅给世职，未议加衔者，因请恤折内，只请议恤，未请从优故耳。查定例：“凡仅请议恤者，照例议给世职、恤银，若声请从优者，于例给世职、恤银外，加给故员赠衔”等语。今事隔十九年，忽为奏改从优议加赠衔，似属滞碍难行，尚祈俯赐鉴谅。

复许仙屏同治十一年四月二十七日

承示劝戒士子条则，情真语挚，义正词严，其引汤文正“道学不外六经四书”之说，而勖之以立志有耻，引董子“事在勉强”之旨，而诏之以本原时务，尤为指示明切，于鄙怀觉有会心。至榜示绅衿优劣，诚足激浊扬清，或者谓赏给六品顶戴，似不足为斯文光宠，不如已之，尊见以为然否？

不参官，不提案，无非以示包容而务清静，其实则姑息养奸，因循酿祸，季世之乱，未有不由于此。弟初抵任，即有以“勿接舆呈”之说进者，答之曰：“诚难保士民控诉之不刁诬，亦安保府县听断之皆明慎？必令遵例具状，先已破产倾家，民情无由达，即吏治无由清。”其人语塞而退。兹闻台教，足见弟言尚非刺谬耳。

璞兄灵榇抵里，遗橐萧然，以清白贻子孙，不使损志而益过，所得不已多乎？

省三军门那得如此任性？朝廷优待有功，亦不可不驭之以法，否则纪纲大坏，必袭晚唐之弊。

季老不愧铁汉，然于集思广益之量，殊有未宏。西事窃为虑之，闻河州余孽已经投诚，狼子野心，保无反侧，若必草剃而禽狝之，又似非计。

此间经训一席，仍属喻公。此老长于时文，于书院名实微觉不称，顾猝无以易也。

在籍诸绅，并未干预公事，即偶有请托，弟亦婉词谢之，且时举湘、粤之习以相规劝。

客腊靖安之变，想左右早有所闻。珂乡不得汪令，必先靖安而起，若早劾吕故令与陶革令，则断不至有此意外之事。用舍得失所关，诚非浅鲜。明知其不胜任而故为迁就，以害地方，弟实不能辞咎。

致王润生同治十一年四月二十八日

江南杭州，因承办大婚备赏之物，需费共二百五十余万两，奉拨江西协济银二十万五千两，已奉谕旨，即须筹解，不容延欠。此系新行派办，经该两省陈明，先行制造一半，已须江西协济如此之多，将来全办，恐尚须此数。本年厘金减色之至，出多入少，数年蓄积，不日即空，奈何！

京中来信云，正阳等处城门兽吻，于三月初旬忽吐白烟，考古证今，当有兵事，前代屡有此异。咸丰二年，此间小校场照壁出白烟三日，次年即被发逆围城。变不虚生，恐有应验。昨景介臣来云，湖北地方草木有结为刀枪形者。道光年间，亦有此事，总非吉兆。所望上下内外恐惧修省，以弭灾变而迓休和，毋负天心仁爱、谆谆告诫之意耳。

萍乡一营，务求严加振顿，当此时势，不可不预为绸缪。

致毛旭初尚书同治十一年五月十九日

仰山斗久矣。八年入觐，适值台从出京，未遂瞻韩之愿。回江以后，又以封疆外吏，戎马粗才，未敢冒昧通候，饥渴之怀，积而愈甚。

九年天津之变，曾文正公几至无可措手，赖先生词严义正，遂以折凶狡之气，使之俯首就我范围，诚一言而贤于十万师矣。外间传诵，妇孺同声，而晚生私有幸者，以所陈奏窃有得于先生绪余也。夫传教一节，流毒最宽，贻祸最久，千秋万世，未必不以今日为非。即以目前而论，各省教民，不独欺乡里、抗官长，并藐视朝廷，名虽编氓，实同敌国，至于败伦乱纪之事，尤不胜言。凡有血气之俦，莫不痛心疾首，怨教民并怨扶植教民者。蓄怨如蓄水，终有横决之虞，不可不早为虑及。

前月景观察抄示文中堂所议七条，差足以救其弊，而各国颇有违言，得毋怵于唇齿之说。不知传教与通商本系两事，且传教实有碍于通商。英国贝领事昨来章门，晚生已微讽之，冀得以达于彼之议院，严定章程，俾有限制，庶几世道人心，渐可挽回，则其功不在大禹、孟子之下也。

此间士民于法人来省传教，视若仇雠，若强制之，必蹈天津覆辙，是以屡次劝阻，实为弭患将来。此时不准其起造教堂，虽以违约被谴，区区一身足以当之，犹为祸速而小。倘准其起堂传教，一旦变生仓卒，必至焦头烂额，上贻宵旰之忧，则祸迟而大。况省城无教堂无教士，各属教民稍知忌惮，不至靡然相从，于时局亦不无小补。

晚生蒲柳之姿，未秋先悴，驽骀之力，甫驾即罢，而惓惓忧国之忱，终不能已，敢以布之左右，尚祈进而教之。

复周崇轩镇军同治十一年五月二十八日

承示一切事宜与另开营制，诚为尽美尽善。唯此间练兵章程，系仿照江南办理，其中稍有增减，盖此间情形与江南不同，与直隶更有天渊之隔也。

查直隶练饷，系各省协济之项，江西每月亦拨解五千两。江西练兵饷则系本省自筹，奏明动用厘金。本年子口半税盛行，厘金极为减色，合计各款已有入不敷出之虞。贵部改章之后，每月加千数百金，赣标、省标势必一律请改，是每年即加四五万金矣。

盖省标在会城重地，赣标与楚、粤、闽三省毗连，前明设立巡抚，其关系甚于浔阳，不能不从其请。似此猝加巨款，无从掘罗。一也。

直隶额兵之多，甲于天下。江西则仅万余人，现在抽调之数，各营汛已纷纷请留，若再加抽马步二百数十人，合之省标、赣标则加抽七八百名，营汛益形单薄。如谓分别地方远近轻重，而以时局论之，何地无土匪？何地无游勇？大概不甚悬殊。且出没往来无常，仓卒援剿，亦有鞭长不及之虑。二也。

江西新旧兵丁均有家累，且亦莫不顾家，其风气如是。若将坐饷扣归练营支发，其将何以赡家？长途寄付，恐有疏虞，并难保不在外耗用。查江西标营正饷，尚不闻有冒领之弊，似不必仿照直隶办理。三也。

江西额兵无多，练兵亦少，是以一年一换，周而复始，原冀以三千人之饷即可练兵五千，且瓜代有期，各兵无移家之累。若永不更调，则优者自优，劣者长劣，既与初议相违，况各兵久远驻浔，计必移家同住，安土重迁，恐非所愿。查寻常枪炮刀矛，本营将弁原有操防之责，各兵期满撤回，尽可责成本营，认真操习。至于洋枪新队，专归贵本标坐营操练，似属两不相妨。盖直隶练兵数万人，且人情风土各殊，江西碍难概论。四也。

浔标练营，初无马队，殿臣兄之意，以为东南地方无须用此。弟与荣椿兄再三熟商，以马兵不可偏废，而后议行。现在马队与步队虽未分营，亦已分哨，若遇征进，自可察看地势，随时变通耳。火器刀矛，原定章程，本系分队，而三标颇有异同，弟前请麾下斟酌，正在此等事宜与夫训练之法，此外实未便轻议更张。

练饷本照时价发银，是否经手人员于领银之后在外换钱，尚祈俯赐查核为祷！

江西练兵，原属因陋就简，然以兵少饷绌，又军情狃于便安，亦不能不就地制宜，诸惟鉴谅。

复何小宋同治十一年五月二十八日

拨款三百余万之多，未免此盈彼绌。大疏入而减半，仰见朝廷圣明，亦赖公有回天之力，接济得以稍舒，军国恃以有备，仁人之言，其利溥哉！此间涓滴之助，不足以辱齿芬。前王露轩回江，已达尊意。

召民尚无出山之信。其实闽事何庸介怀，宦海风波，更有大于此者。

王少岩既荷赏识，自是美才，谨当留心，以副台嘱。

致刘蕴斋同治十一年六月十八日

孙世兄学与年长，日起有功，将来定能继武，明德之后，必有达人，此固理之可信者也。

求田问舍之事，昔贤所耻，抑亦贻谋之善。吾师俭德清操，固无事于此，恐亦无力及此。至于避地幽栖，无非谓尘氛多扰，不知静与动在心不在境，是即另示宽与隘在处心不在处身之旨耳。

前有人以书来，欲为吾师薄置产业，门生以其平日为人太觉热肠，而所言同事某某又有非我辈中人者，是以婉词谢之。其实吾师近况固已熟知之矣。

致李筱泉同治十一年六月十八日

承示贺折款式，当经咨会各处照办。惟昨接小宋兄回信，则云京友开来贺折款式，只写某官某人跪贺皇太后天喜、皇上天喜，并无“大婚”字样。弟与幕友论及，今晨复商之两司，亦谓不写“大婚”字样似无不可。谨以奉闻，伏乞俯赐酌核。

递据德化县陈令禀报，与宿松毗连之桑落乡，与黄梅毗连之封一、封二两乡，先后堤决田淹，恳求赈抚。弟以现在江水渐退，尚可设法疏消补种，遽请动帑给赈，与例不符。且自南、新以下各属圩堤漫决颇多，若皆援以为请，尤觉力有不逮。未审辖疆如何情形，作何办理，并祈示悉为祷！

复李少荃中堂同治十一年六月十八日

奉诵钧函，敬悉续修《畿辅通志》，饬取《江西省通志》最近纂定三部邮呈，以备采择，仰见中堂加意宪章、虚衷搜辑，莫名钦佩！

遵查《江省通志》修于雍正八年，较之畿辅志书，年代更为旷远。初则屡举屡辍，既而愈久愈难。迨至十数年，兵燹之余，公私卷帙散失，茫茫坠绪，着手无从，且值戎马苍黄，遂不暇及此矣。晚生承乏兹土，幸而解严，窃以文献所关，未可竟置不论，随于五年，先行查取各郡邑旧志，两载有余，始得八九，然多修于乾隆、嘉庆年间，即求道光、咸丰年间所修之志，已属无几，并有修在省志以前者，甚有国朝竟未修缉者。八年回任以后，开设省志总局，并饬各府、州、县一律纂修新志，严定限期，送省备纂。又于京外各衙门咨查名宦职官，迄今将近三年，各门类粗有头绪，然而删繁就简，汰滥补遗，仍非一二年间所能蒇事。现饬将《人物门》之名宦、职官以及流寓有关畿辅者，先行抄送尊处，未知能否搜罗，以应台命。

晚生自揣荒疏，本无心于此道，且此间风气不愿延请外省纂修，就地取材，安得人人班马？第以一代典章文物，未可竟听阙如，勉强效颦，实难期其美备。开局之日，即与在事官绅约法三章，毋惮繁劳，毋畏讥笑，毋惜经费，盖为将来解嘲分谤地耳。

省志总纂，原聘三位，帅子文既已作古，李小湖又不肯回，惟刘詹岩独任其事。此外分修十二人，校勘二十余人，虽多积学之士，其中滥竽充数者颇不乏人。知关廑怀，并以奉告。

致谭文卿同治十一年六月二十日

花门时叛时服，自昔已然，顾其种类甚繁，不得不恩威并用。此次勘定之后，如果抚驭得宜，数十年间当不致遽有反侧。关外近来何似？左伯颇以衰病为言，未审尚有远略否？兵燹之余，每虞凶歉，然自东南肃清以来，屡岁收成丰稔，今辖疆及陇右均书大有，并呈双穗、三穗、五穗之瑞，可见天祚我朝，正未有艾，气数为无权矣。

弟承乏章门，于兹八载，形神交悴，高厚莫酬。现又述职届期，业经疏请入觐，出月可奉谕旨也。

复覃玉次同治十一年六月二十日

弟在粤西，前后七载，备尝艰险，实亦与左右略同。虽赖上台提挈之殷，无如同僚龉龁之苦，已过之事，度外置之。现幸荫老重临，被劾之员，既可光复，未奖之案，又可补陈，天下无剥而不复之机、抑而不伸之理，大概如斯矣。

平天寨记曾荷金诺，尚祈留神，非敢为勒石纪功，以自夸耀，实欲垂戒将来，俾知藏奸之易、用兵之难，毋再任萌蘖其间，重劳诛伐耳。

复邓鹄卿观察同治十一年六月二十日

军营本系逞志矜才、争名夺利之地，惟有尽其在我，听其在人，即使事变纷乘，终不易吾所守。处友如是，事上亦然。至于进退之间，自不可不审时度势，此间相距太远，未敢妄赞一词也。

戴兄于四月回家，拟将来函寄示，嘱其自行斟酌，径求尊处。如属滞碍难行，亦不可过于迁就，致怏怏者得以借口。此中委曲，弟固深知之矣。

复曾劼刚袭侯同治十一年七月初九日

此间建祠之请，不过代达舆情。先公受知三朝，其苦节孤忠，盛德大业，似无俟外间觎述。且经何、李两公先后具陈，自必仰邀谕旨。故敝省全入绅士声口，平叙在江勋劳，而弟不赞一词，不及他事，意为此也。

惟弟承乏江西，幸蒙乔荫，始获奉令承教，差免陨越之虞。使得如何、李诸君，亲炙数十年之久，或者朽质凡材，亦稍有所就。乃窜身粤峤，既未早近德辉，而箕尾遽骑，又遂失景行之愿，顾兹藐躬，岂独为时局陨涕哉！

尊谦万不敢当，如以弟为先公垂青之人，不加鄙弃，得齿为兄弟行，即为厚幸！

复李筱泉同治十一年七月十一日

大婚贺折，尊处与何小宋所开两式，均属可行，此间两江属也，则在江从江。

弟于初八日钦奉谕旨："着毋庸来见。"天恩高厚，感悚难名！惟是承乏八年，形神交悴，而葵藿向阳之志，与驽骀恋栈之私，交并于中，不能自已。所虑叨窃太久，终有陨越之虞，进退徬徨，莫知所措。仰蒙关垂逾格，故敢直布腹心，太公祖其必有以教之。

文友石内召，代者为刘公秉璋。友石过于长厚，朝廷自已深知。然弟抵江以来，两任藩司，均以是去，于面上既觉减色，于心上尤为不安。刘方伯闻系令亲，日经相国推毂之人，自是梁才，足膺繁剧，未审何时到任，欣盼良殷！

致文辅卿同治十一年七月十八日

九年，赣县谢钟氏之媳朱喜风在南康县博罗甲被杀一案，迄今凶犯未获。闻沈令因朱刘氏之控，将谢钟氏女婿拘系勒交雇工许黑牯，迄今未释。无论许黑牯是否正犯，尚系一面之词。即使正犯是许黑牯，察核案情，断非许日暄主使，破案之后，许黑牯势必远扬，亦断非许日暄所能交出。有罪在逃，无辜受累，是一冤未雪而一冤又增。伏乞严饬该令，或即行提，确切讯明，分别拘释，是为至要！

此外如长宁等处之递次劫抢，宁都等处之递次械斗，不可不认真惩办，并祈加意！

复何小宋同治十一年八月初四日

查袁丞所办木料应完税厘，业免抽收，昨已咨达冰案，现准大移。又有朱从九、江守备所办上江考棚木料一起，亦经札饬关卡一律免抽，以副台命。此后则不得不照章办理，想荷鉴原。盖免厘之弊，防范甚难，全局通筹，得不偿失。弟久有此议，而未敢发端。适闻湖北已开其先，故亦冒昧以踵其后，初未计及尊处业有成说。以兼辖之省，竟致两歧，此则弟之疏节，而实别无他意也。

再，请停给照之奏，实因各省来江采买官物甚多，并非专为苏、皖木料起见。执事公忠平易，弟所夙钦。即如此项木厘，如先奉商，必蒙俯允，此外则不能不借重朝命，尚未卜准驳何如耳。

复鲍华堂中丞同治十一年九月初八日

承示吏治、营伍、盐务、饷需诸大端，各省情形，大概相似，惟在次第振顿，自可日起有功。三晋夙号富强，且为京师右臂，缓急所须，明公宜早加意也。

曾侯作古，人情初觉动摇，所幸继起称贤，地方遂有萧、曹之誉。

雪琴宫保业经入觐，未知朝廷何以位置之。此老诚为一代伟人，微嫌情性过急。陇右河州抚局已成，肃州亦有捷报，如天之福，关内可望肃清。第俄人据我伊犁，窥我哈密，西顾之忧，恐未有艾耳。

致李筱轩同治十一年九月十七日

陇西剿抚，均属顺手。曹军门不能驭众，秦人深以为虑。闻已改委省三军门之族叔某观察公前往接代，以淮人带淮勇，想军情无不帖服，无须再筹撤遣。

贵州军务虽竣，善后殊费周张。此间奉拨厘金，四十万金已筹解三万两，此外无从罗掘。南丰奏催前拨之五十万，词气颇涉不平，岂知此间为难情形耶？

边侍御之疏，义正词严，系必传之作。合肥此举欠斟酌。

前送上之《中庸衍义》，系照国初刊本，挖去避忌字句太多，现经于存版补入。究竟金狄、胡元等字，有无碍目，应否避忌，尚祈酌示为祷！

致江幼陶观察同治十一年十月二十一日

执事盘错利器，正值强仕之年，既经出山，何必遽作归计？荇、农诸公劝驾之言，未始无见，去留迟速，愿审图之。

壮节公未蒙优恤，诚不免有偏枯，惟事越多年，且系骆文忠奏定之案，此时碍难渎请。至移主位与忠烈公同祀，俟刘养素方伯病痊来城议之。此祠本系该绅等捐修，其崇奉忠烈公与张文毅之意，总不欲别人与之并列。前数年间，马襄毅少君书来，请为乃公建祠。马襄毅者，九江镇总兵，与忠烈同守城，即在城外阵亡。当以军务甫竣，经费维艰，拟即附于文毅公之侧，并诚恪公，改为四公祠。而诸绅啧有烦言，谓江诚恪之附祀，系沈中丞一时权宜，以慰精捷营将士之意，原许事后另行位置，今何可以再增？于是有六公祠之建。春间文正公薨于位时，诚恪公主位已移置六公祠，佥议以曾文正与江忠烈、张文毅三公并祠，必可欢然无间，而刘养素诸绅初则默无一语，退则呈请愿捐新造公馆一所，为曾文正公改作专祠，其张、江二公祠但期仍旧，勿有增易，亦不解其何意也。

复吴南屏郭意诚罗砚生曹镜初

同治十一年十月三十日

承示纂修《楚军本末》一书，洵为美举，正不独为辩谤而鸣功也。楚军与此次军务相为始终，兵饷兼筹，援防互用，其措施之精密、经营之艰苦，诚如来教所云，足为百世之规，可表中兴之业。倘烦椽笔，此书告成，所裨益良非浅鲜。

江省办理军务奏疏、咨行各件，已饬赶紧查抄，所需经费，亦经函嘱水陆各营竭力捐助，俟有成数，当即寄交曾侯公馆，汇缴尊处，仰副台命。

致李筱泉同治十一年十一月初四日

顷阅邸报，钦悉皇上于明正二十六日举行亲政典礼，督、抚、学政、提、镇、两司，应否一律恭进贺折？折内是否恭缮某官某人跪贺皇上天喜？两宫皇太后前应否恭进贺折？折内是否恭缮某官某人跪贺慈安端裕皇太后、慈禧端佑皇太后天喜？此后每月奏事折内，只恭缮皇上圣鉴，则两宫前似毋庸再进安折。唯恭遇两宫万寿及长至、元旦，似仍应照旧办理，抑照嘉庆二十五年上谕，毋庸折贺。至恭逢皇上万寿，两宫前应否仍进安折？恭逢两宫万寿如仍须折贺，皇上前应否仍进安折？又皇上万寿、皇太后万寿及长至、元旦贺折、安折，是否分为三匣、两匣，抑仍并为一匣？想尊处已与京友商酌，如有成式可循，伏祈详细示知。如尊处亦未得有京信，究应如何办理之处，亦希裁示，是所切祷！

此间自仲良方伯、捷峰廉访先后到任，钱谷、刑名次第清厘，吏治渐有起色，弟承乏八年，今始知有同官之乐也。

致陕甘云贵四省督抚

同治十一年十一月十六日

敬启者：

江西现办陕、甘、云、贵四省捐输，原照陕省奏定减成，并米折、票折章程收捐，是以捐生乐于报效，至今四五年，源源而来，四省军饷，亦得以稍资接济。上年二月，接准部咨，以监生、从九衔两项，应照定例银数减成后，全收实银，不得以米、票绕算等因，当即行司查照。前任文藩司明知势不能行，而又不知计之所出，因循逾年，不为设法详办。

查历年所收四省捐项，以监生、从九衔为大宗。今以部定新章，比较陕省章程，应增捐银，计逾三倍，已捐者既难补缴，未捐者益难劝办。溯自同治七年十月开局起，截至十年二月接准部咨新章止，共已收捐银七十二万九千余两，均于十年三月以前分别奏报拨解。内以捐银七十万四千余两分作二十九次造具奖册送部。自初次至十八次请奖银三十四万四千余两，均已核准。又自十九次至二十三次请奖银十八万五千余两，因奖册到部已在新章之后，议驳监生、从九衔两项捐银十二万五千余两。又自二十四次至二十九次请奖银十七万一千余两，内有报捐监生、从九衔银十一万一千余两，虽尚未接准部覆，自必亦在议驳之列。尚有未经造册请奖银二万五千余两，共合七十二万九千余两之数，皆系未接新章以前收捐拨解，确有奏咨案据，徒以奖册到部早迟不一，以致或准或驳。拟再恳切疏陈，据理而论，似可邀准。惟自十年三月已奉新章之后，尚收有先已书捐，后始陆续呈缴银十万五千八百余两，势难陈请照旧给奖。若竟照部章追缴执照，饬补捐项，非但徒托空言，未必能行，且从此捐生裹足，实于此后捐务大有关碍，辗转思维，殊形棘手。

秋间由捐局司道函询西征粮台作何筹办。顷接袁少宫詹覆书，彼处续经奏准监生折收银四十三两二钱，从九衔折收银三十二两，然收捐仍属循旧通融办理。因查江西四省捐局监生折收银十八两，从九衔折收银十三两五钱，已历数岁，此时万难加增，即使陈请援照西征粮台奏准折收银数办理，监生仍不敷银二十五两二钱，从九衔仍不敷银十八两五钱。江省现无军务，无款可融。且此次办理四省捐输不敷局费银二万余两，尚须自行设法弥补。所有十年三月以后续收捐银十万两有奇，内中请奖监生、从九衔者，其不敷银数，可否均归四省作收融销，此后监生、从九衔两项应否收捐或即停止，统祈裁酌示知，以便循照办理，不胜盼祷之至！

致黎简堂 同治十一年十一月二十五日

查江省九江关税，应解贵省每月万金，从无蒂欠，其另指拨之地丁五十万、厘金四十万，亦先后拨解八万两。现在福建垫解贵省之二十万两，又派江省拨补四万两，委员坐提，刻不容缓。以本年计之，江省接济贵省已二十四万两，四省捐输涓滴之助，尚不在此数也。夏间湘南裁撤席军，江省除已拨解两次月饷三万六千外，再借拨银十五万两，此亦无非为黔之事，且系筱泉制军抚湘时奏明即以协黔者，是江省之于贵省，未始不肯竭力矣。

秋间恭逢大婚盛典，江省奉拨经费二十余万，加以陕、甘、滇、粤供亿频繁，本省亦多新增之款，司库罗掘一空。近日子口半税盛行，厘金日形减色，夏潦秋旱，钱漕征解不前，入少出多，度支拮据，此系江省实在情形，并非推委搪塞之语。兹承台命谆谆，不敢不设法挹注，已与仲良方伯筹商，多则五万，少亦三万，统俟续委之易观察到江，即当拨发，俾与彭刺史一同领解回黔，稍资点缀，此外则不敢轻诺。

前读枢元中丞疏稿，末据周观察回黔面禀江省库储甚富，不思江省如关税、漕折等项，非奉大部指拨，分厘均须解京，地丁按年奏销，厘金按季奏报，安有如许盈余可以深藏厚积？至于放储应给之项，为数无几，且亦断难挪用，高明自能谅之。

复谭文卿 同治十一年十二月二十二日

承示关陇情形，具征卓见。此间每闻左军利钝，辄欣感系之。盖以西北大局所关，不堪再坏，且季老不避劳怨，永矢忠清，其末路亦为可惜。月协饷银六万，未敢稍涉延欠，即前两义也。

议者谓左军收勇太多，又谓运粮太远，至公与季老同舟，自可遇事进言，匡其不逮。

顷得京信，知季老所调豫军已经本省奏留。淮军百战劲旅，近在辖疆，尽可移缓就急，公宜设法调停，以化其门户之见，而收指臂之功。弟与季老亦是旧交，第相距数千里，恐所闻异辞，未敢妄参臆说耳。

复李黼堂同治十一年十二月二十九日

承赐覃溪妙墨，固为独步一时，而钩笔之佳，不差丝忽，是非手和心细，安能臻此绝技？展玩再三，无殊原拓，感佩良深！邺架珍藏，原不敢望割爱也。惟与一索十，抑何不廉！容俟刊摹，勉应台命，第未审此间工刻能善其事否耳。

明正归政，外间初以为难，而两宫行所无事，诚如尊指，汉、唐以来于斯为盛者。

解让泉事，与仲良方伯已有成言，应候通盘筹画，分别抵补，决不至有他虞。

弟才辁任重，奉职无状，吏议莫逃。钦逢圣治维新，不敢遽言引退，又恐叨窃太久，必致陨越贻讥。明公垂爱殷拳，尚祈时加训督，来书过誉，得毋外视乎？

书牍卷五

致王荣椿镇军同治十二年正月十九日

昨日提讯韩道璲等，供词尚无翻异，拟于节后即将郭老六、罗明标、吴罗罗三犯在省正法，余犯发回，分别监禁。现据函报续获之邹海顺，俟讯供解省，另行核办。

此案拟即作为外结，毋庸奏咨。陈守备事虽释然，仍请咨送来省当差，以息浮议。并会同文观察，出示晓谕，告诫军民，务各涤虑洗心，安分守法，以安反侧，以儆愚蒙。此系必不可少之作，闻亦为执事本意也。军兴以后，此种变故甚多，但能宽猛得宜，群情自然安贴。

复曾星槎同治十二年正月十九日

贵营分驻城上，殊欠斟酌，不惟令王镇军置身无地，并恐将卒疑惧不安。昨据文黼卿申称，岁暮每虞扒匪，尤宜加意巡防，而各兵均有家室，值此腊尽正初，势难责令常川驻扎城上，因暂调镇武军分驻各门，措词尚属圆顺。宵节之后，贵勇应还原营，仍以城防属之镇将，以泯猜嫌。此后遇事开诚布公，以期同心戮力，不至彼此参差则善耳。廉、蔺之事，称美至今，文、魏两君必见及此。况王镇军公正谨厚，早在道府与左右洞鉴之中。此事意见不同，偶惑于将弁处分之说，今案归外结，则播弄自不能行。

至于营中一二不逞之徒，亦所常有。此外清浊各别，自可坦怀待之，市虎之谈，无足深信。曾记元年官粤东时，劳制军访获会匪十数人，搜出伪簿，牵连旗、绿兵丁及各衙门书役甚多，当经焚之通衢，概置不问，人情帖然。又前数年，亮营驻扎河口，勇丁结哥老会，几至决裂不堪，随经拿获首犯二人诛之，余亦无事。来函屡有"不可往下追究"之语，是道府之意与鄙见同，固毋庸弟之琐琐也。闻王镇军初与道府议将该首犯等正法后，会衔出示，告戒军民，各自涤虑洗心，安分守法，毋蹈覆辙，将来仍应如此办理。

贵营需用短杆洋枪，请以公牍来领，局中所存有限，不过发给二三十枝。

客腊初三夜，电雷交作，本非休徵，《月令》则言民人多有夭伤，观象玩占则言主有兵乱，无论有无应验，总不可不预为绸缪。

致王润生〔廉访〕同治十二年三月初三日

赣州案犯虽经拟结，而文武之嫌隙已深，文观察又调贵勇上城巡防，王镇军益觉无以自处。似此各怀意见，万一将弁从中挑唆，将来恐有决裂之祸。

虔标屡次借端滋事，既非别部可比，而地方极其紧要，更不能不格外留神。日望台从回防，仰赖声威，以资镇定，并冀设法排解，以泯衅端。倘彼此实不相能，或营中尚有积恶，亦可密以见示，以便预为易置，及早绸缪。

此中事宜，星槎微有识力未逮之处，且前此屡次会审，已成左袒，其言亦不能入纠桓之听也。

（复）〔致〕周崇轩镇军同治十二年三月十二日

教习远来，所需一二百金之盘费，自不可少。惟较赣标教习既多二员，每月薪水又复过半，可否量行裁减，以期一律。如果派来各弁均系精当之人，其训练洋枪及开花炮等项均有外国伎俩，可期有成，则此区区之数，又在所不惜也。

浔郡华夷杂处，此种举动，诚如台谕，务须认真，免为彼族所笑。

复沈品莲同治十二年四月二十七日

周镇军之病，省垣早有所闻。将弁意见参差，究因何故而起，至曲直是非，当有所属，尚祈详细查明示知，以便妥为料理。

省垣于月半得雨，颇觉深透，现在又形暵干。今日商之仲良方伯，委员前往安义迎请龙鱼，未卜能如前两次之灵验否？尊处似亦可以迎请到浔，或有奇效。若由吴城下河，船中极为安妥。第盛龙鱼之器，宜稍宽大，每日须换新水，到城之日，文武蟒袍补褂出郭班迎，得雨后送亦如之。前此朝服跪接，未免太过，故照祭龙神庙仪注酌改也。禳灾救患，文实兼行。来函谓俟届时积储米粟，以备不虞，诚为善策。

新关税饷缺乏，自是江水不大之故，将来应有起色。即使不能足额，亦属无可奈何，但请宽怀，幸勿焦灼。

致两湖江浙督抚同治十二年五月十二日

敬启者：

江省丁漕，自曾文正及沈幼丹中丞于同治元年裁汰浮费，酌定章程，每地丁一两，征钱则二千四百文，征银则一两五钱，每漕一石收钱则三千文，收银则一两九钱。奏明钱贵收钱，银贵收银，均听官便。维时地方正有军务，用银最多，其价颇贱，州县一律收钱。嗣经部驳，以现在收钱既属两便，即应定为通章，不准州县私自更改。迨肃清后，银价日昂，州县不敷征解，又经弟于同治七年奏请查照原议，改收银两，奉旨交部覆准在案。历今五载，官民相安，惟无漕州县，不免办公拮据，尚赖酌盈济虚。乃江省京员以地丁收银一两五钱，谓为额外加征，屡以减损为请，弟与仲良方伯筹商再四，亦思量为变通，第以事属更张，必须折衷至当。

伏思兵兴以来，各省丁漕征收章程，多有酌改之处，自可仿照办理。敬求饬司详查，贵省地丁一项收银收钱，抑或银钱并收，银收几两，钱收几千，是否通省一律。抑或多少不齐，其中至多者若干，至少者若干。除正耗外，其余有无司府酌提之款，抑尽归于州县办公，所收银钱数目是否外办。抑系奏明，伏乞迅赐示复，俾有遵循而资参酌，则感荷关垂，无有既极矣。盼切！祷切！

复朱修伯同治十二年五月十五日

再启者：

本月初十钦奉寄谕，以胡筱蘧总宪奏称江省地丁于一两一钱正耗之外，加征四钱，显违定制，饬令速为禁止，不准丝毫浮收等因。

覆查江省丁、漕两项，从前浮收繁重，地丁收银至一两七八钱，收钱至三千一二百文，漕折收银至四五两，收钱至六七千，其少者亦相去无几。自同治元年经曾文正与沈幼丹中丞大加裁汰，议定新章，地丁收银则一两五钱，收钱则二千四百，漕折收银则一两九（银）〔钱〕，收钱则三千，一律计减浮收百万有奇。州县所收地丁，除正耗银一两一钱外，酌提一钱六分，漕折除解部银一两三钱外，酌提二钱七分，为弥补内外捐款及司、道、府办公之费，裁革摊捐节寿及一切陋规。州县所留以办公者，地丁只二钱四分，漕折只三钱三分，而火工解费、书差饭食，均在其内。元、二、三等年或收银或收钱，民间无不称便，而州县颇形拮据。同治四年，经孙筱山护院与曾文正、李中堂会折具奏，并声明现在收钱，如将来银价大涨，收钱不敷征解，则改收银两，本原议也。随经部驳，以既经收钱，即须一成不易，不准改收银两。同治七年，银价每两涨至一千七八百文，州县收钱易银，不堪赔累，经弟专折沥陈，请照曾、沈原议，地丁改收银一两五钱，漕折改收银一两九钱，奉旨交部议准。同治九年，胡筱蘧总宪以地丁收银一两五钱为额外加征，奏请裁革，寄谕交弟斟酌议奏。又经弟沥情覆恳，仍照旧章办理，仰荷谕旨，并以弟所陈为实在情形。迄今已逾三年，民间均无异议。此自同治元年以来江省丁漕章程原委也。

夫居官行政，必求实惠及民。曾、沈两公改章之时，岂不知地丁一两五钱，显违定制，盖不如此，不足以祛夙昔之弊，养州县之廉，势必设法诛求，闾阎仍大受其害。即弟两次奏准，可见一两五钱之必不得已。不惟大部深悉外间事宜，并邀圣明洞鉴，否则加征违制，岂待胡筱蘧再言？念自改章以后，江省州县各缺遂不如前，然摊捐节寿及一切陋规尽行裁革，州县无可借口，但使稍有赢余，即不敢不顾考成而砺操守。江省吏治无苞苴恶习，较胜于他省者，不仅以此，而亦以此耳。今举定例相绳，责以违制，在弟毫无沾染，何难惟命是从！仲良方伯亦不贪此每两一钱之公费，惟州县只收一两一钱，则官与胥役均须枵腹从事，而又加以摊捐之必不可少，知府供应之必不能辞。自爱者则洁身而行，不肖者则多方朘削，甚至肆为攘夺，亏空钱粮，上司即有见闻，恐亦不能不曲为原宥，自此江省吏治尚堪问乎！

在胡筱蘧之意，亦知照例必不能行，前致仲良函中有“尽可有加之实，无加之名”等语。不思定章一坏，则漫无限制，难于稽查，州县得以为所欲为，其害伊于胡底。且以江省风气，一经出示革除，恐于一两一钱之外，分厘不肯输纳，州县何以措手？弟本拟再照原案覆奏，第以此次所奉谕旨，并未饬由外间酌议，莫测高深，是否事在必行，不容再执前说，抑政府因胡筱蘧以定例为言，持论甚正，不得不权为许可，尚待外间斟酌陈请，务望速赐示悉，俾有遵循而免咎戾。盼切！祷切！

至胡筱蘧另片奏准革除逾限加价一节，其原奏无一字不是隔膜，大昧催科本旨，果如所请，则花户日益疲玩，将来起运更难。统候奉到回音，一并核办。

复谭文卿 同治十二年五月十六日

左帅性情才力，一如尊指所云。有谓此老之能耐甘苦，为合肥所不能及，其不事顾瞻，即曾文正亦略逊一筹，洵至公月旦也。惟西陲事重，恐非一手一足所能支，即以尽瘁自期，究恐有稽全效。善谋国者，在于集思广益，善自谋者，在于舍己用人。弟既不能膜置时艰，又于此老有夙昔知顾之感，虽时陈说论，终不敢尽言，亦徒怅怅而已。

俄人据我伊城，近则分兵守境，强邻逼处，祸更烈于花门。将来出关经营，尤须先有成算。阁下为楚材之劲，朝廷倚畀方殷，尚祈善自努力，是所盼祷！

复刘荫渠同治十二年五月二十四日

出关之师，应留应撤，宜早定计。前苏虞阶以安南地图及路引见示，并云该国群盗如毛，刻难扫荡，其精华之处，如永隆、定祥等省，又为法人所据，与都城仅隔一大山，将来恐难自立。我能拯其危亡，固是恤小之道，否则何为日久暴露于外，劳师縻饷以自敝耶！且闻该国志在苟且偷安，竟以客军淹久为苦，更无须强与人事。然此皆耳闻之谈，先生其熟察实在情形，斟酌可否。

季翁自奉慰留之旨，颇思经略新疆，规模宏远，亦是君止臣行之意耳。初因此老引疾，论者以陇上多是楚军，宜仍以楚人代将，故坤一亦在指数之中。西事孔艰，季翁尚难收功，岂区区所能胜任！

复何棣山同治十二年六月初五日

夏东洲从祀一节，弟以部驳未协，又重负盛意，故前函不无过激之词。兹承明教，以先儒配享亦各有时，其议自我而开，不必自我而成而后为快。所见者广，凡事均可作如是观，钦佩无似。

复胡筱蘧同治十二年六月二十日

近因洋务纠纷，又以丁漕之事，难于报命。查地丁一项，收银一两五钱，本属违例。然行之不自今始，且不独珂乡为然，访之邻省大率相同，而湖南、北尚有不止此数者。即以敝县论之，量减以后，每两犹收二千七百文，其他可以想见。特各省未经奏明，而江省奏明耳。先生前致弟与仲良方伯书，谓“可有加之实，不可有加之名”，是一两一钱之不敷办公，已邀洞鉴，惟嫌见诸明文，显违定制。关爱之意，木石所知。第一两五钱之议，同治元年即经曾、沈两公揭示通衢，四年又经筱山护院会衔具奏，则后来者安得不援案陈明，免蹈私征之咎。

夫事果系病民之举，固亦不惮更张。正恐名去实存，无以循名责实，州县得以上下其手，良懦必致朘削不堪，甚至于词讼则颠倒是非，于库款则挪移新旧，弊端百出，防不胜防。否则，弟亦有何成心，而必固执前人之说耶？兹再沥情具覆，并将所增之四钱如何支销，全盘托出，俾知弟于此中并无染指，仲良方伯自请裁去公费一钱，则亦无所利而为之，即使同罹严议，天下当共谅其苦衷也。

漕限加价，专为催科，究竟所收无多，而正项则输将踊跃。先生此次致霞轩观察书，谓湖北至九月始经解完，湖南至六月始经报解，可见江省解部独早，未始非劝惩之力。加价之议实为筱山护院原疏所有，而为数更多，尚祈赐核为祷！

省城粥厂仍旧于正底裁撤，久则经费为难。外省之不能仿照都门，亦犹外县之不能仿照首邑也。沿湖石堤，业经一律修砌，颇觉壮观。以外菜地煤堆，经各员绅分别挑挖，尚无塞堵之患。

滕王阁约于出月竣事。议者以龙华塔亦为风水所关，仍须建复，尊意以为何如？

致董酝卿尚书同治十二年六月二十三日

江省丁漕，经曾、沈两公核定新章以后，行之十数年之久，官民甚觉相安，大部洞悉外间情形，是以递蒙覆准。今筱蘧总宪奏奉谕旨，地丁只收一两一钱，徒循照例之虚名，恐启私征之实患。晚生与藩司再三商酌，不得不再沥折具陈，并将所增之数如何支销，全盘托出，俾知院司志非为利，事出因公。倘荷圣恩交议，在大部自有权衡，而疏中尚有未尽事宜，不敢不上达清听。

筱蘧致晚生与藩司书，谓“只可有加之实，不可有加之名”。盖以定制未便显违，其言未始无见。然在往日则可，在他日亦可。以今日江省之人情刁悍，动挟官吏短长，一闻前此定章，今被该绅奏改止准　正一耗，恐欲多取丝毫而不可得。州县计无所出，则亦何所不为，从此吏治民生不堪过问，即使频登白简，何能强之枵腹从公！此势之所必然而情之所不容默也。伏乞俯赐察核，俾免更张，则官吏士民均感成全之美矣。

至于漕折逾限加价，系遵部议而行。江省报解独早，次年春间即经扫数，未始非此劝惩之力。可否仍旧办理之处，并候尊裁。晚生实为通省利病起见，不辞琐渎之咎。

复沈品莲同治十二年六月二十五日

闻贵关每月送镇署银五十两，为犒赏兵丁之费。鄙意以为如遇弹压巡缉之事，各兵果能出力，随时犒劳，原无不可，若必按月资送，便成永远陋规，当即嘱令裁汰，竟不知其平日多方需索也。来示允给赏号干脩，拒其嘱补哨弁私挪巨款，洵为公私两便。鄙意以为每年看操一两次，放给赏项，于义尚可。至于列队迎送，亦须给赏，殊属不合。到任去任迎送之礼固宜，若往返姑塘，为程既近，且遇有事，则一年数次、十数次，似此频频迎送，以为索赏之地，太不雅观。容俟荣椿镇军抵省，与之婉商。

周镇军处除各送祭幛外，公送银一千两，盖以其生前亏空甚巨，不欲从多耳。

德丞、陈令之为人，具邀洞鉴。湖课、洲课之案，总不外丈量、调处两法。如俱不能行，即如来示，由省遴委大员，会同执事勘办。第恐水落石出，该丞、令之是非亦难含盖，何如自了之为得耶！

复刘荫渠同治十二年六月二十八日

尊处拿禁私钱一案，奸民哄堂塞署，照例则首从骈诛，仅办六人，且系署内捕获之犯，情真罪当，夫何歉然？三代以下，虽以古之遗爱，尚不能不纠之以猛，而况未为猛耶？地方吏治民生，亦在逐渐振顿，不能操之过急。东西两台既足相助为理，先生只须总其大纲，则上下相安而事无不治。土匪游勇，自宜随时剿捕驱除，并慎选良有司为之抚驭。与其增募新勇，何如酌抽边兵，聚易散难，恐滋流弊。顾彼此今昔情形不同，想贵司局自有胜算也。

洋务一节，总署原无成心，特畏外人哓渎。合肥慎持妥办之说，颇合时宜。圣意高深，莫能窥测。惟闻亲政后，醇邸屡以雪耻为言。又闻各使臣入觐之时，无不股栗，而朝堂待漏，益以客礼隆之，识者忧其得步进步。上年九江道沈观察抵江，系合肥从前委办轮船机器局务者。当与反覆辨论，殊觉把握毫无。究之胜败之数，利钝之机，亦不在此，第縻费国帑为可惜耳！

肩吾应即安分，来谕待时而动，未免期望太奢。希陶上年有信来，云肩吾为蒋金生所误，咨请欠项，已经着人告知司局勿发。坤一覆书戒之，谓事之可否，自应启之先生，安有官亲径与司局通语？今年有自粤来江者云，李霖生得领积年欠饷二千两，系希陶私托湘荃，殊堪诧异，是以前函疑其干与公事。今奉来示，始知勿发蒋金生所领欠项，系对来使之言，则是希陶来函失词。李霖生既无领饷之事，坤一所闻亦属不实。湘荃于署任内劣迹多端，吴明府曾言大略，纵不参劾，亦当投间，委署右江，未免优容逾格矣。

彭海门于浔、贵之役备历艰辛，前此蒙恩得权道篆，来书欣感非常，不图竟待此以瞑目，亦可哀夫！

复彭雪琴同治十二年闰六月十三日

昨日王鹤乔转省，祗奉手教，并询悉精神极旺，步履甚强，欣慰无似。闻文案、书启、帐房无一友人，且左右内外无一差官、家丁，事无巨细精粗，均须亲自检校，先生何自苦乃尔？殊违“耕当问奴、织当问婢”之旨。若为防弊起见，亦未免因噎废食。

十室之邑，必有忠信。况以先生之德怀威畏，谁敢有他？应请遴请朋友一二人，挑选材官数人，家仆数人，以分劳勚而备传宣，即饮食起居，亦得随时照料。先生春秋渐高，而只身在外，安可无一服侍之人？时局尚艰，老成多谢，晨星硕果，人人皆怀瞻护之忱，非弟故为亲附之语也。先生谅之。

致朱修伯 同治十二年闰六月十九日

丁漕一节，业经据实覆陈，惟未与雨亭制府会衔。盖以事系违例渎请，诚恐彼此意见不符，碍难相强，并恐往返函商，时日久稽，事机不密，人得预为之地也。接台谕后，即经驰函谆托大司农，未知果否动听。外间利病所系，想《治安策》中自有斟酌。

滇、陇肃清，则事机顺手，或者关外各城，亦易规复。吴侍御弹章，可谓一时鸣凤，惟措词微有前明台谏习气耳。

使臣觐见时，震慑天威，闻之令人增气。而来示仍以得步进步为虑，所见者微，自非深知犬羊之性、洞悉古今事势者，未克及此。朝廷求贤立政，总署不可涉于敷衍，可谓要言不烦。以时局论，固不可多用新进喜事之人，亦未便专用和平养禄、苟且偷安之人，渐形丛脞也。

荫渠来函云，省外土匪逞伏不常，而冯军远隔边关，难于四顾，现议添招楚勇，意于江省接济薪粮。弟劝其宜将冯军抽调振顿，不可增募新营，致滋流弊，且江省所拨京协各饷甚多，亦属难于挹注。

安南日益衰弱，终为中国之忧，先生何以筹之？

复沈品莲 同治十二年闰六月二十四日

周崇轩之于公事交情，尚非黄殿臣可比，而其居官之糊涂，尤出意料之外，幸得以一死塞责也。王荣椿为湘乡、合肥两相国识拔之人，每一言及，辄赞不绝口，即黄昌岐军门亦称其勇略皆优，方期为国干城，不图一衰至此。气弱则多忌讳，志满则求神仙，殊非豪杰所为，实于义理不足，亦可惜矣。

关税尚旺，岁事亦丰，仰见感召之神，榷估之力。公材则柱石，品则圭璋，但视遭际何如，是区区者固无足道，惟共事半年之久，稔知用心太苦，用情太长，须白貌枯，或由于此，理中之欲，其思所以克之。

复易笏山同治十二年七月十三日

执事长材伟抱，何能高卧林泉？黔地甫经肃清，善后尤关紧要。前读大作，于地方利病及教养机宜，郑重长言，确有把握。而胞与之量，洋溢行间，正宜命驾西行，及时展布，筹治安之策，福疮痍之民，何必以屏退为高、清闲为乐耶？至于此时学业，全在随时随事体验认真，统八条目之功，终不外是。以执事践履笃实，定然月异而岁不同，第其精进不已之怀，无由自觉耳。

王补帆汰员之请，大部业经议行。顾以去留听诸本人，仍非疏通之法。盖既经到省，无不希图当差。前者陈臬粤东之时，曾为此举，并拟筹给盘费，归者究属寥寥也。

贵中丞以兵变之故，奏拨江饷十五万金。现与仲良熟商，即于协饷、关饷凑解人批，为移缓就急之计，此外实别无可以挹注，惟执事谅之。

致朱修伯同治十二年八月二十六日

前事毋庸重渎，惟安定总以显违祖制为言，又以书之史策借口，弟虽至愚，亦见及此。顾念为一身图减赋之虚仁，使万姓受加征之实祸，筹思再四，终不忍为。且查各省厘定章程奏案，多有津贴名目，四川并声明定数若干，竟作正款报拨，独何嫌于江省之四钱耶！

至曾文正厘定此间章程，原为永远遵守旧案，著有明文。安定欲归罪于今人，故以权宜之说为前人解，冀动政府之听。不思事有因革，谁肯作护法善神？但恐一经更张，顿翻全局，将来仍蹈欺上罔下之咎，是以不得不极力维持。安定续有书来，肆行丑诋，甚至波及朝绅，几如国狗之瘈。若以恶声相反，有乖君子绝交之道，当度外置之。许侍御之疏，知有自来。观安定之意，诚如来谕，不胜不止，静以待之可也。

肃州孤城，竟至旷持之久，为剿为抚，咏史何以有辞！关外若须经营，似非临淮一行无能为役，然而三辅事重，付托又属谁人？

三管情形，悉如台指，屡为刍荛之献，覆函总谓人才为难。闻爱莲之骄纵，甚于大树将军，纠桓之中，竟难得人如此。先生毋以目前未得尽行其志，郁郁怀抱，天下事亦各足其分量而已。贵体究竟如何？养病不如养心，务期善自珍卫。

复刘詹岩同治十二年九月初七日

大作专就记字着笔，不落写景旧套，文不满五百言，而往来古今废兴理乱悉具，于层波叠巘之中，俯仰流连，饶具逸致。王子安之序固体裁各别，即韩文公记亦略逊一筹也。浣诵再三，莫名钦佩。惟推奖鄙人处，殊不敢当，尚祈酌删为祷！

致朱修伯同治十二年九月二十七日

日前差弁赍折入都，因有弹章同发，故未便函致左右。安定之加罪至矣，其自欺亦多矣，诚不可不自剖辨，并不得不一暴扬。是非听之，祸福听之，台谏喜怒、江人恩怨亦听之。但为弟名节所系，务求大力斡旋，将此折发抄，俾天下人共见共闻，则受赐厚矣。其余无烦代虑。

复刘荫渠同治十二年九月二十九日

《粤西忠义录》搁置太久，自难保无错漏。但如来谕，司其事者尽心考校搜求，则生者可无愧于死，外间异同之论听之。

吴侍御一疏，并非左袒，成军门已逮入京矣。

徐少宗伯之言，深切时局。第总署此时无可方略，外间条对亦徒托空言，不如暂缓具覆，卓见以为何如？果能内外上下，一心并力，尝胆卧薪，随地留意将才，就事维持正气，讲求军实，厚积豂藏，以待机会之来，自有复仇雪耻之日耳。

复沈品莲同治十二年十月十九日

绿营演操，同于聚戏，是以兵兴以来，多为无用之物，岂得狃于积习，尚不认真整顿，以求实济？况江省局面本小，此次抽练之举，采办枪炮，津贴薪粮，縻费已属不赀，伏望转致荣椿镇军，督饬将弁，切实办理，毋饰外观，庶足以备一时缓急。执事此次奖赏不为不优，此种事宜，断不可不有限制，昔人曾言之矣。

洲地升科，惟在冷明府善为开导，其实有无多少，亦只此数。落地税转圜之说，李雨亭制军、景介臣观察及敝友人先后均有是言，弟亦深以为然，但察看情形，能力持原议更好。

洋务有何把握，能支持一件则支持一件，能支持一日则支持一日而已。

前月接诵捷函，欣悉肃州攻克，丑类歼除，大功告成，国威远震，从此经营关外，想亦易于摧枯矣。左伯以乙榜汉员，晋秩协揆，二百余年之旷典也。承示肃城未克之先，有狼嗥鬼哭之异，诚如尊指，大劫尽、怨气消之预兆，弟在西粤亦屡有见闻。

复徐寿蘅同治十三年三月初一日

园蔬之约，决不食言。惟敝署常馔，求一精洁之小菜，正不可得。每与友人谈笑，谓畴昔寄食岳麓书院中，不过如此况味，岂是主人敬客之道？谨俟勿药有喜，仍请示期，以便预戒庖丁，拾柔掇辣耳。

老伯母生前懿范，非大手笔不足以资阐扬，更须德望崇隆，庶几人文并重，惜曾文正不在矣，无已其属之筠公，或仿《泷冈阡表》，执事自述先德可乎？否则如弟之不学无文，固未足以语此，即求之时贤，恐亦未敢率尔操觚也。来书问道于盲，请一笑而罢。

复黄晓岱侍御同治十三年三月初五日

执事望实兼隆，前程甚远，出处之际，讵可稍涉游移？惟来谕“听其在人，尽其在我”两语，实为吾辈立身本末，敢不佩服斯言！

子衡陇右之役，诚如尊指，微嫌其迟，然恪靖素重其人，必仍委用，但能降心相从，当有益彰之美，公其有以勖之乎！

胡筱蘧以磨勘案发，镌两级调用，及拙疏入，再镌五级调用。又因福陵遗失宝藏，复交部议，现尚未见明文，恐处分不轻也。《书》曰："满招损。"此君则损之又损，可为不善持盈者戒。弟为边给谏所纠，铨司深文周内，蒙恩曲赐矜全，复予革留，降为三品顶戴。自顾何人，屡邀旷典，未知如何图报万一耳！

复刘荫渠同治十三年四月二十六日

坤一今日排挤之祸，早在逆料之中，仰蒙高厚矜全，更何敢以微谴介意。边给谏所参，本题中应有之义，必得有此一举，事理最为持平，惟铨司援引深文，未免上下其手。嗣张侍御以上年缓征漏开新建都图，再行疏劾，并牵涉钱粮新章，奉旨查覆，业经据实具陈，静候朝命而已。客腊有无名氏由京贻书劝勿为已甚，昨复函劝及早抽身远祸，设词甚危，均托同乡语气，其实系安定之党为之，此种鬼域伎俩，不值一笑。第坤一叨窃过久，自客秋大病后，精神更差，断不敢再为恋栈之计。

江省本年亦是阅兵之期，拟俟秋冬酌定行止。

日本因台湾生番戕其属国民人，即琉球本臣事中国，现为日本所并，并因其君借口用兵，势将与我共处此土。子和制军密陈办理情形，似亦无甚把握。前明倭患决裂不堪，不图今日复敢狡焉思逞，履霜坚冰，不可不防其渐。且该国弃中国之教纪，所有文字语言、衣冠制度、兵师营卫，无不改从西洋，尤为叵测。

又闻四部多为俄人翦灭，蒙古亦渐受其羁縻，将来之隐忧方大耳。

安南为我外藩，势难坐视颠覆，想先生于自固疆圉之余，必与瑞中堂筹商设策以拯之也。

贡缎已具前函，昨准部行，钦奉谕旨，应进礼物，须用蓝、酱、灰、驼等色，款样则要寿意，自当循照办理，尊处想亦接到矣。

再，李子和制府顷有函来求饷，云倭人已来铁甲战船六号，又云沈幼丹中丞、潘伟如方伯抵台后，办理颇有头绪，与此间传闻不同。前月于彭雪琴处得见沈幼丹所陈四策，一联外交，一储人材，一备器械，一通消息，虽切中机宜，未知能应手应心否？万一决裂，则江防亦须绸缪，雪琴宫保与雨亭制府深以此为虑也。

致许仙屏同治十三年五月十七日

老伯年高德卲，践履之笃，施济之周，当于古人中求之，自应入祀乡贤，俾后人有所瞻仰。谨俟贵邑绅衿公呈到省，即当薰沐具题，无烦台命。

惟阁下往岁视学西陲，备尝艰险，嗣后星驰归省，未免过劳，兹者大故遽膺，得毋毁伤可虑。务祈勉循中制，以珍柱石之身，庶足以仰慰考灵，九京含笑也。

复翟式之同治十三年六月初二日

闽、粤之案，据报竣事。惟南安属境，为邻匪所扰，杨太守与刘参将均以为言，不可不预为防范，意以三百人尚少，议将拨一全营，已促兰舟来省商之。永宁伏莽无多，似毋庸派勇协缉。

目前急务，总须认真编查保甲，庶清内患而杜外奸，亦不至大张声色，然委任员绅倘不得人，徒滋弊矣。江宗良深怀疑惧，想左右与兰兄有以慰安之。

李军门占椿求免骑射，请再以公牍来，弟即为之草奏，不经他手。此君眉目间大有英气，而为人明白平正，诚近来不多得之将才，将来遇有机缘，定当力图位置。惟细看脸上似有烟气，此最足以误人，于武官尤甚，尚望转达鄙意，有则改之，无则加勉也。

永新萧令性虽急躁，尚无劣迹可指。江西各属闹考则有之，闹考而又以殴官实所未见。原因闹考不办，浸淫至于殴官，若再不加创惩，殊非地方之福。东西两台谓暂为调动，则逸犯易入彀中，亦是一法耳。

复陈右铭同治十二年六月十四日

嘱拨之项，义无可辞，业经商之仲良，作为补解欠饷附片，便可了事，将来亦无烦筹还，否则咨借则嫌其专，奏借则虑其缓也。

来示以出山为悔，鄙见殊不谓然。吾儒立身，不在遗外势位，险阻艰难之地，功名富贵之场，正是为学着力处。苟能遇事认真体察，觉理欲危微，辨之愈明，操之弥固，人忙我闲，形劳心逸，岂非自得之趣？何必毕生下帷，终日伏案，然后足以明道哉？

永新哄场殴官，为江省不经见之事。初拟临之以兵，嗣以滋事童生远扬出境，不欲波累地方而止，然不获一二首犯惩办，此案终难了结。无论萧令无大劣迹，即使有之，院司收受舆呈，何事不可上达？前任谌令，詹岩先生称为良吏者，乃因修志开罪绅士，遂揭发其税契违例微愆，尚以人地不宜，奏请开缺，有何庇护属员之处，而顾作此举动乎？童生可以殴官，愚民便可谋叛，将来痛深创巨，非弟咎将谁归？自惟在任十年，行一切苟且姑息之政，深为歉耳！该县首匪同林寺僧，亦经另檄严拿矣。

复李雨亭同治十三年八月初八日

奏拨之款，业经分批筹解，借助饱腾。弟初谓徐州之师可稳，吴淞等处自可少募新军，不图已调赴台湾矣。

将才难得，不独左右为然。鲍军门前在江南，浒湾之捷，至今啧啧人口。嗣后与弟同事虔州，询及用兵方略，则议论风生，听之忘倦，乃庸耳俗目，顾视为一勇之夫。闻公欲得此君，以资指臂，具征赏识不谬也。

致彭雪琴同治十三年八月十五日

台湾之事，初闻倭人索赔兵费甚多，嗣又闻有及生番互市之请，未知是何情形，有无成议。柳使入都，无一切实之语，总署固已洞烛其奸，仍嘱外间妥筹防范，想下江及海口，业经部分严密矣。惟所筑炮台，是否纯用砖石，抑用沙土，或两者并用，外砖石而内沙土，伏乞示知，倘蒙赐以图说更妙。

江右本属腹地，又系上游，原无所用其举动，而议者请及此事机，于湖口、浔郡预为布置，意不在近忧而在远虑，似亦不为无见。先生全局在胸，指授方略可乎？

致刘仲良同治十三年八月二十七日

昨日面谈良久，竟忘却海运、磨勘两件。海运一节，农部止知江省米色较低，米价稍贱，不思水路如此之远而且难，又不如苏、杭之一切熟便，轻赍既仍解津，其余漕项无多，经费不敷甚巨，究应如何筹办，伏乞执事与缪芷兄商量，看来此次部文似难空言搪塞也。

磨勘之案，曾据首府面呈大概，想已早达清听。果能一律瓦全，固所甚愿，所虑词涉强饰，未必不滋人言，且亦不成事体。若直揭其舞弊，正恐本生余罪不轻，首府并言官亦处分甚重，不知监临尚有一线生路否？已嘱将现在办法赶紧缮折送核。其考生与誊录舞弊应得罪名，以及誊录、对读以上各官是何处分，详细开明，一并送来。此事弟无成见，不过欲求妥当，请与廉访先行斟酌，候弟回省面商机宜。

复沈品莲同治十三年八月二十七日

洋枪、洋药应照原定之数买足。洋炮一项，仲良方伯谓宜多购常行炮位，其后膛、开花两样均宜少买，为将来便于自铸炮了计也。仍请均托刘观察、王太守两君一手经理，毋庸委员，徒费周折。价值若干，在浔与执事已有成说，无须多心矣。

炮台似宜先办梅家洲，即厘卡大王庙等处与对岸城边仰宸、回润两门及石钟山背、该县武曲港一带，三处局势颇紧，其柘矶与十八号两处留作缓图。柘矶距城较远，十八号地低土松，且在江心也。浔郡则宜在老鹳塘以上，仲翁谓近城更好。是处虽有隙地，诚如尊虑，恐其震动城垣。湖口县城边之炮台，亦当计及于此。左右其先与丁镇军筹议，再与仲翁函商。至如何筑法，虽经驰函请示雪琴宫保，并嘱仲翁酌量委员前往下江勘取式样，想亦不过尔尔。执事有无成竹在胸，统费清神指画为祷！

复刘荫渠同治十三年八月二十九日

承抄示剿抚安南匪徒奏稿，仰见先生独见其大，力任其难，至于敷陈剀切，即置之陆宣公奏议，尚恐无此精湛，读之不能释手。疏陈采办木植之艰，亦系实在情形，人臣以道事君，自应如是，圣明洞鉴，断断无他。借善后工程以资规讽，尤属善于因事纳忠。

昨阅邸钞，园工已停，奸谄之徒，相继得罪，足征朝廷英断，而维持匡救，内外不可谓无人也。恭邸波澜甫起即平，足见亲亲之谊自有真耳。

倭人挈孥而来，于牡丹社等处筑一室屯油，其情不测。该国柳使入都，日久无一着实之语，雪琴宫保致王鹤乔书，谓其缓我懈我，不为无见。沈、潘诸公虽欲慑以兵威，仍思折以口舌。总署则拟以瑯琊通商了之，窃恐东夷之意，不止于此。金陵、福建纷纷筹防，颇觉张皇失措，糜费其小焉者矣。台湾为东南尾闾，似亦未可轻弃。

西陲久无确报，仅有金将军委员来江请饷，备言转运之难，令人扼腕。诚如台指，成功恐未有期。季老现在接眷西行，当无引疾之举，亦知代者之难得其人，否则此公岂恋栈者？辖疆左右两江，距省太远，镇、太边防正在吃紧，节从自应按期出巡。

肩弟视做官为畏途，未便相强。鄙意亦以中年兄弟，不愿此归彼出，此东彼西，相见为难。指捐之说，容徐商之。

复杨石泉同治十三年八月二十九日

贡缎装潢已好，随蒙饬送信郡，业于初九日领到，即交委弁赍解起程，是非大力关垂，安能妥速若此?

承询陆路防勇将弁一节，查江省自肃清后，次第裁汰，仅留三千八百名。以虔南四府州地方紧要，常驻二千人，其余千八百人分为六营，每营三百人。衡勇驻袁州之萍乡，亮勇、和勇、昌勇驻会城外，德勇驻饶州之安仁，藻勇驻广信之河口。无事则各守汛地，有事则互为应援。然自会城至广信只一千五百人，其力未免单薄。至将弁中惟亮勇营总何副将明亮勇而有略，亦非大将之才，藻勇营总宋参将荣藻次之，德勇营总周参将德又次之。尊处倘有驱策之处，拟令藻、德两营稳屯玉山，听候指挥，并派会城各营前往接替。

第此等弁勇，防土匪或有余，剿海寇则不足，来示云云，不过为接壤之区，偶有缓急计耳。弟于前月杪轻舟出巡，已阅各绿营兵，较前颇有起色，洋队亦有可观，堪慰廑注。

复丁燕山镇军同治十二年十月初九日

湖口炮台，诚如来示，以梅家洲、石钟山后柘矶等处为最紧要。鄙意拟先办梅家洲与县城门外及石钟山后三处，其柘矶一处暂作缓图，或接续兴工，亦无不可，以该处距城稍远也。惟查五年间，经黄殿臣军门绘来图形，大王庙即在梅家洲上。今来示谓梅家洲可修，大王庙地方不可修，是否台指以为应修在梅家洲之尾，而大王庙则在梅家洲之中与县对岸不可立炮台耶？抑梅家洲与大王庙系各是一处耶？若在梅家洲尾修筑，固属扼要，第恐地势过低，遇水涨时，难期方便。

又据弟所闻，施放大炮，不至震动城垣，故拟于大王庙厘金卡与湖口县城门外两岸对筑炮台，以资夹击，专断入省之路。如虑炮子对过，自致损伤，则炮台均斜向外江何如？究竟有无滞碍，务望就近与品莲观察逐细勘明商酌。湖口修筑炮台，原为节麾所驻，将来万一有事，可以仰仗大力，然则此举虽属江省，实与左右自办无异，不可不慎之于始也。

至于设立洋人灯楼之十八号，虽与柘矶相对，甚为扼要，然地低土松，恐难济事。似可作为罢论。

复沈品莲同治十三年十月初十日

台事结局，此间已奉明文。贵关亦有分拨之款，另牍照会冰案。

浔郡、湖口修筑炮台，恰与庙谟不谋而合，李倅、钱令转浔后，便可兴工，得执事主持，自易奏效。

传办瓷器，业经奏展限期，定邀恩允。部拨欠解之款，分年弥补，法亦妥善，当即代陈。

省垣壹是如恒，恭逢万寿，民情欢忭，处处结彩张灯，万罗众有，洗马池街上竟至踏毙数命，内有候补人员，亦新闻也。

李令士棻亏短临川任内交代，胆敢先后赴首府、藩署滋闹，为先发制人之计，天下竟有此种不明道理、不畏法纪之名士，随经疏参革拿矣。

致李筱轩同治十三年十月十六日

台湾事竣，终是苟且羁縻。昨奉廷旨，责疆吏以自强之策，庙谟宏远哉！此间本系腹地，且居长江上游。现拟将前月奏明于浔阳、湖口两处修筑炮台及添练洋枪队，仍照原议举办。此外毋庸妄动，徒费帑藏，惟有多储饷糈，以备京外不时之需，尚可裨益大局。海防布置，自有主者，不敢参末议耳。

漕运一节，递奉严催，并饬令采买，交招商局代运，自不便再有推诿。惟江省本折太少，必须动用数石漕项方可办正米一石，所损实多，不得不先请示。且漕项既用以办运，则每月拨解西饷之二万两便难照常接济，亦不得不预先陈明。漕折自免年内按限加价，征解不前，道库所收不满二万金，不及上届此时收数十分之一。正恐各花户拖延日久，瞬及度岁之辰，致将输官之项耗用殆尽，明正无从着追，其有碍于国家正供及各府县真不堪悬想耳。

弟于上年武闱后大病，迄今尚未复元，精力日惫，正合乞假调养，倘月内尚难就痊，便当呈请开缺。自惟承乏十年，奉职无状，非荷高厚矜全，未卜置身何所。今幸辖疆安靖，岁事一律丰登，仲良方伯、捷峰廉访均足以胜巨任，及此引退，实为公私两得，固非别有忧畏，更非有所觖望，知我者自能谅之。

复朱修伯同治十三年十一月初九日

园工既作罢论，此外小有举动，似未可过于束缚。何棣山星使来函，见示估价不及十之一二，所省已多矣。夫止沸莫如抽薪，总在左右近习之得人耳。自文中堂起而视事，时政一新，天下莫不望公留朝廷以活我，为范文子曷若为司马文正，与国共本源、同休戚，舍此将安之乎？夫出处何常，亦视其地分何如耳。

台事议给五十万，虽以抚恤为名，终是苟且将就。随奉密寄饬筹防务，谨就管见所及，于月之初四专折覆陈，颇有自任之词，目前未便遽以开缺为请，拟再展假一月。

复杨石泉同治十三年十一月初十日

倭人得不偿失，未必甘心。且其君无异赵之武灵，其臣无异晋之赵穿辈。即如此次台湾之役，有何万不获已，而乃借饷西洋，侵犯上国乎？闻其财尽民愁，亡可立待。第瘈狗将毙，难免肆毒于人，并虑他国效尤生衅，不可不亟图自强。前奉饬议六条，谨就管见所及，由驿具覆。一得之愚，不计是否有当高深、能否不触忌讳耳？

此间本居东南腹地，海上用兵，不能遽及江西。若以江西之兵驰援海上，不惟鞭长不及，亦属人地不宜，不如撙节饷糈，留以接济京外，尚可稍裨时局。

辖疆地处冲要，固与江省不同，其应如何设险固圉，整军耀武，自已部署完备矣。

左相以出关之师益形拮据，自系实情。所望迅告成功，移此数百万巨款输之海疆，庶几造船、制器易于集事。否则地已无遗利，人已无遗力，即使桑、孔复生，殊为束手。

时议以各省煤矿颇多，将用西法开采，诚不无小补，而或者谓发泄太甚，有伤地脉，有碍生计，似亦不为无见也。

复何棣山同治十三年十一月二十二日

贱躯日就委悴，假期届满，宿恙尚未稍瘳，不得不陈请开缺，从此蓬庐息影，无以图报天恩，惟与田夫野老击壤高歌，虔申华封之祝而已。

李仲约星使过江，询悉圣容颇不如前丰泽，兼有咳嗽之证。虽因万幾鲜暇、宵旰忧勤所致，或者饮食起居亦失调护乎？此则去国之臣所耿耿者。

复沈品莲同治十三年十二月十八日

接诵惠函及图册、折钞等件，当经逐细查阅，随请仲翁来署商酌，拟于城跟九湾庙墩下至转角处之中筑五门炮台一座。炮门自应略偏向下，台后地势若宽，即应另筑后墙，不必定与城墙连贯。至城墙相近处，应否穿门以通炮台，俟台成再行察看。又拟于天灯杆之凸出处筑五门炮台一座。是处距城里许，并不为远，第台后岭上或岭腰须有筑营地势。自台至城另凿一宽平大路，由宝塔后行走方妙，以宝塔前滨江小路太崎岖也。湖口梅家洲之炮台，不宜太出，插入江心。武曲港之炮台，不宜太低，致为水漫。此两处，仍祈台从会同丁镇军履勘。一俟四处炮台规模核定，再烦绘图示知。鄙意长江有事，彭泽孤悬境外，恐非江西一省之力所能堵截，不得不从容布置。至湖口与九江，必须联络一气，互为应援。六十余里之间，扼要分扎重兵，以资兼顾，尚非鞭长不及，故谓距郡城里余之炮台未为远也。此四处炮台告竣之后，拟再接办柘矶及郡城。上游炮台似亦难于歇手，不过事有后先，庶几气力稍舒耳。

此项工程浩繁，弟非熟习之人，不便按册准驳。第查阅大致未免太浮，虽册中多有松活之笔，未可据为定数，然按炮台之多少，台之大小，总不得浮于下江，致难开报。仲翁已嘱贺大令驰往江南，查询详细数目及办理情形。鄙意拟请执事会督丁镇军及王太守、朱明府先行覆勘，明春兴工，尚未为晚，固不可过于迁延，亦不可涉于草率。所需营勇定于明正派来，一驻湖口，一驻九江，均令听候指挥，以便呼应。绿营操防紧要，差使纷繁，恐未能专供此役，能否酌拨襄助之处，容与程、丁两镇军商之。采买木石各项经费，业由仲翁先行拨解三万，应否免完厘税，公与仲翁酌裁。

碰船一案，想英领事自能持平审断，不致与左右抵牾。金陵机器局委员人等，业经董令开导东还，闻尚有明春再来之语。看此情形，将来该处煤矿，终不免大有举动。法副使不来章门固佳，即来亦不烦过虑，彼有足能行，有口可借，公其何能禁之！正恐禁之愈力，则彼持之愈坚，转以为挟制之计耳。

蒙赐五百名贤图赞中何以无史阁部？扬州梅花岭即有此公图像，似应补入，或有他故，则非所敢知也。

复许星叔提学同治十三年十二月二十八日

廿六日接礼部文行，当经商之两司，随于次日举哀成服，并嘱首府通知各郡，亦于奉文之日成服。盖恐哀诏到迟，一切难期画一，且有格碍之处，不得不变通办理，亦有成案可循也。先接蓝印部文时，即饬敝文巡照抄旧章素服撤乐事宜，代呈左右，未知已达青睐否？

夫自古无万年天子，惟我大行皇帝之升遐，实有令人痛心者。则以文宗蒙尘北狩，饮恨上宾，止此独子也。则以大行皇帝十三载旰食宵衣，内地甫经肃清也，年方弱冠尚无血胤也。则以两宫皇太后春秋正盛，内廷后妃均是青年也。悠悠苍天，曷其有极！

贱躯病势有增无减，恨不委此蝉蜕，追逮龙髯。乃荷恩纶，调署督篆，自问万无支持之理，如服车之牛，业经罢困，犹复舍轻就重，可乎？所续请开缺之折已陈，当可仰邀愈允。

台从何时转省？甚以为盼。无论何时何地成服，总以二十七日为限。将来哀诏到日，如在百日之内，则着百日内之服，如在百日之外，则着百日外之服，于义亦通也。扶病承覆。

复翟式之 光绪元年正月初四日

弟仰荷天恩，调署督篆。自惟才疏体弱，不堪膺兹艰巨，先经陈请开缺，冀邀俞旨，万一不能如愿，当此国家多故，未便再事烦渎，只合暂为承乏，大约宵节前必能定局。如蒙放归田里，亦即于月半起程南还。

兰兄倘已抵吉，务望台端邀与同来，以速为妙，无论进退，均有要事面商。并请饬差官王忠舜一同来省，此外员弁均希力为劝阻。即使东赴署任，亦是五日京兆，不敢多带人员。且人地生疏，从何安插？想高明自能谅之。

现在署中止侍妾两人，眷属尚不为多。拟令内兄雷三哥押送所有书籍、瓷器及拙室留下衣箱等项，由长江回县，各家丁、眷口皆令暂留此间，则弟之东行，庶为轻减也。若得遂初心，惟弟与小妾由陆路，其余概随雷三哥溯湘，亦可稍免累赘。

望九霄而龙驭莫随，历十载而骊歌忽唱，殊有难于为情者。

复杨石泉光绪元年正月初十日

客腊初五之事，实属变出非常。初闻圣容丰泽不如从前，并患咳嗽之证，嗣复有出天花之信，亦早深以为虑矣。伏念我大行皇帝十三载惕厉忧勤，削平逆乱，乃年甫弱冠，竟致龙驭上宾，北望梓宫，肝肠摧裂。

弟精神劳瘁，须发皓然，此次乞休，并非假托。且此间仰邀福庇，岁稔民和，洋人口舌亦稀，似觉无所事事。而舍下前数年屡有期功之丧，家继慈又暮齿倚闾，权缓急于公私，故不敢为恋栈之计，疏请开缺。现奉旨调署督篆，若前折未荷恩俞，当此时局艰难，亦不得不扶病东下。明公宏猷硕望，中外同钦，正值辖境筹防，岂可遽萌退志？务期努力自爱，为国为民，是所切祷！

天台之案，此间已有所闻。承示慑以重兵，责其自送首要各犯，义正仁育，佩服莫名！

倭人将来即有跳梁，万不能如前明之猖獗。时议造船铸炮，未始不是良图，然中国之所以自强，恐不全在乎此。至于电线、铁路变华为夷，鄙见迂疏，期期以为不可。煤矿之役，且试为之，倘办理失宜，即使于生财之道不无小补，而物情骚动，所损实多。高明以为何如？

复彭雪琴光绪元年正月十二日

闻贵体于客冬吐血两次，湖上酬应甚繁，何以不早移居僻静之所，以资调养。又前议三年出巡一次，实为公私两全，当于何时具奏，望决计行之。猛虎在深山，百兽震恐。明公之维持东南大局以系人心者，正不止此，岂可岁岁冒风涛之险，仆仆往来以劳精疲神耶？沥情入告，朝廷必以为然。

以今日时势人材，前次海防条陈，竟有发新奇之论而欲废经常之道者，岂非病狂丧心耶！外间非得明公与左恪靖多活一二十年，窃虑江河日下，无有支拄者。

弟现经交卸抚篆，专候前折批回。倘未能仰邀恩俞，只合扶病东下，任重才轻，弥滋陨越耳。

复李雨亭光绪元年正月十五日

昨日折差驰回，据称所赍陈请开缺各折片，因在途雨雪连绵，致将奏事处咨文湿透擦损，不能投递，禀请补换等语，闻之不胜焦悚！第事已至此，只得补换咨文，饬令漏夜赴都，仍将来折进呈，其中尚有缓征等项要件，例限綦严，竟为该折差所误也。弟若株待前折批回，约须四五十日，未免过迟。

前承函催赴任，而京中诸友亦以为言，再四思惟，只合择期于本月十八日起程，趋候台教。倘北风不顺，拟由九江乘搭轮船，以期迅速。所望朝廷俯赐体恤，准其开缺归农，则五日京兆，恪守成宪，尚可勉强支持也。瞻韩在即，余俟面陈。

复程国熙庞际云光绪元年三月初五日

昨奉惠翰，并见示东省堤图。查该处工需之费，部拨江西、江南两省各款，经弟先后商之司局，全数起解，冀助一臂之力，俾得迅告成功，庶几徐、海渐次疏消，淮、扬不虞波及，下运河专防洪泽湖水，大局尚易保全也。兹阅姚大令所禀情形，即使贾庄合龙，而黄流能否顺轨，无甚把握，焦灼难名。为今之计，惟有仰仗诸公速将砂礓、六塘两河上下游分别挑挖，以资宣泄，至于高、甘等属堤埽，亦须早为绸缪。缓急重轻，执事自有卓见。将来黄河桃汛涨发，倘有意外之虞，徐、海纵难兼筹，淮、扬总宜力顾。

弟初拟于望后前赴清江，借聆台教。昨夜接到总署蓝印公文，自系复有国服，则行期难以预定矣。

致袁小午侍郎 光绪元年三月初五日

承嘱此间协饷，已面饬运司速将盐课十万如数筹解，当不至有稽延。此外关税已解银一万两，下次九万两以及厘金等项十五万递次催，据司道详称："因上年办理海防，招募淮、湘各勇，兴修沿江炮台，购买西洋枪炮，加以拨济山东石庄户决口工费，约计新增用款二百数十万金，不独各库罗掘一空，而且过支甚巨，尚待设法弥缝。其江北被灾府县发赈修河，半借助于商捐，不在此数。"经弟查系实在情形，同深焦灼。

前在广西多年，深悉边军饥苦，侧闻西北口外待哺尤殷，苟属力所能为，何敢稍存膜视！无奈适逢其会，竟同无米之炊。

至江西协饷，曾与仲良中丞熟商，照旧接济。惟因新办海运，恐漕项内之二万两将来挹注无从，不免停解。弟前此力持江西不办海运之议，原以京师得米无多，而有妨于尊处军食，又无奈采买之说行，遂无词以拒也。

复吴子健光绪元年三月十五日

伏查列圣、列后大丧，均无奉到部文，后即行摘缨明文，推求例意，或以为遗诏敕谕可与部文同到也。宣宗、文宗大事，奉到部文，即行摘缨，客腊仿照办理。

嘉顺皇后身徇先帝，臣民弥深哀敬，故亦援案施行。至查礼部则例一百五十一卷《列后大丧》第八叶内开“一、直省官员，于遗诏到日，早晚哭临凡三日，成服用白布，命妇去耳环首饰，素服均二十七日，以文到日为始”等语。第三十三叶分注“王公大臣、文武官员二十七日服缟素”等语。又查一百二十五卷《列后大丧》第四叶分注：“道光十三年奉上谕：恭查乾隆十三年六月初九日奉旨：副都统海昌奏热河官员接奉部文，官员均穿二十七日孝服，所办甚是。”等因。以上各节，皆有“成服”“缟素”“孝服”字样。惟本卷第六叶内开“一、颁敕谕如颁遗诏例，直省官员齐集举哀，不办事素服，不嫁娶二十七日”等语，与前各节微有未符。

此次所奉部文粘单内，仍有补足二十七日丧服之文。将来敕谕到日，如别无部颁事宜条款，究竟应否成服、服缟素二十七日，典礼不厌详求，办理务须画一。伏乞查酌示复，是所盼祷！

复沈品莲光绪元年三月十六日

前书辨别人才之真伪，直使物无遁形，曷胜钦佩！

山东贾庄堤岸，闻难合龙，递经严饬庞、程诸公迅将砂礓、六塘与中、下运河分别修浚，万一徐、海难于兼顾，淮、扬务须保全，众议均以为是。所虑汴梁等处再有险工，势必直冲洪湖，则江南无可补救。揆之天意，当不其然。惟自客岁筹防以来，库储无几，而地方开垦尚少，凋敝不堪，殊为可虑。

段晓兄于乐平挖煤之举，志在必行，云接彭委员信，绅民均已帖然无事，确有把握，并谓中堂函谕："若乐平、磁州两处不能成功，他处更无可议。"其势似非此间所能挽回矣。

湖口炮台所需木植，既经解到，刻下想已兴工。闻尊处所办枪炮极其精良，甚以为慰。

总署抄示威使照会，云中国多受经纪之赚，自系别有肺肠，然亦非尽属子虚也。关税短绌，各处皆然，部文严催，亦其常套，执事何以径送职名？高杏村昨有书来，甚为诧异，果否发行，曾否议覆，尚祈示知。

昨书言及撞沉盐船之事，诚如台指，英领事既奉公使成命，万不听左右之言，遽偿赔款。鄙意可作拖案，文来照原议一覆，禀来照原议一批，既可为将来搪抵别案地步，又免总署驳饬。如敷衍完案，后日即有例可援，总署必以为畏事迁就。是否有当，伏候酌裁。

复裕寿山中丞光绪元年四月二十三日

弟查勘沿边炮台，颇有斟酌变通之处，幸改作工费尚不甚巨。清河上下河工规模粗具，而拓充培补须待秋冬，赖山东贾庄合龙，可为目前苟安之计。稚璜宫保之精诚格天，令人倒地百拜，可见天下无难办之事，亦视肯尽心力否也。

昨吴筱轩来署面商，以滁、来、全交界之周家港尚须添扎勇丁，方为联络。若由此间另调一营，殊虑彼此不相惬洽，拟撤回上海之发军，又恐冯观察极力萦维，弟与之再四筹商，始允于现在该三属各哨中酌量抽拨，而仍不免有勉强词色。

筱轩欲请管带贵标兵之陈参将所部前来，据云与伊本系旧交，可资臂助。尊见谓何如？

复吴子健光绪元年四月二十九日

祗诵前次惠答，领悉胜筹。鄙意以江防重大，经费艰难，不可不再加详慎。所有吴筠轩议增鹅鼻嘴下游之炮台二座，彭宫保议增十圩港之炮台六座，及来示刘闻沙后改扎之炮台，均暂从缓兴工。俟秋间监临节旋，弟当偕至江阴，会同履勘该各处形势，面行商酌，而后定计，即迟至明年举办亦未为晚。尊见以为何如？

至刘闻沙之炮台应停，与镇江三处之炮台应改，已分别饬遵矣。此外一切地方应办事件，因贱恙缠绵，尚须从容与尊处及寿山中丞通筹合作也。

复李中堂光绪元年五月初三日

接诵赐书，渥荷奖饰，并以厚帅公费为嘱，仰见雅意殷拳，敢不如命办理！现已筹银四千两，专足迎投，以备川资。此后每年共需若干，自当与筱翁大公祖分途拨解。朝廷代耕之赐，即使家道充裕，于义亦不应辞。况厚帅禄养无资，即雪琴宫保早为虑及，固未可彼此一例也。

晚生前在上海机器局小住两日，聊扩见闻，为良为窳，殊未得其端绪。惟据郑、李两守面请专治铁甲轮船及枪炮一二项，以期精良，鄙意颇以为然，当嘱切实条陈，恭候训饬。

至江阴、镇江、江宁各炮台，尚有应行斟酌之处。第以度支拮据，只合将可停者即停，可改者即改。此外形胜之地，容与子健中丞熟商，从容布置。

江北如凤、泗、徐、海、淮、扬各属，伏莽甚多，若非严行创惩，终恐养痈成患。地方吏治，尤宜认真讲求。晚生望浅才疏，近复多病，深以贻误为虞，所望幼帅移节东来，早卸仔肩为幸。

承示荔秋比部在都议办古巴之案，以区主政代选幼童出洋，夹袋多材，规模宏远矣。

致沈幼丹光绪元年五月初六日

伏读奏稿，敬悉台事一切剿抚情形，其剔险穷幽，大搜深入，虽雍正年间之平苗疆，乾隆年间之征缅甸与大小金川，亦无此艰苦卓绝。先生审形度势如聚米画沙，料敌设奇如摧枯拉朽，廓清荡涤，指顾可期。惟种类冥顽而地方僻阻，将来设城置戍，或虑善后为难，尊疏谓“多杀何为，攻心为上”，固已综计事之终始，而胜算全操矣。时议开矿之利，归重尾闾，大功告成，自可次第举办也。

弟扶疾出省，查勘上海机器局务及沿江炮台、运河堤闸，颇有斟酌变通之处。回署后正在肃函，适钦奉寄谕，欣悉先生补授此缺，不独大江左右伫望来苏，贱躯久病未痊，实宜早卸仔肩，以免贻误。

查台事已经就绪，接办无难得人，且有巡抚驻台，此正是其职守。即使刻未移节，则夏观察久于其任，亦可以受责成。台为海外一隅，开山抚番，事属琐屑，以视此间地大物博，为东南半壁所关，孰重孰轻，孰缓孰急，先生自有权衡，无俟弟之劝驾迅赴新任矣。

复王夔石中丞光绪元年五月十一日

再，敝友王润生，讳承泽，以举人在籍办团，嗣赴粤西带勇，历保至记名道加按察使衔。客冬由江西回湘，竟至一病不起。地方绅民念其咸丰九年守城之功，欲请入祀乡贤，未审已否转详尊处。倘蒙迅赐核办，则感均存殁矣。

复左中堂光绪元年五月十五日

此间认借洋款，自不能不照胡道办理，以期妥速。然每百万利银至二十四万之多，所耗不赀，我中堂想亦万不得已而偶一为之也。

议者以出关之师不免旷废，遂欲以守为战，暂缓进兵，移西征之饷需以专顾东南防务。仰赖圣明洞鉴，不为异说所摇，否则我弃人取，中国十八省将悉为大小科斯，不独关陇无安枕之日。盖前代车师、乌孙诸国，力敌势分，不过扰我边陲，尚易钳制，今若为俄所有，则强邻逼处，两大岂能并存？庙谟宏远，以西征之事悉听指挥，计必日起有功，当可以塞众口矣。

至东南防务，诚为切要之图，然如客岁之张皇，似不免有糜费之处。而聪明才智之士，务为新奇，竟欲举中国之制度、典章，尽变而为英、为法、为美为普。晚生迂疏寡效，不足济变匡时，兹幸瓜代有期，得以释兹重负，朝廷矜全之德，不啻生死而骨肉之。此间伏莽甚多，其患不独在外而亦在内。一俟幼帅履任，略献刍言，及是绸缪，尚不至成燎原之祸。

袁筱帅委提之项，实属无可掘罗，只得酌给川资，令其回甘销差，伏祈俯赐鉴谅。

迩来眠食何似，尚希为国自珍。贱恙积久未瘳，若非静养数年，药饵无能为役。知关雅注，谨以奉闻。

复曾沅甫 光绪元年五月二十日

承示治运必先治黄，自是至当不易之论。第黄河之难复徐淮故道，已在洞鉴之中。前年乔鹤侪河帅与丁稚璜宫保、文质甫漕帅及李中堂并各科道条奏，计可均入青睐。稚帅初主南行之议，嗣知事势万难，故复决计堵筑石庄户溃口，使之北去，所有两岸长堤，亦经勘估兴办，并将如何设兵防守，沥疏陈明，未审曾否咨达冰案。以目下情形而论，其治黄之策，似可毋庸更张也。

河运诚为急务，台指谓宜年增一年，以期复旧。所谓行之以渐，持之以恒，极合机宜。惟昨接合肥来咨，据云运河浅阻均在山东境南，应由执事就近与稚帅筹商办理。江南运河堤闸业经随时补修，间有一二处尚未告竣。弟此次沿河履勘，拟将高邮、宝应交界之数十里，俟秋冬疏浚深通，明年漕运足资浮送，此外别无紧要之工。仰荷垂询，谨就鄙见所及，缕悉布闻，伏候酌夺。

复何棣山 光绪元年五月二十一日

海防之事，议论务尚新奇，深虞一涉张皇，不徒无益而且有损。月初钦奉寄谕，措置极协机宜，其于开煤矿，置铁炮，先行试办，并分别指定地方数目，尤征庙算。

至谓缓西北而急东南，诚如来指，大为失策，仰赖朝廷圣明，不为臆说所动，实宗社无疆之休。前代得失，列在简编，国家经营新疆，《圣武记》论之最笃，彼时尚不料俄人今日之为长蛇封豕也。强邻逼处，将来为祸之烈，岂独关陇哉！

东三省为我朝兴王之地，不可不及时绸缪。弟于同治五年议覆局外旁观论及借法自强疏内，即经剀切具陈，八年道出保定，复向曾文正言之。来示谓“筹饷难，得人尤难”两语，足以尽之矣，尚复何言！

复左中堂光绪元年五月二十七日

此间应协老湘营月饷积欠太多，已谆嘱司局拨解大批，似尚不至观望。沈幼帅之强而有力，夙与公为至交，将来履新必能宽为接济矣。

窃以军兴二十余载，独公始终身任其难。现在春秋渐高，复有督办新疆军务之命，每　念及，耿耿不忘。既思功在垂成，如使他人得以掣肘，而又无息肩之地，仍不若翘首顿足为之，以慰宸廑而收全效。天下正气系公一人，伏望为国为民，节劳自爱。

马翻译被杀一案，英人归咎于缅，欲图并吞，而复波及于滇，以滋口实，具情诚为叵测。至有无暗约俄人扰我边陲之举，殊无所闻，然狼狈为奸，亦在意料中也。

台示谓“时议多自菲薄，谬以解事相夸，实则明于权而未达于理”，洵为洞见症结。晚生前函已略陈之，凡老成人亦莫不以缓西北而急东南为非策，此其最大者耳。

承嘱罗致人才，以供驱策，具仰盛怀。晚生履任未久，于僚属贤否，初得端倪，未便轻为推毂。封疆中除沈、杨两公外，如裕寿山、刘仲良二中丞亦一时之选，公以为何如？

此间一国三公，强宾夺主，正思力矫其弊。用人理财诸大政，亦不可不稍为更张，今则均作罢论。渥蒙垂注，敢布区区。

再启者：

昨夜接总署函，始知英、俄两国果有密约分途入寇之意，并云业经函达尊处矣。日前法国水师提督博诗由鄂过宁，来署谒见，面称“此次英人有事缅甸、云南，不与我法国相干”等语。英、法向来狼狈相倚，博提督之言殊不足信。惟英人之借端启衅，锐意用兵，可以想见。俄因征会之事，与英本不甚睦，然而因利乘便，窥我边陲，是其故智。中堂洞悉狡谋，自已妥为部署矣。

复彭雪琴光绪元年六月初二日

昨日传问赵、桂两观察，据称焦山炮台移进二十余丈，地势极高，江潮断不能及。弟以每年江潮，惟本月初六最大，面嘱两君于明日起身，前往该处守候察看，以昭慎重。即顺便往江阴，会同吴筱轩履勘十圩港地势，应否量移，务臻妥当，以便刻日兴工。既有执事主张，自无俟幼帅抵任，致虞迟误。

所有焦山移扎之炮台，十圩港另建之炮台，及象山应改之炮台，均遵来谕以两三处斜向上游，以御夷船转击之炮。惟据称都天庙因在北岸，恐与中流及南岸对轰，故原扎炮台形势向下，不能再将口门改向上游。客岁办理此事，自有主政之人。

焦山一处，且系与吴军门一同部署，非该委员等敢违台命也。又象山已经添扎一座，所费无多。都天庙拟添之两座，遵即作为罢论已。

复总署光绪元年六月初四日

承示炮台以能攻敌并能御敌为主，轮船水手必技娴胆壮，方足有济等因。仰见荩虑周详，下怀莫名钦佩！坤一细绎新闻纸所论炮台如何造作，水手如何练习，诚如钧指，不无可采。惟谓金山宜作炮台，胜于他处，殊未谙现在该处情形。该处江流日徙而北，金山偏在江之南岸，不足遏敌船之冲，且山势陡侧，亦觉难于施工。

查江苏境内，现筑宝山县之吴淞口，江阴县之鹅鼻嘴、刘闻沙，丹徒县之焦山、象山、都天庙，江宁县之乌龙山、沙洲圩各炮台，均系前任李雨亭制军及彭雪琴宫保，张振轩、吴子健两中丞分途履勘，派员经办。坤一抵署任后，沿江逐一察看，各处形势均佳，而以焦山等处为最。盖焦山界江中流，与南岸之象山、北岸之都天庙，三方鼎峙，江既分而为二，水面不宽，而其流益驶，且该三处均可以屯重兵，声援易于联络。至其作法之未合，亦以焦山等处为最。初以炮门外八字甚宽，略须修改。嗣因五月江潮渐大，焦山炮台已进水一尺数寸，象山炮台亦有波及之虞。江潮以六七月为最盛，尚未审被淹浅深。现与雪琴熟商，拟将焦山炮台移进二十余丈，象山炮台之外则另筑堤档，以御洪涛。又如江阴北岸刘闻沙炮台，与南岸鹅鼻嘴炮台首数座相对，而南岸炮台三十余座，延绵约五六里，将来刘闻沙炮台施放之时，无论丸弹正出侧出，均有碍于南岸炮台。且该处炮堤之外，均属低洼，并无屯兵之处，则炮台亦觉孤悬可虑，万一为敌所夺，架炮轰我，则南岸各炮台亦不能守。坤壹是以商之雪琴，饬令停工，并将已修者折毁。雪琴以北岸无炮台，不足以资夹击，于巡阅长江之便，踏看该处地势，拟于刘闻沙下三里之十圩港另筑六座。子健并拟于刘闻沙后另筑数座。坤一以刘闻沙后似难另筑，当约子健于秋后偕往踏勘。十圩港另筑之炮台，雪琴意在亟行，已饬营务处、工程局员携带工匠，驰往该处，绘图贴说，呈候核办，以昭慎重。此沿江各炮台先后布置之大概也。

至炮台式样有明暗之分，然明者十分之一二，暗者十分之七八。暗炮台均效西法，上用平顶，旁用斜坡，以御开花炮子。内则每炮一门，均有隔堆，以防炸裂。炮架则用活轮，轮下则安铁轨，以资转动。而兵房、药房及火食房均在炮台之内。台后另筑围墙，密排枪眼，以备抄袭。其法尚属周妥。坤一并饬令于炮台之前及左右两面，各开余地，一俟有事，则多备沙袋、土包，以护台身而御敌弹，此亦西法所有者。新闻纸谓无屋顶概少遮防，自系未见此间炮台式样而悬为拟议也。其炮之厚薄、大小、高卑，则各视乎地势，应俟一律告成，另具图说呈核。所用工料，亦小异大同。询据各委员禀称，台基、台身均用木桩、石块作骨，以三合土坚筑而成，惟台之前面则内排石柱，或用铁块数层。炮门则皆用铁板，间有用铁皮包裹外面，以防剥蚀，非若新闻纸所谓纯用铁铸也。坤一原拟俟各炮台工竣之后，调兵轮船用百二十磅、八十磅炮子次第轰击，以试其果否坚牢，足资守御。并拟俟各炮位购齐安置，雇用熟手，派定勇丁，教演施放之法，较准炮弹之远近迟速，免致临时周张。此又炮台造作之法及将来拟办之大致也。

中国炮台仿用西法，事属创始，前已部署就绪，鄙见所及，稍为斟酌变通。又以经费难筹，不敢别有举动，谨俟幼丹制军抵任，再当与之筹商。

再，江苏兵轮船一项，向系前任台湾道吴大廷综理操练。前据该道折开四条，亦论及风候、礁沙为最要紧。坤一并于乘坐威靖兵轮船之便，令其试演放炮、扒桅、御敌、救火诸事，然究未睹洋人之伎俩若何，得以比较优劣也。兹已谆饬该道，恪遵尊函指示事理，加意讲求，务使水手人等于各技艺日益精熟，并留心选择将弁，期得胆识并优、临事不乱之人，庶几履险如夷，以仰副振饬海防之至意。

除已函致北洋少荃中堂并分致沿海各省查照外，肃此奉复。

复吴筱轩军门光绪元年六月初四日

执事识力均透而笔墨又足以达之，令人钦佩！弟已遵照台指，先将各炮台详细情形函覆总署，并将新闻纸错谬之处，如谓金山当另筑炮台及谓现成之炮台均无屋顶，不足以御开花弹子，逐一驳辨，俾总署了然心目之间，不为所惑矣。

至来示拟请总署遴委司员前来查看测验，鄙意殊不谓然。盖由总署委员，势必奏明办理，即与钦差无异。京员匆匆履勘，又何能备悉其中艰苦，不过徒多一番劳费。弟与司局面商，一俟工竣之后，调兵轮船次第用炮轰击一番，试其坚窳，便稍有把握，且与总署寄示新闻纸之意亦符。其图说仍请汇存，将来恐须分送总署一分。

雪琴宫保函催兴办十圩港炮台，且嘱毋庸候沈幼帅云云。此老既钦奉谕旨筹办江防，自不能不听其所为耳。

致沈幼丹光绪元年六月初四日

贱躯久病未痊，客冬万不获已而有乞身之请，嗣因国有大丧，而江南工赈甚殷，僚友函牍交催，只得扶疾东下。抵任忽四阅月，益觉委顿难堪，或一日而服药三数包，甚至一日而诊脉两三次，强起视事，岌岌不支，此固两江官绅所共见闻者。加以才识迂拘，更有迁地弗能为良之叹！盖偶尔承乏，与前此李中堂及何小帅、张振帅以苏抚署理斯篆迥不相侔。现因瓜代有期，人情不免观望。弟固不敢存五日京兆之见，其如呼应不灵何！际此时艰，深虞旷误。无论弟负疚滋重，无以上对朝廷，并恐地方积弊愈深，将来左右较难着手。

夙钦山斗，敢以虚饰施之长者之前？其中实在情形，难逃洞鉴。启节当在何日？江左苍生不啻大旱之望云霓矣。

复刘荫渠光绪元年六月初八日

前往上海，次赴清江，次第查勘机器局所造兵轮、铁甲各船与外洋各项枪炮，并沿江一带炮台、水师，殊觉一无把握。随经商之合肥相国，拟令该局专办数种，以期精工，又商之雪琴宫保，将镇江以下炮台量为变通，均蒙许可。然谓如此便有把握，则仍未敢自信。此中委曲，不能罄诸笔墨，亦不敢形诸笔墨。所幸山东贾庄合龙，江南境内各河亦经修复就绪，本年或可幸免溃决耳。

台湾狮头两社已经穴扫渠擒，余应无复着手。接读幼帅先后抄示奏稿，其用兵之地，设奇制胜，无坚不摧，此公近更深于军务，非复吴下阿蒙矣。

安南能否扶植，亦所以自固藩篱，想先生与西林宫保早筹及之。

英人以马嘉理之事归咎缅甸，计将吞并。该国地险兵强，乾隆年间屡抗王师，率以羁縻了事，恐英人未必遽能得志，然亦在岑彦卿之与为犄角耳。

俄人暗约英人由伊城入寇，以图牵制左帅，来书已知其情，自已预为防范。惟求才甚急，此间竟无应命之人，奈何！

致刘仲良光绪元年六月初九日

查问各处炮台经费，每炮一门、台一座，最少者二千数百金，或二千金，多则五六千金、七八千金，甚至万余金，未知将来如何开报！

总署以新闻纸来询，弟亦不得不据实直陈，然止论造作之法，尚未提及经费若干。又新闻纸备言轮船水手如何挑选操练，诚为至当。抑知沪渎轮船，据统领吴桐云则称无一号可靠，而人亦有谓此君断非统领轮船之才。弟于船于人均属茫然，幸瓜代有期，毋庸分别考校，否则殊有万分碍难者。

复彭雪琴光绪元年七月初三日

承示十圩港炮台应行先修，以收夹击之效，已饬营务处工程局遵照办理。

厚帅因脚指生毒，拟俟痊可，即坐白云轮船前来尊处，目前尚未闻有定期。此老议增长江水师薪粮，以养闲散将领，据云计算经费无多。公之五省尚易为力，第非一处所敢主持。且幼帅履新在即，事属更改旧章，似应候实缺人员核办，庶为顺手，想左右必与妥为筹商也。

靖帅与弟旧曾共事，为人似属朴诚，其才恐不足以应变。彦帅老于戎马，多称其勇略兼优，或有谓性颇粗疏，往往失之急躁。

所部均经百战，自足以备折冲。英人由陆路来，亦不能如在重洋之猖獗。惟彼倘不逞于滇省，难保其不扰我海疆。所赖各国均重通商，未必任其与我决裂。日前接李中堂所派伴送委员宋丞函云，迩来英人词气极为和顺。新闻纸则云，缅王业与英人讲解，以前事悉推云南。夷情狡诈百端，正未审将来作何了结耳。

前节从在宁开示首匪两名，随即密交筱轩、朝杰、子睦购拿。嗣据面禀，该首匪一在陕西剃发为僧，一在湖北藏匿，已派妥弁前往访缉。知关廑念，谨以奉闻。

致彭雪琴杨厚庵光绪元年七月

递接总署来函，详核情节，知云南马嘉理一案，牵涉颇大，即使李筱帅抵滇，碍难澈底根究，以折服其心而期速结。又据上海道呈送译出新闻纸云，英人欲以印度兵入滇，而为缅人所扼，其言似非虚诬。窃以此事未免失之于初，以致决裂。第势已至此，不得不联络外藩，以为御侮之计。彦帅老于戎马，勇略兼优，办理当有把握。而弟鳃鳃过虑者，英人既不逞于滇，难保不向各海口虚声恫喝，不虞之备，务宜留神。以江南论之，吴桐云所统兵轮船，殊不可靠，惟恃沿江炮台或者足资扼截。吴筱轩所办之鹅鼻嘴及十圩港，与梅晓岩所办之乌龙山及沙洲圩，计可刻期竣事，而鄙意以为最关紧要者，则莫如焦山、象山、都天庙三处。无奈上年所筑焦山炮台已属徒劳，此次择地重修，尚未知现在工程何似。又象山炮台，章军门面称地势亦低，必须大加改作，而营务处之意，欲俟幼帅履新，再行斟酌，自为慎重起见，冀免纷更。弟恐迁延贻误，谓长江钦差同任筹防之责，雪帅刻下虽不能来，如得厚帅顺道履勘，便可定计。赵子芳诸君亦以为然。昨复嘱令赵、桂两君亲往焦山察看工程，即与章统领妥协商办。倘荷二公俯赐提挈，不时垂询，则经手各员更为着力矣。

弟一病几死，现虽渐就痊除，而精神万分委顿，一俟幼帅抵任，决须请假回籍省亲，借资调养。第以时局所系，不敢以瓜期将届，稍涉因循，并不问众情之是否观望也。

至新奉部文，每年江苏拨海防厘金四十万两，江西亦奉拨三十万两，如此巨款，从何掘罗？又经农部奏准开办龙江等三处关税，词气极为严切，虽经弟与吴子健中丞力排各织造之议，会疏请展，未审能否邀允。是厘金一项，断无盈余可以分润，且两奉部行，通饬各省裁汰勇丁，并将应留之勇酌减饷项。体察目前情形，所有议增长江水师弁勇薪粮一节，恐不能行，似可姑作罢论。卓见以为何如？

复李中堂光绪元年七月

初与赵、徐两观察议留唐军分驻五台山及三坌河，嗣闻台檄调回徐州，不敢固执前见。昨据招商局申报，已将头批载到瓜州，顷遵尊指飞饬截留，并嘱冯观察催攒二三批由沪起程，又令子芳兄驰赴维扬，会同照料整顿矣。

晚生阅核各处函牍及新闻纸，颇以江海防务为虑。以英人既与缅、滇为难，难保不向各口岸虚声恫喝也。议者辄谓海口为各国通商，必不任英人猖獗。顾恃敌之不来，曷若恃我之有备。递经密告雪帅、厚帅预为绸缪，且饬营务处工程局会同营员，将沿江炮台及炮位分别布置，要未审有无把握耳。

威使性情极狡，前此来宁，论及夔关扣留洋货，词气忿忿不平，竟谓以后彼此不守条约。晚生厉色责其无礼，与之折辩多端，遂亦默然而去。惟滇边一案，欲尽委之野人，恐不足以昭折服。筱泉大公祖似宜速行，为之查办，免滋借口。

陈丞福勋据报抵鄂。此君柔多刚少，聊备使令而已。

幼帅疏辞未免客气，朝廷允其入觐，令臣下莫测高深。仰蒙代达鄙忱，俾得早释重负，深感矜全之德矣。

复刘仲良光绪元年七月十八日

子口税单，此间不敢过问，故威使以江西办理为太刻，然自回沪后亦复以为言。乐平之案，既系许姓乘夜焚杀，实属凶惨已极，不可不痛予创惩。宜黄讹抢之犯，既有实据确供，教堂自无可借词，可以据详拟结。现在英、德各国尚力排此教，而中国竟无可方略，可慨哉！

奉拨海防厘金，岂独江西不能应付？为李、沈两公计者，会疏以各省海防仍归各省督抚办理，其经费通融挹注，随时奏拨，庶有纲维。否则，非拥虚名，即滋糜费，各督抚有所推诿，两大臣无可支持。盖以中国船炮，岂能与外人鏖战于重洋？而拒之逐之，俾海疆晏然无事，迨敌船到岸，则一切机宜断非隔省所能代谋、他人所能遥制也。

来示谓海疆有事，当以炮台为主，若轮船之利，当收效于数十年后，具佩卓见，适获我心。大局所系，意欲陈之于李、沈两公，并欲陈之于总署，以弟今日所处，实有不能不避嫌者，公能为合肥相国一言之否？

再，前月幅匪阎广泰等纠众滋扰，江南、山东两省，兵勇会剿，颇有损伤。嗣经全股扑灭，首逆亦悉就擒，然江北伏莽极多，若不及时振顿，将来定成巨患。无奈此间无甚廉明勤干之守令，徒恃兵力，仍无济也。李中堂初欲台湾凯撤之军回驻徐防，兹又如弟等原议留屯扬郡，以与江海相近也。昨日已派赵子芳前往照料。此军在台，得力将卒物故极多，必须休养挑补，方可复旧。知念，并及。

又来示有司道中或嫌其专云云。无论司道中必无此意，即有之亦复何碍？《传》曰："当官而行，何惧之有？"谚曰："居此官，行此礼。"弟此次署事，于各镇径受其手本庭参，居然以总督自处，又谁得而议之！公之所为，光明磊落，其余枝节，何事斤斤。近世习于脂韦，貌为谦谨，实为孔圣、左氏所耻，何足法哉！惟公爱我，惟我知公，此外泛泛悠悠之口，正无介怀，且不必信耳。

复吴桐云观察光绪元年七月十九日

承赐《读易随笔》三册，以病重事繁，尚未展诵。阁下博学鸿才，而屈就乎此，虽属时务之急，终觉位置非宜。来教云云，大而非夸，怨而不怒矣。

幼帅请觐，竟奉俞旨，殊属莫测。

贱躯旧恙未瘳，复于月之初三突得疟疾，间日一发，屡濒于危。自惟年将五十，以生甫数月之侄为嗣，既未饶乎生趣，复无补于时艰，何故以身为徇乎？

送上夏东洲先生《中庸衍义》一部，系江西书局所刊。此书可与《大学衍义》及《衍义补》等籍颉颃，有功后学，而外无坊版，以致流传不宽。弟曾疏请从祀文庙，乃奉部驳，以为志在匡救主德，非有羽翼圣经。此等怪诞之语，竟出春官，得毋两庑特豚，得失迟速，亦有数存耶！

轮船事宜本非熟习，苟有所见，已尽前书，惟公好自为之。

复朱茗生光绪元年七月二十一日

两宫励精图治，以视先朝气象，尤为光昌，国祚灵长，于此可卜。东三省自经此番振顿，吏治武备当可渐次挽回。留都重地，又与俄人为邻，诚不可不加意也。

左帅期于秋间大举，所望早告成功。新疆决无可弃之理，乃或持异议，亦以师劳饷绌。俾南、北洋各省海防悉委之于李、沈两公，殊属任大责重。所拨各处厘金更恐不能如数接济，益形棘手矣。

此间上月奏参之詹镇启纶，朝廷以为何如？该员穷凶极恶，痛结神人。各前任因其为曾文正招抚之人，且徒众甚多，虑有不测，是以苟且姑容。究竟狗党狐群，无能为厉，现在将其提省审办，外间仍复帖然。

至奉部催开征龙江等处关税，诸多滞碍。疏内所陈均系实情，无一虚饰之语。尚有未便形诸笔墨者，如江宁各城门均应设卡，无论细微之物，不免需索留难，为地方一大虐政，揆之国计民生，万不能不为之奏展，故两织造亦以为然。否则，弟以五日京兆，何事喋喋耶！

复何棣山光绪元年七月二十一日

江海正在筹防，所有本省现在各营，似难遽议裁撤，且练兵与缉匪相为表里，如前六月邳、宿幅匪之变，幸就近调拨重兵，立时扑灭，其明验也。此间隐忧，则在哥老会与安清道友两大股，而哥匪为尤甚。弟现在密商长江钦差及沿江提、镇，分途严拿，已获头目数人正法，并经出示劝戒，解散胁从，仰托朝廷福威，或可潜消未形之患。

垦荒一事，若仅为发给籽种等项经费，当不十分难筹。正虑所委未尽得人，而又拘于文法，是非敷衍粉饰，即系苟且因循，以致行之数年，仍无大效。拟俟幼帅抵任，与之商酌，另行奏定章程，宽其启征之期，严禁私收之弊，使不至扰累，则小民谋生之计颇工，要自可渐有起色矣。

云南一案，彦帅既失慎重，筱帅又涉迁延，致令外人借口。鄙见以中外交涉事件，固须推诚布公，亦在于直捷坚忍，不躲闪，不游移，有时亦足以服其心，挫其势，先生以为然否？

复彭雪琴光绪元年七月三十日

厚帅何日行抵石钟？一切自已筹商就绪矣。

李筱帅滇南之役，定当为当事解纷。自外人之鸱张也，莫不从风而靡，有一不顾利害祸福，敢以白刃相仇，欲为国家留此一块干净土，甘蹈卤莽者之所为，虽未合乎时宜，要胜于全身窃位之徒，澳涊无耻者多矣，有心世道者，自应曲为保全计也。矧云南之在同治初年，莫不视为弃地，非岑、刘两军喋血而前，忍饥以斗，未必能有肃清之日。先生以为平情之论否？

致左中堂光绪元年七月三十日

再启者：

晚生之菲薄，中堂所知，尚能滥竽簪组，不至流于不肖，以无负乡先达之知顾者，实赖先人之余荫而谨守遗训也。明知执事军书旁午，何敢以笔墨相烦！第以先赠公潜德幽光，非得中堂为之表章，不足以慰重泉而资呵护，晚生罔极之恸，无日稍申矣。

谨将先赠公行述及詹岩殿撰所撰墓志录呈钧鉴，并附录曾文正、江忠烈所赠五言古律各一首。伏乞赐鉴之余，俯念先赠公为文正、忠烈所嘉许者，撰寄墓碣一篇，俾得寿之金石，永垂不朽，则子子孙孙感荷不尽矣。

复刘荫渠光绪元年八月初五日

再，现在内外均无甚事。京友来函，盛称两宫皇太后励精图治，无日不接见廷臣。江南主考周鉴湖传言皇太后尚有寄谕，明日请安跪听。九月十八为我先帝后山陵之期，封疆外吏不得叩送梓宫，十三载君臣从此结局，可胜感恸！

此间六月二十七夜二更，有星落于督署五堂后檐之下，大似茶杯，清光四射，微带红黄，有若朝露，及地旋没。七月三日，坤一即得疟疾，寒热异常，初五、初七两次甚为困殆。私心窃喜，区区竟上应星象。不意沉疴卒就痊可，始知仍是一个跌不破的顽石头也。

复曾沅甫光绪元年八月十六日

山东之役，启节何时？本年普庆安澜，实我公与稚帅之力也。以时事论之，洋务外惟河务极为棘手，朝廷特欲左右独任其难耳。数百万生灵，数百万财赋，所系匪轻，其责綦重矣。自文正公后，天下人材无非鲁卫，其铮铮有声者，非客气即霸气，而措施未尽合道，深虞贻误将来。然而各有遭逢，亦惟各尽职守，不仅一身之菀枯无足计，即公家之利害，知之匪艰，行之维艰，无事喋喋也。

贵恙近来何似？秋风多厉，伏祈善自珍卫。

弟疟疾愈后，亦患腹泻，日盼幼帅履新，得以请假调养。昨闻有督粤之命，尚未接到明文。果如所云，则是益速其毙。岭南政务虽少于两江，而其难有尤甚焉，盖以前任诸公无有能认真振顿者，不若此间尚有成规也。

复刘仲良光绪元年八月十六日

文闱誊录，弊端太多，自应严为防范。昨德晓峰过宁，据云春官并无异议，不过不肯为外省任责耳。

李中堂为滇南一案，与英使在津议允四条：一为查办戕杀马嘉理凶犯，自是题中正文，一为遣使亲往该国陈明案情，始知筠翁此行为负荆请罪也。此外两条，开造云南铁路、悉免洋货厘捐，未知有无格碍。冯观察函报如此，亦未审虚实若何。

海防所拨关税，已准李中堂咨，先行尽解北洋。至厘金作何拨解之处，应候李中堂与沈幼帅主政，弟未敢与闻。江苏拨数更巨，昨商之子健中丞，竟至无可筹画，而左相出关之饷，亦任催罔应，为之奈何！

复吴桐云光绪元年八月二十四日

荫帅书来云，广西岁稔民和，惟援剿安南之师，正在得手，而法人啧有烦言，势将与我争长。

荫帅以现有云南之案，未可再起波澜，且广西力亦不支，自以撤兵入关、自固疆圉为上策，又恐受畏蜀如虎之讥，并以不克成功为歉。鄙意知难而退，古之善教，以目前局面，不如养晦自全。安南为我外藩，决无始终隔膜、任人鱼肉之理，姑留为后图而已。卓见以为何如？

致翟子英光绪元年九月初五日

昨准部咨，议驳英西帅奏借洋款，自是义正词严。此项海防经费急需，想张友山中丞另有筹画。惟现在各海口要隘有无布置，是何情形，以及所设之轮船，果否得力可靠，伏望指示梗概，俾俟沈幼帅抵任，与之面商，缘前奉密寄，南洋各省海防事宜，统归此公指挥也。

至广东水师，自经大力振顿，必已悉成劲旅。此外陆路标兵以及所招营勇，是否一律齐整，究以何起为最出色，又兵勇各营薪粮、津贴并器械、药铅能否充裕，麾下在粤年久，自已备得其详，并祈撮示一二。

复翟子英光绪元年九月二十一日

昨奉批折递回，毋庸入觐，一俟交卸此间篆务，即行奏报起程。惟出外已十数年之久，欲于疏内声请由楚入粤，绕道回籍省亲、省墓，稍展私忱，并于经过桂林时，与荫帅面筹安南防务。

承示虎门等处修复炮台，自应变通办理，以期得力。查沿江所建炮台，上均用顶，以避洋人开花弹子，若系一连数座，中间均用极厚隔堆，以防偶有疏失。此规模大概也。至其作法，则用极坚极长之木，深钉入土，以为骨干，而后用三合泥填筑，内拌米浆，当面则密排铁柱，或施铁版数层，以备巨炮冲击。每座费颇不赀，亦因事属创始，不免重耗工料。想棣台久任海疆，自已斟酌情形，妥为措置。第建炮台，固宜合法，而守炮台尤贵得人，故前函并询及兵勇强弱与可靠将弁也。

沈幼帅奏请派丁雨生中丞接办船政，闻有月内抵任之信，尚难定准。俟面晤时，自当将广东海防事宜与之商量，不过上符谕旨，其实相距太远，何能遥度！仍在地方文武好自为之而已。

复赵庆池观察光绪元年九月二十三日

昨奉河阳营次手函，欣谂悬军深入，扫穴擒渠，伟烈丰功，实为难得。盖安南与我有唇齿相依之势，且系久列外藩，休戚相关，决无坐视之理。今兹之捷，不仅将来可息边防，亦即所以张皇威而维国体，否则不能扶危定倾，大邦是庇之谓何？并恐为法人所窃笑，将乘间以争此土也。

承示马二、陆之平、黄玉锦等伙党无多，自可收破竹之效。惟太原周逆建新漏网，终恐死灰复然，尚祈会同刘军门严密搜拿，务绝祸本。

此间曾接总署密函，抄寄法人照会，不欲中国兵勇屯留安南境内，荫帅来书亦云撤师入关，究竟现在是何情形，作何筹办，伏祈详速示知。

再，查法人新与安南立约，遂以保护为词，不愿中国兵勇仍在越境，计将据为己有，将来得以为所欲为。总署覆文谓："安南臣属中国已久，所派援剿兵勇，能否撤回，应由外间酌办。"措词颇为得法。然则大军之进止去留，一视安南之事势如何，荫帅与麾下自能熟思审处也。鄙见以安南决不可弃之于法人，务在极力保全，以慰归化之忱，而杜西洋觊觎之志，高明以为然否？

又闻苏虞阶云，兵勇入越，不无需索滋扰，越人啧有烦言。麾下纪律严明，固无虑此矣。

复黎召民光绪元年九月二十六日

英人外强中干，动辄虚声恫喝，固早知其无能为厉，然非总署词严义正，恐未足遽服其心而关其口也。

承示广东官场首戒贪、惰三端，弟窃可以自信。振顿厘金，甄别守令，尚属力所能为。惟停止分发一层，仅见张振帅在省奏准一次，然以一年为限，究属毫无补救，续疏请展，即经部驳，此外更未闻有邀允者，似可不必踵事。其各项差使之能否疏通，以及轮船之能否裁撤，抑或更换佳者，俟抵任后，从容筹画，以期人才不至偏枯，度支不至耗费。

又省营并汛，丁雨帅行之于苏门，左伯相亦行之于闽浙，前闻广东并有是举，何以事竟中止？或者时地不同，变法不易，将来详加斟酌耳。

复孙琴西方伯光绪元年九月二十九日

近来州县狃于救生之说，办理命案无不从宽，犹是官场积习。惟系拒奸被殴至死，实为风化所关，与寻常命案不同。刘牧以递经院司批驳之件，复经执事面谕谆谆，竟敢听信家丁，始终回护，殊出情理之外。况该家丁恶迹累累，何至平日毫无闻见，更难保不鱼柳一气，狼狈为奸。此种阘茸劣员，均无所用其姑息。既经尊处查讯得实，无须复由弟处委查，转致格碍。

寿山中丞勤明严断，前此拿解江右真人府法官，已见一斑。此案情罪极重，必能分别究惩，以昭警戒。如能由执事审结，固可悉了葛藤，否则，卫廉访履新在即，亦断不为浮词所动。昨经面与谈及，并拟函致寿山中丞，以仰副表章节烈、振饬官方之至意。

复李捷峰光绪元年九月二十九日

昨准部咨粘抄左相原折，沥陈饥窘情形，请将海防、塞防两处协饷均匀拨解，无涉偏枯，并请将完善省分驻防兵勇每年扣发一二月之饷，以接济西征各军，庶免甘苦相悬，亦是持平之论。无奈各省断不能行，且江西勇营薪粮等项，向章只发八成，现在江南亦议裁减，未便损之又损，舍己耘人。是以部议不及此节，而奏催补解甚为痛切之词，外间自当仰体朝廷之意，顾全时局，并非私于邱明。

兹承台谕，知仲帅亦以为然，可胜佩慰。此间积欠甚多，亦付之无可如何。所虑西中不幸决裂，难免牵动东南，补救益难措手，彼时悔之无及耳。

复黄兰舟光绪元年九月二十九日

奏调一节，前函已略言之。实缘英前任奏调之员及未经奏调私下带去之员，均被参劾，而长将军疏内沥陈粤省候补人员已形拥挤，何复取资于外等语，随奉严旨勒令各员仍回原省原籍。有此痕迹在先，未便复踵其事。明知贤否各有不同，目前何能见谅？

且粤东现无军务，而海防近奉密寄，统归南、北洋大臣李、沈两公筹办，无故奏调监司大员，且系江省陆路统领，于事体微觉不合，又与武职偏裨不同，徒令官场着眼，故鄙见以为可不必也。

来函“身列仕版”云云。查新章未经留省引见人员，不准补缺署事，即使奏调赴粤，仍非合例人员。老兄既有志出仕，请先辞江西差使，指捐广东，请咨引见到省，庶与定例相符，而又不着迹象，将来诸事可以顺手。

台从进京照料，弟自当代托妥人，如费用尚有不敷，敝处现在光景亦可效涓滴之助。弟于老兄何所吝惜，第事须熟思审处，免至格碍难行。尊见谓为然否？

复左中堂光绪元年十一月十七日

关、陇分闱以后，使穷边寒畯得遂观光，从此士气激扬，必有奇特之才出乎其中，为国家心腹股肱之寄，识者知此举匪轻，中堂用意深远矣。

西饷拮据，自不待言。适沈幼帅行抵江宁，当以台函相示，并将一切情形略与酌商，想此老自能主持公道。司局岁入有常，彼盈则此自绌，乃缓急轻重，既各执一说，而远近难易，又未免两歧，固非五日京兆所能力争，中堂自能谅之。

至江西月协之款，复经面嘱西藩司，此君秦人，且尚知黑白者，当能照常接济。倘得中堂于捷峰方伯及仲良中丞处各赐一书，则呼应更灵矣。

海防虽不可不办，然目前似当以守为主，从容讲求机器制造之法，以夺其所长。若糜费巨款，购买彼之现在铁甲兵轮及铁炮台，欲与彼角胜重洋，未必确有把握，适恐为敌人之资以贻笑四邻。矧南、北洋如此之宽，顾以李、沈两公控制之，关税厘金悉归掌握，而合肥催征不遗余力，亦未审果能任其责否？愚见不无过虑，姑俟抵任后议之。

复徐寿蘅光绪元年十二月二十五日

方今天子幼冲，中外多故，两宫重临听政，忧勤倍切于前，两次传谕到江，闻者莫不感泣。覆陈一疏，墨与泪俱。

伏思文宗、穆宗早弃臣民，国家之大不幸，而尧舜之圣，因此弥彰。十五年中艰危备历，窃以为今日之主持大计，更难于前日之克致中兴。史称明德、宣仁，安能比美于万一耶？明公三朝宿望，先帝意在用卿，知必有以上酬主眷、下慰舆情者。

弟才少病多，自闻幼帅简放江督，喜得稍卸仔肩，何期高厚鸿慈，复畀以两广重任。此次旧部重经，彼此不胜依恋，可见为民司牧，不必有功德及人，但期待以勿欺，自有固结莫解之致。江、粤风气虽殊，人情不甚相远，现在甫抵新任，惟觉头绪棼如，一部廿一史，不知从何说起。来函奖誉太过，或欲就其资质所近者，进而勉之，三复良规，且愧且奋！

书牍卷六

复赵庆池光绪二年正月初三日

以今日时局之艰难，自顾不暇，广西地居边瘠，尤为饷绌兵单。麾下乃能董率师徒，赴援遐服，其号令之明肃既足以慑远人，其智术之权奇又足以弭外衅，畅皇威而扶藩国者，不图竟出自楚营幕僚，殊为荣幸之至！

大军撤留，应一听西省当座调度。弟甫经抵任，头绪纷繁，关外机宜，无从遥制。

流寓蓄发一节，务望与南官斟酌施行，并须详明台司，咨请该国王定夺，以中外交涉，不可不格外慎重也。

昨准法人来咨，派员前来尊处察看情形，是因震慑声威，故有此役，或者意有窥伺，亦未可知。弟已照章转咨西省当座，檄行大军知照。务望约束兵士，勿生事端，并宜光耀我军容，俾知感畏，是所切祷！

又闻安国王不自振作，其臣下亦复效尤，目前苟且图存，终恐为人所并。执事于该国有再造之德，自必言听计从。可否于文移来往及接见南官时，婉切规讽，俾知自强，何如？

致梅筱岩光绪二年正月初五日

腊月十九抵羊城，廿一接篆视事。瞬逾半月，一切头绪茫然，唯见州县详报劫案频仍，司局时言度支拮据而已。各处新修炮台，现均停工待费，拟俟开印后先往虎门履勘。广东为洋务权舆，且为中西交关门户，似与别省情形不同，应以粤海关税如数解往北洋，以符先行创办该处水师之议，而截留厘金为本省海防经费，庶为两得。想幼帅与合肥相国通筹全局，当亦以为然也。

日前接见贵亲家文观察，略询前案大致。初与友山中丞言之，其意虽未释然，顾谓俊质堂如不来粤，当不至此，则于贵亲家诸人之诖误，自在言外矣。容为设法转圜，以副雅嘱。友山中丞极为佩服执事，且知与文观察有葭莩之谊也。华尧翁力为首府冯子立剖辨，中丞亦复云然。或者英宫保误听错怪，亦未可知。

致高杏村光绪二年正月二十日

抵任查询一切积弊，其尤甚者，如文武各官到本任者仅一三成，余皆辗转调署，为人择地，安足以资治理？是以交代积压千数百起，亏空新旧至数百万。练兵虽云八千人，其实无一二千整数。捕盗之员弁兵勇棋布星罗，而劫案层出不穷，破获殊不多觏。缉私鱼柳一气，徒为掩耳盗铃。协饷拖欠极多，而司局积储为数又复无几。海防迄无头绪，经费仅赖沙捐，如数取盈，亦不过二十余万，何济于事！

友山中丞和平中正，似易共事。贱躯眠食复旧，而精神渐差，值此新任新年，殊属日不暇给也。

复翟子英光绪二年二月初十日

承示下横档与威远两处炮台经费，当与司局面商，已允筹拨。

弟与执事于会计一道，均非所长，第须留神督察，自可得其端倪。际此时局维艰，不得不综核名实，非故刻也。

炮台洞拱，外铁内石，是否合法，一听酌商，缘弟并未如此办过，不敢下断语。前拟条款图式，以意为之，有无格碍，以及此外有无方略，固不以异同为嫌，想左右自能谅之。

复张艺堂观察光绪二年二月十二日

詹革镇之京控，固早已料之，物论之纷纭，亦早已闻之，且以马端敏、刘松山及骆文忠之事相恐喝，甚至为之说项，请以五十万金捐助江防，以赎其罪，否则将以此项巨资，为之营脱，难免反噬云云。

弟以职守所在，未敢稍涉迁就，致上无以对朝廷，下无以对士庶，是以毅然为之。然忆客岁出省查勘炮台之时，沿途访闻詹革镇行迹，莫不欲食其肉而寝其皮，弟以事属既往，不复追求。迨抵扬州，因言者不已，乃调查该革镇前次殴逼雇工致死案卷，为之发指，踌躇数四，仍复发还。谆饬扬州府传谕该革镇，以后安分守法，冀其自新，其开导之词，颇为剀切。该革镇先于仪征绅士捐输一案，亦饬府县速为了结，尚思所以保全之，岂有预设成见？不图不及两月，即有殴毙胡士礼之事，何可再涉姑容，使江南暗无天日！当时议者谓宜查抄该革镇家产，可得百万，以充筹防经费，或谓宜将该革镇奏请立决，以昭炯戒而杜狡谋。而弟皆置之，盖只欲治以应得之罪，以期无愧职守而已，其他非所计也。曾对司、道、府、县有言："我现居是官，不得不办此案。顾念其年老，缳首良为不忍。彼如有力自救，得从末减，则是国家法外之仁，于执法者何有！"左右亦闻之乎？弟追维此案始末，实无毫发之憾。

兹阅该革镇京控呈词，称弟不以湖北移文为凭，不知正以湖北移文为凭也。该移文内二次提讯点名单，于该革镇并未过朱，则其未曾到案、潜回扬州可知。又称多派委员，逐日刑求。不思所派委员均是现任司道，该革镇始终未曾受刑。至谓弟有意贪婪，尤为可笑。忆弟与吴中丞会审定案时，该革镇听人读供至“胡士礼帮伙”及“打死有我”两句，即喧闹不认，当为分别删改，余供则俯首无词，何为逼令画供耶！

详绎上谕，似亦颇为所动，想幼帅自能主持公道矣。此外小人之用心，无足计较者。弟于此种利害祸福无不度外置之，然于事体所关，亦不能听人颠倒，况波及吴中丞、公与诸位乎？可否仰求尊处，托抄此案全卷，寄来羊城，伏候酌夺。

复赵庆池光绪二年二月十六日

前次函致荫帅及严中丞，备言外藩必须扶持，援师未可全撤，乃荫帅覆函竟无只字道及，得毋谓行将履新，粤西之事可以置之度外？不思安南如仍不能自立，亦滇省之忧也。严中丞覆函则直不以鄙言为然，有甫田远人之喻。弟目前既无力兼顾，则亦不能力争，应请执事一听本省调度而已。唯陆、马二逆未获，能否留兵搜拿，以及此后一切事宜，务望熟察情形，据实具禀请示。严中丞夙负声望，似尚足以有为否？亦勿以言为讳，各尽乃心耳。时议互有异同，大局将不堪问，岂独一安南哉！

田州之变，以大军在近，早知其无能为厉。其首恶未可姑息，其伙党务须从宽。乃陆纯刚辈日事诛锄，不唯有干天地之和，正恐结怨太深，将来报复无已。执事既与同舟，或贻书劝阻，或径达上游，要不可默默也。

复梁少廷光绪二年二月十九日

来教领悉。新会一案，已饬臬司委员往查，碍难忽改批词。现在周廉访择吉接篆，无所用其回护。拟即面嘱，务派公正明白人员一行，以期得实。将来纵不撤局，亦当酌减数目，另换董绅，以顺舆情而息物议。

弟离粤已十数年，此次履新未满三月，彼众我寡，彼熟我生，故于一切事宜不能不格外慎重，初政一不顺手，以后益难措正施行矣。次公屡劝毋庸轻动，真是老成持重、阅历有得之言，且当事诸公，常谓地方绅衿互有异同，其意似有所指。弟若骤下厉禁，必以为偏听使然，小人播弄其间，便觉诸多格碍。值此积重之势，计唯有逐渐更张。

夫庖丁一日解十二牛，全在于批隙导窾，然非踌躇审顾，冒昧奏刀，安能神妙乃尔耶！请姑待之，毋为外人道也。

复刘荫渠光绪二年二月二十三日

彦帅于云南有再造之功，朝廷必不为人言所动。其英翻译一案，如果指授出自中峰，则办理乖方，论者亦未为过。值此中外多故，不得不委曲维持，似未可以卤莽为之，致贻主忧而误时局。现闻通商之事，势在必行，虽其平日蓄谋，亦我予以口实。否则，从容数载，或有机会可图，免致受病益深，纵有缓、鹊，无能为力。要之，彦帅为国干城，缓急可恃，总当始终保全，不可以微眚而掩大勋。有谓其近来渐涉骄恣者，先生抵滇后，如能情意相投，务须婉为劝戒。同僚可资臂助，且为国家成一有用之才，鄙言意有合于公忠之度也。

承谕甲、庚均化退气，而此间则又护前，欲事更张，先防格碍，此是所以为难。

海防太宽，不得不以次筹办，否则经费无出，须将京、协各饷挪移，是利未见而害先形，殊为失算。鄙意所虑，实在俄人之于西北，不在西洋之于东南。唯倭奴已与朝鲜联和，彼其君臣狡焉思启，难保不得陇望蜀，故沿海防务亦不能视为缓图也。

坤一自抵此间，无暇计及掌故，且阳春白雪，谁是知音？偶有所触，唯有独笑而已。

复梅筱岩光绪二年三月初一日

昨接吴桐云来函，据云詹案经沈幼帅提讯数次，渐归原供，可以奏结，固知此老自能主持公道。唯该革镇钱广通神，又见浙江一案，解部覆审，计必再行翻控。然此案推敲得实，一任薰天手段，终难施之于圣明之世。

前托芑堂观察抄寄全案，以便将来与该单镇等对簿。可否请尊处便中回明幼帅，俟结案后将各卷联成一帙，于接缝处盖印，免致抽换，伏乞卓裁。

复鹿滋轩光绪二年三月十七日

回避来东一节，即请缮具公牍，专足星夜送来。缘高州现已出缺，而此间一切均属需才，将来对调以后，尚可别图位置，即欲开缺以道员候补，此间亦可办理。

执事虽经具禀抚院请示，想代办衙门不能主张，如果马首欲东，幸勿为迁延之役。唯西省实缺院司尚稽到任，而各属时有风鹤之惊，鄙怀深以为虑，已分致易衡樵、赵庆池两统领，并批饬督办黔防之黄仲庆严密巡防。至应否前来梧州就近兼顾，则视西省各属能否一律安静，以定行止。

复丁雨生光绪二年三月十八日

时艰孔亟，如明公者讵可乞身？方今以吏治、洋务为最要。公之抚苏也，吏治一新。客秋，应敏斋廉访以事至金陵，为弟缕述善政，谓当时“各州县莫不兢兢自守，常若有一抚台在前”，可谓善于形容矣。至于洋务，他不具论，即如疏河道、造铁路两端，公杜渐防微，章程极为周妥，上海官绅犹乐道之。上年弟在江南，即有疏河之议，当以成规具在，与之力持。现闻铁路业经举行，未审能否中止？是皆公之实录，非等虚饰之词，朝廷倚畀良殷，其不可言去明甚。

弟抵任瞬及三月，一切尚属茫然。督抚非要钱之官，两广非要钱之缺，仅此不足塞责，台翰过誉，弥增悚惭。

复彭雪琴光绪二年三月十九日

承嘱孙毅侯前存广东游击任内廉俸，已饬司全数提出外库，听候领取。唯据逐款查开仅一千三百余金，是否尚有错漏，谨将禀折录呈察核。

弟之出示劝戒遣散将弁，明知空言无补，疏请收标给俸，亦知事未必行。第以在江南时以二千数百文之赃物，煅出重案，戮一记名提督，一花翎都司，五内为之不安，苦无保全善法，只合尽其心力而已。李筱帅首先奏驳，亦未即原疏所陈各情而细绎之，徒为一派官面语，何哉！

岑彦帅有大造于滇南，万无摇动之理。且马翻译被杀，案犯已经就获，则排挤者将何能为？筱帅向与此公有缘，或可妥为调护。弟曾函劝荫帅与之联络，覆书深以为然也。

复左中堂光绪二年三月二十四日

海关因南、北洋经费刻不可缓，其短欠西饷情形亦复相同，正在设法挹注，适奉廷寄，知尊处请借洋款千万，已交幼帅筹拨，则不得不姑待后命。嗣接上海来信，谓幼帅业经奏请另筹，复饬藩、运两司及文榷使速为解济。仅据运司详解二万两，而藩司、关部亦允拨一批。昨复续奉寄谕，西饷仍准借洋款五百万两，并提各省协饷三百万两，合之部款，共成千万之数。未审尊处与司农指拨广东各若干？此间度支支绌，一孔一钉，不能不通盘筹画。一俟接准明文，即当分途办理，苟可为力之处，决不敢稍涉膜视。

至此间海防，无论英西林所议制买铁甲船、修造铁炮台作为罢论，即瑞节相先经兴办之虎门与省垣及潮州等处参用西法之土石炮台，亦在停工待费。

晚生与友山中丞，初拟以部拨关税尽解南、北洋，唯留厘金为本省海防之用。乃幼帅久置不覆，合肥则必欲取盈，且援幼帅自顾门户之说，令由本省另行筹款，实无余力及此，亦与谕旨不符。盖庙谟以各省税厘归之李、沈两公，即以各省海防责之也。岂有置各省防务于不顾，而专索厘税之理！其如晚生等势不能与争何！

再启者：

岭南虽今昔情形不同，尚是有为之地，唯上下积弊既深且久，急切难于改观。现将练兵、筹饷各大端，逐渐清厘，以期日有起色。海防无事，虚縻巨款，此间则亦无款可縻，虎门等处炮台不得不从容办理。察看西洋各国，目前似不至有风波，第日本业与朝鲜联和，难保其不复逞志于我。所最可患者，则俄人计图窥伺，亟盼大功告成，以杜其荐食之祸。钦奉此次谕旨，为之欣跃。否则，株待各省接济，恐仍难期饱腾以利征进也。

荫帅援剿安南，可谓苦心孤诣。幸将各匪次第扫除，法人亦为之敛迹，诚足以维藩服而固封圻。乃严渭春竟诋为好勤远略，形诸奏疏之中。抑思以大字小之谓何？且昧于两利俱存与唇齿相依之义。此老旋经作古，无足惜者。

筠仙首参岑彦卿宫保，以徇英使之意，内外均不以为然。此公行将引退，未审何面目以归湖南，更何以对天下后世，真是咄咄怪事。尊意以筠公此举为何如？

复梅筱岩 光绪二年五月初六日

承抄示前案奏稿，亦非为一己一事之私，至其抉摘之精，仍出之以平淡之笔，是又得之于学养，不等于时世所谓老吏断狱者。

初见詹革镇控奉谕旨，竟疑原谳为诬。窃意幼帅覆陈后，该革镇势必再控，希图如浙江杨乃武一案，提部审办，以遂其反噬之谋，而京邸穷员为之推波助澜，恐政府仍为所动。今读幼帅覆疏，则钱神无能为厉矣。

复沈幼丹光绪二年五月初六日

詹革镇京控一案，钦奉谕旨，颇以宽狱为疑，非蒙先生亲讯廿余堂，莫能得其实际。伏读覆陈一疏，委曲详尽，物无遁形，俾区区惩奸除暴之心，得以上白于朝廷以及天下后世，凡任事者不复畏强御而虞反噬，魑魅魍魉之徒销声灭迹于光天化日之中，所关诚非浅鲜。至于抉摘案情之细，推敲刑律之精，多为原审所未见及，唯有倒地百拜而已。

萧诚并不知为何许人。刘福兴则吴镇军所荐以捕逋犯者，不图借端讹诈至此，可见小人难与为缘。陈国瑞亦未谋面，似此藐法逗遛，是自取重咎也。

琼州通商，彼已废然思返，可以来去自由。第新设之海关，留则经费无出，撤则条约不符，苦无善全之策。前示谓彼为漏税计，如见肺肝矣。

复周鉴湖光绪二年闰五月初八日

来示东省外强中干，且有一国三公之势，可谓包括殆尽，洞烛无遗矣。

客冬覆命，两宫垂询江防，深以糜费无益为虑，具仰圣明。顾今日之办防务者，无处不有糜费。弟自客腊抵粤，迄今未有举动，盖有鉴于前车，非敢玩视防务，实欲审慎图维，免致以民膏国帑虚掷重洋，并为小人所赚耳。

复李中堂光绪二年闰五月初十日

两广繁剧不减两江，又不若两江用人行政尚有中堂及曾文正成规可守，缓急张弛，大费踌躇矣。

海防一节，决不敢虚糜帑藏。计此半年之中，华洋官商日以购船买炮为请，而晚生婉词却之，盖知此辈计图中饱，安可仍蹈覆辙？且值度支告竭之时，亦实无力及此也。唯潮郡地居冲要，不可不预为绸缪，所修炮台业与虎门同时兴工，未便中止，此外自可作为缓图。至于琼州全府南澳一镇，孤悬巨浸之中，四面受敌，将来如有海氛，万难兼顾，有所守必有所弃，特此时不敢讼言耳。

琼州新办通商，尚觉相安无事。泊船已定界限，断不任其别有觊觎。游历必先告地方官，以定行止，虽未另立明条，尚能恪遵成说。幼帅深以横生枝节为虑，只合随事防维。

承嘱拨解海防厘金，讵敢稍存膜视？第目前万分拮据，各款掘罗一空，即如部拨提前西饷五十万，月初始解三万金，其余无从挹注。晚生与友山中丞，力为开源节流之计，如能仰托威福，库储稍有起色，必当有以报命。伏祈俯赐鉴原。

再，西省自朗轩中丞抵任，号令一新，五管三江，深慰来苏之望，晚生得以借藏鸠拙，何幸如之！

复国鼎臣都转光绪二年闰五月十四日

查收买余盐，虽系通融办理，然尚有旧案可援。若于此项盐船夹带别项私货，亦拟一律减免税厘，恐与定章有碍，在彼肆行滋弊，在此又难借词。弟因抱病未获与文榷使及高观察面商，窃虑事未必行，徒费口舌。明知关局即不减免，该私枭等复萌故智，未必能收税厘。顾天下事亦有不唯其实而唯其名者，关局似难明目张胆许以减免，致别处走私者反唇相稽，或群趋乎此项盐船也。祈熟计之。

又，此番举动，原为收买余盐，特严六门缉私之禁以佐之，复恐中国人员、船只不能得力，故以委之包税司。今仍责成各地方文武，无论徒成具文，且与初意不符，人将窃议吾后。鄙意只可令翟军门及东管、新安、顺德、香山各缉捕营帮同办理，台指以为何如？

致翟子英光绪二年闰五月十四日

详绎拟示事宜各折，如沿海改拨轮拖船，并酌撤三江巡船及设护船局条款，均事属可行，俟与中丞及司局妥筹办理，另行布闻。

至议驳局详分段缉捕四条，仰见智周藻密。如第一条，贵左右两营不能兼顾大虎、小虎等处，已饬局查明再行核议，务期妥善而免格碍。又如第四条，梁保泰所部应归顺德协兼辖，自系正办，昨已专札饬遵。唯第二条，梁国权及汤振廷两起船只，若令仍旧专顾洋面，则香山、新会境内缉捕将属之谁？似应分归该两营将调拨，以示责成而符成议。且该两起船只之不能不归该两处营将统辖，亦犹梁保泰不能不归顺德协统辖，同一体制所系也。第香、会洋面巡防紧要，诚如台指，现经札饬该两营，平日境内缉捕遵照前行办理，一遇洋面有警，即由该两营将立饬梁国权、汤振廷酌带扒巡各船驰往捕拿，不得稍有掣肘。其出洋之日，即归梁国权统带，以便呼应，应可两全。倘该洋面不靖，唯该两营将是问，想亦不敢置身局外。尊折拟仍归梁国权统带，是否指该参将所带六船而言，抑并汤千总言之？

又如第三条内，各巡船所管段内岸上附近村庄如有失事，即将该处巡船议处者，盖以广属盗案多在陆路，其盗多由水路来去，不能不责成巡船稽查，实与台指相符，并非令各巡船弁兵上岸救护追捕，而陆营转得袖手旁观、得邀宽恕也。恐该水陆弁兵误会，当再详晰声明，通饬查照。倘尚有未臻妥协之处，仍祈详悉示知。

复吴桐云光绪二年闰五月十五日

四明公所一案，事越数年，只合将就了结。该国人在粤亦甚不驯，创巨痛深之余，仍复嚣张如此，窃恐其祸之未艾矣。

吴淞铁路竟任筑成，中外力持十数年，一旦为其所败，将来各口及各国援以为例，议者当归咎于始事之人。以耳目切近之区，何以先无察觉？

幼帅既洞悉贵部船只难用，自然别有设法。此老智深勇沉，未可求之形似，且士徇知己，万勿以退为言。

王少鹤遗集，荫帅在桂林时何以不为之谋？容与谢麟伯商之，以副台命。

复涂朗轩光绪二年七月二十一日

弟与冯军门前在桂林曾同杯勺，其言呐呐，若不能出诸口，似非乖滑之流。后闻其出师邕南，动辄干预地方公事，实为将佐所误，亦由专折奏事一节有以启之。大概纠桓之选，唯有谨其羁继，庶可曲予保全。现在庖代乏人，自以求旧为是也。

左江李镇恃才傲物，赵道亦以为言，姑再慰留，寓以规戒，且视将来如何。开缺修墓之请，特其借词，从来无此办法，如果志在决去，何不引疾乞休？

达副将于同治元年在浔州府曾经晤面，听其所言，如谓“每月得廉俸八金，尚胜在京当差之苦”。又谓“大乱渐平，每见初生之儿，叹其有福”。即此可见其廉静慈祥，第未审有无将略耳。

陈副将培桂前署平乐，与弟尝相过从。其人边幅甚修，可谓外观有耀，业与惠州德副将对调。文质殊是两途，楚军自西来者，于陈副将多所疵议，今乃知其言竟不谬矣。

致黎召民 光绪二年八月十六日

粤民之在古巴者，其受害依然如故。金山之事，几至决裂不堪，新闻纸已屡言之，不可不亟图援手。商之美国领事，亦以为然。弟函致总署及陈荔秋并南、北洋大臣，请于该两处先设领事官，以资保卫。所需经费，即于金山之中国商民抽捐，当有成数，并可分润古巴。该两处尽是广东民人，弟不能不为之请命，以见中国爱民不遗在远也。

执事前函论及宏远公司之事，自系为富强之至计。唯是中国轮船前往外国各埠贸易，以与争此利权，即难免为洋人所忌。我既无电线以通消息，亦无兵船以资保护，各处又无中国领事，税司遇事与之支拄，未审办理有无格碍，得以攸往咸宜，尚祈便中酌示为祷！

复何镜海光绪二年八月十七日

承示“有战事则兵之弱者可强，无战事则勇之强者亦弱”，切中肯窾，阅历有得之言。唯递奉廷寄，合练绿营，予以一年限期，并饬届时由督抚奏请简派大臣前来查阅。虽知其事未必遽行，而谕旨极为严切，广东水陆额兵尚近五万，讵可竟置不论？且为弹压地方之计，亦不可不借此声威。是以通饬各标，量行挑练。目前规模略定，其一切操练之法，尚须从容逐细讲求。盖此间标营习气既深，而又各有格碍之处，不能指挥如意也。

黄镇人似可用，而或者谓其操守不佳。夫浮言本不足凭，用人亦有使贪之法，究不若洁已奉公者根基稳固。故岳武穆论为将之道，有取乎廉。练兵不得不就地取材，黄镇既邀阁下赏识，又与之共事一方，尚望有以激厉而裁成之。所有营制与薪粮章程，业经稍为变通，仍候随时斟酌办理。

左相近于幼帅不无微辞，甚矣，交道之难！昨有书来，叙塞外行军苦况，令人不忍卒读。其幢麾已临前敌，而此间协饷尚未如数拨解，奈何！

合肥烟台之议，都门谓此公不无暮气，然乎？否乎？似此口岸愈开愈多，江河日趋日下，时局何所底止！

复赵庆池光绪二年八月二十日

承示恩隆建设县治，宜在平马地方，便应禀商中丞，斟酌办理。如以离燕峒等处太远，耳目难周，似亦毋庸琐琐顾虑。此种远大之图，不能不权衡利害轻重。如广西省城不建于思恩而建于桂林，古人自有深意也。

田州改流善后，其应何如措施，以期一劳永逸，全仗大才妥为经理，弟路远事繁，难于遥度，且亦应由中丞主政也。

复翟子英光绪二年八月二十三日

调练兵丁，所有加饷、额饷归并支发，系照闽省章程，原为便兵起见。今来指仍将例支银米由本营领放，以便将来奏销扣款亦复有着，所见诚然。当经商之司道，尚无难色。唯各兵口粮分赴两处请领，果否妥便，均无异词。各营钱粮衙门，能否均如贵中、右两营于差费外别无折扣，执事又当堂验收，无从弊混，致滋借口。事系通章，不可不全盘打算，未便办理两歧。此中委曲，尚祈详加斟酌，务有把握。

再，查加饷按月支放，额饷则按季支放，照旧章办理，殊觉先后不齐。如能循照新章，将例支银米合并，所加津贴由善后局汇总支发，将来兵马钱粮奏销，如何划清，想司道自有办法。至营中应派差费，前定议时亦经计及，尚拟设法另筹。因查照例每年本有额支差费，近年库款支绌，暂行停支，一俟度支稍裕，自不能不复归旧章，则此项差费便毋庸摊扣矣。

再，查前任练兵加饷，每月每名少则一两六钱，多则一两八钱、二两。现在轮船水手人等核算，每月口粮所加亦不止此数，将来自需另行奏明办理。又，轮船及拖巡各船兵丁，所有应行革退、批补，似应由该船管带官主政，报明本营除名注册，以一事权而资驾驭。拟即通饬遵照，卓见以为然否？

复刘荫渠光绪二年九月初七日

合肥烟台之议，业奉明旨施行，另允各条，计亦早达冰案。似此横生枝节，英人笑我自致纷纭，令人愤填胸臆。此案始误之于敷衍，终误之于畏葸迁就。都门啧啧，颇谓李相为暮气所乘，不知实其长公贻之戚也。

客冬坤一承乏南洋，曾经贻书劝驾，不图竟与抵牾，疑为欲执牛耳。夫前事者后事之师，愚以为中外交涉之件，应办便办，不可推辞，可行即行，不宜迟误。其实有格碍者，无妨直告以所难，词尚和平，意须斩截，洋人性虽狡执，往往肯听吾言，纵使未必遽从，亦当持以坚忍。彼无非以兵事恐我，以总署压我，不为所动，彼亦其奈我何？待之以诚，折之以理，有时机权之用，则在操纵合宜，最忌躲闪游移，含糊了事，一以诿之朝廷。管蠡之见如斯，伏祈俯赐采择。

丁道恐为筱帅维縶，不得不就地取材。江南有张道富年、胡令豫燕、蔡令汇沧，尚堪承乏，亦恐惮于远行，尊处如果需人，始为奏调。此间不唯无甚熟习洋务之员，即刑、钱两席，亦难其选。承嘱代请俞君吉甫，彼以年老路远为辞，似难相强，此外亦无可以应命者。坤一现经函邀山西旧友高杏村来粤，则岭外才难可以想见。

胡军门既经赴任，魏、文两营相继来滇，从此臂指益灵，则悍将骄兵当易驾驭。

奏拨此间协饷，为数无多，自当照章汇解。劝捐一节，似与黔省合办为宜，请函商简堂中丞何如？鹿滋轩刻日东来，便可会司局务，否则黄兰舟明春亦到，尚可分任其劳。唯腾越军务已完，所需似可从缓，彼时逆料，声威所及，势等摧枯。此间涓涓之流，鞭长不及，纵有缺乏，文式帅自可由川就近挹注，非敢膜视也。

广西自涂朗帅抵任，一切均守成规，人情因而大定。严中丞竟以越南之役疵为好大喜功，形之章奏，抑何可笑？左相覆书谓“此公生平以直行诈”，真是一语破的，俾无遁形。

贱躯日就衰惫，乃于四月间以语言细故，竟致二小妾饮药自尽。此女相从已十余年，性慧知书，甚相爱重，不图令其如此惨死。坤一以不祥之身，糟糠既蹈于非命，晚岁复遭此变，何以为情？数月以来，绝无生趣，第身膺重寄，不得不勉强支持。顾凉德何以临人，残生安能报国，正旁皇不知所措耳！

复刘仲良光绪二年九月二十三日

再，海关与民争利，以地方官为之，甚不相宜。弟承乏数月，既不便擅改章程，然为一丘之貉，便为物望所轻，他事亦恐有格碍，故告示中有“不染丝毫，神明共鉴”之语，冀其相谅，非斤斤自鸣其廉，公闻之幸勿见笑也。

金山之事，几至决裂，想执事已于新闻纸见之。该处及古巴华人均系粤产，不得不亟为请命。前经上书总署及合肥相国，恳于该两处先设领事官，以资保护。昨得复函，均以为然。俟陈荔秋星使出洋后，当有定局。

又，新购英人黄埔船澳，价八万圆。缘该处形势实为虎门内第二重门户，未可委之外人，且该澳工费颇巨，兹以贱值得之，将来如有扩充机器局务、自行制造大船大炮之时，此处便为得用。否则值此拮据万分之时，何暇及此！此两事颇关时务，谨以奉闻。

复总署光绪二年九月二十三日

八月十三日接奉钧函，以闽省保护中外船只遇险章程，业经尊处奏准通行，未便另行更改，只可审度粤省情形，增议数条，补原奏所未备等因。具蒙指示周详，曷胜钦佩！

伏查闽省条款既属未便更张，自应审度粤省情形增议补苴，以期两无格碍。惟是章程之内，一切条款如系粤章所有而闽章所无者，原可增议以补所未备。而彼此互异之款，如救护之人，粤省任之绅耆，闽省责之地甲，给赏之费，粤省出于公项，闽省出自商民，又每救一人，闽省赏银少于粤省之类。若增议条款列于闽章之后，将来出示晓谕，二者并列，似涉两歧，海滨愚民难于户喻，设以章程歧异，因而遇事迟疑，似于保护事宜，转无补益。坤一与友山中丞再三商榷，窃谓立法期于共喻，因地所以制宜，审度情形，未敢稍涉拘泥。因闽省条款业经奏准通行，现既审度地方情形，参酌另议，自应将其中原委据实上陈，经将所拟章程五条，于九月二十一日会衔具奏。坤一于此事并非敢稍存成见，实则粤章行已多年，有难于改照闽章之处，不得不如此办理，期于公事有裨。冒昧之愆，伏祈原鉴。

再，此次酌拟之章程五条，已交德国领事阅看，据称并无窒碍，请即照办，合并附陈。

致黎召民光绪二年十月二十八日

宏远公司之设，合肥请于各关各凑银十万两，无奈此间并未存积丝毫，无从应命，且俟明年与俊榷使熟商，设法挹注。

西学馆之设，诚为当今急务。弟实有志于此，昨以银八万元购买黄埔船澳，为将来扩充机器局及开设西学馆地步。顾念闽省何尝无西学馆？同治五年冬间，左季帅纡道章门，言之津津，乃迄今十年之久，未闻有所造就。即广东亦早设同文馆，名异实同，初议兼用满、汉生徒，此次荔秋星使奏调之蔡倅锡勇系由此馆出身。嗣以专用旗人子弟，一味训课时文，虽仍聘一英员教习，略存其名而已。似此毫无实际，纵添设一二馆，徒糜经费，为外人所笑，故弟迟回慎重，匪独以目前难筹巨款，亦欲妥定章程，不敢仍蹈前辙耳。

温绅虽被浮言，弟原视为泛泛。悠悠之口，何所疑畏！遽思改图，轻去乡里。唯此间局面远逊上海，如温绅意有轻重，弟亦不便絷维，为此不近人情之事。

昌教事已了结，著匪凌亚光亦经就擒。此次查办该乡，实出龙太常、梁京兆之意，然于贵本家并未有所摧辱。

承示陈、冯各绅劣迹，另有处分。

左右与合肥相得益彰，何必时怀退让！清者自清，浊者自浊，正不必以缺之肥美为嫌。

复彭雪琴光绪二年十月三十日

承示邪匪牵涉天主教堂，所谓一丘狐貉，无怪其然。地方官办理掣肘，诚可扼腕。尊处有获即诛，不问其教与不教，最为简捷之法，顾郡县无此担当，亦无此力量也。

烟台之议虽已结局，而枝节横生，长江即不胜其扰累，广东再添北海，是一省有五口矣。所尤难者，香港巡缉私贩，亦许洋关与闻，将来常税及盐课、厘金浸归包揽，所系匪轻。目前弟固力与撑持，尚未审能胜否？

江南炮台刻下想已告竣，然机器局务与吴桐云所统兵轮，经费既多，关系尤巨，幼帅何以竟置度外？

此间因京外拨款甚繁，不敷周转，致于海防迄未就绪，徒抱焦愤而已。

复翟子英光绪二年十一月二十日

武职养廉一节，嗣复面与杨方伯议及，观其词色甚难，已嘱其于年内量行点缀，将来总须设法筹支。当此振顿营务之时，岂可令各将弁枵腹从事？唯此间习于因循苟且，未知能否如愿相偿也。

香山、新会两县营另募精勇之事，如能自行捐办，尚可听其所为，若请作正开销，碍难照准。盖以地方零星盗匪出没，并非大股盘结，该文武既不能拨派兵壮捕拿，而各处分驻练兵又不可以移调，动辄请款招勇，诚恐纷纷援以为例，未便开端。

又阳江左营黄署游击，前因帮同盐务，缉私得力，已许留任，骤难食言，且察看人才，似出李游击之上。执事在省称奖，兄误以为为黄署游击说项，故唯唯耳。

刘观察当作风闻告之，令其知警。朋友尚有规过之义，况属因公，第虑左右碍于颜面，未便直言，而彼视为等闲，不甚加意，则贻误匪轻，敝处是以不敢秘而不宣。此复。

致军机处光绪二年十一月二十八日

再肃者：

坤一抵任瞬及一年，虽经遇事整顿，而于吏治民风以及营伍尚属无大起色。盖吏治习于因循，加以民欠摊捐，益滋轇轕。州县尽心职守者颇不易为，民风之犷悍甲于天下。且岭海足以藏垢，而香、澳又复纳污，盗犯私枭恃以无恐，地方械斗之案犹其小者。营伍虚额尚少，然以老弱充数，即强壮者亦系游惰性成。现在抽练将近万人，此外恐无实际。士卒则欠饷米，将备则欠养廉，枵腹从公，何敢责其得力！以上三事，积弊极深。其不肖文武，递经择其尤甚者分别揭参，著名匪徒亦复随时惩办。顾欲官方之澄叙，闾里之乂安，实非旦夕所能奏效。

盐课、厘金，本年征收较旺。然以广东地大物博，户口之众，商贩之繁，为各省所罕有，如果丝丝入扣，滴滴归公，其数未必止此。现在极力撙节，设法扩充，以期度支渐裕。

至于地丁一项，则视牧令为守如何，交代所系匪轻，不能不破除情面。目前藩库支绌，殊有入不敷出之虞。

洋务一省四口，几至无日不与周旋。此间并无关道摒挡，纤细皆问督署。所幸相习日久，外人尚就范围，士民亦无甚苦。

海防规模粗定，以经费为难，未能刻期告竣。鄙意以为逐渐措置，以底于成，尚不至于虚糜国帑。

此广东之大概情形也。

广东为坤一夙游之地，深悉地方元气太伤，而剥极必复之机亦在于是。朗轩中丞励精图治，已有蒸蒸日上之象。镇安小有风鹤之惊，旋即平定。传教一节，各属亦属相安。两省收成，均叨中稔，堪以仰慰廑注。

复刘荫渠光绪二年十二月初五日

彝庭克成先生之志，刘氏幸破天荒，前程远大，拭目俟之。

闻昆季业经北上，敝处昨由票号寄银二千两，以助旅资。芾生奉母携眷入都，似出乃岳之意，殊不可解。肩弟于前月来署，大约开正后即须携妾南旋。

来函以前次裁答久稽，责坤一之慢，固不敢辞，乃拟其别有肺肠，何不见谅之甚！不唯柿饼掷破，即满碗鸭子亦将倾倒。此中是非，且俟二十年后坤一与先生告归林下，大开祠堂，延请族老讲理，特恐嗤其少年叔侄好闹皮气也。

前寄之物有当尊意否？坤一别无善状，唯此则老子兴复不浅。闻滇池气候温和，先生好调摄。

复徐寿蘅光绪二年十二月十四日

令亲丁镇军初抵羊城，杯酒纵谈，颇慨慷以忠义自许，弟深契之。未几有告恙之请，复有开缺之请，慰留再四，坚不可回，甚欲舆疾登堂，乞弟亲验，其实不过感冒风邪，并非不可治之证也。旋得上洋启事，则又似有悔心，维时拜疏已行，不能追改，且以实缺专阃，亦难听其去来自由，惟俟后有机缘，再当推之挽之，以报台命。

劳吉卿此来殊觉贸贸，据闻已在部中料理，一俟接准明文，自可量予位置。乃翁文毅公实有功于两粤，甘棠尚留遗爱，矧其后人！乃此间当座等诸寻常，竟以弟言为有私于同乡，噫嘻，陋矣！

左相非铁汉，实是黄金铸成。现在兵逾天山，气吞全虏，如能收破竹之势，则伊城亦易珠还。所虑取易守难，未知左相之后尚有人否？

郭筠翁事事依附英人，或弦上之箭，不得不发耶？抑下乔木而入幽谷耶？令名之不终，未始不由自取。

弟自抵此间，于国计民生毫无裨补，以视在江右时苦乐难易，直有天堂地狱之别，可见尺寸短长，各为才力所限。

复李仲约光绪二年十二月十八日

昨日晡祗奉台教，领悉壹是。当经饬送各当事共阅，一面妥为筹画。今晨与司道及中协、府县面商，适香山协、阳江镇亦来省，详询情形，若不痛予创惩，诚如来指，将来酿成巨患。现拟调兵轮四号，另载练勇三百人，责成香山协吉副将、顺德协利副将管带驰往掩捕。弟复选派可靠将领，偕往督办，无论该盗等入山出海，务须跟踪追剿，一网聚歼，大约明下午或二十日早便可启行。

日前利副将在省，曾面禀此股盗匪于初五夜行劫均安墟，并称人数颇多，请与香山协及节参将合力剿办云云，然尚不知如是之披猖也。所可怪者，地方守令若罔闻知，迄无一字禀报。已令南海杜令函致香山、顺德等县，一俟兵轮入境，即带壮役并督团练，帮同陆勇围拿。至该盗首既承示姓名籍贯，即使兔脱，将来亦无难购获也。

再，今日阳江镇与香山协解来盗匪三十余名，且吊放被掳难民九名，即系此股伙党分布在别处者，并以奉闻。

复梁少廷光绪二年十二月二十四日

承嘱郭商之事，检查卷宗，该商于方子严署运司任内，亦曾具呈，复经张友翁严加驳饬，有案可稽。维时贵晋廷业行丁艰，可见前此之详撤实出中峰意也。为时未久，遽准复充，使长舌者播弄其间，必谓弟为有意相忤。且盐务虽系总督主政，巡抚亦应与闻，万一因此参差，未免有失大体，况瓜田李下，亦须引嫌。盖此间堪充水客者，除郭商外，未必无人。今顿翻前案，一若非此不可，讵不授人以口实耶？又查郭商之父混名“牛栏松”，畴昔所为，通国切齿，更不当扶植其后人以犯众怒。左右结纳最宽，岂别无可说项之人，何必沾沾于夫已氏乎？

封函未发，复接来翰。弟于郭商之事，毫无成心，执事自与鼎臣兄商量，不便代为说项。盖此间习气极重，情伪诪张，一与周旋，徒增烦恼。弟历官数省，无不推诚待人，不谓覆雨翻云，竟致此矛彼盾。自问无求于物，何苦为其牵鼻笼头。此后一听主者所为，敝署惟有查照例案办理，倘或营私舞弊，则自有法在焉。

复翟子英 光绪三年正月初二日

易勇为兵之举，业经奏准，事在必行。兄筹酌再三，实于练兵节饷有大裨补，故毅然为之，幸各镇将毋事阻挠。

无论外洋、内河，均是水师兵丁，统归棣台节制，自可通融调拨。某营现存兵丁若干，有籍可按，即留守城汛者，亦未始不可酌抽。至谓“除先裁三成外，悉是精壮之兵，难于淘汰空缺补勇”，殊属欺人之语。就兄所见，水陆各营兵丁，老弱已多，况未见者百倍于此乎！纵使悉属精壮之人，而不能驾驶船只，在水师仍成无用。以多年无船之水师兵，而谓其悉属精壮，深谙驾驶，不便更换，想左右亦知其必不然也。

绿营因循之习，积重难反，几为废物，断不可不逐渐振顿。朝廷于绿营再三垂询，以此责望督、抚、提、镇，仁弟所知，其加意焉！

省河巡船缓办之言，当是彼此误会，姑作罢论，目前已是正月，应即如议施行。额饷、练饷并归藩司支发，全为体恤兵丁起见，以杜折扣短欠之弊，免致各船兵丁不能饱腾用命，转归咎于改章之人。唯利协镇所陈各条，似亦有见，公事公办，兄不敢固执成心，尚祈熟加斟酌。如果弊轻利重，并请另具公牍分咨，当与司局商之。

复丁雨生光绪三年正月初三日

日人欲袭倭人故智，不思理势绝不相同，若复与之委蛇，中国无能自立矣。执事德威才辩，必能折其虚㤭，使之气慑词穷，废然自反。大疏谓由总署与各公使评论曲直，是亦折冲樽俎之道也。

新闻纸云已经德使调停，未审是否属实？事难逆料，兵须预筹。来函嘱令方镇全军赴援，义无可诿，唯辖疆既行戒备，则潮郡亦应设防，方镇为地方长城，岂可遽离职守？且该镇之勇只有千人，纵使尽锐以行，亦未必足资臂助。弟业密饬该镇部署一切，并请卓前镇来省，面授机宜，仍令回潮以待后命。如果尊处情形吃紧，即由卓镇另募新营，该处存储枪械尚多，呼吸可以集事。方行则卓留，卓行则方留，彼时第烦拨派轮船运载，计三日夜可达台，似不虞其迟误。辅车所系，大局攸关，公义私情，决不敢稍涉膜视。然彼此既须兼顾，兵单更难再分，当此经费维艰，又未便遽事招募，不得不稍为审慎耳！

再，唐军门定奎现驻江南，所部尚逾万人。此公本系福建提督，且熟习台事，何妨商之南、北洋大臣，俾供驱策，得此重兵，方足以备缓急。卓见以为何如？

复涂朗轩光绪三年二月初二日

再，楚南客商周姓等具禀，请来西省采煤，照完厘税，与广东善后局详请商人来西买煤，免抽厘税，由弟处先后咨达冰案，听候核办，初不计事之可否同异也。兹经行司汇核办理，则煤矿之能否开采，及厘税之应否抽收，自能斟酌至当。

忆弟在江西时，力拒李伯相开采乐平煤矿之议，诚以于地方格碍实多。又以假借公事，偷漏免厘，曾经奏请一律抽收，钦奉谕旨，通行各省，维时何小宋权篆两江，委员前来江西采办木植，长江提督黄军门亦在江西采办米粮，均未稍涉迁就。两公不以为嫌，则弟今日之咨请采煤免厘，绝无成心，想荷鉴谅也。

复刘仲良光绪三年二月初六日

李捷峰计已回任。地方饥民是否逐渐复业？平日蓄积本为备荒，第不可不留其有余，恐更有大于此、重于此者。闻下江饥民更多，直隶新城溃兵又有径窜山东之信，未知目前是何情形？周福阶廉访谓德州有银八十余万，该处城圯难守，想当事者自能料理，倘为溃兵所劫，军府尚堪问乎！

江省通志告成，唯仗大才笔削，既非粗人所长，且亦无暇及此。

筠老致谤在劾彦帅一疏，若其出使重洋，真为出万死不顾一生之计，议者竟以此相诟病，则一妄人而已。所虑此老性情偏执，不足以济国是，前由香港贻书告别，甚郁郁不欲行也。

陈荔秋以日使倔强，所议不合，迟迟出都，书来拟权舆美国，是一办法。

此间交涉繁难，足为直隶之亚，一省而五口通商，香、澳更形逼处，事无巨细，并无一人代为调处，无理相干，往往令人愤极，几欲流血五步，伏尸二人。

香港收税缉私章程，业经英领事定议，乃该兵头旋即翻驳，姑俟俊榷使回任商之。

复翟子英光绪三年三月初八日

虎门炮台决不可再事迁延。日前少臣在省面商，安置两三万斤大炮之台，开门太宽，不便预作天盖。闻外国于此项巨炮，亦作露台，拟即仿照办理，似为有见。缘天盖太宽，砖石起拱为难，并恐炮声轰烈，将有震动倾压之虞。若以大木支架，上加泥沙，则此间木料易于生虫，不能经久。兄意谓此项巨炮，固宜露台，然前后左右仍用围墙，照别台一律坚厚，俟有事时始以巨木盖顶，上加沙包，以御开花炮弹，事毕撤去，实为两全之法。至于此项露台，自应设于最当冲要之处，请弟与少臣相度形胜可也。

顺德、香山、新会三处船只，务须速为部署。将来俟多造轮船数号，尚须酌拨，在赤溪、阳江、新、香之间往来巡缉，以固门户而靖地方，否则实不胜其扰、不胜其诛矣。

致李仲约光绪三年三月二十日

敬恳者：

昨承左伯相为先赠公拟寄墓碣一篇，格老气苍，闳深肃括，洵属佳构，必须仰求椽笔特书，方足以称双美而镇不祥。谨将季相原函、原稿及篆额送呈台览，务望俯如所请，于暇时一为染翰。先赠公九京戴德，讵独小子铭感于靡既哉！

另奉上老伯母茯苓两匣，系滇中寄来者，便愿福寿如陵，借申祝寿之意。

至先赠公行状、墓志及曾文正、江忠烈两公赠作，容续录呈。

复梁檀浦京兆光绪三年三月二十一日

日前戴署令禀辞，语及此事，其言甚为含糊，大概疑修钓台者意图影占。弟晓之曰："陈姓意图影占，或难保其必无，而谓该县绅董如李君瓘辉等扶同作弊，无论李君乡望夙优，决不为此不肖，且影占能有几何？分润能有几何？揣之情理，断不足信。地方官遇事总宜核实秉公，不许陈姓影占可也，虑其影占，竟任赵姓阻挠，并钓台不能修复，从古无此办法。"开导再三，戴署令唯唯而退。

严子陵汉之高士也，钓台迄今岿然犹存，陈石斋先生为一代儒宗，乃赵姓必欲毁之、锢之，地方守土者又从而为之辞，诚不解为何心？伏祈世兄谆嘱李绅诸君照旧修筑，无逾尺寸，俾有借口。倘赵姓始终阻挠，该地方官不肯认真弹压，则曲直有在，弟唯有执法从事。

复梁檀浦光绪三年四月初四日

祇诵惠翰，并阅抄折及图说，具领壹是。今晨传周廉访与原办委员顾实夫来署，详询前此履勘并审断一切情形，拟即由省委员前往新会，会同戴署令押令赵姓先将摆渡迁往长泰，以符原案。

其钓台何时兴工，自可听之陈姓，原总以速为妙。至于赵姓五福楼前官坦横筑石栏者，无非为防赵姓再设摆渡计，其实事之行止不系乎此。该姓如能守法，画地亦可为牢，折柳亦可樊圃，否则泰山可移，鸿沟可越，一石栏何足以限之！此次该姓倘抗不迁渡，或已迁而仍回原处，则责成臬司勒令该县绳之以法，其将何辞？正不必为此已甚，自我开衅也。想卓见亦以为然。

复左中堂光绪三年四月二十二日

续诵人日手教，并承撰寄先公墓碑一篇，额篆一纸，拜读之余，莫名感佩。夫以绝漠严冬，羽檄纷驰之际，犹于露布余闲，呵冻濡毫，得此杰作，落落数百言，而世变人才以及交游知遇，无一不具于行墨，若不胜其慨慕者，先公庸言庸德于是乎传，即余小子尺寸之劳，斗筲之量，并蒙齿录焉。局格浑成，笔力健举，直接马、班而驾燕、许，当即供置案头，焚香九顿，将来刊订成本，拟附台函，俾知教惠良殷，行师整暇也。

承示“营对雪山，日夜绕帐傍徨，怀抱日仄”。即此数语，情景宛然，耿耿之私，遥遥相应。中堂任天下之至重，处天下之至难，皓首穷荒，忍饥转斗，晚生辈回翔善地，所有挹涓滴以助饱腾者，尚待呼而后应，且呼之未必即应。提前之二十五万两，司局已有成算，当可陆续上道，唯续拨巨款，当座颇有难词。幸晚生庖代关篆，颇有余资，无论公私，总当尽力罗掘，勉图接济，容与司局商之。

滇省无米之炊，荫帅时有责望。顾滇之有善后，犹粤之有海防，均属当务之急，而较之西征则有间矣。

大军计早启行，前敌自应委之诸将，中堂务珍柱石之躬，以副中外之望。

近来时议有谓已复北八城，应仿奉省新章，改设督、抚、郡、县以杜后患者。愚以为西口外一片戈壁，似与奉省情形不同，正恐未易更张。又有谓未复之南八城，宜度外置之，俾该番目称臣入贡，如高丽、安南故事。该处与俄为邻，冀其为我外障。并云英人将为之居间。此则传闻之说也，询之国运司，则谓弃南八城则北八城亦不易守，此中机宜，尚祈便中示悉。

复郭筠仙星使光绪三年四月二十二日

客夏接诵环章，洋洋数百言，其所以奖借而教督之者，至周且挚。承示洋务三事，尤为切中肯窾。就中如审事理而求断制，尚可勉而企及。至于通古今之变，详求西法以臻富强，非唯限于学识，似亦有为时所囿者。正拟再渎清神，仰求方略，乃为公私所困，遂致因循。

仲冬闻台从行过香港，当即专弁迎候，至则已起轮西驶矣。后数月始奉手翰数行，奇郁万状，不忍卒读，又不忍不读。朝廷以事属创举，必须借重名贤，在烈士壮心，亦已视为坦道。顾以六十余岁之老友，越七万余里之重洋，耿耿之私，夫何容已！李大令荆门发自羊城，贱躯属有微恙，未能一吐所怀，益增歉臆。幸阅日报，欣悉使节安抵伦敦，其国之君若相及贤士大夫莫不钦崇山斗，周旋晋接之间，欢然罔间，下至儿童妇女，亦以获瞻风采为荣，而后叹忠敬可行之旨为有征。先生平日所谓诚信服人，无分中外，可见之于践履者，此其明效大验也。

今天下竞言海防矣，可战、可守而后可和，各省制船铸炮、厉兵讲武以备不虞而固吾圉者，自不可缓。愚以为中西通好、通商，将与天地相终始，即有圣神文武之主起，而内修外攘亦不能闭关绝市，使欧洲各国之人俯首帖耳以去。盖以理言，则六合之内，皆王者所包与，何必过存畛域之见！若论利害，和则泉货流通，每年二三千万之洋税，于国计不无裨补，战则沿海数千里皆无安枕之日。孰得孰失，仁智必能（辧）〔辨〕之。且俄人与我接壤，方为封豕长蛇，黑龙江一带地方，势殊岌岌，正宜结援西洋以拟俄人之后，使之不敢南牧。夫英则西洋之冠冕也，而于俄人尤其所忌。先生全盘在握，成算在胸，其应如何因势利导，使之与我相为首尾，以制俄人之侵陵，奠中土于磐石，是必有深谋秘策，非可蠡测管窥，何况庸耳俗目，妄肆讥评，不值一噱耳。

弟承乏于此，瞬及两年，所有吏治、民风以及营务、盐务，迄无起色，虽积弊太深，未可操之急切，而精神智虑亦实有不能周给之处。似此张皇补苴，苟且敷衍，其害恐中于不及觉，其祸必发于不及防。午夜彷徨，莫知所措！

复黎召民光绪三年五月初七日

西学馆、招商局及开办煤矿，均为珂乡当务之急，弟每饭不忘。无奈力弱势孤，又苦经费无出，辄为众议所阻，倘得驺从荣旋，为之提挈，庶可逐渐举行。

弟署任内，并计正杂各款，并提出家人得项，共余银二十万两，业以十五万两解交藩库，饬令另款存储，将来如何动用，听候奏明办理。如以此项凑办招商局，而以所得利息开办西学馆，似为一举两得。余银五万两，则以之办赈济，修堤工，并拟奏请于敝县建立楚军昭忠祠以及别项善举，不能不取资于此，总期丝毫不以入己。至开办煤矿一节，已经择定地方，尚须广招股分，统俟台旌抵羊城时妥商定计。

承询此间机器局所制格林炮，实属价廉工巧，即外国人见者亦莫不钦服。至克鲁伯小炮，当是克鲁伯炮，是否精良，尚未考校。兹照来示，饬令各备一位，配齐药铅等项，由招商局寄交执事转呈少荃相国，倘借大力扩充，实为万幸！

致国鼎臣光绪三年六月初十日

密启者：

近日浮言啧啧，谓有广东京官奏参收买余盐之事，今日俊榷使亦经论及。弟以此间收买余盐，原为裨益课饷、体恤穷民起见，两年以来，办理已有成效，可以按籍而稽，未知言者如何借口？唯仓盐与余盐如何分别，以及本省之盐与别省有无限制之处，弟一委之左右，未及随时随事考核，务望留神，妥为料理，毋任人得伺我短长，致难登覆。

弟鳃鳃过虑者，原欲自立于不败之地，并非中情虚怯也。忝任封疆十数年，始而为英、法两公使龋龁，总署亦欲借示羁縻，继为科道交攻，甚至与总宪对劾，革降两次，总不为人所挠，讵是畏人纠弹者！第我辈为国任事，一切举措，务须斟酌至当，免至投间抵隙，授人瑕疵，转令朝廷为难。区区之衷，伏祈鉴谅。

复俊星东榷使光绪三年六月十三日

鼎臣都转朴实廉勤，非时贤所可及，唯办事间有任性之处，是非深知其用心而又顾全公局者，或不能无介介也。举措偶不合法，人遂得以抵隙蹈瑕。即如西林宫保，性情豪奢，是其所短，顾励志有为，挺身任事，亦疆吏中之不可多得者，而其所以致败之故，固非出于为私也。鼎臣幸听良规，鄙怀实深欣慰。

弟于前项余资，本拟暂留待用，唯敝署并无兄弟子侄经理帐务，鄙性又于会计生疏，一切委之友人、家人，有无多少，不能掩人耳目。由是地方各项公事，如赈饥、修堤，以及城垣、积谷、医药、学堂，均欲取资于此。其绅士中如苏、如梁，多系旧好，一经启齿，便难驳回。加以乡里亲族，无不视为利薮，纷纷前来，求借捐官，动辄数千金，几于应接不暇。弟深惜此项余资为数尚巨，可以办理一二紧要事件，未可任其零星耗散，是以不得不解存司库，以杜公私需索。将来入告时自知婉为措词，决不稍露痕迹。

弟与执事心术相同，而境地各别，如公以总督兼署，恐亦不肯染指其中，弟如专榷海关，夫亦何术自洁？区区斟酌至当，非敢矫廉，尚祈谅之。

复席研香 光绪三年六月二十日

章门一别十余年矣，后数载彼此不通闻问，固知执事得偏枯之疾，握管良难，弟亦为公私所困，无情酬应。兹奉台函，抚时局之多艰，慨壮游之不再，展诵之下，为之愀然。询之舍弟，谓贵体精力极健，唯起居饮食有时需人扶持，未审近来何似？夫以执事之雅抱鸿猷，值此需才孔亟之世，乃竟以病废耶？天相吉人，当可喜占勿药。即不然者，如孙膑、羊祜，究何碍于勋名？尚祈善自静养为祷！闻此间洋人有善治此证者，岭南风景，生面独开，何妨命驾一游，借为就医计乎？渴想之忱，扫榻以待。

承嘱邹吉士开采粤煤一节，当经咨商朗轩中丞，其意似以骤用西洋机器，恐民惊疑，不若由渐而入，想邹早达清听。

荫帅方以滇省通商为忧，疏请从缓开办，未邀俞旨。其实英人因土耳其将与俄有战事，无暇谋我，云南铁路亦未必遽成也。

复刘仲良光绪三年六月二十二日

台湾日人之案，业经议结，就此间见闻，殊赖陈观察舌战之力。时势颇类春秋，辞令大不可少。通商口岸，现经总署设法维持，所定三端，唯第一条必应照办，第租界外不许开设行栈，则亦万不能行。又如禁洋烟、铸洋钱两节，于此间均属格碍，拟即据实覆陈，不敢稍涉迁就。昨准海关咨送上海道禀稿内有南、北洋大臣与赫总税司问答之言，尚应咨查考核也。

此间本年水灾最重，为数十年以来所未有，虽经官绅筹捐抚恤，并修堤以代赈务，甚恐秋冬接济为难。科道已经奏闻，而本省尚未入告，殊于事体不合。友山中丞资性稍钝，界限太明，大都如此矣。

致涂朗轩光绪三年七月十一日

兹有恳者：

广东生齿日繁，加以外来商民辐辏，本地所产谷米不敷口食，全赖辖疆及外洋接济。本年各属水灾极重，冲坏田亩甚多，满野哀鸿，嗷嗷待哺，而外洋如印度、新嘉坡等处亦因旱潦歉收，以致贩运来粤谷米远逊从前，是所指望以资饔飧者，唯西邻泛舟之役耳。前月初旬，经邓侍御奏奉上谕，并停免由邻省至该省谷米厘捐等因，旨意浑含，似并本省所抽一律停免。广东向无谷米厘金，可否仰邀格外鸿施，暂将广西运来广东谷米经过浔、梧厘厂免其抽收，俾得源源而来，以应目前之急。倘托福庇，本省晚稻丰登，或外洋贩来谷米渐伙，不至有饥馑之虞，仍请尊处照旧办理，虽于西省厘金所入不无稍减，而此处穷黎实受更生之赐矣。弟因地方绅民呈恳再三，且目击困苦情形，不得不为之请命。

再，查邓侍御奏奉停免谷米厘金之谕旨，邸报系在六月初九之内，而六月初九日户部专案行催，截至本年四月为止，各省照旧抽收谷米厘金，殊与谕旨未符。司农综筹国计，与朝廷系念民生，二者原可并行不倍，是在外间斟酌情形，变通办理。所有西省运赴广东谷米厘金，倘蒙恩允，暂免抽收，将来弟与友山中丞会折覆陈，自可切实声叙，想户部亦决无不然之词也。

复陈荔秋光绪三年七月二十二日

雷州百姓滋闹厘厂之事，人数虽多，亦各处所常有者，并无树旗谋叛之谣，更无拨兵剿办之举。惟查系承办海防经费，劣绅从中煽动以自固其利权，而印委各员又不知从容开导，所出告示语涉含糊，以致激成厉阶，不能不分别惩治。该县及厘金委员业经撤委记过，该府自知咎无可辞，禀求交卸，该劣绅等之未可始终姑息，亦事理应然。

弟以下四府厘金收数无几，早经奏停，因闻奏停之后，设立海防经费名目，专归本地绅士承办，取诸民者奢，纳诸官者约，思所以杜其弊，故复停抽海防经费改为厘金，于商民无甚加损，特不便于该各绅士耳。琼、廉相继开口通商，向来不完子口半税，若不抽收厘金，则与条约未符，并恐各处援以为例。洋商既经抽收，则华商何能独免？琼、廉既经开办，则雷州何能独无？以上两层，实有所万不得已也。否则弟为生财起见，亦何至刲此无血之羊，想高明自能谅之。

至于动辄用兵，视民为贼，不惟不敢，亦不忍。猥承垂询，略布区区。

复何采臣光绪三年九月初一日

潮州今昔情形，此间亦知梗概，人不能欺，曾于覆寿荃书中略言及之。用舍去留自有权衡，唯愿隶台与寿荃遇事和衷，缓急操纵之间，尤宜加意斟酌，而又将之以实心实力，务于地方及营伍有裨，是非自有公评，则齮龁者无所施其伎俩。

夫霜雪之后，继之以阳春，此宽猛交济之义也。第潮郡风气与别处不同，切不可博仁厚之名，行姑息之政，水懦民玩，履霜坚冰，倘任故态复萌，不唯议者有所归咎，久将自承其敝，振顿转觉为难。戒之勉之，幸毋忽焉！

复方照轩军门光绪三年十月初一日

承示各条，具佩卓见。详加阅核，如第一条，援照潮属成案，奏明办理。第二条，会衔出示，遍贴晓谕。第三条，饬发令箭，以树风声。第六条，毋听浮言，严惩刁健。第七条，就地正法，以免疏虞。均可逐条照办。唯第四、第五两条，添勇筹饷，不能不由司局妥议施行，免致临时掣肘。

鄙见以年内除见案办案外，其余暂缓举动，并宜不露声色，以免各匪徒惧而先逃，或先事备我。尽此年内两三月之力，执事得以确查地方一切情形，何处宜办，何处不宜办，或轻或重，或后或先，以及用刚用柔，用智用勇，先有成算在胸，仍将该各属积案积匪若干，查开节略，密咨敝署及抚院，庶几具奏出示，非出耳闻，将来即有刁徒上控，便可核明批驳，免致行查待覆，彼得有所希觊观望也。且趁此年内两三月之力，省垣筹画兵饷当有端倪，明春开办既有此二万金以为起手之资，后便可以源源接济，毋虞不给。

复赵庆池光绪三年十一月初三日

承示越南叶成林股匪，弟前因法人之请，曾经檄委署浔州协李副将前往招抚。嗣以事多格碍，且见李副将人似难靠，遂饬候西抚部院核办。现闻该股匪已在越南投诚，自可作为罢论，并未续札李副将办理。

其广东试用知府潘培钎及选用同知李鸣墀，奉谕往抚，不唯无其事，并未见其人，周臬台亦从未道及。此等假冒招摇，实属荒谬已极。据鹿滋轩谈及，李鸣墀前为云南马军门采买洋枪，引诱法人兵船闯入越南境内，几酿大祸。此案牵涉冯军门幕府，想执事早有所闻。前月李鸣墀又请代苏署镇采办洋枪，朗轩中丞查知前事，当将所给委札追缴。李鸣墀之不安本分，于此可以概见。此后如敢再来边境生事，即请设法羁留，禀候西抚院拿解惩办，或先行请示更妙。此人于法人往来颇密，纵之恐为隐患，若措置不善，又恐节外生枝。

弟如再有招抚越南匪首之事，自当行知左右查照。

复刘仲良光绪三年十一月初三日

郭筠仙侍郎禁烟之议，万不能行。即以广东而论，海关司局每年所收洋药税厘约百万有奇，讵有既经禁烟仍收税厘之理！此项巨款为接济京、协各饷及地方一切要需，从何设法弥缝？况习染已深，蔓延已广，劝惩徒托空言。失此百万税厘，转令贩者益多，吸者益盛，非惟无益而又害之。顾据实直陈，必触忌讳，不如暂缓置议，想朝廷不再垂询。

铸洋同一格碍难行，则已具覆矣。

晋省闻已食人，恐至明春更无人可食。沅甫捐赈之举，无论题目太枯，且亦缓不济急。豫秦被灾均重，大局殊为可忧。此间虽有饥民，然尚易于赈济，以本省爱育堂亦能分任其事也。

练兵一层，稍有头绪，未审果否得力？前读晋公奏疏，谓买铁甲船可以兼顾沿海七省，君父之前，竟敢为此欺饰之语耶！

西师久无捷报，即使取之，谁其守之？东南供亿将无了日。

复张月卿光绪三年十一月

再，春间祗奉手教，具荷注存，两地一心，十年一日，真唐人所谓“天涯若比邻”者。

自闻世兄贤昆仲联捷之信，欢眉益展，笑口常开，然后知彼苍之所以位置先生者，意正有在。假使节从入滇以后，不即还山，则年来拮据封圻，何能专事庭训？世兄昆玉往来定省，亦必不免学业稍疏，纵虎气必腾，龙泉自跃，而回翔颃颉，或未必如是之接步连肩。三世兄留为下届作状头公，亦是祁不可先郊之意，天工之所以玉成之者为尤巧矣。谚语云："前人贤，不及后人贤。"羡哲嗣之飞腾，征先生之积累，庸耳俗目，夫亦晓然于其故矣。

晚生未免俗情，已邀洞鉴。眠食日损，精力日疲，而此间政务殷繁，事权终难画一。承乏瞬及两载，无非苟且因循，犬马恋主之忱，又不敢遽为乞身之计，惟有坐以待毙而已。

二舍弟早归里闬，立意不肯作官，亦是自知之明，自处之当。晚生过继第三舍侄，于夏间随拙荆来署，甫及三龄，性颇颖异，亦足以慰迟暮。大舍侄于九月得生一男，在舍下极为可喜，先生视愚兄弟不啻子侄，闻之当亦欣然。

复涂朗轩光绪三年十一月十三日

前接西林县禀，已悉教案一切情伪，因尚未奉尊处函示，诚恐间有参差，是以未敢呈覆总署。兹诵大稿，缕晰详明，总署自可冰释，弟即查照台指作覆可也。至西林县城乡两处教堂，地基买自何人，当时曾否报官查明准卖，以及契内是否写明卖与某国起作教堂、不填买主姓名，皆与历办章程相符，并经批饬该县查覆矣。

黄祥英务期获究，否则不独贻将来之患，即此斩擒各匪，皆由该首恶诱胁而来，以致于死，此处厉鬼亦不甘心。黄祥英幸逃法网，弟恐其潜窜回籍，已密饬嘉应、廉、钦等属，一律严拿。

辖疆谷米厘金，再行停减三月，仰见逾格关垂，有加无已，此间官绅士庶应如何感激涕零！乃人苦不知足，妄思得步进步，竟呈请永远全免。初欲此间径行入告，友帅迫于众口，颇为所动。弟力辩其不可，巨绅如李仲约学士、梁檀浦京兆诸公，亦大不谓然。现由友帅主稿函商，如蒙赐答，词气无妨直切，以杜希冀。

夫此项厘金果能全免，诚有裨于东省民食，即所称西省从此银钱流通，荒芜开垦，亦是循题作文。所虑西省目前不能支持，而收效在十数年后者又觉无甚把握。至以桂皮、八角、蓝靛等项厘金加重，足以相抵，未审是否可行，想执事自有权衡。

复沈中堂光绪三年十二月初三日

晚生前启所谓教养之道，正如钧指。查保甲使之去非从善，禁赌博使之安分营生，文告必诚，俾知观感，刑赏必信，俾知劝惩，其要则在于妙选守令，以尽司牧之职。三代斯民，未始不可致治，非敢为高远难行之论也。

州县调署、委署，有时亦须通融。近日接准铨部新章，极为妥善。台谕谓有"物换星移之处，所判只在公私"，洵为切要之论。粤东从前庖代人员几至十之六七，不得不力矫其弊。而晚生更有请者，洋务已成积重之势，全赖各省疆吏极力维持，毋沽名，毋尚气，亦无避罪，毋畏难。近来外人遇事鸱张，亦由我办理，未尽合法。即如上年云南之案，朝廷特派钦差前往查办，以昭折服而杜衅端。乃李筱帅迟迟其行，到滇又复敷衍塞责，以致英人有所借口。夫需者事之贼，行者臣之义。古大臣必不忍贻忧君上，李筱帅则皆失之。迄烟台之议，不得不委曲弥缝。此间奉到条款，各国领事均称英人过于苛求，而英领事则云中国故事迁延，实由自取，是亦授之以词耳。

又如吴淞铁路，本为万国公法及中外条约所不准行，该处距上海仅三四十里，冯道身任其责，当时岂无见闻？何以任其开工，不敢过问？并闻半月之后，铁路已有规模，该道始赴江宁禀知幼帅，其事已难中止。现虽以巨款买回，固不得已而出此末策，糜帑犹其小者。

两事均属已往，而晚生不辞冒昧，上渎尊听，意得有所申戒，免致外间再蹈覆车，区区之忱，并非别怀私见。

至于出洋公使以及将来委派各处领事，自系当务之急，第事属创始，不可不慎重人材。如郭筠仙侍郎，深恐无济国是。晚生于此老谊系同乡，其品学极所钦佩，窃虑此事非其所长。此间传闻从前曾当洋行买办及充役使者，因其颇识外国语言文字，多随公使出洋，未审是否属实。此辈惟利是图，罔识大体，若令滥竽领事，必为外国所轻侮，深虞贻误，似应预嘱郭筠仙及陈荔秋两星使加意斟酌。

伏维中堂河海之量，俯纳细流，晚生夙荷青垂，不敢自外，苟有所见，不敢不效刍荛，别处未敢妄谈，统祈俯赐鉴谅。

复李中堂 光绪四年正月二十一日

承示豫省赈需奏拨敝处捐存公项一事，此项银十五万两，原系发交藩库存储，听候提发招商局生息。客冬山、陕两省亦因灾赈奏催粤东协饷，司库无款可筹，经杨振甫方伯具详，请在前项之内借拨洋银十万两，分解晋、陕以应急需。弟因所详系属实在情形，经即如详批准。乃甫经拨解，即奉廷寄，饬将此项银两解济河南。其时此项仅存纹银五万两，因即尽数拨解豫省，业经先后咨呈冰案，一面具折奏陈矣。

豫省遍地灾黎，此时筹拨赈需，自系多多益善。奈粤东得信较晚，此项已为晋、陕所分，该二省亦系灾区，且拨解在先，实系无可如何之事。顷接袁筱午侍郎来函，嘱为作速解济，弟已将一切原案，详细布答。至此项拨作赈需，系属以公济公之举，将来豫省归款与否，固不必论也。

致赵庆池光绪四年正月二十二日

昨接灵海县俞令及廉州府鹿署守先后禀报，始悉李扬才胆敢捏称奉文，招勇万余人，并变卖田产、房屋，携带全家眷口前往越南，居心诚为叵测，一切情由，另备公牍前来矣。

惟据刘镇玉成面禀，李扬才入越南后，必与刘永福、叶成林及黄、陆等各股勾串，狼狈相倚，为患滋大。万一志图内犯，势必取道龙州，以该等处伏莽极多，人心思乱，又谓李扬才因执事禀劾之嫌，衔恨甚深，将来恐与贵军为难等语。若以鄙意揣之，越南各匪如叶、黄、陆等，反侧则不可知，至刘永福既在越南受抚作官，岂肯复与叛逆？即叶、黄、陆等惟利是图，有何心腹？如能设法反间，当可使其互戕。左右其善计之。

彼辈因见越南国势浸微，或者阴图割据，然法人已视越南为外府，未必一任彼辈横行。倘虑摇我边疆，目前当不至此，第不虞之备，亦应留神。龙州既属当冲，务祈预为部署。并会督文武，清查奸宄，整顿团防，切勿涉于疏懈。大军驻防日久，诚恐渐习于偷，亦望严行训练。此间钦、廉一带，不可不及时绸缪，经费为难，殊形掣肘也。

刘镇侈言李扬才有勇，未必尽然，要其久历戎行，亦不失为恶贼。姑嘱刘镇专函开导，令其及早回头，恐骑虎势成，未必受此药石，听之可也。尊处近日探听情形，伏乞示知为荷！

致岑彦卿光绪四年正月三十日

客岁递覆芜笺，计登签掌。因闻执事闭门读《礼》，不与时人往来，故不复以泛语浮文时渎清听。唯是想望丰采，积有岁时，乃为职守所羁，未能趋聆台教，榕垣翘首，寤寐不忘。伏维执事瞬届服除，属此时艰孔棘，圣明倚重，自必敦劝出山，将来宦辙分驰，何缘邂逅！且弟积劳成疾，久拟乞身，更恐出处殊途，永无瞻韩之日矣。古今奇杰有几？每读史传，徒切流连。岂有生则同时，仕则同官，鱼雁往来，神情契合，兼之东西接壤，一水遥通，竟不得促膝谈心为快也耶！

夫羊城，岭外一大都会也，山海雄奇，户口百万，帆樯络绎，珍玩错陈，自外观之，尚不失为富强之象。加以绿睛赤发之流，肩摩踵接，城隅片土，居然鲛室蜃楼，则与沪上相伯仲。地气炎蒸，春光易老，红棉满树，鹦鹉群飞，此又景物之殊异耳。广东别有天地，似足以寄游踪，执事其有意乎？倘荷移玉，即祈先惠好音，弟当差小轮舟来梧奉迓。十年渴慕，庶几乎旦夕遇之，是则所愿而不敢请者。

致杨庆伯光绪四年二月初七日

昨接越南国王咨呈，察其词似不愿冯军门前往督师。盖以李扬才屡败势穷，赵道足以了结，其时尚未知逆目钟万新重创、陈邦佐生擒也。以现在情形而论，则冯军门不行亦无不可。第冯军门出关已久，且系钦承特简，谁敢得而异同？

惟初春批谕，于赵道之赴援谅山等处，渥荷褒嘉，嗣复有令赵道随同剿办之旨，是庙谟以赵道为熟手，未尝不倚为干城矣。今冯军门竟将赵道投间，殊非朝廷本意。弟处曾以赵道去留咨商，实为公事起见，迄今尚未得报，自可听其所为。所可虑者，接冯军门来牍，部署各营，前锋党督带调归内地，临敌易将，兵家所忌。在冯军门方略夙娴，耳目切近，易置之间，自有把握，而弟以党督带此次歼渠扫穴，懋著战功，一旦弃而不用，恐失该国军民之望。

煌煌圣训，递敕冯军门与公筹画一切机宜。赵道与党督带之废退，是否在省已有成言？目前有无挽回之处？伏祈俯赐卓裁。区区在济时艰而收全效，并非为赵道及党督带地也，左右自能谅之。

复冯萃庭光绪四年二月十三日

接准大咨，以督带欺饰，越君阻行，已请庆伯中丞会奏请旨等因。鄙意以执事受命朝廷，援剿藩服，一切进止，非越南国王所能主持。现在李扬才虽经败窜，尚未就歼，执事正宜鼓行而前，迅图扫荡，以舒宵旰之忧而慰中外之望，则于此为有光矣，何必与之争辩目今贼数之多少，前此军务之利钝，斤斤功过之间，示以不广，而失大将之度与大国之体哉？

李扬才本吾粤之武弁，亦执事之旧部。譬如家有逃奴在外滋事，为主人者擒之以归，治之以法，方且向受害者谢过不遑，人自知感，人自知畏，乃必谓此奴恶作剧，彼皆莫奈伊何，惟我足以制之，以示武示德，甚至形诸公牍，执事殊未三思也。

党督带等禀报或不免有虚饰之处，惟李扬才狡焉思启，视越南在其掌握之中，窜扰已四五月之久，卒未能占据巨镇名城，近且蹶而不振，何莫非该督带与越南国黄统督各军犄角之力，谅山、北宁、新街之捷，以及州咘头目李四并陈邦佐等先后生擒，贼势由是披靡，即东省钦州莫参将所遣探卒与弟前此委员李藩英等谍报，均属相同，固未可一概抹煞也。

第匪徒之聚散何定，官军之胜负靡常，死灰且然，困兽犹斗。惟望执事兼程前进，分道合围，歼厥渠魁，肃清荒徼，并须申明纪律，毋犯秋毫。宣雷霆之威，沛云霓之泽，而后论功行赏，仍不遗夫党督带及黄统督等微劳，不伐不矜，人莫与争，讵不伟欤！

夫阃外之事，将军制之，苟有利于国家者，专之可也。况庙谟已定，又何事别取进止乎？

弟与执事有同僚之谊，敢效忠告之忱。幕府多贤，其不以斯言为河汉否？

复左中堂 光绪四年二月初八日

顷阅邸报，欣谂大功告竣，荣晋侯封，血气之俦，莫不鼓舞。新疆沦陷已久，莫不视为畏途，时议又缓西北而急东南，以为出关之师决无成效。今日之恢复旧物，宏济艰难，非中堂贯日之忠，格天之德，曷克臻此？而要由节从过章门时谓“不使朝廷有轻弃之疆土，有难驭之疆臣”，一念有以致之也。

上海道冯竹儒由伊犁扶榇回粤，途中贻书晚生云：“自入陇，所见民物熙熙，一片升平景象，竟若未经兵燹者。”中堂神化乃尔，过曾文正远矣。

前以李仲约学士行省之议渎陈左右，猥蒙许可。唯是穷荒绝漠，似与东三省不同，所有善后事宜，究应如何部署，中堂胸有成算，自能措置裕如，倘有还章，尚祈撮示大略。

此间光绪元年以前，于西征协饷能否取盈，想邀洞鉴。晚生抵任亦竟无力吹嘘，自扬振甫方伯东来，始以此为急务。第一批拨解二十万两，固已设法掘罗。后虽拮据异常，于尊处则源源接济，饱腾之助，此公实有微劳。在振甫尽其职所应为，原别无所希冀，晚生亦知此等例奖，何必为之揄扬，第以顾全大局之苦心，不敢不达清听耳。

此间上年水灾颇重，本年连月阴雨，杂粮无收，虽情形不比山西、河南，而风气犷悍，不能不加赈抚以杜乱萌。前月盗匪袭踞佛冈厅城，因无饥民蚁附，随为乡团克复，否则收拾颇难。本年秋成如再歉薄，恐须截留京、协各饷，业经据实直陈矣。

复丁雨生 光绪四年七月十六日

执事以西北奇灾，为大局安危所系，身任劳怨，诚格天人，挈百数十万金钱，拯数百万人性命，功德在人耳目，即使苏、张复生，安能指黑为白？区区赞颂，转嫌词费矣。此外或腾口舌，则如晋人好清谈，见勤事者辄以为多事也，明人善攻讦，见异己者即谓病己也。况豪杰立业，庸流所惊，圣贤用心，同堂弗谅。执事眷怀君国，只求理得心安而已，然不然之间，何介意焉！

弟积受暑湿，一发几至不起，嗣幸医药有灵，而眠食骤难复旧，一月期满，不敢不力疾视事。第自顾精神才力，不能胜任繁区，有事则张皇补苴，无事则苟且敷衍，吏治、武备，隳坏无形，如处大宅然，任其朽蠹，不加修治，一遇风雨飘摇，势必至于倾塌，虽幸及身而免，殊觉于心未安。以此五夜踌躇，似难久塞贤路。好在请觐有期，俟抵都门，当直陈之于政府，别求一藏拙之地耳。

复赵庆池光绪四年八月十七日

越南为中国外藩，与广西相为唇齿，决无膜视之理，如复大举深入，筹饷征兵，或非杨中丞所愿。今贵勇既有回旗现扎关外，倘如黄统督所请，略移向前，以作声援，是亦驾轻就熟。左右以为事机应尔，纵不敢阃外自专，便应为之转陈，听候批示。沿边情形，台司何能洞悉也，地方土匪，若是罪魁恶首，前此并未投诚而复谋叛，既不复叛，而鱼肉乡民，藐视王法，甚于作贼之时者，岂可稍涉姑息？仍望麾下认真拿办。敝处如接通禀，立即批准，分别咨行西省院司。第此等桀黠之徒，务须得有确切证据，否则恐其反噬。

越南黄统督与投诚之刘永福将有事于他族，近无所闻，想作罢论矣。目前越南恐非他族之敌，未可轻启兵端。

闻叶成林亦已就抚，究竟情形若何？越南如能驾驭此辈，收为己用，未始非策。所虑缓急难恃，并恐拒虎于门而引狼入室，是在君若臣善为之计耳。

有请札往招刘永福、叶成林入关遣散者，弟以诸多格碍，且为他族去其所忌，故婉谢之。卓见以为然否？

致鹿滋轩光绪四年九月二十二日

李杨才已由上思、凭祥出关，竟敢沿途索取银两。该劣镇如得志于越南，两粤之祸迟而大，若不得志于越南，两粤之祸速而小。弟虽奏请饬赵道、苏镇察看机宜，越境追剿，一时何能成行？已函商西中丞预为部署，俟钦奉谕旨及越南国王回文，而后出师。

并函嘱赵庆池厉武整军，以狮搏兔，亦用全力。

李扬才熟习越南情形，如无把握，何敢破斧沉舟，孤注一掷！顾念刘永福未必叛附于贼，而法人亦未必任其横行。二者倘与为难，李扬才恐难逞其狡启，以此未能定其成败。并希尊处商之莫参将，密派明干员弁，带健卒一二十名前往越南侦探一切事宜，随时禀报，所需经费，自可开销。拟拨一轮船前来接递音信，以期迅速。倘得派出员弁结识刘永福与叶成林等，或与其伙党潜通，就中取事，能将李扬才擒斩，则弟不吝优保重赏。左右其善图之。

复长乐初将军光绪四年十月初二日

闻李扬才拥众出关时，屯于距龙州二十里地方，赵道以众寡不敌，闭营不敢邀击。所部有一二营旧隶李扬才，相率叛去，赵道益觉胆寒。李遣人谓赵云："尔我夙好，不欲相图。尔若敢以兵来，擒尔同去，否则姑留尔命，以待督抚劾尔疏防之咎，明正典刑。"又闻李扬才现在越南之北静等省滋扰，其刘、叶等股尚未与合。又闻李扬才甚少枪炮、军火、粮米，暗地着人进入内地及香、澳并各通商口岸购买，弟已分别咨行，并照会洋官严行查禁，未审果能杜绝否也？

刘镇玉成，人尚明白，且为李扬才旧帅，拟即奏署左江镇。伊尚有数月服未满，墨绖从戎，礼亦宜之，朝廷或可破格录用。

复赵庆池光绪四年十月初十日

细按越南舆图，河内省以南地方，自可扼河而守，无虞飞渡。以北各省，则先为匪徒蹂躏不堪，似无完善之区，留为该叛镇借手。

来函请出关督师，添募数千之众，无论两粤无此财力，并于事体未宜。盖越南虽属外藩，究竟自为一国，其君若臣，不能整军厉武，自靖疆圉，而欲中国动辄大举深入，为之戡乱，譬田舍翁不肯勤动，欲人耕而己食之，可乎？

庆伯中丞不待该国告急，先行奏派大军援剿，弟处已经疏陈，可谓仁至义尽，惟递经驰商，迄无一信见覆，殊不可解。前此两次出师，本系西省力任其事，弟何敢越俎代庖！惟职忝兼圻，当亦不可不使之与闻调度。

复陈右铭光绪四年十月十五日

来示谓西洋势若连鸡，诚为一语破的。果能驾驭得法，必不与我为难。要亦不外遇事开诚布公，批窾导隙，以服其心而折其气。方今所患，始则多方推宕，终则所请皆从，洋人肆其吹求，转相嘲笑。似宜力惩此弊，以期逐渐挽回。将来国富兵强，不过肃纪纲而正名分。既不能犁庭扫穴，便不能绝市闭关。鄙意以中西通商，未始非策，否则沿海数千里必不得安。至于争主中原，西洋人断无此志，卓见以为然乎？

复郭意城光绪四年十月二十五日

昔太史公览天下之奇山水以发为文章，公之所以畅襟期而抒歌咏者，已将两浙烟霞泉石载与俱归矣。芾生妙年华质，本不应俯就资郎，顾思人生精力无多，岁时有尽，与其消磨于风云月露以博科名，何如练习乎钱谷兵刑以储干济。倘使仕不忘学，亦何妨乎稽古之功？况为家计，迫之使然，则兄处弟出，实各适其用，各当其才也。

江西规模虽隘，而绳墨颇严，粤东面目似腴，而腠理不固，加以措施之难易，习尚之贞淫，以及用度之一约一丰，又相去远甚。即谓脂膏可润，粤东亦不过于江西。至暮夜之金，非所论于我辈。二者互较，似画虎不若刻鹄耳。然此特为中材言之。芾生天资英迈，通介有常，当不为时俗所染。五羊号称难治，中外交涉纷繁，正足以资盘错，且与弟共事一方，亦可相助为理。唯乃兄范堂观察，早经捐指广东，进京引见，例应官小者回避。鄙意以范堂粗率，作官更非所长，将来亦必至进退为难，曷若及早劝令归去？否则芾生只有分发江右一着，弟夙游之地，尚可为之吹嘘，祈熟计之。

鄂省建忠烈祠曾否兴修？筱泉、雪琴、荫渠三公来书均未论及。如须输助工作，所不敢辞。

令兄筠仙先生内渡究在何时？数月未通音问，深以为念。

复杨庆伯光绪四年十月二十五日

李扬才屡为赵军及越南兵所败，虽攻据该国茶山，而伙党损伤甚众，逃散尚多。叶成林本与李扬才暗通，然坐拥厚资，未必肯授人以柄，且为刘永福所扼，亦不能狼狈为奸。察看情形，李扬才或以太原省为喘息之地。该处万山丛杂，先有啸聚匪徒，彼得依托其间，伺隙出没。此等鬼域伎俩，讵能大肆披猖？浔营计已抵防，赵军从此力厚，得公批示方力略，当可告厥成功，不必另行选将矣。

弟处札行各国领事官，并照会香、澳两督，查禁商民贩买药弹枪炮，所有钦、廉等属关卡，一律稽察綦严，冀断贼军接济。密檄赵庆池招抚叶成林等，令其擒斩李扬才自效，方准内地投诚。其前为叶成林乞恩之湖北已革同知李玉墀，亦经弟处令其设间以图李扬才，侥幸一试。此间陆续接据各属禀报，不得不与友帅会列尊衔，随时具奏，第彼此措词间有不符，殊费商酌也。

至各国通商口岸，原指沿海以及长江，而条约中所言进口洋货之税单，与出口土货之报单，则指内地，不仅本省之内地，并为各国之内地。如珂乡只九江为通商口岸，而洋商请领报单往内地义宁州买茶，其税单则通行各府。其九江口岸未开办报单、税单之前，江苏、上海之报单、税单已行来江西，此其明证耳。现在广东开办此事，实已笔秃唇焦，不能推缓。谨摘录此项条约，开具报单、税单各式，呈候核夺。应否照弟前函刍论，于辖疆桂皮一项抽收地税以补行厘，祈饬司局速计之。

武职委署一节，弟非敢于好懒，亦非敢干左右故事推尊，特以耳目难周，诸多格碍，从容数月，再渎清神。

复彭芝生孝廉光绪四年十一月初九日

承示文旌从丁宫保入蜀，旷览剑阁之高，锦江之深，缅武侯之遗烈，寻子美之芳踪，所以抒其胸臆、发为文章者，知不让眉山苏子。况与居停欢同鱼水，相得益彰，钱谷兵刑，借资历练，以储干济之才而成远大之器，莫能测其所至矣。

岭南亦一大都会，南粤王之故迹犹存，陈白沙之流风未泯。蛮童犵女，异样精神，鲛市蜃楼，别开生面。四方豪杰往往不远数千里而来，执事其有意乎？

复刘少臣观察光绪四年十一月十三日

此次客匪本与土民为仇，并非叛逆。第焚烧土民乡村、杀掠土民人口如此之多，且劫胁文武官，不听查办，实已形同化外，倘涉轻纵，不独土民决不甘心，该客匪从此益无忌惮，将来必蹈肇庆同治初年覆辙。

鄙见以此等案件，自应剿抚兼施，而剿实重于抚。至于缓急操纵，则在察看情形。务望执事会同何镇军多出告示，晓以顺逆祸福，饬令解散伙党，释放所掳土民，料该匪徒未必受命。倘得宽其胁从，有逃出者，免其擒治，并禁土民不得滥杀，其中必有畏罪自拔之人。如再传出一二首领，面加开导，令其熟审利害从违，自求生路，或亦足以破其执迷。一面督饬各土人齐集团练，各保村庄，使该客匪无所抢掳。一俟安勇及保安勇抵琼，即行分别部署，扼要稳扎，渐逼渐近，使之坐困，但有间隙，便可乘势进攻，倘得一二胜仗，则该客匪土崩瓦解矣。是在预先确探路径之险夷、贼巢之虚实，不可冒昧，亦不可失机。闻该客匪共五六千人，内有二千数百人颇属凶悍，其余则均是裹胁而来，且已为各土民截其一切接济，似尚易于得手。又闻旧客民多愿投诚，更可密设方略，以伐其交。惟左右与何镇善图之！有谓宜驱之入黎峒、使其毙于瘴疠者，有谓宜抚谕黎人不使勾结者，亦有谓宜速进兵毋待来春者，又有谓先在越南客民，现来儋州助恶，宜用轮拖巡船邀截。军情殊难遥度也。

所请饷银一万两，先发五千两，其余帐房等项均如数支给。

致总署光绪四年十一月二十九日

李扬才初窜越南，人数不过四五千，及与陆、覃等股勾串，亦不过二三万人。现距广东边界益远，并无回窜之信。鄙见该革镇目前必不内犯，所虑游魂为厉，将来或有反噬之虞，西省边防似较东省吃重。

本月中旬，接据各路谍报及广西统领赵道禀报，李扬才沿途不甚骚扰，所获越南官弁兵勇亦不尽杀，多令剃发纵归，以为收拾之计。自陷长庆府等处后，派其伪总统钟万新等并攻太原省，结筏渡河，击败越南兵，掳其将领二人，炮毙大象一只，掠获一只，夺据南岸营垒。越南兵退守旧府，该国黄统督驰书请援等情。坤一批饬该道迅拨劲旅，以蹑李扬才之后，俾受牵制，不敢并力向前。另派锐卒绕赴北宁，助其守御，并咨催广西冯提督刻日启行。

续据该道两次禀报，该营督带党镇敏宣由谅山省抽拨两营，绕赴北宁，会合越南兵，将李扬才击退过河，颇有斩获。李扬才窜入龙黯，据为巢穴，令各头目分守险要。嗣复自率悍党进屯香淯以窥北宁，旋袭破越南胡领兵营垒及咘下等村等情。坤一以李扬才此次败退过河，未人受创，是以逆焰复张，批饬赵道整饬部伍，与越南兵联络声援，察看情形，协力攻剿，毋得稍涉松劲，株待冯提督出关，坐失事机。一面密札赵道等传谕已在越南投诚之刘永福，并招谕叶成林及陆、覃等股，擒斩李扬才，许以保奖。复悬立二万金赏格，以购李扬才首级。

又李扬才与叶成林素通，而叶成林屡托湖北已革同知李玉墀向坤一处乞抚。明知李玉墀亦非善类，姑因势利导，令其密嘱叶成林图李扬才自效，未审能否得手。闻李扬才枪炮甚多，而子药颇乏，暗地着人前来内地制办。坤一已严饬地方文武，并照会香、澳洋官札行各国领事，一律查禁。东省钦、灵一带有莫参将新旧勇丁千人，足资防范。此近据各处探报及赵道禀报并筹办之实情也。

李扬才现距广东已远，所有援剿一切调度均系西省主持，自应查照向章，统由西省奏报，以归画一。惟日前接到越南国王奏疏，即由东省驿递进呈，合并声明。

复何青士都转光绪四年十一月三十日

查广东收买余盐，本有成案可循，今因办理难得其人，滋生流弊，自可斟酌变通，以期妥协。或先将该局所用员役及各项经费大加裁汰节省，以后就地收买，不必远赴各门各场，以杜抢占程引，浮开价资。又就成本盈虚，以为收买多少，不向别款借垫，以杜亏挪。似此办理，当不至再起弊端。

至各轮拖巡船分别存留裁撤，或设法安顿，总须就现有缉私经费、支发薪粮与夫一切油炭并修造等费，如余盐局剩有余资，自可拨为此项船只之用，否则不得挪动别款。祈即查照筹办。仆于此事毫无成心，司局如果商量定妥，便可刻日施行，不可徒事纷纭而无益于实际，切祷！切祷！

再，动用收支各项，虽经开具总数，究竟动用是何款目，所有现在收支银两是否足资弥补，并希查明示知。余悉照办。

复曾星槎明府光绪四年十二月初三日

王润兄入祀昭忠祠，并将事迹宣付史馆立传，于奉书前一月为之具奏，仰蒙明降谕旨。然此何足以尽润兄？亦何足以尽区区？事势艰难之会，风雨晦明之时，黯然伤神，潸焉陨涕而已。

姚宝田所作专传，尚有应行更正之处，以粤西军营劳绩，拙疏既有遗漏，宝田之作亦不甚详，拟俟定稿，仍当咨送史馆，俾有根据。

复鹿滋轩光绪四年十二月二十四日

冯军门越南之役既有成命，且已起行，弟处碍难奏请另简大员，致蹈毛遂自荐之嫌。业照来牍飞咨冯军门，如回廉、钦招勇，务须先行知会地方官，并声明人数若干，以便稽查防范，另致一书，备陈廉、钦人情，嘱其勿回原籍招募。冯军门此次赴省与杨中丞筹商，隶以现存各营归其节制调遣，并未多募新军，或亦有见于此。惟辖境民心浮动，即无募勇之令，亦难保不纷纷出关。尚望会督各文武严行弹压，一面传谕绅耆，约束子弟，毋任出外，自履危机。或由尊处出示晓谕顺逆，及越南兵贼胜负，以息邪说而靖讹传。冯军门能否不许乡人投营，出示禁止，弟处姑与议之。

儋、临官军新挫，想达清听。少臣辞行，弟谆嘱其慎重，嗣后开示方略，此君亦以为然。乃为客匪所激，竟不待莫参将所部，轻进取败。所谓愤军为行师大忌，而于“致人不致于人”及“必死之寇勿击”各语未讲也。

省垣现派卓游击管带开花炮队二百名，赴琼助剿，加以莫参将生力军驻郡，当无他虞。第扫穴擒渠之举，须待明年郑镇军亲帅大队来耳。

书牍卷七

复李捷峰光绪五年正月初十日

统领实难得人，即弟在江西时，奏调之王道承泽，已属将就，如黄道芳，则又次之，此外更无可以推毂。来示所言张臬司岳龄，本系弟之旧友，稔知其为人性情耿直，带勇纪律严明，然而拘愎傲岸，且喜诗酒，自命名士风流。明公舍短取长，尚无不可，惟虑其年老多病，不胜驰驱。为统领者，如欲坐而指挥，恐所部难期得力。顾宿将中如此君者，亦是硕果晨星，不可多觏。尚祈详加访问，如果精神矍铄，堪以承乏，即为奏调，而后由弟从容劝驾，否则，以特达之知，疑出自曹邱生矣。闻其近况颇窘，并亦热中，计必乐于应召。倘此君不可复用，抑或高尚不行，则有前任江西粮道段起，丁艰在家，似尚可备鞭策。论学行节制，则段不如张，论年力勇略，则张不如段，唯明公择之。

至偏裨之材，如现在江西带勇之记名总兵蒋良眷、前署赣标游击候补副将王国权，颇有胆识，可当一队。又带勇之记名总兵陈本炽、马正龙，忠奋过人，而不谙机变。陈本炽烟瘾太重，马正龙受伤太多，未知近来能否如前。又带勇之候补副将孙得胜、洋枪教习候补副将葛步青，均属可用。葛步青系皖人，未审是否在江。又带水师之候补副将王耀亮及现任广信参将李锦章、饶州参将郑国谟、赣标游击熊得胜、署南安参将普承春，皆一时之选，纵不足人功，尚可得狗功，聊储之夹袋而已。

月课不过略具程式，使有所习，而我得以每月面见一次，其实选将之法，不在弓马技艺之优劣。粗则必年力富强，人材壮健。精则须面目有精悍之色者，方有胆略。举动有勇往之气者，或有性情。考之以言，以觇其议论。试之以事，以观其作为。生事扰民者，痛予惩办。贪财好色者，量予优容。待之悃诚以结其心，加之礼貌以养其威。切忌油滑，切忌文弱，此两种人决不可靠。猥蒙垂询，谨献刍荛。

复杨庆伯光绪五年正月十四日

赵道虽有疏防之咎，然地面太宽，兵力尚薄，似属可原，尊处婉为覆陈，恭述“殊属可嘉”之旨，当可迎邀宽典。现据禀报，生擒陈逆邦佐，足翦李逆羽翼。鄙见冯军门仍应留用赵道以为指臂之助，已将批词录咨，微示以意，并达冰案，台指以为何如？

苏镇如已交卸营务，拟令来东一见，察看人材何如，再与左右另谋位置。

出关协饷，此间义无可辞。第以儋、临客匪鸱张，添募重兵剿办，经费无出，实属兼顾为难。好在冯军门此役，本系原有之勇，原有之粮，酌增数营，为款不巨，西省司局自能为力，执事不过援引向章，为之具奏耳。闻冯军门在省筹商，无一为难词色，真是忠勇过人，宜为圣明眷顾。此间镇将，遇事不无要挟，安得一冯军门以风励之？惟是越南地方瘠苦，断不能赡客军，明公饬司局源源接济，俾得士饱马腾，刻期奏凯，斯所省多也。

洋票一节，万难阻止，已于客腊底开办。辖疆只有桂皮一项，如能预收地税，则名异实同，当于度支无碍。至请票洋商，仍是华人，并非异言异服，与游历传教者有间，必无他虞耳。

复郭意城光绪五年正月十七日

忠烈公勋名行谊，炳耀古今，有子如芾生之才，顾令其落拓不偶，则绝交书可以再广矣。贤昆仲教之育之，使之学成名立，弟系世好，又受乃翁之知最深，今幸有力，敢不为之扶植，是固义不容辞、情不容已者也。伊家景况，弟所夙知，宜其进退维谷。然以世家子弟，使之如是，困心衡虑，未始非彼苍所以玉成之。

此间海南客匪，另檄郑镇增募劲旅三千，驰往剿捕，务在痛予创惩，不敢仍袭蒋芗泉故智，以贻毒异日。

令兄与德使刘云生龃龉，几于愤詈，函牍交施，甚至形诸奏疏。在云生不足重轻，适为筠公盛德之累，执事曷不劝解之?

复郭筠仙光绪五年正月二十七日

去春肃覆一函，由英罗领事奉寄，未审曾否上达典签。顷奉手书，备承拳注，感何可言！并谂渥荷恩谕，荣旋在即，遥想三年持节，闻见益多，举欧罗巴各国之山川城郭、风土人情，续登笔记，皇华记载，信而有征，知非同方朔十洲，徒志灵怪已也。

先生学问操守，人所共知，而末俗险诐，动相龉龁，所谓名满天下，而谤亦随之。古人于此，往往视若浮云，任其起灭，良以知我罪我，千载自有定评，未可以口舌争也。仰维先生功深枕葄，意度豁如，观海归来，胸次益形浩荡，拂意之事，知必有一笑置之者矣。

复王雨庵光绪五年正月二十八日

客匪狼心未死，前此乞恩，明系缓兵之计，若听少臣言，遽止郑军勿行，此时如何办理！岂不为该客匪所愚，贻土民姗笑！乃少臣书来，犹谓该客匪为土民所激，以致投诚之心中变，抑始终不悟乎？或护前之说也。现在郑军既已到齐，仍须稳扎稳打，不可轻进求速。倘能四面合围，步步逼近，并振饬各路团练，断其接济声援，该客匪等自成坐困之势，而后分别新老，纵间招降，俟有内变，因而乘之，当不难于扑灭。

再，先闻该客匪前往嘉应等处内地暗招伙党，并购买军火等项，当经严檄通饬查禁。兹闻该客匪在于越南招来伙匪二三千人，及火药等项甚众。如果属实，何以海南文武及水陆营汛毫无觉察？则是轮拖巡等船，同于虚设，深堪诧异！伏祈执事确查有无此等情弊，以后务须加意防范。盖办此等匪徒，总在断其接济、声援为第一策也。

又闻该客匪如将来接战不胜，即由海船遁走海南。其计若行，不惟终为两粤边患，且越南现有李扬才之乱，倘复加以此股，则越南势不能支，恐该国王及冯军门不能无责词矣。并望左右与郑镇军，预将海道严密部署，毋任漏网。

复王雨庵光绪五年二月十三日

承寄示郑镇军书，借谂该处土人情状。弟前批该客匪投诚后，应听官司查办、不准土人乘危掩杀者，正是为此。务望会同传谕土人绅耆，约束子弟，毋再激变。惟该客匪此次屠戮土人，极为惨酷，焚掠房屋、牲畜、资财，更复不少，且先则要胁地方文武，继则抗拒官兵，多所戕害。此等穷凶极恶，实与叛逆无殊，若不将首要各犯，尽数查拿正法，不足以示创惩而昭折服。非惟遣散之新客，屡邀宽典，将来忌惮毫无，遇有抵牾，仍萌故态，即准留儋、临之老客，与土人决不相安，枝节丛生，为患伊于胡底矣。

林钟父子为起衅渠魁，不可任其漏网。至新客应遣何处，以及老客善后章程，并祈会同镇军并督饬各文武妥筹办理，为一劳永逸之计。

钦、廉目下无事，宝安勇尽可从缓撤回。一切均仗大才，不复遥制也。

复冯萃庭军门 光绪五年二月二十三日

南官不肯接济粮食，并撤去从化府谅字防营，殊出情理之外。然此必非该国王之意，抑或因一时办粮不及，以致未能应手。其撤退防营，或因大军贲临，让出地方以一事权，又或因别处有风鹤之惊，不能不移缓就急，似未必别有意见。麾下宜将此两层婉致该国王，深布诚款，与之联络，彼必谢罪不遑，无不惟命是听。仍饬管粮、带兵各员弁，于该国解来粮食，拨来兵丁，务为体恤将就，不可短少价值，挑剔粃糠。彼此连营，尤须联络一气，不可自居强大，颐指气使，令其难堪。夫师克在和，况属主客，麾下此行，原所以恤外藩而申大义，讵宜与该国稍有抵牾？区区苦衷，实欲仰赞盛德大业，伏祈俯赐采择。

除由敝署备咨越南国王外，专此肃复。

再，弟因越南十洲头目叶成林，屡次禀求内抚，于上年九月内，札委任、李两员，前往越南，探听军情，实则令其密往十洲，劝叶成林擒斩李扬才以立功效，并未径给该头目抚札也。本月初旬，任、李两员回粤，赍带叶成林禀覆，极为恭顺，弟以相距太远，姑置未批。兹录寄览，该头目所言，是否可靠，是否可行，即祈麾下就近核办为祷！

致翁叔平光绪五年三月初十日

坤一每与李仲约诸君论及朝廷老成，未尝不神驰左右，第闻须发皓白，自是过于焦劳，尚望调摄得宜，养其精力以待柄用。即使道与时违，而正气所在，亦可潜相感通，默为维系，是公之一身所关固甚重矣。宣圣何尝不忧国忧民，惟其乐天知命，方寸之地绰然有余，故寿至七旬余，周流著述，未觉其惫也。弟殚竭精力，夙夜在公，而此心未能舒卷自如，犹是理中之欲。公学深养粹，应不同此粗官。

皇上读书，不宜遽及诗赋，倭文端曾言之。圣躬尚未充实，功课亦不宜太多。至于左右仆役，须得正人，尤当慎之于始也。公其留意。

复鹿滋轩光绪五年三月十三日

查越南国王留赵庆池、辞冯军门咨呈，系在冯军门咨报出关、赵庆池交卸之后，事已无可挽回。经弟分途咨商杨中丞及冯军门，请将赵庆池留营帮办，并函致杨中丞，谓党督带不准撤回内地，原为越南军务起见。旋接冯军门咨称，赵庆池等捏饰冒功，越南国王受人朦蔽，弟当加辨驳。然知赵庆池必不见容，复驰告杨中丞，将留营帮办之议，作为罢论。

嗣于二月杪，接杨中丞咨，竟将赵庆池及党敏宣、李云梯专衔奏参，革职查办，并附片声称，适接弟咨，必将赵道留营帮办，未便照准等语。其参赵之指，则谓其任事不力，禀报任意。大指以赵于李扬才窜越南时，未能防遏，及派兵援剿，又未亲临前敌，为任事不力之据。以李四、陈邦佐自行投降，而赵称系生擒，且初请将李四解省，后竟在营正法，日久始行禀明，为禀报任意之据。咨钞之外，另函多端解说，则无非欲弟见谅耳。弟初接冯军门咨，谓陈邦佐是降非擒云云，恐其径行入告。当将越南国王两次咨呈，陈邦佐等业已生擒，贼势穷蹙，欲留赵督办，辞冯勿行，以及钦州营莫参将、左江梁镇军禀报生擒陈邦佐等，并冯军门两次来咨，与越南国王及赵庆池如何龃龉各情形，附片陈明。仍将越南国王咨呈，与莫、梁两处禀报，抄送军机处及总理衙门查核，系同谢赐福字折专弁赍进，计到在杨中丞参折之后。

查李四生擒一节，敝署未据别处禀报，仿佛莫参将于别事禀报中插叙数语，一时检查不出。越南国王咨呈内所称“李广隆等生擒”，未知李四是否即李广隆。弟明知李四是擒非降，奈系赵庆池一面之词，无可互证。至李四在营正法，虽据声明俯从南人之请，且李四久病不食，恐逃显戮等情，然杨中丞既以为罪，亦难为之分剖。赵之身驻龙州，未临前敌，自系内地为重，后路可虞。然其先后禀报军情，意未及此，致杨中丞借为口实。未知当时杨中丞有无札催出关，或嘱其留驻龙州。弟以杨中丞此举，廷议是否谓然，尚难预卜，只合静以待之，且冯军门将来利钝，亦难逆料。续有咨来，谓越南不肯接济粮食，是否畏难卸责之词，其所部将士是否不蹈前次故辙，弟窃为大局忧之，相距太远，一切不能周知，即使派员侦探，要亦难得备细也。

致成方伯金廉访光绪五年三月二十五日

密启者：

访闻现在方照轩处当差之委员幸光萃、清安两人，贪婪残刻，作恶多端，应请将该两员撤省察看。如方营差遣需人，另行禀调，该两员决不可听其乞留。

又访闻方营本年内押毙九十余名人犯，深骇听睹。查司局详定章程，方营只可拿犯，至于或究或释，应解归该府审办，是以专设谳局。今方营所拿人犯，何以不随时解府，竟于营中自设羁所，管押如此之多，瘐毙者已九十余名，其余在押不知凡几，本年已瘐毙九十余名，以前更不知凡几。即此九十余名，既未解府审办，其中自多不应至死之犯。人命至重，岂可如此草菅？该府张署守近在同城，事有专责，何得任其所为！殊大负弟与诸公委任之意。并请密致该署守，刻日查明本年方营押毙人犯若干，以前押毙人犯若干。此项押毙之犯，何以如是之多，是否用刑太惨，抑任凭兵丁人等肆其陵虐，当时何以并不照章随时解交该府。除已押毙外，该营尚有人犯若干，以及已毙未毙各犯是何籍贯、姓名、情罪。逐节查明，据实具覆，往返统限半月，不得玩延徇蔽。并饬该府照会方营，以后拿获人犯，务照详定章程，随时解府，不得留营管押。该府亦须将此项人犯，每月册报一次，开具旧管、新收以及正法、病故各若干，现存若干，仍于每犯名下注明籍贯事由，以凭察核。

现在朝政清明，宏开言路，外事动辄上闻，力求振顿，地方文武，职守所在，不可不慎益加慎也。

复丁雨生光绪五年闰三月二十五日

闽省城内教堂，倘能移出城外，则我所获多矣。另换之处，无妨令其稍占便宜，何必斤斤计较美恶，筱帅诸公亦过于精细耳。

揭、丰两属之事，业经分檄镇、道、府及省垣委往会办教案之员，严密查覆禁革。张寿荃观察久于其任，何以于此等属吏，此等弊端，竟若罔闻？知来谕推奖优加，代呼负负。潮郡本为提督兼辖之地，如方照轩肯任劳怨，遇事自可雷厉风行。猛虎在山，藜藿不采。倘另形诸公牍，转于政体有妨。不奏，无以重其威权。奏，则与前此留署张镇之意刺谬。张先在高州尚属得力，且为长乐初推毂之人，似不能不为之稍存面目。其中为难之处，想左右自能谅之。若实不能称职，不肯振顿营伍地方，拟即设法量移，仍以照轩还之潮郡，以资熟手。

月初与会垣当事论及惠州情形，据闻方营自设羁所，开年以来，押毙人犯甚多，物议颇不谓然，且以弟之奏委照轩查办惠属乡匪，未免多事。

寿荃调省之议，临时再商。此间三公九牧，现值朝政严明，甚不愿此君以通下情自任。

复冯萃庭光绪五年四月初一日

接诵惠函，并抄示梁有才原禀，具领壹是。郭五抚事，虽为刘永福所坏，惟大军递次克捷，逆众自已胆寒，以后倘有机缘，自可妥为料理，以免再误。该头目等果能擒献李扬才，则此一股便当恩全，以昭大信。以外或剿或抚，是在高明察看诚伪，斟酌施行。古人受降如受敌，先后来投之众，尚望格外留神，切不可令在左右，置腹推心之语，要未可概用也。

闻者岩险阻异常，现在雨潦方降，一切进止，并祈审慎图维。敝署函嘱西方伯源源接济月饷，东省亦已筹有成数，即当起解，以助饱腾。

复丁雨生光绪五年四月二十六日

张署镇匿丧半年，已属忍心害理，至其在任劣迹，尤为溺职负恩。是虽误于乐初之荐扬，弟亦称其颇有局干。来示谓知人为难，谅哉！

现在海防吃重，照轩不能不回潮郡，势也。既回潮郡，则不能兼权陆提，徒拥虚名而鲜实济，亦势也。照轩之才，为纠桓中所仅见，其功尤不可没，倘能束身绳墨，则全美矣。屡以药石相投，似疑弟为有意钳制，不知区区实以相爱耳。

闻本年春间，惠州行营瘐毙人犯儿十余名，自因照轩远出之故，而议者皆归咎焉。以照轩今日地分，唯弟可以过问，万一其事上闻，则彼此均难辞咎。每念四川东乡之案，为之寒心。

致方照轩光绪五年四月二十六日

雨生钦使屡次来函，实欲借重长才。弟以目下潮州海防较惠州之事尤为吃紧，权衡缓急，不得不请移节还潮，若复委用他人，恐不足以胜任。业经据实具奏，计可仰达青睐。唯台从既去惠州，则原议查办乡匪章程，非接署之员所能应手，不如改归府县经理，即弟之责备亦轻，并可抽回此项饷银，仍为虎门修筑炮台之用。

至于郡邑总分各局，以及正副绅耆，自可恪守成规，毋庸更改。处此时势应尔，想高明必以为然。贵勇自应稍留，以待李寿亭新营接替，并希将惠州情形及一切窾要，转告寿亭，俾有遵守。

潮州如何部署，左右自有胜筹，亦祈随时示知。

致张丹叔太守光绪五年四月二十九日

丁钦使现在会办南洋海防，屡求饬方军门留潮，决无靳而不予之理。如以他人承乏，遇事与丁钦使龃龉，将来诸形掣肘。方军门既须留潮，岂可兼署陆路提督？弟以李军门代之，实已斟酌再三，堪以胜任，否则，敝同乡或旧部记名提镇在此候差者多人，无待此君滥竽矣。李之威望不及方，然亦就广东言之，至其明白勇干，且受商量，似觉尚胜一筹。如谓一旅兵力不敷，将来可以增募，以弟察看事势，亦无须乎再加也。

撤武营委员而改归府县，本系正办，或另由府委员分赴各县，事权画一，呼应更灵。昨已别具指挥，即祈查照，并传谕各属官绅，不得稍涉松劲，致有贻误，是为切祷！

致张振轩中丞光绪五年四月二十九日

粤西大乱初平，人心思治，地方即有伏莽，亦不难于化莠为良。盖土旷民稀，较他省易于安插。兵勇善战，并能耐苦耐劳，训练有方，可成劲旅。地丁厘税，每年所入约百数十万金，如不接济邻封，亦足自给。此其大较也。明公抵任，澄叙官方，扬清激浊，整饬营伍，汰弱补强，度支所入则滴滴归公，所出则丝丝入扣，不待数年，一切蒸蒸日上矣。

李革镇扬才窜伏越南者岩，已为冯萃庭军门所困。唯该处依山临水，险阻异常，非购内应，使贼反戈，恐难刻期得手。冯军门与贼相持，其所部尽系同乡，非他人所能箝制，断不可以轻动。弟屡次苦口劝其慎用将弁，因军门所派营官陈得贵、杨瑞山等，先在越南滋事，故该国王未能释然。其粮米一项，则亦道路崎岖，未能随时应付耳。唯望棨戟遄临，相机调度，庶几将士用命，主客和衷，谅兹釜底游魂，不难殄灭。

庆伯中丞前后奏报，词涉吞吐，以致政府动疑，此外并无他故，想左右已洞悉委曲矣。

复刘荫渠光绪五年五月初五日

李扬才雄黠之资，始终不免作贼。顾此次所以速发者，则因庆伯中丞不肯奏留收标，且出言鄙薄，有以激之。敝署覆陈折内，特无为贼诉屈之理。

赵庆池疏防之咎，本属难辞，而其功实足相抵。乃萃庭军门与庆帅任意诬劾，且将置之死地，敝署何能默然！谨将前后正片各稿抄呈台览。续奏久未奉旨，想蒙圣明洞鉴。鄙意只求毋负吾友，毋欺吾君，祸福恩怨，在所不计也。庆帅之去，不仅由此，竟以此为坤一排挤，听之而已。现在萃庭围李扬才于者岩，未能得手，续奉严旨诘责，越南国王亦以为言。敝署力为之解，并劝该国王设法接济粮食，盖以中外大局所系，不敢以其施之庆池者请其入瓮耳。闻张振帅履新在即，或者西事其有豸乎？

东省海南客匪，幸经荡平，然善后甚非易易。

伊城业经还我，左相亦已拨兵设防。议立行省，虽未见诸明文，而新闻纸言之确凿。

日本吞并琉球，我朝义难坐视，纵不能声罪致讨，亦当与之绝交，兵端一开，沿海恐无宁宇。

彝庭客腊赶来粤东，令我欣慰。嗣而陶弟亦到，贱辰甚觉热闹。

芾生于春仲来署，业以知府指省广东，尚须回避，西省苦劝伊兄范堂以此地让之，奈不见听何！芾生诚不愧为明德后，第其吐血旧证甫愈复发，窃为虑之。

尊体手足间患麻痛，自是血气渐衰之故，不足为虑，惟望善自珍卫。请觐未必邀允，引退更难如愿相偿。留中之件，彝庭仅能道其仿佛，以后可勿再言。

承书先公墓碣，已嘱陶弟另镌，不敢重烦椽笔。邑志拟请郭意城秉笔，当有可观。陶弟安能胜任？推奖过矣。

续修郡志，自属善举，惟欧凤威与芾生均谓非邹资山所能了事，尚须另行择人。捐费一节，敝署所不敢辞，然止可在二三千金内外，多则非力所及。邹资山来函，则需万金上下，尚待通知同郡绅富，合力襄成耳。

坤一眠食如恒，而精神益耗，且怨尤交集，孤立堪虞，兼以近来时贤不易共事，拟俟秋间，以老母得病，陈情告退，尚未决计也。先生于坤一生育一事，惓惓不忘，不知坤一近来体气太差，绝无可望。且有元儿承继，陶弟亦幸得子，已觉心满意足矣。

复冯萃庭 光绪五年五月十六日

承示该首逆窜匿扣锦后山之巅，现为各营围守，不过苟延残喘，刻下计已就缚矣。该逆前在戎行效力，屡著战功，不幸陷于非为，可恨亦可惜，且在外藩滋事，与在内地谋叛者不同。至其族党妇女，据弟所闻，多系被诱，况在无知幼稚，似可量予矜全，以昭朝廷法外之仁。

尊指酌留劲旅，剿抚各股匪徒，以及裁勇增兵，分防边隘，即烦胜筹，与西中丞妥商布置，敝处决无成见也。

复张振轩光绪五年六月初九日

冯军门前欲乞休，继复请觐，均经弟处慰留，并为上达天听。原此老忠勇过人，足备干城之寄。即此次越南之役，闻命即行，其一往无前、灭此朝食之概，尤令人钦佩无已。弟与总署启事，屡言及之，不意其甫经出关，即劾赵道，而杨庆帅亦即据以入告，事近罗织，实不能平。

顾弟所奏辨则在贼首李四与陈邦佐之是擒非降，众论佥同，未可诬陷。至于赵道疏防之咎，敝疏中曾经声明，且当时批候会参，随即抄咨西省，固历历有案可稽。特以带勇与带兵不同，应由庆帅主政。乃庆帅不唯置之不论，且援谕旨褒嘉之词，曲为之解。迨至援剿立功之后，忽以冯军门一二飞语，谓其捏降为擒，登之白简，并追论其不能堵遏李扬才及不亲赴前敌之罪。夫不堵遏之罪，何至此时始言！况赵道力扼镇南关，而李扬才由上思州翻窜而去，该营兵力有几？该处路径甚多，责以丸泥可封，天网不漏，似亦官面语耳。其未亲临前敌，弟亦初以为疑，既以庆帅并无片檄相催，窃意其重在固圉。赵道所陈庆帅之信，恐非无因今乃反唇相稽，何足以昭折服！庆帅谓赵道先知李扬才之事，何以只告弟处而不告西省？查赵道初次密函，出自传闻疑似，时李扬才本在原籍，故嘱弟预为之图，唯其逆迹未彰，不敢遽行通禀，观于遣陈革镇得贵潜往劝谕，复请令刘镇玉成为之羁縻，可谓煞费苦心，而其虚实未判，情形亦可想见。

夫以廉州府灵山县耳目最近最真，必俟李扬才拥众启行，始敢具报，则赵道相距尚远，安能预决其必为乱而播扬之？是在洞鉴之中矣。庆帅以赵道置西省边防于不顾，试思西省边防系赵道专责，其愚应不至此。又以赵道欲羁縻李扬才为荒谬，是竟不知笼络武夫之道，宜有此变，而使之借口，想左右亦有所闻。弟非敢与冯军门及庆帅抵牾，第与赵道前在西省，屡共患难死生，今既知有屈抑，不忍不为之昭雪。

查庆帅二次覆奏，已将生擒李四一节自行平反，则陈邦佐之系生擒不言而喻，所着重者疏防而已。可否俯念赵道援剿谅山、北宁两省以及生擒李、陈两首逆之微劳，功罪足以相抵，为之恳恩开复，出自仁施。

复张振轩光绪五年六月十五日

洋商领单一事，东省系照条约办理，其中原委，前此函牍业已缕陈。现在洋商并未领单，然一经请领，不能不照章给发。

洋商于西省土货垂涎者，惟是桂皮一宗。若能于出产之处，仿照江西义宁州茶叶征地税于售桂之土人，则虽洋商自向采买，而税项先已照完，且又征之于土人，非征之于洋商，外人亦无可借口。若出口货则征地税，入口货则收坐贾厘金，二者能行，似于内地厘税已无大碍。此原指西省本境出入各货而言。至于云、贵出入口各货，经过西省，虽难保其必无，然经越两省，道远利微，似此者谅亦无几，当可毋庸过虑。兹将前此总署抄寄旧行新拟土货章程七条，及镇江关会议暂行试办报单章程十条、江海关道与领事会商防弊章程六条，暨来往信稿，照抄清折，附呈台览。

至东省办理出口货之地税，即系义宁州茶叶办法，入口货之坐贾厘金，则俟洋商将货运至所指之地卖出之后，向承买之行店商人抽收，均系随时办理，并未议立章程，无从抄寄。要之，出口货之地税则征于洋商未买之前，入口货之坐厘则征于洋商已买之后，总使之不能以为口实，舍此二者之外，亦实无别法也。质之高明，以为然否？

复丁雨生光绪五年七月初五日

购买蚊船事宜帐目，与李中堂开示节略，相为发明。现闻直隶续购之船，将近抵港，商之吉税司，抽调一号来省试验，以便将来购办。唯李中堂函谓，北洋管驾此项蚊船，多是闽省学生，未知此项人员，尚有可为粤省调用者否？前有人谓北洋蚊船均是粤人武职管驾，历举某某，或者李相所云，另是一项差事，如机轮之类与？弟身任海疆，际此多故，而于兵轮一道，诸事茫然，可笑已极，尚祈俯赐指授为荷。

钦诵上谕，似沈幼帅覆陈海防疏内，仍以铁甲兵轮经费浩繁，从缓购办。其实福建船政及上海、天津两处机器等局，每年糜费似亦不少，如可节省，以之购买此项铁甲船，尚不为难。查福建船政局自设立以来，为时已久，糜帑实多。前此大疏，直言该局各轮船，只可任载运，而不足备战阵，殊与设立船政之初意未符，乃廷旨并不责问一语。现虽特简李军门前往训练，未知果可得力否？

夏观察物故，深为可惜，已令乃弟乘坐来船驶赴台湾照料矣。

再，此间关务、盐务与提、镇各标巡缉轮船近三十号，中有数号购自英、法，虽船身尚小，不能远出大洋，购自英、法之船，本从大洋而来，所谓不能远出大洋者，难于往返频仍也。然东至潮、汕，西南至廉、琼，尚可乘风破浪。所有管驾及机轮各项，均系就地取材，无一出自学堂人员。此项学堂人员，其管驾兵轮，何事独为擅长，非寻常管驾所可及？以及管驾兵轮，是否非用学堂人员，即恐贻误之处，伏祈详悉示知。

又方照兄此次来省，神情极为敛束，迥与从前气象不同，议论之间，颇知克厉。以此君之才力聪明，而一经闻道，其造就真不可量。此犹就虚处言之。观其在碣石时已奉回潮之檄，仍将获匪百余人分别发遣，不以委之后来，追转惠州，并将各属事宜，与李、张两君从容部署，绝无五日京兆之见。嗣抵羊城，经弟询及，犹复恳恳勤勤，竟有古大将风度也，亦可爱可敬已。

复张振轩光绪五年七月初七日

冯军病勇太多，更番入关调理，萃庭亦回太郡养疾，遥为节制诸军，如得尊处陈明，当可仰邀俞旨。唯李扬才在逃未获，务须设法购拿。所留追捕各营，亦宜严密部署，倘任首恶漏网，无论无以对越南君民，且使两粤边防将成不了之局。李扬才人甚桀黠，讵肯亡命遐荒？越南与两粤伏莽尚多，何难一呼而集！萃庭谓其巢穴已失，伙党尽歼，以为无能为厉，此自解之词耳。倘李扬才果与翁、覃两逆盘踞保胜，据险阻之地，挟富盛之资，伺隙鸱张，后忧方大。纵不能穷兵搜剿，亦当以计殄除，想左右自有方略也。

协饷一节，本不敢辞，第广东拮据情形，不及他省远甚。现在海南客匪虽已平定，而弹压需勇，未能遽裁，且值海防棘手之时，恐于辖疆未能源源接济。绿营弓箭、藤牌弁兵，均应改习大枪，早经通饬各标，未知果否遵办，尚祈督饬为祷！

越南河内省法兵之警，不为无因。先据钦州莫参将密禀，犹以为事属谣传。嗣阅香港新报云云，则与萃庭所言符合，谨抄呈览。弟处已派轮船驶往西贡，入口侦探，往返尚需多日，俟有确音，再行奉闻。

冯军越南之役，总署深虑其与法人滋生衅端。越南国王昨有文来，亦谓冯军经过河内等省，时与法人口角，被其拘押，且谓河内等省，非冯军往来正道，请饬严加约束等语。弟已分别咨行。目前法人既与越南为难，则冯军尤宜敛避。来示我军专剿李逆，与法兵无涉，至当不易之论，想萃庭必能深体此意也。

至洋商请领报单，与洋华商请领税单，持之两三载，至此万无可推，欲救其弊，只有于进口洋货收坐贾厘金，出口土货收地税，仿照江西茶叶一宗办法，最为妥善。西省自以桂为大宗，今闻立官桂局，以官出名，未免着迹，恐洋人谓我明免税厘，暗增价值，予之以间，将来益难挽回。即广东前此委员祁丞议招华商，于北海开设行栈，以免洋商请领报单，亦属毫无把握。万一洋商于北海开设行栈，以后指为垄断居奇，仍请报单，自赴西省采买，其将何以禁之？况广东华商，现已啧有烦言。得失之间，伏祈俯加斟酌。

复李寿亭光绪五年七月十五日

来函询及东洋，具见关怀时局。查琉球海外孤悬，在日本卧榻之侧，业经被其吞并，恐非中国空言所能挽回，朝廷意在羁縻，目前尚无波折。惟倭人狡焉思启，久已垂涎台湾，将来必然别起衅端，不可不早为绸缪之计。

庙算专注福建厦门一带，广东与之接壤，亦当预为防维。第度支竭蹶异常，不能多购船炮。现在设法筹措，一面赶修虎门炮台，并经奏派方照轩督办汕头及南澳、碣石等处团练，以资联络，而以西路之高、廉、雷委之彭子衡，俾与地方文武协力。此等无米之炊，且事须驾轻就熟，不得不倚此两君。

有谓沿海御倭之法，宜于繁盛市镇乡村，择其形势之区，筑立碉堡，遇有警报，先以团练入守，官军随时救援，并谓前明潮郡著有成效。弟深韪其策，分别咨行。即望足下于所辖各海口，并分途商之翟子英及潮州之方，碣石之刘，通盘筹画，以期互相掎角，共固藩篱，是所切祷！

复张振轩光绪五年七月二十五日

西省议办地税、坐厘两事，细阅抄寄详文，大段已臻妥协。惟土货既征地税，须将西省关税、厘金等项，一概并归地税之中，不可于地税外另立名色。尊处所立官桂局，似不若改为桂皮总局，或由该处绅商，或由桂行商董经理其事，地方官止密切稽查，暗为督率，而不居办局之名，庶外人无所借词，办理无虞扞格。

又抄详内所言，进口货运至单内所指之地，起落行栈，应责令该行栈即赴厘卡，报完纳坐厘以杜影射一节，原系核实办理。倘货物甫经运到，尚在洋商手中，遽令行栈报卡完厘，似于定章未能符合。查洋货既经运至其地，势不能不售与华商。东省前定税单章程，指明该货运至单内所指之地，税单之用处已尽，即应作为废纸，立即缴销，嗣后该货再运他处，必须逢关纳税，遇卡抽厘等语，正谓该货出售之后，方能征收税厘也。盖货包出售，即系华商之货，此时向征税厘等项，洋人即无从包庇，华商自不敢抗违，似不必于甫经运到、尚未出售之时，遽向行栈征收厘项也。

又另折见询各条，已与俊星东榷使核以定章，参之成案，逐一签注，另抄清折寄呈。因荷谘询，辄陈蠡管，是否惬当，均乞衡裁。

至华洋合璧秤尺，自应如命制造，咨送颁发，已商之俊榷使赶紧照办矣。

复梁檀浦光绪五年八月初五日

台从重临京兆，仰见圣眷优隆。时事多艰，尤资干济，开府当有后命，侧耳以听好音。

珂乡省外均属丰收。惟大路围甫修旋决，波及西樵，现经若农学士议筑长堤，未审能否应手？

客匪亦经荡平，第内渡尚千数百人，颇难安插。

海防吃紧，苦于无术点金。桑孔纷纭，如渔税等项，害多利少，事格不行。

守助会铁案难移，殊为可惜。以数十万巨款，无端付之他族，俾得酣眠卧榻之侧，并恐将来转授东洋，为我逼处之患，假公论以报私仇，务虚名而受实祸，大已氏不能辞其咎也。

致李中堂光绪五年八月初十日

谨再密启者：

广东沿海三千里有奇，而南澳、琼州尚在其外。该两处孤悬巨浸之中，与内地声援难接。南澳本属闽、粤两省，为台湾、厦门掎角，呼吸相通，以广东目前饷竭船单，不得不求福建兼顾。业经咨商筱帅，酌派兵轮，与广东合作分任，未审能否应手？

琼州绵亘千里，地方颇有出产，为外人所垂涎，东洋如不逞于台湾，难保不波及此土。殷镇人甚朴勇，而情形尚生，且于绿营事宜，似亦非其所习。际此筹防吃紧，不能不委明干熟手，预为绸缪，拟以前碣石镇彭玉前往接署。此君本系粤产，又从外海水师出身，当可得力。殷镇暂撤回省，容另位置。谨以奉闻。

复丁雨生光绪五年八月十七日

琉球之事，果如美前总统所议，目前尚可苟延一线之祀，中国亦可暂为将就歇手，所虑倭人倔强，未能如约。南圻辞受，想朝廷自有权衡，不以义始，而以利终，特恐非该国所能守，仍为倭人并吞，于台湾有逼处之患耳。

法于越南，虽无变动，而增兵河内等处，以胁其国君臣，请于保胜开口通商，该处为降人刘永福所据，不肯听命。该国王内制于降众，外制于法人，其积弱情形，亦与琉球鲁卫也。

镇涛等船，本系瑞中堂购之英、法两国，皆是洋人管驾。续造各轮船，虽无洋人干预，然亦不足以支巨敌。前经函请筱、宋诸公，于闽厂借拨两船，竟以无船可拨见答。现在另拟购置，苦于经费难筹。议者请于汕头糖行酌捐两三年以资点缀，台指以为可行否？将来不能不仗公与照兄大力维持矣。

承示蒋超英等三人，自当留心物色，以为臂助。中国若不亟图自强，诚如卓见，数年后倭与俄必开衅端，总署及南、北洋自早虑及也。

再，奉密示，汕头、香港各行店抄出前奉五月十七日谕旨，饬即妥为查办，仰见关爱逾恒，曷胜感悚！弟以事关海防，不能不行司局及各巡道，然系钉封发递，另加函饬密存，已属极其慎重，不知何处竟至泄漏。现已严密行查，并设法收销，不知尚可弥缝否？尚求左右就近照拂，俾免张扬，弟获咎在所不辞，所虑缘此别生枝节，重增宵旰之忧，即寸磔亦难塞责矣。且弟一误再误，纵使再邀宽典，亦无面目对人。办事之疏庸，即此可见。此后钦奉密寄，无论系何事件，只合密存不行耳。

复张振轩光绪五年九月十三日

冯萃庭七月十七之举，弟处早有所闻，以为出自悠悠之口，兹读台谕，则此事非乌有矣。弟材轻任重，纰缪良多。至于越南之役及赵革道一案，自谓言所应言，绝无容心于其间也。冯萃庭弹章未审何语，弟亦不愿知之。倘奉旨诘问，不得不据实直陈，否则，一听朝廷处分，不敢置辩。冯萃庭前参张月帅及西省守令，甚著风裁，今乃及于区区，无足怪者。

此军情形，弟处颇为虑及，而苦无善全之策。现幸李革镇已有着落，如天之福，刻日就擒，则凯旋入关之后，散兵归伍，撤勇归农，尚不难于妥筹方略。但得一二能员，分途监押，使饷无短欠，师不逗遛，自无不了之局。所患首逆稽诛，或复他窜，则用舍进退，甚烦明公擘画耳。

随来旧部，应有得力之人，以及卸左江镇之李起高与卸署右江镇之苏元章，能否承乏，尚祈留意焉。

复杨云阶镇军光绪五年九月二十日

再，绿营拔补兵额，需索多端，甚至一名费三四十金者。穷民无此巨款，虽有精壮，概从弃置，无怪行伍不能转弱为强。今执事既洞烛其弊，务望严行禁革，并逐细淘汰挑选，以期耳目一新。军兴以来，皆谓兵不如勇。此说于理欠通，不过以绿营积习太深，急切难于振顿，平日又不能破除情面耳。

碉堡之事，只合先行审度地势，斟酌机宜，庶几成竹在胸，届期易于举办。若遽兴此大役，恐非舆情乐从，由公家给资，尤属无此巨款。

东洋目前必无变动。第此间滨海几三千里，不可不预为绸缪。倘复因循苟且，将来必至仓卒不支，想高明亦以为虑也。

复谭文卿光绪五年九月二十二日

顷阅邸报，欣谂移节两浙。东洋屡有违言，沿海筹防，正赖长才擘画，驾轻就熟，定卜改观。中山久列外藩，极其恭顺。子莪星使抄寄该国王屡次上日本书，不肯背负中朝，读之可歌可泣。今无端为强邻吞噬，朝廷不得视为蛮触之争，即使遵养时晦，听其所为，而倭人好动喜乱，计俟琉球事定后，必复狡焉思启，台湾片壤，实该国之每饭不忘者。美前王仗义执言，出而调停，拟以中岛退还琉球，俾守宗祀，以北岛给日本，并以南岛归中国。在我决无效尤乘危邀利之理，将来自可反璧，所虑日本骑虎之势，未肯遽下。又闻总署现复遣员赍书东渡，未审何词？明公抵任，当得其详。近来庙算，多采丁雨翁之策，顾其大指，则在勿遽绝好撤使，徐图自强，似亦老生常谈耳。

召民接办船政，当可重定规模，否则仍前徒为载运计，殊失左相之本意矣。

毅斋请撤全部入关，其义何在？西事初定，讵可与左相抵牾？需人孔亟，得才实难，明公务必有以广其胸次，不仅保全时局，亦所以造就此君。俄人欲于肃、兰等处各设领事，是否专为通商，抑别有机械，如尚无他，无妨姑为迁就。来示谓此道势难坚执，鄙见亦以为然。

越南首逆逋诛，保能速了？弟前有疏，请旨责成冯提督追捕，期于必获。盖因李革镇曾来广东见弟，其人极为枭雄，未可任其漏网，致贻后祸。此事原委，始终不见谅于同事，以致于此，要未可以笔墨形容也。

致钱子密光绪五年九月二十二日

寓公景况，寤寐时萦，每欲有言，辄复中止。兹奉台教，始悉重直枢廷，岭海故人为之喜跃无已。盖我辈托足必须得地，而同方尤贵得朋。以执事之才，际此圣明之世，正宜螭坳簪笔，襄赞皇猷，何事饥走风尘，为诸侯客耶？

承询贱恙，具仰惓怀，浣读再三，不禁感泣！弟积劳成疾，犹不敢不勉强支持。第念家继慈年老多病，而弟二十年未奉晨昏，游子之情，无以自遣，且以两广责任之重，亦非薄质所堪。现拟沥疏陈情，乞归田里，字字皆从心坎流出，未审能否仰邀恩允。

越南军务，向系专责广西，此次因李扬才起于原籍灵山，故不得不与东抚会奏。嗣缘申救革道赵沃，亦出于义不容已，并非与冯提督为难。昨接冯提督来咨，以李扬才众散势孤，可以付之度外。不思该革镇枭勇过人，且于越南情形熟习，夙与内外各匪狼狈为奸，现在退出者岩，盖欲冯提督借此报捷凯旋，彼得再逞。以越南、广西伏莽之多，数万人可一呼而集。而冯提督回任后，势必力请退休，将来越南复有变动，则他人之事矣。此系冯提督与李革镇所熟计有不谋而合者。弟既有所见，何敢不上达宸聪，以期责冯捕李，以弭后患而靖藩服！否则，首逆逋诛，越南国王亦啧啧有词也。至于其中委曲，虽为众所共知，究属毫无凭证，未便遽加人罪，但得李扬才就擒，则中外大局无虞，此外毋庸吹求耳。

海疆广轮太宽，筹防殊非易事，兼以经费拮据，在在掣肘。前月与泽帅会陈海防事宜，并请截留粤海关所解南、北洋大臣四成洋税及新疆协饷，明知事不能行，姑言所应言而已。

复李捷峰光绪五年九月二十五日

承示前次空函，查系贺启，疏忽至此，当将经手家人责饬矣。然殷深源之自书“咄咄怪事”，弟近日心神恍惚，正复相同也。

度支拮据，岭南尤甚，昨与泽生中丞会奏海防事务，亦是常谈，唯系密疏，未便抄呈尊处。

海防自需炮船，兹闻李相购买英国蚊子炮船，经过香港，商之税务司，抽调两号，来省试验。鄙见窃恐其不能得力，而合肥先后购买八号之多，每号约需银近三十万，真大手笔。福建船政办理多年，糜费不少，何以竟不可用，仍须购自外洋？邸报此席简授黎召民，俟其过省，当与议之，恐不免依样胡芦耳。

日本之灭琉球，可谓不仁不义，不武不智。此间新报持论颇为痛快，谨录寄览。

致沈中堂光绪五年十月初六日

革镇李扬才成擒，中外除一大患。冯提台师老财费，应即遵旨凯撤入关，边军是否酌留，张振帅必能部署就绪。此间自泽生中丞抵任，气象为之一新。此公谦谨之度，坦白之怀，令人饮醇自醉。而其精明果决，遇事极有主持，每与论及军务、洋务，亦属动中肯窾，加以年力正富，深为海疆得人庆矣。

晚生前于同治十三年，曾以家继慈年老多病，欲求归养，上达尊听，现在又逾五年矣。以在官十八年之久，不一归省，即戚族间亦责以恋禄忘亲。且晚生二十六岁从军，迄今二十五载，并未稍休，精力实形消耗，而两广事繁责重，尤属难于胜任。承乏四年，于地方未能整顿，此间直谅之友，竟引雪琴宫保不作督抚，谓有自知之明，以相讥笑，晚生顺受无辞。再四思惟，不得不重申前请，圣明在上，必能鉴此苦衷而听其去。

晚生受知于中堂最深，亦最久，谨再布区区，伏祈俯赐曲全，俾申乌哺之私而免鹈濡之诮，是所切祷！

复张振轩光绪五年十月二十四日

萃庭指参各节，均在洞鉴之中，毋庸置辩。唯“阃外之事，将军主之”两语，系接萃庭来咨，以越南国王止其不必出关，而留赵庆池督办，意欲会同庆帅具奏请旨，以决进退，时议纷腾，亦谓不宜临敌易将。弟以萃庭钦奉特简，谁敢异同？且业经接统各营，讵可迁延贻误？当经作答，劝其一往直前，即公牍中亦是力持此议，前两语盖引证之词耳。乃萃庭割截上下文，唯揭“专制”两字，将以触朝廷之忌，其用心亦险矣。然萃庭不知出此，或其秉笔者所为。所虑萃庭误听左右之言，谓弟有意倾陷，将来共事，便觉参差。

不知节从未到之时，庆帅已有去志。弟深恐司局观望，未能源源拨解关外饷糈，并闻越南馈运米粮，亦未能随时接济，援师深入，或有哗溃之虞，即经分途严催，历历有案。如果意存倾陷，当不如此之不惮烦。此次李逆本系自投，而萃庭捏报擒获，且李逆既在者岩附近，何以攻克者岩数月以来，并不认真搜捕。弟如故事挑剔，未必无罅隙可寻，而但奖其成功，可见并无意倾陷也。尚望明公剀切开谕，免致自起猜疑，动形龃龉。前疏如蒙圣明烛照，弟岂复介介于怀！

复丁雨生 光绪五年十一月十四日

贵恙尚未全痊，至以为念。敝署尚有法制首乌，系三年间荫帅由滇寄来，据云得之深山，重八十余斤，制成晒干二十余斤，分送三斤到粤。因贱躯于此药不甚相宜，遂即转送朋友，仅剩此数，遵命送上。

倭事久未有信，尊处如得其详，尚祈示知。俄事则接陇上来书，议论略同。

古巴先未立约，何以遽求招工？该处地气炎毒异常，华人决于水土不服，即以兵船前来，似亦未可迁就。

赫总税司海防一策，大概谓于沿海沿江等省各养劲兵五千名，铁甲兵轮一号，木壳兵轮三号，如遇一省有警，则各省以兵赴援，轮船呼应最灵，不至鞭长莫及。其余冗卒悉行裁汰，亦可以节饷糈等语。此系总税务司在粤抄给，并未奉文交议。尊处所见，是否即此，抑或另有条陈，并祈寄示为祷！

水陆绿营之不能得力，政府何尝不知，特以祖制未可纷更，计在转弱为强，是以屡奉严旨，饬令训练。购买船械，外间所请必从，无奈经费为难，遂亦无可方略。弟于兵事亦屡渎宸听，虽不敢痛哭流涕，亦不禁言之长太息矣！筑碉置炮一事，本指沿海要害而言，内地不唯不可，亦不必。即沿海要害应筑之碉，应置之炮，不过预为规画，目前无力举办也。承示漏卮，当与泽生中丞设法振顿。

至于台从出处，自有经权，朝廷体恤勋臣，尤为无微不至。乃庸耳俗目，不识重轻而颠倒之，固无足怪。唯明公初意，竟亦疑弟有他，不图凉德菲躬，不见信于朋友有如是者，此后亦惟深自刻厉而已。

泄漏之件，此时似可不必自呈，将来如有口舌，区区自当引咎，不敢以累执事及各同舟。

贱躯近患偏枯，右手足、头、目疼痛不已，不能握管，是以授词友人，属其代缮。

再，揭阳械斗之案，已据该县徐署令前来请兵。弟以该署令不协舆情，其言恐不可靠，是以严催姚牧及沈令赶紧赴任，察看事宜，另行禀办。兹承台谕，当即饬该牧、令等查照前批，妥速办理，务期拿究首恶，解散胁从，如仍抗违，即行镇、道拨营，痛予惩创，仰慰廑怀。

致刘荫渠 光绪五年十一月十四日

赵庆池虽准留营效力，而开复尚未可知。坤一两次为之申辨，不唯于事无济，而冯萃庭转得逞其反噬。七月半前一折，洋洋数千言，大概不外乎徇护、倾陷两层，圣明洞鉴，尚未发作，未审究竟何如耳？

东洋尚无定局，总署规画极为慎密，敝处未能得其委曲，唯令威遥为参酌，将来亦不过苟且迁就，恐未能申存亡继绝之义。而西洋人讥我不能救全藩服，殊属难堪。

崇星使虽与俄有成说，而得不偿失，利不敌害。总署因已畀以全权重任，此时未敢异同，且亦别无转圜之策。使乎，使乎！难哉，难哉！

再，杨云阶镇军之事，前函已渎清听矣。兹据杨镇军来省泣诉，接滇中来信，云承审衙门提讯伊侄杨汝楫，有孔故守姻亲苑文达从中上下其手，五毒备至，伊侄死而复苏，神志昏迷，遂照孔宪瀛所详，一一诬认等语。坤一慰以此系讹传，决不足信。先生与杜中丞主持公道，廑念前勋，断不任若辈逞五木之威，成三字之狱。且以案经岑宫保督同司道研讯明确，杨镇军并未知情，已照不能约束子侄，奏请议处，定谳已久。倘涉徇纵，何以孔故守家属默无一言？乃事逾数年，因何侍御弹章而后翻腾耶？倘复稍有迁就，则从前已定之案，纷纷效尤，成何事体？杨镇军滇省边功，自不可没，而其才足备国家干城之寄，早在先生洞鉴之中。在不共戴天者，固欲置之死地而后快，其吠声吠影之俦，亦或别有因由。至于执法之吏，讵可锻炼成招，媒蘖其短？是赖先生与杜中丞大力保全也。

据杨镇军备诉此案原委，实系孔故守挟伊兄杨玉麟催索军火语言抵触之嫌，下此辣手。据称有原委员候补道盛世丰查覆之禀可按。又东川府城士民人人所知，若再委查，必能水落石出。岑宫保原奏，曲徇司道之请。即使杨镇军此言不足凭信，岑宫保原奏核实持平，而细查情节，杨玉麟仅系未能管束勇丁，并无可杀之罪，且是三品武职，亦非孔故守能杀之人。卷帙具在，可覆按也。夫前代子弟为父兄复仇之论，总以其父兄应死不应死为断。今杨玉麟罪不至死，而孔故守杀之，且不照例办理，而死于喝殴之下。迨至提省四年之久，并不为之审办，势将冤沉海底，则杨汝楫之复仇，似属情有可原。部议改为斩候，奉旨照准，实属权衡至当。杨汝楫既邀宽典于先，兹若毙于捶楚之下，无论非朝廷明慎用刑之意，即仁人孝子之心，几乎息矣，想先生与杜中丞，亦必有以矜全之。

坤一明知杨镇军所闻未确，第就本案事理而论，遂不觉其言之哓哓，尚望俯赐鉴谅为祷！

复刘彝庭 光绪五年十一月十五日

前项欠饷万金，饬据藩司覆称，已于前月发交谢道汇兑前来，计早解到。闻尊公因此大不满意，讵知此间政出多门之为难乎！即如前此以旧抵新，本出鹿、黄两君之议。张友帅初恐开罪潘中丞，坤一屡以为言，始从所请。不图反见责于尊公，院司闻之，以为怪笑。众情之不能见谅，彼此相同。其实以公办公，于坤一及尊公有何厚薄，悠悠之口，听之而已。

贱躯 口不如一日，业经沥折乞休。万一未邀恩俞，再当设法为抽身之计。希陶生子不育，尽室远行，蒋母七秩之辰，亦不稍待。似此任性，殊失先人孝友家风。朋友义在劝规，尚祈俯赐教戒，令其迅束归装。

再，此间滇捐局，综计先后收解之数，似不减于他省。谢道有无弊窦，敝署不得其详。唯肩吾前在粤时，闻其颇有亏空，当由坤一函告尊公，请其严核收解之数，并嘱此间藩司细加稽察。嗣据藩司覆称并无短欠，而尊公回信亦属约略其词。乃闻滇、楚浮言，竟谓肩吾日与谢道征歌选舞，耗用甚多。不知肩吾不唯不常到滇局，且不轻出衙门。谢道曾请彩筵一次，肩吾不终席而回。肩吾私议谢道，不谓外议并及肩吾。究竟是实是虚，难逃众人耳目。足下在粤将及一月，当亦有所见闻也。

复何小宋光绪五年十一月十九日

再承另示，领悉一切。日使总总欲以搭客影射招工，一说不行，又易一说，其情每透露于不觉，其事则格碍而难行。弟前谓该使欲绝纷纭，务须认定题目，只可搭客而不能招工，无奈非其本怀，是以哓哓不已也。总署此次有亲友借钱之说，彼遂乘我之瑕，不思乡曲有无相通，即系本人自备，非地方官所能过问，更非外国人所得与闻。弟当经函覆总署，不可另设此项科条，使其有所假托。此间递经严饬各府县，稽察境内，如有包揽出洋民人垫给盘费者，即照拐贩猪崽拿究。果系情愿出洋，自备川资，到关报名，亦须取具省城殷实铺户保结，声明实系自备川资，方可放行。此节本不载在约内，因客岁秘使来粤招工，阴则由该洋人借垫银钱，阳则令本人供认自备。旋经查出破绽，乃责成前柏税司议取此项保结，不啻笔秃唇焦，迄今尚属遵行，此中颇有操纵微权耳。

本年日使力争此非约内所载，必须删除。弟答以“约内虽未载明另取保结，而有自备川资之语。乃外国人暗地借垫川资，作为本人自备，则中国官不得不设法杜弊，否则，税务司何肯扶同”！日使默然而去。舍此两层，似别无防范之策。尚祈俯赐酌裁。如尊处另设方略，并求示知为祷！

至于雇赁轮船载送会试举人，此系嘉惠士林之意，商之泽帅及子和方伯，均属乐从。核计每届应给新旧举人盘川，与雇赁轮船经费，似亦不甚相远，即使为数稍多，亦可奏明办理。即请尊处饬司抄送历届章程，以便查照。第据子和面称，本届会试举人赴司请领盘费者已将及半，并恐业已起程，办理难期画一，只合俟下届举行耳。

致黎召民船政光绪六年六月十二日

弟于谒见恭邸及政府总署诸公时，备达台指，必须久于其任，方可振顿讲求，闻者莫不钦佩公忠在抱。其于珂乡黄埔地方设立船政分局一节，亦经商酌，均以为然，唯虑多添经费，且以目前无款造船，分局亦属无益。鄙意以尊处务须通盘筹画，某省需用某船，即由该省拨款，否则，不惟现在无造船之款，并恐将来无养船之费，无领船之人，又如前此故事，无地安放耳。

至于购买铁甲船，合肥之意甚决，而都门议论，皆谓仅一二号于时无补，而糜款已至二三百万之多，盍不先以此项添造木壳兵轮，以资分布云云。此外一切事宜，尚有应与左右面商之处，伏乞命驾贲临，应否奏明，统祈裁酌。

复程尚斋观察光绪六年六月十五日

丁稚帅片奏，此间已准部文，以鄂饷一百二三十万之数，与沈文肃前奏每年只须九十万两，多寡悬殊，令由两江咨楚查明，并令饬司集商定议，具结送部等因，业经健帅分别咨行在案。

查鄂收川厘，每年咨部有案，以钱合银，约计不过九十余万两，此间就加税申算，亦有准数可稽。至淮商前本连川省共议包完一百六十万两，今川省毋庸津贴，只须专贴鄂饷，内除应收课厘九十万两外，责商包纳，为数既轻，尤觉众擎易举。

以上两层，均属顺理成章，所难在堵川以后，缉私事权尽在于鄂，非先与鄂中商明，将来地方官处处掣肘犹其小事，最惧鄂厘停收，川本愈轻，顺流而下，防不胜防，必致复淮之效未收，而侵鄂之私遍布。彼时淮商新辟之地则被私所占，旧认之引则催饷加严，诚如来书，害有不可胜言者。此事枢纽，必须淮、楚合为一家，淮借鄂以销盐，鄂就淮以取饷，饷短则淮不敢辞，私充则鄂任其咎，方能融成一气，计出万全。惟鄂中成见极深，积重难返，公家之饷虽有着落，而鄂中未能深信，兼之各衙门办公之资，向来出于川税者，今亦须一一代筹。若徒以公牍往来，言此而未能及彼，论理而未能言情，熟思至再，非墨笔所能争。

徐仁山观察熟谙鹾务，为筱帅亲信之员，现已交卸司篆，即嘱渠驰赴湖北，和盘托出，详细禀商。筱帅之意以为可行，即令会同阁下，妥将条款就近在鄂议定，再行会奏，方于大局有济，想尊意当亦谓然。

复徐仁山观察光绪六年六月二十二日

承示各条，切中机要。其中如多制水雷、火药，增筑江阴等处明台，以及预备船只、竹木牌筏，为将来拦截之具，现与彭宫保及营务处并筹防机器等局员会商办理。其下游一带船筏，务望执事会同吴镇军预为照料，第须十分秘密，不可张扬。至江阴以上南北两岸，应筑墙垛，亦当次第规画。唯轮船、蚊船调赴江阴及焦山两处，实为至稳至当之着。鄙见先经筹及，无奈吴健帅与李质堂军门均以扼守吴淞口、长江口为第一重门户，大不以此策为然。当此利钝莫卜之时，遽欲弃数百里江面，并恐中外多生异议。如调鄂、皖轮巡各船，亦恐未能应手。唯长江水师舢板，彭宫保得以主政，早有成算矣。

盐商捐款，甫奉部文照准，而李中堂已奏请凑买铁甲轮船，部议未必允行，要非此间所敢擅动。万一情形吃重，自不得不为移缓就急之计，台指亦为此时言之耳。

俄船络绎来华，新嘉坡等处新闻纸议论纷纭，未审朝廷有何长策。东北两面与夷接壤，极其空虚，鄙怀不无鳃鳃过虑也。

复彭雪琴 光绪六年六月二十二日

承示五龙对岸之沙洲圩应行另筑明台，及水师需用火包、火球等项，业饬营务处、筹防局分别赶办矣。唯赵子芳诸君，议于江阴两岸亦增明台数座，且请以吴小轩一军移屯焦山、象山、都大庙等处，与现驻江阴之唐军联络一气，抽出合字湘军为游弈之师，谓其不谙江防、应用水雷诸事，弟亦以章作堂续假两月，到防需时，易代统不甚了当，故姑听其易置。至于暂移下关及五龙山炮位拨补都天庙与江阴两岸炮洞，以期一律整齐而应目前之急，则系出鄙见。

南岸怪鼠衔尾渡江，询之江宁府县及镇江文武，据称在该郡下游，只是一处一时，且亦每遇江潮盛涨，往往有此，亦有谓此次鼠异，不止一处一时者。要之，反常为妖，遇灾而惧，唯有修人事以答天变，以实不以文而已。

江都县役田标拐买一案，洪琴西疑是李标改姓。此系著名积恶，现经密购眼线，当不难于拿获。第原告牵涉多人，应如大咨，饬司审办，或委干员前往广德州就地提讯，以省拖累。李标亦即解往备质，俟檄饬后，咨覆冰案。

复桂芗亭光绪六年六月二十三日

黎简堂抵任尚需时日，未审谭方伯何时可以到淮。所有漕标一切事宜，务祈左右与之熟商，逐渐振顿。

文质帅仰荷朝廷饰终之典，已极崇隆。此后如果地方绅民，以其旧德难忘，呈请建立专祠，尚可据情入告。至于赐谥易名，则系出自特恩，非臣下所敢擅请也。

导淮入海之议，弟初以关系国计民生极重，决计行之。昨经程敬翁开示两折，缕列多条，乃有十年之约，令人阅之生畏，盖恐不能卒业，徒耗巨款也。然不早为之所，将来终有横决之虞，执事何以策之？

复裕寿山光绪六年六月二十三日

昨日驰商吴健帅，先以前刑部尚书郑小山、前阁学周荇农、现任湖北盐道程春藻及潘伟如中丞应诏，以视保送寻常医生，较为稳妥，不图竟与台指相符。弟似不必会奏，致嫌扶同，仅可各举所知，正见不谋而合。弟拟单衔缮疏入告，请旨分别施行，大约日内可以拜发，仍声明另访有官绅数人，尚须查验得实，方可资送入都。

郑、潘、程三处，则专函劝其速驾，否亦儆装以待朝命，周阁学住在京师，固可一呼立至也。是否有当，统候尊裁。

复李质堂军门光绪六年六月二十五日

蚊船四号，已交机器局次第估修，一俟竣工，即如台指，檄委王镇军统带，所需薪水、经费百二十两，并不为多，均可照办。唯练童一节，暂作缓图，且待防务稍稍清厘，再行熟议。

贵营务处文案、司事、杂役等项在所必需，弟前在吴淞口畅领鸿谈，似以调操外省轮船为无益，且查安徽一号每次往返用煤价值八百余金，其余自可想见。通盘筹画，此项应否节删，姑候彭宫保与李与吾会同阅看后商之。

复吴筱轩光绪六年六月二十五日

今日衙参，当将此节面谕梁檀浦、洪琴西及各司道，均无异词，唯赵子芳阅操未来，听其自为议论而已。闻唐俊翁日内来宁，计必先就尊处商酌，想亦所见相同。唯洪琴西拟请贵部于江浦先拨两营，于乌龙山、沙洲圩只先拨一营，前往江阴北岸换守操演，炮台仍留两营于乌龙山、沙洲圩照旧驻防，以免纷纷调拨填扎，更为镇静，且因合字营章统领离营口久，所部尚须振顿，碍难遽为移动也。

鄙见亦以为然。如下游防务吃紧，则大军之在乌龙山等处者移往江阴，尚与江浦各营远近相等，或俟事局稍定，即以他营更替亦可，尚祈酌裁。

复彭雪琴 光绪六年六月二十八日

承示试验江阴等处炮位，竟有放不出声者，尚安望其临敌命中！此其病似在药与引火，该弁勇等亦太视为儿戏矣。至于洋腔口号，虚文甚多，且属无谓，厌人听睹。弟前于江西、广东各营，曾嘱其改为华语，并嘱其以次改金鼓号令，更为齐一，无奈牢不可破。兹奉台指，容即商之各将领，务将洋腔口号，删繁就简，崇实黜浮，以期有济。

调防之事，本出赵子芳观察，彼于大庭广众之中，直斥合字营勇为不可靠，且谓不谙习水雷等件。弟甫经抵任，情形生疏，彼职在筹防，故令与吴、唐两统领再行商酌。昨吴筱轩来省，请仍照原议办理，且缕列各款，弟深韪之，想唐俊侯亦无异说，自可不必纷更。游击之师，临时另为筹办，亦复何难！

唯有人密告，合字营勇数不满七成，易代统大不得力，是否计在排挤，冀夺其柄，固不可知。第弟既有所闻，不敢不认真查询，公事公言，已嘱营务处洪道先为传谕，并由敝署寄信，令在焦山之陶管带来省，尚有别件面商，因贱躯感冒，尚须一二日方可见客也。

合字营为湘军之硕果，且系曾文正于督江时续行创立。该营若不为湘军争气，则似有意扫文正颜面，亦太不成材料矣。弟业经檄催章作堂镇军来营，计其必有一番大振作也。

致裕寿山 光绪六年七月初二日

前过辖疆，闻庐州黄守能名，深以为喜。现有谓该守性情轻躁、好动生事者，细察其故，大概为修志书及文武衙署劝捐经费之处。夫兴废举坠，本地方官职守所应为，然亦视其时势如何，不妨逐渐办理，倘遇地方物力凋敝，或官民情意未孚而汲汲于此，即使事属因公，并丝毫核实，亦以其身为丛怨之府矣。

又闻合肥县有按粮派捐以资工作之议，亦黄守暗中主持，此则断不可行。弟前承乏章门，曾有此失，随经自行奏停，不敢护过。江南又经曾文正奏禁粮捐有案，何可开端！即江苏现在按粮派钱买备积谷为地方赈荒起见，鄙意犹以为难，矧属官吏衙署，并非迫不可缓之工程乎？

明公廑怀民瘼，整饬官方，于此等事宜，应行应止，自已斟酌妥善，决不任该府县任性妄为。此等浮言，未可尽信，唯弟既有所闻，不敢不渎清听，尚惟俯赐察夺为祷！

复翁叔平 光绪六年七月初六日

江海筹防事宜，业经沥疏，具覆大概，以知彼我之短长，审利害之轻重，为此题正义。角胜大洋，不如扼守险要，此彼我短长之说也。江苏为上游五省门户，东南大局所系，且是天下饷源，不可不以全力争之。浙、闽、广东究系偏隅，应由该各省自为固圉之计，此利害轻重之说也。而况现在绠短不能汲深，鞭长不能及远，两层实属一意，未知卓见以为何如？

此就时地而言，以鄙见揣之，俄若有事中国，恐不在沿海，而在东三省。盖南、北洋防务，粗有规模，彼未必能操胜算，且为各国通商口岸，亦不免有投鼠之忌。若东三省壤地与之毗连，易进易退，可众可寡，而水陆均无严备，彼亦何事舍易就难！弟屡次疏陈，昨奉密寄，只以山海关为近畿可虑，而于东三省一若有恃无恐，庙谟宏远，诚非管蠡所能窥测也。廷旨以津沽一路责成合肥，该处经营多年，猛将精兵，似属尚有余力。如令潘勤轩酌抽锐卒五千人，分守山海关，与津沽相为掎角，而令曾沅甫以刘、郭诸军进扎黑龙江，并令带炮队两三营以冲前敌，庶几可以一战。倘恃定、铭两公为长城之寄，而以该处马步欲与俄人争锋，窃恐一败涂地，不可复振。龙兴重地，弃之强邻，此后何以为国耶？

读五月十九上谕，我已委曲求全，不图仍不满于英使，而法使亦从而反唇，第不审俄廷之意若何，劼侯有专对之才，或可折冲樽俎。闻俄亦有遣使来华之说，似尚可设法转圜。译署诸公，宜择一善于词令者以待之，若照往常，由各堂随便问答，或于刚柔操纵未能一意相生，时会所趋，大有春秋时风气，兴戎结好，辄凭一言，此亦不可不讲也。

再，查浙、闽、广东滨海，均属有险可守，唯台湾片壤，孤悬巨浸之中，亟宜妥为措置。以江苏而论，吴淞口之黄浦江自可防备，以卫苏、松。至长江口太宽，非李提台数船所能扼截，又非吴提台炮台所可兼顾。弟现与彭宫保及各将领熟商，唯有力据江阴与焦山两重门户，并修理圌山关旧炮台，联络上下游，务以此三处为长江锁钥，东南大局，似可无虞。仍于江阴南北两岸，各驻重兵，兼为苏、松、常、太、通、泰、淮、扬声援，以顾陆路。一俟部署既定，再拟另募游弈之师，以备各处缓急。倘敌人尽锐以攻畿辅，则南中自当抽拨大支劲旅，鼓行而前，第不能及东三省耳。

复彭雪琴 光绪六年七月初九日

查前书只嘱筹备二万金，专为购船之用，并未令其即行拨解，故弟覆信中谓不难有成数。洪琴西前来请示，应分几批，交给何处，弟亦谓其误会台指。

兹承来示，舍船用桦，诚属便宜。鄙意以为，船、桦似应兼用，桦则先行购办，船则临时搜罗。至于何处用船，何处用桦，不可不预为察度。已饬营务处、筹防局，谨遵尊谕，于棉花堤孙道所管桦木处，急为收买，多多益善，总以长大为要，并多备极粗竹缆，以便维系。又有谓此项木桦，仍应雇用做桦商民料理，以资熟手者，卓见以为然否？

尊处垫用之二千金，应由司道解归还款，以期画一，非分彼此也。此后如有需用之项，并请饬来司局支领。

复李质堂 光绪六年七月初十日

承示次第测量外海内洋，绘图贴说，直如聚米画沙，不啻列眉指掌，再三寻绎，钦佩良殷。船只少而江面宽，舍此亦别无办法也。唯白茅沙距吴淞口几远，倘敌船鼓轮直上，或从十滧径犯长江，而我由吴淞口驶往白茅沙邀击，是否不虞落后？虽该处暗伏水雷绳索，究未审能否得力，则兵轮之疾徐，实为防务利钝所系。蚊船尤笨，是否先泊小夹以待，抑俟敌船上窜之时，而后移行向前，不虞迟滞。又敌人如分两支，以一支攻吴淞口炮台，牵缀大军兵轮，使不敢动，另以一支直犯长江，我将何以御之？军情瞬息千变，筹画不可不周。此亦圣人临事而惧，好谋而成之意，同舟共济，非敢故设难词。

所需水雷，请就近催李勉林赶紧制造，并请派定弁兵操练，吴、唐两营中，当有熟手，可以请来教习。炮台须用沙包等项拥护，早经通饬预备矣。

来指拟在顾家镇、王家湾及刘河老镇、罗店镇两路各驻陆勇二千人，应请会商吴健帅，酌量部署。此间仅抽出吴筱轩一军为游弈之师，而健帅书来，欲令分屯北岸沿江。此外唐俊侯一军派守江阴两岸，章作堂各营派守焦山、象山、都天庙，只余朱统领新兵数营，督标亲兵两营，营务处护军一营，不得不留于江宁省城，为弹压地方、防御土匪之用。尚有彭宫保新修之圌山关炮台及乌龙山、沙洲坝原修之炮台，无人可以派守，故不能兼顾吴淞一带。

健帅来函，谓三镇各有练兵，合之各路营勇，其力尚厚也。至江阴以上，节节修立炮台，在各前任李雨亭、沈幼丹诸公，盖以此间为上游各省门户，东南大局所系，不专为江苏一省，是以重关设险，不厌周详，已成之局，不得不并筹兼顾耳。

复刘荫渠光绪六年七月十二日

客岁沥疏乞休，实已熟思审处，明知难于邀允，然无此一奏，终觉五夜不安，非唯无以慰亲心，亦无以塞物望。昔有书生叩韩魏公之马，斥其蔽塞贤路而不求退，魏公喻之曰："非不求退，未蒙见许也。"鄙意亦冀借此解嘲。不意天恩高厚，于赏假调缺后，两次别降谕旨，慰勉再三。似坤一故为此举，以邀眷顾，近于令威所为，愧惧之私，未敢形诸笔舌。

归家住四十日，徒益伤感。随由两湖、三江航海北上，抵津沽，会英使奉其国主之命，为中俄解纷，坤一不得不从合肥之后，驰至京邸。身冒不韪，明知为清议所不容，全中堂及翁叔平、徐荫轩、朱茗生、徐小芸、许星叔、王益吾诸君子，皆以俄衅不可开，故五月十四会议，越二日即上也。亦圣怀所不乐，而以时局安危所系，不敢不委曲求全。钦奉五月十九纶音，窃以为衅端可弭矣。乃坤一归抵江宁，不数日，即接沈中堂与合肥来函，谓仍不满于英、法之意。现在曾劼刚已经由法赴俄，望其折冲樽俎。鄙意初虑朝廷固执不回，则不唯有碍俄主颜面，盖恐拂英、法两国主之意，开罪三大国，其何以支！及奉五月十九谕旨，予以通融，在我已无失礼，而外洋不谙中国政体，即于谕旨文义，亦未尽悉，故有不足之词。中国当事正宜与之辨论，使之释然，乃竟有附和其说以归怨于上者，是诚何心？并闻俄有再遣使臣来华之说，或尚可以就中转圜。万不得已而出于战，窃以为南、北洋防务，粗有规模，尚可勉强支拄。近有朝旨，以曾沅帅督办山海关军事，则畿辅亦不为无备。俄以船载兵来扰海疆，究竟为数有限，且南洋、北洋均有各国通商埠头，俄亦有所顾忌，即使得我一二城镇，彼又何能久据？唯东北陆路与之接壤，东三省尤其垂涎，彼如入犯，必先从辽东用兵，其南、北洋则以兵轮牵制，或嗾日本与我为难。坤一屡次疏陈，并于两宫太后及恭邸与各政府前痛切力陈，请调猛将劲军，堵守黑龙江一带，而始终不甚措意，似以铭、定诸公为长城。该处索伦兵与俄争锋，其胜负可以预决。本日拙疏批回，另片留中。钦奉谕旨，令鲍超招勇万人赴直，大概为东三省也。龙兴重地，万一弃之强邻，致与北都有逼处之患，将何以立国耶？尤可虑者，慈禧忧劳成病，日久未痊。坤一于五月十九日请训，慈禧扶病御座，并未垂帘，得以仰瞻圣容，极为瘦黑。蒙谕时事艰难，今上年幼，全在内外大臣多尽心力，至再至三。坤一跪聆之余，目光所及，两宫似有以手弹泪情状。虽经各省保送知医之人，未卜果否应手而愈。但愿俄事速了，则圣躬当可望徐瘳矣。

合肥平日尽天下之财力，此时仅以津沽一路责之，大属便宜。昨复单衔奏请定购铁甲船四号，业经允行。纵使可靠，其到华在四五年后，缓不济急，而东南巨款，悉数搜罗以掷外洋，筹防弥形束手，为之奈何？前此合肥购买蚊子轮船多号，糜费近二百万，尚欲闽、粤续办，当经坤一会同裕泽帅奏驳，朝廷深以为然，而仍不免迁就。此次道出天津，与合肥议论铁甲船不合，似此情状，南、北洋何能和衷！

即专就南洋而言，浙、闽、广东本难兼顾，自可不必与闻，听其各自为计。至两湖、三江五省，同此长江一线，亟应协力，共固藩篱。当此度支拮据之时，不惟不能得其佽助，其所需洋枪等项，转欲取给于江苏，而于海口、江面如何设防，竟无一语问及者。甚至此间督、抚、提、镇以及长江钦差，亦各意见不同，深恐贻误大局，亦只尽其心力所能为而已。

左相书来，谓海战断不可恃，铁甲船徒滋糜费，诚至当不易之论。而谭文卿中丞来函，则言左相亟欲收复伊犁，以竟全功，不顾东北两路，亦非公忠体国之道也。

东南船政局及各机器局竟有积重难反之势，非旦夕所可振顿，黎召民亦徒托空言。

以今日内外人才观之，求其干济时艰确有把握者，殊不多得。翁叔平为京朝官首屈一指，两宫亦深知之。先生久羁滇南，实是两宫倚重。此次坤一偶与政府及翁叔平论及，总以边远紧要，一时瓜代，难于得人，务望暂为耐烦，切勿以乞身为请。

承示时守，自当留意，昨日由苏来谒，实是明白稳练之员。张寿荃清正，不失为我辈读书人，然近来亦渐有老态。杨云阶得署陆提，此后当无改图。此君居心为人，已得大概，前函未免誉之太过。张丹叔则已调补潮州，朝贵中有为推毂者，微嫌其急于自见耳。

又翁颇形衰弱，老年手足，出处异途，真是无可如何之事，只合各放宽怀。肩吾行识，日有进益，可见为学不专在于读书也。承惠天生磺，谨照方服之，正恐有负厚意。

复李若农光绪六年七月十四日

关厂应免采买米粮税厘，业经飞檄饬遵矣。膏厘如不能停，即请启告院司，严饬印委各员，约束书役，毋得借端滋扰。弟非惜去后之名起见，实悔留此虐政以毒吾民也。

海防以扼虎门为第一要义，未审沙角等处炮台曾否修成。浙、闽均属有险可恃，自日本讲解以来，经营已有数载，且船政局同在一省，何以防务尚无成规？苟且因循，当事实难辞责。尤足异者，黎召民来书，谓该局原雇洋匠，固守师说，不能改造现今合用之船，然则何以历任船政大臣不一讲求利弊？此间兼充南洋海防大臣，徒拥虚名。海防非通商之比，通商平日有条约可守，临事可从容会商，海防则各省形势不同，临事瞬息千变，在在需先事预筹。弟已据实陈明，请饬闽、浙、广东各为固圉之计。此间但能扼守长江口，以固东南门户，使上五省晏然，大局可期安稳，似已足以塞责。此中委曲，早在圣明洞鉴之中。即如北洋，只以津沽一路责成合肥，近如山海关尚另调沅帅督办，况南洋如此辽阔，朝廷何至苛求！第弟胆虚，不敢不预为策及。

此次中俄之事，实由当轴办理乖方，李兰生之言未为过刻。弟抵津沽，会英、法两使各以其国主之命出而调停，当与合肥极力赞成，冀弭目前之祸。五月十九谕旨，颇为转圜，当时法使深以为然，英使亦不闻有异议。及弟抵江南后，递接合肥及沈中堂书，乃谓英、法大不满意，然则必悉如所请而后可，殊于政体有妨。劼侯前月底使俄，闻俄廷亦有遣使来华之说。万一舍玉帛而用兵戎，胜负固难逆睹，惟我内外未能一气，上下亦未交孚，言官从而鼓舌摇唇，动辄为其所制，几有南宋、前明末年习气，是则大可忧者。

以鄙见论之，京朝官学识并茂，才行兼优，无有逾于翁叔平，然不用之于军机，则亦无由展布。弟前与左右论及此公，尊意似不以干济之才许之。此次在都，与叔平论执事，其意亦谓宜加以历练。两公各就六七年前以为月旦耳，而非所论于今日之造诣也。

承示谭序初可为刘仲良之流亚，张午桥亦足以备谘询，谨当留意。

温飏园调往吉林，必难措手。弟已代陈之于合肥及政府诸公，或可邀免。第黑龙江不可无轮船，尚须别筹方略。

复俊星东光绪六年七月十五日

再，弟初觐见时，太后谆谆以执事及裕泽帅为问，恭邸与沈经生中堂尤于左右性情才识，极力推求。时事需人，大用在即，务望努力自爱，永矢清勤，以酬高厚。

此间续购马梯尼枪五千枝，而分属之上海道刘芝田及粤省机器局绅温飏园，原为考核价值，二千枝所需不过四万以内，并可配买丸弹，尤好在陆续应付，务求尊处担承，是所切祷！

此外按结扣解之款，为数尚多，并祈设法接济，先尽南洋。盖以海防经费，先经沈文肃推让北洋，及至提回，其势已成弩末。又不料中俄事变猝发，以致临渴掘泉，倘不仰仗鼎力筹拨大批，此间益形束手。江苏门户既失，则上游各省亦危，东南大局不支，即天下饷源皆绌矣。

复彭雪琴光绪六年七月十六日

各炮既经分别安好，且生铁炮又为尊处留用于圌山关，彼此一致，自可无事更张。刘高山昨日呈来式样，经弟面与考求，所说未始无理，第巨木铁练，均不易办。据称松木仍不如杉木之有浮性，且此挡簰既经做就，各节钻孔太多，便不能改作别用，亦不能退还商人。业已商之营务处洪琴西，于下关购四尺围杉木数根，先作一小架，于该处河中用小轮船抵撞，且看果否得力等语。并饬其送来尊处验看，非敢推诿，以期公同斟酌，底于妥善也。

前过天津时，与合肥相国谈及铁甲船一项，不敢涉于附和，合肥即言南洋如有异议，北洋亦必独力担承。不数日抄咨奏稿，初拟办两号，比改增四号，当奉俞旨允办三号，其余一号，请提用盐商捐输百万两，亦即交部覆准，外间谁复异词？况船政黎召民方赞为绝大手笔，即何小宋亦谓台防断不可少此物也。购买此项铁甲船，本出沈文肃与合肥之意，弟在都时，政府诸公尚不谓然，究不敢一语驳饬，且从而推波助澜。现在京朝官来书，莫不以此数百万掷之外洋为可惜，且谓无以救然眉之急，指摘纷纷，然亦无有形诸奏牍者。

再，今晨钦承寄谕一道，想尊处亦经奉到。鄙意以为，节从仍宜驻扎焦山，方为稳妥。盖东南以江苏为门户，而以焦山为紧要关键，且距江阴不远，可为后劲即可为中权，而水陆均是湘人，呼应更为灵便，何事争前百数十里耶？

俄在上海购买火药，自是常情，第未知有确数，已嘱芝田观察速为查明酌办。

至与日本联络，固我之好，即是伐敌之交。该国驻京使臣，前此与弟晤谈，屡以中日唇齿相依为言，鹬蚌相持为戒，虽难必其果否由中，而理势实是如此。弟昨覆何星使函，亦劝迎其机而导之。知关廑怀，谨以奉布。

复唐俊侯军门光绪六年七月十六日

江阴实为长江第一重门户，弟于日前贻书健帅，详陈利害，意在拨回蚊船，为大军指臂之助。旋接覆函，不以为然，谓海防总须悉力扼吴淞口与长江口云云。此时尚未临敌，谁敢讼言该处不能守且不必守者？商之于彭雪帅，亦谓不可与之力争。然则江阴一隘，所有水陆布置，全仗鼎力支持。大概水雷、木桦均不可少，即请尊处分途制备。

上海自易得外洋之信，有时传闻亦觉难凭，姑扩听睹而已。以鄙意拟之，中俄和战，尚无定局。第我因循积习，不可不趁此时振顿，为未雨绸缪。卓见以为何如？

致高杏村光绪六年七月十六日

十六驰覆一函，计尚未达青览。嗣准捷帅咨抄胡筱籛奏请疏浚东西两河所需经费，声说同治五年经江抚奏准，每地丁一两加银四钱，可以动用等语。只言地丁之四钱，而不及漕折之六钱，似欲借此微发其端，以便将来追论加赋之罪。

查此项章程，本系曾文正、沈文肃所定，后来不过援案申明。迨经部议改为折收钱文，则并无加银四钱名目矣。两层关系甚大，如江省业经具覆，想先生已分别缕陈。至每年除蠲缓民欠外，能收若干，能否作为浚河之用，成算在胸，无待弟之喋喋也。

复李质堂光绪六年七月二十一日

核覆各节，仰见全盘在握，胜算独操，即请尊处预为部署，不必纷更。如将来情形不同，自可临时相机商办，不能胶柱刻舟也。

唯查来函中，有如专力于吴淞口及江阴两处，亦足拒其内犯，尤见智虑周密。鄙意拟以此为次策，万一崇宝沙与白茅、小夹等处不能遏其上窜，则黄浦江固足扼截以卫苏、松，即江阴两岸炮台屹然，亦足迎头击之，以捍上游各省。此外有无别项调度，务祈指教。

其水陆兵勇如何布置，并望左右与吴健帅就近酌量。

复吴子健光绪六年七月二十一日

此间海防自以并力守吴淞口以屏蔽长江为第一上策，其次则莫如一扼黄浦江以卫苏、常各郡，一扼江阴两岸及焦山等处，以扞上游各省。就现在情形而论，李质堂军门水师扼黄浦江则尚有余，责以屏蔽长江则似不足。以蚊船四号尽数益之者，盖分则彼此不能得力，合则尚成一队，或可希冀万一，以邀击于白茅等处。倘谓前者可靠，后者无虞，即询之李质堂，亦断难自信。为今之计，黄浦江固应极意绸缪，即江阴一带亦当严行部署。该处水路既无轮船，全恃陆勇与炮台相为掎角。初拟以唐俊侯全军驻南岸，吴筱轩全军驻北岸，即各选轻锐二千人，以为下游接应。嗣唐俊侯请以江阴两岸炮台全归该营，而以吴筱轩所部专为游弈之师，筱轩亦无异词。兹承来指，尚须与唐、吴两君酌量，或俟临时由吴筱轩分拨两营前来黄浦江，彼此亦足联络。

弟此次檄委程从周接署寿州镇，嘱其于抵任后，预于该处募枪手二三千人，以备缓急，亦足以供驱策，即就地增募数营，薪粮由苏、宁两处挹注，亦无不可也。樊营应否即行裁撤，抑尚姑待，该营撤后，是否由尊处另招，尚祈酌示。此外各营如何调度，亦烦清神，就近与李质堂随时商办为祷！

复彭雪琴光绪六年七月二十四日

今日续奉密翰，仰见关爱逾恒，曷胜感悚！此辈伎俩，诚难保其必无，查问虽无端倪，防范务宜周密。业经牌示文武官厅，指明此次弊端，严行饬禁，倘再不知自爱，一经察出，受者固应重究，予者亦应揭参。谨录呈览。

至弟有时不肯见客之故，非仅因病，而或以病推也。抵任之后，防务日紧，各处函牍纷驰，不能假手朋友，且自在粤卸篆，半年之内，公私信件积压尤多，亦不能不亟为清理。计此四五十日中，宵旰并未稍息，外间自不能知。又履新之始，尝试甚多，或单见而面求差遣，或请间而亲递条陈，一则无以给所求，一则觉其无可采，而纷至杂投，不胜其扰，只合谢而遣之。如有要事面陈，何尝挥之门外？即系照章应递履历各员弁，亦已分为数轮，一律见完矣。此后若是前项陋习，仍属无暇与之歪缠也。

再，因门包查出尚有茶敬名色，亦于谕单内一并指出禁革，不以为讳。唯奉来示中有“官亲”字样，如于谕单内言及，殊觉不雅，且亦自信无此，第于先生长者之前，则不敢不陈明也。弟官亲内，只有一子、一侄，均系年幼读书，从不轻出一步。唯二舍弟则因弟北上时，令其来署照料者。二舍弟于“名利”两字，颇能脱然。先经张月帅得之访闻，专折奏保道员，且与荫帅诸公多番劝驾，而二舍弟婉词谢之，始终无出山之志。及随任两广，力劝弟以海关余资二十余万两尽数奏请归公，谓毋以毒后人，弟因其言痛切，遂决计为之。伊于到手巨款，尚不丝毫染指，何至于此间勾合下人，索取门包，所获有几！想左右自能谅之。

又来示中有弟前在江西巡阅，所带戈什将都昌县令押在弟舟舱内之事，似属传闻之讹。前在江西巡阅时，曾有一次由饶溯流赴信，因换船只未全，家人王昆喝令戈什将鄱阳县办差家人扣留差官船内，尊听当即此是也。

致彭雪琴光绪六年七月二十八日

查此间兵轮，除李质堂所部五号及捕盗局两号外，尚有由闽拨来之靖远与登瀛洲两号，向归筹防局调遣，仍每次赴吴淞口合操，拟以靖远一号派赴尊处，听候指挥，迟速唯命。唯李筱帅书来，以鲍春霆大队北上，限期甚严，而招商局轮船，又须先行载送刘、郭两军，诚恐不敷周转，意欲江南另拨轮船，帮同招商局轮船载送鲍勇，亦只合以靖远、登瀛洲两号应之，好在尊处目前并不须用也。

吴朝杰书来，以圌山关新筑明炮台，需用炮位，亟须筹拨等语。查此间续购外洋炮位十尊，大约冬腊月方到，上海制造局所造炮位约有四尊，年底可成，此外别无可以筹拨，而乌龙山等处，此次移缺二炮位，亦须取资于此十四尊中酌量拨补。未知圌山关两岸，共修明炮台若干，需炮若干位，除留用焦山等处替出之生铁炮及选用从前旧炮外，尚须炮位若干，即请饬查示知。至此次修筑圌山关两岸炮台经费，并请饬吴朝杰随时赴此间司局支取。

前示焦山等处炮台，所用金陵机器拨发之洋火，不能得力，已经该营自往上海置办等因。当经密饬营务处洪琴西前往查验，即嘱令精加制造，以免贻误。兹据洪琴西覆称，“该机器局存有梅筱岩中丞移交造成洋火，实不见佳。焦山炮台所用，定系此种，并非现今所造。已饬该局另行拨给现造之洋火，以期合用，并嘱以后加意监制”云云。即祈转饬该炮台弁勇，前往机器局请领合用之洋火，不必自往上海制办。

又闻沿江各炮台不甚坚牢，天盖木料多生白蚁，间已朽蠹，而炮位亦有大小高低安置不如法者，随经函嘱各营自往查看。旋据合营易代统查覆各节，如生蚁之处无多，已经扫除净尽，炮位亦经分别拨换，计已近达清听。顷据吴筱轩面称，前往江阴小住三日，会同唐俊侯勘验南北两岸炮台，并无现起白蚁之处，将来亦易防范，天盖木料，万一日久蠹生，并易抽换。各台炮位，安置尚属如法，唯有台大炮小者，不能归过于守台安炮之人，只合俟有合用炮位购回时，再行更换等语。弟以此时尚未经敌，所有得力与否，不过举其大概。该江阴炮台，淮军筑之，淮军守之，吴、唐本是一体，彼此利害相关，将来是其责成，非他人所能旁贷。今两君既出硬语，自信无虞，似可不必再行委勘，徒著吹求之迹，倘委楚人前去，益开门户之嫌。吴、唐原是合肥宿将，且为李雨亭、沈文肃诸公信任之员，不能不稍留颜面。况两君现在此间，无能为自脱之计，何必过于操切耶！

致高杏村光绪六年七月二十九日

本年西岸盐务极为减色，截至前月底止，比较上届已短销一万余引，公私所损甚多。倘江河日下，各处接济不敷，关系时局，殊非浅鲜，且积疲之后，将来振顿益难。此间论者，因现在销数转不如前，颇归咎于沈文肃之撤张西园为过委屈也。

其论张子衡，或谓其委顿床榻，不能视事，一切用舍，皆寄耳目于左右近习，而于委员之贤否，办事之勤惰，以及销盐之多寡，无不隔膜，虽撤换频仍，而弊益滋甚。或又谓其性气乖张，上自院司，下及州县，一遇有事，莫不意见参差。即各营员，亦不肯为之用，以致巡缉不能得力，私贩日益公行。此等悠悠之谈，原无足信，顾销引如此疲滞，亦属过有所归。

先生眷念鄙人，顾全时事，于张子衡本系旧识，尚可进言，务求左右察核实在情形，婉切规劝，于地方官则认真联络，于盐务人员则极力推求，庶几弊绝风清，下半年尚可补救于万一。倘实难望起色，亦祈密为示知，弟当另选勤干之员，前来接办。

复李筱泉光绪六年七月二十九日

兵轮协运鲍军北上，彭宫保覆书尚无异说。惟传询该轮船管驾官，据称兵轮与商轮不同，船中除存放炮药丸等项及所配兵丁外，不能装载多人，且该轮船如走外大洋，尚有亟须修理之处，未知能如期应命否？弟复与司局熟商，以该兵轮载人既不能多，每次开销较商轮加倍，似不若留之长江，以备不虞而固五省门户。

此间议者，并谓鲍军万数千人，如由轮船载送，必须往返数次，且在刘、郭两军之后，到防尤觉需时，而糜费更甚。不若改从陆路，既可即时上道，又可结队成行，屈计程期，比之海运为速，而新集之兵，借可以整部伍而练步伐。如得尊处就近商之春霆军门，专折陈明，仰邀俞旨，或挈敝衔会奏，亦以附骥为荣也。统希裁酌示覆为祷！

复刘彝庭光绪六年八月初一日

月杪又诵来函，谆谆以此事为言，不敢不先陈梗概。坤一接篆未久，即据湘商德元良等数十人公呈称，“现在新商援照辰岸增引敌川图占衡、宝、永三府属，以致人情观望，销路益疲”等情。当经批饬该商等自行设法疏销，毋以浮言借口。昨复据湖南盐道及督销局会禀，请将湘商公盐三票免收各款经费，以便减价敌私，先运澧州，次及衡、永、宝等处，亦经严行批驳各在案。

查湘岸销盐近年渐有起色，各处赖以接济，不得不极力保持。万一更改章程，而收数反不如旧，所关极巨，咎将谁归？且现有统捐一百万金，恐致借词推诿，兼以外间多方尝试，实属防不胜防。坤一甫经履新，未敢轻举妄动，即明知有通同把持之弊，亦不得不暂为姑容，且俟熟习情形，真知灼见，而后徐议变法也。并闻衡、永、宝三府属中，约有数千无业之徒，专以贩卖粤盐为恒产。兹若增销淮引，无论盐包如何，办法如何，而此数千年力强壮之人，已失生计，更恐有不测之祸。迨至滋生事端，为盐政者，何能委之于商人？此尤不可不慎重者。

本年经吴健帅奏免按年票报，即是恤商裕饷之意。曾文正在任时，递次批饬，不准于衡、永、宝设分销局，所虑尤为深远，想高明亦不相非矣。

复彭雪琴光绪六年八月初三日

前月二十七，祗奉还章，并折稿一件，当与陈幼莲再行细酌，随经缮正，于本月朔日发递。兹将原稿送上，即请察收备案。此等举笔微劳，何辱齿芬，乃蒙惠许绘赠梅幅，敝幕闻之极为欣盼，谓百万金钱不足易此拱璧也。

王观察与陶军门请于都天庙炮台两头各筑明台一座，此事因弟前此北上，道出焦山，履勘该各处炮台，曾闻陶军门有此议论。及抵任后，与王观察偶尔谭及，非弟意欲举办也。现因都天庙前沙壅水浅，轮船已不能径行上驶，是以将焦山左边之炮移至右边明台。然则都天庙明台，似可不必添筑，已经批饬令其禀请尊处核示，行止唯命。

外洋来信，俄王已饬各兵船停泊新嘉坡，似在弭兵。夷情狡诈异常，举动殊为莫测。上海来信又谓，"俄使于日前抵沪，旋赴东洋，拟由长崎带领兵船前往津沽"等语。使臣为联两国之好，当执玉帛相见，何事兴戎？其为计图挟制可知。合肥相国言，目今大患不患在外夷，亦不患在内乱，而在朝廷无人主张，此则切中时病也。想我先生同抱殷忧矣。

复唐俊侯光绪六年八月初四日

司局议论，有谓既经用草和泥堆积炮台之外，已足御敌丸弹，毋庸再用沙袋、沙包，亦无安放之地。或谓二者亦宜兼用，第可就近取沙，毋庸远赴宁波，往返縻费，即使粗细不同，而用以装袋装包，与用以筑台亦异云云。弟以办理江防，不能惜此小费，如果近地有沙可取，亦不必劳民伤财，尚祈查明酌办。

现在中俄和战，尚无定局。或先筹办草泥一事，用银若干，不论多少，总应照章开报，领价归款。其沙袋、沙包，且俟察看情形，另行斟酌，麻袋、蒲包自可兼用。江北因有盐务，贩卖蒲包甚夥，倘需之急切，似尚易于采买。或预为照料，则更妙矣。统祈裁夺为荷！

致全中堂光绪六年八月十二日

江海筹防，亦已分途部署，第尚未临敌，未审果否可靠耳。

前经两次疏请，于东三省预为绸缪，奉旨留中。旋有鲍提督招勇万人航海赴直之命，以固边畿门户，即可以应援黑龙江等处。唯现在俄信日迫，而鲍军尚未启行，即曾沅帅驰抵山海关，而刘、郭之勇殊虞力薄，安能望其兼顾？所赖铭、定诸公，先有布置，支拄数旬，以待南军之援则得矣。

晚生以客军在东三省，只可应目前之急，而非久远良图。顾欲训练该处土著之兵，非熟习情形之旗员不可，昨复密荐江宁副都统富升，如果为地择人，量为位置，使之整饬索伦马步各队，必有成效，三年之后，屹然长城矣。未卜朝廷以为然否？

闻中旨召湘阴，将以政府畀之。此老性情太急，似于枢机之地未宜，且齿近七旬，亦恐以朝仪为苦。晚生管见，如翁叔平学养深邃，秉性公忠，其持身接物，直谅而出以和平，严正而将以容恕，早邀中堂赏识。此次在都门，因论俄事，屡与长谈，窃叹此公深达古今之变，曲悉中外之情，其见事之明，断事之决，实为时贤所不能及。如令平章军国，必能康济时艰，赞襄盛治。全才难得，亦须及其年力用之。伏望中堂于入对时，亟为荐扬，必蒙听纳。此亦以人事君之义，而晚生不足语此，且以内结奥援为嫌也。

复何小宋光绪六年八月十四日

细绎尊指，似以弟与健帅未能遵命遣将拨兵，颇歉于怀，且引同治末年唐军援台故事，谓其不如前人之顾大局，弟复何辞！第今昔情形不同，有不能不陈之左右者，请垂察焉。

查前次日本兵临台湾，台地颇危，而江南则晏然无事，以日本之力，亦决不能出奇乘间，再犯苏门。江南既无后顾之虞，自无不救台湾之理。今之俄患，则江防重于台防。来示虑俄结日本扰台，安知不结日本扰江？又安知俄以日本扰台，不自以锐师扰江？况日本未必与俄合谋，子莪星使来书云云，其理固有可信也。夫俄非日本可比，俄事亦非日本之事可比，倘欲窥伺南洋，必不舍江趋台。盖台系海外片壤，而江则为五省藩篱，且为天下饷源所出，俄之眈视，固已久矣。熟察彼我，权衡重轻，弟非留兵自卫，或如秦人之视越人，实为顾全大局起见也。

台自日本兵退以后，接办开番，经营业经数载，计亦足以自固其圉，即须增募生力之军，尊处截留厘金关税，似无难于接济。健帅筹度及此，弟亦窃以为然。至于吴、章两君，尤非弟所维系。两君均是统领，若令单骑赴召，无论彼不愿行，恐亦非公本意。如率所部偕来，则此间少一大支劲旅，不能不为之辞。如果尊处相需甚殷，则作堂镇军尚在长沙原籍，即祈径行奏调。弟前所荐数子，顺德协利辉，黎召民赏识之人，称为儒将，请一询之，便知弟非借以塞责也。

现在俄事已可转圜，或者不至决裂。即使启衅，东三省实当其冲。此间与辖疆，尚可从容部署，弟亦何庸亟渎清听！唯来书责以和衷共济，若不委曲申明，则又近于恝视，伏祈始终鉴原，勿以为逆指文过也。

复黎召民光绪六年八月十六日

此间承派兵轮两号，遵即勤加告戒，严密稽查，务期内不侵吞薪粮，外不偷漏厘税，仰副盛怀。

唯细绎谕旨，似不专指在外兵轮而言，所有贵局办事人员，亦须综核名实。京外传喧，船政局干脩极多极厚，或每年数千金，少亦数百金。虽悠悠之谈，无足听信，恐亦未必全属子虚。即谓积习相沿，左右似应破除情面，分别裁汰，否则，前人之过尽归后来矣。

至于一切工费并须通盘筹画，以经费之盈绌为工程之繁简，而各厂之应存应撤，各匠之或去或留，胥本乎此。倘停工待费，而各厂如故，各匠如故，每年所收款项，除发给薪水外，所余无几，尚复成何事体？似宜渐为收束，以期工归实济，费不虚縻。如工费可以宽筹，亦应先行咨商沿海各省，某省须用某船，各备价资，统归贵局办理，庶工费不必另筹，更为得策矣。盖各省每遇防务吃紧，则争来索船，惟恐不得，迨至事过，便视为不急之物，而望望然去之。且各省近来多有机器局，每自行制造修整，而贵局转成虚设，甚无谓也。

至于洋匠，必须雇换合时得力之高手，且借以造就华匠，俾不至永远借助外人，无负当时设局育才之本指，是又明公所亟宜加意者。

复彭雪琴光绪六年八月十七日

承示沿江各营所需操练炮位子药，已经饬局宽为拨发，并饬多制火箭喷筒应用。尊处总须常有轮船听差，方为妥便，业调靖远前来，祈赐收录。

缘接筱帅函牍，以兵轮装人无多，而每次开销甚巨，不如专用招商局轮船载送，且有俟鲍春霆抵鄂面议可否改从陆路北上之意。鲍春霆自行奏请增募十营，凑成三十营，又另招亲兵三营，每营六百人，未卜能邀俞旨否？合肥相国来书，谓鲍军务须缓来云云，似有后命。

日内未见警报，或者前此电报可靠情形尚松，然中国筹防，正宜及时加劲。东三省较南、北洋更为吃重，中旨召富都护入京，或可于东三省位置一席，第宜查照内地练兵章程，优给薪粮枪炮，方能有济也。

合勇悉数拔舍前来，来谕饬拨一营驻圌山关，固属万不可少，如多一营扼要屯扎，以厚其力，更为妙着，尚祈斟酌指挥。唐俊侯所做挡簰，是否即是刘游击式样，抑或别有方略？各水师营办理炮台、炮架以及搬运炮位并预备稻草等项，在在需费，已饬司局筹解银五千，以后即烦冰案径行札提，以省周转，想公当以为然。

复彭雪琴光绪六年八月二十七日

承示圌山关等处需用经费，不必解来尊处，遵即饬局照办。唯此项经费，既系局员与吴镇军相为首尾，则该局员自不得不格外慎重，将来报销，亦不得不查照吴、唐各处成案，由吴镇军办理。

来翰谓呆则用沉船之法，活则用结排之法，均觉需费太多，且江面过宽，亦不易办，具征卓见。此间曾经委员测量，逐细打算，计非多备船排以数百只听用不可。盖船排入水，为风涛所掀，未能动如人意。第防江之策，除轮船水雷及岸上炮台外，此亦一法。台谕谓姑存此意，自是老谋，而吴朝杰咨局文内，云已购备沉船之石。又赵小溪来宁云，吴朝杰尚在制备横江木排。是否系奉指挥，尚祈察酌示知。

复王益吾祭酒光绪六年八月二十九日

承示招商局之事，竟无下文，亦自有故。合肥相国先经会同吴健帅覆奏，将该局借用公款一百九十余万，分为五年提还，以后归商局不归官。嗣复单衔奏请，将提还公款悉解北洋，为购办铁甲船之用，则南洋自可不与闻矣。弟前与执事谈及，实欲振顿维持，为中国收回利权，非愿插手其中，将来难于摆脱。现在此项公款既准全解北洋，则多少迟速，自可为所欲为。将来归商不归官，漫无钳制，难保奸徒勾合外人，把持要挟，流弊不可胜言。朝廷既无主张，只合听之而已。

劼侯于条约尚无成议，俄已遣使来华。樽俎折冲，专赖词令，而刚柔操纵，务在合宜，想译署早有胜算。

复戴子辉太史光绪六年九月初一日

机器布局一事，现据龚道来见，面述情形，借悉一切。果能经营如志，克底于成，为东南特开风气，创立初基，利柄自操，漏卮渐塞，有裨时局，实足与制造、招商等事，异曲同工。阁下因前次彭道办理未协，废于半途，遂与同人起而任之，拔帜重立，壁垒一新。且各认股本，分投集资，物望既殊，招徕自易，凡拥厚资而识时务者，当必闻风倾慕，志切观摩。

所惜此间饷绌事繁，别无闲款可以另筹，稍资布置。除由江海关移知南洋各关商凑外，若官绅中有殷实解事可以入股襄办者，自无不诱掖奖劝，俾得积篑成山，以期迅速观成，及时兴办也。

致曾沅甫光绪六年九月初八日

再，张寿荃系执事与李中堂所推荐，亦弟所引用之人，如果劣迹昭彰，自无所用其姑息。至于精神才力之不逮，无妨先加策励，且观后效如何，即使万难瓦全，亦可待至年终密考，以一二语黜之，此向来各省于两司办法也。乃别出新样，明挂弹章，实属难堪之至。且张寿荃奉旨交卸入觐，既经奏留办理秋审，旋予劾参，亦属不情，并且前后自相矛盾，若在道光年间以前，难免诘问。以鄙意揣之，其中或有别故。张寿荃语言不慎，羊城口舌又多，保九播弄之事，即弟前在岭外，亦有所闻。

顾悠悠之谈，不入智者之耳，可以此定属员之贤否耶？有无嘘植之处，是在左右破格鸿施。

致吴子健光绪六年九月十二日

日前贵中军韩参戎与城守崔参戎来宁，传述尊指，拟将武毅各营募足十成，自系为防务吃紧厚集兵力起见。唯查该各营系在淮军粮台领饷，前此撤二留八，亦是合肥相国主政。兹招补以足原额，则此两成薪粮，如仍由淮军粮台支发，似应先与合肥商量，未审能否照允？若由尊处另行发饷，又嫌事不一律，将来办理报销，亦虑轇轕。可否别派将领，招募一两营，或将现在所部勇哨，择其才堪重用者，饬令添招，均可以资指臂。

武毅营裁勇两成，数年以来，已有定局，尚无嫌乎单薄也。该营老统领刘省三军门，奉旨进京陛见，倘令带勇设防，难免抽调旧部，届时即为奏留，亦恐不能邀准，此亦意中之事，尚祈酌裁。即如吴筱轩奉旨酌带亲兵前往山东办理防务，议带六营偕行，此间须另募添补。尚留水陆六营，拟以陆勇五营，委曹提督德庆接统。在淮、扬之水勇一营，则归瓜洲镇兼带，以便就近照料，或仍并归曹提督统带亦可。

今日甫与司局面商，尚无定局。弟俟吴筱轩启行后，将江南防勇分段驻扎以专责成情形，续行具奏，请免再行抽调。否则，窃恐唐俊侯、吴瑞生两军，亦难常为我有。匪独饷项无从罗掘，即将才亦无处搜求。如所拟募湘勇以补淮勇之缺者，统领尚难得人，其明征也。

书牍卷八

复彭雪琴光绪六年十月十一日

承示新增轮船十号，不可稍涉因循，拟即分派上海制造局先造两号，福建船政局亦先造两号，即广东之机器局，亦令其于造就蚊船后承办两号，以期众擎易举。唯此项轮船，是否概以二十丈长或十八丈长为度，船之头尾，总须仿照外洋新式舱、平安炮，此外有无尚须斟酌之处，伏祈酌核示知，以昭慎重。

船则派粤、闽分造，费则由江、楚分摊，无事留各省听差，有警来吴淞合队，而操防等事又当另议，此系允妥办法。湘省非轮船所能来往，应否划除？如湖北、江西、安徽三省，每省应摊经费若干，或以船只论，每省应派造船几号，将来养船薪粮等项，亦归该省支发，并祈示及。弟当一面与左右联名函商，即一面会衔具奏，请旨饬遵，以免稽迟推诿。尊指以为何如？

曹德庆是何误封之件，弟处尚未了然。

现在天寒水冻，俄船于各海口自属不便，唯东三省与俄毗连，江河凝结，冰桥车马，来往便利，正当防其入寇。昨接铭鼎臣来函云，已练就马步精锐万人，分布各隘，足以待敌，未知果否可靠耳。

复彭雪琴光绪六年十月十四日

左相大指，谓俄国外强中干，虚声恫喝，中国朝廷不可慌张，疆吏不可恇怯，使臣不可迁就，以贻将来之患，自属至当不易之论。第谓俄船为英人所扼，不能出黑海，则大谬不然。张香涛之折亦有此论，为外洋所笑，乃左相复踵其说耶？

查从前英人惮俄人之强，合从德、法等大国与俄人立约，不准俄船出黑海，及同治九年德、法之战，俄人乘机布告各国，将此约作为废纸，俄船随意出入黑海，英人无可如何。左相近在西陲，何于此节毫无闻见？水雷一事，沿海沿江各省早经购置，并自能制办，而左相犹以为独得之奇。此两层恐总署与合肥嗤其为门外汉也。

至谓船政局之船可以与俄鏖战大洋，则未免护前。要之，左相为国家柱石，于此等琐细无关，唯是非虚实所在，不可以不辨明，先生以为然否？

致李少荃光绪六年十月十五日

晚生此次会同雪琴宫保查勘沿江炮台、炮堤，尚有应行修改之处，而暗台实不如明台之佳，各省竞筑暗台，即晚生在广东时，亦复依样葫芦，殊滋糜费，以后当知变计也。

江南之勇之饷实系一孔一钉，今因吴筱轩抽带六营前往山东，不得不另行招补，薪粮一项，无术点金，与各司局熟商，只合截留原额。闻山东帑藏充裕，必能接济吴军，谨俟钦奉俞旨而后咨行，现在则照常应付。晚生疏中于淮军勇饷郑重言之者，意在朝廷得知江南情形，勇饷只有此数，于淮军实有长城之靠，不致再奉调拨，左右自能谅之。

南洋经费，各处报解寥寥，早邀洞鉴。乃汇兑船政局之二十万两，俊星东坚拒不承，而彭雪帅奏添兵轮十号之多，所需造船、养船之费，又从何处张罗？

劼侯谓俄人前倨后恭，泰西各国日报亦多谓其不欲开衅，敌情叵测，殊不可知，未审东三省主客各军有无把握。中俄两大逼处，不可轻言战，亦不可专恃和。内则发愤自强，外则委蛇求济，即使诸葛复起，运筹不过如斯。左帅奉召入都，有何嘉谟，必须陈之前席？而往还万数千里，以未定之新疆付之毅斋，论者谓为非计。至里边两次会议，仍是筑室道谋，闻之外人，徒滋笑柄。

执事与高丽使臣笔谈各节，语语切中肯綮，该国君臣，必知翻然改图。为邻藩策安全，即为宗社固封守，老臣心血洒地矣。

此间地方安静如恒，唯自九月以来久晴不雨，民间望泽维殷，江北尤甚，珂乡亦复相同，殊深焦灼耳。

复吴筱轩军门 光绪六年十月十七日

福阶中丞在五羊时，尝谓海防无所事事。不知海战诚无把握，海防殊难疏虞，既有门户可支，藩篱是固，安得弃之不守，使敌人入我腹地耶？福帅于军务、洋务本生，是在左右徐与计商，自然志同道合。弟前致福帅书内，即谓大军仍宜添足十二营，以符原在江南之数，庶可自成一队，想目前尚未议及也。

扬州之勇不肯久留，足征执事平日拊循之善，亦是贵部将士勇往之忱。好在尚有江浦分拨三哨接防，随后凤字两营亦到，于大局无碍，堪慰廑怀。

复黎简堂光绪六年十月十八日

承颁发纪慎斋先生《祈雨方书》，业经饬交府县查照办理。据称于二十日设坛，所望如响斯应，速沛甘霖，倘过十月则无及矣。

导淮之议起于曾文正，发于吴子健及文质甫两帅，弟于元年曾赴清江上游履勘河工，略知梗概，亦深以此举为然。昨据桂道及张、程两道覆陈三难，前此亦经计及，第以关系国计民生之大，不敢苟且偷安，故欲力挽狂澜，勉筹方略。盖淮河时虞盛涨，并恐黄流南岸，偶有疏失，则大溜急趋而来，全赖运河一线长堤为之障蔽，实属危乎其危。纵使此堤侥幸保全，而水大难容，别无出路，终有横决之祸，江北、淮南亿万生灵，其鱼之叹，咎将谁归？是以再四踌躇，不敢遽作罢论。现经批饬详加斟酌，权衡利害重轻，以定行止迟速，一面函商健帅从长计较，慎始图终。尚祈执事就近督饬该道等熟商妥办。弟非敢稍涉成心，以图沽名示德，而不顾劳民伤财，为此无益之举也。

此外一切工程以及营务、防务，全仗鼎力支持。弟与各文武一闻移节来吴，莫不以手加额。先声所树，众望攸归，加以伟略谦光，自然指挥如意。时贤举动，往往急于见长，识见偶偏，弊端辄从此起。来教谓“认真”两字，尚须从缓，实属阅历有得之言，钦佩无似。

复彭雪琴光绪六年十月二十一日

上游各省与沿海省分不同，如遇有警，自不能不将轮船同来吴淞协力防剿，如能平日常在吴淞归队，诚如尊指，弟与质堂呼应更灵，讵不甚愿？所虑鄂与西、皖不得此项轮船之用，于造船养船之费不肯佽助，则本省独力难支。质堂于弟初抵任时，即有添造兵轮务足二十号之议，并谓湘、鄂、西、皖必须固其藩篱，庶几众擎易举，言之再三。弟深韪其说，而以甫经履新，不敢造次，且以鄂、西两省，于原拨厘金尚不报解，未必肯输此巨款，用是踌躇。兹于添造兵轮一节，既经尊处奏奉谕旨，则弟较易措词，容与筱泉诸帅商之，特恐徒托空言。闽、粤两处，但得造船经费解去，似无推辞。

初以此举系由执事发端，而节从适在咫尺，故欲始终借重，且弟之不能不以此请命者。礼在则然，既奉明教，以为不必联名会衔，自可遵照办理。

致章作堂吴朝杰光绪六年十月二十一日

圌山关等处，为长江至紧要隘，形势据下游之胜，不可不严密设防。经弟于转省后奏明分派，则合营勇于该处，实当其冲。查驻守该处炮台者为朝杰兄所部，而弟折内不遽指明，且注重各处炮台，而于该处炮堤独为放轻者，盖以堤系土堤，炮系土炮，如遇劲敌，未必能守也。

又因转省过镇江时，重晤朝杰兄，有改修明台之议，故于折中预为声明及之。昨接彭宫保函，以为该处可作伏兵，不必改作明台，亦可稍节糜费。自是公忠之论，弟不敢稍涉异同。第念圌山关为长江锁钥，本系朝杰兄汛地，而作堂兄分驻两营，将来有警之时，非两兄孰任其责？究竟应否改作明台，请俟赵子芬、德静山两君来时，会同前往履勘，禀商彭宫保，弟与此老均无成见也。

至于需用洋炮，且视江阴撤出若干，以及外洋购到，沪局解来，酌量拨换，其需用炮架，亦可分别办理。合营勇前往江阴学习水雷者，其焦山前面与圌山关江中洪路，何处可以伏雷，务须预为测量安顿。

复高杏村光绪六年十月二十二日

承抄示折稿，情形历历如绘，断事则斩钉截铁，剖理则印泥画沙，尤妙在以“浚河必先治湖，治湖必先疏江”数语，总括全题，明目醒心，竟不烦言而解。章奏高手，近日罕俦，令人拜服。

北洋海防经费固属要需，然关外诸军正与俄人相持，讵可任其饥溃以坏大局？至南洋为长江五省门户，与江西唇齿相依，公私均难视为缓图，何合肥公见不及此而附和者，更难索解也。弟现在如此为难，亦不肯向江西格外刮刷。唯彭宫保奏请南洋添造兵轮十号，声明概归李质堂统领，弟抵任时即闻是议，曾力沮之。今彭宫保既经建白，已奉俞旨，恐难悉作罢论。将来需款甚巨，不能不摊派，江西究竟能否佽助，亦在中丞与方伯酌量耳。

昨奉密寄，俄约展缓两月，系出敌人之意，其诡谋自可想见。察看机势，明春冰泮时恐有战事也。

复彭雪琴光绪六年十月二十七日

此项造船、养船经费，为数甚巨，苏省固独力难支，赵子芳诸君，亦以摊派上游各省为正办。然以向拨南洋之款，经沈文肃函牍交催，尚属有呼无应，即如尊处借出之项，且难索还，令弟托钵沿门，胡能有济？前欲借重大名，正是为此，未蒙惠诺，则亦不敢强矣。姑以一纸试之。

圌山关等处改筑明台之议，本系商之吴朝杰，兹仍令与德、赵、贺三君同往覆勘，章作堂既有两营护台，亦不得不令其与闻。

俄人索赔一千二百万，何以应之？

顷奉交议琉球一案，大难着笔。鄙意请以弃琉者存琉，不敢与陈、张、李诸公雷同也。

复李果仙太史光绪六年十月二十八日

弟才小任重，且抵任不久，情形尚生，固宜博采周谘，以期集思广益，至于权之所在，尚不至于太阿倒持。久领疆圻，周历数省，其中僚属之难处，尚有十倍于此间诸君者，而弟与之周旋，幸无陨越。时贤故示风裁，动辄握拳努目，咄咄逼人，及真利害当前，则又畏首畏尾，有识者视之，不值一笑。曾忆初抚江时，或劝其宜学某公之偏，某公之横，弟深谢之。后遇巨宦土豪，所谓偏而横者，莫撄其锋，而弟去之如孤雏腐鼠，左右亦有所闻否？无他，有欲无欲故耳。我辈每为名心所累，十载用力于斯，差堪自信。辱承挚爱，敢布区区，非敢逆指文过。

此间人才，武则如章如吴，文则如王如谢，目前不得不如斯位置。章镇朴勇为诸将冠，吴镇智勇过之，相辅而行，各当其任。王道与偏裨为伍，故以营务处假之，曾托将军代请增募数营，苦于薪粮无出。谢道资格既浅，且须错节盘根。

至淮军月饷，业经截留，钦奉俞旨，而山左周福帅仍推归江南，奈何？并非为合肥地也。

各省督销经费，亦有由局员分拨县营以缉私者，特势不能遍及，亦未便由弟明定章程，致有格碍。运司已登白简，湘中亦经换人，此外尚何顾虑，第不可过于纷更，以滋弊窦。高明以为何如？

敝署光景远逊广东，且今年归省、入觐，罗掘一空，近来甚形拮据，未能如命，尚祈鉴原。此间小轮船只有三号，现均出差，倘缓数日，尚可派送驺从，以副台嘱。

复黎简堂光绪六年十一月初一日

吴健帅以导淮尚无成说，故以礼工糜费为言。其实此工无问导淮与否，万无可已也。弟于导淮之役，亦深知其为难，第以关系国计民生，不得不为此移山填海之策。业经批饬程敬之诸人覆行筹议，倘以目前实有格碍，即如台指，且待明年防务既松，多调勇夫，分段程工，似不难有成效。唯是开通之后，是否不致旋有淤塞，以及运口能否操纵自如，不得不妥为斟酌耳。

旧黄河本是淮水故道，倘能顺轨，则黄、淮均有出路，不致漫溢为灾。并须蓄泄有方，启闭合法，济运而不害运，方为万全。车逻坝长堤工程，亦属不易，徐图之可也。

复彭雪琴光绪六年十一月初七日

圌山关明炮台，自可暂作罢论，且待中俄定局，再行筹商。德、赵两君覆称，台指颇以改筑为然，弟固未之敢信。昨折声明，将来尚须经营，正与现议相符，即始终不办，但使该处不至疏虞，里边亦不追问也。

江阴撤出炮位十八尊，只有十尊可用，已抄一单给章作堂，令其带回，自行按照拣选。如焦山与都天庙新旧明暗炮台，均须补全，尚须八尊，只余两尊，可以安置圌山关等处，否则，可以多余数尊为圌山关炮堤之用，请公与章作堂及吴朝杰商之。其余八尊，嫌其过小，不能及远，应俟新购外洋之百二十磅前膛洋炮十二尊解到，而沪局亦有造解大炮，均可酌量截留，大概在年内外，为期不远，而赵子芳总以此项大洋炮委之土堤，恐有失误为言。

此间官场议论之于作堂，公之所知。弟深疾众口，力促来营，并密嘱乃弟为之道意，以速其行，固为防务将才起见，亦以此君为曾文正识拔之人，不愿为彼辈所排挤。至其所部调来下游，初只令其分扎焦山、象山与都天庙，缘弟承乏日浅，实不知有圌山关等处为险要之区，令其兼顾。属公修整圌山关各处炮堤，分拨该营前往驻守，弟以一营太孤，复以一营益之，原非初意所及。既经分屯列戍，则折内不得不一律声明，然于责成处略为放松，盖以土堤不如明暗台之坚固，该营不能以之自任，此中颇有斟酌，非敢强以所难也。

唯是地宽力薄，系属实在情形。因山东不能应付吴筱轩六营薪粮，覆请仍归此间支发，无从腾挪巨款，不能多招勇丁，拟以何统领新募之三营前来臂助，已饬令赶紧领齐军装等项，准于明正拔舍，趋听指挥。今晨已与作堂面商矣。此外游击之师，唯有曹肯堂一军尚可移缓就急。乌龙山系在堂奥，似可不置重兵，万一时事颠危，只合檄调程从周就地募枪手三千，以作后劲，此时实未敢如此糜费。

此间虚实，公之所知，即作堂亦能悉其大概也。

日前钦奉密寄，并抄示王益吾原折，系为招商局事。查俄人轮船多在北边海口珲春等处，日本长崎似系俄船偶尔经过寄泊之所，是否为其后路，殊不可知，且属邻国地方，若非奉承庙算，外间未可轻举启衅，想公亦以为然。

复唐俊侯光绪六年十一月二十日

江南筹办海防七八年之久，经费数百万之多，以修炮台为大宗，经各前任历次奏报在案，此中外所共知者。

弟初以为除撤空二十七座外，所有留存各炮台，再为修改数处，尚无不可，兹若一律易为明台，无论需款太巨，告竣无期，且此项大工必须据实入告，殊骇听闻。倘朝廷以各前任为虚耗国帑，贻误军机，或科道从而纠参，所关匪轻。况用兵利钝，难以逆知，即使一律改为明台，亦无十分把握。万一将来有事，稍不顺手，议者转谓明台不如暗台之得力，归咎于今日之更张，又将凭何置辩？此亦不可不虑及者。鄙意拟将小角山新添明台，赶紧修筑，刻期告成，所有留存各暗台，择其必不得已者，酌改数处，或易为明台，或改宽口门，均听大裁。以外暂行仍旧，庶可省费金钱，亦不至太着痕迹，尚祈速赐酌夺为祷！

至添筑明台所需银两，已饬司局拨解二千前来，倘有不敷，尚可续领。

致吴子健光绪六年十一月二十日

各关于南洋经费，拨解寥寥，屡催罔应，遇有紧急，不能不取给于本省度支，乃将南洋经费虚数实拨二十万两与船政局，又将本省厘金二十万分拨北洋，以致南洋益形拮据。揆之事理，殊为失平。弟已以粤海关税汇兑船政局，由其就近催收。兹复与檀浦方伯商量，拟将湖北应解南洋厘金十五万两兑解北洋，以抵江苏应解北洋厘金，尚短五万两，仍由江苏补解。似此量行挹注，较为轻松。倘尊指亦以为然，请饬苏州、淞沪两厘金局会同江宁厘局，具详请奏。

再，查本年盐务，唯湘岸短销极多，截算至八月上旬止，已少一万余引。裴观察人甚廉正，第于此事非其所长。鄙意拟以现办江宁保甲之刘治卿前往更替，以期认真振顿。治卿办事勤干，且与玉阶中丞为江西同乡，易于通气。并询知治卿弱冠时，曾在湘省多年，情形亦能熟习，当可胜任也。

复彭雪琴光绪六年十二月初六日

初二日，祗诵手翰及抄折，尚稽作答，本日辰刻，续奉教言，具领壹是。弟处先接英税司所言俄人情形，亦以词近恐喝，且所言多系西北陆路，非此间所能为力，至谓俄以兵船出烟台及大连湾，亦早有是信，故存而不论。及接何、刘等处谍报，俄人兵轮多集日本之长崎，且有雇西洋人为长江引水之说。当经驰呈总署，一面密告李质堂、唐俊侯、章作堂与何采臣诸君严为之备，唯李与吾处尚拟稍缓，以俄事究属未定，而长江正办冬防，未可抽调船只，摇动人心，兹经尊处知会，则李与吾自预为部署矣。

唐俊侯书来，只改鹅鼻嘴四台，并须量移地势，自应听其所为，需经费四千，亦即饬局解去。

承嘱以何采臣檄归章作堂节制，亦可照办，仍须妥为措词。章虽是实缺总兵，尚未到任，何虽是副将，曾经历署江西九江及广东阳江、潮州三镇总兵。在何采臣勇而知义，当无异词，第章作堂人过老成，威望未孚，恐不足以驾驭耳。

前李果仙太史来宁上书，极论章作堂远不及吴朝杰与王芍棠两君才略，力请易帅，弟深拒之。嗣又有逆探公指，请以分驻圌山关及东生洲之两营拨归吴朝杰统领，弟谓不惟左右决无此意，即吴亦未必肯接手。且章作堂告恙在家，经弟檄催来营，岂有无故裁抑之理！言者默然而退。此间悠谬之谈颇多，无足深较。第有言章、吴两镇意见不和，恐难责其同心协力者，尊见以为何如？弟相距既远，无从察觉也。

致李质堂军门光绪六年十二月初八日

俄人兵船纷纷集于日本之长崎海口，江面不可不严密设防。执事于黄浦江及白茅港两处布置已极周妥。第应用水雷，据李勉林覆称，该局已造六十具，年内可成，又在外洋购六十具，亦刻期可到。唯只重五百磅一具，李勉林则谓尽可轰铁甲船，而唐军分统之张军门景春则云，五百磅水雷只可用之内河，若置之江海深处，其力不能冲出水面，何能轰破敌人之铁甲船！必须每具重一千数百磅或二三千磅等语。弟于此器未能熟悉，昨已函致勉林，嘱其会同执事与瑞生军门，将该局所造五百磅之水雷，于深处试验，果否得力，免致临时贻误。

前执事拟于白茅洪路，暗伏绳索，图缴敌船车轮，试之于事无济，已作罢论。弟意或用渔船旧网于各洪路设法安放，务令半沉半浮，如遇车轮亦可挂碍，似较绳索与稻草为佳，执事试行之何如？万一有事，则一切必须经费使用，即请商之吴瑞生，派员来省请领银一万两，或各领四五千两预为存储，不用原数送还，用去则核实开报，尊意以为然否？

复俊星东光绪六年十二月初九日

承示洋税因部拨过多，入不敷出，一切为难情形，弟所深悉。第此间虚拥南洋名色，于应收之款，则为数寥寥，于应解之款，则催提汲汲，无可设法挹注，只合以债抵债，图济然眉。此间司局诸君，因闻尊处于北洋经费从无蒂欠，希冀一视同仁，又知弟与左右为管、鲍交，故于分金之谊，不无奢望。前书请提还者，系专指本款言之，而来翰谓无可提还者，系统各款言之也。兹蒙惠诺，将第八十结一律清厘，曷胜感祷！

复席研香光绪六年十二月十一日

老伯康强逢吉，有诸郎君扶杖履，奉旨甘，台端偶出远游，亦何违于敬养。况自楚抵吴，一帆可达，往返无甚为难，明春如无海氛，务望践约。

江南虽兵燹之余，莺花犹盛，且曾文正所构煦园，泉石亦极佳胜，台从下榻其间，可以怡神养疾，非仅使弟亲聆麈训，以慰十数载饥渴之忱也。倘携令爱同来，俾弟夫妇一睹掌珠，尤为欣盼。小儿能纪尚肯读书，日有记性，当可为龙门快婿也。

复富桂卿光绪六年十二月十三日

再，弟于同治八年入觐，即经询悉奉天政以贿成，刑放于宠，纪纲大坏。归过保定，曾与曾文正言之，冀其设法救正，尚不知文武之泄沓至此也。礼法森严之地，敢为淫亵之词，事势危迫之秋，仍蹈晏安之习，以根本重地，当横悍强邻，而以此等人物为长城之寄，安望其不败事？得公大声疾呼，振聋警聩，从此或可毖后惩前，官方肃而兵气扬，于陪都多所挽回补救，左右即以罪去，亦有余荣。唯是朝廷圣明，正资倚畀，纵挂吏议，亦必蒙恩保全。此后仍望一意孤行，不可稍涉迁就，亦不可过于矫激，故示风裁。至于章奏之间，措辞务须留意，“无将”两字未免太重，“小脚”等字样，岂可陈之于两宫之前？

此间情形如恒。弟新饬结大木排十张，为冲击拦阻之用，所谓以钝制巧，以缓制速，意到笔随，固不畏人笑也。承任未及半年，连劾运司、粮道，实出万不得已，知我者谅之。

复郭意城京卿光绪六年十二月二十二日

闻台从已赴溆县，征文考献，具费清神。唯前所派采访诸人，多系潦草塞责，已觉笔削为难，至其中或滥或遗，更属无从摸捉。先考及故弟、亡妻，倘蒙节取，附之篇末，存殁均感。

江忠烈遗蜕，得之虎口，又有湖北黄安团练之变，荫帅以身伏棺，始得保全。乃扶榇四千余里之遥，而停柩至二十余年之久，未安窀穸，于心忍乎！现在亟宜觅一片干净土，以葬忠烈，即以芾生附之，重泉有知，庶其父子得以相认。芾生之子体气若何？是否已经令爱携来府上？千钧一线，系念良深。

《湘军志》自以另办为宜，即请商之次青方伯，弟实无暇及此，如需经费，无不勉竭绵薄，第此间非比广东，恐亦不能过多也。

复吴筱轩军门光绪六年十二月二十六日

再承明教，勖以巽受夬决，渥荷良规，爱我如周福帅前曾以此为言，而区区之见，有不敢不陈之于左右者。

近来时贤好谈风力，每于极寻常不紧要之事，动辄努目张眉，握拳透爪，断断焉以矜独断，又或于两可之说，固执成见，不肯舍己从人，以为非是则威权日替。自有识者视之不以为私，即以为小，弟大不谓然。曾记初抚江右时，镜海诸君以"偏横"两字之诀进，弟笑谢之，至于大利害、真是非所在，则亦未敢让人。姑无论其久且远者，即如执事启节后，楚、皖诸君，于大军月饷及江阴炮台，众口纷呶，即与麾下素好者，亦依违其间，非弟极力主持，则已不成事体矣，未知已达清听否？抑别有所闻否？因蒙雅洋，略布腹心。

致丁雨生光绪七年正月初五日

俄事业经议结，于界务、商务尚就范围，虽偿款稍增，而改兵费为代守费，亦属得体。惟夷情叵测，未审此外有无诡谋。且各国通商，动辄挟制，诚如台谕，不可不亟图自强之策，不得以此事已了，遂偷旦夕之安也。

倭使以球案而欲改条约，未免得陇望蜀。昨已悻悻出京，要亦无甚伎俩，第慎防之而已。

董倅所造气船，先后耗费五六千金，戋戋者固不足较，未免贻笑外人，皆沈文肃好奇所致也。

复黎召民光绪七年正月十七日

承嘱造船经费，敝处指拨粤海关税两结，共六万数千两，兹解到一半，其余仍请尊处勤催，以后仍拟以此款源源接济，决不膜视。此系有着之项，已请旨严饬该监督勿再挪移，当不至始终贻误。

梅晓岩阁学请由尊处仿造铁甲船，此固事不容已，义无可辞，弟与合肥均经覆准，伏乞左右通盘筹画，以期次第就绪。倘节从惠临，借聆麈教，固所甚愿，否则，以函往覆酌商，亦与面谈无异。

俄议当无翻覆，而倭使又起波澜，中国防务总须一气呵成，不可稍涉松劲。盖当各国交涉之际，一有违言，动辄以兵船挟制，与其见兔顾犬，何如曲突徙薪，谋之于预乎?

招商局一案，业于本月十五出奏，请将盛宣怀革职，并不准其干预招商局务。合肥即以此罪我，只合听之。唐廷枢功过相抵，且刻无接办之人，请免置议，责令会同徐润妥为经理。

叶廷眷办理一届，即余出银五十三万有奇，此不可没，亦于疏内极力表章。第以现在丁艰，又不得于北洋，未便强之入局，留为后图。其提剩之官帑七十余万，截至光绪八年止，缓息亦七十余万两，共一百五十余万，均存局作为官股。尚有内外挂欠帐目十数万两，应行分别清厘，并查出揽载赎票各流弊，亦应认真振顿。

此其覆奏大概也。而唐廷枢等，竟于刘芝田未经查覆之先，折呈十六条，哓哓置辩，且由北洋转咨，一若招商局有专属者，可谓糊涂已极，而弟为大局起见，不得不姑恕之。

复彭雪琴光绪七年正月十九日

客冬众口纷呶，非黎简翁独为是说，而弟以为此系外间拟议，左右必无他怀。盖弟自识荆以来，事公以乡先生之礼，即遇公事可否，从不敢执己见而设成心。至于所属文武，偶有参差，不独非弟之咎，亦觉无与于公事，辞虽相连，责有专属也。

而况大臣谋国，不以违覆为嫌，魏、郑两公上殿力诤，下殿则无忤色。弟与公上希韩、富，夫岂等于廉、蔺哉？乃并无此异同，不审悠悠之谈，何为波及！弟既以自反，又以公古道照人，决无蒂芥，是以深信不疑。而言者不已，因与吴、王两兄道及，谨布区区，冀得转达清听，今蒙开谕，遂释然矣。

节从何时出江？煦园春色，正是可人，鱼跃于池，花笑于树，倘寻旧游而践夙约，当扫径以待。

复长乐初光绪七年正月十九日

粤中之事，此间亦有所闻，而不得详悉。如台翰所云，弟在羊城，外间亦有疵议，似尚不至如此之甚耳。

公四届请觐之期，或仍可以邀免，否则，亦必别有升调，即不然，公何必以回任为辞？以官论，则将军在督抚之上，以地论，则广东为海疆要区，以事则非可安静无为，以禄则别处尚多不及。为公为私，何嫌久住！须知去则有来，万一不得其人，则公十数年整顿辛勤，付之太虚，为可惜矣。

复张振轩裕泽生光绪七年正月二十三日

水雷实为制敌利器，金陵机器局及铭武行营所制水雷，有重至二千磅、三千磅者。嗣经详切考校，大至五百磅便足以操胜算。水深则用浮雷，水浅则用沉雷，离岸远则用碰雷，近则用电线，一定不易之法，正不必二三千磅，致耗工料。

此项水雷，以棉花火药为极得力。此外则惟有结木椑拦截之一策。

致吴子健光绪七年二月十三日

昨日钦奉寄谕，有人参奏敝幕陈晓浦，奉旨查办，想尊处亦经奉到矣。弟与陈晓浦共事日浅，然前后两次，实未见有把持、招摇情弊，如言者所云。或与二三友朋在外酒食征逐，在所不免，此亦司空见惯者，未知左右所闻如何？将来覆奏似不可涉于两歧，尚祈示悉为祷！

陈晓浦于盐务熟习，为敝署所不可少之人。大概因上年票捐不行，嗣后纷纷请加引票，又复递次经弟批驳，遂疑原商勾通幕友从中作梗，竟视弟为泥塑木雕，任捉刀者穿鼻，以致迁怒，殊可笑也。

镇江挖沙一役，不可不及早兴工，鄙意拟仍旧檄饬合、毅各营通力合作，以期刻日告竣。商之沈彦征亦以为然。是否可行，并希酌示。

程敬之于礼坝别开引河之议，简帅大为怫然，业经敬之等详细禀覆，并经弟处以此次捐用淮北商贩一款，分为三纲摊还，则每届尚有一万二千两解归漕署应用，或者可以邀允。

致洪琴西都转光绪七年二月二十三日

贺芷澜于赵子芳常有抵牾，屡称情同伴食，求改别差，并微露引去之志。暗中煞费调停，而终非持久彼此相安之道。再四思维，苦无方略。如贵署清厘就绪，即祈移玉来宁，面筹一切为祷!

至购制火药、机器一节，恐李丹岩星使无暇详悉推敲，不如仍交洋商补海师岱尚有把握，想营务处已驰达矣。

俄王倏遭大变，天之所以福我朝廷、施之敌人，固不嫌于幸灾乐祸。唯劼侯所定新约，尚未明发谕旨，不审因何迁延。

倭使虽负气东归，断不敢于先发。月初奉旨防范，固循题作文，其实徒费笔墨也。

有人参奏陈晓浦把持等弊，业经覆陈，极力洗刷。吴健帅所见亦同。至有劾弟不能胜任，折虽留中，不可谓非区区知己。谨以奉闻。

复刘考轩太守光绪七年二月二十四日

姑臧为番、汉杂居，夙称难治。执事发硎新试，本庭训为官箴，吏肃民怀，知无愧古之良二千石也。

承绘寄《新疆舆图》一纸，细按五马经由之地，想见当时崎岖拮据情形。至于地势之险夷，军屯之分合，了如指掌，朗若列眉，倘朝廷以区区承乏其间，则此图其先导矣。

坤一年逾五旬，精神日耗，膺此艰巨，陨越滋虞。肩吾于客秋回里。每念又翁之去，为失老伴，地方从此无人，为之垂涕。

复左中堂 光绪七年二月二十七日

昨接都门来信，欣谂精神矍铄，风采隐然，上舒宵旰之忧，下副中外之望，此间闻之，无不色喜相告，以为我国家之福。

俄议当无翻覆。劼侯近有电音，未审云何，何时可以明发谕旨！

倭人虽不敢先启兵端，然琉球一案，终是未了之局。倭使初欲借此更改约章，现亦知难而退。第令其吐出琉球全境，重立旧王，恐彼未必俯首听命。若照前说，只割八重山及宫古两岛为琉球一线之延，无论琉球仍不甘心，且实不足以成都邑。又新造之邦，经营尤非易易，我亦安得有此物力厚赡之？倘始终无可转圜，何能凭空收手！论者谓宜出师东讨，恢覆中山。鄙见窃以逾越重洋，难操胜算，况琉球虽号藩服，于我究非唇齿相依，权衡利害重轻，似不足以劳费上国。前已具疏缕陈，将来万不得已，只合如张香涛所请，先以日本无故灭球，不义不仁，有违万国公法，布告西洋各大邦，中日从此撤使绝好，尚属理正词严。彼若挟愤来攻，而我沿海蓄锐待之，亦有把握。尊指以为然否？

朝鲜现经合肥开导，结好西洋，事若有成，亦是一策。鄙见以越南、缅甸等处，亦应相机提挈，俾得图存，捍我边圉。晚生前在两广，于叛将李扬才窜扰越南、不惮征缮者，即此意也。

顾中国之患，总在于俄，如金、元之于宋，我朝之于前明。晚生前此屡疏以东三省视南、北洋尤为吃紧，不可不严为之备。闻中堂随带将弁多员，以为京营及东三省各旗营教习，实为要着。如已办理就绪，尚祈俯赐示知。

此间防务粗有规模，第各前任所修洋式炮台，多不可用，临事固不便纷更，事后则不可不补救，现拟设法改作，尚未兴工。

复裕寿山光绪七年三月二十三日

东圣上仙，普天骇恸。外间既奉部文，应即摘缨素服，停止鼓吹、金炮呵导，一切仪物改青蓝色，公文红印以墨笔标判，俟奉遗诏成服哭临，改用蓝印二十七日，昨已酌叙条款，咨达冰案。

吴健帅欲俟奉诏后摘缨，鄙意以遭此大丧，而人臣仍缀红缨，义有未安也。希赞臣将军，则欲仿照前届浙江办法，于接部文后，即成服哭临，不俟诏到，鄙意亦以为未合典礼。至慰折或用词头，或照同治十三年新式，即写“跪请节哀”字样，亦无不可。递慰折时，皇上前用白安折，包幅用白绫，夹板亦白。

慈禧太后前仍用黄安折。二十七日内，遇有奏事，两处安折照此分别办理。二十七日外，既不用蓝印，遇有奏事，则皇上、禧圣前，似均可照旧黄安折也。尚祈酌夺为祷！

复贺芷澜光绪七年三月二十四日

查明炮台必用隔堆，外洋《海防新论》言之极详，非为留缺口始用隔堆也。第是既于围墙两旁及隔堆之上预留缺口，则围墙隔堆较寻常明台似须略高，以便安置梁木，加盖沙包、土袋之后，台内弁勇尚可伸腰昂头，此层有无格碍，极宜斟酌。

明台方圆图式，务望先与作堂面商。若绘就图式，令其照办，此君性情木强，或不谓然。弟前函谓当局者更宜留意，系指作堂而言，因其于象山台内所安李与吾所购之生铁炮，并不考核优劣，非专指尊处言之也。记得从前贵局绘有各处炮台图册，弟曾嘱其于每台下注明系安何项炮位，重若干磅，丸子重若干磅，吃药若干磅，并分别前膛、后膛云云，颇觉明晰。嗣因炮台有撤空者，又有调换炮位者，恐与原存图册及注语不符，其续修之江阴、焦山等处明台，或未添入，此则需左右从容清理者。

再，前闻面言彭宫保以上年与弟会同巡江，试验各处炮位，分赏焦山等处及江阴、吴淞口各勇银牌，独遗圌山关未赏，颇歉于怀云云。此固由弟之过于拘泥，第其中亦自有故也。焦山、象山、都天庙、江阴、吴淞口均于江中设立水靶，打炮多中，是以奖给银牌。至圌山关并未打靶，不过试演各处调来之炮，区区以此等奖赏，亦须事出有名，否则，三钱、五钱银牌数十面，能值几何，讵所靳惜！即如此次阅看下关炮位打靶，亦经给奖，嗣至乌龙山，虽经两岸放炮，未曾打靶，则未给奖，同一义也。

至于修筑圌山关炮堤辛苦，经赵子芳查照各处成案，请给奖银千两。此等故事，弟先不知，及闻赵子芳之言，以为理所应尔，而彭宫保大加申斥，弟亦不知其所以然。昨因水师交回炮堤、炮位，复给银牌二百面以奖其劳，似亦题中应有之义，未卜彭宫保之意何如？弟非敢以为介介，故事哓哓，第彭宫保既以前此未赏圌山关炮堤水师为言，恐其终成疑抱。伏乞左右于谒见时，将前此赏与未赏实缘有打靶不打靶之判，非有他见也。

彭宫保深以上年洪琴西解银五千两与吴朝杰，文内支吾，遂谓有意与己相忤，并疑弟亦知其情，盖彭宫保与弟信内，本有银归吴朝杰使用之说也。其中详细委曲，前后未符，一时难以笔罄。第是弟先咨请需用经费无论若干，径行札提应用，一面行知司局遵照。如咨覆弟处，以此项经费由吴镇请领，有彭宫保为之担承，则司局自不敢别生拟议。乃彭宫保将弟原咨退还，而于吴朝杰领用经费一节，只于信内便中提及，并不见诸明文。弟当经再三踌躇，若录彭宫保之信行知司局，不言原咨，或声明原咨退还，无论不成事体，并恐有拂彭宫保之指，令其多心。然不用公牍行知，则司局无所依据，职司出纳不得不加慎重，弟亦无可奈何。是以将彭宫保原信传示司局带回以后，即听司局自与吴朝杰交关，弟遂不复过问。执事设身处地，以为然乎？否乎？

此事曾与彭宫保辨论，而不如是之详，未知果否见谅。倘宫保此次过宁，与阁下重言及此，并请代为剖陈是祷！

复李捷峰光绪七年三月二十六日

铁路已奉明谕作为罢论，唯电线则尚在兴修。中俄事定，情形与前不同，似应与民休息，以固国本而培元气，不可无故自扰，且目前为闾阎兴利除弊之事，尚有急于电线者。卓见以为然否？

招商局一案，合肥力庇盛道，迨弟再疏劾之，始奉旨交译署核议，看来无非含糊了结。似此迁就姑息，天下将无是非之公。弟之第二篇实为纪纲起见，非断断求胜也。

下游所修暗炮台，如吴淞等处及江阴北岸，尚属可用，至江阴南岸与焦山等处暗炮台，则滞碍甚多，然亦无可改作。上年经过九江，虽经登岸试炮，不及详细察看，未敢遽定果否得力。粤中来信，复言高处宜明炮台，低处仍宜暗炮台。弟此次履勘圌山关应添炮台地势，拟于当面所修之明炮台，于两旁围墙及中间隔堆之上对留缺口，形如仰盂，以便临敌之时斟酌机宜，于缺口上横安大木，加盖沙包、土袋，即与暗炮台无异，事竣撤去，亦不虞其朽蠹，尚属两全之法。

复翟子英光绪七年三月二十七日

执事回忆幼时微贱，望地方豪富如天上人，兹之锦旋，光生戚党。又忆前此驰驱戎马，日在锋镝瘴疠之中，未知何日生还，以见故乡父老，以守先人坟墓，此景此情，犹如昨也。既而仗节拥旄，高牙大纛，两部鼓吹，万里风雷，诚大丈夫得志于时者之所为矣。然而鸟倦知还，马劳思逸，每念故园松菊，未尝不向往低徊，虽喧寂各殊，仙凡远判也。

执事起自田间，致身通显，岩疆专阃垂二十年，当此壮岁有为，乃思急流勇退，高尚其志，谁克攀跻？兄初所以劝勿乞休者，盖以五羊海防正棘，未可遽易生手，亦不知鬼蜮伎俩中人于不及觉。自执事解组后，谤谶频闻，或谓需索属员，或谓侵蚀公款，不独粤中官绅有此悠悠之口，即张振帅书来，亦不免有微词，然而前此廿年间，何不闻一语？兄与执事相处之久，相知之深，唯此朴实清廉，始终可以相信。第事权各属，非兄所能主张，众口铄金，积毁销骨，自非执事见幾而作，以后竟不可知，此兄所为佩服不已者。

执事居乡便当泰然自处，勿轻入城市，勿常会友朋，论国家则知感恩，言官场则自引咎。至于出处大节，自可徐商，去就之间，亦不可苟，否则恐人误会以为有他。兄察看情形而后陈奏，亦不过为执事表生平而重声望，并不烦台从翻然出山，以执事年力方富，而时局需才，不患无特旨起用之日也。伏祈熟思鄙言，详加裁处，是为至祷！

复李若农光绪七年三月二十九日

今中俄事已定矣，朝廷局面亦一新矣，然前此之委曲，弟所与闻者，仍不敢不缕陈之于左右。

崇地山之居官为人，弟所习见习闻，深恶而痛绝之，顾因俄约而杀之，则激强邻之怒，各国亦不以为然。方弟抵都门时，英、法两使各奉其国主之命，出而调停，是杀一人而取怨三大国矣。彼时东三省毫无防范，而俄兵水陆纷乘，当经密叩沈文定，则谓有索伦兵可恃，业以饷银八十万资之，再以一二十万为西路蒙古之用。弟闻之不敢哭，亦不敢笑，辗转筹思，惟有暂缓崇狱，而令英、法居间，以舒目前，冀免咸丰九年之变。一面疏请迅调猛将劲兵，以备龙兴重地，并称南、北洋尚可支持，不烦顾虑。两次力请，始见施行。当此事机间不容发之时，只期于时局有济，一己之祸福，众人之好恶，实不暇计，何有于为左为李？弟虽不才，岂为左、李用者！左、李之于弟，公之所知，得毋不善迎合所致欤？合肥非徒请薄崇罪，并请暂依崇约，且请姑让于俄以取偿于日本。弟既与之力争，抵任后，复具疏论之，谓俄约决不可迁就，致启得步进步之渐，恐以肉啖虎，肉不尽而虎不止。又谓琉球虽名外藩，于我无唇齿之势，不足以劳费中国，欲制日本以复琉球，另设良策，不可自我先启兵端，由是与合肥忤矣。

至湘阴密奏，有"先与讲款，不妨委曲以期于成，亦既交兵，必须坚忍以待其胜"等语，何尝请杀崇地山而专主战事耶？其答弟书与各处函牍，非决计用兵不可，此则湘阴客气未除耳。

弟未尝言不可战，亦未尝言不能战。前此力持倭约，安知今日之果就范围？覆陈此间情形，则请扼吴淞之黄浦江以保苏、松，守江阴以蔽上游五省，并声明决不令洋轮过焦山一步，以摇大局。虽镇江以下已弃江面数百里，而弟不以为讳。即浙、闽、粤三省，亦分内事，而弟委之于各节使者，不敢以无把握之词肆为夸张，上欺圣主。是弟之任战，固非信口出之，不计将来能践言否也。现在沿江部署略有规模，万一有警，亦断不至瓦解土崩，令人笑弟之请宽崇罪实，为一身脱祸计，自料莫能当敌耳。

张香涛、张友樵，诚如台指，实为后来之秀，条陈时务则未必悉中机宜。香涛之于倭奴，已不免自相矛盾。其与译署龃龉，台谕以为激成之，其实则酿成之。善夫李兰生尚书之责译署曰：“初无成算，何事急索伊犁？即索伊城，何必使崇地山？迨事既败坏，何必请交廷议？既交廷议，何能禁人不言，强人附和？”弟以为译署无词以对。是香涛诸君之负盛名于时，则译署为之也。

弟上年出都，照章分送别敬，乃香涛询知未送黄漱兰与宝竹坡诸处，遂亦不受，此何意耶？弟自惟粗才俗吏，不能罗致清流，而亦不欲轻为罗致，自甘于忠厚而已，然合肥处自刘仲良后，亦未见有一真国士也。翁叔平品评政府诸公，恰如题分，于中外交涉肯綮亦极了然，至于临大事，决大机，侃侃而谈，不惜一身之虚名以贾国家之实祸，不能不令人心折。

今日尚非南宋，今日人才亦尚无秦桧、张浚。兹就两人论之，秦固不足以污笔舌。张浚抑武穆者何意？杀曲端者何心？至其用兵，不独暗于事机，昧于方略，且专为一身立功、立名起见，不顾宗社安危，一掷不已而数掷之，南渡一线几断送于其手，此则《春秋》之所必诛者。区区甚不愿将来有张魏公其人。张江陵谓学在师心，不唯目前之名不足争，即身后之名亦不足计，盖以盖棺亦无定论。如魏公者，直以贤子而获美称耳。

香涛以弟为作料，然为作料者不止弟一人，以弟为作料又不止香涛一人。某某弹弟不胜南洋之任，弟直引为知己，而朝廷不遽更易者，明知弟不胜任，无奈时贤中亦无胜任之人耳。

新疆之不可弃，魏墨生言之极详，稍知天下形势者，决不袭合肥与雨生之说，并非为湘阴作帅而后谓新疆不可弃也。湘阴虽规复新疆，究未得一恶战，若以之敌俄，而谓可操长胜，则狃于蒲骚之役矣。湘阴辅政，人皆以司马君实目之，鄙意窃以为时势不同，未审湘阴能否建非常之策，立不拔之基，外攘内安，以副朝野之望。黄霸作卿相，其名实减于为二千石时，甚为此老惧之。文卿虽不足于湘阴，其于弟处尚无过当之论。

合肥自发、捻平后，所部分屯南北，每年糜饷几千万，而机器、轮船、枪炮不在此数。似此养精蓄锐，倘遇劲敌而不能一决，求为贾平章亦不可得矣，然客秋海氛稍迫时，仅责合肥以津沽一路，而以沅帅当榆关，以鲍春霆卫京师，论者或为合肥不安，弟则以为大得便宜。

弟因铁路及招商局 案，致与合肥水火，亦自举其职守，并非矫矫自鸣，断断求胜。台谕责弟不肯得罪人，不知弟正缘不肯轻得罪人，转致重得罪人，此类是也。

福建一面，诚如尊虑。弟于覆陈折内，请将南洋之铁甲船两号，尽泊澎湖以顾台湾，亦可为江、广两路策应。此系望梅止渴，正未知此两号铁甲何时抵华，此外亦非弟所能为力。船政经召帅严加振顿，稍有起色。湘阴创始，固不敢为持论之苛，然后此之船政大臣，如沈文肃诸人，皆一时之望，何以一味糜费优奖，于制造全不讲求！先生欲行法，讵可舍其大而责其细耶？

珂乡烟膏厘金，弟原恐骚扰地方，力拒少廷诸君之请，后为杨振甫所误，姑勉从之。不图变本加厉，弟去粤大受小宋之诟，唯有深自引咎。兹得大力为之补救，受赐良多。

承荐三公，自当物色，以副雅意。敝幕之折奏、刑钱、盐务、洋务四大席，均是沈文肃旧人，此外笔墨如西蜀之王，吉安之彭，长沙之涂、常，邵阳之王，于记诵文章，亦一时之选，彭、王两君，似尚有干济才者。第疆圻之事，有时非人所能捉刀，猥蒙谆嘱，以后自当节劳。

先生以维桑之义，又以振、泽两帅倚重之殷，知无不为，言无不尽，自是血性。唯是贵同乡颇好短长，此间所闻，流传已远，大都失实，未敢转达清听。金正希谓："今日毁誉之故不可知，是非之理不可凭，然则亦各行其心之所安、理之当然已耳。"弟为翟所欺，竟与瑞澄泉一辙，然而"莫须有"三字，终不足为定评，悠悠之谈，未必仅及纠桓之侣。来翰道及，故略陈之。篇叶太长，且是病后，精神不给，语无伦次，词涉粗疏，伏祈鉴谅。

再，上年五月十四日会议之时，香涛谓与其宽崇厚之狱，不如尽从俄约十八条，此何说耶！不过谓纪纲重于疆土也，此则宋、明诸公之遗唾也。以俄约论，其中自有委曲，崇罪未必至死，朝廷亦必不杀之，上年所争亦不过不杀崇已耳。使当时真杀之，则劼侯无可借手，安得有今日之和盘妥处？但不依俄约，则不免决裂，患在目前，若依俄约，则莫杜觊觎，患在日后。香涛何弗深思乎？弟在都门，英、法各使每笑言："贵国开口说与俄战，而所以战者绝无所闻，不知有何秘策？"盖当时曾、鲍、郭、刘诸帅均未曾调，东路极其空虚也。左则专言西路，李则专顾天津，而于东三省防务无只字及之。弟初疑两公必有密陈，询之军机，均谓未见，殊不可解。

弟请姑缓崇狱以平外洋疑愤，慎持俄约以杜将来隐忧，严防黑龙江、吉林、奉天以遏敌人之冲，以固根本重地，似未为大失策也。兹谨抄呈附片两则：一谓俄约不宜迁就，而沿海可以勉支，长江则以战守自任。一谓东路必需迅调惯战大支劲旅，以资堵剿，且称该处索伦兵，久未临敌，恐不可靠云云。请俯赐阅核，并即付丙，以系密陈奉旨留中之件也。

复李黼堂光绪七年四月十二日

镜湖诗料，全属寓公，又以畴昔之措施，为长君之模范，官箴本于庭训，宜其循声卓著，引重上游矣。

铁路一事，圣明本不愿行，且以台谏交诤，遂作罢论，而谕旨中摘录拙疏数语，实缘先经交议而然，非区区一言果有回天之力也。鄙意以铁路有裨征调转输，无待智者而辨。泰西各大国，亦极意望中国锐意举行。第中国自有法度，非概可以外洋例之，且两利相权则取重，两害相权则取轻，除张子腾所陈三弊外，更恐有碍小民生计，亦有妨于内地税厘。通篇大略如此，此亦老生常谈，聊以塞责，何足当大雅之一噱耶！

季老精神矍铄，须发皆元，火色腾上，举朝称为异人，各国使臣甚惮之，令人闻之，喜跃不能自已。想明公江湖廊庙，亦有同情也。

复王益吾光绪七年四月二十三日

左相入直，固为中外所属望，第须熟思审处，宏远大之谟，造和平之福，不可徇俗人之见，以取一时之名。如华洋交涉各事宜，已成积重之势，然彼此相安日久，只合逐渐挽回，不可遽事纷更，致虞决裂。

至于语言启衅，意气相高，尤非大学问、大经济人所为。左相之嬉笑怒骂，洋人必不能堪，弟曾尝试之，久之恼羞成怒。设遇有嫉左相昵洋人者从中嗾之，则彼将设法刁难，遇事抵触，使朝廷不敢尽其才，左相不能安其位而后已。即使身去而声称极美，天下后世，惜其志之不行，言之不用，而时事愈趋愈下，终无补救之时。当此主幼时艰，左相受恩深重，揆之古大臣委蛇求济之苦衷，亦何忍出此！若不然者，因留左相一人而开罪各国，万一此唱彼和，群起与我为难，未见能操必胜之权，恐蹈南宋张魏公覆辙也。鄙意左相乘此洋人敬畏之时，开诚布公，因势利导，于时局必有补救，何必故与参差。

孔子谓忠信笃敬，以行蛮貊之邦，况彼玉帛来庭，而我公孤论道乎？即如译署诸公所言，左相少与洋人接见，以期养威持重，亦是一法。务望先生忠告而善道之。古人谓："知而不言，是我负友，言而不听，是友负我。"左相为乡先达，且为国之柱石，此节又关系极大，幸勿吝药石之投。弟固受知于左相者，第忝为疆吏，于政府不无瓜李之嫌，未敢冒昧。鄙意以左相不唯不可与各国公使龃龉，并应与合肥和衷。合肥不足于弟处最多，然为大局计，深不愿两相之相为水火耳。

方今人材，内则唯我先生与翁叔平，然人之精力，正复有限，不可专为笔墨所耗。《续东华录》为本朝掌故，自不可不卒其业，其余著作，似可从缓，幸留有余，以待大用，宏济艰难。刍荛之言，未审见谅于大雅否？

又弟之[1]疏论球案，实为力驳合肥稍让于俄、取偿于倭之说，正折后尚有一片，是否均达清览？且彼时中俄事未定局，不得不权利害重轻。顾坐视中山覆亡而不能救，诚如台指，有乖字小之

[1]中华书局版《刘坤一遗集》"弟之"误作"之弟"。

义。鄙意以为，日本如能尽复球地，重立故王，则中国许其内地通商，以示嘉予之意。盖熟审时势与前明不同，日本即来内地通商，不唯我之兵力足以杜其狡谋，且与各国亦有互相维制之势，断断无能为厉。且日本与我为近，转不如泰西各国之见容于我，彼亦每饭不忘，将来总不免于口舌。此次如果借此以复球王而申大义，计亦良得。先生以为何如？弟前曾贻书左相，而不见答，再借鼎言，从容语之。

致郭筠仙光绪七年四月二十五日

上年道出津沽，与合肥相国谈及时局，本有奏请台从出山之议，合肥因循不果，弟度德量力，不敢妄为，遂尔中止。会奉谕旨垂询外洋事宜，并抄寄译署与各公使问答之词，满纸纷呶，未得要领。当于覆陈疏内，声言交涉既繁且重，非公莫能主持。此系因事及人，非同荐剡。嗣覆公函内偶尔道及，亦因时局而然，非有他意。

以公文章经济，久受历朝特达之知，尚待一资浅望轻者为之揄扬乎！弟虽至愚，不虑辱及左右，亦畏圣明诘责，盈廷姗笑。自知之明，自处之当，颇不让司马子长。公幸勿误会，如王荆公之于郭祥正，是所感祷！

复黎简堂光绪七年四月二十九日

承示谭序兄勘估堰工，弟亦先有所闻，而不得委曲。此次公之作法，自属脚踏实地，直道在人，鼎铛有耳，其不见谅者谁与？前此尊处批驳程道等另开洪湖引河，词气颇厉，弟骤见之不无疑虑，而程道来牍，称公光明磊落，雨过天青，其妙于形容处，足征公之盛德，而况莅任日久，上下翕然耶？

顾我辈行止，惟求理得心安，不计人之毁誉。弟自滥竽戎马，迄今垂三十年，其间险阻艰难，以及机械变诈，随在略加体验，颇觉存一好名之心，便受多方牵制。迩来窃欲着力去之，苦于未能干净，亦不可不防流弊，如王荆公之不惜人言，张江陵以后世之名无足顾，竟不免于坚僻刚愎也。

弟生性多欲，又未得益友明师为之教导，悠悠忽忽，无所成就。兹请与公定交，从此互相切磋，以图晚盖，故敢深谈，冀渐闻道，先生其许之乎？

买煤一节，俟皖、鄂回信，即祈示知。如该两省可以通融，弟当再与司局熟筹报命。徐州地方如可开采煤斤，更为便益之举，请饬该地方官速为查探。

丰鱼一案，接周福帅续函，似无成见，弟固不敢稍分畛域。前书略布腹心，且待该守牧覆勘，倘仍各执一说，再求大力斡旋。

复李勉林光绪七年四月三十日

方言、铁船、武学各馆学生，但得精勤不懈，自可日就月将，期有成效。前与左侯论及人材一节，每谓拔十得五，裨益已多矣。

招商局一案，昨经译署主稿，仅将盛杏荪交北洋察看，仍令弟与合肥调取卷宗帐簿，查明有无私得洋人中金。不知此等中饱之资，决无自留字据在局之理，即有，亦谁肯交出？弟第二折业经将此层声明，译署无非借此敷衍了事，不值一笑也。

黎召民来书，以开铁矿之举，拟合三千股，每股百两，先收一半，并云尊处允为相助，仍以弟处凑集为言。前奉来函，本有是议。如由贵局量为挹注，筹有成数，无须弟处另行解囊，更为妙着。

致李仲云光绪七年四月三十日

现在度支浩繁，全仗盐课、厘金大宗接济，而湘局疲滞不堪，不得不极力振顿。裴大公祖学裕品端，为吾乡福星，钦仰已久，而于盐局似非所长，且部民于地方官，一切批檄，应行驳饬之处，碍难措词。再三踌躇，因令治卿前来瓜代，以系中丞公同乡，或者易于通气，不图大不满于官绅之意，弟职守所关，亦不敢涉于迁就也。戈侍御之奏，自有由来，然引地不复，则票终不可增。昨准丁稚帅咨覆，业经奏请减配川引，为淮引稍留余地，以期从此进步。虽可仰邀俞旨，将来外间办理，仍属格碍多端。此等委曲，早在洞鉴之中矣。

黼堂中丞常有信来，曾荐湘局数人，均经反璧，覆以现在湘局官绅过多，每年干脩在万两内外，正在设法淘汰，未便遽作曹邱，自相矛盾，令棣公并不见罪也。

左侯昨有覆函，议论极其和婉，自言与合肥意见已融，而王益吾则谓此老每接洋人，辄露嬉笑怒骂之状，译署虑其抵牾，不使常与周旋，是亦善全之道。弟亦嘱益吾兄规劝左侯宜养威重，卓见以为然乎？

致洪琴西光绪七年五月初九日

农部前咨议覆戈侍御条陈盐务之件函，盼尊处详到，即当缮疏入告。缘闻外间觊觎甚众，恐有续上之章，似宜速为覆陈，以断支蔓。好在日前因接稚帅咨覆，川盐一引竟至一万一千数百斤之多，十数倍于淮引，不得不奏请酌减，以行兼销之议。折内业经叙明大概情形，农部亦可了然于其故矣。

再，黎召民来书，屡以肇兴公司出贸外洋为言，近又新开闽省铁矿，盛称钻质之佳，而李勉林亦深以此举为然。召民欲借南、北洋财力，且示公而非私。闻北洋已经筹拨数万金，仍是某局之存款，不过量为挹注，另易一名。弟则无处可以通融，且自客岁回籍进京之后，囊橐一空，无以应命。前经属之李勉林，虽有诺词，恐仍是涓滴之助。倘召民再来索取，可否于此间公项借拨数万金，立案而不具奏，未审台指以为何如？如能移玉来宁面商办理，是所欣盼！

复杨琪光观察光绪七年五月初九日

拜读大稿，于淮盐引地被占情弊，业已烛照靡遗，莫名钦佩。

收复荆、澧等府州引地，庶可扼要堵缉，既系实情，亦是正办，屡经此间具奏，并经科道条陈，奉旨交部，亦经议准，卒为楚督所格，此间竟无方略可施。盖以相距太远，一切缉私，不得不仰仗地方文武。今楚督既不愿行，则地方文武承望风旨，于缉私必不肯出力。即使淮商自行募勇，或由此间派兵，而遇事呼应不灵，徒形掣肘。是有复引之名，而无复引之实，不唯无益，转致有损，淮商亦必裹足不前。

现议川、淮并销，徐图进步，川盐每月限行七八百引，冀留余地以销淮盐。并议由此间委员前往川、鄂交界之平善坝设卡稽查，除川盐限内七八百引外，余即作为私盐。似此核实办理，是亦转圜之一策也，然查询川盐约在一万一千斤内外方成一引，以视淮盐每引六百余斤，已多至十五六倍，以每月七八百引计之，则荆、澧等处仍觉尽被侵占，安有余地销淮？昨复奏请酌减川引，未知部议如何？大概又需川督核覆也。大折于淮实有裨补，第未便由弟处代奏。

复黎简堂光绪七年五月十五日

承示川省护堤作法，自系应验良方，唯该处原估及溢用共六万余金矣，兹又须另拨经费，实属罗掘无从。亦知程敬之办理认真，无奈横生波折，似此漫无把握，何怪前人畏难苟安！然亦由历年因循，以致败坏至此之极，虽以九牛二虎之力，而仍不可收功也。第势已至此，断无因一篑而隳全山，俟与洪都转商之。倘礼河情形吃重，尊处即先与程敬之设法办理，一面飞知弟处，拨银接济可也。

采办官煤，湖北既允免厘，此间决无立异之理。顾与历次成案相背，此次虽经吴健帅通饬三厘局议详，迄今迟迟，恐亦有碍难迁就之处。鄙意拟请尊处具奏请免，自可邀允，则外间无可借词矣。倘欲俯挈敝衔，亦当唯命是听。

苏门一席，非公谁可？乔迁在即，左右经手之件，似当分别了结，以免瓜代者或有变更，则实惠不至虚悬，高明审之。

复刘荫渠光绪七年六月初四日

承示折稿情词极为婉切，坤一在粤乞身之请，亦是此心，实以贻误将来为虞，并无他意。先是尊翰未到，已接钱子密书，知先生有此一疏，钦奉温旨慰留。现有国恤之期，似未便再疏求去。

坤一初在江抚任内，陈请开缺，旋以穆宗大事，即作罢论，当时人言以为调署两江而然不惜也。

顷闻沅帅尚须续假，并欲引退，以承左相之后，恐从中制，不能有所展布，或谓两公前此芥蒂未能忘怀，未审果否属实。中外物望，则以此席属之先生。

俄事已定，而球案未完，何子莪星使，以日本新派外部大臣某某，持论平正，计将与之设法转圜。左相来函，谓倭人如复中山，则中国许其入内地通商，与西洋一体，区区深以为然。或疑倭奴得入内地，恐有前明之扰，似是而非之谈。

现在大可虑者，法人窥伺越南，东京势将唾手而得，且谓得该处后，便可进规云南，以谋开矿之利。坤一早忧及此，屡经密呈译署，并致张振帅，嘱其设策，提挈越南，牵制法人，毋任得逞，贻朝廷南顾之忧。该国为我外藩，虽不比高丽，要非琉球可例。昨复请何子莪将历次所得法人谋议，抄呈译署。兹谨摘抄呈览。

左相新有建白，请修畿辅水利，亲往琢州履勘，未审能否著有成效，要系应办之事。

加重洋药厘金，尚未悉外间偷漏情形，窃恐厘金益多，而洋药益少。坤一以为，先宜查烟台之议，提存官栈而后唯所欲为，否则只有一总加税，倘任散入内地，即照左相所言，设立总、分各局，徒縻费耳。尊见以为何如?

西圣病已全愈。皇上于百日期内，独座接见臣下，清问多中事宜，都门来书，皆称为圣明天纵，诚宗社无疆之福。唯现出星异，未审主何灾祥。形气似是长星，又近含誉。本日已嘱司局访一精于天文、熟于占验者，考核究为何星，以及所起所指度数分野，窃恐急切难得此人。

浚黄导淮之举，事端极大，经费太多，岁月又久，内外颇不以为然。然此事发之于曾文正，继之以吴子健，而坤一欲踵成之者，以淮、扬百亿万生灵所关，财赋犹在其次，故不得不勉竭心力。

盐务一节，时论总欲多增新引，彝庭亦屡以为言，而鄙见则在收引地方可增新引，否则引愈多，销愈滞，理势如此，非专为前任护法神也。

励吾深入理学，不必以科举责之。坤一于子侄辈，实不愿其为贵人，为文人。

复左中堂光绪七年六月十四日

滹沱复归故道，足见至诚感通，谨送上《五省沟洫图说》一书，以备采择。洋药流毒中国，收拾为难，洵如大疏所陈，必须加重税厘，以期卖者价昂，买者瘾减，徐图成效。遵即照式发刻，以便转行。

洋药不加税而加厘，洋商不能把持，即华商亦不能违抗。所虑偷漏必甚，一入内地，便觉散漫无稽，设局虽多，恐亦无益，必须于到口时，封存趸船官栈，方可稽查。此种办法，本有原约及烟台续约可据，而洋商无从舞弊，仍未必从。倘威妥玛袒护洋商，可否由曾袭侯与英廷辩论，援照该国于印度洋药出口每箱收银百五十两之例，数适相符，英廷于此事尚有是非之公，不似威妥玛之狡强。但使收数已有定议，则洋商不以封存为嫌，加税加厘均可顺手。第广东每年行销洋药最巨，辄由香港四路走私，不必到口，无从封存，又须另设方略，似亦可由曾侯与英廷言之。盖英人知洋药为中国大害，颇歉于怀，且以烟台条约，英人事事得占便宜，唯洋药加税，有裨中国而不能行，甚非持平之道。如得曾侯据理与争，当可挽回，较与威妥玛饶舌所获多矣。

就中国目前情形而论，诚如钧指，实有向治之机，及时力图自强，当不难复雍、乾之盛。唯是天下有道，守在四夷，所有中国外藩，似宜为之提挈，以存字小之义。查越南在前代本系内地，今虽帝制自为，然于中国唇齿相依。自法人侵占南圻各省，该国尽失膏腴，而封豕长蛇，尚图荐食。晚生前在两粤，于李扬才窜扰越南，力主援剿之议，盖度李扬才未必得而越南则不支，法人得以伺鹬蚌之争，收渔人之利。兹闻法人将据越之东京，并欲从此以窥云南，如其狡焉思启，则朝廷南顾之忧无已时矣。谨将所抄新闻两纸，录呈钧览。

鄙意以为及此声威，明谕法国驻华公使，以越南为中国外藩，二百年来朝贡极其恭顺，理宜保全，法国既与中国缔交，则于越南不宜侵轶。庶几彼族有所顾忌，不敢为所欲为。并由贵署致书与该国王，或即请旨训饬，务须亟图振作，严密防维，毋为外人觊觎，自取噬脐之祸。

晚生深知越南孱弱，不能自存，而法人阴谋叵测，视为掌握中物，故敢献此刍言，是否有当，伏祈俯赐酌裁。

又，高丽切近东三省，久为倭、俄垂涎。晚生前与合肥相国密商，并呈贵署，欲令该国结好西洋各大邦，为互相维制之计。该国臣民各怀意见，迄不能行，未审钧意以为然否。

复彭雪琴光绪七年六月十六日

王革镇所为如此，仅予镌职，尚不足以蔽辜。此等劣员，竟任其久居专阃，而省城赌风之盛，亦竟先无见闻，不独捷帅责无可辞，即弟亦何能诿咎！

江军水师以贺芷澜接统，诚为得人，较弟前荐之王炳卿优出多矣。此君自以未尝阅历营务为言，弟嘱其努力为之，以副恩植，日内当可交卸局务，起程西上。

星变自西北而东北，其实是一非两。占者谓为无大休咎，或谓其尾直指紫微，恐于朝廷不利。天道幽邈难测，此间亦无精于此艺之人。要之，反常为妖，遇灾而惧，亦各职思其居而已。

复黎简堂光绪七年六月二十四日

明公于历任所得石堤经费二万两之多，不肯丝毫染指，悉数办理地方工程，功德自垂千古，后来者欲如明公之瘠己肥公，循名责实，恐未必然。阅历三十余年，交游几遍天下，能打破此关者殊不数觏也。

或谓尊署宜设管库官吏，庶几有所责成，即有所顾忌，不全取携自由，中下人材，借以考校，有绌有赢，于国计民生，不无裨补。卓见以为然否？倘定拟奏办，即请携带敝衔。

承示缺少洋药，已饬局先行借拨一千桶，计二万五千余磅，当可以应目前之用。

复刘仲良光绪七年六月二十四日

再启者：

彭雪琴宫保此次查办江西一案，左右已得梗概否？万统领开赌即属是实，尚为常情。惟赣南王镇，竟骗奸良家妇女至十余人之多，殊出意料之外，理法难容。王镇仅予革职，则万统领即应从宽，万统领既经革职，则王镇便应从重，乃异罪同罚，办理似欠持平。此案牵涉文职道、府、州、县甚多，而李捷帅先无觉察，实不可解。

弟于江西有兼辖之责，镇将为总督专司，似此任其胆大妄为，自问亦属咎无可道也。

复周鉴湖光绪七年七月初一日

细绎张、陈两公所言，内有一二端尚出有因，特不如是之甚，此外横加诬蔑，令人难堪。

两江职守，就现在论，以防务为重，而梁檀甫并非起自军营，防务非其所习，从不轻赞一词。次为洋务，则有上海道。次为盐务，则有淮运司。又次为漕务、河务，则有粮道及徐、淮两道。以上数者，皆系取裁弟处，即欲委之梁檀甫，而该司道等分既等夷，事有专属，安肯向藩署听命耶？是原参所谓一概听藩司所为，未知此间情形也。

各省督抚收门包节寿者本多，弟自江西而两广而两江，所带家人，量给身俸，从无收受门包之弊。兹经察知，此次赴任，各处荐来新家人，间有于文武委署后，前往送札道喜，私得赏金，虽为数无多，尚经严行禁革，并给谕官厅，怵以与受同罪之条。原参乃谓弟纵容家人收受门包，不知此语从何而起？

广东撤去省城外两处炮台，系张友帅于署粤督时所作，嗣经英西林奏参，弟曾钦奉寄谕查覆。至弟经手委办虎门炮台，卸篆之时，尚未告竣，现闻该处炮台并未改动。既未临敌，安知其不合用乎？果不合用，则张振帅何以不与城外炮台一律折换？

至弟筹办此间江海防务，与彭宫保无不和衷，历有彼此奏案可据，间有一事意见不合，亦即从长商量，以公道相取。原参谓弟与彭雪帅龃龉，果能指实某事否？

此就所参各款之大者略为剖陈，仰渎尊听。弟在江右、广东两次沥疏乞身，并不敢以庸才恋栈，但祈朝廷速赐罢斥，俾赋遂初，则一切虚实是非，均可度外置之矣。

复左中堂光绪七年七月十六日

金陵、苏门、维扬与章江各局官书，业经檄饬务选上色纸张订送敝署，以便汇交楚军转运局解赴国子监验收。其各旧家所刻之书，亦经另檄洪运司汝奎及李道庆云、贺道元彬分途采访，陆续购送，务期沧海无有遗珠，仰副谆嘱。

王益吾大司成，人品学业，迥异时贤，具征特赏。都门为英髦萃聚之地，此外经术湛深而又兼通掌故者，夹袋药笼中，当不乏人，伏祈批示一二，俾知景行。

复彭雪琴光绪七年七月十七日

再启者：

现复钦奉寄谕，会查沿江炮台，尊处计亦奉到矣。查江阴等处炮台之不尽得力，应行添改明台，客秋曾经上达天听。嗣又撤空江阴南岸炮台廿余座，出自皖军统领与各统领之请，有案可稽，似可就此据实具覆。至于历年所用炮台经费，为款诚巨，恐难吹求，且系沈文肃、李雨亭任内所为，亦觉诸多挂碍。

兹特遣威靖轮船奉迎，行止一听尊便。缘闻清恙尚未全愈，值此天气溽暑，不敢促驾远涉，即邀节从贲临，亦毋庸履勘各处炮台，不过面商定稿，则由轮船请示，亦极便捷。弟如开缺卸篆不能与闻，拟即以此议告之后任，届时再烦左右数纸耳。

此间司局以前修炮台已被指摘，不得不饬圌山关北岸及江阴黄山嘴续修之明台，暂行停工，静候亲临指挥，并以奉闻。

复裕泽生光绪七年七月二十三日

弟奉职无状，屡挂弹章，并牵涉前在两粤任内之事，而以海防炮台为重。据闻奉旨交振帅与左右查覆，自能核实秉公。弟如有应得之罪，亦不敢望袒护。唯查广东省城外中流砥柱及大黄洼两处新修炮台，系瑞中堂与张友帅委员办理，弟抵任后，该炮台业经告成，因英西帅奏参，弟曾奉旨查覆，并将间有不合法之处，于折内声明。嗣闻振帅自抵羊城，即将该两处炮台铲平另造。言者是否指此，以李代桃？

至弟经手炮台，系翟子英督办之虎门威远、下横档两处，弟卸粤篆时，曾经会同执事前往履勘，尚未竣工，此后如何了结，究竟是否可靠，弟亦无从深知。至所用经费，另行派委道府专管支领，想翟子英亦无能染指也。此等委曲，自在洞鉴之中，振帅亦必确核案卷。

弟以现在口舌纷乘，即如江南炮台皆李雨帅与沈文肃所办，而言者且归咎于弟，故不得不渎陈清听耳。

复黎简堂光绪七年闰七月初十日

承示镶扫各工，应俟冬季水涸，一律折修，为一劳永逸之计，不独为国帑资撙节，亦可为地方谋久长，而厅员不便开销，计必多方阻挠。然得如我公之精明廉勤，主持河务，不为若辈所动，亦不为若辈所欺，恐亦无所施其伎俩。伯玉耻独为君子，子文必告新令尹。俟周福帅抵浦，左右可将一切委曲，婉为开陈。人之欲善，谁不如我？或者可以成公之志，仅一淮扬道无能为役也。

铁生身后，除盐务项下送给五百金外，兹又于善后局送给五百金。唯闻此君挪用公款七千余两，鄙意大不谓然，未知将来如何弥补？所谓清者，必刻苦自励，不染一尘。若以库物而供我取携，此亦民之脂膏所积，“与其有聚敛之臣，宁有盗臣”，系为君者言之，而非人臣所得借口耳。

弟倚装候代，而彭宫保闻已由鄂回湘，初六遣去之兵轮只可停泊湖北。倘此老辞不肯就，则弟之交卸需时，深虞贻误。

复谢子受光绪七年闰七月十八日

令兄劝弟入都不可负气，自是药石针砭，尤深感佩。

唯弟前经两次乞身，兹复徘徊瞻顾，希图恋栈，未免为人所讥笑，且弟被劾各款，以有嗜好为重，弟于此道本无积瘾，不过聊复尔尔。近因每遇出差，观瞻不便，业经戒除，然钦奉谕旨，既未指明，而弹章又未抄发，弟亦无从辨白，只合听之。然则何烦为此一行，是以踌躇不定，且俟卸篆后，商之尊处，如有书复令兄，祈为道意申谢也。

复高杏村光绪七年闰七月二十日

张、陈交章论劾，奉旨交彭宫保查覆，虽承多方剖辨，其中未免迁就人言，件件为之坐实，或如来谕“秉笔者不善措词”，然此间有候补道王灼棠告人云："亲见彭宫保写信与都门某某，嘱其转交某某纠参，故原参系指请交彭宫保查覆。"其言似出有因。谕旨于查参各款不提一字，只令弟入觐，亦无开缺字样。来教追论招商局之案，喻以引退，实获我心，而此间幕友，又以此次言者之多而且甚，彭宫保亦复扶同，朝廷如此处分，为从来所未有。无论如何为难，必须遵旨进京，不可辜负圣恩，将来徐作乞身之计，且谓弟二十年官声，不可一任而辈所毁。鄙怀不免踌躇，尚祈详加指教。

再，彭宫保附参两江营务处赵道把持防务，以致炮台诸不得法云云。查赵道恃符陵忽，自是实情。第兴修炮台，经手人员，各有主名，该道何能任咎？且以长江钦差与两江总督商办之事，而为一候补道把持，亦觉有失身分。兼以防务何等重大，办理已七八年，彭宫保于长江年年往来，见闻早熟，何以不早参奏，迄今始肯覆陈，未免动朝廷之疑。又查光绪五年五月，彭宫保与沈文肃会列前衔覆奏沿江炮台情形，无一贬词，何以前后自相矛盾如此？次奏称不应修之黄山港等处炮台，即五年五月覆奏所必应修者。现在黄山港添修明炮台未便停工，不得不援前案陈明，非敢揭彭宫保之短。缘奉寄谕，彭宫保未到任以前，所有海防及地方官，仍责弟悉心经理，故不敢不办，即不得不言。

至彭宫保此次正片参赵道甚力，而所奉上谕中，无革斥查办之语，或者别有指挥，否则大有碍于彭宫保颜面也。

复谭文卿光绪七年闰七月二十三日

承解来伊犁偿款，曷胜感佩！各省关尚无消息，而译署函催，务先两三月兑换洋银，汇寄英廷，只合暂由此间垫付。度支竭蹶，各省皆然，不仅尊处，而此间稍有存储者，实缘上年筹防时，未经增募营勇之故，而弟之得谤亦胎于此矣。

左侯[①]相入居政府，以其性情及当今时势，为曹则失之桔槔，为萧则失之凿枘，二者知其必居一焉。国家用人如用器，务在合宜，剑戟虽利，不可为耰锄，钟虽质大声宏，不可为磬。军机何地，侯相何人，何以竟不三思。其意欲以洋药加税及兴畿辅水利，塞中外之望，题目诚大，交卷为难。以侯相之力，奉朝廷之命而不能行，其所损岂细哉？为今之计，唯有移之南洋，似于名位相称，而于事体亦合，未知当轴能见及此否？弟于侯相不独有里闬之情，且有知顾之感，言若相倾，意实相爱，且为大局筹算也。

弟钦奉陛见之旨，高厚矜全，不遽开缺，令其自审进退。前在江西、广东，曾经两次乞休，此时尚何徘徊观望？若复强颜北上，益为大雅所讥，且恐将来陨越，求去而不可得。唯彭雪帅辞不奉诏，瓜代需时，其覆陈之疏，或谓此老先有信与都门，发难于弟，是以不便拜命，前后自相矛盾，则更无怪其然也。有罪不逃刑，止谤在勿辩，弟自责不暇，安敢尤人？承询故略及之。

再，当今所谓清流，均系读书明理、知古今治乱者，何复如此标榜，如此排挤，以蹈前代覆辙！汉、唐党祸，固无论矣，三学盛而南宋亡，东林盛而有明亡。虽运会所趋，未必尽由此辈，然宋之三学，极推尊者唯贾师相，明之东林后竟有降贼者。然则所谓清流，未必果识正人君子，且未必尽属正人君子也。大抵立一名目，则假托必多，由是鸾枭同群，兰艾并植，害且中于国家，而身家亦随之决裂，岂不惜哉！

弟上年在都，其开罪于清河公者，为端甚微，益吾大司成粗

---

①中华书局版《刘坤一遗集》无“侯”字。

知梗概，未审能否记忆？此次不复北上，未敢与言者争胜，且驰驱几卅年之久，实已力竭精疲，亦须借此为息肩之计也，然而君国之念，不以去留易心。将来明公与简堂中丞，必能担当天下之事，于所谓清流者，似当思所以化之，不必思所以敌之，和盘妥处，实为宗社无疆之福，深愿执事留意焉。

复郭筠仙光绪七年八月初一日

弟之钦仰，弱冠已然。咸丰年间，就馆江忠烈家塾，会先生以捐事来敝邑，谬采虚声，赐书存问。寄示《哭忠烈》二律，中有“异域蛟龙匣，秋风桧柏林”之句，弟随于次日晋谒，初得识荆，即蒙留宿衙斋，殷勤慰勉，以一村措大忽见赏于乡先达当代之名公巨卿，且感且奋，不啻登卞和之门而长价，遇伯乐于野而长鸣矣。先生曾忆之否？弹指二十余年，红羊苍狗，变态万端，虽鱼雁时通，而藿葵莫慰。客岁孟夏，始于星垣重接麈谈，窃喜精神风采无殊畴昔，不独吾湘之典型未坠，亦为国有老成人庆也。

夫以先生抱道自重，与古为徒，不以时世之毁誉、名位之通塞为加损，此弟常与二三知交所乐道不置者。矧我辈出处自有本末，非人所得而推之挽之，第以时局正在艰难，亟盼先生强起，以救其敝。适奉谕旨垂询洋务，故于覆疏中及之。迨闻为左右姗笑，惶惧无以自容，不得不申函剖谢。幸荷大度包涵，不加谴责，鄙怀为之释然怡然。此外泛泛悠悠之口，愿先生勿复芥蒂。

承示劼侯此次所办中俄之事，诚大才所优为者，其不能如劼侯之事事请命于译署，则各有地分使然。

弟奉职无状，名挂弹章，拟俟卸篆以后，请假南旋，从此闭户思愆，借得以宽闲岁月，重理陈编，冀沐甄陶而图晚盖，想先生不遽挥诸门墙外也。

复郭意城光绪七年八月初三日

两淮盐务，正值疑议交乘，不得不谨守成规，以杜口舌。废岸固应振顿，改运殊违旧章。万一别岸偶尔滞销，或归咎于此举之滋弊，甚至买属言官，以相龋龁，虽百喙其奚辞？即加引一层，亦恐于旧商有碍。故彝庭屡以为请，而弟未敢遽从，实以各处情形尚未深知，又在供亿浩繁之际，倘以纷更而误接济，则获咎匪轻。前疏谓加引与复淮不可分为两事，能复淮不必不增引，欲增引则必先复淮，此弟熟思审处，并非专主沈文肃之议也。

令甥母子自以留养府上为宜，弟既函谕春木，又嘱肩弟开导再三。乃昨接春木覆书，仍称其太夫人之命，一若非此孙依依膝下，即无以遂含饴之乐者。又自诉平日犹父犹子之情，于遗孤并非薄待，且追论芾生在外，人财两空之失，不仅不为府上德，并谓芾生如不报捐引见，亦不至为燕邸羁魂，似怨弟未能阻行，或者意在旁衬。看来春木于令甥母子，必欲接回同居。肩弟覆书亦谓不必勉强与人家事，当思疏不间亲之义，且言此次令甥母子盘资，即是索之舍下，以后情况不同，恐亦无力兼顾。弟筹思再四，碍难主持，想忠烈公与芾生当亦见谅泉下。

县志如《军务》《人物》两门，诚如台指，最为切要。而邓、陈两君开来节略，疏漏似多，云已径呈左右。彝庭来书，则云业经抄送荫帅处，未知已斟酌寄回否？敝县近来人物，无非起于军务，荫帅亲执桴鼓，与之周旋，且半系旧部，自能悉其梗概。弟彼时虽曾侍鞭镫，参帷幄，实不如此老之耳目详切。又议修县志，系荫帅在籍时所倡始，自应待其笔削，弟未敢轻赞一词。将来解组归田，如此两门中尚有应行采辑考证之处，无不尽力，无不唯命。

《湘军纪事》一书，必求善本，俟弟归过星垣，面聆指示。

中俄虽经定局，当此各国环伺，交涉方殷，沿海防务固不可松，要在善于抚驭，操纵得宜，则所谓兵轮、炮台者，自可备而不用。

来翰抱定一“理”字，实属至当不易，汉学在此，宋学亦在此，中学在此，西学亦在此，所谓人同此心，心同此理，古今遐迩何殊焉。能窥其奥而得其精者，唯令兄筠仙先生，倘以译署之事，由其主政，则时局庶有豸乎？其余不懂洋务者，固门外汉，即懂洋务者，亦只得其皮毛，斤斤开制造，并采方言各局末之末者，卓见以为然乎？

嗣君奏调一节，似可不必。当行出色之才，所如皆合，正不必匏系于此也。

复李次青 光绪七年八月初四日

承示另办《湘军志》应改名目，自无不可。唯王纫秋既经在川付梓，何能秘而不宣？裴公不肯出以示人，亦所不解。为今之计，似宜索观全册，将其众悖贻缪之处，逐一签明，寄与曾劼侯一阅，即请其转嘱纫秋，将一切案卷交出，重行编订，务从实录，以期传信后世。纫秋所刊原板，并应照前明《三朝要典》销毁，方为和盘妥处。区区非仅为湘军计，亦为纫秋计，盖偶有舛错，尚可曲原，倘颠倒是非，恐为文字之祸。北魏崔司徒之酷，东晋桓宣武之诃，事体虽殊，理势则一，不可不虑及。本朝此次军务，为前代所未有，卒夷大难而成中兴盛业者，湘军之力，皆曾文正公之力。若此志矫诬失实，当为劼侯所不许，亦我辈不能辞责矣。经费一节，容再筹商。

劼侯在俄，折冲樽俎，固属舌敝唇焦，然所以俾之就我范围，即意翁所谓抱定一“理”字，亦筠翁所谓“一使臣足以了之，无待纷纭自扰”者，实令人佩服不已。筠翁并谓劼侯此番作用，其所优为，弟深信其非夸语。此老真知洋务，必能干济时艰。朝廷亦深悉此老之才之节，无奈为清流所把持，不肯大用。

弟亟思引退，在粤已然，兹得借此以赋遂初，实为厚幸。

复李勉林光绪七年八月初六日

弟同舟两次，明知执事为当今第一硬汉，第一穷官，而悠悠忽忽，一若等国士于众人，竟未早为推毂，则蔽贤之咎，万无可辞。自维赋性愚笨，又是戎马粗才，于当代清流，始终未能惬洽，诚恐一波甫平，一波复起，殊费朝廷设法矜全，何如避其锋锐之为愈也。

兹幸海防解严，时局大定，除应购铁甲、快碰等船少须经费充裕外，其余一切事宜，渐经就绪，则弟之捧身以去，于进退似尚不失本末。

复李若农光绪七年八月初九日

如夫人昙花偶现，仙种留传，已征一索之祥，旋诵六如之偈，自是功成身退，愿公勿以遗袿伤神。

广平偶有违言，不必介意。此等悠悠之口，只合大度包容，倘与龃龉较量，转致丛生枝节。

彭雪帅初赴章门查办案件，度岭是其托词。此老业经旋湘，坚辞江督之命，未知能否邀允？

左侯亦力求去，想因所陈两事格碍不行，并闻前日之相推崇者，近亦不无龃龉。曾沅帅以心绪不佳，坚卧不起。秦、陇重寄，谁实堪之？使太冲仍在兰州，足以镇慑中外。乃轻听一二书生议论，必欲趣其入辅大政，以为可以耸动天下，振理一新。今日之处分为难，未知喋喋者别有善策否？古人谓国家用人如置器，置之安处则安，置之危处则危，固不独为一人言之耳。

复洪琴西光绪七年八月十四日

钱子密信来，谓乐仪书院一席，卞颂臣为陈六舟说项，子密拟即辞馆，仍请属之薛慰农，而慰农则请让之韩叔起，第恐非颂臣本意。尊指以为何如？

保甲局拿获之犯，牵涉光绪三年所办三牌楼一案。外间议论纷纭，或请札发臬司审问。弟以苏垣相距太远，不如即发藩司，并嘱张西园将一切情形密达清听。贵署公务如略就绪，即请移玉来宁，察酌办理。好在前案经执事禀请另派大员覆讯，与寻常审转径请正法者悬殊也。

再有恳者，弟两度江南，于淮南书局所刻各籍，并无秀才人情。此次解官归农，不再出山，拟请尊处于书局所刊各籍，酌送二三部，以壮归装，未审可否？亦未敢强求。

复王益吾光绪七年八月二十一日

金陵、淮南、苏州、章门各局官书，业经陆续咨送交楚军转运局递解尊处，计荷验收。经、史似已略备。兹接抄示清单，唯《南北史补注》及《楚汉疆域志》先经汇陈，余均阙如。详绎名目，除各府县志及丛书数部外，类系各家杂著，大半卷帙无多，第散漫零奇，且有尚未付梓者，一时恐难收罗。如汪士铎《水经注图》各种，及夏燮《中西纪事》各种，闻现寄存官局，尚可予取予求，其他则不得不假以时日。

台示张友樵以十箴见规，未必爱我至此，弟处未经接到，未审左右是否寓目也。

至弟开罪彭雪帅之故，不敢不渎达清听。上年弟抵任时，即经咨请雪帅，如有需用经费之处，便可径札司局，不必咨由弟处转行，以免周折之烦，一面檄饬司局知照。嗣经雪帅将弟咨文退回，函谓如果需用经费，则令瓜洲吴镇代领，而仍不用公文，司局亦即随时如数应付。弟以雪帅既不经手，又无饬由吴镇代领明文，一切收支即是司局之责，故于覆吴镇函牍，嘱其慎重，为将来报销地步，而吴镇疑为藐视武官，禀经雪帅将银退回，由是触怒且迁怒于弟。既而雪帅欲以大船载石沉塞江路，弟以江路宽深，不易塞断，且塞断之后，开通为难，不唯有碍各国轮船，亦恐有妨华商贸易，兼虑两岸或受水灾，当力止之。雪帅又请派兵轮两号，委王灼棠带往日本长崎，潜烧俄国后路轮船，一再言之，甚为切至。弟以俄船不过偶尔寄碇长崎，并非后路，且俄人必有防维，日人亦必保护，何能任我焚烧？是此举徒以激怒俄人，启衅日本，复力止之。雪帅因之积嫌，以为遇事掣肘，凡与都门函札，莫不以此为言。弟明知之，然以大局所关，不敢迁就，非故忤其意也。

此老长弟十五岁，且为乡先达，所有称谓周旋，以长者事之，而孰知其非长者乎！兹所以略陈原委者，亦冀先生与同乡诸公知弟非敢无礼于雪帅，此外固非所计矣。

复彭雪琴光绪七年八月二十二日

承抄咨大疏，洋洋千数百言，淋漓痛快，冲怀伟抱，流溢行间，读者为之懦立顽廉，曷胜钦佩！传闻另片荐贤自代，尤为古大臣用心，唯是朝廷倚重长才，未必遽与收回成命。务望遵谕，刻日履新，如必志切退闲，彼时再为南丰推毂，当可仰荷恩俞，庶不至于推延日久，令此间公事有贻误之虞。先生体国公忠，待人诚恕，想能为弟设身处地，俯纳刍言。

弟目前尚是未经开缺之员，且前此钦奉“仍当悉心经理”之旨，故于勘办导淮之事，不得不靦然一行。现拟于本月廿五带印出省，顺道前往圌山关南岸，验收明炮台工程，往返不过十日半月，于瓜期当不至误也。至圌山关北岸东生洲等处明炮台，前遵台指，已饬司局及章镇军接续办理。知关廑注，并以奉闻。

复杨次麟观察光绪七年十月初十日

承示叔牙竟非夷吾知交，可见古今人之远不相及。

闻元礼公近颇收罗时彦，何以物色偶遗，得毋以非北海通家，尚不免有轸域之见欤？枉寻直尺，固知贤者不为，然而龙身虎气，理无久淹，明春桃李，定知高夺锦标。万一文福不齐，尽可南旋江左，此间虽难预留位置，谨当荐之太冲。此老夙号爱才，区区即其一手推挽，尝言求十得五，可想见其吐握之诚，以执事华实兼优，必以国士相待。彼时弟如未去，自可重作曹邱，否则请投此函，或另上书求见。昌黎为子舆氏之续，犹不以此为嫌。今使相勋德远过于襄阳，似不妨稍为屈就也。

令侄孙女旌表一节，因册结未到，致稽核办，兹已饬催矣。

复钱子密 光绪七年十月十六日

令侄送来《甘泉乡人稿》《记事稿》《记事续稿》《旅逸小稿》《刻楮集》各著作，庄诵之余，仰见潭府渊源有自，先公花萼交辉，立德立言，洵足以光史乘而惠后学。遵即备具咨文，交折差赍投尊寓，计经察收。

弟于升沉毁誉，早已付之度外，矧此次言者虽属太过，未必全属子虚。止谤莫如自修，讵可责人恕己？兼以叨窃已久，自不免有蹉跌，似此风波，犹为侥幸，朝廷逾格矜全，听其善去，欣感不已，何怏望乎？

自维二十年封疆之寄，敢存五日京兆之私。值此时局维艰，同舟亦复多故，敝署倘涉松劲，将有丛脞之虞，是以勉强撑持，实亦迫于事势，非故为公忠自诩，以图弭谤解嘲也。所最难堪者，前经奏留之王松滕，因案提解入都。专折保举之洪琴西，亦因案奏请解任。尝读《汉书》而叹鄼侯之于淮阴，以德始，以怨终，不图躬自蹈之。三牌楼案，事理显然，初二一疏，亦可借达台鉴。乃琴西一味狡护，不肯引咎，殊非行己办公之道。生平读书为何？亦可见真才之难得也。

复王益吾 光绪七年十一月十四日

承示新编朝鲜、越南、日本各史，俟告成后，务祈惠赐一部，以资考证而广见闻。

左相出镇金陵，仰见朝廷运量之妙，既无损此老声望，而南洋亦得有大力者为之方能自立。弟为左相汲引之人，退避贤路，诚欢诚喜，至于升沉喧寂，早已忘之。白司马对酒悲歌，殷深源临歧洒泣，即谓江湖不忘廊庙，何颜作此态向人！来书谓彭雪帅坐实前一层无法补救，左侯相手覆亦以为言，弟窃以为有不尽然者。昔李忠愍督师援皖，台臣劾其嗜好，文宗以“小节”两字置之。圣明于疆吏用舍，自有权衡，弟实不胜兼圻，固非馋铿一二语所能动也。

夫日中必昃，福过灾生。弟三十余岁承乏江右，瞬已五十有三矣。范鲁公所谓早发先萎，古今一理。况蒙矜全逾格，犹许入奉紫宸，及此乞休，尚为善去。既昧老子止足之训，敢蹈小人奔竞之风。幸而老母获安，便当长奉色笑，以尽菽水之养，不敢再图起用，希冀国家帷盖之恩也。

来书慰勉殷拳，谨布区区。

复张延秋太史光绪七年十一月十七日

手教慰勉殷勤，并引临淮、汾阳以相责望，诚无愧于古人之义，不胜感佩！鄙意窃以唐代藩镇跋扈，故当闻命即行，近日奔竞成风，似应知难而退。如袭其迹而失其真，曷以吾之不可学柳下惠之可，先生以为何如？至朝廷此次于弟，可谓处分尽善。前以馋铿署理，虚写固妙，今以太冲补授，实写尤妙。况此老进退两难之际，恰有此席以位置之，弟早与此间僚友论及，既无损于使相重望，并可以维系西陲军情耳。

江南老名士薛慰农山长，于江宁城内龙蟠里驻马坡修建武侯祠，郡志，先主连吴破曹时，武侯曾驻马此坡也。祠成，属弟为楹联，勉拟一首，自觉得意，录呈教正，并祈转告李若农先生。

复李中堂光绪七年十二月初三日

此间规模大定，无所用其纷更，有曾文正为之前，左恪靖为之后，自以和盘为美，不以翻案为能。倘承垂问情形，固有子文必告之义，如以败军之将不足语勇，则治晚无须进言矣。

彭雪帅附参赵子芳，而必声明为令亲戚，有如村妪搬弄口舌，此间以为笑谈，至欲以此尝试，则不啻蚍蜉撼大树也。此公一生作伪，窃负抗直之名，且以藏拙鸣高，均难逃有识者之默鉴。为官若隐若见，其人可有可无，朝廷待之别为一格，但愿以后遇有防务，不复使之与闻。客岁初，欲以三万金付吴朝杰购船载石沈塞江路，继欲以兵轮两号，委王灼棠暗往日本长崎，纵烧俄人后路船只，治晚力持不许，以致深结怨嫌。若使二策得行，则大局不决裂乎？此外如请添营勇，制造轮船，多办火包、火筒，并稻草数十船，积一切无用之物，犹其小者，想尊处亦有所闻也。

招商局之事，治晚先经请示左右，旋奉覆令各自覆奏，以杜人言。敝疏所叙，该局员私得中金一层，系据芝田诸君禀揭，并非别有搜求，发折后即经抄呈冰案，可见治晚初无成见。现经尊处查出行用，即芝田诸君所谓中金，此六七万巨款，保无染指分肥。此系取之洋人，于我何损，治晚决不再效丰干饶舌。唯承台嘱会衔奏结之处，则是自认情虚，治晚虽不以此为嫌，似无以对芝田诸位。伏祈俯赐鉴原。

一俟交卸篆务，即行展觐，顺道趋聆榘训，面达鄙忱。

复彭雪琴光绪七年十二月初七日

左侯相并无请假三月之说，绕道省墓，大概年内可以履新。弟奉旨卸篆进京，已逾半载，稽迟过久，陨越滋虞，且以交审重案甚多，尤望及早脱手为幸。昨得省信，四舍弟旧买公馆略可安顿，不必另觅枝栖。廿年宦海萍踪，至此方寻归宿之地，时哉时哉！

蒙询贱恙，曷胜感悚！弟知过惮改，不唯旧病未能痊除，近因抑郁无聊，复有好酒之癖，虽无过人大量，未免朝夕把杯，如果在官言官，似亦不无忌讳，其实饮食但使有节，又何碍于国计民生！矧弟解组归农，正可陶情曲蘖，仿信陵君故事，以遣闲愁，借可与晋之七贤、唐之八仙为友。即如烟霞痼疾，短榻横眠，亦正是陈希夷高卧嵩山，半身睡扁，王子晋吹笙缑岭，三叠清圆，斗室盘旋，颇饶逸致。

今日言路，辄以此为首诛，是无异于周公之诰太康，大禹之疏仪狄，所谓古之遗直，不信然乎！闻夫已氏日在醉乡，今亦膺表里河山之寄，又是笑人之瞽，而自忘其为聋矣。缘叨雅爱，信笔诙谐，伏祈一噱置之。

复薛慰农光绪七年十二月十四日

贵门人黄殿撰为弟辨诬，实所心感，但得地方士民见谅，一官去住不足介怀也。弟虽遵旨展觐，仍于奏报交卸起程折内先行声明面请终养一层，以为将来乞退地步，且免人言，疑其呈身仰面，别有希图，俟台从惠临呈稿求教。至贵门人事，现今无能为力，且候徐、黄诸君来见左侯时，如得一晤，当觅便为之说项耳。

复左中堂光绪七年十二月二十八日

祗奉钧答，遵即传谕该家人孙德庆照旧坐京办事，务期始终勤谨当差。查该家人并无身俸辛工，每年且有送呈微物，晚生任内，曾收过蜡烛五对。据闻该家人景况尚好，不过借此为荣，又每次贡费由伊经手，或者稍有沾润，似可不必另给，伏候尊裁。

再，晚生前折拜发后，适接家报，继慈两目失明，手足不能裕如，已如风烛瓦霜等语，业经面呈钧览。兹拟请假三月，先行回籍省亲，谨将折稿录呈，是否妥协，并祈教正。

至越南之事，应由粤、滇督抚就近严密防维联络，庶几能放能收，若另简钦差，适启戎心而开边衅。钧谕谓兵连祸结，将无了期，具仰胜算。尊处覆奏折内，如将此层婉切声明，自可作为罢论矣。

复钱子密光绪七年十二月三十日

弟归计早决，所以层层婉转者，既恐笑我寒心，又虑疑我负气，即如外间人情世态，亦不得不作余波，以留未尽之想。尊处未便预白，以耳目众、口舌杂也。

廿四一折，计日可以入都。现在作为接到家报，继慈病重，先行请假归省，一俟三月期满，再求涂朗帅代陈终养，方为不着痕迹。想先生谅此苦衷，并祈转达诸知好处为祷！

日前月折，并经附奏为洪琴西极力剖辨，决无授意之事，不图星使专为此案而来。弟任内既未定谳，则亦无从下断语，所虑澈底推求，转形吃重。观于李、陈先后两说，可见外间办理之难。

弟从此归里养亲，决不再作出山之计，否则供人指摘，恐尚不止今日情形。前在五羊，深思止足，乃迫于朝命，奋袂而行，竟致如此结局。一误岂容再误，弟亦思之烂熟矣。

书牍卷九

复李筱泉制军光绪十七年三月二十七日

家居守拙，一瞬十年，久澹宦情，无心出岫。乃以圣明录用，承乏珂乡，薄植铨材，滋虞蟸负。

前月入都展觐，仰蒙召对四次，垂问周详，据实上陈，幸无陨越。道出津沽，获与傅相晤谈，数日盘桓，不减平原之乐，其精神矍铄，堪以奉慰孔怀。十六日行抵江宁，二十一日接篆，抚怀旧治，有愧谢安。当此遗艰投大之时，难收就熟驾轻之效，邮筒有便，尚祈示我箴规。

致王莼农观察光绪十七年四月初九日

南字营于南云兄在时，大半虚冒，通国皆知，远近传闻，遂诬曾忠襄公有就中分肥之说，乃南云故后，抽用勇饷极多，即刘军门亦尝言之。现在南云之弟来书，犹谓各处修祠之费尚须十数万金，仍当取给于此，每月每营提三百金而不知其为非，诚可骇叹！

执事受任之始，务在极力振顿，兵饷核实，庶足以服众心而孚物望，决不可稍涉迁就，自冒不韪。弟与左右世交，不得不披沥肝胆，若刘军门处，只合听其所为。区区但愿贵营练成劲旅，声绩颠倒一时，一切指挥，断无掣肘，即所荐之蒋总兵，可用则用，否则置之，不以为嫌，高明谅之。

致张绍臣军门光绪十七年四月初十日

昨接曹肯堂禀请两月病假，并请暂委班广盛、曹耀衢分别管理中、副等营事务，业经批准，即交来弁赍回矣。唯闻曹肯堂病体极重，各营将弁心怀向背，鄙怀深以为忧。伏乞台从驰往吴淞，察看该营情形，妥为部署，极力开导，务令各将弁等恪守纪律，所有一切训练巡防，概照向章办理，倘因统领卧病，稍涉疏虞，甚至播弄是非，定照军令治罪，该将弁等不能当此重咎也。并请传谕曹肯堂安心调养，以其速痊而慰悬系，是为切祷！

又邹理堂所带督辕亲兵，已调往十二圩，所管吴淞口炮位，即交班、曹两君就近接管，毋致遗误。其陈统领基湘所部忠、信两营，现在何处，是否同驻吴淞，统希查明示覆。

复沈仲复中丞光绪十七年四月二十一日

芜湖为通商口岸，五方杂处，良莠不齐，时闻匪徒混迹其间，自须有防营在彼驻扎，以资巡缉。

派拨南勇一节，自当遵照办理。惟南字等营现在驻守下关及江阴、镇江等处炮台，均系重镇，为公所深知，本意将王道五营调省训练，因各该处亦复谣言四起，民心惶惶，不能不暂缓抽动。现奉尊示，拟即饬催王道迅将所部各营调集省城实力振顿，俟数月后，军容稍整，即行抽调一营驰抵芜湖常川驻扎，以副钧嘱。

现据刘、成两道来禀，该处地方业已安谧如常，除张统领调回一百三十名外，余尚足以弹压，目下但求执事勿再抽调，俾敝处得以斟酌缓急，分别布置，想我公必能俯鉴鄙忱。

复许仙屏河台光绪十七年四月二十六日

盐务虽稍清理，刻难一律整齐。水陆兵勇部署粗有规模，未敢遽议撤遣。文武僚属面目尚未认明，从何知其贤否？承示姚、欧两令，谨先收入药笼，以外人才优劣并地方利弊，伏祈俯赐指示。

钱子密之言，未为允当。弟此次入觐，仰蒙垂问外事甚详，当将东南民穷财尽，开源不如节流，各省募捐、制器诸大端，最为糜费，以及台湾剿番之宜亟罢，西大道铁路断不可行，东三省须未雨绸缪，高丽国在善为抚驭，谨就鄙见所及，剀切奏陈。又如南洋兵力，只能固守长江，不能兼顾浙、闽、粤省，亦经预为陈明，似尚有当上意。自以六十余岁老人，未必再有朝天之日，而大局所系，未敢含默不言，能否图报万一，则初无把握也。

复陈幼莲太守光绪十七年五月初三日

另示具领前书用意极其精微，用笔极其委婉，无非使听者乐受，不负规劝之苦衷。奈弟学养俱疏，往往有失于周旋之处，缅怀金石，惭悚交萦。

首裁浮费冗员，实出万不得已，然欲无所事事之人，犹留月支薪水五十两，似不为刻。

香帅郑重报章，大概因有另启数语，弟固料及之。尝读《宋史》，见范文正与吕文靖两公，先则不无违言，后则竟成知己，彼此以公义相取，不以前隙介怀，我思古人，实犹我心也。

复赵展如太守光绪十七年五月初八日

所示地方情形，了如指掌。查凤阳风气犷悍，夙号难治之区，现在匪类披猖，天气亢旱，拊循整顿，在在为难。执事民瘼关怀，深达治体，如购拿斋盗各犯，犒赏兵民，禀调防勇，以及预备火灾器具，设法捕蝗，均属目前急务。汉书所谓“共治天下，使政平讼理，间阎无叹息愁恨之声”者，贤太守足以当之。

至于教匪煽惑人心，贻害尤烈，务望剀切晓谕，以期隐为解散，消患无形。荀子论治道，谓宜法近王、尚讲说，可见地方官条教号令之非虚文也。尊论“防患贵在未然，回天全赖人事”两语，至理名言，惟相期共勉而已。

复李中堂光绪十七年五月十二日

前闻执事经武简军，楼船按部，舳舻衔接，组练精严，海不波扬，军如山立，南洋各兵舰，亦得上附骥尾，学步后尘，至为欣幸。

大疏星罗棋布，煞费经营，石画珠钤，密益加密，允宜手诏褒美，策府书勋。铁路渐次推行，首顾陪都根本，飞轸远驭，同轨咸遵，虽与寿帅协虑合谋，而经国大猷，实赖老成独断，北山一什，深仰贤劳。治晚重到秣陵，视事未久，天时人事，两值其艰，入夏雨泽愆期，秧田未能早种，匪徒造谣鼓众，焚折教堂，接踵而起，上自武汉，下迄江、浙，潜窜滋扰，至今尚虑蔓延。刻下幸得透雨，民心渐定。惟苏属教堂滋事之犯，仅获附和数人，真正匪徒，尚在侦缉。现在扬属育婴一节，虽与教士商有定章，此外各属必得申江定议，方能通饬照行。我公因美署领事有上其公使不再收养幼童之议，已咨译署与各使酌办，因势利导，深佩荩筹。

史镇请觐一节，听其自定行止，业经电覆均鉴矣。查总兵三年任满，例应陛见，或免与否，出自天恩，届期不自具呈，未免有违定制。此犹是官话也。治晚履任两月，独史镇未来一面，询悉该镇四肢惫不能兴。皖南地处万山，半土半客，哥匪、盗匪混迹其中，一切弹压巡防，必得武营与府县协力办理。分阃专寄，地方倚为安危。业经催令来省，面询事宜，借以察看病势，并密商之仲帅，拟以朱镇淮森前往瓜代，现均未接回音。如史镇尚可支持，治晚决无成见，即朱镇淮森亦不难别为位置，万一史镇不能治事，似未便久涉因循。治晚前在江西、广东，于靖安县、佛冈厅等缺，迁就一二属员，卒至变生意外，不独地方糜烂，本人亦因之诖误功名，洵为前车之鉴。谨先布臆，伏乞俯赐酌裁。

曹镇德庆请假两月，未知能否就痊，深以为念。

再启者：

各处焚折教堂之案，皆由教堂兼办育婴，不免夭殇，致生疑谤，匪徒因之借口，诬其迷拐残害，易以鼓动众人。现经扬州保甲局赵道济川与该处土教熟商，以后教堂收养婴孩一名及病故一名，随时报知地方官，传集邻右验明，分别注册，以便稽查。大略如张香帅在粤办法。该主教已将此节请示法总领事，一俟议准，便可通饬施行。一面出示晓谕，俾群情释然，可期民、教相安无事。

致陈右铭廉访光绪十七年五月二十日

唐益之事，初闻不得其详，当经函劝席氏兄弟，念是先公旧人，有犯勿校。日前润生行抵敝署，询悉一切情形。夫反索前欠勇饷，断难开端，张香帅批词极为明白。借贷一节，本无拒绝之辞，至再至三，无损于义。乃挟愤纠抢，与反噬何殊？非病狂丧心，即祸至神惑。在席氏兄弟原不以失去数千石谷介怀，于唐益之亦不敢请论如律。唯案情重大，已控经督抚，将来如何设法弥缝，且以唐益之近来性情，难保其不再寻衅。

又闻研香宫保旧部如唐益之者不少，亦难保不起而效尤。弟与明公于席家谊同一体，研香骨肉未寒，诚不忍坐视其子孙为人蹂躏。应如何释前嫌而弭后患，想左右必有万全之策以处之。

润生归过鄂渚，即求指示一切，并请禀商香帅斟酌施行，是所盼祷！

复刘康侯观察光绪十七年五月二十日

部议令南、北洋暂停购买外洋机器、船炮等项，于两年中节省百二十万，解部接济，并非令各制造局停工，且部中亦安知贵局有此存款而欲提用，尽此区区，何裨于部款？即使行文来提，弟必全数奏留，讵可如此搜刮？

丁令乃文果来饶舌，并抄呈前上尊处六条，此辈浮言，无足轻重。唯与仲芳共事，而彼又是实缺人员，若意见参差，未免难于调处。推求其故，实由见忌而然。左右曷不追廉、蔺高风，委曲与之联络，自来欲大伸者不惜小屈，成大事者不拘小嫌也。

复孙莲舫舍人光绪十七年五月二十一日

鄙人无状，视事两月，用人行政，未足感召天和，德薄致灾，良深咎戾。来示中如省囹圄、浚河道及栖流所各条，早经分别举办。其余数节，或力所不及，或势有为难，亦惟竭此愚忱，尽其职守。至索神以祭，忝膺斯土，敢忘为民请命之心！青龙山云泽夫人已经专诚祈祷，此外如本省之宝华、江嵊，邻省之安义、潜山，奔走呼吁，几于靡神不宗。虽迭霈甘霖，迄未满三农之望，故尚未疏请封额。仰瞻苍昊，焦急莫名。

至于咏歌金石，临流赋诗，自问戎马粗才，风尘俗吏，而欲掀髯摇膝，高谈文雅，自附清流，既病未能，且苦不暇。

大著略为流览，殊有见骥一毛之愧，案牍繁赜，久留惧有散失，谨此璧还。

致席麓生观察光绪十七年五月二十二日

唐本有形同无赖，计不图全，若与较量短长，必至俱伤两败。汉汲长孺甘受周阳由之侮，遂免于祸，况横逆更出情理之外者乎？日前润生惠顾，询悉一切情形。数日以来，再四筹商，苦无善策，好在此案控达督抚两院，将来办理轻重，自有权衡。其捏称返索欠饷、田价两层，业经香帅痛切批驳，则纠众肆抢之罪，于法断难姑容，且以先宫保拔擢之人，乃不旋踵而图反噬，辜恩背德，尤为罪恶所归。

又在广西侵饷被参，此次不难立置宪典，是在大吏为地方除恶，无俟他人妄赞一辞。所虑唐铤险之时，于府上再下毒手，拟请贤昆玉挈眷移住省垣，以避凶锋，幸勿安土重迁，致有不测。其余尽可静候两院查办，或于省中就近禀催，以杜后患，想香帅与中丞公必有主持也。

复李果仙光绪十七年六月初四日

顷奉手书，亦如面晤。陈文恭云："毁誉听之于人，是非审之于己，得失归之于数。"至理名言，服膺有素。弟前此奉职无状，以致开罪时贤，家居十年，杜门思过，矧至今日，尚复介怀耶？

至于清况，自所深知。惟此次抵任，裁汰冗员浮费，未便更为友朋吹嘘，且在都门所接名条，迄无位置，即此可见为难矣。时势使然，爰莫能助，虚承雅属，歉悚莫名！

复刘省三宫保光绪十七年六月初五日

蒙送铁酒十二瓶，详示内加芹菜，能解热毒，以及服用方效，曷胜感泐！

弟前过津沽，见李傅相口唇微歪。询之左右，皆云洋面中风，不知为常服牛肉、铁酒之弊，想台指具达傅相。唯闻此老专信外医，未审能兼听否？因循日久，恐有他证，窃为虑之。

致成端甫观察光绪十七年六月初九日

此次尊处民教一案，将来认赔必多。弟查前此镇江之案，赔款动用公项，实赖曾惠敏在内斡旋，笔秃唇焦，始能邀允，后事恐难援以为例也。

左右于译署声气自通，可预为之地。届期弟于能言者言之，别无可以援手。

复陈幼莲光绪十七年六月十一日

承嘱一切，早怀此心，第有为难数端，不得不渎清听。

两湖、两江情形，正复相似。借南洋之名，勉强奏调杨子通、曾经郛两君，杨曾任镇江关道，曾是译署章京，尚有根据，此外无可借词。倘轻重失宜，于彼此有碍。其为难一也。

弟此次出山，旧友多求奏调，如在粤东西及珂乡人员，可以远而置之。至于敝省之况颜山、刘彦臣诸位，以及江西贺芷澜、李艺渊，或在籍受其庇荫，或同里久与周旋，屡经婉辞，言犹未已，若一爻发动，必反唇相稽，无以再拒。其为难二也。

弟与张香帅交情甫合，香帅倚重长材，欢同鱼水，且以爱子为托，与别席不同，而弟忽夺以自助，于情理未免不堪，万一因此生嫌，天堑同舟，诸形隔阂。其为难三也。

游幕省分，不能服官，例有明禁，虽官场类多通融，无人指摘，而以左右身分之高，与弟初政所系，似不宜授人口实其为难四也。

况奏调人员，辄为同寅侧目，往往本人未能如愿，而群疑众谤，抵隙蹈瑕，转致凶终是惧。又奏调人员不准补缺、署缺，此间大局、大卡向委道员，台从贲临，亦无可位置之处。是于四难之外，更有此难，不得不先为踌躇。

令弟在水师学堂干脩，经杨诚之开呈共八九人，因此一律存留，并未裁撤。此外各局未曾与闻，兹承台命，容后设法调济。

复陈右铭光绪十七年六月十五日

各局冗员浮费，即曾忠襄尚存，当亦自思变计，不唯物力不给，而风气亦太不堪。以苟得为能，以滥支为德，多设腥膻之味，广引饕餮之徒，使士大夫知有钻营，不复知有廉耻，文正公流风余韵，扫地殆尽，良可痛也。

初拟多撤防勇，是以不亟吹求。现因时事为难，未能遽议裁汰，略为部署，各归各军，并严查虚粮，务令补足原额，纵未能一一核实，或不至如前日之三成五成，将来酌减若干，亦复易易。至于江西缉私之弊，在都竟无所闻，能否改复旧章，尚须从容斟酌。欧、蔡两道，仰见赏识有真，乃为人所排挤，弟初不免依违之见，以后当有位置，以副雅怀。

弟心气亏损，目下已患怔忡，有时咨禀纷繁，不免涉于恍惚。台教谓“任人者逸”，自是名言。下车与马争驰，曷若乘车策马之为得？至游心于虚，为老氏要旨，亦即《大学》定静之义，恐非粗莽人所能几及也。

复邹少枚孝廉光绪十七年六月十五日

承嘱之事，弟先认捐千金，并捐置经史数部。舍下现存廿三史，系同治八年在都门托买，价资四百五十金。七经、十三经，此间亦可购就，无难应手。唯所捐之项，请俟明年冬间或后年交清，因现在负债颇多，而所捐都门之湖南会馆、宝郡会馆各一千金，非得一二年廉俸之余，无此财力。将来如稍舒展，则于郡城文庙亦拟酌捐若干，以为岁脩之资，是皆义不容辞者。

至于修函前往各处劝捐，则弟无暇及此，且于同县陈展堂与贵县曾星槎外，别无可商。挚民方伯生前既有成说，后人何忍背之？午庄中丞度必肯力襄美举。此公乞养，何其不能少忍？谭文卿与曾经郛言之，且谓疏中措词亦未尽善也。

致刚子良中丞光绪十七年六月十六日

本年各省滋闹教堂之案，所在皆有，自是会党、匪徒勾结煽惑，而愚民复附和之，无不以教堂残害婴孩为言。昨接谭敬帅函商，以为正本清源，惟有停止教堂收养婴孩而后可，欲停止教堂收养婴孩，必中国能自养其婴孩而后可，洵属确切不易之论。鄙意各省果能多筹育婴之费，厚给育婴之资，使地方贫民不送教堂收养，洋人自无所施其伎俩。其议举行六文会及生婴具报者，先给喜钱二千文，统归本妇自养，尤为法良意美，但此项经费甚巨，未审各省情形如何。即使齐力同心，而谭敬帅欲具奏请旨饬译署照会各国领事，不许教堂收养婴孩，恐洋人借为口实，未必能行，即使能行，又恐地方贫民仍有抱婴送往教堂，州县未必能约束，转为外人所笑。

敝署虽是南洋总汇，其实一切交涉，由各省自行主政。弟与明公只能专就江苏言之，究竟江苏各属能否一律举行六文会，能否优给喜资发归本妇自养，弟到任未久，于各府县育婴章程未能熟悉，伏乞俯赐斟酌，会檄通饬各属，仿照鄂省办法，实力奉行，抑量行变通，以挽颓风而维时局。俟有成效，应否具奏，再与尊处妥商。谨将敬帅来函，钞呈雅鉴。

复江蓉舫都转光绪十七年六月十八日

昨准部咨，于川督请停加抽盐厘一折，已经议驳，是其意在助淮为复引地张本。此次许给商捐实职，似非百万不能称题，尊指洵为切当，与此间十七挂发之批用意相同。尚望督饬总局诸君，妥为开导，务令踊跃输将，以足此数。

食岸自应并捐，业经明白批示。至于解费，宜将委员盘川，查照例饷酌减。请奖饭照，不能照赈捐例银，只能照实银计算。以上三项，请核明若干，将来取之于移奖之人，即于覆奏折内声说可也。

复刚子良光绪十七年六月二十四日

顷承手示，并奉大咨，命由敝处主政，仰见执事审时度势，节省饷需，硕画鸿谟，实已尽美尽善。拜读之下，钦佩莫名。

惟昔年改章，系丁雨生中丞奏明试办，现在若由敝署具奏，既与原案不符，且敝处奉旨裁撤营勇一成，已经附案奏陈暂缓一年，再行遵减。若本标练兵营勇，概置不言，独将贵标练兵议减议裁，舍己芸人，措词殊难稳洽。踌躇再四，似仍以尊处主稿，挈衔会奏为宜。区区苦衷，谅邀鉴及。

致江蓉舫光绪十七年六月二十八日

两淮从前有按年应解圆明园八旗包衣、三旗护军营生息银两，以资办公备差，奏停已久，乱后从未解过。弟在都时，博多勒噶台亲王以需用孔殷，嘱为设法，每年拨解四千两接济。顷接来柬，拟年终具折奏催，并嘱转达台端，妥为筹备，于明年正二月间解营等语。查此项银两，本既不存，利无所出，目前库储支绌已极，固未便因此开端，但京中不知司库细情，当时既再三谆嘱，现又切实函恳，恐不能塞以空言。能否于无可如何之中，酌量点缀一次。弟去信内只得以商诸阁下覆之，此事可否敷衍，全视鼎力。究应如何办理之处，用特泐函奉商，尚祈察酌熟筹，示以实在，即当转告也。

再，今日传许守来，谕以尊指，不复推辞，但称宜一事权，否则不能呼应。将来如拨水陆各勇随之前往，即归许守权时督带进退，赏罚由之，方可期其得力。弟函嘱吴朝杰相机派勇为许守接应，亦宜假以便宜，因闻枭匪鸱张，不得不厚集其势，以操胜算。

放垦当在秋后，届期即请左右就近授以方略。此举关系最大，宽以岁月，必有成效可观。至许守资格既深，其才优守洁，为府厅中不可多得之人，倘有可以酬劳，弟处无不留意。

复步军统领衙门 光绪十七年七月初四日

尊处奏拨之三万两，前准大咨，立饬藩运两司筹议。业据议覆，帑利停征，库储支绌，即经转咨冰案。

此项三万两，为台端办公之款，设身处地，仰屋兴嗟，如果有款可筹，何敢稍分畛域？惟帑利奏明停征，无从拨解。其从前恭办随扈要差，修治道路，原是暂时挪借，以应要需，而藩库已垫未还银十三万两，节次禀请催还，运库空虚，仍无以应。且前项筹还银两，部中以本系利银项下，每于造报案内驳令另筹，咨商免还，亦未议准。是利银既久停征，正项复不准开报，从前旧垫，已难归款，再令续筹，凭何指拨？巧妇不能为无米之炊，沿门更无从托钵之处。有方台命，尚乞鉴原。

复李光汉光绪十七年七月初十日

昨覆数行，只是各抒所见，非敢谓有当事机也。左右拟以此策上李傅相，知其必有合矣。

光绪六七年间，傅相曾请弃新疆，移师东伐日本，以复中山，谓为远交近攻，可以取威定霸，适与尊指先后同符。当日言路群起和之，独仆上疏力争。朝廷重于发难，傅相亦未能固申原议，其役中止。今虽时移势异，前案具在，傅相应亦未能忘怀。此节以石投水，删改与否，请熟计之。

复伯王光绪十七年七月十三日

前贡覆函，计邀鉴察。两淮帑利一项，现据运司江人镜函覆，以此项久已奏停，实属无从筹措。重以钧命谆切，万不获已，只得于运库正项内，动拨银四千两，以应要需，深以造报致干部诘为虑。

坤一再四思维，舍此别无良策，覆令权为挪拨，部中如准开销，便可源源接济，否则以后难乎为继，不敢不预先陈明。

复刘彝庭太守光绪十七年七月十四日

此间度支之窘，官场之杂，竟如一部十七史，不知从何处说起。只有硬着头皮做去，是非决之于己，议论听之于人。明知积弊之深，断非一时可以挽回，然开章第一义，便尔含糊过去，以后更难措手。人情谁不好逸，其所以不能不劳者，理也，亦势也。

张庚三已委南洋随员差，其乃翁南陔先生光景尚足，而官声不甚好，天下事名利断难两全，往往如此，或者以告者过也。至于说项之书，余向不轻易着笔，而近日风气专恃此为进身之阶，其实亦视其人之才具何如，运气何如耳。

复席麓生光绪十七年七月二十四日

近来人心之坏，实非思议所及，即如唐本有一事，尤世道之忧也。昨闻业已就擒，大府自有办法，尽可静候，不必再费笔舌。且贤昆玉既已移居伍家桥旧宅，戚友环居，缓急自可支持，防患未然，计亦良得。总望贤昆玉无论居城居乡，一以坚忍和平为主，自可省却许多烦恼。

弟到任数月，竟无一刻宽闲，重担千钧，残棋一局，上肩下手，两有所难，只尽我心力而已。

复凌问樵观察光绪十七年七月二十四日

承示东流添设救生船及船坞，均为保护盐船，则该船户无不乐捐经费，似可由该绅董与该船董商办，无俟出之于官，致涉抑勒，有碍新章。提出钱价盈余，暂存勿动，将来尊处果有赔累，不得不量为通融，余仍留备不时之需，以符原案。若各处杂支，均得如此挹注，势必纷纷援以为请。来源有限，去路无穷，涸可立待，倘有急须弥补之项，又当另行设法掘罗，则公私交困矣。

左右其熟筹之。

此等善举，如可仗鼎力成全，即请斟酌办理，不必上详。因利利民，弟亦有何别见？第敝署为政所从出之地，虑以琐细而致纷歧，使人得以借口，作为不与闻可也。

致朱焕文镇军光绪十七年七月二十六日

尊论自是实情，而于事体不无滞碍。弟于折尾批谕数行，本未见诸公牍，所以先请寓目者，或其中有未尽事宜可以从长计议。鄙意责重尊处，庶可借仗大力，从严振顿也。

钦奉谕旨饬裁防勇，则添船一节，自应作为罢论。唯贵部既有炮船，能否并抽多号专为巡缉之用，与太湖经制水师，应否划清界限，抑即联络声援，此皆谭青崖军门职掌所关，应行调度，无奈其漠不加意。鄙意拟请刚子良中丞就近部署，冀得与浙西缉私炮船一气贯注，可资臂助。卓见以为何如？

复谭文卿光绪十七年七月二十八日

承嘱王鼎臣之案，弟以异地异时，无从洗刷，只合从轻着，抱定才力可用一语，为之乞恩，幸得俞旨矣。

江苏候补道员既多，鼎臣在曾忠襄时声名甚大，若出自朝命，发来江南，其机势自顺。弟再为之奏调，转示人以私，非以才公天下之义。堂属周旋，为众指目，操纵两难。鼎臣如以为请，拟即以此意谢之。农部五条，自是不得已之计。南洋经费，自顾尚在不敷，安有余资拨解？只合责之盐商。张朗帅函称北洋有铁船，请撤南洋木船，究是一偏之见。中国海防在守而不在战，守则木船亦可，折冲战则铁船难操胜算。第南洋木壳兵轮，亦须认真振顿，方可期其得力。

台教论及部务，此亦积重难反，不易挽回，只合于政则总其大纲，弊则去其太甚耳。

致李与吾宫保光绪十七年八月初七日

顷奉寄谕，以长江水师日久废弛，饬令会同执事按照原定章程，认真整顿，严密查拿，遵经另备公牍咨明冰案。此间凡有自上游来者，均说沿江炮船，昼则只有一二人守船，夜间并不闻有击柝声。如此情形，则言者入告，不为无因。此皆由于各将领玩视江防，渐次废弛所致。夙仰阁下公忠素著，驭下严明，惟一人之耳目难周，或属员壅蔽不闻，致纠察有所不及。当此奉谕整顿之际，忝叨爱末，敢不直陈。尚祈严饬各营，痛革前非，力除积习，照章巡缉，以期仰副宸衷慎重防务之至意。

再，办事唯在得人，而得人必先留意，仓卒求才，何能应手？古人所以有夹袋之储、药笼之喻也。麾下水师分布五省，人才自多，现在副、参、游三项实缺与候补中有才行可为专阃、分阃者几员名，都、守、千、把中可为偏裨者若干员名，想左右择之已精，知之有素，伏祈酌举示知。同舟之谊，当无越俎之嫌也。

复黄幼农二则光绪十七年八月初十日

接诵台翰，随即往拜将军，始知积荩臣所致敝处密函，经将军截留，且令荩臣之子不必来见，又出示所接荩臣之信及所答之稿，办理极合事宜，即请左右转嘱荩臣遵照。

确查初二夜行劫要犯，督缉勒交，倘敢拒违，据实咨请将军处分。此案但得重办一二人，亦足以警戒其余。弟仰体将军之意，无非化大为小，化有为无。若委员带兵赴镇，大张声威，恐骇物听，且株连者众，亦虑激成厉阶也。将军并谓首恶李一红年仅二十有二，正月在租界滋闹余党皆十五六岁小儿，不知法纪，直同人家无父兄教管之子弟，加以约束足矣。又谓弟前此顾全驻防门面，今已三秋，必须整顿，似亦不欲一味姑息者。地方多故，台从尽可从缓来宁。

积荩臣面陈各节，即是密信所言，何故多此一行，转令滋事。旗人以为此次军督委提，皆由都统力请而来，集怨损威，不独徒劳往返。此次指拿五名，尚有十余人，俟讯供后按名勒拿，决不可稍涉宽贷。受病已深，讳病已久，若不痛下针砭，将成不治之证。一切事宜，务祈就近商酌，设法斡旋。经此番创惩，旗人从此收心，洋人亦免借口，于交涉未始无补也。

至荩臣请于结案后筹给兵食，先行晓谕云云，断断不可。金陵、京口均有练兵，无练饷。京口若给口食，则金陵未可偏枯。苏、宁两藩司目前安得有此财力？且于滋事结案之后，无故加恩，是明示虑其为非，饵之以利，将来不逞之辈，以此协制要求，所关非小。弟已面谕荩臣，倘于尊处谈及，务请嘱其慎重为祷！

再，今晨钦奉电旨，宜昌一案，洋人语涉挟制，令人难堪，倘各处再生事端，时局不可收拾矣。下游州县，伏望加倍留神，并饬各牧令传谕地方绅衿，帮同开导弹压，更可取信乡愚。切切！

复李与吾 光绪十七年八月十一日

执事性情忠笃，纪律严明，弟于三月间陛见时，业经仰达宸听。出晤政府，始知外有闲言，幸各当座尚未偏信。兹又有此一说，自应沥疏剖陈，悠悠泛泛之谈，无足轻重。即弟前函所告，船上人数无多，夜间不闻更鼓，亦未必全是实情，第在人多一番纷纭，在我可加一次申儆耳。

执事自谓起自樵牧，弟亦出自咸酸，既身受国恩，唯勉图报称，尽其力所能及，行其心之所安，毁誉听之，去留听之，即使逐归田里，始终不忘朝廷，讵可因此吠声遂萌畏缩之志耶？弟自客冬应召出山，于进退之计，筹之已熟，愿与执事同保岁寒，毋负圣明倚畀而已，他何虑焉。

致纲贝勒光绪十七年八月十二日

敬再肃者：

文祠部裕寓居江宁，数月以来，尚属安静。乃于某月某日与总兵熊大宾口角，两相揪殴，该总兵之妻熊张氏前往救护，以致踢跌受伤，随即殒命。现经熊大宾控县，诣验属实，并传问邻证取供。

职官斗殴于通衢广众中，已属不成事体，况有因伤毙命重情，控证确凿，恐无善法保全，不得不先达尊听。

复杨蓉甫光绪十七年八月二十一日

再，台指以南菁书院院长常川驻院，与生徒朝夕讲贯，获益良多，深恐日久忘其本意，嘱为入告，期垂久远，具征培植士林，无微不至，仰佩莫名。

惟由敝处具奏一层，殊有窒碍。此间钟山院长孙蕖田先生，即如来函所谓隔省遥领，数年不一至院者，若由敝署出奏，不免有顾彼失此之虞。查南菁书院设立之初，聘订院长均由尊处主持，似不若由阁下于将来交替时，奏请饬下新任遵行，较为得体。

复谭青崖军门光绪十七年八月二十一日

松属佘山教堂，已承尊处分拨标兵，选派妥弁带领前往加意防范，互相保护。此外凡有教堂之处，均饬令将弁与府县会同妥为保护，并饬令严密巡辑匪徒，不得视为具文。擘画精详，至为佩慰。

来书所谓事权不一，大概指太湖水师他属而言，弟窃以为不然。前者朱镇抽拨舢板之议，当即嘱其函商尊处，正所谓一事权也。至舢板应否添成一队，或俟防务稍松，再行办理，敝处毫无成见，但期于事有益。总望麾下与朱镇和衷商办，若一味客气，各存意见，大不相宜。

执事悃愊无华，实事求是，素所信服，是以一再剀切言之。

复李寿亭军门光绪十七年八月二十七日

现在不能加勇，于台麾在省时曾经面谈，何复以此为请？小队百名，自应分派在营，抽人抽饷，均可听便，何为掣肘？将来坐营既定，照章以中哨为亲兵，仍可以所抽之数拨还。仆与执事周旋十数年，有何靳惜！

第以近来部章极严，非奏准则丝毫不能开报。钦奉谕旨裁勇，谁敢以增募渎陈？况朱焕文接统太湖水师，曾请添船十号，即江都转、聂观察亦有增兵之议，均经批驳，更未可自左右发端。区区为难，伏乞原鉴。

复郭善臣光绪十七年九月初五日

镇江为五方杂处、中外交涉之区，经楼船驻泊金山，作中流之砥柱，随时与黄道、李镇商酌防范之策，具征精心擘画，调度有方。前以营务处借重宏才兼理，可与地方文武楚、淮各军联络一气，事前既收指臂之效，临时决无掣肘之虞，正与卓见相同，而尊论尤能透进一层，既佩且慰。

至于防军积习，由来已久，将领果得其人，无尚空言，专求实践，自不难收桑榆之效。来书以为官职大则无所营求，而身家辄重，品秩卑则犹多希冀，而奋发必雄不为无见，然平心而论，亦视其人为何如人耳。

复谭青崖光绪十七年九月初九日

承示于接到敝函之后，复又密饬各员弁，严密巡缉防范，不得视为具文，具征三令五申，实力整顿，慰甚。

至水师原为巡缉而设，定制贵标共有一十六营，内如里河之太湖左右两营，各舢板十三号，兼用八团舢板二号，后又各添三号，是船只亦不为少。视地段之绵长，定师船之分布，梭巡扼堵，何至难周？今日之不敷致烦荩虑者，由于抽拨供差之故。

专阃大员责在督饬将领，分拨师船，严密巡缉，若竟以抽调应差，致缉护有所废阙，何用此炮艇为！想执事闻之，当亦自有断制也。

复积苺臣光绪十七年九月初九日

前经尊处解到滋事人犯，均已归案严行讯办，俟定谳后，容与将军商酌办法。

来示近来营兵渐知畏惧，恶习自可挽回。伏祈振刷精神，锐意整顿，此营务一大转机。不知自爱之员弁，劾其太甚者，以示惩儆，其谁曰不然！营中实有才能出众之员，亦予随时奖励。斯恩威并用，更足以资观感矣。质之高明，以为何如？

致张丹叔中丞光绪十七年九月初十日

粤西界务第二图内，金龙峒七隘及里板等三村，本我疆土，法人意图侵占，互相争执，议由内结。

敝处前奉惠示各情形及地图等件，详加察阅，该处地当险要，屏蔽辖疆，于防务实有关系，非仅区区一隅可比。当经查照尊指函达译署，恳请主持全局，杜其狡谋。昨得覆函，七隘三村，有关粤西全局，断难通融。现在西威仪并未到京，法使李梅亦未来请会晤，自不便先与开谈，一俟李使来商，自当坚持图约，与之力争，以固边圉等因。并嘱敝处先将此意达知左右，用特专函奉布，尚祈秘密勿宣。

复刚子良光绪十七年九月十三日

魏直牧彦请调宝盖山营勇移驻镇江城中，诚如来书，系为慎重地方起见。鄙意现在沿江一带，固应预为防维，亦应出以镇定，若纷纷调拨，殊骇物情。

镇江既有宝盖山一营驻扎，江中亦有郭总兵统带兵轮两号联络声援。兹虑城内空虚，已嘱令黄道商之李统领自带亲兵同驻城中，足资弹压。倘有风鹤之警，则分屯象山、焦山、都天庙之勇，相距未远，呼应灵通，何必移动？查李统领所部只五营，除已抽一营驻宝盖山外，复抽一营扎在句容，目下仅余三营，分管炮台三处，形势极为紧要，不可不并筹兼顾，万难再行调拨，以致兵力太单。

李统领既驻镇江，即与黄道有同舟之谊，如地方稍有疏失，咎将谁归？想该文武自能和衷，严为部署也。高明以为何如？

复江蓉舫光绪十七年九月十五日

前此商捐甫经定案，即有人向弟云，赈捐局某道、某守长于招徕，可为商捐办理移奖，嘱弟先行知会尊处。弟以卖捐移奖，其中弊窦甚多，应由各商自行主张，未便代为包揽，婉词谢之。

盛杏荪请以五折贱卖，自是奇货可居，第从违应由盐商，非弟与执事所能抑勒，福、李两相何能强我以必行。为盐商计，情愿报效朝廷，不请议叙或给予子侄亲友，何必贪此半价，使局外人占便宜。况自行劝办，亦必不止此数，更不必汲汲出售。如虑农部减折，是以煌煌天语，失信商民，独不思将来尚有缓急相需时耶！倘有此说，弟必力争，请如原议，即受重处，亦所不辞。

西陲须用藤牌，既是官物，届时自可详请给发公文，唯尊处应先行禀商杨石帅、刘康侯耳。

扬州半成厘金，不敷善后一切支放，自系实情。唯藩库支绌异常，目前何能复旧？是在左右力任其难而已。

致曹肯堂军门光绪十七年九月十九日

抵任半载，颇知湘营积弊甚深，现经撤换统领数人，冀得及时振顿，从前一切劣迹不复吹求，倘以后再敢效尤，则亦不涉姑息矣。

淮军本无湘营习气，近日纪律亦欠紧严，并闻贵部不无浮言，自系驺从未在营中之事，要亦不敢不达清听。外间颇谓贵部多有缺额，人数不过六七成，且克扣薪粮，弁勇极其困苦，倘遇有事，难期饱腾。又偏裨不和，各怀意见，士卒不皆精壮，并有匪徒混迹其中。此等悠谬之谈，原不足信，所虑万有一失，务须留意稽查，认真训练之。

其帮办、帮带及营哨各官，如有年力衰迈、性情乖张者，亟应革退，另行挑补，不可过于迁就。弟与淮军人才相识甚少，目前惟张绍臣、朱春山数人，于左右恩义尤笃，倚为干城腹心。况大营分驻吴淞上下游，实为长江第一重门户，一军之强弱，有关江防利钝，半壁安危，甚望戮力同心，共维时局，不敢以言为讳，唯高明谅之。

复沈仲复中丞光绪十七年九月二十八日

再，袁道来宁，称奉札委办理芜、通保甲，面呈所拟章程，似涉繁琐，未知与该地方是否相宜。袁道并以尊命商之于弟，拟将此项新设保甲经费，酌捐于盐、茶二商，弟当喻以二者均有碍难之处。盖盐商甫捐部款百万，在官已笔秃唇焦，在商已筋疲力竭，恐难再向劝捐，且淮盐引销之江西、湖北、湖南等省，难免援以为请，未便自此开端。

至茶商近来畅销，屡准译署文行，饬令各省蠲除浮费，以纾商力。本年弟在都门与政府谈及张香帅派捐茶商为修两湖书院之用，甚不谓然，此间未便因保甲一节踵而行之。愚直之言，曾否由袁道转达清听？查芜、通本有保甲，亦有经费，不过日久废弛，唯在认真振顿，何必另立章程，多筹款项？且保甲本地方事，若令彭道督办，亦于谕旨相符，何必多委大员？伏祈俯赐裁酌。

此间唯江宁、扬州保甲向多委道员督办，至今成为故事，江都转屡言不便。现在如上海、镇江拟即责成聂道、黄道。谨以奉闻。

致松峻帅光绪十七年十月初六日

江宁城垣宽广高厚，实为东南大观，年久失修，致多残缺。本年春间，弟入都过此，当即商之仲帅，以俄储来游，先就东西临江一带，稍为补苴，此外坍塌之处，仍以费绌而止。

及弟莅任后，察看情形，有不能不筹款续修之势，将来坍塌愈甚，则工料愈繁也。经派员勘估，城身、垛口，已需银五万余两，差盘、水脚、奖赏等项，均不在内。又有城门、城楼及兵房、栅栏，所需为数甚巨。司局各库罗掘已空，不得已拟移顺直应还办、浙赈捐三河坝工银十万两，权作修城之用。妙在三河坝工，尊意亦主缓办，尚非目前待用之款，移缓就急，恰合事宜。将来财力稍舒，举办坝工经费，敝处自当设法筹拨。如此一周转间，彼此均有裨益。我公统筹全局，畛域不分，当可俯如所请也。

致刚子良光绪十七年十月初六日

肇丰洋行伪信，因其所指之人可疑，派员驰往密拿，不谓竟成乌有，当经电嘱聂道转达清听。

至尊处兵单，亦所深悉。江阴留驻两军，原所以资兼顾。春间经过沪渎，面聆麈训，曾与左右言之。昨张绍臣来宁，并饬令随时听候调遣，相距百数十里，朝发夕至，当无缓不济急之虞，第无事则不可妄动耳。弟初以太湖屡出劫案，故属朱焕文镇军以留防水师会同巡缉，乃请添船二十号不能应，请加经费三百两亦不能应，只合任其依旧护厘卡、护饷鞘而已。巡缉之责，仍专归太湖经制水师左右两营，并得龙觐宸军门督捕一营，果能同心戮力，亦足以靖萑苻之盗，是仗大力就近指挥之。

致沈仲复光绪十七年十月初八日

会奏一折，业经拜发。唯此项赔款甚巨，虽许另筹，未审能否全认。拟俟丹阳各项定议，再与左右计商。

成端兄日久赋闲，欲求回任，恐非外间所能主政，台指以为何如?

丁兰生谓芜、通保甲从前本有章程，亦有经费，第近来不免废弛，若就成法量为变通，并将一切薪资力求核实，或尚可以敷衍，想经面达清听。

诸葛武侯论事不以违覆为嫌，曾文正公亦喜寅僚辨难。公以武侯、文正之心为心，区区意在纳忠，不敢自外也。

复松峻帅光绪十七年十月二十二日

借用堤工之款，欣蒙惠诺，遵即专折具奏，并将函商尊处事宜，切实声明。承示疏浚荆山河，于漕运及官民有益，自应从此中分拨，以济要需。桂芗亭谓盛杏荪亦有此议，未知能通力合作否？即由此间独任，亦不为难也。

谢子受不谙政体，致为小人所持，第此等反噬之风，亦不可长，谨遵台指，务令得平。

复邓筱赤方伯光绪十七年十月二十六日

执事筹办赈捐，因碍于前案，所劝各捐系按照部章核奖，其有不愿请奖及捐数无多不敷奖叙者，均刊列征信册。顺直分别内外办法，苏属难以仿照，自系实在情形。

查宁属劝捐奖案，有按照部章核办者，有仿照顺直外办者，本非一律。执事拟将苏属派员所劝之捐，解宁转发，同办一事，本无不可通融，惟宁、苏两属灾歉之处，大略相同。苏捐照部章核奖，宁捐照顺直分别内外办法，将来宁属造销用数已较苏属为难，若再如尊指办理，则宁属造销益形棘手。现在苏属既碍前案，似不若查照成案，各归各办，较为直捷允当也。

致水师各镇光绪十七年十一月初二日

自咸丰初年发逆窜陷金陵，曾文正公与江忠烈公即谓非水师不能克复，后卒以此成功。肃清以来，定为经制，绵延五省，部署精严，原冀恪守成规，庶可永安天堑。乃历年既久，习气渐深，夏间竟挂弹章，钦奉上谕，当经恭录咨行，计达清听。

昨复接谭少司马来信，亦谓谤议纷纭。夫木先朽而后虫生，似未可以悠谬之谈，置之度外。伏维执事公忠在抱，威望夙优，务望会同诸镇军，督饬各营将备，查照向章，认真振顿。所有弁兵必须访查挑选，毋滥收老弱，毋误用匪徒，平日勤力训练约束，勿任怠玩操防，上岸游荡，以及收取商船灯油之费，结交地方无赖之徒。弊窦既除，人言自息。

仆同舟谊切，休戚相关，因闻与吾宫保正抱采薪，未便以此增其忧闷，敢以布之左右，伏愿俯纳刍荛。

致荣仲华将军 光绪十七年十一月初九日

纶哥体气佳胜，读书必能进功，是在师长循循，不可过于督责，《小学》各章，务需讲解数次，但使渐有领会，获益良多，内圣外王，实基于此。金陵所印此书及四书、五经各读本，颇觉精致，字画音韵，亦极分明，兹顺便装订二箱寄呈，即祈验收。

弟自春间抵任，天灾人祸，纷至沓来，发难之初，不知如何了局。仰邀福荫，转危为安，岁事幸有半收，教案已经全结，会匪亦惩治解散矣。外间近来风气远不如前，然地方吏治民生以及练兵筹饷，如果疆吏得人，尚可次第整顿，即洋务通商一节，似亦易于支持。惟天主教受毒甚深，隐患已久，前此中法之战，中国从教官民，竟敢敛钱备食接济法人，事解不闻诘罪，将来举天下皆异类，其若之何？昕夕焦愁，苦无方略，扼腕而已。

前奉恩诏，凡被参人员，如有屈抑而才力可用者，准各督抚查明奏请开复，自是逾格鸿施。第循行太久，则弊窦滋生，酷吏贪官不免夤缘起用，所得者少，所失者多。且前任所参之员，旋于后任开复，此省所参之员，旋于彼省开复，似有妨于政体，并令各督抚因此参商。可否密启礼王，请旨饬停，以示限制而杜侥幸。弟为大局起见，不得不冒昧渎陈，伏候尊裁。

寄呈大缎二端，袍褂料四副，并希哂纳是幸。

再，接北信，知锦州马贼尚未荡平，杞人之忧，不安寝馈。顷与曹会亭军门谈及时事，甚以大局关怀，自云与东省将军、都统，无不相识，此外熟人亦多，可否派往锦州，帮同裕寿帅筹办防剿，请尊处与礼邸商之。此出鄙意，并未先告会亭，尚祈秘而勿宣为要。

复刘彝庭光绪十七年十一月初九日

此间局面，远不如粤，正宜驾轻就熟，不可改图。江督虽云二省，实则四府一州。仆力矫前任所为，往往爱莫能助。盛意来者，失意而去，亦属莫可如何。

前此香扇之赐，如数拜登，兹复惠锡诸珍，本拟全行奉璧，谨再领甘柚、薄脆、芋荔各色，余交原使缴回。如仆德凉福薄，责重忧繁，凡遇喜庆生辰，实属懒于酬接，且相厚并不在此，幸勿再有所施。

复谭文卿光绪十七年十一月十二日

承示都门情形，良深浩叹！国家大利害所系，何以盈廷竟无一言，仗马寒蝉，殊非盛朝景象也。

部议南洋应解节省经费银卅万两，又责以裁勇一成之饷，无以应命，止合苦劝盐商捐足百万，聊为塞责之计，用之是否得当，则非封疆外吏所敢与闻。

长江水师不能保其有利无弊，然有举而废，江盗由此滋多。李与吾御军极严，四镇亦善约束，第以绵延五省，散漫零奇，实有鞭长不及之虑。昨以台指函致吴朝杰诸君，嘱其认真整顿，同是湘人，公私兼尽之义也。

复陈次亮光绪十七年十一月十二日

承示水师人才，实为当务之急，江南设立学堂，分为管轮、驾驶两项工课，甫及一年之久，造诣未必有成，尚须讲求有胆气、有血性之人，辅之以技艺，加之以历练，庶可为将来缓急之需。各兵轮裁兵节费，原为另行制购碰快各船及鱼雷艇之须，第需款甚巨，规画极难。李傅相以廿余年之力，始能成军，南洋急切安能企及也。

教案虽经一律议结，惩前毖后，必须妥定章程。现就鄙见所及，酌拟数条，函请译署与各国使臣，并电出使大臣与各国外部婉商，未知能就范围否？

复冯莘垞光绪十七年十一月十四日

岳郡内河是堵塞而非淤塞，且历久未闻有议开浚者，必有以也，或为风水攸关，或系城隍扼要，前人行事，定有所为而为之。《诗》曰“率由旧章”，《鲁论》曰“仍旧贯”，此亦仍之可耳。

另笺鄂脩一节，前接尊电，早知相印以心。近来过则诿之于人，功则归之于己，人情大抵如斯，良可慨已！

复曾星槎明府光绪十七年十一月十四日

来书谓策群力以节劳，感承挚爱。人生精力几何，事必躬亲，不免有初鲜终，则用人诚为要着。然三代下无全材，鄙人亦何事深求，只在用之各当其才耳。所堪叹者，我则量其才而用之，彼则奢其望而要之，且有稍加信用，非任听私人，妄生谣诼，即有恃无恐，顿肆骄横。许仙帅来信戒择人以共事代劳，良有以也。

厘务自严行比较以来，成效虽未大著，而已有将得差而先辞者。昔日人皆视为利薮，极力营求，今日人皆视为畏途，竞思巧避，其机已见。

裁勇一层，前以各处会匪蠢动，有所瞻顾，尚未举行。且近来劫案，游勇居多，今日裁出之勇，难保异日不即流而为盗。化盗既不能，而为民间增盗，奈何！

复许仙屏光绪十七年十一月十四日

综读前后惠翰三章，洋洋洒洒，议论崇闳，极奖借之词，得规劝之旨，而挚爱之意，复流露于行间，不觉令人五体投地也。“天下大势何一不败于私”数语，实为破的之论，“才穷民穷”二语，直将病根揭出。曾、胡立功之时，人材辈出，推其故，由以前崇尚实学，人家子弟专用力于诗书，出仕者故多经济才。今则富贵之子弟，大半纨绔，且以易于筮仕，益肆其骄矜。贫贱之子弟，专尚虚浮，即有偶尔入官，亦志在温饱。此今昔之悬殊也。

民穷之患，固出自厘金，而亦出于习俗之淫夸。富贵无论已，士农工贾之家，大之嫁娶丧葬，小之饮食服用，无一不较奢于咸、同年间，纷华靡丽，耗费出于不自知，而力已不能支矣。国奢示之以俭，为今之计，莫若力行节俭以矫之。

若才穷则以培植士林为第一要义。保举人才固须确有真知灼见，而后登入剡章，庶昭缜密。设有时误识其人，不妨先举之而后劾之，则所举者益加勉励矣。因尊论有触鄙怀，敢并质之，仍乞教我。

夏间漕运艰滞，因借湖水以济运，我公驰赴济宁理料一切，往还倍极烦劳，私衷正深感歉，姚、欧两令事，尚劳言谢耶！

致段小湖观察光绪十七年十一月十五日

执事前者分巡徐属，廉声惠政，至今遗爱甘棠。不图鹏翮抟霄，忽有六月之息。尊意为民请命，不忍剥削脂膏，而人言竟从此起，十行趣召，忽咏去思，殊可喟惜！

弟在都时与政府、译署谈及，业经据实直陈，以彰公道，第先有成命，仍当循例进京送引，向限一年，以时考之，则已可矣。弟代深扼腕，苦于入告无因，倘得早了公私，请咨北上，但有可以进言之处，无不竭力代筹，冀将前事申明，仰邀圣鉴。

窃抱同舟之愿，敢修劝驾之书，伏望刻日戒途，并祈迅赐回玉。

复杨镜岩军门光绪十七年十一月十五日

前与陈司马泛论云何，不及记忆，顾于左右操守，并无所疑，此次奏保提、镇六员，执事居首，何劳置辨。以后文牍宜少，何事费笔墨而耗精神。古人谓为政不在多言，顾力行何如，治军亦然。弟每叹吾湘继起无人，今文则有聂仲芳、刘康侯与王莼农诸君，武则得麾下与刘华轩及何采臣、张春元数子可作后劲，此外当更有人，恨一时物色未及耳。

此次制造局解来初炼钢铁，考验均属合用，将来极力扩充，不向外洋购买，便可塞一漏卮。询之王钦轩所需油、木等料，尚非中国所有。贵局学生务须认真讲求，是为切祷！

复江蓉舫光绪十七年十一月十八日

两淮商捐赈款，江苏十万两，顺直三万两。前据胡道家桢来禀，本系询诸阁下，且谓业经台端另禀敝署云云。即该商等欲按外办章程，随时请奖一节，该道因事多窒碍，仍应照部章请奖，并谓阁下之意亦以为然，嘱其转请批驳。是胡道于商捐一事，就其来禀而论，似无掠美之意。至湖贩劝助赈捐，此议创自省局承办之员，原系饬由五河卡经收，胡道因晤徐运判，据称由西坝收捐，不致遗漏。五河不能收足全纲，是以禀请改札海分司收解，系为裨益赈务起见。兹将胡道原禀抄送台览，高明当能鉴及也。

所有前饬海分司筹解饷需六万两，尚有三万两未解，应即饬催，以资接济。

东台缉私伤勇一案，前已批饬该县据实查覆。现经尊处檄委许守前往查办，更臻妥协。

复许仙屏光绪十七年十一月二十日

来书谓“时事之坏，由于乏才，人才之坏，由于用私”，二语可括今古。第值此多难，不求人才，何以为治！夫人才出于学校，无论收效极迟，且亦谁足语此？我辈操用舍之权，或可挽回风气。纵不能得公尔忘私第一流人物，亦应择先公后私与公私兼尽者，任之信之，俾兹峨冠博带之徒，知所趋向，是即公所谓“禁之使不敢为非，驱之使必归于正”者也。

唯是用人之人，必须端本，善则盘圆则水圆，盂方则水方。有私之人安肯用无私之人，无私之人又安肯为有私之人所用。今之用人者果何如？唐武三思自言“我不知孰为善人，孰为恶人，但与我善者为善，与我恶者为恶”。以此用人，尚何公私之有！弟老迈无能，唯“去私”两字，当始终相守，所虑力倦神昏，为左右所误，自诩无私，而所用皆私人，所行皆私事，晚节末路之难，已于前人见之矣。

来书谓“无私为至便宜安身之事”，真为体会之言，第不可不防壅蔽耳。弟抵任以后，不敢因循苟且，亦不敢急遽纷更，至于保荐人才，更不得不迟回慎重。魏武有云：“宁我负人，毋人负我。”今日之自命有才者，辄操此术。倘移此等于负人之心以负国，则推毂者之肉其足食乎！

读来书谓“超擢一人，即受一人之累”，又谓“若欲阴择一人，以为此颇有才，可以共事，可以代劳，则大谬矣”云云，适与鄙怀相触，不禁感而为是说也。

致荣仲华光绪十七年十一月二十三日

朝阳马贼尚无捷音，现在是何情形，杞忧殊切。倘任滋蔓，而俄人乘之，如新疆故事，时局何堪！

吉林、黑龙江兵勇不少，未审调度是否合宜，应于旗人中精选将才，以资阃寄。第颇、牧未可骤得，缓则养于平日，急则试于临时。就弟所闻，有前任浙江杭州府、现在部当差之桂斌为守皆优，胆识并茂，敢请启告礼邸，破格录用，俾展所长，即非军务出身，亦可从此历练。弟于此君并未识面，尺素鲜通。第访之数人，均称其性情才具，必成远到之器。曾文正有云："得汉人百，不若得旗人一"。是统全局言之也。况在东三省尤须人地相宜，弟前在都门曾与左右论及。近来旗员争自振作，以树勋名，如桂斌者，固当不少。倘当轴留心物色，拔茅连茹，必有奇杰之材起而济艰难之运。汇征有庆，姑以此君为骏骨何如?

复赵展如光绪十七年十一月二十九日

尊属粮价甚平，自可毋庸发赈，应俟明年青黄不接时，再将应否抚恤情形，禀明核办。函中论"不应赈而赈，徒归中饱，转启争端，设遇凶年，弥滋希冀"数语，可谓至理名言。办事之道，全在识其轻重缓急，揆幾度务，以归实济而杜虚糜，非碻有见地、一秉大公者，不能言之动中窾要如是。

旱干足为乱始，尤见关怀时局，虑远思深。阅饬属捕蝗札稿，语语切至，皆推心置腹之谈。执事整己率属，诱掖奖劝，相感以诚，各牧令自当激发天良，实心任事，其有益于国计民生者，岂浅鲜哉!

复沈仲复光绪十七年十二月初九日

昨日宋提督等协解李显谋到秣，接奉手书并准大咨，备聆种切。

此案万松亭前在宁时经弟面加诘问，据称李洪小名地虎，确知其人，是以派令随同赴皖辨认。讵至皖一见李显谋，遽尔翻异，回宁后质以前言，仍不肯吐实。就万松亭所供而论，谓不识李显谋则可，今乃在宁则称识李洪而不识李显谋，至皖则称识李显谋而不识李洪，反覆其词，显系意存回护。现已将万松亭发县再行研讯，并将李显谋发中军看管，拟即先行专折奏参，以便澈究。李显谋系由尊处查出扣留，并拟会列台衔，俾昭慎重，一面当再确加访察，广觅眼线。总之，事情重大，不能不慎益加慎也。

复张樵野星使光绪十七年十二月十六日

前月杪接奉十月十二日手书，并《金山华商捐振征信录》一册，节略一扣，祗聆种切。

前此苏、皖振捐，经阁下劝集金山华商捐洋二万九千四百元有奇，仰征恩信遐孚，竭诚劝募，而各该商于商务极疲之际，犹能集此巨资，洵堪嘉奖。唯捡查案卷，此项捐款，系分解苏、皖、豫、东等省，且宁阳、阳和等会馆，业经曾忠襄撰拟匾额，发交上海道分别致送在案。是当时款分四省，捐系零星，并经给予匾额，以昭激劝。迄今阅四年之久，其接续开办之苏、浙振捐，亦早完竣，此时殊未便重行奏奖。是以夏间肃泐寸函，并将仲芳观察原禀寄呈，请由尊处核办。用再缕晰详覆，想高明当可鉴及也。

致赵庆池光绪十八年正月初三日

前在本籍，侧闻执事因公获咎，深愧援手无从。嗣阅邸钞，欣悉汤网宏开，俾以余生荷戈边徼，延颈跂踵，日望赐环。客春重到江南，缅怀旧雨，即经电询黑龙将军署，莫谂行踪。旋以常石麟刑部之言，电询杨石泉制府，始知台旌尚在（戌）〔戍〕籍，经魏午庄护院奏留办理团巡，得报之余，悲喜交集。桐焦爨下，犹遇知音，烈士暮年，借可身入虎穴，以昭班定远盛业。唯念春秋已大，眠食何如？令郎是否侍奉西陲？伏祈惠示数行，以慰悬系。

弟家居十载，无意出山，仰荷天恩，仍以原官起用。风景依然如故，时事日益为难，自维年老力衰，深虞陨越，一有蹉跌，将求如前此之善去而不可得矣。

复江蓉舫光绪十八年正月初三日

扬州五方杂处，为奸宄混迹之区。阁下随时稽察，有犯必惩，地境敉安，深以为慰。

私藏军器事，亦经商同小溪诸君，派人访查，自能慎密，不必过事张皇，以致藏之益固也。

八旗包衣帑利一款，尊意于淮北外销款内筹银二千两，以应伯王之命，洵属两全。惟此项差事，差使何人接替，尚无的音，且俟续有催符，再行酌核，日前暂作罢论。其先许之四千两，似应践言，现尚未详解，祈留意焉。

复德晓峰光绪十八年正月初四日

再诵另示冒充旗人职官，招摇撞骗，现在殴毙人命之事，自指文裕而言。据渠自云旗人，礼部主事，复称郎中、骑都尉世职，前经曾沅翁派充南洋随员。弟到任后，正拟裁汰，适綑贝勒屡有信来，为其说项，不审是否属实，而亦未敢更动。嗣因殴毙人命，不得不附片奏明，并发江宁县收禁。

来函所言各节，该犯种种劣迹，实属目无法纪，胆大妄为，可憾已极，将来定案，决不稍涉宽纵也。

复江蓉舫光绪十八年正月初四日

顷接都察院诸君公函，以两淮欠解饭食银两为数甚巨，光绪十四年以前，积欠至十五万余两，十五年以后，并未咨解。此项为办公要需，嘱为转达台端，将历年积欠，悉数措解，以资接济云云。

查此项饭银，从前每年额解五千余两，兵燹后于经费项下动拨二三千两解济。其谓积欠至十五万余两者，殆照额解五千两之数计算，年远款巨，何处掘罗？惟近来十五、六、七等年，丝毫未解，未免阙如，自应量为点缀，阁下以为何如？谨将来函钞寄，尚祈查察情形，详晰示覆，以便作答。

复沈仲复光绪十八年正月初八日

承示署庐江县杨令之事，并接嵩廉访公牍，深为诧异。查该令于客腊来宁面陈三事：一为收买蝗蝻，谕令就近解交道府验明焚瘗，不必分解两院，以免劳费。一为挑塘筑坝，谕以尊处正筹以工代赈，自能一视同仁，尽可禀候核办。一即张敬铭等唆讼殴差之案，当经谕以拿犯本系州县之责，臬司衙门于各属案犯，只有委员守提，未闻委员督缉。该令坚称该县民情刁悍，非得省委目睹情形，难免架词上控。弟以该令既如此畏葸，若仍专责拿办，于事无济，是以批司遴派干员驰往督同查拿解审。不意该令到院竟敢无状至此也。

夫因公力争，尚不失为强项令。乃当面咆哮，绝无堂属之礼，于大体实属相妨，且岁暮事繁，日久不回本任，亦属胆大糊涂，应即先行摘去顶戴，薄为示罚。第该令方逞臆说，诚如台指，若非澈底查究，不足折服其心。应俟该道府等提集本案人证研讯明确，而后分别处分，以饬官方。猥蒙垂询，良深感佩！

致许星叔尚书光绪十八年正月十五日

江南赈务，仰托仁庇，去冬勉力支持，饥民衣食有资，尚不至流离失所，业将办理情形，缕晰奏陈。入春以来，青黄不接，待赈尤多，司库既无款可筹，惟恃捐项以资挹注。无如苏省偏灾迭告，绅商无力输将，仅在本省劝捐，收数难期起色。因于去冬委李道经楚前赴粤东设法筹办。

昨接该道禀称，有广东贡监生愿捐三万金，拟恳奏请赏给举人，以示优异。当此赈务孔急，接济无资，捐数零星，正深焦灼，该贡生捐助巨款，惠济灾黎，其急公好义之忱，洵堪嘉尚。第捐赈请赏举人，虽经直隶奏准有案，而名器攸关，究未敢援以为例。再三筹度，不得不质诸高明。伏祈大君子垂念民依，俯赐酌定，并恳将下悃请示礼部暨商之额、张两相国，莱山宫保，如谓事可举行，尚求钧覆，晚即当沥陈吁恳，以冀上荷恩俞临颖。不胜悚惶待命之至！

复沈仲复光绪十八年正月

承示李洪一案，应向汇丰银行追问寄银之人，具征卓见。敝处自据聂道呈送徐春庭供折，阅有此节即令，设法根查。该道先饬袁令向该行查询，谓须奉该国官饬查，方能禀覆。复经该道切实函请领事详查，仍复讳饰，不肯实告。汇丰系英人所开，既不能由我诘问，英官又复不能切实办理，正与英刑司审办美生一味袒护，若出一辙。

总之，此案英官如肯推诚布公，则自弋获美生之后，早可水落石出，无待今日。办理诸多棘手，事关交涉，权非我操，时势使然，无可如何。现在业奉电传谕旨，将李显谋革职监讯，敝处并迭饬聂道向两徐详加研究，一面另觅识认李洪之人以凭质讯，总期毋枉毋纵，以成信谳。

成道甫经回任，即奉旨开缺，以杨道调补。杨道现在江宁，俟奉部文，即可径赴皖省，为日无多，自可毋庸派员接署，以免交替之烦。

复立玉甫 光绪十八年正月二十二日

甲午恭逢万寿庆典，现特简王大臣会同贵衙门查照乾隆年间成案办理，至内廷传办事件，仍由执事承办，仰见九重眷注，倚畀优隆，莫名钦忭。

敝处前奉谕旨，甲午年毋庸呈进缎匹。在圣慈体恤臣工，无微不至，而在臣下躬逢庆典，一无进献，究觉心有未安。第敝署并无档案可稽，未敢冒昧从事。再三筹度，谨以质之高明，务祈费神，俟各项事宜请旨安妥后，详细示知各省疆吏，除缎匹谨遵懿旨不进呈外，可否以另项物件进呈，以申孝敬之意。如可恭进，究以何物为宜，统望执事一并酌示，俾有遵循，不胜感祷！

致翁叔平尚书光绪十八年正月

《两淮盐法志》一书，年久失修，典章散佚，经曾忠襄设局采辑，遴委王道定安总司编纂。晚到任后，以该道尚能勤慎从公，饬令始终其事，历时三载，全书告成。业经缮写装潢，专折进呈御览，并另备一分，咨送大部。日昨钦奉朱批，已交大部详勘具奏。

伏查是书自嘉庆重修后，迄今已历八十余年，中间迭遭兵燹，案牍荡然，原本或残缺不全，或时殊事异，该道详加考订，广为搜罗，统以十门，分子目九十有九，共计一百六十卷，颇费经营，始克蒇事。惟是卷帙繁重，诚恐或有舛漏之处，务祈俯赐鉴定，早日覆陈，俾得将志局全行裁撤，借资节省，感承公谊，夫岂有涯！

复刘毅斋宫保光绪十八年正月二十四日

承询易提督至忠，其朴讷无华，打仗奋勇，诚如尊论。前昔被匪诬累，明知决无其事，惟人太拙笨，众望未孚，久驻镇江，不甚相宜。现已委带一营，可期得力，若作统领，则觉其才有未逮。湘军夙将只有此数，不得不曲为保全。区区苦衷，当邀原谅。

复桂芗亭观察光绪十八年二月初一日

土药厘捐，事当创始，目下已获二十四万两以外，与原定数目相去不远，具见实力征收之效。

前接据土商合词吁恳于统捐之外，再加三十两通行各省一节，商贩避重就轻，锱铢必较，自系实在情形。总署原奏本有“俟试办一年后，由该省察看情形”之语。现在山东覆奏仍照原定章程，每次收捐十六两，三次共捐四十八两，通行各省，业经奉旨允准。较之徐州厘捐轻重悬殊，若不急思变计，势必商情涣散，收数无多，绕越偷漏之虞，更所不免。现在将次一年届满，拟即查照尊处前详，将酌量变通办法，详细入告，能得邀准，庶徐捐更可望有起色。

东省覆奏之件，部中能否照准，尚不可必。即使议准，而定章通行各省，必须验有三处印花，方不重征，若未完东海关税，即与免征定章未符，自应各照各省定章征收税厘，以杜避就而昭核实。

承示山东地方抢劫案件层见迭出，肆行无忌。该处与辖境相连，诚如来示，惟有整顿团务，自固门户。尚祈严饬各属，认真稽察，勿稍疏虞。

荆山河工一切需用之件，均经执事躬亲料理，不使浪费一钱，功归实济。借拨之款，自当如约也。

复许仙屏光绪十八年二月初四日

再诵亲翰，一片忠爱之诚，俱从对面着笔，流露楮墨，益信公文章经济，善处功名，盖不作三代以下人想，敬佩之隐，岂但意余于言。第属望鄙人过深，“公”字“刚”字如何敢承，惟有奉作座铭，借以随时自惕，冀免于罪戾耳。

承示时文《才调集》，极古今之巨观，硕儒、名臣俱出其中，展读数过，如获至宝。拟即饬官书局照样翻刻，分惠士林，俾两江人文，蒸蒸日上，力学敦行，勉师前矩，皆出自大雅所赐。而鄙人所论人才出于学校一语，可期实效，不致空谈矣。

此间钟山书院已聘请梅筱帅主讲，曾接其覆信，俟豫章开课后，即命驾来宁。

陈守年老品端，诚如尊论，将来能否回任，抑迁地为良，自当妥为位置也。

复程从周光绪十八年二月十八日

另示云云，未免过虑。香帅虽有崖岸，尚非深险之人、阳与周旋阴相倾轧者，况以方今事势，正在倚重英贤，讵肯自弃良辅，致形孤立？前席研香宫保颇有疑于左文襄，弟曾以此喻之，卒为所料。香帅之于执事，亦犹是矣。

至香帅于各处公牍、私函，往往迟久不覆，上年沿江哥匪情形吃紧，弟电询机密重件，催至三次，延至两月，始得回音，其余可以想见，非独于尊处为然，尽可冰释也。东南专阃只此数公，朝廷自有权衡，非外间敢参末议。襄、樊形胜之地，瓜代亦不易得人。万望仰体九重倚畀之意，万姓爱戴之忱，耐久勉留，勿以乞身为请。

复沈仲复光绪十八年二月二十四日

尊处需用各项洋枪，遵饬军械所照发来福枪二千杆，马梯尼枪一千杆，点交焦千总领运回皖。其新购阿吉开士枪，价值昂贵，平时操练来福前膛、中针后膛，两项可以敷用，是以各营均未发给，俾资节省，尚祈鉴原。

庐州一案，上年被旱成灾，春抚事宜均关紧要，合肥情形较重，李傅相续拨之款，自宜全数转发该县，以副其谊敦桑梓之至意。敝处续筹之二万金，尊意以此项匀摊各处，当此青黄不接，民情困苦，何敢稍延，即经饬司照数拨发，一并交焦千总认解。

阁下民瘼关怀，不啻己饥己溺，妥筹赈恤，救穷黎于水火之中，从此鼓腹腾欢，衢童壤叟，洋溢歌谣，逖听仁声载道矣。

复德晓峰光绪十八年三月初一日

此间传说，武曲港失事，系奸细放火，数日前即有人进炮台，是否属实，尚望严密访查。湖口为辖疆门户，长江关键，而丁镇军年老颓唐，计图恋栈，容与李与吾军门议之。

修复炮台，务须从容斟酌，梅家洲一处似亦以迁地为良。有谓湖口两岸炮台于长江无关紧要，又有谓梅家洲一处可与浔郡犄角相资，江流间有移徙洪路，不得不随时察看情形，左右熟裁之。

复孙词臣太守光绪十八年三月初三日

凤郡地瘠民贫，讼风素炽，案牍日积，贻累无穷。阁下明镜高悬，秋毫毕察，奸猾之辈，伎俩自无所施。来示以无讼相期，洵正本清源之论也。上年雨泽愆期，旱蝗四起，经过之处，遗蝗必多，当兹地暖春融，蠢蠢欲动，如能认真搜剔，较之收挖蝻子尤易为功。第出土之后，不过十余日，即可生翼而飞，此则全在捕治从速，庶不致遗患于后。

保甲为自古善政，原不仅为冬防，行之今日尤关切要。州县奉令举办而卒无其效者，非保甲之法不善，为保长甲长之人未善耳。保甲之安扰视乎法，保甲之张弛视乎人，诚能善行其法，办理得人，既不至于扰民，而盗贼自无容身之地矣。高明以为然否？

复松峻帅光绪十八年三月初六日

谢子受力请回任，而令其权篆盐巡者，皆为治卿计也。至于补缺一折，自有例章可循。江苏道员甚多，其中或资格极深，或劳绩最著，抑有奉旨甚优者，究以何员请补为宜，容俟查明斟酌。

近来官场风气之坏，每见一缺，辄借大力以相要挟，洵如台谕，滔滔皆是，弟亦唯“无私”两字奉以周旋而已。

复邓松山观察光绪十八年三月初六日

善后局事宜，一经清厘整顿，而浮议滋多，在所不免，办事者大都任劳任怨也。

修志润笔四百金，能于县局筹送固妙，否则由敝处再捐此款，亦无不可。至刊刻之资，则县局万无可缓。每年租石尚多，作何支销？乃欲加收地丁，变卖局产，非鄙人所敢与闻。

肩吾舍弟入祀乡贤，应出自地方公评。

承示各稿，不敢增减一字。局务总须仰仗长才，悉心经理，未可遽图卸责。且此间新章，凡候选及他省人员，不能派委差事，诚恐空劳远涉，不敢不预为陈明。

复沈仲复光绪十八年三月初八日

承录示覆稿，读之不禁击节。张香帅欲以茶市旺淡为州县殿最，其他流弊姑不具论，各牧令各顾考成，势必多派书差督察茶户、茶商，授以需索之柄，其扰累不问可知，若遇不肖之员，恐尚有甚于此。将来种茶、贩茶，难免因之歇业，安望有起色乎？

弟初次答函，不敢尽言，重拂其意，及香帅二次函来，坚持原议，不得不据管见覆之，恰与台指符合。谨抄稿呈览。此项应归各省察酌情形，量予赏罚，如由弟与香帅查明定案，严设科条，格碍难行，未便稍涉迁就。事关国计民生甚大，异日补救已迟矣，明公以谓然否？

复孙莲舫光绪十八年三月初九日

所论各节，具征执事留心时务，蕴抱崇闳，江左多才，于兹益信。惟现在中外通商，各机器局需用之铁，皆购自外洋，则中国之铁，何能禁其出洋！且张香帅创设铁政局，正欲外洋流通，未可办理两歧。仰承台指，毋令以铁济匪而已。《春秋》“无以铸兵”之语，似非所以诏远人也。

扬州推广办栖流所，计亦良得，第虑人心不靖，即使栖所林立，亦难禁淮民之不渡江。南北往来络绎，既不能视同秦、越，又无从另其莠良，是在地方官绅办理保甲、团防，查拿严密，使宵小不敢生心可也。

江阴防务，自当申明纪律，令各镇将常川在营，不得擅离出外歇宿。惟淮军驻扎十余年，湘军亦驻扎数年，间有一二眷室附近居住，乃人情之常有，似亦法令所难严禁也。

芜湖书院讲席，闻彼都已聘请有人，未便致书推荐，并非吝此数行笔墨，虚承雅属，抱愧良多。

复陈右铭光绪十八年三月初十日

张庆亭、刘金魁皆为高德华所供指，现经香帅咨提刘金魁到鄂，两相质证，或有端倪。哥匪向来讳护党类，敝处迭次所获之犯，向其追究头目，虽严行审讯，多是茹刑不吐，甚至甘受显戮而终不肯供，奸顽固结，一至于此，甚可虑也。

荆州旗民交哄，周汉匿名揭帖，二者敝处仅得大概，大抵皆棘手之事。香帅权衡在握，自能区处得宜。

陶道森甲一经品题，自无虚赏。惟先到省人员送引后，可销去试用一节。查吏部则例“未经引见之员，均令各督抚饬令回籍，停其差委，俟带引到省后，再行照例差遣”等语，并无可以先行到省明文，该员仍应先行赴部为是。

复李与吾光绪十八年二月十五日

承示贵标各营，年来兼习陆操。我公平日投醪均惠，运甓习勤，训练之劳，正复于兹可想。

鄙人此次循例简师列郡，订于二十日起程。惟通省水陆兵勇太多，拟陆营即阅陆操，水军即阅水操，若水陆兼操，不独鄙人精力难及，即兵勇亦觉过劳，殊抱不安。贵标亦事同一律。我公于静息之余，犹复运筹帷幄，并蒙派弁料量一切，尤令弟心感无已也。

复李中堂光绪十八年三月十九日

洪琴西都转生平事绩，全在江南，回首前尘，良用感喟！史馆立传之请，曾经粤中主政，以经天纬地之文，尚未得邀俞允，晚生亦何敢再渎！尊指以开复原官、不求别项褒恤为词，希冀上回天听，持论尤为平允精当。晚生颇见及于此，第以洪都转之得官失官，晚生实相与首尾，及李侍御落井下石，晚生则同挂弹章，措词不无格碍之处，是以不胜踌躇也。

购船一节，敝处前与局员偶尔询及外洋战船何式最新，外部遂误为欲购，曾接总署来电，德使以有无购船之说相询，当以并无其事电覆矣。盖购船必先筹款，此时款尚无着，将来即欲购置，亦当商诸尊处也。

致桐子霖太守光绪十八年三月十九日

顷由尊处递到补用赵道良诒函，以曾忠襄任内派充两江文营务处，至上年期满，适于八月初四日敝处给札留办是差，肃禀申谢，阅之不胜诧异。

查本衙门向无文营务处名目，上年并无札委该道留办案据。闻曾忠襄任内，有常州赵姓自称为两江文营务处，上书混渎，饬县传询，信局无从查究一事，今其故态复萌耶？此次既有尊处邮封可凭，不难澈究。究竟赵良诒者有无其人，现在何处，何省道员，尚祈详细查明示覆为盼。

致陈右铭光绪十八年四月初三日

另致舍弟一书，具领台指。时以匆匆出省，无暇覆陈，近在舟中稍闲，谨具梗概，请垂鉴焉。

伏查鄂、湘引地，久为川、粤侵占，亟思及时规复，每饭不忘。今以北盐南运，冀敌川、粤之私，收回鄂、湘引地，诚为善策。盐政于南北初无歧视，如家有长子弃产，得次子买还，主人翁不胜大愿。三十年来屡议及此，卒未见诸措施者，以其飞洒倒灌，不免长虑却顾也。北盐高而贱，南盐低而贵，人情好尚，不问可知。然北盐少而南盐多，课厘所关甚巨，故于销路亦分南北，不使越畔，俾其南北并行，国计民生可收全效，用意至深远也。一旦北盐南运，虽同属一淮，殊紊宪章而淆界限。商人心存畛域，南以北为私，亦犹淮以川盐为私，未必肯让。且北盐南运，经由江、楚腹地，较之川、粤私由外入尚有藩篱者，为害尤烈。北盐可以随处出售，南盐何能画疆以守？恐川、粤侵占之岸未能收回，而南盐完善之岸又为北盐侵占矣。议者以配盐有定额，销盐有定地，尽可严密巡缉，凡言盐务莫不云然。究之商私、贩私充斥如故，独北盐南运，可恃此以无恐耶？或谓试办少许，俟一二年后，察看情形，操纵由我。顾明知必有流弊，何故先行开端，以启北盐幸心，而使南盐借口。倘此一二年中，南盐课厘偶绌，必归咎于北盐，谁执多少之数以与诘辩，而其中有无夹带，实亦不可胜防，曷若慎之于始！

近来市侩制于成法，无术售奸，辄思变旧翻新，冀得乘机饱攫。本自谋利，而先以利啖人，骤听其言，似有可采，果用其策，必为所欺。阳若奉公，阴图肥己，迨纪纲将坏，溪壑已盈，惟思设计脱身，携资以去，即加之罪，于事奚裨？左文襄加票可为前鉴。现在香帅在鄂，仲帅在川，与弟新旧至好，公忠共矢，正是复淮之时。仲帅以川盐已有归着，愿以鄂之五府一州，全行归淮，奏明在案。香帅若复有意，则请斩截办理，刻期禁止川盐，弟预饬司栈拣选上色真梁、正梁，前往接济，该府州原是淮南引地，借食川盐，未始不可复食淮盐，但得官以维持之，使其画一耳。

至于鄂省经费，前取于川者，今取于淮，商人无不踊跃。光绪七年弟与李筱帅本有成约，迟至今日，如愿相偿，似亦有数存焉。万一势有难行，只合仍旧。衡、永、宝势成积重，更无论矣。北盐南运诸多滞碍，未敢更张。伏乞明公转达香帅裁酌可否，便中示知为祷！

复许仙屏光绪十八年四月十四日

江南河运，每至桃、宿，辄因枯浅，难于浮送。或谓湖口双坝放水太迟，可否改归徐州道就近管押，随时启闭，并自该处起至邳、峄交界之台庄，亦责成徐州道照料，自可酌剂盈虚，彼此不至贻误。崧峻帅及桂芗亭皆为是说，且嘱会同尊处与刚良帅具奏定案。弟情形生疏，未敢冒昧，谨先请示，以便另备公牍，伏乞速赐裁覆为祷！

复张香涛制军光绪十八年五月初一日

初八日于常州舟次接诵惠翰，具领荩筹，只论淮之可行不可行，不计鄂之有益与无益，贤者心迹，二语该之。

治弟前阅右铭廉访致舍弟书，知有北盐南运之议，随将格碍情形，函嘱转达尊听。系就鄂之五府一州言之，惟声明湘之衡、永、宝更有积重之势。兹商人等专请办衡、永、宝三府，其情形与鄂之府州迥别矣。治弟隶籍宝庆，邻近永州，深知两郡滩河陡险，淮盐挽运维艰，加以山路纷歧，缉私匪易，淮商视为废岸，听其借食粤盐。顾亦从无粤贩前来，所有买粤盐、卖粤盐者多是宝、永穷民，小本贸易，恃此担石以养身家。一旦行淮禁粤，不唯商人运费、缉费浩繁，将致亏累，即此宝、永失业穷民亦难安插。是以曾文正不汲汲于规复，唯留为淮引藩篱，不为无见。衡、永府城尚行淮盐，曾文正所指即此外属，亦同宝、永，是由地势与粤近，与淮远，实使之然，未必南盐不能行，北盐能行也。

该商等谓北盐色质可敌粤私是矣，至谓北盐可减价敌私，殊有不确。治弟询之乡人，据称粤盐市价少则每斤四十余文，多亦每斤不过五十文，未闻有至六十文者。北盐买价即贱于南盐，能否畅销，绝无把握，而私贩之拒捕闹卡，从此纷纷多故矣。况以北盐运至衡、永、宝，贯穿南盐腹地，飞洒倒灌，防不胜防，即使严定章程，未必有恃无恐。该商等既称现在粤盐搀和泥沙，并杂以销盐、石膏，味甚苦劣，民以为病，是则南盐亦可行销。又称南盐色低，难收实效，未免自相矛盾。其实粤盐并无前项情弊，该商等捏为是说，以开北盐南运之路耳。据闻此事系为湘绅所为，计图垄断，捏写三府商人姓名，递具公呈，该绅早来江南，四路营干。治弟此次出巡江北，一二当事均谓北盐南运为便，似有先入之言。我大公祖前，该绅商无所施其伎俩，顾知尊处规模远大，筹款维殷，故请事由鄂省主持，厘归鄂省收用，无非意在投合，何殊蠡测管窥也。该绅商又谓一俟北盐定局，仍可易为南盐，盖虑南商起而相争，以此姑杜其口。阴阳狡猾之伎，安能责其急公？

治弟盐政是司，何尝不思尽复引地。第以利害所系，不能不计始终，权轻重，与其变法而得失难必，曷若修法而操纵自如！拟饬湘局督令南商拣选上色真、正两梁，先往衡州各属分销，以次推广，冀收尺寸之效。粤盐如果减色，南盐必有起色，此中自具消长之机。似此办理，不另设炉锤，不另生枝节，进则可期一得，退亦可保万全，我公以为然否？

复袁慰亭观察光绪十八年五月初三日

再诵另笺，知阁下在韩十稔，维持防护，备极荩筹，企佩之至。

承示李密陈情，迄未邀准，良以北门管钥，借寇方殷。移孝作忠，古之明训，宜有远志，毋遽当归，即揆诸教子以忠之慈怀，当亦欣慰。尚祈尽心王事，以期忠孝两全。东藩与我东三省势属辅车，务须妥为拊循，以固唇齿，执事其勉图之。高丽近事如何？并望随时见告。

复王纫秋光绪十八年五月十八日

弟重到江南，旧痕鸿爪，大半模糊，时异势殊，迥非昔比。吏治、戎政一味粉饰，如理棼丝，殊难措手。是以履任以来，不避怨嫌，裁汰各局浮费，考察属吏贤否，夙夜兢兢，惟恐不逮，固不敢过事苛求，有伤政体，亦不敢稍存姑息，致误事机。奈积弊已深，转移乏术，虽煞费经营，于事仍无补益，此则才疏任重而内疚于心者也。

承荐诸君，或忠荩之后裔，或澹泊之名流，更复重以鼎言，自当徐图位置，惟是事少人浮，尚须酌察情形，以冀得当以报耳。

执事名高道广，为众所推，勉诸生以有用之才，不屑屑于词章之末。春风化雨，桃李成阴，斯文当共作楷模，不仅湘、沅之间得所师表也。

复沈退庵观察光绪十八年六月初七日

土药捐一事，经阁下饬局认真办理，并添派委员司巡于各要隘，严杜走私，复令商董分设行庄，厚给售价，如此悉心区画，加意护持，当可渐有起色。

至加捐一层，前系该商赖义和等禀由芗亭详奏，甫经奏准译署核议照办，未便遽更。且加捐与否，本属听商自便，译署定章，加与不加，各有办法，并非强以一致。该商如不愿加捐，自可照止捐三十两者免本省之厘办理。尊处只须按报捐之银数，循区别之定章，不必再议纷更也，业于大牍内详细批明矣。

复德晓峰光绪十八年六月二十四日

承示江西局绅拟造小火轮船行驶鄱湖，核与译署原议章程七条未符。此系沿海通商各口之定章，长江各口本不能援以照办。上年弟处覆奏志詹事条陈折内，请禁小火轮船行驶内河，似尊处亦有此疏。并闻前有中外商人请于鄱湖用小火轮拖带茶船，咨经译署覆令坚持禁阻有案。今以局绅开端，虽经声明，专以救生济渡，其为用小火轮船则一。长江各口非沿海口岸可比，鄱湖又非长江各口可比，其应如何慎始图终，高明必能熟思审处。前者洞庭湖拟设小轮济渡，曾经张香帅批禁咨会有案，一并录送台览。

欧阳健飞与黄芍岩两军门亦在弟之夹袋，第目前苦无位置。

我公廑怀时局，留意将才，既与共事有年，尽可专疏密荐，自是大臣以人事君之义。然不必与弟联衔，盖联衔保荐近日少见，弟昧于因应，致多龃龉，而两军门均是同乡，恐或以为徇情滥举而加之罪，未免波累左右矣。

湖口需用后膛钢炮，以八十磅子为限，过则不宜，已饬上海制造局查照原议酌发。

复潘伟如中丞光绪十八年闰六月初一日

黔中产铁，质地精良，执事主持开办，力排众议。现在运到之铁，果能与罗马相埒。数年擘画，成效昭然，不独塞悠悠之口，且免购自洋人，利源外溢，裨益良非浅鲜，匪但执事见而色喜，即弟亦愉幸同深。

复李本卿军门光绪十八年闰六月二十一日

台湾北连吴会，南接粤峤，土地沃饶，物产利溥，为东南之门户。乃生番负嵎抗拒，反覆无常，甫慑兵威，又萌叛志，连年剿办，糜饷劳师。言语既不能通，教化亦所不及，只合以禽兽视之。

行师之道，地利为先，大嵙崁诸社地方，山川峻峭，港道纡回，我军深入层峦，最宜慎重。筱帅独操胜算，擘画无遗，当必早见及此，得执事相助为理，意可万全无失已。

致曾仰阶观察光绪十八年七月初一日

启者：

弟处拟以南洋购制快船及鱼雷艇事宜，先行函请海署斟酌，所需经费颇巨，并须预为筹商。唯裁兵节饷，始于今正，为时未久。其未曾裁兵以前，每年薪粮、煤油与修理之用共银若干万，现在每年可节省若干万，又在外洋购制此项快船、雷艇约计几时可以到沪，均祈开示大略，以便量为措辞。至此项快船、雷艇，既经购制齐全，虽未能成一军，而原有六船及蚊子四船，并威靖、登瀛洲等船人数，均应补足，须款益多，从何接济？此是后来之事，亦不可不预为绸缪也。

再，合山新筑炮台，诚如尊虑，地方无知愚民，于兴工时，或跪伏祈求，或挟众喧闹，以致作止两难，非若都门来书可以数行覆之者。弟已电饬曹令明志来宁面问情形，试探口气，如能开导弹压，即行札委。

复李艺渊太守光绪十八年七月初五日

此间蝗蝻为灾，徒劳人力补救，不能一律净尽，言念农事，殊切隐忧。

至于闲废军功人员太多，暗与哥匪勾结为患，厝火积薪，诚为可虑，无奈安插实难，奏请各省从宽收标，以弥未形之祸，最为良策。曾于光绪元年沥折具陈，朝廷深以为然，通行各省，乃为某巨公痛驳，以后不敢饶舌矣。

自洋务兴，而士农工商几无常业，大致一“穷”字可以包括，后患仍无已时。弟承乏江南，适逢其会，虽锐意整顿，譬如逆风行舟，竭尽气力，只在旧处，惟有徒唤奈何而已。

致瑞茀侯方伯光绪十八年七月初七日

顷饬房检卷呈核，始知江南节省长夫银两，专款存储，听候部拨，与上海六成洋税事同一律，挪解之说，恐不可行。

至支应筹防，从前借用之项，屡奉部驳有案，此次碍难再动，尊处惟俟各道、局覆到，如筹不足数，即具详咨部请拨的款。好在先后已解织造银十三万两，尚可周转，其余十万两，只合俟接部覆设法应付。此等事件，从前筹解之多少疾徐，均有成案可考。当此度支拮据，一时实难如数取盈，想文和翁自能见谅也。

复文和亭尚衣光绪十八年七月十三日

部拨尊处奉办蟒袍面缎绸各项工需，敝处亦深知款关紧要，亟思早日筹解，是以先行饬局筹垫银八万两，并由司认解五万余两，现已筹解四万八千余两，共计解银十二万八千余两，以应开销。

查往岁司道、局、各库储较为宽展，历次奉拨活计等项要需，为数稍巨，往往累月经年未能解足，有请缓办者，有请减成拨解者，贵处均有档案可稽。现在各库较前支绌益甚，镇、沪两关税，大部又不准拨解此项工用，是可以拨款之地，较前又顿少两处，凡此情形，亦为阁下所深知。此次奉拨银二十三万余两，计筹解、垫解业已过半，实于无可设法之中，勉力筹措，其余未解之十万两，及先派沪关应行改拨之二万两，亦已分派苏、沪两厘局及江安粮道，速为筹解。款关宫府要需，各道、局苟能照办，自不致稍有推诿，设有为难，敝处亦当飞咨大部，请拨的款。似此办理，实已竭尽绵力。

至支应、筹防两局，一则关系海防，一则关系军饷。筹防局于前年垫解贵局用款，既不能列款报部，司库又无力筹还，至今虚悬无着。支应局收支本已不敷周转，此次所垫尊处之款，各处能否即日解还，尚不可必。节省长夫一项，系属专款存储，应候部拨，本非外间所能动用。近来部中，每将此款由电拨作解还洋款之用，一经部拨，尤属刻不容缓。是该两局未能通融再解及办理未能过速，时势所限，焦灼徒深，区区私衷，当为执事所曲谅也。现拟稍迟旬日，如各处尚未覆到，即为专札催询，以副锦怀。

复李中堂光绪十八年七月十九日

畿辅猝遭水患，闾阎困苦不堪，人疏为民请命，截留南漕，俾数百万灾黎咸沾圣泽。现因工赈用繁费绌，又得援照十六年成案，吁恳开捐。仰见中堂仁育为怀、饥溺由己之至意，曷胜钦佩！

现已遵照钧指，谆嘱司道各员查照历年赈捐办法，设法招徕，虽目下捐输已成弩末，去岁各省盐商报捐银两，部议准令移奖实职官阶，两淮派捐百万，售价较廉，各捐生避重就轻，或不免舍此趋彼。然以辖疆嗷鸿遍野，待哺维殷，但能筹得一分，即可得一分之益。治晚当饬各司道仰体廑怀，多方劝导，苟可为力，断无不尽心图之。一俟集有成数，即当源源解济，以副諈诿。

复张香涛光绪十八年七月二十二日

昨奉大咨，并承惠函，备领壹是。长江一带，时有官轮往来，税务司屡图揽归洋关查验，因与体制有碍，且恐有误要差，历经严饬各卡自行认真稽查各在案。

弟抵任后，深虑日久玩生，仍有偷漏税厘情弊，又经通饬严禁，不啻三令五申。乃该管带等犹敢夹带私货，借公差为名，抗不停验，若不严定章程，匪特为厘税漏卮，更恐为洋关借口。此次祥云、福安、澄清各轮船往来闯越，实属胆玩，澄清并敢私带军火，尤属大干法纪。现将祥云管带李家泰先记大过三次，姑暂留差，以观后效。福安、澄清两管带已咨请仲复中丞酌量惩办。并重定惩处章程，以服查验不服查验、有私货无私货为断，通饬各关、局遵照办理，庶各管带知所儆惧，不敢仍前玩泄，于长江厘务似有裨益。未识我公以为何如？

复刘仲良光绪十八年七月二十四日

承嘱赵道开复一节，自系主持公道，爱惜人才。惟该道与弟同列弹章，若以同案被劾之人为之吁请，一若自行申雪，转觉难于立言。

且弟自抵任以来，恭援恩诏，为王道定安、许道继衡、汪令以诚先后奏请，幸邀恩允。天威咫尺，未敢一再渎陈。深知该道之屈抑，而苦于爱莫能助，未尝不耿耿于怀也。因思执事勋贤懋著，帝眷优隆，若由尊处上陈荐剡，则一言九鼎，必能仰荷圣俞，岂第该道一洗旧痕，即弟亦同深感赖。非敢稍存推诿，实于事理不得不然，幸大君子一垂察焉。

致李中堂光绪十八年七月三十日

夏间太和匪徒萌动，幸即时拿获头目多人，蚁附之徒，旋以解散，此外尚属安静。唯连年蝗旱，不免偏灾，江苏情形大略相同。冬春赈抚，需费浩繁，徒深焦灼。

海防原议，俟北洋成军，接办南洋，且有闽、粤两支之说，规模宏远，非可蠡测管窥。而治晚鄙见，南洋与北洋迥不相同，北洋内则拱护神京，外则兼顾奉天、山东两省，天生形胜，议战议守，当在旅顺、胶莱，中间海面尚宽，非得大号铁甲兵轮，不足以壮声威而资捍卫，将来经费宽裕，尚须扩充以成大支劲旅。若南洋即有大号铁甲兵轮，于闽、粤亦鞭长莫及，而长江一线，六省均在上游，但能力扼尾闾，敌自不能飞越，即浙江近在肘腋，易为犄角，似无须此等笨重之船，转难操纵自如。拟即查照尊处致远、靖远快船之式添购两号，加以鱼雷艇数号，合之原有兵轮，分布长江下游，与岸上炮台水陆联络，似尚可以支持。唯此项快船、雷艇之费，约须三百数十万两。计今正裁兵节饷，每年不过余二十万金，积之十年亦难有此成数，而养兵之费尚在其外，度支拮据，从何搧罗？忝领财赋之区，苦无管、桑之策。中堂统筹全局，伏祈指示机宜。

崇明瓯脱之地，四面皆沙，本县一堤，尚难施工，安能别设方略？第以长江门户，不可不极力维持，已嘱朱镇等先将营务认真整顿。

英人美生一案，上年即蒙明谕，将来只合办到解回本国，审机握要，下怀钦佩莫名。春间经过沪上，密以此意谆嘱聂道及裴税司，幸而就我范围，克副台指，并有不准再来中华之说，洵足以杜祸根。议者犹谓轻纵，固未深悉交涉之难，亦未熟思利害得失之故，取所以毒我者还之，使自受其毒，何必置之死地而后快耶？

复孙莲舫光绪十八年八月初六日

常州据苏、松上游，山势亘绵，水道错互，最为逋逃渊薮，全在地方文武巡察严密，缉捕勤能，乃不至养痈贻患。保甲为自古良法，行之今日，尤为切要之图。然必善行其法，斯不至于扰民而得收实效，若行之不善，往往流弊无穷，盗源未清，民累滋甚。所有公议团防章程十四条，已批饬司道议详矣。

惟烟、茶二项，每灯、每碗出钱一文，通都大邑之间，烟馆、茶寮，街衢林立，灯、碗确数稽查较难，地方官既碍于政体，不能征收，即原设之保甲长亦难处处亲司其事，徒滋烦扰，转为书差需索之媒。应饬镇江府抄呈举办章程，禀复察酌。

又更练给洋枪一节，以一府八属计之，非亿万枝不办。枪枝弹药，经费浩繁，且自上年洋人私运军火盘获后，通饬严禁，虽防营需用，非实系锈坏不堪者，不准更换。诚以洋枪为军前利器，一经私售，流毒不可胜言。若更练按名给枪，则此项军火到处皆有，以后从何查禁，将来恐难缴还，似觉格碍难行。

无锡等处劫杀掳掠各案，现经严饬拿犯起赃。至团防章程，应俟司道议详后，再行核夺办理。

复杨子通光绪十八年八月初十日

芜湖为通商口岸，华洋杂处，良莠不齐，保甲之设，极关紧要。抽捐累商，固属有碍政体，然已劝之捐，似可照办。将来该局接替有人，所有保甲巡查事宜，仍望执事会同局员认真经理。

皖南秋收丰稔，至以为慰。其有蝗各州县，应请尊处严行札饬，实力捕除。许守所禀，捕蝗不如捕蝻，捕蝻不如挖子，洵为不刊之论。台端前拟章程十六条，妥慎周密，简便易行，若能依法捕治，可期尽除遗蠥，第未知各该州县贤否何如耳？来指拟届时斟酌轻重，捐廉以为之倡，民瘼关怀，良深纫佩。

复苏子熙宫保光绪十八年八月十六日

昨奉惠书并钞稿及地图各件，既承在远不遗之谊，复见统筹全局之精。马伏波聚米为山，具悉往来形势，李度辽扬麾出塞，用能巩固边防。勋业所昭，莫名佩仰。

粤西界务俱已画押，法人贪而无亲，又图侵越金龙峒七隘及里板等三村，本为中国疆土，既有粮串可凭，又有印文足据，且地当险要，屏蔽天然，即按法使照会所言，亦应彼此相让，不宜狡执相争，乃我则处处持平，彼则得步进步。洵如台指，彼纵得之，亦难为守，而在我有防不胜防之虑，不得不户牖绸缪，否则区区一隅，似亦无足惜矣。

承示致许大司马函稿，指陈利弊，抉发无遗，执事熟悉边情，老谋胜算，译署诸公素深推许，自必力与维持，又重以丹帅之函，本无烦鄙人再参末议。然事关大局，安危系之，实有不能自安缄默者。昨已将大略情形函致译署，第未能如大稿之详尽，盖未历其地，不敢作臆度之辞，以弈者闲着视之可耳。

复刘彝庭光绪十八年八月二十四日

查江省现修武慎公祠，系仆初请之于德晓帅，当蒙封章入告，借以崇德报功。其与曾、左合祠，各省多是如此办法，即如张、江两公奉特旨饬建专祠，而以经费为难，尚从异室同门之制，祠在百花洲侧，台从所常见者。今拟为武慎公另建专祠，自是美举，出自众人则可，若先由仆提唱，是明不足于晓帅矣。且另建专祠，必须奏明由地方官另行致祭，此亦中丞之事，非仆所能越俎。

各省局面以厘差为最优，阁下改派义宁分局，诚如晓帅所云尚是长策，正宜努力供职，以副上游引重之意。此外是非于己无涉，何必时为不平之鸣？近来口舌滋多，不可不镇之以静。

萍乡匪徒敢于明张伪示，扬言杀官，似非鼠窃狗偷可比，调兵防剿，当合机宜。晓帅抚江十年，地方一律安靖，疆吏之责如是而已。如仆前此承乏，亦复碌碌，无异于人，得失寸心知，讵独文章一道？

复积莀臣都护光绪十八年八月二十七日

承示京口八旗壮丁，拟练成军，以资防守，具见整饬满营之至意。惟练军事易，筹款事难。近年各库用款日多，异常支绌，司储既罗掘殆尽，局款亦搜索一空。而造册报销，动干驳诘，大部以节流为务，丝毫不许多增，是以每年额放，非关紧要用项必不可省者，断不敢稍滋浮费。即如尊处八百金之款，亦系借洋衔巡缉之名，正恐有干挑剔。此中委曲，同事之所深知。尊嘱一层，外间既无此闲款接济，薪粮内销各款，岁有常经，又未便率行挪用，委属无可设筹，非敢稍有推诿。执事久在江南，情形熟悉，一切为难之处，当蒙俯鉴寸忱。

抑弟更有陈者，八旗壮丁既多，任其流荡，固属非计，然不就额汰弱补强，必别求所以养赡，则十数年后，壮者老而少者又壮。国家之经费有限，驻防之生齿日繁，饷项既难随时议增，将来壮年子弟，仍恐不免投闲置散，其将何以处之？乾隆年间，梁文庄公疏陈八旗久远生计云："不使之自为养，而常欲以官养之，此势有不能者也。"旨哉斯言，实为不刊之论！想高明当亦谓然。其洋街巡缉之款，请由执事径向常镇道署支领可也。

复王夔石制军光绪十八年八月二十八日

兹有恳者：

曾挚民方伯旬宣六诏，渥荷提撕，每有函来，辄陈盛德，及其丁艰归里，犹复依恋仁晖。不图哀毁过情，遽至不起，长才未竟，想我大公祖惋惜同深。伏查此君战功，多在川、秦、两粤，至于居官政绩，则在滇、黔。前据乃兄莘庵司马函称，该处绅士业已具呈冰案。伏冀封章上达，以彰忠荩而顺舆情。朝廷喜纳嘉谟，恩施立沛，匪特挚民永矢结衔，即曾氏子孙亦世戴高厚矣。

谨将原开节略录呈，伏祈俯赐鉴核。

复章鼎臣镇军光绪十八年八月二十八日

胶州海口，地当南、北洋之中，上顾旅顺，下趋江、浙，均一二日可达，为两洋之枢纽，实地利所必争。且群岛星罗，天然门户，建台扼守，最为切要之图，兵法所谓自立于不败者是也。今傅相借重粲材，督率兴作，知人善任，必能有裨海防。

承示炮台形势全图，所有团岛、青岛、坦岛、西顶各处，地扼要冲，声势联络，若遇敌船上驶，对轰斜击，捍卫足资，从此岩疆海峡之中，屹然巨镇矣。尚望努力为之，以维时局，是所至祷！

复李中堂光绪十八年九月初二日

黄昌岐军门入觐南旋，九月朔行抵京口，适治晚履勘象山等处炮台，彼此会晤，展轮上驶，初二日同抵秣陵。

昌岐现定于十八日接印。二十余年旧部，重建节麾，其展布之隆，必有超出寻常万万者，兰舟幸共，愉快良深。昌岐于入都之前，谈及提署仅恃养廉，不敷公用，治晚亦深为踌躇。后经述及昔年卸篆时，曾有节省余款移交后任，以为遇事挹注之资，拟俟履任后，再向与吾军门商酌。今者与吾既逝，前议已属空言。治晚与昌岐多年旧契，谊当代谋。查巡道署生息一款，存本十万，岁得息银，除提湖、瓜等标及通、海二营津贴、道署承办支放公费之外，当时彭刚直岁提巡阅经费四千金，本有不敷，均系先后挪应。前项存款，岁息原系一分，自十四年间经盛道宣怀禀准减为八厘，仲复中丞署篆时又复提回肇大典存本万金，是每年巡阅公费虽已停支，而岁息亦已一再减少。饬据谢署道查覆，即将提回万金仍行存放，每年照章支放，所余息银亦不过二千金。该署道深以长江水师将来别有所需、无可支应为虑。第昌岐履任后，既无另款可筹，自不能不先其所急。现拟每年即令筹银二千两，分季暂解提署，以资津贴，已将此意面告昌岐矣。

再，畿辅被灾，非外省可比，自应力筹接济，仰慰宸廑，稍分劳勚。

安徽之案，近人讶为过于认真，不知治晚于“认真”两字，不唯未过，抑不及也。以兼辖之省，于属吏贤否，时局是非，先无觉察，迨经台谏劾参，委员查实，若复讳有为无，从此劣员将无忌惮，即言者亦未必默尔息耳。萧道允文、孙守廷林，正未知其居官如何？第与此案无涉，不得不为摘除。至彭禄、汪湘虽为原奏所无，其声名狼藉，殆有甚焉，若予姑容，实无以服人心而彰公道。理法所在，有求圆通而不可得者，只合略循职守而已。

廖副将人才本属可用，既承尊嘱，当即位置一缺，以副雅意。

致陈羽山军门光绪十八年九月初五日

弟回省后，随经函致曾仰阶，备论天洑洲添建二百五十磅子后膛炮台，恐其压陷，不若改至圌山关大矶头前面，以期稳固而免谤议情形，兹抄送台览。

又仰阶开呈都天庙及焦山、象山炮台、炮位清折，经弟分别圈注，并送尊处请赐电覆，俟仰阶由沪归过镇江，当面妥交。弟以都天庙与焦山、象山应修应改各炮台工程颇多，自应　心并力，以期刻日告成。

其天洑洲炮台拟先奏明另办，尽可从容。此等事体重大，宜计久长，担迟不担错，祈左右与仰阶商之。

复嵩书农方伯光绪十八年九月初十日

承示清厘支应事宜，昨已接到公牍。似此大加振顿，气象为之一新，非仅裕库储，并可肃政体。弊去太甚，令在必行，唯以渐以恒，斯可大可久。近日悠缪之谈，往往闻声逐吠。然直道固自在人，即如执事介然自守，与俗寡谐，乃众口喁喁，莫不称为廉正。或谓微露圭角，亦是观过知仁。夫风宪攸司，讵蹈摸棱之习？唯有我行我法，出以和婉，毋使物情不堪，此亦昔人远怨之道也。

庐江一案，若非尊处引义固争，何能水落石出！经此一番惩创，以后州县有所忌惮，不敢淫刑以鱼肉我民，亿万苍生受赐多矣。

萧小虞观察来自湘上，初不知其为人何如，第闻到皖不肯依附阿公，昨复奉委迟回，又辞兼支薪水，其卓尔不群之概，诚如来指所云，"志气踜蹭，立行不苟"，自与左右相得益彰。伏望戮力同心，共维时局，纪纲一正，百寮悉就范围，将来德静山履新，亦能相助为理。

皖事日有起色，深为仲帅喜之。至于主持公道，扶植善良，不使不逞之徒恣其笔舌，飞诬巧诋以颠倒是非，则弟不敢辞其责也。

致奎乐峰中丞光绪十八年九月十六日

郭镇拟于十九日起程来苏，俟请示后，始敢接统，以昭慎重。执事能用该镇，具征卓识。该镇勇干勤明，其望重资深，则在李镇之上，即令龙镇所部藏垢纳污，亦能慑伏而钳制之，第不能不借陆军之力，否则无可援手。

来电仍属兼统陆营，该镇闻之甚为欣感，自谓引退人员，本无心于名利，猥蒙上游引重，不敢不任怨任劳。唯是各营积弊甚深，振顿殊非易易。如能任以心腹，假以事权，用舍听之，赏罚听之，不使各管带官掣肘，必当尽忠竭智，将水陆各勇训练成军，以德缓急，不仅以区区缉私、缉匪塞责。若拥虚名而无实济，难免迁就敷衍，诚恐辜负栽培。

坤一以所言自系实情，不敢不为之转达。伏祈俯赐酌裁，分别部署，则俟郭镇上谒后，数语便可定局矣。

致许星叔钱子密光绪十八年九月十九日

河南候补道刘鼒为毅斋宫保之弟，前在河南历权剧要，措理裕如。因奉特旨回籍，代见侍养，曾经石泉宫保密保得有存记。

该道才猷志趣，迥异寻常，平日究心经世之书，于河南、新疆等省情形，极其熟悉，实为监司中不可多得之员。现经清臣中丞保送引见，若蒙天恩，优加简擢，必能尽心职守，力图报称。坤一知之颇深，用予一函，令其持谒左右。时事方殷，需才孔亟，我公甄陶品类，为当代龙门，该道器识闳通，定邀鉴赏。伏祈俯加优睐，教诲成全，感荷鸿施，无殊躬被。

复江蓉舫光绪十八年十月初七日

本年江苏之徒、阳，江宁之甘、仪等属，均患旱灾，收成歉薄，小民困苦，荡析离居，不得已奏开振捐，冀得集腋成裘，借资抚恤。

昨阅电传邸钞，业蒙恩旨截漕振抚，其附请办捐，当亦仰邀俞允。惟现在一捐再捐之后，又值山东、顺直各捐局设立如林，再办本省捐输，集款更非易易。鄙意拟于淮商中劝捐银十万两，由淮南、北按引分摊，照章给奖，以示鼓励。至该商等之报捐部饷，名虽百万巨款，而准奖实职，暗中售票，始则七零五折，继则八零五折，近闻逐渐加增，尚不止此，约计总可收回六七十万两，是所捐者只三十万左右，当在藻鉴之中。即使令其报效振捐银十万两，亦不为过，况准给奖叙，仍可移奖他人，体恤不为不至矣。

除场商穷困不准劝捐外，其淮南、北及食岸各商，应如何分摊暨按引应捐若干之处，尚祈分饬局员、分司照案妥议详办，一俟接到公牍，即行发给实收，以便随时填给。

致张香涛光绪十八年十月十八日

淮盐行销鄂省，引地最宽，前经李筱帅招募鼎字正营缉私，由鄂发饷，督销局每月仅给钱一百千文，及左文襄任内加引二万，始添招鼎字副营，奏明动用江南盐厘，其借重于鼎字正营者如故。

上年副营调省，改由正营接支江厘，仍由尊处更番添拨马队及练军等营驻巡，以抵副营缉私之用。是鄂省始终为淮至周且挚，销路渐形畅旺，营务受赐实多。所有此项马队及练军等营薪粮，本应两江承认，无奈淮盐正、杂各款均是一孔一钉，征解尚属不敷，更从何处挹注？兹蒙体恤，免其补还，渥荷鸿施，弥滋感愧！

唯后半商捐仍归督销局支发，各文武缉费似不须一万五千余金，拟将练军津贴即于此中如数分拨，庶鄂局赔累稍轻，区区借以塞责于万一也。

复松峻帅光绪十八年十月二十九日

十月十五日，廷寄饬拿枭匪，妥为筹防。敝处已札饬江运司督同许守等先将各情形据实禀覆，一面筹议详夺，并即分咨在案。现在私枭之多，由于沿海溢垣日宽，私煎日众。前承明示官收化私法，作釜底抽薪之计，具征藻密虑周。惟淮南引地未能规复，无处售销，即使筹款收买余盐，亦置诸无用之地。前议放垦本为清源，不谓格碍难行。至淮北盐积如山，略与南盐相等，无论无此收买经费，且收买多而无销售之地，即官项愈益亏虚。若北盐南运以敌川、粤之私，为北盐计则得矣，而南盐引地将为北盐浸灌，藩篱一坏，查禁何从！南盐二十余场，自此更形壅滞。所以定章北盐北运、南盐南运者，非自分畛域，不得不为限制，以各保利源，此官收所以难办也。

清淮一带，素蒙我公关爱，统筹兼顾，屡饬营勇拿办枭盗，迭获八百余名之多，余党渐形敛迹，自是实在情形。尊处如得规复十二年奏裁之营，防务更有裨益。第查所裁饷项，业已拨归解部，遽请复设，恐难邀准。此事系由台端主政，尚祈酌裁。

敝处现派驻扎扬州之合字前营及奇兵左右两营，又驻泊运河之督销水师前右两营，专为巡缉私枭之用，如肯认真办理，枭贩自不得逞。将来只有饬各营实心实力，振顿捕务，以期有犯必获，遇案严惩，此外别无方略，我公何以教之！

复余勋臣镇军光绪十八年十一月

李有芗一犯，前经袁州府贾守等拿获，据详该犯为杞木大头目，舆论亦谓其与邓海山同恶相济等情，当经批饬确讯详办。兹承台示，该县营等竟以越境请兵之嫌，诬良为匪，业经咨请德晓帅委员查办，期无枉纵。

至江西防营不无滋扰，敝处早有所闻，迭经于各该营来禀，批饬认真约束。今读大函，始知申提督竟有不法之事，实堪痛恨，并已咨请晓帅严查，俟其覆到核办，以肃纪律。

复陈六舟提学光绪十八年十一月初三日

此间被灾州县，除镇江府属另行办理外，计甘泉、仪征、句容、六合、江浦五县，情形轻重有差。敝处奉到谕旨，复经函致淮运使及海分司设法筹银八万两，并饬淮南总局劝谕各商，共认银十万两，此二项专作甘泉五县赈抚之用，合诸恩赏之款约二十四万有奇，再得捐款接济，分别拨放，冀可敷衍。皖、顺两款，将来既须筹还，且两省今年亦有被灾之处，恐难分润，此间似无烦告粜也。

至办理赈务，诚如尊指，首在得人，刻已派许守宝书总司其事。该守慈祥廉洁，不让程、徐，当可不负委任。镇属另奉恩旨，截漕五万石，已饬粮道折色放银，并由敝处劝办赈捐，一俟捐有成数，即当匀拨。

复许星叔光绪十八年十一月十六日

王守出典润州，名绩昭著，量移吴郡，有两汉良二千石之风，隙驷不留，未竟其用，清规素德，哀感路人。昔孙叔相楚，至慨负薪，邓侯守吴，惟传饮水，不图并世，得见高风。晚闻信悼心，当先致赙千金，尚拟别为设法。

展诵来翰，知其白头黄口尚苦夙逋。刻复切实函致乐峰中丞，询其亏短官钱已否弥补，以及治丧归骨，安顿老稚，共需若干。闻中丞深惜其才，已有措置，倘尚形短绌，当统由敝处代筹，决不令清白之员，赍恨泉壤也。

复翁叔平光绪十八年十一月十六日

《两淮鹾志》，未及详阅，讹误较多，重赖关垂，至深感幸！

王守出典名郡，所去见思，移守吴州，寖期大用，竟以微疾，促其修龄。人才实难，天夺胡速！清贞之德，悼叹同声！前闻其遗橐萧然，已致千金之赙，初不意其一寒至此，积负重逋，三复来书，倍增慨惜！太守吏民之本，可庄励精为治，竟以官贫，廉吏难为，何以劝后！倾麦助葬，脱骖救丧，同寮尽心，敢不竭力！现复函询乐峰中丞，计其身后未了之事，需款若干，若有短绌，统由敝处代筹，总期葬祭有资，眷口无累，以副执事轸恤循良之至意。

复韩叔起李子钧光绪十八年十一月二十六日

徒、阳赈务，经贤士大夫擘画精详，款不虚糜，民沾实惠，造福桑梓，讵有涯量！至于乘救荒之余，谋永赖之利，岂不甚善！

惟宁属灾区太宽，所拨漕赈较少，藩库既无分厘筹解，地方亦无绅富可以张罗，而劝捐又后于徒、阳，致难按数匀给。昨经委员指请某处某项，鄙意嘱其不必执以力争，则是宁属全赖盐务乐输，以资接济。前许给镇三万，情形固有不同。现查苏款已经有余，尚期量为挹注，乃欲捐薄益厚，非所敢闻。彼此一家，何分畛域？或肥或瘠，在各大君子恐亦未安。区区苦衷，尚祈鉴谅。

复龙松岑光绪十八年十二月初二日

承示《图书集成》一书，可不逾甲午春之限，深以为慰。顾期限固不可逾，而校正尤不可不慎。务望执事于敏速之中，寓精详之意，是所至祷！

《武慎列传》舛误颇多，其无关紧要者，只合听之，惟勇号似应更正。本传藏诸史馆，外间既无刻本流传，无论何处奏请，无从依据，难于立言，即由思谦等赴部具呈，亦觉未便。因思此件系由杨蓉浦副宪抄寄，可否仍由执事函恳蓉翁转托总纂诸公，设法更改，较为便捷。至刊列集首一节，不妨将勇号自行更正。鄙见如斯，尚祈酌之，原册附还。

复邓弥之山长光绪十八年十二月初八日

执事天人通贯，齿德俱尊，皋比说经，循循善诱，多士涵濡教泽，无不爱戴春风。明岁雅化宏敷，造就益非浅鲜。来函过于冲挹，殆所谓德愈盛而辞愈谦耶？

岁云暮矣，雨雪载途，东都地据土中，气候和煦，尽可从容命驾，与仙帅主宾酬酢，作数月之勾留。犹忆己巳春，初次入觐，道经泰岱，不及登峰一扩眼界，至今耿耿于怀。来示将与仙帅左右相携遨游名岳，览众山而皆小，极天下之大观，壮哉此行，曷胜艳羡！

复娄峻山军门光绪十八年十二月二十日

匡生明一犯，历经前获各犯供指确凿，实系匪中渠魁，该犯行踪诡秘，党与甚多，最为狡黠。现经执事致函周镇，嘱其遴派干员，会同何游击协力踊缉，具征不分畛域，擘画周详，仰仗声威，该犯当可就获。

承询汪宏才一犯，查万老幺系扬州访获会匪曾同供出开单咨请饬拿之犯，曾同原供只指该匪系湖南人，为已获正法之高德华手下大头目，未据供有该匪别名。窃思会匪变换姓名，是其狡滑惯技。汪宏才被获，既人人指为万老幺，并有眼线指认万老幺实即其人，异口同声，似未便任其狡赖。洵如台指，此等元恶大憝，若不及早惩办，或经开释纵逸，徒贻后患。

曾同一犯，业经正法。此间既无质证之人，且长途递解，疏脱堪虞。敝处已查照大函，咨请清帅就近饬武陵县提犯解省审办，以副廑怀。

书牍卷十

复欧阳辅之光绪十九年正月初四日

小儿仰蒙教育，将来自能有成。弟以此子兼顾家务，又须远省衰亲，不能一意读书，有负厚植，唯嘱其随时随地用功。荀子有云："必得时地而后言学，则无为学之日矣。"

承示抄选敝稿，唯军务全录，此外则择其紧要者存之。至于例折不过酌留一二。统费清神，与满舍弟商酌。底本错漏甚多，重烦校阅，尽可从容岁月，不必以一年为期。

敝县志书既有讹误，务望始终成全，逐一更正，令其改刊，文献所关，讵可苟且了事？

此间地境尚属敉平，而蝻子仍未尽绝。昔王荆公谪居金陵，适有蝗患，士人作诗讥之。今弟承乏三年，深为此物所苦，不德召灾，地方受累多而且久，不知如何讪笑也。

复吴称三广文光绪十九年正月初四日

两江公事，倍于从前，兼以帮办海军，责任弥重。衰庸之质，勉强支持，于兹两年，不胜其惫。回忆家居时，周旋几杖，谈笑从容，间以诗文，消遣岁月，此种清闲之福，迄今渺不可追矣。

冠盖场中，本难得读书面目。此外即有高人达士，老师宿儒，大都出于矫饰矜张，无甚意绪。如我先生之学深养粹，相见以天，如对羲皇以上人，唯谢筠士、邓弥之略为近之。筠士已返道山，竟成长别。幸弥之馆谷金陵，得为他乡宾主。且同处一城，乃困于簿书，尝数月不一来往，室迩人远，与相距数千里者无以异焉。左右闻之，可胜怪笑。

寄呈浙笔两匣，计二十枝。又茶样一匣，计十二种，每种不过一二两，聊备清勺，以助吟怀。

复孙开华军门光绪十九年正月初五日

德化匪徒滋事，逆迹昭著，经麾下统领雄师，筹策中潜，武威外慑，刻下党羽即散，首恶犹未就擒，尚费荩劳。

鄙意治匪如治病然，首恶其病根也，除其根则枝叶无所附，不伐自灭，否则旋扑旋炽，后患正无已时。

复沈仲复光绪十九年正月初八日

承示滁州余前牧上年二月所领赈款一事，检查全案，情节支离，与齐牧、彭令禀报两歧，显有侵蚀之弊。一切委曲，饬据司局核覆，抉发无遗，惟于兑换一条，谓其语涉含混。

弟以余牧禀尊处所云不敷之项，尚干丁抚款内拨银易稻匀摊，则原领之谷兑与商人，仍系换谷自明。而彭令代禀，又云以谷换价。同是一事，各执一词，其为虚捏，似无疑义。姑从宽政，责令吐出，自向商人清理，否则惟有执法从事，是在该牧、令善自为计耳。

复荣仲华光绪十九年正月十五日

令叔甫经履任，于用人极有眼力，办事极有心机，即一二端，可以得其梗概，惟苏、浙连界，枭匪日聚日多。龙殿扬一案，业经奏结。现委李镇新燕接统水师，巡防当可得力。陆路则练兵、练勇仅有七营，管带官不尽得人，而又难于更动，倘有缓急，殊属可虞。好在江阴驻有淮军马步八营，距苏只百八十里，尚易呼应，不虑疏防也。

陶道竟有如许委曲，前此所请无怪其然，如得改捐来江，自当刮目。兹先致石帅、滋帅各一函，为之说项，伏祈赐览。即给陶道一阅，可投投之，否则即已，徐待机缘。公好士如此，爱才如此，弟与该道同乡，敢不留意耶?

复吴清臣中丞光绪十九年正月十八日

承嘱捐助盐票三张，为各善堂经费，敢不祗遵！惟加票必须奏明定案，似此零畸之数，而以善堂为名，未便据以入告。且在左文襄加引以后，岸销日疲，今复议加，为数虽属无多，要非商人所愿。更恐牟利之徒，借口地方义举，援请加引，无以拒之。此中碍难之处，我大公祖必能鉴谅。

伏查湖南票商，先有曾文正公祠思贤讲舍捐项颇巨，嗣以张力臣诸董事办理未能核实，商人啧有烦言，遂于光绪六年禀请李玉阶大公祖批准停止，会治弟由籍入觐，经过长沙，争辩再三，得留一半。现在尊处因公筹款，尽可规复此项全捐，商人当无异说。盖加票必侵正引，流弊滋多，曷若收捐以复旧章，原盘不动!

商人工于会计，权衡轻重，必不以彼易此。是否有当，伏祈卓裁。

再，敝省有前任邵阳县、历任新宁等县丁艰回籍之李明府，官名尚卿，现在湖南否？此君操守之清苦，政事之悬勤，出于本心，非矫情干誉者比。治弟承乏两粤三江，从未见有此等牧令，如得仍回原省，实属地方之福，定邀我公赏拔也。

复黄昌岐光绪十九年正月二十四日

日昨即闻张笛帆欲委令坦接办芜湖分销，碍于沈丞情面，尚未下札，随接弟处饬委欧阳述之文，颇嫌逼己，此其实情也。

弟因江、黄诸君公荐欧阳述，又闻该守前办芜湖分销著有成效，故允其请，初不知张笛帆有委令坦之意，亦不知其与该守不相得也。第公牍已行，并面谕该守前往候委，未便更改，有失政礼，只合暂屈令坦，另待机缘。弟承尊嘱转荐之员，讵有已予而复夺之？而于事理不得不尔，想高明必能见谅。

复曾经郛光绪十九年二月初四日

弟处访闻各节，亦与来指相符。贵帐房既经换人，余可毋庸置议矣。意外之变，谁能逆料而预防之？台从甫经到差，即有此等波折，俾左右常怀抑畏，自然否去泰来，是即大造所以委曲玉成之者。

弟于执事爱之厚、望之殷，不禁忧之深而言之切，想高明必能见谅也。伏维努力崇德，是所至祷！

复杨子通星使光绪十九年二月初八日

淮北加引一事，目前北盐积压尚多，实难举办。盖销路有限，若遽尔议加，势必陈陈相因，新旧各商，两受其损，是以不能不徐以俟之，届时察看情形，再行酌办。兹事议者颇多，敝处实未敢稍涉迁就也。

大旆何日出都？以君卿言词之妙，作博望汗漫之游，时事方殷，辅轩增重，尚望为国自爱为祷！

复鹿滋轩中丞光绪十九年二月十一日

西南边防帕米尔，俄兵阑入外卡，前者道路传闻不一，嗣接新疆饶子维方伯来信，略知底蕴。履霜有象，桑土宜先，诚如尊论，陕甘唇齿相依，亟应思患预防，量为筹备。现经执事荩谋硕画，未雨绸缪，自能销患于无形矣。

承询上海制造局前膛洋枪一节，查该局尚有中针林明敦洋枪，颇为适用，拟即遵照来示，饬令该局拣选一千杆，配齐火弹若干，专候尊处备文派员来宁，以便点交领回。并派勇数人前来学习施放之法，亦甚简易。此项购置之费，毋庸筹给，第以军械重件，必须附片陈明，并咨大部存案，为将来报销之地而已。

再，此等紧要事件，以后务由尊处就近函商石帅，随时接济，以期呼应灵通。同是封疆，何分畛域？况在兼辖之内，尤为痛痒相关。弟处非敢隔膜，借词推诿，诚恐调度不预，缓急之间或致贻误也。

复丰汉文将军光绪十九年二月十一日

承示荣仲华折稿，已领悉矣。彼此情形不同，碍难援照办理。上年麾下甫添马甲二百名，岁需饷项约三万金，由藩、运两司设法拨解，能否源源接济，不至缺乏，尚无把握，安有余力另行筹款练兵？幸与明公同城，一切度支拮据情形，早在洞鉴，无待弟之词费也。原折附缴。

复沈仲复光绪十九年二月十二日

东、西梁山炮台需用炮位，当经敝处查照台指，札饬军械所给发两磅钢炮四尊。旋据该所详称，两磅后膛过山车炮一项，均系配用前车，并无后车炮位存储。并据张提督士元声称，两磅后车炮位仅领二尊，其余即请照发前车等语，复经发给前车两磅后膛炮二尊，子弹、拉火一律配齐，点交该提督先行领运回皖。其后车一项，业由军械所咨会金陵机器局，饬匠另行配造，以副执事慎固江防之至意。张提督办事稳练，晓畅戎机，晤谈之余，深以得侍仁帡为幸，尚祈加意培植，俾得益展所长。

至淮北协饷一节，从前垫款难于筹补，仰蒙鉴及，系属实在情形，良深感佩！

复增寿臣光绪十九年二月十三日

内廷传办绸、缎、纱等项，需款孔殷，重烦荩谟，勤劳擘画，具仰急公奉上之忱，曷胜佩服！

江南悉索敝赋，以抵偿款，支绌情形，亮已早邀灼鉴。现值强邻近胁，深宫忧劳，部臣极力裁减以供度支，疆臣焦心腾挪不遗涓撮，尚苦不继。至告贷于官绅、商民，昭信劝借，至今未有眉目，财力枯窘，已可概见。执事岐丰勋阀，夙矢公忠，想亦闻而兴感。

今兹尊处需款，值此事会，筹画弥觉为难，业饬藩司移催各该司、关、道、局，一体遵照前檄，迅即筹拨，先行禀报，以纾荩廑。惟时艰款巨，能否设法挪措，殊觉毫无把握。事关特旨传办要需，断不敢稍涉推诿，硁硁愚忱，执事所谅。惟奉职无状，

咎责难辞，统希原鉴是幸！

复松峻帅光绪十九年二月十三日

抽厘裕饷，本系万不得已之举。清淮当水陆要冲，为南北关键，防营即难议撤，即不能不力保饷源。此本理势相因，一成不易。捐厘即为饷需所关，历经条奏，奉旨酌裁，尚难照办。今欧阳道创议及此，不独尊处事有为难，即该道所辖金陵各卡，亦必须详加审慎，谋定后动。是该道虽有此议，固未尝不知积重之余，势难遽返。敝处所以未寝其议者，亦以近来各厘卡弊窦丛生，半归中饱，苟能剔除积弊一分，于厘务即获一分之益。因仰体公忠之抱，上达清聪，聊备采择。兹承台示，以饷需无出，裁并为难，此实时势使然，莫之或易，即鄙见非不早虑及之。

至谓厘金不旺，一由于丁役中饱，一由于洋票盛行，旨哉斯言，尤为探源星宿之论！洋票一端，前者该道亦思加意整顿，惟是委员羡余，丁役需索，我之所能自禁者，尚难厘剔，而振兴之洋票，既为约章所准行，权非独操，更多掣肘。故明知其为漏卮，

而苦于挽回无术，不能不舍难就易，尽其在我，以资补苴。捧诵大牍局议四条，固属实情。即其申明旧章、力除积习数语，亦可谓得其要领矣。

现已饬令欧阳道认真经理，不得徒托空言。尚祈台端转饬清淮厘局一体遵办，俾得相与有成，以纾商困，不胜盼祷！

致黄幼农 光绪十九年二月十八日

弟于正月间，即虑各处蝗蝻未能一律冻坏，通饬道府督同州县，务于发生之时，赶紧扫除。

现据阳湖县禀称，探闻邻境已有蝻蠥萌生，太平洲为尤甚等语。查该洲孤悬江心，分属五县，责令各地方官收捕，恐难得力。应请尊处委员前往该洲，照章收买，督饬该处民人，分途掩捕。或商之陈羽山，由营派队驰往，四面搜寻，刻期歼灭，所缴蝗蝻，仍照民人给价，以资踊跃。若须就地掩埋，验明属实，从重犒赏。此项经费，先由左右垫出，将来由支应局归款。

复曾经郛 光绪十九年二月二十日

论政之道，原不必尽循尘辙，过事宽容。然必行之以渐，酌乎其中，乃可日起有功，而无矫枉过正之弊，从未有操之过激，轻试纷更，而能有裨治理者也。

执事到省未及两年，登诸荐牍，畀之优差，指摘之来，诚恐不免。然果使矜惜名节，砥砺廉隅，旁观者又何从而议之？语云：“政贵有恒。”又云：“君子务其大者远者。”是所望于贤执事矣。目下诸事已经商酌，渣滓尽融，台端尽可释然，励精图治。来宁一节，正不必远烦跋涉也。

致吴清臣光绪十九年二月二十日

昨日唐道来宁，询悉前项经费，当时虽议折半，以后仍系全收，添设思贤讲舍膏奖之资，无可挹注。

唯据称湘省尚有江防一款，原议每盐一石，加钱百文，奏明有案。此项钱文，抽之于水贩，以钱合银，应得六分。乃历年只收五分，不足百文之额。如于此款补收一分，以符奏案，该贩等自无异辞。每年约得银六七千两，于各项善举，当足敷衍。应请尊处挈衔出示晓谕，声明所有补收一分，作为地方善举，以清界限，商民无不乐从。此中底细，已嘱唐道于回湘时开陈节略。

治弟因加票一节，窒碍难行，亟思设法补苴，仰副大君子怀保惠鲜之至意。乃前说既惭失实，更未审此说是否可行，伏祈俯赐酌裁。

复江蓉舫光绪十九年二月二十三日

淮北引价，诚如台指，多缴则多收，于库储不无裨补，自以每引四两为断，且索引者多，皆由于引价三两可以转售渔利。今定四两，加以费用，约在四两五六钱之谱，即使转卖，亦无利可图，意无争引之虞。引既不争，浮言自息。至光绪十年撤引各商，应如何匀给，以示大公，统希执事届时督饬海分司妥筹经理。

此次奉传福方绢纸，较前宽放，需费愈巨。目下既无款垫办，自应查照来牍，暂行咨覆。

顺直赈捐，此间已垫解三万两，淮商所捐赈银，应即扣还归垫。执事拟俟捐款缴齐，应解应划，再与宁局商明，具禀办理，极为妥洽。

复王爵棠方伯光绪十九年二月二十五日

毅帅重临旧部，自可壁垒一新，似宜迅速赴机，不可迁延贻误，万一变生意外，将来经略益难。尊处何不贻书劝驾，并达鄙忱，拟派兵轮护送北上。

中国理财之术，亦已水尽山穷，欲图富强，唯有开采煤、铁一策。香帅苦心孤诣，就地取材，于大冶等处，分设局厂办理，将以保自有之利权，不使外溢。今工程已有八九，但愿刻日告成。至于如何炼钢，另行随宜措置。

织布一节，初以机具盈千，意非一二年所能就绪。乃收效如此之速，通盘筹画，挹注堪资。关怀时局者，无不望鄂局之日新月盛也。

近来官场多自了汉，只图和平养禄，安知经国远猷！香帅之才足以振举一世，其所办煤、铁独具手眼，实为时务所急需。若因其稍有糜费而合力挠之、挤之，使其功亏一篑，以快外国人之心，谓我无能为役，沮中国人之气，以后不敢担当，似非计之得也。现闻香帅于煤、铁局厂并事省官，力图撙节，裁无益以济有用，是在左右有以将顺而维持之。

复李筱轩太守光绪十九年二月二十七日

函稿详明剀切，唯议论太博，转折太多，正恐洋人未能了了，不若直谕以中国专尚孔圣儒教，即尧、舜、禹、汤、文、武、周公一脉相传之教，正大光明，如日月之经天。

道教起于老子，与孔子同时。释教本于如来，至汉始入东土。中国之有道、释两教，如萤火熠熠，岂能与日月争光？圣朝兼容并包，于道、释两教，听其自为盛衰，弗与儒教并重。美教士福开森在华多年，曾见有各省大人先生专习道、释之教者乎？朝廷开科取士，有以道书、佛书命题者乎？即此两端，可见中国专尚儒教，不尚道、释两教，未可误会也。

若求儒教，可予以《学》《庸》两册，儒教之精奥尽于是矣。即求道教，可予以《道德经》一编，亦足资其玩索。《南华经》究不若《道德经》之宏深肃括。窃谓《道德经》、吾儒之《论语》，《南华经》、吾儒之三孟，洋人读之，茫无津涯。衍圣公为孔子后人，未必能发明孔子垂训之旨，张天师得老子余绪，更不能识老子门径，何以问为？唯高明裁之。

复钱子密光绪十九年三月初六日

承示此次进呈《盐志》，因无政府咨文，诸多扞格，读之爽然若失，何以荒缪乃尔！非得明公在内斡旋，不知费几许气力，讵此小数所能了当？此等重大事件，于交关处失于检点，虽由司局详内未经申明，而弟之精神不能贯注，可以想见。晤许、孙两宫保，为谢不敏。交部详勘，仍祈左右便中照拂。弟处亦经函托翁师傅与张樵野速为核覆。即有查问之处，诚如台喻，不过多烦文牍而已。

八公山文，出于沈幼彦手笔。至审题命意，则居停为之。尚有庐江县一案，情形亦略相同。乃议者均谓弟挟前嫌，以图报复。皇天后土，可表此心。自顾不合时宜，又不忍丧其生平所守，时怀兢惕，遂患怔忡，渐至事过辄忘，殊以陨越为惧。先生何以教之？

复陈右铭光绪十九年三月十一日

此间浮议，仍谓李显谋非真李洪，且谓匡世明与徐春山等均是假托。其无忌惮至此！好在巨憝已诛，隐祸已去，即令铄金销骨，不过谓枉杀一李长寿之逆种儿，亦何足惜！所虑宵小妄传李洪尚在，窃其名号，以资胁诱耳。尚祈代请香帅将匡世明供词全卷钞咨来江，以为引证之地，是所盼祷！

复奎乐峰光绪十九年三月二十八日

上年汉文将军与莀臣都护，均以津贴驻防练兵口分为请，莀臣言之尤力。坤一以现在度支拮据，苏、宁两处相同，诚恐空言无补，未敢转达清听。兹见示尊处覆函，谓京口人多甲少，较之金陵人少甲多，情形更为困苦，是于体恤之中，隐寓分别之意。

查京口驻防饷项，由苏支放，库款比宁稍松，其应如何量予津贴，请由我公商之筱赤方伯，设法筹办。至金陵驻防新加马甲二百名，将来饷项能否如常接济，尚无把握，万难再筹津贴。顷复商之苇侯方伯，亦如是云，未敢轻诺。汉文将军同居一城，深知宁库支绌异常，又经苇侯面陈一切，必能见谅也。

复江蓉舫光绪十九年四月初六日

承嘱欧阳守分销武穴一节，重荷鼎言，本不应推诿，惟其中实有为难之处。向来各处分销，均由总局主政，以一事权而资得力。鄂岸分销各局，亏空甚多，以欧阳令萼为最，虽经参革勒追，能否补缴清楚，尚不可知。闻该令实系杨道自行委派之员，而彦规屡次来函，尚有系曾忠襄荐托之语。可见此等事件，敝处实未便与闻，现在札委志道接办鄂局，自应嘱其破除情面，严行稽查。若遽以此相托，且指定分销，指定某处，将来设有亏短，总办不能任咎，弟将何辞以对。

北盐南运一事，承指示周详，昨曾道丙熙来宁，业经面嘱确切查明，认真整顿已。

复李中堂光绪十九年四月初七日

前以巢湖行小轮船一事，冒昧进言，实深惶恐。乃荷俯纳刍荛，姑许缓办。仰见范围不过，曲成不遗，感佩莫可言喻！

晚生亦知意美法良，特虑日久滋弊，各处有所假借，或致有碍民生，并非固执曾文正公初议，始终不知变通也。

致崧镇帅光绪十九年四月二十七日

前因陈太史条陈四事，奉旨议奏，尊处自已覆陈。内如起用湘、淮各军勋旧子弟、幕僚一节，就湘军而论，武职中颇有勇略、可以自领一队当一路者，尚不乏人。文员则殊难其选。

贵省候补李道光久，名父之子，杰出之才，早在明公夹袋。如以偏师相假，使之训练成军，实足以备缓急。倘目下无可位置，弟拟邀来江南，此间湘军尚多，有时需人瓜代。唯咨调、奏调，均觉格碍难行，只合先由本员指改省分，预为践更地步。李道久荷栽植，不敢不请示饬遵。

复朱仲我孝廉光绪十九年四月二十八日

昨奉惠书，并承大著，高文典册，班马浓香，披诵之余，莫名纫佩！

中兴将帅事迹，虽已先后宣付史馆，惟国史体例，必须登之奏牍、见诸明文者，方准叙入。此外逸事自多，如能博采周谘，拾遗补阙，足以表章忠节，阐发幽微，以补史传所不逮，实为必不可少之作。曾文正人品学问、经济文章，为三代下有数人物，鸿篇以之冠首，鉴衡精当，夫何间然！

至于三杰之言，在执事虽仍左氏之例，然窃谓未为定论，盖彼时鄙人与文正尚未谋面，或恐以告者过也。传略十册奉缴，仍希察入。

复鹿滋轩光绪十九年五月

此间兵勇不敷调遣，当在洞鉴之中。现将扬州南字两旗抽出，为先到吴淞、后顾金山之计，其左支右绌情形，已可概见。好在自强、江胜两军，均属游击之师，可以随时接应下游许浦、刘河，即苏属内地有警，该两军亦可迅赴调拨，仰供驱策。现驻镇江、江阴两处，以壮长江声威，并非专顾一隅，致成呆着。至刘河营应否归并许浦，可由李副将详察情形，酌量办理。

叶军门奉旨统率海军南来，会商江海防务，以期水陆联络，当可以慑敌胆而壮军心。

致李中堂光绪十九年六月初二日

南洋添置兵轮一事，不唯经费难筹，办理亦无善策。译署定章，购办外洋船械，应由出使大臣经理。第薛叔耘星使瓜期已届，不知代者为谁，于购制此项兵轮，是否熟习可靠。窃闻外洋师匠于中国订造之船，往往以用旧钢铁、材木搀杂敷衍，迨至到华验收，即使看出破绽，所谓保固包换者，徒成具文。南洋苦无监造得力之员派往外洋，深恐复蹈前此南琛、南瑞之失。又闻外洋金镑甚贵，据曾仰阶面称，以两号价值计之，经耗三十余万。如此巨款，弥切踌躇，而事在必行，为期亦近，究应如何筹办，伏祈指示机宜，是所感祷！

历来沿江各省议禁小轮，诚有鉴于苏、杭前辙，一经开端，势难复遏。近年上海小轮，每因私搭行客，内地船户，群起相争，罚办之案，层见叠出。此中利弊，各执一词，如庄子所谓“此亦壹是非，彼亦壹是非”。中堂权衡至当，而于异同之见，屈己从人，山海之量，包涵万有，夫岂管蠡所能窥测哉！

致曾仰阶光绪十九年六月初七日

此项毛瑟洋枪价银既减两倍，添购一万杆，以备操防之用，尚属可行。第应查明是否现成，抑须新造，如以现成之枪存在外洋，应查明系属何厂，是否实价，当电请出使大臣，前往该厂询明，是否相符，枪件是否合用，考究明确，而后分别奏咨定案。事关购买大宗军火，不可不加慎重，非如他省采购无多，可由外办也。

至添造兵轮一事，再四筹商，苦无善策。拟如前议，前往外洋查照北洋致远、靖远快船添造两号，仍遵译署奏定章程，由出使大臣经手订之。致、靖原厂，彼必自顾声名，不敢苟且。并用致、靖原图，以免另绘，可省工料之资。至原价若干，似尚可以酌减，自造之炮位，剔除价值，犹在外也。唯虑该厂以用旧钢铁、材木搀杂敷衍，则由上海制造局遴派熟习人员前往，随同出使大臣逐件查看。似此办理，一切尚有成规可循，较有把握。

其雷艇一项，即如台指，先在外洋购制四号，将来如有不敷，续购亦易。唯桂芗亭议购大雷艇两号及新式巨雷，不审南洋是否合用，已嘱此君与尊处熟商，仍俟定议后，当与快船并案核办。客众事繁，面谈不尽。

复欧阳润生观察光绪十九年六月十一日

堤工借重大才，一切自有成算，悠悠之口，何识机宜？唯既有所闻，不敢不举以相告，言之而是，于事有裨，言之而非，于我无损。有谓尊处发款稍迟，并无发款太多之说。碎石自应从宽购备，三处工程，似宜以次兴办。如果在在吃紧，不容后时，则亦唯命是听矣。獾洞未能一律翻筑，深虑百密一疏，讵复惜此经费？

夫物极必反，当思患预防，近年堤工得保安全，实因运河水小，五六月间屡次大雨，恐有盛涨之虞。所幸江潮尚低，目前不至顶托，亟须预见为绸缪之计，以免临事张皇，是在鼎力支持，非区区所能遥度也。

复江蓉舫光绪十九年六月十六日

海分司被参各节，弟亦明知其诬。第以奉旨饬查，不得不烦大力。

向来台谏劾参人员，本应先行撤任。唯北盐正在捆运，且系新改章程，若以生手代之，恐有贻误，是以不遽更动，以杜池商奸谋。仍候尊处会详，即行具覆，俾得安心办事。

致方佑民光绪十九年六月十八日

宁都营普故参将投水自尽情由，计邀丙鉴。该故参将与其胞兄承尧、承忠两镇军，均系懋著战功，先后死于官守。并因毁家纾难，以致身后萧条。现在三处眷口，待哺嗷嗷，该故参将旅榇无归，情尤可悯。

查江省前有帮贴文武盘柩章程，取给于弥补捐款。曾记同治年间，南安营景参将在任病故，经文友石方伯送银二千两。今普故参将隶籍滇南，较直隶更远，而苦况过之，应否从优帮贴之处，伏候酌裁。弟与伊昆季共事有年，不得不以一言奉恳，并希俯赐察谅。

复杨性农光绪十九年六月二十二日

顷奉大函并书二部。尊先公持躬端谨，学贯天人，直合汉儒、宋儒之统，一身任之，舆地之学，特其绪余，见凤半毛，已令人五中倾倒。执事解组归田，著书自乐，因文见道，著述等身，大耋之年，尚复手不释卷，武公耄而好学，何以加兹！读大作，古文戛戛独造，翻空易奇，精理名言，直登八家之堂而哜其胾。诗则绚烂之极，归于平淡，感时书事，直抒胸臆，杜陵诗史，不图再见于今。三复之余，愈增景慕。

哲嗣仲琳世兄，前在江南，幸共兰舟，深相契合，不料天不假年，未竟大用。此次重来白下，曩昔僚友，风流云散，深怆于怀。文孙学古入官，深幸故人有子，重承諈诿，岂靳代筹？惟建业近日情形，较之十年以前局面迥异，大小各班，踵趾相错，几如晨风之郁，北林听鼓，频年不获一枝之借者，不知凡几。向隅之辈，每慨悬匏。同是宦游，讵敢膜视？而人浮于事，位置难周。譬如闱中佳卷，额满见遗，亦是无可奈何之事。以弟年力衰惫，值此政务殷繁，于公于私，莫能踌躇满志，深恐有负重托，不得不预为陈明。言根于心，高明当能鉴恕。

致沈仲复光绪十九年六月二十三日

日前杨太守来宁，具述台指。弟以盱眙尚有土、客互控之案，如须先往清厘，将来丈量易于就绪，即经劝驾乘轮下驶矣。

另示并经领悉。查上年阿小山被参滥收门生，即有孙守廷林在内，当经为之剖白，不图又有此次风波。该守曾为浔关舍人，派管景镇窑务，亦曾就地贸迁，耳目昭彰，未便为之深讳，其事要在服官以前。至于递得优差，载在履历，而钻营绝无实迹可指，亦已遵命秉公分别覆陈。

复江蓉舫光绪十九年七月初七日

钱樨庵宗伯海内人表，当代文宗，刻下养望枌乡，尚以教育英材为乐。鄙人本有旧约，适惬素心。钟山肄业诸生，久仰泰山北斗之尊，亦皆心悦诚服。

此席自兵燹后，惟李小湖先生亲临讲舍，舆论翕然。近年孙蕖田学士、梅小岩河帅，继拥皋比，或以精力稍衰，或以别兼讲席，均未能常驻建业。时值先生归去，鳣堂阒如，多士景企高山，每以未得久坐春风为憾。虽尊闻行知不必及门，然启瞶振蒙，传道授业，所谓动静语默无非教者，必须执经侍坐，亲炙门墙，诸生得所楷模，有亦步亦趋之乐。庶几鹅湖讲学，鹿洞传经，畴曩高风，再见今日。鄙人自维谫陋，忝领大邦，亦思以一得之愚，求五谘之善。所冀南江夫子，为大雅扶轮，兼使东道主人，向客卿咨政。区区寸抱，务乞代陈。现已敬备关聘，往迓高轩矣。

复欧阳辅之光绪十九年七月十一日

承乏江圻，又经三载，年衰力惫，无术补苴。近幸雨旸应时，岁收可望丰稔。哥匪亦已敛迹，沿江市镇晏然，差堪告慰雅注。

拙稿仰费清神，计已粗有头绪。陶弟来函，但言大略，其应如何编订，悉听卓裁。鄙意以为选就缓刊，以待盖棺以后。尝读曾、左各集，兼录笺牍咨批，舍下旧笥中未审有此断简残篇可采取一二否？

新正小儿幸生一男，侧闻左右发大欢喜。吴称翁有云：“少年得子未足贺，老人抱孙是可乐。”惓惓当是此意尔。弟无过庭之训，小儿得侍门墙，实以师道而兼父道。奈豚犬之资，辜负厚期，且为家务所羁，不获常亲函丈。秋后又有江南之行，倘蒙重移玉趾，挈与偕来，固所甚愿。如以白云亲舍，不能远涉江湖，则亦不敢固请。第愧无人为东道主，居停之礼阙如，谆嘱小儿，妥为安排，即由陶弟就近照料。尚望俯念通家之谊，指示所宜，不存客气，方为忘形之交，是所感祷！

简家园在卧榻侧，买价自可从优。其祖遗试馆及在后余地，仍可留存，实为两全之道。唯其族大人众，议论纷纭，并有旁观挟以居奇，急切恐难成议。而区区实不在此，果有还乡之乐，双江、六岭，何处不可逍遥！正不必沾沾于数亩荒畦据为己有也。

来指勖以尽瘁，不当遽就退闲，自是良朋规劝之义。所虑久塞贤路，终蹈危机，覆悚偾辕，公私俱困，老氏止足之戒，似非专为身谋。谢傅东山，即在秣陵城外，每一翘首，不胜低徊。自顾何人，敢以昔贤自况？唯此抽簪之志，窃愿步其后尘。七十悬车，计期已近，亦不为早计矣。

复荣仲华光绪十九年八月初四日

辖疆居天下之形胜，外与强虏为邻，国朝设立驻防，较之他处尤重。执事履新伊始，首请练兵，胜筹老谋，极中肯窾。从此整军经武，士饱马腾，与新疆防营相为掎角，因以屏蔽京师，宫廷无西顾之忧，收效至为远大。弟与渠林谈及大局，以东三省为根本所系，非我公莫能当此重任。自惟封疆外吏，不敢造次进言。今来书谦让未遑，只合权作罢论。

现在各省官场，多尚情面，驯至大经大法，亦复视同弁髦。似此忌惮毫无，何所恃而不恐！来示入难避嚣，出易守静，知明处当，钦佩良深。白香山以留守为中隐，我公今日地分亦然，进退裕如，实为两全之策。至于故无失故，亲无失亲，苟可匡救弥缝，无妨时陈忠告，于私情既关痛痒，于公论亦存是非。幸而见从，其利自溥，否则各尽其道，贤者神而明之。

前月顺直大水，甚于往年，不独目前抚恤颇费周章，即以五行占之，似非吉兆，所赖两宫恪恭震动，得以化灾为祥。闻城中房屋不无倒塌，尊居地基颇高，恃无恙否？念念！

再，明年恭逢皇太后六旬万寿庆典，除一切事宜遵照部文外，各省将军、督抚应否另进礼物，伏祈迅赐示知。闻北洋购置珍玩，极为美备。弟无力附骥，且以地分相悬，未敢冒昧从事，惟与各同寅一律共输芹献之忱，以达媚兹之意而已。

复江蓉舫光绪十九年八月十六日

季士周都转函询一节，所称照案展缓引课，则京协各饷，无款报解，自是目下实在情形。

前接户部咨钞军机处奏陈内外臣工恭逢庆典情殷报效一案，折尾带叙盐商前已转行，谅达冰案。原奏并未提及赏赉，本署亦无乾隆年间旧案，将来奏请赏收，如何加恩之处，此时尚无从悬揣。至展缓引课，既非本省旧案，且今昔情形迥殊，断不能相为援照也。

复奎乐峰光绪十九年八月二十一日

崇、海沙地，应如台指办理，方足以昭折服而息纷纭。陈臬司以中洪分界为言，不思江流迁徙靡常，今日之新洪，非复昔日之老洪，误于委员漫不加察也。

兹据海门老业户等呈称，“昔日分界老洪，已经涨成平地。今日新洪，实系支流，倘以此为界，则海门之小安沙老洲尚在界南，均应拨归崇辖，其小安沙接涨之新洲更无论矣。似此祖父遗产，历有成案可稽，一旦尽为人有，其谁甘心”等情，并据绘呈小安沙图，极为明晰。唯称“新涨之洲，适在老洪分界，属海门小安沙固是，属崇明惠安沙亦是”云云，微有疑义。经批饬洪[1]藩司先行委员与陈臬司委员会勘，如尚不能断结，则由坤一与台端遴委大员，前往覆勘定断，以期永断葛藤，分作先后两层步骤，庶为详慎。顷与茀侯面商，即令转达尊听。是否有当，伏候卓裁。

复陈右铭 光绪十九年八月二十三日

祇奉手教，具述香帅之语，读之不胜惭悚。香帅为国之重臣，上之信臣，不可毁，亦无待誉。惟铁政一局，实为时局所系，不可不辨得失，以明是非。否则吠影吠声，未免重烦宸听。治弟所欲力持者以此，其余无所用其斤斤也。香帅取人所长，自略其所短，既经台谏论列，则瑕瑜不揜之处，不敢不据实直陈，且欲借此调停言路，以服其心而关其口。迂疏之见，必荷曲原，尚望代致不安为祷！

幼莲本系此间熟手，现在办理报销，不须别谋位置，自无妨对众一言。第游幕一层，例载刑名、钱谷等项，则文案似在其内，李傅相与曾忠襄私议，恐不足凭。倘有忌者借为指摘之端，未必因弟先有是言，遂甘缄默。一经奉旨查问，更未便引私议以塞责。

---

[1]中华书局版《刘坤一遗集》疑“洪”为“瑞”。

彼时不惟进退维谷，并虑牵动局差，不可不慎之于始。苟可为力，此间不多此一人，实不可少此一人也。

又承示临事审机，未能安弦赴节。固是自谦之词，亦足见大君子之用心矣。夫惟纯粹以精，始克物来顺应。贤如董子，尚谓勉强而行。当此时世一新，情伪百出，我公以两姑之妇，为孤掌之鸣，凡遇定难决疑，安得不熟思审处？弟无公之天姿、学力，于道术不足，而阅历过之，四十余年竭蹶从公，何尝有一毫自得之趣！晋人笑卞壶终日无闲态，如含瓦石，区区殆近似之。顾孔子至圣，论方外士亦以僇民自居。弟与公固孔子徒也，尚何辞焉！

复李中堂光绪十九年八月二十四日

辖疆堤工颇巨，经画为劳。奏拨江海关欠饷十万金，前准大咨，饬据该关已解银五万两。兹又准咨，转饬如数扫解，仰慰荩筹。

现在江南哥匪敛迹，沿江市镇晏然。前此惩办廿余人，均系李洪私购洋枪伙党及开堂放票首恶，其余莫不从宽。惟淮、徐胠箧之风，辄用火器拒毙事主，照案缉犯不得不严，往往因微赃而骈戮数人，于心实有不忍，亦限于定例，无可如何。晚生以迟暮之年，重临旧部，不为鸾凤而为鹰鹯，清夜自思，良深愧悚！

仰蘧方伯过宁，于下关小泊，随即东行。先有书来，约于腊正南旋，以图良晤。此间将来购买快船，无论如何筹款，必照新式，以期得力。可否即派上海机器局会办潘道学祖、南琛管驾叶副将伯鋆前往监造，仍由龚星使主政，以符向章。目下外洋金镑过昂，局中存项无多，拟先往德厂定制鱼雷艇与雷炮艇四号，以为守口之资。钧意何如？

令亲赵子芳仍派充营务处，此间候补道员，近来新添数十，不得已并将例差酌定限制，或可杜其源来。刘康侯诸人保折，一经椽笔，切实发挥，便觉有声有色，若出自晚生，未悉其中原委，不免以浮词夸语敷衍成篇已。

再诵七月七日覆书，前此制送寿文，猥蒙齿及，是作出王鼎臣之手，弟就中添改数语，实未能表章盛德于万一也。承示翁太傅赠联有“白头孺慕是婴儿”之句，情词真挚，唯纯孝足以当之。因思先生古稀之年，犹有养亲之乐，如弟幼失恃而壮失怙，现虽忝高位，享厚禄，而不逮所生，不可以为子，并不成其为人矣。

蒋羹臣尚未到省。弟与文恪至好，羹臣又屈在门墙，遇事自当留神，仰慰雅注。

复许竹筼星使光绪十九年八月二十五日

中俄电线已接。现准北洋钞奏咨会，一切较为省减，业经饬局遵办。

至寄报码数，华文向用四码，洋电例作二字收费，是以将上一字尾码推作下一字首码，以此递推，归为三码之数，字数较省，历办有年。今尊处拟每字前码遇圈删去，既免推码成字之烦，兼省并码增字之费，本属法良意美。惟细加核算，如尊处六月二十七日来报，照中国报计十六字，照尊法除圈外算二十七字，以四码匀作三码推算，计二十二字，两相比较，似系推作三码字数较省，报费较轻。且除圈之法，似惟左手第一码之圈，或二码三码连圈，方可除去。若遇无圈可省之字码，既仍系四码，转以一字收两字之费，码数未减，字数较增，似不如匀作三码递推，较为省费。拟令嗣后之报译码后覆查一次，若可省圈数较多，即用省圈之法。倘圈码可省者甚少，仍令匀推三码，以省字数，质之高明，当亦谓然。

复陈次亮光绪十九年八月二十八日

来示所议自铸银钱，免使洋人独擅其利，即以济圜法之穷，自为碻当不移、切中时弊之论。惟钱虽洋式，既经中国自铸，即为中国币政所关，以国家泉府之权，授之于绅商，以制其出入盈虚，殊失政体。

部省所用炉房、银号，代官镕宝，与工匠等一切收放，由官主持，似未便相提并论。且此项银钱，既为圜法而设，仍应铸“光绪元宝”字样，更未便出之绅商。近年中国参仿西法，如轮船、电报、开矿、织布等事，皆为收回利权，半系商人集股。独于此事，屡经商人禀请开办，历任均经批驳者，非不知漏卮可塞，实以钱刀货布，金部专司，非民间所可干预。广东开铸钱局，仍由官办，殆亦有鉴于此。现在铜斤日少，私铸日多，欲求补救之方，诚非自铸银圆不可。兹承台教，备荷指陈，拟与院司熟商，或宁或沪，设立官局，仿照粤省章程举办，略为变通，以挽时艰而存国体，仰副维持大局之至意。

执事赤壁游躅，何日遄归？明春惠然肯来，谨当扫榻以待。

复增寿臣光绪十九年九月初六日

常前使移交一项，前闻台谕有三万金足以了事，是以勉遵大命，转饬司、道、关、局，如数措解。方谓此项勾当已毕，不意来示复及其余也。查向来传办之件，亦止办解一半，甚有办三成者，从无全办之事，历历有案可稽。况近年度支拮据，更非昔比，前办三万之数，业已力竭筋疲。再四思惟，万难轻诺。苟可设法，同一办公，弟亦何必独为出纳之吝！执事怀深公谊，念切时艰，此中情形，尚希原鉴。如实虑查诘，即请将敝处支绌情节，据实覆呈，弟无力设筹，不得不身任其咎也。

复吴清臣光绪十九年九月十三日

东河劝办苏、浙赈捐，解苏之一万五千两，系于限外请奖，本在扣除之列。前此重以我公谆劝，恐无以对捐生，是以于可设法之中，作变通尽利之计，将捐生履历册咨部，请颁执照。今承台翰，嘱为填发实收，俾资换给，盖虑大部以无实收驳斥也。

查实收虽系敝署所发，而早经截数，所有用剩之空实收，悉数涂销，其板亦已销毁，此时未便重行刊刷。且此案部中果能核准，既有敝处咨文及捐生履历册之可凭，不难径发执照。如其必须副实收始行给照，亦必驳令敝处补刊实收。若以限外扣奖，则无良策矣。此中枢纽，全在大部，想明公早已见及也。

复德晓峰光绪十九年九月十七日

铸银钱以济圜法之穷，实为当务之急，无奈经费难筹，又无明干廉正之员经手承办耳。

上海织布局于月之初十失火全毁，十余年心力，数百万资财，付之一炬，弥觉令人胆寒。中国利权尽为外洋人侵占，当事力图补救，乃不败于人，即败于天，其谓之何！

复黄幼农光绪十九年九月十七日

本年武闱后，即须办理冬防，若将各营纷纷拨换，彼此均系生疏，难免贻误，只合依旧驻扎，以待来春。请密谕吴管带照常办事，倘有别人前来探问行止，尽可诿为不知。如马鸿利拟移尊处，仅与左右言之，竟致外间播扬，为之请留至再，横生议论，殊于政体有妨。以后调度机宜，唯有由弟专断。

复李中堂光绪十九年九月二十一日

承谕“本原之地，固不可诬”二语，仰见指示深切，要言不烦。凡事务求无愧于心，不独用刑一节。子羔刖人之足，而人拯其危，身受者犹谅之，况旁观乎？直道自在斯民，所虑方寸中未堪共白耳？敢不从此着力，以副训勉！

晚月初赴镇阅看炮台，试演炮位，适筱帅由沪上驶，停轮金焦，借得晤商。明年庆典进献礼物，筱帅具述台指，遵即量力而行，以展葵忱。惟昨闻王公奏请赏派分段点景，奉旨允行，内阁、六部、九卿则由尊处领衔具奏，各省疆吏亦宜分认段落点缀景物，以期内外一体。中堂连帅之长，务求主稿会挈敝处及各督抚衔名公折奏请，冀荷恩俞。至将来应如何集款筹办，并祈于奉旨后，酌夺示遵。晚等幸步后尘，统资先导，重烦清听，悚歉难名！

孙农部，荩臣之后，重以鼎言，自当设法位置。

致江蓉舫光绪十九年九月二十一日

兵法在形格势禁，不在节节设防。新到合营，务令扼要驻扎，无事则勤行操练，以壮声威，有事则相机指挥，以资呼应。勿徇地方官民所请，零畸分拨，为其所羁，虽有如无，不能得力也。

顷接歙邑京宦诸公来函，以两淮向有歙县会馆经费一款，每年历经拨寄有案，现届冬令，嘱为转达台端，将此项经费一千两，照章于年内汇寄入都，俾资办公。近来尊处库储窃恐无力及此，尚祈详细查明，如其款项支绌，不能照拨，请即覆我数行，以便裁答，望勿稍涉迁就也。

复许仙屏光绪十九年九月二十四日

年前履任之初，事多棘手，迩来稍臻静谧，每于用人行政，格外加意，以期救弊补偏。既无相士之明，又乏匡时之策，抚躬循省，内疚滋多。执事谓为维持国脉民命，未免阿其所好矣。

自台旌奉命视河，豫境遂无水患，福星临照，所全蒙庥。盖由诸弊一清，功归实际，形端表正，明效彰彰。如南岸大举三处，工巨费繁，我公惨淡经营，仍以額款为之，绝不添请征发，是何神勇！昔靳文襄治河，尽娇贾让之言，专主筑堤束水，绩用告成，卒贻百世之利。执事此举，乃复不让前贤，归田亦免疚心，安得居官者皆存此志！

承惠弥之遗集及令先岳集均经拜领。弥之竟作古人，同深慨惜！执事麦舟之义，恤及遗孤，又复代集巨资，为刊诗稿，此等友谊，近今所无。幼弥归里，赠别数言，尤为恳挚。敝处代筹赙赠一节，初拟在闲款中酌提，既思于事有碍，是以自送奠敬二百金，以为之倡，并嘱各同乡合送，务从丰厚。闻山阳之邻笛，揽子云之遗编，人琴俱亡，为之于邑。

复黄幼农光绪十九年九月二十四日

明春应否调防，且俟临时察看情形，不能预言，亦不能预定。

新兵五营共成一军，本系奏定之案，兹若分为二统，不奏则与成案不符，奏则必取部驳，此其所以难也。该新兵前营既归尊处节制调遣，一切指挥，该统领并不与闻，唯每年两次点验阅操，于事权有何妨碍。如合字前营归运司节制调遣，仍系舒镇统领，未闻江蓉舫以为嫌。阁下通才，乃不免畛域之见乎？凡此部署，当顾全局，存大体，否则于彼于此有何成心。高明谅之。

复李中堂光绪十九年九月二十八日

昨肃芜启，甫经发行，旋于廿三日，祗奉台谕，敬领荩筹。伏维辖疆待赈孔殷，需款甚巨，所拨海运八万石，自可一律改收折色，合计正杂各项，为数较多，于民亦便。适吴广庵在宁，谨将原书传示，促其回苏，妥速料理。并抄寄乐帅，另由治晚加函与之酌商，既有成案可援，自不难于就绪。此间河运五万石，俟马植轩回省，即可源源征解。水脚等费，有例可循，不容丝毫减少。

唯孙京兆请办盐捐，欲照前年十万之数，四岸商人合词求免，抑勒为难，现经批饬量力输将，未审能得若干可以塞责否？

复张丹叔中丞光绪十九年十月初二日

近来五大在边，强邻窥伺。昨读薛叔耘星使奏牍，盱衡时局，益用慨然！幸俄之争帕米尔，英之争野人山，译署皆持之甚坚，不遗余力。今粤西界务，仰仗德威，中外一心，不为所夺，保全之力，岂仅一隅？狡焉思逞之谋，庶几知难而退矣。

林、李二令，前得手札，当饬许守密查，旋据禀覆，尚无劣迹可指，兹将原禀照钞呈览。许守性颇梗介，素称铁面无私，其言或尚可信耶？

复孙燮臣京兆光绪十九年十月初四日

前以畿疆被灾最重，待赈孔殷，议于协济四万两外，另饬盐商捐银十万两、照四成例请奖虚衔等项，原为分解顺直。其中尚有变通办法，商之李中堂统收匀拨，以实银解顺而造报则归直也。

嗣奉谕旨，重办盐捐，准奖实职。因思盐商屡捐巨款，其力已疲。前次劝捐十万两之时，商人以为只捐一次，不敢推辞。迨此次饬司筹劝，即据四岸运商来辕合词求免，虽经敝处批行运司剀切开导，而商力拮据，亦系实情，深恐不肯多捐，殊失宽筹之本意。拟将前次十万两并案请奖实职，以示鼓励而广招徕。

兹奉台示，遵复饬司妥议详办。好在归并之说，并未见诸施行，且视此次报捐能得若干，再行斟酌。但愿各商急公好义，踊跃输将，能有成效可观，自可分案办理。否则涓涓之滴，无以仰副仁怀。此外别无容心，伏祈俯赐鉴谅。

复陈舫仙廉访光绪十九年十月初七日

前以营务相屈，盖以苏州与浙毗连，距宁颇远，一切调度，殊有鞭长不及之虞，必得知兵大员，为之提挈。商之乐帅，深以为然。方期相得益彰，不图竟为小人所间。乐帅实无他肠，屡与弟言，“舫仙与仲华旧好，公事中意见偶歧，未能悉归水乳，彼此当可见谅”云云。即此数语，似可得其委曲矣。

现闻兄有去志，乐帅意甚彷徨。务望降心相从，不可太露痕迹，但求自尽职守，此外毋过执持。有时是非在所必争，而词气无妨出以和婉，即使不必由我，亦可无愧于人。更有外为弥缝、密申说论、积诚以感、久自相孚者，古人委蛇求济，胥此道也。万一事多掣肘，碍难勉留，且俟述职届期，徐图抽身之计，此数月内或者别有机缘。全上下之交，合进退之义，请熟思而审处之。

复沈仲复光绪十九年十月二十五日

怀远县令人地不宜，敝处亦有所闻，惟不知有民变之事，如果属实，无论该令是否操守不洁，以致民心愤恨，即白昼劫署，亦应澈底根究，分别严惩。现经执事嘱静山方伯遴委干员前往密查，自能得其底蕴也。

复聂仲芳观察光绪十九年十月二十六日

明岁恭逢庆典，各省疆吏，拟仿照阁部、九卿奏请，赏派分段点景，以其内外一律。昨与合肥相国函商，谓宜查照成案，各督抚率同提、镇、司、道，每省报效银三万两，解交内务府，作为点景经费，自是简截办法。敝处现在函商奎中丞，候直隶疏上后，即行会衔奏陈，并通知安徽、江西一律仿办。另进礼物一节，陈都司带回尊处开示清单，谨就鄙见圈出各种，仍令赍呈台览。如尚合式，即望饬纪照料，分别购制，但期如仪，不望出色。承寄事宜一册，亦经领到已。

再，骆文忠之嫡长孙候选郎中骆琳湘由籍来江谋事，此君既系京职，又是丁艰人员，各栈局碍难位置。惟以勋贤后裔，于湘人尤有甘棠之爱，今台从在沪而弟在宁，似未便令其空劳往返。查新任湖南盐巡道李仲仙观察，所遗尊处洋务一差，拟委此君接办，每月薪水五十金，于明正起支，业由敝署缮给委札，令其自来请谒。知大裘广厦，必念乃祖遗泽，不惜此大衍之数以周恤之。

复德静山方伯光绪十九年十一月初二日

贵省承办棕毛五十万斤，仅能购解一半，业经查照来牍，飞咨工部请减。惟此项棕毛，系庆典应用之件，虽经照咨，窃恐未能邀准。若一经驳覆，则仓卒备办，转恐贻误临时。务望执事趁此未奉部覆之时，先为措置，庶免缓不济急。好在棕毛系常年应解之物，即此次部中允为减办，而外间先期预置，以为将来之用，亦不至虚耗巨资也。

至此次敝处未能照详具奏者，实以事关庆典，折件应用黄面红里，先未照数办齐，若照寻常白折之式，似觉不甚相宜也。

复松峻帅光绪十九年十一月初四日

庆典报效点景经费，查乾隆年间成案，傅文忠具奏各省交纳成数清单内，载贵衙门系交银一万两。现在京外一切章程悉遵成宪，尊处似亦应照案另行陈奏为妥。昨已电覆台端，谅邀青鉴矣。

敝处现照直隶办法，会列乐帅前衔，江西、安徽亦均系单衔奏请。谨将奏稿钞呈，以备采择。

复沈仲复光绪十九年十一月初四日

皖北要缺，若以联守瓜代，洵属得人。唯双道既患痰迷，必得善全之策，倘有意外，未免难堪，同官为僚，何忍见此！可否从缓更动，于本年密考中实陈病状，明春当可解任进京。此数月间，即饬凤、颍两郡伯于地方公事，极力支持，俾免贻误。或能讽令自行引疾请退，无论迟速，更为不着痕迹。此系我公专政，伏祈俯赐鉴裁。

复欧阳辅之光绪十九年十一月二十四日

承荐刘文学，尚须从缓送关，目前衙斋内外，竟无设帐之所。

敝折稿仰费清神，去取自能允当，暂行收存笥箧，俟后议之，所谓已陈刍狗，断无本人生前自行理会者。笺启、批牍，仍求大力校勘，尽可从容时日，不必舍弟与闻。

至于清况不能赋闲，自应代为筹画。此间现有馆地，名为洋务，实是书启，左右所优为者，如可俯就，谨当扫榻以待。万一不能远涉，请如前约，即以续选笺启批牍一席相屈，既可就近养亲，犹是旧时宾主，在寓在塾，唯命是从。

复熊金仲太史光绪十九年十一月二十五日

弟粗材俗吏，拙于修辞，年老意荒，疏于应务。日前答书冒渎，专就台指剖陈，猥以好我之忱，敢为率尔之对。失约一语，自为解嘲，补送两言，或系误会，以此见责于大雅君子，固其宜也。

唯瀛眷尚留都门，而驺从稽迟江表，一心两地，何以为情！无论鹿洞、尊经均难维系，谨照此间书院另送干脩一分，以为脂秣之费，庶几南北得以自如，区区不失初衷，左右可从改计，似无便于此者。至于章门关聘，或辞或受，悉听尊裁。

致成竹铭方伯光绪十九年十二月初二日

再，潮阳县何令福海审办监生郑其昌一案，过于操切，咎实难辞。唯本官尚无赃私，于事主亦无大损，既经撤任，似可案归外结，将受贿之差役分别重惩。如以何令不堪再膺民社，即令自行呈请开缺。该令曾保卓异，与其以私罪革职，不若曲予矜全。弟因此案微涉江苏赈捐，又前与该令久共患难，只得函恳两帅始终恩贷，尚望大力周旋，俾免严议。该令得袭衣冠以归乡里，感荷鸿施无既矣。

复沈仲复光绪十九年十二月初五日

双道前陈治河事宜，切中肯窾。以水之去路言之，自以洪湖出旧黄河入海为正道，且系故道。唯洪湖形如侧釜，西南低而东北高，张福一口，涓涓细流，若欲疏浚宽深，不易奏效。且旧黄河淤成平陆，光绪六七年间，以二百万缗挑挖一次，旋为飞沙所填，仅剩中洪一线，略有痕迹可寻。现在即有点金之术，将洪湖东北及旧黄河一律开通，亦必得大溜常川冲刷，又恐水力未必能济，以今昔情形不同也。其由三河出高、宝等湖入江一路，建瓴之势，自可畅行。就近年论，洪湖之水不难于泄，而难于蓄，下游尚患水少，不患水多。若将来上游诸水汇成巨流，全力东注，是否不至泛溢为患，于淮阳堤埝民田有无妨碍，殊无把握，已经檄饬谢道查勘矣。

此间报效点景银三万两，系由闲款垫办，不再摊扣。将来应解何处，以及何时起解，是否即交所派之员领解入都，且俟明正探问的信。缘直隶、山东两省奏请解交内务府，一则声明不派员，一则声明派员，钦奉朱批，听候部拨，而于派员不派员均无明旨，故难定也。弟因与丰、奎两公联衔，不得不从乐帅之意，仿照山东办法，声请派员。其实不若直隶之不派员，最为简截。现拟即派在苏候补之福道进京，以资熟习。应否添委知府以及应用盘川经费，尚无成算。谨钞折稿呈览。

凡关庆典折件以及封筒，均用黄面红里，伏希察酌。

复邓筱赤光绪十九年[①]十二月初八日

德人突据胶岛，无理可言。日内译署正在商办，尚未就绪。此时机括全在胶澳，若胶澳未能退还，各国亦必蜂起，江海防务，

①中华书局版《刘坤一遗集》为“光绪二十三年”。并将此篇归入书牍卷十二。

正无已时。此间吴淞、江阴等处，为入江门户，最关紧要，防军单薄，无可布置。迭奉谕旨，饬令不动声色，镇静戒备。现虽添募勇丁三千人，借资策应，然时局至此，和战两穷，弟惟有竭力设筹，密为备御，以重职守。

经守等禀设女学堂一事，本为阴教失宣、期开风气起见，用意良厚。惟来禀请拨招商局赈款，现准盛京卿来电，以是项赈款现在垫办湘、川各赈，尚未收回，未能动拨。敝处已照电核批，仍声明听候各省批示。承询谨以奉闻。

致曾仰阶光绪十九年十二月十一日

查琛、瑞、寰、镜、开、保六船请添人数清折，详加察核，照从前原设人数，虽未补足，然照北洋靖、致、超、扬等船逐一比较，似请添不免有较多之处。

盖从前因兵轮系属创始，事事从宽，配募人数，本属格外加多。迨后添设仿办，仍沿故习，是以南洋兵轮人数迭次酌裁，尚不过于见缺。阁下前亦言及，以后只须略添，即可敷用。北洋各船系编立经制之时，参照西法核定，较为允洽。靖、致系新式铁甲碰快船，船身大小，虽与琛、寰等五船相仿，而船中机具等项，实较繁重。琛、寰等船用人，似应较彼为少，方昭核实。超、扬系木壳钢板，其制并马力与琛、寰等相若，惟船身略小，亦可参证。今将琛、寰等五船并保民一船原设及请添人数，与靖、致、超、扬互相比较，其中各项执事，有此有彼无，彼有此无，相去尚属无几。且统计南船中尚较少于北船，应即照办。惟水勇、升火，管油、汽等四项，不免过多，而此四项中，又以水勇为最多，六船中又以琛、瑞为最多。事虽暂局，一经核准，便成定规。另开比单，应请贵局参酌匀配，以资节省。

至练勇拨作各船水勇之用，各船既拨练勇十名，请添水勇，自应照数核减，不独节省经费，且此时可免多招游手及口粮虚额之弊，即将来北操南返，亦免多裁人数之烦。并祈酌察办理为祷！

复冯莘垞光绪十九年十二月十六日

承谕各节，借悉贵郡盐务，幸仗鼎力成全，地方利弊所关，亦即次第清理。执事读礼之余，随宜措置，桑梓蒙庥，曷胜钦佩！

至于世情阅历，仰见体会入微，究其指归，则有得于“谨慎”两字，此诸葛公一生作用，为三代下第一流人。东晋时桓温入蜀，访有武侯旧仆，传问当日情形，则称“丞相别无他长，唯一切处分诸臻妥贴”云云，是即谨慎之明验。古来豪杰之士，抱奇才异能，建丰功伟烈，犹以小心而当大任，况我辈乎？来书谓舍此无下手处，诚知要领矣。弟秉性庸懦，于谨慎之道，袭其似而失其真，窃取董子“强勉”一语，以矫其偏。

四十年来，备尝艰苦，以争尺寸之效，而仍不免苟且因循。今则年老颓唐，竟至难于自主。明正晤教，知非虚言。

致刘康侯光绪十九年十二月十六日

冯莘垞在沪度岁，即请贵局代送银一百两，明年归款。海上多奇方，倘有妙药，能令人不病而死者，祈为老朽觅一剂来，则感荷再生之赐矣。

复奎乐峰光绪十九年十二月十八日

现在钦奉寄谕，查办镇洋县一案，原折着重臬司陈舫仙，自不便调动。且以人证均在苏属，又未便提来江宁，将来舫仙即接署苏藩司，亦应饬令会同审详，庶杜借口。谨恭录谕旨并钞原片及敝处札稿，密呈台览。

鄙意以镇洋之事，无难研讯实情，秉公参处。第牵涉院司幕友，颇费支吾。盖此公早有声名，皆知为清帅介弟，计唯有退步一着，或可不至吹求。卓见以为然否？鄙见实在四面周旋，并无他意，高明必能谅之。

复奎乐峰光绪十九年十二月二十四日

王故守公亏甚巨，仰承执事及筱赤诸公提拨闲款四千，益以各处集助之款，大致可以弥缝，具征优恤属僚之至意。其身后老稚诸事，拟由此间再筹给银二千两，合三千两，已饬支应局设法挹注，兑解来苏。

其江宁织造彩绸价值，由苏、沪厘局各拨银一万五千两，实因事关庆典，需用孔殷，诚如来谕，不能不通力合作。江宁各司、道、局库提拨常年应放各饷及一切用款，本系入不敷出，早在我公洞鉴之中。彩绸一款，宁属各处如果力能独任，断不敢使苏、沪两局为难。无奈罗掘皆穷，点金无术，万不得已，始为将伯之呼。昨得沪局来电，已允如数筹解。其苏厘局应拨之款，仍恳传谕福道筹解一万两，俾济要需。下欠五千，谨遵台命，于此间分摊。其中拮据情形，尚祈俯赐鉴谅。

复奎乐峰光绪十九年十二月二十五日

镇洋一案，敝署判语虽严，犹不若尊处批示之深切，如欲稍为之地，当不如此措词，诚如来指，不辩而自明矣。吴植翁钱谷是司，与刑名无与，而言者牵涉在内，盖以身分太高，声名太盛，易于借口，所谓大树多风，坤一前书劝其退步者，职是故也。以上两层，均是题之余意，将来无难分别剖陈。

坤一待罪疆圻，屡遭浮议，兼及幕宾，钦差查办两次，皆坦然处之，愿执事不必介怀。至于人证全在苏属，若令臬司提案来宁，不唯痕迹太深，亦于事体有碍，不若就近查讯之为正办。我公以为然乎？

复德晓峰光绪十九年十二月二十六日

时局大变，殊抱杞忧。如上海道实为中外枢纽，于敝署在在相关，密保三人，奉旨存记，众望攸属，咸以为宜。而新简之鲁伯阳，不知是何行径。此君性情才具，想左右亦有所闻。其事突如其来，其祸安知所底？区区唯坐以待毙而已。来书犹以功勋荐达为言，何也？

复奎乐峰光绪二十年正月初三日

庆典应进礼物，各省皆有，诚如来指，未便平原独无。公钦奉恩纶，兼管江宁织造，所有传办活计，自应预为筹维。其中头绪纷繁，非坤一所能深悉，业经谆嘱文和甫，函约节从，计期前来镇江面商，俾知一切委曲。至于需用经费，坤一唯照案派拨。事隶尊处，较之尚衣衙门，呼应更灵，当不虑有贻误。

延陵季子立时求去，可谓知幾。否则口舌滋多，并恐于清帅有碍。前书所谓四面周旋者此耳。以本地巨绅，为本省幕友，实为集矢之鹄。左文襄之在湖南，可为前鉴，若非骆文忠极力主持，胡文忠设法排解，几乎殆矣。今日非有军务之时，恐二公当此，亦无能为力，不如退步之葛藤悉断也。

复溥玉岑提学光绪二十年正月初四日

文宗阁一事，前承台命，当经转饬苏、宁两藩司筹议详办。昨据覆称，“从前创设南菁书院，续刊遗书，系由官商量力输将，以成巨款。现在州县廉捐日增，赈捐重叠情形，迥非昔比”等情，禀请核夺前来。又经批示照办在案。

执事振兴实学，嘉惠士林，敝处但可赞襄，敢不勉竭绵薄！第目下筱赤、茀侯两方伯，同时入觐，瓜代者均系生手。当此公私拮据，若欲克期集费兴工，一时殊难呼应。高明谅之。

复程从周光绪二十年正月十四日

珂乡自改州为府以来，迄今百有余岁。以州学为府学，而县学黉宫，尚属阙如，巨典攸关，亟宜及时兴建。承示阖邑绅董，欲仿照积谷之法，计亩均收，为建立学宫之用，民捐民办，极为善举。敝处先据萧令禀牍，当以事关按亩输捐，批饬安藩司核议。此事将来仍应由抚院主政，一俟该藩司议覆，自当与中丞妥筹办理，以副执事重道崇儒、振兴学校之至意。

复钱樨庵陈六舟光绪二十年正月二十五日

扬城粥厂经费支绌，重烦执事擘画周至，瞀鸿戢羽，沾溉孔多。金陵冬振，去岁就食者尤众，不但皖南北之人倍于土著，加以徐、海近壤，饥民亦复扶携至此。省垣瘠苦，甚于旁郡，绅富零落，廛市萧条，枯菀殊形，不得不量为筹拨。乃据运司详称，各食岸商始冀邀免，继望分摊，筹劝再三，拟请饬令照捐一次。当以此举势难遂停，嗣后款从何出，批饬妥筹详覆在案。徐、海振捐，虽已开办，奈频年各省劝捐者接踵相寻，久有竭泽之叹，哓音瘏口，应者寥寥，筹集归垫，尚无把握。纵指有成数，亦岂能移仓卒之需，抵经常之费！此中缓急轻重，想为诸君子所鉴原。

弟奉职无状，德薄召灾，又乏补苴之术，起视四境，寝馈难安。惟有仰仗鼎力撑拄，仍就近商之蓉舫都转，有可设法之处，妥筹迅办，鄙人毫无成见，无不乐赞其成。

广陵繁庶之区，从前协助义振累万盈千，亦恃二三善士为之提倡。矧以执事仁心为质，义问遐昭，本恭桑敬梓之诚，普接畛连畦之惠，知必有乐善勤施君子，闻风兴起。来蒇此役者，不特百万灾黎欢呼顶祝，即弟亦嘉予利赖焉。

复苏子熙宫保光绪二十年正月二十七日

接诵台翰，并钞示法员雅理尔来书，仰见恩威远播，异族输诚，趁此事机，勘定边界，自为固圉之计。至于游人四处盘结，起与法人为难，在法人视为乱民，在游人则自谓义民。蛮触之争，目前不必过问，鹬蚌之斗，将来或有可图。

来书“徐俟其敝，重睹越裳贡雉之休”二语，适与鄙见相同。是非智深勇沈，莫能审幾应变，善于谋国、善于用兵如此，砥柱南天，是所望于左右矣。

复陈羽山军门 光绪二十年正月二十七日

象山台工告竣，深以为慰。承示就旧厅基趾改建一亭，借壮观瞻，原无不可。惟一台之设，聊固藩篱，勒碑刻铭，殊觉无谓。筑台守口，整顿江防，本职守当为之事。绸缪未雨，备豫不虞，并无伟绩丰功可以昭兹来许，刊载不朽。人之览斯记也，其谓之何？稿内铺张太过，鄙意殊觉不安。且恐好事流传，翻使外人腾笑。幸勿镌刻，以取讥弹。

致礼亲王庆亲王孙莱山宫保

光绪二十年二月初一日

敬再肃者：

日前洋报有巴马免议之说，似即指帕米尔分界而言。是否属实，能否调停，译署自有胜算。外间悠谬之谈，以俄人铁路将至珲春，虑其借端启衅。伏维朝廷盛德及远，彼族何敢生心？第以犬羊之性无常，不可不预为备御耳。

现在海防筹办有年，虽南洋限于经费，规模逊于北洋，而沿海要区，尚属有险可守。新疆重兵久驻，本可应缓急之需，但得毅斋中丞到营，士气自倍。至东三省为龙兴重地，幅陨辽阔，尺寸在所必争。久闻本处团练极为整齐，窃恐未经战阵，似宜酌调宿将劲旅，庶可以壮声援。应如何严密部署而资联络，俾不至于蹈我之瑕，以固苞桑而安磐石，想尊处自有指挥矣。刍荛之言，伏祈俯赐采择。

复嵩书农方伯光绪二十年二月初三日

承示黔省民贫地瘠，岁赋无多，一切度支，均赖东南协济。又值各省饷源支绌，未能如数转输，北斗南箕，深烦荩虑。昔羊叔子都督荆州，其始至也，军无百日之粮，及其季年，乃有十年之积。执事廉车所至，屡握藩条，酌盈剂虚，才长综核，知擘画精详，自可从容措置也。

复沈仲复光绪二十年二月初三日

皖南李镇入觐届期，该镇到任未久，一切布置尚未就绪，原不妨代为请缓。惟上年该镇补授是缺，适在江宁城守协署任，因科场在即，事务殷繁，奏奉俞旨，暂缓北上。迨饬先赴本任，又于片内声明，仍俟春融后遵例请旨入都，以符定制。敝处业已一再奏请，未便再行渎陈。

汉文将军、茀侯方伯奉旨指派入都祝嘏，两君在京费用及往返行资，需款颇多，事本因公，理应代为设法津贴，以资膏秣。皖省奉派静山方伯暨任谨斋镇军，情事相同。我公体恤属僚，想已早有措置。敝处贡品均须八九月间进呈。去冬萧道允文来宁，谓须恭备颂册。昨经电询北洋及湖广、闽、粤等处，均谓毋庸豫备。敝处拟即查照各省办理，尊处应否恭进，尚望卓裁。

复张翰卿中丞光绪二十年[1]二月初八日

胶东渝盟，海寓共愤，圣德宽大，复许行成。既予以胶、沂造路之权，复畀以近路矿产之利，窃恐分裂之患，萌柢于齐。仰瞻泰岱长河，至圣林庙之所在，中原文教之所基，荆棘环生，东望于邑。我公笃棐之忱，干济之略，四方具瞻，保护尊严，讵异人任！祷之！盼之！

湖团械斗之案，层见迭出，历经严拿重办。无如犷悍相习，渐染成风，既理谕势禁之俱穷，又草薙禽搜之不可。去岁阎悉铭纠众滋事，幸叨邻荫，怵以兵威，嗣由刘镇会同东省文武开导调停，均已慑服。亦因灾祲迭臻，民气不靖，深虞滋蔓，姑不追求。惟各积怨仇，岂忘报复？此系群情之揣测，即是谣传所由兴。现饬徐州詹守休察实在情形，禀商镇、道，将倡首纠众之人，严密查拿，尽法惩办，庶足以解散余众，儆惕将来。惟该处毗近曹、郓，风气略同，有可改革之方，以化旧染之习，尚祈荩画遥颁，时资毗助为祷！

复赵展如方伯光绪二十年二月初八日

朝廷用人，自应迟回审慎，以期拔取真才。孟子所谓“如不得已”。唯确知其才之可用，趁其年力之强，志气之锐，假以事权，俾得及时自效。倘蹉跎太久，则销耗已多，亦无以鼓其精神，展其抱负已。阁下位以能升，官以德授，莫不叹服圣明用人之当，

①中华书局版《刘坤一遗集》为“光绪二十四年”。并将此篇归入书牍卷十二。

谁能怀忌嫉之私？左右但期仰报国恩，不必顾虑及此。至于度支之绌，各省皆然。

目下宦途，庄子所谓“苞苴竿牍”而已。弟与执事苞苴当可以免，竿牍仍是故常，要不可不自为权衡，未便过于迁就。在穷员末吏无计自存，无缘自达，或不能不借先容，乃巨家子弟，亦复蹈此陋习，何耶？

复郭子瀞观察光绪二十年二月

执事周历各工，相机筹度，物料务求其省，工作务求其坚，考究不厌精详，修筑必期完善，可谓任劳任怨，实力实心。

至从前捕獾赏项，开支千有余串，费用过多，难保不无虚冒。台指遇有送獾到局者，必究其所在，饬令填塞而后给赏。公务既可得实际，款项亦不致虚糜，乃为一举两得。似此认真办事，成效必有可观。三复来函，良深愉快。

致李中堂光绪二十年二月

本年南、北洋会操，届期中堂奉命与静村将军会同阅看，南洋各船，自应勉强学步后尘。现已饬令左右翼长，统带六船，前赴天津，恭候驱策。并令刘守式通随带银两，以供支应。惟目下南洋尚未成军，平日南船操法与北船本有不同，而诣力悬殊，尤难望北船之肩背。自经裁人节饷，为渐图扩充之计，规模益形简陋。现虽因值会操，临时补募，而多系生手，难期操纵合宜。贸贸然来与北船相聚集，譬之驽骀与龙驹较捷，其优劣固不待智者而知也。

伏念中堂胸罗全局，南洋诸务无一不仰赖荩筹，惟有邀恳逾恒关照，转嘱禹廷军门于南船抵津后，赐之教督，俟会操时谕令南船一切进止，皆视北船为标准，俾得规随有赖，借免陨越贻羞。感荷隆施，实无既极。并俟会操事竣，即饬各船南旋，以资巡防，是所企祷！

复张丹叔光绪二十年二月

法人为越南游匪所苦，所谓彼归则出，彼出则归，子胥以教阖庐，楚于是乎始病。越匪袭其故智，法人奔命不遑。执事任重筹边，关怀大局，藩篱谨守，防患未然，卓识老谋，令人钦佩。

薛星使奏议，遵写一通呈览。叔耘体用兼备，周知四国之为。此次办理滇缅边界，均有展拓。折内“五益”之说，关系甚大，识见极远，洵属杰出之才。惟英人缅约一条，存贡而不存祀，虽有举莫废，告朔犹爱饩羊，而皮之不存，毛将安傅？源源纳贡之说，终亦徒托空言。近阅法暹和约，挟制多方，暹几不国。盱衡世局，为之怃然，想老成忧时之怀，当亦同兹感喟耳。

承示江、甘两邑地方，遇有命案报官，迟延至五六日，始行诣验，差役需索验费等情。查此等索诈恶习，迭经通饬各属，勒石示禁。并严饬恪遵定例，一切夫马饭食，均由各该州县自行捐给在案。现复申明定章，严行饬禁，并令随到随验，不准稍有迟延，以副执事垂念梓乡、谆谆见嘱之至意。

致谭文卿刘景韩光绪二十年三月初六日

敬启者：

近年江浙洋面盗案迭出，宁波米木各商，频被劫掠，师船之巡缉不力，固属百喙难辞。敝处业经严定惩劝章程，通饬苏、狼、福三镇振作精神，认真巡护。并与浙省师船连络一气，以靖海道而恤商艰。然理其标曷若治其本，遏其流曷若清其源？究其盗船之所由来，则在盐船与采捕两项，而皆出于浙省，自非仰仗大力，莫由杜其弊端。

查钓船在原籍领照商牌，准其驶入长江贸易，非有资本保结不能请领。采捕则尽人可领，只在洋面捕鱼，不准长江行驶。定例出洋船只，由官给照，开明在船人数、年貌、籍贯，并将船只编刻号数，立法至为周备。乃近闻各该地方衙门，于填照、编号各节，并不认真办理，只知收取规费。商牌一照，需费二三十元，采捕则只须二三元，以致采捕船照无人不可领取，甚至一船两照，一照数用，种种流弊，从此而生。又复于吴淞钓船局巧立帮商名目，驶入长江载货。此项船只，多系沿海贫民，良莠不齐，一经折阅，即流而为匪，纠伙抢劫，势所必然。又岱盐运往刘河，岁多至五六百号，水手半系海滨无业之民，黑夜乘潮驶过吴淞，并不挂号，无从稽查。而盗匪多系岱人，难保不溷迹盐船，以图纠劫。目下商船受害已深，若不赶紧整顿，必致匪船日多一日，其患何可胜言！

现已咨请台端严饬各该文武，将给照陋规永远革除。凡出洋船只，务须一体编刊记号，照内将船名并在船人数、年貌、籍贯，逐一登明，取具十船互保甘结。并令岱盐局每月开单，将盐船号数移送吴淞钓船局备查，俾商牌自商，盐船自盐，采捕自采捕。敝处一面责成沿海各该营汛及钓船局，实力稽查，革去帮商名目，不准采捕船只驶入长江，庶几匪徒无所混迹，盗风自息，寰海镜清，岂第商船戴德无涯，地方亦隐受其福，弟幸托邻晖，感泐尤无既极矣。

另咨请饬查缉一节，该匪岩头阿四、老徐、老金、老王盘匿南韭山，党羽甚多，肆行无忌，实为盗中渠魁。并求严饬该管文武，无分畛域，认真缉捕，以遏乱萌，无任企祷之至！

复荣仲华光绪二十年三月十三日

另示领悉。林明敦中针后膛洋枪，本是利器，上海机器局自能仿制，存项颇多。如尊处需用若干，即当照数拨解，并拟加倍配发丸子，以免续领之烦。此项后膛洋枪比马梯尼等项略重，北人气力强壮，自能合用。

敝处预备庆典礼物共三十六色，任土作贡，多是花绣之类，拟于秋间派员运解入都。晌届三年任满，月内具疏请觐，如邀俞旨，应即留京祝嘏，借得重亲教言。节从此行，必然内用，或者量移优缺，亦未可知。唯是西安练兵已经就绪，另换生手，能否恪守成规，时局维艰，关陕地重，未可以整军经武视为缓图也。

德晓帅抚江十载，资格最深。近尤留意将才，讲求洋务，观其一切措置，实足以胜任兼圻。明公务于礼邸前及诸政府力为嘘植，俾展所长。区区实为疆寄得人，非敢阿其所好，伏祈俯赐鉴谅。

〔复荣中堂〕①

再准部咨，“蒋德钧系监生出身，不准捐升道员，当照知府归单月选用。奏留江苏之处，应候捐足各项班次作为知府奏调”等因，业经行知在案。该员委办上海制造局以来，才足有为，力图

①中华书局版《刘坤一遗集》将此篇归入书牍卷十二，据补。

振作，冀其蔚成大器，以副厚望。

惟该局近年以来，事务益形繁重，总办一差，皆遴委监司大员奏派经理，以示威重。该局凡与洋人交涉事多，领事每出而干预，所延各洋员均有宦籍于其国，势利尤甚，总办官秩少卑，未免启其轻藐。兼之该局会办系道员，襄办系知府，其余多是丞倅，与知府分属等夷，难资督率。商之夔帅，亦以体制不符为言，嘱即另筹替人。踌躇再三，只得改派会办该局之直隶候补道林志道接手，以重责成。蒋守如不嫌俯就，仍请留局以资臂助。

昨接陶道森甲来函云，陈右帅有委蒋守统领新勇之议，未知行止何若。谨以奉闻。

沪局谋迁，钦奉廷寄后，即照大疏，以钢厂移湘就矿，饬局核议。嗣据覆称，繁重劳费，则全局之难迁，更可概见。一切情形，谅已早蒙洞察矣。

致奎乐峰光绪二十年三月十六日

昨据徐州阖属绅耆翰林院检讨张化成等联名具禀，胪陈桂守政绩，民情爱戴，并称该州现有兴办事宜，未便遽易生手，请将该守缓赴调任，以裨地方。

查核所禀情词恳切，出于至诚，业经批饬候咨商尊处，将桂守暂留徐州，从缓饬赴调任，俟詹守到省，再行酌办。惟查詹守将次来苏，该守系奉旨简放之员，既未便久为悬阁，而遗缺知府，又未便先署首郡。将来可否另行调署，即以所遗之缺，委詹守署理，抑应仍饬各赴本任之处，统祈台端主政，届时察办为祷！

致李筱泉刚子良光绪二十年三月二十日

洋钱行销中国，民间以便于日用，市廛散布日见其多，禁遏未能，利源外溢，欲求补苴之计，非各省设局自铸，不足以杜漏卮。现拟在江宁省垣建厂兴办。

查有谭道信渠，心细才长，操守可信，堪令总司其事。惟兹事体大，一切购器建屋，兴事考工，头绪纷繁，诸关紧要。伏思贵省自创办以后，成效昭著，可法可师。用饬该道趋谒崇墀，叩求钧诲，并请令粤局承办之员，详加指示，俾得导循有自，学步萧规，感荷之私，曷可言喻！

复冯莘垞光绪二十年三月二十四日

执事具名世之才，尚克己之学，性情伉爽，心地光明，专在上乘用功，不屑屑于流俗。而识量之超卓，尤为时贤所难，论世论人，辄以片言破的，推求再四，无以易之。扩以广见博闻，加以盘根错节，知明守固，无论经权常变，一以义理为宗，当可砥柱中流，维持末俗，讵仅为吾湘后起，以继湘乡侯盛德大业哉！

闻诸经邪，台指决计留京，不图外任。朝廷为政所从出，端赖二三有大力者在内撑持，左右望实兼优，何难登峰造极！且与莱山宫保夙好，必能推毂，同分宵旰忧勤，相得益彰，相助为理，所谓有转机者，未必不在乎此，愿共勉之。

弟于二月重患伤寒，医药误投，几至不起。述职届期，不敢不循例请觐。此间僚友多劝从缓，似觉于心不安。承嘱斋名跋语，本非弟之所长，唯雅意殷拳，尚图从容报命。

元穆日记造诣颇深，俗吏粗材，无能领略。

复萧虞臣光绪二十年三月二十八日

承示武冈山门会匪情形，与吴清帅来咨及舍下函报相同。又闻业为州兵团练所败，将来省垣大军一到，必如拉朽摧枯矣。该会匪啸聚数千之多，于中必有大头目暗地指挥，但将为首数人，悬赏捕获，置之于法，余众自当瓦解。

惟我郡会匪滋事，今已数次，皆起于溆浦、新化、邵阳之交。其地三县毗连，山多人少，前于小沙江扎有营勇，查拿匪类，商民得以相安。自将此营撤回，遂有亡命潜藏，公行劫杀，寖成燎原之势。鄙见谓事平之后，应请大府截留一营，驻扎隆回、龙潭二司之间，实力盘查，庶宵小无处容身，不至乘机煽乱。高明以为然否？

复李穆门章京光绪二十年四月①初四日

倭、韩之事，初意叶军全师而出，会合进剿，可以直捣汉城，不谓忽有平壤之失，号令不一，军各有心，致败之道，殆由于此。现在各路援师奉召赴北，诸军杂沓，必选大将以统驭之，课效宜宽，得人其要，宋祝三军门已奉帮办军务之命。此公威望埒于张勤果，目下老成宿将寥落，已如晨星，甚矣，人才之未易言也！

此间江海门户，均当冲要，绸缪布置，刻刻堤防，一切懔遵谕旨办理，未敢稍涉大意。惟筹饷不易，购械尤难，任重材轻，

①中华书局版《刘坤一遗集》为“光绪二十年九月”，归入书牍卷十一。

时艰莫补，至切忧虑耳。

复沈仲复光绪二十年四月初七日

安徽本系兼辖省分，谊属一家，饷项艰难，义当共任，何敢稍分畛域，度外置之！然必自处于富饶，而后可出其有余以济人之不足，但使权量出入，稍有赢余，断不敢以空言谢左右也。今则捉襟露肘，彼此同情，仰屋徒嗟，易地皆是。即欲乞邻而与，而苏属各库同一支绌，如织造奉办活计，及崇明塘工各项经费，需款甚巨，大半由江宁司局运库合筹，现在尚无眉目，其无余力及人，已可想见。此间各司局每以经费不敷，皖省现无军务，请援左文襄前议，将淮北协饷拨还金陵，而弟深知尊处为难，大局攸关，不得不分任其责。本年大部加拨各款，文件纷至沓来，较之皖省不啻倍之。入款既未稍增，防饷仍未稍减，持筹无计，焦灼万分。惟有整顿厘金，一切收支，丝丝入扣，滴滴归公，庶可稍资周转。然欲指拨的款，协济邻封，究属力有未逮。重荷诿諈，容当转嘱五、正两卡及海分司，将协饷按月解清，勿稍蒂欠，以效涓壤之助，此外实无可为谋。

更有请者，抽厘裕饷，本万不得已之政。洋票盛行已数十年，既为约章所准行，权非独操，诸多掣肘，惟有尽其在我，以图补苴。闻皖南牙厘局上年有局用不敷，尚须贴补之事。此言果确，则无益于饷，有损于商，国家安用此厘局为！似应严饬该司，破除积弊，力杜中饱，并严定功过章程，以昭惩劝，庶几收数起色，借有挹注之资，似于筹饷不无裨益，幸我公一垂察焉。

复奎乐峰光绪二十年四月初九日

此番处分，本属万不得已苦衷。镇关存款尚多，能否预为安顿，不致亏挪，即请尊处先与黄幼农商量。昨电此君来宁，半为此事。此外洋务之纠纷，地方之紧要，并难期其胜任。亦已传谕鲁静涵务于下旬接印，俾蔡和甫交卸从容。俟来见时，面谕其讲求操守，妥慎用人。仍恐空言无补，不知如何为是耳。

至于十万营干之说，亦有所闻。坤一与左右自问无他，悠谬之谈，不足为累，且未饬赴本缺，则人言不验矣。

复张丹叔光绪二十年四月十三日

安南之于我朝，犹为外府。弟前在粤督任内，李扬才窜扰越境。当主援剿之议，并力拒法人会剿之请，益恐其乘势占据该国，将为吾粤后患也。及改官两江，犹函嘱后任保全该国，不使法人进步。辛巳法、越事起，弟时已开缺，仍遵旨覆陈，极言越南与粤唇齿相依，不可轻弃。不意马江一挫，竟举二百余年藩属，三千余里膏腴，拱手让之。目下金龙峒界虽尚不为彼侵占，而亡羊补牢，得不偿失，强邻逼处，世变方殷，此叔耘之所以痛哭陈书也。

至游人盘结，起与法人为难，本可不必过问。尊指恐其困而投人，反戈向导，尤征虑周藻密，擘画无遗。虽法性贪横，为游人所深悉，一时未必出此下策，然在我惟有严设备御，以固边陲。幸公与子熙军门声威遐播，智烛几先，当不致有意外之虞矣。

致奎乐峰光绪二十年四月二十六日

密启者：

鲁道开缺送引，遗席已简调黄道。译署电传谕旨，饬令鲁道迅速来京，毋庸等候部文。圣意高深，似以镇关紧要，亦非鲁道所能胜任。现已会列台衔加札仍委蔡道署理镇关篆务，以专责成而资熟手。鲁道昨日来辕请咨，定于廿八日起程。该道不自揣量，本属孽由自作。唯目前光景，岌岌难支，抑又不无可悯，北上在即，一切川资费用，无处设筹，其窘迫情状实有难堪者。坤一已面属司道转致仲芳、幼农合送二万金，以为膏秣之资。在鲁道既涸辙可苏，在仲芳、幼农略尽寅情，亦属心安理得，庶几公私兼尽。未审台端以为何如？

坤一请觐折件，昨接京中密电，奉朱批"毋庸来见"。知关廑注，用以附陈。

复德静山光绪二十年五月初三日

叶令既明知前有杨令一案，仍敢如此肆无忌惮，无非恃有护符，经弟批饬澈讯，犹复借口调停，以为从容之计，从此裂冠毁冕，成何官场！现在局面不同，更不可含糊了事，予以宽厚，转启猜疑。我辈自问无他，何可处于暧昧之地，是非虚实，必须究明。左右出而力争，自是正办。

李中丞未知何时南来，苟有应行振顿之处，未可坐待新任。前函所陈各节，务祈加意清厘，并迅赐裁覆为祷！

复吴广庵光绪二十年五月初六日

本年漕船百有三号均已抵津，另有万福顺一号，遭风失事，海程之险，在在堪虞。该船漂失无存，殊深悯惜。

金宝顺一船，为太古洋船撞损，米已霉变，自应禀追，以昭公允。至仓帅开验从严，系属慎重公务。惟有认真督率，妥慎交仓，以期早日竣事耳。

致李中堂光绪二十年五月二十五日

朝鲜内患未已，几难自存。倭人觊觎已深，竟欲乘隙而动。中堂保卫藩属，久布德威，当此强邻逼处之时，控驭维持，深烦荩虑，老成硕画，自可杜其狡谋。

至窥伺长江一说，诚如电示，系属恫喝之言。惟夷性无常，既有此谣，防务即不可稍涉松懈。遵已电饬沿江文武，不动声色，一体严防。并派郭善臣前往吴淞、江阴一带，联络各营，节制两翼兵轮，妥为布置。第此间相距较远，传说纷纭，一切情形，难以遥度。伏望随时电示，俾可先事筹备，曷胜感祷!

复冯莘垞光绪二十年六月初五日

俄境与我毗连甚宽，和好已久，似不可听旁人之言，因小嫌而昧大计。若帕米尔无关紧要，何必苦与争持！第须事出有名，使俄人知我睦邻之谊。闻刘毅帅病难速愈，如陶子方不能胜任，则魏午庄尚可承乏一时，询之刘、毅、吉诸人，均以为然。弟与午庄虽系同郡，仅在江西一面，以后并无往来，非阿其所好也。

中国外藩最要则朝鲜，次要则越南。越南已矣，朝鲜不可再失。此次日本如可讲解，应否由北洋专派一军镇抚该国，固我东篱，并请旨严饬该国君臣，亟图振作，以杜强邻窥伺。倭人若寇长江，尚可以力支拄。所虑台湾孤悬海外，未审邵筱村方略如何？

仲秋，有程从周军门进京陛见，亦是皖人，胜刘省三远甚。请予阶前尺地，占其器识短长。以地以时，不可不破格用人，以收国士之报。湘人文则陈舫仙，武则黄芍岩，亦足当此重寄。伏祈密与莱山宫太保商酌。决疑定策，端赖此公，又得执事赞襄，可以运之掌上矣。

至于吾湘电线，前闻伟论，言之极详，可谓居安思危，见微知著。其应如何设法挽回补救，莫使自彼发端，并祈加意为祷！

复奎乐峰光绪二十年六月初八日

倭、韩之事，虽尚无启衅确信，而事机日紧，传说纷纭，不能不就现有兵力，严为之防，以固吾圉。南洋仅有木壳钢板兵轮六号、蚊船四号，前饬郭善臣驶赴上海，调集联络，密为布置。吴淞、江阴为江海最要门户，偷渡抄袭，在在可虞。惟有酌调数船，分驻该两处，依附炮台，以资扼守，庶不致孤立无援。地广船少，已是不敷分布。

昨午又奉电旨，饬令酌派兵轮赴台协助，并饬聂升道办理后路转运，暂缓入都等因。台湾孤悬海外，久为倭寇垂涎，若不得志于三韩，势必猝然相犯，为牵制之计。大局所关，不得不力为兼顾，已电饬善臣酌量抽拨两船，开往台北，听候邵筱帅调遣。第台地四面皆海，险要极多，现派去两船，在南洋水师益形薄弱，而于台仍是无济，能否再于北洋加拨数号，朝廷当自有权衡。

坤一年来于兵轮力求撙节，得以稍有积储，已在德厂订购雷艇四号。惜甫经交款，造成尚需时日，不能应目前之急。刻下各船均将勇数补足，月饷照旧支发，一无盈余。如与彼族相持，饷项恐难为继。江海防务，就现在情形而论，吴淞有庆军，江阴有春字营，镇江有新湘营，一切需用军火器械，均已饬局分别发给备用。并请谭军门暨饬苏、狼、福、瓜洲各镇一体防范，一面函请昌岐军门刻日东下，皆题中应有之文，未审有无把握。

当此谣诼繁兴，既恐本地匪徒乘机而起，亦虑邻省劫盗伺间而来，募勇巡缉，固属切要。奈库款支绌，筹饷维艰，诚如尊指，将来裁遣，尤虞滋事。昨将合字左营调回清江，以防山东盗匪。至捕治土匪，惟有严饬各该地方官，将保甲团巡认真举办，或可稍有实济。管见如此，高明何以教之？

复德静山 光绪二十年六月初八日

前闻日本以重兵赴韩，胁议善后，并有窥伺长江之谣，当即电达台端，同时戒备。

皖省门户，以东、西梁山为最要。该处炮台林立，驻扎重兵，洵足以扼咽喉、壮声势。承示各台需用十八生的、十二生的克虏伯炮，防务所关，何敢稍有推诿！当饬军械所查覆。据称现在该所并无此两项炮位，仅存有四磅克鹿卜后膛熟铁炮四尊，六磅一尊，皆系旧储，未知能否适用。鄙意以上游内地，似不必过于张皇。金陵下关只有后膛巨炮一位，其余多系前膛，或只三四十磅。辖疆形胜，实据建瓴，距海已远，只可就现在局势，严密整顿，以备不虞。各处炮台暂缓更动，高明酌之。

迭接北洋来电，倭人逼韩自主，要挟多端，韩王均未允从。现在俄、英调处，尚无成议也。

凤关公费，当于王道禀牍内，查照台指批示。今执事以攸关政体，准其议停，具见至公至明，体恤僚属，若蒙免其提解，固王道之所深感，于敝处批示正不嫌两歧。

复郭善臣光绪二十年六月十三日

承绘示《江海图》，于水道曲直浅深，极为明晰，可以一目了然，详绎之余，始悉任家港与许浦两处，实为南北扼要之区。而鄙见以地势孤悬，兵轮单薄，无论不能遏贼上驶，并恐偶有疏虞，或如石浦、马江之事，则凶焰益张，人情震动。不若以兵轮依傍炮台，水陆相辅，可以万全无失也。

以张绍臣之雄杰，所部训练有素，又得此项兵轮为助，倭即倾国而来，不能飞越江阴。麾下英声伟烈，推重一时，今驻吴淞，又不啻老罴当道，但使上游不至告警，则狼、福二镇之间，倭亦何能为役！若以重兵登岸，则船上空虚，防我抄袭。昨已责成朱、韩诸君，各守汛地，左右以兵轮数号，遥为声援，并得曹、张游弋之师，为之策应，军心自壮，贼胆自寒，倭人必不敢深入送死。

复松峻帅光绪二十年六月十五日

韩事委曲，不得深知。惟据北洋及各处电报，倭人胁议善后，令其勿属中国，并令改其朝政，此外因利乘便，尚有多端。经英、俄各使从中调停，久无成说。似此无理取闹，华、洋均为不平。惟望译署极力主持，不可过于迁就，即使和局决（製）〔裂〕，彼亦其奈我何！倘能痛予创惩，以杜其窥伺高丽之志，将来各国交涉，亦易就范围。

弟以淮海绵长，又闻山东不靖，是以檄饬合左营回驻清江，倚资调遣，以期有备无患，仰慰廑怀。

复徐进斋光绪二十年六月十七日

句骊为我藩属，尽人而知。傅相宣播德威，布置经营，实已不遗余力。日本蕞尔之国，竟敢乘人危急，肆其凭陵，狡诈披猖，深堪发指。俄使自认调处，忽又推卸。台指谓其阳为调停，阴实袒护，可谓秦镜烛奸。日前仰蘧星使来电，有英、法居间之说，未知是否真心，不致如喀使之反覆否？现在和议既不可恃，曙卿军门所部仅千五百人，孤军久悬，颇为可虑。增兵之说，似亦不为无见。万一海道难通，大同江亦为敌据，则进军须由凤凰城，深恐缓不济急。傅相踌躇未定，盖以兹事体大，不得不熟筹审计耳。

敝处自接北洋来电，即经密饬各军严为之防。执事关怀时局，久在津沽，如有所闻，尚望随时详示。

复谭青崖光绪二十年六月十八日

福山镇系左右兼辖地方，其应如何布置，与上下游水陆联络，即望迅赐指挥，若待韩莨之病痊而后发号施令，诚恐迟误。

昨阅朱春山绘呈舆图，各项师船星罗棋布，每处或两号或四号。是在平日巡缉盗匪则然，现备大敌，以固海疆，必须察看险要之区，厚集以待，不可零畸散漫，为寇所乘。至于设伏设疑，想有老谋胜算也。

复邵筱村中丞光绪二十年六月十九日

倭人观兵韩境，胁议善后，要挟多端，近日虽无开衅确音，难保不即日决裂。

长江关系六省，如果有事，彼必扰我沿江，为牵制之计。吴淞、江阴一带，地当要冲，亟须处处设防，方可杜其窥伺。南洋兵轮有限，本未成军，大敌当前，实苦不敷分布。各处防军，或分扎要隘，或防守炮台，畸散零星，兵力亦嫌单薄。加以近因经费支绌，各局制造军火，均已分别减停，兵事一兴，深恐后难为继。昨者抽拨船械，上供指挥，明知无补台防，而敝处实益形竭蹶。连日接准尊电，知购械募勇，布置井然。弟尝谓台湾远隔重洋，惟有自固藩篱，庶几缓急足恃。仰窥方略，正与鄙意相同。现在沿江各省，大都自顾不遑。辖疆悬处海中，更有鞭长不及之虑。执事绸缪桑土，谓将如何操纵耶?

承寄电报密码，仰见慎重枢机。敝处昨以军务紧要，编有“安”字密本，酌发善臣、康侯等处，外间并无印本流传。兹特寄呈一册，如有往来要电，除地名、人名仍用明码外，电首加一明码“安”字，以下即用密本翻查，可省加码减码之烦，函到并祈先赐一电为荷!

复奎乐峰光绪二十年六月二十一日

倭、韩之事，敝处前得津函，一切情形，与来示略同。俄使先允居间，旋又诿卸，阳为调停，阴实借此为倭缓兵之计。北洋于叶军到韩之后，不再增兵，良由于此。

近日连接各处电报，倭人屡有兵船开往朝鲜，闻日本公司船已不再来华，并有以重兵犯台之谣。北洋电则谓事将决裂，援兵由鸭绿江前进，想因海道难通，大同江亦有未便之故。当此事机日紧，北军遵陆需时，深恐缓不济急。台湾久为彼族所觊，目下虽无敌舰到口确信，而声东击西，是其惯技。南洋虽派拨两船，亦只供转运之需，不能与之角逐海上。若北洋能以坚利之船策应，方可杜其窥伺。但恐彼处正形吃紧，诚如明论，未必再有余力以顾南服，将奈之何！

此间下游一带，就现在更置一番，临事未审有无把握。常熟为入苏门户，关系紧要。前据韩镇来禀，本拟饬张镇景春、曹镇德庆遇事酌量抽拨接应，继思吴淞、江阴两处，较常熟尤为吃重，深恐张、曹两军未能兼顾。两次电致舫仙转请左右，由苏拨营驻守。兹承台翰，并接舫仙覆电，知已先派韩殿爵后营三哨驻常，一面另募两营，以资调遣，仰见荩筹周密，全局罗胸，曷胜钦佩！

现已查照尊指，批饬韩镇知照。韩镇来牍，谓溆浦、七了①等处，亦须另拨师船。并已批饬黄镇本富与该镇会商，如果必须调派，即由黄镇拨船扼守，以资堵御矣。

刘省帅抱恙未能赴召，敝处亦未得有确音。选将为难，古今同慨！目下各营将领，不乏骁勇善战之材，而求一识略优长，可当一面者，实不数觏。程从周懋著声威，深负时望，计时将届服阕，昨已浼人劝驾矣。

①中华书局版《刘坤一遗集》“七了”作“七丫”。

复谭文卿光绪二十年六月二十四日

辖疆为东南屏蔽，密迩台湾，筹备军储，实为目前最要之事。

前接上海制造局来电，贵省饬局购拨细药，当以此项军火，该局虽存数无多，而尊处待用孔殷，电饬勉拨三万磅，刻下想已解到。兹准大咨，拟令金陵局代造洋火药十万磅，当经转饬该局遵照。顷据蔡道世保禀称，该局自奉电谕，即将各料各匠一概定妥，专候款到，即可取用。至药价向来报部准销，每百磅计银十三两有奇。邻省公事未便开支薪水局用，每百磅即以曹平十一两五钱计价。惟该局规模较小，未能筹垫巨资，仍祈饬局先行照数汇寄，俾得赶紧制造，款到匝月，即可陆续交齐十万磅之数。弟查核所禀尚属实情，用特转达台端，伏希察酌办理。

复德静山光绪二十年六月二十六日

顷接李鉴帅来函，现因腿疾未愈，于谢恩折内，附请一月假期，假满展觐，即行南下，或驱车陆路，或泛棹内河，尚在未定，到任迟速亦难预知。

本科江南乡试，轮应皖省监临。台端奉命派出祝嘏，如须早日诣京，恐不及再办闱事，嘱转商妥筹等因。伏思祝嘏人员到京，本限十月初一以前，执事若来宁监临，俟八月二十日后，试卷送入内帘，再行回皖料理北上，为期似尚从容。第恐监帅于七月杪抵皖，则布置一切，彼此均有为难。用特专函奉商，应如何办理之处，尚希卓裁，酌定示覆。

复奎乐峰光绪二十年六月二十九日

倭人敢在牙山海面击我接应之师，衅由彼开，神人共愤。前闻丁军门已率大队兵船往剿。顷北洋来电云，各船未遇敌，已回防。电音简略，殊不可解。敝处昨接译署来电，倭已启衅，如有兵船驶近各口，即可击之。业经电饬各军一体遵照。

尊处添募湘勇一节，昨舫仙函述台指，用意深远，钦佩莫名。黄道立鳌想已抵苏，当此事机日紧，赴湘太远，似不若就近开招，伏望左右与黄道商之。

复谭青崖光绪二十年六月二十九日

川沙等四厅县，自是沿海要隘，惟汛地过宽，势难处处设备。现在陆营既无可抽调，招募亦未易言。仅此松江练军两营，除留防药库等处外，若再分扎川沙、南汇，力单势孤，缓急断不足恃，似不若于松江府外附近之地，择要驻扎，高垒深沟，以静制动。一面于川、南一带，多派哨探，察看贼之来路，预约上海各勇营，何处有警，即行相机出队，协力邀击。并督饬各该厅县赶办团练，保卫村庄，与官兵互为声援，似较稳妥。

至里河师船只能在内地布置，敝处昨已札饬李镇新燕调集太湖水师驻扎黄浦，业据电覆，派拨长龙舢板十六号前往。应否添调别营水师，即祈察夺办理。

总之，事机日紧，筹饷维艰，惟有就现有兵力酌量分布，激励将士，严为之防，以期有备无患。执事提封久领，当有成算在胸也。

复陈舫仙光绪二十年六月二十九日

承示往岁渔团之事，前鉴不远。该渔户既张十字旗帜，其为天主教民无疑。法人素重传教，故有接济兵饷之举。目下倭氛不靖，固与法事情形微有不同。然此辈既非善类，缓急断不足恃，有损无益，洵如来翰所云。

执事业嘱三首县函告各属，设法钤束措置，极为允当。鄙意似可再由尊处密札各该州县，责成专办民团，以资防卫，于事机更为有益。

〔致左季高〕①

季翁先生大人阁下：

客腊十九，肃布一缄，计达钧览。

日前欣闻首逆伏诛，嘉应克复，尚未知全股扑灭也。顷得元日捷书，不胜喜跃。先生之功，不仅在东南，而在天下。从此，以得胜之师，有余之饷，移而西北，中兴之业，其庶几乎？

至江西递为此贼蹂躏，常惴惴然，有风雀之虞，今日始得安眠，受赐良厚矣。

世兄前欲入粤，晚生力阻其行，指日节钺凯旋，当即拨派师船护送来闽。

肃泐。恭贺新喜。顺请勛安。统维垂察。不具。

晚生刘坤一顿首。十五日

①据《清代名人翰墨续集》增补。系年不详。

刘坤一集

第五册

刘坤一 著
陈代湘 校点

岳麓書社·长沙

总　目

第五册目录

书牍卷十一

书牍卷十二

书牍卷十三

书牍卷十四

书牍卷十五

书牍卷十六

书牍卷十七

公牍

公牍卷一

公牍卷二

补过斋文集

补过斋文集卷一

补过斋文集卷二

补过斋文集卷三

补过斋文集卷四

补过斋诗集

补过斋诗集卷一

附　录

联语

书牍卷十一

复郭善臣光绪二十年七月初二日

承示《水炮台图说》，极为详明。此等防守要需，大敌当前，小费本所不惜。第事机日紧，深恐购办需时，缓不济急，只合俟防务定后，再行筹议及之。

吴淞、崇明一带，门户重重。前得龚星使来电，倭与英议商沪作局外一事，倭只包崇明以南，不包以北。是南岸固须密防，而北岸尤形吃紧。该处水道虽深浅不一，小船既可驶行，即应严为之备。昨幼农、羽山电称，北面大船难行，拟派领江四号分防各处，俾免洋划偷渡。今来函拟浅处用石船，深处布水雷，自是万全之策。现又查照台指与幼农、羽山电商，并派沈守敦和备办雷具，前赴崇明以南，禀承擘画，妥为安放。任家港沙线纡回，可称天险，若能于水道必由之处，安设水雷，敌船万难飞渡，敝处已饬马弁超群带雷四十具，前来听候驱策。至各船请领器械，执事批饬刘守照办，措置极合机宜。

军情瞬息千变，可行则行。所有海防要务，兄既为弟担当，无论费用若干，弟任其责，悠悠之口，正不必稍介于怀也。

复李寿亭光绪二十年七月初二日

前因倭氛不靖，江防戒严，是以将老湘后营调回江宁，饬令该统领督率训练，作为游击之师，以备征调。该营原扎芜湖地方，请由贵标派勇接防，以资保卫。承示辖境辽阔，兵力较单，不敷分布，自系实在情形。第目下防务，各处均形吃紧，增派一节，恐未易言，只合就现有兵力，扼要驻守，以期一兵得一兵之用。好在下游一带门户重重，上游尽可以静制动，惟内匪切须加意耳。

芜湖洋街关系紧要，英领事屡以保护为言，务需严饬曾管带认真巡缉，设法联络，并遇事会商袁道办理，勿稍大意为要。金提督帮带练军，可期得力。牛署镇更是熟手。当此时艰孔棘，惟望和衷共济，以杜内奸。

执事展觐后，早日南旋。如便道先来江宁一叙，弥所欣盼。

致陈羽山光绪二十年七月初三日

来牍已批覆矣，尚有未尽之意。炮台内不宜多人，转形拥挤，每台内除炮手及搬运子药各勇外，只酌留二三十人，防备敌弹与火箭等项飞入台内。其余各勇，整顿队伍、枪炮，作为游弋之师，或伏于炮台外濠墙之内，或即在本营盘内与营盘外紧要之地驻扎，视何台何路吃紧，即驰往应援。惟每台内当设格林炮二三位及后膛抬枪，以防敌人冒死逼攻炮台，台内大炮不能得力。

至合山如须扎营，堵截陆路，可仿碉堡之法，坚筑小营，垒高且厚，密开枪炮眼孔，即由贵营酌拨劲卒数十人，安设后膛大炮守之，佐以后膛洋枪，最为得力。该处原营石条、石块甚多，可以应用。

三江营河道责成长江水师，天洑洲炮台只留炮手，余勇调归圌山关东生洲，以厚兵力。即祈查酌办理。

致蔡和甫光绪二十年七月初四日

此次中日之衅，由李中堂初意不开兵端，过于持重，以致处处落后着。牙山一役，失船三号，损伤千数百人，叶提督各营，恐亦不可救拔，所幸连获胜仗，杀贼甚多，尚足相抵。现在毅、盛大队进抵平壤，东三省练军亦有捷音，冀可收阳戈之效。夫蜂虿有毒，日本拼命一举，猝难挫其凶锋，而其势断难持久，待其困敝，毙之不难。

南洋只就水陆军营分途布置，窃料倭人未敢深入。惟不虞之备，自应预筹辖境。如圌山关及焦山、象山，实为长江天险，守御可有把握。彭刚直公与吴故镇曾拟载石沉舟，扎木成排，阻截洪路。外洋海防新论亦有是说，但使来船稍费纡回，我各炮台迎击，庶有把握。好在六七濠口船只及镇江排木，易于应手。

今日与黄昌岐军门谈及此事，尚祈左右就近与谢福田、陈羽山先行酌商，胸有成算，将来即可措置裕如。

致舒荷亭光绪二十年七月初五日

北岸通州一带，兵力单薄，必须一支劲旅以为游弋之师，随时相机策应，万一通州等处告警，不能不借重大军。惟自清江至通，是否须取道淮扬，或有别路可期捷便。若必出淮扬，队伍太多，究应由陆由水，抑以马步遵陆而行，资装顺流而下，袁浦民船能否一呼可集，不得不预为筹画。又宿迁地方情形如何，贵部陈显臣一营可否先行调回合操，均祈酌裁示悉。

现在南洋如恒安靖，尚宜秘密勿宣。闻海州、盐城奸徒，贩米出洋，并请转嘱镇道，严行查禁。

致德晓峰光绪二十年七月初六日

尊处合办江防之奏，钦奉恩俞，已遵旨电达湘、鄂、苏、皖各省。就鄙见所及，目下苏、皖恐无兵可拨，湘、鄂则必有异词，所仰仗者惟有大部。西省练勇亦少，但得三营派一统带东来，即足以资臂助。目前或驻金陵，或驻镇江，将来察看情形，以定进止，总须作为一路，决不令其分驰。

至由辖疆启行，自以水路为便。此间大号兵轮，现在吴淞、江阴，未便抽调，只有小轮可以上驶。拖船究应如何部署，以及何时可以起程，伏望裁酌，先期见示。

复松峻帅光绪二十年七月初七日

现奉谕旨，饬令各省严密防范，如有敌船驶近，即行迎剿。敝处业经通饬各军，一体钦遵，申明纪律，激励将士，遇敌即击，以固藩篱。

海州一带，各口水线与日本相通，前明屡为倭寇所扰。当此事机日紧，该酋如不得志于三韩，势必分兵内犯，以为牵制之计。且恐腹地伏莽乘机而起，均须在在严为之防。幸赖我公威望崇隆，布置精密，江淮士庶，自可晏然无惊。

至备御外侮，不外固守海口。杨参将勇略夙优，缓急可恃。来示业经密谕该参将，如遇敌船上驶，必须先发制之，仰见伟略周详，宏纲在握。

水师兵力稍单，自应设筹加派。唯此间兵轮，仅有数号，已拨两号前赴台湾，余饬分驻吴淞、江阴两处，依附炮台，分段扼守。长江下游关系五省门户，为敌人所注意，势难再行抽调。好在辖疆各海口水道深浅不一，敌舰不能畅行。若仅用小划潜渡，似内河师船足资抵御。外江师船相距太远，且于该处情形亦生，请由贵部水师就近添拨，以期得力。

至军火一节，金陵军械所现存有林明敦中针后膛洋枪及洋药等项，如尊处需用，并请酌定数目，饬弁来宁，接准大咨，即行照拨。

淮海千里，我公一身任之，俾弟得以专办下游，公义荩怀，感佩曷可言喻！

王小二子之案，尊意先行具奏，再行办理，仰仗声威，当可早日就获。

复奎乐峰光绪二十年七月初七日

承示机器局所有军械，不若分运各处存储，具见老成持重，虑远思深，至为企仰。惟查沪局现存枪炮本属无多，而以各项机器为大宗，此等繁重之件，移置甚难，且恐动摇人心。目前办法，惟有责成水陆各军严行防守。福山兵力较单，暂准韩镇添募百名。狼山形势更为吃重，亦准其暂添二百名。业经电嘱张绍臣转致矣。

坤一职守所在，沿江沿海一带，不敢稍涉大意。至苏、松等处内地，惟有仰仗声威，相机因应。

黄道新募两营，需用军火等项，一俟奉准大咨，即饬军械所拨给。

复李佑三光绪二十年七月初七日

前阅邸钞，执事奉恩旨后，忽为蜚语中伤，为之怃然。本拟即日具折，将执事才识之优，区区保荐之意，切实敷陈。继而思之，珠光剑气，理无久藏，守遇待时，必可共白于天下，固无待辩渎于君父之前也。

承示回秣之后，将有浩然之志，此则弟大不谓然。语云：“错节盘根，乃见利器。”执事正宜恢宏志量，努力自爱，悠悠之口，不必介怀。曾子三省之箴，所谓不忠、不信、不习者，子舆子何至于是！正以“有则改之，无则加勉”，为毕生之精诣耳。我辈与世周旋，惟此八字注脚可为立身行事之本，窃愿与执事共勉之。

致朱焕文光绪二十年七月初七日

启者：

管带水雷船马超群，现在省局收拾水雷六十具，电线、电罐俱全。该弁先来尊处，禀商任家港能否安设此雷，如可安设，即请添派练兵二百名，合原练三百名为一营，以资守御。弟以崇明实为长江门户，恐倭人盘踞，得以屯兵、屯粮。若该处不至疏虞，彼必不敢越崇明而由辖疆上岸。惟任家港系兵轮上驶必由之路，且为下游众流总汇之区，不可不严行布置。是在高明察看情形，妥速办理一切机宜，并祈面谕马管带懔遵为祷。

又撤浮筒一事，虽经黄幼农责成税务临警击沉，仍望预派干弁照料，以免失漏，庶为万全之策。

再，任家港如可安设水雷，则岸上必须有大炮及抬炮、劈山炮以辅之，方为稳着。广艇领桨，亦可用其所长。若港口难于安设，可否于该处虚设疑雷以误敌。现在沈守敦和到沪，兼办此项疑雷，并请就近与之商酌，所用经费一律报销。

复奎乐峰光绪二十年七月初九日

北洋兵舰出巡海面，未遇敌而全数折回。昨得盛道来电，谓我船速率较迟，未敢深入。今晨又据电称："陆军甫抵平壤，叶军连败，恐致全没"等语。目下海道既不能通，惟有陆军尚可徐图进取。牙山距平壤甚远，中隔汉城。闻叶军粮械无多，已形缺乏，其难旷日持久，自在意中。所望北路援师奋勇攻剿，使倭寇闻风丧胆，或者收效桑榆。

此间江海防务，以筹饷甚艰，未敢放手经营。惟有分段布防，借固吾圉。

至捕治内匪，盘诘奸宄，全在各州县严办团巡，以辅兵力之不逮。尊指拟随时派员密查，具仰实事求是之至意。江南吏治，渐形疲玩，必须严为考察，明定劝惩，于时局庶有裨益耳。

致总署光绪二十年七月初九日

敬肃者：

窃查光绪十七年接准大咨，奉旨传办石印《图书集成》百部，饬由苏松太道聂缉椝向同文书局议立合同，定限三年工竣。并以《图书集成》一书卷帙繁重，一应敬避阙笔字样，均关紧要，必须遴选学问较优之员，常行驻局，详加校勘，方足以昭敬慎。当即派委前户部主事龙继栋总司其事，业经咨明钧署在案。

现在是书已恭校完竣，装订成册。原办百部之外，另由该局报效黄绫样本一部，进呈御览，已由敝处给咨饬道分批起解北上。惟该局总校龙继栋承办是差，已逾三载，每日校书数百叶，必详必慎，逐字推求，昕夕从公，无间寒暑，并纂辑考正二十余册，繁称博引，尚能补缺拾遗，实属著有微劳，始终其事。查该总校前在户部当差，因案革职。学优年富，废弃似属可惜。可否由尊处酌定于进呈绫本时，随折奏请，量予奖励，伏候钧裁。

复袁爽秋光绪二十年七月初九日

承录寄《日本兵志》及《津局枪炮比较表》各册，均经收到。执事学识淹通，雅负人望，平日于有关时局之事，莫不博采旁搜，留备参考，深衷伟抱，即此略见一斑。

北洋海军自牙山一役后，并未与倭见仗。叶军孤悬海外，专待援师。而取道义州各军，目下甫抵平壤，彼处距牙山尚远，接应甚难。

日前又有俄舰赴韩，中怀叵测。此事开议之初，喀使出任调停，实为日本缓兵之计。中朝推诚相与，不亿不信，遂致堕其奸谋。迨兵衅将开，喀在津门竟有分割朝鲜之语。倭俄狼狈，业已显露其形。幸俄之狡谋，英所深忌，俄果利韩土地，英必将从而生心。伐交、联交，兵家所尚，或间俄不为倭助，或连英使为我用。鄙人曾以此意电达北洋，商请相机因应矣。

今读来翰，正与管见相同。阁下译署襄猷，通知时事，远谋卓识，夙为当轴交推，曷弗以垂示鄙人者上之政府？如能见诸施行，可望有裨大局也。

复黄昌岐光绪二十年七月十三日

长江下游一带，汊港纷歧，现在防务戒严，处处皆须筹备。各营师船，训练有素，运掉极灵，虽不能与铁舰角逐冲锋，若以之防守内河口门，自足御敌人之偷渡。我公老成硕望，布置精严，各镇上秉谟猷，筹画亦极周密，大江天堑，可期巩固金汤矣。

承示大旆回驻镇江，拟饬谢镇督带舢板赴江阴堵扎，可谓面面俱到。敝处前据谢镇禀牍，当以江阴驻有水陆等营，兵力已厚，批饬毋庸亟往，昨已咨明冰案。鄙人一再筹思，瓜洲三江营等处为长江咽喉，极关紧要，似不若仍令该镇驻扎上游，遇事面承指挥，更为有益。该镇禀陈各节，熟悉情形，语多可采。其所拟酌设练簰，横荡中流，使敌船不能速行，可为我炮之的，似亦不为无见。究竟需费若干，是否不至缓不济急，伏望卓裁。

蔡壹图固土洲炮堤设有炮位多尊，该处地当要冲，可以相助攻击，洵如台指，甚为得力。唯谢镇禀谓炮架朽蚀，未知能否无碍施放，所需子约、更香、皮纸等件，业于来牍批饬查覆应用数目，准由军械所拨给。至炮兵加饷一节，该处向驻兵数暨小分口粮银数，有无十年向章可循，详示敝处，自当查照酌核，毋庸委员前往察看也。

复保颐庵光绪二十年七月十六日

承示分扎京岘山适中一节，尤征荩筹周密。惟桥西既有伏军可以扼要堵御，现在敝处又饬刘镇光才督率亲军五营来镇，于合山等处驻扎。万一有警，桥西之军往援象山炮台，其京岘山入城要道，刘军必能相机策应，可保无虞。

镇江系通商之区，良莠杂处，当此事机日紧，难保奸宄不从而生心。鄙见贵军不若仍驻城中，稽察防范，以厚兵力而定人心。商之汉文将军，亦以为然，尚希鉴察。

复奎乐峰光绪二十年七月二十日

松江药库事，坤一前年阅伍至松，该处绅耆即以迁移为请。当以移建为难，种种滋弊，详晰批答，并饬该局减定存药，不许多储各在案。昨又据该绅等禀经府县通详前来，自系因近奉谕旨，慎重药库，故又重申前议。伏查江宁、松江两药局均在城内。良以火药为军前要需，若建设旷野，是以利器示人，深恐慢藏诲盗。倘为贼所焚，其患犹小。为贼所有，其患更大。松库地方甚为空旷，与江宁无殊，谭军门拨勇梭巡，尚属周密。

前准海署咨会火药一项，应从宽筹备，行令多为制造。而沪局所制之药，自经前年饬定后，除原存之数外，余皆先尽拨用，俾松库不致日积月累。近因海防戒严，协拨闽、台、浙、鄂等省之药，亦均在该局应付。宁局则所存日多，较之松江不啻倍蓰，相安无事，绅民并无异言。

总之，移建苟有善地善法，坤一亦何乐不为？无如军国大计所关，不得不熟思审处。

尊指分储各营一节，查各路防营存药，业已不少，分储、转运均有为难。且有事之秋，军营存药过多，亦有未便。设遇迎敌追剿，更恐致分兵力。筹维再四，似不若仍旧为宜，业于府详批答，饬令录报尊处，仍候钧示。现在倭事日紧，移动尤非其时。坤一批牍，不以目下情形立言者，盖虑事定之后，该绅等又将有词耳。

复黄昌岐光绪二十年七月二十四日

京口一带为长江咽喉，极关紧要，仰赖大纛坐镇其间，并经调集上游师船，随同谢镇前往三江营驻扎，布置精密，洵足建威销萌。蔡壹图固土洲炮堤护兵加饷一节，即无成案可循，鄙意拟照练兵营章程，每名每日给钱一百文，以资津贴，并由军械所发给帐棚十二架。候准台牍，即当分别饬遵。修换炮架一层，昨据谢镇禀件，业经批饬先行垫款制办矣。

至天星桥等处应行拨调陆兵，具见荩筹周密。惟各路防营，现在分布已定，无可抽调。好在江西协防三营不日可到，已饬驻扎扬州境内，该处相距不远，自可相机策应也。

复苏子熙光绪二十年八月初二日

全粤边界一律勘定，煞费经营。此事法人或却或前，忽作忽辍，中间要求利益，屡起波澜，其反覆变诈情形，几至无理可喻。若非执事声威遐播，防范精严，有以詟其气而伏其心，安能如是帖然就范？溯自开办粤界以来，疆吏已屡易其人，唯麾下实终始之。是据理以辨、执义以绳者，诸疆帅之力，而持之以久、慑之以威者，左右之功也。

目下勘图既定，防闲最为要着，塞向墐户之谋，实有不容稍缓者。来示筑炮台以资扼守，开运道以利转输，部署之精，面面俱到。昔人称李牧居边，匈奴不敢犯赵，贤执事何多让焉。

法人贪而无亲，妄自夸大，现更重征苛敛，外强中干，越民怨恨已深，又有游人起与为难，将成尾大不掉之势，多行不义必自毙，理固然也。

兄自到石城，倏逾三载。近因倭奴构衅，敝处筹办江海防务，军书旁午，羽檄分驰。南洋水师本未成军，兵轮只有木壳数号，仅可依台守御，不能与敌舰角逐冲锋，扼守门户，仍以炮台、陆师二者较有把握。幸各军统领老于戎事，训练精勤，刻下布置均已就绪，洋面尚称静谧。惟军火饷项均不甚充，本省留用之外，更须兼顾台湾等省，通筹无计，焦虑殊深耳。

复奎乐峰光绪二十年八月初六日

舫仙募勇北上，敝处代筹招募经费、置办军装以及行营月饷等项，计共银十四万有奇。前奉惠函，于此间所拨之外，尊处复为筹措三万金，以为购办军米之用，款由苏、沪两处各半分认，仰见规画周详，体恤备至。

此项银两既拟奏咨办理，作正开销，大部核议划归月饷，自在意中。惟现在程从周军门同奉招勇之旨，一切饷械尚苦无处设筹，乃昨亦援陈军之事为言，另于行饷外，再请办米之费，即使将来准其扣饷，外间总须先为垫给，何术点金？体察程军门之意，以为此三万金可以通融挹注。伏乞台端商之舫仙，即将此项办米之费，指抵月饷，见诸明文，庶淮军不至有所希冀，敝处可以婉为推辞。该军即日启行，不得不移缓就急，先为设措。因饬淮运司拨银五万两，江海关拨银六万两，镇江关拨银三万三千两付之，业经由电奏明。并前项银两，将来何项报销若干，舫仙来牍，声明俟到北后，按照湘军营制分别详晰造报矣。

幼农、康侯递署各篆，尊指拟预为揭晓，并于委札声叙，仍饬刘道兼办机器局务，极为允洽之至。

复谭文卿光绪二十年八月十一日

禁米出口，实系制敌要着，屡奉电旨，不敢不实力奉行。昨准大咨，闽省出米无多，向赖江南接济，战事久暂，既未可预期，若不设法变通，诚如台教，恐致自困。商准译署，所有闽、浙商贩之米，查照取保、给照、限缴之法，均在镇江、扬州一带采办转运。

查闽商运米，向由宁波钓船在镇、扬及仙女庙等处揽载出江。现在既经通融办理，自应严定章程，庶于恤商之中，仍寓制寇之意。所有米照，均由常镇道刊印分发常关及扬州仙女庙厘局。米商贩运，即在该两处取保请领，酌定限期至福州口缴照，不准运往他处，如逾限未缴，即惟原保是问。昨经电请台端，酌定闽中查验米照米数之处，并收照统送镇关查核，饬局与该关妥商收缴办法，以期有利无弊。至军米业经查照咨牍，饬令验放。惟芜米尚未开禁，若军商两歧，深恐外人饶舌。嗣后拟请饬局亦在扬、镇购运，以归一律。

船政为我自强之本，非宽筹经费，断难扩充。钟侍御原奏亦欲维旧图新，实事求是。惟言之甚易，行之甚难。目下闽关岁解未能足额，各省购舰又多，取之外洋，积欠日多，规模日隘，若不另为设法，即使当轴竭虑殚精，无米之炊，终难期收实效。敝处咨覆海署，仅就时局立言，一得之愚，无当可否。兹遵示将咨稿及原件别录一通，呈请鉴察。

复陈舫仙光绪二十年八月二十一日

执事夙著勋劳，早膺方面，偶为浮言所间，以致中道回翔。而朝廷向用之殷，始终如一，即如此次首奉特旨召募，并非因人揄扬，仰见圣明倚重长才，遇以国士，闻者莫不感奋。而况身荷殊恩，竟夕枕戈，渡江击楫，时哉不可失矣。唯是新集之众，纪律应严，征调之师，机宜须审，是固老于戎事者所优为，无待鄙人饶舌也。

昨接令郎电称，勇在湖南阻风，请派轮船拖带，业经电请香帅，就近借拨两轮前往。令郎人甚明干，尽可在营侍养，兼以照料各项军情，似不必委以分统名目，转为职守所羁，并恐授人口实，唯高明筹之。

复奎乐峰光绪二十年八月二十七日

前奉寄谕："各督抚均有理财之责。着各就近日情形，通盘筹画。何费可减，何利可兴，何项可先行提存，何款可暂时挪借，凑支海上用兵之需，先行奏咨立案，事平仍准留用"等因，钦此。当即恭录咨会，并分札两藩司暨筹防支应各局钦遵妥议，现尚未据详覆。

伏思倭奴构衅，妄启兵端，率土臣民，咸怀敌忾同仇之志。各疆吏受恩深重，当此军情紧急，需饷孔殷，苟思虑所能周，即心力所当尽。惟既奉谕旨，各就地方情形，通盘筹画，大局固应兼顾，本省尤须并筹。苏省滨海沿江，兵事一兴，处处皆形吃紧。比者筹办防务，添募勇营，以及购运军火等项，用款浩繁，库储倍形支绌，捉襟见肘，仰屋兴嗟。是先行提存、暂时挪借二条，就苏省目下情形而论，实苦无从挹注。

至减费一节，查司局常年放款，均系必不可少之需，亦难遽议裁减。惟有就兴利设想，或可稍有实济。前因陈、程两军月饷无出，电请饬下户部，由预征两淮盐厘项下动支，经部议准。然系预支之款，虽可权济于一时，仍不免告匮于异日。

昨又接准部咨，复议加收盐价。商情疲困，周转为难。此间向来筹款，以盐务为大宗。今部议已次第办理，淮商更无余力，此外应如何设筹之处，想已胸有成竹，伏祈俯赐指明。

筹饷一事，本系藩司专责。鄙意苏、宁两处似以分办为宜。如台端亦以为然，即由该藩司就近详请会衔奏咨立案，并希裁示为祷。

致李兰生中堂光绪二十年八月二十八日

晚生年力就衰，性情迂拙，近为公事所困，以致问候久疏，而向慕之忱，时萦寤寐，韩、范在朝，士大夫知所归仰也。

我皇上励精图治，天下想望太平，何意忽有倭奴之衅。初幸叶军大捷牙山，全军而出。窃意彼之陆战，决不如我，可以拉朽摧枯，不谓竟致平壤之失。有江可守，有城可凭，马步三十余营，一朝挫退，叶提督身为总统，何前勇而后怯也？盖在牙山众人一心，志在必死，是以所向披靡。及抵平壤，诸将分位相等，难免呼应不灵，或者轻视敌人，偶失骄惰，取败之道，大概由斯。唐九节度溃于相州，郭、李均在行间，可谓古今同病。现在军威稍损，敌焰方张，正不必急与角逐，但须蓄养士气，慎固边防，俟兵力厚集，而后破釜沉舟，徐图大举。

倭国小民贫，势难持久。伏望主持至计，以坚忍胜之，利钝兵家之常，断不可因此遽与议款。叶提督能否胜总统之任，应如何重其事权，俾资钳制，以及粮药如何宽筹接济，俾免缺乏，并望预为指挥。

陈臬司湜于廿一日由清江兼程赴津，而后队四营尚在湘、鄂，业派轮船驶往接运。程提督文炳马步十营，定于九月初旬由颍、亳启行，观其部署整严，可期得力。魏藩司光焘六营，枪炮大半取资于此，闻与刘总兵树元四营相继东下，大约九月内可抵直隶。魏与晚生为同郡人，究未与之共事，采其声望，登诸荐章。此外文职知兵之员，实难其选。凡此新招之勇，步伐均属生疏，深虑不能猝当劲敌。可否令其分驻近京扼要地方，勤加训练，以备调遣，伏候卓裁。

此间水陆分途设备，节经奏报，计达清聪已。

致孙莱山宫保光绪二十年八月二十八日

现在与我通商各国，无一不思害我以图自利，惟俄与倭两国，于我最近，防范亦最为难。倭以蕞尔之区，侈然自大，一犯台湾，再占琉球，兹复觊觎朝鲜，倾国与我相争，击我仁川，挫我平壤，若不急图报复，痛予惩创，不独朝鲜恢复无期，东三省亦属可虑，恐狡焉思启者不止一倭矣。应俟兵力厚集时，分途攻剿，申严纪律，务在有进无退，以期成功，糜饷劳师，在所不惜。第须先行料理运道，宽筹一切接济，务足三月之用。据闻此次诸军之败，实因米粮、子药俱无，可为前车之戒也。

俄与我和好已久，毗连甚宽，务须遇事羁縻，不可因小嫌而昧大计。外议或谓俄人阴为倭助，究属无迹可寻。并应设法弥缝，此时断断不可开衅。英、德忌俄强梁，恶倭谄附，因势利导，似可密与联络声援。英、德各自为谋，或亦乐于从我。时局所系，不得不俯就权宜。将来制倭有余，制俄亦无不足。此等委曲，早在洞鉴之中，神而明之，自有妙用。晚生愚忱所激，不惜妄言，蠡测管窥，伏乞俯赐采纳。

复张春元光绪二十年八月二十九日

顷接来牍，得悉川沙、南汇地方紧要，倭若先据一城，而后运炮攻我，不可不虑，尊处布置极合机宜。唯据称倭奴轮船驻大海中，距岸尚四十余里，必用小船载兵由白龙港登岸。似此情形，亟应于白龙港口筑土炮台，安设后膛大炮数尊，助之以广艇、领桨、舢板等项师船，纵不能击倭轮船，亦可击其小船，使之不能进港。并令南汇、川沙督饬团练，沿钦公堤严密布置堵御。左右统带劲旅，相机接应，总期使之不能登岸，并不能由别处绕道抄袭，似可以操胜算。如白龙港口距城尚远，即缩进数里筑台安炮，亦无不可，止要能打到敌船来洪。唯炮台外应用沙包土袋，重重围护，以防敌炮击我。并于沙包土袋数丈外，宽挖濠沟，为不虞之备。业经批饬，并电嘱刘康侯，即祈会同赶紧筹办，仍知会郭善臣、曹肯堂，是为切祷。

复邓筱赤光绪二十年九月初八日

目下东方不靖，北路空虚，自叶军退抵九连城后，吉林一带处处戒严，朝廷征调援师，急如星火。此间陈臬司招募一军，已历两月，屡奉电旨严催，其在湘所募四营，昨始陆续东下，偻计到浦当在望前。如此稽迟，该员等实难辞责。

各军络绎北上，道经淮浦，一切深费荩筹。承示陈军应用车船及各闸蓄水等事，均经预为指挥，凡所以为该军计者，固已无微不至矣。

辖疆界连数省，地逼海堧，外患内匪，均须防范。前因江阴为下游紧要门户，春字等营不敷分布，深恐敌人登岸，有顾此失彼之虞，是以将合字等营调防该处，而淮海兵力不免益形单薄。顷又接奉电示，自当转嘱舒统领，将驻宿一营，暂留二三百人。当此军情日紧，该营未便久延，惟有由尊处设法筹款，赶募两营，以资防卫。

现在防务，与前月情形又不相同，将来峻帅南旋，当能共体此意，弟亦必将执事为难之处，代为转达也。

复冯莘垞光绪二十年九月初八日

此次中倭之衅，合肥始终不能辞咎。然此时若攻去之，谁堪接手？大局更不可支，懿旨曲加慰勉，责以收效桑榆，自是妙用。

湘勇于北地甚不相宜，刘武慎所部可为前鉴。弟之荐魏午庄，实为新疆一席，至带兵能事，则未敢知。

南洋自有防务，筹兵筹食，旰夕不遑，何能兼顾北上诸军粮运？即使朝廷简派大员设局办理，亦属不易摒挡。其中扣饷买米，弊窦丛生，各营校量色味，升斗高低，更多口舌，兼以长途挽运，而以一人总持，颇虞贻误，不若由各军自行备办为愈。

鄂营能否分隶午庄，恐非敬帅所能主政。香帅天性，非弟所敢进言。

此间饷械拨发一空，近复奉旨调李健斋五营北上，又须如数招补，不知如何措手。

复谭青崖 光绪二十年九月十三日

川沙白龙港地方为浦东要口，前议在该处筑台安炮，嘱康侯会商张统带等妥为筹办，并请麾下派拨师船驶往扼守，以期水陆互为声援。承示即在驻浦各船中分拨舢板十五号前行堵御。目下水师各船仅有此数，只合就现有兵力，斟酌缓急，分别筹备。尚希麾下转嘱廖参将，昼夜巡防，以固门户。至原驻该处之贵标练兵，麾下因金山卫亦关紧要，拟调营驻防。现接康侯来电，白龙港炮台安设大小炮位二十余尊，并派炮队信营驰往防守。该处既经布置，所有练兵应即如尊指办理，已另文咨覆冰案矣。

执事荣领提封，责无旁贷，所有苏、松一带守御事宜，统望察度情形，相机因应，并严嘱贵部各将领协力同心，以期有备无患也。

复程从周 光绪二十年九月十四日

飞电往还，如亲伟度，借谂慷慨长征，声威遐播，旧时袍泽之士，莫不争先恐后，效奔走于大纛之前，非执事义胆忠肝有以沦浃其性情而激发其志气，曷克臻此？

敝处前接总署来电，贵军行抵天津，一切进止，听候谕旨遵行，自应钦遵办理，届时即由台端电请总署代奏请旨。

至加拨二万金一节，力所能及，不敢不勉，当经饬局照数拨交转运委员，赶速汇运，以资支应。

目下吉林等处望援甚殷，络绎北上各军，一切布置，惟贵部为最密，纪律亦惟贵部为最严，威惠兼施，用能指挥如意。伏愿益宏远略，懋建肤功，祖豫州誓清朔冀，霍嫖姚志灭匈奴，不能不专望于执事已。

复邓筱赤光绪二十年九月十六日

承示现在马步三千人，均系真实数目，奏咨有案，前言自系传闻之误。

此间先后奉旨北上共计二十五营，本省添募十营，一切招募经费及行营饷项，需款浩繁，勉强凑拨，实已筋疲力尽，其一应月饷，无可设筹，万不得已，奏请将预征盐厘截留拨济，为数无多，仅敷各营数月之用。军事方亟，尚不知如何支持。而厘金减色，正与尊处相同，下半年应解之款，能否有着，尚无把握，若欲其稍有赢余，接济新饷，更无望矣。

彼此同处窘乡，焦灼莫可言喻。台指拟奏请拨款，具仰荩筹，但不知所拨何款耳。

复程从周光绪二十年九月十七日

贵军饷项，前据支应局折呈，按照营制，十营满饷，每大建月共支湘平银二万八千九百二十二两，小建月共支二万八千二十四两六钱。若有马队尚应减支，其统费杂项无从悬拟，业经该局咨查冰案，尚未见覆。兹承惠示每月约需三万五千之谱，是月饷之外计多六千余两，未知统费等项究需若干？敝处现未接准大咨，应候尊处册报，再行饬局按照向章核明办理。

至转运一节，鄙意仍交贵军委员收解为宜。现在敌氛日炽，薄海同仇，各该州县具有天良，自应妥速照料，以资军食。倘敢稽延贻误，尽可由台端咨请该省主政，查明参办，似不致呼应不灵。抑或由邓道设法汇兑，尤为便捷。此间各军络绎北上，支应局实难兼顾，尚希谅之。

复奎乐峰光绪二十年九月十九日

北路军情，自叶军退抵九连城后，迄无战事。现在各路添兵增械，以资厚集。叶军门力辞总统，已奉俞旨，宋军门节制诸军，统计约二三万人，兵力尚不甚单。惟沿江一带，无险可守，抵御颇难。军械未充，进取尤非易易。北地苦寒，冰盛之后，恐彼酋将窥伺南洋，制造局尤为敌所注意。上海虽有局外之议，攸关国体，在我既未便与闻，倭人屡向英廷饶舌，更不敢遽以为信。增兵堵口，则各国领事又谓倭如因此悔议，必将归咎于中国。若竟行所无事，倭固最无信者，万一猝然相犯，关系大局安危，因应之难，间不容发。

此外尚有川沙一路，该处距局仅四十里，敌若由此登陆，不得不防，是以有调集水陆暨电请尊处派营驻扎龙华之举。目下上海、川沙等处驻有忠、信、智及沪军奇兵、振武等营，益以尊处所派之湘军，共得四千人。仍恐敌以大股扑犯，不敷抵御，现饬再招两营。除黄道一营、江西一营外，均归善臣调度。果能认真督率，相机策应，当不致有疏虞。尚望谕令黄道与善臣、康侯妥为设筹，抒同仇敌忾之忱，收和衷共济之效，是所致祷。

贵标水陆各军，除调防外，省城仅有二千之数，兵力薄弱，与此间情形正复相同。李道率师北上，金陵下关炮台承乏需人，万不能不赶速募补，已饬海州营参将杨文彪迅招五营，以资填扎。

昨寿庭南旋，又饬回籍赶募五营，以资游弋，而备征调，须冬间始克成军。

当此事变方殷，诚如公言，虽增兵逾万，亦不敢惜。我辈受恩深重，贵求义之所在，心之所安，纵有人言，亦所不计。第行兵必先裕饷，原始要贵图终。司局各库支绌异常，已有入不敷出之势。司农筹款文牍，纷至沓来，办理尚无头绪。即使集有成数，本系凑支海上之需，安能留为本省之用？费无可减，利无可兴，多招一营即多一营之支应，万一后难为继，哗溃堪虞，较之外患，殆有过之，此所以熟思审虑而不敢贸然从事者也。此中委曲，局外未必能谅，唯坤一与公共喻之耳。

沪道任重事繁，防务尤关紧要。昨又接译署来电，法使催办历年南洋各省教案，均请在沪速结，意近要挟，办理稍不得法，深恐借生事端。蔡道钧联络西官，历办交涉，尚得窾要。自当查照台指，札委该道前赴上海，遇事相助为理。该道与康侯交契有年，当不致有窒碍。

息借商款一节，荩筹极为允洽。宁属尚未详定章程，将来一切景仰萧规，得资圭臬，曷胜纫佩之至！

本年新漕运务，既系官用，若交海轮承办，诚恐中途或有阻滞，应以折征为妥。台端所筹两议，自是万全之策，即请挈衔会奏，并祈椽笔将河运为难之处，切实敷陈，以冀仰荷恩俞。盛道所拟办法，终属行险，置之可也。

复郭善臣 光绪二十年九月二十日

防务各节，业于大牍批答，并另备公牍。所有忠、信、智及奇兵、沪军等营，统归麾下节制。各营心志不齐，非执事不足以资统驭，幸勿再辞。

本年欣逢尊堂太夫人九秩大庆，康强逢吉，绕膝孙曾，捧斝称觞，洵为必不可少之举。执事乞养十余年，莱舞承欢，尤人子不可多得之乐。王道不外人情，弟何敢屡渎左右？惟目下北路各军并无战事，沿江守御，北洋犹以兵单为言。倭仅以二三千人守义州，而我尚未能往剿，其不易进取，概可知矣。彼军飘忽靡常，无从知其底蕴。转眴冰盛，北路既无进剿之师以分其兵力，南溟吃紧，自在意计之中。沪上各营，本系临时陆续调募，与吴淞、江阴各军不同，唯仗声威，有以服其心而使之用命。敌情既难逆料，麾下讵可刻离？万一有警，虽在宁得信，可以朝发夕至，而军情眴息千变，深恐各营散漫，贻误事机，兄与弟肝胆至交，何敢危词耸听？实缘军事日亟，不得不倚重龙骧，且自来责备之严每在贤者。前此钦奉上谕，十月皇太后六旬庆典，尚停点景诵经，臣下何敢不移孝作忠，以免为人指摘。

用敢布其腹心，为此不情之请！可否俟防务稍松，再行回秣。春晖弥永，爱日方长，执事公忠体国之忱，亲友亦必能见谅也。

复陈次亮光绪二十年九月二十日

此间沿江滨海，门户重重，转眴冰寒，北军既难进攻，南溟倍形吃紧，就目下情形而言，自以厚集兵力为第一要义。然增兵之难，约有数端：

一曰招募。自发逆平靖后，已历二十余年，从前遣撤之兵，今则易壮而老。新募营勇，率皆乡农游民，未经战阵，若不操练精熟，遽望制敌，无异驱市人而使之战。一也。

一曰选将。各军心志不齐，必得大将以统驭之。如绍臣，如肯堂，虽皆百战之余，一时之选，然论其威望，亦只能各顾一隅。善臣本系告养人员，此次弟强之使行，总统之名，终不任受。若增募多营，不能联络，终归散漫，难收指擘之效。二也。

一曰筹饷。司局各库，支绌异常，本有入不敷出之势。今若骤增多营，需款浩繁，从何调发？兴利之道，如筹借商款，预征盐厘，农部已次第议行，然须听候部拨，不能留为本省之用。此外无术点金，饷源不济，哗溃堪虞。三也。

一曰购械。宁、沪两机器局，限于经费，规模未能扩充。所出军火无多，难期源源接济，不得不取资外洋。而各国守局外之例，均不肯售。设法密购，其价昂于寻常数倍。若添募多营，无军械以应之，安能为折冲之用？四也。

一曰转运。各军需用军火既多，必须随时应付。外洋密购，率皆运送香港，包运至沪者甚属寥寥。倭舰游弋，海道难通，由港至粤，或水或陆，设法运解，节节不易，深恐军前有缺乏之虞。五也。

有此五难，故明知增兵为上，而苦于无可如何，只能就题布置。现又勉饬添募两营，为防护沪局之用，与台指尚属相符。计该处已驻扎五千人，果能认真防御，当不致有疏失。倘猝然有警，亦惟鼓励现在各军，并力相持而已。

至北军守江，不易进取，洵如来示所云。第目下谣说纷纭，朝廷趣召援师，急如星火，曷敢冒昧上渎？前于李道光久一军遵旨北上电奏内略陈梗概，此后或不致再有征调。

俄人行径，居心叵测，强邻环伺，曷胜隐忧。唯盼执事早日趋朝，共维时局，不胜翘企之至。

复陈舫仙光绪二十年九月二十三日

目下敌焰方张，主上之所倚赖，天下之所仰望者，惟此湘、淮两军。国家不惜帑金，厚集雄师，为规复东藩计，此正臣子图报之秋也。前敌诸营，因号令不一，致有平壤之失。现宋军门已有节制各军之命，责任既专，当不致如前泄沓。至湘军，贵部之外，有魏、余等营，又有李道光久五营，刘镇树元四营，相继北发，一俟到齐，约可得二万人，兵力不为不厚。窃计此等重任，朝廷必慎选专权以出之，俾湘、淮联为一气。即使分道扬镳，亦应共抒同仇敌忾之忱，未可稍存此界彼疆之见，盖将帅参商，为兵家大忌也。魏、李诸人，皆一时之选，然以视左右，则瞠乎后矣。声威以执事为最著，属望亦以执事为最深，此皆责实之词，非敢好为虚誉。弟前以新募之勇，未经战阵，必须在近京地方训练精熟，方可以备折冲。并须统帅有人，庶免心志不齐之弊。此意经函告当轴，将来黼座自有权衡，纵或奉令派在赞襄，但以杀贼为主，不必问统帅是否湘产，更不必论其从前曾否知兵。古人有不惜自屈以求有裨于当世者，唯执事可以语此。若因事机之棘手，遂动求退之遐，思以言爱人以德，更非所望于贤者耳。

子元世兄，下月初计可抵津，不用分统名目，具征卓见。

月饷之外，一切北洋所之枪子，但敝处力所能及者，不敢推辞，已饬局赶速加造，以资接济。

复黄少春光绪二十年九月二十八日[①]

闽省防务重要，朝廷倚畀长城。前得电报，台已不守。该处孤悬海外，饷械俱无，惟赖人心固结，支持数月，已非易易，今虽沦陷，非战之罪也。大厦难支，珠崖竟弃，时局至此，能勿痛心！

复刘康侯光绪二十年九月二十九日

承示部函、粤章等件，备悉一一。息借商款为中国创举，现在军事日亟，需款浩繁，大农无可设筹，不得已而出此策。我辈受恩深重，自应共体时艰，竭虑殚精，以求有裨大局。常熟尚书所谓考殿最者，犹其后焉者也。惟此举命意之所在，一明鉴镑价之暗耗，一隐杜利源之外溢，而其要在昭示大信，方足期踊跃而广招徕。

尊处所拟章程十六条，业于大牍详细批答。至税司画押盖戳一节，详绎台指，意在取信洋商，然与部章似觉不甚符合。前者宁藩司筹办借款，弟以事属创始，必须票据能以通融，庶可坚华商之信，乃有电商户部准抵关税之议。若将来华、洋各商以此交易，在我既只认票据，即不必问所自来，办法业已变通，此意可以默喻。尊处事同一律，似可照此办理，不必另添画押盖戳一条，较为得体。

①中华书局版《刘坤一遗集》本篇日期为“光绪二十一年九月二十八日”。

复奎乐峰 光绪二十年十月初一日

日来屡得探报，倭兵分三路渡江，宋军不利，九连、凤凰两城相继失守，大连湾、旅顺等处同形吃紧，闻之令人愤懑。依、宋两帅节制各军，虽有二三万人，枪械未能一律，且多新募之勇，心志不坚，遇敌辄退，万一旅顺再有疏失，大局堪虞。

敝处昨奉电旨，饬令于三省防营内，酌调敢战之勇五六千人，迅速北上。此间兵力本形单薄，抽调未可易言。然根本重地，不得不先其所急，已饬刘镇光才督带亲军五营，刻日拔队，合之前调之老湘五营，共得五千人。两军既训练有素，将领亦威信相孚，倘令其合当一路，可期得力，经电请译署代奏矣。刘军本驻京口以备游击者，现既饬调赴北各路，炮台守军势成呆着，必须招募填扎，临事方可策应。而饷械无出，焦灼殊深。

承示购械一节，洵为目前切要之图。前此两次电请龚星使密购马梯尼及比国快枪各万枝，为南北洋各军之用，偻计十月杪当可运到一批。第为数无多，近因倭舰搜查甚严，洋商以后只肯包运香港，尚须自行设法密为转运，深恐缓不济急。枪件奇贵，两次汇价已将八十万两，从前节存防费，提拨一空，有来日大难之势，为之奈何！

松郡药库，该绅等屡请迁移，昨黄道亦以为言，业饬刘道酌议具覆。台指分储苏局，自是妥善之策，即请谕知刘道查照办理。应派何营勇哨驻守，均望预赐指挥，此间无可抽拨也。

川、南一带，处处可以登岸，前饬郭镇添募两营，以资防御，与黄道禀意相符。当此饷源支绌，未敢骤添多营，众志成城，是在分防诸君一鼓作气耳。

龙镇殿扬前来江宁，仅得一见，不知何往，招勇之事，只合听其所为。

陈军经费，本有湘军定章，苟可通融，坤一何敢稍从苛刻。但现在奉调勇营者，不止江苏一省，苏省奉调者，又不止舫仙一军。将来报销等项，若数太悬殊，大部综核各军，深恐或干指诘。其实舫仙请领款项，坤一无不勉力设筹。刻尚未据造册请销，何其过虑乃尔？

冬漕折运，尊处前议两端最妥。昨接户部来电，有加办河运之意，当经转电左右。河运种种阻滞，实未敢妄议增加。我公全局统筹，凡此情形，早邀洞鉴，务望挈衔切实奏请，冀荷恩俞，俾免贻误，不胜跂祷之至。

致唐薇卿光绪二十年十月初二日

弟前在粤督任内，即闻刘镇永福于越南起兵击法，颇著声威，心甚壮之。第向未谋面，未知其才具何如？性情何如？现在尊处统带何营？驻扎何地？将来别有调遣，是否瓜代有人？伏祈详示一切。

北洋消息，左右想有所闻，同深焦灼。

兹着蔡镇国祥来台，与刘镇筹商拒倭事宜。匆匆布此。

复陈右铭光绪二十年十月十一日

弟此次北上，圣意高深，未敢管窥蠡测。承示前后两说，鄙见傅相于北洋经营有年，肩荷綦重，物望所归，自顾铨材，万难望其（顶）〔项〕背，且临敌而易统帅，军心解体，尤非所宜。此中机括，为朝廷所深知，当不致遽有是命。弟但得身任战事，与诸君子戮力戎行，则所以报国恩者在是，所以励晚节者亦在是。知我如公，当不以为不自量力也。

倭奴无厌之求，必痛予惩创而后款议可就。值此事机危迫，非船坚炮利，水陆并筹，不能操必胜之权。为补苴之术，购买大批船械以济一时，兼图久远，洵如台指，计无过于此者。第各国守局外之例，商购不易，运送尤艰。筹款之难，犹其余事。容与香帅计议及之。

湘军调北者不下数十营，多系新募，断不足恃。必须训练精熟，作其忠勇之气，方成节制之师。

弟入觐天颜，当将一切情形据实陈奏，安危所系，大局所关，不敢稍安缄默也。

致王介亭光绪二十年十月十三日

前闻执事荣摄疆符，全湘托庇，不胜欢忭。乃者倭奴构衅，军事倥偬。湘省自清帅请缨，各营纷纷赴北，一切转馈军饷，专倚荩筹，翘仰贤劳，曷胜驰企！

就时局而论，外患方殷，莫知究极。然以坚忍持之，前敌诸军但能得手，终不难于了结。所可虑者，内地土匪煽惑日多，一朝揭竿而起，将有爝火燎原之势，私衷实用隐忧。湖南民气素强，自发逆平靖之后，游勇、会匪潜相勾结，而宝庆一郡，界连黔、粤，地接苗疆，据三湘之上游，为湖、岭之重镇。从前逆匪石达开始犯湘境，即以全力攻城，为觊觎长沙节节进取之计，其阴谋狡很，至今思之，犹为心悸也。本年武冈州匪徒滋事，变起仓猝，啸聚至数千人之多，若非官军赶紧歼除，势且蔓延为患。以言往事则如彼，以言近事又如此。窃谓宜调勇一营，驻扎郡城，以杜奸徒窥伺之萌，以为全楚屏障之赖。

至于地方牧令，亦宜妙选贤能，以期兵民安辑。如治弟所知，沈君锡周、丁君兰徵皆洁己爱民，循声卓著，勤勤恳恳，有两汉良吏之风。若得此二公者为宝、武守牧，必能默化潜移，萑苻敛迹，裨益地方，实非浅鲜。用人行政，大公祖自有权衡，本不敢参末议。因体若谷之虚怀，敢陈鲁女忧葵。鄙见倘蒙采纳，见诸施行，枌社幸甚！

致张香涛光绪二十年十二月十三日

治弟于十月廿八日由浦启程，雨雪载涂，十六乃抵德州。贱躯小有感冒，因朝旨敦促，未敢稽迟，遂易舟北上。讵行未三日，水泽腹坚，又复舍舟遵陆，节节阻滞，直至冬月杪始抵都门。腊朔陛见，遽膺督师之命，固辞不获，罔知所裁。拟俟各军队伍、枪械到齐，稍为部署，即遵旨出驻榆关，与清、祝两帅筹商进兵之策。力小任重，大公祖何以教之？

余镇在津接晤数次，忠义奋发，胆识兼优，在诸将中不可多得，具征藻鉴之精。允拨新购枪枝五千，仅敷余镇及程提督两军之用。将来续购比枪解到，务求全数运津，分拨前敌，以利师行。我公全局统筹，必能先其所急，弟与东征诸将，曷胜感祷！

致督办军务处光绪二十年十二月十四日

昨奉谕旨，照张之洞所请，准杨文彪留江，令张国林北上。坤一不敢再有所言，应请电旨饬催所调李占椿等各营，务于腊月中旬起行，限明正宵节后到津为盼。

坤一次第传见贺提督星明、李提督培荣、牛镇师韩，逐细面询，均称无得力洋枪，李培荣并称所需子药亦系自行购制。伏思行军之道，或战或守，皆以枪械、子药为要。今查北洋所购头批洋枪，及坤一在江南所购头批洋枪一半，不敷分拨。唯闻张之洞所购大批快枪、快炮，正初可到，想已奏明有案。应请查明此项快炮、快枪各若干，提归督办军务处，以为前敌各军及守护京城各军之用。并请查明津局存洋药与各项弹子若干，京局存洋药、土药若干，以便各军支领。南洋应解药弹等项，亦请饬催，宽为解济，以免鞭长不及。坤一职司调度，并无筹办军饷、军装、军火之权，不得不仰求大力通盘筹画，免误事机。是否有当，伏候裁示。

敬附启者：

南洋诸将，自闻坤一入觐、张香帅署理两江之信，纷纷请将饷项提归农部，另拨巨款自行购办枪械、子药，众口一词，非独程文炳一人为然也。坤一以事涉纷更，大部为难，未允所请。昨见香帅电奏，竟将奉旨饬调之勇，借端换留。坤一日前电请拨解上海制造局现存之快利枪、劈山炮，香帅竟无回信，私心惴惴，窃以自危。唯有仰恳王大臣俯如诸将所请，将江南饷提归农部，另由工部筹款购办枪械、子药，俾南来各军就近请领，以期饱腾用命，克告成功。否则呼应不灵，军心不固，事机利钝，有关宗社安危，非比远省军务，即有蹉跌，不过将统兵大员严行处分，别选良将，可以徐图恢复，收桑榆之效。中情迫切，不免过激其词，伏祈曲赐鉴谅。

复奎乐峰光绪二十年十二月二十二日

坤一自拜督师之命，连日部署一切，头绪纷如，匆遽之情，笔难尽述。昨又钦奉谕旨，饬令迅赴榆关，相机调度。现定廿四日出都，由津乘火车前往。目下盖平又陷，军情紧急万分，吴清帅率师出关助剿，后路益觉空虚。坤一此次随带四十余营，系由各省入卫军内量为指拨，零星芜杂，并无得力大枝，且军械未齐，尤形棘手。惟有指挥诸部迅赴戎机，共甘苦以联其心，严赏罚以作其气，殚精竭虑，敌忾同仇，以求有济而已。

香帅谟猷远大，布置井然。至私贩入伍一层，使千百犷悍之徒，顿归钳制，伏莽既靖，内患自消，在今日最为善策。第此辈招集甚易，驾驭甚难，似宜檄饬韩道慎选营员，申严纪律，庶几有事可为节制之师，无事可免勾结之患。想老成卓见，或不以鄙言为迂阔耳。

复贾制坛光绪二十年十二月二十九日

日来倭奴又以重兵扑犯山东登州属境，威海吃紧万分，亟宜妥筹备御。贵军驻扎处所，自浦河口以至金山嘴，山高水深，境地较阔，倭船屡次窥探，敌情叵测，不得不严为之防。务望麾下督饬各营，多派侦探，一有警信，立即拨队迎剿，毋任登岸，以免疏虞。

弟现暂驻析津，明正即拟来关，相机调度。轮车往还甚便，执事若能抽身来津面谈一切，尤所欣盼。

复杨子通星使光绪二十一年正月初四日

淮军屡战失利，倭奴猖獗情状，左右想已闻知。猥以衰年，膺兹巨任，惟有指挥诸部，努力前驱，冀收尺寸之功，以效捐糜之报而已。

吴清帅于初二日率数十营出关，会合宋统帅相机进剿。日来山东又有警信，已调马步二十余营驰往援救。一面电饬在防诸军，严守以待，迭获小胜，似尚可以支持。

承示美外部慎固邦交，颇资联络，具见诚信感格，坛坫增辉。

莫令志在有为，事泄被执，良可悯惜。倭酋政令虽拾西人唾余，然观其截击高升一事，显背公法，未卜莫令能全身否耳。

复张野秋光绪二十一年正月初五日

弟于廿八日抵津，即闻荣城不守之信，电饬前调江南马步等军及贵州丁镇槐所部五营兼程疾进，径赴登、莱。此数军本拟随带出关，今既调援山东，弟处兵力益形薄弱，且各营尚多在津候领枪炮，碍难驱令徒手前行。

日前电请暂驻津门，以便催调，廷旨仍令速进，且有毋得逗遛之谕，只合单骑赴关，余事听之而已。

复郭善臣光绪二十一年正月初九日

来示请以轻骑北上，赞画戎机，文案亲兵薪饷之外，一切用费，不支公款，忠勇之忱，跃跃纸上。

兄定十三日赴关，亟思旌旆北来，借资臂助。惟现在一切征调，多由军务处主持，外间又有吴、宋两帮办及各将军、督抚，均可奏报军事，事权既未能画一，议论又时有纷更，兄徒拥虚名，目前未便劝驾，拟俟抵关后，体察情形，再将应办事宜，另行奉布。区区为难之处，非可笔墨形容，唯有捐此余生，以图塞责，吾弟必能见谅也。

复依尧帅光绪二十一年正月初十日

承示倭贼屡次试犯，或七八十人，或二三百人，此殆以小队诱战，欲知我军之虚实耳。似宜坚壁以待，仍多派探马，俟其大股来时，出全队以击之，既惜兵力，亦不致堕其狡谋。前闻麾下与长帅进规海城，因彼酋架炮山顶，抵死抗拒，致未得手。未审日来情形何似?

威海消息甚恶，北洋铁甲等舰均危急，万一稍有疏失，则敌船游弋海面，益无顾忌，彼速我钝，机括不灵，虽经调拨各军分路驻守，未知临事有无把握，尊处续有战事，尚望随时电知。

复宋祝三光绪二十一年正月十五日

自倭寇窜越鸭江，执事首领雄师，往来援应，奔驰千里，无间昕宵，谋国之忠，任事之勇，当今罕有伦匹。至虎耳诸役，麾下亲遏凶锋，再接再厉，酣战之概，褒、鄂无以过之，宜乎朝野推重，壮士长歌也。

东风解冻，山东局势又危，必须迅筹进剿，得一大捷，军事庶有转机。台指俟清帅到后，即以本部直攻海城以解营口之急，实操胜算。清帅在津会晤，忠愤忼慨之忱，见诸辞色，现计早抵尊处，一切战守机宜，想已筹商妥协矣。

李、龙二位先后出关，已饬兼程前来，仰供驱策。捷音指顾，翘首待之。

致陈右铭光绪二十一年正月十七日

目下各路湘军，既已陆续出关，愈行愈远。饷项为行军命脉，亟宜预筹接济，庶免缺乏之虞。弟于条奏事宜折内曾经声明，以后月饷，除奏归部拨的款之外，其各营军饷有时缓不济急，亦由部先行垫发，统归东征粮台就近给领。

芸楣廉访，畛域无分，自能随时应付。第现在又经奏调多营，需款益巨，事务愈繁，深恐芸楣一人或难兼顾。夙仰执事经猷远大，体国公忠，当此宵衣旰食之时，正臣子篝灯治书之日，兹事责重，非鼎力莫胜，因奏请执事督办湘军东征粮台，钦奉俞旨，查诸军前支饷银，多有正、二月届满者。转瞬春融，关外泥淖难行，运解尤非易易。

鄙意荣任之后，似宜移驻天津，所有一切事宜，查照芸楣处办理，或率由旧章，或变通尽利，但求有济，一听主持。应须款项若干，尽可由台端专折奏请。将来军事或有尺寸之效，皆出自大公祖之赐也。

致余勋臣熊珊溪光绪二十一年正月十八日

所调各军，刻难到齐，更不知是否可靠。而开冻在即，自应就现有兵力，权为布置。今拟请以勋臣全军会同曾营炮队共十二营，驻守关外。东路于威远城、红墙子之间，自山至海，择地筑营，务期形势合宜，声援联络，或驻冈阜后面，半藏不露，可避炮弹。营之前面，横开长濠，自山至海，必须深阔，一俟开冻，多雇铁路工人，亟行兴工，庶可刻期告竣。所用经费，准由支应局核还。曾营炮队如何安放得法，全仗勋臣指示机宜。

珊溪一军仍驻关外，约在余军后数里地方安营，以资接应，兼为各路游击之师，随时调度。西路则派宋佩珍与周海澄十营，分驻石河及红瓦店。北路则派王冠杰两营，分扎角山寺及二郎庙。此路兵力颇单，姑俟调到别营再行添派。唯东北面九门口即一片石，与三道关等处，或谓当扎重兵，或谓不必扎营，将来察看形胜，另行斟酌。并祈勋臣、珊溪前往履勘，商量办理，以昭周密。

南路临海老龙头，三面炮台，自系卞景云军门专责。此公语气甚壮，自谓确有把握，闻之拍案称快。弟初来此地，情形生疏，伏望见示方略为祷。

复王夔石 光绪二十一年正月二十三日

查自乐亭至芦台，地段太长，既无如许勇营填扎，又不能开挖濠沟，倭若由此登岸，不唯震及近畿，恐铁路一断，则关内外诸军便虞饥溃。

傅相与坤一原议调聂军门带队进关，合并卞、吴两军二十四营，为大支游击之师，专顾芦台以北至滦州。滦在乐亭后六十里，本系一路，顾滦即以顾乐。昨接聂军门电，于十八拔队，坤一屡催速进，非此别无可靠，不唯不能再抽关外之师入关，并欲酌拨关内之师出关填扎。宁、锦后路，尚在相持莫定。榆关仅有吴清帅所招余、熊二十营湘勇，而欠枪炮。此外各营台均是皖、齐、西、豫杂凑之勇，合二十余营，未知能否得力。坤一所调江南诸军，多派援山东，或派出关外与扎乐亭，随身无一老营缓急可恃，只合徐为调度。

津沽兵力颇厚，经傅相布置周密，又得曹荩臣三十营游击小站以西至沧州，局势自固，唯公左提而右挈之。

致张香涛光绪二十一年正月二十九日

江南北上各军，络绎于途，所需一切饷械，筹济不易，转运尤难，仰赖硕画经营，不遗余力，令人同深感荷。

津局林道核议设局养车各节，昨已电达左右。当此时艰孔亟，但求于事有裨，糜费在所不惜。惟该道谓沿途分局太多，起卸不无耽延，似亦有说。嗣奉续电，权衡利害轻重，即饬该道谨遵妥办矣。

治弟在都门时，本议多带数军出关，今则程、董两部既已留卫京畿，江南各营又复调援东境。昨因乐亭滨海，闪殿魁十营新募难恃，复调马心胜一军，会同分段防守。敝处仅止余虎恩、熊铁生、牛师韩、宋朝儒、刘光才、杨金龙、贺星明等军，或十营，或数营，统计虽万余人，实则枪械不足，队伍未齐，转晌冰融，殊觉毫无把握。威海南北两岸次第失陷，援军尚在中途，恐难应急。万一铁甲等舰为敌所有，如虎傅翼，沿海各省，受害无穷，中夜旁皇，忧心如捣。

东南财赋所系，得公坐镇其间，挈纲提领，将来挽回全局，以及一切善后，洵非大力莫能担当。世变方殷，靡究靡极，万全何策，尚望时锡箴规。

复袁慰亭光绪二十一年正月三十日

接展手书，情文交挚。仆自惭老拙，何敢抗颜为师？雅意殷拳，徒令踖踧。

方今之势，非日日练兵，人人讲武，不足以转弱为强。然人人知之，人人言之，而实事求是者又不数觏。盖中人以上，智勇困于所溺，仕宦怠于已成。惟豪杰之士，能转移风俗，不以风俗为转移耳。世兄受特达之知，手握重兵，恩至渥而任至重，知必振刷精神，力图报称，以副中外之望。区区期望，所愿与聂、吴诸公交勉之。

复周翰如观察光绪二十一年二月初一日

承示勤求吏治，预靖莠民，实为目前切要之着。夫莠民之不靖，由贪吏扰而致之。窃以为欲靖莠民，先惩贪吏。州县无贪吏，即多盗之乡亦不致酝成事端。苟或不然，良民亦激而生变。部下四府二十五县，而又界连闽、粤，当此海氛不靖，卒使边邑安堵，鸡犬无惊，知得力于察吏多矣。

静帅于考绩之期，胪列大衔入告，所以酬庸，抑所以风有位而教不能，此厉世摩钝、鼓舞天下之微权也。尚祈勤求上理，长保令名，以承三锡之恩，陈臬开藩，翘首可待。

复董星五军门光绪二十一年二月初三日

贵军所需铜帽、洋药两项，业经查照大咨，札行北洋军械所支发。敝处行营军火无多，以后所需，仅可由台端就近径向北洋咨领，以省周折。

尊处新募十营，既已陆续到北，甘省所拨枪枝，解到需时，自应赶速筹画。顷接督办处来电，正月由北洋发二千杆交程军领去，二月再发三千杆云云。查程军老勇去年在南洋业领洋枪三千余杆，计可敷用。新勇十营既由北洋正月发二千杆，所欠无多，则二月之三千杆，似应拨归大军新勇之用，除老勇八营应有原领成数外，再得此三千杆，当可无须重领。如果合先后之营，仍多不敷，应请查明实少若干，另咨敝处，再行查照酌办。非敢斤斤较量，缘续购之比枪五千杆，各军纷纷请领，不得不酌量匀拨也。一切望与从周商之。

至马枪一项，南洋仅购千杆，麾下所需，因前在都门，未经议及，是以分拨陈镇凤楼、牛镇师韩、魏藩司光焘等军应用，现已无存，竟无以报命。未知北洋有此项否？盍禀商督办处，或可腾挪拨济耳。

复沈爱苍 光绪二十一年二月初三日

南洋所解洋枪、马枪，业据林道呈报，分批陆续运到。日下军情万紧，各营子药无多，深恐或有不敷，致滋贻误。其续行购到之马梯尼枪子及马枪于两项，务望严饬承解委员赶速前进，勿稍延缓。

果胜、长胜等营，业已调援山东。该二军枪子，可提出径解，无须运至敝处。如该委业已起程，计抵何处，即由尊处电饬照办。比枪何日运解，并祈电知。

复徐建农光绪二十一年二月初四日

前者旅顺一役，麾下血战竟日，人所共知。喘息未定，即奉援盖之令，先后为人任咎，是非自有公评，朝廷曲示保全，亦以执事勇敢过人，必将努力图报也。

屡得健齐来电，谓麾下愤懑填胸，忠义奋发，誓与和衷共济，敌忾同仇，鄙怀良用嘉慰。目下寇患日深，惟望激励群豪，杀敌致果，果能收效桑榆，岂第旧物克光，前愆可盖。所有一切进剿机宜，务为禀商宋、吴两帅，谋定后行。军情瞬息改观，敝处不为遥制。且电码每虞泄漏，蜡丸往复，更恐贻误事机，必得关外诸公就商缓急先后之宜，共决进止战守之策，临机应变，庶可操必胜之权。

聂功亭现已调回办防，而龙、李各营劲旅相继出关，有此生力之军，似更易于得手，捷音指顾，侧耳听之。

复张燕谋光绪二十一年二月初四日

接展惠书，并清册二扣，诵悉一一。铁路绵长数百余里，万一军信紧急，诚难以保护责之洋员。幸沿海防务，布置颇严，又得聂军门大枝劲旅游击芦、滦一带，或者可备不虞。

现在运饷征兵，络绎于道，若铁轨遽议折毁，不唯转运迟钝，更恐摇惑人心。日前盛道等会议详覆之件，业准北洋咨会。火车之进止，视乎前敌之军情，所拟各条均极允妥。至另筹运道以备非常，自是老成之见，业经札饬各局所及营务处妥议矣。

德税司所拟各节，洵如来指。傅相在都，当能面商一切也。

复聂功亭光绪二十一年二月十二日

刘、申、贾、潘四军驻防处所，均关紧要，而兵力尚单，深恐倭寇分路进兵，以图牵制，更虑大股猛扑，众寡不敌，有失事机，必得大军游击偏师前来策应，临时方有把握。

目下牛庄、营口又复相继沦陷，敌氛日逼，寇患日深。海口冻已全开，轮船可以畅行无阻，军情万紧，处处堪虞。保卫畿疆，顾全大局，亦惟长城是赖耳。

致翁叔平光绪二十一年二月十六日

津、榆为此联络布置，虽不敢谓确有把握，似尚可以勉强撑持。关外诸帅，皆因亟复海城，致为倭算。既而依、长回援根本，吴军自单，日不筑垒开濠，安能遏其凶焰？现退石山站，收合余烬，以期重整军威。幸宋军移驻田庄，旋有十一之捷，士气稍壮。兹复分屯杜家台与双台两处，自是稳着。此老可谓善于用兵，尤妙在不候朝命而先拔营，否则营口逼处海滨，必为倭寇所败。孙、吴所谓“宁可杀，不可使居不完”者，此也。

坤一现电商陈臬司与孙、吕两镇仍顾岭防，长、依与唐帮办分守辽、沈，但期大局无碍，倭即盘踞边鄙，其奈我何？目下既不能与之争锋，唯有坚壁以挫其锐而老其师，计彼亦有难于久支之势，所谓以不战屈人之兵，虽出下策，宋范文正即以之制西夏也。且俟各军练成劲旅，再图进取不迟。

第以兵勇众多，深虑别生枝节。如豫凯军劫抢之案，经昌黎县拿获十人。此外骚扰地方以及恃强互斗，不一而足。唯有督饬各统领，严申纪律，以免不戢自焚。至于所在逃亡，真有诛不胜诛之患。同来员役，病故数人，余多请假南旋，亦惟听之而已。

再，吴清帅忠勇过人，其失在于轻敌，经此次牛庄之挫以后，用兵自知谨慎。至其所委粮台转运各员，不免扯勒克扣，如魏军有马队过榆，向该局借银二百两亦不可得。另行添补营勇，则由敝处借银一千。余、熊两军留关，该粮台诸事不肯应付，坤一饬陈方伯一体照料，如数拨还。唯清帅原购小口径奥枪八千枝，每枝配弹一千出，兹仅分余、熊两军枪一千枝，每枝配弹五十粒。细询其故，则因承办委员减少运费，以致津商将弹留存广东黄埔，仅解少许来津。似此利器，竟成无用之物，目前何以应敌？

伏祈尊处函嘱清帅，严密稽查，酌量撤换，以免舞弊贻误。同舟谊切，未敢避嫌。唯交浅不敢言深，不得不烦渎聪听。

复陈修五光绪二十一年二月十七日

贵军抵津，业经奏准与聂军合并，作为芦、滦一带大枝游击之师。日来冰已渐融，沿海地方，处处皆为可虑，务望会商聂军门，并严饬各将弁，昼夜戒备，整军以待，何处有警，立即拔队驰往堵御。时局艰危，军情万紧，贤弟情殷报国，忠勇性成，定能如意指挥，随机应变也。

李道正荣老于戎事，自是有用之才。第敝处业已先后奏调京外多员，未便再请，此间亦苦无位置。北洋现归夔帅署理，似可就近禀请奏调。夔帅宏奖风流，延揽豪俊，当有以副执事之意也。

复刘景韩光绪二十一年二月十九日

豫凯军饷项，业经贵省解至四月，嗣后仍允提前批解，鄴侯馈饷之功，刘晏转输之绩，公忠伟抱，感何可言。

承示挖沟避炮之法，具仰胜筹。弟到关以来，迭饬各防营多开深沟，以资战守。无如雪地冰天，冻土凝结，不易施工。日来春气渐融，各军始加工兴作。来翰尤为详悉，如法行之，匪特足以御敌避弹，即静伺侧击，兼可操制胜之权，自当查照，通饬关外诸军，一律仿办。

至火箭、药包等项，均为近攻要件，亦已饬令多为预备矣。

致牛慕琦光绪二十一年二月二十五日

贵营务须遵照前饬，以三哨扎二郎庙，以两哨扎角山寺，不得短少队伍。并须于寺庙外筑立营垒，墙高濠深，以资守御，不得任各弁勇偷闲，苟且塞责。若散住寺庙之内，将来有事归队，亦难呼应，不可不慎之于先。

二郎庙地势颇高，东西两路了然在目，鄙人拟留该处，为驻足观战之所。应请贵营勇刻日移出于庙外，岭上另扎营盘。所存火药、军装等项，移在附近之车站空房可也。

复吕道生孙子扬光绪二十一年三月初六日

两兄会办岭防，已逾半载。倭奴屡次窥伺，分扰合扑，既已竭其所能，而卒之王罴之城，屹然不动，非有定力，有智略，谋勇兼备者，曷克臻此？

承示各节，揆务度势，悉合机宜，义胆忠肝，跃然纸上。陈舫仙老于戎事，为湘军宿将，执事遇事会商，必能协力同心，争先破虏。麾下出力将弁，自当先行存记，以备指挥。时局艰危，必需胆识俱优，坚忍不懈，军事庶有起色。诸军有奋勇杀贼者，当奏请不次之赏。临敌退缩，亦必予以不测之罚。事机至此，不敢稍涉游移，与台指尚相符合也。

复陈右铭 光绪二十一年三月初七日

昨于发信后，用公牍行台，并咨督办处与户部及吴清帅，似不必另行奏请立案。

余、熊两军与曾军及魏军并魏接统各军月饷，均在此十六万两内，不能分为两起，尊处总领部款到台，以余、熊饷归余、熊，以曾饷归改隶之李道，余俱归魏藩台，条目极为清楚。

至转运费四万两与各营车马，各归各用，不能并作一起。魏接统之各军，是否与陈舫仙、李健斋一律用车马，抑如余、熊两军仿照程、董章程用驼马，尚未查明。要之均为时有调动装载在营之军食、军火、军器，以期迅速起见，若转运，则如林道所办，节节解送。粮械等项，于未到营之先，江南北上各军本营，或具驼车，或具车马，仍有林道设局为之长途转运。若魏与余、熊等军，因有驼车、车马，不领转运费。将来军粮等项，由津至关至锦，不能责令各军自行转运，又不能责令林道垫办转运，其奈之何？今请尊处照旧总领此四万金存台，弟已札饬吴清帅所设津关转运局归并林道，将来林道兼办魏、余、熊等军转运，用费若干，划清数目，赴台请领，有余则归公用。

至于制办军械，向系另款开报，与转运无涉。魏欲以此仰仗大力，故类及之而不详晰。

吴清帅所存之枪，讳莫如深，左右试问何如？

魏、李两军勇丁，据称仍欲招补足额。二军尚在请增，似未便令其再减。军营积习如此，无力挽回，我公谅之。

复沈爱苍光绪二十一年三月初十日

江南运解军火数批，业已陆续到关。第四批比枪五千，闻亦将次抵津。此项子弹较多，前经咨请南洋添购加解，香帅来电亦已允行，唯计到华尚需时日。

承示我无水师，势常不逮，洵为切当不易之论。即如此间自榆关以达津沽，海岸绵亘数百余里，敌船游弋，刻刻戒严。诸军防守各口，备多力分，而又不得不然，皆由无海军所致。

目下购造船只，既苦缓不济急。停战期满，弟惟有指挥进剿，力挫凶锋。此后南洋如有续购军火运到，并望电示为荷。

复荣仲华光绪二十一年三月十一日

闪镇殿魁心地无他，才具可用，洵如来指。惟屡次为人指摘，未免忧谗畏讥，志销气馁。且因枪械短少，军威为之不扬。

坤一业将该镇被诬各款，确切查明，应即一为剖陈，请免置议。仍加慰勉，俾其努力前程。并拟添给利器，如能练成此军，将来守卫畿辅，较留南勇及他省客兵当胜一筹，高明以为何如？

复吴仪堂光绪二十一年三月十三日

田庄之役，执事亲冒矢石，三次突围，虽因众寡不敌，未能保全，而忠勇贤劳，正不可没。目下前事可不复言。贵军移驻义州，该处是否扼要，不至以有用之兵置之无用之地。即就义州而论，究就何处为宜，务望会商祝帅，妥筹办理。

再，闻尊处新募四营，不免骚扰，甚有拐枪脱逃之事。此辈本系土匪，狼子野心，最难抚驭，于军事既无裨益，徒致有损威名。利器资匪，后患且不可测。不若收缴枪械，补饷遣散，一面派营弹压查拿。在麾下始以为可用而招徕之，继知其难驯而遣撤之，去留悉秉大公，似不足为贤者之累。

贵军尚有七营，严明约束，可成劲旅，兵力亦尚不薄弱也。

复宋祝三光绪二十一年三月十三日

十三田庄之役，良由我军连日血战，未遑休息，贼倾巢来扑，并力猛攻，致有此失。虽未保全，杀贼实亦不少。众寡不敌之势，劳逸不同之故，固为当局所共谅。而麾下亲冒矢石，诸将奋不顾身，劳苦亦甚可念矣。

来翰深自降抑，引咎不遑，忠愤之忱，形诸楮墨，尤令人敬佩无已。目下军威稍挫，不得不急图挽救。挽救之法，仍不外联络声援，严防要隘。先遏寇氛西窜之路，守御既固，然后徐图进攻，大军回驻大凌河西，既可备津、榆不测之虞，铭、嵩两军分扎闾阳，兼可顾辽、沈转运，自是妥善之策，幸蒙谕旨允行，日内想已布置周密矣。

倭奴既约停战，而初九钓鱼台又有敌船开炮之事，诡情正不可测。惟有刻刻戒严，无信之约，不足深恃也。

复岑云阶光绪二十一年三月十八日

昨自唐山回关，接展十三日手书，并丁镇原电，祗悉一一。丁军所需月饷，东省既未能全发，不敷支应，自当迅筹接济。惟该军饷项，应由何处支发，敝处未准部咨，拟请督办军务处核示办理。究竟月需若干，务望询明电示，并就近商之夔帅为祷。

其头队如日内到津，似应稍为休养，俟到齐后，同来榆关。若得台从与丁镇军先期贲临，面商驻扎之处，更为妥协。

复吴清臣光绪二十一年三月二十一日

榆关执别，鸿飞蒙蒙，劳我遐思。欣披手翰，大君子为人受过，引咎不遑，而拳拳爱国之忱，感激图报之切，出于至性，流露行间，钦佩无似。

承示酌留运局各节，尤征关爱同袍。第昨据午庄来文，军事繁剧，不克兼顾，以月饷、运费等项，委之于兄，自应由湘军粮台办理，以归画一，业经分咨冰案暨督办处、户部，以后月款，即由该台向部请颁，分别支发。石铭方伯之意，以转运一事亦宜归并津局林道一手经理，不必另设专局，既昭简便，且省靡费，自系正办，亦已分别饬行，碍难更张。

令弟等接办一层，竟至无以报命，事非由己，尚希鉴原。成协领处所存粮械，业饬林道于所设之榆关分局接管运锦。余军饷项，仰蒙宽政，遇事通融，乃该统领视为应然，现复援以为请，令弟与湘军粮台为难之至。即如转运一项，余镇啧有烦言，谓伊与熊军由津至关，一切军需，均系自行出资运送，(贻)〔赔〕累各数千金，先实不知有此四万之费，固请发还前垫，此后惟有饬林道一律由局运解。至于前垫之款，敝处既无案据，则莫知其底蕴也。

复陈舫仙光绪二十一年三月二十一日

各军奉调远征，劳苦情形，实为当局所共喻。去冬弟在都门，因见程、董两军，禀经督办处核准于长夫外，另给车驼，章程尚属简便，当饬各军通行仿办，以为行军运脚，并准米价津贴四成，月给柴草每营二百金，以示体恤，较之左文襄西征办法，已属从优。旋因贵军及关外湘、淮各军，或用骡不用驼，或车骡并用，办理不能一律。复以各处情形不同，既先办有成规，碍难强之使齐，转启纷更之弊。咨明督办处，将来各营报销车驼等款，但核其所用之数，较程、董不至加多，即可照准。香帅咨询此项，并经查照咨覆各在案。是为难之处，业经代为声明。

贵军一切用度，除十营月饷按照湘军营制应支二万八千余两之外，其余杂款及喂养等项，只须查照例案现章开报，自可准销。弟奉命视师，职在调度各军，报销饷项实非敝处所能径准，即弟行辕用费，亦须由部核办，盖事有责成，未便越俎而代。左右老于戎事，此中底蕴当所深知。

复唐沅甫光绪二十一年三月二十二日

溯自军兴以来，卫、叶怯退之罪，固已擢发难数。亦由承平日久，兵勇偷安，故一遇大敌，辄先望风而溃。

目下军心渐固，士气渐扬，桑榆之效可收，边吏之耻可雪，所谓时不可失者非与？乃去腊方至都门，朝议纷纭，即有博望乘槎之使。弟听之不可，阻之不能，徒抱填海之心，竟无回天之力，不得已于奏对时力以身任战事为请，亦冀战胜而和，庶可稍尊国体。不意到关视师，未及兼旬，合肥相国复拜全权之命，本月初间又有停战之文，日来屡接各处电报，谓款局将成，倭奴种种要求悉如所欲，言之短气，闻者痛心。此皆弟督剿不力，师久无功，致劳宵旰之忧，为此迁就之举，五中愧怍，莫可名言。

现尚未有确音，亦惟静候谕旨，糜亿兆之金钱，铸九州之大错，眷怀时局，隐患方深，有心人能不长太息耶！

复依尧帅 光绪二十一年三月二十四日

倭奴分界照会，正为将来款约地步，狡狯情形，阅之令人发指。我公照覆之件，堂皇严正，立言极为得体。彼此既有停战之约，该酋犹于所据地方挖沟设炮，添兵增械，昕夕不休，并派零队出境游弋窥探，是徒以约约我，而彼则逍遥约外，宜来翰慨乎言之。

总之，遣使行成，出之于我，则无处不形窒碍。合肥画押回津，究竟和款若何，朝廷尚未宣布，敝处亦无从得其端倪。现仍在停战期内，如中间再生枝节，款局不成，月内必有恶战，我辈身居阃外，惟有整军以待耳。

贵部添募万人，练习成军，稍足展淮阴将略。至枪械不足，弟已查照来书，电请督办处迅速筹拨。前准张香帅咨，拨济尊处快炮多尊，未知已否解到？此项炮位最为制敌利器，操练纯熟，可收荡决之功也。

复程从周光绪二十一年三月二十四日

连日停战期内，前敌各军静守以待，均无战事。澎湖不守之后，倭奴并力攻台，旋因该处时疫大行，敌舰悉数遁回，不知所往。

唐薇卿、刘渊亭诸军，备御亦甚周密。方谓全台可以保全，不意迭得津电，谓合肥在马关将订和局，彼酋肆意要求，索地索偿，悉如所欲，台湾全省、辽东等处一并割与，且赔兵费至三百万万之多。中国既有割地之羞，亦安得如许金钱为和戎之用？目下关内外屯兵十万余人，又安见其不能一战而遽出此？

昨以兵尚可用，和可暂缓，电请军务处代奏。顷闻廿三和约业已画押，则时事更无可言已。

复徐屿斋光绪二十一年三月二十九日

目下仍在停战期内，倭奴最无信者，万一和议中变，必将分窜猛攻，由关外以达榆、津，处处皆需严为之备。

辽为沈阳门户，自岫岩等城不守之后，三面皆贼，仅赖左右坚与撑持屏蔽，陪都保卫之功，端推执事。鄙见贵军似未可轻动，先筹守御，然后再议战攻，盖深虑兵力一分，后路设有疏虞，奉省全局，即形震动。弟于关外情形不甚熟悉，幸与诸帅共筹之。

承示六条，语语征实，洵为善后要政。内如办赈一则，为地方官事，自应由尊处禀商寿帅酌办。至有关军务者，责有攸归，弟则不敢不勉。时局方殷，人才为亟，尚望努力自重。

复刘芸樵光绪二十一年三月三十日

牛庄之役，清帅于执事颇有微词。先既未能会攻，后又未能援应，人言啧啧，大略相同，不得不据实陈奏。

目下前事已无可言，惟锦州为两京枢纽，海口宽深，贵军驻守其间，务需认真整顿，刻刻严防。上感朝廷宽大之恩，下念清帅保全之意，以策后效而赎前愆，光复之期，可立而待。

至于行军纪律，尤宜加意申严，否则自蹈疵瑕，又何能掩攻击之口也。

复张金坡光绪二十一年四月初一日

宽甸沦陷数月，幸赖执事激励兵团，于二月初五日克复县城为慰。惟凤凰城、九连城两处为贼老巢，逼近宽境，深虑大股复来扑犯，尚望加意严防。

尊处距榆关太远，即如此次来书，迟至四十余日始到。军情变幻，旦暮改观，必须度务揆幾，决策定计，无迟滞之弊，方可操制胜之权。一切进止机宜，请与依、裕两帅商之，敝处不为遥制也。

复王夔石光绪二十一年四月初九日

丁、李调扎一节，近日沿海等处，道路梗阻，往来不便，与前情形不同，自应缓调。此间居津、榆之中，非设电局，消息不能灵通。仰承转饬余道办理，至为切要。

初四日，风雨潮涨，榆关各营亦多被水，虽未淹毙兵马，而营垒军装莫不损坏。猝遭此患，颇于目前防务有妨。晚生已并津、关两处电奏大略，其大沽、北塘、芦台一带情形较重，似应由尊处详细奏报，前函业已附陈，想邀鉴察矣。

复王夔石光绪二十一年四月十八日

前准岑京卿咨缴关防，并嘱敝处代奏开缺，当以云阶年富力强，值此时艰，正宜努力，未可遽行引退，照覆在案。兹承示及云阶现患足疾，欲销差请假，回京就医，自未敢强为维絷，容即查照代奏。

今日督办处电，已定和约，即日息兵，业经分电前敌各军遵照。前闻倭以俄故，有还我辽东索增百兆之说，其实目下机会堪乘，尽可有词以拒，未知政府诸公如何因应也。

复岑云阶光绪二十一年四月十八日

接展惠书，敬承一一。贵体偶有违和，深为驰系。执事春秋正富，高举尚非其时。承嘱代奏销差回京调理，目下时局将定，自未敢久屈高贤，容即查照来函，代为陈请，俟奉朱批，再行恭录咨会。世变方殷，莫知究极，诸惟努力自玉，不胜拳拳。

致督办处光绪二十一年四月二十日

客腊出都之日，凡留心时务者，均以驻扎永平为言。坤一于北方情形多不熟习，未敢妄置可否。及抵榆关，察酌形势，始知驻永平府之说为确不可易。盖以今日之榆关论，海则非我所有，陆路则偏就一隅，敌越宁、锦，径窥边墙，则绕出我背。敌船逾关而西，直犯乐亭及洋河各口，则敌在前，而我在后，敌在内，而我在外，调度殊形隔阂。尤可虑者，滦州铁道、铁桥久为倭算，距永平止三十余里，半日可至。敌若以数船牵制乐亭等处防营，别出悍卒由滦州登岸，毁我铁道、铁桥，进踞永平，虽有游击之师，亦缓不济急。如此则京东震动，津、榆声息不通，转运道梗，大局堪虞。坤一夙夜筹思，早欲移驻该郡，以固内地而资兼顾，并多屯粮械，以辅铁道所不及。惟届防剿吃紧之际，先既驻榆，理宜静镇以维系军心，是以未达清听。现在议和息战，不敢不将一切情形据实具陈。昨调丁军驻滦，仍为铁道、铁桥与永平府起见。坤一养病唐山，为津、榆适中之地，且为津、榆必由之路，于目前事宜尚合，不必移赴永平。一俟时局大定，应否回津与两粮台商办一切，届期请示遵行。

再，此次军务，各处专案请款定购外洋快炮与各种小口径快枪，配子千出，价值甚昂。又碍于公法，潜运来华，盘脚亦贵。似此利器，糜费巨款，自应妥慎收存。请饬原办人员，查明购买某项快炮若干，某项小口径快枪若干，各配子若干，发出若干，余存若干，逐一报部存档，以便稽核。其领用各营，例应出具印领，俟裁撤日，必须如数缴回。或带往原省，或调赴他省，即应咨行该省督抚，于该营裁撤日收缴。尊处一经提撕，外间自当加意清理。否则公家之物，漠然置之，或任将领私留，甚有不肖弁兵偷卖，殊为可惜。

又据各统领面禀，小口径快枪弹子，每箱上层尚佳，用至下层，往往有不合膛，或药力不足，难于及远。因思南、北洋与洋员汉纳根等购买此项小口径枪弹甚多，有无子不合膛、药力不足等弊，并请饬派熟习人员，逐箱抽验，责令认赔，以免临阵贻误。是否有当，伏候钧裁。

坤一未另购枪炮，唯先在南洋定购马梯尼新枪一万六百杆，小口径比枪一万杆，各提一半来营。另毛瑟马枪一千杆，经贵处拨到广东各种洋枪三千六百杆，及由广东、河南等处借拨抬枪、背枪共二千四百杆，陆续分给各军应用。现查董福祥领去马步枪二千杆，牛师韩领去马步枪二千一百五十杆，带往陕甘，业经咨明该督抚，于该两军裁撤日，即将此项洋枪缴存该省。其余皆在关内外湘、淮各军，汇开清单，分存台局，以便随时收缴。合并陈明。

复恩雨帅 光绪二十一年四月二十一日

此次倭奴无端肇衅，扰我边陲。弟以衰质，谬握兵符，本期直抵黄龙，一雪诸君平壤之耻。乃合肥东渡，迁就行成，弟三次奏阻，无力回天，愧愤填胸，寸心如结。

近闻倭以俄故，辽东尚可瓦全。一线转机，正不可测。不自振拔而仰助于人，国体益伤，后患益迫，盱衡时局，能勿悚然？夫引狼自卫，本属非计，然处此万不得已之势，若因应不善，则狼且与狈共售其奸。

俄地大兵强，与辖疆实相逼处。前承台电，俄允助中伐倭，其意虽不可知，而其言固自可取。将来势局大定，办理一切交涉，羁縻联络，弭边衅而固邦交，是所望于贤执事也。

致李中堂光绪二十一年五月初五日

自春迄夏，时局变迁，中外议论繁多，贱躯忧病交迫，未敢以游移无定之语，上渎清聪。现在和约已有明文，军情极其散漫，而防务未能遽撤，饷项渐难支持，此则夙夜焦思、不安寝馈者也。

至于辽东果否退还，有无另索巨款，昨接唐薇帅冬电，台民立为总统，竟欲割据一方，并云一面奏闻，一面布告各国，朝廷自必别有处分。

长公行止若何？晚生愁坐唐山，莫知消息，不得不仰恳尊处指示一二，借以知所适从。

致唐薇卿光绪二十一年五月初六日

天中节前一日，奉到冬电，回环络诵，敬悉端倪。此次当轴主和，过存迁就，恐索敝赋，以赍盗粮，已近于独坐穷山，养虎自卫。又复无故而割赵国之十五城，捐商于之六百里，欲令赤县沦为异域，苍生变为左衽，凡有血气，孰不疾首痛心？坤一老矣，虽挥鲁阳之戈，徒衔精卫之石，每中夜起立，循视鬓发，悲从中来，常恐此生无复有报仇雪耻之日。一聆来音，阳气起于眉间，浸淫而上，几满大宅，不觉沉疴之顿除而屐齿之皆折也。

即日电覆台端，谅登荩鉴。窃思《春秋》之义，以反经合道为权，鲁隐、荀息无救于乱，鬻拳、祭仲犹谓之忠，至圣苦心，所以教千古之英雄、扶万世之宇宙者，至深且远。三代以下，此谊不明。海内三四贤豪，束缚于规矩之内，拘牵于文法之中，一遇世变，惟有孑身远引，否则束手待毙，自活不暇，何能活人？

于是异类神奸之徒，转得乘间蹈瑕，争起而窃执其柄，生民涂炭，神州陆沉，而天下之祸亟矣。虽仲尼复生，不能不望于以圣贤之心行英雄之事者也。

昔年法、越之役，为中国一绝大关键。执事以书生请缨，招刘团，保藩属，喋血苦战，卒挫法夷，其有功大局甚伟。就数十年中人才风气论之，固已不可无一，不能有二。今者寇氛更恶，时势更艰，执事重以一柱当中流，坤一虽不材，犹愿振臂一呼，远为同声之应。顷已电奏，缓交偿款，免作敌资。耿耿孤衷，未知能否稍图补救？此后于尊处之事，但属力所能至，无不尽力勉为。现饬诸将秣马厉兵，以期折冲御侮，其与执事虽隔楚、齐之风马，不殊韩、孟之云龙，总期休戚相关，始终不负而已。

来电所称，商结外援，洵为今日保台要义。物之能动在诚，人之所助者顺，此心此理，亘古相同。况气机日辟，五洲一家，中外情形，无异周之战国。合纵连横之局既已渐开，远交近攻之谋岂能不用？联络因应，端在执事为之。且坤一愚见，不但邻国宜结，即敌国可结亦宜结。能结邻国，即多一助我之邻。能结敌国，即少一图我之敌。果为出柙之虎，则不可纵。果为入苙之豚，则不可招。但求足以保境息民，即少予之以利，亦未为不可也。

抑区区微悃更有请者，语云："同舟遇风，秦越相救。"况平生肝胆，更当何如？台疆时危势险，必得文武一心，乃能万众一心。微闻渊亭性颇多疑，与执事小有不惬。此诚武人通病，务望推心待之，屈己从之。渠之威名，敌人所畏。藜藿不采，当念斯言。昔王景略释邓羌之嫌而克歼大敌，张德远录曲端之过而自坏长城，明代袁崇焕、毛文龙之事，皆可为殷鉴。执事负绝世聪明，又遍阅前人甘苦，凡坤一所知，皆执事所已洞知。忝论肺腑之交，聊布腹心之语。问冯亭于上党，鹑首终还怀。仲坚于夫余，虬髯若睹。倚沼畦瀛，可胜遥望。特遣易道持函渡台，敬将鄙意，同依北斗，更盼南针。万望为国为民自玉，是所切祷。

复吴清臣 光绪二十一〔年〕五月初七日

余镇仰承宽政，遇事通融，体恤拊循，固已无微不至。其请领各款内，碍难照准者，自应指出驳饬，以免将来有干部诘。唯该营尚有应领之项，如二月以前津贴四成米银、驼车价值与喂养之费，因贵局裁撤，致无着落，已饬由湘军粮台设法弥补。该镇以专阃大员，于一“利”字，斤斤计较，不胜纠缠，颇有逼人难堪之处。

和约已换，商还辽东一节，尚无确耗，虽有俄、法等国居间之说，倭奴媚事各酋，恐仍是调停了局。兹事如此结束，匪特我辈所不敢知，当亦彼族所不及料。竭民膏而不惜，问国体其何存？五夜徬徨，能勿流涕！

撤防尚需时日。兄手足酸痛之证，日见增剧，若不赶紧医治，恐成偏废。现拟奏请开缺，倘荷圣恩，放归田里，舟过长沙时，尚可一挹仁辉，借罄积愫。

郑镇五营回湘撤遣，经见奏准，另给一月恩粮，祈饬司局速为清厘，俾得安静归里，是所感祷。

复唐沅甫 光绪二十一年五月十六日

贵军饷项一切所需甚巨，部拨月只十万，又以洋款规平折数益少，支绌之状，想见荩劳。惟查此次军务，自去岁征调各省勇营，陆续派赴前敌，转运饷械，需车日多，各局以雇觅维艰，欲广招徕，不得不撒手放价，而运费遂因以日增，凡此情形，当亦大部之所深悉。且东征粮台既有定章，固不能于贵军独存刻核也。至于各营薪饷之浩繁，规平折合之亏少，尽可分晰声明，应行补领若干，或专折具奏，或商请督办处酌核。执事公忠体国，为朝廷所深知，仰荷恩俞，当在意计之内。辱承下问，辄豇刍荛。

另示拟俟倭兵退出奉境，即请撤勇以节款项，尤征力顾大局、体念时艰之至意。现在局势稍松，各路防军本可次第遣撤，第商还辽地，尚无确音，十三日电旨，仍饬各扎原处，小心防守。究竟应撤应缓，仍请台端察度情形，奏明办理。

致张香涛光绪二十一年五月十六日

时事之变，至今日极矣。台湾自立民主之国，奉唐中丞为总统，实创千古未有之奇。薇卿智勇深沉，讵自同于孤注。而治弟鳃鳃焉虑难持久，劝其厚结外援。回信虽未言明，而气定神闲，好整以暇，似已先有成约。第夷情莫测，能否不为反间所动，以保始终，殊无把握。闻尊处密拨饷械若干，曾否如数解到？以后能否潜商闽、浙、广东就近设法接济，留此一线生路，想已具费荩筹。

又闻薇卿先有电奏，请仿辽东办法，以款赎台，即以台质别国，可得十万万款，是亦曲全之策。朝廷置之不论，得毋以阳弃阴取为嫌，恐倭借为口实。治弟职在主兵，亦未便以此为请。我公为诸侯长，台湾本隶南洋，何忍坐视糜烂而不之救？倘蒙仗义执言，明目张胆，约会北洋，邀请西洋各大国为之排难解纷，当亦易于就范。保全生灵亿万，时局赖以维持，功德为无量矣。是否有当，伏候卓裁。

致翁宫保光绪二十一年五月十七日

前承手书赐答，训勉殷拳。曾几何时，局势一变，承明入对，不知如何咨嗟，朝夕论思，不知如何痛愤，难乎为我皇上，亦难乎为我公矣！还我辽东，实得西邻之力，如加款未能全驳，似不可强人所难。中国既无海军，台湾已成孤注，借以塞责，于计未疏。唐薇卿此举，即使无功，亦不失为奇男子之事，未审尚可设法调停，以免糜烂否。

现在和议已定，钦差大臣差使应即撤销，若复拥此虚名，实属有靦面目。兼以贱恙增剧，万难再领大藩。窃忆光绪八年终养回籍，得一本地外科，寻取瑶峒草药，薰洗数次，脚疾渐瘳。现在血气虽衰，病尚可治，倘蒙天恩给假旋湘，延访旧医，可望沈疴复起。垂尽余生，尚图异日犬马之报。业经晚生沥情具奏，伏希鼎力矜全，代恳圣慈，俯如所请，是所至祷。

再，关内外各军，钦奉电旨，照旧驻扎训练，以备不虞。然自停战以来，军心极其散漫，即时加申警，亦难望整严。非仅虚糜薪粮，并恐滋生事故。现在和局既定，惟有赶紧议裁，多裁一营即节一营之饷，早裁一日即节一日之饷。第须分投安置，庶免相聚为非。或饬归本省原防，或带回本籍遣散。南方之勇，仍照前案，由轮船送归，以免逗遛。并将应撤者略分后先，即借应留者以资弹压。撤则必须收缴快枪、快炮，以备异日缓急之需，且免散在民间，为地方无穷之害。留则并成大支劲旅，隐若长城，以勇略兼优、年力正壮之员统之，方可期其胜任，否则无能为役。

复德晓峰光绪二十一年五月十九日

此次和议，二百兆赔款之外，复畀以台湾全省，幸得三国居间，辽东一带，尚不致沦为异域。国势日蹙，洋债日增，将来不知伊于胡底。老泉有云："知其势将有远祸，而度己不及见，谓可以寄之后人，以苟免吾身。"其斯之谓欤！

弟年衰力惫，无补时艰，昨已具疏恳请销差，并开底缺，盖此后事机日难一日，断非衰病之躯所能为力也。

藩席简任午庄，此君任事勤能，才猷卓越，必能赞襄硕画。

致陈右铭光绪二十一年五月二十六日

此次军务章程，未能画一，不仅各省互异，即一省亦复不同。以江南论，陈舫仙总统十营，公费至二三千两之多，李寿亭总统十五营，据称每月公费仅二百两，不唯不及陈舫仙十分之一二，即比程从周、宋佩珍、余勋臣、熊珊溪诸人每月公费在千金内外者，亦复厚薄相悬，实不足以昭平允。推求其故，盖由仓卒征调，倥偬启行，并未议定通章，一体遵照。抵防后，由各总统及各统领禀求督办处及本省督抚随时批准，亦不考核成案，以致参差不齐。如陈舫仙则自定条款数目，请饬部立案，钦奉俞旨，是以所得独优。其余亦视各人气力，就中不免菀枯。今李寿亭禀经弟处，批交贵台核议，务望斟酌调剂，即江南不肯认解，亦当设法津贴若干，看来事竣报销，必有通融弥补之处。

李寿亭此次统兵北上，绕道山东，艰苦万分，不得不代求量为体恤。又各统领请领驼车价银及喂养之费，沾润不少，李寿亭与所部万、张两统领独否，其不善取利可知，或者于此挹注何如？

致李中堂王制军光绪二十一年五月二十七日

廿二钦奉廷寄，饬坤一与宋军门及依、长两将军各将所部防营裁留归并，以成劲旅。廿四复奉电旨，饬坤一会同尊处，将关、津等处各营，详细斟酌，分别汰留裁并，奏明办理。

坤一以关、津各营，除闪殿魁等军业经电奏分次撤遣外，余唯淮、湘两军为大。淮军总统，如直隶提督聂军门勇略为诸将冠，关、津皆直隶提督所辖，应即以关、津防务，责成该提督一人。并将应撤淮军挑选精锐，拨足该提督所部三十营或二十五营，再以登州镇章高元、永州镇贾起盛、前台湾镇吴宏洛三军隶之，亦各拨足十五营或十营，以厚其力而重其权。该提督自驻山海关，令章高元等分驻天津、滦州，以期声势联络。其老龙头、洋河口、大沽、北塘炮台照旧设防，或酌裁兵勇，或调换守将，以节縻费而资得力。

此外如乐亭及埕子口等处湘勇，久役思归，留亦无益。唯古州镇丁槐，将才殊不易得，而本部太少，请暂留驻近畿，以备缓急。管蠡之见，未审是否有当，伏祈会商酌定办法，俯赐指示，俾有遵循。

复宋祝三光绪二十一年五月二十八日

前绎廷寄，分别某某所部，则敝处与尊处及长、依两帅，自系各有所指。嗣后钦奉电旨，饬与李傅相、王夔帅斟酌关、津各营裁留归并，则关外各营由公主政可知。唯魏、陈、李均是湘军，晋军亦是湘人接统，弟尚可汇入关、津办理，此外不得不仰费荩筹。如以海城尚聚倭寇，目下未可多裁，洵如台示，距敌稍远，无用之军，如吴仪堂及刘、蒋等营，不妨先行陆续遣撤。吴军亦隶麾下，即请迅赐指挥，并即专衔具奏。

复张香涛光绪二十一年五月二十九日

江南北上各军，正饷之外，尚有随饷应发一切杂支之款，前经饬据湘军粮台议覆。该台垫发之项，仍应由江南筹还，以符通章而清界限，业经咨达冰案。

昨据刘镇光才禀请饬台垫发饷项，该台以金陵支应局开报刘军饷数尚有过支，粮台放款日巨，筹垫维艰等情具覆。查该军上年在宁领过七万余两，又以发给北上川资，并制办皮衣与夹帐房、新式九龙袋以及锄铲、车驼等项，宁局续解三万两，旋以不敷购办，复由敝处饬湘台拨给一万两，是此四万两专为各项活支之用，不在正饷之内。而支应局开报册内，于先后所发十万余两，只将加给统费及柴价、皮衣三项划出，余款概归正饷，扣至本年三月底止，仍余银三千余两。其津贴、米价等项杂支，宁局概欲粮台经理，此过支之说所由来也。在宁局或因刘镇尚未报明，无从核计，不得不如此开列。惟念该军续领之二万暨湘台所领之一万，既为活支所用，似应另列一款，由该镇逐一核实造报。除湘台一万业据详称由台报销外，江南三万仍归支应局办理。其先领之七万余两专作正饷，而以米价、柴草、炮费、喂养、杂项作为另款，俾免混淆。据称自起支日起至本年四月底止，共应请领三万九千余两、英洋一千三百余元，四成米价不在其内。前因饷项不继，商由转运局林道代向东征粮台胡臬司处暂借三万应用。现在催还归垫，各营亦欠发甚多，业经该镇派员赴宁请领。

务望台端俯念该军需饷孔殷，饬令支应局查照该镇请领数目，核明迅速发给，以资接济而免缺乏，感荷仁施，实无既极。

复彭纪南军门光绪二十一年闰五月初三日

时局至此，中国将来永无自强之日。大疏谠论忠言，字字沉着。至谓倭必不能持久，久则必困，尤为知己知彼之言。鄙人第二次电奏内，亦以持久为制倭要着，与尊指尚相吻合。可见彼之材力有限，人共知之，而惜乎吾谋不用也。

致李中堂光绪二十一年闰五月初四日

会奏之折，昨已拜发，日内当可揭晓。唯辽东倭兵日增，关外不敢撤防，先经奏准撤回锦州陈湜一军，复经裕寿帅诸公奏留大高岭，其余更不敢动矣。似此迁延，不知何日了局。当轴似无主见，应请尊处商之倭使，将辽东之兵撤回本国，以便中国解严，不致再生猜忌。

中倭既经讲好，自当互相体量，以期永敦睦谊，想倭人亦以为然也。是否有当，伏候钧裁。

复毛实君光绪二十一年闰五月初八日

此次军务，征调各省防营，头绪既属纷如，事权又不归一，以致劳师糜饷，未见立功，良可惜也。

现在势局渐定，整顿海防实为刻不容缓之事，而尤以选将为第一要义。将才十不得一，大将之才更百不得一。值此用人之际，惟有舍短取长，拟酌保十数员，以备圣明采择。

各军除留防外，一律饬回原省，应留应遣，由该省督抚酌量办理，此间自可毋庸代谋。至遣撤事宜，卓见各条均系切当不易之论，与敝处日前具奏各节大致相同。其间有应略事变通者，则以营数太多，章程不一，不得不察酌情形，以期允协。

已嘱营务处冯侍御、曾观察暨津海关盛观察随时随事与执事商度，总期斟酌尽善，弭患无形，想诸君全局罗胸，不难从容坐理也。

致荣中堂光绪二十一年闰五月十七日

中倭之役，或战或和，始终出于合肥一人之手，朝廷多方迁就，外间莫得端倪，结怀忧愤。还辽既有成说，当无变更，加款若干，恐难全驳。台湾如此决裂，唐中丞何以不自度量，只增中国之辱。现在时局既定，关内外诸军似宜速裁，否则虚耗薪粮，并恐横生枝节。

弟忝持兵柄，莫济时艰，来谕勿遽求退云云，自是良朋规劝之义，何敢再有所陈。唯弟决计乞身，并非去劳就逸，实以年衰力惫，将来陨越堪虞。计自抵榆关，未离医药，夜则耿耿不寐，昼则忽忽若忘，驯至眠食日亏，起居无度，不梦而作呓语，不饮而有醉容，当躬每不自知，旁观为之失笑。以此临戎行，膺疆寄，欲不贻误，其可得乎？弟以庸才而荷重寄，兢兢业业，垂四十年，幸免咎戾，乃至晚节末路，身败名裂，当亦我公之所不忍见也。

或谓北洋之事，出于有意，未免深文。但老年志荒，而不知止足，以致公私交困，其将何以自解？时局至此，讵可由弟再坏？

我公不为交情计，独不为世道计耶？

弟于朝贵，素鲜声援，所恃以无恐者，圣明在上，王在军机处，公在督办处，得以通诚，冀蒙体恤。拟俟防军裁留就绪，重申前请。倘我公不能为地，朝廷强以所难，唯有抵死固辞，甘受大戮，必不敢贸贸然为之，致如今日之合肥受人唾骂，昔日之湘阴受人揶揄，自辱辱君，并以辱友。公知弟者，得以尽言，幸勿责其过激。

致督办处光绪二十一年

谨密启者：

台湾消息，传闻异词。就事体论之，于理既为不顺，其势断难支持。揣倭之意，必于秋后大举攻台。应请严饬刘永福懔遵前旨，率众内渡，仍赴本任，所购枪炮子药等项自可带回。倘刘永福始终固执，或为地方绅民劫持，不能脱去，亦请明降指挥，将南澳镇总兵革职开缺，以后听其所为，以免倭人将来有所借口。

至归还辽地，既有三国担承，已各受谢于我，倭人亦有明文，想无翻异。唯索款五千万，能否轻减，有无定规，应请速为之计。

现在倭于辽地极力经营，意在久据。而我关内外防务已经撤动，其出尊处议留湘、淮、豫三军各三十营均未就绪，因有照旧驻扎之说，故湘军于此三十营内，应归并者不敢调来，即于此三十营外，应裁遣者不敢撤去。似应饬令魏光焘、聂士成及宋庆将所统三十营赶紧部署，并于关、津、锦各按地段，高垒深沟，以张形胜。其余悉是各省练兵，可以调回原防。是否有当，伏候钧裁。

致胡芸楣光绪二十一年

查陕军即马提督心胜统带驻扎关内之昌黎县海岸，据禀于二十一、二、三、四等日拔营。鄙见初拟俟陕军撤后，续撤晋军。既思晋军系用晋饷，现在截停驼车、喂养，于贵台别无糜费，且扎宁远州地方，当凤军裁撤进关之时，经过宁远，有晋军巡缉道路，不无裨益，似可稍缓。即泰安军与王连三各营驻扎之处，尚属紧要，且各有不撤之练军，尚须分别清理，亦可稍留。

应请遵照傅相钧指，先撤秦王岛潘营步队。查该步队五营内，有本年春间新招两营，系弟专衔奏准，其余三营则系老勇，若五营同撤，似应弟与北洋会奏，方合事体。傅相现未回任，王夔帅亦应列衔。或俟督办处核覆裁撤事竣汇办亦可，现在下札，并应三处会衔，即祈尊处先行请示为要。

致督办处光绪二十一年

谨启者：

递接两江院司函牍，以该省度支告竭，罗掘无从，所有上年北上湘、淮各军，每月饷项银八九万两，万难接济，请截至六月底止，自七月以后，改归部拨，或另指的款，嘱坤一会奏。坤一以事由江南主政，军营本不与闻，即欲挈衔，亦应由两江衙门办理，分别回覆。

伏查此间湘军并计九十余营，均驻关、津及河西务等处，合之淮军及直隶练兵百余营，实形拥挤。其由江南调来湘军三十余营，除陈湜、李光久两军应遵电旨暂留关、津外，余如现扎埕子口之李占椿、万本华、张国林共十五营一哨，又扎乐亭海口之刘光才、申道发共十营两哨，扎滦州、唐山之杨金龙两营，似可先行撤回，由两江、江西自行筹酌月饷。若迟至十月，与各军一时并撤，则人数太多，轮船难于周转。并虑本年封河较早，各勇由陆南旋，沿途不免滋扰。坤一因尊处先有各军照前扼守之议，故未敢言。今关内外防营另有布置，湘军均经进关，兵力已厚，则李占椿等各带所部回江，是否可行，应否具奏，伏候裁示。

致魏午庄光绪二十一年

径启者：

承准督办处咨行奏准执事总统湘军，酌留三十营驻扎山海关一带，一切分统等官，均听自行选择等因。现在湘军或调防畿甸，或调援陕甘，此间所存无多，尊处拟酌留何营勇，选择何分统，应请分别奏咨，以合体制。兹若由弟径派，则非自行酌择，不惟于体制不合，亦与督办处原议不符，弟实不敢冒昧。伏乞查照原案，斟酌事宜，迅速核办，是所盼祷。

致翁宫保光绪二十一年八月十七日

前上公函，未蒙赐答。贱躯亦为二竖所困，一切不免因循，而时局之艰难，固无日不辗转怀抱也。还辽实为要着，不得不仗俄国始终斡旋，如果非贿不行，则三千万亦不可惜，尊意以为然否？

善后之策，莫急于铁路、矿务两端。倘任用非人，恐难收效。官办不如商办，关、津成案具在，利弊较然。前次折片，已备言之。方欲以此力图富强，顾蹈铁政、船政覆辙可乎？

以现在时势，不能不破格用人，于名教无关，似可唯能是予，不必问其流品何如。务望我公主持，及早定议。

榆防现已撤动，唯待魏午庄入关，归并三十营，重新壁垒。无奈湘军归思甚切，竞请南还，将于此中汰弱留强，仓卒未能就绪。陈舫仙所部尚少五营，马队更无可调拨，待其成军西行，此间便可以渐收束。回忆前此数月，非遵谆嘱另设湘军粮台，以陈右铭专司其事，则头绪之纠纷，首属之轇轕，敝处不胜其累矣。

复荣中堂光绪二十一年八月

弟此次督师无功，不唯进无以对朝廷，退亦无以对乡里。忆自出驻榆关之后，递经电嘱前敌，毋轻进，毋攻坚，至十余纸之多，曾经抄呈尊处。如吴清帅肯受节度，亦不致败于牛庄。迨至中倭讲和，两次电奏请缓，盖以关、津部署已定，尽可坚守，以挫其锋。此议倘迟数月，待彼转圜，即使稍予便宜，亦不至赔款割地，如是之甚。不料天助为虐，致有四月初旬风潮，滨海各营，不免摧塌，疆吏飞章入告，又甚其词，遂谓天意使然，汲汲讲款。合观事之始末，亦似有数存乎其间，非人力所能挽回，可胜扼腕！

现在善后之策，唯有亟修铁路，广开矿务。弟以此等举动，必归商办，设立公司，方可期有成效。张燕谋虽官实商，且系熟手，用之当可胜任。公其援手以维时局乎？

复程从周光绪二十一年八月

顷三少君来津，出示惠书，诵悉一一。所需快炮、快枪及无烟药弹等件，当即查照来指，商请夔帅如数拨发，以利师行。回氛飘忽靡常，追剿包抄，马队必不可少，但须兵力稍厚，方足以供指挥，而辅步勇之不逮。

吕镇以五营为少，续经督办处改调陈镇凤楼一军，昨已钦奉电旨，饬令该镇随同麾下前往。唯查陈军五营，本有漕标两营在内，已于上月先撤回防。所余三营，原留两哨在清江、山东一带护送北洋饷项，现在所部实只两营三哨，合计六百五十匹，尚不如吕军之多。而陈镇又因病请假，不能远征，必须由执事另派接统，庶免贻误。业经据实电覆，未识督办处如何调遣。倘仍用陈军，务请台端迅速派员前来，方可克期开行。

连接董星五军门电，所部已过洮河，屡获胜仗。军事似已得手，再得大军进发协剿，则西疆底定当在指顾之间。少君器局儁爽，气度安和，雏凤清声，益征德荫，可胜豫贺。

复李穆门 光绪二十一年九月初七日

鄙人早经患难，久澹宦情，只以时局孔殷，受恩深重，不得不勉膺艰巨，冀稍纾君父之忧。无如寸效未收，遽成和款，固由人事之未尽，抑亦运会使然耶！

今事局既定，关内外三军业已各专责成，江南各军又次第遣撤，沿海防务本北洋职分所当为，至于订约通商，议归辽地，则是全权大臣之责，弟未便徒拥虚名，致贻非李非柰之诮。现在奏请销差，并乞骸骨，得卸仔肩而赋遂初，是为厚幸已。

复刘达泉观察光绪二十一年九月二十一日

接展惠书，并颁令祖蕴师刻本，具征执事志切光前，以传家之治谱，为寿世之文章，作述相承，渊源有自，昔所谓元成能修父业，魏謩大有祖风，殆无以过之。

见属一节，弟风尘俗吏，何敢妄言发凡。第念夙列门墙，受知最早，每怀曩日春风之坐，辄深哲人梁木之思，今读遗编，弥增枨触。拟俟军务告竣，笔墨余闲，谨当弁言简端，以志长者一日之雅。

复徐进斋光绪二十一年

来函传述傅相钧旨，嘱弟进京，毋请开缺，敢不承教！俟各军遣撤完竣，即行具陈。

唯念中倭构衅以来，凡督抚中有起用而托故推辞者，有内召而借词延宕者。弟于客冬遵旨北上，犹是病躯，今正衔命东征，无一旧部，似与畏难规避者异矣。皇上面谕驻关，勿赴前敌，玉音至再，盖以榆关为两京枢纽，所系甚重也。海冻既开，倭船由威、旅来，半日可到，则榆关即是前敌，弟若违旨出师，以援海、盖，恐我军未抵宁、锦，倭船乘虚而入，榆关已形累卵之危，万一有失，则宸居震惊，关外诸军，闻后路已断，亦将不战自溃，全局立坏，咎将谁归？弟力拒纷呶，坚持定见，严督诸将浚濠增垒，为固守之计，倭船数至老龙头与秦王岛等处洋面，望望即去，不敢登岸，未始非预为布置之力。非敢以此见功，似亦可告无罪。

近人鲜懂军务，或者以弟为怯。今傅相垂念及此，不觉有感于怀，敢申言之：初抵关时，偕熊珊溪诸君踏看威远城一带形胜。是日海风甚劲，割面如刀，熊则左腿受伤，寻成瘫废，弟触发右脚旧恙，渐至偏枯。及到唐山，突患霍乱、疟疾等证，九死一生，迄今尚未复元。凡此情形，皆公所亲见者。如果时事吃紧，弟亦何敢爱身。今幸沿海解严，而弟在此不服水土，窃望朝廷体恤，早令南还。第张香帅正在励精图治，一时易置为难，是以避位让贤，为此开缺之请。亦自顾年力衰惫，不可不及早乞休。其实弟之不忘江南，与江南之不忘弟，正有同情耳。

敝处薄物数种，谨遵台命，交票号寄送令弟。唯匆匆未及笺候，伏乞便中代达鄙忱。

复程从周光绪二十一年十一月

甘肃军事，近日甚为得手，兵力既厚，不难刻日荡平，自可无烦大军前往。全队既扎卫辉，将来或别有调度，或就近遣散，督办处必有权衡，执事尽可在京商办。

至于悠悠之口，何代无之，虽古名臣，有时不免。吾辈受恩深重，当以竭诚图报为先，但求心地之坦平，即不计浮言之毁誉。所谓“御寒莫如重裘，止谤莫如自修”者，窃愿与执事共勉之也。

时艰孔亟，宿将寥寥，求其材略冠时、文武兼备如麾下者，诚不数觏。即使时局大定，裁撤勇营，而八闽提封，朝廷方隆倚畀，乞退一节，目下尚未易言。

书牍卷十二

复王中堂光绪二十二年正月初九日

津沽于役，麈教时聆，体国之忠，爱我之雅，私衷感佩，如何如何，昔人云“不知何以为辞”，此真善写状者也。

治晚礼成修觐，求退未能。陛辞之日，仰蒙温霁，训诲周详，而于自强之要图，尤为圣怀所眷注，值此痛深创巨，不知何以仰答天心。

初七日出都，腊尾抵浦，昨日乃至邗江。现与香帅电商，定于本月十七日受篆。南洋政务，上年改易不少，第局面过大，筹款无从，诚恐后难为继。治晚到任之后，断不稍涉成见，仍以戒虚糜、求实济二语为本。惟任重材辁，深虞无补，一切必须就正有道，乃敢见诸施行。将来尊处善后章程，南洋当奉为圭臬也。

中倭商约迄未就绪，而苏、浙两处又当虑始之时，彼族一味要求，得步进步，本无情理可谕，况今日有以启之耶！大公祖胸罗全局，南北又谊属一家，朝廷忧勤惕厉之时，正我公宏济艰难之会，瞻仰风度，不尽拳拳。

复赵展如中丞光绪二十二年正月二十五日

弟此次回任，明知万难，而不料搜刮如此之空，负累如此之重。如人仅存皮骨，精血已枯，将来剥削，犹无已时，恐难久图生活。张香帅才自可爱，心亦无他，而用财如泥沙，办事少着落，此其大病也。

练兵最为切要，自当接续筹办，期于成功。惟洋将三十余员，人既太多，薪俸十一万余金，数亦太厚，将不知何以为计。

前出都时，常熟以杨道宗濂之言，谆嘱于金、锡等处分设官局，收茧缫丝，以免行户垄断居奇，国计民生均受其病等语。途遇任筱翁，论及此事，则谓苏城已设商务局，归陆凤石经理，所有缫丝及纺纱两项，商民业经开办，无须官为另筹。昨闻叶令与黄道幼农又微有异同。究竟金、锡与苏、沪等处各设缫丝几厂？每厂若干盆？纺纱几厂？每厂若干锭？此项资本是否出之于官？抑由各商自出，商务局惟总其成？香帅电奏办法，以应还之息，借华款二百二十六万两，转借商务局为缫丝纺纱之用。华民是否情愿，不以失信为嫌？陆凤石如何规画？伏祈详悉见示。

又，内地修造铁路，官民合办有无窒碍？由沪而苏，由苏而镇而宁，能否一气呵成，不至半途而废，尽弃前功？尊处想有胜算，并一示知为祷。

致瑞莘侯方伯 光绪二十二年正月三十日

顷查案卷，客腊接准部文，各省制造银元，必须派员专办，若由藩台兼办，殊与部章不符。执事既称刘、吴两守可用，刘守现已捐升道员，似可即委该员驻局专办，并委吴守提调，仍归尊处总办。详咨首列大衔，可收考察之权，亦不至有违部议。

江省需用银元、制钱，经张香帅奏明由鄂、粤代铸。今改归自铸，即应恪遵部章。

又，准总署咨行，以各国公使照会，中国各省奸民，伪造银钱，流入外洋，有碍商务，行令查禁，立法甚严，江南开办之始，不可不格外慎重也。

复罗耀廷光绪二十二年正月三十日

承示巡防、操练各节，可谓实事求是。唯海氛既靖，安易忘危，厝火积薪，忽而不察，营务渐行废弛，军威因之不振。迨至日久，不独将不知兵，抑且兵不知兵，所以一旦有警，一人受挫，千军皆奔。前事不忘，后事之师也。且今之练军，习染与绿营相埒，军兴来朴野之气，尽变为油滑狡诈，戚南塘不用城市之人，即是此意。麾下忠勇朴诚，实属不可多得，自当破除积习，益矢忠忱，寓精诚于教练之中。莫轻于前，莫馁于中，莫懈于后，虽韩、岳之背嵬军，王越之荡跳士，举不能专美于前矣。

复松峻帅光绪二十二年二月初一日

徐属虽故多盗，若地方官时时侦察窝顿，何至盗风益炽如此！州县之废弛阘茸，职由各镇道之漠不关心。弟之撤换镇道，即是一家哭何如一路哭之意，欲破痼发蒙，挽回积习，舍此别无良法。特恐前去后来，犹吾大夫也。然范六丈之笔具在，来者或知所儆惕乎！

承示苇荡两营，香帅既未列入裁兵案内，自可照旧存留，以供不时樵采之用。

致翁宫保光绪二十二年二月

再，晚生于山东长清县途次遇任筱帅，谈及金、锡设局收茧，告以尊意及杨益芳所陈利弊。筱帅云已由绅民开办，有苏州商务局经理，不须官为另筹。并谓行户以低价抑买好茧，与业户以次茧强索善价，均应示禁。此公入都，计已备达清听矣。晚生抵江南后，细询情形，微有不同。现经函商赵展如中丞，尚未见覆。大概本届已晚，俟七八月，察看有无前项情弊，商酌办理，以副雅嘱。

致徐颂阁尚书光绪二十二年二月初五日

再，弟初见香帅，即以尊意面询《承华录事略》一书，香帅云已转交吴清臣大公祖办理，尚须考核历代衣冠制度，方可依说绘图，以成善本，仰副圣怀，一时恐难告竣。

复陆凤石光绪二十二年二月

息借一款改作股本，俟四期全领之后，倒换股票，各户永为股东，亦与归还无异，目前自不能听其纷更，致碍全局。以后有绅士以此为请者，即遵来谕，立予批驳。惟苏沪铁路事属创办，需费尤繁，若使内河不行小轮，则铁路自不可少。兹欲并行不悖，未审有无相妨。论者方以苏沪铁路一成，将来常、镇、江宁不难接办，渐推渐广，为利无穷。夫不究其终，不可以谋始，是否有济，自宜预为考查。先生提挈全纲，维持大计，应行应止，必有成算在胸。即势处必行，将来归官归商，抑或官商合办，并希指示一切，俾有遵循。

致陈右铭光绪二十二年二月

再，上海黄令负气不来，业嘱桂芗亭再行劝驾，责以大义。

江西德中丞尚无回电，未审能否续拨若干。唯念萍民待哺嗷嗷，不可不亟图拯救。即祈尊处俟严佑之到湘与之熟商，请其萍、醴兼赈。如虑经费不敷，尽可设法挹注，弟与我公共任其难。萍醴毗连，一饱一饥，相形见绌，恐有他虞。佑之一视同仁，必无推诿。至于如何分途办理，并望执事就近指挥。

湘赈除由此间先行垫解四万金外，弟与同乡文职已捐有六千金，尚有盐务三千金，曾岳嵩尾数四五千金，又陈舫仙在营共捐一万二千金，稍资点缀，陆续解到，即请察收。

致杨彦规光绪二十二年二月

启者：

昨接曾慕陶侍郎函称，其祖忠襄公祠业已落成，嘱为函恳湘岸督销局援左文襄公祠例，每年酌提闲款六百金，以资岁修而垂久远。当经答以湘局经刚中堂提款之后，颇形拮据，容俟商之台端。是用肃函奉商，即祈酌度贵局情形，能否照办，径覆曾侍郎可也。

复赵展如光绪二十二年二月十七日

时局至此，我辈亦何敢畏难，正恐劳费无益。才力各有长短，识见各有是非，强效步趋，终虞蝎蹶。他事尚可设法补救，或即作罢论。惟洋款太多，难于筹还，洋员太多，难于抚驭，实无计可施耳。

苏沪铁路是否有利无弊，不能不决于执事一言，务望推诚相告。将来如果举行，仍请陆大司成来宁面商方略。

南漕一节，敬、翁两尚书均不以解折为然，松漕帅言尤切至，谓我辈万不可避嫌迁就，贻误国计民生，弟与左右当力持之。

杜云秋夙负盛名，初未谋面，前年新正寄来所著诗本，读之词旨悲凉，窃疑为山林枯槁之士。客腊于都门一晤，观其气宇清华，听其议论平实，当非纯盗虚声者。今蒙赏拔，敝处何敢絷维！昨以台指喻之，徐为劝驾，去就之义，自必审慎迟回，其实苏、宁原系一家，毋庸稍分畛域也。

致黄公度观察光绪二十二年二月十四日

大凡言易行难，动辄从旁指摘，安知当局磋磨。执事会议苏省埠务，何尝不知第五条将来准作专界，编入桥道，不无语病。顾无此松动之笔，恐其不就范围，幸是后文兼系活着，未始不可挽回补救。续接台示云："但期不至办到专界，便无大碍。"亦可见左右之用意矣。今香帅既不谓然，众论并多附和，仍仗鼎力，于续议地价、地租时，设法弥缝，更为妥善。高明酌之。

致黄幼农光绪二十二年三月十五日

铁路尽可从容筹商，唯自沪至淞似应急办。缘吴淞江口时虞淤塞，挑挖一项，为费不赀，若将铁路修成，便可一劳永逸。好在本有现存之路，据锡乐巴面禀，不过略为扯直帮宽，需价想亦无几。唯闻淞、沪两头尚应另购基地，所虑捷足先得，将来难免居奇。幸系辖疆，又在近处，伏祈密勘预买，毋落他人之手。

复陈次亮光绪二十二年三月

珂乡河湖行小轮船及蚕桑、瓷器三事，俟接准部议，即饬地方官绅妥筹办理，以副谆嘱。苏属商务亦经举行，惟绅商各持意见，其中不无借公济私之人。此间惟有核实持平，无所偏倚耳。

书局一项，遵照原议，筹解五千金，以后无从掘罗，不敢轻诺。盖江南财赋以盐务为大宗，盐务盈余实在仪栈，从前酌提数成以充公用，历历有案可稽。惟其归入外销，有时可以挹注。兹经香帅指款奏明，拨归陆军学堂，自此按年报部请销，便难挪移别用。

徐绍祖等禀批略如尊指，唯以有服叔侄，伦纪攸关，不可不分别训饬耳。

致桂芗亭光绪二十二年四月初六日

查自强军三千人聚扎一处，议者或谓非宜。并闻操场不宽，将来必形拥挤，不若分扎两处，各有操场。现在所修营房，只得半数，正可及时改作。未知西北一带，能否另购地方，伏祈迅赐察酌。此军营规本极周妥，且系参用来春、石泰章程，第就皮面看来，则似全行改易。

该洋统带或不谓然，从此意见各深，遇事益难商办，似不若仍就敝处所批原折，略加删添，但得营务处收回事权，其余不妨稍为迁就也。

致杨诚之观察光绪二十二年四月十四日

启者：

现在度支拮据异常，自应力图节省。北洋于天津设立中西学堂，分别头等、二等，所需经费，列款奏咨在案。尚拟推及上海，已据盛道台具禀，批饬议详。今南洋于金陵设储才学堂，目前办法略与津堂二等相仿，若经费浮出，将来碍难报销。兹照尊指折开数目，参酌津堂章程，量为增损。另缮清单查照办理，并将原折所开储才学堂经费，及天津二等学堂经费，各为一单比较，自能了然。

致赵展如光绪二十二年四月十八日

苏州埠务，经黄道、刘守与日本领事先后磋磨，实已煞费心力，而倭廷之不报覆，得毋尚有一二参差耶？惟有成议足以坚持，或者就中可施补救，是在当事善于操纵耳。弟鳃鳃过虑者，将来埠务若盛，洋商、洋货络绎于途，一线河流不足资其营运，势必至以铁路为言。陆凤石谓人将生心，似亦不为无见。

台指试办淞沪一段，洵为切中机宜。俟此路告竣，如果裨益度支，而后接修至苏，庶有把握。且使商民知有大利，更不难集腋成裘。第总理未易得人，尊处候补道员有无堪胜此任，伏祈裁示。

致张香涛光绪二十二年四月十九日

洋员锡乐巴因绘淞沪分图，碍难歇手，以致稽留数日，兹于十九起程上驶，听候指挥。唯据面称，淞沪一段，务须及早开工。而治弟诸事茫然，必须该员逐细料理，尊处传询之后，即饬赶紧回宁，可否以十日、半月为期，伏祈俯赐酌夺。

武道出京，尚拟在汴小住，未审何时到江，不如由鄂径调。

芦汉铁路实为中国自强之基，今得公与夔帅大力主持，将来不难奏效矣。

致龙芝生提学光绪二十二年四月二十五日

承示徐属盗风甚炽，已据该道府禀准抽调宿迁马队前来，并拟以清江丁大文马队拨归陈镇军，以厚兵力。如尚不敷，再以五台山南营继进。江阴淮勇甫经分别裁留，人心未定。且闻陈舫仙全军由关、津撤回，沿江亦须重兵弹压，并非为海防计也。山东、河南本有兵勇会哨，将来大举会剿，自当先行咨商。

江阴教案幸已查获真犯，刘令可从末减。唯医院索赔巨款，正在与之磋磨。

城中药局如欲搬移，必须另行择地。演武厅旷远，殊不相宜，容徐图之。

复邹少枚山长光绪二十二年五月初三日

弟已为洋务所苦，想左右亦有所闻。申报馆悠谬之谈，何足计较。我若斤斤与辩，彼益刺刺不休，正当度外置之。光绪改元，弟初署江篆，《申报》长篇巨制，谓我受某道员银五千两，极笔形容，乍见亦觉难堪，既而付之一笑，何蒯山长介介于怀耶！

包探徐姓在宁，已饬两县查逐，正恐去一人来一人，徒为多事耳。

陈笠潭似宜从缓出京，否则将来进退维谷。弟此时实有难言之隐，唯高明谅之。

复陈次亮光绪二十二年五月二十四日

开矿、铸钱虽议举办，经费既形支绌，经理又难得人，未卜有无成效。珂乡赣州既有可开之矿，盍由绅民具呈敝署及巡抚衙门，以资考核。必须矿产确有把握，又必须人品端正、家道富实者，方可承充认办。否则集款自肥，迹同骗局，数十年来似此固非一次矣。

上海商务，容与公度筹之。此君现议苏州开埠章程，目前恐难兼顾。苏州商务，陆凤石极力支持，而附和者少，指摘者多，股本仅六十余万金，恐无以善其后。

致何采臣光绪二十二年六月初一日

自强军因借操场启衅，亲军杀伤洋弁，几至决裂，现已敷衍了案，并即移驻吴淞，以舒目前之祸。谭军门咨请开缺终养，虽经慰留，势不能久，届期借重长才，先行署理，于奏折中切实声叙，冀邀恩允真除。此席徒有虚名，光景殊形拮据，素谂吾棣持身廉俭，不以肥瘠介怀。

前月山东大刀会匪以灭教为名，两次窜扰徐州，均经陈军击退。尚虑大股复至，调刘华轩三营前往协防。昨接李鉴帅电报，首逆刘士端业经就擒，余党当不难于解散已。

复赵展如光绪二十二年六月初五日

近来波澜叠起，口舌纷纭。朱道四任臬司，从不闻有劣迹，迄今事逾多载，忽挂弹章，假公报私，不言而喻。上年香帅欲加茧捐一案，为各领事把持，朱道设法调停，得以将就了结。反谓暗嗾洋人阻挠，未免颠倒是非。本年请查漏机，事属应办，此而不加振顿，亦有何术裨公？即使马、帅诸人稍涉严急，亦不得归罪总局以宽匪犯之诛。朱道贤而多才，裨益时务不小，今横遭凶殴，又被诬参，若不为之保全，以后安能使人为我尽力？此中公义，惟望大力主持。至于罚款，除酌提数成给赏胥役外，余仍归公，何曾为局员私润？此条尤不可废也。

铸钱归绅，大失政体，右帅励精图治，百度维新，此举不可为训。息借华款改作商股，本系香帅一时权宜，未免失信于民，无怪人言啧啧。弟回任后，以势难中止，不得不守辙循涂，为前人分咎，目下固无可发还。更虑招股为难，无以为继，商务终不能成。借款归于无着，仅剩数张机具，其何以对苏人！将来覆奏，应否预为陈明，明公酌之。

再，查龙学使原奏，谓其操履严切，众怨所归，本系实情，毋庸深讳。今日为国家理财，安得不出于严切，亦何能免乎众怨？惟是蛙鸣上苑，当问其为公为私。朱道承办厘务、商务，若无侵蚀，似可曲原其用心也。尊指以为然否？

复程从周光绪二十二年六月二十五日

查淞沪苏铁路，先经香帅奏归官办，提存巨款二百五十万金，并委洋员锡乐巴勘丈绘图，刻期开局。唯自江浦以至保定，左右言之津津，并以大义责之，鄙人不敢不勉副盛意。第计里太远，为费不赀，一经举行，便难中止。而区区于工程非所素习，不能妄赞一词，应请尊处先与李运同切实考求，自江浦至保定经过何省府州县？共若干里？拟于何处渡黄？沿途山川若干？桥梁若干？约共需费几何？以及如何集股？钦遵谕旨不许洋人干与，华商有无此种财力？谁总，谁分？务须确有把握，明定章程，而后呈请具奏。敝署唯俟察酌能有成规，即依谆嘱为之入告，此外无能为役，高明谅之。

承示大稿甚妥，未审福少帅以为然否？

复冯莘垞光绪二十二年六月二十六日

凡事未有不善始而能善终者，香帅举动如此，而弟适承其敝，奈何！自惟回任两江，本昧妨贤之义。杜诗有云：“非无江海志，潇洒送日月。生逢尧舜君，不忍便永诀。”一俟时局稍定，即践前言。至于内外毁誉，愿公勿以为虑，在人无真是非，在我无大利害，审之已久，计之已熟矣。

前后接手教，均存内署，不惟幕友不得见，即亲丁亦无从知。

第以后无烦费如许笔墨也。以时势论，自以静默为高。惟公以能言之才，居可言之地，似难谓括囊无咎，得毋如阳道州有待而发，冀得一当耶？

李傅相此行，于国有光，亦可借图晚盖，幸矣。

复赵展如光绪二十二年七月十九日

再，日前桂道回宁，面述台谕，曷胜感愧！此案如何办理，尊处自有权衡，不必为弟顾虑。江藩司溺职，江督安得诿为不知？弟自问无他，不妨为人任咎。况系应得处分，更不敢委之属员。先贤有言："君子爱人以德，不以姑息。"请为我公诵之。

弗侯人颇有才，亦顾大局，言者谓其操守平常，并无实迹可指，独惜其于子弟、幕友、家丁不知捡束，无能为之解也。

黄公度因闻北洋相需甚殷，将以津海关道为之位置，故亟欲修谒，而以请咨引见为名。弟以该道既抱奢愿，默计此间无力相偿，朋友相与有成，不敢苦为维絷。第系奏留办理埠务人员，现在事尚未完，碍难措词准其销差赴引。劝令来苏面禀请示，若事属可行，即由尊处给咨。

李筱轩大耐官职，晚年始进一阶，奉部文后即须交卸。遗缺应以何员调补，何员暂行署理，尚祈裁示。

弟回任半年，心绪忙乱，于实任候补知府政绩人才，多未考查，而首府为各郡领袖，务在得人，不敢不决之于左右，并非故存推让。当此多故之秋，藩司、首府均易生手，弟不胜其累矣。

复赵展如光绪二十二年八月初三日

属员被参，上司自难辞咎，公自请议处，并为弟请议处，均是题中应有之义。然非相知之深，相爱之厚，不肯出此，则格碍多矣。若朝廷以不同城免议，洵为恰如题分，愿公不以为嫌。唯大稿借题用誉，善于反面行文，欲抑而转扬之，未免益言者之怒，而或致迁怒，公非所以自爱，亦非所以爱弟也。

公度去留，只合听其自审。

前函尾叶论及铁路一节，竟忘作答。此事本不愿办，因陆大司成有喧宾夺主之虑，故亦欲占先着。第据张燕谋与洋员锡乐巴均谓非得四五百万金难期成效，而香帅提存之款只得半数。且俟开关后察看情形，与尊处妥商酌办。

复龙芝生光绪二十二年八月初三日

尊处钦奉寄谕，必有按照"所参各款，据实查覆"之语。声叙应详，若其中有碍难之事，只合轻笔带过。

外间颇疑此案牵涉赵中丞，展帅廉明正直，而且年力方强，将为国家柱石之寄。唯性情爽快，阅历未深，或于听言用人偶欠审慎，此亦大纯小疵。宋儒有云："君子有过，当护惜而保全之。"方今人才难得，是在明公之维持善类，以固正气为祷！

致沈仲礼光绪二十二年八月初八日

现在自强一军，于施放枪炮及队伍阵势，操练渐熟，似应择哨长、排长中之聪敏者，责令学习绘图与测量之事。测量工夫较为精细，若绘粗图应亦无难。学会一件便算一件，造就一人便算一人。尚祈裁酌。

淮勇近在狮子林，并希商之班协戎，督饬所部，一律练习德操，想亦乐于从事也。

复邓筱赤光绪二十二年八月二十日

内地通商，必慎厥始。承示苏州拟照宁波办法，自设巡捕，以收管辖之权，自是扼要之策。闻香帅已以此意达之政府，果能办到，洵足救弊补偏。

余如开办各厂，行驶小轮，皆有关中国利源，为当前急务，执事与展帅兰舟共济，知必能次第经营，有裨时局也。

致李中堂光绪二十二年九月

新正节从出洋，晚生耿耿之私，深以高年远涉为虑。既知福星一路安抵俄廷，异域向风，皆以殊礼相待，輶轩莅止，坛坫增辉，自古使事之隆，未有如我傅相者。顷闻吉旋津寓，精采胜常，周历地球，如履庭闼，皤皤元老，宗社式凭，行看赤舄还朝，嘉谟入告，两宫慰劳，百辟趋承，逖听下风，莫名欣跃。

晚生此次回任，局面一新，勉效步趋，终虞弗及。所尤难者，每年筹还户部摊款与香帅借款、欠款为数太巨，更无余力自行练兵，即所招之自强军，尚须变通办理，以资节省。

苏州新开商埠，交涉纷繁，日人狡悍异常，颇难就范。所幸山东刀匪经陈凤楼击退回巢，擒斩颇多，余悉解散，否则捻匪复起，为祸不可胜言。现为该总兵奏请开复原官，未知能否邀准？该总兵前抱冤屈，早在洞鉴之中。此次奋勉立功，讵可再抱向隅之泣？我公见邸堂时，务望俯赐嘘植，是所至祷！

致陆春江廉访光绪二十二年九月初六日

密启者：

佑总领事与各教士为江阴案犯蒋旭初乞贷一死，亦是仁心。唯照例定死，碍难改移，且恐无以对郑领事。筹思再四，只有尊处随详申请，酌入缓决，不唯可以不死，将来并可望赦，庶几事可两全，是在笔下超生，并祈迅赐裁覆。

复赵展如光绪二十二年九月十四日

此次钦奉寄谕，似知朱道办事得力，为弟与公所倚任之员，垂问再三，以昭慎重。将来覆奏，可否专就“居心行事”四字为湔洗，而于去留不提，伏候酌裁。

沪道丁艰，员缺极为紧要，必得老成稳练熟习关务之员，方可期其胜任。查镇江吕道在任多年，措施允当，于各领事相安，似可量移，以期得力。所遗镇江一缺，可否以曾道丙熙暂时承乏，该道前经委办洋务，明保堪胜关道，奉旨交军机处记名。弟在榆关视师，奏调该道办理营务处，胆识颇优，备尝艰险，拟请借此以酬其劳，才具亦属相称。并祈赐覆，俾有遵循。

复陈次亮 光绪二十二年十一月二十二日

贵省行小轮船，初议归德中丞主政，敝处未便与闻。钦奉谕旨交查，亦唯咨行院司，持平办理。另函嘱将原定章程量行删改，以期彼此相安，此外无能为役也。

铁路一节，久无成规。嗣经香帅、夔帅奏派盛京卿为总公司，一切条款亦经奏准施行，声明苏沪一路归其一手经理。第以事体重大，独力为难，若有绅富分任其劳，当亦盛京卿所愿也。虽人情难测，不能必无把持，而就事理言之，未便另树一帜。即使敝处径行具奏，亦必奉旨交盛京卿，未能共尽异同，徒失和衷之道，盖原议必声明不另设公司也。且苏沪铁路，展帅始终不以为然，若自弟强为，恐亦难期成效。左右谅之。

复赵展如 光绪二十二年十一月二十三日

前因淮、湘各军好领新枪，竟有过领一倍两倍者，其中弊情甚多，未审尊处办法，是以奉询。

承示分存苏局，自是善策，应即如数拨解。弟非不知护惜，无奈徒托空言，不唯上海制造局能否妥为收检，不得而知，近在金陵，军械所积如山阜，亦不知其修理情形。公精力正强，公事较省，可以随时照料，留此行军利器，以待缓急之需。此间拟照刘道所请，收缴各军原额前后膛各枪，一律更换此种洋枪，以期得心应手。好在此种毛瑟后膛枪弹，制造局积存颇多，并能仿造，较来福前膛枪弹更为合算。苏防各营，可否照办，伏候卓裁。

弟于前届巡阅一次，此次偏劳骆从，亦是正办。督抚平日不能远出，借此察看各属地方，接见寅僚绅士，未始无益。弟叨厚爱，无事不可尽言，唯其中委曲，亦有不便形诸笔墨之处，甚盼面谈为快。晌届春明，莺啼花笑，当候公于石头城畔矣。

再，承示求效在铢积寸累，是辛苦体会中语，学问事功，类如是矣。陶士行于竹头木屑，尚视为有用之物，卒得其力，何况军器军火。弟于十八年收回各营过领之枪，量为修治。至二十年东事倏起，征调频仍，幸有旧存之枪，勉强敷衍，否则竟至徒手。现在购办颇多，清理不易，是在我公分任其责也。

复冯莘垞光绪二十二年十二月初十日

弟前函"惊人之鸣"云云，因在唐山时左右有言，俟回院当作一二篇文字，以了职守，故论及之，并非以此相责望也。

夫言官固在尽言，亦须言而可行，言之有据，否则非徒无益而又害之。来书谓："不敢以风闻淆耳日，不忍以难事责朝廷。"是何等学识，何等性情！读之莫名钦佩。至于不肯附和多借洋款之说，适与鄙见相符。新正回任，论时务者竞进是策，并谓将来欲借不能，何如及早多借。是以无聊之想，为此无赖之尤，市井驵侩，打滥算盘，似尚不至于如此。

张、王两帅奏派盛京卿为铁路总公司，可谓知人善任。先芦汉后苏沪者，以苏沪存款挪为芦汉之用，均系正办。或疑弟有所靳，盛京卿初亦不免此心，亦视弟太浅矣。甚至有为激怒之词，将牵率老夫与之争夺，彼得于中规利，更为不值一噱。

陆司成夙负清名，乃以商务自溷，屡劝其邀钱典两商之公正者入局办事，借明心迹，将来亦可以卸仔肩，无奈其落落难合也。

朱竹石理财精核，为商务与厘务决不可少之人，不得不始终保全。瑞茀侯咎无可辞，而弟失于察觉，杨侍郎之劾，无怪其然。江南官场浮言，固知有人播弄，彼因撤差颇骤，衔恨甚深。现在仍居膏腴，犹不满意，听之而已。

威靖轮船并无换委管带之事，承嘱自当留意。

陈右帅开办湘矿已有规模，若得大力助之，不难收效。闻于明年转科，似可另图事业。

致军机处 光绪二十二年十二月二十日

苏沪铁路归总公司，以所存二百五十万金挪为芦汉之用，自是正办。第原奏预指此项余利每年二十万，为江南凑还洋款，将无着落。宁、苏两处商务局本银已一百三十余万，即使有成，能否操奇赢之术，殊无把握。唯各州县查按垦熟荒田，以复正供，积少成多，尚有实济。此外则试办矿务，自铸银钱，以期开源节流，杯水车薪，无裨大局。

至如练兵一节，不唯不能如北洋聂、袁两军另募大支劲旅，即张前任奏准之自强军五千人，只得一半，薪粮太重，亦难续招。现饬湘、淮各军一律学习德操，似尚可用。但以一万余人分布沿江各处，弹压巡防，或五营，或三营，未便抽调归并，一旦有事，殊嫌势隔力单。兵轮更无论矣。

江南财赋之区，为上游五省门户，乃以筹还洋款过巨，竟至无力自谋，固是时事之艰，亦由才具之短。此中委曲，不敢不据实直陈，伏祈俯赐鉴核。

复陈右铭光绪二十三年正月初五日

近来以洋务为最紧要，不可不认真讲求。湘人虽愚，于公敬信有素，一经开导，莫不乐从。电线有成，余可连类而及。小轮利弊参半，亦视办理如何。敬帅慎重迟回，意自在此。鄙见唯广开各矿，实足为国生财，地方穷民借获谋生之计。天地间物，蕴久必宣，数之自然。湖南多山，宝藏必富，当不独锑矿一种。兹得大力经营，将来定有奇效。

承嘱之事，敢不唯命。第其中为难之处，约有数端：一则江南候补道员甚多，现有十数员，多系大家子侄，目前绝无位置。虽国士与众不同，碍难显分轩轾。且弟于回任时，已奏调武仲平、张春叔二人，未便渎请。二则其堂母舅陈笠潭，先以部曹在山海关办事，去年改捐道员，亦求奏调未行，随即来宁守候，实甫与之同寓，从违更难两歧。三则江苏请停分发两年，未便自相矛盾。亦知奏调另是一道，苦于无可措词。四则弟自客秋腰痛难堪，深虞贻误时局，业经请假调理，非奏调人员之时。实甫如肯俯就，拟仍以幕席屈留。如谓有碍仕进，则前有陈幼莲、王子钦两君，或办奏折，或办洋务，均在敝署多年，后以道员在苏候补，人无异说，似可毋庸过虑。此中委曲，伏祈鉴原。

再，湖南湘勇，哥老会根蒂深固，枝党蔓延，北征之师，唐元圃、陈舫仙两军几至生变，我公当有所闻。现在散归本乡，闻辰、沅、永、靖为伙。该各府属毗连黔、蜀，难免暗地勾通，为患匪细。坚冰之戒，未雨之谋，非大公祖威惠在人，无敢议此。伏望留神察看，设法消弥，要不外办理保甲，严密清查，解散协从，拿究首恶。若各头目果知悔悟，亦应予以自新。弟昨刊发告示，谨录一纸，附呈台览。

复张伯纯光绪二十三年正月初六日

今天下竞求生财矣，丁粮以外，捐输、厘税业经竭泽而渔，惟矿务尚未大兴，正留为今日之用。五行百产，积久必发，塞极自通，气机所到，人事应之。中国幅陨既宽，宝藏亦富，因地之利以利民，因民之利以利国，此官办、商办之新说也。

江南矿务，现委盐巡胡道只办青龙山等处烟煤，以供各机器局、各轮船采买，余俱先尽本地绅商，次则别省绅商，随时通融为之。无奈承领者寥寥，或先承领而后辞退，大概以为成本难筹。吾湘殷实尚多，招呼自易，且关陇息兵后，此散勇数十万人无所执业，借以资生弭乱，更与别省情形缓急不同。来书洋洋数千言，于一切办法委曲详尽，仰见考核之精，规画之善，鄙怀莫名钦佩，业经摘抄缮寄右帅。另函嘱其察酌施行，未审能动听否？

另示一节，尝忆咸丰年间，湘、楚各军从征江、粤等省，每遇悍贼恶斗，辄听各营挑选锐卒，自成一队，称为“兄弟兵”，另制号衣旗帜，陷阵冲锋，为主将者犒赏酒肉，以资鼓励，此哥老会之所由来也。迨后桀黠之徒，假借名目，开设山堂，散卖票布，初为谋利，渐蓄逆谋，所编歌词中有背叛之语，在愚人多被胁诱，唯头目罪不容诛。昨阅田炳荣等供，前在关外结兄弟会，实为打日本起见，并闻唐奇在鄂供词亦然，犹是咸丰年间军营习气。第山堂、票布殊属不法妄为。据志仲鲁面称，查核此案，全卷仅有“本朝国势积弱，不得不自保身家”之言，别无叛逆形迹，则是山堂、票布或因唐奇年少不知忌讳，为人所误也。仲鲁又称，讯唐奇时，有一营弁上堂质证，自认为哥老会中老九，现已悔过自新，在营效力。问官折之曰："尔是老九，便可悔过自新，老大唐奇，今已改名捐官得缺，独不许其悔过自新乎？"营弁语塞而退。此案缘由，大概如是。唯因下手太重，碍难转圜。香帅志在惩奸，拟以监候待质，犹是从宽办理。

又闻讦告为同乡某，向与唐奇至交。果是乱臣贼子，大义尚可灭亲，于同乡何惜！于旧交何惜！倘为邀赏邀功，而以疑似陷人于死，其居心太不堪问矣。想左右同此叹恨。

复赵展如光绪二十三年二月十一日

此案端委，尊指虽无迟交扣誊明条，因有不准继烛、严例二语，洵亦片言居要。科场则例，本极严明，条款既多，准驳互见。愚生俗儒，不识精意之所在，往往断章取义，借逞刁风。业经严切批饬，当可以资惩儆。事关抡才大典，中外皆许陈言。惟弟来自田间，早众军旅，未尝学问，敢议典章？况当邻警迭乘，筹防孔亟，羽书旁午，金布纷罗，更恐以詹詹小言，取憎多口。

执事现在都门，又监临任内之事，政刑与德礼本来相辅而行，似可封章入告，饬部核议颁行，以垂令式，庶棘闱之积习可挽，南省之沾丐无穷。来轸可循，去思弥永，伏望贤者理而董之。

复毛实君光绪二十三年二月十七日

我辈立身，自有本末，任事当计始终。夔帅初以创办铁路相需甚殷，絷之维之，似宜相助为理。来示谓郎署浮沈为本分，仕途进退为有命，何辨之明而处之当，以视毁方求合、跃冶自鸣者，超然远矣。惟天下才为天下用，古来豪杰之士，明知事无可为而强为之，以冀人定胜天。今天下事尚可为，顾恝然置之乎！

弟风尘俗吏，不敢言好士，亦不足知人。第当代名公巨卿，如叔平宫保、右铭中丞，莫不推重左右。观所取者知所与，则其贤可知。且自榆水同舟，诸资擘画，刚柔并用，劳怨不辞，虽不足以测高深，亦尝有以窥余绪矣。

如阁下之学识宏通，操履笃实，斧柯假手，必能干济时艰。但愿趁此盛年，及时展布，俾竟全力，以收成功，是则有心世道者所深盼也。

致刘康侯 光绪二十三年二月二十八日

信隆洋行一案，始于徐次舟。弟与该员先在广东同官，知其才尚可用。客正回任，该员适被严议，是以留办支应所数月，俾得清厘首尾，并欲为之设法转圜。

旋据电禀出租各船，以为志在急公，必能料理妥帖。不图暗伏祸机，竟至横生枝节。该员平心自问，其将何以对人？譬如以酒解酲，仍应责成该员自为了结。否则再挂弹章，该员恐难当此重咎，无怪弟之为德不终。尚望尊处传谕该员知之。

致三省院司 光绪二十三年三月初八日

各省制钱日少，不能不兼用大小银元。而以纹换洋，外人获利最厚，节经京外条陈，钦奉谕旨，通饬各省购运机器，自造龙文银元应用。广东、湖北先行开办，均有成效可观。弟于客正回任，据前藩司瑞璋及候补道刘式通禀请，定购制造银元与铜钱机器各一分，当经核准附片奏明。

现在此项机器运送到宁，另委桂道嵩庆起造局厂，如法安设，并委唐道际昌驻局经理各在案。大约七月内可以开办。查此项机器颇大，每日用煤若干，必须多造方为合算。因思贵省需用银元情形相同，与其购自外洋，何如以银交付宁局代造，每次由尊处委员押解纹银到宁，守候银元造成，领解回省，各清各批，无许搭套蒂欠。每批盈余若干，即由该委员会同局员算明，除照章摊扣局用各项外，按数均分，宁省决不独占便宜。

制钱亦经奏准改重七分，虽稍有折耗，为数无多，如并需用，亦可代劳照办。

复邓筱赤光绪二十三年三月初八日

承示先于省会开设学堂，必须学生有出身，教习有奖叙，方足鼓舞奋兴，自是至当不易之论。现有津、沪等处章程，众议当可参酌也。

弟于于藩司无一面之交，唯其负才使气，则早有所闻。当时局维艰，冀可借以集事。即如安省清赋一案，地方议论颇多，第念捏灾冒荒，积习已久，不得不认真振顿，以裨维正之供，其中缓急宽严，全仗我公斟酌。上年参革各员，或谓少帅不免迁就，故饬查黄革令之事，只合据实覆陈。泗州擅发卫汝贵典钱，文守本难辞咎。此外用人虽是藩司职守，准驳应由尊处主持，实缺人员，不宜轻易更调，自是正办。夫人才固当爱惜，公事固应和衷，然威权不可下移，体制不可紊乱，我公操纵，必能合宜。

至于洋务一层，诚如台谕，几见有凭虚侨之气而能慑服远人者？该司与该守令幸未身与其事，故敢肆其大言也。若非我公洞悉事机，办理诸形掣肘，一经决裂，其害仍是地方官民受之，区区处分，恐不足以塞责耳。

致赵展如光绪二十三年三月十二日

吉旋后当有一篇文章，将备中不肖之员，幸勿稍涉迁就。徐州一缺，本以阮道人地相宜，即以拟补。嗣因桂道面求恳切，且以去留相要，共事多年，不得不曲从所请，知为公所许可，不复奉商。查前次徐州道出缺，仲帅以沈道请补，桂道处之坦然。弟随以桂道请补盐道，铨部以江苏有特旨班议驳。简缺尚然，况于繁缺。此次若非大力斡旋，仍恐不能邀准，弟初意亦为此也。

盛杏荪来宁，论及商务局，以陆大司成不善理财，若令始终其事，或委之祝部郎，巨款将归乌有。唯俟陆大司成入都，先以朱道接手，划清界限，而后改委别绅，纵有亏挪，亦易弥补。如此办法，渠即从中招呼，俾费、潘诸人不敢推诿。所言似属有见，未知尊指以为何如？

复邹少枚光绪二十三年三月十二日

手教领悉。陈笠潭奉讳，只合通融留差，第所需薪水，不能开销公款，应由易实甫量行津贴，此原议也。请转致笠潭，勿存奢愿，令实甫为难。

弟于笠潭本非深交，所以勉力周旋者，为人才起见。所谓人才，当以廉恕为本。若只知有我，不知有人，则人亦以此施之于我，其奈之何！弟之为笠潭至矣，如过于纠缠，将以德为怨，听之而已。

致张香涛光绪二十三年三月十六日

本月十一日，钦奉初四日谕旨，饬裁各省兵勇。兹事屡奉廷寄，此次尤为严切。当此库储奇绌，洋款浩繁，非节省度支，凑成巨款，不足以纾饷力而济时艰。

各省水陆兵勇，应由各省自行核办。长江水师，分布两湖、三江五省，应否裁船，抑裁兵额，即请尊处先行酌夺，俟黄芍岩军门过鄂，与之当面筹商，示知敝处，以便查照。

致松峻帅赵展帅光绪二十三年三月十七日

谕旨饬裁兵勇，并抄示户部原奏，想尊处同时奉到。弟另奉旨责其因循，莫名惶悚。

现与司道议将陆勇三十余营，每营五百人者，拟裁二百人，改为一旗三百名。督标水勇五营，拟裁三营，其余陆营不满五百人及零星水师分别核减。惟湘人在江日久，其中难免逗遛，以后能否安分营生，殊不敢必，窃恐外患内忧有交至之祸。苏防水陆勇若干，应裁若干，即请尊处酌办示知。至于水陆制兵应如何裁汰，俟查明另行奉商。

致恭亲王庆亲王光绪二十三年三月二十五日

坤一服官卅余年，仰蒙圣明特达之知，王爷培植之德，捐糜项踵，未足云酬。无奈年力就衰，不堪久膺艰巨，前年在营积劳成疾，两次奏请开缺，未荷恩俞。客正回任以来，原思勉竭驽骀，力图报称。乃一筹莫展，而百病交侵，腰腿酸疼，步履殊形不便，精神困敝，公事亦复健忘。南洋政务殷繁，加以中外交涉，稍有贻误，便于大局有关。再四筹思，不得不避贤路。伏祈俯赐体恤，代达下情，俾得仰荷鸿施，准其开缺回籍调理，以后有生之日，皆受赐之年矣。临启不胜悚惶待命之至！

致毛实君光绪二十三年三月二十五日

撤台归局，以后用款自由敝处核办。部饭一厘，为数无几，先经应付，毋庸校矣。执事才堪干济，理财是其绪余。且处膏脂而不自润，脚脚踏实，有何轇轕不清，固非东征粮台所可比拟也。常熟初虑湘军寄食，呼应不灵，力劝专设一台，并先达上听，荐用右帅，其用意至为深厚。

此次裁兵节饷以还洋款，亦是老成谋国苦衷，舍此别无善策。上年弟初回任，无暇及此。现在商之展帅，拟先裁江苏水陆勇丁七八千人，约省饷五六十万，俟定局后，再裁水陆制兵及各炮台勇。总期多节一分之饷，即多还一分之债，不使农部独为其难。尚望婉劝常熟，善自珍卫，勿过焦劳，天下安危在此老耳。

承嘱黄公度事，容缓图之。

复赵展如光绪二十三年四月初五日

此次钦奉谕旨，裁撤兵勇，系通行各省之件，举国皆知。传说纷纭，皆谓防营尽撤，诸将竞请早定办法，以安人心，不得不从速揭晓。

弟亦深知合、盛两军得力，而事同一律，未便两歧。拟俟将来别有更动，或遇机缘，即令招足原额，仰副雅意。尊处勇少，每营只可裁一百名。水师用枪船是否合算，尚祈酌夺。

复林稚眉光绪二十三年四月十二日

再，弟前年在津，曾与夔帅面商，尽可从缓兴复。入都后，即经启告当轴，不谓遽有出洋购船之举。海军将才尤为难得，前此覆辙可鉴。今朝廷仍用琅维理，可称得人。如合肥始终信任此君，当不为倭所挫也。

上海制造局会办需员，未审台从能否俯就，现拟电商北洋，另具公牍。

聂、袁练成之军，是否亦在酌裁之例，尚祈便中示知。

复李寿亭光绪二十三年四月二十五日

裁兵之事，前后并计，大概以四成为度，分作三期，似尚易于就绪。此为节饷还债，尚祈妥为开导，以息浮议而靖军心。

吴淞撤勇鼓噪，若非班统领布置周密，来统领弹压认真，几成巨祸。自强军尚须接练阵法，人数太少，何能与北洋聂、袁两军并驾齐驱？且统带、管带均是洋员，更不易于呼应，俟秋后另议指挥。

黄幼农所具节略，因其先回，故未批示。所有修理衙署经费摊抵一案，已照准矣，即祈转致为荷。

复冯莘垞光绪二十三年四月二十八日

年前回任后，随即两奉上谕，责以练兵、商务、铁路三事，词极严切，深虑末效步趋。今则铁路归总公司，并将铁路经费尽数提去。香帅原奏所指此项铁路每年以余利廿万凑还洋款，固是见弹而责鸮炙，盛京卿又许俟芦汉铁路告成，每年所得二百五十万之息银，可为凑还洋款之用，亦何异悬鼎以待雉膏。洋款期限甚紧，乃虚拟抵偿之数可乎？

通州商务系张殿撰承办，尚无成规。陆大司成所办苏州商务，人人策其必败，欲其全盘交出，别图补救，碍难之处颇多。

自强军薪粮独厚，湘、淮各军已有使鹤之讥。且系洋将充当统领、管带，不免遇事把持，其合同以三年为满期，目前要不能辞退也。

昨接丁镇来禀，据称六诏事势可危，是非办团别无善策。可否由言路条陈，谨将原信抄呈，伏祈察酌。

复荣中堂光绪二十三年五月十六日

晚生于刘道得缺后，仍责以制造局者，诚如尊谕，以该道多年熟手，有志扩充，幸处膏腴，得资挹注，不致停工待款，实于时务有裨。

乃陶道过宁，竟谓都门人言啧啧，颇疑刘道有亏，左右亦以为然。晚生固知为误听，兹承明示，窃幸鄙见尚不戾于台指也。现刘道自知兼顾为难，禀请添委捐升道员前四川龙安府知府蒋德钧入局会办，该守夙蒙赏识，当可相得益彰。

查制造局员薪水无多，本系苦差。第每年经费出入七八十万金，若以劣员承之，从中染指，浮开物价，克扣工资，肥私瘠公，必然贻误，故用人不可不慎。刘道与蒋守相信最深，晚生以信刘道者信蒋守。两人均出门下，当必能仰体尊意，勉力认真，日有起色也。

复江蓉舫 光绪二十三年五月二十七日

两函领悉。弟与许运判本有调南左营移驻十二圩之议，嗣查驻该圩之奇左营，除以一哨拨回六合，并以三棚拨驻沙漫洲外，尚留一百七十名，足敷镇巡之用，则南左营似可从缓移调。许运判来禀，词意亦松，唯虑奇左营马管带病难速痊耳。尊处尽可先将南右营全数调回扬州，以资分布，将来察看情形，如十二圩必须添兵，仍照前议办理。唯南右营罗管带年力渐衰，难期得力，拟以候补副将唐玉才代之，饬令恪遵节制，倘敢稍涉玩违，即祈示知，以便撤换。

至各勇分防地段，目前未便调回合操，只就所在训练，亦视该营哨官认真否也。各运判现未到齐，且俟察看人才，以副台指。

湾台石闸，尚未接到堤工局禀，如工巨费繁，此时实难筹措。况值水大，讵可故事虚糜。

通厂之设，急盼有成，既虑外人暗夺利权，又恐机器久搁锈损，借重大力吹嘘，俾得集事，有裨时局不小。际此艰难之会，全仗一二老成相与维持。以两淮财赋之重，甚不愿率易生手，风和浪静，何幸如之！

致荣中堂光绪二十三年六月十五日

承伯纯兄于上年秋间到省，先派湖北武穴盐卡掣验，尚是江南优差，许数月再调最优之差。乃伯纯初不欲行，及到差之后，又复一再称疾请假，并托人代陈，即宜昌加抽盐厘局亦不愿办。晚生再四踌躇，只得改委会办省城洋务，俾可在省调理，暂作停顿，以为转圜之地，仍许俟秋冬另行位置。

缘江南盐务最优之差，只有数局，向章办理，如有起色，则留一年、两年，其次亦以一年为限。现查该各局总办大都新委，未届瓜期，无可践更，不得不稍缓数月。而伯纯迫不及待，坚请回京就医，在外倡言，其词决绝。晚生赋性迂拙，亦何敢不近人情。伯纯为礼邸之甥，重以台命，自应委曲周旋，不容稍涉膜视。唯是用人有渐，为政有经，江南候补道员百余，内多大家子弟，皆挟奢愿而来，其势难于遍及。

值此经费维艰，即例差亦不可得，则觖望可知。若于一人迁就太过，众人有所借口，纷纷效尤，其将何以示大公而昭折服？此中为难之处，左右必能见原。如蒙礼邸垂询，伏祈代陈鄙意。

复赵展如光绪二十三年六月二十五日

以毒攻毒之说，贻误至今。公欲正本清源，似宜行之以渐。陈光全既称得力，应即责成该统带于营哨各弁严行察看，分别去留，以期整顿。

缉私之事，万难弊绝风清，唯有探大帮经过之时，以及大宗囤积之地，预调精锐，痛予创惩。此外板晒穷民与零星负贩，诚如台指，不得不从宽办理也。

黑面施老窝子如能设法购拿，其党与不难解散。论者动请两省派兵会剿，不思匪踪飙忽，湖汉纷歧，且在地方良莠不分，从何下手？并恐激成必死之寇，豕突狼奔，亦非策之善者。苏、宁相距颇远，以致左右偏劳，深抱不安之至。

致郑苏龛光绪二十三年六月二十七日

详查旧卷，盛京卿在上海先后设织布、纺纱等厂，均系北洋主政，南洋不会前衔，只列后衔。今将华盛租与洋人，始终一事，不得不照案办理，以清眉目。

通州纱厂，鄙意亟思定局，唯张香帅任内奏明归籍绅张殿撰等筹办。嗣经商务局桂观察与张殿撰议主官商会办合同，即以公款购到之机器作为官股。迄今商股寥寥，而张殿撰尚未放手，故必待其来省面决，或交盛京卿专办，或与盛京卿合办，均无不可。如张殿撰现在沪上，即由盛京卿先与酌商，要不出此二说。尊处如有信与盛京卿，请转达下忱为荷。

至苏州丝、纱两厂绅董，本有盛之老翁在内，将来陆大司成北上，如得盛京卿接办，洵足以孚众望，鄙怀不胜大愿也。

复李中堂光绪二十三年七月十四日

承示黄武靖家事，治晚先有所闻，当经传语禁约，并由桂、唐两道量给津贴，曲予调停，乃此子恃系骨肉至亲，又欺孤儿寡妇，需索无厌，盘踞不行。

兹复仰遵台谕，再行严切教诫，倘仍怙恶不悛，只合治以官法。闻有同乡某废员为之主谋，是以肆无忌惮耳。

致杜云秋光绪二十三年七月十七日

内外人言啧啧，皆以太湖枭匪为忧，其实恶习相沿，并非自今日始。唯时值各处裁撤兵勇，恐其蝇趋蚁附，或至蔓延，不可不防其渐。

尝谓办土匪难于办客匪，而办枭匪尤难于办土匪，以其根株互结，良莠不分也，要在解散党羽，购获渠魁，确探大起私盐囤聚之区，及时搜捕，大帮私贩经过之地，扼要截拿，以示创惩。第是亡命之徒，每为铤险之计，必须厚集兵力，熟审机宜。否则偶尔跌蹉，为其反噬矣。

至于零星担负，穷民倚以为生，又在善于操纵耳。

致张季直殿撰光绪二十三年七月十九日

手教领悉。厂务便可定局，舍此别无办法。即请电知盛京卿备移存案。海分司初拟于补厘钱款拨银一万，合之续招商股三万，为四万两。今将钱款三万串全数提来，即桂道所谓二万五千，以钱合银，恐尚不足此数，在海分司自少一万矣。

此外洋务局存银一万，当可应手，均令径交尊处。沈、武、高三处亦遵台命，分途电商，正虑如前次之司关耳。仆不善理财，无论公私，从不向人告贷，今为我公牵率至此，但期于事有济，亦不以仰乞为嫌。沪上二万有无把握，桂道当不食言，弟则无能为力也。

复沈爱苍光绪二十三年七月二十日

台从计尚在沪，何日回局，幸勿久延。

前有为人求差者，因未轻诺，词涉吞吐，似以弟有先入之言，不得不面加开导，谓如某某颇有物议，而我现在并无间然，即此可见，盖举一二以释彼之疑耳。来函顾以弟为信也耶！夫悠悠之口，多不近情。我以才学用人，与人以才学见用，则两得之。我以势利用人，与人以势利见用，则两失之。是不待智者而辨。执事不为弟惜，独不自惜乎？可知其为蜚语，不足介怀也。

令亲林访西观察甫来即去，不便絷维，一时位置为难，且不敢以众人遇国士，只合徐图后会，尚祈代达鄙忱。

复刘谷怀光绪二十三年八月十三日

来函不忍卒读。坤一惟愿速填沟壑，有知无知，以免悲苦而已。胞弟三人皆先后物故，孑身独在，何以为心？希陶生前本有后死之约，及在榆关又誓同死，不料其亦先溘逝也。所尤难堪者，一年五丧，仅余一妾一女，移回旧居长湖村。武冈州宅为其数载经营者，委之狐兔，良可痛矣。

至其一生坎坷，坤一不能力为扶植，使之吐气扬眉，而抑郁以卒。来教犹称之为友爱，何以自容？坤一闻讣，适届假满之时，强起从公，神魂不属，于六月十七日昏晕仆地，跌伤手足头面等处。现虽渐次就痊，精力益形委顿。当此时艰孔亟，莫保岁寒，其何以对我武慎及江忠烈于地下？

令郎溉生屈就栈差，明白勤谨，极为江都转赏识，方将调优调繁，不虞一病不起。当派挚卿前往照料后事，一切可以放心。所幸有子三人，足以继美，贤执事亦可稍减西河之戚矣。

复奎乐峰光绪二十三年九月初四日

再，太湖枭匪滋扰，递经言官奏参，钦奉严旨拿办情形，计达清听。现在虽暂安静，而伏莽尚多，时虞萌动，必须认真巡缉，要在将率得人。

盐捕统领陈光全，才庸胆怯，操守亦属平常，所部不甚用命，本年被该枭匪劫抢船械数次，讳莫如深。尤可异者，六月间浙师约会夹攻，而该统领竟以月忌不出，以致施逆漏网。枭匪之猖獗，该统领咎无可辞。该统领本系浦口营实缺都司，本届军政，碍难姑容，应请尊处将盐捕统领差使革去，以便注考。

此项差使最为紧要，查有坤一前奏留之四川松潘镇游击候补副将李祥椿，勇干廉勤，如蒙委用，必能胜任愉快。该副将现在会办两江营务，颇资臂助，并非赋闲亟图枝寄者。坤一实为公事人才起见，不敢不为之一言，伏祈俯赐察核。

复易实甫光绪二十三年九月十三日

名士习气，每因虚谈废务，或以激论招尤。今观执事牢盆入手，成算在胸，振顿巡防，宽严交济，周旋里闬，悉出和平。至于无厌之求，不情之请，难于一一迁就，固非我之过矣。执事率性任天，自是美德。顾人之于天尚资参赞，人之于性亦赖陶镕，如于行动之间再加审慎，则万全无失，克葆性天。敬修之道，有如是者，高明以为然否？

尊公寄示大集及手书叙怀诸作，读之如在章门晤对时，而老境更为苍古，愧无能酬和也。另纸现身说法，仰见关爱之殷。而年逾古稀，有此道力，有此风情，以追踪黄帝、彭祖，为海内异人，曷胜感佩！顾弟愿不及此。伏审尊公之意，重在生子，次则延年。弟弱冠曾举两男不育，可见有无命定，不可强求。业已过继舍弟第三子为嗣，极孝谨，老牛舐犊，钟爱亦深，现得两孙，不忍他望。若复枯杨生稊，转恐间我父子。阳道州不肯娶妻以间兄弟，弟亦犹是也。

至于时艰任重，乞退未能，常虞贻误大局，恨不速死，以免陨越而保岁寒。老子曰："多寿多辱。"敢学采补以冀长生耶！

致邓筱赤光绪二十三年九月二十七日

昨接郭镇及凤阳萧令函牍，得悉该镇兄弟同住之武定旧宅被劫，失赃甚多，并伤毙家丁数人。伊家如此，别家可知。目前如此，将来尤可虑。淮北风气强悍，驻防兵勇颇单，不能不责重地方牧令。

或谓颍、亳、泗各州县大半文弱书生，致听断缉捕未能得力。又因解犯到省，需费不赀，是以相率讳匿，或改盗为窃云云。夫为地择人，因时立法，古之善政。淮北州县似宜选用稳练严干之员，以除暴安良为要着。并准查照新章，拿获真止盗犯，就近解由道府覆讯明确，抑委员赴该州县会审，核与原供相符，即行就地正法，俾其振顿捕务，庶可稍示创惩。

前据司详，凡盗案仅获一人而未起获原赃者，不准擅请就地正法，所以慎重人命且备将来质证起见。若系积惯匪徒，凶恶夙著，未可久稽显戮，则不在留禁之例也。是否有当，伏祈察酌。

复张季直光绪二十三年十月初七日

恽方伯筹办浙中厘捐章程，来示谓为明白了当，诚知言也。惟法必待人而后行，办理不得其人，虽改弦更张，不能无弊。仰承盛意，已将章程交司局会议仿办，并饬慎选廉能之员，实力奉行，庶几良法美意，不徒文具耳。

夫不夷不惠，君子所以居身。凡事近情而无伤于义，何必自矜其介，故蹈所难。台指以弟为可与言而与之言，敢不勉图报命！

其海门滩荡节略，当饬该丞先行查案覆，详绘图贴说，以便妥议办法。

复于肃堂方伯光绪二十三年十月十七日

祗诵台函，不胜感喟。际此世道人情，唯有尽其在我。尝谓居官宽忍，方可以联上下而泯异同。孟子“不得其职则去”之言，似非岳牧之重，简在帝心者所应尔。宋行新法，士大夫相率乞休，邵康节诫其门人曰：“善人在位，能宽一分则民受一分之赐，何为恝置？”况在今日，我辈受恩深重者乎！《庄子·人间世》篇引孔子之言曰：“臣之事君，义也。无适而非君也，无所逃于天地之间。”又曰：“夫事其君者，不择事而安之，忠之盛也。”以见人臣义不辞难，即来书“义不顾身”之旨也。次引蘧伯玉之言曰：“行莫若就，心莫若和。”又曰：“就不欲入，和不欲出。”以见难处之事，贵有善处之人，亦即来书“委曲求全”之旨也。左右勉之矣。

至于吏治，因地制宜，淮北风气强横，不得不主“火烈民畏”之说。或谓该各牧令少鹰鹯之志，未审何如？其余无所訾议。清赋之举，初亦虑有阻挠，已而群情贴然，具征措施之当。现在大著成效，尚何参差？倘敢坏此良规，定当治以重罚。务望始终任劳任怨，以收一篑之功，不唯裨益库储，各业户亦从此得免扰累，受福无量。

弟虽不肖，愿大君子不即鄙弃，谓不足与有为，以后慎勿以去为言，免致众正闻之意消神沮，幸甚！祷甚！

致翁叔平中堂 光绪二十三年十月十七日

再，江南防勇虽经裁汰，而将领尚在羁縻，以备缓急之用。目前兵力办土匪尚可敷衍，御大敌万难支持。自强军营哨官均是洋人，临事不足深恃。香帅于本年元旦急电，以后不可派洋人充统领、管带，业有成约，未便更张。好在江南无力再招，明年期满，当可陆续遣去矣。

徐、淮、海水灾略与皖北相等，现在饥民四出，困苦不堪，滋扰可虑，不能不分别赈抚。一面修堤浚河，使各自食其力，并为将来永远之利。所需经费颇巨，暂于各局垫出，以俟开捐弥补，亦万不得已之计也。

近日中外交涉最多最难，沪关蔡道当可胜任。唯镇关长道初做外官，人太老实，恐于此缺不宜。

安徽于藩司久居郁郁，去志浩然。该司秉性忠贞，办事严干，似李文饶、张江陵之流亚。虽稍露圭角，实救时之才，不可多得，仰求俯赐嘘植为请。

复林访西光绪二十三年十月二十日

昨覆信后，检查旧卷，并无委过会办上海洋务之案。缘上海洋务系关道专政，若委员会办，遇事必须共商，万一意见偶歧，责成谁属？且该处洋务甚伙，亦觉不胜其烦。前曾莅臣亦荣中堂所荐，因别无可位置，暂委南洋随员。目下情形相同，不得不照案办理。上海本南洋地，贻从择便栖止，无虑旷官。

至于追逐车尘马足之间，侧肩驭吏材官之列，伺察言笑，疲顿筋力云云，得毋误会“随”字之义。弟虽不肖，何敢以此待士大夫。南洋随员不自今始，先后多人，从未见有如此自屈者。来书故为摩拟，曲加形容，鄙薄已甚，顾不为他人地耶？弟以为此等习气，在人而不在官。矜名节者，天子之前，小臣强项。徇权势者，长官之侧，参政拂须。自昔为然，独南洋随员相诟病乎？

蔡和甫本有将来请派二大员之说，弟意实欲借重长才。而台指逆料事之所无，弟亦以权属关道，不能自必，未便以空言取信，去就悉听尊裁。弟年老志荒，兼为政务所苦，未暇时以笔墨往覆，并望鉴原。

复松峻帅光绪二十三年十月二十九日

承示海、沭、安、清四州县灾民二十余万，责成邓道查放。清、桃所属之鱼沟、王家集三十一图等处灾民十六万有奇，均经派员会县查放。清江南来灾民，前后共十二万有奇，概经资遣回籍，俾安耕作。

此次灾区既广，为日又长，而远近民情均极安帖，良由我公布置合法，任用得人，故能款不虚縻，民沾实惠，仁心仁政，造福无涯。而谦抑之怀，复推及于善绅义士，大君子与人为善之量，诚夐乎不可及已。

致易实甫光绪二十三年十一月初十日

魏文卿观察由陕西遵例回避，改省江苏，人极老成，初冀共事之日方长，不意于前月杪遽伤溘逝，境况艰窘，竟至不能治丧，一切均系同乡代为周殡。前此负累既重，将来灵榇及眷属归里，资斧更难，宦场至斯，可胜于邑。

在前江南候补道员病故，每给恤银千两或数百两。近因度支拮据，钦奉谕旨，裁减浮费，以后遇有道员病故，援案请恤，均经批驳，未便复于魏故道开端。筹思再四，不得不别为将伯之呼。即祈推爱通融，暂在辖岸缉私项下拨银一千两，于该家属过湘省时给领。如能设法弥缝，具纫高义。否则由弟归款。

致奎乐峰光绪二十三年十一月二十五日

密启者：

德据胶澳，志在极力经营，以收中国之利，并夺各国之利。其措词不逊，以我积弱未敢与校也。坤一与王夔帅及盛京卿密请译署会商各国公使，以胶澳为各国通商口岸，另以闽、粤一岛予德，借以转圜，未知能否如愿。

自德据胶澳后，谣诼繁兴，各国狡焉思启，难保不窥伺长江，不得不预为绸缪之计。坤一现饬李、刘两镇及杨、唐两道，会勘沿江四路炮台，严密布置，并奏请添招湘勇三千，作为游击之师，未知能否邀准。

唯念松江府属沿海厅县，地段甚宽，安得如许兵力分扎？前据前任川沙黄丞抄呈禀稿，似于该处防务尚有可采，谨录呈台览，伏祈察核。即饬杜道与李副将商明办法，以备不虞。

至海州、盐城一带，拟即责成徐分司，以资熟手。卓见以为然否？

复王爵棠 光绪二十三年十二月初一日

自强军一事，该洋将均系德人，又充统领、营、哨等官，非比寻常教习，诚为可虑。第以合同未满，须待明年。此时胶事正在议商，尚未宣战，碍难一律辞退，不得不审慎踌躇。营务处沈道现无请假之说，已属其密为查察，设法羁縻。如果德事不谐，俟有确音，再行照约遣去。近日报纸纷纷论说，谓将用商轮载我兵勇以去，语太荒诞，未敢遽以为信也。

尊指另聘洋弁帮统一节，隐分其权，亦是补救之一法。惟德员共有二十余人之多，若竟临时滋事，恐非一别国之员所能钤制。前者来春、石泰因合同将满，颇有请留之意。即我另聘有人，亦未必见幾而去，徒使该军多添洋将，转滋口舌，糜费巨款，犹其小焉者也。

寄示京、鄂两电，均已诵悉。时局日艰，事机日迫，各国徘徊观望，悉以德事为权衡。惟有极力坚持，或可解此争局。昨已切实达之译署，未知能否动听。想执事同此隐忧耳。

复赵庆池光绪二十三年十二月初五日

承示大著《堪舆》一书，洵为至宝。惟弟于风水一道不知门径，江南亦无高明可以质证，且公事繁杂，无暇及此。况平时既未领会此中奥妙，凭何为之揄扬？所嘱序文，实难应命。至于刊刷之费，自当稍竭绵薄，此外别无巨款可筹。鄙意大凡古今至宝，断无晦而不彰，所著有用之书，自可待诸后世，何必汲汲付梓以求售？

阁下乐天知命，履险如夷，万里还乡，亦云幸矣。又有一堂聚顺之欢，来日几何，尽可家居娱养，讵必以人口日众，犹为猎食计乎？尊意拟开年再作秣陵之游，弟旧雨关怀，自以重晤为快。第念执事春秋已高，往返重洋，于心窃有未安。驿路虽遥，鱼书良便，免劳玉趾，时赐好音，亦无异于面谈也。彼此金石至交，知无不言，言无不尽，尚祈鉴原。

复奎乐峰光绪二十三年十二月十七日

黄芍岩军门志气尚壮，唯从新招募，须明年仲春方可成营，且非训练数月难期得力，颇虑其迟。兵轮及蚊雷各船已委苏松陈镇统领，仍归长江提督节制调遣，以一事权。勇丁自应酌加。第念防江与出洋不同，似可不必足额，稍资撙节。

联英之说，诚如卓见，必须俄无违言，而两国相忌甚深，朝廷实有难以偏重之势。唯就现在商务联英，则俄无可借口，我公以为何如？

英俄战事自在意中，虽有碍于海疆，犹不若德占胶州之毒。

从此虎视鲸吞，北都实虞逼处。坤一自闻此警，深切杞忧，无论各国效尤，南洋万难支拄，即使目前瓦全，大局将不可问矣。倭不发难，高丽时事未必决裂，此时悔亦何及，正恐该国之亡不在我后也。

复张季直光绪二十三年十二月二十日

承示海门涨滩益宽，即祈会商王丞，延请高明切实勘丈。通州场灶应行查垦之处，亦经查照大稿附片奏明，一面饬局刊刷告示晓谕。唯派大员督办，刻难得人。现拟委钱琴斋，闻系尊意所许可者，未审能否兼顾耳。

明算、方言两小学堂章程并经发交首府，饬先领四千金为制备器具之用。唯弟初议欲以四大书院士子兼课时务，既思时务泛而不切，仍是老生常谈。适见扬州府禀该处书院专课算学，已著成效，故欲仿行以开风气。就现有之膏奖，养额取之生徒，是为变通，易无用为有用，但另延教习，不得不捐给薪脩，并非欲别开局面也。值此事势，各书院士子犹守旧业，一生岁月精神消磨于八股、八韵之中，甚属无谓。湖南书院颇有更张，此间欲仗大力转移，尚求妥立法程，俾四书院士子有所遵守。

复冯莘垞光绪二十三年十二月二十三日

自闻胶湾之变，为之寝馈不安，将来山东、河南恐非我有，皇都实有逼处之虞。屡以策上枢廷，迄未得报，知其中亦甚为难。以目下大势论之，非用“拼”字诀不可，谁敢为今上言者！

此间招勇三千，属之芍岩军门，令守江阴、镇江，无论何国，倘来夺我城池、炮台，定当与之一决。七十年来备尝艰险，只剩此一条老命，尚可图报万一。

船案尚未完结，矿务亦无成效可观，回任两年，无一顺遂。所最难者，旧债新债初无了期。从前各处外销之项，虽属滴滴归公，尚可随宜挹注。自经香帅奏咨定案，以致一切无可通融，更不审是何用意。

台嘱勿遽乞休，自有微旨。当此时局，求退恐亦不能。至于内外浮言，弟久置之度外。年来精神敝惫，不能保无忒差，又何敢求免指摘？如以罪去，适与愿符。兄谓何如？

杨邵农身后萧条，深堪悯恻，遵送赙仪百两，即请饬交。褚伯约给谏，聘主惜阴书院讲席，每岁脩金一千。知念并及。

致游子代方伯光绪二十三年十二月

自愧迂庸，久玷高位，日暮途远，竭蹶时虞，何敢更令后生学步！

近因二舍侄能绎年近四十，默察其读书涉世均有长进，时务尤所究心，是以许其出资阅历。现由荫生援例以道员分发粤西，筮仕之初，非有奢望，但求练习公事，有所成就。而茫茫宦海，积习已深，幸近典型，良用欣慰。高山在望，仰止维虔，尚祈遇事指迷，俾资圭臬，感荷隆谊，曷其有涯！

致黄芍岩宫保光绪二十四年正月初七日

密启者：

英人愿将巨款借我，而以长江抵押，用意甚深，设计最毒，弟与香帅电奏力争，迄今尚无定议。英人窥伺长江，必图先据镇江，在前与蔡、沈两道谈及时事，已情见乎词矣。以江宁、江苏论，则江阴系两处门户。若论大局，则镇江乃上游七省咽喉，且为南北关键。

英人谋我，不在江阴而在镇江甚明。且未宣战之先，彼以兵轮驶过江阴，照约不能拦阻。倘用德踞胶澳故智，忽以兵轮袭取镇江，则我外守江阴无益。陈羽山兵力甚单，只能分护焦山、象山、都天庙及圌山关等炮台，不能兼顾镇江府城。就目下情形，筹思再四，大部江胜军必须驻扎镇江，以陈镇军、张副将两军并各炮台及各兵轮统归节制调遣，声威益壮，局势亦雄，方为稳着。

闻各营月杪可以招齐，伏望台从于开印后来宁，面商机宜。并请先赴镇江察看形胜而后水陆布置，据守险要，或可杜其奸谋。至江阴一路，俟三月辞退洋将，即将自强军调扎新营，与张副将一军联络，则面面兼到矣。

致安徽院司 光绪二十四年正月十三日

密启者：

顷据上海道面禀：法国白总领事屡言署亳州汪锡麟薄待教士，玩视教堂，积不能平。鄙意察吏贤否，本不系乎洋官之言。唯世变方殷，民、教最易生衅，地方官若不以交涉为重，往往因细故而酿巨患。

矧法人近以胶州之事，时欲伺隙思逞，深恐以教案借词，不得不预为之备。伏祈尊处或密为诫饬，或酌量更调，俾免据为口实，致生事端。此外各属，凡遇民、教交涉之案，务令妥速理处，勿稍徇延。所有教堂务为护持，教士虚与礼貌，以期民、教相安。

近奉寄谕，饬令实力保护。朝廷谆谆诰诫，有万不得已之苦衷。我辈一官固不足惜，第虑滋生变故，上贻宵旰之忧，不免终身负咎，想我公同此怀抱也。

致奎乐峰光绪二十四年正月十八日

月之六日，奉到廷寄并抄示仲华中堂原奏一片，业经恭录咨达在案。庙谟深远，烛照幾先，迨未雨之会，冀迁地之良，疆吏承流，莫名钦仰。

查上海制造局创设逾三十年，规制夙闳，恢廓益广，比年新制枪炮子药，除供南、北洋常年操防之外，北达京畿，东逾辽沈，西度关、陇，南临湘、桂，亦恃有江海之利，克得密筹转输，远资接济。徒以强邻窥伺，保护綦难，先事谋迁，诚为要着。惟衡量事势，厥有数难，敢为执事缕晰言之：

制造设局，首在借材。上海为中外辐辏之区，技能之士鳞萃，取长去短，遴择易施。下至匠目艺徒，半皆吴、越颖异之民，简练观摩，成效昭著。若在腹地，不但雇募洋匠窒碍良多，各项匠人亦恐却顾。湘工纵廉，教练有待，即糜重俸，鲜获良工，其不便一。

该局基址平远，滨临浦江，披榛辟芜，历有年所，凡填地、筑堤、造桥、开路、浚河、通渠、戽水、建坞，工程极大，汔至筑室分厂，安机设炉，未开工之先，劳费已数百万。新添之火药局，近在龙华，基广工巨，差与局等，一旦顾而之佗，此项地工悉成虚掷。其不便二。

机器之体，常用则灵，久停则滞。该局机器大小数百种，诡制殊形，名目繁赜，终日运动，擦洗不停。若谋迁移，尽当拆卸，拆卸之后，废弃必多，运至他厂重制，则修补之费不减于创造。其不便三。

制造材料，胥取给于外洋，铜、铅、油、漆、木植、麻绳、橡管、皮带、硝镪药水，犹其轻而易举者也。若粗犷之煤铁，笨重之机器，水脚保险，烦费不赀，内地购运，殆将倍蓰。将来制成军械，拨送南北，输助邻封，舟车迟钝，时日稽延，不特运价昂于购价，亦虑贻误军需。其不便四。

中国制造局以上海为大，中外皆知。近因胶澳为德所占，各国兵舰麇聚亚东，并风闻欧洲各报倡瓜分之说，争相觊觎，人情不胜惊疑。兹将该局移赴湖南，是已视上海为瓯脱，弃长江若敝屣，示弱太甚，军民皆因之解体，外人愈从而生心。其不便五。

凡此至纤至悉，谅均在君若相灼鉴之中，故不责江南之遽议迁移，而特饬各省之亟谋开拓，只将新设之炼钢厂移往湖南近矿之区，明烛万里，权衡至当。该厂采炼湘铁，颇称适用。迩来煤价翔贵，局员复以购湘煤为请，因地制宜，谨当遵谕先将炼钢厂移于湖南，开炉烹炼，供制造枪炮之资，所需经费，即在加拨常款二十万内酌量匀给。派员驻湘，认真赶办，借为江南之后路，兼树湖南之初基。该局仍循旧办理，所储枪炮，颇多利器，寄存枪枝子弹，为数亦伙，昨已饬移至金陵、江阴两处。省垣武库，量加展拓，嗣后制成之械，便可陆续庋藏。新式火药，或分存上游各局，以备缓急之需，渐作收束之计。余候蔡道等禀覆到时，再行酌核具奏。

独是事变环生，每出意料之外。上海一局固岌岌可危，他如松江之火药，江阴之军械，金陵之制造，汉阳之铁政，均虑保护难周。湘潭口岸若开，即湖南亦有逼处之患。近日西报纷纷谓上海为二十余国公共口岸，即我之炮台等项，在英里五十里内，各有保护之权，不能让人侵轶。道路流传，未敢遂诋为无稽，亦未敢遂信为可恃。事机棘手，忧愤填膺，惟有殚竭血诚，随时应付而已。

仲华中堂，公忠笃棐，密勿敷陈，开济甚宏，中外瞻仰。敬布愚悃，祈执事转告之，有以董督其不逮。感甚！幸甚！

复盛杏荪光绪二十四年正月十八日

去岁淮、徐、海、沭灾广且重，亟谋振抚，需款繁多，正在艰于筹画间，乃蒙眷念梓桑，特拨巨金，派严绅作霖赍往查放。此种无量功德，不特珂乡亿万灾黎欢呼顶祝，即弟仰叨勖翼，亦忻挹仁风。

省垣振捐业已开局，时艰款绌，筹集为难。顷据胡道家桢等禀称：此次开捐，既照鄂章减折，将来造报，亦应仿照融销。惟尊处一款，既系自行散放，则请奖时，部监饭照等费约计万金，现需由局呈送实收款关造销，似应画一。拟请将查放户口清册暨饭照等费，按照部章，另以现银并解送局，俾免赔贴过巨等语。

查该局劝捐，口瘏力瘁，既责以抚恤之需，复令其受赔补之累，似于公义有所未安。执事历办山东等处振捐，洞悉利弊，况复义问昭彰，四方响应，集捐归垫，自必裕如。除由胡道等函达外，尚祈垂察，准其照办。此中曲折，胡道过沪时，想能详悉面陈一切也。

致邓筱赤光绪二十四年正月十九日

昨李寿亭到宁，面述台谕，以练兵紧要，三省合办为宜，具佩老成胜算。值此度支拮据，无论分练合练，均无另款可筹。愚见以尊处与江西只令就裁存兵勇，责成将领认真整顿，务使一名得一名之用。并当辅以乡团，不必按户抽丁，致以老弱充数。但须挑选精壮，每县得数百人，略仿营操，未始不可以资调遣而应缓急。

此间奏准添募三千人，如尚不敷分拨，且俟临事请派郭善臣一军，并请江西派申节斋一军东来，以资臂助。若长江清晏而辖疆内地偶有风鹤之惊，则此间驻防诸军，亦可听候驱策，江西亦然，且有轮船载兵，无虑鞭长不及。似此通盘筹算，则三省分练，无殊合练，我公以为何如？

淮北赈抚，深费荩劳，业经办理就绪。唯闻各州县不许粮食出口，转于地方生计不便。是否属实，饬令开禁，伏候酌裁。

致翁中堂光绪二十四年正月二十七日

谨启者：

安徽于藩司秉性忠正，办事严勤，实属难得之才。唯性情固执，与邓筱帅未能和衷，可否曲予成全，量移一缺，如与湖北员藩司对调，似觉彼此相宜。倘蒙俯如所请，俾院司各安于位，裨益公事，实非浅鲜，伏候钧裁。

此次胶澳一案，深悉朝廷苦衷。唯德人无厌之求，似难过于迁就。其实德距我远，非同日本可以倾国而来。计唯俄人暗与德连，亦未显与我背。法则与有宿怨，必不为援。英、倭忌之甚深，尚可引为我用。其应如何羁縻联络，尊处定有胜筹。

南洋添招湘勇，预备不虞。英以保护商务为名，自当相机因应，以支危局。

致黄芍岩光绪二十四年二月初五日

昨奉严旨申饬裁兵，贵军招凑三千名外，另添大旗两棚，必难邀准，虽有浙、闽成案，究非湘勇定章，且今昔情形不同，未可援照。应请及早裁撤，否则于自带坐营内少二三十名，挹彼注兹，通融办理，舍此别无良策。好在后四营尚未点验，易于开除。至后四营到镇，先由麾下自行点验一次，再交营务处点验一次，汰弱留强，俾成劲旅。此外如月饷、长夫，务照通共章程，以免各军援以请益。

弟与执事同受朝廷厚恩，同膺江防重寄，自守自地，非比别人别处带兵。际此时局艰难，度支拮据，凡有应行振作、应行节省之处，须一心并力为之。

复江蓉舫光绪二十四年二月初九日

昨获手书并公牍清折，均悉一一。昭信劝借，昨接夔帅来电，弟又加借一万，当即转电奏闻。综核各行省情形，财赋推江苏最富，盐务以两淮为优，差缺大半膏腴，中外群焉属望。沈阳边瘠之区，徒以尧帅至（诫）〔诚〕所感，官借至三十万之多，逖听风声，愧惭交集。

今阅来折，殊非鄙人愿望之怀。江南差缺情形，持节三来，纤微备悉。即如海分司历任多载，认借一二万亦不为多，淮南总局仪栈提调，尤为众所歆妒。此外如泰分司以及折开各缺、各差，半皆著名优裕，岂得借口俸薪之数，希图搪塞。总之，江苏官借纵不能逾百万，亦当倍于沈阳。苏、宁两属亦饬尽力认借，决不少有偏枯。

当此时局阽危，不暇恤抱薪救火之诮，惟当竭衔石填海之愚。用敢再请益于执事，以教寮属之忠，以尽职分之责。况朝廷之待臣工，视商民为尤厚，军兴至今，商贾纳厘税，农氓应差徭，兼以水旱偏灾，捐振动辄巨万，而官场从未派及分毫，转有因之拥厚资跻朊仕者。平日营谋酬应之繁，不惜白璧黄金之寿，既得大缺优差，而后转无急公奉上之思，纳手扪心，当亦有不堪自反者。使皆若此，更何怪商民之难解悭囊乎！日本蕞尔岛国耳，甲午一役，借至六万万元。泰西国债，一呼立集，所投之数，甚或浮于所借之数。此皆近事，可证愚言。

伏读迭次纶音，宫廷焦劳之切，库帑支绌之虞，薄海伤心，孤臣泣血。弟言尽于此，泪与墨濡，惟诸君子实图利之，大局幸甚！

复李中堂光绪二十四年二月十九日

京师首善之区，通艺学堂之设，广开民智，大倡华风，翳赖硕辅时贤，谋虑闳远，实所钦佩。

江南既创储材学堂，而后南北各属闻风继踵，学塾、学会人士奋兴，只以经费不敷，经营非易，各处学堂请款增廓，亦无以应之。循诵手札，弥增惭悚。平日常谓欲挽时局，当以兴学育才为基，而后求富求强，乃臻实际。仰窥尊旨，窃幸与鄙论相符。岂敢深闭固拒，囿于敝习。因值裁兵节饷之会，金布纷罗，米盐陵杂，经画未定，指拨无从，俟奏咨定后，容当勉效绵薄，极力挪凑，以供北学堂灯火之资。

此中为难情形，亮蒙钧察，并乞诸君子俯同鉴谅，不胜缕缕之忱。

复江蓉舫光绪二十四年二月二十二日

昭信劝借一事，弟认领二万，苏州聂方伯万五，江宁松方伯一万，镇江长道一万，上海蔡道三万。受恩图报，在人自竭悃忱，朋友规劝，焉能为再三之渎？府、厅、州、县借款，亦由两方伯主持，合计约略可得六十余万。专待尊处所属认定若干，便可报部听候指拨。

两淮商借，全仗执事督率属员，体察情形，谆切劝谕。弟仰体朝廷宽大之意，不敢过事追求，目睹库藏匮竭情形，又不敢稍涉迁就。幸执事恩惠素孚，不待威怵势迫，官商自能从命，但期于赔款有济，即鄙人受赐多已。

致谭文卿光绪二十四年二月二十六日

德藩沿途夷犹，来觇岭表，挟兵要盟，狡谋叵测。以致俄窥碣石，法瞰珠厓，英人觊觎于长江一带，迭起环伺，抵御为难，想我公同此悲愤。

江南铸造银元、制钱，以期挽回权利，踵仿粤章，在省开局，工作既兴，流通尚广。唯制小洋印花机器仅只两副，不敷应用。闻尊处余存印钱机器甚伙，鄂局前曾借用四架，改印小洋，极为便捷，辄敢援以上请，伏乞鼎诺，饬局照拨四架，由招商局轮船运沪，交上海蔡道查收，转送省垣，至为感叩。

复江蓉舫光绪二十四年三月初四日

官商借款，仰赖鼎力，两淮遂尔认定二百万两之多。极知纲疲商困，未免竭泽而渔，而各商踊跃输将，忠忱昭著，则其中为难之处，亦当妥为之筹。查商借既经分限缴银，当此银根奇紧之时，骤尔集兹巨款，商力固有不逮，市面亦恐因之动摇。揆势度情，本可宽期分限，但部章限一年缴楚办理，又未便两歧。

窃思华款集股，原为洋债受胁，偿款难延，日者接奉部文，知已贷定英、德巨款，而以货厘、盐厘五处归税司代征抵还。是目前之急难已纾，而异日之隐忧方大。商力、饷力似宜通盘筹画，为本省缓急之需。此项商借，与其多分限期，何如酌减借数，且免多括现银，致牵制各项商务。现拟仿前届报效之数，共借百万，并遵部章，分期截至年底缴清。尚祈执事妥筹兼顾，密为酌夺。官借之款，盐务差缺，既与地方情形不同，即由台端核办。但细译部文，以有股票之人未必皆有地丁、盐课，辗转相抵，恐滋轇轕，议一律给还现银，并希转饬知照。

至省局自铸银元，所有差薪、营饷等款，现已通饬以二成纹银、八成大小银元搭放，淮、徐、苏、镇亦皆仿办，并经示谕与鹰洋一律通行，毋许折扣。先由官场行用，则商民自必乐从。全仗执事设法维持，无俾市侩从中阻挠。至虑银元合价收出两歧，致公中有所亏耗，亦征深识。刻已饬局查照各处领用章程，妥议详覆，再行奉闻。

复张季直光绪二十四年三月初五日

手教领悉。大生厂事，时刻在怀，唯望即日告成，于官民均有裨益。无奈值此山穷水尽，以致集款为难，上年函劝各关，竟无一应，贲获顾如是耶？得毋拔山扛鼎，而不能自举其身，以此解嘲可耳。

徐分司及沈、武两道处，昨已分途电催。江都转性执，不满于弟，现在认缴股票并捐春赈冬赈，得以借词搪塞，容缓图之。

复依尧帅光绪二十四年三月

再展副毕，敬悉东省开荒添营情形，并承垂询方略，仰见虚怀，不耻下问，抚躬循省，无任惭惶。昔人云，土地尺寸不可与人，诚为至论。东省人稀地广，招客民以实地，开荒土而屯军，最为因地制宜不易之举，早当认真办理。

至划清界限，移民内属，是弃地也，是揖寇入门而守其堂奥也。民日退，寇必日进。添营而民不加多，无补空虚，饷糈徒耗。割地则寇为已有，愈见逼处，守御何凭？鄙浅之见，但就事理而论，质之高明，未知其有当否？

复奎乐峰光绪二十四年三月初九日

昨奉部文，以新贷英、德商款约以厘金抵偿，因将苏、沪货厘，皖、鄂盐厘，宜昌川厘，统归赫税司代征抵借。本省顿失此大宗饷源，凡京、协各饷，防营、保甲、工程、善举、学堂、书院种种要需，以后如何厝注？顷据厘捐局司道禀称：“从前设卡抽厘，各有界限。查扬州所属之瓜洲、泗源沟两处，当省垣未复之时，先由苏州设卡，捐厘济饷，相沿至今。今苏、沪货厘既归税司代征，此两卡在苏、松、常、镇、太五属之外，似宜划归金陵管辖。”等语。查该两卡收数亦不甚多，然界限若不分清，恐从此或滋轇轕。用特奉商台端，即饬牙厘局司道核议，迅速照行。

皖、鄂厘务已派芜、汉两税司来宁商订，不日可到。苏、沪想系江海关税司也。

复日本光臣光绪二十四年三月初九日

前荷惠临，备聆伟论，送别以后，时切怀思。顷展惠笺，并贶地理图三种，百朋宠锡，万里交亲，发箧披函，感荷无既。昨谂台旌莅鄂，满冀顺道重来，不腆荒斋，载留鸿印。不意归帆径挂，东渡沧溟，空谷遐心，末由维絷。

贻书郑重，备见悃忱。尚希执事惠顾邦交，眷怀大局，转达贵政府诸公，俯念亚东两国，唇齿相依，共敦睦邻之谊。鄙人虽老，犹将投杖而起，奉槃请从。

附呈微物，伏希莞存。报乏琼瑶，谊托胶漆。海天云树，延跂为劳。

致陈右铭光绪二十四年三月十三日

岳阳开埠，湘中藩篱遂撤，办理交涉，未免烦劳。

移厂一事，电音往还，备承指教。江南移厂，湘省设局，本是两事。现在时局愈棘，筹备军火，紧急万分，北洋需赶造炮弹多种，南洋各船台又须添配快炮，款绌用宏，不遑他顾。所有移厂一层，不得不从缓议，商之夔帅，意见相同。

湘中遵旨设局，奏请经费，大部必有指拨之处。

复邓筱赤光绪二十四年三月二十二日

练兵筹饷一案，迭奉谕旨，严切督责，凡在疆吏，理宜共遵。惟各省情形不同，办理似难一律。江南经制之兵，裁汰五成，防军改营为旗，每岁节省已数十万。

江海要隘，地广防多，目前已苦不敷分布。况强邻环伺，伏莽滋生，兵力太单，难资控制。此次钦遵严旨，只将四路炮台裁勇三百余名，并将外海内洋水师裁兵三百余名，约计省饷不满十万。此外上年已经裁减之各标兵、各营勇，均未再减。

其筹饷之法，虽经严饬各署局节省浮费，究属为数无多。现拟清丈沿海涨滩，并规复盐务废岸，冀集巨款，要亦尤甚把握。凡此情形，核定即当覆奏。尊处无大支兵勇可练，亦无大宗饷源可筹，尽可据实直陈，自邀圣明洞鉴。

复赵展如光绪二十四年闰三月初五日

洋人窥伺镇江，并欲据吴淞屯兵，两处倘有疏虞，南洋便成坐困。曾启译署，将吴淞辟为商埠，以杜私占。奉文照行，自是要着。

自强军洋将、洋弁拟一律资遣，改委江南提督李军门统带，移驻江阴，以与上游联络。并将各兵轮、蚊船、雷艇拨归苏松镇陈统带，以一事权而资呼应。倘海上有警，即将各轮移碇大港等处险要，仍一面预办石篓，塞断中洪。似此布置，不敢自信确有把握，而长江一线，水陆严防，彼族亦应稍知忌惮矣。

贱躯日形衰惫，前恳左右代陈，冀得卸此重担，而台谕颇涉外视。余生固无足惜，所虑南洋将蹈北洋覆辙，大局益不可问耳。

致王中堂光绪二十四年

本年事变，匪夷所思。现在人情已安，时局亦定，皆我公维持之力，调护之功，凡属血气之伦，莫不以手加额。但望圣躬早日康复，则宗社苍生之福矣。

英员贝思福练兵之议，明知事不能行，因其词意殷勤，不敢不为之转达。英欲强中制俄，以保商务，与日畏俄之逼，不得不顾唇齿，同系实情。第欲我先摈俄，则非善策。中俄毗连最宽，和好最久，虽占我旅、大海口，侵我吉、奉边疆，知其包藏祸心，目前究不能不为羁縻之计。

英、日以我急务在练陆军，北方应得劲旅十万，以备不虞，自属胜算。袁、宋、聂、董四军已近五万，荣相新募亲兵万人，加以神机、武胜，兵力不为不厚，各地方防营尚在外也。南洋兵力甚单，唯自强军二千五百人，其余或数百人，或一千数百人，分途驻巡，仅敷布置。若长江有警，则以主客逸劳之势，与炮台、兵轮联络声援，尚可勉强支持。倘令出省援剿，不唯不足自成一队，自当一路，且有顾彼失此之虞。现值经费为难，水陆不能增募，只就现有兵力，认真训练而已。

晚生久领疆寄，无补时艰，老病侵寻，深虞陨越。筹思再四，不得不沥疏乞休。务望俯念旧交，代陈微悃，准其回籍调养，以保岁寒。体恤私情，即顾全公事。如得仰邀福荫，贱恙获瘳，异日尚可展犬马之忱，以报国者报公。相契有真，知不病其过计也。

复钱子密光绪二十四年

淮、徐大饥，办理尤为棘手。

昭信股票，惟淮商认借之款较巨，官场则以差缺之丰啬、任事之久暂为差。现自道府以上均已派有定数，州县及各分局正在分别派认，不久亦当有数可稽。惟请展期者多，甚有拟作三四批解者。年来银根极紧，必令一时概缴，亦实有为难情形。

至地方殷富尚未议及。前因需赈孔急，派员分道劝捐，业已舌敝唇焦，将来劝借之难更可想见。

复洪翰香光绪二十四年

来示，君子于世，非徒自适己事，必将引人为善，洵属通论。惟公私固宜交尽，而利弊亦应兼权。筹垫巨款，准通融结算，于公事尚无流弊，于赈务复应急需，事属可行，应请函告李守照办，果有能垫足九万两者，准作十万掣批。至集捐巨款加倍扣费一节，恐各处援以为例，格碍难行，请即作为罢论。

复邓鉴堂光绪二十四年四月初一日

承示我邑练团需费，拟于盐卡收税项下抽拨钱文，以公济公。本应照办，适闻湘省盐务口舌滋多，因念我邑盆溪盐卡禀撤有年，地方称便，一旦复设，核与前案不符，虽彼此情形不同，商民未必见谅。倘有刁顽违抗，甚至毁卡殴官，酿成巨衅，且归咎于创始之人。桑梓之邦，兆此祸胎，其何以对我父老子弟？且事属外办，不入报销，地方文武，无所沾润，或怀忌嫉之私，袖手旁观，从而龃龁，则办理益形掣肘。

又局洋粤盐每斤加收三文，若照曾文正所设东洲大致章程，淮、湘各半，除局用外，所余几何？于团练无大裨益。即令有所借手，而日后之轇轕，亦难免无累。前案之汲汲了结者为此也。再四酌商，不得不出于慎重，已经电饬易道，从缓开办。

台函奉缴，练团原为保护身家起见，平日就地挑选壮丁，随时操习技艺，不必发饷，万一有警而后征调，商之何如？

复丁衡山 光绪二十四年四月

语云，无官一身轻。吾弟急流勇退，可称明哲。方今时事，孰无归志？奈所处不同。昔武侯罚五十以上必亲览，人谓过劳，而曰："恐他人不如我尽心。"区区微忱，何敢言此！而不忍言去之心，则古今如出一辙。特惜当时才勇智略之士，散似晨星，独留老朽，助我无人，亦复何补？

承示滇省边事，地在域内，自比海外之地要紧。目今远人觊觎，岂复止此？强邻环伺，乏策自保，知不可为，不能不尽人为。孔、孟之大圣大贤，同具此志，非无知而妄为也。昨寄政府云："誓与长江共存亡。"老臣所以报国家知遇厚恩者如是而已，亦古人鞠躬尽瘁之义云耳。

复松峻帅 光绪二十四年

客腊接到翰电，比因淮、徐裁兵，奏请从缓一节，尚未定妥，是以未即奉覆。嗣后办理此件，诚恐太多，难于邀准，不得不专就淮、徐立言。旋据寿春郭镇禀请免裁三起兵丁，亦以有碍前案，函请邓筱帅处具奏。现在贵标七营，应由尊处仿照皖省办法，自行具折奏请从缓，实为正办，似较敝处易于措词也。

至五河、正阳盐厘，前准湘抚咨以湘省饷项万紧，实难遵照扣留，求令照常解济，当经饬运司另行筹拨。旋据该司详称："福州船厂经费，系指明饬拨淮盐督销局之款，目前各局无可设措，惟有将厂费项下原拨湘厘银二万两改在五河、正阳两卡各拨银一万两。"等语。承示尊处入不敷出，自系实情。惟此间入款，止以盐厘为大宗，而鄂、皖已归税司征收，丝毫难动。湘、西两岸别无款项可筹。湘厘既难扣留，厂费不可贻误，该司拟改拨五、正两卡盐厘，亦实万不得已。好在尊处每岁所减为数无多，于大局尚属无碍。

同属公家之事，务望统筹兼顾，暂支目前。将来尊处如有不敷，谊属同舟，自当唯力是视也。

复陈仲英太守 光绪二十四年

贵属前月谣言四起，经台端力排群议，不涉张皇，亦不稍形疏懈。督饬营县，商同水师，昼夜梭巡，卒使匪徒敛迹，足征卓识定力，迥越寻常，非矫语镇静者可比。

此等匪党，本无能为，第值此岁荒民饥，难保不乘机煽乱。至不得已而概加狝薙，所伤已多。防患未然，斯为上策。誓懔朽索，诰畏民岩，古人岂无镇服一时之才，而慄惧若此，诚以潢池赤子，未必皆草泽奸雄，视之如伤，初不欲与蚩蚩者斗智也。

复许仙屏中丞光绪二十四年四月二十四日

夫鸷鸟累百，不如一鹗。公于众人则挥之使去，国士则招之使来，以证奇璞而制焦桐，且引弟为同调，恳款于行墨，敢不拳拳服膺！

向子振政绩官声，耳熟已久，不谓因案诖误，相与惜之。此次觌面之初，无幾微失意之色。既而倾谈数次，亦无片语尤人。即此知其度越寻常，卜为远大之器，宜夫大君子相赏于风尘外矣。此间道班最多，颇难位置，适吴淞口新开商埠，蔡和甫禀请会办人员，遇此机缘，无妨一试，子振亦不嫌于俯就，借以盘错见长，将来如有成劳，可以徐图光复。弟当唯力是视，以期仰副盛怀。唯新章，凡被议人员，必将案由咨部核准，方可留省差委，不免稍费斡旋也。

时事益艰，而恭邸遽薨，今上孤立，为之奈何！我辈职在封疆，无敢越局，唯有殚精竭虑，图报涓埃，质之国老，当亦奋然而起也。

复欧阳润生光绪二十四年五月十一日

章程内于逢关纳税，遇卡抽厘，切实声明，自可饬各厘卡认真办理，何必另于瓜口设卡稽查？此项内河行轮，四次力争始稍就范，若我自生枝节，恐致全局皆翻。时事孔艰，不可不出以慎重，高明谅之。

至洋商领单完子口半税，载在条约，今拟改三联单，万不能行，并请作为罢论。

复黄芍岩光绪二十四年五月十四日

承示镇地缺米情形，已由执事筹商长道，就近赴扬购买，以济急需，并由彦守筹款委员赴湘、鄂一带采办，因水程迢远，嘱为派轮赴汉拖运等情，仰见执事仁民育物，胞与为怀，遵即转饬筹防局查照拨用。

当据该局禀称，以拖运米粮一次仅止四五千石，需用煤油不过数百金，尚可设法报销。若在万石以外，必须大轮，则所需较巨，匀报实属为难。现在拖运米石若干，是否只此一次，无须大轮，俟电至日，再行酌派可也。

至该委员由湘、鄂采买拖运到镇，多须时日，刻计新米，转盼登场，沿江地方，可期接济，似不必于鄂、湘远地多为购办，卓见以为然否？

致丰汉文将军光绪二十四年五月十七日

此次米价昂贵，贫民饥嗥，是以设局平粜，贵买贱卖，耗费不赀，不知将来如何弥补。然以贫民口食所系，不得不暂顾目前。贵驻防同在城中，自应一律办理。惟人数太众，甘苦不齐，不能不分别查明，酌定限制。应请尊处每日派员赴局弹压，并预饬八旗协领查明极贫户口若干，开具清单，另给准票，令其赴局照章买米，视其口数，不得争多。至于有力之家，不在此例，否则万难接济。

前接部文，以武场改试枪炮，应由各省将军、督抚各抒所见，妥议章程，咨部汇核办理，并无令各省自行具奏之语，此次[①]亦未接电催。弟于前月谨就管见所及，酌拟简便办法六条，咨部在案。容抄原稿咨呈尊处，是否有当，伏候卓裁。

复章鼎丞 光绪二十四年

自古和戎，必战胜后和，和乃可恃。使不能战而议和，即不可因和而忘战。况迫以要和，一处得计，众人效尤，终久亦归于战，不可不早计也。第言战，若用孤军当劲敌，彼奋我怯，彼利我钝，先无能胜之理，岂有敢战之心？

兵法云："先为不可胜，乃可为必胜。"不可胜者，言彼不能胜我也。士志能固，军威以振，此戚少保所为必先练胆练气也。彼族虽多，奋而实骄，利而实愚，且愚而又贪，见利必趋，骄则无忌，入险不觉，我诱以所必争，中以所必毙。此中临机应变，神而明之，要在计取，不可力敌。

此次启衅，实由民间，可知民恨已深，更晓谕以祸福，激发其忠义，将见普天同愤，可使遍地皆兵，蠢兹小丑，其肉尚足食乎！雅意在远不遗，敢竭鄙忱，略陈要领。

复赵展如 光绪二十四年六月二十日

以公才力，与其法守萧、曹，曷若勋希韩、范？朝廷善于位置，亦失于权衡矣。顾自公去江南，不满一载，而局面之变，竟至于此。徐、淮、海各属连岁被淹，民人死亡以数千计，前赈甫

①中华书局版《刘坤一遗集》为"于此次"。

竣，续赈更兴，当此罗掘已空，何从再筹巨款？兼以江宁省城，贫民饥嗓，伙抢米铺三十余家，亟办平粜，此风始息。而所费不赀，尚须另行弥补。

自苏、沪两处货厘，皖、鄂两处盐厘，改归税司代征还债，本省常年用度，顿少一百九十余万，农部乃以五省有名无实之项，拨抵计授之需，安能有济？此外仅剩金陵涓滴厘捐，复因内河行小轮船尽为洋商所占，是成死证，而无一线生机，现在力与之争，未知果能挽回否也。

江南天气阴雨，山东、河南大水，为夷狄侵华、小人乱政之象，虽是老生常谈，要亦不无征验，今日之事，得毋似之，我公以为何如？

复冯莘垞光绪二十四年六月二十三日

承寄鸠杖一枝，形色古盎，非近时物，且体质坚重，足以防身，敬谢。

时事之变幻，议论之新奇，恍兮惚兮，是耶非耶？年老懵乱，不知其然，不暇究其所以然。朝廷行政用人，更非封疆外吏所敢越俎，而其责成各督抚者，可办办之，否则静候参处。空谈无补，愤世何为？

昨令能缉回里换能纪来，约在月杪可到。能继目前何能再出？无论无此财力，即照料门户亦甚需人。此等时势，恐无图存之地，亦何有于三窟也！执事于转科后，亟谋假归，亦是良策。

皖岸一席，业经蝉联。蔡道因法甬为难，酿成巨案，日事诘责，未便遽干以私。

令郎卷费廿金，聊以从俗，即乞莞纳。

复黄芍岩光绪二十四年[①]七月初八日

康逆现在外海，是否假托其名，唯既有此等谣言，不可不严为之备。桨兵间有逃亡，尤应责成该管官认真整顿。并须根究芜湖营花票所自来，或可得其踪迹。

日本枪炮似有影响，请饬徐宝山探听入境时飞禀尊处，派勇擒拿，果能人赃并获，破其奸谋，自当从优给奖，所虑偶有疏漏，转失机关。可否另委干员，前往盐、海，会同李祥椿、刘东林巡防之处，伏候卓裁。

复向子振观察光绪二十四年七月

交涉一节，蔡道屡日往商，未得要领，无妨再俟机便，力图转圜。

伊藤持论切实可行，足见彼国人才外浑内明，非好名高而鲜实济者。五月分亚东报谓："中国之人，听其议论，忠愤激烈，观其行事，卑吝污秽。以此等人而为变法之倡首，中国之自强犹远矣。"等语，系暗指康有为，正与伊藤所言不约而同。彼时逆迹未彰，已为外人窥破。至同洲唇齿之说，自非訾言，惟我不能自强，难免不别生变故。

来示修武求才，潜消隐患，洵不易之论，惟鄙人耄及智衰，不足语此耳。

---

①中华书局版《刘坤一遗集》本篇日期为"光绪二十六年"，并列入卷十三。

致黄芍岩光绪二十四年[1]七月二十二日

富有票匪初起似与哥老会匪不同，且牵涉康、梁两逆，系属钦案内人犯，其中情节尚多，不可不抉其根株，穷其支党。以后若获首要，未便率予正法，授人口实。应请先录供词，密咨敝处，或用密函亦可，以便详细商酌，期于妥协。

该两逆丑类实繁，蔓延大江南北，其所最注意者，则在煽惑军心。务望会同寿亭军门，督同各军统领，严行查拿，毋稍松劲，是为切祷！

复欧阳润生光绪二十四年七月二十八日

承示陈右帅函及厘正学术疏稿，读竟为之喟然。夫祸患必有由来，君子、小人各以其类。乃康有为案中诖误，内则有翁中堂，外则陈右帅，是皆四海九州所共尊为山斗、倚为柱石者，何以贤愚杂糅至此！若为保康有为以致波及，闻翁中堂造膝陈词，亦是抑扬之语，右帅此疏，更足以自明矣。

学术之坏，实为人心世道之忧。平等、民权，妄引《论》《孟》，中外津津乐道，不知《易》之履卦所谓“上天下泽，以定民志”，何哉？右帅抉其隐微，斥为异说，伤理害道，甚至比之于“言伪而辩，行僻而坚”两观行诛之少正卯，并请将所著书自行销毁，而犹诬指为康党也耶！

是非邪正，将来自有定评，得失升沈，尤无足校，右帅惟有

---

①中华书局版《刘坤一遗集》本篇日期为“光绪二十六年”，并列入卷十三。

坦然处之耳。弟年老多病，引退未能，晚节末路，求为右帅而不可得，只合听之而已。

复林稚眉光绪二十四年

顷奉惠书并新闻报一纸，具见关怀大局，义正词严。此报早经寓目，当饬蔡道照会英领事严行查禁，并将前报更正。该领事亦以为然，可见公道自在人心。该犯用心至毒，为计至愚，此等诬蔑之辞，徒自彰其背叛之罪，不啻自画供招也。

西报每谓康党止图变法，并无逆谋。今有此书，正成确证。若因新闻报妄缀议论，遂与中报一律查禁销售，转不足以释外人之疑，非徒虑滋纷纭也。天地之大，何所不容，枭叫狐鸣，无关祸福，听之可耳。

致严筱舫施子英光绪二十四年八月

本年淮、徐、海一带，水患频仍，小民荡析离居，比前尤甚。昨与贵同事严佑之及胡芸台面商，拟于中秋节后即往清江开办赈局，以免流徙出外。惟是地宽灾重，又距明岁麦收为日方长，需款极巨。现议截漕拯济，似未便过多，且目前难以应手。拟俟司局上详，先行奏请，开实官捐，或者招徕较易，可得数十万金。能否仰邀俞旨，尚不可知。此外别无可以设法。

伏谂执事仁声义闻，藉甚一时。上年具荷隆施，徐、海遗黎得以苟延残喘。此次敢为无厌之求，宏济时艰，顾全民命，必为宽筹厚集，方可起瘠嘘枯，肉白骨而生死人，是所望于仁人之赐矣。

弟每接徐、海文电，为之寝馈不安，四顾方皇，一筹莫展。缘各行局掘罗已尽，挹注无从，且以杯水车薪，于事何益？春风夏雨，非大力谁属耶？

复邓鉴堂光绪二十四年八月

承示内匪滋蔓，外寇披猖，保卫地方，自以练团为急。我邑毗连西粤，实为宝郡、星垣藩篱，关系甚重。唯练团必须经费，当座应见及之。请提庵租及落地等捐，未知已批准否？如何收支，务须明定章程，以杜轇轕。重设盆溪、窑上盐厘，恐为商民永远之累，将来办有起色，诚如来指，难免尽提入官，区区一言，未可视为铁券。况归绅士承办，报销大费周张，前此所以亟请裁撤者，此也。

近来文法益密，搜剔甚严，无复从前宽大之政，不可不慎之于始。伏乞详加斟酌，可已则已，如必须有此举，请再赐兰音，弟即函商右帅，非电传数句所能达也。

至后膛洋枪百杆，自当照拨，俟派人来领，一面咨会湖南。

书牍卷十三

复冯莘垞光绪二十四年九月二十日

时局之变迁，殊出虑表。弟于新法初行，即拟奏请熟思审处，勿过纷更，勿涉急遽。旋奉严旨申饬其泄沓因循，则前折不敢上陈矣。新法如改练洋操，添设学堂，实为当务之急。至欲改变衣冠，以新耳目，未免有拂人情。而康有为等遂进离间之言，敢为挟制之计，若非立时破败，大局尚堪问乎！

现在两宫慈孝相孚，诚为宗社苍生之福。而其枢纽全在荣相，内则设法调停，外则勉力撑持，宁国即以保家，此公解人，当见及矣。

外间传言，皇上受病之深，由张荫垣、康有为私进药水，如果属实，似应宣布各国使臣。伊藤昨由鄂过宁，颇尽地主之谊，晤谈两次，自是杰出之才。若系康有为等招来，与其逆谋，则亦无足取矣。

敝处前此电奏，不好措辞，止合浑含劝谏，希冀动听。同日奏请留许筠庵尚书，亦事理然也。

台指以各国争办铁路为虑，自是分割之渐。

总之，此次致祸所由，皆弟等不才之故。皇上愤国势之日弱，内外诸臣无一振作之人，不得不听变法之说。而康有为等中怀叵测，文饰奸言，谓人之常情，难与谋始，天子之孝，不在顺亲，非加严惩则众心不肃，非行权道则大功不成，于是商君尚刑威，鬻拳用兵谏，皆足以售其术矣。不知乱臣贼子最善揣摩，必先有所假借，以得人主之权，而后因利乘便，为所欲为。至召外兵以启内衅，如汉之董卓，魏之尔朱，宗社为墟，可为前鉴，而圣虑未及也。

嗟乎！如弟等果能自强，则逆谋无自而入，每念及此，肺肝欲裂。现在亡羊补牢，亦惟于训练兵勇，培植人才，不敢不加意振作，以图挽救耳。

复德静帅光绪二十四年九月二十三日

蔡道贩米一案，敝处前委沈道、许守密查。该道府向来办事克核，决无迁就，迄今未据禀覆，其详细访察可知。如尊处所委钱道先行禀覆，即祈示知，以便参考。

弟颇信蔡道似无此事者，以春间日本与俄、法三国先后请在上海买米，译署于日本、法国两处允其酌办，鄙意亦在踌躇，而蔡道坚持不许。倘蔡道自行贩米出洋，不能瞒该三国领事，势必反唇相稽，而皆默然者何也？惟人言有因，物情难测，且俟该委员等查覆文到，互证参观，自能水落石出。

倘蔡道实有此弊，其人尚何足取！断不稍涉回护，即会台衔严参，并将折稿先呈酌核。

致荣中堂光绪二十四年九月二十六日

慈圣垂念旧臣，不忍置之废闲，又怜过于劳瘁，父母爱子，体恤何以加兹！惟有殚此犬马余生，仰图报称，所虑精力不给，贻误时局耳。

苏提督招募一军，驻扎淮、徐，实为南北枢纽，不独尊处声威益壮，即此间亦可借为应援。光绪八年，坤一于卸篆时，曾以此策干左文襄，旋以无饷而止。

德人据我胶澳，志在割我山东全省，并及河南。发难之初，盛京卿在鄂钞出德总领事施某所上该国主书，竟以中国为印度，为外府，情词极为很毒。坤一曾照录原稿，函达译署，谅邀钧鉴。前借小故，径以兵队侵扰日照、沂州，姑为尝试，且以察看道路险夷，内地虚实，狡焉思启，如见肺肝。现于日照石臼所地方，私买民地七百余亩。是处滨临大海，水道极深。可以停泊兵舰。本年春间，德兵即在此登岸，直入日照县城。且距胶、距沂皆二百五十里，均系坦途，将必于石臼所屯兵，以为袭取沂州之计。德若据我沂州，则南北中断，不惟河南可危，中原亦难措手，虽有苏营驻扎淮、徐，与大军声援难接。据林道朝栋等面称，洋人善于守御，若据沂州府城，以西法布置，我即有百万之众，未可刻期恢复。莫如自占先着，预以重兵赴沂，于城外择要扼扎，高垒深沟，蓄精养锐。德人知我有备，当可寝其窥伺。倘仍来沂送死，我合南、北、中三路之兵，足以痛予惩创，便可乘机复胶。此实至要至急之策，未可视为缓图。麾下如于北五军酌抽劲旅赴沂，南与苏营联络，固资掎角。否则一俟苏营成军，半留徐、淮，半赴沂州，亦稍可以应敌待救。

广州湾紧要，与胶澳略等，惟距畿辅尚远。此犹目前事也，将来巨患，南则为英，北则为俄。英人生意多在长江，口岸既宽，获利甚厚，我借商务以资连缀，似可彼此相安，不遽占我土地。惟俄处心积虑，志在囊括席卷，我东三省首当其冲，计非借助英、日两国，不能遏其凶锋。日恨俄最深，英忌俄亦甚，正可引为我用。第与英、日稍露形迹，俄必先开衅端，中俄毗连极长，实属不易防范。其应如何与英、日预订密约，以期缓急相需，易于呼应，庙谟必有胜算，我公所亟宜加意焉。

又，云南右法左英，两国垂涎已久。该处远在天末，倘有不虞，调遣官军，殊虑鞭长莫及，不能不借本地团练捍卫地方。二十一年解严后，坤一于唐山行营，曾请以古州丁镇权云南提督，责以团练，防未然之祸，而李文正诸君疑其排挤冯萃庭，遂作罢论。现在英、法铁路将成，云南事势益棘，虽崧锡侯雄才大略，措置裕如，仍恐孤掌难鸣，不支两大。可否仿照道光季年广东防剿洋人成案，于本地在籍文武大员，钦派团练大臣数人，假以事权，俾与督抚和衷共济，或于边事有裨，并乞俯赐卓裁，奏明办理。

管蠡之见，明知无补高深，而时局艰危，五中轮转，不敢不献刍言，以效一得之愚。

工科给事中冯锡仁，于乙未年随同坤一办理营务，颇有运筹决策之能，为人亦有血性。近日书来，论及时局，不胜忧愤，深愿附骥以效驰驱。初谓其欲就外官以任方面，而不知其意在内升卿贰，翊赞庙谟。或者出使友邦，折冲樽俎。该员自待不薄，其才似足有为。我公衡鉴高悬，知人善任，未审堪以收入夹袋否？

敬再密启者：

天下皆知圣躬康复，而医案照常通传，外间转滋疑议。上海各洋报馆恃有护符，腾其笔舌，尤无忌惮，欲禁不能。可否奏请停止此项医案，明降谕旨，声明病已全愈，精神尚未复元，当此时局艰难，仍求太后训政，似乎光明正大，足以息众喙而释群疑。以太后之慈，皇上之孝，历廿余年始终如一，常变靡渝，固列祖列宗在天之灵，亦莫非公与亲贤调护之力也。

第闻康、梁余党散在京外，时生谣诼，摇惑人心，难免故智复萌，不可不杜其渐。愚以为宫闱禁籞，慎防小人离间之言，严察奸徒侥幸之计，则鬼蜮伎俩无所施矣。安危攸系，休戚是同，敢私布之左右。

致总署光绪二十四年九月二十九日

谨肃者：

查阅上海新闻报于九月初五日所载康有为逆书，情词极为狂悖。当饬上海道照会英领事，严饬该馆更正，以后不许妄登，英领事等均以为然。第前报已传播中外，幸广东人梁鼎芬著论痛驳，大快人心。兹有江南人著《息邪说论》一篇，尤为真切，登之各报馆，即外洋人亦以为语有本原，可申公愤。谨捡两处报纸，寄呈钧览。

再，各报馆似可听其开设，不必封禁，否则各馆必挂洋牌，我即不能过问，徒示人以不广，而启其怨谤。合并声明。

复袁爽秋太常光绪二十四年十月初一日

中弱外强，往往理为势屈。以公才辩，未始不可势以理伸。子产有辞，郑国赖之。以后精拣行人，以及与东、西洋书札往来，似宜加意。弟鉴于中日之衅，曾于乙未秋间附片上渎宸聪，冀于时局稍有裨补。兴戎出好，讵可忽诸？至初次勘电，难于立言，迫切使然，致涉唐突，得免罪责为幸。猥承奖饰，弥抱不安。

先公穷老诸生，有何可纪。先德一录，追述劬劳，即以明弟之不肖，并荷鉴取，宗祏有光。

致三省道府光绪二十四年十月初二日

积谷以备凶荒，团练以防盗贼，关系地方紧要，当此多难之世，更未可视为缓图。递次钦奉上谕、懿旨，谆谆垂训，亟应次第筹办，以副朝廷励精图治之意，即为地方绸缪未雨之谋。

查团练一事，业经敝署奏准变通章程，量给奖叙，当可期其踊跃。积谷一事，各属本有旧案可循，但得各牧令认真举行，均不难于就绪。阁下任崇方面，表率是司，务望俯赐提挈，俾底于成。不可听其阳奉阴违，始勤终惰。一俟所积仓箱丰足，各团丁壮整齐，即行禀请委验，以便据实具覆，仰慰宸廑。所有出力出资官绅，亦即附请恩施，以昭激劝。

至于地方读书士子，并须培植，以成有用之才。考试虽仍用制艺、试帖，平日用功，当于经史、掌故、时务、测算各编，讲求诵习，未可专尚词章。此外西学多门，为中学余绪，亦中学实际。并祈督同各牧令，于本地书院，兼立课程。见浅见深，得寸进尺，集众长以取益，擅一艺以名家，但得风气先开，自有日就月将之美。十年树木，百年树人，是在有教养之责者加之意也。

复黄芍岩光绪二十四年十月初二日

承示南岸许浦添筑炮台，不如北岸任家港、天星港之得力。惟遇有警，则许浦水陆均应布置师船及游击之兵，以固苏、松腹地与长江后路，均属至当不易之论。

又南石塘炮台，亦不如狮子林之扼要，形势实然，尤征胜算。现在时艰孔亟，经费为难，急切未能及此。方略具在，谨当次第设施，随时与左右商办。

复刘华轩光绪二十四年十一月十九日

来函领悉。洋兵出外游猎，只合听之。各国兵轮入江巡护商务，例所准行，碍难禁阻，以启衅端。已传谕地方文武及保甲局并长江水师，严密防范。尊处唯有督饬各将弁照料营盘、炮台，约束各勇夫勿常出外与彼滋闹，致滋借口。大概目前尚无他虞。

第法领要挟多端，我不能从，彼必不去，未知相持来日如何。英人为护长江商务，以兵轮抵制法人，阴为我助，是其实情。将来难免中法失和，并恐英法互斗，且看能否弥缝。就现在大势而论，南洋不能不联英、美与日为图存之计。美本与我无仇怨，亦无觊觎。日本栗栗自危，有唇亡齿寒之惧。英与俄互忌，其商务全在长江。故该三国均乐为我协力守卫。识时务者为俊杰，执事其审图之。

复陈莲舫光绪二十四年十一月

顷阅申报，欣悉圣躬渐安，自系执事调治之力，曷胜佩慰！弟不识岐黄，未敢妄参末议。唯敝幕中有粗学此道者，据称候脉有浮、中、沉三诊，于弦软细数中，当见滑象，分别浮沉，以辨虚实。及实中虚，虚中实，实中实，虚中虚，则知内伤由感冒、伤食、血瘀、气郁等标证而起，应表，应下，应通达，急治其标，标去而内自安，不虞消灼，阴阳相生，自然日起有功。

五劳七伤，惟真病不能治，余皆易易。至桑寄生、桂圆二味，性热能动肝阳，会皮多用耗气，似应慎重。尝阅方书，有乌鸡汤最能滋阴降火，忌近铜钱，宜用竹刀瓦缶。不论雌雄，未鸣未卵者皆可用。加红枣二三、建圆莲肉四十九枚同煮食，以交心肾，敛走泄。莲肉性同莲须，功用较大。草木性偏，不如单方似较安稳。

又经云："虚数须温补，实数乃凉泻。"如用温剂，最忌姜茸，最好肉桂，次则附子。然非三诊不能办虚实，此中毫厘千里，关系最重云云。国医高手，自能斟酌合宜。谨述所闻，以备采择。

复彦咏之太守光绪二十四年十一月

陈莲舫比部仍同挈伴出京，昨亦得其手函，业行抵沪矣。惟皇上圣躬尚未大安，莲舫施治既有起色，忽复换医，不审此后何若？

闻其乞归将母，即荷恩俞，孝治及人，体恤无微不至。而莲舫躬逢殊遇，未奏全功，并未能荐贤自代，此心得毋有弗慊耶！

复美教士李满等光绪二十四年十一月

顷奉惠书，借悉尊处现接李、慕、费三君函称，黄河决口，多处被灾，拟筹款助赈。上海西商已捐助六千五百余金，尊会亦拟另行集捐，具见列位胞与为量，畛域无分，救灾恤邻，好施乐善，中土人士，慨慕同声，靡独本大臣感佩无已也。

承嘱敝处及藩臬以下助捐一节，东河决于夏月，敝处业于秋杪筹备巨款，解交山东抚署协赈矣。目前淮、徐一带待赈亦急，自顾不遑，再无力为东省谋也。

复黄芍岩光绪二十四年[1]十二月初一日

承示按标抽船、按船提勇二义，外患固须严防，内匪亦不可不虑，自以按标抽船为妥。

第目下胶州一事，译署正在商办，时局未定，筹画颇难。且各国兵舰陆续来华，意在观望。屡奉电旨，饬令镇静戒备，毋开衅端，亦未敢遽尔征兵，转予人以借口。踌躇再四，惟有仰祈执事，密致各镇，不动声色，按照抽船之策，先行布置，严备以待，一有警信，即可调赴下游，会同抵御，庶几临事有赖，受令即行，既不致迟缓而误戎机，亦不致张皇而挑敌衅。惟事宜慎密，并望转嘱各镇，切勿宣示为要。

复高力臣镇军光绪二十四年十二月初一日

南洋兵轮、运船、蚊船、雷艇共十余号，既无总统，又无翼长，形势散漫，无事尚可将就，有事难得整齐。水师将才，非左右谁属？虽于机器非所素习，而驾驶自可贯通。

贵镇地居南北之冲，且为长江最要关键，有兵轮善于运用，临敌庶可支持。否则，徒恃长龙、舢板，彼巧我拙，彼速我迟，恐无济也。业与司局酌商，查照从前成案，借重长才，幸勿固辞。

至折陈各条，俟接统后察看情形，斟酌办理。时艰孔亟，经费为难，想高明必能并筹兼顾，无待谆嘱也。

---

[1]中华书局版《刘坤一遗集》本篇日期为“光绪二十三年”，并列入卷十二。

复程从周光绪二十四年十二月初一日

本年皖北等属被水较重，秋成歉薄，当经饬委分投查勘，酌量赈抚。虽库储奇绌，筹款维艰，而民瘼所关，不得不竭力设法。随与筱赤中丞往返函商，奏明酌提漕折正项银十万两，匀拨各处，以资散放。阜、颍、霍、涡四属，较之凤阳、五河一带灾情稍轻，亦于奏提款内拨给银二万五千两。有此巨款，似可暂济目前，与来指一律施赈之意相符。

念此哀鸿，谁非赤子？而限于款力，博济为难，当局权度重轻，不得不统筹办理。惟是灾区既广，为日方长，抚恤或恐未周，又苦无从挹注，安得好善绅士量力捐助，以辅官力之不逮耶？

复李寿亭光绪二十四年十二月初四日

贝思福所陈各节，择其应改者改，可行则行，不必尽如所指。法领虽愤愤而去，决不敢生事长江，忌英故也。然我当为不虞之备，察看情形，彼若欲用马江、胶澳故智，即应并力击之。纵令后有责言，兄任其咎。

前电译署两提六镇均驻沿江，决无坐而受攻之理。张香帅来问应变之策，答以势不获已，拟即用“拼”字。虽有朝命，疆吏当守便宜。平日各军训练，断不可稍涉疏懈。古人治兵，朝夕如临大敌，况外洋环伺耶？

丁道回省，据称面奉慈谕，明年抽调南洋各军入都校阅，不可不预为整饬。兄以老病乞休，严旨责其欺谩，不敢再申前请，止合力疾从公。

致曾经郛光绪二十四年十二月初六日

上海因展各国租界，法人强我所难，以兵轮来宁要挟。弟以事多格碍，不得不力与磋磨，相持月余，乃愤愤而去，不知将来如何了结。

团练所以补兵力之不及，务需设法举行。吾郡老成凋谢，后起之秀尚待挈提。传檄逐樊，具见正气尚固。此外一二狂且，不足为害，其阻挠尊处公事及欲倾覆舍下者，姑度外置之。哄署一案，何陈右帅毫无觉察？贤督抚往往为属吏所朦，况不及右帅者。

弟之电奏，以彼时中外谣言纷起，上下人情危疑，首翋愚忱，冀有感悟耳。

复郭善臣光绪二十四年十二月初十日

涡、亳一带，民饥匪众，久伏乱萌，左右先见之言，犹在耳也。及其闻警，则力疾启行，有奋不顾身之概。初驻蒙城，次进小涧，扼其要害，审慎迟回。原以贼众兵单，未可轻试，稍一失利，则伏莽蜂起，势成燎原，不可收拾。即使草薙禽狝，尽数聚歼，所伤实多，仁人所不忍出。是以盘马弯弓，虑胜后动，但得击败一二股，拿获渠魁数人，余自慑我兵威，传檄可定。是寓招抚于剿办之中，可谓苦心孤诣。

诚如来函所云，与刘镇、武镇仅当一面者情形迥异，自非老于戎马，深识机宜，曷克臻此？筱帅急于平贼，不知军务利钝，运用之妙，非可迹求，兄当为执事解之。尚祈加意珍卫，并督同地方文武办理善后事宜，幸勿以同僚一言不合，遂怀退志。兄近况想达清聪，亦唯勉强支持，以图报称而已。

再，接来翰，知已进驻西洋集，深虞邵匪一股南窜，业经传谕阜、颍各属，速行办团防御。一面函知韩统领迎头截击，并分拨部下马步各队，沿途前往兜剿。老谋胜算，调度合宜，闻之欣慰。近日各路告捷，指报肃清。尚望扶病勉留，趁此匪势日蹙，申明纪律，分别剿抚，迅奏肤功。

复陈梅生光绪二十四年十二月初十日

手教领悉，区区何足以言著作，亦非以此邀名。实因康有为逆书传到上海，各报馆议论风生，或以为豪杰之才，或以为忠义之士，一唱百和，诚恐内生离间，外启衅端，亟著此论，登之报章，欲以破其奸而解其惑。

论末未注姓名，不料蔡道竟行揭出。亦只苏报馆，余则未也。此等文字，似未足以附翼教丛编，致为方家所笑，尚祈俯赐酌裁。

复钱稚庵陈六舟光绪二十四年十二月十九日

扬郡粥厂经费，本不甚充，目下饥民就养日多，办理益形竭蹶。仰烦仁抱，筹画周详，于无可设措之中，思一举两得之计，再三庄诵，感愧曷可名言！

查各食岸盐斤加价，原议每斤二文，前经咨商户部，准其减缴一文。适值金陵粥赈待款孔殷，是以有饬捐二万两之举。曾据该食岸商人禀恳归运食各商公摊，敝处仍令照缴，盖司详运商屡次大捐，常捐亦较食岸为多，权衡务得其平，未敢稍涉偏倚也。兹承示及该食岸愿捐扬城粥厂六千串，仍请改归运食各商，按额均摊，于金陵之款，并无短少，而扬城厂费得以支持。诚如来函，尚非取巧，惟四岸运商及淮北票商，究竟能否认捐，仍应由司密议，尚祈左右就近商之蓉舫都转。但期商户乐从，司详到时，敝署自当照准。

抑弟更有请者，现在库储奇绌，筹款最艰，此次办赈，虽经奏准截漕三万石专济徐、海等属极贫之户，尚虞不敷。地广人众，来日方长，非得地方好善绅士解囊相助，诚恐博济为难。光绪九年间，扬州本有就地筹捐抚恤、资遣成案。仍望诸君子大力维持，提倡劝导，德意所感，当不乏乐善好施之人。顷已饬令府县会同各绅富和衷商办。引领高惠，不仅为灾黎九顿首也。

致王夔石敬止斋光绪二十五年正月

敬启者：

上年闰三月十一日以后，七处盐货厘金改归税司监征，敝处竭蹶情形，无可言喻。江南名虽博大，其实所恃者亦只此盐货厘金，盐厘以鄂、皖为大宗，货厘以苏、沪为最旺。

今失此两项厘金，专恃尊处拨补之裁兵节饷丁漕平余、昭信股票银两，以期因应咸宜。而裁兵节饷项下，苏、宁两处可拨用者，只三十七万八千两，较原拨之数，计不敷银十万五千两。丁漕平余项下，江宁平余业经奏明凑还洋款，已属不敷，无从再拨，又短四万两。其江海关洋药税厘、淮盐加价等拨补之款，系与前两项厘金，似有未符，又短二十万两有奇。统计无着者，共有三十三万两之多，业据局详咨明有案。其有着各款内，如昭信股票，各官有因事故缴不足数者，淮商有因未颁部票任意观望者，将来催缴如何，尚不可必。此外催解作为有着者，亦不知几费笔舌，电牍交驰，而后始获允许。至向来受协省分，取给于前两项厘金者，日事催促。正如窭人子，既切内顾之忧，复受催租之逼，一筹莫展，仰屋兴嗟！然去年尚幸有昭信股银借资挹注，若今年不独无此款，且须遵照大咨筹款按还，是又增一出款矣。再四思维，仍惟有就本省之款，抵本省之支之一法，或谓上年曾经部议截留京、协各饷，恐于全局有碍，仍应查照拨补之案办理，不便再申前请。鄙意窃谓不然，上年拨补各款，亦系本省较多，外省之款有着者，大都昭信股银，今年无此款矣。其余无着各款，现已咨请改拨，想亦鉴此为难情形，何乐多一周折？况辗转拨补，实于大局有碍。

前项厘内协解各饷，如奉天、吉林俸饷，畿辅备荒经费，甘肃新饷，淮军协饷，黔饷，并起运京铅水脚银两，湖北楚厘，九江关税，均关紧要。甘肃新饷，近且划还洋款，不能稍缓愆期。万一拨补各款汇解参差，则筹垫无从，贻误匪细。即各路协饷，既为计口授食之资，万不能使之延颈以待，设误军需，谁当其咎？彼此筹解之烦，犹其后焉者也。诚使截留抵支，则各该省自能径向协拨省分催取，较为简捷，不至往返稽迟，本省军饷亦可以有着之款留抵。该司道既专责成，无可诿卸。是一转移间，而数善备焉。

夙仰大君子统筹全局，综揽度支，硕画宏猷，胥臻美备，用敢缕陈清听，冀锡箴言。现经恭疏上陈，仍请截留备抵，并将留抵各折咨明冰案。务乞垂念窘情，准如所议办理，在大部可省接年筹拨之繁，在敝处可免虚悬无着之虑。江南幸甚！大局幸甚！临颖无任企祷之至！

复冯莘垞光绪二十五年正月十五日

时局北重于南，亦北危于南。所幸北洋兵力甚厚，是在荣相整军经武，长驾远驭，以固神基。南洋水陆各营，仅二万有奇，然统领、管带多是宿将，布置尚合机宜。一面联络英、美、日三国，似可支此半壁，目前不至有意外之虞。

此次安徽涡匪之变，若非刘育文勇略兼优，首挫凶锋，时局几至决裂。可见选将实为第一要着。

吴淞收地卖地，似非沈道不办，其中不能保无沾润。第有许守、向道及宝山县参预其间，大段当不至错。蔡道招谤，久当自明，弟不敢私耳。

致松鹤帅光绪二十五年正月二十日

顷据赣州府贾守禀覆遵办团练情形内称，赣州现无防营，不能不先于府城练团，以资保卫等语。查府城先行练团，以为四乡及各属倡率，自是正办。

唯赣州居江西上游，且据广东、福建、湖南等省之脊，地方极为紧要。是以前明设立赣南巡抚，实为重镇。弟前在江西巡抚[①]任内，于该州练兵两营外，必另留勇数营，以资弹压而备调遣。现在民情浮动，赣南风气强横，若无一勇留防，未免空虚可虑。

伏祈尊处查明赣南现有练兵几营，此外有无防勇，其应如何抽拨填扎，以昭周密而重要区，便中示知为祷！

---

①中华书局版《刘坤一遗集》无“巡抚”二字。

复依尧帅光绪二十五年正月二十日

再，承另示金、旅一带界已划清，究竟划去若干，自金、旅至俄，是否准俄修造铁路至海面，其地是否归俄，抑仍归我，或于铁路两旁划地若干，如由金、旅至俄不造铁路，则较善矣。伏祈示悉，绘寄一图。

东三省为我朝根本，今俄侵逼至此，令人每饭不忘。招民开荒，自是正办。练团自卫，尤非缓图。更当以恩信固结满、蒙民心，毋为俄用。尊处鸟枪马队均足制胜，并须加意讲求。

复陈六舟光绪二十五年正月

扬郡北来灾民，极费苦心，分为四处，南东两处，均系以工代赈，尤为法美意良。将来如有不敷，已商之胡署司量为添拨，惟为数恐不能多耳。城内粥厂所需，即由尊处弥补，为惠无量。

现在金陵粥厂就食者十万有奇，其故由于徐、海放赈太迟，又系散放钱文，以致饥民无从得食，不得不纷纷南下也。遣散之期，需俟天气融和，来示宜派船，委员分别押送上岸，方给川资，甚善，当饬照办。

严佑翁好善性成，远近信服，而耐劳耐苦，尢一虚糜，尤令人钦佩无已。

枭匪非空文所能禁制，业经分扎各该管文武严行缉拿。

致蔡和甫光绪二十五年二月十三日

昨见担文律师，一望知为躁释矜平、学深养粹之士。及闻谈论，遇事总以公道为主，尽心竭力为之，至于成效，殊无把握云云。足征其志趣之正大，言语之诚笃，才识之稳练，宜其名重华洋。执事引为宾友，兼以罗、洪二公为之左提右挈，办理交涉，似不为难，而犹有时不顺手者，则势为之也。

吴淞开埠，地段虽经画清，除日本购滩地廿亩外，另无一人过问，大概以马路未修，布置未定。台从经由该处，务祈面嘱沈仲礼，将一切工程妥速办理，以广招徕。

致荣中堂光绪二十五年二月二十九日

中国积弱，至今日极矣。外国陵逼我中国，亦至今日极矣。其最无理者，莫如德人袭据胶澳，执辱镇将，残杀土民，而我不能责问一语，转以胶澳与之，任所欲为。由是旅、大、威海先后议租。

朝廷养晦求全，无非虑开兵端耳。不思德距我远，与倭不同，决无重兵来华。且有法国深仇，以伺其后，亦不敢以全力向我。彼所恃者铁甲，若沿海滋扰，则有碍各国通商，中多顾忌。倘离船登岸，则数千之众，我足以待之。当时如果坚持，德必不敢启衅，恐喝不遂，卒就调停。曾以此意上书译署，未蒙鉴纳。现在德人益横，日照兰山一案，猖狂为各国所未有。如复忍让，德则得步进步，必至荐食山东，各国群起效尤，择肥而噬，中国何以自立？百姓何以自存？不如及时破釜沉舟，与德决死，天道忌盈助顺，或者一战胜之。如能击败德人，规复胶境，则中国气势一振，可期转圜，不至江河日下。

麾下兵力颇厚，训练有年，各将士忠勇性成，挟持有具，莫不思奋，以展报国之忱。伏祈我公传集宋、聂、董、袁诸人，与之熟筹方略。并密请裕寿帅查明新老兵轮、快艇共若干只，驻泊何处，相机调度，以扼海口，为陆军之助。一俟部署既定，而后布告各国，德人违约妄为，虐待山东百姓，理应与之绝好，胶州系中国地方，应归中国管理，俾知曲直有在。并声明各国通商及所租旅、大、威海等处均照原议，决无改变，各自相安。一面饬催派出诸军，即日上道，驰赴山东，会同本地官兵，直取胶澳。德得该处未久，设备未必甚严，仓卒调兵，鞭长不及。而我之疾雷不及掩耳，或者可以有功。

坤一因德人逼人太甚，令人难堪，万不得已而有此请。在德人之骄，本有取败之道。而我人心之愤，亦有可胜之机，及此不图，将成后悔。是在我公博谋于众，内断于心，成此不世之勋，维持危局。至南洋地面，沿江滨海，防守宜严，坤一虽衰，不敢不勉。

复陈六舟光绪二十五年三月

承示上春黄侍读诸君筹拨徐、海赈款一万一千五百两，皆由台端经手，现因他处告急，切盼璧完，否则请将拨与严绅之款，电达敝处，核明立案，转电京都米捐局募捐还款等情。

查筹助赈需，从无拨还之事。且徐、海赈款，凡由各处筹捐，径交严绅散放者，均未报局有案，唯据该绅开有清单存局。兹核单内仅列收台端二款，一系二月十一来京平银二千五百两，一系三月初八来京平银一千两。因何数目不符，无从揣悉，敢以覆闻！

复李寿亭光绪二十五年四月十四日

意船只此五只，无续来者，看此情形，决不敢犯长江。即令送死，计尊处兵力足以抵御。黄军门请添大轮赴镇，以便闻警赴援，则意船更无足虑矣。

德静帅拨苏防两营，令李统领祥椿带往刘河、许浦分途驻扎，声势益壮。何须汲汲招募？目下度支拮据，左右所知，即现在各军，将来尚难接济，奈何？兄因海、赣与山东毗连，难免德人侵轶，拟招三营备之，以款无出，不敢下手，况多营耶！

海、赣地方，宜湘宜淮，章鼎丞可否领此饷师，目前难定，祈预筹为祷！

复谭文卿制军光绪二十五年五月

弟久处财赋之区，无能综核，致派重臣会商办理，溺职之咎，更何容辞！所有一切事宜，多系刚相主政，弟奉令承教，以告无罪而已。

嘱抄折稿，遵即照录附呈。就中唯提关款、盐款廿万有奇，尚无大碍。裁并学堂、保甲以及摊派各局经费，不免偏废，挪移所加厘金，恐无把握。至于苏、常清赋，久拟举行，无奈积习相沿，每有大户阻挠，此次未审能澈底查办否也。

日本教习一节，前陈鄙见，仰蒙俯采，将来如需订聘，俟奉尊示，当即照办。

复刘景韩光绪二十五年五月

承示现派胡令湘春来宁领解枪枝，遵即转饬军械所尽数拨交。海氛甚张，自应通力合作，猥劳致谢，未免过情。

刚相南来查阅炮台、营伍、积谷、团练及被参文武员弁，尤重在搜罗厘盐各局款项。屡经会晤，诸事遵旨，和衷共商，朝廷苦衷，自应仰体。惟此皆疆臣应办之事，平日不能一一整顿，致劳宸虑，溺职之咎，更复何辞！去则义有不安，留则事益难办，夙夜思念，不知所从，且候江防解严，再行计议，目前唯有静以俟之而已。

复李寿亭光绪二十五年五月

陈镇请加各船煤斤，业经照准。至禀称各船人数不敷分配，自系实情。惟经费异常支绌，只合就现存额数，勤加训练，以期兵皆得用、饷不虚糜而已。

意船游弋，防务未可稍松。该国使臣晋京，此间亦无确信。

刚相来宁，重在搜括款项。盐厘各局，业已遴员分途往查，各岸督销，亦经调省商提余款。刻下人未到齐，回京之期，尚属遥遥无定。至勇饷一节，意在将通省各营改归一律，现在尚无成议。

弟因痔病大发，未能晤商。近虽稍瘳，仍难见客，不得不少加静养，远劳垂念，并以附陈。

复德晓峰光绪二十五年五月

另示诵悉。此间并无推广矿务之事，唯被言官参劾，朝廷特派刚相南来查办，尊处谅早闻知。执事报效之忱，惓惓在抱。第值兹多口，恐非其时。

鄙人屡挂弹章，仰赖圣明曲予优容，宁复以人言介意？惟昔人言行年七十而不致仕，犹钟鸣漏尽，夜行不休。矧衰病之躯，尤应亟避贤路，已于日前具折乞退矣。知念并闻。

复黄芍岩光绪二十五年六月

承示左道孝同因案被劾，交湘抚查办，所有送引一节，暂作罢论。鄙意与卓见正同。将来湘中覆奏，如与该道无涉，再行酌办。意外之事，非所逆睹，台端不必以此歉怀。

至驻宁江胜左营拟调回镇，与贵部各营合操，以备异时奉调赴京。阵法整齐如一，具见深谋远虑，先事预筹。业已就近转饬该营，刻日拔队回镇矣。

前闻面谕，镜清轮船受伤不重，易于修理。昨日据筹防局沈道面禀，接董管驾函称，镜清兵轮入坞修理，估费需银六七千两，请由轮船支应所拨给等情，殊堪诧异。该轮船既受伤不重，何需修费如此之多？且查向章，必须先行委勘，并责成该管驾赔修。即祈尊处就近饬传诘问，务令照章办理。

复曾经郛光绪二十五年七月二十九日

左子翼事，业照尊处及江蓉舫、唐子明查覆，尽属子虚，据情转咨湘抚矣。其在籍各节，想俞中丞必为洗涤，余可从缓也。子翼似不宜久住上海，致招物议，去留听其自决。

宜昌加抽一差，即依台指，委常石麟接办。将来为何端甫弥补亏空，全仗鼎力斡旋，与之说明，不可失信。敝处唯照公事办理，但留来函以为质证而已。

常石麟似应查明何端甫带亲信经手银钱之人，同赴宜昌，以便清厘款项。

复谭文卿光绪二十五年八月初五日

承示云云，不啻为弟写照。江北多盗，劫杀频仍。且与山东、河南、安徽毗连，时虞土匪萌动。又各属民、教相仇，洋务纠缠不了，与尊处略同。

贱恙则更甚焉，自夏徂秋，濒死者数矣。自揣生平，历尽坎坷，所欠唯一死，死于牖下，何如死于在官。无奈贞疾不死，深恐贻误时宜，且以屡挂弹章，不得不沥疏求退，非畏难卸责也。

朝廷惩于上年之变，思用旧人，明知弟之衰庸，犹复再三慰留，加以恩礼。以老牛马服习年久，尚不至于偾辕，仰维宵旰苦衷，目前何敢重申前请！晚节末路，惟有听其自然而已。

致恩艺堂方伯光绪二十五年八月初十日

查营务处并无节制各军明文，如各军归营务处节制，江南各军多系提、镇大员统领，更无归候补道员节制之理。

弟此次来江，鉴于前事，于全省营务处颇为慎重，凡统兵文武，均不兼营务处。而地方官、镇、道及盐运司，或总办局栈道员，往往有此名目者，因往来兵勇，经过所辖地面，得以稽查弹压起见，仍分别江防、海防、徐防，似与全省营务处事权不同。即所委全省营务处各候补道员，并委藩司总办，亦只遇事与各统领商办，别无所谓节制。即刘镇前署中协兼营务处，亦从地方文武之例，以便稽查弹压辖境。嗣于卸篆后，专统兵勇，即无此名目矣。此等办法，想邀洞鉴。

林道来江不久，资格尚浅，只宜与各统领并驾齐驱，不可出乎其上，且不以此为轻重也。即请传谕知之。

致蒯礼卿光绪二十五年八月十五日

江南初设高等学堂及改格致书院，节经尊处拟陈条款，莫不详审精密，且费苦心，良深钦佩。弟自高等学堂之撤，甚愧无力保持，以后不复置议。嗣改格致书院，系恩方伯培植士子盛怀，以免资遣为难，弟亦乐有是举。

昨以洋教习骆丙生去留，面商方伯，实因经费无多，不得不图撙节。现在事未定局，正宜再三斟酌，以期善始善终。执事前办高等学堂，甫经就绪，即欲辞退。讵今日纷更，而为一己之私，此固众人所共谅者也。好在高明之见，与骆君续定合同，尽可援以为请。骆君品端学裕，心平气和，到处逢迎，必不以是介介。矧出居停之意，亦与左右无尤。或从优送给薪水盘资，借以谢过，可乎？

至另招幼童之说，并无是言，尚祈传谕各学生安心肄业。为祷！

学生去留，听其自便，自是正办，已嘱恩方伯及吴守遵照矣。

唯高等学生裁撤后，因存款尚多，恩方伯遂议易名书院，以便学生照旧肄业，不至资遣为难，仍以三年为满期，以经费别无从出也。总办一切，原请借重长才，以资熟手，而左右坚辞不出。今欲截留存款，另办两处学堂，则恩方伯拟改书院应作罢论，似与坚辞总办本旨不符。且裁一高等学堂，而添设三处，虽为培植人才起见，究非目前事体也。

译书系为高等学堂，高等学堂既撤，译书只可就先拨之七百金尽数译缴，不必续拨。至上海速成学堂请拨款兼办高等学堂，更无力兼顾矣。

痔创碍坐，未及畅谈，谅之！谨覆。

复李寿亭 光绪二十五年九月

顷奉惠翰，以前咨杜逢时升补雷艇管带中有“饬鱼雷营核议，以符政体”等语，疑是谓台端越分干预。查该艇本归鱼雷营统辖，由营会同筹防局详请，事所应然，公文即不得不然，非谓台端不宜干预，其勿以辞害意。该员现已照委矣。

至书吏舞弊一节，近日无论文武，遇有升补之事，稍不如意，辄以此借口。不知案皆亲核，非书吏所能上下其手。兄服官数十年，无不躬亲之事，执事相处最久，乃亦为浮言所动耶？

复张伯纯光绪二十五年九月二十九日

承示各节，具领荩筹。当饬该房捡呈案卷，逐一签明。随经传问吴守增仅，适张守庆勋亦来省垣，询悉各项，均有职守，未可裁并，干脩早已开除矣。

广方言馆办理尚有成效，学生本四十名，非五十名，递经总署调派翻译，颇称得力。工艺学堂系委吴守办理。该堂学生并非尽出广方言馆，该馆只挑二十名，余则画图馆十余名，各厂幼年习匠十余名，合五十名。每礼拜三日习工艺，三日习本业，尚不偏废。

炮队营已裁两成，为工艺学堂经费，尚存二百余人，于操炮外，并供制造各厂引水开沟之用，未便改为练将学堂。

以上各项，皆与制造局相关，更未便另派总办，以致政出多门，至不得力之教习、翻译，候饬林道察看。提调一席，不过借获枝栖。局务应否更张，自有主者，听之可也。

复沈爱苍光绪二十五年十月初九日

中外情形不同，只合择善而从，尤在撮要以举，不必事事学步。

来示东西以商立国，可见中国不能如东西代商经营明矣。所谓商人争趋以败市，急售以贬价，债空以累人，诚有此弊，然欲商得保护之实，官有操纵之权，则言易而行难也。

此次重设商务局，系钦遵谕旨，非弟有回天之力。所云汲汲奉行者，聊以通官商之气，平商民之争。至于如何讲究，如何扩充，则在商人自谋生财之道。若以官董之责之，官则势有不能问之商，亦心有不愿也。即如丝、茶两项，不待考度，皆知为中国大宗，华商大利。近年于种茶、养茶、采茶、制茶之法，莫不大声疾呼，唇焦笔秃，而究不能振兴，且坐受洋人之抑勒，设一公司而不可得，何况其他？似此情形，即使翻译商报、商律，不过一篇大好文字，如太史公货殖传而已。

现设之商务局，亦有此议。好在与曾敬贻日报馆同在上海，可以就近取益，似不必别树一帜。敬贻所设日报及所印书籍，上年禀经敝处批饬，准其专利，不许他人效颦，原冀可操奇赢之术，而台翰谓其自备资斧，渐不能支，似与原案未符，并非始料所及。将来商务办有起色，收款充裕，可以分润，俟与恩艺堂、刘聚卿商之，而未敢轻诺也。

致裕寿山制军光绪二十五年十月初十日

际此时艰，同怀忧愤。公居畿疆重地，领袖连圻，其夙夕绸缪，自已全盘在握矣。

现在广州湾尚未了结，意人又欲占我浙之三门湾、山东之庙岛，将来泰西各小国，无不狡焉思启，割我沿海要区，其祸实始于我之轻弃胶澳。主此议者，寸斩不足蔽辜。

德人发难之初，盛京卿钞施总领事上该国主书，意在胶澳立脚，以图山东全省，并及河南，预为瓜分地步。当经录呈译署，曾否仰达青睐？德踞胶澳，犹复多所要挟，旋借小故，径以兵扰日照，深入沂州，计在尝试，借以察看内地虚实，道路平陂。昨以重利诱我学堂翻译黄琮赴胶，令随德员游历山东各处。缘黄琮先经肄业德国学堂，善于测绘，故德人欲引为己用。该翻译颇知忠义，坚辞不行。惟德人眈眈逐逐，垂涎山东，不久恐有变动。万一沂州有失，则南北声援中断，来往不通，大局将不可问，似宜预占先着。弟函商荣相，请以一军移驻沂州，以据形胜而资犄角。或俟苏提督军成，以十营驻徐，十营驻沂。既思苏提督甫经成军，尚未训练，分驻为难。且十营尚嫌单薄，似不若于袁、董、聂、宋等军拨一全军赴沂，方为力厚势雄，可支劲敌。山东为京师左臂，分军驻沂，即所以拱卫三辅，而全体皆振矣。公与荣相熟筹之。

俄封豕长蛇，将为东三省根本之患。然最忌英，故阴与德连，窥我中原，以扰英人之商利。德则志在吞噬，有似虎狼。又一时崛兴，其气甚猛。观其覆法，鬼蜮之技可知。现在胶州极力经营，不得山东不止。鄙怀实有过虑，不敢不献刍荛，务望转启荣相，早赐指挥，免致后时之悔。

鹿滋轩论及中国大势，谓宜先复胶澳，弟服其见识之高，特恐目前力尚不足，惟当养精蓄锐，以待事机。德虽狡悍异常，其国距我甚远，难以大队来华。且与法为世仇，不免瞻前顾后，每以虚声恫喝，不可为其所愚。天道恶盈，德之无状，或者自取败亡，公与荣相以为然否？

致鹿滋轩光绪二十五年十月十八日

续诵台翰，领悉壹是。查江宁厘捐向来收数，每年至多不过三十余万，自穆道接办，极力整顿，增至五十余万，有册可稽。

该道心地朴诚，从公勤谨，素无取巧之习。此次重办厘捐，刚相议加二十万两，坐催严急，而前办厘捐欧阳道病卧在床，未能即时交代。穆道于瓜泗一局，初据窦牧开报，总数酌加一万，定为每年十四万串，未及细查某项收厘若干，随后声明米厘在外，尽收尽解，因窦牧笼统申报，以为长余，未经分晰故也。如果穆道意在取巧，欲以米厘混为货厘，希图少解苏、沪，多留江宁，以足二十万之数，当时加抽定案，尚无瓜泗米厘拨解苏局之议，该道何能先知，预为地步？其心迹似可白矣。该道闻命惶恐，不敢不为之剖明，伏祈俯赐鉴谅。

昨商之司局，窦牧仍当原差，以资熟手，为公起见，何嫌何疑！该局现收米厘，谨遵台指，尽数拨归苏、沪，抵补洋款。苏、宁本系一省，更无畛域之私。惟据穆道折开，本年厘金出款约需八十余万，较原拟七十万又溢十余万，不知如何筹补。知关廑念，并录原折奉闻。

尊谦有碍体制，幸勿再施为祷！

再，闻礼尚往来，猥承厚赐，愧无以酬，谨具敝处土产干尖、长短褂料各一件，竹器数事，伏乞哂存。诗曰：“投我以琼瑶，报之以木桃。匪报也，永以为好也。”倒用二字，为公诵之。

致许筠庵光绪二十五年十月二十日

密启者：

沿海团防，本属紧要，钦奉谕旨后，当经传询林道，据称沿海团防可办，闽省经费难筹，是以奏留该道在江带勇，而人数太少，亦非其所乐为。

伏乞尊处先行筹商，如有大宗经费，可为沿海办团之用，以期有成，弟遵饬林道回闽，仰供驱策，以顾大局。所遗此间营勇，另行派员接统，尚不乏人。

复日本伊藤博文光绪二十五年十月二十二日

承嘱贵友加藤星使业于十九惠临，杯酒谈心，宾东欢洽。唯水野君由沪遄返，无由把晤，为之歉然。

前闻雅教，敝国宜办工艺学堂，切中窾要。第念广东、湖北相距颇远，联合为难，因就所属江宁、江苏、江西、安徽四省首先举行，以为之倡。幸各院司均以为然，已有成议，尚待派员前来贵国察看规模，并拟于尊处延请总、分教习，购买各项机器，以图地近费省，届期奉恳大力关垂。

鄙人年老病多，不胜艰巨，尚祈俯赐提挈，惠锡箴规，俾得奉以周旋，共维时局，是所盼祷！

复美领事古纳光绪二十五年十一月十四日

蒙寄书三种六本，拜谢。

承示贵国进士林乐知拟在苏垣设立书院，为敝处教育人才，与在江宁设立之汇文书院后先济美，东吴士子，从此皆是公门桃李矣。

苏垣为抚军驻节之所，鹿滋轩中丞以翰苑起家，于中外名儒莫不加礼，适馆授粲，自能宾主交欢也。

复裕寿山制军光绪二十五年十一月

承示昨已有旨，令袁军分统、姜提督统率所部驻扎沂州，东省添此一支劲军，缓急当有可恃。荣相谓南、北洋宜同心戮力，联为一气，谠言忠告，足当箴规。台端锁钥北门，遐迩翕服，惟弟驽庸，自愧骖靳，未能谬附同舟，深虞陨越。

月之十六日，因勘履炮台，前赴江阴、吴淞各处，中途雨霰交集，朔风怒号，感冒严寒，旧证复发，于二十四日扶病旋署，钦悉前一日奉到电旨，来京陛见，顾兹孱体，焦急莫名，业已电催鹿滋帅刻日来宁，以便交卸篆务，静加调理。第恐多年痼疾，急刻难痊，拟吁恳展至春融，再行北上。诚以隆冬气候，力疾遄征，风烛残年，转贻宸廑，似不如沥诚请缓之为愈耳。

复鹿滋轩 光绪二十五年十二月初十日

江宁盐巡徐道甫经到任，情形太生，苏藩一席，自以吴粮道接署为宜。该道志趣忠正，职守慎勤，有陆护院挈领提纲，为能胜任。所遗本缺，明年亦应押运北上，办理必需得人，拟请以资格最深、办事结实之候补道支应局员郭道直瓜代。新旧交替，差缺略有践更，因填年终密考，故会饬任道履新，以便声叙。

又，皖岸弁勇滋闹，虽经分别责革，薄予惩创，而欧阳道结怨已深，仍恐别生枝节，是以及早撤换，其余各事，专候左右抵宁，公同裁酌。公受篆吉期，既择定廿四，自可不必改。

前弟电陈病状，请俟明春进京陛见，所望节从速临，得以早息仔肩，医药有灵，庶可遂就瞻之志耳。七十周甲，本在上年。时以沿海办防，正主忧臣辱之会，而舍下同堂兄弟十三人，同胞五人，先后物故，自顾孑身独存，何心受贺？于数月前即经涕泣力辞，至于再四。不谓临期仍接寿屏四十余副，寿联一百余首，岁逼匆忙，止合以一谢了局。

兹蒙恩赏，借重同官，决夫重费之理，惟由敝署薄具酒浆，以燕嘉宾而酬雅谊。届其如荷光宠，欣盼良殷。礼物万不敢当，并祈俯赐鉴谅！

复袁爽秋光绪二十五年十二月十二日

承赐寿诗八章，高华典赡，自是燕、许大手笔，惟奖饰逾分耳。

定兴接篆吉期，定在廿四，年内余日无多，且以贱恙尚未全瘳，奏请展至明春入觐，业蒙恩允。而弟尚有愚见，不得不为左右陈之。夫闻命即行，古有明训。以弟受恩深重，就日瞻云，荣膺昼接，五中欢跃，恨不即日俶装。第言官以其老病不胜艰巨，登之弹章，此系实在情形，并无屈抑。弟屡经自行奏请开缺，海内共见共闻。今又赴阙呈身，以明可用，未免前后自相刺谬，恋禄妨贤，殊非人臣进退之道。

来书引矍铄据鞍故事，时伏波六十三岁，今弟年齿已远过之。伏波此次出师无功，卒致意苡明珠之谤，晚节不终。大君子以德爱人，以礼处人，矧属至好，必为代筹，尚祈明以教之。

至于犬马恋主之忱，夙夜不忘，何敢以今人之讥评为嫌，何敢以古人之陨越为惧？现在赶紧调理，以冀速痊，明春遵旨北上。万一沈痼缠绵，不能远涉，只合重申前请，准其开缺回籍耳。

复盛杏荪光绪二十六年三月十五日

承示总税司函，莫名忻感！

加税必多于厘金，拨补无损于各省，不待烦言而解。现拟十七日先至荣宅，随赴颐和园见庆邸及政府，十八请训。

应陈公事，尚非一二端，要首以加税为重。遵嘱求派王大臣督办，务期赞成美举，以济时艰。

致荣中堂光绪二十六年三月二十五日

倥偬出都，未及重诣崇墀，为歉！

廿三，因答美使之拜，顺道拜总税司，以加税事示联络也。赫税司病不能兴，裴税司出见，缘系旧识，颇谈时务。裴税司以中国现在患穷，本年恰与外国换约之期，加税事决不可缓。此着若失，四五年后，各国洋债，本利兼还，骤增五六百万出款，不知中国何以应之？中国以免洋货厘金为虑，不思将来铁路一通，洋货厘金终归乌有。且今日之加税免厘，每年增千数百万之进款，而于洋货厘金不过停三四年，为数无几，不可不预为通筹，以免临时束手。弟闻之悚然，答以："洋货加税免厘，中国亦知利多害少，甚愿办成，但须借重贵税司之力，严杜土货冒充洋货之弊。"随即谆嘱而别。

是夕，盛杏荪来寓，据云业与裴税司熟思审处，唯于洋货设分运单，沿途最易辨认，则土货无从假冒，洋商亦甚乐从等语，立法颇属妥善。弟促其于次晨亟赴尊处及王中堂处陈明，计已仰达钧听矣。此事关系极重，初犹未虑及数年后洋债本利之难筹，洋货厘金之难靠。兹既有此两说，则舍加税无以应将来之急，而厘金亦无能补苴。务求与夔翁从中主持，俾得办理就绪，不以浮言而挠至计，大局幸甚！

盛杏荪又云："初来为议谤价，现议加税，亦以金镑太贵，非加税无以抵制，非免厘则税不能加，是皆一意相生，并不相背。"其言尚属实情。此项加税若成，可否声明专作凑还洋债及练兵之用，不准别有挪移。

东三省情形甚危，非添大支劲旅，无能为役。即使有饷，亦难得一大将之才。可否延请美将前赴东省，为我练兵，借以联我之交，伐彼之交，未始非策。楚材晋用，自昔为然。英将戈登在江南带长胜军，其前导也。

荫午楼志趣忠正，年力富强，其于外洋练兵事宜，尤为熟习，洵属禁中颇、牧，更于何处别求将才？提之挈之，非左右谁属？先所用武卫五军统领宋、聂、董、袁四人，亦均一时之杰。惟闻中军各起将卒，多系荐引凑合而成，缓急恐不足恃。可否优给恩饷，分别遣还，另委午楼新募三千人，由其训练，俟有成效，而后加至五千、八千，自为一队。从此左右亲信，即足折冲御侮，臂指灵通。其余各军相观而善，亦必克自振拔，皆称劲旅，以操必胜之权。

弟猥蒙念旧情深，视事骨肉，朝廷亦以识途老马，责以驰驱，内外公私，义均休戚，不敢不以管蠡之见，重渎清听。伏候酌裁。

再，德晓峰抚江西十余年，实有政绩，其于军务时务，均属留心，为疆吏中不可多得。乃以生辰演剧，致挂弹章，竟从废弃，未免可惜。现在家食日久，困苦难堪。可否借引枝栖，俾有出路，出自鸿施。弟与旧交，不敢不为之转恳，亦以此君才具足出赞画机宜，禅补万一也。

致盛杏荪光绪二十六年三月二十八日

廿三夜所商加税事宜，计经面陈荣、王两相国矣。弟上船后，复经函致两相国，劝其从中极力主持，务期办成此事。并申明加税免厘与议镑价，原是一意相生，并无歧异，以释其疑。诚恐仍有未尽委曲，谨将原稿抄呈台览，伏祈察酌，以便与之辨论。

复李木斋光绪二十六年三月

承示日本工业学校科目课程及挑选房舍诸法，纤悉毕备，具征造就苦衷。

业承论及此间创办工学，宜先筹三四万金起造房屋，择制造局自造小机器移置其中，以为实修之地。再备万余金，就日本购取格致诸学器械及图书、标本等件，即可规模略具。并需附设中学堂，聘日本人为教习，以备学成挑入工学等因，均属切要之图。唯值经费万分为难，已与苏、皖、西三省院司筹商，以期众擎易举。

日本工学先有数处，其章程现已开译，蒙允随时寄示，尤征关切，钦感莫名！

致俞廙轩光绪二十六年四月

顷接敝邑需次宁省记名总兵蒋良眷等禀称，新宁私钱充斥，大为民害。兼因大钱短少，各店号概用马票，小民受累尤深。阖恳咨请冰案，出示严禁。并札饬地方官，立将鹅眼、苦水、薄皮、铅片、沙底，一应私钱，概行禁革，并将马票一并革除，以苏民困等因。

查搀和私钱，本干例禁。况蕞尔僻邑，来源无多，若不设法维持，钱日益荒，害将胡底！兹由该总兵等筹备大钱三千串，解回新宁，交各殷实店户接济市面，以便禁行私钱。

除另文咨请外，敬祈转饬新宁县张大令遵照谕札，严行禁革，并妥定杜后章程，勒碑四城，实于圜法、民生，两有裨益。

致瞿子玖提学光绪二十六年四月

此间电奏南五省乡试展缓数月一案，现奉谕旨，改于来春三月举行，业已分行饬属晓谕，并备文咨达冰案。

所有考录遗才一事，向例系在乡试场前，现在秋闱既已改期，自应一并展缓。惟江宁府属科试，鄙意亦以缓考为宜。缘现值北信日紧，人心浮动之时，弹压巡防已极不易，若再遇考生聚集，更虑省垣防范难周，设或偶生事端，深恐牵碍大局，筹思再四，不若并停，以免他虞。尊意如以为然，即请单衔出奏。

复李寿亭光绪二十六年五月十九日

英人甫与脱平，何遽移师向我？此等传闻，未可尽信。唯是内匪潜伏，外侮递乘，所患者不在一英，自应整顿防务。嘱调雷艇来澄，已檄饬陈镇及水师学堂遵照办理矣。将来有警，拟以黄军门江胜军接应江阴南岸，并拟调陈修五马步全军前来北岸，或抽调衡勇千五百人，为移缓就急之计，此时不必先事张皇。

昨电荣相，请拨张军门武卫右军赴澄，日久未答，只合就现在兵力，妥为部署。南岸多山，北岸多水，其应如何占据形胜，或挖长濠，或筑坚壁，以及能否掘地为营，从旁设伏，务须详行履勘，密为布置，以免仓卒难于措手。

兄初拟约李鉴堂钦使与芍岩军门同来尊处，察看两岸地势，面商办法。现闻李钦使足疾未愈，兄亦政务殷繁，刻难出省。老弟就近约黄军门赴澄，预为筹度，见示一切情形，则亦不啻面商矣。

致陈修五军门光绪二十六年六月初九日

今日钦奉密旨，专催贵营北上，大有倚重之意。昨闻陈廉访一军逃回甚多，地方又有土匪萌动。徐属紧要，且为北上各军后路饷道，行军辎重尤需加意。应俟刘育文接防勇到，方可拔队启行。

此行务整齐部伍，稳探稳进，至近京地，暂行驻扎，听候鹿滋帅指挥。万一京城有变，亟探两宫行在，卷甲疾驰，相机护卫。如能觐见天颜，奏称臣前徐州镇总兵陈某，奉两江督臣刘某奏派，带勇入援护驾。或承垂问他事及江南情形，尽可从容据实奏对，不必讳饰。将来解严后，兄即檄调吾棣南旋，决不食言。

致李寿亭光绪二十六年六月初九日

北岸陆路，据王子英回称，该处宜就小港开挖长沟，并沿沟多钉竹签，宽埋木椿，阻其来路，以便堵守。

兄电请松鹤帅派申节斋一军前来驻扎江阴北岸，未知见许否？南岸岭多径杂，可堵则堵之，可断则断之，或埋地雷，或筑碉卡，或宜用炮，或宜用枪。我军如何占据形胜，如何联络声援，务需会同黄军门，督饬各将弁，察看地势，预为安排。江胜军应否先移两三营，抑挑选锐卒一二千，以便随时接应，亦须妥协筹商，勿致临事张皇失措。现在长江内洋人兵轮仅两三号，而我节节均有炮台，或伺其来迎击其首，或待其过而击其尾，或拦腰截击，彼亦何能为厉，是在我之稳守稳战而已。事机瞬息千变，不得不思患预防。

易道来澄，聊备参赞，面嘱不得干预兵权，将来若有参差，尽可仍调回省。该道富于才学而有血性，或可有裨石画也。

复李寿亭光绪二十六年六月十三日

镇江为宁、苏枢纽，实为南北关键。芍岩虑英以兵轮横截镇江，断我南北声援与一切接济，不为无见。兄亦闻英人早有是谋，迟回未发者，以津沽事急，无暇及此也。不如我占先着，使不得逞。

顷与芍岩面商，嘱其来澄与棣台计议，抽调南洋兵轮赴镇，驻泊紧要之处，扼守形胜。英舰虽来，无从下碇。倘遇澄防有警，仍可随时驰援，一水盈盈，呼应亦极灵便。

至于蚊船、雷艇，依旧留澄，抑别有部署，是在左右裁酌。

致聂仲芳中丞光绪二十六年六月十九日

韩田被枭匪拦捉之案，业经芍岩面询就抚之徐宝山，据称该处系巢湖帮，向来无恶不作，与伊积不相能。伊党现在七濠口听候调遣，并无此事。其言尚属可信。好在韩田已经放回，必知该枭匪等踪迹，务望严饬切实根究，以期水落石出。否则苏、杭分界枭匪尚多，将来再出巨案，皆疑徐党所为，伊无从剖白，亦将危惧不安矣。

徐宝山颇有智略，且知大义，前未就抚，除贩私外，尚无别项恶迹，敝处是以决计招之，甫经就抚数日，何至如此妄为？详察情形，似系嫁祸，唯左右谅之！

复黄芍岩光绪二十六年六月二十三日

承示会勘江阴炮台后路，以盘龙山康义桥为最扼要，临时分拨驻扎，并分拨一营驻守羊舍，以顾常熟、丹阳，布置更为周密。唯该两处仅驻一营，兵力尚属单薄。营外应否挖沟钉桩，以及埋伏地雷，想已预筹及之矣。

王国权新勇千人，日内可到，拟令径赴江阴北岸筑营。吴淞孤悬，密令班统领自行添募劲旅，不动声色，以免洋人生疑。即祈尊处便中知会李寿亭为要。

徐宝山就抚，实左右之力。兹令其赴扬拜各官绅，以定人心，亦属礼所应有。且不着痕迹，深合机宜。以后应请推诚相待，无论别处盐枭之案，不与相干，即其部下有在外生事者，亦只是约束不严公罪，决不疑其有他，并祈预为传谕。

复鹿滋轩光绪二十六年六月二十四日

目前保护办法，原系一时权宜。否则正如台示，江防有警，即粮械北援亦难稳渡。唯将来事变不测，不可不严为之备。现令吴淞班统领添募劲旅千人，兵力较厚，而终虑其孤悬，四面受敌。王国权新勇两营，则令径赴江阴北岸。商之黄芍岩，以江胜军为江阴南岸声援。

顷接函称，与李寿亭会勘地势，拟以一营驻盘龙山，兼顾炮台后路，以一营驻羊舍，捍蔽常熟、丹阳。陆路布置，尚属周密。水路则添北洋七舰，果能一气联络，或者可保无虞。李鉴帅巡视江防，唯谓江阴稍有把握，诚为卓见。即使利钝不可逆睹，亦唯与之决死，以尽守土之责而已。好在徐老虎业经就抚，内患可以稍纾。承嘱预将军饷、军火以次运至扬、徐，为京畿接济，洵为至计，已饬司局奉行。

节从抵都，自有嘉谟入告，并请将敌情委曲与政府、译署密筹。就弟所闻，美国在大沽独未开炮，深斥各国索我炮台非是。英、日均忌俄强，恐占先着。可否从中用间，以伐其交，连鸡不得俱飞，似可因势利导。

德、法皆虎狼之国，此次法提督先开衅端，德有胶澳屯兵，又有杀使之恨，派来兵舰多只，意在割据山东，别国亦代虑及，不可不预设方略耳。

复李寿亭光绪二十六年七月十四日

福镇本属兵单，顾沿江应添兵之处，岂仅福镇，一律添兵，安得有此饷力？即使福镇添兵千人，遂足以支巨敌耶？此次筹防，何能与前次比？前次张香帅除提用各局库存款外，另借瑞记二千数百万，此次敢再借洋款乎？洋人知我无可抵偿，亦必不肯再借。杨镜岩在任未请添兵，何王有圭如此着急？老棣与黄宫保深明大义，自应共体时艰，不可专徇渠等之请，令兄为难。广艇等船，自是三镇所辖，问我何为？

黄世兄在鄂候补，非奏请不能。鄂省同有防务，奏调亦难措词，示人以私，似可不必。如芍岩父子情切，尽可令乃郎请假省亲，孝子忠臣，讵不体面？

权勇甫经招齐，尚未部署，乃李、鹿两帅奏调衡勇北上，毓任帅又奏催刘华轩西行。现拟以次奏留，未知能否邀允，万一将来江防有警，应以撤浮筒之事属北洋各船，务祈尊处先与萨代统商量，预为料理。

昨日英提督西摩来宁，两次晤谈，情词惬洽，劝其不必赴鄂，竟肯听从，且深以雷艇送信为悔，谓伊不在上海故然。兄复劝其勿添兵轮入江，并拦阻各国兵船，伊亦应允。惟敌情叵测，不可不严为之备耳。

致王爵棠光绪二十六年七月十九日

春间同在都门，何等太平景象。仅逾三月，祸变如斯，外侮固大，内患更深，未卜两宫能保安全否？东南一隅，得公及香帅诸君子同心戮力，坚持至今，所望有始有终，为朝廷留此片壤。两皖本贫弱之国，自节从履新，鼓舞尽神，人思自奋，犹是八公山草木皆兵矣。承允拨李军门五营，拟于日内抽派轮船接运。维扬得此劲旅，可为四面应援，裨益时艰，良非浅鲜。

通匪如在青阳一带，尊处所派之勇，足以聚歼。即使散匿乡村，亦易得其踪迹。且所抢大通、裕溪两营库及和悦州各局卡军火、军械，均是笨重之件，必有停放地方，尤须悉数起获，否则挟持有具，出没无常，漏网游魂，难免阶之为厉。胜算以为何如？

再，黄芍岩派来投诚效力之徐宝山，当能知兵匪端倪，或可助我搜捕。并据钞咨拿获买富有票之彭姓供词称，康逆遣其党羽，前来长江放飘，招人开设万全山、福顺堂，直与哥老会无异。又经营弁揭来康逆伪示，满纸糊涂，亦与哥匪相同。惟此次大通兵匪专劫军火、军械，希图起事，乱我东南，实为该逆富有票所煽惑，不可不严密查缉，以免暗长潜滋，致成燎原。我公智烛幾先，当不以为过虑也。

复黄芍岩光绪二十六年七月二十一日

裕溪营既无通匪情事，尊处查明，自属可信。本无须敝处再查，唯闻警之日，库报纷歧，当委松道峻驰往访察，一俟回覆，有无异闻，另行奉布可也。

承嘱分拨皖勇驻扎瓜洲，候李军门到宁商办。查五台山距瓜不远，当可兼顾。

英提督西摩先请以印度兵护租界，一再蹉磨，现经定议，只以五百人登岸屯杨树浦，余令折回香港，别国亦不复调兵来。大费唇舌矣。

复李寿亭光绪二十六年八月十四日

兄目下是何情绪，而弟顾以此等事相溷耶！以局势而论，长江当无他变，要亦不可不防。江胜军本系奏明游击之师，原议为江阴南岸援应，讵可视为废着？执事欲求臂助之人，以为临事督队之用，当于平日留心物色，预为位置，如帮带、统带之类，临渴掘井，何能有济！

王国权业率所部来澄。王世雄先有大通之役，现以该处绅商筹饷添招一营，专驻芜湖，仍须该统领兼顾，未能舍近图远。陈修五熟习徐属情形，夙著声望，地方倚以为重，甫幸南旋，恐难他调。且部下多马队，到澄亦不相宜，前经议及，左右忘之耶？

易实甫先在澄时，寄敝幕信云："为两江总督营务处则可，为江南提督营务处则不可。"兄虑滋意见，故电调回省。昨该道请刊给关防赴澄，将来不免专衔禀报军情。若尊处能降心相就，即令再来，否则已耳。请熟思之。

复黄芍岩光绪二十六年八月二十一日

江防自以江阴为最要紧，留四营在镇作为后劲，兵力并不为单。仍祈预选精卒千人，以备将来援应。头层门户既固，其余自可稍松，万一上游及各处别有风鹤之警，则察看缓急，斟酌行留，不唯贵军可以调回，即自强军亦可抽动。倘以沿江各营一经驻定，便觉一步难移，则满盘尽成呆着，无此用兵之道也。

前曾议将各军更番调防，俾习劳苦，以免久驻一处，成室成家，致有恋栈之弊。因时多故，遂未举行，从容筹之可耳。

致桂芗亭光绪二十六年八月二十六日

昨委尊处钦遵谕旨，查点南旋之张、陈两军，计经接到。张提督尚有将才，纪律较严，办事亦属结实。所覆函电，自言败溃后，存勇七成，即照此数定案。俟驻海州，察酌情形，再行招足原额亦可。

陈臬司性情宽纵，操守平常，所部毫无约束。北方来信，均谓该军沿路骚扰，有甚于贼，且散漫零畸，不成队伍。该臬司所禀，语甚含糊，并称收集败溃之兵，有盈无绌，计照原额请饷，实属不成事体。拟商之荣中堂，将该军陆续全撤，此次挑留纵多亦不得过五成。

该军淘汰后，暂令移扎安东等处。恭绎上谕，知该军之不足深恃，朝廷亦有所闻，不可不破除情面，认真裁减。当此度支拮据，何忍听其虚縻！

致荣中堂光绪二十六年闰八月二十四日

别来寒署忽更，不图事变至此。合肥入都，久未开议，将来必多难题。

东南新出富有票匪，与哥老等匪狼狈相倚，查系康、梁余党所为。每张先给千钱，复啖以厚利，是以领者甚众，并立保皇、保国会名，以煽惑士大夫，轻薄文人竟有为其所误者。皖之大通，鄂之汉口，先后相继作乱，虽经立时扑灭，而丑类实繁，不得不设法解散。

近日长江人心稍定。第各国兵轮泊吴淞口常三十余号，且调陆兵数千分屯上海租界，以致谣诼纷纭，谓将据我津要，以断西北接济。初议用兵牵制洋人，使不敢并力北向。既思洋轮忽来忽去，可合可分，而我无大支海军邀截，仅恃陆路兵勇，不惟不能牵制洋人，且防不胜防，转为洋人牵制。是以商之香帅，钦遵相机审势、力保疆土之旨，与各国领事订立保护章程，各不相犯，得以撑持至今。区区苦衷，知蒙鉴谅已。

再，美使柔克义由北京来江，意在居中排解，仍以回銮为请，其意似虑因此迁都，于南、北洋商务有碍。坤一喻以联军未退，万无迎还车驾之理。各国应先开议，一面撤退联军，方有办法。并喻以两宫西幸，暂避兵锋，非为迁都计也。中国物力维艰，安能兴此大役？且九庙神灵所在，八旗子弟所依，何忍舍之以去？不必过虑及此。

柔使许即密电美廷。嗣又谈及麾下武卫军围攻使馆，坤一喻以荣相知事难制止，欲于围攻之中寓以保护，奏请勿用大炮，勿开地道，以免震动宫阙，勿用毒药毒烟，以免连染平民，设词得体，用意良深。否则，使馆非铜墙铁壁，断难瓦全。柔使颇以为然，因嘱其转告各国，俾得释然，昨已展轮上驶赴鄂矣。

致王夔石中堂光绪二十六年闰八月二十四日

洋轮多泊吴淞，并调陆军登岸，长江不免惊疑，地方匪徒亦复蠢蠢欲动。所望和局早定，人情自安，否则外侮内忧，难于日久支拄。

闻庆、李在京将次开议，计必有多少难题。此时无论如何，不得不出于议款。若以百二山河，有险可守，仍欲言战，兵连祸结，恐无已时，以八国之强，不胜不止。传曰："我能往，寇亦能往。"古今不易之道也。

董提督不御敌而扰民，中外莫不恨之，乃令增募士卒，倚为长城，恐将来不可复制。所谓"独坐穷山，养虎自卫"，公宜商之荣相，务须杜渐防微，不可一误再误也。

复俞廙轩光绪二十六年九月

承示湘中练兵二千名，现已招选成伍，嘱拨九响毛瑟枪六千枝，配齐药弹，以资操练，本应照办。查此间于上年拨解湘省各项炮二十尊，小口径曼里夏快枪千枝，九响毛瑟枪二千枝，似足敷用。

此项九响毛瑟，近因各省纷纷借拨，所余无多。本省练军万余，改用此枪，是以由沪解回金陵军械所，以备本处操防更换之用。沪局无存，无可再拨。唯沪局有奥枪三万枝，亦是后膛利器，子药皆足，系译署所购。姚别驾所言当是此项。前经广东奏拨五千杆，并免缴价在案。应请尊处援案具奏，再行派员赴上海制造局领解，似不宜逾五千之数，尚祈酌裁。

至操练之法，各省多用德操，亦有用英操者。然无论何国操法，总以朴勇耐劳为要。近来营勇习气已深，执事整饬戎行，力祛此弊，严加训练，不久自成劲旅。谬劳下问，具仰虚衷，延跂湖湘，倾向曷已！

复邑绅光绪二十六年九月

承示轸恤善堂，原为免胥吏骚扰起见，近因案件太多，大有难乎为继之势，而差役之需索，仍复无异从前。是此举徒有轸恤之名，实为地方无穷之累，惟有将此项公款，改为团练经费，以收实效。

嘱为转咨湘抚，札饬地方官遵照等语，具征因时通变、嘉惠梓桑之美意。惟仅咨湘抚，未必能行，并恐日后或有翻覆。弟因拨解后膛枪弹，必须分别奏咨，顺便将轸恤堂租谷拨为练团经费，一并陈明，尚不著迹。片稿录呈台览，伏祈秘而勿宣。

复夏彝恂光绪二十六年十月

弟疆符久握，尺寸无长，勉策羸躯，徒劳无补。际此时艰孔亟，首重在策富强，方将延揽人才，更新政务，期振作以收实效，戒速利以抑虚声。州县有牧民之责，不特催科抚字廉干为长，尤宜遇事达变通权，以伸民气。

张令镕万为守兼优，义声素著。足下精人伦之鉴，好善举贤，直谅之风，公忠之抱，于言外见之。昔王阳之举贡禹，何点之识邱迟，类皆于万人如海中，特拔其尤以出。足下开诚见示，敢不书绅。弟于野秋侍郎，又属韩、欧旧谊，将来遇有机会，必当量予位置，以试张令用世之能，以见足下知人之雅。

复冯莘垞光绪二十六年十月二十六日

春间同在都门，左右尚能记忆否？弟请训日，面奏拳民扰教，必至忧及朝廷，不可不及早严禁，当邀俞允，明降谕旨，即刚、赵诸君亦以为然。何图变乱至此，败坏至此耶！不分邪正而信画符念咒之奸人，不察情伪而听“保清灭洋”之谬说，不顾曲直无端衅自我开，不问强弱而欲以一羊敌千狼，外有李秉衡、毓贤、裕禄等之督抚，内有端、怡诸王及刚毅、赵舒翘等之辅臣，求不危亡得乎！

津沽糜烂，损伤人口十数万之多，失耗物产数十万之巨，惟九庙及大内幸得保全，未知其中所有何如？此外公私庐舍资财，一劫于拳匪，再劫于甘军，复劫于洋兵，北京自辽迄金、元、明以至大清，千数百年之菁华尽矣。士大夫被害者，许、袁以忠谏戮，徐、联、立以疑谤诛，徇节捐躯如王司成者多人，畏罪自尽如徐桐、崇绮者亦不少，被戕被枪更不知凡几。

联军入城后，两宫仓皇徒步出西直门，得澜公车，母子共乘之。瑾妃后到无车，跪地号泣，杜工部诗“可怜王孙泣路隅”，兹更甚焉！途中三日，绝无供给，于民家得小米粥一盂，内有青蝇，介推之残炙余羹，冯异之麦饭豆粥，亦不可得。皇上以席铺地而卧，另卷一席作枕。在道遇拳匪拦阻，又遇山涨冲激，万分危险，言念及此，则肇祸之王大臣寸斩不足以塞责矣。

当扰攘时，直隶一省蹂躏殆遍，廷藩司城守尉，共文武六人，洋人用中国法杀之。德瓦提督住鸾仪殿，莫敢过问，视我如属国，我辈如陪臣而已。后顾茫茫，永无振作之日，绝无振作之人，祖宗三百年基业，从此日销月铄，瓦解土崩，讵不痛哉！

弟自五月来，魂梦常惊，寝食俱废，久病未愈，万分难支，和局有成，报效归去而已。

复谭文卿光绪二十六年十一月初一日

北京之变，左右出险南旋，可谓天相吉人，闻之慰甚！唯台从过宁，风利不泊，致失迎候，有缺地主之情，为歉！

昨接北电，各国所拟条款甚多，其中不无要挟。弟与香帅奉旨会办，并许便宜行事。第相距太远，莫得其详。

承示富有票匪张尧卿、易敬臣、李和生三人，先在上海投诚，拿获盗匪数名，并帮同诱获大头目师中吉以自赎罪。旋因湘、鄂饬缉甚紧，密电余道将该三人镣钉解宁监禁，听候迎提，一面据该道禀转电香帅、赓帅为之乞恩。嗣得赓帅覆电，免其解湘，始行释回上海，仍交余升道督拿要犯，此时未便再由敝处拿解，有失大信而碍政体。如经湘省续获解到江宁，谨遵台命，即饬沿途水师递护，以免疏虞。

复聂仲芳光绪二十六年十一月十八日

慈谕需用橘皮，业经广东德静帅于化州代购真品，驰驿进呈矣。尊处购来洞庭橘红，似可毋庸再进。既系本地土产，亦不缴回，弟即拜谢惠赐。

承嘱票匪张海堂一案，遵由敝署汇奏汇保，以副雅怀。

至许国祥等差使，向归尊处主政，应请执事斟酌办理，随时示知，无不唯命是听，切勿稍存形迹，以致用舍失宜。

致荣中堂光绪二十六年十二月

时事糜烂至此，莫非数之适然，尚赖我公与王夔翁从中维持，幸有转圜之日。唯北京久未开议，南洋远不与闻，人情皇皇，莫知所底。

长江匪徒甚众，时有萌动之虞。饷项拮据异常，尤虑防军饥噪。加以垫解洋款，各库罗掘一空。和局若再迁延，其势万难支拄矣。陕西赤地千里，两宫应速回銮。紫禁城虽幸保全，其余残破尚多，修理正复不易。

闻夫人于途中仙逝，情何以堪！我公国尔忘家，尚祈强勉作达。令郎侍养在侧，稍尉旅怀已。

复黄芍岩光绪二十六年十二月

徐宝山密友张姓诱拿萧、沈等匪，务离洋人租界稍远，俟到黄渡地方而后下手，庶免洋人借口索回，如龚超故事。

若能妥办拿获萧子云、沈克诚，每名赏银二千元，秦力山、陈说、王四脚猪，每名赏银一千元。倘以为薄，将元改两，亦无不可。保奖准其破格。伏祈裁酌。

复奎乐峰光绪二十六年十二月二十六日

现在款议甫就，大纲十二，已奉恩命。而呶呶者，犹复颠倒是非，变乱黑白。朝廷广开言路，示之以宽，而外人遂疑为意在依违，固不识中国大体也。所望和局早定，大驾速回，气象更新，徐图振作，则宗社之福矣。

目前难在铁路、矿务诸大端，鄙意与公不谋而合。盖中国惟地利未尽，舍此别无可以生财。然非设法变通，恐亦莫收成效。

舍侄渥荷成全，拟开正即饬回省当差，以图报称。此子有母，年近七旬，本应留家侍养，惟是老牛舐犊之私，不无野蚕作茧之望，勉策驽骀，仰供驱遣。伏祈俯赐训诲。俾知历练，以成尺寸之才。

蔡和甫经坤一力保，简授沪道，实属人地相宜。乃被排挤，竟至蹉跌。若仍由敝处渎请，人必以为护前，无益有损。昨嘱胜亭奏调，出具切实考语，再得中堂就中一言，蜚腾当在指顾间矣。

致荣中堂 光绪二十七年正月十四日

谨密启者：

江宁将军崇佑廷公正勤明，夙荷恭亲王赏拔。自到江宁后，训练兵丁，振顿营务，莫不切实讲求。其于地方事宜，尤能和衷共济。兹因量移边远，老年颇觉为难。此间正在筹防，亦失臂助。仰恳中堂俯赐体恤，鼎力斡旋，即将崇佑廷与信将军彼此对调，一则驾轻就熟，一则便道之官，似为两全之道。是否有当，伏候卓裁。

又京口驻防，向来积习太深，该镇丁等往往恃符生事。自十七年因案提省重办一次，又得积、保二都护相继来镇，申明纪律，有犯必惩，该旗丁等稍就范围，数年尚称安靖。近因副都统吉揩轩过于宽厚，威令不行，由是故态复萌，肆无忌惮，勾合无赖，闹到如此地步，几成厉阶。

现与崇佑廷会商，仍照前案，各委大员，提省审办，以昭儆戒。惟是党羽颇众，难保以后不复为非。该处为南北通衢，且系华洋交涉，倘有变故，关系匪轻。再四思惟，必须上能执法，方责下以守法。伏祈顾全时局，奏请另简干员前来，破除情面，约束认真，以饬营规而杜隐患，为盼！

复盛杏荪光绪二十七年正月十六日

昨读客腊廿六电旨，查销五月廿四日以后伪诏，不禁拍案叫绝。

西狩以来，惟此次纶音最为得体，而运量妙于无形，中外固结之冤，以片言解释，上下昏浊之气，以一笔扫除。不仅外人之责我围攻使馆系奉内谕等语可以消弥，即持异议者，以东南保护之约为不遵朝命，甚至指为海外叛臣，亦无所施其毒螫矣。

我公智珠在握，有潜移默化之功，大局赖以维持，同人阴受芘荫，茫茫天壤，惟执事与袁慰亭、杨子通鼎足而三，宏济时艰，匪异人任耳。

弟庸碌无能，近益瞶瞶。兹以变法之议，电邀张季直、何梅生、汤蛰先、沈子培来宁，代拟条陈，俟稿粗成，即当就正左右。

复荣中堂王中堂光绪二十七年正月十七日

和议大纲已定，子目尚待磋磨。北京久无信来，亦未便深问，只合各就所见，随时电商，以备采择而已。

联军不闻速撤，俄又请于关东留兵，逼处堪虞。回銮未知何日，殊殷焦盼。变法事体重大，不妨审慎迟回，但求能说能行，不在章成急就。且自冬腊奉旨，正值岁暮事繁，兼以营救英、赵、启、徐诸人，无暇筹议及此。近因斟酌俄约，心绪亦复棼如，可否稍宽限期，俾得集思广益。倘蒙两宫垂询，即请代为陈明，是祷！

复张野秋光绪二十七年正月二十日

承示和议赔款，尽失主权，将来无以为国，而江南独受其害，以盐漕所出多也。俄约十二条，几于囊括席卷，左右当有所闻。

至于中法积弊已深，更张不易，惟有去其太甚，取西法之易从者，逐渐推行，久之合而为一，自可无分新旧。来谕实获我心，昨已电商香帅，并于覆荣、王两相国函中，微露此意矣。

陈道子元，才堪世用，亦所深知。一俟上海袁道查明制造局潘道弊端，拟即以子元代之。第该局为南、北洋公共之物，且系奏派，届时尚需会商合肥。

贱躯时复感冒，委顿不支。每遇知己谈心，辄不觉精神一爽。犹将烬之灯，倾盏注油，其焰仍炽，要是偶然耳，公其何以策之？

复徐进斋光绪二十七年二月十一日

俄约关系极重，侵中国自主之权，启各国分占之渐。我若签俄约，俄虽远东三省，与不远同，各国群起效尤，并停公约不议。不签俄约，俄不还东三省，各国必不效尤，公约亦不停议，且可向俄公论。利害较然。此系各外部各驻使之言，有电为凭，非兄与香帅数人臆断也。

朝廷圣明，递经降旨，不签俄约。而傅相始终固执，意在护前，殊不可解。伏望鼎力斡旋，婉劝傅相俯从众议，仰体圣怀，会同庆邸与各使先议公约，俟公约定议，将俄约交各国公断，则中国主权不失，各国无可效尤。一转移间，保全大局不小。愿左右勉为之也。

复王爵棠 光绪二十七年二月十一日

接诵台函及两次电奏，仰见老谋胜算，洞中机宜，舍此别无良策，朝廷业经采择施行。唯法、德中怀观望，美亦徒托空言，日虽痛切剥肤，非得英助，亦虑势孤。

今英已迭次诘俄，日亦向俄力劝。日外部来电，责俄不应夺中自主之权，并请将东三省私约归入《北京公约》同议。料俄必不听从，不知将来作何了结。日谓仗义则可，均利则不可，盖不愿以东三省开口通商，其言自属正大。目前尚难遽议及此，将来如得完璧归我，非开口通商，终不足以杜俄觊觎也。

兄年衰多病，近益委顿不堪，一切因应事宜，多系香帅主政。好在公与袁慰帅同心戮力，又得盛杏荪弥缝其间，大局赖以补救，或者可望转圜。

谨抄日领小田切电一道，并敝处二月初一覆致要电三道呈览。

致荣中堂 光绪二十七年二月

近来官场风气，江河日下，外间请托甚多，因知公与坤一至交，凡有道员进京赴引，莫不苦求荐达，辞不获已，只得姑予一函。尊处自有权衡，不以此为轻重，可则予之，否则置之。

沪为各国官商萃汇之地，气焰甚张，凡遇交涉事宜，刁难万状。袁道曾任上海知县，熟习情形，现与各领周旋，善于因应，刚克柔克，补救颇多。此缺本系升途，似须暂缓调动。区区实为时局起见，我公以为然乎？

复日本同盟会光绪二十七年二月二十二日

近卫公前来建业，亲接光仪，观其麟凤之姿，聆其金石之论，叹为亚东伟人。今诸贤推为同盟会长而赞襄之，宜其云合景从，济济多才，隆隆日上也。

夫敌情叵测，世变无常，要在烛先机而明大势，否则未有不颠且蹶者，虞虢、吴蜀、宋辽之事可为前鉴。近卫公默察亚东三国，有唇亡齿寒之虞，他国阴图亚东，有履霜坚冰之渐，故汲汲焉联中日之交，可谓识时务之俊杰矣。兹因中乱立同盟会，亦犹是焉。

敝国上年北方拳匪肇衅，祸至滔天，实缘巨憝数人，把持朝政，两宫同于守府，一切不能自由。坤一等恐有投鼠忌器之嫌，不敢入清君侧，只合谨守疆土，以待转机。此系万不得已之下策，来函奖励，弥滋愧耳。

客秋联军入京，贵国螯弧先登，保全大内，安辑市廛，凡都门士大夫、亿兆民人，莫不歌功诵德。今春俄立专约，要我必从，又得贵外部仗义执言，寝息其事。其有造于中国，顾不大哉！

承示和议应速定，变法应速行，洵为目前至许。查《公约》大纲十二条，早经照准，并将各首恶严惩，谅达清听。现议各条子目，当不难于清厘。中朝创巨痛深，决计变法，已饬京外各官条陈，议定施行。自以开学堂、设译馆为第一要义，将来所需教习、书籍以及机器、仪器，不能不就近取给大邦，临时奉恳，自蒙诸君子玉成，随事提挈。从此两国交情益固，合为一家，势日以强，机日以顺，长蛇封豕，不敢肆其并吞，非我亚东之福欤？

坤一年老多病，莫由立尺寸之效，仰副厚期。尚祈时赐箴规，匡其不逮，为祷！

复李木斋光绪二十七年二月

此次东三省事，非得日廷仗义执言，与英人助以公论，则私约必行，时局将不可问，早在洞见之中。

近卫公笃霞山前过江宁，晤谈片刻，挹其言论风采，实为亚东伟人。今为同盟会长，将以联络中国，保全全辽，敢不执鞭以随其后。兹有覆同盟会一信，尚祈代达为荷。比又闻同盟会有大隈、板原数君与近卫公同志，并希询明示知。

复盛杏荪光绪二十七年三月初六日

就场征课，不问所之，自是善政。第须产盐各省一律举行。两淮实为大宗，而改章亦属不易，万一失其故步，目下如何支持？区区不免长虑却顾者此也。

和议抵款，司农无一字论及，全权亦无一字论及。前经电询，竟置不答，奈何？加税从缓，自在情理之中。然此着终须做到，名为加诸洋商，其实加诸华民，各使固见及此矣。

承示趁赔款大题，将理财新政办成一二件，如印花税、房捐等项，自合机宜。公赴北京之约，是所望于大力也。

变法条陈，香帅尚无成稿，钦奉旨催，想亦不能过迟，兹先抄寄袁慰帅疏，伏祈察收。

复张季直光绪二十七年三月二十六日

明算小学堂自可归入州县普通小学堂，第须办法定议，方可施行。将来可否即以各州县本有书院，改为普通小学堂，无须另筹经费，另办工程，事较易集。惟此项师范教习，未知南洋公学堂有无许多，足敷各州县拨取耳。先生辞馆，无怪其然。此堂暂停亦可，其费姑存原处。变法计在必行，普通小学堂能否由两首县先行举办，以为之倡，容与藩司及王守议之。

通厂运料船，已电袁道严催朱葆三矣。

致张香涛光绪二十七年四月十八日

十六日，日本总领事小田切偕子爵长冈护美来宁，杯酒倾谈，备陈中日唇齿之谊，俄人虎狼之心，非将东三省洞开重门，不足制侵陵以保亚东大局，词极恳挚。并面交近卫公爵笃（麽）〔磨〕一函，言之尤为切直。另折代拟变通章程，亦复委曲详尽。当仅喻以东三省开通之议，出自尊处，朝廷深以为然。但以地未退还，不便宣布。

兹承台指，容与鄂熟计之。长冈欣然，谓本意于两三日后赴鄂求见，面商一切事宜，嘱为先容谨将近卫函折抄呈钧鉴。日前洋务局汪道与杰参赞论及此事，以俄视东三省在掌握中，寻常开口通商不足限制。若如近卫所言，未知能否办到，更难保俄无异词。目下北京和议甫成，东三省俄兵未退，似未便因此转滋口实。可否先将近卫所拟办法，密呈政府预筹，一俟时局大定，斟酌施行，伏祈俯赐裁夺。

再，前次日本近卫来函，亦是论东三省事，大旨以中欲图存，非保全东三省不可。该国自闻俄据东三省，群情大震，不期而聚者万人，结为民会，情愿助中击俄，推近卫为长，先以一纸通诚。弟感其意而壮其言，第以事体重大，非疆吏所敢擅专，不得不婉词覆谢。

此次小田、长冈亦即申明此义，并称民会同心戮力，以固中日邦交而维亚东大局，决不使康、梁败类混迹其中，幸毋以此为疑等语。合并陈明。

复沈子培光绪二十七年四月

江南学堂粗具规模，秋间方可开办，事属创始，时议纷纭。鄙意以宗旨既明，风气自转，以后士子皆知讲求经济，以成有用之才。中学为主，西学为辅，是为一定不易之理。其余课程，似不必刻舟胶柱。卓见以为何如？

商约尚无成说，马使固挟全力相挤，而我亦有不得要领之处，各省意见亦间不同。增税免厘自是善政，第值偿款吃紧，不得不设法补苴。现议留销场税，即是落地厘金，未知能就范否？

目前所最难者，则在偿款买还金镑，敝处极力争持，唇焦笔秃，仰望外部与之切实辩论。言以人重，可冀听从，恳公于庆邸、王相两处代达此意。

复张安帅光绪二十七年五月十一日

金陵银元局已经聘到得有文凭洋师，未审果否办理如法。第不善会计，近益无暇考求，只合责成恩方伯耳。

承示武漳河案情，不料缉私统领陈有元荒谬至此，应即撤委，姑以邓副将在廷代之，饬令查明陈有元及水师哨官袁运宝劣迹，以凭核参。邓副将明白耐苦，前在山东当差，为李鉴帅所赏拔。第于淮北情形生疏，不知能否胜任？务祈尊处就近察看，如或人地不宜，仍求密赐一音，以便另行拣派。

海州边要，现饬请补是缺之傅直牧先行到任。该员文弱书生，未知吏治如何也。

以后来书，务须平称，幸勿外视，是祷！

复盛杏荪光绪二十七年五月十三日

全权电奏赔款各节，实已大费磋磨，而香帅仍嫌总数太多，拟分三十五年还清，合算可省二万数千万，挈衔会奏，朝廷韪之，已经转电全权，未审能否改照也。

承示盐务筹捐等项，业经分行司局、栈卡核议。第各通商每引提三两、二两，恐难如数取盈，以各项捐输及常年票本单内均未议及耳。至酌加岸价，亦须各省一律，否则邻私浸灌，两淮受病独深矣！

祝绅纱厂，应否减捐停利，以维持之，亦批苏州商务局察酌，当有补救之策，必不令其中废。

另函美领事云云，可见各国意见不一。唯沪上洋兵，务须同时撤退，全仗大力斡旋。倘有成言，即希电示。

致张香涛光绪二十七年五月十四日

前二月奉蒸电，垂询定兴与敝处事。当查定兴自入政府，唯有奏参徐革分司，加重其罪，此外于江南之事尚无指摘。至于如何不洽，自在定兴意中，无从揣测，随于真电覆谢矣。

兹闻定兴以上海洋报谤议，疑系敝处舞弄使然，是竟视弟为小人之尤耶！弟官两粤时，与定兴交最深，谬承引为知己。而前后反覆，于定兴亦有不光。且定兴于弟初无间言，不知于何开罪？其在川、陕，犹复遗书道故，词意殷殷。及由粤东移节来江，旧雨重逢，情文尤为款密，尝举畴昔周旋，语诸僚属，众所共闻。乃于署督篆任内，奏参银元局及淮北盐务，牵涉敝署，不无激射之词，论者谓为项庄舞剑，而弟固未尝稍存芥蒂也。回任之后，凡定兴所行之事，所用之人，并未轻动，江、鄂地近，左右所知。际此时局艰难，彼此均在要地，当思内外和衷，以期共济，安可各怀猜忌，互相排挤？况于假手外人，中伤同类，狗彘不食其余，弟之不肖，当不至此。自惟生性坦率，从不敢以鬼蜮之技，暗地害人，可以盟诸天日。

至于报馆毁誉，无足重轻，向不寓目，更何肯遗以口实？唯定兴既有成见，即使多方剖白，胸中未必释然，只合遵昔人不辩之训。所虑蜚语流传，上达清听，不敢不一明心迹耳。我公谅之。

复张香涛光绪二十七年五月二十七日

拜读折片各稿，并细绎马电、个电，仰见明公文章经济，广大精微，凡古今之得失，与中外之异同，互证参稽，折衷至当。

竭两月之力，成此一代典章，崇论宏议之中，犹复字斟句酌，贤劳独任，感佩难名！

夫变法莫重于学校，科第一折所陈，人人知为先务。第二折振顿中法十二条，首以崇节俭为请，庸耳俗目或谓为老生常谭。不思欲图治功，先修主德，必须清心寡欲，而后可以振作有为。况此次创巨痛深，实与亡国无异，若不刻苦自励，何以上回天意，下协群情！大稿引用卫文布衣帛冠，洵属对证下药，苦心苦口，当能默契圣怀。弟于上年奏陈四事，奉旨留中，其一即此，盖虑回銮之后，大兴土木之工，宫府中人或以柏梁既灾，建章是营，肆其蛊惑，不可不杜其渐。并就"节俭"二字，论及旗人生计，未可徒糜巨款，转令坐困穷城，用意与尊指同，顾未能委曲详尽，以动宸听耳。

其余十一条及第三折采用西法十一条，莫不中时弊而切时宜。初以去书吏、收洋药二者，不无疑义，及承明白电示，即经逐细照缮，一一更正，俟拜发日电闻。

致黄芍岩李寿亭光绪二十七年六月

昨奉寄谕："各路统兵大臣，凡夙习洋操及用洋装式、洋口号者，务即悉数更换一律，仍归旧日兵制。"等因，钦此。

查湘、淮各军，从前本用金鼓旗帜。比年以来，弟虑洋操口号易于误会，屡思改用旗鼓，因各军练习洋操已久，未便遽行更张。兹既恭奉谕旨，应即钦遵办理。洋操步代齐整，是其所长。至于洋语口号，实于操练法无甚出入。第值此军务吃紧之际，临时更改，有无窒碍，能否将洋口号改用金鼓，洋号改用铜号，及洋操、洋装式如何改复旧规，务祈麾下详细察酌，迅速示覆，以便定议，通饬办理，至为盼祷！

复恩艺堂中丞光绪二十七年六月十四日

承示折稿，条分缕晰，罗罗清疏，区别部销、外销，列款请抵，尤征骊珠，独得盥薇三复，佩服莫名！附片义正词纯，毫无斧凿痕迹，洵称合璧。

惟江运每引提银六分，弥补前亏，诚如尊函所云，款巨事重，弟谨拟于片内僭加数语，将该革员赔累情形，略为声叙，冀可原情邀准。是否可用，仍希卓裁。

至衡永宝归湖贩补运，本未准行。其盐改捆江运，应得盐价，系照章核算，无虞短绌。又单内请抵各款，嘱为补批准抵。敝处忝管鹾政，理应遵办，俾与奏案相符。第其中室碍甚多，谨为阁下陈之。

查交代案内，如庆有余、宝昌信、福德公等盐池，以及风车、炮船等项，该革员既未禀明，亦未呈报，已属无从着批。而每引抽提六分补亏一案，当时亦未批定。缘此案自奉谕旨饬交贵前抚查办后，是以此间概未作主，皆系咨请核办，遂致案悬未定。倘就缪运判登覆印册逐一补批，不特与前批重复，且更有自相矛盾之处。否则，既荷大力斡旋，弟又何敢诿卸？谅阁下智珠在握，定能鉴原也。

鄙意此次各款请抵，能否照准，本无把握。而与敝处之批准与否，似尚无关出入。如荷大部核准，不必补批，亦在应抵之列。否则，先行批准，将来设干部驳，转觉无谓。唯既由尊处主政，而于各款案卷不齐，殊难措手。应请饬承详查，将未有底案各项开单咨示，以便录送冰案。

复蔡和甫星使光绪二十七年六月二十二日

执事地分与前不同，文字语言务须慎密，偶有得失，物论之轻重随之。所最切要者，不疵人短，不炫己长，即是寡过之道。有功不居，有谤不辨，亦是进德之阶。前程正远，后路甚长，不可不固根基而严践履，左右勉之！

各国赔款，本应还银，明明有约表、保票可凭，何得以或然之词硬索金镑？不唯伍秩翁所指各使照会与萨使电，足为还银确据。美系议约大国，又系议约原人，亦以还银为然。英遂因之转圜，可见公道自不可泯。日本同洲之谊，正宜仗义执言，以联邦交，以明国是。而乃附和虎狼之族，重困唇齿之邻，殊所不解。即谓度支拮据，讵无他术弥缝？若于金镑取偿，是强我以难从，亦自蹈于不直矣。夫弱肉强食，我固甘受无辞。唯此事一经迁就，各银行抬价居奇，中国将受无穷之累，无以自存。似此绝大关系，不得不始终坚持，而以还银为请者也。日本如肯援手，此时尚不为迟。仍祈鼎力磋磨，俾无异议。

次公东游，借亲庭训，实为两得。此间照案办理，毋庸奏咨。

致张香涛光绪二十七年七月

谨启者：

译局总办添请黄仲弢学士，遵饬江南派处司道缮具照会前来，计日可到。唯译局系江、鄂合办，缪筱珊太史在江，因就近由江南司道订请。今仲弢学士在鄂，亦由江南司道订请，似嫌偏重。可否一律更正？所有缪、黄两总办处照会，改用江、鄂两省司道衔名，方合事体。俟奉示后，即饬另行缮订，将前照会抽回。

至尊处分拨几人，每月薪水、夫马银若干，以及各项用度，是否在鄂鄂认，在江江认，并祈示知。现在经费艰难，不得不预为筹措，我公谅之。

致军机处光绪二十七年七月

谨肃者：

月初，日本总领事小田切以伊外部之意来宁，面商二事：一请仿照台湾章程，由官收买洋药，熬膏发卖，可得巨款，并须载入商约，以杜私销。一请将东三省改设督抚，满、汉并用，以期得力而固边防。并云“日本为东三省，几至与俄决裂，幸而就范，但愿从此和盘妥处，不致用兵”等语。当经婉词申谢，喻以官办膏药，彼此情形不同，势难仿行，一经载入商约，更属格碍良多，应请作为罢论。至东三省系我朝根本，自应力图振作。第改易设官定制，非疆吏所敢妄陈，容商之政府及外务部，察酌情形，奏明办理。小田切辞归上海，犹复电催回音。

伏思东三省虽经俄约交还，而撤兵尚需十八个月之久。且以后有保护铁路、修造桥梁等事，交涉甚多，必得熟习时务之员，善于因应，以免再启衅端。日外部请改设督抚，满、汉并用，无非为宽丁取才、慎于择帅起见。好在新疆改为行省，有案可援。东三省可否略仿新疆办法，将军、都统如故，添设督抚、提镇等官，分驻要害，以资控制而收群策群力之效。唯奉天为陪都重地，与新疆事体不同，其应如何变通以维时局，应请钧处会同外务部详考典章，妥筹方略，请旨施行。

近三年来，日本于我东三省颇费气力。本年英、日联盟，不许他国占我土地，亦是注重该处。日本与东三省有辅车之势，其汲汲为我谋者，实自为谋。然中国当此积弱之时，欲保危疆，不能不赀其臂助。今日外部令小田切一再来商，未便置之不理。即东三省善后之策，不可不及时绸缪，将来一切设施，钧处自有成算。伏祈俯赐指示，以便随宜裁答，是所至祷！

复李务臣 光绪二十七年七月

近日士大夫谈及时事，大有十万横磨剑之概。得执事“佳兵不详，唯恐致福”之语，又进一解。曩郭筠仙侍郎言，战国离间之术，不可施于今之欧洲，惟有推诚布公，讲求应付之道而已。来示感孚以诚，正与暗合。惟弟德薄年衰，何足语此！矧事关大局，庙谟自有权衡，养晦用熙，均非疆吏所敢与也。都人士丰蔀大开，唯吾乡学子仍守旧习。此后风气当大有转移，第矫枉不宜大过。

来示讲求洋务策论，临场不得不然。平日课功，仍宜以经、子及四史、三通为根柢，次则舆地、算学，有裨实用，又次则西政丛书，《经世文》续编、三编、新编等书，阅之可知欧洲学术、政治及中西交涉本末。《泰西新史揽要》纪泰西百年来变法兴利、尚民权等事，阅之可扩识见。

至以此课吏治军伍，似非所急。吏以清、慎、勤为本，将以智、仁、勇为本，本茂而末自丰。使今之牧令、将领咸知务此，则凡课农、兴学、简械、练兵及一切应为之端，自能参酌中西，悉臻美善。否则，侈谈洋务，希世趋时，骋泰西之虚车，为终南之捷径，究于西学实际，概乎未之有得，而习染已深，所谓学行邯郸而尽失其故步者是已。

复缪筱珊光绪二十七年八月

上年查丈盐城民地，经漕台委汪丞咏沂前往办理，尚无遗误，是以今年查丈灶地，仍委该丞，借资熟手。承示该丞前办民地事未尽妥协，现有绅董来省禀请改委等语。应即札饬盐城县，将去年办理情形，查明禀覆，再行核酌，目前未便据该绅董一面之词，遽行改委。

至缴价一项，民地业经漕台奏明在案，灶地事同一律，碍难作为外销移归高等学堂应用。无以报命，良用歉然。

复刘我山光绪二十七年八月

书院改为学堂，奏派在籍绅士管理，尚未奉到部咨，未便遽行奏派。惟课艺改试策论，课程改习经史、算学、时务，则已一律奉行。

至书院山长与学堂教习，本无区别。朝廷近因各省书院视同祠禄，名存实亡，不足以造就人才，拟仿中西学堂章程，严定功课，公举品端学邃者为教习，不论爵位，冀以除积习而育真才，并更其名以新天下之耳目，用意甚善。应俟部咨到日，再行酌办。

复陈雨人廉访光绪二十七年九月

承示台旆于客腊荣赴冀宁新任，今春复权陈臬事，声望益隆，整饬吏治之余，尤宜留意军务。执事本将门子侄，朝廷垂念忠勋之后，倚重良殷，前程甚远。

晋省京师右臂，且北邻内、外蒙古，与俄接壤，不可不练大支劲旅，以备不虞。统领晋威新军万荣斋军门，勇略兼优，朴诚可靠，现与左右同官，又系同里，正可联络声气，筹办边防。

弟受恩莫报，年老无为，惟愿继起有人，为国家力任艰巨，是则耿耿寸私，所望于时彦者也。

复陶子方光绪二十七年十月初六日

大暑退而小阳生，柱躬计已康复，伏望为国自珍。贱恙迄未全痊，而余息未能遽断。《易》曰："贞吉，恒不死。"自笑与卦合德，其如公私交困何哉！

承示筹款为难，江南尤甚。亩捐、房捐，尚无头绪。盐斤加价为皖、西、湘、鄂各岸所争，拟求分半而不可得。香帅另图生面，计在照数重征，商民必不能堪，枭贩从此充斥，官引滞销，诚如来教。

学堂一节，日前香帅与弟会奏，请颁毕业出身章程，使各士子勇于从事。闻朝廷之意，欲与科举并行，且看此次部议如何。

英儒李提摩太昨至江宁求见，是否特为译书而来，尚未晤谈，实已日不暇给也。

复奎乐峰光绪二十七年十月二十六日

上年北方拳匪之变，实为千古罕见罕闻。东南幸得保全，借重明公与合肥、南皮之力。当时中立有人，异议有人，自非慑于声威，江南断难支拄，全局若坏，无从转圜矣。现在朝政清明，励精图治，每下诏旨，莫不克当天心，允孚民望，中外欣欣，争先传颂，所谓“殷忧启圣，多难兴邦”，其在是欤？唯坤一年力衰惫，此次大病，体气益不如前，际此时艰，未敢求退，苟且敷衍，陨越滋虞，莫能赞襄新政于万一，徒抱愧愤而已。

中国矿产，实为莫大财源，乃我既无高明矿师，又无办矿资本，势不能不合洋股，借洋债，用洋人，往往未见利而先受害，是以踌躇审顾，迄无妥善章程。李铁船回籍办理此事，未知有无成效，能否扩充，尚祈指示大略为祷！

俄垂涎东三省，复将前约改轻，意在诱我画诺，彼得借塞各国之口，谓出我之乐从。察其诡计阴谋，仍是夺我主权，尽占该处利益。坤一与张香帅一再电奏，并电全权不可轻许，并不必与之多谈，一俟两宫回銮。日约英、美诘俄还地退兵，责以大义。俄人前言在耳，似亦不能不从。细察情形，稍有把握。惟以后应如何力图振作，或照日本近卫公之策，设法开通，公之各国，以杜俄人觊觎，是在乾断施行也。知关廑怀，并以奉达。

复李铁船光绪二十七年十一月

中国急务在开财源，财源实资地利，地利以矿务为大，矿产以四川为多。所患无开矿资本，又无办矿人才。今得左右悉心经理，必能措置裕如。将来与洋商交涉，或借洋债，或招洋股，务须慎始图终，否则为所把持，有碍大局。想成算在胸，断不至仍蹈覆辙也。

至向守虽承栽植，而公牍无名，未便由敝署任意增减。且与东抚会奏，更未便两歧。高见当以为然。

致冯莘垞光绪二十七年十二月初二日

前月廿八，大驾回京，想达清听。幸河山之无恙，喜日月之重光。而都门内外景象全非，仍不免有新亭之泣。以后一切交涉，动辄受其挟持，弥难措手。煌煌天语，亟思变法自强，而经费拮据异常，未审能否办有成效。并以赔款太多，深恐无力兼顾。

台从北上，道出江宁，何时首涂，尚祈先期示知，以便扫榻以待，快怀良晤。

弟自七月大病后，精神益难支持，而时局维艰，不敢乞退，晚节末路，惟有听其自然而已。

复缪筱珊光绪二十七年十二月初七日

昨奉惠翰，并书单二折，《教育编》一本，领悉壹是。当经交给司道及聚卿观察同看，即嘱聚卿将已译廿种送交善后局刊发，其未译卅种亦即送沪译出。

承示内有调停新生之法，备见于日本士官、户山两校章程，自可仿照办理。今观已未译之五十种，均是造就陆军人才，本系中国当务之急。唯江南创办学堂，所需蒙学、小学课本，先睹为快，仰荷大力，想不日可以告成也。

致军机处光绪二十七年十二月二十六日

谨启者：

前安徽巡抚王之春奉旨开缺，另候简用等因。疆吏进退，朝廷自有权衡。王之春如何被参，外间莫由深悉。唯晚生与王之春共事两年，深知其才可用。

上年江防，劳绩实有不可没者。自北方拳匪肇乱，南方人情汹汹，外洋尚受羁縻，内奸极形猖獗。安徽大通之变，为沿江各匪窃发先声，若不立予歼除，必至四路滋蔓。晚生立派王世雄带队乘轮驶赴芜湖，嘱令相机进剿。而王之春已调李定明等各营星驰电掣，径入大通，一鼓破贼，分道穷追，遂草薙而禽狝之。由是上、下游匪徒慑不敢动，巨憝唐才常等谋泄就擒。是则消患初萌，中外所共见共闻者。嗣以江苏援军北上，江防颇涉空虚，王之春复令李定明五营移驻扬州，以壮声势，尤为顾全大局。至于剿办各处土匪、游匪，保护教士、教堂甚多，犹其小焉者也。

王之春前官川、粤等处，颇著劳绩。及其开府皖中，以向称瘠苦之区，值上年艰难之会，调兵调饷，措置裕如，一时威望卓然，竟与山东袁升抚齐驱并驾，不谓有此蹉跌也。昔人有言曰："毋以寸朽弃连抱之材。"值此时艰，需人孔亟，如王之春者，尚足备缓急之用。谨据实上陈，伏乞俯赐察核。

致张香涛光绪二十八年四月初一日

罗叔蕴署正在鄂，业将译编各事宜面达清听矣。嗣与缪筱珊太史各开一单，交给敝处，录呈台览。叔蕴旋回沪补译各书。筱珊另编普通歌诀、经学、理学、史学、掌故五种及《礼书初编》《江宁舆地考略》，嘱寄尊处校正，方为定本。应否即以现在办法及已编译各课本，函覆张野秋冢宰，并请主稿会奏之处，伏候酌夺！

又，张季直殿撰来宁与筱珊、叔蕴面商学制，应从师范学堂入手，开具条例，由江、鄂会奏。并云办高等师范学堂，更可为办高等学堂经费减省一半。治弟因事属创始，请其代拟折稿。而此间议论不无参差，谨将条例奏稿并抄呈核，以期折衷壹是，即请迅赐裁覆，是祷！

复李勉林中丞 光绪二十八年四月二十一日

申提督道发委署赣镇，深虑其不能胜任，当经电询尊处，旋得覆示，语有抑扬。一时承乏无人，未遽更动，而不料其荒谬至此也。

唯大疏下笔太重，列款亦多，措词间有过激之处。朝廷或疑文武不和，各怀意见。且劾一总兵，不值费如此气力。可否由弟附片纠参，"该署镇性气乖张，不服抚臣节度，遇事龃龉，且纪律不严，操守不谨，到任数月，物议沸腾，似此劣迹多端，何足以膺阃寄。除将该署镇撤任，改委记名提督金德怀前往摘印接署，并由抚臣委员接统刚字营勇外，相应请旨，将申道发勒令休致，以示薄惩而肃戎政。所遗广东琼州镇缺，另候简放"云云，较为不着痕迹，卓见以为何如？

若照大稿奏参，则弟只列后衔，并请声明业经敝处撤换。非避嫌怨，事理应尔也。

书牍卷十四

复总署同治四年十月初六日

敬肃者：

九月二十八日，赣州行次接奉钧函，以英人瞒四辉里在赣被押一案，英国威公使有急不能待之势，故派九江税务司惠德赴赣提解。如该犯业已起解，即饬惠德不必赴赣等因。查英人蛮晖在厦门贩运洋炮铜帽赴漳州济贼，旋在永定老湘营王镇开琳军中投诚。迨老湘营调派来江防剿，蛮晖及同伴华人曹建成均随带来赣，是蛮晖并非赣州道府将其羁押，有曹建成供词可据。前经驻扎九江英国领事官照会饶九道，谓瞒四辉里在赣被押，禀经前护院孙藩司行据赣南道查覆，赣郡并无洋人被押之事，惟老湘营收有投诚英人蛮晖一名。孙藩司即批饬将蛮晖、曹建成一并解浔，按约办理。嗣奉咨查，又经孙藩司先后详叙案由呈覆。续奉谕旨垂询，并已据实覆奏在案。

现据饶九道俊达会同江苏候补知府贾益谦禀："九月十二日，准赣南道将英人蛮晖、华人曹建成，委副将衔李定胜由水路护解来浔，即照会英领事会讯。旋据片称，瞒四辉里既解来浔，理应押回本衙门，俟明日商量。俊道等随委县丞钱宝昌同李副将将蛮晖即瞒四辉里，送交该领事查收。十三日准英领事照会，'按英国本年三月初九日所定之例，各口领事如有此案，均应详请英国驻扎上海总理各口领事衙门案件按察使司核示。兹将同治四年八月初十日接准照会内称蛮晖各情，详报驻扎上海按察使司核示饬遵，应如何办理，方能会审’等语。至曹建成已发县收管，俟会讯各情应如何完结，再行禀核。”等情前来。伏思蛮晖既已到浔交英领事收回，则九江税务司自可毋庸来赣，以省跋涉。

除飞札饶九道转饬惠德知照，并俟该道等会审结案另具公牍咨呈外，合先肃复。

复总署同治五年五月二十五日

敬肃者：

本月二十一日，祗奉钧函，以义宁州福盛祥茶庄一案，有违条约，饬令访拿匿名揭帖之人，务获究办，并即出示晓谕禁止。并将办理情形，先行咨覆等因。伏查此案委曲，及如何办理，已于前月二十六日据实呈报，填发传牌，计早达台览矣。

此次洋商好林或等到义宁州，适值多士在城应试，挟其一时意见，以致冒昧妄为，并非散勇游民，别怀不肖之心，借图启衅。窃思江西军务，十有余年，地方习于用兵，风气日形强悍。而士子尤远不如前谨饬，每于赴考之时，动辄恃众挟制官长，尚何有于外国洋人？

各地方官，每闻洋人入境，皆惴惴焉恐有士民与之滋闹，将来处分綦严，方弹压之不遑，安有如该公使所言故纵之生事耶？惟以人数既多，操切或致激变，不得不暂为调停，徐图振顿。现如义宁州之案，虽据该牧禀称究结，仍饬认真访拿，未敢稍涉松懈。兹蒙训示周详，遵再饬催该州赶紧缉获匿名揭帖之人，按例治罪。此后务于地方士民，严行诰诫，以期中外协和，仰慰廑念。

致蔡筠庵太守同治五年六月十四日

弟于中外交涉事件，原无成见，前在穗石，未尝立异鸣高。无奈江西疾视如仇，地方官何能拂民心而犯众怒，且二年既经启衅，彼此再难相安。试问群情汹动之时，果从何处弹压？及至各鸟兽散以后，又从何处查拿？洋人始终难占上风，不过徒令弟等受处分而已。以江西近日士习民情，动辄鼓噪，挟制官长，前月即有罢考试、殴首府之事，于外国人何有。

日前俊观察来谒，弟告以实在情形，与之详细商酌，嘱其婉为劝止。彼若贸贸而来，殊无调停善法也。

复许星台观察同治六年正月二十四日

昨接来函，领悉壹是。当即传各司道及各绅进署熟商，均称洋人造堂衍教，条约本有明文，地方官绅，岂有他意？惟查省城向无天主堂地基，士民均不愿从该教，安能勉强？且自办军务以来，地方习见用兵，风气殊形强悍。每遇生童聚会之际，人杂口多，尤易滋闹。

上年进贤之事，执事所目睹者。今年正值秋闱，转瞬各属士子云集。近因加广中额，添修号舍，将来人数倍于从前，而其所带跟丁役夫，更恐良莠不一。若见洋人在省，势必诧异拥观，万一变出不虞，官绅实难弹压，贻误中外和局，于洋人亦何利焉？倘洋人坚执其说，则吴城原有教堂基址，该处滨临大湖，彼族往来亦便，似可听客所为。

闻福建省城无教堂而在海口，即湖南省城亦无教堂而在衡州，可见该领事、主教，善于因地制宜，江西正可仿而行之。

复许星台同治六年二月初二日

查游道宣一案，于客腊接据公牍及达领事申陈，当即饬司行委首府提审。嗣以新年人证未集，以致稍延。复于宵节后，频行严催，并添委善后局员黄守前往会讯，务期彼此持平，决不令其稍有偏护，约在月内可以定断。

盖以中外既经讲好，即系洋人涉讼，尚宜一视同仁，以昭公允，而况该教士本系江西编氓。其各处匿名揭帖，实属近来陋习，递经分途出示禁止，并密令各府县暗行访拿。夫以此种冒昧无知之言，原与洋人无损，实于地方风俗有关，故须认真办理耳。

至于安主教晋省一事，踌躇再四，诚恐防范难周，倘有意外之虞，实于和局大碍，不若稍缓之为愈。现在谆嘱各绅从容开导，一俟察看情形，如有转机，即当函致尊处，知照该主教及该领事可也。

复夏芝岑同治六年三月十六日

江西竭力供支他省，而本省竟不能养重兵，每闻警报，殊费调度。初谓发逆既平，可以专力剿捻，不图益形决裂也。

春帅以伤发乞身，是岂有人心者！伤未及死，吾子勉之，况托词要挟乎？

直隶练兵之举，诚难视为缓图。第荫渠体气渐衰，能否果有成效。

洋人遇事发难，前因游道宣之案，又以晋省为请，得许星台三寸之舌，遂亦中止。

高丽在隋唐时最为强盛，若能克振先烈，挫此逆夷，真可为中国吐气。然而我辈愧死矣。

复许星台景介臣同治六年四月十五日

承示劝止洋人来省衍教，词意极其婉切。其于游道宣及浔郡街市之事，更为开导得体，处置有方，无任钦佩。弟细察章门绅民之意，于洋人终不相容。洋人如于今冬明春果来，实无调停善策，惟有拚为地方任咎，即有不测之祸，亦无可辞。洋人谓与弟无碍，是诚何言！夫欲仇其子弟，而置其父兄，具见洋人之愚而狡也。

游道宣案既审结，赃亦缴还，殊无再赔银钱之理。此端若开，将来不胜其诛求矣。俟有照会前来，请由尊处酌办。

昨接总署咨，据英国公使申请查禁拿究饶、赣两郡张贴揭帖之人，已经据实照覆。

再，此次洋人帖耳以去，得（纡）〔纾〕目前之祸者，实赖尊处善于劝导之力。洋人许俟过考而后来省，亦知未可与众为难。且章门非江宁、安徽两省可比，该两省滨临大江，洋人轮船可以随时往来，地方士民，或者慑不敢动，即令变起仓卒，亦易保护洋人脱身。若章门河浅滩高，轮船断不能入。冬干水涸，更恐愚人不顾后患，乘间生心，一有不虞，彼此实形束手。此亦实在情形也。目下自可姑置勿论，待其再来尊处饶舌，似可相机以此意喻之。

致景介臣同治七年三月初四日

密启者：

详阅尊处造报洋人轮船出进日期清册，近来均系美国之船，英、法各国并无一只经过，殊有可疑。并闻浔郡洋行仅有美国旗号照常贸易，其英、法各国之行，均经歇业。

果否属实，是否该两国现有内变，抑因生意不旺而然，或别有奸谋诡计，预先自行收拾，即祈商同黄殿臣、黄韶九两兄，探听的确，及汉口、上海各处开设洋行情形何似，一并示知。

复朱修伯同治八年九月十四日

承示条约已有回音，无甚异同，则鄱湖拖船之说，想经定议。地方恐尚不免违言，惟在景观察妥为办理。

太冲既度陇，则符节安得久假不归？诚如来谕"不可开留后之渐"，且其设心险而志趣卑，何可倚以办贼！太冲负气敢言，又与积不相能，此事未必缄默。不若朝廷早为处分，以收予夺之权。

武英之灾，天以殷忧启圣。倭相疏请修省，虽是老生常谈，亦必不可少之作。

又闻禄山伏诛，自非尧舜在上，断不及此，想政府亦煞费苦心。

致景介臣观察同治八年十月十七日

密启者：

昨奉廷寄，以洋人为黔蜀各省教民案件，拟带兵船前来江西、湖北，计图胁制，饬将江西各案件，速为讯办等因。业由六百里钉封行知尊处，计将接到。兹复奉总署公牍、私函，除公牍另札行知外，谨将原函抄寄，伏祈查照施行。

弟以此次洋人语气，不过取道江西以至湖北，并非欲与江西为难，故未指出江西何案。然夷情叵测，诚如总署所云，不可不预为防护。如有洋人兵船到浔，尊处自应按照和约，以礼相待。并弹压地方，毋致另生枝节。倘该洋人言及某案讯办尚未平允，即先就案情婉切开导，俾知原审无少偏私。万一洋人兵船欲入鄱湖，不可禁止，务祈一面驰告弟处，预为布置。一面知会丁镇军及沿湖府县，妥协料理，以期不致酿成事端。切切！

复总署同治八年十月二十五日

谨复者：

本月十五祗奉密函，领悉壹是。当经抄寄九江景道，并另加函谆嘱妥协办理，谨将原稿录呈钧览。

伏查庐陵、南康两案，该教民等既经具遵，想该领事、主教亦无异议。向来外间办理此种案件，于断结后，行知九江道，由该道照会该领事、主教，彼无他词，便为完案，不必定取允服回文，故于咨覆贵署文内，亦未声叙。大概教民不往翻控，该领事、主教未必再来饶舌也。惟新昌一案，该教民晏秉彝异常刁健，所控阻教、毁抢各节，均属借词，而其平日作奸犯科，实系证据确凿。先经该县勘讯，该教民恃符狡执，信口栽诬，以致断而未结。及委提两造到省，并公亲人证至数十人之多，尚有该教民至戚在内，亦称该教民素不安分，挟嫌妄告，经臬司、首府逐一讯明，追销犯约，开导再三，而该教民听人主唆，仍复哓哓不服，必遂其欲而后已，不得不照案断结，据实详咨。

兹蒙钧谕谆谆，自不敢胶执前断。将来如有洋官到江，以此案借口，或及庐陵、南康两案，拟将案情先与折辩。倘该洋官实不允服，只合许再传讯，设法调停，总期免启衅端，仰慰廑虑。

此外教民各案，亦即饬司分别委催，务令速为持平讯断。

复崇地山同治八年十一月初四日

查江西教案，只有五起未结：或事涉影响，教民不能指实。或事属细微，教民久不呈催。且有教民已经甘服，而教士从中把持，以致延宕者。

现在分途委员，前往会讯，勒限结案，以免借口。并嘱景道督饬地方官，俟罗公使入境，妥为料理，不使另生枝节，仰慰雅怀。

复马穀山制军同治八年十一月初五日

月之朔日，两奉惠翰，敬悉廑怀。业遵大咨，檄委张令国英前往庐陵，会同该县，务将生童焚烧教堂与梁道亨等毁抢教士两案，勒限讯结，由六百里咨覆冰案矣。

至于已经讯结分别咨行照会之晏秉彝等案，若忽向该领事、主教索取允服回文，则彼窥我事急，故意刁翻。若遽提该教民等再行来省覆讯，则彼谓我情虚，多方狡执。弟与司府再三商酌，似不若仍照前议，俟该使臣抵浔，言及何案失平，或该领事、主教来文辩驳，允为覆审，随即设法调停，彼亦无可借词与我决裂。盖彼在先既无异说，何遽责我之非？而我现在并无违言，不致拂彼之意。如此不见痕迹，亦不起衅端，是即来谕“以静待动，以柔制刚”之意也。

景道及黄、丁两镇军之才，均足应客，此外亦别无可措置。

复景介臣 同治八年十一月二十七日

查新昌一案，业经行司委员前往该县再行讯断，务令持平了结，廿五函批中已具言之。南康一案，昨日亦令委员驰往该县，妥为办理。其临川饶恩荣之案，当即赶紧谕禁，不使另生枝节。

惟戴主教所请晋省盖堂传教之事，实属滞碍难行。盖省城五方杂处，风气嚣张，无论现值荒年暮岁，饥民甚众，盗贼滋多，正在举行团防，易于鼓噪。又吴城上下游百余里，趁此冬晴水涸，节节兴修圩堤，赴工之民，蜂屯蚁聚，倘有变动，约束为难。兼以明春通府考试，秋间通省乡试，生童毕集于兹，人数约增数万，填街塞巷，遇事生风，万一群起与教士为难，再将教堂撤毁，当其事起仓卒，声势汹涌，手口纷拿，试问地方官从何弹压？若欲临之以兵，不惟众寡不敌，且恐波及无辜，大致决裂。中国除非谋反重情，无此剿捕之法。迨其散去之后，既无主名可指，又无赃证可搜，查缉之言，终属虚套，不过地方官徒得处分，或者酌赔银两，而法国之体面已失矣。此种事关大众，即使法国常有兵船在省守护，临事恐亦不便与众为难，事后恐亦难于缉获真犯。而况兵船不能到省，不能常在省守护耶！夫善办事者，在于因地制宜，见可而进。

民心不能刑求势迫，贵于默化潜移。该主教及该教士果能正大光明，使人悦服，将来推行渐广，人人乐从，亦何为而不可，安在为此汲汲之举，徒拂众情？结仇愈深，将来解释益难为力。

现在外属教案甚多，全赖弟之威令以维制之。该教士若遽来省起堂传教，势必滋生事端，则是使弟之威令不行于近，安能及远？从此外属教案难结，岂不无益而有损乎？故善办事者，必须察看难易重轻，分别刚柔缓急，方能攸往咸宜。前主教深悉此间事宜，是以数年来绝不言及。老兄前次函称，戴主教人甚明白，今接阅抄来信件，其言尚近情理，特其抵浔未久，未谙江省情形，弟不惜开诚布公，尽言无隐，即请转告该主教，当不以为欺谬也。弟明知晋省传教，和约本有明文，第再四筹维，实无保护善策，已将祸福付之度外。戴主教能否见谅，亦听之耳！

再，查同治二年省城拆毁之教堂、育婴堂三所，共赔银五千两，议定由罗副主教另行买地建造。该副主教业经遵办，奏明有案。是省垣并无旧存教堂地基，均祈告知戴主教为祷！

复景介臣 同治八年十二月初三日

昨接来函，并抄寄照会，知洋人之意难以中止，动以奉旨为言，不思中国奉旨之事，如于地方不宜，民情不顺，往往奏请从缓。即如漕运一事，寄谕频仍，部咨严切，迄今尚难施行，此岂弟之借词搪塞耶？弟言已尽前函，如彼必不见听，只合任其自为，第不敢允为保护，转致失信，惟有静候朝廷处分而已。

再，罗公使业经抵浔，所遣神福究系何处人民，何等官员？省城内外，现在并无法国教堂地基，弟前覆两函，均是实在情形，尽可面交该公使、主教一阅。万一晋省之行必不可已，何必急在旦夕，何必公使亲来？倘有不虞，殊失自重之道。相机以此说之何如？

复景介臣同治八年十二月初八日

各处教案，大约明年二月内可以一律了结，有无赔款，为数若干，应由该委员等秉公酌议，决不偏枯。

其晋省重起教堂一节，准俟明年场后商量，正是保护该教之意，并无推卸阻拦。且起堂传教，系该主教及教士所为，更何烦罗公使远涉？罗公使如果只带华洋官员、丁役数人，平行晋省，虽事出无名，地方官尚当稍尽主客之谊，以礼相接。所虑士民乍见拥观，难于防范耳。若罗公使带兵而入，试问意欲何为？无论地方众怒难犯，弟亦不得不部署以待，万一决裂，其曲在彼而直在我，想中外自有公论也。

至于沿途骚扰之说，当是居间者之误，钦差大臣何人，而乃作此举动，独不畏为各国所笑乎！况江西风气强悍，习于用兵，彼亦何能为厉乎？请善喻之。

复景介臣同治八年十二月十二日

再，此次罗公使晋省，弟不许其入城，亦不令各司、道、府、县往拜。先传护送该公使之松委员等进署，将该公使等种种无礼之处，严词诘责，令其转告，该公使等尚知惭愧。惟此等无赖，若不稍遂其私，难免日久纠缠，只得允给银六千两完结各案，以断葛藤。

至来省垣重起教堂一节，议俟明年场后，再行开导地方，既未便载入公牍，致有粘滞，又恐戴主教佯为不知，伺该公使去后，旋滋口舌。务请尊处于交银时，邀戴主教与狄副领事三面言明，以免翻异。

今日始约该公使及该副领事两人入城，在公所一见，即派炮船护送转浔也。

复总署同治八年十二月二十七日

月之初四、廿六两次祇奉密函，领悉种切。伏查新昌晏秉彝一案，虽未据该教民具遵，后亦未闻复控。丁雨生所云，九江活埋教民，即系彭泽之案，然未据原告指出埋尸地方，迄今尚无影响。乃主教戴济世探知罗公使将到，始将已结之新昌晏秉彝，及南康陈万杰并赣州十字架三案，凭空翻驳，婪索巨款。并翻多年奏结之案，请来省城原地再起教堂。迨罗公使抵浔，异常桀傲，而戴济世与狄领事等狐假虎威，忽倨忽恭，变态百出，总欲立限押银，而后从中刁难，多方狡展，限满银去，案仍未完，得以重重讹索。

景道有胆有识，刚柔并用，终不入其术中，该公使等计无所施，遂称晋省以相胁制，景道亦听之。该公使等初乘兵船而来，随因搁浅，乃易洋划，进抵章门，见部署严整，百姓观者数万人，其气颇馁。坤一遣官迎候，责其在浔一切无状，且违约以兵船入湖，喻令勿急入城，勿轻登岸，该公使等由是益窘。定议之后，坤一始与一晤，接以杯酒之欢，晓以敦好之义，彼遂俯首帖耳以去。

此次虽费银六千两，而各案全完，并得暂缓来省起堂，以(纡)〔纾〕目前之祸。该公使任性妄为，自取挫折。而我待之未为失礼，又稍遂其溪壑之私，彼似不以此行为辱，且请转饬景道与之释嫌。如恶丐然，但得酒食，其余在所不计，亦无赖之尤矣。

至教民之扰害地方，既不可以理喻，而地方之仇视教民，亦不可以势禁，惟有就事调停，相机办理，以期不开衅端，仰副廑念。

复景介臣同治九年二月初八日

抚州案结已久，无论临川县当时并无“从容寻还女婴，现在并无水师，难以查询”之言之信，即使有是言，有是信，亦应作为罢论。如以久经允结、葛藤悉断之案，仍以无据之言之信，任意翻腾，则办理教务益无把握。阁下不照成案斩截答覆，乃为含混推诿之辞，以滋口舌，殊不可解。

至该主教不请尊处执照，不带总署原函，贸贸前来，孰知是真是假？且总署之函，原为抚、建教案。两处教案，已结数月，即持原函来亦何为？阁下不以此两层据理驳辩，竟作局外之语，尤不可解。

省城士民嚣张之习，与洋人必难相安。无论无要事无公文，即使有要事有公文，亦不能遽允来省。弟明知此论有违和约，洋人必难默然，第自顾菲才，实无保全之善策，不若慎之于始，免有决裂之虞，以毒地方而廑宵旰，区区一身得失有何足计！请明告之。

复黄元善同治九年三月十七日

天主教之败坏民风，有碍吏治，难以言罄。现在污染渐深，蔓延渐广，居然异类，隐然敌国，尤为将来之忧。外间办理此种教案，于调停之中，默寓扶持之意，但期不启衅端，亦不损正气，或吐或茹，相机应之而已。教民如有为匪重情，自可照谭竹翁办法。至于民教交涉之案，则该领士、主教、教士等，不惟每事干预，并且多方把持。罗公使覆函所云，恐难执以为据。

英人新定和约，多属滞碍难行，弟已据九江景道论驳十条咨达总署。未审法国新约又有何难着也。

致邓芝轩司马同治九年三月二十九日

顷闻法人乘坐兵船行抵吴城，又将来省清理教堂地基，实堪诧异。

查和约载各国兵船只准到通商口岸，不得阑入内河。今动辄以兵船来省，大违和约。一也。英国因台湾、扬州两处领事官擅用兵船，经驻京公使将该领事惩处有案。上年罗公使来江，先奉总理衙门行文，又有委员护送。今法人若无中国文凭，又无中国官员同来，不知其何项官职，不便接待。往年英人冒充该国驸马，需索夫马，地方官通融应付。后奉总署公文申饬，外国游历以及贸易商民，均须持有关照。此次法人凭空来省，自当置之不理，彼亦有何颜面！二也。向来中外交涉事件，概由九江道办理。昨据景道禀称，此次法人并未与该道晤商，径行来省，无此办法。即使径至，亦唯喻令回浔，仍与景道商办，以符向章，则彼徒劳往返。三也。至省城撤毁教堂地基，于元年间经前九江道与罗副主教妥议赔给银两，声明将来由该教另行买地建造，确有奏案可凭。是该教堂地基，已属中国官物。上年罗公使在省示以原案，彼即俯首无词。现在该教堂地基已起昭忠祠，岂容法人再来翻异，以触地方之怒？四也。上年罗公使、狄副领事等在省议定，俟今年乡试后，由地方官设法开导士民，方可来省，另行买地起造教堂。并饬景道会同狄副领事面告戴主教，已无异说。今法人于乡试之前即来省城，则是不遵罗公使成议，反覆无常，不惟得罪中国，亦且得罪该国使臣。五也。法人如以兵船来省，则是犯此五不韪，此间官民，拚与决裂，亦不能稍为迁就调停。

若该兵船尚在吴城，即祈足下问明来者何人，来为何事。倘该法人果以进省清理教堂地基为言，务将此五不韪剀切开导劝阻，看其行止如何，飞函驰报。或该法人无进省清理教堂之言，亦须喻令速将兵船退出九江通商口岸，毋得逗遛内河，以符和约而敦友谊。此亦足下守土者之责也。

复总署同治九年四月二十一日

顷因法人图翻已结之案，强争南昌教内育婴堂原地。正拟驰呈，适于四月十九日，祗奉钧函，领悉种切。遵查同治元年，士民撤毁南昌教内育婴堂等处，当由前署九江道蔡锦青与副主教罗安当熟商定议，分别赔银完结，禀经前巡抚沈幼丹具奏折内，声明教堂领款，另向他处购造条款内，城内育婴堂声明自行买地建造，城外教堂另购宽敞处所建造等语，已邀洞鉴。现在蔡前署道改官云南，此外别无质证。然以事关中外交涉，当时若非罗安当明白应允，前署道何敢率意具禀，前巡抚亦何敢据以具奏？此则事理之可信者也。

且条款于吴城之天主堂，原议定给还原地者即声明给还，又原禀内于城外之教堂议定存留。原地者即声明存留唯城内育婴堂原地，并无给还存留字样，则是葛藤悉断，参观益明。罗公使称教堂并未推辞此地，此何说耶！彼既索取多金，并允另自购地，则原基自已归官，尚待教堂推辞为哉！

罗公使又称，此项原地尚在萧姓之手，情愿奉交教堂等语。当时赔银结案，只知为教堂地基已属官物，并不问原系何姓之业。即使萧姓系原业主，匿契未缴，亦应作为废纸。况查罗公使所称萧姓，即系从教之萧得禄，平日恃符妄为，何难串通虚捏？

再，德翻译称原地现在仍归教中收租等语。查此项地基，自结案后，即经荒废，向有附近贫民种菜谋生，官绅未尝过问。盖江西省城内外，官地荒废甚多，向听穷檐开垦，唯禁建造屋宇，不独此项地基为然。今称此项地基仍是教中收租，显系借端影射。该教士在浔并称执有赁约，难保不私造居奇。顾岂有抹煞从前奏案，而以私造之赁约为凭者乎？

上年罗公使及狄副领事等，因各教案晋省，并称清理教堂原地。当经委员王守、胡令示以原奏，彼即俯首无词，只称欲留教士在城另行觅地建造，该守、令等喻以姑俟今年场后，彼此言犹在耳。维时代理九江主教之王吾伯与罗公使同来，教民萧得禄亦日夜在该公使船上。如此地基果在萧姓之手，仍系教中收租，彼时何不怂恿该公使力争，乃于事后饶舌？其诪张为幻，可想而见矣。

查王吾伯本属教堂舆台，萧得禄以剃头为业，两人均是无赖之徒。自王吾伯代理主教，欲寻前主教戴济世故辙，商同教民萧得禄，借此图讹，递经坤一批饬景道与之驳辩，彼唯一味狡执，旋于四月初旬，潜挟安领事复以兵船来省，行至吴城以上之洲头搁浅始退。及其回至九江，景道向其诘问，彼于兵船晋省一层，则多方掩饰，而于教堂地基仍哓哓不休，称前三年尚有南昌县断给萧姓之案。经景道申请，查无其事，复向安领事婉为开导，该领事自知理屈，仍以请示罗公使为解。现在此项地基已经分造昭忠祠宇，万无再给教堂之理。

谨抄呈蔡前署道原禀及景道近日来禀清折，并祈俯赐察核。

致李筱泉同治九年四月二十七日

此间虽有九江口岸通商，洋人从不轻入内地，士民少见多怪，实与各处情形不同，一切谅邀洞鉴。故弟深以洋人自备中国式样船只，前来内地，随在口岸赁房积货一条为虑，其余尚可设法防维。据景道呈报通商大臣批词云，落地税不在子口扣算之内。果尔，不惟于厘税无大损，即洋人踪迹亦希矣。盖就此间情形而论，内地所销洋货无多，土货除茶叶外，别无大宗为洋人所利也。

承示郑观察议禀洋、土货进出口及自备中国船只之大端，并摘议新约善后七条，伏乞惠赐抄发，以便参酌办理。

刘克庵奏报肃清，都中谓其事不可靠。近来陕甘情形何似，并祈便中示知。

复总署同治九年五月初九日

初四日续奉谆谕，遵查法人兵船于前月初一行至距省百三十里之洲头搁浅而止，初二日始能移动，退回吴城，随即退回九江，停泊数日，遂开往下游，以后并无兵船入境。

又查前次兵船来自湖北，非来自上海。且探悉该兵船原系废坏之物，在鄂多年，客岁甫经修整，先亦未闻另有兵船上驶过浔。该兵船来江，船上系安领事及王代主教，并非水师提督，可见德翻译所云“已派水师提督带兵船两只，一赴湖北，一赴江西省城”等语，系故为张大之词，以图挟制。其实长江一线，火船亦何能为？此间每遇洋船入境，即将水陆严行部署，慑之以威，仍委明干之员，与之折辩。彼族性虽狡执，有时亦理屈词穷。其中用刚用柔，唯有谨遵台命，相机办理，以期上尊国体，下泯衅端。至于此案情形，前函业经缕呈，毋庸烦渎矣。

再，据景道禀称，安领事等自转浔后，言语支吾，神色惶遽。随询新关洋人，据云法国之主业经物故，嗣君不知何人等语。是罗公使之由津回都亦由此。谨此附呈。

复总署同治九年六月初七日

六月初六日，祗奉钧谕，领悉种切。自安领事回鄂后，并未言及南昌教堂地基。俟伊接该公使回文，再来争论，遵即饬九江道就近议结，以断葛藤。

至谓南昌绅民立意设法阻止外国人，不准入城，则绝无是言，绝无是意。南昌绅民所最恶者，在于法人来省起堂传教。盖因彼族所收教士、教民，多系地方无赖，流品卑污，既不齿于人数，行迹诡秘，又大类乎匪徒。且一持有护符，无不受其欺压，是以憾之刺骨，动辄群起为难。元年撤毁教堂之时，哄传搜出婴骸数百具，经地方官代为剖白，断无其事，而人言至今不休。今年秋后，法人来省觅地，重起教堂。诚难保绅民肯听开导，届时相机妥办，以期不碍和局，而俯顺舆情。

至于外国人游历来省，决不至于有他虞。往年曾有洋人只身入城，百姓拥挤观看，一经府县派人弹压，群情莫不帖然。唯前四月十八日，据驻扎樵舍之水师统领孙提督遣弁告知，昨有两外国人行抵该汛，询系美国税司杜德维及马九思，并称领有票照来省游历。该提督以上游饥民甚众，劝令回浔，该税司等亦以为然，随即派船护送去讫等语。当经坤一谕以此后洋人经过，验有票照，即应按约放行，否则暂行阻搁，仍一面来省请示，不得错谬，致起衅端。窃该提督驻扎省河，本有巡防之责，其劝令该税司返棹，实因前途饥民太多，虽于条约未符，究为保护起见。观其拨派炮船，送至广信府之河口，则是去吴城又数百里之遥，并经历鄱湖之险，苟非意在保护，亦何为而不惮烦？该税司等想亦谅其苦衷，知其好意，故于回浔之后，未向景道一言，不图旁人竟以此上渎钧听也。该提督身系营员，不谙各国条约，或致措词失当，自应重行申明。如谓该提督劝回杜税司系出省城之意，则该税司甫至即回，未逾数时之久，樵舍至省六十里，往返百二十里，请命胡至如此之速？此中是非，已邀洞鉴矣。

外间府县，遇洋人过境，无不按约接之以礼，且有以洋商、洋兵误为洋官，守、令亦亲为延接者。业经刊发条约，务令查照，分别施行，免致过亢过卑，以期仰副维持中外之至意。

复总署同治九年六月十二日

初七日驰复一函，计尚未达钧览。今日祗奉前月二十九日赐示，领悉种切。外间自当谨遵谆嘱，遇有掠买幼孩之事，核实办理。保护外国官民，不许地方借端滋扰，并当相机防范，以杜彼族觊觎。

唯递接景道寄来上海新报，各国多派兵船赴津，且在各口团练，恐其狡焉思启，畿辅尤应严防。曾中堂所调淮勇八千，似应暂缓赴陕，饬令全数留直，以备不虞。洋人如此披猖，诚如尊谕，其势难免决裂。

山东、山西之拱卫京师，如左右手之臂指相联，易于呼应。务须预练重兵，以资征调。迂远之见，伏候钧裁。抄呈新报二纸，并祈俯赐察核。

复总署同治九年七月二十三日

前月十二日肃复一函，计达钧览。嗣奉密旨，整顿防师，已将江西目前办理情形，缮折覆奏。唯闻法人请将天津府县及陈提督在津正法，否则移族类赴沪，意欲称兵。虚声恐喝之词，谅邀洞鉴。

九江镇送来外国新报，据称法国现有内患，未审是否属实。谨抄原件，附驿驰呈。

复景介臣同治九年八月十四日

日前接诵惠翰，借悉金陵一案，讯有端倪。此事若不严究根由，拿办党羽，将来肆行无忌，居官者谁不自危？如续问有确切供词，尚祈摘示为祷。

曾中堂重莅两江，想不久即可抵任。此老查办天津案件之折，难免不为盛德大业之累。

浔郡洋人近日情形何如？若法人不先开兵端，则中国断不轻动。英、美各国不助法人为恶，中国亦不株连。大意如此，是在阁下善为说辞，妥为开导。前函离交之策，诚妙着也。

至赈抚饥民事宜，在阁下督同府县酌量办理，弟何敢强人所难，其曲谅之。

复景介臣 同治九年八月十七日

昨接惠函，并抄寄新闻纸，得悉种切。朝廷计在讲和，决无宣布击法之意，此洋人之疑议也。

吴城百姓于十五拆毁教堂，想黄丞业经驰禀执事。此案幸未损伤人口，堂内所失粗重物件无多，尚易了结。唯总署正在有事之时，复闻外间此种波折，必不耐烦，且将来无论如何，彼亦不过要钱，我亦不免出钱，不若早结为妙。已饬新建承令赶往吴城查勘，如有主教、教士在镇，便可议结，酌赔银两，免致向总署饶舌。倘有主教之士前来尊处控诉，亦可照此办理。第须嘱令俟天津事定，再行起造。

复景介臣 同治九年八月二十六日

吴城一案，顷据承令回省面禀，查悉匪徒迷拐幼孩，百姓疑及教堂，以致启衅。并传问该幼孩，取有口供。王吾伯早往抚州，此外亦别无教士在镇。黄丞云教中尚有熟人，现在九江业托妥人从中调停。如达领事到浔，即请尊处与之议结，更为妥善。洋人必欲牵连兵勇在内，意欲何为耶！

顷抚州临川县又有因行社会，使道欲进教堂歇息，致与教民争闹，随将教堂旁屋焚烧二十余间，已严行批饬责成府县赶紧了结。弟在闱中，一闻吴城之事，即嘱首府驰函传谕南安、赣州、吉安、瑞州、广信、建昌、抚州各府，一律妥为照料弹压，毋任地方乘机生事，不图旋有临川之案也。

浔郡城内教堂及育婴堂，务请会商黄殿兄，认真约束兵民，免再滋闹。此种已成之局，何遽作此举动？将来天津之案既完，此间徒多几番口舌，仍不免于赔修，岂不为洋人所笑，殊觉不值耳。匆匆不及另致殿兄，请将此函送给一阅。

达领事人尚和平，伊既先有信来，可否由尊处函约到浔，喻以息事宁人之道，与之议结两案，唯执事裁之。

复景介臣同治九年九月初二日

吴城、抚州两案，责成该处地方官赶紧了结，否则从严撤参。

抚州已拿获滋事百姓十余人，尚未供认。吴城亦已拿获数名看管。黄丞有无玩视，俟结案后议之，免致脱身事外。

亮勇并无来浔之说。开战之谣，尤为荒唐之至。试思朝廷方在议和，而外间乃敢开战，自古及今有此事体否？且洋人并无兵在浔驻扎，又何战之可开？倘无故戕害洋人官民，不唯国法难逃，亦非人情物理。务望阁下开导洋人，尽可安心贸易。如有敢以非礼相加，定行加倍惩处。并祈会商殿兄，严行弹压，妥为晓谕，如再造谣滋事，有累两兄也。弟已将来意严札黄丞，并通饬各属矣。

复景介臣同治九年九月初八日

黄丞于先押者既经释回，乃于后回者复行拘押，似无此理，或者另有别情。日前已径札该丞，容再询之，仍催承令前往妥办。抚守昨有来禀，亦称教士、教头，均经潜遁无踪。递嘱首府转饬设法罗致，赶紧议结，未审能否就绪。倘达领事来浔，则概由尊处调处。

凡遇公事，固宜虚衷讲求，勿执己见。亦须实力经理，勿徇人言。弟与阁下相处有年，相取以义，但期各尽心力，亦复何嫌何疑。

复景介臣同治九年十月初五日

续奉来示并邸报，敬读前月十二上谕，知天津之案，已经议结。如此办理，已觉偏重。若因各国啧有烦言，再有迁就，诚如尊指，此后内外一切洋务，益形棘手矣。

兹者总署以抚、建之事，派教士白振铎前来会办，左右曾否得信，该教士已抵浔否？查抚州之案，据该府县等通禀，已与教士罗道新议赔银一千四百两，取结完案，悉断葛藤，想尊处亦已接到。至建昌有无驱逐道院学生，省中未据禀报，业经专檄行查，计日可以覆到。未毁道院而逐学生，其说似属影响。即令是实，情节尚轻，无难商了，白教士尽可不烦远涉。现在省中正办武闱，各属武生云集，诚恐滋生事端。且弟昕夕不遑，亦无暇会客。应请执事将抚、建两案，分别告知该教士，劝其不必来省，亦不必径往抚、建。并将吴城之案，与之一律议结，免致将来另生枝节，是所切祷。

黄丞、承令均难辞咎，自当重与处分，以昭折服。能否就绪，鹄候示知。总署来函，附入台览。

再，湖南醴、攸一带，会匪滋事，江西萍、莲等属，处处毗连，虽经征调兵勇扼要设防，殊嫌力薄也。

复总署同治九年十月二十八日

祇奉钧函，并蒙抄寄示稿，领悉种切。遵即严饬各属，开导士民，务祈中外相安，仰慰廑念。

江省抚州案已议结，建昌并无驱逐修道院学生，九江亦无再用石块向仁慈堂打门之事，业经先后咨覆冰案。唯吴城一案，因张教士尚未回镇，致稽议结，现在分途沿催。

至谓拆毁教民唐姓、吴姓铺屋，以及拿获教民刘姓等语，均系虚捏，合并陈明。

复景介臣同治九年十月二十九日

吴城一案，据称办有端倪。屡次严催速结，如仍日延一日，务祈大力为之斡旋。白教士倘来省垣，亦饬与新建县面议而已。如能劝阻，得免口舌之烦更妙。

法为布蹙，君掳国危，而当座若毫无见闻也者，殊不可解。

赫税司所陈局外旁观论，五年春奉旨，各督抚各抒所见，弟虽按款条覆，无非常谈，近日思之，且有刺谬之处，俟台从来章门，即送览也。

张汶祥久无供词，外间疑议纷起，实属不成事体。

复景介臣同治九年闰十月二十五日

白振铎既为主教，又已与左右会晤，则吴城一案，即请尊处与之议结。黄丞、承令均不可恃，且俟事完议之。如洋人意欲借此发难，则弟不惜以将去之身，与之作对。前件究由何处泄漏，无可稽查。弟于本月十八覆奏，自请严议，阁下及黄镇军与该领事近在同城，亦不能不请交部察议。大约腊初可奉旨。

直督移驻天津，省城另设巡抚，庙谟广运，难以管窥。

张汶祥拟照海盗窝主，缘坐其子，颇觉不伦，无怪孙、袁两君不署纸尾也。

复总署同治十年三月十五日

二月十三祇奉钧函，并节略一件，仰见荩猷硕画，虑远智周，于目前传教情形及将来流弊，已洞若观火。其商所以挽回补救之法，尤为委婉切至。庄诵之余，莫名钦佩。洋人如果稍识是非利害，当亦无不乐从。坤一谨遵谆谕，密饬各属，遇有中外交涉之事，务须持平速办，毋启衅端。所奉函件，一律收存内署，并未宣示官场，无虞泄漏。

现在江省民、教相安，尚无口舌。唯主教白振铎于抚州已结之案，忽称尚有遗失女婴左秀一名，为水师所匿，请即退还，并捏乌有之词，以图动听。坤一详查此案，罗教士允结内声明，所失女婴，均经招回等语，今于数月之后，凭空翻异，断难稍涉迁就，当饬景道切实指驳，彼亦理屈词穷。

又该主教不请景道执照，并不持尊署原函，倏于正月十八日乘舟抵省，携带绿呢大轿，教士多人，声言进谒院司，城厢士庶惊疑，麇聚数万。坤一一面派员分途弹压，一面遣官往晤该主教，谕以洋人若入内地，须有文凭，否则地方官不知谁何，碍难以礼相待。且会垣人情浮动，切勿登岸入城。开导再三，彼始解缆而去。随将尊函交景道递来，仍以进省为请，复经坤一婉辞劝阻，该教士乃折往建昌。谨覆奉闻。

致许星叔同治十一年四月二十九日

接诵惠函，借悉白主教又欲来省，若令住足，将来必修教堂，天津之案复见于章门矣。复函极其明白，倘伊再有信来，仍望剀切开导。

贝副领事前来省城，竟被百姓用石块掷伤，并在院署滋闹，几至激成大变。贝副领事回浔，亦有“民气强蛮，地方官虽好，其势不能保护”之语。然百姓所憾者，尤在传教。白主教若来，立形决裂，何必以身试险！开衅以后，办理愈难。左右其善为说辞。

复总署同治十一年五月初三日

五月初一日，祗奉钧函，展诵之余，莫名感悚。窃以中外交涉各项事宜，原属万不得已，贵署苦心孤诣，外间莫不深知。坤一具有人心，何敢徒于皮毛争胜！无论因此贻误大局，上贻宵旰之忧，糜身不足塞责。即如今日之纷腾口舌，致烦贵署笔秃唇焦，问心亦属不安之至。

惟江省士民，自同治二年拆毁教堂以后，风气益张，无论何国洋人，见则怒目而视。地方官既不能以刑罚加之于众，转恐激成事端，是以随时委曲周旋，始终意在保护，免致变起仓卒，为祸不可胜言。洋人亦不肯与百姓为难，一味归咎于吏。高学海所称各节，尚谓形迹可疑。乃贝副领事前后异词，殊不可解。或者以先已怂恿罗使，计欲实其前言也。除高学海之事续于四月十九日呈覆外，谨将接见贝副领事，彼此问答之词，及来去情形，详细另开清折，并抄景道两次来函，恭呈钧览。贝副领事在省言语，尚有府县同坐共闻。景道第二次来函，则系本关税司传说，似亦足为的据。伏乞俯赐察核。

再，贝副领事来省游历之事，亦于三月廿二日由三百里传牌径呈贵署。尚未递到，未知何处压搁，业经行查。合并声明。

复总署同治十一年五月二十六日

廿一日祗诵钧函，敬悉廑念。现在西疆正有交涉事件，贵署自不便以外间此种细微，与俄人争辩。坤一业经遵照尊谕，详录各案，再行檄饬九江关道，及义宁州牧并厘局、厘卡各委员妥为开导，严行查禁，断不准在内地开设行栈，绕避落地茶税，以符向章而裕饷课，仍未露出贵署函谕。

其前两年该洋商等前往义宁设庄，虽经拒之使去，该洋商等自知不能久住，于到州后，即赶办茶叶二三十万斤，该印委各员，利其速行，亦未深与计较。幸本年防范尚早，绕避无多，已另备公牍咨呈矣。

至湖北从前有无洋商办茶庄、茶场之事，容俟询明，续行登覆。

复总署同治十一年八月初十日

本月初三，祗奉前月十六日钧函，并蒙抄示所给俄国照会，词严义正，钦佩难名。

伏查九、十两年，俄商在义宁州开庄收茶，该印委各员，并非不肯认真查禁，唯以中外交涉事宜，过于慎重，一面劝导该商收庄，一面具禀来省。及奉严批，往返数日之间，该商买茶已有成数，一总捆载而去。省垣止知俄商遵约收庄回浔，初不知其买茶若干，漏税若干。盖厘卡每月报单，唯分别注明收茶税若干，收某货厘金若干，于此项偶未抽收之洋商茶税，未经登载，又未经该印委各员另文申报也。本月因英商分起贩运过卡，诘问接办该卡之李牧，饬查旧案，始知九、十两年，俄商于收庄时已买去茶叶数十万斤之多。业将该前署牧王令撤省当差，暂停饬赴浮梁新任。前卡员陈令、杨令各记大过，以示薄罚。本年查明之后，即经禁阻，是以英商于第二起、第三起买就之茶，暗请华人茶庄代完落地税银，仍照华商填给护照。

嗣后自当谨遵钧谕，严饬该道、该州及该卡员，于新茶将上市时，预为查禁，决不再任洋商在州开庄收茶，以符条约而免轇轕。

复总署同治十一年八月十二日

前遵钧谕，函询鄂省有无洋商设立茶场、茶厂之事，该去役途遇大雨，山水暴发，浮渡小河，致将信件漂失，折回江省禀知，复行补办。

兹接鄂督函覆，汉镇洋商入内地采办红茶，由领事照会关道，请领三联报单运照，或亲往，或雇人前赴该处行栈，其茶即买自行户，交易行规，悉照本地商民一律办理。所有落地税饷，向由该行户及卖茶山户完纳，俟装运出山，赴第一子口卡照填报单，发给运照，至关完纳子口半税，历经照办无异。

本年四月间，据江汉关李道面称：“准俄、美两国领事照请填发商人办茶单照，有注茶庄名号者，当即据约照覆，止准领单运茶，不准自行开庄，未便填写茶庄字样，饬令遵办。一面行文办茶处所，如有洋人自行设庄，务必严行禁阻”云云。当经属其严密访查，并另饬地方官随时查报，迄今尚未据各州县及委员报有洋人私设茶庄之事。

至立茶场、茶厂之名，谓为煎茶、包茶之地，鄂省亦未有此等语。谨照录呈覆。

复总署同治十一年十一月十六日

本月初四日，祗诵钧函，渥荷训诲周详，莫名感悚。此案洋人屡向小宋制军及许署道索还落地税银，递经驳饬，近日不闻再来哓渎，想已理屈辞穷。自当谨遵尊指，就此结案，以省文牍。此后唯有督饬该关道及该州印委各员，恪守定章，洋商只准买茶，不准设庄。税银收之茶庄，不收之茶商，便为简直了当。

昨俄国义领事又谓华人踩茶，每有搀和之弊，必须亲往该州，另行赁屋居住，以便看视。坤一以洋商即须亲往看视踩茶，应即住在踩茶之华庄，方为妥便。若准其另行赁屋，彼或即在所住屋内，自行踩茶，临时恐难禁阻。其意无非避税，为得步进步之计，殊与条约有违，严饬许署道，断不可稍涉迁就，并遴委干员接署义宁州篆，盖以明年茶市为紧要关键也。

伏查洋人传教、通商，颇成积重之势，其于利之所在，垄断尤工。贵署设法挽回，力图补救。而以各国公使同居京邸，遇事群起相争，一切为难之处，诚有百倍于外间者。然如此种案件，向为承办之员委曲弥缝，不使洋人有所借口。坤一与该员等敢不仰体谆谕，事事悉心斟酌，妥慎维持，以期不致再有错误，重烦廑虑。

复总署同治十一年十二月初五日

廿一日及本月初一日，先后祗奉钧谕，领悉种切。此案既经照章完税，洋商委过他人，自可因势利导，毋庸执辩。唯称业户不完，洋商代完，外间不得不仍为剖明，以免将来借口。至洋商与各茶庄立约允代买茶，自可准行。仍谨遵钧谕，督饬该关道等，严行稽查，倘绕避落地税，或系伙同开庄，即应认真禁阻。若洋商径向业户立约，允代买茶，似觉微有滞碍。缘业户多系零星山民，并无大宗茶叶、茶末。且卖茶业户不能做茶，若不经手华庄，则洋人势不能不自行收集踩压，实与开庄无殊。即使照完落地税银，亦属不符条约。万一奸商从中播弄，又恐不免纷纭。细查此次义宁州之案，实由于此。可否只准洋商向各华庄立约代买，办理庶有把握，免滋流弊，伏候尊裁。

如贵署与该公使业有成言，不使异议，则落地税即应责成与洋商立约之业户自完，或亦可免饶舌。

承示小宋制军咨称，洋商持有单照赴州办茶，准其在内地民人所开茶庄暂住，或另赁客店暂住，与坤一前函语意略同。其另赁客店与另行赁屋，颇有区别，一准一驳，尚非歧异也。许署道误会条约，诚如明示，遵即谆饬该署道嗣后务须遇事悉心斟酌，加意推求，毋再稍形罅漏，致有轇轕，以期仰慰慎重洋务之至意。谨将前三次批词抄呈，伏乞赐览。

复张振轩制军同治十二年二月初八日

崇仁一案实在情形，业经详具公牍，于教民无一偏枯之语，于绅民无一偏听之词，就弟所闻，该教民之恃符妄为，尚有不止于此者。如前次之在县署截捉汪波，后次之勒放凶犯，该教民等均系头扎包巾，形同叛逆。该府县既为之讳，弟亦不复吹求。现在该教民等尚有滋事之谣，崇仁县禀留亮勇，从缓撤回。

至于该处之官绅畏惧教民，尤有不便上渎清听之处。如此案，弟委员前往，获犯讯明之后，该守令尚欲从宽责释，并拟为之赔修教堂，该绅民等亦不敢有异议，即此可见一斑。弟恐过于迁就，不唯不成政体，更虑养成该教民恶习，将来必至创巨痛深，是以批饬提省审办。初拟根究余党，既思本年正值法国换约之时，不便株连，致滋口舌，只办正凶一二人，以示惩警而已。

复沈品莲同治十二年二月十七日

崇仁一案，经尊处据理驳辩，义正词严，足以折其气而关其口。唯“狡辞强辨”等语，微嫌过于刚硬，此后似宜稍为和婉。盖阁下与彼族同处一城，朝夕可以见面，交涉事件甚多。且滨临大江，来往洋人亦众，不得不阳为联络，非弟身处省垣可比也。想左右自能神而明之。

再，罗安当前以书干首府，与白主教致尊处函情词相同，当经王守以承审此案，不便擅答私信，仅给名片回销。现在教民章建明等业经供认，照例拟办杖徒，日内便可过司定案。

复总署同治十二年三月初四日

三月初三日祗奉密函，领悉廑念崇仁贡生汪波一案，所有详细实在情形，已于公牍呈明。查江省教民之多，以抚州之崇仁与临川、金溪三县为最。加以洋人罗安当常在该郡，教民气焰益张。此次章建明等挟汪波稽查保甲之嫌，竟欲置之于死，以七十余岁之叟，身受屠刀重伤，虽幸医痊，已成废疾。至该教民等两次赴县滋闹，尤属异常凶横。该县以株连太多，曲为之讳，但期惩办一二，以警其余。不谓该教仍复哓哓，上烦尊虑。

亮勇派赴该县，系为护解已获首犯，弹压地方，全营在城驻扎，并无一人下乡。乃亦指为帮同遍捉，未免信口捏诬。

其续控十二月以后之事，情词本属支离。然不另委干员往查，不足以昭折服。如果该绅民等另生枝节，亦必分别严惩。案关中外交涉，又值换约之年，断不敢执偏见而矜血气，贻误大局也。

复李雨亭同治十二年四月初五日

查洋人所引三层，大咨业与逐一驳辩。其谓业户非商可比，亦系实在情形，似可力持其说。况江宁立约之时，粤东洋行当在第五款所谓“无论与何商交易，均听其便”。盖不欲为洋行把持，何得拘文牵义！此间现定章程，凡在义宁开设茶庄，必须赴州报明，某人某号，另立册档，收买茶叶若干，按号稽征，责成扣缴业户应完落地税饷。苟非赴州报明有案，即不准其设庄私收，并不准业户私卖。该州遴委朱令宽成署理，即是当年禀办落地税银之员，或者能与卡员妥协料理也。

伏思前设落地税银，原有深意，征之业户，无非取偿商人。然必责令业户自完，无论乡民无银可缴，且零星散处，稽察难周，或斤两些须，丝毫易混，不虞疏漏，即涉烦苛，不得不由茶庄扣完，以期两便。洋商深知中国主张之意，以为既与华商同出落地税银，又独完子口半税，是洋商之税转多于华商，先则匿运照而充华商，除落地税一两四钱外，只完姑塘关税二钱八分，可免子口半税一两二钱五分。已而计算华商之落地税与姑塘关税，共一两六钱八分，终不若洋商之子口半税可少四钱三分，由是自认为洋商，明目张胆，开庄收茶，以避地税。迨至责其违约，则又多方牵引，必遂其垄断之计而后已。

鄙意以洋商雇伙，本系中国之人，既匿运照而充华商，夫亦何从辨别？且仍完华商之税，于国计民生尚无甚碍。倘任其自认洋商，赁屋开庄，条约竟成废纸，则是洋商独擅税轻之利，华商不能与之争，必至歇业。或尽变为洋商，竞领运照。洋人以为奇货可居，在华商仍不免省此费彼，而中国课饷从此大损，即揆之国体，亦属相妨。再四思维，万难迁就。

幸荷总署明察，亦以抱定下客店为然，洋人当无所施其伎俩矣。将来倘再哓渎不休，必不得已而为调停之术，唯有减去落地税四钱三分，与子口半税两平，俾洋商无所用其避重就轻，华商亦不至于易中为外，尚足以存国体而裕民生。然而亏折税课实多，是亦策之最下者耳。

复沈品莲同治十二年五月初六日

承示驳辨地税一节，义正词严。拟请酌减四钱，原属万不得已之计。唯事关各省通章，行之十数年之久，未便遽由尊处开端。弟前曾以是言商之制军，顷接覆函，以为可从缓议。

此次该副领事哓渎不休，意在逞能见好，否则何以该国公使不向总署力争，仅批该副领事追取耶？应请照旧办理，且视将来何如。

兹抄制军覆函及总署函件，伏希察核。

复沈品莲 同治十二年八月二十八日

梅正使与弟系广东旧交，寒暄之余，谈及公事，往复辨论两时有余，始行出署。

其论落地税也，当将业户、茶庄、茶商如何区别，晓譬百端，彼亦无从置喙。唯云："洋商既须完子口半税，又须完出口正税，华商则只完姑塘关税，未免偏枯。"弟答以："华商在江西只完姑塘关税，若运至别处，仍不免抽厘。且洋商自有税则可循，何必与华商比较多少？若将各项逐一比较，则洋商少于华商者正不知凡几。"彼云："此后洋商着人在于义宁华庄贩买茶箱，填领运照，经过厘卡尚抽收否？"答以："洋商果能遵照章程，在于华庄置办整箱茶叶，取有落地税单，经过第一厘卡缴销，换领运照，决无再抽厘金之理。如有，允即追赔。"彼又云："护照、运照原无限定，洋商不领运照，情愿逢关纳税，过卡抽厘，亦未始不可。且候威公使斟酌。"其大略如此。

论及贝副领事一节，弟告以当时如何情形，及与该副领事如何辨论，该副领事业经释然，旋复向总署饶舌，此间据实登覆，寝息已久，未可再有借口。彼云唯求此后实力保护，并求出示晓谕，此外亦无他辞。

又论及厘局罚充洋货点锡等案，谓商人不敢请领税单，进入内地，众有烦言。弟告以："凡遇罚充之货，无不提省覆秤，极为慎重。如其情可原，或为数无几，无不从宽发还，并未任卡员行私，亦非稍涉刻薄。至于税单洋货，现尚源源而来。"随将案据给阅，彼乃求将应行罚充之货，押回九江覆秤。弟答以："为政有体，此实未可迁就。且隔重湖之险，亦非所以体恤商人。"彼亦不敢狡执，唯求出示晓谕，安慰商人之心而已。

以上两事，争辩虽多，其归结不过如此。梅正使等业于今晨函辞回浔，或于尊处尚有计议之处，谨具梗概以闻。

再，覆梅正使一函及示稿两纸，请览后封交。梅与弟本系故人，此来又极有礼，昨夜即嘱首县酌送程仪，并拟于十点钟前往答拜，不意解缆如此之速。并祈转达鄙忱，代送灰面、火烛各五十斤，茶叶一箱，羊一大只，稍尽地主之谊。用价若干，仍祈示悉。

复李雨亭制军同治十三年二月十六日

前月廿日肃函，请示进献缎匹事宜，计邀钧览。承谕津、沪轮舟需用煤炭甚多，拟于江省乐平开采，用西法而不用西人，此间原无为难之处。惟西人从前亦有此议，当以该县民风强悍，诚恐滋生事端，婉为劝止。今自我举行，西人势必反唇相稽，谓为歧视。然犹可以官督商办，不夺其利，非若西人之据为已有，与之分辩也。

至于冯观察拟办章程内，如第六、七两条，置造铁路，以便转运，此事西人蓄谋已久，中外持之已数年，今何可自我作俑！况乐平人未必乐从也。又第八条，遇浅湖、小河，用小轮船拖带，为未行新约中之款，现在江省正与西人力争，岂得自相矛盾？虽彼此事体不同，难保西人不援以为请。

凡此数节，实为大局所关，业经批饬沈观察与冯熟思筹处，量为变通，以杜借口。并禀明李中堂咨江立案，倘冯已来章门，弟即与之面商，务期妥协。仍恳尊处先行转达李中堂，是所祷切。再启者：

今晨见冯观察细谈此事，据云此项铁路与西人所办火车铁路不同，然鄙意总以事属创始，碍难开端，容熟计之。

至厘税一节，或分完，或总纳，就江省情形而论，似亦无不可行也。尊指以为何如?

复沈品莲同治十三年三月初十日

昨日祗奉惠函，领悉种切。承示洋枪价值较前昂贵，尽可先买三四百杆，以应目前之用。药铅、铜帽酌配若干，其余暂作罢论，以省经费，俟将来再为筹商。

另示开煤一节，既将一切情形详达中堂，似可中止。此事实因碍于时地，不敢担承，否则未始不可举行，以裨益时局。盖轮舟、机器需用甚多，以中国自有之利，废而不讲，转仰给于外洋，曷若使外洋仰给于我。特虑地方庸耳俗目，难于图始，西人复反唇相稽耳。

内府预支工余款，尊处既属不敷，自应先行呈覆，第恐未必能邀准也。

红糖、海带两项，稍为通融，亦是持平之道。即请具详，以便通饬遵照。即别项洋货，前亦议定，每百斤出入在三斤内外者，均免罚充。其此次饶卡罚充之件，并因口岸不符，非独以斤两有多，想在洞鉴矣。

复沈品莲同治十三年五月二十日

邱令二三其说，不审是何用心。不唯尊处无从捉摸，即弟亦难措手。以为真抢耶?则彼勘验毫无形迹，而又有船户供词。以为捏抢耶？则彼已照强盗详缉，岂可教之化大为小，使外人借口纠纷？

已遵来函，暂严行申饬，勒限获犯，且看将来如何。初拟即行撤任，因其清理前任交代，与方伯先有成言，不能不稍为迟回也。朱牧之事，想已无可登覆。此后遇有此等玩误之员，尽可随时驳诘，否则彼亦何能仰体苦心。

弟于洋务一节，告诫州县，舌敝唇焦，适符台指。盖欲得其实际，以便从中斡旋，直则振顿挽回，曲则从容调护，以扶民气而杜夷情。若使一味朦胧，实无可施方略，迨至轇輵不已，转谓上司不肯担当，岂不难哉？是以遇案必须委查，正为此耳。

复李雨亭同治十三年六月二十七日

东夷欲袭西人故智，亦以赔费为词，柳使入都，或是为此。然而事势各异，似未可以曲从。彼即借开兵端，断不能如在前明时之猖獗。盖彼纵善陆战，总由水路而来，前明未闻得力舟师，是以任其跳梁，如入无人之境，得以径犯腹地，岂所论于今日乎？

长江设防，自须严扼海口，门户既固，则堂室无虞。第行军以孤注为嫌，不可不有以继其后。与其仓卒召募，何如借助合肥？曾与雪翁言之，想执事自有成算也。经费一层，无不通力合作，库储盈绌，亦在洞鉴之中。

乐平开煤，本为兴利起见，决不敢稍有推阻，唯愿由渐施行，以期商民相安，伯相必能鉴谅。

复总署同治十三年八月二十七日

顷于途次接奉钧函，以安仁县邓家埠教堂被焚一事，应饬承审各员，详切根究，其中有无确证，或另有别情，务须脚踏实地，勿与人以口实等因。仰蒙训示周详，下怀实深钦感。

伏查此案先据饶州府薛守禀报，坤一即以事关民教构衅，案情较重，若仅令地方官集讯，恐有讳饰，当饬臬司遴委候补同知直隶州潘懿，前往会审，并于潘懿来署禀辞，复面告以查办此案必须得实，庶免外人争论，不可稍涉偏徇，致使处置舛错。嗣据潘牧会同署安仁县陈友善传集人证讯供禀覆，教堂系失火延烧，管堂之吴连生，系自行跌毙。坤一犹恐或有隐情，中外交涉，不厌精详，批司行提人证、卷宗来省，发委南昌府覆审，并饬许升守应鑅平心静气，详细研鞫。而两造见证各供，悉与安仁县原审相符，其为案情确凿无疑。是以将帮同押令王长生游街之桂圆堂，拟以满徒，解司提勘，详经坤一分咨在案。

窃念案凭供定，此案见证职员黄飞鹏及肇衅之王开秀，俱习天主教。见证民人赵年俚亦系甫经退教之人。如或教堂系王发生等烧毁，吴连生系王发生等杀毙，黄飞鹏等固不肯隐匿真情，转为乡民脱罪，桂圆堂更何肯供认案情，历历如绘，出具手摹，甘心办罪不辞。且原验吴连生心坎左一伤，由骨缝斜入肚腹，确系由上倒跌而下戳伤身死情形，是供证、尸伤均属可据，应无枉纵之虞。

又续据饶九沈道禀称，教士罗安当致书该道，尚为教民饰辩，以捉禁王长生因其攘吞私和人命钱文，至于勒令出钱赎命，系劝赔前窃王教荣生姜。支离狡赖，欲盖弥彰。惟据称安仁乡民，于此案提省之后，联党讹抢教民百余家，指有失主姓名、赃数者五十余家，无论虚实，自应澈究。现已饬司委员驰往安仁，会同陈令，逐一查明讯究，总期持平办理，以杜借口而慰廑怀。

再密呈者：

安仁一案，前据印委各员面禀，及坤一阅兵经过该县详细访察，所有邓家埠教堂，本系买旧民房数椽。此次该教民当王发生等前来索人，彼此喧闹之时，自行放火焚毁图赖，计得援案赔修，并可将所捉之王长生一并烧死，用意极为狡险。无奈该教民等坚不肯承，止认失火烧毁，未便刑求，是以照供定案，致启尊处之疑。谨将实在情形密呈，伏祈察夺。

至所控讹抢一节，据闻中多子虚，已谆饬印委各员，逐一履勘质讯，以昭折服。容另覆陈。

复总署同治十三年十一月初四日

十月十六、廿八两日，先后祗奉钧函，敬悉壹是。伏念中国自庚申以来，西人盘踞京外，遇事把持，凡属天下臣民，莫不痛心切齿，以前事为愤而以后事为忧。况坤一身受重恩，同兹休戚，时有洋务交涉，何尝一日敢忘此仇！重以贵署三令五申，苟有人心，尚不思翘首顿足，急图自强之策哉？唯江省系东南腹地，海疆有事，必不遽及江西，若以江军应援海疆，亦属鞭长不及，故只就现存兵勇各营，力求振顿，毋庸增募，致耗帑藏。九江、湖口、彭泽地方，不独为江省咽喉，且据长江腰膂。五年在浔阅兵，即与故镇黄开榜察看形胜，预拟修筑炮台，曾经附片奏明。嗣因无词可借，恐启西人之疑，是以中止。兹以台湾之役，下江正在筹防，江省亦即一律举办，以为不虞之备。此外不敢别有糜费，冀得留其有余，接济京外要需，尚可稍裨时局，并非意图苟安也。

兹诵贵署所拟六条，精粗毕贯，本末兼该，实为救时上策。谨就管见所及，逐条附陈。明知无当高深，要不敢自同寒蝉，有负集思广益之盛意也。前江苏巡抚丁日昌条陈，其中不无格碍之处，并即分别具覆。伏乞察核。

致总署光绪元年四月初六日

坤一于前月二十三日，行抵上海，即住机器局内。次日，英、法、美、德、奥、日本、荷兰各国领事、翻译及奥国公使（史）〔何〕福礼先后来谒。据奥国公使、领事面称："因仪征禁止中外轮船行走傍岸河道，拟即日乘坐俄国兵船前往察看，并往江宁省城游历。"等语。当经坤一喻以"该处舣泊盐船甚多，诚恐轮船驶行碰损，致滋口舌，不若径走江心，彼此两便，别无他意"，即一面驰告该盐栈委员及江宁地方官，妥为照料。又据英国领事面称："威公使现在上海，亟欲一见，未知可否。"等语。坤一答以"因威公使自抵沪后，未经出外拜客。且闻有病，是以未便往该公馆拜望。如明日于领事衙门，顺便见面，甚为愿意"。二十五日，坤一往各领事处答拜，威公使及该国水师提督与中军参将各洋官均在英领事处，彼此相见，寒暄之外，未谈公事。惟威公使云，欲乘坐本国兵船前往湖北，约住半月，转身顺道进江宁省城，约期来署。坤一答以"如果查勘事竣，可以速回，自当如约在署相候"。

至英国马翻译在云南土司境内被杀一案，询据上海冯道及李中堂委员宋丞禀称，威公使初欲改道由两广先至缅甸，后赴云南，经该委员宋丞与之驳辨，谓宜分别请示。威公使乃允仍照原议，由蜀入滇，第云“宜候印度英官来沪商酌，而后起程”等语。新闻纸则称英人归咎缅甸，计将寻衅该国，想系拟议之词。坤一面嘱宋丞俟偕英官抵滇后，察看情形，相机妥为办理。

其英国澳顺轮船撞沉招商局福兴轮船之事，英领事已允与上海冯道会审，其意可将澳顺轮船扣留抵赔招商局，此外不能别有所罚。坤一以淹毙官员及跟丁水手人等六十余名之多，其情虽惨，要亦适逢其厄，即照中国定例，亦难议令偿命，若抚恤一项，由招商局将抵赔之款，自行筹给①，更为得体。商之该道及该局员，稍留余地，将来马翻译之案，或可借此调停。该道等亦以为然。

坤一旋于二十七日起程，履勘沿江炮台及运河等处堤工。行抵瓜州，接据江宁梅藩司及仪征栈委员庞道禀称，奥国公使、领事已由仪征、江宁转身回沪，沿途均属安静。该公使等在仪征时，词气甚和，亦谓该处傍岸，实不便行走轮船，此后即当径走江心云云。谨驰函奉闻。

复总署光绪元年四月十五日

英国威使自沪赴汉一节，本月十二日肃函奉布之后，复接钧函并大咨，以夔州扣留洋商货物一案，若不预为防范，转恐枝节横生，难以收拾等因。当即密函，再饬江汉关道妥速筹办，并饬夔州府设法迅速办结，勿再延宕，致滋事端去后。

昨日威使已自汉口转回，于午后登岸，与梅辉立一并来署，当即与之相见，并以茶果款待，彼此略叙寒暄。威使先提及刻下各关，往往于洋行所卖洋货，甫经出门，即有厘局差役向买洋货

①中华书局版《刘坤一遗集》写“给”为“及”。

之华人，令完厘金，甚有加至四五倍者。问系何关之事，据云各关皆然，福州、厦门、上海尤甚。当告以洋货一项，无论华洋商人，止要完过半税，有单可凭，均不抽厘。所言上海抽厘一节，此必系未完半税之洋货。该使云："洋货应再完半税，原为运入内地售卖。今系在口卖出，何以仍行抽厘？"告以洋货既为华人所买，其运内地，多不先完半税，是以止得就近抽厘。至抽厘加至几倍，未知果有其事否？该使云："由来已久，现今更甚。俟到上海，即捡出数案请办。"既又谈及夔关扣留一案，该使谓："何以久延不办？"并云："我现有一至简易行之法，是彼此均不要条约，洋商亦不完纳正、半税，岂不两便？"坤一见其词气不平，当折以与贵公使系属初交，何必遽出此语？且公事公办，只可和衷商议，似说不到彼此不要条约的话。中国诚不能保各处委员办理毫无错误，贵公使又何能保中国奸商并无假冒洋商、并无包揽，总在随事整顿，以全大局。即如夔关一案，总理衙门业经奏准饬查，并与敝处迭次催令该府妥速办结，并非置之不理，将来自有妥办之时。该使又谓："江汉关所给税单内，有'如系华商假冒，即将船货扣留'字样，是以夔关以此为词。"当又答以税单自应一律，无难查问明白。该使复言："江西厘卡，每遇洋货，虽明知单、货相符，亦必逐一过秤，斤两稍有出入，便谓走私罚充，未免苦累商人。"坤一答以："江西之事，曾经亲办，并无错误。若局卡并不逐细过秤，何以谓之查验，何以知其单、货是否相符？若虑局卡上下其手，则前在江西即将各局卡应用之秤，由九江关较准颁发。遇有充公之货，必提省覆验。何等慎重，并无屈抑。"该使等始各无词。问其到沪尚住几日，则云尚须月余，清厘公事。因伊次早即须开船，当与言明，不往答拜。该使旋即辞别而去，已于今早五点钟开轮赴沪矣。

查近据江海关冯道来禀，知威使所调之阿林格已于月初到沪。此人曾任宁波、台湾领事，上年十月由沪赴印度，同赴云南，由印度来沪，所述马嘉理被戕情形，本末甚悉，上海连日各报所载此事亦颇详细。威使殆因此人已到，是以匆匆回沪，与之商酌，以便派人同宋丞赴滇。其赴汉往回如此之速，不但未到夔州，即在汉关，似亦未经理论夔州扣货之事。惟查夔州扣货日久，始行发还，又未取有货无损坏切据，以致彼得借口，执意索赔，办理本未妥洽，现在威使复在敝处催办，拟再密饬该府妥速办结，并函请川督转饬遵办，以免生事。

兹将冯道所译四月初三、初四两日上海新报、电报一并照录，寄呈钧览。至威使到沪派委何人赴滇，何日起程，一俟该道禀报，即当随时奉闻。

致总署光绪元年五月初十日

顷接江海关冯道来禀，并抄日本领事品川忠道来函一件，知该领事带同日本来员三人到关，云该员奉国主之命，欲到内地察看树蓄等法。该道面告以“中国种植，各处情形不一，即六畜亦系民间散养，并无专育之家，均非匆匆一看可悉。且虑村民骇异”等语。原欲阻止，俾作罢论。嗣经该领事照会，仍请前往，系欲察看稼穑、蚕桑、牧畜、工艺及销货、关税等事。

该道以日本官民游历内地，载在章程，恐难禁阻，拟即由道派员，随同前往指定处所，当以所见尚是，即经函覆妥办。缘借派员照应保护为名，彼既无从饶舌，而我亦可察其举动。并查该领事照会本有“择其有益处所，指赴一二内地”之语，复饬该道务必扼定此层办理，以免漫无限制。至虑彼包藏祸心，诚不可以不防。然防范之道，亦惟有于其请照之时，由各关道斟酌情形，派员护送，或不准其多人前往。及赴内地，则由地方官随时稽查，护送之员，相机开导，不令其久留内地，此外似亦别无良策耳。

该道复以该国尽将所购轮船改为商船，疑其不但往来沪渎，势将驶往各口以及长江，是亦意计中事。该国来员自称，已赴盛京、直隶、山东三省阅看，现仍进都等情，未识该国公使已陈明尊处否？兹将江海关冯道来禀并抄件，一并录呈，即请察照。

再，前据江海关道禀报，威使将于四月之杪，自沪前往南洋一节，业经肃函奉布。前日又据该道来禀，威使已于上月二十七日，偕其兵头乘飞支兰兵船前往福建、宁波等处，约须旬日即可回沪。谨以附闻。

致总署光绪元年六月初三日

五月二十八日，奉到钧函，仰见现办滇省一案，荩猷周密，硕画精详，无任钦佩。此案彼虽欲借端挟制，以开通由缅入滇之路。然现在果如尊示将马嘉理之事，澈底根究，妥筹速结，则在我情理兼尽，自足塞彼之喙。即使仍有要求，我亦可以据理争辩。筱泉制军业已奉旨前往查办，必能妥速了案。惟尚未知其何日启行，如果有信来商，苟有所见，自当勉效一得之愚，仰副盛意。

查威使于五月十一日，偕其水师兵官赉德、云南探路之总兵李拉温，及自京带出查办此案之英员二名，一同回沪。上海冯道见五月十四日新报载英水师兵官将于十五日偕李拉温、梅辉立前往日本横滨。探系该水师官要将驻扎横滨之兵撤回该国，仍不闻派员同往云南观审。迹其迟回观望，似欲俟该国攻缅之举能否得手，再行定计也。

五月十七日，接季高中堂手书，论及英使曾与俄使密商一节。又二十四日，法国提督博诗来署拜望，亦谈及此次英国用兵缅甸，与法无涉等语。是英人之欲借端启衅，必非无因。缅甸地险兵强，现在加意防备，屡见新闻纸中，英人未必遽能得志。近日新闻纸则又颇为缅国解说，或者英人知难而退，亦未可知。值此时局维艰，彦卿虽拟竭力堵御，然总不若谨遵钧指，妥速办结，有以服其心而关其口之为上策也。

致总署光绪元年六月初四日

日本人大原里贤领有游历执照，寄居金陵孙士希宅内，就学官话一事，当据上海冯道具禀，即经批饬照会领事，饬毋逗遛。一面札饬保甲局，催令该日本人起程。旋据该局覆称业已起程。

适冯道续又来禀，拟将该国赴内地习艺之人，定立限期，指明某处，由道行知地方官照料等情。当以该国人入内地习艺，乃章程所无，复经明晰批示，应毋庸议。并加密函，缕晰叙明所以不能准行之故。所有两次禀批及函稿，用特录呈，即希鉴核。

复冯观察光绪元年六月

日本来员西村贞阳等虽已北上，此后难保不再请入南洋各省内地，务须设法劝阻。

顷又接尊处来函，拟将该国往内地习艺之人，明定限期，将暂寓何处，从何人学习，由关道行文该地方官照料等情，所见似未允当。日本人久居内地民人宅内，显与“游历”二字不符，只须据理驳斥，便可省却日后无数窒碍。

查西洋商人虽准领照入内地通商，其到该处，亦只能暂住本船，或暂行投行住店，事毕即行，从无准其久住内地民人宅内之例，况日本人并不准入内地通商乎？日本章程不准入内地通商，原因该国人心叵测，虑其借此久居内地，弊端百出，是以定章之时，格外严防，以杜其久居内地之弊。今阁下议于习艺之人明定限期云云，彼既习艺，断非数日、半月可成，且必有习艺处所，是仍准其久居内地民人宅内，而于游历之外，复开习艺之门，殊与不准内地通商之意不相融贯，恐总署亦未必以为然也。

执照既云游历，即须抱定“游历”二字办理。彼如久居该处，或寄居民人宅内，虽在限内，亦可催令速行，似未便允其习艺，而竟致放松。盖内地习艺一节，章程所无，彼倘坚执，驳之自易。若抛荒游历本旨，而另议办法，则似紧而实松矣。

鄙意办理交涉之件，多一事不如少一事，不增新章，即以保全旧章。因公牍内未能尽所欲言，故复缕晰陈之，未识卓见以为何如。

致冯观察光绪元年六月

本月初九日，尊处来文，以上年十月日本领事来文，有晋江县人林启升娶日本国商矶田氏之女为妻，照请饬知地方官归籍，应如何办理等情。查此等事件，既难禁止，又未便由官准行明文。若官有准行明文，恐中国人纷纷效尤，日本人亦将援例娶华女为妻，流弊滋多，转难禁止。惟官不与闻，日后或行或止，仍可临时酌办。至以后如何办理，欲于此时先行拟议，尤难预为筹定。

中国人娶西洋之女，从未由官判断，此事似同一律。从前涂升道与应藩司会议日本条约，曾将此事声明应否立案，请示在案。

而中国与日本修好条规，并未叙及，必系再三斟酌，行止均有窒碍，是以未经立有专条。现在即行咨请总署示遵，亦恐难于立案。似不如姑且听之，嗣后就案办案之为得也。此次公牍，现不批发矣。

至所云沈前道曾于上年十月有禀递呈本衙门，查无此件，并附以闻。

复冯观察光绪元年九月初一日

查洋人入内地游历发给执照，载在条约，至传单、护照，则系条约所无。且核阁下所拟单、照内，有“沿途地保，小心照料，换船雇轿，不得抬价”，以及“不许华民聚众观看”等语，深恐易启洋人挟制之渐。其改道传单，由洋人自行填注，及各单、照均无限期，尤滋流弊。至从前游历执照，有填注“游历十八省”字样。此等执照，本应随时驳斥，不为盖印。向来照内本有一年之限，十八省岂一年所能往还？

近闻洋人屡有到内地打猎之事。内地居民稠密，田地毗连，打猎则践踏禾苗，弹子伤人，最易生事。是洋人本未恪守“游历”二字，而地方官亦多疏于稽查。本年日本人在江宁民人宅内居住学话，英人在江宁南门外租屋行医，节经敝署转饬地方印委各员查禁，均以其与游历不符，谕令起程。是此项游历执照，关道与各地方官果能认真经理，本有限制。若漫无觉察，虽于执照外多设文告，未必有济，况所增者不尽妥惬乎？

至马嘉理之案，此时亦未便引以为言。马嘉理并非民人游历可比，所经又系边境，且亦未尝无护照也。外国民人照章游历，尊处倘能于游历照内，仅添注所经道路一层，自属有益。只恐英领事首先不允，徒费唇舌。刻下自应仍照旧章办理，毋庸另添节目，转致有损无益。

若谓预防倭员混入商民之中，须知现在倭员前赴内地，中国必派员伴送，彼若见新立单、照有地保沿途照料，华民不许观看，并准其随意改道、不立限期等事，则倭员更恐混入商民，以为自便之地矣。日本通商章程第十四、十五两款，该领事如肯刊入游历照内，应即相机妥办，再以公牍禀请核咨。

昆山古巴之案，未接尊处来文，祈将该案录送备查。

再，嗣后阁下有另拟办法之事，务须将如何办理，先行示知，再行知照领事商办，以免另有饶舌。

复冯观察光绪元年九月

洋人内地游历执照一节，已于初一日详细函复，刻下想早达青览。实以添给传单、护照，再三斟酌，窒碍殊多。即如地保、甲长照料，原为稽查，然一县地保至少亦有数十，甲长更多，何能预料洋人来路，先期专候？而洋人反可令其伺候，视为仆隶，稍有延误，即易饶舌。船轿不准抬价，原为公平，而洋人转可少给脚力，迫令装送，稍不如意，即谓多索。

至不许华人观看，尤为难事。闻华人经过外国内地，观看之人亦多，彼亦并不禁止。洋人内地打猎，本属不应，乃令乡民避其弹子，是并耕田、行路之人，一见洋人打猎，均须远避，未免迁就太甚。

又准其半途改道，先给空白之单，听伊自填，则是地方、时日均无限制，所往之处，关道、领事俱难查考，流弊更不可胜言。似均不如仍旧贯之善也。因属交涉事件，不厌详审，故复为阁下觇缕言之。

复许星叔光绪元年九月二十五日

前函未发，适接津、沪两处来信，知英使要求各款，已在总署议妥，只允与部院大臣往来，及遣使该国，并查办真凶三条，余俟下届换约时再议。

英使俯首无辞，已着该国委员格参赞来沪，仍照原议，会同李中堂委员宋丞，由内地偕往云南观审。但得彦帅、筱帅持平审办，当不至再起波澜。且接阅抄来总署与该使争辩各节，措词均极得体，宜该使心诚悦服，无所施其狡狯伎俩也。

复冯观察光绪元年九月

日本使臣照请补正条规、章程一案，敝处亦接总署来函并各抄件，业于初八日照录函致，谅达青览。现在此案既经北洋李中堂令阁下会同津海关道议覆，希即于详覆时，将所议录寄备查为要。

洋人游历内地，所拟加给护照及改道单，现已均作罢论，最为妥当。其照内添注所经道路一节，日本已允照行。英国请印执照，亦经将所经各府地名填写，以视从前仅填省分，或填某省一带字样，较为核实。各属地方官果能稽查周密，彼即不能于所填地名之外，任意游行。

至洋人赴内地打猎，本与条约游历之义不符，已另由公牍转达，务望妥为阻止，以免日后再生事端。

复冯观察光绪元年十月

接到来函，所有阁下现办蕴草滨北岸地亩一事，均已诵悉。该滨北岸之地八分七厘，虽有洋人于上年向华民私租，然价未付清，契未盖印，务须乘此设法赎回，千万不可放松。其天主堂地二亩六分有奇，亦须确切查明，如系私租无案，亦应一并设法赎回，以免轇轕。该处周围之田亩、荡、潭五十余亩，现由积德善堂出名买断，所办甚妥。

洋人垂涎滨北之地，自不待言，难保不于官地之外，复行私租，另开支路，诚属防不胜防。尊见暗中防闲，不如明为禁止，实属切当不易之论。

吴淞口水面乃洋商货船到上海经过之路，若岸上则系（宝）〔山〕县境，与上海为通商码头判然不同，既非通商县分，即不准其租地。现在蕴草滨北岸，既近宝山县城，又系炮台所在，况非通商县分，不准洋人来此租地，情理兼足，彼断难指以为非。盖彼即不筑马路，不安电线，亦不能通融租给也。

阁下所议，明告领事，谕禁华人各节，务希妥速办理。并须切饬该县，严密稽查，不可稍涉大意。仍望将办理情形随时示知。

致总署光绪二年正月十二日

上年十一月，承准钧咨，摘录各国条约内保护游历执照专条，咨行到粤。当经札司将发到条约移行各道、府、厅、州、县遵照办理，一面照式刊印，分发各属佐贰杂职一体查照矣。

兹于光绪二年正月初六日，据广西平南县王令朱艧禀称：“准苍梧县移报，‘元年十一月二十二日，有洋人吕德带通事一名，坐河头船由东到梧，据云领有护票，前往大乌传教。惟船只直上大河，并未湾泊，无从查验护票，相应移报’等由。该令接准移知，即驰赴大乌地方，查得十一月二十六日，有洋人二名，通事一名，到该墟裕茂店问买肉桂，该铺答以肉桂业已过时，该洋人即时出墟，前往武林口地方。该令复饬地保赶往查询，该洋人回称，‘因闻大乌出产肉桂，欲来贩买。今既非出桂之时，我们即回东省’等语。该洋人并未呈验护票，亦未说出传教各事，当日已出武林口，仍由藤县下流而去。”等情，禀报前来。

卷查光绪元年十一月初十日，据德国驻扎广州领事吕德申称，拟往广东、广西两省游历，备具执照，申请加盖关防。其时友山中丞兼护督篆，当以前准西省来咨，粤西现值查办善后，水陆尚未一律平靖，地方官照料难周，应令各国洋人暂缓前往，札覆该领事，将执照内“广西”字样删去，另换游历广东执照，呈送盖印。随据申称，“拟往广东西江一路，直至藤县游历，即使转回广东。俟到西省交界地方，查明藤县地方是否平靖，分别行止”等情。又经友山以“藤县系广西所属，现在外国人是否可往游历，应俟咨准西省查明办理”，札覆该领事，暂缓前往。旋据该领事换具游历广东执照一纸，送请盖印前来。经友山盖用关防，送回在案。是前此印给该领事执照，系游历广东地方。该领事前赴广西平南，系属私自前往，按之条约，原可札知领事，查明究惩。因吕德身系领事，且回东省后，已于元年十二月初四日申报前赴上海领事官任。刻下接任领事福察法系属护理之员，即将此事札知，亦未必力能惩办。是以坤一于该县此禀，仅止查案批示，并未提及违约私往，应行惩办缘由。

惟洋人前往内地游历，若不请领执照，或虽请照，而所到之处，并不先行呈出验明，突如其来，地方官无从防维营护，乡人聚观疑骇，即不免滋生事端。万一洋人或被损伤，势必又将饶舌。虽其违约私往，不难以理折之，而诘辨往还，业已多劳笔舌。愚以为与其周章于日后，似不如慎重于事前。可否仰恳尊处，即将德国此事转达各国驻京公使，嘱其饬知各口领事以及洋商人等，嗣后如至内地游历，必须请领印照。所到之处，先将印照交与地方官验明保护。如违约私往，或虽请照而不交地方官查验，以致无从照料，别滋事端，均不得向中国官员理论。如此预为谆诫，似亦防患未萌之一端。是否可行，伏祈卓裁示覆。

复总署光绪二年正月十五日

正月初四日，承准钧咨，以琼州府口岸通商一事，现准英国驻京威公使照称，“札委本任广州领事官现署宁波领事官佛领事前往任事”等语，咨行转饬琼州地方官，务将该领事等前往该处如何任事情形，并有无知会该地方官之处，即行详报咨覆，以凭核办等因。当经札饬琼州道府督饬琼山县遵照来咨事理，随时查察，飞速详报。续于是月初八日，承准钧咨，以英国威公使照称，“已拨该国师船一只，佛领事官驾驶前往，并行广州罗领事官酌核，应否会往”等语，咨行查照。又经分别转行。现尚未据该道府详覆。

兹于初十日，据广州领事罗伯逊申陈，请将琼州通商事宜，预为经理等情。卷查同治十年间，美、法、英、俄、布国大臣请往琼州口岸开办通商事宜，尊处派令总税务司赫德来粤，并咨会粤省，派员偕往琼州，会同地方官将一切应办事宜，酌议咨报核办等因。当经前任瑞澄泉中堂札委候补张守作彦会同道、府、县官及赫总税务司赴琼查勘，旋据赫总税务司拟议试办大略章程，申陈核定。并据委员张守会同道、府、县具禀前来。瑞中堂即将赫德所拟章程五条，分别查核酌定，并将未尽事宜，一并核议，与粤海关监督会衔咨请尊处核定，咨行遵办，嗣后未准咨覆，通商一事亦未举行。

今承准前因，并据广州罗领事申陈前情，因思琼州为民、黎杂处之区，外国通商，事属创始，办理一切，不厌周详。前此瑞中堂所核章程五条，坤一覆阅访查，似为周妥。现在应否查照办理，抑应斟酌变通，伏乞早日核令示知，俾获遵循为祷。

至前项章程，如蒙核定，应否补具咨文，呈请尊处咨覆，转行遵照之处，并乞示遵。

又琼州如果通商，即须设立新关，派委税务司，会同粤省委员管理税务，尊处于核定章程之后，请即转饬总税务司派员来粤，会同粤员妥办，并以附陈。

致总署光绪二年正月十九日

窃照英国威公使照会琼州口岸通商一事，本年正月初四、初八等日接到钧咨，业经转饬雷琼道及琼州府，随时查察英国佛领事前往该处，如何任事情形，并有无知会地方官之处，飞速详报，以凭咨呈核办去后。

随于初十日，据英国领事罗伯逊申陈，请将琼州通商事宜，预为经理等情。当查同治十年间，因各国请往琼州开办通商，曾经前任瑞澄泉中堂委员会同尊处，派令来粤之总税务司赫德及琼州道府查勘情形，拟议试办大略章程，申陈禀覆。瑞中堂即将所拟章程及一切事宜，酌量核议，咨请尊处核定，咨行遵办。嗣后未准咨覆，通商之事，亦未举行。今既接据罗领事申陈，请将琼州通商事宜，预为经理，应否查照同治十年所拟章程开办，抑需斟酌变通，即经抄录同治十年咨呈原稿，函请尊处核示遵行在案。

兹于正月十七日坤一往晤罗领事，据称同治十年所拟章程，内有难于照办之处。询以何款难于照办，则云“须至香港商量，再行申覆”等语。窃思琼州口岸通商，载在咸丰八年和约。该处民、黎并处，风俗愚顽，此时初议通商，经始固宜慎重。即通商之后，一切贸易、游历等事，皆须先事周防。拟俟罗领事到港后，看其申陈如何，再行审度情形，酌量应准应驳，密请尊处核定示遵。

除俟佛领事抵粤并该道府覆到，随时咨呈遵处核办外，所有罗领事面称前议章程难于照办各情，先行肃达。

致王雨庵观察光绪二年二月初四日

案照琼州海口通商一事，屡准总署咨行，均经转行尊处查照办理在案。

本年正月二十七日，复准总署来咨，并密函一件，除将来咨事理转行查照外，查同治十年间，赫总税务司原拟章程五条，除第一条、第五条业经总署核饬照办外，其第二条洋商游历一事，总署来函，业已指明流弊，惟鄙意尚有过虑者。黎峒地方，原系天朝所属，其人性情顽蠢，言语不通，善良者固不敢妄为，顽悍者每出外生事。官兵剿办，则山林烟瘴，难以穷追。若于隘口设防，则环绕黎峒千数百里之间，岂能遍及？将来洋人如拟内地游历，黎峒地方应照向章，不得前往。此系为保护洋人起见，是以郑重周防。倘不肯照行，致遭伤害，事后即将该匪等严拿重办，亦无益于受害之人。如此明晰开导，或能听从。然总须阁下善为说辞，使其无从狡执，庶可以杜后患于将来。

又第三条洋人完纳内地税一事，查内地税系指洋商运洋货入内地，或入内地置土货应完子口税而言。如不完子口税，即应逢关纳税，遇卡抽厘。详绎总署来函之意，如能令洋商照各口定章完纳子税，最为正办。倘或意存坚执，即应令其逢关纳税，遇卡抽厘。是以总署来函，欲将厘厂复行设立，以免厘、税两空。阁下与之会议之时，务令查照各口定章，一律完纳子税。一面将复设厘厂一事，能否与海口通商同时并举，密速确查覆知，不必遽行宣露。

又琼州府税厂所征落地税，向系征自华商。捡阅该府征收税册，并无洋货名目。弟思华商亦有贩运洋货者，何以从不征收？自系因华商所运洋货，并无大宗，府册已将税项并入杂货之中，是以不复另行开列。将来如洋商不完子口税，其洋货经过府厂，应否征收税项，有无案据可凭，亦祈督同该府确查见覆，勿稍模糊。

又第四条厦门海面泊船一事，如能另择一处为华船泊所，最为妥惬。否则必须划分界限，以杜弊端。

以上各事，统祈阁下督同府县，审度机宜，通盘筹画。并将应议数端，与博税务司、佛领事悉心酌议，飞速覆知，以凭核办，是为至要。

复总署光绪二年二月初六日

正月二十七日，承准大咨，并奉钧函，于琼州海口通商一事，详为指示，俾有遵循，私衷曷胜钦佩！

窃查同治十年，赫总税务司所拟章程五条，除第一条洋商先在海口租用民房作为行栈，俟一年后始准租地开造洋楼一事，又第五条洋商船只起下货物，完纳税钞，按照潮州新关章程办理一事，均蒙核饬照办外，其第二条洋商游历内地一事，诚如钧谕，“现在限定五六十里，恐洋人反唇相稽，如日本之往台湾故事。将来请照随便前往黎界，又恐如马嘉理之往云南故事”。坤一访查琼州内地五六十里中，即难免有黎人杂居之处。近年散匪游勇，往往渡海入黎，勾串劫掠。今与洋人交涉，不可不预为之防。遵即密饬该地方官，如与该领事议及游历，喻以黎地人情犷悍，岩峒幽深，匪徒出没其间，往来必须慎重。无论现在毋庸请照之内地五十里内，以及将来请照前往百里以外，均应指明处所，知会地方官，察看情形，斟酌行止，仍酌派差役伴送，以期相安，否则一有疏虞，地方官不能任咎。该洋人果能见听，俾得随时随地妥为防维，或不至于另生枝节。

又第三条开办一年期内，不完内地税一节。钧谕谓其“一年如此，恐下年亦不肯完。一口如此，恐他口援以为请。是宜复设厘金，使之无所避就，免至如台湾樟脑等项之税、厘两失”，诚为切要之论。惟查琼州及高、廉、雷各府厘金，自同治五年，经前任瑞中堂会同蒋故抚奏停后，商民习以为常。

同治十三年四月间，瑞中堂因西路海面盗贼充斥，议于该各府设局抽厘，以作缉捕经费，开导再三，而琼州商民首先发难，始则不准委员登岸，既而拥入县署、道署及厘金局，殴伤委员，事遂中止。兹既设关收税，又复设卡抽厘，愚民不谙事机，窃恐未必情愿。坤一密饬该道府，一面熟察地方商情，能否税、厘同时并举，赶紧具覆，以便核办。并饬俟该领事、税司等到琼，谨遵大咨内“查照条约与通商各口一律办理”之意，与之委婉辩论，仍令完纳子口半税，以了一切葛藤。至该府向有落地税厂，虽系征自华商，究竟有无贩买洋货在内，是否一并征收，将来洋商开口以后，该厂如何办理，亦令查明禀覆。

又第四条厦门海面泊船一事，应否将华船另泊一处，抑于厦门划分华洋泊船界限，以杜夹带影射之弊，并饬确切查覆，似尚易于为力。

以上各节，统俟该道府覆到，分别酌核，函请示遵。

再查潮州新关征收税钞各项事宜，系会同粤海关办理。此次开办琼州新关，坤一自当查照成案，与海关商办，并查照瑞中堂原案，由本衙门遴委干员，前往琼州，会同博税司办理，以符成案。谨先肃复。

致王雨庵光绪二年二月十六日

顷接英国领事罗伯逊申陈内称，伊与佛领事定于本月二十九日前往琼州，请由尊处在海口或在琼州觅定房屋一所，以便佛领事暂为驻扎，将来再觅衙署等语，已另备公牍转行矣。

惟各口领事官居住处所，多系洋人自行赁租，未闻地方官为之代觅。英、法两国条约，领事官应设通商口岸地方。该领事如因人地生疏，欲求照料，亦只应觅屋于海口，不当兼及琼州。乃为此两可之词，难保非意图影射。此时若准暂驻府城，恐因之久居，且因之建署，彼时再与辩论，转费周章。自应按照条约，只在海口地方代觅民房，俾其暂住。并告以此系暂住之所，将来如须建署，尚当另觅地基。即现觅之屋，亦不可粉饰铺陈，致类公馆。倘该领事欲于府城暂住，则竟云无屋可租，万勿迁就含糊，致令异日得以借口。

以上各节，因公牍中未便明为指出，故以按约妥办一语括之，务祈阁下转饬该县，妥为办理。

致王雨庵光绪二年二月二十二日

琼州开办通商口岸，事属创始，诚恐地方商民或有异词，弟已谆嘱彭副将玉转饬福建、潮州、高州各处在省行商，分途写信寄与现在琼州、海口商伙，一律遵行，免滋口舌。仍望阁下会督府县及镇将，妥为开导，并弹压地方，毋启衅端，致为祸始。内有南行土著商人，尤宜加意。盖英人因云南一案，啧有烦言，心怀叵测。此次来琼开办口岸，论者皆谓其无利可图，而事在必行，未知其意所在。倘自我先生枝节，使彼得以借词，殊于大局有碍。此中委曲，想在洞鉴之中。

至于进口、出口货物子税，洋商未必肯完。若复不抽厘金，便与章程不合。总署虑及他口援以为例，是以不可不防。因思此次抽厘之举，不在求实，而在存名。琼州本有海防经费，尽可改为厘金，一切收支，仍循前案办理，既不稍着迹象，亦与总署之议相符，一转移间，实为两得。其府税一项，经瑞中堂声明，取之华商，与洋商无涉。究竟能否仍设海口，抑或移至近城，请与丁太守察看情形，自行斟酌。

再，如游历一节，总署甚以为忧。昨与该领事等面商，其言尚近情理。弟拟另行照缮一信并公牍，由该领事面交执事，略与言明，将来便有依据。

再，查琼州海防经费案卷，似系商人包办，并似由各行户抽捐。现在改为厘金，其应如何斟酌变通，务使未完子口半税之洋货、土货，在于内地，一律由官抽厘，以符通商章程而免借口之处，并祈核办为要。

致王雨庵光绪二年二月二十三日

顷据琼州税务司博郎呈送《开办琼州洋税关章程》清折一扣，其中关税事宜，应俟与粤海关文榷使会商酌核。惟内有琼州通商地方界限，及海口停泊船只海面界限二款，除泊船一款，前已承准总署咨行函致尊处查明议覆外，其通商地方界限一款，系因琼属沿海各处皆有港口，而海口相距府城仅止十里，若不划清界限，则沿海口岸以及府城之内，并府城之南，洋人皆可指为通商口岸，任意往来贸易，自应于此时预为划定，以免日后葛藤。

惟琼属距省甚遥，究应于何处划界，碍难悬揣。用特专函奉布，务祈熟察地形，酌量远近，与罗、佛二领事议定界址，汇同应行核议各件，早日见覆，以便咨请总署示遵。

至界址必须与之划清，绘图为据，幸勿稍涉含糊，是为至要。

致王雨庵光绪二年二月二十四日

案照琼州海口通商一事，节次承准总署来咨，均经转行查照。嗣接罗领事申称，与佛领事等定于本月二十九日赴琼，又经布达台端矣。

十九日，英国罗领事、佛领事暨翻译官嘉托玛、福格林四人来见，言及洋人内地游历一事，据罗领事云，琼州地方民、黎杂处，伊与佛领事亦深知。查洋人游历，必须缮备执照，指明处所，请雷琼道盖印。如果游历之地，一时碍难前往，即请雷琼道备文知会，声明碍难实在情形，将执照送回，伊必告知洋人，令其勿往该处。倘该洋人私自前去，以致别滋事端，伊必不向中国官员理论等语。佛领事亦为首肯。弟听其所言，实能明察事宜，克敦睦谊，当即告以函嘱尊处照办，两领事均以为然。

兹罗、佛领事等四人，定于二十九日起程来琼，博税务司并拟先期前进。用特专函奉布，即祈阁下转饬府县，务须查照条约，以礼相待，妥为照料。并代觅房屋，俾其暂为居停。其游历一事，亦请照以上领事所言，与之当面斟酌。弟以罗领事在粤十数年之久，为人公正和平，是以众口交称，想阁下闻之已熟。查佛领事前在潮州办事，无不酌理准情，舆情甚为爱戴，此次前来尊处，可谓选派得人。但期地方官遇事开诚布公，自不致有所掣肘也。

致总署光绪二年二月二十九日

琼州海口通商一事，节次承准尊处咨函，均已转行琼州道府遵照，并饬将同治十年赫总税司所拟章程五条，查照尊处正月初五日所发密函，熟察地方情形，俟税务司博郎及英国领事佛礼赐到琼，妥议具覆，核办在案。

现在该道府尚未覆到，想系事多格碍难行，不得不踌躇审顾。而博税司与佛领事已由香港抵省，博税司于十八日，佛领事及翻译官福格林会同广州领事官罗伯逊、翻译官嘉托玛于十九日，先后来署会晤。博税司深知琼州开口之难，谓海口浅窄，难于泊船。且夺官税及船户之利，殊与官民不便，请添派轮船，以资弹压。并笑称“遇有风声，尚有趋避之所”。又谓硇洲北海一带，引水之人，目前应由洋商自雇，以该处离琼州新关太远，该税司难于兼顾，俟一年后再行酌办。坤一嘱其自行请示总税务司酌定。

博税司随拟开办章程送核，大概与潮州新关一切相同。坤一覆函，令其与粤海关监督详加斟酌。惟内有琼州通商口岸界限，及另泊船只海口界限一节，未能悬揣，嘱其于到琼后，与该领事及雷琼道商量。罗领事、佛领事则谓因威公使促行甚迫，定于本月二十九日，即英之二十四日，由省起程，罗领事亦同前去，劝令稍缓，坚执不从。坤一当将游历一事，开导再三，该领事等颇以为然。谓洋人请领游历执照，指明处所，送雷琼道盖印，先由该道查明，如果碍难前往，可将实情告知领事，即止该洋人勿行。否则纵有疏虞，亦不向地方官理论等语。坤一亟为称许，谓当函告雷琼道，照此施行。其函交该领事带去面投，并云此事当函达尊处暨南、北洋大臣查照，该领事等亦为首肯。似此稍有依据，或者将来遇事，易于折辩。其完税抽厘一事，略言查照条约，未与深谈，以尚未据雷琼道覆信，不审其情形若何也。

坤一查核旧案，遍询舆情，如在琼州另设局卡抽厘，难保不生变端，如同治十三年殴官毁局故事。第查琼州现有巡洋轮船经费，由商包办，地方尚无异言。已密嘱雷琼道即将此项经费，改为厘金，量为变通，务使不完子税之洋货、土货，在于内地，由官一律抽厘。既于本地商民未增丝毫，不致因此生事，又与不完子税即完厘金之通商定章相合，使他口无案可援，似为两得。

雷琼王道谙练老成，久于其任，于地方事宜或能了当。惟会办税务，另须委员，坤一已商之粤海关监督文榷使铦，会委候补同知齐毓棨，会同博税司前往开办。博税司定于二月二十六日由省起程，其到琼当在罗领事等之先也。

再，查在琼贸易之商人，惟福建、潮州、高州为多，因闻添设海关，不无谤议，而南行土商，尤为浮动。坤一密切遣人传谕，琼州本地之南行及福、潮、高州等处行商在省贸易者，各寄信与琼州商伙，嘱其勿滋口舌，致为祸始。并令候补武职之琼州人回籍，会同地方官，妥为开导，以期相安，未审果能如愿否？

琼州无甚出产，即洋货亦难行销。论者均谓英人此举，无利可图，将来必废然而返。倘我有阻挠，彼即得以有词，是我为彼任祸。此意亦经密告琼州官商，苟能略识事幾，当不致生枝节矣。

复英国领事罗伯逊光绪二年三月

接阅来函，具谂贵领事精细明通，殊深钦佩。第该轮船系在关当差，给有公饷，与商人轮船不同。今捡获民间水柜，退还原主，断无索取重资之理。文権使公正朴诚，不知别有委曲，故于来文未提领银。且安知非该轮船水手假托海关委员之言，计图失主不敢违抗耶？本部堂当将来函所言情节，转达文権使查覆。

兹接其覆信云，“中国官船捡得物件，给发失主领回，未便要其酬谢。现已饬知该轮船，俟失主赴领，即将水柜交其领去。至有无酬谢，听凭失主之意”等因，相应函复贵领事，转饬该失主知照赴领，想该轮船不至苛索也。

致总署光绪二年三月初七日

窃照澳门地方，本省粤海关税口，道光二十九年，因西洋人滋事，经徐前督部广缙基、前监督溥密折奏明，将税口移设离省六十里之黄埔地方。凡内地商人由省外各属贩运土货，前至澳门或由澳门载贩货物至内地各处售卖，均应前赴黄埔关口报明纳税。近年以来，高、廉、雷、琼各属商船运货出口赴澳，及由澳运货至广府属售销，均不赴关口报验，屡经海关巡船查获，均以澳门附近并无关口，无从完税为词。

文监督锸因查道光年间，将澳门税口移设黄埔地方，当时原系权宜办理。该处距澳门数百里，必令货船绕道报税，然后至澳售卖，原属过于转折，商情未免为难。因拟将黄埔税口移设澳门附近地方，以便稽征而杜借口。适据商人许定扬等赴关具呈，以就近设关为请。文监督查得香山县属有土名湾仔及小马留洲两处，均与澳门相近，当即商之前兼署督张友山中丞，将黄埔税口酌量移设。

正在出示晓谕间，又据商人马清等具禀，请将黄埔税口移设小马留洲征收关税，仍在湾仔左右地方查验货物，以免风浪之虞。并接现驻澳门之西洋官罗大臣照会，亦请于小马留洲设关。坤一与文监督因查税口之设，固以稽征税课，亦所以体恤商艰。若将黄埔税改设小马留洲，既以免商船迂道之难，且可杜绕越走私之弊，自应准其移设，以重税项而顺商情。经即会商批准，一面附片奏明，并咨明户部查照。所有酌移税口缘由，谨此布闻。

再，澳门地方，西洋人租赁居住已数十年，该国派有洋官带兵驻扎。同治十一年间，海关及厘厂巡船在澳门左近之拱北湾停泊查私，洋官喏哪咯辄谓该处切近澳门，巡船不应在彼停泊，照会瑞澄泉中堂，欲于海面划分界限。经瑞中堂与之再三辩论，并委员勘明，将各巡船泊在小马留洲海面附近拱北湾处所，查缉走私，该洋官亦遂寝划界之议。

此次海关黄埔税口本拟于小马留洲及湾仔两处酌量移设，乃西洋官罗大臣竟称澳门系西洋所属，湾仔系在所划界内，屡次照会，请于小马留洲设关。坤一查设关原以便商，既据商人具禀，请将关口移设小马留洲，原可允其所请，惟该洋官以澳门为西洋所属，并申划界之说，则大局所关，不能不与之折辩。因将澳门原系中国地方，该国租赁居住，每年有应纳地租，断不能将澳门及附近地方指为西洋所属。并同治十一年议划海面界限，瑞中堂并未允行之处，逐一查明案据，详晰行文该洋官知照。一面饬令商船仍泊湾仔左右地方，以便查验。今经旬日之久，该洋官并无来文，想已无可置辩。

坤一以该国罗大臣嗜利昧义，且于中国文理不大明通，又好听细人之言，往往称兵恫喝。惟有刚柔互用，使之渐就范围。现在移关查船，尚属相安无事。坤一与文监督严饬员役人等，妥为办理，毋令西洋有所借词。谨将此事详细情形，密布钧听，伏祈察览。

致总署光绪二年三月十六日

窃照西洋一国，已于同治元年立有通商条约，至今尚未互换。查该国人租赁澳门地方，居住年久，现在已成通商口岸，一切贸易、缉捕，交涉事繁，因条约未经互换，遇事无可援引。虽粤东间有成案，究与条约不同。且该国驻澳洋官来文，往往援引条约，因既已立约，未便加之驳诘，而究未互换，又未便遽尔照行，每有交涉事宜，办理颇形拘碍。嗣后所有交涉事件，可否援引条约办理之处，伏乞核明示覆，俾有遵循。

再，顷接雷琼道王澍禀报，及英领事罗伯逊申陈，该洋官等已于三月初三日行抵琼州海口，一切甚属安静。游历一节，经该道与该领事等面商，先行知会地方官察看，是否可行，能否保护，倘敢私自前往，即不得向问该地方官等语，与在省时原议相符，当不至有变更。华船改泊白沙，与洋船泊厦门，各有界限，以杜弊混。

子税、厘金两项，亦经办有端倪，不使有所借口，堪以仰慰廑念。除另具公牍外，谨撮大略附陈，伏祈俯赐察核。

惟该领事以海口所租房屋不甚合式，现在暂住炮台，并欲于府城另觅公馆。坤一以领事住府城，与条约不合，即暂住炮台，亦是权宜之计，未可视以为常。密饬王道，催该领事仍于海口自择居停，不得稍涉迁就。又据王道禀称，该处查照《汕头章程》，业经设局抽收洋药厘金，合并附陈。

致王雨庵光绪二年四月初四日

此次海口通商一事，中外相安，具见伟略鸿才，良深嘉佩。

另单所言，英商甸尼士拟往儋州一带游历，既经尊处移令暂缓前往，该领事当不至遽背前言。向来敝处印给各国洋人游历执照，均札令谕知洋人勿往黎人地方。况此次屡经订明，倘该洋商冒昧径行，纵有事故，系属害由自取。尊处如与公文辩论，务宜将此节声明，亦以自占稳步也。

至于开矿之说，决不可行，设彼妄意要求，务宜正言拒绝，毋庸迁就。

复罗领事光绪二年四月十八日

顷接来函，具聆壹是。蔡连发船在福建头海面被贼行劫，杀毙水手，并有利船在一门洋面被贼图劫未成两案，前接贵领事申陈，业经饬行该地方文武严拿究办。

兹承贵辅政司给赏拿贼，具见除暴安良，无分畛域之至意。惟此二案，事在中国洋面，事主、贼匪均系中国之人，应由地方官办理。现已严饬该县、营等重悬赏格，实力购拿，毋烦贵国官耗费资财，致重本部堂以不安也。所有送来赏格，相应奉还，望即查收。

复德国领事索田光绪二年四月十八日

接阅来函，并贵国商人派利一函，具悉壹是。查购买外洋军火，当以合约为凭。今派、普两商所办克虏伯炮药饼二百箱，既在合约之外，其原托之裕道又被参回旗，无人认领，事关动用库款，未便照收。

至各国商人如有事件，向由领事官转陈，所以维体制而一事权。若由各商人径赴中国官署面商，则领事官之事权下移，同于虚设，且亦无此体制。加以各国商人甚夥，倘纷纷接待，则日不暇给。若一迎一拒，则办理两歧。派、普两商约期同来敝署，本部堂以事系中外交涉，未敢轻诺，致有格碍。该商人果有要件，仍由贵领事备具函牍前来，或俟面晤时商酌，亦无不可。想贵领事通达事理，当以此言为然。

以上各节，即请传知该商人为荷。

复罗领事光绪二年四月二十三日

顷接来函，以花县黄姓幼女亚宽被人拐至香港，经贵国巡理厅将其起出，请饬属传询黄亚宽之父愿否赴港认领等情，具见贵国官员一视同仁，该巡理厅办事尤为勤干，本部堂甚为欣佩。

现已谕令广府转饬该县，查传黄亚宽之父黄胜安询问明白，另行办理外，相应函复贵领事查照，转致香港巡理厅，如查得拐匪姓名下落，即希贵领事备文知会，以凭饬拿为望。倘该匪业经遁去，则不敢重烦心力矣。

复罗领事光绪二年四月二十七日

昨接来函，并清折一扣，均经阅悉。查中国轮船当差之各国洋人，从前告假回国，其所管事务，由各国领事官举人接办，薪水则由善后总局照额支出，交中、广二协按月发给，其本人与代办之人如何分领，本部堂衙门向不过问。今来函谓海关轮船管驾等告假回国，薪水给一半，其余代理人收受。并查此人在船年分，每一年给一月薪水，俾作川资等语。现经函询粤海关部覆称：“海关轮船洋人告假回国，如须支领薪水以作川资，即于代理之人应得薪水项下，照数扣除发给。”等因。而无并查此人在船年分每一年给一月薪水之语，核与来函所言，情节不尽符合。

又来函以轮机事务，一人不能照料，须另觅一人帮办等语，查与向章相符。惟来函所言，洋人在轮船当差五年以上，准给假一年，其薪水分别给回。又清折内开，管驾回国，以副伙代理管驾事务，又以三伙代理副伙事务。又另觅暂充三伙职事之人，分别加给薪水等语。查核成案，并无给回薪水及加给薪水明文。事关动支公帑，且系中外交涉，须由统带轮船之中、广二协及支发薪水之善后总局司道查议详覆，由本部堂核定，以示大公。

现已将来函所言各节，札行查议。除俟议覆到日，核定饬遵，另行布达外，并将此次告假之卡德格外酌奖。

书牍卷十五

复罗领事光绪二年五月初十日

昨接来函，具聆壹是。白云火船碰坏粮艇船只一案，嘉副领事断令白云轮船酌赔银两，足见贵国官员办事平恕，体恤有加，自可照此完案。

至轮船码头，原有界址，各项船艇自不应湾泊码头界内，致碍轮船往来。本部堂现已札行南海县，转饬河泊所，晓谕船户人等，一体遵照矣。

复法国领事达伯理光绪二年五月十八日

顷接来函并补洋文一件，即经阅悉。邬北寿等一案，情节重大，讯鞫不厌精详，本部堂业经谕饬臬司督同广州府再行查讯，务得确情，以成信谳。

中国慎刑敕法，凡案情稍有未确，断不遽事刑诛。贵领事来文，亦为慎重人命起见，现已转饬查照矣。

致总署光绪二年五月二十三日

上海载生洋行商人毕德卫，前代闽省购买铁甲船，于驾驶赴闽之时，道经粤境，驶入省河，由洋官邀坤一与友山中丞前往阅视。该洋商意图炫鬻，语颇夸张，坤一已先有所闻，未为所动。

粤省现办防务，拟将外海师船改作轮舟，经与水师提督及善后总局审度筹维，一时尚未定议。所有轮船炮械，刻下既非急需，拟从缓购。将来如须购备，自当谨如台谕，核实办理，以杜虚糜，断不令经手之人浮侵中饱也。

复总署光绪二年闰五月初九日

兵、商轮船旗式并师船数目一事，先于同治十一二年间，迭准北洋大臣将中国轮巡各船桅梢所挂主旗式样，咨粤查照，业经分别咨行，将粤省水师以及缉捕查私之轮拖各船，一律照式更换。本年三月间，承准大咨，复经移行粤海关及藩、臬两司，善后总局，查明粤省师船数目若干，其中国官船驶入香港者，系属何等官船，系因何事驶入香港，约有若干号数，逐一详细详报核办，并饬将水师兵船及官设轮拖等船主旗，务须遵照咨行旗式，俱用黄羽纱，上绘五爪青龙，以昭一律在案。

惟查粤省外洋水师，旧额兵船二百余号，均已因风漂没或坏烂失修，近年系由各营自行筹款购制及租赁民船，出洋巡缉，船只多寡，各营不同。而各项官船中，有外洋缉捕之船，有海关、盐务、厘务查私之船，各府、州、县亦有出洋缉捕巡船。以上各项船只，间亦因事驶入香港，其名目颇属纷繁，必须分晰查明，方能得其确数。虽经节次催令查报，尚未查覆齐全。现又切实行催，一俟覆齐，即当核明咨报。

至于主旗式样，业经三令五申，兹承垂示谆谆，自当慎益加慎。除密切咨行查照外，谨此奉覆。

致王雨庵光绪二年闰五月十九日

案照琼州通商一事，前此承准总署咨行，以海口为通商口岸，当经函致尊处，请与罗领事、博税司等议明界址，以免异日影射之虞。嗣接来函，以询之博税司函称："海口地方既为通商口岸，其余沿海一带洋商，不得往来贸易，自是按约办理"等语。弟又详晰批答，务将界址划清，盖以琼属各县港口极多，处处可通商舶，若不划分界限，将来流弊滋多，故不得不预为之防，初非持牢太过也。

前数日，弟接北洋李筱泉相国来函，谓近闻洋人有谋在铺前泊船之说，今日复据新关委员齐丞来禀，亦称"博税务司自行往勘铺前港口，是否预为迁移新关之用，尚未定议"等语。阅所禀陈，殊深诧异。查铺前港口在文昌县属，相去海口地方百数十里，海口既为通商口岸，何以将新关移于铺前？迁移新关，是更易口岸矣，博税务司久在中国当差，岂得不知事例？况其函致尊处，明言"自海口外，沿海一带地方，洋商不得往来贸易"，铺前港与海口截然两地，洋商既不得在彼贸易，则中国又何以在彼设关？该税务司意欲移关铺前，实与前函所言自相矛盾。

此事大有关系，与其争之于后，不若阻之于先。用特驰布台端，务祈迅为喻阻。弟于齐丞禀内，已批令禀商尊处，阻令勿行，想阁下胸有智珠，自能洞烛机先，不致颟顸迁就之也。

致张寿泉观察光绪二年闰五月十九日

闰五月十八日接准总署函开："汕头地方官征收德国船规一

事，本衙门前准巴使函称，于三月二十一日抄录来函清册咨行冰案，现又准巴使照称各等因。查此项船规，究系征自何人，由何衙门征收？且既属规费，无论征自中外商船，均应一体严禁。乃查阅札复德国领事原文，此事节经饬行查禁，该地方官竟尔阳奉阴违，殊属不成事体。除另备公牍知照外，用特函布，即希严饬禁止，并将实在情形即行函复为要”等因。查此事前准总署来函，即经行知尊处，出示严禁，并将实在情形查明具覆在案。兹总署来函，语意颇为切实，自系因事关交涉，不欲稍涉模棱，致令外人有所借口。用特专函密布，务祈阁下迅即严行禁止，并将前此办理情形，妥为具覆。

再，弟前因英领事罗伯逊有应行分别裁留之议，是以密嘱首府函达，请由执事斟酌办理，设法弥缝。今德人哓渎不已，弟所闻于英领事者，未敢讼言于众。且总署函牍，词旨极严，似未便再为通融之计。惟左右与方镇军熟图之，并祈代告海关委员自为之地，毋为外人所持也。

致沈幼丹光绪二年闰五月二十一日

承示海南洋人游历一节，仍须思患预防，仰见智周虑密，钦佩良深。

弟与该领事等面议之时，即举马翻译之在滇边被杀及日本之于生番用兵两案，明告以为难之处。该领事则谓，决不至于再蹈覆辙而效尤焉。然当时定约，又未便涉于烦苛，转滋口实。兹将台函抄寄雷琼道，嘱其查照，随时妥办。

至佛领事业经另觅居停，交还炮台，堪慰廑注。

复索领事光绪二年六月初五日

顷接来函，即经阅悉。潘委员定购火药机器一事，现据善后总局查覆，原立合同内开。机器各物价值约银二万八千余两，另有火药碾筛等件价银不在其内。局中先已发过价银二万二千两，嗣机器到粤，又于本年闰五月二十五日发银一万两，先后共发价银三万二千两。尚应找尾数若干，潘委员现赴洋行会算，俟算清报局，即行照发等由，相应函复贵领事官查照。

复翟子英军门光绪二年六月十九日

昨准大移，以冯参将拟派弁兵驻澳缉匪，禀请照会澳门洋官，嘱为照办等因。查该参将所禀，系为认真缉捕起见，事属可行。惟请由洋官给发人情纸一节，颇有未协。

澳门原系中国地方，西洋人租赁居住。今中国弁兵到彼缉匪，转须洋官发给凭据，是竟以澳门属之西洋矣。国体所关，碍难照办。是以照会洋官文内，于此节置之不言。然弁兵常驻澳门，无此一纸，又恐别生枝节。尚祈转谕该参将，于抵澳后，自向洋官商办，如可无须此纸，固属两全。倘势在必需，亦由该参将自行向取，不必见诸公牍。

弟谓澳门为中国地系彼租住一节，为该西洋人所最忌讳，该参将切勿漏此词意，致有抵牾，并祈密嘱知照。

致达领事光绪二年六月二十一日

洋盗邬北寿等九人行劫蛋民郭嵩贤渔拖船银物一案，现经臬司委员会同赤溪同知，按照贵领事官前此来函，逐一查明禀覆。

本部堂查阅所禀，邬北寿等在家贩鱼工作一节，查问附近乡邻，未能众口如一。其绅耆禀保一节，该绅等或未亲身赴保，或又言语游移。此系本案紧要关键，既已查无实据，此外种种情节，委员亦已详细推求，欲求一邬北寿等并未为匪之切实凭证，竟不可得。夫往查之员，非承审之员，固可决其无所偏倚也。广州府及谳局委员，只系承审案件，并非原获邬北寿等之官，谓邬北寿等为真盗，承审官不能居功，谓邬北寿等为良民，承审官亦毋庸任咎，初不必始终坚执，必以为行劫之匪犯而后快也。

本部堂莅临兹土，粤人皆我子民，亦决不肯预设成心，必欲置之死地也。但以案经事主指证，邬北寿等到堂之初，亦已认供。今又委员往查，并无确系良民之真凭实据。若欲将其开脱，何以服事主之心乎？贵领事前此来函，恐其屈抑，固属仁人之用心。即明主教函致贵领事为之呼冤，亦未必非一时之恻隐。然邬北寿等之行劫与否，贵领事与明主教均未目击，明主教因邬北寿等家属禀求保结，为之转达贵领事，贵领事据其来函，为之申请查办，均为慎重人命，并非袒庇教民。

今已再三覆讯，委员往查，邬北寿等虽不能开脱，而贵领事于此事已甚费心力，可以对明主教矣。明主教于此事亦甚费心力，可以对邬北寿矣。若必谓邬北寿等家属之言可信，而事主之言不足信，明主教所闻者足信，而广府等所审者不足信，想贵领事明习事理，亦决不出此也。

夫公事公办，彼此相信无他。贵领事前此来函，意在好生，本部堂决不以为非是。而广州府等明刑执法，本部堂亦未便谓其不然。兹将委员来禀，札知贵领事官，希即转致明主教，勿听邬北寿等家属一面之词，致滋轇轕，是则本部堂之所厚望也。

复总署光绪二年六月二十四日

西洋国罗使请给教士游历执照一事，先于本年三月内，据罗使照会，以该国天主教士额些时拟往海南传教，备具执照一纸，请予盖印前来。当查西洋国虽经立约，并未互换。粤东于未经换约之国，从无发给游历印照，经以并无成案照覆，将原照送还。嗣于六月十八日，罗使复将执照送来，并据照会内称，“现准尊处文行，各口洋人领照游历，其执照由领事官发给，地方官盖印，请将执照用印发回，转交该教士收执前往”等情。坤一因罗使来文声叙含混，经即咨呈尊处示覆，并照覆罗使在案。

兹诵来函，始知该使请给执照在粤不能如愿，遂至尊处渎陈。迨事复不行，又以模糊影响之词，照会此间，希图朦混，核其行事，实为狡谲之尤。粤东于未经换约之国，向不给照，此端断不可开。敝处前请示复之文，计日内已呈钧览。如蒙明示以不能给照，固可杜其希冀之心。或尊处姑示羁縻，不欲显加斥绝，即请饬由坤一查照成案办理，坤一自当以理折之，不为迁就也。

再，以汕头地方官征收船规一事，应行严饬禁止，并将实在情形奏覆等因。伏查汕头船规一项，相沿已久，实不知始自何时。前此瑞澄泉中堂任内，因洋官有言，曾经饬行查禁，该地方官已将洋船规项停止征行，并将华商船规大加裁减。坤一到任后，据德国领事以华人雇用洋船，地方官仍收规费，申请查禁，并据该国公使函请尊处咨行粤省禁止征收。坤一思此项既属私规，无论中外商船，均不应向其征索，即经严饬查禁去后。

随据惠潮嘉道查案禀复声明，于奉文后出示裁革等由前来。除咨呈察照并批饬该道随时查察勿任丁役兵勇人等私行收取外，谨此附陈。

致税务司裴式楷光绪二年七月初四日

查中外交易事件，既经互讼到官，即非彼此信义相与、一言为定可比，必须有合约花押交执为凭，方可定断，以招折服，各口均系如此办理。

兹丝行一案，所谓小簿、电报，均系哥崧一人所为，不足为据。即法领事申陈，亦谓无从剖判真伪，并谓违例强以必从，非该领事初心等语，前已札复贵税司知照矣。今卫松石尚无输服供词，仅凭哥崧小簿、电报，遽断以赔丝百五十包，是即法领事所云无从剖判真伪之案违例强以必从也。无论卫松石等行商不能受此大屈，将来如有似此案件，又当如何?

贵税司公正明白，为中国所任用之人，本部堂于此案尤所倚赖，自必有核实持平之道，可为中外商人永远遵守。不知昨日覆讯，究竟如何断法，缘未接贵税司申陈，是以专函奉询，伏祈示复，为祷!

复达领事光绪二年七月初六日

顷间两接来函，本部堂均经阅悉。查中外会办案件，应查照和约办理。如有案件情形，和约未经登载者，则应就两国例章，酌量妥办。

此案哥崧所控卫松石不交买定丝斤，照中国例章，必须卖货者写有互约合同，盖用店号图记，交与买货者收执，方为凭据。如无确切凭据，不能照原告一面之词，遽行定断，强令原告具遵。原告不肯遵依，亦不能加之以罪。至于法国章程，则贵领事前此来文所言，法国律例只有两件大章程，一系经管领事官签名画押，一系两商人各写立单据交执，除此两件大章程之外，无论大簿、小簿，俱不是呈官核断之凭。是中外律例虽有不同，其必须得有确切证据，方能核断，则并无二致也。

此案哥崧自写小簿，自发电报，并无卫松石写给定货单据，是与中国例章固属不合，即与法国章程亦复不符。贵领事断令交丝一百五十包，卫松石并未具结遵依，揆理度情，此案碍难作为完结。来函谓本部堂如与贵领事预先会商定断，贵领事即无从执拗。查贵领事初次来文系请饬南海县会办，二次来文则欲令萨副领事与南海县前来本衙门面质。本部堂因二人会审之时，本部堂与贵领事均未在坐，不能定其孰实孰虚，于事无益，可以不必。贵领事节次文函，均无与本部堂商办之语，本部堂何由与贵领事先行会商耶？

至派顾道与裴税司前来会审，本部堂以事关交涉，物议易滋，若于未审之前，谕令顾道及裴税司作何断结，两造中但有不能称愿者，必谓本部堂预先授意，以致审断不公，是以但令顾道等前往会同确讯，秉公办结，俾知本部堂于此事毫无成见，并不预谕委员以作何办法也。

本月初一日，接裴税司申陈会审情词，并据顾道面禀，定于初三日九点钟覆讯，本部堂即札行裴税司，以哥崧小簿、电报不足为凭，务宜秉公办理，使粤商折服，无可借词。盖冀覆讯之时，或能审出确切证据，使卫松石无可狡辨，自然具结，遵依可以完案。乃初三日覆讯，两造供词仍然各执，与初审无殊。而裴税司竟与贵领事断交丝一百五十包，卫松石仍不具遵，是并不能折服粤商，只系意为定断。使如此可以完案，则萨副领事与南海县初次会审已可断结，何必另请委员，再三覆讯乎？裴税司向顾道言仍作未结，当可对质。

且中外交涉之案，条约内并无指明应以何人为会讯主办之员，来函谓会讯主办之员断定，毋庸于断后更改。所谓会讯主办之员，实不知指何人而言。今姑无论何人主断，但总须两造具遵，方能结案。今卫松石并未具结遵断，此案何能作为完结耶！如果有确切证据，卫松石固不能不遵，如不遵依，亦可绳以官法。今哥崧所控情节，并无凭据，与中国及贵国例章，俱不相符。即使本部堂谕令地方官速饬卫松石照断完结，卫松石不肯遵断，地方官又将何国之法以处之乎？

本部堂办理公事，总期持平协理，中外相安。若迫商民以威势，强以遵从，不惟本部堂所不肯为，想亦贵领事所不欲为。前函固已言之矣，除另行札覆外，相应函复贵领事查照。

复达领事光绪二年七月初七日

昨夜裁复一函，计收到矣。嗣接来函，欲本部堂谕饬顺兴丝店遵处了结等语。本部堂以此案不合中外国例，不便由官判断。而念卫松石与哥崧交易多年，甚愿其自行了结，各具和息销案，官亦不问其所为，方于事体无碍。若仍由本部堂谕饬，则与官断何异矣。

至裴税务司初次会讯后，申陈两造情词，经本部堂于初二日札复，以哥崧小簿、电报不足为凭，并告以贵领事亦有无从剖判真伪，不能违例强以必从之语。饬令于初三日覆讯，秉公核断，务令粤商折服。及初三日覆讯后，迄今裴税务司尚无印文申陈，想亦自知所断为不合例，难于见诸公牍也。其对顾道，仍作未结之言，顾道听极清楚，以该税务司熟习华言，不至错误。如曰顺兴店不肯交丝，此事仍未办完，可谓无消说耳。

总之，此案现与国例不合，官无核断之凭，且有小簿而无大簿，又与广东向办章程不符。据粤商云："初次问货，则洋商自登小簿，二次定货，则与华商面登大簿，其中确有分别。倘无分别，则于小簿之外，何必另设大簿。"其言似非虚饰，办理益无把握。今裴税务司不照本部堂初二日之札，于初三日以意定断，以致官商物议沸腾，竟谓本部堂委任非人，幸尚有不肯定断之委员顾道在也。事关中外交涉，贵领事乃欲本部堂不拘执例章而排众论，亦不代为本部堂设想矣。

本部堂曾署南洋通商大臣，且在江西十年之久，该省亦有九江通商口岸，与各国公使、领事办理华洋交易之案极多，从不袒护华商，亦不迁就洋商，遇事核实持平，是以彼此均能相谅，任内并无事端，不意此间如此纠纷也。本部堂久膺疆寄，贵领事亦两任广东，皆为中外商民所仰望，岂可涉于偏听，而身冒不韪？倘因此而酿巨祸，天下自有公是公非，只合尽其在我，听其在人，毋庸烦渎总署也。

致总署光绪二年七月初十日

光绪二年六月二十日，据法国领事达伯理申陈[1]，以法商哥崧控称：伊向南海县属恒纶号丝行卫松石定买丝斤三百包，因丝价日昂，延不交货，申请转饬南海县秉公会办等情。查法国条约中，有中国人与法国人争讼，领事官不能调停，即移请中国官协力办理完结之文，经即札饬南海县前往会办。二十六日，复接该领事申称：该县与萨副领事会讯，已断交丝一半。乃于数日后该县又称，难以强卫松石遵结，请传该县至署，与萨副领事面质。而南海县面禀则称，并无允断交丝之事。

坤一以一经面质，难保不彼此忿争，徒碍体制，且亦无从判其虚实。因即另委候补道顾元勋暨粤海关税务司裴式楷，前往该领事署会同覆讯核断。七月初一日，裴税务司于会讯后，具文申覆，意欲照萨副领事所断，令卫松石交丝。而顾道面禀则称："讯问两造情词各执，卫松石供称，洋商定买货物，必须面登大簿，卖者签名其上，方足为凭。此案洋商哥崧，只有自登小簿，此外别无证据可凭。且会讯时，并无通事传供，亦不知哥崧作何辩论，一时未能定断。达领事已订于初三日再行覆讯"等语。坤一即札知裴税务司，以商人信义交易，一诺千金，可不必别求证据。官司定案，则必以证据为凭。本案哥崧控情，毫无确证，即达领事前此申陈，亦谓无从剖判真伪，又谓违例强以必从，非该领事初心。兹若仅据小簿定断，将来中外奸商捏造图诈，又将何以处之？此案既订于初三日覆讯，该税务司等必须秉公办理，使粤商折服，

[1]中华书局版《刘坤一遗集》"陈"作"请"。

无可借词，将来亦不至有捏造流弊，方为正办。并添委熟习洋务尚副将昌懋、略谙洋语之沈令春辉，同往会审。

初三日，顾道等至领事署中，该领事即称尚副将、沈令二人不能会审，惟与顾道、裴税务司讯问，两造供仍如前。该领事复断卫松石交丝一百五十包，与哥崧了案，裴税务司亦随声附和，列衔画押。顾道与之反覆辩论，该领事执意不从。迨顾道等将行之时，裴税务司复语顾道云："贵道既未判断，此案仍属未结。"此递次会审之情形也。

初四日，该领事以案经断结，申陈前来。坤一即以案情并无确据，被告亦未具遵，不能作为结案，详细札知，并另加信函，严予驳斥。乃该领事始终狡执，于驳斥之处，不置一言，只以矫强恫喝之词，哓哓不已。查该领事前经撤任回国，不图此次故态复萌。现闻卫松石托人自向调停，或亦不难了事。万一该领事不能遂其溪壑之欲，难保不怂恿公使上渎尊听。兹谨将本案卷宗照抄寄呈，其紧要关键，逐一签出，伏祈察览。

致总署光绪二年七月十一日

查中外通商条约，原准中国派领事官前往各国驻扎。第泰西各国远隔重洋，华商前往贸易者寥寥无几，自可不必设领事官，徒縻经费。即华商辐辏之处，如英属之印度、新嘉坡及南洋各小岛，主客相安，亦可不必汲汲于此举。

惟查有美国旧金山地方，及分往附近各处华民，已二十余万人。埃及土人，因恶华人夺其生计，请于洋官，将下逐客之令。虽经洋官设法保护，而亦不免迁就依违，龃龉频仍，几至决裂，其事屡见之新闻纸。询之美国驻粤领事林干，所称情形亦复相同，而粤民以该处有利可图，犹复络绎而去。坤一初拟出示禁止，又以未奉明文，不敢涉于冒昧。据闻美国已饬驻京公使请之贵署，另立出洋章程，量予限制，未审有无是议。

窃旧金山所有华人，尽系粤产，现在该处居积致富者颇多，深以弱肉强食为虑。其在原籍之宗族姻娅，拟请于该处援照条约，设立正副领事官，俾华人有所依赖。所需经费，即由该处华人酌捐，约略计之，有盈无绌。复商之美国林领事及翻译官余贞祥，均以为然，并谓此举若成，该处洋官亦有所凭借，以钤制土人，保护华人更易为力。又在古巴当工者，亦系华民，上年查办以后，该国官商仍复为所欲为，而华人之受虐如故，是非设立领事官以为之庇，终恐徒托空言。美国林领事、余翻译咸称，金山华商殷实，将来捐有成数，尚可分润古巴，以为该处领事经费，以古巴距金山水路一万三千余里，陆路七八千里，为不甚远，可以往来挹注也。

前陈荔秋星使过省，匆匆北上，未及与之细谈。可否仰恳贵署，于荔秋出使时，嘱令便道察看情形，与该处粤人及美国、日国筹商设立金山、古巴两处领事事宜，先行举办，庶粤人不至常受欺陵，而贵署亦可稍省口舌矣。

坤一以该两处均系粤民，不得不为之请命，是否有当，伏乞酌裁。

复罗领事光绪二年七月十五日

顷接来函，本部堂均已阅悉。李林桂、杨亚茂之事，已于札文内详言之矣，想贵领事自能鉴悉。至前函所谓姑置勿论者，盖以杨亚茂在潮被控有案，瑞前部堂奏请缉拿之犯，查照条约，在中国自应催提，在贵国亦应解送。即使于到案后讯系无罪，仍当监候，俟奏奉恩旨而后释放，此一定办法也。嗣因此案办理格碍，层层为难，故谓姑置勿论，不过云以后不来札催耳。然系朋友商量之辞，非可形诸公牍。

本部堂与贵领事旧交，遇事尽言，聊布区区。若欲为杨亚茂明白声出无辜，保其平安抵里，则非到案讯供，监候待旨，本部堂不敢擅专。

查此案已有数年之久，如果杨亚茂可以随时开脱，则瑞前部堂与贵领事非不和衷，应已早为了结，岂待今日尚烦笔墨乎？缘业已上达天听，不能由外起灭自由，拘放自任，是本部堂非不力求妥洽，无奈限于成例，未敢迁就，贵领事当能谅之。

致涂阆仙光绪二年八月

昨接总署密函，内开：“光绪二年六月初二日，准法国赫参赞洋文译称：现接本国驻扎广东领事官来函内称，广东省大宪，不将天津所定和约遍行各处地方等语。查此事关系甚重。况两国应获利益与应行事件，俱载条约之内，必须遍行周知，方能遵照。该省大宪，若果实力奉行，则传教士在西林县地方不致屡遇阻挠。惟有恳请行文广西，将所定条约遍行该省地方，并饬令各地方官，遇有教务，遵照条约办理。等因。查天主教弛禁以后，本处已将所定各国条约颁发各处，并于光绪元年八月，行文知照各省，寄去各国条约十四本，刊刻校对，所有未经颁发之道、府、厅、州、县地方官，各颁给一分，俾得详细查阅，遇有交涉事件，照约办理在案。兹该使既有遍行各处之请，本处自未便议驳。至同治四年间，因有洋人公孙惠等请领执照，前往广西游历，在梧州府藤县地方被匪劫抢一案，本属以前抚张原奏中有‘梧属正在用兵之际，与条约内所载有贼匪省分不准发给执照前往之条未符，是以咨行两广总督查办。嗣经声复，当时照约加用总督关防，即于札复协领事文内声明，如有贼匪处所，应按照条约，俟平靖时，方准前往’等语。近年来，法使屡将前往广西两广教士护照，请为转行盖印。本处以广西业经一律肃清，碍难阻其前往。今准赫参赞来文所称，未知有无彼此不洽情形，外国人入粤西境者多否，是否安静，统祈阁下不动声色，随时留意，并饬查明此次所颁条约，是否有未遍行之处，仍希斟酌情形，密饬各地方官遵照条约，遇有交涉事件，持平妥为办理，并将办理情形随时见覆。并将法国赫参赞原文抄录附阅”等因。

查东省近日并无各国洋人请领执照，前赴粤西游历，惟法国教士径在总署请领执照，则前往西省者当不乏人。现在有无不洽情形，以及是否安静，自应预为留意。至前此总署所颁条约，如果尚未遍行，尤宜急为颁发。

承准前因，用特专函奉布。务祈阁下查照总署来函事理，分别查明示复，并密饬所属一体遵照，是所切祷！

致俊星东光绪二年八月十三日

昨接准大咨，以广西桂皮由郁林等处运至廉州北海出洋，必有绕越偷漏，于关税、厘金均有干碍，咨会敝处联衔示禁等因。

查咸丰六七年间，因奸贩载运桂皮，由高、廉一带绕往澳门售卖，走漏税饷，经贵前任恒榷使会同叶前节相饬行高廉道府查拿究办。是桂皮一项，本不得由高、廉一带贩运出洋。今西省辄在船埠设卡抽厘，准其运至北海售卖，实与从前成案不符。惟西省更改新章，原系详明办理，敝处屡准西省中丞咨会，今若遽行禁止，一似两省办理公事各不相谋，且恐西省奸商怂恿厘金总局，代为诉辨，公牍往还争执，似于大体不宜。鄙意西省既已设卡抽厘，断不肯遽行撤去，似宜确查利弊，再将所以必须禁撤之故，咨明西抚饬遵，庶奸贩无可借词，西局亦不能坚执。

今尊处示稿，谓桂皮经由北海，必致偷漏税厘。此虽实在情形，而西省犹可致辨者，北海有税口又有厘厂，何以竟能偷漏？使其如此，则他货亦应禁由北海，何以独禁桂皮，岂他货不能偷漏，而桂皮独能偷漏乎？此不足以折西省之议也。

若以行商包抽厘项为言，则行商包抽，原由外办，如果借称亏折，可不必令其包抽。至于官抽厘金，绌于省河者盈于北海，何以改由北海即与厘金有亏？此亦不足以折西省之议也。

夫立论者欲伸己之说，折人之非，必先泯其隙而使彼无可乘，又必伺其瑕而使彼无可辨。今桂皮行商和济堂等，以包抽坐厘五千金之故，欲使两省商贾咸听指挥，其情纵出于急公，其迹已邻于垄断。况西省局议所云“桂皮并非违禁之物，并无领帖方准贩运、定地而后行销之例。买卖应听民间自便，不可指为贩私”等语，持议颇正，亦复无以折之。

鄙意与西省辨论此事，当以税关越漏立说，不必以和济堂等禀控为辞。所以然者，示非听商人之言，阻邻省之事。且货物之在内地，可不必定地行销，若贩运出洋，则不得不严为防范。此所以泯己之隙也。

西省来文云：“桂皮产自浔州者在大乌卡完厘，产自郁林者在船埠卡完厘。”实则郁林并不产桂，无如奸商借此影射耳。鄙意遴派干员，前赴该处确查，如果商人以浔产之桂影射郁林，即于浔、郁交界扼要之处设卡稽查，凡浔州之桂不得运入郁林界内。如此则影射之计穷而偷漏之弊绝矣，此所以蹈彼之瑕也。

惟既以越漏税饷立说，则桂皮之由大乌者，何以不能绕越？由船埠者，何以必致绕越北海税口？系代大关征饷，何以别项货物不虞走漏，而桂皮独虞走漏？此中必有实在情形，尚祈阁下确切查明，详细见覆，庶将来咨会西省，措词得有把握，则奸商无从置辨，西局亦无可支吾矣。

致王汉桥光绪二年八月

琼州口岸通商，原载咸丰八年条约。至同治十年，各国以通商为请，旋又议而不行。上年冬间，英国复申前议。令其国人佛礼赐为琼州领事，经总署核定，以相距府城十余里之海口地方为通商口岸。其征收洋商货税等事，查照潮州、汕头新关办理，饬派博郎为琼州新关税务司，咨行来粤，饬令地方官会同博税司妥商开办，申报酌核。现在博税司与佛领事等，均已由省起程，前赴琼州。弟已派委候补同知齐毓樨会同该税司及地方官，将通商事务妥议章程，禀候核咨总署示覆遵办。

查洋人开口通商，内地士民类多不愿，然既载在条约，不能禁其不来。倘或与之为难，彼即得以归曲于我方。今中外多故，未可衅自我开，总署三令五申，兢兢以此为虑。弟现已明白示谕，并密饬地方文武，预为防维。

伏思阁下齿德俱尊，素为乡邦矜式，是以专函奉布。务祈晓譬邦人，以期中外相安，不致滋生事故。如恐洋人扰害地境，或欲开矿黎山，弟当力与争持，决不任其肆无忌惮。

素谂阁下颐情绿野，系念苍生，大局所关，辄尔渎呈听览，谅不以冒昧见讥也。

致王雨庵光绪二年八月十七日

昨因英领事函论丁守收洋货落地税一事，业备函牍，排递尊处查复，未知何时可到。

查前批准该府照章收落地税，系指出口洋货收之于行户及华商而言，故云与洋商无涉。若系进口洋货，已完正税，尚在海口地面，无论洋商华商，按照条约，均不得收落地税。前此开口之地，必将海口地段划分清楚者，正为此也。如此项洋货已经卖于华商，运入内地，除在海口完正税外，应在经过第一子口再完半税，以后各项税厘概不抽收。倘未完子口半税，则逢关纳税，遇卡抽厘，各省均是如此办法。前此必将海防经费改为厘金者，又为此也。今该府若于海口地面内抽收进口洋货落地税，殊与条约不符，应行停止。如华商贩运洋货进入内地，即须令其完纳子口半税，否则，府税厘金，一律抽收，亦不可稍涉迁就。

总之，此项洋货，必以是否尚在海口地段内为断，又必以进入内地是否完纳子口半税为断。伏祈详细核明，与丁守妥协商办，按照条约，分别施行，彼此均无令有借口，是所至祷！

再，前为开口通商一事，曾经函请王汉桥开导地方绅士，免滋口舌。嗣接复书，附陈该县书院生童，因文庙地基被占，与县役结讼，据称丁守惟将生童重责重罚，而已革之县役仍准改名复充，词气甚为愤激。究竟此案是何原委，丁守讯办是否持平，伏乞查示为祷！

复罗领事光绪二年九月初五日

顷接贵领事申送洋人叶雅各游历执照一纸，请用关防，并接函称叶雅各系欲专往北海游览，或到别处一行等情，均经阅悉。

查本年三月间，本部堂札行尊处及德、法、俄、美各国领事知照，嗣后请印游历执照，务将游历之某府、州、县，于执照内分晰注明，申送盖用关防，庶所到之处，将照交与地方官查验，可以妥为保护。当时法、德、美等国领事均经申覆照（辨）〔办〕在案。今接贵领事官申送叶雅各执照，仅写广东省地方，仍未指明游历某府、州、县。兹姑照来函所请，盖用关防，另备札文，送回转给，并行知高、廉、雷各属地方，一体妥为保护。

惟三月间所定章程，系为保护游历之人起见，法、德、美国等均已照办，嗣后如有贵国人请领执照，希于照内注明游历某府、州、县字样，再行申送盖印可也。

复罗领事光绪二年九月初六日

顷接来函，请将贼匪苏阿帼等丁何时犯案，查明札知，一面委员往港认拿等情，均经阅悉。

查苏阿帼等三名，前据委员冒守等具禀，系属打单抢劫重案匪徒，现已札饬该委员等，将各匪所犯案由，查明禀覆。惟该委员等现在顺德，行查往返非三五日不能，诚恐该匪等闻风远扬，难于弋获，似宜先由尊处转致香港巡理厅，派拨兵差，将各匪拿获监禁，以免逃匿。彼时各匪所犯案由，亦可查明札知。如须中国委员前往指认提解，均俟贵领事官申陈前来，再行酌办可也。

复法国游公使光绪二年九月初十日

顷接来书，以匪目叶成林现求招抚，请开恩准其投首等情，本部堂均经阅悉。

查同治十三年五月初一日，钦奉上谕："瑞麟等奏越南匪徒情形分别筹办一折，其投首之匪，如实系真心悔罪，自拔来归，即饬交界地方各官妥为收抚，不准携带军器，其中有无在内地犯案之人，仍当分别办理，并饬各本籍地方官严加管束，毋令滋生事端。"等因，钦此钦遵在案。

今匪目叶成林，如果真心悔罪，率众投诚，求回原籍，听地方官管束，自可钦遵谕旨，准其自拔来归。惟叶成林伙党人数究有若干，是何姓名籍贯，必须分晰开具清册，并将各人年岁以及从前所犯之案，据实自首，于册内逐一注明，呈缴前来，以凭札行各原籍地方官查明有无冒混，以及各人原籍地方是否尚有亲属，从前所犯之案情节如何，将来回籍后，能否安分守法，不致别生事端，俟该地方官禀覆到日，分别核办。

兹接前情，相应函复贵大臣查照，即饬叶成林将伙党人数、姓名、年籍，开列清册，并将伊等前在内地所犯之案，或并未犯别案，于册内详细注明，缴送本部堂，以凭核办。至该匪等现在越南何处地方，与中国边界某处相近，亦希贵大臣查明照知。将来如准其投诚，本部堂当酌定受抚之地，饬令叶成林等前赴该处，听受派委员弁查点人数，分别办理也。

复总署光绪二年九月二十八日

九月十九日接奉钧函，以本年六月间公文及粤字一百六十号信函，系属两事，一询前此天津所定和约，当时曾否遍行。一饬将上年颁发之全分条约，刊刻咨送备查，并颁发各属，俾得人人通晓。嘱即转致阆轩中丞，将已经刊刻之全分条约，刷印若干，分咨送查核校正。至天津所定和约，当时曾否遍行，亦即查明旧案，即行奉覆等因。

窃查咸丰十年十一月间，承准咨送咸丰八年天津所定英、法两国和约及十年所定续约到粤，当经照本刊刷，颁发各府厅、州、县，一体宣布遵行，并咨呈察照。旋准广西刘荫渠中丞咨会：西省准兵部咨送咸丰八年所定和约及十年续约，业经行司刊刻，通行一体遵办。此天津所定和约，广东、广西两省均经刊刻遍行之原委也。

至于光绪元年八月间，粤东承准咨送各国全分条约十四本，坤一即行司派员刊刻校对，至本年三月刊刻齐全，即将条约二分共二十八本，咨送贵署备案，并分发各道、府、厅、州、县一体遵照，遇有交涉事件，照约办理。闰五月内承准咨覆，前项条约，业已照数收讫等因。又先于元年十月间，准荫渠中丞咨会，承准贵署咨发各国全分条约十四本，业经饬司派员刊校，通行颁发遵照在案。此上年颁发各国全分条约，广东、广西两省均经刊刷颁行，并广东已将所刊条约刷印咨送之原委也。

至本年七月间，接奉钧函，饬查天津所定和约是否未及遍行，当即函致阆轩中丞查明见覆。昨接其覆信，内称贵署所颁条约，业经刊刷遍行，并将咨呈贵署文稿录寄，其文函但云条约业已刊行，并未指明天津所定和约字样，亦未将已经刊刷之条约咨送贵署备查。坤一现已再行切实致函，嘱其查明天津所定条约，当时是否实已颁行，并将已经校刊之各国全分条约，咨送贵署备查。除俟接到覆信再行详细奉闻外，谨此肃复。

致翟子英光绪二年十月初五日

再，前接来示，以英人经过虎门，往往登岸来看炮台，诚恐内有官员，或至怠慢，嘱为预先告知，当据鄙见作答矣。

昨以台指告罗领事，伊意极为感佩，亦以兄言为然，谓此后如有来看炮台，或到别处，无论是何洋官，既未接有明文，又未自行用帖声说，尽可以常人待之。谨以奉闻。

复达领事光绪二年十月初九日

顷接来函，即经阅悉。富教士请发教堂告示，事可准行。现已饬缮会衔告示十张，咨送广西抚部院会印送回，并请其转饬各属，遇有民、教交涉事件，按照条约妥为办理矣。

至张贴告示，原系地方官之事，乃向来饬发告示，并不将贴过处所日期申报，是以曾否发贴，无由而知。此次富教士请发之告示，本部堂拟俟西抚院会印送回，即专札发交地方官张贴，并饬将张贴处所申覆察核。如此办理，地方官自不致视为具文，必当加意照料，似更胜于给发教士自行张挂。

相应函复贵领事官，查明请发告示之广西省教堂共有几处，系在某州县地方，逐一开列清单，申陈前来，以凭按单饬发张贴可也。

复裴税务司光绪二年十月十二日

顷接来函并清折一扣，所有开列各款，本部堂均已阅悉。其中如各厂法码必须画一，客商货物必须载明，以及查禁包揽讹索，并许受罚商人控告，似可照办以外，请改章程之处，俟确查案卷，察看情形，再行斟酌核办可也。

至于中国定例，漏税五两以上，一半充公，五两以下，分别议罚，原有明文，无难明白晓谕。本部堂署任内，凡有漏税之货，从宽酌罚，尚未照例办理，想贵税司必有见闻。

轮船一项，暂缓添制，俟俊榷使回任商之。

致总署光绪二年十月二十一日

十月十六日承准大咨：以英国威公使照会，请将杨亚茂一案咨行秉公核办，除援引奏案照复该公使外，咨行查照等因，并抄示照复威公使文稿。仰见烛照事机，下怀不胜钦佩。

卷查此案，香山县人杨亚茂即杨承洸，系伙同伊弟杨俊洸贩卖人口出洋之犯，同治十三年间，瑞澄泉中堂于审办杨俊洸案内，奏明严缉究办。旋据香山县禀报："该犯杨承洸逃往香港，被李林桂在火船拿获，该火船主反将李林桂拿解香港。并据民妇李冯氏，以伊子李林桂与杨亚茂素有嫌隙，被杨亚茂在香港洋官处诬告，勒诈拘传讯押。"等情。当经澄泉中堂札行英国领事提解讯办，并经历前任节次催提，数年以来，迄未交解。此本案之缘始也。

坤一抵任后，复经照案提解。至本年六月间，英国领事罗伯逊忽向面称，"杨亚茂系无罪之人，请将原案查销，免其拿解"。

坤一即语以："该犯如果自问无罪，即应挺身投案，以凭查讯明确，分别办理。今匿延不到，案未讯明，何能遽行销案？"该领事又云："如欲杨亚茂赴讯，须由副领事保护到案，讯问数语仍行带回。"坤一复告以："杨亚茂系奏明缉拿之犯，即使到案后，查讯明确，实被株累，亦须将其监候，奏乞朝廷恩施，俟钦奉谕旨，或交部议准，方可释放。若由副领事带同赴审，仍即带回，实与条约不符，碍难照办。"该领事复节次申陈及函请查办，坤一亦以函札复之，往复再三，大约均不外此。至八月以后，该领事遂置不复言。盖杨亚茂在港贸易多年，洋酋与之交好，故欲为之开脱。今贵署所给该公使照会，理正词严，谅彼亦不敢再行渎扰矣。兹将坤一与该领事节次往来文稿，抄录密呈。

再，查现在香港羁押之李林桂，向充洋人买办，行为亦非善类。此次往拿杨亚茂，亦为图利起见。英官谓其讹诈银若干，似非全属子虚。至杨亚茂实在香港居住多年，从前有无伙同伊兄拐卖情事，除伊弟口供外，并无别项凭据。是以坤一只行照案提催，未曾认真向索。该领事等如请销案，则即照约与之折辩而已。

复总署光绪二年十月二十二日

十月二十二日接奉钧函，以法国商人哥崧控告南海县顺兴丝行不肯交丝一案，法国白公使函请转饬会讯委员迅速审理，业经尊处切实函覆。惟案情终须了结，或另行设法，少全局面，庶可转圜，嘱即转饬会审之员，妥速结案等因。仰见智周虑密，并荷指示机宜，捧诵之余，曷胜钦感！

此案颠末，前已缕陈。初以事难开端，又以该领事语多恫喝，不得不与力争。然案已经官，诚如台谕，总宜速结，一面与该领事据理折辩，一面密饬办理洋务之署碣石镇彭玉暗为调停。嗣因法国官商绝不提及前事，遂作罢论。今法使既有此函，俟该领事再以为言，坤一自当设法妥为处置，以免再渎尊听。

至粤商卫松石于顾道等会讯后，即饬释回，并未将其管押，合并陈明。

复达领事光绪二年十月二十四日

接诵惠函，具领雅意。本部堂与贵领事华洋异处，相去数万里之遥，乃得共事一方至于经年之久，诸凡和衷共济，讵非前缘？今闻解组西还，五中不胜惆怅。又值贱恙未愈，莫同杯酌之欢，借畅离衷，益增歉臆。惟祝元旋叶吉，稳度重瀛，拜大君嘉予之恩，享家室翕和之乐，何庆如之！他日者，懋膺骏秩，荣莅燕台，尚祈纡道羊城，以敦夙好。或本部堂届时入觐，借得再睹芝徽，是则一瓣心香所默祷者。

至于出使贵国，必须妙简贤能，区区不足当此重任。倘获一时承乏，定当趋谒尊庭，想贵领事情殷念旧，定然倒屣相迎也。

致王雨庵光绪二年十月二十七日

案照琼州海口义和等行贩运芝麻出口不完府税一案，前接阁下来函，案经办结，府税照章征纳等因，业经批复，转饬遵照矣。

兹据丁守来禀，以前事义和等行贩运土货，本应完纳府税，因牵涉轮船，免其深究。内地奸商人等，相率效尤，将来府税，必致短征等情，禀请查办前来。

向来华商贩运土货，本应逢关纳税，遇卡抽厘，遍查条约及历年承准总署暨南、北洋大臣节次咨行，并无华商土货附搭轮船，出口完纳洋税之外，准免内地各项厘税之明文。海口未经通商之前，华商贩货由海口出洋，自必于到口时先完府税，再于出口时照完关税。今因该处通商，时有轮船来往，内地奸商，以所运货附搭轮船，止完出口之洋税，不纳落地之府税，原属意存取巧，本应追纳完征，惟该处既有番舶往来，即难保内地奸商不相勾结，若操之过蹙，必且怂恿洋商，煽惑领事，狡执生端。倘听其所为，则府税又形短绌。鄙意洋商土货，必须运至通商口岸，始能借洋人为护符，而府税之稽征，原不必定在通商口岸。若将税厂移出口岸界外，土货经由该厂，照章征税，华商自不得不遵，外人亦无从包庇。倘以界外设厂扼要为难，则多设子厂以备查验，商贩亦岂能绕越？目前办理交涉事件，不得不审机变通，以期中外相安。并将丁守禀函，批行饬遵。务祈阁下审量事理，察看情形，督同新任段守，核议章程，妥为办理，是所至要。

至移厂一说，系弟豫度之词，倘或格碍难行，及另有办法尤臻周妥者，即希随时处置，亦不必拘泥迁就也。

再，海口通商口岸，前此节次批行谆嘱划清界址者，其故有数端焉：洋商贸易，只准在通商口岸。倘于并未通商之处，私做买卖，货物应行入官，若界址不清，即易于支饰。一也。洋商租买地段，设立行栈，只准在通商口岸地方。凡非通商口岸，概不准行，若界址不清，即易于影射。二也。条约，洋人游历，如在百里之内，毋庸请照。若通商口岸界址过宽，即游历地方袤延益广，窃恐易于滋事，难以周防。三也。近日烟台议款，有划清洋人租界之议，洋人意欲于租界之内，免完税厘。此时虽未明言，将来恐须照准。租界固与通商口岸不同，而其地总在口岸之内。倘口岸并无定界，将租界亦因之混淆。先事以图，固宜加慎。

四也。

口岸划分界址，事与洋人无碍，该领事与税务司必肯允行。务祈阁下即向酌商，早为定议。此事颇关大局，幸加意焉。

复索领事光绪二年十一月初七日

昨接来函，阅悉种切。上年潘大使与载生洋行面议购买压水柜，其中原委，不敢信其必有，亦不敢保其必无。惟中外交涉，如购买军火、机器重件，向章以合同为凭。查合同内并无压水柜名目，则压水柜是在合同之外。倘合同之外既可以增，合同之内亦可以减。似此言之，以后中外交易，可以不用合同，将何以昭信乎！

此次潘大使与载生洋行定购机器，为数甚巨，在立有合同者，业已如数付给。今压水柜之价，所费有几，岂复吝此区区，多费笔墨？特以于事体有碍，未敢曲从。应请贵领事查照前函，谕知该行商向问潘大使可也。

复罗领事光绪二年十一月初九日

顷接来函，即经阅悉。查此案业经彭署镇玉查明，毛官姐渔船包揽洋药，出口走私，被外委黎国香带船截拿，方始逃入香港界内。是黎外委固有越界之愆，毛官姐亦有贩私之咎。今局议将越界者褫职，贩私者入官，办理并无不惬之处，本部堂未便深斥其非也。

若以香港总督体统为言，局议既将黎外委斥革，本部堂又将派令缉私之副将记过，所以严行示惩，正不肯有伤港督之体统。

至于毛官姐贩私之事，港督谅必不知。即将其私土充公，于港督体统似亦毫无干碍。

惟贵领事来函，既以给还私土为请，本部堂勉筹一两全之法，即希贵领事转致香港总督：嗣后洋面贩私船只，有被中国官船缉拿，逃入香港界内者，如缉私官弁禀报本部堂衙门，一经行文，贵领事务即转致港督，将该私贩解交审办。如此办理，庶本部堂有词以告厘局，即可查明所获烟土数目，责令黎国香如数交还。盖缉私之船，既不便追入港界，则此等私贩，不得不有烦香港官员代为查拿。而本部堂之于属员，亦必遇事持平，然后能令其心服。想贵领事明达事理，亦必以此言为不谬也。

复总署光绪二年十一月二十六日

十一月十一日准十月十八日所发大咨：“以滇案议结条款内，香港洋面粤海关所设巡船，有扰累华民商船情事，议由英国选派领事官，香港选派英官各一员，由中国选派平等官一员，会同核议定章一款，咨行转饬查明该关巡船，有无扰累商船情事，并将来应如何核议章程之处，即日咨复，以凭酌核。”等因。

查此事本年九月间接准大咨，即札知英国领事官罗伯逊查照。随据申称，伊奉威公使委令办理此事，请于遇便举办时，再行札知，转致香港洋官，派员前来会同办理。并移英使威妥玛函同前情。

坤一密查粤海关所设巡船，近年缉私，过于严厉，容或有之，至于扰累商船，则并无实在案据。惟在港贸易之华商，因贩私被获，动辄充公重罚，遂以巡船扰累，诉之香港洋官。洋官欲见好于华商，又不知海关常税则例，意谓海关巡役浮征中饱，故议结滇案条款，波及此事。威公使来函则以派委税务司为请，罗领事面议则以改照洋税为言，坤一与之折辩再三，始无异说。

惟此次所定章程，必须令外人晓然于心，知税项之并无浮征，而后内地奸商无从饰耸。因即饬委候补高道从望，会同罗领事，酌拟条款大意，拟于附近香港地方，专设一厂，征收香港出口、进口商船税项，厂中专派委员，不用家人、司事，仍由中国选派英人一名，在厂帮办，并将各货税项数目，以及走私议罚一切则例，示谕周知。其所以议用英人在厂帮办者，既令香港洋官灼知并无浮征之弊，且在港贸易之华商，走漏私税，亦可用为耳目，设法缉拿。其厂中一切事宜，言明仍由委员主政，于事体尚无大碍，似可准行。至于税饷各项例章，本非秘而不宣之事，且深秘之而适滋借口，不若明示之而用息群疑，是以面谕高道，令与罗领事妥为筹画，再由敝处札知该领事，转致香港英官，派员前来会商，立约画押。此现在办理大概之情形也。

罗领事系奉威公使所委，想香港委员断不至与参差。兹谨将所拟条款，及罗领事致高道信函，一并抄录，密呈察览。余俟香港所派英官到日，会同高道及罗领事议定章程，再当咨呈尊处，核示遵办。

再，此次香港征税缉私之事，威公使意欲派税务司裴式楷兼办，而罗领事不以为然，又不敢明出诸口。查裴式楷为人首鼠两端，甚不可靠。即如今年夏间，法商哥崧控告丝斤一事，坤一委令会审，预先诫以持平，嗣复将案情反覆驳辩，该税司竟敢偏徇哥崧，致烦笔舌。且于海关常税以及盐务、厘务等事，无一不思干预，惟利是图。今厂中议派英人帮办，若令裴税司滥竽其间，必致枝节丛生，莫可究诘。坤一知罗领事与裴税司积不相能，亦即因势利导，谓税务司公事甚繁，恐难兼顾，不若即由罗领事另举一人，仍由坤一札委。该领事闻之，欣然听命。此间税务，多系该领事斡旋，此亦羁縻之一端，庶异日易于驾驭也。

复总署光绪二年十二月十九日

十二日接奉钧函，以粤省教民行劫被获一案，法国公使函请查明，勿稍冤抑，业经尊处函复，饬即早行定案，以昭折服而息纷纭等因。仰荷指示周详，曷胜感佩！

查本案范义安、邬北寿等九犯，被获时原系事主指拿到案，后复提事主质讯，原属毫无冤抑。法国教士因该犯等系属教民，力为庇护。而法国领事又以教士之托，哓渎不休。所有本年闰五月以前，一切情形，业已咨呈察览，并即委员前往赤溪地方详细密查。随据该委员等将达领事来函所言各节，逐一查明禀覆。坤一即详细札知达领事。旋以澳门西洋官先后拿获匪犯陈乐仔一名，及吴亚华等，实系行劫郭嵩贤渔船真犯，节次申请行提，并请将郭嵩贤等暂留待质。迨据情照会澳门洋官，接据复文则称，陈乐仔及吴亚华等，并无明确证据可指为行劫郭嵩贤渔船案犯，不肯将其解省。

十一月间，达领事卸任回国，接任之领事喇克礼与翻译官萨来恩来见，又以此事为言，并称伊国明主教确知本案真盗实系澳门西洋官所获之吴亚华等，其邬北寿等实系误拿，请予省释等语。坤一即折以邬北寿等系事主指拿，并非县营凭线缉获，且曾经委员确查，并无误拿之事。如必谓吴亚华等为真盗，邬北寿等系属误拿，则须澳门洋官将吴亚华等解省，提同邬北寿等质讯，实非同伙，然后将其省释，庶事主不致有词。该领事因称，伊等日内即须前赴澳门，将吴亚华等审明，再请行提到省与邬北寿等质讯。

是日争论两时之久，其间往复之言，未能缕述。次日萨来恩一人复来，始犹恐喝多端，继则哀祈不已，意似为明主教所迫，有万不得已而然者。此闰五月以后本案一切情形。

坤一查邬北寿等，系属本案真盗，并无可疑。该领事初则指为误拿，希图解免。迨节经指驳，无可支吾，则又以另有真犯为词，冀以李代桃，为之脱罪。此时若将该犯等即行正法，原可以断绝葛藤。无如该犯等已知外有护符，供词悉皆翻异，若加之刑鞫，则他族更有所借词。该领事等既称澳门已获真犯，日内前往讯供，拟俟其讯问后，情形若何，再行酌办。

在该犯等穷凶极恶，罪不容诛，虽未便即正典刑，亦未可遽行释放。现在监禁狱中，已谆饬管狱官，妥为护视，勿令瘐毙，亦勿令脱逃。押虎圈狼，操纵在我，将来自当随时办理，期以杜外人之口，服事主之心。此时则牵持未已，格碍尚多，似未可遽行定案也。

复索领事光绪二年十二月二十九日

昨接来函，以压水柜为制造火药机必需之物，请饬委员另立合同购买，前此往复各函，一概置之不论等情。

查华洋交易，应以合同为凭。此事当时未立合同，是以总局不能承买。今贵领事来函，请饬委员另立合约，向该洋行买取，则系从新购置，自与前事无干。

本部堂深悉雅怀，欲为该洋行曲全此事，现已饬局，将来函所言各情，酌量办理矣。

复沈幼丹光绪二年十二月二十九日

日昨接到尊处致俊星东榷使信一函，弟以邮筒钉封，必系紧要公事，当经拆阅，敬悉尊处现接总署来函，以划定租界一事，系就洋人现在居往处所而言，务须认定此意，再与领事会商。如从前已定界址者，自应照旧划明。如未经定明者，应认定洋人现住处所作为界址，不得稍任展拓等因。

查滇案议结条款内事涉粤东者，一系北海地方添开通商口岸，一系会定香港巡船收税章程，一系划定洋人租界。其北海、香港两事，先据英、法两国领事申陈，业经分别筹办，另行咨函达总署及尊处矣。

至租界一事，尚未接据领事申陈。弟于本年九月间，准粤海关转准尊处咨行，当查粤省地方通商日久，道光以前，海疆无事，泰西各国来粤通商，已在省城之南租建洋行，住居屯货，所称十三行者是也。至咸丰七年以后，各国船运货径来省河，即在省城附近地方，租地赁屋，开行储货，挈眷久居。其地基房屋，或赁自民间，或承租官地，大抵零星散漫，与上海洋人聚居租界者情形迥不相同，必须先事确查，预为筹画。其省外各县之隶广州者，亦恐所属地方，或有洋人居住。而广州之外，尚有潮州之汕头，琼州之海口，均系通商口岸，亦应一体查明。当经分饬各道府，督同各地方官，密切确查，绘图禀覆。刻下潮、琼两处及广属各外县均未覆到，惟省城附近各处，已据南、番二县查覆前来。

弟复检查咸丰七年以来历年档案，计洋人承租省城内外官地岁纳地租者，共有六处，内除城内之总督旧署地基一处，现建教堂，又将军署后及藩司署侧空地二处，改建领事官署，既非屯货洋行，亦非洋商住处，均毋庸置议外，尚有省城外沙面一处，英、法两国分租。十三行一处，英国承租。税厂迤东一处，美国承租。此三处实系承租官地，岁纳租银，且沙面一处建设行栈，十三行、税厂迤东两处建立码头，均系洋货屯积经由之处，必须界址分明。但当时均已立有合同，载明广袤四至，将来自可按照原定界址，再与划清。惟各国洋人，向民间租赁屋地、开行储货、挈眷居住者，竟有百数十处之多，或相连十数间，或仅止三四间、一二间不等。洋人去来无定，其屋地随时租赁，并非聚处久居，且参错于民居铺户之间，界址亦碍难分划。将来地方官与之会议，如此等处，势不能驱之使去。然亦不能谓之租界，竟当毋庸划界，以杜影射而息纷纭。此虽未敢决其必从，而揆理度情，似尚可与之折辨。

至于粤东抽厘，大抵设厂于江路扼要之区，市镇殷繁之地。如省城外沙面十三行、税厂迤东各处洋人所租地段之内，均未设厂收厘。如能将该三处定为租界，将界址逐一划清，似于厘务抽收并无妨碍。

此外琼州甫开口岸，洋人到者尚稀，划界一层或尚易于定议。潮州、汕头虽通商较久，而洋人所租官地，闻亦无多，若亦仿照现拟省城办法，但以承租官地为租界，其自向民间租赁处所，概不得作为租界，则界限较易分明。弟已密切函知各该道府，转饬地方官预先确查，禀候核饬遵照。

此时英国领事虽尚无申请会议之文，而其中一切事宜，自须先为筹度。兹谨将饬查拟办情形，先行详布，如或未臻周妥，伏乞鸿裁审酌，示以周行，幸甚！

除函达总署暨北洋大臣外，专此肃复。

再，各国洋人，原不准在内地租赁房屋，设立行栈，惟广州原系通商口岸，条约内只声明“广州”二字，从前并未将可至何处逐一划清，凡系广州府所属地方，洋人皆可影射。而咸丰七年，英、法二国踞住省城，其时各国商人之来广州者，即在省城内外租赁房屋，开行住眷。当时既无从过问，迨缴还省城之后，城内除领事官署及教堂之外，并无洋人寄居，而附城各处居住之洋人，势难驱逐，沿习日久，与居民铺户，尚属耦居无猜，因而相率因循，置之不问。

此时既有划界之议，如能趁此与各国领事议明，另行觅地为各国洋人聚居之所，原属一劳永逸之方，无如人数既多，需地太广，所居之人既非一国，则所需之地不止一区，恐其选择要求，办理转形棘手。所以筹思再四，仅拟于此等处不划界址，而此外不复深求。此系粤东实在情形，谨以缕陈清听。

复法国领事喇克礼光绪二年十二月二十九日

顷接来函，即经阅悉。郭嵩贤渔船被劫一案，前此贵国达前领事以澳门现获吴亚华等，系属本案真犯，申请行提，并称前获之邬北寿等，系属误拿，请从缓办。当时本部堂允将邬北寿等暂留待质。至于邬北寿等是否真犯，仍须将吴亚华等提省质明，方能分别办理。日前贵领事官与萨翻译官来署，亦以此事为言。本部堂即告以邬北寿等系事主引拿，并非县营购线缉获。且曾经委员确查，并无误拿之事。如必谓吴亚华为真盗，邬北寿等系属误拿，则须澳门洋官将吴亚华等解省，提同邬北寿等对质，讯实非同伙，然后将其省释，庶事主不致有词。贵领事官即云，日内须赴澳门，将吴亚华等审明，再请行提到省，与邬北寿等质讯，本部堂并未言贵领事官前往澳门讯明吴亚华等系属真犯，可以毋庸提省质讯，即将邬北寿等省释也。

至来函所言，邬北寿等系一女子、一小孩指认，则殊非事实。查邬北寿等系事主郭嵩贤引拿，谳局审讯之时，又提郭嵩贤面质，不得谓之妇女、小孩。

总之，此案吴亚华等如系本案真盗，亦须澳门西洋官将其解省，听候发交谳局，提同邬北寿等质讯。如果讯明邬北寿等实非同伙，确有证据，彼时再将邬北寿释放，方足以服事主之心。此时既未质明，若遽完结此案，则事主必以纵盗为言，其将何词以对？故贵国达前领事只求缓办，并未求释放，且云不敢保邬北寿等一定不是盗匪，贵萨翻译官亦在座共闻者也。

致涂阆轩光绪三年正月二十日

正月初十日接到总署来函，以法国白公使函称，法国和约条款，西省各州县尚未张贴，传教士尢人保护等语，嘱即出示申明条约，通饬各属张贴晓谕等因。

查咸丰八年，天津议定法国和约内传教各条款，先经英西林督部会同刘荫渠中丞出示晓谕在案。今白使尚以未贴告示为言，或系前此所发告示，张贴未能周遍，故彼得以借词。兹谨会列台衔，另备告示一百二十道，申明和约内传教各条款，饬发西省各州县照抄多张，遍行张贴。除另备公牍送呈外，务祈阁下于接到后，迅赐会印，饬发张贴晓谕，是所至要。

至近日西省地方，虽未闻民教龃龉之事，而事关交涉，似宜先事防维。州县官于和约条款，平时多不肯留心，遇事遂无从措手。并祈密饬各属，凡系民教事件，务须查照条约，妥为办理。无事则随时保护，有事则按约持平，庶几中外相安，可免多生枝节。

复沈幼丹光绪三年二月二十日

前月祗奉密示，并抄寄总署来函，领悉种切。因抱贱恙，心忡手颤，而北海正议开口事宜，香港缉私收税章程，复有翻驳，日事笔舌，昕夕不遑。盖此间并无关道局员代为摒挡，事事惟敝署是问，以致久稽肃复，伏祈俯赐鉴原。

查日国声言调兵船来华，实为古巴招工条款未如所请，为此挟制之计。台谕谓宜坚与相持，以待各国之公议，舍此实别无办法。日国寖微，不足为厉。所虑各国怵于唇齿之说，与之狼狈为奸，兵端一开，未必甘于挫退，旷日持久，枝节横生，则不若设法调停之为愈也。然若过于迁就，诚如卓见，终于无地自容，各国相继效尤，英、法其前辙矣。

日国虐待华人，为中外所共愤，是非恻隐，究与别事不同，据理力争，谅诸使亦难偏袒。访之驻广各领事及税务司，均称日国并无举动，多系恫喝之词。顾勿恃敌之不来，要恃我之有以待敌。台湾固应防范，各口亦须戒严。广东炮台既未告成，练兵骤难得力，一旦有警，殊有束手之虞。所幸近来海关、盐务所造缉私轮船，均照兵船式样，海口尚属浅窄，临事或可支吾。加以民风犷悍异常，劫斗是其常技，仓卒召募，亦不难于成军。此系苟且补苴，要非确有把握，广东事权歧出，经费艰难，未能先事绸缪，不得不出此下策耳。

雨帅请调潮镇统率所部赴台，未免顾彼失此。权衡缓急轻重，业经会折覆陈，想朝廷洞悉外间情形，必不以为膜视也。

再，弟仅于在秣陵时得见先生数面，自维交浅，何敢深言！顾念前此承乏江西，无非恪遵成法，十年幸免陨越，能勿饮水思源？詹革镇一案，在先生一秉大公，而区区之忱，得以大白于朝廷及天下后世。毁誉祸福犹其小者，以此言之，夫亦何敢自外！伏闻先生于客冬引疾求退，出处进退之间，贤者自已权衡至当。顾念时艰孔亟，全赖内外一二老成，相与协力维持，以系四海之望而慰宵旰忧勤。若复寄怀泉石，将置理乱于不闻，其如两宫太后何？其如皇上冲龄何？况东南半壁，所关甚重，代者不得其人，难免贻误大局。时贤何如，早在先生度内矣。

自元年冬，复瞻丰采，具仰韩、富精神，曾经细询起居，不过冬间偶患腰病。此疾中年以后，人所常有，惟祈善自调养，万勿重申前请。如谓公事有时拂怀，亦惟委蛇求济，纯臣致身之义，岂得复事洁身？先生之去留，实天下安危所系，诚不可不熟思审处耳。

复法国副领事萨来恩光绪三年二月二十二日

顷接来函，具悉壹是。查向来各国遇有公事，均由正领事官会同副领事官，前来本部堂衙门商量，本部堂亦随即择日答拜，所以符体制、敦友谊也。如正领事有事他出，或偶抱恙，则派副领事或翻译官来，亦无不可。若正领事在署，又无别故，无不亲来之理。本部堂明知贵正领事不会中国语言，无非由贵副领事传达，且本部堂与贵副领事又系相得，有何不可通融？

第以各国均有正副领事驻扎，此间不得不照向来办理，当为贵副领事所能共谅也。今日本部堂有要紧事，未能如约，即请贵副领事商之贵正领事，于明日两点钟，一同惠临，自当在署候晤。

又向来各国有事商量，均由正领事写信前来。倘正领事有故，则由副领事代写。今来函云，“奉喇领事函谕，请问贵部堂”等语，亦与向办不符，以后务请更正为要。

致冒太守光绪三年三月初一日

前接来函，以德国兵船洋人登岸滋事，及借称失去旗帜，欲向地方官索偿，经吉税务司调停了结各缘由，业经详晰批覆在案。乃昨接德国领事索田申呈，复以兵船失去旗帜，请饬地方官着追。其洋人登岸滋事及税务司调停各节，一概抹煞不提，殊为狡谲。弟思洋人反覆狡狯，若不将其隐情指破，彼且自谓得计，势将缴绕不休。因即照尊处前禀所述情形，札知查照，令其约束兵船人等，毋得再滋事端，并行文尊处查照矣。

第思此事，洋人强买雨伞，调戏妇女，本属情虚。该兵船以失去旗帜为言，不过借以抵饰。且于未经通商口岸，插放旗帜，亦与条约不符。当时因吉税务司为之调停，姑且将就了事。今索领事仍有此件申呈，似应告知吉税务司，诘其因何翻复。外国人最重信字，吉税务司既居间于前，谅不推诿于后也。

复冒太守光绪三年三月初八日

昨接来函，以北海应抽洋药厘金，现已知会税务司，如洋商贩运洋药到口，即饬赴厘厂报明，照章缴厘等由，自系为认真厘项起见。

惟查洋药一项，与别项洋货不同，英国通商章程第五款内开："洋药不准通商，现定稍宽其禁，听商贸易。洋药进口，只准在口销卖。一经离口，即属中国货物，只准华商运入内地，外国商人不得护送，其如何征税，听凭中国办理"等语。是洋药一项，洋商不能自运内地，必须转售华商。从前潮郡征收洋药厘金，领事从中阻格，经瑞澄泉中堂拟定洋药厘金只向华商征收，并札知领事，以洋商运到口岸洋药，如未经售卖，不征厘税。此税字系指落地税而言，若关税则洋货于入口时已完纳矣。若一经出售，即为中国货物，厘金征自华商之手，与洋商毫无干涉，自应照章征收等因。此潮郡征收洋药厘金成案也。

查前案虽系瑞中堂酌量拟办，并无条约明文，但既有成案在先，洋商必借词求免。尊处现饬洋商报完厘项，如果洋商情愿照完，自可毋庸拘泥。倘或以成案借口，即查明潮州办法，改向华商征收。洋商既不能自运内地，必须售与华商，则是厘金征之华商，仍与征之洋商无异也。除已于来禀批覆外，用特专函密布。

致总署光绪三年三月初九日

查香港华商积惯走私，每年所收之税，不过十分三四，一遇拿获被罚，辄嗾洋官出头，或谓与例章不符，或谓其格外需索。又谓香港四面为海关巡船所围，近于陵逼。多端架捏，口舌滋多。未有《烟台条约》以前，该香港洋官，屡经达诸英国朝廷，幸罗领事熟习中国情形，于中颇有斡旋也。

此次与罗领事会议，拟用英人一员在厂，俾知海关办理并非过当，奸商尢所施其播弄之词。并冀英员为我耳目，在于香港收发货物行店，逐细稽查，随时报厂，使该奸商不得偷漏，而税务可期起色。又虑洋人借此干预，故于折内声明，由总署海关选派，并申明厂务由中国委员作主。夫华商常税，本系中国自主之权，尽可任我振顿，绝不许洋人与闻。

第以香港属英，久成异域，似与西洋赁居澳门及别处事体微不相同。华商贸易香港，恃有护符，似不能不稍为变通，亦无虑澳门及别处援以为例。《烟台条款》允由香港委员及罗领事与中国会议者，莫非因此先后接到南、北洋大臣复函，尚以选派英员在厂为然。惟南洋则谓英员宜由赫税务司保荐，北洋则谓第二条内会办，宜改为帮办，第四条宜改为英员帮查，第六条应改为由华官定断等语，均属有见。惟此项章程，经罗领事寄往香港，乃该港督听信华商之言，谓罗领事意存迁就，作为罢论，由该港督另议章程，交嘉副领事呈递前来。详加查核，如第六条不收号钞，与第七条由英国按察司定断，万不能行。

因罗领事久病未痊，香港所委英员未到，尚未会议。该港督所立章程，于选派英员一层，竟置之不论。访之嘉副领事，谓其意欲遵威公使原议，派税务司办理，其中诸多为难，尚费斟酌。闻俊権使刻日回任，容俟筹商妥协，再行奉闻。

复李中堂光绪三年三月初九日

查华商常税，本系中国自主之权，尽可任我振顿，不容洋人与闻。第以香港属英，诚如台函所云，已成异域，似与澳门尚系租地及他处事宜不同。华商托身香港，恃有护符，以致滋生口舌。既经尊处允由洋官会议，似不得不量予变通，亦无虞澳门与别处援以为请也。

选派英员在厂一节，虽由罗领事代荐，条款内隐而未言，仍声明由总督及海关为政，并声明厂务由中国委员作主，以杜干预。用一英员，俾为港督耳目，则奸商无所施其播弄之词，并为我耳目，使奸商不能逞其走漏之技，计似无便于此者。

承示第二条应改为帮办，第四条应改为帮查，第六条应改为由华官定断，虑密智周，自当逐一遵照。

前接幼帅复函，谓此次英员必由赫总税司代荐，总署复函，甚不以选派英员为然。正在斟酌间，适港督以罗领事所立章程未善，另立条款，由嘉副领事呈递前来，于选派英员一层，竟置不论。据嘉副领事称，该港督欲照威公使之意，派税务司办理，事在必行。鄙见以常、洋两税，并归一手，将来轇轕更甚。至于不许另收号钞，及由英按察司定断两案，尤万难迁就耳。

因罗领事久病未痊，港督亦未派员来省，致稽会议。闻俊榷使回任有期，容俟筹商定局，再请卓裁。

复喇领事光绪三年三月十四日

接阅来函，具悉一切。查哥崧丝斤一案，贵前领事在粤，亦已屡费笔舌，其中为难之处，想有往来文牍可稽。兹复为贵领事陈其大略，幸垂听焉。

如来函谓，各口贸易不写大簿一节。中外商人，彼此如以信义相交，则一言九鼎，固无须乎片纸只字。若一涉争讼，为官司者，必问有据无据，有据则货物虽多亦可以断，无据虽少亦不能断。盖以两造各执一词，虚实是非，从何剖判，使之折服？中国定例如此，想外国亦必如此也。

又来函谓哥崧有据一节，夫所谓据者，必彼此立有合同，或彼造所书之凭在此造之手，方足为据。今哥崧自写小簿，并非华商所写，此外又别无华、洋商人见证，一面之词，何足为据？设令有一洋商控称某华商欠伊货若干，欠伊银若干，而以自写之簿为据，贵领事其能断给乎？设有一华商控称某洋商欠伊货若干，欠伊银若干，而以自写之簿为据，贵领事其能断给乎？

本部堂以此案既属无据，难由官断，致碍定例。故谕该县开导商人，自行了结，原系委曲周旋。今该商人以前此卖丝并未成交，不肯赔货赔银，则此无据之案，不能治以刑罚，激成事端。贵领事公正明白，华洋一视同仁，想必以此言为然也。

致喇领事光绪三年三月十四日

来函所言，哥崧在禅臣洋行当外国丝商，数年来与卫荣藩买丝，并无一次写过大簿等语。查上年七月间，据卫荣藩呈称，哥崧曾在布国禅臣庄口与伊买丝，系到该庄口面登大簿，并签卖者名字。当经札德国索领事查复。

旋接索领事覆称，饬令禅臣行商人徐律斯查明上年定货大簿。本行司事哥崧，初与恒纶即顺兴店司事卫荣藩交易，订定土丝百余包，委系到本行与洋商面登大簿，签写卖者名字等情。即此已与贵领事官来函所言不符，且哥崧在禅臣行买丝，系代人经手之事，数止百余包，岂有代人买丝，为数不多，尚且面登大簿签名，而自己买丝，为数加倍，转肯托诸空言，并不面登大簿签名之理？以此推之，是卫荣藩供呈各词所称必须写立大簿，并非虚词可知也。

致总署光绪三年三月二十五日

月初承准大咨，并奉钧函，以新开口岸，亟宜定办者三端，咨行转饬定办等因，即经肃函奉覆，计已早登青览矣。

窃查尊处所定三端，虽指新开口岸而言，坤一以粤省从前所开口岸，均未划定租界，如将来划界之时，能将新旧口岸均照此次来咨所言，三端一律定办，尤可使诸弊一清。查旧日口岸，一为广州，一为汕头。汕头地方，各国洋人，并无向中国官租赁地段。其租自民间者，零星散漫，参错民居，似不得指为租界。将来会议时，自当密饬地方官遵照尊处先后咨函事理，妥为酌办。惟广州一口，而有沙面、十三行、税厂迤东三处，系英、法、美各国承租地段，当时承租原案，业已指明，系某国所租，此时若欲改为各国公共租界，恐外人未肯遵行。此第一端之能否办到，未敢预必也。此三处地段内，现虽查无华商行栈，顾华商之狡黠者，知有免厘之议，难保不于租界内屯货寓居，洋人惟利是图，恐不免为之包庇。又此等地段内，现虽安静无事，至于划界之后，或有事端，能否即照来咨，由地方官会同领事办理，亦须俟定界时与之辨论。此第二、三端之能否办到，亦未敢预必也。

然此系就广州而言，广州本非新开口岸，且只第一端颇形棘手，其第二、三端或尚可与之力争。至于北海等处新开口岸，必当遵照来咨所指二端，与之折辩。现在租界一事，洋官并未催办，不过先事预筹。将来划界之时，情形若何，自当随时布陈，请示遵办也。

致李中堂沈幼帅光绪三年五月初十日

四月二十日接到总署来函，并抄寄芜湖关刘道所呈条议一纸，饬即详加酌度，将新开口岸酌定三端内之第二端应如何变通办理之处，即行筹定，转饬妥办，总期相机而行，以防流弊等因。查此事先于三月初一日，承准总署来咨，并接来函，以新开口岸亟宜定办者三端，开列清单，咨行转饬定办，业经转行粤海关及廉、琼道府一体查照在案。

今阅芜湖关刘道条议所言，第二端难办者，不在华洋之杂处，而在华商之假冒，若徒不准于租界设栈，是邦域之内，有声教不及之区，既难措词，亦多窒碍等语，所言诚不为无见。惟总署前函所言，洋商包庇华商，偷漏之弊，固亦不可不防，但得各处厘卡严密稽查，认真究罚，亦可以杜其弊端。盖华商货物，纵使暂存租界，终须运出销售，洋商包庇于租界之中，不能包庇于租界之外，是第二端即不照办，于大局似属无伤。

现在租界一事，洋官尚未催办。坤一拟密饬各地方官，于将来会议时，将第二端置之不论，其包庇偷漏之弊，仍饬各厘卡设法严防。至第一端与第三端，则告以事在必行，谆饬不宜迁就。第就粤省情形而论，仅有广州省城外沙面租界，是处英、法虽各分地段，界内均无华商，平日亦未闻有租界内词讼之事。潮州只有通商口岸，别无租界。琼、廉新开口岸，通商势不能盛于潮郡，洋商未必于口岸之外另租地方。故前奉尊处咨行三端，在粤省亦豫为经画而已。

复沈幼丹[①] 光绪三年五月

承询滇边戕杀英人一案，为缅为华，有意无意，虽不得其底细，而总署来函，谓彦卿中丞不欲开通此路，其中委曲，想在洞鉴之中。

鄙见窃以杜渐防微，似亦不必如此决裂，转难收拾。威使一闻此警，即向总署多端发难，并先索银十五万两。总署惟允该使派人往滇观审，嘱李中堂遴员伴送，余俱不可迁就。威使由是愤

①中华书局版《刘坤一遗集》将本篇列入卷十四。

愤出京，初至上海，深藏固蔽，故示不测。及李中堂所委之宋丞抵沪，威使则令其先偕英员赴缅，而后赴滇。宋丞以与札委不符，具禀请示。威使乃准仍照原议，随复再三推托，不即成行。现在威使已来珂乡，与宋丞约俟回时定计。威使前在江宁，与弟辩论夔关扣留洋货，及江西稽查子口税单各节，绝口不提此案，一若有所待而后发者。此其大概情形也。

据新闻纸云云，则英人意欲归咎缅国，以图并吞，而于中国故作不即不离、若缓若急之语，欲使我以嫁祸为幸，坐视缅之覆亡，迨至势失辅车，而后横生枝节，其处心积虑，似非无因。又或谓英国已交驻扎印度之洋官查办此案，威使不便与闻，不得不为迁延之役。未知是否属实耳。

冯道密禀，威使由上海贻书总署，洋洋二千余言，追咎前此天津之案，未大惩创，以致滇边效尤。并称前索银十五万两，本不为过。此系洋务委员探听之词，未得见其底稿者。

至倭使以琉球入贡中国，斥为背叛，竟向总署索问琉球使臣，且请发还贡物。总署婉辞拒之，令其自问琉球国王，随即密函知会外间查照。嗣后倭人是否与琉球为难，虽尚无所闻，然倭人岂不知琉球臣服中国二百余年之久，而忽有此诘责，显系借口生端。琉球与倭为邻，难免弱肉强食，不惟不能望如高丽之能守，并恐不能如安南之能和。中土皇皇，外藩岌岌，关怀时局者，同兹扼腕矣。

致冒太守 光绪三年六月十三日

六月十一日，接到总署来函，以租界一事，如能照前此定办三端内之第一端，于现在勘定之处，即作为各国公共租界，固属甚善。如各领事必欲各分地界，应执定《烟台条款》与之力辨。饬即转饬各关道，按照《烟台条款》原意，会同领事官妥商定夺。如总税司到各该口岸时，并与之详细商酌等因。用特专函奉布，并将总署来函及抄寄各件，一并录寄台端。务祈阁下密切查照，俟将来各国领事会议划界之时，即与妥商，划定一处为各国公共租界。如各国领事必欲各有分地，即当执定《烟台条款》与之力争，幸勿迁就含糊，是为至要。

复总署光绪三年六月十八日

六月十一日接奉钧函，以租界一事，如能照前此定办三端内之第一端，于现在勘定之处，即作为各国租界，固属甚善。如各领事必欲各分地界，应执定《烟台条款》与之力辩。饬即转饬各关道，按照《烟台条款》原意，会同领事官妥商定夺。如总税司到各该口岸时，与之详细商酌等因。并蒙抄寄与英国傅公使往来信函，暨致总税司函各一件。仰荷指示周详，曷胜感佩！

窃查现在外洋相继来华，立约通商，与前此情形不同，所定租界，如必各有分土，安得如许地方？尊处拟以勘定一处，作为各国租界，自是不易之论。广东新开之廉州北海口，及先开之潮州、琼州两口，该各领事于租界一事，并未催办。如或将来会勘划界，自当饬令该地方官，遵照此次函示，与各国领事妥商力辩。新开口岸，非旧日口岸之有租界者可比，谅亦不难办到。

惟傅公使与尊处信函内云，芜湖口地方官欲禁止英商，不准在该口内赁屋开行，止准在租界内住居等语。查各处通商口岸，准令洋商开行赁屋，条约原有明文，即尊处定办租界三端，亦未指明洋商不准于界外居住。今芜湖口办法，原是理势应然，惟口岸地宽，而租界地狭。今以定有租界，必使洋商皆住界内，其租界之外，不许赁屋开行，拘制太严，恐未肯遽然就范。况新开口岸如此，旧日口岸中之有租界者又当何如？或者因此令各领事为难，自罢租界之议，未始非计之得者。

正在熟思审处，复于十四日接奉钧函，抄示往来照会，谨悉壹是。似此分别办理，凡通商口岸，所有划定租界内，准免洋货厘金，其居住界外者，不得援以请免，既与条约、条款两无违碍，各国领事自必无词。除将函饬事理分饬粤省新旧口岸各地方官密切遵照外，肃此并覆。

复俊星东光绪三年十月十六日

英领事来署，首以香港巡船章程为言，谓彼无以复港督及该国执政大臣。弟问："此次章程议定后，将来果否照行，不生异论？"则谓："既系奉文会议，总以议定为是，有无异论，听之两国朝廷。"等语。并请由弟派员会商，以符原案。弟答以："本署派员会商，本系正办。但事只期妥便，不必拘泥繁文，否则不待贵领事今日之请矣。惟有转催俊榷使与贵领事，将税单及会审两条，另行妥议而已。"该领事亦无他词。即祈执事与英领事订期定议，得免借口。未审台指以为何如？

此外尚有一二件，英领事谈之颇久，弟窃以为目前无关紧要，容日面陈清听。

复俊星东光绪三年十一月初八日

弟于前日回署后，即经函致英领事，催其速与左右议定香港巡船章程，迄今两日，尚无回信，未审是何用意？弟拟照烟台原议，仍由敝署委一与该领事对品大员，前往会议。倘该领事再不理论，便可听之。或已定议，而将来港督委员不以为然，甚至别有变更，亦过不在我。

罗领事熟习中国情形，而居心极狡，既不能通融商办，似宜各占脚步，想尊指不以为迂也。

复总署光绪三年十一月十四日

查广西西林县拆毁教堂一案，事在同治十年间，节据法国领事申请查办，经各前任咨行确查办理。本年七月间，复据法国领事喇克礼申陈，又经坤一札催西林县赶紧查明，妥速办结。并饬将外国传教人等，务须按照条约，妥为保护。仍谕令公正绅耆，约束子弟，各安本分，毋得造言生事，以期中外相安。一面会同朗轩中丞，申明条约，出示晓谕各在案。

今法国白公使照会尊处所云坤一与广州法国领事拟定西林县办法，自系指以上各节而言。坤一因该地方官禀请以后，华洋教士前往何处，以及人数若干，先行知会，以便保护等情，札行法领事转行各教士。嗣据陈覆，似亦以为然也。

至教士前在西林县署中毒，以及西林绅士信函系由该县亲身递与教士两节，经即函致朗轩中丞确查见覆。兹接其来信，云现已饬查明确，并无其事。并据西林县抄呈案据禀覆前来，逐细查阅，所谓在署中毒者，系属疑词，且出他人之口，非该司铎本意。所谓该县亲递信函者，更是辗转架捏。此事一切情形，业经朗轩中丞缕达尊听，自毋庸再事琐陈。

除批饬西林县将拆毁教堂一案妥速办结，仍查明该教堂地基买自何人，曾否报官查明准卖，及书写契约是否只写卖与某国作教堂公产，不填买主姓名，与游历章程相符，另禀察核。并函致朗轩中丞一体饬催，俟办结之后，再当另备公牍咨呈察夺外，先此肃覆。

致总署光绪三年十一月二十二日

查上年闰五月内，据南海县禀，据本港司事吴承昌禀称："现接暹罗国披耶珠历来函，以该国贡道，历由广东至京，路途甚为阻滞，请求代为转奏，准由天津进京。"等情。并据缴到暹罗国大库司来文一封。当查暹罗国请改贡道，前由闽省代奏，经部议驳，闽省业已照知该国王遵照。今此次该国大库司来文，并未叙及闽省代奏之事。又向该国有所陈请，均由该国大库司具禀。此次来文，封面书写呈"两广督抚"字样，而封内之件，则系致书于通事吴承昌，殊与体制不合。当经会同友山中丞，分别咨行查覆核议。旋据东藩司以闽省前奏业经部驳，现在未便再奏等由议覆，批行转饬知照。

嗣准闽抚咨覆前来，又经会同札司再行查案核明，妥议详办，现尚未据核议详覆。此暹罗国请改贡道之原委也。

此外并无催令该国定期朝贡，以及粤省与暹罗采购米粮，官商彼此议论未洽之事。兹谨将暹罗国大库司来文、东藩司原详暨接准闽抚来咨、札司再议稿件，一并抄录附呈，即祈察览。

复美国领事林干光绪三年十一月二十三日

接阅来函，具悉壹是。查日前贵领事前来敝署，只云同孚洋行现与秘国立有合约，凡在该国华工无力回华，应由秘国朝廷认给水脚者，均交该洋行轮船装载送回。该轮船转身出洋，顺便装载货物，如有商民自愿出洋者，亦可搭行。诚恐有人疑其贩卖猪崽，请饬属知照晓谕等语。

本部堂以此系善事，又与条约相符，众所共知，本可毋庸出示。第贵领事既以为请，自可允从。当时并未闻有招工出洋之说，昨接贵领事申陈，内称该处其工易雇，易于寻觅，且工价亦高等语，虽无招工字样，然照此出示，实与招致之法无异。在贵国条约及秘国条约均有不准明文，且恐此示既出，华工纷纷前往该处，万一以人多莫雇，或工价有时而低，则已往之华工无以谋生，岂不归怨于贵领事之申陈及本部堂之告示。是以再三思维，碍难照准，已于札复中略言之矣。

其中尚有未能详尽之处，故复缕悉作答。祈贵领事酌核事理，确查条约文义，亦必以鄙意为然也。

复郭筠仙光绪四年正月二十二日

承示种种及抄寄疏稿三件，拜读之余，莫名钦感。就中惟《通商则例》一书，尤中肯窾，不可不及时纂辑，计总署必刻日举行。

鸦片烟流毒已宽，不便加以厉禁。纯用王道，恐非急切所能奏功。且此纵有悔祸之心，而彼又有效尤之意。闻吕宋等国，多方种植，将来难免贩运来华。惟内地既清，则外患或可自弭。

西征已得南八城之四，而白酋尚在逋诛。伊犁能否珠还，更无把握。现在秦、晋、燕、豫均遘奇灾，司农权衡重轻，不能不分军食以顾民食。左相悬师深入，关心时局者，殊切隐忧也。

胡君璇泽尚未回粤，亦无只字相闻，需用经费若干，无从过问。俟事体就绪，明定章程，自当如数供支，以副雅嘱。

台衔之书出使英国字样，似犹直隶、两江总督之称北洋通商、南洋通商，其实均是钦差大臣。此间前次公牍，系照各处咨文，所谓人云亦云，并未别奉谕旨及总署知照。

夔石入觐，有谓将入总署，或云必入军机，尚无确信。

先生近来颇好愤争，自是血性所激。顾天下事岂尽由我？何妨听之。

弟承乏瞬及三年，诸事迄无起色，所幸地方大致尚属安靖，洋务渐就范围，堪以告慰廑注。

致李中堂沈制军[①] 光绪四年二月初八日

《烟台条约》所载查议香港巡船一事，前据英国副领事翟理斯转述领事官罗伯逊之言，谓作罢论等语，曾于上年秋间，布陈台听。

嗣于八月间，罗领事复拟章程五条，意在查验税票，会审华商，其言固前后不符，其事亦窒碍难办。然彼既照章请议，自不便以先有罢论之言，置之不理。正在斟酌驳复间，九月上澣，两奉总署来咨札行，并抄折各件，得悉傅署大臣始以巡船侵界为言，继以会议一节未准，其国丞相咨会举办，于此事尚无把握等因。是此项章程，该国既未咨会举办，则香港总督亦未必即能派员会议，纵与该领事议定章程，将来香港派来之员，亦难保其必无变更。俊使适准该领事函催，即本此意具覆，而遵照总署札行，严

①中华书局版《刘坤一遗集》“沈制军”作“沈幼丹”。

饬各船，仍照向章巡缉，无使滋生事端，以免授人口实。

乃该领事复向坤一叠申前议，情词甚迫。坤一以此事重烦廑虑，亦欲早为议定，以断葛藤。因询以定议之后，该领事究竟有无把握。据云彼此商定，必能转请香港总督派员画押。故即照章派委对品大员、现办洋务之广西候补道许其光会同酌商，往返辨驳，笔秃唇焦，经数月之久，始有成说。另立章程五条，颇足以杜违约之渐，保自主之权，联中外之交，防包庇之弊。该领事复坤一与许道书，并谓可以照办，不意其仍托空言也。

先是议而未定，即闻该领事有乞假回国之信。迨至正月上旬，甫经定议，又闻该领事不日成行。当饬许道，促其转请港督派员来省，公同画押，而该领事日事宕延。正月下旬，忽向坤一辞行，谓所议各条，港督深以为然，惟伊旋国有期，不及办理。于俊使之前，则谓后来领事，非有派议明文，不能干预。责其中变，伊亦无词。

查该领事于此项章程，屡议屡翻，欲行又止，居心狡诈，迥异寻常。所有前后一切情形，除函达总署并饬行附近香港各厂及轮巡各船，悉照旧章稽征巡缉外，兹将该领事拟具条款，及坤一等会定章程，抄录寄呈，伏祈察览。

复沈幼丹光绪四年二月十二日

前奉惠函，以接到总署公函，因德国巴公使谓洋商在本口买土货，须将华商纳税印据呈验，与条约不符，总署已允由外间设法妥办。兹将总署原函抄件一并录寄，嘱即查照，详察妥议函复等因，当经函致粤海关俊星东榷使查明见覆。

旋接函称：“洋商置买土货出口，省城大关向不查验华商纳税印据。至潮州府之汕头，廉州府之北海，琼州府之海口，三处新关征税时，其内地完纳税厘单据，系由华商呈验。德国巴公使所言，洋商在口买货，须将华商纳税印据呈验，自系别省办法，现在粤省并无此章。所有粤省征税事宜，应仍照粤省向章办理，毋庸纷更。”等因。并据广东厘务总局，以洋商在粤置买土货，粤海关向不查验华商完纳税厘单据，与别省情形不同。若于各商完厘之时，按货逐件给票，未免过于琐屑。若限定件数填发，恐于洋商折买仍多窒碍。洋商在粤买货，海关向不查验厘、税票据，历久相安，似宜仍照旧章办理。等因前来。

弟查粤海关征收洋商出口土货税项，向不查验华商纳税印据，是德国巴公使所谓于洋商不便者，自非指粤省而言。粤省办法历久相安，似毋庸别事更张，转滋议论。兹将俊榷使两次来函，抄呈台览，祈即转致总署察照为祷！

致□太守光绪四年二月二十三日

四月初十日接奉总署密函，以教士和类斯前赴归善县缴验传教之执照，查与光绪三年十一月初八日，法国大臣送来盖印之六百八十三号给教士和类斯收执护照，年限、名字均属相符，其与教民陈金幅买受菜园契据，既已投税，现在指为私买产业，不免予以口实。嘱即转饬该县，倘法领事听其怂恿，径相辩难，固不可违众以滋事端，亦不可固执前说相抵，致与章程、条约不符。所请护照，务再详细查验，究竟有无中国印信，切实核办，妥议完结等因。

查此事先据该县张令兆庚具禀，当经批饬遵照，并咨呈总署在案。兹准前因，用特抄录，专泐奉布，祈即密饬该县遵照，并将接函日期及转饬情形，密为见覆是荷。

再，前据该县禀称，教士和类斯与陈金幅所买园地之契，业经报税等语。究竟此契系于何年月日赴县报税，并希饬查见覆。

再，接喇领事来文，以教士现在归善地方买屋，建立教堂，该县不肯印契等情。查该教士前向归善县民陈金幅所买，系属园地，且契经投税，今领事来文，该教士此次所买，系属房屋，且契据甫请报税，似与陈金幅园地一案两不相涉。惟教士买屋，建作天主堂公产，系属条约所准行。如果该教士现买房屋建立教堂，先经赴县报明，并写契投印，一切均与同治四年通行之例相符，似未便过于拘执。并祈转饬该县，务须查照法国条约，及同治四年总署暨通商大臣咨行事理，妥为办结，是为至要。

复英国署领事韩仕光绪四年三月初三日

顷接来函，并南海县照会贵署领事官公文一件，均即阅悉。查中国民人犯法，逃在香港，一经中国官员照会英国领事官访查严拿，即行交出，条约本有明文。惟同治年间，瑞前部堂与贵国罗前领事官酌定前往香港提犯章程，所有各属文武员弁，前往香港提解人犯，均禀由本衙门札行贵前领事官转致香港贵国官员，将犯交解来省。今该县前往香港提解凶犯邓寄仁，何以并不禀明本部堂札行提解？除札饬该县查明禀覆，一面将本案缘由，具禀本部堂，以凭札知，将犯提解审讯，并饬嗣后遇有此等事件，务须查照瑞前部堂酌定章程办理，毋再率忽外，相应函覆贵署领事官查照。

再，查各属办理中外交涉事务，除香港提犯一事，必须禀明本部堂札行提解外，其余交涉事件，各地方官与各国领事官向有公文往来。今该南海县照会贵署领事官赴港提犯，虽与瑞前部堂定章未符，但其文词均系公事公言，并无欺藐贵署领事官之意。若以提犯一事与向章未符，尽可覆知该县，具禀本部堂核办，或由贵署领事官申请本部堂札行该县遵照。即谓字句欠妥，未能释然，亦只可明白辨论。乃贵署领事官于该县照会文内辄以红笔旁抹，此则虽中国上司之于属员，亦无如此体制。

各国领事官与中国官员，自应彼此共敦睦谊，中国地方官不得轻慢各国领事官，则各国领事官亦不可轻慢中国地方官，同一理也。

复韩领事光绪四年三月十二日

接诵来函，具悉一切。此案前经饬国运司查覆，今晨又经本部堂面问，该运司递据禀称，并无在香港境内设盐票馆之事，定系假冒无疑等语。

应请贵领事函复香港总督，责令梁有利指明盐票馆设在何处，究系何人所设。即将该盐票馆封闭，并将开设盐票馆之人拿解来省，由贵领事官转交本部堂衙门，以便发该运司讯明惩办，以为假冒越界牛端者戒。

复韩领事光绪四年三月十五日

接诵来函，具悉贵国香港总督大臣，以广东省城西关外遭此风灾，多所损折，致劳悬念。仰见贵大臣一视同仁，不分畛域，不唯本部堂甚为感荷，即阖省绅民亦同声称颂也。

窃本部堂承乏三载，自维薄德，无以感召祥和，以致灾变递生，殃及百姓，惭悚之私，匪言可喻。现饬府县会同爱育堂绅董，分别抚恤，死者殓埋，伤者医治，其贫乏不能谋生者，亦量予周给，亦聊尽人事而已。即请贵领事转复贵大臣，并为本部堂致意道谢。

复韩领事光绪四年三月二十九日

径覆者：

顷接来函，并送到檀国湛总领事照会一件，均经阅悉。查来文内称："黄贵因运工人到檀香山，被两广总督扣留。"等语。检查档案，并无办过此案卷宗，无凭查核。

且各国领事官与本部堂公文，均用申呈。今檀国湛总领事辄用照会前来，核与向办不符，相应将照会一件送回，希即转致查照可也。

复总署光绪四年四月二十三日

查教士和类斯前往归善县，呈验执照，先后两次，照内所填名字，一系巴华，一系和类斯，先后不符，且照内均无地方官印信。法国驻京大臣，虽可给发执照，亦仍须中国地方官盖印为凭。该县因该教士呈验之照名字前后不同，且又无中国地方官之印，是以疑为假冒。今奉钧示，巴华、和类斯两照，均经顺天府盖印，该县或因顺天府印系用淡胭脂水，不甚分明，是以未经看出。惟既有顺天府印文，当该县驳诘之时，不知该教士何以竟不置辩也。

至法国传教士买屋建堂一事，同治四年三月间，粤省准南洋通商大臣咨行，以传教士买地为建堂之用，其卖契内只可载明卖作天主堂公产，仍令卖业之人，报明地方官，请示酌定，方准卖给。如私行卖给，查出立即惩处等因，通饬遵照在案。

此案和类斯呈缴之契，载明将园地卖与罗玛堂神父管业字样，该县印契之时，或错认为民间堂名，误行印给，亦未可知。且契内并未写明卖作天主堂公产字样，而该教士和类斯，竟欲将此园地建作教堂，是以该县疑为与定章不符也。

此案仅据该县具禀，该领事并无申陈。除查照来示密饬该县遵照，倘法领事于此案尚有辩论，固不可违众而致滋事端，亦不可固执而有违条约。其教士所呈护照，务须细为查验，不可稍涉粗疏。一面通饬各属，凡遇民间将田地房屋契据投税之时，必须细心验阅，如有牵涉洋人字样，即详细查明，妥为办理，毋稍疏忽外，谨此奉覆。

复税务司柏卓安光绪四年五月初二日

接阅来函，领悉壹是。此事具费鼎力，办理自臻妥协。惟自行出洋华客，似应饬令先赴贵关报名，查问明白，而后准其上船，俟开行时，再行点验，以昭周密。兹由同孚洋行将华客齐集候询，窃恐先行告定口供，其中或有弊窦，伏祈详加酌裁。

其普路沙轮船，由黄埔移过拦江沙，业经尊处派扦手三名住在该船，自足以资防范。敝处当即饬何都司将所带巡船移往彼处照料，仍望指示该都司一切事宜，俾有遵守。

从前各国轮船，自非招工，并不进入省河黄埔一带湾泊，以省河无货可载，无客可搭也。今同孚洋行各轮船径入省河，以载货搭客为名，诚恐其影射招工之事。将来应否禁止，尚候面聆台教。

秘国不准在粤招工，条约已有明文。今若自我开端，谁执其咎？且亦无颜以对广东绅民与各大国官商。故不得不格外慎重，唯祈贵税司加意，是为切祷！

致□廉访 光绪四年五月初二日

四月初四日，接奉总署密函，以德国巴使送到试行追捕海盗章程六条，此事若由中国专任其责，能否确有把握，俾洋面不致有盗贼为害，不得不自为审度。各款中何者尚属可行，何者必不可行，抑别有可以间执其口、防杜其衅之处。兹将章程抄寄，希即筹画研究，见覆酌度。等因。

查阅寄来德国巴使所拟章程，诚如总署所云，显欲夺我自主之权。而其中尤为窒碍难行者，如海盗抢劫商船之后，所抢货物藏在何处？由兵船查明一层，又德国兵船如遇有形迹可疑之船，喝住盘察，并船上所带违禁器械，或自行收贮，或抛掷海底，以及贼船之人，归其看押一层，皆系万难照办。第条约内既有设法会议之文，不能不酌度办理。究竟德使所议各款，何款尚属可行，何款必不可行，抑有别法可以间执其口，预杜其弊。以及洋面缉捕一事，若由中国自行办理，能否确有把握，不致再有盗贼为害，必须参酌中外情形，筹画计议，方足以昭慎重而臻妥协。

查缉捕洋盗，稽查船只，以及交涉事宜，向由尊处综理，用特将总署来函及抄单，一并录送台端，务祈会同善后局、营务处诸君审酌情形，通盘筹画，将此事应宜如何办理之处，密为见覆，是所至祷！

致柏税务司光绪四年五月初五日

日昨秘公使、美领事与兵船管驾官共八位，同来敝署，议论许久。初谓此次轮船不能空回，亦难久待，务望妥速商量办法，将来自在北京预定善法，以便遵办。当答以："此次搭客，亦应按照现定章程，以杜影射招工，已与税务司当面斟酌矣。"秘公使等总谓秘国条约并无查问搭客川资之说。则答以："查问川资，条约虽未载明，第查问之法，非此则无把握，且有日国条约及赫总税司办理汕头一案可以援引。"又告以"此等办法，非故从刻，实为大体起见。苟不如此，虽美领事与同孚行正经搭客，而地方奸民借此影射招工，众口沸腾，以为贩卖猪崽。此等恶名，不唯有碍美领事与同孚行，并波及我与税司。即秘公使适逢其会，不能推说并未与闻，竟将所定不准招工之约，等于废纸。将来北上，与李节相及总署王大臣谈及，似觉无颜"云云。语虽切直，而秘公使等均首肯，颇以为然也。

此外则美领事与管驾官力辨此次兵船来省及往尊处，同听查问华客，系为察看该国商民有无干犯之事，别无他意。此亦毋庸深较，唯照札覆事理与之驳辨数语而已。

致总署光绪四年五月十九日

窃照美国续增条约及秘鲁国条约内均载明："除两国民人自愿往来居住外，别有招致之法，均非所准。"秘国条约又声明："现经严行禁止，不准在各口岸勉强诱骗中国人运载出洋。违者，其人各照本国例，严行惩治，至所载运之船，一并按例罚办。"等因。是该各国不许来华招工，已有明文。又恐阳避招工之名，阴蹈招工之实，多方诱骗，使入牢笼，故申明“别有招致之法，均非所准”，立意极为严密，亦极详明。

乃美国领事林干于上年十一月十六日申陈，请出告示晓谕地方，现有该国同孚洋行轮船与秘国立约，凡有由秘国朝廷资遣华工回粤者，均由该行轮船装载送回。并请告示内声明，秘国各埠易于觅工，其工价甚高等语。当经札覆，“同孚洋行轮船装送秘国华工回华，自系善举，惟晓谕地方，谓秘国各埠易于觅工，工价甚高等语，近于设法招致，有碍条约，未便照准”在案。

兹于本年四月初六日，该领事与秘国爱公使勒谟尔一同来署，据称此次由本国坐同孚洋行轮船来粤，顺道拜望，不日便须北上，嘱为函致中国出使秘鲁等处大臣，约于上海与该公使面晤。坤一尚未往该公使寓所答拜，忽于四月初九日，据番禺县及保甲局员面禀，在于城外珠光里查出招工馆一所，内有华工数十名，当经全数拿获。讯据包头曾维邦等供称：“同孚洋行买办陆富成即祥元，领有洋行本钱，在外招工，前往秘国。议明水脚洋银七十五元，由该洋行垫出，俟到秘鲁当工，得有工价扣还。该各华工到秘鲁当工，每月可得工价数十元。”等语。并据各华工供亦相符，惟称“曾维邦来招工，云有地方官点名上船，以为有法保护，今始知为官所不准”，当堂出具不愿出洋切结存案。

正在核办间，美国领事林干来见，面称：“不该拿各华人。该洋行此次招工，系照条约办理。”坤一答以：“条约声明：‘别有招致之法，均非所准’，何得尚称许其招工？”该领事则谓：“此两句与所配英文不符。”又谓“十六条内，声明各国利益之事，秘国得以一律均沾，何以独不许该国招工？”坤一复答：“以此等紧要之语，英文断无不符，无难翻译。即准招工之国，亦应照通行之二十二款，委派中外委员，设局开办，不能私派包头，私行设馆。况该秘国不准招工，已有专条，岂有抹煞专条，而援引利益均沾之言，含糊办理?”领事无理混争，哓哓不服。迨回署后，又具申陈前来。且谓番禺县覆审之时，派美国副领事往听口供，与该县开呈坤一处供折有数要款不同。经即驳以当日该县覆审，该国副领事及翻译官在傍同听，并无异言，何得于日后渎辨？因又札委广州府会同柏税务司再行复讯。随据该府及税务司禀复申呈讯过各华民供词，均与前供无异。其包头曾维邦则供，系同孚洋行细崽陆富成，商同同孚洋行买办，雇伊专理招寻出洋工人事务。当饬将被诱之华民四十二名，先行省释，曾维邦仍行管押，一面札行领事，饬令同孚洋行将陆富成解质，迄今未据解到，亦无只字申覆。

坤一嗣往该领事衙门答拜爱公使，复与该领事辩论多时，又与柏税务司再三开导，该领事颇知错误，已复申陈，则称搭客而不认招工。坤一知其计图影射，遂札饬税务司与各委员，于同孚洋行各轮船出口之时，设法稽查，并饬仿照赫总税司办理秘国帆船前在汕头搭客章程，令各出洋华民来关报名，听候查问是否情愿出洋，是否自出水脚，是否知所往地方，将来到秘国后，或做此事，或做彼事，或在此处，或在彼处，或愿回华，是否得以自由自主。如与章程相符，则由同孚洋行出具切结存案，以便将来寄往出使秘国大臣及中国所设领事官稽查。该领事仍欲将各出洋华人由同孚洋行齐集带来查问，盖欲预先教定口供也。

五月初三日，税务司与各委员在海关公所查问出洋华民之时，爱公使及美领事、余翻译，并与美国兵船员弁多人，闯入海关公所，欲即在座同听，意在胁制，使税司委员不敢细问，该华民亦不敢供吐实情。该税司语以应否准该公使等同听，必须请示于坤一，未敢擅专。该公（司）〔使〕、领事愤愤不平，竟将各华民带回同孚洋行，随以申陈来请，经坤一严行驳斥。

初四日，爱公使、美领事与兵船各员弁来署，往复辨论逾时之久，并谕以此项不准招工条约，系爱公使及总署及李伯相所议，甫经定局，便不肯遵，欲以搭客影射招工，中外耳目甚众，不能欺人。不惟地方官与该领事该洋行有碍，即爱公使北上，亦无颜以对总署及李伯相。该公使等默然以去。

至初六日，税司委员在海关公所，传问出洋华民，始无洋官前来。是日问过四十余名，内有邓标等七名，则称被人如何招诱，现在省悟，不愿出洋。当将船票缴还，查阅票内，有“付清水脚”之语。试思此等穷民，安有数十金之水脚付给？如果系该华民自行付给，今既不愿出洋，自必讨还，何以竟无一语，掷票而去？其为该洋行串通本地奸民，视为奇货，代发水脚，招诱出洋，以便将该华民贩卖取偿，自可想见。并有邓标等七人供词足凭，此七人如此，其余亦可类推。即使该洋行出具华民得以自由自主切结，而寄命数万里外，且散在各埠，无论中国官不能过问，即将来出使领事前往秘国，亦觉耳目难周。该洋行固计之熟矣，否则，何肯自耗巨款，为此漫无把握之事？

查秘国来华招工，原有厉禁。况以搭客影射，尤属漫无防范，流弊不可胜言。并恐古巴等处相率效尤，势将无所底止，不得不将此案认真追究，以警其余。查赫总税司所议办理汕头秘船搭客一案，内有“如到船后，查出一人承工，系以搭客影射者，即将全船华民提出”等语。虽经声明，一时办理，未为永远章程，第当时既经尊处照会爱公使阅核，称为公道，则此次自可援照办理。现经饬令税务司，将该轮船华客尽数提出，不准出洋。并照条约，将该轮船罚办，以昭炯戒。乃该领事尚以阻挠该国贸易为言，且以赔偿守候费用等词相胁，实出情理之外。坤一如果照约罚办，该领事未必肯遵，更难保不逞其谲妄之词，令该国公使前来尊处哓渎。是以谨将此案详细情形密陈钧听，并抄录全案，一并附呈，伏祈察览示遵。

再，本月十四日二点半钟，秘国爱公使一人，带同美国余翻译来署，将同孚洋行招工一事，往复辨论，至七点半钟始去。该公使初从大处立说，（设）〔谓〕彼此均是大员，遇有交涉事件，为难之处，总宜设法调处，极力担当，方为国家省口舌。现在该国优待华工，迥异昔日，不可误听浮言。此次同孚洋行与该国立约招工，势难中止等语，意在婉求。经坤一将此案如何格碍难行，以及前后办理情形，逐细开导，该公使则勃然变色，硬谓按照条约，本可招工，又谓英、法各国皆可招工，独不许该国招工，殊欠公道。复经坤一力加驳斥，该公使始谓招工纵然不可，而搭客亦不应如此盘查，近于刻薄。坤一喻以先有曾维邦设馆招工，则不得不查水脚，以杜影射之弊。嗣有邓标等混认搭客，则不得不取保结，以杜教供之弊。该公使无可置词也。

坤一随与柏税司详加商酌，若照诱骗罚办，系其领事主张，彼必多方狡赖，枝节丛生。惟将先已查问之人三十余名，全数提回，重行查问，仅十一人取具的保，仍准出洋，其余一律扣留。该洋行自知计无可施，但请了息。据称该轮船现无面目回秘，将于他国另觅生涯。只合听其所为，仍饬各处严行盘诘，想亦不敢再来尝试矣。

是日钦差出使秘鲁大臣陈荔秋抵省，论及此事，颇称办理合宜。诚恐荔秋星使行抵该国之时，不无辩论，业将全案另抄一份，交其带去，谨以附闻。

书牍卷十六

复总署光绪四年六月十一日

查德使前后所拟捕盗章程，诚如尊谕，有碍中国自主之权。然各国条约中均有会办捕盗之言，此时何能一笔抹搽？夫以中国沿海数千里之遥，大洋中岛屿甚多，易于纳污藏垢，断难节节设防，使洋面肃清，无一盗船出没。又外国轮帆各船络绎而来，无定时，亦无定所，更难保其必无盗警。有时变出不虞，而欲洋人于浩渺之区，仓卒之际，坐视盗船行劫，束手以待中国官弁之自捕。中国平日如何部署，并不许其与闻，无论势有不能，亦非和衷之道，则各国条约中有会办捕盗之言，固事理应尔也。

况英国前于江苏、粤东两省会办捕盗，已有成案，德使无不知之，未可力拒其请，使之反唇相稽。惟有妥为参酌办法，以保中国自主之权，拟请分为三条：第一条，则分别德使章程之可行不可行。第二条，则将不可行各条，援引向章，以资折辩。第三条，则定为平日巡缉、临时捕拿两样办法，以免格碍而昭周密。是否有当，伏祈采择施行。

再，查德使初次所递章程中有不可行者，二次章程间有删改之处，坤一等仍行议驳，以该使二次照会，并未声明前次章程作为罢论，恐其留为口实也。

复总署光绪四年六月十一日

承示广东巡船一事，委员与英领事会议章程第三条内有“如香港华商船只在香港官衙门禀诉中国税厂委员或巡船人等，由香港总督备文移送省城领事”各等语。又第五条内云：“遇有华商在香港控告各税厂多收及误算等事”之语。于体制未能允协，且与英约未符，诚如尊谕：“惟香港久为英属，香港华商亦以身居英地，竟以英官为护符。此次烟台之议波及广东巡船，皆香港华商嗾之使然也。”然英使公然为之出头，李中堂亦勉为迁就许其会议者，无非以香港华商与通商口岸之华民不同，不得不变通办理。否则以华商而完华税，与英人何干？

此间初与会议，英领事等总以用税务司兼管常税，且以常税改为洋税为词。仰承台指，与之再三力争，渐能就绪。

所有华商不应在洋官衙门控告海关员役一节，当时曾经辨论，而岁领事等坚执香港华商与通商口岸华民不同之议，且曰：“审如是说，则威公使此举殊为多事，于香港华商不惟无益，而并有损。”盖以香港华商在洋官处控诉，由总督移知领事，或照会关部，或申呈督抚核办，二十年来已成定规，不肯一旦更张，转令香港华商失所依附耳。

兹荷谆嘱，俟与洋官画押时再行斟酌。而默揣事势，循行已久，刻难挽回。且香港华商就近赴诉洋官，亦无术可以禁止。究竟此节可否量行通融之处，伏祈察夺示遵。

复总署光绪四年六月十二日

五月二十一日奉准大咨，以德使函催载生洋行压水柜一事，应由敝处查核办理等因。

伏查此案因友山中丞于署督篆任内，委派盐大使潘露与载生洋行写立合约，购买制造洋药机器等项，并无压水柜名目。嗣该洋行将压水柜运送来粤，称为原议所有，问之潘露，则称并无成言。当经坤一执约力争，谓约外之物可加，则约内之物可减，从此合约竟同废纸，何所适从？德领事索田理屈词穷，则请将从前一切作为罢论，此项压水柜从新立约购买。随饬司局公同酌核，以压水柜本为洋药机器所必需，该领事既不敢以原约所无强我必受，而另行立约购买，事尚可行，遂委招商局员唐廷庚与之议论。而该洋行不肯稍减价值，且称“若不如愿相偿，定求驻京公使作主”等语。坤一以其词不近情，正在痛予驳斥，适该洋行旧伙英人毕德卫刊行《见心录》一书，并由湖北函致敝署，大概谓该洋行德商贪鄙无耻，承办广东机器等项，捏称别有开销，暗写信回外国嘱其浮开价值，其信为毕德卫所抄，情愿赴粤与之质证云云。

坤一查载生洋行勾串弊混，早在洞鉴之中，曾奉密嘱，以后不与交易。至以前该洋行浮开之项，为时已久，牵涉太多，笔舌徒烦，未必果能追缴。而毕德卫来粤质证，即使终不易词，往返盘资，转縻巨款。是以一面辞谢毕德卫，以止其行，仍奖其公平，订以后会。一面令潘露暗地告知载生洋行，现有毕德卫书函尽发该行商奸状，该行若再以压水柜为言，则敝处亦必澈底根究。意在使之退步，自行消弥。该洋行自闻此言，数月以来，遂无一字及此，竟不料其早达尊听，并敢屡渎清神。坤一与司局熟商，前此许其另立合约购买者，为其原案葛藤悉断，由外通融，冀可以稍减价值也。今德使等援引原案，照会贵署，咨行前来，则此项压水柜为原约所无，万难迁就。否则彼反有所借口，谓此柜停待半载一年，利息太亏，并肆其讹索之计。况该洋行上年运来炮药、炮子各数十箱，称系西林宫保在粤时所面定，坤一以无合约，力拒始已。兹若收受此柜，则其炮药、炮子势必相继要求，更恐将来不胜其扰矣。

除俟司局具详，另备公牍呈覆外，谨将此案前后情形，先行函达尊处，并将坤一与英商毕德卫往来信函及毕德卫《见心录》抄呈钧览，伏祈俯赐察核。

复何小宋制军光绪四年六月十四日

弟等初闻香港建筑炮台，以致商民惊疑迁徙，方笑该洋人等轻举妄动，以英、俄即使构兵，未必波及于此，有如卓见。顾细察英人之意，于防俄外似亦无他。至谓该处为闽、粤咽喉，彼以兵船横阻其间，辅以炮台，海道难免隔绝，尤为洞烛机先。无奈香港及小九龙割界洋人后，一听客之所为，向来并不过问。弟等默揣事势，将来有衅，可以应手而成，不必与之争迟早矣。

又查澳门向无华人麻疯院，亦无将麻疯华人投诸大洋，将麻疯院地改作炮台。惟有住居澳门山僻麻疯华人，恃疾肆扰，为该处商民所诉，经该洋人载往芒山，给与蓬寮饭食，亦是俯顺舆情。弟等以该商民不应控告洋人，该洋人等不应如此专擅，仍欲令其装回内地，交地方官安插。而奉委之彭镇、许道等以澳门洋官颇能善视此等残废之人，而芒山正属内地，再三请作罢论，其言尚属近理。弟等承乏珂乡，于地方利害，民命安危，讵敢置诸度外?

既蒙情切指示，尤当极力维持。第其中有格碍难行，或尚可通融之处，则不得不随时斟酌，以杜纠纷。

谨将该委员等查覆情形及往来函商，分别抄陈，伏祈俯赐察夺。

复总署光绪四年六月十七日

十七日祗奉钧函，以秘国来粤招工，嘱其严行禁止，毋任借搭客之名，为拐骗之计等因，并承抄寄与西使、何翻译及裴、葛两税司问答之词，指示详明，曷胜感佩。

伏查此案前后一切情形，业于五月十九、二十九等日两次函呈尊处矣。该轮久停黄埔地方，意有所待，昨忽请单出口，仍只载去有殷实铺户保结之往秘鲁十余人，往檀香山三十余人，大概因在尊处及李中堂处探悉此事万不能行，无所用其逗遛希冀也。

此次美国同孚洋行与秘国设立合约，每年给该洋行银一十六万，以五年为率，每年该洋行轮船来粤招工两次，每次多则千人、八百人，少亦须五百人，否则其约作为废纸。似此厚利所在，故挟全力而来，爱公使与美领事等官无不串通一气，纠缠几及两月，鬼蜮不啻百端，迨后虽知其奸莫售，犹思别为转圜之地。兹经尊处智烛幾先，则彼狡狯之术已穷，想亦不敢再来渎扰。

除与爱公使及美领事辨驳各节，并往来公牍业经前两次函达冰案外，谨将先后所出告示抄呈，伏祈俯赐察夺。

再，查日国和约后附专条，声明现在该处华工务须一律优待，其有无力回籍者，则由该国家资遣等语。现有粤人接到该处华商之信，据称该处华工惟在省城附近及有英人驻扎处所，工主稍为体恤，此外则陵虐如故，未改分毫，凡在村市所遇华工，莫不垂头丧气，人不聊生。此犹谓之私书，不足为凭。

至资遣一节，换约已久，何亦未见举行？即如此次来粤轮船载回华工数十人，均系有力自备盘川水脚，无一穷苦之人在内，岂该处华工无一穷苦无一愿回籍者耶？可见该国于资遣无力华工一节，视为具文。荔秋星使至该国时，自应与之理论。将来爱公使入都，倘向尊处饶舌，亦可以此折之也。

致柏税务司光绪四年六月二十一日

前有运司缉私轮船在榕树湾拿获私盐一案，该户主业经认供，与轮船管驾官所禀相符。而该私盐船伙又在贵国香港总督衙门具控，称在洋界之石桃湾被拿，以致贵国韩署领事屡次申呈，请照越界条约查办，往返辩论，至再至三。

中外交涉事宜，本部堂亦难偏听。素谂贵税司明白公正，善于排难解纷，以外国人作中国官，必不稍涉偏党。即烦台从前往确切访查，该轮船此次所拿私盐船只，是否在榕树湾，抑在石桃湾，回覆本部堂，以便秉公核办，庶免偏枯而昭折服。

至食盐不准贩运出口，条约亦有明文。此次该轮船在于私盐船上，搜获香港发给执照，贩盐前往淡水，殊与条约不合。究应如何持平办理，并祈贵税司于往查之便与贵总督商酌施行。

复韩领事光绪四年八月十八日

接阅来函，具领壹是。所有出口土货之三联报单，以及进口洋货之子口税单，现经本部堂谆嘱俊关部并严催厘局，妥速商办，刻日施行。

昨晤葛税务司，据云已将柏前税务司所定章程略为增删，定于两三日前赴俊关部及本部堂衙门公同斟酌，是此项单、照，断不至于久延矣。前此洋商未曾请领，并非华官故事因循。及上年新开琼、廉两口，洋商始以此项单、照为言。创始之时，何得不加慎重，以期永远相安？无论中国防弊宜严，其中彼此意见不同，为条约所不载，实有不能逐层核议者。如前后税司请将运土货出口之三联报单不分华洋一节，立论虽为体恤华商起见，究与条约未符。又谓出口土货经在香港起卸后，再运进口，即作洋货论一节，亦与条约所载土货复进口之款两歧。此其所以熟思审度，本部堂未便责之以旦夕者也。

来函以香港盐政比拟，则请就事申言之。查食盐不准贩运出口，条约本有明文。今香港公然给票，指明贩入中国内地，有违条约，人莫不知，即贵国律师骇喇尔亦有是议。前此迈司轮船在石桃湾拿获私盐，搜出此票，本部堂未尝以此票违约，两相抵制，不办该轮船越界缉私之案，亦未尝翻论从前违约给票之事，不过请其以后勿复给票而已。迨贵港督以给票相沿已久，未能遽禁，必须奏明贵国朝廷，本部堂更未尝以有条约可循，迫不及待，此贵署领事官所知者。盖中外交涉，一以条约为准，而办理缓急松紧，有时不妨稍为通融，则情理兼尽矣。

此案原与土、洋货之单、照无涉，因来函道及，本部堂亦即借此以达区区，伏祈鉴谅。

致总署光绪四年八月二十七日

查日国驻扎广州领事官多达，于六月底偕法国萨副领事来见，寒暄数语外，并无他言。坤一随即前往答拜，亦有萨副领事在座。

多领事开口便说来粤招工，坤一诘之曰：“谁准贵领事前来招工?”彼曰：“上年所定条约，贵部堂未见乎?”应曰：“原因奉准条约，声明贵国不能在粤招工，故有是问。”彼曰：“续有招工条约，想未递到。”应曰：“实不闻有续定招工条约，以事理论，断无甫定条约不准招工，旋即翻改。且招工与别项事体不同，亦无不先询之地方官，遽与贵国公使定约之理。”多领事乃曰：“此次往来拜望，本不应谈公事，候我往小吕宋回粤后再行面议，大约须十四五天方可转身。”云云。

迨今两月，未见多领事复来敝署，亦无只字来提招工。惟据柏税务司面称：多领事早在香港将该国与中国所定条约，另翻洋文，删除“不能招工及出洋华民自备川资”等语，以示各国官商，众论哗然，以为日国招工未为违约，所以多领事初见坤一，亟说招工，无非先为尝试。坤一待其来则应之，外间浮言，无暇与之深辩。不图该领事反嗾该公使前来尊处，谓坤一答以并不知有条约不准粤人出洋，得毋故为诡词，以便施其狡狯耶！细绎日使在尊处渎争各节，计图改动“自备川资”四字，彼乃得以垫借水脚盘费，影射招工出洋，地方官无从拦阻。彼既得逞，则秘使与美领事必然反唇相稽，坤一将无词以对。盖前次秘、美在粤暗地招工，系援日国条约“自备川资”一语以拒之。今若改动此句，日国转得为所欲为，则秘、美何肯甘心？一切久在洞鉴之中矣。

纸墨未干，讵容更易？伏祈尊处守定原定条约，所有往来照会，不与别立章程。凡条约中应行事宜未能详细备载者，嘱其与外间督抚筹商。或条约中未尽事宜有可变通办理者，嘱其候陈星使等从容斟酌，义自正大，词亦圆融，想该公使无从置喙。

又，查节略内，日使谓华民出洋多系当工，并谓华民无钱出洋，势须借贷，本系实在情形。第华民自行出洋当工则可，若任洋人招之出洋，则此身属之招主，在亲友处借钱则可，若向洋人借钱，则此身属之借主，何能行止自由，以免陵虐之弊？至日使谓华民借钱出洋，不必管其借自何人何处，其意预伏洋船、洋商垫发水脚盘费之根据，更难保不袭秘使故智，以洋船垫发之项作为华民自备川资，密教华民供认，曲为弥缝。如日领事将来似此舞弄，坤一惟有查照前次办法，所有华民出洋是否自备川资，必须取具的保，彼亦无所施其伎俩。

夫广东有人满之患，准其出洋谋生，原地方官所愿意。第以日、秘两国从前虐待华工，几无人理。现在坤一得外洋信，秘国犹蹈前辙，日国亦未尽除，与尊处所闻相符，故于两国来粤招工，不得不从严查禁。

倘该两国从此优待华工，与各国一体，则俟陈星使体察实情，呈明尊处，不妨与之更定条约，着照英、法两国招工之二十二款办理，与任其暗招而漫无防范，曷若许其明招而有可稽查也？刍荛之见，姑待将来，是否可行，尊处自有成算。

致杨庆伯中丞 光绪四年九月十四日

谨密启者：

洋商请领报单前往内地贩运土货，及华、洋商人请领子口税单贩运洋货进入内地两节，条约本有明文，递经此间设法推缓。现据英国领事坚请照办，其势难于再延。惟此两项税单既发，则正税、半税均归海关。每百两完五两，为一正税。完二两五，为一半税。土货、洋货两项正税，系于进出海口征收。其土货半税则于出口第一子口征收，洋货半税则于入口第一子口征收。所有各省内地税、厘概不征收，于度支实有妨碍。

查辖疆出洋土货以桂皮为大宗，洋商最所注意，似宜仿照珂乡义宁州茶叶地税办理，方可以息纠纷而资弥补。其法，核计桂皮经过各厂、卡应收厘金共若干，一并改为地税。恐业户散漫零星，即责成收买桂皮之华商行栈扣缴。洋商只准入内地贩运土货，不准在内地开设行栈，是洋商住居华商行栈，贩运已完地税之桂皮，即无异于完厘金矣。又洋货进入内地税单，誊明包斤，指定口岸。倘包斤不符，口岸不对，如指明运至梧州，而该商运来桂林，即为口岸不对。便应罚充入官。如包斤一有不符，并将同一税单之各货尽数罚充。至该洋货既到口岸，起上店铺后，自必拆动包斤，以便发售，则原商无论华、洋，不能过问。似可办理坐贾厘金，则此绌彼盈，或一补苴之法。

此间海关税单刻期举办，所有土货地税、洋货坐厘两层是否可行，伏祈迅赐酌奏。

复索领事光绪四年九月十四日

接阅来函，具悉一切。本部堂初以为贵领事系访闻之事，今来函既谓承修贵署工程，其人住在香港，何以前函并不言明？且在贵署承工之人，安有工主不知姓名之理？如前函言明，姓某名某，承办本署工程，其人住在香港云云，不过十数字，何须千言万语，大费笔墨耶！

中国饬拿人犯，如有姓名住址可指者，必须指实，以免差池。本部堂前阅来函，所言承工不办之事，核计工主既肯付给银两，自必知其姓名、住址，决无不审谁何，遽给资费。乃函内竟不指明，实不免有怀疑之处。且札属文内亦难措词。是以复函询问，原为慎重公务起见，贵领事遂以为不欲护助。试问本部堂抵任以来，地方与贵国官商交涉之件甚多，无不立时饬办，乃独于一承工之人不欲护助乎？

至承工人住在香港，虽系华民华办，倘有错误，该华民必向英官控告，口舌纷繁，此贵领事所知者。今若果无错误，即希另备申陈前来，指出姓名、住址，叙明承工不办缘由，本部堂应即札英领事照会香港总督，将其拿送。此系照章办理，本部堂不能违贵领事，香港总督亦不能违本部堂也。或香港总督回文谓该承工人不能获案，而后伺其来省拘拿，方为合法。贵领事谅之。

复索领事光绪四年九月二十日

顷接来函，即经阅悉。此次承办贵署工程之人，究竟系何姓名，住址何处，迭次来函均未声叙，又未将所立合同抄送，仅以其人形容历历在目一语，请为饬属查办。

本部堂于贵领事官申函请办之事，如可照行，从无不饬属查明，妥为办理。今该承工之人既无姓名、住址，则其面貌若何，除贵领事官历历在目之外，该地方官以及英国香港官均无由而知，非惟札县文内难以饬令查拿，即札英国领事文内亦复难于声叙。

来函谓："天下同名而异人者不知凡几，欧洲人于作工之人名姓，全无留意，惟识其形容而已。"等语。天下名同而人异者固多，即面貌相同者亦复不少，今若只认面貌而不问其姓名、住址，则凡天下面貌相同之人，皆可以甲作乙，万一误认误拿，岂不贻笑地方？中国向来无此办法。该承工之人既系中国人民，又须由中国官拘拿，自不能以欧洲之法强令中国地方官照办，并非于贵领事官言未能信实也。

又来函所言："承办人不过侵欺数百金，似属无关紧要，诚恐复有多于此者。"等语。查贵领事官既令其承办工程，当时自必有人引荐，有人作保。若以数百金付之不知来历之人，又不问其姓名、住址，固无怪其得银到手即行扬去矣。此次仅付数百金，已有此等轇轕之事，如系重资，尤应慎重，更岂可不问实姓名、住址乎？贵领事其留意焉。

又来函所言：“此等事不尽赖华官，自行护助。”等语。中外交涉事件，原有条约可循，本部堂惟照约办理，他非所知也。

致德司马张大令光绪四年九月二十五日

昨日送还清折，于第五条后酌增数语，第八条内拟删一句，即祈会商葛税务司回明星东榷使裁奏施行。

惟查同治元年所立长江税单章程，先办呢、羽、钟、表、洋布、洋木六项，盖以事属创始，且彼时江、楚尚有军务故也。今两广试办税单，亦是创始。现在西省之左、右两江伏莽，时虞萌动。东省之广、惠各属，亦正查办乡匪，近日劣镇拥众出关，两省边防吃紧，实与当日长江情形相同。是以请援成案，先办呢、羽、钟、表、洋布、洋木六项，原为时局起见，并非故事推延。如此逐渐推行，既可以防弊窦，而内地税、厘不至骤然大减，免误目前防剿机宜。

葛税务司人极精明，当不以此言为捏饰。且系中国官守，必能筹出万全。即各领事与我同仕一方，亦有共休戚之谊。洋商远来贸易，惟赖地境平安，倘因举行税单之故，厘金大减，经费难筹，以致变乱递生，商旅裹足，想亦非中外官民所愿意也。并祈执事再与各税务司及俊榷使熟商，可否俯从末议，即照长江开办章程，先给呢、羽、钟、表、洋布、洋木六项税，并仿照此次所立三联单出口土货章程，先办糖斤、桂皮，仍以一年为限，似与条约无违，而于事体有益。抑或将此六项酌改一二项，或酌添一二项，亦无不可。

致陈荔秋星使光绪四年九月二十五日

承示埃里土人及土人情形，彼此既不相安，自应诫我粤民勿投阱陷，虽赖执事与其当轴力持保护之议，诚恐一时变出不虞，平日案牍纷繁，犹其小者。公如有信与在籍诸绅商及此意，弟亦当与中丞设法防维。

另寄新闻纸，此间早有所闻，迄今尚无确耗。

夫己氏近来颇觉安静，自可听其去留。台旌甫莅是邦，便请大申黜陟，固属难于措词，至虑反唇相稽，亦其狡狯之惯技也。公亦在上海时晤谈数次，其人外仁义而内多欲，可以一望而知，宜其不堪将命耳。

现在日使与多领事又请招工，弟与总署正在极力与之辩驳，计可仰达清听。

广东三联单、子口单，无计阻止，将来内地税、厘必大减色，为之奈何！

复总署光绪四年十月初九日

正月初六日接奉钧函，并抄江南、镇江等处章程、照会等件，于英商请领洋货税单、土货报单一事，指示周详，曷胜钦佩！

窃思此事虽于内地税、厘不无关碍，然系条约之所准行，诚如来谕所云："违约之隙不可开，防弊之法不可少。"坤一等反复筹商，并遴委干员，会同税务司，仿照江南、镇江等处税单章程，斟酌损益，妥定条款，禀候核夺。

复饬该委员等与税务司再三辩论，以广东与江南情形不同，不得不逐渐推广，始定于琼州之海口，廉州之北海先行试办一年，进口洋货止办洋布、呢、羽、钢铁、铅、锡数宗，出口土货，海口止办糖斤一宗，北海止办糖斤、桂皮二宗。由该委员等拟定《进口洋货章程》四条，《出口洋货章程》九条，呈缴前来。坤一等详加酌核，似于防弊之法已极周详。第以桂皮为货物大宗，一经发给报单，洋商自必径往广西购买，随经坤一密致杨庆伯中丞，嘱其仿照江西义宁州茶斤办法，征收地税，名为出自业户，其实加入卖价之内，以取偿于洋商。似此以税补厘，度支不致大损，而洋商无甚便益，或者从此不再请单。此事经该委员等核议章程，往来辩论，实已唇焦舌敝。而洋官坚执条约，动说罚赔，势不能不予举行，以免另生枝节。

除分别咨行查照外，谨将现定章程并致杨中丞信稿，一并录呈钧览，伏乞卓核示遵。

复喇领事光绪四年十月二十三日

昨接来函，即经阅悉。查始兴县属罗坝墟地方王初兆即王虾毛古之店房，前据始兴县具禀，系于同治元年十二月间因案查封，拨作该处团练公所，饬追旧契，据供业已遗失，出具切结缴案，是该店房先经查封充公，以及旧契业已遗失各情，县中均有案据可稽。

今教民何利泰与王初兆承买该店房，何以又有旧契交执？自应拘案讯究，以昭核实。至于何利泰与王初兆承买店房，新立契据，前据县禀，契内并无书写“教民”及“买作教堂”字样，自与教士唐如盛无涉。如谓何利泰承买该店房，系因教士唐如盛买作教堂，则当时并未赴县报明，核与总署通行事理不符，事后自不能以此为词。

又来函所言："教士如欲会同地方官办理教事，请饬南雄州亲接面商，以礼相待。"等语。查地方官接见教士一事，上年七月间，接贵领事官申陈，谓本部堂示谕地方官不与教士见面等语。本部堂检查案卷，并无此件告示、文行。惟本部堂前此通饬各属条款有云："游历洋人无论教士、商民，该州县只应保护，不得无故与之会晤往还。"条款内业经指明"无故"二字，则并非无论何事一概不见也。如果传教士遇有切己紧要之事，必须面见地方官者，自当别论。若传教士虽有切己之事，而非迫不及待者，尽可按照条约，缮用禀呈，由领事官转递或自具呈词赴诉地方官。该地方官自必秉公妥办，固不待与之接见，而后能保护于平时，办理于临事也。当时业经详细札复，并通饬各属遵照在案。现在自可查照办理，毋庸再行饬遵。

至于南雄州属夹河口地方教士被该处百姓辱詈，毁碎酒物等件，以及毁坏田地，殴打教民并驱逐妇女等情。究竟该处百姓系何姓名？教士被毁物系何名色？件数若干？贵领事官前此来文并未详细声叙。且仅止请饬地方官妥为办理，并无拿匪追赃之请，是以札行该州查明，分别禁止妥办。既曰"查明妥办"，则地方官查明之后，或应拘究滋事之人，或应追偿毁坏之物，均已包括于"妥办"二字之中。来函乃谓："追赔惩究，置之不提"，未免误会矣。

接函前情，除再分别札催并另行札复外，相应详晰函复贵领事官查照。

复韩领事光绪四年十一月初六日

顷接来函，即经阅悉。日前葛税务司会同委员等所拟《三联报单及子口税单章程》，原系按照粤省情形，严防偷漏而设。查咸丰八年所定英国条约第四十六款内开："中国各口收税官员，凡有严防偷漏之法，均准相度机宜，随时便宜，设法办理，以杜弊端。"嗣于《通商章程善后条约》第十款又经声明"通商各口收税，如何严防偷漏，自应由中国设法办理"各等语。是中国严防偷漏之法，原可因地制宜，本部堂前函所云，"粤省现拟先办呢、羽等项，与条约并无参差"者，此也。

至援引同治元年初定长江通商先办呢、羽、钟、表、洋布、洋木等六项之成案，不过因类而及，其实严防偷漏为主。今来函谓贵国卜前大臣所定子口税单，并免单各章程，汉文与英文不符，业经傅署大臣照会总理衙门，照行各关知照等语。本部堂检查案卷，未接总署此件文行。

总之，粤省现定章程，只系严防偷漏，确与条约相符。且葛税务司与委员等斟酌再三，亦与中外商人均无所损。本部堂业已照抄章程，寄呈总署察核，未便再事纷更。其中一切缘由，本部堂前函均已细陈清听，贵署领事官复函，就浅就深之语，亦以为然。仍望借重鼎言，于威公使前转达鄙忱，顾全大局也。

复韩领事光绪四年十一月初八日

递阅来函两件，具悉壹是。此项税单章程，本系试办一年，再行察看斟酌。本部堂所谓未便纷更者，指目前而言，并非为永远长局也。

贵领事与本部堂共事一省，休戚尤为相关，又知历练老成，于中外交涉，不存畛域之见，故欲借重大力，于威、傅两公使处婉为商量，以免异议。至琼关如果不遵现定条款，竟欲得步进步，实属荒唐，候本部堂与俊榷使查明，严行申饬。

复总署光绪四年十一月十三日

美国同孚洋行代秘鲁招工一事，当将全案抄送荔秋星使，嗣复函嘱于抵美国后，相机办理，如能撤回林领事，庶可以戒将来。随据此间传闻，该国有将该领事林干撤回之说。迨接荔秋覆信，则谓此事未便明言。迄今数月，该领事仍在粤东，并未更换。坤一窃以招工之行止，亦不关林领事之去留也。

至日国迁延换约，诚如来谕所云："其着意招工，已无疑义。"尊处幾先洞烛，自能樽俎伐谋。近日此间美、秘两国不复再提招工之事，日国领事亦无他词。惟据税务司葛德立面称，日国有信致该领事，谓"越南扣船一事，尚非紧要，惟有专办中国招工"云云。是否属实，坤一自当时刻留心，密为防范，如将来别有举动，亦惟按照条约设法维持，以仰副保卫民生之至意。

复韩领事光绪四年十一月十五日

顷接来函，即经阅悉。查英国条约开："英国民人有犯事者，皆由英国惩办。中国人欺陵扰害英民，皆由中国地方官自行惩办。"等语。推原立约本意，自系以中西法律不同，故议各归本国自行查办也。

今黄带一案，系据其伙犯陈云笙供指，经广州府禀请札提。黄带系中国之人，按照条约，自应归中国审理。来函乃谓："黄带系在香港犯罪，不能交别国审办。"条约内实无此明文。中国民人在香港犯事，如果并无原告具控，亦无伙党指供，其所犯案由，中国官既无由而知，自亦无从过问。今黄带既为伙党陈云笙供指，中国官自不能诿为不知。若以其在香港犯事，遂置而不提，设或将来中国拿获盗犯，讯出在港行劫之案，供有伙党潜匿港地，其能因犯事在港，即免其罪名并不缉其伙党乎？

又来函谓："中国人在港犯事，应归英国办理。"以为中国官毋庸过问。设或将来有英国人在中国犯事，亦将归中国办理，而贵国官员竟不过问乎？中国人扰害英民，按之条约，尚应由中国官自行惩办，况此案黄带迷窃左妹银物，犯事者系中国之人，并受害者亦系中国之人，而谓中国官不应办理乎？

本案九月间接贵领事官申陈，内称："准香港总督文开：'陈云笙一犯，应归中国地方官审办，本大臣甚以为然'"等语。陈云笙与黄带同犯一案，陈云笙应归中国官审办，何以黄带独不归中国官审办乎？此案黄带一口系中国民妇，广州府获犯指供，禀请札提质讯，原属正办。本部堂不能必香港总督之肯为提解，实不能不准广州府之禀请札提也。

接函前情，相应函覆贵领事官查照。

复喇领事光绪四年十一月二十二日

接阅来函，具悉一切。本部堂于贵领事，凡事所应为、力所能为者，无不委曲周旋。至黎、王一案，系中国民人田土官司，是非虚实，应听该管府县秉公审断，本部堂未便以意指授，使不得尽其职守，有碍政体。况非交涉洋务，更未便以贵领事之言喻之，致滋物议。

前贵萨副领事来署，自谓以后不复渎求者是也。倘有未臻平允之处，应于告期来辕具呈，本部堂衡情批示可耳。

致喇领事光绪四年十二月二十二日

本月十九日缮送一函及告示八张，计收到矣。唯前函中尚有未尽事宜，兹再申论之。

查有约之国，于条约内声明准教士在于中国内地传教者，地方官自应认真保护，以敦睦谊。今教士和类斯如复往归善县地方传教，务于所收教民先行查明身家清白，并非犯案罪人，倘系一时误收，一经地方官传知，立即革逐出教，不稍袒庇。

又于所买修造教堂地基，必令卖主报官，查明实系私业，并非公产，亦无碍于风水等项，所立买契，声明系给某国某教起造教堂。如此妥协办理，地方百姓当不至于滋闹，该地方官断无有不严行查禁以保护该教士、教民。倘有故违和约，不肯保护者，本部堂定行将其撤参不贷。

以上事理，务祈贵领事传谕该教士知照，本部堂当严饬该地方官实力奉行，庶不失中外和好之至意也。

复总署光绪四年十二月二十四日

十九日祗奉钧函，以三联报单、子口税单一事，应行知会英领事，详报该国驻京公使覆准而后开办，以杜借口，仰见慎重防维之至意，曷胜钦佩！

查此项章程，自经委员德丞、张令与葛税务司定议，本拟先行商之英领事，俟其覆允后呈报尊处。而葛税务司义正词严，谓条约中原有应由中国设法防弊明文，今此项章程限定口岸货物，系为防弊起见，且声明试办一年，并非永远定例，自可由本税务司主政，只须知会英领事照办，不必问该领事及公使依允与否。随具申陈前来。坤一等以该税务司所言甚近情理，仍于知会英领事函内，婉叙防弊缘由，嘱其于公使处代达一切，俾免异词。嗣接英领事复函，颇以为然。

葛税务司原定十二月初九日为开办之期，坤一等欲待至明年二月初九日，否则俟奉尊处覆准而后开办。葛税务司谓此项章程，于条约中酌予限制，以保中国税、厘，非有加于条约之外，总署必无驳饬。若开办太迟，恐丛生枝节。英领事则函催尤力，不肯稍逾本月初九之期。再三筹商，始于十二日将报单、税单式样各五分，送交该领事，一面令北海、海口两关委员赍带回关开办，约在腊底正初，决无迟误矣。

窃英领事于此项章程，本有“就浅就深，同泳同游”之语。嗣又系英领事力催开办，英公使应亦无他。倘以未经该公使核覆为言，则系英领事之事。况葛税务司以此次章程系其主政，不必问领事、公使之从违，未始无见。今既交该委员赍带回关，举行在即，未便中止，转令英领事有所借词。

如洋商或有参差，只合另行斟酌。前英领事在坤一署谈及此事，云英公使尚无准驳回文，意在察看外间办理何如，商情何如，想系实在情形也。

复韩领事光绪四年十二月二十六日

昨接来函，即经阅悉。查洋人梅列所控华民曾耀利赊欠货帐银两一事，现经番禺县提讯曾亚耀即曾耀利供称，伊等并未赊欠洋人梅列货银，系因伊另案被获，在县管押，梅列串同捏欠控追，希图取保等语。该县将讯过供词，列折呈缴前来。本部堂核阅，如供洋人梅列始则串同曾耀利，嘱令认欠，以欺中国官员。继又借曾耀利认欠之供以欺左右。人情狡谲至此，当亦贵署领事官所不及料也。

相应照抄供折，函覆贵领事官查照，希将梅列严行申饬，以儆虚诬。嗣后遇有此等事件，并希详加审察，免为所欺，是所至望。

复韩领事光绪五年正月十一日

顷接来函，并香港丹拿公司招工章程一纸，均经阅悉。查上年十一月间，据前任碣石彭镇玉等具禀，香港同记等店招工出洋等由，当经本部堂札行贵署领事官，转致香港总督查禁在案。

兹接函前情，查贵国招工出洋，本有总署通行章程二十二条，及瑞前部堂与贵国罗前领事官商定工所事宜四条，可以查照办理。今贵国并不循照章程在于广东省城会同地方官开办，自在附近省城之香港地方招募华工出洋，本与事理未能允协。本部堂因念香港一隅业经付与贵国，且贵国向待华工尚优，是以不复深求，何以丹拿公司禀内，转谓本部堂被人朦蔽耶？至于贵国招工出洋，如可在于香港地方另立章程，开招华工，则前此所定招工章程以及工所事宜，当时又何必设立，徒烦案牍？

查彭镇等前禀，系谓香港同记等店招工出洋，并未指郭车承揽招工。来函欲将该商郭车送赴广州府署询问，是否郭车另有在府被控之案，应候札查明确，再行分别办理，札行知照可也。

致总署光绪五年正月十六日

案照上年四月间，美国同孚洋行买办陆富成开馆招工，前往秘国，当经县委各员查获讯明，分别办理。该同孚洋行又欲以搭客影射招工，复经坤一饬据税务司暨广州府等酌议条款，于同孚洋行各轮船搭客出洋，务须饬令搭客人等人取具的保，并出具切结，声明确系本人自备川资，情愿出洋，方准照行。业将办理情形，详细布陈钧听。嗣接钧函，以日国换约迁延，意在招工，嘱坤一随时防范等因，又经肃函奉复在案。

兹日国伊公使向税务司等处面称，伊国必欲来粤招工，并须借给华工盘费，以尊处前此照覆该公使，照会内有自愿出洋之华人下船时，忽又不愿出洋，如该船东、船主有借垫该华人银钱若干，该关道及该地方官应令该华人将亲立券约呈验相符后，即行勒令如数缴还各等语，该公使指为准其借给华民银两之据。坤一细绎尊处照覆该公使文内所言船东、船主有借垫华人银钱，应令该华人呈验券约，勒令缴还者，原恐洋人以借银钱为词逼诱华民出洋，故勒令缴还，以杜借口。此正系禁止华民出洋之意，岂能作为准其借垫之凭？而该公使故作不解文义，在外昌言，察其立意蓄心，必欲在粤招工，已无疑义。

查内地出洋之人，多系贫乏之辈，如果准令船东、船主先行借垫银两，则愚民无识，以为出口时不必自筹川费，到彼后又可随处营生，势必甘心受愚，听其指嗾，即委员查问，亦必称自愿出洋，不复能阻止矣。

日国如此，秘鲁等国亦将效尤。此端一开，招工之禁竟同虚设。并恐秘使追究前次办法为太过，哓渎不休。惟是听其借垫既不可行而禁其借垫，则该公使又借尊处照会所言，故为缴绕。筹思再四，似宜及其未发，先事折之，可否即由尊处照会日国伊公使，将前此照会所言华工缴还借垫银两一节，正以杜其诱逼出洋，并非准其借垫水脚川资之处，详细指明，以杜借词而免轇轕。抑俟该国来粤招工时，由坤一与之辩驳，伏祈核示祗遵。

复韩领事光绪五年正月十七日

接阅来函，具悉一切。贵国在粤招工章程，业经总署颁行，并经罗前领事办有成案，不得谓之未允。至此项章程，仅指通商各口而言。香港已属贵国，不在此章程之内，诚如台指，本部堂亦所深知。唯设此项章程之时，贵国已有香港。如香港可办招工之事，当时何必设此章程？以此言之，似此次在港招工，微与设立章程之意未合，故不得不往复商量，以期明白周妥。

缘知贵国官员，于交涉之件，无不曲尽情理，为各国则效也。今贵港督燕制军既谓英国招工前往英地，与在省招工不同，又与别国在港招工不同，应听贵港督自为。即郭车应否准其承揽，亦可听贵港督酌办。第此次究竟招去若干人，承工之地系属贵国何处，离广东有若干远，尚祈查明示知。

盖开招虽在贵国之地，而所招仍是中国之人。中国现有公使、领事等驻扎贵国地方，似不可不使之与闻。贵领事明白和平，当以此言为然也。

复喇领事光绪五年正月二十七日

顷接来函，即经阅悉。贵国全权大臣请发巴吾、卢叠些、白列些等功牌，原为奖励有功起见。此次贵领事官既以为请，本部堂姑允照行。

嗣后贵国洋官请给功牌，应由贵领事官确切查明，其人曾经到粤又实著有劳绩者，本部堂再当制备送上。如此则事归核实，与受有名，彼此益征睦谊。想贵领事官明达事理，必以此言为然也。

复陈树棠观察光绪五年正月二十七日

秘、日两国招工之事，递经该两国公使来粤开办，弟据条约，力与争持，事遂中止，想达清听矣。

现闻有等匪徒，在于广东省城及潮州汕头、廉州北海一带诱骗华民，前来金山及新嘉坡换船，前往秘、日当工，虽经该府县查获数起，第恐未能净尽，而金山、新嘉坡地属英、美，非弟力所能禁。

务祈执事禀商荔秋星使，并知会胡总领事璇泽，分途会同洋官，严行稽查禁止，毋任辗转贩往秘、日地方，致受陵虐，则感荷大德，不仅珂乡苍赤矣。

复韩领事光绪五年正月二十九日

接阅来函，具悉一切。付来驻汕领事官致张道台公文一角，已饬交矣。

近来粤省民、教不能相安，本部堂深以为虑。贵署领事嘱其妥为料理，防患未然，具见关爱殷勤。并承念本部堂公事纷繁，尤为感激。

第查民、教不能相安之事，不过数处，亦不过一时，未必阖省通同，故意图害教民。本部堂于今晨传集在省司道、首府，并来省之惠潮嘉张道、肇罗方道，谕令督饬各属州县，平日则预为开导地方士民，务将教士、教民一体相待，遇有民教互讼，即由该州县持平审断，不可稍涉偏倚。并由本部堂专札，严切告诫，抄稿送览，俾知本部堂于此等事件未尝不认真办理。

仍烦贵署领事便中会商各国领事官，转谕各传教士，查明刁蛮各乡，暂缓前往传教。其可往传教之处，亦须谨慎，不可滥收匪徒。于男女分别一层，更须留意，不可混杂，致该地方有所借口。

盖粤省风俗犷悍，所患者盗贼，而所最忌者尤在奸污良家眷属，往往以此生嫌，致使一唱百和，酿成衅端。本部堂夙夜焦心，窃愿与中外同官时时申儆焉。

致萨领事 光绪五年二月初一日

日昨洋务委员呈送贵副领事官交到清单，请给卢伊、喇克礼等六人功牌印谕，本部堂查阅来单内有马助格达、多罗罕达二员，系日本国官员，与法国官弁不同，未便一律照给，应即扣除。

盖功牌所以示奖，即系法国官员，亦须在中国著有劳绩，贵领事官方可代请，本部堂方可照发。又或别国官员在粤建有劳绩，其国并无领事在粤，则由贵国领事为之代请，亦尚有词。今日本设有领事官，而此项功牌，辄由贵副领事为之代请，揆之事理，似不相宜。本部堂并非故拂雅怀，亦非惜此小费，只以事须核实，理贵得中，若冒昧给发，在与者近于市惠，而受者不足增荣，且恐总署知之，怪其轻率，即代请之人，亦将为旁人所訾议也。

除将给发法国卢伊、喇克礼等四人功牌印谕另行送上外，相应函布贵副领事官查照。

致司道光绪五年二月初五日

近来两粤地方，中外交涉案件日见其多，如民、教互讼以及华民拖欠洋人钱债等案，各地方官自应持平审办，切实着追，以期速为了结。须知此等事件，洋人在所必争，设一味推诿濡迟，将来案件愈多，拖欠愈久，彼且别图挟制，其曲在我，彼益得以有词。及至事机决裂，而后设法弥缝，窃恐洋人为所欲为，进步不已，云南、福建之案，可为前车之鉴也。

地方官纵不知自顾考成，万一因此贻误和局，上烦宵旰忧勤，臣子之心，其能自安乎？故遇有交涉事件，必当迅速清厘，使其无可借口。昨闻德、美、法各国领事官及公使，拟向总署饶舌，谓以后民、教之案，务派洋官会办。其说若行，将来办理，益形掣肘矣。

用特专函密布，希饬所属一体遵照。嗣后遇有中外交涉事件，必须妥速办理，不可意存膜视，日久宕延。倘仍办事颟顸，以致领事申陈敝署饬催，犹仅以一禀塞责，则甚非所望于贤有司矣。幸阁下为诸君剀切言之。

复陈荔秋光绪五年二月初九日

二月初八日，日国伊公使及多领事偕来敝署，云伊公使现在奉文召还，甚盼阁下早赴该国筹商和约内一切事宜，设立古巴领事，并拟同往该处察看近来情形办理，情词极为恳挚，鄙怀深以为然，即祈刻日启节为祷。

查中国与日国交涉各节，均有条款可循，惟搭客与招工辨别为难，往往滋生口舌。专候台从行抵日国，斟酌善法，而后呈请总署，另议简明章程，以期两无抵牾，是则中外皆受厚赐矣。

伊公使明白平正，与左右必能相得益彰也。

致张寿泉光绪五年二月二十七日

日国轮船搭客前往古巴，一切应办章程，业于札示内详细叙明矣。查日国伊公使、多领事先后来署商议，无非欲以搭客影射招工。而我欲杜其弊，惟在确切讯明该轮船所搭之客是否自备川资，并取具殷实铺户保结，此项川资实系该客自备，尤为紧要关键。

盖该船东、船主及中外包揽匪徒，往往暗地借垫川资，而令当官供认自备，使地方官不能禁阻。迨出洋后，华民因其借垫川资之故，不能不任其所为，名为搭客，实是招工，且与贩卖猪崽无异。弟与伊公使、多领事力争此层，该公使、领事初以总署所给照会内有船东、船主借垫银钱之语，指为借垫搭客川资之据。弟以总署照会所谓借垫银钱者，泛指华、洋商人交易而言，至于搭客，则应遵照自备川资专条。再三剖辩，彼始无词，而以迅速行知尊处为请。微察其意，无非以汕头有客头馆及赊单之事，计得因缘为奸。务望阁下督饬各委员，并商同各国领事及税务司严密稽察，设法防维为祷。

古巴虐待华工，今不异昔。招工之事，各国深恶而痛绝之，英人尤甚。昨由总署寄来英官议禁古巴虐代华工条款，于中国亦有责词。倘弟与左右此次办理稍涉松劲，使得避其名而蹈其实，不惟无以对地方，对总署，并恐为英人及各国所讥评也。惟熟图之！

复总署光绪五年二月二十八日

郭筠仙寄英人议论古巴招工各款，诚如尊谕“与日国新换条约相发明”。陈荔秋所寄新闻纸，亦与此间所闻略同。坤一曾经函催陈荔秋迅赴日国，从伊使之请也。

查伊使于客腊二十一日与多领事等同来敝署，彼此寒暄，不及公事，故前次函内未渎钧听。该使于本月初八日复同多领事来署面递节略，均是招工之词，且由公使支给盘费。经坤一痛加驳斥，该使果以尊处照会内船东、船主借垫银钱之语借口，拍案搥胸，愤争不已。坤一谕以总署照会内所云船东、船主借垫银钱者，系泛指华、洋商人交易而言。缘日人远涉重洋，全凭轮舶，自华人视之，何一非船东、船主？日人既经来华贸易，岂无银钱交涉？如有日人借垫之项，华人许至古巴清还，今若不肯出洋，自应由中国官追缴，此等文义，最为了然。至于搭客出洋自备川资章程内另有专条，不容牵混。反覆开导，该使默然，怏怏而去，不俟答拜即转香港，据云于数日内起程回国。

至本月二十二日，多领事一人又来，词气稍平，仍出尊处照会，复经坤一重言申明，该领事竟无多谈，惟请给札出示，并速行知惠潮嘉道，坤一诺之。随即缮具札示，分途发去。另行函嘱惠潮嘉张道，严密防维，以杜影射教供之弊，仰副廑怀。

再，奉另示抄件，均经领悉。查粤西官兵援剿越南各处，计与法兵驻扎地方相距尚远，似不至于别生枝节，无烦廑虑。至法使谓该国与越南立约，越南有“贼应由法国保护，派兵剿灭”等语，殊属大言不惭。其实越南未请法兵，而法兵亦未必真为越南出力。外间浮言且谓法兵暗通李扬才以谋越南，盖因李扬才初到北宁，其势颇炽，法兵人少，旋即退去，致生疑议。现在冯提督与越南国王似属主客不和，窃恐将来偾事。越南国王辞冯提督而请赵道，固属任性自由。冯提督由是不满于心，遂欲抹煞赵道及党督带战功，劾其禀报不实，弃置不用，并称越南国王为其臣下朦蔽，亦觉措词过当。坤一以李扬才势已穷蹙，冯军门亦已出关视师，正宜乘此声威，迅图扑灭，不可稍存意见，坐失事机，当即分别咨覆越南国王及冯提督，并经咨呈尊处。

昨复接准越南国王来咨，词意与前略同。而冯提督则咨称越南撤去本国防营，以致援军备多力分，并称该地方官不肯应付粮食，以致各营枵腹等语。所言如果属实，将何以利征进而靖余氛？且冯军门所部与李扬才伙党多是灵、钦等处熟人，官军饱腾用命，贼必自拔来归，否则并恐为贼招诱，关系非小。除由坤一咨覆越南国王饬各省臣接济援军粮米，毋令缺乏，并激厉将士与援军联络策应外，谨将两次致冯提督函抄呈钧览，伏祈俯赐察夺。

冯提督性颇倔强，未必肯纳刍言。越南王南面之尊，更非区区所能动听。倘能临以朝命，勖令和衷，则彼此尽释猜嫌，大功可以立就矣。

复曾劼刚星使光绪五年三月十三日

客冬道出香港，弟以职守攸羁，未克趋候，海天翘首，钦企为劳。

顷间接诵新正自巴黎惠寄手函，欣谂荣旆已安抵英、法两都，一切部署均有头绪，并获祗悉种种。承示台端购办各种书籍，分置使馆，作为官书，诚属善举。粤省坊肆尚有数种可采，已遵指转饬方守，照单购就，妥速寄呈。至田令郅轩，前奉札委，未经销差，容饬其统归方守承办，以昭画一。

除另文咨覆冰案外，合先泐覆，借慰廑怀。

复韩领事光绪五年三月二十二日

顷接来函，即经阅悉。查高吧具控莫明书欠项一案，前据南海县具禀，以查照贵国嘉前副领事官原议，以八分之一摊还应得银二百七十两，原系就莫明书负欠高吧本银而言。今贵署领事官来函，所谓从前原议，系将所变莫明书产业价值若干，以八分之一给高吧收领，并非就高吧本银二千一百六十两之数给与八分之一等语。

惟查此案，先后封变莫明书佛山及省城等处产业，共只得价值银一千五百九十五两，若按照变价银内给与八分之一，只得银一百九十余两，尚不及二百七十两之数。且莫明书所欠高吧之项，仅银二千一百余两，若按莫明书产业变价，分以八分之一，设或所封产业值银三万二千两，以四千两给与高吧，转多于原欠之数矣。是嘉前副领事官原议以八分之一摊还一语，尚欠明晰。现在贵署领事官以酌量多给数成为请，姑候札饬南海、三水两县购缉莫明书，务获讯追，并查明三水县及佛山厅地方，莫明书究竟有无财产，分别封变，归案办理。

至中国钱债案件，定例只准向被告追偿，并无地方官筹给原告银两办法。来函所云饬令南海县就近筹银数百两一节，碍难照办，相应函复贵署领事官查照。

复索领事光绪五年闰三月初六日

昨接来函，即经阅悉。此案教民郭维忠等形迹本有可疑，是以事主协同营兵拿获解县。嗣因讯无确供，未便以事主一面之词，使其久淹囹圄，经该县送交贵领事官领回，已属通融办理。乃该教民等辄以县差剥取衣物等语，屡渎贵领事官函请查追，实属得步进步。该教民等被获解县，既谓事主供指系一面之词，未可据以定罪，则该教民等所指县差剥取衣物亦属一面之词，又岂能遽信为真？该县所以迟久未覆者，大概以事无确据，一时无从追问耳。

郭维忠等虽经入教，仍与该县差役同属内地民人，所称县差剥取衣物一节，无论果否属实，总系华民案件，应由该县自行确查办理，贵领事官似不必劳神也。

除饬催番禺县迅速查明，分别追缴禀覆外，相应先行函覆贵领事官查照。

致金廉访光绪五年闰三月初八日

密启者：

案照各国传教士前来内地传教，地方官应行保护，条约本有明文。先因各国教士于各属地方设立教堂，向未将设堂处所开报，地方官无由知悉，遇有事故，保护为难。甚有租赁民房，乡民难于认识。当经札饬各国领事官查报去后。兹据英、德两国领事查明，列单申送前来。

查各国传教士在内地建作教堂，应由卖业之人赴官报明请示，同治四年间，曾准总署照行有案。其租赁房屋，开设教堂，应如何办理，并未定有章程，粤省亦未办有成案。今英、德两国教士所设教堂，是否买地建造，抑系租屋开设，该领事送来清单内均未声明。粤省通商已久，该教士所设教堂，恐未必均在同治四年定章以后，已往之事难以深求。现已札复英、德两国领事官转饬各该教士遵照，嗣后买地建堂，应照同治四年总署照行办理。其租赁房屋开设教堂者，亦应公平议租，不得互相措勒。一面另修公牍，行由尊处，转饬各属遵行。

惟此次饬查设堂处所，固为地方官易于保护起见，亦借以杜绝该教士随意增设，及包庇匪类种种弊端，意在禁其将来，非欲究其既往。尚祈阁下密饬现在设有教堂之各该州县，查照札行事理，妥为遵办。所有属内已设之教堂，无论其系于何年设立，以及是否买地建造，抑或租屋开设，均即一体保护，不必究及从前原设之时曾否报明、请示，转致枝节从生，是为至要。

复林领事光绪五年闰三月十四日

接阅来函，具悉壹是。承示租界董绅既无阻止之语，本部堂当照原议，派队前来沙面，迎接贵前总统。所议一切仪节，已饬中协面交贵翻译看过矣。

至余翻译昨以贵领事之命来商一节，今日又与将军、关部、都统诸公熟筹，均以贵前总统与现任总统有别，只可作为极其贵重之客接待，所拟仪节，实已从优，未便再有增加，以致诸多格碍也。

香港各洋官在码头迎接，查系不着大衣，不用官礼，中国难于仿照，想贵领事自能谅之。

复总署光绪五年闰三月二十一日

本月初八日接奉钧函，于德国载生洋行运来压水柜一事，录示绅署使来函及尊处与之问答节略，敬悉种切。

查载生洋行于承办各省之件，无不浮开价值，已有同伙之英商毕德卫《见心录》可据，然究系一面之词，无从得其底蕴，前此所以呈览者，聊备引证耳。此次阿翻译所呈洋文清单，谓未浮开价值，更属无足凭信。

鄙见以此等交易，姑勿问其有无浮冒，应先问其有无合同。今合同内无压水柜，何能强我买受？上年有另立合同、另定价值之议，原属通融办理。日前德领事索田来论此事，于《见心录》及洋文清单均未言及，亦未向其调取。该领事总以此间药局必需压水柜，且已买来，不能退去为词。又谓"如不买受此项压水柜，则请将前项机器一并退回"云云。坤一仍持上年之议，以此项压水柜既在原立合同之外，必须酌减价值，另写合同，方可买受，以符章程而昭公允。该领事谓俟与该行商量，数日以来，尚无回信。恐烦廑虑，谨先肃复。

复总署光绪五年闰三月二十一日

本月初八日接奉钧函，于子口、三联单照一事，指示周详，曷胜铭佩！

查三联单、子口单虽据北海及海口两处禀明开办日期，然未据洋商前来领单，洋商既未领单，则内地税、厘如故，何至尽归无着？然英领事始终无异词，即威公使此次经过香港，税务司面呈此项章程，该公使亦无异词。洋商所以不领单，大概以无便宜可占。领事、公使之所以无异词者，大概以成言在先，且亦只有一年限期耳。窃恐一年期满，该领事、公使不问此项试办章程行与未行，必请按照条约一律举办。杨中丞于试办章程限定口岸、货物，尚谓有碍内地税、厘，将来一律举办，诚如来指所云，尽归无着矣。

此项单、照，载在条约，各省既经举行，粤省不能独异，是以争辩两年之久，洋人坚执不回。欲求两全之策，惟在设法防弊。顾防弊之法，亦有两端，可与税司、领事明定章程。防弊者，系指华商假冒洋商，或沿途拆卸，内地销售，有碍新关正、半税而言。至内地税、厘，业经声明全免，且有半税相抵，如谓此项单、照，有碍内地税、厘，仍须设法防弊，与该税司、领事另定章程，尤此情理。是防偷漏洋税之弊，可与税司、领事设法。若防有碍内地税、厘之弊，则在地方官自行设法。并须秘密，无授洋人口实，谓我阳免而阴收也。

广东于北海及海口未曾禀报开办之前，即经设法办理出口货之地税，入口货之坐贾厘金，即使洋商请领此单，似亦于内地税、厘无碍，广西自可仿行。以广西惟桂皮为大宗，屡经函商杨中丞，先后回信，于此等防弊之法，不置一词，惟欲不发此项单、照，即发亦不可令至西省。是杨中丞以为设法防弊，事属烦难，不若无弊可防，方为简捷。其如与条约不符，何哉！杨中丞初次来函，且谓此项税单，只行通商口岸，不应行至广西内地。不知领单在通商口岸，其通行原指内地而言，似杨中丞于条约尚未深悉。又谓洋商异言、异服，若入内地，必致地方惊疑。不知领单者虽有洋有华，其入内地置货卖货，多是华人，杨中丞于此中情形，亦未深悉耳。

以目前论之，所立试办章程，防弊尚易，且洋商并未领单，亦属无弊可防。转瞬一年期满，势必另立通行章程，其应如何防弊，免漏洋税，临时再请训示。

若为内地税、厘计，亦在杨中丞督饬各地方官、各局卡员，查照地税坐贾，自行设法防之，不惟不可使税司、领事与闻，即坤一亦不能越俎代庖也。是否有当，伏候卓裁。

致总署光绪五年闰三月二十一日

美国前总统来华游历，经过广东，美领事林干、翻译官余贞祥，于前总统未到之先，当议接待之礼，谓前总统曾为国主八年，将来尚须复位，中国官员应往坐船迎候，并须先往公馆谒见。又谓前总统夙称能军，到省之时，应调各营兵勇操演，请其阅看等语。当经与之辨论多方，而调阅兵勇之议始止。惟要亲往坐船迎候，及先往公馆谒见一层，则坚持不易。

嗣何署使天爵由京来粤，据云，经过天津，抄来李中堂所拟接待前总统仪节，内有亲往坐船迎候，先往公馆谒见之文，谓广东应即仿照。坤一以李中堂此项仪节，并未录送来粤，现在为时已促，不及函商。第前总统系邻国前王，与今王有别。如前总统先以礼待中国官，则中国官所以待之者无不尽礼。因与将军、海关、都统斟酌，另拟仪节送去，何署使等尚有异词，而前总统深相许可，遂即按款办理。数日以来，宾主酬应，欢然罔间。前总统已于本月十九日七点钟，仍坐原来兵船回香港矣。

知关廑注，谨以奉闻。并将所拟仪节录呈，伏乞俯赐察夺。

复韩领事光绪五年四月十一日

顷接来函，即经阅悉。粤省各属渡船，例应报官领照，方准开摆。至于该渡船搭客水脚，大抵视路之远近，人之贵贱，以及风水时节之顺逆难易，分别多寡，其数目并无一定。应由贵领事官嘱托熟习各渡之华人，询之各渡夫，自可得其大概，然亦不能得其详细。盖各处渡船，水脚不能一律，即同系渡夫，亦彼此不相谋合也。

至于粤东平民，家资若干，每月入息若干一节，中国自官绅之外，皆为平民，其中有为耕、渔、商贾者，有为百工、杂艺者，家资既各不同，入息更难核计。粤东省幅员辽阔，户口繁多，地方官实无从查考也。

接函前情，相应函覆贵署领事官查照。

致总署光绪五年四月十四日

坤一于本月初七日十二点钟，答拜英国韩署领事，适威公使在领事府，与之面晤。

该公使论及广东子口单、三联单并不以上年所拟章程为不可行，而深咎广西之不肯行。坤一答以广西为地方正在多故，而厘金有关军需，故欲妥筹办法。今杨中丞既已进京，如所筹办法不符条约，则仍照章程发给税单。

该公使又以汕头民、教案件内，有人命数起，谓地方官不能保护，将来难免启衅。坤一答以业经委员田令前往潮属会同审理。第教士所收教民，不择良莠，复不认真约束，令其安分守法，以致滋生是非，公使应饬各教士以后自行慎重。

该公使又谓，海关巡船近来并无逾界缉私之事，所收税饷亦为中国所必须，香港洋官自不敢有干预。第香港片壤居中，而六厂围守于外，未免逼人，有碍颜面，曷若撤五留一，由税务司经手征收，定然有盈无绌。而于前此所议各款一字不提。坤一答以水界攸分，则界外之厂未为相逼。常税与洋税不同，向归海关监督自行主政，而该公使再三以此为请，姑许与海关熟商。

随与星东榷使检查原卷，所有设厂地方，均系赫总税司指定之处，办理将及十载，何此时始以逼处为嫌？恐该公使于回京时前来尊处饶舌，谨将彼此问答节略，预达钧听。

复萨领事光绪五年四月十六日

昨承来函，聆悉一切。查此案前据委员会同揭阳县禀称，教堂两处，一系推倒围墙，一系穿破瓦面，会勘甚为明晰。

至于吴细娘具控吴河图等纠抢一节，吴细娘赴控原呈，并无失单黏缴，堂讯时饬将被抢物件逐一查开，辄称并不记忆等语。如果吴细娘被抢属实，何以报案之初不将失单黏缴，堂讯之际又不能将失物查开？此次来函抄送之失单，如系吴细娘所呈，难保非任意多开银物，图向吴河图等追赔，一面之词，恐未足据。本部堂于此等滋事百姓，从不稍涉姑容，原恐长其刁风，地方代为受累，贵领事亦能洞悉也。

此案虽经札委各员讯明酌断，而两造曾否出结具遵，未据续行禀报。接函前情，姑候抄单行县，查明办理。其被押之人证、地保，亦饬核明，即行省释矣。相应函覆贵领事官查照。

致刘芝田观察光绪五年四月二十二日

屡承雅谊，寄示尊处另刻新闻纸，俾广见闻。嗣后仰求饬局按月颁发来粤，并将西国近事新编见惠一通，庶几略识洋情，维持时局，是所盼祷。

倘荷俯允，并祈查明刊资若干，以及轮船传递费用，酌开清单，遵即如数应付。彼此均系以公办公，幸勿客气。

此间五口通商，香、澳尚在其外，又系各国入华首站，交涉纷繁，操纵失宜，辄行轇轕，不能不借助指南也。

复韩领事光绪五年四月二十三日

顷接来函，即经阅悉。贵港大臣于此等重犯，必须质讯明确，方能解交，自是慎重之意。唯查匪犯孔继彪等，系据事主指名禀控仇杀抢掳之犯，决无错误，务望贵署领事官转致贵港大臣，将该犯孔继彪等于讯明后，提交千总彭鸿飞解省审办，毋任漏逸，为地方之害，是为至要。

至华妇被诱前往金山一事，来函内称，港官已将该拐匪从重惩办，具见贵国官员办事认真，本部堂实深欣佩。嗣后如有此等拐匪在港拐骗华民男妇出洋，即希贵国香港总督随时饬属，严密查拿解办，并希妥立章程，以杜诱拐之弊，尤所厚望。

复李中堂光绪五年四月二十七日

昨奉惠函，并录示总署原函及德国船只搭客前往檀香山章程各件，嘱即就近查明章程能否无弊，德船载客前往檀香山与日、秘招工事是否并无牵涉，分晰奏覆等因。查此事日前接到总署来函，业将前项章程札饬沿海各地方官确查禀覆，并先行函复总署在案。

此项新定章程，敝处未据领事申送有案。惟本年春间，德国船只在粤搭客前往檀香山，均经委员会同税务司前往查验，如搭客俱系自备川资，情愿前往，并无被人拐骗情形，仍有殷实铺户保结，申缴备案，始准放行。曾询之招商局陈、唐两道，据称檀香山地方并无拐买陵虐情事。惟来函询及与日、秘招工有无牵涉，仰见智虑周详。此间亦正以近日华民前往檀香山者极多，难保不由该处转往日、秘等处。然此项华民一经出口，此间即力不能防。昨接驻扎美国金山总领事官陈道树棠禀称，经向本埠代檀香山招工各公司知照，嗣后务于招工合同内载明“不得转雇他处”字样，由领事验明盖印，方准出口。已由该道禀请陈星使核夺示覆照办等由。未知中国各口，于前往檀香山之华民人等照票内应否仿照办理。窃以为此等事件，总须由陈荔秋星使责成经理檀香山华民事务之商董，认真防范稽查，方能有济。否则即使于中国出口照票内声明不得贩往别处，及抵檀香山后，谁得知之，谁得禁之也？

除另具公牍咨达冰案，并通饬各地方官，将前项章程查明，有无流弊，禀覆到日再行奉闻外，先此沥覆。

再，海南客匪业经全股荡平，堪慰廑念。

赵道前在晚生幕下，屡共患难死生，今既知其负冤，不忍不为之奏辩。至冯提督人甚忠勇，特意见太重，且偏听人言。晚生不敢因其所短，没其所长，以贻误中外大局。屡经苦口劝戒，并切实照会越南国王，设法接济米粮，又由广东筹拨月饷，但望饱腾用命，刻日成功，否则不独越南蹂躏不堪，两粤伏莽甚多，亦时虞萌动，为李扬才响应也。惟盼振轩中丞抵任，一切自易商量，晚生力所能为，决不稍涉膜视。

前此驻京领事所递礼宾仪节，晚生亦知为捏造之词。此间纪事一篇，实恐香港各日报馆妄生议论，谓我不肯先施，以为失礼，故欲先关其口，非仅虑传闻之失实也。假蒙奖饰，弥切感惭。

许涑文可称能品，中堂因材而笃，或可仰赞高深。肃此申谢。

致何小宋李玉阶吴春帆

光绪五年四月二十八日

现在海防吃重，广东先因经费无出，以致各口炮台、炮位均未购造齐全，刻下设法绸缪，已属临渴掘井，而况空空两手，仍觉头绪毫无。

所最难者，广东中小轮船十数号，原为巡缉匪徒而设，无一大号兵轮可以外洋角胜者。此时或买或置，无论无此财力，亦有缓不济急之虞。因思尊处船政局办理有年，存储必富，万一将来有事，可否借拨一二号大兵轮船来粤，以应然眉之用。其船宽长高广丈尺若干，马力若干匹，吃水若干深，用煤若干磅，配兵配炮各若干，薪粮杂款各若干，并望查明，逐细示知。又该船管驾、将弁、兵勇、水手以及经理机器各项人等，是否现存，抑须临时配用，亦祈指教，是所切祷。

时艰所系，邻谊攸关，自荷逾格顾全也。

复王夔石光绪五年四月三十日

伊城如能反璧，大功借可告成，第恐索赔兵费不赀，且将来设守匪易。行省之议，固属良图，亦虑目前无此巨款。

琉球立国年久，于日本为不侵不叛之臣，无故横加吞噬，以大字小之谓何？且琉球近托日本宇下，等于附庸，等于外府，不郡县之亦与郡县何异？乃必殄其宗祀，甘受恶名，为日本计殊左矣。仅一属国而遽灭之，非惟不仁，抑不智不武。至琉球为我朝外藩二百余年，极其恭顺，今为日本所并，无论有无关碍，必须仗义执言。况琉球与美、法、荷兰均立通商之约，万国公法具在，即各大国似亦不能无词。想尊处与各公使早有成说，西人尚气，当能扶弱抑强，为我一臂之助。或以日本昵就西人，意存左袒，亦未可知。日本今王井蛙自大，而其臣下亦如雀捕螳螂，鲜顾其后。晚生前在上海，及来粤东，所见日本领事、翻译并各文武，其眉目间皆有横悍之色。来示谓其志不仅在琉球，询为洞烛幾先。广东滨海几三千里，而南澳、琼州孤悬巨浸之中，殊虑鞭长不及。

楼次园太守朴实恳勤，自是良二千石，惟待僚属过厚，有时不免摸棱。此间吏治因循，正坐此弊，晚生于公牍中不能不有以策励之也。

复日国领事多达光绪五年五月初二日

顷接来函，即经阅悉。查总理衙门与贵国伊大臣议定古巴华工条款内开：“嗣后既不招人出洋承工，自毋庸立约为凭。”又：

"两国定准，嗣后庶民出口前往，皆以出于情甘自愿为要，总不准或在中国各口，或在他处，妄用勉强之法，及施诡谲之计，诱令华民人等不出情愿而往。如有民人船户违背此约者，必将其人从严查办。又中国通商各口，如有中国男女人等自备川资往古巴居住者，听其自便"各等语。

是贵国船只不得招人出洋承工，条约本有明文。今来函谓立约为往古巴雇工章程，已属误会。且前项条约系由总理衙门与贵国伊大臣议定，奏奉谕旨，允准颁行，永远遵守，各港口自应一律照办。前此本部堂所出告示，即系查照条款明白晓谕，并无阻碍之处。

近阅《伦敦日报》，内称，华人在古巴等处佣工，不胜其苦，必须中国不使民人前往，方为善法。是贵国招工一事，不但条约本不准行，即泰西邻国亦以为非是。

今阅来函所言，似贵领事官于原立条款尚未悉心体会，即与本部堂面议，亦属徒费说辞。接函前情，相应函复贵领事官查照，希将光绪三年十月内在中国京城所定条款查核明白，再行订期晤谈可也。

复萨领事 光绪五年五月初六日

接阅来函，并承寄示揭帖，具悉壹是。本部堂已嘱首府驰函转饬该印委各员，速将此项揭帖查禁，一面赶紧开导地方士民，毋得再行滋事，以期民、教相安。并饬该印委各员，于和教士务以礼貌相待。仍望贵领事饬和教士依照前议，所有此案教民被戕五命，是虚是实，两造均系中国民人，应由中国官自行办理。贵前领事喇、林两君，皆有是言也。

惠州风气犷悍，动辄抗官拒捕，中国地方官每遇命案，尚须从容设法办理，想在贵领事洞见之中。倘和教士此次操之过激，诚恐激之生变，在中国官及地方士民固莫不受害，即和教士亦觉有失体面，和教士当能熟思而审处之也。

致总署光绪五年五月二十一日

坤一前在英领事处与威公使辨论香港外海关所设收洋药税六厂，未可裁撤各情，业于四月十四日上达钧听。

兹查前函，只就洋药数宗而言，未及百货。并只就香港而言，未及澳门。不思该六厂所收之税，向有百货在内，不独洋药数宗，且兼收澳门出入货物之税，不止香港。若如威公使所议，裁撤五厂，仅留一厂，纵令香港洋药数宗不至偷漏，而百货归于无着，澳门更无稽查。是该六厂之未可裁撤，即此两层，便为明白。恐威公使前来尊处饶舌，不敢不再渎陈。

又昨据英领事及翻译官面称，威公使此次进京，将沿海各口前三年一切案卷带去，并笑谓“威公使行至山东洋面，碰坏坐船，行李货物均经沉失，如得沉失所带案卷更好”。且谓上海领事书来，亦有是说云云。该领事等幸其沉失案卷，是否根心之谈，虽不可知，而威公使之好吹求，即此可见也。

坤一初闻威公使往来中国几三十年，且多读华书，意必老成练达。乃前在上海并江宁督署，及此次在粤省领事处，与该公使晤谈数次，颇悉其人好争繁文末节，以占便宜。论及公事，则故事刁难，动辄恐喝。若加以声色，亦复甘受无辞，甚至佯为不解。盖我退彼进，我刚彼柔，是其惯技，此等虚憍之气，自在洞鉴之中矣。

致总署光绪五年五月二十七日

法国署领事施克勤，自抵粤后，辞去副领事兼翻译官萨来恩等，以致情形不熟，遇事刁难，必如其愿而后已。

兹于五月二十七日下午两点钟来见，坤一照常以酒果款待。接谈许久，该署领事始出片纸，谓欲来粤招工六百名。坤一答以："法国招工，载在条约，自有定章可循，俟接申陈，即专委员会办。"该署领事继以匿名揭帖相示，阅系地方疵议传教、入教之人，据称得之南海九江地方，信口纷呶，声色俱厉。答以："此系不懂事理愚民所为，请以申陈前来，当饬该县查办。"该署领事满脸怒容，头摇手舞，诘问能否拿获匪徒？答以："此等匿名揭帖，踪迹诡秘，能否拿获，殊无把握。"该署领事谓："既不能拿获，便请回文，以凭转报。"答以："现在未接申陈，从何回文？且拿获与否，本难预定，回文如何措词？"该署领事总以立给回文为言，并抽出短笔一枝，口语虽不甚明，其意似欲坤一于揭帖内亲注"不能拿获"字样，其要挟情形，令人难忍。复经婉劝，以"外间遇有此等事件，彼此和衷商量，认真查禁，何必如此之急。如不见信，可问各国领事，即法国前任领事，亦莫不然。"乃该署领事眉竖眼横，谓："各国领事及法国前领事如何办理，我不得知，我亦不问。惟此次匿名揭帖之人，如不拿获，必须今日回文。"其无理取闹，不审其意何居？开导再三，该署领事一味强辨，不得不申饬数语，该署领事愤愤而去。

诚恐怂恿法使上渎尊聪，坤一谨具问答节略，由轮船驰陈，伏祈俯赐察核。

复韩领事 光绪五年六月初十日

接诵来函，以孔季彪等五名实在有无用刑之处，再饬广州府谳局明白禀覆，札知贵领事官等情。

本部堂查前次复函，所称“实属均未用刑”，“均”之云者，系承上文两层，统指孔季彪等十三犯而言也。上文一则“孔季彪等五名，初尚狡赖，嗣经事主指证，亦各承招”等语，言其所以承招者，由事主指证，非由拷讯也。一则“此外凶徒直认不讳”等语，言其到案，便肯直认，并未多费唇舌也。此等均未用刑之犯，原不必分别两层，盖欲告以当日讯供详细情形如此，乃因中国文义曲折，重烦贵领事清神。兹再声明，即希转致贵署大臣为祷。

总之，孔季彪等十三犯，所犯之事系在本乡本族，莫不先知其姓名，识其面目，固不待用刑而后能使其认供，想贵领事及贵署大臣必能见及。

复韩领事 光绪五年六月二十九日

接阅来函，再三寻绎，未悉台指。本部堂查报单、税单载在条约，人所同知。而各口举行，迟速不同，总以议定防弊章程、开办之期为准。成案具在，非独广东为然。此次廉、琼两口，以光绪四年十二月初九日为开办之期，即此意也。开办以后，若洋商请单而委员不发，或已发税单而沿途仍收厘金，是与条约、章程不符，自应补还。今在未经开办税单以前，似无补还之理。

至此项章程，前经葛税务司在香港面呈威大臣阅看，并无不允之语。及威大臣前来贵署，与本部堂面晤，谈及此项章程，亦无异论，唯以广西不肯遵照有歉于怀。即此次致本部堂函，并未言及此项章程。如谓此项章程未可允行，只可另行核议，不得以报单、税单未经开办之时，而以应完内地厘税为浮收，责其补还。贵领事明白公平，想以此言为然也。

致俊星东光绪五年六月三十日

现据英国韩署领事文函，以琼州口瑞昌行英商禀将内地浮征税银发还一事，请为查案，饬属办理等情前来。查英国商人请领报单、税单两事，琼州海口系于光绪四年十二月初九日开办。今来文所称，瑞昌行英国采办土货，系三年四五月及十月间之事，尚在未经开办报单之先，岂能以应完内地税、厘，指为浮收，辄欲补还耶？弟处业已详细驳覆，兹将该领事文函及札覆、函覆各稿录送台端，即祈察阅。

至该领事来文所言海防、厘税一项，查琼州府属从前各县商民每年共认捐海防经费银一万三百两，除就近拨支巡防拖船薪粮等项外，余银解交善后总局，凑支轮船经费。嗣于光绪二年将巡洋经费改为厘金名目之后，尊处曾否委员赴琼设厂抽收，抑仍由各县商民自行捐缴，弟处无案可稽。

今该领事来文所称海防厘、税，是否即系海防巡洋经费所改之厘金，此项厘金系由何处、何人经手抽收？其所抽各项货物，某项应抽厘金若干，有无一定数目？尚祈饬查明确，据实见覆。

该领事来文现在虽经驳回，难保不复来哓渎，其所言浮征各款，不得不详细查明，以为将来驳辩之地也。

复沈幼丹光绪五年八月初五日

查德国船只搭客前往何讷鲁即檀香山一事，总署前将德国绅署使原送搭客章程函送来粤，业经粤海关监督转致吉税司参酌改订，弟已将改订之条款，转咨总署查照在案。

来函所云，“该章程第十一款，有受雇佣工及所雇之东人等字样，与招工何异?”嘱敝处以事关装载华工，令俟定章后再行搭往等因，仰荷诲言，曷胜钦佩!

惟现在德国船只在粤搭客前往檀香山，屡经敝处委员查验，各搭客均系自备川资，情愿前往，取有殷实铺户保结，始准放行，其人并非雇工，亦非拐骗。弟于光绪三年冬间，访闻有人在香山县地方设立猪崽馆，贩人前往檀香山，即经谕令前广州府冯守密饬香山县查封各馆，并将该馆头人按名拿押。嗣于四年正月间，招商局绅唐道廷枢来省，面禀该馆头人等多系伊之亲友，实携带乡人前往檀香山谋生，并无拐贩猪崽之事等语，随饬该县将其释放。现复询，据唐道之弟唐廷庚面禀各节，亦与乃兄之言略同。惟据称华民到檀香山之后，或回家，或往别处，甚或自往日、秘两国，均所不免，第断无拐贩之弊等语。鄙意以广东盗贼之多，甲于他省，推原其故，实因习于游荡，迫于饥寒，年来诛杀之惨，时觉怛然于心。前此覆陈缉捕情形折内，有“为鹰鹯不为鸾凤”之语，实系根心之谈。如使此等穷民、游民前往外洋谋生，而不至有日、秘两国之阱陷，又何必锢其所往，必留之于内地为盗受诛耶！此系粤东实在情形异于他省者。

现在德国船只搭客前往檀香山，既非雇工，又非拐骗，且荔秋星使曾经给谕久在檀香山之绅商，令其管理华民，稽查诱拐。

现在若遽行禁止，不准华民搭船前往，亦似办理两歧。

弟再四筹维，该处地方虽无虐待华民之事，即现在搭船往彼之华民，亦系自出川资，情愿前往，并无匪徒诱拐种种弊端。第到彼处之后，或自行转往日、秘、古巴等处，或为匪徒诱拐转贩，均不可知，此则非有中国官绅亲往该处访查，无由得其确据。适招商局有派拨轮船搭客载货前往檀香山之举，经弟专札该局，饬派妥员，乘坐前项轮船前往檀香山，确查该处华民共有若干人，洋官是否一律优待，以及有无流落难归，并奸徒诱拐转贩他处情事，嗣后应否禁止华民前往，逐一查明，据实禀复。拟俟其复到，再行酌量妥办。

至绅署使前送章程，总署现未核定，来示拟增条款，声明德船搭客到檀香山后，如果转运秘鲁、古巴，即将德船搭客一事停止云云，具见识远虑周，慎终图始，想总署必能照办也。

除将派员搭坐招商局轮船前往檀香山，查访华工情形，禀覆核办各缘由，另备公牍咨达冰案外，专此泐覆。

致总署 光绪五年八月十三日

八月初三日接奉钧函，以一省之内，商人运货出境、入境应完厘金几道，以及洋货、土货如何分别，嘱即密饬承办厘金各员查明以上各节，详细开报，勿稍隐漏等因。坤一当即密饬厘务总局各司道确切查明，列折呈覆前来。细加阅核，尚属详切。谨照抄呈览。

至德使以条约内洋货止有关税，遂以抽厘为违约。查洋货入口时，尚在洋商手内，自系止有关税，并无厘金。迨进入内地，卖与华商而又不完子口半税，则照内地章程，抽厘纳税，自与洋人无涉，条约亦有明文。德使所言果否误会，抑或故为矫强之词，以为尝试之计。

又洋药加抽税厘，应听中国办理，本系载在原约，烟台所议，不过重言以申明之，并非别开生面。乃德使于厘金为中国自主之权阴图搀夺，威使于洋药为中国应得之利，阳示便宜，此等伎俩，想在洞鉴之中矣。

计抄呈清折一扣，查广东百货厘金，有行厘、坐厘之别。行厘均在东、西、北三江内河各处设厂，商货入境、出境，首经头厂完纳起厘一道，再经次厂完纳验厘一道，完过起、验两厘之后，无论行抵何处，如仍在本省境内，查系原船原货，概免重抽。此广东向办行厘章程也。坐厘抽数，照行厘减半，纸、竹、药材等大宗二十一项，由行厘各厂带抽。其余各货，由各行店认缴，在省城、佛山、陈村、江门四处分别补抽。此广东向办坐厘章程也。通计行、坐两厘，共完厘金两道半。向来厂、卡抽收，并无分别洋货、土货，均系一律办理。且概由华商贩运完厘，与洋商亦无交涉。上年办理洋货子口税单及土货三联报单两款，议定在廉州北海、琼州海口两处出进，洋货进口税单止准呢、羽、洋布、洋铁、钢、铅、锡、棉纱、棉线等九款，土货出口报单止准桂皮、糖斤两款。自四年十二月初九日开办，至今尚未据赴关请领税单、报单。此广东现因洋商领单分别洋货、土货之实在情形也。

总之，内河设厂各处，并非通商口岸，与洋人本无干涉。现在给领单、照，又经限定货物名色及进出海口，一时似尚不至别生枝节。其外海洋药各厂，虽系附近香港、澳门，而设厂处所均属中国地方，且专办洋药一款，与百货情形又各不同。合将广东商货完厘几道，及洋货、土货如何分别办理各缘由，逐一查明，开列清折并呈。

复总署光绪五年八月十四日

八月初十日，接奉钧函。查本年六月间，据廉州府具禀，教民周朝栋私买房屋，希图建造教堂等情，当经详晰批示，饬令督饬买卖各主，分别交出原价，退还房屋。一面传谕公正绅耆，恪遵条约，管束子弟，毋得借端生事，致滋争端。嗣据该府先后具禀，教谕陆毓恒私匿印照，并英国北海施领事借词挟制各等情，又经分别批饬，勒令缴出印照，妥为办结，并将廉州府教谕陆毓恒另行咨革各在案。

今英国威公使照会尊处，所言北海口岸酿出衅端等语，自系即指此案。缘此案正在争论之时，适该处奉文编查保甲，振顿团防，该领事怀疑误会，谓为发难，旋由香港拨来兵船保护，经该府与之辩明，彼此亦已释然。惟此案内房屋，尚有一处轇轕未清，该教士不肯领回原价，退还业主。除再札催廉州府赶紧妥为办结，一俟禀报到日，再行驰布外，用特将廉州府来禀，及该处与北海施领事往来信函等件，一并抄录寄呈，伏祈察览。

复总署光绪五年八月二十三日

本年六月二十四日接奉钧函，并抄单二件，以威公使、赫税司议在香港设官征收洋药税项，垂询是否可行，有无流弊等因，仰见慎重周详，曷胜钦佩！

查赫税司所言“中国征收洋药，若在香港适中之地设立趸船，归税务司管理，每年用费二万，即可收税六十万。现在办法，收税六十万，即须费四五十万”等语。其所谓现在办法，每年收税六十万需费四五十万者，似系指现在海关六厂收支数目而言。查六厂所征洋药税，近今三年之内，每年征银二十八万余两至三十二万余两不等，每年支销经费银八万八千余两至九万四百余两不等，是征收虽不及六十万之数，而费用亦无四五十万之多。

又赫税司所称"洋药厘、税并征，每年税银二百万，至少亦可多收二百万"等语。其所称每年税银二百万者，不知系专指粤东关口所征之税而言，抑系连各省通商口岸所征数目并计在内。窃思通商各口，所征洋药进口之税，以及内地各省所征洋药厘金数目若干，粤省虽无可考，但即以广东一省近三年征数计之，粤海关六厂，每年征税银三十余万，又省城大关及潮州汕头、琼州海口各关口，每年共征税银三十二万余两至三十八万余两不等，统计已逾六十万。又司局所收厘金一项，每年征银三十四万余两至三十六万余两不等，除支销经费外，尚有银二十二万余两至二十六万余两不等。再帖饷一项，每年征银十万余两至一十六万余两不等，加以今年开办洋药，加抽海防经费，每年抽银三十万余两。广东一省税、厘，并计已不下一百三四十万，若合各口之税项、各省之厘金，每年收数断不止二百余万矣。是赫税司所言未为确论。

第查洋药运来中国，以香港为会萃之区，果能在港设厂稽征，如裘挈领，如网在纲，举凡走私漏税种种弊端，可期杜绝，自是妙着，自是至愿。顾无论如何办法，以及如何振顿，仍应由华官经理，倘以中国利权付之外人之手，实属格碍甚多，并恐将来盈绌无从究诘，此等情形，自在洞鉴之中矣。

致何子莪光绪五年八月二十五日

琉球惓惓中国，百折不回，若竟坐视其宗社覆亡，殊失畏怀之道。执事力扶弱小，仗义执言，而倭人犹复桀骜不驯，闻之令人发指也。

不遽撤使绝市之策，出自雨生制军，而总署用之，亦属万不得已。倭人此举，实与万国公法未符，不独美、德、荷兰与琉球谊切同盟，所宜共愤。美前王既经出而排解，倭人当不敢违。又值该国民情汹汹，正是设法转圜之候。左右前谓约会各国公使与之力争，策之上者。此时机会尤不可失，请速图之。倘能折冲樽俎，庶几息事宁人。

中国沿海设防，足以自固。倭人狃于前明之胜，谓可为所欲为，则计之左矣。第中国现无铁甲兵轮，不能横冲追蹑，是在南、北洋大臣预为筹画耳。广东临渴掘井，仍属无术点金。顷与美领事设立合同，购买英国新旧各式前后膛炮十数位，并未购置洋枪。台示奸商修饰废枪，各处赚卖，遵饬各局查照。

又德王子尚无来粤之信，亦托德领事侦探，修好结援，自当曲尽地主之礼，以副明教。

珂乡岁收可书大有，乡试甚为肃清，海南客匪亦已荡平。惟越南者岩虽克，而李革镇尚在逋诛，冯军门进退两难，恐成不了之局耳。知关雅注，并以奉闻。

复何小宋光绪五年九月十八日

月初祗奉惠翰，具领雅怀。尊处无船可拨，弟之所知。第以南澳兼隶栟幪，不能不有此请，以塞李镇军之望也。

前荷饬派兵轮，于过操后顺巡南澳，联络一气，洵属良图。以目前情形，原不必专驻一处，如果将来有警，再行制变设奇，事机瞬息不同，只合随时斟酌耳。

琉球能否借美前王之力，尚为一线之延。鄙意以为，日本存亡，亦系于此。灭人国者，人亦灭其国。其君若臣，如饮狂药，似兹不仁不义，不武不智，掉臂为之，自谓得计，而岂知天之厚其毒以益其疾者，其祸即在异日乎！

中国军务之余，民多习战，宿将尚存，倭人如敢内犯，则是自来送死。第跨海舳舻无多，未能为扫穴犁庭之举，坐视外藩之横被吞噬为难堪也。未审总署与合肥、揭阳别有方略否？

复总署光绪五年九月二十二日

九月初二日，接奉钧函，谨聆壹是。香港巡船章程一事，前于光绪二年，派委高道从望与罗领事酌议章程，又据香港洋官另议条款，当时往复筹商，迄无定局。嗣因罗领事回国，接署之韩领事及威公使过粤，均无一言及此，遂作罢论。现在若须再行议订，须俟新任英国领事有雅芝到粤之后，另行派员与之会商。坤一仍遵台示，与俊権使先将一切事宜妥为酌核。惟前案具在，洋官周知，恐亦不能出其范围也。

又来示内云："洋药税、厘并征，拟先按照条款试办五年。"等因。查此事前奉钧函垂询是否可行，有无流弊。坤一当与俊権使查明粤省近年征收洋药税、厘等项数目，并其中详细情形，于八月间肃函奉覆。今尊处拟按条款试办五年，未审如何定议，是何章程，并坤一等前覆寸函，曾否达览，敢乞先为示知，是所切祷！

此案无论如何办理，总宜一归华官主持，不可使税务司经手，以致将来诸形格碍。数年以来，力持此议，该税司与英使未能如愿相偿，以致纷纭不已，早在洞鉴之中矣。

复韩领事光绪五年十月初三日

接阅来函，具悉雅意。查此次贵国欧学院先有函来，词意殷切，并因前此本部堂送与《越南辑略》，兹以广东地图相为赠答，此等交际，岂有辞而不受，置而不答之理？

盖先知欧学院系贵国官员，当此中外修好，虽居异地，亦是同人，而朋友投报之仪文，又非公事有一定职守以限制之也。即如贵国港督燕制府前此来省之时，本部堂先经着人问其曾否知会贵领事？是否与之同来？燕制府复云："如系广州公事，自当由领事府办理，不敢干越。兹系朋友交情，无须知会同来。"等语。本部堂遂不便再有词矣。本部堂于外国官员非素认识者，何敢稍涉冒昧？如其先来拜会，先行通信，而又确知为外国官员，则不敢不以礼相接待。

今承示贵国人员或信、或物送本部堂者，令由贵领事转送，否则由本部堂送贵领事查阅，以及本部堂与属员回答贵国官员信物，交贵领事译送、阅送等因。在贵国立法自有深意，贵领事如此不惮烦劳，其用心尤为可感。第条约内并无此项明文，无从遵照，窃恐因此得罪贵国官员也。

本部堂再三斟酌，此后如有贵国官员致送信物与本部堂，如先不知其姓名、职分，即当送贵领事查阅，而后收领。本部堂回答信物，亦请贵领事查阅。或来拜会，并先请贵领事查明，以昭慎重。若系熟习之人，或确知其为贵国官员，有凭有据，而信物无涉广州公事者，只合由本部堂自行核夺。贵领事以为何如？

本部堂并无他肠，但求不致开罪于贵国官员，无不唯贵领事之言是听耳。

复总署光绪五年十月初七日

九月二十九日接奉钧函，并附抄照录同文馆译递新报一纸，饬将新报所称中国招商局轮船运载华人前往檀香山岛，究竟有无其事，查明声覆等因。查本年七月间，据招商分局委员唐道廷庚具禀，拟派该局和众轮船搭客载货，前赴檀香山埠。查檀香山即何讷鲁路国，虽未与中国立约，而中国之民在该处者极多，曾经贵署覆准陈荔秋星使，给谕该处殷实华商为之董理。近日华民搭坐德国船只前往该处络绎不绝，虽于出口时，委员查询取结，以杜影射招工，并恐华民抵埠后转贩他处，又经咨请荔秋星使责成该处商董，稽查禁约。

惟檀香山一土与中国相距太远，彼处情形，究难深悉。今由招商局自派轮船搭客前往，固不致有拐贩等弊，并可于到彼后察看华民一切情形。商之粤海关吉税务司，深以为然，当经批准照行，并另加专札，饬该分局选派委员，乘坐和众轮船，亲往檀香山地方，确查该埠现有华民若干，到檀香山后，该处洋官是否优待，陈星使谕派之商董是否经理得力，逐一查明禀复核办。并将札饬委查各缘由，先后咨呈尊处，并分咨南、北洋等处查核各在案。

嗣接南洋大臣来函，以檀香山为无约之国，应不准其来粤招工等语。坤一以粤民往檀香山系是自谋生计，非该国来粤招工，现经招商局如何办理，详细作答。盖粤中人满为患，似难禁其出洋，总以是否招工为断，以杜拐贩陵虐之弊。兹查粤民前往檀香山，其川资皆由自备，取具铺户切结，核与向办章程相符，不惟檀香山人及德国人从无来粤招工之事，即此次招商分局搭客出洋，亦非在此招工，日、秘各国当亦无可借口。虽檀香山地方未经设立领事，而陈星使业已给谕该埠殷商董理华民事件，似较之从前华民之往新嘉坡、旧金山者，踪迹尚有可查。况系招商官局轮船载客前往，即令该局委员察看该处有无一切弊端，更足以昭慎重而一举两得矣。

目下旧金山一路，既经该国议定章程，华民为之裹足不前，仅此檀香山片壤，尚留粤民一线生机，似未可并塞其途，使无糊口之地也。是否有当，伏乞卓裁示覆，祗遵。

复何子莪光绪五年十月初七日

美前王之议，倭人虽无异词，日久仍无定局，诚如卓见，大约以延宕为得计也。尊处可否密请总署，即照美前王之议，另派大员前赴日本，会同执事与其廷臣面议，并请美使居间调停。若日本置之不理，抑或不从美前王之言，则曲直有在，不独得罪中国，且得罪美国。美前王将来必能复位，恐日本人未必敢违。树之敌以厚其毒，左右自能神明其说矣。

香港、上海新报中论琉球之事颇为痛快，想达清听。兹谨抄呈冰案。

此间新托美领事代购英炮十数位，并未购买轮船。惟因北洋所购蚊子船经过香港，经弟商之税司，抽调两号来省试验，诚为灵便异常。第炮至五万余斤而船不满十丈，且船面太窄，船壳太薄，未审果能得力否？

复施观察光绪五年十月十三日

来函领悉。哲署领事等是何肺肠，林、余两君有无更动，无从得知，亦不必过问。

第此次买炮，经贵局及善后局司道与林领事写立合同，彼此盖用关防，以昭信守，自不能不作公事办理，以关防为凭。今哲领事既系接署之员，关防在其手内，而林领事不知何时回任，余翻译系居间之人，已经哲署领事以公文申陈，将其革任，并声明该翻译私用关防，是此项炮位目前毫无着落，以后有何把握？万一贻误，以如此巨款，谁任其责？且为外人借口矣。

人心鬼蜮，固是实情。顾我果无可指之瑕，彼亦从何挑剔？乃当时并不妥为料理，以致今日枝节丛生，若复捉影捕风，将来益无了局。此事系与美领事府立约盖印，应否责成接署之领事清理？惟执事与成、张两君熟计之。

弟处与裕中丞只主张买炮，与美领事成交，此外一切事宜并不与闻，且于其中委曲不大了了，并非今日推却，统希鉴谅。

复总署光绪五年十月十五日

两接钧函，祇聆壹是。日人欲在闽、广招工，蓄意已久。此次倭署使并邀德使前来尊处饶舌，竟以准中国人借钱知照闽、广为请。不思民间有无相通，事所常有，该公使等何须与闻？即地方官亦难过问。如因此而设科条，则是明许该国来华招工，而令中国人出名代办也。此间现在严查潮州汕头所设客头馆者，正恐日人乘间而入。尊处洞见该公使等肺肠，抱定条约“自备川资”一语，与之驳辨，要而不烦，且揭出卖猪崽拐匪尚须拿办，实足关其口而夺之气，想一时不能另起波澜。至查拿拐匪，系中国自主之权，诚有如来谕所云者，坤一自当密饬各属，随地随时稽察也。

又倭署使欲于华民出洋执照背面，添写日文，现经尊处核定，于此项执照正面添入数语，云背面如添写日国文字，仍以正面中国文字为主等因，仰见荩虑周详，莫名钦佩！

查此项出洋执照，粤省系由粤海关及惠潮雷琼道廉州府给发。承示前因，除函致各处遵照尊处抄寄式样，径行添入，如日国领事前来商酌此事，亦即遵照来示，向其告知照此办理外，谨肃奉覆。

致法国领事施克勤光绪五年十一月初一日

揭阳一案，昨传富委员前来查询，据称此案不独贵领事前后申陈并未言及教民地亩，即该委员于起程往潮州时，先来贵领事处面商如何办法，当经贵领事开交五条，亦无教民地亩一款。于所失物件条下，注明失地几亩云云，既将此项地亩注于失物之下，则所赔失物银五百元自足抵销矣。且该委员抵揭阳时，查问此项地亩，不惟该教民无契可呈，并不能指出地亩在于何处，是以无从追给。兹若欲令吴亚徒缴验契据，如无契据，即应入官，仍应由教民指明地在何处，以及四至界限，方可按照查办。否则，该乡地亩甚宽，究竟应追何处契据，应以何处入官，无从着手等语，甚为有理。贵领事如必欲追缴此项地亩契据，酌量充公，本部堂当即饬揭阳县先传教民到案，或派差同去，令其指出地方，以及四至，以便传讯吴亚徒，追验地契，不得不预为说明。

至教士所买教堂地基，无论有无关碍地方风水，第未先行呈明该县，系属私卖，照章自应退回，由该教士自行另买一地，由该地主先行呈明该县，酌定盖印，未便由该县觅地抵换，致与定章不符也。

复师领事光绪五年十二月初六日

顷接来函，即经阅悉。现据海丰县具禀教民蔡安德抗纳钱粮，

包揽词讼，该县将其拿获，教士石类斯出头干预等由，业经札行贵署领事官转饬该教士石类斯，务须安分传教，毋得干预地方公私事件，并批司饬县查办在案矣。

兹接来函，以教士石类斯等被该县房差殴辱等情，现已札饬该县查明，分别办理，据实禀复。

至贵署领事官前此请发晓谕归善县属民人告示，业经本部堂将外国人传教，中国人习教，均系条约所准行，以及中国民人将地段房屋租卖与传教士建设教堂者，应遵照节次通行事理，赴官报明请示，毋得私行出卖出租各等因，缮就告示，札发归善县在于稻园村等处张贴晓谕。日昨已据该县将贴过告示处所、日期禀报前来。

今来函谓教士禀称，告示尚未张贴，恐系该教士来禀在先，该县张贴在后，现亦札饬该县查明禀复。至稻园村一案，前据委员会县具禀，系议令在教民陈金幅等私地内起建房屋两三间，以为教士往来栖止之所。来函所谓不能起盖者，是否即指前项房屋而言，现亦札饬该县查明妥办矣。

接函前情，相应函复贵署领事官查照。

书牍卷十七

复总署光绪六年六月十一日

本月初八日，奉到钧函并抄件，以威使所谈中外往来仪式及洋货入内地科征两事，究应如何斟酌妥善，即行详覆等因，仰见荩虑虚怀，集思广益，钦佩莫名！

窃思中外各官相见及应用公牍，皆以客礼相待，自是持平省事之道。向来各省华官接见洋官，均知待以客礼，若与公文往来，则各口领事为多。领事有公事须达督抚，其来文虽名申呈，其款式实即照会，其与道、府、州、县行文来往，则皆用照会或信函。督抚之于领事，则照章札行，彼之所以哓哓者，职此之故。查领事究非属员，彼既不甚愿意，我亦何妨变通。否则彼以公使札道府，领事札州县，反唇相稽，亦难作答。钧谕谓当权其轻重，自留地步，实为破的之论。嗣后札文，如不便改用文移，似可改用照会。如此则中外各官，彼此行文，无论大小，均归 律，而“该领事”等字样，亦即可以不用。

至洋货入内地科征一节，威使此次持论，诚如尊见，无非注意免厘。承示加重子税，差可相抵，可谓扼要之言。然应加若干，极宜筹酌。如果所加适中，彼亦无从置喙，而其终不能行，则似可以预决。同治八年续修英约，洋货进口，正、子并征，尚以洋货不肯遵行而止，况再加一子税乎？然我正欲其不行，则厘金之抽收如故，彼或不能再来饶舌。兹拟答以洋货进口，正、子并征，俟其报运内地，再由该关收一子税，此后内地一概免征。万一彼竟照行，而海关于正税外，得两子税以补厘金，似亦不甚吃亏。

以上两事，谨就管见所及，附陈末议，是否有当，统候卓裁。

致沈经生中堂光绪六年六月十一日

承示威使大有不足词色，合肥来函，亦以为言，且云法王亦以电报饬令宝使极力排解，俄王另遣使臣来华，一面派令巨酋往黑龙江，以示先礼后兵之意等语，未知实在情形如何，别有妥善办法否？深以为念。

两淮捐款，议准稍留有余，为异日地步，藏富于商，实是妙着。诸费清神，惟临风九顿而已。

晚生于前月二十四日归过天津，当将尊指及一切委曲，面告合肥，甚以维持招商局之议为然，而谓铁甲船不可不买，并不可不亟买，否则即嘱李丹崖在洋自行订造，更为便易。看来合肥此举，碍难劝阻。第南、北洋共此一船，即金甲银甲，亦属无济，不如专归北洋，以免兼顾为难，南洋另行设法办理可也。部拨南洋之四十万金，恐不能不改拨北洋，为购铁甲船之用，前此已有成说。在北洋拱卫畿辅，自应并力绸缪。第南洋失此巨款，将为无米之炊耳。

敬再肃者：

晚生归过天津，论及蚊船一事，合肥闭目摇头，似有悔意。今复购买铁甲船，为款更巨，万一再如蚊船之不甚可靠，则合此二项，已糜费至四五百万金，国计自有常经，讵不益形支绌？此举除黎召民外，无一以为然者，即询之合肥部将吴长庆等，亦谓以购铁甲船之金钱，制造木壳兵轮，可得十余号，于海防大有裨益。而合肥坚执不回，无从进言，只合各自为计，且南洋亦无此大力也。

或谓东三省之索伦兵，不如国初之劲猛，且长于弓箭，短于火器，虽前此曾经拨发枪炮若干，尚嫌为数太少。又谓北路戈壁不足以限胡骑，而蒙古已成积弱之势，必须客军助之。中堂成算在胸，自已分别部署矣。

致谭文卿光绪六年七月初四日

五月十九之事，已笔秃唇焦，始克略回天意，不图外人犹为不满，然则必悉如所请而后已，我亦难于为国矣。当局似应力与辨论，不可归过朝廷，益使得以借口。

劼刚此行，当能折冲樽俎，方为克尽使臣之职。万一启衅，东三省深为可虞。南、北洋防务粗具规模，尚可勉强支拄。但彼期在深入，据我险要，夺我精华，至于滨海荒斥之区，自难保无震动。来示以守为战，深惬鄙怀，此次密疏具覆，即是以此立论。唯长江一线，为五省大局所关，江苏实其门户，以视闽、粤及辖疆为尤重，虽属自占地步，要系的确情形。台指三省互相救应，似与以守为战之意微有未符，并恐敌人声东击西，多方误我，盖茫茫巨浸，固与江湖不同，轮船倏去倏来，总不若以静待动。弟折中已略言之，俟奉旨后抄咨冰案。

粤省机器局绅温子绍如赴吉林，必不能独开生面，是以有用之材，置之无用之地，业经代陈之于译署诸公及李中堂，或可邀免。

第所造第一号蚊船，须九月方可竣工，此外则缓不济急。前过津沽，与合肥谈及南、北洋现购蚊船，合肥闭目摇头，时方议买铁甲船，自为抑此举彼起见。顾蚊船之不大得力，见者皆有是言。并计各处所购，价值已二百余万。今又定购铁甲船四号，未审果否合用，且来华在四五年外，曾何救于然眉。当此经费艰难，盍不暂为挹注？业以此意商之沈中堂及王夔石，劝其即以此款极力经营黑龙江一带，以固根本重地，未知能否见听。

招商局所借此间库款，与贵省事同一律，第经奉旨照准，则亦难于立异矣。

尊处需用生铁炮，已经驰询上海机器局，候覆到奉闻。日前刘、蔡两君在宁，正议搜寻沿江旧炮台之土炮，未据面言该局存有生铁炮，堪以备用耳。

复李中堂光绪六年七月初五日

承示俄人情形，深为可虑。犹幸有劼侯使俄、俄使来华两层，当可为转圜之地。应如何弥缝补救，全仗鼎力斡旋，倘谓不测高深，不妨具奏请旨。此次晚生缘参末议，亦深知尊处为难，然中外人情所属望者，正在此一字。《春秋》责备之旨，诗人贤劳之咏，舍执事其谁任之？前谕以安社稷为悦，天地祖宗，实式临之。“王臣蹇蹇，匪躬之故”，矢此精白之忱，足以上感圣心，挽回气数。两宫渊冲之度，讵愿开边？译署诸公，亦多以了事为快，而其中不无隔阂，早在洞鉴之中矣。

劼侯于晚生并未一面，第观其致京朝官书，识精论卓，操纵合宜，似有专对之才，不虞辱命。唯每次外国公使赴译署时，各堂随便问答，有时未能一意相生。此次俄使来华，计必择有口辩之人，可否由尊处预商译署，各堂派定一位，与之旗鼓相当，今日中国之于外洋，其势等于战国，如欲折冲樽俎，则此三寸不敝之舌，不为无功。钧指以为何如？

万一中俄启衅，则津沽一路，俄人必不敢于生心，即山海关诸军，亦可以仗提挈。唯东三省既当冲要，又极空虚，若不赶紧绸缪，将来必非我有。龙兴重地，讵可弃之如遗？若借重本地之兵，而以定、铭诸君为长城之靠，则俄人入境，同于拉朽摧枯。应否别调猛将劲军，并须一两营炮队，庶几可以一战，并望速与政府及曾沅帅筹商。

上海为各国租界所在，诚如台谕，俄人或者以为局外地，然该道库及机器局，亦须预为防范。至长江口为上游五省门户，该五省为东南精华，正恐俄人以锐师攻我，以挠大局。晚生现与彭雪琴宫保、吴筱轩、唐俊侯、李与吾三军门熟商，力扼江阴两岸及焦山等处，水陆联络，首尾应援，誓不任其飞越。其浙、闽、广东应由该各省自为固圉之计。该三省滨海均属有险可守，唯台湾片壤孤悬，不可不妥为措置。

晚生拟俟长江部署粗定，再当增一游击之帅，以备各路缓急。但得南洋稍为松劲，尊处若有征调，敢不悉索敝赋，听候指挥！或必须吴、唐两军以为驾轻就熟之用，临时替换，亦无不可。目下何小帅函乞先派吴营或章营赴台，则无以应也。

复总署光绪六年七月初六日

本月二十二日奉到钧函，以巴使前送土货三项章程，应饬各关妥酌速详，即行议覆等因。查此案本年四月间，子健于两江署任内接奉钧谕，即饬各关议覆在案。兹查江海、浙海等七关先后覆到，业经细核详议，另文咨呈冰案，因尚有未尽之言，谨附寸函，再为缕晰陈之。

土货报单，镇江关沈道知其积弊已深，于赫总税司防弊章程未行之候，与该口领事拟章试办，颇为周密，奈各关不能仿行，致镇关亦成孤立。巴使所送土货报单章程九条，核与镇关新章大致相同，其将镇关限期改宽半年，亦属可行，惟删去具结缴银，改为入官会讯，似太从宽。然会讯章程定于同治七年，各关遇有入官罚款等事，皆不能不照此办理。镇关新章，呈具切结，违章则照缴税银六倍，似可径令该商将银缴关，不须会讯。殊不知名虽具结，并无现银，一旦查出违章，此等商人岂皆肯照结清缴？则监督势必照会领事催追，领事必请照章会讯。监督若拒不与讯，则案终不结。是具结缴银，虽似毋庸会讯，亦终必归于会讯而后已。即明知一归会讯，领事必多徇庇，然该商不肯照结缴银，必照会领事催追，又安见其不徇庇乎？

镇关新章，违章者缴税六倍，巴使改为全货入官，已属加重，其改归会讯，实亦不妨通融。此章一行，则内地所置土货，总须出口运往外国，违则分别入官倍罚，不似从前各关之茫无稽考，其益一也。从前各口所发之报单，旷日持久而不运不缴者，今俱可以查销，其益二也。限期虽稍宽，与从前之漫无限制不同，其益三也。以较镇关新章虽似稍宽，而各关一律照办，自较从前严密，其益四也。若必坚执具结缴银，不肯会讯，则巴使必不允，此章即不行，一切裨益即不能得。江海关刘道谓具结改为会讯，可允试办，自系通盘筹画，悉心斟酌而有此言，实亦深盼此章速行，不值以此一事再有辨论，转致延搁耳。且该商应行全货入官，或照缴税数几倍，无非为持已销之单运货，及逾限货不到口或不出口等事，此皆情弊显然，不能掩饰，领事纵欲徇庇，恐亦无技可施，则又何惮而不会讯乎？坤一现将巴使报单章程九条，略为酌改，即请允其试办者此也。

至免税土物一条，则江海关赫税司复刘道一函，最为切当。且英国善后条约第二款，免税之物载有明文，皆指外国之物而言。此条请其删除，似彼不难允从，否则询明何物，再与妥议，谅此等土物亦无多也。

口内所买所造之货二条，其第二条内有“不用三联之土货”一语，最易滋弊，是以略为删改。刻下洋商入内地，从无不请联单之事，若听其不用联单，则洋商皆可径赴内地置土货，其弊不可胜言。

其末后总结一条，刘道拟将“两国”及“六个月”等字样，改为“有约各国”及“试办三年”，为防各国不能尽从，及从而不久起见，倘试办三年一节彼或畏难，似亦可以减为二年或一年。

总之，土货报单章程，于中国奸商不便，即与外国卖单之商不便。今巴使之章果能开办，恐日后必被阻挠，终不能久远行之耳。

复彭雪琴光绪六年七月十七日

本日接到日本公使何子莪来书，略言外洋之事，并有抄件，谨呈台览，仍祈掷还归档备核。

崇使续邀宽典，俄人之愤已平，新约各条，亦可由劼侯敷衍了局。所虑过于迁就，将来善后为难。又恐事过因循，始终无自强之日，外人得步进步，动辄为其挟制耳。此次无益之费，犹其小焉者也。

复何子莪光绪六年七月二十七日

台端留心时事，熟谙中外交涉情形，于受病之源，洞见症结，于治病之法，预觅针砭，卓识荩筹，尤深钦佩！

溯查中国立约之初，尚未深悉外国底里，以致急就成章，受其欺侮。厥后得步进步，几于听客所为，甚至关税罚办，亦须会讯，华人控告驻华洋人，亦须向彼赴诉，政权利权，均被移夺，致无一事可以自伸，此真堪痛恨太息者也！

日本近颇自知前失，欲将加增进口货税、管理流寓洋人两层，与泰西各国商办，冀以稍自振作。此谋国者所不得不尔，亦足见彼中之有人。第恐泰西各国，持清议则咸以治外法权为极不公平，办条约则又不愿以既得利益还之于人，必且互相推诿，不肯首先答应，以致久搁无成，此彼族之惯技，亦即彼族之深谋也。

执事谓中国刻下方有俄事，未可亟亟于此，洵切时势以立言，然日本此举，果能如愿以偿，他日中国踵而行之，似亦未尝不可得手，而要必自能自强始。自强之道，必如尊议，练兵能战始可言强，否则求保如今日之局尚不可得，遑云更改旧章乎！夫思改旧章，即知自强之机，果改旧章，即能自强之效。

日本蕞尔国，尚能自奋如此，中国地大物博，乃隐忍数十年，未敢遽存此念，是必于自强之道，合力图维，持久不变，方能有此一日。想左右当不河汉斯言也。

致总署光绪六年八月初三日

顷据招商局徐道润禀称：顷悉俄国水师提督名里沙士几于七

月二十八日晚，由法公司船抵沪，带有家眷并随员五人、医生一人、文案一人，现住上海美最士洋行。闻此次无多耽搁，定于八月初五日搭坐东洋公司船前赴长崎。缘该国之兵船，大半驻扎长崎。看来该提督到彼，亦不多耽搁，俟带齐兵船，即往大沽，然后进京议论和约事宜。

又探得该提督由该国动身时，曾星使尚未到俄。自该提督坐兵船到新嘉坡接到该国电报，知曾星使已到俄国，曾与该国大臣会谈一切，是以专发电报，促其赶紧赴中华，该提督因转搭法公司船刻日抵沪。

再，查该提督年约四十二三岁，在俄大有名望，前几年曾经统带水师。

理合具禀密报等情前来，因特肃函飞布，即希察照。

致总署光绪六年八月初七日

正在缮函间，又据招商局徐道初三日来禀："本日接新嘉坡分局来信云：该处七月十八日新闻纸载，曾袭侯已到俄国，见国主一次，谈论之间，词气俱属和平。六月二十五日新闻纸所载，俄国后批派来兵船，已由俄京起行，现并探得俄廷已令该批兵船，不必急驶来华，且在地中海往来，以听消息。"初四日来禀："本日午后，上海接英国初三日电报载，曾袭侯到俄后，业将崇星使前议和约各条，与俄廷复议定妥，仍归和好，惟所议各节是否循照中国，抑有稍就俄国之处，尚未详悉。并云刻下约稿已定，须俟递至总理衙门画押后，乃可通行。"各等情。

查徐道此次两禀，合之镇江关沈道前日禀陈康税司函叙各节，则俄事不至骤启衅端，似尚可信。唯俄提督里沙士几奉其国主之命，汲汲来华，且由上海先往日本之长崎，而后来津，是否欲带该处兵船前来，希图恐喝，使我慑彼威势，迁就约章，殆亦意中之事耳。

复俊星东光绪六年八月初九日

洋商领单自赴内地置土货，久载约章，是以有三联单办法。江海、镇江、江汉等关，请领最多，此外各关亦有未办者，系洋商自不欲办，非能禁阻之也。

镇江关因弊端日出，拟章试办，德国巴大臣所送章程，大致亦与相仿，惟将径缴几倍税银改为罚款充公，仍照会讯章程办理，及将各限期改宽两层，与镇关之章不符。前据江海、浙海等七关覆到，弟已汇核酌议，咨请总署裁定，系择用江海关所议，请准会讯。盖洋商违章，虽有应缴罚款，必抗不遵，终须照会领事催提，领事必请照章会讯，不允则案不能办，更何能结！限期稍宽，亦远胜于刻下各关之漫无限制。

至由此口运彼口，亦系久经准行，断难禁止。是以分别加征，以资箝制。尊处关章，自属周妥，然只能行于一关，若此章通行，则又当改照此章，以归一律矣。

复总署光绪六年八月初十日

本月初七日奉到钧函，以劼刚已将条约与俄外部谈驳数端，球事已与宍户使商办晤谈两次，抄寄节略，便望酌复等因。

查俄外部存得步进步之心，于劼刚初次所议，自必故露难色，不肯遽允。劼刚候其议复，相机准驳，当可渐与熟商。俄人租用恰便轮船，与日前函布租用大北电信公司轮船情事相同，此时并未失和，俄租别船，止能听之。

至英以铁甲两船转售于俄，似未必然。均已飞致上海道查探驰报矣。

泰西通例，凡两国将战，使臣必先回国。此时中俄公使交驻京都，彼虽狡诈，似无突如其来之理。然彼之兵轮驶驻新嘉坡、长崎、珲春等处，均可一呼即至，诚如尊示，亟应加意筹防。此间防务，江、海并重。吴淞口内水道近接上海，远通苏、松，其水渐次浅窄，彼之兵轮难于深入。惟有紧守吴淞，以固苏、松门户，彼若以兵轮封我口门，我必击之，即各国亦未必允从。从前英、法犯津，亦未封吴淞口也。长江跨连数省，在在须防，扼要尤在鹅鼻嘴、焦山等处，已迭饬水陆各营据险堵截，似彼亦骤难飞越。

日本既派宍户使商办球事，坤一愚见，似不妨稍予通融，若必以存球为言，则彼绝之，我续之，益形彼之不义，彼何肯从？且彼允中国存球，又何必不自存之？彼于此实有能藩之势。中国存球，须立球之旧君，不能另立他人。球君若远适在外，我尚可援而纳之岛中，然仅此南部二岛，已不足以为国。况现在球君已被日本拘管，更何从取而立之？日本防俄甚于防中国，万一中俄有事，日本本可自处局外，断不助俄使之益强，自取日后之祸，且以结怨于中国。然球事不结，彼心必不释然。俄乘此而煽诱之，激迫之，难保其不为所惑，是增敌也。

宍户使七月十九日照会，添出修约一层，谓球案依两国修约，始得收局，是彼见我坚持前议，用进一步逼法。台端照复，明晰开导，不令其节外生枝，诚足使彼折服。惟彼既有修约之议，则球事尤应早结，免彼夜长梦多。分岛之说，出自美前总统，并非中国先有此见。地从日本交出，更非取诸球人，中国允议，各国视之，亦与不能存球并不能得地者迥殊。日本以二岛归中国，亦系亟求释憾，始肯以既得之地让与中国。

夫球之小弱，逼处日本之侧，终必被其并吞者势也。球为日本所灭之后，中国复欲存之，极是难事，况值此时势乎？可否姑允所请，以了此案，即以伐俄之谋，而固日本之好，伏候钧裁。

复李中堂光绪六年八月十一日

鲍春霆之营，大概下月方可启行。现闻拟招一万三四千名，函托湖北代购后膛洋枪万数千枝。晚生密请筱泉大公祖婉劝不可多招，未知能否见听？盖鲍春兄倏生冲天八翼，自顾身在云端，下界呼吁之声，恐难彻听。应请尊处速告政府，请旨饬令少招五千名，或只招三千名，并须切实声明，不准多招滥额，虚糜经费。此等召募之事，行止增减，自应随时察看机宜，不以朝令夕改为嫌。倘一听鲍春兄所为，不唯近畿大受其累，司农亦受累，恐非此君保全令名之道也。

俄事如可调停，诚为如天之福。第沿海南、北洋筹防不可松劲，而东三省尤当留神。本朝之于东三省，实犹前明之于江南，安可漫不加意？然客军总不如土著之得力，尊处亦宜上疏论之。

日本使臣现与译署议结球事，以南二岛归我，似可就此了局，否则琉球决不可复，日本亦未可遽图，舍此从何收手？

又，何子莪星使来信，据云高丽君臣返思中堂前书，深以为然，颇愿与西洋各国通商讲好。并言前次美国书太不合法，且径呈该国王，不由疆臣，又不由礼臣，是以退还等语。察核词意，似可乘机斡旋，尚祈裁酌。

再，广东澳门之事，久无成议，立约未换，以致办理交涉诸形掣肘。想张振帅早有函达尊处，究应如何办理，并祈俯赐指示为祷！

复何子莪张鲁生光绪六年八月十五日

俄国截留兵船，此间亦据各处牒报，唯新闻纸又称近有俄船九号开往珲春等情。合肥来函则谓，俄廷因闻崇地山出狱，为之释然，而译署则有劼侯抵俄议约，尚无头绪，仍宜认真筹防之语。鄙意以中国病在因循，不问俄人动静，边备自应绸缪，而东三省较南、北洋为尤重，朝廷近颇加意，未免临渴掘泉，深虑鞭长不及也。

日本仍申前议，以南二岛归我。能否就此暂为了局，以伐俄交，想执事必有成算。固知以义始者，不可以利终，且南二岛于我何裨，徒为日本分过。然以目前情形论，既不能问罪出师，且不能留兵久戍，舍此究有何策，可以继绝存亡？

高丽果与西洋结好，似可以杜强邻觊觎。弟处已将尊意达之合肥，冀得始终其事。尚祈左右相机开导，设法周旋。高丽安危，即系中国荣辱，此固我辈所不敢膜视者也。

致李中堂光绪六年八月二十六日

本月二十三日，钦奉上谕，安置电线等因。伏查电报通达音信，瞬息千里，即无防务，尚须筹议举行，以为日后无穷之利，况值此时势，尤应消息灵通。

台端洞烛事幾，奏准筹办，仰见荩谋周密，动合机宜，莫名钦佩！惟此事既蒙俞允，即应从速兴工，未识此项电线，能否在中国自造，抑须向洋人定购，经费约需若干，如何设法筹备，以及何日开办，是否自北而南，派办之员，是否合南北一手经理，抑由各省派员接办，左右运筹已熟，必有成竹在胸，尚乞迅速赐示，以便遵行。

复曾沅甫宫保光绪六年九月初五日

劼刚到俄见其国主后，往晤外部，将地山前使所定条约议驳数端，外部不悦，旋闻有派其提督来华之事。该提督名里沙士几，到上海小住数日，携有家眷并随员数人，于八月初三日，由沪赴日本长崎，系因俄兵船有数号停泊其处，十二日复由长崎赴烟台，此后未知所往，想必周历沿海各口，窥我虚实，所到必不止一处。

至俄又派议约使臣，何日来华，尚未据上海道禀报。昨阅申报，该使名白邵夫，未知即布策否？

刘、郭两军相继北上，山海关劲旅云屯，仰借荩谋硕画，调度指挥，彼必闻而夺气，自可消其陵竞而渐就范围。

此间防务，江、海并重，布置稍有规模。惟江、海连接之交，口面宽阔，虽已经节节部署，未审有无把握耳。

致总署光绪六年九月初七日

英使请挖吴淞口涨沙一事，业经饬据上海道刘瑞芬查复，于八月十八日呈明贵署矣。

嗣闻该处涨沙，前经李雨亭密派王守镇昌逐细勘量，具知端委，且该守驻沪日久，于洋人情形甚为熟习。坤一随传该守来宁，面行详询，据称：“该沙系在吴淞之黄浦江口，于长江无甚关涉，惟进上海必须经过此沙，如能拒阻不挖，自为上策。第以各国大船出入不便，有碍租界生理。此次经费有着，未必可作罢论。倘由洋人筹款办理，以后中国便难过问，又成租界，局面所系，殊非浅鲜。不若中国自行筹款开办，则目前之宽窄浅深，及将来之作辍迟速，均可由我操纵。昨复前往勘量，虽视前此需费稍多，亦不过十二万两内外，而挖沙之机器，尚可存储备用。”等语。坤一以该守所言切中事机，饬令仍回上海，会同刘道，确侦洋人动静，如果事难中止，即行驰禀察夺。

抑坤一更有虑者，各海口水浅沙高之处，不仅黄浦江口，如天津大沽口内外之沙，实属天生险要，屏蔽神京，以视黄浦口之沙尤为紧要。兹若准挖黄浦江口之沙，一经开端，恐洋人援以为例，请续挖大沽口等处之沙，则事同一律，又将何以拒之？不可不预为防维，予以限制。上海洋商筹办此事，与威公使息息相通，目下贵署与威公使如何商议，务望随时示知。

再，前承垂询琉球之事，当就管见所及，于八月十一日呈覆贵署矣。昨接日本公使何子莪、张鲁生来函，据称日本于重立琉球之议，似可就我范围，未审是否业由该公使径达尊听。兹谨抄送原函，伏祈俯赐察核。

夫中国之于琉球，以义始不可以利终，况该两岛之归中国，有损无益，徒为日本分受恶名，诚为失算。第以现在与俄构衅，难免日本不与之合谋，故不得不就此转圜，以伐敌之交而固我之好。果如何子莪、张鲁生两君所言情节，迎其机而利导之，即以南两岛重立琉球，俾延一线之祀，庶不负存亡继绝初心，且一成兴夏，三户覆秦，未始不可留为后图，想贵署早有方略矣。

夫以琉球臣事中国已久，大义所在，不能不为之扶持。其实该国近在日本卧榻之侧，于中国远隔重洋，无甚关系，非如高丽与越南、缅甸等国与我近邻，有唇齿相依之势也。高丽毗连东三省，以视越南、缅甸诸国尤为紧要，而俄与日本莫不虎视眈眈。欲杜该两国觊觎，莫若亟与西洋通商，以期互相维制。

前接何、张来书，据称高丽君臣近来颇见及此，是在贵署曲为开导，善为斡旋，俾底于成，则我之藩篱永固矣。次则越南积弱，亦须两粤随事提挈，设法弥缝，毋任为法人蚕食，并望贵署密嘱该督抚留意。天下有道，守在四夷，该各国与我毗连，固非琉球可比也。

复李中堂光绪六年九月二十二日

承示现办电线各节，仰见擘画精详，规模已立，明春开办，指顾可成。此线由津达沪，首尾如一，自应由台端派员一手经理，以免纷歧。其由镇至宁分线，已询据金陵制造局龚道等，可以仿造，敢不勉力为之，以副谆嘱！将来各处多设分线，不但有事之秋，军情易达，即无事亦足资以擒盗弭灾，降而至于商情民事，亦复音信易通，为利极溥。惟有大经济者，始有此大举动，然非乘此时势，则訾议丛生，终归延搁，甚矣，解事之少而办事之难也！

鄙意西陲及东三省边疆紧要之地居多，而路途穹远，文报稽迟，亦应设立电线，俾得消息灵通，虽经费太巨，措办更难，然能办得一处即得一处之益。执事公忠在抱，全局统筹，似亦可建议及之，以为日后兴办张本。梼昧之见，未知当否？

俄人举动叵测，昨接商局徐道禀称，“据法领事云，布策行抵美国界，已被俄国电报调回。又探闻俄提督里沙士几，现自烟台赴日本之长崎驻扎。威使到烟台，在船上住两三日，与英提督会议公事，意欲见俄提督，适两相左未曾会面”等情。如果布策调回，不知又改如何局面？日内左右如得有劼侯电报信息，务希赐示，为祷！

霆军人数甚多，除商局七船外，又派威靖一船，船政局亦派有船，帮同运送，大约尚须局船数号，再运一次，即可全赴防所。此次刘、郭、鲍三起大队，由南赴北，迅速异常，非有商局，曷克臻此？然议时事者转无人言及矣。

摩阔崴彼屯多兵，吉、江两省俱属吃紧，而调去诸军，多驻盛京一带，窃虑应援太远，未识该两省已另有劲旅否？

高丽刻下必须与俄通商，且须与泰西各国通商，使之互相箝制，借图自存，昨曾函请总署曲为开导。乃经尊处函劝，仍行固执不回，则何子莪来书云云，未可靠也。

复陈荔秋 光绪六年九月二十七日

承示古巴诸事，悉就范围，并蒙译寄该处总督复总领事文件，借谂海外华民，重睹天日，仁人之功，其利甚溥。将来秘鲁战事既定，台端派员驻扎是邦，小吕宋再能设立领事，则惠保穷黎，益无涯量矣。

商局轮船前赴檀岛，唐道廷庚所拟防弊章程内，变通定章、责成船商两层，殊未妥协。前接振帅来函，知执事亦以酌予揽头利益为流弊滋多，且以既经派定商董议准章程，毋庸商局再有干预，具征卓裁特识，断制得宜。

美国所派驻华大臣安吉利，于七月十一日在京接任，十八日即照会总署，据称，“本国特命本大臣及帅大臣腓德、笛大臣锐克为全权大臣，或公同、或只二大臣与大清国特派之全权大臣，商议修定条约、章程，帅、笛二大臣业经行抵贵国”云云。昨已准总署咨行前来，想美国修约不日即将开办。昨阅申报，载有中国轮船初到金山，仍完额外之税等语，如果属实，想尊处必已函达总署，乘此修约之时，议除此弊。金山总领事陈道树棠来禀，该处挨党聚众妄行，已经设法妥办，华民可以相安。此亦执事任用得人之效。

日国伊使现并未提公司借银之事，当可不至再有哓渎。

复何子莪张鲁生光绪六年九月二十七日

本月二十一日复奉重阳日惠函，综中外以立言，揆时势而决策，忠悃卓识，钦佩良深！窃谓图强必先图富，而图富较图强为尤难，未富则虽强亦难持久。

总署于球事未有来文，殆以俄事方棘，姑且置之。若欲撤使臣，罢互市，使日本知惧，冀球事有成，即无俄事，似亦必先自审我果能强而后可。诚能如尊议，练陆军三十万，海军六七万，事蔑不济，不但足制日本，亦且足御俄人。惟岁需三千万，从何措办？外国之筹用款，有借国债、加税额之例，中国则借债于民，其谁应之？即应亦必无多。加税则通商以来定有税则，几如铁案。洋药、洋货屡议加税，迄无成议。若不加洋关之税，而但加常关之税，更属无济。他如加赋、加厘两项，此亦中国谋财用之大端，然而民力已竭，万不能行，开捐甫停，目前自难再议。即如挖矿一事，近来正在兴办，皆未得手。况商民自办，减轻税、厘，彼即获利，何益于国？故谓中国不能自强，非知言也，谓由不能富以致不能骤强，则皆以为然矣。所有岁需巨资，非筹定经久的款不可。未识台端亦另有他策否？鄙意为今之计，只有做得一分是一分，冀以驯而致之而已。

朝鲜势颇岌岌，尊处所以开导其君臣者至矣。昨接合肥相国来书，谓已经函劝，固执不悟，则该使臣虽韪执事之言，恐终为一薛居州已耳。

致李中堂光绪六年十一月初九日

电线如能办成，所有江苏境内，自当饬属妥为保护，决不使有损坏。此后如能推广以达东西两路，实属裨益良多。

招商局务诚如台指，先后运载兵勇、军装，星驰电赴，胥赖其力，虽办理未能尽善，致生弊端，然官帑既经分年拔还，业已于公无损。乃王司成又有此举，晚生初意，亦欲以一奏了之。继思尊处前此具复，以为不必调查，兹若迹涉扶同，恐言者益以为疑而滋多口。是以札委制造局李道、江海关刘道，就近核明，而后缕细上陈，庶有以息群喙。鄙意以被参各款，唯股票一事，稍难措词，且俟覆到之时，详加斟酌。此外如官帑息银，以及所领轮船应提之价，亦应分别妥议，以服众人之心。左右以为何如？

至商船出洋贸易一节，召民京卿从前既有此议，盖欲于商局之外，另树一帜。此议能行，虽不能使洋商不来，然有此股生意，亦足分其利源。惟第一要义，首在鸠集巨资，若集资无多，似不如合入商局添置船只，以冀渐次扩充。如局船之开往南洋各埠及檀香山、美国之金山，未始非贩运西洋之先导也。已将此层函致召民京卿矣。

致曾劼刚光绪六年十一月十二日

再奉手教，具领壹是。中俄本属相安，伊城亦易收复。始则误于遣使，致无事为有事，继则误于罪使，激小事为大事。今以大力斡旋，得以化大为小，化有为无，而中国之筹防增戍，糜费已不堪矣。

鲍营之无纪律，明公所知，而春霆精力远逊于前，未必缓急足恃，倘令旷日持久，师老财竭，深以哗溃为虞，内变先生，后忧转大。左相入都，亦复有何良策，必须前席面陈，而以未定之新疆付之毅斋，未审能否支持。

弟于春夏之交，展觐在京，随同译署，力请释崇地山之狱，且谓言路可开而不可纵，历引南宋之三学生及明季之台谏为戒，明知犯清议而不敢惜也。左右身当其任，只宜斟酌是非可否，权衡利害轻重，以定准驳，冀为国家排难解纷，不必以悠悠之谈为虑。

南洋筹办防务多年，毫无把握。弟才庸识暗，且当此饷绌兵单，事权复不归一，只合尽其心力所能为而已。

复总署光绪六年十二月十二日

十二月初八日奉到钧函并抄件，以美犯柏耐一案，美国安使照会销案，当即据文驳复等因。

查此案情节分明，供证确凿，外国刑律即与中国稍殊，亦岂能任意轻纵？前据温道等请示，该犯回国后，是否监禁，中国无从查悉，未免任其轻纵，自行松劲，其时尚不知安使竟欲开释不办也。若如所请，则该犯即不回国，亦可逍遥无事矣。诚如尊示，彼知中国不悉彼之律例，遂随意轻重，一味袒护。窃思交涉案件，若中国能管辖洋人，如日本现在所议，则断定罪案，中外一律，奈此层一时断做不到。其次则另定中外交涉律例，亦可彼此均平，不致为其所欺。

查同治八年，英国修约本有另定律例之文，旋以定约未换而止。郭筠仙前请定立交涉律例，亦极有见。今惟无此律例，必如中国之律例办理，是以彼得骫法徇私。然此案既经罗领事两次断令监禁，岂能以陪审意见稍有未合，遽令开释？此后安使如再狡执，可否将此案原委函致陈荔秋星使，与美国外务衙门商办之处，伏候酌行。

复黎召民光绪七年正月二十一日

承教以开西学馆及合股出洋贸易两事为言，尚有不能不仰求指导者。如语言文字，已有都中之同文馆及各省之同文馆，并上海之广方言馆，固不必另开局面矣。尊意所谓开西学馆，自不在外洋语言文字之末，以力求实济为是。

窃查外洋所学，以律例为重，次则天文、兵法以及制造、驾驶并矿学、化学、汽学、重学之类。中国学西洋之学，似不以律例为先，究竟应由何项入手？一也。福建艺学馆中是何章程，有无应行变通之处，以及该艺学开办多年，有无学成人员堪为教习。又次，闽厂出洋学生，接准丹崖星使咨称，某精于开采、烹炼，某精于驾驶、战攻，某精于制造，某精于算计，究竟果否可靠，堪充各西学馆教习，不至取材外洋？二也。张振帅奏开西学馆，而指明先学制造，然温飏园所办之局，非制造而何？何以不就现在振顿，而必另开一馆，是否别有深意？三也。此三者务望详晰指教。夫事必慎始，乃克善终。弟欲深得其中委曲，而后举行。至所需之经费，尚不难于筹措。

合股出洋贸易，自是宏远公司之先导。唯弟昨于覆奏梅晓岩条陈水师及王益吾参劾招商局折内，均经声明不必另设宏远公司，另起炉灶，即可归并招商局，逐渐扩充，较为稳妥。并称商之尊处，亦以为次第可行，未便朝是暮非，自相矛盾。此事既系南、北洋与船政合办，且往外洋通商，决无不奏明之理。而弟自上年回籍进京，两役耗费近五万金，宦囊尽行搜索，并无私财可为佽助，不得不奏请动拨公帑也。似此不无格碍，尊指以为然否？

复潘□□光绪七年正月三十日

自越南隶法后，钦、廉实为重镇，防守之处，操纵殊难得宜，太宽则损威，过激则开衅也。

承示法矿师李约德一事，游勇恃其剽黠，挟以居奇，倘处之不善，李约德固无全理，而无穷边祸亦自此而开。执事内联苏军，外会法人，擒其渠复赦其胁，而又纵降深入，出李约德而归之，奇谋胜算，良可钦佩！

自来边将使敌知感者为上，其次使知畏，今一举而两善得焉。从此展其远略，靖此边氛，俾法人泯东瞻之志，朝廷纾南顾之忧，是则所深望于审机应变者。

致沈彦徵光绪七年二月二十八日

通商关口洋商泊船等事，最为棘手，非由税务司理船厅等主政不可。此案怡和行商种种抗违，即云该趸船为救公和轮船遭损，然能由上江拖回镇江，独不能由原处拖至北岸乎？即该行福和船不能拖往，独不能另雇别船乎？又该船通岸桥，从前屡不遵章开启，致碍船行，此又谁之咎乎？难得税务司等不避嫌怨，肯为认真，阁下自应听其办理。

英领事袒护该商，而又以实属违章，碍难向税务司前代为缓颊，因到尊处婉恳，以挠税务司等之权，节次借词延宕，该船终不肯动移半步，使税务司等无如之何。税务司禀准总税司，停发上下货单，不准再泊原处，办法虽似稍重，然照章而行，当有把握。且此等违章藐抗之商，若非如此惩办，效尤必多。

从前镇关太古趸船不遵指泊，屡与税务司辩论，究竟税务司理直，太古不得不遵。与此案情形正复相似。现在赫总税司批令税务司请阁下将全案申报，转咨总署，盖既停发上下货单，恐该商不服，必禀由领事上详驻京公使辨论索赔，是以预先请咨，而总署亦可向总税司询悉一切，核定办法。此时若再延缓，希图领事就此转圜，窃恐该商执拗，未必即来具结认错，万一日后又有别行如此抗违，税务司等难保不以此案借口，乐得见好洋商，而转归过于阁下，且开彼此龃龉之端，以后更多窒碍。

敝处现已将此案咨达总署，设或领事过问，尊处即以俟示遵行答之，谅彼亦无可饶舌。因公牍中尚有难尽之言，用特详细奉布。

复李勉林观察 光绪七年三月二十三日

湘人恶见洋人，耻谈洋务，虽是忠愤所发，究属风气之偏。上年道出星垣，与李玉阶中丞及筠仙昆仲、仲云、次青诸君论及，每遇洋人过湘登岸，辄为地方士民拥遏，瓦石纷披，甚费防维之力。弟深恐因此开衅，劳宵旰之忧，贻桑梓之祸，旋于鄂浔舟次，贻书各当事备陈法人传教，有关风俗人心，不可不设法劝禁，纵难一律干净，亦应予以范围。至于洋人游历一层，决不可加以非礼，以犯众怒，致其合而谋我。

嗣接玉阶、筠仙两公来函，云将弟书传示两大书院，尚无不然之说，其前此訾毁筠仙，亦因之渐息。理势所在，未尝不可从容开导，以俟气机之转耳。

黎召民另设轮船贸易外洋一节，是否奏明办理，弟屡经函询，置之不答，想亦难于措词。此公颇有志大才疏之弊，而弟目下亦无资可助，只合听其自为。即另开西学馆，就广东而论，仅十五万本息，未必便能扩充。若江南则并此数无之，且广东议以制造为先，而于多年之制造机器局，不加整理，另起炉灶，亦觉费解。鄙意以江南现在如彭雪帅奏添之兵轮，圌山关添修之明炮台，以及导淮浚黄，所需尤巨。即规建钟山书院一事，亦是必不可缓之工。似此头绪纷繁，则西学馆无妨从缓，而甚盼左右于上海之广方言馆，铁船、武学等馆并驾齐驱，而不必多此一番举动也。武学馆章程，并祈见示为荷。

弟因北洋覆奏招商局一案，竟以此间为错误，故不得已于本月初三再具折片，以申前说。盖公道不可不明，非必断断求胜。奉旨并前折交总署核议，看来不过尔尔也。

左相入直，果能大有表见，以副中外之望否？闻须发皆元，精神极健，殊为可喜。

劼侯书来，词气极为平实，绝无矜张虚憍之致，且观其核办新嘉坡各案，亦复力大思精。此公洵大受之器，文正可谓有子矣！

复吴筱轩光绪七年四月初九日

承示防东之策，读之俯首至地。倭人蕞尔国，外强中干，灭我与国，窥我边陲，其割地与我，意似悔祸，乃复邀求改约，胁取利益，贪婪狡诈，层出不穷。

台端以球案未结，中国宜严边防，毋勤远略，诚为笃论。盖未言战必言守，果能守方可言战。尊议预自筹画，选将厉兵，知彼我之情，操克制之算，字字皆匡时要义，断未有素不讲求，漫无把握，遂可远涉重洋以要奇功、求大欲者。诚能训士卒，精器械，练成劲旅，隐然足恃，则以守可，以战亦可，近攻可，远征亦无不可。盖必能持重不动，将来即能出奇无穷。刻下审时度势，则只有扼要巡防，相机堵剿而已。

弟铨材寡识，于东事亦谓以逸待劳、以静制动为宜。兹闻伟论，益自信所见之非谬矣。

致吴子健中丞光绪七年四月二十日

外国公使请挖吴淞口涨沙一案，从前李雨帅任内曾经函请总署拒绝。上年六月，英国威使复送节略到总署，拟有筹费章程，催请举办。总署以此事纠缠多年，终无归宿，函致敝处，酌度办理。当以该使筹费，系加收一厘之税，必有流弊，函令江海关刘道议复。刘道旋以“碍难开挖，亦未便听其筹费”各节具覆，即经函请总署查照核办。

旋以该处涨沙，系在吴淞口浦江之内，所通上海、松江等处，上游水渐浅窄，大轮船向不能行，此沙开挖，无甚关系。惟由彼筹费，则授之以权，彼必派官设局，永远把持。若由中国自行筹款，撙节办理，只要能通船行，彼亦难再饶舌。该处涨沙，同治十三年雨帅曾派王守镇昌勘估，约须经费十余万两便可开挖，设遇巨石硬沙，又须加增云云，因复将自行筹办缘由函达总署。

嗣于九月、十一月再接总署来函，具言威使不以刘道所议为然，现又迭次催办。此事既难罢论，诚不如自行经理，操纵自由，经即函令刘道与王守会议。旋据刘道禀称，既由中国出费，只有先在关税项下借用，候开办后，即令装货大号轮船、夹板船按次照捐，数足停止。王守前议十个月竣工，今涨沙加增，费难悬定，已托人在外洋询问船机价值，开年正月可得回信等情。当以仍令大号轮船、夹板船出捐，洋官仍必乘此插入，以挠我权。既认开挖此沙，必不令彼出一文，方可杜其觊觎挟制之患。所需经费，拟即于税项开销，且候王守询明船机价银具报，再行酌办。于十二月分别函复总署及刘道各在案。

兹于本年四月十三日，又接总署上字第四百二号函开，威使现又催办等因，已密嘱刘道会同王守，将如何由关动款兴工购器，究竟需费几何，几月可以竣工，所挖应长若干，宽深若干，迅再勘明估定，刻日密复核办。

窃查彼族请挖吴淞涨沙，哓渎数年，虽曾以险要不可轻弃，及有碍水利、农田、行船等事，逐层驳斥，彼皆不以为然，总以此沙有损于洋商贸易，不可不挖，志在必行。近复代为筹费，尤不可堕其计中，致将浦江数十里被其侵占。即如上海租界，南至十六铺桥为止，前年彼族屡以十六铺桥以外水道不修，有碍租界江面，请代华官管理，其意实欲借此推广租界也。经沈文肃议令上海道派员设局，自行办理，彼始无以难之。

吴淞挖沙情事正与相类，明知目前税项入不敷出，然不吝惜此费，方能保我经界之权。刻虽未经开办，实有万不可止之势。用将此案先令筹议情形，缕晰奉布，即希察照。

致温飏园光绪七年五月初九日

昨有人自粤来，据称曾经取验尊处代购马梯尼洋枪，均系别枪改造，未能合用。其言固不足信，唯是此间陆续购买马梯尼枪颇多，除拨发外，现在存局尚四五千杆，节经面试，均极精良，核计价值与尊处所开相仿。倘使货有上下，未免优绌相形。缘弟客岁抵任时，盛称左右长于制造，是以司局诸公即以此项购枪之事远费清神，万一不如此间所购之枪，弟与阁下未免减色。

伏望预为考核，并与杨云阶捐购存粤之马梯尼枪，逐细比较，如有良窳不齐，即请责成经手之人，另行调换。务期胜于此间所办，否亦可相伯仲，则裨益于军械非浅鲜矣。

复总署光绪七年五月十九日

昨奉大咨，以据赫总税司申称，洋商拟在上海开赛奇会，请免进出各税，会内售出货物，于出会时补完进口税银，是否可行等因，谨已转行江海关道查复矣。

窃闻外国好作赛奇会，虽为扩充见闻、考较取益起见，然其国家筹画兴办，即可因此收其地租、屋租，及在会销售货物之税，并各国游人进会观看之费，事毕结算，获利颇多。皆由其国自行举办。若由彼国商人，在此国开设赛奇大会，向来似不多见。刻下洋商托上海税务司转禀赫总税司申呈尊处，并未说出何国何商。彼盖姑为尝试，如不准行，即亦默尔而息。

洋商诚见上海为各国通商最大码头，一切货物，易买易卖，且税则甚轻，是以于通商之外，发此奇想，一邀允准，彼便可极力作为，借以收取各项规费，图获大利，而中国地主转如局外，垂手听之。虽中国于获利一层不必计较，且初次开会，亦未必果操奇赢，然自主之利权为彼所攘，恐被各国窃笑，且开后来援照之端。

此事系属创见，不得不格外慎重。现已另函密令江海关，向熟悉外国情形之人详细访询，此事如竟允行，有无窒碍，并查明各国历开此会，曾否有本国不办而听别国商人举办之事，刻日迅速查明具复，一俟复到，即当酌核，转请示遵。

致曾劼刚光绪七年五月二十日

中俄和战，关系大局安危，廷臣竞请用兵，匪独衅于勇而啬于祸，即所谓十万横磨剑，亦是夸诞之词。仰赖庙算宏深，一唯富郑公之言是听，威信孚于蛮貊，操纵协夫机宜，樽俎从容，息干戈而修玉帛，所以奠数千里之封疆，固二百年之邻好，保全两国亿兆生灵，功德岂有量哉！以文正公为三代下一人，而于洋务欿然，左右成此伟勋，克光前烈矣。

初闻台从俄都之役，区区不免忧疑，洵如来指，成新袭易，补破袭难也。嗣接抄咨新嘉坡各案，于匆促之时，凡交涉之件，犹极意推敲，不遗毫发，具征才大心细，必能排难解纷。兹承寄示新定约章及历次辩论节略，再三循绎，想见执事之于俄廷，衔杯接席、伸纸落笔时，片词必慎，只字必争，惨淡经营，斟酌一归至当，而因势利导，开诚布公，以彼国之横，彼相之狡，卒能敛其锋焰，就我范围，所谓“子产有词，郑国赖之”也。从此维持有术，控制得宜，可期彼此相安，而防务仍不可稍涉松懈。管蠡之见，总以东三省根本为重，亟宜绸缪耳。

倭使虽回，目前当不敢于启衅。左相函谓宸谟预定，必令其复中山，子峩星使现与日本外部设法调停，或者尚有转圜之策。

此间炮位粗具，雪琴宫保奏添之兵轮十号，未知何日可成。船政、招商，办理迄无起色。弟南洋承乏，碌碌无所短长，而于地方盐务、河务诸大端，亦属无力振顿，唯有守故蹈常，为苟且偷安之计而已。所幸入夏以后，三省地方，雨旸应时，民情安静，询之吾湘，情形相同，堪以告慰雅注。

令叔沅帅请假南旋，及令弟栗诚眷属扶榇归葬，先后过宁，均经派拨轮船护送，知念并及。

复黎召民光绪七年五月二十二日

承示闽省新开铁矿，既经左右察看，事属可靠，自与皖、鄂情形不同，将来接济机器局厂，裨益时宜不小，闻之实深鼓舞，亟盼有成。李勉林处拟凑付万金，弟与梁檀甫、洪琴西亦当设法挹注，可得二万之数，为涓滴之助。第此间所筹二万金，仍是动用公款，似须附奏立案，勉林来函，则未及此也。

外洋贸易一节，如果就绪，即请尊处具奏，以归一手，方为正办。否则，北洋主稿耳。

快船、兵轮所需经费，不得不取资粤海关税，如再仍前拖欠，弟当委员坐催，奏请严饬拨解。讵有以按结分拨之款，而偏枯南洋，挪移别用，尚得为顾全大局秉公办事者！此项积欠如此之多，为时已久，本不自弟任始，然俊星东只知有北洋，不知有南洋，沈文肃亦竟置之不问，殊可怪矣。

复彭芍庭中丞光绪七年六月初四日

接奉惠书，敬谉议增洋药、土烟税、厘一事，台端奉到寄谕，酌筹办法，欲杜避重就轻之习，实探兴利除弊之源，曷胜钦佩！

窃谓洋药紧要关键，在进口封存官栈房、官趸船，不准洋商提入行栈，海关照此办理，则进口正税及一切厘金虽加重征收，均可无漏，长江各关照此办理，则厘金、常税虽加重，亦可无漏。从前上海初收洋药进口正税之时，凡洋药进口，准其暂不完税，全数封存官趸船，不准起入行栈，必俟洋商将洋药若干箱售与华商，由洋商报关，并带同华商赴关，洋商照完正税，华商照纳厘金，税、厘两清，方准放行，此实尽美尽善之法。

自江海关税务司误准洋商将封存官船之洋药先行完税，起入行栈，于是各商效尤，多将洋药提入己栈，私与华商串同漏厘，弊端百出，以致上海厘局减半抽收而尚不能敌私。镇江亦然。其病根实由洋药进上海口封存之后，复准提栈，其分运长江各口者，亦无封存官栈、官船办法，听其存在洋商行栈，是以扶同华商走私偷漏，无法可禁。此后若加厘愈多，则走私必至更甚，此不待智者而后决也。

尊议洋药进海关后，分往各口岸，如何明定画一章程，以免避重就轻，又谓必得江海关定有章程，口内各省方可下手，洵属扼要之论。鄙意所谓章程者无他，只有抱定《烟台条款》所载："洋药入口，由关派人稽查封存栈房或趸船，俟售卖时洋商照则完税，并令买客一并在新关输纳厘、税。"等语，认真办理。盖由关派人封存，则所称栈房、趸船，皆官栈、官船，由税务司掌管，不得听任洋商将洋药提入行栈，如此则加税加厘，均有把握。海关办定，长江各关自可一律照行。倘此法竟做不到，则只有海关于洋药进口专加正税，并将应加厘金归入加税之内，如湘阴侯相所定，每百斤征银一百五十两，此外概不再征，亦是简要之法。盖此时洋药，由外国船来报关验明起岸，尚无隐漏。然照此办理，虽于税项大有裨益，而此后各处即不能再征，是欲正税、厘金并加，仍照前分别征收，非海关与长江各关各设官栈、官船封存不可。

湘阴侯相总局分局之议，已属周密，然仍准其起入行栈，则根株未拔，萌蘖易生，或则整箱黑夜走私，或则开箱拆散运送，虽有局员稽查，势不能于各洋商行栈之前昼夜梭巡。又该行栈内货物甚多，局员向不能入内查核。洋商但愿畅销，千方百计帮同从买之华商走私偷漏，以为招徕之术。此皆因洋药在其行栈，是以易于作弊。故加厘而仍准提栈，终恐走漏愈甚，有加厘之名而毫无实济也。

至土烟来自内地，贩自华商，只须严密设法，视洋药较易办理。且洋药办法未定，亦未便专办土烟。

弟奉谕旨后，已饬江海关道筹议，一俟复到，即当酌核复奏，无非备陈所见，恭候宸裁。容俟具奏后，再将底稿寄呈电览。

复李中堂光绪七年六月初四日

接奉惠函，电线物料到齐，即当赶紧兴办，应由敝处派员，并饬应过地方州县营汛，一俟洋匠到境，即会同尊处委员保护照料等因。查此案前准大咨，当经转行臬司，通饬沿途州县营汛，一体遵照在案。

至敝处派员会同保护照料，查江苏境内应设电线之处，南北相距程途甚遥，若但委一员，尚恐于各该处情形不尽熟悉，稍有延误，便不能一气呵成。现已分饬徐州、淮扬、常镇、苏松太四道，各选明干之员，督同地方州县遵办，并移行各该营汛，派兵伺应，一俟电线安设到境，即由各该委员，会同尊处委员及地方文武，妥为保护照料，以期呼应更灵。前准咨送章程八条，已抄粘札饬该道转行遵照。

伏读函示，电线初设，非民间所习见，虑有损坏，应责成州县营汛及营汛所派巡丁，由局量予津贴，认真伺应各节，尤征擘画周详，恩威并济，已一并抄录转行。不日电线按段设立，所有江苏该管文武，当无不小心照料看守，借以仰慰荩廑。其由镇江通金陵线路，现已筹酌办法，拟俟镇江告竣，即当接续举行。

复陈荔秋光绪七年六月初八日

招商分局唐道廷庚，前赴檀香山、金山、古巴等处回华，禀送局轮搭华人到檀香山章程，揽头借银之说，前章揽头借银两层，已经吴子健中丞在署督任内批驳。弟核该道此次拟章，仍请准由揽头借银，实属流弊滋多。正在批驳间，适接函示，去冬德国京杜及舌添麻等船，装载华人到檀香山，既无中国执照，不听商董稽查，船一到岸，即有客家揽头限以工价，逼立合同，取上期工银，以偿船费等因。足见揽头借银为害非浅，即将此层添叙批内，兹并录呈电览。

至德船装载华人赴檀一节，德国驻粤领事于光绪三年，即拟送在东海搭客章程，迭经更改。本年三月，又准总署来函，以德使函送驻粤领事所改章程，应即核复等因。当以所改系加重该船罚款，无非保护搭船华人不致受苦之意。惟思此章仅言华人在船，船主应将房间、坐位、饮食、医药如何妥办，而于中国所定古巴华工章程及粤民出洋新章，全未提及。万一德船以中国允其搭装华人出洋为词，而于自备川资、铺户保结、由关给照等事未能悉遵，恐贩卖猪崽匪徒，与该船主通同勾串，则诱拐之事，又将自此而加厉，是非仍照粤省定章办理不可。

爰即详细函请总署酌复德使，并请声明德船所装华人，必先由华官详细稽查，非自备川资、铺户出结、领有执照者，一概不准上船。倘有私行装载，即由中国截留，仍将该船主罚办，罚款归中国充公等语去后。总署是否照办，未接复音。兹读尊函，始知德船去冬已有不遵章程搭客出洋之事，不审粤省于此数船，何以皆无觉察？鄙意此事台端虽已咨会粤省查办，似仍应函请总署照会德使，转饬德船，不得再蹈前辙，则内外并办，弊端或可速除。

总署于五月十二日，奏请将上海出洋肄业幼童全行撤回，奉旨依议。敝处于五月二十三日，准总署恭录谕旨，抄奏来咨，原奏声叙有“一面妥订章程，责成该局员亲自管带各童回华，察其造诣，分配各处，因材器使”等语，是尚无止撤局员、将各童交与尊处之说，想执事及子登太史均已接有总署公文，而子登太史不日即将与各童一并遄归矣。

外国河港碰船章程已荷派员探问，如有实音，希即迅赐译寄。

致总署光绪七年六月十三日

洋商拟在上海设立赛奇会一事，前奉大咨，当经转饬江海关道议复，并以洋商在中国地方开会，恐碍自主之利权，函令该关道查复，先行函致尊处在案。

兹据该关刘道来禀，洋商在租界设赛奇会，不过如赛船、赛马，与外国赛珍大会官为主政者不同，拟请饬令总税司准其免税，立以限制。又据另禀称：“据陈守福勋、张守志均详加访询，外国赛会，从无他国人在此国开会，及本国不办听他国人在此国开会之事。惟外国无所谓租界，现在上海有英、美、法三国租界，若阻止举行，恐会设租界，抗不遵禁，不若示之限制，使无厚利，或可知难而退。”各等情前来。

窃思通商租界之内，洋人行栈、教堂、善堂各事，本属任其所为。至赛奇会，各外国俱极隆重，关系自主之权，中国既不自办，究未便听洋商在中国地方开办。若经允行，恐将来援以为例，踵事增华，更难阻止。东西两洋既皆无别国商人在此国开会，及本国不办听别国商人在此国开会之事，现当赫总税司请示之时，似可据各外国之例，令其劝阻。此次系义国商人创议，似不至于硬行开办，且此不载条约之事，谅各使亦未必代其渎请。倘该商人执意欲行，我即以中国将来自行开会方能免税，外国商人在中国开会不能免税告之，或亦可以知难而退。

坤一实见得外国在中国商请之事，偶一通融，日后多致喧宾夺主，欲罢不能，而中国自主之权，遂为所占。刻下赛会之事，似尚可以劝阻，即使彼能强词夺理，坚请允行，再照刘道予以限制办法，勉为允行，亦未为迟。是否有当，伏乞酌核示复。

致李中堂 光绪七年七月十四日

南路电线，现已叠据尊处所委各员将在上海、苏州、镇江开局缘由，先后呈报。上海委员王副将，并已禀报兴工。自此由南而北，自可计日观成。其由镇江至金陵电线之路，沿江布置如龙潭、高资等处最为简捷，昨已札饬金陵制造局龚道照瑗迅速筹办。所有订购电线，预备木杆，派员先往沿途查勘设立处所，均令该道妥议核夺，并将台端前送电线章程抄发阅看，总俟镇江电线造成，此间即当接续举办也。

华商出洋贸易公司一案，蒙挈衔会奏，日前已奉到大咨。此事独树一帜，自广利源，洵属富强要务。华商运货赴英贸易，英国自必与优待之国一视同仁。惟如何办理，约内并无明文。

大疏拟请出使大臣随时保护，想劼刚星使准咨必先照知英国外务衙门，此后该公司遇有须为辩论之事，中国驻英公使自可极力维持矣。

复黎召民光绪七年七月二十一日

祗奉手教，洋洋千数百言，历抉中国所以不能自强之弊，并筹战守两策，均属至当不易之论，其所以责望于弟者，尤足以振疲立懦，令人感惭。

正拟伸纸作答，续于十八日再奉台翰，删改前函，以为有伤时之语，不知左右何以矜慎若此？得毋疑弟不能受直言耶！弟于官场僚友，与仲良中丞及若农学士颇称莫逆，二公皆好直言弟过，而若农为最。前承乏珂乡，与若农谈及捕务，讽弟不堪作督抚，非若雪琴宫保有自知之明。春间书来，以弟客夏入都，请缓崇狱，径斥为秦桧一流，而弟深佩其有古人之谊，始终不以为忤。第有时不能不置辩者，武侯有云，“遇事不嫌于违覆”，范、韩当国，亦谓不妨共尽异同，以明公道，固非逆指文过。即弟上年与何筱帅函，力剖所以未遣吴、章两军，迫于时势，并非不顾大局，亦即此意。矧弟与公廿载石交，何事不可言，何言不可受者。

夫我辈担当大事，有时谋之于豫，有时应之以猝。谋之于豫，则广设方略，步步向前，庶有日就月将之美。应之以猝，则熟审机宜，着着落实，庶无左支右吾之虞。弟上年六月抵任之时，俄事已急，可谓应之以猝，所需船炮，岂仓卒可集？就当时情形，即经奏明南洋浙、闽、粤防务，责成本省文武，并以浙江厘金还之本省，俾得自为绸缪。弟则以长江锁钥自任，两次奏明，节节戒严，决不使敌船上驶，以撼上游五省而坏东南局面。所以较得失之数，而权轻重之宜，固不敢涉于张皇，而亦非漫无把握。合肥相国倾天下之财力、兵力，上年则只守津沽一路，其北洋所属之各口，如烟台与榆关等处，委之于曾沅帅、鲍春霆、吴筱轩诸人，以为百足之扶，一臂之助。而弟一抵南洋，便谓能兼顾沿海各省，徒以自欺，而滋贻误。特合肥所不肯自言以损威望者，弟则不敢惜此耳。

弟抵此间，不唯未经增勇，且减去吴筱轩三营。当时梁檀甫与彭雪琴诸公均以为言，且奏调来江之文武亦莫不欲得一军以自效。而弟默察陆路兵力尚足以应缓急，故皆婉词谢之，不肯虚縻经费，唯密嘱署寿州镇程文炳就地暗选枪手三千名，以期一呼而集，可备不时之需。夫长江防务，沈文肃递次陈明不敢自信，而弟别无征调，胆敢称据险而守，决不任敌船上驶者，岂轻以身试敌试法哉？亦自料足以支持，即使告警，断不至如曾文正之束手以待、引咎自责而已。

承示必须多制小兵轮及水雷，以辅岸上炮台，为守御计，此间亦已略具，且另造有大张战䑺，足耐狂风巨浪，似属以钝制巧之一法。

又筹防局新购有一种黄火药，只用布袋盛之，置于水深之处，以电线发之，其力极猛，竟可不用木壳铁皮水雷，更为简便。此等件自当随时知会各省，究竟能否制备，以期有恃无恐，非弟所能呼应，不敢冒为大言也。

所谓谋之于豫者，固合战守而言。窃计各省设守，应已粗具规模。现在所亟宜讲求者，即公所谓南、北洋各练外海水师一军，制备铁甲与快艇，以为战事之用。夫中国虽前代无海战，所谓楼船、横海、渡辽，只是将军之号，然本朝顺治、康熙年间，攻郑成功于金、（夏）〔厦〕两岛，及经营台湾，未始不战于海。嘉庆年间，提督李长庚之剿捕巨盗蔡牵，驰逐于闽、粤、浙三省大洋，电追霆击，水立天摇，未尝不是恶战，特非洋人，无轮船耳。

今外洋既以铁甲轮船称雄，则中国自不可少。弟上年道出天津，与合肥议购铁船，亦谓宜得四号，则南、北洋方可各成一队。唯以彼时俄事急在眉睫，需饷孔殷，先掷此数百万金钱于外洋，收效在数年之后，是以不免踌躇。迨议覆梅晓岩阁学条陈，亦称铁船为海防必须之物，并陈明南洋得此铁船两号，拟即驻泊澎湖，为台湾应援，而江、浙、闽、粤亦可兼顾。用兵固有形格势禁之道，不可株守门庭。译署议先购两号，则以后两号应不难于就绪。尊处现造之快艇，先给闽省，为将来配铁船之用，亦无不可。弟因部议停造彭雪帅奏准之小兵轮船，原拟以南洋自有之款，改造快艇，业经函商李质堂军门与彭雪帅。尊指以快艇与小兵轮二者孰优？

粤海关税任意延欠，殊出情理之外，昨复委倪丞前往守提，未知果否得手？俟得回信，只合专折奏催。

各省酌裁兵勇三成，挹注之方，莫善于此。公若入告，务请朝廷主持，不须各省议复，并应声明已裁之省，亦须一律施行，否则此事如转石，如抟沙，多方借口支吾，仍恐空谈无补。弟在羊城，用利灿庭之议，以轮巡各船水勇尽补绿营水师兵额，共三千人，饬令原营淘汰老弱，挪出此项缺饷，名为补勇，实则裁兵，每岁计省俸饷八万余金，然已笔秃唇焦，费尽九牛二虎之力，可见变法如此之难。江苏肃清以后，余兵无多，勇则大半为合肥旧部，口粮仍归淮军粮台，未知能否撤遣。若裁兵而不裁勇，则涓滴之微，于事无济。

专设一局制造洋枪，诚为当今要着。沪局造炮兼造中针林明敦后膛枪，已得六七千杆，顷经分给各军演习试验，如得合用，便当设法扩充。日前曾与司局谈及军械、军火，亦谓南、北洋各机器局，务须派定某局制造某项，以期专而能精，适与台指符合。务费清神，通盘筹画，并先与合肥及筱帅、振帅商量，此间唯命是听。

此外，此间应办事宜，以及弟之阙失，并祈赐教，弟虽不肖，无不乐受大君子之针砭也。

复李丹崖光绪七年七月二十七日

月前奉到惠书，并蒙抄示德国行船章程及《预筹英俄战机论》，深荷关垂。

细阅德国行船章程，其帆船无论大小，概用红、绿、白色号灯，颟若画一，中国贫苦小船断办不到。该国章程内有指定聚泊不必悬灯之处，有指定轮帆各船缓行之地，及轮船应让帆船，快船应让慢船，均可酌量依据，具征指陈明确，实于华船有裨。惟华船行驶无灯被碰，洋轮必以华船为违章而不肯认赔，屡费唇舌。且各华船不但无力购此各灯，即强令照用，而素未娴熟，亦难随机应变，举动得宜，洋轮转以借口责备，受累更深。

近接劼刚、荔秋两星使译寄英、法、美国行船章程，其于帆船亦用各色号灯，无不相同。今欲改为华、洋各船画一章程，殊属棘手。从前黎召民京卿在津海关道任内，曾拟海河行船防碰章程，中国帆船只有白色大玻璃灯一盏，小船即用纸糊白灯，以防碰撞，于变通之中，寓简便之意，华船或可一律照行。现拟转行江海关道筹议具复，再行核定也。

德提督所撰《英俄战机论》，深谋卓识，悉协机宜，凡有防务者，均可举一反三。盖大股劲旅，火轮车路，制胜兵船，以及炮台、水雷，缺一不可。中国于无事时，每以巨款难筹，众口交阻，往往浅尝辄止。今虽俄约已成，球案悬搁，然不乘此悉力豫谋，各国环视，见我依然故态，恐又启其戎心。窃谓防务者，不仅防之目前，必须持之久远。执事以此论见示，谨当时常翻阅，酌量仿行。

复何子莪张鲁生光绪七年七月二十七日

承译示西人论日本海军事宜一册，此西人谋深识远，动中机宜，无论日本能否照行，要其所议各节，与中国极有关系，执事谓中国整顿海军，可以采取其意，洵为确论。

法人之于安南，其限制迫胁，直如从前日本之于琉球，移其君而灭其国，欧洲向来无此办法。然安南膏腴之壤，险要之区，久为所占，将来削弱日甚，仅一守府，亦必如印度各旧王而止。惟中国则与法之属地毗连，昔日之屏藩，变为岩疆之瓯脱，疆埸防守，其事日多，殊非细故。台端前既函达总署，日内有无答覆？劼刚星使常驻巴黎，未识能代安南一为排解否？尊处如有所闻，尚乞示知。

朝鲜竟能议及税则，且知仿照欧美通例，可见彼亦有人，第未知日本一一允从否耳。

球案已成缓局，我既听之，彼固乐从也。

复陈瑞兰光绪七年七月三十日

鸦片流毒中国，为害日深。阁下乘此加厘之时，为逐渐涤除之计，关心时局，力挽颓风，敬服无量！

此事既经商之香港英督允奏其君并咨商印度大员，足见港督之有心相助。惟查洋药科征，须在香港统办，持此议者颇不乏人。至于递年减箱加税，并以所加之银分给港督，则阁下特创之议。中英会办事件，必照约章，英国未必肯于约章之外，贪此十余年无名之进益而自弃久远不绝之利源。且似此征收，微论印度英员必不允从，中国亦从无此政体，况节目纷烦，内有许多窒碍，恐亦难于办到。

鄙人于此案早经覆奏，系请按照《烟台条款》进口封存明文开办，以杜偷漏，各口一律举行。洋药运到何口销售，即由何口抽厘。厘金系由买客华商照纳，厘金未清，洋药即不放行。此系按照约章办理，绝不溢出一丝，彼族亦无从借口。似此办法，洋药不加税而加厘，或者可望有成，至此外则非所敢计也。

致刘芝田光绪七年八月二十三日

本月初四日，钦奉寄谕："侍讲学士陈宝琛奏洋务条陈一折。等因。钦此。"业经恭录并抄折片转行妥议在案。

所有各督抚访求洋务之书，咨送总署转送史馆备采一节，查外国各有史乘，而译出华文者，只有英、美两志而已。日本、越南、缅甸各有华文史乘，日本之史近尚易得，越、缅之史则购之甚难。现应将华文之各国史乘，逐一购求。其各家著述，如《普法战记》《东方交涉记》，并各游历记，如《环游地球录》等书，每种各购数部，以便分别存送。其各国洋文史乘，亦应择要觅购，于有约各国之史乘，尤须先行访求，购到即存于制造局，一面选聘华、洋精于译述之人，次第译出，摆板印订成书，陆续呈送。

至尊处每次所送西国近事，系自冯前道创办，另有摆印汇编，数月一送，计已送过六次，均经转呈总署在案。此项西国近事，尤留心时局者所必观，汇而为书，陆续刷印，分给众览，洵为方今有用之书。惟查此书自光绪元年以来，制造局迁延不印，未免惜小费而忘大益。虽西国近事，尊处仍照常译送，然必另有汇编，总署即可将汇编移送史馆。此汇编日积日多，近日外国情形，朗如列眉，其强弱治乱，原委分明，采而为书，足供披览，不特周知外事，并可斟酌邦交。

再有译出各国史乘，可以知其世系沿革，则于各国古今情势，均可瞭然。务希阁下督饬该局承办之人，将未印之《西国近事汇编》，限以时日，赶紧续印，每月必多送数次，不得再听积压。

以上各项之外，阁下如另有见闻，及制造局、申报馆，各书铺所刻、各著述家所辑有关涉洋务足资考订之书，亦希一并访购，禀送核办。此事务须悉心询访，设法搜求也。

复王爵棠 光绪七年八月二十三日

承示《柔远全书》，诚有裨于时局。昨日钦奉寄谕，正在多方购求，汇送史馆。唯弟见闻浅陋，才识平庸，又值此政务殷繁，恐未能以蠡测管窥，为河汉高深之助。既辱台命，暂留敝处从容拜读。

至弟承乏豫章、羊城，办理洋务，无非恪守旧章，绝无表见之处。

唯光绪三年，秘、美两国借条约中搭客出洋为招工地步，并令行主、船主暗垫盘费，诱嘱华人，认为自备川资，经弟设法禁止，所有出洋华人，必须省城殷实铺户出具实系本人自备川资保结，方准给照，由是奸计不行，保全粤民似属不少。现在广东尚在循照办理。而弟于此事争持两月之久，笔秃唇焦。盖招工为大利所在，起初不仅税务司阴附秘、美公使、领事，即本地劣绅，亦幸于中分肥也。

又，四年革镇李扬才窜扰越南，密派匪党在于香港采办军火、枪械，势益披猖，中外奸民亦竞趋之，居为奇货。经弟照会港督，即现在之燕姓兵头，仿照通商口岸之例，必由广东督抚咨明海关，行文香港，方准军火、枪械出口，迨越难平，而后弛禁。此系英督之贤，于中国大局不无小补。

又美国前总统来华游历，先到广东，该国公使、领事自拟仪节，欲地方官备极尊崇。弟与剖辩再三，于宾主之礼略为变通，美前总统抵岸时，先拜地方官而后接待优渥，似尚得宜。弟深恐洋人以美总统屈尊、中国官自大为言，因撰一纪事，刻入新闻纸，始无口舌，美人亦自欣然。

粤中洋务，堪备采择者只此。

先在江西，于洋人来省起造教堂一事，借士民之力，多方维持，麾之使去，洋人屡来屡却，至今章门尚无教堂。弟在江西十一年之久，所谓俟开导地方，始可起造一说，竟至无可借词。其中别设方略，似有未便形诸笔墨者，承询谨布区区。

彭雪帅抄咨辞疏，可谓淋漓尽致矣。外间抄传另片，力荐沅帅自代，尤有古大臣风，何以讳为？朝廷倚重老成，此席未必他属。如雪帅再不应诏，则弟所处实为万难，务望力为劝驾，抵任之后，重为沅帅推毂，无有不邀俞允也。

霆军先后撤遣，极为安静，固是部中优给盘资，而该镇将等约束亦可谓严矣。

巴国换约通商之后，恐不免有暗地招工之事，以该国炎荒，甚为空旷也。

复陈荔秋光绪七年八月二十六日

古巴刘总领事，办事细心，一切皆能应手，具征执事任用得人。檀香山陈领事，力除积弊，乃为贩猪崽之奸商所不悦，布散谣言，颠倒是非，冀以畅其所欲。赖台端深信不疑，振轩制军亦复知其受屈，以致奸商之谋不遂，华民之患可除。伏读尊处致振帅书，沉痛详尽，洵为仁人之言。窃思奸商如谭荫仪、古金、李六等，贩人谋利，目无法纪，其人亦常回中国，粤省地方官，似不难乘其到粤，即行严密查拿，照例惩办，以儆其余。即有漏网之人，亦可稍知戒惧，渐戢其凶横之锋。

弟前函请总署酌复德使，凡德船在粤装载华民出洋，必照粤省定章办理各节，至今未接总署复函。此项定章，只要粤海关税务司并委员人等逐细稽查，凡上船出洋之货，必凭准单上船，出洋之人，必凭执照，否则截留另办。并先与德领事议明，中国实为保全民命起见，凡搭德船出洋华民，均与招商局船一律照章办理，似德领事亦难阻挠。

至华民到檀之后，中国领事不准揽头从中舞弊，亦先与岛官议明，以期顺手。然中国不能将此等奸商拿获正法，终恐其怙恶不悛，日后仍不免勾串为害。玉轩星使到任非远，想左右于以上各事，自必详告之，俾可持久而善其后也。

复裕寿山 光绪七年九月初十日

接奉咨函，借悉亳州教案现已另委彭守办理，当可应手而解。法国天主教，尤与英、美等国之耶苏教不同。天主教士，凡入教之民，皆呼为神父，其人皆不准娶妻，与耶苏教士之有家室者不同。神父传教，终身不迁。华民之入其教者，无论男女老少，深信不疑，牢不可破。州县中只有一入教之人，教士即有所依据，乘此而来传教，日久入者愈多，盖一入即断不复出，是以有增无减，不似耶苏教之来不拒、去不追也。

平民优游里闬，安居乐业，忽见有一二勾引教士来此传教之人，无不切齿，滋生事端，往往由此而起。然内地准行天主教，久有明文，如其租赁地基，建造教堂，只要与居民方向风水无碍，契内载明“作为天主教堂公产”字样，并由原业主先行禀明地方官查验，便可将契盖印给执，此亦向来办法也。

今亳州被毁之屋，既未禀明作为教堂，亦无立契实据，直可毋庸断还。彼虽执意坚韧，必欲赔修原屋仍作教堂，然我以先赔偿，另购地两层复之，亦复情理兼备。若另行购地，难于办到，则是亳州彼竟不能著足，难保其不嗾驻京总教士请公使与总署辩论。然亳州地方，除此靳姓之外，果无一人入教，并无一家肯卖地，我即据实复之，似彼亦无如之何。且俟办到如何地步，再行随势相机设法。台端智珠在握，于此中情形必已瞭然。因奉惠书，敢私布臆，以备采择！

复李丹崖光绪七年十月十五日

尊见各国武备，水师推英，陆军推德，洵为卓论。而德国之不事夸张，务求实济，其操练水师，加意讲求，似他日英国亦无以过之。我公遇事留心，不遗巨细，精神才略，真足干济时艰，尤深钦佩！

承示溪耳、海口《水操图记》各一件，又四铁舰盘旋行驶图一件，精明详细，令读者恍如身在个中。此等操法，中国亟应仿照研求。现已将图记等件，照缮数分，发交督操轮船李质堂军门及筹防局，俾资揣摩考证。中国兵轮果能仿效操演，所向如志，知亦台端所深望而愉快也。

徐参赞坚欲回华，未识接手已得人否？执事知人善任，想早有储之夹袋中者矣。

上海制造局翻译司事文生赵元益，在沪专心致志翻译有用之书，以济时局，从不见异思迁，此其器量宏远，识高志定，洵为今之所希。拟即调其来宁，面询一切，再如尊谕，另加委札，俾管翻译馆事，以昭鼓励而专责成。弟瓜代有期，如左侯相年内抵任，即将此事移交核办。知念并闻。

复总署光绪七年十一月初四日

十月二十五日，奉到钧函并抄示给德使照会一件，敬谛现已行文德使，嗣后德船搭客，悉照德国搭载章程，华民出洋，仍按粤省迭次定章，并行不悖。仰见荩筹周密，力杜弊端，钦佩无量！

坤一前见德船章程，即疑其借此为名，谓中国准其搭客，而该船即阴与内地匪徒勾串，任意揽装华人出洋，置粤省定章于不问，是以于肃复江字四十八号函内备言及之。嗣后接荔秋星使来函，则德船近由粤省装载华人到檀香山，果有甫经上岸即被揽头押去勒扣工银、逼立合同情事，仍不免于诱贩猪崽之故智。当经转商振轩制军，严密稽查，务照向章办理，想荔秋必已布达冰案矣。

夫保护出洋华民，乃中国应办之事，自有之权，兹经尊处将粤省定章，剀切声叙，不改彼章，自能保守我章，办理确当，界限分明，料德使亦难再有他议。日内如已接有该使覆文，尚乞示知为祷！

复曾劼刚 光绪七年十二月初七日

承示伊犁交收之时，务须慎重，将来尤当加意抚绥，具征智烛幾先，虑周事后，当局自当奉为圭臬，不至覆辙相寻。

至以前此和议之成，归美于国，纯臣笃棐之谊，抑亦长者之言。维时弟适在京，目见耳闻，纷纷者如饮狂药。前书谓若辈将以十万横磨剑待之，而不知更有十五里明光甲夸诞相高，威、赫诸人，每举以为笑柄。弟私叩之沈文定，则欲以蒙古当北路，索伦当东路，部署如此而已。经与合肥力请缓崇地山之狱，以舒眉急，冀公得下说词，以成舌战之勋。顾非才足解纷，诚能动物，安能折冲樽俎，却敌堂廉？索地既经全还，议偿亦复得体，视富郑公之使契丹倍增岁币，许纳失词，其荣辱难易，相去天渊。挽既倒之澜，戢方张之焰，化大为小，举重若轻，窃谓中外交涉以来，唯公此次办理最为出色。我厚彼薄，宜俄人之啧啧不休。天生李晟，以为社稷，公之谓矣。

现在越南之事，赖公义正词严，滇、粤如能合谋，当可消其奸计。该国与高丽情形相似，固非琉球可比也。

弟奉职无状，屡挂弹章，仰荷圣明保全，不遽屏弃，拟俟交卸篆务，先行遵旨展觐，而后恳恩回籍养亲，以尽公私之情，而合去就之节。

左侯相于年内当可抵任，此老前在西陲，老罴卧道，乃一时清议，必欲征之入辅，苦其所难，几至进退失据。幸而有此南洋一席，为之位置，尚无损乎声望，仍可遥系关外军情。此间事宜，更须强有力者为之振顿。闻其精神极旺，兴会亦佳，诚为国家之福。

致刘治卿成端甫余瑞芸

光绪十七年四月二十六日

接到公牍，当经批复照办，用五百里钉封排递，并经立时电达译署。

昨廿五夜接译署来电，以法使误听人言，谓我索传医妇朱氏、苏氏未到，将管押教民作抵，此事断不可行。并言医妇既经保释，洋人何肯交出，只合姑置勿论。但将焚抢匪徒讯办，不必再究起衅之由等语。弟已电复并无管押教民作抵之事，唯朱氏、苏氏既系华人，未曾定供，即经司铎保出，自应传集质审明确，以折服众心。彼若始终袒庇，则焚毁之教堂亦不能赔，庶为持平之道。未知译署以为然否？

兹谨布之左右，并附译署来电，伏祈查照酌商妥办为祷！

复张蔼卿观察光绪十七年五月

重庆地当冲要，目下辟口通商，创举为难，百务均需筹策。昔年洋商开行运货，当时未能执约禁阻，以致侵蚀税、厘。执事前拟停止宜关单照，各船照约办理。敝处接到公牍，当经转咨译署，至今尚未核覆。商情避就，口舌之争，在所不免。

大足民教滋事之案，执事所拟三端，义正词严，洵足以资折服。历来中外交涉，凡无益彼族之事，多方延宕，是其惯技。阁下胸有成竹，据理与争，虽未能事事就我范围，于民教亦深有裨益耳。

复杨子通光绪十七年五月二十六日

此间教案，业经派员驰往，分别查办，总期早了一日，以安教士之心。然就中窒碍良多，必须办理公平，庶将来民、教相安无事。否则，稍涉勉强，后患更无已时。

译署迭次电催，自是迫于万不得已。鄙人踌躇再四，只得拿定主意，但凭理做去，我尽我心而已。

来书“措置贵乎持平，怨忿消则民心安定”数语，自是确论。惟江南人才虽多，求其事理通达、操纵得宜者实所罕见，是以望君如望岁，务希料量家务，早日来宁，以匡鄙人之所不逮。倘接此信，即行诹吉首涂，尤为盼祷！

复刚子良中丞光绪十七年六月十八日

承示各属教堂之案，通饬印委各员，作速筹款议结，使彼心安则拿获各犯操纵在我，良谟硕画，钦佩难名！

弟于昨今两日，函致镇江黄道及芜湖成道，即是此意。先后批札亦复相同。缘萧观察来自都门，具述译署因南洋事，电嘱出使大臣，于各国婉谢保护不及。

太后御颐和园，已经定期，因此中止。区区深抱不安。北洋甚盼此间快了，否则日久恐生枝节，亦与尊指相符。唯各县始终玩视，将来必照前议罚金赔偿，庶几利害切身，不严而厉。

至于一切善后，俟有定局，再与左右熟商。

致李中堂光绪十七年七月初三日

此间教堂各案，以芜湖为大，洋人盘马弯弓，亦若有所待而发，而成道人过长厚，不知设法销弭。现经治晚札委蔡道钧前往与成道商办，并请沈仲帅人力斡旋，尚未审能否就绪。该教士等谓必得德国巴使之言为准，是巴使为各国执牛耳者，此间未敢私通殷勤也。

金匮各县之案，略就范围，可期次第了结。将来善后，似须查照张香帅与广东于领事、赵观察与扬州康主教所商办法，凡外洋教堂育婴，收养一名及病故一名，报明地方官查验，以释众疑而弭衅端。特恐各处洋人未能一律遵照，究应如何筹画方合事宜，伏祈俯赐指示。

至部议筹饷四条，系在大司农自出万不得已，第于南、北洋事势，似尚隔膜。除土药厘金、盐商捐款另行筹办外，如裁勇、拨费两条，以南洋情形论之，现在江北盗风甚炽，江南民、教失和，处处调勇驻巡，未能遽议撤遣，致滋流弊。

近来购买外洋枪炮等项，有数可稽，上年只用十余万金，已形拮据，从何每年节省卅万两，两年便得六十万两之多！当饬司局议详，尚未据覆。尊处如何覆奏，并祈示悉，俾有遵循。

复陈次亮 光绪十七年七月二十七日

芜湖及各属焚拆教堂之案，虽经次第议结，然办匪之外，索赔重款，赔款之后，复索地基，似此节外生枝，莫不勉强迁就，若稍与之争论，彼即向译署哓哓，语多挟制。

至于善后章程，前经张香帅与赵道台在粤、在扬会商该领事及教士，酌拟数条，极为妥善。乃在京各使犹复翻异，他尚何言？从此交涉事宜，益形掣肘矣。

南洋兵轮只可节省薪粮，冀积巨款，以为购制之计，未便一概撤停入坞，以致江海空虚。张朗帅所陈亦是一偏之见，中国海防在守而不在战，若与炮台联络，木壳兵轮亦可折冲御侮。倘与西人角逐重洋，即铁甲兵轮，未必能操胜算。并虑驾驭不得其人，转以资敌。添办一号，便须二百万金钱，此等糜费，不可不审顾踌躇。卓见以为何如？

以后密电，谨照台指，推上九码，以期慎重。

复马玉山 光绪十七年八月二十一日

前接大咨，披图展视，鸿沟划界，恍在指掌之间。法人如此虐民，宜其怨畔。边民求请内附者，我公不允，听其蛮触相争，而防范加严，尤征卓识。弟前在粤督任内，以叛将李扬才窜扰越南，力主援剿，原恐他族享渔人之利，不图竟有今日也。

此间教案，苏属均已议结。芜湖索价过巨，正欲与之磋磨，皖中已允照给，而彼又欲贴给山地，多方刁难，尚未办结。宜昌现又闹教，正不知如何办理耳。

致李中堂 光绪十七年十月初九日

教士传教，当酌予限制。凡买地建堂，须照条约禀经地方官查明税契，方可责以保护。晚生前以此议函请译署会商各使，并函请薛星使商之英、法外部，未审有无成说。

美生私运军火，洋匪谋叛，证据确凿。乃英领事以“心疾”两字开脱，英刑司以“孩子气”三字开脱。晚生唇焦笔秃，无力与争，谨遵尊谕，谆饬聂道等，并电求译署设法遣令该犯回国，以免在华重构衅端。第非借重鼎言，不足动听，是所望于大力顾全也。

此间哥匪先后拿获头目数十人枭示，一面解散胁从，逆势稍衰，人心略定。

其南洋兵轮，业经海军衙门挈衔奏准，常年暂停前赴尊处会操，俾得裁兵省费，积款若干，为添造快船之用。然计算为数尤多，且目前长江有事，调遣频仍，急切未敢淘汰也。

又崇明县实为长江门户，亦系南洋中权，屡次筹防，均置度外。盖以该处孤悬江海之间，四面皆水，沿边皆是沙滩，既难驻扎重兵，又难安设巨炮，苦无长策，致涉因循。顾以冲要之区，废而不治，万一海上有警，贼得据以为巢，而我出入皆为所制，似不可不预为绸缪。晚生拟俟明年巡阅之便，前往该处履勘形势，有无办法，届期请赐酌裁。

复钱辛伯光绪十七年十一月初四日

查教士传教，租地设堂，本属易滋纠葛。愚民无知，又复贪利私租，及至事成，欲图挽回，办理更形棘手。盖以事载条约，既不能坚执民情不愿，驳令退租。即风水方向之说，在我固可以此为词，在彼总以法约所无，与我多方争执。

泰州之事，昨据该署牧来禀，因事无依据，已批令勘讯。能否得如前案处结，是在该州相机因应，妥为筹办耳。

复薛叔耘光绪十七年十一月十四日

日前拜读大牍，分别治本、治标二议，均系洞见症结之言，至深钦佩！

教堂善后章程，须待译署函电，辨论方有依据，自为至当不易之论。目下教案未结，骤与议此，必致枝节横生。三复来函，仰见星使遍历周知四国之为，用能智烛幾先，洞中窾要。自来应务之道，首在揆幾，急则生变，缓则失时。大君子成竹在胸，刚柔交济，将来迎机善导，徐与斡旋，惩前毖后之功，悉在君卿唇舌之妙矣。

目下江西尚有教案未结。宜昌之案是否已结，亦无见闻。

前于八月二十八日，得译署来函，亦谓俟局势大定，再请执事妥商，与尊指若合符节。鄙意就尊议可办各节，及此间传教弊窦，并历来商办情形，详细复陈。谨将来往函稿一并抄呈台阅。

此事将来全赖执事维持大局，先为正本清源，庶鄙人奉以周旋，得借南针之示，不仅大江南北受福无量也。

复张谒卿光绪十七年十二月二十六日

贵关计自五月开征，迄今已约得数十万之谱，税收之旺，已见一斑。而遐迩商贩，均各循章按则，帖然安服，尤非规模美备，恩信咸孚，不足以语此。

至大足一条，民、教之结怨已深，仇衅之情由更巨，而教士且多方刁难，故事迁延，旁观者咸谓稍纵即逝，恐易一生手，而彼将得计矣。正深疑虑，乃于月之三日接尊处来电，案已议结，不禁为快慰者久之。阁下办理此案，往复驳诘，动辄千万言。当下游教堂纷纷滋闹之时，阁下仍坚持定见，不稍游移，卒致彼族智尽词穷，无所施其伎俩，迟之又久，而终就我范围。方之古来之折服外人、名动四夷者，无以逾此。语云："持平则允。"今得阁下词严义正，与之力争，则川民之抑郁得伸，教士之强横稍戢，此后民、教自可相安，弭隐患于无形，造福岂有涯涘哉！

致吴昆山袁鹤亭光绪十七年十一月

前阅西洋所著《海防新论》，载有堵截敌人兵轮一则，谓不可专恃岸上炮台，必须江中有拦截之物相辅而行，方足以御其轮。驶至江中，拦截之物，自以水雷为最。其次则用木桩、木排。再次则以大绳结小绳，布之水面等语。此说核与鄙人前次奏议大致相符。

查前此莅宁，适值中俄有事，曾经奏明于江阴以下各要隘，扎木排数座，钉之中流，仍于排前暗置水雷，其法虽笨，亦未始非备缓急之策。兹因西洋新论中有以小绳结大绳之说，拟用破烂鱼网，随其长短宽窄，或系之木板竹筒，放之于兵轮经由洪路，随流而下，令其半沉半浮。其网约去水面数尺，以为活着。或测量洪路水之浅深，系以石块，沉之江底，其网亦去水面数尺，以为呆着。希冀以网缠住飙轮，而我得以炮击之，以火焚之，则不能飞过潢池一步矣。第轮船如遇此项破网，果能缠住飙轮与否，以及呆、活二着究以何者为宜，抑或参差互用之处，非熟悉江海情形，无从知悉。

因思阁下管驾多年，时频游弋，于此等破网之类，有无妨碍，如何绕避，利害所关，定当讲求有素，尚祈各就所见，详示数行为盼。

复吴广庵光绪十八年五月初七日

六年总署咨覆征收船料之案，系指民船经过常关，向例应抽之款而言。沪局之捐，亦由来已久。苏局既向无此捐，今忽仿而行之，已非人情所愿。且同一运货之民船，而又从而别之，在尊处原以所得水脚多寡不同，故于裕课之中，为此体恤之计。

第事关交涉，定章稍有未符，即足以滋口实。以后如有关于交涉之事，尚祈详加察酌，通筹办理为祷！

复崔惠人星使光绪十九年八月二十一日

彼国禁工苛例，直使华人之寓美者进退维谷，窘迫万分，迭经前两任反覆驳诘，迄无报章。现当美新总统莅事之初，局面为之一变，执事趁此机会，密托院绅请议，复向外部面加诘问，先守待时乘势之箴，必得逆坂转圜之效矣。

阅美外部葛礼山照会，不行此例，似非饰辞。将来推诚布公，协和商办，知自有能善其后者。

复陈右铭光绪二十年二月

火油池之设，事极危险，洵如台指所云。上海因其设厂已成，又有商局创议于前，彼族援为口实，故虽迭次与译署、北洋协力坚持，终难就范，惟有严定限制，以免各口仿行，业经饬道会商。以后各口洋商如欲仿办，必须由关道查明，于地方有无妨碍，禀请示遵，庶几准驳之权，操之自我。目下仲芳力与磋磨，尚未定议。

九江之事，敝处虽现无所闻。当此章程未定之时，各口尤宜加意。重承鼎嘱，刻已密致果泉，随时访察，如有私设情事，务须严行禁阻，以杜流弊而副雅怀。

致诚果泉光绪二十年三月十四日

密启者：

上海创设火油池一事，迭次与译署、北洋协力驳阻，无如设厂已成，势难中止，惟有严定设限章程，以免各口仿办，业经饬道会商。以后各口如欲仿办，必须由关道查明，于地方有无妨碍，禀请示遵，庶几准驳之权操之自我。现在尚未定议。

昨接陈右铭廉访书，谓九江有开掘油池情事。当此章程未定之时，各口尤须加意。尚祈执事密为访察，所言果确，务速妥为商阻。如查无其事，仍望随时留意提防。并请密致镇、芜两关一体知照。

右铭书内所谓“当止之于开办之初”，洵为扼要之论。兹将来函录上，即希台察为荷！

复杨子通光绪二十年三月

美国迫行苛例，直欲使寓美华人进退维谷。迭经历任照会，彼族狡诈延宕，迄无报章。执事履任之初，检查卷宗，灼知其隐，严词驳诘，力与磋磨，开诚布公，以释其疑，修约废例，以扼其要，精诚所至，金石为开。并于旧约之外，添入寓华美民注册一条，以相抵制，权衡至当，国体益尊。

兹事辨论十余年，一旦帖然就范，前读疏稿陈奏一切情形，陆大夫之谕南粤，富郑公之说北蛮，时势迥不相同，功业实足相埒，执事洵不负此行矣！

至交犯专约，诚如台指，于我内治有裨。彼族钦仰德威，当可早日议订，尤可为大局称庆。

复德晓峰光绪二十年七月十二日

倭人持照游历内地，尊指拟变通办法，劝令回国，以免军民借端滋事，具仰荩筹。

查长江各关，向准日本通商者，口岸本属无几，内地更与口岸不同。现在彼已开衅，自应酌量办理。前经电饬沪道，如有倭人请领护照，不准给发，以杜奸宄而弭弊端。其先经领有执照者，应由地方官晓以利害，劝令回国。昨据沪、镇两关报称：“美领事奉公使电，嗣后在华倭人，归美保护。”等情，自未便尽行驱逐，致滋口舌，其寓居各口租界者，只合听之。若倭有请照等事，关道自当妥为驳阻。现在中倭失和，尽人而知，彼族度不能游行自如，自亦必相率裹足矣。

连得探报，倭船廿一艘扑威海、旅顺炮台，彼此互开数十炮，相隔较远，均未受伤，现尚在成山一带游弋。译署电嘱格外加意，已分饬各军昼夜严防。续有所闻，当遵示随时电达。

致黄幼农光绪二十年七月十三日

密启者：

顷准总署来咨：“准美国田署使照称，所有现在中国之日本臣民，由美国代为保护。查两国开战以后，互保人民，系照公法办理，自应准行。”等因。另文行知尊处。

惟查游历一项，刻下中倭失和，尽人而知，该国人民游历各处，不唯难保军民欺侮，更恐奸细暗探军情。既经美国允为保护，若径以此照会，势必滋生口舌，自宜设法变通办理。嗣后如有倭人请领护照，务由各关妥为商阻，不可发给。

其先经领有执照者，应由地方官晓以利害，护送通商口岸，交与美领事收管，以杜流弊而省事端。望密为函致各关，一体查照为祷！

复奎乐峰中丞

承示德藩初有住淞不登岸之说，经台端密饬蔡道设法函邀，不着痕迹，长才妙用，度越寻常。以后茶会、跳舞、款宴各节，略因彼俗，备极欢悰，皆由先得此着也。此次主宾交洽，樽俎增辉，国体邻交，两尽其美，以视富郑公接伴契丹之使，远人感悦，何多让焉！

所有一切用费，诚如尊谕，以公款办公，分所应尔。广东、天津后先款接，谅无异致。容即属蔡道核实造报，以凭汇案作正开销。

西人交邻，礼貌谦和，情谊款洽，无嫚侮劫质等习，与匈奴、吐蕃迥殊，宜其以文明自诩也。唯至权利所关，界务所系，则斤斤争辩，毫发不以让人。来示外似驯顺，内实难测，诚知言也。嗣后我之待彼，亦宜不惜虚文，专意实事，睦外修内，庶可徐图挽回。目前事势，诚如尊指，言之痛心，远迎尤其显焉者也。

香帅北上，此间别无所闻，以意揣之，或入直枢府。否则，为芦汉铁路耳。

致蔡和甫 光绪二十三年十月二十二日

再，船案日久坚持，具费左右苦心苦力。承示办法，仰见成算在胸，令人钦佩！

唯值此时势，务曲体译署为难之处，速图了结，以免英使饶舌。为今之计，仍照台指，邀美前领事及各国领事公断，当不远出范围。即令赔款稍多，迫于众议，似亦可以迁就。高明裁之。

致蔡和甫 光绪二十三年十一月二十二日

船案久持不结，译署恐以扣船另生枝节，递饬尊处不可偏执，自应懔遵。敝处亦虑放船走失，嘱将各船交英领事，或交居间之美前领事，使英使无可借口，徐图调处，是一办法。而来函于此节不提，唯请将港断抄送译署，并请译署径询英使索赔若干，未始不可。所虑港案与沪案微有不同，以赴烟台之船赴港，故英臬断为应扣，未知沪扣之船可以比例否？并虑英使索赔更多，不以韩领〔事〕所报之数直告，反难转圜。

又前闻论及哲美生为人刁狡，不若韩领事老成。将来哲美生接办此案，是否易于就范，务祈预为筹酌。

至承示密联英、倭，业经转达译署。长江防务，亦经设法绸缪。第自强军所派德员，原立合同，至明年秋间一律期满，目前尚未失和宣战，似未便辞退，致启猜嫌，且俟将来相机办理。

致荣仲华 光绪二十三年十一月二十三日

南洋自裁兵后，防勇甚单，唯自强军二千五百人为最多。香帅奏派德人充当统带、管带，授人以柄，深虑倒戈，目下去留两难，只合暂为羁縻而已。德人据我胶澳，志在极力经营，以遂其荐食之计，即使所索六条尽允，彼亦不肯退还。可否密联英、倭、法三国，相与掎角，德必不支。英、倭忌其夺中国东方之利，法则与之世仇，或者能为我用。不然，则会商各国公使，以胶澳为各国通商口岸，借以转圜，是亦不得已之下策也。倘胶澳竟为德有，各国难免效尤。

顷据吴淞电报，英以大兵轮满载军粮、军火，寄泊炮台上游，意殊叵测，虽经奏请添兵，势亦无及。时事如此，大局可危，译署当有胜筹，务祈迅赐示悉。

致蔡和甫光绪二十三年十一月二十四日

密联英、倭，诚为御德要着，业经驰陈译署矣。此间有无办法，其应如何密联之处，执事智珠在握，必有胜筹，伏祈裁示。

倘德以兵轮入江占我炮台，或引队拖炮上山凭高攻我，当饬各台及护台各营并力抵拒。并拟扎椑沉船，安设水雷，堵塞洪路。唯在长江上下来往英商货船最多，不无妨碍。应请左右先与英领事筹酌，知会敝处，以便及早布置。

复庆蔼堂光绪二十四年正月二十五日

德人突占胶澳，借端渝盟，圣度宽宏，让而不校，犹复要求翻覆，包藏祸心，中外臣工，同深义愤，各国亦从而议之。

彼族自侈为文明教化之邦，如斯举动，与野蛮何异！风闻德王张皇恣肆，厌弃老成，朝政多秕，海军不竞，怨谤久已繁兴。今又违众构兵，悉索敝赋，不有内讧，必有外虞。法果起而乘其敝，我复多方缀其归师，使之狼狈失据，危亡之祸，可翘足待。齐桓崇复仇之谊，勾践成沼吴之谋，欧西主盟，舍法奚属。

巴黎报馆夙善论议，又民政之国，士夫与有责焉。阁下驻节彼都，惠孚誉满，愿纳交于下执事者，必多纵横才辩之徒，尚希留意愚言，讽以远略，张皇威于境外，玩强虏于掌中，亦不减楼兰、郅支之伟烈也。

复伍秩庸星使

胶澳一案，目下和局已成，洋外当得其详。诚如来示，议者皆不直之，报馆亦持公论。据理原足服人，即各国向来亦颇重信义，而此次则以理谕之而不可，欲力争之而不能。方今大局，惟以联络与国、固结邦交为第一义。若能相安无事，同归于好，固属大幸。否亦需缓急可恃，排解有人，不至于猝然决裂。

所赖贤执事念家国之重，拯水火之民。无事时勤宣德意，得其欢心。有事时善为说辞，晓以利害。庶几能为我用，而不为人用。折冲樽俎，决胜帷幄，乃不可易之长策，亦不得已之苦心也。

复林稚眉光绪二十四年六月

法人强折四明义园，致甬人不肯遽迁，罢市聚众，衅端实自彼开。好在该公所本系殡地，并非葬地，所停之柩易于迁移，如由上海道县，于附近另觅一处与之互易，似可两全，当此时局多艰，彼族要挟百端，辄寻罅隙，以肆狡谋，言之实堪痛恨。法领事既有悔意，允为通融，从缓商办，或不难就我范围。在彼都人士，迭经剀切开导，亦必深明大义，以退让一步为是也。

至该处与贵局相距甚近，军储重件，自应严为防范，督同该管营哨，加意梭巡。或间有请领军械者，诚如来函所云，暂时缓发，以免外人滋惑。执事智珠在握，其于思患预防之计，洵可谓虑周藻密矣。

复林稚眉光绪二十四年

承嘱一节，已致函蔡道，饬令先将去岁所短十四万两迅速拨解矣。

至四明公所一案，固属客强主弱，亦由蔡道失于思患预防。闻该道与法领事商议颇久，既不早检出光绪四年议据，折以是非，又不央英、美诸领事居间，怵以利害。甬人数十万扰乱商埠，英、美所深虑，应无不乐于排解。乃一味以柔道相与，以致彼族凶焰益张，毙我人命数十名之多，犹复借此索展租界。办理不善，实难辞咎，仅予严饬，犹从宽耳。

复盛杏荪光绪二十四年十一月初二日

津镇一路，以胡、张两君督办，不令公所与闻，诚如台指，亦知用心之毒与俄、法同，而无力止之也。

贝思福到宁，款留两日，颇尽地主之谊，客亦畅然意满。请用英员来华练兵，并愿加税助饷，犹是在鄂声口。另陈便宜十四条，业经转达译署及荣相，谨抄折寄览，祈送香帅一阅。贝思福致尊处书及沙侯复信，一并录呈，冀以动听，究虑事格不行。

朝廷缓办海军，急练陆军，洵有卓见。查近畿现在袁、宋、董、聂四大支，内有武胜新队及仲华中堂新招亲军，兵力不为不厚，如果练成劲旅，未始不可御侮折冲。

法人不争董家渡及南市、浦东，而索徐家汇全境，因闻该处各国各省公产甚多，正在与之清理磋磨。英使以外部竟照会译署，请将法国请扩之地添入各国扩界之内，公分权利，已饬蔡道照办，则事局又一变矣。

复尹观察光绪二十五年二月二十日

德人远隔欧西，非同倭人可以朝发夕至，诚如来示，断其接济，自必乞盟。惟久与相持，坐令强俄收渔人之利，其患尤甚。枢府权衡两害，不欲轻开衅端，具有深意。范蠡请成而越霸，延广主战而晋俘，祸福无常，亦视其所措而已。

至炮垒一节，近人多谓土胜于石，明胜于暗，活胜于呆，悬击胜于平击，其地势宜择沙线曲折之处，辅之以蚊船及小兵轮，方能有济。

长江各台，前经德弁勘验增筑，将来能否足恃，尚未可知。

复陈笠潭观察光绪二十五年五月

胶衅诚自彼开，仅一德人，抑何足虑？无如环伺者不一而足，俄尤叵测。

现在东三省俄兵畅行，将来铁路既成，后患不堪设想。法、德夙有深怨，今皆与俄联盟，其为合力协谋，希图要挟，已可概见。惟英独立无与，常思东结日本，以御俄之南下。前索威海，亦以防俄，无侵我土宇之意。非爱我也，自以属地辽远，有鞭长莫及之虑，不愿再得新地。且其商务之盛十占七八，有此利益，不乐纷纭也。然不为祸先，亦不甘落人后也。

为今之计，惟有联络英、日，羁縻德、法，隐防俄人。一面亟图自强，物耻庶几可振。昔明季内外交哄，我太宗贻书修好，廷议不允，明社卒墟。咸丰中，粤贼蔓延，外夷猖獗，文宗一意主款，大难卒以削平。两事并观，得失可见。今不统筹全局，率其咫闻偏见，轻言用兵，设有不虞，谁司其咎？天下重器，可容尝试耶！

巡捕一事，陈次亮正郎以为暗合古时虞人、游徼之制，足以保卫闾阎，消弭祸变，日本亦推为西国富强之第一策。黄廉访保卫局仿行此法，似亦未可厚非，惟应实力奉行耳。

熊庶常晤谈数次，留心时事，洵为年少英才。闻为秀才时，即博通经史，能古文辞，为前学使张燮钧所器重，当非毫无识见者比。

湘报未获全睹，仅见闰三月一册，间有不合之处。然如发明《朱子语类》各节及唐才常、柯来保诸人之论，皆有心得，殊非荒谬俚浅者所能为。至各州县书院，向来所习者，大都帖括小楷而已，经史荒弃已久，非自今始也。

右帅被劾，未见明文。此老深念时艰，力开风气，悠悠之论，何关重轻！

龙侍郎、汤方伯办理团练，诚为当今急务，但须得人相助，方有济耳。

弟年迈事繁，空言何补？远承殷诏，略布区区。

致李木斋星使

世变方殷，百端俱宜振作，深维缓急之序，要以练兵为先，而将领甚难，不得不亟图造就。兹于各学堂中，挑选年少聪敏之士二十名，派罗倅率领送来日本成城学堂肄习武备，期于两年卒业，以收速效。业经函托陆军大臣桂太郎、陆军大将川上操六转致该堂教习矣。

惟年少子弟，性情未定，难免不偭越学规，甚或见异思迁，濡染习气。敬恳俯赐照拂，时加勉励，勖其勤习功课，务于二年学成回华。并将此意转达该各教习，备申恳款。执事关怀大局，留意将才，幸托帡幪，得蒙陶铸，则此二十人者，虽未必尽属干城之选，苟能拔十得五，亦足慰禁中颇、牧之思，裨补时艰，实非浅鲜。

复李健斋光绪二十五年

承示台旌于前月下旬安抵宁波，布置防军，察看形势，以松江府属之金山县，地关紧要，嘱派勇营驻防，具征硕画精详、统筹兼顾至意。

查道光末，英人犯浙，亦由乍浦登岸。金山界连乍浦，自属应防之处。前咨江提就近布置防范，此间兵力单薄，分扼沿江要隘，尚属不敷，无可抽拨。且苏属海口不止金山一处，只合随时相机调度援应而已。

复吕镜宇星使光绪二十五年八月

再诵副翰，壹是备聆。意事未定，以兵轮游弋，南洋海口甚多，防范不易。猥承属以营平、汾阳故事，弟非其人，今非其时，只增惭惧。

工艺、武备之学，诚西人所擅长，此间现在学步效颦，无奈经费为难，不能扩充耳。

美使昨来江宁，极与中国讲好，何该国苛待华工如此？非律滨现已属美，政令一新，其关涉华人之处，经伍星使力与争辨，甚合机宜。所谓国不竞亦陵也。

法事颇有所闻，未得详悉。朋党倾轧，各国皆然，法尤其甚焉者。

德国水师提督荷公嗣德，前因公事来宁，与弟意气相投，主宾款洽，迄今时切思想，晤时祈为致意。

复金子铮光绪二十五年

顷奉惠书，并准大咨，借悉前月二十夜顺昌行华康轮船抵关，业经封锁，坚欲启关放行，肆无忌惮。嘱饬常镇道咨明驻镇领事，示谕各轮，晚间过关以九点钟为度，不准滋事等语，遵即札饬常镇道照会驻镇各领事，转饬洋商务遵定章，停轮听候查验，不准恃蛮闯越，致生事端。

至鲍杏之需次宁垣，尊处风闻华康轮船系其所置，难免无弊。然该轮既托名洋行，自应由驻镇领事转饬洋商，严禁水手，无须饬知该员，转令得以远不与闻，借词推诿。

安济轮船具控一案，经台端叠次派人密查，并无损坏桅竿、札伤水手等情，当时更有山阳程令随行，自系此案确证，将来即据以与辨。

至内河行轮，彼族蓄意已久，近来乘我多事，始得如愿以偿。今欲禁止驶行，恐非口舌所能为力。昨接王夔翁来电，言赫总税司拟有新章九条，是否可行，且俟抄章到时再酌。

复陈笠潭光绪二十五年①十二月

承示以战为守，自属正论。惟目前局势，主战非难，难在确

①中华书局版《刘坤一遗集》为"光绪二十六年"。

有把握，不遗宵旰之忧。总署苦衷，盖在于此，人情不甚相远，非甘受彼族凭陵也。康主政加京衔，主持弭兵会，未见明文。春秋各国同列中土，同为黄、农、虞、夏之裔，向戌倡弭兵之议，当时犹讥其诬。矧泰西相隔数万里，种类各异，其不足恃，亦可概见。至南、北洋并无练兵二万五千人之事，北洋有聂、宋、袁三大军，果能得力，无须添募。南洋自裁兵勇后，防营单薄，故请添招三千人，已奉俞旨，现正招募，不日计可成军矣。

执事情殷膴仕，留意江左，亟思赴引，以资表见，甚善甚善！

浙省防务，钦派李健斋廉访督办三门湾地。意以西夷小丑，虚声恫喝，殊不自量。各国以其无理，不予胁助，该意使气沮，亦遂迁就其词，迭向译署商请，仍以通商为事，当不致另生枝节。

方今海疆多事，番舶凫集，丑夷杂居，攘攘者皆以利来，亦断无愿为祸始之事。惟在联络与国，公利同好，固我邦交，何能遽开兵端，予以口实？书生无识，囿于咫闻之见，孤愤欲伸，亦尝统筹全局乎？欣闻高论，故并及之。

致余瑞芸光绪二十五年十二月十一日

前扩各国公界，本有法国在内，殊无再扩之理。唯白总领事屡以为请，总理衙门亦意存迁就，仆何靳惜片壤，固执不与？所虑各国援以为例，争求再扩，无以给之。

鄙见拟将法总领事指请地段仍扩为公界，以示平允而免纷纭。倘必扩作法人私界，其应如何杜绝各国不再请扩之处，务祈妥筹办理。否则将来必至枝节横生，想高明早见及之。

复谭敬甫中丞光绪二十六年正月

承示必能自固而后外侮可靖，洵为要言不烦。弟请添兵三千人，即是此意，而亦无甚把握。目前局势，南之不能失英欢，犹北之不能失俄欢。英、俄正在相忌，未可偏向，唯有就商务联英，添开口岸，本有成案可援，俄当无可借口。

至通商酌与何埠，译署自有权衡。英埠既开，德、法必援利益均沾之条，一体租住，是亦不联之联。来示嘱以并联德、法，电奏似可不必。

事变方急，精力益衰，徒切殷忧，讫无胜算，辱承下问，愧何可言！

复徐进斋光绪二十六年

韩人于商约议论纷纭，彼受亏于人，取偿于我，施之他国，已非情理之平，矧中韩邦交，岂容如此轩轾！将来续议，自可以理折之。

下关通商，仿照各关旧章酌办，虽自开之埠与前此要索者不同，然一切章程，自可参用。现在大致已妥，定于月杪开关。

三门岛事由译署主政。意大利本非泰西强国，乘我之弊，亦狡焉思启戎心。听其所为，设通商十余国，群起效尤，何以应之？现闻译署不允所求，且有英人居间，事当易戢也。

公　牍

公牍卷一

整饬团练解散胁从示同治元年

为剀切晓谕整饬团练解散胁从事：

照得天道无往不复，地道无陂不平，人事否极必泰，此自然之数也。我粤西自道光三十年洪逆倡乱以来，土匪蜂起，大则攻陷城池，小则保据岩阻，水陆盘结，出没无常，遂至十一府州、六十四州县无一块干净地，省会亦有累卵之危。维时凶焰甚炽，遂谓官军无如我何，即尔绅民，亦虑不能重睹天日矣。乃自湘勇、楚勇相继来援，电扫雷轰，直如摧枯拉朽，城邑以次克复，群丑悉就诛夷。试问一时僭逆如李文茂、陈开、陈保、崔章、冯天善、廖明胜、张高友等尚有漏网者乎？可知顺逆之理不诬，亦治乱之机将转也。

本总统两次入粤视师，幸以将士之力，百姓之福，恢复柳、浔。兹久仰荷恩纶，旬宣此土，誓必歼除黄逆，净洗余氛，肃清全省。惟念尔等积年练团，不免积久生懈，务须益加奋勉，毋废前功，并宜联络乡邻，以期协力，约束丁壮，免致生端。果有成效可观，定即从优请奖。至于被贼胁诱，概予自新，亟应革面革心，勉为良善。如有子弟亲友尚陷贼中，呼令解散归家，免蹈噬脐之祸。倘敢意怀鼠首，则是自外生成，将来大兵进剿，断难瓦全，勿谓言之不早也！

合行出示。为此示仰尔地方士民等一体知悉，其各懔遵毋违！

禁听谣言示同治元年

为晓谕事：

照得黄逆分股潜窜南岸，扰及桥墟。现经本总统派拨劲旅数千，由郑镇军及李协戎带赴南岸，跟踪剿扑，又有平南勇、云勇各营已在下游渡河，驰上东津，迎头截击。并据探报，荔浦官军前队回营，现已抵浔，日内即可驰至协剿。其后路大队，亦经飞催赶调，星速前来，以资厚集。综计各路兵勇数万，蠢兹残寇，何难一鼓荡平。乃查有等不法之徒，竟敢私造谣言，诈张贼势，恐吓商民，殊为可恶之极。且难保无贼中奸细，肆为邪说，煽惑人心。

除委派员弁常川巡缉，严密查拿外，合行示谕。为此示仰商民诸色人等知悉：现在大兵云集，定当悉歼群丑，肃清地方。尔等务各安业，慎毋轻听谣言，自生疑惧。如有造谣惑众之人，许即捆送行辕，以凭讯明正法，仍照拿获奸细例，从重给赏。各宜懔遵毋违！

安抚头目党众示同治元年

为出示安抚事：

照得顺逆之理易明，祸福在人自取。查黄鼎凤往年效力戎行，曾经著有劳绩，属土匪之肆起，因结寨以图全，逼处群凶，竞相雄长，浸成骑虎之势，致贻跋狼之虞。尔等或是外来游民，暂时依附，或系本处百姓，强被胁从，本非心之所甘，各为乱之所迫。然而凶威是逞，四邻蹂躏不堪，将来恶贯满盈，一旦灭亡可待。

试问从前蜂起之众，迄今尚有免脱者乎？今天诱其衷，该头目既知去逆效顺，实神降之福，尔党众均可出死入生。

本司奉命旬宣，固不欲莠良并植，为民父母，又何忍玉石俱焚？已饬诸军毋得擅动。尔等勿存游移之见，勿生疑畏之怀，速即回头，赶紧剃发。指日大军前进，决不妄戮一人。远者准其散归故乡，近者准其各安常业。其有骁健自愿随征，当即挑留千人，俾得自成一队。行见为民则永为良善，为兵则立致显荣，以无负朝廷安集之仁，本司矜全之德，岂不懿与！倘敢仍怀观望，则是自外生成，金鼓一临，肝脑涂地，悔何及矣。其熟图之！

合行出示。为此示仰尔各头目、党众及地方百姓人等一体懔遵。

平定银价照常买卖示同治元年

为晓谕平定银价照常买卖事：

照得大军云集，所需食用各物，全恃商民接济。曾经传谕各营，务须按照时价，以广招徕，该商民等亦不得拥货居奇，高抬价值。兹查各铺户因银价过高，搀和小钱，各项货物遂至昂贵。

除饬县查办外，合行出示晓谕。为此示仰军民人等 体知悉，嗣后以银易钱，每两定价一千七百文，照常市钱兑换，不得搀和小钱。现行之钱，亦准暂时通用，免致争闹。自示之后，一切兑换银钱，买卖货物，务须照常交易，以昭公平。倘敢故违，立即从严惩办，决不宽贷。其各懔遵！

石逆就擒晓谕通知示同治元年

为石逆达开在川就擒全股歼灭出示晓谕事：

照得本司于七月初三日奉抚部院札开："准四川督部堂骆咨开，伪翼王石逆达开于本年三月二十七日率众三万余人，窜至松林土千户属之紫打地地方，为汉、土官兵所扼，进退无路，旋于四月二十三日食尽众溃，悉为官兵所歼，生擒石达开及伪丞相等，解省处以极刑，传首受害各处。"等因。

窃石逆蹂躏十余省，流毒甚宽。前在江西、湖南、广西为本司各勇所挫，卒至日久稽诛。兹幸在川就擒，其众亦均扑灭，洵足以上申天讨，下快人心。

合行出示晓谕。为此仰尔各营将领弁勇及地方百姓人等一体知悉。特示。

禁放马伤禾示同治元年

为严禁纵放马匹践食耕种有伤稼穑事：

照得地方尚未一律肃清，水陆兵勇云集，口食浩繁，全赖年丰岁登，不惟百姓不至饥馑，各营亦免枵腹之虞。现值春暮，田亩正在栽秧，山岭郊原亦种杂粮、蔬菜。此时喂养马匹，务须割草回营，即令纵放在外，务须严饬长夫，牵往宽厂有草、全无耕种地段，用绳系住，加意堤防，毋任跑走践食禾苗。倘敢漫不经意，致伤稼穑，一经本司差弁查出，或经百姓禀报，即将其马归公，并行从重罚责，决不宽贷。

除派差弁巡查，晓谕乡村，准其禀报外，合行出示严禁。为此仰各营弁勇长夫人等一体懔遵。

约束弁勇诰诫商民示同治二年

为约束弁勇诫谕商民事：

照得贵县地方，向来田土膏腴，人物繁盛，甲于浔州。乃自咸丰初年以来，盗贼蜂起，兵燹屡经，士女流离，城市残破，坠垣败壁，目击心伤。

幸以国家之灵，地方之福，城池克复，逆寨合围。妖氛渐就肃清，遗黎咸思安集。各归故土，重理旧居。有力者皆支木以营巢，无力者亦牵萝而补屋。断砖零瓦，检点维勤。废圃荒畦，草莱尽辟。列肆增设，百货具陈，气象维新，元气已转。本司实深欣慰。然而，久涸之鲋，幸得勺水以生，甫聚之鸿，何堪网罗之苦！是以选用良吏，极力拊循，更须严约官兵，毋任骚扰。所有各营勇夫，务宜恪守纪律，毋得窥探妇女，强占民居，拉扯人夫，短少时价。倘敢故犯，立即重惩。至于委员、差弁，尤不得借端讹诈，设法诛求。期登吾民衽席之安，仰副朝廷绥靖之意。

尔商民人等，亦当各务正业，毋复停留匪人，设立骗局。一经发觉，罪戾匪轻。并宜体念大营弁勇，系为尔等奋身杀贼，当此盐粮告乏，复虞水土不宜，疾疫死亡，殊堪怜悯，各应平买平卖，毋得任意低昂。遇有害病受伤之人，便行扶持保护，庶几兵民相安。本司忝任旬宣，谬膺阃寄，兵则吾兵，民则吾民，无不加意爱惜，尔兵民等其亦各体本司之心可也。

为此示仰尔兵民人等一体遵照毋违！

去逆效顺以保身家示同治二年

为剀切晓谕事：

照得乱极思治，天道之常，去逆效顺，人心之正。自咸丰初年，东逆陈开等据浔倡乱，由是土匪四起，蹂躏乡村，几无一块完善之地。本司奉命来粤督师，旌旗所指，直如拉朽摧枯。如有悔过投诚，亦皆予以自新之路。恩威并济，尔等谅有闻知。

兹查覃塘之右，如龙山、石龙、五山等处；覃塘之左，如黄练三里等处；覃塘之上，如山西一二里；覃塘之下，如郭北一二里，莫不剃发归团。惟尔山西二里之京察村张平义、林七，木塘村江亚俭、江亚清，青岭村杨壬保、卓长生、陈国昌等，顽梗不化，尚敢招集逃匪黄二等多人，肆劫平阳团，捉人勒赎，且有全村皆遭焚杀，实属愍不畏死。

本司不忍不教而诛，除委五山汛唐守备前来弹压外，合行出示。为此仰该村人等知悉：自今以后，各宜革面革心，勉为良善，共保身家，勿聚土匪，复蹈前辙，致干剿灭。并仰尔等与平阳团各村，不念旧恶，联为一团，共御外侮，以复相友相助之风。如或仍前不法，本司定必尽数歼旃，以昭炯戒。尔等各有身家，各有天良，尚期悉改前非，毋负本司谆谆诰诫之至意。

晓谕头目姚新昌等同治二年五月十九日

为晓谕事：

照得浔城克复，境内一律肃清。惟贵县黄逆死灰复然，现经本总统督军剿办，迭挫凶锋。该逆被困势穷，复勾通罗秀、大坡、容县各匪分起肆扰，以牵制我军，深堪愤恨。现在大兵云集，分道进攻，谅此残氛，无难指日扫荡。

据浔州军粮局绅姚尚亲禀称，蒲塘等处失陷，皆平南、大坡逆首覃亚税带匪窜扰，头目姚新昌等，本非甘心同恶，实因为其逼胁。如果大兵进剿，该头目等素怀投诚之志，即当立功自赎等情。据此，除批示外，合行谕知。为此谕，仰该头目姚新昌等及从众一体知悉：

本总统胞与为怀，待人以信，尔等谅亦深知。果能悔罪来归，或生擒覃、黄各逆，及斩取首级赴辕投献者，定即从重给赏，并分别保奖，以旌其劳。倘或意怀首鼠，观望迟延，一经捣穴焚巢，难免噬脐之悔。该团总姚尚亲既属桑梓情殷，务宜实力劝谕，相机办理，共策奇勋而副厚望。特示。

晓谕商民照常贸易同治二年六月初二日

为晓谕水陆原业商民并设卡以杜匪人抽厘以助军需事：

照得黄三党羽盘踞贵县及登龙桥，商民迁徙一空，河道亦因梗塞。现在大军克复，并夺河下炮船，覃塘等处亦皆剃发归诚，水陆从此一律肃清，可以往来贩运。自应招集商民复业，庶地方日有起色，而百姓得以营生。

惟地方甫经荡平，难免匪徒混迹，经费正在支绌，必须借助厘金。除咨会利统领并札饬何县令及各局绅会同办理外，合行出示晓谕。

为此仰尔商民人等知悉：尔等如原在贵县开铺居家者，务须赶紧搬回，照常贸易。至于河下船户客商，准其前往上游贩买货物，随地发售，惟宜听候盘查，抽收厘税。该商民等不得刁抗偷漏，各卡亦不得借端滋扰及包揽等弊，致干重究。其各懔遵毋违！

晓谕村墟投诚百姓同治二年

为晓谕事：

照得本司来粤视师，于兹数载，其于就抚之众，无不极力保全。即如此次横州甘泰然等，以数百之众，抗我数千之师，固守一街一阁一庙，相持五十余日，屡谕不降，及至潘、李两逆水陆来援，递经击退，黄大就歼，城中粮食、子药皆尽，甘泰然等始行乞抚，竟不候批，即行剃发自首。维时横州官绅坚请悉数诛戮，并备诉甘泰然等平日为害地方情形，本司终以杀降不祥，有碍抚局，力排众议，概行免死，饬曾千总带令随营，想尔等亦有闻知也。

贵县自黄鼎凤投诚后，本司未尝杀戮一人。尔等自应各安本分，无负本司保全之至意。兹不图王逆兴福胆敢诱杀局绅冯会，并纵其党来攻龙山墟，复霸占牛角村，扰及二八村等处，以致地方绅民纷纷来营泣诉，谓大营现未凯撤，该逆尚然如此，将来不免为其鱼肉矣。本司将何词以解于该绅民？已准其集团剿捕，并拟移师继进。尔等百姓及投诚人等，切勿窝藏该逆党护该逆。本司止欲诛王逆及行凶数人，其余断不株累。如有生擒王兴福或斩取首级来献，准赏银百两，另保功名。倘助该逆抗拒兵团，本司亦即一律剿洗。本司不负尔等，若尔等负本司，甘心从逆，则本司亦不再事姑息也。夫降而复叛，难逃天网恢恢。本司前在江西招安之宁正魁，及在广西招安之廖明胜、陈东升，终为我擒，身受凌迟之罪，可为前鉴也。

合行出示晓谕。为此仰尔各村墟百姓及投诚人等一体知悉，懔遵毋违！

悬立赏格晓谕士民示同治二年

为晓谕事：

照得贵县风俗淳良，人心朴厚。乃逆贼黄鼎凤初借办团名色，威逼地方，嗣引外来匪徒，助其挟制，稍有违抗，戮及全家，士民畏其凶威，只得勉强从顺。该逆由是虐用人力，修立平天、岐山两寨，无论严寒酷暑，昼夜服役不休，老少负重登高，往往至于颠踣，喘息未定，刀锯立加。呜呼！人情好逸恶劳，莫不自爱其力，其堪该逆之磨折乎？而且苛敛资财，收养无赖，抽钱抽米，每年或抽五六次，每次辄抽七八成，吾民多卖田产子女，以饱其无厌之求。该逆并结奸商，随处开铺买卖，价值任意低昂。呜呼！人莫不自爱其财，脂膏几何，何堪该逆之朘削乎？而且挨村起码，按户抽丁，使之挡抗官军，身撄锋镝，肝脑涂地，草芥不如。尤可惨者，强逼人家艰贵子弟，随身作小英雄，父母饮泣吞声，欲雇人替代而不可得。呜呼！人孰不自爱其身，为人父母者，孰无舐犊之爱，何堪该逆之残酷乎！

查该逆作贼数年，未曾出贵县一步，往来蹂躏，徒使乡里摧残，且屡次败回，即挈其亲昵窜匿寨上，希图苟全，而以众人委之官军，听其死活，甚至深相疑忌，不准擅入寨门。即如今年投诚，禀诉误为客匪所逼，又如应缴枪炮，亦禀诉系覃塘局绅隐藏。呜呼！该逆前则胁人以害人，既而弃人且疑人，终至委罪于人，嫁祸于人，该逆之无耻无良，亦贼中所深恶而唾骂者也。本司明知该逆反覆无常，屡降屡叛，法所不赦，然必极吾兵力，终不免于连累无辜，是以屈法施恩，贷其一死。严禁各勇，不准杀戮一人，且亲临覃塘，信宿乃返，以示推诚。该逆苟有人心，自应赴辕谢罪，既不随营效力，便当蘸首寨中，不敢丝毫妄为，以副矜全之德。乃该逆身既坚匿不出，复使各头目分匿寨上及六卢山、郭西里各村墟，留其家眷为质，派夫修筑山巢，照旧抽收钱米，狼心未改，行路共知。且查投诚以后，复令其党龚漱六等，截杀山西团总，不准来营禀见。及至本司赴横，该逆又令其党王兴福诱杀局绅冯令、委员林良材与练丁数人，随即攻龙山墟与三八村等处，昨复偏听黄鹄飞一面之词，辄敢起码欲攻马则村。呜呼！今尚如此，将来大军凯旋，该逆势必复肆鸱张，各处办团输饷者皆为鱼肉矣。本司若遽转省，以图便安，致令该逆死灰复然，流毒无已，不惟无以上对君国，亦何面目以对尔士民？今已调集诸军，围剿郭西里之平天、岐山两寨及朱砂、青云、上姚三村，誓欲歼擒黄鼎凤及王兴福、龚漱六、姚十来各逆，为地方雪前冤，为百姓除后患。

其余各里村墟，各股首从，既经就抚，便系本司子民，尽可照常安生，其系别省别府州县者，赶紧回籍，决不妄行杀害。如能设法攻破该寨，擒斩该逆献营，公具赏格如左，断不失言。倘敢自外生成，再有从逆，本司亦即一律剿洗，以绝根株。顺逆利害，各宜审图。

合行出示晓谕。为此示仰尔各村墟绅耆士民以及外来人等，一体懔遵毋违！

清查丁粮示同治二年

为出示晓谕事：

照得浔州各属，惟贵县丁粮最多，乃因兵燹递经，以致征册毁失。现在克复已逾一载，地方渐就肃清，自应一律补造黄册，以凭征收国课。除札饬贵县督同各团总亲赴各乡挨户清查，某户应完丁粮若干，造册存档，毋许稍有隐匿外，合行出示晓谕。

为此示，仰该县属官绅军民人等知悉：所有尔等有粮之户，每年上、下两忙应完地丁银若干，本色米若干，米折银若干，杂税银若干，赶紧赴官自陈，不得稍有含混。倘敢隐匿，一经查出，或被人告发，除将田产充公外，仍治以应得之罪。本司言出法随，决不姑宽。至本年新赋及历年旧欠，并即踊跃完纳，均毋违延，致干重咎。

预备接济军食示同治二年

为晓谕事：

照得本总统督师剿贼，所过地方，约束严明，秋毫无犯。惟是水陆马步诸军人数三万有奇，每日需米浩繁，不能不就地筹办。现在梁逆授首，孙逆亦属槛兽釜鱼，永淳诸军，指日可告成功，即分兵前进，太郡自应预备接济，免致临时有枵腹之虞。

兹据候选知县欧培康等来辕禀称，该太平一郡，望兵情切，除已储谷二十万斤外，情愿再行劝捐，以资军食。似此上义急公，允堪嘉尚。合行出示晓谕。为此示谕诸色人等知悉：尔等各宜踊跃输将，俾不致屯兵待食。各营勇饱腾用命，可期迅扫边氛，尔等从此得以乐业安居，永享升平无穷之福矣。其各懔遵毋违！

招抚投诚自新头目示同治二年

为招抚事：

照得广西自咸丰元年以来，土匪蜂起，骚扰地方。各处士民练团，计在互相捍卫。迨至势力不敌，官兵未来，不得不勉强顺从，苟且保全性命。其情实属可悯，其罪实属可原。

本总统于咸丰九年来粤视师，无不恩威并用。同治元年奉命旬宣此土，出督诸军，幸以将卒之力，地方之福，或剿或抚，各处渐就肃清。惟有贵县黄三恃其巢穴险固，党羽众多，发短心长，降而复叛。用是力攻智取，直如拉朽摧枯。现在平天寨已合围，指日可以扫荡，在逃各逆，亦经次第捕诛。拟俟巨憝就擒，便当分徇思南各属。

兹据尔上林县头目莫蒂光等具禀投诚，并据贡生韦昌、增生覃乐天等联名代请本总统恩施格外，准其自新。诚恐尔胁从人等尚存疑畏之怀，合行出示招抚。

为此仰一体知悉：尔等果知去逆效顺，涤虑洗心，及此大兵未到以前，赶紧剃发归团，勉为良善，本总统仰体朝廷宽大之德，决不妄戮一人。倘仍观望游移，则是顽梗不化，将来金鼓一震，玉石俱焚，噬脐其何及矣。懔之毋违！

饬团绅严防逃逆札同治二年

为出示严防事：

照得本总统督饬大军，围剿平天贼寨，日夜开炮轰击，该逆心惊胆落，坐以待毙。现在拿获寨上逃出探子供称，黄逆拟于日间悉众逃走。

查该逆自我军逼围严紧，势愈穷蹙，必致狂窜。当经分饬各营，严密防范。所有附近各团，亟应多派练勇，设卡查拿，夜间尤须加意巡逻。如该逆逃出，经过该团，果能擒解来营，所有官阶、银两，均照前出赏格办理。本月山西团练擒解陌嗍四来献，当经赏银五百两，并先给保札，可见大营决不食言。倘各团漫无觉察，以致该逆兔脱，即照故纵治罪，断不稍为姑宽。

除分札各团总外，合亟出示晓谕。为此示仰尔各团团绅、练长以及各村人民等一体遵照毋违！

捐米办团以助进剿示 同治二年

为出示晓谕捐米办团以助进剿事：

照得本总统督饬水陆诸军，克复平天寨，生擒伪建章王黄鼎凤，其余逆目匪党，悉数歼除。先拨易统领一军，由宾州、迁江、上林节节进剿，以赴思恩。李统领一军会合利统领水师，由横州进剿永淳，以赴南宁。并调灵山曾远辉及耀营周荣、宗首民、李青靛四面夹攻，迅图扫荡。本总统暂留一军驻扎浔州，搜捕各属余匪，察看易统领、李统领两路情形，相机前往接济。

惟是大军入境，必须米粮以资军食，团练以壮军声，亟应预为筹办，免致临事张皇。除分札思恩、南宁各府、州、县转饬各团总一体遵照外，合行出示晓谕。

为此谕，仰各绅民人等知悉：务须踊跃捐输米粮，一俟大兵前来，源源接济，以期饱腾。将来事竣，准其作正开报，或折丁粮，或给议叙。并须认真办理团练，解散胁从，齐集练勇，协力助剿，果有成效可观，所有官绅士民，一体从优请奖。倘各怀悭吝，大军到境，竟至庚癸频呼，地方团练亦各观望不前，定即分别查究，决不宽容。勉之，懔之！

严禁欺陵示同治二年九月十二日

为严禁事：

照得本司督师克复贵县，黄鼎凤率众剃发投诚，业经本司一体给予恩施，概免前罪，饬令解散归农，各安生业。诚恐各处团练，或挟前仇，借事欺陵，甚至擅行杀害，以致投诚人等惧不敢归，不惟有负朝廷宽大之仁，亦且有违本司绥安之意。除通饬各府、州、县妥为安插外，合行出示严禁。

为此仰尔各团总、练丁及居民人等知悉：遇有投诚人等解散归里者，无论何人，务须听其入团，共敦和好。倘敢挟嫌生事，一经察觉，立即照例抵罪。如投诚人等仍敢为非，扰害地境，即由地方官转禀前来，亦即加等究治，决不姑容。各宜懔遵毋违！

晓谕村庄士民改从良善同治二年

为剀切晓谕事：

照得李亚德股匪，屡为大军所败，窜据横州。本司督师前来，该逆犹不畏死，希图抗拒。当令各起勇练，并力进攻，随将城垣余孽，悉数殄除，足以快人心而彰天讨。

查尔各村，蓄发从贼，于兹数年，其中被胁固多，而甘心为逆者亦复不少，或设局为贼收粮，或纠众从贼出码，或以村庄作贼巢穴，或以屋宇任贼停留。更有一等白昼劫抢，黑夜偷窃，种种恶端，难以悉数。幸闻大军贲临，即皆改悔，赴辕投首，本司一体施恩，予以自新之路。尔等既为朝廷赤子，毋再自外生成，遇有股匪窜来，立即齐团堵御。贼既无从觅食，无处安身，势将溃走况有官兵在迩，随时可以应援，果能著有成功，更可同邀奖赏。倘敢仍怀骑墙之见，官来从官，贼来从贼，有如前项等事，大军再至，难免玉石俱焚。至于平时务须各守正业，毋得为非作歹，致犯王章。即僻远乡村，亟宜一律剃发，办理团防，如敢抗违，立行剿洗，悔之晚矣。

我广西自咸丰四年以来，土匪蜂起，所有各府、州、县，尽为贼巢。维时僭号称尊，夜郎自大，黯无天日，几与化外无殊。乃自湘、楚各营相继来援，地方均经克复，群凶渐就荡平，仅此小丑偏隅，安能抗我劲旅！尔百姓均有知识，何不深思顺逆之理，祸福之机？且尔百姓作贼目，何如作团总之光荣？作贼徒，何如作练丁之安稳？以钱米输贼，何如完国课？以身家委贼，何如靠长官？以劫掠盗窃营生，何如耕田贸易致富？本司为民父母，不惜苦口婆心。尔百姓务念教诫之言，矜全之德，永为良善，共享升平，勿谓恩可屡邀，法可幸免，自取灭亡之祸也。

合行出示晓谕。为此仰尔合州士民人等知悉，毋违！特示。

严禁赌博示同治二年

为严禁赌博滋扰事：

照得郭西里人心风俗本属淳良，因为黄鼎凤勾引外匪，胁制从逆，久陷水火之中，时切云霓之望。本总统以各贼头目蚁聚覃塘墟内，不得不行攻毁，谕令另于白马岭地方设立墟场，取名“日新”，盖望地方涤虑洗心，去其旧染之义也。

惟是墟场初立，人心未安，诚恐各营勇夫、随营游丁及本处痞棍在于该处开场聚赌，甚至借端滋扰，强买强卖，致令商民畏缩不前，殊失本总统振新地方、惠恤商民之至意。除派亲兵督同总局练勇严密查拿外，合行出示严禁。

为此仰各营勇夫及本地人等知悉：尔等务须恪守营规，各务正业，不得在于日新墟上开赌剥利，引诱匪人。至于一切买卖，尤须按照时价，公平交易，不得任意低昂。倘敢抗违，一经勇练拿获，或由地方百姓禀报前来，立即按律治罪。懔遵毋违！

严禁扒船包费札同治二年

为严札申饬事：

案查各商民前因河北梗塞，不便贸易，是以情愿加抽厘金三成，由卡员雇募扒船，发给薪粮，派于北河，分途防范，随时护送。兹闻各扒船每遇货船经过，勒令另出包费，方肯护送，否则漠不相关，并阴令土匪拦河雕抢，售其贪诈。不思各商民加抽厘金养该扒船，所为何事！似此任意诛求，私通匪类，若不严行查办，实非所以振饬营规、惠恤商贾。除严饬各扒船并晓谕商民外，合行严札申饬。

为此札，仰该卡弁立即遵照，转饬各扒船痛改前非，恪守纪律。务思该扒船之薪粮即各商民之资本，嗣后遇有货船经过，不准需索包费，仍须接连护送。倘再需索分文，一经商民告发，即令由该卡员将该扒船月饷扣偿，并将该弁勇治罪。如该扒船不肯护送，以致货船被劫，即由该卡员查系何起扒船所管之地，立将该扒船裁革，从重究责。本司言出法随，懔之！特札。

严禁兵勇滋扰示同治三年

为严禁事：

本司访闻，近日有等营勇，不守营规，结党成群，赌钱酗酒，招摇街市，昼夜喧呼，且有带眷挟娼，强住铺户，更深夜静，敲打栅门，商民不敢阻拦，差役不敢盘诘，甚至冒称失去银物，勒令地主赔偿，种种弊端，难于悉数。又有回籍勇丁，驱逐船户客商，径行登舟解缆，或者索取财贿，而后另觅别船，尤为可恶已极。除多派差官、亲兵会同地方文武官弁、差役严行查拿外，合行出示严禁。

为此仰尔兵勇人等一体知悉：尔等留营者务须归伍，告假者赶紧回家，毋得在城逗遛，任情滋扰，如雇船只，务给价资，切勿强扯有载之船，致妨商业。倘敢藐抗，再有前项不法等事，一经查出，定即重惩，决无宽贷。其各懔遵！

严禁团练借端扰害示同治三年二月初二日

为严禁事：

照得团练之设，即古人保甲之法。清查内匪，使无所容。捍御外侮，使不能入。分为各团，实合为一团，以敦守望相助之义，法至善也。

兹查广西各团，漫无纪律，各练胆敢在外捉生勒赎，或因土客不和，互相仇杀。各团总不禀命于官，各练丁不听命团总，威福擅作，生杀自由，动辄诬指为贼，动辄借格杀勿论之言。果系惯匪，应由各团总禀明地方官，集练剿捕。或偶尔相遇缉获，亦应鸣团送官究治，必持械拒捕，方可格杀勿论。至于胁从百姓，既经剃发，便当予以自新，不得借端扰害。除严札各团总外，合行出示严禁。

为此仰该团练等遵照，嗣后务须守法奉公，团丁则听团总约束，团总则听官长约束，如身之使臂，臂之使指。至各邻团，尤宜共敦和好，不得仍挟前嫌。如系真正匪徒拿解，自有重赏，倘敢妄拿擅杀，定行按律重惩，各团总加倍治罪。本司为振饬团练、安靖地方起见，访查最真，赏罚最当，其各懔遵，毋违干究！

谕团练首民改非安业同治三年

为晓谕事：

照得本藩司奉命重来视师，幸以将士之力，地方之福，所向克捷，上游肃清，从此风鹤无惊，各安耕凿，长为仁寿之域。诚恐各团或挟前仇，并虑首民尚有旧习，偶尔启衅，浸成厉阶，有负圣朝轸念穷荒、安辑黎庶之至意。

嗣后首民务须痛改前非，训戒本处后生，令其各守正业，驱逐别处无赖，令其各归故乡，免滋事端，以致连累。并须退还所占田地、屋宇，纵放所掠妇女、幼孩，使甘心而平恨。

至于各团亦宜申明纪律，蠲除宿愤，解释小嫌，毋陵被胁之人，毋害已抚之众，毋擅行捉杀，毋暗地图谋，并宜约束练丁，毋任借端骚扰。倘尔各团及各首民故意抗违，有前项不法等事，本司定行分别究治。

再，公令务宜遵依，官长务宜尊礼。倘有把持词讼，挡抗钱粮，则是目无宪章，自同化外，尤属罪无可逭也。

合行出示晓谕。为此仰尔团练、首民人等一体知悉，无违！

严饬解散匪徒示同治三年

为晓谕解散事：

照得本总统于咸丰八年来粤，督饬水、陆、马、步诸军分途进剿，不数年间，已将柳、浔、梧、郁各属次第扫平，所有渠魁，累累就戮，想尔地方百姓，亦有见闻。兹本总统亲到永淳督师，谅此孙、梁小丑，安能日久抗拒，不过苟延旦夕之间。尔等本系胁从，自应及早就抚，去逆效顺，以邀再造之仁。乃闻地方尚有顽梗匪徒，跟随贼党为恶，实属愍不畏死，本总统痛恨甚深。除严饬各团总外，合行出示。

为此仰该百姓等立即遵照，如有现在贼中子侄亲友，速即呼令解散归家，各务正业，本总统恩威并用，永远免其查拿。倘再执迷，必俟贼势万分穷蹙而后免脱，本总统严行查明拿究，即该团总及本人父兄族长，亦有教管不严之咎也。其各懔遵！

严禁加抽厘金示同治四年三月十八日

为晓谕事：

照得梧州中关谷米加抽，原系支应局彭守设卡办理，以济军糈。本藩司以谷米为民食所关，且梧江上下厘卡太多，未免长累商贩。于转省时禀明抚宪，咨会总局，将该卡裁撤，以恤商艰而裕民食，并饬支应局出示，于十月底停止。

嗣据已撤转运局员陆丞禀称：梧州各客人等愿留该卡加抽一月，弥补该局亏空，复经总局批准。本藩司于今年正月访闻该卡加抽尚未裁撤，当经分途札查。随据陆丞禀覆：于上年十一月初十日始行出示接办，因上游封江，加抽不旺，一月厘金不足弥补欠款，该客人等情愿多抽二十日，于十二月底停止等情。并据正卡委员凌守禀覆略同。本藩司以先后留抽该卡加厘，既系出自客商情愿，且已停止，姑置勿论。兹据梧州府刘守禀称，谷米经过该卡，仍然有人加抽，并呈照票二张，内有一张仅填“和号”二字，计图将来抵赖，殊堪骇异。

查私抽厘、税，例禁森严，陆丞既经禀覆裁撤，不知更有何人如此胆大妄为，可恨已极！除札饬梧州府及梧州正卡凌守、陆丞等一体严禁，并查拿私抽匪徒严行究办外，合行出示晓谕。

为此仰尔客商人等知悉：嗣后谷米经过中关，倘有匪徒加抽厘金，无论何人，准即扭赴梧州府，讯明从重究治，切勿任其哄骗。懔遵毋违！

禁止霸占田土纠众械斗示同治四年

为剀切晓谕事：

照得贵县地方，客土杂居，相沿已久。乃自咸丰初年，因土客相争，外匪乘间滋扰，随后黄三等各股逆匪相继倡乱，蹂躏乡村，生民涂炭，以致迁徙流亡，生民失所，十余年来不得静安耕凿。当兹寇乱铲平、四境廓清之际，方谓尔土、客人等咸知涤虑洗心，安分守己，尽将侵夺田产，给还原人，各管各业，重敦和好。不意尔土、客等不思痛改前非，仍然如旧霸占，而失业者亦不禀官查追，辄敢寻衅私斗，甚至持梃开枪，逞凶仇杀。似此行为，实属顽梗。除饬贵县妥协清理安插外，合行出示晓谕。

为此仰尔土、客人等知悉：自示之后，尔等所有侵夺他人田产，务须赶紧给还，听其管业，倘再有霸占寸土，定行从严究办。而失业者，亦须禀明官长，督同团总确切清查，悉数追给。如擅行纠众械斗，酿成事端，当先问其违令之罪。各宜懔遵！

传知各营总戮力进攻单

同治四年四月二十二日

为传知事：

照得逆首、逆子为阜，据村复叛，已经本总统饬令各营并力围剿。兹据陈镇等禀称，与各营总会商轮班进攻，甚为得法，既可以耗其子药，又可以疲其精神，乘间蹈瑕，便可一鼓而下。

攻破逆村之日，准赏花红番银二千元，并论劳绩轻重，入村先后，秉公匀派。其寨内谷米、枪炮、子药均着封存，以便发充军实，不准乱抢。其银钱、衣物、牲畜之类，均作各勇犒赏。尔等须各奋勉，同心戮力，刻日以告成功，本总统拭目以俟。倘有畏缩不前及怠惰从事，本总统定即按律分别严惩，决不姑宽。

合即传知。为此仰各营总一体懔遵。火速飞速！

捆送梁逆尽缴子药谕

同治四年四月二十三日

谕那坛村民人等知悉：

照得梁逆安邦出见四日后方行锁押，因其逆子为阜坚伏不面，且匿隐子药枪炮，本司恐梁安邦回村复叛故也。尔等止知锁押梁安邦以为官军欺骗，亦思隐匿子药枪炮独非欺骗乎？初谓已经尽缴，现在之枪炮子药何其多乎？尔等先行欺骗，而反尤官军欺骗乎？尔等之意特疑缴尽子药枪炮，又被官军进攻，亦思不缴尽子药枪炮，官军不疑尔等复叛乎？尔等既想投诚，便当委命于官，俯首认罪，听候施恩，乃敢怀诈虞之心，为抗拒之计乎？本司于贵县之役，以黄鼎凤之母、之妻与韦树芳等之妻之子，尚且释放，况尔等就抚百姓而必杀之乎？

现在官军已经来围，日夜设法进攻，尔等自量能守几年几月？指日破巢，恐无完卵矣。尔等及早先将梁为阜捆送，或斩取首级来献，而后尽缴枪炮子药，撤毁围墙。本司只将梁安邦父子处死，并将其家产充公，以为犒赏各勇之费，准饬各营不许一人进村。如尔等为梁为阜挟制，不能动手，则当谋作内应，约期开栅迎纳官军，预来行辕请领封条若干，贴于门首，准饬各营不妄杀一人，妄烧一屋。天日在上，本司决不食言。

二者均不能行，惟有邀齐大众，白日逃走之策，亦准饬各营不得拦截。倘尔等执迷不悟，游移不决，助梁为阜以死负固，自取灭亡，本司亦无如之何也。

为此仰尔村民一体知悉，毋违！特谕。

厘定巡查章程札同治四年八月

为札饬事：

照得近来樟树、市汊、吴城、饶郡抢劫频闻，本月二十六日夜，省垣城外，连劫四家，盗匪均系驾船而来，登岸肆劫，大概多属游勇降人，占夺民船，四出劫掠，且必有土匪勾结指引，始得择肥而噬。似此盗风日炽，小民何以安生？因思各处河面均有水师炮船，省外街道亦有稽查渡口保甲委员，事前全无防范，事后亦不闻追拿，言之可胜痛恨！亟应厘定章程，责成巡缉，以弭盗风。

合行札饬。为此札仰该局立即遵照，刻日详察情形，如何责成渡口保甲委员认真稽查，如何责成水师炮船派定段落分巡河面，获犯作何奖励，失事作何严惩，逐一妥定章程，详覆察夺，转饬遵办。

再，查外来奸宄，无土匪勾引，则莫知路径，无土匪容留，则无所居停，是盗线窝家，首当严办。并即会同臬司，札饬地方官，先行严拿勾引窝藏之土匪，从重究办。庶外匪无从托足，地方自易肃清。均毋违延！

严查匪船以清盗源示同治四年八月二十七日

为晓谕严查匪船以清盗源事：

照得近来上游之樟树、市汊，下游之吴城、饶郡屡次失事，均系匪徒驾船而来，登岸行劫。乃本月二十六日夜，省垣城外被劫者四家，盗匪亦系驾船前来，居民商贾深为受害。

推原其故，皆因各处游勇降人在外飘流，加以土匪勾引，遂冒充军营弁勇，执持器械，强封民船，游弋河面，随处停泊，乘夜抢劫。似此省河近地盗案迭出，若不认真稽查驱逐，何以绝盗源而安商民？除饬地方官及渡口保甲委员，并水师炮船一体查拿外，合亟出示晓谕。

为此示仰省城沿河船户、士商军民人等知悉：嗣后凡外来船只，至省河附近一带停泊，应听渡口保甲委员及水师员弁稽查，各营来省公干员弁，应以委札为凭，勇丁以护票为凭，商贾以前途各卡厘票为凭，其士民人等来省探亲访友并自外省外府回家者，亦须有认识之人，确凿住趾，方准泊船。如冒充军营弁勇，毫无凭据，或混称商贾、形迹可疑者，即确究实系何处人氏，勒令刻日各回原籍，不准片刻停留。其所乘船只，若系强封民船，即交船户领回，不得任其占坐。倘敢恃众抗违，立即拿送地方官衙门，尽法严办，以期宵小屏迹，河面肃清。该委员水师巡查不力，以致再有失事案件，定即严参不贷。各宜懔遵！

分段严查盗船札同治四年八月二十八日

为札饬事：

照得樟树、市汊、吴城、饶郡及省垣城外抢劫之案层见叠出，盗匪系属驾船而来，是欲清盗源必须严查河面。现在江省境内幸无股匪，各营水师自可专事巡缉盗匪，以清河道。除安旅军及赣防水师本已分巡赣、信两河，各有段落，毋庸再事更张外，所有内河、江军两军水师炮船，自应亦于省河上下游，上至临江、吉安，下至吴城、饶郡，旁及抚、建，按照水程远近，酌定段落，将各炮船均匀分派，责令于该管河面往来梭巡。如有盗船游弋，立即擒拿解交所在地方官讯办。遇有地方失事，一闻岸上喊叫鸣锣，务须迅速前往，并力兜拿追捕，获犯予以重赏，玩纵亦予重究，庶合养兵卫民之意。

除咨孙军门外，合亟札饬。为此札仰该司立即遵照办理，仍将如何分派缘由，禀覆察核，毋稍违延！

关防诈伪示同治四年八月二十八日

为关防诈伪事：

照得本部院恭膺巽命，来抚是邦，荷简畀之优隆，思黾勉以报称。惟有事无巨细，悉出亲裁，人无亲疏，务杜私谒，以期风清弊绝，下尽厥职，上答国恩。

此次驰驿履新，并无族戚随任，幕友尽属端方之士，仆从亦是谨饬之人。部曲远在桂林，仅带亲信将士以备缓急之用，合计百余员名，约束维严，不准出外游荡，倘敢滋生事故，定当按法究惩。惟江西为数省通衢，且与湖南最近，又值用兵之际，同乡来往最多，本部院前在袁、临、抚、建各郡剿贼数年，地方相识更属不少。诚恐有等无赖之辈，冒充宗党姻娅，以及门客家丁，或称夙昔知交，或称从征僚属，小则需索夫船盘费，大则许为请托夤缘，一切诪张，万难形状，信其糊说，必堕诡谋，幸而虚耗酒食资财，不幸而连累前程性命。本部院下车伊始，自不可不预为防维。除通饬各府、州、县密访查拿外，合行剀切晓谕。

为此仰阖省官吏、军民人等知悉：倘有前项不法棍徒，指称本部院瓜葛，在外招摇撞骗，立即据实首报，锁拿解辕，以凭按例究办，首报之人，立即重赏。如敢容留隐匿，扶同作奸，抑或密地往来，希冀非分，别经发觉，一体重惩。地方官弁漫无稽察，亦干参处。本部院执法如山，慎勿视为具文，轻于尝试。各宜懔遵！

严禁衙役借案索诈札同治四年

为札饬事：

照得罪囚羁禁牢狱，固属孽由自作，其情亦有可矜，有狱管狱各官，自应时加体恤，庶免饥寒瘐毙。乃访闻江西各属，每遇罪犯成招收禁，刑书、禁卒擅用私刑，任意陵虐，勒索重资，必饱其囊橐而后已。其未经定案及因事连累暂行看管人等，陵虐索诈亦复相同，如不遂所欲，即夺其衣食，是以禁押人犯病毙甚多，职是之故，实堪痛恨！

至衙门差役，理应奉公守法，毋扰民间。且既充舆皂，岂容交接荐绅！乃访闻各属差役，或赴乡催追钱粮，或讼案拘传人证，辄带白役多人，违例坐轿骑马，声势赫然，一切费用，皆取给于欠户、讼家，大为地方之害。并有头役巨蠹，妄自尊大，公然与绅士交接往来，因而勾通舞弊，借案株连，搭台讹诈，择肥而噬，动辄破家。兵燹余黎，何堪遭此荼毒！各牧令关心民瘼，惩治衙蠹者固有其人，而恃差役为爪牙，有心庇纵者亦复不少。亟应严行禁止，合就札饬。

为此札仰该司道、府、州，立即通饬各属，严禁狱卒、刑书以及看守押审人证之衙役，不准私刑索诈，强夺衣食。差役赴乡催征提案，只许一票两差，不准私带白役，坐轿骑马，勒索盘费，并不得与绅士往来交通。如再有犯，从重究办，以示惩儆而除恶习。该地方官若敢庇护纵容，即行严揭请参，毋稍姑息。

禁各营弁勇私自封船示 同治四年九月初三日

为晓谕各营弁勇不得私自封船以安商旅而裕饷源事：

照得军营弁勇委办事件，应需船只，向例由地方官代为封雇，原以防扰累而杜假冒。乃近来各营弁勇，或在省请领饷银、军火赴营，或由营因病告假回籍，并不知会首站州县衙门代雇，辄自沿河插旗封船，虽有客货，逼令起卸。因而游勇痞匪，乘机冒充营员，借封船为由，随处插旗索诈。船户不堪其扰，有自将船只凿沉者，有拆板变卖远扬他处者。

民船日少，职是之由，遇有大起兵差过境，虽出重资，无从雇觅。迟滞师行，咎将谁执？且江省用兵日久，库藏空虚，全仗抽收厘金，以佐军用。客商因恐船只被封，货物抛散，以致贩运不前，百货壅塞，税、厘愈形短绌，饷需凭何接济？是弁勇私自封船，其弊不仅病民，殊于军需大有关碍。除咨行各营各属外，合亟出示禁止。

为此示仰各营弁勇及地方官民知悉：以后各营派委弁勇赴省请领军饷、军装、军器、火药等项，领得之日，核计所领之数，应需船数，知会省城支应局代为封雇，并由局发给传牌，沿途应付至营。其军营害病、受伤、告假回籍弁勇，应请本军统领移行札营处所地方官代封船只，由首站用印文移知前途各县，应付前进。视船大小，装勇多少，不准数人强坐一船，并不准中途自行添封一船。其札营处所不通舟楫者，由统领札行距营最近临河州县代封，不得远指中途县分。非请领军饷、军装、军器、军火，无统领印文，支应局首站不准封船，无省局传牌、首站印文，沿途不准应付，其营官印札、护票，概不为凭。如此办理，庶于慎重转运、体恤勇丁之中，仍寓杜绝流弊、便商裕饷之意。

本部院统军有年，服官三省，洞悉军艰，深念民隐，酌中定章，两有裨益。倘或地方官玩延贻误，以及弁勇仍前私封扰民，立即从严参办。至于游勇假冒，加倍治罪，决不宽贷。各宜懔遵！

编查保甲示 同治四年九月初十日

为晓谕认真编查保甲以绝奸宄事：

照得前因江省境内多有游勇逗遛，讹诈抢劫，大为地方之害，业经通饬驱逐，出示严禁在案。

因思除莠安良，莫善于编查保甲，如果行之以实，则穷乡僻壤，户口人丁，按籍可考，流寓土著，莫能混淆，奸徒无自藏身，地棍亦难包庇。乃地方牧令视保甲为具文，绅董、牌头惮编排之烦琐，空言搪塞，玩愒苟安，以致游勇随处潜踪，宵小频闻窃发，卒至官罹参处，民苦失财。一念因循，同受切身之害，良堪叹恨！

合亟出示晓谕。为此示仰各属官吏、军民人等知悉：须知保甲得力，官民交受其益。务即按照章程，城乡市镇，僻壤山陬，一律遵行。佥举牌头、甲长，逐户编查，分给门牌册籍，详晰填注，按期稽察。如有游勇羁留，勒令各回原籍，来历不明人户，毋许寄居。土著居民，遇有外乡亲友到家，即须报明牌、甲。倘敢私藏匪类，送官从重究惩。乡、保失于觉察，一体治罪。该州县敢不实力办理，以致藏垢纳污，闾阎受害，定即撤任严参。本部院令出惟行，不稍宽假，各宜懔遵毋违！

招集流亡示同治五年二月十五日

为晓谕事：

照得发逆自粤西倡乱以来，稽诛最久，流毒甚宽。江右毗连六省，地处冲途，几于无岁不被兵，无处不遭贼，蹂躏之苦，实较他省为尤。且以地方坦平，百姓无险可守，每闻风鹤之警，辄思迁地为良，荡析离居，类多失所。

上年金陵克复，皖、浙以次削平，伪幼逆等各酋，亦经官军擒获，而汪海洋犹敢收合余烬，窜扰闽、粤，屡图回犯赣南，以致居民日有戒心，流亡不敢回籍，飘零异地，情极可矜。本部院忝抚是邦，实深廑系，用是选派大队劲旅，分途出境会攻。幸以朝廷之灵，士民之福，将卒之力，战胜攻克，首从悉数殄除，遂结十数年、十数省扰攘之局。现在诸军凯撤，妥为分别遣留，从兹亿万苍生，莫不渥被皇仁，重登衽席。

合亟出示。为此示仰阖省军民人等知悉：凡有从前避贼他徙者，务须早回故乡，各修旧业。中原掎角，已无鹿铤之踪，安宅劬劳，长戢鸿嗷之羽。其速懔遵毋违！

严禁淫邪优戏示同治五年二月十七日

为严禁事：

照得优戏者即古乐府之遗意，最足以感发人心。往往有愚夫愚妇，谕之以条教号令而不肯信，董之以父兄师傅而不能从，每于优戏场中，见有扮演古来忠臣、孝子、义夫、节妇，尽理尽情，可歌可泣，莫不神色飞动，且有涕泗横流，甚至散后转相告语，啧啧称道不休，其有裨于风化不小。

现际邻氛已靖，境内粗安，唱戏原无不可。第有一种邪淫，如《买胭脂》《失玉钏》等类，于男女相悦之私，苟合无耻之事，传神尽致，惟恐不工，而且帷妇人并观之。试问此时彼此意动神流，其情景尚堪问乎？即如《西厢记》《红楼梦》各则，在传奇者原寓有美刺劝惩之意，而愚人何知？辄谓风流佳话，天假良缘，只思效颦，罔顾惊尨感帨。前人谓《国风》不可进讲，盖以桑间濮上，事近邪淫，所请不为无见。况以里巷秽行，极意形容，而欲庸耳俗目不为所感，其可得耶？败坏人心风俗，莫甚于斯。

又有一种背乱之事，如《瓦冈寨》《鸡爪山》以及《粉妆楼》等类，多系后人附会之说，宋江、徐勣之辈，卒皆反正，为国勋臣。而愚人不究其虚实，不维其始终，见其草窃为雄，以为群盗无非豪杰，后世盛传其事，勃然思效其所为。如两广贼目李文茂、陈开等，初皆梨园中人，因该地方最好扮演前项优戏，遂思即真，竟为狂悖。此本部院所亲见者。又如《专诸刺僚》等类，亦足启人逆志，是以《纲目》书之为盗，其垂戒深矣。愚人不读诗书，不识义理，血气是用，更恐心为所摇。现在各军撤遣归农，正恐武勇成习，其于耳濡目染，亦不可不杜渐防微。除通饬各府、州、县一体严禁外，合行出示。

为此仰各该地方知悉：嗣后无论城乡演戏，务择忠孝节义，借资表扬，俾骈肩累足者有所观感，则与刊刷阴骘文、劝世文同功，即诙谐嬉谑，亦足解颐。惟有邪淫背乱诸剧，必须严行禁止。倘敢故犯，定将该戏班驱逐，不准在境，并将该处倡首唱戏者，从重责罚。各府、州、县亦须仰体本部院正人心、维风俗之意，认真查禁，不得视为戏言。其各懔遵勿违！

严拿讼师示同治五年二月十七日

为剀切晓谕事：

照得本部院访闻江西各属讼师最多，以致讼风日炽。自抵任后，每接舆呈详绎，笔致大半相同，如出一手，其中鬼蜮伎俩，不可胜言，已经通饬各府、州、县严密查拿在案。

惟念该讼师等均系读书明理之人，如能耐苦以图上进，则掇巍科，登显仕，固可有志竟成，否则教读亦堪糊口，游幕尚可营生，何必学为刀笔，作此丧心害理之事？变乱黑白，颠倒是非，为己钱财，妨人性命，荡人产业，肥己身家，于理安乎！于心忍乎！无论国法难逃，亦且冥诛莫逭，纵使本人幸免，必致后嗣受殃。纪载报应极多，想亦各有所见。即如本部院原籍地方，向有某某号称五虎，把持衙门，包揽词讼，当其气焰张甚，不独地方人畏之，即地方官亦畏之，迨至恶贯满盈，莫不身受非刑，或子孙落寞，有流为优娼盗贼者，至今皆引以为诫。即令不顾天良，不畏王法，不信果报，而以庠序之流，衣冠之族，因作讼师，逐日与皂隶为伍，父兄恶之，乡党贱之，同类羞之，苟有人心，独无愧奋！且以锦心绣口，何难纡紫拖青，乃图目前小利，致废举业，尽丧前程，清夜自思，殊属不值，其可不自爱、不思返乎！

至于各署书吏，正宜修行公门，切勿蹈此恶习。本部院于同治元年广东臬司任内，见本衙门书吏苏姓者，两子同科中式，而察其人碌碌无所短长，惟生平办事勤慎，从未为人写状，妄要一钱。旋复闻其一子已捷南宫，可见天之报施，何分流品，亦视人之贤不肖何如耳。

本部院痛恨讼师，而惜其出自读书之人。除再饬各属严拿外，合行剀切诫谕。为此仰尔等一体知悉，懔遵毋违！

访询地方利弊应兴应革札

同治五年二月十九日

为谘询事：

照得江西幅员辽阔，政务殷繁，东界八闽，西接两楚，粤岭在其南，皖、浙丽其北，而民气之浇醇强弱，亦视邻省有不同。在承平之际，因地制宜，抚绥驾驭，已称不易。乃自咸丰三年以后，连岁被兵，各郡县城池，大都被扰者多，文卷荡然，旧制尽废。现在发逆扑灭，亟宜认真讲求吏治，以阜民生。

本部院忝抚是邦，兴厘志切，而一省之大，安能事事周知？必须博访遐诹，以期集思广益。所有旧制，应如何兴复，内有今昔异宜者，应如何酌量变通。刚强斗很之辈，刁诈健讼之徒，作何惩治化导。盗贼作何蹑捕，保甲作何编查，流亡作何招集，难民作何安插。城垣为一县根本，其有坍塌处所，应如何缮完。衙署为办公之所，监狱乃系囚要区，其有被贼焚毁者，应作何建复。常平仓、社仓、义仓所以备水旱之不时，其有被焚、被劫及借放兵勇口粮者，应如何买谷还仓。书院膏火，实造士要需。养济院、育婴堂、义渡、救生船各经费，均系地方善举，其有因军务动用者，应如何设筹归款。南、新两县向于隆冬煮粥赈济，赖以存活者甚众，军兴后久停斯举，每值严寒雨雪，流丐贫民，饥寒交迫，往往僵仆道途，殊堪悯恻，应如何设法规复旧章。外属有似此者，亦宜照办。此外应办事宜，尚难悉数。一邑有一邑之利弊，一事有一事之利弊，各牧令与士民最近，必有真知灼见。

合行札询。为此札仰该府、州立即遵照，转行所属，各就地方情形，将前指各款，现应如何办理，缕晰条分，切实详叙，造册登答。其余应兴应革事件，亦即各抒所见，条列附呈，禀覆察办。该守牧有表率之责，亦将本府、州应行兴革事务，胪列禀报，以凭互相印证，借定去取，毋得视为具文，敷衍塞责，是所厚望。

题报灾歉恪遵例限不得逾延札

同治五年三月二十四日

为札饬事：

照得定例："地方遇有灾伤，该督抚先将被灾情形、日期，飞章题报，夏灾限六月中旬，秋灾限九月中旬。仍一面题报情形，一面遴委妥员，会同该州县迅诣灾所，履亩确勘，将被灾分数，按照区图村庄，逐加分别，申报司道，覆行稽查，详请督抚具题。其勘报限期，州县官扣除程限定限四十日，上司官以州县报到日为始，定限五日，统于四十五日内勘明题报，如逾议处。"等语。

本部院历稽江省往年成案，地方偶有水旱偏灾，各州县总于九十月间勘定分数，禀报该司衙门，于十月内汇详请奏。乃近年以来，各属借口军务，任意延搁。如同治三年被水、被旱田地，直至本年二月间始行由司详奏。其四年分被水各县，至今尚未汇详。查办蠲缓，乃朝廷矜恤灾黎旷典，该牧令竟敢迟逾一两年之久始为办理，是花户当被灾之时，仍不免追呼之苦。在向来急公之户，虽变产告贷，亦须输纳，而积惯抗欠之徒，转得侥幸蠲除，殊不足以示体恤而昭公允。且悬搁日久，百弊丛生。如建昌县绅民迭控书差卖缓，皆由未能照依例限赶办所致。事关民瘼，岂容再事玩延？

合亟札饬。为此札仰该司立即遵照查明上年被水各属应办缓征尚未详到者共有几县，刻日专札勒催，限文到一月内开列细数，由该管道府核覆送司汇详请奏，倘敢再事逾延，即行严揭请参。并通饬各属，嗣后遇有灾歉，恪遵例限，赶紧勘办，该管道府亦即迅速核转，于九月内一律到司，极迟不得逾十月中旬。再有迟延不到，即照玩视民瘼例，详候专折奏参。该司务须认真催办，力挽疲玩恶习，并移粮道查照，均毋违延！

晓谕南赣宁三属军民同治五年四月十七日

为晓谕严禁事：

照得南、赣、宁三府州所属，地居岩疆，俗尚强悍，其于拜会、抢劫、掳赎、械斗、抗粮、聚赌等事，视为寻常，地方官每囚查拿需费，遇事姑容，不肯认真惩办，以致匪徒益无忌惮，日久相沿，竟成习俗。

本部院于上年驻扎虔州，访悉情弊，比因军务正殷，无暇兼顾。今则发逆荡平，亟宜整顿地方，故特留平江、祥字两营在赣，专为会同地方官拿办匪类，以期绥靖闾阎，挽回颓俗。

合亟出示晓谕。为此示仰该府、州军民人等知悉：嗣后务宜痛改前非，各谋正业。当此烽烟既靖，正可共乐升平。倘再怙恶不悛，仍蹈故辙，即由该管文武禀请拨兵剿捕，尽法惩治。如该管官仍然玩泄，亦即严行参撤。本部院言出法随，决不宽贷，各宜懔遵，毋贻后悔！

严禁溺女示 同治五年六月三十日

为严禁溺女事：

照得天道好生，律严故杀。而况阴阳相配，始有人伦，男女虽殊，无非人子，既生之而又杀之，于理何安？甫生之而即杀之，其情尤惨。只知女之为累，不知有得女之力，更胜于男者极多。只思无女可速得男，不思有因溺女以致绝嗣者，比比皆是也。

江省民俗醇朴，惟溺女之风视他省为甚。前此兵荒相继，未始非此杀机所伏，渐酿而成。是以沈前部院严行示禁，并刊发《育婴六文会简明章程》，通饬该地方官会同各绅耆，家喻户晓，实力奉行，使婴女得获生成，而戾气借资消释。今本部院访查各属贫民、富户，尚有溺女恶习，未能一律湔除。地方兵燹十有余年，疮痍未复，正宜休养生聚，以资蕃衍而召天和，岂容为此戕贼惨伤之事？

合亟出示严禁。为此示仰阖省绅耆军民人等知悉，务当一律遵照，互相诫勉，将前通饬章程，认真举办，广为收养，使贫者抚育有资，富者相观而化，不致仍蹈溺女积习，以副本部院保赤之殷怀。如再有执迷不悟，一经举发，定将该溺女之父母照故杀子孙律严行惩治，有帮同下手者，即照谋杀为从定拟，其邻右有知而不举者，照知人谋害不首律治罪。倘有刁徒挟嫌诬告，以夭殇为溺毙，亦即加等反坐。本部院言出法随，决不稍为宽贷，毋谓言之不预也。

通饬监禁打扫洁净札同治五年七月十一日

为札饬事：

照得罪犯羁禁囹圄，防范固宜谨严，体恤亦应周至。本部院近阅各属详报，监犯病故者层见叠出，甚至有一案人犯监毙多名者，实属不成事体。现值夏令溽暑，监内秽气薰蒸，疾疫易滋传染，管狱各官并不加意悯恤，一任刑禁人等泄视，以致纷纷瘐毙，其情甚属可矜。

合行札饬。为此札仰该司，即速通饬各该厅、州、县狱官，督率禁卒人等，务将监内沟道，疏通打扫洁净，人犯镣铐勤加洗涤，多备苍术、白芷薰烧，以除秽气。一面酌给凉浆，并避瘟丹药。如遇犯病，立即选拨良医，加紧调治，毋任瘐毙。其例应提禁者，不得滥禁。倘再漫不经心，任令刑禁人等怠玩从事，或任意陵虐，一经本部院访查得实，定即严参不贷。一面将未结各案，赶紧讯明详结。均毋违延。

严禁厘卡卖放勒索札同治五年七月十五日

为札饬事：

照得设卡抽收厘金，原为接济军饷。委员、书役优给薪水工食，亦望其洁己奉公，尽收尽解。乃本部院访闻，近来各卡员中间有日久玩生，或冒销经费，或故纵勇丁卖放，或例外需索客商，或短价勒买客货，种种弊端，上亏库款，下累商民，殊堪痛恨！虽一经发觉，无不由局撤回查究。第各卡散处各属，远近不一，不但省城总局稽察难周，即各分局亦恐耳目未能遍及。因思各州县与厘卡近在咫尺，卡员、书役有无情弊，易于查悉，自应责成该州县就近稽查。

合行札饬。为此札仰该府、州转饬所属各州、厅、县，随时稽查厘卡员役，如有前项情弊，立即据实禀报，以凭撤参查究，该州县如敢瞻徇容隐，别经发觉，定即一并严参不贷。

六文会育婴照旧劝办三年示

同治五年八月二十五日

为晓谕共襄美举以拯婴命事：

照得前奉上谕："御史林式恭奏，民间溺女积习未除，请严行禁止一折。民间溺女，自乾隆年间部议照故杀子孙律治罪，例禁綦严。乃据该御史奏，近来广东、福建、浙江、山西等省仍有溺女之风，恐他省亦所不免，实属有伤天地之和，若不严行禁止，其何以挽浇风而全民命？着各直省督抚董饬所属地方官出示严禁，并责令各州县劝谕富绅，广设育婴处所，妥为收养，俾无力贫民不至因生计艰难再蹈恶习。倘仍不知悛改，即治以应得之罪，毋稍姑贷。钦此。"

查江省向有溺女陋习，省城原设有育婴堂，自被兵之后，经费耗散，未能收养。前经沈前部院刊刻《六文会章程》，通饬举行，并经选派绅耆在于省城设局劝办，著有成效。本部院到任后，复经出示晓谕各在案。

兹据局绅具禀："自同治二年八月起，至五年七月底止，先后共收婴孩一千一百五十九名，支用足钱八千三百五十四千有奇，捐足钱一万二千三百四十余串，银一千四百六十七两零。除支付外，银、钱并计，尚存钱六千串，仅足供两年之用。现拟将存项置产收租，以垂久远，仍请照旧劝办三年，支放有余，再行陆续添置产业，即可将每年所收租息，以为育婴经费，毋庸再捐。请出示晓谕。”前来。本部院查该绅耆等不辞劳瘁，竭力劝办，各行店商民，莫不好善乐施，数年来全活婴孩甚众，深堪嘉尚。除再由本部院及各官绅分别倡捐外，合行出示晓谕。

为此示仰城厢内外行店商民人等知悉：尔等须知六文会集腋成裘，最为育婴良法，务各遵照前定章程，再行捐办三年，先在会者固宜始终其事，未入会者亦当随力出资，共成美举。从此休养生息，户口日见蕃滋，感激观摩，闾里悉知慈爱。除历年之恶习，酿万姓之祥和，尔等念切好生，亦必上邀天佑也。其各勉之！

赶完钱漕谕同治五年九月二十九日

为晓谕赶完钱漕以济要用事：

照得钱粮漕米乃国家维正之供，理应遵依例限扫数完纳，以充公用。即遇有水旱偏灾，歉收都分，固应查勘缓征，其余村庄自当照常输纳，不容借词观望。

兹查贵溪县地方，本年夏秋，雨泽稀少，高阜田禾不无受伤，而滨临河港及有陂塘、山泉灌荫之所，早晚二稻并杂粮等项均称中稔，本部院因赴信郡阅兵，往返斯土，察看谘询，情形备悉。前据该县农民呈报被旱，业经札府饬县履勘明确，实系收成歉薄者详请缓征，是被旱之区地方官已为查办矣，其成熟田地，岂容复存希冀？乃风闻该花户等钱粮既多延欠，漕折久逾初限，亦复完数寥寥，殊非急公奉上之道。

合亟出示晓谕。为此示仰贵溪县绅士、军民人等知悉：尔等须知现值需饷孔亟，全资钱漕拨济，务各共体时艰，凡系成熟处所及受旱轻微无甚妨碍者，应完钱粮漕折，务须一体踊跃输将，不得再事迟误。漕折一项，自出示之日起，能于十日内赴柜投纳者，免其加价。此系格外体恤，将来不得援以为例。该花户尤当益加感奋，如期全完。倘有积惯欠粮之户，始终借端抗延，即由该县严拘到案，绅则详革勒追，民则照例责比。本部院言出法随，慎勿尝试，各宜懔遵！

严饬搜捕蝻子札同治五年十一月三十日

为札饬事：

案照乾隆五十七年九月内准户部咨："奉上谕：'嗣后各省凡有沮洳卑湿之区，即防蝻子化生，严饬所属，每年于二三月内实力搜查，据实禀报，督抚具奏一次。'"又于嘉庆元年六月内准军机处咨会："奉旨：'嗣后各省若只系查明并无蝻子，毋庸具奏。'各等因，钦此。"历经遵办在案。

本年春夏雨水较多，加以江水倒灌，低洼田地均被淹浸。自六月以后，晴多雨少。值此冬干水涸，港汊、陂塘皆为陆地，凡先经被水之区，必有鱼虾遗子，均能化生蝻孽，一经滋蔓，为害甚巨，亟应预为搜捕，防患未然。诚恐各州县奉行故事，并不认真办理，合行札饬。

为此札仰该府、州立即严饬所属，查明境内先经被浸、现在水涸草枯处所，或放火焚烧，或掘地挖取，各就地方情形，上紧实力查办。务期搜捕净尽，出具切结，送由该府、州汇齐申报。倘敢视为具文，玩忽从事，致有蝗孽萌生，贻害禾稼，除将该牧令严参治罪外，该府、州督搜不力，并干严谴。

通饬各营力除积弊札同治五年十二月初二日

为严札通饬事：

照得各营员弁兵丁，例应挑选年力精壮、差操勤奋之人，以资捍卫。其有衰颓怯弱、怠惰偷安者，均当随时分别参革，不得稍有瞻徇。

本部院查各营内有年老性懒之弁，该管辖官一味市恩徇隐，并不揭参，即各兵丁老弱不堪者，亦皆姑息容留，并不沙汰，甚至开除缺额，日久不补，希图匿饷。请领修造军械公费，悉归中饱，致令操演时枪炮损坏，军装不齐。至骑操马匹，例应足额膘壮，遇有倒毙，即须随时买补，不容稍有短缺，乃各营往往倒毙马匹，久不买补，甚者亏短。迨至该管上司点验操演之日，始赴各处借赁，不拘羸弱，只图满数塞责，以致兵丁借为口实。马队未能时常操演，营伍日见废弛。前次巡阅各营，内多羸马允数，难保无借赁情弊。

又兵丁月饷，例应当堂赏给，不准丝毫克扣。乃闻各营竟有借词公费，任意扣减，名为存公，实则肥己。又恤养征丁眷属半饷一项，朝廷原以加惠孤老，并闻亦多减扣，甚至故兵亲属无人，犹敢隐匿不报，领饷自肥。种种弊端，均干法纪。亟应严行整饬，以肃营规而除积弊。

合亟严札通饬。札到立即遵照，切实查明。如有年衰怠惰员弁，以及老弱技劣兵丁，务须破除情面，分别揭参革伍，不得仍前徇庇市恩。遇有开除粮缺，即应随时考补足缺，毋得日久空旷。损缺军装，尤当赶筹修制，以资军用。其有短缺羸弱马匹，亦即迅速购换膘壮，添补足额。所领兵饷，照例会同州县，当堂如数放给，不得借词摊派公费，再事扣减。并将恤养半饷一项，随时按照领数核发，毋得措留克扣，倘查无亲属，即行申请停止，据实开报，尤不得稍有侵隐。敢再仍蹈前辙，玩法欺朦，一经察出，定即严行参办，勿谓言之不预也。懔切，慎切！

仍将遵办缘由，具覆查考。

饬臬司督查保甲札 同治五年十二月初四日

为札饬查办事：

案：查同治四年七月二十五日准户部咨："同治四年五月二十六日内阁奉上谕：'御史夏献馨奏请饬各省整顿保甲以清治源一折。安良弭暴之方，莫善于保甲，地方官果能恪遵成法，实力奉行，奸宄何由匿迹？若如该御史所奏，近来州县等官，往往抵任逾年，未编查乡甲，或仅于城乡造册，虚应故事，甚至以无赖游民充当甲长，非但不能戢暴，而且多事扰民，以致良法美意，渐成具文，殊非实事求是之道。着各直省督抚、府尹严饬所属，讲求旧章，认真办理，不准吏胥等借端需索，并于考核牧令之时，明示劝惩，随时举劾，倘敢阳奉阴违，仍蹈前辙，种种积弊，即着该督抚等从严参处。将此通谕知之。钦此。'"当即转行藩司，会同该司移行遵照办理。

嗣于本年三月间，因据报不知姓名人在途被害凶逃之案，不一而足，无非土匪游勇，图财劫杀。如果认真办理保甲，则内匪、外匪无所容留，从何托足？即有犯事，亦无难立时缉获。又经札司通饬各州县，讲求保甲，不得虚应故事各在案。该牧令自应实力奉行，以清盗源而戢奸宄。今本部院访闻各属查办保甲，尚有不即奉行，亦有行而不力者，殊非戢暴安良之道。

合再札饬。为此札仰该司，立即会同藩司，通饬各属，讲求成法，认真办理，务使匪徒绝迹，良善乂安，毋得阳奉阴违，致干参处。仍饬将遵办缘由，先行禀报。至各属保甲册，未据各道府汇转到院，并即由司饬令赶紧造送，以凭查核。毋违！

公牍卷二

州县应领养廉开数备查札

同治六年正月二十三日

为札饬事：

照得养廉银两，乃世宗宪皇帝体恤群臣，以补常俸之不足，诚以欲杜其贪，必先有以养其廉，立法至善。

是各官廉银，必须实给，不容稍事克扣。乃奉行日久，藩司于州县养廉，遇有未解杂款钱粮，既于此中提扣，即一切捐款，亦莫不于此中扣除，以致大缺则全廉扣尽尚属不敷，小缺余剩亦复无几。牧令养廉，有名无实，其操守稍逊者，迫于办公无资，势必别图挪用，其亏挪之渐，实上司有以导之。

近年停止捐款，原为惩前失而恤下情，即或各州县应解地租、濠税、牛牙、当贾各税，及节省马尾、皮价，仍应于养廉项下提扣，约计每县多则三四百金，少则一二百金，所余尚多，自应尽数给领，俾济公用，何以数年来不闻有支给州县养廉之事？殊非事期实济之道。所有各州县养廉，应否于扣收杂款钱粮之外多余之项，或于季底岁底札知请领，或准其抵解地丁、屯粮丁正耗银两，俾免借口别有侵挪之处。

合亟札饬。为此札仰该司立即遵照，刻日妥议详夺，并将停止捐款后，历年未支州县养廉银数，作何存储，抑已动用，逐县逐年历开清折，附送稽考，均毋违延！

通饬捐输不准冒销捏报札

同治六年二月初六日

为通饬事：

照得士民捐输军饷，急公奉上，固应照例请奖，用资激劝，而查办尤贵核实，必实捐实奖，而后受赏者益见光荣，吝啬者亦知愧奋。若办理稍有冒滥，人谓名器可以幸邀，不但无以鼓舞群情，转致懈怠众志，所关匪细。是以士民捐输随营军饷，必须将捐项呈交官军大营粮台，获有营收，始得照筹饷例减成请奖。其各州县就地募勇防剿，必须先将所募勇数，禀院批准，就地劝捐勇粮，亦须禀准立案，事竣始得作正开销，照例奖叙。此等成法，不独江西一省向来如此，本部院历任两广，所办捐奖，莫不皆然。

乃近年江省于捐输一事，弊窦日滋，变诈百出，始则冒销团捐，比来又捏造营捐及本地官勇口粮。如崇义县所报咸丰九、十两年捐输防剿勇粮，系将已奖团捐捏报影射。又新喻县所报咸丰九年以后接支劲勇口粮，系将先已禀撤之勇挪移年月，虚增名数，饰词朦混。在承办局董，惟利是图，原属荒唐已极，犹谓草野之人，何知大计？而州县身膺民社，认真考核，是其职司，乃竟不察虚伪，率行具详，并为多方饰说，肆其欺蔽，若非朋比为奸，即属有心示惠，只知见好一时，罔顾大局，殊堪痛恨！所有崇义县冯代令、新喻县施令，本应立予撤参，姑念陋习相沿，从宽各记大过三次，俾知儆戒。第现值力求整顿之时，此后如有凭空捏报，断难稍事姑容。诚恐各牧令以为查出冒销，仅只记过完结，仍属无碍功名，不妨再为尝试，致取重咎。合先专札告诫。

为此札仰该府、州，立即通饬所属各厅、州、县，嗣后遇有绅董人等呈请造报营捐，查其捐项并非呈交官军大营粮台者，仍由司局抵扣月饷者，其本地募勇防剿，劝捐济饷，未经前任先将所募勇数及办捐缘由禀院批准者，或于筹防禀内虽有“酌拟募勇”字样，系属隐约之词，并未指定确数者，均应立予批驳，不得率行造册请销。倘明知事属冒销，辄为具详，一经本部院查无案据，除不准报销外，定将具详之牧令撤任参革，以昭儆戒而挽颓风。该府、州如敢徇情转详，亦一并参处，决不宽贷！

严禁私宰耕牛示同治六年八月十二日

为出示严禁事：

照得东郊力作，全赖耕牛，定例贩卖宰杀，计只论罪，为数少者即应枷杖，多者罪干军流。兵弁得规包庇，例应计赃加等治罪。功令何等森严，先经本部院访闻省城三营弁兵，竟有得受陋规，故纵匪徒将耕牛任意宰杀售卖图利，以致盗风日滋，即经出示，并札饬三营查办在案。

兹据丰城、清江二县绅士以丰、清毗连，设有屠厂百余处，日事宰杀，每年所宰耕牛不下万计，公请示禁前来。查该匪徒等如此忍心毒手，不独有碍耕作，且大干天地之和。各处汛弁如无得规故纵，断不致任其肆行无忌。今省城与丰、清二县如此，他处不问可知。若不一体严禁惩办，何以除恶习而重农功？

除径札各镇营及各府、州、县认真稽查，如再有弁兵得规故纵，即由县据实禀报究办外，合行出示严禁。为此示仰阖省军民及弁兵人等知悉：尔等须知服田力穑，首重耕牛，盗卖私宰，久干例禁。自示之后，倘敢故违，仍前宰杀贿庇，一经告发，或被访闻，定即严行拿办，决不姑宽。本部院言出法随，各宜懔懔！

禁止船只夜行示 同治六年十月二十九日

为禁止船只夜行以免疏虞事：

照得前因各属抢劫之案，盗匪多系驾船而来。实由各项船只，贪赶程途，夤夜行驶，致盗船亦得溷迹其间，无从辨别，得以蓦地窃发。当经示禁官绅、兵民船只概不准夜行在案。

兹据赣防水师杨副将禀："近来各项船只，仍多任意夜间行走，迨至更深夜半，孤舟野岸，随便挽泊。当此冬令水涸，夜行尤易搁浅，难保不无损坏，游勇匪类遂得乘间抢劫。是以炮船弁勇每遇将晚，即招呼行船，就近停泊，无奈有等船户置若罔闻，禀请示禁。"等情前来。查夜间不准行船，原为保护行旅起见，该船户竟敢抗违，实属不知利害。赣河如此，他处恐亦不免。合再出示禁止。

为此示仰阖省河道船户、士商、军民人等知悉：尔等须知现当冬令，正宵小伺劫之时，无论官绅、兵民船只，非有紧急公务，一遇日晚，务于驻扎炮船处所停泊，以昭慎重而免疏虞，勿再任意夜行，致有失事，自贻后悔。

禁造淫祠及妇女入庙烧香示

同治六年十月二十八日

为严禁修造淫祠及妇女入庙烧香以端风俗以遏乱萌事：

同治六年十月二十四日，准礼部咨开："议覆御史王书瑞条奏：民间迎神赛会，妇女入庙烧香，本干例禁。承平日久，俗尚慆淫，往往创建庙宇，结社烧香。此风一开，竟有不僧不道入庙说法，煽惑愚民，传习邪教。地方保甲及衙门差役，借此可以得受钱财，地方官任其自然而不禁。自兵燹以后，各城乡市镇庙宇俱遭灰烬，趁此申明例禁，除社庙春秋报赛外，概不准别建庙宇，庶根株永绝，无从借端生事。等语。查例开：顺治十一年定禁止创建庙宇，其修理颓废庙宇，不得改建广大。又嘉庆十七年奉上谕：'寺院庵观不准妇女进内烧香，本有例禁，或日久奉行不力。着步军统领、顺天府、五城出示晓谕，如有开设会场，招摇妇女入寺者，一体查禁。等因，钦此。'各在案。是淫祠之禁，例制綦严。乃愚民惑于祸福之说，罔知禁忌，动辄醵钱立庙，塑土木肖像祀之，每称神诞，倡立会厂，灯彩演剧，昼夜喧阗，家祀户祝，奔走若鹜。其妇女濡染陋习，祈祷纷纭，出入庙宇，恬不为怪。以致不逞之徒，乘机煽惑，或假讲经说法为名，或借售药施符为事，阴传邪教，焚香集徒，暮聚朝散，辗转招摇，遂成巨患。坏风俗而酿乱端，莫如淫祠为甚。方今东南肃清，力求振顿，而欲善俗必杜敝俗之萌，欲锄奸当革藏奸之薮。应如该御史所奏，请旨饬下各省督抚，除实能捍灾御患有功德于民者，仍前庙祀外，其不列祀典之祠宇，业经烧毁，不准创议修建。即社庙祈报，例所不禁，仍责成地方官加意巡查。如有借称善会烧香聚众等事，严行禁止，毋得任听吏胥朦混渔利，庶风化正而乱萌戢矣。等因，具奏。同治六年八月十三日奉旨：'依议。钦此。'等因，到本部院，准此。"

查江西民俗，每私建淫祠，塑土木肖像，称为王、侯、元帅、将军，醵钱赛会，妇女效尤，入庙烧香，奸徒从而聚赌传教，大为人心风俗之害。即如各属屡次破获斋教各匪，其始莫不起于烧香祈福，迨徒党既众，遂造逆谋。而袁州、建昌等郡乡僻地面，并有匪党私建庙宇斋堂，以为藏垢纳污之所，业经该府县查出拆毁，禀报有案。是淫祠实开邪教之端，欲除邪教，诚宜首禁淫祠。

准咨前因，合亟出示严禁。为此示仰阖省军民人等知悉：凡从前被毁庙宇，必须列在祀典神祇实能捍灾御患有功德于民者，以及乡间庙社，始准修建。惟复旧观，借昭妥侑，不得较前广大。所需修费，听人乐助，不准恃强勒派。如地方瘠苦，力不能办，姑暂从缓。并只准春秋祈报，不准借称神诞善会，倡立会厂，醵钱聚众。妇女亦不准入庙烧香。此外不经淫祠，一概毋许修复及另行创建。自示之后，如敢复蹈前辙，责成地方官随时巡查，立拿为首之人，从重治罪。妇女有犯，罪坐夫男、家长。该地方官若任听书役朦混渔利，一经察出，定即官参隶究，决不宽贷。各宜懔遵！

通饬州县征收丁漕交卸不准减价札

同治七年正月十八日

为通饬事：

照得钱粮漕米，均属仓库正供，例应尽征尽解。乃近来各州县，平时则催征怠惰，报解稽迟，迨将交卸，辄将丁漕减价征收，以饱私囊。花户视为定章，后任遂形棘手，致使通省交代，无论缺分优瘠，只有亏短，而无盈余，其弊实由于此。该牧令视国计为自肥之资，天良何在？言之可胜痛恨！若不严行禁绝，何以重帑项而杜新亏？

合亟札饬。为此札仰该府、州立即通饬所属各厅、州、县，嗣后遇有交卸，永不准减价征收丁漕，倘敢故违，许接任之员查明通禀，该府、州亦即据实揭报，定将减价征收之员，专折奏参，革职勒追。如后任及该府、州徇情容隐，别经发觉，定即一并参赔，决不宽贷。慎勿代人受过，懔之！

停止摊派粮捐札同治七年闰四月十三日

为札饬事：

照得各属善后工程，因无款可动，以致肃清日久，未能兴修。欲劝富户捐输，不惟人情厌苦，流弊滋多，且部定新章，捐修工程，只准广额，不准请奖，亦必难期踊跃。

嗣据广信府禀，所属各县官绅会议善后各工，咸赖按粮派捐修造。本部院核其所定章程，尚属简便易行，是以札饬各府、州督县会同绅士体察情形，如有自愿仿照办理者，亦准援案举行，庶要工不致久停，经费易于凑集。旋据抚州府各属先后禀报，商之士庶，亦愿派捐兴工。是凡办粮捐，莫不先事商榷，出自舆情乐从，始为摊派。何以前有玉山、东乡二县刁民纠众抗官，今复有东乡县东北乡刁民纠众哄堂两案？虽启衅俱因别由，均亦牵涉粮捐在内。岂该地方官原禀民情乐输，徒托空言耶？抑系一二刁徒从中播弄耶？自应分别饬停，免滋借口。

合再札饬。为此札仰该府、州，即便转饬各属遵照。凡未经禀请仿办粮捐者，一概毋庸仿办，其先已禀办批准者，均以本年为限，尽所收捐数，择要先修，余均从缓另筹。如有先本阖邑愿捐业已禀准，后又别起异议者，亦即据实禀停，切勿稍为回护。倘此后再有牵涉粮捐鼓众生事之案，本部院必将原禀不符之牧令专折参办，决不宽贷。该管府州亦不能辞咎。懔之，慎之！

准误入红白黄教乡愚自新谕

同治七年闰四月二十日

为晓谕事：

照得江西各属，近年有等不法匪徒，传习红教，又名东山教，白教又名西山教，黄教又名金丹教，名目虽殊，实则狼狈相倚，均指贵州逆首朱明月为前明后裔，互相勾结煽惑，屡次纠众谋逆。节经本部院调派官军剿捕，先后擒斩匪党甚多，一面咨会贵州、湖南等省，缉拿朱明月惩办，削株掘根，使匪类无可借口各在案。

兹准湖南抚部院刘咨送抄奏内开："云南按察使李元度入黔之师，剿抚三角山等三十六寨，毙贼千余名，偏刀水前路各寨，以次略定。偏刀水一名偏场，逆首朱明月始踞其地，后移驻迤西之觉林寺，诡托前明后裔，伪称皇帝，伪号'嗣统'，以伪祖师刘仪顺为军师，煽惑远近。凡湖南、四川、广西、江西等省教匪，皆受其伪职，遥相附和。伪黔阳王何继述等分踞偏场、神仙峰、黄家寨、朱村、拖尾营等处，与为犄角。二月十五日，官军攻破神仙峰、黄家寨，二十一日并力踏毁朱村，是后陆续将高台寨等处收复，攻克拖尾营，毙伪侯李琪，悍贼七百余名无一得脱。三十日，会同营官黎佐清所部川兵，夹攻觉林寺，三月初一日分途梯登，焚贼屋万余间，阵斩及被焚之贼五千余人，逆首朱明月从后卡窜走，官军拦头截杀，朱逆拥挤落马，当经擒获，解赴遵义府磔死。"等因前来。查朱明月以无赖恶棍，胆敢冒称胜国后人，僭窃名号，党与蔓延数省，使无识乡愚，误被诱惑，身罹法网者，指不胜屈，实属罪大恶极，神人共愤。兹为官军擒诛，洵足以申天讨而快人心，且使从前被惑之人，咸知儆惧悔悟。

合亟出示晓谕。为此示仰通省军民人等知悉：尔等须知凶竖倡乱，无非自陷身家，小丑跳梁，终久难逃国法。凡前被匪人引诱误入红、白、黄三教者，务各及早改过自新，勉为良善，获保首领，以终天年。倘能捕获在逃首犯杨焕章、曾幗才、陈光明、黄发香等送官究办，一体从优给赏。慎勿执迷不悟，仍前比匪妄为，一经获案，身受极刑，室家离散。为祸为福，只在一念转移，切宜猛省，毋贻后悔。其各懔遵！

严禁棍徒聚众滋事示同治七年五月二十八日

为严禁棍徒聚众滋事申明定例剀切告诫事：

照得直省刁民，假地方公事，强行出头，勒逼平民，聚众联谋滋事，例应分别首从，照光棍问拟斩绞，功令何等森严，岂容试犯？本部院访闻景镇地方窑户、工匠人等，人数众多，向分都、徽、杂三帮，设立首事，借资稽查弹压。往往有强横之徒，或因求索不遂，或怀挟私嫌，即聚众联谋，竟敢执持器械，列阵威吓，如彼造与之对敌，立即激成事端。近闻有小业散班，不遵旧规封禁，胆敢鸣锣聚众，逼勒首事应允，借图挟制。似此目无法纪，若不严行禁戢，其何以安生业而靖地方！除札饬地方官查拿倡首之人从重惩办外，合行出示严禁。

为此示仰景镇诸色人等知悉：嗣后务当遵守法纪，各安生业，强毋陵弱，众毋暴寡。速将私藏军器，概行缴官销毁，勿再恃众生事，甘蹈法网。倘敢不听告诫，仍前怙恶不悛，定当饬县尽法严办。勿贻后悔，各宜懔遵！

裁除门厘示同治七年九月初十日

为晓谕事：

照得江省前因用兵日久，饷项浩繁，库款支绌，待用孔殷，是以抽收行商坐贾厘金，继又添抽门厘，以佐军用。嗣因发逆荡平，东南可期静谧，虽本省留防之师需饷尚巨，奉拨协济邻省之项日渐加增，统筹司库出入之数仍无盈余，然本部院深念商民屡遭兵燹，生计艰难，不得不将各项税、厘量加裁减，借舒物力，俾资休养。

当于同治五年夏间，饬据牙厘总局议详，将零星小卡裁撤二十余处，行商应抽之落地坐贾二分，亦予蠲免。其铺户门厘一项，只留省城、吴城、饶郡、景镇、樟树等处繁盛地方，仍按原定数目酌减三成，其余各处门厘一概免抽，商贾居民应已同沾实惠。惟省饶等五处门厘尚未全免，颇觉向隅。现在直、东捻匪扑灭，协饷应可稍减，所有防协饷需，专就行商税、厘支解，或可勉力措拄。该五处门厘，应自十月初一日起，概免抽收，以昭画一而恤商情。至本地货物运往他处发卖，或他处货物贩回本地销售，即属行商，于上货、落货之时，应仍赴卡完厘，如有漏偷，照章究罚，以重饷源。

合亟出示晓谕。为此示仰通省商贾、军民人等知悉：自示之后，各处门厘永远裁除，庶阛阓咸免征输，穷檐无忧食贵，劳来生息，日见蕃滋，本部院有厚望焉。如有不肖官吏、劣绅、棍徒私抽肥己，许被害商人赴该管守令及院司衙门指控，定即从严惩办，决不宽贷。

劝应四省捐输示同治七年九月二十四日

为劝谕四省捐输以济军饷事：

照得闾阎元气未复，固宜体恤民艰，边疆巨寇方张，亦应共维时局。我江右前此连年被兵，多赖邻封将伯之助，迨至肃清以后，亦即悉力接济各省援师。嗣幸发逆、捻逆相继荡平，防饷、协饷渐少，本部院随将本省米捐及坐贾门厘以次裁撤，冀得稍资苏息。

惟现在陕、甘、云、贵四省，逆回、苗、教日益蔓延，地方受害已深，公私困竭，军中罗雀掘鼠，民间易子析骸，甚为岌岌，上劳宵旰忧勤。迭经该四省督抚部堂院先后奏准，在于山西、河南、四川、江苏、浙江、福建、广东、湖南、湖北以及江西等省劝捐。在彼乞邻之举，固属势不得已，而我恤邻之谊，亦觉义无可辞。且陕西毗连湖北，贵州切近湖南，设使官军饥溃，群盗披猖，两楚稍有震惊，豫章岂能安枕？是此日力筹兼顾，期殄狂氛，虽系周旋关、陇、滇、黔，亦以保障匡庐、章贡。惟该四省所定捐输，章程不一，士民无所适从，委员各劝各捐，其中不无滞碍，又系仍归各该省请奖，未免时日久稽。当经本部院奏请，由江省专设一局，归并劝捐。所收捐银，尽数分解四省。其收捐银数，则悉照陕甘米捐章程，俾广招来。旋准户部议覆，钦奉俞旨，咨行到江。现于省垣设立陕、甘、云、贵捐输总局，派委藩司，会同记名布政使前甘肃刘臬司，及各司道督同局员办理，并遴委妥员前往各府、州分投劝导。

查陕甘米捐章程，捐纳实官、虚衔，照例定银数减四成，升衔、加级、纪录、封典等项减四成递减二成。凡交本色米一石，加耗米一斗五升，运脚银三钱五分，准作捐例银五两。凡交折色实银二两，准作米一石，并刊发银票，准照实银上兑。凡应交实银者，以一半实银、一半银票上兑。各省购票维艰，准将应收一半银票，按百两折实银十五两之数折银收捐，惟应合照减成银数，以一半按米折银，一半按票折银，不得先行全数照米折价，然后再以一半按票折银收捐，致滋取巧。翎枝一项，四品以下捐银一千两，三品以上捐银一千五百两，准给花翎，其捐银五百两者，准给蓝翎。专收实银，不准捐米合银搭钞。知州、知县暂准收捐一年。以开局之日起，限满即行停止。按照例定银一百两，折收实银四十二两，不准搭收饷票。至杂费一项，参酌陕、甘、江西定章，每收折色正项银一两，随收部饭照费银六分，局费银四分，委员在外府县收捐者，每两加收运费银三分，均以足色库平纹银上兑，此外一无加增。

合行出示晓谕。为此示仰通省士商军民人等一体知悉：务各共体时艰，解囊相助，俾得集腋成裘，均匀分解陕、甘、云、贵，从此士饱马腾，肤功迅奏，尔士民等既得仰邀优叙，而江境亦可永无风鹤之虞，洵为一举两得。江省民情朴茂，好义急公，必能踊跃输将，本部院有厚望焉！

慎选书院山长札同治八年六月初二日

为札饬事：

照得各属设立书院，原以作养人材，而延请山长，必须其人品学兼优，方足以资训迪。近闻各属所延山长，或徇于情面，受人荐托，或以本处绅士挨科分先后轮流充当，每有文理荒疏，或品行不端，甚有经年不到书院，或甫至旋回，只取脩金，不知训迪为何事者，于士习文风，大有关碍。

合行札饬。为此札仰该府、州，即便转饬各属遵照，嗣后凡延请山长，不得挨科分先后，并不必限定科甲出身，即五贡中亦可，亦不论本省、外省之人，总须选择品学兼优、众所推服者，常住书院，严立课程斋规，使各生童有所遵守。该地方官亦须致敬尽礼，不可稍涉怠慢。本部院为尊重师长、振兴文教起见，毋得视为具文，仍蹈从前之陋习也。

饬发审清厘积案札同治八年六月十五日

为札饬发审局清厘积案以免延累事：

照得首府设立发审局，为通省疑难案件萃会之区，若不赶紧审办，则紧要犯证，必致纷纷瘐毙，要案何由得结？今查首府发审之案，尚有七八年及三数年不结者，似此因循延搁，尚复成何事体！本部院察核延案不结之由，其故有四：或因犯人自知情罪重大，抵死不承，以为苟延之计。或因犯人借案图诈，任意株连牵累，不能了结。或因案已咨展，并无限期，委审之员，视为无关紧要，置之高阁。或因两造刁健，案情烦难，审办匪易，委员不肯任劳任怨，借词案证未齐，故意行提拖宕。而外属提人，远则千余里，近亦数百里，断难即到，况其中行贿纵脱者有之，畏累逃避者有之，以致经年累月，不能定案。

以前二端，由于犯人之狡供图诈，问官无有不得其情，何难连日熬审，赶紧结案？以后二端，由于问官之畏难趋避，果能振作精神，勤于审断，亦不难权宜办结。若必俟人证到案再审，设或终不能提到，岂案竟不可结耶！今拟将累年难结要案，由首府逐件开呈简明清折，送院司查核，并带同承审委员前来面议，其应如何审办，得以酌商。此后每阅旬日，首府与委员至院司，将审办情形，回明一次。如此既有可稽考而知案情之难易，又可以廉察委员之材具能否了结斯案。从此上下认真，于公事定有裨益，而案内人证，亦得免羁累拖毙之苦矣。

合行札饬。为此札仰该司会同藩司立即转饬南昌府传知发审局各委员一体遵照办理。

再，凡有京控案件，无论新旧，亦应照此开折面禀。毋违！

禁栽罂粟示同治八年七月初一日

为出示严禁事：

照得同治八年二月初一日，准刑部通行：自八年为始，一概严禁栽种罂粟花等类，如违私自栽种者，即比照在馆吸食鸦片烟，按违制律杖一百，若核其亩数过多，情节较重者，酌量加拟枷号。等因，行司转饬遵办在案。

诚以田地山场，皆系种植黍稷桑麻之所，乃民生衣食所资。当此生齿日繁，食之者众，偶有田土荒芜，犹恐或受饥寒之患，尚须勤督开垦，以足长养之资。至于罂粟花等类，流毒最宽，为祸甚烈，岂可以膏腴之地，种此厉人之物？多种一亩罂粟，即减少一亩稻粱，殊于民食大有妨碍。风闻江右各属种植罂粟者亦复不少，而赣、南、宁三府、州为尤甚，亟应严行禁止。除札司通饬各属地方官严禁民间永远不准栽种，并随时查拿照例究办外，合行出示晓谕。

为此示仰军民人等知悉：尔等务须各就物土之宜，布种五谷、薯、芋、桑、麻，以资养生，毋得嗜利布种罂粟等花，致妨民食。倘敢故违，一经发觉，定即从严惩办，决不宽贷。务宜懔遵，毋贻后悔！

通饬察看各属政迹札同治八年七月初三日

为通饬遵照事：

照得府、州为知县亲临上司，耳目较近，各县操守之廉污，才具之短长，办事之勤惰，府、州知之最切，闻之最真，果能随时秉公举劾，何患地方不治？乃各府、州狃于积习，辄谓府县一家，遇事为其袒护，更虑上司不即听信，徒然招怨，亦竟钳口不言。不思朝廷设官，各有责任，岂容瞻徇顾忌，有亏职守？除行藩、臬两司、四道并径札各府、州外，合行通饬。

为此札仰该府、州立即遵照，于所属州县中详加察看，果有勤政爱民，卓著循声，或阘茸无能、苟且将事者，随时切实密禀，本部院当督同司道再加体察得实，立予分别举劾，以彰公允。从此吏治认真振顿，地方必有改观。该府、州为本部院之耳目，必须确访政迹，不得谬采虚声，亦不得轻听浮词，漫以优劣禀陈塞责，有忝厥职焉。

饬臬司督属清理词讼札同治八年九月初三日

为札饬速结词讼以免延累事：

照得词讼案件，例有定限，不容任意宕延，而各上司亦均有稽查考成，不能听其搁案不结也。

今查各州、县、厅报上控、自理词讼，往往有经年不审结，甚至数年尚未审结者，乃按季册报，恬不为怪。即此一端，其平日之玩视民瘼，已可概见。其延案不结之由，或因该州县性情懒惰，不即催传，或因听断平常，任其狡赖，且有两造已和，不愿终讼，而该州县丁书、差役视案情之轻重，多方刁难，勒索规礼，小民力不能办，即不准其息销。多一日宕延，即多一日拖累。小民之脂膏有尽，随处之讹耗无穷，不必问官司输赢而身家破矣。况有钱者逍遥案外，到案者押诈不堪，瘐毙累累，而案悬如故。为民父母，何忍出此！

如果各州县尽心民事，所有准理案件，设立内号，每日亲行稽查，某案某日挂批，某案某日出票，酌量远近，勒限比催。被告同在一县之中，何至经年催传不到？倘系原告延不到案，即应依限注销，而又遇案用心推敲，务得实在情节，到案秉公剖断，自足折服其心。每三八告期，亲自坐堂收受。凡递和息呈词，立即核卷批准，则丁书、差役无所施其伎俩。平日严防壅蔽，有犯必惩，若辈亦断无不畏法之理。至于亲收词状之时，见有事属细微，或有衅关骨肉，无妨善为开导，俟其意解，退还原词，是亦息事宁人、化民成俗之 法。若系重大疑难之案，当即详问情出，彼时未经讼师教熟口供，必可得其肯窾，将来有所依据，无难讯结。他如争夺山场、田土、水利，尤宜速为勘断，免致纠缠不休，另生枝节。乃各州县疲玩性成，自甘庸懦，以致词讼延累，百弊丛生，殊堪痛恨！若仅笼统记过，不足示惩。本部院查定例，词讼案件，迟延一年以上，即干降级处分，何难逐案揭参？第积习相沿，姑从宽贷。其应如何分别上控、自理两项词讼延宕一年以上之案各若干起，另行酌定章程，由两司悉心妥议会详。其有隐匿不报，及未结而捏报已结者，即照例详请参革。

合行札饬。为此札仰该司会同藩司立即遵照，迅速议详，以凭察夺。并先录札通饬各属查照本部院教戒事理，一体懔遵，毋得视为具文。

查明各属公署札同治九年九月十二日

为札查事：

照得从前被扰失守各厅、州、县，文职府县丞、倅、经、照、丞、簿、巡、典、驿丞，武职参、游、都、守、千、把、外委各衙署，有据报被焚业已筹捐修造者，有据报被焚尚未修复者，有始终未据具报者。衙署系办公之所，体制攸关。江省肃清已久，自应查明设法兴修，以资栖止而重关防。除分饬遵办外，合亟札查。

为此札仰该府、州立即转饬从前曾经失守各属，遵照查明某处衙署未经被焚，某处被焚业已捐造完固，某处尚未建复，其未建文武各署，能否就地捐修。限文到十日内，分晰开报，妥议详覆，毋庸估计工料，以免稽延。

严禁难民携带军器示同治九年十一月十五日

为严禁难民携带军器恃众索扰以靖闾阎而杜流弊事：

照得地方偶遇水旱偏灾，例应就地抚恤，本不准擅自出境。况朝廷轸念民生，凡属灾伤处所，轻则缓征钱漕，重则分别蠲赈，体恤周至，有加无已。该灾民理应禀请地方官勘办，何得遽行出外游食？即或异常水患，不得不暂行趋避，亦只宜于左近郡邑，权时谋生，并须禀请地方官，派差护送，由大路行走，俾前途易于稽察。一经水退，即便回乡，重理旧业，方为正办。近年各省居民，一有潦水涨发，无论是否成灾，千百成群，越府越省，四出求乞。并有不俟官为护送，绕行僻径，周历乡村，恃众强索，已属大为闾阎之害。迭经本部院严饬各属，随处截留，资遣回籍。然尚无携带军器，形同盗贼，骇人听闻者。

乃现据袁州府禀，有湖北难民周瑞麟等五百余人，于十月二十五日，由山僻小路，至宜春县南乡恤字团，盘踞陈炳璜家，强砍竹木，将所带矛头、大刀装起，并摆列洋枪、腰刀，勒去米一百零八桶，钱六千文。二十九日，又至唐家山索去米一百三十桶，钱五千文，始往安福县境。闰十月初七日，复折回宜春和字团，索去米六十桶。似此行为，直与匪类何异？难民携带洋枪、刀矛，大干例禁。往来索扰不已，尤属藐法，难保非无赖之徒，冒充逃荒，肆意扰害。且楚南搜捕会匪正值吃紧之际，更恐有在逃匪党，溷迹其中，若不速为查禁，必致酿成厉阶。除通饬各属查明此起难民逗遛何处，勒缴军器，分起递送回籍外，合亟出示晓谕。

为此示仰本省、外省难民知悉：本年江水骤涨，消退尚速，尔等原籍早经涸复，务各赶紧回家清理田庐，布种菜麦，犹可为来春口食之资。不得迁延转徙，倚众横行，既累他人，亦且自误生业。倘敢不遵，定即饬县拿究递解，决不宽贷。至各属绅民集资周济过境灾黎，洵属仁心善举。倘有外来难民，并无前途印票护送，以及携带军器者，立即飞报该管州县，分别起缴入官，勒令回里。若有倚强抗拒，即由该州县督同兵役、团丁，严拿为首之犯，照例从重究办，余皆驱逐出境，庶免奸宄潜踪，养痈贻患。如该州县玩忽疏纵，致滋事端，定即严行参处。该绅民亦不得因有此示，无端陵虐灾黎，自取咎戾。各宜懔遵！

劝捐仓谷以重储备示同治十年二月十一日

为晓谕劝捐仓谷以重储备事：

照得仓廪之设，原以备非常而济荒歉。是以在官则有常平仓，在民则有社仓、义仓。城乡积谷充裕，即有旱潦灾伤，无虞乏食，意美法良，实关生民命脉，且系地方安危。

江省官民仓谷，或于军需动用，或被逆匪焚掠，常平所存无几，社、义几无遗粒。上年四、五月，谷价偶昂，人情汹汹，有谷各局，立为发粜，市价遂平。其毫无积储之处，设法采买，大费周章。吉郡官绅惩于前事，公同酌议章程，劝办积谷，信丰士庶先亦捐补常平，兴国通县亦复捐设义仓，均属明于大体，计远虑深，洵堪嘉尚。江右本系产谷之区，各属大略相似，果能仿照办理，集事非难，何患仓箱不实，匮乏遗忧？除札饬各该府县督率劝办外，合行出示晓谕。为此示仰通省绅士、军民人等知悉：尔等须知足食保民，乃切己要务。该绅耆速即禀商地方官，各就该处情形，酌定劝办积谷简明条款，使人易知易行。田家或按租抽捐，商贾或出资采买，城乡分建仓廒，随地俾有储蓄。出纳责成绅董，佥举须得妥人，官吏专司督催，概不经手钱谷。捐存谷石，专济本地荒年，他事不准动用。一经议定劝捐章程，先由地方官禀报查核。捐有成数，亦将某处某仓存谷数目，同捐输各户造册通详立案。其有先已捐有积谷者，亦即补行具详，以垂久远。该绅民等咸宜秉公赶办，勉力输将，共成善举，本部院有厚望焉！

通饬地方查拿哥匪示同治十年五月十二日

为晓谕地方查拿哥匪事：

照得近有哥老会匪在于江西播散谣言，勾结党羽。昨经浮梁县拿获头目李桂麟等多名，解省审办，尚有查坎、李奎等在逃未获，业经行司饬属一体严拿在案。

兹本部院访闻各属尚有哥匪造谣结党，并卖保家伪凭，每张或数百文、数十文不等。在该匪等穷无所归，不过为敛财图劫起见，尔百姓各有身家，何为听其煽惑，致取噬脐之祸？除通饬各府、厅、州、县分别解散缉拿外，合行出示晓谕。

为此示仰通省士庶军民人等一体知悉：尔等具有知识，自应深明是非利害。当此南北肃清，各省正在振饬武备，该哥匪等即有不轨之心，亦复何能为厉？上年湖南湘潭，本年湖南益阳，哥匪先后滋事，均经即时扑灭，悉数斩擒。至于本省永新、铅山、万载、义宁等处，教匪屡次萌动，大兵一临，直如拉朽。均足为前车之鉴。尔士民等务须交相劝戒，安分营生。其已入会者，立即呈悔，咸予自新。其未入会者，切勿听其引诱，自同叛逆。如有哥匪在于地方造谣结党，散卖伪凭，尔等立即捆送到官，定行从优奖励。倘敢执迷不悟，入会为非，一经发觉，亦即从重惩办，并治该父兄等以不能教戒之罪。本部院赏罚严明，其各懔遵！

饬属整顿保甲稽察匪类札 同治十二年

为札饬事：

照得江西界连六省，常有匪类入境勾结。本地亦多不法之徒，吃斋习教，诱惑愚民，游勇从而附和，屡次聚众滋事，虽经随时剿捕，迭获首从严办，然根株究未尽绝，全在地方官稽查防范，庶免变起不虞。是以迭饬各牧令力行保甲，严行缉捕，以期有犯必获，无案不破，则匪类无地藏身，何至有生意外之事！不但保全黎庶，亦以自顾考成。实已三令五申，唇焦颖脱。

乃上年十二月间，奉新县马头山等处棚民温开接等，结拜弟兄，潜谋纠众滋扰。代理奉新县事靖安县县丞高节因瓜代在即，不行查拿，亦不禀报，靖安县陶令黼昌以人数无多，复不设备，以致匪众突入靖安县城，肆行焚掠，戕害委员、汛弁、幕友、绅民。以百余匪类，酿此巨案，皆由陶令、高县丞怠惰玩忽所致。现将该二员专折奏参革职。该二员一念因循，遂致身败名裂，流毒闾阎，凡属守土之官，所当视为前车之鉴。

合即抄折札饬。为此札仰该府、州立即遵照，转饬所属各厅、州、县，务各振刷精神，平日则整顿保甲，认真稽查，遇有匪徒萌动，会营督率兵役，密速查拿，并赶办团防，协力剿捕。涓涓易塞，星星易除，用力无多，所全者大。倘各牧令不知自爱，懈忽偷安，复任斋教匪徒在境潜滋暗长，一经本部堂察觉，定行从严撤参，正不必如靖安失事后始登白简也。该守牧等既不督率属员黾勉从事，而又意存徇护，不即禀揭，亦应列诸弹章，以示惩警，决不宽贷。其各懔遵！

禁用官价买物示光绪元年

为出示晓谕事：

照得本部堂前在江西及两江任内，凡署中购买大小物件，以及日用米薪等项，皆照民间时价给发现银。今移节粤东，下车伊始，诚恐民间未及周知，或有奸徒冒托本署买办之名，辄向铺户强赊物件及妄称官价名目，短少价值，苦累闾阎。当此整纲饬纪之时，恐妨谨小慎微之义，自应亟为示禁，以绝弊端。除饬属访拿外，合行出示晓谕。

为此示仰省垣内外诸色人等知：悉嗣后如有假托本署买办名色，向各铺户强赊物件，及妄称官价、短给物值者，许即扭禀赴辕，以凭严究。本部堂令成不易，法在必行。其各懔遵！

哥老会匪及早改悔示光绪元年

为晓谕哥老会及早改悔以免刑戮事：

照得顺逆之理易明，祸福之幾宜审。前此各省用兵，营中材武之士，结为兄弟，自成一队，遇有劲敌，辄以陷阵冲锋。带兵员弁，另给旗帜号衣，以作其气而收其效，此哥老会之所由来也。

久之流弊渐生，往往怯于公战，而勇于私斗，随即严加禁止，而其习未能尽除。迨后发、捻以次削平，各营陆续裁撤，此风仍而不改。由是匪类因缘为奸，散票取钱，本为图利起见。又虑人不相信，设词胁诱，谓有此票则到处酒食有资，无此票则自家资财不保。江湖流荡之辈固趋赴不遑，市镇负贩之徒亦相从而靡，盖初不料其为逆而计在于避祸也。及至党与既众，而为首者遂井蛙自大，多立名目，或曰老冒，或曰坐堂，且设伪官，刊伪印，制伪旗，甚至生杀自由，劫掠四出，迹其举动，实与谋逆无殊。际此化日光天，竟敢为此不轨之事，无非恃其形踪诡秘，丑类蔓延，以为人莫我知，人莫我禁，而岂知天网恢恢，疏而不漏乎！前代如汉之黄巾，几遍海内，以及国朝嘉庆年间七省教匪之变，亦可谓人众势大矣，而卒归澌灭。此犹载之简册，或非尔辈所知。至于咸丰年间，发逆、捻逆之披猖，迄今安在？可弗引以为鉴欤？况现在人人皆知用兵，皆思敌忾，苟启厉阶，祸不旋踵，更非若咸丰年间，承平日久，得以豕突狼奔，以图侥幸也。

查哥老会始于军营，后来蚁附之多，大半系军营遣散弁勇。夫前则为国剿贼，今自陷于贼，将来为人所剿，良可痛心！本署部堂起自戎行，诚不忍前此一同宣力之人陷于大戮，故虽瓜期将届，不惜诰诫谆谆。

合行出示。为此示仰尔哥老会人等知悉：尔等务思去逆效顺之理，转祸为福之幾，速自改悔，将所有伪印、伪旗、伪票尽行销毁，以后安分守法，无论为首为从，一律予以自新，倘敢怙恶不悛，一经访拿得实，定行从严治罪。本署部堂如此办理，并即商之后任，咨会各省，分别施行。顺逆祸福，在尔等自择而已。尔等各有坟墓田庐，各有性命妻子，作苦食力，可以安业谋生，胡为身蹈非法，自取骈诛？尚其仰体本署部堂一片苦衷，早寻觉路，勿再执迷，是所厚望。切切！特谕。

禁自尽命案借尸图诈示光绪元年

为出示严禁事：

照得自尽命案，律无抵法。乡曲愚民，每以细故轻生，亲属人等即借尸图诈，或听人主唆，砌词混控，任意诛求，兼图泄忿。曾经前爵阁部堂曾会同前苏抚部院丁出示严禁，此风稍息。

近闻日久懈生，各属自尽图诈之案，复又层见叠出。大都皆由尸亲罔顾父子、兄弟、夫妻名分，讼棍、书差即从中播弄，罗织多人。甚至遇有无名路毙浮尸，地方棍徒即冒认尸亲，饰词敛费，不遂所欲，即妄行控告。不肖书差，视为利薮，勾结唆使，枝节丛生，富者因之破家，愿者拖累毙命。此等恶习，实为人心风俗之忧。合再声明律例，剀切示禁。

为此示仰阖属军民妇女人等一体知悉：尔等务各爱惜身命，勿因口角细故，逞忿轻生，枉送性命。倘再有以自尽之案，及无名尸身借端图诈，饰词诬告，冀泄私忿者，定即照例严惩。兹将律例罪名开列于后，各宜懔遵！

禁止考生夹带私盐示光绪元年四月

为出示严禁事：

案照庚午科文武两闱，考船带私，聚众拒捕，曾经前署督部堂魁奏奉上谕："着该署督出示严禁，并饬各关卡文武员弁实力稽查，不准有闯卡漏私等事。此次倡首拒捕之武生仇茂森业经格毙，其武生吉殿邦等，即着该运司逐细查明，分别轻重，按律惩办。等因。钦此。"当经通行示禁。

上届癸酉科，经文武员弁督率旱勇炮船，实力扼堵，各该士子均能恪遵功令，颇著成效。本年恭遇恩科，业经通饬淮、宁、扬、通等属及盐属各官，先事预筹，不准江船下场，以杜装私。而江西边界引地，与闽、浙、粤三省处处毗连，邻盐本轻路近，深恐船户人等，勾结刁生、劣监借考夹私，于引岸课厘，关系匪浅。

合行刊示严禁。为此示仰各属士子及军民人等知悉：本届科场，仍应由督销局严饬印委各员协力搜查，无论淮、闽、浙、粤，如有考船夹私，一经查出，盐则抛弃河中，船则立时锯毁。船户、水手解县严办。护私考生，详请一面扣考，一面咨革，如敢聚众拒捕，定当会奏，照例治罪。慎勿以身尝试，自贻后悔。其各凛遵！

禁止炮船带私示光绪元年七月

为晓谕事：

照得皖岸芜湖一带，地方四面通水，毗连宁食各岸。近闻有不法棍徒，假冒军营炮船，往来长江，夹带私盐，沿途洒卖。或借要差为名，不服盘查，以致官岸引盐日形疲滞。亟宜出示严禁，以保课饷。除饬金柱关厘卡及皖省各厘卡，于查捐货厘时，无论何营炮船，一律严密查验外，合行出示严禁。

为此示仰营哨各官及弁勇人等知悉：自示之后，凡有炮船在长江行驶，均不准颗粒夹私，经过各卡，均须落篷听候查验。如有不服盘查及查出带私情弊，定行提辕惩办。其各懔遵！

严禁各项赌博示光绪元年

为严禁事：

照得粤东赌博之风，甲于他省，最为闾阎之害。叠经厉禁，并由东臬司拟将闱姓标、白鸽标、花会山标、田标、屋标、斗鹌鹑、斗蟋蟀及摇摊、揸摊、竹牌、纸牌等项，分别加重罪名，详请具奏在案。

本部堂抵任以来，访察城厢内外，各项赌博尚未敛戢。有闻知查禁森严，忽开忽闭者。有日久照常开设，竟未停歇者。有冒领已封赌馆，从新复开者。各处街道，在在皆有，惟西关一带为尤甚。推原其故，若非该管地方文武以及兵役人等，得受陋规，暗中包庇，各赌匪何致肆无忌惮，阳奉阴违，一至于此！除札车臬司、广州协转饬所属文武分别查禁拿究外，合行出示严禁。

为此示谕阖省军民人等知悉：尔等如有现在开赌或曾经犯赌者，务宜改图别业，勉为良民，慎勿怙恶不悛，仍蹈故辙。为父兄者并宜禁约子弟，安分守法，切勿被人诱赌，流入匪类。倘敢故违，一经访闻，或被告发，拿获到案，定即从重治罪，决不宽贷。各宜懔遵！

变通通省洋务简要事宜条款光绪二年

一、地方官办理中外交涉事件，必须具禀本部堂察核，札行各国领事官。如事关紧急，不及禀请转札，该州县自行照会驻汕省琼领事官，亦应将照会事由禀报本部堂察核。该州县不得径与香港等处各国洋官公文来往，致与条约不符。

一、外国传教士不得在内地置买私产，其有买地建作教堂公产者，务令卖业之中国民人先赴该州县报明。该州县确查所卖之地果系契据确凿，界址分明，本人自愿卖给，与地方并无妨碍，方可交易。其卖契内，应用卖业人姓名，只写立文契人某某卖为天主堂公产字样，不得专列教士及奉教人姓名。倘内地卖业之人，并不赴官报明，私行卖给，即将卖业之人严行惩处。至各属地方，凡非通商口岸，皆系内地，外国商人不得在内地租屋，设立行栈，亦不得在内地置买私产。

一、外国商人及无爵者，赴地方官控诉事件，应用禀呈，其禀函由领事官转递。至外国传教士并非官员，其赴内地，只为传教劝善，不得干预一切别项公私事件。如有执持总理衙门谕单，用禀呈赴诉地方官，确系理直之事，立即秉公核办。若呈递照会文件，干预地方一切别项公私事件，无论是否真正外国教士，其文件即行退还。至内地随同习教之人，别有不法情事，仍应照所犯之案办理，并将所犯情由，声明与习教两无干涉之处，禀报本部堂咨报总理各国事务衙门。凡民间差徭一切公费，仍令内地教民一律应差摊派，其余如迎神演戏、赛会烧香等事，不必强其摊派。如内地教民犯案被控，地方官照例拘传，该教民逃匿教堂，传教士应将其人交出审办，到案之时，跪堂听审。

一、洋人前往各处游历，应将执照交地方官验明无讹放行。如其无照及其中恐有讹误，及有不法情事，就近送交领事官惩办，沿途止可拘禁，不可陵虐。又光绪元年十月间，承准总理衙门摘录各国游历专条，并将条约中字义及未尽事宜，详晰注明，咨行到粤，业经分别刊印颁发在案。各州县官吏，务宜随时阅看，悉心体会，以免办理失宜。至游历之洋人，无论教士、商民，该州县只应保护，不得无故与之会晤往还。又日本国游历之人，不得借词久住内地。各国洋人事同一律。该州县应随时查察，如有游历洋人托故久住内地者，一经查出，即飞报本部堂，以凭核办。惟传教士安分劝善，别无他故者，不在此列。

一、洋人船只在内地港口遭风搁浅，应即妥为救护弹压，乡民不得抢掠货物，拆毁船只。倘有借端抢毁之案，或洋船在中国洋面被盗行劫，附近文武员弁，一经闻知，立即上紧严拿贼匪，将追出赃物缴送领事官，转给事主收领，但不得赔给银两，致与条约不符。

一、无约之国，不得招工。其有约之国，欲于各州县地方招工出洋，该州县即查明一切事宜，与同治五年总理衙门咨行招工章程二十二款，并同治十二年前部堂核定招工公所事宜四款，是否符合，飞速禀报本部堂，听候核明饬遵，各州县不得于未奉批饬之先，遽行开办。又秘鲁国虽已换约，仍不准招工。

一、英国、法国、美国即合众国、俄国、比国、日本国、日国即吕宋、义国、奥国、和国即荷兰、丹国、德国即布国、瑞威敦国、瑙威国，以上共十四国，均已立约互换，遇有交涉事件，俱应按照条约办理。此外各国间有已立条约尚未互换者，即与无约之国同，其所立条约，不得援引。再，秘鲁国现虽换约，尚未刊刻通行，其国人请照游历，应照换约各国一律办理。惟奥国、秘鲁国条约内，并无准其传教明文。如有奥国、秘鲁国人在内地传教，该州县即妥为阻止，一面飞禀本部堂核办。

严禁械斗示光绪二年

为严禁械斗以重民命事：

照得粤东民情强悍，每因细故微嫌，或争山地，或争田水，彼此负气相持，遂致固结不解，甚或焚烧房屋，掳捉人口，报复频仍，酿成重案。被杀者既死，非命杀人者即须抵偿，即令有钱买凶，亦已敲精吸髓，一经问官审实，仍属不免刑诛，至其户族之株累无穷，竟有先凶手而拖毙者。言念及此，悯恻良深。

本部堂历任广西、江西、江南各省，每见两姓互相仇杀，未有不家破人亡，同归于尽。所争山水，亦皆无人管业，日久荒芜，或仍被他人霸占，即有一二孑遗，寡妻独子，方且饮泣吞声，无能为力，岂非所争者小，所失者大乎？兹自下车以来，披阅案牍，除潮州一属，经署潮州方镇痛加惩办，稍知敛戢外，其余各属据报械斗之案，层见叠出。揆厥所由，蚩蚩愚氓，罔知利害，必有不法匪徒，幸灾乐祸，从中主唆把持，并有在旁帮助，以致邻里视同吴越，亲戚变为寇仇，败俗伤风，莫此为甚。查例载：械斗纠众至一二十人以上，致毙彼造四命以上者，主谋、首犯拟绞立决。三十人以上，致毙彼造四命以上，不及三十人而致毙彼造十命以上，首犯拟斩立决。四十人以上，致毙彼造十命以上，或不及四十人而致毙彼造二十命以上，首犯斩枭。若致毙彼造一家二三命，主谋、首犯各从其重者论。随从下手，伤重致死者，各依本律例拟抵。立法何等森严，岂容轻于尝试！诚恐无知之徒，不谙法律，仍复狃于积习，身蹈刑章。亟应申明定例，剀切晓谕。

为此示谕阖省军民人等知悉：尔等务须洗心革面，痛改前非，遇有互争山地田水，以及一切事件，随时经投公正绅耆，妥为调处，即或曲直未分，亦应控官讯断。若使争雄角胜，必致两败俱伤，切勿听人主唆，自贻伊戚。为父兄者，尤宜随时劝诫约束子弟，勉为良善，勿令滋生事端。倘再怙恶不悛，仍前藐玩，定即执法从事，并查拿主谋唆使之人，以及帮助逞凶者，从严惩办。该父兄等约束不严，同干未便。如谓村大人众，地方官无如我何，本部堂即行派拨重兵，前往剿捕，后悔无及，勿谓言之不预也！

劝诫军民勿行抢劫示光绪二年

为严禁抢劫晓谕愚民及早改恶从善以保身家事：

照得蝼蚁尚且贪生，人即冥顽，亦当爱惜性命，岂容为匪作歹，以身试法？查定例：强盗行劫及纠众持械抢夺，伤人得财，不分首从，及在外接赃，概以斩决。若行劫三次，伙众四十人以上，及行劫而又掳人勒赎，及在洋劫掠者，从重拟以斩枭。立法何等森严，断罪难以轻减！

本部堂莅任以来，披阅案牍，近年各路及省城拿获盗犯，讯明正法者共有数千名。杀戮如此之多，瘐毙在狱者亦复不少，抚躬循省，不觉为之恻然。因思鸣镝探丸之辈，必系年富力强之人，如果务正业以谋生，未始不能自给。即使上有父母，下有妻孥，但能克俭克勤，亦足以资养赡，何乐为此害人之事，适以自害其身？大抵游荡性成，是以甘为劫掠。当其发囊胠箧，转以绿林自豪。抑知被获之时，如缚鸡鹜而牵羊豕。拷讯之时，五木并施，欲求速死而不可得。监禁之时，囚米数合，度日如年，而且鞭扑频加，无殊地狱之苦。正法之时，始而魂魄飞越，继而腰领分离，卒至枭首陈尸，以饱鹰犬之腹。似此身罹显戮，死被贼名，玷辱祖先，贻羞乡党，则何如食力作苦，自有生活之资，即托钵吹箫，犹可以全躯度日耶！本部堂现饬各起缉捕，分定地段，以专责成，并严定功过章程，当不至如前玩忽。又令各属联防自卫，与官捕互为声援，该盗匪等纵有飞走之能，谅亦难以漏网。第念百物恶伤其类，何况于人，何况于吾之赤子！本部堂不能化民以德，窃冀感人以言。

合行出示，剀切晓谕。为此示谕阖省军民人等知悉：嗣后尔等务须安分守业，勉为善良，已犯者及早回头，未犯者慎毋失足。如再执迷不悟，故智复萌，必至自蹈典刑，后悔无及。该户族里邻人等，耳目切近，定能预先觉察，亦当互相训诫，使之革面洗心。倘若劝诫不从，尽可据实禀首，如与徇情故纵，诚恐不免株连。本部堂执法如山，虽有哀矜之心，决无宽纵之理。遇有事主指控，或由访闻获案，一经审实，定即尽法惩治。惟不忍不教而诛，用特谆谆诰诫，尔等各宜懔遵，勿负苦口良言，致失本部堂爱民之至意。

禁售淫词小说及演唱淫戏示光绪二年

为示禁事：

照得小说淫词，有干例禁，凡刻印市卖者，应拟徒流，私行买看者，亦应满杖。至乐人搬做杂剧，定律只可妆演忠孝节义，劝人为善各种戏文，仍不得唱演夜戏，违犯者各有应得之罪。定例之严如此，皆为风俗人心计也。

本部堂访闻省城内外以及佛山等处地方，每有嗜利之徒，刊刻小说淫词，印售渔利，又因坊肆不肯出售，辄于市上道傍摆摊卖之。并访闻各属戏班，所演杂剧，类多邪淫猥亵，悖谬荒唐，以逾墙钻隙为风流，以犯上作乱为豪侠，往往连宵彻昼，男女聚观。凡此两端，均属显违功令。其中事多荒谬，在读书明理者，原共知其谬妄不经。惟夫乡曲愚民，知识侗蒙，性情浑朴，初不辨事之真伪，理之是非，此等小说戏文，最为易知易解，往往见闻所及，历久不忘。耳濡目染之余，遂有心慕力追之意，导淫诲盗，未尝不由此而来。干法纪而不知，蹈匪彝而不悟，迨至陷于罪罟，害及身家，欲回首于迷途，已噬脐之无及。是此二者，其事甚小，其端甚微，其为害于人心风俗者甚大，若不亟行查禁，何以端习尚而杜回邪？除通饬各属查拿禁止外，合行出示晓谕。

为此示仰所属士商、军民、铺户诸色人等知悉：嗣后刻字工匠，以及坊肆贸易之人，只许刊卖经史等项书籍，其各种淫词小说，不得刊印出售。即士民之家，亦宜约束子弟，不得私行购阅。至戏班搬做杂剧，只准扮演忠孝节义，劝人为善各种戏文，其或事属诙谐，尚足以资鼓掌，至涉奸淫邪盗者，一概不准演唱。倘敢违犯，即由地方官严拿治罪，并将板片、戏具立予毁除。本部堂为风俗人心起见，不惮言之谆谆。其各懔遵！

禁止关役扰累示光绪二年

为晓谕事：

照得关税之设，原所以裕课通商。客商漏税走私，例应究罚，如巡役人等，借端扰累，亦为法所必惩。同治四年间，渡夫林瑞云等以查私株累等情，控经前部堂，饬据藩、臬两司详称：“商客人等附带货物，均系自行封固，亦系自行投税。如内中夹带走私，渡夫无从查察，同渡商民亦无由知悉，一经拿获，概被株连，不足以昭折服。嗣后各铺店及商民人等，将货交与渡船附带，经关口查有私货，渡夫并不知情者，只将犯私之铺店、商民名下货物入官，并将犯私之人解办，他人货物免议。倘渡夫知情故纵，或自行载运，即将渡船及自带之货物全行入官。其客商附带者，仍一概免议。”等由。详经前部堂通饬遵照在案。

查前项详定章程，酌理准情，毫无偏纵，关口巡役人等，自应永远遵行。兹据举人吕乾等具呈，迩来各关口人役，凡遇渡船经过，查有货色不符，不问何人货物，辄将渡船及别客附搭之货，一并带省扣留，任意株累，呈请申明旧章，严行禁止前来。除批揭示并移咨粤海关监督一体查禁外，合亟出示晓谕。

为此示谕关口巡役及客商、渡夫人等知悉：嗣后渡船经过关口，查有夹带私货，如果渡夫及同渡商民并不知情者，只应将犯私之人名下货物入官解办，其渡船及他人货物不得任意株连。倘敢故违定章，借端扰累，一经发觉，定将该巡役人等从严究办，决不姑宽。至客商、渡夫人等载运货物，亦宜据实报税，毋得夹带走漏，致干究罚。其各懔遵！

仿照三江两湖章程设会育婴示光绪二年

为出示晓谕事：

照得化机亭育，征大德于穹苍。圣训昭垂，喻诚求于保赤。同在元造生成之内，宜廓吾儒胞与之怀。实难已于矜慈，用特申夫劝勉。

本部堂莅临炎峤，诹度舆情，访闻粤东颇有溺女之风，而嘉应、惠州为尤甚，因恐女多为累，往往堕地不留。同此人情，孰无天性，岂共甘于捐弃，竟相习于凶残，无非忧食指之难供，遂为此忍心之过举。即使绳以官法，接其初生，而饥寒疾疢之交侵，药饵衣襦之不备，虽复少延岁月，暂活微荄，究之不耐风霜，终成枯落。是欲计保全之法，必先谋鞠养之方，此育婴堂之所由设也。惟是婴堂之建，多在城市之间，僻壤遐乡，势难遍及。又或章程未善，经费不充，收养亦属无多，善举终成虚设。本部堂兴言及此，恻然伤之。念欲济夫群生，势必资夫仁术，则有一善法于此，为尔等一详言之。

查三江两湖等处，收养婴孩，向有一文会、六文会之举，每人日捐制钱一文者谓之一文会，六文者谓之六文会。或捐百十会，或捐三五会，悉听其便。或捐数年，或捐数月，亦所不拘。捐项积少成多，即以为养济本处婴孩之用。仍举公正董事司其出纳，收得捐项，即交本婴父母分领，以为婴儿裙襦粉饵之需。至每月给钱若干，给至几年为止，悉由董事妥为斟酌，以免虚糜。既不必专建婴堂，多延乳媪，则费用无虞短绌，而孩稚皆获全生。且以是法行之，骨肉自为鞠育，则虚冒者少矣。捐项不拘成数，则乐输者众矣。耳目近在一乡，则侵渔者寡矣。事非难举，人尽可行，既有规模，亟宜仿效。况粤东闾阎富庶，市易殷繁，岂无席丰履厚之家，肯为乐善好施之事？用加敦勉，俾广仁施。除通饬地方官劝谕绅民速为举办外，合就出示晓谕。

为此示仰阖省绅士、商民人等知悉：尔等当体好生之至德，慕慈幼之前规，仿照一文会、六文会章程，裒集众资，助成美举，起婴娩于垂死，免夭札于初孩。勉思亲亲而爱物之言，庶几幼幼以及人之义。乐取于人以为善，勿吝解推。好行其德者必昌，可占康吉。将见世登仁寿，气召和甘，本部堂拭目俟之矣。

琼州海口设立新关征收洋税谕光绪二年

为出示晓谕事：

案照光绪二年正月二十七日，承准总理各国事务衙门咨开："据总税务司申称：'琼州口岸通商一事，拟以现任台湾关税务司博郎派充琼州税务司，俟抵任后，应责成会同地方官就近商拟章程，申明酌核。'等情。查琼州一口，作为通商口岸，载在咸丰八年条约。同治十一年，两广总督咨称：'海口距琼州府城十余里，应以该处为各国通商口岸。开办之始，租用民房，为洋人居住之所，俟一年后，再行租地开造洋楼。惟应查照英国卜大臣通行明文，不准各洋商在内地开设行栈。又洋商船只起下货物，完纳税钞，照潮州新关章程办理。'等语。应如所拟办理，均俟开办后先行试办一年。此外引水章程等事，应令博税务司等于开办后一并妥议，由总税务司申报本衙门酌核。相应咨行转饬该地方遵照可也。"等因，承准此。业经转行地方官一体遵照在案。

兹查琼州海口税务司博郎，及署琼州领事官佛礼赐现已抵粤，于本年二月二十六日、三十日先后由省起程前往琼州，经本部堂查照汕头新关成案，会委候补同知齐毓樨会同博税务司前往海口地方，将新关收税事宜，妥为开办，并札饬雷琼道，凋有中外交涉案件，与佛署领事查照条约，秉公办理。

查琼州海口通商，载明条约，现在设立新关，专为稽征各国商船进口、出口货物，与华商生理并无干碍。除饬该委员等会同地方官妥为办理外，合就出示晓谕。

为此示谕该处诸色人等知悉：尔等各宜安分营生，毋得造言生事。如与洋商买卖货物，务须公平交易，不得欺诈取财。倘有不逞之徒，借端滋扰，定即严拿重究，决不姑宽。各宜懔遵！

谕军民人等毋听逆匪勾引滋事光绪二年

为剀切晓谕事：

现据惠州府会营禀报，访闻有外来匪徒在归善县属水口、合山门等处，借募勇为名，勾结土匪滋事，即经拿获匪犯余德明一名，据供：有张国芳称说，现在清远之李天参已暗约头目多人，令伊到东江招匪起事，约会北江各匪同攻省城。伊一时误信，就于归善辗转纠邀。等语。随又饬据清远县营将李天参拿获，先后解交广州府审办在案。

查该匪等形同叛逆，自外生成，实属罪不容死。然察其初念，岂不知大股发逆、捻逆均经荡平，内地一律肃清，防军仍未全撤，今忽揭竿起事，不啻以卵撞石，以毛扑炉，特以无赖之尤，计敛资财，以自供养，并冀乘机掳掠，得以饱扬，若遇兵勇围拿，或先经发觉，彼自恃其狡兔之技，希图漏网，而以愚笨委之官军。由是捏说气数天文，假托鬼神仙佛，甚谓不早入伙，将来为其所残。而蚩蚩之氓，被其胁诱，致蹈刑辟，情实可怜。本部堂不忍不教而诛，用特申明告诫。除严饬地方官严密查拿外，合亟出示晓谕。

为此仰阖属军民人等知悉：尔等务知顺逆祸福，各自安分守法，毋为该匪徒等煽惑，以罹重罪，首领不保，家业败亡，父母妻孥悉受株累，兴言及此，可勿悚然。即此次误听李天参等纠邀者，亦即回头猛省，果能改恶从善，尚可宽其既往，予以自新。尔父兄绅耆，尤当严束子弟，劝谕乡人，毋得误入迷途，陷于大戮。如将该匪徒等捆送，或报官引拿，定行从优给奖。倘敢甘心从逆，一经破获，即当按律严惩，约束不严之犯族绅耆，亦当治以应得之罪，决不宽贷。各宜懔遵！

严饬勇丁恪守营规示

光绪二十年十二月十三日

为晓谕事：

照得行军必先纪律，剿寇为安地方。本大臣奉命督师，每于将弁进谒之时，无不谆谆告诫，约束所部，恪守营规，不准稍涉滋扰。惟现闻游勇甚多，每每强占民房，抢夺物件，肆行无忌，即各营勇亦不免有出外为非，以致商人失业，民不聊生，深堪痛恨！应即责成各军营哨及各州县官，随时查拿驱逐，以靖闾阎。除分别咨行饬遵外，合行出示晓谕。

为此示仰各该商民人等知悉：以后如有营勇、游勇占踞民房，恃强滋扰情事，即由各该商民就近禀请营县严拿惩办。倘该营县稍涉宽纵，坐视良懦受害，本大臣一经访闻，定行分别撤参。其各懔遵！

招抚海滨游勇示光绪二十年十二月二十六日

为晓谕招抚事：

本大臣访闻各军散勇、各处游勇，以及沿海民人，多被倭寇掳胁，勒令剪发涂面，驱之向前，以撄锋刃，或令搬运资粮子药，捶楚横加。该勇丁、民人计欲走回内地，径投官军，又以形貌不同，恐被诛戮，进退无路，深可伤嗟！本大臣业经严饬各营，遇有逃出勇丁、民人与临阵释械乞命者，但系中国口音，无论是否剪发涂面，一概不准妄杀，派员护送行辕，验问明白，即当挑选入伍效力，否则资遣回家，务令得所。

除分札各营外，合行出示谕抚：尔被掳胁人等，其各猛省，自觅生机，毋得观望，甘为敌用，致被反叛之名，而罹噬脐之祸，有负本大臣救全苦心。速速懔遵毋违！特示。

禁止掯拉车辆示 光绪二十一年正月初二日

为出示谕禁事：

照得现在调赴关内外防剿各军，一切粮饷器械，均由各处转运局雇车搬运，需车甚繁。各营于此等运送饷械车辆，自当随到随时放回，以便辘轳转运。乃近闻各营勇竟有于车辆到营后，即掯留不放，或将回空之车及民间车辆，自行乱拉装运物件，以致民车畏匿逃亡，不特有碍转运事宜，亦无以安民业，实属不成事体，亟应禁止。

除分别咨行饬遵外，合亟出示谕禁：以后各该勇丁等，不准再蹈前辙。如敢故违，一经查觉，定干究处不贷。其各懔遵！

通谕军民公平交易示

光绪二十一年正月十五日

为出示晓谕事：

照得行军以纪律为先，岂容稍有侵扰？刻下关内外大兵云集，各统领自必严行约束，以靖闾阎。第以营勇众多，未必人人守法，并恐外间游匪假冒恣横，大为地方之害。

本大臣莅关伊始，合亟出示晓谕。为此示仰军民人等知悉：

自示之后，无论营勇、游勇，如有强买物件，占住民房及一切不法情事，一经该民人等来辕喊控，或别经发觉，定将该滋事勇丁按律惩办，并将该管统领、营官参处，断不宽贷。尔民人等，其各照常安业，卖给营勇食用各物，一切公平交易，亦不得抬价居奇，致启争端。懔遵毋违！

严禁典当军装示光绪二十一年正月十九日

为出示晓谕事：

照得本大臣访闻各营兵勇，竟有典质洋枪，及所领皮衣强令各当铺收受之事，深堪痛恨！除饬营务处严密查拿，并行各统领自行严禁外，合亟出示晓谕。

为此示仰各营兵勇知悉：自示之后，如敢再赴当铺及别项铺户典质洋枪或所领皮衣者，一经当铺扭禀，或别经查出，定即严办不贷。如当铺人等含糊收受，或知情不举，亦即一并惩究，决不姑宽。本大臣言出法随，毋谓诰诫之不豫也！

申明军中纪律示光绪二十一年正月二十三日

为出示晓谕事：

照得各路大兵云集榆关，勇多人杂，若非申明纪律，必至肇衅生端。

各统领及营哨等官，务须加意操防，将各兵勇每日点验两次，务令在营练习技艺，以期纯熟而资钤束。每哨轮派数人买办食物，给予牌票，以便稽查。无事不准出外闲游。其有事出营者，遇见地方官及各带兵官，即应退避路旁，毋许直前冲撞。至待本地人及别营兵勇，亦应各存礼貌，务在彼此谦和，不得恃有护符，欺压良懦，并不得各存畛域，蔑视同袍。倘敢结党成群，倚强陵弱，甚至赌钱酗酒，争斗喧嚣，一经查明，定将本人严办，并治该统领及该营哨官以应得之罪。

除本大臣亲兵营哨另谕管带官严行约束外，合亟出示晓谕。其各懔遵毋违！

严申渔团赏罚示光绪二十一年二月初六日

为出示晓谕事：

照得海滨捕鱼船户，良莠不齐。值此有事之时，其良者可以助剿协防，其莠者即难免藏奸济匪。前经本大臣札饬沿海府、厅、州、县，及各防营举办渔团，取保注册，该地方官等业已分途办理，亟应旌别淑慝，树之风声。以后各渔船于海上平静之日，朝则出海捕鱼，暮则进口湾泊。若遇寇氛逼近，即应收船进口，齐集渔团公所，领取器械，随同防守。如暮夜仍在口外，及有警时私自驶出海面者，均由地方文武各官及渔团绅董查明禀办，治以应得之罪。倘敢藏匿奸细，接济敌人，或告以水势浅深，或代为暗中摆渡，一经访查明确，定饬严拿到案，取具供证，立正典刑。其原保各家，一律照例连坐。除分别咨行遵照外，合亟出示晓谕。

为此示仰各渔户人等知悉：尔等食毛践土，久沐皇仁，自应激发天良，共图捍卫。如能斩获倭人首级，及望见倭船报信得实者，本大臣定行分别给赏。如犯以上所戒各条，亦定行执法严惩，决不宽贷。顺逆祸福，如影随形，尔等其各善自为谋，毋贻后悔。懔之，切切！

行营津贴米价示光绪二十一年二月十八日

为晓谕事：

照得本大臣年前在京奏陈事宜八条，内有请给津贴一条。嗣以关内外兵勇云集，粮价日昂，不独远省调来之勇糊口维艰，即近地招募之营亦虞食贵。咨呈督办军务处，拟请凡征调各营勇丁，无论关内关外，一律津贴米价四成。其在粮台领米者，将来扣价少扣四成。其由各军自行办米者，将来于月饷外另给米价四成。由各原省发饷者，此项津贴银两，由各省核办。由部发饷者，即将此项津贴，归部核办。明定章程，以昭公允。兹经督办军务处核准，自本年正月初一日为始，一律照办。

又柴草一项，按每营五百人，每月津贴银二百两，不及五百人者，照数核减，均由各该粮台随饷支给，亦于本年正月分别咨行在案。

合亟出示晓谕。为此示仰各勇丁知悉：自示之后，尔等均应力图报称，仰答皇仁。如有该管统领、营官，克扣侵吞，图饱私橐，准尔等据实呈控，本大臣定行澈底查究，分别参办，决不姑贷。特示。

游勇速归乡土示光绪二十一年四月二十三日

为出示晓谕事：

照得本大臣访闻近日关内外游勇甚多，不但生事扰民，甚且放飘结会，若不严行禁止，贻害何可胜言！

查游勇本系良民，远来投效，未曾补粮，或因误公革退，亟应早归故里，另觅生涯。乃竟游荡他乡，渐成匪类，自投法网，甘蹈危机，愚蠢至斯，良堪悯念！本大臣不忍不教而诛，除分饬巡查委员及各营统领严密查拿，并令地方官认真办理保甲外，合亟出示晓谕。

为此示仰游勇人等知悉：自示之后，务须安分守法，迅速归家，力图正业。倘仍不知改悔，私在城乡潜匿，暗与会党结盟，一经访闻，或被告发，定行严拿惩究。法令森严，慎勿以身尝试，懔遵毋违！

遣撤近畿防营示 光绪二十一年五月三十日

为晓谕事：

照得防务渐定，奉旨将各防营分别裁并，自应钦遵办理。查闪镇殿魁所招十营，均系近京民人，应即先行遣撤，俾得各安本业。所有车驼、枪炮一切军装等件，由统领、营官全数收缴。各弁勇应领饷项，前据该镇呈报，已发至五月底止，闰五月饷银，亦经领到，应截至遣散之日为止，将正饷发足，另给恩饷一月，以示体恤。如果该军所领闰五月饷银，抵发恩饷尚有缺欠，该镇应即赴东征粮台，如数补领散放。该弁勇等领到正饷、恩饷，务须安静归家，守分营生，毋得沿途滋扰，致干拿究。

合行出示晓谕。为此示仰该弁勇等一体知悉，懔遵。切切！

海道回防勇丁不给恩饷示

光绪二十一年九月初八日

为出示晓谕事：

案准督办军务处查询恩饷章程一案，当经转饬酌核去后。兹据办理湘军粮台会同营务处详复：“数月以来，遣散营勇，无论由海由陆，直省恩饷一月，远省恩饷两月，历经办理在案。惟回防之勇，由陆路撤回者，给予口粮一月，以作川资。由海道撤回者，轮船水脚出自公家，所费已巨，以后月饷照旧开支，自不应再给恩饷，免致大部驳饬，将来有追缴之累。商之各统领，意见相同。其前此各统领有已领者，应请咨行留防省分，于月饷内核扣归款。并恳迅赐出示，晓谕各营勇丁，一律周知。”等情。到本大臣。

据此，除批示并分别咨行外，合行出示晓谕。为此示仰由海道回防各勇丁一体知照，其各懔遵！

补过斋文集

补过斋文集卷一

论东瀛事

自古人主抚有国家，不在矜智力而逞威权，惟在法祖敬天，神人允洽，方可永固丕基，克昌厥后。今日本一变旧俗，削诸侯而揽大政，修武备而并邻疆，虎视东洋，莫不以为大有为之主矣。而自有识者观之，实与战国赵武灵王无异。

夫日本效法泰西，则通商裕课以富国，可也。制船造炮以强兵，可也。至于文物衣冠，各国自有祖宗制度，泰西之为泰西，并不在此，日本之效法泰西，又何必在此？乃并其冠履衣裳以及文字语言，亦改其旧而从之，试思岁时祭祀，入祖庙而骏奔走，执豆笾睹先王之像，能无爽然若失乎？

大泰西之所以富强者，内则安民和众以固国脉，外则讲信修睦以联邦交，一切举动，皆合乎万国之公法，是以攸往咸宜。有时举兵相攻，亦不过议和赔饷，如德之与法，胜败既分，一经讲解，便即退师，除索取兵费外，仅割蔑土等，两郡本系德之旧物，于法尺寸无损焉。又或有不能自治其国，则相与纠正之，如英法等国之于土耳其，并未利其土地。此外，泰西各小国，或百十数里，或数百里，胥倚各大国如泰山焉，而各大国或待为与国，或抚为属国，有罪则讨之，服罪则舍之，要皆维持保护，使之各君其国，各子其民，列之于朝聘会盟，无相侵夺。呜呼！此泰西之所以为泰西也。今日本王既法泰西，曷不法其字小之义？而乃于琉球肆其荐食。夫琉球如有虐政以自害其国，灭之可也。琉球如有违言以害于日本，灭之亦可也。今琉球王未闻失德，其国并无内乱，且于日本为不侵不叛之臣，乃横见吞噬，其如万国公法何?窃以为，日本之并琉球，实则贪其土地耳。以琉球托命于日本，供其赋役，奉其号令，时遣王子入朝，如此其恭顺者，亦望日本有以覆翼之。乃人方依我，而我灭之，则不仁甚矣!

琉球臣事中国已五百余年，近又与美国、法国、荷国立约通商，夫忌器者不投鼠，爱屋者并及乌，今日所为如此，与各国盟好之谓何?是又不义之为也。琉球本一弹丸小国，从来不设兵卫，以示无猜，今日本不折一矢，唾手得之，如夺小儿之食，不得为武。琉球虽自主之国，其实则日本外府也，存亡惟命，予夺惟命，即不降为郡县，又与郡县何异?且琉球近于日本，惟日本得而有之，非若宋、郑之于晋、楚，我不早取，人将我先。又琉球积弱之国，与日本各为一岛，决无反噬之虑，非若吴之于越，天与不取，转受其咎。然则琉球一几上肉耳，日本盍不存之以为名，况有小国而后大国益尊乎?乃狡焉思启，废其二千余年之宗社，使琉球神人怨恫，似非计之得也。

夫三户足以覆秦，一旅足以兴夏，琉球若能卧薪尝胆，难保不为后世之患，智者固如是乎?桓公存三亡国为五霸长，今日本将称雄海外，而无故兼并琉球，殊计之左耳。诗曰:“控于大邦，谁因谁极?”自伤无有能拯其危也。今中国与泰西各大国之力，皆足以敌日本而庇琉球，傥有申包胥其人，吾知中国与泰西各大国，必有能仗义执言，以兴灭继绝为事，断不坐视琉球之终于覆亡也。

论中俄新约事

谨案：光绪六年中俄之事，群起纷呶，初若酒狂，继同梦呓。何以言之？崇使与俄王面定之约，照万国公法，一年后尚可更改，并非铁案难移。《礼》：“大夫出疆，有可以利社稷者，专之可也。”崇使违命，是其识见之谬，而其心无他。即使在律应诛，而俄王与国之君，未免投鼠忌器。乃新约可改而不待改，崇使不必诛而必欲诛，是明与俄王为难，而激之使斗也。兵凶战危，圣人用之于不得已。俄国之强，甲于西土，疆域与我毗连，二百数十年来，和好最久，何故一旦自我启衅，横挑强邻？论当日情形，其胜负不待战而已决。

余至都门，闻中枢之言曰，西路沙漠一片，蒙古足以支持，但得北王一巡，犒银二十万，鼓励其气。东三省凡有人来，均谓俄人无能为厉，得银百万，则战守有资，当如数予之，责以自固其圉，如此筹画，果足以御俄人封豕长蛇乎？近畿一带，并无重兵，所调楚、皖各军，秋后始到，则四、五月内议战之时，其空虚可想见。天津虽有马步各队，当强敌压境，恐兼顾为难，万一变出不虞，将蹈咸丰九年覆辙。在少年新进，衅勇啬祸，借以自立功名。抑职在建言，借题作文，无非快其笔舌。甚至脑烘荒诞，肉食糊涂，好袭陈腐之词，习为夸张之态。或谓情愿亡国，而不可与俄议和。或谓情愿新约全依俄王，而崇使不可不杀。又谓一杀崇使，足以震慑俄人，听我之命。又谓俄王当泥首请罪，祈免天诛，何敢过问崇使之事？凡此数端，固不足辨。乃有身膺柱石之寄，久历戎马之场，外强中干，故作豪语以附和言路，自取名高，遂使遂影，随声之流，借口沸腾，肆无忌惮，是岂公忠体国之大臣、老臣所为耶？其论敌也，则谓回匪尚经扑灭，何有俄人！以俄比回，是以干将比铅刀也。又谓及此行威，痛予惩创，以后不敢鸱张，真是大言欺人者。元老尚然，国是何赖？

余与崇厚素无交情，仅于过香港时一通尺素。南洋办理交涉，究是封疆外吏，尽可守局一隅，不必与闻大政。第以入觐在都，崇使之狱已急，目击狂瞽之说，上动天聪，万一手滑或日久相持，必至酿成巨患。自维受恩深重，何敢坐视时事败坏，噤无一言！是以身冒不韪，出头排解，冀全和局而弭衅端，岂为崇使一人计耶？一时名流，莫能相谅，知好如李仲约，犹斥余为秦桧，余不胜愤，手书廿七纸答之，仲约亦释然。迨后事定，始叹余有先见之明也。

余旋为言路龂龁，决计抽身。枢廷谓其能断大事，嘱李中堂两致手书，促余入都。不知耿耿之私，原为国事起见，虽身负重谤，但得中俄无事，时局复安，则已至快至足。众人之毁誉何恤焉？一身之去留奚计焉？

息邪说论

本月初五日新闻报载：“康有为逆书腾其邪说，冀欲离间我两宫，并欲启衅于外人，以乱我中国。其用心至毒，其为计至愚，徒自彰其背叛之罪而已。”呜呼！上天佑我大清以安中国也，上天生我皇太后以保大清，亦以安中国也。我中国历代以来，每遇人主幼冲，母后临朝称制，垂为令典，史册昭然。其最贤者，如汉之明德马太后，宋之宣仁高太后，称为女中尧舜。维时国家全盛，易于守成，未若我皇太后运际多艰，势成孤立，卒能拨乱反正，以奠磐石而固苞桑，功德之隆，超迈千古也。

咸丰十一年，我文宗显皇帝热河驻跸，龙驭上宾。穆宗毅皇帝年仅七龄，继统嗣位。尊圣母为慈禧皇太后，与慈安皇太后一同听政。同治改元，肃顺诸人以顾命之重，凭恃亲贵，植党专权，不啻城狐社鼠。京师则有英、法、美各国，甫经议和，人情惶惧。加以洪逆久踞江南，攻陷苏、杭各省。河南、山东、直隶捻逆窜扰。陕、甘、新疆、云、贵回逆、苗逆披猖。两广、两湖又时有土匪出没。天下几无一块干净地。大局岌岌莫支，我皇太后圣明独断，毅然回銮，首锄内奸以清根本，修好外国以定人心。任用曾、左诸帅，分道进兵，赏罚严明，军情鼓舞。不数年间，荡平诸逆，克复各城，大功告成，而后归政。是皆中外所共见共闻，非我皇太后之力，曷克臻此？

同治十三年，穆宗升遐，天崩地坼，前星未耀，主器无人。我皇太后挥泪择贤，援立今上，入居宸极，年仅四龄。劬劳之恩，比先朝为尤笃。迄今二十四载，两宫慈孝相孚。此次变法自强，事体极为重大，深宫商酌可否，所以慎始图终。乃狂悖如康有为、谭嗣同等，遂怀猜忌之私，敢为劫制之计，变生肘腋，祸起萧墙。九庙在天之灵，幸而阴谋早败，我皇上赫然震怒，将谭嗣同等立正典刑。而康有为漏网余生，犹敢肆其诬蔑，登之日报，意在造谣惑众，以图死灰复然。不知是非好恶之公，人所同具，无论中国官绅士庶，见此报者，莫不切齿裂眥。即各外洋文明之邦，皆知尊亲大义，亦讵信此乱臣贼子之说？

我皇太后训政以来，于新法诸事，如各军营改练洋操，各省添设中西学堂，以及农工商务，莫不勤勤恳恳，饬令认真举行。其于保护教堂、教士，优待洋官、洋人，不啻三令五申。是皆钦奉懿旨，班班可考者。而康有为无端毁谤，实属自画供招，其仇视我皇太后，无非仇视大清。观其结会，谓保中国不保大清，中怀不轨，肺肝如见。第以有我皇太后在，则我大清未可图也，抑知我大清国势虽弱国，祚方长乎！

谨就上天之所以眷佑我大清，迥殊前代者，略举数端：自古经营大业，必待长君。我世祖章皇帝以冲龄开创，我穆宗毅皇帝以冲龄中兴，古有之乎？无有也。三代下人主在位，鲜过五十年者。间有享国长久如梁武帝、唐玄宗、元顺帝，而末路不堪。我圣祖仁皇帝在位六十一年，我高宗纯皇帝在位六十年，四海清宴，坐享太平，古有之乎？无有也。西汉、东汉判然两朝，以后如晋，如梁，如唐，如宋，虽有兴复之功，是非偏安，便成残局。我朝同治年间，次第规复各省及新疆诸城，中外肃清，金瓯无缺，迄今三十余载，依然一统河山，古有之乎？无有也。我大清上承天眷，以有中国，取之于贼，非取之于明，为中国除贼去暴，其主中国也固宜。三百年间，深仁厚泽，浃髓沦肌，已于南皮张尚书所著《劝学篇》、端京卿所著《劝善歌》详言之矣。呜呼！我大清之抚驭中国如此，上天之眷佑我大清如此，则我大清亿万年丕基方兴未艾，凡觊觎非分者，鉴于康有为当废然自反矣。

兹谕恭纪：

甲午十二月朔日入觐，蒙皇太后召见养性殿，略问江南及沿途情形讫，谕曰："尔此来系出我意。日本之事，李鸿章固办理不善，而言者谓其有异心，未免太过，尔以为何如？"坤一对："诚如圣谕。"又谕："我赏李鸿章内帑银二十万作军饷，言者遂谓我捐存银数百万，不思我存银何用？前代后妃多顾外家，我外家衣食粗足，谁不知之？"又谕："我本年六十生辰，原饬内外诸臣不许上礼，尔何竟至过费？"对曰："臣芹献微忱，乃蒙赐予甚厚，尚求赏一御笔字画，以便朝夕瞻仰。"谕曰："本意就要赏尔。"

二十一日出京，请训。仍召见养性殿，慰勉甚至。嗣因论及安御史前奏，太后以其辞涉离间，怒甚。至追念文宗、穆宗，不胜悲感，数数以褒拭泪。坤一奏曰："言官措辞过激，意在纳忠，或者借沽直谏之名，断不敢稍涉离间。臣所虑者，不在外庭而在内庭。寺宦多不读书，鲜知大义，以天家母子异居，难免不以小忠小信，往来播弄是非，不可不杜其渐。"语未毕，太后谕曰："我不似汉太后，听信十常侍辈，尔可放心。但言官说我主和，抑制皇上，不敢主战，史臣书之，何以对天下后世？"对曰："和战国之大事，太后、皇上均无成心，天下后世无不共谅。但愿太后始终慈爱，皇上始终孝敬，则浮言自息。"因历述宋英宗、明神宗两朝事，太后谕曰："听尔所陈，我亦释然矣。皇帝甚明白，甚孝我。每闻军前失利，我哭，皇帝亦哭，往往母子对哭。我甚爱皇帝，在前一衣一食，皆我亲手料理，今虽各居一宫，犹复时时留意，尔可放心。尔如此公忠，诚宗社之福。"奏曰："臣老病无能，难以图报万一。"谕曰："尔居心忠爱，天必佑尔，俾享长年，第须善自保重。山海关天气冷，多带衣去。"是日奏对颇久，退出殿门，一内监伸三指云："一个半时辰矣。"随至朝房，恭王笑问："腰腿酸痛否？"面色已改变，坤一不自觉也。

乙未十一月进京复命，十二月初二日太后召见鸾仪殿，赏饭。谕曰："尔复命之日，皇帝即着人告我云，尔休气尚佳，今见之，果然。面纹亦较上年稍纾，牙齿有几个？"对曰："上下仅存四齿。"谕曰："外面却看不出。山海关地方想已安靖，无甚游勇，若非尔守山海关，京城亦不可保。上年我焦急太过，日晚则神识昏迷，本年春间始觉清爽。皇帝请安，我辄留之久坐，有时用膳始去。在此同餐，尚可多进饮食。近日精神甚好，尔可放心。皇帝人极老成。"奏曰："知子莫若母。政府多耆旧，而皇上谦尊，每尚恭默。当此时艰孔棘，务望太后随事提撕，则大局幸甚。"谕曰：“自归政后，时事不复与闻。苟有所知，自应尽言无隐，尔可放心。尔回江南，必须极力整顿海军，能否规复，可与北洋商量。”

次日，桂公入见，太后问：“尔识刘坤一否？见过几面？昨伊请训出京，颇有依恋之色，我亦深怜其老。”又次日，荣中堂入见，太后问：“刘坤一动身否？天下督抚操守，以伊为第一。”坤一闻之，莫名感悚！窃尝披览史册，战国时赵君王后于左师触龙，宋高太后于学士苏轼，君臣之间，脱略形迹，谆谆告语，如对家人，诚千载一遇也。坤一以封疆外吏，仰荷慈恩，至渥极优，敢不敬谨录存，以垂不朽！新宁刘坤一恭纪。

羊城公宴美前总统议

美国前总统来广东省城游历，合省官绅士民，莫不欢欣，急思瞻仰。

本月十五日进虎门时，水师提督差官赍帖通诚，并于水陆摆队放炮，派一轮船护卫。是夜，行抵省城，将军、督、抚、海关都统均差官赍帖，接至黄埔，又于西关外沙面水陆摆队放炮迎之。次日，美国兵船升中国旗，放炮廿一声致敬。中国亦升美国旗，照数放炮还礼。

总统十六日进城拜客，将军、督、抚、海关都统会集一署相见，宾主欢然。是日，省城内外，士民观者数十万人，啧啧称羡，诚盛事也。十七日，将军、督、抚、海关都统以次前往沙面答拜。是日下午，前总统偕水部尚书、署公使各官共十六位，进城赴宴公议，并请葛税务司奉陪，烹割毕陈，酢酬交畅。席终，前总统辞行。十八日，同官订赴沙面送行，以前总统力辞而止。十九日，前总统起行，各衙门差官持帖送至黄埔，另派轮船送出虎门，所有省垣、虎门两处水陆摆队放炮，水师提督差官照护，均如前仪。

此次美前总统来华游历，本属创见创闻，所有地方官接待之礼，既无成法可循，自应随宜斟酌，俾彼此不失体制。夫以前总统曾居南面之尊，而美国与中国久申盟好，地方官宜如何致敬，岂等往来交际之常？惟是邻国之君与本国之君有别，邻国前王与今王又有别，故前总统于抵省之次日，即先进城拜会，不以从前势位加诸邻国之臣，礼也。省垣将军、督、抚、关部都统一闻前总统将临，齐集一处，盛服祗候，明不敢当，亦礼也。可谓两得其道矣。于迎送仪文以及宴享犒劳，均极崇隆，所以敬前总统者，至周且备，重美国、重外洋而固盟好也。

日本近卫上公同文会书说

大日本国近卫公爵霞山谒余于金陵节署，观其须眉如画，气宇清华，固知为亚东伟人。及听其议论，欲合清、韩、日三国，联兄弟之情，敦唇齿之谊，以维持亚东大局，益征识量之卓，愿力之宏，迥非时贤所可及。

兹为同文会，以期三国释嫌结好，共底富强，得毋天诱其衷，倡明大义，俾我亚东由涣而萃，转否为泰之机欤？《易》曰："往蹇来连。"日之谓矣。又曰："大蹇朋来。"中之谓矣。惟是邦交之道，务在开诚布公，否则竞尚诈虞，各怀偏党，离者难合，合者易离，启鹬蚌之争，予渔人以利，覆辙可再蹈乎？

笃公是书，谆谆以三国同德同心相劝勉。遵斯道也，言无不信，事必持平，则内衅不生，外侮共御，亚东大局，安如磐石，固如苞桑矣。余虽不敏，敢不执鞭弭以从！己亥秋九月。

修建江西张江二公祠暨昭忠祠记

咸丰癸丑，粤寇陷江宁，乘风逆流窜豫章。巡抚张公芾率众登陴，为死守计。时楚臬江公忠源师次黄州，张公知其能，且距江近，可资办军事。飞章入告，得旨。江公星夜赴江，会张公，登城周视毕，慨然谕众，谓城险可守，百无一虞。众心益固，争用命。张公遽以军符授江公，为总统领。在城员弁兵民皆受令，以守以战。自五月至八月，城围解，事详二公传中。

是役也，江公能专其任，合群策群力，故功成。张公能专任江公，使成功，其功尤巨。江公既解江围，晋皖抚，旋殉难，赐谥忠烈，旨敕立功地建专祠。又数年，张公守制在籍，诏起同办西陲军务，亦殉难，赐谥文毅。

江人感公德，久弗忘，其在朝居官者，以立祠入祀请报可。二公同守城，功相埒，因并建祠。岁甲子十月，度地得百花洲。越三载，祠告成。而自用兵以来，凡为江同仇抗节者，他省巨公名将，本省守土以至搢绅义侠，设局采访，得□千□百人，即二公祠侧建昭忠祠以祀之。自粤寇横决东下，楚之北，江之南，皆望风靡，江右得二公与士民效死，卒却贼人，始知贼无足畏。闻二公相继殉难，大节凛然，又莫不知舍身以就义。江右忠义者之多，实二公有以作之则，兹之附祀也固宜。百花洲江省名胜，建祠是间，拓故增美，俾游览者仰瞻。恐后论忠慕义，郁于怀抱，百世下犹相与观感而兴起焉。维系人心风俗，岂故之细哉！

余奉命抚是邦，以曾来视师入祠，顿增今旧感思，何以慰忠魂，励浇俗，尤不能无恻然思、悚然惧也。应合省绅民之请，濡笔为记。

南昌全楚昭忠祠记

吾楚师之援江西，实与军务相终始，故死事为最多。楚人之仕于江者，以省城原建昭忠祠，非同乡所得与祭，爰于湖南会馆重建数楹，岁时祀之，以抒景行之慕，属余为之记。

余维崇祀诸公，其勋名之彪炳，诚节之光昭，固令人观感而兴起矣。顾其中如曾文正，则理学、政事、文章兼综其美。江忠烈以政事、文章著称。罗忠节之理学粹然，为一代儒宗。李勇毅之政事，帅文毅之文章，皆卓卓可纪。是数公者，勋节为吾乡冠冕，而不仅以勋节显也。

我同乡诸君子筮仕此邦，躬逢盛世，莫能效擐甲之勇，裹革之忱，但期各懋乃官，无溺厥职，为名臣，为循吏，以忠于事君，忠于谋国，庶与诸公殊途同归焉。

抑窃有感者，余与诸公，宦辙戎行，周旋日久，曾文正、江忠烈则师事、兄事之者。曾几何时，诸公已成千古，其生前之丰采，畴昔之交游，依依如昨也。余不幸后死，而晚节末路之难，正未知能保岁寒以无愧诸公否？是为记。

重修文谢二公祠记

南昌城内旧有文信国公祠，岁久倾圮。城外西竺庵有文、谢二公祠，咸丰年间亦毁于兵燹。余以二公文章、节义，虽百世之下，四海之遥，犹将闻风慨慕而尸祝之，岂数百年间，桑梓之地，遂令庙祀就湮，将何以系邦人瞻仰之忱，而鼓懦顽之志？爰谋之同城官绅，就应天寺侧旧基重新栋宇，合祀二公。数月落成，属余为之记。

余考南宋至德祐年间，内则土崩，外则瓦解，国事万无可为。文、谢二公初欲以口舌争之，既而崎岖戎马，拮据封疆，被执旋逃，屡蹶复起。乃至妻子僇辱，部曲散亡，窜身岭峤之间，匿逃深山之内，犹以藐孤尚在，老母幸存，不惜躯命之苟全，以冀事机之或转。济则宣光中兴，否则杞宋延祀耳。再不然，采西山之蕨，奉北堂之萱耳。及夫幽囚三载，臣力已竭，而黄冠归里之说不行，羁旅十年，子职既终，而兴灭继绝之典无望。前日之不汲汲于一死者，至此则断断不可以不死。劝之仕，则饮泣不言。迫之降，则抗骂不屈。博罗无所容其傲，天佑无所饰其恭。张宏范欲降之而不能，留梦炎使医之而不可。由是正命柴市，饿徇悯忠。二公之事毕矣，二公之心快矣！

鸣呼！二公生同乡，仕同朝，死同地，而其忠孝之性百折不回，慷慨从容，仁至义尽，亦不能稍为轩轾。有宋三百年，尊贤养士之报，独得之于江右，亦盛矣哉！史称信国幼时，见学宫所祀乡先生皆谥忠节，欣然慕之，曰："设不俎豆其间，非夫也。"文节每论乐毅、申包胥、张良与诸葛武侯之事，常若有千古之愤。然则今日瞻拜二公之祠，尚论二公之事者，其感发奋兴，又当何如？故略叙梗概，以备观览云。

重修绳金塔记

余莅江之明年，属边境解严，民稍苏息。又二年，流亡渐复，岁亦告登。因念十数年兵燹之余，陵谷沧桑，慨然有志兴举废坠。然寺庙无关祀典，台榭徒备游观者，犹以物力维艰，莫之敢议。

籍绅刘养素方伯，以城南之绳金塔为阖省文峰，且可禳火灾，首请重修，余唯唯。以告同官文方伯友石，亦曰善举。由是敛费兴工，于丁卯七月经始至戊辰冬落成，巍然焕然，视前增美。又以余资重修塔前之千佛寺，琳宫辉映，遂为城南大观。阛阓之火灾至是果息。是科捷南宫者廿有四人，仕宦诸公亦相继陟清要，晋封圻，称一时之盛。是形家者言信不诬与？抑适逢其会与？

夫南方于五行属丙，惟祝融是司，在八卦为离，有文明之象，则是塔之建，足以镇回禄而启人文固宜。而余更有说焉，作善降祥，不善降殃，天人实相感召，至人才之隆替，亦视学业为何如尔。士民当益思所以自勉，庶几沴气消而休嘉至，其掇巍科而登显仕者，必更盛于今日。是则余与两方伯之所厚望，而未敢以一塔专其美也。夫是为记。

金城刘氏修建宗祠暨置义田记

《礼》：惟大夫得立庙以祀其高、曾、祖父，士庶人祭于寝，合族则立宗祠以祀始祖及群昭、群穆。

新宁刘氏，旧有宗祠，系合五族为之，盖以物力维艰，行权合经，曲成之义也。予抚江时，以廉俸所余，属仲弟肩吾商之族人，于石田村修建宗祠，以祀始迁祖世贤公。族中有以高、曾上木主附者，听之，亦求合乎礼而已。经始于癸酉九月，落成于甲戌十月，一切堂室笾豆之类，悉准定制。每岁冬至日，合族入祠，肃将禋事。祭毕，以馂会饮，则讲家规，俾共遵守。

予复属仲弟就祠置义田，岁收五百石，渐增至一千石，于祭祀外，余为赒恤族人之费。时予家仅中资，或谓不必亟置义田，以启族人游惰之渐而不知非也。以予视族人，则有彼我之分，亲疏之判，而自祖宗视之，固无异也。当其来格来歆，见吾族中人多饥寒之色，得毋有余恫乎？我祖宗不能使众子孙皆致显荣，享温饱，但冀有一二稍自振拔者，推情同气，俾得有以自存。灵爽实式凭之，予小子敢不勉承先志！若游惰者自弃其生，则有家法在。

惟予小子，恪遵祖宗遗训，清白自持。又复昧于理财，宦囊萧索，未能希踪前哲，如范文正公，广置义田，以赡族人，绰有余裕，而仅存此戋戋之数，以待后之增高继长。尤赖族中贤明，妥为经理，使殷实者不至冒领，而贫乏者不至偶遗，则此项义田虽微，或亦不无小补也。祠规、义规如左。

光绪辛巳年孟夏月第十一世孙坤一谨记。

重修佛顶庵记

我邑东乡廿余里之石田村，有山凸起，圆似佛顶，故名佛顶山。村人建刹山上，为佛顶庵。余同宗栗坪房远祖九和公削发于此，先大父曾馆其地，有记文载在邑乘。先公早年亦于是庵授徒，负米以养先祖母。后重馆是庵，而先祖母殁，先公有诗志感，今别泐石。

兵燹以来，是庵岁久失修，渐就倾圮。余有别墅在是村中，往来辄入庵小憩，为之怃然。己卯仲春，余与村人谋葺而新之，共集资百余千，余益以四百千，鸠工庀材，越两月落成。以余资重建庵前之吉祥庙，并于庵侧增建学舍数楹，为村中子弟课读之所。晨钟暮鼓，梵声与书声相应，遂为一方胜境。

夫余之为此，非以媚佛求福也，追忆先人讲学是庵，多历年所，精灵所聚，肸蚃可通。《祭义》曰："思其居处。"又曰，忾然若有闻，僾然若有见。人子之于亲，何在不然，余小子可坐视是庵之朽蠹乎？庵侧增建学舍，亦示不忘先业。第是庵为合村公奉香火地，非一人一家所得专美，故不得不借助于众。夫修废祀以和神人，建乡塾以庇寒士，此亦诸父老之责也。是为记。

新柴村回龙庙记

余夙有泉石之癖，自驰驱皇路，卒卒鲜暇，垂三十年。今幸奉身以退，回忆少壮里居，以嬉以游，某山某水，历历在心。目间又以栖息郡垣，莫寻陈迹，悠然神往而已。客秋省亲归里，舅氏傅月樵公谓余曰："子畴昔尝至吾乡之回龙庙，乐其风景，欲作记而不果，尚忆之否？"余对曰："唯唯，不敢忘。"

念自数十年来，递经兵燹，陵谷沧桑，是庙顾岿然独存，得非山灵所呵护，贤父老所维持，余文何足为重耶！惟是庙地之形胜殊有可纪者，庙居龙塘桥东岸上十数武，巨石崛起，横插入河，突兀嶙峋，有类蹲狮踞虎。每遇春夏雨多，山水暴涨，奔腾澎湃，势若建瓴，至此渐平，回澜倒漾而下。非独桥资捍卫，即桥侧居民，栉比数十家，亦免其鱼之患，洵为大设保障。村人因于其上建庙镇之，此回龙之所以得名与？庙依石立，合形辅势，结构最奇。中三楹为供佛栖僧之所，凡地方春祈秋报，以及讲信修睦于是乎在！外为长廊，以资凭眺。收十里之烟波，揽四围之黛色。禽鸣蝉噪，樵唱秧歌，时与钟磬声互答。

余幼适舅氏，辄憩于此，俯槛临流，竟日低回而不忍去。迄今视之，诚如王逸少《兰亭序》所云，情随事迁，感慨系之矣。舅氏聚族于斯，近亦落落晨星，惟月樵公矍铄犹昔，所居又与是庙咫尺，可为杖履优游之地。花晨月夕，携子若孙及门弟子雅步高瞻，歌《考槃》之章，咏《沧浪》之句。或与浮屠氏煮茗谈经，老子兴复不浅哉！谨缀一言，以代陪从可乎？是为记。

复修双清亭记

郡城外东北里许，冈峦回抱，嶙峋石骨，卓立河干，是为砥柱矶。资、邵合流，至此汇为深潭，徐引而下。前人构亭其上，颜曰“双清”，义有取也。亭界东北两塔间，层台掩映，每际秋月一轮，澄波千顷，凭栏俯仰，逸兴遄飞，郡志所记八景之一也。

余弱冠来应试，辄与二三良友载酒登临，流连竟日。迨后驰驱皇路，犹复心焉系之。己卯仲冬，余由岭南乞假归省，旋奉移督两江之命，于次年莫春傲装入觐，道出郡垣，晤萧虞臣司马于爱莲讲舍，则以筹修双清亭告，余颔之。越二岁，解官回籍，而双清亭以费资未集，尚未兴作。复与虞臣诸君函致同郡绅宦，得资若干，谢筠士学博属其子德山经营，一载而后告成。以形家言，别建文昌阁、奎星楼于高阜，巍然焕然，视昔增美。且储备看守岁修之资，为经久计，则虞臣之力多矣。

夫东南名胜，载诸志乘，脍炙人口者，莫如江右之石钟与大小孤山，江左之金焦、北固。余昔服官斯土，因公来往，数数登临，远瞩高瞻，目穷千里。至其风景之美，则我双清亭无多让焉。或者以双清亭僻处一隅，不若金焦、石钟诸山滨临大江，舟车络绎，常得达官华胄、迁客骚人一觞一咏，为名山生色。而余窃谓不然。夫山主静，乐幽旷而厌烦嚣，彼金焦、石钟诸山，亦不幸生于大江之滨，为纷纷者所扰耳。年来江上戒严，如焦山、钟山壁垒相望，戈矛林立，昔之称为仙境者，今且为岩疆。山灵有知，其哑然笑、愁然戚与？双清亭地故奥区，盘纡森秀，有林泉之趣，无尘俗之侵。抱朴葆真，惟时与吾郡贤士大夫相应接，造物所以位置之者，不尤得其所哉！

吾郡附郭，此为伟观，且系下游关键，窃愿后之君子，相与维持于不敝焉。

新葺府学东斋客厅记

醴陵吴称三先生，司铎吾郡期年矣。凡学校事，莫不纲举目张，志在复旧，而有维新之象焉。署内屋宇颇隘，而基地甚宽，因于文昌阁故址构堂三楹，逾时告竣，阴阳合度，华质得中。余所居与为近邻，得以先睹为快。

窃叹近时士大夫好营第宅，每有造作，辄穷土木之工，越两三载始成，糜数万金不惜。崇台奥室，斗巧争奇，以之夸耀一时，且为子孙久远计。至所历官舍，往往邮传视之，俨然容膝为安，不以废兴介意。或劝修葺，则逊辞谢之，曰是寄座耳。噫嘻！人生悬宇间，亦何在而非寄？藏壑之舟，夜半有力者负之以走而莫之知。平泉木石，转瞬已付他人而莫之禁。善乎先民有言！处吾家如逆旅，安见属诸私者非寄，独属诸公者为寄乎？

师儒一席，寄于圣域贤关，廓其规模，加以润色，实有光于庠序，况相需甚殷也。先生望重皋比，四方从游者众，此邦之士，孰不愿侍门墙？纵无广厦万间以庇寒畯，何妨增建数椽，俾旅进旅退、请业请益者不至露立耶？主人翁之为是举，固非为适起居，亦非徒款宾客，将与诸生设帐传经，辟闱讲艺，犹是殷殷乐育之盛怀。若夫平日杖履逍遥，僚友酬酢于斯堂者，则亦寄焉而已。夫物以人重，名为实宾。后之登斯堂者，缅流风而挹余韵，莫不低回慨慕，是先生以身寄者。其偶以道寄者，其常矣。

昔王荆公有《君子堂记》，黄山谷有《大雅堂记》，先生举以属余，余其敢以不文辞！

蔗园记

天下名山水，讵必武夷九曲，钟阜千寻，而后娱目骋怀哉！披辋川之图，读盘谷之序，即一丘一壑，可以息以游，独难与面城近市者语此乐耳。虽然，亦视其人为地所囿否也。

吾郡东郭外，山环水抱，图画天开。谢氏蔗园，独擅其胜。园中新构精舍，颜曰“稻香书屋”，余既随诸君子为之题识矣。距书屋十数武，则养云楼岿然俯瞰江际。登楼四望，西南資、邵合流，波光浩淼，雄城百雉，灯火万家，贾舶游航，帆樯络绎。东北浮图对峙，巨派中通，双清一亭，下临砥柱，澄潭倒影，鸥鹭群飞。东南市廛栉比，百货骈阗，负贩之徒，肩摩毂击，间以黉宫梵宇，台阁巍峨，暮鼓晨钟，发人深省。西北林峦隔岸，茅舍参差，樵唱渔歌，悠扬入听，更有岧峣远岫，横绝数重，上插青冥，若隐若见。此其园之大观，遐瞻近瞩，堪以娱目骋怀者。至于朝晖夕阴，春温秋肃，物随时变，气象万千，不可殚述。居是园者，非有会心而润色之，则此钟灵毓秀之区，不徒然乎？

主人翁筠士学博以儒林文人，为风流领袖。揽四围之烟景，聚千古之图书。异石奇葩，随宜点缀。每遇花晨月夕，辄与骚人墨客觞咏其中，或八斗千钟，追欢索趣。或长篇短什，斗捷争奇。老子婆娑，兴复不浅。呜呼！人生行乐耳，顾面有十斛尘，胸无半升墨，知孰为乐地？孰为乐事？与我为缘。况雅俗不同，所乐有在彼而不在此者。筠士自赋归与寄怀丘壑，时为诗酒主盟，借以抒写性情。绍洛邑之耆英，仿兰亭之修禊，可谓善于行乐者。行年八十，矍铄有加，陆地神仙，非颐养之道得与？

余闻在昔，是处为车氏之得。得园当时，景象视今何如，乃草蔓烟荒，越数十年始复睹此胜，概可知兴废在人。经营之力，良匪易易。余与筠士，交如水淡，醉似醪醇。慨硕果之仅存，挹孤芳其未远。窃愿谢氏令子文孙，仰体乃祖、乃父之志，世守此园，毋待文饶之戒也。

补过斋文集卷二

江西武乡试录序

同治六年丁卯举行乡试，臣监临文闱，既蒇事，武闱届期，例应主试。谨与提调、监试各司、道、府，爰进学臣何廷谦所录武生三千七百余人，会同监射官九江镇总兵臣黄开榜校场考试，慎选材技出众者六十九人，如额缮刊《乡试录》，恭呈御览，臣例得扬言简端。

伏维我朝以骑射开基，讲武之制精，取材之途广，多士生逢圣代，久已争自濯磨，勉图进取。江右环山带湖，形势壮阔，磅礴所积，代产英奇。近自军兴以来，士之翘然表异者，莫不发愤为雄，执干戈而勤捍卫。臣以上年巡边阅伍，默察风俗人心，时已烽燧全消，桑麻乐业，而操弓挟矢之辈，魁梧岸异之材，犹思敌忾同仇，为国家效缓急非常之用。盖涵濡于圣泽者深，故激扬乎士气者盛焉。兹复恭逢盛典，以臣亲司校阅，敢弗敬谨将事，冀拔殊尤！

窃以为英伟之姿，有力必兼有胆。赳桓之选，尚勇尤贵尚谋。同一贯札驱尘而器宇轩昂者胜焉，同一挽强负重而神情整暇者殊焉。即此扃试默经，数行书录，亦可觇其韬钤之疏密，诵习之浅深。臣悉心考校，务期御侮折冲，干城足寄，运筹决策，方略夙谙。他日或卫禁廷，或膺边阃，卓然名将，用答休明，是则臣私衷所窃幸者耳。

维时分典试事者，外提调官江西布政使司布政使臣文辉，外监试官署江西按察使事盐法兼巡瑞袁临道臣吴兆麟，内提调官盐运使衔江西记名简放道臣董似毂，内监试官盐运使衔江西补用道臣周懋勤，监箭官署南昌府知府臣吴祖昌，官斯土者太子太保大学士两江总督一等侯臣曾国藩，漕运总督臣张之万，护理江西南赣镇总兵臣荣翰，督粮兼巡南抚建道臣平步青，分巡广饶九南兵备道兼管九江关监督臣景福，吉安赣宁兵备道臣文翼，例得备书。

头品顶戴、兵部侍郎兼都察院右副都御史、巡抚江西等处地方、兼理军务、兼提督衔、硕勇巴图鲁臣刘坤一谨序。

江西武乡试录序

同治九年庚午科举行乡试，臣监临文闱，既蒇事，例应主试武闱。爰进学臣徐郙所录武生四千三百余人，率同南昌协副将臣普承忠暨提调、监试与各司、道等官前赴校场，次第考试，择其材技出众者，密记单双好字号，扃试棘闱，默写武经，按照额数，取中郭连元等五十四名，刊刻试录，恭呈御览，臣躬逢盛典，例得扬言简端。

窃维我朝文德武功，并越千古，凡赳桓之士，与俊髦之才，同与宾兴，以精其选。试以骑射，知其艺之优。试以刀石，知其力之猛。试以写默武经，知其谋略之夙娴。其立法为最详，收效为甚远也。江右用兵，十有余年，一时士庶，莫不枕戈荷戟，驰驱戎马，以希尺寸之功。迄今锋镝久消，耰耡无恙，而撤伍归农之众，犹自感发奋兴，以竞趋于科名，冀备异日干城之寄，故人数较前为增倍，材技亦视前为更可观焉。其应弦破的也，几于矢无虚发。其挽强负重也，不啻鼎可独扛。至于三略六韬之权奇，即于此数行之中而得其梗概。臣严加考拔，期获殊尤。复于揭晓之后，传集诸生，谕以取士必求忠孝尚德为先，为将须识古今知方为要。庶几折冲御侮，可为公侯腹心。说礼敦诗，亦有儒者气象。以仰副皇上作人之雅化，是则臣区区私忱，愿与多士共勉者也。

维时分司试事者，则有外提调官布政使臣文辉，外监试官署按察使江西记名道臣王必达，内提调官布政使衔候补道臣乔廷槐，内监试官试用知府臣王之藩，监箭官升用道南昌府知府臣吴祖昌，官斯土者大学士两江总督臣曾国藩，江宁将军署两江总督兼管两淮盐政臣魁玉，漕运总督臣张之万，长江水师提督臣黄翼升，记名提督九江镇总兵臣王永胜，提督衔长江水师江西湖口镇总兵臣丁义方，督粮兼巡南抚建道臣平步青，盐法兼巡瑞袁临道臣吴兆麟，分巡广饶九南兵备道兼管九江关监督臣景福，分巡吉南赣宁兵备道臣文翼，例得备书。

头品顶戴、兵部侍郎兼都察院右副都御史、巡抚江西等处地方、兼提督衔、硕勇巴图鲁臣刘坤一谨序。

江西武乡试录序

同治十二年举行癸酉科乡试，恭逢覃恩，加广中额，臣监临文闱，既蒇事，例应主试武闱。爰进学政臣李文田所录武生及武监生共四千四百余名，率同南昌协副将臣普承忠暨提调、监试与各司、道等官，前赴校场，先试马射，次试步射，次试弓刀石，密记单双好字，而后扃试棘闱，默写武经，按照额数，取中吴秉乾等七十四名，刊刻试录，恭呈御览。臣递逢盛典，例得扬言。

窃维古者射以观德，而讲武之道寓焉，所谓无事则用之于礼义，有事则用之于战胜也。我朝以弧矢威，天下即定，为取士之制，所以范围一世之雄杰，即所以储备将来之将才。

或者谓近世行军以火器为先，绿营亦半习枪炮，今则制科之所取，非临事之所用，不可不随时变通。臣窃以为不然也，夫弓矢与枪炮，其器则殊，要其目力、心力之精专，手容、足容之端重，而后发必破的，其理则同。臣承乏九年，阅兵三次，每见行伍之士，苟于弓矢果能挽强命中，即于枪炮亦可就熟驾轻，盖穿札之奇与飞丸之巧，无二术也。况复试之刀石以验其气力，试之武经以占其韬钤。由是有勇知方，尽是赳桓之选。折冲御侮，定收捍卫之功。益叹国家立法为最精，取材为甚广矣。

江右形胜名区，英豪辈出，际同文之盛世，荷异数之隆恩，莫不竞趋功名，冀备干城之选。臣悉心校阅，简拔殊尤，异日或为宿卫，或镇边陲，豹变鹰扬，上佐圣明承平之治，是则臣所厚期于多士者。

头品顶戴、兵部侍郎兼都察院右副都御史、巡抚江西等处地方、兼理军务、兼提督衔、硕勇巴图鲁臣刘坤一谨序。

敕建新宁县楚军忠义祠序

楚军勤王敌忾，实居湘军、淮军之先。起于前安徽巡抚江忠烈公，次则今云贵总督荫渠制军及前广西提督江诚恪公与余兄弟。忠烈、诚恪两公建有专祠，所部之阵亡、病故附祀其中，惟隶荫渠制府及余兄弟者，则阙如也。

呜呼！余非诸将士之力不至此幸保首领，仰蒙圣天子特达之知，拥旄仗节已十数年。回忆前此与诸将士戮力行间，某战而胜，某战转败为胜，其冲锋陷阵也为谁之勇，其设奇制变也为谁之谋，午夜唱筹，凌晨草檄，即参伍之微劳，亦历历在余心目，而其人今安在哉？楚军之在粤西，为时最久，左右两江，诸将士所转斗地也。重岩深阻，猛虎负嵎，毒雾弥漫，飞鸢落水。值挽粟飞刍之告乏，指草根树皮以为粮，而诸将士扶病忍饥，争先效命，由是所向皆捷，卒能扫穴擒渠。六七年间，地方以次廓清，楚军之精锐亦损折殆尽矣。

乙丑仲夏，余奉命抚江，诸将士从余仲弟于永淳，讨山泽村之贼，收功一篑。越两岁凯旋，丧亡又所不免。余既恸诸将士死事之惨之多，又因履历散失，身后莫邀恤荫，爰于两广任内，吁请于朝，捐廉二万金，即原籍新宁县建忠义祠，由地方官春秋致祭，并置田产以奉禋祀，及赒给各难裔之用，聊尽余同袍之义而已。客岁得假南旋，仰瞻庙貌，薄奠椒浆，犹想见诸将士生前铁马金戈，搴旗斩馘之英风伟烈也！是为序。

附仲弟肩吾忠义祠原文

余弱冠从江忠烈公于军中，忠烈以通家故，相遇甚厚。余因亲老，且军旅事非所长，旋辞归。同治改元，长兄开藩粤西奉特旨饬赴浔州，接办贵县军务。长兄病甫痊，又闻三弟立藩之丧，茹恸视师，计不反顾。余褰裳追随至浔，盖以鸰原急难，意在视汤药而共晨昏，倘有不虞，则手足俱碎耳。长兄察知此志，屡设词发遣而不可得。

会贼势披猖，乃以余领前锋，围攻平天寨，崎岖万状，至三年仲夏始克荡平。是年冬间，进军永淳，所向皆捷。长兄奉抚江之命，敦促履新，而永淳官军与贼相持正急，粤抚张公以临敌易帅为难，奏请于朝，以余承乏。越二载之久，以次铲削那坛山泽，幸获蒇事。粤西积年逋寇，均系百战之余，一歼于贵县，再歼于永淳，扫穴擒渠，草剃禽狝，几无遗类矣。而吾楚军将士，于此四五年间，枵腹荷戈，裹创血战，阵亡、劳故者亦不可以数记。长兄复追念前此咸丰年间剿办柳、象、融、罗诸城，损折精锐极多，每与言及，泪涔涔下。思有以慰死者之灵而恤其遗孤，顾力有未逮也。

光绪三年，长兄督粤，且兼海关篆署抚篆，禄入颇丰，因捐廉银贰万两，请于原籍新宁县建造楚军忠义祠，合祀阵亡、病故员弁，由地方官春秋致祭，并以余资抚恤难裔等情，奏奉俞旨。余归购地学宫之侧，躬督其役，于四年八月兴工，至五年四月工竣，并置买田租千石，以为祭祀、抚恤及各难裔办理世袭之用，一切具有成规。

《记》曰："有功于民，则祀之。以死勤事，则祀之。"而况捐躯为国，锋镝死亡，尤为朝廷轸念，准其入祀各处昭忠祠者。昭忠既列祀典矣，亦何须乎忠义祠为？第以楚军死事诸君，与余兄弟戎马周旋，多历年所，夷险一节，不啻父子家人，今合祀于忠义祠，亦若有一堂聚处之像。且祠距余宅咫尺，与余兄弟相依如生前，每届祭祀，瞻谒诸君之英姿伟烈，十余年同袍之谊，宛然在心目间，是则余兄弟耿耿于怀而不能已者也。

金城刘氏族谱序

圣人以亲亲垂训，仁民爱物，即本于此，修齐治平之要道也。《书》曰："以亲九族。"诗曰："本支百世。"《传》曰："葛藟犹庇其本根。"昔人有十数世、数百口同居会食者，分粟散金，其余事耳。隆古以降，析爨乃多，往往有同气连枝而殊乡异井，久之，往来之情渐薄，又久之，庆吊之礼不通，骨肉也而途人视之。故家乘之修，所以判亲疏而别尊卑，即所以同休戚而赒缓急。右族名门，莫不以此为首务。

刘氏同姓实繁，历朝人物特盛，不敢远引往牒，致蹈攀援。惟予族之在江西吉安，椿公以下十三叶相承，其世系确有可考。自世贤公始迁湖南新宁县金城里，迄今十有三传，派别支分，合族男妇有籍可按者共七百五十九口。顾此二百数十年间，予族人之存亡绝续，非惟远徙川广，消息莫闻，即同县而异居者，惟石田村聚处各房，尚辨昭穆，余则零奇散漫，无复可稽，亦足慨矣。

予小子弱冠下帷，岁时伏腊，于族中父老子弟未克一一承颜扶杖，执手问名。及壮，王事驰驱，益阙敦睦之谊。庚辰孟春，奉诏归省，得与族人置酒言欢，四顾徬徨。诸昆之尚存者已属晨星硕果，其余称叔、称叔祖、叔曾祖者类皆不识为谁，颔之而已。爰与仲弟肩吾、季弟希陶、族兄集成、功服兄卓林、族侄淮珍、缌服侄亘山谋修谱牒，阅一岁而成书，图系井然，体例略备，盖前此十数年采辑之功，至是始竣，题曰《金城刘氏族谱》，志始也，示别也。

予小子恭览之下，仰见我祖功宗德，簪缨相继，诗礼相承，策名当时，流芳后世。即其所卜窀穸，亦得山川之秀，以钟子孙之祥，然后知予小子遭时窃位，与我族人列冠裳，登庠序，先泽之流贻者远也。惟是荣枯迥异，显晦靡常。或嗣续无闻，若敖之鬼已馁。或书香中断，泷冈之表谁题。甚至羁旅他乡，首丘难遂，招魂异地，楚些空歌。予小子惄然伤之。又念予族人殷实者少，贫乏者多，其中老病幼孤，衣食不给者几何？年强质敏，耕读无资者几何？男女过时，无力嫁娶者几何？则为之皇然不安，恻然不忍。夫立达安怀，夫子所以宏胞与之量，而况水源木本，顾可恝置乎？是则我祖宗之所以责予小子，及族中诸贤达而不容不勉者。至此次修谱之费，则予兄弟任之。

光绪辛巳年孟夏月第十一世孙坤一谨序。

附柏茂公副谱

余维异姓乱宗，古有明戒，非独以本宗为异姓所乱，亦以异姓乱人之宗，而自弃其宗为不可也。前人立说，有谓无子者既无同姓同宗可继之人，即以异姓为后，以奉禋祀，亦所以弥缝缺陷，然神不歆非类，民不祀非族，虽立继犹不立继也。第其中情事不同，亦有应行通变者。礼缘义起，亦行其心之所安，以求得夫理而已。如我族叔柏茂公，家贫无子，以马氏之子为嗣，抚养成人，派名孟泰。泰事柏茂公夫妇，孝养过于所生，而柏茂公夫妇亦爱之如己出。泰食力作苦，置有产业，以承菽水之欢。及柏茂公夫妇先后身故，泰哭泣尽哀，祭葬无缺。其事伯叔，处兄弟，无不尽道，为人亦甚朴诚，乡里称之。此余所亲见，合族所共知也。

泰生子能德。德生子二，长思倩，次思健。倩生四子，健生一子。健为县庠生，试卷所注三代，其曾祖为柏茂公，泰为刘氏后，已四世之久，其孙又以刘氏附籍于学，不得谓不祀非族。柏茂公于泰以人合天，恩情周洽，殁后享血食者已数十年，不得谓不歆非类。且泰已身故，瘗于刘氏之茔，倘必援异姓乱宗之例，而令泰之子孙复姓马氏，是柏茂公之祀延于四世者今其斩矣。如为柏茂公另行立继，则族中“孟”字一派无几，安得有昭穆相当之人？又泰之子孙既经归宗，则必起泰之柩别葬，不惟柏茂公及泰含恸九泉，即我合族亦不忍出此也。

查定例，出嗣之子归宗，以所后父母有无子嗣为断。同治六年，前两江总督曾文正公以今江南提督李质堂军门本姓王氏，奏明质堂军门于李氏别为一宗。但后其所养之父母而不祭其以上之祖宗，于王氏不通婚姻，于王氏之父母曲尽爱敬。疏中又引本朝秦蕙田尚书所纂《五礼通考》，内载《金史》张诗本李氏子，育于张氏，初议归宗，终以张氏无后，遂仍其旧称为孝子云云。是泰之子孙决不能去刘氏而归马氏明甚。余以当为柏茂公立副谱，以泰继之，既无妨于刘氏正宗，而泰之子孙永奉柏茂公之祀，庶为理得心安。刘氏正谱仍列至柏茂公止，副谱则以柏茂公冠首，孟、泰以下如正谱之式，其余以此为例，此亦曲全之道，有曾文正奏案及秦尚书《五礼通考》可据，我族人当不以为谬也。坤一再书。

邵阳谢氏重修族谱序

余自江南罢归，寄寓郡垣，得交谢筠士广文，七年于兹矣。筠士为吾乡老成，地方兴废举坠，多赖其力。今年垂八十，犹率子若侄重修族谱，以笃宗盟。书成，属余为之序。

余闻之《春秋》传曰，诸侯以字为谥，因以为族，官有世功，则有官族，邑亦如之。后世以人以地系之于族者，即其遗意。又《白虎通》有云："族者，凑也。"谓情爱相凑流也。是则族之为族，所以庇本根，维枝叶，事綦重矣。唐尧致治，睦族为先，《文王世子》于公族庆赏刑威，恩明谊美。夫亲亲之道，自天子达于庶人，士君子读《葛藟》《瓜瓞》之诗，能勿恻然动念乎？惟是同居会食，行于古者难行于今。以同气连枝而殊乡异井，往往觌面不识，骨肉等于路人，非有谱以为一族纪纲，将何以辨昭穆？明尊卑，俾秩然有章，欢然无间哉！此谢氏族谱所以越数十年而一修者，诚仁人孝子之用心也。

谢氏受姓于周，至东晋、六朝为最甚，唐宋以降，代有闻人。旧（谢）〔谱〕概不援引，只溯自前明由江迁居邵阳之始祖某公，盖远而传疑，不如近而征信。郭侍中拜汾阳墓，世以为讥。狄武襄不附于梁公，史称其美。其识见之高卑，相远有如此者。顾就谢氏之旧谱观之，族人游庠序、掇巍科、列仕进者，后先相望，在邵邑实为华胄。兹以历时已久，且中经兵燹，重加考订，则此数十年来生齿之繁，功名之盛，计必倍蓰于前，增光家乘。其间有无贫乏不能自存，孤寒不能向学者，亦可按籍而稽焉。贤父兄诚仿范文正公遗法，置义田以赡之，设义塾以教之，俾合族老幼衣食有资，其子弟之秀良者，得以读书，努力上进，嗣守弓裘，高大门户，是则筠士之志也夫。谨序。

邵阳严塘何氏重修族谱序

长江之源发于岷山也，孔子所谓始于滥觞，及涌而为津，潴而为泽，汪洋浩瀚，奔放于吴楚，数千里之遥，东入于海，称为天堑。夸父之杖化为邓林也，老子所谓生于毫末，既而发扬滋长，蓊蔚扶疏，或高数十寻，或广丨数亩，梗楠杞梓，出乎其中，其材木不可胜用。呜呼！自微之著，积小成大，万物有同然者。

邵阳严塘何氏，巨族也，生齿日繁，散处别村别县，并计户口一万有奇。溯其始祖原善公，则前明教授，官宝庆，以邵阳附郭邑，习其风土，因而卜居，亦谓召公棠，舍朱邑，桐乡聊为一枝之寄焉耳。讵料其后人蕃衍如此哉！历三百余年，传二十余世，愈悠久愈炽昌，是犹岷山之泉，邓林之树也。夫皋陶庭坚，不祀忽诸，明德之胄有式微者，乃原善公庆流后裔，支派绵延，现隶版图者已逾盈数，何其盛与？惟人多则类不一，地隔则情鲜通，其睦族也甚难。天子、诸侯宗正，有官玉牒，有馆专司，属籍所以亲亲者，綦详故众，无弗周远，无弗届士。庶人惟赖有此谱以序昭穆而立纪纲，否则志乘无稽，恩礼罕接，即读书明理者，亦不辨孰为伯叔行，孰为兄弟行，无怪什伯庸众视等行路也。

何氏族谱修于乾隆年间，至咸丰六年，分修房谱，而族谱阙如。《易》之《家人》，受之以《睽》，即受之以《蹇》。圣人垂戒之意良深。寿泉明经，乃与二三宗英悉心商榷，即就房谱改为族谱，补辑首尾，以成全书，众论翕然，越三载告竣，由是离者复合，断者复续，凡原善公所自出，虽在异井殊乡，莫不同条共贯，统于一尊。《记》曰："尊祖故敬宗。"岁时伏腊之往来，祭祀宴享之酬献，老吾老，长吾长，幼吾幼，孝友慈爱，自流露于不知。合族跻于雍肃，化其畛域之私，则谱之所系，顾不重耶？

至周恤贫乏，振拔孤寒，俾冻馁无虞，进趣有路，仰慰原善公垂裕之意，是为同谱义不容辞者。宋宰相、何执中捐钱万缗，置产以赡宗族，家法足以千古。何氏门户方兴，必有起而继其美者，请以余言质之。

昭陵陂丁刘氏重修族谱序

今四方之有我刘氏，所在成巨族，皆御龙氏后也。在汉高时，项伯娄敬赐姓为刘，西晋匈奴冒姓为刘，北魏独孤改姓为刘，五代又有沙陀之刘，然种类各殊，与正宗自别。惟是御龙氏后人之散处各郡国者，在汉已有二十五望族，支分派衍，不啻万绪千端矣。非各自为族，以谱系之，将何以辨昭穆而分亲疏？程子曰："族之有谱，足以管摄人心。笃天伦，厚风俗，不可不随时纂辑也。"昭陵陂丁刘氏，重修族谱，告成，属余为序。

余阅其世系，自御龙氏以来，越数千年，一脉相承，历历可考。而陂丁一族，断自始迁邵东之粹公为祖。《礼》曰："别子为祖，继别为宗。"注云：别子有三，其一则自彼国来此国者。粹公来自庐陵，卜居于此，长子孙，立门户，以成一族，则奉之为祖也固宜，系之以地，亦胙土命氏之意耳。或谓世系中如楚元王，高帝之弟，胄属天潢，在所当讳，不知《春秋》大居正而于王子公孙，虽末代旁支，未尝没其所自出。孔子自称殷后，其理可推今祖粹公明。诸侯不祖天子，大夫不祖诸侯也。由粹公上溯元王，则见水源木本之思也，非仁之至，义之尽，深有合于礼与？又曰：尊祖故敬宗，敬宗故收族，粹公迄今十世，旧谱逾三十年，族人生齿几何，得毋有骨肉而途人之以贻先人恕恫乎？举族谱而重修之，凡为粹公苗裔，莫不登此版籍，有以养之教之。正纪纲则少长有序，联恩谊则休戚相关，庶族人在远不遗，祖泽历久弥著矣。是则陂丁刘氏之志，为宗盟之长者，必能身任其责。

余新宁金城刘氏，同出淮徐，国初亦由江右来楚，乃二十八代以上，世系中绝，与陂丁一族判自何时，无可得而纪焉。然则同气之感，油然有动于中也。是为序。

安福《褒忠录》序

援江之役，余与梅尉学博同在荫渠制府幕中，分掌书檄，相得颇欢。

咸丰丁巳仲春，我军进攻临江，屡战皆捷。属贼大至，以众寡不敌，失利于太平墟，所部死者甚众，梅尉亦遇害。越乙丑，今上御极之四年，余奉命来抚是邦，过太平墟，故垒凭吊，英魂徘徊，感怆而不能去。既而谒昭忠祠，见梅尉从祀于侧，又叹俎豆馨香已足千古，未知余将来得位置其间否也。今其嗣子某以请恤来章门，出示邑人所作《褒忠录》，始知梅尉无出，而家又甚贫，其身后诚可悲矣！

噫！男儿贵死得其所耳，不惟身家不足顾，即国恩庙祀亦不暇计及焉。余与梅尉，何所用其欣戚哉！是为序。

守拙斋诗稿序

余癸亥视师浔州，蒲刺史卜臣参军事。草檄余闲，以乃翁星槎《守拙斋诗》一卷若干首相示，余读之，爱其晓畅似白香山，远淡似陶彭泽，遒劲疏宕则又仿佛于杜子美、陆放翁，有晋、唐遗风焉。

君别墅万果山庄，据一州之胜，备四时之景，居常啸傲其中，每遇春花秋月，辄邀同调把酒拈毫，互相唱和。君之襟期洒落，寄兴独深，故篇中即事之诗为多。君善丹青，而尤长山水，读君之画，见君之诗，人得其尺幅皆珍之。

噫！时局多艰，宽闲难得，如余驰驱戎马，日在长枪大戟之中，以视君之林泉足乐，诗酒自娱，其相去为何如也。顾读君伤乱诸作，于时事悲歌慷慨，若不胜情，知君亦何曾忘情于世。

君赠余诗，以王文成勋业相勖，余固不敢不勉。卜臣其努力戎行，共矢澄清，以副乃翁之志也。抑余又有感焉，先君子工吟咏及古文辞，曾手书所作数十篇及先代遗稿，嘱以传之后世，俾知渊源有自。乙卯之变，毁于兵燹，心常恸之。今卜臣捧君之诗，殷殷求序于余，足见卜臣之孝，余之不及卜臣多矣！余虽不文，其何敢辞？是为序。

《阴符经注释》序

《阴符经》一书，读者绝少，或以为怪诞之语，或以为深险之文，将信将疑，非若老庄之脍炙人口。不知是经名言奥旨，包括天人，内圣外王，实与《道德经》《南华经》同一功用，惟好学深思之士，方能究其指归。

余族华轩节镇，性情忠直，志趣清高，军政余闲，博览载籍，独有契于《阴符经》。颠倒阴阳，寓以调剂，警拔世俗，痛下针砭。而患庸耳俗目之无从索解也，乃取是经章句为之注释。逐字分晰，以启后人之蒙。次第引伸，以宣前贤之蕴。勤勤焉，恳恳焉，探幽索隐，曲畅旁通，俾阅者晓然于经义所存，弥纶广大。凡天道虚盈消长之数，人道顺逆吉凶之机，莫不受其范围。

由是诵而习焉，庶几乎可以淑身心，可以赞化育，其有裨于世教，讵不远哉？是为序。

赠江右梅庵和尚序

余至南昌，即闻梅庵和尚能诗，有集行世。取而读之，冲淡幽邈，如闲鸥野鹤、不食人间烟火食者，而亦无浮屠氏斤斤谈神怪、说果报语气。询之砚生侍御，又称其操行卓绝，生平足迹半天下，翛然来去，了无挂碍。且好读儒书，尤精于史，余闻而益异之。以公事鲜暇，同居一城，至八九年之久，不一相晤。同治甲戌孟冬，得假休沐，乃延梅庵至署中，则一老衲，状若枯株瘦石，两目炯炯有光。叩以禅学，则谓莲池大师教人，以收放心为主。旨哉言乎！夫三教本同原，梅庵能得真谛，宜其道力之厚，或仅以诗僧目之，浅矣！

更有异者，余尝梦入都，与二朝贵论事不合，愤甚，举碗投之，其人扑地，化为巨犬逐余，入道旁废圃中，计无复之，忽一僧来，以袖拂犬使去。余亟挽其袪，苦求解脱，僧曰："尚早，尚早，临时我自至耳。”醒而忆之，其貌与梅庵酷肖。噫嘻！余虽不佞佛，然幼时好游深山古刹，至辄低回，尽日始返，一若与性情相近者。不图遭时窃位，役役半生，今方有两广之行，正未知所税驾梅庵其梦中之僧与？果于何日度余苦海中，俾登觉岸也？

《武慎公遗集》序

武慎公归道山后，令子文孙裒集公生前奏疏、函牍及诗、古文，编为二十四卷，越十余年成书。公出嗣第三子彝庭观察问序于余。余维公丰功伟烈，载在国史，其历官政绩以及嘉言懿行，为国史所不备载者，遗书具存，海内争睹为快，何俟余赞一词！顾余从公久，知公深，谨就公之所以异于人、人所不知者，略举数端，俾后之采逸事者，知勋名彪炳中有独行君子焉。

大凡豪杰之士，当其未遇，往往高掌远跖，跅弛不羁，小德出入自由，不惜人之非议。一旦驰驱戎马，遭际风云，手有斧柯，厚自期许，不免矜才使气，竞利争名，论者谓将略有余而儒修不足。此中物色，求其行藏一致，绳墨不逾，曾文正外，公其庶几乎？

公家世传孝友，与余比邻，余束发受书，公即许为令器，期待甚殷。及博一衿，从公习举子业，朝夕相亲，公以学长自居，随事指导，深获严惮切磋之益。尝与邑人同赴省府应试，偶尔游戏征逐，举座若狂，而公殊落落不苟笑嚬。有言非礼者，公即正色责之，人亦不以为忤。公平居规行矩步，造次不遗，颜子四箴，公实当之无愧。时道光之季，海内无事，士人非科目无由进身。公文誉甚隆，名流推为祭酒，而公退然若不足者。每届大比黜落，人皆叹为下第刘蕡，公以命自安，不以介意，惟谆谆教育后辈，成就颇多。此公为诸生，余所亲炙者也。

咸丰年间，公应江忠烈公之聘，投笔从戎，由粤至皖。忠烈殉节庐州，公扶其榇归葬，备尝艰苦。会郴桂有风鹤之惊，公奉檄募勇进剿，以次肃清，是为公成军之始。随有援江之役，邀余偕行，从征数年，见公治军，犹是书生本色。其筹画兵饷也，如理家政。其训练士卒也，如教学生。驭众以德，不逞刑威。接物以诚，不尚智术。宽而有制，严而有恩，故动辄有成而人乐为用。军中一切利钝，莫不据实直陈，无一虚饰。幕僚或请润色，公笑谢之。丁巳仲春，我军进规临江府，初以众寡不敌而败，公自投于地，誓以身殉，余亟叱亲兵掖之上马，乃脱于难。军中精锐不无损伤，公深自引咎，以重赏募骁果，一军复强。是年秋间，我军正在围城，而援贼复大至，四面阻绝，人情汹汹。公亲督诸军，奋击破之，烧贼连营数十里，擒斩万余人，临郡随克，东南大局以安，左文襄所谓以奇险而获奇捷者。公属余作露布既就，公谓有溢美之词，手削其草，出以平淡，其不伐如此。每遇大府无端诘责，同僚有意抵牾，知者为之不平，而公悉置之不校。人诮其懦，亦受之不辞。麾下如江诚恪及翟、李诸人，公荐其才堪大用，后皆至督、抚、提、镇。其有别树一帜，与公颉颃而声施出众者，公推心待之，共敦袍泽。或不自振拔，则提之挈之，引为同盟。是以军情大和，所向克捷。《诗》曰："不忮不求，何用不臧？"公之谓矣。此公办军务，余所从事者也。

公事咸丰、同治、光绪三朝，初膺方面，继陟封疆，遍历南北，各省所至，治声卓然，中外望如斗山，两宫倚为柱石。虽因公任咎，而主眷不移，霖雨重施，道益光大。时余一官匏系，莫由随侍旌麾，善政遥传，难以殚述。惟余初官广东臬司，犹在公之宇下，自念风宪攸关，恐辜职守，因以去就谘公，公答书云："以尽心之处为快心之处。"余读之憬然，由是自慰自勉，数十年来深得力于此二语。公之夷险一节，即此可知。

此就公之出处大节言之，至于公之用心行事，更有为人所不可及者。公以寒畯起家，致身通显，而自奉甚薄。服食一如儒素，终身不改其常。廉俸之余，散给亲族。不营财产，不蓄妾媵。其由粤督移节直隶也，先送家室回籍。年未五十，原配李夫人弃世，公块然独处廿余年。诸子环跽，泣请置婢，以供使令，坚执不允。此固公之余事，非所谓佛地位人欤？

呜呼！咸、同用兵以来，以吾湘忠义为最盛，文武之材，飙发云涌，为国宣劳，克名城，歼巨寇，功存社稷，绩纪旂常者，后先相继，非独公一人。朝廷懋赏懋官，位居上相，爵列通侯，公尚不及曾、左。惟是学优养粹，践履之纯笃，性量之冲和，无赫赫之名，有休休之度。如岳峙渊渟，莫不含纳。如精金美玉，绝少瑕疵。质之吾湘诸先达，盖惟于公无闲言焉。迄今追忆风徽，邈焉莫继，读公遗集，知公盛德大业，足以垂示来兹。而余生平默契于心，拳拳服膺勿失者，固自有在也。弁诸简端，以志景仰。谨序。

《李勇毅公奏议》序

咸丰九年己未孟秋月，湘乡李勇毅公自鄂驰援宝郡，立解重围。随率轻锐追贼至东安县，余以偏师会之，识荆之初，称颂功德，而公退然若不足。已而筑垒相接，朝夕过从，挹其言论风采，则一恂恂儒生。所部数千人，皆修饬与他营迥别，望而知其为李家军，而公不示威棱，抚之如父兄之于子弟。余窃以公为道学之士，即此事功之表见者亦有异焉。

公凯旋后，东南连帅莫不引以为重，转战皖、鄂间，屡摧巨寇，声绩赫然。朝廷知公忠智足以办贼，畀以专圻，重以推毂，居忧则夺情视事，卧病则强起督师。方倚公以廓清全吴，告成郊庙，而公竟以哀悴不起，春秋仅四十有一，与其兄忠武公殉难之年同。何天夺之速而不一憖遗耶！两宫闻之震悼，盛典饰终，一如忠武。穆宗御极及克复金陵，并赐祭告，皆异数也。宝郡与湘、鄂、皖三省同奉旨，饬建专祠，地方士民，竞效子来之义，不日落成。呜呼！公之精诚，上结主知，下孚舆论，有如此哉！曾文正公作公神道碑，谓公初从罗忠节公讲学，强探苦索，务得于心。左文襄公铭公墓则谓幼即刻厉，名其所居为“耻不逮斋”。二公不妄誉人，且深知公者。然则公一生事业，从道学中来，余前言为不谬也。

光绪壬午春间，余由江南罢归，侨寓宝郡，余侄能缉与公侄光瑜结儿女姻，余得以时修谒公祠，展公私之敬。追忆东安之役，鞭弭周旋，如闻謦咳，而公已俎豆千秋矣。又五载，丁亥孟夏，公侄光表编次公章疏，录以示余，受而读之，把卷流连，慨叹而不能已。公之开府皖、鄂也，值群盗纵横，兵事急于民事，公先后所陈，其大者不外战守、剿抚两端。维时兵单饷绌，恒情畏难，苟安往往坐失事机，酿成天下大患。公初授皖抚，则请提师援鄂，以固本根。既改鄂抚，又请回皖筹防，以保门户。不分畛域，不惮艰虞，惟视贼踪所向，奋臂当之。崎岖数载，上游次第肃清，江宁遂成孤注。至于苗逆，阴叛阳抚，护持有人，庙算亦涉依违，公则力主用兵之议，毁訾听之，利钝亦听之。迨至苗逆伏诛，庇苗逆者亦婴显戮，而后叹公之所见远也。《易》曰：“王臣蹇蹇，匪躬之故。”公其有焉。

夫国是所在，人臣以身家之念参之，是以畏首畏尾，公公尔忘私，故行之弗疑也，言之弗惧也。迄今读此三疏，犹凛凛有生气。呜呼！非道学之士，乌足以语此！

补过斋文集卷三

《李忠武公旌扬录》书后

自古明君不以死报责其臣，而人臣之所以报君者，必死而后已。我朝自咸丰改元，军兴寖广，文武诸臣死事者多矣。其间情形互异，有泰山鸿毛之重轻，有慷慨从容之难易焉。湘乡李忠武公，起自布衣，为国同仇敌忾，固早办一死矣。驰驱江、楚各省，每战必先，又屡濒于死矣，乃幸而不至于死。咸丰八年戊午孟冬，安徽三河之役，似可不死而竟死之，此公所以得谥忠武，名实相副而无愧也。

《传》曰："见可而进，知难而退，军之善政。"彼三河一市镇，为贼踞而我攻之，非贼攻而我守之，如唐张巡之于睢阳，明史可法之于维扬，保障一方，断不可委而去之也。我军初至，一鼓破其九营，凶锋已挫。既闻陈玉成等援贼麇集，自度众寡不敌，振旅还就舒桐，与留防各军厚集以待，诱贼来追，而我反客为主，一网聚歼，未始非策。不然，则于迎击援贼失利之时，精锐尚未大损，简甲厉兵，决围而去，贼素惮公声威，必不敢于相逼。而后收合散亡，再图大举，尚可奏效。桑榆或谓兵败者死，代有常刑，若死于法，曷若死于贼？不思秦用孟明，卒成霸业。楚杀子玉，取快晋人。得失具存编简。我文宗显皇帝爱惜将才，从古罕有。如江忠烈公之守庐州，屡有密谕，令其相机去留，毋拘城亡与亡之义，应亦公所夙闻者。今公非城守，以五千人当十数万之寇，连朝苦斗，胜负相当，拔众引归，操纵在我。为将要有怯时，夫何足议，而公所以死之者，顾不计此也。观其告将佐之言曰：“退兵则损威，重长盗风，惟多杀一贼，即多除一害。”盖愤贼势披猖，不与共戴天日，方啮齿穿龈，握拳透爪以灭此朝食，而安肯避之？及力不能支，先焚朱批奏折，而后策马入阵以殉，其慷慨为何如者！其从容为何如者！公之临难不苟，端由德性定于平时。夫多言者不顾行，嗜利者必贪生，曾文正公陈公功绩，谓稠人广坐中，竞谈忠孝，公独默然。历年省积饷金，尽以分济他军，并无丝毫入己。是其渊深之度，人莫能窥。廉正之操，物莫能动。讵畏刀锯以延视息哉！文正公闻三河之变，决其必死，知之有素也。公死，所部相继死者且五六千人，公以一死报国，诸将士亦以一死报公。

夫人孰无死，死而轰轰烈烈，与日月争光，是亦人生难得之会。马伏波临老犹愿马革裹尸，而智计之士辄图幸免，谓留其身以有待。即使果有是心，而以后遭逢莫必，寿命难期，倘终无可借手以表见于世，或先狗马填沟壑，与草木同腐，其何以雪前此不死之耻？以李陵之才，一蹶不起，论史者莫不怜之，至其得当报汉之语，千载下未之敢信。曷若公之临阵捐躯，致命遂志，精忠大节为足以照汗青耶！

余生也晚，不获为公执鞭，今读是录，凡公植品之端方，待物之仁恕，治军严而有恩，遇事谋而能断，怯于论功，勇于赴敌，其见之碑、铭、志、传及名臣奏牍者，尚可得其梗概。至公殉节后，文宗轸恤之诏，海内传颂至今，谓凡死事诸臣，无不恩施优渥，而未尝有此宸眷，以结来生遇合之缘。盖公生平积诚格天，非徒以死塞责者。噫！公一日千古，其亦可以不死矣夫。

《李勇毅公奏议》书后

余往读《李勇毅公奏议》，不自揣其不文，而为之叙矣。既取是编而三复之，并恭绎所载历奉谕旨，窃叹国家否泰之机，虽曰天命，莫非人事。百辟宣猷，要由一人之鼓舞也。

我朝列圣相承，重熙累洽，驯至道光之季，洪逆倡乱粤西。同治改元，贼势弥炽，东南各省糜烂不堪，捻逆、回逆、苗逆起而乘之，浸及西北，几有土崩瓦解之患矣。我文宗显皇帝圣明天纵，神武夙成，选将练兵，分途征讨。维时周、召、申、甫、褒、鄂、范、韩内外并兴，文武齐奋，由是所向克捷，中兴之业，蔚然可观。我穆宗毅皇帝冲龄继体，上秉慈训，下赖亲贤，二三年间，大勋斯集。何成功如是之速也？盖作养人材，振兴士气，行军之方略，致治之规模，皆自先朝定之。用勋贤而守成法，如顺坂走丸，合泥为砖，自易易耳。

尝观前代之命将出师也，或幸臣临之，或宦寺监之，主将事权不一。或授以阵图，或遥为节度，临时措置为难。甚至责以速效，羽檄严催，没其前劳，犒赏不及。才堪大用，而间以邪佞使不能奏功。事在垂成，而听信浮言辄为之易帅。即不然者，市上有脱巾之变，军中无挟纩之言。封章屡入，久不报闻。呼吁频仍，若罔知觉。此汉、唐以来用兵之积弊，无怪乎舆尸之凶也。文宗深鉴覆辙，独具知人之明，其于勇毅诸臣，破格用之，推诚待之，委以干城，寄以心腹。无中制，无旁参，有请必从，无言不听。彼苗逆一巨憝也，胜保一重臣也，方其狼狈相倚，屡以飞语中公，而上意不为之动，并虑公有掣肘，随将胜保撤回，温谕下颁，多方慰勉，即父兄之于子弟，不过如是恳诚。至于宵旰忧勤，则与军中进止机宜，默相维系。有君如此，何忍负之？此公所以力疾视师，临死而不忘图报也。呜呼！非公之鞠躬尽瘁，无以副文宗特达之知。非文宗之圣，亦无以展公之才，行公之志。风云遇合，千载一时，宜其光复旧物，中外肃清，骏烈鸿庥，超越千古，盛矣哉！

夫周室东迁，遂成守府。光武崛起，与开创同。唐自肃、代以来，时有藩镇之祸，晋宋偏安吴越，尤为前史所讥。曷若我朝日月重光，河山无恙，九州四海，再睹升平耶！史有之，愿君无忘河北之难，臣亦不忘巾车之辱，居安思危，上下交儆。今圣天子励精图治，以绍文宗、穆宗亿万年之统。百尔臣工，尚念咸丰、同治两朝时事艰虞，幸有今日兢兢业业，夙夜在公，庶几勇毅公之忠勤于什一，虽休弗休，则持盈保泰之道在是矣。

《淮盐改章纪事》书后

国家税课之利，盐其大宗，两淮为最，广东次之。余先后承乏两江，其间移官岭外，而皆例兼盐政，故于因革得失，颇能悉其梗概。

窃以淮盐之改新章，以视粤盐之阃故步，可谓推行尽利，曲成不遗，深有合于大《易》变通之旨。其立法之美，厘然大备，载在全书。然而经营数载之久，而后纲举目张，则海盐陈筱浦主政，实相为终始。昨主政以曾文正尺牍见示，皆为盐务往复商榷之词，于创办新章，本末略具。文正戎马崎岖之际，乃于鹾政极力讲求，迨其移节直隶，犹复惓惓于此，盖深知于理财之要矣。

第绎其来书，无非询盈虚，酌可否，至于一切设施，皆主政精心独运，文正言听计从而已。迄今新章行之廿年，商人有什一之获，国家所收税课，至六千万有奇。诸军资其饱腾，四方赖以戡定，而各省之兴废举坠，拯溺救焚，众善奉行，其取诸盐务者，又不下千数百万，则主政襄赞之功，有裨时局，顾不大与！

继儿功课书后

以上课程，为侄儿能继立也，儿年已及冠矣，及此用功，犹未为晚。若复一暴十寒，恐有老大无成之叹！作一读书想，文章经济，不必尽出科名。本朝有以荫生至贤宰辅、名督抚者，彼丈夫也，我丈夫也，可不勉乎！作一不读书想，则识等面墙，材同皮相，将来纵得一官半职，不得不听命于幕友、书吏，为所舞弄，长官轻之，同僚笑之，不若在家藏拙之为愈也，可不惧乎！

光绪庚辰莫春月之六日，余解维东下，赴江督之任，属能继于是日上学，书此勉之。

承业楼跋

荫渠先生宅后有园，宽十数亩，花木葱茏，结构佳胜，先生乐之。其次君励吾茂才，因于园内建池北草堂，储古今书籍、字画甚富。层累曲折而上，为楼四楹，先生题其额曰“承业”，其所以期勉之者，意深切哉！夫先生勋业炳麟，为中兴第一，固学业之表见也。励吾以一诸生退然自处，不以功名介怀，定省之余，惟与古人为友。默契董子，正谊明道之旨，而于经权常变，独能见其大者、远者，非读书有得而然与？

余自粤归，挹其言论丰采，若与先生相晤对，知其学力之厚，平日克循庭训，无负斯楼命名之义久已。

芸馨遗草跋

芷澜观察方捧檄归豫章治水军，以重上游之寄，乃出其亡儿念之遗编，属余为序。余披览数四，爱其诗文清丽，且锤炼亦工，绝不类幼年所作。范鲁公有云："早发先萎。"此亦然与？宜芷澜抱西河之痛，日夕不释于怀，要未为达也。

夫齐彭殇，一生死，其言或涉于元虚，顾以孔子圣仁，而伯鱼不禄，高辛氏有八才子，今世系莫闻，然则夭寿固有命定，即所谓堂构之承亦偶寄焉耳，何戚戚为哉！余屡生不育，以侄为嗣，八岁甫解句读，便快然自足。况芷澜年力方强，将来充闾之庆，安知不更胜于前耶？行矣勉之。

东南泽国，利在楼船，尚其努力以济时艰，而酬知遇芸馨一书，当束之高阁，勿复常置案头，触目伤神，为无益之悲苦，致妨勋业。是则余之所厚望于芷澜者也。

大理文石跋

己卯仲夏，杨云阶镇军由滇移节高州，赠余大理石四，一圆三方，画意天然，皆奇物也。因就纹理所成之象，选用古人诗句以状之：一雨添山翠重。一夏云多奇峰。一峨眉山月半轮秋。一积雪凝苍翠。四诗与四石形神毕肖，且春夏秋冬恰备，四时之景，一若古人预为此石而咏者。

云阶非深于诗画，固为无心之凑合也，亦异矣，故识之。

石九阶游九疑山诗并图册题辞

昔人谓胸中无数万卷书，目中无天下奇山水，不足以为文，即为之，亦喁喁如儿女语。又谓笔墨无灵，不足为山写照，未可以语游山。

日读吾乡石九阶先生《九疑山行》，洋洋二千五百余言，凡是山之磅礴嶙峋，盘纡险怪，与夫朝烟夕霭，风雨晦明，泉石之清幽，草木之苍秀，又若丛祠古刹，断碣残碑，佛迹仙踪，瓦棺篆鼎以及田夫野老之邂逅，竹篱茅舍之栖迟，一一收之毫端，放之纸上，使披览者低徊往复，如置身于层峦叠嶂，绝壑穷岩。空翠扑人，飞涛满耳，笙、竽、钟、磬时出。于昙云隐现之间，披蓑戴笠之俦，辟谷餐霞之客，往来揖让，令人前后应接不暇，恍兮惚兮，竟忘其为读诗者。比阅杨君浩亭所绘八图，益叹是诗之神化，足以曲尽山之胜境也。

噫！先生其有得于山水之奇，以发为文耶？若先生，可以无负是山，无负是游矣。

题吴称三所藏徐星伯同人手札

称三先生嗜学好古，每得前贤书柬，辄什袭藏之。昨出示徐星伯同人手札所论经史、舆地、水利、书算以及文治武功，足以资考据而广见闻，非冒巢氏诸公同人集多是诗古文辞、已经坊刻者可比。宜星伯当年不肯视为故纸，今称三亦珍惜之矣。

余粗才俗吏，于风雅士绝少交游，如同郡之魏默深，犹未一通尺素，然读其书，未尝不慕其为人。今于此手札中得见其墨迹十数纸，如亲謦咳，则称三之惠我良多耳。

纪梦

坤一二十余岁就馆江忠烈公家塾，因念先赠公年近七旬，诸弟皆幼，岁脩所入，不足以资事畜时。行间诸帅竞以书币相招，颇为心动。先赠公闻之，手书谕曰：“人言汝有投笔之志，信乎？否乎？顾吾为汝计之，将为国家讨贼，汝自知无此才，欲于异途进身，汝不应存此念。揣汝之意，无非欲以薪水之余，以供菽水。噫！是汝之孝？实汝之愚！吾四十四岁始生汝于益阳旅次，数月还乡。十岁失母，今幸长成，读书以守先业，方冀率同诸弟，力图上进，幸博一第，庶慰老怀。即使蹭蹬名场，亦愿长依膝下，何忍以贫乏故置汝于锋镝死亡之地？汝虽日寄千金，而吾食不甘味，寝不安枕，庸何益乎？汝果赴营，吾为汝御，汝如不告而去，吾即接踵而来，万里不辞，以期父子并命，汝其图之！”坤一读之，大恸而止。

咸丰五年乙卯，先赠公弃养，甫经出殡，粤匪窜入我邑，蹂躏四乡。贼退，归来苦无安砚之所。会吾宗武慎公新立一军，剿郴州之贼，邀坤一同行。在营月余，追念先赠公遗言，心常戚戚。又因营办葬事，随即辞归。六年丙辰，武慎公有援江之役，湘幕左文襄请之于中丞骆文忠，檄坤一以五百人从之。武慎公殷殷劝驾，约至袁州，即许先还。及抵萍乡，适有芦溪司之捷，坤一滥竽荐牍，遂受絷维。是年克复袁州。七年丁巳，克复临江。武慎公请假修墓，坤一代统其军，于八年戊午进规抚州。

初，驻距城三十里之秋溪，而贼由上游龙古渡抄截我后，粮援皆断，人心大摇。坤一密选锐卒三千，潜师夜起，出不意直捣其巢。部勒既定，秉烛兀坐，默念此次利钝，为全军存亡所系，地方安危所关，辗转忧思，倦而假寐。忽报老大人来。自坤一摄统后，军中称武慎公为老大人，坤一以军情方急，而旧将遄临，士气百倍，不胜喜跃，亟率亲兵十数人出营迎候。至数里外，遥见四人肩舆前来，随从甚少，以为武慎公素性使然。既近，停舆揭帘，而出则先赠公也。方恍惚疑诧间，先赠公执坤一手曰："不听吾言，以至于此。今日乃知其难耶?"坤一号泣失声，不能移步。先赠公携之以行，入一道旁民舍，则先有妇人独坐堂中，以面向内，坤一逡巡逼视，见其垂头掩泣，为坤一已故元配雷夫人，益大骇异。先是，丁巳仲秋，坤一由临江行营往罗坊市办粮，以供普军之用。已而普军败绩，坤一间道回营，得免于难。溃卒归里，讹传阵亡，历问数人皆同，雷夫人以为信然，遂闭户伏剑以徇。久之，坤一始闻其病殁，犹不知自刎也。至是，悟其已死，并悟先赠公亦是阴灵，大惊而寤，竟体流汗，意非佳兆。既自解曰："父生我者，妻助我者，梦非偶然，此行可操胜算。"时已黎明，策马前进，未至龙骨渡，而诸将已破贼垒，擒斩多人，凯唱回营矣。是为咸丰戊午秋九月。

坤一历经戎行宦海四十余年，每遇事有急难或病困时，辄梦先赠公，往往转凶为吉。呜呼！爱子之心，不以幽明远近间耶?坤一垂泣谨记。

林宜人传

宜人姓林氏，广东顺德县人。同治四年，宜人十五岁，归余为侧室。时余由广西藩司升授江抚，舟次梧州，宜人适来，携赴新任。宜人年幼，而有法度，不苟言笑，事余及正室曾夫人咸尽礼敬。或逢余怒，则下气柔声，为可怜之状，令人自解。余屡遘危疾，宜人服侍汤药，无间宵昕，至损眠食。平日于女工外，好观史传，略通大意。尝谓唐武则天才不可及，犯一“淫”字，百恶从此而起。又谓古来倾城倾国，往往秋扇见捐，盖由受宠太过，不留有余，故触盈满之忌云云。年未二十，以无子故，亟亟为余再置两妾，抚之如胞姊妹，劝余均爱，词意谆诚。

光绪元年仲春，余权篆两江，以宜人从，而后沿途有袛候者，宜人曰：“彼误以为嫡夫人耶，我何敢当此！”礼辞之，不获，亟解缆去。及抵江南，俾主内政，宜人小心谨慎，于俸钱出入，手自勾稽，食用丰约得中，待人亦极宽厚。余堂侄某在外司会计，或言其有私，余故易之。宜人曰：“期功之亲，义须周给，即令有私，亦楚弓楚得也。”余为之释然。先是，在江西时，宜人忧念其父母，家贫乞贷于余，不满其愿，则典质钗钏，以巨金遗之。余嘉其孝，不之禁，且迎其母来署，年余始归。是年孟秋，余拜督粤之命，以宜人故乡，有锦旋之荣，意其必喜，乃闻之色变，默无一言。随于腊杪同至羊城，宜人时以林氏亲属多事为虑，接其母进署，仅一宿即送回。余亦待之甚严，不许时通来往，且以广东俗好招摇，相为警戒。宜人悒悒不乐，一日，忽谓余曰：“君前以我多病，言俟我死，以尸归林氏，何故？我生为刘氏人，死为刘氏鬼也。又许我身后为我作传，尚忆之否？”余漫应之。越数日，以小口角竟饮鸩卒，始知前言有因，预办一死矣。时光绪二年三月某日，得年二十五岁。宜人无出，以能纪慈母恩，捐请诰封，敛以冠帔，归葬新宁县白沙村之长庆寺后山。

宜人资性聪明，颇知大义。余初闻穆宗病笃，深切忧惶，一夕梦中号呼皇上而寤，泪涔涔满面，宜人窃与娣姒言：“人臣爱君，当如是者。”旋奉遗诏，余仰天大恸，宜人在侧，亦呜咽不已。及今上登极，以覃恩给二品荫生，余以缉侄好学，得此为慰。宜人愀然曰："先帝弱冠厌代，而后新天子有此庆典，是固大幸中之大不幸也。"余深愧是言。呜呼！十载衾裯，方视为闺阃中良友，不图猝有此变。前在章门，戏赠宜人一绝，有"臣妾各自尽，知否坠楼人"之句，竟成谶语，命矣夫！

黄承纲传

黄承纲，湖南新宁县人，深沉有勇略。咸丰三年，从邑人候选知府刘长佑击贼于庐州。长佑归楚，承纲留江忠义营，积功擢都司。咸丰六年，长佑以江西候补道驻师袁州城外，承纲由庐州来投，长佑喜，以一营隶之。十月，克复袁州，擢游击。

七年二月，长佑进屯临江府之太平墟，承纲以所部居前当贼冲。越数日，援贼大至，布阵数十里，诸将相顾失色，承纲意气自若。贼先以骁悍攻前营，承纲与郑金华等力战却之。会右路贼沿河绕出官军之后，以火攻陷数营，烟焰蔽天，各营惊溃，独承纲闭垒固守。俄而群贼四合，承纲谓其下曰："走亦不免，当努力杀贼，毋徒死也。"贼环攻数时之久，尸填濠堑，官军亦多损伤。

日晡营陷，承纲被擒，贼胁之降，不屈，乃磔之，并屠其营所部五百人，无一免者。

邓在富传

邓在富，湖南新宁县人，从邑人统领楚军刘长佑，先后克复湖南郴州及江西萍乡、袁州、分宜、新喻、临江各郡县，积功屡擢参将。在富勇敢逊诸将，而明敏有智度，善察形势，识贼情。

抚恤士卒，得其死力。每进兵，辄令在富率所部先行，各营随之，听其指画。

咸丰八年正月，长佑回籍，坤一摄统领事，以在富及副将李明惠佐之。明惠善战，在富善谋，坤一深资其助。三月，坤一由乐安进，与统领湘军萧启江会攻崇仁，以规抚州。在富见贼有去志，即设伏近村，贼果夜遁，在富入据其城，湘军不知也。既以湘军战功多，以东岸官城归之，而自退屯民城。坤一旋进秋溪，启江亦进上顿渡，均距抚州十数里。贼乘启江筑垒未成，悉众来战，启江亟求援于楚军，坤一令在富率二千人赴之，与湘军并力夹攻，贼大败去。复率各营击建昌援贼于宜黄之龙骨渡，破其七垒。四月，克复抚州，以功擢副将。

七月，长佑来营，会贼由浙、闽回窜江西，乃移师新城，邀击大捷，令在富分防泸溪，以众寡不敌，泸溪遂陷于贼，在富惭愤呕血卒。

李光祝刘世鹏合传

李光祝、刘世鹏，均湖南新宁县人。咸丰五年，从邑人候选知府刘长佑克复郴州，以功保千总。六年二月，长佑以江西候补道率楚勇援江，败贼于湘东猪头岭等处，光祝、世鹏斩获独多。旋克泮乡县，屯七里铺，贼悉锐来攻，光祝开壁奋击，世鹏潜率所部绕出贼后，贼遂大溃。三月，进逼芦溪市。市居两山之间，为袁州府门户，贼踞市立栅，并于市左右依山筑垒，为固守计。我军屡攻屡却，世鹏乃选敢死者百余人，挟利刃，藏火器，乘贼与各营苦斗之时，逾壕而入，焚其石垒，各营鼓噪竞进，余垒悉破，贼弃芦溪市，走归袁州。

时吉安未复，三面皆贼，长佑孤军深入，步步为营，贼喘息既定，复来逆战，辄为光祝、世鹏等所败，世鹏亦屡受重伤。四月，我军乘胜分三路攻袁州西门，贼倾巢而出，我军不支，相继挫退。贼众来追，光祝单骑断后，横矛大呼："来，来，与尔决死!"贼不敢逼，五月，长佑合北路湘勇围袁州，光祝徒步逼攻南门，中枪仆地，为贼支解。世鹏随因救援南路各营，中飞炮卒。

光祝身长八尺，性质直，好酒使气，尝犯令，当斩，长佑屈法宥之，光祝感奋图报，每战辄以身先卒，及于难。世鹏尤忠谨，平日恂恂如儒生，临阵则勇往直前，虽止之不听，自言："我见贼辄愤不可遏。"卒时先受数伤，犹未愈也。

诰授光禄大夫记名布政使前贵州按察使席公研香方伯六秩寿文

惟光绪十三年，岁次丁亥，嘉平月二十有九日，为我研香方伯六秩开一大庆，谢方伯澧卿暨诸亲友，醵金制锦，称觞上寿，以余托葭莩末，属为文以序之。余曰："人生六十为下寿，方伯将享期颐，登耄耋，何汲汲于此？既思士大夫无所表见于世，庸庸厚福，即期颐、耄耋亦何足寿夫?"然则诸公请寿，方伯之意可知矣。

《传》曰："立德、立功、立言三者，并垂不朽。"我方伯崎岖戎马，其立功于江、楚、黔、粤诸省，卓卓可纪焉。溯自咸丰及同治初年，东南鼎沸，一时文武之才竞出，以效驰驱之用，而吾湘为尤盛。其间勇略过人，谋则应变设奇，战则摧锋陷阵，荡平巨寇，恢复名城，声绩烂然，以佐中兴之盛业者，可以枚举，要是一时之智力，而非夙有挟持。若以韦布之身，怀匡时之志，晦明风雨，斗室盱衡，远览前代兴亡，近究当今得失，举天下大势，已烛照而数计之。旁及孙、吴兵法，亦复成算在胸，坐言起行，指麾立定，以之建殊勋，膺懋赏，若有得心应手之妙者，楚才中三数人而已，方伯其庶几乎！

余初以偏师从荫帅援剿袁、临，继领全军进取抚郡，方伯同在行间。凡平日之运筹，临事之擘画，虽有行有不行，无不与管见默相契合，由是定交，常共晨夕，因得见其里居。时上曾文正一书，备陈吏治民生之要，及行军战守机宜，议论发皇，根据经史，始知其留心时务，讲求利弊，于未出山之先者，固有素矣。我军自江凯撤，石逆达开度已解严，遂由闽、粤间道犯楚，入自郴、桂，众号三十万，数百里绵亘不绝，人情大震。方伯力请荫帅以重兵扼祁阳，兼顾衡、永，遮其东下，果大破贼于永州城外，挫其凶锋，宝庆得以有备，固守待救，卒得保全。及从荫帅追贼至粤，则请先攻柳郡，次图思、浔，规我幅陨。即使石逆失所依据，且策石逆将来必窥蜀而死于蜀，后一一如其言。

时江诚恪以精捷营驻湘，亟引方伯自助，当道亦雅知方伯，倚以办贼，俾自成一军，是为精毅营。转战郴、永、靖、沅，所至风靡，驱贼出境，桑梓晏然。旋与江诚恪连兵援皖，馘黄逆之首，解青阳之围，士气百倍，贼相戒避去。移师江西，而江诚恪卒，江抚沈文肃遂以兵事专委方伯，虽有刘克庵、鲍春霆诸宿将，而文肃之意不屑也。

自金陵克复，群贼悉由浙入江，蚁聚蜂屯，分踞城镇。诸将见贼势重，相顾莫敢先击，方伯独以所部纵横荡决，斩获甚众，解散其党十数万人。时朝廷以幼逆洪福瑱在逃，悬重赏购之，幼逆旋为方伯所擒，并擒伪王侯十数人，余益夺气远窜，广东、江西遂无一贼。会余奉命抚江，益以方伯为长城之寄。平远铁石口之捷，首逆汪海洋卷甲重来，致死于我，以为出坎之计，倘任纵逸，大局复糜烂不堪矣。方伯躬督诸将，分途邀截，竟日苦斗，汪逆重创，贼遂不支，或杀或降，精锐损折殆尽。其退入嘉应州城者，皆锋镝之余。明年，左文襄以闽师蹙之，直如拉朽，东南遂报肃清。是非方伯数予痛惩，未遽及此也。

发逆甫平，方伯随有援黔之役。黔中苗、教狼狈，相倚垂二十年，湖南沿边，深受其害，前屡出师，迄无寸效。此次沉舟破釜，下令如山，一鼓而拔荆竹园，再举而夺螺蛳寨，以次攻克清江、台拱等处，莫不穷幽极险，扫穴擒渠。方伯间与余言，谓黔中可保百年无事，盖自信草剃禽狝，尽绝根株，非苟且塞责者。计此两三年间，日在蛮烟瘴雨中，竟不知身为何物。

黔事初定，方伯猝中风痺，自蹈于危，而贻人以安，宜黔民之讴思无已矣。方伯谢病归里，久赋遂初，两宫廑念勋贤，诏图形于紫光阁，殊荣旷典，乃得之于绿野优游之时，讵非人臣之盛遇哉！其旧部之分隶龚、苏两军门者，犹守成法，以建殊猷。现今湖南风鹤无惊，粤西边鄙不耸，犹方伯余威所慑也。

余观方伯之用兵也，长于计算，务持重而能赴机，故有大胜而无大败。其待将士，抚之厚而驭之严，不测之威，不赀之赏，足以驱策群才，使之革故为新，变怯为勇。窃以比拟古之名将，在汉则周条侯，在唐则李临淮，在宋则岳武穆，在明则戚少保。若其负刚直之气，进逆耳之言，则又汲长孺、包孝肃之流亚。余生平视为畏友者，惜也未竟其才，遽得此偏枯之疾也。或者谓幸得此疾，留此有用之才也。凡有是疾者，速则数月，迟则数年，苟延视息已耳。方伯自抱恙迄今，偃蹇垂廿载，尚育男女四五人，以时婚嫁矣。其智虑精神，不减畴昔。医药之暇，精治堪舆。且将追踪陶朱，以宣余蕴，即以此能聚能散者，周恤贫困，振济饥荒，务使遐迩亲疏，咸沾河润，积善余庆，岂仅贻之子孙？方伯之耄耋、期颐，于此可卜。

余少方伯二岁，而蒲柳早衰。追忆昔日同袍，亦复晨星落落，惟方伯秉赋独异，矍铄如恒。年来与余过往频仍，追欢道故，并得分儿女之爱焉。今日者欣逢祝嘏良辰，恰届迎年令节，鼕鼕腊鼓，响答笙簧。想见昼锦堂开，其罗拜庭下者，桂馥兰森，珠联璧合，则若子、若孙、若弟、若侄及东床快婿也。纡朱拖紫，佩玉鸣球，则宗族姻娅，邻里宾朋及旧日将佐也。扶老携幼，只鸡斗酒，以效野人之献华封之颂者，则平日乡曲间待以举火，沦肌浃髓之白叟黄童也。饮食宴乐，醉饱歌呼，老子婆娑，其掀髯而笑乎？余愧未能捧觞以从冠履之后，则所以揄扬休美者，曷敢以不文辞？

《閟宫》之诗曰："俾尔昌而炽，俾尔寿而富。黄发台背，寿胥与试。俾尔昌而大，俾尔耆而艾。万有千岁，眉寿无有害。"谨拜手稽首，为我方伯诵之。

太学生陈东皋表叔八秩寿文

古来笃行君子，德修于身，诚动乎物，妇子家人化之，宗族姻娅化之，里闾乡党亦化之。偶有一不肖之事，庸为长吏所责，不愿使有道者知。其感通之妙，莫知其当然，更莫知其所以然。天下郡邑，倘各有是人，则俗美风良，凡官师文诰与夫法制禁令皆可不设。初疑作史者于此或有揄扬过当之词，兹于我表叔东皋公得之矣。

公于先君子为中表，尝从受读，先君子爱而敬之，始终无闲言。每于兄弟趋庭时，辄举公孝友忠信之行，津津乐道之，俾知取法。坤一兄弟虽幼，谨识不敢忘。及长，以通家谊侍公左右，窃见公与德配江孺人事程太孺人，承欢养志，孺慕之忱，老而弥笃。咸丰年间，公尝举家避寇他出，所至必洁一室，奉母居之，室内陈设，平时服御各物，朝夕定省如恒，即风鹤频惊，而公言动不改常度，崎岖数月，太孺人竟不知有乱离之苦。既而主器云亡，少子继逝，极人生难堪之境，公忧戚不形于色，且戒江孺人不哭，惟日于堂前弄诸孙，曾强为嬉笑，冀续含饴之乐。太孺人桑榆晚景，眠食有加，年登大耄，非公善慰亲心，曷克臻此？

公兄弟四人，长患风痰，不省人事，公调护饮食起居，数十年如一日，俾以寿终。叔、季皆早世，遗室唐孺人、郑孺人青年守志，呱呱在抱，生计日艰。公身任家政，拮据万端，恩斯勤斯，覆育备至。二孺人完柏舟之节，诸孤以次成立，门庭翕然。

至于地方善类，公则极力扶植之。一二横逆之徒，亦教戒以使之改。先毂吾师于公为族侄，贫老死，无子，公为之立继，且谋置产，汲汲如恐不及。某为暴于乡，人畏之如虎，公于里社会饮时，对诸父老数其罪而批其颊，某俯首不敢仰视，后遂敛迹，是固彰彰在人耳目者。

公生平无疾言遽色，义之所在，卓然有守，不可干以私。大庭广众中，剖晰是非，言论娓娓，环坐倾听者，唯唯之声相属。有时面折人短，理直气和，令人自服。里闬鼠雀之讼，得公一言即解。苟行一非礼，惴惴焉惟恐公闻。公如片言瑕疵，受之者若挞于市，殆所谓笃行之君子，诚足动物者与？

坤一乞养归里，重亲謦咳，追念先君子生前执友，惟公福履康强，德益粹，貌益腴，坤一兄弟得以奉为榘矱。春间侍坐，犹闻公言，以近有博徒败坏人家子弟为虑，其关怀世道，出于至性至情。默察吾乡风俗人心，实赖公之老成硕望相为维系。呜呼尚矣！今公八秩大庆，坤一兄弟随诸亲友后，捧觞上寿，谨掇《葩经》之有合于公者，拜手稽首而歌之。诸亲友群起而赞曰："有是哉，不可以不书！"爰命笔以为之序。

敕授儒林郎太学生梗堂太姻翁暨德配林孺人六旬双寿文

余自投笔从戎，迄今廿余年。家居不满一载，复为官守所困，以故里党姻娅，往往不相闻问，即家事亦不复置念。得仲弟肩吾书，始知侄儿能缉纳采名门，为李静江茂才之女，梗堂儒林公之孙，余深喜曰："是可耦也。"

忆余幼时，受业于砚农师之门，公其从祖时来塾中，因得亲承桀矱。静江其长郎与余同学，而年最少，貌岐嶷不凡，岁月如流，顿成今昔，静江已蜚声庠序，且幸有女与余侄缔姻好矣。既而肩吾来江，称公与德配林孺人体腴神健，不异壮时，其家康裕如故，而亦无所增益。又盛称静江华实并茂，将与绣虎雕龙之俦角逐名场，若可操券以得，凡自吾邑来者，无异词。噫嘻，公其宜有是子也！

夫公为人粥粥若无所能，与人言呐呐不能出诸口，亦不善治生产，而笃实谨厚出自性，生不知人间有机械变诈之事。林孺人佐以勤俭中馈，称贤推施无吝色，其教静江昆仲，有画荻和丸之誉。《易》曰："无妄，然后可畜，故受之以大畜。"公其庶几乎？《记》曰："妇顺备而后内和理，内和理而后家可长久。"林孺人其有焉。

夫今之人矜其智巧，逞其豪奢，以非侮老成，夸耀闾里，莫不以为一时之雄。又或昧于老氏止足之戒，借手成业，日以掊克为能，不数年而致巨富，自谓善居积，可贻子孙，乃一转瞬间，炎炎者灭，灼灼者萎，物是人非，并先世之所留遗，举为他有。后之人不肖，甚至不堪过问，盖本实先拨枝叶从之，理固然也。若公之抱诚守约，德泽孔长，静江为克家之子，前程正未可量，讵不足以风世哉？

今公暨林孺人六旬双寿，亲友为之称觞，静江由长沙以书来，属序于余，谓余为夙知公行谊者。余其敢辞？谨述公生平梗概，及天之所以福之者，为之序。

刘松风大令五秩开四寿文

咸丰六年，余从荫帅讨江西之贼，既克袁州，先以偏师进分宜。成垒之夕，新喻刘松风茂才偕同学数人间道来谒，陈贼情甚悉，且请为乡导，余率师从之，遂克新喻县城，顿舍罗坊墟以规临江。

松风故罗坊人也，孝友忠信，为乡里所敬爱，余因以练团筹饷委之事，赖以集官军攻临江，不利，退守分宜。贼扰及罗坊，闻松风助官军，衔之次骨，欲得而甘心焉，松风几不免。及官军再围临江，拔之，进复抚、建诸郡，松风常往来兵间，崎岖拮据，不辞劳瘁。余与荫帅上其功于朝，屡为部议所格，不获优叙，而松风处之澹如也。

同治乙丑，余奉命巡抚江西，时松风方就教职，见其气象恂恂，无殊畴昔。随司铎丰城及武陵两邑，登庚午贤书。噫！松风其安于义命之士，而自足于学者乎！军兴以来，士之投笔从戎者，莫不乘时干进，稍有凭借，则所以矜炫而攀援之者不遗余力，以求速化，往往无尺寸之表见，不数年而握郡县之符，跻方面之位，自以为高才捷足者，比比然矣。松风顾偃蹇若是，盖其勇于赴义，怯于求名，当奋然投袂时，为靖桑梓之难已耳，夫岂梯荣阶进之俦所可同日语哉？今松风五十有四矣，余亦须鬓苍然，回忆少壮之时，相与戮力王事，忽忽垂二十年。既叹岁月之如流，壮游不可再得，又以躬逢明圣，不能为国荐贤，致松风于通显愧弥甚焉。然而松风之抱朴守素，正不以彼易此也。

夫静者寿之征，老子曰："归根曰静，是谓复命。"松风性情恬退，不屑屑与世俗驰骋名利，其所以葆精完神者，将登耄耋而享期颐，无俟卜筮而决耳。是为序。

吴教授七十双寿文

《国语》载：卫武公年九十五作《懿戒》自警，今其章句见于《大雅》，而《国风·淇澳》三章，传以为卫人美武公之德，而引绿竹始生之美，盛兴其学问，自修之进益，盖义理之精，真好学者通乎性命气数不得而争焉。顾非宿根深，不知好学。非精力富，不能好学。非嗜欲尽捐，神明不紊，亦不终于好学。至以竹萌始发喻美乎日新武公耄耋之符，为操之有本，求诸晚近中不数数觏已。

醴陵称三吴先生，少承家学，即笃志经史，旁及诸子百家，由拔萃科朝考优等选宝庆、城步教谕，居十九年，大吏保荐，擢升府教授。身官舍而心林下，取宗生卧游之义，颜所居曰"石笋山房"。遍征海内名公巨卿、士女方外及属国雁臣题咏，而湘东片石，至是彰闻于天下。今夫竹，雪霜不渝，其筠贞也。土苴不入，其心虚也。葛藤不挠，其干直也。矫揉不驯，其节坚也。而皆笋所芽蘖，未出地而全体具，未解箨而劲质存，惟成材速，适用宏，遂不免见戕斤斧。天若故泄之，又重惜之，因有竹萌森乎石壁，隐以示士君子之蟠根错节，不为世用，自全其天，其永年类如彼也。

先生居巫水二十年，地连粤峤，俗陋而荒，四壁图书，凝尘满席，怡然有以自适。所入俸缗最啬，大半付之书肆，力不能购，则借观手抄之，忘寝与食，老而无厌。其课弟子员也亦然。莅郡学六年，士习抑华崇实，前后督学使者，莫不重其为人，而张燮钧太史且以大雅闳达、德望优崇语闻于朝，得旨优奖，加以章绂。今春秋七十，长于坤一而精神十倍过之，其苞蕴之纯，以视箦筜发萌之美，初无以异。古贤侯耄期不倦，先生不又可操左券哉？

德配陈宜人，行年相若，治家严整，与先生行谊同。令嗣亦英广文，初选邵阳训导，为司铎善地，有谓例无回避明文，商之大府书吏可，无庸调。先生正色拒之，阃内无违言，其公正无私又如是，是得力于学，殖以绵世德者。齿录金石之寿，皆不足以罄之。

坤一在告，尝与先生时相过从，用推所以眉寿者著于篇。若夫发为歌咏，以益扬石笋之古芬，上续风《诗》淇竹，则在郡中同学诸子。光绪十九年秋九月。

补过斋文集卷四

诰赠光禄大夫先考云樵府君行述

先考讳孔濬，字罕如，号云樵，新宁县学生。系出汉沛郡刘氏，先世自江西吉安府迁湖南新宁金城里。家世儒素，五传至我。高祖盖臣府君，讳文倬，拔贡生，妣周孺人。我曾祖继轩府君，讳武敏，邑廪生，妣邓孺人。我祖康书府君，讳葵，恩贡生，妣陈孺人。三世皆以坤一蒙恩，赠荣禄大夫，妣皆一品夫人。康书府君生子四：伯碧池府君，讳孔泮，县学生。仲达本府君，讳孔源。叔逢盛府君，讳孔治。先考其季也。先考生时，陈太夫人年已五十，越二岁，康书府君卒，家益落。

先考六岁从碧池府君学，即深自刻苦，夜读尝达旦，碧池府君呵止之，则隐烛为就寝状，伺伯兄眠已熟，则潜起复读不倦。年十二，佣书供菽水。十九，授徒石田村，月积斗米，负归以养。既念去家远，定省不时，改馆族人南珍翁家，朝夕必归侍陈太夫人膳，入夜，则视寒暑炙炭驱蚊而后去。初娶邓氏，邓故士族，以失陈太夫人欢，竟出之。每赴试，报罢归，遥望里门，悲不自胜。及入见陈太夫人，则笑语移日，怡然若不知有得丧也者。年三十，以古学为学使者所知，始注籍为学官弟子。逾年而陈太夫人卒，先考哀毁骨立，见者靡不感动。厥后重馆石田村，追念陈太夫人，题诗庭树上，有“半囊仲氏米，负不到黄泉”之句。既免丧，年已四十有一，先妣傅太夫人始来归，偕之益阳，越三岁生坤一，归里生培一、瑞一、傅一。

道光十九年，傅太夫人卒，先考生计益蹙，而处之泰然。坤一兄弟甫应试，即诫之曰：“近日士人好夹带入场，或假他人手欺试官，图侥幸，即不败露，此其心宁复可告人？汝曹戒之。”及坤一兄弟相继入学食廪饩，先考勉之曰：“儿辈毋自画，当努力精进，以成乃翁之志。”于是再娶蒋太夫人，率诸妇经理家政，俾坤一兄弟得出外肄业。时军兴数载，行间诸帅有以书招坤一者，先考力却之。尝闲步至家塾，见坤一兄弟伏案上共读，輾然色喜，谕之曰：“世事沧桑，诸不足恃，惟多读数句书，尚能为我有也。

且读书原不为科名，岂以乡试偶停，遂甘废弃哉！”平生素强健，无病，惟患脚筋抽掣，顾不常发，发则数日始愈。六十后耳重听，而目益明，中夜犹为坤一兄弟删改文字。咸丰五年元旦，试笔作诗数章，语意多悲感，坤一等窃窃隐忧。五月，七十诞辰，坤一兄弟及群从捧觞上寿，先考顾而乐之曰：“我年四十余始生若曹，今皆长大，不废学以堕先业，吾愿足矣，复何敢多求哉！”逾月感疾，自惧不起，谆谆以后事为嘱。已而获瘳，体益发舒，不孝等私心窃喜，谓侍养之日方长。八月四日，坤一晨起自塾归，先考方呵责家人，声色甚厉，坤一屏气侍侧，俟怒解，乃赴塾。日中，闻先考忽中风，皇遽驰归，则危坐卧榻，左目侧视，手足渐不仁，然神识不少衰。医至，犹应接如平日。日晡呼酒，连饮三爵，叹曰：“我未见汝兄弟成名，死不瞑目！”比以参汤进，痰上涌，语呐呐不复可辨。至亥时，竟弃不孝等而长逝矣。呜呼痛哉！

先考至性过人，陈太夫人殁后，以所遗簪幅盛以匣合木主祀之，岁时启视，辄涕泗横溢，言及生前苦况，则呜咽不能成声。晚年犹时梦见陈太夫人，辄大号而寤。碧池府君卧病十余年，先考奉汤药无倦色。达本府君迁居别业，卒后贫不能敛，先考营殡葬尽礼。仲母李太孺人卒，亦如之，为其子孟传授室制产。逢盛府君中岁得狂疾，先考调护之甚，至卒，无子，则为之立嗣。有女兄适江氏，先考敬事，晚益笃，得佳味，辄遣坤一迎归共食，道儿时事以相笑乐。待诸侄有恩，而督责綦严，稍不率教，虽成人必令跪家庙予杖。亲故贫乏，辄周恤不少懈，家屡空，澹如也。有所赢，辄随手散去，当谓积财不用，金玉与瓦砾等耳。生平与人一言，即始终不易，与富贵者游，绝不少降词色。尤善知人，江忠烈公微时，先考决其必大贵，常覆翼之。惟性刚疾恶，初应童子试，有皂隶子夤缘冒考，赂校官某主持之，先考发其事，校官忿甚，将中以危法，先考不为动，事卒得直。尝郡试归，逆旅主人詈其母，即奋拳殴之。又尝赴族人饮，其子以争产语侵其父，先考批其颊，将以鸣诸官，父子泣谢乃已。少为诗古文有逸气，而于制举业则泊然视之，以为读书者身心性命之事，非特为禄利计也，以故终其身偃蹇不得第。

生乾隆丙午年五月二十八日，卒咸丰乙卯年八月四日，春秋七十，葬本邑长湖村古兜竹鸡山。先是卜地未获，权葬宅后书房园，粤寇至，附郭新冢多被掘，先茔独无恙，人皆以为盛德之报云。子五：长不孝坤一，优廪生，现官两广总督。次培一，按察使衔，候选道。次瑞一，改名镇，优廪生，早卒。次又生，殇。次傅一，今名侃，县学生。女一，适国子生李绍灿，皆傅太夫人出。

呜呼！先考为贫诸生数十年，立心制行，较然不敢欺，尝自言："吾祖父皆好学守礼，吾生平亦未尝失德，子孙当有兴者。"迨先考殁，不孝兄弟乃得以军旅起家，叨沐圣泽，特赠先考光禄大夫。不孝兄弟遭时窃位，皆我祖考余荫所致，缅怀先德，悲怆其能自已乎？往者江忠烈公居京邸时，以先考六十初度，乞曾文正公为诗祝之，其述先考至孝，早已传诵于世。不孝等庸陋之资，何足阐扬万一？谨就侍养所得，诠次崖略，不敢稍涉虚饰。伏求当代大人先生，锡之传、志、铭、诔，以诏后世。世世子孙，感且不朽。同治元年四月，不孝男坤一，偕弟培一、傅一谨述。

诰赠一品夫人先妣傅太夫人行略

先母傅太夫人，系新宁县新寨村龙塘傅公春福之女，年二十三岁归先公。结缡数月，旋同赴益阳。先公初避家难，流寓益阳罗家，我郡木商之贸易于是者，举为会馆五福宫董事，岁脩颇丰，至是先公复携先母就馆，先母与主人妇罗姆相得甚欢。越岁，生先姊，后适李氏。又二岁，生不孝坤一，是为道光九年，先公时已四十四岁。晚年得子，深以为慰。先母因念傅太公年老，亟劝先公归里。先公笑曰："归无啖饭处。"先母曰："子以笔耕，我以针耨，或当不至饿死。"先公勉从之，于次年四月辞归，买舟西上，行至松树滩，最为险恶，缆断船横，倒退数里，惊涛骇浪中遇救得免。先母抱不孝坐舱中，神色不变。

归至新宁旧宅，四壁萧然。先公不复授徒，以余资设肆城外。年余，资斧俱尽，赖先母经理家政，井臼亲操，并广种园蔬，易米以佐朝夕。以家系士族，往来多衣冠中人，虽甑釜生尘，而枣、栗、脩脯之属，先母辄手制多种，以供宾客，若素封然。既而连生二弟、三弟、四弟，无力雇乳媪，皆躬自抚育，而生计益窘，其中勤劬拮据，莫可名状。四弟幼殇，先母恸甚。家人因瘗数里外之水冲，先母踪迹得之，以手抉土，十指见血，不孝兄弟踵至扶挽，则已闷绝在地。素患偏头风，由是增剧，骨立如柴。及生五弟，遂至不起。时不孝十岁，瞢瞢无知，惟记就敛时检视衣笥，尚遗羊裘一袭，翠钿二盘，整洁如新，系前在益阳所置服饰，归里遂不复用，其俭约如此。

每岁必携不孝徒步归省傅太公，又常迎太公至家，亲奉甘旨。一日不孝自塾归，见姊弟均在户外，独推门入，则太公坐榻上，先母侧坐劝进饮食。太公笑曰："孙来，我为若留一脔。"先母亟挥不孝出，仍敛余炙以佐太公晚餐。先公性严急，偶忤辄加声色，先母皆顺受之，从不闻有诟谇语。先公在外，或有酒失与人抵牾，先母即遣不孝前往谢过。先公事先姑母最笃，每得佳味，必迎先姑母至家共尝，先母曲意承志，不敢稍懈。其待群从子侄极有恩礼，诸兄多年长于先母，而敬事先母一如其母。

先母雅善知人，江忠烈公于先公为甥舅，行微时，常有称贷，偶值先公匮乏，先母即典质钗珥付之，屡称此子岐嶷，必能出人头地。后忠烈通显，而先母已弃世。先公尝举此以告不孝兄弟。不孝稍长，先母每抚而谕之曰："益阳罗氏夫妇遇我厚，尔若成人，当思所以报德。"不孝谨识之。壬午由两江罢官归里，舟次益阳，询悉罗姆尚在，且有子孙，亟登堂拜谢，泣述先母遗命，先以百金为寿。罗姆怆然，问及先姊，并指示先母生不孝之室，板屋数椽，仅蔽风雨，当年跼蹐情形，宛然在目。呜呼！人孰无母？如先母生不孝及姊弟六人，贫而多男，为累弥甚，乃不幸早逝，莫申乌哺之私，则不孝兄弟同于无母，先母同于无子矣。若先母至今尚存，亦仅九十余岁。我寅僚中祖母及母享高寿者颇多，何不孝罪孽深重，祸延慈闱，中年殂谢，竟至生无以养，死无以葬，不孝今日受禄万钟，其能下咽耶？椎牛而祭墓，何如鸡黍之逮存？悠悠苍天，曷其有极？

先母生于嘉庆七年壬戌六月二十八日午时，殁于道光十九年十二月初十日寅时，享年三十六岁。葬新宁县城东门外金城里书房园，巽向。咸丰十一年，以不孝克复广西浔州府城功，诰赠一品夫人。嗣于光绪四年在两广总督任内，光绪二十年在两江总督任内，两次恭逢覃恩，累赠一品夫人。不孝男坤一谨述。

雷夫人节略

夫人同邑新寨村马头桥贻封修职郎雷国栋公之次女，余元配也，殁十余年，以覃恩封赠一品夫人。夫人远祖希村孝廉，为陈恪勤公高足弟，文名重一时，兄弟四人皆蜚声庠序。后虽中替，而以耕读为业，守其家法，尚有补弟子员者。

道光九年三月，夫人生之前夕，其母戴孺人梦金人入室，因以取名。夫人性刚烈而有坚忍之操，十七岁归余，时余家贫甚，先慈傅太夫人殁已数载，夫人以新妇主中馈，数米而炊，躬行勤俭，每典质钗珥为余制衣履衾裯之属。余出外肄业，先赠公年老鳏居，诸弟尚幼，夫人事畜兼至，俾余无内顾忧。先赠公夜苦口渴，夫人辄呼幼弟同起暖茶以进，无间寒暑。道光二十九年，土寇陷城，余以事先赴郡城，家故负郭，先赠公将挈眷避难，夫人默计外家闻警，必有人来接取资装，乃检束遗物而后行。既而雷家果遣人来逐一收去，得免散失。雷家并以肩舆迎夫人，追至水冲，先赠公怜夫人足弱难于涉远，亦劝姑就外家。夫人垂泣曰："夫出门时以老幼相托，岂有患难相弃，自图便安之理?"卒随先赠公徒步逃至距城七十里之回龙寺，艰苦万状。先赠公晚年续娶先继慈蒋太夫人，夫人以十数年冢妇事之尽礼，得其欢心。

夫人连生二男，一数月殇，一周岁殇，以先赠公在堂，忍恸而不敢哭，由是悲郁成疾，渐形消瘦。咸丰五年，先赠公弃世，国栋公相继卒，夫人不胜哀感，病益增剧，一息奄奄。次年，余有援江之役，夫人知不可留，而以锋镝为虞，日夜饮泣。余别登舟，夫人犹潜出至河岸，隐身树后，窥视涟洏，盖若知为永诀也者。又次年，江西援军败于罗坊，余随普营退英冈岭。邑人有自营逃回者，讹传余已阵亡，夫人闻之，遂抽剑自刎，恸哉！

同治年间，抚湘刘蕴斋师代陈殉节情形，得旨旌表，准于邑中建坊，并入祀节孝祠。

诰授中宪大夫习潜公行略

余同祖长兄习潜公，尝谓坤一曰："我少壮时与季父孤苦相依，不绝如线。今虽成家室，育男女，前此艰危之状，不堪回首。弟其为余略述生平，以附季父行状之后，俾示子孙。"坤一谨识之，不敢忘。今公殁已数年矣，坤一为职司所困，日益以衰，追忆遗言，何可再缓？

公讳孟传，习潜其字也，仲父达本公之子，李太恭人所出。先公同母兄三人，伯父、叔父均无子，惟达本公生公一人，少先公十岁，为先公所钟爱。公性至孝，达本公自迁居石田后，生计益落，而嗜酒好客不少辍。李太恭人又多病，公樵采以奉甘旨、医药，酷暑严寒无间。尝有来省亲者，达本公极意款留而无以供馔，会乡人得大鼋于溪涧中，居为奇货，必千钱乃售，达本公遽呼市之，公不敢靳，竭数月之力，积资以偿其值。后达本公与李太恭人相继卒，公前妻及子并同时殁，先公旋亦丁先大母陈太夫人艰，与公各孑然一身，除夕相对，乌乌声闻邻舍。先公服阕，娶先母傅太夫人，并为公娶周恭人，而公贫益甚，至采野菜以供朝夕。顾公素负气，尝贷粟于人，已诺复悔，竟空手归。愤然曰："如年逾三十而不能致温饱，仍乞怜于乡里小儿者，不如死！"由是操作益勤，渐足自给。先公随由益阳以八金寄之，贻书曰："我倾囊助汝，汝其善自谋，此后不复相顾。"盖激之也。公受之感泣，资以营运，权子母铢积寸累数年，遂致小康。

先公视公如子，公视先公犹父。先公尝与人哄，赖公始脱于难，而公被捶楚几死，无怨色。公乡居偶有所陵藉，其人诉之先公，先公怒，呼公来，手执杖挞之数十，公植立俯首，不敢走避。先公晚年因食指繁，颇形拮据，公岁时馈遗，所需立应，不问多寡。每得佳味，必先贻先公，而后敢尝。

于诸弟中爱坤一独至，饥则食之，寒则衣之，读书给膏火，赴考具资装。遇乡试，公计入闱及出闱日，每夜礼斗祝坤一获隽。闻有誉坤一者，则輾然喜，戏谓所亲曰："愿吾弟早作美官，我与之偕日坐高衙中，岂非快事?"及坤一除广东臬司，公来送行，握手呜咽，自云恐不获再见，余亦悲不自胜。越二岁，坤一由广西藩司奉命巡抚江西，濒行，为公次子能念捐纳同知，并为公捐四品诰封。次年，公七十寿，仲弟、季弟以余之意为公制锦称觞，宾朋毕集，公意大慰。又一年而公卒。

呜呼！坤一与公竟成永诀耶！其所以报公者，遂如此已耶！公葬祖山凤形之右。继配邹恭人，先公殁，又继配周恭人。子二：长能愈，蓝翎候选县丞。次能念，候选同知。女二，长适何，次适赵，皆周恭人出。孙六：思逮、思道、思迪，能愈出。思选、思远、思造，能念出。从弟坤一谨述。

立藩墓表

余弟立藩卒已十九年矣。余为一官所羁，敛不凭棺，葬不临穴，至今日始得哭于其墓，而余弟之有知无知，不可得而问矣。

呜呼痛哉！余弟死于病，实死于学，死于学之不售。

弟幼从余授读，余督之严，弟亦刻苦自立。十九岁补弟子员，旋以优等食饩，余益以远到期之。自愧进自异途，有违先赠公遗嘱，故于弟责望甚切。弟乃负笈从师岳麓，常数载不归，冀博一第，以慰父兄之志。屡举报罢，由是郁郁不自得。同治壬戌暮春，余赴广东陈臬之任，弟亦先期赴省，以待乡试，临别涕泣，自谓此行当决一战。仲秋感疾，不能入闱，愤恚增剧，归至湘潭而卒。弥留之际，犹云寄语吾兄，毋复望我成名矣。呜呼痛哉！

弟长身鹤立，天性孝友，事先赠公有孺慕之诚。每逢先赠公盛怒，弟辄以片语解颐，故最为先赠公钟爱。余素褊急，往往摘弟文字之纰缪者，厉声呵斥，弟顺受之而已。仲弟初以家贫弃儒就贾，弟尝蹙然不安。及仲弟与余相继从戎，弟时以锋镝死亡为虑。属余以事至长沙，弟由书舍来寓，与共晨夕，知余不能久留，汲汲顾景，惟恐其尽。以余无子，劝置妾媵，至于声泪俱下。或见余有过失，不以言谏，而以色谏，使余憬然自悟。咸丰辛酉仲冬，弟至桂林省余，泫然曰：“弟既羸弱，兄又日履危机，此后恐不复能聚首。”余感其言之悲切，而强慰之。虽耿耿于怀，初不谓遂成谶语也。

弟治家有法度，弟妇以田家子不知礼数，弟引至内室戒之，从不闻有诟谇。待人不设城府，杯酌之间，披露肝胆，有所然诺，则始终不易。尝从余乞钱以周朋友之急，余故靳之，弟曲陈其苦况，必得而后已。自奉甚俭，虽门户渐大，而寒素如故。荫渠制军家居时，延弟入塾以教诸子，尝称为邑中一好秀才。余虽遭时窃位，其见重于乡党，不及弟远矣。噫！以弟生资清粹而勉力进修，为乡先达所奖借如此，使余早闻道，以希圣希贤之业相与切磋，天复假弟之年，其造就正未可量。而余顾沾沾于制科，以得失为欣戚，致弟蹭蹬场屋，赍志以殁，则余之识见卑陋，训迪无方，以促弟算，咎无可诿矣！羁旅游魂，归来何日？呜呼痛哉！

弟名瑞一，改名镇，县学优廪生，以子贵赠承仕郎。生于道光十五年六月二十五日亥时，殁于同治元年八月二十二日寅时，年二十八岁。葬猫儿塘某山某向。娶傅氏，封安人，无出，继仲弟第二子能缉为嗣。今上登极，以覃恩承二品荫生，光绪五年己卯科考取入邑庠。

余自弟故后，即欲一言章弟行实，以示子孙，每一伸纸，辄肝肠震裂而止。今恸稍减，而余亦老矣，海峤崎岖，迄无休止，恐仓卒填沟壑，无人知余弟之生平，使履仁蹈义之儒，与蔓草荒烟同归堙没，余何以对弟于泉下？兹略叙其梗概，揭之墓左，表弟之善，志余之哀云。胞兄坤一笔述。

前新宁县教谕黄挹云先生墓表

安化黄挹云先生，余受业师也，捐馆之明年，其次君星阶别驾以《行述》来金陵，属余为文，以表其墓。余受知于师最深，其亲炙亦日久，缅怀矩矱，称述典型，以垂法于后，固门下士之职也。会海防事棘，倥偬鲜暇，既而解官南旋，仆仆道途又数月。今喘息渐定，取《行述》读之，于师官余邑时事迹最略，意若有待而发，则余曷能已于言？

师性刚疾恶，不乐与世俗俯仰，朋友有过，则面折之，无少讳。素豪饮，好剧谈，每酒酣，议论激昂，凡生平所不快者，辄奋髯大骂，或即席赋诗丑诋，瞬易数纸，皆深恶痛绝之词，坐客为之汗下。顾中无城府，即愚不肖亦推诚相与，且奖励后进，谆谆如恐不及，以是人多敬而爱之。

咸丰初年，司铎余邑，会有李沅发之乱，师倡率诸生，练团集饷以助官军。事平，并筹所以善后之策，当道倚以为重，而师口不言功。尝谓人曰：“地方有变，理无坐视，然非吾职也，职在作育人才而已。”余邑僻陋，向学者少，师为之广膏火，设程式，训迪勤至。余与故弟立藩深见称赏，期以远到，每课辄置优等，平居尝召入衙斋饮食，教诲如父兄之于子弟。有时徒步过从，索阅诗文，曛暮乃去。师于先君尤投契，日共杯勺，欢若一家，手书“有子当为天下士，此翁常作酒中仙”一联为赠。先君偶以飞语触怒邑侯，将行申黜，而师力持之。邑侯以名进士初到官，风裁甚峻，僚绅莫不望颜承睫，师以礼自处，不少降词色，至是以先君故，大相抵牾，师毅然不顾。时余有永州之役，迟疑未敢就道，师趣之曰：“汝第行，毋以乃翁事为虑。”后先君事白，邑侯益重师之守正，且因是厚余，以师为善取士。师官余邑数年，遇事秉公，不稍迁就，率类此。及改官道州，濒行，先君携余送至舟次，余泣，师亦泣，规之曰：“人情崄巇，其善自爱。我此行将闭户读书，不与时事比。”至道州，又以寇乱，不得已起而以团练自任，然卒壅于上闻，旋即谢病归里。

呜呼！仕途显晦何常，而人品之高卑要自有定。近世士大夫利欲薰心，脂韦成习，每伺上官之喜怒好恶，曲意承迎，即颠倒是非，亦在所不惜。而当事者悦其阿谀之态，谓为通敏多才，资其狡狯之奸，谓为深沉有智，借立尺寸微效，极力推之挽之，由是跻高位，据要津，遂诩诩然自以为操术之工，庸流竞起效尤，一时遂成风气，可胜慨哉！孔子以足恭为可耻，孟子以机变为无耻，如余师之直行己义，磊落光明，虽负倔强之名，以一广文终老，而视若辈之毁廉隅，图侥幸，诚魑魅魍魉之不如矣。《传》曰：“明德之后，必有达人。”今别驾昆仲克自树立，名重郊祁，则余师生平砥砺名节，郁郁不得志于时，其贻谋甚远，食报正长。

余仰蒙圣恩，得告归里，追忆弱冠之年，校艺黉宫，执经函丈，请业请益，沐时雨而坐春风，迄今邈不可得，而余师之言论丰采，足以廉顽立懦，犹得于羹墙见之。自惭鄙陋，不足为师扬榷万一，第就师之为德于余乡，及所以覆育余父子兄弟者，略举数端，而余师行谊之高，操履之笃，与夫识鉴之精卓，即此可得其梗概，而非庸耳俗目所能企及。其他嘉言懿行，以及世系里居，生卒年月，具载《行述》，无待赘陈。

鸣呼！忽忽三十余年，老成凋谢，古道寖微，亦既失北斗之瞻，抱西河之痛，而余又衰病相寻，将与草木同腐。然则师之所望于余者，固止于此，不重可悲乎！受业刘坤一顿首拜撰。

诰封通奉大夫按察使衔广西候补道王公润生墓志铭

公姓王氏，讳承泽，号润生。先世于康熙朝自河南归德府宁陵县徙来宝庆，止居郡城，遂为邵阳人。公曾祖秉阳，登仕郎。祖万镒，邑庠生。父曜章，太学生。以公贵，三代诰赠通奉大夫，妣赠夫人。曜章公故以居积致富，好施与，重然诺，教子弟有礼法，四子皆循谨，以读书成名。公其第三子，生而岐嶷，广颡方颐，眉目间有英气。始授章句，过目成诵，弱冠补弟子员，随食饩贡成均，文名藉甚，而公负大志，留心时务，不断断制科，所与游皆一时豪杰士。地方守令知其贤，遇疑难事辄引为助，公亦翘首顿足尽力，不避劳怨，所措置期于必行，有梗议者则以气陵折之。人畏恶其能，而卒服其持正，莫敢异同。

公初入资授教职，后以劳绩保知县，旋中戊午举人，益务为经济之学。时洪逆踞金陵久，分党窜扰，湖南时受其害。公以宝郡地险要，而郡中虚无足恃，急请之太守长白魁公，为未雨绸缪之计。魁固有才，又雅信重公，遂集诸绅筹措巨款，购储谷三万石有奇，他如枪械、药丸，一切城守之具，无不周备。又于东关外增筑石城，裹塔庙其中，以据形胜而资捍卫。

蒇事未久，果有己未之变。先是，伪翼王石达开攻陷江西诸郡县，自楚军分途越剿，不数年全境肃清，而石逆窜伏闽、粤界上，收合散亡，尚数十万。既切齿楚军，又以湖南内地久安，值诸军凯撤，度已解严，遂于九年春间，悉众由粤窜入郴、桂，绵亘百数十里不绝，人情大震。已诇知衡、永有重兵遏其冲，乃绕出宝庆，数道并进，是时宝郡仅田提督兴恕三千人耳。田故健斗，所部亦劲悍，惟性桀骜，不乐为人用，公独推诚与结，且时出羊酒犒劳其下，得其欢心。贼来，辄击却之，城中得以稍定。公有母且老，令季弟奉之乡居，身自留城调兵食。既而援师日集，而贼来益多，凿濠堑数重合围，以隔绝内外。城中兵民及附近避贼，入城男妇不下二十万，嗷嗷待哺，魁公既久去长沙，在城文武皆缩朒震慑，悉以战守事委公指挥。公开仓振给难民，俾各安堵。身与士卒同甘苦，登陴捍御，昕夕不遑。乘间缒锐卒出城击贼，数募人赍书泅水告急各营，并商进兵策，迄于解围，计已八十余日矣。

是役也，论者谓非公智烛未然，预筹积贮，则此城早已饥溃。非公身留城中，提挈联络，亦难固守两三月之久。且石达开贼中之最黠者，与金陵洪逆有隙，不敢东归，而驰骋江西，倏得倏失，踌躇四顾，亟图自立巢穴，以成割据。所将皆百战之余，倘得宝庆而守之，以下临两湖，上窥四川，朝廷南顾之忧，将不独金陵。然则公守宝庆，功在东南，亦在天下也。

公自是知兵，名大噪。越三载，刘武慎公开府广西，驻浔州，剿贵县贼，奏调公赴营以道府用。公甫至粤，而武慎公擢督两广，余由东臬擢西藩，实任其事，以公为上官倚重，不敢挚维。又营中将佐多欲随节而东，不测公意，默然而已。及武慎公促治装，公却之曰："某为兹役而来，今事未竣，无改图理。"遂留不去。俄贵县贼大至，余在前敌战不利，公由龙岩率师来救。余右营旋陷，亟嘱公弃龙岩回浔郡，以固根本，公复书云："我在龙岩，贼必不敢越而攻浔，我若先退，则浔郡外遍地皆贼，前敌益孤矣。"会武慎公移督直隶，奏调公与他文武十数人，诸在调者奉檄即行，且劝公同发，公叱之曰："今前敌危于累卵，我一动足则后路瓦解，全局不支。何处非国家事？且是督府旧部，忍听其覆没不顾乎？行矣，勉之！我将与方伯同死。"旋选锐卒攻克龙岩犄角之顶寨，余亦分兵扼东津渡，贼计窘，遁归。公乘势拔龙岩，余以次收复诸城寨，扫穴擒渠，无漏网者，一方以安。

公旋乞归养母，而西抚军张公极意慰留，许以左江道，公固却不受。濒行，东抚军郭公又贻书招之，余亦为劝驾，公曰："舍西就东，何不惮烦？且郭公将不安于其位，皮之不存，毛将安傅？"后果如公言。公归之明年，余擢抚江西，奏调公总统诸防军。在江三年，慨然曰："以江西粗定，冀可效臂指，今幸无事，岂可恋禄忘亲耶？"坚辞归里。随以病卒。

呜呼！公抱匡时之略，际有为之时，使拥节麾，任疆埸，得所借手设施，必有大过人者。位不称其才，年不竟其志，悲夫！虽然，古人著绩当时，垂名后世，要其表见，亦不过落落数大端。公守宝郡，剿浔逆，英声伟烈，震动一时。至其屏利害之私，审去就之义，心如铁石，诚贯幽明，千载下犹凛凛有生气，又何必寿媲彭铿，荣臻卿相耶！余督两粤，追叙公功，请敕付史馆立传，并祀公昭忠祠及忠义祠，得旨报可。呜呼！公其可以无憾矣。

公性至孝，事太夫人孺慕尤笃。在粤军，闻讴者唱“老母”二字，泫然泪下。后在章门，每语及太夫人，即欷歔不能自胜，余以是不忍固留。公生平敦尚气谊，与余交数十年，始终一致，偶或争论失色，随即如故。公娶罗夫人，后公数年卒。生子三：长瑜，候选同知，早卒。次瑞，同知衔。次熙祥，业儒。孙五：光伯、光纬、光缉，瑞出。光纶、光绂，熙祥出。公生于某年月日，以某年月日卒，年若干岁，葬于某山向，为之铭曰：

资与邵合，其流乃洪。孰左右之？惟我与公。公守郡城，克奏肤功。高轩西迈，好我即戎。先咷后笑，独公始终。直辞劲节，振聩发聋。有如干将，气吐长虹。争欲得之，以相厥躬。神物变化，不可牢笼。延津飞去，余光烛空。报以俎豆，享祀其丰。铭兹片石，永奠幽宫。

诰授奉政大夫江西候补直隶州优廪生陈公谦谭墓表

呜呼！人生穷通得丧，难与命争，要其立身本末，始终不易其操，庶几自守之士，可期渐讲于道。夫子不得中行而思狂狷者，此意也。

余友陈君谦谭，事嗣母以孝闻，待诸兄以恩礼，好学深思，能文善饮，跅弛不羁，而秉性孤介。弱冠与余同选弟子员，习举业，角逐名场，争树旗鼓，连床风雨，相得甚欢。既屡试不第，会逢世乱，余投笔从戎，谦谭亦为时帅罗致幕府，积劳得官，卒不合而去。余承乏江、粤，数贻书劝驾，虽一再至，复郁郁不乐久居，归而设帐授徒，辄以门弟子偶尔失学、虚糜脩脯为耻，敛笥即行，坚不可挽。由是杜门不出，生计萧然，甚至尘生甑釜。亲知饷之则受，否则绝不告贷于人，枵腹空斋，吟诵不辍，妻子冻馁，度外置之。已而长子周慎归自江南，进其囊橐，次子周恺出于庭训，亦已游庠，谦谭为之解颐。时届伏腊，乃命日具酒馔，家人围坐，互相劝酬，每至大醉。醉后欢笑歌呼，若以为生平快意事者，殆柳子厚所谓浩浩者，戚戚之尤者乎！逾月病作，且亟不事祷祈，不进医药，亦不闻其呻吟。或来问疾，则强起应曰："幸无甚苦。"即于妻子亦然。属纩之时，并不语及家事，瞑目坐逝。

噫！亦贤矣哉！叔季士大夫脂韦成习，罔顾廉隅，即有初峻风裁，断断不可一世。稍经挫折，不惜毁方为圆，取媚于时，以求富贵利达，绿毛龟之献，青头蝇之讥，古今同慨。以谦谭之才，夙负声望，使其降心相从，与时俯仰，未始不可跻通显，立功名。而志趣各殊，卒不以彼易此，肮脏之气，至死不移，风尘物色中，讵非铮铮佼佼者与？

余与谦谭自幼定交，余侄能继娶其次女，季弟希陶又从而受业，可谓情谊兼隆矣。曩窃高位，无能以大夫不失亲之义为之推毂，坐视其毕生坎坷，及于没世，乃从身后为此哀慕之词，良足愧已。顾非此偃蹇不足以见谦谭之为人。《诗》曰："我心匪石，不可转也。我心匪席，不可卷也。"谦谭足以当之。谨撮其梗概，树之墓门，亦足以矫颓风而激末俗云。

诰授中议大夫盐运使衔直隶候补道广平府知府杨公树屏先生墓表

呜呼！余行年六十矣。生平亲故大半凋零，即自江南罢归，迄今六七年间，吾郡老成相继溘逝者，已三四人。挂徐君之剑，抚彦先之琴，良增喟叹！独于杨公树屏之没世，尤不禁人往风微之感焉。

公性孝友笃于内，行固已人无间言。初以知县官直隶，甫经操刀，便能脱颖。平反疑狱，不徇长吏之私。力扫狂氛，不以邻国为壑。循声上达，温诏下颁，称为通省出色之员，且令大府陈状，由是交章荐擢，典领名都。帝简方隆，何难骤跻显秩。公懔止足之戒，不俟报最，引疾乞归，至再至三，期于必允。或劝少留，则巡方可立得，公笑谢之。归里后，蔬食布衣，清贫犹昔，而于睦姻任恤之谊，勤勤恳恳，不敢告乏，并不敢告劳。平日乡党周旋，言动必循礼法。子弟奉教维谨，其西汉之万石君乎！宅近市，而足不践公庭，贤有司求一见而不可得，其澹台灭明之高躅乎！

噫嘻！晚近士大夫矜廉退而示谦冲，往往矫情饰貌，以邀一时之誉，如《传》所云尽客气也，不旋踵而改节易行者多矣。公惟安于义命，不以富贵萦怀，出处如一，始终如一，中有定守故也。更不可及者，宦海浮沉，越十余载，不染脂韦之习，亦不存机械之心。人无智愚，皆推诚相与，时有常变，惟据理以行，廓然大公，确乎不拔，可谓古之遗直矣。宜吾郡人敬若神明，信若蓍龟也。

余侨寓于斯，交游落落，二三旧好，栖迟异地，踪迹亦稀。幸与公咫尺近邻，朝夕过从，常共笑言。偶遇事涉疑难，亦得以质是非，决去取，资将伯之助。《易》之《系辞》曰：“二人同心，其利断金。同心之言，其臭如兰。”良为是也。今典型犹在，而謦咳莫闻，讵仅此邦人士失斗山之瞻，余之独行孤立，亦可哀矣。谨撮公生前行实梗概，揭之墓左，以见景行之志无间存亡云尔。

例授训导邑增生王君丙垣墓表

儒者修身立命，无问行藏，皆有世道人心之责者也。得志而立庙廊，膺民社，必端本善则，饬纪整纲，使化行俗美，蚩蚩者皆勉为良民，而耻为不肖，此卿大夫之事也。不得志而伏处衡茅，则砥节砺行，树之仪型，人无智愚，有所矜式，变其佻达之习，销其横暴之萌，以辅朝廷政教之所不及，此士君子之事也。

吾邑僻处山谷中，民情朴茂，乡先生多秉礼守义，坤一生晚，犹得见有数人。如王君丙垣，于坤一为近邻，且有葭莩亲故，尤得其详焉。君事亲以孝闻，虽家贫而甘旨无缺。君父果堂为邑名宿，庭训极严，君怡色柔声，奉命维谨。果堂公尝终日危坐，君屏气侍立，不命之退不敢退。或自后至，则轻移跬步，惟恐果堂公觉。果堂公每出，则率诸子亲扶杖履，见者爱亲之意油然而生。君同母弟二人，以生齿繁分爨，君推让户产，不计美恶多寡。词色偶忤，惟引咎自责而已。

君自幼好学，逾冠补弟子员，文誉大著，与今云贵总督荫渠制军齐名。十应制科不售，乃以授徒为业，馆邓氏三十余年，宾主欢然无间。教人必先器识，凡出君门下者，莫不（束）〔束〕身自爱。君性和易，待人无疾言遽色，而取与不苟人，莫敢干以私。平日不轻入城市，至于培植士类及地方善举，则毅然为之，至老弥笃，如邑中所设义田局，君倡成之也。地方长吏敬其贤，邑之人士闻君之名，则敛容而起，乡里有争讼事，得君片词辄解。呜呼至矣！自军兴以来，吾邑文武之士竞趋于功名，或以勋绩称，或以节烈著，可谓一时之盛。而地方一二老成老死牖下，则亦漠然置之。孰知君之抱诚守约，言坊行表，足以维持风化，永人思慕如此哉？

君讳来佑，府学增生，援例授训导。生于嘉庆三年五月二十三日寅时，殁于同治十二年三月初三日申时，葬杨溪村祖茔乾山，巽向。以子贵，赠朝议大夫，配徐氏，封恭人。子三：长懋德，知府衔，广西候补同知，赏戴花翎。次者班、者理，俱早卒。孙五：有孚、有恒、有鼎，俱县学生。有恒，广东补用府经历。有颐、有豫，俱业儒。曾孙六人。君之身享高年，庆流后嗣，人皆以为盛德之报云。

郑宜人墓铭

自古贤妇人绝少，旷览史册，《列女》所载，每代不过数人，或十数人。况我邑僻处山陬，闺阁多不知书，更无保姆之训，求其娴于三从四德者，戛乎其难。若我族静甫赠君之配郑宜人，其贤诚不可及，殆孔子所谓“十室之邑，必有忠信”，即巾帼亦莫不然也。

静甫太翁南珍公与先赠公气谊最笃，静甫幼受业于先赠公，余兄弟又尝馆于静甫家塾霖雨轩，与静甫居室相接，启门以通来往，朝夕过从，故于宜人之贤颇得其详。

南珍公家素封，好豪举，及生静甫兄弟，食齿日繁，而挥霍如故，以致中落。宜人十八于归，即以所有嫁资经营生计，俾静甫无内顾忧。事舅姑曲尽孝敬，得其欢心，待诸妯娌和而有礼。静甫善饮好客，有乃父风，而家不蓄婢仆，宜人躬亲烹饪。每宾朋满座，罗列酒浆，必精必洁，不失盛时气象。生儿女数人，无力雇乳媪，皆自抚养，而中馈之职不少废，虽操作终日，貌庄容顺，井井有条。教训儿女，亦不闻有呵斥声。静甫醉后，或苛责细故，惟笑应之。尝对余及族弟又卿言亲老子幼，乞劝静甫毋以曲糵伤生，泪随言下。静甫旋以病卒，始服宜人先见。时诸子齿皆数龄，且屡经兵乱，靡有定居，宜人拮据百端，延师教读，俾诸子不至废学，次第成立。其耕贸者勖以俭勤，驯至康阜。呜呼贤矣！

余尝举宜人壶范以告家人，俾知所取法，今其子乞余为铭，余其敢辞？谨就见闻所及，撮其梗概，以彰实行，不袭谀墓陋习。他日大史采风，扬徽彤管，与古贤妇人比烈，亦吾族之荣也。为其子者，念母氏劬劳，备尝艰苦，以有今日，益自振拔，为泉壤增光，是又余之所厚望者。

宜人为同邑处士在学之女，生于嘉庆己卯年正月二十三日，卒于光绪己卯年五月二十九日，寿六十一岁，葬邑东石桥村杨富凼狮形山之阳未山，癸向。诰赠如例。子三人：长思忠、次思恕，邑增生，以军功擢知县。次思勤，邑庠生。孙二人：永暲、永昁。孙女六。铭曰：坤道成女，孰愚孰贤？敬顺柔嘉，宜人有焉。妇职母仪，克娴内则。有子显扬，庶昭令德。

李广文嗣母哀辞

癸亥仲春，余视师贵县，李广文少宣首谒军门，恂恂有儒者气象，论贼情甚悉，忠愤溢于言表。余心异之，谓为铁中铮铮者。三月，贼南窜，势张甚，余号召各团士民，多畏贼莫敢应，或阴馈贼以冀免。独少宣奋袂起，出家财募壮士，得千人，身率之以救石础堡，拔出难民甚众。复助官军解马村之围，克复桥墟。余益叹广文有国士风。

五月，贼平，少宣请假归葬其嗣母梁太孺人，并述太孺人节略，十七岁归封君伍民翁，越二岁，封君卒，太孺人矢志柏舟，毁容自誓。无子，继同母弟逸群之子为嗣，即少宣。少宣过继尚在襁褓，太孺人抚之如己出。稍长，延名师教读，太孺人督责綦严，广文赖以成名。广文祖母曾太孺人，亦中年守义，太孺人事之曲尽孝养。持家极勤俭，而好善乐施，乡里贤之。去冬遘疾，终寿六十有一，少宣以未亲含殓为终天恨。又因乱故，迄今始葬，言之涕泪交颐。

呜呼！少宣守正嫉邪，不惜毁家以纾乡里之难，名义已足过人，而恸念太孺人苦节，呜咽不能成声，至性尤不可及，是皆得力于阃训者多，有是母，宜有是子也。因赠一言，并述梗概，以表太孺人潜德幽光，亦以慰少宣而风贵县之士君子。

东征纪略[①]（辑佚）

光绪甲午夏五月，中倭事起。坤一承乏南洋，布置江海防务，甫经就绪。奏派江西藩司陈湜、前新疆藩司魏光焘、福建提督程文炳、南澳总兵刘永福统兵北上。嗣复遵旨抽调候补道李光久、大同总兵刘光才、九江总兵宋朝儒、琼州总兵申道发各军继进。

十月初八日，钦奉电旨进京陛见。十五日，交卸督篆。适感伤寒，电奏廿六日起程。奉电旨促行。遂于廿一日力疾就道。抵清江浦，续奉电旨："着速来见，以慰殷盼。钦此。"随即由陆路

①《东征纪略》，刘坤一撰，光绪二十五年己亥（1899）秋八月刊。铅印，未署出版处所。该资料流传不广，中国近代史资料丛刊《中日战争》未收。原件藏湖南省图书馆。光绪二十年（1894）中日甲午战争爆发后，刘坤一受命为钦差大臣，驻山海关，节制关内外陆军百余营。《东征纪略》即此次督师抗日过程的简略记述。

兼程前进。渡黄河后，冰雪载途，泥泞滑汰，每日骑马行数十里，辎重不能同到。比至德州，病甚，又逢大雪，乃改坐船。至（靖）〔静〕海县，河冻舟胶，复改登陆。十一月廿四日，至天津，谒李傅相，面筹方略。时旅、大已失，我海军战舰多伤。坤一请调赴南洋就坞修理，傅相以现守威海，力持不可。三十日抵京。

十二月初一日，诣宫门请安，蒙召见乾清宫养心殿。仰见皇上面色青黄，唇准焦黯。初问南洋防务，随问："尔精神何如？能否带兵？"坤一奏曰："臣起自戎行，带兵不敢推诿，惟年力衰惫，恐难重效驰驱。"皇上默然，谕曰："尔日赴督办处商议军务。"是日，并蒙皇太后召见养性殿。初二日，奉旨授为钦差大臣，关内外防剿诸军均归节制。是日，皇太后赏裱成御画桃树一轴，"龙""虎""福""寿"字各一张。初三日，谢皇太后赏字画恩。是日具折，以年老多病、北方情形生疏、关外诸将素不相习，不胜督师之任，奏请收回成命。即日奉旨，以坤一带兵多年，威望素著，是以特授为钦差大臣，毋得固辞。各营将弁如不遵调遣约束，即按军法从事。初四日召见，谕曰："尔奏甚是。第尔外目前更有何人？尔承旨罢！"尚未及对，又谕曰："尔但承旨，如有掣肘处，可具折来。"坤一顿首受命。出即具折谢授钦差大臣恩。初五日召见，谕驻山海关。初八日递奏事折，请画分地段，以天津属直隶总督，以东北三省属奉天将军。奉旨留中。仍由恭王传谕："所请照办，不必明降。"是日召见。十二日，请假五天。奏调皖南镇总兵李占椿等步队十五营，徐州镇总兵陈凤楼马队五营赴关。十五日，赏"福""寿"字。十七日，假满请安，谢赏"福""寿"字恩。是日召见，谕至军机房看封奏，一折请留坤一驻天津，一折请授坤一为奉天总督，一折请饬坤一勿存退让之志，一折泛论天下大计。王大臣传旨问办法，坤一奏请均无庸议。恭邸亦以为然。

十九日，奉懿旨，即赴山海关居中调度。是日，奏陈事宜八条，奉旨交督办处王大臣即日议准。廿一日请训，召见，谕驻关内调度，勿赴前敌。是日，并蒙皇太后召见。二十三日出京。二十八日抵津。

二十一年正初，闻倭犯威海，我海军战不利。乃电饬李占椿、陈凤楼等马步各军便道先援威海，并自请暂驻天津，以资兼顾。奉旨，责其逗留。遂于十三日率亲兵千人驰抵山海关，督同诸将踏看关内外形势，开壕增垒，分地设防。以余镇虎恩、熊镇铁生二十营守关外红墙子，王镇连三五营守九门口，即一片石，与余、熊两军犄角；以宋镇朝儒十营、牛镇师韩七营守关内红瓦店及五泉山，与秦王岛[①]之潘镇、洋河口之贾镇联络；以开州协副将卞得祥七营守老龙头各营城；以杨提督金龙五营、周提督兰亭三营往来策应。一面部署关外宁、锦，关内滦、乐等处防务。由是藩篱渐固。奏入，称旨。

既而倭陷威海，我海军熸焉。朝廷亟遣李傅相赴倭议和，是为正月十九日，距坤一抵关仅七日。军中由是解体。倭旋以兵舰游弋老龙头及秦王岛、洋河口海面，倏往倏来，计在诱我。当饬各军严为之备，不许妄动。倭卒不测虚实，引去。

时出关帮办军务之湖南巡抚吴清帅、四川提督宋祝帅，及奉天依将军、吉林长将军合力规取海城、盖平，互有胜负。坤一屡次电嘱，勿浪战以懈士气，勿轻进以中诡谋，勿攻坚以损精锐。俄而辽阳告警，依、长两军回援，倭得绕出我后。二月初八日，吴清帅遂有牛庄之败。宋祝帅旋于十一日由营口退石山站，人情大震。

---

①秦王岛，即秦皇岛。下同。

朝廷以前敌屡挫，决意讲和，不惜割地赔款。坤一三次电奏，力陈战守之策，并奏遣古州镇总兵丁槐入觐，面陈和战利害。会沿海风灾，天津营垒多坏，和议遂定。

坤一旋于四月初旬因病移驻唐山，自以视师无功，奏请交部严议，不报。复奏请销差，并开本缺回籍调理。奉旨，勉其筹办善后。五月，奏请撤防，惟留湘、淮、豫各三十营分驻关内外。既而甘肃告警，奏派魏光焘及宁夏镇总兵牛师韩赴援。六月，大病危笃，奏明赴津就医。以次请假三个月。九月，各军裁撤将竣，再请销差开缺回籍养病。奉旨在津安心调理。

十月，奏报病痊，请进京陛见。奉旨："据奏病痊，甚慰。俟辽南地收回，即行来京。"十一月十三日由津起程，十七日抵都。十八日召见，坤一跪近御座，皇上自取烛照面。仰窥圣意，以坤一大病后，虑其消瘦也。是日奉旨：回两江总督本任。二十日，具折谢恩。是日，皇上赴西苑请皇太后安，坤一于西华门外跪谢。二十二日，奏缴钦差大臣关防，召见。问："何日起程？"并谕："如年内不能到任，尽可在京度岁。"对曰："在京度岁，应酬太繁。"皇上微笑。是日传旨："刘坤一着于十二月初二日请训。"三十日，奉皇太后懿旨："十二月初一日皇上面赏王大臣'福'字，着添入刘坤一。"次日黎明，恭诣西苑。李傅相先在奉宸院，邀入同坐。嗣于德昌门会齐王大臣，共三十一人。由勤政殿后坐冰床渡海，登岸十数步，进颐年殿，于东、西朝房祗候。俄而乐作，随王大臣进内廷，由西阶上颐年殿。仰见皇太后中坐，皇上侍坐于左。王大臣于殿门外跪请圣安，三叩首贺皇太后，三叩首贺皇上。礼毕退出。片刻，复分两班上殿，序立门外。维时，皇太后高座，皇上于座前设黄案，置纸笔。内监数人侍左右。王大臣以次入殿，跪案前，敬候皇上写"福"字，至第七画，三叩首谢皇太后，三叩首谢皇上。伏俟内监二人抬过“福”字即起。随出，至朝房领宴。是日清晨，天气甚寒，皇上揎袖露腕，连书大“福”字三十一张，终无倦色。坤一列王大臣末，仰观最审。

初二日，请训，召见。命赴西苑。出至奉宸院候懿旨。辰正，传入德昌门勤政殿后，二内监以黄缠冰床迎渡海。先入一厅，陈设精雅。旋有内监，衣冠整洁，进厅略致殷勤，询知刘姓，为皇太后前奏事之人，随出，复入，传旨赐膳。已而出，捧大黄卷入厅，传旨赐裱成大“寿”字一轴，为皇太后御笔。敬谨展视甫毕，桂公来厅叙谈，别去。内监送进肴馔，饱饫天厨，不识是何食品。时已午正，皇太后召见（鸾仪）〔仪鸾〕殿。三叩首谢赏膳，三叩首谢赏字。皇太后温谕良久，仍赏坐黄缠冰床渡海。回寓已日暮矣。

按：榆关之役，值淮军屡败之后，辽南七属相继失守，人无固志，士有离心。坤一初因陛见入都，未及料理兵饷，猝膺督师之命，惶悚不知所为。同行将佐竞请添募亲兵数十营，坤一以缓不济急，徒糜军饷，却之。时征调四方之师集都下及津、榆者，已数万人。议者谓坤一受命后，宜亟率诸军出关，与敌决战，以作士气。虽有驻关之谕，阃外可以自专。及吴、宋两军牛庄、营口之败，又谓坤一宜亟派兵出关赴援，以策桑榆之效，不当株守，坐致敌势披猖。是皆纸上空谈，未审机宜，未谙事势者也。

《传》曰：“量敌后进，虑胜后动。”兵法有云：“宁可杀，不可使居不完；宁可杀，不可使击不胜。”又：“兵不精，是以将予敌也；器不利，是以兵予敌也。”又：“致人而不致于人。”又：“趋五十里者，蹶上将；趋百里者，军半至。”坤一仓卒赴关，所有先调江南旧部程提督文炳等五十营，或留守畿辅，或分驻关内外要害，不敢抽动；后调李提督占椿等二十营，则又绕道山东威海，急切难到；其随至关者，仅杨提督金龙老勇两营，宋镇朝儒老勇三营，馀皆新募之卒，未练之师，且多徒手，而无枪炮，若率之出关，与敌决战，是以乌合之众当鸱张之寇，取败必矣。至牛庄、营口距关几及千里，敌破牛庄、营口，据形胜之地，反客为主，以逸待劳，而我由关派兵驰援，非十数日不至，跋涉长途，未必能操胜算。且敌兵轮尽分驻旅、大、威海，距关仅半日程，若闻我军出关，必以兵轮袭我之后，恐我军未过宁、锦，而山海关已不守矣。山海关居顺、奉两京之间，为往来必由之路，一旦有失，两京声援中断，关外防剿诸军必有饥溃之虞。北都人情浮动，甲午秋间，倭在辽南，相距尚远，而都门官、商移眷出城者，无日无之，并有大内预备马车二千辆之谣，互相煽惑。及坤一入京，群情略定。若倭破山海关，寇氛日逼，将蹈咸丰庚申覆辙，势必相率潜逃，谁复能禁？宗社式凭，欲求匕鬯不惊，得乎？此所以踌躇审顾，不敢不为持重之计也。

坤一抵关后，部署甫定，而倭舰频来，夜放电光，昼窥远镜，并于近岸测水深浅，状若进攻。城厢一日数惊，商民荷担以立。坤一亟捐重赏，多雇民夫，开挖长壕，为自固计。腾出勇力，操练枪炮，坚筑壁垒，分定地段，各专责成。另派游弈之师，以资策应。一面申明纪律，敌至则击，平日不轻出一骑，不轻放一炮，镇之以静，敌卒不敢犯我。呜呼！山海关之存亡，为京师安危所系，我若轻举妄动，敌必抵隙蹈瑕，自关以南，瓦解土崩，大局不堪设想。

或曰：敌舰窥关，计在牵制，而我为其所愚。不知当时我即出关，亦属鞭长不及。万一榆关有失，咎将谁归？利害间不容发，固筹之审矣。至山海关夙称天险者，以背山面海，可以制敌，我得扼关而守也。今轮船行海如飞，一日千里。昔所以制敌者，今适以资敌。炮弹直透关城。若以主帅守关，敌以全力注攻，必至进退失据，并恐敌舰越关而西，以攻天津，而我反落后，奈何？他日京东设有风鹤之警，当以智勇之将守关，主帅居永平府城，居中调度，与山海关及天津联络，互相策应，方为万全之道。后之司兵柄者，其加意焉。谨并记之。

补过斋诗集

补过斋诗集卷一

和王祝三观察舟中偶吟原韵

最爱庐山面目真，如君不愧古之人。交情淡是忘年友，宦味清于遁世民。浪合萍踪留夜话，帆收桂管涤征尘。梅花开遍窗前未？格调由来有夙因？

三杯酒更露天真，不辨贤人与圣人。捧檄曾为花县宰，忘机自谓葛天民。折腰肯愧陶潜节，障面何来庾亮尘。闻道枌乡豺虎盛，未容泉石结良因。

从来世乱见才真，起舞中宵尚有人。漫诩儒生堪上将，须知群盗本吾民。关山寥落新亭泪，钲鼓喧阗绝徼尘。试问断藤猺靖否，文成勋业许谁因。

苻离警报莫非真，殉国翻成误国人。宵吁两朝劳圣主，征输十载困吾民。浙西师老愁烽燧，皖北军奔黯战尘。寄语魏公须慎重，从前覆辙漫相因。

步何小宇刺史原韵

戍楼遥对宝华明，暮色苍凉水绕城。江上孤留伏波庙，蛮中犹畏狄青名。重开荒徼怀前烈，未报埍埃愧此生。安得纪功碑遍竖，百年身后有余荣。

獞儿犵女笑颜开，使节重迎入境来。渐见流亡还故土，粗知险易是边才。长戈耀日千军帐，大旆临风上将台。聊以自嘲还自负，年光梭逝老将催。

和翟式之明府原韵

皇威闻已肃中州，边徼炎荒未易筹。峡靖争传新建伯，台荒犹忆武乡侯。三年破斧师将老，十载从戎岁似流。屈指鳏生三十六，怕教甲子数从头。

旌旗遥映夕阳红，万帐云连气象雄。走狗功微应笑我，雕龙技妙合推公。行师敢谓如时雨，下榻欣披满座风。初饮醇醪心已醉，交情只在数篇中。

诸君漫说识荆州，前席还期借箸筹。多病文渊还讨贼，无缘李广未封侯。梦回故国征魂断，目怆新亭涕泗流。腊鼓一声惊岁改，春风已到陌高头。

堪嗤群盗裹巾红，井底鸣蛙亦逞雄。满泽哀鸿贫士女，负嵎饿虎伪王公。妖氛敢作漫空雾，天讨应如扫落风。欲问腥膻除涤净，尽归如意指挥中。

附原作

节钺重临岭外州，鹳鹅排阵鹤添筹。南邦屏翰周申伯，卅岁功名邓鄛侯。闭户早担天下任，维藩能障大江流。山钟川毓原非偶，位列三公尚黑头。

下马亲书露布红，手披口答羡才雄。淋漓笔翰陶都督，龙马精神裴晋公。洁比冰壶惟贮月，情般春酒并歌风。衔恩戴德无由见，寄在声声介寿中。

乙丑新春视师永淳道出新城墟于村塾中夜坐感怀偶成二绝书之于壁

儒冠抛却觅封侯，十载驰驱迄未休。寄语塾中诸子弟，少年有笔莫轻投。

敢嫌陋室暂停装，小小窗棂短短床。坐到夜深灯味好，依稀犹记读书堂。余万念都灰，惟读书之志尚在也。

和张月卿中丞元旦试笔原韵

二月六日，奉到复函，并承寄示试笔二律，风骨坚凝，词旨深厚，既以自勖，即以劝勉，钦感莫可言喻。谨步原韵两章，再附呈近作十首。笔与兴俱，致忘忌讳，伏祈诲正。

治平原待伟人开，否运潜消泰运回。泽溥万家滋雨露，威行百粤肃风雷。保厘久著封疆绩，调燮还储宰辅才。帝眷何须征梦卜，行看恩诏下蓬莱。

用兵谁许妙如神，戎马倥偬又一春。西顾两朝劳圣主，南来七载愧余身。边烽渐敛惊鸿集，吏治方清野雉驯。后乐先忧范文正，相期台鼎福斯民。

纪梦己巳

余年四十进一矣，高厚莫酬，继嗣未立，言之可胜浩叹！先数月，梦至都门，与盈廷议时政，有两人与余言不合，争辩良久，余愤甚，举碗投之，两人扑地，化为大犬，余惧趋出，两犬吠追，乃避入道旁废圃中，犬亦逐之而入。正皇迫间，忽一僧来，巨颡修髯，以尘尾驱犬，犬立窜去。余知为有道者，因把其袖而泣曰："余生平痛苦受尽矣，今已无可系恋，惟求吾师速为解脱。"僧曰："尚早，尚早，尔事未了，临时我自至耳。"言毕，飘然而逝。余狼狈归署，形神丧失，大呼希陶。时陶弟居后院，闻声惊起，余亦惊寤。感此妖梦，因得七律一章。

谪到人间四十年，回头莫便问西天。承家须赖儿孙力，报国还期顶踵捐。出入愁城无挂碍，浮沉苦海即因缘。何时九劫俱超出，不读葩经寿考篇。

临江舟次送肩吾弟归里辛未

君转萧湘我向虔，临歧分手各潸然。光阴易过相看老，骨肉无多最喜圆。莫叹数年方得见，又知再见在何年？到家谁是迎门者，一弟双雏笑语前。

赠林姬

我甚怜卿瘦，卿应替我愁。年来成底事，白发已盈头。

卿今为人妾，我亦为人臣。臣妾各自尽，知否坠楼人。

元旦试笔壬申

又喜逢新岁，还须记旧年。公私交自惕，庶可保无愆。客岁岛人蜮射，山寇鸱张，省身亦多过举，故以为儆。

迎年箫鼓动江城，彻晓喧阗爆竹声。又是一番新气象，尧天舜日乐升平。

题黼堂中丞《三山归棹图》

海上有仙山，扁舟独往还。烟波双眼阔，诗酒一身闲。流急何难退，峰高不易攀。公壮年建节，早岁抽簪，正如海上三山，可望不可即也。披图长太息，萧飒鬓毛斑。仆望秋先瘁，而恋栈不已，可慨矣夫。

片帆归去夕阳斜，回首三山别绪赊。却胜刘晨与阮肇，手携仙子共还家。闻公在浙买姬甚美，载与俱归，故戏及之。

巡至贵溪月夕有作

三番按部主恩深，刚到中秋月满林。洞敞虚窗延皓魄，惟君照彻十年心。

无人不道岁丰穰，佳节欣逢具酒浆。两岸炊烟笼薄暮，家家鸡黍有余香。

信州山水邵州同，[illegible]夜乡心唧唧虫。高厚莫酬臣力瘁，萧萧华发月明中。

重阳舟次万安

九秋风劲角声豪，十丈蒲帆卷怒涛。惶恐滩高都上去，更从何处去登高？

戎行宦辙廿余年，回首乡云意惘然。何似昔年今日事，一樽白酒菊畦边。

题史阁部家藏图册

前余以江抚入觐，道出扬州，上梅花岭，吊史忠正公。维时满目荒莱，祠墓仅存基址，今则焕然矣。因其后裔出家藏图卷索题，谨缀五律，以志忾慕。

重过梅花岭，岿然庙貌新。熙朝无缺典，胜代有纯臣。遗像余兵燹，孤坟泣鬼神。千秋凭吊者，同此泪沾巾。

和长乐初将军截句八首

余素不善推敲，且荒疏已久，今乐初将军以五旬寿诗四律属和，余逊谢弗遑也。既思余与将军实同岁生，其缔交始末亦有足述者。偶成七绝八章，聊以应命，未暇计及工拙耳。谨录呈政。

同庚何幸复同寅，羊石重游证夙因。寿宇恰开生佛日，万家争拜宰官身。将军以佛生日生，余以十二月廿二日生，拟仿文潞公作同庚会未暇也。

忆识荆州十载前，鹓行同入大罗天。殷勤未及通情愫，仙乐悠扬奏管弦。同治八年，余从江西入觐，恭遇万寿，蒙恩命听戏，适与将军同座，始获瞻韩，寒暄数语，而梨园杂剧纷陈矣。

元戎小队过江州，东道曾为竟日留。鸿爪雪泥君记取，神仙窟宅指高楼。余先回江右，将军旋赴粤，道出南昌，枉顾时周视衙斋，自言幼时随任于此，曾居某宅某房，并谓四堂楼上为狐仙幽栖之所。

移节南来岁欲终，江干迎我竟劳公。乍看面目惊非旧，笑问生年是否同。余以元年腊月十九日抵羊城，将军暨诸寅僚迎于天字码头，一揖后即问君与我同庚否，或见余有风尘色耶？

从来交道贵推诚，喜怒皆能见性情。共事三年称莫逆，不须耐久羡唐卿。在江西时，有谓将军好以盛气陵人者，余与周旋数载，但见其天真烂漫而已。

岭上蛮烟海上涛，崎岖十载莫辞劳。学希宣圣能知命，何惜头颅有二毛！

金张门第范韩才，燕许文章接上台。时望如公今有几，九重瓯卜作盐梅。

宣光盛业命维新，翊赞端资干济臣。服政年华须努力，奠安中外答枫宸。

留别两粤寅好绅耆七律三章

九重雨露荷恩新，诏许南还省老亲。二十年前穷措大，三千里外远游人。筚蓬且喜门闾改，桑梓深惭故旧贫。最是伤心肠断处，鸰原多难半沉沦。堂兄三人、胞弟立藩先后物故。立藩应同治壬戌恩科乡试，后没于湘潭旅次，其情倍惨。

未容重赋去来辞，帝命谆谆子细思。蒙恩给假，不数日即有移督两江之命。两次别降谕旨，慰勉殷勤。万顷狂澜期共挽，数间大厦待谁支？侧闻宵旰忧勤日，可是渔樵适志时。廿载驰驱臣力瘁，此中甘苦有天知。

封章屡上乞还家，可奈濒行别绪赊。移节重承天子诏，倾城争送使君车。系怀北阙龙颜近，疏请入觐，拟于明春迎折北上。回首南溟蜃雾遮。我与诸公同怅望，岭梅遥寄一枝花。

赠番禺罗雪谷山人

岭南山海，磅礴之气，多生奇杰之士。罗生雪谷，尤为清超绝俗，非惟功名富贵等诸过眼烟云，即于妻室儿女，亦视为傀儡场中物。少壮客燕赵八年，旋遍游东南两洋，所至之地，贤士大夫乐与往来，王公贵人以得一见为快，下至村童牧竖，亦多狎而亲之。在外二十余年之久，历十数万里之遥，不生疾病，不遇强暴，不困风涛，履险如夷，讵非天予生以性情才调，即予生以福泽以成全之耶？生能诗善画，字亦颇具古致，且可以指代笔，顷刻数纸立就。人有求即应，尝自购绢素，写以持赠知交，酬以财物，虽丝毫不受。生自谓四大皆空，一尘不染，洵无歉乎斯言！仆与生谈辄乐而忘倦，自顾终身劳扰，迄未小休，以视生之野鹤闲云，真有仙凡之判。生曰不然，如上无皋、夔，则下无巢、许，此虽通论，益滋仆之惭恧矣。今南旋有日，谨跋数语，并缀五律志别。

宦海钦高躅，招邀入幕频。莼鲈存素抱，梅鹤写天真。去住身无碍，丹青指有神。何时重把袂，泉石结良因。

和张子衡方伯

节楼星聚烛光红，宾主交欢里闬同。彭雪琴尚书、黎简堂总漕及方伯宾主四人，均为湖南同乡。蟹酒新尝风味好，鱼盐权榷岁收丰。方伯自解组归田后，经吴健帅委办江西，督销盐局。茫茫四海心犹壮，衮衮诸公眼欲空。海疆多故，志士枕戈，而内外诸臣，无能为宵旰分忧者。肉食者不足与谋，奈何？

且为东南扶半壁，相期努力靖西戎。承乏南洋，深虞陨越，是所望于群策群力也。

金陵留别辛巳

廿年宦海任沉浮，又到江南第一州。虎踞龙蟠资控驭，尧天舜日遍怀柔。敢因薏苡明丹悃，为念门闾倚白头。新岁趋朝容乞养，春明正好放归舟。

金陵自昔繁华地，今日惟余劫后尘。廿载疮痍劳抚字，九重飞白切咨询。匡时竞献平戎策，泽物端归学道人。来去一官奚足论，愧无庶富答皇仁。

和祝司马即以留别

六代青山拥节楼，我来又是两春秋。光阴西去江东去，万里风帆着意收。

今日余犹昔日余，故乡风物近何如。圣明若许归田里，补读当年未读书。

感怀

鼓角夜沉沉，无端百感侵。忧时行绕榻，忆母泪沾襟。再上陈情表，还输报国心。诸公同努力，梁父发高吟。

濒行口占壬午

春日融和春水长，纳还旌节好还乡。卜居尚未知何处，惭愧韩公昼锦堂。

香灯夹道见舆情，更是同官泪欲倾。两载有何功及物，此心如水可同盟。

壬午除夕

卅载驰驱敢惜身，每逢腊尾倍劳神。而今始识闲居乐，妻子围炉笑语亲。岁终，官事益冗，案牍积如堆垛，目览手披，辄竟夕不寐。

解组南旋一岁终，无端感触意忡忡。臣心未忍忘君国，廊庙江湖总是同。时闻法人侵占越南东京，宵旰忧勤，筹议援防之策。

陈情表又上天阶，缕缕乌私取圣裁。正是慈宁隆孝养，小臣亦学舞衣莱。前请终养，蒙恩再赏假六个月，现在重申前请。

满城灯射斗牛光，使节遥临士气扬。惭愧阿咸重入彀，居然首选冠鹓行。绀侄考取古学正场，复列一等第一。

秋间回籍省亲，重九次唐田寺，遇研香亲家，同舟上驶癸未

半道逢佳客，重阳正及时。登高殊未暇，空有酒盈卮。

为践三春约，春间曾有同赴夫彝之约。驱车过岭来。故交零落尽，一见笑颜开。

题梁檀浦方伯父子京兆图

珠海清奇钟神秀，伯益不王宗支茂。代有伟人迄前明，文康

勋名冠宇宙。公讳储，广东顺德县人，前明正德间大学士。矩亭夫子绍世德，天禄石渠早登陟。析薪负荷况有人，次公檀浦生奇特。辎轩先后赋皇华，上道骅骝空冀北。帝嘉乃绩得士多，命作京尹端表则。卓哉京尹宣皇风，堂构相承治谱同。以贤继贤衰与盾，夏日烈烈冬日融。何如义方秉庭训，宽猛交济得其中。至今三辅留歌颂，乃郎善政犹乃翁。昔余碌碌何短长，乃翁幸许列门墙。矩亭先生视学湖南，余以优等食饩。忝持豸节官珂里，初识元方与季方。余于同治元年陈臬岭南，得交檀浦昆仲。西州已抱羊昙恸，北海容登元礼堂。时矩亭先生已下世，余以通家谊时至檀浦第中。重到羊城运陶甓，每从马帐探缥缃。光绪改元，余由两江移督两广，时檀浦在籍，主讲粤华书院。天下苍生待霖雨，为公劝驾饮公觞。公时振翮将冲举，临别殷勤相告语。果然如愿荷恩纶，次第移官莅江渚。檀浦入觐，别余曰："愿公再督两江，我为江宁藩司。"已而果如所言。半壁河山疆寄重，相将戮力固吾圉。调兵调食备艰虞，就浅就深无龃龉。大江东去势滔滔，指水盟心心共许。余蒙内召君恩高，为念倚闾动归绪。春明买棹转潇湘，回头笑谢同舟侣。吁嗟同舟谊何厚，末由推毂颜殊忸。愿公尽瘁报朝廷，自有黄金印如斗。海上鲸氛未尽息，天堑仍须筹战守。余虽去国几经年，尚虑逝梁并发笱。知公才略足撑持，况与南丰相左右。但期麟凤翊圣明，此身甘随草木朽。吴楚相望四千里，云树苍茫重搔首。展图不禁神为驰，南桥北梓余师友。

孝烈女子萧淑贞歌

萧淑贞，民女也，父有弃妾，女事之甚谨。后父以事系狱，女易男子装，携弟进城，百计营脱。其仇乃为飞语诬女，父疑之，女无以自白，遂饮药死，闻者哀之。

二子乘舟并沦亡，东山佩玦旋见戕。古来孝子遘酷祸，千载人心犹激昂。惟有奇女著奇孝，鬼神呵护逾寻常。缇萦木兰十数辈，初虽坎坷终康庄。迄今世变亦已极，造物无乃失主张。萧女淑贞生十载，零丁孤苦嗟无娘。父有弃妾悲失所，殷勤存视相扶将。无端雀鼠结争讼，阿爷系狱披锒铛。阿弟稚弱惟乌哭，阿叔窃喜恣贪狼。四顾亲邻谁援手，只有心口相商量。计穷虑极拂衣起，亟洗铅华易男装。手携阿弟入城市，羞颜蹇步蹶且僵。扑朔迷离人不辨，居然长幼成雁行。亦知多露为可畏，朝行暮宿慎堤防。仰视县庭吏如虎，欲前复却神悚惶。趑趄徐近圜扇侧，低声细唤不敢扬。阿爷初见甚惊恍，细认面目知端详。犹疑相逢是梦寐，未及问讯涕沱滂。往来从此无停趾，寒送衣衾饥酒浆。就中思展回天力，倾产甘求续命汤。七载流离家已破，蓝缕如丐携空囊。多方称贷延朝夕，间拾橡栗供囚粮。精诚所积格北斗，金鸡宣诏释回乡。举室欢迎重聚首，盈门贺客来称觞。阿爷亦复相慰藉，有女如此胜儿郎。劫后寒灰难再热，葳蕤弱质仍深藏。甫经痛定常思痛，孰料含沙又中伤。溪壑未盈阿叔怨，忍为飞语污媛良。阴传揭帖肆丑诋，谓女不洁羞帏房。阿爷闻之惭且愤，女惟饮泣裂肝肠。似此含冤何处雪，誓将赴诉阎罗王。白头老翁顾不得，闭扉仰药徐引吭。父妾无依亦自尽，追随何惮泉路长。经秋杨柳无颜色，落地莲花尚有香。精卫莫填沧海碧，杜鹃常叫山云黄。女有遗言嘱阿弟，身后凭官判否臧。远迎长吏亲来验，男妇奔观如堵墙。女貌犹生万目睹，齐道精灵动上苍。璞玉浑金经鉴别，光天化日自昭彰。贤明邑宰叹贞烈，始信闺阁比冰霜。骚人咏士争歌颂，长篇短幅声铿锵。崇朝刊布纸价贵，垂之百世留芬芳。初闻奇孝负奇屈，几疑天道殊渺茫。至此方知有深意，名节以晦而愈章。老夫尚觉有余恨，当时何不奏之天子堂？天语褒嘉入国史，庶于彤管增辉光。

哭励吾茂才甲申

送我江南去，依依柳岸前。余于光绪六年赴两江之任，励吾追送至白沙。三年方再见，一别已重泉。九年再见励吾于遂园，异常削瘦。余旋赴郡，而励吾于次年正月捐馆矣。花圃留陈迹，书楼有旧编。亲庭毋过恸，定卜藐孤贤。

萧虞臣司马赠诗四章依韵和之

君家颖士是前身，下笔千言信有神。文战当年曾逐队，苔岑从此结交亲。

纸薄人情鲜始终，君才卓越气渊冲。功名如我羊头烂，犹是平生臭味同。

恋君情似恋官阶，幸有良朋待取裁。青史褒讥前事在，汉臣疏傅宋臣莱。

代掇巍科上国光，凤毛犹待好风扬。嗤余犹子材驽下，也列程门弟子行。

夜坐感怀

连宵风雨滴廉纤，愁对残灯未肯眠。玉碎岂甘同瓦合，霜寒应早虑冰坚。□□□□□□□，□□□□□□□。片土孤悬非易守，须知制胜在楼船。

和毕协琴原韵

园亭孤寂北风凉，幸得诸君共暖觞。冬月六日，协琴与海航太守、苓生大令、雨人文学宴于息园。坡谷久寒生日会，筚蓬今作聚星堂。筵前薄酒光犹绿，槛外斜阳色已苍。送客出门旋就枕，希夷睡扁梦初长。

再叠前韵

漫将进酒奏伊凉，白首孤臣泪洗觞。西北岛夷犹逐逐，东南藩服去堂堂。空怜画虎多文彩，无奈冥鸿没郁苍。谁挽狂澜回落日，力扶景运万年长。

读史有感乙酉

又移笔砚到中堂，四面湘帘夏昼长。闲取几篇青史读，忠臣孝子姓名香。

中秋后四日游白云山寺

秋日晶莹秋兴长，遨游初到白云乡。坡陀出没飞晴雨，村舍参差送夕阳。笼树炊烟时聚散，绕篱野菜半青黄。田家风味堪欣赏，随处逢人话稻粱。

碧云深处梵王宫，遥指芙蓉第几重。石骨磷峋秋雨滑，山容窈窕午阴浓。人争佞佛成浇俗，老欲逃禅笑乃公。久坐竟忘归路远，此身端在洞天中。观音岩极宽，于内构佛舍数楹，不用瓦覆。

除夕

佳节惟除夕，家家贺过年。门庭多整洁，衣履各新鲜。爆竹连街巷，鱼牲满豆笾。普斟同舍酒，分给小儿钱。彻夜香灯盛，祟朝岁序迁。光阴如此速，无怪发华颠。

中秋日，萧虞臣司马来息园赏月赋诗，步韵和之丙戌

却喜良宵得良友，何如明月月重圆。交游零落频搔首，世事离奇且缩拳。颖士文章终不偶，顺昌旗帜亦徒然。越南之事，耿耿于怀。顺昌旗帜，用宋刘锜破兀术事以见该国，刘永福不能成功，为大可惜也。朝廷若问筹边策，臣有筹边策在前。

继绢两侄入都考取荫生，以知县、通判外用，归过郡城，作此示之

簪绂荣朝命，箕裘付汝传。龙光同拜手，雁序快随肩。贝阙瞻皇建，金台接众仙。远浮沧海外，峻极太行巅。怀抱应增廓，功名自有缘。养亲毛义檄，励志祖生鞭。民社资才俊，官箴在简编。下帷如有获，制锦庶无愆。年力均青壮，操持矢白坚。休投重耳璧，莫爱邓通钱。俭是廉之本，勤须慎在先。奢淫隳素履，急促损朱弦。学养由基命，安排总听天。倘能邀一第，不愧读千篇。负荷惭前烈，贻谋赖后贤。老夫今耄矣，近事却陶然。泉石三弓地，饔飧数亩田。赏心余翰墨，寄兴止云烟。忽念君恩重，原期顶踵捐。驽骀方奋足，鹰隼竞张拳。晚节甘冲退，明时幸保全。虽云成腐鼠，汉章帝斥窦宪云："国家弃汝，如孤雏腐鼠。"何似跕飞鸢。高厚难酬报，衰慵乐静便。儿曹齐努力，世及赏犹延。

望雁峰寺

禅舍幽栖记昔年，再来人已是华颠。登山恐被牟尼笑，回首昙云意惘然。

赠衡阳文学王莲庭、芝庭兄弟三十韵

有幸脱轩冕，无才愧虞唐。枯坐四五年，手足硬欲僵。至诚谒南岳，振策过衡阳。节候届清和，草木争芬芳。旷怀惬幽赏，生憎轮蹄忙。日昃即解骖，缓步陟山冈。邂逅二君子，眉宇清且扬。询知为甲族，世泽三槐长。更是难兄弟，连璧含光芒。初见如旧识，笑语声琅琅。周旋不觉久，暮色渐昏黄。挥手自兹去，离绪郁衷肠。谁谓倾盖交，百里犹褰裳。追随至南岳，地主谊是将。殷勤有如此，缱绻不能忘。居停托比邻，客舍慰凄凉。杯茗接清谈，满座生馨香。纵论今古事，直使须髯张。从知龙虎姿，抱负非寻常。大云山峨峨，蒸水波洋洋。奇秀毓人文，二子为最良。看此璠玙器，行当贡庙廊。努力趁鹏程，青云快鸈翔。老夫憾衰朽，岩壑甘退藏。尚冀子若侄，攀附依末光。二子感我言，谦让殊未遑。出扇索我书，深惭笔砚荒。不敢拂其意，携归费裁量。赖有捉刀人，无盐冒王嫱。持此付鳞鸿，云树遥相望。

谒衡岳庙十二韵

五岳镇寰中，南交火德崇。离明符赤帝，艮止拂苍穹。盘薄炎州迥，崔巍楚甸雄。荆扬归控驭，庐阜隶帡幪。九折层澜绕，重湖一气通。雨云资吐纳，民物致熙丰。宝殿齐丹阙，奎章耀紫宫。威灵千古在，瞻礼万方同。洁沐诚初展，神明听自聪。芙蓉寒雾扫，岣嵝瑞烟笼。煨芋寻仙迹，歌薰协化工。未容登绝顶，先拜大王风。

丁亥仲冬，邵陵李艺渊太守以所写慕莱堂手卷及诸题咏见示索和，为作七言长歌三十韵以慰之

我官江西逾十载，不知昔贤有老莱。临江太守初下车，顾问老莱安在哉？老莱当年却楚聘，奉母来隐江之隈。为欲娱亲尝戏彩，七十老儿学提孩。堂下啼声堂上笑，至今言之犹咍咍。如此高踪与至性，无怪百世常溯洄。太守生平敦古处，内行久为族党推。此日显扬虽已遂，公余时复歌南陔。倚闾二老恋乡国，迎养未肯劳舆台。陟岵陟屺频翘首，白云亲舍空徘徊。一官匏系晨昏旷，何若老莱侍耇骀！堂曰慕莱寄意远，写入绢素郁风雷。会当大比试多士，斫轮老手与鉴裁。从此名流识曾闵，争先题咏皆邹枚。慕莱堂更生光彩，一时传诵遍八垓。悠悠彼苍殊太酷，怙恃相继赴泉台。游子肝肠已寸断，慕莱之堂何崔嵬！太守归来与我语，言甫出口神已摧。而我亦抱皋鱼恸，宾主酬对同着缞。钟鼎几曾报罔极，蓼莪未足发隐哀。年来齿发益衰落，苫块余生万念灰。太守慕莱今已矣，此堂终不没尘埃。临江山水最清绝，当与此堂共昭回。士庶见之生观感，三字能将民俗培。况闻龚黄德政在，甘棠定向堂前栽。遗爱更非遗迹比，前贤还待后贤来。登堂谁不思御李，且与慕莱相追陪。太守年力正强仕，盘错利器本恢恢。方今中外尚多故，朝廷急需济世才。行矣服除重入觐，求忠于孝天颜开。

脱发歌

余壮岁有《脱发歌》稿，已散失，仅记前数语，今足成之。

吾闻发者血之余，吾血气其方强。自当如壮士之冲冠，震惊当世之侯王。抑或栉风而沐雨，建伟绩于封疆。更须学周公之吐握求贤，同歌喜起明良。及黑头以作相，讵皓首而为郎？嗟乎！古来高人畸士，或削之而戴笠衣缁，或乱之而裂冠毁裳，或披之以入深山，或断之以适穷乡。是盖各因其时，各行其志，非如今日之攀龙附骥，无所用其徬徨。吾将宝吾此发，与共行藏。巨则千钧可系，细亦寸心是将。杨朱所不肯拔，曾子所不敢伤。胡为乎纷纷堕落，胡为乎缕缕飘扬？得毋以贫贱之忧煎，夙夜之攻苦，有甚于两鬓风霜。去者不返，存者若亡。苏武之节旄将尽，牛山之草木胥戕。卢蒲嫳之种种，久羁齐国。秃鹙公之童童，见笑萧皇。吾以方盛之年，同此衰谢，何以副纡青之壮志，慰垂白于高堂？噫嘻！身世一理，剥复其常。吾惟葆吾精，完吾神，俾吾血气充沛，庶几乎发之疏者可密，短者可长！并须眉而称美，与豪杰相颉颃。立德立功，亦如此发之不与骸骨俱朽，吾于尔乎是望！

和吴称三广文谢赠峒茶

数载得从杖履游，非其所好莫敢投。新年贺客满道周，只鸡斗酒互献酬。自是民俗未为偷，我辈琐琐颜殊羞。不腆之物良有由，高怀雅致略相侔。茶故土产出荒陬，可涤烦滞消忧愁。水仙花为梅竹俦，素艳入座明双眸。此中风味谁与谋，党太尉家得知不？进之左右荷辱收，借助清兴发清讴。讲舍初成气象幽，吟情飞动句潜搜。巨制洋洋逸且遒，直陵陶谢及苏欧。百回浣诵正开瞀，重拜琅函展大璆。有何瑕疵费吹求，语不惊人不肯休。移商换羽穷雕锼，四十韵无一字偷。书生结习众人咻，惟有此老独偻偻。顾我尘浊非诗流，偶尔效颦惭哑呕。何幸东邻有枚邹，不时过从相绸缪。盈门桃李群才裒，不弃马勃与牛溲。就正有道常谘诹，犹是寒蛩鸣啾啾。索尽枯肠欲白头，遑问俚唱劣与优。学步更作三年留，以此溷公公无尤。

和吴亦英广文原韵

世德清光照等夷，椿庭春暖产灵芝。孝先故是诸经笥，到洽新刊太学碑。校艺眼明频入幕，登科足捷定搴旗。重阳盼得泥金报，好与阿翁醉酒卮。

恭际宣光镜宇清，衰年才力逊群英。恩同覆载殊难报，地至高危不易行。敢比平津希晚遇，且从张翰丐余生。羸躯莫副彤墀诏，朝夕焚香祝圣明。

稻香书屋谢筠士广文新构于蔗园

缓步出城东，东山气郁葱。广文新构日，太傅旧家风。邺架书千轴，平泉地十弓。琼花何璨玓，玉树自玲珑。杖履尘嚣外，弦歌畎亩中。乌衣怀祖泽，绛帐仰宗工。招饮频飞简，征诗必满筒。凤毛知有种，麈尾笑推公。岸迥双江合，桥回六岭通。草堂幽胜处，归燕夕阳红。

初夏偕曾雨人携纪儿重游白云山寺百韵戊子

苦病兼苦雨，得闲寻旧游。殷勤邀良朋，稚子亦同俦。呼船渡北河，迤逦越长洲。林峦相起伏，一壑复一丘。四月百花零，惟见红石榴。来往无闲人，或耘而或耰。栽秧拥蓑笠，刈麦操镰钩。辛勤有余乐，时闻陇畔讴。我行历数村，片壤皆良畴。停车问农父，言语殊偻偻。此乡虽僻陋，民俗未为偷。暮抵白云铺，计程当宿邮。犹有旧居停，认是前度刘。前两年曾至是处，因病遽返。解装就短榻，窘促如拘囚。出外聊自遣，归即展衾裯。亲知幸聚首，谈笑忘旅忧。凌晨啖蔬粝，参禅入山陬。遥峰落平陆，半岭半田畴。崎岖二三里，渐觉径通幽。溪洞烟霞迴，坡陀草木稠。初睹法王殿，清溪绕院流。居人十数家，鸡犬亦夷犹。疑是桃源内，似与盘谷侔。至此万缘净，却嫌尘世浮。陟冈亭翼然，结构亦相攸。不知谁作俑，烧香设龙头。仰悬三尺坂，俯临百仞沟。主视心胆裂，举步神鬼愁。嗤彼愚男女，阱陷胡自投？坳转路低曲，一桥跨寒湫。涧深不可测，下恐有蛟虬。攀跻到中庵，高旷阔两眸。市井罗远近，可以一望收。头陀煮新茗，延坐话真修。几席颇整洁，礼貌太伛偻。数语起告别，未敢久谘诹。将登最上乘，仰面睇飞楼。磴道数百级，十步辄一休。彳亍蹑层巅，窃诩脚力遒。仙岩广数亩，天造非人谋。顶覆如张盖，底平若藏舟。不有大智慧，灵境焉可求。锡杖陵空来，讵容魑魅瘦。昙华护莲座，瑞霭袭蕙帱。穴内泉涓涓，接竹引清浏。列嶂尽拱抱，古木枝相樛。众绿丛翠中，一鸟鸣钩辀。恍惚在蓬莱，好景恣冥搜。瞥来少妇辈，入庙祈神筹。长跪如来前，纤纤随手抽。主僧代宣读，满堂语嘲啁。吉凶凭指说，得毋类迷阄。维时日中昃，顾仆索干馐。微闻香积厨，淅米声溲溲。俄陈脱粟饭，饱食胜珍羞。托钵乞施济，解囊略相赒。扶携下绝巘，斜照明松楸。归过石马江，川原晚悠悠。老夫倦行役，随处作勾留。主人何其贤，为客谋肴脩。春涨已消退，溪水碧于油。浅渚波潆洄，隐约见游鲦。举网得数鳞，沽酒共绸缪。是夜月正望，蟾光比中秋。薄醉上石梁，笑指女与牛。更深乃归寝，竟夕鼾齁齁。次日方言旋，行止可自由。昔为辕下驹，今为沙边鸥。居诸任虚度，名利无所牟。忆余少受书，经史勤校雠。亦思博科第，艺劣莫能售。蹉跎十数载，偃蹇甘黔娄。行间诸大帅，相招赋同仇。投笔为饥驱，无志觅封侯。初弹冯煖铗，先为楚军记室，不久告归。继用冉求矛。章贡靖鲸鲵，粤峤领貔貅。中兴际宣光，东南奠金瓯。微功等辽豕，得意效楚猴。开藩粤西，事多棘手，屡次乞休，故云。猥荷尧舜恩，建节忝大州。肘后印如斗，车前列八驺。膺兹特达知，高厚何由酬？江广俗犷悍，沿海杂番酋。抚驭良匪易，妙用在刚柔。慎微患有豸，去蠹民其鸠。殚此精白心，黾勉襄皇猷。寸长惭未见，分阴不敢偷。终日含瓦石，每为众口咻。熙朝尚宽政，廿载免愆尤。内省切冰兢，树朽致蚍蜉。老氏贵止足，诗人戒竞球。况渐成水火，亦复判薰莸。知幾鸿冥冥，弋者安用驱？家有倚闾母，卧疾迄未瘳。连章乞归养，报可蒙帝庥。甘旨尚未缺，殊逊五鼎优。随抱皋鱼恸，读礼岁再周。本谓脱衰服，重行拜冕旒。奈此憔悴姿，殆如水上沤。衔结已无期，寤寐徒怅惆。勖哉小子纪，努力追骅骝！

伍剩凡茂才以七律二章见赠，用原韵和之

七载栖迟春复秋，老怀常抱杞人忧。倦飞已是归林鸟，潜伏深防搅海虬。喜有成康光祖烈，恨无卫霍取封侯。孤臣热血何从洒，羡煞溪头楚楚蝣。

壮年亦是好男了，蒲柳凋零忽及秋。国计民生徒耿耿，衰龄残喘且休休。幸余数亩园林近，况复三春草木稠。行乐却嫌同调少，何来佳士许从游？

濱江舟中哭席宫保己丑

来往频年事，伤哉独此行！凄凉中夜月，呜咽远滩声。盛业垂青史，哀词达帝京。惟余儿女爱，相忆泪纵横。

中秋前五日作

六十余年老病身，无聊枯坐忆前因。一家骨肉离还合，卅载功名幻耶真。逐臭何能欺暗室，焚香信可告神明。盖棺应是朝伊夕，魂魄犹思侍帝阍。

中秋后送萧虞臣司马归隆回旧居

故人破岑寂，欢饮过中秋。又是重阳近，何妨半月留。余年应共乐，时事总堪忧。肉食何为者，筹边在此楼。

有怀曾文正

事事不能及古人，立身窃与古人类。事事无殊于今人，居心却与今人异。画鹄画虎在我为，呼牛呼马凭人戏。卓哉惟有湘乡翁，纷纷诸子谁能媲！

和邵阳县学尹俊卿广文原韵

依然天地一微尘，两鬓飞霜每自惊。蜗舍敢烦君枉驾，龙门幸许我登庭。可知吾道原无类，更喜斯文大有人。从此春风陪末座，余温犹及柳蒲身。

万国东西一苇航，庙谟怀远泽何长？连镳出使纡青紫，重译来朝拜赭黄。荡荡华夷同捧日，巍巍天子正当阳。独惭衰朽辜高厚，徒抱孤忠望帝乡。

六朝金粉负虚名，满目荒烟满地荆。两度忝持三使节，百年犹是一书生。莲池棠棣余风韵，酒盏吟笺共性情。甘露一杯头复黑，几人分有内颁羹？

漫歆山海陋涓埃，功候成时郁抱开。江水滥觞滋巨派，邓林萌蘖长良材。早膺鹗荐名增重，遥跂鹏搏志莫灰。指顾乔迁杨伯起，堂前三鳣雀衔来。

再和见寿七律二章原韵

饯腊乡风竞举觞，只鸡斗酒献酬忙。独余白发躅尘累，瞥见红梅出粉墙。旧径重寻春欲透，新诗又到墨犹香。久衰马齿何烦数，努力明时爱景光。

君家旧物半毡青，邵水何缘一棹停。多士欣欣沾化雨，重宵耿耿现文星。传经帐外常盈座，劝学碑前合建亭。圣世崇儒征召速，纶音宣读喜同听。

吴称三广文由城步迁郡学，履新后出所居《石笋山房图》命题，时余奉旨入觐，率成三十韵，即以留别庚寅

陵空双石笋，森秀冠山川。下有精庐在，中无俗务牵。名儒为世出，佳境以人传。家业书千卷，生涯屋数椽。放怀天地外，寄迹水云边。丘壑超凡界，渔樵亦洞仙。亭孤悬夕照，寺迴隔溪烟。景物开图画，诗歌满简编。盍簪朋屡却，司铎计诚便。薄宦殊荣利，长年奉圣贤。不嫌官舍冷，奚惮楚隅偏。进学唐韩愈，传经汉服虔。一方钦素履，廿载耐青毡。鳣集占先兆，莺鸣喜近迁。双江源自活，六岭月初圆。先生于中秋前抵任。士类都欣适，余怀亦畅然。比邻申契阔，文字结因缘。从此交逾密，相期道共研。

柳蒲甘委悴，松柏矢贞坚。慨自南旋后，神驰北阙前。那堪歌伏骥！犹记堕飞鸢。和缓延余息，庄骚读几篇。草堂聊偃仰，花圃日流连。忽迓新纶綍，还收旧豆笾。君恩真浩荡，臣意敢俄延！富贵当知足，艰难必共肩。关心陶氏甓，努力祖生鞭。二竖如能遣，三秋未许愆。为公悬坐榻，怪我理行旃。未别先愁别，惭无好句联。

庚寅冬入觐留别

归寓昭陵近十年，恭承丹诏去朝天。吾皇若问湖湘事，风俗醇良守土贤。

霏霏雨雪唱骊歌，亲友相看别恨多。出处两途各努力，惜哉岁月莫蹉跎！

北上道中遣怀

七十流光速，三千客路赊。感恩还故节，拜疏上征车。古驿初飞雪，江梅半着花。此行殊倥偬，无计息纷拿。自顾心犹壮，相看鬓已华。余年当报国，孤愤欲忘家。北地寒威重，中天景运嘉。春元朝帝阙，宫柳正舒芽。

大通舟次元旦试笔辛卯

元日皖江晴，新年远客征。朝天天色霁，度海海潮平。壮岁风云志，余龄犬马情。国恩同渥荷，相伴入神京。

甲午孟冬奉旨入觐率成一首

受诏朝天阙，征帆卷怒涛。频闻边报急，独使圣躬劳。击楫英风远，挥戈士气豪。此行期灭贼，凯唱满江皋。

解篆后拟游灵谷寺不果

欲寻灵谷寺，咫尺竟无缘。时事徒搔首，劳人偶息肩。胜游怀谢傅，勇退叹疏贤。倘遂还山愿，逍遥赋几篇。

和易实甫观察原韵

家学渊源自有真，何期邂逅得相亲。轻装北上筹边事，文旆南来作幕宾。对策万言跻贾董，论交两世慕徐陈。请缨更壮终军志，会见才名动帝阍。

庚子仲春奉诏入觐留别同官四首

重到江南又十年，笑看霜雪已盈颠。匡时乏术孤忠抱，归老何时夜梦悬。圣代恩多承雨露，封疆事重惕冰渊。忻逢述职趋朝日，奉诏乘槎觐九天。

春日融和淑气催，烟波荡漾片帆开。勉供职守酬明主，宏济艰难仗异才。恋禄妨贤殊老悖，引年致政敢徘徊！此行惜与诸君别，迢递江天首几回。

轻装简从去江乡，重念吾民未忍忘。耕贸莫嫌生计拙，拊循端赖有司良。勤耡莠草培嘉谷，须识鹰鹯逊凤凰。为政慎防残与慢，好留舆论颂甘棠。

南顾频烦旰食忧，江防战守善绸缪。数重天险关津壮，半壁河山物产稠。浪涌鲸鲵虞外侮，波回砥柱倚中流。祖生击楫英风在，努力勋名勒石头。

和张季直殿撰《送行》七律原韵

曲江风度九州传，麈拂亲承历五年。久以斯文嘉后学，更能亿中媲先贤。为公自与为私异，小效还居大效前。一首骊歌初唱罢，暮云春树满江天。

赠日本名士西村子俊

多难忧宗国，邦交结近邻。自惭侪俗吏，何幸遇嘉宾！季札初游晋，由余正适秦。襟怀殊落落，气度自恂恂。一见如先识，三生有夙因。吕虔刀解赠，子俊赠我佩刀，锋利无比。贾谊策披陈。两次赠书，劝设学堂以教育人才。唇齿须同固，豺狼不可亲。请君观世变，康济属何人？

和日本长岗海云

辛丑仲夏，长岗海云持近卫笃公函册来宁，备论东三省事宜，言颇投契。今由沪回国，贻书告别，并赠照相，上题七律一章，词意殷拳，读之增感，即用原韵和之。

谁排患难解纷纭，海外高情有使君。顾我疆圻方待罪，如公樽俎定垂勋。鲁连说赵存危国，葛亮联吴覆敌军。且喜东邻才俊盛，执鞭从事亦欣欣。

和缪筱山山长五律二首原韵

君德原同契，臣心只自知。几番商出处，片念判公私。独抱衰庸质，偏逢扰攘时。江南承乏久，愧未慰疮痍。

每读忧时诏，如闻叹息声。疆臣诚慎守，天子自尊荣。柝为重门设，棋须一着争。自割弃胶澳，而旅大、威海相继失，沿海无险可守矣。发难之始，即经贻书译署，力争其事，卒不见听。无才裨大局，何若赋归耕！

和日本结城琢蓄堂

结城琢蓄堂来游金陵，凡于名胜、遗迹，题咏甚富，介汪观察以诗稿见示，并赠七律二章，即用原韵和之。

有客东来冠峨峨，唐之马周汉随何。文章光焰射星斗，议论纵横去吞江河。但祝天心能悔祸，从此海面无惊波。老夫耄矣惭肉食，独喜扶桑才俊多。

国步几如周辙东，铸成一错启群雄。迢迢幽蓟疮痍满，莽莽江淮杼柚空。魑魅莫逃天日外，獍枭尽入网罗中。九重宵旰忧劳甚，谁翊中兴社稷功？

附　录

联语

文谢二公祠江西省城

忠孝皆两全，南渡人材惟二老。

后先同一死，西江节义足千秋。

临江昭忠祠

擐甲岂图全百战，捐躯杀贼，犹能为厉鬼。

同袍今有几十年，回首招魂，不忍读离骚。

挽冯海山学博余督师浔州，海山为贵县绅士，学问文章冠绝一时

天道不可知，恸当年祸及全家，仅剩只身犹死贼。

人才难再得，到今日廑怀时局，每逢难处辄思君。

挽王祝三观察

粤峤著循声，噩耗遥传，犵女蛮童齐下泪。

章门重共事，芳徽遽谢，高山流水忆知音。

挽蒋文恪公璞山中丞

同舟溯南粤，倥偬十年，几番握手论交，相期清白。

开府莅西秦，艰难两载，卒能鞠躬尽瘁，无愧汗青。

题梓溪岭西寺

辛未仲夏，余奉命巡阅，道出梓溪，与刘养素方伯游岭西寺。寺负山临水，杰阁层楼，据一方之胜。徘徊久之，方伯告余曰："寺外有巨石五，甚灵异，明太祖鄱阳之战，化为伟丈夫以救驾，加锡侯爵，附祀于此。"余闻之憬然。旋揖别登舟，北风大作，次日即抵抚州，何莫非神助也！

旧雨初逢，此会成千古。

顺风相送，斯行仗五侯。

寿黄挹云师

是联为挹云老师司铎吾邑时书赠先光禄公者，不肖未能博一第以副吾师期望，每读联语，辄为汗颜。今季度三世兄以优廪生登癸酉拔萃科，诸昆季亦皆蜚声庠序，行见郊祁竞爽，展翼摩天，乌能测其所至？谨书是联以转赠吾师，并奉一觞为吾师寿。

有子当为天下士，

此翁常作酒中仙。

全楚昭忠祠江西省城

故里赋同仇，取义成仁，如公等能完大节。

熙朝颁异数，报功崇德，许吾侪共荐馨香。

湖南会馆江西省城

千里来游，问此间山色湖光，何如湘岳。

一行作吏，愿吾辈砺名砥节，无愧枌榆。

濂溪祠江西省城

鹿洞鹅湖称后辈，

光风霁月仰先生。

江忠烈公祠

章贡溯洪勋，今日土地人民皆公之赐。

枌榆怀旧德，当年饮食教诲翳予敢忘。

挽达川方伯

兄弟尽人豪，乃招魂皖鄂，血泪初干，溘露又伤公去早。

亲朋多物故，每回首枌榆，交游如昨，倦云独憾我归迟。

江西贡院至公堂

余承乏江右，忝充乡试，监临三次矣。今夏，百花洲红莲盛开，且有并蒂，为多士鼎甲之兆，喜而志之。癸酉。

棘院香凝，抚丹桂数株，同沐九年雨露。

花洲瑞霭，喜红莲并蒂，预征多士风云。

江西省城育婴堂

余与僚绅经营数载，克成此堂，房舍颇宽，资用亦裕，尚赖所雇乳妇得人，于所育之婴视同己出，庶有实济。是所望于董事诸君子，有以督察而劝戒之也。

莫问谁氏儿，眼前皆吾赤子。

好作他人母，头上便是青天。

挽王润生廉访

念我孰如公，粤峤共艰难，最是不堪回首处。

多才胡不寿，章门挥涕泪，可怜更有老年人。

扬州平山堂乙亥

宋开僖间，平山堂圮，吏部阎苍舒以诗赠知扬州郭倪云：“欧仙苏仙不可作，江南江北无风流。”盖讥之也。今子箴都转重修是堂，可以继美欧、苏矣。喜而志之。

按部届清和，花鸟楼台供胜赏。

登堂怀往古，文章勋业企名贤。

南安牡丹亭

乙亥仲冬，余赴两广任，道出南安，会杨子于太守重新牡丹亭告成，饯饮于此，属为留题。亭与高楼对峙，上书“太守与客饮此楼前”，郡伯邓厚甫笔也，并记之。

古迹喜重新，太守楼前开画本。

故人愁远别，牡丹亭上酌离觞。

寿李青阶同学

余弱冠时谬为乡党所重，李公青阶独以全人勖之，自维鄙薄，无以克副斯言，念之颜汗。今青阶垂七十矣，其天真烂漫，无殊畴昔，所谓不雕不琢，自全其性者欤？

教我作全人，迄今多愧。

惟公有全性，到老不渝。

挽刘克庵银台

报国励丹忱，千里驰书商出处。

倚闾悲白发，九泉赍恨阙晨昏。

挽沈文肃公有跋引詹革镇事

疾恶有同情，凭他财可通神，一疏终能诛巨憝。

作官非易事，愧我力难任重，两番何幸继明公。

挹云师设铎吾邑，敬礼先赠公备至，常呼为某叟，不以门墙相待。不肖与三弟立藩均诸生，亦为师所爱重。同治年间，不肖抚江，师由籍来署，询及先赠公弃养，三弟不禄，为之怃然。今师返道山，五世兄从不肖于羊城，又赴玉楼之召，谨撰联语挽之，泪与墨俱矣。

乌私抱恸，雁断含悲，讵今日梁坏山颓，渺渺九原，马帐无由寻旧好。

星陨熊湘，珠沉羊石，想当时倚闾扶杖，遥遥千里，鲤庭何处觅离魂。

赠傅月樵舅氏时为刘氏家塾掌教

桑梓重儒宗，诗咏渭阳情更笃。

箕裘绵祖德，书传说命道常尊。

挽广陵何太守

铁生太守易箦时，尚念星变，有“骑箕毅魄扫欃枪”之语。在任年余，职业修举，余方以远到期之，不图遽尔溘逝也，呜呼！

谠论翊熙朝，死不忘君赵丰国。

循声满淮甸，吏无废事欧文忠。

挽马凌云参戎

与我旧同袍，几经虎穴龙潭，疮痕遍体。

为君亲执绋，忍见孤雏寡鹄，痛哭吞声。

题江宁沈文肃公祠

民不能忘，棠舍常留千载后。

盛难为继，荆州幸识七年前。

题诸葛武乡侯庙

许先帝驰驱，东连吴会。

垂大名宇宙，上轶萧曹。

题双清亭癸未

举废各有时，重为山川增胜览。

往来惟趁兴，且将风月寄闲身。

题息园凉亭

闲坐园亭人事少。

得安泉石国恩多。

题安止轩

宫墙在望，

诗礼是闻。

挽王万青太守万青先生在幕府，终于武穴盐局

饮建业水，食武昌鱼，三千里竭蹶从公，分手自怜知己少。

歌离骚辞，读鹏鸟赋，六十年文章憎命，伤心更比古人多。

挽署邵阳县吕明府

数月著循声，何意好官无寿相。

万家齐叹息，可知直道在斯民。

挽杨树屏先生

出为循吏，处为端人，孝友达邦家，季世独能行古道。

昔同门墙，今同里闬，风雨数晨夕，暮年何忍失良朋。

挽姚慎庵大令

良吏固可为，逖听浙西传治绩。

服官方未艾，何期地下待修文。

挽陈尔昌军门

从我廿年，誓同生死。

别君三载，恸隔幽明。

挽前两淮盐运使洪琴西

天地生才不多，何故抑塞如斯，始终未竟其用。

尘世知交有几，要以公义相处，存殁无歉于怀。琴西在吴以公罪去官，至粤不久物故。余于此君始则荐之，既而劾之，故云。

挽张月卿中丞

粤峤昔同官，衔命出征，三载戎行依大幕。

滇池重建阃，以死勤事，千秋名义荷恩纶。

挽荫渠先生

名教有完人，勋业文章皆末事。

林泉失老伴，晦明风雨不胜情。

挽前署凉州事考轩太守戊子

政绩著姑臧，应似桐乡祀朱邑。

邻辉接公巷，那堪棣萼失元方。

挽黄兰舟都转己丑

江粤赋同仇，怜君壮志未伸，白头犹作驰驱计。七十余岁尚请江西投效。

湘衡成永诀，叹我故交几尽，血泪难忘患难时。光绪八年，长沙一别，后不复见。

挽席研香方伯

耐病廿余年，迁地为良，由东安新移唐田寺。何意大星沉碧海。

立功在四省，自天有命，呈报王中丞专疏入告。载赓湛露慰黄泉。

挽杨石泉宫保

望重东山，朝廷笃念元勋，行起栋梁支大厦。

神归南岳，里闬同钦明德，何期萝茑托乔松。

题煦园荷花厅

案牍为劳，安有余闲临水榭。

沧桑屡易，幸留胜境养天机。

煦园四面厅

面面轩窗，目无障碍。

重重山石，骨自嶙峋。

数座亭台堪入画，

四围竹树已成阴。

煦园大厅

植梧桐数株，已足干霄蔽日。

守金陵多载，依然虎踞龙盘。

煦园小客厅

数亩园池供玩赏，

重霄雨露共涵濡。

且就此为休息地，

何如早作退闲人。

煦园钓鱼台

澄波印月，

轻浪迎风。

杂坐恣谈噱，

良辰会友朋。

省城席少保祠辛丑

望重青宫，勋垂紫阁，快睹新祠巍焕，千载犹生，沅芷澧兰，同荐馨香于俎豆。

共事柳营，聊姻梓里，回思旧日周旋，寸衷若结，衡云湘水，遥瞻赫濯之声灵。

挽唐子明观察

生如寄，死如归，惟念双亲在堂，寂寂夜台难瞑目。

老者存，壮者殁，每忆十年共事，萧萧秋浦倍伤神。

挽张春园镇军

百战著殊勋，方期帝命重申，荣膺专阃。

两淮资坐镇，何意将星遽陨，恸失长城。

题罗雪谷祠

木本水源，笃生高士。

云停月落，缅想良朋。

挽徐尚书许侍郎袁京卿

三榇同日抵沪，电饬班军列队迎送，以彰忠节，并由上海袁道代设祭奠，制此十六字挽之。

事到万难同捹一死。

名垂千古无愧三忠。

挽李中堂

为社稷而生，旋乾转坤，帝方倚公独任。

骑箕尾以去，左提右挈，〔孰〕更与我同心。

跋

右《补过斋文集》四卷，诗一卷，杂著一卷，新宁刘忠诚公坤一撰。

公由诸生奋起，而至兼圻。观其历任设施，弭内难，御外侮，调和宫庭骨肉，言人所不敢言，古所称三不朽者，已兼立德、立功而有其二。彼区区文字之末，曾何足为公重轻？然公虽不欲以言见，而其文之关乎朝章国故者，自有一段不可磨灭之处，亦留心文献者所宜惓惓不忘也。

呜呼！自穆宗中兴，人才萃于湘楚，江、胡皆仅中寿，而湘乡独任其难。湘乡殁不数年，左、彭相继殂谢，天下之望，独归于公。己亥、庚子之间，内外咸觇公一言以决是非，定成败，公死而楚材尽矣。

人之云亡，邦国殄瘁，君子观辛亥之变，不能不叹息致恨于时流之负国也！丙辰夏四月新昌胡思敬跋。

校定刘忠诚全集书后

往尝拟为《夫夷四杰论》，因循不果。承校刘忠诚公官书告竣，掩卷喟然，曰："甚哉！世变之极，一至斯乎！"国家承平二百年，专仗制兵，铲除草窃。洎南省军事起，兵如弁髦，改而募勇，先后勘平大乱，不出湘、淮两军之奔驰。同、光间，除湘军、长江水师及援黔、援甘及江督老营随时增减外，其分布南、北洋水陆冲要，皆淮军也。竭府库财赋之半，养之三十年，至日本见侵，竟不能战，乃号召行省健卒，钦差忠诚驻关节制之。湘军甫与交锋，遽成和议，于是制兵悉裁，聘德员改练洋操，而兵与勇两无所丽。

论者谓东征之役，忠诚与王文勤主战，假如庙谟内断，钦差掌握兵马全权，将军以下不得奏事。倭人倾国而来千乘，公徒止有此数。我军以两大枝护卫京师，分偏裨堵截沿海隘口，悉数调集各路勤王并临前敌，一军覆没，一军继进。彼之军火有限，我之技击无穷。诸将或怀异心，军有常刑，移预算，表输款，县赏用命，汉军其谁不乐从致死，安有闻风引辟者？威武既扬，金汤既固，以众御寡，以逸待劳，坚不为孤注一掷巧言所动，何至割地赔费，受制于蝼蚁哉！此其中有天焉，盖非人力之所能争也。

溯湘军之起，权舆于江忠烈，本乡楚勇继之者，江诚恪、刘武慎与公而四，实为上湘杰出之才。忠诚末年，半壁东南，擎天一柱，直当之无愧色。凡事智烛幾先，无游移两可。甲午简派督师，即以事权不一，固请收回成命。议覆朝臣时务条陈，各就原折权衡损益，某说当急，某说可缓，无不切中机宜，折衷至当。内廷密询易树，独对以君臣分定。至庚子京、津不守，非公与张文襄同心并力，倒持太阿政柄，则内地瓜分，不待外国，自家已百人舆瓢矣。

今考其年自状心境，侧身西望，无涕可挥。飞挽行在之余，从容与枢府电商，委曲与外臣舌战，敧者使正，弛者使张。而回任维新之政，开铁路，设机厂，以规画富强。和议纷揉之交，争金镑，重加税，以抵制赔款。甚乃食不下咽，寝不安席，寒夕披衣数起，援管加电，以补漏天，夫而后内顾国民，外睦邻交，少弭暴骨中原之患。其前此侵寻陵替臻斯极者，则累朝柄政，昧于外交利害，姑引主客情分让之。驯至榻侧酣睡，进步不已，欲遏之而无可复遏，虽以曾文正贤辅，天津一役，难免百密之疏。或者犹谓联军入犯，命脉系在南溟，全力注于北畿，顾不及时电邀长江五省并川、粤、闽星速会师，熸沿岸洋行倾覆其巢，为拔本之计。不思当日情形，有北洋铁甲兵轮则可，南洋无是戈船非火轮，敌陆军何由薄之？租界、京师使馆环而攻之，六旬不克，遑问海战！挟持无具，且警报初闻，公固尝阴计及此，而其势不能投鼠忌器，况彼非鼠子也。

或又谓拳匪初炽，南省迅发，北师平之，可无七月以后萧墙之祸。嗟乎！政府方指匪为义，派亲王统率之，并谕南洋截留偿款解济京师，谁敢轻举妄动，入清君侧？政府自不量力，横挑强胡，归咎于东南省臣，乌乎可！彼族有事，极为机密，而我内外重臣不然，孔光不言温树，羊祜焚草，李孝伯削藁，谨慎者类为之，戎事边情，尤防泄漏。今人奏议，率刊板流传，蓄使狡黠，惯用汉奸，有与构衅之端，先购当轴私牍推究，详审中朝一谋一画，一举一动，无不入其韦囊。彼之离合，我不得知。我之虚实，彼早洞若观火。趋利辟害，乘间蹈瑕，力争上游，以擅长取胜。曩犹未悉华军如是之敝，届是时而益肆相轻矣。此公老成持重，不轻主战，其命意深，而其智虑远也。

公之文章，大者奏议，藏于史馆，较胜私传。然官书之刻，收入或隘，为之子孙者，安忍听其珠遗沧海，淹没不彰？兹特厘为六十四卷，鸿篇巨制，关系于华国者居多。其散体文润泽有风骨，五、七言高者天籁，雕琢处妙运匠心，亦非芰学所能及。计在官三十载，紧要关键，刁出筹笔亲挥。琉球一案，请击日本以退法兵，为武慎集中脍炙人口之作，公策议上乃更进一层，迄无以越其范围。其他所见者大，所虑者远，胆量足以济之，笔力足以举之。其能刚也，上谕著行，有时而坚执，洋员挟制，不假以辞色。其能柔也，虚己下人，不设城府，待人以礼，怀人以德，异族犹畏而爱之。用能一意孤行，以多病之躯，处众谤群疑之地，兢兢乎晚节自重，不丧所守，而国事卒赖以维持。其时一二巨公，连遭弹劾，内不自安。通谕荐举人才，不登一鹗。公深味乎以人事君之义，递保所知文武，由守令、偏裨鹊起封疆、提辖，同时会衔奏事，及后时备员方面节镇者凡数十人。而平日泛论时贤，服膺曾文正。叙武慎遗书，言其出处一致，绳墨不逾，不啻若自其口出。

此外，睥睨一世之概，又往往流露于楮墨间，披是编者，自廉得之。磨勘书板，世了能纪之力居多。亦尝告以近代名公，家藏年谱，秉笔者莫详事迹，摘取封章启事，错综成编，是又与本集重出，而其实别无考见。将来如乏洪兴祖、王懋竑，其人年谱即具集中。左文襄集剞劂特佳，而军务奖案一折，或四十余纸。湘中幕稿亦数册，全收是书。虽有滥登，尚未如左集之甚。不过历年公牍抄录未齐，后人审慎迟回，受制手民，劳于刻楮云尔。

宣统二年冬十月，世侄欧阳俌谨识。

书后

呜呼！忠诚公之薨也，于今九年矣。燮自弱冠入公幕，随节江左，从戎榆关，先后十有二年，未尝或离。于政治之得失，事理之从违，以及官书文字，莫不亲承指示。今之得有一知半解，皆公赐也。公之丰功伟绩，乃心君国，荦荦数大端，已见国史及冯公所撰墓志铭中。至言论细行，又岂更仆所能尽？燮相从虽久，而年远多忘，谨就忆力所及、亲见亲闻者缕述之。

公起自诸生，每以未得科第为恨。喜读《资治通鉴》，宋、明两史及诸家文集，政余必手持一编，昕夕忘倦，虽戎马仓皇，未尝一日废书不读。为文主清雅，每制一文，先作腹稿，于室内往来数四，援笔立就。而戚好书札，遇有僻典疑字，必举以询诸幕府，且命检原书呈阅。其勤学好问有如此。公内外严肃，与幕友晤谈，皆军国要政及地方应办之事，语不及私。戒子侄勿预公事，燮在幕十余年，公子从未一至书斋也。僚属馈遗必峻却，惟江西南丰橘、无锡惠泉水则受，而分致幕客，不得持入内署。其风裁峻整有如此。公家世儒，素于朝贵夙鲜奥援，有某京官函劝结纳枢要，以息浮言，公覆书云："当今之世，在人无真是非，在我无大利害，徒乱人意，此后请勿再言。"然终以忠笃结主知，即有谤书，无损毫末也。其刚正不阿又如此。此皆公之励学植品也。

若夫勤政察吏，节用恤刑，则又有可述者。军兴以后，督抚权位益重，养尊处优，一以公事委之幕府者，殆有人矣。公辨色即起，三省文牍，悉出亲裁，准否，必手批圈点，甚至一字之误，每为更正。章奏书牍之重要者，间自属草，举劾文字，尤不假手于人。盖字字欲求其切当，幕友或不能尽知也。每见属吏，恳切训勉如师弟，激扬贤否，喜怒不藏，曰：“吾于人无私爱憎，何必使妄相揣测耶？”有所诘责，其人能以理自申，必赏异之，卒从所请。其怙恶不悛者，则又严劾不少贷。至事关国家忧乐，民生疾苦，思之辄夜以继日，必得当乃已。此则公勤政察吏之大略也。

两江号称财赋开府，其间者又多勋耆重望，用款或不免稍宽，公抵任后，统计出入，所有不经之费，不急之需，悉裁免之，节存库帑，岁有增益，积至三四百万。庚子拳匪事起，各省停解洋款，公抗疏力争，并独任其难，盖恃此为挹注也。然至育才、振饥、惠民诸政，则立发巨款，不少吝惜。平日治匪綦严，而于盐犯恒加宽恕，曰：“滨海斥卤产盐之地，小民肩挑负荷，例所不禁，但不聚集滋事，何事严刑峻法为耶？矧盐务本，与民争利，以地方之产，养地方之民，若究治过严，则铤而走险，害将百倍于此矣。”此则公节用恤刑之大略也。

夫孜孜求治，本从政之常经，而察察为明，实昔贤所诟病。庚子以后，论者动谓公大事不糊涂，虽推崇之词，犹不免以略于小事为疑。然综观以上各节，公之以身许国，尽心职务，又岂仅明于大事已哉？特不求赫赫之名，不为棱角峭厉之政耳。

公子埋卿以承袭男爵为钦选资政院议员，去冬事竣南下，将由江还湘，燮询其行止，则云：“世受国恩，敢不入都供职？然在院数月，无所表见，不若归里，庶几先公文集早日观成。”贤哉公子，公有后矣！今剞劂既竟，谨书此付之。

宣统三年岁在辛亥七月既望，仁和王燮谨识。

书后二

光绪庚寅，能纪受业于新化欧阳辅之先生。其冬，先公奉旨入都，濒行，出以前历任折稿，属先生选抄成帙。

壬寅，先公弃养，能纪守制倚庐，醴陵吴称三先生官府学东斋，与舍下比邻，朝夕过从，因请续选，而底稿未齐。以年月考之，知抄本中尚多间断，搜捡筐箧，重有所得，再请欧阳先生来城编辑，计添收黜落篇数又不少。督工缮刻，出板稽迟，工程未半，遽遭丧乱，挈眷避居乡间，而举全稿寄诸友人家。乙卯，重召永人写刊，世风丕变，各书肆门前冷落，手民率改业谋生，不复捉刀。虽属在事原人广为招徕，应者卒鲜，工价较前倍加，新刻视前，远不相及，实无良法使早成完善本。戊午，复避地东下。越二岁南旋，亟思促迫完工，兵燹之余，底稿多化劫灰，校勘更难着手。参详至再，脱误仍多，又历春秋，始获竣事，而前后已十有九年矣。

惟能纪猝遭大故之际，苫块昏迷，失于捡察，公牍稿收弃绝少。服阕入都，小住秣陵，曾请之当道，许令吏书录寄，徒属空言，其余恐亦不免遗漏。

兹幸曲刀奏毕，装钉成书，凡属先公旧交，自应分途致送。诸君子远隔燕都，籍外省者近多寄寓海上，能纪闭门养疴，尺素鲜通，实未便赍投何所，谨将印成之若干册，运存宁垣先公祠堂内，其有迷途失于分送者，诸君子于其中函取之。恕小子负输力量不周，度亦通家仁者所共谅也。

辛酉季秋月，能纪谨述。

图书在版编目(CIP)数据

刘坤一集/(清)刘坤一著;陈代湘校点. —长沙:岳麓书社,2018.4
ISBN 978-7-5538-0695-2

Ⅰ.①刘… Ⅱ.①刘…②陈… Ⅲ.中国文学—古典文学—作品综合集—清代 Ⅳ.①I214.92

中国版本图书馆 CIP 数据核字(2018)第 046365 号

LIUKUNYI JI
刘坤一集
作　　者:刘坤一
校　　点:陈代湘
责任编辑:杨云辉　胡宝亮
责任校对:舒　舍
装帧设计:风格八号　李　婷

岳麓书社出版发行
地址:湖南省长沙市爱民路 47 号
直销电话:0731-88804152　0731-88885616
邮编:410006
岳麓书社网址:www.yueluhistory.com

2018 年 4 月第 1 版第 1 次印刷
开本:890mm×1240mm　1/32
印张:104.375
字数:2432 千字
ISBN 978-7-5538-0695-2
(全五册)定价:498.00 元

承印:长沙超峰印刷有限公司

如有印装质量问题,请与本社印务部联系
电话:0731-88884129